高步瀛著
曹道衡
沈玉成點校

文選李注義疏

第一册

中華書局

圖書在版編目(CIP)數據

文選李注義疏/高步瀛著;曹道衡,沈玉成點校. —2版. —北京:中華書局,2018.10(2025.4重印)
ISBN 978-7-101-13448-3

Ⅰ.文… Ⅱ.①高…②曹…③沈… Ⅲ.《文選》-注釋 Ⅳ.I207.62

中國版本圖書館CIP數據核字(2018)第215234號

責任編輯:劉　明
責任印製:管　斌

文選李注義疏

(全四册)

高步瀛 著

曹道衡　沈玉成 點校

*

中華書局出版發行

(北京市豐臺區太平橋西里38號　100073)

http://www.zhbc.com.cn

E-mail:zhbc@zhbc.com.cn

三河市鑫金馬印裝有限公司印刷

*

850×1168毫米 1/32 · $63\frac{3}{8}$印張 · 8插頁 · 1400千字

1985年11月第1版　2018年10月第2版

2025年4月第7次印刷

印數:11401-12400册　定價:198.00元

ISBN 978-7-101-13448-3

前言

《文選》這部現存最早的詩文總集自從編定以來，首先爲此書作《音義》的是隋代的蕭該，其書久已失傳。由隋入唐的江都（今江蘇揚州）人曹憲也治《文選》之學，他的弟子李善作《文選注》，於唐高宗顯慶三年（六五八）上表進獻。此書歷來被人們公認爲《文選》的權威注本。後來唐玄宗時的吕延祚召集吕延濟、劉良、張銑、吕向和李周翰所作的「五臣注」，就遠不如李善注，這是早有定評的。

但李善注成書後，由於傳鈔，已有脱誤，後人刻「六臣注」，把李注和「五臣注」合在一起，因此羼亂。今本李注是人們據「六臣注」輯出，有些版本（如汲古閣本）還有個別地方，没把誤入李注的「五臣注」文字删去。此外也有李注被誤認爲其他注而删去的。因此今本李注，已非本來面目。但李注雖被羼亂，又多奪誤，仍不失爲研究《文選》的最重要注本。同時，由於李注引書宏富，據統計達一千五六百種，其中許多書都已散失，佚文賴李注保存至今，對輯佚和考訂名物訓詁，有極大價值。所以清代學者如汪師韓、孫志祖、余蕭客、胡克家、錢泰吉、梁章鉅、胡紹煐、朱珔、薛傳均、張雲璈等，都曾致力於此書的校勘和箋釋工作。高步瀛先生的《文選李注義疏》一書是總結了上述這些學者的成果又加上他自己的許多精湛見解而成的集大成著作。

高步瀛（一八七三——一九四〇）字閬仙，河北霸縣人，曾任北京師範大學和輔仁大學教授，所著

《唐宋詩舉要》和《唐宋文舉要》兩書，久爲學者所推崇。此外，他還著有《古文辭類纂箋證》、《魏晉南北朝文舉要》等著作，原稿今存中華書局，不久亦將整理出版。這部《文選李注義疏》是他在一九二九年開始動筆編著的，惜因病逝，未竟全功，六十卷中僅完成八卷。解放前曾由北平文化學社排印出版，但當時印數較少，今天已經很難找到。所以爲了方便於讀者，我們遵中華書局之囑，對全書作了點校。

高氏學識淵博，是衆所公認的。他的遺著雖多屬詩文的選注和箋疏，但他對經、史、子三部的工力都極深。他的治學方法基本上是繼承了清代「乾嘉學派」篤實、淵博的長處，並能不囿於「經今古文」學派的偏見。在本書中，凡涉及古代典章制度的問題，他都能標舉衆説，擇善而從。對於一些有不同説法，而限於史料尚難判定是非的問題，他也源源本本，加以辨析。尤其難得的是，李注所引的許多古書，往往僅舉書名，而《義疏》則對現存的典籍都一一覆核，説明見某書某篇或某卷。凡已佚的古書，也多能從類書或其他典籍中徵引佚文加以印證或考定源委。凡李注引文與今本或類書所引文字有所出入，也一一作了校勘，並加按斷。

由於高氏精於經學、文字學和史學，所以凡涉及這些方面的問題，往往旁徵博引，詳考本末，論定是非，或並列諸説，以便讀者思考。其中有許多問題，今天雖有人提到，而其結論却是半個世紀以前早已被高氏提出並解決了的。如司馬相如《子虛賦》和《上林賦》原爲一篇的問題，高氏的論證頗爲詳明，並列舉諸家之説，辨其是非，並對此賦分爲兩篇的時間作了考證（見一六二三至一六二五頁），其説較今人一些文章，更爲豐富。又如左思的《三都賦》，本有劉逵注《蜀都》、《吳都》；張載注《魏都》之説。但梁劉孝標《世說新語注》引《左思別傳》提出懷疑。高氏不但據清姚範說引晉衛權《三都賦略解序》中提到劉、張作注事不誤（見八六七至八六八頁），還引證《文選注》其他文字及《隋書·經籍志》，說明劉逵也曾爲《魏都賦》作注（見一二六〇至一二六一頁）。又如第二二〇至二二三頁釋「四瀆五岳」，引證許多材料，備列諸家之說，而根據此處文字見於班固《東都賦》，因此應是漢制，斷言「當以《白虎通》爲斷也」，這是很有見地的。因爲《白虎通義》不但是東漢儒者的意見，且出班固本人之手。第三〇三至三〇五頁對「魯般」其人的考證，說明公輸般和魯般並非一人，「魯般之名，前有所因，後猶有襲之者，其殆爲巧人之通名也」。此說不但徵引詳博，立論亦極精當。其他如對「白龍魚服」典故中「豫且」其人的考證，見解也很精闢。第八九六頁對地名「牂牁」的來源及今址的詮釋，既說明了「牂牁」之名來源於「繫船杙」和「江中兩山名」之說是「傳聞異辭」；又引證了諸家之說，指出了前人以牂牁爲今貴州遵義之說的錯誤。他還根據王先謙引《水經注》證明其地在貴州長寨（今名長順），同時也批評了王先謙據後來水道以論古地之失。這些都說明了高氏功力之深和識見之精。這些考證，雖屬爲李注作疏，如果析出單行，都可以成爲一篇相當有價值的考據論文。

高氏著述此書，在校勘方面尤極精審，他不但對現存的各種李注版本以及六臣本等異同，一一校明，還用了清人所未見的故宮博物院藏古鈔本、敦煌唐寫本殘卷等校正各本之誤，因此在校勘上也超過前人。尤其難能的是他能繼張雲璈、錢泰吉之後，進一步闡明李注義例，發明張、錢所未及，據此以辨別李注與李善所引前人舊注或誤入的「五臣注」及其他人竄入的文字，使久被羼亂的李注得以漸近其原貌。如第一三四四頁《魏都賦》疏中考出「亭亭峻阯」句的「阯」字，李注本原作「阯」，「五臣注」本作「跱」。汲古閣本作「跱」，乃誤從「五臣注」本；注中「《詩》曰」二字，宋尤袤刊本作「《毛詩》曰」，則從胡克家《考異》，删去「毛」字。因爲稱《詩》是舊注之例，稱《毛詩》是李善注之例，而此注是舊注。第五二九頁「孟津」二字注文，下文引《尚書》作「盟津」。高氏引朱珔説，考定「《尚書》曰」以下是李善注，今本誤脱「善曰」二字，並進一步指出：「疑薛（綜）本作『孟』，李氏及五臣作『盟津』耳。」又如《兩都賦》題目下有一段注文，《義疏》據胡克家等人説，考定非李注亦非五臣注，加以删削。《兩都賦序》注所引《後漢書》文字，高氏也引姚鼐、李詳説，並指出不是范曄《後漢書》，而是他人的著作。這些見解都很精確。高氏在校正《文選》李注文字外，有時還兼及李注所引他書文字，如第九六四至九六五頁，注引「《楚辭》曰：『倚沼畦瀛』」句，高氏詳核注文，認爲劉逵時《楚辭·招魂》王逸注本作「倚沼瀛」，班固本「瀛」作「畦」，今本王注兼有兩字，且注曰「畦，猶區也」，「疑後人所增」，「而校《文選》者並據今本《楚辭》，於本注『倚沼瀛』『沼』字下增入『畦』字，而『班固以爲畦』五字遂不可通矣」。這不但解決了《文選注》的一個版本問題，而且也解決了《楚辭》的原文問題，真可謂巨眼卓識，不能不令人信服。

當然，像《文選李注義疏》這樣百萬字以上的巨著，且係五十多年前所作，也間有其不足之處。如許多疏釋引文過多，雖見功力，也難免煩瑣。有時一個問題前後複見，這是歷來注疏家常有的情況，此書亦在所不免。

此外，高氏引書極博，雖核對原文，有時亦不免有失校或筆誤之處。如第十頁引《漢書》宣帝神爵四年詔，誤爲「二年」；第三〇〇頁「説文」誤爲「文選」，「糸部」誤爲「系部」；第一三六七頁引《戰國策》「蒼鷹擊於殿上」，初版「鷹」誤「隼」，「上」誤「下」；第一五一四頁引《左傳・昭公十七年》誤爲「襄公二十九年」；第一五一五頁引《文選・子虛賦》注誤爲《上林賦》注。這種例子我們都根據原書加以校正。

還有些地方，顯是排印之誤，如第七十六頁的「排持」，原作「排特」，但「排特」不可能是俾路支的對音；第七十七頁「體格力斯」（今譯「底格里斯」）原作「體力格斯」；第四六六頁引《藝文類聚》的「烏獲」二字，「烏」誤「鳥」。這些顯係錯字，我們就逕加改正。但是有些時候，是高氏引別人的著作，如梁章鉅等古人著作中所引的書，往往與原書文字有所出入；還有高氏自己所引古書，有時由於誤記，而又加發揮，若加校改，等於改動高氏文字。如第一三一頁引《韓非子・十過篇》：「赤地千里。」查《韓非子》原文，實爲「赤地三年」。像這種例子，爲了存真起見，我們也未予改正。總的來看，這都屬於大醇小疵，並不影響本書的根本價值。

最後，還要説明一點，就是《文選李注義疏》是用文言文寫的。對這一類學術性的文言文加標點，常常會遇到一些很難解決的技術問題。如「史漢某傳」、「左某某年傳」等語的書名號，就難於有一個合適的體例。我們現在採取的方式，是否妥當，也不敢自信。其他問題尚多，不一一列舉。再説本書涉及的內容十分廣博，限於水平，點校中肯定有不少錯誤。這些都誠懇地期待着大家予以教正。

又，標點中有關禮制的某些問題，承王文錦同志校核，謹致謝意。

曹道衡
沈玉成

一九八四年十二月

目録

敍

予少時習舉業，見昭明《文選》，憙其彩藻宏麗。私自諷誦，遇不解者，輒稽於注。復不解，則多方諮詢，以蘄渙釋。然但賞其文辭，猶未知有所謂「《文選》學」者也。後稍讀清儒考據家書，見時時援引《選》注，而輯佚書者亦多取於此，始知李注之可貴。後以公車至京師，得汪氏《文選理學權輿》一書讀之，乃漸搜集諸家關於《文選》之著作，擇其善者，迻録書眉，然猶未有撰著之志也。民國初元，注姚氏《古文辭類纂》。所注諸篇，互見《文選》頗多，然猶未專事於李注。近年承乏北平大學師範院教授，任有《文選》科目，始有講義之作。今夏無事，復取講義損益之，以付剞劂。昭明之書，包羅宏富。其從子蕭該，首爲《音義》，惜今不傳。至於唐代，集《文選》學大成者，斷推李氏矣。蓋以畢生之力，改至三四，乃成定本。或斥其釋事而忘意，殆出當時妒者之口，不足道也。然一厄於五臣之代簒，再厄於馮光震之攻摘，三厄於六臣本之羼亂，四厄於尤袤諸本之改竄。夫馮書未成，姑不論。五臣雖有書，而決非李匹，前人已有定議，則厄焉猶非其極。獨至羼亂之，改竄之，使其精神面目皆已失真。而綴學之士，雖力爲杷梳，終不能復其本元，斯則可爲太息者也。古人著書或不成，成矣或不傳。幸成而傳且久矣，而爲後人羼亂點竄又若此。則夫蓬衡下士，困於衣食奔走，卽一書之成否且不可知，又安問茫茫不可知之人與不可知之世哉？惟俛焉日有孳孳而已。民國十八年八月霸縣高步瀛識。

文選序

《隋書・經籍志》集部總集有《文選》三十卷，注曰：梁昭明太子撰。《志》又曰：總集者，以建安之後，辭賦轉繁，衆家之集，日以滋廣。晉代摯虞，苦覽者之勞倦，於是採擿孔翠，芟剪繁蕪，自詩賦下各爲條貫，合而編之，謂爲《流别》。是後又集總鈔，作者繼軌。屬辭之士，以爲覃奥而取則焉。清《四庫全書總目・總集類》曰：文籍日興，散無統紀，於是總集作焉。一則網羅放佚，使零章殘什，並有所歸。一則删汰繁蕪，使莠稗咸除，菁華畢出。是固文章之衡鑒，著作之淵藪矣。三百篇既列爲經，王逸所裒又僅《楚辭》一家。故體例所成，以摯虞《流别》爲始。其書雖佚，其論尚散見《藝文類聚》中，蓋分體編録者也。步瀛案：《隋志》總集有《文章流别集》四十一卷，又《文章流别志論》二卷。皆注曰：摯虞撰。今摯書已佚。惟《北堂書鈔・藝文部》、《藝文類聚・雜文部》、《太平御覽・文部》引《文章流别論》，有釋詩、賦、頌、箴、銘、誄、哀辭、解嘲等。故推知《流别集》爲分體編録，洵昭明《文選》之先導也。又《隋志》有《善文》五十卷，注曰：杜預撰。《舊唐書・經籍志》、《新唐書・藝文志》皆作四十九卷。然其書不甚顯。故論者皆以摯仲洽《流别集》爲始。繼摯氏者，有謝混《文章流别本》十二卷，孔甯《續文章流别》三卷，劉義慶《集林》一百八十一卷，孔逭《文苑》一百卷。其他見於隋、唐《志》者，不一而足，而今皆亡佚。故自宋以來，編目録者，皆以《文選》冠總集云。○序乃敍之借字。《爾雅·釋詁》曰：敍，緒也。《説文》曰：敍，次第也。《釋名·釋典藝》曰：敍，抒也，抒洩其實，宣見之也。案：抒，舒之借字。

梁昭明太子撰

《梁書·昭明太子傳》曰：昭明太子統，字德施，武帝長子也。以齊中興元年生於襄陽，天監元年立爲皇太子。中大通三年四月乙巳薨，時年三十一。謚曰昭明。所著文集二十卷。又撰古今典誥文言爲《正序》十卷，五言詩之善者爲《文章英華》二十卷，《文選》三十卷。《南史·梁武帝諸子傳》曰：昭明太子統，小字維摩。餘同《梁書》。晁公武《郡齋讀書志》卷二十曰：《文選》，梁昭明太子蕭統纂。前有序，述其所以作之意。蓋選漢迄梁諸家所著賦、詩、騷、七、詔、册、令、教、策秀才文、表、上書、啟、彈事、牋、記、書、移、檄、難、對問、議論、序、頌、贊、符命、史論、連珠、銘、箴、誄、哀辭、碑、誌、行狀、弔、祭文，類之爲三十卷。竇常謂：統著《文選》，以何遜在世，不録其文。蓋其人既往，而後其文克定。然則所録皆前人作也。步瀛案：昭明《序》明言姬漢以來，此云漢迄梁，殊罣漏，而歷舉各體，亦疑有脱誤。如「記」當作「奏記」，「議論」當作「設論」，下當有「辭」字。「史論」下當有「史述贊論」四字。「銘」、「箴」二字亦當互易，與本書始合也。王應麟《玉海》卷五十四引《中興書目》曰：《文選》，昭明太子蕭統集子夏、屈原、宋玉、李斯及漢迄梁文人才士所著賦、詩、騷、七、詔、册、令、教、表、書、啟、牋、記、檄、難、問、議論、序、頌、贊、銘、誄、碑、誌、行狀等爲三十卷。原注曰：與何遜、劉孝綽等選集。案：此謂統與何遜、劉孝綽選集，而《梁書》、《南史》遜、孝綽傳皆不言其事，未知何本。楊慎《升菴外集》卷五十二曰：梁昭明太子統，聚文士劉孝威、庾肩吾、徐防、江伯操、孔敬通、惠子悦、徐陵、王囿、孔爍、鮑至十人，謂之高齋十學士，集《文選》。今襄陽有文選樓，池州有文選臺，未知何地爲的。但十人姓名，人多不知。故特著之。步瀛案：《太平御覽·居處部》十三引《襄沔記》曰：金城内刺史院，有高齋。昭明太子於此齋造《文選》。又引《雍州記》曰：高齋其泥色甚鮮净，故此名焉。昭明太子於齋營集道義，以時相繼。王象之《輿地紀勝》：京西南路襄陽府古迹，有文選樓。引舊《圖經》云：梁昭明太子所立，以撰《文選》。聚才人賢士劉孝威、庾肩吾、徐防、江伯操、孔敬通、惠子悦、徐陵、王筠、孔爍、鮑至等十餘人，號曰高齋學士。升菴之説，殆本此，而改王筠爲王囿是也。然此説乃傳聞之誤。昭明爲太子，當居建業，不應遠出襄陽。考襄陽於梁爲雍州襄陽郡。《梁書·簡文帝紀》曰：天監五年，封晉安王。普通四年，由徐州刺史都督雍、梁、南北秦四州郢州之竟陵司州之隨郡諸軍事、雍州刺史。《南史·庾肩吾傳》曰：初爲晉安王國常侍，王每徙鎮，肩吾常隨府。在雍州，被命與劉孝威、江伯操、孔敬通、申子悦、徐防、徐嶠、王囿、孔爍、鮑至等十人，抄撰衆籍，豐其果饌，號高齋學士。是高齋學士乃簡文遺迹，而無關昭明選文也。大抵地志所稱之文選樓，多不足信。揚州文選樓，在今江蘇江都縣東南，或云曹憲以教授生徒所居。池州文選閣，在今安徽貴池縣西，則後人因昭明太子祠而建者也。升菴狃於俗説，不能據《南史》是正，而反詡十學士姓名人多不知，陋矣。○《説文》無撰字，《言部》「譔」下曰：專教也。《禮記・祭統》曰：論譔其先祖之美。《法言序》、《學行》以下等篇皆曰「譔」。《漢書・揚雄傳》曰：「譔以爲十三卷。」顔注曰：「譔」與「撰」同。雷學淇《説文外編》曰：「撰」又有爲撰述者，正作「譔」。

式觀元始，眇覿玄風。

五臣注張銑曰：式，用也。《學海堂初集》卷七，張杓《梁昭明太子文選序注》：鄭灝若曰：《毛詩・邶風・式微》鄭箋曰：式，發聲也。步瀛案：《爾雅・釋言》曰：式，用也。《詩》《式微》、《節南山》毛傳，皆訓「式」爲「用」。馬瑞辰《毛詩傳箋通釋》卷四曰：詩中言「用」者，亦語詞。○《易乾鑿度》曰：太初者，氣之始也。太始者，形之始也。太素者，質之始也。《選序》注劉瀛曰：《漢書・律曆志》曰：元始有象。○張銑曰：眇，遠也。覿，見也。步瀛案：《淮南子・主術篇》高誘注曰：覿，觀之也。○《選序》注張杓曰：《廣雅・釋詁》三曰：玄，道也。《管子・心術上篇》曰：以無爲之謂道。然則玄風，無爲之風也。曾釗曰：《晉書・陸玩傳》：玩自陳曰：不能敷暢玄風，清一朝序。步瀛案：本書《文賦》李注引字書曰：玄，幽遠也。庾元規《讓中書令表》曰：沐浴玄風。

冬穴夏巢之時，茹毛飲血之世，世質民淳，斯文未作。

《禮記・禮運》曰：昔者先王未有宮室，冬則居營窟，夏則居橧巢，未有火化。食草木之實，鳥獸之肉，飲其血，茹其毛。鄭注曰：寒則累土，暑則聚薪柴，居其上。《釋文》曰：「橧」，本又作「增」，又作「曾」。茹，音汝。孔疏曰：雖食鳥獸之肉，若不能飽者，則茹食其毛以助飽也。陳澔《禮記集説》曰：

未有火化，故去毛不盡而并食之也。○《論語・子罕篇》曰：天之未喪斯文也。

逮乎伏羲氏之王天下也，始畫八卦，造書契以代結繩之政，由是文籍生焉。

《易・繫辭傳下》曰：古者，包犧氏之王天下也，始作八卦。《釋文》曰：「包」，本又作「庖」。孟、京作「伏」。「犧」字又作「羲」。孟、京作「戲」。《漢書・古今人表》作「太昊宓羲氏」。《繫辭》又曰：上古結繩而治，後世聖人易之以書契。孔疏引鄭玄注曰：事大，大結其繩；事小，小結其繩。案：「伏犧氏」以下五句，皆僞孔安國《尚書序》之文。見本書卷四十五。《釋文》曰：「契」，苦計反。書者，文字。契者，刻木而書其側。故曰書契也。又引鄭玄曰：以書書木邊，言其事，刻其木，謂之書契也。孔疏引鄭曰：書之於木，刻其側爲契，各持其一，後以相考合。孔疏又曰：《説文》云：文者，物象之本也。籍者，借也。借此簡書以記録政事，故曰籍。案：《左傳・宣十五年》孔疏引許慎《説文序》曰：文者，物象之本。與此疏同。而今《説文序》無之。段玉裁據以補入。《釋名・釋書契》曰：籍，籍也。所以籍疏人名户口也。

《易》曰：觀乎天文以察時變，觀乎人文以化成天下。

「觀乎天文」四句，《易・賁卦・彖傳》之文。李鼎祚《周易集解》引虞翻曰：日月星辰爲天文也。又引干寶曰：四時之變，縣乎日月。聖人之化，成乎文章。觀日月而要其會通，觀文明而化成天下。孔疏曰：人文，則詩書禮樂之謂。

文之時義遠矣哉。

《易·豫卦·彖傳》曰：豫之時義大矣哉。○以上文章之由來。

若夫椎輪爲大輅之始，大輅寧有椎輪之質。增冰爲積水所成，積水曾微增冰之凜。何哉？蓋踵其事而增華，變其本而加厲。

五臣注：吕向曰：椎輪，古棧車。大輅，玉輅。質，樸。增，厚。曾，則。微，無。凜，冷也。言玉輅因椎輪生，增冰由積水成。然玉輅無質，積水無寒。何哉，言何故如斯哉。蓋自設疑問，以發後詞。踵，繼也。厲，嚴也。○曾釗曰：椎輪卽椎車也。《淮南子》曰：古之所爲不可更，則椎車至今無蟬匷。《鹽鐵論》曰：椎車之蟬攫，負子之教也。案《廣雅》：䡲⿰車矍，輞也。王懷祖《疏證》曰：「䡲」與「蟬」通。「⿰車矍」與「匷」、「攫」並通。據此則椎車之輪無輞，無輞則無輻。《説文》曰：無輻謂之輇。鄭注：《儀禮》曰「輇」《雜記》作「團」。若然，椎車無輻，合大木爲輪，其形如椎，故謂之椎。亦謂之團矣。無輻不曰輪故古止名爲椎車。今謂椎輪者，散文可通也。陸機《羽扇賦》曰：玉輅基於椎輪。大輅卽玉輅也。見孔氏《尚書疏》引鄭注。步瀛案：曾引《淮南》見《説林篇》。《鹽鐵論》見《非鞅篇》。又《散不足篇》曰：古者椎車無柔，棧輿無植。二者對舉，則椎輪非卽棧車。向注非也。陳奐《毛詩傳疏》於《何草不黃》「有棧之車」引《鹽鐵論》「椎車無柔」二句而説之曰：「柔」卽輪輮，車輞也。無輮謂無輞。無植謂無輻。孫詒讓《周禮正義》於《春官·巾車》「士乘棧車」亦引此二句而説之曰：「柔」卽「輮」之省。無植，蓋謂無輿上式較軹轛諸材，僅以竹木縱横編之如棧棚，故曰棧輿矣。步瀛案：孫説與《説文》言棧車合，是也。《考工記·輪人》曰：輻也者，以爲直指也。牙也者，以爲固抱也。鄭司農曰：牙謂輪輮也。世閒或謂之罔，書或作輮。《釋名・釋車》曰：輞，罔也，罔羅周輪之外也。關西曰輮，言曲揉之也。蓋輞非一木，其曲須揉，故謂之輮。兩輮相合之牡齒曰牙，合衆輮以成大圜曰輞。析言之則別，散言之則通。故先鄭以輮爲牙，又以爲輞也。車轑曰輻，輻所湊曰轂。《老子》曰三十輻共一轂是也。輻端之枘，建轂中者曰菑，建輮中者曰蚤，是無輮則輻之一端無所建，亦必無輻矣。陳氏以無輮、無輻爲椎車、棧車之分，未確。曾氏謂無輞則無輻是已，而據《既夕禮》鄭注以《雜記》「輲車」作「團」，即《說文》無輻之輇。戴震《考工記圖》釋車則謂輲者，車之名，輇者輪之名，不宜混而一之。又案：椎輪者，蓋伐木爲輪，以軸貫之，無輻轂之湊，無牙輮之抱，其制甚簡，故曰椎輪，謂椎擊之爲輪耳。又椎有拙義。《漢書・周勃傳》注：應劭曰：今俗名拙語爲椎儲。夫語之拙者謂之椎儲，則車之拙者謂之椎輪。是椎者取其義，非取其形。曾謂其形如椎，亦未確。張杓曰：《說文・車部》：輅，車軨前橫木也。非車名。輅字當作「路」。步瀛案：段玉裁注《說文》已斥路車字作「輅」爲俗淺，然經傳亦常通借用之。《禮記・樂記》曰：所謂大輅者，天子之車也。《隋書・禮儀志》引《白虎通義》曰：玉輅，大輅也。《釋名・釋車》曰：天子所乘曰玉輅，以玉飾車也。輅亦車也。謂之輅者，言行於道路也。皆作「輅」。《周禮・春官・典路》賈疏引《書・顧命》鄭注曰：大路，玉路。又《巾車》：王之五路，一曰玉路。鄭注曰：玉路以玉飾諸末。賈疏曰：凡車之材，於末頭皆飾之。故云諸末也。案：五路，玉路最貴，故不以封諸侯。金路則以封同姓，故《樂記》孔疏以大路爲金路。若異姓以象路，四衞以革路，蕃國以木路，凡受於天子者皆可謂之大路。向注云：大輅、玉路者，亦據最貴者言之耳。○《荀子・勸學篇》

曰：冰，水爲之而寒於水。《大戴禮·勸學篇》曰：水則爲冰而寒於水。本書《招魂》曰：增冰峩峩。「增冰」即「層冰」。「增」、「層」字通。《荀子·勸學篇》曰：積水成淵，蛟龍生焉。王引之《經傳釋詞》曰：「曾」，猶乃也。《詩·式微》毛傳曰：微，無也。《說文》曰：癛，寒也。案：「凜」與「癛」同。○孫志祖《文選考異》曰：潘氏耒校「厲」改「麗」。步瀛案：「厲」承增冰之凜句，改「麗」非。

物既有之，文亦宜然。隨時變改，難可詳悉。

吕向曰：物，謂輅、冰也。言因時變改，增加華厲，不可備知。○本書《西京賦》曰：小必有之，大亦宜然。又《七啓》曰：千品萬類，不可詳悉。張杓曰：《爾雅·釋詁》曰：悉，盡也。○以上文之隨時變改。

嘗試論之曰：《詩序》云：詩有六義焉，一曰風，二曰賦，三曰比，四曰興，五曰雅，六曰頌。

張銑曰：嘗，蹔。蹔試論之。步瀛案：玄應《一切經音義》二十三引《廣雅》曰：嘗，暫也。銑注蓋本《廣雅》作「蹔」，俗字耳。《毛詩序》，見本書卷四十五。又《周禮·春官》大師教六詩，曰風，曰賦，曰比，曰興，曰雅，曰頌。鄭注曰：風，言聖賢治道之遺化也。賦之言鋪，直鋪陳今之政教善惡。比，見今之失，不敢斥言，取比類以言之。興，見今之美，嫌於媚諛，取善事以喻勸之。雅，正也。言今之正者，以爲後世法。頌之言誦也，容也。誦今之德，廣以美之。《釋名·釋典藝》曰：詩，之也。志之所之也。興物而作謂之興，敷布其義謂之賦，事類相似謂之比，言王政事謂之雅，稱頌成功謂之頌，隨作者之志而別名之也。案：《釋名》不言風，蓋脱。

至於今之作者，異乎古昔。古詩之體，今則全取賦名。

五臣注劉良曰：言今之述作者，詩賦殊體，不同古詩。隨志立名者也。謂班固云：賦者，古詩之流。

步瀛案：此劉彦和所謂「六義附庸，蔚成大國」者也。詳見本書賦甲。

荀、宋表之於前，賈、馬繼之於末。

《文選》古鈔本「繼」作「繫」。○張杓曰：荀，荀況。宋，宋玉。賈，賈誼。馬，司馬相如也。《漢書·藝文志》曰：孫卿賦十篇。宋玉賦十六篇。賈誼賦七篇。司馬相如賦二十九篇。《宋書·謝靈運傳論》曰：屈平、宋玉導清流於前，賈誼、相如振芳塵於後。此言荀不言屈者，昭明以屈子之騷，當別爲一類。荀卿有《禮》、《智》諸賦，故舉之也。步瀛案：《荀子·賦篇》載《禮》、《知》、《雲》、《蠶》、《箴》等賦。《漢書》作孫卿。顔注曰：本曰荀卿，避宣帝諱，故曰孫。《史記·荀卿傳》《索隱》與顔説同。謝墉《荀子箋釋序》謂漢時尚不諱嫌名。蓋荀音同孫，語遂移易。胡元儀《郇卿別傳》謂蓋周郇伯之遺苗。郇伯，公孫之後。或以孫爲氏。案謝説是。○《文選》古鈔本今存故宫博物館。

自兹以降，源流寔繁。

吕向曰：降，下也。張杓曰：《後漢書·逸民傳論》曰：自兹以降，風流彌繁。

述邑居則有憑虛、亡是之作，戒畋遊則有《長楊》、《羽獵》之制。

古鈔本「亡」作「無」，「戒」作「誡」。○五臣注：吕延濟曰：張衡《西京賦》，相如《上林賦》並託憑虛、亡是以述居邑。步瀛案：當云張衡《西京賦》託於憑虛公子，相如《上林賦》託於亡是公，皆述邑居。本書《西都賦》曰：名都對郭，邑居相承。故《西京賦》以此例之。張杓曰：《子虛》、《上林》二賦，昭明列畋獵類，而《序》云述邑居者，以上篇述雲夢，下篇述上林，皆言苑囿也。〇吕延濟曰：楊雄作《羽獵》、《長楊賦》，以戒畋獵。案：諸賦見本書，故不悉注。

若其紀一事，詠一物，風雲草木之興，魚蟲禽獸之流，推而廣之，不可勝載矣。

《選序》注：羅日章曰：紀事如潘岳《籍田》、《西征》、《射雉》，班彪《北征》諸賦。詠物如王褒《洞簫》，馬融《長笛》，嵇康之《琴》，潘岳之《笙》諸賦。風雲如宋玉、江逌、王凝之《風賦》，其後王融、謝朓、沈約《擬風賦》，荀況、成公綏、楊乂《雲賦》、陸機《白雲》、《浮雲》二賦。草木如鍾會、孫楚《菊花賦》，魏文帝、曹植、摯虞《槐賦》，陸機《桑賦》，魏文帝、王粲《柳賦》，徐幹、潘岳《橘賦》。魚蟲禽獸如摯虞《觀魚賦》，蔡邕、孫楚、傅奕《蟬賦》，成公綏《螳螂賦》，禰衡《鸚鵡賦》，顔延之《赭白馬》，張華《鷦鷯》，鮑照《舞鶴》諸賦。有入《選》者，有不入《選》者。〇以上賦。

又楚人屈原，含忠履潔，君匪從流，臣進逆耳，深思遠慮，遂放湘南。

《史記·屈原傳》曰：屈原者名平，楚之同姓也。爲楚懷王左徒，王甚任之。上官大夫與之同列，争寵，而心害其能，因讒之。王怒而疏屈平。屈平憂愁幽思而作《離騷》。懷王死於秦，長子頃襄王立，以其弟子蘭爲令尹。子蘭使上官大夫短屈原於頃襄王，頃襄王怒而遷之。屈原至於江濱，被髮行吟澤畔，顔色憔悴，形容枯槁，乃作《懷沙》之賦，於是懷石，遂自投汨羅以死。張杓曰：王逸《離騷經序》曰：屈原膺忠貞之質，體清潔之性。高誘《淮南子·原道篇》注曰：含，懷也。《毛詩·大雅·生民》傳曰：履，踐也。○《左傳·昭十三年》：叔向曰：齊桓從善如流。《説苑·正諫篇》：孔子曰：良藥苦口利於病，忠言逆耳利於行。又見《家語·六本篇》、《史記》《留侯世家》、《淮南王傳》、《楚辭·漁父篇》。王逸序曰：屈原放逐，在江湘之閒。

耿介之意既傷，壹鬱之懷靡愬。

《昭明集》「壹」作「抑」。○吕向曰：耿介，忠烈也。壹鬱，憂思也。靡，無也。言無所申愬。步瀛案：《離騷》曰：彼堯舜之耿介兮。王逸注曰：耿，光也。介，大也。又《九辯》曰：獨耿介而不隨。王逸曰：執節守道，不順枉也。兩義均通。本書《弔屈原文》曰：獨壹鬱其誰語。鄭灝若曰：《廣雅·釋詁》曰：愬，告也。

臨淵有懷沙之志，吟澤有憔悴之容。

劉良曰：原既放逐，懷石將自沈於水，故作《懷沙賦》以見志。初，原行吟澤畔，顔色憔悴也。步瀛案：《楚辭·九章·懷沙》本書未録。行吟澤畔，見《漁父篇》。

騷人之文，自兹而作。

張銑曰：原於是著《離騷》。離，別也。騷，愁也。步瀛案：《史記·屈原傳》曰：離騷者，猶離憂也。王逸《離騷序》曰：離，別也。騷，愁也。又案：《離騷》爲屈賦之首，故以下諸篇皆以「騷」稱。《禮記·檀弓上》鄭注曰：《離騷》所歌《湘夫人》，舜妃也。案：此本《九歌》之篇，是《九歌》亦稱「騷」也。《中山經》郭注引《離騷》曰：靡萍九衢。案：此本《天問》之文，是《天問》亦稱「騷」也。皆其證。羅日章曰：賦之源雖本於詩，而實始於騷。屈原爲辭賦之祖，故另敍入，但名騷，不名賦。後人所以有擬騷諸作，是「騷」於「賦」究自爲一類。步瀛案：《漢書・藝文志》有屈原賦二十五篇。騷卽賦也。昭明析而二之，頗爲後人所譏。然觀此序，則騷賦同體，昭明非不知之。特以當時騷賦已分，故聊從衆耳。○以上騷。

詩者，蓋志之所之也，情動於中而形於言。《關雎》、《麟趾》，正始之道著。桑間、濮上，亡國之音表。故風雅之道，粲然可觀。

張杓曰：《詩序》曰：詩，志之所之也。在心爲志，發言爲詩。情動於中而形於言。又曰《關雎》、《麟趾》，王者之風。《周南》、《召南》，正始之道，王化之基。《禮記・樂記》曰，桑閒濮上之音，亡國之音也。鄭注曰：濮水之上，地有桑閒者，亡國之音於此之水出也。昔殷紂使師延作靡靡之樂，已而自沈於濮水。後師涓過焉，夜聞而寫之，爲晉平公鼓之，是之謂也。桑閒在濮陽南。步瀛案：事見《韓非子・十過篇》、《淮南子・泰族篇》、《史記・樂書》、《論衡・紀妖篇》。○張杓曰：《荀子・非相篇》曰：欲觀聖人之迹，則於其粲然者矣。楊倞注：粲然，明白之貌。

自炎漢中葉，厥塗漸異。退傅有在鄒之作，降將著河梁之篇。四言五言，區以別矣。

五臣注李周翰曰：漢火德，故稱炎。武帝居十二帝之中，故稱中葉。言文章漸殊於古。退傅，謂韋孟，傅楚元王孫戊，作四言詩諷王，自此始也。降將，謂李陵降匈奴，蘇武別河梁上，作五言詩，自此始也。是區分也。張杓曰：《東觀漢記》曰：漢以炎精布耀，或幽而光。曾釗曰：《金石録》載《漢巴郡太守張君碑》曰：炎漢龍興。步瀛案：《詩・長發》曰：昔在中葉。毛傳曰：葉，世也。《漢書・韋賢傳》曰：其先韋孟，家本彭城，爲楚元王傅，傅子夷王及孫王戊。戊荒淫不遵道。孟作詩風諫，後遂去位，徙家於鄒，又作一篇。案：韋孟《諷諫詩》，見本書卷十九。《在鄒詩》未録。李陵、蘇武詩，見本書卷二十九。鍾嶸《詩品》曰：逮漢李陵，始著五言之目。《文心雕龍・明詩篇》曰：漢初四言，韋孟首唱。匡諫之義，繼軌周人。孝武愛文，柏梁列韻。嚴、馬之徒，屬詞無方，至成帝品録，三百餘篇。朝章國采，亦云周備。而詞人遺翰，莫見五言。所以李陵、班婕妤見疑於後代也。按《召南・行露》，始肇半章，孺子《滄浪》，亦有全曲。暇豫優歌，遠見春秋。邪徑童謡，近在成世。閱時取證，則五言久矣。又古詩佳麗，或稱枚叔，其「孤竹」一篇，則傅毅之詞。比采而推，兩漢之作乎？案：彦和有疑，旋亦自解。近人據此，竟唱西漢無五言，妄矣。○《論語・子張篇》：子夏曰：譬諸草木，區以別矣。

又少則三字，多則九言，各體互興，分鑣並驅。

吕向曰：文始三字，起夏侯湛。九言，出高貴鄉公。言此已上，各執一體，互有興作。亦猶鑣轡雖異，馳騖乃同。鑣，轡。並，排也。《選序》注：熊景星曰：三字，《安世房中歌》、《郊祀歌》諸篇。九言，《文章緣始》以爲高貴鄉公作。按謝莊《明堂樂歌・白帝章》亦九言。步瀛案：《隋書・經籍志》，梁有《文章始》一卷，任昉撰。向注所引，殆卽本此。今本《文章緣起》與向注合。然清《四庫書目》，謂任書已亡，疑今本爲張績所補。《毛詩・關雎》章後孔疏曰：詩之見句，少不減二，卽「祈父」、「肇禋」之類也。三字者，「綏萬邦」、「婁豐年」之類也。四字者，「關關雎鳩」、「窈窕淑女」之類也。五字者，「誰謂雀無角，何以穿我屋」之類也。六字者，「昔者先王受命，有如召公之臣」之類也。七字者，「如彼築室於道謀」、「尚之以瓊華乎而」之類也。八字者，「十月蟋蟀入我牀下」、「我不敢效我友自逸」是也。其外更不見九字十字者。摯虞《流别論》云：詩有九言者，「洞酌彼行潦挹彼注茲」是也。偏檢諸本，皆云《洞酌》三章，章五句。則以爲二句也。顏延之云：詩體本無九言者，將由度聲闡緩，不協金石，仲洽之言，未可據也。何焯據孔氏此疏，謂雜言之體，亦當自八而止。姚範《援鶉堂筆記》卷三十七引何氏又云：少則三字，多則九言，本摯氏之論也。有三言、四言、五言、六言、七言、八言、九言。古詩率以四字爲體，而時以一句二句雜在四言之閒。後世演之，遂以爲篇也。後復云：三言八字之文，則元嘉以後，取裁顏氏者也。又云：宋謝莊《明堂樂歌・青帝》三言，依木數。《白帝》九言，依金數。其他《赤帝》七言，依火數。《黄帝》五言，依土數。《黑帝》六言，依水數。此但舉多少相懸者以包之。步瀛案：謝莊《明堂歌》，見《宋書・樂志》。又《南齊書・樂志》曰：建元初，詔黄門郎謝超宗造《明堂》、《夕牲》等辭，並采用莊辭。建武二年，雩祭明堂，謝朓造辭，一依謝莊。案：三謝《白帝》歌辭，皆九言也。張雲璈《選學膠言》謂昭明此言，亦本摯氏之論。又引顧氏《日知録》卷二十一，以「凜乎若朽索之馭六馬」爲九言之始。步瀛案：今《五子之歌》，乃《僞古文尚書》，不足據也。〇分鑣並驅句下，舊音驅，丘遇反。案此《序》李氏無注，亦當無音。音蓋五臣所爲。且李氏音在注中，此皆在本文字下，尤非李注可見。尤延之删削五臣未盡。故自上文「伏羲氏之王天下」至後「各以彙聚」，音凡四十一，皆宜除去。又案《玉篇》，「驅」，亦有丘遇切之音。〇以上詩。

頌者，所以游揚德業，褒讚成功。

呂向曰：游揚，揄揚也。張杓曰：《詩序》曰：頌者，美盛德之形容，以其成功，告於神明者也。《漢書·季布傳》：曹丘生揖布曰：使僕游揚足下名於天下，顧不美乎。

吉甫有「穆若」之談，季子有「至矣」之歎。

《詩·大雅·烝民》曰：吉甫作誦，穆如清風。鄭箋：穆，和也。《漢司隸校尉魯峻碑》作「穆若清風」。案：《毛詩·烝民》「吉甫作誦」，句又見《崧高篇》。毛傳曰：吉甫，尹吉甫也。作是工師之誦也。其字皆作「誦」。陳奐曰：《潛夫論·三式篇》：周宣王時輔相大臣，以德佐治，亦獲有國。故尹吉甫作封頌二篇。疑三家詩「誦」作「頌」字。步瀛案：王節信引《詩》多從魯説，齊韓亦今文，或三家同也。傅咸《答潘尼詩》曰：吉甫作頌，字亦作「頌」。本書《四子講德論》曰：吉甫歎宣王，穆如清風，列於《大雅》。蔡邕《答元式詩》曰：穆如清風。子淵、伯喈皆從《魯詩》説，亦作穆如。此序與《魯峻碑》作「穆若」，豈以「如」、「若」意同，抑別有本耶。○《左傳·襄二十九年》曰：吳公子札來聘，請觀於周樂，爲之歌頌，曰：至矣哉，盛德之所同也。

舒布爲詩，既言如彼，總成爲頌，又亦若此。

劉良曰：舒布，猶張設也。張杓曰：薛綜《東京賦注》曰：總，括也。步瀛案：「如彼」指古詩之頌。「若此」指今頌贊之「頌」。蓋頌本六義之一，今於詩外自成一體。亦猶賦本六義之一，今則別詩爲賦也。又案頌之次於詩，亦猶騷之次於賦。舊本同體，今判二塗。○以上頌。

次則箴興於補闕，戒出於弼匡。

李周翰曰：箴所以攻疾防患，亦猶鍼石之鍼，以療疾也。張杓曰：《左氏・襄四年傳》魏絳曰：昔周辛甲之爲太史也，命百官以箴王闕。步瀛案：《文心雕龍・銘箴篇》曰：箴者，鍼也。所以攻疾防患，喻鍼石也。《詩・烝民》曰：衮職有闕，唯仲山甫補之。○李周翰曰：戒，警。弼，輔。匡，正也。案：《越語下》韋昭注曰：矯過爲弼。《文心雕龍・詔策篇》曰：戒者，慎也。《太平御覽・文部九》引李充《翰林論》曰：誡誥施於弼違。

論則析理精微，銘則序事清潤。

劉良曰：析，分也，謂論之體也。案《釋名・釋典藝》曰：論，倫也，有倫理也。熊景星曰：嵇康《琴賦》曰：非夫至精者，不能與之析理也。陸機《文賦》曰：論精微而朗暢。○劉良曰：銘則述其功美，使可稱名也。張杓曰：《禮記・祭統》曰：銘者，自名也。自名以稱揚其先祖之美，而著之後世者也。鄭注曰：銘謂書之刻之以識事者也。《文賦》曰：銘博約而温潤。步瀛案：《釋名・釋典藝》曰：銘，名也。述其功美，使可稱名也。

美終則誄發，圖像則讚興。

《集》「像」作「象」。○呂延濟曰：誄，累也，有功業而終者，累其功而記之。案：《説文》曰：誄，謚也。《釋名・釋典藝》曰：誄，累也。累列其事而稱之也。○呂延濟曰：若有德者，後世圖畫其形，爲文以讚美也。案：《釋名・釋典藝》曰：稱人之美曰讚。讚，纂也，纂集其美而敍之也。《御覽・文部四》

引李充《翰林論》曰：容象圖而讚立。

又詔誥教令之流，表奏牋記之列。

吕向曰：詔者，照也。照人之闇，使見事宜。誥者，告也，告諭令曉。教者，效也，言上爲下效。令，領也。領之使不相干犯。案：《釋名·釋典藝》曰：詔，照也，昭也。人暗不見事宜，則有所犯。以此照示之，使昭然知所由也。又《釋書契》曰：上敕下曰告。告，覺也，使覺悟知己意也。案：告、誥字通。《御覽·文部九》引《春秋元命苞》曰：天垂文象，人行其事，謂之教。教，傚也。言上爲而下傚也。《文心雕龍·詔策篇》曰：教者，傚也。言出而民效也。王侯稱教。《釋名·釋典藝》曰：令，領也。理領之使不得相犯也。○吕向曰：表者，思于内以表于外。奏，進也。牋，表飾也。記之言志也。案：《釋名·釋書契》曰：下言上曰表，思之於内，表施於外也。奏，鄒也。狹小之言也。《文心雕龍·奏啟篇》曰：奏者，進也。言敷於下，情盡於上也。又《書記篇》曰：記之言志，進己志也。牋者表也，表識其情也。

書誓符檄之品，弔祭悲哀之作。

張銑曰：書者，如也。序言如意曰書。諸侯約信曰誓。符，孚也。徵召防僞，事資中孚。檄者，皦也。喻彼令皦然明白。案：《文心雕龍·書記篇》曰：書者，舒也。舒布其言，陳之簡牘。又《祝盟篇》曰：在昔三王，詛盟不及，時有要誓，結言而退。《釋名·釋書契》曰：符，付也。書所敕命於上，付使傳行之也。亦言赴也，執以赴君命也。又曰：檄，激也。下官所以激迎其上之書文也。《文心雕龍·書記篇》曰：符者，孚也。徵召防僞，事資中孚。三代玉瑞，漢世金竹，末代從省，以書翰矣。又《檄移篇》曰：檄者，皦也。宣露於外，皦然明白也。○張銑曰：弔，問也。祭，祀也。悲，蓋傷痛之文也。哀者，亦愛念之辭。案：《文心雕龍·哀弔篇》曰：弔者，至也。《詩》云：神之弔矣。言神至也。又曰：哀者，依也，悲實依心，故曰哀也。《春秋繁露·祭義篇》曰：祭者，察也。以善逮鬼神之謂也。又曰：祭之爲言際也。《説苑·權謀篇》曰：祭之爲言索也。

答客指事之制，三言八字之文。

古鈔本「制」作「製」。下「衆制」同。○呂延濟曰：答客，東方朔《答客難》。指事，《解嘲》之類。曾釗曰：指事，蓋「七」類，如《七發》説七事，以發太子是也。步瀛案：《答客難》、《解嘲》並見本書「設論」中，其體相同。濟注以《解嘲》當指事，非也。曾説是。○呂延濟曰：三言，謂漢武《秋風辭》。八字，謂魏文帝樂府詩。張杓曰：《戰國策》靖郭君將城薛，謁者無爲客通。齊人有請者：「臣請三言而已。」因見之。客趨曰：「海大魚。」《後漢書·曹娥傳》注引《會稽典録》，邯鄲淳作《曹娥碑》。其後蔡邕又題八字曰：「黄絹幼婦，外孫虀臼。」三言、八字，皆指隱語。步瀛案：濟注非是。張杓以三言八字皆指隱語，亦傅會。曾釗説八字與張同。且謂孔融四言《離合》，體實本於此，則又非八字矣。其説三言，以《孝經援神契》之「寶文出」、「劉季握」云云當之，尤爲支離。昭明必不以緯書中三言當三字之文也。三言、八言，當如何焯説，已見上。此改八言爲八字以與三言對舉，免複耳。又《漢書·禮樂志》《郊祀歌》有三言，亦見上注。《漢書·東方朔傳》有八言、七言上下。注引晉灼曰：八言七言詩，各有上下篇。亦八言也。

篇辭引序，碑碣誌狀，

呂延濟曰：篇，偏也。偏述一章之事。辭，猶思也。寄辭以遣思。序，舒也。舒其物理。張杓曰：《論衡・書説篇》曰：著文爲篇。趙岐《孟子・萬章注》曰：辭，詩人所以歌詠之辭。劉逵《吴都賦注》曰：宫、商、角、徵、羽，各有引。步瀛案：《詩・關雎》章後孔疏曰：篇者，偏也。言出情鋪事，明而偏者也。與濟注義異。又諸子之篇，昭明不録。方廷珪《文選集成》謂篇指本書樂府曹子建《美女》、《白馬》、《名都》等篇，未知是否。「辭」爲「詞」之借字。《説文》曰：詞，意内而言外也。《釋名・釋典藝》曰：詞，嗣也。令撰善言相續嗣也。方廷珪以本書《秋風辭》《歸去來辭》當之，是也。方氏又謂「引」指樂府曹子建《箜篌引》。案：《琴操》有《列女引》、《伯姬引》、《貞女引》、《思歸引》、《霹靂引》、《走馬引》、《箜篌引》、《琴引》、《楚引》，凡九。本書《長笛賦》注曰：引，亦曲也。然未知此文所謂「引」指此等否。又本書有《典引》。方熊《文章緣起補注》曰：《典引》實爲符命之文，非以引爲文之一體，則不得以《典引》當之矣。序已見前。〇呂延濟曰：碑，披也。披載其功美也。碣，傑也，亦碑類。誌，記其年代。狀，摹其德行。案：《釋名・釋典藝》曰：碑，被也。此本王莽時所設也。施其轆轤，以繩被其上，以引棺也。臣子追述君父之功美，以書其上。後人因焉。故兼建於道陌之頭，顯見之處，名其文，就謂之碑也。《後漢書・竇憲傳》李賢注曰：方者謂之碑，圓者謂之碣。《封氏聞見記》卷六曰：碣，亦碑之類也。《周禮》凡金玉錫石，楬而璽之。注云：楬，如今題署物。《漢書》云：瘞寺前楬著其姓名。注：名楬杙也。椓杙於瘞處而書死者之姓名。楬，音揭。然則物有標榜，皆謂之楬。其字本從木。後人以石爲墓碣，因變爲碣。《説文》云：碣，特立石也。據此則從木、從石兩體皆通。步瀛案：封氏引《周禮》，見《天官·泉府》。《漢書》，見《酷吏·尹賞傳》。《説文·石部》以碣石山證「碣」字，則不以爲墓碣字。《木部》楬，桀也。桀、傑字通。濟注殆卽本此。段玉裁訂作楬櫫也，尤與題署義合。封氏以爲字本從木，是也。墓誌之原甚古，然後人所舉漢人墓誌，原刻皆無墓誌字。至晉王獻之《保母塼》，始有立貞石而志之之語。蓋猶未盛。故《南齊書·禮志》載王儉議，謂石誌起於顔延之。殆據其近事言之耳。《文心雕龍·書記篇》曰：狀者，貌也。體貌本原，取其事實。先賢表謚，並有行狀。狀之大者也。

衆制鋒起，源流閒出。

劉良曰：鋒起、閒出，皆衆多也。張杓曰：《荀子·王制篇》曰：嘗試之説鋒起。楊倞注曰：鋒起，如鋒刃齊起，言鋭而難拒也。步瀛案：《詩·桓》毛傳曰：閒，代也。

譬陶匏異器，並爲入耳之娛。黼黻不同，俱爲悦目之翫。

吕向曰：陶塤，匏笙也。白黑曰黼，黑青曰黻。言音聲彩色雖異，耳目之翫不殊。案：《説文》曰：壎，樂器也。以土爲之，六孔。字亦作「塤」。《周禮·春官·小師》鄭注曰：塤，燒土爲之，大如鴈卵。《風俗通·聲音篇》曰：塤，燒土也。圍五寸半，長三寸半，有四孔，其二通，凡爲六孔。《白虎通義·禮樂篇》引《樂記》曰：土曰塤，匏曰笙。《周禮·春官·大師》鄭注曰：匏，笙也。《釋名·釋樂器》曰：

筆，生也。竹之貫匏，象物貫地而生也。以匏爲之，故曰匏也。本書《嘯賦》曰：擬則陶匏。《考工記》曰：畫繢之事，白與黑謂之黼，黑與青謂之黻。《書・益稷》僞孔傳曰：黼若斧形，黻爲兩己相背。

作者之致，蓋云備矣。

以上各體及總束。案：自「嘗試論之」至此，皆論文章體制之繁。

余監撫餘閑，居多暇日。

六臣本「閑」作「閒」。「閑」、「閒」之通借字。○張銑曰：「余」，昭明自謂。監，監國。撫，撫軍也。案：《左傳・閔二年》里克曰：太子君行則守，有守則從。從曰撫軍，出曰監國，古之制也。《釋文》曰：監，古銜反。《荀子・脩身篇》曰：多暇日者，其出入不遠矣。

歷觀文囿，泛覽辭林，未嘗不心遊目想，移晷忘倦。

吕向曰：歷觀泛覽，言徧涉文章之林囿也。心遊目想，謂慕之深也。晷，日影。言日側不知其倦。張杓曰：楊雄《劇秦美新》曰：遥集乎文雅之囿。陸倕《感知己賦》曰：學窮書府，文究詞林。魏太祖《祭橋玄文》曰：心存目想。《西京賦》曰：白日未及移其晷。《説文・日部》曰：晷，日景也。

自姬漢以來，眇焉悠邈。時更七代，數逾千祀。

李周翰曰：姬，周姓也。眇焉悠邈，言遠也。七代，自周至梁也。逾，越也。祀，年也。言數千年也。熊景星曰：邱遲《與陳伯之書》云：姬漢舊邦。七代，周、秦、漢、魏、晉、宋、齊也。

詞人才子，則名溢於縹囊。飛文染翰，則卷盈乎緗帙。

《集》「詞」作「辭」。○呂向曰：囊，有底袋也，用以盛書。盈，溢，言多也。張杓曰：王僧孺《太常敬子任府君傳》曰：詞人才子，辯圃學林，莫不含豪咀思，争高競敏。《隋書·經籍志》：魏祕書監荀勗分爲四部，總括羣書，盛以縹囊，書用緗素。《爾雅·釋草》《釋文》引《字林》曰：縹，青白色。潘岳《秋興賦》曰：染翰操紙，慨然而賦。《釋名·釋采帛》曰：緗，桑也。如桑葉初生之色也。《説文·巾部》曰：帙，書衣也。

自非略其蕪穢，集其清英，蓋欲兼功太半，難矣。

呂延濟曰：蕪穢，喻惡也。清英，喻善也。兼，倍也。言文章之多，若不去惡留善，雖欲倍加其功，太半亦不能偏覽，安能盡乎。孫志祖曰：何氏焯校「清」改「菁」。案：「清」字似不必改。《西都賦》鮮顥氣之清英，二字固有本也。許巽行《文選筆記》曰：蕪穢、菁英，皆以草爲諭。《廣雅》曰：菁，華也。以菁爲得。步瀛案：許説亦泥。本書《苦寒行》注引楊雄琴清英，亦「清英」字之證。○張杓曰：崔瑗《草書勢》曰：兼功並用。步瀛案：功、攻字通。《釋名·釋言語》曰：功，攻也。攻治之乃成也。《小爾雅·廣詁》曰：攻，治也。《史記·項羽本紀》《集解》引韋昭曰：凡數三分有二爲太半。○以上選文之意。

若夫姬公之籍，孔父之書，與日月俱懸，鬼神争奥。

呂向曰：奥，深也。言周孔之書，明並日月，深如鬼神也。張杓曰：《法言·寡見篇》曰：昔在姬公，用於周。步瀛案：本書《博弈論》曰：姬公之才。《後漢書·申屠剛傳》對策曰：損益之際，孔父所歎。楊子雲《答劉歆書》曰：張伯松曰：是懸諸日月，不刊之書也。《易・乾・文言傳》曰：大人者，與鬼神合其吉凶。

孝敬之准式，人倫之師友。

許巽行曰：《説文》：準，平也。《五經文字》云：《字林》作「准」。今《字林》不傳。又曰：「師友」，何校改「師表」。張杓曰：《世説・賞譽》下：太傅東海王鎮許昌，以王安期爲記室參軍。敕世子毗曰：王參軍人倫之師表，汝其師之。步瀛案：此序諸本皆作「師友」。何氏改「師表」，未知所據。

豈可重以芟夷，加之剪截？

劉良曰：芟，刈。夷，平。剪，刻。截，裁也。步瀛案：「刻」當作「削」。張杓曰：《尚書序》曰：芟夷煩亂，剪截浮辭。〇以上言不選經書之意。

老莊之作，管孟之流，

《史記・老子韓非列傳》曰：老子著書上下篇，言道德之意，五千餘言。又曰：莊子其學無所不闚，然其要本於老子之言，故其著書十餘萬言，大抵率寓言也。又《管晏列傳贊》曰：吾讀管氏《牧民》、《山高》、《乘馬》、《輕重》、《九府》，詳哉其言之也。又《孟子荀卿列傳》曰：孟軻所如者不合，退而與萬章之徒，序《詩》、《書》，述仲尼之意，作《孟子》七篇。《漢書・藝文志》，道家有《筦子》八十六篇。顔注曰：「筦」讀與「管」同。又有《老子鄰氏經傳》四篇，《老子傅氏經説》三十七篇，《老子徐氏經説》六篇，《劉向説老子》四篇。又有《莊子五十二篇》。儒家有《孟子》十一篇。

蓋以立意爲宗，不以能文爲本。今之所撰，又以略諸。

古鈔本、六臣本「又以」作「又亦」。《集》同。○以上言不選子書之意。

若賢人之美辭，忠臣之抗直，

呂延濟曰：抗直謂進直言。張杓曰：曹植《辨道論》曰：美辭以導之。步瀛案：《史記・鄒陽傳贊》曰：亦可謂抗直不橈矣。

謀夫之話，辯士之端，

古鈔本「話」上有「美」字，「端」上有「舌」字。○《詩・小旻》曰：謀夫孔多。《韓詩外傳》七曰：君子避三端，避文士之筆端，避武士之鋒端，避辯士之舌端。

冰釋泉涌，金相玉振。

張杓曰：《老子・顯德章》曰：渙兮若冰之將釋。曾釗曰：漢《曹全碑》曰：謀若泉湧。「湧」、「涌」同。步瀛案：《詩・棫樸》曰：金玉其相。毛傳曰：相，質也。《孟子・萬章下》曰：金聲而玉振之也。趙注曰：振，揚也。張杓曰：王逸《離騷經序》曰：金相玉振，百世無匹。

所謂坐狙丘，議稷下，

古鈔本「狙」作「徂」。○李周翰曰：狙丘、稷下皆齊地之丘山也。田巴置館於稷下，以延游談之士。張杓曰：李善注《曹植與楊德祖書》引《魯連子》曰：齊之辯者曰田巴，辯於狙丘，而議於稷下。段玉帝，罪三王，一旦而服千人。步瀛案：《史記・田完世家》曰：宣王卽位，齊稷下學士復盛，且數百人。《集解》引劉向《别録》曰齊有稷門，城門也。談説之士，期會於稷下也。《水經・淄水注》曰：系水傍城，北流逕陽門西。水次有故封處，所謂齊之稷下也。當戰國之時，以齊宣王喜文學，游説之士鄒衍、淳于髡、田駢、接子、慎到之徒七十六人，皆賜列第爲上大夫，不治而議論。是以齊稷下學士復盛，且數百十人。劉向《别録》以稷爲齊城門名也。談説之士，期會於稷門下，故曰稷下也。

仲連之却秦軍，

《戰國策・趙策三》曰：秦圍趙之邯鄲，魏王使客將軍辛垣衍閒入邯鄲，因平原君謂趙王曰：「趙誠尊秦王爲帝，秦必喜，罷兵去。」時魯仲連適游趙，乃見平原君曰：「梁客辛垣衍安在，吾請爲君責而歸之。」魯連見辛垣衍曰：「彼秦者，棄禮義而上首功之國也。彼則肆然而爲帝，則連有赴東海而死矣，吾不忍爲之民也。且秦無已而帝，則且變易諸侯之大臣，而將軍又何以得故寵乎？」於是辛垣衍起，再拜謝曰：「吾請去，不敢復言帝秦。」秦將聞之，爲卻軍五十里。

食其之下齊國，

《史記・酈生傳》曰：酈生食其者，陳留高陽人也。漢王數困滎陽、成皋，酈生因曰：「方今燕、趙已定，唯齊未下。臣願得奉明詔，説齊王，使爲漢而稱東藩。」上曰：「善。」使酈生説齊王曰：「王知天下之所歸乎？」王曰：「不知也，天下何所歸？」酈生曰：「歸漢。夫漢王發蜀漢，定三秦，涉西河之外，援上黨之兵，下井陘，誅成安君，此非人之力也，天之福也。今已據敖倉之粟，塞成皋之險，守白馬之津，杜大行之阪，距蜚狐之口，天下後服者先亡矣。王疾先下漢王，齊國社稷可得而保也。不下漢王，危亡可立而待也。」田廣以爲然，迺聽酈生，罷歷下兵守戰備。《漢書・酈食其傳》顏注曰：食音異。其音基。

留侯之發八難，

《史記・留侯世家》曰：漢王與食其謀撓楚權，食其曰：「陛下誠能復立六國後世，畢已受印，此其君臣百姓，必皆戴陛下之德。陛下南鄉稱霸，楚必斂衽而朝矣。」漢王曰：「善。趣刻印，先生因行佩之矣。」食其未行。張良從外來謁，漢王方食，具以酈生語告於子房。良曰：「誰爲陛下畫此計者？陛下事去矣。臣請藉前箸爲大王籌之。」曰：「昔者湯伐桀而封其後於杞者，度能制桀之死命也。今陛下能制項籍之死命乎？」曰：「未能也。」「其不可一也。武王伐紂，封其後於宋者，度能得紂之頭也。今陛下能得項籍之頭乎？」曰：「未能也。」「其不可二也。武王入殷，表商容之閭，釋箕子之拘，封比干之墓。今陛下能封聖人之墓，表賢者之閭，式智者之門乎？」曰：「未能也。」「其不可三也。發鉅橋之粟，散鹿臺之錢，以賜貧窮。今陛下能散府庫以賜貧窮乎？」曰：「未能也。」「其不可四矣。殷事已畢，偃革爲軒，倒置干戈，覆以虎皮，以示天下不復用兵。今陛下能偃武修文，不復用兵乎？」曰：「未能也。」「其不可五矣。休馬華山之陽，示以無所爲。今陛下能休馬無所用乎？」曰：「未能也。」「其不可六矣。放牛桃林之陰，以示不復輸積。今陛下能放牛不復輸積乎？」曰：「未能也。」「其不可七矣。且天下游士，離其親戚從陛下游者，徒欲日夜望咫尺之地。今復六國，天下游士各歸事其主，從其親戚，陛下誰與取天下乎？其不可八矣。且夫楚唯無彊，六國立者復橈而從之，陛下焉得而臣之。誠用客之謀，陛下事去矣。」漢王輟食吐哺，駡曰：「豎儒，幾敗而公事！」令趣銷印。案：釋箕子之拘，當依王念孫校，作「式箕子之門」。《漢書·張良傳》合湯武二事爲一，以下三爲二，推至八爲七，而自「且楚唯無彊」，至「焉得而臣之」下云「其不可八矣」，與《史》小異。又《留侯世家》曰：乃封張良爲留侯。《正義》引《括地志》曰：故留城在徐州沛縣東南五十五里。

曲逆之吐六奇。

《史記·陳丞相世家》曰：凡出六奇計，奇計或頗祕，世莫能聞也。錢大昭《漢書辨疑》曰：閒疏楚君臣，一奇計也。夜出女子二千人滎陽東門，二奇計也。躡漢王立信爲齊王，三奇計也。僞游雲夢縛信，四奇計也。解平城圍，五奇計也。其六當在從擊臧荼、陳豨、黥布時，史傳無文。步瀛案：《史》云奇計，世莫能聞，不必舉其事以實之。《陳丞相世家》曰：更以陳平爲曲逆侯。《漢書·地理志》中山國曲逆縣，顔注引張晏曰：濡水於城北曲而西流，故曰曲逆。章帝醜其名，改曰蒲陰，在蒲水之陰。案：後漢蒲陰縣在今河北完縣東南。

蓋乃事美一時，語流千載，概見墳籍，旁出子史。

張銑曰：概，謂梗概，謂大略也。張杓曰：《史記·伯夷傳》曰：其文辭不少概見。《索隱》曰：概，略也。

應璩《與從弟君苗君胄書》曰：潛精墳籍。

若斯之流，又亦繁博。雖傳之簡牘，而事異篇章，今之所集，亦所不取。

古鈔本「異」作「殊」，「不」作「弗」。○杜預《春秋左傳序》曰：大事書之於策，小事簡牘而已。《說文·竹部》曰：簡，牒也。《片部》曰：牘者，版也。《西都賦》曰：啟發篇章。曾釗曰：吳質《答魏太子牋》曰：休息篇章之囿。○以上諸書所載謀臣策士之言亦不選。

至於記事之史，繫年之書，所以褒貶是非，紀別同異。

各本「同異」作「異同」，今依古鈔本。又「所」上有「蓋」字。○張杓曰：杜預《左傳序》曰：記事者，以事繫日，以日繫月，以月繫時，以時繫年，所以記遠近，別同異也。又曰：其微顯闡幽，裁成義類，皆據舊例而發義，指行事以正褒貶。

方之篇翰，亦已不同。

鮑照《擬古詩》曰：篇翰靡不通。○以上言史之記事繫年，如傳紀之類，亦不選。

若其讚論之綜緝辭采，序述之錯比文華，

李周翰曰：綜緝，猶合綴也。錯、雜，比、次也。曾釗曰：沈約《佛記序》曰：妙應事多，宜加綜緝。張杓曰：沈約《與劉杳書》曰：君愛素情多，惠以二讚，辭采言富，事義畢舉。《賈子新書·道述篇》曰：動靜攝次謂之比，反比爲錯。《後漢書·班彪傳論》曰：敷文華以緯國典。

事出於沈思，義歸乎翰藻。故與夫篇什雜而集之。

本書《與嵇茂齊書》曰：沈思紆結。又《文賦》曰：罄澄心以凝思。《歸田賦》曰：揮翰墨以奮藻。又《射雉賦》曰：敷藻翰之陪鰓。李注曰：藻翰，翰有華藻也。又《謝靈運傳論》注曰：《毛詩》題曰《鹿鳴之什》，説者云，詩每十篇同卷，故曰什也。○以上言史之論述贊入選。張杓曰：此因集内有史傳讚論序述諸文，故申明其入選之意。

遠自周室，迄于聖代，

劉氏曰：迄，至也。聖代謂梁也。

都爲三十卷，名曰《文選》云耳。

古鈔本「曰」作「之」。六臣本「耳」作「爾」。《集》同。○案：《廣雅・釋詁》曰：都，凡也。《漢書・鄭吉傳》注曰：都，猶總也。《説文》曰：文，錯畫也。彣，戫也。彰，彣，彰也。段玉裁注曰：「彣」與「文」義別。凡言「文章」，皆當作「彣彰」，作「文章」者，省也。步瀛案：昭明自言操選之義，主於藻飾，則其字當作「彣」。然《周易》「其文蔚也」，「其文炳也」，《論語》「郁郁乎文哉」，皆作「文」。經傳所有「文飾」「文采」字，一以「文」爲之。故《文選》亦止題爲「文」也。至「彣彰」之義，可施於黼黻，而不能括乎禮樂。古者或無其字，本以文章引申。章太炎《國故論衡》之説是也。○《孟子・公孫丑下》趙注曰：云爾，絶語之詞也。吴昌瑩《經詞衍釋》曰：云爾，猶如此也。步瀛案：本字當作「尒」。《説文》曰：詞之必然也。朱駿聲曰：猶言如此也。○自「姬公之籍」至此，皆言選文之例。

凡次文之體，各以彙聚。

古鈔本「各」作「略」。《集》「彙」作「類」。○張銑曰：彙，類也。

詩賦體既不一，又以類分。類分之中，各以時代相次。

此附言分體類之例，自賦至祭文凡三十七，而文分隸其中。所謂各以彙聚也。賦自京都至情凡十五類。詩自補亡至雜擬凡二十三類。所謂又以類分也。而每類之中，文之先後，以時代爲次。詩之各類中，先後閒有錯見者，李善皆訂其失。

唐李崇賢上文選注表古鈔本無「唐李崇賢上」五字。

文林郎守太子右內率府録事參軍崇賢館直學士臣李善古鈔本無此行。

《舊唐書·經籍志》、《新唐書·藝文志》總集類皆有李善注《文選》六十卷。《新志》又有李善《文選辨惑》十卷，今不傳。《舊書·儒學傳》曰：李善者，揚州江都人，方雅清勁，有士君子之風。顯慶中，累補太子内率府録事參軍，崇賢館直學士，兼沛王侍讀。嘗注解《文選》，分爲六十卷，表上之。賜絹一百二十匹，詔藏于祕閣。除潞王府記室參軍，轉祕書郎。乾封中，出爲涇城令，坐與賀蘭敏之周密，配流姚州。後遇赦得還，以教授爲業，諸生多自遠方而至。載初元年卒。子邕，亦知名。《新書·文藝傳》曰：李邕，揚州江都人。父善，有雅行，淹貫古今，不能屬辭，故人號書簏。顯慶中，累擢崇賢館直學士，兼沛王侍讀，爲《文選注》，敷析淵洽，表上之，賜賚頗渥。除潞王府記室參軍，爲涇城令，坐與賀蘭敏之善，流姚州。遇赦還，居汴鄭閒講授。諸生四遠至，傳其業，號文選學。邕少知名，始善注《文選》，釋事而忘意，書成以問邕，邕不敢對。善詰之，邕意欲有所更。善曰：試爲我補益之，邕附事見義，善以其不可奪，故兩書並行。案：新、舊《書》《李善及子邕傳》皆云：江都人。《新書·儒學·曹憲傳》稱「江夏李善」，蓋其郡望。《廣韻·六止》李字下載李姓十二望，有江夏，可證也。又案：高宗子弘，顯慶元年立爲太子，上元二年卒。始立賢爲太子。賢於永徽元年封潞王。龍朔元年，徙封沛王，見《舊書·高宗諸子傳》。而賢外不聞別有沛王、潞王。則新、舊《傳》言善先兼沛王侍讀，後除潞王府記室參軍，疑「沛」、「潞」二字互誤也。賀蘭敏之，武后姊韓國夫人子。武后殺兄子維良等，取敏之爲其父士彠後，賜姓武。咸亨二年，以罪流雷州死。朝士坐與交遊流放者甚衆。見新、舊《外戚傳》及《舊·高宗紀》。李善流姚州，當在此時。至上元元年大赦，凡三年。善還居汴、鄭間教授，當在此時。至《新傳》「書簏」之號，殊不足信。善文不多見，即以此表觀之，閎括瑰麗，較之四傑、崔、李諸家，殊無愧色。則所謂「不能屬辭」者，殊不待辨。又謂善注《文選》，釋事忘意，與子邕所更者，兩書並行。鼂公武《郡齋讀書志》亦取其說，實亦誣枉。清《四庫全書總目》曰：今本事義兼釋，似爲邕所改定。然傳稱善註《文選》在顯慶中，與今本所載進表題顯慶三年者合。而《舊唐書·邕傳》稱天寶五載，坐柳勣事杖殺，年七十餘。上距顯慶三年，凡八十九年。是時邕尚未生，安得有助善注書之事。且自天寶五載上推七十餘年，當在高宗總章、咸亨間。而《舊書》稱善《文選》之學受之曹憲，計在隋末，年已弱冠。至生邕之時，當七十餘歲，亦決無伏生之壽，待其長而著書。考李匡乂《資暇録》曰：李氏《文選》有初注成者，有覆注，有三注、四注者。當時旋被傳寫，其絶筆之本，皆釋音訓義，注解甚多。是善之定本，本事義兼釋，不由於邕。匡乂唐人，時代相近，其言當必有徵。知《新唐書》喜采小說，未詳考也。步瀛案：《四庫書目》從李濟翁說，以今本事義兼釋者爲李善定本，其說甚是，足正《新傳》之誣。然顯慶三年表上之本，必非其絶筆之本。書目既以今本爲定本，則雖冠以顯慶三年上表，其書爲晚年定本固無妨也。至謂善受《文選》在隋末，生邕時當七十餘歲，則非是。《舊傳》：善卒在載初元年，即永昌元年。上推至貞觀元年，凡六十三年。《舊書·儒學傳》言曹憲百五歲卒。《新書·文藝傳》亦言憲百餘歲卒。使貞觀元年憲七八十歲，尚有三二十年以外之歲月。善弱冠受業，當在唐初，不在隋末也。由此言之，假使善生貞觀初年，則總章、咸亨問亦僅四十餘歲，安得謂七十餘歲始生邕哉？又案：李善《文選》學出自曹憲，而曹憲之前，注《文選》者爲蕭該。《隋書·經籍志》有蕭該《文選音》三卷。新、舊《唐志》作十卷。《隋書·儒林傳》曰：蘭陵蕭該者，鄱陽王恢之孫也。開皇初，賜爵山陰縣公，拜國子博士。撰《漢書》及《文選音義》，咸爲當時所貴。《北史·儒林傳》同。鄱陽王恢，即梁武帝之弟。是該即昭明從父兄弟之子。而《文選》注以該爲最先，亦可謂蕭氏家學矣。惜其書今不傳，不如《漢書音義》猶得見大要也。《文選》學開始之功，自推曹憲。從憲受學者，李善外有魏模、公孫羅、許淹等。《舊唐書·儒林傳》曰：曹憲，揚州江都人也。仕隋爲祕書學士。每聚徒講授，諸生數百人。公卿已下，亦多從之受業。貞觀中，揚州長史李襲譽表薦之，太宗徵爲弘文館學士，以年老不仕。乃遣使就家拜朝散大夫，年一百五歲卒。所撰《文選音義》，甚爲當時所重。初，江淮間爲《文選》學者，本之於憲。又有許淹、李善、公孫羅，復相繼以《文選》教授，由是其學大興於代。《新書·儒學傳》亦載之。而《藝文志》曹憲《音義》卷亡，則其書久佚。新、舊《志》雖載有公孫羅、許淹所注《文選》卷數，後亦不傳。王生重民謂上虞羅氏所印日本金澤文庫

《文選集注》殘本所引之《音決》卽公孫羅撰，是也。又許淹嘗爲僧。《舊志》稱釋道流，「流」卽「淹」字之誤也。集《文選》學大成者，惟李善獨擅其名。然唐代亦時有議之者。開元六年，工部侍郎呂延祚《進五臣集註〈文選〉表》略曰：昭明太子所撰《文選》三十卷，非夫幽識莫能洞究。往有李善，時謂宿儒，推而傳之，成六十卷。忽發章句，是徵載籍，述作之由，何嘗措翰。使復精覈注引，則陷於末學，質訪指趣，則巋然舊文。祇謂攪心，胡爲析理。臣懲其若是志爲訓釋。乃求得衢州常山縣尉臣呂延濟、都水使者劉承祖男臣良、處士臣張銑、臣呂向、臣李周翰等，相與三復，乃詞周知祕旨，記其所善，名曰集注，并具字音，復爲三十卷云云。又見《新唐書·藝文志》及《文藝傳》，卽所謂五臣注也。北宋以後，或合五臣與善注爲一書，仍從善注本六十卷，名曰六臣注。已見陳振孫《直齋書録解題》。然五臣謭陋，安能與李善並稱。李匡乂《資暇集》、丘光庭《兼明書》、蘇軾《東坡集》、唐庚《子西文録》、洪邁《容齋隨筆》，又《四筆》，姚寬《西溪叢語》皆論之詳矣。又《玉海》卷五十四引《集賢注記》曰：開元十九年三月，蕭嵩奏：王智明、李元成、陳居注《文選》。先是，馮光震奉敕入院校《文選》，上疏以李善舊注不精，請改注，從之。光震自注得數卷。嵩以先代舊業，欲就其功，奏智明等助之。明年五月，令智明、元成、陸善經，專注《文選》，事竟不就。據此則馮、蕭請改李注，與呂延祚所見殆同。其書未就，固難知其優絀。然《太平御覽·菜部五》引《唐新語》曰：開元中，中書令蕭嵩，以《文選》是先代舊業，欲注釋之，奏請左補闕王智明，金吾衛佐李元成，進士陳居等注《文選》。先是，東宮衛佐馮光進入院校《文選》，兼復注釋，解「蹲鴟」云：「今之芋子，即是著毛蘿蔔。」院中學士向外說之。蕭嵩聞之，拊掌大笑。案：光進當即光震，或有一誤。然如此輩之陋，竟上疏論李注不精，亦可謂「蚍蜉撼大樹」矣。又《文選集注》殘本引有陸善經注，豈其奉敕所注未成者，抑別爲私撰，亦不可考。尋繹其注，實未見佳處。使王、李、陸等注成，其於五臣注未知何如，然決非善注匹也。又案：《舊唐書·高宗本紀》曰：永徽七年正月壬申，改元爲顯慶。當顯慶三年，正高宗在位之十年。《唐六典》卷二曰：從九品上，曰文林郎。又曰：凡任官階卑而擬高，則曰「守」。階高而擬卑，則曰「行」。卷二十八曰：太子左右內率府之職，掌東宮千牛備身侍奉之事，而主其兵杖。録事參軍事各一人，正九品上，掌印兼勾簿書及其勳階，考課稽失。案《六典》不載崇賢館，而卷八門下省，弘文館學士下注曰：故事：五品已上，稱爲學士。六品已下，爲直學士。《唐會要》卷六十四曰：顯慶元年，皇太子弘請於崇賢館置學士，并置生徒，詔許之。始置二十員。至上元二年，改崇賢館爲崇文館。又案：李善新、舊《書》皆不載其字，後人或因其官崇賢館直學士，稱爲李崇賢。而《湖北通志》、《江夏縣志》載李善字次孫。方志所言，多不足據。吾友邵次公瑞彭曰：此誤以《後漢書·獨行傳》李善之字加於唐之李善也。可謂一語破的矣。

臣善言：竊以道光九野，縟景緯以照臨。

《易·益·彖傳》曰：其道大光。《呂氏春秋·有始篇》曰：天有九野，中央曰鈞天，東方曰蒼天，東北曰變天，北方曰玄天，西北曰幽天，西方曰顥天，西南曰朱天，南方曰炎天，東南曰陽天。《淮南子·

天文篇》同。《開元占經》卷三引《尚書考靈耀》、《楚辭·天問》王逸注、《廣雅·釋天》作東方皞天，南方赤天，西方成天，餘並同。《太玄·玄數篇》曰：九天，一爲中天，二爲羨天，三爲從天，四爲更天，五爲晬天，六爲廓天，七爲減天，八爲沈天，九爲成天。又不同。《漢書·王莽傳》顏注曰：緷，繁也。本書王元長《三月三日曲水詩序》曰：揆景緯以裁基。注曰：景，日也。緯，星也。《詩·日月》曰：照臨下土。《左傳·莊二十二年》曰：照之以天光。

德載八埏，麗山川以錯峙。

《易·坤·彖傳》曰：坤厚載物，德合無疆。本書《封禪文》曰：下泝八埏。李注引孟康曰：埏若瓮埏，地之八際也。《漢書·司馬相如傳》顏注曰：《淮南子》作「八㚒」。案：今《淮南·墬形篇》作「八殥」。《易·離·彖傳》曰：百穀草木麗乎土。《周禮·小司寇》鄭注曰：麗，附也。本書《射雉賦》徐爰注曰：峙，立也。

垂象之文斯著，含章之義聿宣。

《易·繫辭傳》上曰：天垂象。《坤·六三》曰：含章可貞。

恊人靈以取則，基化成而自遠。

「恊」、「協」字通。《書·僞太誓上》曰：惟人萬物之靈。本書《文賦序》曰：取則不遠。《易·恆·彖傳》曰：聖人久於其道，而天下化成。○以上人文與天文、地文并著。

故羲繩之前，飛葛天之浩唱。

《易·繫辭傳》下曰：古者，庖犧氏之王天下也，作結繩而爲罔罟。餘見昭明《序》注。張景陽《七命》曰：解羲皇之繩。《呂氏春秋·古樂篇》曰：昔葛天氏之樂，三人操牛尾，投足以歌八闋。高注曰：葛天氏，古帝名。餘見本書《上林賦》注。又《九歌·少司命》曰：臨風怳兮浩歌。

媧簧之後，掞叢雲之奥詞。

《禮記·明堂位》曰：女媧之笙簧。鄭注引《世本·作篇》曰：女媧作笙簧。《漢書·禮樂志》注引晉灼曰：「掞」，卽光炎字也。《太平御覽·天部》引《尚書大傳》曰：舜爲賓客，禹爲主人，百工相和而歌《卿雲》，于時八風循通，卿雲藂藂。注曰：言和氣應也。「藂」或作「蔟」。案：「藂」、「叢」字同。

步驟分途，星躔殊建。

《後漢書·曹襃傳》：元和二年，下詔曰：三五步驟。李賢注引《孝經鉤命決》曰：三皇步，五帝驟，三王馳。《方言》十二曰：日運爲躔。《漢書·律曆志》顔注曰：躔，舍也。《公羊傳·隱元年》何注曰：夏以斗建寅之月爲正。殷以斗建丑之月爲正。周以斗建子之月爲正。《禮記·月令》：孟春之月，日在營室。鄭注曰：日月之行，一歲十二會。聖王因其會而分之，以爲大數焉。觀斗所建，命其四時。此云孟春者，日月會於諏訾，而斗建寅之辰也。案：《月令》據夏正，建寅。故正月日在營室。推之殷正建丑，則日在婺女，周正建子，則日在斗。然恆星東移，古今日躔有異，此不過言其大略耳。

球鍾愈暢，舞詠方滋。

《書·益稷》僞孔傳曰：球，玉磬。又曰：鏞，大鍾。案：「鍾」乃「鐘」之通借字。《禮記·樂記》曰：歌，詠其聲也。舞，動其容也。

楚國詞人，御蘭芬於絶代。

《史記·屈原傳》曰：屈原者，名平，楚之同姓也。憂愁幽思，而作《離騷》。本書《離騷》曰：紉秋蘭以爲佩。

漢朝才子，綜鞶帨於遥年。

楊子《法言·寡見篇》曰：今之學也，非獨爲之華藻也，又從而繡其鞶帨。

虚玄流正始之音，氣質馳建安之體。

《世説新語·賞譽篇》曰：王敦爲大將軍，鎮豫章。衛玠避亂，從洛投敦，相見欣然，談話彌日。于時謝鯤爲長史，敦謂鯤曰：「不意永嘉之中，復聞正始之音。」劉孝標注引《玠别傳》曰：敦謂僚屬曰：「昔王輔嗣吐金聲於中朝，此子今復玉振於江表。微言之緒，絶而復續。不悟永嘉之中，復聞正始之音。」又見《晉書·衛玠傳》。又《王衍傳》曰：魏正始中，何晏、王弼等，祖述老莊，立論以爲：天地萬物，皆以無爲爲本。無也者，開物成務，無往不存者也。《文心雕龍·明詩篇》曰：正始明道，詩雜仙心。何晏之徒，率多浮淺。《魏志·三少帝紀》曰：齊王芳即皇帝位。詔曰：以建寅之月，爲正始元年正月。本書沈休文《宋書·謝靈運傳論》曰：至于建安，曹氏基命。子建、仲宣以氣質爲體。邢邵《廣平王碑文》曰：方見建安之體，復聞正始之音。《後漢書·獻帝紀》曰：改元建安。

長離北度，騰雅詠於圭陰。

本書《潘安仁爲賈謐作贈陸機詩》曰：婉婉長離，凌江而翔。長離云誰，咨爾陸生。注曰：長離，喻機也。《漢書》曰：長麗前掞光耀明。臣瓚曰：長離，靈鳥也。「離」與「麗」古字通。步瀛案：李引《漢書》見《禮樂志》。北度，謂陸機度江入洛陽也。《周禮》大司徒之職：以土圭之灋，測土深，正日景，以求地中。日南則景短多暑，日北則景長多寒，日東則景夕多風，日西則景朝多陰。日至之景，尺有五寸，謂之地中。鄭司農曰：土圭之長，尺有五寸。以夏至之日，立八尺之表，其景適與土圭等，謂之地中。今潁川陽城地爲然。案：據先鄭此注，漢潁川郡陽城縣正當地中。陽城爲今河南登封縣，地在洛陽東南一百二十里。則洛陽在其西，與日西則景朝多陰之義合。故云圭陰也。

化龍東鶩，煽風流於江左。

《藝文類聚·帝王部》引《晉陽秋》曰：太安中，童謡曰：「五馬浮渡江，一馬化爲龍。」永嘉大亂，王室淪覆，唯琅琊、西陽、汝南、南頓、彭城五王獲濟。至是中宗登祚。又見《晉書·元帝紀》。《宋書·謝靈運傳論》曰：在晉中興，玄風獨扇，爲學窮於柱下，博物止乎七篇。馳騁文辭，義殫乎此。《文心雕龍·明詩篇》曰：江左篇製，溺於玄風。嗤笑徇務之志，崇盛忘機之談。宋初文詠，體有因革。莊老告退，而山水方滋。○以上古今文章之變遷。

爰逮有梁，宏材彌劭。

《梁書·武帝本紀》曰：中興二年三月丙辰，齊帝禪位於梁王。天監元年夏四月丙寅，高祖卽皇帝位。《晉書·郭璞傳贊》曰：夙振宏材。《爾雅·釋詁》曰：劭，勉也。

昭明太子業膺守器，譽貞問寢。

《易・序卦傳》曰：主器者，莫若長子。《禮記・文王世子》曰：文王之爲世子，朝於王季，日三。雞初鳴而衣服至於寢門外，問内豎之御者曰：今日安否，何如。

居肅成而講藝，開博望以招賢。

《三國志・魏志・文帝紀》裴注引王沈《魏書》曰：帝初在東宮，集諸儒於肅城門内，講論大義，侃侃無倦。《太平御覽・皇王部》引「肅城」作「肅成」。《漢書・武五子傳》曰：戾太子據，元狩元年立爲皇太子，及冠，就宮，上爲立博望苑，使通賓客。案：《梁書・昭明太子傳》曰：引納才學之士，賞愛無倦。恆自討論篇籍，或與學士商榷古今。間則繼以文章著述，率以爲常。于時，東宮有書幾三萬卷，名才並集，晉宋以來，未之有也。

搴中葉之詞林，酌前修之筆海。

《離騷》王逸注曰：搴，取也。中葉、詞林並見昭明《序》注。又本書《蜀都賦》曰：當中葉而擅名。此文中葉，指周秦以來，對上古而言。《離騷》曰：謇吾法夫前脩兮。王注曰：上法前世遠賢。案：「脩」、「修」字通用。《論衡・亂龍篇》曰：劉子駿漢朝智囊，筆墨淵海。

周巡緜嶠，品盈尺之珍。楚望長瀾，搜徑寸之寶。

此四句以品珠玉喻選文也。《穆天子傳》卷一曰：乃至于崑崙之丘，以觀春山之瑤。本書陸士衡樂府《飲馬長城窟行》注曰：緜，遠也。案：此依六臣本。《爾雅・釋山》曰：山鋭而高，嶠。《釋文》曰：嶠，渠驕反。郭又音驕。《字林》作「嶠」。云：山鋭而長也。巨照反。《尹文子・大道》上曰：魏田父有耕于野者，得寶玉，徑尺。本書《西都賦》注亦引之。《淮南子・覽冥篇》高注曰：隋侯，漢東之國，姬姓諸侯也。隋侯見大蛇傷斷，以藥傅之。後蛇于江中銜大珠以報之，因曰隋侯之珠。蓋明月珠也。《西都賦》注亦引之。又《搜神記》卷二十曰：隋縣溠水側有斷蛇丘，隋侯出行，見大蛇被傷中斷，使人以藥封之，蛇乃能走。歲餘，蛇銜明珠以報之。珠盈徑寸，純白而夜有光明如月之照，可以燭室。故謂之隋侯珠，亦曰靈蛇珠，又曰明月珠。案：「隋」字當作「隨」，説見後。隨，漢東之國，與楚鄰，後入于楚。長瀾，指江漢也。《管子・揆度篇》曰：南貴江漢之珠。《史記・封禪書》曰：齊桓公曰：南伐至召陵，登熊耳山，以望江漢。《爾雅・釋水》曰：大波爲瀾。

故撰斯一集，名曰《文選》。後進英髦，咸資準的。

《爾雅・釋言》曰：髦，俊也。本書《辨命論》曰：英髦秀達。《淮南子・兵略篇》許注曰：的，射準也。○

以上昭明之撰《文選》。

伏惟陛下經緯成德，文思垂風。

蔡邕《獨斷》曰：天子正號曰皇帝，自稱曰朕，臣民稱之曰陛下。陛下者，陛，階也，所由升堂也。天子必有近臣，執兵陳於陛側，以戒不虞。謂之陛下者，羣臣與天子言，不敢指斥，故呼在陛下者而告之。因卑達尊之意也。上書亦如之。《左傳・昭二十八年》成鱄曰：經緯天地曰文。《書・堯典》曰：欽明文思安安。

則夫居尊，耀三辰之珠璧。

古鈔「耀」作「曜」。○《論語·泰伯篇》：子曰：唯天爲大，唯堯則之。《儀禮·喪服》傳曰：君，至尊也。《左傳·桓二年》曰：三辰旂旗。杜注曰：三辰，日、月、星也。《漢書·律曆志》曰：日月如合璧，五珠如連珠。

希聲應物，宣六代之雲英。

《老子》曰：大音希聲。《周禮·春官·大司樂》曰：以樂舞教國子，舞雲門、大卷、大咸、大磬、大夏、大濩、大武。鄭注曰：此周所存六代之樂。黄帝曰雲門。大卷、大咸、咸池、堯樂也。大磬，舜樂也。大夏，禹樂也。大濩，湯樂也。大武，武王樂也。賈疏引《樂緯》曰：帝嚳之樂曰六英。《漢書·禮樂志》曰：帝嚳作五英。《白虎通義·禮樂篇》、《風俗通義·聲音篇》、《御覽·樂部》引《樂緯》皆作「五英」。《廣雅·釋樂》作「五韺」。

孰可撮壤崇山，導涓宗海。

本書李斯《上書》曰：太山不讓土壤，故能成其大。河海不擇細流，故能就其深。《禮記·中庸》曰：今夫地一撮土之多。《説文》曰：涓，小流也。《書·禹貢》曰：江漢朝宗于海。○以上稱頌高宗。

臣蓬衡蕞品，樗散陋姿。

《禮記·儒行》曰：蓬户甕牖。《詩·衡門》毛傳曰：衡門，横木爲門，言淺陋也。《左傳·昭七年》杜注曰：蕞，小貌。《莊子·逍遥遊篇》曰：惠子謂莊子曰：「吾有大樹，人謂之樗。其大本擁腫而不中繩墨，其小枝卷曲而不中規矩。立之塗，匠者不顧。」又《人間世篇》曰：匠石之齊，至乎曲轅，見櫟社樹，其大蔽牛，絜之百圍。匠伯不顧，曰：「散木也，以爲舟則沈，以爲棺槨則速腐，以爲器則速毁，以爲門户則液樠，以爲柱則蠹，是不材之木也。」匠石歸，櫟社見夢曰：「而幾死之散人，又惡知散木。」

汾河委筴，夙非成誦。

「筴」、「策」字通。實「册」之借字。《漢書·張安世傳》曰：上行幸河東，嘗亡書三篋。詔問莫能知，唯安世識之，具作其事。後購求得書，以相校，無所遺失。步瀛案：《武帝紀》元鼎四年十一月，立后土祠于汾陰脽上。此後元封四年、六年，太初二年，天漢元年，皆幸河東，祠后土。三篋書亡，《安世傳》未明言爲何年。然幸河東爲祠汾陰后土，故此文汾河連言。本書漢武帝《秋風辭》曰：泛樓船兮濟汾河。乃元鼎四年幸河東祠后土作。可見幸河東必濟汾河。何氏焯以爲汾河代河東，恐未是。又本書楊德祖《答臨淄侯牋》曰：若成誦在心，借書於手。

崇山墜簡，未議澄心。

古鈔「崇」作「嵩」。○本書任彦昇《爲蕭揚州薦士表》曰：竹書無落簡之謬。注引張騭《文士傳》曰：人有嵩山下得竹簡一枚，兩行科斗書，人莫能識。張華以問束晳。晳曰：此明帝顯節陵策文。驗校果然。朝廷士庶皆服其博識。又見《晉書·束晳傳》。各本「嵩」作「崇」者，以「崇」「嵩」本同字。《説文新附》嵩字曰：中岳嵩高山也。韋昭《國語注》云：古通用「崇」字，即其證。張雲璈、許巽行所考，皆是。何焯據《舜典》僞孔傳，言崇山南裔，而大酉、小酉二山在武陵郡，亦南裔。故以崇山代之。其説甚謬。姚鼐《惜抱軒筆記》已駁之矣。本書《文賦》曰：罄澄心以凝思。

握玩斯文，載移涼燠。

本書陳孔璋《爲曹洪與魏文帝書》曰：讀之喜笑，把玩無猒。《南齊書·樂志》謝朓《雩祭歌辭》歌黃帝曰：涼燠資成化。

有欣永日，實昧通津。

古鈔「欣」作「俽」。○《詩·山有樞》曰：且以喜樂。且以永日。王凝之《蘭亭詩》曰：逍遥暎通津。《論語·微子篇》《集解》引鄭玄曰：津，濟渡處也。案：此謙言，雖喜其書可永朝夕，而實昧其從濟之路。

故勉十舍之勞，寄三餘之暇。

古鈔「暇」作「假」。○《淮南子·齊俗篇》曰：夫麒驥千里一日而通，駑馬十舍旬亦及之。《魏志·王肅傳》裴注引《魏略》曰：董遇言：讀書百遍，而義自見。從學者云：苦渴無日。遇言當以三餘。或問三餘之意，遇言：冬者，歲之餘。夜者，日之餘。陰雨者，時之餘也。本書任彦昇《天監三年策秀才文》注亦引之。「夜」下有「與陰」二字。「雨」上無「陰」字，未知孰是。

弋釣書部，願言注緝，合成六十卷。

本書嵇叔夜《與山巨源絶交書》曰：弋釣草野。案：此弋釣，喻獲取也。《隋書·經籍志》曰：班固、傅毅並依《七略》而爲書部。《詩·伯兮》曰：願言思伯。○以上作注。

殺青甫就，輕用上聞。

《後漢書・吴祐傳》曰：父恢，欲殺青簡以寫經書。李賢注曰：殺青者，以火炙簡令汗，取其青易書，復不蠹，謂之殺青，亦謂汗簡。義見劉向《别録》。案：《初學記・果木部》、《太平御覽・文部》引《風俗通義》，亦據劉向《别録》爲説。

享帚自珍，緘石知謬。

本書魏文帝《典論・論文》曰：里語曰：家有弊帚，享之千金。注引《東觀漢記》光武《讓吴漢詔》有此二語。又《百一詩》注引《闕子》曰：宋之愚人，得燕石於梧臺之側，藏之以爲大寶。周客聞而觀焉。主人齋七日，端冕玄服，以發寶。革匱十重，巾十襲。客見，俛而掩口，盧胡而笑曰：「此特燕石也，其與瓦甓不殊。」主人大怒，曰：「商賈之言，醫匠之心。」藏之愈固，守之彌謹。《水經・淄水注》謂古梧宫之臺東，卽《闕子》所謂宋愚人得燕石處。故馬國翰《玉函山房輯佚書》據以輯入《闕子》。謂《太平御覽》卷五十一誤作《闞子》。然此注及《藝文類聚・地部》引亦作《闞子》，非誤也。

敢有塵於廣内，庶無遺於小説。

《莊子・逍遥遊篇》《釋文》曰：塵垢，猶染汙也。梁簡文帝《上昭明太子集别傳表》曰：請備之延閣，藏之廣内。《法言・學行篇》曰：仰聖人而知衆説之小也。又《漢書・藝文志》有小説家。

謹詣闕奉進，伏願鴻慈，曲垂照覽。謹言。

以上上表。

顯慶三年九月日上表。

古鈔作「顯慶三年九月十七日，文林郎、守太子右内率府録事參軍事、崇賢館直學士臣李善上注表」三十六字，另行列後。

文選李注義疏卷一

賦甲

【注】賦甲者，舊題甲、乙所以紀卷先後。今卷既改，故甲乙並除。存其首題，以明舊式。

【疏】《漢書・藝文志》曰：傳曰：不歌而誦謂之賦。登高能賦，可以爲大夫。春秋之後，周道寖壞，聘問歌詠不行於列國，學詩之士逸在布衣，而賢人失志之賦作矣。大儒孫卿及楚臣屈原，離讒憂國，皆作賦以風，咸有惻隱古詩之義。其後宋玉、唐勒，漢興，枚乘、司馬相如，下及楊子雲，競爲侈麗閎衍之詞，没其風諭之義。摯虞《文章流别論》曰：賦者，敷陳之稱，古詩之流也。古之作詩者，發乎情，止乎禮義。情之發，因辭以形之。禮義之旨，須事以明之。故有賦焉。所以假象盡辭，敷陳其志。前世爲賦者，有孫卿、屈原，尚頗有古詩之義，至宋玉則多淫浮之病矣。《楚辭》之賦，賦之善者也。故楊子稱，賦莫深于《離騷》。賈誼之作，則屈原儔也。古詩之賦，以情義爲主，以事類爲佐。今之賦，以事形爲本，以義正爲助。情義爲主，則言省而文有例矣。事形爲本，則言當而辭無常矣。文之煩省，辭之險易，蓋由于此。夫假象過大，則與類相遠。逸辭過壯，則與事相違。辯言過理，則與事相失。麗靡過美，則與情相悖。此四過者，所以背大體而害政教，是以司馬遷割相如之浮説，楊雄疾辭人之賦麗以淫也。案：此見《藝文類聚・雜文部》三及《太平御覽・文部》一引。今依嚴可均輯《全晉文》合綴爲一。《文心雕龍・詮賦篇》曰：賦者，鋪也。鋪采摛文，體物寫志也。昔邵公稱公卿獻詩，師箴、瞽賦。傳云：登高能賦，可爲大夫。《詩序》則同義，傳説則異體。總其歸塗，實相枝幹。故劉向明不歌而頌，班固稱古詩之流也。至如鄭莊之賦「大隧」，士蔿之賦「狐裘」，雖合賦體，明而未融。及靈均唱《騷》，始廣聲貌。然則賦也者，受命於詩人，而拓宇於《楚辭》者也。於是荀況《禮》、《智》，宋玉《風》、《釣》，爰錫名號，與詩畫境。六義附庸，蔚成大國。述主客以首引，極形貌以窮文。斯蓋别詩之原始，命賦之厥初也。案：今本「師箴」下脱「瞽」字。今依《御覽・文部》三引增。

京都上

班孟堅兩都賦二首

【疏】古鈔本有「並序」二字。案：此下原注云：自光武至和帝都洛陽，西京父老有怨。班固恐帝去洛陽，故上此詞以諫，和帝大悦也。胡克家《文選考異》曰：何屺瞻焯校曰：案《後漢書・班固傳》，則《兩都賦》明帝世所上。注和帝，誤。陳少章景雲校曰：賦作於明帝之世，注中「故上此詞以諫，和帝大悦」語，未詳所據。今案：此一節非善注也。善下引《後漢書》：顯宗時，除蘭臺令史。遷爲郎，乃上《兩都賦》。不得有此注甚明。卽五臣銑注，亦言明帝云云。然則並非五臣注也。且此是卷首所列子目，其下本不應有注，決是後來竄入。步瀛案：胡氏説是。許巽行《文選筆記》亦斥此注爲後人妄加。葉刻海録軒本，移此注於《兩都賦序》下，亦非是。今削去。又案：古鈔本及毛氏汲古閣本此後有「張平子《西京賦》一首」七字一行，皆《京都上》子目也。疑昭明原本分卷子目當如此。李氏各卷既析爲二，則各卷自爲子目，亦無不可。而諸本以卷二、卷三、卷六、每卷祇賦一篇，故無子目。而卷五《吴都賦》亦祇一篇，則又有子目。蓋後人傳寫，以意增削，遂致參錯。今姑仍之，而附誌於此。

兩都賦序

班孟堅

【注】范曄《後漢書》曰：班固字孟堅，北地人也。年九歲，能屬文，長遂博貫載籍。顯宗時，除蘭臺令史，遷爲郎，乃上《兩都賦》。大將軍竇憲出征匈奴，以固爲中護軍。憲敗，固坐免官，遂死獄中。

【疏】范書《班固傳》無「北地人也」四字。梁章鉅《文選旁證》謂《後漢書》以班彪爲扶風安陵人，固附父彪傳，則固傳無此四字是也。許巽行亦謂四字爲後人妄增，皆未詳考。姚鼐《惜抱軒筆記》八曰：《漢書·敘傳》言：班壹避地於樓煩，壹子儒，儒子長，長子回。回生況，女爲倢伃，徙昌陵。昌陵罷，大臣名家皆占數於長安。然則班氏本籍樓煩，而卒居長安。今《後漢書·班彪傳》以爲扶風安陵人，《文選》注引范書，乃曰班固北地人，《班超傳》又云扶風平陵人，何互異若此？據《北征賦》「朝發軔於長都」，是班氏固長安人。又云「過泥陽而太息，悲祖廟之不修」，泥陽屬北地，則其祖固北地人。

《文選》注所引，或他人之《後漢書》，校者誤增范名耳。李詳《選學拾瀋》曰：本書《北征賦》「紛吾去此舊都兮」，注：舊都，北地郡也。又「過泥陽而太息，悲祖廟之不修」，注：《漢書》北地郡有泥陽縣。班壹始皇之末，避地樓煩，故泥陽有班氏之廟。叔皮自詠，理無乖舛。善引《後漢書》，疑是別本。步瀛案：姚、李說是。但李云別本，當即他人《後漢書》。若《范書》別本，則《彪傳》異文，不在《固傳》矣。

或曰：賦者，古詩之流也。

【注】《毛詩序》曰：詩有六義焉，二曰賦。故賦爲古詩之流也。諸引文證，皆舉先以明後，以示作者必有所祖述也。他皆類此。

【疏】《毛詩序》見本書卷四十五。陸德明《釋文》曰：舊説云「后妃之德也」至「用之邦國焉」，名《關雎序》，謂之《小序》。自「風，風也」訖末，名爲《大序》。則本注所引皆在《大序》中。然《釋文》又曰：今謂此序止是《關雎》之序，總是詩之綱領，無大小之異。○「諸引文證」以下，李氏自述注例也。張雲璈《選學膠言》有注例説，錢泰吉《曝書雜記》有《文選注義例》，所輯皆未備。步瀛嘗爲訂補，具《別録》中，今不復述。

昔成康没而頌聲寢，王澤竭而詩不作。

【注】言周道既微，雅頌並廢也。《史記》曰：周武王太子誦立，是爲成王。成王太子釗立，是爲康王。《毛詩序》曰：頌者，以其成功，告於神明者也。《樂稽耀嘉》曰：仁義所生爲王。《毛詩序》曰：止乎

禮義，先王之澤也。然則作詩稟乎先王之澤，故王澤竭而詩不作。作，興也。《孟子》曰：王者之跡息而詩亡。

【疏】《史記》見《周本紀》。○鄭玄《詩譜序》曰：成王、周公致太平，制禮作樂，而有頌聲興焉。《公羊傳・宣十五年》何注曰：頌聲者，太平歌頌之聲。李周翰曰：寢，息也。○《稽耀嘉》，樂緯名。《隋書・經籍志》有《樂緯》三卷，宋均注。不別出《稽耀嘉》、《動聲儀》、《叶圖徵》等名。《周書・謚法篇》曰：仁義所在曰王。《白虎通義・號篇》曰：仁義合者稱王。《公羊傳・成八年》何注同。《通義》又引《禮記・謚法》曰：仁義所生稱王。《初學記・帝王部》引樊文深《七經義綱》曰：孔子曰：德合仁義者稱王。並與《稽耀嘉》義合。○然則作詩云云，此李氏明以《詩序》反證「王澤竭，詩不作」之意。張雲璈曰：李注稱然則，必單用「然」字，此通注中悉如此。其有「則」字者，後人誤增也。下注又云「然則成功在西」。胡克家亦謂「則」字不當有。各本皆衍。○《書序》曰：作《汨作》。僞孔傳曰：作，興也。○《孟子》見《離婁下》。今《孟子》「跡」作「迹」，「息」作「熄」。本書毛本亦作「迹」。

大漢初定，日不暇給。

【注】《漢書》曰：高祖姓劉氏，立爲漢王，滅項羽，卽皇帝位。荀悦曰：諱邦，字季。《史記》曰：雖受命，而日有不暇給也。

【疏】《漢書》見《高帝紀》。○荀悦云云，見《漢紀》卷一。《漢書・高紀》顔注亦引之。○《史記》見《封禪書》。案：唐人引書，往往於最後句末加「也」字，不泥原書有無。此注「給」下「也」字卽其例。又案：《史記·儒林傳》曰：叔孫通作漢禮儀，因爲太常。諸生弟子共定者，咸爲選首。於是喟然歎興於學。然尚有干戈，平定四海，亦未暇遑庠序之事也。《漢書·高紀》曰：雖日不暇給，規摹弘遠矣。○以上周衰詩亡，及漢初興，未暇文事。

至於武、宣之世，乃崇禮官，考文章。

【注】《漢書》曰：孝武皇帝，景帝中子。荀悦曰：諱徹。《漢書》曰：孝宣皇帝，武帝曾孫，戾太子孫。荀悦曰：諱詢，字次卿。

【疏】兩引《漢書》，前見《武帝紀》，後見《宣帝紀》。荀悦云云，並見顔注引。

内設金馬、石渠之署，外興樂府恊律之事。

【注】《史記》曰：金馬門者，宦者署門。旁有銅馬，故謂之曰金馬門。《三輔故事》曰：石渠閣，在大祕殿北，以閣祕書。《漢書》曰：武帝定郊祀之禮，乃立樂府，以李延年爲恊律都尉。

【疏】毛本「恊」作「協」，注同。案：《説文》：恊，同心之和也。从心。協，衆之同和也。从十。則「恊律」字當作「協」，然古字多通用。○《史記》，見《滑稽傳》褚先生補。今《史記》「宦者署門」作「宦署門也」。《太平御覽·居處部》十引亦有「者」字。朱珔《文選集釋》曰：王氏應麟《玉海》作《三輔黃圖》語。下云：武帝得大宛馬，以銅鑄象立署門内，因名。《後漢書·馬援傳》則曰：武帝時善相馬者東門京鑄銅馬法獻之。詔立於魯班門外，更名金馬門。《漢書》公孫弘待詔金馬門是也。亦曰金門，與玉堂並稱。見本書《解嘲》。○許巽行曰：《三輔故事》曰：天禄石渠閣，在未央宫大殿北，以藏祕書。注有舛誤。步瀛案：許據《後漢書・班固傳》李賢注。《長安志》引同。《御覽・居處部》十二引無「未央宮」三字。朱珔曰：案：《黄圖》云：未央宮有石渠閣，蕭何所造。礱石爲渠，若今御溝，因爲閣名。《後漢・儒林傳序》言：肅宗親臨稱制，如石渠故事。蓋甘露中，嘗集諸儒講論于此也。步瀛案：《黄圖》又曰：所藏入關所得秦之圖籍，至於成帝，又於此藏祕書焉。《漢書・劉向傳》曰：講論五經於石渠。顔注引《三輔舊事》曰：石渠閣在未央大殿北，以藏祕書。又案：《水經・渭水注》言未央殿東有石渠閣，則在北又偏東也。○張雲璈曰：按：《漢書・禮樂志》，武帝定郊祀之禮，乃立樂府，采詩夜誦，有趙、代、秦、楚之謳。以李延年爲協律都尉，多舉司馬相如等，數十人，造爲詩賦，以合八音之調。作十九章之歌。師古曰：始置之也。樂府之名，蓋起於此。《賦序》以爲武宣之世，與《漢書》合。然鄭夾漈之言曰：樂府在漢初雖有其官，然采詩入樂，自漢武始。似樂府之名，不起於武帝。又按：《漢書・禮樂志》云：高祖樂楚聲，故房中樂楚聲也。孝惠二年，使樂府令夏侯寬備其簫管，更名《安世樂》。足知樂府之立，早在武帝之先矣。步瀛案：鄭夾漈説見《通志・樂略・正聲序論》。

以興廢繼絶，潤色鴻業。

【注】言能發起遺文，以光讚大業也。《論語》：子曰：興滅國，繼絶世。然文雖出彼，而意微殊，不可以文害意，他皆類此。《論語》：子曰：東里子産潤色之。《劇秦美新》曰：制成六經，洪業也。

【疏】前引《論語》見《堯曰篇》，此章無「子曰」字。梁章鉅曰：本書《求爲諸孫置守塚人表》注引同。《逸民傳論》注引「舉逸人」上，亦冠「子曰」二字。按：《公羊傳・宣十七年》注引此節文，《昭三十二年》注及《漢書・律曆志》引上節文，《説苑》《君道》、《敬慎》兩篇引「興滅國，繼絶世，舉逸民」，《漢書・藝文志》引「所重民食」，亦並冠以「孔子曰」。○「然文雖出彼」云云，亦李氏自述注例。○《劇秦美新》見本書卷四十八。胡紹煐《文選箋證》曰：按：依注則正文當作「洪業」。今《劇秦美新》亦作「洪業」。作「鴻」爲五臣本。向注：鴻，大也。可證。步瀛案：「鴻」、「洪」字通。李注引書，遇有其字不同而通用者，則云某與某同。然亦有人所共知，不加申釋者，亦有逕改所引書以就本文者，其例未甚畫一。胡氏謂正文當作「洪」，而作「鴻」者爲五臣本，未知確否。

是以衆庶悦豫，福應尤盛。

【疏】吕向曰：言福祥徵應甚盛。

白麟、赤鴈、芝房、寶鼎之歌，薦於郊廟。

【注】《漢書・武紀》曰：行幸雍，獲白麟，作《白麟之歌》。又曰：行幸東海，獲赤鴈，作《朱鴈之歌》。又曰：甘泉宮内産芝，九莖連葉，作《芝房歌》。又曰：得寶鼎后土祠旁，作《寶鼎之歌》。

【疏】獲白麟，在元狩元年。獲赤鴈，在太始三年。甘泉宮産芝，在元封二年。「作《芝房歌》」亦宜依《武紀》「歌」上有「之」字。得寶鼎在元鼎四年。歌詞並載《禮樂志》。案《史記・封禪書》曰：欒大因樂成侯求見言方，乃拜大爲五利將軍。制詔御史，朕君臨天下二十有八年云云，封大爲樂通侯。其夏六月中，汾陰巫錦爲民祠魏脽后土營旁，見地如鉤狀，掊視得鼎。鼎大，異於衆鼎。文鏤無款識，怪之，言吏。吏告河東太守勝。勝以聞。天子使使驗問巫，得鼎無姦詐，乃以禮祠迎鼎至甘泉。從行上薦之。《漢書·武紀》：元鼎四年夏，封方士欒大爲樂通侯，位上將軍。六月，得寶鼎后土祠旁，作《寶鼎之歌》。與《封禪書》合。《漢書·禮樂志》云：元鼎五年，得鼎汾陰。王先謙《補注》謂「五」當作「四」，是也。而《武紀》又云：元鼎元年，得鼎汾陰水上，則後人所增。《漢紀》亦然。《通鑑考異》曰：按《封禪書》：欒大封樂通侯之歲，其夏六月，得寶鼎后土祠旁。《恩澤侯表》：元鼎四年四月乙巳，欒大封侯。然則得鼎應在四年。蓋《武紀》因今年改元，而誤增此得鼎一事耳。非兩曾得鼎於汾水上也。

神雀、五鳳、甘露、黄龍之瑞，以爲年紀。

【注】《漢書·宣紀》曰：神雀元年。應劭曰：前年神雀集長樂宫，故改年也。又曰：五鳳元年。應劭曰：先者，鳳皇五至，因以改元。又：甘露元年，詔曰：乃者鳳皇至，甘露降，故以名元年。又曰：黄龍元年。應劭曰：先是，黄龍見新豐，因以改元焉。

【疏】《漢書·宣紀》「雀」作「爵」。《漢紀》作「雀」。此當依《漢書》字。注云：「爵」與「雀」同。吴仁傑《兩漢刊誤補遺》卷二曰：《郊祀志》明言，帝幸河東，祠后土，有神爵集，故改元爲神爵。劭乃舉前年長樂宫事，非是。《紀》載改元之詔曰：幸萬歲宫，神爵翔集，其以五年爲神爵元年。按：《黄圖》，萬歲宫在汾陰，正祠后土處也。此詔上文云：神爵仍集，謂二年集雍，三年集泰山，四年集長樂也。又歷敍金芝、奇獸、白虎、威鳳、珍祥之衆，末乃言萬歲宫神爵，則冠元之意，在此不在彼。○《郊祀志》曰：上自幸河東之明年正月，鳳皇集祋祤。後間歲，鳳皇、神爵、甘露降集京師。其冬鳳皇集上林。明年正月，改元曰五鳳。《論衡·指瑞篇》曰：孝宣皇帝之時，鳳皇五至。應劭説似本此。然以《宣紀》考之，亦不甚合。《宣紀》：本始元年五月，鳳皇集膠東。四年五月，鳳皇集北海安丘、淳于。地節二年四月，鳳皇降魯。元康元年三月，詔曰：迺者鳳皇集泰山、陳留。二年三月，以鳳皇、甘露降集，賜天下爵，吏三級，民一級。神爵四年詔曰：迺者鳳皇甘露，降集京師。冬十月，鳳皇十一集杜陵。十二月，鳳皇集上林。是綜改元前計之，實不止五至。至於五鳳之名，殆取五方神鳥之義，見《説文·鳥部》鶠字解，而非取於五至也。○「甘露元年云云」許巽行曰：《漢書》詔在二年，無「故以名元年」五字。步瀛案：此五字蓋李氏語。又案：《宣紀》甘露二年，詔曰：迺者鳳皇甘露降集。「皇」下無「至」字，「降」下有「集」字。○因以改元焉。《宣紀》顔注引「改元」作「冠元」。《郊祀志》於「改元五鳳」下，又曰：明年幸雍，祠五畤。其明年，幸河東，祠后土。後閒歲，改元爲甘露。其夏黃龍見新豐。後閒歲，上郊泰畤。後閒歲，改元爲黃龍。應劭注與《郊祀志》合。顔師古曰：《漢注》云：此年二月，黃龍見廣漢郡，故改年。然則應説非也。見新豐者，於此五載矣。劉攽《兩漢刊誤》曰：案宣帝率四年改元，此自追用五年前黃龍改元爾。若是年黃龍見，史官焉得不書，《漢注》未可據也。吴仁傑亦不從《漢注》之説。

故言語侍從之臣，若司馬相如、虞丘壽王、東方朔、枚皋、王襃、劉向之屬，朝夕論思，日月獻納。

【注】《漢書》曰：司馬相如，字長卿，爲武騎常侍。又曰：虞丘壽王，字子貢，以善格五召待詔，遷爲侍中

中書。又曰：東方朔，字曼倩，上書自稱舉，上偉之，令待詔公車。後拜爲太中大夫，給事中。又曰：枚皐，字少孺，上書北闕，自稱枚乘之子。上得大喜，召入見，待詔，拜爲郎。又曰：王襃，字子淵，上令襃待詔。襃等數從獵，擢爲諫大夫。又曰：劉向，字子政，爲輦郎，遷中壘校尉。

【疏】注引《漢書》見各本傳。○《相如傳》爲武騎常侍，在景帝時。此當引傳中武帝時奏賦及爲郎事。○《壽王傳》「虞丘」作「吾丘」，「子貢」作「子贛」，「侍中中書」作「侍中中郎」。梁章鉅曰：王氏應麟《詩考》引劉芳《義疏》云：「騶虞」或作「吾」。步瀛案：劉芳《詩義疏》，本書《東京賦》李注引之。王氏蓋本此。又《山海經・海内北經》：騶吾，郭注曰：「吾」宜作「虞」。皆「虞」、「吾」字通之證。《書・顧命》：冒貢于非幾。《釋文》曰：「貢」，馬鄭王作「贛」。《書序》：禹任土作貢。《釋文》曰：「貢」字或作「贛」。《禮記・檀弓》、《論語・學而》子貢。《釋文》皆云：本亦作「贛」。《史記》、《漢書・貨殖傳》「子贛」、「子貢」互見，皆「貢」、「贛」字通之證。梁章鉅曰：《漢書・百官公卿表》：中郎，秩比六百石。無「中書」字，各本皆誤。○《朔傳》「自稱舉」作「自稱譽」。注疑傳寫之誤。《漢書・楊惲傳》「稱譽」亦或誤「稱舉」，與此同。○《臯傳》「自稱」作「自陳」，「上得」下有「之」字。○《襃傳》曰：上令襃與張子僑等並待詔，數從襃等放獵，所幸宮館，輒爲歌頌。王念孫校：「放獵」當作「遊獵」。○《向傳》爲中壘校尉，在成帝時。此當引傳中宣帝時拜郎中、給事黄門，遷散騎諫大夫、給事中等職。○呂向曰：論思正道，獻納於上。

而公卿大臣：御史大夫倪寬、太常孔臧、太中大夫董仲舒、宗正劉德、太子太傅蕭望之等，時時間作。

【注】《漢書》曰：倪寬脩《尚書》，以郡選詣博士孔安國，射策爲掌固，遷侍御史。《孔臧集》曰：臧，仲尼之後，少以才博知名，稍遷御史大夫。辭曰：臣代以經學爲家，乞爲太常，專脩家業。武帝遂用之。《漢書》曰：董仲舒以脩《春秋》爲博士，後爲中大夫。又曰：劉德，字路叔，少脩黄老術，武帝謂之千里駒，爲宗正。又曰：蕭望之，字長倩，以射策甲科爲郎，遷太子太傅。

【疏】古鈔本「倪」作「兒」。○《漢書·寬傳》及《公卿表》《藝文志》「倪」作「兒」。《儒林傳》作「倪」，字通。《寬傳》曰：治《尚書》，事歐陽生。注「治」作「脩」者，蓋唐避高宗諱改。下引董仲舒治《春秋》，亦改「脩」，正同。又「掌固」，《寬傳》作「掌故」。張雲璈曰：「固」與「故」通。《周語》：諮於故實。《史記·魯世家》作「固實」。徐廣曰：「固」一作「故」，「掌固」即「掌故」也。衛宏《古文尚書序》：濟南伏生老不能行，遣太常掌固鼂錯往讀之。《鮑明遠集·論國制啟》云：彭城國舊制，猶有數卷，宜令掌故刊而撰之。《唐六典》：尚書有掌固十四人。此注猶作「掌固」。後來刊六臣注者，皆改爲「故」矣。步瀛案：袁本作「故」。茶陵本作「固」。梁章鉅又引《漢書·兩龔傳》顔注云諸司亭長掌固之屬，及《唐六典》掌固十四人爲證。今案：《唐六典》卷一，尚書省掌固下原注曰：《史記》云：郡國有好文學，敬長上，肅政教，順鄉里者，詣太常受業，如博士弟子，課能通一藝已上，補文學掌固。又東方朔云：曾不得掌故，安敢望侍郎乎。掌故主故事也。《史》、《漢》本亦爲此「固」字。《隋令》稱「掌事」，皇朝稱「掌固」，主守掌倉庫及廳事鋪設，職與古殊。《六典》此注，據《史記·儒林傳》及東方朔《答客難》，分漢、唐掌固之職，至爲明晳。然則漢之掌故，主故事，本字當作「故」，而作「固」者，通借字。唐之掌固，與《周禮·夏官》之掌固，職亦不同。然其字自當作「固」也。又案：《寬傳》曰：爲御史大夫。注亦宜引及。《百官公卿表》曰：御史大夫，秦官，位上卿，掌副丞相。又曰：孝武元封元年，左内史兒寬爲御史大夫。○孔臧又見《孔叢子·連叢子·敍書》、《漢書·高惠高后文功臣表》：蓼侯孔聚，六年正月丙午封。三年薨。孝文九年，侯臧嗣。《公卿表》曰：奉常，秦官，掌宗廟禮儀。景帝中六年更名太常。又曰：孝武元朔二年，蓼侯孔臧爲太常。○《仲舒傳》曰：爲江都相，中廢爲中大夫。姚鼐曰：傳不云太中大夫，漏也。步瀛案：《公卿表》曰：大夫掌論議，有太中大夫、中大夫、諫大夫，皆無員，多至數十人。○劉德，向之父也，與向並附《楚元王交傳》。《公卿表》曰：宗正，秦官，掌親屬。又曰：孝昭元鳳三年，青州刺史劉德爲宗正。○《望之傳》曰：代丙吉爲御史大夫，左遷爲太子太傅。《公卿表》曰：太子太傅，古官。○李周翰曰：時時閒作，謂閒作文章。步瀛案：閒，古莧切。《儀禮·燕禮》鄭注曰：閒，代也。○梁章鉅曰：《後漢書》云：固感前世相如、壽王、東方之徒，造搆文辭，終以諷勸。注云：相如作《上林》、《子虛賦》，吾丘壽王作《士大夫論》及《驃騎將軍頌》，東方朔作《客難》及《非有先生論》。其辭並以諷諭爲主。按：《漢書·藝文志》詩賦家有「司馬相如賦」二十九篇，「吾丘壽王賦」十五篇，「枚皋賦」百二十篇，「王褒賦」十六篇，「劉向賦」三十三篇，「兒寬賦」二篇，「太常蓼侯孔臧賦」二十篇，「陽城侯劉德賦」九篇，「蕭望之賦」四篇，恰與此序相證。惟未及董仲舒耳。「仲舒」百二十三篇，列在儒家。步瀛案：儒家更有「吾丘壽王」六篇，「兒寬」九篇，「太常蓼侯孔臧」十篇，不列入詩賦家，故不數。

或以抒下情而通諷諭，

【注】《廣雅》曰：抒，渫也。抒，食與切。諷，方鳳切。《毛詩序》曰：吟詠情性，以諷其上。《楚詞》曰：抒中情而屬詩。

【疏】朱珔曰：渫，即「渫」字。今《廣雅·釋言》作「渫」，與《楚辭·九章》注同。《説文·手部》：抒，挹也。《水部》：浚，抒也。漉，浚也。浚、漉皆與渫義近。「抒」或作攄寫字用。《廣雅》：攄，舒也。《後漢書·殤帝紀》注：抒，舒也。則義亦通。但「抒」爲食與切，無平音。近人多致誤耳。○《毛詩序》「諷」作「風」。《釋文》曰：風，福鳳反。與李注諷音讀同。「風」即「諷」之通借字。○《楚詞》見《哀時命》。

或以宣上德而盡忠孝。

【注】《國語》：泠州鳩曰：「夫律，所以宣布哲人之令德。」

【疏】《周語》「泠」作「伶」。《左傳·昭二十一年》作「泠」。《釋文》：「泠」或作「伶」。步瀛案：「泠」、「伶」字通。原文云：律所以立均出度也。又云：六曰無射，所以宣布哲人之令德。又云：夫六，中之色也。「夫律」二字不連，此以意綴引。

雍容揄揚，著於後嗣，抑亦雅頌之亞也。

【注】《説文》曰：揄，引也。以珠切。孔安國《尚書傳》曰：揚，舉也。《毛詩序》曰：言天下之事，形四方之風，謂之雅。

【疏】五臣本「抑」字下有「國家之遺美」五字。○《説文》，見《手部》。揄，大小徐並音羊朱切。此注云：以珠切。疑唐時《説文》已有繫以音者，非必李氏所音也。○僞孔安國《書傳》見僞《泰誓中》。

故孝成之世，論而録之。

【注】《漢書》曰：孝成皇帝，元帝太子也。荀悦曰：諱驁，字太孫。

【疏】見《成帝紀》及顔注引。

蓋奏御者千有餘篇，而後大漢之文章，炳焉與三代同風。

【注】《蒼頡篇》曰：炳，著明也。彼皿切。《論語》：子曰：三代之所以直道而行。馬融曰：三代，夏、殷、周。

【疏】慧苑《華嚴經音義》下、慧琳《一切經音義》三十二引《蒼頡篇》與此注同。《華嚴音義》上引作「明著也」。《一切經音義》二十二，慧苑《音義》引作「著也，明也」。○《論語》見《衛靈公篇》。《集解》引馬融與此注引同。○《漢書·藝文志》曰：成帝時，詔光禄大夫劉向校經傳諸子詩賦，每一書已，向輒條其篇目，撮其指意，録而奏之。又云：凡詩賦百六家，千三百一十八篇。何焯謂七十八家，一千零四篇，則專計賦家，除去歌詩二十八家，三百一十四篇，故云一千零四篇也。

且夫道有夷隆，學有麤密。

【疏】吕延濟曰：夷，平。隆，盛也。李治《敬齋古今黈》八曰：平非對盛之辭。夷，言陵夷也。步瀛案：玄應《一切經音義》九引賈逵《國語·晉語注》曰：夷，毀也。《後漢書·皇后紀》上注曰：陵夷，猶麤替。《禮記·檀弓》上鄭注曰：隆，盛也。《説文》曰：粗，疏也。案：或以「麤」爲之。《禮記·儒行》鄭注曰：麤，猶疏也。

因時而建德者，不以遠近易則。

【疏】呂延濟曰：言因時立德，不以古今易其法則。

故皋陶歌虞，奚斯頌魯，同見采於孔氏，列于《詩》《書》，其義一也。

【注】《尚書》：皋陶歌曰：元首明哉，股肱良哉，庶事康哉。《韓詩·魯頌》曰：新廟奕奕，奚斯所作。薛君曰：奚斯，魯公子也。言其新廟奕奕然盛，是詩公子奚斯所作也。

【疏】《尚書》見《皋陶謨》，僞古文分入《益稷》。○本書《魯靈光殿賦序》曰：奚斯頌僖，歌其路寢。注與此同。《後漢書·曹褒傳》：褒謂諸生曰：「昔奚斯頌魯。」李賢注曰：《韓詩》曰：新廟奕奕，奚斯所作。薛君傳云：是詩，公子奚斯所作也。亦與本注同。《法言·學行篇》曰：公子奚斯，嘗睎正考父矣。李軌注曰：奚斯，魯僖公之臣也。慕正考父，作《魯頌》。曹子建《承露盤銘序》曰：奚斯頌魯。見《匡謬正俗》卷七引。皆《韓詩》説也。武億《羣經義證》更引諸石刻之文，《度尚碑》、《太尉劉寬碑》、《綏民校尉熊君碑》、《費汎碑》、《楊震碑》、《沛相楊統碑》、《曹全碑》、《張遷表》以證之。王昶《金石萃編》卷十二引《張納碑》皆與《韓詩》合。朱珔曰：孟堅嘗評《詩》四家，獨許魯爲近之。則此説《魯詩》當與《韓詩》同。步瀛案：孟堅評《詩》語，見《藝文志》、《志》多本《七略》，疑評《詩》語亦向、歆舊文。向爲楚元王玄孫，世傳《魯詩》，故獨許魯爲近之。孟堅則世傳《齊詩》。《漢書·敘傳》：固從祖班伯，受

《齊詩》於師丹。故《漢書》多從《齊詩》，詳見陳喬樅《齊詩遺説攷》。由此言之，似此説三家皆同也。《閟宮》毛傳曰：新廟，閔公廟也。有大夫公子奚斯者，作是廟也。鄭箋曰：脩舊曰新。新者，姜嫄廟也。奚斯作者，教護屬功課章程也。孔疏曰：《閔二年・左傳》曰：使公子魚請，不許。哭而往。共仲曰：「奚斯之聲也。」是奚斯爲公子也。蓋名魚而字奚斯。又曰：「『奚斯』與『新廟』連文，故云公子奚斯作是廟。蓋毛、鄭與韓異。顔師古《匡謬正俗》卷七，王觀國《學林》卷一，洪邁《容齋續筆》卷一，羅源《捫蝨新話》卷四，王楙《野客叢書》卷十四，及王昶《金石萃編》卷十二，皆駁奚斯作頌之説。段玉裁所訂《毛詩故訓傳》則改「作是廟」爲「作是詩」，謂毛與韓同。至鄭箋乃始爲異説。陳奂、朱珔皆從之。然實不免矯枉過正。胡紹煐曰：如段説「廟」爲「詩」字之誤，毛與韓不異，善注何不引《毛詩》而引《韓詩》？蓋毛自作「作廟」，韓自作「作詩」，不妨存異同耳。而漢世文人，多從《韓詩》説。時《毛詩》未行故也。步瀛案：胡氏説是。王應麟《困學紀聞》卷三引《法言》謂楊子之言，皆本《韓詩》。時《毛詩》未行也。原注曰：薛漢世習《韓詩》，父子以章句著名。《馮衍傳》注引薛夫子《韓詩章句》即漢也。《後漢書・儒林傳》曰：薛漢字公子，淮陽人也。世習《韓詩》，父子以章句著名。惠棟《九經古義》卷六曰：薛君爲《韓詩章句》，世謂淮陽薛漢撰，而不知爲薛夫子也。薛夫子名方丘，字夫子。廣德曾孫，漢之父也。見《唐書・宰相世系表》。張雲璈曰：按：范蔚宗不著漢父名字，《後漢書》注、《文選》注或引「薛夫子」，或引「薛君」。蓋稱「薛君」者，皆漢，稱「夫子」者，則方丘也。

稽之上古則如彼，考之漢室又如此。

【疏】張銑曰：稽，考也。如彼，謂皋陶。如此，謂相如之輩。

斯事雖細，然先臣之舊式，國家之遺美，不可闕也。

【疏】呂延濟曰：班固自言作賦之事雖細微，然先臣皋陶舊法，國家歌頌遺美，不可闕之。步瀛案：先臣，當指司馬相如諸人，二句皆指漢代言也。濟注非。

臣竊見海内清平，朝廷無事。

【注】蔡邕《獨斷》：或曰：朝廷亦皆依違。尊者所都，連舉朝廷以言之。諸釋義或引後以明前，示臣之任不敢專，他皆類此。

【疏】今《獨斷》卷上，「亦」下無「皆」字。又「尊者」下有「所」字，「舉」上有「連」字。張本、毛本、六臣本同。尤本蓋誤脱，今據補。本書朱叔元《爲幽州牧與彭寵書》注引《獨斷》曰：朝廷者，不敢指斥君，故言朝廷，與今本異。○諸釋義以下，亦自述注例。

京師脩宮室，浚城隍，起苑囿，以備制度。

【注】《公羊傳》曰：京師者，天子之居也。京者何，大也。師者何，衆也。天子之居，必以衆大之辭言也。《説文》曰：城池無水曰隍。《周禮》曰：囿遊之獸。鄭玄曰：囿，今之苑。

【疏】《公羊傳》見桓九年。「言也」，當依《傳》作「言之」。《白虎通義・京師篇》即從《公羊》説。蔡邕《獨斷》卷上曰：天子所都曰京師。京，水也。地下之衆者，莫過於水。地上之衆者，莫過於人。京，大；師，衆也。故曰京師也。案：京水之義，殆傅會不足據。下云京大師衆，亦《公羊》説也。《風俗通義·山澤篇》曰：《爾雅》丘之絶高大者爲京，謂非人力所能成，乃天地性自然也。今京師其義取於此。案：《爾雅·釋丘》曰：絶高爲之京。郭注曰：人力所作。又曰：非人爲之丘。郭曰：地自然也。《説文》曰：京，人所爲絶高丘也。即本《雅》義。應氏謂非人所能成，與《雅》乖矣。吕向曰：京師，洛陽也。浚，深也。〇《説文·𨸏部》曰：隍，城池也。有水曰池。無水曰隍矣。〇《周禮·地官·囿人》曰：掌囿遊之獸禁。注節引。《吕氏春秋·重己篇》高注曰：畜禽獸所。大曰苑，小曰囿。《淮南子·本經篇》高注曰：有牆曰苑，無牆曰囿，所以畜禽獸也。玄應《一切經音義》十二引《三蒼》曰：養牛馬林木曰苑，養禽獸處曰囿。皆可與鄭注相證。

西土耇老，咸懷怨思。冀上之睠顧，而盛稱長安舊制，有陋雒邑之議。

【注】長安在西，故曰西土。《尚書》曰：西土有衆。

【疏】胡克家《考異》曰：袁本、茶陵本「雒」作「洛」。步瀛案：《漢書·地理志》：河南郡，雒陽。顔注曰：魚豢云：漢火行，忌水，故去「洛」水而加隹。如魚氏説，則光武以後改爲「雒」字也。《三國志·魏志·文帝紀》黄初元年，裴注引魚豢《魏略》曰：詔以漢火行也，火忌水，故「洛」去水而加隹。魏於行次爲土，土水之牡也。水得土而乃流，土得水而柔。故除隹加水，變「雒」爲「洛」。《御覽·時序部》二引無「乃」字，「柔」作「軟」。段玉裁《説文·水部》洛字注曰：按雍州，洛水。豫州，雒水。其字分别，自古不紊。《周禮·職方》豫州其川熒雒。雍州其浸渭洛。《逸周書·職方解》、《地理志》引《職方》正同。雒不見於《詩》。《瞻彼洛矣》傳曰：洛，宗周浸水也。此《職方氏》文也。「洛」不見於《左傳》，傳凡

「洛」字皆作「雒」。《淮南·墬形訓》曰：洛出獵山，據高注，謂雍州水也。雒出熊耳，據高注，謂豫州水也。《漢·地理志》弘農上雒下云：《禹貢》雒水出冢領山，東北至鞏入河。豫州川盧氏下云：伊水出熊耳山，東北入雒。黽池下云：穀水出穀陽谷東北，至穀城入雒。新安下云：《禹貢》澗水在東南入雒。河南穀成下云：《禹貢》瀍水出朁亭北，東南入雒。此謂豫州水也。左馮翊懷德下云：洛水東南入渭。北地歸德下云：洛水出北蠻夷中，入河。直路下云：沮水出東南，入洛。此謂雍州水也。已上皆經數千年尚未誤者。後人書豫水作「洛」，其誤起於魏。裴松之引《魏略》曰：黄初元年詔云云。此丕改「雒」爲「洛」，而又妄言漢變「洛」爲「雒」。《周禮》、《春秋》在漢以前，誰改之乎。《尚書》有豫水無雍水，而蔡邕石經殘碑，《多士》作「雒」。鄭注《周禮》引《召誥》作「雒」。是今文、古文《尚書》，皆不作「洛」。鄭蔡斷不擅改經文也。步瀛案：鄭注《周禮》引《召誥》見《天官·序官》。段氏此説至爲精核。《博物志》卷四，亦謂「洛」字去水加隹，《周禮·天官》《釋文》亦謂後漢改「雒」，皆沿《魏略》所載文帝詔也。王觀國《學林》卷六，戴侗《六書故》卷六，皆謂漢字亦從水，未嘗改避，斥魚説爲非。楊慎《升菴外集》卷九十一，舉《左傳》，周嬰《卮林》卷一更舉《周禮》、《山海經》、《史記》諸書，以明「雒」字不起於東漢。然皆不如段説之明確。梁玉繩《史記志疑》卷二，謂古本《周禮》諸書亦作「洛」字。《文選旁證》引姜皋謂諸書豫水不皆作「雒」。然古書通用，往往有之，未能執此以難段氏也。至許巽行謂「雒」字從「佳」，不從「隹」，則又誤信後漢改雒之言，更刱爲異説，實爲悠謬，不足辨也。○《孟子·梁惠王》下趙岐注：釋耆老爲長老。《説文》曰：耆，老也。○《尚書》見僞《泰誓中》。

故臣作《兩都賦》，以極衆人之所眩曜，折以今之法度。

【疏】古鈔「賦」上有「之」字。○劉良曰：言先作《西都賦》，極陳奢麗，後作《東都賦》，盛陳法度以折之。○何焯曰：此賦蓋因杜篤《論都》而作，謂存不忘亡，安不忘危。雖有仁義，猶設城池。蓋以都洛尚非永圖，特以葭萌不柔，未遑論都。國家不忘西都也。故特作後賦，折以法度。前賦兼戒後王勿效西京末造之侈，又包平子《兩京》之旨也。步瀛案：杜篤作《論都賦》見《後漢書·儒林傳》。李賢注謂篤賦取楊子雲《長楊賦》「葭萌」即「遐萌」，謂遠人也。

其詞曰：

【疏】六臣本無「其」字，「詞」作「辭」。

西都賦一首

【疏】尤本無「一首」二字。胡克家曰：當有。《東都賦》下有。袁本、茶陵本無。蓋五臣每題俱無也。又上《兩都賦序》下以《三都賦序》例之，亦當有。又《東京賦》、《南都賦》、《吴都賦》下同。步瀛案：胡氏説是也。古鈔本有此二字，今據增。

有西都賓問於東都主人曰：

【疏】《後漢書·班固傳》李賢注曰：中興都洛陽，故以東都爲主，而謂西都爲賓也。吕延濟曰：假爲賓主以相問答。案：《釋名·釋州國》曰：國城曰都，言國君所居，人所都會也。

蓋聞皇漢之初經營也，嘗有意乎都河洛矣。輟而弗康，寔用西遷，作我上都。主人聞其故而覩其制乎？

【注】《孝經鉤命決》曰：道機合者稱皇。《尚書》曰：厥既得吉卜，乃經營。東都有河南洛陽，故曰河洛也。鄭玄《論語注》曰：輟，止也。張衛切。孔安國《尚書傳》曰：康，安也。《穀梁傳》曰：葬我君桓公。我君，接上下也。

【疏】《班固傳》「寔」作「實」，下同。案：「實」，「寔」之通借字。許巽行曰：「寔」，何校皆改爲「實」，從《後漢書》也。案：《說文》：寔，是也。實，富也。二字不同。此「寔用西遷」，「寔曰長安」，「寔始作京」，皆當訓爲「是」，不當改爲「實」。○李賢曰：皇，大也。高祖五年，婁敬說上都關中，上疑之。左右大臣皆山東人，多勸都洛陽。此爲有意都河洛矣。張良曰：洛陽其中小不過數百里，四面受敵，非用武之國。關中金城千里，天府之國也。於是上卽日西都關中。此爲輟而弗康也。○《孝經鉤命決》，《孝經》緯之一。《隋書・經籍志》有《孝經勾命決》六卷，宋均注。案：本書《宋郊祀歌》注引同。《公羊・成八年傳》何注曰：德合元者稱皇。《初學記・帝王部》引《七經義綱》曰：以化合神者稱皇。並與《鉤命決》義近。《白虎通義・號篇》曰：皇，君也，美也，大也，天人之總，美大之稱也。又曰：號之爲皇者，煌煌人莫違也。○《尚書》見《召誥》。梁章鉅曰：此與《後漢書》注引同。今《書》無「吉」字，「乃」作「則」。步瀛案：《後漢書》注亦作「則」。○《續漢書・郡國志》曰：河南尹，雒陽，周時號成周。河南，周公時所城雒邑也。春秋時謂之王城。《清一統志》曰：河南河南府洛陽故城，在今洛陽縣東北三十里，卽故成周城也。河南故城在洛陽縣西五里，卽故洛邑王城也。步瀛案：後漢都雒陽，在大河之南，雒水之北，故云河雒。「洛」通借字也。《穀梁傳·僖二十八年》曰：水北爲陽。《史記·太史公自序》曰：太史公留滯周南，遷見父於河洛之間。《集解》、徐廣引摯虞曰：古之周南，今之洛陽。是河洛之間，卽指洛陽矣。○《論語》鄭注，何晏《集解》《微子篇》引同。《史記·孔子世家》裴駰《集解》亦引之。《釋文》曰：輟，張劣反。案：衞有乙劣切之音。○《尚書·益稷》僞孔傳以安訓康，後亦屢見之，而無「康，安也」之文。蓋李氏摘其訓以說之耳。後多類此。姚範《援鶉堂筆記》卷三十七曰：按：《周頌》：彼作矣，文王康之。○《穀梁傳》見桓十八年。梁章鉅曰：按：此注不知所釋。又按《春秋·桓十八年》：葬我君桓公。《穀梁傳》葬我君，接上下也。此所引亦脱「葬」字。步瀛案：此注蓋解「我」字之義，言舉國上下，皆可稱國都爲我都也。《穀梁》楊疏曰：我君者，接及舉國上下之辭。李意殆與楊同。然《傳》云：薨稱公，舉上也。范注曰：公，五等之上。又曰：葬我君，舉上下也。范注曰：言我君，舉國上下之辭。鍾文烝《補注》曰：注、疏以「下」爲臣民，非也。《廣雅》曰：接，合也。上下，謂五等爵也。公爲五等之上。君則合上下稱之。如鍾說，則上下謂五等爵之上下，非指君民也。與范、楊說異。○張銑曰：上都西京。李匡乂《資暇集》卷上曰：五臣注何太淺近忽易，必欲加李氏所未注，何不云上都者，君上所都，人所都會耶？況秦地厥田上上，居天下之上乎？梁章鉅曰：《穀梁·僖十六年傳》曰：民所聚曰都。《釋名》曰：國城曰都。此蓋以天子之所居，故曰上都耳。步瀛案：洛陽非天子所居乎？李濟翁秦地厥田上上之說，似爲近之。○洛、都，古音同在魚部。

主人曰：未也。願賓攄懷舊之蓄念，發思古之幽情。博我以皇道，弘我以漢京。

【注】《廣雅》曰：攄，舒也。孔安國《尚書傳》曰：蓄，積也。《論語》：顏淵曰：夫子博我以文。

【疏】《廣雅》，見《釋詁》四。○僞《周官》傳以積訓畜，然亦無「蓄，積也」之文。○《論語》見《子罕篇》。○情，古音在耕部，京，古音在陽部。此通轉爲韵。

賓曰：唯，唯。

【注】《禮記》曰：父召無諾，唯而起。

【疏】《禮記》見《曲禮上》。張雲璈曰：注引《禮記》唯而起。竊謂不然。按唯者，應之速而無疑者也。故單一唯字。如《論語》：曾子曰：唯。是「唯唯」者，將欲有言而暫應之，如范睢之於秦王，是當引《戰國策》。步瀛案：《國策》見《秦策三》。張氏此説亦强爲區別。《史記·趙世家》：簡子曰：諸大夫朝，徒爲唯唯。《漢書·楊敞傳》曰：不知所言，徒唯唯而已。則非盡欲言暫應之詞。○以上借賓主問答起。

漢之西都，在於雍州，寔曰長安。

【注】《漢書》曰：秦地於《禹貢》時跨雍、梁二州。漢興，立都長安。

【疏】《班固傳》「寔」作「實」。○《漢書》，見《地理志》。《尚書·禹貢》《釋文》曰：雍，於用反。《漢書·高帝紀》顔注曰：長安，本秦之鄉名，高祖作都焉。又《地理志》京兆尹長安，原注曰。高帝五年置。《清統志》曰：陝西西安府，長安故城在今長安縣西北。

左據函谷、二崤之阻，表以太華、終南之山。

【注】《戰國策》蘇秦曰：秦東有殽函之固。《鹽鐵論》曰：秦左殽函。《漢書音義》：韋昭曰：函谷關。《左氏傳》曰：崤有二陵。其南陵，夏后皋之墓，其北陵，文王所避風雨也。表，標也。《山海經》曰：華首之山西六十里曰太華之山。《毛詩》曰：終南何有，有條有枚。毛萇曰：終南，周之名山中南也。

【疏】古鈔「阻」作「岨」，通借字。《固傳》「太華」作「泰華」。錢大昕《廿二史攷異》十一曰：蔚宗避父諱，如郭林宗、鄭公業名皆作「太」字。此賦「泰華」、「泰紫」、「泰清」之類必後人所改。○《國策》，見《秦策》一。○《鹽鐵論》，見《險固篇》。○注引韋昭，疑是《陳項列傳贊》引賈生《過秦》「據殽函之固」句注。恐有奪字。本書《過秦論》注引韋昭曰：函，函谷關也。朱珔曰：案：函谷關有二。秦故關在今陝州靈寶縣南，卽漢弘農縣地，有關城在谷中，深險如函，故名。其上有柏林，荀子所謂松柏之塞也。漢新關在今河南新安縣東北。應劭曰：武帝時，樓船將軍楊僕，數有大功，恥爲關外民，上書乞徙東關。於是徙關於新安，去弘農三百里。顧氏祖禹《方輿紀要》云：王莽居攝二年，關東翟義等兵起，遣其黨武讓屯函谷關。東漢初王霸屯函谷關，擊滎陽中牟賊，平之。此新關也。王元説隗囂曰：請以一丸泥東封函谷關。杜篤《論都賦》：關函守嶢。此仍據故關言之。若此賦及《西京賦》所云左有崤函重險，蓋兼新故言之也。至今之潼關，在同州府華陰縣東四十里，或亦稱函谷關。《水經·河水》四篇注云：河在關內，南流，潼激關山，因謂之潼關。歷北出東崤，通謂之函谷關也。邃岸天高，空谷幽深，澗道之峽，車不方軌，號曰天嶮。故《西京賦》曰：巖險周固，襟帶易守。下引王元説隗囂語。全氏祖望曰：《通典》初謂函谷關卽潼關，特徙其地耳。然《通典》於新安縣下云：魏明帝景初元年，河南尹盧延請卻函谷關於崤下，弘農守杜恕議以東徙潼關著郡下，省函谷關。徙蒯闕於盧氏。正始元年，弘農守孟康，請移函谷關更號大崤關，又爲金關。《地理志》曰：是年廢函谷關。然則潼關置於季漢，而函谷關廢於魏之正始。岐公前説，未經刊正，而善長亦同。此誤王元泥封之説，豈指華陰之潼關乎？《紀要》又云：獻帝初平二年，董卓脅帝西幸長安，出函谷關。是時關猶在新安。建安十六年，曹操破馬超於潼關。潼關之名始見於此。是關已在華陰。蓋中閒所更置，而史不之載也。據此諸説，知潼關與古函關非一地。後人乃以舊名名之與？步瀛案：《説文》無「崤」字。蓋古作「殽」，「崤」乃後出字。朱氏引《荀子》松柏之塞，見《彊國篇》。顧祖禹説見《讀史方輿紀要·陝西》一。至「今之潼關云云」，則朱氏語。全祖望説見校《水經·河水注》。其所引《通典》，見《州郡典》三及七。又案：此賦函谷二崤並稱，則當指舊關言。《元和郡縣志》曰：河南道陝州靈寶縣，函谷故城在縣南十里。秦函谷關城，漢弘農縣也。《西征記》曰：函谷關城，路在谷中，深險如函，故以爲名。東自崤山，西至潼津，通名函谷，號曰天險。○《左氏傳》見僖三十二年。「墓」字下當依傳有「也」字。「文王」下當有「之」字。朱珔曰：案：《公羊傳》云：崤之嶔巖。《穀梁傳》云：崤巖岑之下。故崤山一名嶔崟山。即《戰國策》所稱澠隘之塞也。在今河南府永寧縣北六十里，西北接陝州界。永寧爲漢澠池、宜陽二縣地。夏后臯陵在縣北崤山側。《水經注》云：北陵山徑委深，峰阜交蔭，故可避風雨也。漢建安中，曹公西討巴漢，惡南路之險，更開北道，自後行旅多從之。有石銘云：「晉太康三年，弘農太守梁柳脩復舊道太崤以東，西崤以西。」明非一崤也。李吉甫《元和郡縣志》云：自東崤至西崤，長三十五里。東崤長阪數里，峻阜絶澗。西崤純是石阪十二里，險不異東崤。此二崤皆在秦關之東，漢關之西。《輿地廣記》云：二崤山連入硤石界，自古險阨之地也。又或稱三崤者。據《水經注》，有盤崤、石崤、千崤之名。盤崤之山，盤崤水出焉。石崤之山，石崤水出焉。千崤之山，千崤水出焉。其水皆北流入河。而於二陵專屬石崤，則此賦當指東西二崤言之，未必謂石崤一山矣。步瀛案：《國策》見《韓策》一。鮑本移入《魏策》，改「澠」爲「鄳」，然其地不在弘農，蓋沿《淮南·墜形篇》高注之誤也。兩引《水經注》，並見《河水注》。《元和志》，見河南道河南府永寧縣。上文引《西征記》，則此亦《西征記》之文。《御覽·地部》亦引之。此「二崤」云云，則朱氏語也。《輿地廣記》見西京河南府永寧縣。「自古險阨」句亦朱氏語。並注云：峽石在峽州東南五十里。案：河南陝州，卽今陝縣。○《説文》曰：表，上衣也。從衣、毛。古者衣裘，故以毛爲表。段玉裁曰：引伸爲凡外箸之稱。步瀛案：《漢書·翟方進傳》顔注曰：表者，所以標明也。與本注「表，標」也同爲引伸之義。朱駿聲以爲「標」之借字，恐非。○《山海經·西山經》曰：華山之首曰錢來之山，西四十五里曰松果之山，又西六十里曰泰華之山。本注「華首之山」四字，蓋誤。《漢書·地理志》：京兆尹，華陰下，原注曰：太華山在南。《爾雅·釋山》曰：華山爲西嶽。《清統志》曰：陝西同州府，太華山在華陰縣西。○《毛詩》，見《秦風·終南篇》。陳奐《疏》曰：《漢書·地理志》右扶風武功，太一山，古文以爲終南。垂山，古文以爲惇物，皆在縣東。案：《禹貢》：終南惇物，皆在雍州渭南。惇物，漢扶風武功縣之南山。而終南爲漢京兆長安縣之南山。今陝西西安府南五十里。終南山卽此。酆在長安西，鎬在長安東，則終南爲周酆鎬之南山矣。《古文尚書》終南惇物，皆在武功界内，而以太一當終南，未是也。步瀛案：垂山，據錢坫説，當爲岳山，縣東當爲縣南。又案：《史記·夏本紀》《正義》引《括地志》云：終南山，一名中南山，一名太一山，一名南山，一名橘山，一名楚山，一名秦山，一名周南山，一名地肺山。在雍州萬年縣南五十里。步瀛案：「秦」原作「泰」。「地肺」原作「地脯」，今正。後來地理家多以此爲終南，而斥《班志》以太一當終南爲誤。錢坫《新斠注地理志》卷二曰：山在今鄠縣南者曰終南，在今西安府城南者，古止稱南山，從未被以終南之名。後人以陝西省迤南一帶山並曰終南，而別太白爲終南之一峰。其説始自唐柳宗元輩。不符班旨，舛謬甚矣。步瀛案：柳宗元説見柳集卷五《終南山祠堂碑》。程大昌《雍録》卷五因之。成蓉鏡《禹貢班義述》卷中曰：古文以終南太壹爲一，故《郡國志》以下並從之。而張衡《西京賦》、潘岳《西征賦》皆歧而爲二。《文選》注、《元和志》、《雍録》、《詩地理考》遂據以駁《漢志》，不知班氏明云古文以爲終南，則今文固以終南、太一爲二矣。張、潘或據以爲説，正不必以彼而易此也。步瀛案：《文選》注即《西京賦》李注也。又案：「有枚」，六臣本作「梅」，與《毛詩》合。此作「枚」，誤。又案：《隋書·經籍志·經部》，《毛詩》二十卷。注曰：漢河閒太守毛萇傳。此李注所本。清《四庫書目》卷十五曰：《漢書·藝文志》，《毛詩》二十九卷、《毛詩故訓傳》三十卷，然但稱毛公，不著其名。《後漢書·儒林傳》始云：趙人毛長傳説是爲《毛詩》。其「長」字不從「艸」。《隋書·經籍志》載《毛詩》二十卷，漢河間太守毛萇傳。於是《詩傳》始稱毛萇。然鄭玄《詩譜》曰：魯人大毛公爲《訓詁傳》於其家，河閒獻王得而獻之。以小毛公爲博士。陸璣《毛詩草木蟲魚疏》亦云：孔子刪《詩》，授卜商，商爲之序，以授魯人曾申，申授魏人李克，克授魯人孟仲子，仲子授根牟子，根牟子授趙人荀卿，荀卿授魯國毛亨，毛亨作《訓詁傳》以授趙國毛萇。時人謂亨爲大毛公，萇爲小毛公。據是二書，則作傳者乃毛亨，非毛萇。故孔氏《正義》亦云：大毛公爲其傳，由小毛公而題毛也。《隋志》所云，殊爲舛誤。而流俗沿襲，莫之能更。」步瀛案：今《後漢書·儒林傳》各本亦作「萇」，《毛詩》孔疏引作「長」。《九經古義》卷六曰：毛公傳《詩》，世謂趙人毛萇撰，而不知爲大毛公也。大毛公名亨，魯人。著《故訓傳》，見《詩譜》及《初學記》。步瀛案：見《初學記·文部》。

右界襃斜隴首之險，帶以洪河涇渭之川。

【注】《長楊賦》曰：命右扶風發人，西自襃斜。《梁州記》曰：萬石城，泝漢上七里，有襃谷。南口曰襃，北口曰斜。長四百七十里。《鹽鐵論》曰：秦右隴阺。《漢書》：幸雍。《白麟歌》曰：朝隴首，覽西垠。《尚書》曰：導河自積石，南至于華陰。《山海經》曰：涇水出長城北。《尚書》曰：導渭自鳥鼠同穴。

【疏】《長楊賦》見本書卷七。○本書《劍閣銘》注引《梁州記》與此注同。案：《初學記·地部》下引劉澄之《梁州記》，當卽此書。《隋書·經籍志·史部·地理》有《永初山川古記》一卷，注云：齊都官尚書劉澄之撰。當卽其人。又案：《水經·沔水注》曰：襃水又東南，歷襃口，卽襃谷之南口也。北口曰斜，所謂北出襃斜。襃水又南，逕襃縣故城東，又南流入于漢。漢水又東，逕萬石城下。城在高原上，原高十餘丈，四面臨平，形若覆瓮。水南遏水爲阻，西北並帶漢水。其城宿是流雜聚居，故世亦謂之流雜城。《元和志》曰：關内道鳳翔府郿縣，縣理城亦曰斜谷城。城南當斜谷，因以爲名。斜谷南口曰褒，北口曰斜。又曰：山南道興元府褒城縣，褒谷山在縣北五里。南口爲褒，北口爲斜，長四百七十里。顧祖禹《讀史方輿紀要》曰：陝西漢中府褒斜道，今之北棧。南口曰褒，在褒城縣北十里。北口曰斜，在鳳翔府郿縣西南三十里。總計川陝相通之道，谷長四百七十里。自鳳縣至褒城皆大山，緣坡嶺行，有缺處，以木續之，成道如橋然，所謂棧道也。其閒喬木夾道，出褒城，地始平。朱珔曰：據此則褒斜乃關中西南阻隘，故賦以爲右界之險也。○《鹽鐵論》，見《險固篇》。○《漢書》，見《禮樂志》。茶陵本無「書幸雍」三字。袁本亦有之。案：《志》：《郊祀歌》十九章，《朝隴首》十七。元狩元年，行幸雍，獲白麟作。又案《地理志》隴西郡注引應劭曰：有隴坻在其東，故曰隴西也。案：原脱「東故曰隴」四字。依《河水注》補。顏曰：隴坻，謂隴阪，即今之隴山也。此郡在隴之西，故曰隴西。《續漢書·郡國志》：涼州漢陽郡隴下曰：有大阪，名隴坻。案：後漢隴縣，非州。原有「州」字，誤衍。依惠棟《補注》削。劉昭注曰：《三秦記》：其坂九迴，不知高幾許，欲上者七日乃越。高處可容百餘家，清水四注下。郭仲産《秦州記》曰：隴山東西百八十里，登山嶺東望，秦川四五百里，極目泯然。《方輿紀要》曰：陝西隴坻，即隴山，亦曰隴阪，亦曰隴首，在鳳翔府隴州西北六十里，鞏昌府秦州清水縣東五十里。山高而長，北連沙漠，南帶汧渭。關中四塞，此爲西面之險。步瀛案：隴州今改隴縣。《清統志》曰：陝西鳳翔府，隴山在隴州西。甘肅秦州隴山，在清水縣東，與隴州接界。○劉良曰：洪河，大河也。○注引《尚書》見《禹貢》。《漢書·地理志》金城郡河關下，原注曰：積石山在西南羌中，河水行塞外，東北入塞内，至章武入海，過郡十六，行九千四百里。《尚書地理今釋》曰：崑崙山，在今西番界。有三山，一名阿克坦齊禽，一名巴爾布哈，一名巴顔喀拉。總名枯爾坤，譯言崑崙也。在積石西，河源所出。《清統志》曰：枯爾坤山，在青海西境。按：今黄河發源之處，雖有三山，而其最西而大，爲真源所在者，巴顔喀喇也。自此分支，東趨大雪山，蓋卽《禹貢》之積石山。唐時名大積石山。《元史》所誤名爲崑崙者也。步瀛案：漢河關縣，在今甘肅導河縣西。漢章武縣，屬勃海郡，在今河北滄縣東。河水所經十六郡，諸家所考不同。胡渭《禹貢錐指》卷十三中之下曰：按：《水經注》，黎陽以上，河水所過，有金城、天水、武威、安定、北地、朔方、五原、雲中、定襄、鴈門、西河、上郡、河東、馮翊、河南、河内，凡十六郡。黎陽以下，大河故瀆所過，有魏郡、東郡、清河、平原、信都、勃海，又六郡，共二十二郡。今攷禹河所過，有魏郡、廣平、鉅鹿、信都、勃海，而無東郡、清河、平原，過郡凡二十一也。又曰：以經言之，河乃自章武東出爲逆河，逕驪成、絫縣、碣石山入海。又過郡二，右北平、遼西。并上二十一爲過郡二十三。王鳴盛《尚書後案》卷三，於胡氏所舉之二十二郡謂東郡、清河、平原、信都，卽屯氏河所過之四郡。其實又當有鉅鹿，則亦二十三郡。錢坫《新斠注地理志》卷十二，所數金城至河内十六郡與胡氏同，以下則數東郡、平原、千乘爲十九郡。洪頤煊《漢志水道疏證》卷一，則依《水經注》之二十二郡，謂《漢志》「十六」字爲誤。成蓉鏡《禹貢班義述》卷下，則謂十六當作二十六，謂敦煌、酒泉、張掖、金城、天水、武威、安定、北地、朔方、五原、雲中、定襄、西河、上郡、河東、京兆、弘農、河南、河内、陳留、魏郡、東郡、清河、平原、信都、勃海也。今本脱去二字，其説似爲近之。又案：注節引《禹貢》導河之文，舉積石以見河源，舉華陰以見黄河爲西都之大川。《水經・河水篇》曰：河水又南，至潼關，渭水從西來注之。《禹貢錐指》卷十三中之上曰：河自韓城縣龍門山南流，與汾水合。又南逕郃陽縣東，其東岸則滎河縣、臨晉縣。又南逕朝邑縣東，又南至華陰縣東北，與渭水合。其東岸則蒲州。又南逕雷首山西，至潼關衛，北折而東，是爲河曲。此河水南至華陰之所經。雍州文所稱龍門西河者也。步瀛案：韓城、郃陽、朝義、華陰、潼關衛，今爲潼關縣，並屬陝西。滎河、臨晉、蒲州，今爲永濟縣。並屬山西。○《山海經・海内東經》曰：涇水出長城北山，山在郁郅長垣北，北入渭。本注「長城北」下蓋脱「山」字。郭璞注曰：今涇水出安定朝那縣西笄頭山，東南經新平、扶風，至京兆高陵縣入渭。郝懿行《箋疏》曰：北山，卽笄頭山。《地理志》云：北地郡郁郅，卽今甘肅慶陽府治，西南與平涼接。長垣卽長城也。《説文》云：涇水出安定涇陽幵頭山，東南入渭。案：涇水入渭之地，在今陝西高陵縣也。《西山經》云：涇水出高山。高山當卽幵頭山。郭注與此注同。步瀛案：《西山經》又言：涇谷之山，涇水出焉。郝氏謂卽《水經・渭水注》之涇谷水是也。《寰宇記》與涇水合而一之，殊誤。《漢書・地理志》安定郡涇陽下，原注曰：幵頭山在西，《禹貢》涇水所出，東南至陽陵入渭。過郡三，行千六十里。雍州川，錢坫曰：過安定、右扶風、左馮翊三郡。步瀛案：郁郅故城，卽今甘肅慶陽縣治。涇陽故城在今甘肅平涼縣西。朝那故城在平涼縣西北。幵頭山所在，《清統志》謂當在今甘肅固原縣界，與涇水發源始合也。晉新平郡治漆縣。後漢獻帝時，興平元年置，本屬右扶風。故《漢志》言過郡三也。《漢志》高平、陽陵並屬右扶風。陽陵故城在今陝西咸陽縣東。高陵故城在今陝西高陵縣西南。吴卓信《漢書・地理志補注》謂：鹿苑原自咸陽來，當涇渭二水間，卽陽陵所在是也。又

《詩・谷風》疏引鄭注《尚書》引《地理志》作行千六百里。《禹貢》疏引亦作千六百里。陳奂曰：涇水出今陝西平涼府西北，至陝西高陵縣西南入渭，計行不及千里，則六百里是六十之譌。案：陳説是也。至涇水所經，以今地名約述之。涇水有二源。北源出甘肅固原縣南界，隆德縣北界，二派合流，至平涼西北與南源合。南源出華亭縣西北八十里，隆德縣東南界，二派合流，亦曰横水，東流又折而東北，與北源會。合流後東南逕平涼縣北，又東南逕涇水縣北，又東南逕陝西之長武、邠縣、栒邑、淳化、永壽、醴泉、涇陽等縣，至高陵縣西南咸陽縣東北入渭水。○《尚書》見《禹貢》。《漢書・地理志》隴西郡首陽下，原注曰：《禹貢》鳥鼠同穴山在西南，渭水所出，東至船司空入河。過郡四，行千八百七十里。雍州寖。案：首陽故城在今甘肅渭源縣東北。漢船司空縣，屬京兆尹，在今陝西華陰縣東北。渭水過郡四，胡渭以爲隴西、扶風、京兆、馮翊。段玉裁以爲天水、扶風、京兆、馮翊。錢坫、洪頤煊以爲隴西、天水、扶風、馮翊。徐松《西域傳補注》以爲隴西、天水、扶風、京兆。成蓉鏡謂徐説是也。《説文》曰：渭水出隴西首陽渭首亭南谷，東南入河。杜林説《夏書》以爲出鳥鼠山。《水經・渭水注》曰：渭水出首陽縣，首陽山渭首亭南谷。山在鳥鼠山西北。此縣有高城嶺，嶺上有城，號渭源城。渭水出焉。三源合注，東北流，逕首陽縣西，與別源合。水南出鳥鼠山渭水谷。《尚書・禹貢》所謂渭出鳥鼠者也。《地説》曰：鳥鼠山，同穴之枝幹也。渭水出其中，東北過同穴枝閒，既言其過，明非一山也。又東北流而會于殊源也。《禹貢山水澤地所在篇》注引鄭玄曰：鳥鼠之山，有鳥焉，與鼠飛行而處之。又有止而同穴之山焉。是二山也。胡渭、成蓉鏡皆以鳥鼠爲鳥鼠同穴之省文，而斥析爲二山之説爲非。成氏又曰：渭有兩源，並在甘肅蘭州府渭源縣境，正源出縣西南鳥鼠同穴山，别源出縣西北蘭谷山，分繞縣之南北，至縣東合流爲渭水。許君主南谷别源，不若杜林主鳥鼠正源爲較確。酈元《渭水注》亦以南谷水爲正源，鳥鼠水爲别源，且惑于《地説》之義，而又誤以南谷爲同穴。皆失之。步瀛案：成氏説皆是也。至渭水所經，以今地名約述之。渭水二源，合流後又東經隴西通渭、武山，又東南經伏羌、秦安、天水、清水，陝西之隴縣、寶雞、岐山、扶風、郿縣、武功、盩厔、興平、咸陽、鄠縣、長安等縣，至高陵縣南，涇水自西北來會，稍東，灞、滻二水自南合北流注之。又東逕臨潼、渭南、華縣等，又東北逕華陰北，又東北入于河。○安、山古音並在元部。川古音在諄部。此通轉爲韵。

衆流之隈，汧涌其西。

【疏】胡克家曰：何云：《後漢書》無此二句。陳云：善此八字無訓釋，疑與范書同。案：各本皆有，恐五臣多此二句，合併六家，失著校語，尤以之亂善也。孫志祖引許慶宗説同。胡紹煐曰：善與五臣汧水皆無注。疑是後人以别本亂之。步瀛案：古鈔本無此二句。○《説文》曰：隈，水曲隩也。《漢書·地理志》右扶風汧下，原注曰：北有蒲谷鄉弦中谷，汧水出西北入渭。《水經·渭水注》曰：汧水出汧縣之蒲谷鄉弦中谷，決爲弦蒲藪。《爾雅》曰：水決之澤爲汧。汧之爲名，實兼斯舉。水有二源，一水出縣西山，世謂之小隴山。其水東北流，歷澗注以成淵，潭漲不測，出五色魚，俗謂是水爲龍魚水。自下亦通謂之龍魚川。川水東逕汧縣故城北，又東歷澤，亂流爲一。右得白龍泉，東北流，注于汧。汧水又東，會一水。水發南山西側，俗以此山爲吴山。《地理志》曰：吴山在縣西，古文以爲汧山也。汧水又東南，逕隃麋縣故城南，東南歷慈山東南，逕郁夷縣。逕平陽故城南，又東流注于渭。《清統志》曰：陝西鳳翔府汧縣故城在隴州南。郁夷故城在隴州西，隃麋故城在汧陽縣東，平陽故城在岐山縣西，南接寶雞縣界。汧水在隴州南，東南流經汧陽縣南。又南至寶雞縣東入渭。步瀛案：隴州今改隴縣。孫志祖《文選李注補正》曰：趙氏曦明云：《音義》作汧水之汧，按《爾雅》注、疏，凡水爲人所決陂障與出，而停成汙池者，皆名爲汧。合二句并上文讀之，從此義爲長。朱珔曰：如其説，是以汧爲虚字，非水名。然《水經·渭水上篇注》云：《爾雅》曰：水決之澤爲汧，汧之名實兼斯舉。又云渭水又東，汧、汙二水入焉。則水正因此得名耳。○西，古音在諄部。故與上亦韵。

華實之毛，則九州之上腴焉。防禦之阻，則天地之隩區焉。

【注】《春秋文耀鉤》曰：春致其時，華實乃榮。《左氏傳》：君子曰：澗溪沼沚之毛。《漢書》曰：秦地，九州膏腴。楊雄《衛尉箴》曰：設置山險，盡爲防禦。《説文》曰：隩，四方之土可定居者也。於報切。

【疏】《固傳》「天地」作「天下」，「隩」作「奥」。○本書《西征賦》注、《登樓賦》注、《閑居賦》注引《春秋文耀鉤》與此注同。○《左氏傳》，見隱三年。案：昭七年無宇曰：食土之毛。杜注曰：毛，草也。○《漢書》，見《地理志》。○《藝文類聚·職官部》引楊雄《衛尉箴》：「盡」作「晝」。《古文苑》同。○朱珔曰：《後漢書》「隩」作「奥」。案：《爾雅·釋丘》：隩，隈。《詩·淇奥》毛傳亦曰：奥，隈。《尚書》「厥民隩」，鄭注作「奥」。「四隩既宅」，《史記》及《漢志》並作「奥」。是「隩」與「奥」通也。注引《説文》曰：隩，四方之土可定居者也。今《説文》作「墺」，與「隩」異部異音。而「四隩既宅」，《玉篇》引作「墺」。《廣韻》同。蓋古从自之字，或从土。如《爾雅·釋地》：「陂者曰阪。」《説文》作「坡者曰阪」。《詩》芮鞫之「鞫」，《漢書》作「阮」，《字林》作「坈」是也。《漢書·郊祀志》上神明之隩，顔師古注：土之可居者曰隩，與此處李注皆以「隩」爲「墺」矣。步瀛案：本書《赭白馬賦》注引鄭玄《尚書注》曰：奥，内也。《禹貢》「四墺既宅」，《史記·夏本紀》、《漢書·地理志》並作「奥」。《詩·公劉》芮鞫，《漢書·地理志》右扶風汧下原注引作「芮阮」，《爾雅·釋丘》《釋文》引《字林》作「坈」，皆朱氏所據也。胡紹煐曰：今《説文》：墺，四方土可居也。《玉篇》：墺，四方之土，可居。《廣韻》：墺，四墺，四方土。並作「墺」。此引《説文》作「隩」。《自部》：隩，水隈厓也。與墺訓異。此蓋善順正文以改許氏本字。本書《西京賦》「實爲地之奥區神皋」，假「奥」爲「墺」。《漢書·地理志》四奥，顔注：「奥」讀曰「墺」。謂土之可居者也。而《郊祀志》注云：土之可居曰「隩」，與《地理志》注合。顔不改讀者，以書從土之字，亦或從自。「隩」、「墺」古通，皆得相假也。步瀛案：隩區連文，自當爲「墺」之借字。取其土可居之義。《後漢》作「奥」，李賢曰：奥，深也。則「隩」爲「奥」之借字，與上腴對文，其説亦通。○腴、區古音在侯部。

是故横被六合，三成帝畿，周以龍興，秦以虎視。

【注】《漢書音義》：文穎曰：關西爲横。孔安國《尚書傳》曰：被，及也。《吕氏春秋》曰：神通乎六合。高誘曰：四方上下爲六合。三成帝畿，謂周、秦、漢也。《樂稽耀嘉》曰：德象天地爲帝。《周禮》曰：方千里曰王畿。《史記》曰：周后稷名棄，堯舜時爲農師，號后稷，姓姬氏。至孫公劉，周之道興，至文王，

徙都豐，武王滅紂。孔安國《尚書序》曰：漢室龍興。《史記》曰：秦之先，帝顓頊之苗裔，至孝公作咸陽，政并六國，稱皇帝。《周易》曰：虎視眈眈，其欲逐逐。

【疏】《固傳》李賢注引《前漢書音義》與此注同。《漢書·項籍傳》注引孟康曰：東西爲衡。「衡」、「横」之借字。案：本注釋「横被」似未確。吕延濟曰：横被，廣被也。其説得之。胡紹煐曰：按：「横被」出今文《尚書·堯典篇》。本書《聖主得賢臣頌》「横被無窮」同。古文作「光被」。《漢書·宣帝紀》、《蕭望之傳》並云：光被四表。《淮南·俶真訓》高注：被讀「光被四表」之被。《典引》：光被六幽。蔡邕注引《書》：光被四表。皆用古文。然則「横被」即「光被」。横被六合，猶云光被六幽耳。步瀛案：胡氏釋「横被」是，而以作「光被」者爲古文，則沿段玉裁《古文尚書撰異》之失。《後漢書·馮異傳》永初六年，安帝詔曰：昔我光武受命，横被四表。陳喬樅《今文尚書經説攷》據《桓焉傳》焉傳歐陽《尚書》，永初元年入授安帝，《鄧宏傳》宏少治歐陽《尚書》授帝禁中，以安帝詔引「横被」爲歐陽今文。《漢書·蕭望之傳》：黄霸、于定國等議曰：陛下聖德充塞天地，光被四表。陳氏又據《黄霸傳》霸從夏侯勝學《尚書》，以霸引「光被」爲大小夏侯異文。雖未必確，然「横被」、「光被」，皆爲今文，則無疑也。蕭吉《五行大義·論五帝》引禮緯《含文嘉》、《藝文類聚·樂部》一、《初學記·樂部》上、《太平御覽·樂部》五引《五經通義》皆云：「廣被四表。」皮錫瑞《今文尚書攷證》所引甚詳博，今不復録。皮氏曰：「光」、「廣」，古通用。「光」、「横」古同聲，亦通用。漢人引用，或作「横」，或作「廣」，或作「光」皆歐陽、夏侯三家今文異字。然字異而義同。「光被」即「廣被」，亦即「横被」，皆是充塞之義。《後漢書·陳寵傳》

曰：聖德充塞，假于上下。是其明證。○《尚書傳》見《禹貢》。案：此僞孔安國《傳》。○《吕氏春秋》，見《審分篇》。又，《淮南·原道篇》高注曰：孟春與孟秋爲合，仲春與仲秋爲合，季春與季秋爲合。孟夏與孟冬爲合，仲夏與仲冬爲合，季夏與季冬爲合，故曰六合。一曰：四方上下爲六合。案：後説與《吕覽》注同。○《稽耀嘉》原誤「稽嘉耀」，各本皆然。今依胡氏《考異》據前後注訂正。《白虎通義·號篇》曰：德合天地者稱帝。又引《禮記·謚法》曰：德象天地稱帝。《公羊·成八年》何注，《初學記·帝王部》引《七經義綱》，並引孔子曰：德合天者稱帝。○《周禮》見《夏官·職方氏》。○《史記》見《周本紀》。案「堯舜時爲農師」，《史》文作「帝堯聞之，舉棄爲農師」。又曰：帝舜曰：「棄，黎民始飢，爾后稷，播時百穀。」李注引史，往往約舉其事，後多仿此，不悉著。○孔安國《尚書序》，亦後人僞託。見本書卷四十五。○《史記》見《秦本紀》。○《周易》見《頤·六四·爻辭》。○纖、視，古音脂部。○以上形勝。

及至大漢受命而都之也，仰悟東井之精，俯恊《河圖》之靈。

【注】《漢書》曰：漢元年十月，五星聚于東井。沛公至灞上。又曰：以歷推之，從歲星也。此高祖受命之符。《尚書雒書》曰：《河圖》命紀也。然五經緯皆《河圖》也。《春秋漢含孳》曰：劉季握卯金刀，在軫北，字季，天下服。卯在東方，陽所立，仁且明。金在西方，陰所立，義成功。刀居右，字成章，刀擊秦，枉矢東流，水神哭祖龍。然則成功在西，故都長安。

【疏】《固傳》「悟」作「寤」，「恊」作「拹」，毛本亦作「拹」。○《漢書》，見《高帝紀》，「灞」作「霸」。又見《天文志》，「高祖」作「高皇帝」。案：《魏書・高允傳》曰：崔浩集諸術士，考校漢元以來日月薄蝕，五星行度，并譏前史之失，别爲《魏曆》，以示允。允曰：「漢元年冬十月，五星聚于東井，此乃曆術之淺。今譏漢史而不覺此謬，恐後人譏今，猶今之譏古。」浩曰：「所謬云何？」允曰：「案《星傳》，金水二星常附日而行，冬十月，日在尾箕，昏没於申南，而東井方出於寅北。二星何因背日而行。是史官欲神其事，不復推之於理。」浩曰：「欲爲變者，何所不可？」允曰：「此不可以空言争，宜更審之。」後歲餘，浩謂允曰：「先所論者，本不注心，及更考究，果如君語。以前三月聚於東井，非十月也。」高似孫《緯略》引崔浩攷古今曆曰：五星以前三月聚東井，與《魏書・允傳》可以互證。劉攽曰：按：五星之行，水常不能遠日，此十月若用夏正，則日已在大火矣。水安得與四星俱在東井？蓋五星本以秦十月聚東井，高帝乃以夏十月入秦也。時人欲見漢德應天命，故合而言之。史承人言，不改爾。檢《史記》，是年甲午，歲在鶉首，七月，日在鶉火。則水從歲星無疑也。齊召南曰：《高允傳》云云，足以發千古之蔽。司馬温公《通鑑》所以於十月之下從《史記》，直言沛公至霸上，不言五星聚井。劉攽謂五星本以秦十月聚東井，高帝乃以夏十月入秦，亦即崔浩前三月之説也。周壽昌《漢書注校補》曰：考《史記・高祖本紀》未書此事，僅於《天官書》云：漢之興，五星聚於東井，未書歲月。劉向《上封事》亦止云漢之入秦，五星聚於東井。又《陳餘傳》，甘公曰：漢王之入關，五星聚東井之時。東井者，秦分也。先至必王。《本紀》秦二世三年八月，沛公攻武關，入秦。所稱引兵西，秦民喜者，正在七月五星聚于東井之時。故甘公亦止言其入關，未説到至霸上，降子嬰也。高氏言史官欲神其事，班修漢史，自不得不爾。步瀛案：以上諸説均甚明確。蘇軾《東坡志林》卷三曰：十月乃今之八月爾。八月而得七月節，則日猶在軫翼間，則金水聚於井，亦不甚遠。方是時，沛公未得天下，甘石何意諂之。浩之説未足信。案：此説未知果出子瞻否。秦十月乃建申之月，而誤以爲八月，何以錯謬至此。至以沛公至霸上之月爲秦之十月，其誤始於顔師古。而後人亦有從之者。顧炎武《日知録》卷四曰：《高帝紀》春正月注，師古曰：凡此諸月號，皆太初正曆之後記者追改之，非當時本稱也。以十月爲歲首，即謂十月爲正月。今此真正月當時謂四月耳。漢元年冬十月，五星聚東井，當是建申之月，惟此一事失於追改，遂以秦之十月爲漢之十月耳。顧棟高《春秋大事表·時令表》附録曰：秦亥月竟稱春正月，至寅月已稱夏四月，沿至漢高、惠、文、景之世猶然。至武帝太初定曆，改用夏正。史官因追改前年月，獨漢元年冬十月，失於追改，猶仍秦舊。故有五星聚東井，致高允之疑。其實秦之冬十月，乃夏正之七月。七月初未交中氣，猶未離六月躔度，日在鶉火與東井，秦分鶉首，猶是隔宮相望。金水二星，附日而行，故俱得會於此。漢初司星者原不錯，因後來史官失於追改。後人疑爲夏正之十月，則日躔析木之次，與鶉首秦分隔離七宮。金水無會聚之理。以上二説，皆從顔師古失於追改之説，故以爲秦之十月也。朱珔曰：據《高帝紀》，自元年後，每年初並書冬十月，明是秦之正月，元年尤重，何得獨未追改。而下文又何以書春正月也。一年之中，不應參差如是。《任敖傳》云：以高祖十月至霸上，故因秦以十月爲歲首，是十月乃夏正之十月，倘改十月爲七月，則《敖傳》語作何解耶。且高祖十月至霸上，實始得國，故稱元年。豈合於七月預稱之。若謂即七月至霸上，豈七月亦可爲歲首乎。

案：朱氏此辨可正前説之失。然則五星聚東井，自當在夏正七月。高祖至霸上自當在夏正十月，卽秦之歲首。漢初因之。孟堅書五星聚東井於元年冬十月之下，殊乖紀實。顏氏謂歲首十月爲太初後追改。王引之於《讀書雜志·漢書一》辨之甚詳。則追改之説既不足信，而失於追改之説益不足信矣。朱氏又謂星聚以七月，而《漢書》繫諸十月，其文若離析讀之，「元年冬十月」斷住，蓋從春秋首月，雖無事必書之例，正其名爲開國。下「五星聚於東井」，乃因沛公至霸上，牽連以書，非謂卽在是月。步瀛案：朱氏復爲此説，意欲周旋孟堅，其實失之牽强，殆同蛇足。且《天文志》亦大書漢元年十月，五星聚於東井，安得謂之無事必書之首月，其文又安能離析讀之耶？○《尚書緯書》未詳，疑卽《中候》、《雒予命》之類。類書所引，亦不見此名。汪師韓《文選理學權輿·韓注》引羣書目録，列入緯候圖讖類。○《古微書》輯《春秋漢含孳》，「祖龍」下有「死」字。案：李賢曰：協，合也。《河圖》曰：帝劉季，日角戴勝，斗胸龍股，長七尺八寸。昌光出軫，五星聚井，期之興。天授圖，地出道，于張兵鈐劉季起。朱珔曰：章懷注引《河圖》與李善注引《春秋漢含孳》之文異。李云五經緯皆《河圖》也，似不如直引《河圖》爲當。彼時緯書俱在，不知李氏何以遺之。○「然則成功在西」，胡克家曰：案「則」字不當有，各本皆衍。凡「然則」善例祇云「然」，全書盡同，其或衍者，當依此求之，不具出也。

奉春建策，留侯演成。

【注】《漢書》曰：高祖西都洛陽，戍卒婁敬求見，説上，曰：陛下都洛不便，不如入關，據秦之固。上問張良。良因勸上。是日車駕西都長安。拜婁敬爲奉春君，賜姓劉氏。又曰：封張良爲留侯也。《蒼

頡篇》曰：演，引也。

【疏】《漢書》，見《高帝紀》下。「高祖」作「帝乃」。又見《張良傳》、《婁敬傳》。李賢曰：奉春君，婁敬也。春者四時之始，婁敬亦始建遷都之策，故以號焉。案：章懷此説本張晏，見《漢書·高紀》及《婁敬傳》注引。留侯又見昭明《序》注。《清統志》曰：江蘇徐州府留縣故城，在沛縣東南。○本書《報任安書》注引《蒼頡篇》作「演，引之也」。李賢注引作「演者，引也」。○精、靈、成，古音耕部。

天人合應，以發皇明，乃眷西顧，寔惟作京。

【注】天，謂五星也。人，謂婁敬也。皇，謂高祖也。《四子講德論》曰：天人並應。《毛詩》曰：乃眷西顧，此維與宅。

【疏】《固傳》「寔」作「實」。○《四子講德論》見本書卷五十一。○《毛詩》見《大雅·皇矣篇》。○明、京，古音陽部。此與上耕部通轉爲韵。

於是晞秦嶺，睋北阜，挾灃灞，據龍首。

【注】《説文》曰：晞，望也。呼衣切。秦嶺，南山也。《漢書》曰：秦地有南山。睋，視也。五哥切。北阜，山也。《漢書》：文帝曰：以北山石爲槨。張揖《上林賦》注曰：豐水出鄠南山豐谷。《漢書》曰：灞水出藍田谷。《山海經》曰：華山之西，龍首之山也。

【疏】《固傳》「灃灞」作「酆霸」。○《説文》見《目部》。○《漢書》見《地理志》。本書《西征賦》注引《三秦記》曰：長安正南秦嶺，嶺根水流爲秦川，一名樊川。李賢曰：秦嶺在今藍田東南。朱珔曰：王氏應麟《通鑑地理通釋》云：商州上洛縣西十八里，有秦嶺山。嶺北爲秦山，南爲漢山，周二百六十里。《明一統志》：秦嶺在西安府藍田縣東南。《方輿紀要》云：卽南山别出之嶺，凡入商洛漢中者，必趣嶺而後達。此賦後文言「前乘秦嶺」，蓋由此東出，卽藍田關矣。步瀛案：《清統志》曰：陝西西安府，秦嶺在咸寧、藍田二縣界。又東接商州界，卽終南山脊也。又案：咸寧縣，今併入長安縣。商州，今改商縣。○《玉篇》曰：睋，吴哥切。《公羊傳》注曰：睋，望也。案：今《公羊・定八年》：睋而鋟其板。何氏「睋」字無注。《玉篇》引非何注，其殆王、高、孔諸家注耶。阮元《校勘記》曰：《唐石經》原刻作「俄」。○《漢書》「文帝」云云，見《張釋之傳》及《劉向傳》。李賢曰：北阜，卽今三原縣北有高阜，東西横亙者是也。《清統志》曰：西安府三原故城，在今三原縣東北。朱珔曰：攷三原縣以其地在濟酆原、孟侯原、白鹿原閒，故名。文帝爲此語時，蓋居霸陵，北臨廁，指新豐以示慎夫人也。陵在霸水上。《水經》：白鹿原正三原之境。今三原有嶻嶭山，與天齊原並在縣西北，殆渾言之，以爲北山與？三原縣又在長安之北，故此云「睋北阜」也。又曰：《詩・小雅》稱「南山」。又有北山。《錐指》云：南山蓋謂都南諸山，終南、太一在焉。北山謂都北諸山，九嵕、甘泉、嶻嶭等也。此尤足爲北阜之證。○本書《上林賦》注引張揖，「豐」作「酆」，「鄠」下有「縣」字當增入。又「酆谷」下有「北入渭」三字。朱珔曰：案灃水本作「豐」，見《詩・大雅》，卽文王所都，亦只作「豐」，見《書・召誥》。因豐爲邑名，而作「酆」，水名亦遂从邑。《後漢書・馮衍傳》注：酆、鄗，二水名。《説文・邑部》有「酆」，《水部》無「灃」。後人凡水名多加水旁，故今《禹貢》「灃水攸同」，「東會于灃」皆已作「灃」，殆衛包所改。而《漢志》所引，仍作「酆」也。又曰《漢志》右扶風鄠下云：豐水出東南，北過上林苑，入渭。鄠縣今屬西安府。上林苑在今長安縣西南。《水經》無豐水之目，其附見《渭水篇》者曰：渭水又東，豐水從南來注之。酈注引《地説》云：渭水與豐水會於短陰山内，水所匯處無他高山異巒，所有唯原阜石激而已。步瀛案：酈注曰：豐水出豐溪，西北流，分爲二水，一水東北流爲枝津，一水西北流，又北，交水自東入焉。又北，昆明池水注之，又北逕靈臺西，又北至石墩，注于渭。《清統志》曰：西安府豐水源出鄠縣東南終南山，北流逕縣東，又北逕長安縣西，又北至咸陽東南入渭。○《漢書》「灞水」云云，見《地理志》京兆尹南陵下，原注：「灞」作「霸」。又曰：北入渭，古曰茲水，秦穆更名，以章霸功，視子孫。案：各本「古」上有「師」字，作顔注。錢大昕《攷異》謂皆班氏本文，「師」字後人妄加。今從之。錢坫謂「茲」字从二玄。《左傳・哀八年》曰：何故使我水茲，茲者黑也。又《水經・渭水篇》曰：渭水又東過霸陵縣北，霸水從縣西北流注之。酈注曰：霸者，水上地名也。古曰滋水矣。秦穆公霸世，更名滋水爲霸水，以顯霸功。水出藍田縣藍田谷。又曰：霸水又東北逕新豐縣，又北逕秦虎圈東，又北逕于渭水。何焯謂據此則「霸」字不當加水旁也。《方輿紀要》曰：西安府，霸水源出藍田縣南山谷中，亦名藍谷水。自南山北流，經縣西，歷白鹿原東，又北經府東霸陵故城西，又北入於渭水。又曰：霸陵城在府東三十里。步瀛案：今長安縣東。○《山海經》，見《西山經》。朱珔曰：今《西山經》作女牀之山，又西二百里，曰龍首之山。郝氏懿行《箋疏》曰：薛綜注《東京賦》云：女牀山在華陰西六百里。又加二百里，則去華山八百里也。李氏所引，疑郭注文，今本脱去之。余謂《西山經》起處本言華山之首，以下臚列多山，皆云又西若干里，李氏蓋渾舉之以爲華山之西耳，未必是郭注也。《水經·渭水注》云：高祖在關東，令蕭何成未央宮，何斬龍首山而營之。山長六十餘里，頭臨渭水，尾達樊川。頭高二十丈，尾漸下，高五六丈。土色赤而堅。云昔有黑龍，從南山出飲渭水，其行道因山成跡，山即基闕，不假築，高出長安城。酈氏此注自「山長」以下，本之《三秦記》，見《太平御覽》九百三十卷。步瀛案：李賢曰：《三秦記》曰：龍首山六十里，頭入渭水，尾達樊川。在傍曰挾，在上曰據也。《清統志》曰：西安府龍首山在長安縣北。○阜、首，古音幽部。案：漢人用韻廣。莫此似合下「起」字爲韻。《楚辭·天問》「首」與「在」韻。《莊子·天運篇》「首」與「起」、「待」韻。《漢書·敍傳》「首」與「紀」韻。皆幽部轉之部之證。

圖皇基於億載，度宏規而大起。

【注】《長楊賦》曰：規億載。孔安國《尚書傳》曰：十萬曰億。《爾雅》曰：載，年也。《小雅》曰：羌，發聲也。「度」與「羌」古字通。「度」或爲「慶」也。

【疏】「度」當作「慶」，説見下。○僞孔傳見《五子之歌》。案：《禮記·王制》鄭注曰：億，今十萬。孔疏曰：《尹文子》云：百姓千品，萬官億醜。皆以數相十，此謂小億也。《毛詩傳》云：數萬至萬曰億。是大億也。案：見《詩·豐年》毛傳。又《詩·伐檀》毛傳曰：萬萬曰億。鄭箋曰：十萬曰億。孔疏曰：箋以詩書古人之言，故合古數言之。《王制》注云：億今十萬，是以今曉古也。《楚語》云：百姓千品，萬官億醜。皆以數相十。是億，十萬也。案《楚語下》韋注曰：十萬曰億。古數也。今以萬萬爲億。○《爾雅·釋天》曰：載，歲也。夏曰祀，周曰年。唐虞曰載。○《小爾雅》見《廣言》。梁章鉅曰：凡李注《小爾雅》並作《小雅》，後仿此。○姚範曰：注當作「慶」，與「羌」古字通，慶或爲度也。賦「度」字當作「慶」。王念孫曰：度與羌聲不相近，絶無通用之理。蓋李善本「度」字本作「慶」。今本作「度」者，後人據五臣本及《班固傳》改之耳。後人既改正文作「度」，復改注文以就之，而不知「度」與「羌」之不可通也。又案：善本作「慶」是也。慶語詞，「宏規」與「大起」相對爲文，言肇造都邑，先宏規之，而後大起之也。自注云：「慶」字草書與「度」相似，故「慶」誤爲「度」。《史記・建元以來侯者年表》平津侯公孫慶，《漢表》「慶」作「度」。《説文》郄有大慶，今本「慶」譌作「度」。○載、起，古音之部。

肇自高而終平，世增飾以崇麗。歷十二之延祚，故窮泰而極侈。

【注】高，高祖。《漢書》，張晏曰：爲功最高，而爲漢帝太祖。故特起名焉。《漢書》：孝平皇帝，元帝庶孫。荀悦曰：諱衎。漢自高祖至于孝平，凡十二帝也。《國語》曰：天地之所祚。賈逵曰：祚，禄也。

【疏】《固傳》「泰」作「奢」。鈕樹玉曰：「泰」字范蔚宗家諱，故避改。○《漢書》張晏注、《史記・高祖本紀》《集解》、《漢書・高帝紀》注引「爲」字上皆有「禮謚法無高」五字，下有「以」字。六臣本亦有「以」字。又上「高高祖《漢書》」五字作「《漢書》高祖」四字。又「太」作「之」。《集解》顔注之「太」字兩有。案：《高祖本紀》曰：羣臣皆曰高祖起微細，撥亂世反之正，平定天下，爲漢太祖，功最高。上尊號爲高皇帝。令郡國諸侯各立高祖廟，以歲時祠。是羣臣雖定議爲太祖高皇帝，而高祖已爲通稱。故下文云立高祖廟，不云太祖高皇帝廟也。魏了翁《古今攷》謂高帝謚號，通一高字。文帝以後，然後號與謚異。梁玉繩斥爲瞽説。閻若璩《尚書古文疏證》卷四，謂太祖其號也，高皇帝其謚也。遷忽譌而爲高祖。班固撰《漢書》正之。竊疑閻氏斥史遷亦過當。李慈銘《漢書札記》曰：案：謚法無高，自高祖以爲謚，而後世開創之主，無不用之矣。其實漢高之號，猶用秦法，如始皇之比。此猶周人制謚而齊丁公、乙公、癸公、宋丁公、陳申公等，猶用殷人甲乙之號耳。案：李氏此説，較諸家爲長。○「孝平」至「諱衎」見《平帝紀》及注。○李賢曰：肇，始也。始自高祖，終於平帝，爲十二代也。何焯曰：高帝十二年，惠帝八年，高后八年，文二十三，景十六，武五十四，昭十三，宣二十五，元十六，成二十六，哀六，平四。○《國語》見《周語》下，今無「之」字。○《荀子・仲尼篇》楊注曰：汰，侈也。案：「泰」與「汰」同。○麗、侈古音歌部。○以上建部。案：窮泰極侈，伏下篇譏諷意。

建金城而萬雉，呀周池而成淵。

【注】《鹽鐵論》曰：秦四塞以爲固，金城千里。鄭玄《周禮》注曰：雉，長三丈，高一丈。《字林》曰：呀，大空貌。火家切。《説文》曰：城有水曰池。

【疏】古鈔本、張本、六臣本「而萬」作「之萬」。《固傳》作「其萬」。○《鹽鐵論》見《險固篇》。李賢曰：金城，言堅固也。張良曰：金城千里。案：見《留侯世家》及《張良傳》。《管子・七法篇》曰：有金城之守。○《周禮》鄭注見《攷工記・匠人》。李賢曰：杜預注《左傳》云：方丈爲堵，三堵爲雉。步瀛案：見隱元年。《三輔黄圖》卷一曰：高祖七年，方修長安宫城，初置長安城本狹小，至惠帝更築之。按：惠帝元年正月，初城長安城。三年春，發長安六百里内男女十四萬六千人，三十日罷。城高三丈五尺。下闊一丈五尺。六月發徒隸二萬人，常役。至五年復發十四萬五千人，三十日乃罷。九月城成。高三丈五尺，下闊一丈五尺，上闊九尺。雉高三坂。周回六十五里。城南爲南斗形，北爲北斗形。至今人呼漢京城爲斗城是也。《漢舊儀》曰：長安城中經緯各長三十二里十八步。步瀛案：《黄圖》所言，與《漢書・惠帝紀》合。《史記・吕后本紀》曰：惠帝三年，方築長安城，四年就半。五年、六年城就。《索隱》引《漢宫闕疏》曰：四年築東面，五年築北面。又引《漢舊儀》曰：城方六十三里，經緯各十二里。《續漢書・郡國志》劉注引作經緯各長十五里。今《漢官舊儀》作方六十里，經緯各十五里，又各不同。趙彦衛《雲麓漫鈔》卷八曰：《長安别圖》：漢都城縱廣各十五里，周六十五里。案：圖爲元豐三年吕大防等檢定，亦未知可據否。又《續漢書・郡國志》劉注引辛氏《三秦記》曰：長安地皆黑壤，城中今赤如火，堅如石，父老所傳，盡鑿龍首山爲城。又《黄圖》云：雉高三坂。「坂」疑作「堵」。《左傳・隱元年》孔疏曰：許慎《五經異義》、《戴禮》及《韓詩》説，八尺爲板，五板爲堵，五堵爲雉。板廣二尺，積高五板爲一丈。五堵爲雉，雉長四丈。古《周禮》及《左氏》説一丈爲板，板廣二尺，五板爲堵。一堵之牆，長丈高丈。三堵爲雉，一雉爲牆，長三丈，高一丈。以度其長者，用其長。以度其高者，用其高也。諸説不同。賈逵、馬融、鄭玄、王肅之徒，爲古學者，皆云雉長三丈，故杜依用之。又《詩・鴻鴈》毛傳曰：一丈爲版，五版爲堵。鄭箋曰：《春秋傳》曰：五版爲堵，五堵爲雉。雉長三丈，則版六尺。孔疏曰：鄭引《春秋傳》，定十二年《公羊傳》文也。古《周禮》説，雉高一丈，長三丈。《韓詩》説，八尺爲板，五板爲堵，五堵爲雉。何休注《公羊》取《韓詩傳》云：堵四十尺，雉二百尺。二説不同。故鄭《駮異義》辨之云：《左氏傳》説鄭莊公弟段居京城，祭仲曰：「都城過百雉，國之害也。先王之制，大都不過三國之一，中五之一，小九之一。今京不度，非制也。」古之雉制，書傳各不得其詳。今以《左氏》說鄭伯之城方五里，積千五百步也。大都三國之一，則五百步也。五百步爲百雉，則知雉五步，五步於度長三丈，則雉長三丈也。雉之度量，於是定可知矣。王愆期注《公羊》云：諸儒皆以爲雉長三丈，堵長一丈，疑五當爲三。如是大通諸儒。唯與鄭板六尺不合耳。步瀛案：鄭注《檀弓》亦云：板蓋廣二尺，長六尺。焦循《羣經宮室圖》一曰：毛公說板以長言，說堵以高言。與《周禮》、《左氏》說同。箋引《春秋傳》言五堵爲雉，與三堵爲雉之說不同者，蓋雉爲高一丈，廣三丈之定名。毛以一丈爲板，則三堵爲雉。鄭以六尺爲板，則五堵爲雉。說板有不同，而雉之數則一也。何休以累八尺者五之，故以堵爲四丈。又累四丈者五之而爲雉。故雉長二十丈。百雉長二千丈，得十一里三分里之二。制且大於王城，非《公羊傳》義。胡承珙《毛詩後箋》卷十八曰：古人以板爲橫數，堵爲直數，板廣二尺，五板爲堵，板長八尺者，積五板而其高一丈，其長仍八尺也。板長一丈者，積五板而其高一丈，其長亦一丈也。故《戴禮》、《韓詩》以五丈之雉，長四丈。《周禮》、《左氏》以三堵之雉長三丈。若何注《公羊》誤以五板爲長數。《詩》、《正義》謂其取《韓詩傳》，其實何氏所擬《韓詩》，惟八尺曰板之文耳。其所云堵四十尺，雉二百尺，百雉二萬尺者，乃自用《春秋緯》之說，與《五經異義》所引《韓詩》說絶異。知其不足信也。鄭《駁異義》時本用古《周禮》、《左氏》說。其注《考工記》亦云：雉長三丈，高一丈。是皆謂一丈爲板並無板長六尺之說。至箋《詩》時，牽於《公羊》五堵爲雉，以五板爲高一丈，五堵爲廣三丈，故云板長六尺。然不如堵方一丈，三堵爲雉之爲定論也。步瀛案：據焦氏、胡氏說，則板之數可定矣。胡氏謂何休據《韓詩》八尺曰板，見《公羊·定十二年》注。徐彥疏謂《韓詩外傳》文。阮元《校勘記》謂《外傳》當作《内傳》，是也。何注又云：禮，天子千雉。徐疏曰：《春秋說》文也，不言爲《春秋緯》且亦非指「堵四十尺」云云而言。胡氏以爲用《春秋緯》似小誤。又檢類書所引，及諸家輯佚，屬於《春秋緯》者，亦無此說。○注引《字林》「呀，大空貌」，李賢引「貌」作「也」。○《說文》，見《水部》。

披三條之廣路，立十二之通門。

【注】《周禮》曰：匠人營國，方九里，旁三門。鄭玄曰：天子十二門，通十二子也。

【疏】古鈔「披」作「被」，字通。○張銑曰：披，開也。李賢曰：《周禮》國方九里，旁三門，每門爲大路，故曰三條。○《周禮》及注見《考工記》。賈疏曰：甲乙丙丁之屬，十日爲母，子丑寅卯等十二辰爲子，故王城面各三門，以通十二子也。李賢曰：鄭玄注《周禮》云：司門若今城門校尉，主王城十二門也。案：此見《地官》序官注。《三輔黃圖》卷一曰：長安城東出南頭第一門曰霸城門，民見門色青，名曰青城門，或曰青門。《廟記》曰：亦曰青綺門。東出第二門曰清明門。一曰籍田門，以門内有籍田倉。一曰凱門。《漢宮殿疏》曰：第二門名城東門。東出北頭第一門曰宣平門，民間所謂東都門。南出東頭第一門曰覆盎門，一號杜門。《廟記》曰：與洛門相去十三里二百一十步。其南有下杜城，故曰下杜門，又曰端門。南出第二門曰安門，亦曰鼎路門。南出第三門曰西安門，一曰便門，卽平門也。古者「平」、「便」同字。西出南頭第一門曰章城門。《三輔舊事》曰：章門一曰光華門，又曰便門。西出第二門曰直城門。《漢宫殿疏》曰：亦曰故龍樓門，門上有銅龍，本名直門。西出北頭第一門曰雍門，本名西城門。其水北入，有函里，民呼曰函里門。北出東頭第一門曰洛城門，又曰高門。北第二門曰厨城門，長安厨在門内，因爲門名。北出西頭第一門曰横門，《漢書》虒上小女陳持弓走入光門，卽此門也。又引《三輔決録》曰：長安城面三門，四面十二門，皆通達九逵，以相經緯。衢路平正，可並列車軌。十二門三塗洞闢，隱以金椎，周以林木，左右出入，爲往來之徑。行者升降，有上下之别。案：《玉海》卷一百六十九引「光華門」作「光畢門」。「本名直門」作「亦曰直門」。四字在「宫殿疏」上。又案：《水經·渭水注》載：長安十二門之名，與《黄圖》大致相同。惟東出自北頭起，宣平門亦曰東城門。章城門但云「章門」，不言又名便門。直城門但云直門。西城門有「又曰光門」四字。戴震《校删》，又有「亦曰突門」。四字。北出自西頭起。厨城門但云厨門，又曰朝門，一曰高門。第三門本名杜門，亦曰利城門。其外有客舍，故曰客舍門。又曰洛門，卽北出東頭第一門之洛城門也。餘皆相同。宋敏求《長安志》卷五所載十二門，多依《水經注》。惟北出西頭第一門名曰武朔門。則《黄圖》、《水經注》皆無此名。《方輿紀要》則多從《黄圖》。又案：小女陳持弓入横門，見《漢書·成帝紀》建始三年。注引如淳曰：横，音光。○淵，古音真部。門，古音諄部。此通轉爲韵。

内則街衢洞達，閭閻且千，九市開場，貨别隧分。人不得顧，車不得旋，闐城溢郭，旁流百廛。紅塵四合，煙雲相連。

【注】《説文》曰：街，四通也。音佳。《爾雅》曰：四達謂之衢。《字林》曰：閭，里門也。閻，里中門也。

《漢宮闕疏》曰：長安立九市，其六市在道西，三市在道東。鄭玄《周禮》注曰：金玉曰貨。薛綜《西京賦》注曰：隧，列肆道也。音遂。鄭玄《禮記》注曰：填，滿也。填與「闐」同。徒堅切。又曰：廛，市物邸舍也。除連切。李陵詩曰：紅塵塞天地，白日何冥冥。

【疏】梁章鉅曰：《玉海》一百七十三引「隧」作「遂」。〇《說文》見《行部》。朱珔曰：案：今《說文》：街，四通道也。此處脫「道」字。云四通者，《太平御覽》一百九十五引《風俗通》曰：街者，攜也，離也，四出之路，攜離而別也。正與《說文》合。《三輔黃圖》言有香室街、夕陰街、尚冠前街。梁章鉅曰：《三輔黃圖》引《漢舊儀》云：長安城中八街九陌。〇《爾雅》見《釋宮》。郭注曰：交道四出。《說文》與《雅》訓同。《釋名·釋道》曰：衢，齊魯謂四齒杷爲欋，欋杷地則有四處，此道似之也。〇李賢引《字林》與此注同。梁章鉅曰：《三輔黃圖》云：長安閭里一百六十，室居櫛比。朱珔曰：《玉海》引《黃圖》：長安閭里百六十，有宣明、建陽、昌陰、尚冠、修城、黃棘、北煥、南平、大昌、戚里。〇《漢宮闕疏》、《隋志》不著録。《史記·高祖本紀》《索隱》、《初學記·居處部》、《御覽·居處部》十二引作《漢宮殿疏》。《後漢書·光武紀》下注引《漢宮閣疏》、《北堂書鈔·舟部》上引《漢宮室疏》，殆即一書也。《三輔黃圖》卷二引《廟記》云：長安市有九，各方二百六十六步。六市在道西，三市在道東。凡四里爲一市，致九州之人。在突門，夾横橋大道，市樓皆重屋。又曰：旗亭樓在杜門大道南。又有當市樓，有令署以察商賈貨財買賣貿易之事。三輔都尉掌之。直市在富平津西南二十五里，即秦文公造，物無二價，故以直市爲名。朱珔曰：《郡國志》云：長安大俠萬子夏居柳市，司馬季主卜于東市。西市有醴泉坊，隋曰利人市，因有西市署。據此，則市名祇此可見，餘無考。至後代於旅肆沽飲之處，每稱旗亭，蓋已起於漢矣。○《周禮》鄭注見《天官・太宰》。○《西京賦》見本書卷二。彼注不載者，以已見於此。○填，滿也。本書《恨賦》注引鄭玄《禮記》注同。今《禮記》注無之。惟《檀弓》有「填池」字，注：破爲奠徹。《玉藻》「顛實」，注有「闐滿」字。然以「闐」易「顛」，以「滿」訓「實」也。字又作「闐」，不作「填」，特「闐」、「填」字通。杜宗玉《文選通叚字會》曰：《説文》：闐，盛貌也。段注：謂盛滿於門之中也。《詩》：「振旅闐闐。」從門，《孟子》：「填然鼓之。」從土，均訓盛滿之意。《藉田賦》震震填填。注：引郭璞《爾雅注》曰：闐闐，羣行聲也。此「填」，「闐」通用之證。○「塵」字注，見《王制》。○李陵詩，《古文苑》亦止載此二句。「塞」作「蔽」，而楊慎《升菴詩話》卷五載全首，謂見《修文殿御覽》未知確否。○千，古音真部。分，古音諄部。旅、塵、連，古音元部。此通轉爲韻。又與上淵、門通轉爲韻。

於是既庶且富，娛樂無疆。都人士女，殊異乎五方。遊士擬於公侯，列肆侈於姬姜。

【注】《論語》曰：子適衛，冉有僕。子曰：「庶矣哉。」冉有曰：「既庶矣，又何加焉？」曰：「富之。」《毛詩》曰：惠我無疆。又曰：彼都人士。又曰：彼君子女。《漢書》曰：秦地五方雜錯。富人則商賈爲利，列侯貴人，車服僭上，衆庶倣效，羞不相及。鄭玄《周禮》注曰：肆，市中陳物處也。《左氏傳》：君子曰：《詩》云：雖有姬姜，無棄憔悴也。

【疏】古鈔「肆」作「女」。○《論語》，見《子路篇》。○《毛詩》，見《烈文》，下二句並見《都人士》。○《漢書》，見《地理志》。「錯」作「厝」，「做」作「放」。案：「錯」、「厝」皆「造」之借字。「放」、「仿」之借字。俗作「做」。李賢曰：五方，謂中央及四方。○肆，市中陳列處也。今《周禮》鄭注不見此文。《春官》序官注曰：肆，猶陳也。疑此注引鄭注「肆」下有「陳也」二字。「市中陳物處也」，爲李氏申明之語。各本脱去「陳也」二字耳。○《左傳》見成九年。「憔悴」作「蕉萃」。杜注曰：姬、姜，大國之女。蕉萃，陋賤之人。阮元《校勘記》曰：《漢書·文帝紀》注引亦作「蕉萃」。《詩·東門之池》《正義》引作「憔悴」。《後漢書·應劭傳》注云：「蕉萃」、「憔悴」，古通用。○《史記·貨殖傳》曰：刺繡文，不如倚市門。此言列肆意同。王先謙《後漢書集解》謂言物産之富，姬姜，非女也。誤矣。○疆、方、姜，古音陽部。

鄉曲豪舉，遊俠之雄。節慕原、嘗，名亞春、陵。連交合衆，騁騖乎其中。

【注】《莊子》曰：治州閭鄉曲。《史記》魏公子無忌曰：平原之遊，徒豪舉耳。《文子》曰：智過十人謂之豪。《漢書》曰：秦地豪桀，則游俠通姦。《史記》曰：平原君趙勝者，趙之諸公子也。諸子中勝最賢。賓客蓋至者數千人。又曰：孟嘗君名文，姓田氏。孟嘗君在薛，招致諸侯賓客，食客數千人。又曰：春申君者，楚人也，名歇，姓黄氏。考烈王以歇爲相，封春申君。客三千餘人。又曰：魏公子無忌者，魏安釐王弟也。安釐王封公子爲信陵君，致食客三千。《楚辭》曰：朝騁騖乎江皋。《説文》曰：騁，直馳也。又曰：騖，亂馳也。音務。

【疏】古鈔「舉」作「桀」。《固傳》作「俊」。○《莊子》，見《胠篋篇》。○李賢曰：豪俊遊俠，謂朱家、郭解、原涉之類也。○《史記》，見《魏公子傳》。○《文子》，見《上禮篇》。「人」下有「者」字。案：豪爲才智過人之稱，而各書所載不同。有以千人爲豪者，《鶡冠子・能天篇》、《楚辭・大招》注是也。有以百人爲豪者，《淮南・泰族篇》及高誘《吕覽》《功名》、《制樂》、《誠廉》、《知分》篇、《淮南・氾論篇》等注是也。有以十人爲豪者，《春秋繁露・爵國篇》及《文子・上禮篇》是也。説雖不同，而其爲才智過人一也。○《漢書》，見《地理志》。○《史記》平原君、孟嘗君、春申君、魏公子皆見各本傳。○《楚辭》，見《九歌》《湘君》《湘夫人》。○《説文》並見《馬部》。○雄、陵，古音蒸部。中，冬部。此通轉爲韻。○以上城市。

若乃觀其四郊，浮遊近縣，則南望杜、霸，北眺五陵。名都對郭，邑居相承。英俊之域，紱冕所興。冠蓋如雲，七相五公。

【注】鄭玄《周禮注》曰：王國百里爲郊。《漢書》曰：宣帝葬杜陵，文帝葬霸陵，高帝葬長陵，惠帝葬安陵，景帝葬陽陵，武帝葬茂陵，昭帝葬平陵。《文子》曰：智過萬人謂之英，千人謂之俊。《蒼頡篇》曰：紱，綬也。《説文》曰：冕，大夫以上冠也。《毛詩》曰：有女如雲。相，丞相也。《漢書》：韋賢爲丞相，徙平陵。車千秋爲丞相，徙長陵。黄霸爲丞相，徙平陵。平當爲丞相，徙平陵。魏相爲丞相，徙平陵。公，御史大夫、將軍通稱也。《漢書》曰：張湯爲御史大夫，徙杜陵。杜周爲御史大夫，徙茂陵。蕭望之爲前將軍，徙杜陵。馮奉世爲右將軍，徙杜陵。史丹爲大將軍，徙杜陵。然其餘不在七相之數者，並以罪國除故也。

【疏】《固傳》「紱」作「黻」。○《周禮》鄭注，乃《地官・載師》鄭玄注稱鄭司農引《司馬法》之文。而《秋官・士師》鄭玄注「王」作「去」。○李賢曰：浮游，謂周流也。○《漢書》宣帝葬杜陵，見《元帝紀》。文、高、惠、景、武、昭所葬，皆見各本紀。李賢曰：杜、霸謂杜陵、霸陵，在城南，故南望也。五陵，謂長陵、安陵、陽陵、茂陵、平陵，在渭北，故北眺也。並徙人以置縣邑，故云「名都對郭」。姚範曰：案：《漢書・原涉傳》小顏注云：五陵，謂長陵、安陵、陽陵、茂陵、平陵也。班賦南望杜霸，北眺五陵，是知杜陵、霸陵，非此五陵之數也。步瀛案：《漢書，元帝紀》注：臣瓚曰：杜陵在長安南五十里。《文帝紀》：顏注曰：霸陵在長安東南。《史記・文紀》《集解》引皇甫謐曰：霸陵去長安七十里。《漢書・高帝紀》注：臣瓚曰：長陵在長安北四十里。《惠帝紀》注：臣瓚曰：安陵在長安北三十五里。《景帝紀》注：臣瓚曰：陽陵在長安東北四十五里。《武帝紀》注：臣瓚曰：茂陵在長安西北八十里。《昭帝紀》注：臣瓚曰：平陵在長安西北七十里。《元和郡縣志》曰：關内道，京兆府，萬年縣白鹿原在縣東二十里，亦謂之霸上。漢文帝葬其上，謂之霸陵。杜陵在縣東南二十里，漢宣帝陵也。咸陽縣，漢長陵在縣東三十里，高帝陵也。安陵，惠帝陵也。在縣東北二十里。陽陵，景帝陵也，在縣東四十里。平陵，昭帝陵也，在縣西北二十里。興平縣，漢茂陵在縣東北十七里，武帝陵也。在槐里之茂鄉，因以爲名。《清統志》曰：陝西西安府，漢高帝長陵在咸陽縣東。惠帝安陵在咸陽縣東北。文帝霸陵在咸寧縣東。景帝陽陵在咸陽縣東。武帝茂陵在興平縣東北。昭帝平陵在咸陽縣東北。宣帝杜陵在咸寧縣東南。案：咸寧縣今併入長安。○《文子》，見《上禮篇》。「人」下並有「者」字，「俊」作「儁」。案：「俊」、「儁」字同。或以「儁」爲之。又案：英俊之稱，各書亦不同。有以萬人爲英者，《詩・沮洳》毛傳、

《淮南・泰族篇》、《春秋繁露・爵國篇》、高誘《齊策三》、《吕覽・知分篇》、《淮南・氾論篇》等注及《文子・上禮篇》是也。有以千人爲英者。《白虎通・聖人篇》引《禮别名記》、《荀子・儒效篇》楊注是也。有以百人爲英者。《鶡冠子・博選篇》《能天篇》是也。此英之説不同者也。有以萬人爲俊者，《鶡冠子・博選篇》《能天篇》是也。有以千人爲俊者，《春秋繁露・爵國篇》、《淮南・泰族篇》及《文子・上禮篇》、《史記・屈原傳》《索隱》引《尹文子》、《書・皋陶謨》《釋文》引馬融、鄭玄、王肅注、許慎《説文解字》、高誘《吕覽・孟夏》《孟秋紀》、《淮南・氾論》《修務篇》等注、王逸《楚辭・九章・懷沙》《七諫・沈江》等注是也。有以百人爲俊者，《白虎通・聖人篇》引《禮别名記》是也。《禮記・月令》《禮運》、《左・宣十五年》孔疏引作《辯名記》曰：十人曰選，倍選曰俊。此俊之説不同也。然數雖不同，而謂才德過人則一也。○李賢引《蒼頡篇》「紱」作「黻」。胡紹煐曰：按：古無以綬冕連文者。「紱」與「黻」同。《釋名》：黻冕，黻紩也。紩文采於衣也。經、傳「黻冕」之「黻」，並爲祭服之名。《左・宣十六年傳》：以黻冕命士會將中軍。杜注：黻冕，命卿之服。《論語・泰伯篇》：而致美乎黻冕。鄭注：黻，祭服之衣。《書》亦作「紱」。《易・困九二》：朱紱方來。《集解》：朱紱，宗廟之服是也。《倉頡篇》自指綬言之。《廣雅・釋器》紱，綬也。《小爾雅》：紱謂之綬。古紱綬異物。《説文》：綬，韍維也。綬爲韍維，故遂呼綬爲「紱」。紱維謂之綬，貫玉亦謂之綬。鄭注《玉藻》：綬者，所以貫佩玉相承受者也。至戰國始爲繫印，故有印綬之名。漢亦曰印紱。紼卽紱也。《後漢永康二年堯廟碑》：印紱相承。《爾雅》：紼，繂也。謂大索也。組謂之紼，猶索謂之紼，其義同也。此蓋假「紱」爲「黻」。步瀛案：《説文》市，韠也。篆文作「韍」，俗作「紱」。《黹部》：黻，黑與青相次文。或謂《論語》黻冕假黻爲韍，則此紱乃俗字，非借字，特不當訓爲綬耳。〇《韓策》二曰：冠蓋相望也。〇《毛詩》見《出其東門》。傳曰：如雲，衆多也。〇《漢書》韋賢以下，見各本傳。案：《史丹傳》言爲左將軍，注作大將軍，誤。梁章鉅曰：李注七相，但列五人，當是並數韋賢子玄成、平當子晏也。朱珔曰：《漢書·黄霸傳》：本淮陽陽夏人，以豪桀役使，徙雲陵，爲丞相後徙杜陵，非平陵也。步瀛案：李賢曰：七相，謂丞相車千秋，長陵人。黄霸、王商並杜陵人也。韋賢、平當、魏相、王嘉，並平陵人也。五公，謂田蚡爲太尉，長陵人。張安世爲大司馬，朱博爲司空，並杜陵人。平晏爲司徒，韋賢爲大司馬，並平陵人也。沈欽韓《後漢書疏證》卷三曰：韋賢爲大司馬。案《百官表》，當云韋賞。王氏《小學紺珠》亦沿其誤。又案：吕向曰：七相，謂車千秋、黄霸、王商、王嘉、韋賢、平當、魏相。五公，張湯、蕭望之、馮奉世、史丹、張安世。公侯、御史大夫、將軍通稱爲公焉。向注七相與賢同。五公與善同者四，又去杜周而益張安世。蓋皆以意爲説，無確證也。朱珔曰：《漢書·百官表》丞相後更名大司徒，太尉爲大司馬，御史大夫爲大司空。此漢之三公也。自應居此官，始得稱公。其中大司馬或冠以將軍，或不冠將軍。顏師古曰：冠者加於其上，共爲一官。是大司馬而稱公，非以將軍而稱公也。若前後左右將軍，不兼此二官，尤無公稱。李善注殊未覈。《後漢書注》所舉者，皆爲三官，義較長。朱銘《文選拾遺》曰：案：注七相只五人，餘二人無注。或疑並數韋賢子玄成，平當子晏，非也。若然，則下注五公，不當舉五人，張湯之子安世，曾爲大司馬，史丹之父高，亦曾爲大司馬，而注不並數，可證也。《漢書・百官公卿表》云：孝武建元六年，田蚡爲丞相。本傳云：生長陵。孝武建始四年，王商爲丞相。本傳云：徙杜陵。章懷《後漢注》補入王商，而列田蚡於五公，亦未合。據此可足七人之數。又案：《漢書・百官公卿表》：御史大夫、司徒、司馬、司空，皆位三公。將軍得通稱公者，《續漢書・百官志》云：將軍不常置，比公者四：第一，大將軍。次，驃騎將軍。次，車騎將軍。次，衛將軍。而左右前後將軍不在比公之列。《漢書》首列三公，其將軍不冠大司馬者，列第四等。則將軍在三公之下明矣。孝宣神爵元年，蕭望之爲御史大夫。孝武元光元年，張歐爲御史大夫。本傳云：家陽陵。孝宣黃龍元年，史高爲大司馬、車騎將軍。當去馮奉世、史丹，以此補之。又李注七相云：其餘不在七相之數者，並以罪國除故也。案：張湯於元狩六年有罪自殺，亦當去張湯，以其子安世補之。《表》云：孝宣地節元年，張安世爲大司馬車騎將軍。○陵、承、興，古音蒸部。中，冬部。公，東部。通轉爲韻。

與乎州郡之豪傑，五都之貨殖，三選七遷，充奉陵邑。蓋以强幹弱枝，隆上都而觀萬國也。

【注】《文子》曰：智過百人謂之傑，十人謂之豪。《漢書》曰：王莽於長安及五都立五均，更名雒陽、邯鄲、臨淄、宛、成都市長，皆爲五均司市稱師。三選，謂選三等之人。七遷，謂遷於七陵也。《漢書》曰：徙吏二千石、高訾富人及豪傑兼并之家於諸陵。蓋亦以强幹弱枝，非獨爲奉山園也。又元帝詔曰：往者有司緣臣子之義，奏徙郡國人以奉園陵，自今所爲陵者，勿置縣邑。然則元帝始不遷人陪陵。自元以上，正有七帝也。《春秋漢含孳》曰：强幹弱流，天之道。宋均曰：流，猶枝也。《左傳》曰：魯諸大

夫曰：禹會諸侯於塗山，執玉帛者萬國。

【疏】古鈔「傑」作「桀」，通借字。李賢曰：「選」或爲「徙」，義亦通。案：《固傳》及六臣本，「國」下無「也」字。○《爾雅・釋言》曰：觀，示也。郝懿行《義疏》曰：觀者，見之示也。《考工記・㮚氏》云：以觀四國。《莊子・大宗師篇》云：以觀衆人之耳目。《釋文》並云：觀，示也。胡紹煐曰：按《左・襄十三年傳》：觀兵於南門。《周語》：先王耀德不觀兵。杜、韋注並云：觀，示也。《吕覽・博志篇》：此其所以觀後世已。注：觀，示也。蓋古多以「視」爲「示」，故時人以見者謂之視，亦謂之觀。○袁本「文子」上有「豪傑者」三字。《文子》，見《上禮篇》。「人」下並有「者」字。案：傑之稱，諸書亦不同，有以萬人爲傑者，《白虎通・聖人篇》引《禮別名記》、《孟子・公孫丑上》趙注、《楚辭・大招》王注、《吕覽・孟夏紀》高注、《荀子・非相篇》《儒效篇》楊注皆是也。而《吕覽・孟秋紀》高注、《史記・屈原傳》《索隱》引《尹文子》、《禮運》、《左傳・宣十五年》孔疏引《辨名記》並作「桀」。有以千人爲傑者《吕覽・功名篇》《淮南・時則篇》高注是也。《齊策》三高注作「桀」。有以百人爲傑者，《春秋繁露・爵國篇》及《文子・上禮篇》是也。有以十人爲傑者，《淮南・泰族篇》是也。蓋傑爲桀然獨出之義，故十、百、千、萬均可言也。○《漢書・食貨志》曰：王莽於長安及五都立五均官，更名長安東西市令，及洛陽、邯鄲、臨淄、宛、成都市長，皆爲五均司市稱師。東市稱京，西市稱畿，洛陽稱中，餘四都各用東西南北爲稱。案：此注尤本「王莽於」下脱「長安及」三字。「五均」作「均官」。「司市」下無「稱」字。袁本同。今依茶陵本。又尤本「成都」作「城都」。今依袁、茶陵二本。又各本「市長」下皆衍有「安」字。今依陳氏校删。朱珔曰：《食貨志》上文云：樂語有五均。注引鄧展曰：樂語，樂元語。《河閒獻王所傳》道五均事。臣瓚曰：其文云：天子取諸侯之土，以立五均，則市無二價，四民常均。彊者不得困弱，富者不得要貧，則公家有餘，恩及小民矣。據此是西漢時市已有五均，其并洛陽等五都立之，乃莽之變制也。○《論語·先進篇》：賜不受命而貨殖焉。何晏《集解》曰：唯財貨是殖。皇侃疏曰：財物曰貨，種藝曰殖。《史記·貨殖傳》《索隱》曰：殖，生也。生資財貨利也。○次引《漢書》，見《地理志》。○「然則元帝始不遷人陪陵」，「則」字依胡克家、張雲璈諸家説，當衍。○《史記·漢興以來諸侯王年表》曰：彊本幹弱枝葉之勢也，尊卑明而萬事各得其所矣。與《春秋緯》説可相證。○《左傳》，見哀七年。○殖、國，古音之部。邑，緝部。通轉爲韻。

封畿之内，厥土千里，逴躒諸夏，兼其所有。

【注】《漢書》曰：雒邑與宗周通封畿爲千里。又曰：秦地沃野千里，人以富饒。逴躒，猶超絶也。逴，音卓。躒，吕角切。《論語》：子曰：「夷狄之有君，不如諸夏之亡也。」

【疏】六臣本「逴躒」作「卓犖」。李周翰曰：卓犖，超絶也，《固傳》作「逴犖」。胡克家曰：「逴躒，猶超絶也」，茶陵本作「卓犖」，或作「逴躒」，袁本與此同。案：茶陵乃校語，錯入注也。正文，善「逴躒」，《後漢書》「逴犖」，五臣「卓犖」，二本作「卓犖」者，亂之。尤所見未誤。袁此注亦未誤。胡紹煐曰：本書《魏都賦》魏都之卓犖，《典引》卓犖乎方州，並作「卓犖」。然則善本亦當作「卓犖」。後人依或本作「逴躒」並删注文「卓犖或作逴躒」六字。「逴躒，猶超絶也」，是翰注攙入。步瀛案：本書《魏都賦》、《薦禰衡表》

李注，引此賦，均作「卓躒」。胡枕泉謂善本亦當作「卓犖」，恐未確。《考異》本出顧千里廣圻手，其説近是。○兩引《漢書》，並見《地理志》。「人」作「民」，此避諱改。《詩·玄鳥》曰：邦畿千里。毛傳曰：畿，疆也。本書《西京賦》注、《公羊·桓九年》徐疏引《詩》皆作「封畿」。案：《論語·季氏篇》《釋文》曰：「邦」，鄭本作「封」，是「封」「邦」字通。○《論語》見《八佾篇》。李賢曰：諸夏，謂中國也。○里、有，古音之部。

其陽則崇山隱天，幽林穹谷，陸海珍藏，藍田美玉。

【注】《上林賦》曰：崇山嵸巃崔嵬。楊雄《蜀都賦》曰：蒼山隱天。《韓詩》曰：皎皎白駒，在彼穹谷。薛君曰：穹谷，深谷也。《漢書》：東方朔曰：「漢興，去三河之地，止霸滻以西，都涇渭之南。此謂天下陸海之地。」《范子計然》曰：玉英出藍田。

【疏】《上林賦》見本書第八卷。崇山，即南山也。○《南都賦》注引《蜀都賦》與本注同。《古文苑》「蒼」作「倉」。章樵注本亦作「蒼」。○注引《韓詩》「穹谷」，各本作「空谷」。梁章鉅曰：何校「空」改「穹」，陳同，是也。各本皆誤。本書陸機《苦寒行》注引正作「穹」。許巽行曰：注引《韓詩》「穹谷」，校《文選》者據《毛詩》，輒臆改爲「空谷」。《吕覽》：伊尹生於穹桑。《春秋緯》：少昊邑於穹桑。步瀛案：《吕覽·本味篇》作「空桑」。所引《春秋緯》不言出自何書。檢諸家所輯《春秋緯》亦無此文。惟《祭法》孔疏引《春秋命曆序》，但云窮桑氏，亦不合。二證皆未確。然此注引《韓詩》自應作「穹」。○《漢書》見《東方朔傳》。「此謂」注誤作「北謂」，今依《朔傳》及李賢注引改。又《朔傳》「謂」上有「所」字。顔注曰：高平曰陸，關中地高，故稱陸。海者，萬物所出。言關中山川物産饒富，是以謂之陸海也。又《地理志》言秦地號稱陸海。梁章鉅曰：《水經·江水注》：《益州記》曰：江至都安堰，其右檢其左，其正流遂東，郫江之右也。因山頹水，坐致竹木，以溉諸郡。又穿羊摩江，灌江西於玉女房下白沙郵，作三石人立水中，刻要江神，水竭不至足，水盛不没肩。是以蜀人旱則藉以爲溉，雨則不遏其流。故記曰：水旱從人，不知饑饉，沃野千里，世號陸海，謂之天府也。○本書《西京賦》、《甘泉賦》、《七命》、《運命論》注引《范子計然》與本注同。李賢引無「英」字。張雲璈曰：《史記·貨殖傳》徐廣注：計然，范蠡師，名研。裴駰曰：計然，葵丘濮上人，姓辛字文子。默希子引以爲據。然自班固時已疑其依託，况未必當時本書乎。至以文子爲計然之字，尤不可考信。《唐書·藝文志》：《范子計然》十五卷，范蠡問，計然答也。

商洛緣其隈，鄠杜濱其足，源泉灌注，陂池交屬。

【注】《漢書》：弘農郡有商縣、上雒縣。扶風有鄠縣、杜陽縣。《説文》曰：隈，水曲也。於回切。孔安國《尚書傳》曰：濱，涯也。又曰：澤鄣曰陂，停水曰池。

【疏】胡紹煐曰：依《注》則正文「洛」當作「雒」。○《漢書》，見《地理志》。弘農郡商縣，原注曰：秦相衛鞅邑也。《水經·丹水篇》曰：東南過商縣南。酈注曰：契始封商。皇甫謐、闞駰並以爲上洛商縣也。《史記·殷本紀》《正義》引《括地志》曰：商州東八十里，商洛縣，本商邑，古之商國。帝嚳之子卨所封也。《清統志》曰：商州商洛故城，在州東。案：商州今改商縣。《地理志》：弘農郡上雒縣，原注曰：

《禹貢》：雒水出冢領山。《水經·丹水注》引《地道記》曰：郡在洛上，故以爲名。《清統志》曰：商州上洛故城，今州治。《地理志》：右扶風鄠縣，原注曰：古國，有扈谷亭。扈，夏啟所伐。王念孫校：「國」上當有「扈」字，「亭」上當有「甘」字。《元和郡縣志》曰：京兆府鄠縣，本夏之鄠國，至秦改爲鄠邑。故鄠城在縣北二里。《清統志》曰：西安府鄠縣，故城在今鄠縣治。《地理志》：右扶風杜陽縣，原注曰：杜水南入渭。《水經·渭水注》曰：武水發杜陽縣大嶺側，俗名大橫水也。疑卽杜水矣。其水東南流，東逕杜陽縣故城，世謂之故縣川。又故虢縣有杜陽山，山北有杜陽谷。有地穴，北入，不知所極。在天柱山南，故縣取名焉。亦指是水而攝目矣。《清統志》曰：鳳翔府，杜陽故城，在麟游縣西北。惠棟《後漢書補注》曰：盛弘之《荆州記》曰：上洛有商山，班孟堅所謂「商洛緣其隈」。《高士傳》謂地肺卽此。步瀛案：《太平御覽·地部》引《荆州記》「隈」作「隅」，蓋誤。《太平寰宇記》商州商洛縣引作「隈」。梁章鉅曰：宋敏求《長安志·總叙》引東方朔曰：汧隴以東，商洛以西，厥壤肥饒。似亦指商山、洛水而言。胡紹煐曰：宋敏求引見《漢書·東方朔傳》。商縣、上雒縣蓋亦由商山、洛水得名。下句鄠、杜並縣名，則商洛不必定指爲商山、洛水也。○《説文》見《𨸏部》。朱珔曰：今《説文》：隈，水曲隩也。本書《海賦》注所引，與此皆無「隩」字。又《琴賦》注及《列子》《釋文》並云：隈，水曲也。當亦本《説文》。疑今本「隩」字衍。但《説文》隩，水隈厓也，則「隩」「隈」義正通。沈濤《説文古本考》卷十四曰：《西都賦》、《海賦》、《七發》注引皆作「隈，水曲也」，曹子建《應詔詩》注引「隈，曲也」，謝靈運《從斤竹澗越嶺西行》注引「隈，山曲也」，皆傳寫或奪或誤，非古本無「隩」字。《一切經音義》卷二一、卷十四所引皆有「隩」字，可證。卷十引「隩」作「隈」，乃傳寫之誤。○僞孔傳，見《禹貢》及僞《泰誓》上。李賢曰：濱，猶近也。近南山之足。

竹林果園，芳草甘木，郊野之富，號爲近蜀。

【注】言秦境富饒，與蜀相類，故號近蜀焉。《漢書》曰：秦地南有巴蜀廣漢，山林竹木蔬食果實之饒。《爾雅》曰：邑外曰郊，郊外曰野。

【疏】《固傳》「號爲」作「號曰」。○《漢書》，見《地理志》。「蔬」作「疏」。○李賢引《爾雅》與本注同。今《釋地》作「邑外謂之郊，郊外謂之牧，牧外謂之野」。郝懿行《義疏》曰：《詩・駉》傳：邑外曰郊，郊外曰野。《説文》亦云：邑外謂之郊，郊外謂之野。俱本《爾雅》，而無「郊外謂之牧」句。《詩・叔于田》箋及《遂人》注亦云，郊外曰野。是李善所見本與毛、鄭、許同。○谷、玉、足、屬、木、蜀，古音同在侯部。

其陰則冠以九嵕，陪以甘泉。乃有靈宫起乎其中，秦漢之所極觀，淵雲之所頌歎，於是乎存焉。

【注】《漢書》：谷口縣，九嵕山在西。《戰國策》：范雎説秦王曰：「大王之國，北有甘泉、谷口。」《漢書》：公孫卿曰：「仙人好樓居。」於是上令甘泉作延壽館、通天臺。《漢宫闕疏》曰：甘泉林光宫，秦二世造。《漢書》曰：王子淵爲《甘泉頌》。又曰：楊子雲奏《甘泉賦》。

【疏】李賢曰：陰，謂北也。九嵕山尤高峻，故稱冠云。○《漢書》見《地理志》。朱珔曰：案：谷口縣於

《志》屬左馮翊，蓋今之醴泉縣地。縣東北七十里有谷口故城。九嵏在今縣東北五十里，則山於漢時爲縣治之西矣。《方輿紀要》謂九峯俱峻，山之南麓卽咸陽北阪也。《志》云：山高六百餘丈，周十五里，與甘泉相埒。《西京賦》：九嵏甘泉，涸陰沍寒。山之北謂之嶺北。晉以後新平、北安定諸郡，皆爲嶺北地也。○《國策》見《秦策三》。《史記·范雎傳》《正義》引《括地志》云：甘泉山一名鼓原，俗名磨石嶺，在雍州雲陽縣西北九十里。《關中記》云：甘泉宮在甘泉山上，年代永久，無復甘泉之名，失其實也。宮北云有連山，土人謂爲磨石嶺。朱珔曰：《方輿紀要》引舊志云：甘泉山在雲陽縣西北八十里，登者必自車廂坂而上。坂在雲陽縣西北三十八里，縈回曲折，車軌纔通。上坂卽平原宏敞，樓觀相屬。范雎所說卽此。雲陽故城在今涇陽縣縣西北百二十里，有甘泉山。《紀要》又云：山周六十里，一名石鼓原，一名磨石原，亦曰磨盤嶺，亦曰車盤嶺。甘泉出焉。其地最高，去長安三百里，望見長安城堞。○次引《漢書》，見《郊祀志》。後引，見《王褒傳》及《楊雄傳》。李賢曰：甘泉山在雲陽北，秦始皇於上置林光宮。漢又起甘泉宮，益壽、延壽館，通天臺，故云「秦漢之所極觀」。王褒字子淵，作《甘泉頌》，楊子雲作《甘泉賦》，故云「淵雲頌歎」。劉良曰：秦漢之君皆於此游觀。王先謙《後漢書集解》曰：《黄圖》：林光宮，胡亥所造，從廣各五里，在雲陽縣界。注言始皇誤。步瀛案：李注引《漢宮闕疏》與《黄圖》合。然《黄圖》又曰：甘泉宮一曰雲陽宮。《史記》秦始皇二十七年作甘泉宮及前殿，築甬道自咸陽屬之。《關輔記》曰：林光宮一曰甘泉宮，秦所造，今在池陽縣西。故甘泉山，宮以山爲名。宮周匝十餘里。漢武帝建元中增廣之，周十九里，去長安三百里，望見長安城。是《關輔記》但言秦造，而今本《黄圖》引《史記・秦始皇本紀》以當之，非也。程大昌《雍録》卷二，謂甘泉有三，秦甘泉在渭南，漢甘泉在雲陽磨石嶺上，隋甘泉在鄠縣。隋甘泉或襲秦舊，要非漢之甘泉宫也。其辨至爲明瞭。《元和郡縣志》曰：京兆府雲陽縣甘泉山，一名磨石嶺。雲陽宫即秦之林光宫。漢之甘泉宫在縣西南八十里甘泉山上。《清統志》曰：陝西邠州甘泉宫，在淳化縣西南甘泉山。○峻，古音在東部。宫、中，在冬部。通轉爲韵。泉、觀、歎、焉，元部。

下有鄭白之沃，衣食之源。提封五萬，疆埸綺分，溝塍刻鏤，原隰龍鱗。決渠降雨，荷插成雲。五穀垂穎，桑麻鋪棻。

【注】《史記》曰：韓聞秦之好興事，欲罷之，無令東伐。迺使水工鄭國閒説秦，令鑿涇水自中山西抵瓠口爲渠，並北山東注洛，溉舄鹵之地四萬餘頃，收皆畝税一鍾。命曰鄭國渠。又曰：趙中大夫白公，復奏穿渠，引涇水，首起谷口，尾入櫟陽，注渭，溉田四千餘頃。因曰白渠。人得其饒，歌之曰：「田於何所，池陽谷口。鄭國在前，白渠起後。舉插爲雲，決渠爲雨。涇水一石，其泥數斗。且溉且糞，長我禾黍。衣食京師，億萬之口。」天子畿方千里，提封百萬井。臣瓚案：舊説云：提，撮凡也。言大舉頃畝也。韋昭曰：積土爲封限也。《毛詩》曰：疆埸有瓜。《周禮》曰：十夫有溝。鄭玄曰：遂，廣深各二尺，溝倍之。《説文》曰：塍，稻田之畦也。音繩。《爾雅》曰：高平曰原，下濕曰隰。《周禮》曰：以五穀養病。《漢書音義》：韋昭曰：黍稷，菽麥稻也。《毛詩》曰：實穎實栗。毛萇曰：穎，垂穎也。《小雅》曰：禾穗謂之穎。《爾雅》曰：鋪，布也。普胡切。王逸《楚辭注》曰：紛，盛皃也。「棻」與「紛」古

字通。

【疏】古鈔及五臣「提」作「隄」。古鈔「插」作「臿」。五臣「鍤」作「敷」。《固傳》並同。五臣「菜」作「紛」。○《史記》，見《河渠書》，又見《漢書・溝洫志》。「又曰」以下，乃《溝洫志》之文。「天子畿方千里」以下，乃《刑法志》之文，皆《漢書》。以此知「史記」二字當本作「漢書」，爲後人所改。「又曰」二字本在「天子畿方千里」句上，又誤移「趙中大夫白公」句上。遂致皆混爲《史記》之文，舛謬甚矣。更有可證者，如「無令」《史》作「毋令」，六臣本作「無」。「迺使」《史》作「乃使」，「並北山」《史》作「並北山」。此皆與《漢書》合。惟「命曰」《漢書》作「名曰」，或通用之耳。又「罷」下脱「之」字。《史記》、《漢書》皆有，今依何校補。又《志》注「渭」下有「中袤二百里」五字，「四千」下有「五百」二字，或李氏節去。「民」改「人」則避諱耳。「揷」字，《志》作「臿」。顏注曰：臿，鍫也，所以開渠者。注依正文作「揷」，乃借字。又鄭白事同在《溝洫志》，故可不加「又曰」字。而「天子畿方千里」既爲《刑法志》之文，宜有「又曰」字以別之也。案：《廣雅・釋訓》曰：堤封，都凡也。王念孫《疏證》曰：堤封，亦大數之名，猶今人言通共也。《漢書・刑法志》：一同百里，堤封萬井。蘇林注云：提音祇，陳留人謂舉田爲祇。李奇注云：提，舉也。舉四封之内也。顏師古注云：李説是也。提讀如本字，蘇音非也。説者或以爲積土爲封，謂之堤封。既改文字，又失義也。按：諸説皆非也。提封卽都凡之轉。提封萬井，猶言通共萬井耳。《食貨志》云：地方百里，提封九萬頃。《地理志》云：提封田一萬四千五百一十三萬六千四百五頃。《匡衡傳》云：樂安鄉本田提封三千一百頃。義並與此同。若訓提爲舉，訓封爲四封，而云舉封若干井，舉封若干頃，則甚爲不辭。又《東方朔傳》云：「迺使大中大夫吾丘壽王，與待詔能用算者二人，舉籍阿城以南，盩厔以東，宜春以西，堤封頃畝及其賈直。」亦謂舉籍其頃畝之大數及其賈直耳。若云舉封頃畝，則尤爲不辭。且上言舉籍，下不當復言舉封，以此知諸説之皆非也。「堤封」與「提封」同。蘇林音祇，曹憲音時。《集韻》音常支切，字作隄。引《廣雅》：隄封，都凡也。李善本《文選·西都賦》「提封五萬」，五臣本及《後漢書·班固傳》並作「隄封」。提封爲都凡之轉，其字又通作「堤」、「隄」，則亦可讀爲都奚反。凡假借之字，依聲託事，本無定體，古今異讀，未可執一。顔注以蘇林音祇爲非。《匡謬正俗》又謂提封之提，不當作「隄」字，且不當讀爲都奚反，皆執一之論也。○《毛詩》見《信南山篇》。○《周禮》，見《地官·遂人》。○《説文》，見《土部》。今本作「塍，稻中畦也」。李賢引作「田畦也」。段氏據《韻會》等合訂，作「稻田中畦埒也」。沈濤據《爾雅·釋丘》《釋文》引塍稻田畦隄埒畔，謂蓋古本如是，未知確否。玄應《一切經音義》九又十五，慧琳《音義》四十六引，皆作「稻田畦也」。今本「中」字疑「田」字之譌。○《爾雅》，見《釋地》，「濕」當作「溼」。《釋文》曰：「溼」，俗作「濕」。○《周禮》，見《天官·疾醫》。《漢書音義》韋昭注云云，梁章鉅曰：此《管子·地員篇》説。鄭注《周禮·職方》高誘注《淮南子·修務訓》並同。而鄭注《天官·疾醫》之「五穀」，又據《月令》，以麻、菽、稷、麥、豆爲五。王逸注《楚辭·大招》之五穀，又以稻稷麥豆麻爲五，則不知究以何説爲確也。步瀛案：李賢注亦引韋昭説。《孟子·滕文公上》趙注、《淮南·修務篇》高注並與韋昭同，此一説也。《大戴禮·曾子天圓篇》盧注、《漢書·食貨志》顔注、《荀子·儒效篇》「五種」，楊注並與《周禮·疾醫》鄭注同。此又一說也。《周禮・夏官・職方氏》「五種」，鄭注與第一說同。《漢書・地理志》顏注從之。而《周書・職方篇》孔注豫州五種與第一說同，并州五種與第二說同。蓋各以目驗爲說耳。《楚辭・大招》王注又與前二說不同，蓋本《范子計然》。《初學記・寶器部》引《范子計然》以麥、稻、麻、菽、禾爲五穀。禾卽稷也。以上三說不同。此賦五穀與桑麻並舉，則孟堅不以五穀中有麻明矣。故當以第一說爲合。又案：《疾醫》賈疏謂鄭義依《月令》。今案：《呂覽》十二紀、《淮南・時則篇》、《史記・天官書》皆同，然未嘗明言爲五穀也。《管子・地員篇》言五種以下，舉黍、稷、菽、麥、稻，然亦未明言爲五穀。《素問・金匱真言論》以麥、黍、稷、稻、豆配五方五色，而《五常政大論》又以麻、麥、稷、稻、豆配五行，亦未明言何者爲五穀。故皆不引。又程瑤田《九穀考》專以禾屬粱，非是。高潤生《爾雅穀名考》駁之甚詳碻，不具載。○《毛詩》見《生民篇》。○《小爾雅》見《廣物》。《爾雅》無「鋪，布也」之訓，亦《小爾雅・廣詁》之文。錢大昭《後漢書辨疑》曰：「「敷」、「鋪」古字通。《詩・常武》：鋪敦淮濆。鄭解「鋪」爲陳。《韓詩》作「敷」，云大也。步瀛案：見《釋文》。○王逸《楚辭注》，見《離騷》。○李氏以「棻」爲「紛」之通借字。張銑曰：敷，紛盛貌，薛傳均《文選古字通》曰：《長笛賦》：紛葩爛熳。注：紛葩，盛多貌。「棻」卽《說文》之梤字，香木也，義異。其正字宜作「紛」。「紛」、「棻」皆從分得聲，故可通用。朱珔曰：注以「棻」爲「紛」之借字，固可通。但「棻」本「梤」之隸變。《說文》：梤，香木也。從木，岎聲。篆體本作「岎」。象香氣上出。此處上句「五穀垂穎」，穎爲禾穗，蓋謂垂其穗末，則「鋪棻」當亦謂布其香氣，似此於對偶尤稱。○源，古音元部。分、雲、棻，諄部。鱗，真部。通轉爲韻。

東郊則有通溝大漕，潰渭洞河，汎舟山東，控引淮湖，與海通波。

【注】言通溝大漕，既達河渭，又可以汎舟山東，控引淮湖之流，而與海通其波瀾。《漢書・武紀》曰：穿漕渠通渭。如淳曰：水轉曰漕。《蒼頡篇》曰：潰，旁決也。胡對切。《説文》曰：洞，疾流也。《國語》曰：秦汎舟於河，歸糴於晉。《史記》曰：滎陽下引河東南爲鴻溝，以與淮泗會也。

【疏】《固傳》「汎」作「泛」。○《漢書》見《武帝紀》元光六年。此注尤本、張本作「道渭」，六臣本作「通」，與《漢書》合，從之。如淳注「轉」下有「運」字。《史記・河渠書》曰：元光中，鄭當時爲大農，言曰：異時關東漕粟，從渭中上度，六月而罷，而漕水道九百餘里，時有難處。引渭穿渠，起長安，並南山下至河三百餘里，徑，易漕，度可令三月罷，而渠下民田萬餘頃，又可得以溉田。天子以爲然，令齊人水工徐伯表悉發卒數萬人，穿漕渠，三歲而通。又見《溝洫志》。劉奉世《兩漢刊誤》曰：今渭汭至長安僅三百里，固無九百餘里，而云穿渠起長安傍南山至河，中閒隔灞滻數大川，固又無緣山成渠之理。此説可疑。今亦無其迹。《困學紀聞》卷十六曰渭水熙州狄道縣東北至華州華陰入河，引劉説及此賦。張雲璈曰：蓋以班氏爲不然。朱珔曰：史公親在當時所紀，何至乖錯？且《漢書・溝洫志》亦因之，而此賦復言之，不得謂無其事。其所云九百餘里者，或有誤字。抑漕渠未開時，水道迂迴，皆不可知。若霸、滻二水，本俱入渭，當無所隔。《水經・渭水下篇》注云：霸水又北，左納漕渠，絶霸右出焉。又東北逕新豐縣右，合漕渠，漢大司農鄭當時所開也。以渭難漕，乃穿渠，引渭合渠，自昆明池南傍山原，東至於河，且田且漕。是北魏時故渠依然。《方輿紀要》云：唐天寶三載，韋堅爲運使，規漢隋舊渠，皆起關門，西抵長安，通山東租賦。太和元年，歲旱河涸，咸陽舊有興成堰，秦漢故渠也。咸陽令韓遼請疏之，東抵潼關二百里，可罷車輓之勞，從之。蓋唐代其迹尚存。又云：天復四年，朱全忠刼遷車駕於洛陽，毁長安宫室百司，及民閒廬舍，取其材，沿河而下。長安自此邱墟，而漕渠亦廢。則唐以後始湮没。劉氏宋人，遂云然耳。又攷杜篤《論都賦》云：洪渭之流，徑入於河，大船萬石，轉漕相過。正與此賦相發明也。○《蒼頡篇》，李賢引同。玄應《一切經音義》卷九、卷十引並同。○《説文》見《水部》。○《國語》見《晉語》九。「汎」作「氾」。《左・僖十三年》作「汎」。《固傳》作「泛」。《説文》曰：汎，浮貌。泛，浮也。二字聲義皆相近。作「氾」者，通借字。○《史記》見《河渠書》。《索隱》曰：鴻溝，楚漢中分之界。文穎云：卽今官渡水也。蓋爲二渠，一南經陽武爲官渡水，一東經大梁城，卽河溝，今之汴河是也。朱珔曰：《元和志》云：禹塞滎澤，開渠以通淮泗。然《史記》言九川既疏，諸夏艾安，功施於三代。自是之後爲鴻溝，則鴻溝非禹跡可知。攷《左氏・僖十三年傳》：秦輸粟於晉，自雍及絳相繼，命之曰汎舟之役。杜注：從渭水運入河汾，而不及淮泗。《禹貢》揚州貢道，沿于江海，達于淮泗，與此所云控引淮湖，與海通波者頗合。但彼時帝都在冀州，非關中也。則由淮泗而通河入渭，固漢代事。後《西征賦》云：漕引淮海之粟，正亦謂此。《河渠書》又云：其後河東守番係言：漕從山東西歲百餘萬石，更砥柱之限，敗亡甚多，而亦煩費。穿渠引汾，溉皮氏、汾陰，下引河溉汾陰、蒲坂下，度可得五千頃。故盡河堧棄地，民茭牧其中耳。今溉田之，度可得穀二百萬石以上。穀從渭上與關中無異。而砥柱之東，可無復漕。天子以爲然。發卒數萬人作渠田。數歲，河移徙，渠不利。久之，河東渠田廢。此西京漕運之變也。若《方輿紀要》云：明帝永平中，命王景修渠，絶水立門，河汴分流，復其舊迹，亦曰滎陽漕渠。時已都洛陽，故加經理，而非運入關中矣。○河、波，古音歌部。

西郊則有上囿禁苑，林麓藪澤，陂池連乎蜀漢，繚以周牆，四百餘里。離宮別館，三十六所。神池靈沼，往往而在。

【注】上囿，禁苑卽林苑也。《羽獵賦》曰：開禁苑。《穀梁傳》曰：林屬於山爲麓。鄭玄《周禮注》曰：澤無水曰藪。《漢書》有蜀郡、漢中郡。繚，猶繞也。《三輔故事》曰：上林連綿四百餘里。繚，力鳥切。離別，非一所也。《上林賦》曰：離宮別館，彌山跨谷。《三秦記》曰：昆明池中有神池，通白鹿原。《毛詩》曰：王在靈沼。

【疏】《説文繫傳》卷二十六引「繚」作「撩」。尤本「牆」作「墻」，俗字。今依六臣本。○劉良曰：陂池，旁頽貌。胡紹煐曰：按：本書《上林賦》：陂池貏豸。郭璞注：陂池，旁穨貌也。良注本此。字亦作「陂陁」。《釋名》：山旁曰陂，言陂陁也。《廣雅》：陂阤，險也。陂池，猶迤邐。然則陂池爲形容之辭，非澤鄣曰陂，停水曰池矣。○《羽獵賦》見本書卷八。○《穀梁傳》見僖十四年。「麓」作「鹿」，通借字。李賢引亦作「麓」。○《周禮注》見《天官·冢宰》。○《漢書》見《地理志》。此注尤本「蜀郡」誤作「蜀都」，今依張本及六臣本改。○《楚辭·九歎·遠逝》王注曰：繚，繞也。○《三輔故事》，《西京賦注》亦引之，較此注爲詳。然《黃圖》卷四《上林苑》引《漢宮殿疏》云：方三百四十里。《漢舊儀》云：方三百里。〇李賢曰：《三輔黄圖》曰：上林有建章、承光等一十一宫。平樂、繭觀等二十五，凡三十六所。案：《玉海》一百六十五引此作《選注》，今李注無此文。許巽行謂：今《選注》脱。姜皋曰：宋氏《長安志》載上林諸宫之名曰：建章、承光、儲元、包陽、尸陽、望遠、犬臺、宣曲、昭臺、蒲萄凡十，别列長楊宫。注云：秦時宫，以非漢建也。而《三輔黄圖》則曰上林有長楊宫，如是適得一十一宫。又《三輔黄圖》載昆明觀，武帝置，又有繭觀、平樂、遠望、燕昇、象觀、便門、白虎、三爵、陽禄、陰德、鼎郊、樛木、椒唐、魚鳥、元華、走馬、柘觀、上蘭、郎池、當路等觀，皆在上林。又載豫中觀，武帝造。「中」當是「章」字，在昆明池中，亦曰昆明觀。又載飛廉觀，在上林。白鶴觀在昆明池東，涿木觀在上林苑。除豫中卽昆明外，衹得二十四所。攷《玉海》引《外戚傳》云：上林有涿沐觀、雲林觀。涿木當卽涿沐，加以雲林則適得二十五觀也。胡紹煐曰：按《三輔黄圖》：扶荔宫在上林苑中。漢武帝所造，然則一十一宫，當數扶荔，不數長楊矣。其雲林亦載《三輔黄圖》昭臺宫下。余蕭客《文選紀聞》曰：上林在長安城西。善注西郊禁苑，卽上林苑，是也。《黄圖》别出西郊苑地四百里，離宫三百，則過未央、建章、甘泉遠甚。何自孟堅外，諸賦不言其中宫館，雜名亦不一見？蓋《黄圖》影附孟堅賦爲此説。步瀛案：《黄圖》於上林苑外，又出西郊苑，蓋後人所亂。然章懷注言一十一宫，二十五館，是唐本已載宫館之名。《玉海》一百六十五言《黄圖》又有昆明、遠望、燕昇、象觀、便門、白鹿、三爵、陽禄、陰德、走馬、柘觀、上蘭、郎地、當路等觀，又有飛廉觀，是宋本又載昆明等名矣。然王氏所未舉者，其果同今本諸名否，則不能無疑。《長安志》引《關中記》曰：上林苑宫十二，觀二十五。建章宫、承光宫、儲元宫、包陽宮、尸陽宮、望遠宮、犬臺宮、宣曲宮、昭臺宮、蒲萄宮，繭觀、平樂觀、博望觀、益樂觀、便門觀、衆鹿觀、樛木觀、三爵觀、陽祿觀、陰德觀、鼎郊觀、椒唐觀、當路觀、則陽觀、走馬觀、虎圈觀、上蘭觀、昆池觀、豫章觀、郎池觀、華光觀，以上十二宮二十二觀，在上林苑中。案：宮言十二，而所舉之名僅十，觀言二十五，後又言二十二，而所舉之名，僅二十一。蓋有脱誤。據《御覽・居處部》七引有柘觀，則二十二。若加王氏所舉之飛廉、涿沐、雲林則亦合二十五觀之數。而與王氏所舉《黄圖》上林等觀名又有不同，亦未能一一附合之也。又案：「館」「觀」字古通用。段玉裁曰：「館」古假「觀」爲之。六朝時凡今道觀皆謂之「某館」，至唐始定謂之觀。○李賢注引《三秦記》與本注同。案：《三輔黄圖》卷四引《三秦記》曰：昆明池中有靈沼，名神池。○《毛詩》，見《靈臺篇》。○苑、漢，古音元部。澤、所，魚部。里、在，之部。魚、之二部，通轉爲韵。

其中乃有九真之麟，大宛之馬，黄支之犀，條支之鳥。踰崐崘，越巨海，殊方異類，至于三萬里。

【注】《漢書》：宣帝詔曰：九真獻奇獸。晉灼《漢書注》曰：駒形，麟色牛角。又《武紀》曰：貳師將軍廣利，斬大宛王首，獲汗血馬。又曰：黄支自三萬里貢生犀。又曰：條枝國臨西海，有大鳥，卵如甕。《山海經》曰：帝之下都，崑崙之墟，高萬仞。《河圖括地象》曰：崑崙在西北，其高萬一千里。《子虛賦》曰：東注巨海也。

【疏】古鈔本、毛本、六臣本「條支」作「條枝」。《固傳》同。古鈔「至」下無「于」字。○詔見《宣紀》神爵元年。注引晉灼曰：《漢注》駒形，麟色牛角，仁而愛人。《地理志》九真郡原注曰：武帝元鼎六年開。《水經·温水注》曰：治胥浦縣。《方輿紀要》曰：安南清化府胥浦廢縣，在府西，漢置縣，爲九真郡治。

○《武紀》得大宛馬，在太初四年。又見《李廣利傳》、《西域傳》上。《史記·大宛傳》曰：大宛多善馬，馬汗血，其先天馬子也。《索隱》曰：宛音苑，又于袁切。《正義》引《括地志》曰：率都沙那國，亦名蘇對沙那國，本漢大宛國。李光廷《漢西域圖考》曰：大宛，今霍罕地，由疏勒而西，出葱嶺，爲大宛。月氏，大宛在北。今霍罕國八城，皆其地。王先謙曰：今敖罕地，元時所謂賽馬爾罕城也。其西北境兼有今布哈爾之地。敖罕近爲布哈爾所并。

○黄支自三萬里貢生犀，見《王莽傳上》。《平帝紀》曰：元始二年春，黄支國獻犀牛。注引應劭曰：黄支在日南之南，去京師三萬里。吴熙載《通鑑地理今釋》曰：黄支，疑今暹羅也。

○條支國臨海，見《西域傳》。又曰：安息國，西與條支接。武帝始遣使至安息，王因發使隨漢使者來觀漢地，以大鳥卵及犂靬眩人獻於漢。《後漢書·西域傳》曰：條支國城在山上，周回四十餘里，臨西海。海水曲環其南及東北，三面路絶。唯西北隅通陸道。出大雀，其卵如甕。《魏書·西域傳》曰：波斯國，都宿利城。在忸密西，古條支國也。《周書·異域傳》言：治蘇利城。《隋書·西域傳》言都蘇蘭城。徐繼畬《瀛環志略》卷三，以阿剌伯爲條支。李光廷《漢西域圖考》卷六駮之，謂條支在今俄羅斯國南之擣里達部，西海即黑海。洪鈞《元史譯文證補》卷二十七中，又駮李申徐，謂黑海北境，古屬希臘，無條支之名，亦非安息、波斯所轄。《後漢書》言：烏弋山離改名排持，復西南馬行百餘日，至條支。排持即俾路芝。若條支在黑海北濱，當云西北行，不能西南行。

西書紀周赧王時，希臘將塞魯克斯據有波斯，其後建城於體格力斯河西，名曰塞魯齊亞，遂爲都城。《魏書》言宿利，《周書》言蘇利，《隋書》言蘇藺，似皆塞魯之異譯。西書又載波斯等地，稱阿剌比人塔赤克曰塔赤，正與條支音叶。王先謙曰：條支之爲阿剌伯，得洪説益明。所謂臨西海者，即紅海也。紅海在條支西，故稱西海。阿剌伯地形向東突出，故阿勒富海轉在其北，其東南則阿剌伯海環之，故曰海水曲環其南及東北也。蘇伊士未通以前，紅海、地中海之間，尚有陸路可往非洲埃及。故曰三面路絶，唯西北隅通陸道也。又曰：大雀卽駝鳥。○《山海經》，見《海内西經》。○《括地象》，《離騷》王逸注引與本注同。又《博物志》卷一引曰：崑崙山廣萬里，高萬一千里。《水經·河水篇》曰：崑崙墟在西北，其高萬一千里。○《子虚賦》、《漢書·司馬相如傳》及《文選》並作「東陼鉅海」。《史記》作「東有巨海」。「巨」、「鉅」字通。李善注引《聲類》曰：「陼」或作「渚」。本注「注」字當是「渚」字之誤。○馬，古音魚部，鳥，幽部。海、里，之部。通轉爲韻。○以上郊畿。

其宫室也，體象乎天地，經緯乎陰陽。據坤靈之正位，倣太紫之圓方。

【注】《七略》曰：王者師天地，體天而行。是以明堂之制，内有太室，象紫微宫。南出明堂，象太微。《春秋元命苞》曰：紫之言此也，宫之言中也。言天神圖法，陰陽開閉，皆在此中也。《周易》曰：坤，地道也。楊雄《司命箴》曰：普彼坤靈，侔天作制。《春秋合誠圖》曰：太微，其星十二，四方。又曰：紫宫，大帝室也。

【疏】古鈔「倣」作「放」，《固傳》同。《固傳》「太」作「泰」，説見上。張本、毛本「圓」作「圜」。案：《説文》曰：圜，天體也。圎，規也。圓，圜全也。段玉裁謂：言天當作「圜」，平「圓」當作「圎」，渾圓當作「圓」。朱駿聲謂渾圓爲「圜」，平圓爲「圓」。圓之規爲「圎」。步瀛案：朱説是。又「圓」、「圜」字通用。○李賢曰：圓象天，方象地。南北爲經，東西爲緯。放，象也。太紫，謂太微紫宮也。○《七略》，李賢引明堂之制以下同。○《元命苞》、《史記·天官書》《索隱》引「圖法」作「運動」。《周禮·大宗伯》賈疏引，亦作「圖法」。○《周易》見《坤·文言傳》。○胡克家曰：注「司命箴」，何校「命」改「空」。陳云：據范書注，當作「空」，是也。各本皆誤。步瀛案：李賢引楊雄《司空箴》「作制」作「作合」。《藝文類聚·職官部》引，及《古文苑》亦作「制」。《初學記·職官部》引作崔駰《司空箴》，雖有不同，然本注「命」字決爲「空」字之誤。○李賢引《合誠圖》「太微」句與本注同。又曰：《史記·天官書》曰：環之匡衛十二星，藩臣，皆曰紫宮。是太微方而紫宮圓也。沈欽韓曰：《易乾鑿度》太一取其數以行，九宮，四正、四維皆合於十五。注：太一出入所游息於紫宮之内外。案：此泰紫即此太一紫宮，四正方而四維圓。注謂太微方而紫宮圓，非也。○《開元占經》六十七引云：紫宮者，太一之常座。郗萌注曰：太一之常舍也。

樹中天之華闕，豐冠山之朱堂。因瓌材而究奇，抗應龍之虹梁。列棼橑以布翼，荷棟桴而高驤。

【注】《列子》曰：周穆王築臺，號曰中天之臺。《漢書》曰：蕭何立東闕、北闕。《周易》曰：豐其屋。《漢書》曰：蕭何作未央宮。潘岳《關中記》曰：未央宮殿皆疏龍首山土作之。然殿居山上，故曰冠云。

《埤蒼》曰：壤瑋，珍琦也。應龍虹梁，梁形似龍而曲如虹也。《廣雅》曰：有翼曰應龍。《爾雅》曰：蝃蝀，虹也。蝃，音帝。蝀，音董。虹，音紅。《説文》曰：棼，複屋棟也。扶云切。又曰：橑，椽也。梁道切。又曰：翼，屋榮也。《爾雅》曰：棟謂之桴。音浮。

【疏】古鈔「壤」作「瑰」，《固傳》同。○《列子》，見《周穆王篇》。○《漢書》，見《高紀》七年。案：《水經·渭水注》曰：未央宮北有玄武闕，即北闕也。東有蒼龍闕，闕内有閶闔、止車諸門。○《周易》，見《豐·上六·爻辭》。○次引《漢書》同上。元作「蕭何治未央宮」，注改「治」爲「作」者，蓋避唐高宗諱。《史記·高祖本紀》作「作未央宮」。○《三輔黄圖》卷二曰：營未央宮，因龍首山以制前殿，與潘岳《關中記》同。又見上「據龍首」句下。○李賢引《埤蒼》，「壤」作「瑰」，「琦」作「奇」。○《廣雅》，見《釋魚》。○《爾雅》，見《釋天》。○《説文》，見《林部》及《木部》。李賢注引「棟也」作「之棟」。朱珔曰：《説文》又云：欐，棼也。是欐亦複屋之棟矣。而《廣雅》曰：欐，棟也。《爾雅》：棟謂之桴。郭注：屋欐也。《釋名》云：欐謂之棟。段氏以三説爲非。但複屋之棟，亦名棟，則以欐爲棟，固無不合。三家渾言之，許則析言之也。《説文》「欐」篆與「橑」篆相連。此處及《西京賦》「結棼橑以相接」皆「棼」「橑」連言，則「橑」是複屋之「椽」，與榱桷别。《魏都賦》「枌橑複結」亦同。彼「棼」作「枌」者，同音借字耳。「橑」亦作「轑」。《漢書·張敞傳》「果得之殿屋重轑中」，「轑」爲「橑」之借字也。王氏《廣雅疏證》曰：屋椽謂之橑，猶車蓋弓謂之轑。故《釋名》云：轑，蓋叉也。如屋構橑也。輪輻謂之轑，義亦同也。胡紹煐曰：按：棼爲複屋之棟，明橑爲複屋之椽。許不言者，互文見義也。本書《西京賦》、《魏都賦》

「棼」「橑」連文，皆複屋所用，以別於正中之棟及橑桷也。故複屋謂之重棼，亦謂之重橑。○朱珔曰：注於「梁道切」下接「又曰：翼，屋榮也」，似承上，仍爲《説文》語。案：《説文》，翼在《飛部》作「𩙺」。重文爲「翼」，無屋榮之訓。惟《儀禮》《士冠》《鄉射》等篇，屢見東榮字。鄭注並云：榮，屋翼也。本書《甘泉賦》：列宿迺施於上榮。注引韋昭同。據此，榮可訓屋翼，則翼即可轉訓爲屋榮。豈今《説文》有佚脱歟。或此處連引《説文》，而於「梁道切」之下，但云「翼，屋榮也」，乃別自爲説。因與上文相涉而誤衍「又曰」二字。胡紹煐曰：《説文》榮，一曰屋梠之兩頭起者爲榮。是翼即榮，謂檐之兩頭軒起，如鳥翼然。斯謂之翼矣。注：「翼，屋榮也。」乃善自注，「又曰」二字疑衍。六臣本善注不誤。○後引《爾雅》，見《釋宮》。胡紹煐曰：按：散文則棟亦名桴，對文則棟、桴異物。鄭注《鄉射禮》記五架之屋，正中曰棟，次曰楣，前曰庪。《鄉飲酒禮》注：楣，前梁也。梁即棟也。古曰棟，漢呼爲梁。本書《西京賦》薛注：「三輔名梁爲極」，極亦棟也。然則桴爲棟前之梁，即《禮經》之「楣」。故《説文》云：桴，眉棟也。

雕玉瑱以居楹，裁金璧以飾璫。

【注】言彫刻玉礩，以居楹柱也。《爾雅》曰：玉謂之彫。郭璞曰：治玉名也。《廣雅》曰：磌，礩也。瑱與磌古字通。並徒年切。《説文》曰：楹，柱也。《上林賦》曰：華榱璧璫。韋昭曰：裁金爲璧，以當榱頭。

【疏】「磌」袁本依五臣作「瑱」。茶陵本作「磌」。校曰：五臣本作「瑱」字。案：《説文》無「磌」字，蓋即

「瑱」之後出或體字耳。○注「彫刻」，六臣本「彫」作「雕」，與正文合。《爾雅·釋器》「彫」亦作「雕」。案：《説文》曰：琱，治玉也。「雕」與「彫」皆通借字。○《廣雅》，見《釋宮》。○《説文》見《木部》。○朱珔曰：《上林賦》韋注見《史記·司馬相如傳》《集解》所引。彼作「裁玉爲璧」，此「金」字疑爲「玉」之誤。《漢書》亦載《上林賦》，顔注璧璫以玉爲椽頭，當卽所謂璇題、玉題者也。一曰：以玉飾瓦之當也。則知是玉非金。蓋璧從玉，非卽玉名也。其形圓。《爾雅》：肉倍好謂之璧。故云裁玉爲璧耳。此注兼金言之，或亦可裁金爲璧之形，與注中「當」字無玉旁，則「璫」宜作「當」。《説文》「璫」字在《新附》。又案：《廣雅·釋器》棺當謂之䏙。王氏《疏證》云：車前後蔽謂之「䈉」，義與棺當同。「䏙」通作「和」。《吕氏春秋·開春論》：王季葬渦山之尾，欒水齧其墓，見棺之前和。桂氏馥《札樸》云：䏙爲棺頭，則瓦當爲瓦頭也。李尤《平樂館銘》：棼梁照曜，朱華飾當。余謂今人於被頭緣飾亦曰當頭，卽瓦當之義。秦漢瓦當，近多於關中得之，有「長生」「未央」等文。蓋當時宮殿所遺，出之土中者也。胡紹煐曰：按璫之言當也。凡直頭處皆謂之當，直榱頭謂之榱當，猶直瓦頭謂之瓦當。漢篆有瓦當文，言文直瓦頭也。直被頭謂之被當，漢呼被識爲被當頭，今俗語猶然。榱頭飾以璧，故字從玉而爲璫也。

發五色之渥彩，光爓朗以景彰。

【注】《毛詩》曰：顔如渥丹。鄭玄曰：渥，厚漬也。烏學切。《字林》曰：爓，火貌也。

【疏】《固傳》：「彩」作「采」。○注：袁本「毛詩」上有「渥潤也」三字。○《毛詩》及鄭箋，見《終南》。○

《説文》曰：熾，火門也。段玉裁謂：「門」乃「熾」之壞字，故改作「火熾也」。案：慧琳《一切經音義》卷三十三、卷四十五、卷五十一引《説文》皆作「火熾也」，知段説精矣。又《音義》以上各卷，及卷六十八引《考聲》云：熾，火光貌也，尤與《字林》合。惟卷七十六引《考聲》「火光」作「氣」，引《説文》「火」作「炎」，皆誤字耳。○劉良曰：景，影彰明也。案：「景」乃「影」之本字。○陽、方、堂、梁、驤、瑺、彰，古音陽部。

於是左墄右平，重軒三階。閨房周通，門闥洞開。列鍾虡於中庭，立金人於端闈。

【注】《七略》曰：王者宮中，必左墄而右平。摯虞《決疑要注》曰：凡太極乃有陛，堂則有階無陛也。左墄右平，平者，以文塼相亞次也。墄者，爲陛級也。言階級勒墄然。七則切。王逸《楚辭注》曰：軒，樓板也。《周禮》：夏后氏世室九階。鄭玄曰：南面三，三面各二也。《爾雅》曰：宮中門謂之闈，小者謂之閨。毛萇《詩傳》曰：闥，門内也。《史記》曰：始皇大收天下兵器，聚之咸陽，銷以爲鐘鐻，鑄金人十二，重各千斤，置宮中。徐廣曰：鐻音巨。《毛詩》曰：設業設虡。毛萇曰：植曰虡。與鐻古字通也。《三輔黄圖》曰：秦營宮殿，端門四達，以則紫宮。闥，他曷切。

【疏】六臣本「鍾」作「鐘」。案：古書多借「鍾」爲「鐘」。○注引《七略》互見本書《景福殿賦》注，而彼注較詳。○注「階級勒墄然」，胡克家曰：茶陵本「階」作「陛」，是。步瀛案：李賢曰：摯虞《決疑要注》曰：墄者爲階級，平者以文塼相亞次也。「域」亦作「墄」，言階級勒墄然。劉攽曰：「域」亦作「墄」，文當云亦作「域」，言「墄」字有作「域」者也。下又云：墄，言階級勒墄。是解墄義耳。步瀛案：二李同引《決疑要注》，而有不同者，蓋各節引。《太平御覽・居處部》十二引曰：其制有陛，左墄右平。平以文塼相亞次，墄者爲陛級也。九錫之禮，納陛以登，謂受此陛以上殿。文亦節引，又與二李小異。呂延濟曰：墄，階級也。右乘車上，故使平。左人上，故爲級。梁章鉅曰：《三輔黄圖》：左墄右平。注云：右乘車上，故使之平。左以人上，故爲之階。墄，階級也。濟注本此。步瀛案：今本《黄圖》多有與五臣合者，恐襲自五臣，非必五臣本《黄圖》也。羅大經《鶴林玉露》卷十三曰：四方以西爲尊，今朝廷之上，羣臣皆自東階而升，不敢升自西階，非特嫌若賓主敵體，亦以西爲尊也。班孟堅《西都賦》曰：左墄右平。左，東也。東則爲墄。若世所謂澀道，乃羣臣所由登降之階也。右，西也。西則爲平而不爲墄也。案：如羅説，則右之爲平，非以乘車之故，未知孰是。胡紹煐曰：按墄之言蹙也。爲階級若促蹙然也。《西京賦》薛注：墄，限也。謂階齒也。「墄」與「閾」音義通。閾亦限也。故《禮經》「閾」古文爲「蹙」。《景福殿賦》注：墄，猶國也。言有國當治之也。國與墄聲亦近左。墄者，左爲羣臣所登降，爲階級，令便於由也。步瀛案：「閾」古文爲「蹙」，見《儀禮・士冠禮》、《聘禮記》、《士喪禮》、《特牲饋食禮》鄭注。〇《楚辭》王注見《招魂》。朱銘曰：《招魂》曰：紅壁沙版。王逸注云：以丹沙畫飾軒版。案：軒版，卽樓版也。《爾雅》云：屋上薄謂之筄。郭注云：屋，笮也。《説文》云：笮，迫也。在瓦之下，棼上。戴氏東原《考工記圖》云：重屋，複屋也。别設棟以列椽，其椽謂之棼橑。棟既重，軒版垂檐皆重矣。軒版卽屋笮，而他書所稱曰重檐，曰重橑，曰重軒，曰重棟，曰重棼，各舉其一爲言爾。重屋形制累複，是以或謂之閣，亦得云樓。薛綜注《西京賦》以爲闌板，亦誤。〇《周禮》，見

《考工記・匠人》。○《爾雅》，見《釋宮》。○《毛詩傳》，見《東方之日》。○《史記》，見《始皇本紀》。案：《三輔黄圖》卷一曰：始皇收天下兵，聚之咸陽，銷以爲鍾鐻，高三丈，鍾小者皆千石也。銷鋒鏑以爲金人十二，立於宮門，坐高三丈。《雍録》卷十曰：《黄圖》云：立於宮者，猶言設此金人耳，非謂其象之立乎宮門也。故《黄圖》又申言金人坐殿前也。○《毛詩》，見《有瞽》。案：「虡」、「鐻」本同字。《説文》曰：虡，鐘鼓之柎也。飾爲猛獸，從虍，異象其足，重文作「鐻」。又作「虡」。○李賢曰：端闈，宮正門也。又引《三輔黄圖》，與本注同。

仍增崖而衡閾，臨峻路而啓扉。

【注】《爾雅》曰：仍，因也。「仍」或爲「岦」，非也。孔安國《論語注》曰：閾，門限也。胡洫切。又曰：峻，高大也。《爾雅》曰：闔謂之扉。

【疏】古鈔「崖」作「厓」。《説文繫傳》卷十八引同。孫志祖、梁章鉅並云：《繫傳》引作「仍曾厓而爲閾」。今祁氏刻本「增」字「衡」字與《文選》同。○《爾雅》，見《釋詁》。○《説文》曰：崖，高邊也。厓，山邊也。小徐引此賦以證厓字，則取山邊之意，增厓卽層厓也。「崖」爲通借字。○《論語》孔注見《鄉黨篇》《集解》引。○又曰：峻，高大也。此乃《尚書・僞五子之歌》僞孔傳文，「又曰」二字蓋誤。○後引《爾雅》，見《釋宮》。○階、閈、闑、扉，古音脂部。

徇以離宮別寢，承以崇臺閒館，焕若列宿，紫宮是環。

【注】孔安國《尚書傳》曰：徇，循也。《爾雅》曰：室無東西廂，有室曰寢。又曰：四方而高，曰臺。《春秋

合誠圖》曰：紫宮，大帝室，太一之精也。《漢書》曰：中宮，天極星環之。匡衛十二星，藩臣，皆曰紫宮也。

【疏】張本、毛本「徇」作「狥」，俗字。《固傳》「宮」作「殿」，「宿」作「星」。○李賢曰：崇，高也。閈音閑，明也。言周回宮館，明若列星之環繞紫宮也。○僞孔傳見僞《泰誓中》，《釋文》曰：徇，似俊反。《字詁》云：徇，巡也。孔疏曰：《説文》云：徇，疾也。循，行也。徇是疾行之意。步瀛案：《説文》：侚，疾也。孔以「徇」爲「侚」，恐未是。朱珔《説文假借義證》、朱駿聲《説文通訓定聲》皆以「徇」爲「彴」之或體字，是也。《爾雅·釋言》曰：宣，徇徧也。《釋文》曰：「徇」，樊本作「彴」。張揖《字詁》云：「彴」今「巡」，皆可證。玄應《一切經音義》卷一引《三蒼》曰：彴，徧也。李賢曰：徇，繞也。胡紹煐曰：《太玄》馴勤恤徇國。范注：徇，衛也。衛與徧繞意同。《西山經》神英司之徇於周行。郭注：徇，謂周行也。亦此義。○《爾雅》，並見《釋宮》。○《合誠圖》，本書楊子雲《甘泉賦》、陸士龍《大將軍讌會詩》注引同。○《漢書》，見《天文志》。○館、環，古音元部。

清涼、宣温，神仙、長年，金華、玉堂，白虎、麒麟，區宇若兹，不可殫論。

【注】《三輔黄圖》曰：未央宮有清涼殿、宣室殿、中温室殿、金華殿、太玉堂殿、中白虎殿、麒麟殿。長樂宮有神仙殿。孔安國《尚書傳》曰：殫，盡也。長年，亦殿名。

【疏】《黄圖》卷三又引《漢宮閣記》曰：未央宮有長年殿。案：《漢書·翼奉傳》：奉上疏曰：孝文皇帝時，未央宮無高門、武臺、麒麟、鳳皇、白虎、玉堂、金華之殿，獨有前殿、曲臺、漸臺、宣室、温室、承明耳。是宣、温外皆孝文後所增，大抵武帝時爲多。○僞孔傳無「殫，盡也」之文。《洛誥》、《君奭》等篇，皆以盡字詁單，「單」乃「殫」之借字。故李注云然。○年、麟，古音真部。温、論，諄部。通轉爲韵。又可通上下元部爲韵。

增盤崔嵬，登降炤爛，殊形詭制，每各異觀。乘茵步輦，惟所息宴。

【注】毛萇《詩傳》曰：崔，高大也。兹瑰切。王逸《楚辭注》曰：嵬，高也。才迴切。《廣雅》曰：炤，明也，音照。爛，亦明也。力旦切。應劭《漢官儀》曰：皇后、婕妤乘輦，餘皆以茵，四人輿以行。鄭玄《禮記注》曰：茵，蓐也。於申切。《周易》曰：君子以鄉晦入宴息也。

【疏】《固傳》「盤」作「槃」，「崔嵬」作「業峨」。五臣本「炤」作「照」。○李賢曰：增，重也。槃，曲也。步瀛案：「槃」、「盤」字同。吕延濟曰：增盤，閣名。梁章鉅曰：《三輔黄圖》引《漢宫閣記》云未央宫有增盤閣，是濟注所本。胡紹煐曰：「崔嵬」下曰登降，則以爲閣名，或如濟説。沈欽韓曰：上敍殿名已訖，此不應溢出一閣。從章懷注是。步瀛案：沈説是也。以文勢言之，此處不應專賦一閣，即《黄圖》所言，疑亦後人所增。二李所見本無之，否則不容不引也。○《毛詩傳》，見《南山》，複「崔」字。○《楚辭》王注見《九章·涉江》。「嵬」上亦當有「崔」字。○《廣雅》，見《釋詁四》，又《釋訓》曰：炤炤，明也。○《詩·韓奕》鄭箋曰：爛爛，燦然鮮明，且衆多之貌。○注引《漢官儀》云云，朱珔曰：案：《藝文類聚》、《北堂書鈔》、《初學記》、《太平御覽》諸書《職官部》引此文，俱作「衛宏《漢舊儀》」。宏書本亦名《漢官舊儀》，疑李善因此誤屬應劭也。步瀛案：《後漢書·儒林·衛宏傳》曰：宏作《漢舊儀》

四卷。《隋志》：《漢舊儀》四卷，衛敬仲撰。《漢官儀》十卷，應劭撰。本爲二書。陳振孫《直齋書録解題》曰：《漢官舊儀》三卷，衛敬仲撰。朱氏説本此。○《禮記·少儀》鄭注曰：茵，著蓐也。李賢曰：茵，褥也。駕人曰輦。劉良曰：言後宫或行于茵，或載于輦，所至之處，皆可宴息。明鈔本李治《敬齋古今黈》卷八曰：茵，亦輦橋之屬。《詩》：文茵暢轂。《前漢·周陽由傳》：同車未嘗敢均茵憑。茵，蓋茵車中之物，或因之以取名也。張雲璈曰：應叔雅云：《王莽傳下》云：臨久病雖瘳不平，朝見挾茵輿行。注：服虔曰：有疾以執茵輿之行也。師古曰：謂坐茵褥之上，而令四人對舉茵之四角，輿而行。應、劉之説未若服、顔爲明顯。元李治亦似未見《王莽傳》注者。雲璈案：服注有疾執茵，乃就文爲説。若《漢儀》所云，不必有疾也。故賦云惟所息宴，似未可以《王莽傳》注爲解。步瀛案：施國祁《禮耕堂叢説》謂李治非李冶。繆荃孫刻《敬齋古今黈跋》更據王惲《中堂紀事》、《金少中大夫程震碑石本》皆作「李治」，可訂諸書傳寫之失。張云「李治」，非是。朱珔曰：《周禮·鄉師注》引《司馬法》：夏后氏二十人而輦，殷十八人而輦，周十五人而輦，輦非止四人。茵與輦分等差，所云四人舉以行者，當專指茵言。《漢舊儀》上云：侍中左右近臣見皇后如見帝，見婕妤，行則對壁，坐則伏茵。若茵爲輦轎之屬，似與伏茵語乖。《漢舊儀》又云：掖庭令，書漏未盡八刻，廬監以茵次上婕妤以下至後庭，訪白録所。婕妤本乘輦，及當御時，亦用茵。以茵爲便而易行故耳。苟是輦轎，不應婕妤忽降輦而爲茵也。然則小顔四人對舉茵之説，與《漢舊儀》正合。殆宫中本有是制，而莽子臨以病未瘳，許得用之與。○《周易》，見《隨·象傳》。「鄉」作「嚮」。《釋文》曰：本又作「向」。王肅本作「鄉」，音同。案李引與肅同。又茶陵本作「嚮」。○爛、觀、宴，古音元部。○以上宮室之壯麗。閔齊華《文選瀹註》謂「其宮室也」以下賦未央宮。步瀛案：神仙殿在長樂宮。并數及之。然固以未央爲正宮也。《雍録》卷二曰：天子之居當爲正宮，其外皆離宮也。漢都長安，若未央則其剏爲，至長樂則因秦而加葺治者也。兩宮初成，朝諸侯羣臣乃於長樂，無異乎正宮。然自惠帝以後，人主皆居未央，而長樂常奉母后。則雖長樂亦當命爲離宮而未央宮爲正宮也。故凡語及長樂者，多曰東朝，其名固已分乎正宮。此外如建章、桂宮、北宮之類，雖在都城，亦離宮矣。

後宮則有掖庭、椒房，后妃之室。合歡、增城，安處、常寧，茝若、椒風，披香、發越，蘭林、蕙草，鴛鸞、飛翔之列。

【注】《漢書》曰：詔掖庭養視。應劭曰：掖庭宮人之官。《漢官儀》曰：婕妤以下，皆居掖庭。《三輔黄圖》曰：長樂宮有椒房殿。《漢書》曰：班婕妤居增城舍。桓子《新論》曰：董賢女弟爲昭儀，居舍號曰椒風。《漢宮閣名》：長安有合歡殿，披香殿，鴛鸞殿，飛翔殿。餘亦皆殿名。

【疏】《固傳》「城」作「成」。胡克家曰：何校改「成」，注同，是也。步瀛案：古「城」「成」字通用。○《漢書》，見《宣紀》。顔引應劭注，「官」字下有「有令丞」三字。李氏節去。或改「官」爲「宮」字。非是。○《漢官儀》，李賢引同。又《後漢書·宦者傳》注引《漢官儀》曰：掖庭後宮所處。○《三輔黄圖》，李賢引亦同。案：今本《黄圖》卷三曰：椒房殿在未央宮，與二李所引不合。然《玉海》卷一百五十六宮室所引《黄圖》已與今本同。又《後漢書·皇后紀》注引《漢官儀》曰：皇后稱椒房，取其蕃實之義也。《詩》

云：椒聊之實，蕃衍盈升。《藝文類聚・后妃部》引云：皇后稱椒房，取其實蔓延盈升，以椒塗室，取温煖祛惡氣也。猶天子朱泥殿上曰丹墀。《初學記・中宫部》引云：國人美其蕃以爲興。又云：以椒塗宫室，亦取其温煖辟惡氣。○後引《漢書》，見《外戚傳》。「婕妤」作「倢伃」，「城」作「成」。○桓譚《新論》，李賢引同。○李賢引《漢宫閣名》，無合歡殿。疑脱。又舉披香、鴛鸞、飛翔三殿云：餘未詳。案《黄圖》卷三曰：武帝時後宫八區，有昭陽、飛翔、增成、合歡、蘭林、披香、鳳皇、鴛鸞等殿。後有增修安處、常寧、茝若、椒風、發越、蕙草等殿爲十四位。成帝趙皇后居昭陽殿。有女弟俱爲婕妤，貴傾後宫。班婕妤居增成舍。哀帝時董賢女弟爲昭儀，居舍號曰椒風。案：此與本賦正可相證，然亦疑後人附益。否則二李不容不引，且章懷不應於《漢宫閣名》所舉外云「餘未詳矣」。又案《漢書・外戚傳》居昭陽殿者爲趙昭儀，乃趙皇后飛燕女弟，非飛燕也。此云趙皇后居昭陽殿，亦與《外戚傳》不合。然沈佺期《鳳簫曲》曰：飛燕侍寢昭陽殿。李白《宫中行樂詞》曰：飛燕在昭陽。皆與《黄圖》同，疑别有所本也。○成、寧，古音耕部。越、列，祭部。

昭陽特盛，隆乎孝成。屋不呈材，牆不露形。裛以藻繡，絡以綸連。隨侯明月，錯落其閒。金釭銜璧，是爲列錢。翡翠火齊，流耀含英。縣黎垂棘，夜光在焉。

【注】《漢書》曰：孝成趙皇后弟絶幸，爲昭儀，居昭陽舍，其壁帶往往爲黄金釭，函藍田璧，明珠翠羽飾之。《音義》曰：謂壁中之横帶也。引《漢書注》云「音義」者，皆失其姓名，故云「音義」而已。《說文》曰：釭，轂鐵也。列錢，言金釭銜璧，行列似錢也。釭，古雙切。《說文》曰：裛，纏也。於劫切。又曰：

綸，糾青絲綬也。《淮南子》曰：隨侯之珠，和氏之璧，得之而富，失之而貧。高誘曰：隨侯，漢東國姬姓諸侯也。隨侯見大蛇傷斷，以藥傅而塗之，後蛇於夜中銜大珠以報之。因曰隨侯之珠，蓋明月珠也。李斯《上書》曰：有隨和之寶，垂明月之珠。張揖《上林賦注》曰：翡翠大小如爵，雄赤曰翡，雌青曰翠。《韻集》曰：玫瑰，火齊珠也。《戰國策》：應侯謂秦王曰：「梁有懸黎，楚有和璞，而爲天下名器。」《左氏傳》曰：晉荀息請以垂棘之璧，假道於虞以伐虢。許慎《淮南子注》曰：夜光之珠，有似明月，故曰明月也。高誘以隨侯爲明月，許慎以明月爲夜光。班固上云隨侯明月，下云懸黎垂棘，夜光在焉。然班以夜光非隨珠明月矣。以三都合爲一寶，經典不載夜光本末，故説者參差矣。《西京賦》曰：流懸黎之夜光。《吴都賦》曰：隨侯於是鄙其夜光。鄒陽云：夜光之璧。劉琨云：夜光之珠。《尹文子》曰：田父得寶玉，徑尺，置於廡上，其夜明照一室。然則夜光爲通稱，不繫之於珠璧也。

【疏】五臣本「綸」作「編」。〇許巽行曰：「銜璧」張伯顏本作「璧」，是也。言金釭銜於璧帶閒，行列似錢也。步瀛案：「銜璧」，即《漢書·外戚傳》所謂爲黃金釭函藍田璧耳。「璧」字是。上文有牆不必復言壁矣。又張本、毛本「隨」作「隋」。許曰：何校改「隨」。顧寧人云：「隋」字《史》、《漢》有之，不始於隋。案：《説文》：隋，裂肉也。徒果切。自隋以後，始有隨音，今之《史》、《漢》傳寫失真者甚多，譌字也。〇《漢書》，見《外戚傳》。又案：《外戚傳》曰：孝成趙皇后號曰飛燕，召入宫，大幸。有女弟復召入，俱爲倢伃。皇后既立，後寵少衰，而弟絶幸云云。以上文有「女弟」字，故但云「弟」，此注既節引，則「弟」上似應增「女」字，方明。又案：《黃圖》卷二引《廟記》曰：未央宫有增城、昭陽殿。〇「《音義》

曰：「謂壁中之横帶也」，《外戚傳》注引此作服虔。案：裴駰《史記集解序》曰：《漢書音義》都無姓名者，但云《漢書音義》。張守節《正義》曰：按大顔以爲無名《音義》，今有六卷。題云孟康，或云服虔。蓋後所加，皆非其實，未詳指歸也。案：李氏此注蓋同裴氏。然《鄒陽傳》《集解》引《漢書音義》曰：中徒狄，殷之末世人。而本書鄒陽《獄中上書注》引亦作服虔。○《説文》，見《金部》。朱珔曰：今《説文》釭字云：車轂中鐵也。《方言》曰：車釭，燕齊海岱之間謂之鍋，或謂之錕，自關而西謂之釭。《廣雅》亦云：鍋，錕釭也。王氏《疏證》謂：《釋名》云：釭，空也。其中空也。凡鐵之空中而受枘者，謂之釭。《新序·雜事篇》，淳于髡謂鄒忌曰方内而員釭是也。余謂此壁帶之金釭，義正同。故《漢書·趙皇后傳》注：壁帶，壁之横木露出如帶者也。於壁帶之中，往往以金爲釭，若車釭之形也。晉灼曰：以金環飾之也。義甚晣。段氏謂今俗稱高燈爲釭，亦取凹處盛膏之意，則展轉而襲其名耳。胡紹煐曰：《外戚傳》顔注：晉灼曰：釭音工，流俗音江，非也。按：釭者空也。《釋名》：釭，空也。其中空也。《説文》：釭，車轂口鐵也。車轂以金裹口謂之釭。故壁帶以金飾邊，亦謂之釭。據晉音工，則不得讀古雙切。疑善音非也。《廣韻》：釭，古紅切。步瀛案：車轂口鐵，今《説文》「口」作「中」。玄應《一切經音義》卷七、卷十一、卷十九皆引作「口」。王念孫《廣雅疏證》引從之。胡蓋從王也。又王筠《説文句讀》亦據改。沈濤曰：蓋古本「中」字作「口」。玄應書卷十一、卷十九所引節去「車」字，章懷注又節去「口」字。玄應書卷四誤「口」爲「頭」，卷七又足一「謂」字。古本當作「釭，車轂口鐵也」。「中」、「口」形相近，乃傳寫致誤。釭爲轂口之裹頭鐵，不得爲「中」明矣。御覽七百七十七《車部》引同。今本疑後人據今本改。步瀛案：慧琳《音義》卷十二引有「車」字「口」字，下又衍「上」字，其餘三見皆用玄應《音義》。其卷三十卽玄應卷七，其卷五十二卽玄應卷十一，其卷五十六卽玄應卷十九也。○次引《説文》見《衣部》及《糸部》。李賢引同。本書《琴賦》注引《説文》：褭，纏也。與此注同。今《説文》褭下曰：書囊也。孫義鈞曰：今本《説文》恐譌。胡紹煐曰：疑許氏原文「書囊也」下有「一曰纏也」四字。今脱去。而段玉裁徑據善注改「囊」爲「纏」，謬矣。案：沈濤謂疑古本作褭，纏也，一曰書囊也。與胡氏異。而主有纏也一訓，則同胡氏。又曰：綸連雙聲。成文之貌，水成文謂之淪漣，絡成文亦謂之綸連。五臣「綸」作「編」，因形近而譌。向注以爲藻繡編綬纏繞，失之。○《淮南子》，見《覽冥篇》。「漢東之國」本注各本誤作「漢中國」。胡克家曰：陳云：「中」當作「東」，是也。今據改。又《淮南子》今本「隨」作「隋」，傳下無「而塗」二字，「夜中」作「江中」。案：又見《搜神記》卷二十。○李斯《上書》見本書卷三十九。○《上林賦》無「翡翠」字，而《子虛賦》兩見。張揖注當在「揜翡翠」下。此云《上林賦》，蓋誤。李賢引《異物志》曰：翠鳥形如燕，赤而雄曰翡，青而雌曰翠。《漢書·賈山傳》顔注曰：鳥各别類，非雄雌異名也。又《司馬相如傳》注曰：鳥赤羽者曰翡，青羽者曰翠。○《韻集》，李賢引同。又《左·成十七年》孔疏亦引之。《史記·司馬相如傳》、《集解》引郭璞曰：玫瑰，石珠也。《漢書》顔注引晉灼曰：玫瑰，火齊珠也。顔曰：火齊珠，今南方之出火珠也。餘見《吴都賦》及《子虛賦》。○《戰國策》見《秦》三。《史記·范雎傳》作「懸藜」，《集解》引薛綜曰：懸藜，一曰美玉。案：薛説蓋卽《西京賦注》「藜」作「黎」。○《左氏傳》，見《僖二年》，又《成五年》。注曰：垂棘，晉地。《公羊傳·僖二年》何注曰：垂棘，出美玉之地。《穀梁·僖二年傳》范注、《孟子·萬章上》趙注與何、杜同，皆不言其地所在。故江永《春秋地理考實》謂其地今無考。沈欽韓《左傳地名補注》謂：《清統志》三垂山在山西潞城縣西南二十里，又有臺壁在縣北，卽垂棘之誤。亦無確證。○許慎《淮南子》注，今見《氾論篇》。案：今本此篇乃高注，與《覽冥篇》高注以隨侯之珠爲明月珠者不合。陶方琦《淮南許注異同詁》謂《氾論篇》注乃許注羼入者，是也。○《西京賦》見本書卷二。《吳都賦》見卷五。鄒陽《於獄中上書自明》見卷三十九。劉琨《答盧諶詩》見卷三十五。○《尹文子》見《大道篇》上。○成、形，古音耕部。連、閒、錢、焉，元部。英，陽部。漢人用韻甚廣漠，皆通轉爲韻。

於是玄墀釦砌，玉階彤庭，碝磩綵緻，琳珉青熒，珊瑚碧樹，周阿而生。

【注】《漢書》曰：昭陽舍中庭彤朱，而殿上髹漆砌皆銅沓，黄金塗，白玉階。然墀以髹漆，故曰玄也。釦砌，以玉飾砌也。《説文》曰：釦，金飾器。枯後切。《廣雅》曰：砌，戺也。且計切。《説文》曰：碝，石之次玉也。如兖切。磩，碝類也。音戚。鄭玄《禮記注》曰：緻，密也。郭璞《上林賦注》曰：珉，玉名也。張揖《上林賦注》曰：珉，石次玉也。《廣雅》曰：珊瑚，珠也。《淮南子》曰：崐崘山有碧樹在其北。高誘曰：碧，青石也。《韓詩》曰：曲景曰阿。然此阿，庭之曲也。

【疏】《固傳》「砌」作「切」，「綵」作「采」，字同。○孫志祖《考異》曰：曹子建《贈丁儀詩》：凝霜依玉除。注引《西都賦》作「玉除彤庭至」。傅長虞《贈何劭王濟詩》：攜手升玉階。善注引此賦仍作「階」字。金氏甡云：階除之義，亦無甚分别。然文句自有一定，未知孰是。梁章鉅曰：《西京賦》李注引《西都賦》曰：「玉階彤庭。」則曹詩注「除」字恐偶誤。〇《漢書》，見《外戚傳》，「髹」作「髤」，「砌」作「切」。顔注曰：「切，門限也。沓，冒其頭也。塗，以金塗銅上也。」《學林》卷四曰：「切者，户限也。銅沓冒者，以銅包之，而以黄金塗之。故班固賦云「釦切」者，按字書：釦，金飾器也。所謂黄金塗乃以金飾之，而《文選》以爲釦砌。且既有白玉階矣，豈有金塗砌者。《文選》改「切」爲「砌」，非也。户限謂之切者，其限齊如刀之切物。」朱珔曰：「《説文》砌字在《新附》，蓋俗體也。祇當作「切」。《廣雅·釋宫》：柣戺，橉砌也。王氏《疏證》云：《爾雅》：柣謂之閾。孫炎注：門，限也。郭璞音切。《説文》：榍，限也。「榍」與「切」古亦同聲。《淮南·氾論訓》：枕户橉而卧，是橉爲切也。字亦作轔。《説山訓》牛車絶轔，《説林訓》不發户轔，高誘注並云：楚人謂門切爲「轔」。余謂《廣雅》字雖作砌，而仍爲門限之訓。惟《玉篇》砌，階砌也，其義始混。此賦與玉階連言，則當是「切」，爲門限可知。善本加石旁殊誤。且既引《説文》釦，金飾器，又自言以玉飾砌，與玉階複疊。」步瀛案：善注以玉飾砌，與下引《説文》金飾器不合。玉蓋金字之譌耳。朱駿聲曰：「釦切謂以金塗門限，俗所謂鍍金也。」〇《説文》見《金部》。梁章鉅曰：「今《説文》「器」下有「口」字。」沈濤曰：「《西都賦》注引無「口」字，乃傳寫偶奪，非古本如是。」〇《廣雅》，已見上。〇後引《説文》，見《石部》。梁章鉅曰：「今《説文》作「石次玉者」。」沈濤曰：「《文選·西都賦》《西京賦》注皆引作「石之次玉者」。蓋古本有「之」字，文義始完。」朱珔曰：「案：《子虚賦》碝石碔砆，張揖亦云：皆石之次玉者。而「碝」字《史記》作「瑌」。《漢書》作「礝」。《山海經·中山經》云：扶豬之山，其上多礝石。《爾雅》《釋文》引應劭注：礝石出鴈門。皆作「礝」。《禮記·玉藻》士佩瓀玟，又作

「瓀」，蓋古从耎之字，多亦从需，而因其爲石之次玉，故或从石，或从玉也。○碱，碝類也。朱珔曰：此特望文生義。《説文》、《玉篇》皆無碱字，惟《廣韻》、《集韻》有之。並云碱、碝石次玉，當卽本此賦也。○《禮記·禮器》曰：德産之致也精微。鄭注曰：致，致密也。本書何敬祖《雜詩》注引本文及注皆作「緻」，與此注同。阮元《校勘記》云：孫志祖疑唐初本如此。段玉裁云：《説文·糸部》緻字乃徐鉉所增。步瀛案：李注有改所引書字以就本文者，孫説恐未是。○本書《上林賦》「砥」作「碈」，郭、張二注以已見此，故彼注不復引。《漢書·司馬相如傳》引張揖同。案：尤本、袁本「郭璞《上林賦注》」下無「曰」字。今依茶陵本增。○後引《廣雅》，見《釋地》。《淮南子》，見《墬形篇》。張雲璈曰：按：珊瑚如樹，有枝柯。故《司馬相如傳》珊瑚叢生，注云：珊瑚生水底石邊，大者樹高三尺餘，枝格交錯，無有華。《廣雅》謂之珠，未詳考。《本草》言：珊瑚有黑色、碧色者。碧色者良。據此，則賦以珊瑚碧樹連言，或碧樹卽指珊瑚之碧色者耳。注引《淮南子》崑崙碧樹，高誘以爲青石，恐未必然。朱珔曰：張氏謂賦以珊瑚碧樹連言，或碧樹卽指珊瑚之碧色者，殆不然。《太平御覽》引《玄中記》云：珊瑚出大秦西海中，生水中石上。初生白，一年黄，三年赤，四年蟲食敗。則珊瑚未必爲碧色，其碧色者乃碧玉，非珊瑚也，且今珊瑚多有細如蚌珠者。此賦所云，或是珊瑚高柯，與碧樹爲二物。或以碧玉爲樹，而珊瑚細珠綴其上爲華，皆可通也。步瀛案：李賢曰：《漢武故事》曰：武帝起神堂，植玉樹，葺珊瑚爲枝，以碧玉爲葉。《淮南子》云云，高誘注云：碧，青石也。謂以珠玉假爲樹，而植之於殿曲。阿，曲也。余蕭客《文選紀聞》曰：《西京雜記》一：積草池中有珊瑚樹，高一丈二尺。一本三柯，上有四百六十二條，是南越王趙佗所獻，號爲烽火樹，至夜光景常欲然。案：「積草」，《酉陽雜俎》十卷作「積翠」。○玄應《一切經音義》卷一曰：《韓詩》云：曲京曰阿，阿謂山曲隈處也。《爾雅·釋丘》曰：絶高謂之京，則本注「景」字，當爲「京」字之誤。○庭、熒、生，古音耕部。疑此與下諄、真部通轉爲韻。

紅羅颯纚，綺組繽紛。精曜華燭，俯仰如神。

【注】薛綜《西京賦》注曰：颯纚，長袖貌也。颯，思合切。纚，山綺切。《説文》曰：綺，文繒也。孔安國《尚書傳》曰：組，綬也。《楚辭》曰：佩繽紛其繁飾。王逸曰：繽紛，盛貌也。繽，匹人切。《戰國策》：張儀謂楚王曰：「彼鄭國之女，粉白黛黑，立於衢閭，非知而見之者以爲神。」

【疏】五臣「燭」作「爥」，字同。○本書卷二《西京賦》注作「長貌也」，「長袖」字在上。○《説文》見《糸部》。○僞孔傳，見《禹貢》。「綬」下有「類」字。○《楚辭》，見《離騷》。○李賢曰：燭，照也。言精采華飾照曜也。○《戰國策》，見《楚》三。「鄭國」作「鄭周」，「衢閑」作「衢閭」。○紛，古音諄部。神，真部。通轉爲韻。疑又與上耕部通轉爲韻。

後宮之號，十有四位。窈窕繁華，更盛迭貴。處乎斯列者，蓋以百數。

【注】《漢書》曰：大星，正妃。餘三星，後宮。又贊曰：漢興，因秦之稱號，帝正適稱皇后，妾皆稱夫人；號凡十四等云。昭儀位視丞相，婕妤視上卿，娙娥視中二千石，傛華視真二千石，美人視二千石，八子視千石，充依視千石，七子視八百石，良人視七百石，長使視六百石，少使視四百石。五官視三百石，順常視二百石，無涓、共和、娛靈、保林、良使、夜者皆視百石。《毛詩》曰：窈窕淑女，君子好逑。

《史記》：華陽夫人姊説夫人曰：「不以繁華時樹本。」《方言》曰：迭，代也。徒結切。娙音刑。

【疏】《漢書》，見《天文志》。又贊見《外戚傳》，在傳首，宜稱曰「序」，豈亦通名爲贊歟。「婕妤」作「倢伃」。張雲璈曰：十四位猶言十四等。《西京賦》所謂列爵十四是也。據注，其名號實有十九，蓋昭儀爲一位，婕妤爲一位，娙娥爲一位，容華爲一位，美人爲一位，八子爲一位，充衣爲一位，七子爲一位，良人爲一位，長使爲一位，少使爲一位，五官爲一位，順常爲一位，而無涓、共和、娛靈、保林、良使、夜者則共爲一位，殆猶子男之同一位也。容華之「容」，充衣之「衣」，尤延之校改作「傛」「依」。梁章鉅曰：「傛華」「充依」，六臣本及《後漢書》注「傛」並作「容」，「依」並作「衣」。「良使」、「夜者」，《後漢書》注「者」作「君」。《皇后紀》注「良使」作「良娣使」。按《外戚傳》注亦作「良使」、「夜者」。師古曰「良使」使之善者也。「夜者」，主職夜事。步瀛案：《後漢書》清官本作「傛」作「依」作「者」，並與本注同。《三輔黄圖》卷三曰：武帝時後宮八區，有昭陽、飛翔、增成、合歡、蘭林、披香、鳳皇、鴛鸞等殿。後增修安處、常寧、茝若、椒風、發越、蕙草等殿，爲十四位。余蕭客曰：以十四殿爲十四位，與班賦不合。朱珔曰：是以殿名爲號，觀此下云「窈窕、繁華，更盛迭貴」，蓋言其人，非言其地。《西京賦》列爵十四明係爵號。當即以十四等，分處各殿，則亦不異也。此賦上文已列殿名，惟昭陽别言之，因其特盛耳。中有鴛鸞，鴛即鴛鴦，鸞即鳳皇。而注引《漢宫閣名》鴛鴦乃一殿，似稍參差。餘悉同。步瀛案：《黄圖》恐即以此賦附會，不足信。朱氏亦特調停其説，然十四位實與上諸殿不相涉也。○《毛詩》，見《關雎》。傳曰：窈窕，幽閒也。《釋文》引王肅云：善心曰窈，善容曰窕。○《史記》見《吕不韋傳》。○

《方言》三曰：佚，代也。齊曰佚。曹憲音蹉跌之跌。案：迭，佚字通。○位、貴，古音脂部。數，侯部。蓋變音通轉，又或位、貴自爲韵者。古音魚部與侯部通轉，自爲韵。○以上後宮。

左右庭中，朝堂百寮之位，蕭曹魏邴，謀謨乎其上。

【注】《尚書》曰：百寮師師。《漢書》曰：蕭何，沛人，漢王卽皇帝位，拜何爲相國。又曰：曹參，沛人也，代蕭何爲相國。又曰：魏相字弱翁，濟陰人也。宣帝卽位，代韋賢爲丞相。又曰：邴吉字少卿，魯國人也。宣帝卽位，代魏相爲丞相。孔安國《尚書傳》曰：謀，謨也。

【疏】《固傳》「寮」作「僚」。○姚鼐曰：周時天子諸侯朝皆在廷，不在堂。惟《考工記》云：外有九室，九卿朝焉。此通言治事之所曰朝耳。漢時議事亦在廷中，與古同。異於古者，皆坐而非立也。其朝堂蓋本爲大臣所次止，略如古之九室。《前漢書》內不見朝堂事。如《霍光傳》議立帝，固在廷也。至後漢則陳球議竇太后事，袁安議北單于事，並在朝堂矣。而熹平四年議曆，則又在司徒府廷中。似議人少則在堂，人多則在廷耶。以東京之事推之西都，或亦然耶。此朝堂蓋亦南向，在殿廷外偏東。故《西京賦》云朝堂承東，非如後世朝房之制也。而班云左右廷中者，自指百僚位言之，非朝廷有左右。○《尚書》，見《臯陶謨》。「寮」作「僚」。《釋文》曰：本亦作「寮」。案：「僚」、「寮」字通。○《漢書》見各本傳。案：《魏相丙吉傳贊》曰：近觀漢相，高祖開基，蕭曹爲冠。孝宣中興，丙、魏有聲。許巽行曰：「邴」，《宣帝紀》作「邴」，本傳作「丙」。「丙」乃本字，从邑者，後人所加。酆邵等亦然。雖見《說文》，然經典俱用本字。○僞孔傳見僞《大禹謨》。注「謀」、「謨」二字當互易。○邴，上古音陽部。

佐命則垂統，輔翼則成化。流大漢之愷悌，盪亡秦之毒螫。

【注】李陵《報蘇武書》曰：其餘佐命立功之士。《易乾鑿度》曰：代者赤兑黄佐命。宋衷曰：此赤兑者，謂漢高帝也。黄者火之子，故佐命，張良是也。《孟子》曰：君子創業垂統，爲可繼也。《禮記》曰：保者，慎其身以輔翼之。《長楊賦》曰：今朝廷出凱悌，行簡易。《四子講德論》曰：秦之時處位任政者，並施螫毒。《説文》曰：螫，行毒也。舒亦切。

【疏】李陵書見本書卷四十一。○注引《易乾鑿度》，今本《易緯乾鑿度》無此文。○《孟子》，見《梁惠王下》。○《禮記》，見《文王世子》。○本書《長楊賦》「凱悌」作「凱弟」。《漢書·楊雄傳》作「愷弟」。○《詩·露蕭》曰：豈弟君子。《毛傳》曰：豈，樂也。弟，易也。《釋文》曰：「豈」，本亦作「愷」。「弟」，本亦作「悌」。《旱麓》《釋文》曰：「豈」又作「凱」。○《四子講德論》見本書卷五十一。○《説文》，見《蟲部》。「行毒」上有「蟲」字。○化，古音歌部。螫，魚部。通轉爲韻。

故令斯人揚樂和之聲，作畫一之歌。功德著乎祖宗，膏澤洽乎黎庶。

【注】《孔叢子》曰：孔子曰：古之帝王功成作樂，其功善者其樂和，樂和則天下且由應之，況百獸乎。《漢書》曰：蕭何薨，曹參代之。百姓歌之曰：蕭何爲法，較若畫一。曹參代之，守而勿失。載其清淨，人以寧一。又景帝詔曰：謌者所以發德，舞者所以立功。申屠嘉奏曰：高皇帝宜爲太祖，孝文帝宜爲太宗。《史記》：太史公曰：成王作頌，沐浴膏澤，而歌詠勤苦。《孟子》曰：膏澤下於民。孔安國《尚書

傳》曰：黎，衆也。

【疏】《固傳》「樂和」作「龢樂」。上「乎」字作「於」，下「乎」字作「于」。○《孔叢子》，見《論書篇》。姚鼐《古文辭類纂》卷六十八曰：此用王襃令王襃作《中和樂職宣布詩》，注引《孔叢子》非也。步瀛案：《漢書·王襃傳》曰：益州刺史王襄，欲宣風化於衆庶，聞王襃有俊材，請與相見，使襃作《中和樂職宣布詩》。選好事者令依《鹿鳴》之聲習而歌之。顔注曰：中和者，言政治和平也。樂職者，言百官各得其職也。宣布者，風化普洽，無所不被。據姚説，則和樂卽中和樂職之省稱，當依《後漢書》作「和樂」。○《漢書》，見《曹參傳》。「較」作「講」。文穎曰：「講」或作「較」。《史記·曹相國世家》作「顜」。又《參傳》作「民以寧一」。本注避諱改。○景帝詔見《漢書·景帝紀》元年，「立功」作「明功」。○《史記》，見《樂書》。○《孟子》見《離婁下》。○僞孔傳，見《堯典》。○歌，古音歌部。庶，魚部。通轉爲韻。

又有天禄、石渠，典籍之府。命夫惇誨故老，名儒師傅，講論乎六蓺，稽合乎同異。

【注】《三輔故事》曰：天禄閣，在大殿北，以閣祕書。石渠，已見上文。然同卷再見者，並云已見上文，務從省也。他皆類此。《爾雅》曰：惇，勉也。孔安國《尚書傳》曰：誨，教也。《周禮》曰：六蓺，禮、樂、射、御、書、數。孔安國《尚書傳》曰：稽，考也。

【疏】《固傳》「惇」作「諄」。○胡克家曰：注「天禄閣在大殿北」。何校「大」下添「祕」字，是也。各本皆脱。步瀛案：李賢引《三輔故事》曰：天禄、石渠並閣名，在未央宮北，以閣祕書。又《水經·渭水注》曰：未央殿東有天禄、石渠、麒麟三閣。《後漢書·靈帝紀》李賢注曰：天禄，獸名也。漢有天禄閣，亦因獸以立名。程大昌《演繁露》卷十六曰：烏弋有桃拔。孟康曰：桃拔，一名符拔，似鹿。長尾一角者或爲天鹿，兩角者或爲辟邪。見《西域傳》。胡紹煐曰：「禄」、「鹿」古字通。○「然同卷再見」云云，亦李氏自述注例。○《爾雅·釋詁》曰：敦，勉也。惇，厚也。朱珔曰：《後漢》章懷注引《詩·大雅》誨爾諄諄，則諄、誨字固可聯屬。余謂《内則》云：養老乞言，皆有惇史。注、疏訓「惇」爲「厚」。「惇」字當本此，於故老爲合。似作「惇」義亦長也。胡紹煐曰：《爾雅》：惇，厚也。當引此文「敦勉」之「敦」。今《爾雅》作「敦」不作「惇」。惇誨猶篤誨，本書《典引》禮官屯朋，篤誨之士是也。步瀛案：《説文》曰：諄，告曉之孰也。本賦當取此義。惇、敦皆通借字。○《洛誥》、《無逸》等篇僞孔傳皆教誨連文，而無「誨，教也」之文。李氏蓋取其訓爲之，如前「康，安也」之例。○《周禮》，見《地官·大司徒》。何焯曰：六蓺，謂六經也。注謂禮、樂、射、御、書、數，恐非。梁章鉅《旁證》引倪思寬《二初齋讀書記》與何氏説同。胡紹煐曰：本書《上林賦》游乎六藝之囿，善注：六藝，六經也。《魯靈光殿賦》觀藝於魯，注亦云：藝，六經也。《公孫弘傳贊》亦講論六藝，注同。此引《周禮》，與後注未免兩歧。下云稽合乎同異，正指六經言，可證。又《藝文志》：古之學者，耕且養，三年而通一藝。《法言·寡見篇》作「通一經」。然則藝卽經。非《周禮》之六藝也。步瀛案：《魯靈光殿賦》六藝不當解爲六經，説見彼篇。《漢書·宣帝紀》曰：甘露三年詔諸儒講五經同異，太子太傅蕭望之等平奏其議，上親稱制臨決焉。○後引僞孔傳，見《堯典》。○府，古音魚部。傳，侯部。異，之部。通轉爲韻。

又有承明、金馬、著作之庭。大雅宏達，於兹爲羣。元元本本，殫見洽聞。啓發篇章，校理祕文。

【注】《漢書》曰：嚴助爲會稽太守，帝賜書曰：君猒承明之廬。張晏曰：承明廬，在石渠門外。金馬，已見上文。大雅，謂有大雅之才者。詩有《大雅》，故以立稱焉。《漢書》：武帝曰：「司馬相如之倫，皆辨智閎達。」元元本本，謂得其元本也。《孔叢子》曰：萇弘曰：「仲尼洽聞强記。」《孝經鈎命決》曰：丘掇祕文。

【疏】五臣「庭」作「廷」。《固傳》「殫」作「周」。○《漢書》，見《嚴助傳》。○本書《上林賦》曰：揜羣雅。注引張揖曰：《詩》小雅之材七十四人，大雅之材三十一人。故曰「羣雅」也。《漢書·相如傳》注引同。《困學紀聞》卷三曰：張揖言大雅之材，未知所出。閻若璩箋曰：《小雅》除笙詩，自《鹿鳴》至《何草不黄》凡七十四篇，《大雅》自《文王》至《召旻》凡三十一篇。小雅之材七十四人，大雅之材三十一人，以篇數言也。萬希槐《集證》曰：按：鄭譜《鹿鳴之什》，《正義》云：《周禮·小司徒職》五人爲伍，五人謂之伍，則十人謂之什也。《雅》詩爲數既多，故分其積篇，每十爲卷。即以卷首之篇爲什長，卷中之篇皆統焉。張揖云云，其卽十人爲什之義歟？又按毛、鄭分「什」，笙詩六篇本不在列中，與揖數合。○次引《漢書》，見《東方朔傳》。「辨智」作「辯知」。○《漢書·敍傳》曰：元元本本，數始於一。○《孔叢子》，見《嘉言篇》。○《孝經鈎命訣》，李賢引同。又本書顏延年《曲水詩序》注引曰：丘乃授帝圖，掇祕文。○庭，古音耕部。羣、聞、文，諄部，通轉爲韻。

周以鈎陳之位，衛以嚴更之署。總禮官之甲科，羣百郡之廉孝。

【注】《樂汁圖》曰：鉤陳，後宮也。服虔《甘泉賦》注曰：紫宮外營，勾陳星也。然王者亦法之。薛綜《西京賦》注曰：嚴更，督行夜鼓也。《漢書》曰：奉常掌禮儀，屬官有五經博士。又曰：匡衡射策甲科，除太常掌故。又曰：秦分天下爲郡縣。又曰：興廉舉孝也。

【疏】《樂汁圖》，本書《石闕銘》注及《太平御覽·天部》引並同。本書《長笛賦》注引作《樂汁圖徵》。案：《史記》《索隱》、《續漢志》注、《開元占經》、《北堂書鈔》、《藝文類聚》、《初學記》、《御覽》等書引又作《樂叶圖徵》。「叶」「汁」字通。汁圖者，蓋省稱。孫瑴《古微書》卷二十曰：樂不叶，則不可以徵，不可以徵，則不可以圖也。雖望文生義之言，然可證其名當稱「叶圖徵」也。又案：《晉書·天文志》曰：句陳六星，在紫微宮中。鉤陳，後宮也。與《樂緯》合。服虔《甘泉賦注》，本書卷七亦引之。案：《水經·河水注》五曰：紫微有鉤陳之宿，主鬬訟兵陣。故遁甲攻取之法，以所攻神與鉤陳并氣，下制所臨之辰，則決禽敵。《星經》曰：鉤陳六星，又主天子六軍將軍。《開元占經》卷六十七引巫咸曰：鉤陳，天子護衛將軍，水官也。此賦下云嚴更之署，亦當以兵衛爲言，不單指後宮矣。姜皋、朱珔説並同。○薛綜《西京賦》注又見本書卷二。李賢曰：嚴更之署，行夜之司也。《顔氏家訓·書證篇》曰：或問一夜何故五更。答曰：漢魏以來，詔爲甲夜、乙夜、丙夜、丁夜、戊夜，又云一鼓、二鼓、三鼓、四鼓、五鼓，亦云一更、二更、三更、四更、五更，皆以五爲節。《西都賦》亦云：衛以嚴更之署。更，歷也，經也，故曰五更爾。姚鼐曰：漢宮周衛：蓋郎一層在内，衛卒一層在外。郎所居曰署，卒所居曰廬。故班云：衛以嚴更之署。此言郎選。其下周廬千列，乃言衛卒。○《漢書》見《百官公卿表》。「又曰匡衡」

以下見《匡衡傳》。胡克家曰：「掌故」袁本、茶陵本「故」作「固」。案：此尤校改之也。上《序》注「孔安國射策爲掌固」，茶陵作「固」，袁作「故」，尤亦未改，「固」即「故」字耳。○「又曰：秦分天下爲郡縣」，見《地理志》。「又曰：興廉舉孝」，見《武帝紀》元朔元年詔。○呂向曰：總，聚也。言聚甲科孝廉之人列于禁衛。張雲璈曰：按：孝廉之舉始於西都，孝與廉實分爲二科。元朔詔書，議不舉孝廉者罪。有司奏議曰：不舉孝，不奉詔，當以不敬論。不察廉，不勝任也，當免。故蕭望之、薛宣、黃霸、張敞皆察廉爲長丞。王吉、京房、師丹、孟喜獨舉孝廉爲郎，故謂之孝廉，亦謂之廉孝。姚鼐曰：此二句乃賦郎署。《儒林傳》以博士弟子甲科爲郎中，故云總禮官之甲科也。其孝廉一途，則若王吉、京房俱以孝廉爲郎是也。郎選略盡於此二句。俞樾《湖樓筆談》四曰：武帝元光元年，初令郡國舉孝廉各一人，謂孝與廉各一人，非郡國各一人也。《馮唐傳》：唐以孝著，爲中郎署長。乃專以孝舉之證。淳于長《夏承碑》察孝不行，《孔廟置卒史碑》乙君察舉，守宅除吏，孔子十九世孫麟廉，並其證。陳僅《讀選意籤》曰：賦言鉤陳、嚴更，虎賁、陛戟，而中互以甲科、廉孝，蓋漢制舉孝廉爲郎，職司環衛，謂之郎衛。東方朔陛戟而諫，以此。正與《周禮》宮正、宮伯掌國子之倅同意，非若後世專用武士也。○署，古音魚部。孝，宵部。通轉爲韻。

虎賁贅衣，閹尹閽寺。陛戟百重，各有典司。

【注】《尚書》：周公曰：綴衣虎賁。《公羊傳》曰：贅，猶綴也。贅，之鋭切。《周禮》曰：内小臣奄，上士。又有閽人、寺人。《漢書》曰：太后盛服坐武帳，武士陛戟陳列殿下也。

【疏】《固傳》「典」作「攸」。李賢曰：攸，所也。張銑曰：司，主也。言各有所主。胡紹煐曰：銑注云：言各有所主。「所」正釋「攸」字，是。五臣本作「攸司」。○《尚書》見《立政篇》。孫星衍疏曰：綴衣不見於《周官》。《顧命》云：狄設黼房綴衣。則綴衣是主衣服之官。楊雄《雍州牧箴》、班固《西都賦》、崔瑗《北軍中候箴》皆作「贅衣」。疑以綴衣名官，是侍帷幄之臣。《後漢・百官志》內者令一人，六百石。本注曰：掌中布張諸衣物。疑即此官，皆近臣也。虎賁者，《周禮》夏官之屬。虎賁氏，下大夫二人，舍則守王閑，王在則守王宮，亦近臣。姚鼐曰：「贅衣」即「綴衣」，古稱也。其在漢則少府、侍中之職。步瀛案：姚說與孫小異，而其以漢官比擬之意則同。《續漢書・百官志》曰：少府卿一人，中二千石。本注曰：掌中服御諸物，衣服寶貨珍膳之屬。侍中比二千石。本注曰：掌侍左右，贊導衆事，顧問應對。劉昭《補注》曰：《周禮・太僕》干寶注曰：若漢侍中。《書・立政》孔疏曰：綴衣是太僕。由此二說推之，故又可比以侍中矣。○梁章鉅曰：今《公羊・襄十六年傳》云：公若贅旒。然無「贅猶綴也」四字。孔氏廣森注云：疑別本有自釋贅旒之義。如《僖・九年傳》「震而矜」之下復出「震之者何」也。薛傳均曰：潘元茂《册魏公九錫文》：當此之時，若綴旒然。注：《公羊傳》曰：君若贅旒然。何休曰：旒，旗旒也。贅，猶綴也。劉伯倫《酒德頌》注：《春秋感精符》曰：禍亂鋒起，君若贅旒。按《春官・典路》注：贅路在阼階面。今《顧命》正作「綴路」。陳立《公羊義疏》曰：劉越石《勸進表》有若贅旒。注：贅，猶綴也。皆不以爲《公羊傳》語。蓋《西都賦》注有衍文，或《公羊傳》下有脫文也。○《周禮》，見《天官・序官》。《說文》曰：閽，豎也。宮中閹閽，閉門者。朱駿聲曰：宦者皆謂之奄，司閽者則謂之閽。步瀛案：宦豎司門者謂之閽。後亦通謂之閽，作「奄」，省借字耳。《天官・序官》鄭注謂「閽」爲精氣閉藏者，蓋亦由閽闇閉門之義推之。《月令》曰：仲冬之月，命奄尹申宮令，審門閭，謹房屋，必重閉。蓋卽許氏所本。鄭注曰：奄尹，主領奄豎之官也。又《序官》鄭注曰：閽人司昏晨以啟閉者。寺之言侍也。《詩》云：寺人孟子。案：見《小雅・巷伯》。《易・説卦傳》曰：艮爲閽寺。〇《漢書》，見《霍光傳》。李賢曰：陛戟，執戟於陛也。百重，言多也。〇《廣雅・釋詁》三曰：典，主也。《鬼谷子・捭闔篇》陶注曰：司，主守也。典司猶今言主管矣。〇寺、司，古音之部。〇以上宦署閽寺。方廷珪曰：此段補寫未央前殿大臣所立之位，與諸臣所居之署。又曰：「其宮室也」句至此，俱說未央宮。

周廬千列，徼道綺錯。

【注】《史記》：衛令曰：周廬設卒甚謹。《漢書音義》：張晏曰：直宿曰廬。《漢書》曰：中尉掌徼循京師。如淳曰：所謂遊徼循禁，備盜賊也。

【疏】《史記》，見《秦始皇本紀》。〇《漢書・嚴助傳》顏注曰：直宿所止曰廬。義本張晏。〇後引《漢書》，見《百官公卿表》。

輦路經營，脩除飛閣。

【注】輦路，輦道也。《上林賦》曰：輦道纚屬。如淳曰：輦道，閣道也。司馬彪《上林賦》注曰：除，樓陛也。

【疏】《固傳》「除」作「涂」。五臣作「塗」。案：「涂」、「塗」同。此作「除」誤。説見下。○如淳注，本書《上林賦》注亦引之。司馬彪注此句，未引。朱珔曰：閣非觀閣，乃《廣雅·釋室》之棧閣也。如蜀之棧道，施版爲之者，故曰飛閣。然則「除」亦非階除。《廣雅》又云：除，道也。王氏《疏證》引《九章算術·商功章》曰：棚除二當平道五。劉徽注云：棚，閣也。除，邪道也。此除閣義與棚除同。而注以爲樓陛，似失之。陛則不得言脩矣。《後漢書》作「涂」。「涂」、「除」同韻，字形亦相近，愈可見是道非陛也。步瀛案：《廣雅·釋室》當依王作《釋宫》。《上林賦》長途中宿，注引郭璞曰：中途，樓閣間陛道。《史記·司馬相如傳》《集解》引郭注同。惟無「中」字。疑司馬彪注與郭同。蓋李善本此文作「涂」，與《固傳》同。故引司馬彪注以釋之。與殿陛之「除」本非一物，而轉寫誤「涂」爲「除」，乃並改注中「涂」字爲「除」，而删「閣間道」三字，遂與本文不合矣。○錯、閣，古音魚部。

自未央而連桂宫，北彌明光而亘長樂。凌隥道而超西墉，掍建章而連外屬。設壁門之鳳闕，上觚棱而棲金爵。

【注】《漢書》曰：高祖至長安，蕭何作未央宫。《三輔舊事》曰：桂宫内有明光殿。毛萇《詩傳》曰：彌，終也。《方言》曰：亘，竟也。亘與絙古字通。《漢書》曰：高祖修長樂宫。薛綜《西京賦注》曰：隥，閣道也。丁鄧切。毛萇《詩傳》曰：墉，城也。《方言》曰：掍，同也。音義與混同。胡本切。《漢書》曰：建章宫，其東則鳳闕，高二十餘丈。其南有壁門之屬。《漢書音義》：應劭曰：觚，八觚，有隅者也。音孤。《説文》曰：棱，柧也。柧與觚同。棱，落登切。《三輔故事》曰：建章宫闕上有銅鳳皇。然金爵則銅

凰也。

【疏】《固傳》「亘」作「絙」。五臣「凌」作「陵」，「隥」作「墱」，「棍」作「混」。《固傳》並同。案：「淩」「陵」皆「夌」之借字。《説文》曰：「夌，越也。」又《固傳》「外」字上無「連」字。王念孫曰：「『連』字後人所加也。建章宫在西城之外，故云掍建章而外屬。『外』上不當有『連』字。且既言屬，不得更言連。故張銑注曰：混，通也。閣道出城，通達建章宫，與外相屬，其無『連』字明矣。」許巽行亦謂不當有「連」字。《固傳》「觚稜」作「柧稜」，「爵」作「雀」。許曰：作「稜」者，譌字。今據注引《説文》改。○《漢書》見《高帝紀》，已見上。○《三輔黄圖》卷二曰：桂宫，漢武帝造，周回十餘里。《關輔記》云：桂宫在未央北，中有明光殿。《三秦記》：未央宫漸臺西有桂宫，中有明光殿，皆金玉珠璣爲簾箔，處處明月珠，金陛玉階，晝夜光明。《水經・渭水注》曰：未央宫北，即桂宫也。周十餘里，内有明光殿、走狗臺、柏梁臺，舊乘複道，用相逕通。案：吴摯甫先生讀北字上屬，句絶。又案王楙《野客叢書》卷二十一曰：漢有兩明光宫，一明光殿。按《三輔黄圖》，一明光宫屬北宫，一明光宫屬甘泉宫。屬北宫者，正成都侯商避暑之所。屬甘泉宫者，乃武帝所造，以求仙者。所謂明光殿，自在桂宫，三者元不相干。今觀諸家之注，往往認爲一處。又考《漢紀》，太初四年，起明光宫。師古注曰：成都侯避暑，借明光宫。蓋謂此。師古之注已有此謬。張雲璈曰：此明光乃北宫之明光也。朱珔曰：《水經・渭水下篇注》云：未央宫内有明光殿。《西京賦》閣道穹隆下，亦及長樂、明光、桂宫。薛注云：明光，殿名。與酈注暨此李注並同。而彼處又引《漢武帝故事》上起明光宫、桂宫、長樂宫。則以明光别爲宫，非桂宫中之一殿。章懷注亦云：未央宮在西，長樂宮在東，桂宮、明光宮在北。觀班、張二賦之文，似別爲宮者近是。又案：《漢書・武帝紀》太初四年，起明光宮。顔注引《三輔黄圖》云：在城中。《元后傳》云：成都侯商避暑，借明光宮。蓋謂此。《野客叢書》譏顔注爲謬，然顔注明云在城中，北宮非城中乎？且甘泉地寒，故武帝以爲避暑之所，則成都侯避暑當亦近甘泉可知。王氏之説，殊自相矛盾。步瀛案：朱説是也。○《詩》毛傳，見《生民》。○《方言》：亘，竟也。胡克家曰：「亘」當作「絙」，觀下注可見。各本皆誤，此所引在第六卷中。今本正作「絙」，後《答賓戲》引作「縆」。「縆」即「絙」字也。步瀛案：《顔氏家訓・書證篇》曰：彌亙字從二間舟，今之隸書轉舟爲日。而何法盛《中興書》乃以舟在二間爲舟航字，謬也。案：《説文》亙，「栭」之古文。○次引《漢書》見《高帝紀》。「修」本作「治」。《史記・高祖本紀》曰：七年二月，長樂宮成。《黄圖》二曰：長樂宮，本秦之興樂宮也。高皇帝始居櫟陽，七年長樂宮成，徙居長安城。《三輔舊事》、《宮殿疏》皆曰：興樂宮，秦始皇造，漢修飾之。周回二十里，前殿東西四十九丈七尺，兩序中三十五丈，深十二丈。《雍録》二曰：《黄圖》曰：長安城經緯皆三十二里，未央周回二十八里，每面當九里而贏。長樂周回二十里，每面當七里而近。横亙城中，自爲十六里。其在都城之内，東西自占半城矣。○本書《西京賦》「隥」作「墱」。薛傳均曰：《説文》有「隥」無「墱」。隥字下云：仰也。其字從登字得聲，有仰登之意。上閣道者必仰而登，故閣道亦名隥道也。《廣雅・釋丘》：隥，阪也。登閣道者必仰，登阪道者亦必仰，義正相近。○《詩》毛傳，見《皇矣》○《方言》三曰：掍，同也。宋衛之間曰綷，或曰掍。《説文》昆與掍並訓爲同。朱駿聲謂「掍」當即「昆」之或體。作「混」者，假借字。○後引《漢書》，見《郊祀志》。又《武帝紀》曰：太初元年二月，起建章宮。顔注曰：在未央宮西。今長安故城西，俗所呼貞女樓者，卽建章宮之闕也。《水經·渭水注》曰：泬水又北逕鳳闕東。《三輔黄圖》曰：建章宮，漢武帝造，周二十餘里，千門萬户，其東鳳闕高七丈五尺。俗言貞女樓，非也。《漢武帝故事》云：闕高二十丈。《關中記》曰：建章宮圓闕臨北道，有金鳳在闕上，高丈餘，故號鳳闕也。故繁欽《建章鳳闕賦》曰：秦漢規模，廓然毁泯，惟建章鳳闕，巋然獨存。雖非象魏之制，亦一代之巨觀也。酈注又曰：《漢武帝故事》曰：建章宮南有璧門三層，高三十餘丈，中殿十二間，階陛咸以玉爲之，鑄銅鳳五丈，飾以黄金。樓屋上椽首薄以玉璧，因曰璧玉門也。案：此鳳闕指建章東之鳳闕，非璧門上之銅鳳。鳳闕在璧門東，故曰璧門之鳳闕耳。或曰：之，猶與也。設璧門之鳳闕，猶言設璧門與鳳闕也。案：「之」訓「與」，見吴昌瑩《經詞衍釋》。○《漢書音義》服虔説，《史記·酷吏傳》《索隱》引同。○《説文》見《木部》。李賢曰：《説文》曰：柧棱，殿堂上最高之處也。柧音孤。棱音力登反。其上棲金爵焉。張雲璈曰：馬永卿《嬾真子》曰：今之闕角謂之「觚棱」，蓋取其有四棱也。僕友柴慎微云：觚，酒器也，可容二升。腹與足皆有四棱。漢宮闕取其制，以爲角隅安獸處也。故《西都賦》曰：上觚棱而棲金爵。爵、觚皆酒器名。其腹之四棱，削之可以爲圓。故《漢書》曰破觚爲圓。朱珔曰：《一切經音義》十八引《通俗文》曰：木四方爲棱，八棱爲柧。段氏云：《通俗文》析言之。若渾言之，則急就奇觚，謂四方版也。余謂徐氏鍇云：《字書》三棱爲柧。《漢書·律曆志》：算法六觚爲一握。蘇林曰：六觚，六角也。《郊祀志》八觚宣通象八方。師古曰：觚，角也。是凡有隅角皆爲觚。不限其數。

殿制四阿。重屋，則八觚。每轉角處必峭上，則最高上必作飛鳥形，故下言棲金爵也。胡紹煐曰：凡物有脊者皆曰棱。屋脊謂之棱，猶茅脊謂之棱。《演繁露》云：建章之外闕，其上立有棱之觚，觚上立金鑄之鳳，即此所謂金爵也。步瀛案：以「觚」爲「柧」，以「爵」爲「雀」，皆通借字。馬永卿《嬾真子》載柴慎微説，謂觚、爵皆酒器名，以説此賦，非也。又案：「破觚爲圓」，見《酷吏傳》。○《三輔故事》李賢引同。張雲璈曰：古人例以鳳皇爲爵。魏武之銅爵，亦銅鳳也。○樂、爵，古音宵部，屬，侯部。通轉爲韻。

内則别風之嶕嶢，眇麗巧而聳擢，張千門而立萬户，順陰陽以開闔。爾乃正殿崔嵬，層構厥高，臨乎未央。經駘盪而出馺娑，洞枍詣以與天梁。上反宇以蓋戴，激日景而納光。

【注】《三輔故事》曰：建章宫東有折風闕。《關中記》曰：折風，一名别風。《廣雅》曰：嶕嶢，高也。嶕，兹堯切。《漢書》曰：建章宫度爲千門萬户。前殿度高未央，然前殿則正殿也。《長門賦》曰：正殿嵬以造天，其高臨乎未央。高之甚也。崔嵬，高貌也。《關中記》曰：建章宫有馺娑、駘盪、枍詣、承光四殿。馺，素合切。娑，蘇可切。駘音殆。枍，烏詣切。天梁亦宫名也。《爾雅》曰：蓋，戴覆也。激日景而納光，言宫殿光輝外激於日，日景下照，而反納其光也。

【疏】胡克家曰：袁本、茶陵本無「之」字。案：《後漢書》有，或尤依彼添耳。步瀛案：五臣「聳」作「竦」。《固傳》同。又《固傳》「嵬」作「巍」，又「與」字上無「以」字。王念孫曰：「以」字與下三字義不相屬，亦是後人所加。許巽行曰：「以」「與」同義，不應二字連用。案：王氏、許氏説是。○劉良曰：闔，閉也。

言宫殿千門萬户，皆夕閉朝開。夕爲陰，朝爲陽。步瀛案：《淮南子·原道篇》曰：與陰俱閉，與陽俱開。又見上紫宫注引《春秋元命苞》。○《三輔故事》、《關中記》，李賢引並同。案：《黄圖》二曰：建章宫之正門曰閶闔，高二十五丈。亦曰璧門。左鳳闕高二十五丈，右神明臺。門内北起别風闕，高五十丈。原注曰：在閶闔門内，以其出宫垣，識風從何處來，以爲闕名也。此與賦中所言璧門、鳳闕、别風三者，方位皆合。而以下所引諸書，頗有出入。《三輔舊事》云：建章周回三十里，東起别風闕，高二十五丈。乘高以望遠。又於宫門北起圓闕高二十五丈，上有銅鳳。《皇廟記》云：鳳皇闕亦名别風闕。又云：嶕嶢闕，在圓闕門内二百步。朱珔曰：此賦於鳳闕下乃云：内則别風之嶕嶢。《西京賦》語意略同。别風非即鳳闕，其説是也。嶕嶢亦當依李善注，不作闕名解。沈欽韓曰：賦於上已云「璧門之鳳闕」，明爲鳳皇闕。此别敍云内，明在鳳闕内也。○《廣雅》，見《釋詁》四。李賢曰：嶕嶢，高也。亦不以爲闕名。○《楚辭·九章·哀郢》王逸注曰：眇，遠也。本書《文賦》注曰：眇眇，高遠貌。吕向曰：竦擢，言竦而擢出。步瀛案：《西京賦》通天訬以竦擢，與此同。「聳」、「竦」之借字。○《漢書》見《郊祀志》。○《長門賦》見本書卷十六。○《黄圖》二曰：建章有駘蕩、馺娑、枍詣、天梁等宫。又三曰：駘蕩宫，春時景物駘蕩，滿宫中也。馺娑宫，馺娑馬疾貌。馬行迅疾，一日之閒遍宫中，言宫之大也。枍詣宫，枍詣，木名。宫中美木茂盛也。天梁宫，梁木至於天，言宫之高也。四宫皆在建章宫。楊慎《丹鉛總録》卷四曰：《爾雅》注引諺云：上山斫檀，榽橀先殫。「榽」字一作「枍」。《三輔黄圖》有枍詣殿。枍詣，木名，即榽橀也。方以智《通雅》卷四十三曰：枍詣即檍也。步瀛案：《爾雅·釋木》：

魄，榽榼。郭注曰：魄，大木細葉似檀。齊人諺云云。陸璣《詩疏》引齊諺作「挈榼」，又名「繫迷」。郝懿行謂卽北京西山作炭之白木。又《釋木》：杻，檍。郭注曰似棣，細葉，一名土橿。榽榼與檍二木不同，而音皆與枔詣相近。二説未知孰是。○《爾雅》胡克家曰：案「爾」當作「小」，各本皆誤。此所引《廣詁》文。又章懷注《後漢書》所引，今本亦誤「小」爲「爾」，皆不知「小雅」者改也。○擢，古音宵部。闔，盍部。通轉爲韻。央、梁、光，陽部。自爲韻。○何焯曰：此特言建章宮猶後宫，特言昭陽，以眩耀西都，曩日所有。

神明鬱其特起，遂偃蹇而上躋。軼雲雨於太半，虹霓迴帶於棼楣。雖輕迅與僄狡，猶愕眙而不能階。

【注】《漢書》曰：孝武立神明臺。王逸《楚辭注》曰：偃蹇，高貌也。《公羊傳》曰：躋者何？躋升也。《三蒼》曰：軼，從後出前也。餘質切。《漢書音義》，韋昭曰：凡數三分有二爲太半。《尸子》曰：虹霓爲析翳。棼，已見上文。《爾雅》曰：楣謂之梁，靡飢切。《方言》曰：僄，輕也。芳妙切。鄭玄《禮記注》曰：狡，疾也。古飽切。字書曰：愕，驚也。五各切。《字林》曰：眙，驚貌。敕吏切。

【疏】《固傳》「迴」作「回」，「迅」作「信」，「能」作「敢」。○《漢書》見《郊祀志》。《水經·渭水注》曰：《三輔黄圖》曰：神明臺在建章宮中，上有九室，今人謂之九子臺，卽實非也。案：今《黄圖》無此文。《渭水注》又曰：神明臺高五十餘丈，皆作懸閣，輦道相屬。○王逸《楚辭》注見《離騷》。○《公羊傳》，見《文二年》。○《淮南·覽冥篇》高注曰：自後過前曰軼，與《三蒼》義同。○《漢書音義》韋昭說，《史記·

項羽本紀》、《集解》引同。下云「一爲少半」，《漢書·高紀注》引作「有一分爲少半」。李賢引亦不及下句，但云《漢書音義》，不云「韋昭」。○《尸子》，本書《薦禰衡表》注引同。胡紹煐曰：《爾雅》蜺爲挈貳。郭注：見《尸子》。善所據與郭異。「析翳」即「挈貳」之同聲。「挈貳」即「蜺」之合音。蜺有齧音。《爾雅釋文》引如淳音五結反，是也。步瀛案：《梁書·王筠傳》沈約製《郊居賦》，示其草，筠讀至「雌霓連踡」，霓音「五激反」，約撫掌欣抃曰：「僕嘗恐人呼爲霓。」霓音五雞反。是霓有平入二音也。○《爾雅》，見《釋宫》。郭注曰：楣，門户上横梁。《釋文》曰：楣，忘悲反。或作楣，亡報反。《埤蒼》云：梁也。呂伯雍云：門樞之横梁。《説文》云：楣，秦名屋櫋聯也。齊謂之檐，楚謂之梠。步瀛案：伯雍，呂忱字。郝懿行曰：楣，《説文》作楣，云門樞之横梁。經典「楣」俱作「楣」。故《公食大夫禮》云：公當楣，北鄉。《喪服四制》云：高宗諒闇。鄭注並云：楣謂之梁。是許、鄭義異，《釋文》兩存其字。楣、楣聲亦相轉。朱珔曰：徐氏《説文繫傳》云：門楣，横木，門上樞鼻所附。或連兩鼻爲之，以冒門楣也。則似合爲一。《廣雅》：楣亦訓梠，蓋本《説文》。而《西京賦》之雲楣注云：楣，梁也。是古多以楣爲梁者。○《方言》見卷十。○《爾雅·釋詁》曰：迅，疾也。《固傳》作「信」，殆以音近通假。○李賢引鄭玄《禮記》注同。然今《禮記》無此注。疑《樂記》注血氣狡憤，狄滌往來，疾貌也。誤合爲一。○字書及《字林》李賢引並同。

攀井幹而未半，目眴轉而意迷。舍櫺檻而卻倚，若顛墜而復稽。魂怳怳以失度，巡迴塗而下低。

【注】《漢書》曰：武帝作井幹樓，高五十丈，輦道相屬焉。幹音寒。司馬彪《莊子注》曰：井幹，井欄也。然積木有若欄也。《蒼頡篇》云：眴，視不明也。侯遍切。《説文》：櫺，楯閒子也。力丁切。王逸《楚辭注》曰：檻，楯也。胡黯切。《説文》曰：稽，留止也。《長門賦》曰：神怳怳而外淫。王逸《楚辭注》曰：怳，失意也。况往切。

【疏】袁本、茶陵本「眴」作「眩」，而袁本注中「眩」字仍作「眴」。梁章鉅曰：《説文繫傳》瞏字注：引「目瞏轉而意迷」，而誤作《靈光殿賦》。步瀛案：五臣「卻」作「却」。《固傳》「迴」作「回」，「塗」作「涂」。六臣本作「途」。案：《説文》徐，安行也。無「塗」「途」字。而涂爲水名。朱駿聲曰：以徑字从彳，路字从足，道字从辵，行字訓道例之，徐亦訓道字。古借「涂」，後變作「途」。又作塗。○《漢書》見《郊祀志》。○司馬彪《莊子注》，《釋文》亦引之，見《秋水篇》。《説文》曰：韓，井垣也。從韋，取其帀也。倝聲。隸作「韓」，井韓字。又作「榦」，或作「幹」。○《蒼頡篇》，李賢引同。《説文》曰：旬，目摇也。重文作「眴」。五臣作「眩」。《説文》曰：眩，目無常主也。○《説文》見《木部》。本書《遊天台山賦》注云：窗閒子也。江文通《雜體詩注》云：窗閒孔也。段玉裁曰：闌、楯爲方格，又於其横直交處爲圜子，如綺文玲瓏，故曰櫺。《左傳》車曰忽靈，亦其意也。步瀛案：見《定九年》。○王逸注，見《招魂》。案：《楚辭》下「注」字依毛本增。○次引《説文》，稽字乃部首，見卷六。○王逸《九歌·少司命》注曰：怳，失意貌。此注及《長門賦》注引「貌」並作「也」。李周翰曰：捨欄倚立，若已墜矣。而復留止，魂神失度，下就低處。○躋、楣、階、迷、低，古音脂部。

既懲懼於登望，降周流以徬徨。步甬道以縈紆，又杳篠而不見陽。

【注】《廣雅》曰：懲，恐也。《楚辭》曰：寤從容以周流，聊逍遥而自恃。《毛詩序》曰：徬徨不忍去。《淮南子》曰：甬道相連。高誘曰：甬道，飛閣複道也。《説文》：縈紆，猶回曲也。又曰：杳，杳篠也。《廣雅》曰：窈窕，深也。窈與杳同，烏鳥切。篠，他弔切。毛萇《詩傳》曰：陽，明也。

【疏】五臣「徬」作「彷」。○《廣雅》見《釋言》。○《楚辭》見《九章・悲回風》。○《毛詩》見《黍離序》。「徬」作「彷」。步瀛案：徬徨、旁徨、彷徨、方皇、房皇並同。如《莊子・逍遥遊篇》彷徨乎無爲其側，《釋文》曰：彷徨，猶翱翔也。《天運篇》有上彷徨，《釋文》引司馬本作「旁皇」。《達生篇》彷徨乎塵垢之外，《釋文》曰：元嘉本作「房皇」。《知北遊篇》彷徨乎馮閎，《釋文》曰：「彷」一作「徬」。《荀子・禮論》方皇周浹，《史記・禮書》作房皇周浹。《索隱》曰：房音旁。旁皇，猶徘徊也。皆其證。○《淮南子》，見《本經篇》。胡紹煐曰：按《廣韻》：⿴行甬，巷道。出《蒼頡》，今書通作「甬」。複道謂之甬，馳道亦謂之甬。《史記・始皇紀》：築甬道。《集解》引應劭：馳道外築牆，天子於中，人不見也。軍中道亦曰甬。《項羽紀》築甬道而輸之粟。應劭曰：恐敵抄輜重，故築牆垣如街巷也。○「《説文》縈紆，猶回曲也」，朱珔曰：今《説文》：縈，收韏也。紆，詘也。一曰縈也。並無此文。蓋縈紆本有回曲之義，當是李氏所自爲説，而引《説文》爲下杳篠之證，誤以上屬耳。下「又曰」二字，當爲「説文曰」三字。上「杳」字爲「篠」之譌。今《説文・穴部》篠字云：杳，篠也。其杳字則別在《木部》，云：冥也。從日在木下。《廣雅・釋詁》三：窈篠，深也。又《釋訓》：篠篠、窈窈，深也。字皆作窈篠。此注但云窈與杳同，而不云窕與篠同。豈李氏本亦作「篠」不作「窕」歟？至二字之義，《説文》：窈，深遠也。窕，深肆極也。蓋即其杳篠之訓。而《魯靈光殿賦》云：旋室㛹娟以窈窕。《續漢書·祭祀志》注引《封禪儀記》云：石壁窅篠，如無道徑。《西京賦》云：望窵篠以徑廷，數者並字異而義同也。步瀛案：《説文》下疑作「紆縈也」三字，乃取紆字後一説，猶回曲也。四字乃李氏申《説文》之意，傳寫者因正文「縈紆」二字而乙轉，又脱「也」字，遂致誤耳。○《毛詩傳》見《七月》，又《湛露》毛傳曰：陽日也。○李賢曰：既創前之登望，乃下巡于複道，宮宇深邃，又不見明也。

排飛闥而上出，若遊目於天表，似無依而洋洋。

【注】《廣雅》曰：排，推也。簿階切。闥，門闥也。《楚辭》曰：忽反顧而遊目。王逸《楚辭注》曰：洋洋，無所歸貌。

【疏】「而洋」，《固傳》「而」作「之」。○《廣雅》，見《釋詁》三。○李賢曰：飛闥，閣上門也。劉良曰：飛闥，言臨空如飛也。胡紹煐曰：飛闥，突出方木。本書《西京賦》上飛闥而仰眺，薛注：飛闥，突出方木是也。《説文》：闒，樓上户也。「闒」與「闥」同。《玉篇》飛闥，突出方木。本薛注。○《楚辭》，見《離騷》。○王逸《楚辭注》，見《九章·哀郢》。「貌」作「也」。劉良曰：言自閣道排門出望，若見天外，洋洋然不知所歸。

前唐中而後太液，覽滄海之湯湯。揚波濤於碣石，激神岳之嶈嶈。濫瀛洲與方壺，蓬萊起乎中央。

【注】《漢書》曰：建章宮，其西則有唐中數十里，其北沼太液池。漸臺高二十餘丈，名曰太液。池中有蓬萊、方丈、瀛州、壺梁，象海中仙山。如淳曰：唐，庭也。《尚書》曰：湯湯洪水方割。《蒼頡篇》曰：濤，大波。《尚書》曰：夾右碣石，入於河。孔安國曰：海畔山也。《毛詩》曰：應門將將。《說文》曰：濫，泛也。力暫切。《列子》：渤海之中有大壑，其中有山，一曰岱輿，二曰員嶠，三曰方壺，四曰瀛洲，五曰蓬萊。

【疏】《固傳》「攬」作「覽」，「岳」作「嶽」。案：《說文》嶽，古文作「岳」。胡克家曰：「嶈嶈」，善引《毛詩》「應門將將」爲注，似其本但作「將將」。袁、茶陵二本所載五臣濟注云：嶈嶈，水激山之聲。或各本所見，皆以五臣亂善。《後漢書》作「嶈嶈」，章懷無注，而此與彼不必全同也。胡紹煐曰：濟注「嶈嶈」水激山之聲。是「嶈嶈」爲五臣本。本書《七發》莘莘將將，善注：將將，高貌。知善作「將將」。《東京賦》立應門之將將，注引《毛詩》作「將將」，是其證。《魯靈光殿賦》狀若積石之鏘鏘，注引此賦作「嶈嶈」，與正文不相應，疑爲後人所改。○《漢書》，見《郊祀志》。「唐中」作「商中」。注引如淳亦作「商」。蓋李氏依本文改。《史記·封禪書》作「唐」。朱珔曰：「唐中」當卽《詩·陳風》之「中唐」。《逸周書·作雒解》堤唐，孔晁注：唐中，庭道也。中唐之爲唐中，猶中庭之爲庭中也。《西京賦》云：前開唐中，彌望廣潒。廣潒但狀庭道之形，非竟言水。惟《三輔黃圖》載唐中池，似唐中爲池名。殆以古池塘之塘，祇作唐，《周語》陂唐污庳，以鍾其美，是也。因此遂謂唐爲池。果爾，則唐卽池矣，何又稱唐中池耶？若《漢書·郊祀志》「唐中」作「商中」，注：商，金也。於序爲秋，故謂西方之庭爲商庭。恐附會。且唐、商雖異，其以爲庭則一也。胡紹煐曰：《西京賦》前開唐中，彌望廣潒。顧臨太液，滄池漭沆。與此同。細玩語意，彌望屬塗之廣直，言顧臨屬池之高深言，「滄池」正承太液句，猶此云滄海也。是唐中爲庭塗，非池明矣。《東京賦》豐朱草於中唐。唐，塗也，中唐，即唐中。其以此證。步瀛案：朱、胡說是。《黄圖》蓋附會此賦而誤也。又《郊祀志》作「其北治大池」，唐人諱「治」字，故李賢引作「其北太液池」，而下文無「名曰太液」句。此文既有「沼」字，又曰「太液池」，又曰「名曰太液」，殊不可通。殆亦後人所亂也。又「壺梁」，注誤「臺梁」。胡克家曰：何校「臺」改「壺」，陳同，是也。今從之。而「神山」注誤「仙山」，亦當據《郊祀志》及《封禪書》改。李賢引正作「神山」。○《尚書》，見《堯典》。僞孔傳曰：湯湯，流貌。《釋文》曰：湯音傷。○《蒼頡篇》李賢引同。○後引《尚書》及僞孔傳，並見《禹貢》。案：《漢書·地理志》右北平郡驪成縣，原注曰：大揭石山在縣西南。遼西郡絫縣，原注曰：有揭石水。是碣石跨兩縣之地。故《北山經》郭注、《濡水》酈注皆臨渝、驪成兩縣並言，以絫縣罷入臨渝也。酈注且以天柱橋當之。並與《漢志》合。至《河水》酈注載碣石淪海之説，不足信也。惟碣石所在，諸家聚訟。或謂在河北昌黎縣西南，或謂在西北，或謂即縣北之仙人臺，或謂在樂亭縣西南，又或分大小碣石，或分左右碣石，又或謂即無棣縣之馬谷山，更有謂在遼寧，或在朝鮮者，究不能確定其地也。此賦碣石乃太液池中之山，象碣石者。故第言碣石大要。至諸家考據，別詳後篇。○《毛詩》見《大雅·綿篇》。傳曰：將將，嚴正也。《釋文》曰：將，七羊反。○《説文·水部》曰：濫，氾也。注作「泛」，疑傳寫之誤。○《列子》，見《湯問篇》。○徨、陽、洋、湯、將、央，古音陽部。

於是靈草冬榮，神木叢生。巖峻崷崒，金石崢嶸。

【注】神木、靈草，謂不死藥也。《史記》曰：三神山，仙人不死藥皆在焉。杜預《左氏傳注》曰：巖，險也。《說文》曰：峻，峭高也。峻，思俊切。崷，高貌也。慈由切。《爾雅》曰：崒者，厜㕒也。慈恤切。郭璞《方言注》曰：崢嶸，高峻也。崢，力耕切。嶸，胡萌切。

【疏】《固傳》「崷」作「崔」。○《史記》見《封禪書》。○杜預《左傳注》，見隱元年。○朱珔曰：今《說文·山部》陖字云：高也，重文作峻。其《𨸏部》陖字云：陗，高也。此注蓋因峻本从陖，故即以「陖」之訓爲「峻」之訓也。峭與「陗」同。注又云：崷，高貌也。亦就文解義。《說文》無崷字。《廣韻·十八尤》曰：崷崒，山峻皃。○《爾雅》，見《釋山》。○郭璞《方言注》，本書《七命》注引同。今《方言》六作「崝嵤，高峻之貌也」。呂錦文《文選古字通補訓》曰：《說文》嶸，崝嶸也。「崢」即「崝」之借。楊雄《河東賦》陟西岳之嶢崝，注：師古曰：嶕嶢而崝嶸。宋玉《高唐賦》、孫綽《遊天台山賦》皆作「崝嶸」。《玉篇》：崝嶸，高峻皃。「嵤」同「嶸」。《廣雅》：崢，嵤深也。《集韻》：崢嵤，山峻也。或作「嶒」。《甘泉賦》：似紫宮之崢嶸。《白石神君碑》登崢嶸。字並通用。

抗仙掌以承露，擢雙立之金莖，軼埃堨之混濁，鮮顥氣之清英。

【注】言承露之高也。《漢書》曰：孝武又作柏梁銅柱，承露、仙人掌之屬矣。《方言》曰：擢，拔也。達卓切。金莖，銅柱也。王逸《楚辭注》曰：埃，塵也。許慎《淮南子注》曰：堨，埃也。「堨」與「壒」同。於害切。鮮，絜也。《楚辭》曰：天白顥顥。《說文》曰：顥，白貌。胡暠切。「鮮」或爲「鱻」。非也。

【疏】孫志祖曰：曹子建《又贈丁儀王粲詩》承露概太清，注引《西都賦》曰：扢仙掌以承露。梁章鉅曰：今按：唯毛本作「扢」，實即「抗」字之誤。蓋上引《西都賦》止注承露也。下引《廣雅》，始以「扢」注概也。毛本誤相涉耳。觀此賦注絶不及「扢」，可見各本皆作「抗」，無誤也。步瀛案：《固傳》「仙」作「僊」，下同。六臣本「堨」作「壒」。《固傳》同。胡紹煐曰：依注則善本亦作「壒」。○張銑曰：抗，舉也。○《漢書》見《郊祀志》。注引蘇林曰：仙人以手掌擎盤承甘露。顏曰：《三輔故事》云：建章宮承露盤，高二十丈，大七圍，以銅爲之。上有仙人掌承露，和玉屑飲之。《黄圖》三引《廟記》曰：神明臺，武帝造，祭仙人處。上有承露盤，有銅仙人，舒掌捧銅盤玉杯，以承雲表之露，以露和玉屑服之，以求仙道。○今《方言》三云：擢，拔也。與注引異。○王逸注，見《離騷》。○許慎《淮南子注》，見《兵略篇》。胡克家曰：堨，埃也。「堨」當作「壒」，各本皆誤。步瀛案：《兵略篇》注正作「堨」，此必本文作「壒」，故云「堨」與「壒」同。茶陵本校云：善本作「堨」。袁本無。又今諸本正文作「堨」，疑皆誤。薛傳均曰：《説文》訓「堨」爲壁閒隙，不訓爲「埃」。《淮南子注》與《説文》皆許君所作，而彼此不同者，蓋壁閒之隙，恒爲塵埃所聚，故堨字亦可訓埃。《説文》用本義，《淮南子注》用引申義耳。《説文》無壒字。《新附》始有之，訓爲塵也，乃後出之字。壒字，蓋聲，堨字，曷聲。曷、蓋古音同部，故通。○《楚辭》，見《大招》。○《説文》，見《頁部》。

騁文成之丕誕，馳五利之所刑。庶松喬之羣類，時遊從乎斯庭。實列仙之攸館，非吾人之所寧。

【注】《漢書》曰：齊人李少翁，以方術見上，拜少翁爲文成將軍。言：上卽欲與神通，宮室被服非象神物不至。乃作甘泉宮，中爲臺，畫天地泰一諸鬼神，而置祭具，以致天神。又曰：欒成侯登上書，言欒大。天子見大，悦。曰：「臣之師有不死之藥可得，仙人可致。」乃拜大爲五利將軍。毛萇《詩傳》曰：刑，法也。《列仙傳》曰：赤松子者，神農時雨師也。服水玉以教神農。又曰：王子喬者，周靈王太子晉也。道人浮丘公接以上嵩高山。

【疏】《固傳》「非」作「匪」。○《漢書》，見《郊祀志》。本注頗有舛誤，「以方」下當删「術」字，「物」上宜增「神」字，「臺」下宜增「室」字。「悦」字上下皆宜增「大字」。「臣之師有」，「有」當改「曰」，庶與原文合。○《毛詩傳》，見《大雅・文王篇》。○《列仙傳》，本書郭景純《遊仙詩》注引「赤松子」，《遊天台山賦》注引「王子喬」，均較本注爲詳。李賢引「道人」作「道士」。「嵩」下無「高」字。又《淮南・齊俗篇》曰：王喬，赤誦子，吹嘔呼吸，吐故納新。許注曰：王喬，陽武人也。爲柏人令，得道而仙。赤誦子，上谷人也。病厲入山，導引輕舉。《泰族篇》作「王喬」「赤松子」。《漢書・王褒傳》作「僑」「松」。《天問》注作「王子僑」。《説文・走部》趫字下云：王子蹻。是「喬」與「僑」「蹻」，「松」與「誦」並通。然《淮南》注與《列仙傳》異。《史記・封禪書》《索隱》引裴秀《冀州記》云：緱氏仙人廟者，昔有王喬，犍爲陽武人，爲柏人令，於此得仙，非王子喬也。與許注合。楊慎《丹鉛總録》、胡應麟《丹鉛新録》皆辨王子喬、王喬作一人。段玉裁謂辭賦言「喬松」者，皆謂王喬，非王子喬。然《楚辭・遠遊》曰：吾將從王喬而娱戲。又曰：見王子而宿之。則「王子喬」、「王喬」又似一人。且許注所稱「王喬」、「赤誦」疑又在後。則此文「松、喬」自當指神農雨師，周靈王太子也。《周書·太子晉篇》言其火色不壽。孔晁注謂王子年十七而卒。《韓詩外傳》五、《新序·雜事》五、《白虎通·辟雍篇》皆言赤松子爲帝嚳師。列仙之説，本出方士之傅會，不待辨也。又《後漢書·方術傳》有葉縣令者，又一王喬。《神仙傳》，黄初平亦號赤松子。與此無涉。○生、嶸、莖、英、刑、庭、寧，古音耕部。○以上離宫苑囿，並及武帝求仙之事。

爾乃盛娛游之壯觀，奮泰武乎上囿。因兹以威戎夸狄，耀威靈而講武事。

【注】《史記》相如《封禪書》曰：斯事天下之壯觀。《禮記》曰：西方曰戎，北方曰狄。又曰：孟冬之月，天子乃命將帥講武，習射御。《毛詩序》曰：有常德以立武事。

【疏】胡紹煐曰：「娛」當爲「娭」，後人所改也。《上林賦》娭遊往來，注許其切。今亦改爲「娛」矣。步瀛案：各本及《固傳》皆作「娛」，亦無音許其切者，與《上林賦》異，未可援以改此。《固傳》「泰」作「大」。李賢曰：大武，謂大陳武事也。王念孫曰：作「大」者是也。《逸周書》有《大武篇》。《秦策》引《詩》云：大武遠宅不涉。皆其證也。朱珔曰：蓋古多以「大」爲「太」，而「泰」又通「太」，故此處遂誤作「泰」耳。又《固傳》無「靈」、「武」二字。朱曰前文「掍建章而連外屬」，無連字，此無「靈」字「武」字。「連」、「武」皆避上複，是也。○《史記·司馬相如傳》載《封禪書》。本書卷四十八題爲《封禪文》。○《禮記》，見《王制》及《月令》。○《毛詩序》見《常武》。○王子淵《四子講德論》曰：威靈外覆。《左傳·隱五年》：臧僖伯曰：「春蒐、夏苗、秋獮、冬狩，皆於農隙以講事也。」○囿、事，古音之部。

命荆州使起鳥，詔梁野而驅獸。毛羣内闐，飛羽上覆，接翼側足，集禁林而屯聚。

【注】《尚書》曰：荆及衡陽惟荆州。又曰：華陽黑水惟梁州。然則南方多獸，故命使之。枚乘《兔園賦》曰：翱翔羣熙，交頸接翼。

【疏】《尚書》，見《禹貢》。張雲璈曰：按：《禹貢》荆州之貢，羽毛齒革。梁州之貢，熊羆狐狸、織皮。而《周禮·職方》亦云：荆州其畜宜鳥獸。此二地多鳥獸，故命詔也。○枚乘賦又見《古文苑》卷二，《藝文類聚·産業部》節引無此二句。○鳥、獸、覆，古音幽部。聚，侯部。通轉爲韻。

水衡虞人，修其營表。種别羣分，部曲有署。

【注】《周禮》：川衡。鄭玄曰：川，流水也。衡，平其大小也。《周禮》曰：虞人萊所田之野爲表。鄭司農曰：表，所以識正行列也。司馬彪《續漢書》曰：將軍皆有部。大將軍營五部。部有校尉一人，部下有曲，曲有軍候一人。

【疏】五臣「修」作「理」。《固傳》同。豈原文作「治」，而「修」字「理」字，各以避諱改耶。○《周禮》，見《地官》序官。尤本、袁本、張本、毛本「川」皆誤作「水」，今依茶陵本。《漢書·百官公卿表》：水衡都尉掌上林苑，有五丞。注：應劭曰：古山林之官曰衡，掌諸池苑，故稱水衡。○次引《周禮》及前鄭注，見《夏官·大司馬》。賈疏曰：虞人者，若田在澤，澤虞。若田在山，山虞。又《地官》有山虞、澤虞。序官鄭注曰：虞，度也。度知山之大小，及所生者。《禮記·檀弓》下鄭注曰：虞人，掌山澤之官。《孟子·滕文公下》趙注曰：虞人，守苑囿之吏也。《吕覽·慎小篇》高注曰：虞人，主囿之官。《百官表》曰：王莽改水衡都尉曰予虞。○司馬彪《續漢書》，見《百官志》一。

罘網連紘，籠山絡野。列卒周匝，星羅雲布。

【注】鄭玄《禮記注》曰：獸罟曰罘。扶流切。紘，罘之綱也。胡萌切。《方言》曰：絡，繞也。來各切。《羽獵賦》曰：涣若天星之羅。《韓子》曰：雲布風動。

【疏】《固傳》「網」作「罔」，字同。○《禮記》鄭注，見《月令》。○「綱」，各本誤作「網」，胡克家曰：當作「綱」。是也。今從其説據改。李賢注亦誤作「網」。吕延濟曰：紘，網綱也。又見《吴都賦》注。○《方言》五曰：絡謂之格，今本無「繞也」之文。○《韓子》見《大體篇》。○表，古音宵部。署、野、布，魚部。通轉爲韻。

於是乘鑾輿，備法駕，帥羣臣，披飛廉，入苑門。

【注】蔡雍《獨斷》曰：天子至尊，不敢渫瀆言之，故託於乘輿也。又曰：天子出，車駕次第謂之鹵簿。有法駕。司馬彪曰：法駕，六馬也。《漢書·武紀》曰：長安作飛廉館。

【疏】胡克家曰：案：「鑾」字衍也，注引《獨斷》以解「乘輿」，中間不得有「鑾」字甚明。考《後漢書》章懷注引《獨斷》與此同，亦不得有「鑾」字。今本皆衍耳。《上林賦》曰：於是乘輿弭節徘徊。《甘泉賦》曰：於是乘輿乃登夫鳳皇兮。句例相似，孟堅之所出也。袁、茶陵二本「鑾」作「鸞」。詳五臣濟注，仍言乘輿，是其本初無「鸞」字，各本之衍，當在其後。又《東都賦》：乘輿乃出。注云：乘輿已見上文，指謂此可借證。○《後漢書·蔡邕傳》「雍」作「邕」。「雍」、「雝」之隸變字，與「邕」通用。《獨斷》卷上又曰：乘，猶載也。輿，猶車也。天子以天下爲家，不以京師宫室爲常處，則當乘車輿以行天下，故羣臣託乘輿以言之，或謂之車駕。又卷下曰：天子出，車駕次第謂之鹵簿。有大駕，有小駕，有法駕。大駕則公卿奉引，大將軍參乘，太僕御，屬車八十一乘，備千乘萬騎。法駕，公卿不在鹵簿中，唯河南尹、執金吾、洛陽令奉引，侍中參乘，奉車郎御，屬車三十六乘。小駕，太僕奉駕，上鹵簿於尚書。侍中、中常侍、小黄門副，尚書主者、郎令史副，侍御史，蘭臺令史副，皆執注以督整諸車騎。又曰：法駕，上所乘曰金根車，駕六馬，有五色安車，又有立車各一。皆駕四馬。司馬彪《續漢書·輿服志上》曰：乘輿金根、安車、立車，輪皆朱班重牙，駕六馬。○《漢書·武帝紀》元封二年注引應劭曰：風廉，神獸能致風者也。晉灼曰：身似鹿，頭如爵，有角而蛇尾，文如豹。《黄圖》五曰：飛廉觀在上林，武帝元封二年作。飛廉，神禽能致風氣者。武帝命以銅鑄置觀上，因以爲名。○臣，古音真部。門，諄部。通轉爲韻。

遂繞酆鄗，歷上蘭。六師發逐，百獸駭殫，震震爚爚，雷奔電激，草木塗地，山淵反覆。蹂躪其十二三，乃拗怒而少息。

【注】《世本》曰：武王在酆鄗。杜預《左氏傳注》曰：酆在始平鄠縣東。孚宫切。《説文》曰：鄗在上林苑中。鎬與鄗同。胡道切。《三輔黄圖》曰：上林有上蘭觀。《尚書》曰：司馬掌邦政，統六師。又曰：百獸率舞。震震爚爚，光明貌也。震，之人切。《字指》曰：儵爚，電光也。弋灼切。《説文》曰：電，陰陽激耀也。《漢書》曰：一敗塗地。《廣雅》曰：塗，汙也。反覆，猶傾動也。《字林》曰：蹂，踐也。汝九

切。《説文》曰：蹸，轢也。「躙」與「蹸」同。力振切。拗猶抑也。於六切。

【疏】《固傳》「鄗」作「鎬」，「逐」作「冑」。胡紹煐曰：逐，競馳也。《漢書·五行志》注引晉灼曰：競走曰逐。又引京房《易傳》曰：良馬逐。逐，進也。《玉篇》：馳，徐救切。競馳也。逐聲讀如冑。《大畜》：良馬逐。《釋文》逐音冑。《海外北經》：夸父與日逐走。郭注：逐音冑。是逐、冑音同。此作「逐」，《後漢書》作「冑」，並「馳」之假。○《左傳》杜注，見昭四年。又《固傳》「躙」作「蹸」。○《路史·國名紀》注曰：「鎬」《世本》作「鄗」，可與此注相證。○《左傳》杜注，見昭四年。案：尤本、張本「鄠」下無「縣」字。今據《左傳注》及六臣本增。李賢曰：酆，文王所都，在鄠縣東。《説文》曰：酆，周文王所都，在京兆杜陵西南。案：經傳多作「豐」。「酆」字雖見《説文》，蓋亦後出字也。《清統志》曰：西安府，古豐邑在鄠縣東。○《説文·金部》「鎬」字下曰：昷器也，從金，高聲。武王所都，在長安西上林苑中。字亦如此。段玉裁曰：此於例不當載，而特詳之者，説叚借之例也。武王都鎬，本無正字，偶用鎬字爲之耳。一本有其字之叚借，一本無其字之叚借也。鎬京或書「鄗」，乃淺人所爲，不知漢常山有鄗縣。朱珔曰：《説文》之鎬本爲昷器，其云武王所都，字亦如此，蓋假借也。此處作「鄗」，殆因涉酆字從邑而爲之。然鄗別爲地名，見《東都賦》，非此也。步瀛案：李賢曰：鎬，武王所都，在上林苑中。《續漢書·郡國志》曰：京兆尹鎬，在上林苑中。注引孟康曰：長安西南有鎬池。《水經·渭水注》曰：鎬水上承鎬池於昆明池北，周武王之所都也。自漢武帝穿昆明池，於是地基構淪褫，今無可究。《清統志》曰：西安府，古鎬京在長安縣西南。○《三輔黄圖》，李賢引同。案：《漢書·元后傳》曰：校獵上蘭。顏曰：上蘭，觀名也。在上林中。

《清統志》曰：西安府，上蘭觀在長安縣西。○《尚書》，見僞《周官》。又引「百獸率舞」見《舜典》及《益稷》。案：《舜典》與《堯典》本爲一篇，《益稷》與《皋陶謨》本爲一篇，僞古文皆分爲二。○李賢曰：駭殫，言驚懼也。王念孫曰：李訓「駭殫」爲「驚懼」，則殫字本作「憚」，今作「殫」者，後人據誤本《文選》改之也。《文選》「殫」字，李善無注。張銑注曰：言天子縱六軍，逐百獸，駭驚踐蹋，十分殺其二三。駭驚卽駭憚。踐蹋卽下文之蹂躪。而獨不爲殫字作解。然則李善及五臣本皆作「百獸駭憚」，而今本作「殫」，亦是後人所改明矣。胡紹煐曰：「憚」，書亦作「殫」或作「單」。《史記·春申君傳》：王之威亦單矣。《集解》引徐廣，「單」亦作「殫」，《秦策》作「憚」。是「憚」可作「單」，亦可作「殫」。音近，故得相通，非盡後人所改。○震，之人切。段玉裁曰：震古多讀平聲。○《隋書·經籍志·經部》小學類有《字指》二卷。注云：晉朝議大夫李彤撰。○胡紹煐曰：震，雷也。雷謂之震。故雷聲亦謂之震。重言之亦曰震震，或轉爲隱隱，一作𨏔𨏔，又爲殷殷。《玉篇》：爚，電光。重言之亦曰爚爚。然則震震爲雷聲，爚爚爲電光。皆形容之辭。○《說文》，見《雨部》。○《漢書》，見《高帝紀》。○今《廣雅·釋詁》三「污也」節脫「塗」字，王念孫《疏證》據此注補。○《說文》見《足部》。尤本「轢」作「躒」，誤。張本、毛本、六臣本皆作「轢」。案：「蹸」，字亦作「躪」，又作「轔」。《廣雅·釋訓》曰：轔，轢也。《切韻·二十二震》曰：轥，轢。《廣韻·二十一震》曰：轥轢，車踐是也。《說文》曰：轢，車所踐也。又曰：趮，過也。「躒」乃「趮」之俗字，不用爲車踐字。○李賢解「拗」字與本注同。又曰：言抑六師之怒而少息也。○躪、殫，古音元部，與上真、諄通轉爲韻。激，宵部。覆，幽部。息，之部。通轉爲韻。

爾乃期門佽飛，列刃鑽鍭，要趹追蹤。鳥驚觸絲，獸駭值鋒。機不虛掎，弦不再控。矢不單殺，中必疊雙。

【注】《漢書》：武帝與北地良家子期諸殿門，故有期門之號。又曰：佽飛，掌弋射。佽，音次。《蒼頡篇》曰：攢，聚也。鑽與攢同。作官切。《爾雅》曰：金鏃翦羽謂之鍭。胡溝切。《廣雅》曰：趹，奔也。古穴切。孔安國《尚書傳》：機，弩牙也。《説文》曰：掎，偏引也。居蟻切。又曰：匈奴名引弓曰控。控，引也。

【疏】《固傳》「矢不」作「矢無」。○《漢書・東方朔傳》曰：建元三年，微行始出。八九月中，與侍中、常侍、武騎及待詔隴西北地良家子能騎射者，期諸殿門。故有期門之號。《百官公卿表》曰：少府屬官，有左弋。武帝太初元年，更名左弋爲佽飛。佽飛，掌弋射。《宣帝紀》神爵元年，發應募佽飛射士。注：服虔曰：周時度江，越人在船下負船，將覆之。佽飛入水殺之。漢因以材力名官。如淳曰：《吕氏春秋》：荆有兹非，得寶劍於干將。度江，中流兩蛟繞舟，兹非拔寶劍赴江刺兩蛟，殺之。荆王聞之，仕以執圭。後世以爲勇力之官。「兹」、「佽」音相近。臣瓚曰：本秦左弋官也。武帝改曰佽飛。官有一令九丞，在上林苑中。結矰繳，弋鳧鴈，歲萬頭，以供祀宗廟。許慎曰：佽，便利也。便利矰繳，以弋鳧鴈，故曰佽飛。《詩》曰「抉拾既佽」者也。顔曰：取古勇力人以名官，熊渠之類是也。亦因取其便利輕疾若飛，故號佽飛。弋鳧鴈事自使佽飛爲之，非取飛鳥爲名。瓚説失之。佽音次。案：今《吕覽・知分篇》作「次非」。《荀子・勸學篇》楊注、《北堂書鈔・武功部》十、《藝文類聚・舟車部》、《太平御覽・兵部》七十五引並同。本書《江賦》注、《後漢書》《馬融傳》、《蔡邕傳》注、《藝文類聚》《軍器部》、《鱗介部》上、《御覽・人事部》七十六、《舟部》二、《鱗介部》二引並作「佽飛」。《書鈔・舟部》上引作「佽非」。《御覽・兵部》引「佽飛」下注云：一作「次」。又《知分篇》作「得寶劍于干遂，還反，涉江」。高注曰：干遂，吳邑。《淮南・道應篇》作「干隧」，同。如淳引脫「遂」字，或逕以「干」爲「干遂」。《江賦》注、《御覽・兵部》引皆不誤。《書鈔・舟部》、《類聚・軍器部》、《御覽・人事部》「干」上並有「江」字，皆誤衍。《荀子注》作「于越」，亦誤。又案：《毛詩・車攻》「抉」作「決」。《說文》引同。○《蒼頡篇》，李賢引同。○《爾雅》，見《釋器》。郭注曰：今之鉀箭是也。邢疏引孫炎曰：金鏃斷羽，使前重也。又以「翭」爲之。《儀禮・既夕禮》：翭羽一乘。鄭注曰：「翭」猶「候」也，候物而射之矢也。○《廣雅》，李賢引同。今《釋詁》一作「趆」疾也。「趆」「趹」字通。《考工記・弓人》鄭注曰：奔，猶疾也。要趹，言禽獸疾奔者，則要取之也。○僞孔傳見僞古文《太甲》上。○《說文》皆見《手部》。本注「曰控」下當依《羽獵賦》注增「弦」字。此注蓋誤脫。今《說文》脫「曰」字。段補。劉良曰：掎，發也。不虛發，言必中也。弦不再引，言射者不再引弓。○蹤、鋒、控、雙，古音東部。「蹤」，《說文》作「蹤」，「蹤后出字。

颮颮紛紛，矰繳相纏。風毛雨血，灑野蔽天。

【注】颮颮、紛紛，衆多之貌也。《說文》曰：颮，古颮字也。俾姚切。《周禮》曰：矰，矢也。鄭玄曰：結繳於矢謂之矰。矰，高也。《說文》曰：繳，生絲縷也。之若切。又曰：灑，所買切。

【疏】梁章鉅曰：今《説文》「飈」重文。「颮」云：飆，或从包。胡紹煐曰：按：颮颮紛紛，矰繳之疾貌。《漢書・息夫躬傳》：矰若浮猋。「猋」與「飆」同。《敍傳》、《答賓戲》：風颮雷激。「颮」即「飈」字。凡從包之字，皆有盛多意。盛多則疾矣。故風之疾謂之颮，雨之疾謂之雹，水之疾謂之泡，火之疾謂之炮，其義同也。《説文》飈爲正字，颮爲或體。善引《説文》以「颮」爲古「飈」字，未詳。○《周禮・夏官・司矢》曰：矰矢用於弋射。《淮南・俶真篇》曰：今矰繳機而在上。《説山篇》曰：好弋者先具矰與繳。高注曰：繳，大綸。矰，短矢。○《説文》，見《糸部》。又曰：「灑」下疑有「汎也」二字，誤脱。○纏，古音元部。天，真部。通轉爲韻。

平原赤，勇士厲。猨狖失木，豺狼懾竄。

【注】郭璞《山海經注》曰：猨似獼猴而大，臂長便捷，色黑。《蒼頡篇》曰：狖，似狸。與救切。《爾雅》曰：豺，狗足。郭璞曰：脚似狗也。《説文》曰：狼，似犬，鋭頭白頰。《淮南子》曰：猨狖顛蹷而失木。鄭玄《毛詩箋》曰：懾，懼也。章涉切。

【疏】古鈔「赤」下有「土」字，「厲」上有「奮」字。○吕向曰：平原赤，言血染。步瀛案：以古鈔本赤土之義求之，當如《韓子・十過篇》「赤地千里」之「赤」。如下云原野蕭條，「赤」，猶空也。平原既空，故下云移師趨險矣。○郭璞注，見《南山經》。《説文》曰：猨，禺屬，善援。《玉篇》曰：猨似獼猴而大，善嘯。《爾雅翼》卷二十曰：猨以臂長，身不便於行。舊或言其臂相通，其實未見。舊説其色多青白。《北户録》言有緋猨，絶大爾。○《蒼頡篇》，李賢引同。梁章鉅曰：《爾雅・釋獸》：蜼卬鼻而長尾。郭注：蜼似獼猴而大。《廣雅·釋獸》：狖，蜼也。猨狖本同類，故《楚辭·九歌》云：猨啾啾兮狖夜鳴。《文子·尚德篇》云：猨狖之捷來格。此賦亦云：猨狖失木。皆兩物並舉也。若《蒼頡篇》所謂似狸者，則字當作「貁」，此與《後漢書》注恐皆誤引。朱珔曰：《廣雅》：貄，貁也。狖，蜼也。王氏《疏證》曰：《爾雅》《釋文》引《字林》云：貁謂之貄。《衆經音義》二十一引《蒼頡篇》：狖，似貓，搏鼠。出河西。據此則貁乃貍屬，非猨狖之狖也。猨狖之狖，自似獼猴，不似貍，故《廣雅》分二條。字則一从豸，一从犬。所以爲别也。兩注並失之。其以狖爲蜼者，《爾雅》郭注：蜼似獼猴而大，黄黑色，尾長數尺，似獺，尾末有歧，鼻露向上，雨即自縣於樹，以尾塞鼻，或以兩指。江東亦取養之，爲物捷健。《釋文》：蜼，音誄。《字林》：余繡反。或餘季、餘水二反。余繡之音正與狖同。《淮南·覽冥訓》：猨狖顛蹶而失木枝。高誘注：狖，猨屬，長尾而昂鼻。狖，讀如中山人相遺物之遺。又與餘季之音合。是狖、蜼聲義皆同也。蜼又音誄，故通作「猵」。《御覽》引《異物志》云：猵之屬，捷勇於猨，鼻端倒向上，尾端分兩條，天雨便以插鼻孔中，水不入，是也。古者或刻尊彝以象之。《周禮》謂之蜼彝。如王説分「狖」與「貁」甚悉。此注既引《蒼頡篇》，而亦引《淮南》顛蹶失木語，是誤合爲一矣。《説文》貁字云：鼠屬，善旋，然貁篆廁於貍、貓、貛之後，當是貍屬，豈傳寫者因《鼠部》之「鼬」而誤歟？段氏以貁、狖爲一物，而欲改《説文》注語作「禺屬，善倒縣」，未免武斷。且云《周禮》、《爾雅》、《山海經》有「蜼」字，許無蜼。貁即蜼也。今《説文·虫部》明有「蜼」字，云如母猴，卬鼻長尾。則當云許無「狖」，蜼即狖也，方合。○《爾雅》見《釋獸》。○《説文》，見《犬部》。○《淮南》，已見上。○《詩》鄭箋無「慴，懼也」之文。《學記》注曰：慴，猶恐懼也。或李氏記誤。○厲、竄，古音祭部。

爾乃移師趨險，並蹈潛穢。窮虎奔突，狂兕觸蹷。

【注】《爾雅》曰：潛，深也。《慎子》曰：獸伏就穢。《字書》曰：穢，蕪也。《爾雅》曰：兕，似牛。《廣雅》曰：蹶、踶，跳也。蹷，居衛切。踶，徒帝切。跳，達彫切。

【疏】五臣「趨」作「赴」。○《爾雅》，見《釋訓》。○《慎子》，今本佚此文。○《説文》曰：薉，蕪也。注引字書作「穢」，乃通借字。○《爾雅》，見《釋獸》。郭注曰：一角，青色，重千斤。○《廣雅》，見《釋言》。胡紹煐曰：按《説文》䚡，角有所觸發也。「蹷」與「䚡」同。

許少施巧，秦成力折。掎僄狡，扼猛噬。脱角挫脰，徒搏獨殺。

【注】許少、秦成未詳。《説文》曰：捉，搤也。「搤」與「扼」古字通。於責切。王弼《周易注》曰：噬，齧也。音誓。鄭玄《禮記注》曰：挫，折也。祖過切。何休《公羊傳》曰：脰，頸也。徒鏤切。《爾雅》曰：暴虎，徒搏也。郭璞曰：空手執曰搏。補洛切。

【疏】李賢亦云：許少、秦成未詳。《漢書·古今人表》下中有許幼。錢大昕《三史拾遺》卷二曰：許少，豈即許幼乎？胡紹煐曰：《史記》范雎説秦昭王云：荆成、孟賁、慶忌、夏育之勇焉而死。《集解》引許慎曰：荆成，古勇士。然則「秦成」蓋即「荆成」歟？折，制也。古「折」與「制」通。《論語·顔淵篇》鄭注云：《魯論》「折」爲「制」，今從古。是「折」爲「制」，謂秦成力制也。周壽昌《後漢書注補正》曰：此疑以秦昭之「秦」字，誤加於荆成，故曰秦成也。案：胡、周二説均非是。若爲「荆成」，孟堅斷不至用作「秦成」也。枚叔《七發》曰：秦缺、樓季爲之右。古人名字往往取相濟之義。豈秦成即秦缺耶？○《説文》，見《手部》。胡紹煐曰：按：《説文》又云：搹，把也。重文「扼」或從戹。是捉持爲搤，手把爲搹。許二字義別。《儀禮·喪服》傳鄭注：盈手曰搹。《漢書·楊雄傳》搤熊羆，顏注：搤，捉持之。皆是。然《李陵傳》力扼虎，注同。則「扼」通「搤」矣。《史記·司馬相如傳》莫不搤捥，《集解》：盈手曰搤。又以搤爲扼。蓋音近故得相通也。薛傳均曰：搤音戹，古益、戹同部。故從益、從戹者多通用。如「關隘」之亦作「關阨」是也。「搤」、「扼」同字。或省作「戹」。《詩·韓奕》箋《釋文》是也。一作「阸」，《士喪禮》注《釋文》是也。○王弼《易注》，見《噬嗑》。○鄭注，見《考工記·輪人》。此注引《禮記》疑《周禮》之誤。○《公羊傳》，見莊十二年。胡克家曰：陳云：傳下脱「注」字，是也。各本皆脱。梁章鉅曰：按：本書中似此者不一而足，校者皆以爲脱字。然古人引書不甚拘。如《説文》引《易》地可觀者莫可觀於水，引《虞書》仁覆閔下，又怨匹曰逑，皆係説經之語，非經正文。或李注亦用此例。○《爾雅》見《釋訓》。○禨、蹷、折、噬、殺，古音祭部。

挾師豹，拖熊螭。曳犀犛，頓象羆。超洞壑，越峻崖。蹷嶃巖，鉅石隤。松栢仆，叢林摧。草木無餘，禽獸殄夷。

【注】《爾雅》曰：狻猊如虦貓，食虎豹。郭璞曰：即師子也。狻，先丸切。猊，五奚切。虦音棧。貓音苗。《説文》曰：拖，曳也。徒可切。熊獸似豕，山居冬蟄。歐陽《尚書説》曰：螭，猛獸也。勑離切。郭璞《山海經注》曰：犀似水牛而豬頭黑色，有三蹄三角，一在頂上，一在額上，一在鼻上。又曰：犛，黑

色。出西南徼外。力之切。又曰：象，獸之最大者也。長鼻。大者牙長一丈。《爾雅》曰：羆似熊而黄色。毛萇《詩傳》曰：嶃巖，高峻之貌也。士咸切。《説文》曰：仆，頓也。《爾雅》曰：殄，盡也。杜預《左氏傳注》曰：夷，殺也。

【疏】《固傳》「曳頓」二字互易，「象」作「豪」，「洞」作「迥」，「嶃」作「巉」。五臣作「磛」，「鉅」作「巨」，「隤」作「頹」。○《爾雅》及郭注見《釋獸》，「師」作「獅」。注又曰：漢順帝時疏勒王來獻犎牛及獅子。《穆天子傳》曰：狻猊日走五百里。○《説文》曰：豹似虎，圜文。李鼎祚《周易集解·革卦》引陸績曰：豹，虎類而小者也。○《説文·手部》曰：拕，曳也。案：今字亦作「拖」。○《漢書·司馬相如傳》注引張揖曰：熊，犬身人足，黑色。○朱珔曰：《説文》离字下别載歐陽喬説：离，猛獸也。即此注所引。《尚書説》者，蓋説今文《拇誓》。《史記》作「如豺如離」。「離」、「离」古字通也。考「螭」有三，一爲猛獸，即此是也，字當作「离」，不從虫。一爲《東京賦》之「魑魅」。薛注：山澤之神也。《左傳》作「螭魅」。《説文》：离，山神也，獸形。字亦不從虫，作「魑」者，俗字也。一爲蛟螭。《説文》所云若龍而黄者是也。字正當從虫作「螭」。胡紹煐曰：「离」爲正字，今文作「螭」，或作「離」，皆「离」之假。《法言·孝至篇》：螭虎桓桓。《典引》：虎螭其師。《封燕然山銘》：虎螭之師。並用今文《尚書》。李詳曰：《説文·内部》离字下引歐陽喬説：离，猛獸也。段玉裁注：即《漢書·儒林傳》之歐陽高，傳歐陽《尚書》學者。「喬」、「高」古通用。○郭注，見《南山經》。○犛，注見《中山經》。《説文》曰：犛，西南夷長髦牛也。○象，注見《南山經》。《固傳》作「豪」。《説文》曰：豪，豕鬣如筆管者，出南郡。即今之箭猪也。○《爾雅・釋獸》曰：羆，如熊，黄白文。本注蓋撮其意引之。郭注曰：似熊而長頭，高脚，猛憨多力，能拔樹木。○注引《毛傳》六臣本「巖」下有「石」字，此疑是《漸漸之石》傳，當云嶃嶃，山石高峻。今本或有脱字。《釋文》曰：漸漸，亦作嶃嶃。士咸反。本注尤本、張本、毛本皆作七咸切。吾友孫蜀丞人和曰：《玉篇》士衫，《切韵》、《廣韵》鋤銜，皆不作七咸之音。「七」字誤。當依六臣本作「士咸切」。又《西京賦》注亦作士咸切，亦一證也。○《説文》，見《人部》。○《爾雅》，見《釋詁》。○《左傳》杜注，見隱六年。○螭、羆，古音歌部。崖，支部。隤、摧、夷，脂部。通轉爲韻。

於是天子乃登屬玉之館，歷長楊之榭。覽山川之體勢，觀三軍之殺獲。原野蕭條，目極四裔。禽相鎮壓，獸相枕藉。

【注】《漢書・宣紀》曰：行幸萯楊宫屬玉觀。服虔曰：以玉飾因名焉。《三輔黄圖》曰：上林有長楊宫。《爾雅》曰：闍謂之臺，有木謂之榭。辭夜切。《羽獵賦》曰：三軍芒然。《楚辭》曰：山蕭條而無獸。《左氏傳》曰：投諸四裔，以禦螭魅。

【疏】《固傳》「勢」作「埶」，「壓」作「厭」。○注「萯陽」各本作「長楊」。胡克家曰：陳云「長」當作「萯」。案：所校最是。長楊别注在下，各本皆誤。此所引文在甘露二年。步瀛案：陳、胡校是。今據改。《宣紀》顔注引晉灼曰：屬玉，水鳥，似鵁鶄，以名觀也。李賢曰：《前書》宣帝幸萯陽宫屬玉觀。《音義》曰：屬玉，水鳥也，似鵁鶄，於觀上作之，因以名焉。梁章鉅曰：《三輔黄圖》云：屬玉觀，在右扶風。《西京雜記》：天子以柏梁災爲厭勝，故上林諸觀多以水鳥爲名。《方輿紀要》曰：陝西西安府鄠縣，萯陽宫在縣西二十三里。○《三輔黄圖》李賢引同。梁曰：按：賦言歷長楊之樹，此注應引《三輔黄圖》云：長楊樹，在長楊宫，秋冬校獵其下，命武士搏射禽獸，天子登此以觀焉。步瀛案：此亦疑後人所增，即依附此賦爲之者。二李所未見也。○《爾雅·釋宫》曰：闍謂之臺。各本注「闍」誤作「閣」。胡克家曰：何校「閣」改「闍」，陳同，是也。各本皆誤。步瀛案：今據改。○注「芒然」，各本作「忙然」。胡克家曰：何校「忙」改「芒」，是也。各本皆譌。步瀛案：本書《羽獵賦》作「芒然」。《漢書·揚雄傳》同。今據改。○《楚辭》，見《遠遊》。○《左傳》，見文十八年。《廣雅·釋詁》一曰：裔，遠也。《釋言》曰：裔，邊也。○《説文·广部》曰：厭，笮也。段玉裁曰：《竹部》曰：笮者，迫也。此義今人字作「壓」，乃古今字之殊。《土部》壓，訓壞也，塞也，無笮義。○《儀禮·士虞禮》曰：藉用葦席。鄭注曰：藉猶薦也。○樹、獲、藉，古音魚部。勢、裔，祭部。通轉爲韵。

然後收禽會衆，論功賜胙。陳輕騎以行炰，騰酒車以斟酌。割鮮野食，舉烽命釂。

【注】《左氏傳》曰：歸胙于公。《毛詩》曰：炰之燔之。毛萇曰：以毛曰炰。薄交切。《子虚賦》曰：割鮮染輪。孔安國《尚書傳》曰：鳥獸新殺曰鮮。《方言》曰：烽，虞望也。郭璞曰：今烽火是也。《説文》曰：釂，飲酒盡。子曜切。

【疏】《固傳》「以斟」作「而斟」。古鈔、五臣「釂」作「爵」，《固傳》同。○《左傳》見僖四年。○《毛詩》見《兔罝》。梁章鉅曰：今毛傳脱「以」字，當據此訂補。○《子虚賦》見本書卷七。○僞孔傳見《益稷》。○張雲璈曰：古人多有車騎行酒食之事。《嘯堂集古録》載《周叔邦父簠》云：叔邦父作簠，用征用行，用從君王。又《叔夜鼎》云：叔夜鑄其饋鼎，以征以行，用饋用羹。皆以備車騎之用。馬融《廣成頌》云：清醪車湊，膰炙騎將。《左傳·哀公十五年》：召獲駕乘車行爵食炙，奉衛侯輒來奔。亦此義。○《方言》及注，見卷十二。郭注「今」下有「云」字。○《説文》，見《酉部》。「盡」下有「也」字。○胙，古音魚部。酌、釂，宵部。通轉爲韻。○以上田獵。

饗賜畢，勞逸齊。大路鳴鑾，容與徘徊。

【注】《禮記》大路者，天子之車也。《白虎通》曰：天子大路。《周禮》曰：巾車掌玉輅，凡馭輅儀，以鑾和爲節。鄭玄曰：鑾在衡，和在軾，皆以金鈴也。

【疏】袁本、茶陵本「路」作「輅」，《固傳》同。又《固傳》「鑾」作「鸞」。袁本「徘徊」作「俳佪」。《固傳》作「裴回」，字並同。○《禮記·樂記》，已見昭明序疏。○注引《白虎通》，《藝文類聚·舟車部》亦引之。今《白虎通義》佚此文。莊述祖據以輯入。○《周禮·春官·巾車》云：掌公車之政令。王之五路，一曰玉路。注節引。又「凡馭輅儀」云云，乃《夏官·大馭》之文。「輅」亦作「路」，「鑾」作「鸞」。鄭注亦作「鸞」。「皆以金鈴」，「金」下有「爲」字。此注似有脱誤。孫詒讓《周禮正義》曰：《經解》注引《韓詩内傳》云：鸞在衡，和在軾前，升車則馬動，馬動則鸞鳴，鸞鳴則和應。《玉藻》注義亦同。《大戴禮記·保傅篇》云：在衡爲鸞，在軾爲和。此並鄭説所本。《續漢志》注引《白虎通》、《魯詩傳》、《楚辭·離騷》王注、《吕氏春秋·孟春紀》高注、《玉燭寶典》引《月令章句》、《文選·東京賦》薛注説並同。而《毛詩·小雅·蓼蕭》傳則云：在軾曰和，在鑣曰鸞。《秦風·駟驖篇》輶車鸞鑣，箋云：輕車，驅逆之車也。置鸞於鑣，異於乘車也。又《商頌·烈祖篇》八鸞鶬鶬，箋云：鸞在鑣，四馬則八鸞。《說文·金部》云：鑾，人君乘車，四馬鑣八鑾，鈴象鸞鳥，聲和則敬也。《說苑·說叢篇》、《左傳·桓二年》杜注及《史記·禮書》《集解》引服虔說，《續漢志》注引傅玄《乘輿馬賦》注說鸞，並與《蓼蕭》傳同。案：依鄭《駟驖》箋說，則田車鸞在鑣，與乘車鸞在衡異。故賈疏及《駟驖》疏並謂此注及《玉藻》、《經解》注皆據乘車，《駟驖》鸞鑣，則據田車，故所在不同。然《蓼蕭》和鸞，《烈祖》八鸞，皆是乘車，依鄭說亦宜置鸞於衡。今《蓼蕭》箋既不易毛義，而《烈祖》箋又明箸鸞在鑣之訓，是鄭亦不能堅持其說。故《駟驖》疏引《五經異義》載《禮》大戴、《詩》毛氏二說。許謹案云：經無明文。且殷周或異，鄭亦不駁，以證鄭爲兩解。今攷《異義》雖並列戴、毛兩說。然《續漢志》注又引許慎曰：《詩》云八鸞鎗鎗，則一馬二鸞也。又曰輶車鸞鑣，知非衡也。蓋亦異義。許案之語，則又申毛駁戴。故《說文》亦釋鑾爲在鑣，是不從鑣在衡之說也。桓二年《左傳》孔疏云：案：《考工記》論崇車廣衡，長參如一。則衡之所容唯兩服馬耳。《詩》辭每言八鸞，當謂馬有二鸞，鸞若在衡，衡唯兩馬，安得置八鸞乎。以此知鸞必在鑣。孔廣森云：鑣，馬衡也。鑾在鑣，兩口角各一，四馬凡八，故《詩》稱八鸞。若在衡則八無取義。案：許君及兩孔氏說，辯鸞之在鑣，其說甚精。鄭《詩》、《禮》注說舛異，自當以《蓼蕭》箋爲定解。王晉卿《離騷注》曰：《烝民》、《韓奕》皆言「四牡八鸞」，明是一馬二鸞。《五經異義》及《左傳正義》所言是也。○《後漢書·馮衍傳》注曰：容與，猶從容也。《廣雅·釋訓》曰：俳佪，便旋也。王念孫《疏證》曰：「「俳佪」，各本作「徘徊」，唯影宋本作「俳佪」。《史記·司馬相如傳》「弭節裴回」，《漢書》作「俳佪」。《文選》作「徘徊」。《後漢書·張衡傳》作「俳回」。並字異而音同。○齊、佪，古音脂部。

集乎豫章之宇，臨乎昆明之池。左牽牛而右織女，似雲漢之無涯。茂樹蔭蔚，芳草被隄。蘭茝發色，曄曄猗猗。若摛錦布繡，爥燿乎其陂。

【注】《三輔黄圖》曰：上林有豫章觀。《漢書》曰：武帝發謫吏穿昆明池。《漢宫闕疏》曰：昆明池有二石人，牽牛織女象。《毛詩》曰：倬彼雲漢。《蒼頡篇》曰：蔚，草木盛貌。《説文》曰：隄，塘也。都奚切。《爾雅》曰：芹茝，蘼蕪。郭璞曰：香草也。茝，齒改切。《漢書》曰：華曅曅，固靈根。《説文》曰：曄，草木白華貌。《毛詩》曰：瞻彼淇澳，緑竹猗猗。毛萇曰：猗猗，美貌。《説文》曰：摛，舒也。勑離切。楊雄《蜀都賦》曰：麗靡摛爥，若揮錦布繡。

【疏】《固傳》「涯」作「崖」，「隄」作「堤」，「爥燿」作「燭曜」。六臣本「摛錦」下有「與」字。○《三輔黄圖》，李賢引同。今本《黄圖》作「豫中觀」，云武帝造，在昆明池中。亦曰昆明觀。又曰：漢昆明池，武帝元狩四年穿。《三輔舊事》曰：昆明池地三百三十二頃。案：《漢書·武紀》：元狩三年，穿昆明池。○注：臣瓚曰：在長安西南，周回四十里。○《漢宫闕疏》，李賢引作《漢宫閣疏》，其餘皆同。又《黄圖》引《關輔古語》曰：昆明池中有二石人，立牽牛織女於池之東西，以象天河。今有石父石婆祠，在廢池，疑此是也。○《毛詩》見《棫樸》。傳曰：雲漢，天河也。○《蒼頡篇》、玄應《一切經音義》卷一、卷九、慧琳《音義》卷二十四引，並同。○《説文》，見《自部》。「塘」作「唐」。「塘」，俗字耳。王念孫曰：被讀若披。被隄者，芳草之貌，非謂芳草覆隄也。蔭、蔚雙聲也。被、隄疊韻也。皆形容草木之盛。若上言隄而下言陂，則複矣。○《爾雅·釋草》「芹」作「蘄」。郭注曰：香草，葉小如萎狀。《淮南子》云：似蛇牀。《山海經》云：臭如蘪蕪。案：《淮南子·説林篇》曰：蛇牀似蘪蕪，而不能芳。《西山經》曰：天帝之山，有草焉，其狀如葵，其臭如蘼蕪，名曰杜衡。此郭所據也。郝懿行曰：《説文》云：茝，虈也。楚謂之蘺，晉謂之虈，齊謂之茝。是茝即江蘺。故《説文》云：江蘺，蘪蕪。《釋文》引《本草》云：蘪蕪，一名微蕪，微古讀如蘪也。一名江蘺，芎藭苗也。陶注云：葉似蛇牀而香。據《本草》及《説文》，則藭芎、江蘺、蘪蕪皆一物。《子虚賦》云：藭芎菖蒲，江蘺蘪蕪。《上林賦》云：被以江蘺，糅以蘪蕪。復似二物。《本草》唐本注云：此有二種，一種似芹葉，一種如蛇牀。今按：「蘄」古「芹」字，以葉似「蘄」，故謂之「蘄」。戴震《屈原賦通釋》曰：江離，大葉芎藭也。芎藭似藁本，其苗謂之江離。小葉者謂之蘪蕪。步瀛案：李引《爾雅》茝即蘼蕪，證之《説文》又合，似不爲誤。然有可疑者。説者既以虈、蘺、茝爲一物，江蘺、蘪蕪、芎藭、蘄、茝爲一物，茝、白芷、葯爲一物。若茝即蘼蕪，是白芷即芎藭矣。證之今醫藥所用，殊不合也。段玉裁曰：茝，《本草經》謂之白芷，「茝」、「芷」同字。《内則》曰：佩帨茝蘭。掌禹錫曰：《范子計然》云：白芷出齊郡。王逸《九思》曰：芳虈兮挫枯。《埤蒼》曰：齊茝，一曰虈。按：屈原賦有「茝」有「芷」，又有「葯」。王注曰：葯，白芷也。《廣雅》曰：白芷，其葉謂之葯。《説文》無「葯」字。虈聲、約聲同部，疑「虈」、「葯」同字耳。但又曰：楚謂之蘺，下即系以蘺篆，云：江蘺、蘪蕪。以茝、江蘺、蘪蕪爲一物，殊不可曉。《離騷》曰扈江蘺與辟芷兮，非一物明矣。又曰：《説文》以蘪蕪釋江蘺，且以江蘺即楚人謂茝者。但楚謂茝爲蘺，不云謂茝爲江蘺也。蓋因《釋草》有蘄、茝、蘪蕪之文而合之。「茝」與「蘄茝」又未必一物也。案：段氏此說最爲明確，可正許書合「茝」與「蘄茝」爲一物之失。則此賦蘭茝並言，茝當釋爲「白芷」，而不釋爲蘼蕪矣。又案：「掌禹錫云云」，見《證類本草》卷八引。《埤蒼》，見《史記・司馬相如傳》《索隱》引。屈賦「茝芷」，見《離騷》。「葯」，見《九歌・湘夫人篇》。○《漢書》，見《禮樂志・郊祀歌》。朱珔曰：《說文・日部》曄字云：光也。《華部》皣字云：艸木白華也。从華，从白，二字迥判而形相似。《後漢書》蓋从日。李善《文選》本則从白，作「皣」。今本字亦從日，而注引《說文》，不可通矣。《蜀都賦》亦有「曄曄猗猗」語。注云：已見《西都賦》。彼處承上「邛竹菌桂，龍目荔枝」而言。其迎冬不凋，則曄曄衹當謂茂盛，不得以爲白華。字正從日，則此引《說文》誤耳。步瀛案：《漢書・禮樂志》本作「華爗爗」。《說文》曰：爗，盛也。此賦或作「曄」或作「皣」，疑皆「爗」之借字耳。胡紹煐則主「皣」字，引《高士傳》《四皓歌》「曄曄紫芝」。然終難解《蜀都賦》之「曄曄」字。○《毛詩・淇奧篇》：「澳」作「奧」。《禮記・大學》引作「澳」。毛傳「美」下有「盛」字。○《說文》，見《手部》。○楊雄《蜀都賦》，《藝文類聚・居處部》及《古文苑》引，「麗靡」作「芬芳」，皆誤。○池、猗、陂，古音歌部。厓，支部。通轉爲韻。

鳥則玄鶴白鷺，黃鵠鵁鸛，鶬鴰鴇鶂，鳧鷖鴻鴈。朝發河海，夕宿江漢。沈浮往來，雲集霧散。

【注】《上林賦》曰：䴉，玄鶴。《爾雅》曰：鷺，舂鉏。郭璞曰：白鷺也。《說文》曰：鵠，黃鵠也。《爾雅》曰：鴢頭鵁。郭璞曰：似鳧。鴢，烏絞切。鵁，呼交切。毛萇《詩傳》曰：鸛，水鳥也。《爾雅》曰：鶬，麋

鴰也。鴰音括。郭璞曰：即鶬鴰也。郭璞《上林賦注》曰，鴇似鴈，無後指。鴇音保。杜預《左氏傳注》曰：鶂，水鳥也。五激切。《爾雅》曰：舒鳧，鶩。毛萇《詩傳》曰：鳧，水鳥。鄭玄《詩箋》曰：鷖，鳧屬也。毛萇《詩傳》曰：大曰鴻，小曰鴈。《孝經鉤命決》曰：雲委霧散。

【疏】《固傳》無「鳥則」二字。何焯曰：今按文義，當以《後漢書》爲正。胡克家謂各本蓋傳寫衍。梁章鉅、許巽行皆以無此二字爲是。《固傳》「鴇」作「鳵」，「鴈」作「雁」。毛本亦作「雁」。○《漢書·司馬相如傳》注曰：玄鶴，黑鶴也。《相鶴經》云：鶴壽滿二百六十歲，則色純黑。○此注所引《爾雅》皆見《釋鳥》。陸璣《毛詩草木鳥獸蟲魚疏》曰：鷺，水鳥也。好而潔白，故謂之白鳥。齊魯之間，謂之舂鉏。遼東、樂浪、吴揚人謂之白鷺，青脚，高尺七八寸，尾如鷹尾，喙長三寸許。頭上有毛十數枚，長尺餘，毵毵然與衆毛異，甚好，將欲取魚時則弭之。今吴人亦養焉。○《説文》見《鳥部》。黄鵠今本作「鴻鵠」。玄應《一切經音義》卷四引《説文》曰：鵠，黄鵠也。與此注同。段氏據以訂今本之誤。沈濤亦謂蓋古本如是。《楚策》四莊辛曰：黄鵠游於江海，淹乎大沼，奮乎六翮，而凌清風。《楚辭·惜誓》曰：黄鵠之一舉兮，知山川之紆曲。再舉兮，睹天地之圜方。李時珍《本草綱目》卷四十六謂「鵠」即「天鵝」。○《釋鳥》郭注曰：鴢，似鳧，脚近尾，略不能行。江東謂之魚鴢，音髐箭。朱珔曰：案《説文》鴢字云：鴢，鵁也。一曰鵁鸕也。《上林賦》既云交精旋目，下又有鴢盧。「盧」，《史記》作「鸕」。是「鴢鸕」與「鵁鶄」爲二物。段氏謂鵁鶄一名鴢鸕，非也。《御覽》九百廿八引孫炎曰：烏，鴢也。郭注《爾雅》云：江東謂之魚鴢。《本草拾遺説》鸕鷀云：一種頭細身長，頸上白者名魚鴢。李時珍曰：《爾雅》所謂鵃頭鵁也。是鵁鶄乃鶄鶩之異種，故亦得顱名。步瀛案：陳藏器《本草拾遺説》、《證類本草》卷十九引之。李時珍説，見《本草綱目》卷四十七。又羅願《爾雅翼》卷十七曰：鶄鵁又有一種，頭如蛇，其頸頗長。冬月毛羽落盡，棲溪岸木上，卒遇人不能去，則自擲入水，泅没如常。與陳説亦相近。○《詩·東山》：鸛鳴于垤。鄭箋曰：鸛，水鳥也。注引爲毛傳。案：陸璣《詩疏》曰：鸛，鸛雀也。似鴻而大，長頸赤喙，白身黑尾翅，樹上作巢，大如車輪，卵如三升桮。望見人，按其子令伏，徑舍去。一名負釜，一名黑尻，一名背竈，一名阜裙。○《釋鳥》注作「今呼鶬鴰」。《史記·司馬相如傳》《正義》引司馬彪曰：鶬似雁而黑，亦呼爲鶬括。《漢書·司馬相如傳》顔注曰：鶬鴰也。今關西呼爲鴰鹿，山東通謂之鶬，鄙俗名爲錯落。錯者，亦言鶬聲之急耳。又謂鴰捋、鴰鹿、鴰捋，皆象其鳴聲也。○郭璞《上林賦》注、《史記·司馬相如傳》《索隱》、《漢書》顔注皆引之。《詩·鴇羽》毛傳曰：鴇之性不樹止。陸璣《疏》曰：鴇鳥似雁而虎文連蹄，性不樹止。顔師古曰：鴇，即今俗呼爲獨豹者也。豹者，鴇聲之訛耳。陸佃《埤雅》卷九曰：鴇性羣居如鴈，自然有行，故从早，早相次也。○《左傳》杜注見《僖十六年》。《春秋經》本文及注皆作「鷁」。《釋文》曰：「鷁」本或作「鶂」。《公羊》、《穀梁》、《史記·宋世家》皆作「鶂」。《莊子·天運篇》曰：夫白鶂之相視，眸子不運而風化。《埤雅》卷七曰：《三蒼》云：蒼鶂也，善高飛，似鴈，其色蒼白。《爾雅翼》卷十五曰：鶂，水鳥也。《説文》作「鶂」，字或作「鷊」作「鵜」作「鷁」，善高飛，又能風能水。古者天子舟首象鷁。漢人船首猶畫青雀，蓋其遺制。○《釋鳥》：舒鳧，鶩。郭注曰：鴨也。又：鸍，沈鳧。郭注曰：似鴨而小，長尾，背上有文。今江東亦呼爲「鸍」，音施。《曲禮》下疏引舍人及李巡《爾雅注》曰：鳧，野鴨名。鶩，家鴨名。○《詩·鳧鷖》毛傳曰：鳧，水鳥也。鷖，鳧屬。注引「鷖鳧屬」三字爲鄭箋，與今本異。陳奐《毛詩傳疏》則據此證今本之誤。孔疏引陸璣曰：鳧，大小如鴨，青色卑腳短喙，水鳥之謹愿者也。又引《蒼頡解詁》曰：鷖，鷗也。《説文》曰：鷗，水鴞也。《埤雅》卷七曰：鳧好没，鷖好浮，故鷖一名漚。今字從鳥，後人加之也。鷗，一名水鴞，形色似白鴿而羣飛。○《詩》毛傳，見《鴻鴈》。「鴈」即「雁」之借字。《説文》曰：雁，雁鳥也。鴈，鵝也。本有别，經傳多通用之。○《孝經鉤命決》，本書《褚淵碑文》注引同，《謝靈運傳論》注兼引下句。○鸛、鴈、漢、散，古音元部。

於是後宮乘輚輅，登龍舟。張鳳蓋，建華旗。袪黼帷，鏡清流。靡微風，澹淡浮。

【注】《埤蒼》曰：輚，卧車也。士眼切。《淮南子》曰：龍舟鷁首，浮吹以虞。桓子《新論》曰：乘車，玉爪華芝及鳳皇三蓋之屬。《上林賦》曰：乘法駕，建華旗。高誘《淮南子注》曰：袪，舉也。劉歆《甘泉賦》曰：章黼黻之文帷。澹淡，蓋隨風之貌也。澹，達濫切。淡，徒敢切。

【疏】《固傳》「輅」作「路」。又清官本「輚」作「棧」。○《埤蒼》，李賢引同。朱珔曰：《説文·車部》無「輚」字。《木部》棧字云，棚也。竹木之車曰棧。《廣韻》「輚」字亦引《埤蒼》。《集韻》：輚，卧車也。一曰兵車。或作「轏」，通作「棧」。《左氏·成二年傳》：逢丑父寢于轏中。《釋文》引《字林》云：轏，卧車也。杜注：轏，士車。《正義》曰：周巾車士乘棧車。鄭注：棧車不革鞔而漆之。「轏」與「棧」字異，音義同耳。《詩·小雅》：有棧之車。毛傳：棧車，役車也。箋云：棧車輂者。孔疏：人輓以行，故謂之「輂」，此非士所乘之棧車，亦非庶人所乘之役車。彼不以人輓，故知不同。賦語承上後宮，當亦謂人所輓者，有帷蔽則可臥。段氏謂《説文》竹木之車，蓋以竹若木散材編之爲箱，如栅然，故可以施帷蔽與？○《淮南子》，見《本經篇》。「虞」作「娱」，字通。○桓譚《新論》，李賢引同。梁章鉅曰：《續漢書·輿服志》注引「乘車」作「輿輦」，「玉爪」作「玉蚤」。朱銘曰：注所引皆車制，與賦言龍舟未合。《黄圖》云：昆明池中有龍首船，張鳳蓋，建華旗。注云：綉鳳爲飾。步瀛案：下文又云作櫂歌，雜以鼓吹，帝御豫章觀，臨觀焉。沈欽韓亦引之以證此賦，固甚合，然疑《黄圖》此數語皆依此賦爲之，非當時原文，爲後人所增也。○高誘《淮南子》注，李賢引同。今《淮南》注無此文。○注引劉歆《甘泉賦》，《藝文類聚·居處部》二、《初學記·居處部》所引皆節去此句。○吕向曰：靡，隨也。澹淡，浮貌。梁章鉅曰：鄧氏伯羔《藝彀》引此證「澹」「淡」爲兩字，是也。本書《高唐賦》注：澹淡，水波小文也。《七發》注：澹淡，摇蕩之貌。同此。惟潘安仁《金谷集詩》注云：「澹」與「淡」同。胡紹煐曰：按：《説文》：澹，水摇也。淡，味薄也。二字義各别。古亦假「淡」爲「澹」。《列子·湯問篇》：淡淡焉若有物存。謂動摇之貌，義當爲「澹」。作「淡」者，取同音相假也。此亦假同音之字，疊韻以形容之。《上林賦》隨風澹淡，《南都賦》澹淡隨波，亦同。○舟、流、浮，古音幽部。旗，之部。通轉爲韻。

櫂女謳，鼓吹震，聲激越，謍厲天。鳥羣翔，魚窺淵。

【注】《方言》曰：楫謂之櫂。直教切。《説文》曰：謳，齊歌也。於侯切。漢武帝《秋風辭》曰：簫鼓鳴兮發櫂歌。《爾雅》曰：越，揚也。《聲類》曰：謍，音大也。呼宏切。《韓詩》曰：翰飛厲天。薛君曰：厲，

附也。《説文》曰：翔，回飛也。《方言》曰：窺，視也。缺規切。

【疏】《方言》見卷九。○《説文》，見《言部》。○《秋風辭》，見本書卷四十五。○《爾雅》，見《釋言》。○《説文·言部》曰：謍，小聲也。與《聲類》「音大」義正相反。○《毛詩·小宛》作「戾天」。胡紹煐曰：按：《莊子·大宗師》：女夢爲鳥而厲於天。亦作「厲」。「厲」、「戾」音近，故得相通。呂錦文曰：《毛詩》作「戾天」。鄭箋云：飛而至天。「鳶飛戾天」，《毛傳》云：戾，至也。《潛夫論·德化篇》引作「厲天」。「戾」與「厲」同。陳喬樅曰：毛文與韓異，而「至」、「附」義仍相近。「附」卽「傅」也。《菀柳篇》曰：有鳥高飛，亦傅于天，是已。○《方言》十「窺」作「闚」。二字音義相同。故載籍往往通用。○天、淵，古音真部。

招白鷴，下雙鵠。揄文竿，出比目。

【注】《西京雜記》曰：閩越王獻高帝白鷴、黑鷴各一雙。《爾雅》曰：下，落也。《戰國策》更嬴曰：臣能虚發而下鳥。《説文》曰：揄，引也。音頭。文竿，竿以翠羽爲文飾也。《毛詩》曰：籊籊竹竿。《爾雅》曰：東方有比目魚焉，不比不行，其名謂之鰈。他合切。

【疏】《固傳》「鷴」作「閒」。李賢曰：招，猶舉也。弩有黃閒之名。此言白閒，蓋弩弓之屬。本或作「白鷴」，謂鳥也。《困學紀聞》卷十三曰：招白閒，下雙鵠，揄文竿，出比目。二句爲對。「白閒」猶「黃閒」也。《御覽》引《風俗通》：白閒，古弓名。案：見《兵部》七十八。孫志祖曰：今本《風俗通》無此語。何焯曰：今以「揄文竿」句例之，當以《後漢書》爲正。惠棟曰：下「文竿」與「白閒」對，以爲鳥者，非也。

梁章鉅曰：「白閈」與「文竿」對舉，則從「閈」義長。古弓有稱黄閈者。《南都賦》黄閈機張，《射雉賦》捧黄閈以密彀，是也。有稱紫閈者，陸機《七導》摻紫閈之神機，審必中而後射，是也。「白閈」亦其類耳。許巽行説同。朱珔則謂義得兩通。張雲璈謂以「鷳」爲「閈」究屬牽强。胡紹煐曰：以「白閈」爲弓名，别無所見。從「鷳」爲正。本書《雪賦》白鷳失素，注：白鷳，鳥名也。《孟子·盡心下》趙注：招，罥也。此謂罥白鷳也。步瀛案：以上下文義推之，終以《後漢書》爲是。《雪賦》注引作「鷳」，特依《選》耳。李詳曰：左太沖《吴都賦》云：弋磻放，稽焦明，虞機發，留鵁鶄，正擬其句，亦一證也。○五臣「揄」作「投」。○《西京雜記》，見卷下。○《爾雅》，見《釋詁》。○《戰國策》，見《楚策》四。今本作「更羸」，誤。《魏都賦》曰：妙擬更羸。與上寧、靈、英、纓、爲韻。注引《國策》正作「羸」。《御覽·人事部》一百三，引《春秋後傳》同。《兵部》七十八引作「更盈」。○《説文》，見《手部》。胡克家曰：袁本、茶陵本「説」上有「投與揄同」四字。案：此尤校删之也。疑本云「揄與投同」，故五臣因此改正文作「投」，二本誤互易「揄」「投」二字耳。删者未必是。案：胡氏説未確，姑存以備攷。○《毛詩》，見《竹竿》。○《爾雅》見《釋地》。郭注曰：鰈，狀似牛脾，鱗細，紫黑色，一眼，兩片相合乃得行。今水中所在有之。江東又呼爲王餘魚。餘詳《蜀都賦》。○鵠、目，古音幽部。

撫鴻罿，御矰繳，方舟並騖，俛仰極樂。

【注】《爾雅》曰：罬謂之罿。罿，罬也。竹劣切。郭璞曰：罬音壁。《爾雅》曰：大夫方舟。郭璞曰：併兩船。《莊子》曰：俛仰之閒。杜預《左氏傳注》曰：俛，俯也。音免。

【疏】《固傳》「罿」作「幢」。○《爾雅》，見《釋器》。朱珔曰：《爾雅》又云：罬謂之罦。罦，覆車也。郭注：今之翻車也。有兩轅，中施罥，以捕鳥。《説文·糸部》、《网部》俱本雅訓，而「罬」字重文爲「輟」，「罦」作「䍖」，引《詩》「雉離于䍖」重文爲「罦」。《詩》《釋文》引《韓詩》云：施羅於重上曰罿。孔疏於「罦」字引孫炎曰：覆車網可以掩兔者也。一物五名，方言異也。又案：《後漢書》「罿」作「幢」。注云：《廣雅》：幢謂之幬，卽舟中之幢蓋也。然上文已言「鳳蓋華旗」，不應復及「幢蓋」，則「罿」字是也。章懷注亦云：本或作「罿」。○「檗音壁」，疑出郭璞著《爾雅音義》。○後引《爾雅》，見《釋水》。《詩·大明》孔疏引李巡曰：併兩船曰方舟。《説文》曰：方，併船也。象兩舟，省總頭形。○《莊子》，見《在宥篇》。○杜注見《成二年》。案：《説文·頁部》：頫，低頭也。重文作「俛」，曰：或從人免。段玉裁曰：「俛」字本從「免」，「俯」則由音誤而製。用府爲聲，字之俗而謬者。故許書不録。俛，舊音無辨切，頫，《玉篇》音靡卷切，正是一字一音，而孫強輩增「《説文》音俯」四字，不知許正讀如免耳。《過秦論》俛起阡陌之中。李善引《漢書音義》音免。《史記·倉公傳》不可俛仰，音免。《龜策列傳》首俛，《索隱》、《正義》皆音免。玄應書兩云「俛仰」，無辨切。《廣韻》：俛，亡辨切。俯，俛也。《玉篇·人部》：俛，無辨切。俯，俛也。此皆俛之正音，而《表記》俛焉日有孳孳，《釋文》音勉。《毛詩》黽勉，李善引皆作「僶俛」。「俛」與「勉」同音，故古假爲「勉」字。古無讀俛如「府」者也。○繳、樂，古音宵部。與上幽部通轉爲韻。○以上水嬉。

遂乃風舉雲摇，浮遊溥覽。前乘秦嶺，後越九嵕，東薄河華，西涉岐雍。宮館所歷，百有餘

區。行所朝夕，儲不改供。

【注】孔安國《尚書傳》曰：薄，迫也。河，黄河也。華，華山也。《漢書》：右扶風美陽縣，有岐山。又右扶風有雍縣也。

【疏】《固傳》無「乃」字。「溥」作「普」，「嶺」作「領」。案：「嶺」，後出字。孫志祖《考異》曰：潘校「所」改「止」恐非。○李周翰曰：言如風雲之摇舉也。溥覽，徧覽也。岐，岐山。雍，雍縣。言此中宫館百有餘所，朝夕行止，不改易其儲蓄供具也。○梁章鉅曰《廣雅·釋詁》：摇，上也。《爾雅·釋天》：扶摇謂之猋。李巡注：暴風從下升上。《管子·君臣篇》：夫水波而上，盡其摇而復下。《楚辭·九章》：顧摇起而横奔兮。《漢書·禮樂志》：將摇舉，誰與期。義皆可互證。○《周語》中韋注曰：乘，陵也。○孫志祖曰：「所」如「獻於公所」，「朝於王所」之「所」。蔡邕《獨斷》云：天子以四海爲家，故謂行在爲「所」，是也。漢制：車駕所在，曰行在所。○僞孔傳見《益稷》。胡紹煐曰：《廣雅·釋詁》：薄，至也。王氏《疏證》曰：《楚策》：七日而薄秦王之朝。薄之言傅也。《小雅·菀柳》：亦傅于天。鄭箋：傅，至也。紹煐案：本書《射雉賦》：飛鳴薄廩。善注：薄，至也。此東薄河華，言東至河華，猶下云西涉岐雍耳。○《漢書》見《地理志》。《史記·封禪書》曰：自華以西，名山曰岐山。《水經·禹貢山水澤地所在篇》曰：岐山在扶風美陽縣西北。《清統志》曰：陝西鳳翔府岐山，在岐山縣東北。雍縣故城，在鳳翔縣南。○覽，古音談部。峻、雍、供，東部。區，侯部。通轉爲韻。陳秉哲《讀文選日記》卷一曰：《説文》熊从能，炎省聲。大徐羽弓切。《洛誥》始餤餤，《漢書·梅福傳》作「庸庸」。《説文》區，段氏曰：或假爲句曲字，「句」、「供」本一音之轉，韵亦相通。《説文》喁，从口，禺聲。徐楚金《説文韵譜》與「齵」字同收入「鍾」韵，皆其證。章氏炳麟《國故論衡》上曰：東、談亦旁轉。若「坎侯」即「空侯」。《史記》書張孟談、趙談作張孟同、趙同是也。東、侯對轉，如冢從豖聲，容从谷聲，誦轉爲讀，洞借爲竇，是也。

禮上下而接山川，究休祐之所用。采遊童之讙謡，第從臣之嘉頌。

【注】《尚書》曰：並告無辜于上下神祇。又曰：望于山川。《列子》曰：昔堯理天下五十年，不知天下治歟，亂歟。堯乃微服遊於康衢，聞兒童謡曰：「立我蒸人，莫匪爾極。不識不知，順帝之則。」《漢書》曰：宣帝頗好儒術，王褒與張子僑等並待詔，所幸宫館，輒爲歌頌，第其高下，以差賜帛也。

【疏】《尚書》見僞古文《湯誥》及《舜典》。案：《舜典》不僞，本合於《堯典》，而僞古文分出，後又加入僞撰之二十八字，并非枚賾之舊矣。○《列子》見《仲尼篇》。「堯」上無「昔」字，「理」作「治」，「亂」作「不治」，「人」作「民」。然注「理天下不理歟」，改「治」爲「理」，則「治歟」字亦應作「理」。李賢引「不治」亦作「亂」，餘兩「治」字皆作「理」。○《漢書》見《王褒傳》。梁章鉅曰：《後漢書》注「儒術」作「神仙」。步瀛案：作「神仙」字是。○用，古音冬部。頌，東部。通轉爲韻。又合上爲韻。

于斯之時，都都相望，邑邑相屬。國藉十世之基，家承百年之業，士食舊德之名氏，農服先疇之畎畝，商循族世之所鬻，工用高曾之規矩。粲乎隱隱，各得其所。

【注】《周易》曰：食舊德，貞厲終吉。《漢書音義》：如淳曰：今隴西俗，麻田歲歲糞種，爲宿疇也。《尚

書》曰：濬畎澮。孔安國曰：廣尺深尺曰畎，古犬切。《淮南子》曰：古者至德之時，賈便其肆，農安其業，大夫安其職，而處士循其道。《穀梁傳》曰：古者有士人、有商人、有農人、有工人。

【疏】《固傳》「藉」作「籍」。古鈔本、六臣本「循」作「脩」，《固傳》同。○呂延濟曰：粲乎隱隱，明盛貌。言得其所，不失業。案：《詩·伐木》毛傳曰：粲，鮮明貌。本書《上林賦》李善注曰：隱隱，盛貌也。○《周易》，見《訟·六三爻詞》又案：《漢書·王嘉傳》：嘉上疏曰：孝文時吏居官者，或長子孫，以官爲氏，倉氏、庫氏，則倉庫吏之後也。○注引《漢書音義》如淳說，恐非「疇」字本義。《說文》曰：疇，耕治之田也。從田、𠷎，象耕田溝詰詘也。段玉裁曰：耕者，犂也。犂其田而治之。其田曰疇，有謂麻田曰疇者。劉向《說苑》、蔡邕《月令章句》、韋昭《國語注》、如淳《漢書注》同。此別爲一說，非許義也。○《尚書》及僞孔傳見《益稷》。《說文》曰：𡿨，水小流也。古文作「甽」，篆文作「畎」。案：字又作「𤰝」。《考工記·匠人》曰：廣尺深尺謂之𤰝，是也。《周語》曰：或在畎畝。韋注曰：下曰畎，高曰畝。畝，壟也。○《淮南子》，見《俶真篇》。「時」作「世」，「循」作「脩」。胡克家曰：何校「循」改「脩」，陳同，是也。各本皆譌。案：章懷注《後漢書》所引正作「脩」。步瀛案：《長笛賦》注引亦作「脩」。《太平御覽·皇王部》二引作「循」。朱珔曰：「循」「脩」二字，傳寫往往淆混，如《繫辭傳》：損，德之脩也。《釋文》「脩」馬本作「循」。《莊子·大宗師篇》：以德爲循。《釋文》：「循」本亦作「脩」。《晉語》：矇瞍脩聲。《王制》正義引作「循聲」。義皆可通。○《穀梁傳》，見成元年。「人」皆作「民」。又《管子·小匡篇》曰：士之子常爲士，農之子常爲農，工之子常爲工，商之子常爲商。○屬、所，古音魚部。業，盍部。通轉爲韵，音之變也。《漢書・叙傳》「業」與「作」韵，正與此賦同。陳秉哲疑業有士角切之音，其或然歟。

若臣者徒觀迹於舊墟，聞之乎故老，十分而未得其一端，故不能徧舉也。

【疏】《固傳》「迹於」作「迹乎」，「十」作「什」。六臣本「分」下無「而」字。〇李周翰曰：「臣」，男子之賤稱，古人謙退皆稱之。此賓之自謂也。吕延濟曰：舊墟，故居也。〇者、舉，古音魚部。老，幽部。通轉爲韵。又合上爲韵。〇以上總結，並歸入懷思之意。

東都賦一首

東都主人喟然而歎曰：痛乎風俗之移人也。子實秦人，矜夸館室，保界河山，信識昭襄而知始皇矣。烏睹大漢之云爲乎？

【注】《論語》曰：夫子喟然歎曰：「吾與點也。」《漢書》曰：人有剛柔緩急，音聲不同，繫水土之風氣，故謂之風。好惡取舍，動静嗜欲，故謂之俗。鄭玄《禮記注》曰：矜，謂自尊大也。《漢書》：田肯曰：「秦帶河阻山。」《史記》曰：秦武王卒，無子，立異母弟，是爲昭襄王。又曰：莊襄王卒，子政立，是爲始皇帝也。

【疏】古鈔無「東都」二字，《固傳》同。古鈔「移人」作「移民」。五臣「館室」作「宮館」。〇李賢曰：保，守也。謂守河山之險以爲界。王念孫曰：非謂保河山以爲界也。今案：「界」讀爲介，保、介皆恃也。言恃河山以爲固也。僖二十三年《左傳》：保君父之命。《吕氏春秋·誠廉篇》：阻兵而保威。高、杜注並曰：保，恃也。《漢書·南粵傳》：欲介使者權。師古曰：介，恃也。是保、介皆恃也。作「界」者，假借字耳。胡紹煐曰：按：《漢書·翼奉傳》上書云：左據成皋，右阻澠池，前鄉嵩高，後介大河。亦謂後恃大河也。師古注：介，隔礙也。亦誤。《史記·南越列傳》：介弟兵就舍。《索隱》曰：介，恃也。○《論語》，見《先進篇》。又《子罕篇》：顏淵喟然歎曰。《集解》曰：喟然，歎聲也。○《漢書》，見《地理志》。「人」作「民」，「氣」上無「風」字。「動静嗜欲」作「動静無常，隨君上之情欲」。○《禮記》鄭注，見《表記》。○次引《漢書》，見《高帝紀》。○《史記》，見《秦本紀》。○人，古音真部。山，元部。通轉爲韻。爲，古音歌部。陳秉哲謂：「爲」與「人」「山」韻。案：此字不必韻也。

夫大漢之開元也，奮布衣以登皇位，由數朞而創萬代，蓋六籍所不能談，前聖靡得言焉。

【注】《漢書》：高祖曰：吾以布衣，提三尺劍，取天下。高祖五年誅項羽，故曰數朞也。孔安國《尚書傳》曰：帀四時曰朞。六籍，六經也。《封禪書》曰：六經載籍之傳。《左氏傳》曰：籍談司晉之典籍。

【疏】古鈔「元」作「原」，《固傳》同。《固傳》「位」作「極」，「由」作「繇」。「繇」、「由」古字多通用。古鈔「代」作「世」，《固傳》同。何焯曰：蓋李善避諱改。張雲璈曰：按：下文「計有功而順民」，「民」字又何以不改？李濟翁《資暇録》云：李氏依舊本，不避本朝廟諱，五臣易而避之，宜矣。其有李氏本作「泉」及年代字，五臣貴有異同，改其字，故犯國諱，豈惟自相矛盾而已哉。據此，則避諱改字，乃五臣，非李善也。近日刻本以五臣羼入李氏者，此類甚多。古鈔、六臣「得」下有「而」字，《固傳》同。○李賢曰：萬代，盛言之也。○《漢書》，見《高紀》。胡克家曰：袁本、茶陵本「田肯」作「婁敬」，非也。○僞孔傳，見《堯典》。案：《説文》曰：稘，復其時也。《廣雅·釋詁》一曰：稘，年也。經傳多以「期」爲之字，又作「朞」。○六籍，六經也。李賢注同。○《封禪書》，即相如《封禪文》。○《左傳》，見昭十五年。「籍談」下當有「高祖孫伯黶」五字。○元、言，古音元部。位，脂部。世，祭部。通轉爲韻。

當此之時，功有横而當天，計有逆而順民。故婁敬度勢而獻其説，蕭公權宜而拓其制。時豈泰而安之哉，計不得以已也。

【注】婁敬，已見上文。凡人姓名皆不重見，餘皆類此。《漢書》曰：蕭何脩未央宫，上見其壯麗，甚怒。何曰：「天下方未定，故可因遂就宫室。且夫天子以四海爲家，非壯麗無以重威。且毋令後代有以加也。」上説之。

【疏】「功」，袁本依五臣作「攻」，茶陵本作「功」。校曰：五臣作「攻」。尤本「計」作「討」，茶陵本同。校曰：五臣作「計」。案：各本皆有誤，袁本載張銑曰：言當時攻討雖横逆，而順天人也。茶陵本「攻」字亦誤作「功」，袁本此字不誤，知五臣作「攻」不作「功」，作「討」不作「計」。蓋五臣作「攻討」，李氏作「功計」，後來傳寫舛錯耳。古鈔本正作「計」。《固傳》作「功討」，「民」作「人」。蓋李氏本、五臣本、

《後漢書》各不同也。孫志祖《李注補正》謂如上句作「攻」，則下句應「討」，上句作「功」則下句應「計」，其說是矣。而謂善與五臣兩失之，亦未詳審耳。朱珔曰：以「横」字觀之，似作「攻」爲是，「計」與下複，作「討」是，亦未然也。又《固傳》「而拓」作「以拓」，五臣「拓」作「托」。○李賢曰：高祖入關，秦王子嬰降，而五星聚於東井，此功有横而當天也。逆謂以臣伐君。《前書》曰：陸賈曰：湯武逆取而以順守之，及高祖入關，秦人争獻牛酒。此爲討有逆而順人也。何焯曰：功有横，計有逆，皆言其不得已。《後漢書》注引逆取順守之意，非是。步瀛案：當天，即應天。《吕覽・無義篇》高注曰：當，應也。又《貴信篇》注曰：當，猶應也。此因避下文「應天」字複，故作「當」耳。○凡人姓名云云，亦李氏自述注例。○《漢書》見《高紀》。「修」作「治」，「遂」作「以」，「非」下有「令」字，「代」作「世」，「説」下無「之」字。○李賢曰：時豈奢侈而安之哉，言天下初定，計不得已，而都西京也。步瀛案：時，猶是也。古「時」、「是」通用。○天、民，古音真部。安，元部。通轉爲韻。説、制，祭部。之、已，之部。

吾子曾不是睹，顧曜後嗣之末造，不亦暗乎？

【注】言吾子不覩度勢權宜之由，反以後嗣末造而自眩曜。不亦暗乎，言暗之甚也。《儀禮》曰：顧吾子教之。鄭玄曰：吾子，相親辭也。吾，我也。子，男子美稱。

【疏】古鈔本「曜作燿」。《固傳》同。又《固傳》「暗」作「闇」。○《禮記・冠義》曰：夏之末造也。鄭注曰：造，作也。李賢曰：顧，反也。燿，炫燿也。言吾子曾不睹度勢權宜之由，而反炫燿後世子孫末代之所造，非其盛稱武帝、成帝，神仙、昭陽之事也。○《儀禮》及鄭注見《士冠禮》、《記》。本注引有節字。○睹，古音魚部。造，幽部。通轉爲韻。

今將語子以建武之治，永平之事，監于太清，以變子之惑志。

【注】《東觀漢記》曰：建武，光武年號也。永平，孝明年號也。《淮南子》曰：太清之化也，和順以寂漠，質直以素樸。高誘曰：太清，無爲之化。

【疏】古鈔本「治」作「始」，《固傳》同。五臣作「理」。《固傳》「監于」作「監乎」，「太」作「泰」，「惑」作「或」。錢大昭曰：「或」，古「惑」字。○《爾雅·釋詁》曰：監，視也。○《東觀漢記》，今本固非完書，然本注所引，恐亦非原句，乃撮其意而引之。○《淮南子》，見《本經篇》。「化」，作「始」。王念孫校「始」爲「治」字之誤，改「化」避高宗諱。○治、事、志，古音之部，始同。○以上斥賓眩曜西都之失。

往者王莽作逆，漢祚中缺。天人致誅，六合相滅。

【注】《漢書》曰：王莽，字巨君，王皇后之弟子也。初居攝，後卽天子位。賈逵《國語注》曰：祚，位也。《尚書》曰：我則致天之罰。六合，已見上文。

【疏】李賢曰：天人，謂天意人事，共相誅也。○《漢書》，見《王莽傳》。○賈逵《國語注》，當爲《晉語》四「天祚將在武族」句注，與前引訓祿者異。○《尚書》，見《多方》。

于時之亂，生人幾亡，鬼神泯絶。壑無完柩，郛罔遺室。原野厭人之肉，川谷流人之血。秦項之災猶不克半，書契以來未之或紀。

【注】《尚書》曰：人生保厥居。杜預《左氏傳注》曰：幾，近也。渠機切。《周禮》：大宗伯掌天神人鬼之

祀。《禮記》曰：在牀曰尸，在棺曰柩。杜預《左氏傳注》曰：郛，郭也。芳俱切。楊子《法言》：秦將白起長平之戰，四十萬人死，原野厭人之肉，川谷流人之血。《史記》曰：周孝王分非子土爲附庸，邑秦。至始皇初并天下。又曰：項籍，下相人，自立爲西楚伯王。《周易》曰：上古結繩，後代聖人易之以書契。

【疏】《固傳》「以」作「已」，字同。古鈔「紀」下有「也」字，《固傳》同。○李賢曰：人者，神之主。生人既亡，故鬼神亦絶也。案：民者，神之主，見《左・桓六年》。○《尚書》見僞《旅獒》，「人」作「民」。○《左傳》杜注見襄十一年。○《周禮・春官・大宗伯》天神、人鬼、地示並言。本注節引。○《禮記》見《曲禮》下。○次引《左傳》注見隱五年。○《法言》，見《騫淵篇》。○《史記》，見《秦本紀》，又見《項羽本紀》。「伯王」作「霸王」。○《周易》，見《繫辭傳》下。○缺、滅、絶，古音祭部。室、血，至部。通轉爲韻。災、來、紀，之部。疑自爲韻。

故下人號而上訴，上帝懷而降監，乃致命乎聖皇。

【注】《尚書》曰：並告無辜于上下神祇。孔安國曰：言百姓兆人訴天地也。《毛詩》曰：皇矣上帝。又曰：天命降監，下人有嚴。命于下國，封建厥福。

【疏】古鈔「人」作「民」。《固傳》同。《傳》「訴」作「愬」，古鈔「監」作「鑒」，《傳》無「乃」字，「乎」作「于」。○《尚書》，見僞《湯誥》及僞孔傳，「人」作「民」。○《詩》，見《皇矣》，又見《殷武》，「人」作「民」。○監，古音談部。皇，陽部。通轉爲韻。

於是聖皇乃握乾符，闡坤珍，披皇圖，稽帝文。赫然發憤，應若興雲。霆擊昆陽，憑怒雷震。

【注】謂光武也。《東觀漢記》曰：光武皇帝諱秀。王莽末，荆州下江、平林兵起，王匡、王鳳爲之渠率。上遂率春陵子弟隨之。王莽懼，遣大司徒王尋、大司空王邑將兵來征。上入昆陽城中，兵穀少，留王鳳令守城，夜出城南門。二公兵到，遂環昆陽城。時上遂選精兵三千人奔陳，二公大奔北，殺王尋。昆陽城中兵亦出，中外並擊，二公大衆遂潰亂，奔走赴水，溺死以萬數，滍水爲之不流。《爾雅》曰：疾雷爲霆。《左氏傳》：吴子之弟蹶由謂楚子曰：今君奮焉，震電憑怒。

【疏】《固傳》「赫然」作「赫爾」，「擊」作「發」。○李賢曰：乾符、坤珍，謂天地符瑞也。皇圖、帝文，謂圖緯之文也。吕延濟曰：乾符，赤伏符也。坤珍，《洛書》也。《皇圖》，河圖也。帝文，天文也。沈欽韓曰：《詩・文王》《序》正義：《春秋説題辭》云：河以通乾出天苞，洛以流坤吐地符。《易通卦驗》云：燧人始握機矩，表計宜圖，其刻曰：蒼渠通靈，宓犧方牙，蒼精作易，無書以畫事。鄭注云：燧皇在伏犧前，其圖謂之「計冥」。《御覽》七十九：《尚書中候》曰：帝軒提像，配永循機，天地休通，五行期化。河龍出圖，洛龜書威，赤文像字，以授軒轅。又八十一：《春秋運斗樞》曰：舜以太尉受號，即位爲天子。五年二月，東巡狩。至於中月，與三公諸侯臨觀，黄龍五彩，負圖出，置舜前。步瀛案：如沈説，則河圖爲乾符，洛書爲坤珍，計冥圖爲皇圖，龍圖爲帝文，較勝舊注。然似太泥。此四者殆綜讖緯之屬，而以乾坤皇帝分繫之耳。《後漢書・光武紀》曰：光武先在長安，同舍生彊華自關中奉赤伏符，曰：劉秀發兵捕不道，四夷雲集龍鬭野，四七之際火爲主。即其類也。濟因一「符」字以當乾符，亦泥。○注引《東觀漢記》，與今本不同。如「上」字，今本皆作「帝」。「二公」作「尋邑」。而《藝文類聚・帝王部》二、《太平御覽・皇王部》十五引皆作「上」，作「二公」。知今本有所改易也。惟本注各本「城中兵」下誤衍「下昆陽」三字。「遂環昆陽城」，「環」誤作「還」，《藝文》、《御覽》及今本作「遂環昆陽城」，作「營且圍之」。蓋光武出南門，後未再入城也。今皆校改。其他各書所引，亦有不同，姑從略焉。○《詩・皇矣》曰：王赫斯怒。鄭箋曰：赫，怒意。○《爾雅》，見《釋天》，「霆」下有「霓」字。郝懿行《義疏》曰：《說文》云：靁，陰陽薄動，靁雨生物者也。「霆」，靁餘聲也。鈴鈴所以挺出萬物。又云：震，劈歷振物者。《一切經音義》十五引《蒼頡篇》云：霆，礔礰也。是「霆」爲疾雷，「霓」字衍也。《文選・東都賦》注及《書鈔》一百五十二、《類聚》二、《初學記》一、《御覽》十三並引作「疾雷爲霆」，無「霓」字，知今本衍也。梁章鉅曰：《白氏六帖》二、《事類賦》三引，皆無「霓」字，與此同，足訂今本《爾雅》之誤。步瀛案：《子虛賦》曰：星流霆擊。○《左傳》，見昭四年。尤本、茶陵本「震電」誤作「震雷」。今依袁本。

○珍、文、雲、震，古音諄部。

遂超大河，跨北嶽。立號高邑，建都河洛。

【注】《東觀漢記》曰：聖公爲天子，以上爲大司馬，遣之河北安集百姓。《尚書》曰：至于北岳。《東觀漢記》曰：諸將請上尊號皇帝，於是乃命有司設壇場于鄗之陽千秋亭五成陌。皇帝即位，改鄗爲高邑。又曰：建武元年十月，車駕入洛陽，遂定都焉。《春秋漢含孳》曰：天子受符，以辛日立號也。

【疏】李賢曰：跨，據也。言光武度河據北嶽，遂即位于鄗，而改鄗爲高邑也。○《藝文類聚·帝王部》二、《太平御覽·皇王部》十五引《東觀漢記》「聖公」作「更始」，與今本同。○《尚書》，見《舜典》。○注引《東觀漢記》，「尊號」下「皇帝」二字疑衍。案：《漢書·地理志》常山郡上曲陽下，原注曰：恆山北谷在西北。鄗下原注曰：世祖即位，更名高邑。《續漢書·郡國志》：上曲陽屬中山國。高邑屬常山國。《清統志》曰：直隸趙州，鄗縣故城在栢鄉縣北。定州，恆山在曲陽縣西北。案：趙州、定州今皆改縣，屬河北省。○《漢含孳》，本書應吉甫《晉武帝華林園集詩》注引同。又《北堂書鈔·禮儀部》十二、《藝文類聚·禮部》中、《初學記·禮部》上、《太平御覽·禮儀部》十五皆引之。

紹百王之荒屯，因造化之盪滌。

【注】《禮記》曰：百王之所同，古今之所一也。《淮南子》：大丈夫恬然無爲，與造化逍遥。高誘曰：造化，天地也。《樂緯》曰：殷湯改制易正，蕩滌故俗。

【疏】吕向曰：紹，繼也。言百王屯難之後，光武繼之。盪滌，猶除也。言造化始除其惡法。○《禮記》，見《三年問》。○《淮南子》，見《原道篇》。○「殷湯改制易正」云云，黄奭《通緯》、喬松年《緯攟》依本注輯入《樂緯》。馬國翰輯佚書入《稽耀嘉》，未知確否。

體元立制，繼天而作。

【注】《左氏傳》：元年春正月，公即位。《春秋元命苞》曰：元年者何，元宜爲一。謂之元何，曰君之始年也。杜預《左氏傳注》曰：凡人君即位，欲其體元以居正。《穀梁傳》曰：爲天下主者天也，繼天者君

也。《周易》曰：神農氏作。

【疏】《春秋·隱元年·公羊傳》曰：元年者何？君之始年也。何注曰：變一爲元，元者氣也，無形以起，有形以分，造起天地，天地之始也。徐彦疏曰：《春秋説》云：元者，端也。《氣泉注》云：元爲氣之始，如水之有泉。《穀梁傳》楊疏曰：何休注《公羊》，取《春秋緯》黄帝受圖，立五始，以爲元者氣之端，春者四時之始，王者受命之始，正月者政教之始，公即位者一國之始。《左傳》孔疏亦引之。孫瑴、黄奭、馬國翰皆輯入《元命苞》。梁章鉅曰：「體元」二字，義當本《易·文言》。步瀛案：《乾·文言傳》曰：元者善之長也。又曰：君子體仁，足以長人。「體元」二字非連文。○杜預注，見隱元年《春秋經》文下。尤本「凡」作「見」，誤。今依六臣本。○《穀梁傳》，亦見隱元年。○《周易》，見《繫辭傳》下。○獄，古音侯部，洛、作，魚部。滌，幽部。皆通轉爲韻。

系唐統，接漢緒。茂育羣生，恢復疆宇。勳兼乎在昔，事勤乎三五。

【注】《爾雅》曰：系，繼也。奚計切。《漢書》：劉向《高祖頌》曰：漢帝本系，出自唐帝。孔安國《尚書傳》曰：堯以唐侯升爲天子。《東觀漢記》曰：光武皇帝，高祖九葉孫。《漢書》：王太后詔曰：奉天地而成施，化羣生而茂育。《漢書》曰：羣生啿啿。音湛。《國語》曰：古曰在昔，昔曰先人。《史記》：楚子西曰：孔丘述三五之法，明周召之業。《春秋元命苞》曰：伏羲、女媧、神農爲三皇。《史記·五帝本紀》曰：黄帝、顓頊、帝嚳、帝堯、帝舜也。

【疏】《爾雅》，見《釋詁》。「系」作「係」，通借字。本書《魏都賦》注曰：系，胤也。○《漢書》，見《高帝紀》。贊曰：「春秋」晉史蔡墨有言，陶唐氏既衰，其後有劉累，學擾龍，事孔甲，范氏其後也。而大夫范宣子亦曰：祖自虞以上，爲陶唐氏。范氏爲晉士師。魯文公世奔秦，後歸於晉。其處者爲劉氏。劉向頌高祖云：漢帝本系，出自唐帝。案蔡墨言見《左・昭二十九年》，范宣子言見襄二十四年。士會奔秦，見文七年。其處者爲劉氏，見文十三年。○本書《東京賦》薛注曰：緒，統也。○僞孔傳，見《堯典》。○《東觀漢記》、《藝文類聚》、《太平御覽》引「葉」皆作「世」，本注蓋避諱改。○《漢書》皇太后詔，見《王莽傳》上。今本「地」、「施」二字互易，「生」下無「而」字。○「羣生啿啿」，見《禮樂志・郊祀歌》。○《國語》，見《魯語》下。○《史記》，見《孔子世家》。張雲璈曰：李裔生云：今《孔子世家》作「述三王之法」，恐注誤「王」爲「五」。雲璈案：李氏注此賦及劉越石《勸進表》、王元長《曲水詩序》、袁彦伯《三國名臣序贊》、李蕭遠《運命論》，皆引《史記》作「三五」。蓋今《史記》誤也。梁章鉅説同。《風俗通義・皇霸篇》引《春秋運斗樞》説，伏羲、女媧、神農爲三皇。《初學記・帝王部》、《御覽・皇王部》一亦引之。《曲禮》上孔疏引熊安生曰：鄭玄意則以伏羲、女媧、神農爲三皇。故注《中候敕省圖》引《運斗樞》：伏犧、女媧、神農爲三皇也。案：《春秋運斗樞》説與本注引《元命苞》正合。《史記索隱》、《補三皇本紀》卽從此説也。《風俗通》又引《含文嘉》記以虙戲、燧人、神農爲三皇。又引《書大傳》説，遂人爲遂皇、伏羲爲戲皇、神農爲農皇。《白虎通義・號篇》曰：三皇者，何謂也？謂伏羲、神農、燧人也。孔又引熊安生曰：宋均注《援神契》引《甄曜度》，數燧人、伏羲、神農爲三皇。譙周《古史考》亦然。是緯書之文，與今文書説相合。惟先後次第小有不同。此又一説也。《白虎通》又引

《禮》曰：伏羲、神農、祝融三皇也。《風俗通》引《禮謚記》説爲伏羲、祝融、神農，亦次第小有不同，此又一説也。《風俗通》曰：《易》稱伏羲氏，神農氏，唯獨叙二皇，不及遂人。遂人功重於祝融、女媧。《大傳》之義，斯近之矣。是應氏以《大傳》燧人、伏羲、神農之説爲是。與班氏合。則與鄭義異矣。至於僞孔安國《尚書序》以伏犧、神農、黄帝爲三皇。夫既稱黄帝，又列爲皇，名號不符，殊無待辨。而《史記·秦始皇本紀》稱天皇、地皇、泰皇。《藝文類聚·帝王部》一、《初學記·帝王部》、《御覽·皇王部》三引《春秋緯》、《遁甲開山圖》有天皇、地皇、人皇。異説紛紜，不可究詰矣。○《史記·五帝本紀》《正義》曰：按：太史公依《世本》、《大戴禮》，以黄帝、顓頊、帝嚳、唐堯、虞舜爲五帝。譙周、應劭、宋均皆同。案：史遷紀五帝，本《大戴禮·五帝德篇》。《周禮·春官》：外史掌三皇五帝之書。鄭注賈疏皆未言三皇五帝爲何人。《白虎通·號篇》曰：五帝者，何謂也？《禮》曰：黄帝、顓頊、帝嚳、帝堯、帝舜，五帝也。《風俗通》曰：《易傳》、《禮記》、《春秋》、《國語》、《太史公記》：黄帝、顓頊、帝嚳、帝堯、帝舜，是五帝也。又引《尚書大傳》證之。《吕覽·用衆篇》高注同。《禮記·曲禮上》孔疏曰：鄭注《中候敕省圖》云：德合五帝坐星者，稱帝，則黄帝、金天氏、高陽氏、高辛氏、陶唐氏、有虞氏是也。實六人而稱五者，以其俱合五帝坐星也。是鄭特增金天少皞，與以上諸家説異。而僞孔安國《尚書序》以少昊、顓頊、高辛、唐、虞爲五帝。孫詒讓《周禮正義》曰：衆釋紛異，唯史遷説義據最塙。鄭君應五帝坐之説，五帝有六，於數綴謚，竊恐不然。《尚書敍》孔疏又引梁主云：五帝自黄帝至堯而止，舜非三王，亦非五帝，與三王爲四代，斯尤信情更易，進退失據。今無取焉。步瀛案：孫辨甚析。又

《呂覽》十二紀，《禮記·月令》，《淮南·時則篇》所稱太皞、炎帝、黄帝、少皞、顓頊，當據五天帝而言。金鶚《求古録·禮説》卷十三曰：《月令》：春帝太皞、夏帝炎帝、中央黄帝、秋帝少皞、冬帝顓頊，此五天帝之名也。伏羲、神農、軒轅、金天、高陽，五人帝，以五德迭興，故亦以五天帝爲號。若《月令》所言，則天帝也。鄭注《月令》以五帝爲人帝，其亦誤矣。案：金説是也。然《月令》五帝，與《大戴禮記》論五帝德不同。故高誘注《呂覽·用衆篇》五帝，不據十二紀爲説。《家語》雖僞撰，而《五帝篇》以五行爲言，與《五帝德篇》不同。王符《潛夫論·五德志》、蕭吉《五行大義》論五帝乃并爲一談，非也。至宋胡宏《皇王大紀》以包犧、神農、黄帝、堯、舜爲五帝，後人以其與《易·繫辭》合，多從之者。其實《繫辭》並無五帝明文。胡氏説未足據也。

豈特方軌並跡，紛綸后辟，治近古之所務，蹈一聖之險易云爾哉。

【注】險易，喻治亂也。《周易》曰：辭有險易也。

【疏】《固傳》「跡」作「迹」，「治」作「理」。古鈔「爾」字下有「而已」二字。茶陵本無「哉」字。校云：五臣有「而已哉」字。○李賢曰：軌，轍也。紛綸，猶雜糅也。《爾雅》曰：后、辟，君也。險易，猶理亂也。言光武功德勤勞，兼於前代百王，非直一聖帝也。劉良曰：方軌並跡，猶齊駕也。言光武勝三皇五帝之功，豈與衆君齊跡，而取近古一聖治亂之法。步瀛案：「云爾」已見昭明序注。○《周易》，見《繫辭傳》上。○跡、辟、易，古音支部。

且夫建武之元，天地革命，四海之内，更造夫婦，肇有父子，君臣初建，人倫寔始，斯乃伏

犧氏之所以基皇德也。

【注】《周易》曰：天地革而四時成。又曰：湯武革命。《爾雅》曰：九夷、八蠻、六戎、五狄，謂之四海。《周易》曰：有天地然後有萬物，有萬物然後有男女，有男女然後有夫婦，有夫婦然後有父子，有父子然後有君臣。《毛詩序》曰：厚人倫。《禮含文嘉》曰：伏犧德洽上下，始畫八卦。

【疏】《固傳》「寔」作「實」，「伏犧」作「虙羲」。○《白虎通義·號篇》曰：古之時，未有三綱六紀，民人但知其母，不知其父，能覆前而不能覆後。於是伏羲因夫婦，正五行，始定人道。畫八卦以治下，下伏而化之，故謂之伏羲也。惠棟謂兩「下」字當作「天下」。《易·繫辭下》孔疏引《帝王世紀》曰：太皞帝包犧氏，風姓也。取犧牲以充庖厨，故號曰包犧氏。後世音謬，故或謂之伏犧，或謂之虙犧，一號皇雄氏。李賢曰：言光武更造夫婦，如伏犧時也。○《周易》並見《革·象傳》。○《爾雅·釋地》曰：九夷、八狄、七戎、六蠻，謂之四海。《詩·蓼蕭》鄭箋同。孔疏曰：《職方氏》及《布憲》注亦引《爾雅》云：九夷、八蠻、六戎、五狄，謂之四海。數既不同，而俱云《爾雅》，則《爾雅》本有兩文。○《周易》，見《序卦傳》。○《周易正義》論重卦之人，引《禮緯含文嘉》曰：伏犧德合上下，乃作八卦。《藝文類聚·帝王部》一、《太平御覽·皇王部》二引「合」作「洽」，與本注同。末句作「乃則象作易卦」。○子、始，古韻之部。

分州土，立市朝，作舟輿，造器械，斯乃軒轅氏之所以開帝功也。

【注】《漢書》曰：昔在黃帝，畫野分州。《周易》曰：神農氏日中爲市，致天下之人，聚天下之貨。黃帝

堯舜氏，刳木爲舟，剡木爲楫。《禮記》曰：聖人殊徽號，異器械。鄭玄曰：器械，禮樂之器及兵甲也。《史記》曰：黄帝名軒轅。

【疏】《固傳》此節「斯」下無「乃」字。○朱銘曰：《續漢書·輿服志》注引《古史考》曰：黄帝作車，引重致遠。其後少昊時駕牛，禹時奚仲駕馬。步瀛案：《史記·五帝本紀》曰：黄帝置左右大監，監于萬國。《淮南子·覽冥篇》曰：昔者黄帝治天下，市不豫賈。又案：舟車、器械多造於黄帝。如《世本》所載，黄帝作旒冕、作旃，伯余制衣裳，胡曹作衣，於則作屝履，雍父作舂杵臼，垂作銚、作耨，胲作服牛，相土作乘馬，共鼓貨狄作舟，揮作弓，夷牟作矢。宋衷注：皆黄帝臣也。李賢曰：言光武利人，如軒轅也。○《漢書》，見《地理志》。○《周易》，見《繫辭傳》下。○《禮記》及鄭注，見《大傳》。○《史記》，見《五帝本紀》，《索隱》引皇甫謐曰：居軒轅之丘，因以爲名，又以爲號。《漢書·律曆志》曰：黄帝垂衣裳有軒冕之服，故天下號曰軒轅氏。

龔行天罰，應天順人，斯乃湯武之所以昭王業也。

【注】《尚書》：武王曰：今予惟龔行天之罰。《周易》曰：湯武革命，應乎天而順乎人。《禮含文嘉》曰：湯武順人心，應於天。《史記》曰：天乙立，是爲成湯。湯伐夏桀，桀奔于鳴條。湯踐天子位。又曰：文王太子發之立，是爲武王。伐殷紂，紂走，自燔死。武王革殷，受天明命。《毛詩序》曰：《七月》，陳王業也。

【疏】古鈔本「人」作「民」。《固傳》同。○李賢曰：言光武征伐如湯武者也。○《尚書》，見《牧誓》。「予」

下有「發」字。段玉裁《古文尚書撰異》曰：《甘誓》：共行天之罰。傳云，共，奉也。此《牧誓》語，與《甘誓》同。衛包改「共」爲「恭」。凡古言「共行天罰」者，皆謂奉行天罰。《史記》、《漢書》皆作「共」或作「龔」。如班固《東都賦》、高誘《吕覽注》孫盛論吴王、鍾士季《檄蜀》，皆作「龔」。「龔」者，給也。與「供」皆得訓奉。步瀛案：《史記·夏本紀》、《周本紀》、《漢書·翟義傳》、《王莽傳》，皆作「共行天罰」。高誘注見《先已篇》。孫盛論，見《吴志·三嗣主傳》注引。皮錫瑞《今文尚書攷證》曰：今文「恭」作「共」。班固《東都賦》、《漢書·敍傳》、高誘《吕氏春秋注》、鍾會《檄蜀文》孫盛、李賢、李善引《尚書》皆作「龔」。蓋三家異文。○《周易》，見《革·象傳》。○《禮含文嘉》，本書爲《孫氏請置守塚人表》注引同。○《史記》，見《殷本紀》，又見《周本紀》。案：太子發下「之」字宜削。

遷都改邑，有殷宗中興之則焉。

【注】《尚書》曰：盤庚遷於殷。《史記》：盤庚之時，殷已都河北。盤庚渡河南，復居成湯之故都，行湯之政，然後殷復興也。謂盤庚爲宗，班之誤歟？

【疏】《尚書》，見《盤庚上》。○《史記》見《殷本紀》。《集解》引鄭玄曰：治於亳之殷地，商家自此徙而改號曰殷亳。又引皇甫謐曰：今偃師是也。《書序》曰：盤庚五遷，將治亳殷。僞孔傳謂殷，亳之别名。孔疏曰：汲冢古文云：盤庚自奄遷于殷，殷在鄴南三十里。束皙云：《尚書序》：盤庚五遷，將治亳殷。舊説以爲居亳，亳殷在河南。孔子壁中《尚書》云：將始宅殷。是與古文同也。《漢書·項羽傳》云：洹水南，殷墟上。今安陽西有殷。束皙以殷在河北，與亳異也。然孔子壁内之書，安國先得其本，此

「將治亳殷」，不可作「將始宅殷」。「亳」字摩滅，容或爲「宅」。壁内之書，「治」皆作「亂」，其字與「始」不類，無緣誤作「始」字。知束皙不見壁内之書，妄爲説耳。若洹水南有殷墟，或當餘王居之，非盤庚也。盤庚治於亳殷，紂滅在於朝歌，則盤庚以後，遷於河北。蓋盤庚後王有從河南亳地遷於洹水之南，後又遷於朝歌。案：孔疏雖誤信僞孔爲真，然其辨束皙之説，最爲有識。故諸儒皆從盤庚遷河南之説。惟楊子雲《州箴》曰：盤庚北度，牧野是宅。與束皙所謂「古文」合。姚鼐《盤庚遷殷説》遂謂子雲之言，或孔安國《書傳》説，恐亦不然。史公嘗從孔安國問故，若孔安國《傳》以爲北度，《史記》不應云南遷也。皮錫瑞《今文尚書攷證》曰：楊雄《兖州牧箴》與《史記》不同，不如《史記》足據，其言允矣。○朱珔曰：《史記·殷本紀》：太甲稱太宗，太戊稱中宗，武丁稱高宗。而盤庚未聞。故注以爲誤。但凡祖廟曰宗廟。《詩·思齊》：惠于宗公。《毛傳》：宗公，宗神也。《説文》言《周禮》有郊宗石室。古無廟號，稱宗不稱宗之異文或亦可通言之歟？步瀛案：蘭坡此説，雖不免調停之見，然尚可通。而盤庚之外，稱宗且遷都者，有二人。一爲祖乙，《殷本紀》稱祖乙遷于邢。《書序》言祖乙圮于耿。又《竹書紀年》言祖乙滕即位，是爲中宗，居庇。見《御覽·皇王部》引。今本《竹書》云：祖乙二年，圮于耿，自耿遷于庇。又曰：祖乙之世，商道復興，廟爲中宗。據此則「殷宗」即指「祖乙」。雖今本《竹書》不可信，而《御覽》所引者，當是沈約所注之本，似較可據也。一爲武丁。朱銘曰：班固《漢書·宣帝紀贊》曰：可謂中興侔殷宗、周宣矣。師古曰：殷高宗及周宣王也。則此賦「殷宗」，乃謂武丁。攷武丁無遷都事。閻氏《四書釋地》云：朝歌，本妹邑。或曰武丁始都者，則武丁蓋曾遷都。

步瀛案：《楚語》下：史老曰：「昔殷武丁以入于河，自河徂亳。」韋昭注曰：遷于河内，從河内往都亳，亦武丁遷都之一證。後人泥于舊勞于外之言，以爲武丁爲太子時事，失之遠矣。二説後説尤勝，似可從也。

卽土之中，有周成隆平之制焉。

【注】《尚書·召誥》曰：王來紹上帝，自服于土中。孔安國曰：今來居洛邑，地勢之中也。《春秋命曆序》曰：成康之隆，醴泉踊出。《孝經鉤命決》曰：俱在隆平，優劣殊跡。

【疏】呂向曰：卽，就也。土中，言洛陽也。李賢曰：言都洛陽，如殷宗、周成之制也。○《史記·周本紀》曰：成王在豐，使召公復營洛邑。周公復卜，申視，卒營築，居九鼎焉。曰：此天下之中，四方入貢道里均，作《召誥》、《洛誥》。○《命曆序》，李賢引同。本書曹子建《求通親親表》注引作「成王之隆，醴泉涌」。○《鉤命決》，本書《三國名臣贊》注引同。

不階尺土，一人之柄，同符乎高祖。

【注】《孟子》曰：紂之去武丁，未久也。尺地莫非其有也，一人莫非其臣也。又曰：舜、文王相去千有餘歲，若合符節也。

【疏】孫志祖曰：「一人」當作「一民」。步瀛案：古鈔本作「民」，《固傳》亦作「人」。○呂向曰：階，因也。○《後漢書·光武帝紀》曰：光武年九歲而孤，養於叔父良。起兵，光武初騎牛，殺新野尉，迺得馬。又《馬援傳》：援曰：「今見陛下恢廓大度，同符高祖。」○《孟子》，見《公孫丑》下，「人」作「民」。次引見

《離婁》下。

克己復禮，以奉終始，允恭乎孝文。

【注】《論語》：顔回問仁，子曰：克己復禮爲仁。《孫卿子》曰：生，人之始也。死，人之終也。終始俱善，人道畢矣。《尚書》曰：允恭克讓。《漢書》曰：孝文皇帝，高帝中子也。荀悦曰：諱恆。

【疏】五臣「克」作「尅」。○李賢曰：謂躬自儉約，同於文帝也。○《論語》，見《顔淵篇》，「回」作「淵」。李賢曰：《左傳》：仲尼曰：古有志，克己復禮，仁也。案：見昭十二年。○《孫卿子》，見《禮論篇》。尤本、袁本「畢」作「必」，誤。今依茶陵本、張本。○《尚書》，見《堯典》。○《漢書》見《文帝紀》。荀悦云云，見顔注引。

憲章稽古，封岱勒成，儀炳乎世宗。

【注】司馬彪《續漢書》曰：建武三十二年，上齋，讀《河圖會昌符》，言九葉封禪。《禮記》曰：仲尼憲章文武。《尚書》云：粤若稽古帝堯。《漢書·武紀》曰：上登封泰山。又《宣紀》曰：尊孝武皇帝廟爲世宗廟。

【疏】《後漢書·光武紀》曰：中元元年二月辛卯，柴望岱宗，登封泰山。吕向曰：言法其舊章，考其古事，封岱山也。勒成，謂功成而勒石也。儀，儀禮也。封禪之儀，炳然與武帝同也。○《續漢書》，見《祭祀志》上。○《禮記》，見《中庸》。○《尚書》，見《堯典》。《魏志·三少帝紀》：高貴鄉公問曰：「鄭玄云：稽古同天，言堯同于天也。王肅云：堯順考古道而行之。」○《武紀》封泰山，在元封元年。《宣紀》

尊孝武廟爲世宗廟，在本始二年。

案六經而校德，眇古昔而論功。仁聖之事既該，而帝王之道備矣。

【疏】六臣本「案」作「按」。案：「案」，「按」之借字。《固傳》「眇」作「妙」。○李賢曰：妙，猶美也。或作「眇」。眇，遠也。該，備也。步瀛案：「眇」與「案」對文。《漢書·敍傳》顔注曰：眇，細視也。○以上光武。

至乎永平之際，重熙而累洽。盛三雍之上儀，脩衮龍之法服。鋪鴻藻，信景鑠，揚世廟，正雅樂。人神之和允洽，羣臣之序既肅。

【注】《東觀漢記》曰：孝明皇帝，光武中子也。以東海王爲皇太子。光武崩，皇太子即位。永平二年正月，上宗祀光武皇帝於明堂。祀畢，登靈臺。二月，上初臨辟雍，行大射禮。《漢書》曰：武帝時，河間獻王來朝，對三雍宫。應劭曰：辟雍、明堂、靈臺也。《東觀漢記》：永平二年，上及公卿列侯始服冕冠衣裳。《周禮》曰：王之吉服，享先王即衮冕。鄭玄曰：衮，卷龍衣也。《續漢書》曰：明帝爲光武起廟，號世祖廟。《東觀漢記》：孝明詔曰：《琁璣鈐》曰：有帝漢出，德洽作樂，名雅會。明帝改其名，郊廟樂曰太予樂，正樂官曰太予樂官，以應圖讖。

【疏】六臣本及《固傳》「乎」作「于」。《固傳》「鋪」作「敷」。五臣「信」作「申」。《固傳》「雅」作「予」。《困學紀聞》卷十三曰：《東都賦》：正予樂。李善注亦引「大予」，五臣乃解爲正樂。今本作「雅樂」亦誤。自注曰：五臣本改爲「雅」。案：何焯據此改「予」。胡克家曰：王伯厚此説最是。善既引「太予」，則作「予」自甚明。袁本、茶陵本所載五臣銑注云：雅樂，正樂也。其作「雅」亦甚明。各本所見正文，皆以五臣亂善，而失著校語耳。張雲璈亦謂：「雅樂」按《困學紀聞》當作「予樂」。孫志祖曰：《章帝紀》亦有登歌正雅樂之語，則五臣未爲失也。梁章鉅曰：考《章帝紀》首永平十八年十二月癸巳，有司奏言：孝明皇帝作登歌，正予樂。章懷不注「正予樂」，因已詳見上《明帝紀》永平三年，故不須復見也。今各本皆是「予」，無作「雅」者。不知孫氏何所據而以爲五臣有本也。朱珔曰：漢樂既本名雅會，明帝乃改之，則「正」者言改而正之也，似作「雅樂」，文氣自順。然《後漢書》作「正予樂」，注云：依讖文改大樂爲大予樂，亦無雅會之名。《文選》與范書本閒有異同也。胡紹煐亦依《困學紀聞》爲說。許巽行謂注本作「予」，後人妄改爲「雅」。以上諸說，除孫氏、朱氏外，皆以作「予」爲是。案：王厚齋但引注作「大予」，推知五臣本改爲「雅」，而未明言李氏本作「予」。是王氏所見本正文作「雅」，其云《東都賦》正予樂，祇據《後漢書》言，以此條在攷史中，不在評文中也。故本文仍從諸本作「雅樂」，而備著諸家之說以備攷。又《固傳》「羣」作「君」。○張銑曰：熙，光明也。洽，合也。言光武既明，而明帝繼之，故曰重熙累洽也。李賢曰：熙，光也。洽，浹也。又曰：鴻，大也。藻，文藻也。謂明堂禮畢，登靈臺之後，布詔于天下，曰建明堂，立辟雍，起靈臺，恢弘大道，被之八極，此爲布鴻藻也。「信」讀曰「申」。景，大也。鑠，美也。揚世廟，謂上尊號光武廟曰世祖。正予樂，謂依讖文改大樂爲大予樂也。○《類聚·帝王部》二、《御覽·皇王部》十六引《東觀漢記》，「光武」並作「世祖」。今本亦作「世祖」。案：《東觀漢記》曰：孝明皇帝諱陽，一名莊。《後漢·明帝紀》但云諱莊。○《漢書》，見《景十三王傳》應劭又曰：雍，和也。言天地君臣人民皆和也。李賢曰：三雍，謂明堂、辟雍、靈臺也。○次引《東觀漢記》，今本同。《續漢書·輿服志》下曰：世祖始修三雍，正兆七郊，顯宗遂就大業，初服旒冕，衣裳文章，赤舄絇屨，以祠天地，養三老五更於三雍。天子、三公、九卿、特進侯，祀天地明堂，皆冠旒冕衣裳，玄上纁下。乘輿備文日月星辰十二章，諸侯用山龍九章，九卿以下用華蟲七章，皆備五采。大佩赤舄絇履，以承大祭。○《周禮》，見《春官·司服》，注「卽」作「則」。「卽」字蓋傳寫之誤。《禮記·玉藻》曰：龍卷以祭。鄭注曰：龍卷，畫龍於衣，字或作「衮」。○《續漢書》，見《祭祀志》下。○今本《東觀漢記》曰：永年三年秋八月，詔曰：《尚書琁璣鈐》曰：有帝漢出，德洽作樂，名予。其改郊廟樂曰「大予樂」，樂官曰「大予樂官」，以應圖讖。以校本注，則「雅」當作「予」，無「會明帝」三字。「改其」作「其改」，與梁章鉅校同。惟「正樂官」今本無「正」字。梁據本書顔延年《曲水詩序注》引作「正太樂官」，謂「正」下當有「太」字。胡克家則謂「會明帝改」四字，袁本作「會昌帝九」，是。《後漢·明帝紀》曰：永平三年秋八月，改大樂爲大予樂。李賢彼注曰：《尚書琁璣鈐》曰：有帝漢出，德洽作樂，名予。故據《琁璣鈐》改之。《漢官儀》曰：大予樂令一人，秩六百石。宋翔鳳《過庭録》卷十五曰：古音「雅」與「予」、「胥」同，在魚類。則字可通。《説文》「疋」，古文以爲《詩·大疋》字或曰胥字。《續漢書·百官志》注引盧植《禮記注》，大予令如古大胥，大樂丞如古小胥。據此知緯文大予卽《禮記》大胥。古音雅讀如胥。大胥、小胥猶大雅、小雅。《上林賦》：揜羣雅。張揖曰：《詩》小雅之材七十四人，大雅之才三十一人云云者，當指人材能任大胥，小胥者也。緯書皆隸書，以「疋」是古文，故以音同借爲疋，以通俗。其實則與「疋」「雅」爲一字也。○洽，古音緝部。服，之部。通轉爲韵。鑠、樂，宵部。蕭，幽部。通轉爲韵。

乃動大輅，遵皇衢，省方巡狩，躬覽萬國之有無，考聲教之所被，散皇明以燭幽。

【注】《東觀漢記》曰：永平二年十月，西巡幸長安。《周易》曰：風行地上，觀先王以省方，觀民設教也。《禮記》《逸禮》曰：王者以巡狩之禮，尊天重人也。巡狩者何？巡者，循也。狩，牧也。謂天子巡行守牧也。有無，謂風俗善惡也。《尚書》曰：東漸于海，西被于流沙，朔南曁聲教。

【疏】古鈔「輅」作「路」。《固傳》同。古鈔及六臣本「躬」作「窮」。《固傳》同。《傳》，「燭」作「燭」。○李賢曰：皇衢，馳道也。○李周翰曰：窮，盡也。覽盡萬國土物之所有無。姜皐曰：按：《羣經音辨》卷三：鞠窮，容謹也。窮音弓。鄭康成説《禮》：鞠窮如也，今本作「躬」，蓋古聲借字。若「躬覽」似宜作「躬」。步瀛案：「鞠窮」見《儀禮·聘禮》注。○李周翰曰：燭，照也。考聲所及幽遠之處，則以皇明照之。○《御覽·皇王部》引《東觀漢記》曰：永平二年十月甲子，上幸長安，祠高廟，遂有事十一陵。歷觀館舍邑居舊處，會郡縣吏，勞賜作樂。今本《東觀漢記》同。○《周易》，見《觀·象傳》。○《御覽·禮儀部》十六引《禮記》《逸禮》曰：王者必制巡狩之禮何？尊天重民也。所以五年一巡狩何？五歲再閏，天道大備。巡狩者何？巡，循也。狩，牧也。爲天循行牧民也。《藝文類聚·禮部》中未引「巡狩者何」以下，餘同。《御覽》與本注引小異。○《尚書》，見《禹貢》。○衢、無，古音魚部。幽，幽部。通轉爲韵。

然後增周舊，脩洛邑，扇巍巍，顯翼翼。光漢京于諸夏，總八方而爲之極。

【注】《論語》：子曰：巍巍乎舜禹之有天下也。《毛詩》曰：商邑翼翼，四方之極。諸夏，已見《西都賦》，其異篇再見者，並云已見某篇，他皆類此。

【疏】《固傳》「扇」作「翩翩」，「顯」作「顯顯」。古鈔「總」作「綜」。五臣無「之」字。○《後漢書·明帝紀》曰：永平三年，起北宮及諸官府。李賢曰：周成王都洛邑，漢又增而修之，故曰增焉。○《廣雅·釋詁》二曰：扇，助也。字又作「煽」。《爾雅·釋言》曰：煽，熾也。《說文》作「傓」。○《論語》見《泰伯篇》。《集解》曰：巍巍者，高大之稱。○《毛詩》見《長發》。鄭箋曰：極，中也。商邑之禮俗，翼翼然可則傚，乃四方之中正也。《後漢書·樊準傳》引《詩》曰：京師翼翼，四方是則。李賢彼注曰：《韓詩》之文也。翼翼然盛也。○其異篇再見云云，李氏申述注例。○邑，古音緝部。翼、極，之部。通轉爲韵。○以上明帝。

於是皇城之內，宮室光明，闕庭神麗，奢不可踰，儉不能侈。

【注】言奢儉合禮，故奢者不可而踰，儉者不能更侈。

【疏】古鈔及六臣本「於是」作「是以」。《固傳》同。○麗、侈韵已見《西都》。

外則因原野以作苑，填流泉而爲沼。發蘋藻以潛魚，豐圃草以毓獸。制同乎梁鄒，誼合乎靈囿。

【注】順流泉而爲沼，不更穿之也。昭明諱順，故改爲填。《毛詩》曰：魚在在藻。蘋亦水草，故連言

之。《説文》曰：潛，藏也。《韓詩》曰：東有圃草。薛君曰：圃，博也。有博大茂草也。毓與育音義同。《魯詩傳》曰：古有梁鄒，梁鄒者，天子之田也。《毛詩》曰：王在靈囿，麀鹿攸伏。

【疏】古鈔「流泉」句上有「内則」二字。五臣「填」作「順」，《固傳》同。《傳》「鄒」作「騶」。○《梁書・武帝紀》曰：皇考諱順之。又曰：追尊皇考爲文皇帝，廟曰太祖。案：順之爲昭明之祖，故李諱昭明諱順。王引之曰：「填」當爲「慎」，草書之誤也。「慎」、「順」古字通，故昭明改「順」爲「慎」。孫志祖《考異》曰：案：上文「討有逆而順民」，「應天順人」，下文「順時節而蒐狩」，何以俱不改？文義順字爲長。○《毛詩》見《魚藻》。案：《采蘋》毛傳曰：蘋，大蓱也。藻，聚藻也。孔疏曰：《釋草》云：苹、萍，其大者蘋。舍人曰：苹，一名萍。郭璞曰：今水上浮蓱也。江東謂之薸，音瓢。案：今《釋草》「萍」作「蓱」。郭注作「水中浮蓱」。「薸」作「瓢」。疏又引陸璣曰：藻，水草也。生水底，有二種，其一種葉如雞蘇，莖大如箸，長四五尺。其一種莖大如釵，股葉如蓬蒿，謂之聚藻。○《説文・水部》曰：潛，涉水也。一曰藏也。注引後説。案：《詩・周頌》曰：潛有多魚。○《韓詩》，李賢引同。又《後漢書・馬融傳》注亦引《韓詩》作「圃草」。《毛詩・車攻》作「甫草」。傳曰：甫，大也。是薛君意與毛傳同，特字有異耳。○《説文・云部》「毓」爲「育」之重文。○「魯詩」誤作「毛詩」，依何焯校改。李賢引亦作「魯詩」，「鄒」作「騶」。本書《魏都賦》注引《魯詩》亦作「騶」，「天子」下有「獵」字，「田」下有「曲」字。《困學紀聞》卷三曰：賈誼《新語》既以「虞」爲「虞人」，又謂文王以騶牙名囿。《魯詩》傳曰：梁騶，天子之田。見《後漢書》注，與賈誼書同，不必以騶牙爲證。翁元圻注曰：賈誼《新書・禮篇》：騶者，天子之囿也。虞者，囿之司獸者也。朱珔曰：《周禮疏》引《異義》：韓、魯「騶虞」天子掌鳥獸官，二字不分言之，與《新書》亦微別。且以知韓同於魯矣。步瀛案：見《春官·鍾師》賈疏。梁章鉅曰：王氏《居易録》云：鄒平縣，漢梁鄒地。錢氏坫曰：梁鄒在今鄒平縣北四十里孫家嶺。胡紹煐曰：此云梁鄒，下云歷騶虞，似孟堅不以騶虞之騶爲梁鄒矣。○後引《毛詩》見《靈臺》。○沼，古音宵部。獸，幽部。囿，之部。通轉爲韵。○以上宮室苑囿。

若乃順時節而蒐狩，簡車徒以講武，則必臨之以《王制》，考之以《風》《雅》。

【注】《左氏傳》：臧僖伯曰：春蒐、夏苗、秋獮、冬狩，皆於農隙以講事也。又曰：大閲，簡車馬講武。已見上文。《禮記·王制》曰：天子諸侯無事，則歲三田。田不以禮曰暴天物。《風》，《國風》。《騶虞》、《駟驖》是也。《雅》，《小雅》。《車攻》、《吉日》是也。

【疏】《左傳·隱五年》注曰：蒐，索擇取不孕者。苗，爲苗除害也。獮，殺也，以殺爲名，順秋氣也。狩，圍守也。冬物畢成，獲則取之，無所擇也。孔疏曰：《爾雅·釋天》四時之獵名，與此同。《周禮》大司馬之職：中春教振旅，遂以蒐田。中夏教茇舍，遂以苗田。中秋教治兵，遂以獮田。中冬教大閲，遂以狩田。其名亦與此同。鄭玄解「苗田」與此小異，言擇取不孕任者，若治苗去不秀實者。孫炎亦然。《漢書·刑法志》曰：春振旅以搜，夏拔舍以苗，秋治兵以獮，冬大閲以狩，皆於農隙以講事焉。從《左氏》説也。《穀梁·桓四年傳》曰：四時之田，皆爲宗廟之事也。春曰田，夏曰苗，秋曰蒐，冬曰狩。又《昭八年傳》曰：因蒐狩以習用武，事禮之大者也。《左傳·隱五年》孔疏引《白虎通義》

曰：王者諸侯所以田獵何？爲苗除害，上以共宗廟，下以簡集士衆也。春謂之田何？春歲之本，舉本名而言之也。夏謂之苗何？擇其懷任者也。秋謂之蒐何？蒐索肥者也。冬謂之狩何？守地而取之也。四時之田，揔名爲田何？爲田除害也。《御覽·資産部》十二引「爲苗除害」作「爲田除害」。今本《白虎通》佚此文。此書爲孟堅撰集，從《穀梁》説也。《公羊·桓四年傳》曰：春曰苗，秋曰蒐，冬曰狩，則夏時不田，又與《左氏》《穀梁》異。何休注曰：不以夏田者，春秋制也。《春秋繁露·深察名號篇》曰：祭之散名，春曰祠，夏曰礿，秋曰嘗，冬曰烝。田之散名，春苗、秋蒐、冬狩、夏獮。孔廣森《公羊通義》據此謂《公羊》師説，亦有四時田，而以三時爲諸侯制。陳立《公羊義疏》謂《繁露》承四時祭祀爲説，蓋卽申明周禮，不必卽爲説《春秋》。《王制》明云天子諸侯三田，非專謂侯制可知。步瀛案：陳説駁孔是也，而其釋《繁露》亦强爲之詞。盧文弨校以爲「夏獮」二字後人妄加，其説似得之。不然，夏獮何以居冬狩後耶？《禮記·王制》曰：天子諸侯無事則歲三田。鄭注曰：三田者，夏不田，蓋夏時也。孔疏曰：鄭此注取《春秋緯運斗樞》之文。何休云：《運斗樞》曰：夏不田。《穀梁》有夏田，於義爲短。鄭玄釋之云：四時皆田，夏殷之禮。《詩》云：之子于苗，選徒囂囂。夏田明矣。孔子雖有聖德，不敢顯然改先王之法，以教授於世。若其所欲改，其陰書於緯，藏之以傳後王。《穀梁》四時田者，近孔子故也。《公羊》正當六國之亡，讖緯見讀，而傳爲三時田。作傳有先後，雖異，不足以斷《穀梁》也。又鄭《釋廢疾》云：歲三田，謂以三事爲田，卽上一曰乾豆之等是。深塞何休之言，當以注爲正。劉逢禄《穀梁廢疾申何》曰：《公羊》非六國時見讖緯而作也。漢初《公羊》盛行，故《王制》据以爲三田。以爲夏時則無據。夏殷之禮，蓋爲成周之禮。三事田則自亂其例矣。鍾文烝《穀梁傳補注》曰：鄭君謂《公羊》正當六國之亡，得見孔子所藏之讖緯，改爲三時田，從春秋之制。鄭與何休皆信讖緯，以爲是孔子之書，後漢之妄説也。讖緯卽用《公羊》，《公羊》世遠失實。又曰：《釋廢疾》謂以乾豆等三事爲田，非三時田也。與《禮》注異。黄以周《禮書通故》第四十一曰：《王制》多依夏殷立文，何注以夏不田爲春秋制，非。步瀛案：據以上諸説，《王制》同於《公羊》，與《左氏》、《穀梁》義異。李氏此注，既引《左傳》四時田之説，又引《王制》歲三田之文，實爲矛盾。豈歲三田卽從鄭《釋廢疾》爲三事而田之説歟？李賢注亦然。然天子不合圍，不麛，不卵，不殺胎等，皆見《王制》，亦不必泥定無事三田之義也。又劉向治《穀梁》學者，而《説苑·修文篇》引《傳》曰：春蒐、夏苗、秋獮、冬狩。則《左氏》説。又與上「公狩于郎」不合。然又云：夏不田，則《公羊》説。又云：天子諸侯無事，則歲三田，則《王制》之文。豈《説苑》一書，兼採諸家，不專守《穀梁》師説耶？又《太平御覽·資産部》十一引《韓詩内傳》曰：春曰畋，夏曰獀，秋曰獮，冬曰狩，與三傳、《周禮》、《爾雅》又皆不同。蓋今文家異説也。○《春秋·桓六年》曰：秋八月壬午，大閲。《公羊傳》曰：大閲者何？簡車徒也。《穀梁傳》曰：閲兵車也。與《左傳》簡車馬也義同。○武、雅，古音魚部。

歷《騶虞》，覽《駟鐵》，嘉《車攻》，采《吉日》。禮官整儀，乘輿乃出。

【注】《毛詩序》曰：《騶虞》，蒐田以時，仁如騶虞也。又曰：《駟鐵》，美襄公也。始命有田狩之事。又曰：《車攻》，宣王復會諸侯於東都，因田獵而選車徒焉。又曰：《吉日》，美宣王也。能慎微接下，無不

自盡以奉其上焉。《漢書》：景帝詔曰：禮官具禮儀。乘輿，已見上文。

【疏】古鈔「駟鐵」作「四鐵」。胡克家曰：袁本「駟鐵」作「四鐵」。茶陵本作「駟驖」。今案：袁、茶陵二本所載五臣銑注作「四驖」，其善注中作「駟鐵」，必善「駟鐵」，五臣「四驖」，失著校語也。何云：《後漢書》作「驖」。今考此與彼仍不必全同。范書「駟驖」與善「駟鐵」、五臣「四驖」互異，但當各依其本。步瀛案：《固傳》「整」作「正」。○張銑曰：歷覽，皆觀也。胡紹煐曰：歷，猶視也。《爾雅・釋詁》：歷，相也。相，亦視也。《史記・賈生傳》：瞝九州而相君。《索隱》曰：瞝，謂歷視也。《漢書》作「歷」，「歷」、「瞝」一聲之轉。此云歷，猶下云覽耳。○蔡邕《琴操》以騶虞爲邵國之女所作，説者以爲《魯詩》説，故與毛異。然與孟堅所引之義亦不合。○《秦風・駟驖》毛傳曰：驖，驪也。孔疏曰：言其色黑如鐵，故爲驖也。阮元曰：《唐石經》初刻作「鐵」，後改「驖」。《釋文》曰：驖，驪馬也。《説文》：驖，馬赤黑色。《詩》曰：四驖孔阜。是《毛詩》作「驖」。《釋文》本與許合也。《正義》本當是「鐵」字，「鐵」爲「驖」之借。石經初刻依之。步瀛案：阮説是也。李氏所據本蓋與孔同。○《漢書》，景帝詔見《景紀》元年。○鐵、日，古音至部。出，脂部。通轉爲韵。

於是發鯨魚，鏗華鐘。

【注】《尚書大傳》曰：天子左五鐘。天子將出，則撞黄鐘，右五鐘皆應。薛綜《西京賦注》曰：海中有大魚曰鯨。海邊又有獸名蒲牢，蒲牢素畏鯨。鯨魚擊蒲牢，輒大鳴。凡鐘欲令聲大者，故作蒲牢於上，所以撞之者爲鯨魚。鐘有篆刻之文，故曰華也。

【疏】《固傳》「鐘」作「鍾」。「鍾」，「鐘」之借字。○《尚書大傳》「天子將出」以下，《周禮・春官・樂師》鄭注、《儀禮・大射儀》賈疏、《禮記・玉藻》孔疏皆引之。「黄鍾」下有「之鍾」二字。《儀禮經傳通解》卷二十七引《尚書大傳》曰：天子左五鐘，右五鐘。天子將出，則撞黄鐘，右五鐘皆應。入則撞蕤賓，左五鐘皆應。亦無「之鐘」二字。此注但引天子之出，則上文左五鐘當作右五鐘，否則二句並引，此當是傳寫有誤。○《初學記・樂部》下、《太平御覽・樂部》十三皆引《西京賦》薛綜注，與本注所引相同，惟字句閒有小異。梁章鉅曰：今《西京賦》無此注。《東京賦》「發鯨魚，鏗華鐘」，只存「華鐘，謂有篆刻文，故言華也」十一字。想係李注删以避複耳。步瀛案：梁説是。惟《東京賦》薛注「華鐘」上尚有「發，舉也。鏗，猶擊也」七字，不止十一字。特《初學》、《御覽》亦未引之耳。

登玉輅，乘時龍。鳳蓋棽麗，龢鑾玲瓏。天官景從，寖威盛容。

【注】「輅」已見《西都賦》。《周易》曰：時乘六龍。鳳蓋已見上文。劉歆《七略》曰：羽蓋棽麗，紛循悠悠。《説文》曰：棽，大枝條。棽音林。麗音離。和鑾已見上文。《埤蒼》曰：玲瓏，玉聲也。玲，力經切。瓏，力東切。蔡雍《獨斷》：百官小吏曰天官。焦貢《易林》曰：龍渴求飲，黑雲景從。寖威，寖其威武也。「寖」或爲「侵」，「龢」與「和」音義通。

【疏】《固傳》「棽麗」作「颯灑」。六臣本「龢」作「和」。《固傳》同。《傳》「鑾」作「鸞」。五臣「寖」作「浸」，《固傳》同。○《旁證》引林茂春《補注》曰：漢無玉輅。《宋・禮志》論周玉輅最尊。漢制：乘輿金根車，如周玉輅之制。姜臯曰：《後漢書・輿服志》列玉輅於乘輿金根之前。《宋書・禮志》五引應劭《漢官鹵簿圖》乘輿大駕，則御鳳皇車，以金根爲副。○李周翰曰：景，影也。言如影隨形。又景慕也，言慕聖王之道而從之。步瀛案：前説是。賈誼《過秦論》曰：嬴糧而景從。《漢書·陳勝項籍傳贊》顏注曰：景從，言如影之隨形也。○《周易》見《乾·象傳》。李賢曰：《爾雅》曰：馬高八尺以上曰龍。《月令》：春駕蒼龍，各隨四時之色，故曰時也。步瀛案：章懷注是，何焯據此以斥崇賢引《易》之非。張雲璈又據《東京賦》「時乘六龍」，謂以時龍爲六龍，亦無不可。然從王念孫校，則彼賦亦當作「乘時龍」。張説非也。《爾雅·釋畜》曰：馬八尺爲駥。郭注引《周禮》曰：馬八尺已上爲駥。《周禮·夏官·廋人》作「龍」。《淮南·時則篇》高注引《周禮》亦作「龍」。《儀禮·覲禮》、《禮記·月令》鄭注皆曰：馬八尺以上爲龍。《説文·馬部》駥字下曰：馬八尺爲龍。皆不作「駥」。邵晉涵《爾雅正義》曰：聲近義通，或所見本異是也。○劉歆《七略》，李賢引同。嚴可均曰：此不類《七略》。《齊安陸昭王碑》注引有左思《七略》，或是其文。○棽，大枝條。胡克家曰：袁本、茶陵本「條」下有「棽，灑也」三字，是也。張雲璈曰：今《説文》棽字注云：木枝條棽儷皃。二本亦誤。朱珔曰：《説文·林部》作木枝條棽儷皃。又《人部》儷字云：棽，儷也。段氏謂：棽儷者，枝條茂密之皃，借爲上覆之皃。注：又引《七略》羽蓋棽麗，「麗」與「儷」同，力支切。張揖《大人賦》注：林離，摻攦也。摻攦，所林、所宜二反。蓋卽「棽儷」是也。胡紹煐曰：《後漢書》作「颯灑」，語之轉，下垂之貌。亦作「颯纚」。《西都賦》紅羅颯纚，並字異而義同。○「和鑾已見上文」，指《西都賦》「鳴鑾」注也。彼作「鑾和」。胡紹煐曰：《説文》：咊，相應也。又，龢：調也。讀與咊同。是「龢」爲正字。本書《東京賦》薛注：「龢」與「和」古字通。《洞簫賦》、《答賓戲》並云：「龢」，古「和」字。薛傳均説同。○《廣雅・釋詁》四曰：玲瓏，聲也。與《埤蒼》合。○《獨斷》，李賢引同，皆與今本異。朱銘曰：注「官」當作「家」。今本《獨斷》云：天子自謂曰行在所，親近侍從官則曰「大家」，百官小吏稱曰「天家」。又云：天王，諸夏之所稱。天子，夷狄之所稱。天家，百官小吏之所稱。天子無外，以天下爲家，故稱天家。李注引此釋「天官」者，以謂天家之百官也。步瀛案：元譔此説證《獨斷》則是，釋此賦則未洽。李氏或誤引《獨斷》耳。《史記・天官書》《索隱》曰：星座有尊卑，若人之官曹列位，故曰天官。張雲璈曰：《史記・自敘》云：學天官於唐都。又《周禮・天官・冢宰》鄭《目録》云：象天所列之官。釋曰：周天三百六十餘度，天官亦總三百六十官，故云象天也。賦蓋言帝王之行，百官扈從，必有天星爲之拱衛，與下文雨師、風伯一例。賦言景從，而百官庶司皆在其中。胡紹煐曰：本書《思玄賦》戒庶僚以夙會，善注即下豐隆、列缺等也。天官，猶庶僚也。蔡邕《月令章句》曰：天官五獸，前有朱雀鶉火之獸。見《鸚鵡賦》注。則天官之爲天神益明矣。○「寖」字，李氏與五臣、《後漢書》作「祲」不同。沈欽韓曰：言寖兵威而盛禮容，從李説也。李賢曰：祲，亦盛也。李周翰曰：祲，盛也。謂盛其威容。朱珔曰：「祲」乃「侵」之假借。《釋名・釋天》：祲，侵也。《説文》：侵，漸進也。與盛意近。蓋侵之言駸駸也。駸駸有漸盛意，「寖」又「侵」之同音字耳。此處正言儀容之盛，不當作寖息解。注似非。《魏都賦》注引此正作「祲威」。胡紹煐説同。薛傳均曰：《説文》祲字下云：精氣感祥，侵省聲。義雖異而聲則同。故可通用。《周易》：利用侵伐。《釋文》：侵，王廙作「寖」，則「侵」與「寖」古字本通。《説文》有「寑」無「寖」。寑，卧也，侵聲。故與

「侵」字互相假借耳。〇鐘、龍、瓏、容，古音東部。

山靈護野，屬御方神，雨師汛灑，風伯清塵。

【注】山靈，山神也。屬御，屬車之御也。方神，四方之神也。《韓子》曰：師曠謂晉平公曰：黄帝合鬼神於太山之上，風伯進埽，雨師灑道。《風俗通》曰：雨師，畢星也。風伯，箕星也。

【疏】六臣本「汛」作「泛」，非。諸本或作「汎」，亦誤。〇本書《甘泉賦》曰：八神奔而警蹕兮。注曰：令八方之神，奔走而警蹕也。此賦屬御句意同。〇《韓子》，見《十過篇》。又《淮南子·原道篇》曰：令雨師灑道，風伯清塵。〇《風俗通》，見《祀典篇》。又曰：《詩》云：月離于畢，俾滂沱矣。《易》：師，封也。土中之衆者，莫若水。衆者，師也。雷震百里，風亦如之。至于太山，不崇朝而徧雨天下，異於雷、風，其德散大，故雨獨稱師也。又曰：箕主簸揚，能致風氣。《易》：巽爲長女也。長者伯，故曰風伯。《周禮·春官·大宗伯》注引鄭司農曰：風師，箕也。雨師，畢也。《獨斷》卷上曰：風伯神，箕星也。其象在天，能興風。雨師神，畢星也。其象在天，能興雨。〇《説文》曰：汛，灑也。从水，卂聲。大徐音息晉切。與「汎」異。

千乘雷起，萬騎紛紜，元戎竟野，戈鋋彗雲。羽旄埽霓，旌旗拂天。

【注】蔡雍《獨斷》曰：大駕備千乘萬騎。《毛詩》曰：元戎十乘，以先啟行。《説文》曰：鋋，小矛也。音潼。又曰：彗，埽竹也。蘇類切。《左氏傳》曰：晉人假羽旄於鄭。

【疏】《固傳》「霓」作「電」。〇《毛詩》，見《六月》。傳曰：元，大也。夏后氏曰鉤車，先正也。殷曰寅車，先疾也。周曰元戎，先良也。《史記·三王世家》《集解》引韓嬰《章句》曰：元戎，大戎，謂兵車也。車有大戎十乘，謂車縵輪，馬被甲，衡扼之上，盡有劍戟，名曰陷軍之車，所以冒突，先啟敵家之行伍也。〇《說文》，見《金部》及《又部》。〇《左傳》，見定四年。杜注曰：析羽爲旌，王者游車之所建。孔疏曰：《周禮》司常掌九旗之名物，全羽爲旞，析羽爲旌。道車載旞，斿車載旌。鄭玄云：全羽、析羽皆五采繫之于旞、旌之上，所謂注旄於竿首也。凡九旗之帛，皆用絳。斿車，木路也。王以田以鄙。《釋天》云：注旄首曰旌。李巡曰：以旄牛尾著旌首者也。孫炎曰：析五采羽注旌上，亦有旄緌。據彼文言之，則羽旄者，有五色鳥羽，又有旄牛尾也。繫此鳥羽牛尾於竿首，猶自別有絳爲旒緌縣之於干，今之旗韣猶然。

焱焱炎炎，揚光飛文，吐爓生風，欱野歕山，日月爲之奪明，丘陵爲之搖震。

【注】《說文》曰：焱，火華也。弋劍切。《字林》曰：炎，火光。于柑切。《說文》曰：欱，啜也。火合切。歕，吹氣也。敷悶切。《公羊傳》曰：地震者何？地動也。震，協韻音真。

【疏】《固傳》「欱」作「吹」，「歕」作「燎」。〇吕延濟曰：焱焱炎炎，旌旗貌。飛揚光彩，成其文章。〇《說文》焱字乃部首，見《第十篇下》。〇《字林》，《甘泉賦注》引同。《說文》曰：炎，火光上也。〇次引《說文》並見「欠部」。「啜」當依《說文》作「歠」。《說文》：啜，嘗也。歠，飲也。則此作「啜」誤。〇《公羊傳》見《文九年》。〇「協」毛本作「恊」。張雲璈曰：字本此音，而改從彼音者爲協。今震本有平聲在真韻，則真亦其本音，不必協也。如上文憑怒雷震，亦作平，何以又不言「協」？步瀛案：李賢亦曰：震讀曰真。唐人已失古音，故有協韻合韻之説耳。張説亦未徹。

遂集乎中囿，陳師按屯。

【注】《毛詩》曰：陳師鞠旅。《漢書音義》：臣瓚曰：《律説》云：勒兵而守曰屯。

【疏】古鈔「按」作「案」。茶陵本同。校曰：五臣本作「按」字，則是「李」本作「案」矣。《固傳》亦作「案」。胡克家謂袁本、尤本作「按」，是以五臣亂善。○李賢曰：中囿，囿中也。○《毛詩》，見《采芑》。○《史記·傅寬傳》《集解》引如淳曰：案：律謂勒兵而守曰屯。與瓚同。○神、天，古音真部。塵、紜、雲、文、震、屯，諄部。山，元部。通轉爲韻。

駢部曲，列校隊，勒三軍，誓將帥。

【注】部曲，已見上文。駢，猶併也。步田切。《漢書》曰：從胡人大校獵。如淳曰：合軍聚衆，有幡校鼙鼓也。杜預《左氏傳注》曰：百人爲一隊。徒對切。

【疏】李賢曰：駢，陳列也。薛傳均曰：注駢猶併也。謝惠連《泛湖歸出樓中翫月詩》注：李弘軌《法言》注曰：駢，並也。《甘泉賦注》：駢，猶併也。皆與此同。○《漢書》見《成紀》元延二年。「胡人」作「胡客」。顔注引如淳，「鼙鼓」作「擊鼓」。○《左傳》杜注，見襄十年。○《漢書·衛青傳》顔注曰：校者，營壘之稱，故謂軍之一部爲一校。《史記·衛將軍傳》《索隱》引顔祕監曰：五百人謂之校。李注釋爲校獵之校，非是。又《楊雄傳》顔注曰：隊，亦部也。《淮南·道應篇》許注曰：軍二百人爲一隊，亦與杜注稍異。○李賢曰：鄭玄《周禮》注云：天子六軍，三居一偏。故此言勒三軍也。《周禮》曰羣吏聽誓于前，斬牲以徇陳曰：不用命者斬之。鄭玄注云：羣吏，將帥也。案：今《夏官·大司馬》鄭注「三居一偏」作「三三而居一偏」，「將帥」作「諸軍帥」。賈疏曰：言三三者，非謂如算法云三三而九者，直是兩個三，爲三而復三而已也。孫詒讓《正義》曰：謂左三軍居一偏，右三軍居一偏也。《詩·常武篇》孔疏云：天子六軍，當分之爲三，中與左右各二軍也。○隊、帥，古音脂部。

然後舉烽伐鼓，申令三驅。輶車霆激，驍騎電騖。

【注】《毛詩》曰：鉦人伐鼓。鉦，之成切。孔安國《尚書傳》曰：師出以律。三申令之，重難之義。《周易》曰：王用三驅，失前禽也。《毛詩》曰：輶車鸞鑣。毛萇曰：輶，輕也。《說文》曰：驍，良馬也。

【疏】古鈔「烽」作「熢」。《固傳》，「申」作「以」。古鈔及六臣本「輶」作「輕」，《固傳》同。胡克家曰：此尤因善注引《毛詩》「輶車」而改之，其實善下引傳「輕也」作輕車之注，自通。袁、茶陵二本無校語，未必非。善本作「輕」，尤改蓋非。案：《固傳》「激」作「發」。○《說文》曰：熢，燧候表也。邊有警則舉火。案：字亦作「烽」。烽燧雖用於邊警，而田獵亦用之。《子虛賦》曰：將息獠者，擊靈鼓，起烽燧。《漢書·司馬相如傳》《補注》引郭嵩燾曰：《左·文十年傳》：宋華御事逆楚子，遂道以田孟諸，命夙駕載燧。燧所以舉火，田亦用之。此獵罷飭歸之事，猶始田也。步瀛案：郭說是。此正始田之時，舉烽伐鼓也。○呂向曰：霆激電騖，言疾也。○《毛詩》，見《采芑》。○僞孔傳見僞《泰誓》下。○《周易》，見《比·九五爻詞》。《釋文》曰：「驅」鄭作「敺」。又引馬融曰：三驅者，一曰乾豆，二曰賓客，三曰君庖。王弼注曰：三驅之禮，禽逆來趣己，則舍之。背己而走，則射之。愛於來而惡於去也。孔疏曰：三驅之禮，先儒皆云三度驅禽而射之也。三度則已。褚氏諸儒皆以爲三面著人驅禽。《左氏春秋經・桓四年》孔疏引鄭玄曰：王者習兵於蒐狩，驅禽而射之，三則已，法軍禮也。失前禽者，謂禽在前來者，不逆而射之，旁去又不射，唯背己走者順而射之，不中則已。《周禮・秋官・士師》賈疏亦引之。王注與鄭義合。《漢書・楊雄傳》《羽獵賦》曰：非堯、舜、禹、湯、文、武三驅之義也。顔注曰：三驅，古射獵之等也。一爲籩豆，二爲賓客，三爲充君之庖也。即馬融之説也。宋祁曰：一説，三驅者，三面驅之，闕其一面，使有可去之道，而不忍盡物。蓋先王之仁心也。禮所謂天子不合圍者也。即褚氏諸儒之説也。案：驅當從鄭作「敺」，「驅」乃通借字。李鼎祚《周易集解》亦作「敺」。引虞翻曰：三敺謂敺下三陰，不及于初，故失前禽。張惠言《虞氏易》：《禮》曰鄭言「三驅」與「失前禽」各義，據《周禮・大司馬》田法爲三表，三鼓，盡表乃退，正與敺下三陰象合。疏云：先儒皆云三度驅禽而射之，三度則已，是也。褚氏諸儒皆以爲三面著人驅之，則與失前禽爲一義，不合于象，非也。鄭言禽在前來者，不逆而射之，傍去又不射。傍去者，謂從前面向兩旁而去，非左右二面。若左右去者不射，則是失者三面，于經文爲乖錯。《王制》曰：天子不合圍，蓋缺其前一面。褚氏三面之義，不可以解三敺，當以解失前禽也。姚配中《周易姚氏學》曰：案：《大司馬》中冬教大閲，鼓戒三闋，車三發，徒三刺。鄭注曰：鼓戒，戒攻敵，鼓一闋，車一轉，徒一刺，三而止，象敵服。此所謂三則已也。張衡《東京賦》云：馬足未極，輿徒不勞，禮成三驅，解罘放麟。其意亦以三驅爲三度驅禽，與鄭同。馬以爲乾豆、賓客、君庖，蓋謂因是三者而驅禽。乾豆者乃三品，非三驅也。○《毛詩》見《駟驖》。○《説文》見《馬部》。《廣雅·釋詁》二曰：驍，健也。

由基發射，范氏施御，弦不睼禽，轡不詭遇。飛者未及翔，走者未及去。

【注】《左氏傳》曰：養由基蹲甲而射之，徹七札焉。《括地圖》曰：夏德盛，二龍降之，禹使范氏御之，以行經南方。《孟子》曰：趙簡子使王良與嬖奚乘，終日不獲一禽，反曰：「天下賤工也。」王良請復之，一朝而獲十。反曰：「良工也。」簡子曰：「吾使汝掌乘。」王良曰：「不可。吾爲範我驅馳，終日不獲一焉。爲之詭遇，一朝而獲十。」劉熙曰：橫而射之曰詭遇。《説文》曰：睼，視也。音遞。

【疏】古鈔「由」作「游」，《固傳》同。《傳》「睼」作「失」，「轡作彎」。六臣本兩「未」字皆作「不」。○本書《高唐賦》曰：飛鳥未及起，走獸未及發，弭節奄忽，蹏足灑血。本賦「飛者未及翔」二句，本此。○《左傳》見成十六年。案：宣十二年曰：右廣養由基爲右。襄十三年稱養叔，蓋其字也。《西周策》曰：楚有養由基者，善射。高注曰：養姓，由基名。楚善射人也。案：由基善射，見《藝文類聚·巧藝部》、《御覽工藝部》二、《蟲豸部》七引《尸子》、《呂覽》《精通》、《博志篇》、《淮南·説山篇》、《説苑·正諫篇》、《漢書·枚乘傳》、《論衡·儒增篇》、本書枚叔《上書諫吴王》。梁玉繩《人表攷》曰：《後漢書·班固傳》「由」又作「游」。《路史·國名紀》三又作「繇」。養，姓，見《淮南·説山》注。案：養，邑名，其地見《水經·汝水注》。《續志》：潁川郡，蓋由基以邑爲氏，其後有養由氏。故《通志·氏族略》五云：養由基之後。《廣韵》邑字注謂楚大夫養由氏，則直以養由基爲複姓，恐非。○《括地圖》、《困學紀聞》卷十三引。此注「行經南方」，作「行程南方」。本書《石闕銘》注引《博物志》曰：夏德盛，二龍降之，使范成克御之，以行域外。與本注略同，而并具范氏之名。《孟子·滕文公》下：吾爲之範我馳驅。孫奭《音義》曰：「範我」或作「范氏」。范氏，古之善御者。《宋書·樂志》四：《君馬篇》曰：願爲范氏驅，雝容步中徵。豈效詭遇子，馳騁趣危機。張雲璈、梁章鉅、胡紹煐，皆引之以爲范氏證。《左傳·襄二十四年》：范宣子曰：昔匄之祖在夏爲御龍氏，晉主夏盟，爲范氏。又昭二十九年：蔡墨曰：劉累學擾龍於豢龍氏，以事孔甲，賜氏曰御龍，范氏其後也。《困學紀聞》謂：《括地圖》説本於此。然蔡墨謂劉累事孔甲，賜氏曰御龍，非禹也。何焯謂豈特非禹，晉主夏盟，始爲范氏。皆不信禹時有范氏御龍之説。朱珔曰：圖志相傳，自古賜姓，始於黃帝，未必禹時遂無范氏其人。《括地圖》亦不定本《左傳》，卽謂晉之范氏在後，而推其先，以後代之氏稱之，似可通也。《後漢書》章懷注云：范氏，趙之御人也。似因王良而傅會之，安知王良之言，非卽如《括地圖》、《博物志》所云者乎？步瀛案：朱説是也。桂馥《札樸》卷二曰：范當爲「笵」。笵，法也。馳驅有法，故曰笵氏。與《考工記》稱某氏同。後之世其業者，卽爲笵姓，所見古銅印皆从竹，隸體竹艸不分，今爲从艸之范矣。案：此説殊無確據，殆不足取。○《孟子》見《滕文公·下》。宋翔鳳曰：按：善注先引《孟子》後釋「踶」字。則以《孟子》釋「范氏」，遂牽連劉注，并釋後詭遇。如單解「詭遇」不得在解「踶」之前也。是善引《孟子》「範我」當作「范氏」。孫奭《孟子音義》曰：「範我」，或作「范氏」。按：趙岐解「範」爲法則。作「范氏」是劉熙本。《後漢書·班固傳》注曰范氏，趙之御人也。《孟子》曰：王良曰：吾爲範，我馳驅終日，不獲一。爲之詭遇，一朝而獲十。趙岐注曰：範，法也。爲法度之御，應禮之射，終日不得一。詭遇，非禮射也，則能獲十。按：章懷以范氏爲趙之御人，則亦以《孟子》「範我」爲「范氏」。而仍引趙注者，蓋當時爲《後漢》作注，往往雜用舊注，故有此參差。又依今《孟子》本作：「吾爲之範我馳驅」，若作「范氏」，則有「之」字難通。按《文選》及《後漢書》注並無「之」字。知今《孟子》涉下文而衍。又按：《宋書·樂志》：何承天《君馬篇》云云，此用劉熙本也。又《宋書·王微傳》：微《與江湛書》曰：上窮馳驅之御，下盡詭遇之能。此用趙岐本也。○《說文》，見《目部》，作「睼」，迎視也。本注似脱「迎」字。胡紹煐曰：睼禽爲迎視而射之，以非正禮，故云不睼禽。孫志祖《文選李注補正》曰：「睼」與「題」通。郭璞注《爾雅·釋言》云：題，額也。《廣雅·釋天》云：不題禽，不垝遇。蓋不題禽，即《穀梁》面傷不獻之意。自注曰：「垝」與「詭」同。梁章鉅曰：《說苑·修文篇》不抵禽，不詭遇。《廣雅·釋天》：不題禽，不垝遇，義並同。《毛詩·車攻》傳：面傷不獻，翦毛不獻。正義：面傷，謂當面逆射之。翦毛，謂在旁而逆射之。不獻者，嫌誅降。此亦不睼禽、不詭遇之謂也。步瀛案：《孟子·滕文公》下趙注曰：横而射之曰詭遇，與劉熙注同。《說苑》作「抵禽」。《廣雅》作「題禽」，此作「睼禽」。王念孫曰：「抵」、「睼」並與「題」同。面傷不獻。毛傳與《穀梁·昭八年傳》同。又案：此賦「睼禽」承射言，詭遇承御言。《孟子》「詭遇」，亦謂御者出禽獸之旁而射者，乃得横射之。故曰御者羞與射者比也。李賢曰：弦不失禽，謂由基也。彎不詭遇，謂范氏也。其說甚是，而「失」字「彎」字疑轉寫之誤。朱珔引鄭注《周易》失前禽之義說之，雖非無據，然與「不」字相戾，固無容爲之詞也。○驅、遇，古音侯部。鶩，幽部。御、去，魚部。通轉爲韵。

指顧倏忽，獲車已實。樂不極盤，殺不盡物。馬踠餘足，士怒未溙。先驅復路，屬車案節。

【注】倏忽，疾也。《高唐賦》曰：舉功先得，獲車已實。鄭玄《禮記注》曰：極，盡也。《爾雅》曰：盤，樂也。踠，屈也。於遠切。先驅則前驅也。《周禮》曰：王出入則自左馭而前驅。《漢書音義》曰：大駕車八十一乘，作三行。《子虛賦》曰：案節，未舒也。

【疏】古鈔「盤」作「般」，「溙」作「泄」。《固傳》並同。○《高唐賦》見本書卷十九。○《禮記》鄭注，見《表記》。○《爾雅·釋詁》「盤」作「般」。「般」、「盤」字通。○李賢曰：踠，猶屈也。與本注同。○李賢曰：《方言》曰：泄，歇也。步瀛案：見卷十。錢大昭《後漢書辨疑》卷七曰：《文選》作「溙」，避太宗諱。胡紹煐曰：作「泄」是也。又《詩·民勞》鄭箋：泄，發也。今俗猶以「泄」爲發泄。「泄」亦通作「渫」，此由假「渫」爲「泄」，避唐諱遂改作「溙」。本書《赭白馬賦》：畜怒未洩。注引此作「洩」。「洩」、「泄」通。○《周禮》，見《夏官·太僕》。○「車八十一乘」，胡克家曰：車上當有「屬」字。李賢曰：《漢官儀》：大駕屬車八十一乘。○李賢亦引《子虛賦》釋之曰：謂駐節徐行也。《史記·司馬相如傳》《索隱》引郭璞曰：案節，言頓轡也。○實、節，古音至部。物，脂部。泄，祭部。通轉爲韻。○以上田獵。

於是薦三犧，效五牲，禮神祇，懷百靈。

【注】《左氏傳》：鄭子大叔曰：爲五牲三犧。杜預曰：五牲，麋、鹿、麏、狼、兔。三犧，祭天、地、宗廟三者之犧也。《周禮》曰：大宗伯掌天神地祇之禮。然天神曰神。地神曰祇也。《毛詩》曰：懷柔百神。

【疏】《左傳》，見昭二十五年。又昭十一年，申無宇曰：「五犧不相爲用。」杜注曰：五犧：牛、羊、豕、雞、犬。與昭二十五年注異。蓋以上文有六畜，故避牛羊而言麋鹿等。又孔疏引服虔曰：三犧，鴈、鶩、雉。五牲，麏、鹿、熊、狼、野豕。亦避六畜爲言。《大戴禮·曾子天圓篇》曰：序五牲之先後貴賤。盧注與昭十一年杜注同。《周禮·地官·牧人》鄭注曰：犧牲，羽毛完具也。○《大宗伯》「祇」作「示」。《釋文》曰：示音祇，本或作「祇」。《呂氏春秋·季冬紀》高注曰：天曰神，地曰祇。○《毛詩》，見《時邁》。傳曰：懷，來也。李賢曰：百靈，百神也。○牲、靈，古音耕部。

覲明堂，臨辟雍，揚緝熙，宣皇風，登靈臺，考休徵。

【注】《東觀漢記》曰：永平二年正月，上宗祀光武皇帝於明堂，禮畢，升靈臺。三月上初臨辟雍，行大射禮。《周書》曰：明堂者，明諸侯之尊卑也。故周公建焉而朝諸侯於明堂之位。制禮樂，頒度量。《禮記》曰：天子辟雍。《毛詩》曰：維清緝熙，文王之典。鄭玄《毛詩箋》曰：天子有靈臺，所以觀祲象，察氣之妖祥也。《尚書》曰：休徵。孔安國曰：叙美行之驗也。

【疏】《固傳》「覲」作「御」。古鈔「辟」作「璧」，下並同。○注引《東觀漢記》「二年」誤作「三年」。考今《東觀記》、《續漢書·祭祀志》、《范書·明帝紀》、袁宏《後漢紀》皆云「永平二年」。今據改。○《周書》，見《明堂篇》。《藝文類聚·禮部》上引《周書》曰：明堂方一百一十二尺，室中方六十尺，牖高三尺，門方十六尺。東方曰青陽，南方曰明堂，西方曰總章，北方曰玄堂，中央曰太廟。左爲左个，右爲右个。《初學記·禮部》上引，「太廟」下有「亦曰太室」四字。《太平御覽·禮儀部》十二引，作「明堂方百一十二尺，高四尺，階廣六尺三寸，室居中，方百尺，室中方六十尺。東，應門。南，庫門。西，皋門。北，雉門」。今《周書》無之。盧文弨、朱右曾等皆輯入。案：明堂之制，夏殷周不同，見《考工記·匠人》。秦漢與周又不同，見《禮記·玉藻》、《明堂位》孔疏引鄭《駁五經異義》。而前漢、後漢亦小有不同。《隋書·宇文愷傳》：愷奏明堂議，引《黄圖》曰：「堂方百四十四尺，法坤之策也，方象地。屋圓楣，徑二百一十六尺，法乾之策也，圓象天。太室九宫，法九州。太室方六丈，法陰之變數。十二堂，法十二月，三十六户，法極陰之變數，七十二牖法五行所行日數。八達象八風，法八卦。通天臺徑九尺，法乾以九覆六。高八十一尺，法黄鍾九九之數。二十八柱，象二十八宿。堂高三尺，土階三等，法三統。堂四向五色，法四時五行。殿門去殿七十二步，法五行所行。門堂長四丈，取太室三之二。垣高無蔽目之照，牖六尺，其外倍之。殿垣方，在水内，法地陰也。水四周於外，象四海，圓法陽也。水闊二十四丈，象二十四氣。水内徑三丈。應《觀禮經》。」武帝元封二年，立明堂汶上，無室。其外略依此制。元始四年起明堂辟雍長安城南，制度如儀。據此，則《黄圖》所言爲前漢明堂之制。陳立《白虎通疏證》謂《黄圖》所載，蓋建武之制，非也。宇文愷又引《禮圖》曰：「建武三十年作明堂。明堂上圓下方，上圓法天，下方法地。十二堂法日辰，九室法九州。室八牕，八九七十二，法一時之王。室有二户，二九十八户，法土王十八日。内堂正壇高三尺，土階三等。」胡伯始注《漢官》云：「古清廟蓋以茅，今蓋以瓦。瓦下藉茅，以存古制。」愷又謂後漢建武三十年作。《禮圖》有本，不詳撰人。據此，則《禮圖》所言，爲後漢明堂之制。朱右曾《周書校釋》曰：前漢室有四户八牖，後漢則每室二户爲異耳。步瀛案：《大戴禮·盛德篇》、《續漢書·祭祀志》中注引桓譚《新論》、《白虎通義·辟雍篇》蔡邕

《明堂月令論》皆言明堂三十六户，殆皆據前漢制也。《後漢書・光武紀》下注引《漢官儀》曰：明堂四面起土作塹，上作橋，塹中無水。明堂去平城門二里所，天子出從平城門，先歷明堂，迺至郊祀。《水經・穀水注》曰：穀水又東，逕平昌門南，故平門也。又逕明堂北。漢光武中元元年立，尋其基構，上圓下方，九室，重隅十二堂。蔡邕《月令章句》同之。故引水於其下，爲辟雝也。○《禮記》，見《王制》。「雍」作「廱」。鄭注曰：辟，明也。廱，和也。所以明和天下。《詩・靈臺》：於樂辟廱。毛傳曰：水旋丘如璧，曰辟廱。以節觀者。《白虎通義・辟雍篇》曰：辟者，璧也。象璧圓以法天也。雍者，壅之以水，象教化流行也。辟之爲言積也，積天下之道德。雍之爲言壅也，壅天下之儀則。故謂之辟雍也。蔡邕《明堂月令論》曰：取其宗祀之清貌，則曰清廟。取其正室之貌，則曰太廟。取其尊崇，則曰太室。取其堂，則曰明堂。取其四門之學，則曰太學。取其四面周水，圓如璧，則曰辟雍。異名而同事，其實一也。《月令記》曰：明堂上通于天，象日辰，故下十二宫，象日辰也。水環四周，言王者動作法天地，德廣及四海，方此水也。名曰辟雍。《光武紀》注引《漢官儀》曰：辟雍去明堂三百步，車駕臨辟雍，從北門入。三月、九月皆於中行鄉射禮。辟雍以水周其外，以節觀者。《穀水注》曰：考古有三雝之文，今靈臺、太學並無辟雝處。晉永嘉中，王彌劉曜入洛，焚毁二學，尚髣髴前基矣。○《毛詩》，見《維清篇》。又《文王篇》毛傳曰：緝熙，光明也。○《詩》鄭箋，見《靈臺序》下。《白虎通・辟雍篇》曰：天子所以有靈臺者何，所以考天人之心，察陰陽之會，揆星辰之證驗，爲萬物獲福，無方之元。《後漢書・明紀》曰：永平二年春正月，詔曰：今令月吉日，宗祀光武皇帝於明堂，以配五帝。事畢，升靈臺，望元氣，吹時律，覲物變。又：三年春正月，詔曰：朕奉郊祀，登靈臺，見史官，正儀度。《洛陽伽藍記》卷三曰：城南大統寺東，有靈臺一所，基址雖頹，猶高五丈餘，即是漢光武帝所立者。《穀水注》曰：穀水又逕靈臺北，望雲物也。漢光武所築，高六丈，方二十步。《清統志》曰：河南府，靈臺在故洛陽城南，洛陽故城在今洛陽城東北三十里。○《尚書》及僞孔傳，見《洪範》。

俯仰乎乾坤，參象乎聖躬。

【注】《周易》曰：庖犧氏仰則觀象於天，俯則觀法於地，近取諸身，遠取諸物。

【疏】《周易》，見《繫辭傳下》。

目中夏而布德，瞰四裔而抗棱。

【注】《禮記》曰：布德和令。《字書》曰：瞰，望也。苦暫切。《漢書》：詔曰：投諸四裔。又曰：威棱憺乎鄰國。李奇曰：神靈之威曰棱。

【疏】各本「棱」作「稜」者，皆俗字。○《禮記》，見《月令》。○《說文》曰：闞，望也。「闞」、「瞰」字同。○《漢書》見《王莽傳》中。案：語本《左傳·文十八年》。李賢曰：四裔，四夷也。○又引《漢書》及李奇說，見《李廣傳》。○雍，古音東部。風，侵部。徵、躬、棱，蒸部。通轉爲韵。

西盪河源，東澹海漘，北動幽崖，南燿朱垠。

【注】《漢書》曰：漢使張騫窮河源。案：古圖書名河所出曰崐崘墟。《毛詩》曰：寘之河之漘兮。毛萇曰：漘，厓也。《尚書》曰：宅朔方，曰幽都。朱垠，南方也。《甘泉賦》曰：南煬丹崖。

【疏】六臣本「燿」作「曜」。《固傳》作「趯」。○李賢曰：盪，滌也。案：《廣雅·釋詁》一曰：盪，動也。此當與下「澹，動」義同。李賢引《漢書·李廣傳》威棱澹乎鄰國。《音義》曰：澹，猶動也。今《李廣傳》作「憺」。上注李善引亦作「憺」。顏注引蘇林曰：陳留人語恐言「憺之」。顏曰：憺，音徒濫反。是「憺」、「澹」字通。○《漢書·張騫傳》曰：漢使窮河源，其山多玉石，采來。天子案古圖書，名河所出山曰昆侖云。許巽行曰：漢使窮河源，在騫卒後，此注「張騫」二字，當是後人妄加。步瀛案：他文與《騫傳》亦不甚合。李賢曰：盪，滌也。河源在崑崙山。又案：《漢書·西域傳》曰：河有兩原，一出葱嶺山，一出于闐。于闐在南山下，其河北流，與葱嶺河合，東注蒲昌海。蒲昌海一名鹽澤者也。去玉門陽關三百餘里，廣袤三百里。其水亭居，冬夏不增減，皆以爲潛行地下，南出於積石爲中國河云。徐松《補注》曰：河有兩源者，特據兩地言之，其實河有三源也。河出葱嶺者二：一曰葱嶺南河。其河東源爲聽雜阿布河，西源爲澤普勒善河，合爲葉爾羌河。一曰葱嶺北河。其河西源爲雅璊雅爾河，東源爲烏蘭烏蘇河，合爲喀什噶爾河。河出于闐者一。于闐即今和闐，其河東源爲玉隴哈什河，西源爲哈喇哈什河，合流爲和闐河。又東北流至噶巴克阿克集之地，葱嶺北河、葱嶺南河皆自西來，會經阿克蘇城南，有阿克蘇河自北來會，乃合而東流，是爲塔里木河。至哈喇沙爾城東南入于羅布淖爾，即蒲昌海也。自和闐河、葱嶺河合流之地，至蒲昌海，千四百餘里。《水經注》曰：河水又東，注于泑澤，即經所謂蒲昌海也。玉門陽關在今色爾騰海之東，羅布淖爾在今吐魯番城西南，自色爾騰海西北至羅布淖爾，相去千餘里，不得云三百餘里。按：《水經注》云：東望泑澤，河水之所潛也。其源渾渾泡泡，東去玉門陽關千三百里，是《漢書》傳寫奪「千」字。王懷祖先生曰：《漢紀・孝武紀》作去陽關三千餘里，卽千三百餘里之誤。《尚書正義》引此傳作廣袤三四百里。郭璞《山海經》注同。今測淖爾東西二百餘里，北有圓池三，南有方橢池四。懷祖先生曰：本作廣袤三四百里，謂大約在三四百里之閒也。《漢紀》作廣長三四百里。《西山經》注及《通典》並作廣袤三四百里，則今本脱去四字明矣。羅布淖爾水潛行於地下，東南行千五百餘里，至今敦煌西南六百餘里之巴顔哈喇山麓，伏流始出。山麓有巨石高數丈，山崖土壁皆黄赤色。蒙古語謂石爲齊老，謂北極星爲噶達素，謂黄金爲阿勒坦，山麓之石遠望如北極星，故蒙古名其地曰阿勒坦噶達素齊老。伏流自壁上天池湧出，歕爲百道，皆黄金色。東南流爲阿勒坦河，又東北流三百里，入鄂敦塔拉中。其泉數百泓，卽《元史》所謂火敦腦兒，譯言星宿海者也。又東南流百三十里，瀦爲札淩淖爾。又出淖爾東南流，折而南五十里，瀦爲鄂淩淖爾，又自淖爾東北出，東流五十里，折而東南百四十里，又南流二百六十里，折而東南三百里。又東北二百四十里，經阿木奈瑪勒占木遜山南麓，卽大積石山。《漢書・地理志》：金城郡河關縣，積石山在西南羌中。今在西寧府西南邊外五百三十餘里。卽《禹貢》導河之地。自古言河源者多不了，獨此傳綜括詳盡，所言地形，與今若合符節。惟謂重源出於積石，仍因《山海經》之訛。又《西域水道記》曰：崑崙者，岡底斯也。《一統志》，西藏有岡底斯山，在阿里之達克喇城東北三百十里，直西寧府西南五千五百九十餘里，卽阿耨達山也。其山别爲四幹，北出者曰僧格喀巴布山，實西域諸山之宗，當和闐正南，過和闐西北趨千六百餘里，發爲齊齊克里克嶺、喀什塔什嶺，又西爲和什庫珠克嶺，又北折而東爲喀卜喀山，又北而東爲喀克善山。自齊齊克里克至喀克善，環千八百餘里，包西域西以周其北，總曰葱嶺。是曰崑崙之虛。黄河初源，於此出焉。○《毛詩》，見《伐檀》。《釋文》曰：漘，順倫反。《説文》曰：漘，水厓也。○《尚書》，見《堯典》。《淮南・墬形篇》曰：西北方曰不周之山，曰幽都之門。高注曰：幽，闇也。都，聚也。玄冥將始用事，順陰而聚，故曰幽都之門。○《漢書・揚雄傳》注引服虔曰：丹厓，丹水之厓也。《南山經》曰：丹穴之山，丹水出焉。《爾雅・釋地》曰：岠，齊州以南，戴日爲丹穴。《御覽・地部》一引犍爲舍人注曰：自中州以南，日光所照，故曰丹穴。《淮南・氾論篇》高注曰：丹穴，南方當日下之地。朱珔曰：「燿」《後漢書》作「趯」。注云：「躍也」。上句言北動幽崖，「躍」亦動之義。《漢書・李尋傳》涌趯邪陰，顔注「趯」與「躍」同。蓋義得兩通，但此語實本子雲，作「燿」是也。

殊方别區，界絶而不鄰。自孝武之所不征，孝宣之所未臣，莫不陸讋水慄，奔走而來賓。

【注】孝武燿威，匈奴遠懾。孝宣脩德，呼韓入臣。舉前代之盛，猶不如今。《説文》曰：讋，失氣也。章涉切。

【疏】《固傳》「之所不征」、「之所未臣」作「所不能征」、「所不能臣」。梁章鉅曰：濟注：自孝武、孝宣帝以來，不能征討臣服者云云。疑五臣本亦同《後漢書》。○《漢書・武紀》曰：元狩三年，大將軍衛青將四將軍出定襄，將軍去病出代。青至幕北，圍單于，斬首萬九千級，至闐顔山，迺還。去病與左賢王戰，斬獲首虜七萬餘級，封狼居胥山，迺還。元鼎六年，遣浮沮將軍公孫賀出九原，匈河將軍趙破奴出令居，皆二千餘里，不見虜而還。即注所謂匈奴遠懾也。《宣紀》：甘露三年，匈奴呼韓邪單于稽侯狦來朝，贊謁稱藩臣而不名，即注所謂呼韓入臣也。○今《説文·言部》作「失氣言」，蓋涉下「一曰言不止也」而誤。姚文田、嚴可均、錢坫、王筠、沈濤等皆校正。○湑、垠，古音諄部。鄰、臣、賓，真部。通轉爲韵。○以上脩文德，來遠人。

遂綏哀牢，開永昌。

【注】《東觀漢記》曰：以益州徼外哀牢王率衆慕化，地曠遠，置永昌郡也。

【疏】《爾雅·釋詁》曰：綏，安也。《廣雅·釋言》曰：綏，撫也。○今本《東觀漢記》載在永平十二年。案：《後漢書·西南夷傳》曰：永平十二年，哀牢王柳貌，遣子率種人内屬。顯宗以其地置哀牢、博南二縣。割益州郡西部都尉所領六縣，合爲永昌郡。注曰：《續漢志》：六縣：不韋、巂唐、比蘇、楪榆、邪龍、雲南也。樊綽《蠻書》卷六曰：永昌城，古哀牢地也。在玷蒼山西六日程。《清統志》曰：雲南永昌府，永昌故城，今府治。哀牢廢縣，在保山縣東。案：府舊治保山，今府廢。

春王三朝，會同漢京。

【注】《漢書》：董仲舒策曰：春秋之文，正次王，王次春。春者，天之所爲也。正者，王之所爲也。三朝，歲首朔日也。《漢書》谷永上書曰：今年正月朔，日有蝕之，於三朝之會。《周禮》曰：時見曰會，殷頫曰同。

【疏】《漢書》，見《董仲舒傳》。「策」上當有「對」字。○三朝，歲首朔日也。李氏注語。李賢曰：三朝，元日也。朝，音陟遥反。謂歲之朝，月之朝，日之朝。○次引《漢書》，見《谷永傳》，「蝕」作「食」。顏注曰：歲、月、日，三者之始，故云三朝。○《周禮》，見《春官》大宗伯之職。「頫」作「見」。李賢引作「眺」，疑涉下文「殷頫曰同」而誤。○昌、京，古音陽部。

是日也。天子受四海之圖籍，膺萬國之貢珍。內撫諸夏，外綏百蠻。

【注】賈逵《國語注》曰：膺，猶受也。諸夏，已見上文。其事煩，已重見及易知者，直云已見上文，而它皆類此。《毛詩》曰：因時百蠻也。

【疏】古鈔「綏」作「接」。《固傳》同。○《國語》賈注李賢引同。蓋《周語》下「膺保明德」句注。○「諸夏」云云，再申注例，蓋前云諸夏已見《西都賦》。又云其異篇再見者，並云已見某篇，若準此例，則此亦當云已見《西都賦》。此上如婁敬、如講武、如乘輿、如部曲，此下如百僚、如防禦、如建章、甘泉、如游俠，皆應云已見《西都賦》。以欲省煩複，且爲人易知者，故但曰上文。以後用此例者居多，故復申述之。○《毛詩》，見《韓奕》。案：《後漢書·西南夷傳》曰：永平中，益州刺史朱輔，在州數歲，宣示漢德，威懷遠夷。自汶山以西，前世所不至，正朔所未加，白狼、槃木、唐菆等百餘國，舉種奉貢，稱爲臣僕。○珍，古音諄部。蠻，元部。通轉爲韵。

爾乃盛禮興樂，供帳置乎雲龍之庭。

【注】《漢書·成紀》曰：三輔長無供帳繇役之勞。張晏曰：帳，帷帳也。《洛陽宮舍記》有雲龍門。

【疏】《固傳》無「爾」字、「興」字。○《漢書·成紀》文，見建始二年詔。「供帳」作「共張」。顏注曰：共，音居用反。張，音竹亮反。謂供具張設。《疏廣傳》「共張」音同。是「供帳」之通借字，然不專指帷帳，故顔注不引張晏也。《周禮·天官·掌次》曰：以待張事。《釋文》曰：張，劉音帳。與此供帳正同。○李賢引戴延之《記》曰：端門東有崇賢門，次外有雲龍門。案：新、舊《唐志》皆有戴延之《洛陽記》一卷，疑與本注引《洛陽宮舍記》即《洛陽記》中一篇。○庭，古音耕部。疑與上真、元通轉爲韵。

陳百寮而贊羣后，究皇儀而展帝容。

【注】百僚，已見上文。《尚書》曰：班瑞于羣后。

【疏】《固傳》「寮」作「僚」，下同。○《尚書》，見今《舜典》。○李賢曰：贊，引也。《周語》上韋注曰：贊，導也。吕延濟曰：究，盡也。

於是庭實千品，旨酒萬鍾。

【注】《左氏傳》：孟獻子言於公曰：「臣聞聘而獻物，於是有庭實旅百。」《毛詩》曰：我有旨酒。《説文》曰：鍾，酒器也。《孔叢子》曰：堯飲千鍾。

【疏】《左傳》，見宣十四年。杜注曰：主人亦設籩豆百品，實於庭以答賓。孔疏曰：劉炫以杜注莊二十二年庭實旅百，奉之以玉帛，諸侯朝王陳贄幣之象。則此聘，陳幣，亦實百品於庭，非謂主人也。李賢曰：庭實，貢獻之物也。千品，言多也。蓋與劉炫義同。然此與旨酒對文，當從李引杜注爲是。○《毛詩》，見《鹿鳴》。○《説文》，見《金部》。○《孔叢子》，見《儒服篇》。○容、鍾，古音東部。又疑與下陽部通轉爲韵。漢人用韵甚寬也。

列金罍，班玉觴，嘉珍御，太牢饗。

【注】《毛詩》曰：我姑酌彼金罍。《漢書音義》曰：觴，爵也。珍，八珍也。《大戴禮》曰：牛曰太牢。

【疏】《方言》三曰：班，列也。〇《毛詩》，見《卷耳》。傳曰：人君黄金罍。孔疏引《五經異義》曰：罍制。《韓詩》説：金罍，大夫器也。天子以玉，諸侯、大夫皆以金，士以梓。《毛詩》説：金罍，酒器也，諸臣之所酢，人君以黄金飾，尊大一碩，金飾龜目，蓋刻爲雲雷之象。謹案：《韓詩》説天子以玉，經無明文，謂之罍者，取象雲雷博施，如人君下及諸臣。《説文》曰：櫑，龜目酒尊。刻木作雲雷象，象施不窮也。或體作「罍」，即從《毛詩》説也。陳壽祺《五經異義疏證》曰：禮有祭社之罍，有宗廟獻尸之罍，有宗廟酢臣之罍，有饗燕之罍。《毛詩·卷耳》我姑酌彼金罍，此饗燕之罍也。步瀛案：《燕禮》、《大射》、《少牢饋食》又别有盛水之罍。《士冠禮》鄭注曰：水器尊卑，皆用金罍，則與饗燕之金罍異也。林茂春曰：《士冠禮》疏：金罍亦漢制。黄香《天子冠頌》：咸進爵乎金罍。又按：《漢書·禮樂志》朝賀置酒陳殿下。《匡衡傳》亦云：朝賀置酒，以饗萬方。〇《漢書·禮樂志》顔注曰：觴，爵也。蓋本《音義》。〇《周禮·天官·膳夫》曰：珍用八物。鄭注曰：珍，謂淳熬、淳毋、炮豚、炮牂、擣珍、漬、熬、肝膋也。案：鄭注依《内則》爲説。《内則》：淳，熬，煎、醢加于陸稻上，沃之以膏，曰淳熬。鄭彼注曰：淳，沃也。熬亦煎也。沃煎成之，以爲名。又淳毋，煎醢加于黍食，上沃之以膏，曰淳毋。注曰：「毋」讀曰模。模，象也。作此象淳熬，又炮取豚若將刲之，刳之，實棗於其腹中，編萑以苴之，塗之以謹塗。

炮之塗皆乾，擘之，濯手以摩之，去其皽，爲稻粉，糔溲之，以爲酏。以付豚，煎諸膏。膏必滅之鉅鑊，湯以小鼎，薌脯於其中，使其湯毋滅鼎，三日三夜毋絶火，而后調之以醯醢。注曰：炮者，以塗燒之爲名也。將當爲「牂」，牂，牝羊也。封、刳，博異語也。「謹」當爲「墐」，聲之誤也。「墐塗」，塗有穰草也。皽謂皮肉之上，魄莫也。糔、溲，亦博異語也。糔，讀與滫瀡之「滫」同。脯，謂煮豚若羊於小鼎中，使之香美也。謂之脯者，既去皽，則解析其肉，使薄如爲脯，然唯豚全耳。豚羊入鼎三日，乃内醯醢可食也。《釋文》曰：皽，章善反。魄莫，上普伯反。或普博反。下亦作「膜」，武博反。又擣珍取牛羊麋鹿麕之肉，必脄。每物與牛若一，捶反側之，去其餌，孰出之，去其皽，柔其肉。注曰：脄，脊側肉也。捶，擣之也。餌，筋腱也。柔之爲汁和也。汁和亦醯醢與。《釋文》曰：脄音每，徐亡代反。夾脊肉。腱，徐其偃反。皇紀偃反。一音其言反。《隱義》云：筋之大者。王逸注《楚詞》云：筋頭也。又漬取牛肉，必新殺者，薄切之，必絶其理，湛諸美酒，期朝而食之以醢，若醯醷。注曰：湛，亦漬也。又爲熬。捶之去其皽，編萑布牛肉焉。屑桂與薑，以洒諸上而鹽之，乾而食之。施羊亦如之。施麋、施鹿、施麕，皆如牛羊。欲濡肉則釋而煎之，以醢。欲乾肉則捶而食之。注曰：熬於火上爲之也。今之火脯似矣。欲濡欲乾，人自由也。醢或爲醯，此七者《周禮》八珍，其一肝膋是也。又肝膋取狗肝一，幪之以其膋，濡炙之，舉燋，其膋不蓼。注曰：膋，腸閒脂。「舉」或爲「巨」。賈公彦《膳人》疏曰：是爲八珍。彼有糝與酏，彼是羞豆之實，非珍，故不取。○《大戴禮》，見《曾子天圓篇》。《公羊·桓八年》何注曰：牛、羊、豕凡三牲，曰太牢。羊、豕凡二牲，曰少牢。張雲璈曰：太牢言牛，少牢言羊，蓋舉其重者而言。○觴、饗，古音陽部。

爾乃食舉《雍》徹，太師奏樂。陳金石，布絲竹。鐘鼓鏗鎗，管絃燁煜。

【注】蔡雍《禮樂志》曰：漢樂有四品：一大予樂，郊祀陵廟殿中諸會食舉也。《禮記》曰：客出以《雍》徹。《周禮》曰：太師，下大夫。又曰：播之以八音，金、石、土、革、絲、木、匏、竹。鄭玄曰：金，鐘、鎛也。石，磬也。土，塤也。革，鼓、鼗也。絲，琴、瑟也。木，柷、敔也。匏，笙也。竹，管、簫也。《禮記》曰：子夏曰：鐘聲鏗鏗。苦耕切。鎗，亦聲也。呼萌切。燁煜，聲之盛。煜，由鞠切。

【疏】《固傳》「鐘」作「鍾」，「鎗」作「鏘」，「燁」作「曄」。○李賢曰：食舉，謂當食舉樂也。蔡邕《禮樂志》曰：大予樂，郊祀陵廟殿中諸食舉樂也。本注引「大予」誤作「天子」。胡克家曰：何校「天子」改「大予」，陳同，是也。步瀛案：《續漢書·禮儀志》中劉昭《補注》引字句小異，而亦作「大予」，今據改。又案：《後漢書·蔡邕傳》：邕上書自陳，奏其所著《十意》。李賢彼注引《邕別傳》所上書亦云《十意》。《禮意》第二、《樂意》第三是二李及劉昭所引皆是《樂意》之文也。《史通·書志篇》亦云：班固曰志，蔡邕曰意。然《續·禮儀志》上注及《御覽·禮儀部》十二亦皆引蔡邕《禮樂志》。○《禮記》，見《仲尼燕居》。朱珔曰：客出，以《雍》，徹以《振羽》。徹字屬下讀。彼所云《振羽》，即《振鷺》。言禮畢徹器之時，歌《振鷺》也。似李氏斷句爲誤。又案：《禮記》鄭注云：《采齊》、《雍》、《振羽》皆樂章也。《振羽》、《振鷺》及《雍》，觀「及雍」二字，似「振羽」連上「雍」言之，或本作「以雍徹」爲句，以「振羽」爲句。唐以前有如是讀者與？但孔氏亦唐初人，疏不爾也。李賢曰：《雍》，《詩》篇名也。謂食訖歌《雍》詩以徹也。

《論語》曰：「三家者以《雍》徹。」步瀛案：見《八佾篇》。朱珔曰：宜引《論語》「以《雍》徹」，及《周禮》「樂師帥學士而歌徹」。鄭注：徹者，歌《雍》。《雍》在《周頌·臣工之什》。○《周禮》及鄭玄注，並見《春官·太師》。○次引《禮記》，見《樂記》。○李賢曰：曄煜，盛貌也。煜，音育。○樂，古音宵部。竹，幽部。通轉爲韵。煜，緝部，與上通轉爲韵，聲之變也。江有誥以昱入幽部，謂《説文》誤作立聲。

抗五聲，極六律，歌九功，舞八佾，《韶》《武》備，泰古畢。

【注】《左氏傳》晏子曰：五聲六律。杜預曰：五聲，宮、商、角、徵、羽也。六律，黃鐘、太蔟、姑洗、蕤賓、夷則、無射。陽爲律，陰爲吕，此十二月之氣也。《尚書》：禹曰：「水、火、金、木、土、穀惟修，正德、利用、厚生惟和。九功惟叙，九序惟歌。」《穀梁傳》曰：舞夏，天子八佾。馬融《論語注》曰：佾，列也。八人爲列，八八六十四人也。《論語》曰：子謂《韶》，盡美矣，又盡善也。謂《武》，盡美矣，未盡善也。泰古，泰古之樂也。

【疏】五臣「武」作「舞」。《固傳》「泰」作「太」。○《左傳》，見昭二十年。本注各本「晏」作「曰」。胡克家曰：何校「子」上添「晏」字。陳同。案：上「曰」字當作「晏」。步瀛案：胡氏説是。「曰」蓋「晏」之壞字。今據改。《左·昭二十年》孔疏曰：《周禮》：太師掌六律、六吕以合陰陽之聲。陽聲，黃鍾、太蔟、姑洗、蕤賓、夷則、無射也。陰聲，大吕、應鍾、南吕、林鍾、小吕、夾鍾。《月令》以「小吕」爲「仲吕」。○《尚書》見僞古文《大禹謨》。各本「禹」下有「貢」字，誤衍。今削。案《左傳·文七年》：晉郤缺言於趙宣子曰：「勸之以九歌，勿使壞。九功之德，皆可歌也。謂之九歌。水、火、金、木、土、穀，謂之六府，正德、利用、厚生，謂之三事。」僞古文本此。○《穀梁傳》，見《隱五年》。案：《傳》載穀梁子曰：舞夏，天子八佾，諸公六佾，諸侯四佾。范注曰：夏，大也。大，謂大雉。大雉，翟雉。佾之言列，八人爲列，又有八列，八八六十四人也。並執翟雉之羽而舞也。天子用八，象八風。諸公用六，降殺以兩也。《傳》又載：《尸子》曰：舞夏，自天子至諸侯皆用八佾。范注曰：言時諸侯僭侈，皆用八佾。王引之曰：《尸子》之意，天子、諸公、諸侯皆以八佾爲正，與范説不同。要《尸子》自是别説，與穀梁子異也。《公羊傳》曰：天子八佾，諸公六，諸侯四。何注曰：佾者，列也。八人爲列，八八六十四人，法八風。六人爲列，六六三十六人，法六律。四人爲列，四四十六人，法四時。其言天子、諸公、諸侯佾數與《穀梁》同。《白虎通義·禮樂篇》曰：天子八佾，諸侯四佾，所以别尊卑。樂者，陽也，故以陰數。八風、六律、四時也。佾者，列也。以八人爲行列，八八六十四人也。諸公六六爲行，諸侯四四爲行。《淮南·齊俗篇》六佾，許注曰：六列，六六爲行列也。亦謂六佾，六六爲行。蔡邕《獨斷》亦然。皆不及大夫、士。此今文説也。《左氏傳》：衆仲曰：「天子用八，諸侯用六，大夫四，士二。」《論語·八佾篇》馬融注從《左氏》，則古文説也。杜注曰：天子用八，八八六十四人。諸侯用六，六六三十六人。大夫四，四四十六人。士二，二二四人。孔疏引服虔以用六爲六八四十八，大夫四爲四八三十二，士二爲二八十六，又《左傳》説之不同者。《宋書·樂志》載傅隆議，則譏杜而申服。而《公》、《穀》言舞佾，不及大夫士。鍾文烝曰：《儀禮》《少牢》、《特牲禮》並無樂舞。凡禮自天子至士，降殺以兩者不殊。諸公、諸侯，其不及士、大夫者，則諸公異等。故如六佾、三軍之類，皆降於天子，而崇於諸侯。又申《公》、

《穀》而詘《左氏》也。馬融《論語》注，見《八佾篇》，何晏《集解》引之。而《通典》引蔡邕《月令章句》亦從《左氏》説，與《獨斷》異。〇後引《論語》，亦見《八佾篇》。〇李賢曰：太古，遠古也。李周翰曰：泰古，謂上古樂也。畢，盡也。言古今之樂盡奏之。〇律、佾、畢，古音至部。

四夷閒奏，德廣所及，僸佅兜離，罔不具集。

【注】孔安國《尚書傳》曰：閒，迭也。古莧切。毛萇《詩傳》曰：儛四夷之樂，大德廣所及也。《孝經鉤命決》曰：東夷之樂曰佅，南夷之樂曰任，西夷之樂曰株離，北夷之樂曰僸。毛萇《詩傳》曰：東夷之樂曰韎，南夷之樂曰任，西夷之樂曰朱離，北夷之樂曰禁。然説樂是一，而字並不同。蓋古音有輕重也。僸音禁。佅，莫芥切。兜，丁侯切。

【疏】《固傳》「僸」作「仱」。五臣「具」作「俱」。〇僞孔傳見《益稷》。案：《儀禮·燕禮》鄭注曰：閒，代也。〇《毛傳》，見《鼓鍾》。「儛」作「舞」，「韎」作「昧」，「任」作「南」。《鉤命決》，本注諸本「株」誤「林」，依何校改。本書《魏都賦》李注引正作「株」。又「佅」作「昧」，「僸」作「禁」。李賢曰：鄭玄注《周禮》云：四夷之樂，東方曰韎，南方曰任，西方曰株離，北方曰禁。禁，《字書》作「仱」，音渠禁反。佅音摩葛反。《周禮》「仱」作「禁」，「佅」作「韎」，「兜」作「株」也。步瀛案：《周禮》注，見《春官·鞮鞻氏》。是二李皆以「兜離」即「株離」。上言四夷，下文不必悉舉而自見也。今本《白虎通·禮樂篇》引樂元語曰：南夷之樂曰兜，西夷之樂曰禁，北夷之樂曰昧，東夷之樂曰離。汪師韓曰：案：注缺「兜」字未釋。「兜」即「任」也，見《白虎通》。此注之疏也。張雲璈曰：李注明云「説樂是一，而字不同」，正以南夷之「任」

釋「兜」，未可爲疏。但未明引《白虎通》耳。朱珔曰：案：《明堂位》孔疏云：《白虎通》：樂元語曰：東夷之樂曰朝離。萬物微離地而生，樂持矛舞，助時生也。南夷樂曰南。南，任也，任養萬物。樂持羽舞，助時養也。西夷樂曰味。味，昧也。萬物衰老，取晦昧之義也。樂持戟舞，助時殺也。北夷樂曰禁。言萬物禁藏，樂持干舞，助時藏也。此東曰佅，西曰株離，與《白虎通》正相反者，以東西二方俱有味、株離之義，故《白虎通》及此各舉其一。《白虎通》曰朝離，則株離也。今本《白虎通》與孔疏所引，殊爲參差。盧氏文弨依疏校改，是也。余謂「南」、「任」聲近，可通，彼已釋之。而「兜」不得與「南」、「任」通。「兜離」乃一樂名，即朝離。「朝」與「株」、「朱」、「兜」並聲相近，《尚書》驩兜，《山海經》或作「驩朱」。《後漢書》注亦云《周禮》「兜」作「株」也。此賦獨遺南夷，殆以便於行文，不必備舉。猶之《明堂位》祇云：昧，東夷之樂。任，南蠻之樂。而孔疏以爲言蠻夷，則戎狄從可知也。後人因《白虎通》亦孟堅所譔，疑此處四字分屬四方，遂改爲南夷之樂曰兜，而豈知孔疏所引固舊本可據耶？假令「兜」是南夷之樂，《白虎通》下文何以釋「南」而不及「兜」？其不然明甚。近日汪氏師韓《文選質疑》顧謂注中闕「兜」字未釋，「兜」即「任」也。張氏《膠言》又謂李注正以南夷之「任」釋「兜」，是皆未識古人同音假借之異矣。梁章鉅曰：《周禮·鞮鞻氏》《正義》又據《虞傳》云：陽伯之舞佅離，則東夷之樂亦名佅離。鄭注佅離，舞典名，言象萬物生佅離。若《詩》云：彼黍離離，是物生亦曰離。《太平御覽·樂部》五引《五經通義》曰：東夷之樂曰佅離，南夷之樂曰任，西夷之樂曰禁，北夷之樂曰昧。文更歧互，不可究詰。步瀛案：《藝文類聚·樂部》一亦引之。《公羊·昭二十五年》何注同。其東曰株離，與《白虎通》合。惟西、北互異。胡紹煐曰：兜離、株離語之轉。《後漢書・列女傳》《文姬操》云：言兜離兮狀窈停。章懷注：兜離，匈奴言語之貌。《南蠻西南夷傳》：語言侏離。注：侏離，蠻夷語聲也。是「兜離」即「侏離」。樂名兜離，蓋亦夷人語。「兜」古亦作「吺」。《尚書》驩兜，壁中古文作「鴅吺」。《說文》：吺讘，吺，多言也。則「兜」同「吺」矣。朱銘曰：惠氏棟《後漢書補注》云：「兜離」，即「侏離」，古聲兜、侏相近。是也。《白虎通・禮樂篇》引樂元語云：南夷之樂曰兜，東夷之樂曰離，說者遂引以證賦文「兜」「離」爲二。案：樂元語下文又釋其義云：南之爲言，任也，云云。以文義證之，則「兜」當作「南」，「離」上當有「侏」字，或作「兜離」。《禮記・明堂位》《正義》引樂元語曰：東夷之樂曰朝離，南夷之樂曰南，朝、侏、兜，並聲相近，則今本《白虎通》自爲舛誤，不足據矣。俞正燮《癸巳類稿》卷七四，《夷樂古名義》曰：昧、任等皆四夷本名。名從主人，單字還音，故諸書有昧、味、韎、佅、任、南、朝、株、侏、兜、離、㒧、禁、僸之異。今琉球謂樂妓爲株離。周煌《琉球志略》卷四下云：土妓甚衆，謂之侏㒧，實爲傾城之土音。則東夷樂株離，西夷樂昧之名信矣。步瀛案：琉球語疑偶合耳，恐亦非確證也。○及、集，古音緝部。

萬樂備，百禮暨。皇歡浹，羣臣醉。降烟熅，調元氣。

【注】《毛詩》曰：烝畀祖妣，以洽百禮。《周易》曰：天地絪緼，萬物化醇。《春秋命曆序》曰：元氣正，則天地八卦孳也。

【疏】胡紹煐曰：依善注引，則此正文當作「絪緼」。○李賢曰：萬樂百禮，盛言之也。○《毛詩》，見《載芰》。李賢曰：暨，至也。案：《周語》中韋注曰：暨，至也。○《周易》，見《繫辭傳》下。《釋文》曰：「絪緼」，本又作「氤氳」。李賢此賦無注，於《典引》「烟烟煴煴」引蔡邕曰：絪緼，陰陽和一相扶貌也。朱珔曰：「絪緼」與「烟煴」同。《廣雅·釋訓》亦云：烟烟煴煴，元氣也。本書如《魯靈光殿賦》含元氣之烟煴，張注：烟煴，天地之蒸氣也。《思玄賦》：天地烟煴。舊注：烟煴，和貌。語皆一例。又《說文·壺部》引《易》曰：天地壹壺。許所據者，孟氏《易》，是「壹壺」其本字。今《易》作「絪緼」，他書作「烟煴」，或作「氤氳」，皆俗字也。同聲通用耳。○《命歷序》，本書《七啟》、《解嘲》注引並同。李賢引《禮統》曰：天地者，元氣之所生，萬物之祖。

然後撞鐘告罷，百寮遂退。

【注】撞，猶擊也。《尚書大傳》曰：天子將入，則撞蕤賓之鐘，左五鐘皆應之。

【疏】《尚書大傳》，已見「鏗華鐘」下。○暨、醉、氣、退，古韵脂部。○以上四夷來朝。

於是聖上覩萬方之歡娛，又沐浴於膏澤，懼其侈心之將萌，而怠於東作也。

【注】《孝經》曰：故得萬國之歡心。沐浴膏澤，已見《西都賦》。《尚書》曰：分命羲仲，平秩東作。

【疏】《固傳》「覩」作「親」，「又」作「久」，上「於」字作「乎」。六臣本無「也」字。○《孝經》，見《孝治章》。○《尚書》，見《堯典》。尤本「仲」誤「叔」。胡克家曰：袁本「叔」作「仲」，是也。今據改。僞孔傳曰：歲起於東而始就耕，謂之東作。平均次序東作之事，以務農也。

乃申舊章，下明詔，命有司，班憲度，昭節儉，示太素。去後宮之麗飾，損乘輿之服御，抑工商之淫業，興農桑之盛務。

【注】《左氏傳》：季桓子曰：舊章不可忘也。《漢書》曰：文帝躬節儉素也。

【疏】古鈔「太」作「大」。《固傳》同。又：《傳》「抑」作「除」，「盛」作「上」。○《廣雅·釋詁》三曰：班，布也。《爾雅·釋詁》曰：憲，法也。○李賢曰：《左傳》：臧哀伯曰：大路越席，大羹不致，昭其儉也。《列子》曰：大素者，質之始也。案：《左傳》，見桓二年。《列子》，見《天瑞篇》。「太素」云云，又見《易乾鑿度》上。○《左傳》，見哀三年。李賢曰：《詩·大雅》曰：率由舊章。鄭玄注曰：舊典文章。案：見《假樂》。○《漢書·食貨志》上曰：文帝躬修節儉。本注疑有舛誤。○澤、作、度、素、御，古音魚部。詔，宵部，務，幽部。皆通轉爲韵。

遂令海内棄末而反本，背僞而歸真。女脩織紝，男務耕耘。器用陶匏，服尚素玄。恥纖靡而不服，賤奇麗而弗珍。捐金於山，沈珠於淵。

【注】《漢書》詔曰：農，天下之大本也。而人或不務本而事末，故生不遂。李奇曰：本，農也。末，賈也。《淮南子》曰：守道順理者，不免於飢寒之患。而欲民之去末反本，是猶發其源而壅其流也。《禮記》曰：女織紝組紃。杜預《左氏傳注》曰：織紝，織繒布也。毛萇《詩傳》曰：耘，除草也。《禮記》曰：器用陶匏，尚禮殺也。《莊子》曰：捐金於山，藏珠於淵，不利貨財，不尚富貴也。

【疏】六臣本「弗」作「不」。《固傳》同。○《漢書》詔，見《文帝紀》二年。「人」作「民」。李奇注，顔引在十三年。○《淮南子》見《齊俗篇》。本書《鷦鷯賦》注引同。今本「順」作「脩」。《羣書治要》引同。又，今本「是猶」誤「由是」。王念孫校謂：「由是」當作「是由」。《治要》正作「是猶」。○《禮記》，見《内則》。「絍」作「紝」。孔疏曰：紝爲繒帛。《釋文》曰：紝，女金反，又如林反。《説文》曰：紝，織機也。或體作「絍」。○《左傳》杜注，見成二年。尤本「織繒布也」，「織」誤「紃」，依六臣本改。《傳》「也」作「者」，李賢引亦作「也」。○《詩》毛傳，見《甫田》。○《禮記・郊特牲》曰：器用陶匏，尚禮然也。鄭注曰：此謂大古之禮器也。本注「殺」字誤，宜據《禮記》改正。李賢曰：陶，瓦器也。匏，瓠也。○《莊子》，見《天地篇》。「尚」作「近」。李賢曰：陸賈《新語》曰：聖人不用珠玉，而寶其身。故舜棄黄金於嶄巖之山，捐珠玉於五湖之川，以杜淫邪之欲也。步瀛案：《淮南・原道篇》曰：藏金於山，藏珠於淵。○真、玄、淵，古音真部。耘、珍，諄部。通轉爲韵。

於是百姓滌瑕盪穢，而鏡至清。形神寂漠，耳目弗營，嗜欲之源滅，廉恥之心生。莫不優游而自得，玉潤而金聲。

【注】《楊雄集》曰：滌瑕蕩穢，而猶若然。毛萇《詩傳》曰：瑕，猶過也。字書曰：穢，不絜清也。《淮南子》曰：鏡大清者視大明。又曰：形者，生之舍也。神者，生之制也。又曰：和順以寂寞。《尚書》曰：弗役耳目，百度惟貞。《淮南子》曰：至人之治也，除其嗜欲，優游委縱。又曰：吾所謂有天下者，自得而已。《禮記》：孔子曰：君子比德於玉焉，温潤而澤仁也。《尚書傳》曰：天下諸侯受命於周，莫不磬折，玉音金聲。

【疏】《固傳》「源」作「原」，「恥」作「正」。○《管子・牧民篇》曰：國有四維。一曰禮，二曰義，三曰廉，四曰恥。○《楊雄集》李賢引上句。案：隋、唐《志》皆載《楊雄集》五卷，蓋二李皆見之，不知亡於何時。《直齋書録解題》曰：宋玉、枚叔、董仲舒、劉中壘、楊子雲五家，皆見唐以前《藝文志》，而三朝《志》俱不著録，《崇文總目》僅有《董集》一卷而已。蓋古本多已不存，好事者於史傳類書中鈔録，以備一家之作，充藏書之數而已。清《四庫書目》卷一百四十八曰：宋譚愈始取《漢書》及《古文苑》所載四十餘篇，仍輯爲五卷，已非舊本。明萬曆中遂州鄭樸又取所撰《太元》、《法言》、《方言》三書及類書所引《蜀王本紀》《琴清英》諸條，與諸文賦合編之，釐爲六卷，而以逸篇之目附卷末。步瀛案：諸家所輯均失載此條。○《毛詩·狼跋》傳曰：瑕，過也。無「猶」字。《泉水》、《二子乘舟》鄭箋皆有之。○《淮南子》「鏡大清」云云，見《俶真篇》。又《管子·心術篇》曰：鏡大清者視乎大明。○又引《淮南》「形者生之舍」二句，見《原道篇》。「和順以寂寞」，見《本經篇》，「寞」作「漠」，字同。○《尚書》，見僞《旅獒》，「弗」作「不」。又案：《淮南·原道篇》曰：夫任耳目以聽視者，勞形而不明。○後兩引《淮南》皆見《原道篇》。○《禮記》，見《聘義》。○《尚書傳》，胡克家曰：何校「傳」上添「大」字，是也。步瀛案：《尚書傳》，即《大傳》，或省稱《書傳》。人皆易知，不必添。又案本書《詠懷詩》及《箜篌引》注引「於周」皆作「周公」。《四子講德論》注引則節去之。案：《儀禮經傳通解》續卷二十九所引較詳，作「於周」是。又：《孟子·萬章》下曰：金聲而玉振之也。○清、營、生、聲，古音耕部。

是以四海之内，學校如林，庠序盈門。獻酬交錯，俎豆莘莘。下舞上歌，蹈德詠仁。

【注】《漢書》曰：平帝立學官，郡國曰學，縣道侯國曰校，鄉曰庠，聚曰序。韋昭曰：小於鄉曰聚。

《尚書》曰：受率其旅若林。《毛詩》曰：韓侯顧之，爛其盈門。又曰：獻酬交錯。《論語》孔子曰：俎豆之事，則嘗聞之矣。毛萇《詩傳》曰：莘莘，衆多也。莘，所巾切。《禮記》曰：歌者在上，匏竹在下，貴人聲也。《詩序》曰：嗟歎之不足，故詠歌之。詠歌之不足，不知手之舞之，足之蹈之也。

【疏】《漢書》，見《平帝紀》。案：《後漢書·儒林傳》曰：中元元年，初建三雍。明帝卽位，親行其禮，坐明堂而朝羣后，登靈臺以望雲物，袒割辟雍之上，養三老五更。饗射禮畢，帝正坐，自講。諸儒執經問難於前。冠帶縉紳之人，圜橋而觀聽者，蓋億萬計。其後復爲功臣子孫四姓末屬，別立校舍，搜選高能，以受其業，自期門、羽林之士，悉令通《孝經》章句。匈奴亦遣子入學。濟濟乎，洋洋乎，盛於永平矣。○《尚書》見僞《武成》。案：《詩·大明》曰：殷商之旅，其會如林。○《毛詩》，見《韓奕》。又引《詩》，見《楚茨》，「酬」作「醻」。《釋文》曰：「醻」又作「酬」。○《論語》，見《衛靈公篇》。○《詩·螽斯》毛傳曰：詵詵，衆多也。《皇皇者華》傳曰：詵詵，衆多之貌。胡紹煐曰：《説文》燊，讀若《詩》曰莘莘征夫。而「駪」下不引《詩》，知許所據《毛詩》作「莘莘」。《晉語》：莘莘征夫。韋注：莘莘，衆多也。作「莘莘」。《韓詩外傳》、《説苑》同。此正文「莘莘」，善引傳云云，則善所見本《毛詩》亦作「莘莘」。或三家有作「駪駪」者，後人遂據以改毛耳。○《禮記》，見《郊特牲》。○《毛詩序》，見《關雎序》。○門，古音諄部。莘、仁，真部。通轉爲韻。

登降飫宴之禮既畢，因相與嗟歎玄德，讜言弘説。咸含和而吐氣，頌曰：盛哉乎斯世！

【注】《毛詩》曰：儐爾籩豆，飲酒之飫。毛萇曰：不脱屨升堂謂之飫。薛君《韓詩章句》曰：飲酒之禮，

下跣而上坐者謂之宴。《尚書》曰：玄德升聞，乃命以位。《字林》曰：讜，美言也。音黨。《淮南子》曰：故聖人執中含和，不下廟堂，而行于四海。

【疏】《毛詩》及傳，見《常棣》。《初學記·器物部》引《韓詩》曰：夫飲之禮，不脱屨而即序者，謂之禮。跣而上坐者，謂之宴。能飲者飲之，不能飲者已，謂之醧。段玉裁謂：「謂之禮」、「禮」當作「飫」。《太平御覽·飲食部》三引作「跣足而上坐者謂之宴」，無「下」字。《説文·食部》曰：餕，燕食也。《詩》曰：飲酒之餕。段曰：此引《常棣》六章説。叚借也。「餕」，《韓詩》作醧。説曰：跣而上坐謂之宴，能者飲，不能者已，謂之醧。《毛詩》叚「餕」爲「醧」，故傳曰：餕，燕私也。脱屨升堂謂之餕。毛、韓一義也。今本「燕私」，奪「燕」字，「脱屨」句首衍「不」字。《説文·酉部》曰：醧，宴私飲也。段曰：此本《韓詩》爲説也。《周語》：彪傒曰：夫禮之立，成者爲飫。原公曰：王公立飫，則有房烝。親戚燕饗，則有殽烝。是則飫之禮大於宴醧。飫必立成，宴醧必坐。飫必屨而升堂，宴醧必跣。王公立飫，同異姓皆在焉。宴醧則惟同姓而已。故《常棣》、《湛露》、《楚茨》之燕私，皆同姓也。然則《常棣》當作「醧」，不當作「飫」。韓正字，毛叚借也。段又謂：毛曰脱屨升堂謂之飫，即韓之脱屨升坐謂之宴也。不善讀毛者，妄增「不」字。陳奐《毛詩傳疏》謂「不」字必「下」字之誤。其説皆是。《韓詩》「飫」作「醧」，見本書《魏都賦》注引。朱珔曰：毛云：不脱屨升堂，乃釋飫之本義。而先云飫，私也。本之《爾雅·釋言》，以明飫之爲假借也。又曰：班賦飫、宴並言，二禮可以兼舉。「飫」不必爲「醧」。步瀛案：朱説釋毛傳不免迂曲。或謂從饜飫之訓，爲「饇」之借字，亦非。〇《尚書》乃《舜典》後出之僞二十八字，不足據。《淮南·原道篇》曰：執玄德於心，而化馳若神。○《字林》，李賢引同。案：《書·皋陶謨》：禹拜昌言。《益稷》《釋文》曰：本亦作「讜」。李登《聲類》云：讜言，善言也。段玉裁《今古文尚書撰異》曰：古文《尚書》作「昌」，今文《尚書》作「黨」。《孟子·公孫丑篇》：禹聞善言則拜。趙岐注引《尚書》曰：禹拜讜言。此今文《尚書》作「黨」之證也。班固《東都賦》云：讜言弘說。孟堅蓋亦用今文《尚書》耳。「讜」，《逸周書》作「黨」。《祭公解》：拜手稽首黨言。盧氏召弓曰：「黨」、「讜」古字通。《荀子·非相篇》：博而黨正。注：謂直言也。又見《張平子》、《劉寬》二碑。玉裁謂：漢人「黨」、「讜」通用，蓋古只作「黨」，漢人或加言旁。是以許君不收，而李登、吕忱乃收之。古「昌」、「黨」音同義同。陳喬樅《今文尚書經説攷》二曰：作「讜」、作「黨」者，蓋大小夏侯之本也。其歐陽《尚書》但作「昌」。皮錫瑞《今文尚書攷證》二曰：《漢書·敘傳》曰：吾久不見班生，今日復聞讜言。又述董仲舒曰：讜言訪對。孟堅用夏侯《尚書》則夏侯本作「讜」。○《淮南》，見《泰族篇》。「行于」，今本作「衍」。蓋二字誤合爲一。王念孫曰：行於四海義長。《文子·精誠篇》亦作「不下堂而行四海」。○説、世，古音祭部。○

以上教化之盛。

今論者但知誦虞、夏之《書》，詠殷、周之《詩》，講羲、文之《易》，論孔氏之《春秋》。罕能精古今之清濁，究漢德之所由。

【注】《尚書》有《虞書》、《夏書》。《毛詩》有周詩、《商頌》。《周易》曰：古者庖犧氏始作八卦，以通神明之德，以類萬物之情。又曰：《易》之興也，其當殷之末世，周之盛德邪？當文王與紂之事邪？《史記》

孔子曰：「吾道不行矣。」乃因史記作《春秋》。

【疏】《周易》見《繫辭傳》下。○《史記》，見《孔子世家》。

唯子頗識舊典，又徒馳騁乎末流，温故知新已難，而知德者鮮矣。

【注】班固《漢書·游俠傳論》曰：不入於道德，苟放縱於末流。《論語》曰：温故而知新，可以爲師矣。又曰：由，知德者鮮矣。

【疏】注引《漢書·游俠傳》，乃在篇首，亦後人所謂「序」者，或可通謂之「論」與？○《論語》，見《爲政篇》。又《衛靈公篇》。○詩，古音之部。秋、由、流，幽部。通轉爲韻。難、鮮，元部。

且夫僻界西戎，險阻四塞，脩其防禦，孰與處乎土中，平夷洞達，萬方輻湊。

【注】《史記》曰：秦僻在雍州。《毛詩序》《秦風》曰：襄公能備其兵甲，以討西戎。《戰國策》：蘇秦説孟嘗君曰：「秦，四塞之國也。」高誘曰：四面有山關之固，故曰四塞之國。防禦，已見上文。《文子》曰：羣臣輻湊。張湛曰：如衆輻之集於轂。《漢書》：上曰：「智略輻湊。」

【疏】《史記》見《秦本紀》。○今《小戎序》「備」上無「能」字。案：注引序皆不言某風，此獨言《秦風》，蓋欲見襄公爲秦君也。○《戰國策》「蘇秦説孟嘗君」，胡克家曰：何校「孟嘗君」改「秦惠王」。案：何校誤也。章懷注所引亦是「孟嘗君」。此《齊策》「孟嘗君將入秦」章文。許巽行曰：「孟嘗君將入秦」篇是蘇代，誤作「蘇秦」。步瀛案：姚本《齊策》三作「蘇秦」。鮑彪注據《史記·蘇秦傳》改「秦」爲「代」。○《説文》：徥，行平易也。「夷」，「徥」之借字。○《文子》，見《自然篇》。《漢書》，見《吾丘壽王傳》。《魏策》：張儀曰：「魏地四平，諸侯四通，條達輻湊。」○輿，古音魚部。湊，侯部。通轉爲韻。

秦嶺九嵕，涇渭之川，曷若四瀆五嶽，帶河泝洛，圖書之淵。

【注】《爾雅》曰：江、河、淮、濟爲四瀆。又曰：泰山爲東岳，霍山爲南岳，華山爲西岳，恒山爲北岳，嵩山爲中岳。《周易》曰：河出圖，洛出書，聖人則之。

【疏】古鈔「嶽」作「岳」。○《爾雅》見《釋水》。下文曰：瀆者，發源注海者也。《史記·殷本紀》載《湯誥》曰：古禹、皋陶，久勞于外，其有功乎民，民乃有安。東爲江，北爲濟，西爲河，南爲淮。四瀆已修，萬民乃有居。《説苑·辨物篇》曰：四瀆者，何謂也。江、河、淮、濟也。《白虎通義·巡狩篇》曰：謂之瀆者何？瀆者，濁也。中國垢濁，發源東注海，其功著大，故稱瀆也。《爾雅》曰：江、河、淮、濟爲四瀆也。《風俗通義·山澤篇》曰：謹按《尚書大傳》《禮三正記》：江、河、淮、濟爲四瀆。瀆者，通也。所以通中國垢濁，民陵居，殖五穀也。《釋名·釋水》曰：天下大水四，謂之四瀆。江、淮、河、濟是也。瀆，獨也。各獨出其所，而入海也。以上解「瀆」字之義雖小異，而以江、河、淮、濟爲四瀆，則同。「濟」，本字當作「泲」，「濟」乃通借字。《風俗通》誤以常山房子贊皇山所出之濟，當河東垣縣王屋山所出之泲。酈道元《濟水注》已斥其非矣。○又引《爾雅》，見《釋山》。《白虎通·巡狩篇》曰：嶽者何謂也，嶽之爲言埆也。埆功德也。《風俗通·山澤篇》曰：嶽者埆功考德，黜陟幽明也。其義相同，而其名及所在之地，則聚訟紛。如《史記·封禪書》曰：岱宗，泰山也。」南岳，衡山也。西岳，華山也。北岳，恒山也。中岳，嵩高也。《漢書·郊祀志》同。《周禮·春官·大宗伯》鄭注曰：五嶽，東曰岱宗，南曰衡山，西曰華山，北曰恒山，中曰嵩高山。《詩·崧高》孔疏引《孝經鉤命決》同。又謂王肅注《尚書》，服虔注《左傳》皆然。唐以來祀典，皆從此説也。《爾雅·釋山篇》首曰河南華，河西嶽，河東岱，河北恒，江南衡。郭注以嶽爲吴嶽。《春官·大司樂》鄭注曰：五嶽，岱在兖州，衡在荆州，華在豫州，嶽在雍州，恒在并州。孔穎達謂《宗伯》注爲定解，而以此注爲更見異意。又引《鄭志》言：周都豐鎬，故以吴嶽爲西嶽，不數嵩高。且駁之曰：若必據已所都，以定方岳。則五岳之名，無代不改。雜問之志，首尾無次，不可信。賈公彦《大司樂》疏謂：西都無西嶽，權立吴嶽爲西嶽。邵晉涵《爾雅正義》又駁孔、賈而以中華、西嶽、東岱、北恒、南衡，爲成周五岳之正名。郝懿行《爾雅義疏》又駁邵氏，謂河南華云云，釋五山之名，而非五嶽。金鶚《禮説》卷一《五嶽考》亦駁邵氏中華、西嶽之説，而以爲中嶽、西華。且以爲周初之五嶽。此其諸家互異者也。本注所引《釋山》之文，則在卷末。《白虎通》曰：東方爲岱宗，南方爲霍山，西方爲華山，北方爲恒山，中央爲嵩高。又引《尚書大傳》曰：五嶽爲岱山、霍山、華山、恒山、嵩山也。《説苑·辨物篇》、《説文·山部》並同。《風俗通》曰：東方泰山，尊曰岱宗，廟在博縣西北三十里。南方衡山，一名霍，廟在廬江灊縣。西方華山，廟在弘農華陰縣。北方恒山，廟在中山上曲陽縣。中央曰嵩高，廟在潁川陽城縣。《水經·禹貢山水澤地所在篇》言五嶽所在，與此同。《封禪書》曰：上巡南郡，至江陵，而東登禮灊之天柱山，號曰南岳。《郊祀志》同。《廣雅·釋山》曰：天柱謂之霍山。《爾雅》郭注曰：霍山，即天柱山。灊水所出。《崧高》疏引郭曰：霍山，今在廬江灊縣西南，别名天柱山。漢武帝以衡山遼曠，移其神於此。今其土俗之皆呼之爲南岳。南岳本自以兩山爲名，非從近也，而學者多以霍山不得爲南岳。又言：從漢武帝始，乃名之。如此言，爲武帝在《爾雅》前乎。斯不然矣。《初學記·地部》上引盛弘之《荆州記》曰：衡山者，五岳之南岳也。其來尚矣。至于軒轅，乃以灊霍之山爲其副焉。故《爾雅》云霍山爲南岳。蓋因其副焉。至漢武南巡，又以衡山遼遠，道隔江漢，於是乃徙南岳之祭于廬江灊山。此亦承黄帝副義也。《御覽·地部》四引徐靈期《南嶽記》同。皆可與郭説相證。故《大司樂》賈疏謂灊縣霍山一名衡陽山。楊守敬《晦明軒集·衡山考》亦謂《禹貢》荆州之衡陽，爲《漢志》湘南之衡山。導山之衡山，爲灊縣之霍山。故過九江，至于敷淺原。又舉《魏策》吴起言三苗之居，衡山在其北，《史記·秦始皇紀》渡淮先至衡山，而後浮江爲證，皆以灊縣之霍山亦名衡山也。陸德明《爾雅釋文》、孔穎達《詩》疏、邢昺《爾雅》疏以及郝懿行、金鶚，皆以湘南之衡山亦名霍山。洪頤煊《筠軒文鈔》卷四，《霍山爲南嶽解》謂：漢武未易以前，霍山卽荆州衡山之别名。漢武移易南嶽，以衡山遼遠，因移祠于天柱下，並非以天柱有霍山之名，與前説正相反。據《禹貢》衡山敷淺原連言，當以前説爲長。自史言漢武移南岳於霍山，故胡渭《禹貢錐指》卷十一下、邵晉涵《爾雅正義》並斥《爾雅》篇末五嶽爲漢人附益。邵氏又謂冀州之霍山，與泰、衡、華、恆爲唐虞之五嶽。華、嶽、泰、恆、衡爲周之五嶽。泰、衡、華、恆、嵩高爲漢初相傳之五嶽。泰、華、霍、恒、嵩高爲武帝所定之五嶽。金鶚謂《釋山》篇首華、嶽、岱、恒、衡爲西周之五嶽。篇末泰、華、霍、恒、嵩高爲殷之五嶽。東周又因殷制。故《釋地》始西周而終東周。陳立《白虎通疏證》從邵説。孫詒讓《周禮正義》從金説。要之諸家之言，皆能持之有故，言之成理，迄難定于一是。然此賦五嶽自屬漢制，當以《白虎通》爲斷也。○《周易》，見《繫辭傳》下。李賢曰：《河圖》曰：天有四表，以布精魄。地有四瀆，以出圖書。圖書之泉，謂河洛也。○川，古音諄部。淵，真部。通轉爲韵。

建章甘泉，館御列仙，孰與靈臺、明堂，統和天人。

【注】建章、甘泉已見上文。《禮含文嘉》曰：天子靈臺，以考觀天人之際，法陰陽之會也。

【疏】李賢曰：館御，謂設臺以進御神仙也。步瀛案：《漢書·楊雄傳》顔注曰：御，侍也。《史記·司馬相如傳》曰：相如以爲列僊之傳，居山澤閒，形容甚臞。○《含文嘉》李賢引同。○泉、仙，古音元部。人，真部。通轉爲韵。

太液昆明，鳥獸之囿。曷若辟雍海流，道德之富。

【注】《白虎通》曰：天子立辟雍者何？所以宣德化也。壅以水，象教化流行也。《三輔黄圖》曰：辟雍水四周於外，象四海也。

【疏】古鈔「辟」作「璧」。○《白虎通》，見《辟雍篇》。○《三輔黄圖》、《藝文類聚·禮部》引同。今本《黄圖》五曰：辟廱，亦曰「璧廱」。如璧之圓，雍之以水，象教化流行也。與本注所引不同。知爲後人改竄多矣。○囿、富，古音之部。

游俠踰侈，犯義侵禮。孰與同履法度，翼翼濟濟也。

【注】游俠，已見上文。《漢帝年紀》曰：禁踰侈。《爾雅》曰：翼翼，恭也。《毛詩》曰：濟濟多士。毛萇曰：多威儀也。

【疏】古鈔「濟濟」作「潛潛」，非是。六臣本無「也」字。○《漢帝年紀》，汪師韓輯目列入《雜史類》，曰：未詳撰人。○《爾雅》見《釋訓》。○《毛詩》，見《文王篇》。○禮、濟，古音脂部。

子徒習秦阿房之造天，而不知京洛之有制也。識函谷之可關，而不知王者之無外也。

【注】《史記》曰：秦皇上林苑中作阿房宮未成，欲更擇令名，作宮阿房，故天下謂之阿房宮。《公羊傳》曰：天王出居于鄭。王者無外，此其言出何？不能于母弟也。

【疏】六臣本無兩「也」字。○《史記》，見《秦始皇紀》。又曰：自殿下直抵南山，表南山之顛以爲闕，爲復道自阿房渡渭，屬之咸陽，以象天極閣道絶漢抵營室也。《正義》引《括地志》曰：秦阿房宮，亦曰阿城，在雍州長安縣西北一十四里。《儀禮·士喪禮》鄭注曰：造，至也。○《公羊傳》，見僖二十四年。○制、外，古音祭部。○以上較東西之長短。

主人之辭未終。西都賓矍然失容，逡巡降階，惵然意下，捧手欲辭。主人曰：復位，今將授子以五篇之詩。

【注】《説文》曰：矍，驚視貌也。許縛切。《公羊傳》：趙盾逡巡，北面再拜。郭璞《爾雅注》曰：逡巡，卻去也。《周書》曰：臨攝以威，而氣惵。惵，猶恐懼也。徒頰切。《孔子三朝記》曰：孔子受業而有疑，捧手問之，不當避席。

【疏】古鈔「之辭」「辭」作「詞」。案：「辭」、「詞」之通借字。《固傳》「授」作「喻」。六臣本無「以」字。《固傳》同。○《説文》，見《瞿部》。今本作「一曰遽視貌」。李賢引作「視遽之貌」，音許縛切。大徐音九許切。胡紹煐曰：此疑有誤，書亦作「戄」。《魏策》：秦王戄然。本書《非有先生論》：於是吴王戄然易容。「戄」與「矍」同。《玉篇》：矍，遽視也。《魏都賦》：矆然相顧，又作「矆」。許巽行曰：今之《説文》與江都所見之本不同。步瀛案：觀李賢引，似許説未確。〇《公羊傳》，見宣六年。〇《爾雅》郭注，見《釋言》。〇《周書》，見《官人篇》。本注各本「而」誤「面」。胡克家曰：何校「面」改「而」，陳同，是也。梁章鉅曰：《後漢書》注引無「氣」字。步瀛案：《周書》有。「悇」作「惵」。胡紹煐曰：按：字本作「惵」，與「怗」同。《衆經音義》十七引《字詁》：「怗」，今作「惵」，同。他頰切。〇《漢書・藝文志》有《孔子三朝記》七篇。《蜀志・秦宓傳》：宓曰：「昔孔子三見哀公，言成七卷。」裴注引劉向《七略》曰：孔子三見哀公，作《三朝記》七篇。今在《大戴禮》。臣松之案：《中經部》有《孔子三朝》八卷。一卷目録，餘者所謂七篇。《困學紀聞》卷五曰：《大戴禮記》、《千乘》、《四代》、《虞戴德》、《誥志》、《小辨》、《用兵》、《少閒》，凡七篇。《漢藝文志考證》曰：《史記》、《漢書》、《文選》注所引之《三朝記》、《爾雅》疏張揖引《禮・三朝記》皆此書也。步瀛案：本注所引，不在《大戴》七篇中。〇終，古音冬部。容，東部。通轉爲韵。辭、詩，之部。

賓既卒業，乃稱曰：美哉乎斯詩，義正乎楊雄，事實乎相如。匪唯主人之好學，蓋乃遭遇乎斯時也。小子狂簡，不知所裁，既聞正道，請終身而誦之。

【注】楊雄、相如，辭賦之高者。故假以言焉。非唯主人好學，而富乎辭藻，抑亦遭遇太平之時，禮文可述也。《論語》：子曰：吾黨之小子狂簡，斐然成章，不知所以裁之。又曰：不忮不求，何用不臧。子路

終身誦之。

【疏】《固傳》「匪」作「非」。六臣本「時」下無「也」字。《固傳》無「而」字。○楊雄之姓，後人多作從手之揚。然子雲《反騷》，自言系出楊侯。段玉裁曰：劉貢父云：楊氏兩族，赤泉氏從木，子雲自序其受氏從手，而楊修書稱修家子雲，又似震族。貢父所見，必是唐以後僞作。王念孫曰：《漢郎中鄭固碑》云：君之孟子，有楊烏之才。烏即雄之子也。則雄姓不從手益明矣。李賢曰：楊雄作《長楊》、《羽獵賦》，司馬相如作《子虛》《上林賦》。蓋文雖藻麗，其事迂誕，不如主人之言，義正事實也。○《論語》，見《公冶長篇》，又見《子罕篇》。○詩、時、裁、之，古音之部。如，魚部。通轉爲韵。

其詩曰：

於昭明堂，明堂孔陽。

【注】《毛詩》曰：於昭于天。又曰：我朱孔陽。

【疏】《毛詩》，見《文王》。傳曰：於，歎辭。《釋文》曰：於音烏。又引見《七月》、《汝墳》。傳曰：孔，甚也。

聖皇宗祀，穆穆煌煌。

【注】《孝經》曰：宗祀文王於明堂，以配上帝。《毛詩》曰：穆穆皇皇，宜君宜王。

【疏】李賢曰：聖皇宗祀，謂祭光武於明堂也。張銑曰：聖皇，謂明帝也。宗祀，謂尊其祀典於明堂之上。○《孝經》，見《聖治章》。○《毛詩》，見《假樂》。李賢引作「煌煌」。又《文王》傳曰：穆穆，美也。《常棣》傳曰：皇皇，猶煌煌也。○堂、陽，古音陽部。

上帝宴饗，五位時序。

【注】《漢書》曰：天神之貴者太一，其佐曰五帝。《河圖》曰：蒼帝神名靈威仰，赤帝神名赤熛怒，黄帝神名含樞紐，白帝神名白招拒，黑帝神名汁光紀。楊雄《河東賦》曰：靈祇既饗，五位時序。

【疏】《漢書·郊祀志上》曰：亳人謬忌，奏祀泰一方曰：天神貴者泰一，泰一佐曰五帝。《史記·封禪書》作「太一」。《索隱》引《春秋佐助期》曰：紫宫，天皇曜魄寶之所理也。《天官書》曰：中宫太極星，其一明者，太一常居也。《周禮·春官·大宗伯》曰：以禋祀，祀昊天上帝。鄭注曰：昊天上帝，冬至於圜丘所，祀天皇大帝。賈疏曰：《春秋緯文耀鉤》云：中宫大帝，其北極星下一明者，爲大一之先，合元氣以布斗。當是天皇大帝之號也。又案：《爾雅》云：北極謂之北辰。鄭注云：天皇，北辰耀魄寶。又云：昊天上帝，又名大一常居，以其尊大，故有數名也。〇《河圖》，李賢引同。惟各句無「神名」二字。「拒」作「矩」。《後漢書·明帝紀》注引《五經通義》、《廣雅·釋天》五帝之名，並與《河圖》同。惟「汁」或作「叶」，字通。又《大宗伯》賈疏引《文耀鉤》云：春起青受制，其名靈威仰。夏起赤受制，其名赤熛怒。秋起白受制，其名白招拒。冬起黑受制，其名汁光紀。季夏六月，火受制，其名含樞紐。案：「火」當作「黄」。鄭注《周禮·小宗伯》五帝，亦著靈威仰等號，而五帝亦曰上帝。《孝經》所謂配上帝。《月令》鄭注曰：上帝，大微五帝是也。於是五帝與天皇大帝有六帝矣。故王肅難之曰：天唯一而已，何得有六。又引《家語·五帝篇》五帝可得稱天佐，不得稱上天，斥鄭玄以五帝靈威仰之屬爲非。而馬昭、張融又申鄭義，並見《禮記·祭義》孔疏。此後諸家聚訟，不可勝舉。孫詒讓曰：五方天帝之祭，自秦襄公以來，史有明文，則其說甚古，非鄭君肊定。《月令》孔疏引賈、馬、蔡邕謂迎氣卽祭大皞句芒等。王肅本其說，遂謂五帝卽五人帝，無所謂五天帝。與古不合，必不足據。但以《史記·封禪書》及《漢書·郊祀志》攷之，西漢以前止有五色帝之稱。王莽定祭祀五帝，亦只稱五靈。唯《玉藻》孔疏引《五經異義》：淳于登說，始以五帝爲大微五帝座星。《後漢書·明帝紀》李注引《五經通義》始有靈威仰等之號，並與鄭說同。蓋皆本《天官》讖緯爲說，實非古制。案：孫氏此說，極爲平允。《續漢書·祭祀志》上南郊五帝位，言青帝位在甲寅之地。赤帝位在丙巳之地。黃帝位在丁未之地。白帝位在庚申之地。黑帝位在壬亥之地。《祭祀志》中：明堂五帝皆如南郊之位，皆不著靈威仰等號。蓋後漢自光武以來，雖信讖緯，或怪詭之名，尚未採入祀典與？○《河東賦》、《漢書·楊雄傳》載之。「饗」作「鄉」，顔注曰：「『鄉』讀曰『嚮』」，與本注作「饗」義異，疑本注是。

誰其配之，世祖光武。

【注】《東觀漢記》曰：明帝宗祀五帝於明堂，光武皇帝配之。《左氏傳》輿人誦：「子產若死，其誰嗣之？」

【疏】今本《東觀漢記》但云：宗祀光武皇帝于明堂，已見上引，而無配五帝之文。案：《後漢書·明帝紀》曰：中元二年三月丁卯，葬光武皇帝於原陵。有司奏上尊廟曰世祖。永平二年，詔曰：宗祀光武皇帝於明堂，以配五帝。又《光武帝紀》李賢注曰：禮，祖有功而宗有德。光武中興，故稱世祖。謚法：能紹前業曰光，克定禍亂曰武。《續漢書·祭祀志》中曰：明帝永平二年正月辛未，初祀五帝於明堂。光武帝配五帝坐，位堂上，各處其方。黄帝在未，皆如南郊之位。光武帝位在青帝之南，少退西面，牲各一犢。奏樂如南郊。○《左傳》，見襄三十年。梁章鉅曰：今《傳》「若」作「而」，「其誰」作「誰其」。段校云：此可訂《左傳》也。○序、武，古音魚部。

普天率土，各以其職。

【注】《毛詩》曰：普天之下，莫非王土。率土之濱，莫非王臣。《孝經》：子曰：四海之内，各以其職來祭。

【疏】《毛詩·北山》「普」作「溥」。《左·昭七年》、《東周策》、《孟子·萬章》上、《荀子·君子》、《吕覽·慎人》、《韓子·説林》上「忠孝」、《新書·匈奴》、《韓詩外傳》一、《史》《漢》《司馬相如傳》、《白虎通·封公侯》《喪服》引，皆作「普」。○《孝經》見《聖治章》。

猗歟緝熙，允懷多福。

【注】《毛詩》曰：猗歟那歟。緝熙，已見上文。《尚書》曰：兆人允懷。又曰：永膺多福。

【疏】《毛詩》「那歟」作「與」。傳曰：猗，歎辭。○《尚書》，見僞《伊訓》。「人」作「民」。又見僞《畢命》。

○職、福，古音之部。

明堂詩

【疏】古書小題皆在後，諸本各小題移詩前。蓋後人傳寫妄改。非昭明、崇賢之舊也。今依古鈔本訂正。

乃流辟雍，辟雍湯湯。

【注】孔安國《尚書傳》曰：湯湯，流貌。

【疏】古鈔「辟」皆作「璧」。○僞孔傳見《堯典》。

聖皇莅止，造舟爲梁。

【注】《毛詩》曰：方叔涖止。又曰：造舟爲梁。

【疏】《毛詩》，見《采芑》。傳曰：涖，臨也。案：「莅」同。又見《大明》。傳曰：天子造舟。李賢曰：造，至也。謂連舟爲浮梁也。案：《爾雅·釋水》曰：天子造舟。郭注曰：比船爲橋。《釋文》曰：《説文》：艁，古文造也。郭圖云：天子並七舟。邢疏引李巡曰：比其舟而渡，曰造舟。《方言》九曰：艁舟謂之浮梁。○湯、梁，古音陽部。

皤皤國老，乃父乃兄。

【注】《説文》曰：皤，老人貌也。蒲河切。《禮記》曰：養國老於上庠。《孝經援神契》曰：天子尊事三老，兄事五更。應劭《漢官儀》曰：天子父事三老。

【疏】朱珔曰：注引《説文》與《易·賁卦》《釋文》引正同。今《説文》作「老人白也」，當由「貌」本作「皃」，脱去下「儿」，即爲「白」，可據此及《易·釋文》正今本之誤。段氏乃謂老人色白，與少壯之白皙不同，故以次於「皙」，殊屬强辭。老人色不應白，故稱「黎老」。若是「白」字，則宜云頭白。故皤字重文從頁作「⿰番頁」。段氏亦以爲白髮稱皤也。沈濤曰：《御覽》三百八十八《人事部》引作「老人色也」。「色」亦「皃」字之誤。胡紹煐曰：按：《玉篇》：皤，老人白也。「白」亦「貌」字之譌。《廣韻》：皤，老人白貌，則本許訓而增成其義。而《史記・秦本紀》黄髮番番，《正義》作「皤皤」，云白頭貌。則又因《説文》皤重文作「⿰番頁」而附會之，非古義也。○《禮記》見《王制》。孔疏引熊氏曰：國老，謂卿大夫致仕者。○《援神契》李賢引同。《續漢書・禮儀志》上曰：明帝永平二年三月，上始帥羣臣，躬養三老、五更于辟雍，行大射之禮。劉注曰：《孝經援神契》曰：尊三老者，父象也。謁者奉几，安車輭輪，供綏執事。五更寵以度，接禮交容謙恭順貌。宋均曰：三老，老人知天地人事者。奉几，授三老也。安車，坐乘之車。輭輪，蒲裹輪。供綏，三老就車，天子親執綏授之。五更，老人知五行更代之事者。度，法也。度以寵異之也。鄭玄注《禮記》曰：皆年老更事，致仕者也。名三五者，取象三辰五星，天所因以照明天下者。玄又一注：皆老人更知三德五事者也。應劭《漢官儀》曰：三老、五更，三代所尊也。安車、輭輪，送迎至家。天子獨拜于屏。三者，道成於天地人，老者，久也，舊也。五者，訓于五品，更者，五世長子，更更相代，言其能以善道改更已也。三老、五更，皆取有首妻，男女完具。臣昭案：桓榮五更，後除兄子二人補四百石，則榮非長子矣。蔡邕曰：五更，長老之稱也。惠棟《補注》曰：《國三老袁良碑》曰：羣司以君父子俱列三臺，夫人結髮，上爲三老。此其證也。男女完具，謂更老所生男女備具，非指長子。劉昭駁之非也。洪亮吉《四史發伏》卷八曰：案：三老李充出妻，桓榮亦去首妻復娶。《華嶠書》：榮長子雍，早卒。他若楊統等，皆再娶生子，則知《官儀》所説，亦不足從。步瀛案：鄭玄注見《文王世子》，曰：三老、五更各一人也云云。又一注見《樂記》，曰：三老、五更互言之耳云云。《白虎通·鄉射篇》曰：王者父事三老，兄事五更者何？欲陳孝弟之德，以示天下也。不正言父兄，言老更者，老者，壽考也。欲言所令者多也。更者，更也。所更歷者衆也。不但言老，言三何？欲其明於天地人之道而老也。五更者，欲其明於五行之道而更事也。三老、五更幾人乎？曰：各一人。曰：何以知之？既以父事，父一而已，不宜有三。臧琳《經義雜記》卷五曰：鄭説本此，而三五義異。步瀛案：《文王世子》孔疏曰：蔡邕以爲「更」字爲「叟」。「叟」，老稱。又以三老爲三人，五更爲五人。《漢書·禮樂志》顔師古注曰：蔡邕以爲「更」當爲「叟」。叟，老人之稱也。《蔡中郎集》卷十《月令答問》曰：《記》曰：養三老、五更，子獨曰五叟，何也？曰：字誤也。叟，長老之稱也。其字與更相似，書者轉誤，遂以爲更。嫂字女旁「叟」，瘦字中從「叟」，今皆以爲「更」矣。立字法者不以形聲，何得以爲字。以「嫂」、「瘦」推之，知「更」爲「叟」也。《續·禮儀志》上劉注又引蔡邕曰：三老，國老也。五更，庶老也。皆與鄭義異。陳祥道《禮書》卷五十曰：古者建國必立三卿，鄉飲酒必立三賓，而養老必立三老。故禮曰三公在朝，三老在學。三公非一人，則三老五更非各一人矣。《漢志》以德行年高老者一人爲老，次一人爲更。故永平中拜桓榮爲五更，建初中拜伏恭爲三老，而鄭氏以此爲三代之制，誤矣。金鶚《求古録·禮説》卷十一曰：《禮運》云：三公在朝，三老在學。三公爲三人，則三老爲三人可知。五更爲五人亦可知矣。《鄉飲酒義》云：立三賓以象三光。則三老以三人象三辰可知，五更以五人象五星亦可知矣。《周官》：鄉老，二鄉則公一人。此三老切證。秦代以三老主教化，則止一人矣。鄉之三老，以三公之在位者爲之。學之三老，以三公之致仕者爲之。五更蓋以五鄉之致仕者爲之。鄉之三老爲三人，則學之三老亦必三人無疑也。漢時鄉之三老止一人，故學之三老亦止一人。本一人而名以三五者，存其舊而不敢廢，非有取象之義也。儒者以漢之制爲古之制，而三五之説多鑿矣。三老爲年老之稱，則五更亦當爲老。蔡氏以「更」爲「叟」是也。若作「更」字，則與老字不類，且名之爲更，殊無意義。諸家更事、更代、改更等説，皆曲爲附會者也。《列子·黄帝篇》云：禾生子伯宿于田更商丘開之舍。注云「更」當作「叟」，其誤正與此同。蔡説不爲無據矣。又曰：《大戴禮》云：春秋入學，坐國老于牖前，執醬而親饋之，所以明有孝也。國老，即三老五更。此五更爲國老之確證。蔡氏以五更爲庶老，非也。案：陳氏、金氏皆從蔡説。陳氏以三卿、三賓、三公、證三老。金氏更以鄉之三老，古制爲三人，證學之三老亦當爲三人，皆能言之成理。惟陳氏謂五更以五鄉之致仕者爲之，則無佐證。孫希旦《禮記集解》卷二十曰：三老以三公致仕者爲之，五更以孤卿致仕者爲之。曰五更者，因古者五官之名也。亦推測之説，想當然耳。《困學紀聞》卷五，引《列子》「田更」以證「五更」，謂「更」亦老之稱也。殷敬順《釋文》，「田更」逕作「田叟」。音西口切。惠棟《九經古義》卷十一、錢大昕《潛研堂集》卷十一，皆引《列子·黄帝篇》證蔡説非無據。錢更引《史記·韓世家》虜得韓將䱸申差，《集解》引徐廣曰：一作「鯁」。晉人法帖書「嫂」爲「㛐」，證「叟」與「更」通。又曰《説文》叟、更二字分在兩部，并而一之，非許意也。步瀛案：蔡謂「嫂」「瘦」從「叟」作「更」者，不合形聲之義，故以「更」爲誤字。與許意固無不合也。杭世駿《續禮記集説》卷三十，《文王世子篇》引陸氏奎勳曰：三老五更下復云：羣老之位。可見老、更各擇一人爲之。蔡邕以「更」字爲「叟」，又以三老爲三人，五更爲五人，不可從。長樂陳氏引《禮運》云：三公在朝，三老在學，爲難。愚謂古來三公，亦不必求備也。漢建初中，拜伏恭爲三老，永平中拜桓榮爲五更，甚合古禮。黄以周《禮書通故》卷三十二曰：《白虎通義》云云。鄭注本此。蔡氏破「更」爲「叟」，與老尤少別白。《獨斷》云：更者，長也，更相代至五也，能以善道改更已也。説同《漢官儀》。于義又雜。黄氏又引《大戴禮·保傅篇》，證三老五更皆國老，與金氏説同。故不復録。案：陸氏、黄氏皆不以蔡説爲是也。又《續禮儀志》注引盧植《禮記注》曰：選三公者爲三老，卿大夫中之老者爲五更，亦參五之也。案：參五，卽「參伍」。《説文》曰：伍，相參伍也。段注曰：凡言「參伍」者，皆謂錯綜以求之。是也。三公中選一人，卿大夫中選一人，正合參伍相求之意。此以三老五更各一人，與鄭義同。而以參伍取義，與鄭義異。然亦可相成也。《漢書·禮樂志》注引李奇曰：王者父事三老、五更。《詩》云：三壽作朋。引鄧展曰：漢直以一公爲三老，用大夫爲五更，毌常人，行禮乃置。臧琳《經義雜記》又曰：《詩·閟宫》：三壽作朋。傳：壽，考也。考老義同。是三壽卽三老也。箋云：三壽，三卿也。此卽盧子幹《禮注》意，與《毛傳》亦合。案：準此，則李、鄧二説與盧義亦同。《黄氏日抄》卷十八，亦主三老五更各一人，而其義，三老則取杜預《左傳·昭三年注》謂上壽、中壽、下壽，皆八十已上。而五更謂其老而更事。案：孔疏引服虔注，以工老、商老、農老爲三老。僖三十二年疏云：上壽百二十歲，中壽百歲，下壽八十。《莊子·盜跖篇》云：上壽百歲，中壽八十，下壽六十。以此等釋三老，徒取糾紛。黄氏之説，存而不論可也。

抑抑威儀，孝友光明。

【注】《毛詩》：威儀抑抑。《爾雅》曰：善事父母爲孝，善事兄弟爲友。

【疏】五臣「威」作「皇」。○《毛詩》，見《抑篇》。當作「抑抑威儀」。注誤倒。○《爾雅》見《釋訓》。

於赫太上，示我漢行。

【注】《毛詩》曰：於赫湯孫。《漢書》：上令薄昭與淮南厲王書曰：「王欲以親戚之意，望於太上。」如淳曰：太上，天子也。《毛詩》曰：示我顯德行。

【疏】《毛詩》，見《那》。○《漢書》及如淳注，見《淮南厲王長傳》。李周翰曰：太上，天也。李賢曰：太上，謂太古立德聖賢之人。梁章鉅曰：《漢書·匡衡傳》云：太上者，民之父母。王褒《四子講德論》曰：太上聖明。皆以「太上」稱天子。翰注、《後漢書》注皆非。宋翔鳳曰：隱三年《穀梁傳》云：大上故不名也。范甯注：居人之大，在民之上，故無所名。按：此稱天子爲「大上」，大當讀如字。《漢書·淮南王傳》、《文選》王子淵《四子講德論》、班孟堅《辟雍詩》、顔延年《曲水詩序》凡言「大上」，並同此義。俗刻《漢書》、《文選》並加點作「太」者誤。朱銘亦據《穀梁》爲説。○次引《毛詩》，見《敬之篇》。胡紹煐曰：此當引《小雅·鹿鳴》：示我周行。王先謙《後漢書集解》曰：示我漢行，謂示我漢家應行之正道也。此用《鹿鳴》詩，易「周」爲「漢」。班世治《齊詩》，知齊義如此。

洪化惟神，永觀厥成。

【注】《文子》曰：執玄德於心，化馳如神。《毛詩》曰：我客戾止，永觀厥成。

【疏】《固傳》「洪」作「鴻」。○《文子》見《道原篇》。案：本出《淮南·原道篇》。○《毛詩》，見《有瞽》。○湯、梁、兄、明、行，古音陽部。成，古音耕部。通轉爲韻。

辟雍詩

乃經靈臺，靈臺既崇。

【注】《毛詩》曰：經始靈臺，經之營之。

【疏】《毛詩》見《靈臺》。傳曰：經，度之也。

帝勤時登，爰考休徵。

【注】《東觀漢記》曰：永平二年，詔曰：「登靈臺，正儀度。」休徵，已見上文。

【疏】李賢曰：時登，以時登之。○據范書《明紀》：此詔在永平三年。本注「二年」疑「三年」之譌。今本《東觀漢記》載在二年，僅此二語，蓋即摭拾此注，並沿其失。○崇，古音冬部。登、徵，蒸部。通轉爲韻。

三光宣精，五行布序。

【注】《淮南子》曰：夫道紘宇宙，而章三光。高誘曰：三光，日、月、星也。《尚書》曰：五行：一曰水，二曰火，三曰木，四曰金，五曰土也。

【疏】《淮南》及注，見《原道篇》。○《尚書》，見《洪範》。

習習祥風，祁祁甘雨。

【注】《毛詩》曰：習習谷風。《禮斗威儀》曰：君乘火而王，其政頌平，則祥風至。宋均曰：即景風也。其來長養萬物。《毛詩》曰：興雨祁祁。《尚書考靈燿》曰：熒惑順行，甘雨時也。

【疏】《毛詩》「習習」句，《邶・谷風》、《小雅・谷風》並同。傳曰：習習，和舒貌。○《斗威儀》，李賢引同。○次引《毛詩》，見《大田》。傳曰：祁祁，徐也。鄭箋曰：古者陰陽和，風雨時，其來祁祁然而不暴疾。又《毛詩・大田》曰：以祁甘雨。梁章鉅曰：《顔氏家訓・書證篇》云：《詩》有渰萋萋，興雲祁祁，毛傳：渰，陰雲貌。萋萋，雲行貌。渰已是興雲，何勞復云「興雲祁祁」耶？「雲」當爲「雨」，俗寫誤耳。班固《靈臺詩》云：習習祥風，祁祁甘雨。此其證也。按：《詩》正義云：經「興雨」或曰「興雲」，誤也。定本作「興雨」。《釋文》「興雨」如字。本或作「興雲」，非也。開成石經亦作「興雨」。臧氏琳曰：《呂覽・務本篇》、《漢書・食貨志》、《隸釋・無極山碑》、《韓詩外傳》八引《詩》並作「興雲」。知唐以前無作「興雨」者。陸之《釋文》，孔之《正義》及《石經》，並據顔説改之耳。步瀛案：阮元、段玉裁、陳奂諸家，與臧琳《經義雜記》卷二十，皆主「興雲」爲是。朱琦曰：《呂氏春秋・務本篇》高誘注云：陰陽和，時雨祁祁然，不暴疾也。畢氏沅校云：觀注意，似亦本作「興雨」。且《顔氏家訓》以孟堅此詩爲證，「雨」字是韻，則不得云後人所改，與《食貨志》班一人之書，已兩處互異。殆漢時原有二本。錢氏大昕《漢書攷異》據《韓奕篇》祁祁如雲，謂經師傳授有異，非轉寫之訛，是已。馬瑞辰《毛詩傳箋通釋》曰：箋云：其來祁祁然不暴疾。古但言暴風暴雨，未有言暴雲者，則「不暴疾」指雨無疑。是鄭君所見《毛詩》作「興雨」之證。《鹽鐵論・水旱篇》、《後漢書・左雄傳》引《詩》皆作「興雨」。《呂氏春秋，務本篇》引《詩》雖作「興雲」，但高注云：陰陽和，時雨祁祁然不暴疾也。似高誘所見《呂氏春秋》原作「興雨」。唐石經作「興雨」，與《釋文》、《正義》本同。是《毛詩》作興雨也。王伯厚《詩攷》引《韓詩》作「興雲」，《韓詩外傳》引《詩》，亦作「興雲」。則知作「興雲」者自爲《韓詩》。《漢書・食貨志》、《無極山碑》、《藝文類聚》引《詩》作「興雲」，皆本《韓詩》也。與朱蘭坡説可以相證。○《考靈燿》，《御覽・天部五》引較詳。

百穀蓁蓁，庶草蕃廡。

【注】《韓詩》曰：帥時農夫，播厥百穀。薛君曰：穀類非一，故言百也。又曰：蓁蓁者莪。薛君曰：蓁蓁，盛貌也。《尚書》曰：庶草蕃廡。

【疏】《固傳》「蓁蓁」作「溱溱」，「草」作「卉」。古鈔「廡」作「蕪」，《固傳》同。○《毛詩・噫嘻》「帥」作「率」，字通。梁章鉅曰：楊泉《物理論》粱、稻、菽三穀，各二十種，爲六十。蔬果之實助穀各二十，凡爲百穀。並蔬爲穀，恐不盡然。《魯語》、《祭法》稱百穀、百蔬，必實其數，則蔬又豈止二十乎？○《毛詩》作「菁菁者莪」。梁章鉅曰：毛傳盛貌，與薛訓「蓁蓁」同。但《桃夭》已云其葉蓁蓁，何不引前而引後也？胡紹煐曰：《桃夭》其葉蓁蓁，《通典・禮》十九引作「溱溱」。或善所見本同，故引此而置彼。「溱」與「蓁」古通。《小雅・無羊》：室家溱溱。《潛夫論》作「蓁蓁」。朱珔曰：《集韻》又引李舟説，作「葏葏」。「菁」與「葏」音亦同。《後漢書》作「百穀溱溱」。呂錦文曰：《思玄賦》恫河林之蓁蓁兮，楊雄

《反騷》枳棘之榛榛兮，司馬相如《弔二世賦》覽竹林之榛榛，曹大家《東征賦》生荆棘之榛榛，《水經注》引作「蓁蓁」。《詩・周南》其葉蓁蓁，《齊詩》作「湊湊」。室家湊湊，《潛夫論》引作「蓁蓁」。《太玄經》：物出溱溱。皆古音旁通字。○《尚書》見《洪範》。僞孔傳曰：廡，豐也。孔疏曰：廡，豐也。《釋詁》文。李賢引《爾雅》曰：蕃，蕪豐也。與孔引同。梁章鉅曰：今《爾雅》作「蕪」。郭注：繁蕪，豐盛。彼疏云：《洪範》庶草蕃廡。蕪、廡音義同。

屢惟豐年。於皇樂胥。

【注】《毛詩》曰：綏萬國，屢豐年。又曰：於皇時周。又曰：君子樂胥。

【疏】《毛詩》見《桓》。「國」作「邦」，又見《般》。案：《烈文》傳曰：皇，美也。又見《桑扈》。傳曰：胥，皆也。○序、雨、廡、胥，古音魚部。

靈臺詩

嶽脩貢兮川效珍，吐金景兮歊浮雲。

【注】《説文》曰：歊，氣上出貌。呼朝切。

【疏】《西周策》高注曰：效，致也。李賢曰：景，光也。○《説文》，見《欠部》。今作「歊歊氣上出皃」。李賢引作「歊，氣出貌」。沈濤曰：案：《選》注是古本，有「上」字，今奪。《勵志詩》注引張揖《字詁》亦云：歊，氣上出皃。《後漢書》注疑後人據今本删。

寶鼎見兮色紛縕，焕其炳兮被龍文。

【注】《東觀漢記》曰：永平六年，廬江太守獻寶鼎，出王雒山。《漢書》曰：武帝爲人祠后土營旁，得鼎，有黄雲焉。公卿大夫議尊寶鼎。有司曰：今鼎至甘泉，光潤龍變，承休無疆也。

【疏】五臣「緼」作「紜」。○吕延濟曰：炳，明也。龍文，謂鼎上鏤爲龍文。○《漢書》，見《郊祀志》。此注疑有脱誤。當作「武帝時，汾陰巫錦爲民祠后土營旁」云云。

登祖廟兮享聖神，昭靈德兮彌億年。

【注】《東觀漢記》：明帝曰：太常其以初祭之日，陳鼎於廟，以備器用。《尚書》曰：公其以予萬億年敬天之休。

【疏】「明帝」下疑當有「詔」字。「初」乃「礿」字之誤。今本《東觀漢記》及范書《明紀》皆可證。○《尚書》見《洛誥》。李賢曰：彌，終也。○珍、雲、緼、文，古音諄部。神、年，真部。通轉爲韻。

寶鼎詩

啓靈篇兮披瑞圖，獲白雉兮效素烏。

【注】范曄《後漢書》曰：永平十年，白雉所在出焉。《東觀漢記》章帝詔曰：乃者白烏、神雀屢臻，降自京師也。

【疏】李賢曰：靈篇，謂河洛之書也。沈欽韓曰：《隋·經籍志》有《瑞應圖》二卷，《瑞圖贊》二卷，《祥瑞圖》十一篇。○《范書》，見《明帝紀》。事在永平十一年。此注「十」下脱「一」字。○今本《東觀漢記》章帝此詔，在元和二年五月，《范書》同。○李賢曰：《固集》此題篇云《白雉素烏歌》，故兼言「效素烏」。○圖、烏，古音魚部。

嘉祥阜兮集皇都。

【疏】古鈔無此句。《固傳》同。王念孫謂此句後人所加。○《廣雅・釋詁》二曰：阜，盛也。○都，古音魚部，與上爲韻。

發皓羽兮奮翹英。容絜朗兮於純精。

【注】《楚辭》曰：砥室翠翹絓曲瓊。王逸曰：翹，羽名。

【疏】古鈔「絜」作「潔」。六臣本「純」作「淳」，《固傳》同。○《楚辭》及注，見《招魂》。李賢曰：翹，尾也。胡紹煐曰：按：《説文》：翹，尾長毛也。《廣雅・釋言》：翹，尾也。凡鳥飛則尾舉，雉尾尤長，故云奮。英，玉英也。謂白如玉英也。「皓羽」「英翹」相對爲文。「翹英」即「英翹」，倒言之以協韻耳。《楚辭・九歎》摇翹奮羽，義與此同。章懷注較勝。步瀛案：「英」疑「緓」之借字。《説文》曰：緓，纓卷也。《七發》：翠鬣紫纓。李善曰：纓，頸毛也。蓋「纓」本冠系，纓卷爲緓。緓，纓之曲而繞者。雉之頸毛似之。《詩・漢廣》：翹翹錯薪。孔疏曰：翹翹然而高。「翹英」與「皓羽」對文，胡謂倒文協韵，恐未是。○李賢曰：《春秋元命包》云：烏者陽之精。吕延濟曰：淳，精言不雜。

彰皇德兮侔周成，永延長兮膺天慶。

【注】《韓詩外傳》曰：成王之時，越裳氏獻白雉於周公。《河圖》曰：謀道吉，謀德吉，能行此大吉，受天之慶也。

【疏】李賢曰：侔，等也。《孝經援神契》曰：周成王時，越裳獻白雉。又《馬融傳》注引《尚書大傳》曰：周成王時，越裳重九譯而貢白雉。○《韓詩外傳》，見卷五。○《隋書·經籍志》有《河圖》二十卷。本注所引當在其中。然輯《河圖》佚文者，孫瑴、黃奭、喬松年諸家，皆失此條。○英、慶，古音陽部。精、成，耕部。通轉爲韻。

白雉詩

文選李注義疏卷二

京都上

【疏】毛本無此三字。

西京賦一首

張平子

【注】善曰：范曄《後漢書》曰：張衡，字平子，南陽西鄂人也。少善屬文。時天下太平日久，自王侯以下，莫不踰侈。衡乃擬班固《兩都》作《二京賦》，因以諷諫。十年乃成。安帝雅聞衡善術學，公車徵拜郎中，出爲河閒相，乞骸骨。徵拜尚書，卒。楊泉《物理論》曰：平子《二京》，文章卓然。

【疏】《藝文類聚·居處部》引張衡《西京賦》曰：昔班固覩世祖遷都於洛邑，懼將必踰溢制度，不能遵先聖之正法也。故假西都賓盛稱長安舊制，有陋洛邑之議，而爲東都主人折禮衷以答之。張平子薄而陋之，故更造焉。案：今《西京賦》無此語，且與賦不類，殆是《兩京賦序》，恐亦非平子爲之。或編《平子集》者所爲。否則後人注《西京賦》者之語耳。攷《隋書·經籍志》，注《二京賦》者，薛綜外，又有晁矯、武巽也。○《後漢書·張衡傳》李賢注曰：西鄂縣故城在今鄧州向城縣南，有平子墓及碑在焉，崔瑗之文也。案：《清統志》曰：河南南陽府，張衡墓在南陽縣北。○《衡傳》「太平」作「承平」。○《隋書·經籍志》子部儒家，原注曰：梁有《楊子物理論》十六卷。晉徵士楊泉撰。《北堂書鈔·設官部》引《晉録》曰：會稽相朱則上書言：楊泉清操自然，徵聘終不移心。詔拜泉郎中。馬總《意林》卷五原注曰：梁國楊泉，字德淵。周廣業注曰：《藝文類聚》、《初學記》載其《贊善》、《五湖》等賦，一稱「吴楊泉」，一稱「西晉楊泉」。《隋志》總集，列晉處士《楊泉集》，在張華、裴頠之前。又，梁國屬豫州，三國爲吴地，晉永嘉之亂淪没石氏，故元帝僑立南豫州。注稱泉爲梁國人，則生當吴、晉間甚明。案：嚴可均《全三國文》亦據《書鈔》、《意林》。錢保塘《物理論輯本序》曰：《藝文類聚》有楊泉《五湖賦》、《贊善賦》、《蠶賦》、《織機賦》、《草書賦》。或稱吴，或稱晉。《初學記》引《五湖賦》又稱西晉。泉蓋由吴歷晉。晉初徵拜郎中，終不應命。故《隋志》稱曰徵士，又曰處士。案：錢序見姚振宗《補三國藝文志》引。

薛綜注

【注】善曰：舊注是者，因而留之，並於篇首題其姓名。其有乖繆，臣乃具釋。並稱「臣善」以别之，他皆類此。

【疏】《三國志·吴志·薛綜傳》曰：綜字敬文，沛郡竹邑人也。赤烏三年，徙選曹尚書。六年春卒。凡所著詩、賦、難、論數萬言，名曰《私載》。又定《五宗圖》述《二京解》，皆傳於世。何焯曰：此注疑是假託。綜赤烏六年卒，安得王肅《易傳》而引用之耶。《綜傳》有「述《二京解》」之語，恐不謂此賦也。又孫叔然始造反切，未必遽行於吴。孫志祖曰：薛綜注張衡《二京賦》二卷，見《隋書·經籍志》。又引許慶宗曰：韋昭吴人，亦已用反切。如《子虚賦》「勺藥」，善用韋昭音切也。步瀛案：《東京賦》「聘丘園之耿絜」二句，注引王肅《易注》。故何氏謂綜以赤烏六年卒，安得見王肅《易注》而引之。因疑綜注爲僞託。胡克家曰：當有「善曰」二字。各本皆脱。何疑假託，蓋未悟其自是善注耳。善《演連珠》注亦引此王肅注也。張雲璈曰：《吴志》本傳明云：綜述《二京解》，非即此注而何。又李氏云：舊注是者，因而留之，並於篇首題其姓名，則此注實李氏以爲是者，未可遽以爲僞也。又按：《文心雕龍·指瑕篇》云：《西京賦》稱中黄育獲之儔，而薛綜注謂之「奄尹」，是不聞執雕虎之人也。今《文選》薛注並無「奄尹」之説，未審彦和何據。豈當日薛注有未是者，李氏亦從而去之耶？梁章鉅曰：《隋書·經籍志》有薛綜注張衡《二京賦》二卷。《唐書·藝文志》有薛綜《二京賦音》二卷。是此賦確有薛注，但未知即此注否耳。許巽行曰：案：王肅以甘露元年卒，距綜之卒十三年耳。安知《易傳》必作於綜卒之後，而綜不得見耶？至於反切，蓋後人加之，非綜原注。觀李氏注引毛公《詩傳》、許氏《説文》、王逸《楚詞》注，皆有反切，皆是後人所加，非毛、許、王原文也。《吴志·綜傳》云：所著詩賦，又定《五宗圖》，述《二京解》，皆傳於世。然此注非假託明矣。步瀛又案：羅氏《鳴沙叢殘》載唐永隆寫《西京賦》殘本，雖止三百餘行，而與今本頗有異同。大抵今本誤者彼多不誤。今本薛注所引《古今注》及反切，彼皆無有。如許氏慶宗説，韋昭注《漢書·司馬相如傳》「勺藥」字用反切，見本書《子虚賦》及《七發》注引，故取以例薛敬文。然弘嗣年輩在敬文之後。許巽行以爲後人所加，似較近是。又攷唐高宗永隆元年在顯慶三年善上《文選注》後二十二年。而在善卒載初元年之前九年。彼其所書是善定本否，固不敢決，然可見此注爲後人妄增，或傳寫致誤者，多矣。○汪師韓曰：凡舊作注者二十三人，及不知名者所注，賦十四，詩十七，楚詞十七，設論、符命各一，連珠五十。李氏皆標明某注，不以後人之攘爲己有也。若《藉田》、《西征》則雖有舊注，不取。而亦有無注者二篇，則《尚書》、《左傳》之序是也。案：二十三人，張雲璈引作二十四人。以汪氏所列計之，薛綜、劉逵、劉成、殷仲文、張載、曹毗、皇甫謐、張揖、司馬彪、晉灼、郭璞、韋昭、服虔、張晏、孟康、徐爰、曹大家、項岱、顔延之、沈約、王逸、蔡邕、劉峻，則二十三是也。張又曰：《魏志》又有衛權者，作《吳都賦》注。《衛臻傳》注云：衛權作左思《吳都賦序》及注序，麤有文辭。至於爲注，了無所發明，直爲塵穢筆墨，不合傳寫。則權之注在當時已不爲人重。至李氏時，已無傳也。梁章鉅曰：李用舊注，皆題本名，而補注則别稱「善曰」。如《子虛》、《上林》用郭璞注，《思玄賦》用舊注，《魯靈光殿賦》用張載注，《射雉賦》用徐爰注，《詠懷詩》用顔延年、沈約注，《楚辭》用王逸注，皆是。乃於楊雄《羽獵賦》用顔師古注之類，竟漏本名。於班固《幽通賦》用曹大家注之類，則散標句下。《三都賦》明云劉逵注《蜀都》、《吳都》，張載注《魏都》，《乃三賦俱題「劉淵林」字，豈後來排纂，已非原書，故體例互殊耶？

有憑虛公子者。

【注】憑，依託也。虛，無也。言無有此公子也。善曰：《博物志》曰：王孫、公子，皆古人相推敬之辭。

憑，皮兵切。

【疏】《博物志》，本書《蜀都賦》李注引同。今本《博物志》佚此文。○唐永隆寫本「善曰」上皆有「臣」字。今各本皆無，疑經後人刪削。又切字皆作反字，全書蓋同。

心奓體忕。

【注】奓忕，言公子生於貴戚，心志奓溢，體安驕泰也。泰，或謂忕習之忕，言習於麗好也。善曰：《聲類》曰：奓，侈字也。昌氏切。《小雅》曰：狃，忕也。

【疏】六臣本校曰：「奓」，五臣作「侈」。胡克家曰：「忕」當作「泰」。注：「奓」、「忕」同。薛注云：「體安驕泰者，其本作「泰」，而如字解之也。又云：泰或謂「忕習」之「忕」者，讀「泰」爲「忕」，又一解也。善引《小雅》曰「狃，忕也」者，爲薛後解申說也。然則善本必同薛作「泰」。今各本作「忕」，蓋不知者誤改之。許巽行曰：「體忕」及注中「奓忕」字皆當作「泰」。其下乃別釋「忕」字耳。與胡氏說合。○《聲類》本書《蕪城賦注》引同。胡紹煐曰：按：《說文》：奢從大，者聲。「奓」，籀文「奢」。是許以「奓」爲籀文「奢」從大、多，爲會意。《玉篇》：奢，式邪切。亦作「奓」。《廣韻》奓、奢兩見。亦無奓音昌氏切。此蓋李登誤以「奓」爲「侈」，始爲是音也。平子當用籀文「奓」。後云紛瑰麗以侈靡。薛注：侈靡，奓放也。五臣本不誤。善本作「奓」，而薛注遂不可通矣。步瀛案：李氏蓋從《聲類》，不從許書。《蕪城賦》注可證。胡氏說殆非李旨。下文薛注言奢泰之俗，卽承此句，豈敬文注本與叔重合乎？○《小雅》，見《廣詁》。

雅好博古，學乎舊史氏，

【注】言公子雅性好博知古事，故學於舊史。舊史，太史。掌圖典者也。

【疏】《漢書·高帝紀》注引蘇林曰：雅，素也。

是以多識前代之載。

【注】善曰：劉向《七言》曰：博學多識與凡殊。《小雅》曰：載，事也。

【疏】五臣本「代」作「世」。○《漢書·東方朔傳》曰：朔有《八言》、《七言》上下。注引晉灼曰：八言、七言詩，各有上下篇。劉向《七言》蓋類此。○《小雅》見《廣詁》。○者、古，古音魚部。載，古音之部。通轉爲韻。

言於安處先生，

【注】公子爲先生言也。安處，猶烏處，若言何處，亦謂無此先生也。鄭玄《禮記注》曰：先生，老人教學者。

【疏】鄭注，見《曲禮》上。

曰：夫人在陽時則舒，在陰時則慘，此牽乎天者也。

【注】陽，謂春夏。陰，謂秋冬。牽，猶繫也。善曰：《春秋繁露》曰：春之言猶偆也。偆者，喜樂之貌也。秋之言猶湫也。湫者，憂悲之狀也。偆，充尹切。湫，子由切。

【疏】日本古鈔本「人」作「民」。○《春秋繁露》，見《王道通三篇》。「偆」「湫」二字皆複作「湷湷」、「湫湫」。六臣本「憂悲」二字誤倒。

處沃土則逸，處瘠土則勞，此繫乎地者也。

【注】善曰：《國語》：公甫文伯之母曰：「沃土之人不材，淫也。瘠土之人莫不向義，勞也。」韋昭曰：磽埆爲瘠。沃，肥美也。

【疏】古鈔本「乎」作「于」。○《國語》見《魯語》下。「甫」作「父」，「人」皆作「民」，「向」作「嚮」。

慘則尟於驩，勞則褊於惠，能違之者寡矣。

【注】違，猶易也。言人慘戚則不能以驩逸。勞苦則不能以施惠，少有能易此者。善曰：尟，少也。與鮮通也。《廣雅》曰：褊，狹也。卑緬切。

【疏】古鈔本「尟」作「鮮」。五臣同。又六臣本「驩」作「歡」。案：「驩」，「歡」之通借字。○許巽行曰：《説文》尟，是少也。尟俱存也。从是、少。張有曰：別作「尟」，非。嘉德案曰：尟，亦通「鮮」，鄭本《繫辭》「鮮」作「尟」，云少也。作「尟」者，俗字。步瀛案：朱駿聲曰：經傳皆以鮮、以罕爲之。《爾雅·釋詁》：鮮，罕也。鮮，寡也。鮮、罕皆即此「尟」字。○《廣雅》，見《釋詁》一。「狹」作「陋」。《爾雅·釋詁》曰：惠，愛也。

小必有之，大亦宜然。

【注】小謂庶人，大謂王者。善曰：庶人因沃瘠而勞逸殊，王者亦因險易而彊弱異也。

【疏】此泛言事之大小，不必泥定庶人、王者。觀下文帝者、兆民並言可見。

故帝者因天地以致化，兆民承上教以成俗。

【注】言帝王必欲順陽時，居沃土，歡逸其人，使下承而化之，以成奢泰之俗。善曰：《管子》曰：君據法而出令，百姓順上而成俗。

【疏】「民」，尤本作「人」。諸本皆作「民」，據改。○胡克家曰：「順陽時」，袁本、茶陵本無「陽」字。案：此尤校添也。○《管子》見《君臣篇》上。○者、寡，古音魚部。俗，古音侯部。通轉爲韵。

化俗之本，有與推移。

【注】言化之本，還與沃瘠相隨逐推移也。善曰：《淮南子》曰：法其所以爲法，與化推移也。

【疏】五臣「化俗」作「俗化」。○薛注「言化」下疑脱一「俗」字。以「化俗」正承上文，當二字並舉也。○《淮南·齊俗篇》曰：不法其已成之法，而法其所以爲法。所以爲法者，與化推移者也。

何以覈諸？

【注】覈，驗也。胡革切。

【疏】胡克家曰：注「覈，驗也。胡革切」，袁本、茶陵本無此六字。何校去。○移，古音歌部。諸，古音魚部。通轉爲韵。

秦據雍而彊，周即豫而弱。高祖都西而泰，光武處東而約。政之興衰，恒由此作。

【注】作，起也。善曰：《過秦論》曰：秦孝公據雍州之地。《吕氏春秋》曰：河漢之間爲豫州也。按：雍州，厥土惟黄壤，厥田惟上上，是沃土也。故云秦據雍而彊，高祖都西而泰。荆河惟豫州，厥土惟墳

壚，厥田惟中上，是瘠土也。故云周卽豫而弱，光武處東而約。《左傳》：晉叔向曰：存亡之道，恒由此興。《周禮》曰：夫筋之所由憺，恒由此作。

【疏】古鈔「彊」作「強」，「由」作「繇」。○胡克家曰：注「作，起也」，袁本、茶陵本無此三字。何校去。○《過秦論》見本書卷五十一。○《吕氏春秋》，見《有始篇》，又曰：西方爲雍州。《尚書·禹貢》曰：黑水西河惟雍州。《周禮·夏官·職方氏》曰：正西曰雍州。《爾雅·釋地》曰：河西曰雝州。「雝」、「雍」字同。《釋文》曰：雍者，擁也。東崤，西漢，南商於，北居庸，四山之内，擁翳也。李巡云：河西其氣蔽壅，厥性凶急，故曰雍。雍，擁也。《太康地記》云：雍州兼得梁州之地，西北之位，陽所不及，陰氣壅閼，故取名焉。《御覽·州郡部》五引《春秋元命苞》曰：雍，壅也。《釋名·釋州國》曰：雍州在四山之内。雍，翳也。《禹貢》曰：荆河惟豫州。《職方氏》曰：河南曰豫州。《釋地》同。《釋文》曰：李巡云：河南，其氣著密，厥性安舒，故曰豫。豫，舒也。《春秋元命苞》云：豫之言序也。言陽氣分布，各得其處，故其氣平静多序也。《釋名·釋州國》曰：豫州地在九州之中，京師東都，所居常安豫也。《御覽·州郡部》四引《太康地記》曰：豫州之分，其人得中和之氣，性安舒。○雍州土黄壤，田上上。豫州土墳壚，田中上。並見《禹貢》。《釋文》引馬融曰：壤天性和美也。墳，有膏肥也。《禮書》卷三十四引鄭玄曰：壚，疏也。案：豫州田中上，亦不得爲瘠土。此注未確。疑後人所增益。○《左傳》，見昭十三年。六臣本「左」下有「氏」字。○《周禮》，見《考工記·弓人》。「憺」當作「幨」。鄭玄曰：幨，絶起也。胡克家曰：袁本、茶陵本無「之所由憺」四字，此尤校添也。○弱、約，古音宵部。作，古音魚部。通轉爲韻。

先生獨不見西京之事歟？請爲吾子陳之。

【注】善曰：鄭玄《禮記注》曰：吾子，相親之辭也。

【疏】此《儀禮・士冠禮》注。《東都賦》注已引之。《禮記》注無此文，《樂記》孔疏引之。豈李氏誤記耶。○歟，古音魚部。之，古音之部。通轉爲韻。○以上借憑虛公子發端。

漢氏初都，在渭之涘。

【注】涘，涯也。善曰：《漢書》：東方朔曰：漢都涇渭之南。《毛詩》曰：在渭之涘。

【疏】《漢書》，見《東方朔傳》。○《毛詩》，見《大明》。

秦里其朔，寔爲咸陽。

【注】里，居也。朔，北也。寔，是也。秦地居其北，是曰咸陽。善曰：《史記》曰：秦孝公作咸陽，徙都之。

【疏】《史記》，見《秦本紀》孝公十二年。《正義》引《括地志》曰：咸陽故城，亦名渭城，在雍州咸陽縣東十五里，京城北四十五里，卽秦孝公徙都之者。今咸陽縣，古之杜郵，白起死處。《漢書・地理志》右扶風渭城縣，原注曰：故咸陽。《清統志》曰：陝西西安府渭陽故城，在咸寧縣東，卽秦所都咸陽也。案：咸寧今併入長安縣。

左有崤函重險，桃林之塞。

【注】崤及函谷關、桃林，皆在長安東。故言左。善曰：殽、函，已見《西都賦》。《左氏傳》曰：以守桃林之塞。按：桃林、弘農，在閿鄉南谷中。

【疏】《左傳·文十三年》曰：晉侯使詹嘉處瑕，以守桃林之塞。杜注曰：桃林在弘農華陰縣東潼關。《水經·河水注》引《晉太康地記》曰：桃林在閿鄉南谷中。《元和郡縣志》曰：關內道華州華陰縣，潼關在縣東北三十九里，古桃林塞也。又曰：河南道陝州靈寶縣，桃林塞自縣以西至潼關是也。《三秦記》曰：桃林塞在長安東四百里。若有軍馬經過，好行則牧華山，休息林下。惡行則決河漫延，人馬不得過矣。《清統志》曰：陝西同州府，潼關故城在潼關廳東南，古桃林也。案：潼關廳，今改縣。閿鄉縣屬河南。本字作「閺」，俗作「閿」。朱珔曰：閿鄉本漢湖縣地，後漢屬弘農郡。故《續志》弘農縣下有桃丘聚，即桃林。劉昭注引《博物記》以爲在湖縣休與之山，而《中山經》云：夸父之山，其北有林焉，曰桃林。山今在閿鄉縣東南。疑休與、夸父一山二名矣。《水經·河水注》「逕閿鄉南」下引《述征記》曰：桃原，古之桃林。周武王克殷休牛之地。《西征賦》咸徵名於桃園者也。《寰宇記》云：自靈寶以西至潼關，皆桃林地。潼關屬華陰。故《左傳》杜注桃林在弘農華陰縣東潼關是矣。○涘、塞，古音之部。

綴以二華，巨靈贔屓，高掌遠蹠，以流河曲，厥跡猶存。

【注】華，山名也。巨靈，河神也。巨，大也。古語云：此本一山，當河水過之而曲行，河之神以手擘開其上，足蹋離其下，中分爲二，以通河流。手足之跡于今尚在。贔屓，作力之貌也。善曰：賈逵《國語

注》曰：綴，連也。《山海經》曰：太華之西，少華之山。《遁甲開山圖》曰：有巨靈胡者，偏得坤元之道，能造山川，出江河。楊雄《河東賦》曰：河靈矍踼，掌華蹈襄。贔，扶秘切。屓，許備切。蹠，之石切。矍，居縛切。踼，丑略切。

【疏】《太平御覽・地部》四引薛注曰：華山對河東首陽山，黄河流於二山之間。古語云：本一山，當河。河水過之而曲行，河神巨靈以手擘開其上，以足蹈離其下，中分爲兩，以通河流。今覩手跡於華嶽上，足跡在首陽山下，俱存焉。與此注字句小異。疑經李氏删節也。《藝文類聚・山部》引《述征記》亦述古語，與薛大致相同。而《水經・河水注》誤引作左丘明《國語》。朱謀㙔箋、戴震校，皆據此注謂當作古語也。又本書《吴都賦》曰：巨鼇贔屓，首冠靈山。《河水注》引作「巨靈」亦誤。又《搜神記》十三亦載此事，引本賦證之。○朱珔曰：《吴都賦》劉注：贔屓，用力壯貌。與薛注同。「贔」，俗字。依《説文》當作「奰」，云：壯大也。从三大、三目。二目爲𡚁，三目爲奰。益大也。《詩・大雅》：内奰于中國。奰從一大，省耳。毛傳：不醉而怒曰奰。《正義》引此賦語，正作「奰」云。奰者，怒而目作氣之貌。義並相近。屓亦或作屭，皆俗訛。《説文》作「眉」，卧息也。段氏云：眉之本義爲卧息。《鼻部》所謂鼾也。用力者必鼓其息，故引申之爲作力之貌。余謂《淮南・墬形訓》食木者多力而奰，是作力之義也。又《類篇》：「贔屭」，鼇也。一曰雌鼇爲贔。《本草》：贔屭，大龜，蟕蠵之屬，好負重。今石碑下龜象其形。殆因其能作力而爲之名與？胡紹煐曰：本書《吴都賦》巨鼇贔屓，《魏都賦》姦回内贔，皆作「贔」，當本從三横目三大。俗書横目爲直，而三大遂誤從三人。《衆經音義》七：「贔」，古文

「奰」同。《淮南・墜形訓》高注：「奰」讀如内奰於中國之奰。知古作「奰」，不作「贔」矣。許巽行曰：《復古編》云：奰，壯大也。屓，臥息也。别作「贔」、「屭」，非。○《國語》賈注，本書《魏都賦》、《景福殿賦》注引同，當是《齊語》「比綴以度」句注。○《山海經》，見《西山經》。「少」當作「小」。《經》曰：太華之山，又西八十里曰小華之山。郭注曰：卽少華山。《水經・渭水注》曰：華陰縣有華山，西南有小華山也。《元和志》曰：關内道華州鄭縣，少華山在縣東南十里。《清統志》曰：陝西同州府，少華山在華州東南。案：華州今改縣。○《開山圖》，《水經・河水注》亦引之。「偏得」作「偏得」，「坤」作「神」，又無「江」字。戴震皆據此注校改。孫詒讓《札迻》曰：《莊子・庚桑楚篇》云：老聃之役，有庚桑楚者，偏得老聃之道。《釋文》引向秀，偏音篇。此義與彼同。戴改非是。步瀛案：孫説是也。《御覽・天部》十五及《路史・前紀》三引均作「偏」。《御覽・天部》一作「偏」，與此注當皆傳寫之誤。《路史》引「巨」作「鉅」，「坤」作「神」，亦無「江」字。惟《御覽》一引「坤元」作「元神」，十五引作「元氣」，恐皆誤耳。《路史》注又引曰：巨靈與元氣齊生，爲九元真母。諸書所引無「九元真母」之文，疑羅氏妄加。胡紹煐曰：巨靈，薛以爲河神。善引《開山圖》以巨靈名胡。《法苑珠林》又以爲巨靈大人秦供海，恐出於不經。朱亦棟《羣書札記》曰：郭憲《洞冥記》：有一短人，愛悦於帝，名曰巨靈云云。按《漢武故事》東郡送一短人，長七寸，曰巨靈，卽此事也。蓋巨靈之名則同，而大小迥異矣。步瀛案：此與擘山之巨靈無涉也。○《漢書・楊雄傳》《河東賦》曰：秦神下讋，跖魂負沴。河靈矍踼，爪華蹈襄。注引蘇林曰：河靈，巨靈也。華，華山也。襄，襄山也。掌據之，足蹈之也。踼音試郎反。服虔曰：踼音石磽反。顔曰：矍踼驚動之貌。「爪」，古「掌」字。宋祁曰：江鄰幾云：趙師民指中條山曰：「此所謂襄山。楊雄賦爪華蹈襄。」檢余靖初校《漢書》監本作「衰」。馳介問之，云：「據《郊祀志》。衰字誤矣。」《郊祀志》云：自華以西名山七，華山、薄山。薄山者，襄山也。《史記·封禪書》卻作「衰山」。徐廣云：蒲坂縣有衰山，則知二字紛錯久矣。又「衰」一本作「㠊」。蕭該《音義》曰：該案：《説文》、《字林》並無「㠊」字，未詳其音，請俟來哲。李善注《西京賦》引《河東賦》云：河靈矍踼，掌華蹈衰。王念孫曰：案：衰與沴爲韵。則作「衰」者是也。沴，古讀若坻。故與衰爲韵。若改「衰」爲「襄」，則與沴字不協。余靖初校本作「衰」，是也。蕭該所見一本作「㠊」者，雖非正體，然加山作「㠊」，則其字本作「衰」明矣。《郊祀志》作「襄」者，傳寫誤耳，未可以爲據。宋祁所引《封禪書》及《西京賦》注並作「衰」。而今本皆作「襄」，則又後人據《郊祀志》改之也。《封禪書》《正義》尚作「衰」，音色眉反。則「襄」字爲後人所改無疑。《義門讀書記》云：從汲古後人得小字宋本《史記》，「襄」字正作「衰」。《水經·河水注》引《封禪書》、《河東賦》並作「襄」，恐亦後人所改。梁章鉅從王説。王先謙曰：官本「踼」作「踼」，注「郎」作「郎」。案：踼當作足旁易，從易從昜之字多相亂。姚鼐曰：此賦與矍、踼叶韻，知作「襄」爲正，「衰」形誤也。吴摯父先生亦謂《河東賦》當依《選》注作「襄」，與踼韵。步瀛案：《中山經》蒲首之山。郝懿行《箋疏》曰：《封禪書》《正義》引《括地志》云：薄山，一名襄山，一名雷首山。案：《正義》襄音色眉反。則當作「衰」。然《穆天子傳》云：河首襄山，是字仍當作「襄」也。則郝氏亦主作「襄」字。蓋作「衰」作「襄」，各本不同。《河東賦》引作「襄」未必皆後人所改。然李注引《河東賦》「踼」作「踼」，音丑略切。

則「褭」字不能與蹋韵，是李見本當作「衰」。如王懷祖所校矣。姚氏又曰：按：《説文》爪，亦丮也。从反爪。諸兩切。丮，持也。故蘇林注云：掌據之，是即持丮之義，不得謂即掌字也。《水經·河水下》酈注引「掌華蹈褭」蓋以音近而相承，失讀久矣。步瀛案：《説文》曰：爪，丮也。覆手曰爪，爪亦丮也。从反爪。闕。段玉裁曰：闕者其讀不傳，後人臆爲説曰諸兩切。蓋以覆手反之，即是掌也。楊雄《河東賦》：爪華蹈衰。蘇林曰：掌據之，足蹈之也。云掌據之，正合丮持之訓。而小顔云：爪，古掌字。酈注《水經·河水篇》、李注《西京賦》皆引作「掌」，則自蘇林已後，皆讀掌也。朱珔曰：以爪爲「掌」固通。平子賦亦云：高掌也。若《廣韵》又作「仉」，乃俗體耳。○華、蹠，古音魚部。曲，古音侯部。通轉爲韵。

右有隴坻之隘，隔閡華戎，

【注】善曰：《漢書音義》：應劭曰：天水有大阪曰隴坻。丁禮切。《廣雅》曰：隘，狹也。《説文》曰：隔，塞也。《小雅》曰：閡，限也。五代切。

【疏】《説文》曰：隴，天水大阪也。與應説合。又曰：秦謂陵阪曰阺。字又作「坻」，同。案：隴坻之坻，與楊子雲《解嘲》響若坻隤及《吴都賦》坻坻於前之「坻」字，皆異。彼當作「氐」，與坻字从氏音異。説見《吴都賦》。○《廣雅》見《釋詁》一。「狹」作「陿」。案：《東京賦》薛注曰：隘，險也。此當依其訓。○胡紹煐曰：今《説文》：隔，障也。無塞也之訓。按：當爲《説文》曰：隘，塞也。善引《説文》爲隘字作解。「隘」，《説文》作「阨」，塞也。經籍通用「隘」字。《左·昭元年傳》所遇又阨。《定四年傳》直轅冥阨。

《釋文》並云「阨」本作「隘」，是其證。「阨」即今「阸」字。「阸」之作「隘」，猶「阸」之作「阨」，後人不知「隘」即「阨」字，遂改「隘」爲「隔」，與《說文》不合。而段氏據誤本善注，逕易《說文》「隔，障也」爲「隔，塞也」，妄矣。步瀛案：李注已引《廣雅》釋「隘」字，不必再引《說文》。胡氏說亦未確也。梁章鉅、許巽行但糾與今《說文》異，不立他說。○《小雅》，見《廣言》。

岐梁汧雍。

【注】《說文》曰：岐山在長安西，美陽縣界。山有兩岐，因以名焉。善曰：《漢書》右扶風好時縣，有梁山。又汧山在扶風汧縣西。汧音牽。

【疏】梁章鉅曰：注《說文》云云，今《說文》無此語。此係舊注所引，當是《說文》正本。步瀛案：今《說文·邑部》郊下曰：周文王所封，在右扶風美陽中水鄉，从邑，支聲。重文作「岐」，曰：郊或从山，支聲。因岐山以名之也。段玉裁曰：岐山見於《夏書》、《雅》、《頌》、《漢志》。郊邑因岐山以名，郊邑可作「岐」，岐山不可作「郊」。薛綜注《西京賦》引《說文》云云，此《說文·山部》原文也。「山有兩岐」，當作「山有兩枝」。山有兩枝，故名曰岐山。疑後移入於此，而刪改之。王筠亦以段說爲是。《漢書·地理志》右扶風美陽縣，原注曰：《禹貢》岐山在西北。《水經·禹貢山水澤地所在篇》同。《清統志》曰：陝西鳳翔府，岐山在岐山縣東北。○《漢書》，見《地理志》。吴卓信《補注》曰：此太王所踰之梁山，非《禹貢》梁山也。《緜詩》孔疏混而一之，不知岐周、韓國東西相距五六百里。太王率西水滸，無走馬徂東之理。《禹貢》梁山果指此，則岐在梁東，禹從東而西，當言「治岐及梁」，不云「治梁及岐」

矣。李吉甫、宋敏求並主其説，誤。《清統志》曰：陝西乾州，梁山在州西北五里。案：乾州，今改縣。○《漢志》右扶風汧縣，原注曰：吴山在西。古文以爲汧山。雍州山，《周禮·夏官·職方氏》：雍州，其山鎮曰嶽山。鄭注曰：嶽，吴嶽也。《水經·渭水注》曰：汧水又東，會一水，發南山西側，俗以此爲吴山。三峯霞舉，叠秀雲天，崩巒傾返，山頂相捍，望之恒有落勢。《地理志》曰：吴山在縣西，古文以爲汧山也。胡渭曰：吴嶽，班、酈皆謂即古之岍山。然《史記·封禪書》又析吴嶽與嶽山而爲二。《隴州志》則以州西四十里之吴山爲岍山，州南八十里之嶽山爲吴嶽。竊謂吴山，《漢志》雖云在縣西，而岡巒緜亙，延及其南，與嶽山只是一山。自周尊岍山曰嶽山，俗又謂之吴山，或又合稱吴嶽。《史記》遂析嶽山與吴嶽爲二山，而岍山之名遂隱。其實此二山者，《周禮》總謂之嶽山，《禹貢》總謂之岍山。當以《漢志》爲正。王先謙曰：《説文》有「汧」無「岍」。今《書》作「導岍」，非也。《續漢志》「汧」下云：有吴嶽山，本名「汧」。劉注引郭璞云：別名吴山，《周禮》所謂嶽山者。其説至晰。至《封禪書》言吴岳，又言岳山，此古文以爲敦物之岳山，與《職方氏》嶽山無涉。○朱銘曰：《漢書·地理志》：右扶風有雍縣。應劭曰：四面積高曰雍。步瀛案：《封禪書》曰：秦德公卜居雍。《清統志》曰：鳳翔府，雍縣故城在鳳翔縣南。然此賦與上三山名相配，則此「雍」字當以山名解之。《水經·渭水注》曰：渭水又東，逕雍縣南，雍水注之，水出雍山，東南流，世謂之中牢水。《清統志》曰：鳳翔府，雍山在鳳翔縣西北。○戎，古音冬部。雍，古音東部。通轉爲韵。

陳寶鳴雞在焉。

【注】善曰：《漢書》曰：秦文公獲若石于陳倉北坂城，祠之，其神光輝若流星，從東方來，集于祠城。則若雄雉，其聲殷殷云，野雞夜鳴。以一太牢祠之。名曰陳寶。應劭曰：時以寶瑞，作陳寶祠，在陳倉，故曰陳寶。

【疏】《漢書》見《郊祀志》。胡克家謂：袁本、茶陵本無「北」字「云」字，皆尤校添。步瀛案：二字皆不宜無，尤校是也。《郊祀志》實本《封禪書》。「東方」作「東南」，「雄雉」作「雄雞」，不複「殷」字。案：「云」字上屬。王念孫謂：云，猶然也。是也。朱銘曰：《索隱》引《列異傳》云：陳倉人得異物以獻之，道遇二童子，云此名爲媦，在地下食死人腦。媦乃言彼童子名陳寶，得雄者王，得雌者霸。乃逐童子，化爲雉。秦穆公大獵，果獲其雌，爲立祠祭。又《秦本紀》云：文公十九年，得陳寶。則是本名陳寶，非因陳倉而云然也。步瀛案：陳寶之名，應説似得之。朱引《列異傳》，殆未足據。《藝文類聚・鳥部》、《御覽・羽族部》四引《列異傳》，文公立祠，敍於穆公獲雉之後，其誤顯然可見也。又《搜神記》卷八、《秦本紀》《正義》引《括地志》，引《晉太康地志》皆載其事。○焉，古音元部。與上「存」字通韵。存，古音諄部。

於前則終南太一，

【注】二山名也。善曰：《尚書》曰：終南、惇物，至于鳥鼠。《漢書》曰：太一山，古文以爲終南。《五經要義》曰：太一，一名終南山，在扶風武功縣。此云「終南太一」，不得爲一山明矣。蓋終南，南山之總名。太一，一山之別號耳。

【疏】古鈔「則」下有「有」字。○胡克家曰：二山名也。袁本、茶陵本作「終南太一，二名也」七字。案：二本是也。二名也者，謂一山有二名，觀下注可見。尤校改非。又曰：袁本、茶陵本無「不得爲一」四字。案：二本有脱文，今無以補之。尤所添校，未必闇同善舊也。姜皋曰：《太平御覽》三十八引辛氏《三秦記》，太一在驪山西，去長安二百里，中有石室、靈芝。太一既在長安西，似非終南山矣。朱珔曰：胡氏《考異》意主終南太一爲一山之説。然《西征賦》云「面終南而背雲陽」，又言「太一龍嵸」，善彼注云：《漢書》：武功山有大一，古文以爲終南。此賦下云太一，明與終南別山。《西京賦》「於前則終南太一」，二山明矣。則善意固以爲二山，非如《考異》所云也。胡氏《錐指》亦以爲二山。引《水經·渭水中篇注》云：太一山亦曰太白山，在武功縣南，去長安二百里，不知其高幾何。俗云武功太白，去天三百。杜彦達曰：太白山南連武功山，於諸山最爲秀傑。冬夏積雪，望之皓然。是《錐指》謂太一卽太白，非終南也。但酈注上亦引《漢志》太壹山，古文以爲終南。又云：杜預以爲中南也。亦曰太白山。則酈氏原不以爲二山。余謂《方輿紀要》言終南山在今西安府南五十里，亘鳳翔、岐山、郿縣、武功、盩厔、鄠縣、長安、咸寧、藍田之境。引《三秦記》云：東西八百里，山既綿長如此，則雖合之爲一山，而隨地異名，卽可分之爲二山矣。胡紹煐曰：本書《西征賦》亦以爲二山。辛氏《三秦記》：其山從長安西向，可二百里，中有石室，嘗有一道士，自言太乙之精。疑太一因太乙精而得名。太一特終南之一山，故二名不嫌並舉也。傅玄賦：終南鬱以巍峩，太乙淩乎蒼昊。亦二山並舉可證。步瀛案：朱氏及胡紹煐説是也。《太平御覽·地部三》曰：《漢書》曰：太一山又爲終南山。《五經要義》：太一山在扶風武功縣。則終南、太一不得爲一山明矣。蓋終南，南山之總名。太一，山之別。此條不言出何書。疑卽取李氏此注，安得據袁、茶陵二本脱誤，遂謂「不得爲一」四字爲尤氏所添，未必闇同善舊耶？梁章鉅、姜皋亦主二山説，又互見《西都賦》疏。又案：胡引《三秦記》及傅玄《敍行賦》，並見《初學記·地部》引《三秦記》，《御覽·地部》五亦引之。○《尚書》，見《禹貢》。胡克家曰：袁本、茶陵本無「至于鳥鼠」四字。○《漢書》見《地理志》右扶風武功縣。原注「一」作「壹」。○《五經要義》，《初學記》、《御覽》皆節引之。案：《隋志》有《五經要義》五卷。注曰：梁十七卷，雷氏撰。

隆崛崔崒，隱轔鬱律。

【注】山形容也。善曰：《埤蒼》曰：崛，特起也。魚勿切。崔，徂回切。崒，情律切。轔，伶軫切。

【疏】五臣「崛」作「崫」，「崒」作「崪」。○胡克家曰：注「山形容也」，袁本、茶陵本上有「隆崒之類皆」五字。○胡紹煐曰：隆崛，山形之曲，猶岣嶁也。山曲謂之岣嶁，亦謂之隆崛，猶車弓謂之枸簍，亦謂之隆屈。《方言》九：車枸簍，南楚之外或謂之隆屈。曲脊謂之痀僂，亦謂之隆屈。司馬相如《大人賦》詘折隆窮，躩以連卷，是也。隱轔，鬱律，皆不平之貌。《大人賦》：遝入雷室之砰磷鬱律兮。「砰磷」與「隱轔」音並近，故山不平謂之隱轔，亦謂之鬱律。猶氣不平謂之砰磷，亦謂之鬱律，其義同也。呂錦文曰：「隱轔」卽「嶾嶙」，山峻貌。潘岳《西征賦》：裁岥岮以嶾嶙。注云：絶高貌。《集韻》云「嶾」與「𡾊」同。「轔」、「嶙」義不相涉，然皆从「粦」得聲，故字可借用。步瀛案：本書《上林賦》曰：隱轔鬱壘。「鬱律」卽「鬱嵂」。郭璞注曰：堆巃不平貌。與此可互證。○《埤蒼》，本書《王命論》注引同。玄應

《一切經音義》九引作「崛，特立也」。

連岡乎嶓冢，

【注】善曰：《爾雅》曰：山脊曰岡。《尚書》曰：導嶓冢至于荆山。嶓音波。

【疏】《爾雅》見《釋山》。○《尚書》見《禹貢》。《漢書·地理志》：隴西郡西縣，原注曰：《禹貢》嶓冢山，西漢所出。王先謙曰：《禹貢山水澤地所在篇》嶓冢山，在氐道縣南，與《志》合。西與氐道接界也。「西漢」下脱「水」字。步瀛案：《元和志》曰：隴右道秦州上邽縣，嶓冢山在縣西南五十八里。《清統志》曰：甘肅秦州，嶓冢山在州西南六十里。案：秦州今爲天水縣。

抱杜含鄠，

【注】杜陵鄠縣，言終南太一含裹之。

【疏】「杜陵」上原有「音户」二字，合下凡十四字。胡克家曰：注袁本、茶陵本無此十四字。步瀛案：「音户」二字，殆删削六臣本音未盡者，與前卷一律删去。此篇以永隆本證之，爲後人增益者當不少，不能盡削，故仍存此注後倣此。梁章鉅曰：《廣韻》引《西京記》：抱土含鄜，卽此句也。朱氏珔曰：按：古「土」、「杜」字通用。《毛詩》「桑土」，《韓詩》作「桑杜」是也。《廣韻》鄜，侯古切，音户。《字彙補》謂與鄠同。據姚察《史記訓纂》云：户、扈、鄠三字一也。其从虎者，音相近耳。姜氏皋曰：《詩傳》：桑土，桑根也。《方言》三：荄，杜根也。東齊曰杜，或曰芨。郭注：《詩》曰徹彼桑土，是也。臧氏琳曰：《漢書·地理志》右扶風杜陽，師古引《詩》自土沮漆，云：《齊詩》作「自杜」，尤足爲此賦「杜」「土」通用之確證。胡紹煐曰：《西京賦》謂之《西京記》，猶《幽通賦》《水經注》謂之《幽通記》耳。步瀛案：《吕氏春秋》《情欲》、《必已》、《博志篇》高誘注皆引作《幽通記》。知古人有此例矣。杜、鄠已見《西都賦》。

歆灃吐鎬。

【注】善曰：灃、鎬，二水名也。已見《西都賦》。《説文》曰：歆，歠也。呼合切。歠，昌悦切。

【疏】五臣「鎬」作「滈」。○灃、鎬已見《西都賦》。又《三輔黄圖》引《廟記》曰：鎬池在昆明池北，周匝二十二里，溉田三十三頃。《水經·渭水注》曰：渭水又東北，與鎬水合，水上承鎬池於昆明池北，又北流，西北注，與滮池水合，北逕清靈臺西，又逕磁石門西，又北注於渭。宋敏求《長安志》曰：《括地志》曰：今案：鎬池又北流入永通渠，不至磁石門，亦不復入渭矣。今《圖經》鎬水在縣西四十里，其水自鄠縣界入本縣界十里，入清渠。《清統志》曰：西安府，鎬水在長安縣西北。「鎬」一作「滈」。舊志：水源亦出南山谷中，北流經故長安縣城南，注昆明池。又北爲鎬池，又北入于灃水。自唐堰入昆明池，而灃鎬之流絶。今則昆明池亦涸爲民田。案：《西都賦》鎬不專屬水，故此特著焉。○「歆」字引《説文》已見《西都賦》注。吕向曰：灃水流入，故言歆。滈水流出，故言吐。

爰有藍田珍玉，是之自出。

【注】藍田，弘農縣也。善曰：《爾雅》曰：爰有寒泉。《范子計然》曰：玉英出藍田。是之自出，謂玉出自藍田之中也。

【疏】《漢書・地理志》京兆尹藍田縣，原注曰：山出美玉。《續漢書・郡國志》：藍田亦屬京兆尹。薛注云：弘農縣。豈三國時嘗改屬弘農耶？然《晉書・地理志》藍田屬京兆郡，不言嘗屬弘農。《清統志》曰：西安府，藍田故城在今藍田縣西。○胡克家曰：注袁本、茶陵本無「善曰」二字。案：各本皆有誤也。「《爾雅》曰」與「爰有寒泉」不相承接，今無以訂之。尤校添「善曰」，仍未爲得善舊也。孫義鈞曰：此注疑在下節「九嵕甘泉，涸陰沍寒」之下。「《爾雅》」亦當爲「《毛詩》」之譌。步瀛案：「《爾雅》曰」下當有「爰，于也。《毛詩》曰」六字。孫説恐未是。《爾雅》，見《釋詁》；《毛詩》，見《凱風》。○《范子》已見《西都賦》注。○一、律，古音至部。崒、出，古音脂部。通轉爲韻。

於後則高陵平原，據渭踞涇。

【注】善曰：《爾雅》曰：大阜曰陵。又曰：高平曰原。毛萇《詩傳》曰：據，依也。《大戴禮》曰：獨坐不踞。然踞，卻倚也。音據。

【疏】古鈔「則」下有「有」字。○《爾雅》，並見《釋地》。○《詩》毛傳，見《邶風・柏舟》。○《大戴禮・保傅篇》作「獨處而不倨」。李善以「倨」爲「踞」之借字，故徑引作「踞」。

澶漫靡迤，作鎮於近。

【注】澶漫靡迤，陵原之形，爲作近鎮也。善曰：《子虛賦》曰：登降迤靡，案衍澶漫。澶，徒旦切。漫，莫半切。

【疏】本書《子虛賦》「澶漫」作「壇曼」。注引司馬彪曰：壇曼，平博也。又《甘泉賦》曰：平原唐其壇曼兮。亦廣大之意。《莊子·馬蹄篇》曰：澶漫爲樂。《釋文》曰：「澶」本又作「儃」。崔本作「但」，「漫」崔本作「曼」。李云：「澶漫」猶縱逸也。崔云：但曼，注衍也。《後漢書·仲長統傳》載《昌言·理亂篇》曰：澶漫彌流。李賢注曰：澶漫，猶縱逸也。案：縱逸與寬大意近。故人意寬大謂之澶漫，地形廣大亦謂之澶漫。而「壇曼」、「儃漫」、「但曼」皆字異義同。又《子虛賦》「迤靡」作「陁靡」。司馬彪曰：陁靡，邪靡也。《史記·司馬相如傳》亦作「陁靡」。《漢書》作「阤靡」。本書《上林賦》作「施靡」，五臣作「陁靡」。《史記正義》引郭璞曰：施靡，猶連延。又《甘泉賦》曰：施靡乎延屬，注曰：施靡，相連貌也。五臣作「迤靡」。《洞簫賦》曰：倚巇迤𡾰。注曰：迤𡾰，邪平之貌。則「靡迤」、「迤靡」、「施靡」、「陁靡」、「阤靡」、「迤𡾰」皆同。故薛注以爲陵原之形。「澶漫」與「靡迤」皆叠韻連語。〇原，古音元部。涇，古音耕部。近，古音諄部。通轉爲韻。

其遠則九嵕甘泉，涸陰沍寒，日北至而含凍，此焉清暑。

【注】九嵕甘泉，其處常陰寒。日北至，謂夏至。時猶沍寒而有凍，帝或避暑於甘泉宮。故云清暑。善曰：《左氏傳》：申豐曰：「涸陰沍寒。」沍，胡故切。《漢書》曰：夏至于東井，北近極，故晷短，爲温暑。《上林賦》曰：盛夏含凍裂地。

【疏】六臣本「則」下有「有」字。〇《漢書·武五子傳》曰：時上疾，辟暑甘泉宮。〇《左傳》見昭四年。「涸」作「固」字通。《漢書·五行志》顔注曰：涸，凝也。與此正同。《左傳》杜注曰：沍，閉也。〇《漢書》見《天文志》。「夏至」下當複「至」字。《書·洪範》孔疏曰：張衡、蔡雍、王蕃等説渾天者，皆云周天三百六十五度四分度之一。天體圓如彈丸，北高南下，北極出地上三十六度，南極入地下三十六度。南極去北極直徑一百二十二度弱。其依天體隆曲，南極去北極一百八十二度彊。正當天之中央，南北二極中等之處，謂之赤道，去南北極各九十一度。春分日行赤道，從此漸北。夏至赤道之北二十四度，去北極六十七度，去南極一百一十五度。日行黑道，從夏至日以後，日漸南，至秋分還行赤道，與春分同。冬至行赤道之南二十四度，去南極六十七度，去北極一百一十五度。其日之行處，謂之黃道。案古曆法：周天三百六十五度四分度之一。今定爲三百六十度，以整馭零，勝於古法多矣。

○泉、寒，古音元部。自爲韵。暑與下爲韵，古人用韵往往有此。

爾乃廣衍沃野，厥田上上，

【注】善曰：鄭玄《周禮注》：下平曰衍。《漢書》曰：秦地沃野千里。《尚書》：雍州曰厥田惟上上。

【疏】《周禮》鄭注，見《地官·大司徒》。○《漢書》，見《地理志》。○《尚書》，見《禹貢》。「曰」字疑當在「雍州」上。

實惟地之奧區神皋。

【注】神皋，接神之聲。善曰：《漢書》曰：自古以雍州積高，神明之隩。故立畤郊上帝，諸神祠皆聚之。《廣雅》曰：皋，局也。謂神明之界局也。

【疏】六臣本「惟」作「爲」。○梁章鉅曰：《史記·封禪書》云：自古以雍州積高，神明之隩，蓋取精誠上通之意。登高封禪者，皆是也。若陳寶之來集於祠城，其聲殷云，又從官在山下聞，若有言萬歲者。

《正義》引《漢官儀》曰：有稱萬歲，可十萬人聲。此注「接神之聲」，義或本此。胡紹煐曰：薛以皋爲接神之聲，則讀皋爲「皋，某復」之「皋」。然本書《齊故安陸昭王碑》文：「禹穴神皋」，彼「神皋」對「禹穴」，此「神皋」對「奥區」，指地言之。《蕭公行狀》：神皋載穆，轂下以清。似神皋又爲帝王所居之地。猶今云神京耳。又按：依注則「奥」當作「隩」。本書《西征賦》云：張敍神皋隩區。「奥」作「隩」。朱銘曰：《儀禮·士喪禮》鄭注云：皋，長聲，則皋可訓爲聲。然「區」、「皋」皆以地言，本文自明。李注爲長。○《漢書》，見《郊祀志》。末「之」字作「云」。《封禪書》同。○《廣雅》見《釋言》。王念孫《疏證》謂：局之言曲也。王逸注《離騷》云：澤曲曰皋。皋爲曲局之局，又爲界之局。即引此注爲證。○暑、野，古音魚部。皋，古音幽部。通轉爲韵。

昔者大帝説秦繆公而覲之，饗以鈞天廣樂。帝有醉焉，乃爲金策，錫用此土，而翦諸鶉首。

【注】大帝，天也。翦，盡也。善曰：《山海經》曰：浪風之山，或上倍之，是謂玄圃。或上倍之，是謂大帝之居。《史記》曰：趙簡子疾，扁鵲視之曰：「昔繆公常如此，七日而寤，寤之日，告公孫支曰：我之帝所，甚樂。帝告我晉國且大亂，今主君之疾與之同。」二日，簡子寤曰：「我之帝所，甚樂，與百神遊于鈞天。廣樂九奏萬舞，不類三代之樂，其聲動心。」虞喜《志林》曰：喭曰：天帝醉秦暴金誤隕石墜。謂秦繆公夢天帝奏鈞天樂，已有此喭。《列仙傳讚》曰：秦繆公受金策祚世之業。《漢書》曰：自井至柳，謂之鶉首之次，秦之分也。盡取鶉首之分，爲秦之境也。

【疏】古鈔「繆」作「穆」，通用字。○王引之曰：薛訓翦爲盡。盡諸鶉首，殊爲不詞。李云：盡取鶉首之分，亦與「翦諸」之文不合。今案：「翦」讀爲「踐」。《文王世子》：不翦其類也。《周禮·甸師》注引「翦」作「踐」。《玉藻》：凡有血氣之類，弗身踐也。注：踐當爲「翦」。踐，居也。謂居於鶉首之虚也。《晉語》曰：實沈之虚，晉人是居。《方言》曰：慰、廛、度，尻也。東齊海岱之閒或曰踐。趙注《孟子·盡心篇》曰：踐，履居之也。《晏子·問篇》曰：後世孰踐有齊國者。皆其證也。步瀛案：王説破「翦」爲「踐」，與下言同宅西秦，並訓爲居，文義極爲吻合。然薛、李二注訓翦爲盡，義亦通。庾子山《哀江南賦》曰：以鶉首而賜秦，天何爲而此醉。卽本此賦意。李義山《咸陽詩》曰：自是當時天帝醉，不關秦地有山河。更就此賦之語，翻出一意。○梁章鉅曰：注《山海經》云云，今《山海經》無此語。此出《淮南·墬形訓》，恐李誤耳。步瀛案：今《墬形篇》「浪」作「涼」，「玄」作「縣」。○《史記》，見《趙世家》及《扁鵲傳》，二「日」下皆有「半」字。又《封禪書》曰：秦繆病卧，五日不寤，寤乃言夢見上帝，卽此事也。梁章鉅曰：葉適《習學記言》謂：此醫師語，不足信。《山海經·海内東經》注引《墨子》曰：秦穆公有明德，上帝使句芒賜壽十九年。陶宗儀《説郛》本《尚書中候》云：穆公出狩，天大雷，有火化白雀，銜緑文丹書，集於車書，言穆公之霸，訖胡亥事。其誕正同。○《隋書·經籍志》子部儒家，有《志林新書》三十卷，虞喜撰。新、舊《唐志》並作二十卷。今佚，馬國翰有輯本。朱亦棟《羣書札記》曰：案：《史記·始皇本紀》：三十六年，熒惑守心，有墜星下東郡，至地爲石，黔首或刻其石曰：始皇帝死而地分。始皇聞之，盡取石旁居人誅之，因燔銷其石。喭所云蓋卽此讖也。而「金誤」二字，殊不可解。又《述異記》秦二世元年，宮中雨金，既而頃刻皆化爲石。嘇言得無指此歟？○《隋書·經籍志》史部雜傳類，有《列仙傳讚》三卷，注曰：劉向撰，鬷續，孫綽讚。又二卷，注曰：劉向撰，晉郭元祖讚。此注所引，未知何屬。○《漢書》，見《地理志》。謂井十度至柳三度，而《律曆志》謂鶉首初井十六度，終於柳八度。《續漢書·律曆志》注引蔡邕《月令章句》曰：自井十度至柳三度，謂之鶉首之次，秦之分野。與《漢書·地理志》合。《晉書·天文志》曰：自東井十六度，至柳八度，爲鶉首，秦之分野。與《律曆志》合。《晉志》又載費直說：周易分野，鶉首起井十二度。又與諸家異。○樂，古音宵部。土，古音魚部。首，古音幽部。三部通轉爲韻。醉，古音脂部。策，古音支部。二部通轉爲韻。

是時也並爲彊國者有六。

【注】韓、魏、燕、趙、齊、楚。

【疏】《史記·六國表》《索隱》曰：六國乃魏、韓、趙、楚、燕、齊，并秦七國，號曰七雄。

然而四海同宅西秦，豈不詭哉。

【注】宅，居也。詭，異也。初，繆公夢，然後六國竟滅，秦果并而居之，豈不異哉。

【疏】《爾雅·釋言》曰：宅，居也。《莊子·齊物論》《釋文》曰：詭，異也。並與薛注義合。案：詭，《說文》訓責，此乃「恑」之通借字。《說文》曰：恑，變也。○六，古音幽部。與上宵、魚部通轉爲韻。詭，支部，與上脂部通轉爲韻。○以上地勢。

自我高祖之始入也，五緯相汁，以旅于東井。

【注】善曰：五緯，五星也。《漢書》曰：漢元年十月，五星聚于東井，沛公至灞上。又曰：此高祖受命之符。已見《西都賦》。《方言》曰：汁，叶也，之十切。郭璞曰：叶，和也。

【疏】五臣「汁」作「叶」。○胡克家曰：茶陵本「善曰」在「也」字下。袁本與此同。似茶陵是也。又「《漢書》曰」，袁本、茶陵本作「高紀」二字。步瀛案：前引《漢書》見《高紀》，又引見《天文志》。二本作《高紀》非是。又案：此注已全見《西都賦》，似此不必再出，疑是後人所增。或本有此，而無「已見《西都賦》」語，後人兩存之。○《周禮·春官·大宗伯》鄭注曰：星，謂五緯。賈疏曰：五緯，即五星。東方歲星，南方熒惑，西方太白，北方辰星，中央鎮星。言緯者，二十八宿隨天左轉爲經，五星右旋爲緯。《史記·天官書》：紫宮、房心、權衡、咸池、虛危列宿部星，此天之五官坐位也，爲經，不移徙。水、火、金、木、填星，此五星者，天之五佐，爲緯，伏見有時，所過行贏縮有度。案：此皆釋木火金水土五星爲緯之故。○《方言》，見卷三。梁章鉅曰：按：《爾雅》、《淮南子》歲在未皆作「協洽」。《史記·天官書》作「叶洽」。《漢隸字源·樊敏碑》作「汁洽」。《周禮》注：卿士汁日。《禮·大傳》疏黑帝汁光紀，皆「汁」與「叶」、「協」相通之證。薛傳均曰：左太沖《吳都賦》注：善曰：汁，猶愜也。「愜」即和協之義。《秋官·鄉士》汁日，注：汁，合也，和也。《釋文》：汁音協，本亦作協。《大行人》協辭命，注：故書作「叶詞命」。鄭司農云：「叶」當爲「汁」。《說文》：協，衆之同和也。「叶」或从口，是叶即「協」之或體。故皆訓和也。至於汁字，《說文》訓液。段氏注云：汁液必出和協，故其音義通也。其說最確。

婁敬委輅，幹非其議。

【注】善曰：《漢書》：婁敬脱輓委輅，曰：「臣願見上言便宜。」又説上曰：「陛下都洛陽，不如入關中。」言婁敬貧乏人，不合干上妄議，其説允合帝心。《漢書音義》：應劭曰：輅，謂以木當胷，以輓輦也。輅，胡格切。幹音干。薛君《韓詩章句》曰：幹，正也。謂以其議非而正之。

【疏】《漢書・婁敬傳》「脱輓」下無「委」字。「輅」下有「見齊人虞將軍」六字。注引蘇林曰：輅，一木横遮車前，二人挽之，一人推之。又引孟康曰：輅音胡格反。《史記・劉敬傳》《索隱》曰：輅者，鹿車前横木，二人前輓，一人後推之。《説文》曰：輅，車軨前横木也。段玉裁曰：應劭云：輅謂以木當胷以挽。《廣韵》用之，改其字作輅，形與義皆非。以木當胷，乃今之縴板，與輅各物。《解嘲》云：婁敬委輅脱輓，謂委車前横木，脱縴板，輅非胷前木也。當依蘇林、孟康、《廣韵》音胡格反，乃合。若近代用輅爲路車字，其淺俗不足道也。胡紹煐曰：《史》、《漢》家皆以輅爲車前物。《儀禮・既夕》：當前輅。鄭注：輅，轅縛所以屬引。賈疏謂以木縛車轅上，以屬引於上而挽之，是亦以輅爲車前之木。《淮南・兵略訓》：百姓之輓輅首路死者。高誘注：輅，輓輦横木。《人閒訓》嬴弱服格於道，《覽冥訓》身枕格而死。又作「格」。輅之言格也，所以枝格便前挽也。孟康：輅音胡格反，是也。今讀如路，非古也。○《韓詩章句》乃《大雅・韓奕》釋榦不庭方之文。張銑曰：以都洛陽爲非而正之。

天啓其心，

【注】謂五星聚也。

【疏】孫志祖曰：《鄭語》：「是天啟之心也。」又《晉語》：非天誰啟之心。

人惎之謀。

【注】惎，教也。謂婁敬之謀。善曰：惎音忌。

【疏】張雲璈曰：《左傳·宣十二年》：楚人惎之脱扃。杜注：惎，教也。

及帝圖時，意亦有慮乎神祇，宜其可定以爲天邑。

【注】言高帝圖此居之時，意亦以慮於天地陰陽，而思可宜定以爲天邑。善曰：《爾雅》曰：圖，謀也。《尚書》曰：肆予敢求爾于天邑商。

【疏】王念孫曰：意亦，猶抑亦也。「抑」與「意」古字通。《論語·學而篇》：抑與之與，《漢石經》「抑」作「意」。《大戴禮·武王踐阼篇》：意亦忽不可得見與。《荀子·脩身篇》：意亦有所止之與。《秦策》：誠病乎，意亦思乎。並與「抑亦」同。宜，讀曰儀。儀，度也。度其可安定之地，以爲天邑也。《説文》曰：儀，度也。《周語》曰：儀之于民，而度之于羣生。又曰：不度民神之義，不儀生物之則。「儀」與「宜」古字通。《小雅·角弓篇》如食宜饇。《韓詩》作「儀」。《楚語》：采服之儀。《周禮·春官》鄭司農注作「宜」。薛云：思可宜定以爲天邑，失之。○《爾雅》，見《釋詁》。○《尚書》，見《多士》。胡克家曰：袁本、茶陵本曰：上有「王」字，無「肆予」二字。○張銑曰：天邑，帝都也。○入、汁、邑，古音緝部。謀、時，古音之部。通轉爲韻。議，古音歌部。祇，古音支部。通轉爲韻。漢人用韻最寬，亦最雜，且亦不似後來詞賦用韻有常格也。

豈伊不虔思于天衢，

【注】伊，惟也。虔，敬也。言此時豈惟不敬思居天氣四交之處邪。謂東京也。

【疏】《爾雅·釋詁》曰：伊，維也。郭注曰：發語辭。案：惟、維字通。

豈伊不懷歸于枌榆。

【注】懷，思也。枌榆，豐社。高祖所起也。豈惟不思歸處枌榆社之域，都於洛邑也。善曰：《漢書》曰：高祖禱豐枌榆社。張晏曰：枌，白榆也。社在豐東北一十五里是也。

【疏】《漢書》，見《郊祀志》。注引晉灼與張晏同。顏曰：以此樹爲社神，因立名也。《清統志》曰：江蘇徐州府，枌榆社，在豐縣東北。○葉樹藩曰：二句八字作一句讀。楊用脩以四字作句，謂可嗣響《三百篇》。截「懷」字猶可，截「虔」字爲句，恐終難通。張雲璈曰：讀薛氏注，自不應四字爲句。

天命不滔，疇敢以渝。

【注】渝，易也。天使都長安，謂五星聚于東井也。善曰：《左氏傳》：子高曰：「天命不滔。」滔與謟，音義同。

【疏】五臣「滔」作「謟」。胡克家曰：滔當作「謟」，觀下注可見，各本皆譌。○姜皋曰：注引子高云云，是《左氏·哀十七年傳》。《釋文》云：「謟」本又作「滔」，然則李引自作「滔」。故曰滔與謟音義同也。胡紹煐曰：天命不滔，「滔」當作「謟」，見《左·哀十七年傳》。《昭二十六年傳》天道不謟，作「謟」。同。而《二十七年傳》天命不慆，又作「慆」。「滔」、「謟」、「慆」三字音義同。《逸周書·豐謀篇》：帝命不謟。亦作「謟」。○衢，古音魚部。揄、渝，古音侯部。通轉爲韵。

於是量徑輪，考廣袤，

【注】南北爲徑，東西爲廣。善曰：《周禮》大司徒掌九州之地，廣輪之數。鄭玄曰：輪，縱也。《說文》曰：南北曰袤。莫又切。

【疏】五臣，徑輪作「經綸」，非是。○《周禮》大司徒之職，「地」下有「域」字，「縱」作「從」，字通用。賈疏引馬融曰：東西爲廣，南北爲輪。○《說文》見《衣部》曰：袤，衣帶以上。一曰南北曰袤，東西曰廣。汪師韓曰：李引《說文》與薛解異。竊思徑其中也，輪其外也。廣言横也，袤言直也。凡物圓則有徑輪，方則有廣袤，此注似猶未允。

經城洫，營郭郛，

【注】洫，城池也。善曰：《周禮》曰：廣八尺，深八尺謂之洫。呼域切。《公羊傳》曰：郛者何？城外大郭也。芳俱切。

【疏】注兩「城」字各本皆誤作「域」。梁章鉅曰：元槧本作城，是也。今據改。何校亦改「城」。步瀛案：《東京賦》薛注亦云：洫，城下池。則「域」爲「城」字之誤無疑。○《周禮》，見《考工記·匠人》。○《公羊·文五年傳》曰：郛者何？恢郭也。何休曰：城外大郭也。此徑以何注爲傳，然古人引書亦時有此。

取殊裁於八都，豈啓度於往舊。

【注】裁，制也。八都，猶八方也。啟，開也。言采取八方異制，以爲宮室之巧，非復遵往日之故法也。

【疏】六臣本「啟」作「稽」。○《禮記·喪服大記》鄭注曰：裁，猶制也，字或爲材。《釋文》曰：材，才再反。○《説文》：启，開也。啟，教也。經傳皆通用「啟」字。此賦啟度似兼取教字之義，故薛注雖訓爲開，又云非復遵往日之故法也。五臣作「稽」。吕延濟曰：豈考於往古舊制似較勝。○衺、郛、舊，古音幽部。○以上建都。

乃覽秦制，跨周法，

【注】跨，越也。因秦制故曰覽，比周勝故曰跨之也。

【疏】六臣本「乃」上有「爾」字。○《説文》曰：跨，渡也。與越義同。

狹百堵之側陋，增九筵之迫脅。

【注】《詩》曰：築室百堵。今以爲陋。《周禮》：明堂九筵。今又增之也。善曰：以九筵爲迫脅，故增廣之。《周禮》曰：明堂度九筵，東西九筵，各九尺。

【疏】古鈔「狹」作「陿」，「側」作「仄」。○《詩》，見《斯干》。案：《鴻雁》毛傳曰：五板爲堵，詳見《西都賦》。○《周禮》，見《考工記·匠人》，曰：周人明堂度九尺之筵，東西九筵，南北七筵。此注疑有脱誤。案：謂今以周之百堵爲側陋，九筵爲迫脅。狹之，增之，所謂跨周法也。

正紫宮於未央，表嶢闕於閶闔。

【注】天有紫微宫，王者象之。紫微宫門，名曰閶闔。宫門立闕以爲表。嶢者言高遠也。善曰：辛氏《三秦記》曰：未央宫一名紫微宫。然未央爲總稱，紫宫其中别名。

【疏】紫微，已見《西都賦》。○《三秦記》，宋敏求《長安志》引無「微」字。案：李云：紫宫其中别名，疑無者是也。○朱銘曰：《三輔黄圖》引《漢宫殿疏》，未央宫有玄武、蒼龍二闕。

疏龍首以抗殿，狀巍峩以岌業。

【注】抗，舉也。善曰：《三輔黄圖》曰：日營未央，因龍首以制前殿。《上林賦》曰：嵯峨嶕嶫。此之謂也。

【疏】六臣本「巍」作「嵬」，「業」作「嶫」。○《雍録》曰：抗者，引而高之之謂。○今《黄圖》無「日」字。注疑衍。「未央」下有「宫」字，原注云：山長六十里，頭入渭水，尾達樊川。秦時有黑龍從南山出，飲渭水，其行道因成土山。疏山爲臺殿，不假板築，高出長安城。《西京賦》所謂疏龍首以抗殿，此也。又互見《西都賦》。○《上林賦》「嶕業」。《史記·司馬相如傳》作「磼礏」。《索隱》引《埤蒼》曰：磼嶫，高貌。

亘雄虹之長梁，

【注】亘，徑度也。虹，蝃蝀也。謂殿梁皆徑度朱畫，五色如蝃蝀。蝃蝀有雌雄，雄者色鮮好也。善曰：《楚辭》曰：建雄虹之采旄。亘，古鄧切。

【疏】《爾雅·釋天》曰：螮蝀，虹也。蜺爲挈貳。《初學記·天部》下引《春秋元命苞》曰：雄曰虹，雌曰蜺。《藝文類聚》、《太平御覽・天部》引蔡邕《月令章句》同。《爾雅》邢疏引郭氏《音義》曰：虹雙出，色鮮盛者爲雄，雄曰虹。闇者爲雌，雌曰蜺。○《楚辭》見《遠遊》。

結棼橑以相接。

【注】善曰：棼橑，已見《西都賦》。

【疏】「都」原誤作「京」。胡克家曰：何校「京」改「都」，陳同。是也。

蔕倒茄於藻井，披紅葩之狎獵。

【注】茄，藕莖也。以其莖倒殖於藻井，其華下向，反披。狎獵，重接貌。藻井當棟中，交木方爲之，如井幹也。善曰：《聲類》曰：蔕，果鼻也。蔕音帝。孔安國《尚書傳》曰：藻，水草之有文者也。《風俗通》曰：今殿作天井，井者東井之像也。菱，水中之物，皆所以厭火也。《說文》曰：葩，華也。普華切。

【疏】朱珔曰：案：《爾雅》荷，芙蕖，其莖茄，其根藕。《說文》即本《爾雅》，惟藕从水爲蕅。似注「藕」字當是荷。但「茄」亦作「荷」。《詩・澤陂》箋：芙渠之莖曰荷。陸氏璣疏同。《正義》據樊光注「有蒲與茄」，蓋三家詩。茄，居何切。古與「荷」通也。《說文》引杜林說，以蕫爲藕根，乃其異名耳。而郭氏《爾雅音義》云：蜀人以藕爲茄，又云北方人以藕爲荷。故此注釋茄，亦可謂藕莖矣。步瀛案：郭璞《爾雅音義》即見《釋草》邢疏引。許巽行曰：師古曰：「茄」亦「荷」字，見張揖《字詁》。王應麟《詩考》「有蒲與荷」，作「有蒲與茄」。案：《說文》：荷，芙渠葉。茄，芙渠莖。音義各別，非茄即「荷」字也。

步瀛案：顏師古注見《漢書·楊雄傳》，《字詁》作《字譜》。此據宋祁校。蓋荷與茄本二物，對文則別，渾言亦通。「倒殖」即倒植。《左·襄二十三年》杞殖，《古今注》作「杞植」可證。○胡紹煐曰：獵之言捷也，接也。「狎獵」猶「捷獵」。本書《洞簫賦》：羅鱗捷獵。《吳都賦》：施榮楯而捷獵。《魯靈光殿賦》：獵捷相加。義並與狎獵同。呂錦文曰：狎獵即接獵。《廣雅》：接獵，持也。「獵」亦通作「躐」。《崔駰傳》：當其無事則躐纓正襟。《史記·日者傳》作「獵纓」。《說文》：擸，理也。獵纓、躐纓同。謂理纓，皆「擸」之借。《吳都賦》：拉擸雷硠。《集韻》：押擖，重接貌。押獵，接獵，拉擸，押擖皆疊韻字，故通。○《聲類》，《魏都賦》李注引同。朱珔曰：案：《說文》：蔕，瓜當也。二者正合。而《老子》深根固柢，「柢」亦作「蔕」。則「蔕」當爲「柢」之假借也。○《書》僞孔傳見《益稷》。○《藝文類聚·居處部》引《風俗通》曰：殿堂象東井形刻作荷菱。荷菱，水物也，所以厭火。《初學記·地部》引作「堂殿上作以象東井。藻，水草所以厭火」。《御覽·居處部》四及十六引與《類聚》同。皆與此注引異。胡紹煐曰：藻井亦謂之綺井。《魏都賦》：綺井列疏以懸蔕。《七啓》：綺井含葩。又謂之方井。《魯靈光殿賦》圜淵方井，是也。楊慎《外集》云：綺井謂之闞八，又曰藻井。今俗云天花板也。步瀛案：見《升菴外集》卷八。○《說文》，見《草部》。段玉裁曰：古光華字與花實字同義同音，葩之訓華者，艸本花也。亦華麗也。艸木花最麗，故凡物盛麗皆曰華。

飾華榱與璧璫，

【注】華榱，畫其榱也。善曰：璧璫，已見《西都賦》也。

【疏】《爾雅・釋宮》曰：桷謂之榱。郭注曰：屋椽。《説文》曰：榱，秦名屋椽也。周謂之榱，齊魯謂之桷。段氏依《左・桓十四年》及《易・漸卦》《釋文》改作周謂之椽。《穀梁・莊二十四年》《釋文》曰：方曰桷，圓曰椽。

流景曜之韡曄。

【注】曜，光也。韡曄，言明盛也。善曰：景，光景也。

【疏】古鈔「韡」作「暐」，五臣同。○法、脅、闔、業、接，獵、曄，古音皆緝部。

雕楹玉碣，

【注】善曰：《西都賦》曰：彫玉瑱以居楹。《説文》曰：楹，柱也。《廣雅》曰：碣，礩也。「碣」與「舄」古字通。

【疏】胡克家曰：「碣」當作「舄」。善引《廣雅》「碣」而云「碣」與「舄」古字通，謂賦文之「舄」與《廣雅》之「碣」通也。其作「舄」甚明。各本所見蓋皆誤。梁章鉅説同。許巽行曰：碣依注作「舄」。《景福殿賦》玉舄，引此賦語爲證。○《説文》，見《木部》。○梁章鉅曰：今《廣雅・釋宮》礎，磌礩也，無「碣」字。而本書《景福殿賦》注，及《集韻》、《類篇》引並有之。是今本《廣雅》脱也。胡紹煐曰：注引《廣雅》，今本所無。《景福殿賦》注引《廣雅》曰：碣，礩也。是善所見本有「碣」字。王氏《疏證》據補云：舄之言藉也。藉柱謂之舄，猶藉履謂之舄。薛傳均曰：古止作「舄」，無「碣」字。楹舄所以承柱，如人舄之承足。俗人加石作「碣」，又復從楚作「礎」，皆俗體也。

繡栭雲楣。

【注】栭，斗也。楣，梁也。皆雲氣畫如繡也。善曰：王褒《甘泉頌》曰：采雲氣以爲楣。

【疏】朱珔曰：案：《説文》栭字云：屋枅上標也。引《爾雅》：栭謂之榕。榕，子結切。音節。即《論語》、《禮記》之「山節」。蓋同音借字也。又云：榕，欂櫨也。欂櫨，柱上枅也。枅又謂之槉，一物數名。見後《魏都賦》。郝氏謂《禮器》、《明堂位》《正義》引李巡云：栭謂欂櫨也，一名楶，皆謂斗栱也。斗栱言方木似斗形而拱，承屋棟。故《釋名》云：斗在欒，兩頭如斗也。斗負上員檼也。似栭、枅非二物。段氏則謂張載注《靈光殿賦》曰：栭，方小木爲之。栭在枅之上，枅者柱上方木，斗又小於枅，亦方木也。然後乃抗梁焉。《靈光》「層櫨曲枅」之下，曰：芝栭欑羅。又《景福殿賦》「蘭栭積重」之下曰：欂櫨各落，此可證「栭」與「枅」非一物。《爾雅》渾言之，許則析言之也。余謂《説文》既引《爾雅》而先言栭爲枅上標，是亦謂栭即枅，但爲其標耳。枅則言其本也。○《甘泉宮頌》，《藝文類聚·居處部》所載亦有此句。案：楣已見《西都賦》。

三階重軒，鏤檻文槐。

【注】檻，闌也。皆刻畫又以大板，廣四五尺，加漆澤焉。重置中間。闌上名曰軒。善曰：《西都賦》曰：重軒三階。王褒《甘泉頌》曰：編瑇瑁之文槐。《聲類》曰：槐，屋連緜也。婢祗切。

【疏】《甘泉宮頌》，《類聚》載亦有此句。○《説文》曰：槐，梠也。又曰：楣，秦名屋櫋聯也。齊謂之檐，楚謂之梠。《釋名·釋宮室》曰：梠或謂之櫋，櫋聯也。緜連榱頭使齊平也。段玉裁曰：此賦「文槐」

謂軒檻之飾，與屋梠相似者。朱珔曰：注引王褒《甘泉頌》編瑇瑁之文梍，亦正謂此。但注與屋檐混而爲一，則非。胡紹煐曰：按：梍之言比也，謂軒檻之飾。櫋聯如梍也。屋梠櫋聯謂之梍。軒檻，櫋聯，亦謂之梍。

右平左墄，

【注】墄，限也。謂階齒也。天子殿高九尺，階九齒。各有九級。其側階各中分左右。左有齒，右則滂沱平之，令輦車得上。善曰：《西都賦》曰：左墄右平也。

【疏】已見《西都賦》。

青瑣丹墀。

【注】善曰：《漢書》曰：赤壁青瑣。《音義》曰：以青畫户邊，鏤中。王逸《楚辭注》曰：文如連瑣。《漢官典職》曰：丹漆地，故稱丹墀。

【疏】《漢書·元后傳》作赤墀丹瑣。此注「壁」字當是「墀」字之誤。顔引孟康與此引《音義》合。顔曰：青瑣者，刻爲環文，而青塗之也。〇王逸注，見《離騷》。何焯曰：班、張相去未遠，如何引以爲注，況叔師更在班後耶？張雲璈曰：按李氏於《兩都序》中説例云：諸釋義或引後以明前，示臣不敢專。則此以叔師語證平子文，正此例。《離騷》：欲少留此靈瑣兮。王逸注：瑣，門鏤也，文如連瑣。正叔師發明「瑣」字義，故李氏用之。〇《御覽·居處部》引《漢書典職》曰：以丹漆地，故曰丹墀。據彼，則此注「丹」上當增「以」字。而彼「漢書」，爲「漢官」之誤。《廣韻·六脂》墀字下引《漢典職》，文與《御覽》同，亦可證也。又本書《魏都賦》、《廣絶交論》注引此亦有「以」字，而皆作《漢典職儀》。考《隋書·經籍志》史部職官類有《漢官典職儀式選用》二卷。漢衛尉蔡質撰。則或曰《漢官典職》，或曰《漢典職儀》皆此書簡稱耳。又本書《責躬詩》注、《與陳伯之書》注，皆引應劭《漢官》。《隋志》有《漢官典職》五卷，《應劭注漢官儀》十卷。應劭撰。《後漢書·應劭傳》言劭著《漢官禮儀故事》，當卽《漢官儀》。王重民謂《文選》引應劭《漢官典職》，《典職》或《漢官》中篇名，似近之。而孫星衍、章宗源逕輯入蔡書，殆非也。○《説文》曰：墀，涂地也。禮，天子赤墀。段曰：《爾雅》地謂之黝，然則惟天子以赤飾堂上而已，故漢未央宫青瑣丹墀，後宫則玄墀而彤庭也。朱珔曰：《漢書·梅福傳》：涉赤墀之塗。應劭注云：以丹漆泥塗殿上也。與此注正合。皆言塗地。後人但爲階墀之稱耳。○楣、榌、墀，古音脂部。

刊層平堂，設切厓隒。

【注】刊，削也。善曰：郭璞《山海經注》曰：層，重也。宋衷《太玄經注》曰：堂，高也。切與砌古字通。《説文》曰：隒，厓也。和檢切。

【疏】五臣「切」作「砌」。薛傳均曰：案：《説文新附》砌，階甃也。古通作「切」，後人加石旁耳。切之本義，《説文》訓刌。詞賦家用爲階切者，亦以同聲假借也。○刊，削也。《左·襄二十五年》疏引服虔注、《廣雅·釋詁》三並同。《禮記·雜記》上鄭注曰：刊，猶削也。○郭璞《山海經注》，見《海外西經》。○《隋書·經籍志》子部儒家類有楊子《太玄經》九卷，宋衷注。舊、新《唐志》皆不著録。而司馬光《太玄經注》猶引之。○《説文·𨸏部》曰：隒，崖也。段氏曰：崖者，高邊也。《王風》傳曰：涘者，厓也。漘者，水隒也。蓋平者曰厓，高起者曰隒。《釋山》云：重甗隒。步瀛案：《説文·厂部》：厓，山邊也。屵部，崖，高邊也。本注「厓」，字當作「崖」。朱珔曰：切爲門限，已見《西都賦》。門限乃堂之邊際，故以厓隒言之。《書·顧命》：夾兩階戺。傳曰：堂廉曰戺，戺从户，亦門限也。胡紹煐曰：《廣雅·釋詁》一厓隒皆訓方。方猶旁也。隒之言廉也。《禮記·鄉飲酒禮》：設於堂廉。注：側邊曰廉，是也。山基之邊爲隒，故堂基之邊亦謂之隒。今人猶謂邊旁爲隒，此古音古義也。

坻崿鱗眴，棧齴巉嶮。

【注】殿基之形勢也。善曰：《廣雅》曰：坻，除也。《文字集略》曰：崿，崖也。《埤蒼》曰：眴音荀。棧，士眼切。齴音眼。巉，助奄切。嶮，魚檢切。鱗眴，無涯也。棧嶮皆高峻貌。

【疏】尤本「坻」字上有「山」字。《廣雅·釋宫》無之。蓋誤衍。胡克家曰：袁本、茶陵本無「山」字。案：此初亦無，後脩添之而誤耳。步瀛案：今據胡氏校删。○王念孫《廣雅疏證》曰：《説文》：除，殿陛也。《漢書·王莽傳》：莽自前殿南下椒塗。顔注：除，殿陛之道也。除之言次也，階級有次敍也。

「坻」與「墀」通。朱珔曰《説文》坻，小渚也。此處言殿基，則「坻」當爲「墀」之借。但上已有丹墀，故指殿陛言與塗地别。除、坻亦雙聲字也。注又引《文字集略》曰：堮，崖也。蓋與垠堮之「堮」，同音通用。

葉樹藩曰：坻崿棧齴，蓋坻之崿，棧之齴也。胡紹煐曰：《景福殿賦》善注：坻殿基。是坻爲基也。《釋名·釋宫室》云：殿有殿鄂也。又《釋形體》云：額，鄂也。有垠鄂也。凡言鄂者皆謂隆起之狀。《小雅・常棣》：鄂不韡韡。傳：鄂，猶鄂鄂然，言外發也。外發，即隆起貌。故殿足隆起謂之鄂，猶額隆起謂之鄂，華隆起謂之鄂，其義一也。○梁章鉅曰：《隋書・經籍志》：《文字集略》六卷，梁文貞處士阮孝緒撰。○楊慎《藝林伐山》曰：「鱗眴」，即「嶙峋」也。胡紹煐曰：「鱗眴」亦作「嶙峋」。《甘泉賦》：岭嶙嶙峋，洞無崖兮。與《埤蒼》合。《魏都賦》引《埤蒼》作山崖之貌，疑誤。宋祁校《漢書・楊雄傳》引善云：《埤蒼》曰：岭嶙嶙峋，深無崖之貌。是也。此脱「之貌」二字。步瀛案：《漢書・楊雄傳》顔注曰：嶙峋，節級貌。與《魏都賦》注引《埤蒼》正合。此賦有「坻堮」字，不當釋爲無崖之貌。《甘泉賦》注引亦疑有誤。胡氏據以釋此賦鱗眴字，恐未合。○朱珔曰：《玉篇》：齴，露齒兒。王延壽《王孫賦》云：齒齷齷以齴齴。此當謂殿之階級，巑次相排而上如齒也。《集韵》云棧鄂，高峻兒。巇嵃，山兒。蓋字異而義同。

襄岸夷塗，脩路陖險。

【注】襄，謂高也。夷，平也。陖，陡也。險，危也。

【疏】六臣本「陖」作「峻」。案：《説文》：陖，峭高也。陖，高也。又作「峻」。朱駿聲疑「峻」即「陖」之或體字。○呂向曰：岸，殿階也。○胡克家曰：袁本「陡」作「斗」是也。步瀛案：《史記・封禪書》曰成山斗入海。《索隱》曰：謂斗絶曲入海也。《後漢書・竇融傳》注曰：斗，陗峻絶也。皆作「斗」。「陡」，俗字。○隒、嶮、險，古音在談部。

重門襲固，姦宄是防。

【注】姦，邪也。竊寶曰宄。善曰：《周易》曰：重門擊柝，以待暴客。《淮南子》曰：閨門重襲，以避姦賊。郭璞《爾雅注》曰：襲，重也。孔安國《尚書傳》曰：寇賊在外曰姦，在內曰宄。

【疏】古鈔「姦」作「奸」，「防」作「坊」。○《漢書·五行志》下注引臣瓚曰：姦，謂邪謀也。《左傳·文十八年》曰：盜器爲姦。皆可與薛注相證。○《周易》，見《繫辭傳》。○《淮南》，見《主術篇》。○《爾雅》注，見《釋山》。○《書》僞孔傳，見《舜典》。《左傳·成十七年》：長魚矯曰：「亂在外爲姦，在內爲軌。」《釋文》曰：「軌」本又作「宄」。此僞孔傳所本。《周禮·秋官·司刑》賈疏引鄭玄《尚書注》曰：由內爲姦，起外爲軌。玄應《一切經音義》卷一引《三蒼》曰：在內曰姦，在外曰宄。與鄭注合。二說相反。蓋所傳本異耳。

仰福帝居，陽曜陰藏。

【注】帝居，謂太微宮，五帝所居。福猶同也。太微宮陽時則見，陰時則藏。言今長安宮上與之同法矣。

【疏】顏師古《匡謬正俗》六曰：副貳之子，「副」字本爲「福」字。從衣，畐聲。今俗呼一襲爲一福衣，蓋取其充備之意，非以覆蔽形體爲名也。然而書史假借，遂以「副」字代之。副，本音普力反，義訓剖劈字，或作「疈」。後之學者不知有「福」字，翻以副貳爲正體，副坼爲假借。讀詩「不坼不副」乃以朱點發「副」字，已乖本音。又張平子《西京賦》云：仰福帝居。《東京賦》云：順時服而設福。並爲副貳，傳寫訛舛，衣轉爲示，讀者便呼爲福祿之福，失之遠矣。梁章鉅曰：《廣雅·釋詁》貳福箁倅並訓爲盈，今本「福」亦誤作「福」。《史記·龜筴傳》：邦福重寶。徐廣注：福音副，藏也。《漢尹宙碑》：位不福德。《魏上尊號奏》：以福海内欣戴之望。字並从衣，不从示。步瀛案：梁説皆本王念孫《廣雅疏證》。然《説文》無「福」字。段玉裁曰：《匡謬正俗》云云，未盡然也。副之則一物成二，因仍謂之副。因之凡分而合者皆謂之副。訓詁中如此者至多。流俗語音如付，故書在宥韻，俗語又轉入遇韻也。沿襲既久，其義其意遂皆忘其本始。「福」字雖見於《龜策傳》、《東京賦》，然恐此字因副而製耳。鄭仲師注《周禮》云：貳，副也。《史記》曰：藏之名山，副在京師。《漢書》曰：臧諸宗廟，副在有司。周人言貳，漢人言副，古今語也，豈容廢「副」用「福」？步瀛案：《周禮》先鄭注見《秋官·小師》。《史記》，見《太史公自序》。《漢書》，見《高惠高后文功臣表》。朱珔曰：《説文》、《玉篇》皆無「福」字，惟《廣韻》、《集韻》有之。《廣韻》云：衣一福，今作副。《集韻》云：衣一稱，此處非从衣之義，當作「副」。若《東京賦》，語正所謂衣一稱者，而今本乃作「副」，殆非小顔所見之本也。又《清波雜志》十一言：有田方爲福，蓋「福」字从田，从衣。錢大昕《養新録》十八駁之曰：福从示，不从衣。宋人不講小學，故多誤解。據此知从衣之「福」，既許、顧二家所無，則所謂衣一福者，直本是「福」爲「副」之借音字。後人乃因之作「福」字耳。

洪鐘萬鈞，猛虡趪趪。

【注】洪，大也。猛，怒也。三十斤曰鈞。縣鐘格曰筍，植曰虡。趪趪，張設貌。言大鐘乃重三十萬斤。虡力猛怒，故能勝之焉。善曰：《周禮》曰：梟氏寫獸之形，大聲有力者，以爲鐘虡。虡音巨。趪

音黃。

【疏】《説苑·辨物篇》曰：三十斤爲一鈞。《周禮·大司寇》、《禮記·月令》鄭注、《呂覽·適簨篇》、《仲秋紀》高注與薛並同。○朱珔曰：案：《考工記·梓人》注：樂器所縣，横曰簨，植曰虡。《禮記·檀弓》注：横曰簨，植曰虡。《詩·靈臺》毛傳：植者曰虡，横者曰栒。「簨」「簨」「栒」俱與「筍」同。又《有瞽》傳：植者爲虡，衡者爲栒。衡亦「横」字也。後《東京賦》「崇牙張」下，「設業設虡」下，兩引皆「横」字。知此處「格」字亦當作「横」。○朱銘曰：《周禮·冬官》梓人職云：臝者、羽者、鱗者以爲簨虡。又云：攫緞援簭之類，必深其爪，出其目，作其鱗之，而則于眡，必撥爾而怒。苟撥爾而怒，則於任意宜。○許巽行曰：注引《鳧氏》，與今《周禮》不同。見《初學記》。步瀛案：《初學記·樂部》下引《鳧氏》爲鐘至枚閒謂之景，與今《攷工記》同。而下云：凡鐘磬各有筍虡，寫鳥獸之形，大聲有力者以爲鐘虡，清聲無力者以爲磬虡，皆《攷工記·鳧氏》所無。○朱珔曰：薛云：䞓䞓，張設貌。《玉篇》䞓字引此賦語，謂作力貌。又䞓䞓，武貌。蓋虡爲猛獸之形，故云爾。於義爲長。胡紹煐曰：「䞓」與「僙」通。《爾雅·釋訓》：洸洸，武也。舍人本作「僙」。又與「獷」通。《後漢書·光武紀》注「猛」或作「獷」。獷，猛貌也，武猛義同。是䞓䞓爲武猛貌。《廣韻》云：䞓䞓，武貌。是也。又云：張設貌。則沿薛注之誤。

負筍業而餘怒，乃奮翅而騰驤。

【注】當筍下爲兩飛獸，以背負，又以板置上，名爲業。騰，超也。驤，馳也。言獸負此筍業已重，乃有

餘力奮其兩翼，如將超馳者矣。

【疏】《詩・有瞽》毛傳曰：業，大版也。所以飾栒爲懸也。捷業如鉅齒，以白畫之。步瀛案：「以白」各本作「或曰」。段氏依《説文》訂，今從之。○防、藏、趪、驤，古音陽部。

朝堂承東，温調延北，西有玉臺，聯以昆德。

【注】皆殿與臺名也。善曰：《爾雅》曰：延，陳也。《説文》曰：聯，連也。

【疏】《黄圖》：宣室温室清涼，皆在未央殿北。宣明、廣明皆在未央殿東。昆德、玉堂，皆在未央殿西。豈温調卽温室耶。○《爾雅》，見《釋詁》。○《説文》見《耳部》。各本「説文」下有「注」字。胡克家曰：「注」字不當有，是也。今據删。

嵳峩崨嶪，

【注】形勢也。

【疏】「崨嶪」，卽「捷業」。捷業，見上疏引毛傳。大版所畫鉅齒形狀，謂之捷業。則宮室參差形勢，謂之崨嶪，義同字異耳。

罔識所則。

【注】不能名其所法則也。

【疏】北、德、則，古音之部。

若夫長年、神僊，宣室、玉堂，

【注】四殿之名。善曰：並見《西都賦》。

麒麟、朱鳥，龍興、含章，

【注】善曰：龍興、含章，皆殿名也。《漢宮闕名》有麒麟殿，朱鳥殿。

【疏】《水經·渭水注》曰：未央殿東，有宣室、玉堂、麒麟、含章、白虎、鳳皇、朱雀、鵷鸞、昭陽諸殿。

譬衆星之環極，

【注】極，北極也。環，猶繞也。言宮觀臺榭樓閣之周於正殿，如衆星之繞北極也。善曰：中宮天極星環之，筐十二星藩臣。《西都賦》曰：奂若列宿，紫宮是環。

【疏】古鈔「環」下有「北」字，六臣本同。○《史記·天官書》曰：中宮天極星，環之匡衛十二星藩臣，皆曰紫宮。李注殆有脫誤。《索隱》引《春秋緯文耀鉤》曰：中宮大帝，其精北極星，含元出氣，流精生一也。

叛赫戲以煇煌。

【注】叛，猶煥也。赫戲，炎盛也。煇煌，光耀也。善曰：《淮南子》曰：焜昱錯眩，照耀煇煌。叛音判。戲音羲。煇音輝。煌音皇。

【疏】五臣「赫」下有「盛」字。○胡紹煐曰：「叛」「煥」音同。「叛」之爲「煥」，猶「泮」之爲「涣」，「畔」之爲

「奂」，並字異而義同。○梁章鉅曰：《離騷》：陟陞皇之赫戲兮。王逸注曰：赫戲，光明貌。○李注引《淮南》，見《本經篇》。○堂、章、煌，古音陽部。

正殿路寢，用朝羣辟。

【注】周曰路寢，漢曰正殿。羣辟，謂王侯公卿大夫士也。

【疏】《禮記·玉藻》曰：朝服以日，視朝於内朝。朝辨色始入。君日出而視之，退適路寢聽政。鄭注曰：此内朝，路寢門外之正朝也。天子諸侯皆三朝。孔疏曰：天子諸侯皆三朝者，《大僕》云：掌燕朝之服位。注云：燕朝，朝於路寢之庭。是一也。《司士》云：正朝儀之位。注云：此王日視朝於路門外。是二也。《朝士》云：掌外朝之灋。注云：外朝在庫門之外，臯門之内。是三也。《周禮·夏官·大僕》鄭注曰：大寢，路寢也。其門外則内朝之中，如今宫殿端門下矣。賈疏曰：《玉藻》云：視朝於内朝。彼諸侯禮天子亦然。若據《文王世子》亦得謂之外朝。故《文王世子》云：其朝於公，内朝臣有貴者以齒，其在外朝，則以官。彼以路門外爲外朝者，對路寢，庭朝爲外朝。其實彼外朝亦内朝耳。以其天子諸侯皆内朝二，外朝一。既以三槐九棘朝，爲外朝一。明此内二者皆内朝也。孫詒讓《正義》曰：《漢書·周勃傳》云：皇帝入未央宫，有謁者十人，持戟衛端門。顔注云：端門，殿之正門。蓋端門下即殿正門，外之廷。與周大寢門外之正朝相類。故鄭舉以爲況。步瀛案：周路寢外之朝，比於漢殿正門外之廷。則周之路寢，正如漢之正殿矣。又案：鄭以天子五門：一曰臯門，二曰庫門，三曰雉門，四曰應門，五曰路門。路門又曰畢門。天子諸侯皆三朝，外朝一，内朝二。外朝在臯門内，庫門外。内朝之治朝，在應門内，路門外。内朝之燕朝，在路門内。劉敞則謂天子、諸侯皆三門。天子有臯、應、畢，諸侯有庫、雉、路。天子外朝在臯門之内，諸侯外朝在庫門之内。天子治朝在應門之内，諸侯治朝在雉門之内。天子内朝在畢門之内，諸侯内朝在路門之内。戴震亦主天子諸侯三門三朝之説。

大夏耽耽，九户開闢。

【注】屋之四下者爲夏。耽耽，深邃之貌也。都南切。善曰：《三輔三代故事》曰：大夏殿，始皇造。銅人十枚，在殿前。《大戴禮》曰：明堂者，古有之。凡九室。鄭玄《禮記注》曰：天子路寢，制如明堂。然則既有九室，室有一户也。《説文》曰：闢，開也。

【疏】六臣本「夏」作「厦」。○《儀禮・士冠禮》賈疏曰：《匠人》云：殷人重屋四阿。鄭云：四阿，四注屋。重屋，謂路寢。殷之路寢四阿，則夏之路寢不四阿矣。當兩下爲之，是以《檀弓》孔子云：見若覆夏屋者矣。鄭注云：夏屋，今之門廡。漢時門廡也，兩下爲之，故舉漢法以況夏屋。案：賈述鄭義，不以四下者爲夏屋，與薛注異也。○洪頤煊《讀書叢録》曰：《史記・陳涉世家》：夥頤，涉之爲王沈沈者。《集解》引應劭曰：沈沈，宫室深邃之貌也。「耽耽」即「沈沈」，古聲通用字。胡紹煐曰：本書《魏都賦》善注：「沈」與「耽」音義同。《吴都賦》光蔭耽耽。謝玄暉《始出尚書省詩》衰柳尚沈沈，作「沈沈」。「沈沈」爲宫室深邃之貌。故草木陰翳，亦謂之「沈沈」。《玉篇》「戡」，徒含切。「戡戡」，宫室深邃貌。又作「戡戡」。蓋「戡」爲正字。「耽」與「沈」皆同音之假。步瀛案：《説文》無「戡」字。

胡以爲正字，恐未確。○姚鼐曰：按：路寢謂長樂宮正殿，其殿名大夏。《董卓傳》注引《三輔舊事》云：漢置銅人長樂宮大夏殿前。步瀛案：姚引證大夏殿名，與李注正合，是也。諸書引《三輔舊事》或作《三輔故事》。章宗源《隋書經籍志考證》疑同一書。然此注引《三輔三代故事》，下文清淵洋洋，及《陶徵士誄》注皆引作《三輔三代舊事》，亦未知同一書否也。○《大戴禮》，見《盛德篇》，或分作《明堂篇》，非也。然《大戴禮》明言明堂九室，一室有四户八牖。李氏以爲室各一户，殊非是。鄭注《玉藻》，言路寢制如明堂，特據大要而言。然路寢與明堂實不同。李如圭《儀禮·釋宫》已辨之。黄以周《禮書通故》曰：路寢有東西房。見《書·顧命》、《詩·王風》及《禮·喪大記》。與明堂不同，更顯。申鄭者謂《喪大記》言房中，是諸侯禮。文王遷豐鎬，止作靈臺辟雍，其路寢亦仍諸侯之制。成王崩在西都，故有左右房。康王以後，所營依天子制度，宣王時路寢制如明堂。故《斯干》曰：西南其户。至平王微弱，路寢不復如明堂。故《王風》曰：右招我由房。説殊迂曲，未敢信。案：黄説是也。又《玉藻》疏引《五經異義》，鄭君謂周人明堂五室，其九室乃後人所益，非古制。則不得援鄭注以九户説明堂審矣。竊疑九户自是大夏殿之户。如《黄圖》稱玉堂殿十二門，非必準周路寢、明堂之制也。本書《景福殿賦》曰：陰堂承北，方軒九户。是魏之景福殿亦九户，或即沿漢制歟。○胡克家曰：注「然則既有九室」，袁本、茶陵本無「既有」二字。案：「則」字亦衍。○《説文》，見《門部》。

嘉木樹庭，芳草如積。

【注】善曰：《韓詩》曰：緑薵如蕢。蕢，積也。薛君曰：蕢，緑薵盛如積也。薵音竹。

【疏】張雲璈曰：據注則賦中「積」字當作「蕢」。蓋緣注中「如積」字而誤耳。○《詩·淇澳》《釋文》曰：《韓詩》曰：⿰氵毒，萹茿也。《説文》曰：⿰氵毒，水萹茿也。字皆作「⿰氵毒」。許嘉德曰：案：《玉篇》「⿱艹毒」「⿰氵毒」同。○胡克家曰：注「蕢，積也。薛君曰：蕢」當作「薛君曰：蕢積也」六字。各本皆誤。

高門有閌，列坐金狄。

【注】善曰：《毛詩》曰：臯門有伉。與「閌」同。鄭玄《禮記注》曰：臯之言高也。金狄，金人也。《史記》曰：始皇收天下兵，銷以爲金人十二，各重千斤，致於宫中。

【疏】《毛詩》見《緜之篇》。梁章鉅曰：《詩》《釋文》：「伉」本又作「亢」。《韓詩》作「閌」。胡紹煐曰：《緜》《釋文》伉，《韓詩》作「閌」。《玉篇》：閌，閬，高貌。《詩》云：臯門有閌。此當用《韓詩》。《説文》：伉，閬也。閬，門高也。《門部》無「閌」。許從毛故也。《魏都賦》：古公草創，而高門有閌。當亦用《韓詩》。善注、《毛詩》美古公亶父，曰：高門有閌。「閌」當作「伉」。注亦有伉與閌同四字。與此一例。而今本脱之。遂韓、毛不分。○《禮記注》，見《明堂位》。○李云：「金狄，金人也」者，《漢書·五行志》曰：秦始皇帝二十六年，有大人長五丈，足履六尺，皆夷狄服，凡十二人，見於臨洮。故銷兵器鑄而象之。○《史記》，見《秦始皇本紀》。《正義》引《三輔舊事》曰：銅人十二，漢世在長樂宫門。餘見《西都賦》注。○辟、闢、積、狄，古音支部。○以上宫室。案：此上亦就未央宫賦之，與《西都賦》略同。

內有常侍謁者，

【注】常侍，閹官。謁者，寺人也。

【疏】《漢書·百官公卿表》曰：侍中左右曹諸吏，散騎中常侍，皆加官亡員。又曰：郎中令，屬官有大夫、郎、謁者，皆秦官。○姚鼐曰：常侍與謁者皆士人。《息夫躬傳》有中常侍宋弘。《董賢傳》有中常侍王閎。薛注謂閹官，誤矣。閹官中常侍，後漢之制耳。謁者，後漢選孝廉爲之。前漢無定制。寺人之謁者，若《高后紀》中謁者張釋卿是也。然灌嬰亦名中謁者，則士人爲常侍、謁者並可加中字。顏監謂加中爲閹字，亦非也。

奉命當御。

【注】善曰：奉傳詔命，而遞當進也。《左傳》：子朱曰：「朱也當御。」蔡邕《獨斷》曰：御，進也。凡進皆曰御也。

【疏】《左傳》，見《襄二十六年》。六臣本「左」下有「氏」字，無「子朱」二字。○《獨斷》曰：所進曰御。又曰：御者，進也。凡衣服加于身，飲食入于口，妃妾接于寢，皆曰御。李氏蓋約而引之。

蘭臺金馬，遞宿迭居。

【注】蘭臺，臺名。善曰：金馬已見《西都賦序》。《爾雅》曰：遞，迭也。《小雅》曰：迭，更也。徒結切。

【疏】六臣本「蘭臺」上有「外有」二字。○余蕭客《文選紀聞》曰：《雍録》、《漢·百官表》御史中丞在殿中蘭臺，掌圖籍祕書。外督部刺史，内領侍御史。公卿奏事舉劾。按此蘭臺正在殿中。石渠、天禄皆在殿北。○《爾雅》，見《釋言》。○《小雅》，見《廣言》。○六臣本居音據。

次有天禄石渠，校文之處。

【注】善曰：天禄、石渠已見上文。

【疏】步瀛案：上文指《西都賦》。

重以虎威章溝，嚴更之署。

【注】虎威、章溝，未聞其意。　嚴更督行，夜鼓署位也。

【疏】吕延濟曰：虎威，章溝，皆更署名。　姜皋曰：虎威、章溝，《三輔黄圖》與長水、中壘、屯騎、虎賁、越騎、步兵、射聲、胡騎、八營同列，皆宿衛王宫。　周廬直宿處也。　《蜀都賦》：武義虎威。　劉注：二門名也。《思玄賦》：右素威以司鉦。　舊注：素威，白虎威也。　似虎威者，繪虎於門，如《禮》云右白虎也。《古今注》長安有御溝，謂之楊溝。　則章溝或亦相同。　朱珔曰：今本《三輔黄圖》云：　虎威、章溝皆署名。漢有長水、中壘、屯騎、虎賁、越騎、步兵、射聲、胡騎八營，宿衛王宫，　周廬直宿處。　近孫氏星衍因薛語疑此條爲後人所加。　但文明云：嚴更之署，是二者爲署名可知。　至其命名，則虎威或取武猛之義，而章溝無傳，故薛云未聞與？　朱銘曰：據《黄圖》，則八營皆於虎威、章溝二署直宿，　説者或誤以八營爲衛尉八屯，遂疑長水、中壘等不屬衛尉，本爲二事。　宜其不合矣。　説詳下文。

徼道外周，千廬内附，衛尉八屯，警夜巡晝。

【注】衛尉帥吏士周宫外，於四方四角，立八屯士。　士則傳宫外向爲廬舍，晝則巡行非常，夜則警備不虞也。　徼音叫。　善曰：《西都賦》曰：　徼道綺錯。　《漢書》曰：　衛尉掌門衛屯兵。　孔安國《尚書傳》曰：

警，戒也。

【疏】吕延濟曰：屯營也。八營謂長水、中壘、屯騎、虎賁、越騎、步兵、射聲、胡騎。言此八營，皆於衛尉掌之，晝夜巡警，此一説也。王應麟《玉海》一百三十七《兵制》曰：《西京賦注》引八校尉，非也。校尉北軍，衛尉南軍。宮門四面皆有公車，每門各有二司馬，故曰八屯。《元紀》：初元五年「司馬中」，注師古曰：衛尉有八屯，衛候司馬，主衛士徼巡宿衛，每面各二司馬。故謂宮之外門爲司馬。此又一説也。《續漢書·百官志》曰：宮掖門，每門司馬一人。本注曰：南宮南屯司馬，主平城門。宮門蒼龍司馬，主東門。玄武司馬，主玄武門。北屯司馬，主北門。北宮朱爵司馬，主南掖門。東明司馬，主東門。朔平司馬，主北門。凡七門。屬衛尉。本注曰：中興省旅賁令，衛士一人丞。葉樹藩謂：西京時於七門司馬外，復設旅賁令，是爲八屯。是又一説也。《續志》衛尉卿屬有公車司馬令一人，丞尉各一人。本注曰：尉主闕門兵。劉昭注引胡廣曰：諸門部各陳屯夾道，其旁當兵以示威武，交戟以遮妄出入者。朱銘謂此一屯也。合七門司馬共爲八屯，而屬八司馬。此又一説也。此薛、李注外，凡有四説。顧廣圻謂薛、李二注相承，數八屯者，以宮外四方四角而已，皆衛尉所帥吏士。故《百官公卿表》謂之屯兵。《魏都賦》所云：宿以禁兵，司衛閑邪。與此同義，最爲確當。此主薛、李舊注，而不必援西漢之制以曲附者也。何焯據《三輔黄圖》謂八屯爲長水、中壘等，即濟注之説。孫志祖《補正》引徐鯤説，亦主何氏。顧廣圻、葉樹藩、朱銘等皆以爲非是。朱珔曰：善注屢引《黄圖》，此條果係原本，不應不采。然則孫所疑後人加者，殆即本五臣注而爲之歟。此說尤中其失。則《黃圖》所言，未足信，而濟注可無論矣。葉氏、朱氏皆就後漢七司馬加一屯爲八，而所加者不同，然皆無確證。《玉海》之説，根據較確。張雲璈引《漢書・元帝紀》顔注即此説。朱珔亦謂此説爲長，與薛注亦合。然則如援漢制以實薛注則當從《玉海》之説。○《周禮・天官・宮伯》授八次八舍之職事。鄭注曰：衛王宮者，必居四角四中，於徼候便也。與薛注可以互證。○李注引《漢書》，見《百官公卿表》。○僞孔傳，見僞《大禹謨》。「警」作「儆」。

植鎩懸瞂，用戒不虞。

【注】植，柱也。善曰：《説文》曰：鎩，鈹有鐔也。一曰：鋋似兩刃刀。《方言》曰：盾或謂之瞂。《周易》曰：君子以治戎器戒不虞。鈹，芳皮切。鎩，山例切。瞂音伐。

【疏】「瞂」各本皆誤作「猒」，今正。○《考工記・匠人》鄭注曰：於四角五柱而縣。賈疏曰：植，即柱也。與此注合。但此植柱皆當取樹立之義，與彼小異。《周禮・夏官・田僕》：令獲者植旌。鄭注曰：植，樹也。○《説文》，見《金部》。梁曰：今《説文》無「一曰」以下七字。段曰：此恐是薛綜解語。案：此蓋李氏解語，薛綜字誤。朱珔曰：後都邑游俠下，善引《漢書》云云，又一云，即其例矣。「鋋」或誤作「鋌」。步瀛案：尤本誤作「鋌」，今正。段曰：鋋謂其上出之鋒也。○《方言》九曰：盾自關而東謂之瞂，或謂之干。關西謂之盾。《説文》曰：瞂，盾也。《詩・小戎》蒙伐有苑。以「伐」爲之。毛傳曰伐，中干也。《説文》曰：櫓，大盾也。《釋名・釋兵》曰：盾大而平者曰吳魁，隆者曰須盾，或曰羌盾，約脇而鄒者曰陷虜。今謂之曰露見。是也。狹而長者曰步盾，狹而短者曰孑盾。以絡編版謂之木絡，以犀皮作之曰犀盾，以木作之曰木盾，皆因所用爲名也。段曰：毛云中干，析言之。《方言》及許統言之。《方言》作「瞂」者，或體也。作「伐」者，假借字。《蘇秦傳》作「吷」。朱珔曰：《史記·蘇秦傳》説韓云：吷芮。《索隱》曰：「吷」與「瞂」同。謂盾也。吷亦同音借字耳。胡紹煐曰：本書《吳都賦注》：瞂，楯也。从盾伐省聲。故《秦風·小戎》作「伐」。《釋文》：「伐」本或作「瞂」。○《周易》見《萃·象傳》。「治」作「除」。《釋文》曰：又作治。○者、御、馬、居、處、署、虞，古音魚部。溝、付、晝，古音侯部。通轉爲韵。○以上官署宿衛。

後宮則昭陽飛翔，增成合驩，蘭林披香，鳳皇鴛鸞。

【注】皆後宮別名。善曰：皆殿名，已見《西都賦》。《漢宮闕名》有鳳皇殿。

【疏】《漢書·郊祀志》曰：宣帝幸河東之明年，閒歲，鳳皇、神爵、甘露，降集京師。其冬，鳳皇又集上林，迺作鳳皇殿，以答嘉瑞。《玉海》一百五十九《宮室》引《黄圖》：未央宮有鳳皇、飛翔、通光等殿。又引《關中記》：未央殿東有鳳皇殿，鴛鸞殿。

羣窈窕之華麗，羌内顧之所觀。

【注】觀，覩也。謂内顧所覩，皆盛好也。善曰：窈窕，已見《西都賦》。《小雅》曰：羌，發聲也。《三略》曰：將内顧，則士卒慕之也。

【疏】「羌」各本誤「嗟」。今依古鈔本訂。○《小爾雅·廣言》：「羌」，亦誤作「嗟」。王念孫曰：王逸注《離騷》曰：羌，楚人語詞也。《文選》内「羌」字多作「唴」，因譌而爲「嗟」。《西京賦》李注：《小雅》曰：

咣，發聲也。是其證。若「嗟」，則歎聲，非發聲也。五臣本作「嗟」，訓爲歎聲，失之矣。胡克家曰：各本以五臣亂善，又并注中字改爲「嗟」，益不可通。胡紹煐曰：「嗟」即「咣」之譌。胡氏承珙《義證》據誤本《小爾雅》，以「咣」爲「嗟」，謂別有「羌」字，傳寫者脱之，蓋失訂正。○驩、鸞、觀，古音元部。

故其館室次舍，

【注】善曰：《周禮》曰：宫正，掌宫中次舍。鄭玄《禮記注》曰：次自循止之處。

【疏】宫正見《天官》。又宫伯授八次八舍之職事。注曰：鄭司農曰：庶子衞王宫，在内爲次，在外爲舍。玄謂次其宿衞所在，舍其休沐之處。但此文次舍序在後宫。蓋指郎衞，與上兵衞不同。○鄭注乃《周禮·天官》序官掌次注。「循止」作「脩正」。阮元《校勘記》曰：閩監本「正」誤「止」。此注「循止」字亦疑誤。

采飾纖縟。

【注】采，五色也。纖，細也。善曰：《説文》曰：縟，繁采飾也。音辱。

【疏】《禮記·月令》鄭注曰：采，五色。與薛注同。孔疏曰：鄭注《臯陶謨》曰：采施曰色，未用謂之采，已用謂之色。此對文耳。散則通。○《説文·糸部》「飾」作「色」。梁章鉅曰：《月賦》注、《景福殿賦注》、《答盧諶詩》注引並同。惟《景福殿賦》注、《答盧諶詩》注引無「繁」字。

褒以藻繡，文以朱緑。

【注】善曰：《西都賦》曰：裛以藻繡。傅毅《七激》曰：楹桷雕藻，文以朱緑也。

【疏】《藝文類聚·雜文部》引傅毅《七激》「雕」作「彫」，字通。

翡翠火齊，絡以美玉。

【注】善曰：翡翠，鳥名也。火齊，玫瑰珠也。《六韜》曰：紂作瓊室鹿臺，飾以美玉。《列子》曰：穆王爲中天之臺，絡以珠玉。齊，才計切。

【疏】翡翠火齊，互見《西都賦》。○《六韜》，今本無此文。○《列子》，見《周穆王篇》。

流懸黎之夜光，綴隨珠以爲燭。

【注】明月大珠，夜則有光如燭也。善曰：懸黎、夜光、隨珠，已見《西都賦》。

【疏】縟、緑、玉、燭，古音侯部。

金戺玉階，彤庭煇煇。

【注】彤，赤也。煇煇，赤色貌。善曰：《廣雅》曰：戺，砌也。音俟。《西都賦》曰：玉階彤庭。

【疏】《説文·火部》曰：煇，光也。从火，軍聲。段曰：煇，庭燎與晨、旂韵。步瀛案：此賦「煇」字下有「音渾」二字，與古音合，未知爲何人之音。固與李氏之例不合。然亦恐非五臣所知。疑非薛音則曹憲舊音耳。○《廣雅》，見《釋宮》。

珊瑚琳碧，瓀珉璘彬。

【注】璘彬，玉光色雜也。善曰：珊瑚、瓀珉，已見《西都賦》。璘，力神切。彬，方珉切。

【疏】胡紹煐曰：琳、碧並玉石名也。《説文》：琳，美玉也。《尚書・禹貢》：球琳。《詩・韓奕》疏引鄭注以爲美石。石與玉同類。《説文》：碧，石之青美者。《西山經》：高山其下多青碧。章莪之山多瑶碧。郭注：或云玉類，或云玉屬，蓋石之美似玉者。琳、碧卽《上林賦》之碧、琳，皆二物。郝氏懿行《爾雅義疏》引此以碧爲琳之色，失之。「璘彬」亦作「璘豳」。本書張協《七辨》：玩赤瑕之璘豳。又作「璘班」。《景福殿賦》：文彩璘班。又作「璘瑞」。《甘泉賦》：璧馬犀之瞵瑞。《史記・司馬相如傳》：瓆媥文鱗。《漢書》作「玢豳」，並字異而音義同。○自翡翠火齊以下，多互見《西都賦》，不悉著。

珍物羅生，焕若崐崘。

【注】珍美之物，羅列布見，焕焉如崐崘之所生者。善曰：《山海經》云：崐崘之墟，有珠樹、文玉樹。

【疏】《爾雅・釋地》曰：西北之琅，美者有崑崙之璆琳崑玕焉。《海内西經》曰：崑崙有珠樹、文玉樹、玕琪樹、琅玕樹。《淮南・墬形篇》曰：崙虚，珠樹、玉樹、璇樹、不死樹，在其西。沙棠、琅玕在其東。絳樹在其南。碧樹、瑶樹在其北。

雖厥裁之不廣，侈靡踰乎至尊。

【注】謂其裁制，雖事事狹小於至尊，然其靡麗之好，乃過之也。善曰：《喪服傳》曰：天子至尊。裁，才再切。

【疏】《儀禮・喪服》傳「尊」下有「也」字。○煇、彬、崘、尊，古音諄部。

於是鉤陳之外，閣道穹隆。

【注】善曰：鉤陳，已見《西都賦》。穹隆，長曲貌。

【疏】本書《遊天台山賦》穹隆注，與此同。

屬長樂與明光，徑北通乎桂宫。

【注】長樂、桂宫，皆宫名。明光，殿名也。善曰：《漢武帝故事》：上起明光宫、桂宫、長樂宫，皆輦道相屬，懸棟飛閣，北度，從宫中西上城，至神明臺。

【疏】《水經·渭水注》曰：未央宫北，即桂宫也。周十餘里，内有明光殿、走狗臺、柏梁臺。舊乘複道，用相逕通。故張衡《西京賦》云云。與薛注合。梁章鉅曰：按：《三輔黄圖》：明光宫，武帝太初四年秋起，在長樂宫後，南與長樂宫相連屬，即此也。步瀛案：李注以明光爲宫，與薛注以爲桂宫中之明光殿異。已見《西都賦》。○尤本「漢」字上敚「善曰」二字。今依六臣本增。又《漢武帝故事》「漢」下誤衍「書」字。胡克家曰：何校去「書」字。陳同，今從之。

命般爾之巧匠，

【注】般，魯般，一云公輸之子。魯哀公時巧人。爾，王爾。皆古之巧者也。善曰：《淮南子》曰：魯般以木爲鳶而飛之。般音班。又曰：王爾無所錯其剞劂。

【疏】李注前引《淮南》，見《齊俗篇》。後引見《本經篇》。高注曰：公輸，巧者，一曰魯般之號也。與薛注略有異同。更以他書徵之。《禮記·檀弓》曰：季康子之母死，公輸若方小般，請以機封。鄭注曰：公輸若，匠師。般，若之族，多技巧者。《墨子·公輸篇》曰：公輸盤爲楚造雲梯之械，成，將以攻宋。

諸書引此多作「公輸般」。見畢沅校本，及孫詒讓《閒詁》。《列子・湯問篇》曰：班輸之雲梯。《御覽・兵部》引《尸子》曰：公輸般爲蒙天之階，階成，將以攻宋。《宋策》曰：公輸般爲楚設機，將以攻宋。高注曰：公輸般，魯班之號也。《呂氏春秋・愛類篇》曰：公輸般爲高雲梯，欲以攻宋。高注曰：公輸，魯般之號也。《孟子・離婁篇》曰：公輸子之巧。趙注曰：公輸子魯班，魯之巧人也。或以爲魯昭公之子。《荀子・法行篇》楊注曰：公輸，魯巧人，名般。《漢書・人表》亦作公輸般。《楊雄傳・甘泉賦》曰：般、倕棄其剞劂兮。顏注曰：般，公輸般也。《敘傳・答賓戲》曰：班輸摧巧於斧斤。顏注曰：班輸，魯公輸班也。一説：班，魯班也。與公輸氏爲二人，皆有巧藝也。古樂府云：誰能爲此器，公輸與魯班。案：《樂府詩集》：《古艷歌行》作「誰能刻鏤此，公輸與魯班」。唐上官昭儀《游長寧公主杯池詩》云：公輸與班爾，從此遂韜聲。本此。由以上諸説觀之，其字則有作「般」、作「盤」、作「班」之不同。《隸釋・鄐閣頌》又作「斑」。而公輸又有爲氏、爲號之不同，甚至以公輸、魯班爲二人。吴仁傑《兩漢刊誤補遺》又疑《墨子》之書，恐非事實，未必有兩公輸，一在春秋時，一在戰國時也。或又謂《檀弓》之公輸般，與助楚攻宋者即一人，而鮑彪《宋策》注以爲在宋景公時。周柄中《四書典故辨正》同。蘇時學校《墨子》以爲在楚聲王時。孫詒讓《墨子閒詁》以爲在楚惠王時。衆説紛紜，難衷一是。竊疑《檀弓》之「般」爲公輸氏，而攻宋之公輸般，則取古人以爲號者，未必果一人也。吴仁傑據《海内經》般作弓矢，故此稱魯般以別之。梁玉繩《人表攷》，亦謂公輸取古人命名，其説殆是。古人如羿、如跖，皆然。而《酉陽雜俎・續集》引《朝野僉載》云：魯般者，肅州敦煌人，莫詳年代，巧侔造化，雖所載木鳶、木仙事，妄誕無稽，殆因公輸般木鳶木車事而附會之。《論衡·儒增篇》早辨其妄。然亦可見魯般之名，前有所因，後世猶有襲之者，其殆爲巧人之通名也。《韓子·姦劫弒臣篇》曰：無規矩之法，繩墨之端，雖王爾不能以成方圓。《西京雜記》載鄒陽《几賦》曰：王爾公般之徒。又中山王《文木賦》曰：乃命班、爾。楊子雲《甘泉賦》曰：王爾投其鉤繩。顔注曰：王爾，亦巧人也。劉子《新論·知人篇》曰：故見朴而知其巧者，是王爾之知公輸也。則皆以王爾爲古之巧人，亦不能確指爲何時人也。

盡變態乎其中。

【注】變，奇也。態，巧也。

【疏】「變態」二字但言奇變之狀態，不應平對。疑薛注作「變態，奇巧也」，釋其意，非訓其字。傳寫致誤耳。《楚辭·九章·思美人》曰：觀南人之變態。意異而字同。○隆、宫、中，古音冬部。

後宫不移，樂不徙懸。

【注】善曰：《上林賦》曰：庖廚不徙，後宫不移。劉向《新序》曰：孟獻子聘於晉，韓宣子止而觴之，飲三徙。鐘石之懸，不移而具也。

【疏】六臣本句首有「於是」二字。○《新序》見《刺奢篇》。

門衛供帳，官以物辨。

【注】善曰：供帳，已見《東都賦》。門衛，已見上。

【疏】六臣本「辨」作「辧」。胡克家疑爲李氏與五臣之異。案：《説文・刀部》曰：辧，判也。从刀，辡聲。段曰：「辧」从刀，俗作「辨」，爲辨别字，符蹇切。别作从力之辦，爲幹辦字，蒲莧切。古辨别、幹辦，無二義，亦無二形二音也。○朱珔曰：《玉海》云：漢有郎衛，有兵衛。《舊儀》曰：殿外門舍屬衛，殿内門舍屬光禄勳。内外相關。即《周官》宫正、宫伯之職。然則同爲宿衛而實異。此蓋郎衛也。《玉海》引《楊惲傳》：召户將尊。師古曰：户，將官名。主户衛，屬光禄。又江充移劾門衛，王嘉坐户殿門失闌免。注守殿門下，亦以賦語爲證。步瀛案：《玉海》百三十七《兵制》原注曰：《前・五行志》：門衛，户者。

恣意所幸，下輦成燕。窮年忘歸，猶弗能徧。

【注】善曰：《孫卿子》曰：知物之理，没世窮年，不能徧也。

【疏】吕向曰：言天子所幸宫伎既多，下輦之處，卽爲燕樂，雖窮年不歸，亦不能周徧。○《荀子》，見《解蔽篇》。

瑰異日新，殫所未見。

【注】瑰，奇也。殫，盡也。言奇異之好，日日變易，皆所未嘗目見之物也。

【疏】胡克家曰：袁本自「瑰奇也」至末二十四字，作善注，茶陵本與此同。案：似茶陵是也。○「瑰」，「傀」之借字。《説文・人部》曰：傀，偉也。或體作「⿰亻褱」，亦作「瓌」。《方言》二：⿰亻褱，盛也。郭注曰：言瓌瑋也。《説文・歺部》曰：殫，殛盡也。○懸、辨、燕、見，古音元部。徧，真部。通轉爲韵。○以上後宫。姚曰：以上賦城内宫殿，以下賦城外離宫。獨舉甘泉、建章者，以帝常居此也。

惟帝王之神麗，懼尊卑之不殊。雖斯宇之既坦，心猶憑而未攄。

【注】坦，大也。憑，滿也。攄，舒也。

【疏】「憑」字本作「馮」。《離騷》王注曰：楚人名滿曰馮。《莊子·盜跖篇》：侅溺于馮氣。《釋文》曰：言憤畜不通之氣也。

思比象於紫微，恨阿房之不可廬。

【注】廬，居也。時阿房已壞，故不得居也。

【疏】阿房，見《東都賦》。

覛往昔之遺館，獲林光於秦餘。

【注】覛，視也。善曰：《漢書音義》瓚曰：林光，秦離宫名也。覛，亡狄切。

【疏】《説文·𠂢部》曰：覛，衺視也。《廣雅·釋詁》一曰：覓，視也。案：俗作「覔」。○《文選李注補正》引趙曦明曰：《關輔記》曰：甘泉宫，一曰林光宫，秦所造，在甘泉山。宫以山爲名。賦似主此説。又引許慶宗曰：《三輔黄圖》：林光宫，胡亥所造，從廣各五里，在雲陽縣界。朱珔曰：案：《漢書·郊祀志》下：成帝時，震電災林光宫門。孟康曰：甘泉一名林光。師古曰：漢於林光宫前，別起甘泉宫，非一也。而王士點《禁扁》所載，仍從孟康之説，非是。據《三輔黄圖》甘泉宫中有林光宫，則二宫實在一地。故或合言之。觀此賦於林光下接云：「處甘泉之爽塏」，本自分明。胡紹煐曰：《雍録》引《關輔記》

云：甘泉宫，一曰雲陽宫，一曰林光宫，一曰甘泉宫，秦所造。今在池陽縣西。故甘泉山宫，以山爲名。據此，則林光即甘泉。然《三輔黄圖》云：甘泉宫，秦始皇二十七年作，漢武帝增廣之。林光宫秦二世作，是甘泉、林光又分爲二也。竊謂甘泉、林光本秦二宫，至漢并林光而增其制爲甘泉宫。故賦云云。步瀛案：秦始皇所作甘泉宫，在渭南。程大昌《雍録》已辨之，而此與林光本一宫，説見《西都賦》疏。又案：林光宫本胡亥造，故曰秦餘。餘見《西都賦》。

處甘泉之爽塏，乃隆崇而弘敷。

【注】甘泉，山名。應劭曰：甘泉在馮翊雲陽縣。爽，明也。隆，崇高也。弘敷，猶延蔓也。善曰：《左氏傳》曰：齊景公欲更晏子之宅，曰：「請更諸爽塏者。」杜預曰：就高燥也。

【疏】六臣本「之」作「而」。○《左·昭三年》杜注曰：爽，明，塏，燥也。孔疏曰：塏，高地，故爲燥也。

李注引删削，似失爽字之意。

既新作於迎風，增露寒與儲胥。

【注】善曰：《漢書》曰：武帝因秦林光宫，元封二年，增通天、迎風、儲胥、露寒。

【疏】張雲璈曰：按：「武帝」句，當在元封二年下。注倒。步瀛案：此注引《漢書》，非一處之文。乃雜見《武帝紀》、《郊祀志》、司馬相如、楊雄等傳。又案：《三輔黄圖》曰：甘泉有林光宫，有通天臺。武帝作迎風館於甘泉山，後加露寒、儲胥二館。

託喬基於山岡，直墆霓以高居。

【注】墆霓，高貌也。善曰：墆，徒結切。霓，五結切。

【疏】《玉篇·土部》曰：墆，徒計、徒結二切。案：「嵽嵲」與「墆嵲」同。《玉篇·山部》曰：墆，徒結切。嵲，徒結切。杜子美《奉先詠懷詩》曰：御榻在嵽嵲。○殊，古音侯部。摅、廬、餘、敷、胥、居，魚部。通轉爲韵。

通天訬以竦峙，

【注】通天，臺名。武帝元封二年作。《漢舊儀》云：高三十丈，望見長安城。訬，高也。竦，立也。峙，住也。善曰：訬，音眇。

【疏】五臣「訬」作「眇」。桂馥《札樸》卷五曰：「訬」，借字，當爲「杪」。《説文》杪，桐高也。朱珔曰：今《説文》作「相高」。「相」蓋「梋」之形似而誤。「昌」即「曶」字，與「忽」通。故《玉篇》曰：杪，木忽高也。段氏以爲杪者言其杪末之高。「杪忽」亦連屬字也。若訬之本訓，《説文》云：訬擾也。一曰訬獪。《思玄賦》舒訬婧之纖腰，則又借「訬」爲「眇」。呂錦文曰：案：《楚辭·九章》：路眇眇之默默。《左·莊二十八年傳》：狄之廣莫。《廣雅》云：眇，莫也。言其廣莫無邊際也。《莊子·庚桑楚》：藏其身也，不厭深眇而已矣。眇，遠也。「訬」與「眇」同。步瀛案：兩説皆通。○《漢舊儀》各本作《漢書舊儀》。胡克家曰：陳云：「書」字衍，是也。步瀛案：今據删「書」字。《三輔黄圖》曰：武帝元封二年，作甘泉通天臺。《漢舊儀》云：通天者，言此臺高通於天也。《漢武故事》：築通天臺於甘泉，去地百餘丈，望雲雨悉在其下，望見長安城。

徑百常而莖擢。

【注】徑，度也。倍尋曰常。莖，特也。擢，獨出貌也。

【疏】《莊子·秋水篇》《釋文》引崔譔曰：直渡曰徑，此文「徑」字依薛注，則但取過度之義。《廣雅·釋詁》三曰：徑，過也。是也。胡紹煐曰：徑，直也。《史》、《漢》屢見。本書《上書諫吴王》：徑而寡失。善注亦云：徑，直也。「徑」又作「莖」。《莊子·逍遥遊》《釋文》：徑，司馬本作「莖」，莖亦直也。故此注云：莖，特也。直與特義同。步瀛案：莖訓爲直，則「徑」字宜從薛注。如胡氏，則本句兩用直字之義，似未安。〇倍尋曰常。《考工記》之文。《儀禮·公食大夫禮記》鄭注曰：丈六尺曰常，半常曰尋。〇莖訓特，朱駿聲以爲挺之假借。案：《説文》：挺，拔也。莖擢猶言拔擢也。《廣雅·釋詁》一曰：擢，出也。

上辬華以交紛，下刻陗其若削。

【注】辬華，敷大也。刻陗，斗高也。善曰：辬音斑。又音葩。陗，七笑切。

【疏】五臣「辬」作「瓣」，音葩。劉良曰：瓣華交紛，言文采交錯也。張雲璈曰：《廣韻》「辬」與「斑」同。云見《説文》。按：《説文》有「辬」無「斑」。是「辬」即「斑」字，《廣韻》爲重收矣。〇孫志祖曰：楊慎《丹鉛録》云：辬華，辬駁華麗也。「辬」古「斑」字。梁元帝《纂文》云：辬華，文麗也。胡紹煐曰：《廣雅·釋詁》：斑，分也。《海賦》葩華踧沑。善注：葩華，分散也。分散與敷大義近，不與辬文之車，華麗之華同也。楊慎引梁武帝《纂文》與薛義、善音俱不合。步瀛案：五臣斑音葩，疑與李注異。注中「又音葩」三字，疑後人據五臣增。胡以爲善音，似未詳審。○劉良曰：刻陗，謂刻令險陗，如削成也。○注「斗高也」，「斗」，尤本誤作「升」。依胡氏《考異》校改。

翔鶤仰而不逮，況青鳥與黄雀。

【注】鶤，大鳥。青鳥、黄雀，皆小鳥。翔，高飛也。善曰：《穆天子傳》曰：鶤雞飛八百里。郭璞曰：鶤，即鵾鷄也。鵾與鶤同，音昆。《左氏傳》曰：青鳥氏，司啟者也。杜預曰：青鳥，鶬鷃也。《戰國策》：莊辛曰：「黄雀俯啄白粒。」

【疏】古鈔「不」作「弗」。○朱珔曰：鶤雞有三。一，《爾雅·釋畜》：雞三尺爲鶤。郭注：陽溝巨鶤，古之名雞。即《楚辭·九辯》：鵾雞啁哳而悲鳴。楊子《太玄經》鶤雞朝飛踤於北，嚶嚶相合不輟食者是也。一，《淮南·覽冥訓》：軼鶤雞於姑餘。高誘注以爲鳳皇別名也。一，張揖《上林賦》注：昆雞似鶴，黄白色。《説文》：鶤，鶤雞也。段氏謂許意不謂雞畱，亦不謂鳳皇，故其字廁於鵜、鴂、鳺、鶪之間，蓋與張説同也。此處詞主夸張。薛注：鶤，大鳥。善引《穆天子傳》，殆與《淮南》所言爲一物矣。後駕鵞、鴻鶤，善亦引《上林賦》注，蓋皆非《爾雅》所云三尺者也。故善於兩處並不引《爾雅》爲證。○《左傳》，見昭十七年。杜注青鳥氏。「鶬鷃也」，選注各本皆作「鶬鴳」，誤。朱銘校是，今從之。朱又謂《寰宇記》引《雲陽記》云：鉤弋夫人至甘泉而卒，武帝思之，爲起通靈臺於甘泉宮，有一青鳥，集臺上往來。此賦正借用其事，則非是。無論此事荒誕不足據，即與賦文亦正相戾。朱氏引之，亦好奇之過歟？○注「白粒」誤作「百粒」，依《楚策》本文校改。

伏欞檻而頫聽，聞雷霆之相激。

【注】伏，猶憑也。欞，臺上蘭也。頫，低頭也。《蒼頡篇》曰：霆，霹靂也。言臺之高，於上低頭聽雷聲乃在下。善曰：頫，古俯字。音府。

【疏】五臣「頫」作「俯」。○注：臺上蘭也。「蘭」乃「闌」之借字，俗作「欄」。○《蒼頡篇》，玄應《一切經音義》卷八、卷九引同。卷四、卷二十引「霹靂」作「礔礰」。○李注「頫」下，各本無「俯」字。胡克家曰：陳云：「古」下疑當有「俯」字，是也。各本皆脱。步瀛案：本書《上林賦》注引《聲類》曰：頫，古文「俯」字。陳氏所校是也。今增。然「俯」乃俗字，府亦俗音。《説文·頁部》曰：頫，低頭也。从頁逃省。「俛」，頫或从人免。段注曰：《匡謬正俗》引張揖《古今字詁》云「頫」，今之俯俛也。蓋「俛」字本从免，俯則由音誤而制，用府爲聲之俗而謬者，故許書不録。俛，舊音無辨切。頫，《玉篇》音無卷切，正是一字一音。而孫强輩增「《説文》音俯」四字，不知許正讀如免耳。大徐云：方矩切者，俗音也。○《匡俗正謬》七曰：今俗呼激水箭者爲吉躍反。按：張平子《西京賦》，則激字有吉躍音也。○擢、削、雀、激，古音宵部。

柏梁既災，越巫陳方。建章是經，用厭火祥。

【注】善曰：《漢書》曰：柏梁災。越俗，有火災復起屋，必以大，用勝服之。於是作建章宮。《漢武故事》曰：以香柏爲之，香聞數十里。厭，於冉切。

【疏】《漢書》見《郊祀志》上。文云：既滅兩粵，粵人勇之乃言：「粵人俗鬼，而其祠皆見鬼，數有効。」迺命粵巫立粵祝祠。注引「粵俗有火災」上當有「勇之迺曰」四字。李節去不引，則越巫之名不見矣。又《武帝紀》曰：元鼎二年春，起柏梁臺。太初元年十一月乙酉，柏梁臺災。二月，起建章宫。注：文穎曰：越巫名勇，謂帝曰：「越國有火災，即復大起宫室以厭勝之。」故帝作建章宫。余蕭客《文選紀聞》曰：案：諸書柏梁臺並在未央，獨《水經·渭水注》在桂宫。或未央複道通桂宫、柏梁臺，故諸書誤在未央。又曰：吴處厚《青箱雜記》八曰：海魚有虬，尾似鴟，用以噴浪，則降雨。柏梁臺災，越巫上厭勝法，大起建章宫，設鴟魚之像於尾脊，以厭火祥。即今鴟尾是。

營宇之制，事兼未央。

【注】兼猶倍也。所以順巫言也。善曰：《漢書》曰：劉向上疏曰：項籍燔其宫室營宇。

【疏】兼未央，即所謂度爲千門萬户也。○《漢書》，見《劉向傳》。

圜闕竦以造天，若雙碣之相望。

【注】善曰：字書曰：圜，亦圓字也。《甘泉賦》曰：直嶤嶤以造天，音操。孔安國《尚書傳》曰：造，至也。又曰：碣石，海畔山也。又曰：三山，言相望也。

【疏】《説文》曰：圜，天體也。圓，圜全也。圎規也。段注曰：許書「圜」「圓」「圎」三字不同，言天當作圜，言平圎當作圎，言渾圓當作圓。朱駿聲曰：渾圓爲圜，平圓爲圓，規圓之器爲圎。二説不同。朱氏得之。今「圜」「圓」字通用不别，而「圎」字不復行用。朱珔曰：注于圓闕無證，前《西都賦》設璧門之鳳闕，已引《關中記》圓闕有金鳳，然似與鳳闕爲一。而《寰宇記》卷二十五，引《三輔舊事》云：

建章宮周迴數里，殿東別起鳳闕，高二十餘丈。又於東門北起圓闕，高二十五丈，上有銅鳳皇。下即引此賦二語。又古歌辭云：長安城西有雙闕，上有雙銅雀。銅雀即銅鳳皇也。據此則鳳闕與圓闕蓋二闕。故賦云「若雙碣」矣。步瀛案：《寰宇記》引《三輔舊事》，《黄圖》亦引之。闕必有二，故曰若雙碣。朱氏以鳳闕、圓闕當之，非是。○《甘泉賦》造天句注引《尚書・盤庚》，僞孔傳同。碣石三山，並《禹貢》僞孔傳。案：三山謂終南、敦物、鳥鼠也。

鳳騫翥於甍標，咸遡風而欲翔。

【注】甍，棟也。標，末也。遡，向也。謂作鐵鳳凰，令張兩翼，舉頭敷尾，以函屋上，當棟中央。下有轉樞，常向風，如將飛者焉。善曰：《楚辭》曰：鸞鳥騫翥而翔飛。《説文》曰：騫，飛貌也。騫，許言切。翥，之庶切。

【疏】梁曰：本書《魏都賦》張注引「騫翥」作「翥騫」，「咸」作「感」。○《説文》曰：甍，屋棟也。《晉語》韋注、《左傳・襄二十八年》杜注並同。《方言》十三曰：㼺謂之甗。郭注曰：即屋櫺也。《廣雅・釋宫》曰：櫺棟也。甍謂之「甗」，展轉相釋。並與薛注合。程瑶田《通藝録》曰：甍者，蒙也。凡屋通以瓦蒙之曰「甍」，故其字從瓦。《晉語》：譬之如室，既鎮其甍矣，又何加焉。謂蓋構既成，鎮之爲甍，則不復有所加矣。若以甍爲屋極，則當施榱桷，覆茅瓦，安得謂無所加。《左傳》：慶舍援廟桷，動於甍。則甍爲覆桷之瓦可知，言其多力，引一桷而屋宇爲之動也。若以甍爲屋極，則太公之廟，必非容膝之廬，所援之桷，必爲當檐之題，題之去極甚遠，安得援題而動於極也。天子廟制，南北七筵。諸侯降殺以兩，則五筵也。陂陀下注，又加長焉。極之去檐，幾三丈矣。況題接於交，交至於極，亦必非一木，何能遠動之乎？王念孫《廣雅疏證》謂程説與内、外《傳》皆合，確不可易。朱珔曰：《釋名》云：屋脊曰甍。甍，蒙也。在上覆蒙屋也。所稱屋脊，非指屋極，正謂瓦脊也。今人稱沿此稱，若以爲屋極在椽瓦之下，不得云覆蒙。薛注謂作鐵鳳皇，臿屋上，當棟中央，既云屋上，知不在椽瓦之下矣。若棟則不應著鐵鳳，卽有之，亦無騫翥之狀。此蓋卽《西都賦》所云：上觚棱而棲金爵者也。彼注引應劭曰：觚，八棱有隅者。若棟安得有八觚，惟瓦脊及檐角始有之。由斯以言，甍之非棟明甚。胡紹煐曰：甍當棟至高之處，最後施之，所以覆棟。故《晉語》云：既鎮其甍，又何加焉。《釋名》：檼，隱也。所以隱桷，或謂之棟，或謂之望，望卽甍也。又云：屋脊曰甍。今猶云其處爲屋脊矣。屋脊謂之甍，猶脊肉謂之脢。故字或作「𤭛」。「每」、「甍」聲轉。郭注曰：卽屋檼是也。《廣雅》謂之甗。甗者，霤也。霤當今之棟下，直室之中。與屋脊同處。《爾雅》杗廇謂之梁，梁卽棟也。「杗」「甍」音近，「廇」與「霤」通，故亦呼「甍」爲「霤」。然則甍爲屋脊之名，非覆瓦通稱。《左傳》：猶援廟桷，動於甍，桷卽榱也。《釋名》：榱在檼旁，下列，衰衰然垂也。在檼旁，故援桷而屋檼爲之動，亦極形力之大，固理之無可疑者。而程氏誤以爲覆榱之瓦，與諸注皆窒礙不可通。步瀛案：程氏、胡氏之説皆各明一義。竊謂古人事物有通名，有專名。《釋名》以甍爲屋脊，此專名也。屋脊爲屋之最高處，下直屋棟，故甍亦得蒙棟之名。如諸家訓甍爲棟者，皆是此通名也。屋脊蒙瓦，今俗猶有屋脊之名，而自屋脊而下，屋上蒙瓦者，皆得謂爲甍。《左傳》「猶援廟桷動於甍」及此賦下云「甍宇齊平」皆是，亦通名也。由斯而言，庶諸説皆無滯閡矣。○朱珔曰：《説文》：㳂，向也。重文爲遡。《詩·大雅》：如彼遡風。毛傳訓「遡」爲「鄉」。「鄉」卽向也。咸者，所作鐵鳳非一也。「遡」，或借作「愬」。本書《西征賦》《七命》注並云：「愬」與「遡」通，是也。後《魏都賦》張注引此「咸」作「感」，「遡」亦作「愬」。乃駁之曰：此鳳之有定住，尚向風而無方，則不宜言愬風也。未免於泥。步瀛案：張注語當依胡克家校，作「此鳳之住有定向，而風無一方」。説見後。○注以臿屋上，尤本誤作「函」。胡克家、梁章鉅校，均以作「臿」爲是。今依六臣本，蓋「臿」之俗體作「凾」，與「函」字形相似而誤。○《楚辭·遠遊》曰：鸞鳥軒翥而翔飛。洪校：「軒」一作「騫」。此注各本「鸞鳥」二字誤作「鳳」。「翔飛」二字又誤倒。今依《楚辭》正。○許巽行曰：《説文》：鶱，飛貌。从鳥，寒省聲。騫，馬腹縶也。从馬，寒省聲。此當作鶱。步瀛案：此賦或假「騫」爲「鶱」。故《魏都賦》引亦作「騫」。而李注改《説文》則非是。○方、祥、央、望、翔，古音陽部。

閶闔之内，别風嶕嶢。

【注】善曰：閶闔，已見上文。别風，已見《西都賦》。

【疏】《三輔黄圖》曰：建章宫之正門曰閶闔，高二十丈，門内北起别風闕，高五十丈。詳見《西都賦》。

何工巧之瑰瑋，交綺豁以疏寮。

【注】瑰瑋，奇好也。疏刻，穿之也。善曰：交結綺文，豁然穿以爲寮也。《説文》曰：綺，文繒也。《廣雅》曰：豁，空也。然此刻鏤爲之。《蒼頡篇》曰：寮，小窗也。《古詩》曰：交疏結綺窗。

【疏】五臣「交」作「文」。○《説文·云部》曰：疏，通也。又《疋部》曰：𤴓，通也。段曰：此與《云部》「疏」音義皆同。案：通字之意，亦與刻穿爲近。○《説文》，見《糸部》。○《廣雅》，見《釋詁》三。王念孫《讀書志餘》曰：交綺，即窻也。《廣雅》曰：豁、寮，空也。《一切經音義》一引《倉頡篇》曰：寮，小空也。《説文》曰：疏，通也。豁以疏寮，皆空虚之貌。既言豁而又言疏寮者，文重詞複，以申其意。若《大人賦》：麗以林離，叢以蘢茸，痑以陸離矣。胡紹煐曰：「寮」與「寥」音義同。《釋名·釋綵帛》：疏，寥也。寥寥然也。疏寮即疏寥也。「疏寥」之爲「疏寮」，猶「寥廓」之爲「寮廓」。《廣雅·釋詁》：䆳，空也。「寮」亦同「䆳」。○玄應《一切經音義》卷一，引《蒼頡篇》「窻」作「空」。○《古詩》，見本書卷二十九。

干雲霧而上達，狀亭亭以苕苕。

【注】亭亭、苕苕，高貌也。干，犯也。

【疏】六臣本「苕」作「岧」。五臣作「迢」。朱珔曰：《説文》無「苕」字，而「迢」字在《新附》中。蓋「苕」本借字，後人作「岧」，猶「葻」之爲「嵐」也。本書謝靈運《述祖德詩》：「苕苕歷千載」，亦作「苕」。但此言其高，彼言其遠。凡物之高者仰望即遠，義得通。○嶢、寮、苕，古音宵部。

神明崛其特起，井幹疊而百增。

【注】崛，高貌。善曰：《廣雅》曰：增，重也。神明井幹，已見《西都賦》。

【疏】上虞羅氏《鳴沙叢殘》唐永隆弘濟寺寫《文選》殘卷自此始。「幹叠」二字，已不全，以下亦多缺。

注有「臣善曰《漢書》」及「又曰武帝作井」六字。以此推之，則此本「神明井榦」注，與《西都賦》同而無「《廣雅》」以下十五字。又「善」上有「臣」字，後皆同。○《廣雅》見《釋詁》四。

跱遊極於浮柱，結重欒以相承。

【注】跱，猶置也。三輔名梁爲極，作遊梁，置浮柱上。欒，柱上曲木，兩頭受櫨者。善曰：《廣雅》曰：曲枅曰欒。《釋名》曰：欒體上曲拳也。

【疏】「跱」、「置」同部。故薛取以爲聲訓字。本作「峙」。又作「峙」。本書《射雉賦》徐注曰：峙，立也。與置意相近。○朱珔曰：《漢書·枚乘傳》注引孟康曰：西方人名屋梁爲極，與此注同。《説文》：極，棟也。棟，極也。兩字互訓。其杗字云：棟也，引《爾雅》：杗廇謂之梁。彼郭注：屋大梁也。《説文》又云：廇，中庭也。《玉篇》「廇」又作「霤」，是杗廇中央，既謂之梁，而《釋名》云：棟，中也。居屋之中也。極亦訓中，見《詩·氓》與《思文》等篇毛傳。則極可通稱爲梁矣。○善曰：二字尤本無。胡克家曰：當有「善曰」二字。茶陵本此作「善注」最是。梁章鉅曰：段校添，今從之。然唐永隆寫本，自《廣雅》下皆無之。「浮柱」下有「之」字。○《廣雅》，見《釋宮》。○《釋名》，見《釋宮室》。

累層構而遂隮，望北辰而高興。

【注】隮，升也。子奚切。北辰，北極也。善曰：《山海經注》曰：層，重也。

【疏】唐寫本薛注但有「隮，升。北辰，極也」六字。無李注。○《山海經》，見《海外西經》。胡克家曰：陳云：「經」下脱「注」字，是也。案：今據補。

消雰埃於中宸，集重陽之清澂。

【注】消，散也。雰埃，塵穢也。宸，天地之交宇也。言神明臺高，既除去下地之埃穢，乃上止於天陽之宇，清澂之中。上爲陽，清又爲陽，故曰重陽。善曰：《楚辭》曰：集重陽而入帝宮兮，造旬始而觀清都。雰音氛。宸音辰。

【疏】注唐寫本無「消散也」三字。「埃穢」作「垢穢」，「之中」下有「也」字。○注「上爲陽，清又爲陽」，尤本「陽」「清」二字互倒。胡克家曰：袁本、茶陵本「清陽」作「陽清」是也。今從之。○《楚辭》見《遠遊》。洪興祖《補注》曰：積天爲陽，天有九重，故曰重陽。與薛注異。○唐寫「陽」下無「而」字。又無「雰音氛」三字。

瞰宛虹之長鬐，察雲師之所憑。

【注】鬐，脊也。雲師，畢星也。臺高悉得視之。善曰：鬐，渠祇切。《廣雅》曰：瞰，視也。如淳《漢書注》曰：宛虹，屈曲之虹也。《小雅》曰：憑，依也。《廣雅》曰：雲師謂之豐隆。

【疏】《儀禮·士喪禮》鄭注曰：鬐，脊也。與薛同。○諸書皆言雨師，畢星也。見《東都賦》。薛云：雲師。《楚辭·天問注》曰：蓱翳，雨師名也。《九歌·雲中君》注曰：雲神，豐隆也。一曰：屏翳。薛豈卽以雲師爲雨師邪。説又見下。○唐寫此注僅「鬐脊。鬐，渠祇反」六字。○《廣雅》，見《釋詁》一。○各本「宛虹」下無「屈曲之虹」四字。本書《上林賦》注引如淳曰：宛虹，屈曲之虹也。《漢書·司馬相如傳》顔注同。當卽本如淳。此注蓋誤脱，今據《上林賦》注補。○《小雅》，見《廣言》。○《廣雅》，見《釋天》。王念孫《疏證》曰：《楚辭・離騷》：吾令豐隆乘雲兮。王注云：豐隆，雲師。一曰雷師。案：《開元占經》《石氏中官占》引石氏云：五車，東南星，名曰司空，其神名曰雷公。西南星名曰卿，其神名曰豐隆。則豐隆、雷公非一神也。若《淮南子・天文訓》季春三月，豐隆乃出，以將其雨。張衡《思玄賦》豐隆軒其震霆兮，則並以豐隆爲雷師。然《離騷》既云豐隆乘雲，《九章》又云願寄言於浮雲兮，遇豐隆而不將。則以豐隆爲雲師，於義爲長。司馬相如《大人賦》云：涉豐隆之滂濞。楊雄《河東賦》云：滃汎沛以豐隆。皆以豐隆爲雲也。朱珔、胡紹煐皆從王氏説。

上飛闥而仰眺，正睹瑤光與玉繩。

【注】飛闥，突出方木也。善曰：《春秋運斗樞》曰：北斗七星，第七曰瑤光。《春秋元命苞》曰：玉衡北兩星爲玉繩。

【疏】注「瑤光」，唐寫作「摇光」。《禮記・曲禮》上《正義》、《史記・天官書》《索隱》、《藝文類聚》、《太平御覽・天部》引《運斗樞》皆作「摇」，正合。惟各書引皆無「曰」字。〇《春秋元命苞》，本書謝玄暉《暫使下都詩》注、張景陽《七命》注引同。又《北堂書鈔》、《御覽・天部》皆引之。《開元占經》引作「玉衡北繩」，蓋約其文。

將乍往而未半，怵悼慄而慫兢。

【注】怵，恐也。悼，傷也。慄，憂戚也。言恐墮也。善曰：《廣雅》曰：乍，暫也。《方言》曰：慫，悚也。先拱切。怵音黜。慄音栗。

【疏】六臣及毛本「慫」作「聳」。注同。○唐寫薛注僅「言恐墮也」四字。李注無「廣雅」以下六字。「切」作「反」。又無「怵音黜」以下六字。○《説文》曰：怵，恐也。《詩·氓》毛傳：曰：悼，傷也。《爾雅·釋言》曰：慄，慼也。皆薛注所本。○《廣雅》，見《釋言》。○《方言》十三：聳，悚也。六臣本與上薛注「慄」字互誤。尤本上「慄」字不誤，而此「悚」字作「慄」字誤。今正。《説文》曰：慫，驚也。「聳」，借字。許巽行曰：《左傳·昭十九年》駟氏聳，張載《魏都賦》注引作「雙」。《漢書·刑法志》：雙之以行。晉灼曰：雙，古「悚」字。《説文》云：雙，懼也。从心，雙省聲。《春秋傳》曰：駟氏雙。然則「慫」、「聳」、「雙」、「悚」、「雙」，五字通用，以《説文》爲正。

非都盧之輕趫，孰能超而究升。

【注】善曰：《漢書》曰：自合浦南，有都盧國。《太康地志》曰：都盧國，其人善緣高。《説文》曰：趫善緣木之士也。綺驕切。

【疏】《漢書》見《地理志》。○《新唐書·藝文志》史部地理類有《晉太康土地記》十卷。此注引《太康地志》當即此書。○《説文·走部》今作「善緣木走之才」，段氏依此注改。段曰：《吴都賦》曰：趫材悍壯，此爲比盧。成公綏《洛褉賦》曰：趫才異態，習水善浮。按：張注《列子·説符篇》「異伎」云：僑人。郭璞注《山海經》言：有喬國，今伎家僑人象此。今俗謂之踹僑。「僑」卽「趫」字。案：郭注見《海外西經》。梁章鉅曰：《吕氏春秋·悔過篇》：氣之趫與力之盛。高誘注：趫，壯也。朱珔曰：《赭白馬賦》：捷趫夫之敏手。注引《廣雅》：蹻，健也。是「趫」與「蹻」通。其《序》内「趫迅」注引《詩》四壯有蹻。

毛傳：蹻，壯貌。今《詩》作「驕」，是「蹻」又與「驕」通也。蓋字異音同，皆與善緣義近。後都盧尋撞，殆如今走索盤竿之戲，此則但言其健捷耳。○增、承、輿、澂、憑、繩、兢、升，古音蒸部。

馺娑駘盪，燾奡桔桀。枍詣承光，睽罛庨豁。

【注】馺娑、駘盪、枍詣、承光，皆臺名。燾奡、桔桀、睽罛、庨豁，皆形皃。善曰：燾，徒到切。奡，五告切。桔音吉。睽，呼圭切。罛，許狐切。庨，呼交切。

【疏】馺娑、駘盪、枍詣、承光，四殿名。見《西都賦》。薛以爲臺名，又異。胡紹煐曰：燾奡，桔桀，疊韵字。並高峙之貌。《漢書·司馬相如傳》糾蓼叫奡，「燾奡」與「叫奡」音近。繆襲《藉田賦》靈旗蔚以燾奡兮，亦用「燾奡」字。「桔」與「揭」通。本書《射雉賦》注引《楚辭》「揭驕」作「拮驕」，是其證。又《遠遊篇》注：揭揭，高也。《王風·伯兮》傳：桀，特也。特亦高貌。「桔桀」又作「揭孽」。《魯靈光殿賦》：飛陛揭孽。善注：揭孽，高貌，是也。睽罛庨豁，深空之貌。《說文》：䆿，大空也。讀若《詩》施罛泧泧，《衛風·碩人》施罛濊濊。馬融云：大魚罔，目大豁豁然也。蓋罛有空大義，故云濊濊。濊濊，猶豁豁也。庨，屋之空也。本書《長笛賦》：庨窌朽老。善注：深空之貌。是也。《衆經音義》八豁，古文「䆿」「眓」二形。是「豁」即「䆿」。《玉篇》：庨豁，宮殿貌。當本此。許巽行曰：《說文》：豁，通谷也。呼括切。步瀛案：許據大徐音。○唐寫「告」作「到」，「吉」下有「桀反」二字，「許狐」作「許孤」。又唐寫「切」皆作「反」，下並同。

橧桴重棼，鍔鍔列列。

【注】善曰：鍔鍔、列列，皆高貌。

【疏】胡克家曰：袁本、茶陵本「增」作「橧」。案：此尤誤。梁章鉅曰：六臣本「橧」作「增」。胡紹煐曰：橧亦重也。「橧」「增」古通。《禮記・禮運》：冬則居橧巢。《釋文》：「橧」，本又作「增」。又曰：「鍔」與「咢」通。《文字集略》曰：崿，崖也。「列」亦作「峛」，又作「烈」。《小雅》：南山烈烈。傳：列列然至也。步瀛案：《文字集略》見上。胡承珙《毛詩後箋》曰：《説文》：⿱厲山，巍高也。《玉篇》、《廣韻》作「巁」，云巍也。《集韻》、《類篇》：⿰山萬，力蘖切。山高貌。古有⿰山萬山氏。《禮記・祭法》注：厲山氏，或曰有烈山氏。然則烈烈爲山之高峻。案：二胡氏説可互證。○桴棼，已見《西都賦》。

反宇業業，飛檐𨏵𨏵。

【注】凡屋宇皆垂下向，而好大屋飛邊頭瓦皆更微使反上，其形業業然。檐，板承落也。𨏵𨏵，高皃。善曰：《西都賦》曰：上反宇以蓋戴。𨏵，魚桀切。

【疏】古鈔本「業業」作「⿱業木⿱業木」。五臣「反」作「及」。○胡紹煐曰：業業，高大之貌。《大雅・蒸民》：四牡業業。傳：業業，高大也。宇高大謂之業業，猶馬高大謂之業業，其義同也。本書《景福殿賦》：峩峩⿱業木⿱業木。作「⿱業木⿱業木」疑俗。○梁章鉅曰：《説文》：𨏵，載高貌也。《毛詩・碩人》：庶姜孽孽。《韓詩》作「𨏵」，云：長貌。《呂氏春秋・過理篇》引亦作「𨏵𨏵」，云：高長貌。皆與薛注合。胡紹煐曰：車載高謂之「𨏵」，引伸之凡高亦謂之「𨏵」。《廣雅・釋訓》：𨏵𨏵，高也。《魏都賦》：四門𨏵𨏵。「𨏵」，通作「蘖」。《呂覽・過理篇》：宋王築爲蘖臺。高注：「蘖」當作「𨏵」。引《詩》「庶姜𨏵𨏵」，今《碩人》作「蘖欒」。欒欒之言，言言也。《大雅・皇矣》：崇墉言言。傳：言言，高大也。箋：言言，猶「欒欒」也。案：巘之通「欒」，猶巘之或體爲欒。獻聲本元部。而巘巘轉入祭部，與欒音同。○陳僅曰：按：今制，凡大宮室亭臺四阿簷角皆揚起上向，故《西都賦》曰：上反宇以蓋戴，激日景而納光。○唐寫薛注「飛」作「扉」，疑誤。

流景内照，引曜日月。

【注】言皆朱畫華采，流引日月之光，曜於宇内。

【疏】桀、偕、列、巘、月，古音祭部。

天梁之宮，寔開高闈。

【注】天梁，宮名。宮中之門謂之闈。此言特高大。

【疏】天梁，見《西都賦》。

旗不脱扃，結駟方蘄。

【注】熊虎爲旗。扃，關也。謂建旗車上有關制之，令不動摇曰扃。每門解下之。今此門高不復脱扃，結駕駟馬方行而入也。蘄，馬銜也。善曰：《左氏傳》曰：楚人惎之脱扃。古熒切。蘄，巨衣切。《楚辭》曰：青驪結駟齊千乘。

【疏】薛注各本「熊虎」上有「《爾雅》曰」三字，唐寫無。今據删。熊虎爲旗，乃《周禮・春官・司常》之文。○朱珔曰：扃之用不一，有在户者。《説文》：扃，外閉之關也。有在鼎者。《儀禮・士昏禮》：設扃鼎。注：扃所以扛鼎也。有在車者，《左氏·宣十二年傳》脱扃，杜注：扃，車上兵闌也。又服注：扃，横木校輪閒，一曰車前横木也。而此則制旗所用。蓋字从「户」，本爲户之關，引伸之，義凡横木以爲關鍵者，皆可有扃之名也。《左傳》《釋文》引薛綜《西京賦》注：扃所以止旗也。與注異，豈本有是語而删之歟？又曰：蘄不得爲馬銜，當是「靳」之假借字。「靳」、「蘄」音形皆近。《史記·太史公自序》孫靳，《集解》引徐廣曰：「靳」一作「蘄」。可知其通用。《説文》：靳，當膺也。《左氏·定九年傳》：吾從子如驂之靳。疏云：驂馬之首，當服馬之胸，胸上有靳，故云我從子如驂當服之靳。《詩·小戎》毛傳云：游環，靳環也。段氏謂游環在服馬背上。驂馬外轡貫之，以止驂之出，故謂之靳環。「靳」亦或作「靷」，蓋所以制馬者，故與銜義通。但銜在口，而靳在胸爲異耳。○《左傳》，見《宣十二年》。○「古熒切」上應再出「扃」字。唐寫「蘄，巨衣反」四字，在「千乘」後，是。○《楚辭》見《招魂》。○李詳《選學拾瀋》曰：案：《漢書·賈山傳》：秦爲阿房之殿，高數十仞，從車羅騎，四馬鶩馳，旌旗不撓。顔師古注：撓，曲也。言庭之廣大，殿之高敞，衆騎馳鶩，無所迫觸，建立旌旗不屈撓。平子賦語正出於賈。

櫟輻輕騖，容於一扉。

【注】馭車欲馬疾，以箠櫟於輻，使有聲也。

【疏】尤本「櫟」作「轢」，誤。毛本同。今依唐寫及六臣本正。胡克家曰：注作「櫟」未改也。梁章鉅曰：注尚不誤。○張雲璈曰：《詩·周頌》：鞉磬柷圉。疏：圉，狀如伏虎，背上有二十七鉏鋙，刻以木，長尺櫟之。《史記·楚元王世家》：嫂詳爲羹盡，櫟釜。《漢書》作「轑」，皆欲有聲之義。○《説文》曰：扉，户扇也。言櫟輻輕馳，而一扉之廣，即足容之。上言門高，此言門廣也。○案：此注各本無「善曰」字。當是薛注。惟六臣本在善注下，恐誤。○闈、扉，古音脂部。蘄，當在諄部。通轉爲韵。

長廊廣廡，連閣雲蔓。

【注】謂閣道如雲氣相延蔓也。善曰：許慎《淮南子注》曰：廊，屋也。《説文》曰：廡，堂下周屋也。無字切。

【疏】六臣本校曰：「連」，善本作「途」。案：尤本作「途」，毛本同。然唐寫善注本亦作「連」，則作「途」者，乃轉寫之誤耳。今校改。孫志祖曰：顔師古《匡謬正俗》七引此賦亦作「連閣雲蔓」。胡紹煐曰：作「連」是也。「連閣」與上「長廊廣廡」下「重闈幽闥」一例，作「途」與「閣」義不相屬。○古鈔本「蔓」作「曼」，又唐寫薛注「延蔓」亦作「延曼」。○許慎《淮南》注，陶方琦輯入《精神篇》「象廊玉牀」句下。○《説文》見《广部》。唐寫「宇」作「禹」。

閈庭詭異，門千户萬。

【注】善曰：《蒼頡篇》曰：閈，垣也。胡旦切。《説文》曰：詭，違也。《西都賦》曰：張千門而立萬户。

【疏】《説文》曰：閈，門也。與《蒼頡篇》異。○梁曰：今《説文》：詭，責也。本書《海賦》注引作「詭，變也」。朱珔曰：詭，違也之訓。見《淮南·主術篇》。而《漢書》顔注屢用之，非《説文》語。此處與《海賦》注兩歧，則必有誤。訓變亦不知何據。姜皋曰：本書《辨亡論》：古今詭趣。李注：《説文》曰：詭，變也。詭與「恑」同。今《説文》：恑，變也。从心，危聲。《海賦》注即本此，偶失「詭與恑同」四字耳。胡紹煐曰：《海賦》引《説文》：詭，變也。卽《心部》之「恑」，變也。注特改「恑」爲「詭」，以就正文。《辨亡論》注引《説文》：恑，變也。從本字作「恑」。此云違也，當有誤。步瀛案：《辨亡論》下注：詭，變也。乃「恑」字之誤。胡克家校是也。故胡紹煐逕引作「恑」字。然此注唐寫無「説文」下六字。

重閨幽闥，轉相踰延。

【注】宫中之門小者曰闥，言互相周通。

【疏】尤本「延」字下注有「移賤切」三字。毛本同。此蓋五臣本注羼入者，六臣本此但作「移賤」二字，與下「廷」字下「他頂」二字同，可證也。今依唐寫删。〇《漢書·高后紀》顔注曰：闥，宫中小門。又《霍光傳》注曰：宫中小門謂之闥。與薛注合。

望⿱穴叫窱以徑廷，眇不知其所返。

【注】窱⿱穴叫、徑廷，過度之意也。言入其中皆迷惑不識還道也。善曰：窱，他弔切。廷，他定切。返，方萬切。

【疏】五臣「⿱穴叫」作「叫」。梁章鉅曰：《廣雅·釋詁》：窈窱，深也。《集韻》「⿱穴叫」同「窈」。按：「⿱穴叫窱」卽《西都賦》之「杳窱」，故李不重注。胡紹煐曰：⿱穴叫字，字書所無，當本作「叫」。司馬相如《大人賦》糾寥呌奡，作「呌」。《魯靈光殿賦》洞房呌窱，注引此正作「叫」。「叫」蓋「窈」之假字。後人加「穴」而爲「⿱穴叫」，而《集韻》收之，誤矣。〇姚範《援鶉堂筆記》曰：徑廷，注云過度之意，非也。當如《莊子》，言其遼闊耳。步瀛案：《逍遥遊篇》：大有逕庭。《釋文》曰：庭，敕定反。李云：逕庭，謂激過也。成玄英疏曰：逕庭，猶過差也。皆不釋逕庭爲遼闊。姚説未確。○蔓、萬、延、返，古音元部。

既乃珍臺蹇産以極壯，墱道邐倚以正東。

【注】蹇産，形貌也。墱，閣道也。邐倚，一高一下，一屈一直也。乃從建章館踰西城東入於正宫中也。善曰：《甘泉賦》曰：珍臺閒館。《西都賦》曰：凌墱道而超西墉。墱，都亘切。邐，力氏切。倚，其綺切。

【疏】五臣「墱」作「隥」。許巽行曰：《復古編》曰：隥从𨸏、登，别作「嶝」、「磴」，並非。《西都賦》作「隥」，此「墱」字字書所無，當作「隥」。○孫志祖曰：何校：「壯」改「北」。梁章鉅曰：與正東爲偶句，作「北」爲是。胡紹煐曰：蹇産爲高貌，故云以極壯，正形容珍臺之狀。改「壯」爲「北」，則於語意不合。向注珍臺在城東，則非北明矣。何、梁二校疑非。「蹇産」，字亦作「巉嵼」。東方朔《七諫》：望高山之巉嵼，是也。崇高謂之「蹇産」，屈曲亦謂之「蹇産」。《史記·司馬相如傳》：蹇産溝瀆。《集解》引《漢書音義》：蹇産，曲折也。猶崇高謂之偃蹇。《離騷》：望高臺之偃蹇兮。王逸注：偃蹇，高貌。屈曲亦謂之偃蹇。《大人賦》：綢繆偃蹇。《索隱》引《廣雅》曰：偃蹇，夭蟜也。偃蹇、蹇産皆語之轉，義得相通。故思謂之蹇産。《楚辭·九章》：思蹇産而不釋。亦謂之偃蹇。《思玄賦》：偃蹇夭蟜以連蜷。其義並同矣。自注曰：説本《廣雅疏證》。步瀛案：見《釋訓》。○《西都賦》作「隥」。此「墱」字字書所無，當作「隥」。○唐寫薛注「乃從」下有「城西」二字，「館」下有「而」字。李注無「墱，都亘切」四字。

又尤本「閒館」作「閑」，今依唐寫及六臣本。

似閬風之遐坂，横西洫而絶金墉。

【注】閬風，崐崘山名也。洫，城池也。墉，謂城也。絶，度也。言閣道似此山之長遠，横越西池，而度金城也。西方稱之曰金。善曰：東方朔《十洲記》曰：崐崘其北角曰閬風之巔。洫，已見上文。

【疏】《離騷》曰：登閬風而緤馬。王注曰：閬風，山名，在崑崙之上。《淮南子·墬形篇》曰：縣圃、涼風、樊桐，在昆侖閶闔之中。高注曰：縣圃、涼風、樊桐，皆昆侖之山名也。又曰：昆侖之丘，或上倍之，是謂涼風之山。或上倍之，是謂縣圃之山。《廣雅·釋山》曰：崐崘虚有三：閬風、板桐、玄圃。則「閬風」卽「涼風」，「板桐」卽「樊桐」，「玄圃」卽「懸圃」也。《水經·河水注》引《崑崙説》曰：崑崙之山三級，下曰樊桐，一名板桐。二曰玄圃，一名閬風。上曰層城，一名天庭。是爲太帝之居。又以玄圃、閬風爲一，與《淮南》、《廣雅》均異。○唐寫薛注無「洫，城池也」四字。「墉」下有「牆」字，「遠」作「崖」。案：《毛詩·文王有聲》曰：築城伊淢。《釋文》引《韓詩》作「洫」，云：洫，深池。又《皇矣》毛傳曰：墉，城也。○各本注引《十洲記》下無「曰」字，今依唐寫增。又今本《十洲記》作「崐崘山，其一角正北，名曰閬風巔」。又案：《隋書·經籍志》史部地理類有《十洲記》一卷，東方朔撰。晁公武《郡齋讀書志》入傳記類，已疑爲後人所託。陳振孫《直齋書録解題》入子部小説家，謂《神異經》、《十洲記》二書詭誕不經，皆假託也。清《四庫書目》以爲六朝人所依託。

城尉不弛柝，而内外潛通。

【注】弛，廢也。潛，嘿也。言城門校尉不廢擊柝之備，内外已自嘿通也。善曰：弛，詩紙切。鄭玄《周禮注》曰：欜戒夜者所擊也。柝與欜同音。

【疏】許巽行曰：《説文》：弛，弓解也。从弓从也。𣐼，判也。《易》曰：重門擊𣐼。又曰：欜，夜行所擊者。《易》曰：重門擊欜。《六書正譌》曰：作「柝」非。許嘉德曰：《五經文字》曰：「欜」、「柝」二同。又曰：「㡿」，隸省「斥」。「柝」「坼」字从「斥」，今作「柝」，即「柝」字。步瀛案：段玉裁曰：欜下引《易・繫辭傳》重門擊欜，欜之本義也。「柝」下引《易》「擊柝」，「欜」之借字也。又案：段據《御覽・兵部》六十九引《説文》改作「欜，行夜所擊木也」。唐寫李注無「鄭玄《周禮注》」以下十八字，有「柝音託」三字。案：此《天官・宫正》鄭玄引先鄭注。○東、墉、通，古音東部。

前開唐中，彌望廣潒。

【注】彌，遠也。善曰：唐中，已見《西都賦》。《漢書》曰：「五侯大治第室，連屬彌望。彌，竟也。言望之極目。《字林》曰：潒，水潒瀁也。大朗切。

【疏】五臣「唐」作「堂」，「潒」作「象」。張雲璈曰：按：下注「漭沆，猶洸潒。亦寬大也」，則「廣潒」本是「洸」。「廣潒」蓋「洸」之誤耳。黄士珣曰：據此，則薛注「彌，遠也」下，似脱「洸潒廣大也」五字。○胡紹煐曰：廣潒，廣大無涯貌。水廣大謂之「廣潒」。故塗廣大亦謂之「廣潒」。《洞簫賦》彌望儻莽，句法與此略同。「廣潒」即「儻莽」。此唐中不云水，下「滄池漭沆」乃言水耳。○《左・哀二十五年》杜注曰：彌，遠也。與薛注合。○唐寫李注作「《漢書》曰建章宫」云云，與《西都》注同。「五侯」上有「又曰」二字，無「唐中已見《西都賦》」七字。〇《漢書》，見《元后傳》。顔注曰：彌，竟也。與李注同。唐寫無「彌竟也」以下八字。六臣本亦無。胡克家曰：案：無者是也。〇胡克家曰：注「水潒瀁也」，袁本、茶陵本「瀁」作「潒」，是也。步瀛案：胡氏説殆非是。《説文》曰：潒，水潒瀁也。段氏注曰：瀁者，古文爲漾水字，隸爲潒瀁字。是亦古今字也。潒瀁疊韵字。據此知《字林》之訓，即本《説文》。唐寫「潒瀁」二字作「像」字，亦誤。

顧臨太液，滄池漭沆。

【注】漭沆，猶「洸潒」，亦寛大也。善曰：太液，已見《西都賦》。漭，莫朗切。沆，胡朗切。

【疏】唐寫李注作「建章宫其北太液池」，無「已見《西都賦》」五字。

漸臺立於中央，赫昈昈以弘敞。

【注】善曰：漸臺高二十餘丈，已見《西都賦》。《埤蒼》曰：昈，赤文也。音户。

【疏】《水經·渭水注》引《漢武帝故事》曰：建章宫北有太液池，池中有漸臺，高三十丈。漸，浸也。爲池水所漸。一説星名也。《方言》十二曰：昈，文也。郭注曰：昈昈，文采貌也。與《埤蒼》合。《廣雅·釋詁》三與《方言》同。王念孫《疏證》曰：《上林賦》云：煌煌扈扈。《淮南子·俶真訓》：蓶蔰炫煌。高誘注云：采，色貌也。「扈」、「蔰」並與「昈」通。亦通作「户」。《初學記》引《論語摘衰聖》云：鳳有九苞，九曰腹文户。户，亦文采貌也。宋均注云：户所由出入也。失之。胡紹煐曰：楊雄《蜀都賦》：户豹熊黄。户豹謂文豹。《後漢書·馮衍傳》：先扈扈而揚曜兮。注：扈扈，光采盛也。《玉篇》：蔰，光也。並字異而義同。○潒、沆、敞，古音陽部。

清淵洋洋，神山峩峩，列瀛洲與方丈，夾蓬萊而駢羅。上林岑以壘嵬，下嶄巖以嵒齬。

【注】三山形貌也。峩峩，高大也。善曰：《三輔三代舊事》曰：建章宮北作清淵海。《毛詩》曰：河水洋洋。三山已見《西都賦》。駢，猶並也。壘，魯罪切。嵬音罪。嶄，士咸切。齬音吾。

【疏】張銑曰：林岑壘嵬，嶄巖嵒齬，言上下皆險峻不齊。胡紹煐曰：《説文》：崟，山之岑崟也。「林岑」猶「岑崟」。《方言》十二郭注：岑崟，峻貌。亦作「岑巖」。本書《子虛賦》：其山則岑崟。《史記》「崟」作「巖」。《公羊·僖公三十二年傳》殽之嶔巖。皆是。岑崟音同岑巖，聲轉。《琴賦》：崔嵬岑嵒。沈炯《歸魂賦》：其山則嶔岑嶵嵬。音義並與此同。又曰嶄巖疊韵，嵒齬雙聲。嵒齬謂山之參差如齒。銑注險峻不齊，是也。字亦作「峿」。山之參差曰峿，齒之參差曰齬。物之參差曰鋙，並字異而義通。○唐寫「臣善曰」三字，在「峩峩高大也」五字上。○《毛詩》，見《碩人篇》。○唐寫「三山」作「彼山」，「並」作「併」，無「壘魯」至「咸切」十一字。

長風激於別隯，起洪濤而揚波。

【注】水中之洲曰隯，音島。善曰：《高唐賦》曰：長風至而波起。

【疏】唐寫「隯」改「島」，五臣同。《説文》曰：海中往往有山可依曰「島」。案：「隯」與「島」同字，亦作「嶋」。唐寫薛注「隯」作「島」，無「音島」二字。○《高唐賦》，見本書卷十九。

浸石菌於重涯，濯靈芝以朱柯。

【注】石菌、靈芝，皆海中神山所有神草名，仙之所食者。浸，濯也。重涯，池邊也。朱柯，芝草莖赤色也。善曰：菌，芝屬也。《抱朴子》曰：芝有石芝。菌，求隕切。

【疏】古鈔「以」作「之」，五臣作「於」。○《抱朴子》，見《仙藥篇》。

海若游於玄渚，鯨魚失流而蹉跎。

【注】海若，海神。鯨，大魚。善曰：《楚辭》曰：令海若，舞馮夷。又曰：臨沅湘之玄淵。薛君《韓詩章句》曰：水一溢一否爲渚。《三輔三代舊事》曰：清淵北有鯨魚，刻石爲之，長三丈。《楚辭》曰：驥垂兩耳，中坂蹉跎。《廣雅》曰：蹉跎，失足也。

【疏】「跎」，尤本、六臣本並作「䟢」，今依唐寫及毛本。《説文新附》「蹉跎」字曰：蹉跎，失時也。徐鉉曰：案：經史通用「差池」，此亦後人所加。○《楚辭·遠遊》王注曰：海若，海神名也。《莊子·秋水篇》北海若，《釋文》引司馬彪曰：若，海神。皆與薛注同。《説文》曰：䲔，海大魚也。或體作「鯨」。玄應《一切經音義》卷十九引《淮南·覽冥篇》許注曰：鯨，魚之王也。又高注曰：鯨魚，大魚，長數里。○《楚辭》見《遠遊》及《九章·惜往日》。○《韓詩章句》各本作「水一溢而爲渚」。唐寫作「水一溢一否爲渚」，與《詩·江有汜》《釋文》引《韓詩》合。陳喬樅《韓詩遺説攷》曰：一溢一否者，謂一溢而一涸。是也。《三輔三代舊事》，尤本脱「三代」二字，六臣本脱「三輔」二字。胡克家謂當重有，是也。今依唐寫補。案：《三輔黄圖》引《三輔記》曰：建章宮北有池，以象北海，刻石爲鯨魚，長三丈。《長安志》引《關中記》同。○後引《楚辭》，見《九懷·株昭》。○唐寫無「《廣雅》」以下八字，今《廣雅》亦無此文。王念孫《疏證》據此注補。○莪、羅、波、柯、跎，古音隨部。齬，魚部。通轉爲韵。

於是采少君之端信，庶欒大之貞固。

【注】善曰：《史記》曰：李少君亦以祠竈穀道却老方見上，上尊之。少君者，故深澤侯舍人，主方。欒大，見《西都賦》。凡人姓名及事易知而别卷重見者，云見某篇，亦從省也。他皆類此。

【疏】唐寫無「《史記》」云云，作：「少君欒大，已見《西都賦》。」案：《西都》文成五利，文成謂少翁，非少君也。唐寫本非是。又案：《史記》，見《封禪書》。○凡人姓名云云，亦李氏自明注例。○何焯曰：端信貞固，皆微詞，下乃反言也。

立脩莖之仙掌，承雲表之清露。屑瓊蘂以朝飡，必性命之可度。

【注】善曰：《漢書》曰：孝武作栢梁銅柱承露仙人掌之屬。《三輔故事》曰：武帝作銅露盤，承天露，和玉屑飲之，欲以求仙。《楚辭》曰：精瓊靡以爲粻。王逸曰：靡，屑也。

【疏】「飡」當作「餐」，字亦作「湌」。此作「飡」誤。饔飧字則从夕，不从歹。○《漢書》，見《郊祀志》。顔注引《三輔故事》與此注頗有異同，已見《西都賦》。○各本引《楚辭》作「屑瓊蘂以爲糧」，誤。唐寫「精瓊靡以爲粮」，「粮」字亦誤。又各本引王逸注又作「糜」。今並依《離騷》訂。

美往昔之松喬，要羨門乎天路。

【注】善曰：松喬已見《西都賦》。《史記》曰：始皇之碣石，使燕人盧生求羨門。韋昭曰：羨門，古仙人也。枚乘樂府詩曰：美人在雲端，天路隔無期。要，烏堯切。

【疏】古鈔「平」作「於」。○唐寫「松喬」注仍引《列仙傳》，與《西都賦》注同，惟「服水玉」下無「以教神農」四字。○《史記》，見《始皇本紀》。又《封禪書》曰：羨門高，燕人。案：依《索隱》本。○枚乘樂府，載《玉臺新詠》。○唐寫無「要，烏堯切」四字。

想升龍於鼎湖，豈時俗之足慕。

【注】善曰：《史記》曰：齊人公孫卿曰：「黃帝采首山銅，鑄鼎於荆山下，鼎既成，龍垂胡髯下迎黃帝。黃帝騎龍乃上去，名其處鼎湖。」天子曰：「嗟乎，誠得如黃帝，吾視去妻子如脱屣耳。」

【疏】何焯曰：漢武作鼎湖宮於藍田。見楊雄《羽獵賦》。梁章鉅曰：按：《三輔黃圖》：鼎湖宮在湖城縣界。步瀛案：《漢書·楊雄傳》注引晉灼曰：鼎湖，宮也。《黃圖》以爲在藍田。《史記·封禪書》《索隱》引《三輔黃圖》曰：鼎湖，宮名，在藍田。與今《黃圖》異。《水經·河水注》曰：《魏土地記》曰：弘農湖縣，有軒轅黃帝登仙處。黃帝採首山之銅，鑄鼎於荆山之下。有龍垂胡於鼎，黃帝登龍，從登者七十人，遂升於天，故名其地爲鼎胡。荆山在馮翊，首山在蒲坂，與湖縣相連。《晉書地道記》、《太康記》並言胡縣也。漢武帝改作「胡」。俗云：黃帝從此乘龍上天也。《地理志》曰：京兆湖縣，有周天子祠二所，故曰胡。不言黃帝升龍也。《清統志》曰：河南陝州，湖縣故城在閿鄉縣東四十里。步瀛案：漢鼎湖宮，當在藍田。酈道元《水經注》雖載黃帝乘龍事於湖縣，然又云：俗云：黃帝從此乘龍上天。又言：《漢志》於湖縣不言黃帝升龍，蓋亦不謂然也。詳下。○《史記》見《封禪書》，唐寫本「黃帝騎龍」作「上騎龍」。案：「黃帝上」三字皆當有。又《封禪書》「脱纚」，《漢書·郊祀志》作「脱屣」。

若歷世而長存，何遽營乎陵墓。

【注】善曰：言若歷代而不死，何急營於陵墓乎。

【疏】古鈔「乎」作「於」。○唐寫「若歷代而不死」作「若歷世不死而長存」。○固、露、度、路、慕、墓，古音魚部。○以上離宮苑囿及求仙之事。

徒觀其城郭之制，則旁開三門，參塗夷庭，方軌十二，街衢相經。

【注】街，大道也。經，歷也。一面三門，門三道，故云參塗。塗容四軌，故方十二軌。軌，車轍也。夷，平也。庭，猶正也。善曰：《方言》：九軌之塗，凡有十二也。《周禮》曰：營國方三門。鄭玄《儀禮注》曰：方，併也。《周禮》曰：國中營途九軌。《西都賦》曰：立十二之通門。

【疏】余蕭客曰：《雍録》：九曰衢路，皆有三條，正中一條爲馳道。有禁不得横絶。兩旁則皆無禁。並城之地，雖礙馳道，亦得横絶。○唐寫薛注無「街大道也經歷也」七字。又「善曰」以下皆無之。○《黄圖》引《三輔决録》曰長安城面三門，四面十二門，皆通達九逵，以相經緯。衢路平正，可並列車軌。十二門三塗洞開，左右出入，爲往來之路。引《西都賦》及此賦證之，則方軌十二，正謂車可方軌而行者，凡十二門。薛注謂三塗，塗容四軌，故十二，似失其意。○《爾雅·釋詁》曰：庭，直也。薛訓「正」，義通。○《周禮》，並見《考工記·匠人》。「方三門」，本作「方九里」，「旁三門」又「營途」，本作「經涂」。○《儀禮》鄭注，見《鄉射禮》。

廛里端直，甍宇齊平。

【注】都邑之空地曰廛。甍，棟也。善曰：《周禮》曰：以廛里任國中之地。

【疏】《周禮·地官·載師》：以廛里任國中之地。鄭司農曰：市中空地曰廛。薛注本此。鄭玄曰：廛，居民之區域也。里居也。孫詒讓曰：先鄭蓋謂廛里相對爲文。凡可居之地，未有宅肆者謂之廛，已有宅肆者謂之里。後鄭意則凡民居之地，不論宅肆，有無其區域，並謂之廛。先鄭意未晐，故不從也。蓋通言之，廛里皆居宅之稱。析言之，則庶人工商等所居謂之廛。《載師》廛園之廛，則專指民宅、市宅而言。《遂人》之廛，則專指農民之宅里而言。《廛人》司關之廛，則又專指市與關工商之宅舍而言也。士大夫所居謂之里。《詩·大雅·韓奕》蹶父所居，云於蹶之里。《左·昭二十一年傳》云：翟僂新居于新里，華妵居于公里。公里卽宋公宮旁之宅里。又昭三年晏子辭徙室曰：敢煩里旅。《魯語》：郈敬子言宅命於司里。又《周語》云：敵國賓至，司里授館。是國宅稱里，故掌於司里也。但民宅、市宅亦可通稱里。故又云：宅不毛者有里布。《遂人》云：以田里安甿，又須田里而云夫一廛。《孟子·公孫丑篇》亦云：廛無夫里之布。是皆民宅、市宅之通稱。步瀛案：孫説甚析，但此雖廛里對文，亦渾言之耳。○唐寫薛注「空」作「宅」。○此「棟」字當依程氏瑶田説，釋爲屋瓦。見上。○尤本李注引《周禮》「廛」下脱「里」字。唐寫有，與《載師》文合。今據補。○庭、經、平，古音耕部。

北闕甲第，當道直啓。

【注】第，館也。甲，言第一也。善曰：《漢書》曰：贈霍光甲第一區。《音義》曰：有甲乙次第，故曰第

也。北闕當帝城之北也。

【疏】《漢書》見《霍光傳》。「贈」作「賜」。此蓋傳寫之誤。孫志祖曰：《漢書・夏侯嬰傳》賜嬰北第第一，曰近我，以尊異之。師古曰：北第者，近北闕之第，嬰最第一也。故張衡《西京賦》云：北闕甲第，當道直啟。○唐寫李注無「北闕」下八字。

程巧致功，期不陁陊。

【注】言皆程擇好匠，令盡致其功夫。既牢又固，不傾陊也。善曰：《方言》曰：陁，壞也。陁，式氏切。《說文》曰：陊，落也。直氏切。

【疏】《漢書・東方朔傳》顏注曰：程，謂量計之也。與薛注程擇義近。《後漢書・荀爽傳》李注曰：致，猶盡也。○唐寫薛注「匠」上有「工」字。○《方言》，見卷六。○「陊落」尤本誤作「陁落」，依唐寫及毛本正。

木衣綈錦，土被朱紫。

【注】言皆采畫，如錦繡之文章也。善曰：《說文》云：綈，厚繒也。朱、紫，二色也。

【疏】《說文》，見《糸部》。唐寫無李注。

武庫禁兵，設在蘭錡。

【注】錡，架也。武庫，天子主兵器之官也。善曰：劉逵《魏都賦注》曰：受他兵曰蘭，受弩曰錡。音蟻。

【疏】朱銘曰：《廣圖》云：武庫在未央宮，蕭何造，以藏兵器。○唐寫薛注無「錡架也」三字。胡克家曰：注「劉逵」云云有誤。《吴都賦》有「蘭錡内設」。《魏都賦》有「附以蘭錡」。今善於兩賦舊注中，皆不更見。此所引語無以决其當爲「劉逵《吴都賦注》曰」，或當爲「張載《魏都賦》注曰」也。梁章鉅曰：「劉逵」當作「張載」。步瀛案：此注疑不誤。唐寫本亦同。《隋書・經籍志》云：「梁有張載及晉侍中劉逵、晉懷令衛瓘注左思《三都賦》三卷」。是《魏都賦》張、劉皆有注。今《魏都賦》即張注。而「附以蘭錡」下無此注，則當爲劉逵注也。唐寫「蘭」作「闌」。○「蘭」，「籣」之通借字。《説文》曰：籣，所以盛弩矢，人所負也。段玉裁曰：《信陵君列傳》曰：平原君負韊矢。「韊」卽「籣」字。《字林》作「韊」。《玉篇》作「韊」。《索隱》曰：如今之胡鹿而短。胡鹿，《廣韻》作「弧簶」，箭室也。按《西京》、《吴都》、《魏都》皆云「蘭錡」。「蘭」字皆當从竹。案：段引《字林》，見《史記・信陵君傳》《集解》及《初學記・武部》引。朱珔曰：《説文》籣乃受弩，與劉説異。胡紹煐曰：《漢書・韓延壽傳》：馬上抱弩負籣。如淳曰：籣，盛弩箭箙也。顔曰：其形如木桶。皆以籣爲受弓箭之物。籣、韊並同。人所負曰籣，故所設之器亦曰籣。籣之爲言遮也，所以遮闌。然則籣爲盛弩之器，當云受弩曰籣，受他兵曰錡。注疑誤倒。○朱珔曰：錡字無他證。惟《説文》錡，鉏𨧫也。《集韻》以鉏𨧫爲機具，今之機似榹架。此「錡」殆與相類。榹亦从竹。《爾雅・釋器》竿謂之箷。郭注云：衣架。錡與榹、箷音又相近也。或以受兵字。又从金。若《召南》之錡，爲釜屬。《豳風》之「錡」爲鑿屬。蓋三器之名，同一字矣。朱銘曰：《説文》曰：錡，鉏𨧫也。𨧫同鋙。《繫傳》曰：鉏𨧫猶犬牙也。然則錡蓋以木爲犬牙形，層級以承弓弩也。

匪石匪董，疇能宅此。

【注】善曰：《漢書》曰：石顯，字君房。少坐法腐刑，爲黄門中尚書。元帝被疾，不親政事。事無大小，因顯口決。又曰：董賢字聖卿，哀帝悦其儀貌，拜爲黄門郎，詔將作監爲賢起大第北闕下，土木之功窮極技巧。柱檻衣以綈錦，武庫禁兵盡在董氏。

【疏】《漢書》，見《佞幸傳》。○唐寫「口決」作「自決」。「口」、「自」皆「白」字之誤，當依《漢書》正之。○啟、紫、此，古音支部。哆、錡，歌部。通轉。○以上城郭宅第。

爾乃廓開九市，通闤帶闠。

【注】廓，大也。闤，市營也。闠，中隔門也。善曰：崔豹《古今注》曰：市牆曰闤，市門曰闠。九市，已見《西都賦》。《蒼頡篇》曰：闤，市門。胡關切。

【疏】胡紹煐曰：闤之言環也。或謂之營。「營」與「環」同。《説文》營，帀居也。自營爲厶。《韓非子·五蠹篇》曰：自環者謂之私。《管子·君臣篇》：兼上下以環其私。「環」即「營」也。許書有「闠」無「闤」。闠云市門也。然則闤爲市營，闠爲市門。薛注甚確。李詳曰：《初學記》二十四引《纂要》：市巷謂之闤，市門謂之闠。○梁章鉅曰：「善曰」二字，當在崔豹上。今在「曰闠」下，非也。崔豹晉人，非薛注所引。胡紹煐曰：薛注引崔豹《古今注》，疑是後人竄入。善引《倉頡篇》亦與諸義不合。步瀛案：唐寫無「崔豹」以下十四字。李注「九市」，仍載《漢宮闕疏》，與《西都賦》注同，無「《蒼頡篇》曰」及

「市門」六字。可與胡氏説相證。今姑依梁説，移「善曰」二字於「崔豹《古今注》」上，餘仍存之，以備攷。○九市及下旗亭等，已見《西都賦》疏，不復引。

旗亭五重，俯察百隧。

【注】旗亭，市樓也。善曰：《史記》褚先生曰：臣爲郎，與方士會旗亭下。隧，已見《西都賦》。

【疏】《黄圖》引《廟記》曰：旗亭樓在杜門大道南。○唐寫薛注「市樓也」下有「隧，列肆道也」五字。李注無「隧已見《西都賦》」六字。案：《三代世表》《集解》引薛注曰：旗亭，市樓也。立旗於上，故取名焉。「立旗」八字豈裴駰語耶，抑亦薛注而爲李氏所删耶？○《史記》見《三代世表》。

周制大胥，今也惟尉。

【注】善曰：《周禮》曰：司市，胥師二十人。然尊其職，故曰大。《漢書》曰：京兆尹，長安四市，皆屬焉。與左馮翊、右扶風爲三輔。然市有長丞而無尉，蓋通呼長丞爲尉耳。

【疏】李周翰曰：《周禮》市制大胥職，今但屬三輔都尉。步瀛案：《黄圖》曰：又有當市樓，有令署，以察商賈貨財買賣貿易之事。三輔都尉掌之。蓋翰注所本。案：《黄圖》此文，《玉海》十六《地理》引之，當非宋以後人所增者。○胡克家曰：注「司市，胥師二十人」，「十」字下當有「肆則一」三字。各本皆脱。此《周禮·地官》序官文也。步瀛案：序官曰：胥師二十肆則一人。鄭注曰：自胥師以及司稽，皆司市所自辟除也。○《漢書》見《百官公卿表》，此節引。○唐寫李注無「然市有長丞」以下十六字，作「更置三輔都尉」六字，與翰注意同，與今本迥異。疑今本非是。

瑰貨方至，鳥集鱗萃。

【注】瑰，奇貨也。方，四方也。奇寶有如鳥之集，鱗之萃也。

【疏】各本「瑰」作「瓌」。唐寫作「瑰」，與注正合，今從之。又薛注「奇寶」上有「言」字，「萃也」作「接也」。

鬻者兼贏，求者不匱。

【注】鬻，賣也。兼，倍也。贏，利也。匱，乏也。

【疏】鬻，賣之借字。《廣雅·釋詁》三曰：賣，賣也。○闠，隧、尉、萃、匱，古音脂部。

爾乃商賈百族，裨販夫婦。

【注】坐者爲商，行者爲賈。裨販，買賤賣貴，以自裨益。裨，必彌切。善曰：《周禮》曰：大市，日仄而市，百族爲主。朝市，朝時而市，商賈爲主。夕市，夕時而市，販夫販婦爲主。

【疏】胡紹煐曰：薛注「坐」「行」二字疑互譌。諸家注皆言坐曰賈，行曰商。《説文》：賈，市也，一曰坐賣售也。《白虎通·商賈篇》：行曰商，止曰賈。商之言商也。商其遠近，度其有無，通四時之物。賈之言固也。固其有田之物，以待民來，以求其利。釋「商賈」二字最明晰。然則謂之商者，以其行賈。故亦曰商旅。《考工記》總目注：商旅，販賣之客是也。○唐寫薛注「以自裨益」下有「者」字，無「裨必彌切」四字，是也。後人竄入。○《周禮》，見《地官·司市》。「仄」作「厄」。《釋文》曰：本又作昃。案：此注尤本「日夕而市」「而」誤「爲」。「販夫販婦」作「裨販夫婦」，亦涉正文而誤。唐寫及六臣本皆不誤。今並據改。案：鄭司農注曰：百族，百姓也。

鬻良雜苦，蚩眩邊鄙。

【注】良，善也。先見良物，價定而雜與惡物，以欺惑下土之人。善曰：《周禮》曰：辨其苦良而賈之。鄭司農曰：苦讀爲盬。《蒼頡篇》曰：蚩，侮也。《廣雅》曰：眩，亂也。杜預《左氏傳注》曰：鄙，邊邑也。

【疏】唐寫薛注「惑」作「或」，字通。○《周禮》見《天官・典婦功》。「而賈之」，尤本誤作「買」，鄭「司農」誤作「玄」，各本皆同。今依唐寫正之。○《蒼頡篇》以下，唐寫皆無。○玄應《一切經音義》卷一、卷二、卷二十三、卷二十五、引《蒼頡篇》並作「蚩，輕侮也」。卷十七引作「蚩，相輕侮也」。○《廣雅》見《釋詁》三，作「蚩，眩亂也」。王念孫曰：《方言》：蚩，悖也。謂悖惑也。《法言・重黎篇》：六國蚩蚩。《西京賦》：蚩眩邊鄙。皆惑亂之義也。○《左傳》杜注，見莊二十八年。

何必昬於作勞，邪贏優而足恃？

【注】昬，勉也。邪，僞也。優，饒也。言何必當勉力作勤勞之事乎。欺僞之利，自饒足恃也。善曰：《尚書》曰：不昬作勞。

【疏】《書・盤庚》曰：不昬作勞。孔疏引鄭玄曰：昬讀爲「敯」，敯勉也。「敯」、「昬」皆「敃」之通借字。《説文》曰：敃，彊也。《玉篇》曰：敃，勉也。梁章鉅曰：彊與勉義同。朱氏珔曰：《爾雅》昬、敯皆訓強。「強」與「彊」同。《説文》昬从氏省，宜从氏，不从民。姜氏皐曰：張參《五經文字》「愍」字下云：緣廟諱，偏旁準式省從氏，凡泯昬之類皆從氏，是也。然則謂从氏不从民者，疑非。步瀛案：錢大昕《養新續録》曰：《説文》：昏，日冥也。从日，氐省。氐者，下也。一曰：民聲。案：「氐」與「昬」音義俱別，依許例宜重出。昬云或作「昬」，民聲。今附于「昏」下，疑非許氏本文。頃讀戴侗《六書故》云：唐本《説文》从民省，徐本從氐省。又引晁説之云：因唐諱民，改爲氏也。然則《説文》元是「昬」字，从日，昬聲。唐本以避諱減一筆，故云从民省。徐氏誤「仞」爲「氐」聲，氐下之訓，亦徐所附益，非許元文信矣。沈濤《説文古本攷》曰：張參唐人，目覩當時令甲，其言必信而有徵。「昬」字之改，在顯慶二年十二月，見《舊唐書・高宗紀》。○唐寫薛注無「邪僞也」三字，是此疑後人所竄。胡紹煐曰：邪當讀與餘同。邪贏猶贏餘。《左・文公元年傳》歸餘於終，《史記・曆書》作歸邪於終。《集解》引韋昭：邪，餘分也。此言餘贏優而足恃也。《漢書・食貨志》蓄積餘贏，是其義。《食貨志》又云：操其奇贏。奇贏，即邪贏。《易・繫辭》歸奇於扐，與《曆書》歸邪於終，語意正同。故奇邪二字，書多連文。

彼肆人之男女，麗美奢乎許史。

【注】言長安市井之人，被服皆過此二家。善曰：《漢書》曰：孝宣許皇后，元帝母。帝封外祖父廣漢爲平恩侯。又曰：衛太子史良娣，宣帝祖母也，兄恭。宣帝立，恭已死，封恭長子高爲樂陵侯。

【疏】古鈔、唐寫「美」作「靡」。○《爾雅・釋詁》曰：奢，勝也。○唐寫無薛注。○《漢書》，見《外戚傳》。唐寫「元帝母」下有「生元帝」三字。○婦、鄙、恃、史，古音之部。○以上市肆。

若夫翁伯濁質，張里之家，擊鍾鼎食，連騎相過。東京公侯，壯何能加？

【注】善曰：《漢書》曰：翁伯以販脂而傾縣邑，濁氏以胃脯而連騎，質氏以洒削而鼎食，張里以馬醫而

擊鍾。晉灼曰：胃脯，今大官常以十月作沸湯，燖羊胃，以末椒薑坋之訖，暴使燥者也。燖，翔鹽切。坋，步寸切。如淳曰：洒削，作刀劒削也。晉灼曰：張里，里名也。

【疏】此注各本皆錯亂，今依唐寫正之。○《漢書》乃《貨殖傳》之文。各本誤增「《食貨志》」三字。「洒」諸本作「洗」，與《漢書》元文不合。又「大官」下敚「常」字。「月」誤「日」，「翔鹽」作「在鹽」。又尤本「如淳注洒削」下有「謂」字，「張里」上敚「晉灼曰」三字，今皆依唐寫本及六臣本正。又案：今《漢書》註「以末椒薑坋之」下敚「訖」字。惟唐寫「販脂」作「敗脂」，「馬醫」作「爲醫」亦誤，故不從也。又案：顔以如淳説爲非，曰：洒，濯也。削，謂刀室也。謂人有刀劍削故惡者，主爲洒刷之，去其垢穢，更飾令新也。《索隱》曰：削刀者，洒削，謂摩刀以水洒。又《方言》云：劍削，關東謂之削。前説與顔異，後説亦謂劍室矣。案：《考工記》築人爲削，同。又案：晉灼注：里名也。謂里字爲人名，非謂閭里之名也。毋誤會。○家，古音魚部。過、加，歌部。通轉爲韵。

都邑游俠，張趙之倫。齊志無忌，擬跡田文。

【注】善曰：《漢書》曰：長安宿豪大猾，箭張禁，酒趙放，皆通邪結黨。

【疏】無忌、田文見《西都賦》「原嘗春陵」注。《漢書》，見《王尊傳》。諸本「禁」作「回」，「酒」下有「市」字，乃後人誤以《游俠傳》亂之，今依唐寫改正。若依《游俠傳》，當作：「箭張回，酒市趙君都，皆長安名豪，報仇怨，養刺客者也」。又《王尊傳》今本「箭」作「翦」。晉灼曰：此二人作翦、作酒之家。宋祁曰：「翦」，江南本、浙本並作「箭」。《游俠傳》作「箭張回，酒市趙君都，賈子光」。服虔曰：作箭者，姓張，名回。趙君都、賈子光，酒市中人也。顧炎武《日知録》卷二十七，謂回即禁，君都即放也。其説當是。則「翦」字亦當依宋校作「箭」也。○各本「結黨」下有「一云，張子羅、趙君都，其長安大俠，具《游俠傳》」。案：《游俠傳》無張子羅，此「張子羅」以下十五字，乃五臣呂向注，後人采以附李注後者，實與李注不合。依唐寫削去。

輕死重氣，結黨連羣。寔蕃有徒，其從如雲。

【注】寔，實也。蕃，多也。徒，衆也。善曰：《尚書》曰：寔繁有徒。《毛詩》曰：齊子歸止，其從如雲。

【疏】「寔」訓實者，蓋以通用字釋之。然二字義各不同，仍宜訓是。見《西都賦》。○《尚書》，見《仲虺之誥》此僞古文。《周書·芮良夫篇》曰：惟爾小子飾王，寔蕃有徒。蓋僞古文所本。○《詩》見《敝笱》。毛傳曰：如雲，言盛也。案：《漢書·游俠傳》曰：王游公曰：「原陟刺客如雲，殺人皆不知主名。」○倫、文、羣、雲，古音淳部。

茂陵之原，陽陵之朱。趬悍虓豁，如虎如貙。

【注】善曰：原，原涉也。朱，朱安世也。《史記》曰：誅獟猂。「獟」與「趬」同。欺譙切。《説文》曰：悍，勇也。户旦切。《毛詩》曰：闞如虓虎。虓，呼交切。《爾雅》曰：貙獌似貍。貙，勑珠切。

【疏】「趬」各本作「趫」。注同。案：《漢書·衛青霍去病傳》顔注「獟」或作「趬」。《説文》曰：趬，行輕皃。一曰舉足也。唐寫正作「趬」，今從之。○《史記》，見《衛將軍驃騎將軍傳》。「猂」作「駻」。○《説文》，見《心部》。○《毛詩》，見《常武》。○「呼交」上尤本脱「虓」字。據唐寫補。○《爾雅》，見《釋獸》。○呂向曰：趫，悍捷也。虓，豁勇也。言其捷如虎貙之猛也。○《漢書·公孫賀傳》曰：陽陵朱安世者，京師大俠也。案：原涉見下注。漢右扶風茂陵縣，今陝西興平縣東北。漢左馮翊陽陵縣，今陝西咸陽縣東。

睚眦蠆芥，屍僵路隅。

【注】僵，仆也。善曰：《漢書》曰：原涉，字巨先，自陽翟徙茂陵。涉外温仁，内隱忍，好殺。睚眦於塵中，觸死者甚多。《廣雅》曰：睚眦，裂也。《説文》曰：眥，目匡也。《淮南子》曰：瞋目裂眥。睚，五解切。眥，在賣切。張揖《子虛賦注》曰：蔕介，刺鯁也。蠆與蔕同，並丑介切。

【疏】唐寫無薛注「僵，仆也」三字。○《漢書》見《游俠傳》。「隱」下無「忍」字。唐寫無「外温仁内隱忍」六字。《漢書》「觸」作「獨」。王念孫據此注及《後漢書·王允傳》注引並作「觸死」，謂「獨」當爲「觸」，草書之誤。唐寫亦作「獨」，諦審似是「擉」字。《莊子·則陽篇》：冬則擉鼈于江。《釋文》引司馬彪曰：擉，刺也。《説文》：簎，刺也。「擉」字同。作「獨」者，乃「擉」之誤。作「觸」者，疑亦「擉」與「觸」字草書相似，遂作「觸」耳。又諸本「多」作「衆」。唐寫作「多」，與《漢書》合，今從之。○《廣雅》見《釋詁》一。各本脱「眦」字。依《廣雅》增。王念孫曰：《韓策》云：賢者以感忿睚眦之意。《文選·長楊賦》注引晉灼曰：睚眦，瞋目貌也。凡人之瞋目者，必裂其目際，故睚眦訓爲裂也。步瀛案：《史記·范睢傳》《索隱》曰：睚音崖，眦音士賣反。又音崖債二音。睚眦，謂相嗔而怒目切齒。《韓策》鮑彪注曰：睚眦，怒視也。○《説文》，見《目部》。○《淮南子》，見《泰族篇》。○蠆、蔕，古音同隸泰部，故通借。

丞相欲以贖子罪，陽石汙而公孫誅。

【注】善曰：《漢書》曰：公孫賀爲丞相，子敬聲爲太僕，擅用北軍錢千九百萬，下獄。是時詔捕陽陵朱安世，賀請逐捕以贖敬聲罪。後果得安世。安世者，京師大俠也。遂從獄中上書告敬聲與陽石公主私通，遂父子死獄中。

【疏】《漢書》見《公孫賀傳》。各本無「者京師大俠也」六字，「告」作「曰」，「父子」下有「俱」字。今依唐寫正。與《漢書》皆合。○各本有「陽石，北海縣名也」亦依唐寫删去。案：此七字必非李注，蓋後人誤以銑注羼入者。陽石並不屬北海。《漢書·地理志》東萊郡有陽石縣，在今山東掖縣南。○朱、狐、隅、誅，古音侯部。

若其五縣遊麗辯論之士，街談巷議，彈射臧否，剖析毫釐，擘肌分理。

【注】善曰：五縣，謂長陵、安陵、陽陵、茂陵、平陵也。《毛詩》曰：未知臧否。《聲類》曰：毫，長毛也。《漢書音義》曰：十毫爲釐，力之切。鄭玄《周禮注》曰：擘，破裂也。補革切。《説文》曰：肌，肉也。

【疏】古鈔「剖」作「割」。唐寫「釐」作「氂」。○李注各本作「五縣謂五陵也」。長陵、安陵、陽陵、武陵、平陵，五陵也。已見《西都賦》」。今依唐寫。梁章鉅曰：何校「武」改「茂」。六臣本亦有作「茂」者。步瀛案：漢左馮翊長陵縣，今陝西咸陽縣東北四十里。右扶風安陵縣，今咸陽縣東二十一里。左馮翊陽陵縣，今咸陽縣東四十里。右扶風茂陵縣，今興平縣東北十五里。平陵，今咸陽縣西北十五里。○

《毛詩》見《抑篇》。○許巽行曰：「毫釐」，何改「毫氂」，見《漢書》。許嘉德曰：「毫毛」、「毫氂」字本作「豪」，後人乃用「毫」。「氂」作「釐」，假借。步瀛案：唐寫李注正作「豪氂」。《漢書·律曆志》曰：不失豪氂。顔注引孟康正同。○《周禮》鄭注，見《攷工記·旊人》。「擘」作「薜」。豈李氏所據本作「擘」耶？抑以爲通假字也。○《説文》，見《肉部》。

所好生毛羽，所惡成創痏。

【注】毛羽，言飛揚。創痏，謂瘢痕也。善曰：《蒼頡篇》曰：痏，毆傷也。胡軌切。

【疏】六臣本、毛本「創」作「瘡」。許巽行曰：《説文》：刅，傷也。或作「創」。徐曰：今俗别作「瘡」，非是。○李詳曰：《漢書·薛宣傳》注應劭曰：以杖手毆擊人，剥其皮膚，腫起青黑，而無創瘢者，謂痏痏。○各本「蒼頡」下無「篇」字。胡克家曰：何校「頡」下添「篇」字，陳同，是也。今從之。○士、否、理、痏，古音之部。○以上游俠。

郊甸之内，鄉邑殷賑。

【注】五十里爲近郊，百里爲甸師。殷賑，謂富饒也。善曰：《尚書》曰：五百里甸服。《爾雅》曰：賑，富也。之忍切。

【疏】薛注「之郊」，唐寫及六臣本作「近郊」。案：近郊是也，百里爲甸師。「師」字衍，而「百里」上當有「二」字。《周禮·天官》序官「甸師」鄭注曰：郊外曰甸師。猶長也。「甸師」爲官名，不得云「百里爲甸師」。則「師」爲衍字明矣。《地官·載師》注引杜子春曰：五十里爲近郊，百里爲遠郊。《天官·甸師》鄭注曰：甸在遠郊之外。《通典・凶禮》引盧植《禮記注》曰：郊外曰甸，去天子城二百里也。與鄭義合。敬文此注當云：五十里爲近郊，二百里爲甸。與鄭、盧不異也。又案：《大戴禮・盛德篇》謂近郊三十里。《詩・駉》疏引服虔及《書・牧誓》僞孔傳説同。《地官》序官疏引賈、馬説遠郊五十里，豈敬文亦同賈、馬，而以五十里爲郊，百里爲甸耶？又案：敬文注里數雖有誤，而以郊甸對舉，其義得之。李氏引《尚書》五百里爲甸，與本賦實不合。《周語》：祭公謀父諫穆王曰：夫先王之制，邦内甸服。韋注曰：邦内，謂天子畿内，千里之地。《王制》曰：千里之内曰甸，京邑在其中央。故《夏書》曰五百里甸服，則古今同矣。甸，王田也。服，服其職業也。自商以前，并畿内爲五服。武王克殷，周公致太平，因禹所弼，除甸内，更制天下爲九服。千里之内謂之王畿，王畿之外曰侯服，侯服之外曰甸服。今謀父諫穆王稱先王之制，猶以王畿爲甸服者。甸，古名。世俗所習也。故周襄王謂晉文公曰：昔我先王之有天下也，規方千里，以爲甸服。是也。步瀛案：韋説詳矣。攷《周禮》言甸有三，一、郊外爲甸，去王城二百里。《太宰》邦甸之賦，載師以公邑之田任甸地，是也。一、侯服之外爲甸服。《夏官・職方氏》：方千里曰王畿，其外方五百里曰侯服，又其外方五百里曰甸服，是也。《小司徒》四丘爲甸，又别一義。○胡紹煐曰：下云「隱展」，「隱展」猶「殷賑」，皆盛多之貌。鄉邑盛多謂之殷賑。猶梲盛多謂之「隱展」。展、賑音同。《小雅・閒關》辰彼碩女，《列女續傳》「辰」作「展」，是其證。此亦「賑」與「展」爲韻。士卒盛多亦謂之殷軫。《淮南・兵略訓》：士卒殷軫。軍裝盛多亦謂之「殷轔」。《魏都賦》：振殷轔而軍裝。並字異而義同。○《尚書》，見《禹貢》。○《爾雅》，見《釋言》。

五都貨殖，既遷既引。

【注】遷，易也。引，致也。善曰：五都，已見《西都賦》。遷謂徙之於彼，引謂納之於此。

【疏】唐寫李注作「王莽於五都立均官，更名雒陽、邯鄲、淄、宛、成都市長，皆爲五均司市師也」。與尤本異。

商旅聯槅，隱隱展展。

【注】言賈人多車，枙相連屬。隱隱展展，重車聲也。丁謹切。善曰：《説文》曰：槅，大車枙也。居責切。

【疏】古鈔「聯」作「連」。○唐寫薛注無「丁謹切」三字。○《説文》，見《木部》。段氏注曰：枙當作軶，隸省作軶。《車部》曰：軶，轅前也。「槅」，《考工記》作「鬲」。大鄭云：鬲謂轅端壓牛領者。大車者，鄭云：平地任載之車也。通曰軶，大車之軶曰槅。《釋名·釋車》曰：槅，枙也。所以扼牛頸也。馬曰烏啄，下向叉馬頸，似烏開口向下啄物時也。《西京賦》曰：商旅聯槅，此正謂大車也。下文云：方轅接軫，謂乘車也。朱珔曰：「枙」即《車部》之「軶」。《小爾雅·廣器》：衡，軶也。《一切經音義》三引作「枙」，是同字矣。《詩·韓奕》：鞗革金厄，「厄」又「軶」之省也。宋翔鳳《小爾雅訓纂》曰：「槅」與「軶」通，隸又作「枙」。《小爾雅》作扼者。《説文》作「槅」或从「厄」作扼，取扼搤之義。故字亦通用也。○胡克家曰：注「重車聲也」，袁本、茶陵本無「車」字，是也。

冠帶交錯，方轅接軫。

【注】冠帶，猶搢紳，謂吏人也。善曰：楊雄《蜀都賦》曰：方轅齊轂，隱隱軫軫。枚乘《兔園賦》曰：車馬接軫相屬，方輪錯轂。《説文》曰：軫，車後橫木也。

【疏】唐寫無薛注。○唐寫李注引《蜀都賦》「隱隱軫軫」作「隱軫幽輵」，與《古文苑》所載《蜀都賦》合。但「幽輵」二字與下「埃敦」爲句，則「隱軫」似重文是。○枚乘賦此二句《古文苑》所載有之。○《説文》，見《車部》。

封畿千里，統以京尹。

【注】善曰：《毛詩》曰：封畿千里，惟民所止。《漢書》曰：内史，周官。武帝更名京兆尹。張晏曰：地絶高曰京。十億曰兆。尹，正也。

【疏】唐寫無「《毛詩》曰」以下十一字。梁章鉅曰：《公羊·桓九年傳》疏引作「封圻」。按：改「邦」爲「封」，此當是漢人避諱，而後人因之。翟氏灝《四書考異》云：《尚書大傳》引作「邦圻千里」。《公羊》疏亦引作「圻」。是「畿」本作「圻」也。又《書·酒誥》：圻父薄違。鄭注：圻父，謂司馬，主封畿之事。蓋本《周禮·大司徒》制其畿疆而溝封之，故曰封。許巽行曰：古字「邦」、「封」同。《尚書·康誥序》云：以殷餘民，邦康叔。《論語》：在邦域之中。《釋文》云：「邦」，本或作「封」。許嘉德曰：今《詩》作「邦畿千里」。注引「邦」作「封」，是李見《毛詩》不與今本同。步瀛案：已見《西都賦》。○《漢書》及張晏注見《百官公卿表》。○賑、引、尹，古音真部。軫，諄部。展，元部。通轉。

郡國宮館，百四十五。

【注】離宫别館在諸郡國者。善曰：《三輔故事》曰：秦時殿觀百四十五所。

【疏】何焯曰：封畿郡國四字，是界畫。○唐寫薛注「者」下有「也」。李注「五」下無「所」字。

右極盩厔，并卷豐鄠。

【注】盩厔，山名。因名縣。善曰：《漢書》右扶風有盩厔縣。盩，張流切。厔，張栗切。

【疏】唐寫無薛注，是。盩厔，非山名。○各本「《漢書》」下有「曰」字，今依唐寫删。○《水經·渭水注》曰：渭水又逕盩厔縣故城西，有一水承盩厔縣南源，北逕其縣東北注之。《元和郡縣志》曰：關内道京兆，盩厔縣，漢舊縣，武帝置，屬右扶風。山曲曰盩，水曲曰厔。《廣韻》「山」「水」二字互易，《集韻》則與此同。《清統志》曰：陝西西安府盩厔故城，在今盩厔縣東。案：《説文·㚔部》曰：扶風有盩厔縣。段氏注曰：説者曰：山曲曰盩，水曲曰厔。按：卽周旋折旋之叚借也。在今陝西西安府盩厔東三十里。地名。終南鎮。「庢」，俗作「厔」，非。步瀛案：盩从㚔。攴，見血也。字从血，不从皿。庢，从广，至聲，不从厂，俗並誤。○豐、鄠，見《西都賦》。

左暨河華，遂至虢土。

【注】暨，言及也。華陰縣，故屬京兆。善曰：《漢書》右扶風有虢縣。

【疏】河，謂黄河。華，謂華山。○唐寫無「華陰縣故屬京兆」七字。○姚鼐曰：善注：右扶風有虢縣，非是。此當引《地志》：弘農郡陝縣，故虢國。《左傳》東盡虢略，是也。步瀛案：漢右扶風虢縣，在今陝西寶雞縣，與上言「左暨」不合。姚説是也。《左·僖十五年》：東盡虢略。杜注曰：從河南而東盡虢界也。《續漢書・郡國志》：司隸弘農郡陸渾縣。原注曰：西有虢略地。《水經・伊水注》曰：涓水出陸渾西山，其水有二源，俱導而東注。虢略在陸渾縣西九十里也。《春秋傳説彙纂》謂在今河南嵩縣境。沈欽韓《左傳地名補注》謂當在陝州不能至陸渾，與諸書言在陸渾西合。陝州今改縣。○五、鄠、土，古音魚部。

上林禁苑，跨谷彌阜。

【注】跨，越也。彌，猶掩也。大陵曰阜。上林，苑名。禁，禁人妄入也。

【疏】《爾雅・釋地》曰：大陸曰阜。大阜曰陵。大陵曰阿。薛注「大陵」當是「大陸」之譌。○唐寫「名禁」下不複「禁」字。

東至鼎湖，邪界細柳。

【注】鼎湖、細柳，皆地名也。鼎湖在華陰東，細柳在長安西北。

【疏】尤本「地名」誤作「池名」，今依唐寫及六臣本改。○朱珔曰：案：《史記・封禪書》：黄帝鑄鼎於荆山下，既成，有龍垂胡髯下迎黄帝。後世名其處曰鼎湖。《漢書・郊祀志》同。晉灼曰：荆山在馮翊襄德縣，今富平縣。胡氏《錐指》云：《唐志》：虢州湖城縣有覆釜山，一名荆山。《元和志》：山在縣南，黄帝鑄鼎處。晉説非也。湖城，東漢湖縣，今爲閿鄉縣，屬河南府陝州。洪氏《圖志》同。《方輿紀要》云：閿鄉西至陝西華陰縣百十里，故薛以爲在華陰縣東。考《史》、《漢》前文，天子病鼎湖甚。《日知録》曰：「湖」當作「胡」。「鼎胡」，宫名。《漢書・楊雄傳》南至宜春、鼎胡、御宿是也。原注：《三輔黄圖》：宜春宫，在長安城東南。御宿苑，在長安城南。則鼎湖當在其間。故卒起幸甘泉，而行右内史界。《索隱》以爲湖縣絶遠，且無行宫。梁氏玉繩則云：「湖」、「胡」古通用。如湖陵縣，漢多作「胡陵」可證。又《漢志》京兆湖縣，《通典》曰：鼎湖卽此。余謂鼎湖當作荆山之近地。後《羽獵賦》注晉灼引《黄圖》鼎湖宫在藍田，《索隱》亦然。《索隱》并引韋昭曰：地名，近宜春。又云：湖本屬京兆，後屬弘農，恐非鼎湖處。此正同顧説，而顧轉議之何耶？孫氏星衍校《黄圖》訂今本在湖城縣之非，而作在藍田。蓋晉灼、司馬貞所見古本可據也。且此賦及《羽獵賦》俱承上林言，上林卽雄跨，不應至潼關之外閿鄉。惟藍田在今西安府東南九十里，《子雲傳》言「南」，本書有「東」字，與藍田合。宜春亦在東南，正相近。平子言東省耳。《漢志》褱德下明云：荆山在南，褱德在東北。而山在南，則已近藍田，何得舍此而舉覆釜山當之。覆釜之别名荆山，殆後人謂湖縣以鼎湖得名，而傅會其説。不知《漢志》湖下云：有周天子祠，故曰胡。武帝更名湖。錢氏坫謂胡爲周厲王名之故，與鼎湖不相涉。然則荆山宜從《漢志》，鼎湖宜從《黄圖》。薛注先誤，而胡氏、洪氏並沿舊，似失考。朱銘曰：案：此鼎湖及下長楊、五柞皆宫觀名。《黄圖》云：鼎湖宫，在湖城縣界。細柳觀在長安西北。步瀛案：後朱氏謂鼎湖在湖城縣，猶沿今本《黄圖》之誤。朱蘭坡之辨甚析。鼎湖宫所在，當以藍田爲是。本書《上林賦》注引郭璞曰：細柳，觀名也。在昆明池南。《黄圖》引《三輔舊事》曰：漢文帝大將軍周亞夫，軍於細柳，今呼古徼是也。《清統志》曰陝西西安府，細柳倉在咸陽縣西南。朱珔曰：案：《史記·周勃世家》：亞夫軍細柳。《正義》引《括地志》云：細柳倉，在雍州咸陽縣西南二十里。《元和志》於咸陽云：細柳倉，漢舊倉也。周亞夫軍次細柳，卽此。張揖云在昆明池南，恐爲疏遠。又於萬年縣云：細柳營，在東北三十里，相傳周亞夫屯軍處，非也。於長安縣云：細柳原在西南三十三里，别是一細柳，非亞夫屯軍之所。據此則細柳有三，而亞夫屯軍，實在咸陽，正在長安西北也。《方輿紀要》引或説，文帝時昆明未鑿，徐厲軍渭北，劉禮、亞夫軍渭南，内外聯絡，以防衛京城，安知其非是。此特想當然語。且原在西南，與此注亦不合。而《續漢志》長安下有細柳聚。劉昭注《前書》周亞夫所屯處，則亦張揖之説矣。

掩長楊而聯五柞，

【注】長楊宫，在盩厔。五柞亦館名，云有五株柞樹。善曰：鄭玄《毛詩箋》曰：掩，覆也。

【疏】《漢書·地理志》右扶風盩厔縣，原注曰：有長楊宫。《武帝紀》曰：後元二年二月，行幸盩厔五柞宫。張晏曰：有五柞樹，因以名宫也。《黄圖》曰：長楊宫在今盩厔縣東南三十里。本秦舊宫。至漢修飾之，以備行幸。宫中有垂楊數畝，因爲宫名。又曰：五柞宫，漢之離宫也。在扶風盩厔，宫中有五柞樹，因以爲名。五柞皆連抱，上枝覆蔭數畝。《元和志》曰：京兆府盩厔縣，秦長楊宫在縣東南三十二里。秦五柞宫，在縣東南三十八里。《寰宇記》同。惟兩「秦」字皆作「漢」。《清統志》曰：陝西西安府，長楊宫、五柞宫在盩厔縣東南。○鄭箋，見《魯頌·閟宫》。「掩」本作「奄」。《説文》亦曰：奄，覆也。大有餘也。此依本文，「奄」「掩」字通。○唐寫無李注。

繞黄山而款牛首。

山。

【注】繞，裹也。款，至也。善曰：《漢書》：右扶風槐里縣，有黄山宫。《三輔黄圖》曰：甘泉宫中有牛首山。

【疏】許巽行曰：「欵」當作「款」，俗多誤作「欵」。○《漢書》見《地理志》。朱珔曰：案：槐里於唐爲興平縣，今同。《元和志》云：漢黄山宫在縣西南三十里。武帝微行西至黄山宫，即此也。《方輿紀要》云：宫在渭水北。《宫闕簿》謂：漢惠帝二年建。武帝建元三年北至池陽，西至黄山，南獵長楊，東遊宜春。又宣帝地節中，霍雲多從賓客，獵黄山苑中，是已。步瀛案：《漢書·東方朔傳》曰：武帝建元三年，微行西至黄山。晉灼曰：宫名，在槐里。《水經·渭水注》曰：渭水又東北，逕黄山宫南。《清統志》曰：黄山宫在興平縣西南。○甘泉宫中有牛首山。今本《黄圖》無此文。《長安志》四引之。朱珔曰：案：《元和志》於鄠縣云：牛首山在縣西南二十三里，南接終南，在上林苑中。澇水所自出。即引此賦語。鄠縣有甘泉宫，乃隋代所造。漢之甘泉宫則在雲陽，似與牛首非一地矣。又案：《中山經》：吴林之山又北三十里，曰牛首之山。郭注云：今長安西南有牛首山，上有館，下有水。未知此是否。郝氏謂彼在霍太山之南，當在今山西浮山縣界。《寰宇記》神山縣，黑山在縣東四十四里，一名牛首。則非鄠縣之山甚明。步瀛案：郝氏懿行《山海經箋疏》謂：《中山經》之牛首山，非長安西南之山，是也。此賦繼黄山而言，當亦非鄠縣之牛首山。甘泉宫在甘泉山上，此山豈甘泉山之一峰歟？又案：唐寫作「牛首池」。據《上林賦》張揖注：牛首池在上林苑西頭，亦不在甘泉宫中。○阜、柳、首，古音幽部。

繚亘緜聯，四百餘里。

【注】繚亘，猶繞了也。緜聯，猶連蔓也。四百餘里，苑之周圍也。善曰：今並以「亘」爲「垣」。《西都賦》曰：繚以周牆。《三輔故事》曰：北至甘泉九嵕，南至長楊五柞，連緜四百餘里也。

【疏】各本「亘」作「垣」。注同。今依古鈔及唐寫改。胡克家曰：陳云，善曰：今並以「亘」爲「垣」。據此，則正文及薛注中「垣」皆當作「亘」。案：所説是也。善但出「垣」字於注。其正文必同薛作「亘」。至五臣銑注直云垣牆，是其本乃作「垣」。孫志祖曰：薛本作「繚亘」，故以繞了解之。李本自作「垣」，故云今並以亘爲垣，且引《西都賦》繚以周牆爲證。楊慎《丹鉛總録》譏李善以「垣」爲「亘」，殊誤。步瀛案：唐寫李注作「亘」當爲「垣」，下引《西都賦》以證其説，則未改正文可知。孫謂李本自作「垣」。胡紹煐謂：善所據作「垣」。許嘉德謂正文善既申其説，仍爲「垣」字。恐皆非是。當以陳景雲、胡克家説爲定。○注引《三輔故事》「北至」各本作「北有」，今依唐寫。

植物斯生，動物斯止。

【注】植，謂草木。動，謂禽獸。善曰：《周禮》曰：動物宜毛物，植物宜阜物也。

【疏】此二句各本合上爲一節，注亦相連。故有兩「善曰」字。何焯删前「善曰」，非也。胡克家、張雲璈皆謂二句當自爲節，與唐寫合。又薛注兩「謂」字，各本作「物」。李注「毛物」下有「也」字，皆非。今並依唐寫改。○《周禮》，見《地官》大司徒之職。「阜」作「早」。《釋文》曰：一作「阜」。

衆鳥翩翻，羣獸駓騃。

【注】皆鳥獸之形皃也。善曰：薛君《韓詩章句》曰：趨曰䮎，行曰騃。䮎音鄙。騃音俟。

【疏】古鈔「䮎騃」作「否俟」。唐寫「䮎」作「否」，注同。○梁章鉅曰：《後漢書・馬融傳》：鄙騃譟讙。注云：鄙騃，獸奮迅貌也。引《韓詩》：駓駓騃騃，或羣或友。今《毛詩・吉日》作「儦儦俟俟」。傳云：趨則儦儦，行則俟俟。《魯頌・駉》：以車伾伾。傳云：伾伾，有力也。《釋文》云：《字林》作「駓」，走也。《説文》俟字注引《詩》：伾伾俟俟。《楚辭・招魂》：逐人駓駓些。王注：駓駓，走貌也。是「䮎」與「伾」、「鄙」、「儦」、「騃」與「俟」並以聲近通用矣。孫氏義鈞曰：騃，《説文》：馬行仡仡也。此《韓詩章句》訓行之正義。按：《韓詩》之「駓騃」，正字也。毛、許作「伾伾」，假借字也。騃者，伾之轉，爲雙聲字。朱珔、吕錦文説大意並同。步瀛案：唐寫作「趨曰否否，行曰騃騃」。作「否」未必是，而「駓騃」二字各宜複，與毛同，則是也。宜從之。

散似驚波，聚似京洔。

【注】京，高也。水中有土曰洔。言禽獸散走之時，如水驚風而揚波，聚時如水中之高土也。善曰：洔，直里切。

【疏】「洔」，各本作「峙」，誤。今依唐寫改。○《説文》曰：洔，水暫益，且止未減也。《穆天子傳》曰：飲于枝洔之中。郭注曰：水歧成洔。洔，小渚也。音止。《爾雅・釋水》：小陼曰沚。《釋文》曰：「沚」，本或作洔。○唐寫無李注。

伯益不能名，隸首不能紀。

【注】善曰：《列子》曰：北海有魚，名鯤。有鳥，名鵬。大禹行而見之，伯益知而名之，夷堅聞而志之。《世本》曰：隸首作數。宋衷曰：隸首，黄帝史也。

【疏】《子虛賦》曰：禹不能名，离不能計。○《列子》見《湯問篇》。案：當出《莊子·逍遥遊》，爲《列子》者襲之。又案：唐寫無「夷堅」句。六臣本同。○《史記·曆書》《索隱》曰：按《系本》及《律曆志》：黄帝使隸首作算數。《系本》即《世本》也。唐人避太宗諱改「系」。

林麓之饒，于何不有。

【注】木叢生曰林。善曰：《穀梁傳》曰：林屬於山爲麓。注曰：麓，山足也。

【疏】《穀梁·僖十四年》「麓」作「鹿」。范注亦作「鹿」，「鹿」乃「麓」之借字。《詩·旱麓》毛傳曰：麓，山足也。○各本「爲麓」作「曰麓」。唐寫作「爲」與《穀梁》合。今從之。又唐寫及六臣本無「注曰」以下六字。○里、止、騃、涘、紀、有，古音之部。

木則樅栝椶柟，梓棫楩楓，

【注】樅，松葉柏身也。栝，柏葉松身。梓，如栗而小。棫，白蕤也。楓，香木也。善曰：郭璞《山海經注》曰：椶，一名并閭。《爾雅》曰：梅，柟。郭璞曰：柟，木似水楊。又曰：棫，白桵。樅，七容切。栝，古活切。椶，子公切。柟音南。梓音姊。棫音域。郭璞《上林賦注》曰：楩，杞也。似梓。楩，鼻緜切。楓音風。

【疏】《爾雅·釋木》曰：樅，松葉柏身。郭璞注曰：今大廟梁材用此木。《尸子》所謂松柏之鼠，不知堂密之有美樅。《藝文類聚・木部》中引《魯連子》曰：松樅高千仞而無枝，非憂王室無柱。案：「憂」元誤「夏」。據《御覽・木部》七引改。○《釋木》又曰：檜，柏葉松身。《説文》同。《尚書・禹貢》以栝爲之。《史記・夏本紀》《集解》引鄭注曰：柏葉松身曰栝。羅願《爾雅翼・釋木》曰：檜一名栝，今人亦謂之圓柏。郝懿行曰：今檜葉似柏而圓幹，類松，但無鱗爾。○《山海經》郭注，見《西山經》。郭曰：椶樹高三丈許，無枝條，葉大而圓，枝生梢頭，實皮相裹。上行，一皮者爲一節，可以爲繩。朱珔曰：《説文》：栟，櫚椶也。《廣雅》同。《南都》、《吴都賦》俱作「栟櫚」。《上林》、《甘泉賦》則作「并閭」，一也。《説文》但云：栟櫚可作萆。萆，雨衣也。而《廣雅疏證》謂栟櫚之聲合之則爲蒲。《玉篇》《廣韻》並云：椶櫚一名蒲葵，今人多取栟櫚葉作扇。《晉書・謝安傳》蒲葵扇五萬，卽此。段氏據《南方草木狀》，蒲葵如栟櫚而柔薄，可爲簦笠，出龍川，是蒲葵與椶樹各物。謝安之蒲葵扇，今所謂芭蕉扇也。椶葉縷析，不似蒲葵葉成片，可作笠與扇。段説是也。○《爾雅》，見《釋木》。唐寫無「郭璞曰：枏木似水楊」八字。朱珔曰：今郭注云：似杏，實酢，與此所引異。《説文》：梅，枏也。可食。重文爲「楳」。别有「某」字云：酸果也，字从甘。蓋「梅」「柟」爲大木，非酸果之「某」。郭注：似杏實酢。《玉篇》、《廣韻》襲之，轉謂酸果有柟名，誤也。然《説文》云「可食」，則已先誤。段氏謂《毛詩・秦風》、《陳風》傳皆以「枏」訓「梅」，而於《召南》「摽有梅」、《曹風》「其子在梅」、《小雅・四月》「侯栗侯梅」無傳，此以知《召南》等之梅，今之酸果也。《秦》、《陳》之「梅」，今之楠樹也。判然二物。後世以「梅」爲酸果，而「梅」爲「枏」之本義廢矣。步瀛案：「柟」、「枏」字同。陸璣《毛詩疏》曰：柟葉大，可三四葉一藂，木理細緻於豫樟，子赤者材堅，子白者材脃。《詩・終南》孔疏引孫炎曰：荆州曰梅，揚州曰柟。玄應《一切經音義》卷二十一引樊光曰：荆州曰梅，揚州曰柟，益州曰赤楩。葉似豫樟，無子也。樊謂「無子」，與陸疏小異。然要非酸果之「某」也。○《爾雅・釋木》曰：椅，梓。郭注曰即楸。《詩・定之方中》毛傳曰：椅，梓屬。郝懿行曰：楸也，檟也，椅也，梓也，皆同類而異名。故《詩正義》引陸璣云：楸之疏理白色，而生子者爲梓。梓實桐皮曰椅，則大類同而小別也。步瀛案：以上「梓」爲「楸」，與薛注異。毛本作「梓」，當卽「亲」字。《説文》曰：亲果實如小栗，从木，辛聲。經傳多借「榛」爲之。《周禮・天官・籩人》鄭注曰：榛似栗而小。並與薛注合。則薛注不作「梓」字可知。後人多見「梓」字，少見「梓」字，遂傳寫爲「梓」。李注云梓，音姊。豈李所據本作「梓」字，抑後人誤改邪。今姑兩釋之。○唐寫無「又曰棫白桵」五字。案：《釋木》郭注曰：桵，小木叢生，有刺，實如耳璫，紫赤可啖。郝懿行曰：《通志》引陸璣《疏》云：《三蒼》説棫卽柞也，其葉繁茂，其木堅韌，有刺。今人以爲梳，亦可以爲車軸。其材理全白，無赤心者，爲白桵。直理易破，可以爲犢車軸，又可爲矛戟矜，今人謂之白梂，或曰白柘。按：《詩・緜》《正義》引此疏，無「其葉」以下二十一字。《詩》每「柞」「棫」並稱，當爲二物。又郭云小木叢生，則非可爲車軸及梳者，與陸説又異矣。「桵」通作「蕤」。《本草》蕤核，《蜀圖經》云：樹生葉細似枸杞而狹長，花白，子附莖生，紫赤色，大如五味子，莖多細刺。所説與郭注合。朱珔曰：桵卽緌之音，蕤字从甤。《説文》：甤，从生，豨省聲。讀若綏。《甘泉賦》：鸞鳳紛其銜蕤。注引晉灼曰：蕤，綏也。《禮記・雜記》注「緌」讀如蕤賓之「蕤」。故「蕤」可與「桵」通也。○郭注，《史記・司馬相如傳》

《集解》引同。朱珔曰：見《子虛賦》「枏梗豫章」下。二賦本合爲一篇。故即以爲《上林賦》耳。他書無以「杞」爲「梗」者。梗柟杞梓，古或並稱。郭謂梗即杞，獨異。《說文》無「梗」字。《廣韻》有之，云：木名。《集韻》云：似豫章。《漢書》顏注：今之黄梗木也，「梗」與「枏」類。《一切經音義》引樊光云：荆州曰梅，楊州曰枏，益州曰赤梗。是枏亦得「梗」之名，但別之曰「赤梗」。則非黄梗矣。步瀛案：李注引《子虛》、《上林》二賦多稱《上林》，或以二賦本可爲一，故舉《上林》以括之。或一時偶記誤，亦未可知。或據此等遂謂唐初二賦尚合爲一，或又謂此外別有《子虛賦》。皆非是，辨見後。○唐寫「楓，楓香也」，無「木」字。案：《爾雅·釋木》曰：楓，欇欇。郭注曰：楓樹似白楊，圓而歧，有脂而香。今之楓香是。《史記·司馬相如傳》《索隱》引舍人注曰：楓爲樹厚葉弱莖，大風則鳴，故曰楓。《說文》曰：楓，木也。厚葉弱枝，善搖，一名欇。又曰：欇，木葉搖白也。《繫傳》曰：木遇風而翻，見背，背多白。故曰搖白也。

嘉卉灌叢，蔚若鄧林。

【注】嘉猶美也。灌叢、蔚若，皆盛貌也。善曰：《山海經》曰：夸父與日逐走，渴飲河渭。河渭不足，北飲大澤。未至，道渴而死，棄其杖，化爲鄧林。

【疏】《詩·葛覃》毛傳曰：灌木，叢木也。灌、叢義同。《淮南·兵略篇》許注曰：草木繁盛曰蔚，故薛皆以盛貌釋之。○《山海經》，見《海外北經》。此注各本「逐」作「競」，不複出「河渭」字。「道渴」下無「而」字。唐寫皆與《山海經》合，今從之。郝懿行《箋疏》曰：《列子·湯問篇》云：鄧林彌廣數千里。今案：

其地蓋在北海。《史記・禮書》云：楚阻之以鄧林。裴駰《集解》引《山海經》云云，非也。畢氏云：即《中山經》所云夸父之山，北有桃林，其地則楚之北境。恐未然。下云鄧林，積石山在其東，非近在楚地明矣。

鬱蓊薆薱，橚爽櫹槮。

【注】皆草木盛貌也。善曰：薱，徒對切。橚音肅。櫹音簫。槮音森。

【疏】胡紹煐曰：「鬱」與「蔚」通，茂也。《廣雅・釋訓》：蔚蔚，茂也。《列子・力命篇》：美哉國乎，鬱鬱芊芊。「鬱鬱」猶「蔚蔚」。《西都賦》：茂樹蔭蔚。善注引《倉頡篇》曰：蔚，草木盛貌。又與「菀」通。《小雅・小弁》：菀彼柳斯。箋云：柳木盛貌。《菀柳》傳：菀，茂木也。《古詩》：鬱鬱園中柳。即《詩》之菀。《隸釋》載《老子銘》：其土地鬱塕高敞。蓋蓯蘢之狀。木「蓯蘢」謂之「鬱蓊」，猶地「蓯蘢」謂之「鬱塕」。「蓊薆」書多連文。《漢書・司馬相如傳》觀衆樹之蓊薆，是也。「薱」，亦茂也。本書《高唐賦》：薱兮若松榯。善注：榯，茂貌。《後漢書・馬融傳》豐彤對蔚。注：皆林木貌。「薱」與「壿」、「對」並同。○梁章鉅曰：《說文》：橚，長木貌。本書《吴都賦》：橚矗森萃。李注：橚，長直貌。胡紹煐曰：橚爽，言木之高大也。高大曰「橚爽」，猶英俊曰「肅爽」。故鳥之英俊謂之「鷫鷞」，馬之英俊謂之「驌騻」，其義同也。「橚槮」亦高大貌。《說文》作「橚」，與「槮」同，訓長木貌。或亦作「櫹」。《九辯》：萷櫹槮之可哀。王逸注：莖獨立也。本書《上林賦》：紛紜萷蔘。「萷蔘」即「櫹槮」。郭注：竦，擢也。《史記》「萷」作「蕭」。「蕭」之作「萷」，猶「簫韶」之作「箾韶」耳。○唐寫無「薱徒對切」四字。

吐葩颺榮，布葉垂陰。

【注】葩，華也。

【疏】《説文·艸部》、《廣雅·釋草》並與薛注同。○楓、林、槮、陰，古音侵部。

草則葴莎菅蒯，薇蕨荔苀。

【注】善曰：《爾雅》曰：葴，馬藍。郭璞曰：今大葉冬藍，音針。《爾雅》曰：薃，侯莎。又曰：白華野菅。郭璞曰：菅，茅屬。古顏切。《聲類》曰：蒯，草，中爲索。苦怪切。毛萇《詩傳》曰：薇，菜也。《爾雅》曰：蕨，虌也。《説文》曰：荔草似蒲，音隸。《爾雅》曰：苀，東蠡。郭璞曰：未詳。苀，胡郎切。

【疏】唐寫「蒯」作「蔽」，注同。本字當作「蔽」。○《爾雅》，見《釋草》。案：司馬長卿《子虛賦》葴析苞荔，顏師古《漢書》注及李氏《文選》注引張揖，《史記集解》引徐廣，皆以「葴」爲馬藍。與此注同。《史記索隱》引郭璞曰：葴，酸漿，江東名烏葴。案：《釋草》又曰：葴，寒漿。郭注曰：今酸漿草，江東呼曰苦葴。郝懿行引《卮言》以《本草》燈籠草、苦耽、酸漿爲一物。即燕京所謂「紅姑孃」者，乃「紅瓜囊」之譌。朱珔曰：兩賦俱未指明何種，則不定是馬藍。故《史記索隱》即以爲酸漿，與郭、張異説也。○《釋草》又曰：薃，侯莎，其實「媞」。郭注曰：《夏小正》曰：「薃」也者，莎蓆。媞者，其實。今本《夏小正》「薃」作「縞」，「媞」作「緹」。《漢書·司馬相如傳》顏引張揖曰：莎，鎬侯也。《文選·子虛賦》注引作「薃侯」。顏曰：莎，即今青莎草。《證類本草》引唐本注曰：莎草根名香附子，一名雀頭香。莖葉都似三棱，根似附子，周匝多毛。郝懿行曰：今驗莎有二種，一種細莖直上，一種麤而短莖，頭復出數莖，其葉俱如韭葉而細，莖有三棱，實在莖端，其色赤緹。故曰緹矣。朱珔曰：《説文》：莎，鎬侯也。蓋許讀《爾雅》「鎬侯」爲句。徐鍇《繫傳》以「侯」字下屬，邵氏《正義》從之。郝氏云：非也。《廣雅》地毛，沙蓨也。《本草别録》：莎，一名夫須。「須」、「莎」、「蓨」，俱雙聲。「縞」、「鎬」、「隋」、「蓨」，「緹」、「媞」並聲借字。《廣雅》又云：其蒿青蘘也。「蒿」亦「鎬」之聲借。莎爲蘘，故名「青蘘」。「蘘」卽莎矣。段氏謂：鎬、侯雙聲，沙、隨叠韻，皆絫呼也。單呼則曰鎬，曰莎，其根卽香附子。○《釋草》郭注以菅爲茅屬。《詩·白華》毛傳曰：已漚爲菅。陸璣《詩疏》曰：菅似茅而滑澤，無毛，根下五寸中有白粉者，柔韌，宜爲索，漚乃尤善矣。郝懿行曰：陸以菅爲茅之别種，今驗茅葉有毛而澀，未見無毛滑澤如陸所云者，恐别一物，或陸誤也。邢疏引舍人注云：茅菅，白華。一名野菅。是亦以爲一物。步瀛案：唐寫無「古顔切」三字。○《説文》曰：蔽，艸也。《廣雅·釋草》曰：蘱，芓蔽也。《爾雅·釋草》曰：蘱，薡蕫。郭曰：似蒲而細。《説文》：蕫，鼎蕫也。徐鍇《繫傳》曰：似蒲而細，今人以織履。是蘱與蔽同物，茅屬也。今字作「蒯」。郝曰：薡蕫，今名蘱絲莛。野人刈取爲索，柔韌難斷，其葉如茅而細長，有毛而澀。「莛」、「薡」聲相轉也。○《聲類》「中」字音竹仲反。○《毛詩》傳見《草蟲》。《釋草》曰：薇垂水。郭曰：生於水濱。《説文》曰：薇，菜也，似藿。陸疏曰：山菜也。莖葉皆似小豆，蔓生，其味亦如小豆藿，可作羹，亦可生食。陳啟源《毛詩稽古篇》曰：垂水，生水旁，不生水中。谿澗潢潦，皆山間水，薇生其旁，無害爲山菜。郝曰：《詩·采薇》是生於山者，《爾雅》所言是生於水者實一物。嚴粲《詩緝》引項安世曰：薇，今之野豌豆也。蜀人謂之巢菜。吳其濬《植物名實圖攷長編》曰：薇爲野豌豆，自是確詁。然亦有結實不結實之分。不結實者莖葉可食，所謂巢菜是也。結實者可舂爲麪，即《野菜譜》野菉豆也。此唯鄉人能辨之爾。○《釋草》「鼈」作「虌」。郭曰：初生無葉，可食。江西謂之虌。《詩・草蟲》毛傳曰：蕨，虌也。《釋文》曰：俗云其初生似鼈脚，故名焉。《說文》與毛傳同，則作「鼈」者殆俗字。《齊民要術》卷九引《詩義疏》曰：蕨，山菜也。初生似蒜，紫黑色。二月中高八九寸，老有葉，瀹爲茹，滑美如葵。三月中其端散爲三枝，枝有數葉，葉似青蒿，面麤，堅長不可食。周秦曰蕨，齊魯曰鼈。郝曰：蕨菜初生如小兒拳，故曰拳菜，其莖紫色，故曰紫蕨。○朱珔曰：今《說文》荔字云：艸也，似蒲而小，根可作刷。《月令》：荔挺出。鄭注：荔挺，馬薤也。是鄭以荔挺爲艸名。蔡邕《章句》云：荔似挺。高誘注《呂覽・仲冬紀》云：荔艸挺出。則以「挺」下屬。《廣雅疏證》謂《顏氏家訓・書證篇》引《易通卦驗》荔挺不出，又《逸周書・時則篇》荔挺不生，知鄭注非臆斷矣。莛、挺古同聲通用。《說文》：莛，莖也。荔草抽莖作華，因謂之荔挺是也。顏氏又云：江東謂之旱蒲。故《子虛賦》說苞荔以爲高燥則生，彼注引張揖謂之「馬荔」。荔爲「馬薤」，則亦稱「馬荔」耳。○朱珔曰：注又引《爾雅》曰：苀，東蠡。案：《爾雅》郭注云：未詳。郝氏謂《本草》蠡實，《別録》一名荔實，又名劇草，吳普一名劇荔華，又馬薤。《通俗文》一名馬藺。蘇頌《圖經》：蠡實，馬藺子也。北人呼爲馬楝子。蓋「荔」、「蠡」聲同。「蠡」、「藺」聲轉。馬藺又轉爲馬楝，以此參之，疑《本草》蠡實，即《爾雅》苀，東蠡也。此賦荔苀並言，以同類，因同名矣。余謂《集韻》云：苀，草名，葉似蒲，叢生。與《說文》荔似蒲正合。「苀」當爲「荔」之屬。郝說似可從。步瀛案：《證類本草》引《圖經》又云：「蠡實葉似薤而長厚，三月間開紫碧花，五月結實作角子，如麻大而赤色。有棱，根細長，通黄色，人取以爲刷。程瑶田《釋草小記》言之尤詳。朱銘曰：荔芁不當合并爲一。據《管子·地員篇》，有大荔、細荔。《説文》云：荔似蒲而小。則荔爲細荔，馬楝爲大荔，卽芁也。釋《爾雅》者，當分别言之。

王芻莔臺，戎葵懷羊。

【注】善曰：《爾雅》曰：菉，王芻。郭璞曰：今菉蓐也。《爾雅》曰：莔，貝母。郭璞曰：似韭，武行切。《爾雅》曰：臺，夫須。又曰：葿，茙葵。郭璞曰：今蜀葵也。葿音肩。茙音戎。《爾雅》曰：瘣，懷羊。郭璞曰：未詳。

【疏】《爾雅》，見《釋草》。郭注又曰：今呼鴟脚莎。郝曰：《説文》引《詩》菉竹猗猗，今《詩》作「緑」，王芻也。《説文》又云：藎，艸也。《唐本草注》：藎草俗名菉蓐草，葉似竹而細薄，莖亦圓小。按此卽今淡竹葉也。朱珔曰：《説文》釋菉，正本《爾雅》。《離騷》薋菉葹以盈室兮，王逸注亦用《爾雅》。《詩正義》引某氏云：菉，鹿蓐也。「菉」與「鹿」音同。邵氏、郝氏皆謂藎草卽王芻。郝氏并以莀、菉聲轉，謂「菉」卽《説文》之莀艸。二説皆本之陳氏啟源《毛詩稽古篇》。然《説文》菉、藎、莀三字，分列各處，未必卽一物耳。○《釋草》：莔，貝母。郭曰：根如小貝，員而白華，葉似韭。郝曰：《説文》：莔，貝母也。「莔」通作「䖟」。《管子·地員篇》云：其山之旁，有彼黄䖟。又通作「蝱」。《詩·載馳》傳：蝱，貝母也。陸璣《疏》云：蝱，今藥草貝母也。其葉如栝樓而細小，其子在根下，如芋子，正白，四方連累相著，有分解。《本草》陶注形似聚貝子，故名貝母。蘇頌《圖經》：二月生苗，莖細，青色，葉亦青，似蕎麥葉。隨苗出，七月開花，碧緑色，形如鼓子花。郭注：白華葉似韭，此種罕復見之。朱珔曰：《廣雅》以貝母爲貝父。王氏《疏證》謂《神農本草》云：貝母一名空草。《名醫别録》云：一名藥實，一名商草。「商」字即「莔」字之誤，是也。余謂《釋文》引《本草》又有一名苦葉，一名苦菜，一名勤母，數者皆異名而同實矣。○《釋草》：臺，夫須。郭曰：鄭箋《詩》云：臺可以爲禦雨笠。《詩·南山有臺》毛傳與《釋草》同。《釋文》曰：《爾雅》作「薹」。而《爾雅》《釋文》未載「作薹」之文。孔疏引陸璣《疏》曰：舊説：夫須，莎草也，可爲蓑笠。朱珔曰：審是則臺即莎矣。此賦似不應上言莎，下復言臺。且今人以莎爲蓑，不以爲笠。《都人士》鄭箋云：以臺皮爲笠。郭注本其義，豈莎草雖與臺俱有夫須之名，而莎可爲蓑，臺可爲笠，相似而不同，故此賦亦分列與？○《釋草》：葥，戎葵。郭曰：今蜀葵也。此注各本「葥」誤「莔」，又「蜀葵」下脱「也」字，「肩」誤「眉」，並依唐寫改。又「茙」作「戎」。郭又曰：似葵，華如木槿華。《古今注·草木篇》：荆葵，一名戎葵，一名芘芣華，似木槿而光色奪目，有紅，有紫，有青，有白，有赤。莖葉不殊，但花色異耳。一曰蜀葵。《爾雅翼》曰：今蜀葵非一種，有深紅，淺紅，有紫，有白，莖皆相似。惟黄者特異，葉大而徧深。有如龍爪，黄花紫心，六瓣而側，今人亦謂之側金盞。邵晉涵曰：戎、蜀，皆言其大也。《釋詁》云：戎，大也。《釋畜》云：雞大者蜀。是「蜀」亦爲大。而説《本草》者便謂此草從蜀中來，鑿矣。今蜀葵四月後華莖特高大，其華似木槿而大，俗謂之丈紅花。郝曰：蜀葵葉如葵而大，莖高丈許。江南呼爲丈紅華，京師呼秫稭花。音近「收岐」。登萊又呼秫齊華。並「蜀葵」之聲相轉耳。朱珔曰：《廣韻》「戎」作「茙」，非。○今《釋草》「廆」作「廆」。《集韻》有「瘣」字。《類篇》有「蒐」字。翟灝《爾雅補郭》曰：《釋木》：魁，瘣。注云：根節磈磊也。司馬光《類篇》謂芋之惡者曰蒐。蓋得之矣。《漢書・翟方進傳》稱芋曰芋魁。魁與藱，語輕重差耳。或謂懷羊之羊，與芋似而譌。陳碩庭《讀書證疑》則同翟說。謂《釋木》藱，木苻婁。注：木病尫傴，癭腫無枝條。疏引某氏譬彼瘣木，是「瘣」有壞義。「羊」字本「芋」形，以「懷」乃「壞」之譌，「懷羊」者，「壞芋」也。《西京賦》羊與芃、岡韵，是平子所據《爾雅》已作「羊」。步瀛案：《毛詩・小弁》「瘣」作「壞」。傳曰：壞，瘣也。然壞芋不詞，斷非雅文。翟、陳説皆非是。梁章鉅曰：此與芃、「岡」爲韻，自應作「羊」。其説甚是。如翟、陳所云，則是蹲鴟之誚，已在平子矣，有是理乎？萬希槐《困學紀聞集證》卷八曰：《大戴禮・勸學篇》蘭氏之根，懷氏之苞。「懷氏」卽「懷羊」也。《荀子・勸學篇》作「蘭槐之根是爲芷」。「槐」卽「廆」也，與蘭並言，當是香草。郝氏《義疏》亦載此說。朱珔謂注引《爾雅》作「藱」與《玉篇》同。今本《爾雅》或作「瘣」。「槐」與「廆」俱从鬼，音相近，故可通。「槐」又或作「懷」，故亦與「懷」通。胡紹煐謂：「瘣」與「懷」通。《周官・朝士》注：槐之言懷也。《淮南・時則訓》：其樹槐。高注：槐，懷也。故「瘣」謂之「懷羊」，又謂之「懷氏」，以音通得名也。步瀛案：此說似較近之。然「瘣」爲何香草，諸家無能言之者。

苯蓴蓬茸，彌皋被岡。

【注】彌，猶覆也。言草木熾盛，覆被於皋澤及山岡之上也。善曰：苯音本。蓴，子本切。

【疏】梁章鉅曰：《説文》：蓴，叢草也。《玉篇》：苯蓴，草叢生也。《晉書・衛恆傳》禾卉苯蓴以垂穎，本此。胡紹煐曰：此並謂草木叢聚貌。「苯」亦作「本」。《廣雅・釋詁》三：葆，本也。《說文》：葆，盛貌。許有「葆」無「苯」。《漢書・武五子傳》：頭如蓬葆。顏注：草叢生曰葆。是「苯」即「葆」。「苯」「葆」聲之轉。「苯」、「蓴」雙聲連語。《廣雅・釋詁》三：蓴，聚也。蓬茸，猶龍茸。《漢書・司馬相如傳》：叢以龍茸。顏注：聚貌。亦作「蓊茸」。《南都賦》：阿那蓊茸。即蓬茸也。各本「皋澤」誤「高澤」，依唐寫改。

篠簜敷衍，編町成篁。

【注】篠，竹箭也。簜，大竹也。敷，布也。衍，蔓也。編，連也。町，謂畎畝。篁，竹墟名也。善曰：《尚書》曰：篠簜既敷。町音挺。

【疏】《爾雅・釋草》曰：篠，箭。又曰：簜，竹。《說文》曰：筱，箭屬，小竹也。簜，大竹也。《夏書》曰：瑶琨筱簜。今《禹貢》作「篠」。《西山經》曰：竹山，其陽多竹箭。郭注曰：箭，篠也。《禹貢》孔疏引李巡注曰：竹節相去一丈曰「簜」。又引孫炎曰：竹闊節者曰「簜」。○《說文》曰：田踐處曰町。玄應《一切經音義》八引《蒼頡篇》曰：町，田區也。○呂延濟曰：篁，竹叢。胡紹煐曰：《史記・樂毅傳》《集解》：徐廣云：竹田曰篁。《漢書・嚴助傳》注引同。服虔曰：篁，竹叢也。今人以篁爲竹，失本義矣。○唐寫本薛注「篠」下無「竹」字。又無「簜大竹也」四字。李注各本「《尚書》曰」下有「瑶琨」二字，如此則當作「瑶琨篠簜」。又曰：「篠簜既敷」不應合二句爲一。金甡、梁章鉅皆訂之。今依唐寫刪。

山谷原隰，泱漭無疆。

【注】泱漭，無限域之貌。言其多無境限也。善曰：泱，烏朗切。

【疏】唐寫「漭」作「莽」。各本「漭」有「馬黨切」三字注。唐寫無，今據删。○唐寫無薛注「泱漭」以下七字。○芫、羊、岡、篁、疆，古音陽部。○以上郊畿。

迺有昆明靈沼，黑水玄阯。

【注】小渚曰阯。善曰：《漢書》曰：武帝穿昆明池。黑水玄阯，謂昆明靈沼之水沚也。水色黑，故曰玄阯也。

【疏】五臣「阯」作「沚」。吕延濟曰：沚，小渚也。○《漢書》見《武帝紀》。○胡紹煐曰：按：《天問》：「黑水玄阯，三危安在？」王逸以玄阯爲山名。《天對》云：黑水淊淊，窮於不姜。玄阯則北，三危則南。玄阯所在，亦無依據。洪氏《補注》謂此昆明靈沼，取象於黑水玄阯也。步瀛案：《漢書·武帝紀》注引臣瓚曰：昆明國，有滇池，今欲伐之，故作昆明池象之，以習水戰。《地理志》：益州郡，滇池縣。原注曰：大澤在西，滇池在西北，有黑水祠。故洪興祖謂取象於黑水玄阯，而並斥李氏此注爲非。朱銘曰：《黄圖》曰：武帝初穿池，得黑土。帝問東方朔。東方朔曰：「西域胡人知。」乃問胡人。胡人曰：「劫燒之餘灰也。」步瀛案：朱氏説是。又《搜神記》十三曰：漢武帝鑿昆明池，極深，悉是灰墨，無復土。是黑水玄阯，昆明池實有之。故得取象。李注並不誤也。又《黄圖》引《三秦記》曰：昆明池中有靈沼，名神池。云堯時治水，嘗停船於此，説雖傅會，亦可與靈字相證。○胡克家曰：注謂昆明、靈沼之水沚也。案：「沚」當作「阯」。各本皆譌。姜皋曰：本書潘安仁《河陽縣詩》注：《韓詩》曰：宛在水中沚。

薛君曰：大渚曰沚。則從沚是也。《釋名》釋水者从沚，釋丘者从阯。此僅以薛綜曰小渚曰阯，故曰當從「阯」耳。步瀛案：《説文・水部》曰：小渚曰沚。《𨸏部》曰：阯，基也。諸「沚」字以「沚」爲本字，「阯」借字。胡氏謂當作「阯」，與本文一致，非謂本字當作「沚」也。姜氏似誤會其意。又案：薛君《韓詩章句》大渚曰沚，沈清瑞《韓詩故》校「沚」當作「洔」。胡承珙、陳喬樅皆從其説，姜亦未及。

周以金堤，樹以柳杞。

【注】金堤，謂以石爲邊隒，而多種杞柳之木。善曰：金堤，言堅也。《子虛賦》曰：上金堤。杞，卽梗木也。《山海經》曰：杞如楊，赤理。

【疏】李注引《山海經》，見《東山經》。「杞」作「芑」，與「杞」卽梗木之説歧異。殆後人所增。唐寫本無，是也。然此説實勝。案：《詩・小雅・四牡》：集于苞杞。嚴粲《詩緝》曰：詩有三杞：《將仲子》無折我樹杞，柳屬也。《南山有臺》南山有杞，《湛露》在彼杞棘，山木也。此詩集于苞杞，《杕杜》、《北山》言采其杞，《四月》隰有杞桋，枸杞也。朱珔曰：《説文》：杞，枸杞也。別無他訓。又柜字云：柜，木也。《爾雅・釋木》：椶柜枊。郭注引或説，枊當爲柳。而《孟子・告子篇》趙注：杞柳，柜柳也。一曰杞，木名也。已以杞柳與山木別言之。然則杞柳之柳，杞乃「柜」之聲近借字也。郝氏謂馬融《廣成頌》柜柳楓楊，《爾雅》《釋文》「柜」，郭音舉，是「柜柳」卽「櫸柳」也。案：《水經・江水注》：江夏有洰水。或作「舉」。此卽「柜」、「櫸」相通之證。櫸柳多生山澗水側，俗呼之爲平楊柳。或謂之鬼柳。「鬼」、「柜」聲相轉也。余謂此賦上文云「周以金堤」，承靈沼而言，正在水側，卽《山海經》所謂如楊者。是已不得以爲山木，而又謂之梗，注乃混而一之。胡紹煐曰：《易・姤》：以杞包瓜。《釋文》引馬注杞，大木也。大木蓋即梗，與豫章皆大木。故《子虛賦》梗枏豫章並列。郭璞注：梗，杞也，似梓。郭以梗爲杞，是杞即梗矣。善説不爲無據。又鄭《易》注以杞包瓜云：杞柳也。陸《詩疏》云：杞，柳屬也。生水旁。樹如柳，葉粗而白色，木理微赤。今人以爲車轂。與《山海經》合。今《東山經》作「芑」。「芑」、「杞」古通。《左・襄二十三年傳》杞梁，《琴操》作「芑梁」，是其證。

豫章珍館，揭焉中峙。

【注】皆豫章木爲臺館也。善曰：《三輔黄圖》曰：上林有豫章觀。《説文》曰：揭，高舉也。渠列切。

【疏】唐寫「峙」作「跱」。《説文》字作「峙」。跱、峙並同。○《史記・司馬相如傳》《集解》引郭璞曰：豫章，大木也，生七年乃可知。《正義》引温活人曰：豫，今之枕木也。章，今之樟木也。二木生至七年，枕樟乃可分别。陸璣《詩疏》曰：豫章葉大如牛耳，一頭尖，赤心，花黄子青，不可食。《證類本草・木部》有釣樟。引《唐本草注》曰：釣樟樹，高丈餘，葉似枏葉而尖長，背有赤毛，若枇杷葉。李時珍《本草綱目》謂即豫，一名枕木者。然《證類本草》引陳藏别有枕材云：作艑船，次於樟木。又似與釣樟同類而小異。○唐寫李注引《黄圖》「章」作「樟」。案：豫章已見《西都賦》。○《説文》，見《手部》。

牽牛立其左，織女處其右。

【注】善曰：已見《西都賦》。

【疏】唐寫李注仍引《漢宮闕疏》，與《西都賦》注同。

日月於是乎出入，象扶桑與濛汜。

【注】善曰：言池廣大，日月出入其中也。《淮南子》曰：日出湯谷，拂于扶桑。《楚辭》曰：出自湯谷，次于濛汜。　汜音似。

【疏】胡克家曰：注「日出暘谷」。案：「暘」當作「湯」。下「出自陽谷」亦當作「湯」。各本皆誤。步瀛案：胡校是。唐寫兩字皆作「湯」。今據改。各本「次」作「入」，誤，亦據改。〇《淮南》，見《天文篇》。今本亦作「暘谷」。《北堂書鈔》、《藝文類聚》、《初學記》各《天部》、《楚辭・天問》洪《補注》引並同。《御覽・天部》引作「陽谷」，而《離騷》王逸注引作「湯谷」。《説文》曰：榑桑，神木日所出也。《離騷》、《淮南》皆作「扶桑」。「扶」，「榑」之借字。《海外東經》曰：湯谷上有扶桑，十日所浴。〇《楚辭》，見《天問》。「濛」作「蒙」。王注曰：汜，水涯也。言日出東方，湯谷之中；暮入西極，蒙水之涯也。《爾雅・釋地》曰：西至日所入爲大蒙。郭注曰：即蒙汜也。《釋文》「蒙」作「濛」。《淮南・天文篇》曰：日至于蒙谷，是謂定昏。又曰：日入于虞淵之次，曙于蒙谷之浦。案：依王念孫校，《淮南子》至于蒙谷，「至」當作「淪」。〇阯、杞、峙、右、汜，古音之部。

其中則有黿鼉巨鼈，鱣鯉鱮鮦。　鮪鯇鱨魦，脩額短項。　大口折鼻，詭類殊種。

【注】自鱨魦以上，皆魚名也。脩額至折鼻，皆魚形也。詭類殊種，多雜物也。善曰：郭璞《山海經注》曰：鼉似蜥蜴。徒多切。郭璞《爾雅注》曰：鱣似鱏，知連切。鄭玄《詩箋》曰：鱮，似魴，翔與切。《爾雅》曰：鱧，鮦也。音童。毛萇《詩傳》曰：鮪似鮥。鮪，乎軌切。鮎，奴謙切。又曰：鱨，揚也。鱨，鮀也。

鱨音嘗。

【疏】六臣本「魦」作「魦」。唐寫「額」作「領」。○唐寫薛注「皆魚形也」「形」上有「之」字。○《説文》曰：鼉，大鼈也。本書《子虚賦》注引張揖曰：鼉似鼈而大。○郭璞《山海經》注，見《中山經》。各本《山海經》下脱「注」字。胡克家曰：何校：「經」下添「注」字，陳同，是也。步瀛案：唐寫有，今據增。郭又曰：大者長一丈，有鱗采，皮可以冒鼓。陸璣《詩疏》曰：鼉形似水蜥蜴，四足，長丈餘，生卵大如鵞卵，甲如鎧甲。今合藥，鼉魚甲是也。其皮堅可以冒鼓。○郭《爾雅》注，見《釋魚》。案：《釋魚》：鯉，鱣。郭曰：鯉，今赤鯉魚。鱣，大魚，似鱏，而短鼻，口在頷下，體有邪行，甲無鱗，肉黄，大者長二三丈。今江東呼爲黄魚。《詩·碩人》孔疏引舍人注曰：鯉，一名鱣。是郭以鯉、鱣各爲一魚。舍人以鱣、鯉爲一魚。《碩人》毛傳曰：鱣，鯉也。《潛篇》鄭箋曰：鱣，大鯉也。《説文》鱣鯉互訓，與毛、鄭及舍人同。陸璣《詩疏》曰：鱣鮪出江海，三月中從河下頭來上。鱣身形似龍，鋭頭，口在頷下，背上腹下皆有甲，縱廣四五尺。今於盟津東石磧上釣得之。大者千餘斤。可蒸爲臛，又可爲鮓，魚子可爲醬。陸説與郭合。賈生《弔屈原賦》所謂江湖之鱣，《上林賦》所謂䱭䲛，皆此物。今所謂鱘鰉魚，亦曰黄魚者是也。段玉裁曰：舍人云：鯉，一名鱣。《爾雅》古説如此。自陸璣、郭璞乃分爲二。胡承珙曰：《爾雅》鯉，鱣，鰋，鮎，鱧，鯇。舍人、孫炎皆以爲釋二名，郭氏乃分爲六物。夫《爾雅》故訓之書，正名辨物，無庸並列六魚，不加訓釋。全書無此文例。李黼平《毛詩紬義》、李惇《羣經識小》、錢坫《爾雅古義》潘衍桐《爾雅正郭》皆主舍人而斥郭璞。然《碩人》疏引郭曰：先儒及《詩訓傳》皆謂此魚有兩名。今此魚種類形狀有殊，無緣強合之爲一物。邵晉涵曰：郭氏分爲六物，得諸實驗，不從先儒舊說。或疑單列六物與前後訓釋之例不符。案：《荀子·正名篇》云：單足以喻則單，單不足以喻則兼。良以此六物人所易喻，故《爾雅》單舉之，無俟兼名訓釋。郝懿行曰：六物皆單名或古無兼名，皆從郭義也。朱珔曰：鱣鱏相類，鱘卽今「鱏」字也。鱣又與鮪類。鮪稱王鮪，故鱣亦稱王鱣矣。以目驗之，鱘黄魚形狀與鯉迴別。《周頌·潛篇》卽言鱣，復言鯉，此賦亦鱣鯉並言，知非一物也。又曰：毛傳於鱣云鯉，於鯉不云鱣。蓋毛意亦不以鱣爲今赤鯉。段氏云：惟三十六鱗之魚謂之鯉，亦謂之鱣。又謂鱣與鯉不必同形，而要爲類，似屬強辭。李氏黼平《毛詩紬義》云：鱣自名鯉，非謂今之赤鯉。《水經·河水篇注》：河水又南，得鯉魚水，下舉鱣鮪出鞏穴爲龍，以爲往還之會，乃得茲稱。如酈說，鱣渡龍門而其水名鯉魚，則鱣之名鯉審矣。《玉篇》鯉云：今赤鱓。鱣云：鯉也，大魚也。最爲明晰。余謂物類同名者甚多。王逸以鯪魚爲鯉，見《吴都賦》。鯪可名鯉，則鱣何妨名鯉。特不可與赤鯉混。李說較圓。並存之。○鄭箋見《敝笱》。《正義》引陸《疏》曰：「鱮」似魴，厚而頭大，魚之不美者。故里語曰：網魚得鱮，不如啗茹。其頭尤大而肥者，徐州人謂之「鰱」，或謂之「鱅」。幽州人謂之「鴞鷵」，或謂之「胡鱅」。《廣雅·釋魚》曰：鰱，鱮也。王念孫曰《埤雅》云：鱮魚色白，北土皆呼「白鱮」。故《西征賦》曰：華魴躍鱗，素鱮揚鬐也。今人通呼「鰱子」。朱珔曰：《説文》「鱮」「鰱」二字相廁各釋，而非互訓。或以爲一物而二種乎？○《釋魚》郭注曰：鱧，鮦也。《爾雅》下亦當有「注」字。朱珔曰：彼邢疏云：今鯅魚也。「鯅」與「鮦」音義同。《説文》「鱺」字云：鮦也，《本草》作蠡，云一名鮦魚。《廣雅》作「鱺」云：鰑鮦也。是皆聲借之字，而《説文》「⿰魚蠡」爲正體也。步瀛案：《詩・魚麗》毛傳曰：鱧，鮦也。孔疏曰：《釋魚》云：鮦，魭。舍人曰：「鱧」名「鯇」。郭璞曰：「鱧鮦」。徧檢諸本，或作「鱧鯶」，或作「鱧鯇」。若作「鮦」，似與郭璞正同。若作「鯇」，又與舍人不異。或有本作「鱧⿰魚果」者。定本「鱧鮦」，「鮦」與「鯶」音同。是唐定本毛傳卽同郭注矣。《埤雅》曰：「鱧」，今玄鱧是也。諸魚中惟此魚膽甘可食。有舌，鱗細有花文，一名文魚，與蛇通氣。其首戴星，夜則北嚮。《爾雅翼》曰：鱧魚圓長而斑點，有七點，作北斗之象。鄧氏解《釋魚》稱爲「鮦」。然今鮦又別一種，是亦以「鱧」與「鮦」爲同類小異也。王念孫曰：今人謂之「烏魚」，首有斑文，鱗細而黑，故名「鱺魚」。鱺之言驪也。《釋魚》又曰：鰹，大鮦，小者鮵。郭注曰：今青州呼小鱺爲鮵。郝懿行曰：大者名鰹，小者名鮵。然則中者名鱣。郭注鱣鮦據中者而言也。○胡克家謂：注「毛萇《詩傳》曰」當作「又曰」二字。「鮪似鱣」，「鮪」下當有「鱧屬鮵」三字。下注「又曰」當作「毛萇《詩傳》曰」五字。此注所引「郭璞曰鮦也」在《釋魚》。所引「又曰：鮪，鱣屬。鮵，似鮎」，亦在《釋魚》。所引「毛萇《詩傳》」云云，在《魚麗》首章。今脱落顛倒，絶不可通，爲之訂正如此。步瀛案：唐寫本作「鮪似鮥」，而仍有「鮎，奴謙反」之音。是「鮥」字「鮎」字皆注中所有，似當作「鮪，鮥也。《爾雅》注曰：「鯢似鮎」。「又曰」改「毛萇《詩傳》曰」，如胡氏校。○《詩・碩人》毛傳曰：鮪，鮥也。《釋魚》曰：鮥，鮛鮪。郭注曰：鮪，鱧屬也。大者名王鮪。小者名鮛鮪。今宜都郡自京門以上，江中通出鱏鱧之魚。有一魚狀似鱧而小，建平人呼鮥子，卽此魚也。陸璣《詩疏》曰：鮪魚形似鱣，而青黑，頭小而尖，似鐵兜鍪，口亦在頷下，其甲可以磨薑。大者不過七八尺。益州人謂之鱣鮪。大者爲王鮪，小者爲鮛鮪。肉色白，味不如鱣也。○《釋魚》又曰：鯢，大者謂之鰕。郭曰：今鯢魚似鮎，四足，前似獼猴，後似狗，聲如小兒啼。大者長八九尺。《北山經》曰：決決之水，其中多人魚。其狀如鯑魚，四足，其音如嬰兒。郭注曰：或曰人魚，即鯢也。又《上林賦》之鰨，郭亦爲「鯢」，見彼注。胡紹煐但取其似鮎一語，疑與人魚別爲一物。非郭之指，又無他證，似未可據也。○《詩·魚麗》毛傳曰：鱨，揚也，鯊，鮀也。《釋文》引陸璣《疏》曰：今江東呼黄鱨魚。尾微黄，大者長七八寸許。孔疏曰：陸璣《疏》云：鱨一名黄頰魚，是也。似燕頭魚，身形厚而長大，頰骨正黄，魚之大而有力解飛者。徐州人謂之楊魚。頰，通語也。《釋魚》曰：鯊，鮀。郭曰：今吹沙小魚，體圓而有點文。《釋文》曰：「鯊」，本又作「魦」，音沙。又《魚麗》《釋文》曰：「鯊」，亦作「魦」。舍人云：鯊，石鮀也。孔疏引陸曰：魚狹而小，常張口吹沙，故曰吹沙。《後漢書·馬融傳》注引《廣志》曰：吹沙，大如指，沙中行。郝懿行曰：今呼花花公子是也。巨口細鱗，黄白雜色，亦有黑點。背鬐甚利。故呼皮匠刀子。朱珔曰：《説文》云：鮀，鮎也。別有魦字，云：魦魚也。出樂浪潘國，从魚，沙省聲。許不以魦爲鮀，自是所傳之異。段氏必謂魦字非即鯊。《説文》無「鯊」字。《毛詩》「鯊」本作「沙」。《説文》鮀下當訓沙也，今本爲後人所改，未免强辭。○鮦、項、種，古音東部。

鳥則鷫鷞鴰鴇，駕鵝鴻鶤。

【注】善曰：高誘《淮南子注》曰：鷫鷞，長脛緑色，其形似鴈。張揖《上林賦注》曰：駕鵝，野鵝。又曰：鶤雞，黄白色，長頷赤喙。鴰鴇，已見《西都賦》。凡魚、鳥、草、木皆不重見。他皆類此。鷫音肅。駕

音加。鶤音昆。

【疏】唐寫「鸧」作「鴚」。注同。○高注《淮南子》，見《原道篇》。「鶇」不作「鸘」。又《本經篇》注曰：鷫鶇，雁類。唐寫「鸘」作「霜」。朱珔曰：案：《正字通》云：「鶇」俗作「鸘」。《禽經》云：鸘飛則霜，鷺飛則露，其名以此。《上林賦》鴻鶇，單稱鷫。郭注鷫，鷫鶇也。《吴都賦》鷫鵠，單稱「鷫」，一也。《左氏·定三年傳》唐成公有兩肅爽馬。疏引馬融説：肅爽，鴈也。其羽如練，高首而修頸。馬似之。與高誘注合。若《説文》鷫字云：鷫鵠也。五方神鳥，西鷫鵠。則是鳳屬，非此物矣。朱駿聲曰：馬融説牽合神鳥、神雁類爲一。竊謂馬名取之神鳥，非取之雁類，練羽之説，以意爲傅會耳。胡紹煐曰：《楚辭·大招》：鴻鵠代遊，曼鷫鵠只。王逸注：鷫鵠，俊鳥也。鷫鵠之言肅爽也。以此鳥英俊，故因以名之。○鴐鵞，見《子虚》、《上林》。本書未引張揖注，《史記·司馬相如傳》《集解》引郭璞與張揖同。胡紹煐曰：《説文》：鴚，鴚鵝也。許作「鴚」，古「可」聲「加」聲同部。《廣雅·釋鳥》曰：鴚鵞，鴈也。《疏證》云：此《爾雅》所謂鵱鷜鵞也。亦謂之鴐鵞。《藝文類聚·鳥部》引《廣志》云：鴐鵞，野鵞也。《本草》陶注云：野鵞大於鴈，猶似家蒼鵞，謂之鴐鵞。《中山經》：青要之山，北望河曲，是多駕鳥。郭注：「駕」宜爲「鴐」，鴐鵞也。○唐寫無「又曰鶤雞」至「赤喙」十一字。又「鴰鸧已見《西都賦》」，作「二鳥名也」。○凡魚、鳥、草、木云云，亦李氏自言注例。○唐寫無「鶤音昆」三字。

上春候來，季秋就温。

【注】善曰：《周禮》曰：上春生穜稑之種。《禮記》曰：孟春，鴻鴈來。鄭玄曰：鴈自南方來，將北反其居

也。又曰：季秋之月，鴻鴈來賓。鄭玄曰：來賓，止而未去也。《列子》曰：禽獸之智，違寒就温。

【疏】《周禮》見《天官·内宰》。賈疏曰：上春，謂正歲建寅之月也。○《禮記》見《月令》。尤本脱「鴈」字。依唐寫及六臣本增。○《列子》，見《黄帝篇》。唐寫「智」作「知」。

南翔衡陽，北棲鴈門。

【注】善曰：《尚書》曰：荆及衡陽惟荆州。孔安國曰：衡山之陽。《漢書》有鴈門郡。

【疏】許巽行曰：顧寧人《唐韵正》引此作「南朔」，云「朔」即「遡」字。步瀛案：「遡」義未安，恐誤本不足據。○《管子·戒篇》曰：夫鴻鵠春北而秋南，而不失其時。應德璉《侍五官中郎將建章臺集詩》曰：朝鴈鳴雲中，音響一何哀。問子遊何鄉，戢翼正徘徊。言我寒門來，將就衡陽棲。語義本此。○《尚書》，見《禹貢》。案：《古逸叢書·太平寰宇記補闕》曰：潭州迴鴈峰，衡山之南峰也。鴈到此不過而迴，故曰回鴈峰。《輿地紀勝》曰：衡州回鴈峰，在州城南。或曰鴈不過衡陽，或曰峰勢如鴈之回。又引徐靈期《南嶽記》曰：南嶽周迴八百里，回鴈爲首，嶽麓爲足。《清統志》曰：湖南衡州府回鴈峰，在清泉縣南一里。南嶽七十二峰之首也。案：清泉縣今併入衡陽縣。○《漢書》見《地理志》。案：漢鴈門郡治善無，在今山西右玉縣南，代縣西北。然此賦鴈門，當指鴈門山。《爾雅·釋地》曰：北陵西隃鴈門。郭注曰：即鴈門山也。《海内西經》曰：鴈門山，在高柳北。《北山經》郭注曰：鴈門山，即北陵西隃，鴈之所出，因以名云。在高柳北。《清統志》曰：山西代州，鴈門山在州西北三十五里。案：代州，今改縣。

集隼歸鳧，沸卉軯訇。

【注】奮迅聲也。隼，小鷹也。善曰：《周易》曰：射隼高墉之上。軿，芳耕切。訇，火宏切。

【疏】尤本「集」作「奮」，「軯」作「軿」。胡克家曰：袁本作「集」。校語曰：善作「奮」。茶陵本校語云：五臣作「集」。案：各本所見皆非也。薛自作「集」。「集隼」與「歸鳧」對文，承上四句而言。猶揚子雲以「鴈集」與「鳧飛」對文也。善必與薛同。則與五臣亦無異。傳寫譌「奮」耳。二本校語但據所見而爲之。朱珔曰：薛注奮迅聲也，則正文作「奮」不作「集」。「奮隼」與「歸鳧」正對，一「奮」一「歸」，與揚子雲以「集」對「飛」相合。六臣本非。步瀛案：胡氏説是也。薛注奮迅聲也。注下「沸卉軯訇」四字。傳寫者遂誤以「奮」字相亂。若以「迅聲」釋「奮」字，則不辭矣。古鈔本、唐寫本皆作「集」，六臣本正合。今據改。又古鈔、唐寫「軿」皆作「軯」，亦據改。五臣作「砰」。○吕延濟曰：沸卉砰訇，鳥奮迅聲。即本薛注。胡克家謂袁本、茶陵本無「奮迅聲也」四字爲是，恐不然也。胡紹煐曰：卉，字本作「桒」，省作「芔」。「沸卉」，猶「沸渭」，盛疾貌。《長楊賦》：紛紜沸渭。善注：衆盛貌。衆盛與盛疾義相足。《史記·司馬相如傳》喟然，《索隱》曰：《漢書》作「芔」。芔然，猶欻然，欻亦疾也。《漢書·司馬相如傳》：劉莅芔歙。顔注：「芔」，古「卉」字。《海賦》：瀖泋濩渭。「瀖泋」猶「濩渭」，是「卉」、「渭」同矣。《籍田賦》善注引字書曰：砰，大聲也。劉逵《吴都賦》注：砰，宕舟擊水貌。《史記·司馬相如傳》：砰磅訇磕。《正義》曰：砰磅，水流鼓怒之聲，「砰宕」、「砰磅」與「軿訇」音義並同。今人猶謂物擊物爲「砰磅」矣。吕錦文曰：「卉」即「⿰口卉」之假借字。《玉篇》：嘈嘈⿰口卉⿰口卉。《廣韻》、《集韻》並云：⿰口卉，聲也。軿與軯、軿、砰、軯義同。步瀛案：胡氏説是。「⿰口卉」後出字，恐非平子所用。吕説似未足據。《説文・言部》曰：訇駭言聲。从言，匀省聲。段注曰：《西京賦》訇與䳺、温、門、論韵。○《周易》，見《解・上六・爻辭》。

衆形殊聲，不可勝論。

【注】論，説也。善曰：《廣雅》曰：勝，舉也。

【疏】《廣雅》，見《釋詁》一。○䳺、温、門、論，古音諄部。訇，真部。通轉爲韵。○以上昆明池。

於是孟冬作陰，寒風肅殺。

【注】寒氣急殺於萬物。孟冬十月，陰氣始盛，萬物彫落。善曰：《禮記》曰：孟秋天氣始肅，仲秋殺氣浸盛。

【疏】唐寫薛注無「寒氣急殺於萬物」七字。○《禮記》，見《月令》。唐寫無李注。

雨雪飄飄，冰霜慘烈。

【注】飄飄，雨雪貌。慘烈，寒也。善曰：李陵書曰：邊上慘烈。

【疏】唐寫無李注，是也。本書卷四十一李少卿《與蘇武書》作「邊土慘裂」。注引《廣雅》曰：裂，分也。不作「烈」。

百卉具零，剛蟲搏摯。

【注】草木零落，陰氣盛殺，鷹犬之屬，可摯擊也。善曰：《毛詩》曰：百卉具腓。《禮記》曰：季秋，豺祭獸戮禽也。

【疏】五臣「摯」作「鷙」。○呂延濟曰：剛蟲，鷹豺也。○《毛詩》，見《四月》。毛傳曰：卉，草也。○《禮記》，見《月令》。唐寫無「《禮記》」以下十字。○殺、烈、摯，古音祭部。

爾乃振天維，衍地絡。

【注】維，綱也。絡，網也。謂其大如天地矣。振，整理也。衍，申布也。善曰：衍，以善切。

【疏】唐寫無「爾」字，「乃」作「迺」，「衍」作「⿰扌衍」，蓋「⿰扌衍」字之譌。《玉篇·手部》引正作「⿰扌衍」，曰：謂申布也。胡紹煐曰：《集韻》：⿰扌衍，以忍切。申布也。段氏玉裁曰：「⿰扌衍」當是「⿰亻衍」之或體。《說文》：⿰亻衍，理也。

蕩川瀆，簸林薄。

【注】林薄，草木叢生也。蕩，動也。簸，揚也。謂驅獸也。

【疏】唐寫「叢」作「俱」。「動」下「揚」下皆無「也」字。

鳥畢駭，獸咸作，草伏木棲，寓居穴託。

【注】謂禽獸驚走，得草則伏，遇木則棲，非其常處。苟寄而居，值穴而託，爲人窮迫之意。

【疏】唐寫無「而居」「而託」四字。

起彼集此，霍繹紛泊。

【注】謂爲彼人所驚而來集此人之前。霍繹紛泊，飛走之貌。

【疏】本書《琴賦》：霍濩紛葩。注曰：盛貌。霍濩、霍繹皆疊韵連語。又《詩·駉》毛傳曰：繹繹，善走也。本書《甘泉賦》注引《韓詩章句》曰：繹繹，盛貌。「紛葩」、「紛泊」亦一聲之轉。

在彼靈囿之中，前後無有垠鍔。

【注】言禽獸之多，前却顧視，無復齊限也。善曰：靈囿，已見《東都賦》。《淮南子》曰：出於無垠鄂之門。許慎曰：垠鍔，端崖也。

【疏】唐寫「彼」作「於」，五臣同。○梁章鉅曰：今《淮南子·原道訓》作「出於無垠之門」，而《俶真訓》有「形埒垠堮」語。許注當繫彼處。「堮」與「鍔」通。《漢書·楊雄傳》作「鄂」，《後漢書·張衡傳》作「咢」並同。以「鍔」爲「堮」，猶《荀子·成相》之以「銀」爲「垠」也。步瀛案：毛本正文與注皆作「鍔」。本書《七命》注引許注又作「堮」。字雖不同，而《淮南·原道篇》許注本自當有「鄂」字。梁氏以《俶真篇》當之，非也。朱珔曰：《一切經音義》八引《説文》曰：圻，地圻咢也。「圻」即「垠」。今《説文》垠字云：地圻也。脱「咢」字。《七命》注引增土旁作「堮」。「咢」亦或作「鄂」。《甘泉賦》注：鄂，垠鄂也。《長笛賦》引《字林》同。此處又借鋒鍔之「鍔」爲之。《説文·刀部》作「㓵」，而《金部》無「鍔」字。但注既引《淮南》「垠」「鄂」字，則許注「鍔」字殆「鄂」之誤。亦當云：「鍔」與「鄂」通。陶方琦《淮南許注異同詁》曰：高注：無垠，無形狀也。《御覽》五十五引高誘注曰：無垠鄂，無形之皃也。今高本作「無垠」，亦係譌敓。「鍔」即《説文》之「㓵」字。然應作「鄂」。李善引《淮南》正文作「鄂」而引注作「鍔」，確爲誤字。薛傳均曰：司馬彪《莊子注》云：鍔，劍棱也。引伸之，凡物之有崖岸棱角者，皆謂之鍔。「鍔」爲正字，「堮」、「鄂」皆假借字。步瀛案：《莊子·説劍篇》《釋文》司馬云：鍔，劍刃也。一云：劍棱也。

然《説文》無「鍔」字，正字當爲「咢」。《淮南》注自當作「咢」，陶説是。○絡、薄、作、託、泊、鍔，古音魚部。

虞人掌焉，爲之營域。

【注】虞人，掌禽獸之官。善曰：《周禮》曰：山虞，若大田獵，則萊山之野。

【疏】《周禮》見《地官・山虞》。鄭注曰：萊，除其草萊也。○張銑曰：營域，獵場也。步瀛案：《詩・黍苗》鄭箋曰：營，治也。《漢書・禮樂志》注曰：域，界也。此謂治獵場之界也。然如銑注，則「營域」當連讀。《太玄・玄圖》范注曰：營，營域也。《詩・葛生》毛傳曰：域，營域也。亦作「塋」，「營」字通借。蓋塋墓謂之塋域，獵場則謂之營域，可爲銑注之證。然如此説，則爲之營域，猶言治其營域矣。

○唐寫無李注。

焚萊平場，柞木翦棘。

【注】善曰：《周禮》曰：牧師贊焚萊。毛萇《詩傳》曰：萊，草也。賈逵《國語注》曰：槎，邪斫也。「柞」與「槎」同。仕雅切。《左氏傳》曰：翦其荆棘。

【疏】五臣「柞」作「槎」，音乍。○《周禮》，見《夏官・牧師》。鄭注曰：焚萊者，山澤之虞。○《毛詩傳》，見《南山有臺》。○各本《國語》下無「注」字。胡克家曰：何校添「注」字，陳同，是也。步瀛案：唐寫有，今據增。又唐寫「槎」下無「邪」字。與《魯語》上韋注同。○金甡曰：《周頌》載芟載柞。傳：除木曰柞。《周禮》柞氏掌攻草木，何必借「槎」字作解乎？朱珔曰：《説文》「槎」字訓與賈同。又「栞」字云：槎識也。《禹貢》：隨山刊木。古文「刊」作「栞」，謂斫木以爲表識也。韋昭注《國語》則但云槎，斫也。是斫木之義，槎爲正字。「柞」本木名，與槎音相近。《周頌》《周禮》之「柞」，皆「槎」之假借。金氏轉以譏善注，非也。○《左氏傳》，見襄十四年，唐寫無此八字。

結罝百里，迒杜蹊塞。

【注】罝，網也。迒，道也。蹊，徑也。皆以網杜塞之也。善曰：迒，公郎切。《小雅》曰：杜，塞也。

【疏】唐寫薛注「迒」下有「兔」字。《爾雅·釋獸》曰：兔，其迹迒。《説文》曰：迒，獸迹也。○《小雅》，見《廣詁》。

麀鹿麌麌，駢田偪仄。

【注】鹿牝曰麀。麌麌，形貌。駢田偪仄，聚會之意。善曰：《毛詩》曰：麀鹿麌麌。麀，於牛切。麌，魚矩切。

【疏】《爾雅·釋獸》曰：鹿牝麀。《詩·吉日》毛傳曰：鹿牝曰麀。麌麌，衆多也。鄭箋曰：麕牝曰麌，麌復麌，言多也。《釋文》曰：麌，愚甫反。朱珔曰：《説文·鹿部》無「麌」字。《口部》噳字云：麋鹿羣口相聚皃。引《詩》：麀鹿噳噳。今見《大雅·韓奕篇》。彼《釋文》云：「噳」，本亦作「麌」。唐石經《小雅》作「麌」，《大雅》作「噳」。從《釋文》本也。「噳」爲正字，「麌」假借字。鄭箋：麕牝曰麌。蓋本《爾雅》麕，牡麌，牝麜之文。今本「麌」、「麜」互倒，當以鄭箋正之。鄭以「麌」復「麌」爲多，恐非。○呂錦文曰：駢田猶駢陳。《説文》：田，陳也。古甸、田、陳，同聲。《周禮·稍人》注「甸」讀與「維禹敶之」之「暾」同。《詩・豳風・東山》《釋文》云：陳完奔齊，以國爲氏，而《史記》以田爲氏。是古田、陳同聲也。步瀛案：呂説未盡：駢、田叠韵連語。《笙賦》駢田獵擺。李注曰：駢田，聚也。盖本薛氏此注。「田」與「闐」通。王勃《遊武儋山寺序》曰：駢闐上路。李白《明堂賦》曰：駢闐乎闕外。並與「駢田」同。劉良注謂駢列於田，陋矣。○各本「麌麌」作「攸伏」。故金甡、朱珔、胡紹煐皆譏李注引《靈臺》，何不引《吉日》成句。不知唐寫正作「麌麌」，蓋後來傳寫誤作「攸伏」字耳。○域、棘、塞、伏，古音之部。

天子乃駕彫軫六駿駮，

【注】彫，畫也。天子駕六馬。駮，白馬而黑畫爲文，如虎者。

【疏】唐寫「彫」作「雕」，六臣本同。○林茂春曰：《隋志》：輿，漢室制度，以雕玉爲之，故王符《羽獵賦》云：天子乘碧瑤之雕軫。○梁章鉅曰：《東京賦》六玄虬之奕奕。薛注：六，六馬也。天子駕六馬。又《甘泉賦》：駟蒼螭兮六素虬。李注：《春秋命曆序》曰：皇伯駕六龍。又《上林賦》：六玉虬。張注：六玉虬，謂駕六馬。郭璞曰：《韓子》曰：黄帝駕象六蛟龍。又《羽獵賦》：六白虎。李注：杜業《奏事》曰：輬車駕白虎。白虎，馬名。皆與此注合。按：《書・五子之歌》《正義》云：《春秋公羊》説天子駕六。《毛詩》説天子至大夫皆駕四。許慎案：《王度記》云：天子駕六。鄭玄以《周禮》校人養馬，乘馬一師四圉，四馬四乘。《康王之誥》云：皆布乘黄朱，以爲天子駕四。漢世天子駕六，非常法也。此説本《五經異義》及鄭《駮》。證以《史記・秦本紀》、《李斯列傳》、《漢書・禮樂志》、《續漢書・輿服志》、

《白虎通》、蔡邕《獨斷》皆言：六馬皆秦漢諸儒所述，與鄭《駮》相符。惟《逸周書·王會解》云：天子車立馬乘六。《石鼓文》云：趍趍六馬。《荀子·勸學篇》云：六馬仰秣。又《修身篇》云：六驥不致。又《議兵篇》云：六馬不和。《莊子》逸篇云：六鐵蒙以大緤，載六驥之上。此則出周人之書，疑周代即有天子駕六之制。但如《五子之歌》所云，移之夏初，恐係僞古文之謬，別無證據也。步瀛案：《韓子》見《十過篇》。《莊子》逸文見《御覽·珍寶部》引。又案：梁辨僞古文《五子之歌》，是也。然《石鼓文》亦非周宣時作，今時殆爲定論，亦可不數。又案：《漢書·司馬相如傳》《子虛賦》曰：楚王乃駕馴駮之駟。顏注引張揖曰：馴，擾也。駮如馬，白身黑尾，一角，鋸牙，食虎豹。擾而駕之，當駟馬也。劉奉世曰：馴駮，止是駮馬耳。虎嘗見而伏，故出獵駕之。非真駮也。案：劉説是也。《管子·小問篇》曰：桓公乘馬，虎望見之而伏。桓公問管仲曰：「今者寡人乘馬，虎望見寡人而不敢行，何也？」管仲對曰：「意者，君乘駮馬而洀桓迎日而馳乎？此駮象也。駮食虎豹，故虎疑焉。」又見《説苑·辨物篇》。朱珔曰：《逸周書·王會篇》：義渠以兹白。兹白者，若白馬，鋸牙食虎豹。是兹白即駮也。郭注《爾雅》引《山海經》云：有獸名駮，如白馬而黑尾，乃薛注白馬而黑所本。但駮爲獸似馬，非真馬。薛言畫爲文，當亦作駮獸之狀，正以服虎，而轉云如虎，恐非。步瀛案：黑畫二字當連讀。

戴翠帽，倚金較。

【注】翠羽爲車蓋，黃金以飾較也。善曰：《古今注》曰：車耳重較。文官青，武官赤。或曰：車蕃上重起如牛角也。《毛詩》曰：猗重較兮。音角。《説文》曰：較，車輢上曲鉤也。較，工卓切。輢，一

伎切。

【疏】薛以翠帽爲翠蓋。帽本字作「冃」，通作「冒」。《小爾雅·廣詁》蓋與冒皆訓覆，故蓋亦可謂之帽也。○唐寫薛注下無《古今注》之文。今依前例，移「善曰」之後。朱珔曰：注所引或説，亦《古今注》之文。今作「在車轝上，重起如兩角」。然錢氏坫《車制考》引《漢官儀》曰：孝景帝六年，令千石、六百石朱轓。「轓」卽《説文》之「軓」。《太玄·積首》：君子積善，至於車耳。測曰：至於轓也。此皆可爲「軓」字加證。阮氏《車制圖解》謂《太玄》「轓」字或作「蕃」。「蕃」與「藩」同，乃車前後之有蔽者。如《爾雅》之竹前禦，《詩》之簟茀是也。此字與車耳之「轓」迥別。俗書多誤。然則《古今注》「轝」字當作「轓」，而注中「蕃」字正「轓」之誤也。○李注引《毛詩》，見《淇奧》。六臣本「猗」作「倚」。《唐石經》《毛詩》作「猗」。呂錦文曰：案：《曲禮》孔疏、《鄉黨》皇疏、《荀子·非相篇》注，並引《詩》作「倚」。《正義》云：入相爲卿倚，此重較之車。是孔所據，本作「倚」，不作「猗」。步瀛案：阮元《毛詩注疏校勘記》謂：「猗」字是也。○《説文》見《車部》。唐寫「鉤」作「銅」，與今《説文》合。張雲璈曰：疑「曲鉤」是。朱珔曰：此引《説文》與《七啟》注同。較，《説文》作較，「鉤」字今本作「銅」。《衞風》重較，毛傳云：卿士之車。戴氏震云：左右兩較，故曰重較。毛傳因《詩》辭傅會耳。段氏謂：荀卿《禮論》及《史記·禮書》云：彌龍以養威。「彌」，許書作「廦」，解云：乘輿金耳也。皆謂較爲龍形，而飾以金。而司馬氏《輿服志》：乘輿，金薄繆龍爲輿倚較。下文公、列侯、安車倚鹿，是較辨尊卑。故劉熙《釋名》曰：較在箱上，爲辜較也。重較，其較重，卿所乘也。毛公語必有所受之矣。余謂《詩》《釋文》云：較，車兩旁上出軾也。《正義》曰：《輿人》注較，兩輢上出軾者，則較謂車兩旁，今謂之平較。但《周禮》無重較、單較之文。故戴氏云然。《車制圖解》云：《説文》輒，車兩輢也。从車，耴聲。耴，耳下垂也。輒，車耳反。出也。蓋車輢板通高五尺五寸，其下三尺三寸，直立軫上。軫上之輪，崇三尺三寸，與直輢前式同。高若過此三尺三寸之上，則漸向外曲，勢反出乎輪之上，象耳之耴，故謂之輒。以其反出，又謂之輒。至其直立軫上，上曲如兩角之木，則謂之較，重出軾上，故名重較。古人重較，惟卿大夫有之。至漢猶然。《禮》：士乘棧車。棧車者，木立軫上，不曲如綫也。若大夫墨車，卿夏縵以上，則並名軒，有耳。《説文》軒：曲輈轓。「車轓」即「轓」也。三代法物，以別等差，端在乎此。以此説重較，而毛義始明。至本賦云「金較」，則如段氏所引諸書是也。

璿弁玉纓，遺光儵爚。

【注】弁，馬冠也。乂髦以璿玉作之。纓，馬鞅也，以玉飾之。遺，餘也。儵爚，有餘光也。爚音藥。

【疏】六臣本「璿」作「瓊」。宋翔鳳《過庭録》曰：按：《説文》：璿，美玉也。从玉，睿聲。《春秋傳》曰：璿弁玉纓。許氏所見《左傳》本與此賦合。五臣本作「瓊」，據今《左傳》改爾。○「乂髦」各本作「又髦」。胡克家曰：又當作「乂」，是也。今從之。○梁章鉅曰：《左傳》：瓊弁玉纓。《説文》引作「璿」。此處專言車馬，故薛注以弁爲馬冠。雖用《左傳》之語，不必同其本義也。朱珔曰：《左氏·僖二十八年傳》杜注云：弁以鹿子皮爲之。瓊，玉之別名，次之以飾弁及纓。《詩·淇奥》：會弁如星。是弁纓屬人。

説薛注與《左傳》似未合。但賦承上文，專言車馬之飾。若以「璿弁玉纓」爲人所服，則文義齟齬。雖據《左傳》，或不用其本義。故善不增引傳文。薛注正自有斟酌。段氏亦從其説也。孫詒讓《周禮・巾車》正義曰：《王制》孔疏引服虔注，亦以爲馬飾。以張賦辭意推之，蓋《左氏》舊説，以弁爲「緐」之借字。瓊弁玉纓，卽謂以玉飾緐纓也。步瀛案：緐纓，詳見《東都賦》。孫氏以馬飾爲《左氏》舊説，殆得之。然此文承上天子，以人言，亦不爲齟齬。姚鼐曰：馬冠自名鍐耳。《左傳》子玉自爲瓊弁玉纓。賦正用此言，服皮弁以獵耳，豈馬冠乎？案：姚説亦通，但仍以《左氏》舊説爲長。○胡紹煐曰：「遺」如「遺風」之「遺」。「遺光」，謂光之迅疾也。《吕覽・本味篇》：遺風之乘。注：行迅謂之遺風。本書《聖主得賢臣頌》：逐遺風。善注：遺風，風之疾者也。風疾謂之遺風。故光疾謂之遺光。《後漢書・張衡傳》章懷注：遺光，言光彩射也。亦謂光之迅疾者。較薛注爲勝。○唐寫無「爚音藥」三字。○駮、較、爚，古音宵部。

建玄戈，樹招摇。

【注】玄戈，北斗第八星名，爲矛，主胡兵。招摇，第九星名，爲盾，今鹵簿中畫之於旗，建樹之以前驅。善曰：《禮記》曰：招摇在上，急繕其怒。鄭玄曰：繕讀曰勁。畫招摇星於其上，以起軍堅勁，軍之威怒，象天帝也。

【疏】「戈」各本作「弋」，今依唐寫。何焯曰：《史記・天官書》：杓端有兩星，一内爲矛招摇，一外爲盾天鋒。晉灼曰：外，遠北斗也。在招摇南，一名玄戈。杜牧《洛陽詩》：已建玄戈收相土。疑卽用此。

今刻「玄弋」者恐非。姚鼐曰:「玄弋」又見馬融《廣成頌》,似非誤。姜皋曰:《後漢書·馬融傳·廣成頌》:棲招摇與玄弋。章懷注:招摇、玄弋並星名,是古本作「弋」,或「牧」之誤用也。與姚説同。朱珔曰:「弋」當作「戈」。《史記·天官書》《集解》孟康曰:近北斗者招摇,一爲天矛。《星經》云:天戈一星,在招摇北,一曰天戈。是玄戈卽天鋒也。與薛語互異。宜從《史記》爲正。胡紹煐曰:何校是也。周處《風土記》曰:教學講武,戒遠慮戎,首玄戈,奮長雄。注:玄戈,北斗杓端,招摇之内,貫索之外,獨星也。《御覽》列之《戟部》,其爲玄戈無疑。《春秋元命苞》曰:帝佶戴干,蓋象招摇。宋均曰:干,楯也。招摇爲天戈,戈楯相副,是宋均注亦以星名爲「玄戈」,作「弋」則與楯不類,且非兵器。又《春秋合誠圖》軒轅主雷雨之神,旁有一星玄戈,名曰貴人,皆可爲玄戈之確證。杜牧之用不誤。《廣成頌》作「弋」,誤與此同。步瀛案:朱氏、胡氏説皆是。《御覽·兵部》八十三《戟類》下引《風土記》,鮑刻本正文亦誤作「玄弋」。幸注不誤,可校改。《元命苞》見《皇王部》五引。《合誠圖》見《天部》五引。○薛注各本「矛」下有「頭」字。案:《天官書》杓端星曰矛,不云矛頭。又「昴」爲髦頭,主胡兵。非矛頭,又非玄戈。則「頭」字誤衍。唐寫無「頭」字,是也。今從之。又薛以「玄戈」爲北斗第八星,招摇爲第九星,亦誤。金甡曰:或以招摇爲北斗之一,或以爲斗外之星。《禮記》:招摇在上軍行四宿,按方而招摇旋轉指麾。此斗運中央之義。其名自應屬斗,不應作斗外之星。大抵《説文》近是。至北斗本係九星,而二陰星不見,則玄戈、招摇之可見者,必非斗之第八、九星也。注家殆以杓端歸併斗中,遂定以八、九序次。不知薛綜何據。孫志祖曰:《曲禮》:招摇在上。鄭注云:招摇星在北斗杓端,主指者。

孔疏：《春秋運斗樞》云：北斗七星：第一天樞，第二旋，第三璣，第四權，第五衡，第六開陽，第七瑤光。第一至第四爲魁，第五至第七爲杓。瑤光，卽「招搖」也。是「杓」其總名，「招搖」第七星名。在斗内而不在斗外。在斗外者名「玄戈」，卽《史記·天官書》所云一外爲盾，天鋒也。注以玄戈爲矛，招搖爲盾，又以玄戈爲北斗第八星，招搖爲第九星，並誤。梁章鉅曰：北斗本係七星，《天官書》《索隱》引徐整《長曆》云：其二陰星不見，則玄戈、招搖必非斗之八、九星也。薛注誤。朱珔曰：善注又引《禮記》招搖在上。彼孔疏以招搖爲瑤光。《釋文》亦云，招搖，北斗第七星。金氏鶚謂：《星經》言招搖一星，次北斗柄端，則招搖在搖光之端，非卽搖光也。蓋北斗原九星之稱。《劉向·九歎》：訊九鬿與六神。王逸注云：九鬿，謂北斗九星是也。以九星言之，則招搖卽搖光，以七星言之，則招搖爲在北斗杓端，其說自可通。余謂《星經》及《步天歌》俱云玄戈一星，而《隋書·天文志》則云二星，已不相合。《步天歌》於搖光左有天槍三星。《星經》亦云：天槍三星在北斗柄東，主天鋒。非玄戈矣。其說又異。且鄭注但言招搖在杓端，不謂其在七星之外。故孔、陸兩家俱指爲搖光。招搖與搖光名亦正相類。《步天歌》並未於搖光外別出招搖。疑孔、陸說可從。至以北斗爲九星者，《史記·索隱》引徐整《長曆》云其二陰星不見，則見者止七星矣。云戈之爲盾，《史記》明云在外，是玄戈不得爲斗之第八星，而轉以招搖爲第九星明甚。薛注殆誤也。○唐寫無「今鹵簿」以下十四字。○《禮記》及鄭注見《曲禮上》。

棲鳴鳶，曳雲梢。

【注】《禮記》曰：前有塵埃，則載鳴鳶。棲，謂畫其形於旗上。雲梢，謂旌旗之流飛如雲也。善曰：《高唐賦》曰：建雲旆。

【疏】五臣「棲」作「栖」。○《禮記》，見《曲禮上》。鄭注曰：載，謂舉於旌首，以警衆也。鳶鳴則天將風，風起埃生。○唐寫無「棲謂畫其形於旗上」八字，是。《考工記・梓人》：張皮侯而棲鵠。賈疏曰：綴於中央，似鳥之棲。《詩・賓之初筵》鄭箋引《梓人》此文，釋之曰：棲，著也。此「棲」字意蓋同。非謂畫於旗上也。○《高唐賦》見本書十九卷。案：此當引楊子雲《河東賦》曰：被雲梢。《雄傳》顏師古注曰：「梢」與「旓」同。

弧旌枉矢，虹旃蜺旄。

【注】弧，星名。通帛爲旃。雄曰虹，雌曰蜺。善曰：《周禮》曰：弧旌枉矢，以象弧。虹、旄，已見上注。《高唐賦》曰：蜺爲旌。

【疏】《史記・天官書》曰：參，其東有大星曰狼。下有四星曰弧，直狼。《晉書・天文志》曰：弧九星在狼東南，天弓也。○《周禮・春官・司常》曰：通帛爲旜。鄭注曰：通帛，謂大赤，從周正色，無飾。《說文・㫃部》曰：旃，旗曲柄也。所以旃表士衆。從㫃，丹聲。《周禮》曰：通帛爲旃。旜或从亶。是旃、旜同字。《爾雅・釋天》曰：因章曰旃。郭注曰因絳帛之文章，不復畫之，與鄭注合。○《周禮》，見《考工記》。各本「象弧」誤作「象牙飾」。胡克家謂：「牙飾」當作「弧也」。今依唐寫改，亦無「也」字。案：《考工記・輈人》曰：弧旌枉矢，以象弧也。鄭注曰：《覲禮》曰：侯氏載龍旂弧韣，則旌旗之屬，皆有弧也。弧以張縿之幅，有衣謂之韣，又爲設矢，象弧星有矢也。妖星有枉矢者，蛇行有毛目，此云枉矢，蓋畫之。賈疏曰：弧，弓也。旌旗有弓，所以張縿幅。故曰弧旌也。《司常》云：全羽爲旞，析羽爲旌。則無縿幅可張，而云旌旗之屬皆有弧者，舉衆而言也。韣，韜也。以衣韜其弓，謂之弓韜。《月令》帶以弓韣是也。天上弧星有枉矢，即引《孝經緯》：枉矢者，蛇行有毛目。知畫之者以其弓，所以張幅，幅非弦不可著矢，故畫於縿上也。按：《孝經援神契》云：枉矢所以射慝謀輕。《考異郵》曰：枉矢狀如流星，蛇行有毛目。《天文志》曰：枉矢類大流星，蛇行而蒼黑，長數尺。案：戴震、金榜皆謂畫矢於韣，與賈疏異。孫詒讓曰：李播《天象賦》云：狼援戈而野戰，弧屬矢而承天。苗爲注云弧九星，在狼東南，天弓也。主捕盜賊，常屬矢直對狼，則吉。《開元占經·石氏外官占》引石氏說，略同。是弧星有矢也。鄭云：妖星有枉矢，以弧星屬矢，不名枉矢。枉矢兼取妖星爲象也。○各本虹、旃引《楚辭》，案已見上「亘雄虹之長梁」句注，則此不應復見。亦依唐寫本改。又《高唐賦》以下，亦依唐寫。各本作「《上林賦》曰：拖蜺旌也」，亦誤。

華蓋承辰，天畢前驅。

【注】華蓋星覆北斗，王者法而作之。畢，網也。象畢星也。前驅載之。善曰：劉歆《遂初賦》曰：奉華蓋於帝側。《韓詩》曰：伯也執殳，爲王前驅。

【疏】五臣「畢」作「罼」。○《晉書·天文志》曰：中宮天皇大帝上九星曰華蓋。所以覆蔽大帝之坐也。畢即雨師，見《東都賦》。○《遂初賦》，《古文苑》載之。《藝文類聚·行旅部》未引此句。○《毛詩·伯兮》與《韓詩》同。

千乘雷動，萬騎龍趨。

【注】善曰：《東都賦》曰：千乘雷起，萬騎紛紜。

屬車之簉，載獫猲獢。

【注】大駕最後一乘，懸豹尾以前，爲省中侍御史載之。簉，副也。善曰：《古今注》曰：豹尾車，周制也，所以象君豹變。言尾者，謹也。屬車，已見《東都賦》。《毛詩》曰：輶車鸞鑣，載獫猲獢。毛萇曰：獫，猲獢，皆田犬也。長喙曰獫，短喙曰猲獢。簉，初遘切。獫，呂驗切。獢，許喬切。

【疏】尤本「猲」作「獥」。胡克家曰：「獥」當作「猲」，茶陵本作「猲」，校云：五臣作「獥」，袁本作「獥」，用五臣也。二本注中字，善「猲」、五臣「獥」皆不誤。尤本「猲」、「獥」歧出，非也。步瀛案：古鈔、唐寫皆作「猲」。今據改。〇梁章鉅曰：「簉」當作「𦺇」。《廣雅·釋詁》二：福、𦺇、倅、襀，盈也。《左傳·昭十一年》：僖子使助薳氏之𦺇。杜注：簉，副倅也。《釋文》云：《說文》𦺇从艸，是。朱珔曰：案：《東京賦》屬車九九，則共八十一乘。此言其最後者，故曰「簉」。《說文》云：𦺇，艸貌。小徐注：艸相次也。《五經文字·艸部》云：𦺇，倅也。《春秋傳》从竹。古从竹之字每與从艸之字互用，是「簉」、「𦺇」實一字也。又曰：《續漢書·輿服志》云：屬車，皆皂蓋赤裏木轓，戈矛弩箙，尚書御史所載。最後一車，懸豹尾，以前比省中。劉昭注引《小學漢官篇》云：豹尾過後，罷屯解圍。胡廣曰：施於道路，豹尾之內爲省中。故須過後，屯圍方解，皆所以備不虞也。《淮南子》曰：軍正執豹皮，所以制正其衆。《禮記》前載虎皮，亦此義。《水經注·江水篇》引《漢官儀》，與昭所引略同。稱省中者，衛宏《漢舊儀》云：冗從吏僕射，出則騎從，夾乘輿車，居則宿衛直守省中門户。注云：省中，禁中也。成帝外家王禁貴重，朝中爲諱禁，故曰省。而本書《西征賦》注引作孝元皇后父名禁，避之故曰省。可知道路卽屬車之内爲禁地，以比省中矣。又云：侍御史十五人，掌察舉非法。注引蔡質《漢儀》曰：其二人更直，執法省中。是侍御史亦宜隸屬車，但在豹尾之前耳。步瀛案：劉昭引《淮南子》，今本無。《説山篇》曰：牛皮爲鞔，正三軍之衆，與劉引異。○唐寫李注無引《古今注》之文，各本「周制」誤「同制」。胡克家曰：何校改「周」，陳同，是也。今從之。又言：尾者，謹也。今本《古今注》作「尾」，言謙也。朱珔曰：下又云古軍正建之，今惟乘輿得建焉。殆本之《淮南子》。但恐軍正，卽從乘輿者，未必其自行得建也。○《毛詩》見《駟鐵》，「猲獢」作「歇驕」。唐寫正作「歇驕」。唯「獫」作「斂」。許巽行曰：《説文》引《詩》作「猲獢」。步瀛案：《爾雅·釋畜》亦作「猲獢」。郭注引《詩》同。吕錦文以爲當本三家《詩》。陳喬樅以爲皆《魯詩》之文。《毛詩》作「歇驕」者，古文之假借。

匪唯翫好，乃有祕書。小説九百，本自虞初。

【注】小説，醫巫厭祝之術。凡有九百四十三篇，言九百，舉大數也。善曰：《漢書》曰：《虞初周説》九百四十三篇。初，河南人也。武帝時以方士侍郎，乘馬，衣黄衣，號黄車使者。小説家者流，蓋出於稗官。應劭曰：其説以《周書》爲本。

【疏】張雲璈曰：胡元瑞《筆叢》云：小説卷帙繁重者，《太平廣記》之五百，《夷堅志》之四百極矣而不及

《虞初》之九百也。秦漢之篇，卽唐宋之卷。《太史公書》一百三十卷，《漢志》作百三十篇。然則三代之書，至繁不過百卷，不應《虞初》卷多乃爾。恐《虞初》之篇，卽《尚書》百篇之篇，則九百篇不過九百事，計以後世之卷，亦數十餘耳。今其説一不存。《漢志》言：初，武帝時方士號黄車使者，蓋《七略》所稱小説。惟此當與後世同。方士務爲迂怪，以惑主心，《神異》、《十洲》之祖襲有自來矣。○《漢書》見《藝文志》。「初，河南人也」至「黄車使者」，皆原注之文。今無「乘馬，衣黄衣」五字。姚震宗《漢書藝文志條理》曰：按此知今本《漢志》班氏注後人删落「乘馬衣黄衣」五字。又案：今志亦無「初也」二字。梁章鉅曰：六臣本「虞初」下十五字作：「虞初者，洛陽人，明此醫術」十字。按：今《漢書》顔注引《史記》云：虞初，洛陽人，而無「明此醫術」云云。六臣本注不知所據。步瀛案：《史記·封禪書》曰：太初元年，是歲西伐大宛，丁夫人、雒陽虞初等，以方祠詛匈奴、大宛焉。顔注曰：洛陽人。據此，則「明此醫術」四字，殆五臣注羼入者。又六臣本無「以方士侍郎」五字，亦非。○「小説家」云云亦《藝文志》之文。胡克家曰：袁本、茶陵本無「流」字、「於」字。步瀛案：唐寫亦無，又無「應劭曰」以下。

從容之求，寔俟寔儲。

【注】持此祕術，儲以自隨，待上所求問，皆常具也。善曰：《尚書》曰：從容以和。《爾雅》曰：俟，待也。《説文》曰：儲，具也。

【疏】唐寫薛注「常」作「當」，無善注。○《尚書》，見僞《君陳》。○《爾雅·釋詁》「俟」作「竢」。○《説文·人部》作「儲，偫也」。朱珔曰：本書《羽獵賦》注引作「儲，偫待也」。下「待」字當是誤衍。《海賦》注引作「儲，積也」。左太冲《詠史詩》注又引作「儲，蓄也」。曹子建《贈丁翼詩》注則謂蓄積之以待無也。與此各異。段氏以爲兼舉，演《説文》語，蓋非原文，是已。○摇、梢、旄、猶，古音宵部。趨，侯部。書、初，魚部。通轉爲韻。

於是蚩尤秉鉞，奮鬣被般。

【注】善曰：《山海經》曰：蚩尤作兵伐黄帝。《史記》曰：黄帝與蚩尤戰於涿鹿之野。《蒼頡篇》曰：鉞，斧也。長毛曰鬣。般，虎皮也。《上林賦》曰：被班文。「般」與「班」古字通。

【疏】《山海經》，見《大荒北經》。《史記》，見《五帝本紀》。梁章鉅引林茂春曰：《漢書》：祠黄帝，祭蚩尤於沛庭，而釁鼓旗。應劭曰：蚩尤，古天子，好五兵，故祭之。臣瓚曰：蚩尤，庶人之貪者。吴氏仁傑《兩漢刊誤補遺》云：《天文志》：蚩尤之旗，類彗而後曲，象旗，見則王者征伐四方。則所祭者天星也。《封禪書》祠八神，一主兵，爲蚩尤星。若李注所引，則虣亂之鬼耳，奚足禁禦不若哉。步瀛案：蚩尤之説，諸書不同，有以爲炎帝臣者。《周書·嘗麥篇》曰：赤帝分正二卿，命蚩尤宇于少昊，以臨四方。孔晁注曰：蚩尤，古諸侯，即二卿之一。《御覽·兵部》一引《世本》宋衷注曰：蚩尤，神農臣也。《莊子·盗跖篇》《釋文》曰：蚩尤，神農時諸侯。此一説也。有以爲黄帝臣者。《管子·五行篇》曰：昔者黄帝得蚩尤而明於天道。又曰：蚩尤明乎天道，故使爲當時尹。注曰：謂知天時之所當也。《越絶書·計倪内經》曰：黄帝於是上事天，下治地，故少昊治西方，蚩尤佐之，使主金。此又一説也。有以爲古天子者。《史記·高祖本紀》、《集解》引應劭《漢書注》曰：蚩尤，古天子。《漢書·高紀》注引同。

此又一説也。有以爲庶人者。《周禮・肆師》疏引《五經異義》：謹案《三朝記》曰：蚩尤，庶人之強者。《漢書・高紀》臣瓚引《孔子三朝記》「強」作「貪」，與《大戴禮・用兵篇》同。《史記・五帝本紀》《索隱》引劉向《別録》曰：孔子見魯哀公問政，比三朝，退而爲此記。故曰「三朝」，凡七篇。並入《大戴禮》。案：《用兵篇》即《三朝記》七篇之一。盧辯注曰：或云：蚩尤，古之諸侯，妄耳。一曰：衆人之貪者也。此又一説也。有以爲九黎之君者。《尚書・呂刑》《釋文》引孔融曰：蚩尤，少昊之末九黎君名。孔疏引鄭玄曰：蚩尤霸天下，黄帝所伐者。又曰：學蚩尤爲此者，九黎之君，在少昊之代也。《呂氏春秋・蕩兵篇》、《秦策》高誘注並同。《呂刑》僞孔傳曰：九黎之君，號曰蚩尤。又曰：蚩尤，黄帝所滅。孔疏曰：《楚語》曰：少昊氏之衰也，九黎亂德，顓頊受之，使復舊常。則九黎在少昊之末，黄帝雖滅蚩尤，種族尚在。故至少昊之末，復爲亂。案：鄭以九黎之君學蚩尤，僞孔以九黎之君稱「蚩尤」，説雖小異，而以爲少昊末之九黎，非炎帝時之蚩尤則同。蓋蚩尤爲九黎之族，蚩尤既誅之後，九黎猶有襲蚩尤之名者，且非獨少昊之時，帝嚳時殆亦有之。《後漢書・張衡傳》衡上疏曰：凡讖皆云：黄帝伐蚩尤，而《詩讖》獨以爲蚩尤敗，然後堯受命，其説非無因也。《路史後紀》引《陰經遁甲》云：蚩尤者，炎帝之後，則妄説不足據。梁玉繩有取其説，殊無辨白。要之，蚩尤崛起庶人之中，統其民族而君之。故或曰天子，或曰諸侯，以當時天子、諸侯尚無定名也。其時值炎帝之衰，黄帝初盛，蓋嘗歸伏二帝，故或曰炎帝臣，或曰黄帝臣。當上古洪荒，文化初開之世，君臣之分非如後世之嚴，故或曰庶人，或曰諸侯，或曰君，或曰天子，或曰炎帝臣，或曰黄帝臣，似牴牾而實非牴牾也。蓋當時所謂諸侯者，實酋長耳。所謂天子者，亦酋長之雄耳。故諸侯所歸卽爲天子，而諸侯所歸者，又非徒懷德，蓋亦畏威。炎、黄之争，炎、蚩之争，黄、蚩之争，皆由於此。此其於君臣之誼，仁暴之分，殊不相關也。《史記》諸書皆云黄帝滅蚩尤。而《周書·嘗麥解》云：赤帝大懾，乃説于黄帝，執蚩尤殺之于中冀。《藝文類聚·地部》、《御覽·地部》二十並引《帝王世紀》曰：炎帝戮蚩尤于中冀。竊疑黄帝三戰得志之後，炎帝固未滅，蚩尤欲與黄帝争權，故於已敗之炎帝而侵陵之，則炎黄合謀以誅蚩尤，亦不足怪。方蚩尤之與黄帝争也，蓋幾有分據天下之勢。所傳風伯、雨師之助戰，玄女、女魃之成功，固出神怪之談，然亦可見勝之非易矣。迨既敗之後，論其失者，固曰：及利無義，不顧厥親，以喪厥身矣。見《大戴禮·用兵篇》。而其餘威之在天下，實未盡泯。故後人猶有畫象威天下之説，見《史記·五帝本紀》《正義》引《龍魚河圖》。《管子·地數篇》、《御覽》引《世本》，皆言蚩尤作兵。是五兵之作，利在後世。故後之治兵者，猶祠之以爲兵主，且以名天星焉。見於《史記·高祖本紀》、《封禪書》、《天官書》、《漢書·高帝紀》、《郊祀志》、《天文志》皆昭然可攷也。後世學者狃於三代後之制度，君臣之義，仁暴之分，固執而不化，故吴仁傑强分爲二蚩尤。杭世駿、全祖望皆從之。孫璧文《攷古録》且以爲有三蚩尤，而按之上古情事，固無一而合也。愚昔著有《蚩尤考》，刺取諸書所載蚩尤事頗詳。今不能悉載，聊揭大要於此。○《蒼頡篇》、《後漢書·獻帝紀》《李固傳》注引並同。○「長毛」，各本誤「毛萇」。胡克家曰：「萇」當作「長」。步瀛案：唐寫作「長毛」，今據改。○《上林賦》本書作「斑」，《史記·司馬相如傳》作「豳」，《漢書》作「斑」。案：「斑」，「辬」之或體字。作「般」作「班」作「豳」皆借字。薛傳均曰：《羽獵賦》：履般首。注：般，音班。般首，虎之頭也。任彦昇《王文憲集序》：增班劍六十人。注：《漢官儀》曰：班劍者，以虎皮飾之。司馬長卿《封禪文》：般般之獸。注：謂騶虞也。《春秋考異郵》曰：虎班文者，陰陽雜也。「班」亦或作「斑」。《七啟》云：拉虎摧斑。注：斑，虎文也。

禁禦不若，以知神姦。螭魅魍魎，莫能逢旃。

【注】善曰：《左氏傳》曰：王孫滿謂楚子曰：「昔夏鑄鼎象物，使人知神姦。故人入川澤，不逢不若，螭魅魍魎，莫能逢之。」杜預曰：若，順也。螭，山神，獸形。魅，怪物。蝄蜽，水神。毛萇《詩傳》曰：旃，之也。

【疏】古鈔「魍魎」作「蝄蜽」。○姚鼐曰：此六句謂旄頭。步瀛案：《史記·秦本紀》《正義》引《録異傳》曰：秦文公時，雍南山有大梓樹，文公伐之，輒有大風雨，樹生合不斷。時有一病人夜往山中，聞有鬼語樹神曰：「秦若使人被髮以朱絲繞樹伐汝，汝得不困邪？」樹神無言。明日，病人語聞，公如其言伐樹斷，中有一青牛出，走入豐水中。其後牛出豐水中，使騎擊之，不勝。有騎墮地，復上，髮解。牛畏之入，不出。故置旄頭。漢魏晉因之。案：《正義》引此在《括地志》後。故孫星衍輯以爲《括地志》之文。《後漢書·光武紀》注引作魏文帝《列異記》。《漢書·楊雄傳》注引蘇林曰：秦文公時，庭中有怪，化爲牛，走到南山梓樹中，伐梓樹後，化入豐水。文公惡之，故作其象以厭焉。今之茸頭是也。王先謙曰：茸頭，當爲旄頭。○《左傳》見宣三年。惠棟《左傳補注》曰：《爾雅·釋詁》郭注引《左傳》曰：禁禦不若。今《左傳》作「不逢不若」，晉以後傳寫之誤。步瀛案：《左傳》「旃」作「之」，此注作

「旃」，涉正文而誤。今據唐寫改。又各本「若，順也」下有「《說文》曰」三字。今依唐寫刪。惟杜注今本無「獸形」二字，似李據本有之。「蝄蜽」《左傳》作「罔兩」。杜注同。今注並作「魍魎」，殆依賦本文而改耳。案：《說文》曰：离，山神，獸形。《廣雅·釋天》曰：山神謂之「离」。是「离」本字，「魑」俗字。「螭」借字也。《說文》曰：彪，精物也。段氏依《文選·蕪城賦》、《漢書·王莽傳》二注訂作老物精也。从鬼彡，彡，鬼毛。重文作魅。曰：或从未。五臣「魍魎」作「蝄蜽」。《說文》曰：蝄蜽，山川之精物也。淮南王說：蝄蜽如三歲小兒，赤目長耳，美髮。《國語》曰：木石之怪夔蝄蜽。案：玄應《大般若經音義》引「赤目」下有「赤爪」二字。《國語》見《魯語》。段曰：《國語》韋注：蝄蜽，山精，好斆人聲而迷惑人也。杜注《左氏》罔兩曰：水神。蓋因上文螭訓山神，故訓「罔兩」爲水神。猶韋因《國語》水怪爲龍罔象，故訓蝄蜽爲山精也。許兼言山川爲長矣。「蝄蜽」，《周禮》作「方良」，《左傳》作「罔兩」，《孔子世家》作「罔閬」，俗作「魍魎」。步瀛案：《周禮》，見《春官·方相氏》。又《莊子齊物論》罔兩問景，郭注曰：罔兩，景外之微陰也。與此無與。又案：此卽《甘泉賦》：梢夔魖，扶獝狂之意。○《詩》毛傳，見《采苓》。

陳虎旅於飛廉，正壘壁乎上蘭。

【注】陳，列也。善曰：《周禮》：虎賁，下大夫。旅賁氏，中士也。飛廉、上蘭，已見《西都賦》。

【疏】古鈔「乎」作「于」。○《說文·攴部》曰：敶，列也。經傳皆以「陳」爲之。○《周禮·虎賁氏》、《旅賁氏》皆屬《夏官》。○唐寫「飛廉上蘭」，仍如《西都》注。○般、姦、旃、蘭，古音元部。

結部曲，整行伍。

【注】善曰：司馬彪《續漢書》曰：大將軍營五部，部有校尉一人。部下有曲，曲有軍候一人。《左傳》曰：行出犬雞。杜預云：二十五人爲行，行亦卒之行列也。《周禮》曰：五人爲伍。

【疏】注引《續漢書·百官志》，已見《西都》注。○《左傳》，見隱十一年。唐寫「左」下有「氏」字。○《周禮》，見《夏官》大司馬之職。

燎京薪，駴雷鼓。

【注】積高爲京，燎謂燒也。善曰：《周禮》曰：鼓皆駭。鄭玄曰：雷擊鼓曰駭。駭與「駴」同。

【疏】唐寫及五臣「駴」作「駭」。○薛注「燒也」，各本作「燒之」。今依唐寫。○《周禮》大司馬之職曰：鼓皆駴。《釋文》曰：本亦作「駭」。蓋李氏所據本同。薛傳均曰：「駭」、「駴」字通。或作「戒」。《周禮·太僕》：戒鼓傳于四方，注故書「戒」爲「駭」。蓋亥聲、戒聲本同部。步瀛案：「雷擊」上當依《周禮》注增「疾」字。《七啟》注同。

縱獵徒，赴長莽。

【注】莽，草。長，謂深且遠也。《方言》曰：草，南楚之間謂之莽。

【疏】《方言》三「南楚」下有「江湘」二字，宜增。○唐寫無《方言》以下十一字。

迾卒清候，武士赫怒。

【注】善曰：鄭玄《禮記注》曰：迾，遮也。迾，旅結切。清候，清道候望也。鄭玄《毛詩箋》曰：赫，怒意也。

【疏】《玉藻》鄭注曰：列之言遮列也。豈李氏所據本作「迾」耶？《説文》曰：迾，遮也。是「迾」爲本字，「列」乃通假字。○《詩箋》見《皇矣》。唐寫本無「鄭玄」以下十字。

緹衣韎韐，睢盱跋扈。

【注】善曰：緹衣韎韐，武士之服。《字林》曰：緹，帛丹黄色。他迷切。《毛詩》曰：韎韐有奭。毛萇曰：韎者，茅蒐染也。《字林》曰：睢，仰目也。盱，張目也。睢，火淮切。盱，火于切。《毛詩》曰：無然畔援。鄭玄曰：畔換，猶拔扈也。「拔」與「跋」古字通。

【疏】尤本「跋」作「拔」。六臣本校曰：五臣本作「跋」。案：唐寫作「跋」。本書陳孔璋《爲袁紹檄豫州》注引此賦作「跋」，是李本與五臣同，六臣本校恐不足據也。《左·成十六年》楚子曰：方事之殷，有韎韋之跗注，君子也。杜注曰：韎，赤色。跗注，戎服。故薛曰：武士之服。○《説文·系部》曰：緹帛，丹黄色也。《字林》蓋本此。○《詩·瞻彼洛矣》毛傳作「韎韐者，茅蒐染草也」。一入曰韎韐，所以代韠。案：韎韐者之「韐」字誤衍，當依此注削去。染革爲韎，合韋曰韐。知此注無「韐」字，是也。王引之《經義述聞》以「草」爲「韋」之譌。且衍「者茅蒐」三字，謂毛傳但作染韋，鄭箋始以爲茅蒐染，並以《説文》韎，茅蒐染韋也，「茅蒐」字亦後人依誤本毛傳加之。然《儀禮·士冠禮》鄭注曰：今齊人名蒨爲「韎」。賈疏曰：案：《爾雅》云：茹藘茅蒐。孫氏注：一名蒨，可以染絳。若然，則一草有此三名矣。但周公時名蒨草爲韎草，以此韎染韋，合之爲韐，因名韍爲韎韐也。案：蒐茅染韎，故亦徑呼蒐茅爲韎。韎卽蒐茅之合聲。《瞻彼洛矣》引鄭《駁五經異義》曰：韎，草名。齊魯之間言茅蒐聲如韎。

故毛傳以「茅蒐」釋「韎」，即以染草著其功用，明韎韐之「韎」即此草所染。復繼之曰「一入曰韎」。毛傳、鄭箋義相證明。王氏強分爲二，並改毛傳、《説文》以成其説，竊恐未安。《周禮·春官·司服》曰：凡兵事，韋弁服。鄭注曰：韋弁以韎韋爲弁，又以爲衣裳。《春秋傳》曰晉郤至衣韎韋之跗注，是也。陳奂曰：韎韋，即韎韐。郤至爲晉下卿，衣韎韋以爲兵事之服。天子作師，主將朱芾，其餘軍士韎韐。《詩》所謂韎韐有奭，以作六師也。又案：段玉裁曰：韎，許云：末聲。鄭謂當从未聲。《唐韻》：莫佩切。劉李《周禮》音妹者，鄭未聲之説也。《廣韻》音末，諸經音莫介反者，許末聲之説也。○《字林》，本書《魏都》、《蕪城》、《長笛》等賦注引並同。胡紹煐曰：按：仰目即張目，《列子·黄帝篇》《釋文》引《蒼頡》同。皆謂張大貌。目張大謂之睢盱，故人張大亦謂之睢盱。睢盱，猶拔扈也。《莊子·寓言》：老子曰：「而睢睢，而盱盱，而誰與居。」注：拔扈之貌。○《詩》，見《皇矣篇》。尤本「拔扈」下無「也」字。今依唐寫及六臣本。薛傳均曰：陳孔璋《爲袁紹檄豫州》云：而操遂承資跋扈。注：《毛詩》曰：無然畔援。鄭玄曰：畔援猶跋扈。《西京賦》曰：睢盱跋扈。凡「拔扈」皆直作「跋扈」，則「跋」與「拔」通可見矣。《詩》《釋文》作「拔」，云：蒲末反。字或作「跋」。步瀛案：阮元《毛詩注疏校勘記》曰：《釋文》不云本或作「跋」，則箋自用「拔」是也。胡克家疑善引箋作「跋」，又疑正文作「跋」，其後説是已。李氏注陳孔璋《檄》引《詩》作「跋」，而引本賦亦作「跋」，則以彼正文作「跋」耳。

光炎燭天庭，囂聲震海浦。

【注】燭，照也。海浦，四瀆之口。善曰：《解嘲》曰：未仰天庭。鄭玄《周禮注》曰：囂，讙也。許朝切。

【疏】五臣「炎」作「焰」，字通。「焰」，字又作「燄」。《左・莊十四年》：其氣燄以取之。阮元曰：《石經》初刻作「炎」。案：《漢書・五行志》、《藝文志》引《傳》文並作「炎」。顔注曰：「炎」讀與「燄」同。六臣本「燭」作「爥」。○《解嘲》無「未仰天庭」之句。《法言・脩身篇》有「仰天庭」字，豈李氏誤記耶？○《周禮》注見《地官・司虣》。

河渭爲之波盪，吴嶽爲之陁堵。

【注】波盪，摇動也。陁，落也。善曰：《漢書》曰：自華西名山七，有岳山、吴山。郭璞云：吴、岳别名。

【疏】唐寫「嶽」作「岳」，字同。○胡紹煐曰：波盪猶播蕩，「波」與「播」同。《尚書・禹貢》滎波，《史記・夏本紀》作「播」。《周官・職方》：其浸波溠。注：波讀爲播。《左・襄二十五年傳》：成公播蕩。杜注播蕩，流移，卽摇動之意。○「堵」疑「屠」之通借字。《廣雅・釋詁》一曰：屠，壞也。○《漢書》見《郊祀志》。「華」下當有「以」字，有「岳山吴山」，各本作「一曰吴山」，非是。今依唐寫本改。又唐寫無「郭璞」以下七字。案：此賦河、渭，吴、岳，對舉。河渭二水，吴岳二山，各本注有吴山無岳山，非也。吴山卽吴岳，而此外别有岳山。顔師古曰：《周禮・職方氏》：雍州其山曰岳。《爾雅》亦云：河西曰岳。説者咸云岳卽吴岳也。今志有岳，又有吴山，則吴岳非一山之名。但未詳岳之所在耳。徐廣云：岳山在武功。據《地理志》，武功但有垂山，無岳山也。案：《地理志》：右扶風武功縣，原注曰：垂山，古文以爲敦物。錢坫曰：「垂」當爲「岳」，形近而誤。今日武功山，在郿縣東南，俗呼嶅山。《封禪書》、《郊祀志》並稱「岳山」。徐廣云：武功有太壹山，又有岳山。是作「岳山」爲當耳。○伍、鼓、莽、怒、扈、浦、堵，古音魚部。

百禽悛遽，騤瞿奔觸。

【注】悛，猶怖也。遽，促也。騤瞿，走貌。奔觸，唐突也。善曰：《羽獵賦》曰：虎豹之陵遽。《白虎通》曰：禽，鳥獸之總名。爲人禽制。悛音陵。遽，渠庶切。騤音逵。瞿，巨駒切。

【疏】本書《羽獵賦》作「淩遽」。此注「陵」字當作「淩」。《楊雄傳》顔注曰：淩遽，戰栗也。○胡紹煐曰：《魯靈光殿賦》：齴顤顟而睽睢。善注：睽睢，張目貌。騤瞿與睽睢義同。凡走必張兩足。張足之爲騤瞿，猶張目之爲睽睢矣。○《白虎通》，見《田獵篇》。唐寫無此下十四字。

喪精亡魂，失歸忘趨。投輪關輻，不邀自遇。

【注】言禽獸亡失精魂，不知所當歸趨也。反關入輪輻之閒，不須邀逐，往自得之。趣，向也。邀，遮也。

【疏】唐寫「趨」作「趣」，五臣本同。唐寫「邀」作「徼」，又注「歸趨」作「歸趣」，「邀逐」作「徼逐」。○胡克家曰：注：趣，向也。「趣」當作「趨」，各本皆誤。胡紹煐曰：「趣」古皆作「趨」。《禮記·曲禮》：摳衣趨隅。疏云：趨，猶向也。《淮南·氾論訓》：故終身而無所定趨。注：趨，歸也。本書《歸去來辭》：園日涉以成趣。善音七喻切，是也。《漢書》「趣」字皆作「趨」。此注作「趣」，蓋後人不知趨義而改之。步瀛案：「趨」，《説文》訓走，故引伸爲向往之意。「趣」《説文》訓疾，亦借爲「趨向」字。顔師古《漢書》注每曰：「趣」讀爲「趨」。則倒置矣。「趨」有七喻切之音，非借作「趣」也。○《説文》有「徼」字，無「邀」

字。「邀」與「徼」同。唐寫無「趣向也徼遮也」六字。○觸、遇，侯部。與上魚部通轉爲韻。

飛罕潚箾，流鏑擂擽。

【注】潚箾，罕形也。擂擽，中聲也。善曰：《說文》曰：罕，網也。潚音肅。箾音朔。擂，普麥切。擽，芳邈切。

【疏】五臣「潚」作「㩋」。唐寫「擂」作「拍」。○吕向曰：㩋箾，著物貌。鏑，箭鏃。擂擽，中物聲。梁章鉅曰：《漢書·匈奴傳》：冒頓作鳴鏑。注：應劭曰：髐，箭也。胡紹煐曰：潚箾，猶橚萷。《九辯》：萷橚槮之可哀。《說文》：橚，長木貌。「箾」與「橚」通，是「箾」亦長貌也。故「簫韶」亦作「箾韶」。擂、擽，雙聲，而兼疊韻。《廣雅·釋詁》三：擽，擊也。《廣韻》：擽，擊聲也。擂亦擊也。《釋名·釋天》：雹，跑也。其所中物皆摧折，如人所蹴跑也。「雹」與「擂」同。

矢不虛舍，鋋不苟躍。

【注】舍，放也。躍，跳也。矢鋋跳躍，必有獲矣。善曰：《說文》曰：鋋，小矛也。

【疏】胡紹煐曰：《釋名·釋兵》：鋋，延也，達也。去此達彼之言也。去此達彼，謂之鋋。故刺物亦曰鋋。本書《上林賦》「鋋猛氏」是也。矢名鋋者，矢鏃有鋒刃，如矛然，故亦謂之鋋。《廣雅·釋器》：鑽謂之鋋，猶《方言》九鑽謂之鍴，鍴，其上銳也。薛注得之。○李注引《說文》各本「矛」誤「戈」，與《東都賦》引《說文》不合。唐寫作「矛」是也。今據改。

當足見蹍，值輪被轢。

【注】足所蹈爲蹍，車所加爲轢。善曰：蹍，女展切。

【疏】「蹍」五臣作「碾」，非。許巽行曰：《説文》輾，轢也。轢，車所踐也。張云：別作「碾」，非。步瀛案：張有説也。見《復古編》。○「轢」字下注有「音歷」二字，非。薛、李注六臣本亦有之。蓋五臣注此失削去者。今删。○《玉篇·足部》曰：蹍，足踏皃。字亦作「𨃚」。《淮南·原道篇》曰：則後者𨃚之。《説山篇》曰：足𨃚地而爲迹。

僵禽斃獸，爛若磧礫。

【注】僵，仆也。石細者曰礫。謂所獲禽鳥，爛然如聚細石也。

【疏】「磧」字，薛氏無注，而説磧礫爲如聚細石。疑本作「積」字。李氏本亦然，五臣本乃作「磧」。呂向曰：磧，沙石也。疑當作「磧」。礫，沙石也。今本以五臣亂李注本。○餰、摞、躍、轢、礫，古音宵部。

但觀罝羅之所羂結，竿殳之所揘畢。

【注】羂，縊也。結，縛也。竿，竹也。殳，杖也。八棱，長丈二而無刃。或以木爲之，或以竹爲之。揘畢，謂撞挖也。善曰：羂，古犬切。揘音横。畢，于筆切。又音筆。

【疏】五臣「畢」作「𩰲」。○本書《上林賦》李注引《聲類》曰：羂，係取也。《漢書·司馬相如傳》顔注曰：羂，謂羅繫之也。○唐寫無「八棱」至「以竹爲之」十八字。○呂向曰：揘𩰲，猶擊刺也。胡紹煐曰：揘畢，撞挖並擊也。揘、撞聲轉，畢、挖音同。「揘」亦作「攩」。《列子·黄帝篇》攩挖挨抌，是也。《釋文》引《方言》曰：凡相椎搏曰挖，又椎擊也。然則椎擊謂之挖，椎搏亦謂之挖。故下云「徒搏之所撞挐」。薛注「撞挐猶揘畢也」，與此爲互訓，是音義並同矣。房結切。

叉簇之所攙捔，徒搏之所撞挐。

【注】攙捔貫刺之。撞挐，猶揘畢也。善曰：簇，楚角切。攙，士銜切。捔，助角切。撞，直江切。挐，

【疏】唐寫「撞」作「揰」。○張參《五經文字》曰：簇，千豆反。又倉木反。玄應《善見律音義》引《廣蒼》曰：胡餅家用簇。簇，刺也。與此「簇」同。胡紹煐曰：「簇」，當爲「簇」。凡刺物謂之「簇」，故呼所刺之物爲簇。攙、捔，皆刺也。《説文》：攙，刺也。《集韻》「捔」同「簎」、「擉」。鄭司農《周官·鼈人》注：簎，謂以杈刺泥搏取之。《莊子·則陽》《釋文》引司馬注：擉，刺也。「擉」與「捔」同。是「攙」爲刺也。○朱珔曰：《説文》：撞，卂擣也。卂，疾飛也。然則卂擣者，疾擣也。《方言》十云：南楚凡相推搏曰挐。《列子·黄帝篇》：攩挐挨抌。《廣雅·釋詁》挐，擊也。揘與撞音形皆相近。「畢」一作「䠋」，卽「挐」之音。直是音義並同，而別易其體。故薛氏亦以「揘畢」與「撞挐」爲一。《選》賦中類此者頗不少，特詞家推避法耳。

白日未及移晷，已獮其什七八。

【注】晷，景也。獮，殺也。言日景未移，禽獸什已殺七八矣。善曰：《漢書》：張竦曰：日不移晷，霍然四除。

【疏】尤本「移」下有「其」字。唐寫及六臣本皆無。胡克家以爲尤本衍，是也。今删。○薛注唐寫

「獮」下有「謂」字。○李引《漢書》，見《王莽傳》。唐寫無「善曰」以下十五字。○結、畢、抋、八，古音至部。

若夫游鷮高翬，絶阬踰斥。

【注】雉之健者爲鷮，尾長六尺。《詩》云：有集唯鷮。翬，飛也。斥，澤崖也。善曰：鷮，舉喬切。阬音剛。斥音尺。

【疏】《廣雅・釋地》曰：吭、斥，池也。王念孫曰：「吭」字本作「沆」，或作「坑」、「阬」。《説文》：沆，大澤也。《玉篇》：𪉟，鹽澤也。《西京賦》：絶阬踰斥。阬、斥，皆澤也。故《漢書・趙充國傳》云：出鹽澤，過長阬。李注阬音岡，失之。《莊子・逍遥遊篇》司馬彪注云：斥，小澤也。○《詩》，見《小雅・車舝篇》，唐寫無「尾長」以下十字。○薛注各本複「翬」字。依唐寫削一。

毚兔聯猭，陵巒超壑。

【注】毚，狡兔也。聯猭，走也。巒，山也。壑，阬谷也。自游鷮至此，皆説禽獸輕狡難得也。善曰：《毛詩》曰：趯趯毚兔。音讒。猭，勅緣切。

【疏】許巽行曰：「聯」當爲「獜」。《吴都賦》云：獜猭杞柟。注：《埤蒼》曰：獜猭，逃也。獜，丑珍切。然此「聯」亦當作「獜」。《史記・貨殖傳》陳椽其閒。《索隱》云：椽，逐緣反。陳椽，猶經營馳逐也。聯緣之義，殆亦如此。胡紹煐曰：馬融《廣成頌》：獸不得猭。注：猭，走也。《玉篇》獜猭，兔走貌。本此。○《毛詩・巧言》「趯趯」作「躍躍」。《史記・春申君傳》：歇上書秦昭王曰：《詩》云：趯趯毚兔，遇犬獲之。《集解》引韓嬰《章句》曰：趯趯，往來貌。是《韓詩》作「趯」，《毛詩》作「躍」。李注「《毛詩》」疑「《韓詩》」之誤。

比諸東郭，莫之能獲。

【注】善曰：《戰國策》淳于髡曰：「夫韓國盧，天下之駿狗也。東郭㕙，海内之狡兔也。環山三，騰岡五，韓盧不能及之。」鄭玄《禮記注》曰：比，猶比方也。孔安國《尚書傳》曰：諸，之也。

【疏】《國策》，見《齊》三曰：齊欲伐魏，淳于髡謂齊王曰：「韓子盧者，天下之疾犬也。東郭逡者，海内之狡兔也。韓子盧逐東郭逡，環山者三，騰山者五，兔極於前，犬廢於後。」此注所引頗有異。唐寫「㕙」作「逡」，與策合。又無「環山」以下十二字。《詩·盧令》孔疏引「韓子盧」作「韓國盧」，「疾犬」作「駿犬」，「環山」二句作「繞山三，越岡五」。《初學記·獸部·兔類》引「逡」作「狻」，與此注同。《藝文類聚·獸部中》、《初學記·獸部·兔類》引「韓子盧」作「韓盧」。《禮記·少儀》孔疏《類聚·獸部》、《初學記·狗類》、《兔類》、《太平御覽·獸部》十六引「疾犬」皆作「壯犬」。《類聚》引「逡」作「兔」。《初學·狗類》引作「俊」。《盧令》疏、《類聚》、《初學》、《御覽》引「犬廢」皆作「犬疲」。則今本作「廢」字蓋誤。注云韓盧不能及，尤非。○鄭《禮記》注，見《少儀》。○孔安國《尚書傳》疑當作《論語》注，見《學而篇》。案：僞古文《説命上》僞孔傳解兩「諸」字，皆云：「之於」。○斥、䆿、獲，古音魚部。

乃有迅羽輕足，尋景追括。

【注】迅羽，鷹也。輕足，好犬也。括，箭之御弦者。

【疏】唐寫「乃」作「迺」。六臣本「有」作「使」。○胡克家曰：注「括，箭括之御弦者」，陳云：「御」當作「銜」。案「之」字不當有，各本皆誤。步瀛案：唐寫作「括，箭之又御弦者」，亦有誤字。

鳥不暇舉，獸不得發。

【注】舉，飛也。發，駭走也。善曰：《高唐賦》曰：飛鳥未及起，走獸未及發。

青骹摯於韝下，韓盧噬於緤末。

【注】青骹，鷹青脛者，善。韓盧，犬，謂黑色毛也。摯，擊也。噬，齧也。緤，攣也。韝，臂衣。鷹下韝而擊，犬攣末而齧，皆謂急搏不遠而獲。善曰：《説文》曰：骹，脛也。《戰國策》：淳于髡曰：「韓國盧者，天下之駿狗也。」骹，苦交切。緤音薛。《禮記》曰：犬則執緤。鄭玄注曰：緤、紖、靮，皆所以繫制之者。守犬、田犬問名，畜養者當呼之名，謂若韓盧、宋鵲之屬。

【疏】古鈔「緤」作「紲」。○注尤本「善」下有「曰」字。胡克家曰：袁本無，茶陵本與此同。案：袁本最是。「善」字屬上讀，以五字爲一句。下文注「象鼻赤者怒」句例正同。尤、茶陵甚誤。許巽行曰：注「鷹青脛者善」，妄人意謂「善」是李氏之名，遂於「善」下加「曰」字。步瀛案：唐寫「善」作「蓋」，亦無「曰」字。「黑」下無「色」字。○胡紹煐曰：按：《説文》鷙，擊殺鳥也。然則正字當作「鷙」。《後漢書·杜詩傳》章懷注：鷙，擊也。作「鷙」。《詩·常武》傳：摯如翰。疏云：摯，擊也。與此同。○胡克家曰：注「《戰國策》至「天下之駿狗也」」，依善例，當作「韓盧已見上文」，此十七字不當有。步瀛案：唐寫「國」作「子」，「駿狗」作「壯犬」。又「骹，苦交反」下有「韝音溝」三字。案：此三字當有，今尤本以「韝」字旁注

「溝」字，遂妄删此三字，不知旁注本字下者，非李氏注也。○《禮記》，見《曲禮》。胡克家曰：《禮記》曰：「犬」至謂「若韓盧宋鵲之屬」，袁本、茶陵本無此四十二字。步瀛案：唐寫亦無，無者，蓋是李注。音在注末。「絺音薛」三字下似不宜再注也。此蓋是後人附益，然所引甚合，故仍存之。又案：《博物志・物名攷》曰：韓有黑犬名盧。《漢書・王莽傳》顏注曰：韓盧，古韓國之名犬也。黑色曰盧。《孔叢子・執節篇》：申叔問曰：「犬馬之名，皆因其形色而名焉。唯韓盧、宋鵲獨否，何也？」子順答曰：「盧，黑色。鵲，白黑色。」「盧」字亦作「獹」。《廣雅・釋嘼》曰：韓獹宋浞。《初學記・獸部》、《太平御覽・獸部》十九並引《字林》曰：獹，良犬也。《御覽》引《春秋後語》亦作「獹」。○括、發、末，古音祭部。

及其猛毅髬髵，隅目高匡，

【注】髬髵，作毛鬣也。隅目，角眼視也。高匡，深瞳子也。皆謂猛獸作怒可畏者。善曰：髬，普悲切。髵音而。

【疏】六臣本「匡」作「眶」。梁章鉅引林茂春曰：《相馬經》云：眼欲高眶。○《周髀算經注》曰：隅，角也。案：隅目謂目成角形，非謂其視。

威懾兕虎，莫之敢伉。

【注】兕，水牛類也。伉，當也。謂獸猛，兕虎且猶畏之，人無敢當之者。善曰：鄭玄《毛詩箋》曰：懾，恐懼也。伉，古郎切。

【疏】李注引鄭箋，今《詩箋》無此文。唐寫無「鄭玄」至「懼也」十字，是也。此殆後人所增而誤者。○

匡、伉，古音陽部。

迺使中黄之士，育獲之儔，朱鬕鬣髽，植髮如竿。

【注】絳帕額，露頭髻，植髮如竿，以擊猛獸，能服之也。善曰：《尸子》曰：中黄伯曰：「余左執泰行之獶，而右搏雕虎。」《戰國策》范雎説秦王曰：「烏獲之力焉而死，夏育之勇焉而死。」《説文》曰：鬕，帶髻頭飾也。《通俗文》曰：露髻曰鬣。以麻雜爲髻，如今撮也。鬕，莫亞切。髽，士爪切。鬣，作計切。

【疏】唐寫無「之士」二字。《文心雕龍·指瑕篇》曰：《西京》稱中黄育獲之儔，似無者是。胡克家曰：「鬣」當作「䰅」。《廣韻·十三祭》：鬣，露髻卽出。此善注引《通俗文》又音作計切。各本皆傳寫誤：梁章鉅曰：《説文》：「䰅」，束髮少也。从髟，截聲。《繫傳》亦引此爲證。朱珔曰：「鬣」當爲「䰅」之誤。《説文》：䰅束髮少小也。今本脱「小」字。此从《廣韻》引。步瀛案：唐寫「䰅」作「⿰镸戠」，蓋卽䰅字。又段氏訂《説文》「少小」作「尐小」。胡紹煐曰：許云：尐小，卽露髻之義。○梁章鉅曰：《文心雕龍·指瑕篇》云：《西京》稱中黄育獲之儔，而薛綜謬注謂之閹尹。是不聞執雕虎之人也。今薛注無閹尹之説，蓋李删之。○李注引《尸子》，本書《思玄賦》注引較詳。○《國策》見《秦》三。《史記·范雎傳》《集解》引《漢書音義》曰：或云夏育衛人，力舉千鈞。《漢書·東方朔傳》顔注同。《蔡澤傳》曰：夏育太史噭，叱呼駭三軍，然而身死於庸夫。《索隱》引高誘曰：夏育爲田博所殺。《韓子·觀行篇》曰：有賁育之彊，而無法術，不得長生。《史記·司馬相如傳》曰：勇期賁育。《漢書》顔注曰：孟賁，古之勇士也。夏育亦猛士也。《後漢書·馮衍傳》：勇冠乎賁育。李賢注曰：孟賁、夏育並古之勇士也。《困學紀聞》八曰：賁、育，孟賁、夏育也。《廣韻》以賁爲姓，云：士有勇士賁育，謬矣。案：「育」亦作「鬻」，見後《洞簫賦》注。《史記・秦本紀》曰：武王有力好戲，力士任鄙、烏獲、孟説皆至大官。《孟子・告子篇》邢疏引《帝王世紀》曰：秦武王好多力之士，烏獲之徒並皆歸焉。秦武王於洛陽舉周鼎，烏獲兩目出血。案：烏獲之力，《孟子・告子》下、《荀子・富國篇》、《韓子・觀行篇》、《秦策》三范雎説秦昭王、《燕策》一蘇代謂燕昭王、司馬相如《諫獵書》皆稱之。梁玉繩《人表攷》曰：《文子・自然篇》老子曰：用衆人之力者，烏獲不足恃。是古有烏獲，後人慕之以爲號也。梁章鉅、胡紹煐説皆同。案：《孟子》趙岐注曰：烏獲，古之有力人也。不指秦武王力士，或古有其人，如善射者稱羿，大盜稱跖之類，亦未可知。特《文子》僞書，其引老子之言，亦未足據也。○梁章鉅曰：今《説文》：鬕，帶結飾也。朱珔曰：段氏謂帕乃帞之誤，然「帕」「帞」雖二字，音義並同。今《説文》作帶，結飾也。脱「頭」字，「髻」作「結」，「結」與「髻」通。《廣雅・釋器》：帞頭，幧頭也。《方言》四：自關而西，秦晉之閒曰絡頭。南楚江湘之閒曰帞頭。自河以北，趙魏之閒曰幧頭。其偏者謂之鬠帶，或謂之䰉帶，則《説文》之鬕帶，猶《方言》之鬠帶矣。王氏《廣雅疏證》謂鄭注《問喪》云：今時始喪者邪巾貊頭。《釋文》「貊」作「袹」。《漢書・周勃傳》：太后以冒絮提文帝。應劭曰：陌，額絮也。「帞」、「袹」、「貊」、「陌」並通「陌」。與「冒」一聲之轉。而失引《説文》，《説文》「鬕」字亦與帞、貊等字通也。○任大椿《小學鉤沈》曰：《文選・西京賦》注引《通俗文》上句釋「鬣」字，則下句乃釋「髽」字。況以麻雜者，正合髽制，不當云髻。「髻」字乃「髽」字之誤。段玉裁曰：《士喪禮》：婦人髽于室。注云：既去纚，而以髮爲大紒。如今婦人露紒其象也。注《喪服》亦云：髽，露紒也。然則露紒，漢人語。不用韜髮之纚，露髮爲髻也。今乃婦人無不露髻者矣。《二京賦》解訓鬟，亦云露頭髻。按鄭云大髻，許云疋小者，其辭異，其爲粗率之意，一也。

禮禓戟手，奎踽槃桓。

【注】奎踽，開足也。槃桓，便旋也。善曰：《毛詩》曰：禮禓暴虎。《左傳》曰：戟其手。《廣雅》曰：般桓，不進也。奎，欺棰切。踽，去禹切。

【疏】各本「禮」作「袒」，「槃」作「盤」，注並同。今依唐寫本。又五臣本「奎」作「跬」。梁章鉅曰：按：《説文》：奎，兩髀之間。《莊子·徐无鬼篇》：奎蹄曲隈。則作「奎」自通。○《詩》見《大叔于田》。○《左傳》見哀二十五年。杜注曰：抵，徒手屈肘如戟形。沈欽韓《左氏傳補注》曰：「戟」本爲「撠」。《詩·鴟鴞》毛傳：拮据，撠挶也。《疏》云：撠挶，謂以手爪挶持草也。《史記·孫子列傳》：救鬭者不搏撠。然此撠謂兩手相固握。杜預言如戟形，非也。步瀛案：《左傳》：公戟其手曰：「必斷而足。」正作戟形，以示刑人狀。若解爲兩手固握，情事全失矣。此賦亦然。沈説未是，仍以杜注爲長。○《廣雅》，見《釋訓》。唐寫作「般桓」，與《釋訓》合，故從之。各本作「盤」。

鼻赤象，圈巨狿。

【注】象鼻赤者怒。巨狿，麠也。怒走者爲狿。謂能戾象鼻，又穿麠以著圈。善曰：《説文》曰：圈，養畜閑也。其兗切。狿音延。

【疏】薛注「象」下「鼻」字疑涉正文「鼻」字而衍，應删。○李注引《説文》，各本「圈」下脱「養」字。本書《赭白馬賦》注引同。今依唐寫本增。○金甡曰：頓其鼻，卽謂之鼻。猶《子虛賦》脚麟，卽謂持其脚也。《羽獵賦》靳巨狿，服虔但曰：獸名。《子虛賦》蟃蜒，郭璞曰：蟃蜒，大獸，長百尋。下文亦云：巨獸百尋，是爲曼延。字雖互異，卽此一物。大指謂象之赤者，則頓其鼻而執之。狿之巨者，亦盛之圈牢耳。薛注似迂。步瀛案：《子虛賦》注：「長百尋」，依朱珔校，當作「長一尋」。詳彼賦。○顧千里曰：按：字書無「虘」字，當俟考。姜皋曰：疑卽「虘」字，徂古切。《集韵》：大也。

摣⿱費鳥彙，批窳狻。

【注】⿱費鳥，獸身人面，身有毛被髮，迅走食人。彙，其毛如刺。窳，窫窳也。類貙，虎爪食人。狻，狻猊也，一曰師子。摣、批，皆謂戟撮之。善曰：摣，子加切。⿱費鳥，房沸切。彙音謂。批，側倚切。窳音庾。狻音酸。猊，五奚切。

【疏】尤本、六臣本「⿱費鳥」作「狒」，五臣作「髴」。各本「彙」作「猬」，此並依唐寫本。五臣「窳」作「㺄」。○朱珔曰：⿱費鳥，《説文》作⿱𦥑禺，云：周成王時州靡國獻⿱𦥑禺，⿱𦥑禺人身反踵，自笑，笑卽上脣弇其目，食人。北方謂之土螻。引《爾雅》曰：⿱𦥑禺⿱𦥑禺如人，被髮，讀若費。一名梟陽。郝氏謂所稱《周書·王會篇》文也。彼文作「費費」，今《爾雅》作「狒狒」，並聲借字，是也。若《吴都賦》「梟羊」下劉注引《爾雅》作「萬萬」。《吴都賦》又云：萬萬笑而被格。則與此「⿱費鳥」字皆「⿱𦥑禺」之形似而訛也。郭注《爾雅》狒狒云：梟羊也。引《山海經》曰：其狀如人面長脣，黑身有毛，反踵，見人則笑。梟羊之「羊」，《説文》作「陽」，同聲通用。

「梟」亦或作「嘄」。《淮南・氾論篇》：山出嘄陽。高誘注：嘄陽，山精也。又《説文》所謂土螻，與《西山經》説土螻狀如羊而四角頗不同。《爾雅》郭注：俗呼之曰山都。而於《海内南經》注又云：《海内經》謂之贛，巨人也。數者字既互異，名亦各殊，實一物耳。步瀛案：《爾雅・釋獸》作「狒狒」。《釋文》曰：又作𥝚或作「禺」。蓋「𩰊」爲本字。隸變作「𥝚」，或作「禺」，「禺」又誤离。或以同聲作「狒」，借作「費」，作「髴」。《説文》誤綴离字下。王筠、朱駿聲皆辨之矣。《説文》曰：𧒒，蟲也，似豪豬而小，重文作「蝟」，隸變作「彙」。《釋獸》曰：彙毛刺。郭注曰：今蝟狀似鼠。《釋文》曰：「彙」本或作「蝟」，又作「猬」，亦作「𢑴」。《史記・龜策傳》《集解》引郭璞曰：蝟能制虎，見鵲仰地。胡紹煐曰：今俗呼虎刺，謂其能制虎也。步瀛案：此賦「𩰊」「彙」連文，又與窫窳、狻、爲對。則「彙」或別爲一物。「彙」雖有虎刺之名，而實不足以相配也。○「虎爪」，各本誤作「虎亦」，今依唐寫改。案：《釋獸》曰：貏貐，類貙，虎爪，食人，迅走。《説文》作「貏貐」，與《爾雅》同。《釋文》曰：「貏」字亦作「猰」或作「契」。「貐」字或作「窳」。《北山經》曰：少咸之山，有獸焉，其狀如牛，而赤身，人面，馬足。名曰「窫窳」。《海内南經》曰：窫窳龍首，居弱水中，食人。又見《海内西經》。《吴都賦》劉逵注引作「猰貐」。《七命》李善注引作「猰㺄」。《淮南子・本經篇》高注曰：猰讀車軋履之軋，貐讀疾徐瘉之瘉。猰貐，獸名也。狀若龍首。或曰似貍，善走，食人，在西方也。《物類相感志》引孫炎曰：獸中最大者，龍頭馬尾，虎爪長四尺，善走，以人爲食。案：以上諸説形狀不同，字亦各異，當以《爾雅》、《説文》爲正。《釋獸》又曰：狻麑似虦猫，食虎豹。郭曰：卽師子也。出西域。朱珔曰：《説文》「狻」下正用《爾雅》之文，「麑」下云：狻麑，獸也。

不以爲師子。是許意與郭殊矣。薛云：一曰師子，蓋亦存異説也。步瀛案：郝懿行曰：狻麑合聲爲師，故郭云師子矣。疑郝説是。

揩枳落，突棘藩。

【注】善曰：《字林》曰：揩，摩也。口階切。《説文》曰：枳，木似橘。居紙切。杜預《左氏傳注》曰：藩，籬也。落，亦籬也。

【疏】《廣雅·釋詁》三曰：揩，磨也。「磨」、「摩」字通，與《字林》同。○《説文》，見《木部》。胡紹煐曰：《後漢書·岑彭傳》注：枳棘多榛梗。《管子·侈靡篇》：然則貪動枳而得食矣。注：枳棘，所以爲壅塞也。《西山經》：浮山多盼木，枳葉而無傷。郭注：枳，針刺也。是枳因刺得名。枳之言枝也。以多枝而有刺，故人家籬落多種之。棘亦刺也。《方言》三：凡草木刺人者，北燕朝鮮之閒謂之「茦」，自關而西謂之「刺」。江湘之閒謂之「棘」。《爾雅》茦，郭注：草刺針也。《説文》：莿，茦也。茦、刺音義同。有刺謂之棘，猶有刺謂之枳。故下總云「梗林爲之靡拉」矣。○《左傳》杜注，見《哀十二年》。唐寫無「杜預」以下十四字。

梗林爲之靡拉，樸叢爲之摧殘。

【注】靡拉、摧殘，言揩突之，皆擗碎毁拆也。拉，郎荅切。善曰：《方言》曰：凡草木刺人爲梗，古杏切。毛萇《詩傳》曰：樸，包木也。補木切。

【疏】唐寫薛注無「拉，郎荅切」四字，是。○李注引《方言》，唐寫本「刺人」下有「者」字。案：《方言》三曰：凡草木刺人，自關而東或謂之「梗」。○《詩》毛傳，見《棫樸》。○竿、桓、梃、藩、殘，古音元部。狻，諄部，通轉爲韻。

輕鋭僄狡，趫捷之徒，

【注】輕鋭謂便利。捷，疾也。言如此者多也。

【疏】僄狡見《西都賦》。「趫」亦見上。

赴洞穴，探封狐。陵重巘，獵昆駼。

【注】洞，穴深且通也。探，取也。封，大也。陵，猶升也。山之上大下小者曰巘。昆駼如馬，跂蹄，善登高。言能升重巘之嶺，而獵取昆駼之獸。善曰：巘，言免切。駼音途。

【疏】唐寫「巘」作「甗」。《詩·皇矣》孔疏引亦作「甗」。孫義鈞曰：《爾雅·釋山》：重甗隒。郭注謂山形如累兩甗，甗，甑也。山形似之，因以名云。與注山上大下小之義合。作「甗」者是也。胡紹煐曰：「巘」與「甗」同。《爾雅》：重甗隒。《説文》：隒，崖也。重甗謂之隒，重甗，即重崖矣。《王風·葛藟》《釋文》引李巡曰：隒，阪也。《爾雅·釋畜》《釋文》引舍人曰：甗者，阪也。甗隒義同。故同訓爲阪。古人云阪，今謂之領。《釋文》又引顧野王曰：山領曰甗，是也。甗可升而上。故《大雅·公劉》云：陟則在甗。《爾雅·釋畜》亦云：騉，蹏趼，善陞甗。巘之言軒軒也，軒軒然高也。薛注以爲上大下小，未知所據。郭注《釋畜》本之，遂有山形似甑之異説矣。步瀛案：《説文》無「巘」字。《瓦部》云：甗，甑也。一曰穿也。劉熙《釋名·釋山》曰：山上大下小曰「甗」。甗，甑一孔者。甗形孤出處似之也。

《爾雅·釋畜》郭注曰：甗，山形似甑，上大下小。騉蹏，蹏如研而健上山。秦時有騉蹏苑，是劉氏、郭氏説「甗」並與薛同。胡氏斥爲異説，非也。又本書《長笛賦》、《晚出西射堂詩》注引《釋山》並作「巘」。《玉篇》引亦作「巘」。郝懿行據爲古本作「巘」之證。然本賦注唐寫作「甗」，又安知唐寫《長笛賦》注等不作「甗」。則古本作「巘」之説，亦未必確。至陟則在巘，毛傳以爲小山，別大山之鮮。《吴都賦》、《長笛賦》注引小山別大山嶰，別詳後。要與上大下小之「甗」義異。○朱珔曰：薛注「跂」字當爲「枝」。《爾雅·釋畜》：騉駼，枝蹏趼，善陞甗。《釋文》「騉」本亦作「昆」，「趼」本或作「研」。引舍人云研，平也。謂蹏平正。善陞甗者，能登危險也。枝蹏者，枝足也。李云：騉駼，其迹枝平似研，亦能登高歷危險也。孫云：騉駼之馬，枝蹏如牛而下平。郭注同孫。是「趼」當作「研」。若《説文》「趼」字云：獸足企也。郝氏謂企訓爲直，非諸家之義矣。至薛云如馬，下又云昆駼之獸，則以爲獸名。蓋因賦言獵昆駼。故不以爲卽馬也。步瀛案：《爾雅》《釋文》又引舍人曰：騉駼，外國之名。郝懿行曰：李、孫、郭皆以「騉駼」爲名馬，舍人以爲國名，非也。

杪木末，擭獑猢。

【注】杪，猶表也。獑猢，猨類而白，腰以前黑，在木表。擭，謂掘取之也。善曰：杪音眇。擭，於白切。獑，在銜切。猢音胡。

【疏】桂馥《札樸》卷五曰：《説文》：杪，木標末也。標末，杪末也。二字聲義相近。賦以「杪」爲「標」，故訓爲表。《禮記·投壺》：司射請爲勝者樹標。胡紹煐曰：杪，《集韻》楚教切，音鈔，義同。「杪」與

「鈔」同。《説文》從金旁作「鈔」，又取也。字書多爲「抄」。《衆經音義》二引字書抄，掠也。又引《通俗文》：遮取謂之抄掠。又云：古文「抄」「劋」二形，今作「鈔」。此謂於木末而遮取之。朱駿聲曰：《西京賦》：杪木末。案：遮取也。注猶表也，以聲訓失之。○薛注「白」字，唐寫作「自」。朱珔曰：案：《上林賦》作「獑胡」。《史記》又作「螹胡」。《集解》引徐廣曰：螹，音在廉反。似猨，黑身。《索隱》引張揖云：螹胡，似獮猴，頭上有髮，腰以後黑。《漢書》注及本書注引並與《索隱》同。薛、張二説，一以爲腰以前，一以爲腰以後，正相反。《説文》又作「斬䶂」，云：黑身白腰若帶，手有長白毛，似握板之狀，類猨雌之屬。《廣雅》作「𪕬𪖇」。《玉篇》同。《廣韻》云：𪕬𪖇，似猨，黑身白腰，手有長白毛，善超坂絶巖也。蓋本《説文》。諸家所傳各異如此。

超殊榛，擿飛鼯。

【注】殊，猶大也。榛，木也。擿，捎取之也。善曰：《爾雅》曰：鼯鼠，夷由。郭璞曰：狀如小狐，肉翅，飛且乳。擿，大結切。鼯音吾。

【疏】《廣雅·釋木》曰：木叢生曰榛。《上林賦》曰：騰殊榛。李注引張揖曰：殊榛，異梤也。《漢書·司馬相如傳》顔注曰：殊榛，特立殊梤也。似勝薛注「殊，大」之訓。或疑叢生之木，不應言殊異。不知木雖叢生，亦不盡相連。顔謂特立殊梤，是也。若泥於叢生之義，又安得有大木哉。○《爾雅》，見《釋鳥》。郭注頗詳，此特節引。郭曰：翅尾項脅毛紫赤色，背上蒼艾色，腹下黄，喙頷雜白，脚短，爪長，尾三尺許，飛且乳，謂之飛生。聲如人呼，食火煙，能從高赴下，不能從下上高。郝懿行曰：《説文》：

鸓，鼠形飛走且乳之鳥也。《廣雅》云：鸐𢠳，飛鸓也。《漢書·司馬相如傳》注：張揖曰：飛蠝，飛鼠也。其狀如兔而鼠首，以其髯飛。郭氏則曰：蠝，鼯鼠也。《本草》鼺鼠，陶注云：卽鼯鼠，飛生鳥也。狀如蝙蝠，大如鴟鳶，毛紫色，闇夜行，飛生。是郭與陶並以鼺鼠、鼯鼠爲一物也。《廣雅》及《説文》不言「鸓」卽「鼯鼠」，則爲別物矣。步瀛案：《北山經》曰：天池之山，有獸焉，其狀如兔而鼠首，以其髯飛，名曰飛鼠。此張説所本。然其名則有夷由、鼯鼠、飛生、飛鼠、鸐𢠳、鼺鼠之不同，而其物則一。郝氏以《説文》、《廣雅》不言鸓卽鼯鼠，遂以爲別物，恐未然。胡紹煐曰：取其似鼠，故從鼠而爲「鼺」，又謂之鼯。取其能飛，故從鳥而爲鸓，或謂之飛鼯。取其鼠且乳，故謂之飛生。其説是也。

是時後宮嬖人，昭儀之倫，

【注】嬖，幸也。昭儀，後宮官也。

【疏】昭儀，見《西都賦》「十有四位」下。

常亞於乘輿。

【注】亞，次也。乘輿，天子所乘車。

【疏】余蕭客曰：《漢武故事》：凡諸宮美人可有七八十，與上同輦者十六人，員數恆使滿。

慕賈氏之如皋，樂北風之同車。

【注】善曰：《左氏傳》曰：昔賈大夫惡，取妻三年，不言不笑，御以如皋射雉，獲之。其妻始笑而言。杜預曰：賈國之大夫。《毛詩·北風》曰：惠而好我，攜手同車。

【疏】《左氏傳》見昭二十八年。各本無「昔」字，唐寫有，是也。今據增。○《毛詩》，見《北風》。「毛」字亦依唐寫增。

盤于游畋，其樂只且。

【注】盤，樂也。善曰：《尚書》曰：文王不敢盤于游田。《毛詩》曰：其樂只且。只且，辭也。且，子余切。

【疏】古鈔及唐寫「盤」作「般」。唐寫注同，與《爾雅·釋詁》合。而《書·無逸》疏引《釋詁》亦作「盤」。○《尚書》，見《無逸》。各本無「文王」字，「田」作「畋」。今依唐寫本。○《毛詩》見《君子陽陽》。尤本不複「只且」字。六臣本但複「且」字，唐本複二字，今從之。又依唐寫「子」上增「且」字。○狐、駼、猢、蹏、輿、車、且，古音魚部。○以上田獵。

於是鳥獸殫，目觀窮。

【注】殫，盡也。窮，極也。所觀畢也。善曰：《國語》：伍舉曰：若周於目觀。

【疏】唐寫「殫」作「單」，通借字。○李注引《國語》，今《楚語》作「若於目觀則美」，無「周」字。唐寫無此注。

遷延邪睨，集乎長楊之宮。

【注】遷延，退旋也。善曰：《高唐賦》曰：遷延引身也。《説文》曰：睨，斜視也。魚計切。

【疏】唐寫薛注「旋」作「還」。○梁章鉅曰：《高唐賦》當作《神女賦》，此偶誤。○《説文》見《目部》。「斜」

當依原文作「衮」。案：唐寫無引《説文》以下十字。○窮、宫，古音東部。

息行夫，展車馬。

【注】息，休也。善曰：《左氏傳》曰：子反令軍吏繕甲兵，展車馬。鄭玄《禮記注》曰：展，整也。張輦切。

【疏】《廣雅·釋言》曰：息，休也。與薛注同。○《左傳》，見成十六年。○《周禮·地官·司市》鄭注曰：展之言整也。此云《禮記注》恐誤。胡紹煐曰：按「展」與「息」對，則展非整齊之義。《廣雅·釋詁》曰：展，輦也。「輦」與「卷」音同。「展」亦通「蕆」。郭璞《方言》十二注：蕆音展。《廣雅·釋詁》：蕆，解也。此謂解而輦收之。又《中庸》：振河海而不洩。鄭注：振，猶收也。展與振音義亦近。步瀛案：《左傳·成十六年》杜注：展，陳也。陳列車馬，即收車馬而陳之，獵罷未歸，尚不能解而輦收也。

收禽舉胔，數課衆寡。

【注】胔，死禽獸將腐之名也。數，計。課，録，校所得多少。善曰：胔，取肉名，不論腐敗也。

【疏】金甡曰：《詩》：助我舉柴。《説文》作「𢫬」，謂積禽也。「舉胔」本此。朱珔曰：《詩·車攻篇》毛傳：柴，積也。鄭箋：舉，積禽也。《説文》引《詩》作「𢫬」，亦云積也。此賦蓋以同音借作「胔」。注乃如胔字本義解之。李注亦從薛而不引《詩》語，非也。胡紹煐曰：《説文》引《詩》作「𢫬」，此謂禽獸壓積也。《説文》又曰：鳥獸殘骨曰「骴」，重文「胔」，或從肉。賦文借「胔」爲「𢫬」。呂錦文曰：《禮·月令》掩骼薶胔。《釋文》：有骨曰「胔」，亦作「骴」。《周禮·秋官·蜡氏》疏言骼骴者，凡人物皆是。柴、掌、齒、齜、並通。○唐寫無李注。案：此正薛注將腐之説。李注當有。

置互擺牲，頒賜獲鹵。

【注】互所以掛肉，擺謂破磔懸之。頒謂以所鹵獲之禽獸賜士衆也。善曰：擺，芳皮切。《漢書音義》曰：「鹵」與「虜」同。

【疏】六臣本「鹵」作「虜」。○孫志祖曰：《周禮·牛人》凡祭祀共其牛牲之互。步瀛案：鄭君彼注曰：互，若今屠家縣肉格。孫詒讓曰：《一切經音義》十四引《蒼頡篇》云：格，榹架也。《詩·小雅·楚茨》孔疏引《周禮》鄭注「格」作「架」，蓋以義改。又《爾雅·釋宫》云：樴謂之杙，長者謂之閣。「格」與「閣」聲同字通。縣肉格卽挂肉長杙也。《呂氏春秋·過理篇》云：肉圃爲格，卽此。○各本薛注「磔」誤「磔」，今依唐寫本改。《廣雅·釋詁》三曰：捭，開也。王念孫《疏證》曰：捭之言擘也。《鬼谷子·捭闔篇》云：捭之者開也。《後漢書·馬融傳》注引字書云：擺，亦「捭」字也。《周官·大宗伯》以疈辜祭四方百物。故書「疈」爲「罷」。鄭衆注云：罷辜披磔牲以祭。擺、捭、罷音義並同。胡紹煐曰：《衆經音義》十引《字書》「擺」作「捭」，同。補買反。本書《七命》善注亦云：捭，補買切。此音芳皮切。讀若罷。呂錦文曰：「擺」卽「捭」字。擺，開也。《説文》云：捭，兩手擊也。《玉篇》云：「擺」同「捭」。○《漢書音義》、《史記·高祖本記》、《集解》引應劭同。○馬、寡、鹵，古音魚部。

割鮮野饗，犒勤賞功。

【注】謂饗食士衆於廣野中，勞勤苦，賞有功也。善曰：《子虛賦》曰：割鮮染輪。杜預《左氏傳注》曰：

犒，勞也。犒，苦到切。

【疏】薛注各本「功」下無「也」字，今依唐寫增。○杜注，見僖三十二年。各本脱「注」字，依唐寫增。

五軍六師，千列百重。

【注】善曰：《漢官儀》：漢有五營。五軍，即五營也。《周禮》：天子六軍。六師，即六軍也。《尚書》曰：張皇六師。千列，列千人也。

【疏】唐寫本「列」作「里」，非是。○朱珔曰：《漢官儀》有「五營」。案前衛尉爲南軍而五營，而此則北軍。文帝置中壘，中興省之也，但置中候。《續志》曰：北軍中候一人，監五營，即五校也。《吴漢傳》發北軍五校，方氏以智《通雅》云：魏晉逮江左，皆置五校，蓋齊内政、楚荆尸即有中前後左右五營。漢以後因之耳。○唐寫本「五軍即五營也」句在「天子六軍」下，又無「千列，列千人」五字。○《周禮·夏官·序官》曰：王六軍。《詩·棫樸》毛傳曰：天子六軍。○《尚書》，見僞《周官》。

酒車酌醴，方駕授饔。

【注】酒肴皆以車布之。善曰：鄭玄《儀禮注》曰：方，併也。杜預《左氏傳注》曰：熟曰饔。

【疏】唐寫「饔」作「邕」，通借字。○車騎行酒食，已見《西都賦》。○鄭注見《鄉射禮》。杜注見桓十四年。案：唐寫無「善曰」以下二十一字。

升觴舉燧，既釂鳴鐘。

【注】燧，火也。謂行酒舉烽火以告衆也。以釂，鳴鐘鼓也。善曰：升，進也。《説文》曰：釂，飲酒盡也。

焦曜切。

【疏】唐寫本「觴作𨡨」,「鐘」作「鍾」。○舉烽命釂,已見《西都賦》。○唐寫本李注無「升進也」三字。○《説文》已見《西都賦》注引。

膳夫馳騎,察貳廉空。

【注】膳夫,宰夫也。察、廉,皆視也。貳,爲兼重也。空,減無也。言宰人騎馬行視,肴有兼重及減無者也。善曰:《禮記》曰:御同於長者,雖貳不辭。鄭玄曰:貳,重也。肴,膳也。

【疏】唐寫本「馳騎」作「騎馳」。○《周禮·天官》序官鄭注曰:膳夫,食官之長也。《禮記·檀弓》下杜蕢曰:蕢也,宰夫也。《左傳·昭九年》曰:膳宰屠蒯。孔疏曰:杜蕢、屠蒯聲相近。是膳宰即宰夫。故薛以宰夫釋膳夫。下「宰人」亦當作「宰夫」。○《離騷》王逸注曰:察,視也。本書《洞簫賦》注曰:廉,亦察也。○各本薛注「者」下無「也」字。依唐寫增。六臣本「減」作「滅」,誤。○《禮記》及鄭注,見《曲禮》上。○功、重、饔、鐘、空,古音東部。

炙炰夥,清酤敍。

【注】《詩》有炰鼈。清酤,美酒也。善曰:《史記》曰:楚人謂多爲夥。音禍。《毛詩》曰:既載清酤。音户。《廣雅》曰:敍,多也。音支。

【疏】唐寫「炙」作「殐」。薛注有「殐,炙也」三字。字書無「殐」字。若是「殐」字,並不訓「炙」。且俗字,不足據。疑「餗」字之訛。然無他證,今不取。○《詩》,見《六月》。○《史記》,見《陳涉世家》。○《毛詩》見《列祖》。○《廣雅》見《釋詁》三。各本「鈘」下有「日」字。今依胡克家、梁章鉅校删。汪師韓《綴學》曰：《論語》多見其不知量也，邢疏：古人「多」、「祇」同音。多見其不知量，猶襄二十九年《左傳》云多見疏也。孔疏：服虔本作「祇見疏」，解云：祇，適也。晉宋杜本皆作「多」。《西京賦》施與多爲韻，故以多爲適也。李注《文選》改「多」爲「鈘」，而云：《廣雅》云云。《廣雅·釋詁》有⿰多邕⿰多農⿰多果等十一字，並訓爲多。其偏旁皆从多。張揖魏人，在《西京賦》後。李注似據魏人以改漢文矣。邢氏豈不見《文選》者，必所見别有善本。不然何遽緣以説經耶。宋翔鳳《過庭録》亦據《左傳》疏，謂李善不知古讀，遂改「鈘」从「支」。孫志祖曰：案：邢疏實襲孔疏引用。蓋崇賢所見，本與穎達有異，亦未必據《廣雅》改耳。

皇恩溥，洪德施。

【注】皇，皇帝。普，博施也。

【疏】胡克家曰：茶陵本正文下校語云：善無此二句。袁本有，無校語。尤初亦無，後脩改添入。注七字，袁、茶陵皆無。案善《魏都賦》注引《西京賦》曰「皇恩溥」，似無者但傳寫脱。其注七字，未審何出也。梁章鉅曰：正文「溥」，注作「普」亦似有誤也。步瀛案：尤本此二句在上二句下。今依唐寫本别爲一節，其注「也」字在「帝」下，無「施」字。

徒御悦，士忘罷。

【注】善曰：《毛詩》曰：徒御不驚。毛萇曰：徒，輦者也。御，御馬也。罷音皮。

【疏】唐寫「悦」作「説」。案：古書多借「説」爲「悦」。○《毛詩》，見《車攻》。○唐寫無「罷音皮」三字。○「𢻫」，从支聲，支部。與歌部通轉爲韻。然《説文》無「𢻫」字，如依孔疏作「多」，多、施、罷，古音歌部。○以上搞饗。

巾車命駕，迴斾右移。

【注】巾車，主車官也。回車，右轉將旋也。善曰：《孔叢子》：歌曰：巾車命駕，將適唐都。鄭玄《周禮注》曰：巾，猶衣也。

【疏】《周禮·春官》序官鄭注曰：巾車，車官之長。○《孔叢子》，見《記問篇》。○鄭注，見《春官》序官。賈疏曰：謂玉金象革等，以衣飾其車。故訓「巾」猶衣也。孫詒讓曰：《大射儀》注云：巾車於天子宗伯之屬，掌裝衣車者。《華嚴經音義》下引《珠叢》云：以衣被車謂之巾也。案：巾以幏被器物，故裝衣車亦謂之巾車。

相羊乎五柞之館，旋憩乎昆明之池。

【注】相羊，仿羊也。池，即所謂靈沼也。善曰：《楚辭》曰：聊逍遥以相羊。憩，息也。

【疏】唐寫無兩「乎」字。五臣「相羊」作「儴佯」。○《楚辭》見《離騷》。王逸注曰：逍遥、相羊，皆遊也。「羊」一作「徉」。《玉篇》引「相羊」作「儴徉」。《廣雅·釋訓》曰：逍遥，儴徉也。王念孫曰：《史記·司馬相如傳》《上林賦》招摇乎襄羊，《文選》五臣本作「儴徉」，並字異而義同。《廣雅》又曰：仿徉，徙倚也。王念孫曰：哀十七年《左傳》：衡流而方羊。鄭衆注云：方羊，遊戲。《吕氏春秋·行論篇》云：

仿佯於野。《淮南子・原道訓》云：仿洋乎山峽之旁。《史記・吴王濞傳》：彷徉天下。《漢書》作「方洋」。並字異而義同。《廣雅》又曰：徜徉，戲蕩也。王念孫曰：宋玉《風賦》云：倘佯中庭。《楚辭・惜誓》云：託回飈乎尚羊。《淮南子・覽冥訓》云：尚佯冀州之際。《漢書・禮樂志》《郊祀歌》云：周流常羊思所并。《後漢書・張衡傳》《思玄賦》云：悵相羊而延佇。《文選》作「徜徉」，並字異而義同。○移、池，古音歌部。

登豫章，簡矰紅。

【注】豫章，池中臺也。簡，省也。繳，射矢，長八寸。其絲名矰，音曾。

【疏】「豫章」，已見《西都賦》。《廣雅・釋言》曰：簡，閲也。與薛注「省」字意同。省謂省視也。○《説文》曰：矰，弋射矢也。繫，生絲縷也。又見前《西都賦》。然無以「繳」爲「矢」、「矰」爲「絲」者。此注疑互誤。唐寫「矰音曾」三字作「繒紅也」，疑亦有誤。合兩文校之，疑當作「矰，射矢，長八寸，其絲名紅也」。矰音曾。

蒲且發，弋高鴻。

【注】善曰：《列子》曰：蒲且子之弋，弱弓纖繳，乘風而振之，連雙鶬於青雲也。且，子余切。

【疏】唐寫「蒲」作「蒱」，注同。○《列子》，見《湯問篇》。各本「《列子》」下無「曰」字。依唐寫增。又各本「弓」作「矢」，誤。唐寫作「兮」則「弓」字之誤。今依《列子》作「弓」。又各本「繳」下衍「射」字，唐寫無，與《列子》合。今據删。又《列子》「弋」下有「也」字，「風」下無「而」字。「青雲」下有「之際」二字。

又《淮南子·覽冥訓》曰：蒲且子之連鳥於百仞之上。高注曰：蒲且子楚人，善射者。

挂白鵠，聯飛龍。

【注】挂，矢絲挂鳥上也。飛龍，鳥名也。

【疏】唐寫「挂」作「掛」，注同。○《史記·楚世家》：楚人對頃襄王曰：「小臣之好射，鶀鴈羅鸗。」《集解》徐廣云：吕静曰：鸗，野鳥也。音龍。《索隱》曰：鄒誕生音盧動反。劉伯莊音龍。鸗，小鳥。顧廣圻曰：《楚世家》之「鸗」，當卽薛注之飛龍也。古字假借，「龍」與「鸗」通用。步瀛案：顧説是。《廣雅·釋鳥》曰：鸗，鳧也。是「鸗」卽野鴨，與鴻鵠水鳥皆昆明池所有也。焦竑《筆乘》以飛龍爲飛廉，龍雀之合稱。與水鳥不合。張雲璈以飛龍爲馬，尤謬。胡紹煐謂卽《説文》訓爲飛龍之「龖」。引《淮南·墬形篇》飛龍生鳳皇以證之，而不能指爲何物，亦非也。當以顧説爲長。

磻不特絓，往必加雙。

【注】沙石膠絲爲磻，非徒獲一而已，必雙得之也。善曰：《説文》曰：磻，以石著繳也。磻音波。絓音卦。

【疏】「得之」下各本無「也」字。據唐寫增。○《儀禮·大射儀》鄭注曰：特，獨也。《士昏禮》注曰：特猶一也。○《説文·石部》「著」下有「隿」字，宜增。各本「以」誤「似」。唐寫不誤，今據改。唐寫無「著」字，亦非。《楚策》莊辛説頃襄王曰：「被礛磻，引微繳。」「磻」字又作「碆」。《楚世家》楚人對頃襄王曰：「碆新繳。」《集解》引徐廣曰：以石傅弋繳曰碆，音波。《索隱》曰：碆作磻，音番。案：古元部，歌部通轉、○紅、鴻、龍、雙，古音東部。

於是命舟牧，爲水嬉。

【注】舟牧，主舟官。嬉，戲也。善曰：《禮記》曰：舟牧覆舟。《琴道》雍門周曰：水嬉則艕龍舟。

【疏】《禮記·月令》曰：季春之月，命舟牧覆舟。鄭注曰：舟牧，主舟之官也。○《琴道》，本書《七命》引同。梁章鉅曰：據《後漢書·桓譚傳》注，《琴道》爲所著《新論》篇名。步瀛案：唐寫「艕」作「舫」，與《蜀志·郤正傳》注引合。《述異記》曰：吴王夫差作天池，池中造青龍舟，舟中盛陳妓樂，日與西施爲水嬉。

浮鷁首，翳雲芝。

【注】船頭象鷁鳥，厭水神。故天子乘之。翳，覆也。爲畫芝草及雲氣以爲船覆飾也。善曰：《淮南子》曰：龍舟鷁首。《甘泉賦》曰：登夫鳳皇而翳華芝。

【疏】唐寫薛注複「鷁鳥」二字。無「爲畫芝草」以下十三字。○《淮南》，見《本經篇》。高注曰：鷁，大鳥也。畫其象箸船首，故曰鷁首。○本書《甘泉賦》服虔注曰：華芝，華蓋也。

垂翟葆，建羽旗。

【注】謂垂羽翟爲葆蓋飾，建隼羽爲旌旗也。善曰：《琴道》：雍門周曰：水嬉則建羽旗。

【疏】薛注「羽翟」疑當作「翟羽」。《説文》曰：翟，山雉尾長者。○《琴道》，本書陸士衡《樂府》注引同。「建羽旗」三字本在「舫龍舟」三字下。見《蜀志·郤正傳》。注以分引二句，故仍出「水嬉則」三字。唐寫無「則」字。○嬉、芝、旗，古音之部。

齊栧女，縱櫂歌。

【注】善曰：栧女，鼓栧之女。《漢書音義》：韋昭曰：栧，楫也。楊至切。櫂歌，引櫂而歌也。《西都賦》曰：櫂女謳。漢武帝《秋風辭》曰：發櫂歌。《方言》曰：楫或謂之櫂。郭璞曰：今云櫂歌也。直教切。

【疏】「栧」同「枻」，从「世」之字往往亦从「曳」。如「泄」之爲「洩」，「紲」之爲「絏」皆是也。《楚辭·九歌·湘君》曰：桂櫂兮蘭枻。王逸注曰：枻，船旁板也。《史記·司馬相如傳》《上林賦》《集解》引徐廣曰：枻，檝也。與韋昭同。○唐寫無「楊至切」三字。○《秋風辭》已見《西都賦》注。○《方言》卷九，郭注作「今云櫂歌，依此名也」。「依此名」三字，似當有。

發引和，校鳴葭，奏淮南，度陽阿。

【注】發引和，言一人唱，餘人和也。葭更校急之乃鳴。和，胡卧切。善曰：杜摯《葭賦》曰：李伯陽入西戎所造。《漢書》有淮南鼓員四人。然鼓員謂舞人也。《淮南子》曰：足蹀陽阿之舞。

【疏】唐寫「和」作「龢」，非是。《説文》：龢，調也。咊，相應也。今字作「和」，此賦乃唱和之「和」，不應作「龢」。○唐寫無「和胡卧切」四字。有「臣善曰」三字。六臣本已混薛注，不能辨矣。今依唐寫增入「善曰」二字。○張雲璈曰：葭應從竹，卽笳也。《宋書·樂志》⿱竹叚，李伯陽入西戎所造，卽笳也。孫志祖亦謂「⿱竹叚」誤「葭」。顧廣圻曰：此「葭」字卽从竹之假借，从竹之⿱竹叚，《説文》所無也。姜皋曰：《玉篇》亦無「⿱竹叚」字。而「笳」字注云：卷葭葉吹之。《廣韻》：葭，葭蘆也，笳捲蘆葉吹之也。則葭之爲笳，其義已見。胡紹煐曰：笳，卽箛也。笳箛音同。《晉先蠶儀注》：車駕住，吹小箛，發，吹大箛。箛卽笳也。

《説文》：箛，吹鞭也。然則笳非捲蘆葉吹之名矣。車駕發，吹大箛，卽魏文帝書「從者鳴笳以啓路」是也。蓋因「箛」而通爲「笳」，亦假作「葭」，遂有捲葭葉吹之之説。而《篇》、《韻》載之，恐屬附會。步瀛案：《宋書·樂志》曰：笳，杜摯《笳賦》云：李伯陽入西戎所造。《漢舊注》曰：箛號曰吹鞭。《晉先蠶注》車駕住，吹小箛。發，吹大箛。「箛」，卽「笳」也。又有胡笳。《漢舊箏笛録》有其曲，不記所出本末。《説文》曰：箛，吹鞭也。篍，吹筩也。《風俗通·聲音篇》引《漢書》舊注：箛，吹鞭也。篍，筩也。言其聲音篍篍，名自定也。《急就篇》曰：箛篍起居課後先。故胡紹煐謂「箛」卽魏文帝《與吴質書》之「鳴笳」是也。《藝文類聚·樂部》載魏杜摯《笳賦》曰：惟葭蘆之爲物，諒絜劲之自然。又載晉孫楚《笳賦》曰：銜長葭以汎吹，噭啾啾之哀聲。《御覽·樂部》引杜贊《笳賦序》曰：昔伯陽避亂，入戎，戎越之思，有懷土風，遂建斯樂，美其出入戎貉之俗，有大韶夏音。又引《宋書·樂志》胡笳云云，而繼之曰：笳者，胡人卷蘆葉吹之，以作樂也。故謂曰胡笳。《説文》段氏注曰：吹鞭蓋「葭」爲之，則不得斥捲葭葉之説爲傅會矣。○《漢書》見《禮樂志》。案：各本「書」下有「曰」字，「四人」下無「然鼓員」三字。今依唐寫訂正。○《淮南子》見《俶真篇》。「踈」作「蹀」，字同。胡紹煐曰：《楚辭·招魂》：發陽阿些。洪氏《補注》云：《淮南子》歌《采菱》，發《陽阿》。又云：欲美和者，必先始於《陽阿》。高誘云：陽阿，樂曲之和聲。是陽阿又善歌不止工舞也。陽阿，古名倡，善歌。故亦謂歌曲爲《陽阿》。此云度，猶上句云奏，皆指歌曲言，不謂舞也。步瀛案：《楚辭·招魂》「陽阿」作「揚荷」。本書《招魂》作「楊荷」。「荷」、「阿」古字通假。又《宋玉對楚王問》曰：其爲《陽阿》、《薤露》，國中屬而和者數百人。洪氏所引《淮南》見《人問篇》及《説山篇》。其《俶真篇》注曰：陽阿，古之名倡也。《説山篇》注曰：樂曲之和，聲有陽阿，古之名倡，善和也。《招魂》王逸注曰：揚荷，楚之歌曲也。

感河馮，懷湘娥。

【注】善曰：感，動也。《莊子》曰：馮夷得道以潛大川。《説文》曰：懷，念思也。《楚辭》曰：帝子降兮北渚。王逸曰：言堯二女娥皇、女英，隨舜不及，墮湘水之中，因爲湘夫人也。

【疏】唐寫注無「感動也」及「《説文》曰：懷念思也」，共十字。○《莊子》見《大宗師篇》，「道」作「之」。《淮南子·齊俗篇》曰：昔者馮夷得道以潛大川。與注引《莊子》同。姜皋曰：《竹書》洛伯用與河伯馮夷鬬，《後漢書·張衡傳》注：馮夷服八石得水仙爲河伯，故曰河馮。按：馮夷之名，傳記所載各異。本書《思玄賦》注引《書傳》曰：姓馮名夷。又引《太公金匱》曰：姓馮名修。《穆天子傳》稱無夷。《山海經》稱冰夷。《淮南子·原道訓》注稱馮遲。《後漢書·張衡傳》注又引《龍魚河圖》云：河伯姓吕名公子，夫人姓馮名夷。而所引《聖賢冢墓記》及《莊子·大宗師篇》《釋文》引《清泠傳》並云：華陰潼鄉隄首里人。胡紹煐曰：《御覽》四十二引《論衡》曰：費昌問馮夷曰：「何者爲殷，何者爲夏。」馮夷曰：「西，夏也。東，殷也。」是馮夷人名。《淮南·原道訓》稱：馮夷，大丙之御。注：古之得道能陰陽者。則馮夷又御之得道者。步瀛案：馮夷見於古書者，《莊子·大宗師篇》、《楚辭·遠游》皆作「馮夷」。《山海經·海内北經》作「冰夷」。《穆天子傳》作「無夷」。《淮南子·原道篇》、《齊俗篇》皆作「馮夷」。高注「夷」或作「遲」。陶方琦據本書《七發》、《廣絶交論》注及《匡謬正俗》八謂作「馮遲」者，是許注本。《齊俗訓》爲許注，亦應作「馮遲」，其作「馮夷」者，乃後人因高注本改耳。然《淮南・原道篇》高誘注曰：馮夷，古之得道能御陰陽者也。不言即河伯。《楚辭・遠遊》王逸注曰：馮夷，水仙人。《莊子・大宗師》《釋文》引司馬彪注曰：《清泠傳》曰：馮夷，華陰潼鄉隄首人也。服八石得水仙，是爲何伯。《淮南・齊俗篇》許注曰：馮夷，河伯也。華陰潼鄉隄首里人，服八石得水仙。《博物志・異聞篇》曰：昔夏禹觀河，見長人魚身，出曰：「吾河精，豈河伯也。」馮夷得道成仙，化爲河伯，道豈同哉。《海内北經》郭注曰：冰夷，馮夷也。《淮南子》云：馮夷得道以潛大川，即河伯也。《穆天子傳》所謂河伯無夷者，《竹書》作「馮夷」，字或作「冰」也。又《穆天子傳》注曰：無夷，馮夷也。本書《雪賦》注引《抱朴子・釋鬼篇》曰：馮夷以八月上庚日渡河溺死，天帝署爲河伯。《思玄賦》舊注引《太公金匱》曰：河伯姓馮名修。《初學記・天部》引《太公伏符陰謀》曰：河伯名馮修。當即此。《酉陽雜俎・諾皋記》引《河圖》言姓吕名夷。《莊子・秋水篇》《釋文》曰：一云姓吕名公子。馮夷是公子之妻。蓋本《龍魚河圖》，見《御覽・鬼神部》引。誠如朱子《楚辭集注》所謂荒誕不可稽考者。胡應麟《莊嶽委談》、顧炎武《日知録》，皆據《竹書》帝芬十六年，洛伯用與河伯馮夷鬭，帝泄十六年，殷侯微以河伯之師伐有易，謂河伯爲諸侯。而胡以河爲國名。顧以爲國居河上，亦稍有不同。徐位《竹書紀年統箋》則依胡氏之説。案：胡、顧之説固較舊説爲近理。據王國維《今本竹書紀年疏證》前事見《水經・洛水注》引，後事見《大荒東經》注引。其事亦較可信。然古人神話，大半荒怪難信，文章家相沿已久，固不必一一辨之也。○《楚辭》見《九歌・湘夫人》。「及」作「反」，「中」作「渚」。案：各本「水」下無「之」字，「夫人」下無「也」

字。今依唐寫增。王逸注以湘君爲湘水神，以湘夫人爲堯二女，與古不合。以《九歌》文義求之，亦未安。《史記·秦始皇本紀》曰：二十八年，浮江至湘山祠，逢大風，幾不得渡。上問博士曰：「湘君何神？」博士對曰：「聞之，堯女舜之妻，而葬此。」《列女傳·母儀傳》曰：有虞二妃者，帝堯之二女也。長娥皇，次女英。舜陟方死於蒼梧，二女死於江湘之閒，俗謂之湘君、湘夫人也。案：「湘夫人也」四字依《後漢書·張衡傳》注增。《禮記·檀弓》上鄭注曰：《離騷》所歌湘夫人，舜妃也。然所謂湘君、湘夫人猶渾而言之。韓愈《黄陵廟碑》曰：堯之長女娥皇爲舜正妃。故曰君。其二女女英，自宜降曰夫人也。故《九歌》謂娥皇爲君，謂女英爲帝子，各以其盛者推言之也。禮有小君，君母，明其正自得稱君也。則更以湘君、湘夫人分屬皇、英。洪興祖《楚辭補注》、朱子《集注》皆從其説。《中山經》曰：洞庭之山，帝之二女居之。郭璞注曰：天帝之二女，而處江爲神。即《列女傳》江妃二女也。《離騷·九歌》所謂湘夫人稱「帝子」者是也。而《河圖玉版》曰：湘夫人者，帝堯女也。秦始皇浮江至湘山，逢大風而問博士，湘君河神。博士曰：「聞之，堯二女，舜妃也。死而葬此。」《列女傳》曰：二女死於江湘之間，俗謂爲湘君。司農亦以舜妃爲湘君。説者皆以舜陟方而死，二妃從之，俱溺死於湘江，遂號爲湘夫人。按：《九歌》，《湘君》《湘夫人》自是二神，江湘之有「夫人」，猶河洛之有虙妃也。此之爲靈與天地並矣，安得謂之堯女？且既謂之堯女，安得復總云湘君哉？何以考之？《禮記》曰：舜葬蒼梧，二妃不從。明二妃生不從征，死不從葬，義可知矣。即令從之，二女靈達，鑒通無方，尚能以鳥工龍裳救井廩之難，豈當不能自免於風波，而有雙淪之患乎。假復如此。《傳》曰：生爲上公，死爲貴神。禮：五嶽比三公，四瀆比諸侯。今湘川不及四瀆，無秩於命祀，而二女帝者之后，配靈神祇，無緣當復下降小水而爲夫人也。原其致謬之由，由乎俱以帝女爲名，名實相亂，莫矯其失。案：郭氏此注，歷駁舊説，可謂辨矣。然天帝有女，寧非荒怪。韓《碑》已斥其失矣。羅泌《路史後紀》及《發揮》又以爲舜女宵明燭光，亦臆説。顧炎武《日知録》謂：湘水之神，有后，有夫人。王夫之《楚辭通釋》謂湘君，湘水之神，夫人其配也。夫水神有妻，其妄亦同於天帝有女，姑沿舊説，置而不論可也。至《禮記·檀弓》三妃不從，郭注引作「二妃」，與劉向、張衡等合。説見後《思玄賦》，今不復著。

驚蝄蜽，憚蛟蛇。

【注】蝄蜽，水神。蛟，龍類。驚憚，謂皆使駭怖也。善曰：楊雄《蜀都賦》曰：其深則有水豹蛟蛇。

【疏】唐寫「蝄」作「蛧」。注「蛟」下有「蛇」字。案：李注末有「也」字，依唐寫删。案：此處「蝄蜽」與「蛟蛇」對舉，故薛注以爲水神也。説見上。○《藝文類聚·居處部》引楊雄《蜀都賦》曰：其深則有猵獺沈鱓，水豹蛟蛇。○歌、阿、娥、蛇，古音歌部。葭，魚部。通轉爲韻。

然後釣魴鱧，纚鰋鮋。

【注】纚，網；如箕形，狹後廣前。魴、鱧、鰋、鮋皆魚名。善曰：纚，所買切。鰋音偃。鮋，長由切。

【疏】唐寫「纚」作「灑」。注並同，疑誤。○陸璣《詩疏》曰：魴，今伊、洛、濟、潁魴魚也。廣而博肥，恬而少力，細鱗，魚之美者。朱珔曰：案：魴魚固所習見，而義亦異。《説文》：魴，赤尾魚也。籀文作「鰟」。《詩·汝墳》：魴魚赬尾。毛傳云：魚勞則尾赤，非本赤尾也。《爾雅》：魴魾。郭注：江東呼魴爲鯿，一名魾。音毗。鯿、魴、魾俱聲相轉。魴古讀如旁也。《説文》鯾與魴相次，鯾卽魴也。又以魾爲大鱯，則此魾亦魴之大者矣。又案：桂氏《札樸》云：以魴爲鯿，始誤於《詩》毛傳、孔疏，遂斷云魴尾本不赤。獨《説文》以魴爲赤尾魚。余在沅江買得一魚，鱗白而尾赤，肉細多脂，形似赤鯉，益信許説有據。《釋魚》：魴，魾。魾，大鱯。《爾雅》何嘗以魴爲鯿耶？今之鯿豈無勞者，絶不見赤尾，是知魴鯿不同物矣。此説獨異，存以備參。○鱧，見上鮦。○《爾雅·釋魚》鰋鮎連文。《詩·魚麗》毛傳曰：鰋，鮎也。《説文》曰：鮎，鰋也。鰋重文作鰋。《魚麗》孔疏曰：孫炎以爲鰋鮎一魚，又《碩人》疏引孫炎曰：鰋一名鮎。此《爾雅》古義也。郭注則以爲二魚。又鰋下注曰：今偃額白魚。郝懿行曰：白魚名鮊。《廣雅》云：鮊，鱎也。《玉篇》：鱎，白魚也。「鮊」，一作「鮊」。《石鼓文》：又鱄又鮊是也。鮊又名鮿。《説文》：鮿，白魚也。今白魚生江湖中，細鱗，白色，頭尾俱昂，大者長六七尺也。朱珔曰：段氏云：《史記·貨殖傳》：鮿千石。張守節曰：雜小魚也。鮿是小魚之名。故《漢書·高帝紀》：鮿生教我，服虔注：鮿音淺。鮿，小人貌也。余謂段説是。鮿與鮊雖俱爲白色，而大小迥殊，種類非一。不得以「鮿」爲「鮊」，卽不得以「鮿」爲「鰋」矣。案：各本無「鰋音偃」三字，依唐寫增。○《爾雅·釋魚》曰：鮂黑鰦。郭注曰：卽白鯈魚。江東呼爲「鮂」。《釋文》曰：「鰷」本亦作「鮋」。《玉篇》曰：鮂或作「鮋」。郝懿行曰：鮋、鮂形近，疑相涉而誤也。孫氏星衍説：「鯈」古多爲「鯈」，「鯈」字缺壞作「黑」耳。《詩·周頌·潛》箋：鰷，白鰷也。蓋「鯈」字變爲「鰷」，因音變爲條矣。性好羣遊，故《莊子·秋水篇》云：鯈魚出遊從容，是魚樂也。《釋文》引李頤注曰魚也。「鯈」一作「鮍」。郭注《西山經》云：小魚曰鯈。《爾雅翼》云：其形纖細而白，故曰白鰷。《埤雅》云：鰷魚形狹而長，江湖之閒，謂之餐魚。按：餐與鯈聲相轉，今俗呼白鰷音如白漂，蓋語聲之譌耳。朱珔曰：鯈，舊爲直由切，今音迢。然蕭、尤韻本通，故條亦從攸聲也。鮋亦見《江賦》。彼注引郭璞曰：舊説鮋似鱓，鱓即今之黄鱔魚，黄質黑文，不得與白鯈相似。豈郭意不以「鮋」爲「鯈」與。且《爾雅》明云黑鰦，而以白鯈釋之，何以相反。疑本「鯈」字，而「鯈」爲「鯈」之假借，如孫説也。

摭紫貝，搏耆龜。

【注】搏、摭皆拾取之名。耆，老也。龜之老者神。善曰：《相貝經》曰：赤電黑雲，謂之紫貝。《楚辭》曰：耆蔡兮踊躍。王逸曰：蔡，龜也。摭，之石切。

【疏】《初學記·鱗介部》引《逸禮》曰：龜三千歲上游於卷耳之上，老者先知。故君子舉事必考之。《御覽·鱗介部》引同。○《相貝經》、《藝文類聚·寶玉部》下引同。《史記·司馬相如傳》《子虛賦》《集解》引郭璞曰：紫貝，紫質黑文也。《漢書·相如傳》顔注曰：貝水中介蟲，古以爲貨也。《隋書·經籍志·子部·五行類》注云：梁有《相貝經》一卷，不言何人撰。《藝文類聚》引《相貝經》謂朱仲受之於琴高，以遺嚴助。是《相貝經》非嚴助撰，而得之於朱仲耳。高似孫《緯略》曰：惟朱仲所傳《相貝經》，怪奇。則以所傳爲朱仲，與《藝文類聚》所引合也。楊慎《丹鉛總録》十一曰：馬總《意林》引《相貝經》不著作者。讀《初學記》，始知爲嚴助作。汪師韓亦謂《相貝經》嚴助撰，見《初學記》。恐亦沿楊説，未及悉攷。周廣業《意林注》謂：升菴之言必自有據，亦未必然。○《楚辭》，見《九懷·匡機》，「耆」作「著」。

洪校當作「耆」。又逸注「蔡」下有「大」字。

搤水豹，馽潛牛。

【注】水豹，潛牛，皆謂水處也。善曰：《說文》曰：搤，捉也。楊雄《蜀都賦》曰：水豹蛟蛇。《說文》曰：馽，絆馬也。《上林賦》曰：沈牛麈麋。《南越志》：潛，牛形，角似水牛，一名沈牛。搤音厄。馽，中立切。

【疏】《說文》見《手部》。○楊雄《蜀都賦》，已見上。○《說文·馬部》馽下曰：絆馬也。从馬，口、其足。讀若輒。重文作「縶」。段依《韻會》絆馬下增足字。曰：口象絆之形。隸書作馽，失其意矣。《莊子·馬蹄篇》：連之以羈馽。卽此字。○「麈」各本作「鹿」。唐寫作「塵」皆誤。依本書《上林賦》改。各本無「一名沈牛」四字。唐寫有，與《上林賦》注引《南越志》合。今據增。唐寫「志」作「誌」，字同，「立」作「十」，韻同。朱珔曰：據《續漢書·郡國志》交阯郡下苟漏注引《交州記》曰：有潛水牛，上岸共鬭，角軟復出。《水經·葉榆水注》亦云：句漏縣，江中有潛牛，形似水牛，上岸鬭，角軟還入江。角堅復出。注所引當謂此。兩賦皆作夸辭。雖地勢遠隔，似非長安宜有之物，要其意殆不指常畜而言矣。

澤虞是濫，何有春秋。

【注】澤虞，主水澤官。濫，施罛罟也。言不順時節，常設之也。善曰：《周禮》曰：澤虞掌國澤之政。《國語》曰：魯宣公濫於泗流。

【疏】《澤虞》見《地官》。「政」下有「令」字，宜增。○《國語》，見《魯語》。「濫」上有「夏」字，宜增。薛注以不順時節釋「何有春秋」句。則《魯語》「夏」字足證不順時節之義。《魯語》泗淵，注改「泗流」，避唐諱耳。案：《魯語》韋昭注曰：「濫，漬也。漬罟於泗水之淵，以取魚也。」朱駿聲以「濫」爲「檻」之借字。謂施柴水中以聚魚，圍而捕之，如檻之四面設闌，所謂竭澤而漁也。步瀛案：朱說未是。圍捕之法，宜冬不宜夏。且下文里革斷其罟而棄之，則是施罟，非施柴矣。「漬」與「積」通。當是多施罟於四面。故韋注云：「漬，罟也。」○鮋、龜、秋，古音幽部。牛，之部。通轉爲韻。

擿漻澥，搜川瀆，布九緎，設罜䍡。

【注】漻澥，小水別名。擿、搜，謂一一周索也。善曰：《毛詩》曰：「九罭之魚，鱒魴。」《爾雅》曰：「九罭，魚網。」《國語》：「里革曰：禁罜䍡。」韋昭曰：「罜䍡，小網也。」擿，士狄切。漻，音了。澥，音蟹。「罭」與「緎」古字通。罭音域。罜音獨。䍡音鹿。

【疏】唐寫本「擿」作「摘」，誤作「樀」。尤本李注曰：「摘，士狄反。」疑李本亦作「摘」，與唐寫本同。五臣作「擿」耳。「緎」，各本作「罭」，今依孫志祖、段玉裁、胡克家諸家校改「緎」。○《吕氏春秋・古樂篇》曰：「降通漻水以導河。」高注曰：「漻，流也。」澥爲小水，自與勃澥爲海之別名異義。《說文・𨸏部》䧌字下曰：「一曰小谿。」䧌爲小谿，亦猶《爾雅・釋山》嶰爲小山。故薛以澥爲小水也。○「擿」爲「摘」之借字。《廣雅・釋詁》一曰：「摘，取也。」○《詩・九罭》，毛傳曰：「九罭，緵罟，小魚之網也。」《爾雅・釋器》曰：「緵罟謂之九罭。九罭，魚網也。」郭注曰：「今之百囊罟是。」胡克家曰：「善注罭與緎古字通，謂所引《毛詩》、《爾雅》之「罭」，與正文之「緎」通也。蓋善作「緎」，五臣作「罭」而各本亂之。」○各本注「禁罜麗」上有「罝」字。胡克家曰：「『罝』字不當有，蓋有依《國語》記「罝」字於「罜」旁者，而誤在「禁」上也。案：胡校極確。今從之。而《魯語》作禁罝罜。韋注曰：「罝」當作「罜」，罜，小網也。宋庠《補音》曰：今按韋注云「罝」當作「罜」，則作音者先合寫爲「罝」字，然後引注音獨乃允耳。舊音直改「罝」作「罜」，則注爲虛設。今改作「罝」。王引之《經義述聞》曰：舊音「罜麗」二字乃《國語》原文，非改「罝」作「罜」也。注內「罝當作」三字乃後人所增耳。蓋正文本作「禁罜麗」。注文本作「罜麗，小網也」。故舊音出。正文「罜麗」二字云：上音獨，下音鹿。傳寫者因上文「禁罝羅」而誤爲「禁罝麗」。後人又於注中「罜」上增「罝當作」三字，以遷就已誤之正文耳。公序不能釐正，反據此以難舊音，非也。據《西京賦》注引，則正文當改「罝」爲「罜」。注文當去「罝當作」三字，而以「罜麗」連續，乃復《國語》韋注之舊。《荀子·成相篇》注引作「禁罝罜麗」，與宋明道本同。蓋宋本又誤作「禁罝罜麗」，校書者據此以改楊注耳。董增齡《國語正義》曰：黃丕烈《札記》，據《西京賦》李善注與明道本同，因謂宋公序於正文刪「罜」字，於注文「罝當爲罛」改云「罝當爲罜」，大謬。齡謂黃説非也。「罛」是大網。《衛風》施罛濊濊是也。罜麗之小者尚禁，則大者可知。故舉罜麗足以包罛，況「罝」與罜形相似，「罝」與「罛」形迥別，安得轉寫成「罝」？

摷昆鮞，殄水族。

【注】昆，魚子。鮞，細魚。族，類也。摷殄，言盡取之。摷，責交切。善曰：《國語》里革曰：「魚禁鯤鮞。」鯤音昆，鮞音而。

【疏】《爾雅·釋魚》曰：鯤，魚子。郭注曰：凡魚之子總名鯤。《説文》曰：鮞，魚子也。《呂氏春秋·本味篇》高注曰：鮞，一云魚子。〇唐寫無「搡，責交切」四字。〇《魯語》韋注曰：鯤，魚子。鮞，未成魚也。

蘧藕拔，蜃蛤剥。

【注】蘧，夫蕖。蜃蛤，蚌也。善曰：蜃音腎。

【疏】五臣「蘧」作「蕖」。朱珔曰：「蘧」爲「蕖」之同音借字。《公羊·定十五年經》：齊侯、衛侯次于蘧篨。《穀梁》作「蕖蒢」。是「蘧」「蕖」通用之證。薛傳均曰：《荀子·脩身篇》：有法而無志，其義則渠渠然。楊倞注：「渠」讀爲「遽」。「蘧」字遽聲，「蕖」字渠聲，「渠」「遽」既通，則「蘧」「蕖」亦可通矣。《爾雅》、《説文》訓「蘧」爲蘧麥，與藕不相類。自當讀「蘧」爲「蕖」於義始合。毛公《澤陂》傳云：荷，夫渠也。《説文》亦無「芙蕖」二字。蓋「夫渠」爲正字，「芙蕖」乃俗字也。胡紹煐曰：按：蘧，蘧蔬也。今謂之茭白。蘧，菜類，故曰蘧蔬。藕、蘧皆水中草，故並言之。猶蜃、蛤之爲二物也。薛以「蘧」「蕖」音同，故謂「蘧」爲芙蓉，而六臣本逕改「蘧」爲「蕖」，誤矣。《爾雅·釋草》出隧蘧蔬。郭注：蘧蔬，似土菌，生菰草中。今江東啖之，甜滑。郝氏《義疏》云：《西京雜記》：菰之有米者，長安人謂之「雕胡」。有首者謂之「緑節」。「緑節」即「蘧蔬」矣。今蔬菜大於蒲，春抽白萌，謂之「菰首」，亦曰「菰手」是也。《蜀本草注》：三年中心生白臺，如藕狀。故曰「菰首」。案：「蘧」，「蕖」之通借字，當以朱、薛説爲是。胡氏以爲蘧蔬，亦可備一解。〇《周禮·地官》序官掌蜃，鄭注曰：蜃，大蛤。《晉語》韋昭注曰：小曰蛤，大曰蜃。

逞欲畋魰，效獲麑麌。

【注】逞，極也。鹿子曰麑。麋子曰麌。善曰：《左氏傳》季梁曰：「今民餒而君逞欲。」《廣雅》曰：逞，快也。孔安國《尚書傳》曰：田，獵也。「田」，與「畋」同。《説文》曰：魰，捕魚也，音魚。《國語》曰：獸長麑麌。麑音迷。麌，烏老切。

【疏】本書《思玄賦》李注引《字林》曰：逞，盡也。與極義同。麑麌，《魯語》韋注同。《左・襄二十七年》杜注曰：效，致也。○《左傳》，見桓六年。各本「梁」作「良」。唐寫作「梁」，與《左傳》合，今從之。○《廣雅》，見《釋詁》二。○僞孔傳，見《書・無逸篇》。○《説文・𩺰部》曰：𤅴，捕魚也。無「魰」字。此李就正文改。《華嚴經音義》下曰：《聲類》有「⿰⿸虍魚攵」、「魰」二體。《周禮・天官・⿰⿸虍魚攵人》《釋文》曰：亦作「魰」。○《國語》亦《魯語》里革之言。

摎蓼浶浪，

【注】所求偏也。善曰：摎，古巧切。蓼音老。浶音勞。浪音郎。

【疏】胡紹煐曰：摎、蓼叠韻。浶、浪雙聲。皆謂驚擾貌。《説文》：⿰犭翏，犬獿獿咳吠也。獿獿，⿰犭翏也。《太玄》：玄擲死生相摎。注：摎，相擾也。《廣雅・釋詁》三曰：⿰犭翏，擾也。《莊子・天道篇》：膠膠擾擾乎。膠膠，猶擾擾。摎與膠、⿰犭翏音義並同。蓼即摎也。本書《吴都賦》：輶軒蓼擾，是也。《漢書・楊雄傳》注引《音義》，韋昭曰：浶，騷也。騷亦擾也。《廣雅・釋詁》三曰：騷，擾也。凡人心中煩擾謂之牢騷，「泮」與「牢」同。○李注「郎」字下各本有「泮」字，依唐寫删。

乾池滌藪。

【注】善曰：孔安國《尚書傳》曰：滌，除也。鄭玄《禮記注》曰：藪，大澤。

【疏】僞孔傳，見《書・禹貢》。○《禮記》鄭注，見《月令》。

上無逸飛，下無遺走。

【疏】《左傳・桓八年》杜注曰：逸，逃也。《廣雅・釋言》曰：遺，亡也。《説文》曰：亡，逃也。此言上下飛走皆無所逃亡也，盡獲之。

擭胎拾卵，蚳蝝盡取。

【注】善曰：《國語》曰：鳥翼鷇卵，蟲舍蚳蝝。韋昭曰：蚳，蟻子也，可以爲醢。蝝，復陶也，可食。未乳曰卵。蚳，直尸切。蝝音緣。取，蒼苟切。

【疏】《國語》亦《魯語》里克之言。韋注原文「未乳曰卵」，在「蚳，蟻子也」之上。李氏依本文次第移後。《爾雅・釋蟲》曰：蝝，蝮蜪。郭注曰：蝗子未有翅者。胡紹煐曰：按，蟻聚土爲封，如水中之蚳，孚卵其中，故謂蟻子爲蚳。猶蚯蚓培土爲塿，如丘，然故謂之蚯蚓也。蝝一名復陶，蓋亦取伏復穴，中如陶之義。《爾雅》作蝮蜪。《説文》：蝝，復陶也。不從虫旁。《漢書・五行志》引董仲舒、劉向説，並以爲蝗始生子。《春秋・宣十五年》：冬，蝝生。杜注謂螽子，從劉、董説。《公羊傳》何休注：蝝，即蟓也。始生曰蝝。大曰蟓。蟓與螽同。《禮記・祭統》：陸産之醢。鄭注以爲蚳蝝之屬，是蚳蝝皆可爲醢。

卽《内則》所云卵醬矣。

取樂今日，遑恤我後。

【注】皇，暇也。言且快今日之苟樂，焉能復顧後日之長久也。善曰：《毛詩》曰：我躬不閲，遑恤我後。

【疏】薛注「遑」作「皇」，與李注本不同。然唐寫薛注亦作「遑」。○《毛詩》，見《邶·谷風》及《小弁》。○瀆、麗、族、剥、藪、走、取、後，古音侯部。麌，宵部。通轉爲韻。○以上水嬉。

既定且寧，焉知傾陁。

【注】天下已定，貴在安樂，極意恣心，何能復顧後日傾壞也。陁音雉。

【疏】唐寫薛注「在」作「且」，「也」作「邪」，無「陁音雉」三字。○《方言》六曰：陁，壞也。《周語》韋注曰：大曰崩，小曰陁。字亦作「陊」。《廣雅·釋詁》一曰：陊，壞也。

大駕幸乎平樂，張甲乙而襲翠被。

【注】平樂館，大作樂處也。襲，服也。李尤《平樂觀賦》曰：設平樂之顯觀，處金商之維限。善曰：班固《漢書贊》曰：孝武造甲乙之帳，襲翠被，馮玉几。《音義》曰：甲乙，帳名也。《左氏傳》曰：楚子翠被。杜預曰：翠羽飾被。披義切。

【疏】古鈔「乎」作「于」。五臣「平樂」下有「之館」二字，「張」作「帳」。○吕延濟曰：大駕，天子駕也。平樂，館名。孫志祖曰：案：「張」、「帳」古字本通。如供帳，古只作「供張」也。步瀛案：大駕，已見《西都賦》「法駕」疏供張，見《東都賦》。○唐寫薛注「館」作「觀」，與下李注同。又李注各本《平樂觀賦》脱「平」字。胡克家曰：「樂」上當有「平」字。各本皆脱。陳云：別本有，今未見。步瀛案：《藝文類聚·居處部》引李尤《平樂觀賦》，則「平」字當有。賦云：乃設平樂之顯觀，章秘瑋之奇珍。又曰：彌平原之博敞，處金商之維陬。薛注所引二句，並不相連。「限」字乃「陬」字之譌。「陬」與下文「樓」字爲韻也。此注蓋淺人疑「館」「限」爲韻而誤改耳。又案：古「觀」「館」同字。而《藝文類聚·居處部·觀篇》既引李尤《平樂觀賦》，《館篇》又引李尤《平樂館銘》，未知原文孰是。○《漢書贊》，見《西域傳》。顔注曰：其數非一，以甲乙次第名之也。案：顔注蓋本應劭，見《東方朔傳》注。○《左傳》，見昭十二年杜注，「翠」上有「以」字。

攢珍寶之玩好，紛瑰麗以奓靡。

【注】攢，聚也。紛，猶雜也。瑰，奇也。麗，美也。奓靡，奢放也。

【疏】五臣「奓」作「侈」。○攢訓爲聚，本《蒼頡篇》，已見《西都賦》注。瑰、奓並見上注。

臨迴望之廣場，程角觝之妙戲。

【注】程，謂課其技能也。善曰：《漢書》曰：武帝作角觝戲。文穎曰：秦名此樂爲角觝，兩兩相當，角力技藝、射御，故名角觝也。

【疏】唐寫「觝」作「牴」，蓋「抵」字之誤。注皆作「抵」可證。《漢書·武帝紀》作「抵」。文穎注無「秦」字，「角抵」下有「者」字，「技藝」上有「角」字。《史記·秦始皇本紀》《集解》引亦有「秦」字，餘同《漢書》

注。○《述異記》曰：秦漢間説蚩尤氏耳鬢如劍戟，頭有角，與軒轅鬭，以角觝人，人不能向。今冀州有樂名蚩尤戲，其民兩兩三三，頭戴牛角而相觝。漢造角觝戲，蓋其遺製也。步瀛案：此説附會不足信。《史記·李斯傳》曰：二世在甘泉，方作轂抵優俳之觀。《集解》引應劭曰：戰國之時，稍增講武之禮，以爲戲樂，用相夸示。而秦更名曰角抵。角者，角材也，抵者，相抵觸也。下卽引文穎注。裴駰曰：轂抵卽角抵。《漢書·武帝紀》顏注曰：抵者，當也。非謂抵觸，文説是也。《御覽·工藝部》十二引《漢武故事》曰：角抵戲，六國所造，秦并滅天下，而增廣之。漢興雖罷，然猶不都絶。至上復採用之。○陁、被、靡，古音歌部。戲，魚部。通轉爲韻。

烏獲扛鼎，都盧尋橦。

【注】善曰：《史記》曰：秦武王有力士烏獲、孟説，皆至大官。王與孟説舉鼎。《説文》曰：扛，横關對舉也。扛，與舡同。古尨切。《漢書》曰：武帝享四夷之客，作巴俞都盧。《音義》曰：體輕善緣。橦，直江切。

【疏】《史記》，見《秦本紀》，各本無「至」字，依唐寫本增。○《匡謬正俗》六曰：或問曰：吳楚之俗謂相對舉物爲剛，有舊語否。答曰：扛，舉也，音江，字或作「舡」。《史記》云項羽力能扛鼎，張平子《西京賦》云烏獲扛鼎，並是也。彼俗音訛，故謂「扛」爲「剛」耳。既不知其義，乃有造「掆」字者，固爲穿鑿也。余蕭客曰：烏獲、項羽扛鼎，恐非兩人對舉。○《説文》，見《手部》。「關」各本誤作「開」。唐寫本作「關」，與《説文》合，今從之。段玉裁曰：正文作「舡」，故注引《説文》而曰：「舡」與「扛」同。《魏大饗碑》：舩鼎緣橦。「舩」、「舡」同也。胡克家曰：善注云：「扛」與「舡」同。謂引《説文》之「扛」，與正文之「舡」同也。蓋善作「舡」，五臣作「扛」，而各本亂之。胡紹煐曰：李尤《平樂觀賦》烏獲扛鼎，作「扛」。步瀛案：注「扛」與「舡」同，尤本「舡」作「舩」。今依唐寫及六臣本。○《漢書》，見《西域傳贊》。晋灼曰：都盧，國名也。李奇曰：都盧，體輕善緣者。《後漢書·馬融傳》注曰：橦，旗之竿也。《能改齋漫録》六曰：都盧尋橦，緣竿之伎也。見《西京雜記》。傅玄《西都賦》云：緣竿之伎，有都盧尋橦，跟掛腹旋也。方以智《通雅》卷三十五曰：《淮南子》木熙者據句柱，卽今之上高竿。漢有都盧，唐名戴竿。陳師道曰：唐人以緣橦者爲都盧緣。步瀛案：《淮南·脩務篇》曰：木熙者舉梧檟，據句枉。高注曰：熙，戲也。舉，援也。梧桐檟梓，皆大木也。句枉，曲枝也。則木熙殆謂上樹木而戲，非上高竿也。方改「句枉」爲「句柱」，亦非是。張雲璈曰：前言都盧輕趫，乃比擬之辭。此則廣場妙戲之一也。都盧，自來作國名解，唯五臣注以爲山名，未識所據。步瀛案：劉良注以都盧爲山名，恐臆説，不足據。胡紹煐曰：武帝作巴渝都盧，謂作巴渝之舞，都盧之戲也。《釋名·釋宮》云：櫨在柱頭，如都盧負屋之重也。尋橦謂之都盧，猶負屋謂之都盧，叠韻字。

衝狹鷰濯，胷突銛鋒。

【注】卷簟席，以矛插其中，伎兒以身投，從中過。鷰濯，以盤水置前，坐其後，踊身張手跳前，以足偶節，踰水，復却坐如鷰之浴也。善曰：《漢書音義》曰：銛，利也。息廉切。

【疏】唐寫「衝」作「衡」，殆誤字。「胷」作「匈」。案：《説文》：匈，膺也。重文作「𦙄」。後人又作「胷」。

五臣「鷰」作「燕」。許巽行曰：鷰，俗字。○余蕭客《紀聞》引《類林》曰：狹以草爲環，插刀四邊，使人躍入其中，胷突刀上，如燕濯水。李詳曰：衝狹鷰濯，與下胸突銛鋒爲一事。薛解鷰濯，容有此伎，非此注所應采。《列子·説符篇》：有蘭子能燕戲。張湛注：如今之絶倒投狹者。亦以爲一事。○《漢書音義》、《後漢書·張衡傳》注引同。

跳丸劍之徽霍，走索上而相逢。

【注】徽霍，謂丸劍之形也。索上，長繩繫兩頭於梁，舉其中央，兩人各從一頭上，交相度，所謂儛絙者也。跳，都彫切。

【疏】「徽」各本作「揮」，古鈔及唐寫作「徽」，今從之。注「徽」字亦依唐寫。○朱珔曰：葉氏樹藩謂戰國時有蘭子者，以技干宋元君，以雙枝長倍其身，屬其脛，並趨並馳，弄七劍，迭而躍之，五劍常在空中。此見《列子·説符篇》。又《舊唐書·音樂志》：梁有跳梁伎，然皆未及丸。《後漢書·西域傳》注引魚豢《魏略》云：大秦國多奇幻，跳十二丸巧妙。《三國志》注亦引《魏略》云：太祖遣邯鄲淳詣臨淄侯植。植得淳，甚喜。延入坐，不先與談，時天暑熱，遂科頭拍袒，胡舞跳丸擊劍。是丸劍本胡舞。漢時已有。本書《舞鶴賦》丸劍雙止，正與此同。步瀛案：《三國志》注見《王粲傳》附《邯鄲淳》下。○唐寫本無「跳，都彫切」四字，是。○橦、鋒、逢，古音東部。

華嶽峩峩，岡巒參差。神木靈草，朱實離離。

【注】華山爲西嶽。峩峩，高大貌。參差，低仰貌。神木，松柏靈壽之屬。靈草，芝英。朱，赤也。離

離，實垂之貌。善曰：《西都賦》曰：靈草冬榮，神木叢生。《毛詩》曰：其桐其椅，其實離離。毛萇曰：離離，垂也。

【疏】唐寫「嶽」作「岳」，《説文》：「岳」，古文。「嶽」，篆文。○唐寫薛注「之貌」下有「也」字。○《毛詩》見《湛露》。

總會僊倡，戲豹舞羆。白虎鼓瑟，蒼龍吹篪。

【注】僊倡，僞作假形，謂如神也。羆、豹、龍、虎皆爲假頭也。

【疏】注「龍虎」各本誤作「熊虎」，依胡克家校改。

女娥坐而長歌，聲清暢而蜲蛇。

【注】蜲蛇，聲餘詰曲也。善曰：女娥，娥皇、女英也。

【疏】梁章鉅曰：洪氏邁《容齋五筆》云：委蛇字凡十二變：一曰委蛇，二曰委佗，三曰逶迤，四曰倭遲，五曰倭夷，六曰威夷，七曰委移，八曰逶移，九曰逶虵，十曰蜲蛇，十一曰遞迤，十二曰威遲。按：吴玉搢《金石存》歷舉《衛尉卿衡方碑》作「禕」，《隋唐扶碑》作「逶」，《隨劉熊碑》作「逶隨」。枚乘《兔園賦》作「崣嵾」。《博雅》：隇陝，險也。《文選》薛注：周道威夷，險也。則「隇陝」亦「委蛇」之別體。而字書尚有「蟡迆」「蝛虵」「隝陭」之異。是此二字不止十二變矣。步瀛案：《旁證》引《金石存》尚有脱誤，今依許氏刻本校正。又案：《廣雅》見《釋丘》。隋人避煬帝諱，稱《博雅》，後世不宜沿其名也。本書《琴賦》、《西征賦》、《遊天台山賦》、《金谷詩》、《秋胡詩》、《石闕銘》注引《韓詩》皆作「夷威」，《使洛詩》注引作「倭遲」。然皆李注，非薛注也。

洪涯立而指麾，被毛羽之襳襹。

【注】洪涯，三皇時伎人。倡家託作之，衣毛羽之衣。襳襹，衣毛形也。善曰：襳，所炎切。襹，史宜切。

【疏】朱珔曰：按：後郭璞《遊仙詩》：右拍洪崖肩。注引此語，「涯」作「崖」，字通用也。彼又引《神仙傳》曰：衛叔卿與數人博，其子度曰：「向與博者爲誰？」叔卿曰：「是洪崖先生。」據此知洪涯蓋古之仙者。注中「伎」字，當爲「仙」之誤。不然，三皇時安得有伎人乎。上云女娥長歌，合此與郭詩：「姮娥揚妙音，洪崖頷其頤」，正一例矣。步瀛案：唐寫「伎」作「皮」，蓋以形與「伎」相近而誤。倘作「仙」字，與「皮」字絶不相類。不至有此誤。朱謂「伎」當爲「仙」，殆未確。○薛注各本「襳」下脱「襹」字，依唐寫補。彼無上兩「衣」字。○差、離、羆、蛇、襹，古音歌部。箎，古音支部。通轉爲韻。

度曲未終，雲起雪飛。初若飄飄，後遂霏霏。

【注】飄飄、霏霏，雪下貌也。皆巧僞作之。善曰：班固《漢書贊》曰：元帝自度曲。瓚曰：度曲，歌終更授其次，謂之度曲也。《毛詩》曰：雨雪霏霏。

【疏】嚴有翼《藝苑雌黄》卷一曰：世人言度曲，歌曲也。《西京賦》：度曲未終。杜子美《陪李梓州泛江詩》：翠眉縈度曲。皆徒故切。考《漢·元紀贊》：自度曲。應劭曰：自隱度作新曲。顔注：度，大各反。與平子、杜詩異。臣瓚注：度曲，謂歌終更授其次，以度曲爲歌曲。夫度曲雖有兩音，《元帝紀》

止可作大各切。王楙《野客叢書》卷九曰：元帝度曲，乃隱度之「度」，音鐸。如應劭所注，師古所音是也。《西京賦》乃度次之「度」耳，音杜。豈《元贊》之義哉。注但見《元贊》有此二字，故引爲證，而不知其意自別。《古文苑》宋玉《笛賦》：度曲羊腸，此語却可以爲證，而又在《漢贊》之先。注者不知之。近觀《藝苑雌黃》，辨此二音，與僕意合。然亦不推原宋玉之語。夫豈未之考乎？張雲璈曰：度曲，與自度曲有別。今填詞家不由舊譜，而刱爲一調，謂之「自度曲」。自是出於《元贊》。惟但知音杜，而不知音鐸耳。余蕭客曰：漢人四聲通用，不在瑣辨。步瀛案：宋玉《笛賦》，本賦李注即引之，此偶未及耳。然彼賦殆後人擬作，未必果出宋玉。嚴氏不引，亦未爲失也。○薛注「也」字，李注「贊」字「也」字，各本無，皆據唐寫增。又唐寫「瓚」上有「臣」字。○《毛詩》，見《出車》。唐寫無。

複陸重閣，轉石成雷。

【注】複陸，複道閣也。於上轉石以象雷聲。

【疏】唐寫「複」作「復」。注同。案：「複」、「復」字通。然此處皆「𠣾」之通假字。《説文》曰：𠣾，重也。六臣本作「覆」，非。○朱珔曰：《左氏·昭四年傳》：日在北陸。服注云：陸，道也。故注以複陸爲複道。何氏焯校本，疑「陸」爲「陛」。孫氏《考異》亦據之。然「陛」乃階級之名，與此殊不合。「陸」字非誤。注「閣」字殆衍。

礔礰激而增響，磅礚象乎天威。

【注】增響，重聲也。磅礚，雷霆之音。如天之威怒也。善曰：礔，敷赤切。磅，怖萌切。礚，古蓋切。

【疏】五臣「響」作「音」,「磅」作「砰」。○吕錦文曰:《説文·石部》無「礔礰」二字。《爾雅·釋天》注:雷之急擊者爲霹靂。《説文》云:震,劈歷振物者。是其字本作「劈歷」,「霹靂」乃或體字,「礔礰」又假借字。許巽行曰:《漢書·天文志》云:辟歷夜明。《説文》作「劈歷」。徐曰:今俗别在霹靂,非是。案:今多通用。○「重」尤本誤作「委」,今依唐寫及六臣本。○「怒」下各本無「也」字。依唐寫增。○張銑曰:雲雷霹靂之屬,皆幻化爲之。砰磕,聲也。○唐寫「古蓋」作「苦蓋」。○飛、霏、雷、威,古音脂部。

巨獸百尋,是爲曼延。

【注】作大獸長八十丈,所謂**蛇龍曼延也**。善曰:《漢書》曰:武帝作漫衍之戲。

【疏】六臣本「曼」作「蔓」,非。○《詩·閟宫》毛傳曰:八尺曰尋。故百尋爲八十丈。「蛇」疑當作「魚」,或轉寫之誤。○正文「曼延」下,尤本注有「去聲」二字,此非薛注。六臣本「延」下注「去」字。蓋五臣本音注,尤失删削者。今依唐寫本删。○《漢書》,見《西域傳贊》。梁章鉅曰:「曼延」,即「曼衍」。

神山崔巍,欻從背見。

【注】**欻之言忽也,僞所作也。**獸從東來,當觀樓前。背上忽然出神山崔巍也。欻,許律切。

【疏】五臣「巍」作「嵬」。○唐寫無「僞」字,「也」作「大」,又無「欻,許律切」四字,皆勝今本。

熊虎升而拏攫,猨狖超而高援。

【注】皆僞所作也。善曰:拏攫,相搏持也。拏,奴加切。攫,居縛切。

【疏】「拏」，尤本、六臣本作「挐」，今依毛本。案：今本《説文》「拏」、「挐」二字互誤。今依段氏訂正曰：拏，持也。从手奴聲。段注曰：煩挐、紛挐字當从如，女居切。拏攫字當从奴，女加切。○延、見、援，古音元部。

怪獸陸梁，大雀踆踆。

【注】皆僞所作也。陸梁，東西倡佯也。踆踆，大雀容也。七輪切。善曰：《尸子》曰：先王豈無大鳥怪獸之物哉，然而不私也。

【疏】此蓋象條枝大鳥。○唐寫無「七輪切」三字，是。○《尸子》此文，他書未引，僅見此。

白象行孕，垂鼻轔囷。

【注】僞作大白象，從東來，當觀前，行且乳，鼻正轔囷也。善曰：轔音鄰。囷，巨貧切。

【疏】五臣「囷」作「輑」。○胡紹煐曰：轔囷，屈曲之貌。本書《吳都賦》：輪囷糾蟠。善注：屈曲貌。《七發》注引《漢書音義》：張晏曰：輪囷，委曲也。「轔囷」與「輪囷」同，物屈曲謂之輪囷，故象鼻屈曲亦謂之轔囷。

海鱗變而成龍，狀蜿蜿以蝹蝹。

【注】海鱗，大海魚也。初作大魚從東方來，當觀前，而變作龍。蜿蜿、蝹蝹，龍形貌也。善曰：蜿，於袁切。蝹，於君切。

【疏】《續漢書·禮儀志》劉注引蔡質《漢儀》曰：正月旦，天子幸德陽殿，作九賓，徹樂，含利從西方來，戲於庭極，乃畢入庭前，激水化爲比目魚，跳躍潄水，作霧鄣日，畢成，化爲黄龍，長八丈，出水遊戲於庭，炫耀日光。以兩大絲繩繫兩柱頭中間，相去數丈，兩倡女對舞，行於繩上，對面道逢，切肩不傾。又蹋局出身，藏形於斗中。鐘磬並作，樂畢，作魚龍曼延。是西漢魚龍曼衍之戲，後漢亦沿用之矣。○薛注各本作「大魚也」，「海」字依唐寫增。○《廣雅・釋訓》曰：蜿蜿、蝹蝹，動也。王念孫曰：《玉篇》蜿音於阮、於元、於丸三切。《楚辭・大招》：虎豹蜿只。王逸注云：蜿，虎行貌也。行與動同義，重言之則曰蜿蜿。《楚辭・離騷》云：駕八龍之婉婉兮。宋玉《高唐》云：蝼蝼蜿蜿。司馬相如《封禪文》云：宛宛黄龍。並字異而義同。《玉篇》蝹音於筠、於云二切。何晏《景福殿賦》云：蝹若神龍之登降。重言之則曰蝹蝹。《西京賦》云云，皆動之貌也。各本脱去「動」字。今據《集韻》、《類篇》引《廣雅》補。○踆、困、蝹，古音諄部。

含利颬颬，化爲仙車。驪駕四鹿，芝蓋九葩。

【注】含利，獸名，性吐金，故曰含利。颬颬，容也。驪，猶羅列、駢駕之也。以芝爲蓋，蓋有九葩之采也。善曰：颬，呼加切。

【疏】唐寫「含」作「舍」，毛本同。案：《續漢書・禮儀志》注引蔡質《漢儀》亦作「含」。薛注云：性吐金，故曰「含利」。似「含」字是。○胡克家曰：「驪」當作「麗」。薛注「驪」亦當作「麗」。唯正文作「麗」。故如此注之善必與薛同。濟注云：仍以驪馬駕之，是其本乃作「驪」，各本以之亂善。又并薛注中字改爲「驪」，甚非。胡紹煐曰：正文作「驪」，不誤。《吕覽・執一篇》：今御驪者。注：驪馬，騑馬也。

《漢書・平帝紀》立輧併馬。服虔曰：併馬，驪駕也。《後漢書・寇恂傳》：恂以輦車驪駕。注：驪駕，併駕也。《説文・木部》楷下曰：讀若驪駕，皆是。○呂延濟曰：颬颬，開口貌。言初爲獸，化爲仙人車。葩，花也。胡紹煐曰：「颬颬」與「呀呀」同。韓愈《月蝕詩》：汝口開呀呀。《説文》無「呀」字。《新附》有之，云：呀，張口貌。

蟾蜍與龜，水人弄蛇。

【注】作千歲蟾蜍及千歲龜，行舞於前也。水人，俚兒，能禁固弄蛇也。善曰：蟾，昌詹切。蜍，市余切。

【疏】《爾雅・釋魚》曰：鼁、䵹，蟾諸。郭注曰：似蝦蟆，居陸地。《淮南》謂之去蚥。《釋文》本「諸」作「蠩」，云：今作「諸」。《説文》無「蟾」、「蠩」字。《虫部》、《黽部》並作「詹諸」。俗又作「蟾蜍」。郝懿行曰：《書大傳》云：濟中詹諸。鄭注：詹諸，䵹鼀也。按：「䵹鼀」，《詩》借作戚施，以喻醜惡。但《大傳》所説是鼁黽在水中者。《爾雅》所言則「詹諸」，居陸地者。本不同物。古多通名。故《本草》蝦蟆，《別録》一名蟾蜍，一名䵹，一名去甫，一名苦蠪。陶注云：此是腹大皮上多痱磊者。今按陶説，正是「詹諸」。俗作「蟾蜍」，非「蝦蟆」也。蝦蟆小而土黃色，詹諸大而黑黃色。其行遲緩，故名「鼁䵹」。「鼁䵹」，猶局蹙也。《月令》疏引李巡注：蟾諸，蝦蟇也。郭以似蝦蟆居陸地別之，是矣。步瀛案：《抱朴子・對俗篇》曰：蟾蜍壽三千歲。又引《玉策記》曰：千歲之龜，五色具焉。○陳僅謂禁固當是禁制，則禁固連讀。「固」當爲「錮」之假借字。○唐寫「昌詹切」，作「音詹」二字。○車、葩，古音魚部。蛇，歌部。通轉爲韻。

奇幻儵忽，易貌分形。

【注】儵忽，疾也。易貌分形，變化異也。善曰：幻，下辦切。

【疏】唐寫「儵」作「倏」，字同。○《楚辭・九歌・少司命》曰：儵而來兮忽而逝。《莊子・應帝王篇》《釋文》引簡文曰：儵忽，取神速爲名。

吞刀吐火，雲霧杳冥。

【注】善曰：《西京雜記》曰：東海黄公，立興雲霧。《漢官典職》曰：正旦作樂，漱水成霧。《楚辭》曰：杳冥冥兮羌晝晦。

【疏】《神仙傳》曰：淮南王劉安，漢高帝之孫也。八公告王曰：吾人人能坐致風雨，立起雲霧。《漢書・張騫傳》曰：大宛諸國發使，隨漢使來，以大鳥卵及犛靬眩人，獻於漢。顔注曰：「眩」讀與「幻」同。卽今吞刀、吐火、植瓜、種樹、屠人、截馬之術。本自西域來。○《漢官典職》與《續漢書・禮儀志》注引《漢儀》，卽一書，已見前。特「成霧」作「作霧」。○《楚辭》，見《九歌・山鬼》。原脱下「冥」字及「羌」字，今據《九歌》補。唐寫無「《楚辭》」以下。

畫地成川，流渭通涇。

【注】善曰：《西京雜記》曰：東海黄公，坐成山河。又曰：淮南王好方士，方士畫地成河。

【疏】今本《西京雜記》作「方士畫地成江河」。余蕭客曰：《漢武故事》：未央宫中設角抵戲，三百里内觀其雲雨雷電，無異於真。畫地爲川，聚石成山。張雲璈曰：此特夸飾之辭，焉能人功僞作三百里内雲雨雷電如真哉？○形、冥、涇，古音耕部。

東海黄公，赤刀粵祝。

【注】東海有能持赤刀、禹步、越祝厭虎者，號黄公。又於觀前爲之。

【疏】注首尤本有「音呪」二字。唐寫無之，今削。又各本無「持」字，「越祝」作「以越人祝法」，今亦依唐寫改。又案：「呪」即「祝」之俗字。

冀厭白虎，卒不能救。

【注】善曰：《西京雜記》曰：東海人黄公，少時爲幻，能制蛇御虎。常佩赤金刀，及衰老，飲酒過度。有白虎見於東海，黄公以赤刀往厭之，術既不行，遂爲虎所殺。故云不能救也。皆僞作之也。

【疏】古鈔「冀」作「幕」。○注尤本「爲幻」作「能幻」，無「既」字，「殺」作「食」。今依唐寫本。彼「殺」作「煞」，即俗「殺」字而誤者。依《西京雜記》改。又今本《西京雜記》「幻」作「術」。唐寫「赤金」下有「爲」字，無「故云」至「僞作之」十字。

挾邪作蠱，於是不售。

【注】蠱，惑也。售，猶行也。謂懷挾不正道者，於是時不得行也。

【疏】此仍承黄公事言，借以託諷，文外遠致。○祝、救、售，古音幽部。

爾乃建戲車，樹脩旃。

【注】樹，植也。旃謂旛也。建之於戲車上也。

【疏】唐寫「旛」作「橦」。《玉篇》曰：幢，翳也。或作「橦」，「旛」乃俗字。

侲僮程材，上下翩翻。

【注】侲之言善。善童，幼子也。程，猶見也。材，伎能也。翩翻，戲橦形也。善曰：《史記》徐福曰：「海神云：若侲女卽得之矣。」侲，之刃切。

【疏】唐寫「僮」作「童」。注各本亦作「童」，似薛注本作「童」。然童子本字當作「僮」，經傳假「童」字爲之。○《史記》，見《淮南王安傳》。「侲」作「振」。《集解》引此賦亦作「振」。「振」、「侲」字通。

突倒投而跟絓，譬隕絶而復聯。

【注】突然倒投，身如將墜，足跟反絓橦上，若已絶而復連也。善曰：投，他豆切。《説文》曰：跟，足踵也。音根。

【疏】唐寫「墜」作「墮」。○《説文》，見《足部》。「踵」當依《説文》作「歱」。○旃、翻、聯，古音元部。

百馬同轡，騁足並馳。

【注】於橦上作其形狀。善曰：陸賈《新語》曰：楚平王增駕百馬而行。

【疏】注「橦上」各本誤作「橦子」，依唐寫改。⊙《新語》，見《無爲篇》。各本「而行」作「同行也」，唐寫與《新語》合，今從之。

橦末之伎，態不可彌。

【注】彌，猶極也。言變巧之多，不可極也。

【疏】彌，訓極。與前李注訓竟意同。

彎弓射乎西羌，又顧發乎鮮卑。

【注】彎，挽弓也。鮮卑在羌之東，皆於橦上作之。善曰：《魏書》曰：鮮卑者，東胡之餘也。別保鮮卑山，因號焉。

【疏】《隋書·經籍志》有《魏書》四十八卷，晉司空王沈撰。《三國·魏志·鮮卑傳》裴注引與此注同。《後漢書·鮮卑傳》亦同。《晉書·載記·慕容廆傳》曰：鮮卑其先有熊氏之苗裔，世居北夷，邑于紫蒙之野，號曰東胡。秦漢之際，爲匈奴所敗，分保鮮卑山，因以爲號。《清統志》曰：蒙古科爾沁，鮮卑山在右翼西三十里。土人呼蒙格。○《藝文類聚·居處部》引李尤《平樂觀賦》曰：方曲既設，祕戲連叙。逍遥俯仰，節以鞀鼓。戲車高橦，馳騁百馬。連翩九仞，離合上下。或以馳騁，覆車顛倒。烏獲扛鼎，千鈞若羽。吞刀吐火，燕躍鳥峙。陵高履索，踊躍旋舞。飛丸跳劍，沸渭回擾。巴渝隈一，踰肩相受。有仙駕雀，其形蚴糾。騎驢馳射，狐兔驚走。侏儒巨人，戲謔爲耦。禽鹿六駮，白象朱首。魚龍曼延，峎蜒山阜。龜螭蟾蜍，挈琴鼓缶。可與此賦相證。○馳，古音歌部。彌，脂部。卑，支部。並通轉爲韻。○以上百戲。

於是衆變盡，心酲醉。盤樂極，悵懷萃。

【注】酲，飽也。萃，猶至也。於是游戲畢，心飽於悦樂，悵然思念所當復至也。善曰：《孟子》曰：般

樂飲酒，驅騁田獵。

【疏】《詩・節南山》毛傳曰：病酒曰酲。薛注《東京賦》同。此以「飽」訓「酲」，殆欲與下「醉」字别耳。然如此則宜醉飽兼言，但云「心飽」，疑有脱字。○李注各本「般樂」作「盤游」，「驅」作「馳」。唐寫本與《孟子》合，今從之。

陰戒期門，微行要屈。

【注】「要」或爲「徼」。善曰：期門，已見《西都賦》。《漢書》曰：武帝微行始出。張晏曰：騎出入市里，不復警蹕，若微賤之所爲，故曰微行。要屈，至尊同乎卑賤也。

【疏】吕延濟曰：行出不法駕，謂之「要」，自上雜下謂之「屈」。梁章鉅曰：此語不知所本。《漢書・楊雄傳》《河東賦》有萬騎屈橋句。顔注：屈橋，壯健貌。屈音其勿反。橋音其召反。與「要屈」二字，義恰相反。步瀛案：屈橋雙聲連語，故顔注以爲壯健貌。此「要屈」二字，非雙聲字，而「要」亦訓「屈」。朱駿聲以爲「夭」之借字。《説文》：夭，屈也。梁説未晰。○唐寫薛注無「要或爲徼」四字。○唐寫李注「期門」仍引《漢書・東方朔傳》之文，與《西京賦》同。不云「已見《西都賦》」。六臣本亦然。唐寫《漢書》「曰」作「又曰」。○《漢書》，見《東方朔傳》。「始出」，各本皆誤作「所出」，依唐寫改。○「要屈至尊」以下，李語，非張注，唐寫無。

降尊就卑，懷璽藏紱。

【注】天子印曰璽。紱，綬也。懷藏之，自同卑者也。

【疏】五臣「紱」作「黻」。○蔡邕《獨斷》曰：璽者，印也。印者，信也。古者尊卑共之。秦以來天子獨以印稱璽。又獨以玉，羣臣莫敢用也。天子璽以玉，螭虎紐，文曰「皇帝行璽」，「皇帝之璽」，「皇帝信璽」，「天子行璽」，「天子之璽」，「天子信璽」。○「紱」訓「綬」，本《蒼頡篇》，已見《西都賦》注。○孫志祖曰：《禮記·郊特牲》曰：此降尊以就卑也。

便旋閭閻，周觀郊遂。

【注】善曰：《字林》曰：閭，里門也。閻，里中門也。郊，已見《西都賦》。《周禮》有六遂也。

【疏】五臣「遂」作「隧」。○梁章鉅曰：錢氏大昕《潛研堂集》三十一云：《廣雅·釋訓》：便旋，徘徊也。《西京賦》薛注云：盤桓，便旋也。「盤」與「徘」，「桓」與「徊」，皆聲之轉，文異而義不殊。按：此句下無薛注，見上文「奎踽盤桓」句下。○各本注脫「《字林》曰」三字，依唐寫補。已見《西都賦》注。○《周禮·地官》序官「遂人」注：鄭司農曰：遂，謂王國百里外。

若神龍之變化，章后皇之爲貴。

【注】龍出則昇天，潛則泥蟠，故云變化。章，明也。天子稱元后。皇，漢帝稱也。善曰：《管子》曰：龍被五色，欲小則如蠶蠋，欲大函天地也。

【疏】《説文》曰：龍，鱗蟲之長，能幽能明，能細能巨，能短能長，春分而登天，秋分而潛淵。○《周語》：内史過曰：「《夏書》有之曰：衆非元后何戴。」僞古文輯入《大禹謨》。○《管子》，見《水地篇》。各本「蠋」誤「蝎」。今依《管子》改。又今《管子》「如」上有「化」字，「函天地」作「則藏於天下」。○醉、萃、屈、遂、貴，古音脂部。紱，祭部。通轉爲韵。

然後歷掖庭，適驩館。

【注】掖庭令官，主後宮，擇所驩者乃幸之。

【疏】五臣「驩」作「歡」。○薛注「令」各本誤作「今」。胡克家曰：陳云「今」當作「令」，是也。步瀛案：唐寫正作「令」，今從之。《漢書·百官公卿表》曰：武帝更名永巷爲掖庭。《續漢書·百官志》：掖庭令，本注曰：宦者掌後宮貴人采女事。

捐衰色，從嬿婉。

【注】嬿婉，美好之貌。善曰：《毛詩序》曰：華落色衰。《韓詩》曰：嬿婉之求。薛君曰：嬿婉，好貌也。嬿，於見切。婉，於萬切。捐，棄也。

【疏】薛注唐寫有「也」字。○《毛詩序》，見《氓篇》。○各本引《韓詩》句下脱去「薛君曰」三字。唐寫作「薛，臣善曰」蓋「臣」爲「君」字之誤，又衍「善」字也。治《韓詩》者不見此本，故不敢輯入薛君《章句》中。然則此本雖誤，有益於古書亦大矣。○唐寫無「捐棄也」三字。

促中堂之陿坐，羽觴行而無筭。

【注】中堂，堂中央也。善曰：《楚辭》曰：瑶漿蜜勺實羽觴。《漢書音義》曰：羽觴，作生爵形。《儀禮》曰：無筭爵。鄭玄曰：筭，數也。

【疏】五臣「陿」作「浹」。○薛注各本不複「堂」字，今依唐寫增。○《楚辭》，見《招魂》。王逸注曰：羽，翠羽也。觴，觚也。洪興祖《補注》曰：杯上綴羽以速飲也，一云作生爵形。後説卽本《漢書音義》。○《儀禮》，見《鄉飲酒》。○館、婉、筭，古音元部。

祕舞更奏，妙材騁伎。

【注】祕，言希見爲奇也。更，遞也。奏，進也。

【疏】唐寫「舞」作「儛」，字同。

妖蠱豔夫夏姬，美聲暢於虞氏。

【注】善曰：《左氏傳》：子産曰：在《周易》女惑男謂之蠱。音古。又《左氏傳》曰：楚莊王欲納夏姬。杜預曰：夏姬，鄭穆公女，陳大夫御叔妻。《七略》曰：漢興，善歌者魯人虞公，發聲動梁上塵。暢，條暢也。勑亮切。蠱，媚也。

【疏】楊慎《升菴外集》卷二十五曰：《易》：冶容誨淫。《太平廣記》引之作「蠱容誨淫」。《左傳》：女惑男曰蠱。《國語》：蠱女縱欲。張平子《西京賦》：妖蠱豔夫夏姬。《南都賦》：侍者蠱媚。五臣注作「冶媚」。馬融《廣成頌》古「冶」字作「蠱」字可證。陳耀文《正楊》曰：《廣記》引「易」見第幾卷，何不明言。《西都賦》良注曰：蠱豔，美也。《南都賦》良注曰：蠱媚，美容也。並無「冶」字。周嬰《卮林廣楊》曰：《維摩經》有妖蠱語。《玄應音義》曰：蠱，《周易》作「冶」。冶容誨淫，劉瓛曰：冶，妖冶，謂姿態之貌。據此，「蠱」「冶」通用，蓋一證也。《西京賦》注蠱音古。傅武仲《舞賦》：貌嬈妙以妖蠱。五臣作「妖冶」。張衡《思玄賦》：咸妖麗以蠱媚。章懷注亦曰：蠱音野。《晏子春秋》古冶子，《廣成頌》作「古蠱」。章懷注曰：「蠱」與「冶」通，二字通用，灼然覩矣。又《易》冶容，鄭玄、陸績、虞翻、姚信，並作「野容」，云：野，言妖野也。則「冶」通於「野」。孫志祖曰：「蠱」，五臣作「冶」。案：「蠱」與「冶」通。《易》冶容誨淫，亦作「蠱容」。梁章鉅曰：六臣本「蠱」音「也」。按：「蠱」蓋與「冶」通。《南都賦》侍者蠱媚，五臣作「冶媚」。桂氏馥《札樸》云：《一切經音義》十云：《聲類》：蠱，弋者反，《周易》作「冶」。呂錦文曰：妖蠱，卽妖冶也。《正韵》：蠱，以者切，音冶，媚也。《集韻》音義並與「冶」同。蓋古少家麻音，故「冶」讀若「蠱」。猶「迓」之爲「御」，「榭」之爲「序」耳。○唐寫「暢」作「鬯」，注同。○《左傳》，前見昭元年。杜注曰：巽下艮上蠱。巽爲長女，艮爲少男。少男而説長女，非匹，故惑。後引見成二年。劉良曰：夏姬，夏之美女。余蕭客曰：此與司馬彪《莊子》注：西施，夏姬也，相類。然司馬博古而五臣謏聞。步瀛案：司馬注見《齊物論》《釋文》。此賦夏姬與虞氏並稱，虞氏既確有其人，則夏姬自當依《左傳》矣。○《七略》，本書《嘯賦》、陸士衡《擬古詩》、《七啟》等注引並同。○唐寫無「蠱媚也」三字。

始徐進而嬴形，似不任乎羅綺。嚼清商而卻轉，增嬋娟以此豸。

【注】清商，鄭音。嬋娟，此豸，恣態妖蠱也。善曰：宋玉《笛賦》曰：吟清商，追流徵。嬋音蟬。娟，於緣切。

【疏】「嬋娟」，尤本作「嬋蜎」，注同。今依六臣本及毛本。五臣「此」作「跐」，音此。○注首有「音雉」二字，唐寫無。今刪。「恣態」疑「姿態」之誤。梁章鉅曰：楊氏慎《丹鉛總録》曰：曾見化《類書》引「此豸」作「猗靡」，「羣羆」作「羣起」。胡紹煐曰：按：「跐豸」猶「猗靡」。本書《嘯賦》注：猗靡，隨風貌。《高唐賦》注：猗狔，柔弱下垂貌。亦作「猗儺」。《詩・隰有萇楚》：猗儺其華。傳：猗儺，柔順也。《楚辭・九辯》注引作「旖旎」，音義並通。步瀛案：楊慎説未足信，「嬋娟」與「此豸」皆疊韻連語。

紛縱體而迅赴，若驚鶴之羣罷。

【注】縱體，舞容也。迅疾赴節相越也。《相鶴經》曰：後七年學舞，又七年舞應節。

【疏】五臣「罷」作「羆」。呂延濟曰：驚鶴羣羆，言舞容似之。孫志祖曰：「之」字當作「與」。余蕭客曰：此段言舞女鶴舞，取譬可也。熊羆鷙獸，未聞其舞如之，熊經亦非可取，況女舞。濟注似强爲之説。案：《易》：或鼓或罷。《釋文》徐邈：罷，扶彼反。《集韻》：罷音被，上聲。則此「羣羆」當爲「罷」，言舞者之迅赴，如驚鶴之羣罷也。王念孫曰：「羆」字與伎、氏、綺、豸、纚爲韻，蓋「罷」字之譌。韋注《吴語》曰：罷，歸也。言若驚鶴之羣歸也。胡紹煐曰：王校是也。「罷」、「羆」形近易譌。本書《七啓》罷獠回邁，今亦誤作「羆」，賴有六臣本可證耳。○《隋書・經籍志》曰：梁有《淮南八公相鵠經》、《浮丘公相鶴書》各二卷。案：「鵠」、「鶴」字通。《相鵠經》，即《相鶴經》也。又案：《相鶴經》以下，唐寫無。

振朱屣於盤樽，

【注】振，猶掉也。朱屣，赤地絲屣也。

【疏】五臣「朱屣」作「珠履」。○《宋書・樂志》曰：晉初有梧槃舞。張衡《舞賦》云：歷七槃而縱躡。王粲《七釋》云：七槃陳於廣庭。近世文士顔延之云：遞閒關於槃扇。鮑昭云：七槃起於長袖。皆以七槃爲舞也。《搜神記》云：晉太康中，天下爲晉世寧舞，矜手以接柸柈，反覆之。此則漢世唯有柈舞，而晉加之以柸，反覆之也。《晉書·樂志》略同。然觀此賦「盤」、「樽」並言，似加以柸者，不始於晉矣。又賦云：振朱屣於盤樽。《舞賦》云：歷七槃而縱躡，似卽舞於盤樽之閒矣。○各本注「赤地絲屣」作「赤絲履」，今依唐寫。案：「屣」字，《說文》本作「躧」，云：舞履也。重文作「𩌦」。今字亦作「蹝」，作「屣」。

奮長袖之颯纚。

【注】舞人特作長袖。颯纚，長貌也。善曰：《韓子》曰：長袖善舞。颯，素合切。纚，所倚切。

【疏】唐寫「袖」作「褎」。《說文》以「袖」爲「褎」之俗字。○《韓子》，見《五蠹篇》。○伎、氏，古音支部。綺、罷、纚，歌部。豸，脂部。皆通轉爲韵。

要紹修態，麗服颺菁。

【注】要紹，謂娟嬋作姿容也。修，爲也。態嬌媚意也。菁，華英也。善曰：《楚辭》曰：夸容脩態。要，於妙切。菁音精。

【疏】《楚辭·九歌·湘君》曰：美要眇兮宜脩。「要眇」、「要紹」音近義同。○唐寫「嬌」作「驕」。○《楚辭》，見《招魂》。

眳藐流眄，一顧傾城。

【注】眳，眉睫之閒。藐，好視容也。流眄，轉眼視也。善曰：眳，亡挺切。《漢書》：李延年歌曰：北方有

佳人，絶世而獨立，一顧傾人城，再顧傾人國。

【疏】五臣「藐」作「邈」。唐寫「一」作「壹」。〇梁章鉅曰：《丹鉛總録》云：《詩》猗嗟名兮。《玉篇》引作「䁉」，眉目之間也。「眳」、「䁉」同。步瀛案：「眳藐」猶「緜藐」。《上林賦》曰：微睇緜藐。郭璞曰：緜藐，遠視貌。王念孫曰：緜藐，好視貌也。《方言》曰：南楚江淮之閒，驢瞳子謂之「矊」。郭璞曰：言緜邈也。《楚辭・招魂》曰：遺視矊些。「矊」與「緜」同義。《楚辭・九歌》：目眇眇兮愁予。王注曰：眇眇，好貌。「眇」與「藐」同義，合言之則曰矊藐。《方言》注作「緜邈」。《西京賦》：眳藐流眄。並字異而義同。胡紹煐曰：《上林賦》緜藐，承微睇言之。是緜藐爲微視貌。《説文》：緜，聯微也。《廣雅・釋詁》：藐，小也。「眳」、「藐」，一聲之轉。「藐」與「眇」音義亦通。《後漢書・馮衍傳》注：眇，微也。故藐謂之小，亦謂之好。猶眇謂之小，亦謂之好。《大雅・崧高》傳：藐藐，美也。《楚辭・湘夫人》王注：眇眇，好貌。「眳」、「藐」雙聲，二字義同。〇各本薛注「視」作「貌」，今依唐寫。〇「善曰」，各本在「眳亡井切」四字下。唐寫在其上。「井」作「挺」，今皆據改。〇《漢書》，見《外戚傳》。唐寫「而」作「稱」。

展季桑門，誰能不營。

【注】善曰：《國語》曰：臧文仲聞柳下季之言。韋昭曰：柳下，展禽之邑。季，字也。《家語》曰：昔有婦人，召魯男子，不往。婦人曰：子何不若柳下惠然，嫗不逮門之女，國人不稱其亂焉。桑門，沙門也。《東觀漢記》詔楚王曰：以助伊蒲塞、桑門之盛饌。《説文》曰：營，惑也。

【疏】《國語》，見《魯語上》。各本「柳下季」作「惠」，唐寫與《魯語》合，今從之。又：《齊孝公來伐魯章》，韋注曰：展禽，魯大夫，展無駭之後，柳下惠也。〇《家語·好生篇》曰：魯人有獨處室者，鄰之釐婦亦獨處一室。夜，暴風雨至，釐婦室壞，趨而託焉。魯人閉門而不納。釐婦自牖與之言：「子何不仁，而不納我乎？」魯人曰：「吾聞男女不六十，不閒居。今子幼，吾亦幼，是以不敢納爾也。」婦人曰：「子何不如柳下惠然，嫗不逮門之女，國人不稱其亂。」魯人曰：「柳下惠則可，吾固不可。吾將以吾之不可學柳下惠之可。」案：《家語》後人所託，實本之《毛詩·巷伯》傳，其文大致相同。此注所引與今本《家語》異。唐寫作「《家語》：昔有婦人曰：柳下惠嫗不逮門之女」云云。亦不盡合。又「女」下各本有「也」字。依唐寫删。又案「柳下惠嫗不逮門之女」者，段玉裁《詩經小學》曰：此俗所謂坐懷不亂也。《荀子》曰：柳下惠與後門者同衣而不見疑。後門，卽不逮門，謂不及門，無宿處也。《禮記》注曰：以體曰嫗。步瀛案：《荀子》，見《大略篇》。《禮記》注，見《樂記》。〇「《東觀漢記》」下，各本「詔」作「制」，唐寫作「詔」，與《漢記》、《楚王英傳》合，今從之。《後漢書·楚王英傳》李賢注曰：桑門，卽沙門。《翻譯名義》四曰：沙門，或云桑門，或名沙迦懣囊，皆訛。正言室摩那拏，或舍羅磨拏。此言功勞，言修道有多勞也。什師云：佛法及外道，凡出家者皆名沙門。〇梁章鉅曰：今《說文·目部》：營，惑也。李卽引此。今各本皆誤作「營」，遂以爲《說文》無此訓矣。《漢書·敍傳》下注引鄧展，又《呂氏春秋·尊師篇》注、《淮南子·原道訓》注、《精神訓》注引並作「營」，誤與此同。胡紹煐曰：按：經典通作「營」。善以「營」爲「營惑」，故引《說文》「營作營」者，依正文改也。良注「見此之美，亦經營」，則大謬。

步瀛案：《説文》以下，唐寫無。

列爵十四，競媚取榮。

【注】後宫官從皇后以下凡十四等，競争邪媚，求榮愛也。善曰：列爵十四，見《西都賦》也。

【疏】《詩·思齊》毛傳曰：媚，愛也。○唐寫李注仍復見《漢書·外戚傳》之文，與《西都注》同。

盛衰無常，唯愛所丁。

【注】善曰：《爾雅》曰：丁，當也。

【疏】《爾雅》，見《釋詁》。

衛后興於鬒髮，飛燕寵於體輕。

【注】善曰：《漢書》曰：孝武衛皇后，字子夫。《漢武故事》曰：子夫得幸，頭解，上見其美髮，悦之。《毛詩》云：鬒髮如雲。鬒，之忍切。荀悦《漢紀》曰：趙氏善舞，號曰飛燕，上説之。事由體輕，而封皇后也。

【疏】五臣「燕」作「鷰」，俗字。○《漢書·外戚傳》曰：孝武衛皇后字子夫，爲平陽主謳者。武帝即位，數年無子。平陽主求良家女十餘人。帝過平陽主，主見所偫美人，帝不説。既飲，謳者進。帝獨説子夫，帝起更衣，子夫侍尚衣軒中，得幸。○今本《漢武故事》脱「頭解」二字，當依此注補。○《詩》，見《君子偕老》。毛傳曰：鬒，黑髮也。○《漢紀·成帝紀》三曰：永始元年六月丙寅，立皇后趙氏。本長安宫人，後屬陽阿公主，善歌舞，號曰飛鷰。上微行陽阿公主家，見而説之，及女弟俱爲婕妤，貴傾後宫。許后之廢也，欲立爲皇后。太后難之。太后姊子淳于長勸太后立之。《漢書·外戚傳》略同。《西京雜記》曰：趙后體輕腰弱，善行步進退。〇菁、城、營、榮、丁、輕，古音耕部。

爾乃逞志究欲，窮身極娱。

【注】逞，快也。娱，樂也。善曰：《楚辭》曰：逞志究欲心意安。

【疏】五臣「志」作「至」，非是。又「身」作「歡」，則是也。疑本作「驩」，脱去左半，僅餘「馬」字，而後人遂改爲「身」字耳。尤袤本《文選攷異》云：五臣作「敬」亦非。案：見陸心源《羣書校補》第一百卷。〇各本薛注「快」誤作「娱」，今依唐寫改。〇《楚辭》，見《大招》，各本「安」下有「之也」二字。「之」字當作「只」。唐人引書，往往於句末加「也」字。亦有傳寫人所加者，有無，無甚要也。唐寫無「之也」二字，與他注引《招魂》合，今從之。

鑒戒唐《詩》，他人是媮。

【注】唐《詩》刺晉僖公不能及時以自娱樂曰：子有衣裳，弗曳弗婁。宛其死矣，他人是媮。言今日之不極意恣驕，亦如此矣。善曰：《國語》曰：鑒戒而謀。賈逵曰：鑒，察也。

【疏】梁章鉅曰：《毛詩·山有樞》：他人是愉。傳云：愉，樂也。箋云：愉，讀偷。偷，取也。按：《説文》：愉，薄也。恌，愉也。《詩·鹿鳴篇》：示民不恌。傳云：恌，愉也。《釋文》云：愉，他侯反。又音踰。是「愉」與「偷」本屬一字。而《國語·晉語》媮以幸，賈山《至言》：媮合苟容，又皆以「媮」爲「偷」，則「愉」與「媮」「偷」三字並可通，特訓樂，與訓薄義異耳。《漢書·地理志下》引《詩》「它人是媮」，與此賦合，蓋三家説也。步瀛案：陳喬樅《魯詩遺説考》謂《毛序》云刺晉昭公，此云僖公。三家《詩》説，蓋與毛異。王先謙《詩三家義集疏》據此注謂《魯詩》作「媮」。又據《漢書·地理志》引作「媮」，謂齊、魯文同。步瀛又案：唐寫無「刺晉僖公」以下十二字，又「驕」各本作「嬌」，「矣」作「也」，今依唐寫改。〇《國語》見《晉語》三。

自君作故，何禮之拘。

【注】善曰：《國語》：魯侯曰：君作故。韋昭曰：君所作，則爲故事也。《商君書》曰：賢者更禮，不肖者拘焉。

【疏】注引《魯語》「故」下各本有「事」字。胡克家、梁章鉅皆謂不當有。今删。胡紹煐曰：「故」與「古」同。自君作故，猶今人云自我作古耳。《楚辭·招魂》：反故居些。王注：故，古也。〇《商君書》見《更法篇》。

增昭儀於婕妤，賢既公而又侯。

【注】善曰：《漢書》曰：孝成帝趙皇后，有女弟爲婕妤，絶幸，爲昭儀。又曰：孝元帝傅婕妤有寵，乃更號曰昭儀，在婕妤上。昭其儀，尊之也。又曰：封董賢爲高安侯，後代丁明爲大司馬，即三公之職也。

【疏】《漢書》前引二事，並見《外戚傳》。各本「昭儀在婕妤上」誤作「婕妤在昭儀上」，又無「昭其儀」三字。今依唐寫改。唐寫亦脱「其」字，依《外戚傳》增。又唐寫無「孝成帝」至「又曰」十九字，「婕妤」

作「倢伃」，則與《漢書》合。○後引《漢書》見《佞幸傳》。案：《傳》曰：董賢字聖卿，雲陽人也。爲太子舍人。哀帝立，賢隨太子官爲郎。二歲餘，傳漏在殿下，爲人美麗自喜。哀帝望見，説其儀貌，因引上與語，拜爲黄門郎，繇是始幸。

許趙氏以無上，思致董於有虞。

【注】善曰：《漢書》曰：成帝謂趙昭儀曰：「約以趙氏故，不立許氏，使天下無出趙氏上者。」

【疏】六臣本「以」作「之」。○《外戚傳》曰：許美人御幸，元延二年褱子，其十一月乳。昭儀謂成帝曰：「常紿我言從宮中來，即從宮中來，許美人兒何從生中，許氏竟當復立邪？」懟，以手自擣，以頭擊壁户柱，從牀上自投地，啼泣不肯食。帝亦不食。昭儀曰：「陛下常自言約不負女，今美人有子，竟負約謂何？」帝曰：「約以趙氏故，不立許氏，使天下無出趙氏上者，毋憂也。」案：注各本無「約」字。唐寫與《外戚傳》合，今從之。并據《外戚傳》增「以」字。

王閎争於坐側，漢載安而不渝。

【注】渝，易也。善曰：《漢書》曰：上置酒麒麟殿，視董賢而笑曰：「吾欲法堯禪舜，何如？」王閎曰：「天下乃高帝天下，非陛下之有。統業至重，天子無戲言。」

【疏】《詩·鄭·羔裘》毛傳曰：渝，變也。與薛注訓易義同。《詩·載馳》毛傳曰：載，辭也。《佞幸傳》曰：是時成帝外家王氏衰，唯平阿侯譚子去疾爲侍中，其弟閎爲中常侍。後上置酒麒麟閣云云。又附見《後漢書·張步傳》。案：注各本「之有」作「有之」。唐寫與《佞幸傳》合，今從之。○娱、虞，古音魚部。婾、拘、侯、渝，侯部。通轉爲韻。○以上微行淫樂。

高祖創業，繼體承基。暫勞永逸，無爲而治。

【注】善曰：《劇秦美新》曰：漢祖創業蜀漢。《漢書》：平當曰：「今漢繼體承業，二百餘年。」又楊雄曰：「不壹勞者不久佚。」《論語》曰：無爲而治者，其舜也與？

【疏】五臣「暫」作「蹔」。○《劇秦美新》，見本書卷四十八。○《漢書》平當語，見《平當傳》。案：注各本「業」作「基」，乃涉正文而誤。唐寫與《平當傳》合，今從之。又各本「二」誤「三」，依《平當傳》改。○楊雄語，見《漢書·匈奴傳》。顏注曰：「佚」與「逸」同。步瀛案：「逸」乃「佚」之借字。各本「壹」作「一」，唐寫作「壹」，與《漢書》合，今從之。○《論語》，見《衛靈公篇》。案：各本「與」作「歟」。唐寫與《論語》合，今從之。又依《論語》補「者」字。

耽樂是從，何慮何思。

【注】善曰：《尚書》曰：惟耽樂之從。《周易》曰：天下何思何慮。

【疏】《尚書》見《無逸》。唐寫引《書》「耽」作「湛」，與《論衡·語增篇》引同。是一本作「湛」也。然本文作「耽」，則注引《書》亦當作「耽」，否則當有「湛與耽同」之語。○《周易》見《繫辭》下。

多歷年所，二百餘朞。

【注】朞，一帀也。從高祖至於王莽，二百餘年。善曰：《尚書》曰：殷禮配天，多歷年所。

【疏】「朞」，見《東都賦》「數朞」注。案：自高祖元年乙未，至孺子嬰初始元年戊辰，共二百一十四年。

○《尚書》，見《君奭》。「禮」下當有「陟」字。○基、治、思、朞，古音之部。

徒以地沃野豐，百物殷阜。

【注】沃，肥也。豐，饒也。殷，盛也。阜，大也。

【疏】《魯語》韋注曰：沃，肥美也。又《晉語》注曰：沃，美也。又《周語》注曰：殷，盛也。《書·禹貢》疏引鄭注曰：殷，猶多也。《詩·駟驖》毛傳曰：阜，大也。《大叔于田》傳曰：阜，盛也。

巖險周固，衿帶易守。

【注】謂左崤函，右隴坻，前終南，後高陵。善曰：《左氏傳》曰：制，巖邑也。李尤《函谷關銘》曰：衿帶咽喉。《管子》曰：地形險阻，易守難攻。

【疏】薛注所舉左右前後，皆綜本賦而言。○《左傳》，見隱元年。杜注曰：恃制巖險。李注引此以證「巖」、「險」同義。○《藝文類聚·地部》引《函谷關銘》曰：函谷險要，襟帶喉咽。尹從李老，留作二篇。則「咽喉」當作「喉咽」，與「篇」字韻也。「襟」、「衿」字同。○《管子》，見《九變篇》。唐寫無「易」字，「攻」下有「而」字。案：二字皆當有。

得之者强，據之者久。流長則難竭，柢深則難朽。故奢泰肆情，馨烈彌茂。

【注】言土地險固，故得放心極意，而夸泰之馨烈，益以茂盛。

【疏】唐寫「強」作「彊」，「茂」作「楙」，字並同。又「馨」作「聲」。○阜、守、朽、茂，古音侯部。久，之部。通轉爲韻。○以上稱西京之盛，而歸於西京建都之得地勢。

鄙生生乎三百之外，傳聞於未聞之者。

【注】鄙生，公子自稱，謙辭也。三百，自高祖以下至作賦時也。善曰：《孔叢子》：子高謂魏王曰：「君聞之於耳邪，聞之於傳邪？」者，之與切。

【疏】姚鼐《古文辭類纂·辭賦類》載此賦，「未聞」作「末聞」。步瀛案：「未聞」，猶言未之前聞，則下文「者」字指事言。若從姚氏爲「末」字，「末聞」猶言後學，則下文當作「之口」指人言。兩義皆通。○五臣「者」作「口」。胡紹煐曰：按「者」與下睹、五、土、苦，古音同在魚部，口則侯部之字。當從善本。步瀛案：侯部魚部，本可通轉。○平子此賦，不能確知爲何年。《後漢書》本傳稱永元中作《二京賦》，十年乃成。假自前漢高祖元年，計至後漢和帝永元十七年，即元興元年乙巳，凡三百一十一年也。○《孔叢子》，見《陳士義篇》。今本作「未審君之所聞，親聞之於不死者耶，聞之於傳聞者耶」，與李注引異。○張雲璈曰：李注「者，之與切」，蓋與下睹、五、土、苦等爲韻。按：「者」，古音無不作「渚」。李氏時尚存古音也。許巽行曰：者，《說文》从白，𣥒聲。𣥒，古文「旅」字。孫愐不審「者」字从旅得音，而讀爲之也切。「白」亦「自」字也。今「者」字皆从「日」，經典相承已久，不可改矣。

曾髣髴其若夢，未一隅之能睹。

【注】善曰：《甘泉賦》曰：猶髣髴其若夢。《說文》曰：彷佛相似，見不諦也。《論語》：子曰：舉一隅而示之。

【疏】梁章鉅曰：「髣髴」「彷佛」並當作「仿佛」。今《說文·人部》：仿，相似也。佛，見不審也。《繫傳》

作「見不諟也」。本書《甘泉賦》注、《魯靈光殿賦》注並引作「仿佛相似，視不諟也」，《海賦》注引作「仿佛見不審也」。惟《悼亡詩》注引與此同。《甘泉賦》注云：「諟」卽「諦」字。《魯靈光殿賦》注云：「諟」與「諦」同。胡紹煐曰：按：《甘泉賦》注、《魯靈光殿賦》注是。許本作「諟」。而《悼亡詩》注及此注引作「諦」，又後人依善注解「諟」同「諦」，而以訓詁改之。今段氏《說文注》本《甘泉賦》、《魯靈光殿賦》二注引訂正。於「仿」下云：「仿佛相似，視不諦也。」「佛」下云：「仿佛也」。最合。「仿」、「佛」雙聲。正字當作「仿佛」。步瀛案：梁、胡說均是。但唐寫無「《說文》」以下十一字。所引《甘泉賦》與本書合，互見彼賦。○《論語》見《述而篇》。各本《論語》下有「曰」字。今依唐寫刪。梁章鉅曰：今《論語》無「而示之」三字。皇侃《義疏》本、高麗國《集解本》並有。日本山井鼎《七經攷異》云：足利本作「示之」，無「而」字。晁公武《蜀石經攷異》云：「舉一隅」下有「而示之」三字，與李鶚本不同。知古本《論語》皆如是也。

此何與於殷人屢遷，前八而後五，居相圮耿，不常厥土。盤庚作誥，帥人以苦。

【注】善曰：《廣雅》曰：與，如也。言欲遷都洛陽，何如殷之屢遷乎，言似之也。《尚書序》曰：自契至成湯八遷，盤庚五遷。又曰：河亶甲居相，祖乙圮于耿。孔安國曰：河水所毁曰圮。《尚書》曰：盤庚遷于殷，人弗適有居，率籲衆慼，出矢言。圮，平鄙切。

【疏】五臣「與」作「異」。唐寫無「而」字。○《廣雅》，見《釋言》。案：唐寫無「《廣雅》」以下二十三字。○此注頗錯亂，各本「《尚書》」下無「序」字。胡克家曰當有，是也。今據補。又「八遷」下有「《尚書序》

曰」四字。胡曰：此四字不當有，各本皆衍。是也。今據刪。各本「盤庚遷于殷」上無「《尚書》曰」三字，下衍「殷」字。胡克家曰：陳云：「盤」上脱「《尚書》曰」三字，是也。唐寫本有此三字。今據增。下「殷」字據《尚書》刪。而「人」當作「民」，「弗」當作「不」。唐寫「籲」作「俞」亦非是。○《史記·殷本紀》曰：自契至湯八遷。湯始居亳，從先王居，與《書序》同。而皆未明載八遷在何世。《書序》孔疏曰：契至成湯十四世，凡八遷國都。《商頌》云：帝立子生商。是契居商也。《世本》云：昭明居砥石。《左傳》稱相土居商丘。及今湯居亳，事見經傳者有此四遷。其餘四遷，未詳聞也。鄭玄云：契本封商國，在太華之陽。皇甫謐云：今上洛商是也。《襄九年·左傳》云：陶唐氏之火正閼伯，居商丘，相土因之。杜預云：今梁國睢陽宋都是也。其砥石，先儒無言，不知所在。是孔疏於八遷僅舉其四。馮景《解春集》曰：《竹書》：夏少康十一年，使商侯冥治河。至帝杼十三年，商侯冥死於河。冥生振。《竹書》以爲殷侯子亥，蓋振名，而子亥其字也。實始遷殷，計三十七年，而爲有易之君緜臣所殺。振生微，字上甲。乃殺緜臣，而以殷興，仍居殷地。《竹書》載：帝孔甲九年，殷侯復歸於商丘。上距微殺緜臣之歲，凡一百三年。所謂商侯者不知何名，其主壬、主癸之倫乎？自歸商丘之後，凡二十五年，則爲桀在位之十五年，實成湯爲商侯之元年。於是復自商丘遷於亳。《書序》謂自契至於成湯八遷，湯始居亳，從先王居。按：所謂八遷者，契始居商，一也。昭明居砥石，二也。相土居商丘，三也。冥離商丘奉命治河，四也。子亥遷殷，五也。孔甲之時復歸商丘，六也。及湯自商丘遷亳，七也。偃師、穀熟皆湯所都。皇甫謐云：穀熟，南亳也。偃師，西亳也。果湯曾都二亳，則八遷也，信矣。梁章鉅亦主此說。又謂二亳遷居之前後，經傳無文。嚴粲謂湯自南亳遷西亳，似爲可信。梁玉繩《史記志疑》則於孔疏四遷之外，據《竹書》帝芒三十三年，商侯遷于殷爲一遷，孔甲九年殷侯復歸商丘爲一遷。《路史·國名紀》上甲居鄴爲一遷。《水經注》十九引《世本》云契居蕃爲一遷。合前四遷爲八遷。然今本《竹書》已不足據，《路史》尤不可信。王國維《觀堂集林》説自契至於成湯八遷曰：《世本·居篇》云：契居蕃，見《水經注·渭水篇》。契本居亳，今居於蕃，是一遷也。《世本》又云：昭明居砥石，由蕃遷於砥石，是二遷也。《荀子·成相篇》云：契玄王，生昭明。居於砥石遷於商。是昭明又由砥石遷商，是三遷也。《左氏·襄九年傳》云：陶唐氏之火正閼伯，居商丘，相土因之。是以商丘爲昭明子相土所遷。又《定九年·傳》：祝鮀論周封康叔曰：取於相土之東都，以會王之東蒐。則相土之時，曾有二都。康叔取其東都，以會王之東蒐，則當在東岳之下。蓋如泰山之祊，爲鄭有者。此爲東都，則商丘乃西都矣。疑昭明遷商後，相土又東徙泰山下，後復歸商丘，是四遷、五遷也。今本《竹書紀年》云：帝芬三十三年，商侯遷于殷。《山海經》郭注引真本《紀年》有殷王子亥，殷主甲微，稱殷不稱商。則今本《紀年》此事或可信。是六遷也。又孔甲九年，殷侯復歸於商丘，是七遷也。至湯始居亳，從先王居，則爲八遷。雖上古之事若亡若存，《世本》、《紀年》亦未可盡信。然要不失爲古之經説也。案：王氏此説較諸家爲審慎，故録之以備攷。至後之五遷，《盤庚》曰：于今五邦。《釋文》引馬融曰：五邦，謂商丘、亳、囂、相、耿也。孔疏曰：鄭、王皆云湯自商徙亳，數商、亳、囂、相、耿爲五。《史記·殷本紀》曰：契封于商。《集解》引鄭玄曰：商國在太華之陽。《正義》引《括地志》曰：商州東八十里，商洛縣，本商邑，古之商國。帝嚳之子禼所封也。據此則《釋文》引馬注商丘，「丘」乃衍字。《書序》曰：湯始居亳，從先王居。《殷本紀》同。俞正燮《癸巳類稿》謂：湯所居之亳，即契所封之商。與《史記·六國表》言湯起於亳合。又與伐桀升陑軍行之路合。又與聘伊尹於有莘之野合。魏源《書古微》亦同其説。是馬、鄭、王所數之商，當列前八遷之末。而此所言之亳，則湯有天下之後，遷都于亳，當列後五遷之首也。《書序》曰：仲丁遷于囂，河亶甲居相，祖乙圮于耿。《殷本紀》曰：帝中丁遷于隞，河亶甲居相，祖乙遷于邢。《索隱》曰：「隞」亦作「囂」，並音「敖」。「邢」音「耿」。近代本亦作「耿」。是《史記》與《書序》同。《正義》引《括地志》曰：滎陽故城，在鄭州滎澤縣西南十七里。殷時敖地也。又云：故殷城在相州内黄縣東南十三里，即河亶甲所築都之故，名殷城也。又云：絳州龍門縣東南十二里耿城，故耿國也。王國維據《説文》邢地近河内懷，則指《左傳·宣六年》、《戰國·魏策》之「邢丘」。杜注在河内平臯縣，即今河南温縣東。據此，則合之亳，僅有四遷。《書序》孔疏曰：五邦惟有亳、囂、相、耿四處而已。汲冢《古文》云：盤庚自奄遷于殷，蓋祖乙圮于耿，遷于奄，盤庚自奄遷于殷。亳、囂、相、耿與此奄五邦，此蓋不經之書，未可依信也。又曰：上文言自契至于成湯八遷。并數湯爲八，此言盤庚五遷。又并數湯爲五。湯一人再數。故班固云：殷人屢遷，前八後五。其實正十二也。案：「班固」蓋「張衡」之誤。即引此賦。然賦明言前八後五，則一事不得前後兩數。梁章鉅、朱珔等已辨其失。而僞孔傳謂湯遷亳，仲丁遷囂，河亶甲居相，祖乙居耿，盤庚居亳，爲五徙國都，蔡沈《集傳》已斥其非。而蔡分耿與邢爲二，亦與《史記索隱》不合。朱亦棟《十三經札記》、俞樾《羣經平議》仍主僞孔傳。閻若璩《四書釋地》、李惇《羣經識小》則主蔡傳。謂邢國故城在邢州外城内西南角，即祖乙所遷其地，與耿東西相距約八百里。皆不據《史記索隱》以邢與耿爲一也。而崔應榴《吾亦廬稿》據今本《竹書》，祖乙二年，遷于庇。南庚三年，遷于奄。以囂、相、耿、庇、奄爲五邦，并不數湯之遷亳。梁章鉅、朱珔並同其説。案：《太平御覽·皇王部》及《路史·國名紀》引《竹書紀年》祖乙居庇，南庚遷奄，則真《竹書》有此。今本僞《竹書》殆所有本。然孔仲遠且不信真《竹書》，今人乃據僞《竹書》駁之，恐轉爲孔氏所笑耳。但如孔説，實尚少一遷。竊意如上説，南亳、西亳皆爲湯都。《殷本紀》《集解》引皇甫謐曰：梁國穀熟爲南亳，即湯都也。《正義》引《括地志》曰：宋州穀熟縣西南三十五里，南亳故城，即南亳，湯都也。河南偃師爲西亳，帝嚳及湯所都，盤庚亦徙都之。又曰：亳邑故城在洛州偃師縣西十四里。本帝嚳之墟，商湯之都也。馮景、梁章鉅以此當前八遷之二。又何不可當後五遷之二乎？要之殷代之事，已難確定。聊列諸説，俟學者攷論焉。○《清統志》曰：河南彰德府，相縣故城，在安陽縣西山西。絳州耿城在河津縣南十二里，一名耿鄉城。○《殷本紀》曰：帝盤庚之時，殷已都河北。盤庚渡河南，復居成湯之故居，迺五遷，無定處。殷民咨胥皆怨，不欲徙。盤庚乃告諭諸侯大臣，遂涉河南，治亳。行湯之政，殷道復興。帝盤庚崩，弟小辛立，殷復衰。百姓思盤庚，迺作《盤庚》三篇。《書序》曰：盤庚五遷，將治亳殷，民咨胥怨，作《盤庚》三篇。俞樾《羣經平議》曰：盤庚之作，在小辛時，所以諷小辛也。傷今思古，猶《小雅·楚茨》諸篇之義也。《吕氏春秋·慎大覽》曰：武王命周公旦進殷之遺老，而問殷之亡故。又問衆之所説，民之所欲。殷之遺老對曰：欲復盤庚之政。然則《史記》謂百姓思盤庚，信有徵矣。吴先生《尚書故》曰：《書序》此篇作於盤庚。《史記》則作於小辛時。此史公不見《書序》之證。《書序》出《史記》後，時復小異其説，以泯其沿襲《史記》之迹。孔疏乃譏《史》與《序》違，而小司馬因謂史公不見古文，將《漢書》所云問故於安國，所載古文説者，亦并未之檢耶？步瀛案：《漢書》，見《儒林傳》。又案：《鹽鐵論·本議篇》曰：盤庚萃居。孫詒讓《札迻》以「萃居」爲「率苦」之誤。《説苑·反質篇》：殷之盤庚，大其先王之室，而改遷於殷。茅茨不翦，采椽不斲，以變天下之視。《漢書·翼奉傳》：奉上疏曰：昔者盤庚改邑，以興殷道，聖人美之。《楊雄傳》曰：甘泉屈奇瑰瑋，非木摩而不彫，牆塗而不畫。周宣所改，般庚所遷，夏后卑宫，唐虞採椽，三等之制也。《後漢書·文苑傳》：杜篤《論都賦》曰：昔般庚去奢行儉於亳。《郎顗傳》顗拜章曰：昔般庚遷殷，去奢卽儉。《崔寔傳》：寔《政論》曰：昔盤庚愍殷，遷都易民。荀悦《申鑒·時事篇》曰：盤庚遷殷，革奢卽約。皆可與此賦相證。○韵見上説。

方今聖上，同天號於帝皇，

【注】天稱皇天。帝，今漢天子號皇帝，兼同之。善曰：方今，猶正今也。《尚書刑德放》曰：帝者，天號也。天有五帝，皇者，煌煌也。《春秋元命苞》曰：皇者，煌煌也。道爛然顯明也。

【疏】孔廣森《經學卮言》曰：鄭君説《書》「曰若稽古」，以「稽」爲同，「古」爲天。《商頌》：古帝命武湯。箋亦云：古帝，天帝也。蓋古文師説如是。張平子賦「同天」，卽用《書》「稽古」之語。步瀛案：孔意謂薛敬文亦從鄭義耳。鄭注見《堯典》孔疏、《魏志·三少帝紀》、《後漢書·李固傳》注引。○唐寫李注無「方今猶正今也」六字。○注引《尚書刑德放》，各本「五帝」下無「皇者煌煌也」五字。今依唐寫增。《藝文類聚·帝王部》引，亦有此句。《太平御覽·皇王部》引《書緯》同。○《春秋元命苞》：皇者，煌煌也。各本無「道爛然顯明也」六字。今依唐寫增。但唐寫脱「然」字，依《御覽》補。又《御覽》「皇者」作「天道」。

掩四海而爲家，

【注】掩，覆也。善曰：《禮記》：孔子曰：大道既隱，天下爲家。又曰：聖人能以天下爲一家。

【疏】「掩」蓋「奄」之借字。《説文》曰：奄，覆也。○《禮記》，並見《禮運》。○此注「一家」下，下注「大業」下，又「童蒙」下，各本皆有「也」字。今並依唐寫删。

富有之業，莫我大也。

【注】三皇以來，無大於漢者。善曰：《周易》曰：富有之謂大業。

【疏】《周易》，見《繫辭》上。

徒恨不能以靡麗爲國華。

【注】善曰：《國語》：季文子曰：吾聞以德榮爲國華。韋昭曰：爲國光華也。

【疏】《國語》，見《魯語》上。各本脱「榮」字，唐寫與《魯語》合，今據補。

獨儉嗇以齷齪，忘《蟋蟀》之謂何。

【注】儉嗇，節愛也。《蟋蟀》，唐《詩》，刺儉也。言獨爲此節愛，不念唐《詩》所刺邪。善曰：《漢書注》

曰：齷齪，小節也。王逸《楚辭》注曰：謂，説也。何休《公羊傳》注曰：諸據疑問所不知，曰「者何」也。

【疏】唐寫「齷齪」作「偓促」。○《詩序》曰：《蟋蟀》，刺晉僖公也。儉不中禮，故作是詩以閔之，欲其及時以禮自虞樂也。○各本「獨爲」下無「此」字。今依唐寫增。○尤本無「善曰」二字，今依六臣者增。唐寫無「《漢書注》曰」以下三十六字。○《漢書》注，蓋韋昭注也。見《史記·陸賈傳》《索隱》引。作「握齱」，與「齷齪」同。又《司馬相如傳》作「握齪」。○《楚辭》注，見《九章·懷沙》。○《公羊傳》何注，見隱元年。各本「諸」誤作「謂」，「曰誤作「者曰」。今依何注訂正。

豈欲之而不能，將能之而不欲歟？

【疏】家、華、歟，古音魚部。何，歌部。通轉爲韻。

蒙竊惑焉。

【注】言我不解，何故反去西都從東京，置奢逸即節嗇也。善曰：蒙，謙稱也。《周易》曰：匪我求童蒙。

【疏】《周易》，見《蒙卦》，唐寫「匪」作「非」。

願聞所以辯之之説也。

【注】説，猶分别解説之。

【疏】毛本無「也」字，非是。○注「解説」下各本無「之」，今依唐寫。毛本作「也」字。○以上總結，借致詰之意，以開下篇。

高步瀛著
曹道衡
沈玉成點校

文選李注義疏

第二册

中華書局

文選李注義疏卷三

賦乙

京都中

【疏】原注曰：京都有三卷。此卷居中，故曰京都中。胡克家謂此注及下注二節，皆非李善注。袁本、茶陵本不冠注家名於首，恐并非五臣注，但後來竄入耳。步瀛案：胡氏説是，今削去。

東京賦

張平子

薛綜注

【疏】原注曰：東京謂洛陽，其賦意與班固《東都賦》同。案：此亦非李注，今削去。

安處先生於是似不能言，憮然有閒。

【注】有閒，謂有頃之閒也。先生聞公子稱西京奢泰之事，心怪其所貴者，謂違禮失道。故愕然有

頊，乃能言也。善曰：安，猶烏也。處，處也。言何處有此先生，蓋虛假之也。《論語》曰：孔子似不能言者。《孟子》曰：夷子憮然爲閒也。趙岐曰：憮然，猶悵然也。

【疏】梁章鉅曰：六臣本、毛本「言」下並有「者」字。○尤本、毛本「憮」字下音「亡禹」二字。六臣本作「武」字。胡克家曰：袁本作「憮，亡禹切」。在注末，是也。茶陵本無，非也。步瀛案：李注音皆在注末。正文本字下之音，非李注也。今削去。後並同。○李注引《論語》，見《鄉黨篇》。○《孟子》，見《滕文公》下。梁章鉅曰：今《孟子》「也」作「曰」。步瀛案：李但引夷子憮然爲閒句耳。唐人引一書終，往往加「也」字以足之。本書屢見，何梁氏竟未達此例耶。又案：趙岐注曰：爲閒，有頃之閒也。焦循《正義》曰：《呂氏春秋・去私篇》云：居有閒。高誘注云：閒，頃也。《國策・秦策》云：乃留止閒曰。高誘注云：閒，須臾也。《列子・黃帝篇》云：立有閒，不言而出。《釋文》云：閒，少時也。皆可與上薛注相證。胡紹煐曰：《孟子・盡心》下：爲閒不用。趙注：爲閒，有閒也。而憮然爲閒「爲」字，趙無注，知與《盡心篇》同。《滕文公》上：將爲君子焉，將爲野人焉。注亦云：爲，有也。言大有君子、野人也。將，大也。與《易・繫辭》上將有爲也、將有行也句法同。《梁惠王》上：善推其所爲而已矣。《說苑・貴德篇》引，「爲」亦作「有」。○焦循曰：《一切經音義》引《三蒼》云：憮然，失意貌也。失意則悵恨，故以爲猶悵然也。步瀛案：《三蒼》見玄應《音義》九、《大智度論》卷十三引。

乃莧爾而笑曰：若客所謂末學膚受，貴耳而賤目者也。

【注】莧爾，舒張面目之貌也。末學，謂不經根本。膚受，謂皮膚受之，不經於心胷。貴耳，謂西京。

賤目，謂東京。先生笑公子以西京爲貴，以東爲賤也。善曰：《論語》曰：莧爾而笑。又曰：膚受之愬。桓子《新論》曰：世咸尊古卑今，貴所聞，賤所見。

【疏】六臣本「莧」作「莞」。校曰：善作「莧」。梁章鉅曰：按《論語》莞爾，《釋文》作「莧爾」，即此字也。《易·夬》：莧陸夬夬。《虞氏易》曰：莧，説也。讀如夫子莧爾而笑之「莧」。胡紹煐曰：作「莧」乃隸書之譌。虞世南《夫子廟碑》：唲爾微笑。《集韻》「唲」字同「莞」。蓋因「莧」譌爲「莧」，又别作「唲」，非古也。《論語》本作「莧」。陸氏《釋文》出「莧爾」，華版反。今作「莞」，依《唐石經》改也。《易·夬·九五》：莧陸夬夬。虞翻注：莧讀爲莧爾而笑之「莧」。仲翔所見本正作「莧」。步瀛案：「莧」字俗，今依諸家校改「莧」。○薛注：「謂皮膚受之」，各本脱「受」字。「貴耳」脱「謂西京賤目」五字，今依陳校增。○《論語》，前引見《陽貨篇》，後見《顔淵篇》。何晏《集解》引馬融曰：皮膚，外語，非其内實也。○桓子《新論》，《太平御覽·文部》十八引。後二句，嚴可均輯入《閔友篇》。

苟有胷而無心，不能節之以禮。

【注】苟，猶誠也。言賓誠信胷臆之所聞，而心不能以禮節度其可否也。善曰：《韓詩》曰：鄙野之人，僻陋無心也。《論語》曰：不以禮節之。賈逵《國語注》曰：節，制也。

【疏】《詩·采苓》毛傳曰：苟，誠也。蓋注所本。○《韓詩》未詳何篇。諸家輯《韓詩》者，亦失此條。○《論語》見《學而篇》。○賈注：汪遠孫輯在《魯語》上「海鳥曰爰居」章。

宜其陋今而榮古矣。

【注】言人不能以禮節度其事情者，固宜薄陋今日之事，而以此所聞古事爲榮貴也。善曰：夫尊古而卑今，學者之流也。

【疏】李善注，出《莊子·外物篇》。

由余以西戎孤臣，而悝繆公於宮室。

【注】孤臣，謂孤陋之臣也。善曰：《史記》曰：由余本晉人，亡入西戎，相戎王。使來聘秦，觀秦之强弱。穆公示以宮室，引之登三休之臺。由余曰：「臣國土階三尺，茅茨不翦，寡君猶謂作之者勞，居之者淫。此臺若鬼爲之，則神勞矣。使人爲之，則人亦勞矣。」於是穆公大慙。鄭玄《禮記注》曰：凡「穆」或作「繆」。悝猶嘲也。

【疏】孫志祖《補正》引金甡曰：《史記》載由余語，但有勞神苦民四句，無土階茅茨等語。且但云示以宮室積聚，未嘗有登三休臺事，此自別有出處。志祖案：賈誼《新書·退讓篇》載：翟王使使至楚，楚王饗客於章華之臺，三休而乃至。其上事注似參引彼文也。下文「猶謂爲之者勞，居之者逸」，注引《賈子》。張雲璈曰：《賈子》見《新書》卷七。與前注略同。蓋李氏牽合諸書，而誤爲《史記》耳。步瀛案：由余事見《韓子·十過篇》、《呂氏春秋·不苟篇》、《韓詩外傳》九、《史記·秦本紀》曰：戎王使由余於秦，由余其先晉人也。亡入戎，能晉言。聞繆公賢，故使由余觀秦。秦繆公示以宮室積聚，由余曰：「使鬼爲之，則勞神矣。使人爲之，亦苦民矣。」此注所引，非盡本文。又賈誼《新書·退讓篇》曰：翟王使使至楚，楚王欲夸之，故饗客於章華之臺上。上者三休而乃至其上。楚王曰：「翟國亦有此臺乎?」使者曰:「翟王之自爲室也,堂高三尺,壤陛三絫,茅茨弗翦,采椽弗刮,且翟王猶以作之者大苦,居之者大佚。翟國惡見此臺也。」楚王媿。下文「猶謂爲之者勞」二句。善注亦引之。此以爲由余事,未知所本。○鄭注,見《檀弓》下。又《中庸》及《仲尼燕居》《釋文》皆曰:「穆」本作「繆」。○《說文》曰:悝,啁也。段注曰:「啁」卽今之「嘲」字。「悝」卽今之「詼」字。謂悝諧、啁調也。今則「詼」「嘲」行而「悝」「啁」廢矣。○胡克家曰:袁本有「枯灰切」三字,在注末,是也。步瀛案:尤本、毛本音苦灰,六臣本音苦回,皆在句中。「悝」字下非李注。

如之何其以温故知新,研覈是非,近於此惑。

【注】如,奈也。覈,實也。研,審也。先生言由余但西戎孤陋之臣耳,尚知非秦宮室之大。如何公子雅好博古,温故知新之德,當審實事理之是非,而返惑於此事。《論語》曰:温故知新,可以爲師矣。王褒《責髯奴》曰:研覈否臧。

【疏】五臣「故」下有「而」字,「惑」下有「也」字。○《論語》,見《爲政篇》。「故」下有「而」字。○王褒《責髯奴文》,《初學記·人部》下、《古文苑》皆載之。○矣、惑,古音之部。

周姬之末,不能厥政,政用多僻。

【注】姬,周姓也。末,謂幽、厲二主。周末世之王多邪僻之政也。善曰:《毛詩》曰:民之多僻也。

【疏】《毛詩》《板》之篇:民之多辟。《釋文》作「僻」,曰匹亦反。

始於宮鄰,卒於金虎。

【注】鄰，近也。謂幽王近於宮室，惑於褒姒，卒有禍敗也。金虎，西方白虎神王金。金，白也。善曰：應劭《漢官儀》曰：不制之臣，相與比周。比周者，宮鄰金虎。宮隣金虎，言小人在位，比周相進，與君爲鄰。貪求之德，堅若金，讒謗之言，惡若虎也。

【疏】五臣注：劉良曰：言周之末年，不能行政，政多邪僻。宮，君也。始自幽、厲二王，小人在位，與君子爲鄰，堅若金，惡若虎，卒以此亡。本書陸士衡《答賈長淵詩》曰：大辰匿耀，金虎習質。善注引《石氏星經》曰：昴者，西方白虎之宿也。太白者，金之精。太白入昴，金虎相薄，主有兵亂。姚寬《西溪叢語》下、楊慎《丹鉛總録》卷一皆引此注。楊氏并謂注家不知引此，而謬自爲説。葉樹藩曰：如楊氏解，則金虎當指戰國，合上「宮鄰之虎，褒氏始卒」，纔見確實。而下文「嬴氏博翼」云云，脉絡亦貫矣。善於陸士衡《答賈長淵詩》中「金虎習質」句，曾引《星經》，此何以獨援應劭之説耶？至王融《曲水詩序》中「宮鄰昭泰」，善注仍贅應説，於義更屬未安。孫志祖、梁章鉅並主葉説。朱珔曰：此説於金虎義固較長，而宮鄰屬幽王，無左證。若陸詩專用金指，故善引《星經》，王序專用「宮鄰」，則非引應説而何引耶？且彼處下句云：「荒憬清夷」，似上句謂讒邪屏退，内君子而外小人之意。又曰：案：漢徐岳《數術記遺》云：余以天門金虎，呼吸精泉。北周甄鸞注亦引《星經》語。又云：周宣王時有人採薪於郊閒，歌曰：金虎入門，呼長精，吸元泉。時人莫能知其義。老君曰：太白入昴，兵其亂。此以幽王爲宣王。余疑「宮」爲宮闈，「鄰」爲臣鄰。「宮鄰」猶言「宮府」。《國語》：宣王時有檿弧箕服之謡。《周春秋》有女鳩之訴，見《繹史》所引。是宮闈事也。殺杜伯非其罪，左儒死之。見《説苑》。因之殺司工錡及祝，亦見《周春秋》，是臣鄰事也。卽幽王嬖褒姒，正是宮闈。時多小人在位，如皇父等，正是臣鄰。其後致驪山之禍，是兵亂也。故曰：始於宮鄰，卒於金虎。葉氏説不應遠及戰國。下文「秦氏博翼」則別言之耳。應説遺卻「宮」字，但云比周相進，與君爲鄰，已未免牽率。而釋「金虎」尤非。至《曲水序》：宮鄰昭泰，荒憬清夷。當亦謂宮府之間，昭明安泰，而荒服自向化也。義似可通矣。胡紹煐曰：善引應劭云云，則宮鄰金虎爲一事，於正文「始」「卒」二字義不相協，薛説近之。「宮鄰」猶云臣鄰耳。正指褒姒而言。金虎謂兵亂。步瀛案：朱氏謂「宮鄰」猶言宮府，較諸家説爲近之，其以宮鄰屬幽王，亦本薛注而引《數術記遺》等，以金虎屬宣王，則未足據也。吴先生曰：宮鄰金虎之事，以薛注爲當。金虎謂秦也。步瀛案：《御覽·皇王部》十二引《尚書帝命驗》曰：亡其金虎。注：金虎，獸之長，喻於秦君，可以爲證。○僻，古音支部。虎，魚部。通轉爲韵。

嬴氏搏翼，擇肉西邑。

【注】嬴，秦姓也。《周書》曰：無爲虎搏翼，將飛入邑，擇人而食也。搏翼，謂著翼也。「搏」與「附」同。

【疏】孫志祖曰：「搏」疑當作「傅」。步瀛案：尤本、毛本「搏」下有「音附」二字。六臣本但作一「附」字，而注末有「搏與附同」四字。今據增。梁章鉅曰：按：字書「搏」有「附」音，而無「附」義。孫氏曰：疑當作「傅」，是也。胡紹煐曰：經籍無訓「搏」爲著者。《史記·項羽紀》：傅海。《正義》：傅，著也。《漢書》注多云傅讀曰「附」。是「傅」「附」古通。故薛云：「傅」與「附」同。其引《周書》今在《寤儆篇》，正作「傅」。

《韓詩外傳》四同。《後唐書・李襲吉傳》：如此之智算，得襲吉之筆才，如虎傅翼。亦作「傅」。步瀛案：孫、梁校是。胡氏説尤詳。《韓子・難勢篇》引《周書》亦作「傅」。《漢書》《高紀》下、《景紀》、《刑法志》、《五行志》上、《韓王信》、《息夫躬》、《文三王》、《衛青》、《董仲舒》、《張湯》、《東方朔》、《平當》、《張敞》、《王尊》、《匡衡》、《翟義》、《師丹》等傳，《匈奴傳》上、《外戚傳》下、《王莽傳》上、《王商》等《傳贊》，顏注皆云傅讀曰「附」。○翼，古音之部。邑，緝部。通轉爲韵。

是時也，七雄並争，競相高以奢麗。

【注】七雄，謂韓、魏、燕、趙、齊、楚、秦也。争，謂各强盛，而競相高以奢溢，將爲國好，不復顧於禮法也。善曰：《答賓戲》曰：七雄虓闞。《史記》：張釋之曰：秦以苛察相高。《尚書》曰：弊俗奢麗也。

【疏】薛注「各」字下疑有敚字。「國好」，字亦疑誤。○《答賓戲》，見本書卷四十五。○《史記》，見《張釋之傳》。○《尚書》見僞古文《畢命》。「俗」，當作「化」。

楚築章華於前，趙建叢臺於後。

【注】《左氏傳》曰：楚子成章華之臺於乾谿，一朝叛之。於前，在春秋之時。《史記》曰：趙武靈王起叢臺。太子圜之三月。於後，在六國之時。善曰：鄒陽《上書》曰：全趙之時，武力鼎士，袨服叢臺之下。臣瓚曰：在邯鄲城内也。

【疏】《左傳》，見昭七年。杜注曰：臺在今華容城内。《楚語》上曰：靈王爲章華之臺。韋注曰：章華，地名。《吴語》曰：乃築臺於章華之上。《水經・沔水注》曰：揚水東入離湖，湖側有章華臺，臺高十丈，基廣十五丈。余知古《渚宮舊事》曰：靈王作傾宮，三年未息，而爲章華之臺，翟人來朝，靈王誇之，與客登章華臺，三休乃至。又曰：靈王與伍舉登章華臺。原注曰：臺在江陵東百餘里，臺形三角，高十丈餘，亦名三休臺是也。《元和郡縣志》曰：河南道，亳州城父縣，章華臺在縣南九里。陳州溵水縣，乾谿臺，在縣北三里。《左傳》楚靈王有乾谿之臺，卽此也。《太平寰宇記》曰：山南東道荆州江陵縣，章華臺在縣東三十三里。楚靈王所築，臺形四方。《輿地紀勝》曰：荆湖北路岳州。章華臺有三，一在江陵沙津之東北，作佛寺。一在監利東北，又名三休臺。一在岳之華容。杜預注以爲華容縣。沈括《夢溪筆談》四曰：天下地名錯亂乖謬，率難考信。如楚章華臺，亳州城父縣、陳州商水縣、荆州江陵、長林監利縣，皆有之。乾谿亦有數處。據《左傳》：楚靈王七年成章華之臺，與諸侯落之。杜預注：章華臺在華容城中。華容卽今之監利縣，非岳州之華容也。至今有章華故臺在縣郭中，與杜預之説相符。亳州城父縣，有乾谿，其側亦有章華臺，故臺基下往往得人骨云。楚靈王戰死于此。商水縣章華之側，亦有乾谿。薛綜注張衡《東京賦》引《左氏傳》乃云：楚子成章華之臺于乾谿，皆誤説也。《左傳》實無此文。章華與乾谿，元非一處。楚靈王十二年王狩于州來，使蕩侯、潘子、司馬督、囂尹午、陵尹喜帥師圍徐以懼吴。王次于乾谿，此則城父之乾谿。靈王八年，許遷于夷者，乃此地。十三年，公子比爲亂，使觀從從師于乾谿。王衆潰，靈王亡，不知所在。平王卽位，殺囚衣之王服，而流諸漢，乃取葬之，以靖國人，而赴以乾谿。靈王實縊于芋尹申亥氏。他年，申亥以王柩告，乃改葬之，而非死於乾谿也。昭王二十七年，吴伐陳，王帥師救陳，次于城父，將戰，王卒于城父。而《春秋》又云：弑其君于乾谿，則後世謂靈王實死于是，理不足怪也。朱珔曰：薛氏引傳文，惟楚子成章華之臺一語。「於乾谿」三字，當下屬。《昭十三年傳》：觀從從師于乾谿，而遂告之。杜注：告使叛靈王。傳又云：師及訾梁而潰。正此所謂於乾谿，一朝叛之也。薛注非誤，乃沈氏失其句讀耳。至其他，則賈誼《新書》曰：翟王使使者之楚，楚王欲誇之，饗客章華之臺，三休乃至上。知必近楚都，自以在監利者爲準。監利今屬荆州府。乾谿在今亳州，相距甚遠。而《元和志》於城父有章華臺，監利轉無之。《寰宇記》城父下引《新序》楚王起章華之臺，爲乾谿之役，殆不免傅會。若宋之商水縣，唐爲溵水縣。《元和志》：乾谿臺在縣北三里。《寰宇記》引陸賈《新語》楚靈王起章華之臺，爲乾谿之館，作乾谿之臺，似乾谿别一臺。又云：章華臺在縣西北。《春秋後語》：楚襄王爲秦將白起所偪，北保于陳，更築此臺。然則商水之章華，乃襄王，非靈王。而《寰宇記》言靈王所築，在華容。乾谿水在城父縣南，固不誤也。步瀛案：朱説是也。但謂薛注「於乾谿」三字下屬爲句，實亦未安。薛殆以章華臺在乾谿也。然「一朝叛之」句，疑亦有脱誤。俞正燮《癸巳類稿·章華臺考》謂《江南通志》云：亳州有章華臺故址，舊乾谿也。《史記·十二諸侯年表》、《楚世家》俱云：靈王七年，就章華臺。就者，非所都治，如後世言「行在」，是章華必在乾谿。又引薛氏此註以證之。孫璧人《考古録》駁之曰：此臆説，不足憑。《春秋傳》：楚靈王於昭元年篡位，四年、五年，以諸侯之師伐吳，皆無功而還。六年，令尹子蕩伐吳，師于豫章，而次于乾谿。此言楚師次乾谿，而不言王次乾谿。十二年，始言楚王次于乾谿。《傳》中所載靈王爲章華之宫，成章華之臺，享公於新臺，皆在昭七年，未次乾谿之前，安得謂築章臺於乾谿。乾谿在城父縣，春秋屬陳。昭八年冬十一月，楚公子棄疾滅陳，安得於未滅陳前，築臺於其地。又考七年《傳》，公如楚，鄭伯勞于師之梁。鄭都今河南新鄭縣。公由魯至楚都，當西行，取道於鄭。若至乾谿，當南行，取道於宋，不過五六百里，何必西繞千餘里而又東折六七百里，以至乾谿耶？故知章華之説，以杜註在華容爲確也。《湖廣通志》言江陵城東南十五里沙市，有章華臺，距楚都尤近。與《左傳》享魯公，《新書》享翟使，情事較合。但祇見《明一統志》，於古無徵。又《寰宇記》載楚靈王所築章華臺，在江陵縣東三十三里。此亦與楚都近，但不詳出自何書。恐亦傳聞之説。步瀛案：《清統志》曰：湖北荆州府，章華臺在監利縣西北。亦依杜注爲説。○何焯《義門讀書記》曰：《趙世家》無武靈王起叢臺故事。《漢書·鄒陽傳》注以爲趙幽王友所建，注誤。孫志祖曰：《新序》卷九載春申君有韓魏殺知伯於叢臺之上語。據此，則趙襄子時已有叢臺。鄒陽書云：全趙之時，恐非幽王友所建也。但注引《史記》趙武靈王起叢臺，則《史記》無此文，恐誤耳。步瀛案：《秦策》四、《史記·春申君傳》並作「鑿臺」。《集解》引徐廣曰：鑿臺在榆次。《補正》又附載楊鳳苞曰，卽上文所云智氏見伐趙之利，而不知榆次之禍也。《戰國策》亦作「鑿臺」。若叢臺在邯鄲城内，非一地也。《新序》「叢臺」，蓋「鑿臺」之譌。梁章鉅曰：此賦上承七雄並争，説下明係戰國時事。薛注復明言於前，在春秋之時，於後，在六國之時。則以爲武靈王所建，必別有據。至《鄒陽傳》云：全趙之時，武力鼎士，袨服叢臺之下者，一旦成市而不能止幽王之湛患。顔注：叢臺，趙王之臺也。在邯鄲。幽王謂趙幽王友，上下各爲詞氣，何嘗言臺爲幽王所建也。姜氏皋曰：《趙世家》：趙武靈王十七年，爲野臺以望齊中山之境。徐廣曰：「野」一作「望」。《正義》曰：《括地志》云：「野臺」，一名「義臺」。竊疑「野」字，《漢書》或作「壄」，亦作「埜」。「叢」字，《漢書》亦作「菆」，二字相近，當有一誤。朱珔曰：《太平御覽·居處部》亦引《史記》趙武靈王建藂臺於邯鄲。考《趙世家》武靈王十七年，爲「野臺」。《正義》引《括地志》：野臺，一名「義臺」，在定州樂縣西南。而叢臺未及，疑「義」與「叢」形近，或致誤。但《寰宇記》於邯鄲既出叢臺，而定州新樂縣，別有義臺，是兩臺也。本書鄒陽《上書》注引韋昭曰：高帝子幽王友也。吕后殺之。何氏焯乃謂《漢書》注言臺爲友所建。注並無此語。《高后紀》元年，趙叢臺災。顔注明云本六國時趙王故臺也。當是幽王時，未災之先，甚盛，故陽云爾，非卽幽王所建。觀此賦承上七雄奢麗言之，可知何説非。《水經·濁漳水注》云：牛首水東逕叢臺南，六國時趙王之臺也。《郡國志》：邯鄲有叢臺。劉劭《趙都賦》曰：結雲閣於南宇，立叢臺於少陽。今遺址尚在。《後漢書·馬武傳》：光武拔邯鄲，與武登叢臺是也。若《寰宇記》商水縣有叢臺，云楚襄王所築，非趙之叢臺，名同事異。則叢臺亦有二矣。胡紹煐曰：《御覽》一百七十七引《史記》曰：趙武靈王建藂臺於邯鄲。則薛注不誤。今亦莫考《史記》何篇。朱銘曰：《史記·趙世家》云：武靈王十七年，出九門爲野臺，以望齊、中山之境。別無靈王起叢臺事。徐廣謂九門在常山，「野」一作「望」。司馬彪《郡國志》：常山國九門縣不載野臺。趙國邯鄲縣云：有叢臺，則與野臺所在異地。説者或混而一之，非也。步瀛案：薛注及《御覽》皆引《史記》武靈王爲叢臺，當有所據。或今本脱佚耳。《清統志》曰：直隸廣平府，叢臺在邯鄲縣城東北，相傳趙武靈王築。正定府，義臺在新樂縣西南，卽古野臺也。不得合爲一。又朱珔曰：薛注又云：太子圍之三月。案：《趙世家》言武靈王自稱主父，廢太子章而立吴娃之子何。後欲兩王之。未決，章作亂，公子成與李兑距難，章敗，往走主父，成、兑因圍主父。主父欲出，不得。探爵鷇而食之，三月餘，餓死沙邱宮。武靈王前呼成爲叔。則是因太子而受圍，非太子圍之也。注誤。步瀛案：「太子圍之三月」六字疑後人誤增。○裴駰《史記集解序》曰：《漢書音義》稱「臣瓚」者，莫知姓氏，今直云「瓚曰」。顔師古《漢書注敍例》曰：「臣瓚」不詳姓氏及郡縣。司馬貞《史記索隱》曰：案：卽傅瓚，而劉孝標以爲于瓚，非也。據何法盛《晉書》，于瓚以穆帝時爲大將軍誅死，不言有注《漢書》之事。又其注《漢書》有引《禄秩令》及《茂陵書》，然彼二書亡于西晉，非于所見也。必知是傅瓚者。按：《穆天子傳目録》云：傅瓚爲校書郎，與荀勗同校定。《穆天子傳》卽當西晉之朝，在于之前，尚見《茂陵》等書。又稱臣者，以其職典秘書故也。宋祁校《漢書》引景祐余靖校本曰：臣瓚不知何姓。案：裴駰《史記序》云：莫知姓氏。韋棱《續訓》又言未詳。而劉孝標《類苑》以爲于瓚。酈道元注《水經》以爲薛瓚。姚察《訓纂》云：案：《庾翼集》：于瓚爲翼主簿兵曹參軍，後爲建威將軍。《晉中興書》云：翼病卒，而大將于瓚等作亂，翼長史江虨誅之。于瓚乃是翼將，不載有注解《漢書》。然瓚所采衆家《音義》，自服虔、孟康以外，並因晉亂湮滅，不傳江左。而《高紀》中瓚案《茂陵書》，《文紀》中案《漢禄秩令》，此二書亦復亡失，不得過江。明此瓚是晉中朝人，未喪亂之前，故得具其先輩《音義》及《茂陵書》、《漢令》等耳。蔡謨之江左，以瓚二十四卷散入《漢書》，今之注也。若謂爲于瓚，乃是東晉人，年代前後，了不相會。此瓚非于，足可知矣。又案：《穆天子傳・目録》云：秘書校書郎中傳瓚，校古文《穆天子傳》曰：記《穆天子傳》者，汲縣人不準，盜發古冢，所得書。今《漢書音義》臣瓚所案，多引汲書，以駮衆家訓義。此瓚疑是傅瓚。瓚時職典校書，故稱臣也。洪頤煊《讀書叢録》曰：劉昭《續漢志》補注，劉孝標《類苑》、杜氏《通典》俱作「于瓚」。《史記索隱》李善《文選》注俱作「傅瓚」。酈道元《水經注》又作「薛瓚」。顔氏《敍例》不載「薛瓚」之説。臧庸《拜經日記》曰：臣瓚之姓，當以姚氏及小司馬説爲定。既非于瓚，以爲薛瓚，更無佐證。則捨傅瓚無人也。《春秋正義》哀九年，亦云：有臣瓚者，不知其姓，或云姓傅。作《漢書音義》。朱亦棟《羣書札記》亦主傅瓚之説。桂馥《札樸》則主《水經注》薛瓚之説，謂《後秦記》：姚襄遣參軍薛瓚使桓温，卽其人也。步瀛案：究不如傅瓚之説，佐證爲優。

秦政利觜長距，終得擅場。

【注】言秦以天下爲大場，喻七雄爲鬬雞。利喙長距者，終擅一場也。《史記》曰：秦始皇，秦莊襄王子，名政。《説文》曰：擅，專也。

【疏】吕錦文曰：「利觜」注作「利喙」。《説文》云：喙，口也。《廣雅》云：⿱此朿，喙口也。《衆經音義》卷一引字書云：⿱此朿，鳥喙也。觜與喙、⿱此朿並同。步瀛案：《説文·角部》曰：觜，鴟舊頭上角觜也。段注曰：角觜，萑下云毛角，是也。毛角，頭上毛，有似角者也。「觜」猶「⿱此朿」，鋭詞也。毛角鋭，凡羽族之咮鋭，故鳥咮曰觜。俗語因之，凡口皆曰觜，其實本鳥毛角之稱也。鳥口之觜，《廣雅》作「⿱此朿」。朱駿聲曰：鳥咮鋭如角，故曰觜。《射雉賦》注：觜，喙也。又《廣雅·釋親》：⿱此朿，口也。以「⿱此朿」爲之，則移以稱人。

俗字作「嘴」。○《史記》，見《秦始皇本紀》。各本「襄」上脱「莊」字，今據胡克家、梁章鉅校增。○《説文》，見《手部》。

思專其侈，以莫己若。

【注】莫，無也。若，如也。言始皇所以思專擅其奢侈者，以天下之君無如於我也。

【疏】五臣句末有「也」字。○麗、侈，古音歌部。後，侯部。距、若，魚部。通轉爲韵。

迺構阿房，起甘泉。

【注】《三輔故事》：秦始皇上林苑中作離宫別觀一百四十六所，不足以爲大會羣臣。二世胡亥起阿房殿東西三里，南北三百步，下可建五丈旗，在山之阿，故號阿房也。甘泉，山名也。《戰國策》：范睢曰：「秦北有甘泉宫，謂其下有甘泉水，因以名之」。善曰：阿房、甘泉已見上文。

【疏】《史記・秦始皇本紀》曰：三十五年，始皇以爲咸陽人多，先王之宫廷小，乃營作朝宫渭南上林苑中，先作前殿阿房，東西五百步，南北五十丈，上可以坐萬人，下可以建五丈旗。周馳爲閣道，自殿下直抵南山，表南山之顛以爲闕，爲複道，自阿房渡渭屬之咸陽，以象天極閣道，絶漢抵營室也。阿房宫未成，成，欲更擇令名名之。作宫阿房，故天下謂之阿房宫。二世皇帝元年四月，復作阿房宫。○《戰國策》，見《秦二》。「宫」字蓋「谷口」二字之訛。否則僅引北有甘泉句。「宫」字上當再見「甘泉」二字，乃薛氏解甘泉宫命名之義。○上文指《兩都》及《西京賦》。○各本「房」字下音「傍」字，雖非李氏原注，知古人房讀如「旁」。《史記・秦始皇本紀》《正義》：房，白郎反。亦讀如旁也。又引顔師古曰：

阿，近也。以其去咸陽近，且號阿房。《索隱》曰：此以其形名宮也，言其宮四阿旁廣也。故云下可建五丈之旗也。《漢書·賈山傳》顔注曰：「房」字或作「旁」。

結雲閣，冠南山。

【注】結，連也。雲閣，閣名也。高如雲，故言雲。《三輔故事》曰：秦二世胡亥起雲閣，欲與山齊。冠，覆也。終南山在長安南。

【疏】五臣「冠」作「觀」。吕延濟曰：起觀於南山顛也。○《三輔黄圖》曰：雲閣，二世所造。起雲閣，欲與南山齊，餘見《西都》、《西京賦》注。

征税盡，人力殫。

【注】言征税之賦，盡於奢泰之用。天下之力，盡於長城與宮室也。殫，盡也。善曰：鄭玄《禮記注》曰：征，税也。毛萇《詩傳》曰：税，斂也。

【疏】《禮記》鄭注，見《王制》。○《詩》毛傳無「税，斂也」之文。此注可疑。○泉、山、殫，古音元部。

然後收以太半之賦，威以參夷之刑。

【注】《漢書》：伍被曰：秦作阿房宮，收太半之賦。韋昭曰：凡數三分有二，爲太半。言秦造宮室奢麗，費用不足，乃復收其太半之賦。百姓賦税不得者，誅其三族。《漢書》曰：秦用商鞅之法，造參夷之誅。參，三也。謂滅三族也。

【疏】前引《漢書》，見《伍被傳》。「宮」上有「之」字。韋昭注、《史記·項羽本紀》《集解》、《漢書·高帝紀》注引並同。○言秦造宮室，乃薛氏解本賦之語。然謂百姓賦税不得者誅其三族，秦法雖暴，亦不至此。案：此二句乃各爲一事，上句言賦重，下句言刑嚴耳。注疑有脱誤。○後引《漢書》，見《刑法志》。原文「商鞅」下有「連相坐」三字。

其遇民也，若薙氏之芟草，

【注】遇，逢遇也。《周禮》有薙氏，掌山澤芟除草菅。《毛詩》：載芟載柞也。

【疏】《管子·任地篇》尹注曰：遇，待也。○《周禮·秋官》曰：薙氏掌殺草。鄭注曰：「薙」讀如鬀小兒頭之「鬀」。案：薛氏引乃舉其意，非元文。○《詩·周頌·載芟》毛傳曰：除草曰芟。

既蘊崇之，又行火焉。

【注】《左氏傳》曰：周任有言曰：「若農夫之務去草，芟夷蘊崇之」。杜預曰：芟，殺蘊積也。崇，聚也。言秦始皇酷虐百姓，如芟草，積而放火焉。

【疏】《左傳》，見隱六年。「去草」下有「焉」字。《周禮·薙氏》鄭注賈疏引，亦無「焉」字。○杜注作「芟，刈也。夷，殺也」。注似脱誤。然此注「杜預曰」下十一字蓋後人所增，薛不應引杜注也。○《周禮·秋官·薙氏》曰：以水火變之。鄭注曰：謂以火燒其芟萌之草，已而水之，則其土亦和美矣。○焉，古音元部。與上泉、山、殫韵。

惵惵黔首，豈徒跼高天，蹐厚地而已哉。乃救死於其頸。

【注】《史記》曰：秦皇更名民曰黔首，謂黑頭無知也。跼蹐，恐懼之貌也。《毛詩》曰：謂天蓋高，不敢

不跼。跼，傴僂也。謂地蓋厚，不敢不蹐。蹐，累足也。謂此時之民，非徒跼高天，蹐厚地而已。乃晝夜畏死其頸。善曰：豈，非也。《老子》曰：聖人在，天下惵惵焉。《國語》：單襄公曰：「兵在其頸，不可久也」。

【疏】《史記》，見《秦始皇本紀》。○《毛詩·小雅·正月》「跼」作「局」。《釋文》曰：本或作「跼」。許巽行曰：當從《詩》作「局」。○注「乃晝夜畏死其頸」，「其」上疑有脱字。○《老子》「惵惵」作「歙歙」。《釋文》曰：一作「惵惵」。○《國語》，見《周語》中。○刑、頸，古音耕韵。

敺以就役，唯力是視。

【注】謂不復知民有緩急與飢寒，唯趨敺令作力而已。善曰：《左氏傳》曰：除君之惡，唯力是視。言所觀者唯力是求，餘無所顧也。

【疏】五臣「敺」作「驅」。案：《説文》：「敺」，「驅」古文。从攴。五臣「唯」作「惟」。○《左傳》，見僖二十四年。○役，古音解部。視，脂部。通轉爲韵。

百姓弗能忍，是用息肩於大漢，而欣戴高祖。

【注】忍，堪也。言秦天下之民若擔重物，不得休息。今來歸漢，得息肩膊。善曰：《左氏傳》曰：鄭成公疾，子駟請息肩於晉。杜預曰：以負擔喻也。《國語》曰：祭公謀父曰：「商王大惡，庶民不忍，欣戴武王」。賈逵曰：戴，奉也。

【疏】六臣本「弗」作「不」。○《左傳》，見襄二年。○《國語》，見《周語》上。

高祖膺籙受圖，順天行誅，杖朱旗而建大號。

【注】膺籙，謂當五勝之籙。受圖，卯金刀之語。順天，謂順天命而起。又悟神姥之言，舉朱旗而大呼，天下之英雄與共定事也。善曰：《春秋命曆引》曰：五德之運，徵符合應，籙次相代。《周易》曰：順乎天。《漢書》：高祖立爲沛公，旗幟皆赤。故曰朱也。《周易》曰：涣汗其大號。鄭玄曰：號，令也。

【疏】《史記·封禪書》曰：騶子之徒，論著終始五德之運。《集解》引如淳曰：今其書有《五德終始》，五德各以所勝爲行。秦謂周爲火德，滅火者水，故自謂之水德。《漢書·律曆志》曰：戰國擾攘，秦兼天下，未皇暇也。亦頗推五勝，而自以爲獲水德。顏注引孟康曰：五行相勝，秦以周爲火，用水勝之。又互見本書《魏都賦》注。《太平御覽·皇王部》十二引《尚書考靈耀》曰：卯金出軫，握命孔符。鄭注曰：卯金劉字之別。軫，楚分野之星。符，圖書，劉所握，天命，孔子制圖書。又引《春秋演孔圖》曰：其人日角龍顏，姓卯金刀，含仁義。《藝文類聚·帝王部》引同。又《後漢書·班固傳》下李賢注引《演孔圖》曰：卯金刀，名爲劉。中國東南出荆州，赤帝後，次代周。《漢書·高帝紀》曰：高祖拔劍斬蛇，後人來至蛇所，有一老嫗夜哭。人問嫗何哭。嫗曰：「吾子，白帝子也。化爲蛇，當道。今者赤帝子斬之。故哭」。本書班叔皮《王命論》曰：始起沛澤，則神母夜號，以彰赤帝之符。皆可與薛注相證。○與共定事，各本「共」作「其」，今依吴先生校改。○《春秋命曆引》，本書應吉甫《華林園集詩》注及《演連珠》注引皆作「命曆序」。又尤本「應」作「膺」。梁章鉅曰：六臣本、毛本「膺」作「應」，是也。今從之。○《周易》，見《革·彖傳》。○《漢書》，見《高帝紀》。○後引《周易》爲《涣·九五·爻辭》。

所推必亡，所存必固。

【注】言高祖所推擊者，使之亡，所存者，使之堅固。善曰：《尚書》曰：推亡固存，邦乃其昌。

【疏】張雲璈曰：據注意，則賦中「推」當爲「椎」。朱珔曰：李注引《書》推亡固存，則正文宜作「推」。薛注「所椎擊者」，「椎」，尤本作「推」。他本「推」作「椎」誤也。《說文》：推，排也。《禮記·月令》《釋文》：推，伐也。排、伐，皆有擊義，不必爲或字也。○《尚書》，見僞《仲虺之誥》。案：《左傳·襄十四年》中行獻子曰：仲虺有言：推亡固存。襄三十年子皮引《仲虺之志》同。此作僞者所本。

掃項軍於垓下，紲子嬰於軹塗。

【注】掃，除也。項，項羽也。垓，地名。漢王圍項羽於垓下，羽聞四面有楚歌，乃與數百騎走。高祖使灌嬰追之，斬羽東城。紲，猶繫也。子嬰，秦子嬰也。善曰：《史記》：秦王子嬰乘素車白馬，繫頸以組，降於軹道旁也。蘇林曰：軹，亭名。在長安城東十三里。

【疏】五臣「軹」作「枳」。○《史記·項羽本紀》曰：項王軍壁垓下。《集解》引徐廣曰：在沛之洨縣。又引應劭曰：垓音該。又引李奇曰：沛，洨縣聚邑名也。《索隱》引張揖《三蒼注》曰：垓，堤名。在沛郡。《正義》曰：按：垓下是高岡絶巖，今猶高三四丈。其聚邑及堤，在垓之側，因取名焉。今在亳州真源縣東十里。《元和郡縣志》曰：河南道宿州虹縣，垓下聚在縣西南五十四里。漢高祖圍項羽於垓下，大破之，即此地也。《清統志》曰：安徽鳳陽府垓下聚，在靈壁縣東南。○《史記》，見《秦始皇本紀》及《高祖本紀》。《始皇紀》作「子嬰即係頸以組，白馬素車，奉天子璽符，降軹道旁」。《高紀》作「秦王子嬰素車白馬，係頸以組，封皇帝璽符節，降軹道旁」。此注引字句小有增損。又《集解》兩引蘇林同。《正義》曰：軹音紙。《括地志》云：軹道在雍州萬年縣東北十六里苑中。《清統志》曰：陝西西安府軹道亭，在咸陽縣東北。○張雲璈謂二句當乙轉，「下」字與「庫」字爲韻，乃妄説也。「塗」有去聲，與「庫」自韵。《孫子·九地篇》「塗」與「居」、「慮」韵。《荀子·成相篇》與「故」、「度」韵。《太玄·資贊》與「故」韵。《易林·坎之旅》與「袴」韵。《明夷之豐》與「到」韵。《漸之小過》與「到」、「故」韵。《明夷之屯》與「到」「晦」韵。本書《思玄賦》與「夜」、「輅」韵。本賦下文「鑾以節塗」，與「顧」「步」韵。皆其證。

因秦宫室，據其府庫。

【注】因，仍也。據，就也。府庫，謂官吏所止爲府，車馬器械所居曰庫也。

【疏】《禮記·曲禮》下鄭注曰：府，謂寶藏貨賄之處也。庫，謂車馬兵甲之處也。

作洛之制，我則未暇。

【注】作洛，謂造洛邑也。我，我高祖也。謂天下新造草創，不暇改作如禮制也。

【疏】尤本薛注「禮制」誤倒作「制禮」。梁章鉅曰：六臣本「制禮」作「禮制」，是也。今從之。○祖、固、塗、庫、暇，古音魚部。號，宵部。通轉爲韵。

是以西匠營宫，目翫阿房。

【注】西匠，謂秦之舊匠也。目，視也。翫，習也。阿房，宫名也。《漢書》曰：梧齊侯陽城延爲少府，作

長樂、未央宮也。

【疏】《漢書·高惠高后文功臣表》：梧齊侯陽城延，以軍匠從。王先謙曰：陽城，複姓。見《廣韵》。步瀛案：《史記·惠景間侯者表》作「陽成」。又案：本注「城」字下衍「人名」二字。今依何焯校删。胡克家曰：所引《功臣表》文，「人名」二字乃或記於旁，而竄入者。善注失舊，於此等可見矣。姚範曰：《地理志》：楚國有梧。步瀛案：《續漢志》屬彭城國。

規摹踰溢，不度不臧。

【注】規，圖也。踰，越也。溢，過也。度，法也。臧，善也。謂西匠所圖越過，不得禮法，皆言不善也。善曰：《聲類》曰：摹，法也。

【疏】各本「度」字下注「入」字。許巽行曰：度，法度也。今「度」下注作入聲，妄人加之也。〇此注引《聲類》，任大椿、馬國翰輯，皆失此條。

損之又損，然尚過於周堂。

【注】損，減也。言高祖雖數損減其制度，猶過於周家之堂。善曰：《老子》曰：損之又損之，以至於無爲也。

【疏】尤本又「損」下有「之」字。今依六臣本、毛本删。孫志祖曰：何校作「損之又損」，云：宋本無「之」字。胡克家曰：袁本、茶陵本無下「之」字。案：無者是也。此初亦無，與二本同，脩改誤添之。〇《老子》：損之又損。《莊子·知北遊》有「之」字。〇《考工記·匠人》曰：夏曰世室，殷曰重屋，周曰明堂。

「周堂」蓋指此。

觀者狹而謂之陋，帝已譏其泰而弗康。

【注】觀，視也。陋，小也。康，安也。言觀者習見秦之夸麗，睹今日之減小，皆以爲陋。然高祖猶已譏其泰而不安也。謂七年冬，上自將擊韓王信。蕭丞相留長安，營起未央宫，立東闕、前殿、武庫、太倉。高祖見其壯麗，怒曰：「何修宫室之過也？」

【疏】五臣「弗」作「不」。○已見《西都》、《西京賦》。○房、臧、堂、康，古音陽部。

且高既受命建家，造我區夏矣。

【注】高，高祖也。區，區域也。夏，華夏也。言高祖受上天之命，建立國家，制造區夏。善曰：《毛詩》曰：文王受命作周也。鄭玄曰：受天命以王天下。《尚書·盤庚》曰：永建乃家，用肇造我區夏。

【疏】注「《毛詩》曰」，胡克家曰：陳云：「詩」下脱「序」字，是也。各本皆脱。步瀛案：鄭箋「以王」作「而王」。○「永建乃家」見《盤庚中》，「用肇造我區夏」見《康誥》，「用」上脱「《康誥》曰」三字。否則上無「盤庚」二字，此作「又曰」二字。

文又躬自菲薄，治致升平之德。

【注】文，文帝也。躬自菲薄，謂儉約。《漢書》曰：文帝欲作露臺，召匠計直百金，曰：「吾奉先帝宫室，常恐太奢，何用臺爲？」故文、景之際，號爲升平。升平，謂國太平也。善曰：禹菲薄飲食。《孝經鉤命

決》曰：明王用孝，升平致譽。

【疏】《漢書》，見《文帝紀》。「太奢」作「差之」，「何用」作「何以」。○禹菲飲食，見《論語·泰伯篇》。○《孝經鉤命決》，本書曹子建《求自試表》注引同。

武有大啟土宇，紀禪肅然之功。

【注】武，武帝也。《漢書·武紀》曰：定越地爲南海七郡，北置朔方等五郡。故云大啟土宇。啟，開也。紀，記也。肅，敬也。謂登封太山，升禪肅然。善曰：《尚書》曰：建邦啟土。《毛詩》曰：大啟爾宇。

【疏】《漢書·武帝紀》：元鼎六年，定越地以爲南海、蒼梧、鬱林、合浦、交阯、九真、日南、珠厓、儋耳郡。凡九郡。注云「七郡」者，殆以昭帝始元五年，罷儋耳屬珠厓，元帝初元二年，并罷珠厓，故不數也。又《武紀》：元朔二年，收河南地，置朔方、五原郡。不云五郡。疑注當作「朔方、五原等郡」也。此外，元狩二年，置武威、酒泉郡。元鼎六年，又分置張掖、敦煌郡。元鼎六年，置武都、牂柯、越巂、沈黎、文山郡。元封二年，置樂浪、臨屯、玄菟、真番郡。皆見《武紀》。《地理志》曰：武帝攘卻胡越，開地斥境，南置交阯，北置朔方之州。兼徐、梁、幽、并，夏殷之制，改雍曰涼，改梁曰益，凡十三部，置刺史。皆武帝大啟土宇之實也。○金甡曰：按：武帝禪泰山，下阯東北肅然山。薛注「肅，敬也」，句混雜，應刪。梁章鉅曰：《漢書·武帝紀》：元封元年，登泰山，至於梁父，升禪肅然。服虔曰：肅然，山名，在梁父。《郊祀志》亦云：丙辰，禪泰山，下阯東北肅然山，如祭后土禮。胡紹煐曰：山名肅然，猶之「云云」、「亭亭」也。朱銘曰：梁父縣，在今兖州府泗水縣境。是泰山之南，與本文東北不合。今泰安州東關往北七十里地名王許保，其北有碑云古宿巖山，恐卽肅然也。步瀛案：泰安，今改縣。○《尚書》，見僞《武成》。○《詩》，見《閟宮》。

宣重威以撫和戎狄，呼韓來享。

【注】宣，宣帝也。《漢書·宣紀》曰：呼韓邪單于欵五原塞，願奉國珍。《毛詩》曰：自彼氐羌，莫敢不來享。享，獻也。撫，安也。戎狄、呼韓，並國名也。《左氏傳》曰：子教寡人和戎狄。言宣帝能和戎狄。

【疏】《宣帝紀》曰：甘露二年冬十二月，匈奴呼韓邪單于欵五原塞，願奉國珍朝。三年春正月，匈奴呼韓邪單于稽侯狦來朝。贊謁稱藩臣而不名，賜以璽綬、冠帶、衣裳、安車、駟馬、黃金、錦繡、繒絮。《匈奴傳》曰：虛閭權渠單于死，顓渠閼氏與其弟左大且渠都隆奇謀，立右賢王屠耆堂爲握衍朐鞮單于，盡殺虛閭權渠時用事貴人。虛閭權渠單于子稽侯狦既不得立，亡歸妻父烏禪幕。日逐王素與握衍朐鞮單于有隙，卽率其衆數萬騎歸漢。漢封日逐王爲歸德侯。單于更立其從兄薄胥堂爲日逐王。時單于已立二歲，暴虐殺伐，國中不附。其明年，烏桓擊匈奴東邊姑夕王，頗得人民。單于怒，姑夕王恐，卽與烏禪幕及左地貴人共立稽侯狦爲呼韓邪單于，發左地兵四五萬人，西擊握衍朐鞮單于，至姑且水北，未戰。握衍朐鞮單于兵敗走。其後，呼韓邪單于兄左賢王呼屠吾斯亦自立爲郅支骨都侯單于，攻呼韓邪，呼韓邪敗。左伊秩訾王爲呼韓邪計，勸令稱臣入朝事漢，從漢求助。是歲，甘露元年也。明年，呼韓邪單于欵五原塞，願朝。三年正月，朝天子于甘泉宫。○《毛詩》，見《殷武》。○金甡曰：呼韓是單于之號，非國名。○《左傳》，見襄十一年。

咸用紀宗存主，饗祀不輟。

【注】咸，皆也。紀，録也。宗，太宗，文帝廟號也。主，木主，言刻木爲人主神，置廟中而祭之。輟，止也。凡天子五世則廢，今廟不遷毁，其主各四時祭祀，無止絶時。善曰：《漢書·景紀》曰：高皇帝爲太祖廟，文皇帝爲太宗廟。言天子宜世世獻祖宗之廟也。鄭玄《論語注》曰：輟，止也。

【疏】此注「五世則廢」句，疑有脱字。○《漢書·景紀》在元年，丞相申屠嘉等奏。「文皇帝」上宜依元文有「孝」字。又《漢書·宣帝紀》曰：本始二年六月庚午，尊孝武廟爲世宗廟，奏盛德文始五行之舞，天子世世獻。《後漢書·光武帝紀》曰：建武十九年春正月庚子，追尊孝宣皇帝曰中宗。李周翰曰：高皇帝爲太祖廟，文皇帝爲太宗廟，武皇帝爲代宗廟，宣皇帝爲中宗廟。此四廟代代不遷毁其主。梁章鉅曰：此注是也。薛注單舉文帝，李注偏舉高、文，皆非。吴先生曰：武帝爲世宗，宣帝爲中宗，故曰咸用紀宗。宗則存主不遷毁。餘帝不爲宗，則主不存也。五臣翰注得之。

銘勳彝器，歷世彌光。

【注】彝，常也。宗廟之器稱彝。勳，功也。歷，經也。彌，益也。銘，勒也。勒銘於宗廟之器鐘鼎，萬祀彌益光明。善曰：《左氏傳》：臧武仲曰：「夫以大伐小，取所得彝器，銘其功烈，以示子孫也。」《字林》曰：銘，題勒也。

【疏】尤本薛注「鐘鼎」上有「于」字。梁章鉅曰：六臣本無「于」字，是也。今從之。○《左傳》，見襄十九年。「夫」下衍「以」字，「取」下宜增「其」字，「所得」下宜增「以爲」二字。○《説文》無「銘」字。《儀禮·既夕》鄭注曰：今文「銘」皆作「名」。《考工記·㮚氏》注曰：銘，刻之也。與《字林》義同。○享、光，古音陽部。

今捨純懿，而論爽德，

【注】《爾雅》曰：純，大。懿，美也。爽，差也。今公子反舍四帝純大懿美之德，而專論説爽差之過失者也。善曰：《國語》曰：實有爽德。賈逵曰：爽，貳也。

【疏】《爾雅》：純，大。懿，美。見《釋詁》。爽，差也。見《釋言》。○《國語》，見《周語》上内史過語。

以《春秋》所諱而爲美談。

【注】《春秋》諱國之惡，今公子反以爲美談也。善曰：《公羊傳》曰：大惡諱之，小惡書之。又云：魯人至今以爲美談也。

【疏】《公羊》，見隱十年及閔二年。

宜無嫌於往初，故蔽善而揚惡，祇吾子之不知言也。

【注】宜之言義也。無，猶不也。祇，是也。今公子之義，不嫌於蔽國之善，揚國之惡。是公子之不知言也。善曰：《説苑》：楚文侯曰：「邑中豪好蔽善而揚惡，可親問之。」《論語》：子曰：「不知言，無以知

人也」。毛萇《詩傳》曰：「祇，適也。」

【疏】五臣「往初」作「故舊」，無下「故」字。○吕向曰：先生以爲公子之意，稱西京之盛，宜不嫌於故舊，理當陳飾美事，以成其言。且《春秋》諱國惡，今公子捨四帝純大懿美之德不述，取元成差爽之過以談，是蔽善揚惡，反似嫌於故舊，是不知言也。姚鼐曰：言非有嫌恨，故揚其惡，但不知言耳。吴先生曰：「故」與「顧」同。○《説苑·政理篇》：魏文侯曰：無邑不有賢豪辨博者也。無邑不有好揚人之惡，蔽人之善者。往必問賢豪者，因而親之。其辨博者，因而師之。問其好揚人之惡，蔽人之善者，因而察之。善注疑有誤。○《論語》，見《堯曰篇》。○《詩》毛傳，見《我行其野》。許巽行曰：《五經文字》云：祇，止移反。適也。作「祗」譌。《玉篇》、《廣韵》並同。《史記·韓長孺傳》：禔取辱耳。即「祇」字。許嘉德案：《説文》：「禔」字重文，或作「祇」。錢氏《養新録》謂《説文》無「祇」字，誤也。今經典皆作「祇」。案：祇，地祇也。非訓適之字。段氏曰：《唐石經》《周易》祇既平。《詩》：祇攪我心。亦祇以異。《左傳》：祇見疏也。《論語》：亦祇以異。以及凡訓適之字，皆从衣、氏。蓋有所受之也。《五經文字》、《玉篇》、《廣韵》皆作衣、氏，舊字相承，可據如是。至《集韻》訓適之「祇」，轉寫譌誤，始从示。至《類篇》、《韻會》而从示之「祇」訓適矣。此其遞譌之原委也。祇之訓適，以其音同部，而得其義。凡古語詞皆取諸字音，不取字本義，皆假借之法也。自宋以來，刊版之書多不省，照衣改从示者不少，學者所宜訂正。又曰：祇，訓敬。此作祇，亦非，或作「秖」，尤誤。

必以肆奢爲賢，則是黄帝合宫，有虞總期，固不如夏癸之瑶臺，殷辛之瓊室也。

【注】肆，放也。賢，善也。謂黃帝明堂，以草蓋之，名曰合宮。舜之明堂，以草蓋之，名曰總章。言難公子，黃帝等造此，是守儉也。善曰：《尸子》曰：欲觀黃帝之行於合宮，觀堯舜之行於總章。章、期，一也。《汲冢古文》曰：夏桀作傾宮瑶臺，殫百姓之財。殷紂作瓊室，立玉門也。

【疏】五臣「則是」作「是則」。何改「總」作「揔」。「揔」俗字也。何改非是。○《藝文類聚》、《初學記》各《禮部》上引《尸子》曰：黃帝曰合宮，有虞曰總章，殷人曰陽館，周人曰明堂。《御覽·禮儀部》十三引同。又曰：此皆所以名其休善也。《隋書·宇文愷傳》、《牛弘傳》皆引《尸子》曰：有虞氏曰總章。阮元《揅經室集·明堂論》曰：明堂者，天子所居之初名也。合宮者，天子所居，各禮皆合行於此。總章、總期之義，皆同合宮。以各禮總於此表章，故名總章。以各禮總於此期會，故名總期。字異而義則同也。姜皋曰：《孔子三朝記·少閒篇》：作八政，命于總章。盧辨注云：總章，重屋之西堂也。《禮·月令》：孟秋，天子居總章左个。高誘注《吕覽·孟秋紀》云：總章，西向室也。西方總成萬物。章，明之也。故曰總章。《御覽》引《明堂陰陽録》亦曰：西出總章。諸書説總章，無有與「期」之義相涉者。且博稽經籍訓詁，亦未有「章」與「期」可通者。疑「期」字與「明」字相近，或者傳寫之譌，而李氏所見尚是「明」字，故云然也。梁章鉅卽引阮氏説以駁之。胡紹煐曰：「期」與下「師」爲韵，作「明」則失其韵矣。姜説恐非。步瀛案：「期」，古音之部。「師」，脂部。變音始得通。○本書《吴都賦》劉淵林注引汲郡地中古文册書曰：桀築傾宮，飾瑶臺。紂作瓊室，立玉門。《御覽·皇王部》七引《紀年》曰：桀傾宮，飾瓊臺，作瓊室，立玉門。「傾宮」上脱「築」字，是古本《竹書》有此文矣。

湯武誰革而用師哉？

【注】湯，謂殷湯。武，謂武王。革，改也。言誰遣革改殷紂、夏桀而用師哉。以其奢侈淫放，所以湯武順天命而行罰之。此譏西京公子也。善曰：湯武革命，已見《東都賦》。《孔叢子》曰：舜禹揖讓，湯武用師，非相詭，乃時也。

【疏】朱珔曰：薛注未免費辭。下用師卽是革命矣，不應上又言改革，以至累疊。蓋古多以「革」爲「亟」。《詩·大雅》匪亟其欲，《禮記·禮器》引作「匪革其猶」。《檀弓》：若疾革。《釋文》「革」本作「亟」。是「亟」與「革」通也。誰，何也。言何必亟亟於用師也。語似較順。胡紹煐曰：賦文革命，正用《易》：湯武革命。薛不誤。惟讀爲孰誰之誰，則於義反晦。朱氏云：誰，何也。最確。○《孔叢子》見《居衞篇》。

盍亦覽東京之事以自寤乎？

【注】盍，猶何不也。覽，視也。自寤，自覺寤也。言公子何不視東京之行事，心自覺寤耶。

【疏】五臣「寤」作「悟」。案：《說文·心部》曰：悟，覺也。《㝱部》曰：寐覺而有言曰寤。此作「寤」乃「悟」之通借字。○室，古音至部。師，脂部。寤，魚部。通轉爲韵。○以上言西京奢麗，乃沿亡秦餘習，不足爲法。

且天子有道，守在海外。

【注】《淮南子》曰：若天下無道，守在四夷。天下有道，守在海外。言四夷皆爲臣僕。善曰：鄭玄《禮記

注》曰：道，謂仁義也。

【疏】六臣本「且」下有「夫」字。五臣「守」作「狩」。○李治《敬齋古今黈》曰：《左傳》謂天子守在四夷。而《淮南》謂天下無道，守在四夷。語不類者。蓋《淮南》道家者流，夸言之也。步瀛案：《左傳》見襄二十三年。今《淮南子·泰族篇》曰：故天子得道，守在四夷。天子失道，守在諸侯。與《左傳》合，而與薛注引不同。李治評亦未確。又案：《敬齋古今黈》舊題「李治撰」。今依繆荃孫《藕香零拾》本及跋。○《禮記》鄭注見《樂記》。

守位以人，不恃隘害。

【注】人，謂衆庶也。隘，險也。言要須擇任賢臣，不以隘害爲牢固。善曰：《周易》曰：何以守位曰人也。

【疏】尤本「人」皆作「仁」。校云：綜作「人」。案：《易·繫辭》下：何以守位曰仁。《釋文》作「人」。曰：王肅，卞伯玉、桓玄、明僧紹作「仁」。王應麟《困學紀聞》卷一曰：何以守位曰人。今本乃從桓玄，誤矣。《本義》作「人」云：吕氏從古，蓋所謂非衆罔與守邦。翁元圻注曰：文公《易説》：守位曰仁。《釋文》「仁」作「人」。伯恭常欲擔當此，以爲當從《釋文》。宋翔鳳《過庭録》曰：《繫辭》《音義》作「曰人」，云：王肅、卞伯玉、桓玄、明僧紹作「仁」。據此則漢《易》皆作「人」也。李氏《易傳》：宋衷曰：守位當得士大夫，公侯有其人，賢，兼濟天下。説與薛綜注《東京賦》合。況《繫辭》下文「何以聚人曰財」，正承上文「人」字。李善誤。胡克家曰：案：「仁」當作「人」。薛注作「人」，善必與薛同。其注亦自可證。蓋五臣作「仁」，各本所見亂之。又曰：注「綜作人」，袁本無此三字。茶陵本有。案：於茶陵爲校語，此誤存之也。又曰：注：「仁，謂衆庶也」，袁本、茶陵本「仁」作「人」，是也。此所改甚非。又曰：注「何以守位曰仁也」，「仁」當作「人」，各本皆誤。考《經典釋文》云「曰人」，王肅、卞伯玉、桓玄、明僧紹作「仁」。然則王弼本《周易》自作「人」。今本作「仁」者非。善亦必作「人」，乃與薛注相應。不知者妄改之，絶不可通，所當訂正。孫志祖、梁章鉅，皆以作「人」爲是。今從之。萬希槐《困學紀聞集證》曰：班史《食貨志》云：何以守位曰仁。應劭《風俗通·過譽篇》云：《易》稱守位以「仁」。《蔡中郎集·釋誨》云：聖人之大寶曰位，故以仁守位，以財聚人。陸德明謂王肅、卞伯玉、桓玄、明僧紹始作「仁」，非也。李心傳曰：蔡邕云：以仁守位，以財聚人。則漢以前已用此「仁」字矣。胡紹煐亦引萬氏説。步瀛案：「仁」、「人」固得兩通，然《班書》以下作「仁」者，疑後人改。

苟民志之不諒，何云巖險與襟帶。

【注】苟，誠也。諒，信也。公子稱巖險周固，襟帶易守。故今答曰：誠使人心不信，何用周固及易守乎？善曰：李尤《函谷關銘》曰：「襟帶咽喉」也。

【疏】薛注「及易守」各本「及」誤「反」，今依胡克家校改。○李尤《函谷關銘》，《藝文類聚·地部》亦引之。

秦負阻於二關，卒開項而受沛。

【注】負，恃也。卒，終也。言負二關以爲牢固，終受二人所入也。二人，謂高祖從武關入，項羽從函

谷關入。善曰：《漢書》曰：沛公使兵守函谷關。項羽使黥布攻破之，至戲下。又云：沛公攻武關，入秦。應劭曰：武關，秦南關。

【疏】負，恃也。見《詩·小菀》毛傳。《詩·殷武》《釋文》曰：阻，險也。〇《漢書》，並見《高帝紀》。《史記·秦始皇本紀》《正義》引《括地志》曰：故武關，在商州商洛縣東九十里。《清統志》曰：陝西商州，武關在州東一百八十里。案：今改縣。

彼偏據而規小，豈如宅中而圖大。

【注】彼，謂秦也。據，依也。言彼秦偏據關西，所規近在二關之內，故云小也。豈如東京居天地之中，所圖者四海之外。善曰：《尚書》曰：自服于土中。孔安國曰：洛邑，地勢之中。《孔叢子》曰：子貢謂東郭充曰：「今子位卑而圖大」。

【疏】《尚書》及僞孔傳，見《召誥》。〇《孔叢子》見《嘉言篇》，「東郭充」，作「東郭亥」。〇外、害、帶、沛、大，古音祭部。

昔先王之經邑也，

【注】先王，謂周成王也。邑，洛邑也。善曰：毛萇《詩傳》曰：經，度也。

【疏】《詩》毛傳，見《靈臺》。

掩觀九隩，靡地不營。

【注】掩，猶及也。九隩，謂九州之內也。靡地不營，謂徧求之，卜瀍澗及黎水，皆不吉。善曰：《新序》

曰：營，度也。九隩，合道四海也。

【疏】胡紹煐曰：掩，同也。謂同觀九澳也。故下云：靡地不營。《方言》三：掩，同也。江淮南楚之間曰掩。「掩」與「奄」同。《周頌·執競》傳：奄，同也。吴先生曰：「掩」爲「奄」之借字。《說文》：奄，覆也。此「奄觀」與「奄有九有」之「奄」正同義。○《周語》下：太子晉曰：「宅居九隩。」韋注曰：隩，内也。九州之内，皆可宅居也。○《爾雅·釋詁》曰：營，度也。今《新序》無此文。

土圭測景，不縮不盈。

【注】鄭玄曰：土，度也。縮，短也。盈，長也。謂圭長一尺五寸，夏至之日，豎八尺，表日中而度之。圭影正等，天當中也。若影長於圭，則太近北。圭長於影，則太近南。近北多寒，近南多暑。近東多風，近西多雨。

【疏】五臣「景」作「影」，俗字。○胡克家曰：何校「土」改「測」。今案：「土」下有脱，各本皆同。無以補也。姜臯曰：《周禮》鄭注云：土圭，所以致四時日月之景也。測，猶度也。此賦注所引「土，度也」，當是脱「圭」以下十三字。「縮，短也。盈，長也」六字，是薛注。「謂圭長一尺五寸」以下，是鄭說。薛參綜而節引之。步瀛案：何、姜皆妄改。鄭注《考工記·玉人》曰：土，猶度也。薛注正引此文。姜氏但於《大司徒》注求之耳。謂土圭一尺五寸以下是鄭注亦未確。「土圭之長，尺有五寸」云云，乃鄭司農注。「若影長於圭」，始爲後鄭注。然皆非徑取原文。此注除「土圭也」三字，餘皆薛氏說也。

總風雨之所交，然後以建王城。

【注】總，猶括也。王城，今河南也。《周禮》曰：土圭之法，測土深，正日景，以求地中。四時之所交，風雨之所會，陰陽之所和，乃建王國也。

【疏】案：《周禮・地官・大司徒》曰：以土圭之灋，測土深，正日景，以求地中。日南則景短多暑，日北則景長多寒，日東則景夕多風，日西則景朝多陰。日至之景，尺有五寸，謂之地中。天地之所合也，四時之所交也，風雨之所會也，陰陽之所和也。然則百物阜安，乃建王國焉。○《史記・周本紀》曰：成王在豐，使召公復營洛邑，如武王之意。周公復卜申視，卒營築，居九鼎焉。曰：「此天下之中，四方入貢道里均。」作《召誥》、《洛誥》。《漢書・地理志》河南郡，河南縣原注曰：故郟鄏地。周武王遷九鼎，周公致太平，營以爲都，是爲王城。至平王居之。《清統志》曰：河南府河南故城，在洛陽縣西五里，即故洛邑王城也。○營、盈、城，古音耕部。

審曲面勢，

【注】審，度也。謂審察地形曲直之勢，而建王都。善曰：《周禮》曰：或審曲面勢，以飭五材，以辨民器。鄭司農曰：察五材曲直方面形勢之宜也。

【疏】《周禮》，見《考工記》。「勢」作「埶」。《釋文》曰：埶音勢。案：先鄭注「察五材」上有「審」字，「形埶之宜」下有「以治之及陰陽之面背是也」十二字。李注引節去。孫詒讓《正義》曰：先鄭意蓋以曲直、方面、形埶平列爲三事，皆當審察之。又以「治之」訓「飭材」，「治」與「致堅」義亦相成也。《中論・譴交篇》云：審曲直形勢，飭五材以別民器，謂之百工。亦同先鄭說。鄭鍔云：審曲者，審其曲也。面埶者，面其埶也。材有曲直，直者不待審而可知。審其曲者，然後見其理之所在。埶有向背，背者不可向以爲用，面其埶，然後順其體之所向。陳注云：「面」字非物之面，乃人向道之面也。《撢人》：以正王面。《召誥》云：面稽天。若皆「向」之謂也。案：鄭、陳二説與先鄭異，亦通。《初學記·器物部》引後梁甄玄成《車賦》有「亦面勢而審曲」之語，以「面勢」與「審曲」對舉。《文選》潘岳《笙賦》云：審洪纖，面短長。李注亦引此文，則六朝唐人已有訓「面」爲「向」者。或本賈、馬、干諸家義與？

泝洛背河，左伊右瀍。

【注】泝，向也。洛，洛水。河，黄河。伊，伊水。瀍，瀍水。善曰：《尚書》曰：予朝至于洛師，卜澗水東，瀍水西，惟洛食。孔安國曰：洛出上洛山，伊出陸渾山，瀍出河南北山。

【疏】「泝」本字作「𣵊」。《説文》曰：逆流而上曰𣵊洄。𣵊，向也。水欲下，違之而上也。「遡」，「𣵊」或從辵、朔。案：「泝」，乃「𣵊」之隸變字。○《尚書》，見《洛誥》。○《漢書·地理志》：弘農郡上雒縣。原注曰：《禹貢》雒水出冢領山東北，至鞏入河，過郡二，行千七十里。胡渭《禹貢錐指》曰：過郡二，弘農、河南。《水經·洛水篇》曰：洛水出京兆上洛縣讙舉山。酈注曰：《地理志》曰：洛出冢領山。《山海經》曰：出上洛西山。又曰：讙舉之山，洛水出焉。又曰：洛水又東，逕熊耳山北。《禹貢》所謂導洛自熊耳。《博物志》曰：雒出熊耳，蓋開其源者也。步瀛案：酈引《山海經》見《海内東經》及《中山經》。胡渭曰：熊耳山，在今盧氏縣西南五十里。《漢志》弘農上雒縣下云：熊耳獲輿山，在東北，是上雒亦有熊耳也。《山海經》「讙舉」疑是「獲輿」之誤。郭璞曰：熊耳在上洛縣南。《史記・五帝本紀》、《封禪書》《正義》並引《括地志》云：熊耳山，在商州上洛縣西十里也。蓋此山自上洛以至盧氏，緜亘二百餘里。洛水出上洛，伊水出盧氏，總屬《禹貢》之熊耳。蔣廷錫《尚書地理今釋》云：熊耳雖有東西異名，其實一山，是也。畢沅、郝懿行注《山海經》，皆謂冢領山即讙舉山。據《地理志》及《水經注》，「獲輿」與「讙舉」非一山。然劉昭注《續漢書・郡國志》引《山海經》作「護舉」，尤與「獲輿」相近。蓋自陝西商縣、洛南縣，以訖河南盧氏縣，連山綿亘，皆出秦嶺。或曰冢嶺，或曰熊耳，或曰荀渠，或曰獲輿，隨地異名。各書所指，雖小有出入，而洛出冢嶺，固無疑也。胡渭又曰：洛水自河南故城南，又東北逕洛陽縣東南，又東至洛陽故城，會伊水，又東逕偃師縣南，又東逕鞏縣故城南，又東北至洛口入河。《禹貢》所謂又東北入于河也。今洛水自鞏界東過汜水縣北，又東從滿家溝入河，而洛口乃移于東，非復古之什谷矣。○《漢書・地理志》弘農郡盧氏縣，原注曰：熊耳山在東，伊水出東北，入雒，過郡一，行四百五十里。步瀛案：王念孫謂「出」上當有「所」字。《禹貢正義》引正作「伊水所出」。王先謙謂「過郡一」爲「二」字之譌。郡二，弘農、河南。其説皆是。《水經・伊水篇》曰：伊水出南陽魯陽縣西蔓渠山，又曰：東北至洛陽縣南，北入于洛。酈注曰：《山海經》曰：蔓渠之山，伊水出焉。《淮南子》曰：伊水出上魏山。《地理志》曰：出熊耳。即麓大同，陵巒互別耳。案：酈引《山海經》見《中山經》。《淮南子》見《墬形篇》。胡渭曰：蔓渠山在今盧氏縣東南，蓋即熊耳之支峰也。又曰：以今輿地言之，盧氏、嵩縣、伊陽、洛陽界中，皆伊水之所經也。○《漢書・地理志》河南郡穀城縣。原注曰：《禹貢》瀍水出朁亭北，東南入雒。《水經・瀍水篇》曰：瀍水出河南穀城縣北山。又曰：東過洛陽縣南，又東過偃師縣，又東入于洛。《清統志》曰：河南河南府，瀍水源出孟津縣，西流至洛陽縣北，又東南流入洛。又曰：穀城山在孟津縣西六十里，瀍水出此。

西阻九阿，東門于旋。

【注】謂東有旋門，在成皐西南十數里。阪形周屈，故曰于旋。善曰：《穆天子傳》曰：天子西升九阿。郭璞曰：旋，今新安縣十里有九阪。阻，險也。阿，曲也。

【疏】朱珔曰：《水經·洛水篇》：又東北出散關南。注云：洛水東逕九曲南，其地十里，有阪九曲，亦引《穆天子傳》爲證，與此正合。郭云：新安者，酈注下云：洛水又東，與豪水會。水出新安縣密山，南流歷九曲東，而南流入于洛，是也。《方輿紀要》於宜陽縣云：九曲城在縣東三十里，高齊置城於此，以備周。新安與宜陽，《漢志》俱屬弘農郡。今仍爲縣，並屬河南府。宜陽北至新安六十里。胡紹煐曰：按：《述征記》曰：黄卷坂者，傍絶澗以昇。潼關長坂，十餘里九坂，皆迤邐長坂。《東京賦》所謂「西阻九阿」是也。然則九阿即九曲阪矣。步瀛案：見《御覽·地部》十八。又引戴延之《西征記》曰：黄阪去終南六十里，少華山西。朱銘引同。○《漢書·地理志》河南郡成皐縣，原注曰：故虎牢，或曰制。顔注曰：《穆天子傳》云：七萃之士，生捕獸，即獻天子，天子畜之東虢，號曰獸牢。案：唐人避李虎諱，故曰獸。《續漢書·郡國志》「成皐」作「或睪」。劉昭注曰：又有旋門坂，縣西南十里，見《東京賦》。朱珔曰：《水經·河水五》注云：河水東逕旋門坂北，今成皐西大阪，升陟此阪，而東趣成皐。曹大家《東征賦》曰：望河洛之交流，看成皐之旋門，即此。《方輿紀要》謂成皐城、虎牢城，皆在今開封府汜水縣。縣有旋門關。後漢中平初，置八關都尉，此其一也。

盟津達其後，太谷通其前。

【注】孟津，四瀆之長。故武王爲諸侯約誓於其上。《尚書》曰：東至于盟津。盟津，地名。在洛北，都道所湊。古今以爲津。太谷在輔氏北，洛陽西也。《洛陽記》曰：太谷洛城南五十里，舊名通谷。

【疏】朱珔曰：案：薛氏既釋孟津，下又引《書》，與他注不類。且「盟津地名」數語，乃東晉孔傳之文，非薛所及見。疑爲李注增引，而今本脱「善曰」二字。「孟津」《史記》、《漢書》並作「盟津」。《左氏·隱十一年傳》王與鄭人蘇忿生之田，有盟。杜注：即盟津。「盟」與「孟」古字通也。閻氏若璩云：孟津地本在河北，其漸譌而南也。自東漢始。考更始二年，使朱鮪等屯洛陽。光武亦令馮異守孟津以拒之。是時孟津猶在北。安帝永初五年，羌人寇河東，至河内。百姓驚奔南渡河，使朱寵將五營士屯孟津。靈帝中平六年，何進謀誅宦官，使丁原燒孟津，火照城中。城中者，洛陽城中也。則已移其名於河之南矣。余謂杜預言河陽縣南孟津。河陽今爲懷慶府孟縣。津在縣西南，南渡即河南府孟津縣。蓋兩岸相距之地，故本在北，而南亦稱之也。《方輿紀要》云：孟津亦曰富平津，亦曰陶渚，自古設險之所。步瀛案：薛注前作「孟津」，疑薛本作「孟」。李氏及五臣作「盟津」耳。今《尚書·禹貢》亦作「孟津」。〇朱珔曰：太谷在輔氏北云云，此注亦當上屬。薛下屬。李「西」與「南」互異。「西」殆「南」之誤。《洛神賦》：經通谷。善注引華延《洛陽記》與此同。「太谷」作「大谷」，一也。《方輿紀要》

云：大谷在河南府東南五十里，亦曰大谷口。靈帝時八關之一也。初平二年，孫堅討董卓，進軍大谷，距洛陽九十里。堅蓋軍於登封縣界。王世充置谷川，以在大谷口而名。今有大谷關。薛云：輔氏者，《左氏·宣十五年傳》：秦桓公伐晉，次于輔氏。杜注：晉地。今陝西同州府朝邑縣西北十三里，有輔氏城。本《漢志》左馮翊臨晉縣地也。步瀛案：《御覽·地部》十九引《十道志》曰：大谷在鞏縣東五里。《後漢書·董卓傳》，李賢注曰：大谷口在故嵩陽西北三十五里，北出對洛陽故城。引此賦證之。《元和郡縣志》曰：河南府潁陽縣大谷口，在縣西北三十五里。《太平寰宇記》同，又在洛陽縣東五里。《清統志》引作洛陽縣東南五十里。

迴行道乎伊闕，邪徑捷乎轘轅。

【注】伊闕，山名也。轘轅，阪名也。迴，曲也，捷，邪也。謂大道迂曲，乃當伊闕之外，邪徑趣疾，當歷轘轅。善曰：賈逵《國語注》曰：道，由也。《史記》：吴起曰：桀之居伊闕。王逸《楚辭注》曰：捷，疾也。《左氏傳注》曰：捷，邪出也。《漢書》曰：沛公從轘轅。薛綜曰：轘轅坂十二曲，道將去復還。故曰轘轅。臣瓚曰：在緱氏東南。

【疏】朱珔曰：《水經·伊水篇》：又東北過伊闕中。注云：伊水又北入伊闕。昔大禹疏以通水，兩山相對，望之若闕。伊水歷其間，北流，故謂之伊闕。《春秋·昭公二十六年》趙鞅使女寬守闕塞，是也。陸機曰：洛有四闕，斯其一焉。東巖、西嶺，並鐫石開軒，高甍架峯，西側靈巖下，泉流東注，入于伊水。傅毅《反都賦》曰：因龍門以暢化，開伊闕以達聰也。胡紹煐曰：伊闕即闕塞。《洛陽記》曰：闕塞山在河南縣。《左傳》：晉趙鞅納王，使汝寬守闕塞。服虔謂南山伊闕。杜預云：洛西南闕口是也。步瀛案：《洛陽記》，見《御覽·地部》七引。《元和志》曰：河南府伊闕縣，伊闕山在縣北四十五里，兩山相對，望之若闕。伊水流其閒，故名。《清統志》曰：河南府，闕塞山在洛陽縣南，一名伊闕山，亦名龍門山。○賈注，汪輯在《魯語》下「虢之會，諸侯之大夫尋盟」章。胡紹煐曰：按：善注是。「道乎伊闕」，「道」字屬下讀。與「捷乎轘轅」相對。言行迂曲，由乎伊闕之山也。《史記·吴起傳》：吴起曰：夏桀之居，左河濟，右泰華，伊闕在其南，羊腸在其北。金鶚《求古録·禮説·桀都安邑辨》曰：《汲郡古文》云：帝癸元年，帝即位，居斟鄩。十三年，遷於河南。斟鄩，今山東萊州府濰縣東南五十里。河南疑在今之河南府洛陽縣。吴起對魏武侯云云。考大華山在今同州府華陰縣南一十里，正當河南府之西。河水經其北，又東經洛陽縣北，又東過成臯縣北，濟水從北來注之。成臯在今開封府汜水縣地。河、濟二水正當河南府之東。所謂左河濟右，大華也。伊闕在洛陽西南三十里，所謂伊闕在其南也。羊腸阪，在大行山。考大行山綿亘千里，其南則抵彰德、衛輝、懷慶三府。羊腸阪在其上；河南府北界懷慶，大行山正當其北，所謂羊腸在其北也。僞孔傳乃謂桀都安邑。考安邑，漢屬河東郡，在河之北。今山西解州屬縣。河水經今蒲州府，在安邑西。是右河，非左河，且與河相遠也。濟水發源在今懷慶府濟源縣。入河處在洛陽東北，非在安邑之左也。大華在安邑之南，相去頗遠，不得謂右大華也。伊闕去安邑亦遠，中隔大河，不得謂在其南也。朱珔曰：據《竹書》：桀始居斟鄩，十三年遷於河南。《逸周書·度邑解》武王曰：吾將因有夏之居，南望過于三塗，北詹有河，是在大河之南矣。步瀛案：桀居斟鄩。《水經·巨洋水注》、《漢書·地理志》注、《夏本紀》《正義》引《竹書》並同，確然可據。惟遷於河南，僅見今本《竹書》，似未可據。然朱氏引《周書》亦可爲遷河南之證矣。○王逸《楚辭》注，見《離騷》。《左傳》杜注，見《成二十六年》。○《漢書》見《高帝紀》。顔注引臣瓚同。《史記·高祖本紀》《集解》亦引之。○注「薛綜曰」至「故曰轘轅」，胡克家曰：袁本、茶陵本無此十八字。案：無者最是。步瀛案：《御覽·地部》七引薛綜《東京賦》注與此同，亦不宜逕删去。然不在薛注内而李注引之，未知何故。朱珔曰：豈連文而離析其辭與？案：《左·襄二十一年》杜注曰：轘轅關在緱氏縣東南。《元和志》曰：河南府緱氏縣，轘轅山，在縣東南四十六里。《左傳注》曰：緱氏縣東南有轘轅關。道路險隘，凡十二曲，將去復還，故曰轘轅。後漢河南尹何進所置八關，此其一也。案：杜注見《左·襄二十一年》，「道路險隘」以下非杜注也。《清統志》曰：河南府轘轅山，在偃師縣東南。○瀍、旋、前、轅，古音元部。

大室作鎮，揭以熊耳。

【注】大室，嵩高别名也。揭，猶表也。言以嵩高之嶽，爲國之鎮也。復表以熊耳之山。善曰：郭璞《山海經注》曰：大室在陽城縣西。《羽獵賦》曰：揭以崇山。熊耳，山名也。《尚書傳》曰：熊耳山，在宜陽之西也。

【疏】郭注《山海經》，見《中山經》。朱珔曰：案：嵩高，即《禹貢》之方外。《左傳》謂之太室。《漢志》潁川郡崈高下云：武帝置，以奉太室山，是爲中岳。古文以崈高爲外方山也。胡氏《錐指》謂：金吉甫不以嵩高爲外方，而別據《唐志》陸渾山一名方山者當之，非是。步瀛案：金説見《通鑑前編》卷一。○《羽獵賦》見本書卷八。○注「熊耳山名也」，吴先生曰：五字疑爲薛注。○《尚書》僞孔傳，見《禹貢》。朱珔曰：《方輿紀要》於河南府引《志》云：府境山名。熊耳者有三：盧氏之熊耳也，宜陽之熊耳也，陝州之熊耳也。在陝州者，《錐指》謂：《唐書·地理志》虢州湖城縣有熊耳山，今在陝州東百五十里。雖同在豫境，與伊洛無涉。在宜陽者，《水經·洛水篇》東北過宜陽縣南，注云：水北有熊耳山，雙巒競舉，狀同熊耳。此自別山，不與《禹貢》導洛自熊耳同也。昔漢光武破赤眉樊崇，積甲仗與熊耳平，即是山也。宜陽，《漢志》屬弘農郡，今仍爲縣。屬河南府。而《錐指》以爲熊耳在宜陽者，爲後起之名，則亦非導洛之熊耳矣。在盧氏者，《漢志》盧氏下云：熊耳山在東。洪氏《圖志》謂：近時《陝西通志》言《禹貢》熊耳山在雒南縣東南百二十里。今考諸地志，既不云洛南縣有熊耳山，以地理計之，漢上洛故城，即今商州治所。《圖經》今雒南縣在州北少東九十里，若熊耳又在雒南東南百二十里，則反在漢故縣東南二十餘里矣。而《通志》引班固上雒縣熊耳山在東北之文爲證，又自相矛盾也。惟今盧氏縣熊耳山，卻在商州東北，明《禹貢》熊耳在今盧氏無疑。胡氏渭又以商州西山當之。與《漢志》亦不合，皆不足辨。余謂胡氏本意，亦主在盧氏。而又引《山海經》熊耳之山，伊水出焉。郭璞曰：熊耳在上雒縣南。《括地志》云：熊耳山在商州上洛縣西十里，以爲此山自上洛至盧氏，綿亘二百餘里。洛水出上洛，伊水出盧氏。總屬《禹貢》之熊耳。蓋以二者爲一爾。據洪言，盧氏熊耳在商州東北，正與《漢志》在上雒東北者合，是一山也。今盧氏別屬陝州，州在雒南東北。若熊耳在其西南，安得與盧氏之山相連乎。至賦語但叙洛陽形勢，似熊耳之在府境者，難以確指。然上文云泝洛背河，自當從導洛言之。且此句承上太室而言。薛注：揭，猶表也。表者，謂在其外也。李注主宜陽。宜陽距府祇七十里，而太室在今登封縣，縣距府百二十里，不得云外。惟盧氏在府西南三百四十里，正在太室之外，則釋此賦亦以在盧氏者爲是。李注非也。步瀛案：河南陝州，陝西商州，今皆改爲縣。

厎柱輟流，鐔以大岯。

【注】厎柱，山名也。在河東縣東，南向，居河中，猶柱然也。輟，止也。善曰：《尚書》曰：導河至於厎柱，東過大岯。《韻集》曰：鐔，劍口也。言大岯之險，同乎劍口也。《莊子》曰：天子之劍，以周宋爲鐔。

【疏】薛注「在河東」下似脱「大陽」二字。《水經·禹貢山水澤地所在篇》曰：砥柱山在河東太陽縣東，河中。《河水篇》曰：又東過太陽縣南，又東過砥柱間。酈注曰：砥柱，山名也。昔禹治洪水，山陵當水者，鑿之，故破道以通河，河水分流，包山而過。山見水中若柱然，故曰砥柱也。三穿既決，水流疏分，指狀表目，亦謂之三門矣。鄭玄案《地説》河水東流，貫砥柱，觸閼流。今世所謂砥柱者，蓋乃閼流也。砥柱當在西河，未詳也。余案：鄭玄所説非是，西河當無山以擬之。自砥柱以下，五户以上，其間百二十里，河中竦石桀出，勢連襄陸。蓋亦禹鑿以通河，疑此閼流也。王鳴盛《尚書後案》曰：酈注因西河無山可當厎柱，而以鄭爲非。然酈以厎柱即三門，《元和志》同此説，必相沿已久。而唐王翰

《遊三門記》曰：三門集津在平陸縣東六十里，禹鑿山作三門，以通河流。南爲鬼門，中爲神門，北爲人門。鬼門迫窄，水勢極峻急。人門水稍平緩，直東可五十步，中流有小山，乃砥柱也。神門最修廣，水安妥，隋唐漕運之道。山嵓上有閣道，牽泐石，深尺許。輸蓋目驗知之。然則砥柱與三門異地。鄭之分析，當亦爲此。其説確甚。酈以三門爲厎柱，五户諸灘爲閼流，則非矣。若西河者，鄭於《禮記·檀弓》注以西河爲龍門至華陰之地。要之華陰以下，皆得稱之。若于華陰以上求厎柱，不但無山可當，而于經文序次亦不順。孫星衍《今古文注疏》曰：大陽縣在今山西平陸縣東北。砥柱一名三門，在河南陝縣東北五十里。鄭以《地説》「貫砥柱」當在西河者，《地理志》：河東郡大陽不載砥柱，故疑其在西河也。酈氏以三門爲砥柱，五户灘爲閼流，恐非西漢已前之説也。朱珔曰：此賦薛注：輟，止也。輟流，當卽閼流之意。「閼」，亦止也。蓋漢時有此説。故鄭及之耳。步瀛案：《清統志》曰：河南陝州，砥柱山在州東北四十里黄河中，卽今三門山是也。〇李注引《尚書》見《禹貢》，「岯」作「伾」。《釋文》曰：本或作「岯」。《水經·禹貢山水澤地所在篇》曰：大邳地在河南成皋縣北。《河水注》曰：河水又東，經成皋大邳山下。《爾雅》曰：山一成謂之伾。許慎、吕忱等並以爲丘一成也。孔安國以爲再成曰伾。亦或以爲地名，非也。《尚書·禹貢》曰：過洛汭，至大伾者也。鄭康成曰：地喉也。沇出伾際矣。在河南修武、武德之界。濟沇之水，與滎播澤出入自此。然則大伾卽是山矣。《禹貢》孔疏曰：大伾，張揖云：成皋縣山也。《漢書音義》：臣瓚以爲脩武、武德無此山也。成皋縣山又不一成，今黎陽縣山臨河，豈不是大坯乎。《漢書·溝洫志》注引「張揖」作「張晏」，而亦引瓚説。惟孔以瓚爲然，而顔注《地理志》則仍從張晏説。《隋書・地理志》、《元和郡縣志》、《通典》、《太平寰宇記》、《元豐九域志》、《文獻通考》以爲在黎陽。明、清《統志》以爲在濬縣，皆從瓚説。顧祖禹《讀史方輿紀要》、胡渭《禹貢錐指》、蔣廷錫《尚書地理今釋》亦皆主瓚説者也。臧琳《經義雜記》、王鳴盛《尚書後案》、孫星衍《尚書今古文注疏》、洪亮吉《府廳州縣志》、焦循《禹貢鄭注釋》、丁晏《禹貢錐指正誤》，皆駁瓚説。王鳴盛曰：大伾，鄭云在河北脩武、武德之界。脩武、武德，漢屬河内郡。脩武縣，今屬河南懷慶府，在獲嘉縣西北。武德縣故城在今武陟縣東。張揖云：在成皋。成皋漢屬河南郡，在今開封府汜水縣西北。鄭云：在脩武、武德，謂在脩武之西，武德之東也。蓋以河北岸之山言之。張云：成皋蓋以河南岸之山言之。二説二而一者也。惟臣瓚謂在黎陽。黎陽，漢屬魏郡，其故城在今衛輝府濬縣東北，山在其東南，周五十里，高四十丈。原瓚之意，以脩武、武德無山可當，不知山僅一成，其脩武、武德臨河岡阜，豈無足當之者。張以河南岸之成皋當之，則又差高大，其説尤密，疑大坏之名，南北岸皆得稱之。作孔傳者，似已欲主黎陽之説，故特改《爾雅》之文爲「再成」，舛矣。孫星衍曰：成皋故城在今河南汜水縣西一里大伾山上，則虎牢連麓大伾也。大伾，在河南。薛瓚求之河北脩武、武德之界，故無此山。一成之山最卑。瓚又疑爲高山，故以成皋山不一成，指黎陽大山當之，云「豈是」，尚是疑詞。《隋書・地理志》黎陽有大伾山，遂承薛氏之誤。黎陽山甚高，不止一成。唐洪經綸刻石，名爲「大伾」。俱不足據。洪亮吉曰：濬縣黎陽山，薛瓚以此爲大坏，今攷「坏」从土。《爾雅》一成坏者也。黎陽係石山，安得以大坏歸之。瓚説蓋不足辯。案：以上諸説皆可訂瓚説之非。

至大伾地名之説，酈注《水經》屢以爲非。江聲則謂大邳地名，在河南成臯北。「邳」字或誤作「伾」。張晏、「臣瓚」諸家，皆不知「伾」字誤，而執山一成伾爲説，故皆不得其實。「大邳」實是地名，非山也。其字从「阝」。《水經》與《史記》同。陳喬樅、皮錫瑞皆從之，亦可備一説也。又案：《説文・土部》今本作坏，丘再成者也。與酈《注》引不合。段氏以爲俗以孔傳改易。又孫氏、洪氏皆以「臣瓚」爲「薛瓚」，恐未確，説已見上。○《韻集》、《藝文類聚・軍器部》、《初學記・武部》、《御覽・兵部》七十三引同。朱珔曰：《説文》云：鐔，劍鼻也。即《考工記》、《曲禮》、《少儀》所謂「劍首」。程氏《通藝録》曰：劍鼻謂之「鐔」，鐔謂之「珥」。又謂之「環」，一謂之「劍口」。賦云「鐔」者，李氏言大岯之險，同乎劍口，實則與鄭注地喉之説相合。沛沇滎播之水，皆由此出也。胡紹煐曰：《衆經音義》十三引《聲類》：鐔，劍口也。《説文》：鐔，劍鼻。《釋名》：劍，其旁鼻曰鐔。劍口，即劍鼻。鐔之言尋也，長也。劍長鼻謂之鐔，猶魚長鼻謂之鱏。《爾雅・釋魚》邢疏：鱏，長鼻魚。是也。步瀛案：桂馥《札樸》曰：鐔有兩義，《廣韻》屬侵部者訓劍鼻，屬覃部者訓劍口是也。然可以劍首括之，故《通藝録》曰：有孔曰口，視其旁如耳。然曰：珥或謂之環，面之曰鼻，對末言之曰首。程氏實主劍首之説。王念孫《廣雅・釋器》《疏證》從之。此云鐔即取劍首之意，不必牽涉水口也。○《莊子》，見《説劍篇》。

温液湯泉，黑丹石緇。

【注】言泉水如湯，浴之可以除病。在河南梁縣界中也。黑丹石緇，謂黑石雜色也。言温液即湯泉之流，黑丹石緇之所出。善曰：《孝經援神契》曰：德至于山陵，則出黑丹。張揖《子虛賦注》曰：玄厲黑

石，可用磨也。

【疏】朱珔曰：案：《續漢志》：梁縣屬河南尹，即今之汝州。《方輿紀要》云：汝州西南四十五里，有故梁縣城。又州西四十里，有廣成澤。漢置廣成苑，有湯泉在苑中。泉有九源，東南流，注於澤。下引《志》云：梁縣西南六十里，有西湯，可以熟米一石。此即《水經·汝水篇注》所云廣成澤，水東南流，與温泉水合者也。若《洛水篇注》云：北逕偃師城東，東北歷鄩中，鄩水注之。水出北山鄩谿，其水南流，世謂之温泉水。又《河水五注》云：汜水北合鄤水，水西出婁山，至冬則煖，故世謂之温泉。二者皆屬河南郡。而注不及者，據馬融《廣成頌》云：神泉側出，丹水涅池，怪石浮磬，燿焜于其陂，正與此賦下句言黑丹石緇相符。殆惟梁縣之温泉所出，故薛氏專舉之與？案：汝州，今改臨汝縣。〇《大荒西經》注引《孝經援神契》曰：王者德至山陵，而黑丹出。《御覽·藥部》二引作「德至山陵，則陵出黑丹」。梁章鉅曰：《丹鉛總録》云：《水經注》商州黄水北，有黑山，石悉黑，繢采奮發，黝烏如墨，即黑丹也。《山海經》：女牀之山，其陰多石涅，即石緇也。步瀛案：《總録》見卷一，《天文類》。所引《水經注》，見《丹水注》。朱珔曰：案：《西山經》女牀之山多石涅，《北山經》賁聞之山多涅石。郭注石涅云：即礬石也，楚人名爲涅石，秦名爲羽涅，《本草經》亦名曰石涅。是以涅石、石涅爲一物。今《本草經》無此語，蓋脱文也。郝氏謂：吴氏據《本草》云：黑石脂一名石墨，一名石涅。南人謂之畫眉石，與礬石不同。又引《本草》石涅一名玄丹，又名黑丹。亦引《援神契》并此賦語云：黑丹流緇。余謂如吴氏所引，石緇爲流緇，則下二字虚用，專指黑丹言矣。而善注下引張揖《子虚賦》注曰：玄厲黑石，可用磨也。於石緇別言之。攷《禹貢》荆州貢礪砥，不定爲黑色。《本草》有玄石與磁石同類，但不能吸鐵，又未言其可作礪也。惟《中山經》：陽華之山，其中多玄𥕢。郭注云：黑砥石生水中。《玉篇》「𥕢」字下亦云：黑砥石。《子虛賦》之玄厲，當謂此也。若薛注云黑丹、石緇，謂黑石雜色也，似皆謂石。而丹亦爲色，語殊未晰。胡紹煐曰：按：黑丹、石緇爲二物名。《中山經》：白石山多麋石櫨丹。「櫨」與「盧」同，黑也。石之黑爲「櫨」，猶土之黑爲「壚」，水之黑爲「瀘」，果之黑爲「櫨」，鳥之黑爲「鸕」，其義一也。黑丹，即櫨丹，又謂之石湼。《本草》：石埕一名玄丹，又名黑丹，是也。石緇，緇石也。賦特倒言之以協韻耳。《水經·穀水》下，疏圃中有古玉井，悉以珉玉爲之，以緇石爲口，當即此之石緇。○《子虛賦》注見本書卷七。

王鮪岫居，能鼈三趾。

【注】山有穴曰岫也。王鮪，魚名也。居山穴中，長老言：王鮪之魚，由南方來，出此穴中，入河水，見日目眩，浮水上流行七八十里。釣人見之，取之以獻天子，用祭。其穴在河南小平山。善曰：《周禮》曰：春獻王鮪。鄭玄曰：王鮪，魚之大者。《山海經》曰：陽狂水西南流，注于伊水，中有三足鼈。《爾雅》曰：鼈三足曰能。

【疏】陸璣《詩疏》曰：河南鞏縣東北崖上，山腹有穴。舊説與江湖通，鮪從此穴而來，北入河，西上龍門，入漆沮。故張衡賦云：王岫穴居。山穴爲岫，謂此穴也。《淮南子·氾論篇》高注曰：鮪長丈餘，仲春二月，從河西上，得過龍門，便爲龍。先師説云也。《修務篇》注曰：龍門本有水門，鮪魚游其中，上行，得上過者，便爲龍，故曰龍門。《漢書·司馬相如傳》李奇注略同，皆與薛注合。朱珔曰：《説文》鮪下引《周禮》：春獻王鮪，與此注獻以用祭正合。又曰：注云：其穴在河南小平山，未審所在。案：《水經·河水》五注云：鞏縣北有山，臨河，謂之崟㟼邱，其下有穴，謂之鞏穴，言潛通淮浦，北達於河，直穴有渚，謂之鮪渚。成公子安《大河賦》：鱣鯉王鮪，暮春來游。然非時及佗處則無，故河自鮪穴已上，又兼鮪稱。酈氏所云崟㟼邱，疑即小平山之異名。○李注引《周禮》，各本脱「王」字，今據《天官·䱷人》增。又鄭注魚之大者，「魚」當作「鮪」，各本皆誤。○《中山經》曰：大𦐊之山，其陽狂水出焉，其中多三足龜。李注引作「陽狂水」，誤。蓋傳寫脱字耳。《爾雅·釋魚》「能」上無「曰」字，又此賦「能」下音「奴來切」，《釋魚》《釋文》曰：「能」如字，又奴代切。朱珔曰：《中山經》：大𦐊之山，「𦐊」當爲「苦」，實三足龜，非鼈也。其言鼈者，亦見《中山經》從山之水。故郭注《爾雅》引《山海經》從山多三足鼈，大苦山多三足龜。此注誤也。又案：《左氏·昭七年傳》：昔堯殛鯀于羽山，其神化爲黄熊，以入于羽淵。《釋文》熊音雄，獸名。亦作能。如字，一音奴來反，三足鼈也。解者云：獸非入水之物，故是鼈也。一曰：既爲神，何妨是獸。《説文》及《字林》皆云：能，熊屬，足似鹿。然則能既熊屬，入爲鼈類。今本作「能」者勝。近段氏及陳氏景華《内外傳考正》俱從陸義，而王氏引之復力辨「熊」字爲是，「能」字爲非。余謂如許、呂，兩字無論傳文作「熊」作「能」，總是獸而非鼈。蓋獸之爲「能」，與三足鼈之「能」，固同名而異物也。乃陸氏所稱，入爲鼈類，似本爲熊，而入水爲鼈，混合爲一，未免附會。若《史記·夏本紀》張守節《正義》曰：鯀之羽山，化爲黄熊。熊者，乃來反，下三點，爲三足也。則謂「熊」字从火，隸變作四點，此三點作「熊」，古無是字，尤屬臆説矣。

宓妃攸館，神用挺紀。

【注】攸，所也。館，舍也。《傳》曰：成王遷九鼎於洛邑，卜年七百，卜世三十。後皆如其言。故云：神所挺紀，謂告年紀之處也。善曰：《楚辭》曰：迎宓妃於伊洛。王逸曰：宓妃，神女，蓋伊洛之水精。

【疏】薛注引《左傳》「成王遷九鼎於洛邑」，當作「成王定鼎於郟鄏」。此宣三年之文。桓二年云「武王遷九鼎于雒邑」，非成王也。〇李注引《楚辭》見《九歎・愍命》。「蓋伊洛之水精」，當依《楚辭》注作「伊洛水之精」。又《離騷》：求宓妃之所在。王逸注曰：宓妃，神女。洪興祖《補注》曰：《漢書・古今人表》有宓羲氏，宓音伏，字本作虙。《顏氏家訓》云：虙字从虍，宓字从宀，下俱爲必。孔子弟子虙子賤，卽虙羲之後。俗字以或復加山字。《子賤碑》云：濟南伏生，卽子賤之後。是知「虙」之與「伏」，古來通用。誤以爲「宓」，較可知矣。步瀛案：《顏氏家訓》，見《書證篇》。

龍圖授羲，龜書畀姒。

【注】《尚書傳》曰：伏羲氏王天下，龍馬出河，遂則其文，以畫八卦，謂之河圖。又曰：天與禹，洛出書，謂神龜負文而出，列於背。善曰：《爾雅》曰：畀，賜也。《史記》：禹姓姒氏。

【疏】梁章鉅曰：注引《顧命》及《洪範》二篇孔傳。考薛綜卒於赤烏六年，不應見僞孔傳。此「《尚書傳》」上，當脱「善曰」二字。今本「善曰」二字在「列於背」句下，非也。吴先生曰：此善注非薛注，凡引《書》者，皆善注，今多亂入薛注，宜分別出之。引古爲證，善注例也。〇《漢書・五行志》曰：劉歆以爲伏羲氏受《河圖》，則而畫之，八卦是也。禹治洪水，賜《雒書》，法而陳之，《洪範》是也。《易・繫辭》下曰：河出圖，洛出書。李鼎祚《集解》引鄭玄曰：《春秋緯》曰：河以通乾出天苞，洛以流坤吐地符。河龍圖發，洛龜書成。《河圖》有九篇，《龜書》有六篇也。〇《爾雅》，見《釋詁》。〇《史記》，見《夏本紀》。

召伯相宅，卜惟洛食。

【注】相，視也。宅，居也。惟，有也。食，謂吉兆。善曰：《尚書》曰：召公既相宅，卜惟洛食。孔安國曰：卜必先墨畫龜，然後灼之，兆順食墨，吉也。

【疏】《書・召誥》曰：惟太保先周公相宅。《洛誥》：周公曰：我卜河朔黎水，我乃卜澗水東，瀍水西，惟洛食。我又卜瀍水東，亦惟洛食。僞孔傳曰：卜必先墨畫龜，然後灼之，兆順食墨。解「食」字與薛合，而與《詩・王風》譜孔疏引鄭玄注謂觀召公所卜之處，皆可長久居民，使服田相食，迥乎不同。殆僞孔襲薛，非薛本僞孔矣。

周公初基，其繩則直。

【注】謂初造洛邑，言召公先相宅，卜之吉。周公繩度之，合於制度。善曰：《尚書》曰：周公初基，作新大邑于東國洛。《毛詩》曰：其繩則直。毛萇曰：言不失繩直之宜也。

【疏】《尚書》，見《康誥》篇首。蘇軾疑爲《洛誥》脱簡。自是諸家聚訟，紛紜不定。吴先生以爲《大誥》末簡。〇《毛詩》及傳，見《綿之篇》，今傳無「之宜」二字。

萇弘魏舒，是廓是極。

【注】萇弘，周大夫也。魏舒，晉大夫獻子也。廓，猶規也。極，致也。謂二人率諸侯曰：敬以致功，規度王城，三旬而立之。善曰：《國語》曰：敬王十年，劉文公與萇弘欲城周，爲之告晉。《左氏傳》曰：晉魏舒合諸侯之大夫，以城周也。

【疏】《國語》，見《周語》下。○《左傳》，見昭三十二年。○耳、岯、緇、趾、紀、姒、食、直、極，古音之部。

經途九軌，城隅九雉。

【注】南北爲經。途，道也。軌，車轍也。善曰：《周禮》：國中經途九軌。鄭玄曰：塗容九軌，謂轍廣也。又《周禮》曰：王城隅之制九雉。鄭玄云：雉，度也。謂高一丈長三丈爲雉。

【疏】《考工記·匠人》曰：國中九經九緯，經涂九軌。鄭注曰：經緯之涂，皆容方九軌，軌謂轍廣。又曰：王宮門阿之制五雉，宮隅之制七雉，城隅之制九雉。鄭曰：雉長三丈，高一丈。又《禮記·坊記》鄭注曰：雉，度名也。高一丈，長三丈爲雉。李氏蓋參引，非專引《匠人》注也。又《說文》無「途」字。經傳多以「涂」爲之。《釋文》曰：涂音塗，然「塗」亦後出字。

度堂以筵，度室以几。

【注】堂，明堂也。筵，席也，長九尺。几，俎也，長七尺。善曰：《周禮》曰：室中度以几，堂上度以筵。

【疏】《周禮》亦見《考工記·匠人》。《釋文》曰：度，劉，直路反。戚，待洛反。案：《匠人》云：周人明堂，度九尺之筵。東西九筵，南北七筵，堂崇一筵。凡室二筵。是明堂室中亦度以筵也。又云：室中度以几，堂上度以筵，則室堂不據明堂言。孫詒讓《正義》謂此汎論諸度之法，是也。薛注謂：堂，明堂也。似未晰。

京邑翼翼，四方所視。

【注】京，大也。大邑，謂洛陽也。翼翼，禮儀盛貌。言常爲四方觀，翼翼然也。善曰：《毛詩》曰：商邑翼翼，四方之極。

【疏】《毛詩》，見《殷武》。胡紹煐曰：《後漢書·樊準傳》：《詩》曰：京師翼翼，四方是則。注《韓詩》之文也。《漢紀·元帝紀》載匡衡疏曰：《詩》云：商邑翼翼，四方是則。衡習《齊詩》，所引當爲《齊詩》。而《匡衡傳》疏引《詩》又與今《毛詩》同，疑後人所改。此賦作「京邑翼翼，四方所視」，則非齊，非韓，非毛。蓋平子約舉《詩》辭以湊韵耳。案：胡氏説是，然平子固治《魯詩》者也。

漢初弗之宅，故宗緒中圮。

【注】緒，統也。圮，絶也。漢家不居於洛，故宗廟之統，中途廢絶也。

【疏】六臣本「宅」下有「也」字。○舊注圮音痞。○雉、几、視，古音脂部。圮，之部。舊注音痞，痞亦之部，通轉爲韵。○以上東京形勝。

巨猾間亹，竊弄神器。

【注】巨，王莽字巨君也。猾，狡也。間，候也。亹，隙也。神器，帝位也。言王莽因成哀無嗣，元后秉

政，漢祚微弱，篡處高位。善曰：《老子》曰：天下神器，不可爲也。爲者敗之。韋昭《漢書注》曰：神器，天子璽也。

【疏】呂錦文曰：「亹」即「璺」字。「璺」从玉，釁省聲。《集韻》璺，玉破也。揚子《方言》：秦晉器破而未離謂之「璺」。《廣雅》璺，裂也。鄭注《周官·太卜》云：其象似玉，瓦原之璺罅，是用名之焉。沈重注云：璺，坼也。《釋文》「璺」作「亹」。「亹」即「釁」之變體。劉越石《答盧諶詩》：愆亹仍彰。注引杜預《左傳》注曰：亹，瑕隙也。「釁」與「璺」聲相近。故通。別作「璺」，非。步瀛案：「亹」誤字，「璺」俗字。「璺」又俗字中之誤者。當作「釁」。○李詳曰：「巨猾」，猶云大猾。薛注非是。班固《幽通賦》：巨滔天而泯夏。應劭謂：巨爲王莽。班賦句例如是，不可爲證。或曰：潘岳《西征賦》梟巨猾而餘怒，注亦引張語。然潘賦亦指王莽而言，猶可說也。至劉峻《廣絶交論》東陵之巨猾，注再引之，是善亦不以薛爲然。○《老子》王弼注曰：神無形無方也。器合成也。無形以合，故謂之神器也。韋注專以天子璽言之，太泥，非也。《後漢書·崔駰傳》李賢注曰：神器，帝王之位。又《章帝八王·河間孝王開傳》注曰：神，喻帝位也。與薛注合。

歷載三六，偷安天位。

【注】載，年也。三六十八年，謂王莽篡位一十八年也。天位，帝位也。善曰：《尚書》曰：天位艱哉。

【疏】案：王莽居攝二年，初始元年，始建國五年，天鳳六年，地皇四年，滅。凡十八年。○《尚書》，見僞《太甲》下。

于時蒸民，罔敢或貳。

【注】于，於也。蒸，衆也。罔，無也。言是時衆民無敢有二心於莽者。《毛詩》曰：于時言言。《尚書》：蒸民乃粒。

【疏】《説文》曰：于，於也。象气之舒。段曰：《釋詁》、《毛傳》則曰：于，於也。凡《詩》、《書》用「于」字。凡《論語》用「於」字。蓋「于」「於」二字，在周時爲古今字。故《釋詁》、《毛傳》皆以今字釋古字也。步瀛案：「於」本「烏」之古文。段謂今字者，以假爲「于」字耳。○《毛詩》，見《篤公劉》。○「《尚書》」下當有「曰」字。本在《皋陶謨》，僞古文分爲《益稷》。○器、位、貳，古音脂部。

其取威也重矣。

【注】威，畏也。重，猶多也。謂爲天下所畏己者多矣。善曰：《左氏傳》：先軫曰：「報施救患，取威定霸」。

【疏】《左・襄三十一年》曰：有威而可畏，謂之威。○《左傳》，見僖二十七年。

我世祖忿之，

【注】世祖，光武也。忿，恚。疾王莽威重如此也。

【疏】《後漢書・孝明帝紀》曰：中元二年三月丁卯，葬光武皇帝於原陵。有司奏上尊廟曰世祖。又《光武紀》注曰：禮，祖有功而宗有德。光武中興，故廟稱世祖。

乃龍飛白水，鳳翔參墟。

【注】白水，謂南陽白水縣也。世祖所起之處也。初，爲更始大司馬討王郎於河北，北爲參虚分野。龍飛鳳翔，以喻聖人之興也。善曰：《周易》曰：飛龍在天，大人造也。

【疏】姚範曰：《漢書・地理志》：南陽春陵。注：故蔡陽白水鄉。按：白水，非縣名。朱珔曰：白水是鄉，非縣。殆字之誤耳。《漢紀》：武帝元朔五年，以零陵泠道之春陵鄉，封長沙定王子買爲侯。至孝侯仁，以地形下溼，上書徙南陽。元帝許之以蔡陽白水鄉，徙仁爲春陵侯。《地理志》：春陵侯國，故蔡陽白水縣是也。《後漢書・光武紀論》云：王莽惡劉，以錢文有金刀，改爲貨泉，或以貨泉字文爲白水真人，此其與兆矣。《元和郡縣志》棗陽縣云：後漢世祖宅在縣東南三十里。宅南有泉，《東京賦》所謂龍飛白水也。又《水經・沔水注》云：沔水又東，合洞口水，出安昌縣故城東北大父山，西南流，謂之白水。又南逕安昌故城東，屈逕其縣南，縣故南陽之白水鄉也。蓋酈氏以白水爲即洞水矣。步瀛案：《後漢書・光武帝紀》注曰：光武舊宅在今隨州棗陽縣東南，宅南二里有白水焉。即張衡所謂龍飛白水也。《清統志》曰：湖北襄陽府，漢光武故宅，在棗陽縣東南。○胡克家曰：注「北爲參墟分野」，何校添「河」字。今案：此疑衍「北」字。步瀛案：疑添「河」字是。又案：《後漢書・光武紀》曰：更始元年，遣光武以破虜將軍行大司馬事。十月，持節北度河，進至邯鄲。故趙繆王子林，詐以卜者王郎爲成帝子子輿。十二月，立郎爲天子，都邯鄲。二年四月，圍邯鄲。五月，拔其城，誅王郎。案：邯鄲，春秋時屬晉，參墟，謂晉也。《左・昭元年》曰：參爲晉星。《晉書・樂志》下：宗廟歌詩曰：奄有參墟。謝玄暉《詠桐詩》曰：足下命參墟。皆指晉言。趙本晉地，故借用之耳。《漢・地理志》：參乃魏之分野。薛兼分野言之，非也。○《周易》，見《乾·文言傳》。

授鉞四七，共工是除。

【注】授，與也。鉞，斧鉞也。四七二十八將也。共工，霸天下者，以喻王莽也。《六韜》曰：凡國有難，君召將以授斧鉞。《漢書》曰：顓頊有共工之陣，以定水災。

【疏】胡紹煐曰：用乘數入文字，自漢始。上云歷載三六，後云合二九以成譎，皆謂王莽十八年也。《樊敏碑》：遭離母憂，五五斷仁。謂居喪二十五月也。本書袁彥伯《三國名臣序贊》：故二八升而唐朝盛。謂十六相也。《運命論》：以文命者，七九而衰。以武興者，六八而謀。謂六十三、四十八也。《蜀都賦》：闢二九之通門。謂成都十八門也。皆是。揚雄《蜀都賦》亦云：其都門二九，爲太沖所本。又《魏都賦》：相兼二八，將猛四七。本此。後梁元帝《法寶聯璧序》：相兼二八，將兼四七。亦同。步瀛案：《光武帝紀》曰：光武先在長安時，同舍生彊華，自關中奉赤伏符曰：四七之際火爲主。亦以四七爲二十八之數。但彼言自高祖至光武，起合二百二十八年。此則斥二十八將耳。又《朱祐景丹等傳論》曰：中興二十八將，前世以爲上應二十八宿。永平中，顯宗追念前世功臣，乃圖畫二十八將於南宮雲臺。○《禮記·祭法》曰：共工氏之霸九州也。鄭注曰：共工氏無録而王，謂之霸，在太昊、炎帝之間。孔疏曰：是《漢·律曆志》文。○《六韜》，見《立將篇》。○《漢書》，見《刑法志》。「災」作「害」。

欃槍旬始，羣凶靡餘。

【注】欃槍，星名也。謂王莽在位，如妖氣之在天。世祖除之，凶惡無餘。《爾雅》曰：彗星爲欃槍也。旬始，妖氣也。《史記》曰：旬始狀如雄雞也。靡，無也。今言世祖除凶賊，無有遺餘也。

【疏】《爾雅》，見《釋天》。郭注曰：亦謂之「孛」。「孛」，言其形孛孛似埽彗。郝懿行《義疏》曰：《天官書》《正義》云：天彗者，一名埽星。本類星，末類彗。小者數寸長，長或竟天，而體無光，假日之光。故夕見則東指，晨見則西指。若日南北，皆隨日光而指。《一切經音義》一引孫炎曰：妖星也。四曰彗。《開元占經》八十五引孫炎云：欃槍，妖星別名也。《天官書》云：歲星之精生天棓、彗星、天欃、天槍。《天文志》云：欃槍、棓彗雖異，其殃一也。是《史記》、《漢書》俱以彗星、欃槍爲非一星。與《爾雅》異。朱珔曰：《天官書》又云：紫宫左三星曰天槍，右五星曰天棓。是常有之星，非此欃槍矣。而《索隱》引《石氏星讚》曰：槍棓八星，備非常之變。《正義》曰：占星不具，國兵起。則亦有關於殃咎也。○《史記·天官書》曰：旬始出於北斗旁，狀如雄雞，其怒青黑，象伏鼈。《集解》引李奇曰：怒當音帑。晉灼曰：帑，雌也。或曰怒色青。《漢書·天文志》注引宋衷曰：怒謂芒角刺出。《開元占經·妖星占》引巫咸説，與《天官書》、《天文志》同。《御覽·咎徵部》二引《河圖稽燿鉤》曰：填星散爲旬始，主招横。又引《春秋合誠圖》曰：旬始主爭兵。《春秋考異郵》曰：旬始照其下，必有滅主。《兵部》五十一引《玄女兵法》曰：北斗之中，禽有旬始。狀象雄雞，制百兵之。母能其術，何神不使。九地九天，各有表裏。三奇六合，主威軍士。司馬長卿《大人賦》曰：垂旬始以爲幓兮，曳彗星而爲髾。《説苑·辨物篇》曰：欃槍、彗、孛、旬始，皆五星盈縮之所生也。《廣雅·釋天》：旬始列祅氣中。皆與《天官書》

合。《楚辭·遠遊》曰：造旬始而觀清都。王逸注曰：旬始，皇天名也。一曰星名。《春秋考異郵》曰：太白名旬始，如雄雞也。前説與《史記》迥異，後説近之。然《考異郵》以太白爲旬始，亦稍異。《天官書》《集解》引徐廣曰：旬始，蚩尤也。亦與妖氣之説小異。且上文已有蚩尤旗，徐廣合爲一，亦非也。方以智《通雅·天文類》曰：卓徵甫注《藻林》，又以旬始爲皇天之居，此又訛矣。近術家所云旬始者，乃謂一旬之首見也。步瀛案：方引術家説，望文生義，不足辨也。胡紹煐曰：旬始，妖氣。賦文特取以喻羣凶耳。○墟、除、餘，古音魚部。

區寓乂寧，思和求中。

【注】天地之内，稱寓。言海内既已乂安。思求陰陽之和，天地之中，而居之。

【疏】各本「寓」作「宇」。胡克家曰：何校「宇」改「寓」。案：所改是也。此薛注字作「寓」。下文威振八寓、德寓天覆，正文皆作「寓」。善此無注者，詳在彼也。各本所見皆非。

睿哲玄覽，都兹洛宫。

【注】睿，聖也。玄，通也。言通見此洛陽宫也。善曰：《尚書》曰：睿作聖，明作哲。《老子》曰：滌除玄覽。河上公曰：心居玄冥之處，覽知萬物，故謂之玄覽。王弼曰：玄，物之極也。《廣雅》曰：玄，遠也。

【疏】《尚書》見《洪範》。胡紹煐曰：此用《虞書》「濬哲」字。本書《魯靈光殿賦》「濬哲欽明」同。而陸士龍《大將軍讌會詩》睿哲維晉，盧子諒《贈劉琨詩》濬哲維皇，則又用《商頌》濬哲維商文。「睿」「濬」雜出，蓋古字通用。步瀛案：《舜典》二十八字，乃姚方興所上，僞中之僞者，張、薛安得見之。胡氏說謬矣。○《老子》《河上公》注以「心」釋「玄覽」。案之賦意未合。王輔嗣釋爲「極覽」，得之。○《廣雅》，今本無此文。

曰止曰時，昭明有融。

【注】曰，辭也。時，是也。融，長也。言當止居是洛邑，必有昭明之德，長久之道也。善曰：《毛詩》曰：曰止曰時。昭明有融。

【疏】《詩·緜》：曰止曰時。鄭箋曰：時，是也。蓋薛注所本。孔疏曰：如箋之言，則上曰爲辭，下曰爲於也。王引之《經義述聞》曰：經文疊用曰字，不當上下異訓。二曰字皆語辭。時，亦止也。古人自有複語耳。《爾雅》曰：爰，曰也。曰止曰時，猶言爰居爰處。《玉篇》曰：《爾雅》：室中謂之跱。跱，止也。今本《爾雅》「跱」作「時」。《爾雅》又曰：雞棲于弋爲榤，鑿垣而棲爲塒。《王風·君子于役》《釋文》「塒」作「時」，棲止謂之「時」，居止謂之「時」，其義一也。○昭明有融，乃《既醉篇》文。胡克家曰：上當有「又曰」二字。各本皆脫，善例如此，餘不具出。

既光厥武，仁洽道豐。

【注】止戈曰武。《謚法》曰：功格天下曰光，尅定禍亂曰武。洽，合也。豐，盛也。世祖既能止戈，故謚光武。言仁義之道大豐盛也。善曰：洽，霑也。

【疏】止戈爲武，見《左·宣十二年》。○《周書·謚法篇》曰：克定禍亂曰武。無光字謚。《獨斷》及《史記正義》所載《謚法》，亦無之。《後漢書・光武帝紀》李賢注曰：謚法：能紹前業曰光，又與薛引不同。

登岱勒封，與黄比崇。

【注】登，上也。岱，泰山也。謂王者功成作樂，治定制禮。故封泰山，勒功於石，以紀號也。黄，黄帝也。崇，高也。言世祖與黄帝比其尊號。善曰：《史記》曰：黄帝封泰山，禪云亭。司馬彪《續漢書》曰：建武三十二年，乃封禪。孔安國《尚書傳》曰：崇，尊也。

【疏】薛注「崇，高也」上，各本衍「《史記》曰」三字，今削。○《史記》，見《封禪書》。○《續漢書》見《祭祀志》上。○《書・盤庚》中僞孔傳曰：崇，重也。不作「尊」。惟《牧誓》是崇是長，僞孔傳釋爲「尊長」，此殆取其義耳。○中、宫、融、崇，古音冬部。豐，東部。通轉爲韵。○以上光武都洛陽。

逮至顯宗，六合殷昌。

【注】逮，及也。殷，盛也。昌，熾也。顯宗，明帝號也。六合，天地四方也。善曰：《吕氏春秋》曰：神通乎六合。高誘曰：四方上下爲六合也。

【疏】《後漢書・顯宗紀》曰：顯宗孝明皇帝，諱莊，光武第四子也。建武十九年立爲皇太子，中元二年二月戊戌，卽皇帝位。○《吕氏春秋》，見《審分篇》。

乃新崇德，遂作德陽。

【注】崇德、德陽皆殿名也。崇德在東，德陽在西。相去五十步。

【疏】五臣「乃」作「既」。○姚鼐曰：德陽殿在南宮，見《蔡邕傳》注。光武時本有，故曰新。德陽殿在北宮，見《靈紀》，明帝始立，故曰作。南北宮相距七里。薛綜注乃云：崇德宮在東，德陽宮在西，相去五十步，殆是誤也。步瀛案：《古文辭類纂》「七里」誤作「三里」，今依《筆記》改。《後漢書·光武帝紀》曰：建武元年冬十月癸丑，車駕入洛陽，幸南宮卻非殿，遂定都焉。十四年正月，起南宮前殿。《明帝紀》曰：永平三年起北宮。八年冬十月，北宮成。《鍾離意傳》曰：永平三年夏旱，而大起北宮，意詣闕免冠上疏，帝敕大匠止作諸宮。意出爲魯相後，德陽殿成，百官大會。帝思意言，謂公卿曰：「鍾離尚書若在，此殿不立。」注引《漢宮殿名》曰：北宮中有德陽殿。《蔡邕傳》曰：詔金商門，引入崇德殿。注引《洛陽記》曰：南宮有崇德殿。《光武紀》注引蔡質《漢典職儀》曰：南宮至北宮，中央作大屋複道，三道行。天子從中道，從官夾左右，十步一衛。兩宮相去七里。《文選·古詩十九首》李注亦引之。又案：《藝文類聚·居處部》二引《漢官典職》曰：德陽殿周旋容萬人，激洛水於殿下。《御覽·居處部》三引同。惠棟《後漢書補注》卷二十二曰：東京有南北宮，相去七里，中央作大屋複道，三道行。天子從中道，從官夾左右，十步一衛，南宮有玉堂前後殿、卻非殿、宣室殿、嘉德殿、崇德殿、雲臺殿、九龍殿、廣德殿、安福殿、龢歡殿、銅馬殿、敬法殿、清涼殿、鳳皇殿、翔平殿、竹殿、黄龍殿、千秋萬歲殿。又侍中寺、中黄門寺、畫室署、丙署、及雲臺、謻臺，皆在南宮。北宮有德陽殿、章德殿、章德前殿、宣明殿、温明殿、含德殿、天禄殿、壽安殿、迎春殿、永寧殿、温飭殿、章臺殿、章臺下殿、又蠶室、掖庭、永巷署、朔平署、增喜觀、九子坊，皆在北宮。東觀在南宮，白虎觀在北宮。尚書闥在南宮，尚方在北宮。兩宮各有衛士主之。尚書省在神仙門内，太尉、司徒、司空府，開陽門内。司徒府中有百官朝會殿。五營校尉，前後左右將軍府，皆在城中。梁章鉅曰：按此所列，多可爲賦中證據。蓋參考《太平御覽》、《玉海》諸書爲説。

啓南端之特闈，立應門之將將。

【注】啟，開也。端門，南方正門。應門，中門也。善曰：《爾雅》曰：宫中門謂之闈。《洛陽宫舍記》曰：洛陽有端門。《毛詩》曰：應門將將。毛萇曰：將將，嚴正之貌。

【疏】《爾雅》，見《釋宫》。○《御覽·居處部》十一引《洛陽故宫名》曰：洛陽有南端門，與李引《宫舍記》合。○《毛詩》，見《緜》之篇。今傳作「將將，嚴正也」。《釋文》曰：將，七羊反。又案：毛傳曰：王之郭門曰皋門，王之正門曰應門。鄭箋曰：諸侯之宫，外門曰皋門，朝門曰應門。内有路門。天子之宫，加以庫雉。《周禮·天官·閽人》注曰：鄭司農云：王有五門，外曰皋門，二曰雉門，三曰庫門，四曰應門，五曰路門。路門一曰畢門。玄謂雉門，三門也。《春秋傳》曰：雉門災，及兩觀。《秋官·朝士》注引鄭司農説：五門之次，與此同。又曰：外朝在路門外，内朝在路門内。後鄭謂《明堂位》説魯公宫曰：庫門，天子皋門。雉門，天子應門。言魯用天子之禮，所名曰庫門者，如天子皋門，所名曰雉門者，如天子應門。此名制二兼四，則魯無皋門、應門矣。《檀弓》曰：魯莊公之喪，既葬而絰，不入庫門。言其除喪而反由外來，是庫門在雉門外必矣。如是王五門，雉門爲中門。雉門設兩觀，與今之宫門同。閽人幾出入者，窮民蓋不得入也。《郊特牲》：譏繹於庫門内，言遠於廟門，廟在庫門之内，見於此矣。《小宗伯》曰：建國之神位，右社稷，左宗廟。然則外朝在庫門之外，皋門之内。與今司徒府有天子以下大會殿，亦古之外朝哉。周天子、諸侯皆有三朝。外朝一，内朝二。内朝之在路門内者，或謂之燕朝。《禮記·明堂位》注曰：天子五門：皋、庫、雉、應、路。魯有庫、雉、路，則諸侯三門與？皋之言高也。《詩》云：乃立皋門，皋門有伉。乃立應門，應門將將。綜以上諸説，是鄭君以天子五門，曰皋、庫、雉、應、路。諸侯三門：皋、應、路。魯則爲庫、雉、路。故《明堂位》孔疏曰：此經有庫門、雉門，是魯有庫、雉，則又有路門，可知魯既有三門，則其餘諸侯，亦有三門。但其餘諸侯有皋門、應門，及路門也。至諸侯外朝所在，《聘禮》賈疏曰：在皋門外。《秋官·朝士》疏曰：注云：天子諸侯皆有三朝，外朝一，内朝二者。天子外朝一者，即朝士所掌者是也。内朝二者，司士所掌正朝，大僕所掌路寢朝是二也。諸侯内朝二者，《玉藻》云：朝于内朝，朝羣臣，辨色始入。君日出而視朝，退適路寢，使人視大夫。大夫退，然後適小寢。彼亦路門外。内二者，爲内朝二。閔二年季友將生，卜人云：閒于兩社，爲公室輔。兩社，周社、亳社。是兩社在大門内，中門外。爲外朝。又：《掌訝》疏曰：解諸侯外朝之法有二，或解取《閔公》季友將生，閒于兩社，爲公室輔。注云：兩社：周社，亳社。此二社在大門内，内門外，則外朝所在也。或解以爲《聘禮》聘賓在外，卒，以柩造朝。柩不可入公門。造朝，朝在大門外可知。是其兩解不同。賈以《掌訝》云至于朝，詔其位，謂于朝者，即是大門外陳賓介之處。言朝即外朝，在大門外，於義可矣。是賈主外朝在皋門外也。然朝必有門，若在皋門外，則外朝無門，朝必有廷，廷必有門以限之。若在皋門外，則外朝無廷，無門無廷，安得謂之朝。且路門外有朝，則應門外亦宜有朝。乃越應門而遠設於皋門外，亦失置朝之意。又外朝門外，亦可通謂之朝。賈氏泥於外朝之廷，故有柩入公門之疑。不知大門外之亦可通名曰朝。則外朝在大門內，即皋門內無疑矣。又《玉海》百六十九引崔靈恩《三禮義宗》曰：天子宫門有五，法五行。皋門者，王宫之外門。皋之爲言高也，謂其制高顯也。庫門，因其近庫，即以爲名也。雉門，雉，施也。其上有觀闕，以藏法故，以施布政教爲名也。應門，謂應接諸侯羣臣，常在此門之内也。路門者，路寢之門也。則主後鄭之説。又引劉敞曰：天子諸侯皆三門而名不同，以《詩》、《書》、《禮》、《春秋》考之，天子有皋、應、畢。諸侯有庫、雉、路。天子外朝在皋門之内，諸侯外朝在庫門之内。天子治朝在應門之内，諸侯治朝在雉門之内，天子内朝在畢門之内，諸侯内朝在路門之内。則與先後鄭説皆不同。戴震《毛鄭詩考正》曰：門之數因乎朝者也。天子諸侯皆三朝，則天子諸侯皆三門。天子謂之皋門，諸侯謂之庫門。天子謂之應門，諸侯謂之雉門。準《考工記》宫隅門阿之制言之，皋門崇七丈，天子之應門、路門，諸侯之庫門、雉門、路門，皆崇五丈。異其名，殊其制，所以辨等威也。又《東原集·三朝三門考》曰：天子三朝、諸侯三朝，天子三門、諸侯三門，其數同，君國之事侔體合也，朝與門無虚設也。是戴謂天子、諸侯皆三門，與劉敞同。清儒多從之。孫詒讓《周禮正義》曰：考天子五門之次，後鄭説塙不可易。其諸侯三門之制，則當從劉敞説。有庫、雉而無皋、應。魯與凡諸侯並同也。曹元弼《禮經校釋》更申鄭《義》曰：古者，天子諸侯皆三門，外曰郭門，中曰正門，内曰寢門。大王居岐，依此制度。文王受命改制，更崇大之，名郭門爲皋門，正門爲應門，寢門爲路門。詩人本其王道之興，由於太王。故《詩》曰：迺立皋門，皋門有伉。迺立應門，應門將將。傳：王之郭門曰皋門，王之正門曰應門。美太王作郭門以致皋門，作正門以致應門焉。按王者孰謂，謂文王也。未稱王時爲郭門、正門，既稱王後爲皋門、應門。然門名雖異，其數與制猶未異於古。周公制禮，乃於皋門内加庫門，應門外加雉門。雉門設兩觀，以望雲物，懸法象，施政教。移應門内之宗廟社稷於其左右。禮儀制度，於是爲盛，而三門惟爲諸侯之制，其名則依周初，稱皋、應、路。猶上文云：乃召司空，乃召司徒。當時惟有三卿，後立六官，而三卿遂定爲諸侯制。故箋云：諸侯之宫，外門曰皋門，朝門曰應門，内有路門。天子之宫，加以庫、雉。鄭據制禮後言之也。成王以周公爲有勳勞於天下，特假魯以庫、雉之名，而制如天子之皋、應。故《明堂位》曰：庫門，天子皋門。雉門，天子應門。名爲庫、雉，實爲皋、應者。以二門之内，皆有朝，宜爲皋、應朝門之制，且庫、雉制非諸侯所得用。雉門有兩觀。《通典》引《三禮義宗》云：雉門：雉，施也。其上有觀闕，以藏法象魏，故以施政教爲名。是雉門之名，因兩觀而立。諸侯無之。魯雖名應門爲雉門，仍不設兩觀。煬公始僭其制。故子家子曰：設兩觀，僭於天子久矣。《春秋》書雉門及兩觀災，新作雉門及兩觀，以譏之。雉門如此。庫門可知。魯之雉門，尚如皋、應，本制諸侯皆立皋、應可知。蓋皋、應，朝門也。庫、雉，非朝門也。天子、諸侯之宫，皆有三朝，每朝皆有門，古之制也。天子三朝，加特間之門三，後也制之周門二。人不知庫、雉之非朝門，皋、應爲王侯朝門之通名，乃謂諸侯無皋、應，或謂天子三門，有皋、應，無庫、雉，諸侯三門，有庫、雉，無皋、應，皆誤。案：曹申鄭説，皆能言之成理。故悉録之。

昭仁惠於崇賢，抗義聲於金商。

【注】崇賢，東門名也。金商，西門名也。謂東方爲木，主仁，如春以生萬物。昭天子仁惠之德。故立崇賢門於東也。西爲金，主義，音爲商，若秋氣之殺萬物，抗天子德義之聲。故立金商門於西。善曰：《漢書》曰：角爲木，爲仁。商爲金，爲義也。

【疏】《後漢書·楊賜傳》曰：引賜及議郎蔡邕等，入金商門崇德署。注引戴延之《西征記》曰：太極殿西有金商門。又《蔡邕傳》注引《洛陽記》曰：南宮有崇德殿，太極殿西有金商門也。《御覽·居處部》十一引蔡質《漢官儀》曰：宮北朱雀門至止車門，内崇賢門，内建禮門。此記不甚明晰。朱珔謂若雲龍、神虎，既爲德陽殿之門。則崇賢、金商當爲南宮崇德殿之東西門矣。故賦承上分敍之，是也。○《漢書》，見《律曆志》。

飛雲龍於春路，屯神虎於秋方。

【注】德陽殿東門稱雲龍門，德陽殿西門稱神虎門。神虎，金獸也。秋方，西方也。飛，飛龍也。《易》曰：雲從龍，爲木獸春路。東方道也。善曰：《漢書》曰：東宮蒼龍。又曰：東方於時爲春。《宮殿簿》：北宮有雲龍門。王逸《楚辭注》曰：屯，陳也。《漢書》曰：西宮白虎，又曰：西方於時爲秋。《宮殿簿》：北宮有神虎門。

【疏】《易》，見《乾·文言傳》。○尤本「木獸」作「水獸」，誤。今依六臣本改。○兩引《漢書》，皆見《天文志》。○《楚辭》注，見《離騷》。○本書班孟堅《典引序》曰：召詣雲龍門。《水經·穀水注》曰：渠水枝流，其一水自千秋門南流，逕神虎門下，東對雲龍門，二門衡栿之上，皆刻雲龍風虎之狀，以火齊薄之。及其晨光初起，夕景斜暉，霜文翠照，陸離眩目。

建象魏之兩觀，旌六典之舊章。

【注】象魏，闕也。一名觀也。旌，表也。言所以立兩觀者，欲表明六典舊章之法，謂懸書于象魏，浹日而斂之。善曰：《周禮》曰：太宰掌建邦之六典，一曰治典，二曰教典，三曰禮典，四曰政典，五曰刑典，六曰事典。舊章，法令條章也。《左傳》曰：舊章不可忘。

【疏】《周禮·天官》大宰之職曰：正月之吉，始和，乃縣治象之灋于象魏，使萬民觀治象，挾日而斂之。鄭司農曰：象魏，闕也。從甲至甲，謂之挾日，凡十日。《爾雅·釋宮》曰：觀謂之闕。《禮運》孔疏引孫炎注曰：宮門雙闕者，舊縣法象，使民觀之處，因謂之闕。《說文·山部》曰：巍，高也。《門部》曰：闕，門觀也。「魏」即「巍」之省。《呂氏春秋·審爲篇》高注曰：魏闕，象魏也。懸教象之法，浹日而收之。魏魏高大，故曰魏闕。《大宰》賈疏曰：周公謂之象魏，雉門之外，兩闕高魏魏然，孔子謂之觀。《春秋左氏·定二年》：夏五月，雉門災，及兩觀是也。《公羊·昭二十五年》：子家駒曰：設兩觀，天子之禮也。何注曰：禮，天子諸侯臺門，天子外闕兩觀，諸侯內闕一觀。孫詒讓曰：象魏也，闕也，觀也，以魯制言之，三者蓋異名而同物。天子諸侯宮門皆築臺，臺上起屋，謂之臺門。《匠人》門阿，即臺門，門屋之阿也。天子臺門之兩旁，特爲屋，高出於門屋之上者，謂之雙闕，亦謂之兩觀。諸侯不得爲兩觀，則即於門臺之上，正中特高其屋，出於它門臺之上，是謂一觀。觀即因門臺爲之，故亦稱觀臺。《左・僖五年傳》云：公登觀臺以望，而書雲物。即雉門兩觀之臺也。《說文・門部》釋「闕」爲門觀，而《韋部》別云：韏，缺也。古者城闕，其南方謂之「韏」。「韏」之與「闕」，義訓不同。蓋闕即門觀，本不取缺爲義，則不必雙而後稱闕。《穀梁・桓三年傳》云：禮，諸母昆弟，不出闕門。《大戴禮記・保傅篇》云：過闕則下。皆據侯國制言之，不必有二闕也。先鄭及《左傳》杜注並以「闕」釋象魏，皆不質言一觀、兩觀。說禮者皆以象魏爲兩觀之定名，非也。據《公羊》載子家駒之言，則兩觀爲天子之制，魯僭設之。平諸侯得設一觀，謂之闕門，不得爲兩觀。而縣法象魏事，宜通於邦國，不止周、魯有之。然則無論一觀兩觀，皆巍然而高，即通謂之巍闕。無論爲臺、爲觀，皆可以縣法，即通謂之「象魏」。象魏之名，起於縣法象，不繫於觀之一與兩、有與無也。步瀛案：《水經・穀水注》曰：《周官・太宰》：以正月懸治法于象魏。《漢官典職》曰：偃師去洛四十五里，望朱雀闕，其上鬱然與天連。是明峻極矣。《洛陽故宫名》有朱雀闕、白虎闕、蒼龍闕、北闕、南宫闕也。《東觀漢記》曰：更始發洛陽，李松奉引車，馬奔觸北闕鐵柱門，三馬皆死。即斯闕也。〇《周禮》，見《天官・大宰》之職。〇李注「舊章，法令條章也」，胡克家曰：袁本、茶陵本無此七字。無者最是。〇《左・哀三年》曰：夏五月辛卯，司鐸火，火踰公宫，桓僖災。季桓子至，御公立于象魏之外，命藏象魏曰：「舊章不可亡也。」《天官・大宰》鄭司農注引「亡」作「忘」，與此注同。〇昌、陽、將、商、方、章，古音陽部。

其内則含德章臺，天禄宣明，温飭迎春，壽安永寧。

【注】八殿皆以休令爲名，美時君之德，在應門之内也。

【疏】《後漢書・馬防傳》曰：肅宗親御章臺下殿。《魯恭傳》曰：永元九年八月，飲酎，齋會章臺。《樊儵傳》曰：引見宣明殿。《桓郁傳》曰：帝自《制五家要説章句》，令郁校定於宣明殿。注引華嶠《後漢書》曰：宣明殿，在德陽殿後。

飛閣神行，莫我能形。

【注】言閣道相通，不在於地，故曰飛。人不見行往，故曰神。形謂天子之形容，言我無能説其形狀也。

【疏】王念孫曰：薛説甚迂。《廣雅》曰：形，見也。言行於飛閣之中，莫我能見也。《史記・秦始皇紀》《正義》引應劭曰：於馳道外築牆，天子於中行，外人不見。

濯龍芳林，九谷八溪。

【注】《洛陽圖經》曰：濯龍，池名。故歌曰：濯龍望如海，河橋渡似雷。芳林，苑名。九谷八溪，養魚池。

【疏】姚鼐曰：《續漢志》濯龍，園名，近北宮。善注謂池名。按：池固名濯龍，然賦乃指謂園。步瀛案：《後漢書・桓帝紀》曰：延熹九年秋七月庚午，祠黄老於濯龍宫。又《論》曰：飾芳林而考濯龍之宫。注引薛綜《東京賦》注曰：濯龍，殿名。芳林謂兩旁樹木蘭也。與此不同，則此非薛注。故姚氏以爲李善注也。又《續漢書・百官志》三有濯龍監。本注曰：濯龍，亦園名，近北宮。此姚氏所據也。《清統志》曰：河南府，濯龍園在洛陽城中。胡紹煐曰：《後漢書・李雲傳》：時帝在濯龍池，則濯龍是池名矣。然《桓帝紀》注引薛注則以爲宮殿名。《皇后紀》注引《續漢志》又以爲園名。又云：前過濯龍門，則以爲門名。蓋「濯龍」本園名，中有宮，有池，外有門。故同被是名。此與「芳林」對舉，當爲宮名。卽《桓帝紀論》所云「飭芳林而考濯龍之宮」是也。步瀛案：此與姚説異而皆可通。○朱珔曰：案：《方輿紀要》云：濯龍淵在故洛陽城中，近北宮中，有濯龍池。後漢爲游宴之所。又華林苑，在故洛陽城內西北隅，與宮城相接，有東西二門。魏文帝所起，亦曰芳林園，有景陽山，在芳林苑西北。魏明帝景初元年所起土山也。齊王芳卽位，始改芳林曰華林。據此，以苑爲魏造。然此賦已言「芳林」，當是漢舊，至曹魏益加修麗。惟景陽山乃魏明帝所起。而《水經·穀水篇注》引孫盛《魏春秋》：亦屬文帝，蓋誤以景初爲黃初也。全氏祖望曾辨之。酈注又云：景陽山之東，舊有九江。陸機《洛陽記》曰：九江直作員水，水中作員壇三，破之夾水，得相逕通。《東京賦》「濯龍芳林」云云，今也山則塊阜獨立，江無復髣髴矣。然則此九谷八溪，卽酈氏所稱九江之水也。

芙蓉覆水，秋蘭被涯。

【注】芙蓉，荷華也。秋蘭，香草，生水邊，秋時盛也。善曰：《楚辭》曰：秋蘭兮青青。鄭玄注《周易》曰：蘭，香草也。被，亦覆也。

【疏】《楚辭》，見《九歌·少司命》。○《周易·繫辭傳》《集解》引虞翻曰：蘭，香草。與鄭注同。

渚戲躍魚，淵游龜蠵。

【注】渚，水渚也。戲，游也。躍，跳也。《毛詩》曰：王在靈沼，於牣魚躍。蠵，龜類也。凡此物謂珢有

時，非時則恣之游戲，不驚動也。

【疏】《毛詩》，見《靈臺》。○《爾雅·釋魚》：靈龜。郭注曰：涪陵郡出大龜，甲可以卜，緣中文似瑇瑁，俗呼爲靈龜。即今觜蠵龜，一名靈蠵，能鳴。郝懿行曰：劉逵《蜀都賦》注引譙周《異物志》曰：涪陵多大龜，其甲可以卜，其緣中又似瑇瑁，俗名曰靈。《華陽國志》亦云：其緣可作叉，世號靈叉。「叉」與「釵」同。並郭所本。今郭注「叉」作「文」，字形之誤，宜據以訂正。步瀛案：《漢書·揚雄傳》《羽獵賦》曰：抾靈蠵。顔注引應劭曰：蠵，大龜也。雄曰毒冒，雌曰觜蠵。朱珔曰：《玉篇》：蟕蠵似玳瑁而有文。然實二物。故《吴都賦》摸瑇瑁，捫觜蠵。並言之也。《説文》蠵，大龜也。以胃鳴者。本《考工記·梓人》文。鄭作胷鳴，云榮原屬。賈、馬作「胃」，賈云：靈蠵也。○注「物」字疑當在「取」字下，此誤倒。○溪，古音脂部。涯、蠵，支部。通轉爲韵。

永安離宮，脩竹冬青。

【注】永安，宫名也。脩，長也。冬青，謂不彫落也。

【疏】姚鼐曰：《續漢志》：永安，北宫東北别小宫名，有園觀。步瀛案：見《百官志》三本注。又《玉海》百五十六引《洛陽宫殿名》曰：永安宫周迴六百九十八丈，故基在洛陽故城中。

陰池幽流，玄泉洌清。

【注】水稱陰。幽流，謂伏溝，從地下流通於河也。水黑色，故曰玄泉。洌，清澄貌。善曰：《楚辭》曰：臨沅湘之玄淵。《毛詩》曰：洌彼下泉。

【疏】《説文・水部》曰：洌，水清也。《仌部》曰：瀨，寒也。經傳作「冽」。《詩》：冽彼下泉。毛傳曰：冽，寒也。是「洌」與「冽」異。胡紹煐曰：薛注不誤。善引《下泉詩》，則合「冽」、「洌」爲一字矣。

鵯鶋秋棲，鶻鵃春鳴。

【注】善曰：《爾雅》曰：鸒斯，鵯鶋。郭璞曰：鵯鶋，疋鳥腹下白也。又曰：鶌鳩，鶻鵃。郭璞曰：鶻鵃似山鵲，短尾，青黑色。秋棲春鳴，謂各得其性也。鵯音匹。鶻音骨。鵃，竹交切。

【疏】五臣「鵃」作「鵰」。〇各本此注及下「雎鳩」注「《爾雅》」上皆脱「善曰」二字。今據諸家校增。胡克家曰：何校「爾雅」上添「善曰」二字，陳同。下節首「《爾雅》曰鴡鳩」上，亦然。今案所校是也。袁本、茶陵本此二節亦作薛注，皆誤。凡賦多誤善注爲薛。其引書爲薛注所不及見，如此《爾雅》郭璞注之類，較然易辨。〇注「疋鳥」各本誤作「匹鳥」，依《爾雅》訂。案：《釋鳥》曰：鸒斯，鵯鶋。郭注曰：雅，烏也。小而多羣，腹下白。江東亦呼爲鵯烏，音匹。郝懿行曰：《説文》：鸒，卑居也。又云：雅，楚烏也。一名鸒，一名卑居。秦謂之雅。《詩・小弁》傳：鸒，卑居。卑居，雅烏也。《夏官・羅氏》掌羅烏鳥，鄭注以烏爲卑居之屬。《小爾雅》云：純黑而反哺者，謂之慈烏。小而腹下白，不反哺者，謂之雅烏。《水經・瀔水注》引孫炎曰：卑居，楚烏。犍爲舍人以爲壁居。《莊子》曰：雅賈。馬融亦曰賈烏。然則「賈烏」即「雅烏」，「卑居」。舍人作「壁居」，是「卑」讀如「壁」。郭音「匹」，非矣。「斯」字語詞。故《釋文》云：本多無此字，是也。劉孝標《類苑・鳥部》遂立鸒斯之目，蓋失檢耳。今此鳥大如鴿，百千爲羣，其形如烏，其聲雅雅，故曰雅烏。梁章鉅曰：古文「雅」爲「疋」轉誤爲「匹」耳。朱珔曰：《爾雅序》《釋文》「雅」本又作「疋」。《廣韻》：「匹」俗作「疋」，二字相混，而「鶌」字郭亦音匹。又烏鳥形近，故此注誤爲匹鳥矣。○尤本注「短尾」作「頭尾」，誤。今依六臣本改。《釋鳥》郭注曰：鶻鵃似山鵲而小，短尾，青黑色，多聲。今江東亦呼爲「鶻鵃」。郝懿行曰：《説文》：鶌，鶌鳩也。鳩，鶻鳩也。《詩·氓》《傳》云：鳩，鶻鳩也。是「鶌鳩」即名「鳩」，以其多聲，又名鳴鳩。《詩·小宛》傳鳴鳩，鶻雕。「雕」「鵃」古字通，亦猶「舟」「周」古通用也。又名滑鳩。《莊子·逍遥遊篇》云：鷽鳩。《釋文》引崔譔云：鷽讀爲滑，滑鳩一名滑雕。即毛傳所謂鶻雕也。又名鶻嘲。《禮記》疏引郭云：鶌音九物反，鵃音嘲。後世即謂之鶻嘲。所引蓋郭《音義》之文。今驗其聲，正作鶻嘲，鶻嘲聲轉，又爲鉤轉、格磔也。《左·昭十七年》疏引舍人曰：鶌鳩，一名鶻鵃，今之班鳩也。樊光曰：《春秋》云：鶻鳩氏司事，春來冬去。孫炎曰：鶻鳩一名鳴鳩。《月令》云：鳴鳩拂其羽。《爾雅》《釋文》引《毛詩草木疏》云：班鳩也。杜陽人謂之「班隹」，似鷚鳩而大，項有繡文班然，故曰班鳩。高誘《吕覽·季春紀》注亦云：鳴鳩，班鳩也。《廣雅》謂之鵭鳩，「鵭」與「班」同也。喜以春鳴。故《東京賦》云：鶻鵃春鳴，其背青黑，故今呼之青肩，其膺紫班故謂之「班鳩」矣。《方言》以雛大者謂之「鳻鳩」。「鳻」與「班」雖同音，非同物也。朱珔曰：諸書以鶻鵃爲班鳩。獨《方言》云：其大者謂之「鵭鳩」，其小者謂之「鳻鳩」。或謂之「鷄鳩」，或謂之「鷚鳩」，或謂之「鶻鳩」。梁宋之間，謂之「鵭」。《爾雅·釋文》引《字林》亦云：鶻鵃，小種鳩也。蓋即本之《方言》。《左傳》疏又引郭璞，以舊説及《廣雅》云班鳩爲非。王氏《廣雅疏證》未定孰是。郝氏則謂「鶌鳩」與「鵻」非一物，既以《廣雅》正《方言》之失，乃又謂《方言》之鴔鳩，「鴔」與「班」雖同音，而非同物，未免矛盾。余謂郭注《方言》鴔音班，則「鴔」即「鳻」之省也，不應又云鴔鳩非班鳩。疑《方言》傳寫倒亂，當是其大者謂之鴔鳩，或謂之鶻鳩，其小者謂之鵴鳩云云。如此則諸家皆通，而郝氏之説亦可無疑滯矣。戴氏震《疏證》云：「或謂之鶻鳩」句，雜入不倫。步瀛案：《方言・八》錢繹《箋疏》曰：《廣韵》鴔，大鳩。陸璣《詩疏》云：班鳩似鵴鳩而大，項有繡文，是班鳩以繡項得名，而爲鳩之大者也。又按：《小雅・小宛篇》毛傳：宛，小皃。鳴鳩、鶻鵰。《釋文》「鵰」，《字林》作「鵃」。云：骨鵃，小種鳩也。「骨」與「鶻」同。郭氏《爾雅》注：鶻鳩似山鵲而小，亦謂之「學鳩」。《莊子・逍遥遊篇》《釋文》引司馬彪注云：學鳩，小鳩也。崔譔云：學讀爲「滑」，滑鳩一名滑鵰。李頤云：滑鵰也。據此是鶻鳩，又爲鳩之小者。徧檢諸書，並以鶻鳩爲班鳩，或謂之大，或謂之小。《方言》則以鴔鳩爲大鳩，鶻鳩爲小鳩，疑莫能明也。或云：班鳩稍大於鵴鳩，謂爲鴔者，亦若大頭謂之頒矣。《説文》：頒，大頭也。引《詩》：有頒其首。○注「鵯音匹」十字，尤本無。胡克家曰：袁本有，乃真善音之舊。尤所見與茶陵皆誤。案：胡校是。今據增。

鵙鳩麗黃，關關嚶嚶。

【注】善曰：《爾雅》曰：鵙鳩，王鵙也。郭璞曰：鵙鳩，鵰類也。又曰：鶬鶊，鵹黃也。郭璞曰：鸝，黃黑也。關關嚶嚶，謂音聲和也。

【疏】五臣「麗」作「鸝」。○注首亦依諸家校增「善曰」二字。○尤本「鳩鵙」誤作「鶻鵃」，今據六臣本訂。

《釋鳥》郭注又曰：今江東呼之爲鶚，好在江渚山邊食魚。《毛詩》傳曰：鳥摯而有別。郝懿行曰：《説文》：鵙，王鵙也。《左傳・昭十七年》：鵙鳩氏，司馬也。杜預注：王鵙也，摯而有別，故爲司馬，主法制。疏引李巡云：王鵙一名鵙鳩。《詩》疏引陸璣《疏》云：鵙鳩，大小如鴟，深目，目上骨露。幽州人謂之鷲。而揚雄、許慎皆曰白鷹，似鷹，尾上白。按：《爾雅》：鵟，白鷹。與「王鵙」爲二物。楊、許欲合爲一，非矣。能扇波，令魚出，食之。故《淮南・説林篇》謂之沸波。朱珔曰：揚雄之説，今《方言》所無。又郭注《南山經》、高注《淮南・説林訓》皆云：雕謂之沸波。近人引以釋王鵙。鵰又卽鶚。《説文》則王鵙與鵰、鶚晝分異處。郭氏此注亦不直以爲卽鵰，卽鶚也。要之皆鷙之類耳。步瀛案：《毛詩》作「雎」。○《釋鳥》曰：皇，黃鳥。郭注曰：俗呼黃離留，亦名搏黍。又曰倉庚、商庚。郭曰：卽鵹黃也。又曰：鵹黃，楚雀。郭曰：卽倉庚也。又曰：倉庚，黧黃也。郭曰：其色黧黑而黃，因以名云。郝曰：釋倉庚一鳥，而文凡三四見，必叔孫通梁文所附益者。《方言》八曰：驪黃，自關而東謂之鶬鶊，自關而西謂之驪黃，或謂之黃鳥，或謂之楚雀。《詩・葛覃》毛傳曰：黃鳥，摶黍也。孔疏引陸璣疏曰：黃鳥，黃驪留也。或謂之「黃栗留」，幽州人謂之黃鸎，一名「倉庚」，一名商庚，一名鵹黃，一名楚雀。齊人謂之摶黍。當葚熟時，來在桑閒。故里語曰：「黃栗留，看我麥黃葚熟否。」是應時趍節之鳥也。《呂覽・仲春紀》高注曰倉庚。《爾雅》曰：商庚。黎黃、楚鳥也，齊人謂之摶黍，秦人謂之黃離，幽冀謂之黃鳥。《詩》云：黃鳥于飛，集于灌木。《葛覃》是也。是揚雄、高誘、陸璣、郭璞以「黃鳥」卽「倉商」。後世多從其説。案：「摶黍」「搏黍」各本不同。段玉裁謂作「搏」是。《淮南・時則篇》高誘注正作「搏黍」。又「黃離」作「黃流離」。《說文》曰：離黃、倉庚也。鳴則蠶生，又：鵹，鵹黃也，其色黧而黃。段注曰：按：《說文》「離」、「鵹」不類厠，則不謂爲一物。又按毛傳：黃鳥，不云即倉庚。倉庚不云即黃鳥。然則黃鳥非倉庚。蓋今之黃雀也。焦循《毛詩補疏》、胡承珙《毛詩後箋》、馬瑞辰《毛詩傳箋通釋》、陳奐《毛詩傳疏》、郝懿行《爾雅義疏》皆謂黃鳥非倉庚，而同段氏黃鳥即黃雀之說。胡承珙曰：孫弈《示兒編》已有此說，謂黃鳥有二種，名同而小大殊。但以《葛覃》、《凱風》之黃鳥爲黃鸝。《秦風》、《小雅》之黃鳥爲黃雀，則非是。其云：毛氏、陸氏所謂「搏黍」亦當是黃雀，黍熟於七八月之閒，無復有鸝矣。此說極通。陳氏《稽古篇》反謂其妄，誤矣。據以上諸家。則黃鳥非倉庚，可爲定說。而倉庚、黧黃是一是二，不無疑義。故段又曰：鵹，《字林》省作「𪃲」又作「𪆵」。「𪃲黃」即「離黃」，但二字不類厠，其說未聞。錢繹《方言箋疏》亦謂許與《方言》異義。朱珔謂：《爾雅》倉庚、鵹黃亦分著，許義正符。朱駿聲則謂「鵹」即「離」之異體，許君未并，亦其疏也。《詩草木疏》謂之黃麗留，或謂之黃栗留，皆一聲之轉。竊疑朱說近之。然則《爾雅》作「𪆵」作「黧」。《說文》作「離」作「鵹」。《月令》鄭注作「鸝」。《方言》作「鸝」。《呂覽》、《淮南》高注作「黎」。《釋鳥》《釋文》引《字林》作「𪃲」。本書《高唐賦》作「鸝」。本賦作「麗」皆文之異，而爲鳥則一也。○《爾雅・釋詁》：關關、噰噰，音聲和也。《釋訓》：丁丁、嚶嚶，相切直也。本書《歸田賦》兩引之。與《雅》訓合。而《南都賦注》引作「關關、嚶嚶，聲之和也」。又《笙賦》注引作「關關嚶嚶，音和也」。疑誤合爲一。此注雖在《爾雅》下，而未著「又曰」字，又加一「謂」字，即謂之非引《爾雅》可也。○青、清、鳴、嚶，古音耕部。

於南則前殿靈臺，龢驩安福。

【注】前殿，路寢也。靈臺，臺名也。龢驩、安福，二殿名。並在德陽殿之南。

【疏】五臣「靈」作「雲」，「龢驩」作「和歡」。何焯校改「靈」爲「雲」。胡克家曰：袁本作「雲」。案：此南宮雲臺也。靈臺別在下文，「靈」但傳寫誤耳。薛注「靈」亦「雲」字誤。下文「靈臺」薛亦別有注，可見此薛與善並非「靈」字。胡紹煐、許巽行皆以作「雲臺」爲是。然此「雲臺」當爲殿名。張銑注曰：雲臺、和歡、安福三者，皆殿名，是也。《後漢書·宦者傳》：張讓鑄四鐘，懸於玉堂及雲臺殿前，可證。然雲臺殿疑當作靈臺殿。姚鼐曰：雲臺固在南宮，然恐即是前殿，南宮又自有靈臺殿。《續漢志》：中平二年南宮火災，火燒靈臺殿、樂成殿。此與三雍之靈臺，自異地。彼三雍皆在城外。步瀛案：姚説是也。其引《續漢志》，據《靈帝紀》注引。今《續五行志》二曰：中平二年二月己酉，南宮雲臺災，庚戌，樂成門災，亦作「雲臺」。然惠棟《補注》曰：《御覽》八百三十三卷正作「靈臺」，與《靈紀》注引合。疑「靈」字是。故本賦及注不從何氏、胡氏等校改，更俟諟正焉。○薛注「路寢」各本「路」作「露」，非是。今依何氏校改。○《後漢書·文苑傳》曰：黄香召詣安福殿言政事。《續五行志》：延熹八年，南宮長秋、和歡殿後鉤盾、掖庭朔平署各火。是龢驩、安福殿，皆在南宮，不必牽涉北宮德陽殿言之。薛注疑有後人增入。

謻門曲榭，邪阻城洫。

【注】謻門，冰室門也。臺有木曰榭。阻，依也。洫，城下池。冰室門及榭，皆屈曲邪行，依城池爲道也。

【疏】《水經·穀水注》曰：南宮有謻臺、臨照臺。《東京賦》曰：其南則有謻門曲榭，邪阻城洫注云云。故《説文》曰：隍，城池也。有水曰池，無水曰隍矣。謻門，卽宣陽門也。門内有宣陽、冰室。《周禮》有冰人，日在北陸而藏之，西陸朝覿而出之。冰室舊在宣陽門内，故得是名門。《太平寰宇記》曰：河南道河南府洛陽縣，漢有小苑門，在午上。晉改曰宣陽門，内有冰井。故《述征記》曰：冰井在凌雲臺北，故藏冰處。又云：謻門卽宣陽也。按薛綜注《東京賦》曰：謻門，冰室門也。華延雋《洛陽記》云：卽漢之宮門。《夢溪筆談》三曰：歷代宮室中有謻門，蓋取張衡賦「謻門曲榭」也。説者謂冰室門。按字訓：謻，别也。《東京賦》但言别門耳。故以對曲榭，非有定處也。程大昌《雍録》二曰：謻門，宮中便門之稱。葉夢得《石林燕語》一曰：《集韵》「謻」字或作「簃」，以爲宮室相連之稱。張雲璈曰：「謻」同「誃」。《説文》：周景王作洛陽誃臺。《爾雅·釋宮》：連謂之簃。注：堂樓閣邊小屋。然則「謻」者，卽《爾雅》之「簃」乎？小屋連於大屋，其體正别，與字訓合。薛注謂冰室門者，似泥。朱珔曰：《爾雅·釋言》：斯謻，離也。離卽别也。故徐氏鍇用《爾雅》之「簃」以釋「謻」。以爲小屋連於大屋，實則别自爲一區也。臺有木曰「榭」，亦《釋宮》文。然則云榭者，卽謻臺也。都非泛言，仍從舊説爲是。胡紹煐曰：按：《水經·穀水注》：宣陽門因冰室而名冰室門。因謻臺而名謻門。謻之言，移也。《禮記·大傳》《正義》曰：在旁而及曰移。《周書·作洛篇》：設移旅楹。孔晁注：承屋曰「移」，字亦作「簃」。《爾雅》：連謂之簃。《説文》：周景王作洛陽誃臺。徐鍇曰：誃臺，猶別館也。別館卽在旁而及之義。「誃」、「移」、「簃」三字並同。據許則正字當爲「誃」。○《爾雅·釋宫》曰：「闍」謂之「臺」，有木者謂之「榭」。薛注本此。

奇樹珍果，鉤盾所職。

【注】奇，異也。珍，貴也。鉤盾令官，主小苑。善曰：鉤盾五丞也。《爾雅》曰：職，主也。

【疏】各本「令」誤「今」。胡克家曰：陳云：「今」當作「令」，是也。今從之。○《續漢書·百官志》曰：鉤盾令一人。丞，永安丞一人，苑中丞，果丞，鴻池丞，南園丞，各一人。本注曰：果丞，主果園。○《爾雅》，見《釋詁》。

西登少華，亭候修勑。

【注】登，升也。並，有。亭有候也。修，治也。勑，整也。謂西園中有少華之山。

【疏】《周禮·地官·遺人》曰：市有候館。鄭注曰：候館樓，可以觀望者也。○「勑」，「敕」之借字《廣雅·釋詁》三曰：敕，理也。《易·噬嗑》《釋文》曰：「勑」，《字林》作「敕」。鄭云：勑，猶理也。整也。

九龍之內，寔曰嘉德。

【注】九龍，本周時殿名也。門上有三銅柱，柱有三龍相糾繞，故曰九龍。嘉德，殿名，在九龍門內也。

【疏】《困學紀聞》十曰：《漢袁良碑》云：帝御九龍殿，引對飲晏。《集古録跋》謂九龍殿名，惟見於此。愚按：張平子《東京賦》曰：九龍之内，寔曰嘉德。注云云，非但見於此碑也。萬希槐《集證》曰：《後漢・楊賜傳》：光和元年，有虹蜺，晝降於嘉德殿前。注引《洛陽記》：殿在九龍門内。胡紹煐曰：九龍殿，卽嘉德殿，以在九龍門内，故亦謂之九龍。《後漢書・楊賜傳》注引《洛陽記》：殿在九龍門内。《皇后紀》：孝仁皇后居南宫嘉德殿。注：嘉德殿在九龍門内，皆與薛注同。步瀛案：《續漢書・五行志》：桓帝延熹四年正月辛酉，南宫嘉德殿火，八年又火，卽此殿。

西南其户，匪雕匪刻。

【注】《毛詩》曰：西南其户，不雕不刻。尚質也。言殿舍之多其户，或西或南也。

【疏】《毛詩》，見《斯干》。○胡克家曰：注「不雕」袁本「雕」作「彫」，是也。茶陵本亦誤「雕」。案：此正文及下「雕輦」皆「彫」之誤也。步瀛案：「雕」、「彫」之通借字耳，不爲誤。

我后好約，乃宴斯息。

【注】我后，謂明帝也。宴，安也。息，止也。善曰：《周易》曰：君子以嚮晦，入宴息也。

【疏】《周易》，見《隨・象傳》。○福、職、勑、德、刻，古音之部。洫，至部。通轉爲韻。○以上洛陽宫殿。

於東則洪池清籞，淥水澹澹。内阜川禽，外豐葭菼。

【注】洪，池名也。在洛陽東三十里。阜，多也。豐，饒也。内多魚鼈，外饒蘆亂也。善曰：《漢書音

義》：應劭曰：籞，在池水上作室，可用棲鳥，鳥入則捕之。《高唐賦》曰：水澹澹而盤紆。《説文》曰：澹澹，水摇貌也。《爾雅》曰：葭，蘆也。菼，薍也。薍，五患切。

【疏】尤本「籞」作「蘌」，今依六臣本。胡克家曰：「蘌」即「籞」別體字耳。許巽行曰：《説文》：籞，禁苑也。或作「魰」。〇梁章鉅曰：《續漢書·百官志》鴻池，池名也。案：張載《魏都賦》注引張衡《東京賦》作「淵池清籞」。注中「池」下當重「池」字。胡紹煐曰：《水經·穀水注》：東注鴻池陂，池東西千步，南北千一百步。四周有塘，池中又有東西横塘，水溜逕通。引《百官志》云：鴻池，池名，在洛陽東二十里。李尤《鴻池陂銘》曰：鴻澤之陂，聖王所規。開流東注，出自城池，即此。「鴻」「洪」古通。又《東觀漢記》：楊賜上疏云：先帝之制，左開鴻池，右作上林。本書《魏都賦》張載注引此作「淵池」，蓋傳寫之誤。〇朱銘曰：《漢書·宣紀》注：蘇林曰：折竹以繩，綿連禁御，使人不得往來，律名爲籞。此注「應劭」，當依《漢書》注作「服虔」。步瀛案：《宣紀》注引服虔曰：籞，在池水中作室，可用棲鳥。鳥入中，則捕之。又引應劭曰：池者，陂池也。籞者，禁苑也。故朱氏銘欲依《漢書》注改易。又引臣瓚曰：籞者，所以養鳥也。設爲藩落，周覆其上，令鳥不得出，猶苑之畜獸，池之畜魚也。顔謂蘇、應二説是。〇胡克家曰：注「則捕之」袁本、茶陵本「之」下有「音圉」二字，是也。〇《高唐賦》見本書卷十九。〇梁章鉅曰：注：《説文》「澹澹，水摇貌也」。下「澹」字衍。今《説文》：澹，水摇也。〇各本「蘆」字作「葦」。今依《爾雅》訂正。《釋草》曰：葭，蘆。郭注曰：葦也。又曰：菼，薍。郭曰：似葦而小，實中。江東呼爲烏蓲。郝曰：葭者，《説文》云：葦之未秀者。《詩·騶虞》傳用《爾雅》。《正義》引李巡曰：葦初生。郭云：葭即今蘆。又云：葭，葦也。《詩·七月》傳：葭爲葦，是皆一物，隨時異名。故《夏小正》云：葦未秀爲蘆。《淮南·修務篇》注：未秀曰蘆，已秀曰葦。今按：葦空中而高大，其初茁，謂之葭。又曰：菼者，《說文》「菿」或作「菼」，云萑之初生，一曰薍，一曰鵻。《釋言》云：菼，鵻也。菼，薍也。《夏小正》云：萑未秀爲菼，是皆《說文》所本。《說文》又云：萑，薍也。薍，菼也。八月薍爲葦。「葦」字誤，當作「萑」。《七月》傳薍爲萑，是也。《詩正義》引樊光云：菼初生，葸騂色，海濱曰薍。郭云：似葦而小，實中。蓋即上注所謂薖也。今驗荻小於葦，而實中。菼薍與蒹薕實一物，皆即今之蔣荻。荻即蒹，蒹即菼，已秀爲萑，未秀爲菼。故《詩·碩人》《正義》引陸璣云：薍或謂之荻，至秋堅成，則謂之萑，是矣。〇姚曰：以下皆洛陽城外。

獻鼈蜃與龜魚，供蝸蠯與菱芡。

【注】蝸，螺也。菱，芰也。芡，雞頭也。善曰：《周禮》曰：春獻鼈蜃，秋獻龜魚。祭祀供蜱蠃。鄭玄曰：蜃，大蛤也。杜子春曰：蜱，蜯也。「蜱」與「蠯」同。《禮記》曰：蝸醢而苽食。《周禮》曰：加籩之實，有菱芡也。

【疏】五臣「蠯」作「蜱」。〇《周禮》，見《天官·鼈人》，「蜱」作「蠯」。〇《晉語》九韋注曰：小曰蛤，大曰蜃。皆介物，蚌類也。〇蜱，蜯也。各本「蜱」誤「蜃」，今依《鼈人》注改。但《鼈人》「蜱」皆作「蜱」，杜子春注亦作「蠯」。李云：「蜱」與「蠯」同，是李所據本作「蜱」也。又《釋文》曰：「蜯」，字又作「蚌」。《釋魚》郭注曰：今江東呼蚌長而狹者爲「蠯」。〇《禮記》，見《内則》。《釋魚》曰：蚹蠃螔蝓。郭注曰：

即蝸牛也。孫詒讓《周禮正義》曰：王應麟《周書·王會篇補注》引《尚書大傳》：鉅定蠃。鄭注亦云：蠃，蝸牛也。案：今語以水生者爲蠃，陸生者爲蝸牛。古人蓋無此分別。凡經典之言蚹蠃，言蠃，注家訓爲蝸，爲蝸牛者，皆當爲水蠃。《説文·虫部》云：蠃，一曰虒蝓。又云：蝸，蝸蠃也。蝸、蠃疊韻，蠃亦可單言蝸。故蠃醢，《内則》及《士冠禮》注引今文《禮》並作「蝸醢」。《文選·東京賦》正用此經。蓋平子亦以蠃爲蝸。薛注云：蝸，螺也。「螺」即「蠃」之俗。○後引《周禮》，見《天官·籩人》。各本「籩」下衍「豆」字，今依何氏、胡氏校删。又「菱」當依《周禮》作「蔆」。鄭曰：淩芰一也。芡，雞頭也。即薛注所本。案：《説文》曰：蔆，芰也。从艸，淩聲。楚謂之芰，秦謂之薢茩。重文作「遴」，曰：司馬相如説，蔆从遴。《廣雅·釋草》曰：陵芰，薢茩也。王念孫曰：蘇頌《本草圖經》云：菱葉浮水上，花黄白色，花落而實生，漸向水中，乃熟。實有二種，一種四角，一種兩角。是則陵之形狀雖殊，稱名則一。而《酉陽雜俎》引王安貧《武陵記》：四角三角曰芰，兩角曰陵。强爲分别，其説非也。○《説文》曰：芡，雞頭也。《方言》三曰：葰、芡，雞頭也。北燕謂之葰。青徐淮泗之間謂之芡，南楚江湘之閒謂之雞頭，或謂之雁頭，或謂之烏頭。崔豹《古今注》曰：芡，雞頭也。一名雁頭，一名芡。葉似荷而大，葉上蹙，紐如沸，實有芒刺，其裹如珠，可以療饑。○胡克家曰：注「有蔆芡也」，袁本、茶陵本「也」下有「音儉」二字，是也。○蔆、芡，古音談部。

其西則有平樂都場，示遠之觀。

【注】平樂，觀名也。都，謂聚會也。爲大場於上，以作樂，使遠人觀之，謂之平樂，在城西也。

【疏】各本「遠」下脱「人」字。朱珔曰：當有「人」字，今據補。○朱珔曰：《水經·穀水注》云：穀水又南，逕平樂觀東。李尤《平樂觀賦》曰：乃設平樂之顯觀，章祕偉之奇珍。華嶠《後漢書》曰：靈帝于平樂觀下起大壇，上建十二重五采華蓋，高十丈。壇東北爲小壇，復建九重華蓋，高九丈。列奇兵騎士數萬人。天子住大蓋下。禮畢，天子躬擐甲，稱無上將軍，行陣三匝而還。設祕戲以示遠人。下即引此賦語。又云：今於上西門外，無他基觀，惟西明門外獨有此臺，巍然廣秀，疑即平樂觀也。余謂賦及薛注但云在西，未指何門。攷魏晉之西明門，本漢之雍門。爲西面三門之正西。上西門亦在西面，而迤北，則地近相接。故酈氏之疑，與華嶠所紀，稍有參差耳。《方輿紀要》云：隋末李密向東都，敗隋軍于平樂園，即故平樂觀也。引胡氏曰：漢魏平樂觀在洛城西。隋營新都，改爲平樂園，在都城之東。此則城既移徙，而觀亦非其舊矣。步瀛案：《清統志》曰：河南府，平樂觀在故洛陽城西。《縣志》今爲平樂堡，在縣東北二十里。洛陽故城在縣東北三十里。

龍雀蟠蜿，天馬半漢。

【注】龍雀，飛廉也。天馬，銅馬也。蟠蜿、半漢，皆形容也。善曰：華嶠《後漢書》曰：明帝至長安迎取飛廉并銅馬，置上西門平樂觀也。

【疏】《水經·穀水注》引此賦。又引應劭曰：飛廉，神禽，能致風氣。古人以良金鑄其象。明帝永平五年，至長安迎取飛廉并銅馬，置上西門外。與薛注及李引華嶠書皆可相證。○張雲璈曰：「半漢」二字，殊不可曉。據注形容之語，蓋言天馬之高，其勢似可半霄漢耳。朱珔曰：銅馬是置階下之物，安得云半霄漢。且古訓所謂形容語，皆雙字也。不應以半霄漢爲形容。余疑「半漢」爲「泮渙」之譌。《詩・卷阿》之「伴奐」，鄭箋云：縱弛之意。「伴」當爲「泮」之借字。「奐」與「渙」通。即《訪落》之「判換」，亦與「叛換」通。《魏都賦》：雲撤叛換。劉注云：叛換，猶恣睢也。恣睢，與縱弛義合。賦意殆謂銅馬工製精巧，如有恣睢縱弛之狀。正薛注所謂形容也。又案：《玉篇》、《廣韻》並有「䮛⿰馬岸」字，云：馬行也。段氏謂此賦作「半漢」，蓋以「半漢」爲「䮛⿰馬岸」之借音字，亦近是。但《説文》無「䮛」字，其「䮛」字云：馬頭有發赤色者，未見他義耳。步瀛案：朱氏恣睢義是。但「半漢」不必爲譌字。古雙聲疊韻字，皆可通用。「半漢」、「伴奐」、「泮渙」、「叛換」皆疊韻連語，故義皆可通。又《皇矣》：「無然畔援。」鄭箋曰：「畔援」猶「拔扈」也。《漢書・敍傳》曰：項氏畔換。顔注曰：畔換，强恣之貌。《司馬相如傳》《大人賦》曰：放散畔岸。顔曰：畔岸，自縱之貌也。皆與「半漢」音義相近。

瑰異譎詭，燦爛炳煥。

【注】瑰，奇也。譎詭，變化也。燦爛炳煥，絜白鮮明之貌。

【疏】觀、漢、煥，古音元部。

奢未及侈，儉而不陋。

【注】言皆合於禮，故奢不至侈，儉不至陋也。

【疏】胡克家曰：袁本「侈」作「奓」，茶陵本與此同。案：「奓」字是也。二本薛注作「奓」可證。尤并改作「侈」，甚非。○注：儉不至陋也。尤本「儉」上衍「故」字，今依六臣本校删。

規遵王度，動中得趣。

【注】規，摹也。遵，循也。趣，意也。度先王之法度，舉動合禮之意也。《家語》：孔子曰：公甫之婦，動中德趣。

【疏】胡克家曰：案：「趣」當作「趨」。注中此字兩見。袁、茶陵二本，皆作「趨」，是。薛與善自是「趨」字，蓋五臣作「趣」而亂之。尤并改注中盡作「趣」，甚非。胡紹煐曰：古「趣」字皆作「趨」，見於《漢書》者不一而足。賦當本作「趨」，後人不知而誤改之。猶有六臣本注可據也。步瀛案：兩胡氏校是也。然古書二字多通用。《周禮·地官·縣正》、《禮記·月令》《釋文》皆云：「趣」本作「趨」。《周禮·秋官·朝士》、《禮記·玉藻》又云：「趨」本作「趣」。○《家語》，見《公西赤篇》。各本「德」作「得」，殆涉正文而誤。今依《家語》改。又「趣」《家語》作「趨」。

於是觀禮，禮舉儀具。

【注】具，足也。言觀王之光明禮儀，皆備具也。善曰：《左氏傳》曰：諸侯宋魯，於是觀禮。

【疏】薛注「禮儀」六臣本作「禮義」。○《左傳》，見《哀十年》。○陋、具、趣，古音侯部。趨同。

經始勿亟，成之不日。

【注】勿，猶不也。亟，急也。成之不日，言不用一日即成之。善曰：《毛詩》曰：經始勿亟，庶民子來。毛萇曰：經，度也。又曰：庶民攻之，不日成之。

【疏】《毛詩》，並見《靈臺篇》。毛傳曰：不日有成也。鄭箋曰：不設期日而成之。《孟子·梁惠王》上引此詩，趙注曰：不與之相期日限，自來成之也。《楚語》上伍舉引此詩，韋注曰：不日，不程課以期日。賈子《新書·君道篇》引此詩而説之曰：文王有志爲臺，令近境之民聞之者，裹糧而至，問業而作之。日日以衆，故弗趨而疾，弗期而成。趙佑《温故録》曰：古者工必計日。《左傳·宣十一年》：蔿艾獵城沂，量功命日。杜預注云：命作日數。《昭三十二年》：士彌牟營成周，量事期。注云：知事幾時成，皆於事前預爲期限。文王使民不勞，不急於成功，故曰不日成之。案：古説不日皆以不設期日言。鄭箋即申毛旨。薛注不一日而成，與朱傳謂不終日而成，皆言臺成之速，實非古義。胡紹煐謂薛注本毛傳，顧廣譽《學詩詳説》且謂《集傳》深得毛義，恐未然也。○庶民子來，尤本「民」作「人」，六臣本同。皆與下庶民歧異，今依毛本改。

猶謂爲之者勞，居之者逸。

【注】勞，苦也。逸，樂也。善曰：《賈子》曰：翟王使使者之楚，楚王饗客於章華之臺。楚王曰：翟亦有臺乎？使者曰：翟王茅茨不剪，采椽不斲，猶以作者大勞，居者大逸也。

【疏】《賈子》見《退讓篇》。

慕唐虞之茅茨，思夏后之卑室。

【注】唐，唐堯也。虞，虞舜也。夏后，夏禹也。善曰：《墨子》曰：堯舜茅茨不剪，采椽不刊。《説文》曰：茅茨，蓋屋也。《論語》云：禹卑宫室而盡力於溝洫也。

【疏】本書《魏都賦》李注引《墨子》同。又《史記·太史公自序》、《論衡·是應篇》、《羣書治要》及《御覽·皇王部》五載，《帝王世紀》、《後漢書·趙典傳注》、《初學紀·帝王部》引《墨子》並同畢沅，以爲《節用篇》佚文。孫詒讓謂未必實出《墨子》。未知孰是。《韓子·五蠹篇》有此文。○梁章鉅曰：今《說文》：茨，以茅葦蓋屋。步瀛案：此注「茅」「茨」二字疑誤倒。段氏訂《說文》作「茅蓋屋」。○《論語》，見《泰伯篇》。「於」作「乎」。○日、逸、室，古音至部。

乃營三宮，布教頒常。

【注】三宮：明堂、辟雍、靈臺。頒，布也。常，舊典也。所以行教化，布典禮之宮也。

【疏】三宮，亦稱三雍宮，見《東都賦》注。○姚鼐曰：三宮，皆在平城門外。平城門，洛陽南門也。

複廟重屋，八達九房。

【注】複廟，重覆也。重屋，重棟也。謂明堂廟屋，前後異制。善曰：《禮記》曰：複廟重檐。達，鄉。謂天子廟飾也。《大戴禮》曰：明堂九室，而有八牖。然九室則九房也。八牖，八達也。

【疏】《續漢書·郊祀志》中劉昭注引「複」作「復」。案：「復」、「複」古今字。○《考工記》曰：夏后氏世室，殷人重屋，周人明堂。鄭注曰：重屋，複笮也。《爾雅·釋宮》曰：屋上薄謂之筄。郭注曰：屋，笮也。《說文》曰：笮，迫也，在瓦之下，棼上。《釋名·釋宮室》曰：笮，迮也。編竹相連。迫迮也。姚鼐曰：重屋，複屋也。別設棟以列椽，其棟謂之棼。椽棟既重，軒版垂檐皆重矣。軒版即屋笮，或木或竹，異名。笮在瓦之下，椽之上。檐垂椽端，椽亦謂之橑。《記》言重屋，鄭以複笮釋之，而他書所稱曰重檐，曰重橑，曰重軒，曰重棟，曰重棼。各舉其一爲言爾。○《禮記》，見《明堂位》。「複」作「復」。

鄭注曰：復廟，重屋也。重檐，重承壁材也。孔疏引皇氏曰：謂就外檐下壁，復安板檐，以避風雨之灑壁。故云重承壁材。○《大戴禮》，見《盛德篇》，或別與爲《明堂篇》非也。梁章鉅曰：《後漢書·光武紀》：中元元年，初起明堂、靈臺、辟雍。章懷注引《禮圖》曰：建武三十一年作明堂，上員下方，十二堂法日辰，九室法九州，室八牕，八九七十二，法一時之王，室有十二户，法陰陽之數。《續漢書·郊祀志》劉昭注引《東京賦》曰：復廟重屋，八達九房。薛綜注曰：八達，謂室有八牕也。堂後有九室，所以異於周制也。《魏書·袁翻傳》亦引《東京賦》薛綜注云：房，室也。謂堂後有九室。今薛注無此語。蓋袁翻議已駮之。故爲李所删。案：三代以上，明堂皆五室。《考工記》有明文。鄭注堂上爲五室，象五行也。許君《五經異義》引古《周禮》《孝經》説亦云：周人明堂五室。惟《大戴禮·盛德篇》曰：明堂者，古有之也。凡九室。一室而有四户八牖，凡三十六户，七十二牖。《明堂位》《正義》引鄭君説云：九室三十六户七十二牖。似秦相吕不韋作《春秋》時説者，蓋非古制也。《玉藻》《正義》引鄭君説云：《孝經援神契》説宗祀文王於明堂，以配上帝。曰：明堂者，上圓下方，八牕四闥，布政之宫，在國之陽。帝者，諦也。象上可承五精之神，五精之神，實在太微，於辰爲巳。今漢立明堂於丙巳，由此爲也。水木用事交於東北，木火用事交於東南，火土用事交於中央，金土用事交於西南，金水用事交於西北。周人明堂五室，帝一室，合於數。《魏書·袁翻傳》引鄭君説云：周人明堂五室，是帝各有一室也，合於五行之數。《周禮》依數以爲之室，施行於今。雖有不同，時説炳然，本制著存。又《李謐傳》引鄭君説云：五室之位，土居中，木火金水各居四維。《藝文類聚》三十八引《三禮圖》云：

明堂者，周制五室，東爲木室，南火，西金，北水，土在其中。秦爲九室，十二階，各有所居，與鄭説合。然則周以前五室無可疑。《大戴禮》所云爲漢制，亦無可疑也。《續漢志》注又引《新論》曰：天稱明，故曰明堂。上圓象天，下方法地，八牕法八風，四達法四時，九室法九州，十二坐法十二月，三十六户法三十六雨。七十二牖法七十二風。蔡邕《明堂月令論》曰：八闥以象八卦，九室以象九州，十二宮以應辰。三十六户，七十二牖，以四户八牖乘九室之數也。此亦專言漢制，足與薛注相證。步瀛案：明堂之制，辨論紛紜，此專言漢之明堂。梁説已晰，故他家亦不復引。若古明堂之制，當從《考工記》。孫詒讓《正義》博採諸家，參稽折衷，最爲精核。以其説甚長，原書具在，今不復載。而近人考明堂之制，欲合於太廟路寢，遂並《考工記》而駁之，則斷不可從也。

規天矩地，授時順鄉。

【注】謂宫室之飾，圓者象天，方者則地也。鄉，方也。言頒政賦，常隨時月而居其方。《月令》曰：孟春居蒼龍左个。善曰：《大戴禮》曰：明堂者，上圓下方。《范子》曰：天者，陽也，規也。地者，陰也，矩也。《三輔黄圖》曰：明堂方象地，圓象天。又曰：明堂順四時行令也。

【疏】尤本薛注「賦」下有「教」字。胡克家曰：袁本、茶陵本無「教」字，是也。今據删。○《禮記·月令》曰孟春之月，天子居青陽左个。仲春之月，天子居青陽太廟。季春之月，天子居青陽右个。孟夏之月，天子居明堂左个，仲夏之月，天子居明堂太廟。季夏之月，天子居明堂右个。中央土，天子居太廟太室。孟秋之月，天子居總章左个。仲秋之月，天子居總章太廟。季秋之月，天子居總章右个。

孟冬之月，天子居玄堂左个。仲冬之月，天子居玄堂太廟。季冬之月，天子居玄堂右个。此王居明堂禮。薛謂隨時月而居其方者也。朱珔曰：案：明堂爲四時布政令之地，而注獨及孟春者，以賦下文言孟春元日，故舉一時以例其餘耳。今《月令》作天子居青陽左个，此異者，豈所據有別本歟。抑或涉彼下文「駕蒼龍」而誤也。○《大戴禮》，見《盛德篇》。○《隋書·牛弘傳》弘上議，引《黄圖》曰：堂方百四十四尺，法坤之象也。方象地，屋圓，楣徑二百一十六尺，法乾之策也。圓象天。《藝文類聚·禮部》上引《黄圖》曰：明堂者，明天道之堂也。取以順四時，行月令。《初學記·禮部》引同。與李引合。而今本不同，蓋非原書矣。又《類聚》「天道」作「天地」。《初學》脱「明」字。今依《御覽·禮儀部》十二訂正。《淮南子·本經篇》高注曰：明堂者，王者布政之堂。王者月居其房，告朔，朝曆頒宣其令，謂之明堂。蔡邕《明堂月令論》曰：《月令》：孟春之月，日在營室。《堯典》曰：乃命羲和，欽若昊天，曆象日月星辰，敬授人時。令曰：乃命太史，守典奉法，司天日月星辰之行。凡此皆合于大曆唐政。其類不可盡稱。○《水經·穀水篇》曰：穀水又逕明堂北。酈注曰：漢光武中元元年立，尋其基構，上圓下方，九室重隅，十二堂。蔡邕《月令章句》同之。

造舟清池，惟水泱泱。

【注】造舟，以舟相比次爲橋也。《毛詩》曰：造舟爲梁。泱泱，水流貌。善曰：《毛詩》曰：瞻彼洛矣，惟水泱泱。

【疏】《毛詩》，見《大明》。案：「造舟」已見《東都賦》。後引見《瞻彼洛矣》，「惟」作「維」。毛傳曰：泱泱，深廣貌。〇常、房、鄉、泱，古音陽部。

左制辟雍，右立靈臺。

【注】言德陽殿東有辟雍，於西有靈臺。謂於其上班教令者曰明堂，大合樂射饗者曰辟雍，司曆紀、候節氣者曰靈臺也。

【疏】《水經·穀水篇》曰：穀水又逕靈臺北。酈注曰：望雲物也。漢光武所築，高六丈，方二十步。又曰：穀水又東，逕平昌門南，又逕明堂北。注曰：引水於其下，爲辟雍也。案：據此，三宮皆在洛陽南門外。德陽殿在北宮，相去絶遠，不能援引爲説。此疑非薛注，特後人妄增耳。〇梁章鉅曰：《隋書·牛弘傳》云：《東京賦》注引《黄圖》曰：大司徒宮奏曰：明堂辟雍，其實一也。此當係薛注，爲李所删。步瀛案：蔡邕《明堂月令論》曰：取其宗祀之貌，則曰清廟。取其正室之貌，則曰太廟。取其尊崇，則曰太室。取其鄉明，則曰明堂。取其四門之學，則曰太學。取其四面周水，圜如璧，則曰辟廱。異名而同事，其實一也。《詩·靈臺》疏引盧植《禮記注》曰：明堂，卽太廟也。天子太廟，上可以望氣，故謂之靈臺。中可以序昭穆，故謂之太廟。圜之以水似璧，故謂之辟雍。古法皆同一處。近世殊異，分爲三耳。又引潁子容《春秋釋例》云：太廟有八名，其體一也。肅然清靜，謂之清廟。行禘祫，序昭穆，謂之太廟。告朔行政，謂之明堂。行饗射，養國老，謂之辟雍。占雲物，望氛祥，謂之靈臺。其四門之學，謂之太學。其中室謂之太室。總謂之宮。是皆并明堂、太廟、辟雍、太學、靈臺等，牽合爲一。《靈臺》疏又引袁準《正論》曰：如《禮記》先儒之言，明堂之制，四面。東西八丈，南北六丈。禮：

天子七廟，左昭右穆。又有祖宗，不在數中。以明堂之制言之，昭穆安在？若又區别，非一體也。夫宗廟，鬼神之居，祭天而於人鬼之室，非其處也。是故明堂者，大朝諸侯講禮之處。宗廟，享鬼神歲覲之宫。辟雝，大射養孤之處。大學，衆學之居。靈臺，望氣之觀。清廟，訓儉之室。各有所爲，非一體也。《魏書·賈思伯傳》上議曰：《王制》云：周人養國老於東膠。鄭注云：東膠，即辟雍，在王宫之東。又《詩·大雅》云：邕邕在宫，肅肅在廟。鄭注云：宫，謂辟雍宫也。所以助王養老則尚和，助祭則尚敬。又不在明堂之驗矣。案：袁、賈之説，可正諸家之失。○注「射饗」，各本誤作「射鄉」，今依陳氏、胡氏、梁氏校改。

因進距衰，表賢簡能。

【注】進，善也。衰，老也。言因其進，則舉而用之。衰減者，拒而退之。謂擇賢以大射，所以表明德行，簡録其能否。謂辟雍也。善曰：《尸子》曰：治國有四術：一忠愛，二無私，三用賢，四簡能。《爾雅》曰：簡，猶擇也。

【疏】案：此承辟雍。○《羣書治要》引《尸子·治天下篇》「國」作「天下」，「一」、「二」、「三」、「四」下，各有「曰」字。「簡能」作「度量」。《御覽·皇王部》一引同。○本書《魏都賦》、《長楊賦》善注並引《爾雅》曰：簡，擇也。《釋詁》本作「柬」。「柬」、「簡」字通。

馮相觀祲，祈褫禳災。

【注】善曰：《周禮》曰：春官宗伯：馮相氏掌歲日月星辰之位，辨其災祥，以爲時候。鄭玄曰：馮，乘也。

相，視也。祲，謂陰陽氣相浸漸以成災也。祈，求福也。禳，除也。災，禍也。謂求祈福而除災害也。《爾雅》曰：禠，福也。鄭玄《周禮注》曰：却變異曰禳。

【疏】案：此承靈臺。○《周禮》：馮相氏掌十有二歲，十有二月，十日，二十有八星之位。辨其序事，以會天位。鄭注曰：馮，乘也。相，視也。世登高臺，以視天文之次序。《釋文》曰：馮音憑。相，悉亮反。又眡祲。鄭注曰：祲，陰陽相侵，漸成祥者。《釋文》曰：祲，子鴆反。又且荏反。姚鼐曰：「觀祲」即「眡祲」。步瀛案：李注引兼以義爲説耳，非舉兩官名也。○《説文》曰：祈，求福也。○《爾雅》，見《釋詁》。《釋文》曰：禠音斯。《説文》曰：禠，福也。从示，虒聲。大徐音息移切。顔師古《匡謬正俗》卷七引《字林》音弋尒切。顔又謂「禠」字本作「䄔」，从示从虎，則非也。○注鄭玄《周禮》下各本脱「注」字。今依何氏、陳氏校增。案：見《春官・女祝》。○臺、能、災，古音之部。○以上城外池觀及三宫。

於是孟春元日，羣后旁戾。

【注】《尚書》曰：正月元日，舜格于文祖。孟春，正月也。元日，正日也。羣后，公卿之徒也。旁，四方也。戾，至也。言諸侯正月一日從四方而至，各來朝享天子也。

【疏】《尚書》見《堯典》。僞古文分入《舜典》。○王引之《經義述聞》曰：元日，善日也。吉日也。《王制》《正義》以元日爲善日。《月令》：孟春，天子乃以元日祈穀于上帝。盧植、蔡邕並曰：元，善也。鄭注曰：謂以上辛郊祭天。「上辛」謂上旬之辛，不必在朔也。仲春擇元日，命民社。注曰：祀社日用甲，甲日亦不必在朔也。《太平御覽・時序部》十四引《尚書大傳》曰：上日、元日，亦謂上旬之善日。非謂朔日也。自張衡《東京賦》始以元日爲朔日，而漢以前無之。胡紹煐曰：按《書・舜典》：月正元日。某氏傳：元日，上日也。亦謂上旬之日也。元日，猶言元辰。《後漢書・張衡傳》注：元辰，吉辰也。王氏謂張衡始以元日爲朔日，蓋據下云「夏正三朝」而言。薛注云：三朝，歲月日朔也。其實平子亦偶借用耳。○《淮南子・本經篇》高注曰：旁，並也。《釋詁》曰：旁，方也。方亦並也。旁戾，言並至也。

百僚師師，于斯胥洎。

【注】《尚書》曰：百僚師師。百僚，謂百官也。師師，謂相師法也。胥，相也。洎，及也。言元日，百官於此相連及而來朝賀也。

【疏】《尚書》，見《皋陶謨》。

藩國奉聘，要荒來質。

【注】謂王侯藩稱國也。言要荒之外，所奉聘令者，盡來朝見。善曰：《周禮》曰：鎮服外五百里曰藩服。魏相上封事曰：顯明功臣，以鎮藩國。鄭司農《周禮注》曰：衆來曰頫，寡來曰聘。《尚書》曰：五百里要服，又五百里荒服。《漢書》曰：樓蘭王遣子質漢也。

【疏】尤本注首有「綜曰」二字。胡克家曰：此二字不當有。此初無，後脩改誤添。朱珔亦謂誤衍，今削去。○《周禮》，見《夏官・職方氏》。而《秋官・大行人》鄭注作「蕃服」。「蕃」、「藩」字通。《詩・

板》毛傳曰：藩，屏也。《周書・職方篇》孔晁注曰：藩服，屏四境也。〇注「上封」下，各本脱「事」字。今據何氏、胡氏、梁氏校增。案：見《漢書・魏相傳》。〇鄭司農注，見《春官・大宗伯》。〇《尚書》，見《禹貢》。僞孔傳曰：綏服後之五百里，要束以文教，要服外之五百里，言荒又簡略。《史記・夏本紀》《集解》引馬融曰：政教荒忽，因其故俗而治之。《禹貢》疏引王肅同。《周語》上：祭公謀父曰：蠻夷要服，戎狄荒服。韋注曰：要者，結好信而服從之也。與戎狄同俗，故謂之荒，荒忽無常之言也。〇《漢書》，見《西域傳》。

具惟帝臣，獻琛執贄。

【注】具之言俱也。獻，貢也。琛，寶也。執，持也。贄，禮也。言藩國來貢者，謂隨土所出寶而貢之也。善曰：《尚書》曰：萬邦黎獻，具惟帝臣。《毛詩》曰：來獻其琛。《封禪書》曰：百蠻執贄。《周禮》曰：以六禽作六贄。鄭玄曰：贄之言至也。所執以自致也。

【疏】「善曰」下各本脱「《尚書》曰」三字，今依何氏、陳氏諸家校增。案：此本《臯陶謨》文，僞古文分入《益稷》。又「具」作「共」。胡紹煐曰：作「具」當出《今文尚書》，古文作「共」。「具」「共」義同。《説文》：具，共置也。供，給也。給亦具也。《爾雅》：共，供具也。《小雅・小明》：靖共爾位。箋：共，具也。具爲帝臣，猶言供給爲帝臣耳。〇《毛詩》，見《泮水》。毛傳曰：琛，寶也。〇《封禪書》當作《封禪文》，見本書卷四十八。〇《周禮》，見《春官・大宗伯》。「贄」作「摯」。《釋文》曰：本或作「贄」。許巽行曰：《説文》：摯，握持也。《五經文字》云：經典通以爲執摯之「摯」。

當覲乎殿下者，蓋數萬以二。

【注】覲，見也。言於此之時，當入見於殿下者，可數萬人，分於闕下，夾道爲二部。

【疏】六臣本「乎」作「於」。○吴先生曰：數讀上聲，數萬以二，謂以萬數者二也。質言之，即二萬也。

爾乃九賓重，臚人列。

【注】言鴻臚所主，羌胡之人，皆羅列於朝廷也。善曰：《漢書》曰：羣臣朝十月儀，大行設九賓，臚句傳。韋昭曰：九賓，則《周禮》九儀也。謂公、侯、伯、子、男、孤、卿、大夫、士也。臚，傳也。次以傳上令也。蘇林曰：上傳語告下臚，下傳告上句。臚猶行也。二訓雖殊，皆以行上語爲臚也。

【疏】李詳曰：《太平御覽》二十九引此句及注云：謂朝公至侯、卿，二千石以上，六百石以下，及郎吏，匈奴侍子，凡九等。餘注並與薛同。疑此亦是薛注，爲善所未録。○《漢書》，見《叔孫通傳》。「大行」下各本衍「人」字。韋昭注「《周禮》」下衍「曰」字，「九儀」下無「也」字。今並依《叔孫通傳》訂。案：《周禮·春官》大宗伯之職曰：以九儀之命，正邦國之位。《秋官·大行人》曰：以九儀辨諸侯之命，等諸臣之爵，以同邦國之禮，而待其賓客。《司儀》曰：掌九儀之賓客擯相之禮。又蘇林注，顔師古亦引之。「臚句」二字上，各有「爲」字。臚猶行也，乃李氏申「臚」字之義耳。

崇牙張，鏞鼓設。

【注】崇牙，栒虡上板作劍鎝者。横曰栒，植曰虡。張，謂樹之以縣鍾鼓也。善曰：《毛詩》曰：崇牙樹

羽。又曰：鏞鼓有斁。毛萇《詩傳》：大曰鏞。

【疏】梁章鉅曰：孫氏義鈞曰：《説文》、《玉篇》無「鋙」字。姜氏皋曰：劍鋙，他無所證。考《説文》：業，大版也。所以飾縣鐘鼓，捷業如鋸齒，以白畫之，象其鉏鋙相承也。疑「劍鋙」二字，爲「鉏鋙」之譌。〇《毛詩》，見《有瞽》。毛傳曰：業，大版也。所以飾栒爲縣也。崇牙上飾，卷然可以縣也。陳奂曰：業爲栒之上飾，崇牙又爲業之上飾。業爲平板，作鋸齒形。崇牙爲業上曲然高聳處，以縣鐘磬者也。又引見《那》之篇。「鏞」作「庸」。毛傳同。「庸」即「鏞」之通借字。案：「曰鏞」上當補「鍾」字。〇尤本「鏞」字下「音庸字」，六臣本同。胡克家曰：袁本作「音庸」二字，在注末，是也。

郎將司階，虎戟交鎩。

【注】言虎賁中郎將主夾階而立，虎賁或執戟，或持鎩，而相對也。交鎩，謂交加而設兵器也。善曰：《漢書》曰：儀兵郎中夾階。《説文》曰：鎩，鈹有鐔也。

【疏】胡紹煐曰：交鎩，薛後注得之。交鎩猶交刃。《華嚴經音義》引《論語圖讖》云：戟形旁出兩刃。蓋戟旁出兩刃，對設如交刃然，故云交鎩。鎩爲長刃矛，通言之，凡有刃亦謂之鎩。步瀛案：《續漢·百官志》曰：凡郎官皆主更直，執戟宿衛諸殿門。〇《漢書·叔孫通傳》作「殿下郎中俠階」。此注疑有誤。〇《説文》，見《金部》鐔下。案：各本脱「也」字，今補。

龍輅充庭，雲旗拂霓。

【注】馬八尺曰龍。輅，天子之車也。故曰龍輅。充，滿也。庭，朝也。旗，謂熊虎爲旗，爲高至雲，故

曰雲旗也。《楚辭》曰：載雲旗之逶夷。拂，至也。霓，天邊氣也。

【疏】朱銘曰：《宋書·禮志》云：舊有充庭之制，臨軒大會，陳乘輿車輦旌鼓於殿庭。引此賦爲證。○馬八尺以上爲龍。《周禮·夏官·廋人》、《儀禮·覲禮》、《禮記·月令》鄭注並同。熊虎爲旗，見《周禮·春官·司常》。○尤本「朝也」作「朝廷」。胡克家曰：袁本、茶陵本「廷」作「也」，是也。今從之。○《楚辭》見《離騷》。「逶夷」作「委蛇」，一作「委移」，一作「逶迤」。又見《遠遊》。

夏正三朝，庭燎晳晳。

【注】夏家建寅之正，漢家所用也。三朝，歲月日朝。晳晳，大光明也。善曰：三朝，已見《東都賦》。《毛詩》曰：夜如何其，夜未艾，庭燎晣晣。

【疏】五臣「晳」作「晣」。○尤本「善曰」下作「《東都賦》曰：春王三朝，三朝，歲首朔日也」十五字。胡克家謂：袁本作此，是也。今從之。○《毛詩》見《庭燎》。○戾、贄、列、設、綴、晳，古音祭部。洎、二，脂部。質，至部。霓，支部。通轉爲韵。

撞洪鍾，伐靈鼓。

【注】撞，鏗也。伐，擊也。靈鼓，六面鼓也。善曰：《周禮》曰：靈鼓靈鼗。

【疏】《周禮》，見《春官·大司樂》。鄭司農曰：靈鼓、靈鼗四面。後鄭曰：玄謂靈鼓、靈鼗六面。又《地官·鼓人》鄭注曰：靈鼓，六面鼓也。本書《上林賦》擊靈鼓。文穎曰：靈鼓，六面鼓。案：六臣本「禮」上脱「周」字。「靈」作「露」，毛本亦作「露」，皆非。

旁震八鄙，軯磕隱訇。

【注】旁，四方也。震，驚也。八鄙，四方與四角也。軯磕隱訇，鐘鼓之聲也。

【疏】舊音軯，普耕反。磕，苦代反。訇，火宏反。

若疾霆轉雷，而激迅風也。

【注】霆，霹靂也。迅，疾也。言鍾鼓之聲，又若雷霆之相轉，亦如急風之迅疾也。

【疏】訇，古音真部。風，侵部。音變通轉爲韵。

是時稱警蹕已下，雕輦於東廂。

【注】警，謂清道也。輦，人挽車。彫，謂有彫飾也。殿東西次爲廂。善曰：《漢書儀注》曰：皇帝輦動，則左右侍帷幄者稱警。孔安國《尚書傳》曰：雕，刻鏤也。

【疏】吳先生曰：「稱」字疑衍。警蹕，猶言乘輿。「已」字貫下「矣」字爲文。步瀛案：六臣本「雕」作「彫」。○姚鼐曰：天子下輦於東箱前，謁陵。禮若朝。則《叔孫通傳》固云：輦出房也。此「廂」字必「房」字之誤。而薛、李注皆未辯之。步瀛案：《續漢書·禮儀志》上言上陵之禮曰：大鴻臚設九賓，隨立寢殿前。鐘鳴，謁者治禮引客，羣臣就位，如儀。乘輿自東廂下，太常導出。故姚氏謂下輦於東廂前，爲謁陵禮也。《漢書·叔孫通傳》曰：漢七年，長樂宮成。諸侯羣臣朝十月。儀，先平明，謁者治禮，引以次入殿門，廷中陳車騎、戍卒、衛官，設兵張旗志。傳曰趨，殿下郎中俠陛，陛數百人，功臣、列侯、諸將軍、軍吏以次陳西方，東鄉，文官丞相以下，陳東方，西鄉。大行設九賓，臚句傳。於是皇帝輦出房。百官執戟傳警，引諸侯王以下，至吏六百石以次奉賀。故姚氏以爲朝會之禮，輦出房也。蓋古代房與廂迥別。《釋名·釋宫室》曰：房，旁也。室之兩旁也。李如圭《釋宫》曰：廟寢皆有堂，堂之屋，南北五架，中脊之架曰棟，次棟之架曰楣。後楣以北爲室，與房。《儀禮·公食大夫禮》《記》鄭注：天子諸侯左右房。賈疏曰：大夫士惟東房、西室。李如圭據《聘禮》賓退，負右房，謂大夫士亦有右房。江永、戴震諸家皆從其説。黄以周《禮書通故》則以士大夫廟有東西房，從諸家説。士庶人寢無西房，仍從鄭義，其説殆是。是房在堂後也。又《覲禮》《記》鄭注曰：東箱，東夾之前，相翔，待事之處。《公食大夫禮》注曰：箱，東夾之前，俟事之處。《特牲饋食禮》注曰：西廂，西夾之前，近南耳。賈疏據《爾雅·釋宫》：郭注，廂爲夾室前堂，故謂西堂，即西箱也。《楚辭·九歎》王逸注曰：廧序之東爲東廂，皆以東西堂爲東西廂。蓋「廂」乃後出字。古止作「箱」，其義取於車箱。《説文》曰：箱，大車牝服也。《考工記》注曰：牝服長八尺，謂較也。較在車之左右，謂之箱。東西夾與東西堂，在中堂之左右，亦得謂之箱。夾與堂相連，既各有「箱」之名，故鄭於公食、公退之處，《覲禮》置几之處，皆切指之曰東夾之前。而於《特牲》几席、兩敦所置之處，指之曰西夾之前近南。則與東夾前，不言近南者有異，可謂苦心分明。後儒異義，不足取也。是「廂」在東西夾前，亦有東西堂之名。而合「夾」與「堂」亦可稱爲「廂」也。此「房」與「廂」絶然不同。然漢宫室之制，未必盡如古，廂與房之名亦不免通稱。薛注殿東西次爲廂，語不甚分别。《書·顧命》：在東房。僞孔傳曰：房東箱夾室。傳雖僞，訓詁殆有所本。則東箱、東房可以通稱。疑《叔孫通傳》之「房」，即《續漢志》所稱之「東箱」，下輦之地，上陵朝會相同。姚謂「庿」字必「房」字之誤，恐不然也。○薛注：尤本「飾」作「飭」，依六臣本校改。○許巽行曰：注「漢書儀」當作「漢舊儀」。衛宏《漢舊儀》、應劭《漢官儀》、蔡質《漢官典職》、胡廣《漢官解故》四書，體例相似，後人多誤稱引。朱銘曰：《周禮》大司寇職云：凡邦之大事，使其屬蹕。鄭注云：謂蹕止行也。衛宏《漢官舊儀》曰：輦動則左右侍帷幄者稱警，出殿則傳蹕，止人清道。《古今注》云：《周禮》：蹕而不警。秦制，出警入蹕。○《書》僞孔傳，見《顧命》。

冠通天，佩玉璽。

【注】通天，冠名也。佩，帶也。玉璽，天子印也。蔡雍《獨斷》曰：天子冠通天。

【疏】《續漢書·輿服志》下曰：通天冠，高九寸，正豎，頂少邪却，乃直下爲鐵卷。梁前有山展筩，爲述。乘輿所常服。黄山據《莊子·天地篇》《釋文》謂「述」卽「鷸」。○李注引「蔡雍」，當作「雝」，與字伯喈義相應。「雍」俗字。《後漢書》作「邕」亦通借字耳。《獨斷》曰：璽者，印也。印者，信也。古者尊卑共之。秦以來天子獨以印稱璽。又獨以玉。羣臣莫敢用也。天子璽以玉螭虎紐，文曰：「皇帝行璽」、「皇帝之璽」、「皇帝信璽」、「天子行璽」、「天子之璽」、「天子信璽」。

紆皇組，要干將。

【注】紆，垂也。皇，大也。組，綬也。干將，劍名也。《越絶書》曰：楚王令歐冶子干將爲鐵劍三枚，一曰龍淵，二曰太阿，三曰工市也。《吴越春秋》曰：干將者，吴人造劍二枚，一曰干將，二曰莫耶。

【疏】「要」、「腰」之本字。○《越絶書》，見《外傳·記寶劍》。「工市」，今本作「工布」。○《吴越春秋》，見《闔閭内傳》。○廂、將，古音陽部。

負斧扆，次席紛純。

【注】白與黑謂之斧扆屏風，樹之坐後也。次席，竹席也。紛純，謂以組爲緣。善曰：《禮記》曰：天子負斧扆，南向而立。鄭玄曰：負之言背也。《周禮》曰：大朝覲，王設黼依，設莞席，紛純。次席黼純。左右玉几。次席紛純，謂二席俱設，互言之。

【疏】《禮記》，見《明堂位》。「扆」作「依」。鄭曰：斧依，爲斧文屏風於户牖之閒。《釋文》曰：「依」本又作「扆」。孔疏曰：《釋宫》云：牖户之閒謂之扆。今云斧依。故知爲斧文屏風於户牖閒。又《周禮·春官·司几筵》：王位設黼依。鄭注曰：斧謂之黼，其繡白黑采，以絳帛爲質，依其制如屏風然。《釋文》曰：依，於豈反。又《儀禮·覲禮》曰：天子設斧依於户牖之間。鄭注曰：依如今綈素屏風也。有繡斧文，所以示威也。《書·顧命》曰：狄設黼扆。是「黼依」、「斧依」、「斧扆」並同。○《春官·司几筵》曰：凡大朝覲，王位設黼依，依前南設莞筵，紛純加繅席，畫純，加次席，黼純。鄭注曰：鄭司農云：紛讀爲「豳」，又讀爲和粉之「粉」，謂白繡也。純讀爲均服之「均」，純，緣也。次席，虎皮爲席。玄謂紛如綬，有文而狹者。次席，桃枝席，有次列成文。《釋文》曰：純，章允反。朱珔曰：善注引《周禮》所舉，外中間尚有繅席畫純，次席者，即書《顧命》之篾席也。孔傳：篾，桃枝竹，與鄭合。而鄭於《書注》則云：篾，析竹之次青者。雖稍異而爲竹則一。故薛注亦云：次席，竹席也。鄭又云：紛如綬，有文而狹者，即薛注謂以組爲緣也。《周禮》上言大朝覲，《書傳》亦以篾席爲見羣臣，覲諸侯之坐。此賦正叙覿禮，則次席宜矣。但《周禮》次席及《顧命》篾席皆黼純。《書》疏黼純是白黑雜繒緣之，非紛純也。今賦云：次席紛純，故善以爲互言。然席有三重以上，一重爲準。《顧命》列四坐，各舉一席，而下二席該於「重」字中。不得祗謂二席，又傳會以爲並設也。薛注於紛純但順文釋義，未嘗分別言之。或者漢制不必盡同周制，否則先鄭讀紛爲和粉之「粉」，與黼字爲雙聲，殆因此而致誤與？○扆與几韵，次席句似應分入下節，與左右玉几爲一節。或與下節合爲一，於文較合。

左右玉几，而南面以聽矣。

【注】《周禮》曰：天子左右玉几。鄭玄曰：左右有几，優至尊也。善曰：《周易》曰：離者，明也，南方之卦也。聖人南面聽天下，嚮明而治，蓋取於此也。

【疏】六臣本「而」字上有「穆穆」二字，非是。○《周禮》及注，亦見《司几筵》。○《周易》，見《説卦傳》。「離」下有「也」字，「面」下有「而」字，「取於」作「取諸」。

然後百辟乃入，司儀辨等。

【注】百辟，諸侯也。司，主也。儀，法也。辨，別也。言百官有分別者，謂司主之次也。善曰：《毛詩》曰：百辟其刑之。《周禮》曰：司儀主禮，掌九儀之賓客，分別五等之諸侯。《左傳》：臧僖伯曰：明貴賤，辨等列。

【疏】「善曰」各本下脱「《毛詩》曰」三字。今依何氏、陳氏、胡氏、梁氏諸家校增。案：見《周頌·烈文篇》。○司儀、九賓已見上。分別五等之諸侯句，非元文。《周禮》但云：及其擯之，各以其禮，公于上等，侯伯于中等，子男于下等。李氏約爲此句耳。○《左傳》，見隱五年。案：「列」各本誤作「差」，今依吴先生校改。

尊卑以班，璧、羔、皮帛之贄既奠，

【注】班，位次也。謂尊卑有等差也。善曰：《國語》曰：班爵貴賤以列之。《周禮》曰：子執穀璧，孤執皮帛，卿執羔，大夫執鴈，士雉，各有次第。奠，置也。

【疏】《國語》，見《周語》上，「班」上當有「爲」字。○《周禮·春官·大宗伯》曰：公執桓圭，侯執信圭，伯執躬圭，子執穀璧，男執蒲璧。鄭注曰：雙植謂之桓。桓，宫室之象，所以安其上也。桓圭蓋亦以桓爲瑑飾，圭長九寸。「信」當爲「身」，聲之誤也。身圭、躬圭蓋皆象以人形爲瑑，飾文有麤縟耳。欲其慎行以保身。圭皆長七寸。穀所以養人，蒲爲席，所以安人。二玉蓋或以穀爲瑑飾，或以蒲爲瑑飾。璧皆徑五寸。案：此云璧，當兼引蒲璧。又曰：孤執皮帛，卿執羔，大夫執鴈，士執雉。鄭注曰：皮帛者，束帛，而表以皮爲之飾。皮，虎豹。皮帛如今璧色繒也。羔，小羊，取其羣而不失其類。鴈，取其候時而行。雉，取其守介而死，不失其節。又案：蒲璧以上，合天子鎮圭爲六瑞。雉以下，合庶人執鶩，工商執雞爲六摯。注但引本文所有耳。又案：注「雉」字上，亦當有「執」字。

天子乃以三揖之禮禮之。

【注】善曰：《周禮》曰：王土揖庶姓，時揖異姓，天揖同姓。鄭玄曰：庶姓，無親者也。土揖，推手小下之也。異姓，昏姻也。時揖，平推手也。天揖，推手小舉之。又曰：諸侯，心平手禮。伯男，手在心下

禮。外國君，在心上禮。

【疏】《周禮》，見《秋官・司儀》。案：江永曰：古人之揖，如今人之拱手，而推之高則爲天揖，平則爲時揖，低則爲土揖也。推手爲揖，引手爲撎，又謂之厭。黃以周曰：拱手小下曰土揖，土揖下衡也。拱手當心曰時揖，時揖，平衡也。拱手小舉曰天揖，天揖，上衡也。○又曰：以下非《司儀》鄭注，疑「又」字當作「或」。此説與《司儀》及《大戴禮・朝事篇》三揖之禮，均不合。李氏引之者，聊博異耳。○璽、扆、几、禮，古音脂部。矣、等，之部，通轉爲韵。

穆穆焉，皇皇焉，濟濟焉，將將焉，信天下之壯觀也。

【注】壯觀，言天下之人，壯大觀覽也。《禮記》曰：天子穆穆，諸侯皇皇，大夫濟濟，士將將。鄭玄曰：威儀容止之貌。《史記》曰：天下之壯觀也。

【疏】《禮記》見《曲禮》下。許巽行曰：「士將將」今《禮記》作「蹌蹌」。《釋文》云：「蹌」本又作「鶬」，或作「鏘」，同。步瀛案：「將」與「鏘」、「蹌」、「鶬」並通。孔疏曰：穆穆者，威儀多貌也。皇皇者，鄭注《聘禮》云：皇皇，莊盛也。濟濟者，徐行有節。蹌蹌者，鄭注《聘禮》云，容貌舒揚也。○《史記》，見《司馬相如傳》下。○奠，古音真部，觀，元部。通轉爲韵。

乃羡公侯卿士，登自東除。

【注】羡，延也。登，進也。謂命之上殿也。天子從中階，諸侯從東西階。善曰：東除堦也。

【疏】五臣「除」作「塗」。

訪萬機，詢朝政。

【注】善曰：《尚書》曰：一日二日萬機。言機微之事，日有萬種。詢，謀也。謂與謀朝政，有所先後者也。

【疏】尤本無「善曰」二字，胡克家曰：袁本、茶陵本作善注，是也。今據增。○《尚書》見《皋陶謨》。「機」作「幾」。毛本注亦作「幾」。梁章鉅曰：「萬幾」作「機」，見《漢書·王嘉傳》。胡紹煐曰：依注則正文當作「幾」。許巽行曰：《資暇録》云：孔安國云：幾，微也。近改爲「機」，當由漢王嘉《奏封事》引用誤从木旁。顔氏不引孔注以證，遂相承錯繆。案：《釋文》作「幾」，疏作「機」。今之《漢書》迭經傳寫雕刻，故有唐人習用之譌字。如十三經列於學官，亦以沿襲既久，即有譌不敢改耳。

勤恤民隱，而除其眚。

【注】恤，憂也。隱，痛也。眚，病也。言有隱痛不安者，令憂恤之也。善曰：《國語》：祭公謀父曰：勤恤民隱而除其害也。

【疏】薛注「令憂恤之也」，各本「令」作「今」，依陳氏校改。○《國語》，見《周語》上。

人或不得其所，若己納之於隍。

【注】隍，城下坑，無水者。善曰：《孟子》曰：伊尹思天下之民，匹夫匹婦不與被堯舜之澤者，若己推而納之於溝中也。鄭玄《毛詩箋》曰：納，内也。《説文》曰：城池無水曰隍。

【疏】《孟子》，見《萬章篇》。「溝」上無「於」字。○鄭《毛詩箋》，見《七月》。○胡克家曰：「注《説文》：

城池無水曰隍」，袁本此八字作「隍已見《東都賦》」，是也。步瀛案：「《東都賦》」當作「《兩都賦序》」。

荷天下之重任，匪怠皇以寧靜。

【注】荷，負也。怠，懈也。皇，暇也。言無有懈怠於寧靜者，謂常有所憂也。善曰：《孫卿子》曰：國者，天下之大器也，重任也，可不善擇而後錯之。《毛詩》曰：不敢怠遑。

【疏】《孫卿子》，見《王霸篇》。「可不善擇」作「不可不善爲擇所」。○《毛詩》，見《殷武》。案：各本「怠」作「迨」，今依陳氏校改。○眚、静，古音耕部。隍，陽部。通轉爲韵。姚鼐謂「隍」是「阱」之誤。又謂「匪怠皇以寧静」作「寧静以怠皇」。皆臆改，無据。楊慎《古音叢目》：蝗，古猛切。此「隍」字殆同。楊氏古韵之學，本不足道，然此字不無可取。

發京倉，散禁財。

【注】發，開也。京，大也。禁，藏也。善曰：《尚書》曰：散鹿臺之財，發鉅橋之粟。《毛詩》曰：曾孫之庾，如坻如京。

【疏】何焯曰：「京倉」與「禁財」對舉，蓋京師之倉。梁章鉅曰：注訓「禁」爲「藏」，亦虛字，則京倉引《詩》坻京正合。何説非也。朱珔曰：薛注以京爲大，而善引《詩》如坻如京，義亦正合，不得如何説。又《管子·輕重丁篇》有新城囷京者，二家。《説文》：圜謂之囷，方謂之京。《廣雅·釋宮》亦云：京，倉也。然則京正倉之名。步瀛案：吾友孫蜀丞曰：《韓子·八姦篇》曰：縱禁財，發墳倉。墳，亦大也。與此賦可相證。○《尚書》，見僞《武成》。○《毛詩》，見《甫田》。

賫皇寮，逮輿臺。

【注】賫，賜也。皇寮，百官也。逮，及也。言天子散發禁庫之財，無問貴賤，皆賜及之。善曰：《左氏傳》曰：人有十等：王臣公，公臣大夫，大夫臣士，士臣皁，皁臣輿，輿臣隸，隸臣寮，寮臣僕，僕臣臺。《漢書》：公卿言曰：陛下出禁錢以振元元。應劭曰：少府掌山澤陂池之税，名曰禁錢，以給私養。

【疏】張銑曰：皇，大也。何焯曰：皇寮，猶末寮。陳僅曰：「皇」字豈可作「末」字解，只是言朝臣耳。○《左傳》，見昭七年。孔疏曰：輿，衆也，佐皁舉衆事也。臺，給臺下微名也。

命膳夫以大饗，饔餼浹乎家陪。

【注】《周禮》曰：膳夫，主食之官。熟曰饔，腥曰餼。浹，徧也。家、陪，謂公卿大夫之家。善曰：《毛詩》曰：牲牢饔餼。《論語》曰：陪臣執國命。

【疏】《周禮》，見《天官》。「禮」字下「曰」字疑衍。本文作「掌王之食飲膳羞」。○《毛詩》，見《瓠葉》序。胡克家曰：「《詩》」下當有「序」字。各本皆脱。梁章鉅説同。○《論語》，見《季氏篇》。案：此大夫家臣，故對諸侯爲陪臣。此賦注似當引《曲禮》下曰：諸侯之大夫，入天子之國，自稱曰陪臣某。鄭注曰：陪，重也。○財、臺、陪，古音之部。

春醴惟醇，燔炙芬芬。

【注】醇，厚也。燔炙，謂炙肉也。芬芬，香氣盛也。善曰：《毛詩》曰：爲此春酒。又曰：燔炙芬芬。《吕氏春秋》曰：肥肉厚酒。

【疏】《毛詩》，見《七月》及《凫鷖》。○《吕氏春秋》，見《本生篇》。「肥肉」二字，各本誤在「厚酒」下。本書《七發》注不誤，今據改。

君臣歡康，具醉熏熏。

【注】康，樂也。具，俱也。熏熏，和説貌。言君臣皆歡樂而和説也。善曰：《毛詩》曰：公尸來止熏熏。毛萇曰：熏熏，和悦也。

【疏】《毛詩》，見《凫鷖》。各本「和悦」上不複「熏」字，蓋脱。今依毛傳增。

千品萬官，已事而踆。

【注】已，止也。踆，退也。謂品秩官僚等，並止事而退還也。善曰：《國語》曰：觀射父曰：百姓千品，萬官億醜。管仲曰：有司已事而竣。「踆」與「竣」同也。

【疏】《國語》，見《楚語》上及《齊語》。「已」作「於」。《管子・小匡篇》「已」「於」兩有。案：《齊語》韋注曰：竣，退伏也。《小匡》尹注曰：既畢於上事，而竣退。案：《釋言》曰：逡，退也。《釋文》曰：逡，七旬反。「踆」「竣」皆「逡」之通借字。○醇、芬、熏、踆，古音諄部。

勤屢省，懋乾乾。

【注】屢，數也。省，察也。懋，勉也。乾乾，敬也。善曰：《尚書》曰：屢省乃成。《周易》曰：君子終日乾乾也。

【疏】五臣「楙」作「茂」。○《書》，見《皋陶謨》。僞古文分入《益稷》。○《周易》，見《乾・九三》爻詞。

清風恊於玄德，淳化通於自然。

【注】恊，同也。淳，厚也。玄，天也。自然，通神明也。言帝如此，清惠之風同於天德，淳厚之化，通於神明也。善曰：孔安國《尚書傳》曰：風，教也。《老子》曰：爲而不持，長而不宰，是謂玄德。王弼曰：玄德者，皆有德，不知其至，出于幽冥者也。《老子》曰：天法道，道法自然。王弼曰：自然者，無稱之言，窮極之辭。

【疏】尤本正文「恊」作「協」。六臣本與注同，作「恊」。今從之。○《尚書》僞孔傳，見《僞説命》下。○胡克家曰：注「爲而不持，長而不宰」，袁本、茶陵本無「而不持長」四字。梁章鉅曰：今《老子》「持」作「恃」。

憲先靈而齊軌，必三思以顧愆。

【注】憲，法也。先靈，先聖之神靈，即謂堯舜也。愆，過也。齊，同也。軌，迹也。言有事能思，信與先聖同軌迹也。善曰：《論語》曰：季文子三思而後行。

【疏】《論語》，見《公冶長篇》。

招有道於側陋，開敢諫之直言。

【注】招，明也。有道，言使郡國於側陋之中，舉有道之士而用之也。直言，謂直諫者也。善曰：《尚書》曰：明明揚側陋。《漢書》曰：舉能直言極諫者。

【疏】梁章鉅曰：「明也」二字衍。胡紹煐曰：按：古多以「招」爲「昭」。《漢書·元帝紀》：招顯側陋，作

「招」。《漢校官碑》宗懿招德，即「昭德」也。《左傳》楚康王昭，《史記・楚世家》作「招」。薛恐人誤讀爲招至之「招」，故注云：明也。《旁證》謂此二字似衍，蓋疑與下句「有道，言使郡國於側陋之中」云云，語意不屬耳。竊謂注「招明也」下脱一「招」字。當爲：「招明也，招有道」云云，則文順矣。步瀛案：《周語》下韋注曰：招，舉也。下云：舉有道之士。舉字即釋招字。似不當訓爲明。「招」「昭」雖可通用，然此注似梁氏説近之。〇《尚書》，見《堯典》。本書《思玄賦》、《恩倖傳論》注引《尚書》皆作「仄陋」。案：「側」「仄」字通。《漢書・循吏傳》、班孟堅《北征頌》、《後漢書・和熹鄧后紀》、《左雄傳》、《文苑・邊韶傳》皆作「仄」。説者謂作「仄」者，《今文尚書》也。

聘丘園之耿絜，旅束帛之戔戔。

【注】耿，清也。旅，陳也。謂有清絜者也。言丘園中有隱士，貞絜清白之人，聘而用之。束帛，謂古招士，必以束帛加璧於上。善曰：《周易》曰：六五，賁于丘園，束帛戔戔。王肅云：失位無應，隱處丘園，蓋蒙闇之人，道德彌明，必有束帛之聘也。戔戔，委積之貌也。

【疏】《周易》，見《賁》爻詞。胡克家曰：注「周易」上當有「善曰」二字，各本皆脱。何云：綜以赤烏六年卒，安得見王肅《易注》而引用之，其説是矣。但因而疑綜注假託，則非。何未悟其自是善注耳。善《演連珠》注，亦引此王肅注也。張雲璈曰：按：王輔嗣注《賁》之六五云：爲飾之，主飾之盛者。而孔穎達亦謂：戔戔，衆多也。是古皆以戔戔爲多。今則訓爲少矣。

上下通情，式宴且盤。

【注】上，謂君。下，謂臣。式，用也。盤，樂也。言君情通於下，臣情達於上。故能國家安而君臣歡樂也。善曰：《墨子》曰：古者聖王惟能審以尚同，是故上下通情。《毛詩》曰：嘉賓式宴以樂也。

【疏】《墨子》見《尚同》中，「能」作「而」。「而」、「能」古字通。又，「能」下脱「審」字，「同」下有「以爲正長」四字，「是」下脱「故」字，「通情」作「情請爲通」四字。王念孫謂此本作「是，故上下請通」。「請」即「情」字。《墨子》書多以「請」爲「情」。今作「情請爲通」者，後人旁記「情」字，而寫者遂誤入正文。又涉上文「以爲正長」而衍「爲」字耳。《文選·東京賦》注引「情通」作「通情者」，乃涉賦文上下「通情」而誤。顧廣圻校同。○《毛詩》，見《南有嘉魚》。「宴」作「燕」。○乾、然、愆、言、戔、盤，古音元部。○以上朝會。

及將祀天，郊報地功。

【注】善曰：將，欲也。《白虎通》曰：祭天必在郊者，天體至清，故祭必於郊，取其清絜也。《周禮》：以正月上辛，郊祀。告于上帝，祭天而郊，以報去年土地之功。京房《易占》曰：立秋報地功。

【疏】李引《白虎通》，今本佚。莊述祖輯入闕文。「《周禮》」以下則不輯入，蓋以爲李氏説耳。然又輯《續漢書·禮儀志注》及《北堂書鈔·九十》引《白虎通》曰：祭日用丁與辛何？先甲三日，辛也。後甲三日，丁也。皆可以接事昊天之日。故《春秋傳》：郊以正月上辛。《尚書》曰：丁巳，用牲于郊，牛二。案：《春秋》見《公羊·成十七年傳》。《尚書》，見《召誥》。是《白虎通》主周以正月上辛郊祀也。《禮記·郊特牲》曰：郊之祭也，迎長日之至也。鄭注曰：《易説》曰：三王之郊，一用夏正。夏正，建寅之月也。此言迎長日者，建卯而晝夜分，分而日長也。《郊特牲》又曰：兆於南郊，就陽位也。又曰：郊之用辛也。周之始郊日以至。鄭注曰：言以周郊之月，而至陽氣新用事，順之而用辛日，此説非也。郊天之月而日至，魯禮也。三王之郊，一用夏正。魯以無冬至祭天於圜丘之事，是以建子之月郊天，示先有事也。用辛日者，凡爲人君，當齋戒自新耳。周衰禮廢，儒者見周禮盡在魯，因推魯禮以言周事。蓋鄭以冬至祭昊天上帝於圜丘，而南郊祭五帝在夏正月，故不以正月上辛郊祭爲周禮，并記文而駁之。《曲禮》下曰：天子祭天地。孔疏曰：天地有覆載大功，天子王有四海，故得總祭天地，以報其功。其天有六，祭之一歲有九。昊天上帝，冬至祭之，一也。蒼帝靈威仰，立春之日祭之於東郊，二也。赤帝赤熛怒，夏至之日祭之於南郊，三也。黄帝含樞紐，季夏六月土王之日亦祭之於南郊，四也。白帝白招矩，立秋之日祭之於西郊，五也。黑帝汁光紀，立冬之日祭之於北郊，六也。王者各稟五帝之精氣而王天下，於夏正之月，祭於南郊，七也。四月龍見而雩，總祭五帝於南郊，八也。季秋大饗五帝於明堂，九也。地神有二，歲有二祭。夏至之日，祭崑崙之神於方澤，一也。夏正之月，祭神州地祇於北郊，二也。案：《曲禮》疏所述，鄭義也。《郊特牲》疏引《聖證論》王肅難鄭云：《郊特牲》曰：郊之祭迎長日之至。下云：周之始郊日以至，玄以爲迎長日，謂夏正也。郊天日以至，玄以爲冬至之日説，其長日至於上，而妄爲之説。又徙其始郊日以至於下，非其義也。案：肅又謂郊即圜丘，圜丘即郊，以駁鄭説。詳見下。《隋書·禮儀志》曰：祭天之禮，儒者各守其所見物而爲之義焉。一云：祭天之數，終歲有九。祭地之數，一歲有二。圓丘方澤，三年一行。若圓丘方澤之年，祭天有九，祭地有二。若天不通圓丘之祭，終歲有八。地不通方澤之祭，終歲有一。此則鄭學之所宗也。一云：唯有昊天，無五精之帝，而一天歲二祭，壇位唯一。圓丘之祭，即是南郊。南郊之祭，即是圓丘。日南至，於其上以祭天。春又一祭，以祈農事，謂之二祭。無別天也。五時迎氣，皆是祭五行之人帝，太皞之屬，非祭天也。天稱皇天，亦稱上帝，亦直稱帝。五行人帝，亦得稱上帝，但不得稱天。故五時迎氣，及文武配祭明堂，皆祭人帝，非祭天也。此則王學之所宗也。步瀛案：後漢郊祀之制，正月上辛於南郊合祭天地，又冬至祭天南郊，夏至祭地北郊，明帝時祀五帝於明堂，以光武帝配。又兆五郊于雒陽，以迎氣，與鄭、王之説皆不盡同。《續漢書·禮儀志》上曰：正月上丁，祠南郊，禮畢，次北郊、明堂、高廟、世祖廟，謂之五供。《祭祀志》上曰：建武二年正月，初制兆於雒陽城南，采元始中故事，爲圓壇，八陛，中又爲重壇，天地位其上，皆南鄉西上，其外壇上爲五帝位。《祭祀志》中曰：明帝永平二年正月辛未，初祀五帝於明堂，光武帝配。五郊之兆，自永平中以禮讖及《月令》有五郊迎氣服色，因采元始中故事，兆五郊于雒陽，迎春于東郊，迎夏于南郊，迎黄靈于中兆，迎秋于西郊，迎冬于北郊。案：元始之制，見《漢書·郊祀志》。黄山曰：平帝元始五年，莽請復南北郊，乃議以孟春親郊天地，高帝高后並配。冬夏二至，遣有司分郊天地，高帝高后分配。古郊禮，后夫人不侍祠，安有先后配郊之禮？二至帝不親往，何名爲郊？附會古文，遂成奇謬。然終平帝之世，固未實行也。莽奏議在元始五年，是年十二月，帝崩。則定壇場，具郊儀，必已在莽居攝之後。故莽立官稷，增學官，奏立明堂、辟雍，《平紀》皆書之。獨復長安南北郊，不見於《紀》。《莽傳》亦自言予前在攝時，建郊宮。而注引《黄圖》乃有元始四年，宰衡莽具郊儀之奏，其文則全襲匡衡原奏之詞，與「志」載莽前後各奏不合。其爲僞託明矣。中興於大祭祀，動稱元始中故事，實則皆莽之亂制，諱之，故曰元始耳。又曰：《前書》十二紀無五郊迎氣之事。《郊祀志》載莽議羣望，雖及五郊，有祀無迎。惟《莽傳》居攝元年，迎春於東郊，始創爲之，則固非元始中所有也。以讖斷郊，光武屢與桓譚、鄭興言之。明帝竟實行之矣。○《御覽·時序部》十引京房《易占》曰：立秋坤王，涼風用事。又引《白虎通》曰：立秋之日，涼風至。王者報地德，禮西郊。案：此賦報地功，不專指西郊祭白帝言也。

祈福乎上玄，思所以爲虔。

【注】祈，求也。玄，天也。玄黄天地，言天子祭天地之際，思念所以盡其忠敬。善曰：《禮記》曰：共皇天上帝之神，以爲人祈福。《周易》曰：天玄而地黄也。

【疏】《禮記》，見《月令》。鄭注曰：皇天北辰耀魄寶，冬至所祭於圜丘也。上帝，大微五帝。孔疏曰：按：《周禮·司服》云：昊天上帝。鄭以爲昊天上帝祇是一神，北極耀魄寶也。知此皇天上帝，不祇是耀魄寶之上帝爲大微者，以《司服》云：祀昊天上帝，大裘而冕，祀五帝亦如之。既別云五帝，故知昊天上帝亦惟一神。此《月令》皇天上帝之下，更無別五帝之文。故分爲二。步瀛案：《周禮·春官》大宗伯之職曰：以禋祀，祀昊天上帝。鄭司農云：昊天，天也。上帝，玄天也。昊天上帝，樂以雲門。後鄭曰：玄謂昊天上帝，冬至於圜丘所祀天皇大帝。賈疏曰：案：《廣雅》云：乾，玄天。《易·文言》云：夫玄黄者，天地之雜也。天玄而地黄。以天色玄，故謂玄名天。先鄭蓋依此而讀之。

則二者異名而同實也。若然，則先鄭與王肅之等同一天而已，似無六天之義。孫星衍《問字堂集·六天及感生帝辨》曰：鄭司農所云玄天，蓋謂北極上帝。玄，北方也。故明堂北出，稱玄堂，即是。鄭康成所云北極大帝，賈公彥以先鄭與王肅同一天，非也。孫詒讓《周禮正義》曰：孫説是也。《吕氏春秋·有始覽》云：北方曰玄天。《素問·天元紀大論》云：玄天之氣，經于張翼胃。《開元占經·天占》引《尚書考靈耀》説，天有九野，亦云北方玄天。先鄭蓋謂昊天，天之大名。上帝爲北方之帝。天北高南下，故獨專上帝之稱。《禮經》凡言上帝者，皆玄天也。與後鄭北極天皇大帝之説，亦略相類。然則先鄭説雖與後鄭小異，究不同王肅一天之説。云昊天上帝，樂以雲門者，據《大司樂》文，即冬至圜丘所祀者也。步瀛案：餘詳後禘郊下，又案：薛注玄黄天地並言，則玄天以色言，而不系北方，與賈疏義合，與清儒所推先鄭之義，及後鄭六天之義均不相合。天地並言者，亦以後漢時正月合祭天地也。又案《月令》：爲民祈福。注改「民」爲「人」，避唐太宗諱。○《周易》，見《坤·文言》。

肅肅之儀盡，穆穆之禮殫。

【注】殫，盡也。善曰：《毛詩·頌》曰：至止肅肅。穆穆，已見上。

【疏】《毛詩》，見《周頌·雝》之篇。○注「穆穆已見上」五字，尤本作「《禮記》曰：天子穆穆」七字。胡克家曰：袁本作「穆穆已見上」，是也。今從之。

然後以獻精誠，奉禋祀，曰允矣天子者也。

【注】獻，進也。允，信也。天子，言是天帝之子也。善曰：《國語》曰：精意以享，謂之禋祀。《周禮》

曰：以禋祀祀昊天上帝。《毛詩》曰：允矣君子。

【疏】五臣無「者」字。○《國語·周語》上：内史過曰：精意以享禋也。《周禮·大宗伯》賈疏引作「精意以享，謂之禋」，本注「祀」字，疑涉下而衍。○《周禮》，見《春官·大宗伯》。○《毛詩》，見《車攻》。

乃整法服，正冕帶。

【注】整，理也。冕，所謂平天冠也。言天子素帶朱裏，謂三皇已來，始冕，制有數種。鄭玄曰：長一尺七寸，廣八寸，前圓後方，以珠玉飾之也。法服謂衣服並有法度。善曰：《孝經》曰：非先王之法服不敢服。

【疏】梁章鉅曰：《後漢書·明帝紀》永平二年，宗祀光武皇帝於明堂。帝及公卿列侯始服冠冕，衣裳，玉佩鉤屨，以行事。章懷注引董巴《輿服志》：顯宗初服冕衣裳，以祀天地。又引徐廣《車服注》：漢明帝案古禮，備其服章。《續漢書·輿服志》：永平二年初，詔有司采《周官》、《禮記》、《尚書·臯陶篇》，乘輿服從歐陽氏説，公卿以下從大小夏侯説。○《左傳·桓二年》孔疏曰：《世本》云：黄帝作冕。宋仲子云：冕，冠之有旒者，禮文殘缺，形制難詳。《周禮》：弁師掌王之五冕，皆玄冕朱裏，止言玄朱而已，不言所用之物。《論語》云：麻冕，禮也。蓋以木爲幹，而用布衣之，上玄下朱，取天地之色。其長短廣狹，則經傳無文。阮諶《三禮圖·漢禮器制度》云：冕制皆長尺六寸，廣八寸，天子以下皆同。沈引董巴《輿服志》云：廣七寸，長尺二寸。應劭《漢官儀》云：廣七寸，長八寸。沈又云：廣八寸，長尺六寸者，天子之冕。廣七寸，長尺二寸者，諸侯之冕。廣七寸，長八寸者，大夫之冕。但古禮殘缺，未知孰是，故備載焉。《王制疏》略同。《周禮・夏官・弁師》賈疏曰：凡冕體，《周禮》無文。叔孫通作漢禮器制度，取法於周。凡冕以版廣八寸，長尺六寸，以此。上玄下朱，覆之乃以五采繅繩，貫五采玉，縣於延前後，謂之邃延。步瀛案：據孔賈疏則本注一尺七寸「七」字，當係「六」字之譌。《隋書・經籍志》：《三禮圖》，鄭玄及阮諶撰。豈所引鄭説，即本《三禮圖》邪？蔡邕《獨斷》曰：孝明帝永平二年，詔有司採《尚書・皋陶篇》及《周官》、《禮記》定而制焉。皆廣七寸，長尺二寸，前圓後方，朱緑裏而玄上，前垂四寸，後垂三寸，繫白玉珠於其端，是爲十二旒，組纓如其綬之色。三公及諸侯之祠者，朱緑九旒，青玉珠。卿大夫七旒，黑玉珠，皆有前無後。組纓皆視其綬之色。旁垂黈纊當耳。郊天地，宗祀明堂，則冠之。衣黼衣，佩玉佩，履絇履。鄙人不識，謂之平天冠。《禮記・玉藻》曰：天子素帶朱裏終辟。鄭注曰：謂大帶也，辟讀如裨，冕之「裨」。「裨」，謂以采繒飾其側。○《孝經》，見《卿大夫章》。

珩紞紘綖，玉笄綦會。

【注】笄，簪也。謂以玉飾之。善曰：《左氏傳》曰：珩紞紘綖，昭其度也。杜預曰：珩，維持冠者。紞，冠之垂者。紘，纓從下而上者。綖，冠上覆。《周禮》曰：王之五冕玉笄也。又曰：王之皮弁，會五采玉琪。鄭玄曰：會，縫中。琪，讀如綦。綦，結也。皮弁之縫中，每貫結五采玉十二，以爲飾，謂之綦。

【疏】《左傳・桓二年》「珩」作「衡」。林茂春、許巽行皆謂當從《左傳》作「衡」。梁章鉅曰：本書《思玄賦》：雜技藝以爲珩。李注云：「珩」與「衡」音義同。此故以「衡」作「珩」。《左・桓二年》杜注「珩」亦作「衡」。紞，冠之垂者。《選》注各本「者」下有「也」字，在「紘纓」句上。「下」字下無「而」字，「覆」下有「者」字。今并依《左傳》注訂。《釋文》曰：「紞」，多敢反。《字林》丁坎反。「紘」，獲耕反。「紘」音延。《字林》弋善反。孔疏曰：此四物者，皆冠之飾也。《周禮》：追師掌王后之首服，追衡笄。鄭司農云：衡維持冠者。彼婦人首服有衡，男子首服亦然。冠由此以得支立。故云維持冠者。王后之衡，以玉爲之，故追師掌焉。弁師掌王之五冕，弁及冕皆用玉笄，則天子之衡亦用玉。紞者，縣瑱之繩，垂於冠之兩旁。鄭玄《詩箋》云：充耳，謂所以縣瑱者，或名爲紞，織之。人君五色，臣則三色是也。《魯語》：敬姜曰：王后親織玄紞。以玄是天色，故特言之，非謂純玄色也。紘、纓皆以組爲之，所以結冠於人首也。纓用兩組，屬之於兩旁，結之於頷下，垂其餘也。紘用一組，從下屈而上，屬之於兩旁，垂其餘也。弁師掌王之五冕，皆玉笄、朱紘。《祭義》稱諸侯冕而青紘。《士冠禮》稱緇布冠，青組纓，皮弁，笄爵弁，笄緇組纓。鄭玄云：有笄者，屈組爲紘，垂爲飾。無笄者，紘而結其絛。以其有笄者用紘力少，故從下而上屬之。無笄者用纓力多，故從上而下結之。冕、弁皆有笄，故用紘。緇布冠無笄，故用纓也。《魯語》稱公侯夫人織紘綖，知紘亦織而爲之。《士冠禮》言組纓組紘，知天子諸侯之紘，亦用組也。綖，冠上覆者。冠以木爲幹，以玄布衣其上，謂之綖。鄭玄《玉藻注》云：延，冕上覆也。冠冕通名。故此注衡及綖皆以冠言之，其實悉冕飾也。○《周禮》，見《夏官·弁師》。「琪」作「璂」。《釋文》曰：本亦作「琪」。本注「琪讀如綦」各本脫「讀」字。今據《周禮》注補。元文作「會」，讀如大會之「會」。「會」，縫中也。璂讀爲薄借綦之「綦」，綦，結也。皮弁之縫中，每貫結五采玉十二，以爲飾，謂之綦。《詩》云：會弁如星。又曰：其弁伊綦。是也。賈疏曰：漢曆有大會、小會，取會聚之義。故爲縫中。段玉裁《周禮漢讀考》曰：「薄借綦」者，即《説文・糸部》之「不借綥」。不借麤屨也。齊人云「搏腊」，薄、不，語之轉。綦，屨繫也，今之鞵帶，所以結鞵，使不脱。故讀「璂」爲「綦」，即訓綦爲結。王之皮弁，縫中以五采玉十二貫而結之，亦謂之綦。任大椿《弁服釋例》曰：考《釋名》以皮弁爲合手之形。下廣上鋭，其制當取鹿皮一幅，分解之，每片廣頭向下，狹頭向上，片片縫合，自成合手。鋭頂之狀，縫中曰會，蓋皮之分解者，必以箴功會合之也。《趙策》：鯷冠秫縫。注：秫綦箴，言女工之粗。蓋以冠無論麤細，必有箴縷之迹，於其有箴縷之處，飾以綦玉，則不見箴縷矣。故不特皮弁有璂，即凡冠弁皆當有璂也。又曰：《詩・鳲鳩》：其弁伊騏。箋曰：當作「瑧」。《説文》「瑧」「璂」重文，而「璂」「瑧」又與「騏」「綦」通，故鄭於《詩》以「瑧」破「騏」，於《周禮》以「綦」破「璂」。「瑧」「璂」「綦」三字義相近，「騏」則假借字耳。「綦」之從糸，「瑧」「璂」之從玉，以絲貫玉故也。然則會弁如星，言會而璂可見。其弁伊騏，言綦而會可見也。《弁師》先言會而後言璂，言會中有璂也。《東京賦》先言綦而後言會，言綦飾於會也。又考《弁師》注必讀璂爲綦者。《漢書・揚雄傳》、《班倢伃傳》師古注曰：綦履下飾。《内則》：屨著綦。注：綦，屨繫。《廣雅》：其紟謂之綦。曰繫，曰紟，皆可以貫結者也。蓋履下以絲貫絇謂之綦，弁上以絲貫玉亦謂之綦。以屨綦之「綦」通「綦」之義，則知「璂」之當爲「綦」亦取義於貫結也。黄以周《禮書通故》曰：鄭意《曹風》弁騏，本不謂士。毛傳云：騏，綦文也。但言結文，似爲無玉之弁。故改讀爲「瑧」，以明用玉。《弁師》既言五采玉，則瑧之爲玉可不待言，且但言縫中五采玉瑧，不言所結，義亦不了。故改讀爲「綦」，以明所結。孫詒讓《周禮正義》曰：《東京賦》玉笄綦會，與鄭讀正同。疑後鄭即本張平子也。又案：綦，結也。《選》注各本作綦，謂結之，作於綦下。衍「會」字。今并依《周禮》鄭注訂。

火龍黼黻，藻繂鞶厲。

【注】善曰：《左氏傳》曰：火龍黼黻，昭其文也。藻繂鞞鞛，鞶厲斿纓，昭其數也。杜預曰：火，畫火也。龍，畫龍也。白與黑謂之黼，形若斧。黑與青謂之黻，兩已相戾也。藻繂，以韋爲之，所以藉玉。鞞，佩刀削上飾。鞛，下飾。鞶厲，紳帶之垂者。斿，旌旗之斿。纓在馬膺前。

【疏】《左傳》，見《桓二年》。「繂」作「率」。《釋文》曰：音律。又「斿」作「游」，「游」正字。《周禮·春官·司几筵》賈疏引亦作「斿」。「斿」乃「游」之省耳。又《選》注各本無「形若斧，黑與青謂之」八字。今據杜注補。孔疏曰：《考工記》記畫繢之事云：火以圜。鄭司農云：爲圜形似火也。鄭玄云：形如半環然。又曰：水以龍。鄭玄云：龍，水物，畫水者并畫龍。是衣有畫火、畫龍也。白與黑謂之黼，黑與青謂之黻，《考工記》文也。周世衮冕九章，傳唯言火龍黼黻四章者，略以明義，故文不具舉。衣之所畫，龍先於火。今火先於龍，知其言不以次也。又曰：鄭玄《覲禮》注云：繅所藉玉，以韋衣木，廣袤各如其玉之大小。《典瑞》注云：繅有五采文，所以薦玉，木爲中榦，用韋衣而畫之。此言以韋爲之，指木上之韋，其實木爲榦也。禮之言藻，其文雖多，《典瑞》、《大行人》、《聘禮》、《覲禮》皆單言「繅」，或云「繅藉」，未有言「繅率」者。故服虔以藻爲畫，藻率爲刷巾。杜以藻率爲一物者，以拭物之巾無名率者。服言禮有刷巾，事無所出。且哀伯謂之昭數，固應禮之大者，寧當舉拭物之巾與藻藉爲類。故知藻率正是藻之複名也。《玉藻》説帶之制曰：士練帶，率下辟。凡帶有率，無箴功。鄭玄云：士以下皆禪，不合而率積，如今作幧頭爲之也。然則禪而不合縷，率其邊，謂之爲率。此以韋衣木，蓋亦率積其邊，故稱率也。沈欽韓《左傳補注》曰：率，即組也。《三禮圖》云：既以采色畫韋衣於板上，前後垂之，又有五采組繩以爲繫。故《聘禮記》云：玄纁，繫長尺絢組。注云：繫，無事則以繫玉，因以爲飾。皆用五采，組上以玄，下以絳爲地是也。按：疏云：此組繫亦名「繅藉」，即上文反命之時，使者執圭垂繅，上介執璋屈繅。「率」與「綷」同。《詩》傳：紼，綷也。《詩》疏：紼訓爲綷。綷是大緪。《説文》作「繂」，云：率屬。知率正謂組也。步瀛案：沈氏釋「綷」爲「組」，似得之。「鞶厲」句杜注作：鞶，紳帶也。一名大帶。厲，大帶之垂者。李注節引之。孔疏曰：大帶之垂者，名之爲紳。而復名爲厲者，紳是帶之名，厲是垂之貌。《詩》稱：垂帶而厲。是厲爲垂貌也。賈、服等説「鞶厲」皆與杜同。案：沈欽韓又謂革帶之餘爲厲，大帶之餘爲紳，譏杜注以鞶厲爲紳帶之謬。然紳厲之分，古無明證。但杜以鞶爲大帶，雖本賈、服，與《説文》合，而實非也。胡承珙曰：《左傳》以鞶厲游纓與帶裳幅舄並言，則鞶與帶爲二物。厲與鞶又爲二物。《都人士》毛傳以厲爲帶之垂者，明厲是垂帶之名，不得爲垂帶之貌。惟厲是帶之垂者，故帶亦通名厲。《方言》：厲謂之帶。《廣雅》：厲，帶也。是也。厲與紳同。《玉藻》注亦云：紳，帶之垂者也。紳之義爲重，爲束。又名厲者，當從鄭爲「裂」字之借。《説文》：裂，繒餘也。大帶以繒爲之，而垂其餘，故得裂名歟。但杜以厲爲大帶之垂者，以鞶爲大帶，則非古人衣服本有二帶。《儀禮》賈疏謂大帶所以束衣，革帶所以繫韠及佩。大帶以絲，《鳲鳩》：其帶伊絲是也。「鞶」字從革，當爲革帶。《白虎通義》云：男子有鞶革者，示有金革之事。革帶雖揉皮極軟，不能挽結而下垂，故《通典》及《三禮圖》皆云：革帶鉤𩍐。然則厲自是大帶之垂者，不得以鞶厲連文，謂鞶爲大帶也。黄以周曰：凡大帶用帛以束衣，革帶用革以佩玉佩及事佩等。鞶字从革，決非大帶。注家誤以革帶爲大帶，故遂以大帶釋鞶。案：胡氏、黄氏説皆能正舊注之失。

結飛雲之袷輅，樹翠羽之高蓋。

【注】袷輅，次車也。次車樹翠羽，爲蓋如雲飛也。今世謂之羽蓋車也。善曰：《高唐賦》曰：翠爲蓋。

【疏】梁章鉅曰：注「如雲飛也」，《續漢書·輿服志》注引薛注作「如雲龍矣」。○朱駿聲曰：《東京賦》：袷車，次車也。假借爲「迨」。迨，遝也。行相逮及之意。案：朱説似未洽。《説文》曰：袷，衣無絮。蓋衣有表裏而無絮者。顔師古《急就篇》注曰：衣裳施裏曰袷。是也。衣有表裏者謂之「袷」，車有副貳者亦謂之「袷」。故次車謂之袷車。《廣雅·釋詁》四曰：袷，重也。

建辰旒之太常，紛焱悠以容裔。

【注】辰，謂日月星也。畫之於旌旗。垂十二旒，名曰太常，上畫三辰，以象天明也。謂天子十二旒，諸侯九旒，大夫三旒。紛，盛也。悠，從風貌。容裔，高低之貌。焱，火花也。言風鼓動旌旗，紛紜盛亂，如火花之飛起。善曰：《周禮》曰：日月爲常。《左氏傳》曰：三辰旂旗，昭其明也。

【疏】五臣「焱」作「颸」。尤本「焱」下注云：「一作飆」。胡克家曰：袁本無此三字，正文作「颸」。茶陵本作「五臣作颸」四字。案：此校語之誤存者也。胡紹煐曰：「焱」當爲「猋」，五臣作「颸」，即「颸」之譌。「颸」與「猋」同。「猋」、「悠」音近，二字平列，並從風貌。容裔，動揺貌。旌旗動揺謂之容裔，猶水波動揺謂之溶滴。本書《高唐賦》：洪波淫淫之溶滴，是也。○胡克家曰：注「名曰太常」，袁本、茶陵本「名曰太」三字作「也」。案：此尤校改之耳。○《周禮》，見《春官·司常》。○《左傳》，見桓二年。

六玄虯之奕奕，齊騰驤而沛艾。

【注】六，六馬也。玄，黑也。天子駕六馬，騰驤趨走也。奕奕，光明。沛艾，作姿容貌也。善曰：《甘泉賦》曰：六玄虯。《毛詩》曰：四牡奕奕。司馬相如《大人賦》曰：沛艾赳螑。

【疏】本書謝惠連《秋懷詩》注引《韓詩章句》曰：奕奕，盛貌。《毛詩·車攻》、《韓奕》：四牡奕奕，皆無傳。而奕奕梁山，訓爲大也，《巧言》奕奕寢廟，訓爲大貌。又《廣雅·釋訓》曰：奕奕，盛也。又曰：奕奕，行也。○《甘泉賦》見本書卷七。又本書《上林賦》曰：六玉虯。○《毛詩》，見《車攻》。○司馬相如《大人賦》，見《史記》及《漢書·相如傳》。案：顏注引張揖曰：沛艾，駊騀也。胡紹煐曰：張以「駊騀」釋「沛艾」，則「沛艾」、「駊騀」義同。《説文》：駊騀，馬揺頭貌。薛注作姿容貌，與許正合。本書《藉田賦》：龍驤騰驤而沛艾，本此。「沛艾」、「駊騀」並疊韵字。○帶、會、厲、蓋、艾，古音祭部。裔，脂部。通轉爲韵。

龍輈華轙，金錽鏤鍚。

【注】輈，車轅。轅端上刻作龍頭也。華，采畫也。善曰：《爾雅》曰：載轡謂之轙。郭璞曰：車軛上環，轡所貫也。蔡雍曰：金錽者，馬冠也，高廣各五寸，上如玉華形，在馬髦前，鏤彫飾也。鍚當顱，刻金爲之。《毛詩》曰：鉤膺鏤鍚。

【疏】《爾雅》，見《釋器》。《釋文》曰：轙，郭音儀，施音蟻。郝懿行曰：轙者，《説文》云：車衡載轡者。《淮南·説山篇》云：遺人車而脱其轙。高誘注：轙，所以縛衡也。是轙在衡上。衡，横也。轅耑著横木，以戹馬領，使不得出，名之曰衡，亦曰軛。故《論語》包咸注：衡，軛也。軛上施環，以貫轡，謂之轙。○注「車軛」，各本誤作「在軾」，今依《釋器》注改。朱珔曰：《論語·衛靈公篇》包咸注：衡，軛也。蓋轅耑著横木，以戹馬領，名曰衡，亦曰軛。軛上施大環，以便總持，則謂之轙，即游環也。貫驂之外轡，以禁其出無常處，故曰游。若作在軾，乃《詩》所謂觼軜。《説文》：軜，驂馬内轡系軾前者。引《小戎篇》爲證，與轙非一物也。○「錽」，《獨斷》字同。朱珔曰：《説文》無「錽」字。《夊部》「㚇」字云：堖蓋也。「錽」取「㚇」字之義，當是字本作「㚇」。後人加金旁耳。胡紹煐曰：錽之言㚇也。《説文》：㚇，堖蓋也。讀若范。《廣韻》錽、㚇，並亡犯切。錽，馬首飾也。㚇，堖蓋也。錽以飾馬首，故字從㚇。猶睂上曰陽，而當盧馬額上，亦謂之鍚。《後漢書·馬融傳》：揚金㚇而拖玉瓌。作「㚇」。許巽行曰：「錽」譌字也，當爲「錽」，从「㚇」。《説文》：㚇，堖蓋也。象皮包覆堖，下有兩臂，而夊在下，讀若范。此「錽」字因「㚇」爲文，下當从夊，不从又也。步瀛案：《續漢書·輿服志》上劉昭注引《獨斷》「錽」作

「鍐」。《後漢書·馬融傳》李賢注引作「㚇」，皆誤。又高廣各五寸，今《獨斷》作四寸。《馬融傳》注引作四寸。《輿服志》劉注引亦作五寸，未知孰是。○注「當顱」上各本脱「鍚」字，依陳氏、胡氏校增。梁章鉅曰：按：《周禮·巾車》注：鍚，馬面當盧，刻金爲之，所謂鏤鍚也。是「當」字上並應有「鄭玄曰：鍚馬面」六字。《續漢書·輿服志》注亦引鄭説，可證。步瀛案：《詩·韓奕》曰：鉤膺鏤鍚。毛傳曰：鏤鍚，有金鏤其鍚也。鄭箋曰眉上曰鍚，刻金飾之，今當盧也。《釋文》曰：鏤音漏，鍚音羊。《周禮·天官·巾車》鄭注曰：鍚，馬面當盧刻金爲之，所謂鏤鍚也。《説文》曰：鍚，馬頭飾也。引《詩》作「鍚」，「鍚」蓋「鍚」之省。

方釳左纛，鉤膺王瓖。

【注】方釳，謂轅旁以五寸鐵鏤鍚，中央低，兩頭高，如山形而貫中，以翟尾結著之轅兩邊，恐馬相突也。左纛以旄牛尾，大如斗，置騑馬頭上，以亂馬目，不令相見也。鉤膺，當胷也。瓖，馬帶玦以玉飾也。善曰：《廣雅》曰：釳，許乞切。

【疏】姚鼐曰：方釳，薛注語不分明。劉昭注《輿服志》引蔡邕《獨斷》云：鐵廣數寸，在馬鬉後。後有三孔，插翟尾其中。又許慎《説文》云：乘輿馬頭上防釳，插以翟尾、鐵翮、象角，所以防網羅，釳去之。鼐按：蔡、許二説合，其制乃明。而《獨斷》馬鬉後之「後」字蓋「前」字或「上」字之誤。所云「翟尾」，蓋以鐵爲其形耳。賦内「方」字宜讀作「防」。段玉裁《説文注》曰：「防」古多作「方」。司馬彪《輿服志》曰：乘輿金根安車立車，皆方釳，插翟尾。劉注引顔延之《幼誥》曰：釳，乘輿馬頭上防釳角，所以防網羅。

釳以翟尾鐵翮象之也。玉裁按：得顏語而後象角之義明。翮者，羽莖也。蔡云：在馬髦後。薛云：在轅兩邊，馬髦之後，正負轅處也。與許云在馬頭上者不同。依《東京賦》既言金鍐，又言方釳，則馬頭上有金鍐，方釳不在馬頭也。然許云：以防網羅罣礙，則應在馬頭上。許意馬頭無金叜，有方釳。朱珔曰：如蔡、薛二家之説，是金鍐在馬頭，方釳在馬後也。此賦先言金鍐，又言方釳，正同。余謂《輿服志》有乘輿金鍐之文。注亦引蔡邕語，如段注所引，則不應馬頭有金鍐又有方釳矣。此固各據所聞，似當以此賦及蔡邕《獨斷》所云一在馬頭，一在馬後爲準。胡紹煐曰：「方」與「防」同。薛謂轅旁，蔡謂馬鍐後，轅旁卽馬鍐後也。馬鍐後當負轅處，與蔡説合。而與許、顏在馬頭不同。蓋許與顏渾言之，薛與蔡析言之，其實一也。方者，防也。釳所以爲防。許云：防網羅。薛云：恐馬相突，防字當兼此二義。釳有孔，所以插羽。《玉篇》：釳，鐵孔也。鐵孔謂之釳，故有孔之鐵，亦謂之釳。步瀛案：今《獨斷》「鍐」作「鍐」，不複後字。在鍐後者，仍在馬頭，特後於鍐耳。是《説文》、《獨斷》、《幼誥》説俱可通。唯薛注在轅兩旁爲異耳。姚氏改「後」爲「前」，或「上」。段氏謂許意無「金叜」，朱氏謂「不應馬頭有金鍐，又有方釳」，胡氏謂許與顏渾言之，薛與蔡析言之，似皆未確。此當以許、蔡、顏爲是。薛注未可據也。○注「鏤錫」二字，陳景雲謂「錫」字疑衍。梁章鉅謂「鏤」字亦疑衍。吴先生依陳説删「錫」字。○朱珔曰：「纛」，《説文》作「翳」。《毛詩》作「翿」。《釋文》：「纛」俗作「纛」，是「翳」爲正字，作「纛」者，从每，不从毒也。《爾雅》：翢，纛也。纛，翳也。《玉篇》亦云：翢，纛也。翿，翳也。「翳」「䑹」並同。「䑹」从舟，與翢从周一也。郭注《爾雅》云：今之羽葆幢。故《廣雅》幢謂之「𦑊」。《説文》：翳，翳也。所以舞也。郭亦云：舞者所以自蔽翳，是纛本舞人之用。而《鄉射禮》《記》云：君國中射，則以翿旌獲，亦用之於射。《周官·鄉師》：及葬，執纛以與匠師，御匶而治役，亦用之於喪。此左纛則彷具制而置於車。《史記·項羽紀》：紀信乘黃屋車，傅左纛。《集解》引李斐曰：纛，毛羽幢，在乘輿車衡左方，上柱之。《漢書·高帝紀》注引同。又引蔡邕曰：以犛牛尾爲之，如斗，或在騑頭，或在衡。應劭曰：雉尾爲之，在左驂，當鑣上。師古以應説爲非。蓋謂用犛牛尾，非雉尾也。旄牛卽犛牛也。○《詩·采芑》曰：鉤膺鞗革。毛傳曰：鉤膺，樊纓也。孔疏曰：《巾車》注云：鉤婁，頷之鉤也。金路無錫有鉤，亦以金爲之。《周官·春官·巾車》賈疏引《詩》説之曰：鉤連言膺，明鉤在膺前，以今驗古，明鉤是馬婁頷也。陳奐曰：案：此及《嵩高》、《韓奕》曰鉤膺，或皆指金路言也。鉤卽金飾。《孟子·告子篇》：一鉤金。趙注以爲一帶鉤之金。是人帶有金爲飾，馬纓之革，其上亦有金曲鏤之。《小戎》謂之鏤膺，戎車鏤膺，路車則鉤膺也。○李注引《廣雅》疑有脱誤。

鑾聲噦噦，和鈴鉠鉠。

【注】鑾在衡，和在軾，皆以金爲鈴也。噦噦，和鳴聲。鉠鉠，小聲。善曰：《毛詩》曰：鑾聲噦噦，和鈴鉠鉠。

【疏】鑾、和已見《西都賦》「大輅鳴鑾」疏。○《毛詩》，見《庭燎》及《載見》。朱珔曰：上句本《魯頌》，下句本《周頌》。注中引《詩》似連文，非也。「和」上宜有「又曰」字。下「萬舞奕奕」「鐘鼓喤喤」，注連引《詩》亦同，與他處不畫一。呂錦文曰：《説文》云：鉞，車鑾聲也。从金，戉聲。《詩》曰：鑾聲鉞鉞，當本三家《詩》，《采菽》作「嘒嘒」。「噦」與「鉞」、「嘒」字異義同。又曰：《毛詩》作「央央」，即「鉠」之借。《玉篇》、《廣韻》並云：鉠，鈴聲，一作「鍈」，義同。步瀛案：《庭燎》毛傳曰：噦噦，徐行有節也。《説文》無「鉠」字。《載見》作央。陳奂曰：《吕覽·古樂篇》，其音英英。高注云：英英，和盛之貌，與「央」同。○鍚、瓌、鉠，古音陽部。

重輪貳轄，

【注】善曰：蔡雍《獨斷》曰：乘輿重轂外復有一轂，副轄其外，乃復設轄。然重輪即重轂也。

【疏】尤本合下句爲一節，無「善曰」二字，并合下節注爲一節。胡克家曰：陳云：此注及下注凡三引蔡雍説，其上疑並脱「善曰」二字。以「然重輪即重轂」語觀之，自是李氏文體，與薛注不類。今案：所説是也。當以正文「重輪貳轄」别爲節，而注「善曰」至「即重轂也」於下。步瀛案：陳氏、胡氏説是，今從之。○今《獨斷》「重轂」下有「者轂」二字，當據增。又「副」作「施」。《續漢·輿服志》上注引作「抱」。又今《獨斷》「轄」作「舝」。朱珔曰：《説文》轄字云：車聲也，一曰：轄，鍵也。鍵字云：一曰車轄。又《舛部》云：舝，車軸耑鍵也，兩穿相背，从舛𥃩省聲。是「轄」與「舝」一也。故本書潘正叔《贈陸機詩》注引《泉水》詩「載脂載舝」，「舝」作「轄」。「轄」或从「金」。《左氏·哀三年傳》：巾車脂轄。《釋文》：「轄」本又作「鎋」。《一切經音義》十六「轄」，古文「舝」、「鎋」二形。《説文·金部》無「鎋」字。段氏謂《周禮·大馭》注故書軓爲軒。杜子春云：或讀軒爲簪笄之笄，蓋車軸耑爲軎，兩軎左右出轂外，如笄之出髮，然有鐵舝以鍵之，又似笄之貫髮也。余謂軸所以持輪，故重輪與貳轄連言之。貳轄者，副轄也。《大行人》之貳車，《曲禮》之貳綏，注皆訓貳爲副。《續漢書・輿服志》：乘輿貳轂兩轄。劉昭注引蔡邕曰：轂外復有一轂，抱轄其外，乃復設轄。蔡説蓋《獨斷》之文。此注亦引之。惟「抱轄」作「副轄」爲異。轄於車行則設之，貳轄者，取其固而不致脱也。但如《説文》兩穿相背之義，似每耑爲兩穿，每穿鍵以一鐵，是左右已各有二轄。此又因其重輪而加副轄，如《獨斷》説與？

疏轂飛軨。

【注】飛軨，以緹紬，廣八尺，長柱地，畫左青龍，右白虎，繫軸頭，取兩邊飾。善曰：蔡雍《月令章句》曰：疏，鏤也。軨音零。

【疏】善曰：字依胡氏校增。〇薛注，《續漢書・輿服志》上劉注引「紬」作「油」，「尺」作「寸」，「柱」作「注」。當據改。無「取兩邊飾」四字，有「二千石亦然」，但無「畫耳」九字，與《獨斷》同。然《續志》不引作蔡邕，而作薛綜。知此自注在「疏轂飛軨」句下，而未冠以蔡雍《獨斷》也。胡紹煐曰：本書《劇秦美新》善注引《尚書大傳》曰：未命爲士，車不得有飛軨。鄭玄曰：如今窗車也。《説文》：軨，車轓閒横木。段注謂車輢之直者，衡者也。軾與車輢皆以一横一直爲方格成之，如今之大方格。然按軨之言櫺也。《説文》又出「櫺」，從司馬相如説。車闌木格謂之櫺，猶楯閒子謂之櫺。李尤《小車銘》曰：軨之嗛虚，疏達開通，是也。軨外加以緹油爲飾，從風而飛，故人謂之飛軨。〇《月令章句》，馬國翰據此輯入《月令》「其器疏以達」句下。〇尤本正文下但注「零」字。胡克家曰：袁本、茶陵本作「軨音零」二字，在注末，是也。今從之。

羽蓋威蕤，葩瑵曲莖。

【注】羽蓋，以翠羽覆車蓋也。威蕤，羽貌。葩爪，悉以金作華形，莖皆曲。善曰：蔡雍《獨斷》曰：凡乘輿車皆羽蓋金華，爪與瑵同。

【疏】六臣本「威」作「葳」。○朱珔曰：案：上文「樹翠羽之高蓋」謂次車，此則言乘輿也。《説文》：翳，華蓋也。翳之言蔽，蓋蔽於上，故名翳也。前《西京賦》華蓋承辰，後曹子建《求通親親表》：入侍華蓋注引劉歆《遂初賦》：奉華蓋於帝側，皆是也。若《子虛賦》之建羽蓋，《漢書》顔注以雜羽飾蓋，特因上有張翠帷之語，故别言之耳。注又云：威蕤，羽貌。案：《説文》：蕤，草木華垂皃。冠緌亦曰蕤。《周禮》：夏采建綏。《王制》：大綏小綏。鄭君並改爲「緌」，皆下垂之義。後《景福殿賦》：流羽毛之威蕤。注：威蕤，羽毛之貌。與此同。「威」或从艸作「葳」。《南都賦》：望翠華兮葳蕤。《子虛賦》：錯翡翠之葳蕤。《甘泉賦》：昭華覆之威威。注：威，猶葳蕤也。《説文》無「葳」字。「威」當爲「逶」之假借。《説文》：逶迤，衺去之皃。《詩》：周道倭遲，卽「逶遲」。《韓詩》作「威夷」，是也。○朱珔曰：《説文》瑵字云：車蓋玉瑵。《續漢書·輿服志》：乘輿、金根、安車、立車，羽蓋華蚤。劉昭注引徐廣曰：翠羽蓋，黄裏，所謂黄屋車也。金華施橑，末有二十八枚，卽蓋弓也。《漢書·王莽傳》：造華蓋九重，高八丈一尺，金瑵。師古曰：「瑵」讀曰爪。段氏謂瑵、蚤、爪三字一也。皆謂蓋橑末。《説文》指爪字作「叉」當云：車蓋玉叉也。瑵，叉疊韻。他家云金瑵華瑵者，謂金華飾之。許云：玉瑵者，謂玉飾之，故字从玉也。余謂《集韻》「瑵」或作「釽」，蓋因以金爲之，故从金耳。薛傳均曰：王元長《三月三日曲水詩序》：重英曲瑵之飾。注引葩瑵曲莖，誤作《西京賦》。顏延年《車駕幸京口三月三日侍遊曲阿後湖作》：彫雲麗旋蓋。注：桓子《新論》曰：乘車玉爪蓋。按：《説文》瑵字下云：車蓋玉瑵，从玉，蚤聲。《冬官·輪人》：欲其蚤之正也。注：「蚤」當爲「爪」。《士喪禮》：蚤揃如他日。注：「蚤」讀爲「爪」。《説文》蚤字叉聲，「叉」即古「爪」字。「蚤」從「叉」字得聲，「瑵」又從「蚤」字得聲，故爪、瑵亦可通用。

順時服而設副，咸龍旂而繁纓。

【注】五時之服，各隨其車，車各一色，以爲副貳。副車各一乘，今謂之五帝車也。龍旂者，交龍爲旂也。鞶，今之馬大帶也。纓，馬鞅也。善曰：《毛詩》曰：龍旂陽陽。《周禮》曰：玉路錫樊纓。鄭玄曰：樊讀如鞶，謂今之馬大帶也。繁與鞶，古字通。

【疏】《匡謬正俗》六謂「副」作「福」，已見《西京賦》疏。○《獨斷》曰：法駕，上所乘曰金根車，駕六馬，有五色：安車五色，立車各一，皆駕四馬，是謂五時副車，俗人名之曰五帝車，非也。《續漢書·輿服志·》上曰：五時車，安立各如方色，馬亦如之。白馬者朱其髦尾，爲朱鬣。云：所御駕六，餘皆駕四，後從爲副車。本書《藉田賦》注引臧榮緒《晉書》：鹵簿曰青立車、青安車、赤立車、赤安車、黄立車、黄安車、白立車、白安車、黑立車、黑安車，合十乘。並駕駟建旗十二，如車色。○林茂春曰：漢制：五時變服。《禮儀志》：立春，京師百官衣青。立夏，衣赤。先立秋十八日，衣黄。立秋，衣白。立冬，衣皁。迎氣衣絳，求雨衣皁。《漢雜事》曰：高祖時令羣臣議天子所服。謁者趙堯舉春，李舜舉夏，兒湯舉秋，貢禹舉冬。步瀛案：林氏引《漢雜事》見《北堂書鈔·衣冠部》下、《御覽·服章部》六。《漢書·魏相傳》相表奏采《易陰陽》及《明堂月令》，亦引其事。〇薛注：交龍爲旂，見《周禮・春官・司常》。李引毛《詩》見《載見》。案：本注各本「旂」誤作「旗」。今據《詩》改正。又《玄鳥》曰：龍旂十乘。《禮記・樂記》曰：龍旂九旒，天子之旌也。《考工記・輈人》曰：龍旂九斿，以象大火也，皆作「旂」。〇鞶爲馬大帶，纓爲馬鞅，亦本《周禮・春官・巾車》。李注所引即《巾車》之文。王之五路，一曰玉路，錫樊纓十有再就。金路，錫樊纓九就。象路，朱樊纓七就。革路，龍勒條纓五就。木路，前樊鵠纓。鄭注曰：樊讀如「鞶」帶之「鞶」，謂今馬大帶也。鄭司農云：纓謂當胷。《士喪禮》下篇曰：馬纓三就。《禮家説》曰：纓當胷，以削革爲之，三就，三重三匝也。玄謂纓，今馬鞅就成也。賈疏曰：先鄭云：膺謂當胷。賈、馬亦云：鞶纓在馬飾膺前。十有二帀，以毛牛尾，金塗十二重。後鄭皆不從之者，以鞶爲馬大帶，明纓是夾馬頸，故以今馬鞅解之也。孫詒讓曰：曾釗云：鞶訓爲帶者，許、賈、服之説耳。鄭注《儀禮》、《禮記》皆不承用。《士昏禮》《記》注：鞶，鞶囊。《内則》注：鞶，小囊。此説本確。今以樊爲鞶，則將施囊於馬乎？自知其説不通，乃復采前所不用之説，足見其失。陳奂曰：大帶在腹，凡馬皆有，無以别尊卑。《詩》《采芑》、《嵩高》、《韓奕》皆曰鉤膺。傳曰：樊纓。膺，胷也。當胷前，不在腹下也。案：曾、陳説是也。「樊」正字當作「緐」。「樊」，假借字也。賈、馬及先鄭蓋並讀「樊」爲「緐」。賈疏引賈、馬乃從後鄭，作「鞶」者誤也。二家説纓與先鄭略同。蓋亦以爲落馬胷之韋，而别以緐爲纓下所綴之采飾。《釋名・釋車》以樊纓爲鞅下之飾，亦與此義相近。《説文・糸部》云：緐，馬髦飾也。又與諸家説異。綜而論之，緐纓古義約區三科，所施各異。後鄭説樊爲馬大帶，則施於脅下。纓爲鞅，則施於頸下也。賈、馬以纓爲當膺革，而緐爲纓下飾，則施於胷前也。許以緐爲馬髦飾，則施於髦上也。漢晉諸儒所説要不出此。今考馬鞁具之有大帶與當胷，貴賤所同。而樊纓爲諸侯以上之盛飾，則不可并爲一明矣。參互詳校，竊謂當以許義爲最塙。蓋纓雖即胷膺之革，而緐則當於馬鞁具之外爲盛飾。緐者，弁也。猶人之有冠也。《文選·東京賦》云：金鍐鏤錫。《獨斷》云：金鍐，馬冠也，在馬髦前。蓋即古緐之遺制。凡馬雖有錫，則似冠，武緐前屬於錫，落馬髦，而後接於馬背之革，則似冠梁。又以削革綴於緐而下，復繞胷而上，則似冠纓。纓之下有垂飾，則似冠緌。緐落髦而纓落胷，縱横上下，互相貫屬。故馬、賈以爲一物也。凡經典言緐纓者，義並如此。或借作「樊」，作「鞶」，遂失其義。又曰：《説文·革部》云：靳，當膺也。鞅，頸靼也。靼，柔革也。許書「鞅」與「靳」異訓。以意推之，蓋靳在馬膺而直下，鞅在馬頸而横出，後宜屬於馬脅之帶。故《廣雅·釋器》云：鞅謂之脅。《左·僖二十八年》杜注又云：在腹曰鞅。若靳爲當胷直革，則無由至馬脅腹矣。膺與頸相連，而微後於頸。鞅靳從横交落，其不同物甚明。後鄭釋纓爲鞅，而不從先鄭當胷之訓，則所謂鞅者，當同許義。今考纓屬於緐，亦直垂而下，則似靳而實非。靳若與鞅絶不相類。纓直落膺下，而鞅横聯頸脅，纓以爲飾，而不任力。鞅則任力而無采飾。後鄭并爲一，殊未允。步瀛案：孫説甚析，能正後鄭之失。薛亦沿後鄭之誤耳。以上所辨皆古制。蔡邕《獨斷》曰：繁纓在馬膺前，如索帬者是也。陳奂曰：蔡以漢索帬比況緐纓皆，謂下垂緐多之狀。《續漢·輿服志》曰：乘輿樊纓，赤罽易茸，金十有二就，劉注引傅玄《乘輿馬賦》注曰：繁纓飾以旄尾，金塗十二重。則漢以來之制，不盡與古制同也。「繁」，「緐」之俗字。○軨、莖、纓，古音耕部。

立戈迤戛，農輿輅木。

【注】戈，謂句孑戟也。戛，長矛也。矛置車上，邪柱之迤邪也。是謂戈路、農輿、三蓋所謂耕根車也。

言東耕於藉田，乘馬無飾，故稱木。

【疏】此注各本皆誤。「謂」下衍「木」字。「迤邪也」三字誤爲李注，「戈路」誤「戎路」，「三蓋」作「無蓋」，「東耕」作「耕稼」，今並依《輿服志》上劉注引改。又劉注引「戟」下「矛」下皆無「也」字「上」字下有「者」字，「藉」下無「田」字，今仍依《選》注。又六臣本「乘馬」作「乘焉」。案：《輿服志》曰：耕車有三蓋，一曰芝車，置轙耒耜之箙上，親耕所乘也。黄山謂「轙」卽「軐」字。朱珔曰：《説文》：戛，戟也。《廣雅》、《廣韻》皆本其語。戛、戟雙聲字。此注殆以立者戈，既爲戟，不應迤者。戛又爲戟，故以矛别之。然古無是訓，不知何據。胡紹煐曰：薛以戛爲矛，蓋謂戈既爲句戟，不應復以戛爲戟，此不明於戈戟之制者也。戈爲勾孑戟。鄭注《考工》，劉作《釋名》並同。句孑戟者，戈爲句兵。句者援也。右無刃，故謂之「孑」，字亦作「釨」。程氏《通藝録》云：《方言》凡戟而無力，秦晉之間謂之釨，吴揚之間謂之戈，此言戟内之無刃者，謂之戈也。《説文》：孑，無右臂也。戈右無刃，謂之孑者，假借會意，而象其形以明之也。戈亦稱戟者，散文則通也。是孑戟爲内無刃之戈，而謂之戟者，特同類而假名之。《説文》謂之平頭戟，實非戟也。《通藝録》又云：《方言》：三枝刃，南楚宛郢謂之匽戟。此言戈内之有刃者，謂之戟也。異於戈内之無刃，故曰三枝刃。然則戟又戈内之有刃者。《説文》：戟，有枝兵。是也。枝所以爲刺，三枝者，合援與刺，與胡爲三，實則兩枝。故《通藝録》據《二儀實録》云：雙枝爲戟，獨枝爲戈。其云獨枝者右無刃也。此戈與戟之分也。

屬車九九，乘軒並轂。

【注】副車曰屬，言相連屬也。車有藩者曰軒，皆在後爲三行，故曰並轂。善曰：《漢雜事》曰：諸侯貳車九乘，秦滅九國，兼其車服，故大駕屬車八十一乘。

【疏】「屬也」，各本作「也屬」。胡克家曰：「也屬」當作「屬也」。《續漢書·輿服志》注引可證。梁章鉅曰：《輿服志》注引薛綜注作「屬之言相連屬也」。○《漢雜事》，《藝文類聚·舟車部》引同。

𤤺弩重旃，朱旄青屋。

【注】通帛曰旃。朱旄，旄牛尾赤色者也。青屋，青作蓋裏也。善曰：《説文》曰：𤤺，車籣閒皮篋，以安其弩也。徐廣《車服志》曰：輕車，置弩於軾上，載以屬車，然置弩於𤤺曰𤤺弩。

【疏】《説文·玨部》曰：𤤺，車笭閒皮篋也。古者使奉玉，所以藏之。从車玨，讀與「服」同。段氏據《玉篇》改「藏」爲「盛」。顧廣圻《説文校議辨疑》曰：《東京賦》李善注云：《説文》曰：𤤺，車籣閒皮篋，以安其弩也。此「弩」字當本，仍是「玉」字，以上但注𤤺耳。下文云：徐廣《車服志》曰：輕車，置弩於軾上，載以屬車。始注「弩」也。下文云：然置弩於𤤺，曰𤤺弩。總合所引兩條而申説之也。凡《選》注言然，即今人之言然則也。蓋唯賦之𤤺弩，他無其文，平子屬詞，獨爲此語，故必先引《説文》以注「𤤺」，又引徐廣以注「弩」。而《車服志》祇言置弩於軾上，仍非有「𤤺弩」成文，故又必申説之，而後爲注「輂弩」乃畢也。若《説文》已云以安其弩也，則叔重、平子同爲一詞，引而注之，亦已足矣。縱不厭其繁，更引《車服志》而注之，尤無不足矣。何必再作一番申説，適成其贅乎。傳寫《選》注者未明李善之例，字無虚設，改出「弩」字以傅合正文，而不知其若是之不可通也。唐時《説文》容有異本，其引書之法，亦每有隱栝出入。至於此條，李善所見，並不當有「弩」，則細繹《選》注而知其爲斷然者。案：顧氏此説極精覈，勝於諸家之説。胡紹煐曰：「籣」與「笭」通。許讀「輂」同「服」。今經典通用「服」、「箙」字。《後漢・輿服志》：耕車，三蓋，一曰芝車，置轒耒耜之服，上親耕所乘也。戎車蕃以矛麾、金鼓、羽析、幢翳，轒胄、甲弩之箙。「轒」即「輂」字，是「輂」之施於用者異夥。竊疑輂所以藏玉，故凡車上所盛者，亦謂之輂。《漢書・張安世傳》注：「麾輂弩」作「輂」，與此同。○李注引徐廣《車服志》，朱珔曰：此即《續漢志》劉注所引。「輿」誤作「車」。志下宜有注字，而胡氏《考異》本未及。步瀛案：《隋書・經籍志》有《車服雜注》一卷。徐廣撰。《宋書・徐廣傳》、《北堂書鈔・車部》下引作《車服雜注》，與《隋志》合。《後漢書・儒林傳》注、《北堂書鈔・衣冠部中》、《御覽・章服部》二四五八引皆作《輿服雜注》。《書鈔・衣冠部中》又省作《雜注》。《宋書・禮志》、《後漢書・明帝紀》注引作《車服注》。《左傳・桓二年》疏、《書鈔・武功部》九、《設官部》二、《初學記・職官部》上引皆作《車服儀制》。本賦注引又作《車服志》。稱名不同，實一書也。○《周禮・春官・司常》曰：通帛曰旜。鄭注曰：通帛謂大赤。《説文》曰：旃，旗曲柄也。所以旃表士衆。「旜」或从亶聲。○《禮記・樂記》鄭注曰：旄，旄牛尾也。《左・襄十年》杜注曰：騂旄，赤牛也。孔疏曰：旄謂尾也，共旌旗之用。故其字从旌旗者，旌旗行而從風偃也。○《獨斷》曰：乘輿黄屋者，蓋以黄爲理也。《史記・項羽本紀》曰：紀信乘黄屋。《正義》引李斐曰：天子車以黄繒爲蓋裏。○木、轂、屋，古音侯部。

奉引既畢，先輅乃發。

【注】奉引，謂引道者，言引道之次已定，前車乃發。善曰：《漢官儀》曰：大駕則公卿奉引。《尚書》曰：先路在左塾之前。

【疏】《漢官儀》，《史記・孝文紀》《索隱》、《後漢書・皇后紀》注引。「駕」字下皆無「則」字。○《尚書》，見《顧命》。

鸞旗皮軒，通帛綪旆。

【注】鸞旗，謂以象鸞鳥也。皮軒，以虎皮爲之。善曰：蔡邕《車服志》曰：鸞旗，俗人名曰雞翹。《上林賦》曰：前皮軒，後道斿。通帛曰旜。《國語》曰：分魯公以少帛綪茷。韋昭曰：綪茷，大赤也。茷音旆。

【疏】五臣「鸞」作「鑾」，「綪」作「蒨」。張銑曰：鑾旗皮軒，皆車也。步瀛案：《獨斷》曰：前驅有九斿、雲罕、闟戟、皮軒、鸞旗車，可與銑注相證。○《後漢書・蔡邕傳》曰：邕前在東觀，與盧植、韓説等撰補《後漢記》，會遭事流離，不及得成。因上書自陳，奏其所著「十意」。注引《邕别傳》曰：邕昔作《漢記》「十意」。《車服意》第六。《史通・正史篇》曰：熹平中，邕别作《朝會》、《車服》二志，後坐事徙朔方，上書求還，續成十志。惠棟曰：意，猶志也。避桓帝諱，故作「意」。曾樸《補後漢書藝文志考》曰：

《御覽》七百七十三引稱蔡邕《車服志》，六百九十二引稱蔡邕《輿服志》，即《别傳》所謂《車服意第六》者也。案：惠、曾説是也。《御覽》七百七十三所引與本注引略同。又《獨斷》云：鸞旗者，編羽毛，列繫橦旁。俗人名之曰雞翹車，非也。亦與此注引《車服志》同。○《上林賦》注引文穎曰：皮軒以虎皮飾車。《史記·司馬相如傳》《集解》引郭璞曰：皮軒，革車也。或曰：即《曲禮》前有士師，則載虎皮者也。皆與薛注合。《漢書·司馬相如傳》顔注曰：皮軒之上，以赤皮爲重蓋，今此制尚存，非猛獸之皮飾車也。沈欽韓《漢書疏證》曰：《續漢書·輿服志》注：胡廣曰：皮軒以虎皮爲軒。《宋史·輿服志》：皮軒車，漢前驅車也，冒以虎皮爲軒，取《曲禮》前有士師，則載虎皮之義。赤質曲壁，上有柱貫，五輪相重，畫虎文，駕四馬參。按：前後並云虎皮，師古謬也。○通帛曰旜。各本「旜」誤作「旗」，今依《周禮·司常》改。已見上。《釋名·釋兵》曰：雜帛爲旆。胡紹煐謂旜旆並車上所置。○《左·定四年》：子魚曰：分康叔以大路、少帛、綪茷、旃旌。杜注曰：少帛，雜帛。綪茷，大赤。本注引作《國語》又以康叔爲魯公，杜預爲韋昭，疑皆誤。孔疏曰：《周禮·司常》云：通帛爲旜，雜帛爲物。鄭玄云：通帛謂大赤，從周正色，無飾雜帛者，以帛素飾其側。白，殷之正色，大赤是通帛，知少帛是雜帛也。《釋草》云：茹藘，茅蒐。郭璞曰：今之蒨也，可以染絳。則綪是染赤之草。茷，即旆也。《爾雅》：繼旐曰旆。旐是旂身，旆是旂尾。尾猶用赤，則通身皆赤，知綪茷是大赤，大赤即今之紅旗，取染赤之草爲名也。○尤本注無「茷音旆」三字。胡克家曰：袁本、茶陵本有，是也。今據增。朱珔曰：《説文·艸部》：茷，艸木多。《㫃部》：旆，繼旐之旗也。「茷」爲「旆」之借字。《詩·六月》：白茷央央。《釋文》

「茷」本作「旆」。《左傳》疏亦云：茷即旆也。此注當有「茷與旆通」之語。

雲罕九斿，闟戟轇輵。

【注】雲罕，旌旗之別名也。九斿，亦旗名也。闟，鋋也。轇輵，雜亂貌。善曰：《上林賦》曰：載雲罕。《説文》曰：斿旍，施流也。《史記》曰：趙良謂衛鞅曰：君之出也，操闟戟者旁車而趨。王逸《楚辭注》曰：轇輵，參差縱横也。轇音膠，輵音葛。

【疏】五臣「闟」作「鈒」。○胡紹煐曰：鸞旗、皮軒、通帛、綪旆、雲罕、九斿、闟戟七者，皆車名。《後漢·輿服志》：龍旂九斿，七仞齊軫。鳥旟七斿，五仞齊較。亦謂諸侯以下之建於車上者。此通帛、綪旆當從同。《輿服志》又云：屬車四十六乘，前驅有九斿、雲罕、鳳皇、闟戟、皮軒、鸞旗，明六者皆車名。竊謂以鸞旗等建車中，故遂以所建者名車。末總云轇輵。轇輵，馳驅之貌。《史記·司馬相如傳》《索隱》引《廣雅》曰：膠葛，馳驅也。「轇輵」與「膠葛」同。○《輿服志》劉注引薛注曰：「闟」之言函也。取四戟函車邊，與此注異。又《通鑑·周紀》胡三省注引亦作「函」。梁章鉅引改「函」爲「臿」字，是。○《上林賦》：載雲罕。下云：揜羣雅。故張揖釋罕爲畢。《羽獵賦》所謂罕車飛揚是也。與此不同。彼以畢罕載之車，曰雲罕。此以旌旗建之車，亦曰雲罕。張揖彼注又以九流雲罕之車當之，非也。姚鼐謂《上林》自雲罕耳，非旌旗之罕也。詳見彼賦。徐鼒《續書雜釋》曰：雲罕，車名。按《晉書·禮志》：今當臨軒遣使，而五牛旂旗旄頭畢罕並出。《西京雜記》：輿駕祠甘泉汾陰，畢罕御馬，亦曰旗名。蔡邕《獨斷》：前驅有九旒、雲罕、闟戟、皮軒。《梁武帝紀》：齊帝命帝乘金根車，駕六馬，置旄頭、雲罕是也。胡紹煐曰：《史記·司馬相如傳》：載雲罕。《索隱》引張揖：雲罕，車也。前有九斿雲罕之車。説者以爲旌旗，非也。《中朝鹵簿圖》云：雲罕、駕駟不兼言九斿，罕車與九斿車別也。是張揖亦以雲罕爲車。○朱珔曰：今《説文·㫃部》游字云：旌旗之流也。从㫃，汓聲，又旒字訓亦同，當是「旒」爲「游」之重文。《周禮》作「斿」，蓋「游」之省也。流者，段氏云：旗之游，如水之流，故得稱流也。余謂此注所引「旍」即「旌」字。施當爲旗，而《説文》云：齊欒施字子旗，知施者旗也。則義亦通。《集韻》、《類篇》「流」作「旒」，亦俗字。而經典多有之。姜皋曰：《説文》：游字、旒字皆曰旌旗之流也。旒，《集韻》同「斿」。《周禮》及《考工記》已有「斿」字。《匡謬正俗》云：斿者，旌旗之斿，字从㫃，訓與旒同。《詩·長發》：爲下國綴旒。箋：旒，旗之垂者也。《釋文》「旒」本又作「流」。是「斿」、「旒」皆通。胡紹煐曰：正文作「斿」，「游」之省。善引《説文》作「斿」，以就正文。「旍施」當爲「旌旗」之誤。○《史記》見《商君傳》。《索隱》曰：「闟」亦作「鈒」。《説文》曰：鈒，鋋也。本書《藉田賦》注曰：「闟」與「鈒」音義同。《通雅》卷三十四曰：鈒戟無掌，有小横木。鈒，插也。本插車旁小戟也。《考工記·冶氏》注：戈，今之句孑戟。或曰：鷄鳴曰擁頸。疏據漢法而言符似鷄鳴。或曰：擁腫塞曲也。《方言》：戟其曲者謂之鉤孑鏝符。《漢書》：賜單于戲戟十張。敞《晉東宮舊事》：門各羌楯鷄鳴戟十張。此又一敞也。平子《東京賦》闟戟轇轕。張協有《手戟銘》皆是也。步瀛案：《漢書》見《匈奴傳》。《晉東宮舊事》、張協《手戟銘》，見《御覽·兵部》八十三、八十四引。○《楚辭·遠遊》王逸注釋膠葛爲參差。洪校曰：一作「轇轇」。又《九歎》王注言縱横轇轕，此注乃綜合引之。○尤本無「轇音膠，轕音葛」六字。

胡克家曰：袁本有，是也。今據增。

髶髦被繡，虎夫戴鶡。

【注】髶髦，髦頭茸騎也。善曰：《漢書》：羿爲髦頭。應劭曰：繡衣在天子乘輿之前。鶡，鷙鳥也，鬬至死乃止，令武士戴之，取猛也。司馬彪《續漢書》曰：虎賁、武騎皆鶡冠。

【疏】朱珔曰：《説文》：髶，亂髮也。茸，艸茸茸皃。音義略同。《太平御覽·儀式部》引《元中記》：秦時終南山有梓樹，大數百圍，蔭宮中。始皇伐之，輒大風雨，飛沙石，人皆疾走，至夜瘡合。有一人不能去。夜聞鬼問樹：「秦王凶暴，得不困耶？」樹曰：「來卽作風雨擊之，其奈吾何。」鬼曰：「秦王使三百人，被頭，以赤絲繞樹伐汝。」樹無言。疾入報。案言伐斷，中一青牛出，逐之入水。秦王因立旄頭騎。葉氏樹藩又引魏文帝《列異傳》云：秦文公時，梓樹化爲牛，以騎擊之，不勝，或墮地，髻解被髮，牛畏之，入水。故秦置旄頭騎。其事稍異。而摯虞《決疑録要注》則引張華語，以爲壯士之怒，髮踊衝冠，義取於此。應劭《漢官儀》曰：舊選羽林郎，旄頭被髮，爲前驅。今但用營士旄頭。步瀛案：葉氏引《列異傳》，本《文昌雜録》二。《決疑録要注》、《漢官儀》並見《御覽·儀式部》一。胡紹煐曰：今按：旄頭，星名。《史記·天官書》：昴曰旄頭。《晉書·天文志》：昴爲旄頭，昴畢閒爲天街。天子出，旄頭罕畢以前驅。「髦」、「旄」古通。髶之言茸也。髮叢雜謂之髶，猶草叢雜謂之茸。髦與昴音亦近。《列異傳》疑出附會。○《漢書·東方朔傳》「髦」作「旄」。顏注引應劭曰：今以羽林爲之，髮正向上，而長衣繡衣在乘輿前。此注疑有誤。○注「鷙鳥」，各本作「鷖鳥」，形近而誤。今依吴先生校改。朱珔曰：《説文》：鶡出上黨。《續漢書・輿服志》曰：武冠俗謂之大冠，環纓無蕤，以青系爲緄，加雙鶡尾，豎左右，爲鶡冠云。五官、左右虎賁、羽林、五中郎將、羽林左右監，皆冠鶡冠。鶡者，勇雉也，其鬭，對一死乃止。故趙武靈王以表武士。秦施用焉。劉昭注引徐廣曰：鶡似黑雉，出上黨。荀綽《晉百官表注》曰：冠插兩鶡，鷙鳥之暴疏者也。每所攫撮，應爪摧衄。天子武騎故以冠焉。《御覽》引應劭《漢官儀》及董巴《漢輿服志》並同。至郭注《中山經》云：鶡似雉而大，青色，有毛角，鬭死乃止。此則《説文》所稱鳻雀，似鶡而青，出羌中者。郭蓋誤認。《漢書・循吏傳》顔注亦辨之，謂非虎賁所著也。○《續漢書》，見《輿服志》下。案：此注各本「虎賁」下脱「武」字，今據志增入。

駙承華之蒲梢，飛流蘇之騷殺。

【注】駙，副馬也，承華，廄名也，言取華廄之蒲梢以爲副馬也。《漢官儀》有承華廄。善曰：《漢書》曰：蒲梢，龍文魚目汗血之馬。流蘇，五采毛雜之以爲馬飾而垂之。《續漢書》曰：駙馬赤珥流蘇。摯虞《決疑要注》曰：凡下垂爲蘇。騷殺，垂貌。

【疏】李注「後宮」上脱「《漢書》曰」三字，今依陳氏、胡氏、梁氏校增。案：見《西域傳贊》。各本梢上有「後宮」二字，乃誤連上句引之。今依吴先生校删去。「梢」下增「龍文魚目」四字。顔注引孟康曰：四駿馬名也。○《續漢書》，見《輿服志》上，「赤珥」上有「左右」二字。○《史記・司馬相如傳》《索隱》引《決疑注》曰：鳥尾爲蘇。《西京雜記》曰：昭陽殿壁帶往往爲黄金釭，含藍田壁，明珠翠羽飾之，上設九金龍，皆銜九子金鈴，五色流蘇，帶以緑文紫綬，金銀花鑷。《文獻通考・考樂十三》曰：凡鑾虡飾以崇牙流蘇樹羽。原注曰：上則樹羽旃，縣流蘇，周制也。《楊慎集》卷七十二曰：《倦遊録》述流蘇之制，但云五綵同心而下垂者，莫能言其始。《公紹書林》亦止引《晉書》：割流蘇爲馬帴，皆後世幃帳間所懸耳。古者流蘇蓋樂器之節。《前漢書·禮樂志》薛瓚注作「流遡」。《周禮》：金鐲節鼓。鄭玄注云：後世合宫懸用之，而有流蘇之飾，樂器而用以爲幃帳之懸，則晉以後始也。朱謀㙔《駢雅》曰：流蘇，纂綵也。魏茂林《訓纂》曰：流蘇之用不一，非僅施於幃帳。若《東京賦》、《西京雜記》所載，皆東漢以前事也。升菴僅舉《禮樂志》臣瓚注以「流遡」釋「流蘇」，不足以引申其説。至金鐲節鼓云云，見《地官·鼓人》。今鄭注並無此文。又按周樂懸之制，僅有樹羽。見《周頌·有瞽》章。又曰：「璧翣」見《禮·明堂位》。注云：周人畫繪爲翣，載以璧，垂五采羽。其下不言流蘇。今考《前書·相如傳》蒙鶡蘇，孟康注曰：蘇，析羽也。乃知古之流蘇，本以五采羽爲之。後乃用盤綫繪繡之毬如《倦遊録》所云，不知起於何代也。龐元英《文昌雜録》卷五亦謂：流蘇五采毛雜而垂之，引摯虞《決疑要注》及《東京賦》爲證。○舊注：殺，桑葛切。本書《江賦》曰：蝠蝫森衰以垂翹。李注曰：森衰，垂貌。案：騷殺、森衰聲轉義同。

總輕武於後陳，奏嚴鼓之嘈囋。

【注】後陳者，謂北軍五營兵在後陳列，嘈囋，鼓聲。善曰：《漢書》曰：隤銅丸以擿鼓，聲中嚴鼓之節。晉灼曰：疾擊鼓。

【疏】《輿服志》上曰：輕車，古之戰車也。洞朱輪輿，不巾不蓋，建矛戟幢麾輣輒弩箙，藏在武庫。大駕、法駕出，射聲校尉司馬吏士載以次。屬車在鹵簿中，諸車有矛戟，其飾幡斿，旗幟皆五采。制度從周禮。《吴孫兵法》云：有巾有蓋，謂之武剛車。武剛車者，爲先驅。又爲屬車，輕車爲後殿焉。《説文》曰：輕，輕車也。段玉裁曰：《周禮》：車僕，輕車之萃。鄭曰：輕車所用，馳敵致師之車也。漢之發材官、輕車，亦謂兵車。朱珔曰：《曲禮》：武車綏旌。鄭注：武車，亦兵車。疏云：武車，亦革車也。○張雲璈曰：五營蓋謂長水、步兵、射聲、胡騎、車騎等五營校尉也。見《後漢書・順帝紀》注。劉攽云：檢《百官志》：有屯騎、越騎、步兵、長水、射聲，當改「胡」作「屯」，「車」作「越」。○《漢書》，見《史丹傳》。案：各本「擿」誤「撾」。何氏據《漢書》改「擿」，今從之。○張雲璈曰：陸士衡《文賦》：務嘈囋而妖冶。注引《埤蒼》曰：嘈啈，聲貌。「啈」與「囋」、「囐」同。按《集韻》又作「嘈哳」，或作「嘈啐」。是「囐」、「囋」、「啈」、「哳」、「啐」並一字也。胡紹煐曰：《廣韻》，嘈囋，鼓聲。「囐」與「囋」同。

戎士介而揚揮，戴金鉦而建黄鉞。

【注】戎，兵也。士，士卒也。介，甲也。揮爲肩上絳幟，如燕尾者也。金鉦，鐲鐃之屬也。黄鉞，以黄金飾之。善曰：《左氏傳》廚人濮曰：揚徽者，公徒也。「徽」與「揮」古字通。蔡邕《獨斷》曰：乘輿後有金鉦黄鉞。

【疏】《左傳》，見昭二十一年。朱珔曰：《説文》：徽，幟也。以絳帛著於背下，亦引傳文。又云：若今救火衣然也。《周禮》司常掌九旗之物名，各有屬。鄭注：屬，謂徽識也。《大傳》謂之徽號。今城門僕射所被，及亭長著絳衣，皆其舊象。賈疏：徽識，謂在朝、在軍所用小旌。《詩》識文鳥章，亦一物識。

今《詩・六月》作「織」。彼疏云：《史記》、《漢書》謂之旗幟。「織」、「幟」皆與「識」同音通用。《司常》又云：皆畫其象，象有事有名有號。鄭云：三者旌旗之細也。是徽識卽小旗之著於衣者，並與薛説合。余疑雖著於衣，必插之肩背間，而有事亦可舉以指揮。傳云揚徽，揚者舉也。故「徽」或作「揮」，揮義亦可通。薛傳均曰：陳孔璋《爲袁紹檄豫州》：揚素揮以啟降路。注：《廣雅》曰：徽，幡也。「徽」與「揮」古通用，其實正字當作「徽」。《説文》揮字下云：奮也。徽字下云：衺幅也。一曰：三糾繩也。義皆不同。特以音近而假借耳。○發、旆、輵、鶡、殺、鉞，古音祭部。獻，聲字在元部，亦轉祭部。如「⿰木獻」之爲「蘖」，又「⿰車獻」字轉入祭部，卽其例也。

清道案列，天行星陳。

【注】清道，謂蹕止行者。列，猶次也。言天子行如上天之星行，羅列有次。善曰：司馬相如上疏曰：清道而後行。《周易》曰：天行健。《尚書大傳》曰：明明上天，爛然星陳。

【疏】司馬相如上疏，見本書卷三十九。○《周易》，見《乾・象傳》。○《尚書大傳》，本書潘正叔《贈陸機詩》注引下句。案：此當引《甘泉賦》曰：星陳而天行。

肅肅習習，隱隱轔轔。

【注】肅肅，敬貌。習習，行貌。隱隱，衆多貌。轔轔，車聲也。

【疏】《後漢書・班固傳》下注曰：習習，和也。

殿未出乎城闕，旆已反乎郊畛。

【注】殿，後軍也。旆，前軍也。郊畛，謂郊界也。言從之多，後猶未出城闕，前已迴於郊界也。善曰：《論語》曰：孟之反不伐，奔而殿。宋衷《太玄經注》曰：畛，界也。畛，諸鄰切。

【疏】胡克家曰：茶陵本「反」作「迴」，云五臣及袁本「反」無校語。案：此蓋以五臣亂善。○《論語》，見《雍也篇》。○《太玄·礥初一》曰：不見其畛。司馬光注曰：人莫見其畛界也。蓋卽本宋注。《小爾雅·廣詁》曰：畛，界也。○尤本無「畛諸鄰切」四字。胡克家曰：袁本有，是也。今據增。

盛夏后之致美，爰敬恭於明神。

【注】盛，猶嘉也。夏后，禹也。言今嘉欲行禹之事，爰布恭敬於神明也。善曰：《論語》曰：惡衣服而致美於黻冕，菲飲食而致孝於鬼神。《毛詩》曰：敬恭明神也。

【疏】胡克家曰：袁本、茶陵本「敬恭」作「恭敬」。案：二本是也。蓋尤誤因注而改。善注之例，但取意同，不拘語倒。引「敬恭明神」以注此「恭敬於明神」也。不知者凡屬此例，多所改易，俱失其意。步瀛案：此說未是，正文亦以作「敬恭」爲是。○《論語》，見《泰伯篇》。兩「於」字皆作「乎」。○《詩》，見《雲漢》。「敬恭」二字，各本誤倒。梁章鉅曰：案：《詩·雲漢篇》：敬恭明神，此引誤倒。《詩·釋文》「明祀」本或作「明神」。攷鄭箋：肅事明神，如是明神，宜不悔怒於我云云。「悔怒」正承「明神」言之。若作「明祀」，則「悔怒」字不可通。本書《答張士然詩》注引作「明祀」，或別有一本。胡紹煐曰：《孔龢碑》：敬恭明祀。亦作「明祀」，蓋當時有二本。平子賦及善注所引，皆卽陸所云或本也。○陳、嶙、畛，古音真部。○以上郊祀輿服。

爾乃孤竹之管，雲和之瑟。

【注】孤竹，國名，出竹。善曰：《周禮》曰：孤竹之管，雲龢之瑟。和與龢古字通。鄭玄曰：孤竹，特生者也。雲和，山名也。出美木，用爲瑟，其聲清亮也。

【疏】薛注以孤竹爲國名。案：《周書·王會篇》曰：孤竹距虛。《漢書·地理志》遼西郡令支縣，原注曰：有孤竹城。《史記·伯夷列傳》《正義》引《括地志》：孤竹，古城，在盧縣南十二里。殷時諸侯孤竹國也。○《周禮·春官·大司樂》曰：孤竹之管，雲和之琴瑟，冬日至於地上之圜丘奏之。若樂六變，則天神皆降，可得而禮矣。鄭注曰：孤竹，竹特生者。雲和，山名。鄭司農曰：雲和，地名也。《釋文》亦不言「和」作「龢」。疑李善本正文作「龢」。後人從五臣本作「和」，又以「和」與「龢」古字通語不能合，遂改所引《周禮》爲「雲龢」，實與鄭注「雲和」字不合也。後鄭以孤竹爲特生者，賈疏以《禹貢》嶧陽孤桐證之，甚確。下又云：孫竹之管，陰竹之管，皆非國名。則薛注謂孤竹國名，亦非。雲和，地名、山名，皆未詳所在。

雷鼓鼝鼝，六變既畢。

【注】雷鼓，八面鼓也。凡樂六變爲一成，則更奏畢盡也。善曰：《周禮》曰：雷鼓路鼗奏之，若樂六變，一變川澤之神見，二變山林之神見，三變丘陵之神見，四變墳衍之神見，五變地神見，六變天神見。《毛詩》曰：鼓鼝鼝。音淵。

【疏】《周禮·春官·大司樂》鄭注曰：變，猶更也。樂成則更奏也。則薛六變爲一成，非也。吳先生改「六變」爲「一變」，於《周禮》爲合。《大司樂》又曰：靁鼓靁鼗。鄭注曰：鄭司農云：雷鼓、雷鼗，皆謂六面有革可擊者也。玄謂雷鼓雷鼗八面。案：薛注從後鄭義。○許巽行曰：注引《周禮》不同，未詳。步瀛案：此殆後人傳寫或改竄致誤。《大司樂》：靁鼓靁鼗，冬至于圜丘奏之。靈鼓靈鼗，夏至于方丘奏之。路鼓路鼗于宗廟之中奏之。此注錯雜。又曰：凡六樂者，一變而致川澤之示，再變而致山林之示，三變而致丘陵之示，四變而致墳衍之示，五變而致土示，六變而致天神。○尤本《毛詩》下無「曰」字。今據六臣本增。《説文》曰：鼘鼘，鼓聲也。《詩》曰：鼗鼓鼘鼘。今《詩·那》作「淵」。李善引《毛詩》「鼓鼝鼝」今《有駜》作「咽咽」。《釋文》曰：「咽」本又作「鼝」。蓋善所據本同。朱珔曰：「鼝」與「咽」音同。《説文》作「鼘」，引《詩》：鼗鼓鼘鼘。而《商頌》作「淵淵」。《小雅·采芑篇》亦云：伐鼓淵淵。「淵」與「咽」皆假借字也。此作「鼝」者，淵本從𣶒，遂加水旁，而又移淵於上耳。案：「鼘鼘」、「咽咽」，音近義同。楊桓《六書故》曰：「淵淵」、「咽咽」，其聲不同。淵淵狀鼓聲多而遠，咽咽聲近而疊，味其聲可以知其義，乃妄説穿鑿。吕錦文據以定此注所引爲《商頌》，蓋本三家《詩》，非《毛詩》，謬甚。○尤本無「音淵」二字。胡克家曰：袁本有，是也。今從之。

冠華秉翟，列舞八佾。

【注】冠華，以鐵作之，上闊下狹，以翟雉尾飾之。舞人頭戴。一行羅列八人，八八六十四人，謂今麥策花也。《穀梁傳》曰：舞夏，天子八佾。善曰：蔡邕《獨斷》曰：大樂郊祀舞者，冠建華冠。《毛詩》曰：右手秉翟。八佾，已見《東都賦》。

【疏】朱珔曰：薛説合華翟二者爲一，但冠爲首之所戴，秉乃手之所執，固當有别。蔡邕《獨斷》曰：建華冠以鐵爲柱，卷貫大珠九枚。今以銅爲珠形制似縷簏。記曰：知天文者服之。《左傳》曰：鄭子臧好聚鷸冠。前圖以爲此制，是也。天地五郊明堂月令舞者服之。《續漢志》同，而皆不言翟。疑薛氏誤以鷸爲翟也。善注既引《獨斷》語，兼引《詩》右手秉翟。則翟非冠之所有，似得之。又劉昭注引薛綜曰：下輪大，上輪小。與此處上闊下狹正相反，亦未知孰是。步瀛案：《輿服志》引《獨斷》：「形制似縷簏」，作「其狀若婦人縷鹿」。「前圖」作「前圓」。「月令」作「育令」。當據改。胡紹煐曰：下輪大，則非狹可知。上輪小，則非闊可知。疑此注上下二字倒誤。○《穀梁》，見隱五年。范甯注曰：八列，八八六十四人，並執翟雉之羽而舞也。○《獨斷》原文已見上。此注蓋以意引之。○《毛詩》，見《簡兮》。毛傳曰：翟，翟羽也。○八佾，已見《東都賦》。尤本作「馬融《論語注》曰：佾，列也」九字。胡克家曰：袁本作「八佾，已見《東都賦》」，是也。今從之。

元祀惟稱，羣望咸秩。

【注】元，大也。祀，祭也。稱，舉也。謂大祭天地之禮，既舉羣岳衆神望以祭祀之，皆有秩次。善曰：《尚書》曰：咸秩無文。王肅曰：秩，序也。《左氏傳》曰：乃有事于羣望。孔安國《尚書傳》曰：在遠者，望而祭之。

【疏】《尚書》，見《洛誥》。○《左傳》，見昭十三年。○僞孔傳《舜典》但言望祭之。而此與《漢書·郊祀志》顔注同。

颸槱燎之炎煬，致高煙乎太一。

【注】颸，飛颸也。槱之言聚也。謂聚薪焚之，揚其光炎，使上達於天也。太一，天之尊神也。曜，魄寶也。善曰：《周禮》曰：以槱燎祀司中、司命。郭璞《方言注》曰：火熾猛爲煬。《説文》曰：致，送也。《漢書》曰：中宮天極星，其一明者太一常居也。

【疏】五臣「槱」作「櫵」。胡克家曰：茶陵本「乎」字下校語云：善作「於」。袁本作「於」，蓋善「乎」，五臣「於」，校語有倒錯也。上文當覩乎殿下者，袁、茶陵亦作「於」，不著校語，似失之耳。○《史記·封禪書》曰：亳人謬忌奏太一方曰：天神貴者太一，太一佐曰五帝。《索隱》引《春秋佐助期》曰：紫宮，天皇曜魄寶之所理也。本書《甘泉賦》注引《春秋合誠圖》曰：紫宮帝室，太一之精。《淮南·天文篇》曰：太微者，太一之庭也。紫宮者，太一之居也。《周禮·大宗伯》鄭注曰：昊天上帝，冬至於圜丘所祀天皇大帝。賈疏曰：《元命包》云：紫微名爲大帝。又《文耀鉤》云：中宮大帝，其北極星下一明者，爲太一之先合元氣以布斗，是天皇大帝之號也。又案《爾雅》云：北極謂之北辰。鄭注云：天皇北辰耀魄寶，又云昊天上帝，又名大一常居，以其尊大，故有數名也。○《周禮·大宗伯》曰：以煙祀祀昊天上帝，以實柴祀日月星辰，以槱燎祀司中、司命、飌師、雨師。鄭注曰：禋之言煙。周人尚臭，煙氣之臭聞者，槱積也。《詩》曰：芃芃棫樸，薪之槱之。三祀皆積柴，實牲體焉。或有玉帛，燔燎而升煙，所以報陽也。昊天上帝，冬至於圜丘所祀天皇大帝。《釋文》曰：槱，羊九反。燎，良召反。《詩·棫樸》毛傳曰：槱，積也。《説文》曰：槱，積木燎之也。引《大宗伯》文。重文作「禉」，曰：柴祭天神，或從示。

《説文》曰：禋，柴祭天也。「燎」乃通借字。朱珔曰：《尚書》：禋于六宗。《大傳》「禋」作「煙」。袁準《正論》曰：禋者，煙氣烟熅也。是「禋」與「煙」義通。故此賦言高煙，即所謂明禋也。步瀛案：《御覽・時序部》三引《大傳》「煙」作「湮」。《禮儀部》七及《儀禮經傳通解續・祭禮十》皆作「禋」，並誤也。《路史餘論》五云：禋于六宗。《大傳》作「煙」。以《御覽・時序部》、《儀禮通解續》引鄭注核之，作「煙」是也。袁準《正論》見《詩・生民》疏引。又云：天之體遠，不得就。聖人思盡其心，而不知所由，故因煙氣之上，以致其誠。《外傳》曰：精意以享禋，此之謂也。難者曰：禋于文王，何也。曰：夫名有轉相因者。《周禮》云：禋祀上帝，辨其本，言煙熅之體也。《書》曰：禋于文武者，取其辨精意以享也。先儒云：凡絜祀曰禋，若絜祀爲禋，不宜别六宗與山川也。凡祭祀無不絜，而不可謂皆精。然則精意以享，宜施燔燎。精誠以享，假煙氣之升，以達其誠故也。孫詒讓曰：《周語》云：精意以享，謂之禋。並與「煙」得相叶。但宗廟用「煙」，則《郊特牲》云：臭陽達于牆屋，是也。天神用煙，則此文是也。鄭於禋祀之下，正取義於煙，故言禋之言煙也。蓋「禋」「煙」聲類同。故升煙以祭，謂之禋祀。對實柴槱燎言之也。散文則禋通爲祭祀。《爾雅・釋詁》云：禋，祭也。《説文》云：禋，絜祀也。一曰：精意以享爲禋，是也。《郊特牲》云：周人尚臭，灌用鬯臭。彼文本指宗廟祼鬯，此天神無祼而升氣，亦尚臭之意，故引之證禋之取義於煙也。案：此説能申鄭之意，而本賦之意從可通矣。胡紹煐謂高煙與禋祀異。昊天上帝截然兩事，似未達鄭義。故并本賦之文亦不可通矣。○《方言》三郭注曰：煬，炙也。煬，暴也。今江東火熾盛爲煬。○梁章鉅曰：今《説文》作「致，送詣也」。案：見《夊部》。○《漢書》，見《天文志》。

神歆馨而顧德，祚靈主以元吉。

【注】歆，饗也。顧，眷也。祚，報也。靈，明也。元，大也。吉，福也。言天神覩人主之明肅，顧饗其馨香之祭，故報之以大福。《尚書》曰：明德惟馨。《周易》曰：黄裳元吉。

【疏】《尚書》，見僞《君陳》，非薛所及見。疑「《尚書》」上當有「善曰」二字。又案：《左·僖五年》引《周書》曰：明德惟馨。乃僞古文所本。○《周易》，爲《坤·六五爻辭》。○瑟、畢、佾、秩、一、吉，古音至部。

然後宗上帝於明堂，推光武以作配。

【注】宗，尊也。上帝，太微中五帝也。配，對也。言尊祭五帝於明堂，以光武配之。《漢書》曰：明帝宗祀五帝於明堂，光武皇帝配之。

【疏】《史記·天官書》曰：南宫、朱鳥、權衡——太微三光之廷，其内五星，五帝坐。餘已見《東都賦》。○「《漢書》」上疑奪「後」字。然與今《范書·明帝紀》及司馬彪《續志》皆不盡同。蓋他家《後漢書》也。

辯方位而正則，五精帥而來摧。

【注】辯，别也。方位，謂四方中央之位也。則，法也。五精，五方星也。帥，循也。摧，至也。言五帝總集至明堂。善曰：《漢書》曰：祀五帝於明堂，坐位各處其方。《孝經鉤命決》曰：宗祀文王於明堂，以配上帝。五精之神。《爾雅》曰：摧，至也。

【疏】此注「《漢書》上亦疑奪「後」字。○《孝經鉤命決》，此條《古微書》失輯入。○《爾雅》，見《釋詁》。

尊赤氏之朱光，四靈懋而允懷。

【注】赤氏，謂漢火德所統。赤帝熛怒也。《河圖》曰：四靈：蒼帝神名靈威仰，赤帝神名赤熛怒，黃帝神名含樞紐，白帝神名白招拒，黑帝神名協光紀。今止云四靈，謂除赤餘有四。懋，悦也。懷，安也。善曰：《尚書》曰：民其允懷。孔安國曰：民信歸之。

【疏】《河圖》已見《東都賦》注引。○注今止云「四靈」，尤本「止」作「五」，今依毛本。○《尚書》，見《僞周官》。○配、摧、懷，古音脂部。

於是春秋改節，四時迭代。

【注】改，易也。迭，更也。代，謝也。言感四時之謝，而欲享祀也。善曰：《易乾鑿度》：孔子曰：天地有春秋冬夏節，故生四時。又曰：五行迭終，四時更廢。

【疏】《乾鑿度》今本「節」上有「之」字。

蒸蒸之心，感物曾思。

【注】《廣雅》曰：蒸蒸，孝也。感物，謂感四時之物，即春韭卵、夏麥魚、秋黍肫、冬稻鴈，孝子感此新物，則思祭先祖也。善曰：《尚書》曰：虞舜蒸蒸。《廣雅》曰：感，傷也。

【疏】胡克家曰：「《廣雅》曰」三字不當有。各本皆衍。此非薛注所得引。乃或記於旁而竄入者。步瀛案：見《釋訓》。○《禮記·王制》曰：庶人春薦韭，夏薦麥，秋薦黍，冬薦稻。韭以卵，麥以魚，黍以豚，稻以鴈。又《公羊》注見下。○注：虞舜蒸蒸。梁章鉅曰：此撮舉《堯典》之詞。今《書》作「烝烝」。漢人多讀「烝烝」爲句。孔傳連下「乂」字句絶，非也。○《廣雅》，見《釋今》二。「傷」作「惕」。○孫志祖曰：「曾」疑當作「增」。朱珔曰：「曾」與「增」通。《孟子》曾益其所不能。《荀子注》「曾」作「增」。又《孟子音義》引丁音云：依注，「曾」讀當作「增」。依字訓，義亦通也。故《離騷》：曾歔欷余鬱邑兮，注：曾，累也。《廣雅·釋詁》亦曰：增，累也。此「曾思」蓋謂「增思」。注闕讀。

躬追養於廟祧，奉蒸嘗與禴祠。

【注】言祭皆追感孝養之道，故躬自爲之，躬猶身也。善曰：《禮緯》曰：祭者，所以追養繼孝也。《禮記》曰：遠廟爲祧。《毛詩》曰：禴祠蒸嘗。《公羊傳》曰：春曰祠，夏曰禴，秋曰嘗，冬曰蒸。

【疏】「祭者，所以進養繼孝也。」乃《禮記·祭統篇》文。蓋與《禮緯》同。○《禮記》，見《祭法》。鄭注曰：廟之言貌也。宗祖者，先祖之尊貌也。祧之言超也。超，上去意也。天子遷廟之主，以昭穆合藏於二祧之中。諸侯無祧，藏於祖考之廟中。《聘禮》曰：不腆先君之祧，是謂始祖廟也。孔疏曰：鄭注《周禮》守祧云：先公遷主，藏于后稷之廟。先王之遷主，藏于文武之廟。鄭必知然者，案文二年八月丁卯，大事于大廟。《公羊傳》云：大事者何，大祫也。毁廟之主，陳于太祖，是毁廟在大廟，祫乃陳之。故知不窋以下先公，遷主藏于后稷廟也。文武二廟既不毁，則文武以下，遷主不可越文武上藏后稷之廟，故知藏於文武廟也。此遷主所藏曰祧者，是對例言之耳。若散而通論，則凡廟曰祧。

故昭元年《左傳》云：其敢愛豐氏之祧。彼祧，遠祖廟也。襄九年《左傳》云：君冠必以先君之祧處之。服虔注云：曾祖之廟曰祧者，以魯襄公於時冠於衛成公之廟。成公是衛今君之曾祖，曰祧也。○《毛詩》，見《天保》。毛傳曰：春曰祠，夏曰禴，秋曰嘗，冬曰烝。《釋文》曰：「禴」本又作「礿」。孔疏引孫炎《爾雅·釋天》注曰：祠之言食，礿新菜，可汋嘗。嘗新穀。烝，進品物也。又《周禮·春官》：大宗伯之職，以祠春享先王，以禴夏享先王，以嘗秋享先王，以烝冬享先王。《禮記·王制》曰：天子、諸侯宗廟之祭，春曰灼，夏曰禘，秋曰嘗，冬曰烝。鄭注曰：此蓋夏殷之祭名。周則春曰祠，夏曰礿。以禘爲殷祭。○《公羊》，見桓八年。何休《解詁》曰：春曰祠，薦尚韭卵。祠，猶食也。猶繼嗣也。春物始生，孝子思親，繼嗣而食之，故曰祠。因以別死生。夏曰礿，薦尚麥魚，始熟可礿，故曰礿。秋曰嘗，薦尚黍肫。嘗者，先辭也。秋穀成者非一，黍先熟，可得薦，故曰嘗。冬曰烝，薦尚稻鴈。烝，衆也。氣盛貌。冬萬物畢成，所薦衆多，芬芳備具，故曰烝。○代、思、祠，古音之部。

物牲辯省，設其楅衡。

【注】物牲，謂祭祀之牲物，皆徧省視之也。横木於牲角端，以備抵觸，謂之楅衡。善曰：《周禮》曰：牧六牲而阜蕃其物，以供祭祀。凡祭祀飾其牛牲，設其楅衡。杜子春曰：楅衡，所以持牛，令不得抵觸人也。

【疏】「辯」，「徧」之借字。《書·堯典》：徧于羣神。《史記·五帝本紀》作「辯」。《儀禮·鄉飲酒禮》鄭注曰：今文「辯」皆作「徧」。《周禮·春官·小宗伯》曰：大祭祀省牲。○《周禮·地官·牧人》曰：掌牧六牲，而阜蕃其物，以共祭祀之牲牷。注似脱「之牲牷」三字。《封人》曰：凡祭祀，飾其牛牲，設其楅衡。此注蓋合二職引之耳。「凡祭祀」上當有「又曰」二字。杜子春注，亦見《封人》注引。案：本注各本「持」下脱「牛」字，今據《封人》注增。注引鄭司農曰：楅衡，所以楅持牛也。後鄭曰：玄謂楅設於角，衡設於鼻，如椵狀也。又《詩·閟宮》毛傳曰：楅衡設牛角，以楅之也。鄭箋曰：楅衡其牛角，爲其觸觝人也。曾釗曰：楅，逼也。衡，横也。横逼於角，以防牛觸衡。《説文》在《角部》，則非設於鼻之物。《魯頌》：夏而楅衡。毛義卽先鄭所本。康成《詩箋》亦同毛，此獨爲異解，失之。

毛炰豚胉，亦有和羹。

【注】善曰：鄭玄《周禮注》曰：毛炰豚者，爓去其毛而炰之，以備八珍。《毛詩》曰：毛炰胾羹。《周禮》曰：饋食之豆，其實豚胉。杜子春以胉爲膊，謂脅也。《毛詩》曰：亦有和羹。

【疏】注引《周禮》，見《地官·封人》。各本鄭玄下衍「曰」字。「豚者」二字誤倒。「爓」誤作「胉」，今據《封人》注改。○《毛詩》，見《閟宮》。毛傳曰：毛炰，豚也。胾，肉也。羹，大羹。鉶，羹也。《爾雅·釋器》曰：肉謂之羹。郭注曰：肉，臛也。○後引《周禮》，見《天官·醢人》。各本「饋食」誤「飲食」。杜子春下衍「曰」字。今亦據《醢人》及注改。又《醢人》「胉」作「拍」。注同。又「杜子春」云云，原注作「鄭大夫、杜子春皆以『拍』爲『膊』」。謂脅也。或曰：豚拍肩也。今河閒名豚脅，聲如鍜鎛。段玉裁曰：以拍爲膊，卽讀拍爲膊也。易其字，訓爲脅，此一説也。或曰：豚拍，肩也者，不易字而訓爲肩，此又一説。又按胉不得訓肩，此是讀拍爲髆。《説文》曰：髆，肩甲也。孫詒讓曰：《士喪禮》特豚兩胉。

鄭彼注云：胉，脅也。今文「胉」爲「迫」。《文選・東京賦》：毛炰豚胉。李注引《周禮》作「胉」。蓋兼據《禮》古文改。○《毛詩》，見《烈祖》。鄭箋曰：和羹者，五味調腥熟，得節食之，於人性安和，喻諸侯有和順之德也。

滌濯静嘉，禮儀孔明。

【注】滌濯，謂洗滌也。静，絜也。嘉，善也。孔，甚也。言禮儀甚鮮明也。善曰：《周禮》曰：大祭祀，眡滌濯。鄭玄曰：滌濯，溉祭器也。《毛詩》曰：籩豆静嘉。又曰：禮儀既備。又曰：祀事孔明。

【疏】《周禮》，見《春官・小宗伯》。鄭注見《大宗伯》。案：本注各本脱「濯」字，今依《大宗伯》注增。○《毛詩》，先引見《既醉》，次兩引皆見《楚茨》。

萬舞奕奕，鍾鼓喤喤。

【注】萬舞，干也。奕奕，舞形也。喤喤，鍾鼓聲也。善曰：《毛詩》曰：萬舞奕奕，鍾鼓喤喤。

【疏】《詩・簡兮》：方將萬舞。毛傳曰：以干羽爲萬舞。《公羊・宣八年》曰：萬者何，干舞也。《夏小正》傳曰：萬也者，干戚舞也。○注「喤喤」下，各本脱「鍾」字。今依《爾雅・釋訓》增。○《毛詩》，前引見「那」。「奕奕」作「有奕」。皮錫瑞曰：此用經文易字也。步瀛案：毛傳曰：奕奕然閑也。後引見《執競》。今本「鍾」作「鐘」。

靈祖皇考，來顧來饗。

【注】靈，皇神名，謂先帝也。言先帝之神，顧愍子孫，享其食也。

【疏】舊注：饗平聲。

神具醉止，降福穰穰。

【注】神，謂先神也。具，俱也，止，已降下也。穰穰，衆多也。善曰：《毛詩》曰：神具醉止，降福穰穰。

【疏】《毛詩》，前引見《楚茨》。後引見《執競》。《毛傳》曰：穰穰，衆也。○衡、羹、明、饗、穰，古音陽部。○以上郊廟諸祀。

及至農祥晨正，土膏脉起。

【注】農祥天駟，即房星也。晨時，正中也。謂正月初也。善曰：《國語》曰：虢文公曰：太史順時覛土，農祥晨正，土乃脉發。太史告稷曰：土膏其動。韋昭曰：農祥，房星也。晨正，謂立春之日，晨中於午也。脉，理也。膏，土潤也。

【疏】《國語》，見《周語》上。案：注各本「覛」作「視」，今依胡氏校改。韋注曰：覛，視也。汪遠孫《國語發正》曰：《周語》下注：祥，猶象也。房星晨正，而農事起，故謂之農祥。義同。《漢書·郊祀志》：高祖詔天下立靈星祠。張晏注云：龍星左角曰天田，則農祥也。晨見而祭之。張以天田爲農祥，龍星夏見，與此農祥異也。

乘鑾輅而駕蒼龍，

【注】善曰：《禮記》曰：孟春之月，乘鑾輅，駕蒼龍。鄭玄曰：鑾輅，有虞氏之車也。有鑾和之節而飾之以青，春，東方色青也。馬八尺爲龍。

【疏】《月令》「鑾」作「鸞」，「輅」作「路」。《釋文》曰：本又作「輅」，又「蒼」作「倉」。阮元曰：《石經》「倉」作「蒼」。○注引鄭注「節」誤「飾」。「青」下衍「輪」字。並依《月令》改。又《月令》注「春，東方色青也」六字作「取其色也」四字。「八尺」下有「以上」二字。王引之《經義述聞》曰：下文赤騮、黄騮、白駱、鐵驪，下一字皆馬色名。倉龍不應獨異。龍當讀爲駹。《説卦》傳：震爲龍。虞翻「龍」作「駹」；云：駹，蒼色，震，東方，故爲駹。○梁章鉅曰：《續漢書·輿服志》注引《東京賦》云：鸞輅蒼龍。賀循曰：春獨鸞路者，鸞鳳類而色青，故以名春路也。按：「鸞」古通作「鑾」。鑾和皆鈴也。本書《上林賦》鳴玉鸞。郭注：鸞，鈴也。賀循語聊備一説耳。

介馭閒以剡耜。

【注】天子車，帝在左，御在中，介處右。善曰：《禮記》曰：天子祈穀于上帝，親載耒耜，措之于參保介之御閒。鄭玄曰：保介，車右。置耒耜於車右與御者之間，明以勸農。又使勇士衣甲而參乘，備非常也。保，猶衣也。《毛詩》曰：以我覃耜。毛萇曰：覃，利也。鄭玄《禮記注》曰：耜，耒之金也。覃與剡同。以冉切。

【疏】梁章鉅曰：《續漢書·輿服志》注引薛注：耜，耒金也。廣五寸，著耒端而載之。天子車參乘，帝在左，御在中，介處右，以耒置御之右。與此注小異。○《禮記》見《月令》。鄭注「保介車右」下有「也」字。又「使勇士衣甲」作「人君之車必使勇士衣甲居右」。王引之曰：「于參」《吕氏春秋》作「參于」。「參于」「保介」，與「御」閒文，義甚順。鄭注以爲勇士參乘，非也。書傳凡言參乘，無但曰參者。

○《毛詩》，見《大田》。案，《爾雅·釋詁》曰：剡，利也。郭注曰：《詩》曰：以我剡耜。陳喬樅曰：郭注是，據舊注《魯詩》之文。張衡《東京賦》：介御閒以剡耜。衡習《魯詩》，可互證也。《淮南·氾論訓》：古者剡耜而耕。字亦作「剡」，皆從魯文。毛作「覃」，假借字。胡紹煐曰：「剡」字亦爲「燅」。《爾雅釋文》：「覃」本作「燅」。○《禮記》鄭注，見《月令》。○尤本正文「剡」下注「以冉」二字。胡克家曰：袁本作「以冉切」三字，在注末，是也。今據增。

躬三推於天田，脩帝籍之千畝。

【注】善曰：《東觀漢記》曰：永平四年，詔書曰：朕親耕于籍田，以祈農事。《禮記》曰：躬耕帝籍，天子三推，爲籍千畝。揚雄《上林苑箴》曰：芒芒天田，芃芃作穀。

【疏】胡紹煐曰：《後漢書·律曆志》注引薛綜《二京賦》注曰：爲天神借民力於此田，故名帝藉。田在國之辰地。按今注無之。○李注引《東觀漢記》「永平」各本誤作「永明」，今依梁氏校改。又今本「籍」作「藉」。《後漢書·明帝紀》亦載此詔，作「朕親耕藉田」。○《禮記》：躬耕帝藉，天子三推。見《月令》。爲藉千畝，見《祭義》。《釋文》曰：「藉」，《説文》作「耤」。案：《説文》曰：耤，帝耤千畝也。古者使民如借，故謂之藉。經傳多以「藉」字或「籍」字爲之。○揚雄箴、《御覽·職官部》三十及《古文苑》皆載之。

供禘郊之粢盛，必致思乎勤己。

【注】禘郊，謂祭天於南郊也。言天子籍田千畝，必須親耕者，爲敬其祖考，用充宗廟之粢盛，故云勤

己。善曰：《禮記》曰：王者禘其祖之所自出。鄭玄曰：禘，大祭也。又曰：天子籍田千畝，以事天地，以爲齊盛。毛萇《詩傳》曰：器實曰粢，在器曰盛。鄭玄《禮記注》曰：致之言至也。

【疏】朱珔曰：案《國語·周語》：禘郊之事，則有全烝。《魯語》：天子日入監九御，使潔奉禘郊之粢盛。《楚語》：天子親春禘郊之盛。又禘郊不過繭栗。與《王制》祭天地之牛角繭栗正合。故此注亦以禘郊連言，皆爲祭天。薛氏猶是鄭君之説，而不同王肅以下諸家，謂禘祭專屬宗祖也。善注引《禮記》亦從薛義，而不以他説汩之。步瀛案：《禮記·大傳》曰：王者禘其祖之所自出，以其祖配之。《喪服小記》同。鄭注《大傳》曰：凡大祭曰禘，自由也。大祭其先祖所由生，謂郊祀天也。王者之先祖，皆感大微五帝之精以生。蒼則靈威仰，赤則赤熛怒，黄則含樞紐，白則白招拒，黑則汁光紀。皆用正歲之正月郊祭之，蓋特尊焉。《孝經》曰：郊祀后稷以配天，配靈威仰也。宗祀文王於明堂以配上帝，汎配五帝也。《祭法》曰：有虞氏禘黄帝而郊嚳，夏后氏亦禘黄帝而郊鯀，殷人禘嚳而郊冥，周人禘嚳而郊稷。鄭注曰：此禘謂祭昊天於圜丘也。祭上帝於南郊曰郊，祭五帝五神於明堂曰祖宗。祖宗通言爾。孔疏曰：案：《聖證論》以此禘黄帝是宗廟五年祭之名。肅又以郊與圜丘是一，郊卽圜丘。故肅難鄭云：案：《易》帝出乎震。震，東方。生萬物之初，以木德王天下，非謂木精之所生。五帝皆黄帝之子孫，各改號代變，而以五行爲次焉。何大微之精所生乎。又郊祭，鄭玄云：祭感生之帝，唯祭一帝耳。《郊特牲》何得云郊之祭，大報天而主日。又天唯一而已，何得有六。又《家語》云：季康子問五帝。孔子曰：天有五行，木、火、金、水及土。四分時，化育以成萬物，其神謂之五帝。是五帝之佐也。

猶三公輔王，三公可得稱王輔，不得稱天王。五帝可得稱天佐，不得稱上天。而鄭云以五帝爲靈威仰之屬，非也。玄以圜丘祭昊天，最爲首禮。周人立后稷廟，不立嚳廟，是周人尊嚳不若后稷及文武。以嚳配至重之天，何輕重顛倒之失所。郊則圜丘，圜丘則郊，猶王城之内，與京師異名而同處。《郊特牲》疏又引《聖證論》，王肅難鄭云：鄭玄以《祭法》禘黄及嚳爲配圜丘之祀。《祭法》説禘，無圜丘之名。《周官》圜丘不名爲禘，是禘非圜丘之祭也。玄既以祭法禘嚳爲圓丘，又《大傳》：王者禘其祖之所自出，而玄又施之於郊祭后稷，是亂禮之名實也。按：《爾雅》云：禘，大祭也。繹，又祭也。皆祭宗廟之名。則禘是五年大祭先祖，非圓丘及郊也。周立后稷廟而嚳無廟，故知周人尊嚳不若后稷之廟重，而玄説圓丘祭天祀大者，仲尼當稱昔者周公禘，祀嚳圓丘以配天。今亡此言，知禘配圓丘非也。又《詩·思文》后稷配天之頌，無帝嚳配圓丘之文。知郊則圓丘，圓丘則郊，所在言之，則謂之郊，所祭言之，則謂之圓丘。於郊築泰壇，象圓丘之形，以丘言之，本諸天地之性。故《祭法》云：燔柴於泰壇，則圓丘也。《郊特牲》云：周之始郊日以至。《周禮》云：冬至祭天於圓丘。知圓丘與郊是一也。案：鄭、王二義迥乎不同。故馬昭、張融等迭有争辨。南北朝諸儒聚訟不已。及唐定義疏，三《禮》皆用鄭注。孔、賈爲疏，畢載鄭、王諸家之説。而宋以後理學爲主，六天之義，無復主之者。至清儒復唱漢學，楬櫫鄭義，而古義復顯。朱氏所舉《國語》諸條，皆可爲禘郊乃祭天之確證。金鶚《禮説》謂禘之大綱有二，一曰禘郊之禘，一曰禘祫之禘。禘郊之禘，其目有五，一曰圜丘之禘，一曰方丘之禘，一曰南郊之禘，一曰北郊之禘，一曰明堂之禘。禘祫之禘，其目有二。一曰宗廟吉禘，一曰宗廟大禘。其攷甚詳，不能悉録。又駁王肅之説曰：禘祭有七，而圜丘之祭爲最大。《爾雅》所謂大祭，蓋主圜丘之禘。故在《釋天篇》中。王肅見「禘大祭」與「繹又祭」連文，遂以禘爲宗廟之祭。殊不思上文「祭星曰布」云云，是天神之小者。類祭上帝則大矣。然告祭非正祭，其禮殺於郊，不得爲大祭，故繼之曰：「禘，大祭也。」何謂禘，非祭天乎。至「繹又祭也」一句，乃爲下文「周曰繹」三句提綱，本不與上文連。則禘爲祭天明矣。雖宗廟之禘，亦大祭，謂此爲諸大祭之通釋，固無不可。然豈可專指宗廟之祭哉。《周官》圜丘、方丘、宗廟三大祭，皆是禘，其名統同，故不一一言之。豈可以其不言禘，遂斷其非禘哉。又曰：天子諸侯皆以始封者爲始祖，故殷立契廟，周立稷廟，非尊稷、契而卑嚳也。稷契既是始封之祖，又各有大功德，故南郊以之配天，而世系之。遠祖則帝嚳也。嚳又有聖德，故圜丘以之配天。冬至爲陽生之始，故祭天而以世系之遠祖配。夏正孟春爲一歲之始，故祭天而以肇封之始祖配。子月在寅月先，遠祖在始祖先，其配祭各有所當，亦非尊嚳而卑稷也。又曰：《孝經》言孝，莫大于嚴父配天，則周公其人也。注云：以父配天之禮，始自周公，是經意所重，在於嚴父。下云：宗祀文王于明堂，以配上帝，正其事也。郊祀后稷以配天句，帶説不重。故嚳配圜丘，略而不言。然不略稷而略嚳者，以方言嚴父意，主於近者。稷近而嚳遠，故略嚳而不略稷也。安得以《孝經》無帝嚳配天之文，而遂議其非乎。以上皆能抵王之隙，申鄭之旨。孫詒讓曰：鄭謂圜丘祭北辰耀魄寶，郊祭感生帝靈威仰。諸名本於緯書，王肅難之，持論自正。然德運終始之説，其原甚古。王者之興，自當各有受命之帝。蓋圜丘、昊天爲天之全體，百王同尊。南郊上帝，則於五天帝之中，獨尊其德運之帝，以示受命之所由，此亦聖人治神制禮之精義，特不必爲感生之説耳。其説尤爲持平。以今日觀之，六天之説出自讖緯。讖緯之説，殆本於方士。光武信讖，遂成一代風尚。鄭君大儒，不能不受時代之影響而毅然屏絶之。如朱子之於《河圖》、《洛書》也，亦然。吾輩信而好古，特好其可信者耳。其不可信者，不必曲以附之，斯爲善學矣。○《禮記》，前引見《大傳》及《喪服小記》。後引見《祭義》。○《詩》毛傳，見《甫田》。案：「粢」當作「齋」，或作「秶」。《説文》：齋，稷也。粢或从禾，次聲。粢乃餈之或體。《説文》以爲稻餅者也。經傳假借爲粢耳。○《禮記》鄭注，見《禮器》。

兆民勸於疆場，咸懋力以耘耔。

【注】兆民，謂百姓也。疆，田畔也。耘，去草。耔，壅本也。善曰：《毛詩》曰：疆場有瓜，或耘或耔。《爾雅》曰：懋，勉也。

【疏】六臣本「民」作「人」。各本「咸」作「感」。何焯曰：「感」疑「咸」。王念孫曰：「感」與下五字義不相屬，蓋「咸」字之誤。咸，皆也。言皆勉力也。胡紹煐曰：翰注云：兆民沐化，相勸勉理田也。相勸勉，正釋咸字之義。是本作「咸」，不作「感」。《旁證》謂善本作「感」五臣本作「咸」，誤矣。步瀛案：張本、毛本皆作「咸」。張鳳翼《纂注》本同。今據改。○《毛詩》，見《信南山》及《甫田》。《爾雅》，見《釋訓》。○起、耜、畝、已、耔，古音之部。○以上躬耕帝藉。

春日載陽，合射辟雍。

【注】陽，暖也。言春三月之時，與諸侯合射辟雍，行禮教。善曰：《毛詩》曰：春日載陽。鄭玄曰：載之

言則也。合射辟雍，已見《東都賦》。

【疏】《毛詩》及鄭箋，見《七月》。○「合射」以下九字，尤本作「《東觀漢記》永平三年三月，上初臨辟雍，行大射禮」。胡克家曰：袁本作「合射辟雍已見《東都賦》」，是也。今從之。案：「三年」乃「二年」之誤。已見《東都賦》，又詳見下。

設業設虡，宮懸金鏞。

【注】設，施也。業，栒上板刻爲鴈齒，捷業然。植者爲虡，横者爲栒，以施設懸之宮中也。鏞，大鍾也。善曰：《毛詩》曰：設業設虡。《周禮》曰：正樂懸之位，王宮懸。鄭司農曰：宮懸，四面也。鏞已見上文。

【疏】《毛詩》，見《有瞽》。毛傳曰：業，大版也。所以飾栒爲懸也。捷業如鋸齒。或曰：畫之植者爲虡，衡者爲栒。段玉裁謂「或曰」乃「以白」二字之譌。《説文》曰：業，大版也，所以飾縣鐘鼓。捷業如鋸齒，以白畫之，象其鉏鋙相承也。○《周禮》，見《春官・小胥》。梁章鉅曰：按：此承上言合射辟雍，則非在宮中。李注引《周禮》：王宮縣是也。步瀛案：先鄭注曰：宮縣四面，縣象宮室，四面有牆。李氏飾引宮字之義，亦未盡。

鼖鼓路鼗，樹羽幢幢。

【注】鼖，大鼓也。鼗，小鼓也。幢幢，羽貌。善曰：《周禮》曰：以鼖鼓鼓軍事。又曰：路鼓路鼗。《毛詩》曰：崇牙樹羽。毛萇曰：置羽於栒上，以爲飾也。

【疏】胡紹煐曰：《蜀志·先主傳》：有桑樹高五丈餘，遥望見童童如小車。蓋「童童」與「幢幢」同。《釋名》：幢，童也。其貌童童然也。《廣雅》：童童，盛也。薛云：羽貌，亦謂羽之盛也。○《周禮》，前引見《地官·鼓人》。鄭注曰：大鼓謂之鼖。鼖鼓長八尺。後引見《大司樂》。鄭司農曰：路鼓路鼗兩面。後鄭曰：路鼓路鼗四面。○《毛詩》，見《有瞽》。毛傳曰：樹羽，置羽也。孔疏曰：置之於栒虡之上角。李引毛傳非原文。

於是備物，物有其容。

【注】言備具也。物，禮物也。射之禮物，並有容飾也。善曰：《左氏傳》：屠蒯曰：事有其物，物有其容。

【疏】《左傳》，見昭九年。

伯夷起而相儀，后夔坐而爲工。

【注】伯夷，唐虞時明禮儀之官也。后夔，舜臣，掌樂之官。言禮以行施，故云起。樂以静陳，故曰坐。善曰：《左氏傳》曰：孟僖子不能相儀。又曰：昔玄妻，樂正后夔取之。《儀禮》曰：大射工六人。

【疏】《書·堯典》：伯夷典三禮。今僞古文分入《舜典》。又《吕刑》曰：伯夷降典。《鄭語》曰：姜，伯夷之後也。伯夷能禮，於以佐堯。○《左傳》，見昭七年及二十八年。○《儀禮》，見《大射禮》。鄭注曰：工，謂瞽矇，善歌諷誦詩者也。○雍、幢、容、工，古音東部。鏞，冬部。通轉爲韵。

張大侯，制五正。

【注】善曰：《毛詩》曰：大侯既抗。毛萇曰：大侯，君侯也。《周禮》曰：王射三侯五正。鄭司農曰：王張

五采之侯，卽五正之侯也。謂天子五正，諸侯三正，大夫士二正。以布畫取五方正色於大侯之上也。

【疏】《毛詩》及傳，見《賓之初筵》。鄭箋曰：《周禮·梓人》：張皮侯而棲鵠。天子諸侯之射，皆張三侯，故君侯謂之大侯。○《周禮·夏官·射人》曰：以射灋治射儀，王以六耦射，三侯三獲三容，樂以騶虞，九節五正。諸侯以四耦射二侯，二獲二容，樂以貍首，七節三正。孤卿大夫以三耦射，一侯一獲一容，樂以采蘋，五節二正。士以三耦射豻侯，一獲一容，樂以采蘩，五節二正。鄭司農曰：三侯，虎、熊、豹也。正，所射也。《詩》云：終日射侯，不出正兮。二侯，熊、豹也。豻侯，豻者，獸名也。後鄭曰：玄謂三侯者，五正、三正、二正之侯也。二侯者，三正、二正之侯也。一侯者，二正而已。此皆與賓射於朝之禮也。《考工·梓人》職曰：張五采之侯，則遠國屬。遠國，謂諸侯來朝者也。五采之侯，卽五正之侯也。正之言正也。射者內志正，則能中焉。畫五正之侯，中朱，次白，次蒼，次黄，玄居外。三正損玄黄，二正去白蒼，而畫以朱緣，其外之廣，皆居侯中參分之一。中二尺。今儒家云：四尺曰正，二尺曰鵠。鵠乃用皮，其大如正。此説失之矣。案：《賓之初筵》疏引鄭、馬説：四尺曰鵠，二尺曰正。阮元謂此注「正鵠」字互誤，當據以訂正。《射人》又曰：若王大射，則以貍、步張三侯。鄭司農曰：貍步，謂一舉足爲一步，於今爲半步。後鄭曰：玄謂貍，善搏者也。行則止而擬度焉。其發必獲，是以量侯道，灋之也。侯道者，各以弓爲度，九節者，九十弓。七節者，七十弓。五節者，五十弓。弓之下制，長六尺。三侯者，司裘所共。虎侯、熊侯、豹侯也。列國之君，大射亦張三侯，數與天子同。《天官·司裘》曰：王大射則共虎侯、熊侯、豹侯，設其鵠。諸侯則共熊侯、豹侯。卿大夫則共麋侯，皆設其鵠。鄭注曰：大射者，爲祭祀射，王將有郊廟之事，以射擇諸侯及羣臣與邦國所貢之士，可以與祭者。射者可以觀德行。其容體比於禮，其節比於樂，而中多者得與於祭。諸侯，謂三公及王子弟封於畿内者。卿大夫亦皆有采地焉。其將祀其先祖，亦與羣臣射，以擇之。凡大射各於其射宫。侯者，其所射也。以虎、熊、豹、麋之皮飾其側，又方制之以爲䇺，謂之鵠，著于侯中，所謂皮侯。所射正謂之侯者，天子中之，則能服諸侯。諸侯以下中之，則得爲諸侯。鄭司農云：鵠，鵠毛也。方十尺曰侯，四尺曰鵠，二尺曰正，四寸曰質。玄謂侯中之大小，取數於侯道。《鄉射記》曰：弓二寸以爲侯中，則九十弓者侯中廣丈八尺，七十弓者侯中廣丈四尺，五十弓者侯中廣一丈，尊卑異等，此數明矣。《考工記》曰：梓人爲侯，廣與崇方，參分其廣，而鵠居一焉。然則侯中丈八尺者，鵠方六尺。侯中丈四尺者，鵠方四尺六寸大半寸。侯中一丈者，鵠方三尺三寸小半寸。謂之鵠者，取名於鳱鵠。鳱鵠，小鳥而難中，是以中之爲儁。亦取鵠之言較，較者直也。射所以直己志。用虎熊豹麋之皮，示服猛討迷惑者。射者大禮，故取義衆也。金鶚曰：鄭司農引《司裘》以解《射人》三侯，其説自確。又云：若王大射，則以貍步，張三侯。若是發語辭。非是轉語辭。鄭泥若字爲轉語，因以此節爲賓射，殊不思若王大射以下，果是别出大射，則上文當有賓射之文。今但云射法、射儀，安見必爲賓射乎？且賓射惟天子諸侯得有之，非大夫士所得有。又賓射張采，侯安有豻侯乎？鄭必指爲賓射，誤矣。黄以周曰：鄭以六耦射三侯，爲五正三正二正之侯，下以貍步，張三侯爲虎熊豹之侯，上下同文異解，亦不如先鄭三侯虎熊豹之説爲安。且經云：王五正，而後鄭則云有三正二正，更覺支離。孫詒讓曰：二鄭並以正爲射正，但先鄭《司裘》注云：四尺曰鵠，二尺曰正。則是以正鵠爲同在一侯，而正在鵠內，與後鄭不同，較後鄭爲長。步瀛案：《射人》九節五正連文。鄭司農曰：九節，析羽九重，設於長杠也。後鄭曰：九節、七節、五節者，奏樂以爲射節之差，言節者，容侯道之數也。賈疏曰：九節在《騶虞》詩下，明是歌之樂節，是以後鄭釋九節、七節、五節、二節爲樂節爲是。案：賈以後鄭樂節爲是。後儒又以五正、三正、二正爲樂節。然漢人殊無此說。《詩·賓之初筵》孔疏引賈逵曰：四尺曰正，正五重，鵠居內，而方二尺。雖與鄭衆、馬融不同，然以爲射正則一也。平子此賦，自當以五正爲射正，樂節之説，姑不論焉。又李引鄭司農注與後鄭同，已見上。謂天子五侯以下，當爲李氏申明之語。後鄭雖亦可稱司農，而李注引之，例固稱名也。然則五采之侯，卽五正之侯。二語蓋二鄭同耳。然輯先鄭注者皆不引此。

設三乏，厞司旌。

【注】言大射張三侯，故設三乏。乏，以革爲之，護旌者之禦矢也。司旌，謂執旌司射，中當舉之。《周禮》曰：服不氏，射則以旌居乏而待獲。杜子春曰：乏音爲匱乏之乏。《爾雅》曰：厞，隱也。音翡。

【疏】《周禮·春官·車僕》曰：大射共三乏。李注引《夏官·服不氏》杜子春曰：「待」當爲「持」。書亦或爲「持」。乏讀爲匱乏之乏。持獲者所蔽。鄭曰：玄謂待獲，待射者中，舉旌以獲。案：鄭不從杜破「待」爲「持」。《射人》鄭司農注曰：容者，乏也。待獲者所蔽也。與杜亦不同。《春官·車僕》曰：大射共三乏。鄭司農曰：乏讀爲匱乏之乏，其讀乏字與杜同。《儀禮·鄉射禮》注曰：容謂之乏，所以射者，禦矢也。《左傳・宣十五年》曰：故文反正爲乏。陳祥道《禮書》曰：正面北，乏面南，故文反正爲乏。聶崇義《三禮圖》曰：舊圖云：乏一名容，似今之屏風，其制從廣七尺，以牛革鞔漆之。步瀛案：三乏，即射人所謂三容，王大射，三侯。侯有一乏，故設三乏也。○《春官・司常》曰：凡射共獲旌。鄭注曰：獲旌，獲者所持旌。賈疏曰：謂若大射，服不氏唱獲所持之旌。三侯皆有旌也。《儀禮・大射儀》曰：司馬師命負侯者執旌以負侯。負侯者皆適侯，執旌負侯而俟。又曰：司馬正命去侯，負侯皆許諾，以宮趨直西及乏南。又諾以商，至乏聲止，授獲者，退立于西方。獲者興，共而俟。又曰：乃射獲者坐而獲，舉旌以宮，偃旌以商。鄭注曰：司馬師，正之佐也。欲令射者見侯與旌，深志於侯中也。負侯，獲者也。天子服不氏，下士一人，徒四人，掌以旌居乏，待獲，析羽爲旌。司馬正，政官之屬，命去侯者，將射當獲也。宮爲君，商爲臣，其聲和，相生也。大侯服不氏，負侯徒一人，居乏相待而獲。參侯干侯徒負侯居乏，不相代坐，而獲坐言獲也。舉旌以宮，偃旌以商，再言獲也。孫詒讓曰：案：《大射》所云獲者，即服不氏之徒，主唱獲者也。王及畿外諸侯大射，皆三侯，侯各一乏。乏各以獲者一人居之。《射人》所謂三侯三獲三容是也。依鄭《大射》注約之則王大射，未射時，則服不執旌負熊侯而坐。別令其徒一人居熊侯之乏，其虎侯、豹侯各以服不之徒執旌居之，無居乏者。及射時，則司馬正命三負侯者各去其侯而適乏。服不以旌授其徒，而同居熊侯之乏，其徒二人，各以旌居虎侯、豹侯之乏。射中則居之者各舉旌而唱獲，蓋熊侯，服不負侯，射則其徒代而唱獲。虎侯、豹侯則先負侯，後唱獲。即以服不徒一人兼之，不相代。其賓射亦三侯，燕射一侯，侯制不同，負侯待獲，事則一也。

○注「讀爲」各本誤作「音爲」。今據《服不氏》注改。○《爾雅》，見《釋言》。

并夾既設，儲乎廣庭。

【注】并夾鉗矢者。《周禮》曰：射則取矢也。言侯高則以并夾取之也。儲，待也。廣，大也。謂張設於大庭，以待天子也。

【疏】五臣「設」作「飾」。○《周禮·夏官·射鳥氏》曰：射則取矢，矢在侯，高則以并夾取之。鄭司農曰：王射則射鳥氏主取其矢，矢在侯高者，矢著侯高，人手不能及，則以并夾取之。并夾，鍼箭具。夾讀爲甲。故司弓矢職曰：大射、燕射，共弓矢并夾。○正、旌、庭，古音耕部。

於是皇輿夙駕，𨏈於東階。

【注】𨏈之言却也。謂却於東階下，天子未乘之時也。善曰：《毛詩》曰：星言夙駕。𨏈音柴。

【疏】《說文》曰：𨏈，連車也。一曰：却車，抵堂爲𨏈。从車，差省聲。胡紹煐曰：薛注本此。○李注引《詩》，見《定之方中》。「星言」各本誤作「皇輿」，依何氏、陳氏校改。

以須消啟明埽朝霞，登天光於扶桑。

【注】須，俟也。消，不見也。埽，滅也。言晨時啟明先見，尚有餘光，日出乃不見。霞，日邊赤氣也。謂天子須啟明光消霞滅，日上扶桑，乃就乘輿也。禮：天子日出乃視朝。善曰：《毛詩》曰：東有啟明，西有長庚。《淮南子》曰：登于扶桑，爰始將行，是謂朏明也。

【疏】梁章鉅曰：楊氏慎曰：「以須」二字當連上「東階」爲句。步瀛案：楊說是。六臣本上節劉良注曰：

以待天子，正釋「以須」二字，可知五臣本正屬東階爲句也。姚氏《古文辭類篹》亦以此二字屬東階爲句。宜據諸家校改。吴先生曰：「以須」二字屬上讀。○薛注「須，俟也」三字，亦宜移上節薛注之末。案：《説文》曰：「𩒨，待也。」「須」乃通借字。○《禮記·玉藻》曰：朝，辨色始入，君日出而視之。○《毛詩》，見《大東》。傳曰：日旦出，謂明星爲啟明，日既入，謂明星爲長庚。孔疏曰：《釋天》云：明星謂之啟明。孫炎曰：明星，太白也。晨出東方，高三舍，命曰啟明。昏出西方，高三舍，命曰太白。案：《爾雅·釋天》「啟」作「启」，字通。郭注曰：太白，星也。晨見東方爲启明，昏見西方爲太白。《史記·天官書》《索隱》引《韓詩》曰：太白晨出東方爲啟明，昏見西方爲長庚。《廣雅·釋天》曰：太白謂之長庚，或謂之大囂。○《淮南子》，見《天文篇》。○明、桑，古音陽部。

天子乃撫玉輅，時乘六龍。

【注】玉輅，謂玉飾之也。鄭玄《禮記注》曰：撫，猶據也。東都賓曰：登玉輅，乘時龍。善曰：《周易》曰：時乘六龍。此謂各隨其時而乘之。

【疏】王念孫曰：如李注則正文本作「乘時龍」，故先引《周易》，而卽繼之曰此謂各隨其時而乘之，言此與《周易》異義也。各隨其時，謂若春乘蒼龍，夏乘赤駵之屬是也。此作時乘六龍者，因注引《周易》而誤。「撫玉輅」以下四句，句各三字，此處獨多一字，與上下不協。○《禮記》鄭注，見《曲禮》上。○《周易》，見《乾·象傳》。

發鯨魚，鏗華鍾。

【注】發，舉也。鏗，猶擊也。華鐘，謂有篆刻文，故言華也。善曰：《東都賦》曰：發鯨魚，鏗華鐘。

【疏】許巽行曰：《東都賦》鏗華鐘，注引薛綜《東京賦》注甚詳。此處脱落，應補。步瀛案：李氏以薛注已詳彼賦，故於此賦删存大要耳，不必補。許説未是。

大丙弭節，風后陪乘。

【注】善曰：《淮南子》曰：若夫鉗且、大丙之御也，馬莫使之而自走。高誘曰：二人，太一之御也。《楚辭》曰：吾令羲和弭節兮。王逸曰：弭，按節徐行也。《史記》曰：黄帝舉風后以理人。鄭玄曰：風后，黄帝三公也。應劭《漢官儀》曰：常伯任侍中，出卽陪乘也。

【疏】《淮南子》，見《覽冥篇》。高注曰：此二人，太乙之御也。一説，古得道之人，以神氣御陰陽也。劉家立《集證》從蔣超伯《潯南楛語》改「鉗且」爲「欽負」，謂卽《山海經·西山經》之「欽䲹」，未知確否。又《原道篇》曰：昔者馮夷、大丙之御也。高注曰：「丙」或作「白」。皆古之得道能御陰陽者也。本書《七發》注引作「馮遲太白」。許注曰：馮遲太白，河神也。按之此賦，均不能合。《列子·周穆王篇》曰：王命駕八駿之乘，主車則造父爲御，⿱大冏⿱八冏爲右。殷敬順《釋文》作⿱夳冏⿱八冏，音泰丙。《穆天子傳》四作「囟卣」。黄以周《史説略》曰：⿱大冏下當从「⿱亼二」，古文泰字。《説文》：泰，古文作⿱大冋。《華嶽碑》作⿱亼冋。⿱八冏下當从「冏」。《書》伯冏字。冏、丙音近，故亦謂之泰丙。《穆傳》之「囟卣」，上體省从ク，下體之囟，固亦⿱亼冏之譌。⿱亼冏爲古文。⿱大冏、⿱八冏爲奇字。囟卣爲奇字之省文。步瀛案：周穆王臣伯冏，與黄帝臣風后相偶爲類。此賦當以黄氏説爲長。○《楚辭》，見《離騷》。「王逸曰弭」字下當有「按也」二字。

○《史記》，見《五帝本紀》。「理人」作「治民」。唐人避諱改。○本書《藉田賦》注引《漢官儀》曰：侍中，周成王常伯任侍中，殿下稱制出，卽陪乘。又引《周禮・夏官・齊右》注曰：陪乘，參乘也。

攝提運衡，徐至於射宮。

【注】攝提有六星。玉衡，北斗中星，主迴轉，並飾於車上。徐行至於射宮。射宮，謂辟雍也。善曰：《漢書》曰：攝提失方。《音義》曰：攝提，隨斗杓所建十二月也。杓，匹遥切。《春秋保乾圖》曰：斗節運衡。何休《公羊傳注》曰：運，轉也。

【疏】《漢書》，見《劉向傳》。「《音義》」，顔注引作「孟康」。案：此劉向所引，乃孔子對魯哀公之言，出《孔子三朝記》，見《大戴禮・用兵篇》。《史記・天官書》曰：大角者，天王帝廷，其兩旁各有三星，鼎足句之，曰攝提。攝提者，直斗杓所指，以建時節，故曰攝提格。《索隱》引《春秋元命包》曰：攝提之爲言，提，攜也。言能提斗攜角以接於下也。○《公羊傳》下各本脱「注」字，依何氏、陳氏、胡氏校改。案：見定十五年。○龍、鍾，古音東部。宫，冬部。乘，蒸部。通轉爲韵。

禮事展，樂物具。

【注】展，謂舒陳器物也。物具，謂器物皆具備也。

【疏】《左傳・成十六年》杜注曰：展，陳也。

《王夏》闋，騶虞奏。

【注】《王夏》，樂名也。天子初出奏也。闋，終也。善曰：《周禮》曰出入則奏《王夏》。又曰：凡射，王

奏《騶虞》之樂。

【疏】《周禮》，前引《春官・大司樂》，「則」字下有「令」字。又曰：大射，王出入，令奏《王夏》。及射，令奏《騶虞》。鄭注曰：《騶虞》，樂章名，在《召南》之卒章。王射以《騶虞》爲節。後引見《鍾師》無「之樂」二字。又案：《鍾師》曰：凡樂事以鍾鼓奏九夏：王夏、肆夏、昭夏、納夏、章夏、齊夏、族夏、祴夏、驁夏。鄭注曰：以鍾鼓者先擊鍾，次擊鼓，以奏九夏。夏，大也。樂之大歌，有九。金鶚曰：古者作樂，堂上有歌，堂下有奏。歌者，以琴瑟歌詩也。奏者，以鍾鼓奏九夏也。詩必須歌，奏必以鍾鼓。此奏《騶虞》、《貍首》，蓋歌奏並用，不以琴瑟，而以鼓也。九夏爲樂章之大者，金奏亦樂之大者。故鍾鼓並用，而以鍾爲主，謂之金奏。八音以金爲重也。《騶虞》、《貍首》以爲射節鼓，是節樂之器，故專取鼓以節歌，卽以節射，義無取於金，故不用鍾。且鼓在堂下，歌必就鼓，可使鼓者聽之審，而射節不差也。由是言之，《騶虞》、《貍首》之奏，與九夏之奏異，而與《鹿鳴》、《文王》之歌亦不同矣。

決拾既次，彫弓斯彀。

【注】決，以象骨著右手巨指，所以鉤弦也。拾，韝捍著左臂也。彫弓，謂有刻畫也。彀，張也。善曰：《毛詩》曰：決拾既次。鄭玄曰：次，謂手指相比也。

【疏】《毛詩》，見《車攻》。「次」作「佽」。毛傳曰：決，鉤弦也。拾，遂也。佽，利也。鄭箋曰：佽，謂手指相佽比也。《釋文》「決」作「夬」，曰：本又作「決」。或作「抉」。孔疏曰：傳以「佽」爲「利」，其義不明。故鄭申而成之。決著於右手大指，所以鉤弦開體。遂著於左臂，所以遂弦。手指相比次而後射得和利，故毛云「佽利」，謂相次然後射利，非訓佽爲利也。胡承珙《後箋》曰：疏説非是。佽利疊韻爲訓，利者便利之謂。《説文》：佽，便利也。引《詩》：決拾既佽，用毛義也。先鄭注《周官・繕人》引《詩》決拾既次，是所據本作「次」與「佽」異。此箋亦以「佽」爲「次」，乃與毛異義，非申毛也。但手指次比，祇可言決，於拾著左臂者不合。故不如傳訓便利爲賅括也。步瀛案：《周禮・夏官・繕人》：掌王之用抉拾。鄭司農曰：抉者，所以縱弦也，拾者所以引弦也。《詩》：抉拾既次。詩家説或謂「抉」謂引弦彄也，拾謂韝扞也。後鄭曰：玄謂抉持所以持弦飾也。著右手巨指。《士喪禮》曰：抉用正，王棘若檡棘。則天子用象骨，與韝扞著左臂裹，以韋爲之。案：先鄭誤合「拾」與《士喪禮》所謂「極」者爲一物。陳奂、黄以周已駁之。詩家説與先鄭迴乎不合。引之者以廣異義。孫詒讓曰：《毛詩・車攻》傳義與此同，而文小異。此所引或三家詩傳文。《禮經》「抉」字並作「決」。《鄉射禮》：司射適堂西，袒決遂。注云：決，猶闓也。以象骨爲之，著右大擘指，以鉤弦。闓，體也。《大射儀》注義略同。後鄭亦從詩家説。段玉裁、胡培翬並謂卽今之扳指是也。《大射儀》注云：遂，射韝也。以朱韋爲之，著左臂，所以遂弦也。《鄉射》注義同。又云：其非射時，則謂之拾。拾，斂也。所以蔽膚斂衣也。《曲禮》：野外軍中，無摯，以纓拾矢可也。注云：拾謂射韝。《内則》：右佩玦捍。注云：捍，謂拾也。言可以捍弦也。「玦」卽「抉」之借字。「捍」與「扞」同。凡拾、遂、韝、扞四者同物。韝爲凡袒時蔽膚斂衣之通名。《史記・滑稽傳》云：帣韝鞠𦝫。又《張敖傳》云：朝夕袒韝，蔽上食是也。其射時，著衣取其捍弦，故謂之捍，亦取其遂弦，故又謂之遂。非射時，則無取捍遂之義，故謂之拾。《大射》、《鄉射》兩篇，於説抉拾則云拾於祖，決遂則云遂。一篇之中，立文有異，其明徵也。○《詩·行葦》曰：敦弓既句。《釋文》曰：敦音彫。句，《説文》作「彀」，云：張弓曰彀。孔疏曰：《二京賦》曰：彫弓既彀。「彀」與「句」字雖異，音義同。陳奂疏曰：《説文》：⿱享弓，畫弓也。隸變作「弴」。《玉篇》：弴，天子弓也。弴，本字。《毛詩》作「敦」，爲假借字。畫弓謂繪畫之畫，非刻畫之畫。《彤弓》傳：彤弓，朱弓也。朱色之弓，謂之彤弓。則知敦弓爲設色，非刻文矣。傳云天子敦弓者，《荀子·大略篇》：天子彫弓，諸侯彤弓，大夫黑弓，禮也。敦彫一聲之轉。彫弓之爲敦弓，猶彫琢之爲敦琢矣。彫者亦文飾之謂。毛訓正本《荀子》。又曰：三家詩作「彀」，與《毛詩》作「句」義異。段注《説文》云：句讀倨句之句，此弓倨多句少，言句，以見其倨也。不得云句即彀。朱珔曰：《詩疏》云：傳言此者，明「既句」是引滿之時也。以合九而成規，此弓體直，今言既句，明是挽之，所解已晰，且觀此賦語知漢人本以「彀」「句」同聲，「句」即爲「彀」矣。段説殆未然。

達餘萌於暮春，昭誠心以遠喻。

【注】昭，明也。誠心，謂天子之心也。善曰：《禮記》曰：季春勾者畢出，萌者盡達。《白虎通》曰：天子所以親射何？助陽氣，達萬物也。名之爲侯者何？明諸侯不朝者，則當射之。然則射者，帝誠心遠喻於下也。《文子》曰：誠心可以懷也。

【疏】《禮記》，見《月令》。鄭注曰：句，曲生者。芒而直曰萌。○《白虎通》，見《鄉射篇》。○《文子·精誠篇》曰：推其誠心。又曰：懷其誠仁之心。而無此注所引之文。

進明德而崇業，滌饕餮之貪慾。

【注】《射義》曰：射，所以觀德也。崇，猶興也。業，射業也。滌，蕩去也。言有貪婪嗜慾者，皆滌蕩去之也。善曰：《漢書》：明帝詔曰：親射泰侯，蓋選士威惡，助微達陽也。《周易》曰：君子進德修業。杜預《左氏傳注》曰：貪財曰饕，貪食曰餮。

【疏】《説文・欠部》曰：欲，貪欲也。段注曰：古有「欲」字無「慾」字，後人分別之制「慾」字，殊乖古義。○《禮記・射義》曰：此可以觀德矣。又曰：射者所以觀盛德也。薛約引之。○《范書・明帝紀》無此詔，蓋亦他家《後漢書》之文。○《周易》，見《乾・文言傳》。○《左傳》杜注，見《文十八年》。金甡曰：薛注於《射義》未切。《困學紀聞》卷五云：《儀禮・鄉射禮》：設豐燕，禮有豐。注：豐，形似豆而卑。《三禮圖》云：罰爵作人形。豐，國名也。坐酒亡國。戴孟戒酒。崔駰《酒箴》：豐侯沈酒，荷罍負缶。自戮於世，圖形戒後。李尤《豐侯銘》：豐侯醉亂，乃象其形，賦所謂滌貪慾者，或取諸此。姜皋曰：薛尚功《鐘鼎款識》於《饕餮鼎》論云：縉雲氏有不才子，貪于欲食，冒于貨賄，天下之人謂之饕餮。古者鑄鼎象物，以知神姦，鼎有此象，蓋示飲食之戒云。《宣和博古圖》商周鼎尊卣觶之屬爲饕餮之形者，凡二十有八，義存乎戒也。

仁風衍而外流，誼方激而遐騖。

【注】衍，布也。方，道也。激，感也。遐，遠也。騖，馳也。善曰：《典引》曰：仁風翔乎海表。《禮記》曰：射者，仁道也。又曰：古諸侯之射，所以明君臣之義也。《廣雅》曰：方，正也。

【疏】《典引》，見本書卷四十八。○《禮記》，並見《射義》。○《廣雅》，見《釋詁》一。○具、奏、穀、喻、慾、鶩，古音侯部。

日月會於龍𧲥，恤民事之勞疢。

【注】𧲥，尾也。日月會於尾，謂十月時也。疢，病也。民勞病於歲事，到此月乃終也。故天子愍恤勞來之。善曰：《國語》云：日月會於龍𧲥，國家於是乎蒸嘗也。賈逵曰：𧲥，龍尾也。《月令》：孟冬，日在尾。《漢書》曰：東宮蒼龍。𧲥，丁遘反。

【疏】尤本「𧲥」作「狵」。胡克家曰：袁本、茶陵本作「𧲥」，是也。今從之。○錢大昕《潛研堂文集·與洪稚存書》曰：予幼讀《東京賦》，即疑「𧲥」與「疢」韻，未得其義。後讀《廣韻·四覺》「豝」訓龍尾，又與豚同，乃悟「𧲥」爲「豝」之譌。《廣雅》云：豚，臀也。故龍尾亦有龍豝之稱。然「豝」、「豚」皆漢人俗字。依《説文》當爲「涿」。涿者，流下滴，與臀義相近。古音「涿」如「篤」，故轉爲屬音。《東方朔傳》鶴俛啄，與竇、瞉爲韻。《易》良馬逐。《釋文》亦有胄音。是其證也。朱珔曰：案：「𧲥」宜从「豕」與從「豕」異，不从犬也。尾爲蒼龍七宿之一。丹元子《步天歌》云：尾九星，如鉤，蒼龍尾，蓋象其形。故有龍尾之號。《月令》疏謂：《三統術》十月節日在尾十度。《元嘉術》：十月中，日在尾，十二度。則歲差已不同矣。又案：「𧲥」，《玉篇》作「豝」，音丁角切。《廣雅·釋親》云：州豚臀也。王氏《疏證》謂「豝」與「豚」義相近。《玉篇》豚，尻也。《廣韻》云：尾下竅也。又《爾雅·釋畜》：馬白州驠。《北山經》：倫山有獸焉，其州在尾上。郭注並云：州，竅也。據此知「州」「豚」皆與「豝」通。而《廣韻·五覺》既有「豝」字，云龍尾。復於《五十候》出「䝞」字，是一義爲兩字兩音。然「䝞」亦「州」之聲近也。○尤本「猇」，正文下注「鬬」字。注末無「䝞丁遘反」四字。胡克家曰：袁本有，是也。今從之。許巽行曰：䝞亦音都豆切，與丁遘切同。丁讀如伐木丁丁之丁。都讀如諸。遘音故，豆音度。則䝞音當爲咮。與注同，斯不謬矣。都字與諸、豬、箸、渚等字皆从者得聲。《尚書》：「大野既豬」，《史記》作「既都」。「滎波既豬」，馬鄭本皆云「滎播既都」。「孟豬」，《史記》作「明都」，《漢書》作「孟諸」，《周禮》作「望諸」。《南都賦》「藷蔗」，《子虛賦》作「諸柘」。曹子建詩曰：都蔗雖甘，杖之必折。張孟陽詩曰：江南都蔗，釀液豐沛。梁元帝啟曰：漿含都蔗，味資石蜜。是皆古人讀「都」若「諸」之證也。李氏注此賦「䝞」爲丁遘切，《東都賦》兜，丁侯切，《南都賦》琢，都角切，《射雉賦》撾，都瓜切，《文賦》斵，丁角切，《洞簫賦》咮，都遘切，此例甚多，不可勝舉。若如今人讀之，皆不得其音矣。○《國語》，見《楚語下》。「國」下無「家」字。韋注與賈同。○《漢書》，見《天文志》。

因休力以息勤，致歡忻於春酒。

【注】謂田事畢，休民力，息勤勞也。善曰：《禮記》曰：孟冬之月，勞農以休息。春酒，謂春時作，至冬始熟也。

【疏】《禮記》，見《月令》。○各本注末有「《毛詩》曰：春酒惟淳」七字。胡克家曰：何校改作「爲此春酒」。陳曰：因賦上句有「春醴惟醇」之語，傳寫錯誤。梁章鉅曰：上「春醴惟醇句」，李已引「爲此春酒」，此必校者旁注，因復竄入也。步瀛案：《詩・七月》毛傳曰：春酒，凍醪也。

執鑾刀以祖割，奉觴豆於國叟。

【注】言天子親執鑾刀，袒右膊而割牲，以示敬也。　善曰：《東觀漢記》曰：永明二年，詔曰：十月元日，始尊事三老，兄事五更，朕親袒割牲。《毛詩》曰：執其鑾刀。《孝經援神契》曰：天子親臨辟雍，袒割。《禮記》曰：食三老五更於太學。天子袒而割牲，執醬而饋，執爵而酳。

【疏】永平二年詔，又見《後漢書·明帝紀》。黄以周《史説略》曰：東漢歲十月，有天子及郡國大飲學校以饗耆老之禮。《范書》言之不詳。《續志》誌之，又失事實。當據經注補正其文。《月令》孟冬月，大飲烝。鄭注云：十月，農功畢，天子諸侯與其羣臣飲酒於大學，以正齒位，謂之大飲，别之於燕，其禮亡。今天子以燕禮，郡國以鄉飲酒禮代之。烝，謂有牲體爲俎也。攷古飲禮之行於學校者，皆謂之饗。曰饗孤子，曰饗耆老，其最箸也。大飲於學，用饗禮。鄭注《大行人》云：饗設盛禮，以飲賓。箋《彤弓》云：大飲賓曰饗。誼可互證。云别之於燕者，明饗禮大於燕也。云具禮亡者，禮經無饗禮也。注又引《七月詩》：十月滌場，朋酒斯饗，曰殺羔羊，躋彼公堂。云是豳頌大飲之詩。是則大飲之用饗禮，由來久矣。漢時饗禮已亡，而當時議禮諸臣，用燕禮代之。《顯宗紀》：永平二年十月，幸辟雍。初行養老禮。中元元年，初建三雍。詔曰：莫春吉辰，初行大射，令月元日，復踐辟雍，尊事三老，兄事五更。考漢行大射在三月，故《月令》季春大合樂，注有今天子以大射，郡國以鄉射代之之説。踐辟雍之令月，當依《東觀記》作十月。故《月令》孟冬大飲烝。注有十月飲酒於學，今天子以燕禮，郡國以鄉飲酒禮代之之説。《續禮儀志》云：永平二年三月，上始帥羣臣，養三老五更於辟雍，行大射之禮，其語甚繆。永平二年幸辟雍，養耆老，據《本紀》在十月，不行大射。莫春幸辟雍，行大射。據《本紀》在中元元年，又非養老。此由誤讀詔文，牽合兩事爲一，致與鄭注相違。張衡《東京賦》曰月會於䝗尾云云，與鄭注正合。詔又云：侯王設醬，公卿饌珍，朕親袒割，執爵而酳，升歌《鹿鳴》，下管新宮。八佾具修，萬舞於庭。並與燕禮合。故鄭有天子以燕禮代之之説。然燕禮無饋食，而詔及《續志》有執醬而饋，執爵而酳之語者，兼用大饗之逸禮也。《春人》：凡饗共其食米。注云：饗有食米，則饗禮兼燕與食，是其證也。燕禮用朝服，而鄭注云：今天子辟雍行燕禮，玄冠而衣皮弁服者，用天子制也。燕禮以諸侯立文，諸侯之朝服，天子則以皮弁，此通禮也。特衣皮弁服而仍冠玄冠，斯兩違矣。鄭云與禮異，明其失也。○《毛詩》，見《信南山》。「鑾」作「鸞」。毛傳曰：鸞刀，刀有鸞者。《説文》曰：鑾鈴，象鸞鳥之聲。《廣雅・釋器》曰：鑾，鈴也。《毛詩》以鸞爲之，李注引作「鑾」，順正文耳。梁章鉅曰：按「鸞」「鑾」通。《禮記・經解》注：鸞、和，皆鈴也。《周禮・大馭》注鸞在衡，和在軾，皆以金爲鈴。《公羊・宣十二年傳》：右執鸞刀。注：環有和，鋒有鸞。是鸞刀即鑾刀也。○《孝經援神契》，《御覽・禮儀部》十四引無「割牲」二字。○《禮記》，見《樂記》及《祭義》。○《大戴禮・武王踐阼篇》有觴豆之銘。《禮記・坊記》：子云：觴酒豆肉，讓而受惡。《王制》言養國老、庶老。國叟，即國老也。

降至尊以訓恭，送迎拜乎三壽。

【注】降，下也。至尊，天子也。三壽，三老也。言天子尊而養此三老者，以教天下之敬。故來拜迎，

去拜送焉。善曰：《左傳》曰：享以訓恭儉。蔡邕《獨斷》曰：天子事三老，使者安車輭輪，送迎而至家，天子獨拜。《毛詩》曰：三壽作朋也。

【疏】《左傳》，見《成十二年》。「恭」作「共」，通借字。《詩·卷耳》孔疏、《儀禮·燕禮》賈疏引皆作「恭」。○今《獨斷》「家」上有「其」字。「拜」下有「于屏」二字。○《詩》，見《閟宮》。毛傳曰：壽，考也。陳奐、俞樾皆據此賦薛注疑「考」爲「老」之誤，是也。鄭箋曰：三壽，三卿也。孔疏曰：老者，尊稱。天子謂父事之者爲三老，公卿大夫謂其家臣之長者稱室老。諸侯之國立三卿，故知三壽卽三卿也。《困學紀聞》卷三曰：《晉姜鼎銘》曰：保其子孫，三壽是利。《魯頌》：三壽作朋。蓋古語也。先儒以爲三卿，恐非。王夫之《詩經稗疏》、戴震《毛鄭詩考正》、朱亦棟《十三經札記》皆主上壽、中壽、下壽之説，恐亦未合。俞樾曰：毛意三壽卽三老也。鄭意尊養三老，天子之事。魯侯不當有此，故易傳耳。昭三年《左傳》曰：公聚朽蠹，而三老凍餒。此諸侯之國，亦有三老之證。杜注以上壽、中壽、下壽説之，非也。至漢而鄉亦有三老。《後漢書·光武帝紀》注曰：三老，鄉官也。是知三老之名，通乎上下。鄭以爲三卿，不如古説之足據矣。○疚，古音之部，酒、叟、壽，幽部，通轉爲韵。

敬慎威儀，示民不偷。

【注】敬，宜也。儀，禮也。《毛詩》曰：敬慎威儀，視民不恌。毛萇曰：恌，偷也。

【疏】《毛詩》先引見《抑》之篇，後引見《鹿鳴》。梁章鉅曰：今《詩》作「視民不恌。」鄭箋：「視」，古「示」字也。孔疏云：古之字，以目視物，以物示人，同作「視」字。後世字異，視物作「示」旁見，示人物作單

「示」字。由是經傳之中，「視」與「示」字多相雜亂。此云「視民不恌」謂以先王之德音示下民，當作單「示」字，而作「視」字，是其與今字異義。故鄭辨之。《漢書·高紀》：視項羽無東意。《史記》作「示」。師古曰：《漢書》多以「視」爲「示」，古字通用。然則賦之「示民」，正合于古。步瀛案：梁説非也。《士昏禮》鄭注曰：「視」乃正字，今文作「示」，俗誤行之。《曲禮上》鄭注曰：「視」，今之「示」字，與《鹿鳴》箋可互證。段玉裁曰：此三注一也。古作「視」，漢人作「示」，是爲古今字。胡承珙《儀禮古今文疏義》曰：《曲禮注》謂此「視」字即今人所用之「示」字。古人正作「視」，不作「示」也。梁又曰：《爾雅·釋言》佻，偷也。與注引毛傳同。邵氏晉涵曰：《小雅·鹿鳴》毛傳：恌，愉也。二字皆從心。今本《爾雅》俱从人。《説文》徐鍇本引《詩》作「不佻」。佻愉，愉薄也。佻字从人，愉字从心，當從之。《左氏·昭十年傳》：佻之謂甚矣。疏引李巡云：佻，偷薄之偷也。《論語》：則民不偷。包咸曰：不偷薄也。俱訓爲薄。《説文·人部》：佻，愉也。段注云：「偷」者，愉之俗字。今人曰偷薄，曰偷盜，皆从人，作「偷」。他侯切。而愉字訓爲偷悦，羊朱切。此今義、今音、今形，非古義、古音、古形也。古無从人之「偷」。愉訓薄，音他候反。愉愉，和氣之薄，發于色也。盜者，澆薄之至也。偷盜字，古只作「愉」。又心部注云：「偷」字絶非古字，許書所無。然自《山有樞》鄭箋云：愉讀爲偷。偷，取也。則亦不可謂其字不古矣。胡紹煐説同。〇上貪欲下注曰：音喻，叶韵。此「偷」字下注曰：以朱反，叶韵。陳僅以爲薛注謂叶韵之説，三國已有之，大謬。張雲璈曰：《東京賦》多言叶韻，世以爲薛綜注，遂謂叶韻始此。按協韻之説，前此未有。自北周沈重於《毛詩》燕燕于飛「南字」曰：協乃林反。陸德明以爲古人韻緩，不煩改字，叶韵必權輿於此時。豈有薛綜吴人，遂有叶韻之説。又豈獨反切之不當遽行於吴，爲何氏義門所疑也哉。當仍是李氏注。刻書者便於尋覽，即注于本字之下，後人以其在前，遂相沿以爲薛注耳。蓋李氏音釋本皆在注末也。叶韻之説，向疑其不然。自顔師古之於《漢書》，李善之於《文選》，各言合韻叶韻，流而至於吴才老，遂言無不可叶之韻。雖考亭大儒，亦不能不沿其説，殊不知音有南北，聲有古今。古今之聲繫於時，猶南北之音繫於地，欲比而同之，有不形其扞格者乎。步瀛案：以叶韵注爲薛氏，固謬。張氏疑爲李注，亦未知是否。要之唐人爲之也。今日古韵大明，協韵之説，亦不待辨矣。

我有嘉賓，其樂愉愉。

【注】嘉賓，謂三老五更也。愉愉，和悦之貌也。善曰：《毛詩》曰：我有嘉賓。

【疏】《毛詩》，見《鹿鳴》。

聲教布濩，盈溢天區。

【注】布濩，猶散被也。天區，謂四方上下也。言天子教愛及之。善曰：聲教已見《東都賦》。

【疏】胡克家曰：「濩」當作「護」。茶陵本作「護」，云：五臣作「濩」。袁本作「濩」，用五臣也。但失著校語。尤以五臣亂善，非。其薛注中俱是「護」字，尤幷改作「濩」，更非。《南都賦》布濩，善無注。各本皆作「濩」，似亦以五臣亂善，而失著校語。此及彼「濩」下皆音「護」，即五臣音耳。〇王引之曰：據薛注則「天區」當爲「六區」。《思玄賦》：上下無常窮六區。善注亦云：六區，上下四方也。「天」「六」二字，篆隸皆相似，故「六」譌作「天」。胡紹煐曰：按本書《長楊賦》洋溢八區，義與此同。六區，猶八區耳。○尤本「善曰」下九字作「《尚書》曰：聲教訖于四海」九字。案：《禹貢》朔南訖聲教句。「聲教」二字不宜下屬。僞孔傳不誤。此注與蔡傳斷句同，爲後人妄改。《東都賦》注引尚不誤，可證也。胡克家曰：袁本此九字作「聲教，已見《東都賦》」是也。今從之。○孫志祖曰：《上林賦》曰：布濩閎澤。步瀛案：《封禪文》曰：氾布護之。○偷、愉、區，古音侯部。○以上辟雍、大射及養老之禮。

文德既昭，武節是宣。

【注】既，已也。昭，明也。宣，猶發也。言文武之教，無處不臨。善曰：《尚書》曰：誕敷文德。《漢書》：武帝詔曰：躬秉武節。

【疏】《尚書》，見僞《大禹謨》，非平子所見，當引《詩·江漢》：矢其文德。○《漢書》武帝詔，見《武紀》元封元年。

三農之隙，曜威中原。

【注】隙，閒也。曜威，謂治兵也。善曰：《國語》曰：三時務農，一時講武。韋昭曰：三時，春夏秋。《西都賦》曰：曜威而講武事也。

【疏】五臣「曜」作「耀」。○《國語》，見《周語》上。○《西都賦》各本「曜威」下有「靈」字，已見彼疏。

歲惟仲冬，大閱西園。

【注】西園，上林苑也。善曰：《周禮》曰：仲冬教大閱。《公羊傳》曰：大閱者何？簡車徒也。《後漢書》

曰：先帝左開鴻池，右作上林。

【疏】《周禮》，見《夏官・大司馬》。〇《公羊》，見桓六年。案：本注各本「徒」誤作「馬」，蓋以《左傳》亂之也。今訂正。〇注「右作上林」，各本有「苑」字。《後漢書》，見《楊賜傳》，作「右作上林」，無「苑」字。今據删。又《明帝紀》曰：永平十五年冬，車騎校獵上林苑。《清統志》曰：河南府，上林苑在洛陽縣東，故洛陽城西，後漢時所置。

虞人掌焉，先期戒事。

【注】先期日，敕戒群吏，脩獵具也。善曰：《周禮》：虞人掌山澤之官，度知禽獸多少。戒，猶告也。

【疏】尤本薛注「先期」下有「謂期」二字。胡克家曰：袁本、茶陵本無，是也。今據删。〇李注綜《地官・虞人》鄭注而述之，非元文。已見《西都賦》。

悉率百禽，鳩諸靈囿。

【注】悉，盡也。率，歛也。鳩，聚也。囿，苑也。謂集禽獸於靈囿之中。善曰：《毛詩》曰：悉率左右，以燕天子。毛萇曰：驅禽獸於王之左右。鄭玄曰：率，循也。悉率驅禽獸，順其左右之宜，以安待王之射靈囿，已見上文。

【疏】薛注謂「集」上各本衍「囿」字。胡克家曰：謂上「囿」字不當有，今據删。〇《毛詩》，見《吉日》。毛傳作「驅禽之左右，以安待天子」。鄭箋無「率獸」二字。〇尤本「靈囿已見上文」六字作「《毛詩》曰：王在靈囿」七字。胡克家曰：袁本作「靈囿」，已見上文。是也，今從之。

獸之所同，是謂告備。

【注】同，亦聚也。備，具也。言禽獸皆已合聚，田物具備也。善曰：《毛詩》曰：獸之所同。《周禮》曰：告備于王。

【疏】《毛詩》，見《吉日》。鄭箋曰：同，猶聚也。案：此薛注所本。○告備于王，《周禮·春官·小宗伯》之文。各本無「周」字，殆涉上文「同」字而誤脱。今據胡克家校增。○事、囿、備，古音之部。

乃御小戎，撫輕軒。

【注】《毛詩》曰：小戎俴收，謂小戎之車，輕便宜田獵。鄭玄曰：輕車，驅逆之車。

【疏】《詩·小戎》毛傳曰：小戎，兵車也。鄭箋曰：此羣臣之兵車，故曰小戎。皆不言用於田獵。又《駟鐵》曰：輶車鸞鑣。毛傳曰：輶，輕也。鄭箋曰：輕車，驅逆之車。《周禮·春官·車僕》曰：輕車之萃。鄭注曰：輕車所用，馳敵致師之車也。《續漢書·輿服志》上曰：輕車，古之戰車也。是輕車亦戰車，而田獵用之。小戎殆亦猶是乎。輕車又見上。

中畋四牡，既佶且閑。

【注】中畋馬，謂調良馬，可用獵者。佶，健也。閑，習也。《毛詩》曰：四牡既佶，既佶且閑。

【疏】林茂春曰：《左傳》：渾良夫乘衷甸兩牡。衷甸者，一轅車也。《説文》引作「中畋」。「畋」與「甸」同。薛注以爲調良馬，恐非。梁章鉅曰：《左氏·哀十七年傳》：乘衷甸。孔疏：甸，卽乘也。四邱爲甸，出車一乘，故以甸爲名也。蓋四馬爲上乘，二馬爲中乘也。《説文·人部》：佃，中也。《春秋傳》

曰：乘中佃，一轅車也。步瀛案：徐鍇《説文繫傳》曰：古載物大車雙轅，乘車一轅，當中也。段注《説文》「乘中佃」下補「中佃」二字。文載二説。前説從《左傳》孔疏，後説謂一轅兩牡，則一轅在兩牡之中，是亦中也。故彖言之曰中甸。案：如孔疏之意，上乘四馬，中乘二馬。此云四牡，則中字無所施。胡紹煐曰：賦文用《左氏傳》中畋兩牡，作中畋，與《説文》所見本同。然則正文四牡，當爲兩牡，後人見《詩》多言四牡，又以注引既佶且閑，連引四牡既佶，遂改「兩」爲「四」，疑誤。胡氏之疑，即出於此也。段氏後説亦非，有兩牡而中佃之義不見。沈欽韓曰：鄭注《小司徒》云：甸之言乘也。讀如衷甸之甸，爲繩證反。《釋文》于此作時證反，仍依鄭讀。按：衷，善也。衷甸，安車也。必駕兩牡者，以牡爲貴。《食貨志》云：乘特牝者擯而不得會聚。漢世猶然。《曲禮》疏謂安車駕一馬小車。按：《續漢志》：小使車不立，乘。有騑則安車駕二也。案：安車可駕一馬，與許、杜一轅之義相戾。則安車之説，尤非也。朱珔曰：薛注似讀中爲去聲，殊不辭。據《左氏·哀十七年傳》：渾良夫乘衷甸兩牡。衷與中通。《晉語》：衷而思始。注：衷，中也。是也。《周禮·司冠》：凡甸冠弁服。注：甸，田獵也。是「甸」與「田」通用。田獵或又作「畋」，亦借「佃」爲之。《左氏·昭二十年傳》：齊侯至自佃。《釋文》：「佃」，本亦作「田」。《説文》佃字下引傳文曰：乘中佃，中佃，一轅車也。《左傳》杜注：衷甸，一轅卿車。正與許合。此上言小戎輕軒，蓋田獵宜輕便，故不用平時之乘車，中畋而四牡者，取其捷也。此當依《説文》引《左傳》釋之。案朱氏説既取《左氏》衷甸，又以甸爲通用田獵字，則四牡之義可通，而中畋之義仍不明顯。竊謂薛、李二注皆不引《左傳》，亦以此言中畋四牡，不必與《左傳》同耳。中畋，竊疑當如鄭君《小徒》注，讀爲乘，但此中乘者，非對上乘言。小戎輕車爲先行，其居中之車乘所駕四牡，既佶且閑也。畋獵居中之車，謂之中畋。猶行軍居中之軍，謂之中軍，其義一也。〇《毛詩》，見《六月》。傳曰：佶，正也。鄭箋曰：佶，壯健之貌。陳奂曰：《車攻》：我馬既同。傳：同，齊也。戎事齊力，尚强也。齊亦正也。於《車攻》言齊，於此言正，義互相足也。箋：佶，壯健之貌，與傳訓合。案：陳説是，正即齊整。孔疏釋爲正大，非也。

戈矛若林，牙旗繽紛。

【注】若林，言多也。繽紛，風吹貌。兵書曰：牙旗者，將軍之旌。謂古者天子出建大牙旗，竿上以象牙飾之，故云牙旗。

【疏】吴曾《能改齋漫録》卷三曰：《詩》曰：祈父，予王之爪牙。大司馬掌武備，象猛獸以爪牙爲衛，故軍前大旗爲牙旗，出師則有建牙之事。軍中聽號令必至牙旗之下，乃知牙者所以爲衛也。案：牙旗取爪牙之義，似失之傅會。吴仁傑《兩漢刊誤補遺》卷十曰：《袁紹傳》：拔其牙門。注曰：即司常職旌門是也。按：鄭氏《司常》注云：巡守兵車之會，皆建太常。孫權作大牙，在中軍。胡綜賦之曰：周制日月，實曰太常。傑然特立，六軍所望。亦引用《司常》事。然《司常》旌門，本不言牙。《明堂位》言商之崇牙者二，注謂湯以武受命，故常以牙爲飾。簨簴則刻版重疊爲牙，旌旗則刻繒爲牙。然則牙旗之設，商家遺制也。後世牙門，此其濫觴。步瀛案：《袁紹傳》，見《後漢書》。孫權作大牙云云，見《吴志·胡綜傳》。《禮記·明堂位》「商」作「殷」。宋人避趙弘殷諱，改「商」也。姜皋曰：《周禮·司常》鄭注云：巡守兵車之會，王乘戎路，皆建其太常。《三禮集注》云：旌旗之杠，皆注旄與羽於竿首。故夏采注以旄牛尾，綴於橦上。阮氏、梁正等圖旗，首爲金龍頭，並無用象牙爲飾之説。《後漢書·袁紹傳》：拔其牙門。章懷注引《真人水鏡經》云：凡軍始出，立牙竿，必令完堅，若有折，將軍不利。牙門旗竿，軍之精也。即《周禮·司常職》云：軍旅會同，置旌門是也。此當爲牙旗之的注。胡紹煐曰：姜説最覈。門立牙竿，故曰牙門。即今所謂衙門。古「牙」與「衙」通，以建旌旗於其上。亦曰旌門。即《周禮》所云旌門。本書《關中詩》：高牙乃建。善注：牙，牙旗也。又《御覽》三百三十九引《兵書》云：有所攻伐，作五采牙幢。青牙旗引住東，赤牙旗引住南，白牙旗引住西，黑牙旗引住北，黃牙旗引住中。牙旗有五采，益證牙非象牙矣。步瀛案：《御覽》此條在《黃帝出軍決》後，即《出軍決》也。再前爲《兵書》，胡誤引。○軒，古音元部。閑、紛，淳部。通轉爲韵。

迄于上林，結徒爲營。

【注】迄，至也。結，止也。徒，衆也。營，域也。上林苑名。善曰：《説文》曰：營，市居也。

【疏】尤本無「于」字「爲」字。六臣本有之。案：《匡謬正俗》卷五引有「于」字「爲」字，今據補。胡克家曰：袁本、茶陵本有「于」字「爲」字。茶陵校語云：善無「于」字，袁無校語。今案依文義，善亦當有，或但所見傳寫脱耳。○《説文》，見《宮部》。

次和樹表，司鐸授鉦。

【注】次，比也。和，軍之正門爲和也。表，門表也。司，主也。鉦鐸，所以爲軍節。善曰：《周禮》曰：

大閱，虞人爲表，以旌爲左右和門。又曰：教振旅，辨鼓鐸鐲鐃之用也。

【疏】五臣「次」作「敍」。《匡謬正俗》五引同。○《周禮·夏官》大司馬之職曰：中冬教大閱，虞人萊所田之野爲表，百步則一，爲三表。又五十步爲一表。田之日，司馬建旗于後表之中。鄭注曰：表所以識正行列也。又曰：遂以狩田，以旌爲左右和之門，羣吏各帥其車徒，以敍和出，左右陳車徒。鄭注曰：軍門曰和。今謂之壘門，立兩旌以爲之敍和出。用次第出和門也。惠士奇《禮說》曰：《燕策》：齊韓共攻燕，燕請救於楚。楚使景陽將而救之，三國懼，乃罷兵。魏軍其西，齊軍其東，楚軍欲還不可得也。景陽乃開西和門，通使於魏，是軍門有東西和也。《韓非子·外儲說左》曰：李悝警其兩和曰：敵人且至，一曰悝與秦人戰，謂左和曰：速上，右和已上矣。又馳而右和曰：左和已上矣。左右和皆争上。是軍壘有左右和也。《唐開元禮》：仲冬講武，四出爲和門，建旗爲之，如其方色。是軍之四面皆有和門矣。《東京賦》注：軍之正門，失之。孫詒讓曰：鄭云：天子六軍，三三而居一偏。蓋偏爲一門。左偏東出爲一和門，右偏西出爲一和門，故有左右和。左右和卽東西和也。然則偏止一和門，卽軍之正門。《東京賦》薛注云：軍之正門爲和，是也。唐禮爲四出和，既不分偏，又增南北二門，恐非古制。賈疏云：昭八年《穀梁傳》云：置旃以爲轅門。又《車攻》詩傳云：褐纏旃以爲門。案：賈據《穀梁》、《毛詩》説證此旌門亦用旃，是也。○《匡謬正俗》曰：如淳《漢書音義》曰：舊亭傳於四角，面百步築土，上有屋，屋上有柱，出高丈餘。有大板貫柱而出，名曰桓。都縣所都，夾兩邊，各一桓。陳留之俗言桓聲如何，今猶謂之和表也。《說文》云：桓是亭郵表也。《東京賦》云：迄于上林，結徒爲營，敍和樹表，司鐸授鉦。敍，比也。軍之正門爲和。樹表，設牙形以表之。案：如淳《漢書注》見《尹賞傳》。梁章鉅曰：樹表者，《周禮·虞人》萊所田之表云云。賦言田獵，似宜引此。朱珔曰：門與表似別，但表曰和表，亦曰桓表。《説文》：桓，亭郵表也。段氏云：《檀弓注》：四植謂之桓。然二植亦謂之桓。《漢書》瘞門寺桓東。如淳注云云。師古曰：卽華表也。余謂桓表與桓圭、桓楹同義。《禹貢》：和夷底績。鄭注讀「和」爲「桓」。是「和」、「桓」通用字。鄭既言表分左右，而門亦分左右，當是卽表之地，設旌旗爲門表，曰和表，故門亦曰和門，蓋二而一矣。賦文次字宜從注，一作叙，本之《周禮》，羣吏各帥其車徒，以叙和出。然則叙和與樹表固遞言之，而非兩不相屬也。胡紹煐曰：《大宗伯》注云：雙植謂之桓，軍門以兩旌爲之，卽所謂雙植也。方俗語「桓」聲如「和」，故桓表亦曰和，雙植謂之桓，四植亦謂之桓。《檀弓》：三家視桓楹。注云：四植謂之桓，是也。《史記·孝文紀》《索隱》云：以木貫表柱四出，卽今之華表。崔浩以爲木貫四出名桓。陳楚語桓聲近和。又云：和表縣所治，夾邊各一桓。陳宋之俗，桓聲如和。今猶謂之和表。《漢書·尹賞傳》：桓門東，卽和門。是「和」爲「桓」也。○《大司馬》曰：中春教振旅，辨鼓鐸鐲鐃之用。又曰：兩司馬執鐸。又曰：中冬教大閲，羣吏以旗物鼓鐸鐲鐃各帥其民而致。《地官·鼓人》曰：以金鐸通鼓。鄭注曰：鐸，大鈴也。《説文》同。《説文》又曰：鉦，鐃也。似鈴，柄中上下通。

坐作進退，節以軍聲。

【注】言聲中進退，取鍾鼓旌之節。善曰：《周禮》曰：司馬執鐸，以教坐作進退疏數之節。

【疏】《周禮》大司馬之職曰：王執路鼓，諸侯執賁鼓，軍將執晉鼓。師帥執提，旅帥執鼙，卒長執鐃，兩司馬執鐸，公司馬執鐲，以教坐作進退疾徐疏數之節。此注節引，當云：「大司馬教坐作進退疾徐疏數之節，方合。乃作「司馬執鐸」，又脱「疾徐」二字。殆傳寫之誤。鄭注曰：習戰法。孫詒讓曰：此坐陳，即跪地也。《郊特牲》説軍旅之事云：左之右之，坐之起之，以觀其習變也。

三令五申，示戮斬牲。

【注】示，教也。言三令五申，示衆人畢，有不用命者，斬之若牲也。善曰：《尹文子》曰：將戰，有司讀誥誓，三令五申之，既畢，然後即敵。《史記》曰：孫子約束既布，三令五申之。《周禮》曰：大閲斬牲以徇陣，曰：不用令者斬之。

【疏】今本《尹文子》無此文。○《史記》，見《孫吴列傳》。○《周禮》，見《大司馬》。「陣」作「陳」。「陣」俗字。

陳師鞠旅，教達禁成。

【注】陳師，猶列師衆也。鞠之言告也。教達，謂三令五申，禁令已行，軍法成也。善曰：《毛詩》曰：陳師鞠旅。

【疏】《毛詩》，見《采芑》。○瞥、鉦、聲、牲、成，古音耕部。

火列具舉，武士星敷。

【注】具，俱也。敷，布也。言武士獵徒如星之布也。善曰：《毛詩》曰：火列具舉。毛萇曰：列人持火也。

【疏】《毛詩》，見《大叔于田》。「列」作「烈」。傳曰：烈，列也。鄭箋曰：列人持火，俱舉，言衆同心。胡紹煐曰：賦從毛義作「列」。善易《詩》之「烈」爲「列」以證賦文，故引箋曰：列人持火。今注誤作毛萇傳。

鵝鸛魚麗，箕張翼舒。

【注】鵝、鸛、魚麗並陣名也。謂武士發於此，而列行如箕之張，如翼之舒也。善曰：《左氏傳》曰：晉荀吴與華氏戰于赭丘，鄭翩願爲鸛，其御願爲鵝。《左氏傳》曰：王伐鄭，鄭原繁爲魚麗之陣。

【疏】箕、翼皆星名。《詩·巷伯》鄭箋曰：箕星哆然，踵狹而舌廣，故曰張。《天官書》曰：翼爲羽翮，故曰舒也。○《左·昭二十一年》曰：十一月癸未，公子城以晉師至。曹翰胡會晉荀吴、齊苑何忌、衛公子朝救宋。丙戌，與華氏戰于赭丘。鄭翩願爲鸛，其御願爲鵝。杜注曰：鸛、鵝，皆陳名。○下「《左氏傳》曰」當作「又曰」。案：《左·桓五年》：王以諸侯伐鄭，鄭伯禦之，曼伯爲右拒，祭仲足爲左拒，原繁、高渠彌以中軍奉公，爲魚麗之陣。先偏後伍，伍承彌縫。杜注曰：《司馬法》：車戰二十五乘爲偏，以車居前，以伍次之，承偏之隙，而彌縫闕漏也。五人爲伍，此蓋魚麗陳法。《釋文》曰：麗，力之反。

軌塵掩迒，匪疾匪徐。

【注】掩，覆也。迒，迹也。謂車軌之塵，適自覆跡，言得遲疾之中也。善曰：《穀梁傳》曰：蒐于紅，車軌塵，馬候蹄也。

【疏】梁章鉅曰：《説文》：迒，獸迹也。《廣雅・釋詁》：迒，迹也。○《春秋・昭八年》：秋，蒐于紅。《穀梁》説蒐狩之禮曰：車軌塵，馬候蹄云云。范注曰：車軌塵，塵不出轍，馬候蹄，發足相應，遲疾相投也。○敷、舒、徐，古音魚部。

馺不詭遇，射不翦毛。

【注】善曰：詭遇，已見《東都賦》。毛萇《詩傳》曰：面傷不獻，翦毛不獻。

【疏】尤本作「《孟子》曰：爲之詭遇，一朝而獲十」。劉熙曰：横而射之曰詭遇。胡克家曰：袁本此二十二字作「詭遇，已見《東都賦》」是也。今從之。○《毛詩・車攻》傳「翦」作「踐」。《釋文》曰：踐，子淺反。孔疏作「翦」，與李注引同。

升獻六禽，時膳四膏。

【注】升，進也。四膏者，《禮記》曰：牛膏香，犬膏臊，雞膏腥，羊膏羶。善曰：《周禮》曰：庖人掌供六禽。鄭司農曰：六禽：鴈、鶉、鷃、雉、鳩、鴿也。

【疏】《禮記・内則》曰：春宜羔豚，膳膏薌。夏宜腒鱐，膳膏臊。秋宜犢麛，膳膏腥。冬宜鮮羽，膳膏羶。鄭注曰：牛膏薌，犬膏臊，鷄膏腥，羊膏羶。薛注兼鄭注引作《禮記》，古人注書，往往有此。《釋文》曰：薌音香。案：《内則》此文與《周禮・庖人》同。惟《周禮》「薌」作「香」，「鮮」作「鱻」。鄭注曰：鄭司農云：膏香，牛脂也。以牛脂和之。腒，乾雉。鱐，乾魚。膏臊，豕膏也。以豕膏和之。杜子春云：膏臊，犬膏。膏腥，豕膏也。鮮，魚也。羽，鴈也。膏羶，羊脂也。玄謂膏腥，雞膏也。羔豚物生而肥。犢與麛物成而充。腒鱐暵熱而乾。魚鳫水涸而性定。此八物者，得四時之氣尤盛，爲人食之弗勝，是以用休廢之脂膏煎和膳之。牛屬司徒，土也。雞屬宗伯，木也。犬屬司寇，金也。羊屬司馬，火也。俞樾《羣經平議》曰：膏香爲牛脂，先鄭之説已得之矣。其餘三者，均當以杜説爲定。《内饔》職云：辨腥臊羶香之不可食者，羊泠毛而毳羶，犬赤股而躁臊，豕盲視而交睫腥。然則臊以犬言，腥以豕言，羶以羊言，具有明證。先鄭以膏臊爲豕膏，則與《内饔》職不合。後鄭以膏腥爲雞膏，附會土木金火爲義，更不足據矣。孫詒讓曰：膳羞齊和，當取性味相成，不宜傅合五行休王爲釋。且秋行犢麛膳，膏腥。腥實爲豕膏。豕，北方畜。秋時金王，水相，亦非休廢之膏。鄭説不可從。○《周禮》，見《天官・庖人》。案：本注各本「鷃」作「鶻」，誤。今依《周禮注》改。朱珔曰：鶻爲黃鵠，一舉千里之大鳥，恐非常供。《内則》云：雉兔鶉鷃。又云：爵鷃蜩范，皆有鷃。則作「鷃」是也。鷃，《説文》作「鴳」，云：雇也，雇卽鷃。步瀛案：朱説是。後鄭謂六禽於禽獻及六摯，宜爲羔、豚、犢、麛、雉、鳫。凡鳥獸未孕曰禽。賈疏曰：下文禽獻之内，取羔豚犢麛。《大宗伯》六摯之内，亦取羔及雉鳫。破司農六禽之内，有鶉鷃鳩鴿四者，於經無所據。吴廷華曰：據《内則》，曰雉羹，曰鳫宜麥，曰爵鷃鶉羹。《夏官・羅氏》則曰：獻鳩，唯鴿無考。孫詒讓曰：未孕曰禽，專據獸言之。鄭兼云鳥者，牽連及之耳。《曲禮》孔疏云：別而言之，羽則曰禽，毛則曰獸，通而爲説，獸亦可爲禽。鄭云：未孕曰禽，亦偏舉一義，其實鳥獸不論已孕未孕，通得稱禽也。

馬足未極，輿徒不勞。

【注】極，盡也。輿，衆也。勞，罷勞也。善曰：韋昭《漢書注》曰：輿，車士也。

【疏】輿徒，猶言車徒。《周禮·大司馬》：撰車徒。《詩·車攻序》曰：因田獵而選車徒焉。皆其證。○毛、膏、勞，古音宵部。

成禮三敺，解罘放麟。

【注】大鹿曰麟。解，散也。罘，罔也。《周易》曰：王用三敺，失前禽也。敺與驅同。善曰：《穀梁傳》曰：四時之田用三焉，一曰乾豆，二曰賓客，三曰充君之庖。

【疏】尤本、毛本「敺」作「毆」，誤。今依六臣本正。五臣「敺」作「驅」。○《説文》曰：麟，大牝鹿也。段改「大牡鹿」，曰：《玉篇》曰：麟，大麢也，是也。許此篆爲大麢。麐篆爲麒麐。經典用仁獸字多作「麟」，蓋同音假借。○《周易》，見《比·九五·象傳》，「敺」作「驅」。《釋文》曰：鄭作「敺」。○《穀梁傳》，見桓四年。案：三敺非三田，見《東都賦》疏。

不窮樂以訓儉，不殫物以昭仁。

【注】窮，極也。訓，教也。殫，盡也。物，謂禽獸也。言殺禽獸不盡，即昭明人君行仁之道，謂崇儉故也。善曰：《列女傳》曰：周宣王姜后曰，好奢必樂，窮樂者亂之所興。訓儉已見上文。

【疏】《列女傳》，見《賢明傳》。○注「訓儉」六字，尤本作「《左傳》曰：享以訓躬儉」。「躬」乃「恭」字之誤。胡克家曰：袁本作「訓儉已見上文」，是也。今從之。

慕天乙之弛罟，因教祝以懷民。

【注】天乙 殷湯名也。 弛，廢也。 善曰：《呂氏春秋》曰：湯見罔置四面，湯拔其三面，置其一面。祝曰：昔蛛蝥作罔，今之人學紓。欲高者高，欲下者下，吾取其犯命者。漢南之國聞之曰：湯德至禽獸，三十國歸之。高誘曰：紓，緩也。毛萇《詩傳》曰：懷，來也。

【疏】《荀子·成相篇》曰：乃有天乙是成湯。《史記·殷本紀》曰：主癸卒，子天乙立，是爲成湯。《書·湯誥》《釋文》引《王侯世本》曰：湯名天乙。《白虎通·姓名篇》曰：湯生於夏時，何以用乙爲名。曰：湯王後乃更變名，子孫法耳。《殷本紀》《索隱》引譙周曰：夏殷之禮，生稱王，死稱廟主，皆以帝名配之。天亦帝也。殷人尊湯，故曰天乙。《初學記·帝王部》引《帝王世紀》曰：主癸之妃曰扶都，見白氣貫月，意感，以乙日生湯。故名履，字天乙，是爲成湯。案：以上諸說不同，而以天乙爲湯則一也。○《呂氏春秋》，見《異用篇》。作：湯見祝網者，置四面，其祝曰：「從天墜者，從地出者，從四方來者，皆離吾網」。湯曰：「嘻，盡之矣。非桀孰爲此也。」湯收其三而置其一面，更教祝曰：「昔蛛蝥作網罟，今之人學紓，欲左者左，欲右者右，欲高者高，欲下者下，吾取其犯命者」。漢南之國聞之曰：「湯之德及禽獸矣。」四十國歸之。李引小異，而引高注同。案：此事《呂氏春秋》外，又見《史記·殷本紀》、《賈子新書·諭誠篇》、《新序·雜事五》，又《大戴禮·保傅篇》曰：湯去張網者之三面，而二垂至。○《毛詩》傳見《時邁》。

儀姬伯之渭陽，失熊羆而獲人。

【注】儀，則也。 姬伯，文王爲西伯也。 善曰：《史記》曰：太公望呂尚，東海人，以漁釣干周西伯。 西伯

將出獵，卜曰：所獲非龍非彲，非虎非羆，所獲霸王之輔。西伯獵，果遇太公渭之陽，與語，大說。文王勞之。太公曰：「臣聞君子樂其志，小人樂其事。」遂載與俱歸。

【疏】《史記》，見《齊世家》。「干」作「奸」。「文王勞之」以下二十字，非《史記》文，應刪。洪邁《容齋五筆》卷二曰：自李瀚《蒙求》有呂望非熊之句，後來據以爲用。然以史策考之，《六韜》第一篇《文韜》曰：文王將田，史編布卜曰：「田于渭陽，將大得焉，非龍非彲，非虎非羆，兆得公侯，天遺汝師。」文王曰：「兆致是乎？」史編曰：「編之太祖史疇，爲禹占得皋陶兆。」《史記》云：呂尚窮困年老，以漁釣干西伯，西伯將出獵，卜之曰：「所獲非龍非彲，非虎非羆，所獲霸王之輔。」後漢崔駰《達旨》云：漁父見兆于元龜。注文乃引《史記》非龍非驪，非熊非羆，爲證。今之《史記》蓋不然也。非熊出處，惟此而已。葉大慶《攷古質疑》卷三曰：《六韜》及《史記》本是「虎」字，唐人多作「非熊」。杜詩：田獵舊非熊。又《夔府秋日書懷》云：熊羆載呂望。《白氏六帖》于《熊部》、《獵部》、《卜部》皆作「非熊非羆」。蓋「虎」字乃唐諱，所以章懷注《東漢書》雖引《史記》之文，特改「非熊」之字。杜甫、李翰、白居易，皆唐人也，故相傳皆作「非熊」。蓋熊、羆乃世之常言。如《詩》云：維熊維羆。《書》云：如熊如羆。又云：則亦有熊羆之士。故人皆以熊羆爲言，至于特改「非虎」爲「非熊」，實起于唐也。若夫李善注《文選》，其於《賓戲》則引《史記》曰：所獲非龍非虎，非熊非羆。於《非有先生論》則引《六韜》曰：非熊非羆，非虎非狼。其實非《史記》、《六韜》之文，特彷佛記憶而爲之注爾，不足爲據也。梁玉繩《史記志疑》曰：章懷《崔駰傳》《達旨》注，李善《文選》班固《答賓戲注》、《初學記》卷六，並引《史記》作「非熊非羆」。故

《東京賦》：儀姬伯之渭陽，失熊羆而獲人，《鹽鐵論·刺復篇》：起磻溪熊羆之士，沈約《王太尉碑》：卜非熊羆，唐人如李瀚《蒙求》：吕望非熊，魏知古《從獵渭川詩》非熊從渭水。杜甫《贈哥舒翰詩》：畋獵舊非熊，《夔府秋日書懷詩》：熊羆載吕望。李商隱《復獻杜僕射詩》：入兆渭川熊，白居易《六帖》于《熊部》、《獵部》、《卜部》俱作「非熊」。《唐書·世系表》有孫非熊。《酷吏傳》有趙非熊，又顧況子名非熊，偶憶及此，不及徧舉，則知今本《史記》作「非虎非羆」，誤也。而《容齋五筆》據《六韜》作「非虎非羆」，與《史記》合，以《達旨》所引《史記》爲疑。不知《六韜》是後人僞作，未可爲憑。況沈約《竹書注》及《宋書·符瑞志》、《藝文類聚》六十六、李善注《東方曼倩論》、《運命論》、劉越石詩，並引《六韜》作「非熊非羆」。容齋所見《六韜》，當是譌本。然亦可證《史記》之誤，自宋已然，宋初猶未誤也。故唐人無能子《文王説》云：西伯筮之，其繇曰，非熊非羆，天遣爾師。《御覽》八百三十一卷引史作「非熊非羆」，至大紀則云「非龍非彲，非虎非羆」矣。《攷古質疑》謂唐人避諱，改虎爲熊，殊不然。張雲璈曰：李注於班固《答賓戲》引《史記》東方朔《非有先生論》、李康《運命論》、劉越石《重贈盧諶》詩各注引《六韜》，皆作「非熊非羆」。此注蓋緣《史記》而誤也。然《賓戲》注引《史記》作「非龍非虎，非熊非羆」，與章懷《達旨》注亦小有不同，而《非有論》、《運命論》引《六韜》又作「非熊非羆，非虎非狼」，亦與劉越石詩注異。步瀛案：以上諸説，梁氏尤詳，確可爲定論。朱亦棟、徐鼒亦有攷證，不能出其範圍也。

○麟、仁、民、人，古音真部。

澤浸昆蟲，威振八寓。

【注】浸潤也。八寓，八方區宇也。善曰：《毛詩序》曰：文王德及鳥獸昆蟲焉。鄭玄《禮記注》曰：昆，明也。明蟲者，陽而生，陰而藏也。《蒼頡篇》曰：宇，邊也。《説文》曰：「寓」，籀文「宇」字。

【疏】《毛詩》，見《靈臺》。○鄭《禮記》注，見《王制》。「陽」字「陰」字上皆有「得」字。應增。案，昆蟲本字當作「蚰」。《説文》曰：蚰，蟲之總名也。讀若昆。段注曰：凡經傳曰昆蟲，即蚰蟲也。《日部》曰：昆，同也。《夏小正》：昆，小蟲。傳曰：昆者，衆也。猶䰟䰟也。䰟䰟者，動也。小蟲動也。《月令》：昆蟲未蟄。鄭曰：昆，明也。許意與《小正》傳同。○《蒼頡篇》、本書謝玄暉《和伏武昌詩》注引同。慧琳《一切經音義》八十引作「寓」。○《説文》見《山部》。

好樂無荒，允文允武。

【注】允，信也。無荒，言不好荒淫之樂，信與文王武王等其功德也。善曰：《毛詩》曰：好樂無荒，允文允武，昭假烈祖。

【疏】《毛詩》好樂句，見《蟋蟀》。「允文」二句，見《泮水》。

薄狩于敖，既璅璅焉。

【注】敖，鄭地，今之河南滎陽也。謂周王狩也。璅璅，小也。言鄙不足説也。《詩》曰：建旐設旄，薄獸于敖。

【疏】尤本「璅」下校曰：一作「瑣」。六臣本作「瑣」，校曰：綜作「璅」。胡克家曰：此校語之誤存者也。薛傳均曰：楊德祖《答臨淄侯牋》：季緒璅璅，何足以云。《周易》：旅瑣瑣。《釋文》或作「璅」字者，非也。鄭云：瑣瑣，小也。王肅云：細小皃。《毛詩》：瑣瑣姻亞。《釋文》：或作「璅」，非也。按：此賦之「璅璅」，一本作「瑣瑣」。璅字巢聲，瑣字𧴪聲，古巢聲、𧴪聲之字同部，故可通用。《釋文》以「璅」字爲非，蓋未知古人通假之例也。今從之。〇注尤本「鄙」下有「陋」字。胡克家曰：袁本、茶陵本無「陋」字，是也。今從之。〇注「《詩》曰」，胡克家曰：袁本「詩」作「善」，茶陵本「詩」上有「善曰」二字。案：似茶陵本是也。步瀛案：毛本亦無「善曰」二字。李氏引《詩》有韓、毛字，今但引《詩》，當是薛注也。又案《車攻》「薄狩」作「搏獸」。梁章鉅曰：按：注「獸」字當作「狩」，此後人依今本《毛詩》改也。如注引作「獸」，下當云「獸」與「狩」同矣。朱珔曰：今《詩》作搏獸于敖。然此賦外如《水經注》、《初學記》、《後漢書・安帝紀》注引《詩》皆「薄狩」。蓋「薄狩」與「搏獸」二字並音近故通用也。《左氏・昭十七年傳》注：水火合而相搏。《釋文》「搏」本作「薄」。《公羊・桓四年傳》：冬曰狩。何注：狩，猶獸也。《漢書・郊祀志》云：今郊得一角獸曰狩。又《漢張遷碑》：帝遊上林，問禽狩所有，是「獸」亦可作「狩」也。胡紹煐曰：按《後漢書・安帝紀》注引作「薄狩于敖然」。陸氏《釋文》、孔氏《正義》皆作「搏獸」。《初學記》引作「薄狩」，是唐初尚有二本也。呂錦文曰：《水經・濟水注》、《後漢・安帝紀》注。《冊府元龜》皆引作「薄狩」，薛注作「薄獸」，《初學記・武部》作「搏狩」。《毛詩》作「搏獸」。鄭箋云：猶「搏獸」也。「搏」與「薄」音近而譌。經文「狩」作「獸」者，又因箋而誤耳。步瀛案：《車攻》鄭箋曰：獸，田獵搏獸也。《水經・濟水注》、《後漢書・安帝紀》、《班固傳》注引《詩》並作「薄狩于敖」，與此賦同。故臧琳《經義雜記》、惠棟《九經古義》、段玉裁《詩經小學》皆以經文本作「薄狩」。臧氏、段氏並以箋之第一「獸」

字亦當作「狩」，臧氏以此賦注「獸」字亦後人據今本《毛詩》改。陳奂謂《初學記・武部》引作「搏狩」。「搏」亦「薄」之誤，則皆以《詩》本作「薄狩」，「薄」語辭也。胡承珙則謂疑本作「薄獸于敖」，猶《豳風》言「一之日于貉」也。彼箋云：于貉，往搏貉以爲裘也。往訓于，搏貉訓貉，故此箋以搏獸訓獸。然則經當作「薄獸」，箋當作「獸，田獵，搏獸也」。若經作「狩」而箋云「狩，田獵搏獸也」，則上文已有駕言行狩，何不於次章箋之？《釋文》：搏獸音博，此或爲鄭箋作音，非必經文作「搏」也。馬瑞辰謂三家《詩》蓋有作「薄狩」者。《毛詩》作「薄獸」，卽「薄狩」之假借。箋言田獵搏獸者，亦以經「薄獸」非禽獸之獸，故以田獵搏獸釋之。陳喬樅謂箋釋狩以搏獸者，上文言苗，毛謂夏獵，此不當復舉冬獵之名。然則《毛詩》當與三家同作「薄狩」。今本作「搏獸」者，《唐石經》之誤也。王先謙謂張衡習《魯詩》，故作「狩」。薛注據《毛詩》故作「獸」。《水經・濟水注》、《後漢書・安帝紀》注、《班固傳》注引《詩》作「薄狩于敖」，皆三家《詩》。步瀛案：王氏說是。○《車攻》毛傳曰：敖，地名。鄭箋曰：敖，鄭地，今近滎陽。朱珔曰：《水經・濟水一注》云：又東逕敖山北，其山上有城，卽殷帝仲丁所遷。皇甫謐《帝王世紀》曰：仲丁自亳徙囂于河上，或曰敖矣。秦置倉於其中，故亦曰敖倉城也。胡承珙曰：《續漢書・郡國志》河南滎陽縣，有敖亭。劉昭《補注》云：周宣王狩于敖。《左傳・宣十二年》晉師在敖鄗之間。《呂氏讀詩記》幷引《左傳》：士季設七覆于敖前，則敖山之下，平曠可以屯兵，翳薈可以設伏。所謂東有甫草，卽謂此也。陳奂曰：敖，本山名。《傳》云地名者，以所狩之地言也。秦敖倉在山北，春秋時晉士季帥七覆於敖前。在山南。今開封府滎澤縣西北有敖山，卽此。

岐陽之蒐，又何足數？

【注】岐陽，岐山之陽，謂成王所狩之地。亦以小不足可數也。善曰：《左氏傳》曰：成王有岐陽之蒐。

【疏】《左傳》，見昭四年，「成」下無「王」字。杜注曰：周成王歸自奄，大蒐於岐山之陽。岐山在扶風美陽縣西北。案：岐山已見《西都賦》。○武、寓、數，古音魚部。○以上大閱。

爾乃卒歲大儺，敺除羣厲。

【注】卒，終。謂一歲之終，儺逐疫鬼。善曰：《漢舊儀》曰：昔顓頊氏之有三子，已而爲疫鬼。一居江水爲瘧鬼，一居若水爲罔兩蜮鬼，一居人宮室區隅，善驚人，爲小鬼。於是以歲十二月，使方相氏蒙虎皮，黄金四目，玄衣丹裳，執戈持盾，帥百隸及童子而時儺，以索室中，而敺疫鬼也。

【疏】尤本「敺」作「毆」，誤。今依六臣本。五臣作「驅」。○《周禮·春官·占夢》曰：遂令始難敺疫。鄭注曰：令，令方相氏也。難，謂執兵以有難卻也。故書「難」或爲「儺」。杜子春「難」讀爲難問之難，其字當作難。《月令》：季春之月，命國難，九門磔禳，以畢春氣。仲秋之月，天子乃難，以達秋氣。季冬之月，命有司大難，旁磔，出土牛以送寒氣。《釋文》曰：難，戚，乃多反，劉依杜，乃旦反。《夏官·方相氏》：帥百隸而時難。鄭曰：時難，四時作方相氏以難，卻凶惡也。《月令》：季冬命國難。段玉裁《周禮漢讀攷》曰：杜云：難讀爲難問之難者，訓其音義也。云其字當作「難」者，定其形不當作「儺」。又三引《月令》皆作「難」以爲證。《説文·人部》：儺，行有節也。引《詩》佩玉之儺，不引《周禮》。然則許君亦依杜説，敺疫之字作「難」矣。《論語》：鄉人儺。《方相氏》疏引正作「難」。後人改之，加人旁耳。劉昌宗依杜，難音乃旦反，是也。戚袞音乃多反，乃《詩·竹竿》儺字之音。陸氏無識，於《方相氏》、《月令》、《郊特牲》、《鄉黨》皆音乃多反。淺人反以「儺」爲敺疫正字，改易淆譌，音形俱失。劉寶楠《論語正義》曰：乃旦、乃多，一聲之轉。步瀛案：《説文》曰：䰰，見鬼驚詞。讀若《詩》受福不儺。今《毛詩·桑扈》「儺」作「那」。錢坫曰：「䰰」，《論語》鄉人儺字也。《方相氏》只用「難」。朱駿聲曰：此爲驅疫鬼正字，擊鼓大呼，似見鬼而逐之，故曰䰰。經傳皆以「儺」爲之。又案：《續漢書·禮儀志》中曰：先臘一日，大儺，謂之逐疫。○《漢舊儀》、《續漢書·禮儀志》中注引「氏」下無「之」字，「已而」作「生而」，「亡去爲瘧鬼」作「是爲虎」。「虎」，蓋「瘧」字之誤。下脱「鬼」字。「若水」下有「是」字，「隅」下有「漚庾」二字，「爲小鬼」作「小兒」二字。《御覽·禮儀部》九引《禮緯》大略相同。又見《獨斷》。

方相秉鉞，巫覡操茢。

【注】善曰：《周禮》曰：方相氏黄金四目，玄衣朱裳，執戈揚盾也。《國語》曰：在男謂之覡，在女謂之巫也。《説文》曰：操，把持也。《左傳》曰：襄公乃使巫以桃茢先祓殯。杜預曰：茢乃黍穰也。

【疏】《周禮·夏官序》言曰：方相氏，狂夫四人。鄭注曰：方相，猶言放想，可畏怖之貌。方相氏職曰：掌蒙熊皮，黄金四目，玄衣朱裳，執戈揚盾，帥百隸而時難，以索室敺疫。○《國語》，見《楚語》下，「謂之」並作「曰」。張雲璈曰：按此外如《説文》、《漢書·郊祀》注、鄭康成《周禮》、《禮記》注皆言男覡女巫，而《玉篇》、《廣韻》乃謂在男曰巫，在女曰覡。然歷攷書傳，言巫者多屬之女。《檀弓》曰：歲旱，穆公欲暴巫，縣子以爲天則不雨，而望之愚婦人。僖公二十一年《左傳》曰：公欲焚巫尫。杜注：巫尫，女巫也。《史記·西門豹傳》：其巫，老女子也。《封禪書》：高帝於長安置祠祝官，女巫有梁巫、晉巫、秦巫、荆九天巫、河巫、南山巫，皆女巫。《漢書·地理志》：齊襄公令國中民家長女不得嫁，名曰巫兒。女既爲巫，男自爲覡。《玉篇》、《廣韻》之説非矣。○《説文》，見《手部》。○《左傳》，見襄二十九年。案：《周禮·夏官》：戎右贊牛耳桃茢。鄭注曰：桃，鬼所畏也。茢，苕帚，所以埽不祥。《禮記·檀弓下》鄭注曰：茢，萑苕，可埽不祥。《玉藻》注曰：茢，菼帚也。《説文》曰：茢，芀也。芀，葦華也。菼，萑之初生。一曰薍。重文作菼。「苕」即「芀」之借字。是苕爲葦菼、爲萑，二者同類。故鄭注通用之。又襄二十九年孔疏曰：今世所謂苕帚者，或用薍穗，或用黍穰，是二者皆得爲之也。程瑶田《九穀考》曰：梨，黍穰也。芀謂之茢，宜爲埽篲，黍穰亦宜爲埽篲，黀穗其末，自然句曲，尤宜之。今北方埽篲，小者皆用黀，此梨之所由名與。《周禮·喪祝》《釋文》云：茢，黍苕穰也。鄭氏以茢爲萑菼之苕。杜氏以爲黍穰。陸氏則黍、苕並釋。据杜、陸説，是「茢」、「梨」通矣。然案《説文》以黍穰釋「梨」，以「芀」釋「茢」，从禾从艸，固宜有别與？

侲子萬童，丹首玄製。

【注】侲子，童男童女也。朱，丹也。玄製，皁衣也。善曰：《續漢書》曰：大儺，謂逐疫，選中黄門子弟，十歲以上，十二以下，百二十人，爲侲子。皆赤幘皁製，以逐惡鬼于禁中。

【疏】何焯曰：劉昭《補注》引薛綜云：侲之言善，善童，幼子也。疑此賦薛本亦有增損。張雲璈曰：何説誤也。劉昭所引，乃《西京賦》侲童程材下注，非此注有增損也。許巽行曰：既是選中黄門子弟爲侲子，則不得言童女明矣。步瀛案：劉注見《續禮儀志》中，《皇后紀》李賢注亦引之。依許説，此注童女字蓋誤。又案：「萬童」，薛李皆無説。《爾雅・釋詁》曰：萬，大也。侲取於善，豈萬取於大歟？又《左傳・隱五年》杜注曰：萬，舞。抑逐疫時有歌舞，而曰萬童歟？〇《續漢書》，見《禮儀志》中。《癸巳類稿・製解》曰：《説文》云：製，裁也。蓋未成衣，如今斗蓬，與袚連文。袚正斗蓬。《説文》又云：蠻夷衣。《續漢書・禮儀志》云：侲子赤幘皁製，如今番子袈裟，亦無褎也。《左傳・定公九年》：齊東郭書哲皾而衣貍製。注：製，裘也。乃望貍文生義。按其時爲周之秋，不當衣裘。貍製，是貍色斑然斗蓬耳。哀二十七年陳成子救鄭，及濮，雨不涉，成子衣製杖戈立於阪上。注云：製，雨衣也。按其時亦在四月後，八月前，自不衣裘，則製亦是斗蓬。通言雨衣可也，以爲裘，定非也。步瀛案：《札樸》卷二謂裘當爲「⿱癶衣」字之誤。同一製字，一訓雨衣，一訓裘。杜氏不應矛盾至此，其説甚是。「⿱癶衣」卽「衰」字。俗加艸，作「蓑」。

桃弧棘矢，所發無臬。飛礫雨散，剛癉必斃。

【注】桃弧，謂弓也。棘矢，箭也。癉，難也。言鬼之剛而難者，皆盡死也。善曰：《漢舊儀》：常以正歲十二月，命時儺以桃弧葦矢且射之，赤丸五穀播灑之，以除疾殃。《左氏傳》曰：桃弧棘矢，以除其災。《説文》曰：臬，射埻的也。

【疏】何焯曰：《漢書・王莽傳》晉灼注：《剛卯銘》曰：庶疫剛癉，莫我敢當。張雲璈曰：《説文》訓癉爲病，蓋言鬼之剛强而疲病者，無不盡斃于飛礫之下也。薛注謂：剛而難，「難」字何解。朱珔曰：剛卯，亦見《續漢書·與服志》下。《爾雅·釋詁》孫炎注：瘅，疫病也。此言逐疫，故用剛瘅字。步瀛案：《釋詁》瘅訓勞。訓病者作「瘽」。然二字本一字，故朱氏逕以「瘽」爲「瘅」。孫注見《釋文》。○《漢舊儀》，《續禮儀志》注引「葦矢」作「棘矢」。《獨斷》同。《御覽》引《禮緯》作「葦矢」，「矢」下皆有「土鼓」字，並複「鼓」字。又「洒」作「灑」。○《左傳》，見昭四年。○《説文》，見《木部》。「埻」作「準」。段注改作《𡒊》。又「的」改作「旳」。曰：「𡒊」、「準」、「旳」、「的」，皆古今字。

煌火馳而星流，逐赤疫於四裔。

【注】煌，火光也。馳，競也。赤疫，疫鬼惡者也。四裔，謂四海也。星流，謂羣鬼競走，煌煌然如火光之與星流也。善曰：《續漢書》曰：儺持火炬，送疫出端門外，騶騎傳炬出宮，五營騎士傳火，棄洛水中。星流，言疾也。《左氏傳》曰：投諸四裔，以禦魑魅。

【疏】《續漢書》，亦見《禮儀志》。案：注「騶騎」，各本誤作「駘騎」，今依胡氏校改。又案：《禮儀志》曰：大儺，黄門令奏曰：侲子備，請逐疫。於是中黄門倡，侲子和，曰：甲作食殑，胇胃食虎，雄伯食魅，騰簡食不祥，攬諸食咎，伯奇食夢，强梁、祖明共食磔死、寄生，委隨食觀，錯斷食巨，窮奇、騰根共食蠱。凡使十二神追惡凶。赫女軀，拉女幹，節解女肉，抽女肺腸，女不急去，後者爲糧。因作方相，與十二獸儛。嚾呼，周偏前後省三過，持炬火，送疫出端門。門外騶騎傳炬出宮，司馬闕門，門外五營騎士傳火，棄雒水中。劉注引《東京賦》注曰：煌，火光。逐驚走，煌然火光如星馳。赤疫，疫鬼惡者也。侲子合三行，從東序上，西序下，與此注小異。○《左傳》，見文十八年。○厲、荝、製、臬，古音祭部。甏、裔，脂部。通轉爲韵。

然後凌天池，絶飛梁。

【注】凌，升也。善曰：《莊子》曰：北溟者，天池也。如淳《漢書注》曰：直渡曰絶。《甘泉賦》曰：歷倒景而絶飛梁。

【疏】梁章鉅曰：《續漢書・禮儀志》注引《東京賦》注云：衛千人在端門外，五營千騎在衛士外，爲三部，更送至雒水，凡三輩，逐鬼投雒水中，仍上天池，絶其橋梁，使不得度還。今注無之。許巽行曰：應補入。○《莊子》，見《逍遥遊》。「北」當作「南」，又「溟」作「冥」。《釋文》曰：本亦作「溟」。○直渡曰絶，《漢書・武帝紀》注引臣瓚與如淳同。

捎魑魅，斮獝狂。

【注】魑魅，山澤之神。獝狂，惡戾之鬼名。捎，殺也。斮，擊也。善曰：諸鬼之説者各異，今隨所釋而載之，不改易也。斮，側略切。獝，其出切。

【疏】《説文》曰：箾，以竿擊人也。《漢書・揚雄傳》顔注曰：梢，擊也。「捎」、「梢」皆「箾」之通借字。○魑魅，已見《西京賦》。○《漢書・揚雄傳》注引孟康曰：獝猛，亦惡鬼也。《續禮儀志》中劉注引《坤蒼》曰：獝狂，無頭鬼。蕭該《漢書音義》引《字林》同。又《莊子・知北遊》曰：登狐闋之山而覩狂屈焉。《釋文》引李頤曰：狂屈佯張，似人而非也。桂馥《札樸》卷三，郭慶藩《莊子集釋》卷七，皆謂狂屈卽獝狂也。梁章鉅曰：亦無以證其卽爲「獝狂」。朱珔曰：「獝」、「僪」皆《説文》所無。惟《走部》「趫」，狂走也。然則此字正當作「趫」。○尤本「斮」字下音「側角」二字，「獝」字下音「其筆」二字，今依袁本。

斮蜲蛇，腦方良。

【注】方良，草澤之神也。腦，陷其頭也。善曰：《莊子》：蜲蛇之狀，其大若轂，其長若轅，紫衣而朱冠也。蜲，紆危切。蛇音移。

【疏】《續禮儀志》引《東京賦》注曰：委蛇大如車轂。《莊子·達生篇》「蜲」亦作「委」。《海內經》曰：有神焉，人首蛇身，長如轅，左右有首，衣紫衣，冠旃冠，名曰延維。郭注曰：委蛇。○《周禮·方相氏》：毆方良。鄭注曰：方良，罔兩也。《國語》曰：木石之怪夔罔兩。案：《國語》見《魯語》下，作「蝄蜽」。韋注曰：蝄蜽，山精，效人聲而迷惑人也。《說文》曰：蝄蜽，山川之精物也。《淮南王》說：蝄蜽狀如三歲小兒，赤目長耳，美髮。案：「罔兩」即「蝄蜽」之借字。與「方良」並疊韵字通。《莊子·達生篇》曰：水有罔象，野有方皇。《釋文》引司馬彪本，「象罔」作「無傷」，曰：狀如小兒，赤黑色，赤爪大耳，長臂。方皇，狀如蛇，兩頭，五采文。案：司馬彪說無傷，與《說文》說蝄蜽狀同。但《莊子》以彼爲水怪，則與《國語》木石不合，而野有方皇，則似與木石之怪略同。「方皇」與「方良」音亦相近，疑皆一類。諸說詭怪不經，莫可究詰。又《封氏見聞記》引《風俗通》云：《周禮·方相氏》：葬日，入壙，驅罔象。罔象好食亡者肝腦，應以「方良」爲「罔象」。《酉陽雜俎》十三說同。並與鄭異。今賦既云「方良」，又云殘「夔魖」與「罔象」，蓋亦以「方良」是「罔兩」，非「罔象」也。○尤本「蜲」字下音「紆危」二字，「蛇」

字下音「移」字，今依袁本。

囚耕父於清泠，溺女魃於神潢。

【注】清泠，水名，在南陽西鄂山上。神潢，亦水名，未知所在。善曰：《山海經》曰：有神耕父，處豐山，常游清泠之淵，出入有光。又曰：大荒之中，有山名不勾，有人衣青衣，名曰黄帝女魃，所居不雨。魃，扶葛切。

【疏】《續・禮儀志》注引《東京賦》注曰：耕父、女魃，皆旱鬼。案：《南都賦》曰：耕父揚光於清泠之淵。《續漢書・郡國志》：荆州南陽郡西鄂縣。注引《南都賦》注曰：耕父，旱鬼也。《玉篇》作「𦔃父」，曰「神名」。○《山海經》，前引見《中山經》。郭注曰：清泠水在西號郊縣山上，神來時水赤有光耀。郝懿行《箋疏》曰：《莊子・讓王篇》云：舜友北人無擇自投清泠之淵。《吕氏春秋・離俗覽》作「蒼領之淵」。高誘注云：「蒼領」或作「青令」。《莊子釋文》引此《經》云：在江南，一云在南陽郡西鄂山下。所引蓋郭注之文也。今本郭注「號郊」當即「鄂」字之誤。朱琦曰：《方輿紀要》言：西鄂城在今南陽府北五十里。應劭曰：江夏有鄂，故此加西，有豐山，在府東北三十里，其下有泉，是所云西鄂山，即豐山。清泠即豐山下之水也。薛、郭注「上」字當爲「下」。若《莊子釋文》先云在江南，殆誤以《説文》之泠水，即《班志》之清水者當之耳。步瀛案：《御覽・地部》三十五引盛弘之《荆州記》曰：新野城北有柴山，山上有清泠之淵，耕父揚光之處。似與前説不合。《清統志》：河南南陽府，豐山在南陽縣東北三十里，新野故城在新野縣治南，不言柴山所在。○後引《山海經》，見《大荒北經》。案：《經》曰：大荒之中，有山名曰不句，海水入焉。有係昆之山，有人衣青衣，名曰黄帝女魃。蚩尤作兵伐黄帝，黄帝乃令應龍攻之冀州之野。應龍畜水，蚩尤請風伯雨師，從大風雨。黄帝乃下天女曰魃。雨止，遂殺蚩尤。魃不得復上，所居不雨。叔均言之帝，後置之赤水之北。叔均乃爲田祖。魃時亡之，所欲逐之者，令曰：神北行，先除水道，決通溝瀆。郭注曰：言逐之必得雨，故見先除水道，今之逐魃是也。郝懿行曰：《玉篇》引《文字指歸》曰：女妭秃無髮，所居之處，天不雨也。同「魃」。李賢注《後漢書》引此《經》作「妭」，云：妭亦魃也。據此，則《經》文當爲「妭」，注文當爲「魃」。今本誤也。《太平御覽》七十九卷引此《經》作「妭」，可證。步瀛案：《後漢書》注引《山海經》，見《張衡傳》。今本「妭」誤作「妖」。郝又曰：《藝文類聚》一百卷引《神異經》云：南方有人，長二三尺，祖身而目在頂上，走行如風，名曰魃，所見之國大旱，赤地千里。一名狢，遇者得之，投溷中，乃死，旱災消。是古有逐魃之説也。朱珔曰：《大荒北經》先言有山名不句，下别云有係昆之山，乃及女魃。此注連屬不句，誤也。《説文・鬼部》：魃，旱鬼也。《女部》：妭，婦人美貌。則「妭」爲「魃」之假借字。《周禮・秋官》有赤犮氏，「犮」卽「魃」之省。《説文》引《周禮》作「赤魃」。姜皋曰：《魏書・敍傳》：昌意之裔始均，逐女魃於弱水之北。《大荒西經》：赤水之後，有大山，名曰昆侖之丘，其下有弱水環之。是弱水與赤水相近。《水經・河水注》以崑崙之丹水、河水、赤水、洋水四水爲帝之神泉，其卽神潢之説與？朱珔亦謂此賦「神潢」當卽指赤水。朱銘曰：《海内西經》赤水出崑崙東南隅，非東京之地。今據《續漢志》南陽郡蔡侯國注云：有松子亭，下有神陂，《南都》所稱。案：《南都賦》云：松子神陂，上云耕父揚光於清泠之淵。此賦亦清泠、神潢並言。清泠水在南陽，則神潢亦在南陽，卽神陂矣。特立文彼此相避耳。《説文》曰：潢，積水池也。又云：池，陂也。然則「潢」與「陂」義通，二賦皆出平子，可互證也。○「魃，扶葛切」，四字依袁本。

殘夔魖與罔象，殪野仲而殲游光。

【注】殘，猶殺也。夔，木石之怪，如龍，有角鱗甲，光如日月，見則其邑大旱。《説文》曰：魖，耗鬼也。罔象，木石之怪。殪，殺也。殲，滅也。野仲、游光，惡鬼也。兄弟八人，常在人閒作怪害。

【疏】尤本「象」作「像」。今依六臣本。○《魯語》下：木石之怪曰夔蝄蜽。韋注曰：或云夔一足，越人謂之山繅，或作𤢖，富陽有之。人面猴身，能言。或云獨足。《莊子・達生篇》：山有夔。《釋文》引司馬彪曰：夔如鼓，一足。又《大荒東經》曰：有獸狀如牛，蒼身而無角，一足，出入水，則必風雨，其光如日月，其聲如雷，名曰夔。黄帝得其皮爲鼓，聲聞五百里。薛注似合《魯語》、《山海經》爲一，恐非是。《説文》曰：夔，神魖也。如龍，一足。从夊，象有角手人面之形。又曰：魖，耗鬼也。本書《甘泉賦》：捎夔魖而抶獝狂。注引孟康曰：水石之怪曰夔，如龍有角，人面。魖，耗鬼也。其解夔字，似又合《魯語》、《説文》爲一，亦非是。而解魖字，與《説文》合。蓋《説文》以夔、魖爲一物。段注曰：神魖，謂鬼之神者也。《甘泉賦》、《東京賦》皆夔、魖連文可證。桂馥《札樸》卷七曰：此賦下文野仲、游光皆一物名。「夔」「魖」不得爲二，是皆以夔魖爲一物。然神怪之説，不可究詰，亦難執言孰是也。○《續禮儀志》注引薛注曰：木石之怪夔罔兩，水之怪龍罔象，與本注異。疑此「木石」字涉上文而誤。《魯語》下曰：水之怪曰龍罔象。韋注曰：或曰罔象，食人。一名沐腫。《續志》注引「踵」作「蹱」，非。《莊子·達生篇》曰：水有罔象。《釋文》引司馬彪本作「無傷」，已見上「方良」下注。一云水神。《法苑珠林·六道篇》引《夏鼎志》曰：罔象如三歲兒，赤目黑色，大耳，長臂，赤爪，與司馬彪《莊子注》合。《廣雅·釋天》曰：水神謂之罔象。《御覽·妖異部》二引《白澤圖》曰：水之精名罔象，其狀如小兒，赤色，大耳，長爪，以索縛之，則可得。烹之，吉。其説尤荒怪無稽。○《御覽·時序部》八引《風俗通》曰：夏至著五綵辟兵，題曰游光厲，知其名者無温疾。又：永建中，京師大疫，云疫鬼字野重、游光。案：「野重」即「野仲」也。《廣雅·釋天》曰：火神謂之游光。《法苑珠林·六道篇》引《王子》云：木精爲游光，説又各不同。《海外南經》曰：有神人二八，連臂爲帝司夜於此野。郝懿行謂野仲、游光二人，兄弟各八人，正得十六人，疑即此也。恐非是。薛注言兄弟八人，殆統野仲、游光言之，不謂各八人也。胡紹煐曰：《魏志》：謗語云：李豐兄弟如游光，即指此。步瀛案：見《夏侯玄傳》注引《魏略》。

八靈爲之震慴，況鬾蜮與畢方。

【注】鬾，小兒鬼。畢方，老父神，如鳥，兩足一翼者，常銜火在人家作怪災也。善曰：《楚辭》曰：合五嶽與八靈。王逸曰：八靈，八方之神也。《爾雅》曰：震、慴，懼也。《漢舊儀》曰：魊，鬼也。鬾，巨宜切。「魊」與「蜮」古字通，音域。

【疏】《説文》曰：鬾，鬼服也。一曰小兒鬼。《切韵》曰：鬾，小兒鬼，渠羈切，又居宜切。○梁章鉅曰：注：兩足一翼，當作一足兩翼。《西山經》：章峨之山，有鳥焉，其狀如鶴，一足，赤文青質而白喙，名曰畢方，其鳴自叫也。見則其邑有譌火。《淮南子·氾論訓》：木生畢方。高注：畢方，木之精也。狀如鳥，青色赤脚，一足。汪師韓曰：《淮南》注：木精如鳥，一足，方朔所對，即此也。見則邑有譌火。陳後主時，一足鳥集殿，以觜畫地，成文曰：獨足上高臺，盛草變成灰。步瀛案：東方朔知獨足鶴爲畢方鳥，見李綽《尚書故實》。陳後主時一足鳥，見《南史·陳本紀下》及《隋書·五行志下》。又案：《韓子·十過篇》曰：畢方並鎋。舊注曰：神名。《論衡·紀妖篇》引「鎋」作「轄」。《廣雅·釋天》曰：木精謂之畢方。「畢」又作「必」。《藝文類聚·木部》引《尸子》曰：木之精氣曰必方。而《法苑珠林·審察篇》引《白澤圖》曰：火之精名曰必方，狀如鳥，一足，以名呼之，則去。與《山海經》、《淮南子》高注及此賦注相合。而木精、火精又復不同。神怪之説，不可理解，大抵如此。朱珔曰：畢方，《玉篇》、《廣韵》俱作「鷝鴋」，乃後人加鳥旁耳。○《楚辭》，見《九歎·遠逝》。○《爾雅》，見《釋詁》。○朱珔曰：《説文》：蜮，短狐也，似鼈，三足，以氣射害人。「狐」當作「弧」，見《詩》《毛傳》：蓋蜮雖物而能害人，自有鬼物憑之，故特。彼《何人斯》云：爲鬼爲蜮。注於上文毆除羣厲，下引《漢舊儀》曰：顓頊氏有三子，一居若水爲罔兩蜮鬼，而此又改「蜮」爲「魊」。「魊」字，《説文》所無，非也。步瀛案：古人言鬼言物，往往相混。朱謂蜮有鬼物憑之，泥。許巽行謂注「《漢舊儀》曰」下脱「顓頊氏之子爲罔兩」七字，亦非。上文已引之，故此從略也。○尤本「魃」字下音「巨宜」二字。「蜮」下音「域」字。今依袁本。

○梁、狂、良、潢、光、方，古音陽部。

度朔作梗，守以鬱壘。神荼副焉，對操索葦。

【注】東海中度朔山，有二神，一曰神荼，二曰鬱壘，領衆鬼之惡害者，執以葦索，而用食虎。善曰：《風俗通》曰：《黄帝書》：上古時有神荼、鬱壘昆弟二人，性能執鬼。度朔山上有桃樹，二人於樹下常簡閲百鬼，鬼無道理者，神荼與鬱壘持以葦索，執以飼虎。是故縣官常以臘祭夕，飾桃人，垂葦索，畫虎於門，以禦凶也。《毛詩傳》曰：梗，病也。謂爲人作梗病者。

【疏】薛注不言所據何書。《戰國策·齊三》高誘注曰：東海中有山名曰度朔，上有大桃，屈槃三千里，其卑枝間東北曰鬼門，萬鬼所由往來也。上有二神人，一曰荼與，一曰鬱雷，主治害鬼。故使世人刊此桃梗。畫荼與與鬱雷首，正歲以置門户。亦不言出何書。應劭《風俗通·祀典篇》引《黄帝書》、王充《論衡·訂鬼篇》，衛宏《漢舊儀》，劉昭《續漢書·禮儀志》補注皆引《山海經》。裴駰《史記·五帝本紀》《集解》引作《海外經》。案：《漢書·藝文志·小説家》有《黄帝説》四十篇，疑出此。今久佚，故宗懔《荆楚歲時記》、杜臺卿《玉燭寶典》皆引《風俗通》，不逕引《黄帝書》也。《山海經》今本亦無此文。《藝文類聚·果部》上引《風俗通》，而下條則引《山海經》曰：桃樹屈蟠三千里。《國策》鮑彪注引《海外經》與《史記集解》又不盡同，皆未知所見本尚未佚邪，抑由他書轉引邪。而《御覽·果部》四引《漢舊儀》，《獸部》三引《風俗通》則不逕引《山海經》。戴埴《鼠璞》、王觀國《學林》卷四，引《山海經》。朱珔謂當本王充或劉昭。今攷《學林》所引與《禮儀志注》多同，則本於劉昭也。朱氏又謂李注不引《山海經》，而轉引《風俗通》，豈唐初即佚邪。疑此説是。又案：《歲時記》引《括地圖》及今本《十洲記》皆載此事，則又襲《黄帝書》、《山海經》等，非其朔也。又案：《學林》曰：今人正月旦，以桃木爲版，書神荼鬱壘於版，而置於門，謂之桃符，即桃梗也。《戰國策》言土偶人與桃梗語是也。桃梗即木偶人也。謂之梗者，削桃爲人形，以其粗有人形，大略而已，故謂之梗。若所謂梗概者，亦初言其大略耳。世言桃可以祓除不詳。蓋度朔山之遺意也。張平子《東京賦》曰度朔作梗云云，五臣注《文選》曰：梗，病也。度朔有鬼，爲人病。今按《東京賦》言度朔作梗者，言以度朔山桃木爲符梗也。五臣不曉，乃以「梗」爲「病」，則誤矣。梗亦訓病。《桑柔》詩曰：誰生厲階，至今爲梗。毛氏傳曰：梗，病也。然與桃梗之梗異矣。《後漢·禮儀志》曰：百官官府各以木面獸能爲儺人，師訖，設桃梗鬱櫑葦茭。然則桃梗之用久矣。「櫑」「壘」二字通用之也。案：今《文選》六臣本呂向注，但存度朔有鬼爲人病一語，殆以「梗病也」三字與李注同，爲後人所删耳。朱珔曰：《續漢書·禮儀志》記桃印云：以桃爲更，言氣相更也。「更」乃「梗」之省。又敍大儺下云：設桃梗鬱儡葦茭。劉昭注引《風俗通》曰：梗者，更也。歲終更始，受介祉也。與《學林》釋「梗」字義雖異而爲桃梗則同。若《詩·桑柔》至今爲梗，非此桃梗之梗。《學林》駁之，是已。至賦上已言「作梗」，下復云對操葦索，則《續漢志》所謂夏以葦茭，周以桃更，而漢兼用之也。步瀛案：王氏説「梗」爲桃梗，甚是。朱氏更以漢制證之，其説益確。倪思寬謂「作梗」當卽百鬼無道理，妄爲人禍害之意，不然。善、向之注並引《風俗通》神荼故事，桃梗云云，卽在其下，豈有不見而舍此取彼者。古人注書蓋自有斟酌也。胡紹煐曰：「作梗」猶云「爲祟」，今俗云「作梗」。王氏謂梗爲桃梗，而引《戰國策》爲證。不知《戰國策》之「桃梗」，卽木偶也，而云度朔作木偶，於文爲不辭矣。步瀛案：注書當論其文義合否，李、呂見桃梗而不引，卽其失也。安得以彼不用，遂不得復引邪。以度朔山桃木爲符梗，卽木偶，王氏明言之，於文並無不合。安得斥爲不辭。若以桃梗不得與鬱壘並言，則《續漢志》卽並言之。若以句中無桃木字，卽爲不辭，則作禍祟者鬼也，何以句中無鬼字，卽非不辭邪。倪、胡二説皆失之。至本賦作「神荼鬱壘」，《論衡》、《漢舊儀》、《荆楚歲時記》、《玉燭寶典》並同。《禮儀志》注作「神荼鬱儡」，《風俗通》作「荼與鬱壘」，《齊策》鮑注同。《齊策》高注作「荼與鬱雷」。《史記集解》但云一名鬱壘，蓋有脱誤，《括地志》作一名鬱，一名壘。疑亦誤。《枕中書》作「蔡鬱壘」。「蔡」蓋「荼」之誤。羅泌《路史餘論》卷三又引《風俗通》作「鬱律」。楊慎《升菴外集》十三謂「鬱律」，又爲「鬱肆」，又爲「豌肆」，古文作「宛律」，恐不足據也。羅泌又謂神荼者，伸舒也。鬱律者，苑結之謂也。亦屬附會。《雲笈七籤》卷九十九載《軒轅本紀》曰：《黄帝書》説東海有度索山，或曰度朔山，謞呼也。此山閒以竹索懸而度也。山有神荼、鬱壘，能禦凶鬼，則又道家僞託。且加以穿鑿，不足取也。○尤本「樹」字下脱「二人於樹」四字。依六臣本增。○《毛詩》傳，見《桑柔》。

目察區陬，司執遺鬼。

【注】察，觀也。區陬，隅隙之閒也。司，主也。謂於度朔山主執遺餘之鬼也。

【疏】遺鬼，當謂逃亡之鬼。《莊子·徐無鬼篇》曰：其求唐子也，而未始出域，有遺類矣。《釋文》曰：遺，亡也。《禮記·鄉飲酒義》鄭注曰：遺，猶脱也。皆與逃亡義合。區陬，卽《漢舊儀》所謂小鬼居人宮室區隅也。○尤本「隙」作「隟」，今依毛本及六臣本。

京室密清，罔有不韙。

【注】密，静也。清，潔也。罔，無也。韙，善也。謂無復疫癘，皆得安善也。

【疏】《切韵》曰：韙，韋鬼切。○壘、葦、鬼、韙，古音脂部。○以上大儺。○何焯曰：大儺一段，對前角觝百戲言，雖戲，亦祖宗之舊儀，先王之典禮也。又曰：西京尚武功，好遠略，故鋪陳角觝，東京宦者執權，故寓旨于侲童，皆有爲言之也。

於是陰陽交和，庶物時育。

【注】庶，衆也。《漢書》曰：陰陽和，風雨時。言疫癘既無，陰陽乃和，衆物育養也。

【疏】《易·无妄·象傳》曰：先王以茂對，時育萬物。○《漢書》「陰陽和」二句，見《翼奉傳》。

卜征考祥，終然允淑。

【注】征，巡行也。考，問也。祥，吉也。允，信也。淑，善也。善曰：《左氏傳》：石臭曰：先王卜征五年，而歲習其祥，祥習則行。《周易》曰：視履考祥。《毛詩》曰：終然允臧也。

【疏】《左傳》，見襄十三年。案：本注「歲習」各本「習」作「卜」，涉上文而誤。今依《傳》訂正。○《周易》，見《履·上六》爻詞。○《毛詩》，見《定之方中》。梁章鉅曰：今本《毛詩》「然」皆作「焉」，惟《唐石經》作「然」。

乘輿巡乎岱嶽，勸稼穡於原陸。

【注】乘輿，天子也。岱，泰山也。種曰稼，收曰穡。謂春勑東方諸侯，課民以耕種。故《尚書》云：二

月，東巡狩，至于岱宗。

【疏】《尚書·堯典》文，今僞古文分入《舜典》。○尤本「至于岱宗」下有「柴」字。胡克家曰：袁本、茶陵本無「柴」字，今從之。

同衡律而壹軌量，齊急舒於寒燠。

【注】衡，稱也。軌，法也。寒燠，猶苦樂。同、壹、齊，皆使中不參差也。善曰：《尚書》曰：同律度量衡。又曰：急恒寒若，豫恒燠若。

【疏】《尚書》，前引同上。後引見《洪範》。尤本「急」誤作「謀」，今依毛本、六臣本。梁章鉅曰：「豫」當作「舒」，今《書》作「豫」。孔疏云：鄭、王本作「舒」，而《史記》、《漢書》及各史志引多作「舒」，此正文作「舒」，注如作「豫」，當云「豫與舒通」，既無此語，知亦作「舒」矣。朱珔説同，並謂殆校者據今本《尚書》所改。

省幽明以黜陟，乃反旆而迴復。

【注】省，察也。幽，闇也。黜，退也。陟，昇也。謂有功者進，無功者退也。故《尚書》曰：三載考績，黜陟幽明也。反旆，謂迴還也。

【疏】《尚書·堯典》之文。僞古文分入《舜典》。○育、淑、燠、復，古音幽部。陸，侯部，通轉爲韻。

望先帝之舊墟，慨長思而懷古。

【注】先帝，先神也。舊墟，長安也。慨，歎息也。古，往也。謂前漢初也。

【疏】舊墟，指長安。已見《西都賦》。

俟閶風而西遐，致恭祀乎高祖。

【注】俟，待也。閶風，秋風也。祠，謂祭祀高祖廟也。遐，逝也。善曰：《東觀漢記》曰：永明二年十月，幸長安，祠高廟。《周書》曰：恭明祠，專明刑。《易說》曰：秋，閶闔風至。

【疏】《東觀漢記》「祠高廟」下又曰：遂有事於十一陵，歷覽館舍邑居舊處。○《周書》，見「皇門篇」。「祠」作「祀」，「專」作「敷」。案：「敷」本字作「尃」，又省借作「専」，與「專」字形近而誤。○《易緯通卦驗》曰：秋分閶闔風至。此注似脱「分」字。《淮南子·天文篇》曰：涼風至四十五日，閶闔風至。高注曰：兑卦之風也。《北堂書鈔·天部》二引《春秋考異郵》與《淮南子》同。又曰：閶闔寒當入。寒，大收也。《御覽·天部》九引宋均注曰：秋分之候也。閶闔，盛也。時盛，收物蓋藏之。

既春游以發生，啓諸蟄於潛户。

【注】春游，謂仲春巡行岱嶽，是時蟄蟲皆開户，帝乃東巡，助宣氣也。善曰：《爾雅》曰：春爲發生。《禮記》曰：仲春之月，蟄蟲咸動，啟户始出。

【疏】《爾雅》見《釋天》。○《禮記》見《月令》。

度秋豫以收成，觀豐年之多稌。

【注】秋行曰豫，謂秋行禮高祖廟。此時萬物始成。善曰：《晏子》曰：吾王不游，吾曷以休。吾王不豫，吾曷以助。一游一豫，爲諸侯度。《爾雅》曰：秋爲收成。《毛詩》曰：豐年多黍多稌。毛萇曰：稌，

稻也。他杜切。

【疏】《晏子》，見《内篇·問》下。今本「吾王」並作「吾君」，「吾曷」並作「我曷」。又《孟子·梁惠王》下作「吾王」，兩「曷」字並作「何」。張雲璈曰：《晏子》文與《孟子》同。則游與豫明是兩事。而趙岐《孟子》注但云豫亦游也，游亦豫也，殊混。孫奭之疏亦云統而言之，則游與豫皆巡行也。别而言之，則游者有所縱，至於適也。豫者有所適，至於樂也。故於游則未至於豫，豫則不止於游也，亦甚鶻突，不及《選》注之精。步瀛案：《孟子》引晏子對齊景公曰：春省耕而補不足，秋省斂而助不給。《晏子春秋》曰：春省耕而補不足者，謂之遊。秋省實而助不給者，謂之豫。《管子·戒篇》曰：春出原農事之不足者謂之遊，秋出補人之不足者謂之夕。「夕」與「豫」古音近，故通用。○《爾雅》，見《釋天》。○《毛詩》，見《豐年》。案本注各本皆脱「多黍」二字。依胡氏、梁氏校增。○尤本正文「稌」下注「他杜」二字。胡克家曰：袁本、茶陵本，作他杜切三字，在注末，是也。今從之。

嘉田畯之匪懈，行致賚于九扈。

【注】嘉，善也。畯，主田官也。九扈，農正知田事。扈，正也。言天子行慶福，致賚於九扈，使民不淫放。善曰：《毛詩》曰：田畯至喜。又曰：夙夜匪懈。《左氏傳》曰：剡子曰：九扈爲九農正。杜預曰：扈有九種也。春扈、頒鶥，夏扈、竊玄，秋扈、竊藍。冬扈，竊黄。棘扈，竊丹。行扈，唶唶。宵扈，嘖嘖。桑扈，竊脂。老扈，鷃鷃。以九扈爲九農之號，各隨其宜，以教人事也。

【疏】六臣本「行」作「動」。○《毛詩》，見《甫田》及《烝民》。○《左傳》，見昭十七年。孔疏曰：《釋鳥》自

「春扈鳻鶞」至「宵扈嘖嘖」凡七扈，其文相次，與此注相同。李巡總釋之云：諸扈別春夏秋冬四時之名。郭璞曰：諸扈皆因其毛色聲音以爲名。賈逵云：春扈分循，相五土之宜，趣民耕種者也。夏扈竊玄，趣民耘苗者也。秋扈竊藍，趣民收斂者也。冬扈竊黄，趣民蓋藏者也。棘扈竊丹，爲果驅鳥者也。行扈唶唶，晝爲民驅鳥者也。宵扈嘖嘖，夜爲農驅獸者也。桑扈竊脂，爲蠶驅雀者也。老扈鷃鷃，趣民收麥，令不得晏起者也。舍人樊光注《爾雅》，其言亦與賈同。案：此説孔疏駁之，而邵晉涵、郝懿行皆已駁孔説。今不復録。至九扈之名，春扈頒鶞，樊光云：言分循也。與賈説同。蓋以其事爲名也。夏扈竊玄以下，孔疏曰：《釋獸》云：虎竊毛謂之虦猫，虪如小熊，竊毛而黄，竊毛皆謂淺毛。「竊」卽古之「淺」字。但此鳥其色不純。竊玄，淺黑也。竊藍，淺青也。竊黄，淺黄也。竊丹，淺赤也。四色皆具，則竊脂爲淺白也。邵晉涵謂竊藍、竊黄，自爲淺，不得與竊脂一例。案：《釋鳥》曰：桑扈竊脂。《詩·小宛》：毛傳作「雇」。鄭箋曰：竊脂，肉食。《釋鳥》郭注曰：俗謂之青雀，觜曲食肉，好盜脂膏，因名云。郝懿行曰：今驗青雀，俗名黑阿鸛子，大如鸜鵒，背青黑色，腹下藍色，性喜食肉，雖多不饜，善鳴，發聲清壯，竊脂非白鳥。《詩》言有鶯其羽，有鶯其領，蓋可見矣。孔疏引李巡曰：唶唶、嘖嘖，鳥聲貌也。《釋鳥》曰：鳸鴳。郭曰：今鴳雀。郝曰：《説文》：鴳，雇也。又云：老雇，鷃也。是鷃、鴳同。高誘注《吕覽·明理篇》云：鴳一名冠爵。《一切經音義》十二引《纂文》云：關中有鴳濫堆是。顔師古《急就篇》注亦有「鷃爛堆」。今鷃爛堆如雀而大，東齊謂阿鸛子，色如鶉鴿，善鳴多聲。一種有毛角者，高誘所謂冠雀，今俗呼老兒角。然則老扈之名，豈以此歟。〇胡克家曰：注春雇頒鶮，袁本、茶陵本「頒」作「鴿」，是也。步瀛案：《左傳》注作「鴿」，《説文》同。段注曰：當從《集韻》、《類篇》作「頒」。嚴元照《爾雅匡名》亦主作「鴿」。故仍依尤本作「頒」。○《左傳》「人事」作「民事」，唐避諱改。

左瞰暘谷，右睨玄圃。

【注】暘谷，日出之處。玄圃，在崑崙山上。瞰，望也。睨，視也。善曰：《淮南子》曰：日出于暘谷，浴于咸池也。又曰：懸圃，在崑崙閶闔之中。「玄」與「懸」古字通。

【疏】胡克家曰：「暘」當作「湯」，注同。《蜀都賦》：汩若湯谷之揚濤。注云：湯谷，已見《東京賦》。即指此，可證也。《吴都賦》：包湯谷之滂沛，善作「湯」，五臣作「暘」，此賦亦然。各本所見，以五臣亂善，而失著校語。朱珔曰：今《淮南・天文訓》、《墬形訓》皆作「暘谷」。但《史記索隱》云「舊本作「湯谷」」。《蜀都賦》注引《淮南》作「湯谷」，無「已見《東京賦》」語。步瀛案：胡氏校引《蜀都賦》注，乃據袁本，與茶陵本、尤本、毛本皆異。朱氏失檢耳。○《淮南子》，前引見《天文篇》。案：《海外東經》、《楚辭・天問》、《遠遊》、《史記・五帝本紀》《索隱》舉舊本，又引《淮南子》、《論衡・説日篇》、《説文・叒部》皆作「湯谷」。本書《子虚賦》、《蜀都賦》、《吴都賦》同。《書・堯典》、《淮南子・天文篇》、《墬形篇》、《史記・五帝紀》、《説文・土部》、《山部》、《日部》皆作「暘谷」。本書《思玄賦》同。注引《海外東經》亦作「暘谷」。《太平御覽・天部》引《淮南子》，《楚辭・遠遊》洪興祖《補注》引仲長統，並作「陽谷」。此其字不同而皆相通者也。至湯谷所在，諸家説不同。所謂日出暘谷者，本爲想像之詞。《堯典》曰：宅嵎夷，曰暘谷。則欲求暘谷所在，必求嵎夷所在，而「嵎夷」字，《堯典》、《史記・夏本紀》作「嵎夷」，《說文・土部》作「堣夷」，《山部》大徐本作「嵎銕」，小徐本作「嵎鐵」。《堯典》疏引夏侯等《書》作「堣鐵」。《釋文》引《考靈耀》及《史記》，《史記・夏本紀》《索隱》引今文《尚書》及《帝命驗》作「禺鐵」，《五帝本紀》作「郁夷」，字各不同，而可相通。「嵎夷」所在，諸家說亦不同。《說文・土部》曰：堣夷在冀州暘谷，立春日，日值之而出。《尚書》曰：宅嵎夷。又《山部》曰：嵎山在遼西，一曰嵎鐵，暘谷也。《堯典釋文》引馬融曰：嵎，海嵎也。夷，萊夷也。暘谷，海嵎夷之地。僞孔傳曰：東表之地，稱嵎夷。《後漢書・東夷傳》曰：夷有九種，曰畎夷、于夷、方夷、黄夷、白夷、赤夷、玄夷、風夷、陽夷。昔堯命羲和宅嵎夷，曰暘谷，日之所出也。薛季宣《書古文訓》謂嵎夷暘谷在登州治蓬萊縣。蔡沈《集傳》同。即今蓬萊縣。于欽《齊乘》謂在海寧州，即今山東牟平縣，皆據青州爲言。段玉裁《說文注》謂《堯典》嵎夷在冀州，《禹貢》嵎夷在青州。孫星衍《尚書今古文注疏》謂在遼西，即永平府地，今盧龍等縣。依許氏爲說也。江聲《尚書集注音疏》、洪亮吉《四史發伏》皆謂《說文》「冀州」爲「青州」之誤。王鳴盛《尚書後案》謂寅賓出日，當在正東之青州，則從馬說者也。胡渭《禹貢錐指》、蔣廷錫《尚書地理今釋》皆以朝鮮爲嵎夷，則從《後漢書・東夷傳》及杜佑《通典・邊防典》者也。沈濤《銅熨斗齋隨筆》卷一，皮錫瑞《今文尚書考》卷一，謂「郁夷」即「倭夷」即今日本之地。案：漢時言三神山，猶在虛無縹眇之間，謂堯時至此測日，爲必無之事，而涉海抵朝鮮，疑亦太遠。登州、海寧之說，似爲近理。然本賦及《子虛賦》以夸張爲言，即以朝鮮當之，亦無不可。○《淮南子》，後引見《墬形篇》。「懸」作「縣」。

又曰：涼風之上，或上倍之，是謂縣圃。《離騷》曰：夕余至乎縣圃。王逸注曰：縣圃神山，在崑崙之上。《天問》曰：崑崙縣圃，其尻安在。《穆天子傳》二曰：春山之澤，清水出泉，先王所謂縣圃。又曰：乃爲銘迹於縣圃之上。《西山經》郭注引作「玄圃」。《水經·河水注》曰：《崑崙説》曰：崑崙之山，三級，三曰玄圃，一名閬風。《西山經》曰：實惟帝之平圃。郭注曰：即玄圃也。

眇天末以遠期，規萬世而大摹。

【注】眇，視也。摹，法也。言帝之巡狩，眇然以天末爲遠期，規欲以爲萬代之大法也。善曰：《劇秦美新》曰：創億兆，規萬世。

【疏】《劇秦美新》，見本書卷四十八。

且歸來以釋勞，膺多福以安悆。

【注】悆，寧也。歸，謂西征旋，乃釋吏士之劬勞，祭祀受多福以安寧也。善曰：多福，已見《東都賦》。

【疏】尤本「多福已見《東都賦》」七字作《尚書》曰：「永膺多福」，今依袁本。○古、祖、户、稌、扈、圃、摹、悆，古音魚部。○以上省方。

總集瑞命，備致嘉祥。

【注】總，會也。集，聚也。祥，神也。即騶虞澤馬之屬也。瑞，應也。即鸞鳳之屬也。善曰：《墨子》曰：禹親抱天之瑞命也。《孝經鉤命決》曰：帝王起，緯合宿，嘉瑞貞祥。

【疏】《墨子》，見《非攻》下。今本「抱」作「把」，「命」作「令」，蓋誤。○《孝經鉤命決》此條《古微書》未輯入。

囿林氏之騶虞，擾澤馬與騰黄。

【注】囿，牢養也。林氏，山名也。騶虞，義獸也。善曰：《山海經》曰：林氏有珍獸，大若虎，五采畢具，尾長於身，其名騶吾，乘之日行千里。劉芳《詩義疏》曰：騶虞或作「吾」。應劭《漢書注》曰：擾音柔。擾，馴也。《陰嬉讖》曰：聖人爲政，澤出馬。《山海經》曰：大封國有文馬，縞身朱鬣，名曰吉良，乘之壽千歲。《瑞應圖》曰：騰黄，神馬。一名吉光。然吉良、騰黄，一馬而異名也。

【疏】《山海經》，見《海内北經》。「林氏」下有「國」字。薛云山名，未知何據。郭注曰：《六韜》云：紂囚文王，閎夭之徒詣林氏國，求得此獸，獻之。紂大悦，乃釋之。郝懿行曰：《周書·史記篇》云：昔有林氏召離戎之君而朝之。又云：林氏與上衡氏争權，俱身死國亡。卽此國也。《尚書大傳》云：散宜生之於陵氏，取怪獸，尾倍其身，名曰虞。鄭康成注云：虞，騶虞也。是鄭以「虞」卽此經之「騶吾」，則「於陵氏」卽林氏國也。「於」爲發聲，「陵」「林」聲近。「騶虞」亦卽「騶吾」。虞、吾之聲又相近。步瀛案：《御覽·獸部》二引《尚書大傳》「虞」上有「騶」字，無鄭注。據陳壽祺校，吴中本有之。是鄭以「虞」卽《海内北經》之「騶吾」，則「於陵氏」卽林氏國也。《淮南·道應篇》曰：散宜生得騶虞雞斯之乘。許注曰：騶虞，自虎黑文而仁，食自死之獸，日行千里。朱珔曰：如《山海經》、《淮南子》之説，直以騶虞爲千里馬。而《詩》毛傳云：騶虞，白虎黑文，不食生物。則以爲仁獸，其形狀亦異，似别一物。《文選》中如《封禪文》白質黑章，其儀可嘉。《景福殿賦》騶虞承獻，素質仁形。皆與毛同。而此賦用

《山海經》，固各不相侔也。若《東都賦》之梁鄒，則既非馬，又非仁獸，此自所傳不同，無庸混而一之。○劉芳《詩義疏》，本書《赭白馬賦》注引作劉芳《毛詩義證》。《隋書·經籍志》有《毛詩箋音義證》十卷，劉芳撰。蓋《義證》其本名也。《御覽·皇親部》十一、《兵部》八十九、《布帛部》三引作《義疏》。《蟲豸部》五六引又作《義筌》。○《漢書》應劭注，《高帝紀贊》顔注引同，唯無「音柔」二字。疑顔刪去。顔謂擾音繞，又音饒也。案：《書·臯陶謨》：擾而毅。《史記·夏本紀》《集解》引徐廣曰：「擾」一作「柔」。惠棟《九經古義》曰：字本作「犪」，从牛夒聲。《玉篇》云：犪，馴也。《尚書》：犪而毅。字如此。《春秋傳》云：乃擾畜龍。應劭音柔。《説文》云：犪，牛柔謹也。从牛夒聲。又云：瓇，玉也，从玉夒聲。讀若「柔」。《管子·地員》云：其木宜擾桑。擾桑，柔桑也。《字書》皆音而小反，非也。徐邈音饒，亦誤。○《陰嬉讖》本書任彦昇《百辟勸進牋》注引作《論語陰嬉讖》，知爲《論語讖》也。本書王元長《三月三日曲水詩序》注引《孝經援神契》曰：德至山陵，則澤出神馬。○《山海經》，見《海内北經》。「良」作「量」。郭注曰：一作「良」。《周書》曰：犬戎文馬，赤鬣白身，目若黄金，名曰吉黄之乘。成王時獻之。《六韜》曰：文身朱鬣，眼若黄金，項若雞尾，名曰雞斯之乘。《大傳》曰：駮身朱鬣雞目。《山海經》：亦有吉黄之乘，壽千歲者，惟名有不同，説有小錯，其實一物耳。今博舉之，以廣異聞也。郝懿行曰：今《周書·王會篇》作古黄之乘。《初學記》二十九卷引亦同。郭引作「吉黄」。郭又云：《山海經》亦有吉黄之乘，是此經「吉量」本或作「吉黄」者。又名「吉光」，亦名「騰黄」。《藝文類聚》九十三卷引此經，又作「吉彊」。九十九卷引《瑞應圖》云：騰黄者，其色黄，非也。《經》云：縞身朱鬣，明非黄色。步瀛案：郝謂《海内北經》「吉量」本或有作「吉黄」者，殆非是。郭言「量」一作「良」，而不言作「黄」。且方注此經，不應又舉此經之異者爲證。若爲本經之異文，尤不應泛引曰《山海經》也。疑此注所引，即《海外西經》白民國之乘黄。郭以「乘黄」、「吉黄」爲一，故不析言之也。《初學記·獸部》引《符瑞圖》曰：騰黄者，神馬也。其色黄，一名乘黄，亦曰「飛黄」，或作「古黄」，或曰「翠黄」，一名「紫黄」。與郭注及李善引《瑞應圖》合。然《周書·王會篇》曰白民乘黄，與犬戎吉黄，分著《山海經》，一著《海外西經》，一著《海内北經》，與《周書》同。《抱朴子·對俗》曰：騰黄之馬，吉光之獸，則又以騰黄、吉光更分二物。大抵祥瑞之説，與神鬼之談，同一無稽，不可究詰也。

鳴女牀之鸞鳥，舞丹穴之鳳皇。

【注】女牀，山名，在華陰西六百里。《山海經》曰：女牀之山，有鳥焉，其狀如鶴，五色文，名曰鸞鳥，見即天下安寧。又曰：丹穴之山，有鳥焉，其狀如鵠，五采。名曰鳳皇，是鳥也。飲食自歌自舞，見則天下安寧。

【疏】朱珔曰：引《山海經》當爲善注。案：此所引見《西山經》上云：西次二經之首曰鈐山。下隔泰冒、數歷二山，乃云西南三百里曰女牀之山，則其里數與薛注不知合否。「如鶴」今本作「如翟」。郭注云：翟似雉而大，長尾，或作「鵫」。鵫，鵰屬也。又《爾雅》，鸐，山雉。郭云：長尾者與《説文》翟，山雉尾長者正合。則「鸐」當作「翟」，俗加鳥旁耳。「鸐」與「鶴」字形相似，故此注遂作「鶴」矣。步瀛案：《西山經》華山之首曰錢來之山，西四十五里曰松果之山，又西六十里曰太華之山，自錢來至騩山，凡十九山，二千九百五十七里，乃爲西次二經之首，曰鈐山，西二百里曰泰冒之山，又西一百七十里曰數歷之山，又西百五十里曰高山，西南三百里曰女牀之山。其里數與薛注不合。又「鶴」作「翟」，「五色」作「五彩」，「卽」作「則」。○次引《山海經》，見《南山經》，「鵠」作「雞」，「飲食」下有「自然」二字。郝懿行曰：《史記·司馬相如傳》《正義》、《文選》顏延之《贈王太常詩》注、《藝文類聚》九十九卷，及《初學記》五卷引此《經》，「雞」並作「鶴」。朱珔曰：「鵠」與「鶴」多相亂。

植華平於春圃，豐朱草於中唐。

【注】植，猶種也。華平，瑞木也。天下平，其華則平。有不平處，其華則向其方傾。中唐，堂塗也。善曰：《孝經援神契》曰：德至於地，則華平盛也。《瑞應圖》曰：木名也。《宮閣記》有春王圃。《鶡冠子》曰：聖王之德，下及萬靈，則朱草生。《抱朴子》曰：朱草長三尺，枝葉皆赤，莖似珊瑚也。如淳《漢書注》曰：唐，庭也。《毛詩》曰：中唐有甓。

【疏】《孝經援神契》、《御覽·休徵部》二引「華平盛」作「華苹感」。○《瑞應圖》，馬國翰輯無「華平」有「平露」，豈以「平露」卽「華平」邪。○本書陸士衡《答張士然詩》曰：逍遥春王圃。李注引《晉宮閣名》曰：洛陽宮有春王圃。○《鶡冠子》，見《度萬篇》。○《抱朴子》，見《金丹篇》。「三尺」作「三四尺」。又《禮運》孔疏引《孝經援神契》曰：德至草木，則朱草生。○《毛詩》，見《防有鵲巢》。毛傳曰：中，中庭也。唐，庭塗也。陳奐曰：「庭」各本作「堂」，字之誤也。「塗」古作「涂」。《爾雅·釋宮》：廟中路謂之唐，堂涂謂之陳。《何人斯》傳：陳，堂涂也。此不應陳、唐同名，與《雅》訓乖戾，且中爲中庭，則唐爲庭涂必矣。蓋堂階之涂，謂之堂涂，《詩》謂之陳。中庭之涂，謂之庭涂，《詩》謂之唐。堂涂在東西庭，涂則在中也。《詩》中唐，《爾雅》廟中路，其義一也。

惠風廣被，澤洎幽荒。

【注】惠，恩也。洎，及也。幽荒，九州外，謂四夷也。

【疏】孫志祖曰：「廣被」，《魏都賦》引作「橫被」。案：《西都賦》：橫被六合。《聖主得賢臣頌》：橫被無窮。作「橫被」是。步瀛案：互見《西都賦》。

北燮丁令，南諧越裳。

【注】燮，諧，皆和也。越裳，南蠻，今九真是也。丁令，國名。善曰：《漢書》曰：匈奴北服丁令也。越裳見下句。

【疏】五臣「令」作「零」。○《漢書·匈奴傳》曰：後北服渾窳、屈射、丁零、隔昆、新藜之國。顏注曰：五小國也。又曰：郅支單于北擊烏揭，烏揭降。發其兵西破堅昆，北降丁令。《李陵傳》曰：立衛律爲丁靈王。《蘇武傳》曰：丁令盜武牛羊。顏曰：令音零。丁令即上所謂丁靈耳。《海内經》又作「釘靈」。《魏志·烏丸鮮卑東夷傳》注引《魏略》曰：丁令國在康居北，西南去康居界三千里，西去康居王治八千里。或以爲此丁令即匈奴丁令也。而北丁令在烏孫西，似其種别也。又匈奴北有丁令國，明北海之南，自復有丁令，非此烏孫之西丁令也。《清統志》：俄羅斯，漢有堅昆、丁令。按：堅昆在烏孫北，烏揭之西。丁令又在其北，即今俄羅斯地。白哈兒湖，即蘇武牧羝之北海。周壽昌《漢書注補正》

曰：堅昆，今塔爾巴哈臺之西，丁令，今科布多之北。○尤本「越裳見下句」五字，作「《韓詩外傳》曰：成王之時，越裳氏重九譯而至，獻白雉於周公」二十三字。今依袁本。案：《清統志》曰：安南，周時爲越裳氏地。

西包大秦，東過樂浪。

【注】善曰：司馬彪《續漢書》曰：大秦，國名。犂鞮鞬，在西海之西。《漢書》有樂浪郡，音郎。

【疏】注「名」字上當有「一」字。「鞮」字疑衍。○司馬彪《續漢書》，此條汪文臺未輯入。案：《後漢書·西域傳》曰：大秦國，一名犂鞬，以在海西，亦云海西國。惠棟曰：《魏略》作後犂軒。案：此即前漢犂軒國也。杜佑「鞾」音居言反。步瀛案：見《通典·邊防典》。洪鈞《元史譯文證補》曰：漢大秦爲古之羅馬，今之義大利。○《漢書》，見《地理志》。案：武帝置樂浪郡，已見上。顔師古曰：樂音洛，浪音郎。《水經·須水注》曰：其水西流，逕故樂浪朝鮮縣，卽樂浪郡治。○尤本「音郎」二字，在正文「浪」字下，今依袁本。

重舌之人九譯，僉稽首而來王。

【注】重舌，謂曉夷狄語者。九譯，九度譯言，始至中國者也。善曰：《國語》曰：夫戎狄坐諸門外，而使舌人體委與之。韋昭曰：舌人能達異方之志，象胥之官也。《韓詩外傳》曰：成王之時，越裳氏重九譯而至，獻白雉於周公。晉灼《漢書注》曰：遠國使來，因九譯言語乃通也。《說文》曰：譯，傳四夷之語者。《尚書》曰：禹拜稽首，四夷來王。

【疏】《國語》，見《周語》下。案：《周禮·秋官·序官》象胥鄭注曰：通狄之言者曰象胥，其有才知者也。此類之本名，東方曰寄，南方曰象，西方曰狄鞮，北方曰譯。今總名曰象者，周之德先致南方也。○《韓詩外傳》見卷五，「裳」一作「嘗」。《漢書·賈捐之傳》顔注引《論衡》作「越嘗」。今《儒增篇》亦作「越裳」。《説苑·辯物篇》、《藝文類聚·祥瑞部》引《孝經援神契》並作「越裳」。「裳」「嘗」字通。又本書王元長《曲水詩序》注引《尚書大傳》曰：成王時，越裳氏重九譯而獻白雉。《後漢書·馬融傳》李賢注引同。惟「獻」作「貢」。又《御覽·四夷部》六引《尚書大傳》曰：交趾之南，有越裳國，周公居攝六年，制禮作樂，天下和平，越裳以三象重譯而獻白雉，曰：「道路悠遠，山川阻深，恐使不通，故重譯而朝。」本書應吉甫《華林園集詩》注引作「重三譯而朝」。《説苑·辯物篇》曰：越裳氏重譯而朝，曰：「恐一使之不通，故重三譯而來朝也。」要之，九譯、三譯，皆言更譯之多耳，非定數也。○今《説文》「傳」下有「譯」字，「語」作「言」。○《尚書》，上句見《堯典》，僞古文分入《舜典》。下句見僞《大禹謨》。此當引《詩·殷武》莫敢不來王。○祥、黄、皇、唐、裳、浪、王，古音陽部。

是以論其遷邑易京，則同規乎殷盤。

【注】京，京師也。規，法也。盤庚，殷王之名也。

【疏】見《東都賦》及《西京賦》。

改奢卽儉，則合美乎《斯干》。

【注】《斯干》謂周宣王儉宫室之詩也。今漢光武改西京奢華，而就儉約，合《斯干》之美。善曰：《韓

詩》曰：宋襄公去奢卽儉。

【疏】《漢書・劉向傳》：向上疏曰：周德既衰而奢侈，宣王賢而中興，更爲儉宮室，小寢廟，詩人美之，《斯干》之詩是也。顔注曰：《小雅》篇名。美宣王考室，其首章曰：秩秩斯干。秩秩，流行也。干，澗也。喻宣王之德如澗水源秩秩流出，無極已也。步瀛案：揚子雲《將作大匠箴》曰：《詩》咏宣王，由儉改奢。蔡邕《宗廟祝嘏詞》曰：昔周王德缺而《斯干》作，應運變通，自古有之。與平子此賦相合，皆《魯詩》説也。○《史記・宋世家》《集解》曰：《韓詩・商頌》章句亦美襄公。陳喬樅曰：《宋世家》云：宋襄公之時，修仁行義，欲爲盟主，其大夫正考父美之，故追道契、湯、高宗，殷所以興，作《商頌》。司馬遷用《魯詩》，然則魯説與韓同矣。

登封降禪，則齊德乎黄軒。

【注】登，謂上泰山封土。降，謂下禪梁父也。言光武登上泰山，下禪梁父，則與黄帝軒轅齊其功德。善曰：黄帝封泰山，已見上文。

【疏】注「登上泰山」，疑當作「上封泰山」。○尤本無「已見上文」四字，依袁本增。

爲無爲，事無事，永有民，以孔安。

【注】爲，作也。事，業也。永，長也。孔，甚也。以無爲爲功，以無事爲業，澹然不煩瀆也。善曰：《老子》曰：爲無爲，事無事。我無爲而民自化，我無事而民自富。

【疏】《老子》上二句與下二句不相連，此以類引之。○盤、干、軒、安，古音乾部。

遵節儉，尚素樸。

【注】遵，循也。樸，質也。言遵循節儉，尚其樸素也。善曰：《漢書》曰：文帝躬節儉。《莊子》曰：同乎無欲，是謂素樸。

【疏】《漢書》，見《文帝紀》。○《莊子》，見《馬蹄篇》。

思仲尼之克己，履老氏之常足。

【注】孔子曰：克己復禮。馬融曰：克己約身。善曰：《老子》曰：知足常足也。

【疏】《吴語》韋昭注曰：履，行也。○孔子之言，見《顔淵篇》馬融注，何晏《集解》引同。劉寶楠《正義》曰：《左·昭十二年傳》仲尼曰：古也有志，克己復禮，仁也。是乃古成語，而夫子引之。《爾雅·釋詁》：克，勝也。又，勝，克也。轉相訓。此訓約者，引申之義。顔子言夫子博我以文，約我以禮。約如約束之約，約身，猶言修身也。《後漢書·安帝紀》：夙夜克己，憂心京京。《鄧皇后紀》：接撫同列，克己以下之。《祭遵傳》：克己奉公、《何敞傳》：宜當克己以疇四海之心。凡言「克己」，皆如約身之訓。《法言·問神篇》：勝己之私之謂克。此又一義。劉炫援以解《左傳》克己復禮之文，意指楚靈王多嗜慾，誇功伐而言，乃邢疏即援以解《論語》。朱子《集注》又直訓「己」爲私，並失之矣。○《老子》曰：知足之足常足矣。此節引。

將使心不亂其所在，目不見其可欲。

【注】善曰：《老子》曰：不見可欲，使心不亂。河上公曰：放鄭聲，遠美人，使心不亂，不邪淫也。

【疏】《老子》河上公注「不邪淫」下有「不惑亂」三字。

賤犀象，簡珠玉。

【注】簡，猶畧也。善曰：《長楊賦》曰：賤瑇瑁而踈珠璣。

【疏】《秦策》一高誘注曰：簡，汰也。案：此蓋謂汰去之。○《長楊賦》，見本書卷九。

藏金於山，抵璧於谷。

【注】藏、抵皆謂不取之，謂儉故也。善曰：《莊子》，曰：藏金於山，藏珠於淵。《説文》曰：扺，側擊也。

【疏】六臣本「抵」作「扺」誤。然音紙，尚不誤。○《莊子》見《天地篇》。○本文作「抵」則不當引《説文》側擊之訓。此疑亦後人妄改。梁章鉅曰：今《説文》：抵，擠也。胡紹煐曰：按手側擊之扺：《廣韻》在《四紙》，從「氏」，即扺掌字。此當從「氐」，在《十一薺》。《説文》：抵，擠也。抵爲擠排之義。故《廣雅・釋詁》訓爲推也。《後漢・禰衡傳》注：抵，擲也。抵璧之抵，當爲「抵」。抵璧，即推而置之意。與從「氏」之「扺」迥別。步瀛案：《後漢書・黄瓊傳》注曰：抵，投也。與擲訓同。

翡翠不裂，瑇瑁不蔟。

【注】翡翠，鳥名也。瑇瑁，珍名。不裂，不拆其羽，以爲玩飾也。不蔟，不乂蔟取之爲器也。

【疏】注「不乂蔟取之，」《旁證》引段校曰：《一切經音義》引作「乂稓取之」。步瀛案：見卷十六《善見律》十一。惟引本文「蔟」作「簇」，殆誤。

所貴惟賢，所寶惟穀。

【注】善曰：《尚書》曰：所寶惟賢，則邇人安。《范子計然》曰：五穀者，萬人之命，國之重寶。

【疏】《尚書》，見僞《旅獒》。○《范子計然》，《齊民要術》卷三、《藝文類聚·百穀部》、《御覽·百穀部》一皆引之。

民去末而反本，咸懷忠而抱慤。

【注】詐僞爲末，忠信爲本。善曰：《淮南子》云：守道順理者，不免於飢寒之患，而欲人之去末反本，是猶發其原而壅其流也。

【疏】本，謂農；末，謂工商，已見《東都賦》。薛注非是。李注引《淮南子·齊俗篇》，得之。○《說文》，見《心部》。○樸、足、欲、玉、谷、簇、穀、慤，古音侯部。

於斯之時，海内同悦。曰：吁，漢帝之德，侯其禕而。

【注】言於此之時，皆同歡樂也。于，於也。悦，樂也。吁，驚也。禕，美也。

【疏】五臣「悦」作「説」，「德」下有「馨」字。六臣本「禕」作「禕」。○張銑曰：侯，惟也。而，語助。○《爾雅·釋詁》曰：禕，美也。《玉篇》曰：禕，於宜切，美貌。而《説文》無「禕」字。《爾雅·釋訓》曰：委委，美也。《釋文》曰諸儒本並作「禕」，於宜反。舍人云：禕禕者，心之美。是「禕」「委」字通，實皆「偉」之借字。《莊子·大宗師篇》《釋文》引向秀曰：偉，美也。「禕」蓋後出字耳。○于，於也。《釋詁》、毛傳、《説文》並同。陳奂曰：「于」、「於」古今字。○悦，古音泰部。禕，脂部。通轉爲韵。又德、而，古音之部。

蓋蓂莢爲難蒔也，故曠世而不覿。

【注】覿，見也。蓂莢，瑞應之草，王者賢聖，太平和氣之所生。生於階下，始一日，生一莢，至月半，生十五莢。十六日落一莢，至晦日而盡。小月則一莢厭不落。王者以證知月之小大。堯時夾階生之。謂不世見，故云難蒔也。善曰：《田俅子》曰：堯爲天子，蓂莢生於庭，爲帝成厤。范曄《後漢書》班固議曰：漢興以來，曠世歷年。

【疏】五臣「世」作「代」。○《御覽·休徵部》二引《孝經援神契》曰：王者德至於地，則蓂莢生。又引孫氏《瑞應圖》曰：蓂莢者，葉圓而五色，一名厤莢，十五葉，日生一葉，從朔至望畢。十六日毁一葉，至晦而盡，月小則一葉卷而不落，聖明之瑞也。人君德合乾坤，自生。又引《風俗通》曰：按《孝經》説古太平，蓂莢生階，其味酸。王者取以調味。後以醯醢代之。○《田俅子》，本書張景陽《七命》、王元長《曲水詩序》、陸佐公《新刻漏銘》注並引之。馬國翰玉函山房輯《田俅子序》曰：《隋志》云：梁有《田俅子》一卷。《唐志》不著録，佚已久。案：胡紹煐以王應麟《漢志考》引《田俅子》，謂宋時其書猶存，非也。○《後漢書》，見《班固傳》。○《廣雅·釋地》曰：蒔，種也。《玉篇》曰：蒔，石至切。更，種也。又音時。

惟我后能殖之，以至和平，方將數諸朝階。

【注】后，帝也。惟我帝有至和之德，故必能殖之，方當生於朝陛，得以數知月之大小也。謂上文蓂莢也。善曰：鄭玄《毛詩箋》曰：方，且也。

【疏】五臣「殖」作「植」,「將」作「當」。○《左・昭十八年》杜注曰:「殖,生長也。」○注「方,且也」,各本「且」誤「直」。胡克家曰:「陳云:『宜』當作『且』,是也。」步瀛案:《正月》箋正作「且」,今依陳氏校改。○數,舊音所主切。○蒔、之,古音之部。階,脂部。通轉爲韵。

然則道胡不懷,化胡不柔。

【注】胡,何也。懷,來也。柔,安也。言皆安之也。

【疏】懷、來,《爾雅・釋言》文。

聲與風翔,澤從雲游。

【注】翔、游,皆行也。風者,天之號令,雲雨者,天之膏潤。故聲教與風皆翔,恩澤與雲俱行也。

【疏】孫志祖曰:《聖主得賢臣頌》:「恩從祥風翔,德與和氣游。」

萬物我賴,亦又何求。

【注】我賴,賴我也。言萬物皆賴帝之恩惠以得所,無復他求也。

【疏】柔、游、求,古音幽部。

德寓天覆,輝烈光燭。

【注】寓,猶蓋也。帝之德蓋,如天之覆,日月之光輝,照於遠近也。善曰:《國語》:勃鞮曰:「君之德宇何不寬裕也。」「寓」與「宇」同。《禮記》:孔子曰:「天無私覆。」

【疏】《國語》,見《晉語》四。○《禮記》,見《孔子閒居》。

狹三王之趢起，軼五帝之長驅。

【注】狹，謂陋也。趢起，局小貌也。軼，過也。驅，馳也。言以三王禮法爲局小狹陋，過五帝而遠馳，則繼三皇之跡也。善曰：《戰國策》曰：樂毅長驅至齊。

【疏】薛注「繼三皇」當作「二皇」，與下文方合。○《戰國策·燕二》樂毅《獻書報燕王》作「長驅至國」。○何焯曰：此二句易置則叶韻。張雲璈曰：三王五帝，文義倒置。且「趢起」在下，正與上下「燭」「屬」韻叶。吴郡余蕭客《音義》亦云爾。于惺介《集評》謂《韻補》「驅」叶「逐」字，亦可爲韻。按「驅」可音「丘」，而不與「逐」叶。《旁證》引孫義鈞曰：古人侯、虞爲韻，與入聲之屋、沃、燭、覺爲一部。故《小戎》以驅合續、轂、馵、玉、曲、屋爲韻。《角弓》以附合木、猷、屬爲韻。《楚茨》以奏合禄爲韻。《桑柔》以垢合谷、穀爲韻。《離騷》以屬合具爲韻。是本屬同韻，無待叶也。步瀛案：今本余氏《文選音義》。「驅」字下云：字與叶「逐」，與于光華《文選集評》相同。又余氏《文選紀聞》引輔廣《詩經叶韻考異》：驅，丘禄切。似亦自知前説之非矣。且此賦由三王上溯五帝，更上溯二皇，並非倒置，張説尤謬。○舊注趢音禄，起，七木切。吕錦文曰：起，即趚也。字亦作「蹐」。《説文》「趚」「蹐」二字下皆引《詩》不敢不蹐。蹐，小步也。《類篇》趢趚，走貌。《玉篇》：「蹗」、「踛」並力谷切，又力玉切，行貌。趢起與「趢趚」字異義同。步瀛案：《説文》「趚」下引《詩》不敢不趚。不作「蹐」。蓋三家詩也。然「趚」、「蹐」同部，自可通，而與「起」則不同部，而音可相轉。

踵二皇之遐武，誰謂駕遲而不能屬。

【注】踵，繼也。二皇，伏羲、神農也。遐，遠也。武，迹也。屬，逮也。誰敢謂今所駕者遐而不能逮，言必能逮也。

【疏】《淮南・原道篇》曰：泰古二皇，得道之柄，立於中央。高注曰：二皇，伏羲、神農也。○燭、軀、屬，古音侯部。○以上嘉祥懿德。

東京之懿未罄，值余有犬馬之疾，不能究其精詳。

【注】懿，美也。罄，盡也。先生言東京之美未盡，遇我有疾，故不能究其美事也。善曰：《孔叢子》謂魏王曰：臣有犬馬之疾，不任國事。毛萇《詩傳》曰：詳，審也。

【注】《孔叢子》，見《論勢篇》。○《毛詩》傳，見《牆有茨》。

故粗爲賓言其梗槩如此。

【注】粗，猶略也。賓，西京也。梗槩，不纖密，言粗舉大綱，如此之言也。

【疏】《説文》曰：粗，疏也。○疾、此，古音脂部。

若乃流遁忘反，放心不覺，樂而無節，後離其戚。

【注】言若流情放心，不自反寤，恣意所爲，淫樂無禮以無節終，後卒當罹其憂禍，卽秦皇、王莽是也。善曰：《淮南子》曰：凡亂之所由生，皆在流遁。《廣雅》曰：遁，去也。《孟子》曰：人有放心，不知求學問之道也。

【疏】《淮南子》，見《本經篇》。高注曰：流，放也。《孟子・梁惠王》下曰：從流下而忘反謂之流。○《孟子》，見《告子》上。梁章鉅曰：末五字應删。步瀛案：或「道」字下有「求其放心」四字，此蓋節引，而傳寫有脱耳。

一言幾於喪國，我未之學也。

【注】幾，近也。先生責公子云：取樂今日，皇恤我後，言今非之也。善曰：《論語》曰：一言可以喪邦乎。

【疏】《論語》，見《子路篇》。梁章鉅曰：今《論語》作「一言而喪邦，有諸。」《五代·唐六臣傳論》引，亦多「可以」二字。○《論語·衛靈公篇》曰：軍旅之事，未之學也。○戚、學，古音幽部。

且夫挈缾之智，守不假器。

【注】言挈缾之小智耳，尚不妄以假人也。善曰：《左氏傳》曰：人有言曰：雖有挈缾之智，守不假器，禮也。

【疏】《左傳》，見昭七年。「智」作「知」。杜注曰：挈缾汲者，喻小知，爲人守器，猶知不以借人。《釋文》曰：知音智。注小知同。

况纂帝業，而輕天位。

【注】纂，繼也。今如公子言皆淫心放意之事，此乃輕居天王之尊位，而禪於董賢。善曰：《長楊賦》曰：恢帝業。天位，已見上文。

【疏】尤本「天位已見上文」六字，作「《尚書》曰天位艱哉」，今依袁本。

瞻仰二祖，厥庸孔肆。

【注】庸，功也。孔，甚也。肆，勤也。言瞻望高祖，功庸甚勤苦而得之也。

【疏】五臣「仰」作「望」。○張銑曰：二祖，高祖、光武也。梁章鉅曰：注言瞻望高祖，下當添「光武」二字。步瀛案：當作「世祖」。

常翹翹以危懼，若乘奔而無轡。

【注】言居天子之位，常若奔馬而無轡，履冰而負重也。善曰：《毛詩》曰：予室翹翹。毛萇曰：翹翹，危也。鄧析曰：明君之御民，若乘奔而無轡。

【疏】《毛詩》，見《鴟鴞篇》。○梁章鉅曰：「鄧析」下當有「子」字。步瀛案：見《轉辭篇》。○器、位、肆、轡，古音脂部。

白龍魚服，見困豫且。

【注】《説苑》曰：吴王欲從民飲，伍子胥曰：「昔白龍下清泠之淵，化爲魚，漁者豫且射中其目。白龍不化，豫且不射。君今棄萬乘之位，而從布衣之士飲酒，臣恐有豫且之患。」此言先生責公子陰戒期門，微行要屈。

【疏】《説苑》，見《正諫篇》。案：此注各本無「漁者」二字，「射中」下無「其」字，「而從布衣之士飲酒」作「而從於」，蓋有脱誤。今依《説苑》補。張雲璈曰：《困學紀聞》卷十云：豫且有二事，《説苑》吴王欲從民飲，伍子胥曰：「昔白龍下清泠之淵，化爲魚，豫且射中目，白龍不化，豫且不射。」《東京賦》所謂白龍魚服，見困豫且者也。《史記·龜策傳》褚先生曰：宋元王二年，江使神龜使于河，至于泉陽，漁者豫且舉網得而囚之，置之籠中，夜半龜來見夢于元王。《莊子》所謂神龜能見夢于元君，而不能避余且之網者也。雲璈按：神物何以偏屢獲於豫且，或一事而傳之者有異同耳。或云：豫且即漁之二合聲。步瀛案：宋元王事，又見《莊子·外物篇》。「豫且」作「余且」。《釋文》曰：余音豫。且，子餘反。姓余名且也。○「陰戒期門」二句，見《西京賦》。

雖萬乘之無懼，猶惕戒於一夫。

【注】萬乘，天子也。即秦始皇也，高祖也。昔秦始皇東游，爲張良所擊，中其副車。漢高祖於柏人亭，殆爲貫高所中。惕，驚也。善曰：《尚書》曰：怵惕惟厲。孔安國曰：怵惕，悚懼也。《方言》曰：戒，備也。《過秦論》曰：一夫作難。

【疏】各本「惕戒」作「怵惕」。注「惕，驚也」三字，在李注末。胡克家曰：「怵惕」當作「惕戒」。善引《尚書》以注「惕」，引《方言》以注「戒」，引《過秦論》以注「一夫」。循其次序，有「戒」字在「惕」下、「一夫」上，甚明。又其下「惕，驚也」三字，乃薛注。若如今本，不容去「怵」注「惕」，可見正文無「怵」字，但有「惕」字，亦甚明。不知何人誤認善注中「怵惕」以爲正文如此而改之。其實與注轉不相應，非也。各本所見皆誤。今特訂正。又曰：注「惕，驚也」，此乃薛注，當在「善曰」上，各本皆誤贅於善注下，甚非。凡薛注與善注舛錯失舊者，多此例也。○薛注即「秦始皇也」「也」字疑當作「漢」。案：秦始皇東游，見《史記·秦始皇本紀》及《留侯世家》。漢高祖過柏人事，見《高祖本紀》及《張耳傳》。○

《尚書》，見僞《冏命》。〇《方言》見卷十二。〇《過秦論》，見本書卷五十一。

終日不離其輜重，獨微行其焉如。

【注】輜重，車也。焉，言安也。如，往也。公子説微行要屈，故先生問之，言欲何往也。善曰：《老子》曰：終日行不離輜重。張揖曰：輜重，有衣車也。《漢書》曰：武帝微行始出也。

【疏】《老子》王弼注曰：以重爲本，故不離。《説文》曰：輜軿，衣車也。軿，車前衣也，車後爲輜。案：此依段注本。段曰：前有衣爲軿車，後有衣爲輜車。上文渾言之，此析言之也。《釋名・釋車》曰：輜車載輜重，卧息其中之車也。《左傳・宣十二年》杜注曰：重，輜重也。孔疏曰：蔽前後以載物，謂之輜車。載物必重，謂之重車。人輓以行，謂之輦。輜重、輦一物也。〇《漢書》，見《東方朔傳》。案：此當引《賈捐之傳》曰：孝文帝詔曰：朕乘千里之馬，獨先安之。〇且、夫、如，古音魚部。

夫君人者黈纊塞耳，車中不内顧。

【注】黈纊，言以黄綿大如丸，懸冠兩邊，當耳，不欲妄聞不急之言也。内顧。謂不外視，臣下之私也。善曰：《大戴禮》：孔子曰：黈纊塞耳，所以塞聰也。《魯論語》曰：車中不内顧。崔駰《車左銘》曰：正位授綏，車中不顧，塵不出軌，鸞以節步。

【疏】胡克家曰：案「不」字不當有。薛注無「不」字可證也。各本所見皆衍。又善注《魯論語》曰：「車中不内顧」亦不當有「不」字。考《論語釋文》云：車中不内顧。魯讀「車中内顧」。然則各本衍「不」字明甚。步瀛案：盧文弨《鍾山札記》卷二曰：張平子《東京賦》云：「車中内顧」。李善引《魯論語》及崔駰

《車左銘》「車中内顧」以爲注。正以《魯論語》作「内顧」無「不」字，與此合也。乃刻本於賦及注俱增「不」字，此但知今所習讀之本，而不知《魯論語》之本無「不」字也。夫張賦之「車中内顧」與「黈纊塞耳」皆四字爲句，加一字則參差不齊矣。崔駰銘今載《古文苑》，有三章。其《車右銘》云：箴闕旅賁，内顧自勅。《車後銘》云：望衡顧轂，允慎兹容。段若膺云：觀此二章，益可證《車左銘》之爲「内顧」矣。崔銘中之「正位」，即「正立」。古「位」「立」通。又案：《漢書・成帝紀贊》云：升車正立，不内顧，不疾言，不親指。顔師古注云：今《論語》云：車中内顧，不疾言，不親指。内顧者，説者以爲前視不過衡軛，旁視不過輢轂，與此不同。然則師古所見之《論語》亦無「不」字。説者云云，乃包咸注。是包亦依《魯論》爲説也。胡克家、張雲璈、梁章鉅、胡紹煐，皆從其説。翟灝《四書考異》下、桂馥《札樸》卷七、錢坫《論語後録》卷三、宋翔鳳《過庭録》卷十五、徐養源《論語魯讀考》、潘維城《論語集箋》卷十、劉寶楠《論語正義》卷十、黄式三《論語後案》卷十皆同其説。又案《白虎通・車旂篇》、《漢書・成帝紀贊》、《風俗通・過譽篇》皆依《古論語》作「不内顧」。此依《魯論語》，當無「不」字。劉寶楠《論語正義》謂此賦以黈纊塞耳，車中内顧，相比爲詞，正是收視反聽之義是也。○《大戴禮》見《子張問》。《入官篇》作「黈絖塞耳，所以弇聰也」。梁章鉅曰：注引兩塞字，必有一誤。步瀛案：盧辯注引《禮緯含文嘉》曰：以懸絖垂旒，爲閑姦聲，弇亂色。《淮南・主術篇》曰：黈纊塞耳，所以掩聰。《漢書・東方朔傳》曰：黈纊充耳，所以塞聰。《晏子春秋・諫上》曰：纊結充耳，惡多所聞也。○《魯論語》，見《鄉黨篇》。張雲璈曰：皇侃疏亦作「不内顧」。○注「車中不顧」，胡克家曰：「不」當作「内」，各本皆誤。

《古文苑》載此銘作「車不内顧」，「不」當作「中」，皆或記「不」字於旁，此誤以改「内」，彼誤以改「中」，可互訂也。步瀛案：崔駰《車左銘》，《古文苑》作傅毅，一本作崔駰。《藝文類聚・舟車部》、《御覽・舟部》二引並作崔駰，而皆誤作「車不内顧」。

珮以制容，鑾以節塗。

【注】珮爲行容，鑾爲車節。善曰：《禮記》曰：君子在車則聞鑾和之聲，行則鳴珮玉也。

【疏】許巽行曰：《説文》：佩，大帶佩也。从人，从凡，从巾。徐云：今俗别作珮，非是。案：今多承用。○《禮記》，見《玉藻》。

行不變玉，駕不亂步。

【注】行合容，則玉聲應。馬步齊，則鑾和響，並謂君之禮法。

【疏】劉良曰：行緩急得中，則玉聲不變，馬步整齊，鑾聲乃和。

却走馬以糞車，何惜騕褭與飛兔。

【注】却，退也。《老子》曰：天下無道，戎馬生於郊。天下有道，却走馬以糞。河上公曰：糞者，糞田也。兵甲不用，却走馬以務農田。然今言糞車者，言馬不用而車不敗。故曰糞車也。何惜，言不愛之也。善曰：《吕氏春秋》曰：飛兔騕褭，古之駿馬。

【疏】何焯曰：《文子》曰：夫召遠者使無爲焉，親近者言無事焉。惟夜行者有之。故却走馬以糞，車軌不接於遠方之外，是謂坐馳陸沈。李注偶未及此。朱珔曰：注釋「糞車」頗近牽强。何氏焯引《文子·精誠篇》蓋斷「糞車」爲句，然核其文意，宜「糞」字句斷，「車」字下屬。並不作「糞車」解。考《淮南子·覽冥訓》亦有此文，云：故卻走馬以糞，而車軌不接於遠方之外，是謂坐馳陸沈。高誘注引《老子》釋之。彼於「車」上加一「而」字，文義顯然，則何氏所證非矣。惟明焦氏竑所輯《老子翼》注云：糞，糞田，糞車也。吴氏澄卽引此賦語，又載唐陸希聲注，雖有健馬，無所乘之，而糞車矣。但從來注《老子》者數十家，以河上公《章句》爲最古，未嘗有此説。豈平子偶誤讀《文子》語，而後人從而傅會之耶。余疑平子賦本作「糞田」，因車字中爲「田」字形，傳寫誤「田」爲「車」。薛氏遂望文生訓，讀者不之察，仍其舊譌。如張景陽《七命》云：「御馬於糞車之轅」，卽用此賦，而不知「糞車」之殊爲不辭，且其義難通也。朱銘説同。步瀛案：《文子》僞書，實襲《淮南》。蓋《淮南》「車」下有「而」字，《文子》省之，非。《淮南》因《文子》而加也。《文子》一書，恐非平子得見。朱氏謂因誤讀《文子》，殊謬。而據《淮南》以駁何説，則確甚矣。《老子釋文》不言他本「糞」下有「車」字。《韓子·解老》、《喻老篇》、《鹽鐵論·未通篇》引「却走馬以糞」，皆無「車」字。《朱子語類》卷百二十五曰：「却走馬以糞車」是一句，謂以走馬載糞車也。頃在江西，見有所謂糞車者，方曉此語。吴澄《道德經注》曰：「糞」下諸家無「車」字，惟《朱子語類》有之，而人莫知其所本。今案：張衡《東京賦》云：却走馬以糞車。是《老子》全句，則後漢之末，「車」字未缺。「車」、「郊」協韻。案：朱、吴之説不爲無理。吴謂車郊協韻，則非是。然要不得斥「糞車」二字相連爲不通也。竊疑漢、魏時或有解《老子》却走馬以糞，爲退戎馬而駕糞車者，故平子及景陽皆用之，更不得斥平子因《文子》而誤，景陽又沿平子之誤也。○《呂氏春秋》，見《離俗篇》。高注曰：飛兔、要褭，皆名馬也。日行萬里。《淮南・齊俗篇》曰：夫待騕褭、飛兔而駕之，則世莫乘。《御覽・人事部》一百五引《魯連子》曰：田巴見徐劫曰：先生之騎，乃飛兔、騕褭也。本書《上林賦》注：張揖曰：騕褭，馬金喙赤色，一日行萬里者。《史記・司馬相如傳》《集解》引郭璞曰：騕褭神馬，日行萬里。《廣雅・釋嘼》有金喙騕褭。《開元占經・馬占》引《瑞應圖》曰：騕褭者，神馬也，與赤兔同。又引應劭《漢書注》曰：騕褭，古駿馬，赤喙玄身，日行一萬五千里。《北山經》曰：天池之山，有獸焉，其狀如兔，而鼠首，以其背飛，其名曰飛兔。《開元占經・馬占》又引《瑞應圖》曰：飛兔者，馬名也。日行三萬里。禹治水，功勤勞歷年，救民之害。天眷其德而至。舊音騕，烏皎切。褭，寧少切。

○顧、塗、步、兔，古音魚部。

方其用財取物，常畏生類之殄也。

【注】方，將也。生類，謂天下萬物之類也。殄，盡也。

【疏】姚鼐曰：「方其」謂二祖之事。步瀛案：「方其」猶云「當其」，似不宜訓「將」。○《說文》：殄，盡也。从歺，㐱聲。案：㐱从几从彡，與从彡从人之㐱别。

賦政任役，常畏人力之盡也。

【注】謂任役使人，常畏人力盡也。

【疏】五臣「畏」作「懼」。○殄，古音諄部，盡，真部。通轉爲韻。

取之以道，用之以時。

【注】《論語》曰：敬事而信，節用而愛人，使民以時。此之謂也。善曰：毛萇《詩傳》曰：太平而微物衆多，取之有時，用之有道。

【疏】《論語》，見《學而篇》。〇《毛詩》傳，見《魚麗篇》。

山無槎枿，畋不麌胎。

【注】斜斫曰槎，斬而復生曰枿。不麌胎者，言不如公子所道，擭胎拾卵，校獲麑麌也。《漢書》曰：昔先王山不槎蘖，畋不殺胎。

【疏】《魯語》上里革曰：山不槎蘖，獸長麑麌。〇《説文》曰：槎，衺斫也。互見《西京賦》「柞木」注及疏。《説文》曰：𣡌，伐木餘也。从木，獻聲。蘖，或从木，辥聲。「𣎵」，古文，从木無頭，「桻」亦古文「𣡌」。錢坫曰：作「枿」者，以此誤也。案：《爾雅·釋詁》曰：枿，餘也。〇《禮記·王制》曰：不殺胎，不殀夭。鄭注曰：殀，斷殺少長曰夭。又：《魯語》韋注曰：麋子曰麌。本《爾雅·釋獸》。古止作「夭」。《淮南子·本經篇》曰：刳胎殺夭，麒麟不游。高注曰：胎，獸胎也。夭，麋子也。〇《漢書》，見《貨殖傳序》，「槎」作「茬」。顔注曰：「茬」，古「槎」字。下句作「澤不伐夭」，無「畋不殺胎」句。

草木蕃廡，鳥獸阜滋。

【注】蕃，滋也。廡，盛也。阜，大也。滋，益也。善曰：《尚書》曰：庶草蕃廡。班固《漢書序》曰：蕃阜庶物。

【疏】《尚書》，見《洪範》。已見《東部賦·靈臺詩》。〇《漢書序》，見《貨殖傳》。

民忘其勞，樂輸其財。

【注】人，謂百姓也。言民不以力役爲勞苦，不以財賦爲損費。故文王有子來之人。武帝時，卜式入錢以助官也。善曰：《周易》曰：悦以使人，人忘其勞也。

【疏】胡克家曰：袁本「民」作「人」，茶陵本校語云：善作「人」，下「民心固結」同。案：此尤以五臣亂善。○薛注尤本作「民謂百姓也」。胡克家曰：袁本作「人謂民也」。茶陵本與此同。案：此當作「人謂百姓也」。薛注作「民」，唐諱改「人」，袁本蓋誤。○卜式入錢助官，見《漢書·卜式傳》。○《周易》，見《兑·象傳》。「悦」作「説」，「使」作「先」，「人」作「民」。

百姓同於饒衍，上下共其雍熙。

【注】言富饒是同，上下咸悦，故能雍和而廣也。《論語》曰：百姓足，君孰與不足。善曰：《尚書》曰：黎民於變時雍。又曰：庶績咸熙。

【疏】《論語》，見《顔淵篇》。○《尚書》，並見《堯典》。○時、胎、滋、財、熙，古音之部。

洪恩素蓄，民心固結。

【注】洪，大也。蓄，積也。固，牢固也。謂高祖已下，積恩施惠，人心固結。故王莽之時，皆謳吟而思漢也。善曰：《四子講德論》曰：洪恩所潤，不可究陳。《國語》：甯莊子曰：民無結，不可以固。《孫子》曰：吾將固其結也。

【疏】《四子講德論》，見本書卷五十一。○《國語》，見《晉語》四。○《孫子》，見《九地篇》。案：《禮記·

檀弓》下：周豐曰：苟無禮義忠信誠慤之心以涖之，雖固結之民，其不結乎。

執誼顧主，夫懷貞節。

【注】夫，猶人人也。言執禮義之心，顧思漢德，人懷貞正之志分也。《楚辭》曰：原生受命于貞節。

【疏】《楚辭》，見《九歎·逢紛》。

忿姦慝之干命，怨皇統之見替。

【注】慝，惡也。統，嗣也。替，廢也。謂忿王莽之逆命，怨漢統之替廢也。

【疏】舊注替音鐵，叶韵。步瀛案：《説文》：暜，廢也。一偏下也，从竝，白聲。普，或从曰。㬱，或从兟、从曰。《繫傳》曰：今俗作「替」，非是。案：「白」即「自」字。古白聲、曰聲之字皆在脂部。叶韵之説，不待辯矣。

玄謀設而陰行，合二九而成譎。

【注】玄，神也。譎，變也。謂王莽之謀陰行，十八年而成變計也。

【疏】《後漢書·張衡傳贊》李賢注曰：玄，猶深也。《説文》曰：玄，幽遠也。幽深之謀，猶云陰謀，不宜以神字釋之。

登聖皇於天階，章漢祚之有秩。

【注】聖皇，光武也。章，明也。秩，常也。言明漢家之常秩也。善曰：《甘泉賦》曰：聖皇穆穆。《東都賦》曰：漢祚中缺。

【疏】《東都賦》曰：乃致命乎聖皇，卽謂光武。此賦同。孫志祖曰：《毛詩》曰：有秩斯祜。案：見《烈祖》。○結、節、秩，古音至部。替、蓄，脂部。通轉爲韵。

若此故王業可樂焉。

【注】若，如此也。言如此，卽王業之可樂也。善曰：《毛詩序》曰：致王業之艱難。

【疏】李注「《毛詩》」下各本無「序」字。今依何氏、陳氏、胡氏校增。

今公子苟好勦民以媮樂，忘民怨之爲仇也。

【注】勦，盡也。媮，猶僥倖也。仇，讎也。今公子所言，苟好盡人以僥倖須臾之樂，不知人共怨己，當成大讎也。善曰：《左氏傳》：晉桓子曰：無及於鄭而勦民。杜預曰：勦，勞也。《左氏傳》：師服曰：怨耦曰仇。

【疏】五臣「民」作「人」。○薛注「不知人」下各本有「好」字。胡克家曰：陳云「好」字衍，今據刪。○《左傳》，見宣十二年及桓二年。胡紹煐曰：按：《說文》：勦，勞也。《春秋傳》曰：安用勦民，是勦民之勦義，當爲勞。《廣雅》亦云：勦，勞也。故《左・宣十二年傳》：無及于鄭而勦民。《昭・九年傳》：焉用速成，其以勦民也。注並云：勦，勞也。蓋古訓如是。

好殫物以窮寵，忽下叛而生憂也。

【注】殫，盡也。寵，驕也。忽，忘也。生憂，謂生己之憂患也。言好盡人之財，以寵極驕逸之樂，忘人叛己之爲大患也。《漢書》谷永曰：財竭則下叛，下叛則上亡。

【疏】薛注「寵極」疑當作「窮極」。○《漢書》，見《谷永傳》。

夫水所以載舟，亦所以覆舟。

【注】覆，敗也。善曰：《孫卿子》曰：君者，舟也，人者，水也。所以載舟，所以覆舟。

【疏】《孫卿子》，見《王制篇》、《哀公篇》。「人」上皆有「庶」字；兩「所以」皆作「水則」。

堅冰作於履霜，尋木起於蘗栽。

【注】言事皆從微至著，不可不慎之於初，所以尋木起於牙蘗，洪波出於涓泉。善曰：《周易》曰：履霜堅冰至。《説文》曰：尋，八尺也。《山海經》曰：尋木長千里。枚乘《上書》曰：十圍之木，始生而蘗。孔安國《尚書傳》曰：用生枿栽。韋昭曰：株生曰蘗。鄭玄《禮記注》曰：栽，植也。蘗與枿古字同。

【疏】《周易》，見《坤・初六》爻辭。○《説文》，見《寸部》：从工口，从又寸，彡聲。曰度人之兩臂爲潯，八尺也。俗省作「尋」。《詩・閟宮》毛傳、《周禮・考工記》總目及《廬人》、《儀禮・鄉射》、《覲禮》、《禮記・雜記》下、《吕氏春秋・悔過篇》、《淮南・氾論篇》高注、《史記・賈生傳》《集解》引應劭、劉熙《釋名・釋兵》、本書《吴都賦》劉注、《周語》下、《晉語》八韋注、《左》《成十二年》《襄一十年》《哀十一年》杜注皆以八尺爲尋。《儀禮・公食大夫禮》注曰：丈六尺曰常，半常曰尋。《小爾雅・廣度》曰：四尺謂之仞，倍仞謂之尋。皆八尺爲尋之説也。《史記・張儀傳》《索隱》曰：七尺曰尋，與前説不同。亦猶仞之數，或曰七尺，或曰八尺。諸説不同也。程瑶田《通藝録》謂度廣則身平臂直，而適得八尺。度深，則身側臂曲，而僅得七尺。溝通二説，頗具苦心。其實諸家師説，各有不同，固難强而一之。

且身平身側之差，亦不應相去一尺之多。程説亦未敢遽信也。○《山海經》，見《海外北經》。○《尚書》僞孔傳，見《盤庚》上。「栫栽」作「櫱哉」。《釋文》曰：「櫱」本又作「栫」。阮元曰：古本「哉」作「栽」。○韋昭注，見《魯語》上。○《禮記》鄭注，見《中庸》。

昧旦丕顯，後世猶怠。

【注】昧，早也。丕，大也。顯，明也。怠，懈也。謂起行大明之道，後世子孫猶尚懈怠。善曰：《左氏傳》讒鼎之銘曰：昧旦丕顯，後世猶怠。

【疏】《左傳》，見昭三年。○《匡謬正俗》七引此賦「堅冰」以下六句，又曰：漢帝《柏梁詩》云：日月星辰和四時。梁王云：驂駕四馬從梁來。自斯已下，同用一韻。而執金吾云：徼道宮中禁墮怠。又曹朔作《後漢敬隱后頌》述宋氏之先云：實先契而佐唐，湯受命而創基，二宗儼以久饗，盤庚儉而弗怠。是則怠懈之字通有苔音矣。胡紹煐曰：怠多讀平聲。《易·雜卦》下：謙輕而豫怠，與上來、災韻。《越語》：得時無怠，時不再來。《荀子·堯問篇》：忠信倦怠，而天下自來。並怠、來爲韻可證。

況初制於甚泰，服者焉能改裁。

【注】譬如爲人裁衣，始制之洪大，服者得而衣之，何能更小之乎。善曰：賈逵《國語注》曰：裁，制也。

【疏】《國語》賈注，本書《五等諸侯論》、《安陸王碑》注引並同。汪氏輯入《吴語》。○舊注音裁，去聲叶韻，非是。

故相如壯《上林》之觀，揚雄騁《羽獵》之辭，雖系以隤牆填壍，亂以收罝解罘，

【注】系，繼也。亂，理也。司馬相如《上林賦》其卒曰：乃命有司，隤牆填塹，使山澤之人得至焉。揚雄《羽獵賦》，其末曰：放雉兔，收罝罘也。

【疏】舊注：系音計。許巽行曰：《説文》：系，繫也。从糸，丿聲。胡計切。今音計，非。

卒無補於風規，祇以昭其愆尤。

【注】規，猶諫也。祇，適也。愆，短也。尤，過也。言不能補其愆過。

【疏】《毛詩·關雎序》曰：主文而譎諫，言之者無罪，聞之者足以戒。故曰風。

臣濟奓以陵君。

【注】濟謂度也，度於奢侈，謂僭也。陵踰君法，若季氏八佾舞於庭。《左氏傳》：萇弘曰：毛得以濟侈於王都。

【疏】《左傳》，見《昭十八年》。○姚鼐曰：濟奓陵君，指王氏五侯之屬。

忘經國之長基。

【注】言尊卑所以爲國，今反陵之，故非所以經國。

【疏】何焯曰：此指王侯以下，莫不踰侈。諷西京以規切目前也。

故函谷擊柝於東，西朝顛覆而莫持。

【注】柝，守夜所擊木也。顛，隕也。持，扶也。謂王莽之兵猶擊柝守函谷關，而三輔兵已自入長安宮，朝廷顛隕，無復扶持也。東，謂函谷，在京之東。西朝，則京師也。善曰：《周易》曰：重門擊柝。

【疏】孫志祖曰：五臣本「朝」下有「廷」字，誤。○王念孫曰：西朝顛覆，謂王莽篡漢耳。言臣陵其君，國本墮壞，故王莽得爲篡逆。函谷雖擊柝於東，西京已顛覆而莫持，明患不在外，而在内也。若以三輔兵誅王莽爲西朝顛覆，則與上文臣濟侈以陵君二句，義不相屬。且平子不當稱亡新爲西朝也。姚鼐曰：西朝顛覆，指王莽篡弑之事。薛注失之。步瀛案：西朝，卽謂西漢，不宜指王莽。王、姚説是也。此謂山河巖險如故，而莽已篡漢，地利不足恃也。又破襟帶易守之説。

凡人心是所學，體安所習。

【注】所習，爲心所好。愛者，卽學。善曰：《商君書》曰：夫常人安於故俗，學者溺於所聞。

【疏】《商君書》，各本誤作《尚書》。胡克家曰：當作「《商君書》」，此所引在《更法篇》，是也。又各本「俗」上無「故」字，「學」下無「者」字。今依《商君書》增。又今本「俗」作「習」。

鮑肆不知其臭，翫其所以先入。

【注】翫，習也。先入，言久處其俗也。善曰：《家語》：孔子曰：入善人之室，如入芝蘭之室，久而不知其香。入不善之室，如入鮑魚之肆，久而不知其臭。皆猶體所習。故今言公子以長安爲好，亦然也。

【疏】尤本「臭」作「臰」，注云：一作「臭」。胡克家曰：袁本、茶陵本無此三字。案：此校語也。二本正文作「臭」，可借證。蓋尤所見有而誤存之。許巽行曰：「臰」，俗字也。當作「臭」。《説文》：臭，禽走臭而知其迹者，犬也。从犬从自。尺救切。案：臭者，氣之總名。對香而言，則爲惡氣。俗以臭爲惡氣，而妄造「臰」字以代「臭」字，至爲鄙俚。《字書》無其字。步瀛案：今依六臣本，注並同。○《家語》，見

《六本篇》。作「與善人居，如入芝蘭之室，久而不聞其香，卽與之化矣。與不善人居，如入鮑魚之肆，久而不聞其臭，亦與之化矣」。此注引小異。又見《説苑・雜言篇》、《大戴禮・曾子疾病篇》，語意略同。又注「猶」字，疑當作「由」。○習、入，古音緝部。

咸池不齊度於𪓰咬，而衆聽或疑。

【注】齊，同也。咸池，堯樂也。𪓰咬，淫聲也。言咸池之音，本不與𪓰咬同，而衆聽者乃有疑惑。善曰：《樂動聲儀》曰：黄帝樂曰咸池。《賓戲》曰：淫𪓰而不可聽者，非寵宴之樂也。李奇曰：淫𪓰，不正也。烏佳切。傅毅《琴賦》曰：絶激哇之淫。《法言》曰：哇則鄭。李軌曰：哇，邪也。《舞賦》曰：吐哇咬，則發皓齒。然「哇」與「𪓰」同。咬，亦不正之聲也。咬，烏交切。或作「蛟」，非也。

【疏】胡克家曰：袁本、茶陵本「聽」下有「者」字。案此無可考。步瀛案：五臣「或疑」作「疑惑」。《旁證》引朱珔曰：「惑」亦韵。六臣本是。下文「能不惑者」語正相應。胡紹煐曰：當作「而衆聽者惑」，「惑」與下「野」爲韵。疑字涉注而誤。案：「惑」古音之部，不必與魚部「野」字韵。朱氏、胡氏説未是。朱氏《集釋》不載此説，蓋自以爲非矣。○《匡謬正俗》六曰：𪓰者，非法之曲，不正之音爾。非謂水中𪓰黽之聲也。○《樂緯動聲儀》本書《舞賦》、《嘯賦》注引同。案：《周禮・春官・大司樂》鄭注曰：大咸、咸池，堯樂也。堯能禪均刑法以儀民，言其德無所不施。賈疏謂鄭依《樂緯》及《春秋元命包》也。《漢書・禮樂志》、應劭《風俗通・聲音篇》、蔡邕《獨斷》、《淮南・齊俗篇》許注、《楚辭・遠遊》王注、《周語・中》韋注、《莊子・至樂篇》《釋文》皆以咸池爲堯樂，與薛注合。《莊子・天運篇》曰：黄帝張咸池之樂於洞庭之野。《天下篇》曰：黄帝有咸池。《吕氏春秋·古樂篇》曰：黄帝命伶倫與榮將鑄十二鐘，以和五音，以施英韶。以仲春之月，乙卯之日，日在奎，始奏之，命之曰咸池。《白虎通·禮樂篇》曰：《禮記》曰：黄帝樂曰咸池。咸池者，言大施天下之道而行之，天之所生，地之所載，咸蒙德施也。《初學記·樂部》上引《五經通義》曰：黄帝樂，所以爲咸池者何？咸，皆也，池，施也。黄帝時道皆施於民。又引《樂汁圖徵》曰：黄帝樂爲咸池。宋均注曰：咸，皆也。池，取無所不浸，德閏萬物，故定以爲樂名也。是以咸池爲黄帝樂。與《樂緯動聲儀》合。又《樂記》曰：咸池備矣。鄭注曰：黄帝所作樂名也。堯增脩而用之，則兩説皆是也。○六臣本《賓戲》上有「荅」字，依本書卷四十五，當有。○李奇注，彼注亦引之。○傅毅《琴賦》、《藝文類聚·樂部》四、《初學記·樂部》下引皆無此句。○《法言》及李軌注，見《吾子篇》。○《舞賦》，見本書卷十七。○尤本「鼃」下注「烏瓜」二字。「咬」下音「烏交」二字，不在注中，今依袁本。

能不惑者，其唯子野乎。

【注】子野，師曠字。曉音曲者。以喻安處先生也。言西京奢泰肆情，不依禮度。東京儉約，依禮行事，衆人觀之，謂是其一。唯安處先生得知其指也。善曰：《左氏傳》：叔向曰：子野之言，君子哉。

【疏】薛注：以喻安處先生也。梁章鉅曰：當云安處先生自喻。步瀛案：謂平子以此喻安處先生耳。○《左傳》，見昭八年。杜注曰：子野，師曠字。與薛同。○以上譏公子論西京之失。

客既醉於大道，飽於文義。

【注】客斥公子。謂聞東京文義之道，若醉飽焉。

【疏】張銑曰：得道義之味。

勸德畏戒，喜懼交争。

【注】勸德，謂公子見先生説東京禮法，自勸勉，行其道德。又畏懼先生之戒也。

【疏】劉良曰：交争於胷中。步瀛案：聞東京之禮法而勸德，故喜。聞西京之危亡而畏戒，故懼。《淮南·精神篇》：子夏曰：出見富貴之樂而欲之，入見先王之道又説之，兩者心戰，故臞。心戰者，即此賦交争之義。

罔然若酲朝罷夕倦，奪氣褫魄之爲者。

【注】罔然，猶惘惘然也。酲，病酒也。朝罷夕倦，曉夜不卧，惘然如神奪其精氣，又若魂魄亡離其身。今公子亦如之也。善曰：《説文》曰：褫，奪也。直氏切。

【疏】五臣「罔」作「惘者」，下有「也」字。吴先生曰：「倦」字衍。五臣吕延濟注云：惘，惝然，若朝病酒，與夕罷倦。據此，則「酲朝罷夕」爲句。句上「若」字貫下「之爲者」爲文，增一「倦」字，於文不順。○梁章鉅曰：今《説文》：褫，奪衣也。步瀛案：見《衣部》。○尤本無「直氏切」三字。胡克家曰：袁本、茶陵本有，今從之。○吴辟畺曰：夕，魄韵。

忘其所以爲談，失其所以爲夸。

【注】公子本以奢侈爲美談，今見先生述東京之德，所以忘美失夸也。

【疏】夕、魄、夸，古音魚部。爲，歌部。通轉爲韵。

良久乃言曰：鄙哉予乎，習非而遂迷也。

【注】良久，頃乃復能言也。自鄙其迷惑，所學者非正也。善曰：《論語》曰：荷蕢曰：鄙哉，硜硜乎。《廣雅》曰：鄙，固陋不惠。楊子《法言》曰：習非之勝是，況習是之勝非乎。

【疏】《論語》，見《憲問篇》。○《廣雅》，今本無此文。○《法言》，見《學行篇》。又《寡言篇》曰：多聞見而識乎邪道者，迷識也。

幸見指南於吾子。

【注】言己之惑，不知南北。今先生指以示我，我則足以三隅反也。善曰：桓譚上便宜曰：管仲，桓公之指南。

【疏】指南，蓋以車爲喻。黄帝作指南車，見崔豹《古今注》及《御覽・天部》十五引虞喜《志林》。周公造指南車，見《古今注》及《御覽・車部》四引《鬼谷子》。又引《洪範五行傳》曰：管仲，桓公指南車也。《新論》説蓋本《五行傳》也。

若僕所聞，華而不實。

【注】若，如也。公子言如僕所聞，西京之事，蓋是虚華而無實録。善曰：《左氏傳》：甯嬴曰：晉陽處父華而不實，怨之所聚。

【疏】《左傳》，見文五年。案：本注「嬴」各本誤作「羸」，今依胡氏校改。

先生之言，信而有徵。

【注】先生，安處先生也。徵，驗也。言先生之言信有徵驗也。善曰：《左氏傳》：叔向曰：君子之言，信而有徵。

【疏】《左傳》，見昭八年。

鄙夫寡識，而今而後，乃知大漢之德馨，咸在於此。

【注】公子重自鄙曰：如今日後日，乃知大漢之德，在於此耳。善曰：《論語》曰：鄙夫不可以事君。《尚書》曰：明德惟馨。

【疏】《論語》，見《陽貨篇》。梁章鉅曰：本書《西征賦》注引同。唯「以」作「與」。步瀛案：《論語》作「鄙夫可與事君也與哉」。李以意引。○《尚書》，見僞《君陳》。實本《左傳·僖五年》引《周書》。○迷、此，古音脂部。實，至部。通轉爲韵。子、識，古音之部。

昔常恨三墳五典既泯，

【注】三墳，三皇之書也。五典，五帝之書也。泯，滅也。善曰：《左氏傳》楚子曰：左史倚相能讀三墳、五典、八索、九丘也。

《左傳》，見昭十二年。杜注曰：皆古書名。孔疏曰：《周禮》：外史掌三皇五帝之書。鄭玄云：楚靈王所謂三墳五典是也。賈逵云：三墳，三皇之書。五典，五帝之典。延篤言：張平子説三墳、三禮，禮爲大防。《爾雅》曰：墳，大防也。《書》曰：誰能典朕三禮。三禮，天地人之禮也。五典，五帝之常道也。

案：薛注與賈、鄭合。

仰不睹炎帝帝魁之美。

【注】睹，見也。炎帝，神農後也。帝魁，神農名。並古之君號也。善曰：《管子》曰：管仲對桓公曰：神農封泰山，炎帝封泰山。《孝經鉤命決》曰：佳己感龍生帝魁。鄭玄曰：佳己，帝魁之母也。魁，神農名。宋衷《春秋傳》曰：帝魁，黄帝子孫也。

【疏】《管子》，見《封禪篇》。○《孝經鉤命決》，《御覽·皇王部》三引。「佳己」作「任巳」。又《皇親部》一引曰：任巳感龍生帝嵬。「魁」本注疑誤。又《皇王部》引鄭注云：魁，神農名。本注「神」下脱「農」字，今據補。○宋衷《春秋傳》、《隋書·經籍志》不著録。《經典叙録》、《周易》有宋衷注九卷。注云：字仲子，南陽章陵人，後漢荆州五等從事。○朱珔曰：神農本稱炎帝，而《賈子新書》云：黄帝行道，炎帝不聽，故戰於涿鹿之野。則是謂神農之後，與《史記》言軒轅之時神農氏世衰正同。《潛夫論》云：赤帝魁隗，身號炎帝，世號神農。《帝王世紀》亦云：炎帝徙魯，又曰魁隗氏。故薛氏以帝魁爲神農。但炎帝既屬神農後代，何以文法倒置，且不應衰德而稱其美。《路史後紀》謂：炎帝後有帝魁。黄帝後有帝魁。因議薛注爲非。然此二「帝魁」，皆非聖德，不知賦意果誰屬。余謂炎帝本指神農，連言帝魁者，與《潛夫論》所稱略同。帝魁卽魁隗，非臨魁也。如此於文義爲合。步瀛案：《賈子新書》，見《益壤篇》。《潛夫論》，見《五德志篇》。《帝王世紀》炎帝徙魯，見《五帝本紀》《索隱》引。如朱氏説，則炎帝、帝魁爲一人，如稱黄帝軒轅之類，然不云炎帝神農，或炎帝魁隗，而複舉帝字，恐非一人之稱也。胡紹煐曰：薛既以炎帝爲神農後，則帝魁非神農可知。善注深得賦旨。步瀛案：古書言帝魁者，不一人。《御覽·皇王部》三引《帝王世紀》曰：神農氏一號魁隗氏。與鄭玄謂魁爲神農名合。此以神農爲帝魁也。《御覽·皇親部》一引《帝王世紀》曰：一曰少典取莽水氏女曰聽訞，生帝臨魁。《通鑑外紀》、《通鑑前編》神農後皆有帝臨魁，此神農後之帝魁也。《尚書序》孔疏引《尚書緯》曰：孔子求得黄帝玄孫帝魁之書，迄於秦穆公，凡三千二百四十篇。《史記·伯夷傳》《索隱》亦引之。與李注引宋衷合。此黄帝後之帝魁也。竊以此賦之帝魁，當爲神農後之帝魁。下文大庭氏，卽神農，帝魁爲帝臨魁。炎帝亦神農之後。《通鑑外紀》一引譙周曰：神農至炎帝，一百三十二姓。卽《五帝本紀》炎帝欲侵陵諸侯者也。此舉古帝王，故稱其美，不必以文害義。由下溯上，與上文三王五帝上溯二皇相同，亦不必疑其倒置。其必以神農氏爲喻者，以漢以火德王，與爲類也。否則泛舉帝王之名，則失之濫矣。大抵上古帝王之事，荒遠難稽，姑就意之所安，略陳其要，備學者參正焉。

得聞先生之餘論，則大庭氏何以尚兹。

【注】先生，安處先生也。大庭，古國名也。尚，高也。善曰：《子虛賦》曰：願聞先生之餘論。《莊子》曰：昔容成氏、大庭氏結繩而用之。若此時，則至治也。兹，此也。

【疏】《莊子》，見《胠篋篇》。案：《禮記·月令》鄭注曰：炎帝，大庭氏也。孔疏引何胤曰：《春秋説》云：炎帝號大庭氏。《祭法疏》引《春秋命曆序》曰：炎帝號曰大庭氏，傳八世，合五百二十歲。《左傳·昭十八年》孔疏曰：大庭氏，先儒舊説皆云炎帝號神農氏，一曰大庭氏。服虔云：在黄帝前。鄭玄《詩譜》云：大庭在軒轅之前，亦以大庭爲炎帝也。《初學記・帝王部》引譙周《古史考》曰：大庭氏，姜姓，以火德王。故號曰炎帝。是皆以大庭氏卽炎帝也。然《莊子・胠篋篇》：大庭氏下更數神農氏。《漢書・古今人表》以神農氏列第一等，以容成氏、大庭氏列第二等。故《左傳・昭十八年》梓慎登大庭氏之庫。杜注曰：大庭氏，古國名，不逕指爲神農，與薛注合。然此賦之意，似與《春秋説》同指神農氏而言也。○胡克家曰：注「茲，此也」，袁本、茶陵本無此三字。

走雖不敏，庶斯達矣。

【注】走，公子自稱，走使之人，如今言僕矣。不敏，猶不達也。公子言我雖不敏於大道，庶幾先生之説，遂達矣。善曰：司馬遷《書》曰：太史公牛馬走。《孝經》：曾子曰：參不敏。

【疏】司馬子長《報任安書》見本書卷四十一。李彼注曰：走，猶僕也。○《孝經》，見《開宗明義章》。案：此當引《論語・顔淵篇》「回雖不敏」，「雍雖不敏」，「請事斯語矣」之文。○泯，古音真部。論，諄部，通轉爲韵。茲、敏、矣，古音之部。○以上總結。

文選李注義疏卷四

京都中

【疏】毛本無此三字。

張平子南都賦一首

左太沖三都賦序一首　蜀都賦一首

【疏】此本卷子目也。毛本合《東京賦》並列第三卷，似合昭明原書之叙。

南都賦

【注】摯虞曰：南陽郡，治宛，在京之南，故曰南都。

【疏】姚鼐曰：劉昭引賦注數處，卽出摯邪。步瀛案：《晉書·摯虞傳》不言注《南都賦》。《隋書·經籍志》亦無之。姚氏此説，殆不足據。吾友余季豫嘉錫曰：《隋書·經籍志》云：摯虞依《禹貢》、《周官》作《畿服經》，其州郡及縣分野封略事業，國邑山陵水泉，鄉亭城道里土田，民物風俗，先賢舊好，靡不具悉。凡一百七十卷。本注所引，殆卽此書。案：余説甚確。又汪師韓《理學權輿》：舊注《南都賦》

下列「皇甫謐注」。孫志祖《讀書脞録續編》曰：立唐祀乎堯山，注引皇甫謐云云，蓋李善采謐《帝王世紀》語。謐必不爲本賦作注也。案：孫説是。又《續漢書·郡國志》：荆州南陽郡，治宛縣。原注曰：南陽本申伯國。劉昭注引《荆州記》曰：郡城周三十六里。《史記·高祖本紀》《正義》引《括地志》曰：南陽縣故城，在宛大城之南隅，其西南有二面，皆故宛城。《通志·都邑畧》一曰：光武以南陽爲別都，謂之南都。《清統志》曰：河南南陽府，宛縣故城，今府治。案：今南陽縣治。

張平子

【疏】李周翰曰：南都在南陽，光武舊里，以置都焉。桓帝時議欲廢之，故衡作是賦，盛稱此都是光武所起處，又有上代宗廟，以諷之。案：《後漢書·張衡傳》，衡永和四年卒，在順帝時，安得於桓帝時作賦？且此説亦未見所出。五臣注之妄如此。孫志祖乃取之以補李注，殊謬。

於顯樂都，既麗且康。

【注】毛萇《詩傳》曰：於，歎辭。於孤切。《詩》曰：適彼樂國。

【疏】《毛傳》，見《文王》。案：注中「於孤切」三字，尤本無。胡克家曰：袁本、茶陵本「辭」下有「於孤切」三字，是也。其正文下「烏」字，乃五臣音也。凡合併六家之本，於正文下載五臣音，於注中載善音。而善音之同於五臣者，每被節去。袁、茶陵二本又各多寡不齊，蓋合併不一，故所節去不一耳。至尤本於正文下五臣音，往往未嘗區别刊正。而注中善音則節去彌甚，其失善舊亦彌甚矣。今取二本善音之可考者，悉皆訂正。其二本已節去在前，則末由考之。間有可借正文下五臣音推知崖略者，然既非明文，難以稱說，當俟再詳。全書善音之例，均準此。○後引《詩》，見《碩鼠》。

陪京之南，居漢之陽。

【注】京，謂洛陽也。《尚書》曰：嶓冢導漾，東流爲漢。鄭玄曰：漾水至武都爲漢。

【疏】《續漢書·郡國志》涼州隴西郡氐道下曰：養水出此。劉昭《補注》引《南都賦》注曰：漢水源出隴西，經武都至武關山，歷南陽界，出沔口，入江。案：汪師韓以爲皇甫謐注，恐不足信。○《尚書》，見《禹貢》。《史記·夏本紀》「漾」作「瀁」。《集解》引鄭注曰：《地理志》，瀁水出隴西氐道，至武都爲漢，至江夏謂之夏水。案：《說文》：「漾」，古文作「瀁」。兩《漢志》以「養」爲之。《漢書·地理志》：隴西郡西縣原注曰：《禹貢》，嶓冢山，西漢所出，南入廣漢白水東，至江州入江。王先謙謂西漢下脫「水」字，「會」當作「入」，是也。氐道縣，原注曰：《禹貢》養水所出，至武都爲漢武都郡，武都縣。原注曰：東漢水受氐道水，一名沔，過江夏，謂之夏水，入江。王念孫謂「至武都爲漢」，「至」上脫「東」字。東漢水受氐道水，「東」字，後人所加，是也。沮縣，原注曰：沮水出東狼谷南，至沙羨南入江，過郡五，行四千里。荊州川。王先謙謂過郡五，武都、漢中、南陽、南郡、江夏是也。西縣在今甘肅天水縣西南，氐道縣在今甘肅清水縣西南，武都縣在今甘肅成縣西，沮縣在今陝西略陽縣東。金榜《禮箋》曰：以《漢志》攷之，嶓冢導瀁，惟據《禹貢》漢水言耳。《周官·職方》荊州漢水，不導源於嶓冢。故《志》言沮水出沮縣東狼谷，至沙羨南入江。《說文》、《水經·沮水篇》、《後漢·郡國志》皆云然。蓋瀁水輟流，不與漢水相屬，由來久矣。《志》言《禹貢》養水出隴西氐道縣，至武都爲東漢水，一名沔。此明《禹貢》漢水故道，非謂漢代經流之道。東漢水仍上受氐道水也。《漢志》：《禹貢》嶓冢山在隴西西縣西，漢水所出，不見於氐道。然於氐道言：《禹貢》養水所出，東至武都，爲漢，正釋經「嶓冢導瀁，東流爲漢」。明氐道亦得有嶓冢山。是山峰岫延長，西氐道皆其盤迴之地，準之地望當在西縣東。《志》已於西縣著嶓冢氐道，例不重出。如雲夢澤跨江南北，《志》惟於南郡華容一見也。《水經·瀁水篇》言瀁水出隴西氐道縣嶓冢山。郭景純《山海經·西山經注》亦言嶓冢在武都氐道縣南，可與《漢志》互明。成蓉鏡《禹貢班義述》曰：嶓冢山，宋元人及國初諸儒謂一在今寧羌州北，東漢水所出，一在今秦州西南，西漢水所出。今案：寧羌之嶓冢，始于魏收《魏書·地形志》。其實古祇秦州之嶓冢，《禹貢》嶓冢導瀁，卽《漢志》西漢水所出之嶓冢。《志》于西縣下云嶓冢山，而氐道言養水所出，則不著山名，明嶓冢著于西縣故也。故《水經·禹貢山水澤地所在》云：嶓冢山在隴西氐道縣之南。又《漾水篇》云：漾水出隴西氐道縣嶓冢山。《禹貢錐指》難酈元而申魏收，抑疏矣。步瀛案：寧羌州卽今陝西寧羌縣，秦州卽今甘肅天水縣。《穀梁·僖二十八年傳》曰：水北爲陽。

割周楚之豐壤，跨荆豫而爲疆。

【注】周居豫州，已見《西京賦》。《漢書·地理志》注曰：南陽屬荆州。又曰：荆州，楚故都。

【疏】注「周居豫州」以下九字，尤本作「《西京賦》曰：周卽豫而弱。《吕氏春秋》曰：河漢之閒爲豫州也」二十二字。胡克家曰：袁本作「周居豫州，已見《西京賦》」，是也。茶陵本複出，非。案：胡校是也。今從之。○《漢書・地理志》注，前引見南陽郡下班氏原注。後引當係南郡江陵下注，原文作「故楚郢都」。李氏蓋以意説。案：南陽郡，漢屬荆州，故以楚爲言。然其郡治宛縣，本周之申國，屬豫州。《元和郡縣志》曰：山南道鄧州，《禹貢》豫州之域。周爲申國，戰國時屬韓，蘇秦説韓宣王曰：韓西有宜陽，東有穰淯是也。秦昭襄王取韓地，置南陽郡，以在中國之南，而有陽地，故曰南陽。漢因之，領縣三十六，理宛城。後漢於郡理置荆州。

體爽塏以閑敞，紛郁郁其難詳。

【注】爽塏，已見《西京賦》。楊雄《豫州箴》曰：郁郁荆河，伊洛是經也。

【疏】楊子雲《豫州箴》，見《藝文類聚・州部》、《初學記・州郡部》及《古文苑》。尤本「荆河」「荆」誤「京」。胡克家曰：袁本、茶陵本「京」作「荆」，是也。今從之。○康、陽、疆、詳，古音陽部。○以上總叙。

爾其地勢，則武闕關其西，桐柏揭其東。

【注】武闕山爲關在西也。《漢書音義》文穎曰：武關在析西百七十里，弘農界也。《漢書》曰：南陽平氏縣，有桐柏山。

【疏】胡克家曰：注：「武闕山爲關，在西也。」茶陵本無此八字。袁本有。何、陳校皆去，觀下注似不當有。步瀛案：下文穎注殆爲後人所改，故與此複。何氏、陳氏皆據六臣本删去此八字耳。下文訂正，則此八字不當去矣。○梁章鉅曰：《續漢書・郡國志》南陽郡注引作「武關在其西」。按：諸書言武關未有言武闕山者。《水經・丹水注》云：丹水歷少習，出武關。應劭曰：秦之南關也。文穎曰：武關在析縣西百七十里，弘農界。此注引文穎云云，亦疑有脱誤。朱珔曰：武闕卽武關。《續漢志》：京兆尹商，故屬弘農。注引《左傳・哀四年》：將通於少習。杜預曰：少習，縣東之武關。《史記・貨殖傳》：南陽西通武關。應劭曰：秦南關也。《方輿紀要》云：武關在今商州東百八十里。東去河南内鄉縣百七十里。文穎曰：在析西百七十里。蓋析卽内鄉也。今由河南南陽、湖廣襄郢入秦者，必道武關而至長安，多由山中行，過藍田，始出險就平。《志》曰：武關之西，接商洛、終南之山，以達於岍隴。武關之東，接熊耳、馬蹬諸山，以迄於轘轅。大山長谷，動數千里。胡紹煐曰：按：「武闕關其西」，與桐柏揭其東相對爲文，則字當作「關」。「武關」作「武闕」者，因避字複而改耳。本書《甘泉賦》：封巒石關，許氏慶宗謂卽上林之石闕，是「闕」亦或作「關」。劉昭引以注《續漢志》之武關。故改「武闕」爲「武關」，不足以證此書之誤。步瀛案：朱氏、胡氏説是也。但此注各本作「文穎曰：武闕山爲關，而在西弘農界也」，與《水經・丹水注》、《漢書・高帝紀》顏注引均不合。梁氏疑有脱誤，是也。今依《丹水注》及《高紀》注校改。姚鼐曰：析縣，西漢屬弘農，東漢屬南陽郡。步瀛案：在今河南内鄉縣西北。○《漢書》，見《地理志》。本注「南陽」下衍「之」字，「平氏」作「平陽」，皆誤。今依朱珔校改。朱曰：案：《漢書》南陽郡平氏下云：《禹貢》桐柏大復山，在東南，淮水所出。《續志》同。此注「平陽」乃「平氏」之誤。段氏謂桐柏大復以四字爲山名。《説文》、《風俗通》、《水經》酈注並與《漢志》同。單言桐柏者，省文耳。後世地志析爲二山，非是。若《水經》所謂胎簪山，卽桐柏也。桑欽別爲二，亦非。

步瀛案：《説文》，見《水部》淮字下。《風俗通》，見《山澤篇》。《水經注》，見《淮水篇》。

流滄浪而爲隍，廓方城而爲墉。

【注】《尚書》曰：漢水又東爲滄浪之水。《左氏傳》：屈完曰：楚國方城以爲城，漢水以爲池。隍，已見上文。毛萇《詩傳》曰：墉，城也。

【疏】《尚書》，見《禹貢》。《史記·夏本紀》《索隱》曰：馬融、鄭玄皆以滄浪爲夏水，即漢河之别流也。《漁父歌》曰：滄浪之水清兮，可以濯吾纓。是此水也。《水經·沔水篇》曰：又東北流，又屈東南，過武當縣東北。酈道元注曰：縣西北四十里，漢水中有洲，名滄浪洲。庾仲雍《漢水記》謂之千齡洲，非也。是世俗語訛，音與字變矣。《地説》曰：水出荆山，東南流，爲滄浪之水，是近楚都，故《漁父歌》曰：滄浪之水清兮，可以濯我纓。滄浪之水濁兮，可以濯我足。余按：《尚書·禹貢》言：導漾水東流爲漢，又東爲滄浪之水，不言過而言爲者，明非他水決入也。蓋漢沔水自下有滄浪通稱耳。纏絡鄢郢，地連紀郢，咸楚都矣。《漁父歌》之不違水地，考按經傳，宜以《尚書》爲正耳。又《夏水注》曰：鄭玄注《尚書》滄浪之水，言今謂之夏水來同。故世變名焉。劉澄之著《永初山川記》云：夏水，古文以爲滄浪。漁父所歌也。因此言之，水應由沔。今按夏水是江流沔，非沔入夏，假使沔注夏，其勢西南，非《尚書》又東之文。余亦以爲非也。是酈引劉説不從鄭注以滄浪爲夏水。《史記·夏本紀》《正義》引《括地志》曰：均州武當縣，有滄浪水。從酈説也。《元和郡縣志》以下地理書，多同此説。胡渭《禹貢錐指》亦引《夏水注》謂此辨最爲明晰。步瀛案：以本賦言之，自當以此説爲是。武當縣在今湖北均縣北，漢縣屬南陽郡，故平子賦《南都》與方城並舉。林之奇《尚書全解·禹貢》「滄浪之水」，即引本賦及李注而説之曰：滄浪，即漢水也。蓋漢水至於楚地，則其名爲滄浪之水也。而王鳴盛《尚書後案》力主鄭義，斥劉、酈爲非，固無不可，乃亦引本賦及李氏注，謂滄浪旋繞楚都，正當在今江陵，不知平子賦南都，非賦江陵，若滄浪止在楚都，距南陽甚遠，與爲隍之義不合，其謬一也。《左傳·僖四年》屈完言楚國方城以爲城，漢水以爲池，不專指楚都。若謂漢水旋繞楚都，正在江陵。豈方城亦在江陵乎？其謬二也。「滄」、「千」，「浪」、「齡」皆雙聲字。故庚仲雍從俗音以爲「千齡」，王氏乃謂音義全別，殊屬穿鑿。而竟以滄浪翻切爲「漳」，以楚之漳水當之，不知誰爲穿鑿，其謬三也。王先謙《尚書孔傳參正》謂桑、酈言夏水出江，不云上源是漢，而於滄浪之流爲夏水，更無一語及之。近儒堅主鄭説，亦太偏執矣。案：王益吾此説可爲持平之論也。至滄浪爲水名，見本書《塘上行》注引劉熙、《孟子·離婁》上注。葉夢得《避暑録話》謂滄浪地名，非水名。閻若璩《四書釋地》主之。胡渭《禹貢錐指》、周廣業《孟子四考》、周柄中《四書典故辨正》、焦循《孟子正義》、朱珔《滄浪非地名辨》皆斥其非。胡氏又謂滄浪者，漢水之色也。《説卦》震爲蒼莨竹，漢童謡木門倉琅根，字雖不同，而音義則一，皆言其色也。案：童謡見《漢書·外戚傳》。又盧文弨《鍾山札記》曰：倉浪，青色，在竹曰蒼莨，在水曰滄浪。古詞《東門行》：上用倉浪天。天之色，正青也。《艷歌何嘗行》：上慙滄浪之天。俱見《晉》、《宋書》《樂志》。又《吕氏春秋·審時篇》：麥後時者弱苗而蒼狼。亦言其青色。「蒼」、「倉」、「滄」三字並通用，非謂天之色如水，以滄浪相比况也。○《左傳》，見僖四年。杜注曰：方城山在南陽葉縣南。《續漢書・郡國志》：荆州南陽郡葉縣，有長山，曰方城。《水經・潕水注》曰：潕水之左，即黄城山也。有溪水，出黄城山東北，逕方城。郭仲産曰：苦菜于東之閒，有小城名方城，東臨溪水。尋此城致號之由，當因山以表名也。苦菜，即黄城也。及于東通爲方城矣。世謂之方城山。水東流，注潕水。《清統志》曰：河南南陽府方城山，在葉縣南四十里，跨裕州界。案：裕州今改方城縣。○上文指《兩都賦序》注及《東京賦》注。尤本仍作「《説文》曰：城池無水曰隍」九字。今依袁本。而此下袁本作「墉已見《西京賦》」六字，胡克家以袁本爲是。然檢《西京賦》薛注曰：墉，謂城也。不引毛傳。則「墉」字注當依尤本爲是。又案毛傳，見《皇矣篇》。

湯谷涌其後，淯水盪其胷。

【注】盛弘之《荆州記》，曰：南陽郡城北有紫山，紫山東有一水，無所會通，冬夏常温，因名湯谷。《山海經》曰：攻離之山，淯水出焉。南流注于漢。郭璞曰：今淯水在淯陽縣南。盪，他浪切。

【疏】《荆州記》又見本書《雪賦》注引，不複「紫山」二字。案：《水經・湍水注》曰：湍水又歷太和川，東逕小和川，又東，温泉水注之。水出北山阜，七源奇發，炎熱特甚。闞駰曰：縣有湯水，可以療疾，南注湍水，即《南都賦》所謂湯谷湧其後者也。然宛縣有紫山，山東有一水，東西十五里，南北二百步，湛然沖滿，無所通會。冬夏常温，世亦謂之湯谷也。非魯陽及南陽之縣故也。張平子廣言土地所苞，明非此矣。朱珔曰：酈説未然，宛正爲南陽郡治。湯谷在城北，故曰涌後。淯水在縣南，故下云盪胷。「後」字「胷」字確不可易，不應轉捨此而偏舉魯陽之温泉也。善注引《盛記》爲有見矣。趙一清《水經注釋》曰：按：《漢志》，宛、魯陽俱屬南陽郡，何以云非魯陽及南陽之縣，殊不可解。酈蓋以宛有湯谷，魯陽亦有之。《南都賦》所云，是宛之湯谷，非魯陽之湯水。西京南陽治宛，而王莽更宛曰南陽，故亦或有直稱宛爲南陽之縣也。然文義特晦。步瀛案：就廣言土地所苞一語繹之，酈蓋以魯陽之湯谷爲平子所賦，而不以宛之湯泉當之，其説甚誤。朱氏駁之是也。趙氏説失之，而解非魯陽一語，仍不可通。故楊守敬《水經注疏要删》謂直當作：「非魯陽之湯水也。」其《要删補》亦以朱説爲是。○《山海經》，見《中山經》。梁章鉅曰：今《中山經》「攻」作「支」，「淯」作「濟」，皆誤。步瀛案：晉荆州南陽國淯陽縣，今河南南陽縣南六十里。《漢書·地理志》南陽郡酈縣，原注曰：育水出西北，南入漢。又育陽縣，應劭注曰：育水出弘農盧氏縣，南入于沔。《説文》曰：淯水出弘農盧氏山，東南入沔。或曰出酈山西。《水經·淯水篇》曰：淯水出弘農盧氏縣攻離山東，南過南陽西鄂縣西北，又東過宛縣南。酈注曰：淯水又南，逕宛城東，又屈而逕其縣南，故《南都賦》所言淯水蕩其胸者也。楊守敬《晦明軒集·淯水考》曰：蓋盧氏山之東，即酈山之西。考方定位，絶無參錯，皆指今之白河也。與《漢志》盧氏過順陽之育水，毫不相涉。步瀛案：戴校《水經注》據今本《山海經》改「攻離」爲「支離」，非也。宛縣即今南陽縣治。《清統志》曰：河南陝州，攻離山在盧氏縣東南。南陽府，淯水經南陽縣分流爲二，一支南流入湖北襄陽縣界，一支曰溧河，南流入襄陽縣，還入淯。又南流，入漢。俗謂之白河，可與楊説相證。過順陽之育水，本爲均水。《漢志》弘農郡，盧氏縣，原注曰：熊耳山在東，育水出焉。又東南至順陽入于沔。《水經·均水注》曰：均水，《地理志》謂之淯水。案：順陽在今河南淅川縣東。楊守敬謂至順陽之淯水，爲今之老鸛河是也。段玉裁、朱珔謂二水異源同流。楊氏駁之曰：兩水一過南陽，一過順陽，入沔之處，相去何止百里，安得謂之同流乎？

推淮引湍，三方是通。

【注】淮水自此而去，故曰推。湍水自彼而來，故曰引。《說文》曰：推，排也。《山海經》曰：翼望之山，湍水出焉。郭璞曰：湍，鹿摶切。今湍水逕南陽穰縣而入淯也。三方，東、西及南也。

【疏】《漢書·地理志》南陽郡平氏縣，原注曰：《禹貢》桐柏大復山，淮水所出。《水經·淮水篇》曰：淮水出南陽平氏縣胎簪山東，北過桐柏山，東過江夏平春縣北，又東過新息縣南。案：平氏縣，在今河南桐柏縣西。平春縣，今信陽縣西北。新息縣，今息縣治。蓋淮水自南陽東流，故曰推而去之也。餘別詳他篇。○《說文》，見《手部》。○《山海經》，見《中山經》。下云：東流入于濟。郭注「入淯」作「入清水」。郝懿行《箋疏》曰：經文「濟」、注文「清」並當爲「淯」，字之譌也。案：《晉書·地理志》南陽無穰縣。義陽郡有穰。義陽郡，太康中置。是郭注「南陽」當爲「義陽」，字之譌也。朱珔曰：《水經·湍水篇》云：出酈縣北芬山。酈注云：出弘農界，翼望山東，南流逕南陽酈縣故城東，《史記》所謂下析酈也。析卽今内鄉縣，酈縣城在縣東北。《元和志》於臨湍縣云：翼望山在縣西北二十里，湍水出焉。臨湍本漢冠軍縣地。冠軍城在今鄧州西北四十里。酈注又云：湍水逕穰縣爲六門陂。穰縣城亦在今鄧州東南二里，此卽郭所稱者。《水經》下又云：湍水東過白牛邑南，又東南至新野縣東，入于淯。段氏謂南陽之水，淯最大。據《水經注》合魯陽關水、洱水、梅谿水、朝水、濁水、湍水、比水、白水入漢，故此言推淮引湍，三方是通也。步瀛案：河南鄧州，今改鄧縣。○東、貿，古音東部。墉、通，冬部。通轉爲韻。又可與陽部通轉爲韻。

其寶利珍怪，則金彩玉璞，隨珠夜光。

【注】彩，金之彩也。璞，玉之未理者。隨珠、夜光，已見《西都賦》。

【疏】尤本「玉之未理者」下有「《淮南子》云云」一百十七字。與《西都賦》複出，今依袁本。

銅錫鉛鍇，赭堊流黄。

【注】鄭玄《周禮注》曰：錫，鑞也。《説文》曰：鉛，青金。又曰：九江謂鐵爲鍇。《山海經》曰：陸鄃之山，其下多堊。若山其上多赭。郭璞曰：赭，赤土也。堊似土，白色也。鄃音踰，堊音惡。《本草經》曰：石流黄，生東海牧陽山谷中。《本草》言其所出，此亦兼而有之。《博物志》曰：雄黄似石流黄。

【疏】《周禮》鄭注，見《夏官・職方氏》。○《説文》，並見《金部》。梁章鉅曰：《繫傳》云：南陽與九江雖遥，俱爲楚地。按：《史記・高祖功臣表》《索隱》引《三倉》語同。本書《吴都賦》：銅鍇之垠。劉注：鍇，金屬也。○《山海經》，並見《中山經》。注「若山」，各本「若」下有「之」字。姚範曰：今《山海經》刊本無「之」字，且經諸言多赭堊之山。善注不及，蓋以陸鄃及若爲荆山之下山也，當屬南都故耳。朱珔曰：經作「若山」，則「之」爲衍字。步瀛案：姚、朱説是也。今據删「之」字。又注「堊似土白色也」，非《中山經》陸鄃之山及若山注。梁章鉅曰：今《西山經》：大次之山，其陽多堊。郭注：堊似土，色甚白。按：古書皆以「堊」爲白。惟《穀梁・莊二十三年傳》曰：天子諸侯黝堊。范注：黝堊，黑色。臧琳《經義雜記》譏其以白爲黑。然今據《山海經・北山經》：賁聞之山，孟門之山，並多黄堊。《中山經》：葱聾之山，多白堊，黑青黄堊。是堊亦非一色，專執爲白者，轉嫌所見之未宏也。許氏穆清曰：《廣雅・釋室》：堊，塗也。《六書正譌》：堊，塗飾牆也。象圬者縱横塗飾之狀。《周禮》注：素車以白土堊車，藻車以蒼土堊車。然則凡塗飾皆得言堊耳。朱珔説同。○注中「堊音惡」三字，依袁本、茶陵本增。○《證類本草》卷四引《圖經》曰：石硫黄生東海牧羊山谷中，及泰山河西山，礬石液也。今惟出南海諸蕃。嶺外州郡，或有而不甚佳，以色如鵝子初出殼者爲真，謂之崑崙黄。其赤色者名石亭脂，青色者號冬結石，半白半黑名神驚石，並不堪入藥。○《博物志》，今本見卷七。「流」作「留」，字通。案：《證類本草》卷四引《圖經》曰：雄黄生武都山谷，燉煌山之陽，今階州山中有之，形塊如丹砂，明澈不挾石，其色如雞冠者爲真。有青黑色而堅者，名薰黄，有形色似真而氣臭者，名臭黄，並不入服食藥，只可療瘡疥耳。○光、黄，古音陽部。

緑碧紫英，青雘丹粟。

【注】《廣志》曰：碧有縹碧，有緑碧。《本草經》曰：紫石英，生太山之谷。《山海經》曰：景山之西曰驕山，其下多青雘。郭璞曰：雘，黝屬，音瓠。《山海經》曰：荆山之首曰景山。雎水出焉。其中多丹粟。郭璞曰：細沙如粟。

【疏】《御覽・珍寶部》八引《廣志》，誤作《廣雅》。○朱珔曰：案：《中山經》有太山，與《東山經》之泰山爲岱宗者異。然《本草》本云：紫、白二石英，俱生泰山。卽《魏志·高堂隆傳》所謂：鑿泰山之石英也。是正指東嶽，與南都無與。據《漢志》，南陽郡安衆侯國下注引《博物記》曰：有土魯山，出紫石英。而注不引，非也。安衆城，在今南陽府西南三十里。步瀛案：《漢志》當作《續漢志》，見《郡國志》四。朱銘亦引之。然李注舉泰山石英者，卽前注所謂《本草》，言其所出，此亦兼而有之也。○《山海經》，並見《中山經》。梁章鉅曰：今《中山經》荆山之首曰景山，東北百里曰荆山，又東北百五十里曰驕山。此注作景山之西，恐誤。又所引郭注五字，今景山注無之。見《南山經》青邱之山注。朱珔曰：段氏謂《南山經》曰：雞山其下多丹雘，侖者之山，其下多青雘。則凡采色之善者皆偁「雘」。蓋本善丹之名，移而他施耳。亦猶白丹、青丹、黑丹，皆曰丹也。余謂本書《赭白馬賦》兼飾丹雘，注云：丹、雘，二色也。蓋以「雘」爲青，故亦引郭此注，是對文則別，散文則通矣。雘本從丹，或作「䨼」非。○梁章鉅曰：此所引郭注「細沙如粟」四字，今《中山經》景山注無之。見《南山經》「秬山多丹粟」句下注。朱珔曰：郭注，見《南次二經》「柜山多丹粟」下，善專舉景山者，爲南都之地也。《禹貢》：荆州貢丹。《職方氏》：荆州其利丹銀。南陽古屬荆州矣。又《周書·王會解》：卜人以丹沙。《荀子·王制篇》：南海有丹干。《本草》：丹砂生符陵山谷。則所出不一，丹沙卽今之朱砂耳。

太一餘糧，中黄瑴玉。

【注】《本草經》曰：太一禹餘糧，一名石腦，生山谷。《博物志》曰：石中黄子，黄石脂。又曰：欲得好瑴玉，用合漿，於襄鄉縣舊穴中鑿取，大者如魁斗，小者如雞子。

【疏】朱珔曰：「石腮」，「腮」當爲「腦」。《説文》腦作「𡿺」。云：頭髓也。此言石之髓也。蘇氏恭分太一餘糧、禹餘糧，一物而以精粗爲名，總呼之則曰太一禹餘糧。陳氏藏器云：太一者，道之源，大道之師，即理化神君，禹之師也。師嘗服之故有太一之稱。蓋道家語耳。步瀛案：《御覽·藥部》五引《本草》正作「石腦」。此「腮」字誤。蘇恭著《唐本草》、陳藏器著《本草拾遺》，並見《證類本草》卷三引。朱又曰：案：《博物志》言扶海洲上有䒗艸，其實食之如大麥，名自然穀。或曰禹餘糧。世傳禹治水時，棄餘食於江中，而爲藥。又《名醫別録》陶註云：南人呼平澤中一種藤葉，如菝葜，根作塊，有節而色赤，味似薯蕷，謂爲禹餘糧。然二者無太一之名。此處與金石並列，固當是石類，非草與藤矣。步瀛案：《博物志》亦見《御覽·藥部》五引。今本卷七文小異。陶隱居《名醫別録注》亦見《證類本草》卷三引。○《博物志》今本並佚此文。朱珔曰：黄石脂與禹餘糧本一物，故賦連言之。《本草綱目》云：餘糧乃石中已成細粉也。其未凝者，蘇氏恭以爲殼中未成餘糧黄濁水也，即黄石脂是矣。至堅凝，則爲石中黄子。《抱朴子》云：所在有之，沁水山尤多。打其石有數十重見之，赤黄溶溶，如雞子之在殼中也。據此，似「瑴」當爲「殼」。「瑴」乃「珏」之重文，雙玉也。與此未合，殆同音借字，抑或形近而誤與。步瀛案：《本草綱目》，見卷十。《抱朴子》見《仙藥篇》。

松子神陂，赤靈解角。

【注】習鑿齒《襄陽耆舊記》曰：神陂在蔡陽縣界，有松子亭，下有神陂也。赤靈，赤龍也。解角，脱角也。事未詳。

【疏】梁章鉅曰：《續漢書志》南陽郡蔡陽侯國，注引《襄陽耆舊傳》曰：有松子亭，下有神陂，中多魚，人捕不可得。《南都賦》所稱。又《路史餘論·赤松石室篇》云：炎世赤松，迹在襄陽。習鑿齒《襄陽傳》：蔡陽界有赤松子亭，下有神陂，即《南都賦》所謂松子神陂者也。朱珔曰：《續漢志》注亦引此文。「記」作「傳」，此「記」字誤。步瀛案：《隋書·經籍志》作「記」，《舊唐·經籍志》、《新唐·藝文志》並作「傳」，晁公武《郡齋讀書志》作「記」。曰：前載襄陽人物，中載山川城邑，後載其牧守，觀其書記録叢脞，非傳體也。名當從《經籍志》云。章宗源《隋經籍志考證》曰：劉昭《續漢·郡國志》注引《襄陽耆舊傳》。昭生處梁代，其所見在《隋志》前，則知稱「傳」之名，其來已久。《三國志》注多省文，稱《襄陽記》。《水經注》、《後漢書》注亦同省文。《清統志》曰：湖北襄陽府，蔡陽故城在棗陽縣西南。○姜皐曰：《水經·丹水注》：丹水出丹魚，先夏至十日，夜伺之，魚浮水側，赤光上照，如火，網而取之，割其血以塗足，可以步行水上，長居淵中云云。疑赤靈之説，或謂此也。

耕父揚光於清泠之淵，游女弄珠於漢皐之曲。

【注】耕父，已見《東京賦》。《韓詩内傳》曰：鄭交甫將南適楚，遵波漢皐臺下，乃遇二女，佩兩珠，大如荆雞之卵。

【疏】「耕父」注，尤本作「《山海經》」云云二十一字，與《東京賦》複出，今依袁本。○《韓詩内傳》各本「内」誤「外」。今依《江賦》注及《詠懷詩》注改。張雲璈曰：今《外傳》無此文。又《江賦》注引《韓詩内傳》云：鄭交甫遵彼漢皐臺下，遇二女與言。曰：「願請子之佩。」二女與交甫。交甫受而懷之，超然而去，十步，循探之，卽亡矣。迴顧二女，亦卽亡矣。其事較詳。《内傳》散佚不可得而知也。又《琴賦》注引《列女傳》：游女，漢水神。鄭大夫交甫於漢皋見之，聘之橘柚。今《列女傳》亦無此文。梁履繩云：此出《列仙傳》，《選》注誤以爲《列女》也。又《水經》卷二十八：沔水又東，逕萬山北，山下水曲之隈，云漢女昔遊處也。故《南都賦》曰：游女弄珠于漢皋之曲。漢皋，卽萬山之異名也。梁章鉅曰：本書《蜀都賦》娉江斐與神遊。注云云，卽此事，云語在《列仙傳》。《事類賦·寶貨部》亦引作《列仙傳》。朱珔曰：《注》未言漢皋所在。據《續漢志》南郡襄陽下，引《耆舊傳》曰：縣西九里，有方山，父老傳云：交甫所見玉女，游處北山之下曲隈是也。《水經·沔水下篇注》亦云：方山北山下水曲之隈，漢女昔游處。然則漢皋爲襄陽地，以其隈曲，故曰曲矣。趙氏一清云：《初學記》、《太平御覽》引《水經注》並作「萬山」。《廣韻》、《集韻》「万」同「萬」。傳寫遂作「方」耳。步瀛案：《初學記》，見《地部》下。《御覽》見《地部》二十七。《水經注》卷二十八，戴校、全校及王氏合校本，並作「萬山」，特朱、趙沿誤作「方山」。○栗、玉、角、曲，古音侯部。○以上地勢。

其山則崆⿰山兒嶱嵑，嵣㟐嶚刺。

【注】崆⿰山兒嶱嵑，山石高峻之貌。《字書》曰：崆，山貌也。嵣㟐，山石廣大之貌也。嵣音蕩。㟐音莽。嶚，山高而相戾也。《廣雅》曰：嶚，高也，力彫切。《説文》曰：刺，戾也。

【疏】尤本「⿰山兒」作「嶢」，今依六臣本。五臣「㟐」作「⿰山莽」。○五臣音崆，口江反。⿰山兒，五江反。嶱，苦葛反。嵑，五葛反。○注中「嵣音蕩，㟐音莽」，六字。尤本無。依袁本、茶陵本增。○《廣雅》，見《釋詁》四。○注中「力彫切」三字，尤本無。依袁本、茶陵本增。○《説文》，見《刀部》，「戾」作「盭」。

岝㟧㠑嵬，嶔巇屹𡾊。

【注】《埤蒼》曰：岝㟧，山不齊也。岝，仕革切。《説文》曰：㠑嵬，山石崔嵬，高而不平也。㠑，昨迴切。嵬，牛迴切。廞巇山，相對而危險之貌也。屹𡾊，斷絶之貌也。

【疏】據李注，疑正文李本「嶔」作「廞」。《古逸叢書續》收原本《玉篇》，《山部》岝下引《埤蒼》同。○注中「岝，仕革切」四字尤本無。依袁本、茶陵本增。⊙五臣㟧音額。○梁章鉅曰：今《説文》無「㠑」字。嵬字注云：高而不平也。段校：「㠑嵬」二字在「《説文》曰」上。朱珔曰：今《説文》「嵬」爲部首。但云高不平也。豈有脱誤與？注意似以「㠑嵬」卽「崔嵬」。《詩·卷耳》：陟彼崔嵬。毛傳：崔嵬，土山之戴石者。「崔」、「㠑」音相近也。然《説文》别有「𡻕」字，云：嶵也。「嶵」字云：山皃。「嶵」爲「罪」之本字。前《西京賦》：上林岑以壘㠑，卽「𡻕嶵」也。「壘」則「𡻕」之同音借字耳。「㠑嵬」《甘泉賦》作「𡹐隗」。○注中「㠑昨迴切，嵬牛迴切」八字，尤本無。依袁本、茶陵本增。○五臣音嶔，香金反。巇，許宜反。○胡紹煐曰：本書《海賦》：峌峴孤亭。善注曰：峌峴，高貌。「𡾊」與「峴」通。《集韻》「𡾊」本作「𡵉」，通作「峴」，並倪結切。山高貌。無斷絶義。○五臣音屹，魚乞反。𡾊，五結反。

幽谷嶜岑，夏含霜雪。

【注】《毛詩》曰：出自幽谷。楊雄《蜀都賦》曰：玉石嶜岑。又曰：夏含霜雪。嶜岑，高峻之貌也。嶜，仕林切。

【疏】《毛詩》，見《伐木》。○楊雄《蜀都賦》，《古文苑》亦載之。「玉石」句同。「夏含」句作霜雪終夏。《藝文類聚・居處部》載《蜀都賦》，而二句皆節去。案：「玉石嶜岑」句，又見楊子雲《羽獵賦》。○注末「嶜仕林切」四字依袁本、茶陵本增。五臣嶜音岑，岑音吟。

或峮嶙而纚連，或豁爾而中絶。

【注】峮嶙，相連之貌。峮，丘貧切。嶙音鄰。纚，力是切。

【疏】五臣「連」作「聯」。劉良曰：纚，聯纚也。相屬貌。○注中「峮，丘貧切」。以下十一字，依袁本、茶陵本增。五臣：峮，丘筠反。

鞠巍巍其隱天，俯而觀乎雲霓。

【注】鞠，高貌也，九六切。隱天，已見《西都賦》。

【疏】朱珔曰：《爾雅・釋詁》：鞠，窮也。《説文》：窮，極也。此當謂窮極其巍巍，至於隱天也。步瀛案：朱駿聲《通訓定聲》謂「鞠」叚借爲「穹」。此注訓鞠爲高貌，卽「穹」之叚借，其説是也。「鞠」、「穹」雙聲，「鞠」、「巍」、「巍」三字同義。《離騷》此例屢見。朱氏珔疑其複叠，非是。○五臣音霓，五結反，以爲叶韵，則非也。《釋名・釋天》曰：霓，齧也，其氣斷絶，見於非時，此灾氣也，傷害於物，如有所食齧也。是「霓」自有齧音。《梁書・王筠傳》：沈約《郊居賦》雌霓音「五激反」。《南史・筠傳》作「五的反」。王觀國《學林》卷八，引作「五結切」，亦可證。又見《東京賦》。「九六切」三字，依袁本、茶陵本增。○「隱天」以下七字，尤本作「班孟堅《西都賦》曰：其陽則崇山隱天。楊雄《蜀都賦》云云」二十四字。與《西都賦》注複出。今依袁本。○嵑、刺、嶰、雪、絶，古音祭部。霓，脂部。通轉爲韻。

若夫天封大狐，列仙之陬。

【注】天封，未詳。或曰山名也。《南郡圖經》曰：大胡山，故縣縣南十里。張衡云：天封，大胡也。陬，已見《西京賦》。

【疏】梁章鉅曰：按：《水經·比水注》云：大胡山，在比陽北如東三十餘里，廣圓五六十里。張衡賦《南都》所謂大胡者也。又《後漢書·方術·樊英傳》：隱於壺山之陽。注：山在今鄧州新城縣北，即張衡《南都賦》云天封大狐是也。二者未知孰當。朱珔曰：《漢書·地理志》西河郡鴻門下有天封苑、火井祠。錢氏《斠注》引《郊祀志》：宣帝祠天封苑火井于鴻門。《離騷》有封狐。王逸注：封狐，大狐也。亦以此賦語爲證。并謂封狐卽封狼，星名。此説固有據，但鴻門在今神木縣南，非南陽地。且與山無涉。賦於此處實言山，或山可因是以名之，抑或神其事，以爲列仙之陬而借擬之與？又曰：趙氏一清云：《太平御覽》引注文作「大狐」，又云：「胡」一作「狐」。《南陽圖經》云：山有大石，如狐。范史《樊英傳》作「壺山」，音同通用。余謂《元和志》比水出比陽縣東南太湖山，而湖陽縣與比陽俱屬唐州。據酈注，湖陽名縣，因水入大湖而納稱。是湖陽者，湖水之陽，非以山名。不知《圖經》何云故縣也。又《方輿紀要》：大胡山，在今唐縣東北三十里。洪氏《圖志》則在泌陽縣東北七十里。二縣皆屬南陽府。胡紹煐曰：按：《太平寰宇記》比陽縣大胡山，卽天封山。張衡《南都賦》：天封大胡，列仙之陬。

然則天封大狐，實一山，如終南太乙之比矣。步瀛案：以天封大狐爲一山名，似胡氏説是。然胡自注亦引《漢書·郊祀志》謂列仙所居，故假以爲名，與朱氏説畧同。蓋亦不能確定也。《御覽·地部》八大狐山，引《南陽圖經》，朱氏疑此注「南郡」，亦「南陽」之訛，其説亦是。今鮑刻《御覽》作《南陽圖注》，疑亦「經」字之誤也。五臣音陬，子侯反。王觀國《學林》卷八曰：陬字與崎嶇同韵，當讀子于切。束晳《補亡詩》「陬」字與「渝」字同韵，亦讀子于切。○「陬已見《西京賦》」六字，尤本作「薛綜注曰：區陬，隅隙之閒也」十一字。今依袁本。

上平衍而曠蕩，下蒙籠而崎嶇。

【注】《孫子兵法》曰：草樹蒙籠。《廣雅》曰：崎嶇，傾側也。崎，丘宜切。嶇，丘嵎切。

【疏】《孫子》本書《遊天台山賦》注引同。而「籠」字作「蘢」。本賦正文及注皆當作「蘢」。「籠」蓋通借字耳。但今本《孫子·行軍篇》有「林木翳薈」及「衆樹衆草」等語，而無「草樹蒙籠」句。《漢書·鼂錯傳》錯《言兵事書》有「山木蒙蘢」之文，豈即出《孫子兵法》耶？○《廣雅》，見《釋訓》。○注末「崎，丘宜切」以下八字，依袁本、茶陵本增。

坂坻巀嶭而成甗，谿壑錯繆而盤紆。

【注】郭璞《上林賦注》曰：坻，岸也。又曰：巀嶭，高峻也。巀，在結切。毛萇《詩傳》曰：巘，小山別大山也，魚蹇切。錯繆雜亂貌也。

【疏】坻，五臣音遲。郭注《上林賦》此條，本書《上林賦》「臨坻」注，「壑」下未載其「坻字，音遲」，是也。

而下磧歷之坻，亦音遲，與此賦之坻音遲同誤。王念孫曰：坻，謂山阪也。《說文》曰：秦謂陵阪曰「阺」，字或作「坻」。《玉篇》：坻，直飢切，水中可居曰坻。又音「底」。《埤蒼》云：坂也。是陵阪之坻，音底。與水中之坻音遲不同。即引此賦爲證。張銑曰：盤紆，屈曲也。○注「巀，在結切」四字依袁本、茶陵本增。○《詩》毛傳，見《公劉》。姚範曰：按：賦作「甗」，注作「巘」，非也。此正本《釋文》重甗隒。郭注：甗，甑也。山形狀似之，不當釋爲巘也。胡克家曰：袁本「巘」作「巚」。茶陵本亦作「巘」。案：各本皆非也。當作「甗」，乃與正文相應。茶陵本校語云：善作「甗」，否則善當有巘甗異同之注。今刪削不全。又案：《西京賦》：陵重巘，正文及注皆作「巘」，而《毛詩·皇矣》《正義》所引則爲「甗」字，恐彼亦善「甗」五臣「巘」，各本亂之。如袁本此正文作「巘」而失著校語也。步瀛案：《公劉》今作「巘」，《釋文》作「甗」，《正義》引《爾雅·釋山》重甗隒。《皇矣》，毛傳曰：小山別大山曰鮮。《正義》引《釋山》小山別大山鮮。並未引「重甗隒」之文。胡氏《考異》：《皇矣》蓋《公劉》之誤。又互見《西京賦》。○注「魚蹇切」三字，依袁本、茶陵本增。

芝房菌蠢生其隈，玉膏滵溢流其隅。

【注】芝房，芝生成房也。菌蠢，是芝貌也，奇殞切。《山海經》曰：密山，丹水出焉，其中多白玉，是有玉膏。滵溢，流貌。滵音密。

【疏】注「奇殞切」三字，依袁本增。○朱珔曰：案：所引見《西山經》。「密」作「峚」。《初學記》二十七引同。《穆天子傳》作「密」。蓋古字通也。經下云：其原沸沸湯湯。郭注：玉膏涌出之貌也。《河圖玉版》曰：少室山，其上有白玉膏，一服卽仙，亦此類。郝氏謂《初學記》二十七引《十洲記》云：瀛洲有玉膏，如酒，名曰玉酒，飲數升輒醉，令人長生。余謂郭注所云涌出，卽此滵溢之義。郭又注《穆天子傳》黄金之膏云：金膏亦猶玉膏，皆其精汋也。故本書《游天台山賦》：挹以玄玉之膏。注引此經曰：密山，是生玄玉，玉膏之所出。經下文又云：以灌丹木，丹木五歲，五色乃清，五味乃馨。蓋謂有玉膏之水，木亦發其華滋也。言服而得仙者，道家之説耳。又案：《中山經》别有密山，豪水之所出，在今河南新安縣。亦見《水經注·洛水篇》。經於彼但云其陽多玉，非此矣。○「滵，音密」三字，依袁本增。

崑崙無以奓，閬風不能踰。

【注】崑崙閬風，已見《西京賦》。

【疏】五臣「奓」作「侈」。○「崑崙」以下九字，尤本作「東方朔《十洲記》」云云十七字。與《西京賦》注複，今依袁本。○陬、嶇、隅、踰，古音侯部。紆，魚部。通轉爲韵。

其木則檉松楔㮨，槾柏杻橿。

【注】檉似柏而香。《爾雅》曰：楔曰荆桃。郭璞曰：櫻桃也，革黠切。郭璞《山海經注》曰：㮨似松柏，有刺，子力切。槾，荆也，音萬。又曰：杻似棣而細葉。又曰：橿，中車材，音姜。

【疏】《爾雅·釋木》曰：檉，河柳。郭注曰：今河邊赤莖小楊。《詩·皇矣》毛傳及《説文》皆同《爾雅》。陸璣《詩疏》曰：檉，河柳，生水旁，皮正赤如絳，一名雨師，枝葉似松。《廣雅·釋木》曰：雨師，檉櫝也。羅願《爾雅翼》曰：天將雨，檉先知之，起氣以應。郝懿行曰：今驗天將雨，檉先華，羅願此語不虚也。又謂之朱楊。《子虚賦》云：檗離朱楊。《史記索隱》引郭注赤莖柳，生水邊也。檉之爲言，赬也。樹皮赬赤，故被斯名矣。朱珔曰：《本草衍義》云：赤檉木，又謂之三春柳，以其一年三秀也。《廣雅疏證》云：今人庭院多植之，葉形似柏，而長絲下垂，則如柳。北方謂之三川柳。三川，卽三春之轉也。據此則目驗似柏，正合善注。步瀛案：寇宗奭《本草衍義》，見《證類本草》卷十四引。胡紹煐曰：按：檉之言聖也，爲柳中之聖。故謂之檉。《詩疏廣要》云：檉非獨知雨，又能負霜雪，大寒有異餘柳是也。其枝婀娜可愛，俗亦名之爲觀音柳。○《爾雅》，見《釋木》。郝懿行曰：《月令》：羞以含桃。鄭注：含桃，櫻桃也。《廣雅·釋木》同。王念孫曰：《月令釋文》云：「含」本又作「函」，「函」與「櫻」皆小之貌。「函」若《爾雅》云：蠃，小者蜬。「櫻」若小兒之稱「嬰兒」也。「櫻」或作「鸎」。高誘注《呂氏春秋·仲夏紀》云：含桃，鸎桃也。蓋「櫻」、「鸎」同聲，古字通用耳。而高誘乃謂鸎鳥所含，故言含桃，失之於鑿矣。郝懿行曰：《西京雜記》説上林苑有櫻桃、含桃以爲二物，亦非也。《齊民要術》引《博物志》一名英桃。「英」「櫻」亦叚借也。古無「櫻」字，故「英」與「鸎」俱可通借。楔，古黠反。今語聲轉爲家櫻桃，以別於山櫻桃，則謬矣。朱珔曰：古無「櫻」字，「櫻」卽荆之叠韵字也。○注「革黠切」三字，依袁本、茶陵本增。○《山海經》，見《西山經》。梁章鉅曰：今《西山經》注：㮨似松有刺，細理，音卽。案：《玉篇》、《廣韻》「㮨」字用此注，並無「柏」字，此誤衍。朱珔曰：《説文》：「㮨」字云：細理木也。正郭注所本。○「子力切」三字，依袁本、茶陵本增。○「㮨，荆也」三字，乃李注，不承上《山海經注》。朱珔曰：案：《説文》：槾，杇也。不以爲木名。惟《集韻》云：槾，音萬，亦槾荆也。殆卽本此。《本草》有牡荆、蔓荆之名。唐注以蔓生者爲蔓荆。《廣雅疏證》則謂：蔓荆倘是蔓生，則《本草》當入草部，今乃列之《木部》上品，明非蔓生之物。余謂陶宏景《别録》曰：蔓荆樹亦高大，此槾荆當卽蔓荆也。胡紹煐曰：按：「槾」與「樠」音同。《説文》：樠，松心木。《漢書》：烏孫國，山多松樠。顔注：樠，木名，其心似松。蓋樠心似松，故《説文》謂之松心木，《漢書》謂之松樠。《集韻》：槾，模元切。與「樠」同。《左·莊四年傳》樠木，《疏》云：此字之音，或爲曼，或爲朗。𦿆爲聲，當作「曼」，是「槾」卽「樠」矣。步瀛案：朱氏以「槾荆」卽「蔓荆」，亦通。然當以胡氏説爲長。○「杻似棣」各本作「桑」。梁章鉅曰：「桑」當作「棣」。下節「檍」字注引同。朱珔曰：《山海經注》今本兩處皆作「似棣」，則「桑」字誤也。案：《爾雅》：杻，檍。郭云：材中車輞。《詩·唐風》毛傳本之。《爾雅》疏引陸璣《疏》云：杻檍可爲弓弩幹。故《攷工記·弓人》取幹檍次之。是「杻」卽「檍」也。此賦「杻」、「檍」兼舉，而注内引兩處郭注分屬，殊未晰。《説文》本無「杻」字，其「樀」字云：梓屬，大者可作棺椁，小者可爲弓材。前又有「檍」字，云：杶也。近姚氏文田、嚴氏可均合箸《説文校議》謂此文傳寫誤倒。舊本當是「杻，樀也」。「檍」卽「樀」之俗。「杻」形近「杶」，復誤爲「杶」，遂以爲「杶」之重文耳。此説是也。然則「樀」、「檍」無别，卽「杻」「檍」非二。平子分言之，殆所傳各異與？又案：桂氏《札樸》從今本《説文》謂「樀」、「檍」二字同音不同物。「杶」古文作「杻」，此於賦分舉可通，知本有異義，並存之。胡紹煐曰：《説文》無「杻」字，出「樀」，又出「檍」，云：杶也。或謂「杶」卽「杻」之譌。嚴粲《詩緝》云：杻，今官園種名曰萬歲，「檍」之言億也。

「萬歲」卽億萬之義。「杻」與下文之「檍」一木二名。賦特誇多耳。《爾雅·釋木》亦曰：杻，檍。步瀛案：本賦「杻」「檍」分舉，自當是二木。梁氏《旁證》引朱珔說，與上見《集釋》者略同，而末云物類本未易別，古書經後人淆亂，益難明矣。則通人之說也。○「音萬」二字，依袁本、茶陵本增。○朱珔曰：所引《山海經》，見《西山經》英山下。《説文》「橿」字云：枋也。「枋」字云：木可作車，蓋一木而二名。正郭所本。《考工記》注云：今世轂用雜榆，輻以檀牙。以橿，故言中車材。若《唐韻》云「橿，一名檍」，殆因《爾雅》杻檍，郭注一名土橿，遂誤以「橿」爲「檍」耳。胡紹煐曰：古車材用橿。《考工記》云牙以橿，是也。橿之言彊也。蓋亦彊韌之木，與「杻」相似。故郭注《爾雅》云：今關西人呼「杻」爲「土橿」。《廣韻》：橿，一名「檍」，萬年木。皆方俗語所稱。○「音姜」二字，依袁本、茶陵本增。

楓柙櫨櫪，帝女之桑。

【注】《爾雅》曰：楓，聶。楓，音風。聶，之涉切。劉逵《吳都賦注》曰：柙，香木，音甲。郭璞《上林賦注》：櫨，橐，櫨，力胡切。櫪，與櫟同，來的切。《山海經》曰：宣山有桑焉，其枝四衢，名帝女之桑。郭璞曰：婦人主蠶，因以名桑也。

【疏】《爾雅》，見《釋木》。「聶」作「攝」、「欇」二字。郭注曰：楓樹似白楊，葉圓而歧，有脂而香，今之楓香是。郝懿行曰：《説文》：楓木也，厚葉弱枝，善搖，一名欇，不作重文。又云：欇，木葉搖白也。是木葉搖通謂之欇，楓尤善搖，故獨曰，欇欇也。○柙爲香木。劉淵林注外，他書罕及。未詳。注「音甲」二字，尤本作「智甲切」，今依袁本。○《上林賦》郭注本書引同。《史記·司馬相如傳》《索隱》引郭璞曰：櫨，今黄櫨木也。《漢書·相如傳》顔注同。朱珔曰：《説文》櫨字下一曰宅櫨木，出弘農山也。宅音度，與槖音相近。段氏謂鄭注説染草之屬有槖盧，未知是否。考《爾雅·釋草》欔，烏階。郭注以爲染草。又云：欔，槖含。邵氏《正義》疑鄭注所云染草之槖盧，當是其所見《爾雅》本「槖含」作「槖盧」，即烏階也。郝氏亦從之。又《説文》杼木出槖山，蓋即《中山經》槖山，其木多樗。「樗」，乃「杼」之誤。段氏又謂《廣韻·十一模》曰：黄杼木，可染。十栳曰杼，木名，可染繒。《周禮》注之「槖盧」，豈即黄杼與？余謂草屬槖之「盧」，與木屬之「槖櫨」殆同名而異物。鄭所説「槖盧」，爲草屬，當即烏階也。郭所説「槖櫨」爲木屬，當即黄杼也。「黄杼」即「黄櫨」，「櫨」與「杼」叠韻字。《本草拾遺》有黄櫨，生商洛山谷。商洛屬弘農，與《説文》合。《山海經》之槖山，槖水出焉，北流注于河。《水經·河水篇注》云：槖水出槖山西，逕陝縣故城南，陝亦弘農所屬。揆之於地，無不相符。然則「槖櫨」之爲「黄櫨」，宜可信。胡紹煐説與朱同。孫詒讓曰：槖蘆，蓋木類，其葉可染，故通謂之染草。敘官注之象斗，亦木也。劉向《列仙傳》云陸通食槖盧木實，是爲木類之證。《證類本草》引陳藏器《日華子》云：黄櫨堪染黄，生商洛山谷，葉圓，本黄，疑即是本矣。○朱珔曰：「櫪」與「櫟」同。案：《説文》櫟字云：櫟，木也。《詩·秦風》：山有苞櫟。陸璣《疏》：秦人謂「柞櫟」爲「櫟」。《水經·河水注》引周處《風土記》云：舜所耕田於山下多柞樹。吴越之閒名柞爲「歷」，是「歷」即「櫟」也。《説文》：櫪字云：櫪，㯕㮰指也。乃桎梏之屬，此蓋以同音，借「櫪」爲「櫟」。其作「歷」者，省偏旁耳。《韻會》引韓愈《山石詩》：「時見松櫪皆十圍」，則亦以「櫪」爲「櫟」矣。吕錦文曰：《集韻》「櫪」或作「櫟」，「攊」或作「擽」亦其例也。○《山海經》，見《中山經》。朱珔曰：《中山經》宣山在雉、衡二山之間，則亦爲南陽之山。故《水經・淯水篇注》云：淯水又東，淪水注之。水出宣山也。《經》又云：其桑大五十丈。郭注圍五丈也。其葉大尺餘，赤理黄華青柎。○橿、桑，古音陽部。

楈枒栟櫚，柍柘檍檀。

【注】郭璞《上林賦注》曰：楈枒似栟櫚，皮可作索。張揖注《上林賦》曰：栟櫚，椶也。皮可以爲索。楈音胥。枒，以奢切。柍，未詳，於良切。《爾雅》曰：杻檍，檍。郭璞曰：似棣。檍音意。《蒼頡篇》曰：檀，木名。

【疏】本書《上林賦》「楈枒」作「胥邪」。注同。「栟櫚」作「并閭」。《史記・司馬相如傳》《上林賦》作「胥餘」。《索隱》引司馬彪曰：胥邪樹高十尋，葉在其末。《異物志》：實大如瓠，繫在顛，若挂物，實外有皮，中有核，如胡桃核，裏有膚，厚半寸，如猪膏，裏有汁斗餘，清如水，味美於蜜也。案：又互見《吴都賦》注。《説文》曰：栟櫚，椶也。已見《西都賦》。○注「縃音胥，枒以奢切」七字依袁本增。○梁章鉅曰：《説文》柍，梅也。從木央聲。一曰：江南橦材，其實謂之柍。徐鍇謂即《爾雅》之英梅也。朱珔曰：《爾雅》作「英」，又省偏旁耳。此賦「柍」與「柘」，「檍」「檀」連言，蓋非果類。今本《説文》梅上脱「柍」字，則疑「柍」之爲「柟」矣。段氏補之是也。胡紹煐曰：《爾雅・釋木》曰：梅，柟也。樊光注：荆州曰梅，揚州曰柟，益州曰赤梗是。「梅」爲今之楠樹。《詩》以梅訓「柍」，蓋「柍」即「柟」矣。一木二名，容有是稱。○「於良切」三字，依袁本、茶陵本增。○《爾雅》，見《釋木》。本注「棣」字誤作「桑」，今正。已見上「杻」字注。○「檍音意」三字，依袁本增。○《詩·將仲子》毛傳曰：檀，彊韌之木。《釋文》曰：檀，木名。與《倉頡篇》同。孔疏引陸疏曰：檀木皮正青，滑澤，與繫迷相似，又似駮馬。

結根竦本，垂條嬋媛。

【注】結，猶同也。《廣雅》曰：竦，上也。嬋媛，枝相連引也。

【疏】《廣雅》，見《釋詁》一。○「嬋媛」，五臣音「蟬爰」。梁章鉅曰：《離騷》：女嬃之嬋媛兮。王逸注：嬋媛，猶牽引也。《九歌》女嬋媛，《九章》心嬋媛注並同。《廣雅·釋訓》：撣援，牽引也。「撣援」與「嬋媛」同。「撣」之言蟬連，「援」之言援引，皆有相牽引之義。憂思相牽，謂之「嬋媛」，故樹枝相牽，亦得謂之「嬋媛」也。案：梁説本王氏《廣雅疏證》。○檀、媛，古音元部。

布緑葉之萋萋，敷華蘂之蓑蓑。

【注】毛萇《詩傳》曰：萋萋，茂盛貌。王逸《楚辭注》曰：蘂，實貌也。劉淵林《蜀都賦注》曰：蘂，一曰花鬚頭點也。而體切。蓑蓑，下垂貌。

【疏】《詩》毛傳，見《葛覃》。○《楚辭》注見本書《離騷》注。《楚辭》洪興祖《補注》本「蘂」作「惢」。單本王注作「蘂」，然實下皆無「貌」字，疑本書衍。○「花」下各本脱「鬚」，字今依胡校增。○注「而體切」三字，依袁本、茶陵本增。胡克家曰：「體」當作「髓」。○五臣音蓑，下回反。胡紹煐曰：「蓑蓑」即「蕤甤」。《説文》：蕤，草木華垂貌。甤，艸木實甤甤然也。實謂之「甤」，華亦謂之「甤」。猶實謂之「蘂」，華亦謂之「蘂」。「蘂」與「蕤」音義亦通。

玄雲合而重陰，谷風起而增哀。

【注】《淮南子》曰：玄雲素朝。《毛詩》曰：習習谷風。

【疏】《淮南子》，見《覽冥篇》，「雲」下有「之」字。○《毛詩》，見《谷風》，《邶風》、《小雅》皆有之。○萋、萋、哀，古音脂部。

攢立叢駢，青冥䀒瞑。

【注】言林木攢羅，衆色幽昧也。《楚辭》曰：遠望兮芊眠。王逸曰：芊眠，遥視闇未明也。「芊眠」與「䀒瞑」音義同。

【疏】《楚辭》見《九懷·通路》，「芊」作「仟」。薛傳均曰：案：陸士衡《文賦》：清麗千眠。注：千眠，光色盛貌。陸士衡《赴洛道中作》：林薄杳阡眠。注：《楚辭》曰：遠望兮阡眠。謝玄暉《和王著作八公山詩》：仟眠起雜樹。注：《楚辭》曰：遠望兮仟眠。「芊」、「䀒」、「阡」、「仟」，皆從「千」字得聲，故可通用。「眠」之正字，《説文》作「瞑」。云：翕目也。從目冥。冥亦聲。又陸士衡《答張士然詩》：薄暮不遑瞑。注：瞑，古「眠」字，《養生論》達旦不瞑，注同。皆其明證。○五臣攢音在官反。瞑音眠。

杳藹蓊鬱於谷底，森蕁蕁而刺天。

【注】皆茂盛貌也。司馬相如《弔二世》曰：衆樹之蓊鬱兮。

【疏】《史記》、《漢書》《司馬相如傳》「衆」上有「觀」字，「鬱」作「薆」。此注殆誤。又《史記》「蓊」作「塕」。○梁章鉅曰：《説文》：蓴，叢草也。《廣雅·釋訓》：蓴蓴，聚也。《離騷》：紛總總其離合兮。王逸注：總總，猶僔僔，聚貌也。本書《甘泉賦》：齊總總以撙撙，其相膠轕兮。並字異而義同。

虎豹黄熊游其下，豰玃猱蜒戲其巔。

【注】《六韜》曰：散宜生得黄熊而獻之紂。《説文》曰：豰，類犬，腰以上黄，以下黑。豰，呼木切。《爾雅》曰：玃父善顧。郭璞曰：似獼猴而大，蒼黑色。鄭玄《禮記注》曰：猱，獼猴也。張載《吳都賦注》曰：蜒，猨屬。

【疏】《六韜》今本無此文。《藝文類聚·獸部》下引同。○許慶宗曰：案：據注引《説文》，「豰」當作「㲉」，从犬，見《説文·犬部》。豰，《説文》：小豚也。朱琦曰：《説文·豕部》「豰」字與《爾雅·釋獸》之「貔，白狐，其子豰」者蓋異物而同名。若此注所引則在《犬部》。「黑」下尚有「食母猴」三字，而字作「㲉」，從犬殸聲，讀若構。即《豕部》之㲉玃也。乃此處既誤，後《上林賦》及見諸《史記》、《漢書》所載者，並《廣韻·一屋》皆作「豰」從豕。又《廣韻·十八藥》引《説文》：「㲉玃」作「豰玃」，傳寫譌亂，校者亦俱未之及。蓋久不知此二字之有別矣。梁章鉅説同。胡紹煐曰：許以「豰」從「豕」、「㲉」，爲豚子。「㲉」從犬，「殸」爲犬屬。《史》、《漢》皆以「豰」爲「㲉」。又《説文》：玃，㲉玃也。按：玃之言攫也。能攫獼猴，故亦謂之玃矣。「玃」與「㲉」形相似，故玃又謂之㲉玃。○「豰，呼木切」四字依袁本增。○《爾雅》見《釋獸》。

本注「善」誤「喜」，今正。朱珔曰：今《爾雅》作「貜」。郭注云：貑，貜也，能攫持人，好顧眄。此注善所未引。《説文》「玃」字在《犬部》，與《豸部》之「貜」異。則作「玃」者是也。《呂覽・察傳篇》：狗似玃，玃似母猴，母猴似人。高誘注：玃，猳玃，獸名。《博物志》：其長七尺，人行，健走，名曰猴玃，或曰猳玃。此郭氏所本。而《上林賦》注引張揖亦云：似獮猴而大也。後《江賦》云：狐玃登危而雍容。蓋言其登高顧眄之狀。〇鄭注《禮記》，見《樂記》。「猱」作「獶」。朱珔曰：即《説文・夊部》「夒」字之隸變也。《説文》：夒，貪獸也。一曰母猴，似人。《犬部》：猴，夒也。諸家皆作猱，以爲即猴。而《説文》「夒」字無「猱」之重文。《漢書》載《上林賦》。顔注猱音乃高反。又音柔。即今所謂戎皮爲窐褥者也。戎音柔，聲之轉耳。非獮猴也。其所箸《匡謬正俗》亦云：或問戎何獸。答曰：李登《聲類》：「夒」或作「猱」。《吴都賦》注：猱似猴而長尾。驗其形狀，或即戎也。猱有柔音，俗語變轉，謂之戎耳。又《集韻》有「狨」字，云獸名，禺屬，其毛柔長，可藉。通作「戎」。《本草》：狨似猴而大，毛黄赤色，生廣南山谷閒，皮作鞍褥，是不以爲即猴也。余謂獮猴字本作「夒」，以同音借作「猱」，「猱」行而「夒」幾廢。且本相類之物，遂混而爲一矣。〇胡克家曰：注「張載《吴都賦》注」，「張載」當作「劉逵」，各本皆誤。朱珔亦曰：「張載」當作「劉逵」。步瀛案：本書《吴都賦》射猱狿，劉注但云：狿音亭，無「猨屬」二字，則此注殆非劉逵。《隋書・經籍志・雜賦注》下云：有張載《左思賦注》。不獨注《魏都賦》，則此注即出孟陽，殆非誤也。〇朱珔曰：案：《説文》無「狿」字，惟《廣韻》云：猱挺，猿屬也。《集韻》或作「⿰犭⿺走廷」。

鸑鷟鵷鶵翔其上，騰猨飛蠝棲其閒。

【注】《國語》曰：周之興也，鸑鷟鳴於岐山。賈逵曰：鸑鷟，鳳之别名也。《山海經》曰：南禺之山，有鵷鶵。郭璞曰：鳳屬也。《上林賦》曰：蜼玃飛蠝。張揖曰：蠝，飛鼠也。「蠝」與「𤢖」同，並音壘。

【疏】尤本「𤢖」作「蠝」。胡克家曰：茶陵本「蠝」作「𤢖」，袁本作「𤢖」。案：「𤢖」字是也。注云：「蠝」與「𤢖」同，謂正文之「𤢖」可證也。案：胡氏説是。今從之。○《國語》，見《周語》上。胡紹煐曰：依注引《國語》，則正文本作「鸑鷟」，且「鸑」字亦無注。本書《吴都賦》鸑鷟食其實，鵷鶵擾其閒。亦鸑鷟、鵷鶵並舉。許行巽説同。步瀛案：此説恐未確。鸑以人所易知，故不注，亦未可悉以《吴都賦》例之。○《山海經》見《南山經》。《莊子·秋水篇》曰：南方有鳥，名曰鵷鶵。《釋文》曰：鵷，於袁反。鶵，仕俱反。李云，鵷鶵乃鸑鳳之屬也。○《莊子·山木篇》：莊子曰：王獨不見夫騰猨乎。朱珔曰：案：《爾雅》：猱蝯善援。《説文》蝯字云：善援，禺屬。是字當從虫也。大徐以爲今俗别作「猨」，非是。或又作「猿」。《干禄字書》曰：猿，俗，「猨」通，「蝯」正。段氏謂《甶部》曰：禺，母猴屬。蝯即其屬。屬而别也。《山海經》郭注：蝯似獼猴而大，臂脚長，便捷，色有黑有黄，其鳴聲哀。柳子厚言猴性躁而蝯性緩，二者逈異矣。《説文》蓋以蝯善攀援，故稱「蝯」。然猱亦善援，古多並舉。《爾雅》外如《管子·形勢篇》云：墜岸三仞，人之所大難也，而猱蝯飲焉，是也。○「𤢖」，本書《上林賦》尤本作「蠝」，六臣本作「蠝」餘見《西京賦》「狒飛鼯」注及疏。○瞑，古音耕部轉真部。與天、巔，真部爲韻。閒，元部，通轉爲韻。

其竹則鐘籠篁篾，篠簳箛箠。

【注】戴凱之《竹譜》曰：籦籠，竹名也。伶倫吹以爲律。䈽皮白如霜，大者宜爲篙篠，出魯郡山，堪爲笙。孔安國曰：篾，桃枝也。簳，小竹也。宋玉《笛賦》曰：奇篠異簳。古罕切。箛、箠二竹名。箛，公都切。箠，竹隨切。其形未詳。

【疏】今《竹譜》曰：籦龍之美，爰自崑崙。注曰：籦龍，竹名。黃帝使伶倫伐之於崑崙之墟，吹以應律聲。又曰：篁任篙笛，體特堅圓。注曰：篁竹，皮白如霜粉，大者宜行船，又曰：簹篠蒼蒼，接町連篁。又有族類，爰挺嶧陽。注曰：魯郡鄒山有篠，質特堅潤，宜爲笙管，與注引頗異。其篁任篙笛。及篁竹之「篁」，當即「䈽」字之誤。本注「䈽」字亦誤析爲「竹堇」二字。依胡校改。又本書《笙賦》注引《竹譜》曰：篠出魯郡，堪爲笙，無「山」字。○朱珔曰：案《本草》云：䈽，竹中實而促節，體圓質勁，皮白如霜，大者宜刺船，細者可爲笛，取瀝，並根葉皆入藥，可與戴譜相發。《集韻》云：䈽竹名，通作斤。謝靈運有《從斤竹澗越嶺谿行詩》，「斤竹」即「䈽竹」也。○孔安國說，即《顧命》僞孔傳文。「桃枝」作「桃竹」。朱珔曰：《說文》無從竹之篾。孫氏星衍謂「篾」俗字，當爲「蔑」，即「篙」之假音字。《說文》：篙，筡也。筡，析竹笢也。笢，竹膚也。「笢」、「篾」聲相近。據此，則不以「篾」爲竹名。此注所引，本之《書》孔傳，見前《東京賦》。「次席」下。又案：桃枝見他書者：《爾雅》：桃枝四寸，有節。《廣雅》：篙簝篙篛桃支也。「支」與「枝」同。《竹譜》云：桃枝皮赤，編之滑勁，可爲席。《吴都賦》桃笙象簟。劉注：桃笙桃枝，簟也。《蜀都賦》：靈壽桃枝。劉注：桃枝，竹屬也。出墊江縣，可以爲杖。餘如《西山經》嶓冢之山，《中山經》驕山、高梁之山、龍山等，並云多桃枝鉤端，皆是也。但不謂有篾之名耳。○奇篠異簳」，各本脱「篠異」二字。胡克家曰：《古文苑》載《笛賦》云：奇篠異幹，此疑脱。彼「幹」即「簳」字耳。朱珔曰：《拾遺記》：蓬萊有浮筠之簳，葉青莖紫，有青鸞集其上，風至葉條翻起，聲如鐘磬。若《山海經》：休與之山，有草焉狀如蓍，亦葉而叢生，名曰夙條，可以爲簳。《廣韻》：「簳」同「笴」。然則《山海經》所言，與《列子·湯問篇》燕角之弧，朔蓬之簳，皆謂此竹可爲笴，非竹之本名也。○「古罕切」三字，依袁本、茶陵本增。○朱珔曰：案：《竹譜》云：篍築竹，生於漢陽，時獻以爲輅馬策。《説文》：築，箠也。是「篍築」即「篍箠」，以其可爲馬策，故云箠。《説文》：箠所以擊馬。《左傳·文十三年》：繞朝贈之以策。杜注：馬檛也。築、檛古今字。胡紹煐曰：《説文》：篍，吹鞭也。《風俗通·聲音篇》引《漢書》舊注云：篍，吹鞭也。菰者，撫也。言其節撫威儀。《晉先蠶儀注》：車駕住，吹小篍。發，吹大篍。篍即笳也。應劭《鹵簿圖》：有騎執篍。《説文》：築，箠也。「箠」與「築」同。《左·文十三年傳》《釋文》引《字林》同。竹瓜反。本書《長笛賦》：裁以當篙，便易持。善注：篙，馬策。篙，即箠也。《笙賦》：修篙内辟。善注：修篙，長管也。「箠」與「築」、「篙」音義同。「篍」又作「葭」，是箠可作馬策，又以爲吹器。《説文》以篍爲吹鞭。《晉先蠶儀注》謂「篍」即「笳」，蓋形相似，故得同名。馬策謂之「篍」，亦謂之「箠」，猶吹器謂之「篍」，亦謂之「箠」。「篍」「箠」爲竹名，因而名馬策。吹器謂之篍箠。○「篍，公都切。箠，竹隨切」八字依袁本、茶陵本增。

緣延坻阪，澶漫陸離。

【注】陸離，猶參差也。

【疏】五臣「延」作「衍」。吕向曰：緣衍澶漫，布散弱貌。○胡克家曰：「陸離，猶參差也」，袁本無此六字，茶陵本有。案：此六字袁在所載五臣向注中。

阿那蓊茸，風靡雲披。

【注】阿那，柔弱之貌。《説文》曰：䈵，竹貌也。於孔切。《埤蒼》曰：茸，竹頭有文也。風靡雲披，言隨風而靡，如雲之披也。

【疏】梁章鉅曰：「蓊」當作「䈵」，今在《説文·竹部》。徐鍇曰：翁然並出也。《吴都賦》之蓊茸蕭瑟同。○注「於孔切」三字，依袁本增。○任大椿《小學鉤沉》曰：考《玉篇》、《廣韵》、《集韵》並云：䇯，竹頭有文，从竹不从艸。《埤倉》既訓云：竹頭有文，則定作「䇯」字。王念孫曰：案：賦「蓊茸」字必從竹頭作「䈵䇯」，故注引《説文》：䈵，竹貌也。又引《埤倉》：䇯，竹頭有文也。俗本誤寫艸頭耳。○箠、離、披，古音歌部。○以上山。

爾其川瀆則滍澧藻濜，發源巖穴。

【注】《水經》曰：滍水出南陽魯陽縣西堯山，音雉。《山海經》曰澧水出雉山。郭璞曰：今出南陽，音禮。《字書》曰：藻水出泚陽。泚音此。酈善長《水經注》曰：濜水出襄鄉縣東北陽中山。濜，自吝切。

【疏】《水經》，見《滍水篇》。本注脱「魯陽」二字，今依《水經》補。朱珔曰：堯山下又云：東北過潁川定陵縣西北，東入於汝。《説文》亦云：滍水出南陽魯陽堯山東北，入汝。堯山卽此賦後文所謂立唐祀乎堯山者也。而《漢志》魯陽下則云：魯山，滍水所出。考魯陽爲今之魯山縣。魯山在縣東，堯山在縣西。《水經注》云：堯山在太和川，太和城東北，滍水出焉。下文云：柏樹溪水出魯。山北峽谷中，東南逕魯山南，注於滍。是滍水實出堯山，而魯山乃其所經。《續漢志》但云：魯陽有魯山。劉昭注引此賦注有堯山，其亦以爲滍水所出可知。然則《漢志》之魯山，或因二山同在一縣，遂誤「堯」爲「魯」。故錢氏《斠注》直從《説文》改之也。滍水蓋卽今之沙河。段氏謂河源出魯山縣西境之堯山，東經寶豐縣、葉縣、舞陽縣，汝水西北自襄城來會。俗曰：沙河卽古滍水也。齊氏召南《水道提綱》及洪氏《圖志》並同。洪云：源出吴大嶺。齊云：堯山卽伊陽南，界山曰没大嶺，則嶺特其俗名耳。惟《方輿紀要》分滍水與沙河爲二，滍水出堯山，沙河出吴大嶺，東流至葉縣界，合於滍水。要之同出一山，雖分而仍合，實祇一水矣。滍水又卽泜水，泜、滍音相近。段氏謂《左傳·僖三十三年》：楚人與晉師夾泜水而軍。杜云：泜水出魯陽縣，東經襄城、定陵入汝。是杜謂泜卽滍也。又襄十八年：楚伐鄭，涉於魚齒之下。杜、酈皆云所涉卽滍水也。余謂《續漢志》襄城有魚齒山，《紀要》言在今汝州東南五十里。又《光武紀》昆陽之戰，滍川盛溢，章懷注引《水經》：滍水東南經昆陽城北，東入汝。蓋先經昆陽，而後經定陵入汝也。酈注亦引此事。昆陽與定陵，兩志皆屬潁川郡。○「音雉」二字，依袁本、茶陵本增。○《山海經》，見《西山經》。朱珔曰：案：《説文》：灃水出南陽雉衡山，東入汝。《漢志》雉縣下云：衡山，灃水所出，東至郾，入汝。而《續志》於雉下但引《博物記》曰灃水出，不言山名。《水經·汝水篇注》云：汝水又東南流，逕郾縣故城北，又東得醴口水，水出南陽雉山。亦云導源雉衡山，卽《山海經》云衡山也。馬融《廣成頌》曰：面據衡陰。指謂是山在雉縣界，故世謂之雉衡山。下又云：醴水東南流，逕葉縣故城北，又東注葉陂，又東逕郾縣故城南，左入汝。今考《馬融傳》注引《山海經》：雉山，澧水出焉。東曰衡山。酈氏所云雉衡山者，乃合言之，分之則爲雉、衡二山。故或曰雉山，或曰衡山。據章懷所引《山海經》作雉山，則此注「雅山」、「雅」或「雉」之譌。但章懷又云：衡山在今鄧州向城縣北。段氏謂杜佑曰：北重山，在向城縣北，即是三鴉之第一鴉，又北分嶺山，嶺北即三鴉之第二鴉也。其第三鴉入臨汝郡魯山縣界。杜之三鴉，蓋即古衡山也。余謂古烏鴉字本作「雅」，俗亦作「鴉」。衡山既有三鴉之名，遂相傳以衡山爲雅山。李善所據《山海經》本作「雅山」耳。至此衡山，非南岳，澧水，非入洞庭之澧水。段氏又謂入洞庭之水，《水經》別爲篇，其字本作「醴」。《禹貢》江又東，至于醴。衛包始改爲「澧」。鄭注「醴」爲「陵」云：今長沙有醴陵縣。馬融、王肅「醴」爲水名。《夏本紀》、《地理志》皆作「醴」，而《水經注》出雉衡山者，从酉，出武陵者，从水，正互譌。是也。

○朱珔曰：《水經·泚水篇注》云：泚水又西，澳水注之，水北出茈邱山，東流，屈而南轉，又南入于泚水。《山海經》云：澳水又北，入視。不注泚水。按：吕忱《字林》及《難字》、《爾雅》並言：瀙水在泚陽，脈其川流所會，診其水土津注，宜是瀙水也。據此，酈引吕書則此注所稱字書，殆即《字林》與？郭注葴山視水云：視宜爲「瀙」。酈於《瀙水注》云：《山海經》謂之視水也。今考《中山經》：奥山，奥水出焉，東流注于視水。即酈注所云：瀙水又東，得奥水口，水西出奥山，東入于瀙水者也。而於此引經乃云：澳水又北，入視。顯與東流不合。郝氏謂此澳似別一水，當是也。余謂《水經·濯水》條云：出汝南吴房縣西北奥山。注云，濯水東逕濯陽縣故城西，東流入瀙水。是其所出所入，與《中山經》

之奥水悉符。疑《水經》之灈水，即《山海經》之奥水。或灈水爲奥水之殊稱，或今本《山海經》「奥」爲「灈」之譌，皆未可知。要之，非澳水也。酈氏因「澳」字从「奥」，遂以「奥」爲「澳」，而北入與東流又異，皆誤。至以入沘者爲濼水，則不誤。但不知「澳」與「濼」音形並相似，「澳水」當即「濼水」。評者有轉聲而字遂異耳。《廣韻》云：瀟水名在沘陽，亦作「濼」。是字本作「瀟」也。《集韻》又云：「濼」通作「濼」。《說文》濼字云：齊魯間水也。引《春秋傳》：公會齊侯于濼。則與此「濼水」字雖通，而地各别。步瀛案：《水經注》朱謀㙔本，沘水沘陽。戴氏據《漢書·地理志》改作「比水比陽」。是趙一清並以《漢書》爲誤，非也。段玉裁、王念孫，皆正趙氏之失矣。本注當作「沘水」，音「比」，亦傳寫作「沘」及「比」耳。朱珔亦沿趙本之誤。○「音禮」二字依袁本增。○《水經注》，見《沔水篇》。朱珔曰：襄鄉爲今棗陽縣地。本後漢蔡陽侯國，分置襄鄉縣，俱屬南陽郡。《方輿紀要》則云濜水在棗陽縣南三十里，引《襄沔記》源出隨州之濜山，隨州今屬德安府，與棗陽亦接壤也。《說文》無「濜」字。《玉篇》作「濜」，云：水名。《集韻》云：水在襄陽，當即本之酈注。酈注下又云：西逕襄鄉縣之故城北，又西逕蔡陽縣故城東，西南流，注於白水。又西逕其城南。應劭曰：蔡水出蔡陽東入淮，今於此城南更無别水，唯是水可以當之。川流西注。苦其不東，且淮源峒礙山河，無相入之理。蓋應氏之誤耳。是酈意以濜水所入之白水，當應劭所謂蔡水也。趙氏一清云：道元誤矣。仲瑗所謂入淮之淮，即下經文東過中廬縣，淮水自房陵縣淮山東流注之之淮。漢中廬故城，在今南漳縣東五十里，蔡陽故城在棗陽縣西六十里，相去不遠，自有可達之勢。如注云云，直誤認作出桐柏大復山之淮瀆，故以應説爲非也。

余謂趙駁酈注固然，但又云：濜水見上卷陽平關下。上卷者，《沔水上篇》也。彼處注云：沔水又東，逕白馬戍，南濜水入焉。水北發武都氐中，南逕張魯治東，東對陽平關，南流入沔，謂之濜口。此則所出既異，且於上流已入沔，明非此濜水明矣。趙氏似混而一之。○「濜，自吝切」四字，依袁本、茶陵本增。

潛廬洞出，没滑瀎潏。

【注】廬山，傍穴也。没滑瀎潏，流貌也。滑音骨。瀎音蔑。

【疏】五臣音廬，於臘反，潏音決。○尤本「穴也」下有「言水洞出此穴」六字，又「潏」下有「疾」字，「流」下有「之」字。胡克家曰：袁本無此八字，是也。茶陵本並善入五臣，與此同，誤。步瀛案：六臣本作「善與良同」。良曰：言水洞此穴，没滑瀎潏，疾流之貌。○「滑音骨，瀎音蔑」六字，依袁本增。

布濩漫汗，漭沆洋溢。

【注】漭沆，已見《西京賦》。

【疏】尤本注首有「言廣大也」四字。胡克家曰：袁本茶陵本無此四字，是也。案：二本在所載良注中。步瀛案：此蓋以五臣注羼入李注者，故依胡校删去。

揔括趨欱，箭馳風疾。

【注】言江海欱受諸水，故揔括而趨之。《説文》曰：欱，歠也。《慎子》曰：西河下龍門，其流敵於竹箭。《孫子》曰：其疾如風。

【疏】《説文》，見《欠部》。○《慎子》，《寰宇記》四十六引「西河」作「河水」，下有「之」字。「敵於」作「駛如」。《六帖》六、《御覽》地部五引均無「水」字。餘與《寰宇記》同。○《孫子》，見《軍事篇》。

流湍投濈，砏汃輣軋。

【注】許慎《淮南子注》曰：湍，水行疾也。他鸞切。《埤蒼》曰：濈，水行出也。組立切。砏汃輣軋，波相激之聲也。《埤蒼》曰：砏，大聲也。汃，普八切。

【疏】《鑒形》、《説山》二篇「湍」字高誘皆有注。許氏此注未知何屬。陶方琦亦失輯。○「他鸞切」三字，依袁本、茶陵本增。○《七啓》注曰：濈，疾貌也。與《埤蒼》可互證。吕錦文曰：「濈」作「湒」，與「潗」同。《説文》云：湒，雨下也。一曰沸涌皃。《集韻》：潝濈，湍流也。又湒，七入切，音緝。與「潗」同。「湁潗」水沸皃。《上林賦》：湁潗、鼎沸。《海賦》：澒溶潗潪。「濈」、「湒」、「潗」字異而音義並通。胡紹煐曰：按：湍，濈，並水聚之名。《説文》：湍，疾瀨也。臣瓚《漢書注》：瀨，湍也。吴越謂之瀨，中國謂之磧。趙岐《孟子・告子》上注：湍者，圜也。謂湍湍縈水也。蓋沙隨水而積，如今之沙灘矣。又謂之磧，磧者，積也。《説文》：濈，和也。和亦聚也。《小雅・無羊》傳云：聚其角而息，濈濈然也。是濈爲聚也。○「組立切」三字，依袁本、茶陵本增。○玄應《一切經音義》八引《埤蒼》曰：砏磤，大聲也。○「汃，普八切」，依茶陵本增。五臣濈音戢。砏，普貧反。汃音八。輣，普耕反。軋，馬八反。胡紹煐曰：砏，汃叠韵。「汃」當讀如「邠」。《爾雅・釋地》：西至於邠國。《釋文》：「邠」，本或作「豳」。《説文》作「汃」，同彼貧反。是「汃」「邠」，音同。

長輸遠逝，漻淚淢汩。

【注】《廣雅》曰：輸，寫也。《韓詩內傳》曰：漻，清貌也。《淮南子》曰：水淚破舟，音戾。《說文》曰：淢，疾流也，音域。王逸《楚辭注》曰：汩，去貌。

【疏】《廣雅》，見《釋言》。〇注《內傳》作「《外傳》」，誤。今依陳喬樅《韓詩遺說攷》引作《內傳》。《溱洧》，《毛詩》作「瀏」。陳曰：《莊子·天地篇》：漻乎其清。《釋文》云：李，良由反，清貌。是讀「漻」音爲「瀏」。《甘泉賦》注引孟康曰：瀏，清也。《文賦注》引《字林》曰：漻，清流也。《廣雅·釋詁》云：漻，清也。又此《詩》毛傳瀏，深貌。《說文·水部》：瀏，流清貌。《詩》曰：瀏其清矣。又云漻，清深也。則漻、瀏音義並同。〇《淮南·主術篇》今本「淚」作「戾」。胡紹煐曰：漻、淚皆急疾貌。「漻淚」猶飂戾。本書《思玄賦》作「飄戾」。《西征賦》：吐清風之漻戾，作「漻戾」。「漻」「飂」音同，水急疾謂之「漻淚」，猶風急疾謂之「飂戾」。今俗猶呼水急疾爲戾矣。《大學》：一人貪戾。鄭注：戾之言利也。「戾」與「利」聲義亦通。〇「音戾」二字，依袁本、茶陵本增。〇《說文》，見《水部》。〇「音域」二字，依袁本增。〇胡紹煐曰：淢、汩亦疾也。倒言之亦謂之「汩淢」。《漢書·司馬相如傳》：汩淢靸以永逝兮。注汩淢，疾貌，是也。〇穴、潏、疾、軋，古音脂部。溢，支部。汩，祭部。通轉爲韵。

其水蟲則有蠳龜鳴蛇，潛龍伏螭。

【注】《抱朴子》曰：蠳龜啾蛇。《山海經》曰：鮮水多鳴蛇，其狀如蛇，四翼，其音如磬。見則其邑大旱。《說文》曰：螭若龍而黃也。

【疏】《抱朴子》，見《登陟篇》。今本「噉」作「啖」。○《山海經》，見《中山經》。○《説文》，見《虫部》。段玉裁注曰：《上林賦》：蛟龍赤螭。文穎曰：龍子爲螭。張揖曰：赤螭，雌龍也。許謂离爲山神，螭爲若龍而黄，與諸家説異。司馬相如曰：赤螭，楊雄《解難》曰：翠虯絳螭之將登乎天。不謂其色黄矣。步瀛案：《廣雅·釋魚》曰：有角曰䖴龍，無角曰䖅龍。王氏《疏證》曰：《説文》：虯，龍子有角者。螭，若龍而黄，北方謂之地螻。或曰：無角曰螭。「虯」與「䖴」同。「螭」與「䖅」同。《漢書·司馬相如傳》：六玉虯張。注云：龍子有角曰虯。然則有角者雄，無角者雌也。《離騷》：駟玉虯以乘鷖兮。《天問》：焉有虯龍，負熊以遊。王逸注並云：有角曰龍，無角曰虯。高誘注《淮南·覽冥訓》亦如王注，皆與《説文》、《廣雅》異説，未知孰是。《衆經音義》卷一，引熊氏《瑞應圖》云：虯龍身黑無鱗甲。《吕氏春秋·舉難篇》：龍食乎清而游乎清，螭食乎清而游乎濁。高誘注云：螭，龍之别也。故《楚辭·九歌》云：駕兩龍兮驂螭也。

鱏鱣鰅鱅，黿鼉鮫鱐。

【注】鱏鱣，已見上文。郭璞《上林賦注》曰：鰅魚有文采，鱅似鰱而黑。《山海經注》曰：鮫，鮨屬也，皮有班文而堅。鱐，已見《東京賦》。

【疏】「鮫鱐」五臣作「蛟蟰」。案：《説文》無「鱐」，字作「蟰」，是。《東京賦》亦作「蟰」。○《東山經》郭注曰：鮪，即鱏也，似鱣而長鼻，無鱗介。是郭景純以「鱏」與「鮪」同。又見《爾雅·釋魚》注。詳《西京賦》疏。李注云：鱏鱣已見上文，即指《西京賦》注。是李亦以「鱏」即「鮪」矣。《説文·魚部》曰：鱏魚也，而不與鮪篆相次。段玉裁注曰：郭景純説鮪即鱣也。許意不爾，故二篆割分異處。劉注《蜀都》曰：鱣魚出江中，頭與身正平，口在腹下，與陸璣所説鮪狀正同。「鱣」今字作「鱘」，見陳藏器《本草》。桂馥曰：《一切經音義》十七：鱣魚鼻長七八寸，重千斤。《後漢書・馬融傳》注云：鱣口在頷下，大者長七八尺字，或作鱘。陳藏器《本草》：鱘魚生江中，背如龍，長一二丈，鼻上肉作脯，名鹿頭，一名鹿肉。步瀛案：李時珍《本草綱目》卷四十四曰：鱘魚出江淮黄河遼海深水處，亦鱣屬也。其狀如鱣，而背上無甲，其色青碧，腹下色白。其鼻長與身等，口在頷下，食而不飲，頰下有青斑紋，如梅花狀。尾歧如丙，肉色純白，味亞於鱣，鬐骨不脆。○《説文》曰：鰅，魚也，皮有文，出樂浪東暆。神爵四年初，捕收輸考工。周成王時揚州獻鰅。段玉裁曰：見《周書・王會篇》。今作「禺禺」，非是。步瀛案：《説文・日部》曰：樂浪有東暆縣。《廣雅・釋魚》曰：鰏，鰅也。王氏《疏證》曰：又謂之班魚。《魏志・東邊傳》云：濊自單單大山領以西屬樂浪。其海出班魚皮。《御覽・鱗介部》引魚豢《魏略》云：濊國出班魚皮，漢時恒獻之。又引《廣志》云：班文魚出濊，獻其皮。正與《説文》相合。朱珔曰：「鰅」或謂即「鱳」。《説文》：鱳，魚也，出樂浪潘國。《集韵》「鰏」或作「鱳」云：鰏、鮃，魚名，皮有文。據《集韻》言皮有文，與《説文》鰅訓合，亦與此郭注合。意「鱳」爲「鰅」之類，同出樂浪，而在東暆者爲鰅，在潘國者爲鱳，實有别也。○朱珔曰：「鱅」即「鱮」，已見《西京賦》。《史記》載《上林賦》鰅鱅連舉，與此處正合。而本書及《漢書》「鱅」俱作「鰫」。段氏謂作「鰫」者非。據《説文》，鰫、鱅劃然二物。且彼注云：嘗容切，與鱅字音正同。若鰫字從容聲，則不得切以嘗容矣。余謂段説得之。鰫者《説文》云：鰫，魚也。從魚容聲，宜爲余封切。乃《内則》鄭注所稱，今東海鰫魚，有骨名乙，在目旁，狀如篆乙，食之鯁人不可出者，是也。不得與鱅混而爲一。胡紹煐曰：鱅蓋卽《詩》之「鱮」。鱅之言庸也。謂魚之庸，常以供膳饈者，故亦謂之鱃。《東山經》：旄山，蒼體之水，其中多鱃魚，其狀如鯉而大首。吴氏任臣《廣注》云：鱃魚，《本草拾遺》以爲卽鱅魚。李時珍謂此魚之下品，今驗此魚似鰱而頭大。《東山經》云：大首是也。俗名之爲厖頭。○袁本、茶陵本「采」字下有「音禺」二字，「黑」字下有「鰱音連」三字。然「鰅魚有文采」二句皆郭注，中間不宜隔以「音禺」二字。似當作六字爲：「鰅音禺，鰱音連」，在「郭注」下。五臣鱏音尋，鱣張連反，鰅音隅。○《山海經》，見《中山經》。梁章鉅曰：今《中山經》：荆山，漳水出焉，其中多鮫魚。注：鮫，鮒類也，皮有珠文而堅。按：「鮒」字疑誤當依此注作「鯌」。此注「斑」字亦誤，當依今本《中山經》作「珠」。《初學記》三十引劉欣期《交州記》云：鮫魚出合浦，長三尺，背上有甲，珠文堅彊，可以飾刀。本書《子虛賦》張揖注云：蛟狀魚身而蛇尾，皮有珠。「蛟」或作「鮫」，皆可證「珠」字爲是也。朱珔亦謂「珠」，今本誤作「斑」。○尤本「⿰魚巂已見《東京賦》」句上誤衍「鮫」字。上文已注「鮫」字，且不見《東京賦》也。今校刪。○五臣⿰魚巂音以規反。

巨蜯函珠，駮瑕委蛇。

【注】楊雄《蜀都賦》曰：蜯函珠而擘裂。蜯與蚌同，步項切。函與含同。郭璞《爾雅注》曰：蝦大者長二三丈。委蛇，長貌。「瑕」與「蝦」古字通。胡加切。

【疏】注引《蜀都賦》「蜯函珠」句，今《古文苑·蜀都賦》無此文，而《太玄賦》有之，疑引誤。然《蜀都賦》脱落甚多，此注及《七啓》注皆作《蜀都賦》。嚴可均謂「猵獺沈鱓」四句下，豈亦如「玉石嶜岑」，《蜀都》、《羽獵》皆有其文耶。○吕錦文曰：《説文》：蚌，蜃屬，從虫丰聲。此字經典固多不譌。然往往有作「蜯」者。《周禮・鼈人》注：杜子春云：蠯，蜯也，是也。《易・説卦》：離爲蚌。《釋文》「蚌」本又作「蜯」。《爾雅・釋魚》蚌含漿。《釋文》：「蚌」本或作「蜯」。《釋器》注：珧，小蚌。《釋文》：蚌本作「蜯」。是《釋文》所引古本，亦多有作「蜯」者。左太沖《吴都賦》：蚌蛤珠胎，與月虧全。班固《答賓戲》隋侯之珠藏于蚌蛤。《説文》無「蜯」字作「蚌」，爲正。《干禄字書》亦以「蚌」爲正字。是「蜯」、「蚌」本一字，故可通用。○「步項切」三字依袁本、茶陵本增。○《爾雅》，見《釋魚》。「蝦」作「鰕」。「一二丈」作「一二三尺」。吕錦文曰：案：《説文・魚部》有「鰕」字，「鰕」者，即今之「蝦」字，古謂之鰕魚。《爾雅》「鰕」凡三見，物各不同。鰝，大鰕，則今之蝦也。觀許書「鰕」篆之下，即接「鰝」篆，知「鰝」爲今之大蝦，無可疑者。蓋「鰕」爲正字。「瑕」與「蝦」皆叚借字。鰕之大者，今謂之海蝦，亦謂之紅蝦。「瑕」與「蝦」並从「叚」字得聲，如「瑕」、「蝦」、「鰕」、「騢」等字，皆有赤色，故古多通用。○「胡加切」三字依袁本、茶陵本增。○蛇、蝸古音歌部。鱺，支部。通轉爲韵。○以上川瀆。

其陂澤則有鉗盧玉池，赭陽東陂。

【注】杜預表曰：所領部曲，皆居南鄉界，所近鉗盧大陂下，有良田。舊説曰：玉池在宛也。

【疏】尤本「其」上有「於」字。毛本同。何焯曰：「於」字疑衍。胡克家曰：袁本無「於」字。案：無者是也。步瀛案：今依何、胡二家校删。○「杜預表」，《晉書・預傳》及《食貨志》皆未載。傳言預又修卲信臣遺跡，激用湍、淯諸水以浸原田萬餘頃，即此事也。《水經・淯水注》曰：昔在晉世，杜預繼信臣之業，復六門陂，遏六門之水，下結二十九陂。六門既陂，諸陂遂斷。又《湍水注》曰：湍水又逕穰縣爲六門陂，漢召信臣以建昭五年斷湍水，立穰西石堨，至元始五年，更開三門爲六石門，故號六門堨也。溉穰、新野、昆陽三縣五千餘頃。漢末毁廢，遂不修理。晉太康三年，鎮南將軍杜預復更開，廣利加於民。趙一清曰：信臣立堨，事在元帝之世。故平帝元始四年，祀百辟卿士有益於民者，九江以召父。其時信臣已卒，至五年，更開三門爲六門堨，又别是一事，而道元遂言之。《淯水注》直以元始所開，亦信臣之遺規，則誤矣。步瀛案：元始開三門，即踵信臣事爲之，酈已詳《湍水注》中。故淯水不復分别，非誤也。《通典・食貨》二曰：晉太康元年，平吴之後，當陽侯杜元凱在荆州，修邵信臣遺蹟。原注曰：邵信臣所作鉗盧陂六門堰，並今南陽郡穰縣界，時爲荆州所統。《元和郡縣志》曰：山南道鄧州穰縣，六門堰在縣西三里。漢元帝建昭中，召信臣爲南陽太守，復於穰縣南六十里造鉗盧陂，累石爲隄，傍開六石門，以節水勢，澤中有鉗盧玉池，因以爲名，用廣溉灌。《太平寰宇記》曰：山南東道鄧州穰縣鉗盧陂。《周地圖》云：召信臣所鑿，灌田三萬頃，六門堰在縣西三里，亦召信臣所作也。皆以坡堰皆召信臣造，亦如《淯水注》後開三門，統歸信臣，不析言之耳。《清統志》曰：河南南陽府，鉗盧陂在鄧州東南五十里，一名玉池陂，今名迪陂。六門陂在鄧州西，即今六門隄。案：鄧州今改縣。朱珔曰：酈注未及鉗盧陂，則杜預所開廣者，祗六門陂耳。觀其表語，殆晉時鉗盧陂舊蹟如故，無須修治也。○《續漢書・郡國志》：荆州南陽郡朝陽縣。劉昭注曰：《南都賦》陂澤有鉗盧，注云在縣。

與李注引舊説不同。朱珔曰：是善注以前已有注，不知誰作。步瀛案：汪師韓以爲皇甫謐注，非是，辨已見前。○朱珔曰：《水經·淯水篇注》云：赭水出棘陽縣北山，數源並發，南流逕小赭鄉，謂之小赭水，東源方七八步，騰湧若沸，故世名之騰沸水。南流逕於赭鄉，謂之赭水，以水氏縣，故有赭陽之名。赭水於縣堨以爲陂，東西夾岡水，相去五六里，右合斷岡，兩舌都水，潭漲南北一十餘里，水決南瀆，下注爲灣。灣分爲二。西爲赭水，東爲滎源。赭水參差，流結兩湖，故有東陂、西陂之名。二陂所導，其水枝分，東南至會口入泚。余謂赭陽，兩《漢志》俱作「堵陽」，屬南陽郡。《前志》注引韋昭曰：堵音者，蓋「赭」與「堵」字通用耳。《方輿紀要》云：堵陽城在今裕州東六里，堵水亦曰「赭水」，源出方城山。杜預曰：方城在葉縣南，今裕州境，本葉地。東陂在縣東。《志》云：楚葉尹沈諸梁所鑿，東西十里，南北七里。又有西陂，方二里。據此則今葉縣之葉陂，當卽此也。但善注不應無引證，豈有脱與？步瀛案：裕州今改方城縣。

貯水渟洿，亙望無涯。

【注】《説文》曰：貯，積也。知旅切。《廣雅》曰：渟，止也。《説文》曰：洿，濁水不流也。《方言》曰：亙，竟也。《上林賦》曰：察之無涯。

【疏】《説文》前見《貝部》，後見《水部》。○「知旅切」三字，依袁本、茶陵本增。○《廣雅》，見《釋詁》三。○《方言六》「亙」作「絙」，戴本作「緪」，字並通。故李注徑引作「亙」字。○池、陂，古音歌部。涯，支部。通轉爲韵。

其草則有藨芧薠莞，蔣蒲蒹葭。

【注】《説文》曰：藨，蒯之屬。又曰：芧可以爲索。郭璞《山海經注》曰：薠，青薠，似莎而大，扶袁切。鄭玄《毛詩箋》曰：莞，小蒲也。胡官切。《説文》曰：蔣，菰蔣也。蔣，子詳切。菰音孤。《爾雅》曰：蒹，薕也。葭蘆也。

【疏】尤本「則」下無「有」字。依袁本、茶陵本增。○《説文》，見《艸部》。本注「蒯」誤作「萷」，何校改「蔽」。「蔽」字亦作「蒯」。「萷」即「蒯」字之誤。案：《説文》曰：藨，鹿藿也。一曰蔽之屬。朱珔曰：《爾雅》：蔨，鹿蘿。郭注：今鹿豆也。《説文》則云：藨，鹿霍也。讀若剽，是「藨」爲「蔨」之異名耳。徐氏《繫傳》以《爾雅》別有「藨」。「麃」注云：即莓也。字與鹿豆相近，疑《説文》誤。郝氏謂《廣雅》亦云：藨，鹿藿也。無妨與「藨」「莓」同名。徐鍇便以爲誤，非也。王氏《疏證》説同。余謂《説文》下有一曰蔽之屬。「蔽」即「蒯」字。善注單引此語，蓋不以賦中所列爲鹿藿矣。《玉篇》、《廣韻》皆云：藨，可爲席。○「芧」各本作「苧」。梁章鉅曰：今《説文》有「芧」字，無「苧」字。「芧」字注云：可以爲繩。案：本賦下文別有麻苧。注引《説文》：苧，麻屬。則此「苧」字疑當作「芧」。步瀛案：梁説是。朱珔亦謂「苧」當作「芧」，今從之。《上林賦》蔣芧青薠，本書亦誤作「苧」。《史記》、《漢書》《司馬相如傳》皆作「芧」，不誤。顔注引張揖曰：芧，三棱也。引郭璞曰：芧音杼。《索隱》引作「音佇」。案：「芧」與「苧」皆直吕反。故《玉篇》誤合爲一字。段玉裁曰：三棱者，蘇頌《圖經》所謂葉似莎艸，極長，莖三棱，如削，高五六尺，莖端開花是也。江蘇蘆灘中極多，呼爲馬芧，音同「宁」，莖可繫物，亦可辮之爲索。《南都賦》：蘪苧蘋莞。李注引《説文》：苧可以爲索。蓋賦本作「芧」，《文選・上林賦》亦作「苧」。「苧」者，「芧」之別字。胡紹煐曰：《管子・小匡》：首戴苧蒲。注：苧，蔣屬。王褒《僮約》：多取蒲苧，並作繩索。「苧」卽「芧」也。皆假「苧」字爲之。○《山海經》郭注，見《西山經》。「蘋」作「蕃」。本書《子虛賦》注引張揖曰：青蘋似莎而大，生江湖，鴈所食。《説文》曰：青蘋似莎而大者。《楚辭・九歌・湘夫人》王逸注曰：蘋草秋生，南方湖澤皆有之。與本賦陂澤合。而《子虛賦》言高燥所生，或當有異，別詳彼篇。○「扶袁切」三字，依袁本、茶陵本增。○朱珔曰：注引《詩》鄭箋，見《斯干篇》。本云：小蒲之席也。蓋莞有二，一似蒲，一似藺，皆可爲席。似蒲者，《爾雅》：莞，苻蘺。郭注：今西方人呼蒲爲莞蒲。「莞」，《説文》作「⿱艹虎」，云：夫離也。苻、夫音同。郝氏謂此乃蒲之別種，細小於蒲，爲形纖弱，故名蒲蒻，作席甚平，故曰蒲苹，卽鄭箋所云矣。《釋文》猶以莞草莖圓非蒲爲疑，不知此乃似蒲之莞，非似藺之莞也。余謂《廣雅》蒠，蒲莞也，當亦謂此。似藺者，《説文》：莞，草也，可以作席。下接「藺」字云：莞屬，可爲席。《廣雅》：莞，藺也。王氏《疏證》謂《玉篇》云：莞似藺而圓，藺似莞而細。莞與藺異。但二者形狀相似，爲用又同，故得通名是也。惟王説與《爾雅》之「莞」混合爲一，疑非。觀《廣雅》「蒠」「蒲」別列下文，蓋不以爲一物矣。段氏又謂《説文》莞草有作席之文，復出「⿱艹虎」字，則《爾雅》之「⿱艹虎」，非可以作席之「莞」也。然郭注明云用之爲席。《説文》：蒻，蒲子，可以爲平席，世謂蒲蒻。似段説亦未的。竊意郝義爲近之。至經傳多言莞席，不知究係何種。據《周官・司几筵》：諸侯祭祀，席蒲筵繢純，加莞席紛純。蒲、莞並言，當爲似藺之莞。而鄭箋又異。此賦所稱，亦未審誰屬。善注引鄭箋，固以爲似蒲之「莞」耳。○「胡官切」三字，依袁本、茶陵本增。○朱珔曰：「菰」《說文》作「苽」。又「苽」字云：雕苽，一名蔣。《廣雅》：菰，蔣也，其米謂之雕胡。「苽」「胡」聲相近。後《上林賦》：蔣芧青薠，注引張揖云：蔣，菰也。於《子虛賦》雕胡云：菰米也。王氏謂《楚詞・大招》：設菰粱只，王逸注：菰粱，蔣實，謂雕葫也。《淮南・原道訓》高誘注：菰者，蔣實也。其米曰蘺胡。是菰卽蔣草之米，可以作飯。故先鄭注《周官・膳夫》以爲六穀之一。後鄭注《大宰・九穀》亦云：有菰粱也。余謂宋玉《諷賦》云：爲臣炊雕胡之飯。枚乘《七發》則以爲安胡之飯，名異實同。此其上所結實也，其枝爲菰菜。蘇頌《本草圖經》所云：茭白是也。○「蔣，子詳切。菰音孤」七字，依袁本、茶陵本增。尤本正文「蒲」下「音孤」字，姚範曰：按：「蒲」當作「菰」，或作「苽」。若作「蒲」，何緣音「孤」？張雲璈、余蕭客皆謂「蒲」與「菰」二字不通假。賦中「蒲」字當作「菰」。胡紹煐曰：按：蔣，菰草，與蒲爲類。故「蔣」卽次蒲。若以「蒲」爲「菰」之誤，則「菰」爲蔣實，不得雜厠諸草矣。六臣本善注有「菰音孤」三字，乃善引《說文》：蔣，菰蔣也。爲「菰」字作音，非正文中有「菰」字也。梁章鉅、許巽行皆謂「菰音孤」，李自音注中字。或削去原注移「菰」字於「蒲」字下。案：正文下音當是五臣音未削去者，六臣本與李注「菰音孤」並存，可證也。疑五臣作「菰」，李作「蒲」，特六臣本失校耳。○《說文》曰：蒲，水艸也，可以作席。○《爾雅》，見《釋草》。本書《子虛賦》注張揖曰：蒹，薕。葭，蘆也。《漢書・司馬相如傳》引郭璞曰：蒹，荻也，似萑而細小。葭，蘆也。《史記索隱》引郭曰：蒹，蔽也。似萑而細小，高數尺，江東人呼爲蒹蒿。葭，蘆也。似葦而細小，江東人呼爲烏蘆。亦引孟康曰：蒹葭，似蘆也。案：《說文》曰：

蒹，藋之未秀者。葭，葦之未秀者。《廣雅・釋草》：藡，藋也。《疏證》曰：「藡」或作荻。陸璣《毛詩疏》則分藡薍藋爲一物，蒹爲一物。郭璞《爾雅注》則分菼薍爲一物，蒹藡爲一物。然陸云：蒹草堅實。郭云：菼薍實中。陸云：薍謂之荻。郭云：蒹，荻也。則蒹、荻、菼、薍仍是一物耳。郝懿行曰：《説文》以蒹爲藋之未秀者，是藋、藡、蒹、薕爲一物。郭云：似藋，則爲二物。恐非。

藻茆菱芡，芙蓉含華。從風發榮，斐披芬葩。

【注】藻，已見《西京賦》。《廣雅》曰：茆，鳧葵。茆，亡絞切。菱芡、芙蓉，並見《東京賦》。

【疏】《廣雅》各本作「《爾雅》」，誤。胡紹煐曰：今《爾雅》無之。《廣雅・釋草》云：茆，鳧葵也。《魯頌・泮水》：薄采其茆。毛傳：茆，鳧葵也。爲張揖所本。是《爾雅》乃《廣雅》之譌。而張氏聰咸《質疑録》據此注遂疑爲《爾雅》脱文。郝氏《爾雅義疏》從之，非是。案：胡氏説是。今從之。朱珔曰：《詩正義》引陸疏云：「茆」與荇菜相似，江南人謂之蓴菜，或謂之水葵。《釋文》引干寶云：茆，今之鳧蹏草，堪爲菹。《楚詞・招魂》：紫莖屏風，文緣波些。王逸注：屏風，水葵也。此又茆之別名矣。《廣雅疏證》云：《關雎》稱「荇」，《泮水》稱「茆」。陸氏分釋之，則是二物。《唐本草》言「鳧葵」即「荇菜」，失之。余謂《爾雅》：莕，接余。其葉苻。《説文》：「莕」，重文爲「荇」，亦或作「䓷」。「接余」作「菨餘」。《詩・關雎》毛傳正用《爾雅》之文。而《本草》乃以水葵、鳧葵之名屬之於「荇」者，蓋以兩者皆水中之菜，其形狀或易混耳。然「蓴」與「荇」有大小之異。李時珍謂葉似馬蹄而圓者，蓴也。葉似蓴而微尖長者，荇也。步瀛按：李時珍説見《本草綱目》卷十九。○「茆，亡絞切」四字，依袁本、茶陵本增。○葭、**葦**、葩，古音魚部。

其鳥則有鴛鴦鵠鷖，鴻鴇駕鵝，鶪鶂鸊鷈，鷫鷞鷀鸕。

【注】《毛詩》曰：鴛鴦于飛，餘已見上文。《說文》曰：鶪鶂，鳧屬。苦札切。《方言》曰：野鳧甚小而好沒水中者，南楚之外，謂之鸊鷈。鸊，步覓切。鷈，土雞切。「鷈」與「鷉」同。《蒼頡篇》曰：鸕鷀似鶂而黑。鸕，良都切。鷀音磁。

【疏】五臣「鶂」作「鷊」。〇《毛詩》，見《小雅》。毛傳曰：鴛鴦，匹鳥。陳奂疏曰：《御覽·羽族部》十二引崔豹《古今注》云：鴛鴦，水鳥，鳧類。雌雄未嘗相離，人得其一，則一者相思死。故謂之匹鳥。是也。〇「餘已見上文」五字，尤本作「班孟堅《西都賦》曰：黃鵠鵁鶄，鳧鷖鴻鴈。張平子《西京賦》曰：鷫鷞鵠鴇，駕鵝鴻鶤」三十字，與《西京賦》複出，今依袁本。〇《說文》，見《鳥部》。案：小徐本無「鳧屬」二字。《繫傳》曰：按字書，鳧屬也。鶪，經節反。鶂，魚滅反。案：各本「鷊」誤「鶂」，今依《說文》改。胡紹煐謂正文及注「鶂」並「鷊」字之誤。步瀛案：李注依袁本，鶪音苦札切，而鷊字無音。疑李本正文自作「鶪鶂」，故引《說文》注「鶪」字，並音苦札切。「鶂」字已見《西都賦》，故此不復注也。五臣鶪音苦札切。鷊音雅札切。各本正文從李，而音仍依五臣，遂「鶂」下音「雅札」二字。不知「鶂」字音都歷切，無「雅札切」之音，其誤甚矣。〇「苦札切」三字，依袁本增。〇《方言》見卷八，作「鷿鷉」。朱珔曰：又曰：大者謂之「鶻蹏」。「蹏」與「鷉」通。《說文》作「鸊鷉」，此處作「鸊鷈」，或又作「鸊鵜」，並字異而音同。《爾雅》：鷉，須鸁。蓋單呼之則曰鷉也。郭注：鷉，鷿鷉，似鳧而小，膏中瑩刀。陳藏器云：其腳連尾，不能陸行，常在水中，人至即沈，或擊之便起，以其膏塗刀劍，令不鏽。步瀛案：陳藏器《本草拾遺》見《證類本草》卷十九引。○「鷿，步覓切。鷉，土鷄切」八字依袁本增。○《爾雅·釋鳥》《釋文》曰：「鷉」字或作「鶗」，是「鶗」與「鷉」同。○《蒼頡篇》，玄應《一切經音義》二十《孛經鈔音義》引同。《爾雅·釋鳥》曰：鶿，鷧。郭注曰：即鸕鶿也。觜頭曲如鉤，食魚。李時珍《本草綱目》卷四十九曰：鸕鶿似鶂而小，色黑，亦如鴉，而長喙微曲，善没水取魚。郝懿行曰：《馬融傳注》引楊孚《異物志》云：能没於深水，取魚而食之，不生卵，而孕雛於池澤間，既胎而又吐生，多者生八九，少者生五六，相連而出，若絲緒焉。水鳥而巢高樹之上。按今鸕鶿乃卵生也，處處水鄉有之。蜀人畜以捕魚。今江蘇人謂之水老鴉。○「鸕，良都切」四字，依袁本、茶陵本增。

嚶嚶和鳴，澹淡隨波。

【注】言自恣也。《毛詩》曰：鳥鳴嚶嚶。《爾雅》曰：關關、嚶嚶，聲之和也。《上林賦》曰：隨風澹淡。

【疏】《毛詩》，見《伐木》。○《爾雅·釋訓》作：「關關嚶嚶」。已見《東京賦》疏。○鵝、波，古音歌部。鸕，魚部。通轉爲韵。

其水則開竇灑流，浸彼稻田。

【注】鄭玄《周禮注》曰：竇，孔穴也。音豆。《漢書音義》曰：灑，分也。所蟹切。《毛詩》曰：浸彼稻田。

【疏】《周禮》疑當作「《禮記》」，見《禮運》。胡紹煐曰：按：《說文》：瀆，溝也。竇與瀆通。此謂開溝瀆以分其流也。《左·襄三十年傳》：伯有自墓門之瀆入。徐邈音豆。傳以「瀆」爲「竇」。賦文以「竇」爲「瀆」，音近故得相假。本書《吴都賦》：或涌川以開瀆，作「瀆」，意與此同。○《漢書》，見《司馬相如傳》。○「所蟹切」三字依袁本、茶陵本增。○《毛詩》，見《白華》。

溝澮脈連，隄塍相輑。

【注】《爾雅》曰：水注溝曰澮。韋昭《國語注》，曰：脈，理也。隄塍，已見《西都賦》。輑，相連之貌。

【疏】《爾雅》，見《釋水》。○韋昭《國語》注，見《周語》上。○吕錦文曰：案：《説文·宀部》：宭，羣羣相居也。此借「輑」爲「宭」耳。《説文·車部》：輑，軺車前横木，讀若帬。又讀若褌。與賦義無涉。《廣韻》：車軸相連之訓，則緣此賦而引申之。

朝雲不興，而潢潦獨臻。

【注】《左氏傳》曰：潢汙行潦之水。《説文》曰：潢，積水池也。潦，雨水。音老。

【疏】《左傳》，見隱三年。○《説文》見《水部》。「也」字似當在「雨水」二字下，與本書陸士衡《贈顧彦先詩》注引合。今本《説文》「潦」下作：「雨水大皃。」段據《選》注及《詩·采蘋》《正義》、《一切經音義》卷一訂作「也」字。○「音老」二字，依袁本、茶陵本增。○田、臻，古音真部。輑、諄部。通轉爲韻。

決渫則暵，爲溉爲陸。冬稌夏穱，隨時代熟。

【注】《説文》曰：渫，除去也。息列切。又曰：暵，乾也，呼，但切。又曰：溉，灌也。稌，已見《東京賦》。

《楚辭》曰：稻粢穱麥挐黄粱。

【疏】張銑曰：水入爲溉，水出爲陸。孫志祖曰：「陸」字疑「洼」字之誤。《蜀都賦》：灑滮池而爲洼澤。注引蔡邕曰：凝雨曰洼，是也。張銑注：水入爲溉，水出爲陸。語意究不甚明。胡紹煐曰：按：《廣韻》：洼，凝雨澤也。「陸」與「洼」同。〇《説文》，見《水部》。本注「除去」二字，各本皆倒，今依《説文》訂。〇「息列切」三字依袁本、茶陵本增。〇次引《説文》，見《日部》。〇「呼但切」三字，依袁本、茶陵本增。〇後引《説文》，見《水部》。曰溉水出東海桑瀆覆甑山，東北入海。一曰：灌，注也。但本注引無「注」字。梁章鉅謂《説文》無「溉」字，謬矣。又《洞簫賦》注引作「溉，猶灌也」。〇《楚辭》，見《招魂》。王逸注曰：穱，擇也。擇麥中先熟者也。《説文》曰：⿰米焦，早取穀也。段玉裁曰：《内則》稰穛，注云：孰穫曰稰，生穫曰穛。《正義》曰：穛是斂縮之名，明以生穫，故其物縮斂也。按「穛」卽「⿰米焦」，字亦作「穱」。古「爵」與「焦」同音通用也。《招魂》、《七發》皆云穱麥。王逸云：擇麥中先孰者也。《大招》以爲飯，《七發》以飤馬，《吴都賦》曰：穱秀菰穗，《廣韻》云：穱者稻處種麥，皆與早取之義合。凡早取穀，皆得名穱，不獨麥也。〇陸，古音侯部。熟，幽部。通轉爲韵。〇以上陂澤。

其原野則有桑漆麻紵，菽麥稷黍。百穀蕃廡，翼翼與與。

【注】《説文》曰：紵，麻屬。直旅切。鄭玄《毛詩箋》曰：菽，大豆也。百穀蕃廡，並已見《東京賦》。《毛詩》曰：我黍與與，我稷翼翼。

【疏】尤本「紵」作「苧」，今依六臣本，注同。梁章鉅曰：《説文》無「苧」字。《糸部》：紵，檾屬。案：「苧」

與「紵」同。六臣本正文及注「苧」並作「紵」，是也。《説文》：芧，麻母也。一曰：芧，即枲也。《爾雅》作「茡」。郭注：苴麻盛子者。錢氏坫曰：今《爾雅》譌爲「茡」，非。然則麻屬之「苧」，當亦是「芧」字之譌。步瀛案：前説是也。惟注中「麻」字，當作「檾」。蓋「檾」字罕見，淺人并易爲「麻」耳。○「直旅切」三字，依袁本、茶陵本增。○《詩》鄭箋，見《生民》。「菽」上有「戎」字。孔疏曰：《釋草》云：戎菽謂之荏菽。孫炎曰：大豆也。此箋亦以爲大豆。樊光、舍人、李巡、郭璞皆云：今以爲胡豆。璞又云：《春秋》：齊侯來獻戎捷。《穀梁傳》曰：戎菽也。《管子》亦云：北伐山戎，出冬葱及戎菽，布之天下。今之胡豆是也。案：《爾雅》戎菽皆爲大豆。註《穀梁》者亦以爲大豆也。郭璞等以戎、胡俱是夷名，故以戎菽爲胡豆也。后稷種穀，不應捨中國之種，而種戎國之豆。即如郭言，齊桓之伐山戎，始布其豆種，則后稷之所種者，何時絶其種乎，而齊桓復布之。《禮》有戎車，不可謂之胡車。明戎菽正大豆是也。案：《穀梁》見莊三十一年。《管子》，見《戒篇》。○《毛詩》，見《楚茨》。鄭箋曰：黍與與，稷翼翼，蕃廡貌。○紵、黍、廡，與古音魚部。

若其園圃，則有蓼蕺蘘荷，藷蔗薑䪥，菥蓂芋瓜。

【注】《説文》曰：蓼，辛菜也。力鳥切。《風土記》曰：蘵，香菜，根似茆根。蜀人所謂葅香。「蘵」與「蕺」同。《説文》曰：蘘荷，葍葙也。葍，普卜切。葙，子余切。《漢書音義》曰：藷蔗，甘柘也藷，之餘切。《字書》曰：䪥，小蒜也。音煩。《爾雅》曰：菥蓂，大薺。菥音析。蓂音覓。

【疏】五臣「蔗」作「柘」，「䪥」作「蕃」。○《説文》，見《艸部》。案：《禮記・内則》：亨魚用蓼，取其辛能和味，故曰辛菜。又《説文》「辛菜」下有「薔虞」二字。《爾雅·釋草》曰：薔虞，蓼。許君讀薔虞連文。《詩·良耜》孔疏引某氏曰：薔，一名虞蓼。又引孫炎曰：虞蓼是澤之所生。郭璞注亦曰：虞蓼，澤蓼。皆讀虞蓼連文。段玉裁曰：《釋草》一篇，許君偶用異其讀者往往而是，其「萌藿蕍」爲「夢灌渝」也，「薃侯莎」爲「莎薃侯也」，「藄月爾」爲「藄土夫也」，「蕦葑蓯」爲「葑須從也」，何所疑於「蓼」評「薔虞」哉？某氏、孫炎、郭璞皆「薔」爲句，「虞蓼」爲句。「蓼」借爲「蓼蕭」之「蓼」，長大皃。郝懿行曰：許君於義爲長。《類聚》八十二引吴氏《本草》云：蓼實一名天蓼，一名野蓼，一名澤蓼。今驗蓼有數種，而皆水生。故毛傳：蓼，水草也。蓼華皆紅白色。澤蓼卽水蓼，葉比水葒而狹，較馬蓼爲小，馬蓼葉中閒有墨點，呼墨記草也。○「力鳥切」三字。依袁本、茶陵本增。○「⿱⿱艹戢皿」，原作「蕊」。胡克家曰：當作「⿱⿱艹戢皿」，下同。各本皆譌。《集韵·二十六緝》云：⿱⿱艹戢皿，香菜。卽本此。案：胡氏説是。今據改。《説文》曰：蒩，菜也。段曰：《廣雅》：蒩，蕺也。崔豹《古今注》曰：荆揚人謂「蒩」爲「蕺」。《蜀都賦》劉注曰：蒩，亦名土茄，葉覆地生，根可食。人饑則以繼糧。《風土記》曰：「⿱⿱艹咠皿，香菜」云云，段公路《北户録》曰：⿱⿱艹戢皿，秦人謂之菹子。按：「⿱⿱艹戢皿」與「蕺」同，側立切。作「⿱⿱艹咠皿」者誤。《説文》無「蕺」字，卽今魚腥草也。凶年人掘食之。朱琦曰：《齊民要術》又云：菹菜紫色，有藤。《廣雅疏證》謂「菹」、「蒩」、「蒩」、「蒩」字並通。胡紹煐曰：按：蓼、蕺一物。蕺謂之蓼蕺，猶桂謂之蘇桂矣。謝靈運《山居賦》蓼蕺是也。步瀛案：此説無他證，姑備一説。○《説文·艸部》「蘘」下曰：蘘荷也，一名葍蒩。段曰：《史記》《子虚賦》作「猼且」，《漢書》作「巴且」，王逸《九歎·愍命》注作「蓴菹」。顔師古作「蓴苴」，《名醫别録》

作「覆葅」，皆字異音近。景瑳《大招》則倒之曰「苴蓴」。崔豹《古今注》曰：似薑，宜陰翳地。師古曰：根旁生笋，可以爲葅，又治蠱毒。宗懔《荆楚歲時記》云：仲冬以鹽藏蘘荷，以備冬儲。《急就篇》所云老菁蘘荷冬日藏也。又《廣雅·釋草》王氏《疏證》曰：或作「蘠苴」，或作「覆葅」。《古今注》云：蘘荷似蘠苴而白。蘠苴色紫，花生根中。花未散時可食，久置則消爛不爲實矣。《名醫别録》云：白蘘荷，微温，主中蠱及瘧。陶注云：今人乃呼赤者爲蘘荷，白者爲覆葅，葉同一種爾。於人食之，赤者爲勝，藥用白者。《古今注》以紫爲「蓴苴」，白爲「蘘荷」。《别録注》以赤爲「蘘荷」，白爲「蓴苴」。二説不同。《廣韻》則云：「蓴苴」，大蘘荷名，是又以大小分也。其實「蘘荷」「蓴苴」皆大名，後世説者多歧耳。《古今注》云：葉似薑，宜陰翳地，種之常依陰而生。《搜神記》同。〇《漢書音義》、《史記·司馬相如傳》《集解》引同。《説文》「藷」字下曰：藷蔗也。段曰：或作「諸蔗」或「都蔗」。「藷」「蔗」二字疊韵也。或作「竿蔗」或「干」蔗，象其形也。或作「甘蔗」，謂其味也。或作「邯睹」。服虔《通俗文》曰：荆州竿蔗。步瀛案：《通俗文》，玄應《一切經音義》卷八引作「荆州竿蔗」。卷三、卷四、卷九引，下皆有「出」字。朱珔曰：《子虚賦》作「諸柘」。注引張揖曰：甘柘也。與此注「柘」字，蓋以同音借用，當云「蔗」與「柘」通。〇「藷，之餘切」四字，依袁本、茶陵本增。〇朱珔曰：案：《説文·韭部》「䪥」字云：小蒜。此注則别稱。《字書》、《玉篇》、《廣韻》皆云：百合蒜。段氏謂卽《齊民要術》所云百子蒜也。此自是蒜之異種。而《正字通》乃云：「䪥」似蒜，亦名蒜䪥，非蒜也。《説文》及《文選》注皆誤，非是。又曰：案：《爾雅翼》：百合蒜，根小者如蒜，大者如椀，味極甘，非葷辛類。但以根似大蒜，故名蒜耳。〇

「音煩」二字，依袁本、茶陵本增。○《爾雅》，見《釋草》。郭注曰：薺葉細，俗呼之曰老薺。郝曰：《類聚》八十二引郭注作「似薺，葉細」。今本脱去「似」字。「菥」，《説文》作析。《易通卦驗》：立冬，薺麥生。《月令》鄭注以薺爲靡草之屬。薺之大者名菥蓂。《齊民要術》十引舍人曰：薺有小，故言大薺。郭璞注云：薺葉細，俗呼之曰老薺。郭注得之。○「菥音析，蓂音覓」六字，依袁本、茶陵本增。○《説文》曰：芋大葉，實根駭人，故謂之芋也。○荷，古音歌部。瓜，魚部。通轉爲韵。

乃有櫻梅山柿，侯桃梨栗。

【注】《漢書音義》曰：櫻桃，含桃也。郭璞《爾雅注》曰：梅似杏，實酸。《説文》曰：柿，赤實果也。曹毗《魏都賦注》曰：侯桃，山桃，子如麻子。

【疏】《漢書音義》，本書《上林賦》注引同。《史記・司馬相如傳》《索隱》引張揖曰：櫻桃，一名含桃。餘見上荆桃疏。○《爾雅》郭注，見《釋木》。「酸」作「酢」。段曰：《釋木》曰：梅，枏也。《毛詩・秦風》、《陳風》傳皆曰：梅，枏也。與《爾雅》同。但《爾雅》、毛傳皆謂梗枏之「枏」。毛公於《召南・摽有梅》、《曹風》其子在梅。《小雅・四月》「侯栗侯梅」無傳，而《秦》、《陳》乃訓爲「枏」。此以見《召南》等之「梅」，與《秦》、《陳》之「梅」，判然二物。《召南》之「梅」，今之酸果也。《秦》、《陳》之「梅」，今之楠樹也。楠樹，見於《爾雅》者也。酸果之「梅」，不見於《爾雅》者也。樊光釋《爾雅》曰：荆州曰梅，揚州曰枏，益州曰赤梗。孫炎釋《爾雅》曰：荆州曰梅，揚州曰枏。陸璣疏草木曰：梅樹皮葉似豫樟，皆謂楠樹也。枏，亦名「梅」。後世取「梅」爲酸果之名，而「梅」之本義廢矣。郭釋《爾雅》乃云：似杏實，酢。《篇》、《韵》

襲之，轉謂酸果，有枏名，此誤之甚者也。然則許以「枏」「梅」二篆廁諸果之閒，又云可食，豈非始誤與？曰：此淺人所改竄也。如許謂「梅酸果」，其立文當先梅篆，云：酸果也。次枏篆云：梅也，梨、杏、李、桃等不云可食，何必獨云可食哉。許意「某」爲酸果正字。故某篆解云：酸果也。從木從甘。其字當本廁「柹」下「杏」上。而「枏」「梅」二篆，當本廁諸木名之閒。淺人易其處，又增竄其文耳。以許書律羣經，則凡酸果之字作「梅」，皆假借也。凡某人之字作「某」，亦皆假借也。假借行而本義廢，固不可勝數矣。○《説文》，見《木部》。案：《説文》：柹，從木𠂔聲，俗作「柿」。○《御覽·果部》四引曹毗《魏都賦》曰：侯桃丹棗。注未知何人作。朱琦曰：《爾雅·釋木》：褫桃，山桃。郭注云：實如桃而小，不解核，亦作杝桃。《夏小正》：杝桃也者，山桃也。「杝」與「褫」古音同。但他書無以山桃爲侯桃者。據宋《開寶本草》有彌猴桃。李時珍曰：其形如梨，其色如桃，猴喜食之，故名。閩人呼爲陽桃，亦多生於山。疑卽謂此。「侯」爲「猴」之省，則同音可通用耳。若陳藏器云：辛夷花未發，時苞如小桃子，有毛，名「侯桃」，是以花爲果之狀，蓋非其本名矣。步瀛案：李時珍説，見《本草綱目》卷三十三。陳藏器説，見《證類本草》卷十二。

梬棗若留，穰橙鄧橘。

【注】《説文》曰：梬，棗，似柿而小，名曰梬。如兗切。《廣雅》曰：石留，若榴也。《漢書》南陽郡有穰縣、鄧縣。《説文》曰：橙，橘屬也。除耕切。

【疏】五臣「梬」音郢。○《説文》，見《木部》。本注「柹而小名曰」五字，今依《子虛賦》注增。今《説文》

作：「梬，棗也。似柹」，亦有脱字。《齊民要術》四引《説文》曰：梬，棗也，似柿而小。《一切經音義》卷十一「楆棗」下引《説文》曰：似柿而小。《廣韻·四十静》「梬棗」下曰：似柿而小。段氏據《齊民要術》、《一切經音義》、《廣韻》及《子虚賦》注本賦注訂補作：梬棗也，似柹而小，一曰楆。注曰：梬即《釋木》之「遵」，羊棗也。郭云：實小而圓，紫黑色，今俗呼之爲羊矢棗。引《孟子》：曾晳嗜羊棗。何氏焯曰：羊棗，非棗也，乃柹之小者，初生色黄，熟則黑，似羊矢。其樹再接即成柹矣。余客臨沂，始覩之，亦呼牛妳柹，亦呼楆棗，此尤可證以柹得棗名。《孟子正義》不得其解。玉裁謂凡物必得諸目驗，而折衷古籍，乃爲可信。昔在西苑萬善殿庭中，曾見其樹，葉似柹而不似棗，其實似柹而小，如指頭。内監告余，用此樹接之，便成柹。《古今注》曰：楆棗實似柹而小，味亦甘美。師古曰：「梬棗」即今之「楆棗」也。「楆」與「遵」音相近。「楆」即「遵」字也。一曰：「楆」者，一名楆也。本作「一曰」，李善改爲「名曰」，以便於文也。郝懿行曰：「梬棗」似柹，即今輭棗，其樹葉皆頗似柹。《齊民要術》所謂可於根上插矢者也。今人亦依其法，雖冒棗名，其實柹類。步瀛案：「梬棗」即俗所謂黑棗者，與牛妳柹尚非一物，何説亦稍混。○《廣雅·釋木》曰：楉榴，柰也。無「石榴」二字。《藝文類聚·果部》上、《御覽·果部》七引，皆與本注同。王氏《疏證》曰：「楉」與「若」同。「若」、「石」聲相近。故「若榴」又謂之「石榴」，各本脱「石榴」二字。今據《藝文類聚》、《御覽》及《南都賦注》補。《玉篇》云：楉榴，柰屬也。《初學記》引《埤倉》云：石榴，柰屬也。則楉榴、石榴之爲柰，以同類而通稱也。《藝文類聚》引陸機《與弟雲書》云：張騫爲漢使外國十八年，得塗林安石榴也。《御覽》引《廣志》云：安石榴，有甜、酢二種。《酉陽雜俎》云：石榴一名丹若，甜者謂之天漿。○漢南陽郡穰縣，今河南鄧縣東南。漢南陽郡鄧縣，今鄧縣治。○《説文》，見《木部》。○「除耕切」三字，依袁本增。○栗、橘，古音脂部。

其香草則有薜荔蕙若，薇蕪蓀萇。

【注】王逸《楚辭注》曰：薜荔，香草也。郭璞《山海經注》曰：蕙，香草也。若，杜若也。《本草經》曰：靡蕪，一名薇蕪。陶隱居曰：葉似蛇牀而香。王逸《楚辭注》曰：蓀，香草也。萇，萇楚也。《爾雅》曰：萇楚，銚弋也。萇音長。銚音遥。

【疏】《楚辭》王注，見《離騷》。朱珔曰：《山海經・西山經》：小華之山，其草有萆荔，狀如烏韭，而生於石上。「萆」「薜」音同，疑即薜荔也。《廣雅》云：昔邪，烏韭也，在屋曰昔邪，在牆曰垣衣。今人家多有，藤本，緣牆壁而生，俗亦謂之薜荔，是即以烏韭爲薜荔也。實則薜荔似烏韭而非即烏韭。桂氏《札樸》云：《説文》萆，雨衣，一曰萆藨，似烏韭。徐鍇本作「萆歷」，蓋即萆荔。《山海經》言亦緣木而生，食之已心痛。郭注：萆荔，香草也。或作「薜荔」。《楚詞・九章》：令薜荔以爲理兮，憚舉趾而緣木。「緣木」與《山海經》同。王注香草與郭同。若《名醫别録》垣衣主治心煩，柳子厚詩：密雨斜侵薜荔牆，並不合。據此知「薜荔」「烏韭」本二物，因其相似，故人多混之。○《山海經》郭注「蕙」，見《中山經》。《廣雅・釋草》曰：薰草，蕙草也。王氏《疏證》曰：《西山經》云：浮山有草焉，名曰薰草，麻葉而方莖，赤華而黑實，臭如蘼蕪，佩之可以已癘。古者祭則煮之以祼。《周官・鬱人》疏引《王度記》云：天子以鬯，諸侯以薰，大夫以蘭茝，是也。或以爲香燒之。《淮南・説林訓》云：腐鼠在壇，燒薰於宮。

《漢書・龔勝傳》云：薰以香自燒，是也。《離騷》云：豈惟紉夫蕙茝。王逸注云：蕙，香草也。《西山經》云：天帝之山，下多菅蕙。《藝文類聚・草部》引《廣志》云：蕙草緑葉紫華，魏武帝以爲香燒之。《名醫别録》云：薰草一名蕙草，生下濕地。陶注云：俗人呼燕草狀如茅而香者爲薰草，人家頗種之。引《藥録》云：葉如麻，兩兩相對。陳藏器云：即是零陵香薰草，人家種之，《離騷》所謂樹蕙之百畝者矣。○郭注「若」，見《西山經》。《説文》曰：若，一曰杜若，香艸。《證類本草》卷七引陶隱居曰：杜若葉似薑而有文理，根似高良薑而細，味辛香。又絶似旋復根，殆欲相亂，葉小異爾。一名杜衡。今復别有杜蘅，不相似。又引《唐本草注》曰：杜若苗似廉薑，主陰地，根似高良薑，全少辛味。陶所注旋復根，即真杜若也。又引《圖經》曰：杜若葉似薑，花赤色，根似高良薑而小，辛味，子如豆蔻。○「陶隱居」下尤本有「注」字，「葉」上有「蕙」字。胡曰：袁本、茶陵本無「注」字，是也。步瀛案：「蕙」字亦衍。《證類本草》七蘼蕪下引陶隱居曰：葉似蛇牀而香，無「蕙」字。今據删。又引《圖經》曰：蘼蕪，芎藭苗也。其苗四五月間生，葉似芹，胡荽、蛇牀輩作叢，而莖細。《淮南子》所謂夫亂人者若芎藭之與藁本，蛇牀之與蘼蕪是也。其葉倍香，或蒔於園庭，則芬馨滿徑。七八月閒開白花，根堅瘦，黄黑色。案：《淮南子》見《汜論篇》。餘别詳《子虚賦》。○《楚辭》王注，見《離騷》。《證類本草》六菖蒲下引陶隱居曰：真菖蒲葉有脊，一如劍刃。四月、五月亦作小釐華也。東澗溪側又有名溪蓀者，根形氣色，極似石上菖蒲，而葉正如蒲，無脊。俗人多呼此爲石上菖蒲者，謬矣。此不入服御用。詩詠多云「蘭蓀」，正謂此也。吴仁傑《離騷草木疏》曰：菖蒲種類甚多，生下溼地者曰泥昌、夏昌，生谿水中者曰水昌，生石上者爲石昌蒲。而石上者又自有三種。《圖經》所載生蜀地，葉作劍脊而無花，一也。《别説》所載生陽羨山中，不作劍脊，有花而黄，二也。李衛公記生茅山谿石上，亦不作劍脊而花紫，三也。《抱朴子》以紫花爲尤善，卽所謂昌陽谿蓀者也。知谿蓀自是石昌蒲一類中尤穎耳。藥有君臣佐使，而此爲君。《離騷》又以爲君諭，良有以也。諸家以此種葉不作劍脊，遂謂非真，其實不在此。〇《爾雅》，見《釋草》。本注「萇楚」誤「蓀楚」，「銚弋」誤「銚戈」。據何、陳、胡諸家校改正。郭注曰：今羊桃也。或曰鬼桃，葉似桃，華白，子如小麥，亦似桃。朱琦曰：《詩·隰有萇楚》毛傳正本《雅》訓。箋云：銚弋之性，始生正直，及長大則其枝猗儺而柔順，不妄尋蔓草木。《正義》引陸璣疏云：葉長而狹，華紫赤色，其枝莖弱，過一尺引蔓於草上。《廣雅》亦云：鬼桃、銚弋，羊桃也。王氏《疏證》謂陸説華紫赤，郭説華白，則有二種也。郝氏以爲卽夾竹桃，未知是否。此賦列之香草，今夾竹桃所在有之，匙香氣。〇「萇音長」三字，依袁本增。

晻曖蓊蔚，含芬吐芳。

【注】言草木闇暝而茂盛也。《説文》曰：晻，不明貌。王逸《楚辭注》曰：曖，闇昧貌。

【疏】五臣音晻，於感切。曖音愛。蓊，烏總切。〇《説文》，見《日部》。梁章鉅曰：今《説文》「貌」作「也」。〇《楚辭》注，見《離騷》。〇以上原野園囿之草木。

若其厨膳，則有華薌重秬，滍皐香秔。

【注】華薌，鄉名也。毛萇《詩傳》曰：秬，黑黍，一稃二米。故曰重也。秬音巨。稃音敷。滍皐，滍水

之澤也。《廣雅》曰：秔，秈也。秈音仙。

【疏】華薌，未詳。○《詩・生民》毛傳曰：秬，黑黍也。秠，一稃二米也。本《爾雅・釋草》文。《說文・鬯部》曰：𩰪，黑黍也。一稃二米，以釀。重文作秬。《禾部》曰：稃，穭也。秠，一稃二米，天賜后稷之嘉穀也。《周禮・春官、序官》鬯人鄭注曰：秬如黑黍，一秠二米。賈疏引《鄭志》答張逸曰：秠即其皮，稃亦皮。《爾雅》重言以曉人，更無異稱也。《詩・生民》孔疏亦引之。朱珔曰：此注殆因《說文》「秬」字亦有一稃二米之語，故不引毛「秠」字訓，而但爲釋之之詞。然其釋「重」字，亦未的。蓋既以一稃二米屬「秬」，則言「秬」而一稃二米已見，不必更言「重」以明之也。竊謂此「重」字當卽《豳風》「黍稷重穋」之「重」。毛傳：後熟曰重。凡物後熟者，精氣必足，故以爲美矣。○「秬音巨」三字，依袁本增。○「湍水」，已見上。《詩・鶴鳴》毛傳曰：臯，澤也。《離騷》王注曰：澤曲曰臯。○今《廣雅・釋草》作「秈，稉也。」朱珔曰：《說文》秔，稻屬。重文爲「稉」。云：俗「秔」，是「稉」卽「秔」也。《一切經音義》四引《聲類》云：江南呼「秔」爲「秈」，與《廣雅》合。《說文》、《玉篇》皆無「秈」字，而有「䆉」字，云：稻不黏者。段氏謂「䆉」卽「秈」，音變而字異耳。二者分列爲異。然《御覽》引《廣志》云：稉有烏稉、黑穬、青幽、白夏之名。是稉非一種。秈正稉之類也。案：《御覽》見《百穀部》三。○萇、芳、秔，古音陽部。

歸鴈鳴鵽，黄稻鱻魚，以爲芍藥。

【注】鴈能候時去來，故曰歸。《史記》曰：楚人有以弱弓微繳加歸鴈之上。《爾雅》曰：鵽鳩，寇雉。鵽，

陟滑切。郭璞曰：鵽大如鴿羣飛，出北方沙漠。《聲類》曰：鱻，小魚也。與「鮮」同，胥連切。《子虛賦》曰：芍藥之和，具而後進也。文穎曰：五味之和。

【疏】五臣：鱻，葺連切。字疑有誤。又芍，張略切。藥音略。○《史記》，見《楚世家》。○《爾雅》，見《釋鳥》。朱珔曰：郭注云：鵽大如鴿，似雌雉，鼠脚，無後指，歧尾。爲鳥憨急，羣飛。出北方沙漠地。此處引未全。《爾雅》又有：寇雉，泆泆。郭以爲同物。《説文》：鵽，鵽鳩也。則不言是寇雉。《玉篇》一名「寇雉」，蓋字形之誤。《舊唐書》謂之突厥雀云。鳴鵽羣飛入塞，突厥必入寇。此殆因寇雉之名而傅會之。郝氏謂《方言》云：凡物盛多謂之「寇」。郭注以寇鳧爲釋。寇雉之名，亦當因此，是也。此鳥肉甚美，故歸鴈鳴鵽，以標珍味。若《莊子》逸篇云：青鵽愛子忘親。段氏謂必别一物矣。步瀛案：《莊子》逸文，見《御覽·羽族部》十。○「鵽，陟滑切」四字，依袁本、茶陵本增。○《聲類》，《江賦》注引同。胡紹煐曰：《莊子·天運篇》：鮮規之獸。《釋文》：鮮規，小獸也。又云：鮮規，小蟲也。「鱻」與「鮮」古字通。「鮮」訓小，故「鱻」亦謂之小。《説文》：鱻，新魚精也。從三魚，不變魚，引伸之凡新生之物皆曰「鱻」，字亦作「鮮」。○「與鮮同」三字，依袁本增。「胥連切」三字，依茶陵本增。○《子虛賦》，文穎注本書卷七亦引之。《漢書·司馬相如傳》注引同。《史記·司馬相如傳》《集解》引郭璞曰：芍藥，五味也。《漢書》注引伏儼曰：「芍藥以蘭桂和食。」又引晉灼曰：《南都賦》云云。文説是也。顏師古曰：諸家之説，皆未當也。勺藥，藥草名，其根主和五藏，又辟毒氣，故合之於蘭桂五味，以助諸食。因呼五味之和爲勺藥耳。今人食馬肝、馬腸者，猶合勺藥而煮之，豈非古之遺法乎？王引之曰：師古説非也。勺藥之言適歷也。適歷，均調也。《説文》曰：厤，和也。從甘麻。麻，調也。《周官・遂師》注曰：厤者適歷。疏曰：分布希疏得所，名爲適歷也。然則均調謂之適歷，聲轉則爲勺藥。楊雄《蜀都賦》曰：乃使有伊之徒，調夫五味，甘甜之和，勺藥之羹。《論衡・譴告篇》曰：鹹苦酸淡不應口者，由人勺藥失其和也。嵇康《聲無哀樂論》曰，大羹不和，不極勺藥之味。張協《七命》曰：味重九沸，和兼勺藥。皆其證矣。服虔注《上林》，列或説云：以勺藥調食。蕭該亦云：芍藥香草，可和食。師古襲用其説，遂謂勺藥根主和五藏，故合之於蘭桂五味，以助諸食。不知五味之和，總謂之勺藥，故云勺藥之和具。若專指一物，何以得言具乎？然且歷詆諸家，妄爲音訓，斯爲謬矣。張雲璈曰：《西溪叢語》言：芍藥者乃以魚肉等物爲醢食也。韓退之《鄖城聯句》云：五鼎調芍藥。又，難祈郤老藥。二韻重用，上「藥」旅酌切，下「藥」以酌切。二「藥」不同音。據此當如《子虛賦》李注引晉氏説，以勺藥爲調和之解爲得。朱珔曰：善於《子虛賦》注剖析已得。《廣雅疏證》又引楊雄《蜀都賦》、《論衡・譴告篇》、嵇康《聲無哀樂論》皆其證也。而陸璣《詩疏》乃引《子虛》、《蜀都》二賦以證勺藥之草，誤矣。○秬、魚，古音魚部。藥，宵部。通轉爲韵。

酸甜滋味，百種千名。

【注】《説文》曰：甜，美也。徒兼切。

【疏】《説文》，見《甘部》。○「徒兼切」三字，依袁本、茶陵本增。

春卵夏筍，秋韭冬菁。

【注】《爾雅》曰：筍，竹萌也。《廣雅》曰：韭，其華謂之菁，音精。

【疏】胡紹煐曰：卵，卵蒜也。郝氏《爾雅義疏》云：《夏小正》十有二月，納卵蒜。卵蒜也者，本如卵者也。即今澤蒜，生山澤閒，葉如鳧茈，根如鳥卵。十二月及正月掘取食之。《古今注》云：蒜，卵蒜也。俗人謂之小蒜。〇《爾雅》，見《釋草》。郭注曰：初生者。郝曰：《説文》：筍，竹胎也。《詩・韓奕》《正義》引孫炎曰：竹初萌生，謂之筍。陸璣疏云：筍，竹萌也，皆四月生。唯巴竹筍，八月、九月生，始出地，長數寸。鬻以苦酒豉汁浸之，可以就酒及食也。今按：筍可爲菹，故《醢人》豆實有筍菹。〇《廣雅》，見《釋草》。張雲璈曰：此「菁」似當從《周禮》。「菁菹」，不當如注引《廣雅》韭華之説。賦言春卵、夏筍、秋韭、冬菁，明列四物，何獨於韭又舉其華也。朱珔曰：《説文》：菁，韭華也。《一切經音義》五引《三蒼》云：韭之英曰菁。《周禮》：菁菹。先鄭注云：韭菹是也。然《廣雅》又云：蘴蕘，蕪菁也。《爾雅》須，葑蓯。《齊民要術》引舊注云：江東呼爲蕪菁，或爲菘。「菘」「須」音相近。《詩・谷風》毛傳：葑，須也。《釋文》「葑」，字書作「蘴」。《草木疏》云：蔓菁也。郭璞云：今菘菜。蓋江南有菘，江北有蔓菁，相似而異。王氏謂《吕氏春秋・本味篇》：菜之美者，具區之菁。是江南之菘，亦得稱「菁」。郭説不誤。後鄭注《醢人》云：菁，蔓菁也。徐邈蔓音蠻，聲轉而爲蕒。鄭注《公食大夫禮》云：菁蕒，菁菹也。史游《急就篇》：老菁蘘荷冬日藏。《齊民要術》引崔寔《四民月令》亦云：蕪菁，十月可收。故《南都賦》云：秋韭冬菁，余謂菁果即韭華，不應收轉後於韭。段氏亦以二者分列，非一物。善注未免誤認。即先鄭釋「菁菹」爲「韭菹」，則上文已有「韭菹」，何以複舉，義不如後鄭爲長矣。胡紹煐曰：蔓菁、冬菜。故云冬菁。若爲韭菁，則在七月，不得爲冬菁矣。菁者，華也。本書《高唐賦》注引《廣雅》曰：菁，華也。菁之言，菁菁然盛也。葉盛謂之菁，華盛謂之菁。故菜盛亦謂之菁。○「音精」二字依袁本、茶陵本增。

蘇蔱紫薑，拂徹羶腥。

【注】《爾雅》曰：蘇，桂荏。《字書》曰：蔱，茱萸也。音殺。司馬彪《上林賦注》曰：紫薑，紫色之薑也。杜預《左氏傳注》曰：徹，猶去也。羶，尸然切。

【疏】《爾雅》，見《釋草》。郭注曰：蘇，荏類，故名桂荏。郝曰：《説文》用《爾雅》。《繫傳》云：荏，白蘇也。桂荏，紫蘇也。按《方言》三云：蘇，荏也。則二者亦通名。古人用以和味。鄭注《内則》薌無蓼，云：薌，蘇荏之屬也。陶注《本草》云：蘇葉下紫而氣甚香，其無紫色、不香，似荏者，名野蘇。生池中者爲水蘇，一名雞蘇，皆荏類也。今按：「荏」與「蘇」同。唯葉青白爲異。蘇之爲言舒也。《方言》十云：舒，蘇也。楚通語也。然則舒有散義。蘇氣香而性散。○《説文》曰：榝似茱萸，出淮南。《爾雅·釋木》郭注曰：榝似茱萸而小，赤色。《廣雅·釋木》曰：榝，茱萸也。與本注引字書合。《疏證》曰：榝與茱萸，一種小異，稱名之例，可以互通耳。榝，一名藙。《説文》作「藙」，云：煎茱萸也。《漢律》：會稽獻藙一斗。《内則》云：三牲用藙。鄭注亦云：藙，煎茱萸也。《漢律》會稽獻焉。《爾雅》謂之榝。賀氏疏云：煎茱萸，今蜀郡作之。九月九日取茱萸，折其枝，連其實，廣長四五寸，一升實可和十升膏，名之藙也。案：鄭云：《爾雅》謂之「榝」，則未煎時已名爲「藙」。《神農本草》云：吴茱萸，一名

「蘱」，是也。「樧」又作「藙」，字形與「蘱」相近。而陶氏《本草注》乃謂俗中呼「藙子」者，爲不識「蘱」字，宜唐本注以爲誤也。○「音殺」二字，依袁本、茶陵本增。○本書《上林賦》作「茈薑」，引張揖曰：茈薑，子薑也。茈音紫。《史記·相如傳》《索隱》引作張晏。《漢書注》引如淳曰：茈薑上齊，皆不載司馬彪注。其字皆作「茈」，音紫。此殆以正文作「紫」，故徑引作「紫」字耳。顔師古曰：茈薑之生息者，連其株本，則紫色也。○《左傳》杜注，見宣十二年。呂向曰：言蘇藙，紫薑、香辛，能拂除羶腥之氣也。○「羶，尸然切」四字，依袁本、茶陵本增。

酒則九醖甘醴，十旬兼清，醪敷徑寸，浮蟻若蓱。

【注】《魏武集·上九醖酒奏》曰：三日一釀，滿九斛米止。《廣雅》曰：醖，投也。於問切。《韓詩》曰：醴，甜而不泲也。十旬，蓋清酒百日而成也。鄭玄《周禮注》曰：清酒，今之中山冬釀，接夏而成也。《漢書音義》晉灼曰：百日之末酒也。《説文》曰：醪，汁滓酒也。徑寸，蓋酒膏之徑寸也。《釋名》曰：酒有汎齊，浮蟻在上，汎汎然如蓱之多者。

【疏】《上九醖酒奏》，《魏武帝集》作「《奏上九醖酒法》」。《北堂書鈔·酒食部》七引亦作「《上九醖酒奏》」。○《廣雅·釋器》「投」作「酘」。王念孫曰：《集韵》引《字林》云：酘，重釀也。《北堂書鈔·酒食部》七引《酒經》云：甜醹九投，澄清百品。「投」與「酘」通。○「於問切」三字，依袁本、茶陵本增。○梁章鉅曰：「《韓詩》」下應添「傳」字。陳喬樅《韓詩遺説攷》輯此於《吉日》「且以酌醴」下。陳曰：《周禮·酒正》：三曰醴齊。注云：醴，猶體也。成而汁滓相將，如今恬酒矣。《呂覽·重己篇》：其爲飲食酏醴也。高誘注云：醴者，以糵與黍相體，不以麴也。濁而甜耳。《釋名·釋飲食》曰：醴，禮也。釀之一宿而成，禮有酒味而已也。《漢書·楚元王傳》常爲穆生設醴。注云：醴，甘酒也。蓋醴謂酒之不泲者。酒正五齊，自醴以上尤濁。其用之祭祀，必以茅泲之，然後可酌。故《司尊彝》曰：醴齊縮酌，包泛齊而言也。自盎以下差清。但以清酒泲之，而不用茅。故《司尊彝》曰：盎齊涗酌，該緹齊、沈齊而言也。醴又入於六飲者，以其甜於餘齊，且不泲之故，與糵、酏爲類耳。○《周禮》鄭注，見《天官·酒正》賈疏曰：以昔酒爲久，冬釀接春，明此清酒久於昔酒，自然接夏也。中山，郡名。故《魏都賦》云：醇酎中山，沈湎千日。○晉灼注，《漢書·禮樂志》注引同。○《說文》，見《酉部》。○《釋名》，見《釋飲食》。至「汎汎然」止。其「如蓱之多者」五字，李氏注語，釋「若蓱」二字。《爾雅·釋草》曰：苹，蓱。郭注曰：水中浮蓱。郝曰：《說文》云：蓱，苹也。苹，蓱也。無根，浮水而生者。按：「苹」，經典作「萍」，以別於苹，藾蕭。

其甘不爽，醉而不酲。

【注】《老子》曰：五味令人口爽。《廣雅》曰：爽，傷也。毛萇《詩傳》曰：病酒曰酲。

【疏】《老子》王弼注曰：爽，差失也。○《廣雅》，見《釋詁》四。○《詩》毛傳，見《節南山》。○名、菁、腥、清、蓱、酲，古音耕部。○以上飲食。

及其糾宗綏族，禴祠蒸嘗。

【注】《左氏傳》曰：召公思周德之不類，故糾合宗族于成周。《爾雅》曰：綏，安也。《毛詩》曰：禴祠蒸

嘗，于公先王。

【疏】《左傳》，見僖二十四年。○《爾雅》，見《釋詁》。○《毛詩》，見《天保》。傳曰：春曰祠，夏曰禴，秋曰嘗，冬曰烝。釋文曰：「禴」，本又作「礿」。孔疏曰：《釋天》文。孫炎曰：祠之言食。礿，新菜可汋嘗。嘗，新穀烝進物品也。若以四時，當云祠、禴、嘗、烝。《詩》以便文，故不依先後。此皆《周禮》文。自殷以上，則禴、禘、嘗、烝，《王制》文也。至周公則去夏禘之名，以春禴當之，更名春曰祠。故《禘祫志》云：《王制》記先王之法度，宗廟之祭，春曰禴，夏曰禘，秋曰嘗，冬曰烝。祫爲大祭，於夏、於秋、於冬。周公制禮，乃改夏爲禴禘，又爲大祭。《祭義》注云：周以禘爲殷祭，更名春曰祠，是祠、禴、嘗、烝之名，周公制禮之所改也。○胡克家曰：袁本、茶陵本「于公」作「祭于此」，尤所改也。

以速遠朋，嘉賓是將。揖讓而升，宴于蘭堂。

【注】《儀禮》曰：速賓。鄭玄曰：速，召也。《論語》曰：有朋自遠方來。《毛詩》曰：我有嘉賓，鼓瑟吹笙。吹笙鼓簧，承筐是將。《儀禮》曰：若四方賓燕，則揖讓而升。賈逵《國語注》曰：不脱履升堂曰宴。《漢書》曰：拔蘭堂。

【疏】《儀禮》鄭注，見《鄉飲酒禮》。○《論語》，見《學而》。○《詩》，見《鹿鳴》。毛傳曰：篚篋所以行幣帛也。胡克家曰：袁本、茶陵本無「吹笙，吹笙」四字。茶陵「簧」作「琴」，袁亦作「簧」。案：此尤所校改也。○《儀禮》，見《燕禮》。「若」下有「與」字，「方」下有「之」字，「讓」下無「而」字。○胡克家曰：注「不脱履升堂」下當有「曰宴」二字，各本皆脱。步瀛案：《國語》賈注，汪遠孫輯在《周語》中「親戚宴饗」

句下。據《一切經音義》卷一增「曰宴」二字。今從之。汪曰：「不」字衍。《儀禮・燕禮》：賓反入，及卿大夫皆脱屨，升就席。注云：凡燕坐必脱屨，屨賤，不在堂也。《韓詩》：脱跣而上坐謂之宴。又引陳奐《毛詩傳疏》「不」當作「下」。《禮記・鄉飲酒義》：降，説屨升坐。「降」即「下」也。《詩・常棣》傳：不脱屨升堂謂之飫。「不」亦「下」字之誤。賈用毛義。步瀛案：詳見《東都賦》。○《漢書》，見《禮樂志》《郊祀歌・華爗爗篇》。尤本作「袚」，誤。今依六臣本。顔注曰：拔，舍止也。音步曷反。蓋「废」之借字。

珍羞琅玕，充溢圓方。

【注】《爾雅》曰：珍，美也。《方言》曰：羞，熟也。以羞之美，故喻於玉也。圓、方，器也。《尚書》曰：厥貢琅玕。又曰：惟辟玉食。

【疏】《爾雅》，見《釋詁》。○《方言》，見卷十二。本注「熟」下各本脱「也」字。今據《方言》補。○《尚書》，見《禹貢》，後引見《洪範》。

琢琱狎獵，金銀琳琅。

【注】《爾雅》曰：玉謂之彫。「琱」與「彫」，古字通也。《爾雅》曰：理玉曰琢，都角切。狎獵，飾之皃。胡甲切。獵，士甲切。《尚書》曰：厥貢球琳琅玕。

【疏】五臣本「琢琱」作「彫琢」。○《爾雅》，見《釋器》。尤本「彫」作「琱」。胡克家曰：「琱」當作「彫」。觀下注可見。各本皆誤。梁章鉅校同。今據改。案：今《爾雅》作「雕」，「雕」乃借字。又《釋器》曰：

玉謂之琢，又曰：雕謂之琢。郭注曰：治玉名也。此云治玉曰琢，乃綜郭注之意。不當再出「《爾雅》曰」三字。又改「治」爲「理」，避唐諱。○胡紹煐曰：「琢琱」二句承上「充溢圓方」言，則琢琱金銀，皆圓方之器。狎獵琳琅，正形容器之貌。「狎獵」，猶「捷獵」，本書《魯靈光殿賦》：捷獵鱗集是也。琳琅，謂其色琳琅然也。狀色曰琳琅。故狀聲曰琳琅，本書《九歌》：璆鏘鳴兮琳琅是也。○《尚書》，見《禹貢》。

侍者蠱媚，巾㡚鮮明。

【注】「蠱」已見《西京賦》。毛萇《詩傳》曰：綦巾，女服也。《字書》曰：㡚，上衣。

【疏】《毛詩》傳，見《出其東門》。○朱珔曰：「㡚」，《説文》作「韝」，云：臂衣也。《集韻》：褠單，衣，或从巾作㡚。《釋名》曰：褠，禪衣之無胡者也。言袖夾直形如溝也。《詩》：衣錦褧衣。鄭箋：褧，禪也。尚之以禪衣。「尚」與「上」通。《説文》：表，上衣也。然則上衣乃禪衣之著於外者，非禮服之上衣也。上文言侍者蠱媚，蓋近侍之服。《古今注》：乘輿進食者服攘衣。段氏謂攘衣即韝也。「攘」「上」音同。「上衣」，當爲「攘衣」。《後漢書·明德馬皇后紀》：倉頭衣綠褠，領袖正白，即此所謂巾㡚鮮明矣。

被服雜錯，履躡華英。

【注】雜錯，非一也。華英，光耀也。被，皮義切。

【疏】張銑曰：華英，光輝也。

儇才齊敏，受爵傳觴。

【注】《方言》曰：儇，急疾也。呼緣切。齊，在雞切。毛萇《詩傳》曰：敏，疾也。

【疏】五臣「受」作「授」。尤本「觴」作「觴」，俗字。○《方言》一儇訓慧，十二訓謾，皆不云急疾。「急」疑即「慧」字之誤。「疾」字殆涉下注文而衍耳。又《爾雅·釋詁》曰：齊，疾也。或此注本作「《方言》曰：儇，慧也。」《爾雅》曰：齊疾也。儇，呼緣切。齊，在雞切」，轉寫時改脱誤也。張銑曰：儇，惠也。案：「惠」「慧」字通。○《詩》毛傳，見《生民》。○嘗、將、堂、方、琅、明、英、觴，古音陽部。

獻酬既交，率禮無違。

【注】《毛詩》曰：獻酬交錯。《左氏傳》：晉侯曰：魯侯自郊勞至于贈賄，禮無違者。《東觀漢記》曰：朱浮上疏曰：陛下率禮無違。

【疏】《毛詩》，見《楚茨》。「酬」作「醻」。鄭箋曰：始主人酌賓爲獻。賓既酌主人，主人又自飲，酌賓曰醻。《釋文》曰：「醻」又作「酬」。○《左傳》，見昭五年。○《東觀漢記》見《朱浮傳》。

彈琴擫籥，流風徘徊。

【注】言樂聲之結風也。《説文》曰：擪，一指按也。「擪」與「擫」同。烏牒切。鄭玄《周禮注》曰：籥，舞者所吹也。如邃，三孔。籥音藥。邃音敵。

【疏】《説文》，見《手部》。本書《洞簫賦》：挹抐擫擶。注曰：「擫」「擫」皆同「擪」。又《笙賦》：厭焉乃揚。注曰：厭，猶捻也。薛傳均曰：《説文》無捻字。《手部》：擪，一指按也。《廣雅·釋詁》：擪，按也。《荀子·解蔽篇》：厭目而視者，視一以爲兩。注：厭，指按也。擪，正字。厭，叚借字。若捻則後出之俗字耳。杜宗玉《文選通叚字會》曰：擪，从手，或在下，或在旁者，傳寫之不同耳。又《洞簫》作「擫」，是「擫」即「擫」「擪」之證。「厭」本字，从甘，从月犬也。○《周禮》鄭注，見《春官》序官《籥師》注。如篴，三孔，則見《笙師》注。「孔」作「空」。《上林賦》注引同。案：「籥」、「龠」之通借字。《説文》曰：龠之竹管三孔，以和衆聲也。鄭玄《周禮・春官・笙師》注曰：龠如篴，三空。《禮記・少儀》、《明堂位》注皆云：籥如笛，三孔。趙岐《孟子・梁惠王》下注後一説、應劭《風俗通・聲音篇》、郭璞《爾雅・釋樂》注、《穆天子傳》注並云三孔。《詩・簡兮》毛傳曰：龠，六孔。《廣雅・釋樂》曰：龠謂之笛，七孔。郝懿行謂六孔、七孔者，爲舞籥，長三尺。三孔者，爲吹籥，長不過一尺，則本《詩・簡兮》《釋文》。其説是也。

清角發徵，聽者增哀。

【注】言既奏清角，而又發徵聲，故增哀也。《韓子》：師曠曰：清徵之聲，不如清角。許慎《淮南子注》曰：清角絃急，其聲清也。

【疏】《韓子》，見《十過篇》。○《淮南子・俶真篇》曰：耳聽白雪清角之聲。高誘注曰：清角，商聲也。與許注異。《管子・地員篇》曰：凡聽角如雉登木以鳴，音疾以清。

客賦醉言歸，主稱露未晞。

【注】《毛詩》曰：鼓咽咽，醉言歸。又曰：湛湛露斯，匪陽不晞。厭厭夜飲，不醉無歸。

【疏】《毛詩》，見《有駜》及《湛露》。

接歡宴於日夜，終愷樂之令儀。

【注】《毛詩》曰：愷樂飲酒。又曰：莫不令儀。

【疏】《毛詩》，見《魚藻》及《湛露》。「愷」作「豈」。《釋文》曰：本亦作「愷」。○違、徊、哀、晞，古音脂部。儀，歌部。通轉爲韻。○以上祠祭燕饗。

於是暮春之禊，元巳之辰，方軌齊軫，祓于陽瀕。

【注】《毛詩》曰：惟暮之春。《史記》曰：武帝禊霸上。《續漢書》曰：三月上巳，官人皆禊於東流水上，祓除宿垢疚也。《周禮》曰：女巫掌歲時祓除。楊雄《蜀都賦》曰：相與如乎陽瀕。

【疏】《毛詩》，見《臣工》。○《史記·外戚世家》「禊」作「祓」。○《續漢書》，見《禮儀志》。「官」各本誤作「宫」。依《續志》改。「人」，本作「民」。李注避唐諱，改爲「人」。○《周禮》，見《春官》。○姜宸英《湛園札記》四曰：《宋書·禮樂志》舊説有郭虞者，有三女。以三月上辰産二女，上巳産一女。二日之中，而三女俱亡。俗以爲大忌。至此月此日，不敢止家，皆於東流水上爲祈禳，自爲潔濯，謂之禊祠。分流行觴，遂成曲水。史臣按：《周禮·女巫》掌歲時祓除釁浴，如今三月上巳，如水上之類是也。釁浴」，謂以薰草葉沐浴也。《韓詩》曰：鄭國之俗，三月上巳，之溱洧兩水之上，招魂續魄，秉蕑草，拂不祥。此則其來甚久，非起郭虞之遺風。今世之度水也。《月令》：暮春天子始乘舟。蔡邕《章句》曰：陽氣和暖，鮪魚時至，將取以薦寢廟，故因是乘舟，禊於名川也。《論語》：暮春浴乎沂。自上及下，古有此禮。今三月上巳，祓於水濱，蓋出此也。邕之言然。《南都賦》：祓於陽濱，又是也。或用秋。《漢書》：八月祓於灞上。劉楨《魯都賦》：素秋二七，天漢指隅，人胥祓除，國子水嬉。又是用七月十四也。自魏以後，但用三日，不用巳也。沈約此段乃是用摯虞、束皙之對，而不載洛水浮觴故事，殊不可解。秋祓特新，從來未經拈出。但所引祓除，無關宋事。志禮及此，直是黃車小説耳。步瀛案：洛水浮觴，事見《晉書·束皙傳》、《續齊諧記》，本書顔延年《三月三日曲水詩序》注引之。顧炎武《日知録》三十二曰：吴才老《韵補》：古巳午之巳，亦讀如「已矣」之「已」。季春之月，辰爲建，巳爲除。故用三月上巳祓除不祥。古人謂病愈爲「已」，亦此意也。周公謹《癸辛雜識》以爲戊己之己者，非。何焯《義門讀書記》曰：古人上丁、上辛皆取十干，亭林之説疑非。亦本之仲遠也。步瀛案：《風俗通·祀典篇》曰：巳者，祉也。邪疾已去，祈介祉也。上巳之義本此。上辛者，取於齊戒自新之義。上丁者，取於丁壯之義。上巳者，取於邪疾已去之義。不必定取天干。何氏説非也。張雲璈曰：上巳蓋用三月中第一巳日，爲上辛上丁之類。《後漢書·禮儀志》：上巳官民皆絜於東流水上，曰：洗濯祓除，去宿垢疢，爲大絜。則猶用巳日。後乃但以三月三日爲上巳，誤也。沈約《宋書》以爲自魏始，此猶之古時端午，亦止用五月中第一午日。《論衡·率性篇》云：五月丙午日日中之時，鑄陽燧，是午節宜用午日。後世專用五日，亦誤以午爲五也。陳立《句溪雜著》記禊曰：「禊」字不見於《説文》、《玉篇》。《廣韻》始有之。而史公已記漢武禊霸上之事。徐廣所云三月三日，臨水祓除，謂之「禊」，是也。又蔡中郎注《月令》：天子始乘舟，亦謂陽氣和煖，禊於名川，則禊義之興已久。考「禊」疑古祇作「契」。契有絶缺之義。《漢·毋將隆傳》契國威器，謂絶國威器也。司馬相如《封禪文》契三神之歡，謂缺三神之歡也。禊祭取義於絶除穢惡，則古或卽叚「契」爲之。後因加「示」爲「禊」耳。然經典有「祓」無「禊」。「祓」「禊」同韻，則後世「禊」字其古「祓」之變體與？鄭注《周禮》云：如今三月時，則古不用辰月可知。後世禮移俗變，多不得時之正，或卽行之三月。《韓詩序》云：鄭國之俗，三月上巳，於溱洧兩水之上，執蘭招魂，祓除不祥，是也。後世行此禮者，亦不盡用辰月。《西京雜記》：漢高與戚夫人於正月上辰，出百子池邊，灌濯以祓妖邪，則用寅月。漢武八月祓霸上，則用酉月。劉公幹《魯都賦》素秋二七，則用申月。《九歌》春蘭秋菊、姱女容與，則又春秋並用矣。而歷代相沿，多以辰月爲正。張平子《南都賦》：莫春之禊，元巳之辰。《荆楚歲時記》亦有三月三日，士民出泛江渚，爲流杯曲水之飲。宋元嘉、齊永明，相沿爲故事。故顔延之、王元長有《曲水詩序》，而王右軍亦於是日修禊山陰也。但祓除之禮，始必因四月雩祭，後改用辰月，仍用巳日。自魏以後，則專以三月三日，而上巳之本義亡矣。至於摯仲洽徐肇亡女之説，固屬不經。束廣微周公泛觴之事，亦無確證。俱置而不論可也。〇楊雄《蜀都賦》、《古文苑》「乎」誤「平」，「瀕」誤「頻」，當依此注改正。

朱帷連綱，曜野映雲。

【注】綱，維綱也。

【疏】尤本「綱」作「網」，誤。胡克家曰：茶陵本云：五臣作「綱」，袁本云：善作網，各本所見皆非也。胡紹煐曰：《御覽》七百引亦作「綱」。《説文》：綱維，紘繩也。

男女姣服，駱驛繽紛。

【注】駱驛繽紛，往來衆多貌。

【疏】本書《長笛賦》：繁縟駱驛。六臣本作「絡繹」，字同。

致飾程蠱，偠紹便娟。

【注】《廣雅》曰：程，示也。便娟，則蟬蜎也。蠱及偠紹便娟，已見《西京賦》。

【疏】《廣雅》，見《釋詁》四。○呂錦文曰：偠紹，卽夭紹也。《西京賦》：要紹修態。《靈光殿賦》曲枅要紹而環句，皆與「偠紹」同。木華《海賦》䁘眇蟬蜎「䁘」與「偠」、「要」、「夭」並通。○辰、雲、紛，古音諄部。瀕、真部。通轉爲韵。

微眺流睇，蛾眉連卷。

【注】鄭玄《禮記注》曰：睇，傾視也。徒計切。《毛詩》曰：螓首蛾眉。郭璞《爾雅注》曰：蠶，蛾也。連卷，曲貌。卷音權。

【疏】五臣「卷」作「蜷」。○《禮記》鄭注，見《內則》。○《毛詩》，見《碩人》。尤本「蛾」作「娥」，與正文不合。今依六臣本。然字雖作「蛾」，而義仍當從「娥」字解。「蛾」，乃通借字。《方言》一曰：娥，好也。《離騷》王逸注曰：娥，眉，好貌。《廣雅·釋詁》一曰：娥，美也。惟《漢書·楊雄傳》顏注曰：蛾眉，形若蠶蛾眉也。段玉裁《詩經小學》駁之曰：蠶蛾之眉，與首異物，類乎鳥之有毛角者，不得謂之眉也。且人眉似蠶角，其醜甚矣。安得云美哉。案：段說是也。○《爾雅》郭注，見《釋蟲》。○孫志祖曰：《上林賦》曰：長眉連娟，微睇緜藐。○娟、卷，古音元部。

於是齊僮唱兮列趙女，

【注】齊、趙，二國名也。楊惲書曰：婦，趙女也。

【疏】楊惲書，見本書卷四十一。

坐南歌兮起鄭舞，白鶴飛兮繭曳緒。

【注】《吕氏春秋》曰：禹行水，見塗山之女。禹未之遇而省南土。塗山之女乃令其妾往候禹于塗山之陽。女乃作歌曰：候人猗兮。實始爲南音。周公、召公取風焉。高誘曰：取南音以爲樂歌也。《楚辭》曰：二八齊容起鄭舞。王逸曰：鄭國舞也。白鶴飛兮繭曳緒，皆舞人之容。

【疏】尤本「舞」作「儛」，今依六臣本。○《吕氏春秋》，見《音初篇》。今本「水」作「功」。梁章鉅曰：本書《吴都賦》注及《太平御覽》一百三十五皆引作「行水」。疑今本《吕氏春秋》誤也。又「猗兮」作「兮猗」。○《楚辭》，見《招魂》。○孫志祖曰：潘氏耒云：白鶴飛，舞態。繭曳緒，歌聲。注誤。胡紹煐曰：白鶴飛承上起鄭舞，繭曳緒承上坐南歌。細玩語意，則潘説爲是。

脩袖繚繞而滿庭，羅襪躡蹀而容與。

【注】繚繞，袖長貌。躡蹀，小步貌。《説文》曰：躡，蹈也。徒頰切。許慎《淮南子注》曰：蹀，蹈也。蘇協切。

【疏】《説文》，見《足部》。○《淮南》注，在《俶真篇》。

翩緜緜其若絶，眩將墜而復舉。

【注】毛萇《詩傳》曰：緜緜，長而不絶貌。《國語》曰：觀美而眩。賈逵曰：眩，惑也。

【疏】《詩》毛傳，見《緜篇》。今本無「長而」二字。○《國語》，見《周語》下賈注。《景福殿賦》、《五君詠》、《劇秦美新》注引並同。○女、舞、緒、與、舉，古音魚部。

翹遥遷延，蹩躠蹁躚。

【注】翹遥，輕舉貌。遷延，却退貌。《上林賦》曰：便跚蹩屑。蹩，蒲結切。躠，素結切。蹁，步先切。躚，素田切。

【疏】許巽行曰：今本《上林賦》及《漢書》並作「便姍蹩屑」。《史記》作「媥姺徶循」。《子虛賦》又有「嫳姍敎窣」。《史記·平原君列傳》：槃散行汲。《索隱》：散，先寒反。亦作「跚」。《莊子·大宗師篇》：跰躃而鑒於井。古字類無定也。《説文》：蹩，踶也。一曰跛也。蒲結切。蹁，足不正也，部田切。躚，蹁躚施行，穌前切。杜宗玉曰：「躠」「屑」一音。《説文》：屑，動作切切也。從尸，㐭聲。《方言》十：屑屑，不安也。注：屑屑，往來之貌也。與「蹩躠」意合，音義俱近。

結九秋之增傷，怨西荆之折盤。

【注】古樂府有《歷九秋妾薄相行》。歌辭曰：齊謳楚舞紛紛，歌聲上徹青雲。西荆，即楚舞也。折盤，舞貌。張衡有《七盤舞賦》，或以折盤爲七盤也。

【疏】《七啓》注曰：古樂府有《歷九秋》。《七命》注曰：古樂府有《歷九秋妾薄相行》。《吴都賦》注引曹植《妾薄相行》曰：齊謳楚舞紛紛。據《七啓》注，似「《歷九秋》」自爲一題。據此注及《七命》注，又似合爲一題。據《吴都賦》注又以爲曹植作，而非古樂府。又《樂府古題要解》及《樂府詩集》均不載。疑不能明也。《曹子建集·妾薄命》輯入此二語，恐非。○張平子《舞賦》、陸士衡樂府《日出東南隅行》注引同。又互見《西京賦》疏。○注「或」字各本作「咸」，依胡校改。○躚、盤，古音元部。

彈箏吹笙，更爲新聲。

【注】《毛詩》曰：吹笙鼓簧。《史記》曰：衛靈公見晉平公曰：今者來聞新聲，請奏之。更，古衡切。

【疏】《毛詩》，見《鹿鳴》。○《史記》見《樂書》。本注「來」誤作「未」，今正。

寡婦悲吟，鵾鷄哀鳴。

【注】寡婦曲，未詳。古相和歌有《鵾雞》之曲。

【疏】梁章鉅曰：案：蔡邕市寡女絲製琴，彈之有憂愁哀慟之音，見賈氏《説林》，賦語或本此。姜皋曰：《列女傳》魯陶嬰少寡，或聞其義，將求焉。嬰乃作歌明己之不更二庭，《漢橫吹曲》中《黄鵠曲》者是。朱珔曰：「寡婦」不定爲曲名。據《列女傳》，陶嬰夫死，守義。魯人欲求之，作《黄鵠歌》有曰：夜半悲鳴兮想其故雄，嗟此寡婦兮泣下數行。又《琴操》云：魯漆室女倚柱悲吟，作女貞之辭。二事略同。賦語或即本此與？胡紹瑛曰：此非曲名，乃形容新聲耳。言寡婦聞而悲吟，鵾鷄聽而哀鳴。本書《七命》煢嫠爲之擗摽，孀老爲之嗚咽。意與此同。鵾鷄善鳴。《九辯》云：鵾鷄啁哳而悲鳴。哀鳴，即悲鳴也。

坐者悽欷，蕩魂傷精。

【注】《楚辭》曰：憯悽增欷。傷精神也。《好色賦》曰：精神相依憑。

【疏】《楚辭》，見《九辯》。○「傷精神也」四字，乃注語，疑上當有「傷精」二字，故下又引「精神相依憑」以明「精」與「神」爲一，然義意頗淺，疑後人所增。非原注所有。○「《好色賦》」各本誤作「《神女賦》」，今正。《登徒子好色賦》，見本書卷十九。○笙、聲、鳴，精，古音耕部。

於是羣士放逐，馳乎沙場。

【注】逐，馳逐也。

騄驥齊鑣，黄閒機張。

【注】騄驥，駿馬之名也。《穆天子傳》：八駿有赤驥、騄耳。音録。《説文》曰：鑣，馬銜也。彼驕切。《漢書》曰：李廣以大黄射其裨將。鄭氏曰：黄閒弩，淵中黄牙。《尚書》曰：若虞機張。孔安國曰：機弩牙。

【疏】五臣「騄驥」作「驥騄」。○《穆天子傳》，見卷一。「騄」作「緑」。案：《説文》無「騄」字。後人因「緑耳」馬名，乃製此字耳。○《説文》，見《金部》。○《漢書》及鄭氏注見《李廣傳》。案：《史記·李將軍傳》《集解》引鄭德曰：黄肩弩，淵中黄朱之。與此引小異。《漢書》顔注引服虔曰：黄肩弩也。晉灼曰：「黄肩」即「黄閒」也。大黄，其大者也。○《尚書》，見僞《太甲》上。

足逸驚飆，鏃析毫芒。

【注】言馬疾而矢利。析音錫。

【疏】呂延濟曰：逸驚飆，言馬足疾也。析毫芒，言射之妙也。《莊子・天下篇》《釋文》引《三蒼》曰：鏃，矢鏑也。

俯貫魴鱮，仰落雙鶬。

【注】魴鱮，已見《西京賦》。《列子》曰：蒲且子連雙鶬於青雲之上。鶬，已見《西都賦》。

【疏】《列子》，見《湯問篇》。

魚不及竄，鳥不暇翔。

【注】言急遽也。《高唐賦》曰：飛鳥未及起，走獸未及發。

【疏】揚、張、芒、鶬、翔，古音陽部。

爾乃撫輕舟兮浮清池，亂北渚兮揭南涯。

【注】浮，已見《西都賦》。《爾雅》曰：水正絶流曰亂。《説文》曰：揭，高舉也。丘別切。

【疏】五臣「清」作「青」。○《爾雅》，見《釋水》。○《説文》，見《手部》。呂向曰：揭，指也。王念孫曰：李解揭爲高舉，與「南涯」二字義不相屬。呂解揭爲「指」，古無此訓。皆非也。今案：「揭」讀爲「愒」。《小雅・菀柳篇》毛傳曰：愒，息也。步瀛案：王説固勝，但李訓揭爲高舉，殆卽以爲《詩・匏有苦葉》「淺則揭」之「揭」。毛傳曰：褰衣也。高舉卽褰衣之意。特李注未申言之耳。○丘別切。三字依袁本、茶陵本增。

汰瀺灂兮舩容裔，陽侯澆兮掩鳧鷖。

【注】《楚辭》曰：齊吴榜以激汰。王逸曰：汰，水波也。徒蓋切。《上林賦》曰：瀺灂隕隊。瀺，士減切。《戰國策》曰：塞漏舟而輕陽侯之波，則舟覆矣。《淮南子》曰：武王伐紂，渡于孟津，陽侯之波逆流而擊之。高誘曰：陽侯，陽國侯也。溺死於水，其神能爲大波。王逸《楚辭注》曰：回波爲澆，公堯切。《毛詩》曰：鳧鷖在潨。

【疏】《楚辭》，見《九章・涉江》。○「徒蓋切」三字依袁本、茶陵本增。○本書《上林賦》注引《字林》曰：瀺灂，小水聲也。「隕隊」作「霣墜」。李注「霣」即「隕」字也。案：「墜」《漢書・司馬相如傳》作「隊」。「隊」乃隊落之本字。《説文》曰：隊，從高隊也。段曰：「隊」、「墜」正俗字。今「墜」行而「隊」廢矣。金甡曰：《高唐賦》巨石溺溺之瀺灂兮，在前。○瀺，士減切。依袁本、茶陵本增。○《國策》，見《韓》二。○《淮南子》，見《覽冥篇》。○《楚辭》，見《九歎・離世》。○「公堯切」三字，依袁本、茶陵本增。○《毛詩》，見《鳧鷖》。詳《西都賦》。

追水豹兮鞭蝄蜽，憚夔龍兮怖蛟螭。

【注】水豹、蝄蜽已見《西京賦》。《國語》曰：木石之怪夔，水之怪龍。韋昭曰：木石，爲山也。夔，一足也。

【疏】尤本「水豹」下無「蝄蜽」二字。「賦」字下有「《説文》曰：蝄蜽，山川之精物也。蛟螭，若龍而黄」十七字。袁本作「蝄蜽、蛟螭，已見《西京賦》」九字。皆非是。「蝄蜽」二字宜在「水豹」二字下，不應複出《西京賦》注。「螭」注已見上文，此又誤衍。「蛟」字今削。○《國語》，見《魯語》下。本作「木石之怪曰夔蝄蜽，水之怪曰龍罔象。」此節引。又韋注曰：木石謂山也。或云：夔，一足。本注作「爲」。「爲」、「謂」字通。○「蛟」，已見《西京賦》，然此「蛟螭」連文，似與《南山經》《中山經》郭注所舉者不同。《楚辭・九思・守志》王注曰：龍無角曰蛟。《天問》注曰：有鱗曰蛟龍。《淮南子・墬形篇》高注曰：蛟龍，有鱗甲之龍也。《廣雅・釋魚》曰：有鱗曰蛟龍，有翼曰應龍，有角曰蘢龍，無角曰䖞龍。「䖞龍」卽「螭龍」，故蛟螭並言之。○池、螭，古音歌部。涯，支部。鶩，脂部。通轉爲韵。

於是日將逮昏，樂者未荒。

【注】《毛詩》曰：好樂無荒。

【疏】五臣「將」作「既」。胡克家曰：袁本、茶陵本「逮」下校語云：善作「遥」。案：「遥」，但傳寫誤。此蓋尤校改正之也。○《毛詩》，見《蟋蟀》。

收驩命駕，分背迴塘。

【注】《孔叢子》曰：巾車命駕。《廣雅》曰：塘，堤也。

【疏】《孔叢子》，見《記問篇》。○《廣雅》，見《釋宮》。

車雷震而風厲，馬鹿超而龍驤。

【注】雷震，言多也。風厲，言疾也。《毛詩》曰：戎車啍啍，如霆如雷。毛萇《詩傳》曰：雷出地，奮震驚百里。《古詩》曰：涼風率已厲。杜預《左氏傳注》曰：厲，猛也。《韓子》曰：馬如鹿者千金。鄒陽《上書》曰：蛟龍驤首。《舞賦》曰：龍驤橫舉，揚鑣飛沫。《周禮》曰：凡馬八尺已上爲龍。

【疏】《毛詩》，見《采芑》。○毛傳，見《殷其靁》。○《古詩》，見本書卷二十九。○《左傳》注，見定十二年。○《韓子》，見《外儲説右上》。○鄒陽《上書吴王》，見本書卷三十九。○《周禮》，見《夏官・廋人》。「已」、「以」字同。

夕暮言歸，其樂難忘。此乃游觀之好，耳目之娛，未睹其美者，焉足稱舉。

【注】言此游觀耳目之樂，非極美也。

【疏】五臣「言」作「而」，「舉」作「歟」。○荒、塘、驤、忘，古音陽部。娛、舉、古音魚部。○以上因祓禊而及聲樂、田獵、遊弋之盛。

夫南陽者，真所謂漢之舊都者也。遠世則劉后甘厥龍醢，覛魯縣而來遷。

【注】《左氏傳》曰：劉累學擾龍于豢龍氏，以事孔甲。龍一雌死，潛醢以食夏后，夏后饗之。既，又使求之。懼而遷於魯縣。《漢書》曰：南陽郡魯陽縣，即御龍氏所遷。

【疏】六臣本無「者」字。五臣「世」作「代」。尤本「覛」作「視」。胡克家曰：「視」當作「覛」。袁本云：善作「視」。茶陵本云：五臣作「覛」。各本所見皆非。善亦當作「覛」，但傳寫誤「視」耳。○《左傳》，見昭二十九年。「既」又作「既而」。○《漢書》，見《地理志》。無「即」字。《清統志》曰：河南汝州魯陽故城，今魯山縣治。

奉先帝而追孝，立唐祀乎堯山。

【注】先帝，謂堯也。皇甫謐曰：堯始封於唐，今中山唐縣是也。後徙晉陽，及爲天子，都平陽。於《詩》

爲唐國。是堯以唐侯升爲天子也。《水經》曰：魯陽縣西堯山。酈元曰：魯縣立堯祠於西山，謂之堯山也。

【疏】胡克家曰：注「皇甫謐曰」至「升爲天子也」，袁本作「堯以唐侯升爲天子，已見上文」，是也。茶陵本複出，非。步瀛案：「上文」指《東都賦》注。然但引《尚書·堯典》僞孔傳，不及皇甫謐。胡氏謂四十二字爲複出，非也。又案：《帝王世紀》、《太平御覽·州郡部》引尤詳。○《水經·滍水篇》已見上。「魯陽」，二字亦依《水經》校改。案：堯山有二：一爲河北唐縣之山。《漢書·地理志》中山國唐縣下，原注曰：堯山在南。顔注引張晏曰：堯山在唐東北望都界。又望都縣，注引張晏曰：堯山在北，堯母慶都山在南。登堯山見都山，故以爲名。《御覽·州郡部》一引《帝王世紀》曰：帝堯氏始封於唐，今中山唐縣是也。堯山在焉。唐水在西北，入唐河，南有望都縣，山卽堯母慶都之所居也。相去五十里，都山一名豆山，北登堯山，南望都山，故名其縣曰望都。而《地理志》：堯山在唐南山中。張晏以堯山實在唐北。《清統志》曰：直隸保定府，堯山在唐縣北，是也。一爲河南魯山縣之山，卽滍水所出也。已見上。

固靈根於夏葉，終三代而始蕃。

【注】言劉氏植根於夏葉，終三代而始蕃昌也。毛萇《詩傳》曰：葉，世也。三代，已見班固《兩都序》。

【疏】《左·襄二十四年》：范宣子曰：昔匄之祖，在夏爲御龍氏，在商爲豕韋氏，在周爲唐杜氏。晉主夏盟，爲范氏。《漢書·高帝紀贊》曰：《春秋》晉史蔡墨有言：陶唐氏既衰，其後有劉累，學擾龍事孔甲，范氏其後也。晉主夏盟，爲范氏。范氏爲晉士師。魯文公世奔秦，後歸于晉。其處者爲劉氏。劉向云：戰國時，劉氏自秦獲於魏，秦滅魏，遷大梁都于豐。故周市説雍齒曰：豐，故梁徙也。是以頌高祖云：漢帝本系，出自唐帝。降及于周，在秦作劉。涉魏而東，遂爲豐公。案：終三代而始蕃，謂終夏、殷、周三代，至秦而高帝崛興也。○《詩》毛傳，見《長發》。

非純德之宏圖，孰能揆而處旃。

【注】孔安國《尚書傳》曰：揆，度也。求癸切。鄭玄《毛詩箋》曰：旃，之也。

【疏】《尚書》僞孔傳，見《舜典》。○「求癸切」三字，依袁本、茶陵本增。○《毛詩》鄭箋，見《采苓》。○遷、山、蕃、旃，古音元部。

近則考侯思故，匪居匪寧。穢長沙之無樂，歷江湘而北征。

【注】《東觀漢記》曰：春陵節侯，長沙定王中子買。節侯生戴侯，戴侯生考侯。考侯仁以春陵地勢下溼，難以久處，上書願徙南陽守墳墓。元帝許之。於是北徙。「考」或爲「孝」，非也。

【疏】五臣「考」作「孝」。○今本《東觀漢記·光武帝紀》作：光武皇帝諱秀，高帝九世孫也。承文景之統，出自長沙定王發，王生春陵節侯。春陵本在零陵郡，節侯孫考侯，以土地下溼，元帝時求封南陽蔡陽白水鄉，因故國名曰春陵。與本注引頗異。《後漢書·光武帝紀》曰：景帝生長沙定王發，發生春陵節侯買，買生鬱林太守外，外生鉅鹿都尉回，回生南頓令欽，欽生光武。《宗室四王傳·城陽恭王傳》曰：節侯買以長沙定王子，封於零道之春陵鄉，爲春陵侯。買卒，子戴侯熊渠嗣。熊渠卒，子考侯仁嗣。

仁以春陵地埶下溼，山林毒氣，上書求減邑内徙。元帝初元四年，徙封南陽之白水鄉，猶以春陵爲國名。遂與從弟鉅鹿都尉回，及宗族往家焉。案：「考侯」，《漢書・王子侯表》作「孝侯」。又案：漢長沙國，都臨湘縣。《清統志》曰：湖南長沙府臨湘，在府城南，今善化縣界。永州府春陵故城，在寧遠縣西北。又案：長沙府舊治長沙、善化二縣，今并爲長沙縣。○《漢書・地理志》零陵郡零陵縣，原注曰：陽海山，湘水所出，北至酃入江，過郡二，行二千五百里。王先謙曰：「酃」字誤。據《水經注》：湘水過酃後，歷湘南、陰山、臨湘、羅、下雋五縣，且江水亦不能上至酃縣。「酃」當爲「下雋」二字之誤。又曰：過郡二，零陵、長沙。又《地理志》：長沙國臨湘縣。注引應劭曰：湘水出零山。《水經・湘水注》作「零陵山」，當據補。何焯、戴震、趙一清反據《漢志》脱字，以删《水經注》「陵」字，以爲别一「零山」，非也。楊守敬《水經注疏要删》能正其失。然謂應氏語應系於零陵始安下，顔氏誤系於臨湘，亦非是。蓋臨湘因湘水得名，故應氏言湘水所出。如潁川郡昆陽縣下，應曰：昆水出南陽。潁陽縣下，應曰：潁水出陽城，皆同此例。且應注若在始安，顔氏何故移之臨湘乎。《水經・湘水篇》曰：湘水出零陵縣陽海山北，至巴丘山入于江。酈注曰：山在湘水右岸，山有巴丘故城。本吴之巴丘邸閣城也。晉太康元年，立巴陵縣于此。後置建昌郡。宋元嘉十六年立巴陵郡，城跨岡嶺，濱阻三江。巴陵西對長洲，其洲南分湘浦，北届大江。故曰三江也。三水所會，亦或謂之三江口矣。案：陽海山，在今廣西興安縣南九十里。酃縣故城，在今湖南衡陽縣東。下雋故城，在今沅江縣東。巴陵故城，即今岳陽縣治。

曜朱光於白水，會九世而飛榮。

【注】朱光，火德也。已見《東京賦》。《東觀漢記》曰：考侯仁徙封南陽白水鄉。又曰：世祖光武皇帝，高祖九世孫，承文景之統，出自長沙定王。榮，光榮也。《封禪書》曰：發號榮。

【疏】白水，已見《東京賦》。○《封禪書》卽本書卷四十八之《封禪文》。

察茲都之神偉，啟天心而寤靈。

【注】言考侯既察此都之神偉，且啟上天之心，又寤先靈之意，使之而王也。《説文》曰：偉，奇也。

【疏】尤本「都」作「邦」。胡克家曰：袁本云：善作「邦」。茶陵本云：五臣作「都」。案：注中仍云「此都」，似善亦作「都」也。○《説文》，見《人部》。○寧、征、榮、靈，古音耕部。

於其宮室則有園廬舊宅，隆崇崔嵬。

【注】高，大也。

【疏】六臣本「於其」作「於是」。○光武舊宅，在今湖北棗陽縣，已見《東京賦》疏。○尤本「高」字上有《説文》曰：「崔」四字。胡克家曰：袁本、茶陵本無此四字，是也。梁章鉅曰：今《説文》：崔，大高也。

御房穆以華麗，連閣焕其相徽。

【注】御房，帝舊房也。相徽，言俱美。孔安國《尚書傳》曰：徽，美也。

【疏】《尚書》僞孔傳，見《舜典》。

聖皇之所逍遥，靈祇之所保綏。

【注】聖皇，謂光武也。逍遥，謂潛龍之日。《韓詩内傳》曰：逍遥也。靈祇，天地之神也。《毛詩》曰：神保是饗。又曰：綏以多福也。

【疏】各本「《内傳》」誤作「《外傳》」。何氏、陳氏「遥」下增「遊」字。陳喬樅輯此於《鄭風·清人》，謂此「逍遥也」乃「河上乎消摇」之訓。《説文》無「逍遥」字。《字林》有之。見張參《五經文字序》。又《文選·上林賦》注引司馬彪云：「消摇」，逍遥也。即本《韓詩》訓義。案：據陳説，則不應增「遊」字。今從之。○《毛詩》，見《楚茨》及《載見》。

章陵鬱以青葱，清廟肅以微微。

【注】《東觀漢記》曰：建武中更名春陵爲章陵。光武過章陵，祠園廟。《爾雅》曰：青謂之葱，林木茂盛之貌。微微，幽静貌。

【疏】《東觀漢記·光武紀》曰：建武三年冬十月，帝幸春陵，祠園廟。大置酒，與春陵父老故人爲樂。以皇祖、皇考墓爲冒陵，後改爲章陵。以春陵爲章陵縣。清武英殿聚珍本案曰：《范書》帝紀改春陵爲章武縣，在建武六年。此蓋通後事言之。步瀛案：《續漢書·郡國志》曰：南陽郡章陵，故春陵，世祖更名。劉注引《古今注》曰：建武十八年，使中郎將耿遵築城。《後漢書·光武紀論》曰：望氣者蘇伯阿爲王莽使，至南陽，遥見春陵郭，唶曰：氣佳哉，鬱鬱葱葱然。○《爾雅》，見《釋器》。

皇祖歆而降福，彌萬祀而無衰。

【注】《毛詩》曰：獻之皇祖。《説文》曰：歆，神食氣也。《毛詩》曰：降福孔夷。《爾雅》曰：彌，終也。又

曰：祀，年也。

【疏】《毛詩》，見《信南山》。○《説文》，見《欠部》。○次引《毛詩》，見《有客》。○《爾雅》，見《釋言》。○《左・宣三年》杜注曰：祀，年也。《爾雅・釋天》曰：商曰祀。此注「祀年也」三字，非《爾雅》原文。「又曰」二字，疑誤。

帝王臧其擅美，詠南音以顧懷。

【注】帝王，光武也。顧懷，過章陵祠園廟之時也。《爾雅》曰：臧，善也。《説文》曰：擅，專也。《左氏傳》：楚鍾儀囚於晉，與之琴，操南音。《劇秦美新》曰：后土顧懷。

【疏】《爾雅》，見《釋詁》。○《説文》，見《手部》。○《左傳》，見成七年及九年。許慶宗曰：當引《吕覽・音初篇》禹始制爲南音。此於帝王下決不用鍾儀囚晉事也。朱珔曰：此言光武過舊宅，則本《左傳》取樂操土風之意，南陽爲楚地，尤合。非以鍾儀比光武也。若作禹事，轉泛。許説太泥。似當仍舊注。胡紹煐曰：本書《吴都賦》「操南音」劉注《左傳》、《吕覽》兩引。○《劇秦美新》，見本書卷四十八。○嵬、徽、綏、微、衰、懷，古音脂部。

且其君子弘懿明叡，允恭温良。容止可則，出言有章。進退屈伸，與時抑揚。

【注】班固《説東平王蒼》曰：體弘懿之姿。叡，哲也。已見《東京賦》。《尚書》曰：允恭克讓。《論語》：子貢曰：夫子温良恭儉讓。《孝經》曰：容止可觀，進退可度。《毛詩》曰：其容不改，出言有章。《周易》曰：往者屈也，來者伸也。屈伸相感，而利害生焉。班固《漢書・叔孫通述》曰：叔孫奉常，與時

抑揚。

【疏】五臣「明叡」作「睿哲」。○《説東平王蒼》，見《後漢書・班固傳》。○《尚書》，見《堯典》。○《論語》，見《學而》。○《孝經》，見《聖治章》。○《毛詩》，見《都人士》。○《周易》，見《繫辭》下，「伸」作「信」。《釋文》曰：本又作「伸」。○《漢書・叔孫通述》，見《叙傳》。○良、章、揚，古音陽部。

方今天地之睢刺，帝亂其政，豺虎肆虐，真人革命之秋也。

【注】《漢書音義》曰：方，向也。謂高祖之時。《蒼頡篇》曰：今，時辭也，謂光武。天地，猶天下也。睢刺，喻禍亂也。謂秦二葉也。《淮南子》曰：萬物肝睢。《楚辭》曰：獨乖刺而無當。王逸曰：刺，邪也。睢，許規切。帝，謂高祖也。馬融《論語注》曰：亂，理也。豺狼貪殘，謂王莽也。真人，光武也。《文子》曰：得天地之道，故謂之真人。革命，已見《東都賦》。

【疏】五臣「虎」作「狼」。○何焯曰：此處疑有脱誤。按：注以「方」謂高祖，「今」謂光武，亦不可通。孫志祖曰：劉良注云：方，向也。向今，猶向時也。言向時秦、莽失政，正是高祖、光武革命之秋也。朱珔曰：「方今」即當今，固常語耳。二字分屬，無此文法。以亂爲治，亦未免强辭。如所説，合數語讀之，殊嫌窒礙。此宜統指王莽擾亂時，一氣直下。帝謂天帝，即《詩》所云昊天不平，《書》所云惟天不畀，允罔固亂也。語勢較順。下文高祖階其塗，乃始追溯前事，非應此處也。劉良注並言二祖，意同善注，而以「方今」爲向時，尤不合。且「帝」字兼指秦、莽，非也。葉氏樹藩引朱超之説，以「帝」爲成帝，謂趙氏亂内，外家擅朝，所謂帝亂其政，亦未免太遠。惟引孫月峯云：帝是上帝，亂是紊亂，似爲得之。步瀛案：「方今」猶言當時。朱氏珔説得之。而以帝屬天帝，亦非。此當以朱氏超之説爲是。其言曰：建始以來，黄霧四塞，青蠅集殿，星貫紫宫，鐵飛沛郡，地震山崩，江竭河溢，史不絶書，正天地睢剌之時。其時趙氏亂内，外家擅朝，所謂帝亂其政，實指成帝而言。降及哀、平，新莽肆亂，遂爲真人革命之秋也。○二葉，卽二世。○《淮南子·俶真篇》本句作「萬民」，上句有「萬物」字。○《楚辭》，見《七諫·怨世》。○「睢，許規切」，依袁本、茶陵本增。○《論語》馬注，《泰伯篇》《集解》引同。○《文子》，見《道原篇》、《道藏》朱弁注本「上不與物雜」句「至德天地之道」句注云：性得純和，以合天地之道，斯真人也。默希子注本亦作「德曰體同虚無，德合天地，故曰真人」。惟杜道堅《纘義》作「得」，云：真人體道，虚心静神，則天地之道得矣。李注所據本與杜同。或「至」字上屬，以「不與物雜至」爲句耳。○五臣音剌，力達反。張雲璈曰：《通雅》云：《南都賦》：方今天地之睢剌。《太史公書》：私心剌謬。《劉向傳》：朝臣舛午，膠戾乖剌。此數「剌」字皆讀如謚法之「剌」，從束從刀，音力達切。與「刺」字不同。刺繡，刺面，刺船，皆七迹切。謁人名刺，則音次。以刺，刺别之。雲璈按：刺探之刺，亦七迹切。如《漢書·燕王旦傳》：遣幸臣之長安，問禮儀，陰刺候朝廷事。今人多讀爲「次」。又「刺刺多言」之義，亦七迹切。如《管子·心術篇》：焉能去刺刺爲咢咢乎。昌黎《送殷員外序》：丁寧顧婢子，語刺刺不能休。今人多讀爲「辣」，蓋此字之混久矣。○刺、虐，古音祭部。

爾其則有謀臣武將，皆能攫戾執猛，破堅摧剛，排揵陷扃，躔蹈咸陽。

【注】《蒼頡篇》曰：攫，搏也。《説文》曰：揵，距門也。又曰：扃，外閉之關也。古熒切。

【疏】何焯曰：「爾其」「則有」連用，疑衍。胡紹煐曰：「爾其」下恐有脱文。案：五臣「蹈」作「踏」。○《蒼頡篇》，玄應《一切經音義》卷二、卷四、卷十一、卷十五、卷二十五。慧苑《華嚴經音義》上，慧琳《一切經音義》卷四引同。《莊子・徐無鬼》《釋文》引作「《三倉》」。○《説文・木部》作「楗」，曰：限門也。梁章鉅曰：《老子》、《釋文》亦作「距門」。似今本《説文》誤。胡紹煐曰：段氏據此校改云：即今之木鎖。按本書《風賦》注引《字林》：揵，距門也。《頭陀寺碑文》注引《字林》：揵，門距。《字林》多本《説文》。「距」字作「距」。○次引《説文》，見《户部》。○「古獘切」三字，依袁本、茶陵本增。

高祖階其塗，光武攬其英。

【注】《漢書》曰：沛公圍宛城，南陽守齮降，引兵西，無不下者。《小雅》曰：階，因也。齮音蟻。《東觀漢記》曰：鄧禹、吴漢並南陽人。《三略》曰：主將之體，務在攬英雄之心。

【疏】《漢書》，見《高帝紀》。○《小雅》，見《廣詁》。各本作「《爾雅》」，誤。《博奕論》注引作「《廣雅》」，亦誤。○《東觀漢記》鄧禹、吴漢各有傳，此括其辭爾。○今本《黄石公三略》上「體」作「法」。

是以關門反距，漢德久長。

【注】言居西而距東，居東而距西，故言反也。杜篤《論都賦》曰：是時山東翕然狐疑，意聖朝之西都，懼關門之反距。

【疏】杜篤《論都賦》，見《後漢書・文苑傳》。○剛、陽、英、長，古音陽部。

及其去危乘安，視人用遷。

【注】去危乘安，謂太平也。視人用遷，謂觀人所安而設教。

【疏】孫志祖曰：《尚書・盤庚》曰：視民利用遷。「民」作「人」，避唐諱。朱珔曰：孫説是也。上言蹵蹈咸陽，謂破滅王莽。視人用遷，謂定都洛陽耳。

周召之儔，據鼎足焉，以庀王職。

【注】《史記》曰：周公旦者，周武王弟也，輔武王。又召公奭，姓姬氏，成王時，召公爲三公。《漢書》曰：夫三公，鼎足之輔也。賈逵《國語注》曰：庀，由理也。

【疏】五臣「召」作「邵」。○《史記》，見《魯周公世家》及《燕召公世家》。○《漢書》，見《佞幸・董賢傳》。案：《五行志》曰：鼎三足，三公象。《彭宣傳》曰：三公鼎足，承上。《師丹傳》曰：備鼎足，位在三公。義並同。○《國語》賈注，汪輯在《魯語》下。

縉紳之倫，經綸訓典，賦納以言。

【注】《漢書音義》：臣瓚曰：縉，赤白色。紳，大帶也。李奇曰：搢，插笏於大帶。《周易》曰：君子以經綸。《國語》曰：修其訓典。《尚書》曰：敷納以言也。

【疏】《漢書・郊祀志》注引李奇曰：縉，插也。插笏於紳。紳，大帶。《史記・封禪書》《集解》引「縉」作「搢」。《郊祀志》注又引臣瓚曰：縉，赤白色也。紳，大帶也。《左氏傳》有「縉雲氏」。案：見文十八年。顔師古曰：李云縉帶，是也。字本作「搢」。插笏於大帶與革帶之閒耳，非插於大帶也。或作「薦紳」者，亦謂薦笏於紳帶之閒，其義同。《封禪書》《索隱》曰：姚氏云：「搢」當作「縉」。鄭衆注《周禮》云：

「搢」，讀曰「薦」，謂垂之於紳帶之閒。今案鄭意以「搢」爲「薦」，則「薦」亦是「進」。進而置於紳帶之閒，故《史記》亦多作「薦」字也。《五帝本紀》《集解》引徐廣曰：「薦紳」，即「縉紳」也。古字假借。步瀛案：「搢紳」之義，顏説得之。但古無「搢」字，故《周禮·春官·典瑞》作「晉」。《史記·五帝本紀》作「薦」。典瑞：王晉大圭。鄭司農注曰：「晉」讀爲「搢紳」之「搢」。謂插於紳帶之閒。《釋文》：「搢紳」作「薦申」，「插」作「臿」。《索隱》引先鄭，「搢」讀曰「薦」與《釋文》合。「縉」「搢」字似，當作「晉」，「垂」則「臿」之誤耳。賈疏曰：凡帶有二者，大帶，大夫以上用素，士用練，卽紳也。又有革帶，所以佩玉之等。今插笏者插於紳之外，革之内，故云紳帶之閒也。孫詒讓曰：案：《雜記》説申加大帶於革帶之上。鄭注孔疏並謂革帶上加大帶，則此大圭當搢於革之外，紳之内。案：孫氏説是。「搢笏」者亦然。故顏師古謂：搢笏於大帶與革帶之閒也。至臣瓚不知「縉」爲借字，乃以赤白色釋之。案：《禮記·玉藻》言天子素帶朱裏終辟，諸侯素帶終辟，大夫素帶辟垂，士練帶，率下辟。居士錦帶，弟子縞帶。鄭曰：謂大帶也。「辟」讀如裨冕之「裨」。「裨」，謂以繒采飾其側。雜猶飾也。又曰：雜帶，君朱緑，大夫玄華，士緇辟。鄭曰：雜，猶飾也。卽上之裨也。君裨帶上以朱，下以緑，終之。大夫裨垂外，以玄，内以華。華，黄色也。士裨垂之下，外内皆以緇，是謂緇帶。案：據此，士大夫之紳無赤色者。瓚説非也。○《周易》，見《屯·象傳》。○《國語》，見《周語》上。○《尚書》，見《舜典》、《益稷》。

是以朝無闕政，風烈昭宣也。

【注】《春秋考異郵》曰：後雖殊世，風烈猶合於持方。宋均曰：持方，受命者名。

【疏】《春秋考異郵》，《廣絶交論》注引同。○安、言、宣，古音元部。遷，諄部。通轉爲韵。○以上漢德之盛。

於是乎齯齒眉壽，鮐背之叟，皤皤然被黄髮者。

【注】《毛詩》曰：以介眉壽。毛萇曰：眉壽，毫眉也。《爾雅》曰：黄髮、齯齒、鮐背、耇、老，壽也。皤皤，已見《東京賦》。

【疏】「齯」各本作「鯢」，蓋涉下「鮐背」而誤。今依《爾雅》《説文》訂。五臣作「兒」。○《毛詩》，見《七月》。毛傳曰：眉壽，豪眉也。○《爾雅》，見《釋詁》。《詩·閟宫》曰：黄髮兒齒。鄭箋曰：兒齒，亦壽徵。《釋文》曰：字書作「齯」。《説文》曰：齯，老人齒也。《詩·行葦》曰：黄耇，台背。毛傳曰：台背，大老也。箋鄭曰：台，之言鮐也。大老則背有鮐文。《釋名·釋長幼》曰：九十曰鮐背，背有鮐文也。或曰：齯齒，大齒落盡，更生細者，如小兒也。梁章鉅曰：《太平御覽》三百六十八引《字林》云：齯，老人齒如臼也。呂錦文曰：「兒」，即「齯」之省文。步瀛案：先有「兒齒」之稱，後乃製「齯」字耳。呂説似未是。

喟然相與歌曰：望翠華兮葳蕤，建太常兮裶裶。

【注】《上林賦》曰：建翠華之旗。葳蕤，翠華貌。太常，已見《東京賦》。《上林賦》曰：紛紛裶裶。芳非切。

【疏】「芳非切」三字，依袁本、茶陵本增。

驅飛龍兮騤騤，振和鑾兮京師。

【注】飛龍，言疾也。《周易》曰：飛龍在天。《毛詩》曰：四牡騤騤。和鑾，已見上文。

【疏】尤本「鑾」作「鸞」。胡克家曰：袁本、茶陵本作「鑾」，是也。今從之。○《周易》，見《乾·九五》爻詞。○《毛詩》，見《桑柔》。○「和鑾」，已見上文，指《兩都賦》。尤本作「鄭玄《禮記注》曰：鑾輅，有虞氏之車也，有鑾和之節」十九字。案：《明堂位》曰：鑾車，有虞氏之路也。鄭注曰：鸞，有鸞和也。此注所引，亦不甚合。疑後人所增，今依袁本。

總萬乘兮徘徊，按平路兮來歸。

【注】萬乘，見《東京賦》。毛萇《詩傳》曰：迴，遲也。然徘徊，即遲遲也。《毛詩》曰：行道遲遲。南陽舊居，故曰來歸。《毛詩》曰：來歸自鎬。

【疏】《毛詩》作「回」不作「迴」。而「回」字《大明》傳訓「違」。《小旻》《鼓鍾》訓「邪」，《雲漢》訓「轉」，亦不訓「遲」。豈李所見本不同邪，抑誤以三家《詩》爲毛傳邪。○次兩引《毛詩》，見《邶·谷風》及《六月》。○蕤、裶、騤、師、徊、歸，古音脂部。

豈不思天子南巡之辭者哉。遂作頌曰：

【注】《毛詩》曰：豈不爾思。《尚書》曰：五月南巡狩。

【疏】《毛詩》，見《大車》及《東門之墠》。○《尚書》，見《舜典》。○思、辭、哉，古音之部。○以上作頌。

皇祖止焉，光武起焉。

【注】皇祖，高祖也。《周易》曰：庖犧氏没，神農氏作。

【疏】何焯曰：皇祖似謂考侯。○《周易》，見《擊辭》下。胡克家曰：陳云下有脱文。今案：當連引注作「起也」以注正文「起焉」，而各本脱去「《乾》，聖人作」。《釋文》載鄭云：起也。但未審善果引何家耳。步瀛案：李鼎祚《周易集解》：《繫辭》下「神農氏作」引虞翻注曰：作，起也。此下似應增「虞翻曰：作，起也」六字。鄭注在《乾·文言傳》，非此處注也。

據彼河洛，統四海焉。

【注】河洛，謂東都也。《西都賦》曰：嘗有意乎都河洛。

【疏】已見《西都賦》。

本枝百世，位天子焉。

【注】《毛詩》曰：文王孫子，本枝百世。

【疏】《毛詩》，見《文王》。「枝」作「支」。陳奐曰：「支」，《莊六年·左傳》引《詩》作「枝」，同。○「孫子」各本誤作「子孫」，今依胡校乙。

永世克孝，懷桑梓焉。

【注】《毛詩》曰：永世克孝。又曰：維桑與梓，必恭敬止。

【疏】《毛詩》，見《閔予小子》及《小弁》。顧炎武《日知録》卷三十二曰：《容齋隨筆》謂《小雅》維桑與梓，必恭敬止，並無鄉里之説，而後人文字，乃作鄉里事用。愚考之張衡《南都賦》云：永世克孝，懷桑梓焉。真人南巡，覩舊里焉。蔡邕作《光武濟陽宮碑》云：來在濟陽顧見神宮，追惟桑梓褒述之義。

陳琳《爲袁紹檄》云：梁孝王先帝母弟，墳陵尊顯，松栢桑梓，猶宜肅恭。漢人之文，必有所據。齊、魯、韓三家之《詩》不傳，未可知其説也。以後魏鍾會《與蔣斌書》：桑梓之敬，古今所敦。晉左思《魏都賦》：畢昴之所應，虞夏之餘人，先王之桑梓，列聖之遺塵。陸機《思親賦》：悲桑梓之悠曠，愧蒸嘗之弗營。《贈弟士龍詩》：迫彼窀穸，載驅東路。繼其桑梓，肆力丘墓。《贈顧彦先詩》：眷言懷桑梓，無乃將爲魚。《百年歌》：辭官致禄歸桑梓。潘尼《贈陸機出爲吴王郎中令詩》：祁祁大邦，惟桑與梓。《贈滎陽太守吴子仲詩》：垂覆豈他鄉，迴光臨桑梓。潘岳《爲賈謐作贈陸機詩》：旋反桑梓，帝弟作弼。陸雲《答張士然詩》：感念桑梓域，髣髴眼中人。閭式《復羅尚書》：人懷桑梓。劉琨《上愍帝表》：蒸嘗之敬在心，桑梓之情未克。袁宏《三國名臣贊》：子布擅名，遭世方擾，撫翼桑梓，息肩江表。宋武帝《復彭沛下邳三郡租詔》：彭城桑梓本鄉，加隆攸在。文帝《復丹徒租詔》：丹徒桑梓綢繆，大業攸始。謝靈運《孝感賦》：戀丘墳而縈心，憶桑梓而零淚。《會吟行》：東方就旅逸，梁鴻去桑梓。何承天《鐃歌》：願言桑梓思舊遊。鮑照《從過舊宫詩》：嚴恭履桑梓，加敬覽枌榆。梁武帝《幸蘭陵詔》：朕自違桑梓，五十餘載。劉峻《辨命論》：居先王之桑梓，竊名號於中縣。江淹《擬陸平原詩》：明發眷桑梓，永歎懷密親。則又從《南都賦》之文而承用之矣。

真人南巡，覩舊里焉。

【注】《東觀漢記》曰：光武征秦豐，幸舊宅。酈元《水經注》曰：光武征秦豐，張衡以爲真人南巡，覩舊里焉。

【疏】《東觀漢記》，見《光武紀》建武三年。清聚珍本此下案曰：《范書·帝紀》及《岑彭傳》：春三月，帝自將南征。夏四月，破斬鄧奉。五月還宫。令岑彭等南擊秦豐。秋七月，大破之，于黎丘。至冬十月，乃幸春陵。此牽連書之，殊未明晰。步瀛案：袁宏《後漢紀·光武帝紀》書幸舂陵於十二月，雖未確。下云：遣岑彭、傅俊、臧宫、進擊秦豐，數月不得進。《通鑑·漢紀》三十三云：十一月丙申，幸宛。岑彭攻秦豐，三歲，斬首九萬餘級。十二月，帝幸黎丘，遣使招豐，豐不肯降。是光武幸舊宅，即因征秦豐。《東觀漢記》非不明晰也。○《水經注》，見《沔水注》。「征秦豐」下當並引「幸舊邑」三字。「張衡」元文作「張平子」。○止、起、海、子、梓，里，古音之部。

三都賦序一首

左太沖

【注】善曰：臧榮緒《晉書》曰：左思字太沖，齊國人。少博覽文史，欲作《三都賦》，乃詣著作郎張載，訪岷邛之事。遂構思十稔，門庭藩溷，皆著紙筆，遇得一句，即疏之。徵爲秘書。賦成，張華見而咨嗟。都邑豪貴，競相傳寫，偏于海内。

【疏】臧榮緒《晉書》，《北堂書鈔·藝文部》八引曰：左思會妹芬入宫，移家京師，作《三都賦》。搆思十稔，門庭藩溷，皆著紙筆，而世人未之重。司空張華見而嗟咨，貴豪競相傳寫焉。與李注節引互有出入。《世説新語·文學篇》曰：左太沖作《三都賦》初成，時人互有譏訾，思意不愜。後示張公，張曰：

「此《二京》可三。然君文未重於世，宜以經高名之士。」思乃詢求於皇甫謐，謐見之嗟歎，遂爲作叙。於是先相非貳者，莫不斂衽讚述焉。《晉書・文苑傳》曰：左思字太沖，齊國臨淄人也。造《齊都賦》，一年乃成。復欲賦《三都》。會妹芬入宮，移家京師，乃詣著作郎張載，訪岷邛之事，遂構思十年，門庭藩溷，皆著筆紙，遇得一句，即便疏之。自以所見不博，求爲秘書郎。及賦成，時人未之重。思自以其作不謝班、張，恐以人廢言。安定皇甫謐有高譽，思造而示之，謐稱善，爲其《賦序》。張載爲注《魏都》，劉逵注《吴》、《蜀》而序之。陳留衛瓘又爲思賦作《略解》。司空張華見而歎曰：「班、張之流也。」使讀之者盡而有餘，久而更新。於是豪貴之家，競相傳寫，洛陽爲之紙貴。初，陸機入洛，欲爲此賦，聞思作之，撫掌而笑，與弟雲書曰：「此閒有傖父，欲作《三都賦》，須其成，當以覆酒甕耳。」及思賦出，機絶歎伏，以爲不能加也。遂輟筆焉。案：「衛瓘」當作「衛權」，説見下。○注：「徵爲秘書」下當有「郎中」二字。《晉書・文苑傳》言：求爲秘書郎。故梁章鉅謂「郎」字當增。又《唐六典》卷十，秘書省秘書郎下引《晉起居注》云：武帝遣秘書圖書，分爲甲乙景丁四部，使秘書郎中四人，各掌一焉。又引《晉書》云：左太沖爲《三都賦》，自以所見不博，求爲秘書郎中。孫詒讓《籀高述林》卷九記舊本《穆天子傳》目録引《唐六典》此文，且曰：此所引乃《十八家晉書》。新《晉書・左思傳》則删去「中」字矣。吴士鑑《晉書斠注》卷九十二曰：《職官志》：秘書監屬官，但言有丞，有郎，蓋亦脱去「中」字。惟《初學記》引《齊儀》有「中」字。步瀛案：見《職官部》下。據《唐六典》引《晉書》作「秘書郎中」，知臧書《左思傳》「秘書」下亦必有「郎中」二字矣。○尤本無「偏于海内」四字，依袁本增。○尤本注末有「三都者：

劉備都益州，號蜀。孫權都建業，號吴。曹操都鄴，號魏。思作賦時，吴蜀已平，見前賢文之是非，故作斯賦，以辨衆惑」四十六字。胡克家曰：袁本無此四十六字，有「徧于海内」四字，是也。茶陵本並五臣入善，與此同，非。步瀛案：此五臣向注，尤混入李注，非是。今依胡氏校删。王應麟《通鑑地理通攷·歷代都邑攷》曰：漢昭烈於沔陽立爲漢中王，即位武擔之南，都成都。魏武爲魏公，都鄴。文帝復都洛陽。吴大帝屯吴，建安十三年，初鎮丹徒，築京城。十六年，徙治秣陵。十七年，城楚金陵邑，號石頭，改秣陵爲建業。黄初二年，自公安都鄂。改鄂爲武昌。黄龍元年遷都建業。歸命侯甘露元年，徙都武昌，後還都建業。

劉淵林注

【注】善曰：臧榮緒《晉書》曰：《三都賦》成，張載爲注《魏都》，劉逵爲注《吴》《蜀》。自是之後，漸行於俗也。

【疏】尤本無「善曰：臧榮緒《晉書》曰」八字。胡克家曰：袁本「三」上有「臧榮緒《晉書》曰」六字，是也。茶陵本與此同，非。許巽行曰：原注有八字，今爲妄人削去。步瀛案：胡、許説是。今據增。又案「俗」當作「世」。李氏避唐諱改耳。○《隋書·經籍志·總集類》曰：梁有張載及晉侍中劉逵、晉懷令衞瓘注《三都賦》三卷。綦母邃注《三都賦》三卷。《世説新語·文學篇》劉孝標注引《左思别傳》曰：思造張載，問岷蜀事，交接亦疎。皇甫謐西州高士，摯仲治宿儒知名，非思倫匹。劉淵林、衞伯輿並蚤終，皆不爲思賦序、注也。凡諸注、解皆思自爲，欲重其文，故假時人名姓也。姚範《援鶉堂筆記》

三十七曰：《左思傳》云：衛瓘爲思作《略解》，《序》曰：有晉徵士故太子中庶子皇甫謐，爲《三都賦序》，中書著作郎安平張載、中書郎濟南劉逵，咸皆悦玩，爲之訓詁。余籍二子之遺忘，爲之《略解》，以此言證之。左、衛並時，其言不誣。而孝標之注《世説》，疑序、注皆爲擬託，亦未允也。步瀛案：姚説是也。何焯曰：《三國志》注云：晉衛權作《吴都賦序》及注。權字德輿。姚又曰：按衛權注《吴都》，見《魏志・衛臻傳》注。《續漢書・百官志》：黄門令，六百石下。劉昭注作「衛瓘」，誤也。《晉書》亦誤「瓘」。步瀛案：《隋書・經籍志》作「衛瓘」，亦誤。權字伯輿，瓘字伯玉，非一人也。姚又曰：《晉書・趙王倫傳》或謂孫秀：散騎常侍楊準、黄門侍郎劉逵，欲奉梁王彤以誅倫，會有星變，乃徙彤爲丞相，居司徒府，轉準、逵爲郎。

蓋詩有六義焉，其二曰賦。

【注】善曰：子夏《詩序》文也。

【疏】見本書卷四十五。

楊雄曰：詩人之賦麗以則。

【注】善曰：《法言》文也。

【疏】《法言》，見《吾子篇》。案：楊雄之姓從木，俗從手作「揚」，非也。説詳後。

班固曰：賦者，古詩之流也。

【注】善曰：《兩都賦序》文。

先王采焉以觀土風。

【注】善曰：《禮記》曰：命太師陳詩以觀民風。鄭玄曰：陳詩，謂采其詩以觀視之。

【疏】《禮記》，見《王制》。

見綠竹猗猗，則知衛地淇澳之産。

【注】善曰：《毛詩·衛風》曰：瞻彼淇澳，綠竹猗猗。

【疏】《毛詩》「澳」作「奧」。《傳》曰：奧，隈也。綠，王芻也。竹，萹竹也。猗猗，美盛皃。陳奐疏曰：《爾雅》釋「厓岸」「隩隈」，厓内爲「隩」，外爲「隈」。《爾雅》既釋「隩」一名「隈」，又釋「厓」以別内「隩」外「隈」之異名。渾言、析言皆得互稱，此郭讀本也。《説文》：隩，水隈厓也。其内曰「隩」，其外曰「隈」。《大學注》：澳，隈厓也。許、鄭讀以隈厓連文成義。傳訓「奧」爲「隈」與郭讀同。淇隈，謂淇水深曲處也。《昭二年·左傳》及《禮記·大學》引《詩》作「澳」，「澳」與「隩」同。今《詩》作「奧」者，古文假借耳。綠，王芻。《釋草》文。《爾雅》作「菉」。《大學》引《詩》作「菉」。《小雅》：終朝采綠。《楚辭·離騷》注引《詩》作「菉」。「菉」本字，「綠」，假借字。郭璞注云：菉，蓐也。今呼鴟脚莎。《詩》正義引某氏注作「菉，鹿蓐」。《唐本草》舊注云：藎草，俗名菉蓐草，《爾雅》所謂王芻者也。此吴普輩因藎草可染黄綠，故云然爾。竹，《爾雅》亦作竹。傳云：萹竹。《爾雅》作「萹蓄」。《釋文》引《韓詩》：藩萹，茿也。《石經》同。《説文》：藩，水萹茿也。讀若督。「竹」者，「藩」之假借字。《水經·淇水注》：今通望淇川，唯王芻編草，不異毛輿。案：編草即「萹蓄」。郭璞注云：似小藜，赤莖節。蘇頌《本草圖經》云：苗似瞿麥，葉細緑，如竹。赤莖如釵，股節閒花出甚細微，青黄色，根如蒿根。是「緑」、「竹」二草名。唯陸璣以爲一草，《正義》斥之矣。王先謙《三家詩義集疏》曰：《水經注·淇水篇》肥泉，《博物志》謂之澳水。《詩》云：瞻彼淇澳，菉竹猗猗。毛云：菉，王芻也。竹，編竹也。漢武帝塞決河，斬淇園之竹木以爲用。寇恂爲河内，伐竹淇川，治矢百餘萬，以輸軍資。今通望淇川，無復此物。惟王芻、編草不異毛興。又任昉《述異記》云：衛有淇園，出竹。在淇水之上。戴凱之《竹譜》云：簸竹根深耐寒，茂被淇苑。淇園、衛地。殷紂竹箭園也。案：任、戴二説與酈注合。《藝文類聚》二十八引班彪《游居賦》：瞻淇奥之園林，美緑竹之猗猗。是以《詩》「緑竹」爲「竹」，漢世已有此説。陳喬樅云：班固《竹扇賦》青青之竹形兆直，卽用《詩》緑竹青青語。班習《齊詩》，此蓋齊義。

見在其版屋，則知秦野西戎之宅。

【注】善曰：《毛詩·秦風》曰：在其版屋，亂我心曲。毛萇曰：西戎版屋也。

【疏】《秦風·小戎篇》今「版」作「板」。孔疏曰：君子伐戎，其妻在家思之，故知板屋謂西戎板屋。念想君子伐得而居之也。《漢書·地理志》曰：天水、隴西，山多林木，民以板爲室屋。故《秦詩》曰：在其板屋。《水經·渭水注》曰：秦武公十年，伐邽。漢武帝改爲天水郡，其鄉居悉以板蓋屋。《詩》所謂西戎板屋也。王應麟《困學紀聞》卷三曰：西戎地寒，故以板爲屋。張宣公《南嶽唱酬序》云：方廣寺皆板屋，問老宿云：用瓦輒爲冰雪凍裂，自此如高臺、上封皆然。閻若璩曰：高臺、上封皆寺名，並見朱子詩。翁元圻注曰：朱子《方廣板屋詩》曰：秀木千章倒，層甍萬瓦差。悄無人似玉，空詠《小戎》詩。

亦取山多林木之意。又有《自方廣過高臺次敬夫韵》、《至上封用擇之韵贈上封諸老詩》。王先謙曰：《漢書·地理志》顔注言襄公出征，則婦人居板屋之中，而念其君子。孔疏謂西戎板屋，念想君子伐得而居之。尋文究理，《正義》較顔注爲長。其字指西戎。

故能居然而辨八方。

【注】善曰：《河圖龍文》曰：鎮星光明，八方歸德。《難蜀父老》曰：六合之内，八方之外。

【疏】《河圖龍文》，袁陽源《效白馬篇》、陸佐公《石闕銘》注引並同。《魏都賦》注引下句。○《難蜀父老》，見本書卷四十四。

然相如賦《上林》而引盧橘夏熟，楊雄賦《甘泉》而陳玉樹青葱。班固賦《西都》而歎以出比目，張衡賦《西京》而述以游海若，

【注】凡此四者，皆非西京之所有也。

假稱珍怪，以爲潤色。若斯之類，匪啻于兹。

【注】善曰：兹，此也。假稱珍怪也。若斯珍之流，不啻于此多。《尚書》曰：不啻如自其口出。

【疏】吕向曰：匪啻，言多也。步瀛案：玄應《一切經音義》三引《倉頡篇》曰：不啻，多也。○《尚書》，見《秦誓》。《禮記·大學》引「如」作「若」。

考之果木，則生非其壤。校之神物，則出非其所。於辭則易爲藻飾，於義則虛而無徵。

【注】蓋韓非所謂畫鬼魅易爲好，畫狗馬難爲工之類。

【疏】許巽行曰：「校」从「木」不从「手」。《説文》：校，木囚也。《六書正譌》：連木爲桎梏也。又借爲學校字。通用「較」，别作「挍」，非。陸德明、郭恕先皆以从手爲「比挍」字，未知其審。許嘉德曰：《説文》無从手之「挍」。《五經文字》曰：經典及《釋文》或以爲「比挍」字。而字書無文。又《唐石經》「考校」字皆从木。○《韓非子》，見《外儲説左上》。○王觀國《學林》卷七曰：按：司馬相如賦言上林之盛曰：於是乎盧橘夏熟，黄柑橙楱，枇杷橪柿，亭柰厚朴，梬棗楊梅，櫻桃蒲陶，隱夫薁棣，答遝離支，羅乎後宫，列乎北園。蓋橘、橙、枇杷、楊梅、荔枝，皆南方之物，非西北所産。然而上林者，天子之宫苑，四海之嘉木珍果，皆能移植于其中，不但本土所生者而已。又賦之所言奇禽異獸，明珠香草，天臺仙藥，青琴虙妃之類，亦非上林之所産，有以見上林之富麗，四方之物畢致也。而左太沖責以盧橘夏熟，生非其壤，亦過矣。楊雄《甘泉賦》曰：翠玉樹之青葱。顔師古注《前漢書》曰：玉樹者，武帝所作，集衆寶爲之，用供神也。非謂自然生之。蓋玉樹者，猶金蓮玉蘂之義，以金玉爲之，以象生物也。左太沖意謂真有玉樹，玉樹非秦中所産，則誤矣。《史記·封禪書》曰：古之封禪，鄗上黍，北里禾，所以爲盛。江淮閒一茅三脊，所以爲藉。東海致比目之魚，西海致比翼之鳥。蓋王者登封告成，則四海珍異之物畢萃焉。以言其感格之所致也。班固《西都賦》曰：招白鷴，下雙鵠，投文竿，出比目。此言西都之盛，四海珍異之物畢萃，而魚鳥之飛潛有不召而致者，皆可以弋釣而得之。所以甚言西都文物之富盛，無所不有，亦如封禪之致庶物也。左太沖意謂東海比目之魚，西都不應有焉。然班固之意，則有在也。張衡《西京賦》曰：海若游于玄渚，鯨魚失流而蹉跎。按《前漢·郊祀志》曰：武帝好神仙，李少君言海中蓬萊仙可見之。帝遣方士入海求蓬萊安期生之屬，拜齊少翁爲文成將軍，拜欒大爲五利將軍，拜公孫卿爲郎。於是作飛廉、桂館、益壽、延壽館、通天臺。治泰液池，有蓬萊、方文、瀛洲、壺梁，象海中神僊之宅，龜魚之屬，以俟神人。而張衡《西京賦》亦言泰液漸臺，瀛洲方丈，蓬萊神僊，靈芝僊掌，與夫少君欒大之事。而曰海若游于玄渚者，蓋述武帝好神僊而于海上俟神人不致，故即甘泉建章作臺池僊館，以象海上僊家之境，則必有海若來游，實賦于玄渚。故雖鯨魚之大，亦蹉跎而駭伏矣。賦言海若來游，實賦之意當如此也。左太沖謂校之神物，則出非其所，亦過矣。潘岳《閑居賦》曰：長楊芳枳，游鱗菡萏。張公大谷之棃，梁侯烏椑之柿。周文弱枝之棗，房陵朱仲之李。三桃表櫻胡之别，二柰曜丹白之色。石榴、蒲桃、梅、杏、郁棣、葱、韭、蒜、芋、青筍、紫薑、堇、薺、蓼、荽、蘘荷、時藿、緑葵、白薤。蓋岳退居洛涘而作此賦，自言其臺池果茹之多如此，皆非洛中土産之物也。而況《上林》、《甘泉》、《西都》、《東都》皆王者居處，遊燕之地，四海九州珍異之物，無不畢聚，是宜賦者之所夸美，而太沖獨責以假稱珍怪，虚而無徵，則誤矣。又王延壽《魯靈光殿賦》曰：玉女闚窗而下視。嵇康《琴賦》曰：天吴踴躍于重淵。張衡《思玄賦》曰：載玉女，召虙妃。馬融《長笛賦》曰：仰駟馬而舞玄鶴。孫綽《遊天台山賦》曰：八桂森挺以凌霜。司馬相如《長門賦》曰：桂木交，孔雀集。張華《鷦鷯賦》曰：海鳥爰鶋，避風而至。苟如左太沖所責，則若此之類，皆爲假稱珍怪，虚而無徵矣。蓋亦觀其意之所主如何耳。若但責其辭而遺其意，固不可也。又徐文靖《管城碩記》卷二十六曰：李尤《七歎》

梁土青麗，盧橘是生。白花緑葉，扶疎冬榮。當相如時，武帝新開上林苑，羣臣八方競獻名果珍樹，種之上林，安必所獻者無盧橘也。左太沖以生非其地而譏之，謬矣。又曰：按：《三輔黄圖》曰：甘泉宫北有槐樹，今謂玉樹。楊震《關輔古語》云：耆老相傳，咸謂此樹卽楊雄《甘泉賦》所稱玉樹青葱也。又按《西京雜記》：初脩上苑，羣臣遠方各獻名果異樹，亦有製爲美名，以標奇異。白銀樹十株，黄銀樹十株，琉璃樹七株，則槐樹之名玉樹，從可知矣。步瀛案：李尤《七欵》，徐氏據《初學記·果木部》引作「七嘆」，誤也。《藝文類聚·雜文部》、《御覽·果部》八又十一及本書《蜀都賦》、《長笛賦》、《七命》注皆引作「《七欵》」。又《類聚》「青麗」作「青黎」。《三輔黄圖》曰：帝初脩上林苑，羣臣遠方各獻名果異卉三千餘種，植其中。與《西京雜記》合，則安見盧橘非苑中所有乎。本書《甘泉賦》李注引《漢武故事》與《漢書·楊雄傳》顔注合，其證最確。槐稱玉樹，雖見《三輔黄圖》及《隋唐嘉話》，然疑是後人傅會。故張淏《雲谷雜記》、程大昌《演繁露》及《雍録》皆據《漢武故事》説。楊慎《丹鉛總録》卷十四，亦謂楊雄言「玉樹」者，武帝所作，集衆寶爲之，以娱神，非謂自然生之。猶下句言馬犀金人也。案：升菴亦據《漢武故事》爲説。以上諸説皆是也。張雲璈曰：按：《西京賦》海若遊於玄渚，乃極言清淵之大，將使海若亦來遊於此也。上文神山、瀛洲、方丈、蓬萊，皆屬形容之辭，非謂遊於海也。太沖譏之似過。要之賦不厭侈，如《吴都》之巨鼇大鵬，《魏都》之遷善罔匱，卽太沖亦不免虚誇。楊、馬之「盧橘」「玉樹」，或有所喻，非全屬漫然涉筆。若必一一核實，恐乏風人之致。案：張氏此説極爲明通。《西都》「比目」，可以例喻，不復辨焉。

且夫玉巵無當，雖寶非用。

【注】巵，一名觶，酒器也。當，底也。善曰：《韓子》：堂溪公謂韓昭侯曰：今有白玉之巵無當，有瓦巵有當。君寧何取。曰：取瓦巵也。

【疏】五臣音「當」，去聲。○「觶」當作「觛」。《説文》曰：巵，圜器也，一名觛。所以節飲食，象人，卪在其下也。《易》曰：君子節飲食。段曰：《頤·象傳》。又《説文·角部》曰：觛，巵也。段曰：各本作「小觶也」。《廣韻》同。《玉篇》作「小巵也」。《御覽》引《説文》亦作「小巵也」。今按「巵」下云：「一名觛」，則此當作「巵」也無疑。小徐本厠「觵」篆前，大徐本改厠於「觶」篆後，云：小觶也，殊誤。「巵」非「觶」也。步瀛案：據此知「巵」與「觶」異。劉氏此注卽本《説文》，後人多見「觶」少見「觛」，遂改「觛」爲「觶」耳。○《韓子》，見《外儲説右上》。今本「昭侯」上無「韓」字。兩「巵」字下，皆有「而」字。「君寧何取」作「君渴將何以飲」，下「取」字作「以」與李引小異。

侈言無驗，雖麗非經。

【注】善曰：劉廙《荅丁儀刑禮書》曰：崇飾侈言，欲其往來。

【疏】劉廙書，今佚。《北堂書鈔·刑法部》上引劉恭嗣難丁敬曰：夫人以禮興，刑以律治，人情也。案：恭嗣，劉廙字。「敬」蓋「儀」字之誤。疑卽此書之文。《魏志·劉廙傳》曰：著書數十篇，及與丁儀共論刑禮，皆傳於世。

而論者莫不詆訐其研精，作者大氐舉爲憲章。

【注】善曰：《墨子》曰：雖有詆訐之人，無所依矣。《説文》曰：詆，訶也。訐，面相斥罪也。《尚書序》曰：研精覃思。司馬遷書曰：《詩三百篇》，大氏賢聖發憤之所爲作也。《禮記》曰：憲章文武。氏音旨。

【疏】姚鼐曰：「不」字衍文。吴先生曰：良注以其有研精之處，莫敢訶責舉發之。據此則正文「莫不疑」爲「莫敢」之誤。步瀛案：二句對文，疑本作「莫敢詆其研精」，「訐」字衍文，涉李注引《墨子》「詆訐」連文而誤。○《墨子》，見《修身篇》，「人」作「民」。李氏避唐諱改「人」。○《説文》，見《言部》，「訐」下六字，疑後人所增。故「斥」字各本誤作「序」。○僞孔安國《尚書序》，見本書卷四十五。○司馬遷《報任安書》，見本書卷四十一。本注「爲」下脱「作」字，今據補。○《禮記》，見《中庸》。○「氏音旨」三字，尤本無。胡克家曰：袁本、茶陵本有，是也。步瀛案：茶陵本正文「氏」字下有「丁禮」二字，蓋五臣音氏，丁禮切。《説文·氏部》大徐音同，似當以讀丁禮切爲是。

積習生常，有自來矣。

【注】《傳》曰：習實生常。善曰：《左傳》叔孫曰：叔出季處，有自來矣。

【疏】《傳》，見《左氏·昭十六年》子服回之言。今本「生」作「爲」，豈劉氏所見本作「生」耶。又《周書·常訓篇》曰：變習生常。古書「生」與「爲」亦互用。《戰國策·秦策》三、《吕氏春秋·召類篇》皆云：聖人不能爲時。《淮南·覽冥篇》作「聖人者不能生時」，卽其証。李注引《左傳》，見昭元年。

余既思摹《二京》而賦《三都》，其山川城邑，則稽之地圖，其鳥獸草木，則驗之方志。

【注】善曰：《周禮》曰：外史掌四方之志。鄭玄曰：志，記也。

【疏】《周禮》及鄭注，見《春官》。

風謠歌舞，各附其俗。魁梧長者，莫非其舊。

【注】善曰：《漢書音義》：應劭曰：魁梧，丘墟壯大之意也。音忤。《韓子》曰：重厚自尊，謂之長者。

【疏】《漢書音義》、《史記·留侯世家》《集解》、《漢書·張良傳》顔注引應劭並同。〇「音忤」二字，依袁本、茶陵本增。《漢書·張良傳》注：蘇林曰：梧音悟。顔曰：魁，大貌也。梧者，言其可驚悟。今人讀爲「吾」，非也。李注蓋同。王念孫曰：案：師古以「梧」爲驚悟，則意與魁大不相屬。故又加一「可」字，以增成其意，其失也鑿矣。今案：「魁」「梧」皆大也。梧之言吴也。《方言》曰：吴，大也。《後漢書·臧洪傳》：洪體貌魁梧。李賢曰：梧音吾。蓋舊有此讀。「魁梧奇偉」四字平列，「魁」與「梧」同義，「奇」與「偉」同義。應劭以魁梧爲丘虛壯大之意，是也。〇《韓子》，見《詭使篇》。

何則，發言爲詩者，詠其所志也。

【注】善曰：《毛詩序》曰：詩者，志之所之，在心爲志，發言爲詩。

【疏】《毛詩序》，見本書卷四十五。

升高能賦者，頌其所見也。

【注】善曰：毛萇《詩傳》曰：升高能賦，可以爲大夫。

【疏】《詩·定之方中》毛傳曰：建邦能命龜，田能施命，作器能銘，使能造命，升高能賦，師旅能誓，山川能説，喪紀能誄，祭祀能語。君子能此九者，可謂有德音，可以爲大夫。

美物者貴依其本，讚事者宜本其實。

【注】善曰：《釋名》曰：稱人之美曰讚。

【疏】五臣「宜本」作「宜准」。○《釋名》，見《釋典藝》。

匪本匪實，覽者奚信。

【疏】五臣兩「匪」字皆作「非」。

且夫任土作貢，《虞書》所著。辨物居方，《周易》所慎。

【注】《虞書》曰：禹別九州，任土作貢。定其肥磽之所生也。而著九州貢賦之法也。《周易》曰：君子以慎辨物居方。

【疏】胡克家曰：注「《虞書》曰」，陳云：書下脫「序」字，是也。各本皆脫。梁章鉅曰：「書」下當有「序」字。按：《禹貢》《釋文》作《夏書》，此或據古本。孔疏謂初在《虞書》，而夏史抽入，或仲尼退第，是也。步瀛案：「序」字不必補。梁引孔説，尤臆説無據。《史記·河渠書》曰：《夏書》曰：禹抑鴻水，以別九州，隨山浚川，任土作貢。《漢書·溝洫志》同。惟「抑鴻」作「湮洪」，皆逕引作「《夏書》」，不加「序」字。古人引書有此例也。然此序既屬《禹貢》，似當依《史記》、《漢書》稱《夏書》。《説文·艸部》、《竹部》、《木部》、《石部》引《禹貢》亦云「《夏書》」也。馬、鄭古文則列《禹貢》於《虞夏書》。《尚書注疏》卷二孔疏曰：馬融、鄭玄別録題，皆曰《虞夏書》。以虞夏同科。案：鄭序以爲《虞夏書》二十篇。《商書》四十篇。《周書》四十篇。《贊》云：三科之條，五家之教。是虞夏同科也。王先謙《孔傳參正》曰：據此馬鄭古文，題「《虞夏書》」，所謂三科者，虞夏一科，商一科，周一科，謂作三書之時代也。《堯典》、《臯陶謨》、《禹貢》三篇，或曰虞史記之，或曰夏史記之，莫能别異，故相承謂之《虞夏書》。商史所記爲《商書》，周史所記爲《周書》，古文例也。五家者，唐一家、虞一家、夏一家、商一家、周一家。五家之教，猶言五代之書。《堯典》爲《唐書》，《臯陶謨》爲《虞書》，《禹貢》以下爲《夏書》，《湯誓》、《盤庚》以下爲《商書》，《牧誓》以下爲《周書》，今文例也。《大傳》《堯典》前題「唐傳」，後題「虞傳」、「夏傳」，所治《尚書》，實爲五家叚例。步瀛案：準此而言，劉注云《虞書》豈卽《虞夏書》之省稱耶，抑以《禹貢》爲虞史所記耶？要之，無論夏史抽入，抑仲尼退第，以前之古本，斷非劉氏所得見矣。○《書·禹貢序》孔疏引鄭玄曰：任土，謂其肥磽之所生。劉注本此。○《周易》，見《未濟·象傳》。本注各本「辨」作「辯」，今依《周易》及正文改。

聊舉其一隅，攝其體統，歸諸詁訓焉。

【疏】一隅，已見《西京賦》注。張銑曰：詁訓，古言也。舉一隅，攝取其體裁統理，皆歸諸古人之言。○姚範曰：《蜀都》以前後東西及封域城市爲經，而以物産地毛緯其中，末乃及宴游禽漁之樂。《吴都》首言山川之所函育，次及草木竹實禽獸瑰異之屬，而後侈其都邑宫館人物，後亦夸飾禽魚樂游之盛，末略及往古風氣爲收場。《魏都》先言地望宫闕，以及墉洫寺署商賈，而後言其武以戡亂，以至太平觀享之儀，禪受之事，以建國法度考室舉厝括之。後略及山川物産前修以終之，大義歸於典訓，事埀於模，則以張拓宇中夏之規。三篇布置各殊，所以避複也。

蜀都賦

【疏】《三國・蜀志・先主傳》曰：即皇帝位於成都。《清統志》曰：四川成都府，成都故城，即今成都、華陽二縣治。洪亮吉《補三國疆域志》曰：蜀漢疆域益州。漢建安十九年，先主定益州。二十四年，進定漢中。後主建興七年，復得涼州之武都郡，改益州爲建寧郡，遥領交州，凡得漢郡十一。漢末及蜀漢增置郡十一，共領二十二郡，治成都。步瀛案：洪氏列蜀、犍爲、江陽、汶山、漢嘉、朱提、越巂、牂柯、建寧、興古、永昌、雲南、漢中、廣漢、梓潼、巴、巴西、巴東、涪陵、宕渠、武都、陰平，凡二十二郡。楊守敬《三國疆域圖》去宕渠而益東廣漢郡，亦二十二郡。據《華陽國志・蜀志》言：後主延熙中，分廣漢四縣，置東廣漢郡。《巴志》言：延熙中，置宕渠郡。建九年省。則楊氏以「東廣漢」易「宕渠」是也。交州郡實皆吴有，故不計入。○尤本《蜀都賦》下有「一首」二字，今依六臣本删。

有西蜀公子者，言於東吴王孫，

【注】善曰：《聖主得賢臣頌》曰：今臣僻在西蜀。《史記》：武王得仲雍曾孫周章，封之東吴。《漢書》曰：漂母謂韓信曰：「吾哀王孫而進食。」蘇林曰：如言公子也。《博物志》曰：王孫公子，皆相推敬之辭。

【疏】王子淵《聖主得賢臣頌》，見本書卷四十七。○《史記》，見《吴太伯世家》。○《漢書》，見《韓信傳》。案：顔師古注及《史記・淮陰侯傳》《集解》引蘇林，並同。○《博物志》，今本無此文。《史記・淮陰侯傳》《索隱》引劉德曰：秦末多失國，言王孫公子，尊之也。與《博物志》合。○司馬長卿賦《子虛》、《上林》設爲三人問答。子虛、烏有、亡是，皆於篇首敍出。故《上林賦》亡是公听然而笑，已有來歷，自不突鶻。《三都賦》亦假設三人問答，而篇首但見西蜀公子、東吴王孫。《吴都賦》王孫折蜀，已有來歷。而《魏都賦》魏國先生，未見前文，突然出見。準以文法，實失之疏。此吾友余季豫之言也。鄙見相同。或曰：伏筆立案，於文法爲最淺，人所易知。太沖不屑屑於此，轉見老横。案：此説亦自有見，並附存之。

曰：蓋聞天以日月爲綱，地以四海爲紀，九土星分，萬國錯跱。崤函有帝皇之宅，河洛爲王者之里。

【注】非日月無以觀天文，非四海無以著地理。故聖人仰觀俯察，窮神盡微者，必須綱紀也。崤，東西崤也。函，函谷關也。賈生《過秦》曰：以崤函爲宫。里，居也。言周、漢皆以河洛爲都邑。善曰：《越絶書》：范蠡曰：天貴持盈，不失日月星辰之綱紀。《毛詩》曰：滔滔江漢，南國之紀。《周禮》曰：以星土分辨九州之地所封。封域萬國，已見上。張衡《靈憲》曰：星體生於地，列居錯峙。崔駰《河南尹箴》曰：唐、虞、商、周，河洛是居。

【疏】五臣「皇」作「王」。○《白虎通·三綱六紀篇》曰：綱者，張也。紀者，理也。大者爲綱，小者爲紀。○賈誼《過秦論》，見本書卷五十一。案：《賈子新書》但題「過秦」。《漢書·陳勝項籍傳贊》亦言賈生之《過秦》，不加「論」字。《吴志·闞澤傳》曰：權嘗問書傳篇賦，何者爲美？澤對賈誼《過秦。論》

最善。左太沖《詠史詩》曰：「著論準《過秦》。」昭明因之，題爲《過秦論》。○《越絶書》，見《吴内傳》。○《毛詩》，見《江漢》。○《周禮》，見《春官・保章氏》。本注各本脱一「封」字，今據補。○「萬國」已見上」五字，尤本作「《尚書》曰：萬國咸寧」七字。案：此《周易・乾・彖傳》之文，非《尚書》也。今依袁本云「見上」者，指《西都賦》注。○胡紹煐曰：依注「列居錯峙」則正文當作「峙」。「峙」、「跱」字通。步瀛案：《續漢書・天文志》上劉昭注、《開元占經》卷一引《靈憲》皆作「跱」。《史記・天官書》《正義》、《御覽・天部》七引皆作「峙」。本字當作「峙」，「跱」、「峙」皆俗字耳。○崔駰《河南尹箴》，《藝文類聚・郡部》引同。○紀、跱、里，古音之部。

吾子豈亦曾聞蜀都之事歟，請爲左右揚搉而陳之。

【注】《韓非》有《揚搉篇》。班固曰：揚搉古今，其義一也。善曰：許慎《淮南子注》曰：揚搉，粗略也。

【疏】「揚搉」，今本《韓非子》作「揚權」。注曰：揚謂舉之使明也，權謂量事設謀也。顧廣圻《韓非子識誤》曰：「權」當從劉淵林《蜀都賦》注引作「搉」。《廣雅》曰：揚搉，都凡也。舊注誤。步瀛案：顧校是也。《廣雅》，見《釋訓》。○揚搉古今，見《漢書・敍傳》下述《食貨志》。○許慎《淮南子》注，《江賦》注引同。今《俶真篇》高注本作「揚攉」。高曰：揚攉，無慮大數名也。「攉」讀鎬京之「鎬」。陶方琦《淮南許注異同詁》曰：二家注文異。許本作「搉」與《説文》同。許注「粗略」即「大略」，是解揚搉之義。《漢書・敍傳》：「揚搉古今」猶言「約略古今」。《文選・魏都賦》注引許注作「搉揚，搉略也」。多一

「推」字，故一「粗」字。又陸機《吴趨行》注引許注作「商推，粗略也」，乃誤承《吴趨行》「商推」語，遂以「揚」爲「商」耳。《莊子釋文》引許注作「揚推，粗略法度」，無「也」字，多「法度」二字。當從《蜀都賦》、《江賦》注引。《吴都賦》劉逵注：推，粗略。即用許説。步瀛案：《莊子釋文》，見《徐無鬼篇》。

夫蜀都者，蓋兆基於上世，開國於中古。廓靈關以爲門，包玉壘而爲宇。帶二江之雙流，抗峨眉之重阻。

【注】楊雄《蜀王本紀》曰：蜀王之先名蠶叢、拍濩、魚鳧、蒲澤、開明，是時人萌，椎髻左言，不曉文字，未有禮樂。從開明上到蠶叢，積三萬四千歲。故曰兆基於上代也。秦惠王討滅蜀王，封公子通爲蜀侯。惠王二十七年，使張若與張儀築成都城。其後置蜀郡，以李冰爲守。《地理志》曰：蜀守李冰鑿離堆，穿兩江，爲人開田，百姓饗其利。是時蜀人始通中國，言語頗與華同。故言開國於中古也。靈關，山名。在成都西南漢嘉界。在前，故曰門也。玉壘，山名也，湔水出焉。在成都西北岷山界。在後，故曰宇也。江水出岷山，分爲二江，經成都南，東流。經之，故曰帶也。楊雄《蜀都賦》曰：兩江珥其前。峨眉，山名也。在成都南犍爲界。面之，故曰抗也。

【疏】吕延濟曰：廓，開也。包，括。抗，舉。阻，險也。宇，猶爲區宇也。江水分爲二，故云帶二江也。○《蜀王本紀》，王元長《曲水詩序》注引「蜀王之先」，「蜀」下無「王」字，「拍」作「柏」，「萌」作「民」。《御覽·州郡部》十二引首句作「蜀之先稱王者」。「拍濩」作「折灌」，「魚鳧」作「魚易」，「左言」作「左衽」，「四千歲」作「凡四千歲」。「易」蓋「鳧」之誤。「左衽」亦傳寫之誤。四千歲上脱「三萬」二字。

《藝文類聚・州部》、《初學記・州郡部》引作「蜀始王曰蠶叢，次曰伯雍，次曰魚鳧，則又不同。《路史前紀》四注云：「柏濩」或作「折護」與「伯雍」者，非。《寰宇記》作「伯禽」尤踈。步瀛案：今《太平寰宇記》卷七十二作「柏灌」，與《華陽國志・蜀志》同，不作「伯禽」。或羅氏所見誤本耳。何焯曰：「三萬四千歲，李白《蜀道難》作三萬八千歲。步瀛案：《太白集》各本皆作「四萬八千歲」，何偶誤。朱珔曰：《路史前紀》：蜀山氏，蠶叢、縱目、王瞿上。魚鳧治導江，逮蒲澤、俾明時，人氓椎結云云。注云：「俾明」，《楊紀》作「開明」，非。然下注有開明妃墓。《餘論》亦言「開明氏」。是「開明」實爲王號，未免矛盾。《通鑑前編》一本《路史》，而《音釋》云：蒲澤，古邑名。本漢堂陽城。晉置蒲澤縣。宋省入南宫縣。如此則與蜀何涉，皆謬也。《路史》又云：最後乃得望帝杜宇，寔爲滿捍。據《水經・江水篇注》引來敏《本蜀論》曰：荆人鼈令死，其尸隨水上，荆人求之不得，令至汶山下復生，起見望帝。望帝立以爲相。時巫山峽蜀水不流，帝使鼈令鑿巫峽通水，蜀得陸處。望帝自以德不若，遂以國禪，號曰開明。然則望帝在開明之前。而《楊紀》作「蒲澤」，疑當從《華陽國志》作蒲卑，以爲望帝更名也。《路史》之滿捍，乃形似而誤耳。又案：《路史注》云：瞿上城，在今雙流縣南。導江，今眉彭山，縣有魚鳧津。《思玄賦》：鼈令殪而尸亡兮，取蜀禪而引世。注引《蜀王本紀》云：望帝治汶山下，邑曰郫。《水經・江水注》云：江水逕南安縣西，縣治青衣江會，即蜀王開明故治也。皆係蜀地。步瀛案：雙流縣，今四川雙流縣治。彭山縣，今彭山縣治。南安縣，今夾江縣西北。〇《史記・秦本紀》曰：惠文君後八年，張儀復相秦。九年，司馬錯伐蜀，滅之。十一年，公子通封於蜀。十四年，蜀相壯殺蜀侯來降。

武王元年，誅蜀相壯。昭襄王六年，蜀侯煇反，司馬錯定蜀。《華陽國志・蜀志》曰：周慎王五年秋，秦大夫張儀、司馬錯，都尉墨等從石牛道伐蜀。蜀王自於葭萌拒之，敗績。王遯走，至武陽，爲秦軍所害。開明氏遂亡。周赧王元年，秦惠王封子通國爲蜀侯，以陳壯爲相，置巴郡。以張若爲蜀國守。六年，陳壯反，殺蜀侯通國。秦遣庶長甘茂、張儀、司馬錯復伐蜀，誅陳壯。七年，封子惲爲蜀侯，五年，惠王二十七年。儀與若城成都，周迴十二里，高七丈。又曰：成都縣，本治赤里街。若徙置少城內，與咸陽同制。惠王二十七年也。赧王十四年，蜀侯惲祭山川，獻饋於秦孝文王。惲後母害其寵，加毒以進王，王將嘗之，後母曰：「饋從二千里來，當試之。」王與近臣，近臣即斃。文王大怒，遣司馬錯賜惲劍，使自裁。惲懼，夫婦自殺。十五年，封其子綰爲蜀侯。三十年，疑蜀侯綰反，王復誅之，但置蜀守。周滅後，秦孝文王以李冰爲蜀守。案：志所載較史爲詳，而閒有異同。《六國表》：慎靚王五年，秦惠文王後九年，擊蜀滅之。志與史合。周赧王元年，秦惠文王後十一年。兩書亦合。赧王四年，秦惠文後十四年。蜀相殺蜀侯，志作「六年」，當是「四年」之誤。下「七年」字亦誤。不應已書「六年」、「七年」，下文反書「五年」。但據赧王五年，當秦武王元年，誅蜀相壯。志云：惠王二十七年，以《史記》之後十四年合前十三年計，正二十七年。則誅蜀相事與史相差一年，未知孰是。《水經・江水注》曰：秦惠王二十七年，遣張儀、司馬錯等滅蜀，遂置蜀郡焉。此滅蜀乃誅陳壯事，與《華陽國志》合。特酈善長敍述未明耳。《元和郡縣志》卷三十一，亦言益州州城，秦惠王二十七年張儀所築，與《志》合。又《志》之「通國」，卽史之「公子通」。陳壯，《秦策》一作「陳莊」，《新序・善謀》第九作「陳

「叔」，蓋其字也。「惲」卽蜀侯「煇」。《六國表》稱「蜀守煇」，《御覽・天部》十一引《蜀本紀》亦作「蜀侯煇」，「惲」、「煇」形聲皆近，故通用。而惲之封，《史記》不載何年。然志「七年」二字疑誤衍。赧七年，當秦武王三年。《秦本紀》言武王無子，安得封子惲爲蜀侯。《通鑑・秦紀三》胡三省注引《華陽國志》曰：秦封王子煇爲蜀侯。雖不無删改，或梅磵所見，本無「七年」字也。惲卽惠文王子，其後母疑卽昭王母宣太后，若在他人，安能止昭王嘗饋耶。志言獻饋於秦孝文王，及文王大怒。上「孝文」二字，下「文」字皆後人妄加，此秦昭襄王六年事，非孝文王。《通鑑》注引但作「王」，是也。○《御覽・居處部》二十引《成都記》曰：府城本呼爲錦城。秦滅蜀，張儀所築也。每面各三里，周迴十二里，高七尺，屢皆傾側，忽有大龜，周行其所，躡而築之，功果就焉。故亦號爲龜城。《州郡部》十二引《九州志》曰：益州城初累築不立，忽有大龜，周行旋走，因其行築之，遂得堅固，故曰龜城。《元和郡縣志》卷三十一曰：初，儀築城，屢頹不立。忽有大龜，周行旋走，巫言依龜行處築之，遂得堅立。城西南樓百有餘尺，名張儀樓。臨山瞰江，蜀中近望之佳處也。《太平寰宇記》卷七十二，引《周地圖記》略同。○《水經・江水注》曰：秦昭王以李冰爲蜀守。下又引《風俗通》曰：秦昭王使李冰爲蜀守。《史記・河渠書》《正義》、《太平寰宇記》七十二引《風俗通》並同。與《華陽國志》言秦孝文王以李冰爲蜀守異。○注家引《地理志》，皆《漢書》。本注所引，則《漢書・地理志》無此文。《溝洫志》曰：蜀守李冰，鑿離隼，避沫水之害，穿二江成都中，此渠皆可行舟，有餘則用溉，百姓饗其利。注引晉灼曰：「隼」古「堆」字也。案：《史記・河渠書》作「碓」。錢大昭《漢書辨疑》曰：「隼」當作「崔」。《說文》：

嶲，高也。徐鉉音都回切。步瀛案：據此疑本注《地理志》爲《溝洫志》之誤。否則所引非《漢志》也。《清統志》曰：四川成都府，離堆在灌縣西南。○朱銘曰：《華陽國志》云：帝嚳封其支庶於蜀，世爲侯伯。又云：周失綱紀，蜀先稱王，後有王曰杜宇，七國稱王，杜宇稱帝。禪位于開明帝。開明帝始立宗廟。據此則蜀之先世爲侯伯，至是稱王與帝，故云開國也。若秦置蜀郡，則國滅而爲郡縣，不可謂之開國矣。步瀛案：此說似勝舊注。所引《華陽國志》亦在《蜀志》中。至「中古」二字，無確定界限，此當指戰國時言。《漢書·藝文志》曰：世歷三古。顏注曰：孟康曰：《易·繫辭》曰：《易》之興，其於中古乎。然則伏羲爲上古，文王爲中古，孔子爲下古。《禮運》孔疏曰：伏犧爲上古，神農爲中古，五帝爲下古。若三王對五帝，則五帝亦爲上古。故《士冠禮》云：大古冠布。下云：三王共皮弁。則大古五帝時。大古亦上古也。不同者，以其文各有所對，故上古、中古不同也。○注「漢嘉」，各本皆誤作「漢壽」，今依胡氏、朱氏校改。《續漢書·郡國志》曰：益州蜀郡，屬國漢嘉，有蒙山。劉昭注曰：《蜀都賦》曰：廓靈關而爲門。注曰：山名也。地在縣南。朱珔曰：《水經·沬水篇》：又東至越嶲靈道縣，出蒙山南，東北與青衣水合。酈注：靈道縣一名靈關道，沬水出岷山西，東流過漢嘉郡，南流，衝一高山，山上合下開，水逕其間。山即蒙山也。據此知靈關山爲《禹貢》之蒙山矣。但靈關道兩《志》俱屬越嶲郡，而漢嘉則屬蜀郡，相距似遠。《禹貢錐指》曰：今蘆山縣西北有靈關廢縣。《通典》：雅州盧山縣有靈山關是也。其地當爲沬水之所經。蓋漢後別置。《宋書·符瑞志》晉咸寧二年，黃龍見漢嘉靈關，則縣屬漢嘉郡，非越嶲之靈關道也。經、注並誤。趙氏一清亦謂：《寰宇記》雅州盧山縣下云：靈關鎮在縣北八十二里，西向險峻，控帶蕃蠻，一夫守之，可以禦百。卽引此賦語爲證。又云：靈關山在縣北二十里，峯嶺嵯峨，山聳十里，傍夾大路，下有山峽，口闊三丈，長二百步，俗呼爲重關，通蠻貊之鄉，入白狼夷之境，是也。酈道元乃於《青衣水篇》云：縣有蒙山，青衣水所發，東逕其縣，與沫水會於越嶲郡之靈關道。是直以在漢嘉者爲越嶲。蓋爲經所誤。余謂《水經》所云至靈道，出蒙山者，本遞言之。酈注仍云過漢嘉郡之蒙山，與劉昭注《續志》同。不得議經、注之誤也。考《漢書·司馬相如傳》：西至沫若水，南至牂牁，爲徼通靈山道。注引張揖曰：鑿開靈山道，置靈道縣。後《難蜀父老文》亦有「關沫若」之語。張揖曰：以沫若水爲關也。然則沫水所經，殆重重關鍵，由靈道至漢嘉實相通貫。疑漢之靈關，自在靈道縣，不在漢嘉。故班志不云蒙山卽靈關。州郡建置，代有更變，後人因蒙山形似關，遂移靈關之名於漢嘉，而靈道縣之靈關轉隱矣。《錐指》以蘆山縣之靈關爲漢後別置，可見非漢時所謂靈關也。酈注於《沫水篇》語可通而不加分別，已失之。至《青衣水》下云云，斯爲誤耳。若《方輿紀要》云：蒙山在今名山縣，靈山在今蘆山縣西北五十里。引劉昫說，縣西北有盧山，下有峽口，闊三丈，長二百步，俗呼爲盧關。又「臨關」本「靈關」，在縣西北六十里。是以「靈關山」爲今之「靈山」，并非蒙山，恐未免舛譌。觀劉昫、杜佑皆言「盧山」，「盧」卽「蘆」也。「盧」與「靈」或聲之轉。而《紀要》何以別有「盧山」在縣東九里。此殆後人隨指一山名之，非其舊也。且名山縣本漢之漢嘉地，蘆山縣本漢之嚴道縣地。兩縣皆屬蜀郡，自應接壤。漢以後之靈關，諸家皆謂在漢嘉，固宜以蒙山爲準。《紀要》又於蘆山大渡廢縣下云：故靈關道在縣西北六十里。漢置，屬越嶲郡。後漢因之。晉廢。即今臨關也。是直以《漢志》之一屬越嶲郡、一屬蜀郡者，混合言之，則尤與《錐指》之説相戾矣。步瀛案：劉昫説見《舊唐書・地理志》四。杜佑説見《通典・州郡典》六。○《漢書・地理志》：蜀郡緜虒縣。原注曰：玉壘山，湔水所出，東南至江陽入江。《續漢書・郡國志》益州蜀郡緜虒道。劉昭注引《華陽國志》曰：有玉壘山，湔水所出。《説水》曰：湔水出蜀郡緜虒玉壘山，東南入江。《水經・江水注》曰：湔水出緜虒道。亦曰緜虒縣之玉壘山。楊守敬《水經注疏要刪》謂緜虒道，即緜虒縣，何用以「亦曰」別之。疑注文本只「水出緜虒道之玉壘山」一句，後人見《漢志》是緜虒縣，注記於旁，混入正文也。《續補》又引《後漢書・方術・任文公傳》注引無此五字。步瀛案：楊説是也。朱珔曰：今玉壘山所在，則《方輿勝覽》云：在汶川縣北三里。《元和志》云：在汶川縣東北四里。《錐指》謂縣北，去茂州百里。本漢緜虒縣地。今爲保縣。《方輿紀要》云：在灌縣西北三十里。灌縣本漢郫、緜虒、江原三縣地，蜀漢屬汶山郡。段氏謂當在今松潘衛境內，衛本《漢志》蜀郡之湔氏道。《水經・江水篇》所云氏道縣。酈注云：漢武帝分蜀郡北部置汶山郡以統之者也。《水經》於氏道下即接湔水，且湔氏道以此得名。故段云在此，當近是。而前人説不一，意此山在蜀郡，中跨越數縣地，皆比近隨所見言之歟？步瀛案：松潘衛，今改縣。江陽，今爲瀘縣治。皆屬四川。《清統志》謂玉壘山在灌縣西北。洪亮吉《圖志》、錢坫《新斠地里志》皆同。王先謙《漢書補注》謂在松潘境内。○《水經・江水注》曰：江水又東，逕成都縣，縣有二江，雙流郡下。故楊子雲《蜀都賦》曰：兩江珥其前者也。《風俗通》曰：秦昭王使李冰爲蜀守，開成都兩江，溉田萬頃。《太平寰宇記》卷七十二曰：

劍南西道益州華陽縣二江，秦李冰開。二江于成都城中皆可行舟。今謂内江、外江是也。帶二江之雙流，故有雙流縣焉。胡渭《禹貢錐指》卷九曰：《河渠書》：蜀守冰鑿離碓，辟沫水之害，穿二江成都之中。注引任豫《益州記》云：二江者，郫江、流江也。《華陽國志》曰：李冰壅江作堋，穿郫江、檢江，別支流，雙過郡下。蓋冰所穿之二江，一是流江，乃冰所創造。一是郫江，即《禹貢》之沱。時必淤淺，冰復從而濬之，遂并數爲二江。茲二江者，或稱内江、外江，或稱南江、北江。彼此參錯，未知誰是。洪亮吉《圖志》卷三十五曰：今郫江下流，與古異。酈道元言：郫江水從沖里橋北折，東絶綿洛，經五城界，至廣都北岸入江，斯爲北江。其自成都經廣都者，爲南江。即二江也。蓋古郫江由灌縣經郫、新繁至成都府下，仍北折，抵新都，通湔洛，復折而南，至府南舊廣都界合於流江。與沱江始分中合，末復分耳。因其中合，故《水經注》湔洛亦有郫江之名。或者不考，遂以郫江爲《禹貢》「沱江」非李冰所穿，誤矣。趙一清《水經注釋》卷三十三曰：《漢志》郫縣下云：《禹貢》「沱江」在西，東入大江。顧祖禹曰：世或以成都内江、外江爲沱水。夫二江爲李冰所引，非《禹貢》之沱也。宛溪之説誠然。《華陽國志》曰：李冰壅江作堋，穿郫江、檢江。「檢江」即「流江」。冰穿一江而爲二，則冰以前無支流可知。何得以郫江爲「沱」耶。胡朏明則主郫江。夫既云二江皆冰所穿，則何以獨指檢江爲冰之創始，而郫江僅加疏濬耶？此欲附《班志》郫縣下「《禹貢》」二字，而不覺言之出於胸臆，不可從也。朱珔亦謂據《史記》既云李冰穿二江，則二江自俱爲冰之所鑿。似《圖志》得之。成蓉鏡《禹貢班意述》亦謂《錐指》意在引信《漢志》，而其實不必然也。錢坫《新斠注地理志》曰：蜀中水自李冰鑿離碓，穿二江以後，已變禹舊迹，其原無可復攷。今自灌縣西南分江，逕崇寧、金堂、新都，南逕簡州、資陽、資州，復合者此也。又曰：大江自灌縣西分爲二，一流東循灌城，曰北江。一流東南逕崇慶州，至新津縣，曰南江。朱珔曰：郭璞《江賦》：源二分於崌崍，二山正承岷山之下。如劉注云：江水出岷山，分爲二江，似與《江賦》爲一。然《水經·江水篇注》言：江水歷氐道縣北，其下正引郭賦，而後文又云：江水東逕成都縣，縣有二江。「雙流郡」下引子雲賦爲證，及《風俗通》：李冰開成都兩江，溉田萬頃之事。是兩者非一地。崌崍所出之二江，據郭注《中山經》俱入大江，是已合爲一江，不得至成都仍有二江若環帶也。然則此二江與《江賦》所稱，實有别。故《錐指》亦引楊雄賦暨此賦證郫江、流江之説。又曰：陶雲汀《蜀輶日記》云：江水自灌縣都江堰分流而下，其東北去者曰沱，以次會湔、濛、緜、雒，至瀘州入江者也。其東南流者，繚繞於崇寧、郫縣、温江、新繁、成都、華陽境内，名目不一，或稱郫江，又曰都江，曰錦江，曰流江，曰清遠江，曰石犀江，曰走馬江，曰油子河。亦稱内江。外江又稱府江。記載紛紜，隨地異名，郫江其統稱也。大支有二，一由成都城北爲流江，一由成都城南爲錦江。《括地志》謂二江合於城之東南，岸曲有合江亭，是也。又南入於大江。余觀《方輿紀要》，言郫江對大江而言，則大江爲南江，郫爲北江，對流江而言。則流江爲外江，郫爲内江。郫江在城南，流江在城北。與雲汀説略合。而《圖志》則云郫江在成都縣北，自灌縣分大江，東流逕郫縣北，又東入縣界，繞城北，而南與錦江合。錦江在華陽縣南，卽流江也。自郫縣分流，至府城東南，合郫江。《水道提綱》亦謂郫江曰北江，卽外江。此正《錐指》所稱彼此參錯者。惟考《元和志》：成都城南爲錦官城，江當因此得名，以此水濯錦鮮明也。然則錦江自在城南。若《寰宇記》二江合流，亦名錦江。又以二江可通稱錦江矣。王先謙《漢書補注》曰：大江自灌縣分流，此李冰所穿郫江、檢江也。檢江亦謂之「流江」。俗名爲走馬、油子二河。郫縣居其中，二江下入成都境，合於成都城東，又東流，與新開河水合。步瀛案：綜諸家所説，此賦「二江」，胡朏明以爲郫江、流江，本不誤。特不必附《禹貢》之沱耳。諸説紛紜，總以此二江爲歸。後世水道變遷，名亦相淆，不能悉究也。○《華陽國志·蜀志》曰：犍爲郡南安縣南，有峨眉山，山去縣八十里。《水經·青衣水注》曰：青衣水逕平鄉，謂之平鄉江。《益州記》曰：平鄉江東逕峨眉山，在南安縣界，去成都南千里。然秋日清澄，望見兩山相峙，如峨眉焉。《元和郡縣志》曰：劍南道眉州，峨眉縣。峨眉大山在縣西七里。《蜀都賦》云：抗峨眉於重阻。兩山相對，望之如峨眉，故名。此山亦有洞天石室，高七十六里。中峨眉山在縣東南二十里。綏山縣小峨眉山，在縣南六里。步瀛案：大峨眉山去縣之里數，雖各書不同，然七里似太近。「七」下疑脱「十」字。《方輿勝覽》謂：大峨山在縣西南一百里，中峨山在縣南二十里，小峨山在縣南三十里。《清統志》曰：四川嘉定府，峨眉山在眉山縣西南，自西而東，有大峨、中峨、小峨三山。○古、宇、阻，古音魚部。

水陸所湊，兼六合而交會焉。豐蔚所盛，茂八區而菴藹焉。

【注】八區，四方四隅也。《地理志》曰：巴蜀土地肥美，有山林果實之饒。班固《西都賦》曰：郊野之富，號爲近蜀，美其豐盛。善曰：六合，已見《西都賦》。《長楊賦》曰：洋溢八區。

【疏】五臣「湊」作「臻」。○《周禮・地官》大司徒之職曰：四時之所交也，風雨之所會也。然則百物阜安，乃建王國焉。○劉良曰：豐蔚，山林果實之饒也。菴藹，盛貌。步瀛案：《詩・湛露》：在彼豐草。毛傳曰：豐，茂也。《西都賦》注引《倉頡篇》曰：蔚，木盛貌。則「豐蔚」當指草木之盛。劉注引《地理志》以證蜀都之富，非以山木果實之饒解「豐蔚」二字也。良注襲之，失其義矣。○五臣音菴，烏覽切。案：「菴」字當作「奄」，後人以指草木，故加「艸」。「菴」「藹」雙聲連語。草木盛謂之「菴藹」，猶雲霓盛謂之「晻藹」。《離騷》：揚雲霓之晻藹兮。王逸注曰：晻藹，猶蓊鬱也。香氣盛亦謂之「馣馤」。《上林賦》注曰：馣馤，香氣奄藹也。形義雖判，而取義於盛一也。○《地理志》，見《漢書》。○《長楊賦》，見本書卷九。○會、藹，古音祭部。○以上形勢大要。

於前則跨躡犍牂，枕輢交阯，經途所亙，五千餘里。山阜相屬，含谿懷谷。岡巒糾紛，觸石吐雲。

【注】阜，大山也。巒，山長而狹也。一曰：山小而鋭也。水注川曰谿，注谿曰谷。善曰：《漢書志》有犍爲郡、牂牁郡，並屬益州。又有交阯郡，屬交州。輢，寄也。於蟻切。《春秋元命包》曰：山有含精藏雲，故觸石而出也。

【疏】尤本「岡」作「崗」，「糾」作「糺」，皆俗字。今依六臣本。○阜已見《西都賦》注。○《爾雅・釋山》曰：巒，山墮。郭注曰：謂山形長狹者。荆州謂之「巒」。與前一義合。《説文》曰：巒，山小而鋭。與後一義合。是巒兼有二義。郝懿行《爾雅義疏》曰：「墮」者，「嶞」之叚借。《釋文》引《埤蒼》云：巒，山小而鋭。《字林》云：嶞，山之施嶞者。是吕忱以「嶞」爲延施，即狹長也。《士冠禮》注：隋方曰「篋」。《釋文》：隋，謂狹而長。「隋」與「橢」同。與「嶞」聲借。朱珔曰：《詩・般》傳：嶞山，山之嶞嶞小者也。《爾雅》既以巒爲山嶞，而毛傳訓「嶞」亦爲小，是義可通。故注並用之。胡紹煐曰：按：《爾雅・釋蟲》蟦小而橢。郭云：狹而長，「橢」亦「墮」也。《楚辭・天問》：南北順橢。「橢」與「墮」同。《淮南・修務訓》其方圓鋭橢不同。「橢」與「鋭」對文，則「橢」爲長矣。此狹而長也。《九思・守志篇》：陟玉巒兮逍遥。王逸注山脊曰巒。是也。《魯頌・般》：嶞山喬嶽。毛傳：嶞山，山之嶞嶞小者。許宗毛，故《山部》：巒，山小而鋭，嶞，山之嶞嶞者。《淮南・齊俗訓》：窺面於盤水則員，於杯則隨。「隨」與「橢」同音，他果反。《墬形訓》：其人隋形、兑上。《漢書・天文志》：前列直斗口，三星隨北，耑鋭。《史記・貨殖傳》《索隱》引《三蒼》云：橢，盛鹽豉器。顔師古《急就篇注》：楕，小桶也。所以盛豉。《急就篇》之「楕」，即《史記》之「橢」。《説文》：橢，車笭中橢。橢，器也。此小而鋭也。但對文則異，散文則通。此文與「岡」並言，則前説近之。○「水注川曰谿」三句，《爾雅・釋水》文。○五臣「犍」音「乾」。《漢書・地理志》：犍爲郡。原注曰：武帝建元六年開，屬益州。《華陽國志・蜀志》曰：犍爲郡，孝武建元六年置，時治鼈縣。元光五年，郡移治南廣。孝昭元年，郡治僰道，後遂移武陽。《元和郡縣志》曰：劍南道眉州彭山縣，本漢武陽縣也。漢昭帝時，犍爲郡自僰道移理武陽。犍爲故城在縣西北五里。案：《漢書・地理志》鼈縣屬牂牁郡。蓋武帝元光五年後，犍爲移治縣，始改隸也。《清統志》曰：貴州遵義府，鼈縣故城在府城西。案：府舊治遵義縣，今去府留縣。《清統志》又曰：四川敍州府，南廣故城，在珙縣西南。僰道故城，在宜賓縣治。眉州武陽故城，在彭山縣東十里。○《漢書·地理志》牂柯郡，原注曰：武帝元鼎六年開，屬益州。顔師古注曰：牂柯，繫船杙也。《華陽國志》云：楚頃襄王時，遣莊蹻伐夜郎，軍至且蘭，椓船於岸而步戰，既滅夜郎，以且蘭有椓船牂柯處，乃改其名爲牂柯。《史記·西南夷傳》《正義》、《藝文類聚·舟車部》、《御覽·舟部》四引同。今本《華陽國志·南中志》：「頃襄王」作「威王」，疑後人據《史記》、《漢書·西南夷傳》改。然《南中志》又云：秦奪楚黔中地，無路得反，遂留王滇池。案：《史記·秦本紀》、《楚世家》、《六國表》秦取楚黔中地，在頃襄王二十二年。故《通典·邊防典》三辨之曰：楚自威王後，懷王立三十年，至頃襄王之二十二年，凡經五十二年，豈得如此淹久，其説甚覈。《後漢書·西南夷傳》正作「楚頃襄王時」，惟「莊蹻」作「莊豪」。「豪」「蹻」聲相近。張澍《養素堂文集·莊豪考》，謂「豪」即「蹻」，古音相通，字亦相借。是也。然諸書言莊蹻時代又各不同。《吕氏春秋·介立篇》曰：莊蹻之暴郢也。高誘注曰：莊蹻，楚成王之大盜。《淮南子·主術篇》曰：跖蹻之姦。高誘注曰：莊蹻，楚威王之將軍，能爲大盜也。案：「蹻」即「蹻」。疑《吕覽》注「成王」或即「威王」之誤也。《韓子·喻老篇》曰：楚莊王欲伐越，杜子諫曰：莊蹻爲盜于境内。是莊王時有蹻，又與《史記》、《漢書》、《華陽國志》以蹻爲莊王苗裔者相戾。《商君書·弱民篇》、《荀子·議兵篇》、《韓詩外傳》四、《史記·禮書》皆言莊蹻起而楚分，又似在頃襄時矣。《困學紀聞》卷十二，據《韓非子》謂蹻蓋在莊王時。《西南夷傳》以衆王滇者，又一莊蹻。梁玉繩《史記志疑》則謂當依范書在頃襄時爲定。張澍亦謂當在頃襄王時。而以威王、成王、莊王諸説爲非。步瀛案：王滇之蹻，似在頃襄時爲合。其他言大盗者，當是楚國大盗之通名，不必確定爲一時一人也。至於牂柯之説，亦不盡同。《史記・西南夷傳》《索隱》引崔浩曰：牂牁繫船杙，以爲地名。《水經・温水注》曰：豚水東逕牂柯郡且蘭縣，謂之牂柯水。水廣數里，縣臨江上，故且蘭侯國也。一名頭蘭，牂柯郡治也。楚將莊蹻泝沅伐夜郎，椓牂柯，繫船，因名且蘭爲牂柯矣。「牂柯」亦江中兩山名也。《御覽・舟部》四引《異物志》曰：牂柯者，繫船杙也。其山在海中，小而高，似繫船杙也。俗人謂之越王牂牁，遠望甚小而高，不似山，望之以爲一株樹在水中也。案：杙原作「筏」，非。依《後漢・西南夷傳》注引改。又《州郡部》十七引《十三州志》曰：牂牱者，江中山名也。與酈注以爲山名合，然與言兩山名又小異。大抵異域傳聞，每多傅會。要之，「牂柯」爲繫船杙名，或地名取之，或山形似之，則固傳者異詞也。至《管子・小匡篇》已舉牂柯國，蓋後人附益，不足據。其字或作「牂牁」，或作「牂牱」，皆誤。當以「牂柯」爲是。《清統志》謂：貴州平越府，秦爲苴蘭，漢爲牂柯郡治。張澍《廢牂柯郡考》亦謂平越所轄，故處卽故郡地。王先謙曰：據《温水注》牂柯郡治故且蘭。《續志》後漢治同。洪亮吉《貴州水道攷》云：以沅無二水，出黄平州金鳳山證之，故且蘭縣在黄平州以西、都匀府以北左近界中。檢諸《地志》，貴筑、貴定、清平，皆注云：故且蘭地。《圖經》云：且蘭在湄甕、黄施之交。明漢時縣大，自黄平州西南，貴筑縣東北，皆其地也。知且蘭，卽知牂柯郡治所在，並可因此正漢、晉地志之誤矣。鄭珍云：貴州鎮遠一府，及貴陽之龍里、貴定、平越州之甕安、餘慶諸縣，都匀府之麻哈州清平縣，石阡府之烏江以南境，皆且蘭地。《元和志》以播州爲且蘭，後人因以遵義地當之，誤也。先謙案：《沅水注》：無水出故且蘭下，入武陵、無陽。又《温水注》：豚水自談稾來，東逕且蘭縣，謂之牂柯水，下入毋斂。又《存水注》：存水自益州收靡來，東逕且蘭縣北而東南出，下入毋斂。案：豚、存二水，皆不逕毋斂。考按輿圖，牂柯豚水即三岔河，存水即可渡河，合爲北盤江，南逕泗城府北境把蘭村東北界，與南盤江合。以二水所逕推之，則故且蘭當兼有郎岱、永寧、安順、鎮寧等境。步瀛案：北盤江所經，王氏敍之頗詳，多本《水道提綱》，今不復録。又案：楊守敬《水經注圖》，毋斂爲長寨，即今貴州長寨縣。存水、豚水通流，今涸。王氏謂二水不逕毋斂，但據後來水道言之耳。又各地民國改易甚夥，今並釋之。黄平州，今改縣。貴筑，今改息烽。清平改鑪山。鎮遠府、平越州、都均府、麻哈州、石阡府、郎岱廳、安順府、鎮寧州，今皆爲縣。永寧縣，今爲關嶺縣。皆在貴州者也。泗城府，今爲淩雲縣，屬廣西。○《漢書・地理志》交趾郡，原注曰：武帝元鼎六年開，屬交州。《水經・葉榆水注》曰：中水又東，逕羸𨻻縣南。《交州外域記》曰：縣本交趾郡治也。《元和郡縣志》曰：嶺南道交州、宋平縣，羸𨻻故城，在縣西七十五里。案：《漢志》交趾郡羸𨻻縣，注引孟康曰：羸音蓮。𨻻音受土簍。顏師古曰：「𨻻」「簍」二字並音來口反。王先謙曰：《續志》作「羸𨻻」。《晉書》、《地道記》作「羸𨻻」，蓋後人因孟音而製「羸」字。《廣韵》載之，皆誤。案：王説是也。《舊唐書・地理志》曰：安南都督府，交趾。漢交趾郡之羸𨻻地。隋爲交趾縣。《方輿紀要》卷一百十二曰：安南交趾城，在府西。又案：《漢志》交趾郡，宋祁引景祐本作「止」，《史記・五帝本紀》作「交阯」。蓋「止」本字，「趾」後出字，「阯」則借字也。《禮記・王制》曰：南方曰蠻，雕題、交趾，有不火食者矣。鄭注曰：交趾，足相鄉然，浴則同川，卧則僢。孔疏曰：趾，足也。言蠻卧時，頭嚮外，而足在內相交，故云交趾。《海外南經》曰：交脛國，其爲人交脛。郭注曰：言脚脛曲戾相交，所謂雕題交趾者也。《淮南・墬形篇》曰：自西南至東南，有交股民。高注曰：脚相交切。《廣韵・六止》阯字下引劉欣期《交州記》曰：交阯之人，出南定縣，足骨無節，身有毛，卧者更扶，始得起。卽引《山海經》及郭注以證。《通典・邊防典》四曰：交趾謂足大、趾開闊。並立相交。《元和志》説畧同。《文獻通考・輿地考》九引范成大《桂海虞衡志》曰：交趾，《王制》與雕題同言，則其人形必小異。《交州記》云：足骨無節。《山海經》亦言交脛。今安南地乃漢唐郡縣，其人百骸與華無異，何嘗有交脛等説。或傳安南有播山，環數百里，皆如鐵圍，不可攀躋，人物詭怪，不與外人通。疑此是古交趾。周去非《嶺外代荅》曰：余至欽見夫黑齒跣足，皁其衣裳者，人耳，烏覩所謂足無節，身有毛者哉。人言道州侏儒，今道州人七尺，而昭州恭城縣與道接畛，閒産一二侏儒。竊意南定縣如恭城也。不然豈其人皆無節而能更相扶耶。閒受戾氣，遂以得名，意當如此。孫希旦《禮記集解》曰：交趾之説，注疏殊不明。范氏以爲形必有異，是也。然交趾地廣甚，而欲以一山當之，可乎。蓋古時交趾之人，其足趾必與華不同，故以此爲名。其後漸染華風，與中國通婚嫁，故形體遂變，此乃事物之常，不足怪也。案：準以人種進化之理，孫説近之。○《説文》曰：輢，車旁也。朱駿聲曰：車之兩旁，人可倚之處也。《蜀都賦》：枕輢交趾，叚借爲「倚」。○《春秋元命包》、《藝文類聚・山部》上引作「山者，氣之苞含，所含精藏雲，故觸石布山」。《御覽・地部》三引作「山者，氣之苞，所以含精藏雲，故觸石而出」。疑《類聚》多誤，《御覽》引是。孫瑴《古微書》從《御覽》而「苞」下增「含」字，亦非也。本賦注「有」字疑當作「者」。○趾、里，古音之部。屬、谷，侯部。紛、雲，諄部。

鬱葐蒕以翠微，崛巍巍以峩峩。干青霄而秀出，舒丹氣而爲霞。

【注】翠微，山氣之輕縹也。霞，赤雲也。嚴夫子《哀時命》曰：虹霓紛其朝霞。山澤氣通，故曰舒丹氣以爲霞也。善曰：《甘泉賦》曰：騰青霄而軼浮景。《河圖》曰：崑崙山有五色水，赤水之氣，上蒸爲霞，而赫然也。

【疏】五臣葐音汾。蒕，於文反。崫，魚物反。張銑曰：葐蒕，氣貌。崫，特起也。巍巍、峨峨，皆高貌。朱珔曰：「葐蒕」二字，《説文》所無。惟《玉篇》云：葐蒕，盛貌。蓋與「氛氳」通。本書《雪賦》：氛氳蕭索。注：氛氳，盛貌。又與「紛緼」通。《楚辭·橘頌》曰：紛緼宜修。王逸注：紛緼，盛貌。「葐」或作「芬」。《甘泉賦》：懿懿芬芬。注：芬芬，盛美也。「蒕」或作「薀」。《廣雅·釋詁》二：薀，盛也。一作「蘊」。《方言》十二：蘊，晠也。注：蘊，藹茂貌。此處言山巒葱鬱之氣茂盛，與「氤氳」「絪緼」謂天地之合氣，義亦正同。○張雲璈曰：翠微，不引《爾雅·釋山》「未及上，翠微」之文，此淵林之疏也。梁章鉅曰：《爾雅·釋山》：未及上，翠微。郭注：近上旁陂。而《初學記》五引舊注：一説山氣青縹色曰翠微，與此注合。郝懿行曰：劉逵《蜀都賦》注義本《爾雅》，蓋未及山頂，孱顔之間，葱翠葐蒕，望之谸谸青翠，氣如微也。舊注似較郭義爲長。步瀛案：「翠微」二字當連讀，所以狀未及上時，入望之山色耳。余蕭客謂：山之翠色，若無不可上者。及至已到最上，則其翠愈微，乃至更無可上。故曰未及上翠微。案：余氏説甚迂謬，祇是過析「翠微」二字，遂致文義不通矣。○嚴忌《哀時命》，見《楚辭》。本注「虹」字誤作「紅」，今據改。王逸曰：《哀時命》者，嚴夫子之所作也。夫子名忌。洪興祖《補注》曰：忌，會稽吴人，本姓莊。當時尊尚，號曰夫子。避漢明帝諱曰嚴。一云：名忌，字夫子。步瀛案：《漢書・藝文志》：莊夫子賦二十四篇。原注曰：名忌，吴人。《司馬相如傳》曰：齊人鄒陽、淮陰枚乘、吴嚴忌夫子之徒。顔注曰：嚴忌本姓莊，當時尊尚，號曰夫子。史家避漢明帝諱，故遂爲「嚴」耳。又《嚴助傳》曰：會稽吴人，嚴夫子子也。注引張晏曰：夫子，嚴忌也。《史記・司馬相如傳》《集解》引徐廣曰：名忌，字夫子。《索隱》曰：案：《鄒陽傳》云：枚先生、嚴夫子，則此「夫子」是美稱，時人以爲號爾。而徐廣云字，爲非。○本書《甘泉賦》作「清霄」。《漢書・楊雄傳》同。顔師古注曰：霄，日旁氣也。本書《思玄賦》舊注曰：霄，微雲也。○《河圖》，本書謝靈運《遊赤石進帆海詩》注引「霞」下有「陰」字，蓋衍。《御覽・天部》八引與本注同。

龍池瀥瀑濆其隈，漏江伏流潰其阿。汩若湯谷之揚濤，沛若濛汜之涌波。

【注】龍池，在朱提南十里，地周四十七里。漏江在建寧，有水道，伏流數里復出，故曰漏江。湯谷，日所出也。濛汜，日所入也。善曰：瀥瀑，水沸之聲也。瀥，胡角切。瀑，步角切。《公羊傳》曰：濆泉者何，涌泉也。濆，扶刎切。湯谷，已見《東京賦》。濛汜，見《西京賦》。

【疏】五臣「伏」作「洑」。梁章鉅曰：案：《水經・葉榆水注》引亦作「洑」。吕錦文曰：「伏流」，即「洑流」之借。步瀛案：「洑」後出字。吕説非。○「朱提」各本作「朱堤」。胡克家曰：陳云：「堤」當作「提」。

下「生朱堤南廣縣」，何改「提」，陳同，是也。各本皆譌。朱珔曰：案：「堤」字兩《漢志》皆作「提」。《續志》：犍爲屬國朱提下，注引《南中志》曰：縣有大淵，池水名千頃，池西南二里有堂很山，多毒草。盛夏之月，飛鳥過之，不能得去。又引此注曰：有靈池，在縣南數十里，周四十七里，是龍池卽靈池也。此云十里，當脱「數」字。又《水經·若水篇》：東北至犍爲朱提縣西，瀘江水注之。注云：朱提，山名也。應劭曰：在縣西南，縣以氏焉。建安二十年立朱提郡。郡治縣故城。郡西南得所綰堂琅縣，西北行，上高山，羊腸繩屈，三蜀之人，以爲至險。有瀘津，東去縣八十里，水廣六七百步，深十數丈，多瘴氣，鮮有行者。余謂《南中志》之「堂很」，當卽《水經注》之「堂琅」。前志亦有「堂琅」，此字形相似而誤。然則「靈池」殆卽瀘津矣。善注濆瀑，水沸之聲。蓋因有瘴氣，故水沸而不静也。朱提山，在今宜賓縣西南五十里。〇《漢書·地理志》：牂柯郡有漏江縣。《續漢書·郡國志》同。《水經·葉榆水注》曰：葉榆水又東北，逕滇池縣南，又東逕同竝縣南，又東逕漏江縣伏流山下，復出蝮口，謂之漏江。左思《蜀都賦》曰：漏江洑流潰其阿，汨若湯谷之揚濤，沛若濛汜之涌波。諸葛亮之平南中也，戰於是水之南。朱珔曰：是漏江卽葉榆水矣。建寧郡，係蜀漢所置，晉因之。今爲雲南曲靖、澂江諸府，及武定州，皆是。滇池縣，卽今晉寧州。步瀛案：雲南府舊治昆明縣，今昆明縣是。曲靖府舊治南寧縣，今曲靖縣是。澂江府舊治河陽縣，今澂江縣是。武定州、晉寧州，今皆改縣。滇池故城，在晉寧縣東。同竝縣，又在其東，當卽今澂江縣地。漏江縣，錢坫《新斠地里志》謂應在澂江府。王先謙《漢書補注》引阮元《雲南通志稿》曰：杞麓湖，出河西縣曲阿闕，爲長河，滙爲湖，周百五十里，如環而缺，納諸山水。東爲落水洞，復出，又納通海縣、甸苴關諸山水，又東爲落水洞，湖水由此洩，不知所終。蓋伏流東入婆兮江。案：滇黔四山環合，水無所歸，穴地即入，謂之落水洞。然其下流復出，皆可尋究，不得執此爲漏江之證。杞麓湖水，不知所終，真漏江也。疑縣即今通海縣地矣。步瀛案：此又與朱氏、錢氏説異。○胡紹煐曰：瀑，沫也。《説文》：瀑，一曰沫也。本書《江賦》：拊拂瀑沫。「瀑沫」連言，而《長笛賦》「瀥瀑」與「噴沫」亦相對爲文。是「瀑」爲「沫」也。瀥，沸也。此謂龍池沸沫而濆其限也。○「瀥，胡角切。」以下八字，依袁本增。胡克家曰：茶陵本有「瀥，呼角切」四字，餘無，皆删削也。但「胡」作「呼」爲是。○《公羊傳·昭五年》曰：濆泉者何？直泉也。直泉者何？涌泉也。陳立《義疏》曰：《爾雅·釋水》：濫泉正出。正出，涌出也。郭注引此傳曰：直出。直猶正也。《詩·瞻卬》疏引李巡曰：水泉從下上出曰涌泉。《説文·水部》：涌，滕也。滕，水超涌也。是則「濆」有憤激之義。故作「濆」。凡从「賁」得聲字，多取義於忿。故地之突起者爲「墳起」，人之忿怒者爲「憤怒」，物之大首者爲「賁首」。《説文·水部》：濫，濡上及下也。亦謂水由下濡出，而自上下也。引《詩》畢沸濫泉。今《詩·采菽》、《瞻卬》俱作「檻泉」。傳箋並據《爾雅》爲説。則「濆泉」蓋與「檻泉」同。○「濆，扶刎切」四字依袁本增。○「湯谷已見《東京賦》」七字，依袁本，而尤本及茶陵本作「《淮南子》曰：日出于湯谷，浴于咸池。《楚辭》云：日出于陽谷，入于濛汜」二十五字。《淮南》與《東京賦》注複出。《楚辭》以下與《西京賦》注複出，而又與《天問》不合。且下文云「濛汜見《西京賦》」，如此處已引《楚辭》，下云「見《西京賦》」又何所指？此皆後人妄增者。故依袁本删削。○義、阿、波，古音歌部。霞，魚部。通轉爲韻。

於是乎邛竹緣嶺，菌桂臨崖。旁挺龍目，側生荔枝。布緑葉之萋萋，結朱實之離離。迎隆冬而不凋，常曄曄以猗猗。

【注】邛竹，出興古盤江以南。竹中實而高節，可以作杖。《神農本草經》曰：菌桂出交阯，圓如竹，爲衆藥通使。一曰：菌，薰也。葉曰蕙，根曰薰。《南裔志》曰：龍眼、荔枝生朱提南廣縣、犍爲僰道縣，隨江東至巴郡江州縣，往往有荔枝樹，高五六丈，常以夏生，其變赤可食。龍眼似荔枝，其實亦可食。邛竹、菌桂、龍眼、荔枝，皆冬生不枯，鬱茂於山林。善曰：王逸《荔枝賦》曰：緑葉蓁蓁。又曰：朱實叢生。《孫卿子》曰：松柏經隆冬而不凋，蒙霜雪而不變。曄曄猗猗，已見《西都賦》。

【疏】五臣「凋」作「彫」。○梁章鉅曰：《水經·葉榆水注》云：盤水又東，逕漢興縣，山溪之中，多生邛竹。桄榔樹出麫，而夷人資以自給。故《蜀都賦》曰：邛竹緣嶺。又曰：麫有桄榔。按：《晉書·地理志》：興古郡，蜀置，統縣十一。漢興即其屬縣。洪氏亮吉曰：興古，蜀漢建興三年分建寧牂柯郡置。故此賦注中屢見興古也。朱珔曰：案：《中山經》：龜山，其下多扶竹。郭注：邛竹也。名之扶老竹。賦後文邛杖傳節于大夏之邑，注引《張騫傳》言大夏賈人市之身毒國。據《漢書》臣瓚注：邛，山名。生此竹。《傳》又云：身毒居大夏東南數千里，有蜀物。此其去蜀不遠矣。則仍謂爲蜀中所産也。注言盤江者，《方輿紀要》云：盤江有二源，出四川境内曰北盤江，出雲南境内曰南盤江。步瀛案：《齊民要術》卷十四，邛都高節竹，可爲杖，所謂邛竹。洪亮吉《圖志》卷四十七曰：貴州南籠府普安州，三國漢爲興古郡地。又案：普安州，今改縣。○嵇含《南方草木狀》曰：桂有三種，葉如柏葉，皮赤者爲丹桂。葉似柹葉者，爲菌桂。葉似枇杷葉者，爲牡桂。朱珔曰：此注後説本之《離騷》雜申椒與菌桂兮。王逸注語，蓋沿其誤也。《廣雅·釋木》亦云：菌，薰也。其葉謂之蕙。王氏《疏證》引洪興祖《離騷補注》曰：下文別言「蕙茝」，又云「矯菌桂以紉蕙」，則「菌桂」自是一物。「菌」一作「箘」，其字從竹。五臣以爲香木，是矣。王又云：「申椒」與「菌桂」對文。菌桂之不分爲二，猶申椒也。余謂此處「菌桂」與「邛竹」爲對。邛竹一物，則菌桂亦一物也。自當從《本草》前説之義。胡紹煐曰：菌桂樹圓如竹，故字一作「箘」。菌正樹圓之狀。桂輪菌謂之「菌桂」，猶芝輪菌謂之「菌芝」，山輪菌謂之「菌山」。《西山經》南海之内，有「菌山」是也。朱銘曰：注後説見《離騷》。然賦文邛竹、菌桂、龍目、荔枝四者相對，不得分菌桂爲二。且賦下有木蘭、梫桂。若以「菌」爲「薰」，則桂混爲木桂，下文不當重用矣。○《水經·葉榆水注》、《温水注》皆引楊氏《南裔異物志》。本注引《南裔志》，疑卽此書簡稱。「朱提」各本誤作「朱堤」，今改，説見上。○《南方草木狀》曰：龍眼樹如荔枝，但枝葉稍小，殼青黄色，形圓如彈丸，核如木梡子，而不堅。肉白而帶漿，其甘如蜜，一朵五六十顆，作穗如蒲萄然。荔枝過，卽龍眼熟。故謂之荔枝奴。言常隨其後也。《齊民要術》十、《御覽·果部》八引《廣志》曰：龍眼純甘無酸。張雲璈曰：宋張世南《遊宦紀聞》云：世南遊蜀道，徧歷四路數十郡，周旋凡二十餘年，風俗方物，靡不質究。所謂龍目，未嘗見之。閒有自南中攜到者，蜀人皆以爲奇果。此外如荔枝、橄欖、餘甘、榕木，蜀皆有之。但無龍目、榧實、楊梅三者耳。據此，則左氏自言驗之方志者，亦未爲精核。抑或昔有而今無耶。步瀛案：地方産物，昔有今無者，往往而是，未足爲異。不得以此議太沖也。○「荔枝」亦作「荔支」。《上林賦》作「離支」。《南方草木狀》曰：荔枝樹高五六丈，餘如桂樹，緑葉蓬蓬，冬夏榮茂，青華朱實，實大如雞子，核黄黑似熟蓮子，實白如肪。甘而多汁，似安石榴，有甜酢者，至日將中，翕然俱赤，則可食也。一樹下子百斛。《齊民要術》卷十、《藝文類聚·果部》下、《御覽·果部》八引《廣志》同。《廣志》又曰：犍爲僰道南廣荔枝熟時，百鳥肥，其名之曰焦，核小。次曰春花，次曰胡偈。此三種爲美。次鼈卵大而酸，以爲醢和，率生稻田閒。楊慎《丹鉛總録》卷四曰：《蜀都賦》：旁挺龍眼，側生荔枝。故張九齡《賦荔支》云：雖觀上國之光，而被側生之誚。杜子美《絶句》云：側生野岸及江蒲，不熟丹宫滿玉壺。諱荔支爲側生，雖本之左思、張九齡。然以時事，不欲直道也。黄山谷《題楊妃病齒》云：多食側生，損其左車。則特好奇爾。步瀛案：楊引有杜子美《解悶十二首》之末前首有云：先帝貴妃今寂寞，荔枝還復入長安。安得謂不欲直道乎？○王逸《荔枝賦》，《藝文類聚·果部》下引「蓁蓁」作「臻臻」，未引「朱實」句。《御覽·果部八》引作「大火中而朱實繁」，與本注引異。《類聚》、《御覽》又皆引有「離離如繁星之著天」句。○《孫卿子》，今本無此文，蓋佚。《上林賦》注引上句，左太沖《招隱詩》注引尤詳。本注「變」，各本作「孿」，誤。今依《招隱詩》注改。《藝文類聚·木部》上、《御覽·木部》三引皆作「變」。

孔翠羣翔，犀象競馳。白雉朝雊，猩猩夜啼。金馬騁光而絶景，碧雞儵忽而曜儀。火井沈熒於幽泉，高爓飛煽於天垂。

【注】孔，孔雀也。翠，翠鳥也。孔雀特出永昌南涪縣。翡翠常以二月、九月羣翔興古十餘日。白雉出永昌。猩猩生交趾封溪，似猨，人面能言語，夜聞其聲如小兒啼。《春秋傳》曰：豕人立而啼。服子慎曰：啼，呼也。《淮南子》曰：猩猩知往。《地理志》曰：金馬、碧雞在越巂青蛉縣禺同山。漢宣帝時，方士言益州有金馬、碧雞之神，可以醮祭而致也。宣帝使諫議大夫王褒持節而求之，褒道病卒，竟不能致也。蜀郡有火井，在臨邛縣西南。火井，鹽井也。欲出其火，先以家火投之。須臾許，隆隆如雷聲，爓出通天，光輝十里。以筩盛之。接其光而無炭也。煽，熾也。善曰：《廣雅》曰：熒，光也。《說文》曰：爓，火焰也。音豔。煽音扇。天垂，天四垂也。

【疏】五臣「景」作「影」，「儵」作「倏」，「爓」作「焰」。〇《世說新語・文學篇》注引《左思別傳》曰：其《三都賦》改定至終乃上。初作《蜀都賦》云：金馬電發於高岡，碧雞振翼而雲披，鬼彈飛丸以礌礉，火井騰光以赫曦。今無「鬼彈」，故其賦往往不同。葉樹藩曰：鬼彈、火井，對偶較勝。即上二句使事，亦勝。若如今本「火井」二句，亦止一事耳。胡紹煐曰：《文士傳》曰：左思初作《蜀都賦》曰：鬼彈飛丸以磂礰。後又改易無此語。「礌礉」作「磂礰」，又不同。步瀛案：《文士傳》，見《御覽・鬼神部》四引。〇《華陽國志・南中志》曰：永昌郡古哀牢國，有翡翠、孔雀、犀、象。南里縣，有翡翠。孔雀，雲南郡常以二月來翔，月餘而去。案：《晉書・地理志》永昌郡無南里縣。「南里」即「南涪」之誤。晉永昌郡治不韋縣，今雲南保山縣北。南涪亦當在雲南境。〇注各本「十餘」下無「日」字。依陳氏校增。〇朱銘曰：《南中志》曰：永昌郡，古哀牢國。有猩猩獸，能言，其血可以染朱罽。則猩猩蜀地所出。步瀛案：《爾雅・釋獸》曰：猩猩小而好嗁。郝懿行校：「小而好嗁」，當作「如小兒嗁」。郭注曰：《山海經》曰：人面豕身，能言語。今交阯封溪縣出猩猩，狀如貛㹠，聲似小兒嗁。今《海内南經》「猩」作「狌」，曰：狌狌知人名，其爲獸，如豕而人面。郭注曰：今交州封溪出狌狌，土俗人説云：狀如豚而後似狗，聲如小兒啼也。《御覽・獸部》二十引《廣志》曰：猩猩似狟，聲如小兒，不聞其言。出交阯封溪縣。又引《南方草木狀》曰：猩猩之獸生在野中，狀如㹠子。民人捕取。交阯武平、興古有之。案：今《草木狀》無此文。興古，亦蜀地也。《淮南子・氾論篇》曰：猩猩知往而不知來。高誘注曰：猩猩，北方獸名。人面獸身，黄色。《禮記》曰：猩猩能言，不離走獸。見人狂走，則知人姓氏。此知往也。又嗜酒，人以酒搏之，則飲而不能息，不知當醉以禽其身。故曰不知來也。郝懿行曰：猩猩，南方獸，作「北方」誤也。步瀛案：《山海經》謂猩猩能知人名，固不足信。即《曲禮》謂猩猩能言，亦屬傳聞。《廣志》謂不聞其言，蓋得其實。李時珍《本草綱目》卷五十一謂：大抵猩猩略似人形，如猨猴類耳。縱使能言，當若鸚鵡之屬，此亦揣想之詞，非確得之實驗也。○《春秋傳》，見《左氏・莊八年》。○《淮南》，已見上。○《漢書・地理志》越巂郡青蛉縣，原注曰：禺同山，有金馬、碧雞。《郊祀志》下曰：或言益州有金馬、碧雞之神，可醮祭而致，於是遣諫大夫王褒持節而求之。注引如淳曰：金形似馬，碧形似雞。《王褒傳》曰：方士言益州有金馬、碧雞之寶，可祭祀致也。宣帝使褒往祀焉。褒於道病死。《水經・淹水篇》曰：東南至青蛉縣。酈注曰：縣有禺同山，其山神有金馬、碧雞，光景倏忽，民多見之。漢宣帝遣諫大夫王褒祭之，欲致其雞馬。褒道病而卒，是不果焉。王褒《碧雞頌》曰：

敬移金精神馬，縹縹碧雞。故左太沖《蜀都賦》曰：金馬騁光而絶影，碧雞儵忽而曜儀。《清統志》曰：雲南雲南府，金馬山在昆明縣東二十五里，對碧雞山，相距五十餘里。其中即滇池也。又曰：楚雄府，青蛉廢縣。今大姚縣治。朱珔曰：志云：禺同在青蛉，爲越巂郡所屬。而滇池於漢屬益州郡，非屬越巂。則古今相傳，其地各異。當以《漢志》爲準。○注「可以醮祭而致也」，各本「致」作「置」，誤。依陳氏校改。○《續漢書·郡國志》益州蜀郡臨邛縣，劉昭注引《博物記》曰：有火井深二三丈，在縣南百里，以竹木投取火，後人以火燭投井中，火即滅絶，不復然。又引本賦注「燭出」作「爛然」，「輝」作「耀」，「筩」作「竹筒」二字。下又云：取井火還，煮井水，一斛水得四五斗鹽。家火煮之，不過二三斗鹽耳。《華陽國志·蜀志》曰：臨邛縣有火井，民欲其火光，以家火投之，頃許如雷聲，火焰出，通耀數十里，以竹筒盛其光，藏之，可拽行，終日不滅也。井有二水，取井火煮之，一斛水得五斗鹽。家火煮之，得無幾也。余蕭客曰：「井有二」下脱文。《賛寧物類相感志》云：臨邛有二井，一火井，一鹽井。取鹽井水井火煮之，一斛水得鹽四五斗。家火不過一二斗矣。據此，則劉注火井，鹽井也，亦誤。朱珔曰：《華陽國志》井有二，蓋謂火井有二，一燥一水也。與余氏説異。然似余説得之。朱又曰：《方輿紀要》云：臨邛廢縣，即今邛州治。隋唐閒置火井縣，州西八十里，有相臺山，山之西南，即火井也。《博物志》：臨邛火井，諸葛丞相往視之後，火轉盛。下又引此賦語爲證。步瀛案：邛州，今改邛崍縣。○《廣雅》，見《釋訓》：複「熒」字。○《説文》，見《火部》。本注，尤本「火爛」作「火焰」，今依袁本、茶陵本。朱珔曰：「焰」爲俗字，仍當作「爛」。今本《説文》：焰，火門也。段氏謂「門」蓋

「燗」之壞字。或謂當作「餤」。然「餤」在《炎部》，云：火行微餤餤也。與「燗」異解。姚、嚴《校議》云：當作「燗燗」。《一切經音義》卷一、卷九，《六書故》第三，引唐本，並作「火燗燗也」。《西都賦》注引《字林》：燗，火貌也。即「燗燗」之約文。步瀛案：段氏及姚氏、嚴氏説皆是。○「煽音扇」三字，依袁本增。○四垂，猶言四邊。《説文》曰：垂，遠邊也。《莊子·逍遥遊》曰：其翼若垂天之雲。《釋文》引崔譔曰：垂，猶邊也。○崖、枝、啼，古音支部。離、猗、馳、儀、垂，歌部。通轉爲韻。

其間則有虎珀丹青，江珠瑕英。金沙銀鑠，符采彪炳，暉麗灼爍。

【注】永昌博南縣，出虎珀。牂牁有白曹山，出丹青、曾青、空青也。《本草經》云：皆出越嶲郡。瑕，玉屬也。楊雄《蜀都賦》云：瑕英、江珠。永昌有水出金，如糠，在沙中。興古盤町山出銀。符采，玉之横文也。灼爍，艷色也。善曰：《博物志》曰：虎珀一名江珠。

【疏】五臣「珀」作「魄」。尤本「鑠」作「礫」。胡克家曰：茶陵本「礫」作「鑠」，云：五臣作「礫」音歷。袁本作「礫」，用五臣也。尤以五臣亂善，非。○劉良曰：彪炳、灼爍，光彩貌。○《華陽國志·南中志》曰：永昌郡有黄金、光珠、虎魄。博南縣山高四十里，越之得蘭滄水，有金沙，以火融之，爲黄金。有光珠穴，出光珠。有虎魄，能吸芥。《續漢書·郡國志》永昌郡博南縣。劉昭注引《廣志》曰：有虎魄生地中，其上及旁不生艸。淺者四五尺，深者八九尺。大者如斛，削去皮，中成虎魄，如升。初如桃膠，凝堅乃成也。案：「淺者」二句及「乃」字皆依《御覽·珍寶部》七引互訂。《御覽》又引《玄中記》曰：楓脂淪入地中千秋爲虎珀。又引《博物志》曰：松脂淪入地中千年，化爲茯苓，千年化爲琥珀。琥珀一名

「江珠」。今太山有茯苓而無琥珀。益州永昌出琥珀，而無茯苓。或復燒蜂窠所作，未詳。此二說。《清統志》曰：雲南永昌府博南廢縣，在永平縣東。○朱珔曰：案：《續志》惟巴郡下曰：涪陵出丹。蜀郡徙縣下注引《華陽國志》曰：出丹砂、雄雌黃、空青、青碧。而牂柯郡未及。《本草經》曰：空青能化銅鐵鉛錫作金。《別録》曰：生益州山谷及越巂山有銅處。銅精熏則生空青。此與注所引合。又《西山經》：䰠山，凄水出焉，其中多采石。郭注：今雌黃、空青、緑碧之屬。皇人之山，其下多青雄黃。郭注：卽雌黃也。或曰：空青，曾青之屬。《藝文類聚》引《范子計然》曰：空青出巴郡。白青、曾青出弘農、豫章。則所出本非一地也。步瀛案：《類聚》引《范子計然》見《藥部》。《御覽·藥部》五引「空青」下有「曾青」二字。○朱珔曰：注不言産珠之地。據《續漢志》博南下，及越巂郡會無下，兩引《華陽國志》云：博南西山有光珠穴。會無故濮人邑，今有濮人冢。冢不閉户，其中多珠。《水經·若水注》亦云：光珠穴出光珠。又有黃白青珠。疑江珠卽光珠也。步瀛案：會無縣，今四川會理縣治。兩《漢志》、《晉志》會無皆屬越巂。今《華陽國志·蜀志》繫汶山郡後，蓋有舛誤。梁章鉅曰：洪氏亮吉曰：「珠」字从玉，古人之珠，皆以玉爲之。《續漢書·輿服志》：冕系白玉珠爲十二旒。三公、諸侯七旒，青玉爲珠。卿大夫五旒，黑玉爲珠。所謂白玉珠、青玉珠、黑玉珠者，皆琢小玉之白、青、黑者爲之。此歐陽、大小夏侯皆承周秦以來先儒舊說。明三代之制冕旒，垂珠皆琢玉爲之，非蚌珠也。珠亦有天然不須琢者。《蜀都賦》所云江珠瑕英，青珠黃環，及《子虛賦》之玫瑰，皆珠之天然不須琢者，亦皆非蚌珠也。蚌珠亦名珠者，以其形之似名之。古人不單呼爲珠，必加字於上，以區別之。則《禹貢》之蠙珠是矣。按：《周書・王會解》伊尹爲四方令曰：正西語令以丹青白旄，紕罽、江歷、龍角、神龜爲獻。孔晁注：江歷，珠名。「江珠」殆即「江歷」。蜀係西方之國，故得有是歟？步瀛案：梁引洪説，見《更生齋甲集》卷一《釋珠》，文多删改，似較簡約。姑録之。梁又引《周書》以「江歷」即「江珠」，亦無他證。○朱珔曰：《説文》：瑕，玉小赤也。《廣雅》：玉之屬，有赤瑕。後《上林賦》赤瑕駁犖，注引張揖曰：赤瑕，赤玉也。張衡《七辨》亦云：玩亦瑕之璘豳。《海賦》云：瑕石詭暉。蓋瑕者，赤色之名。「瑕」與「霞」通。故赤雲氣謂之「霞」。然則此「瑕英」殆即今所謂碧霞玜者是與？胡紹煐曰：赤玉謂之「瑕」，猶赤氣謂之「瑕」。古有「瑕」無「霞」。朱駿聲曰：《漢書・楊雄傳》：噏清雲之流瑕兮，注謂日旁赤氣也。今字作「霞」，字亦作「赮」。《江賦》：壁立赮駮，注：古「霞」字。《説文新附》：赮，赤氣也。○楊雄《蜀都賦》曰：於近則有瑕英菌芝，玉石江珠。《藝文類聚・居處部》一及《古文苑》並同此注，并二句節引。○朱珔曰：《續漢志》博南下云：南界出金。注引《華陽國志》曰：西山高三十里，越得蘭滄水，有金沙，洗取融爲金。《水經・若水篇注》略同。博南屬永昌郡，正此注所云也。外此若蜀郡岷山，注引《山海經》曰：其上多金玉。廣漢郡葭萌，注引《華陽國志》：有水通于漢川，有金銀鑛，民洗取之。廣漢屬國都尉下剛氏道注亦引《華陽國志》曰：涪水所出，有金銀鑛，皆是。又曰：《漢志》益州郡屬律高下云：東南盢町山，有銀鉛。顔注云：盢音呼鷄反。「盢」與「盤」異。《水經・葉榆水注》云：盤水出律高縣東南盤町山，水當以山得名。盤水即盤江，見《續志》牂柯郡宛温下注引《南中志》。《説文》無「盢」字，疑仍當作「盤」矣。然蜀中出銀者，尚不一地。益州郡下有雙柏縣出銀。賁古縣羊山出銀鉛。犍爲朱提下云：山出銀。《續志》注云：《前書》朱提銀重以八兩爲一流，直一千五百八十。他銀一流直一千。《南中志》曰：舊有銀窟數處。則此注特舉一以概之也。步瀛案：律高，兩漢屬益州郡。蜀漢屬興古郡。王先謙《漢書補注》引阮元《雲南志稿》謂：律高爲雲南彌勒縣。王又謂盤水出縣，惟巴甸河足當之。步瀛案：巴甸水入盤江，與朱氏説尚無不合。○朱珔曰：案：本書魏文帝《與鍾大理書》注引王逸《正部論》曰：或問玉符，曰：赤如雞冠，黄如蒸栗，白如猪肪，黑如純漆，玉之符也。此但言其光采。而劉以爲横文者，卽《説文》璱字下云：玉英華相帶，如瑟弦。是也。《説文》又引孔子曰：美哉璠璵，遠而望之，奐若也。近而視之，瑟若也。一則理勝，二則孚勝。孚勝，謂瑟若。《禮記·聘義》：孚尹旁達。鄭注：「孚」或作「姇」，「姇」當與「符」通。曰旁達，似合横文之意。胡紹煐曰：「符」與「孚」通。《禮記·聘義》：孚尹旁達。注：「孚」讀爲「浮」。孔疏：孚，浮也。浮者，在外之名。《家語·問玉》注：孚尹，玉貌。是「孚」卽「符」。《衆經音義》十三引《纂文》：孚瑜，言美色也。「孚尹」、「孚瑜」並與「符采」義同。「孚」通作「符」。故《史記·禮書》「孚甲」亦作「符甲」。《索隱》：「符甲」猶「孚甲」也。○「灼爍」、「玓瓅」同。《説文》曰：玓瓅，明珠色也。《上林賦》注引「色」作「光」。又謂「玓瓅」與「的皪」音義同。《漢書·司馬相如傳》顏注曰：的皪，光貌也。○《博物志》、《御覽》引同，已見上。何焯曰：琥珀、江珠似非一物。江珠之名，於義無取也。孫志祖、張雲璈、朱珔、陳僅皆以爲非一物。胡紹煐曰：以江珠爲琥珀别名，則與上複矣。《續漢書》曰：哀牢夷出光珠琥魄。疑《博物志》一名江珠之「江」，當作「光」。步瀛案：胡氏引《續漢書》，據《御覽·珍寶部》七，蓋非范書。又因何氏謂江珠於義無取，胡疑當作「光」。然《南中志》、《續漢志》皆「光珠」、「虎魄」並舉，亦非一物。朱銘曰：《後漢·西南夷傳》曰：哀牢出金銀光珠。章懷引《博物志》曰：光珠，卽江珠也。足明琥珀非江珠。據《博物志》琥珀雖有「江珠」之名，然賦文二者並言，則不以爲一物矣。○鑠、爍，古音宵部。○以上蜀之南部。

於後則却背華容，北指崑崙。緣以劍閣，阻以石門。

【注】華容，水名。在江由之北。崑崙，山名也。楊雄《蜀都賦》曰：北屬崑崙。劍閣，谷名。自蜀通漢中道，一由此。背有閣道，在梓潼郡東北。石門在漢中之西，褒中之北。此二處，蜀之險隘於是在焉。

【疏】朱珔曰：此注頗可疑。「江由」當卽「江油」，今縣屬龍安府。蜀漢時曰江油戍，屬陰平郡，非縣也。晉以後爲平廣縣地，後改「平武」，至西魏始置江油縣。淵林晉人，何以舍其縣而舉前代之戍名。縣北惟涪水，不聞有華容之別稱，所未詳也。《漢志》華容爲縣，屬南郡。《水經·江水篇》：又東至華容縣西，夏水出焉。又東南，當華容縣南，涌水出焉。皆華容之水也。華容爲今荆州府監利縣地，爲蜀極界。賦語卽謂此。惟賦於下文分列東西，而上言其前，自屬南境。此言其後，則是北境矣。龍安亦在成都之北，似注説可通，故未敢遽定耳。胡紹煐曰：《御覽》一百六十六引《郡國志》曰：梓潼縣北有華容水，卽《蜀都賦》曰：却背華容是也。步瀛案：湖北監利縣在四川之東，且與江油縣遠不相及。朱珔引爲一，已謬。又知其說不可通，欲改「江由」爲「江曲」，尤謬。胡氏據《御覽·州郡部》十二引《郡國志》證華容水，甚確。此與漢南郡之華容毫不相涉。華容水，疑即馬閣水。《太平寰宇記》曰：劍南東道龍州江油縣，馬閣水在州東一百五十里，出大業山東，南流入劍州陰平縣界。又：劍州陰平縣馬閣水，在縣北，源自龍州江油縣大業山下，經馬閣山，南流入縣界，又七十一里，入梓潼縣界，更名潼水。又曰：梓潼縣，潼江水在縣西南四里，源出陰平縣馬閣山，來至五婦山西，七曲山下，名潼水。案：此與劉注及《郡國》皆合。至江油戍著稱已久，劉氏舉其名，亦無容疑者。○《蜀都賦》，《古文苑》同。案：「崑崙」字當作「昆侖」，又作「崐崘」，並同。古今言崑崙者，諸説不同。《書·禹貢》《釋文》引馬融曰：崑崙在臨羌西。《漢書·地理志》金城郡臨羌縣，原注曰：西北塞外有西王母石室，西有弱水、昆侖山祠。又敦煌郡廣至縣。原注曰：有昆侖障。《十六國春秋·前涼録》曰：酒泉太守馬岌上言：酒泉南山，即崑崙之體。周穆王見西王母，樂而忘歸，即謂此山。有石室玉堂，珠璣鏤飾，煥若神宮。《禹貢》崑崙在臨羌之西，即此明矣。《隋書·地理志》張掖郡福禄縣。注曰：有崑崙山。《史記·秦本紀》《正義》引《括地志》曰：崑崙山在肅州酒泉縣南八十里。《清統志》：甘肅肅州，亦有崑崙山。即今酒泉縣西南崑崙山是也。本賦所言崑崙山，當即指此。然此尚非《爾雅·釋山》河出之崑崙虛。故《禹貢》孔疏曰：鄭以崐崘爲山，謂别有崐崘之山，非河所出者是也。而河出之崑崙，已見《東都賦》「河源」下疏，故不復述。○注「劍閣，谷名」，「谷」字蓋誤。梁章鉅曰：《水經·漾水注》云：白水又東南，逕小劍戍北，西去大劍三十里，連山絶嶮，飛閣通衢，故謂之劍閣也。似不當作「谷名」。大劍小劍皆山名。漢劍門縣，唐劍門關，置於此也。朱珔曰：劍閣即劍門。《方輿紀要》

云：劍門山，一曰大劍山，在今保寧府劍州北二十五里。其東北爲小劍山。兩山相連。《華陽國志》云：武侯相蜀，鑿石架空，始爲飛閣，以通行道。又引王氏曰：大劍山兩崖相對，劍門關在其上。北去陝西棧道六百餘里，南去成都八百餘里。自古推爲天下之險。左思賦所稱是也。注云：梓潼者，今劍州，爲漢廣漢郡葭萌縣地。蜀漢屬梓潼郡。晉因之。步瀛案：四川劍州，今改劍閣縣。胡紹煐曰：閣，棧道也。《史記·高祖紀》燒棧道，《索隱》引崔浩曰：險絶之處，傍鑿山巖，而施版梁，爲閣。此謂劍山，施棧於上，斯謂之劍閣。○梁章鉅曰：《水經·沔水注》云：褒水又東南，歷小石門，門穿山通道，六丈有餘，刻石言：漢明帝永平中，司隸校尉犍爲楊厥之所開。逮桓帝建和二年，漢中太守同郡王升，嘉厥開鑿之功，琢石頌德，以爲石牛道。《蜀都賦》：阻以石門，其斯之謂也。門在漢中之西，褒中之北。朱珔曰：酈注先言褒水出衙嶺山，東南逕大石門，歷故棧道。故此云小石門矣。《輿地廣記》則云：小石門在小劍山，今關口亂石錯立，乃其遺址。《紀要》以爲《水經注》、《十三州志》、《漢中志》皆言石門在漢中，似《廣記》誤也。步瀛案：《元和郡縣志》曰：劍南道龍州江油縣，石門山在縣東一百二里。《太平寰宇記》曰：江油縣石門山，《漢水記》云：與氐分界於石門。仇池城去石門四百餘里。左思賦云：緣以劍閣，阻以石門。顧野王《輿地志》云：石門在褒中之北，漢中之西。今按其山兩邊有石壁相對，望之如門。《清統志》曰：四川龍安府石門山在平武縣東南，亦引此賦證之。

流漢湯湯，驚浪雷奔。望之天迴，卽之雲昏。水物殊品，鱗介異族，或藏蛟螭，或隱碧玉。嘉魚出於丙穴，良木攢於褒谷。

【注】有鱗曰蛟螭。蛟螭，水神也。一曰雌龍也。一曰龍子也。相如《上林賦》曰：蛟龍赤螭。碧玉，謂水玉也。《尸子》曰：龍淵生玉英。丙穴在漢中沔陽縣北，有魚穴二所。常以三月取之。丙，地名也。褒中縣南口，斜谷水源在北。南流經褒中，故北口曰斜，南口曰褒，同一谷耳。長四百七十里。褒斜出良材。《漢書》曰：斜谷之木，不足爲我械。善曰：枚乘《七發》曰：波湧而濤起，橫奔似雷行。任豫《益州記》曰：嘉魚鱗似鱒魚。

【疏】五臣「湯」音「傷」。〇《水經·沔水篇》曰：又東過西城縣西。酈注曰：漢水又東，逕鱉池南，鯨灘，鯨，大也。《蜀都賦》曰流漢湯湯，驚浪雷奔，望之天迴，即之雲昏者也。朱珔曰：蓋以漢水至是，灘磧險急，故言其水勢之洶湧也。西城縣今興安州。州志云：漢江多灘。步瀛案：《清統志》曰：陝西興安州，漢江自漢中府西鄉縣流入，經石泉縣南，折而南流，經漢陰縣南，又東南至紫陽縣南折而東，經州北，又東經洵陽縣南。又案：興安州清升爲府，今爲安康縣。〇段玉裁《說文·虫部》螭字注曰：《南都賦》曰：憚夔龍，怖蛟螭。《蜀都賦》劉注似謂蛟螭爲一物，然張、左之賦，皆不謂蛟螭爲一物也。梁章鉅曰：螭爲龍屬，或稱螭龍。《後漢書·張衡傳》注：無角曰螭龍，是也。蛟，亦龍屬，或稱蛟龍。《楚辭·天問》注：有鱗曰蛟龍。《淮南·墬形訓》注：蛟龍，有鱗甲之龍是也。又或稱蛟螭。此處劉注及《吳都賦》蛟螭與對注：螭，龍子也，是也。析言之，則蛟與螭固別矣。《說文·虫部》分列，是也。胡紹煐曰：劉注「有鱗曰蛟。螭，水神也」，諸本重「蛟螭」二字，誤衍。步瀛案：劉注上「「蛟螭」當作「蛟龍」，下「蛟螭」「蛟」字衍，宜删。梁引《楚辭》、《淮南》等注證「蛟」爲「蛟龍」，是也，而未辨劉注傳寫之誤。胡能訂劉注之誤，而不知「有鱗曰蛟螭」，爲「有鱗曰蛟龍」。蓋劉注即本《天問》注也。《廣雅・釋魚》同。下云：螭，水神也。「螭」字已詳《南都賦》疏。劉列三説，後二義皆與無角曰螭龍之説合。又朱銘引郭璞《南山經》及《中山經》注説「蛟」似與有鱗之蛟龍非一物。「蛟龍」，一作「交龍」。《史記・高祖本紀》「蛟龍」《漢書・高帝紀》作「交龍」。本書《鄒陽上書吴王》作「蛟龍」。《漢書・鄒陽傳》作「交龍」。故「蛟龍」與「蛟」有別。王氏《廣雅疏證》謂「蛟」爲龍屬，不得即謂之龍。且龍皆有鱗，而云有鱗曰蛟龍，非確詁，不知「蛟龍」與蛟，正自有別。《廣雅》有鱗、有翼，各舉其特重者，相對爲文。固無庸以龍皆有鱗難之也。○朱銘曰《續漢志》越巂郡，注引《廣志》曰：有縹碧，有緑碧，則碧玉亦當爲二物。步瀛案：《南都賦》注亦引之。碧玉二物，朱氏説是。劉注以水玉釋碧玉，當亦兼二者而言。《東山經》：耿山多水碧。郭注曰：亦水玉類。《西山經注》曰：碧，亦玉屬。蓋泛言則碧亦是玉。對言之，則碧即翠玉，玉爲普通之白玉，或他種玉也。《淮南子・墬形篇》：碧樹、玉樹亦分言之。《東山經》郝懿行箋曰：李善注謝靈運《入彭蠡湖口詩》及注江淹《雜體詩》並引此經郭注云：碧亦玉也。與今本異。又經言水碧生於山間。謝詩云：水碧輟流溼。江詩云：凌波采水碧。並與經不合。朱珔曰：碧生於水，亦生於山，山中未始無水，此賦正承水言。郝説太泥。○《尸子》，《吴都賦》注引同。《穆天子傳》卷二郭注引「淵」作「泉」，疑後人改。又郭注及《御覽・地部》二十三、三十四引「生」皆作「有」。○《續漢書・郡國志》：益州漢中郡沔陽縣。劉注引《博物志》曰：縣北有丙穴。《水經・沔水注》曰：褒水又東南，得丙水口，水上承丙穴，穴出嘉魚，常以三月出，十月入。地穴口廣五六尺，有泉懸注，魚自穴下透入，水穴口向丙，故曰丙穴。下注褒水。故左思稱「嘉魚出于丙穴，良木攢于褒谷」矣。朱珔曰：酈云「向丙」，與劉云「地名」異。若《華陽國志·漢中志》：沔陽縣有度水，水有二源，一曰清檢，一曰濁檢。有魚穴。清水出鱮，濁水出鮒。常以二月、八月取。疑卽謂此，而所傳稍别耳。「度水」或「褒水」之譌。又《水經·江水篇注》云：陽元水，出陽縣西南高陽山東。東北流，逕其縣南，丙水注之。水發縣東南柏枝山，山下有丙穴，方數丈，中有嘉魚，常以春末游渚，冬初入穴。亦褒漢丙穴之類。據酈氏後説，地屬巴郡，而賦所言屬漢中郡。蓋彼爲江水所經，此則漢水所經也。胡紹煐曰：《御覽》卷五十四引《周地圖》：順政郡丙穴，以其口向丙，因以爲名。沮水經穴間而過，或謂之大丙水。每春三月上旬，復有魚長八九寸，或二三日聯緜從穴出躍，相傳名爲嘉魚。卽左太沖《蜀都賦》所謂「嘉魚出於丙穴」是也。似較劉注爲詳。○褒、斜已見《西都賦》。○《漢書》，見《公孫賀傳》。賀自請逐捕安世，以贖敬聲罪。安世笑曰「丞相禍及宗矣」云云。顔注曰：斜，谷名也。其中多木械，爲桎梏也。○梁章鉅曰：注「波湧而濤起，横奔似雷行」，本書《七發》此二語上下相隔四十餘句。○章宗源《隋書經籍志攷證》曰：《續漢書·郡國志》注、《文選·蜀都賦》注、《藝文類聚·禮部》、《初學記·地部》、《太平御覽·地部》並引任豫《益州記》，《史記·河渠書》《正義》、《北堂書鈔·酒食部》並引杜預《益州記》。「杜預」、「任豫」字形相近易訛，自是一書。○案：《詩·小雅·南有嘉魚》，毛、鄭皆不釋爲魚名。孔疏曰：言南方江漢之閒，多善魚。以「善」釋「嘉」，則「嘉魚」非專指一種魚也。此賦與良木對文，當亦取善魚之義。後人附會，乃以丙穴所出之魚，專嘉魚之名矣。《爾雅·

釋魚》曰：鮅，鱒。郭注曰：似鯶子，赤眼。陸璣《詩疏》曰：鱒似鯶魚，而鱗細於鯶，赤眼，多細文。○嶔，門，奔，昏，古音諄部。族、玉、谷，古音侯部。

其樹則有木蘭梫桂，杞櫹椅桐，椶枒楔樅，楩柟幽藹於谷底，松柏蓊鬱於山峯。

【注】木蘭，大樹也。葉似長生，冬夏榮，常以冬華，其實如小柹，甘美。南人以爲梅，其皮可食。楊雄《蜀都賦》曰：樹以木蘭。梫桂，木桂也。《傳》曰：杞梓之木。櫹，大木也。《詩》曰：其桐其椅。椶枒出蜀，其皮可作繩履。楔，似松，有刺也。樅，柏葉松身。楩、柟二樹名，皆大木也。善曰：梫音寢。

【疏】五臣「枒」作「邪」。又據諸家校，「楔」當作「櫻」，見下。○《離騷》曰：朝搴阰之木蘭兮。王逸注曰：木蘭去皮不死。《廣雅・釋木》作「木欄」。曰：木欄，桂欄也。王氏《疏證》曰：「欄」與「蘭」同。《漢書・司馬相如傳》云：桂椒木蘭。顏師古注云：木蘭皮似桂而香，可作面膏藥。《史記集解》引郭璞注云：木蘭樹，皮辛香可食。成公綏《木蘭賦》云：諒抗節而矯時，獨滋茂而不雕。蓋木蘭非獨皮形似桂，其性之冬榮，亦復不殊。是以有桂蘭之名也。木蘭可以調食，《史記・滑稽傳》云齎以薑棗，薦以木蘭是也。《神農本草》云：木蘭一名林蘭。林蘭，猶言木蘭也。《名醫別録》云：一名杜蘭，似桂而香。「杜」當爲「桂」字之誤也。陶注云：零陵諸處皆有，狀如楠樹，皮甚薄，而味辛香。今益州有之。皮厚狀如厚朴，而氣味爲勝。《蜀本圖經》云：樹高數仞，葉似菌桂，葉有三道縱文，皮如板桂，有縱橫文，皆其狀矣。朱琦曰：觀陶注及《圖經》所說，是蜀中所有，故賦及之也。○《蜀都賦》，《古文苑》同。○《爾雅・釋木》曰：梫，木桂。郭注曰：今江東呼桂厚皮者爲木桂。桂樹葉如枇杷而大，白華華而不著子，叢生巖嶺，枝葉冬夏常青，間無雜木。郝懿行曰：《説文》：梫，桂也。桂，江南木。百藥之長。《王會篇》云：自深桂。孔晁注：自深，亦南蠻也。《楚辭·遠遊篇》：嘉南洲之炎德兮，麗桂樹之冬榮。是桂爲江南木也。郭以皮厚者爲木桂。《本草》作「牡桂」。「牡」「木」音相近也。朱珔曰：《廣韻》：「梫」字云：桂木，花白也。與郭注合。是「梫」本桂屬，以華白者爲梫耳。○《左傳·襄二十六年》曰：如杞梓皮革，自楚往也。《楚語上》曰：若杞梓皮革焉，楚實遺之。韋注曰：杞梓，良材也。案：注引傳杞梓之木，卽出此。又案：「杞」，已見《西京賦》。○朱珔曰：《説文》「櫄」字云：長木皃。卽「櫄」字。後人加艸耳。《集韻》「櫄」同「欗」，又與「楸」同。《山海經》：華陽之山，其陰多苦辛，其狀如櫄，其實如瓜，食之已瘧。注：「櫄」，卽「楸」字，蓋以音近通用。然則此「櫄」字當亦「楸」之借字也。胡紹煐曰：《晏子春秋·外篇》《諫》九：見人有斷雍門之櫄者。《襄十八年·左傳》作「萩」。《説文》：楸，梓也。徐鍇曰：《左傳》：伐雍門之楸，作「萩」，同。是「櫄」爲「楸」也。《説文》：櫄，長木皃。劉説本此，恐非。步瀛案：《中山經》之苦辛，卽《本草》之常山，葉似楸葉，故云如櫄也。楸與梓同類。《爾雅·釋木》曰：椅，梓。郭注曰：卽「楸」。《詩·定之方中》曰：椅桐梓漆。毛傳曰：椅，梓屬。陸璣疏曰：楸之疏理白色而生子者爲梓。梓實桐皮曰椅。《齊民要術》卷五曰：楸梓二木，相類者也。白色有角者名爲梓。似楸有角者名爲角梓，或名子楸，黄色，無子者爲「柳楸」。世人見其色黄，呼爲荆黄楸也。朱珔曰：《説文》：椅、梓、楸、檟一物而四名。段氏以爲《詩傳》析言之，《爾雅》，《説文》渾言之耳。○《詩》，見《湛露》。《爾雅·釋木》曰：櫬，梧。郭注曰：今梧桐。又曰：榮，桐木。郭曰：卽梧桐。《説文》曰：梧，梧桐木。一曰：櫬，榮桐木也。桐，榮也。段曰：此卽賈思勰青桐、白桐之别也。郝曰：二物通名。《爾雅》或曰梧，或曰桐，互言之耳。今驗二樹葉形相類，但皮色異。一種皮青碧而滑澤，今人謂之青桐，卽櫬梧是也。一種皮白，材中樂器，卽榮桐是也。樹皆大葉濃陰，青桐尤爲妍美，人多種之，以飾庭院。四月開小黄華，結莢亦黄，至秋莢裂作橐，鄂如小瓢。其子纍纍綴瓢閒，可煼食之，其味腴美。醫家作丸，如桐子大，正謂此也。又曰：《月令》：季春桐始華。《夏小正》：三月拂梧芭。蓋桐華尤繁，故獨擅榮名矣。○椶，卽栟櫚。枒，卽楈枒。已見《南都賦》。劉注合「椶」「枒」爲一物，非是。抑或轉寫致誤。○孫義鈞曰：「楔」疑「櫻」之誤。本書《南都賦》：檉松楔櫻。注引《爾雅》：楔曰荆桃。郭璞曰：櫻桃也。郭璞《山海經》注：椶似松柏，有刺。此注云：似松，有刺。當是釋「椶」之語。賦、注俱誤爲楔耳。《説文》：椶，細理木也。胡紹煐曰：《玉篇》：椶，似松，有刺。然則似松有刺爲「椶」，非「楔」也。今各本正文及注皆誤。○《説文》曰：樅，松葉柏身。餘見《西京賦》。楩、柟亦見《西京賦》。○「善曰：梫音寢」五字依袁本、茶陵本增。○桐、樅、峰，古音東部。

擢脩幹，竦長條。扇飛雲，拂輕霄。羲和假道於峻岐，陽烏迴翼乎高標。

【注】言山木之高也。善曰：《楚辭》曰：吾令羲和弭節兮。《廣雅》曰：日御謂之羲和。《左傳》曰：假道於虞。《春秋元命包》曰：陽成於三，故日中有三足烏。烏者，陽精。

【疏】吕延濟曰：歧，樹奇枝也。高標，高枝也。馭日至此，礙於高樹，故假道而行。陽烏，日中烏，至此亦迴羽翼於高枝而進。何焯曰：高標，疑卽高望山，古名高標，在嘉州郡。峻歧，未詳。疑亦地名。

又曰：「歧」疑作「坂」。梁章鉅曰：此説似鑿。濟注承上脩幹長條言之，似尚近理。然以歧樹爲奇枝，則不知所出矣。胡紹煐曰：李白《蜀道難》：上有六龍迴日之高標。注：《圖經》：高標山亦名高望，何説不爲無據。然「峻歧」訖無所考。善亦不注此四字。許巽行曰：《爾雅》：陂者曰阪，二達謂之歧旁。郭注：歧道旁出也。此言假道，則不从向所行之道而旁出也。作「坂」者非。步瀛案：許引《爾雅·釋地》、《釋宫》明「坂」「歧」之異，又以郭注證「歧」字之義，其説是也。駱賓王《兵部奏姚州破賊蒙儉等露布》云：峻歧折坂之危。歧、坂對舉，可證「歧」不作「坂」。又案：何説雖本太白詩注所引《圖經》，然與此賦文義未合。濟注大意得之。但「高標」二字，不專指樹木言。杜子美《同諸公登慈恩寺塔詩》曰：高標跨蒼穹。卽指塔言。要之，高標謂表識之高者耳。○《楚辭》，見《離騷》。○《廣雅》，見《釋天》。○《左傳》，見僖二年。○《春秋元命包》、《開元占經》五引作「天立於一，成於三，故日中有三足烏」。《御覽·天部》三引「天立於一」，作「陽數起於一」。《初學記·鳥部》、《御覽·羽族部》九引作「日中有三足烏者，陽精其僂呼也」。本書《七命》注引末句作「烏者，陽之精」。《後漢書·班固傳》注引同。○條、霄、標，古音宵部。

巢居栖翔，聿兼鄧林。穴宅奇獸，窠宿異禽。

【注】鄧林，林名也。窠，鳥巢也。善曰：鄧林，已見《西京賦》。

【疏】朱銘曰：《史記·禮書》：阻以鄧林。《索隱》曰：按：裴氏引《山海經》以爲夸父棄杖爲鄧林，其言北飲大澤，蓋非在中國也。劉氏以爲今襄州南鳳林山，是古鄧祁侯之國，在楚北境，故云阻以鄧林也。銘按：《荀子·議兵篇》云：限之以鄧林。楊倞注：鄧林，北界鄧地之山林。《淮南·兵略訓》云：垣之以鄧林。高注：沔水上險。楚、蜀地相近，則此賦亦非夸父之鄧林。步瀛案：《兵略篇》敘目無，因以題篇字，乃許注也。朱氏殆未辨此。

熊羆咆其陽，鵰鶚鴪其陰，猨狖騰希而競捷，虎豹長嘯而永吟。

【注】鶚，其形如鵰，皆鷙鳥也。枚乘曰：鷙鳥累百，不如一鶚。鴪，疾貌也。善曰：《楚辭》曰：虎豹鬬兮熊羆咆。《説文》曰：咆，嗥也。步包切。《毛詩》曰：鴪彼晨風。《春秋元命包》曰：猛虎嘯，谷風起。杜篤《連珠》曰：長吟永嘯。

【疏】李周翰曰：希，空虛。捷，疾也。步瀛案：《上林賦》曰：捷垂條，掉希閒。注引張揖曰：捷持懸垂之條，掉往著稀疏無枝之閒也。○《説文·隹部》雕下曰：鷻也。籀文作「鵰」。《鳥部》「鷻」下曰：雕也。《詩》曰：匪鷻匪鳶。鳶下曰：鷙鳥也。案：今《詩·四月》作「鳶」。段玉裁曰：《正義》「鳶」作「鶚」，引孟康曰：鶚，大雕也。又引《説文》鳶，鷙鳥也。是孔沖遠固知「鳶」即「鶚」字。陸德明本乃作「鳶」，云：以專反。今《毛詩》本因之，又以與專反改《説文》「鳶」字之音，誤之甚矣。「鳶」，《夏小正》作「弋」，與職切。俗作「鳶」，與專切。此猶「鷕」切「以水」譌爲「以沼」耳。弋者，鴟也。非鶚也。步瀛案：《廣雅·釋鳥》曰：鷻、鶚、鷙，鵰也。段曰：《廣雅》統言之。許「雕」「鷻」爲一，「鷙」爲一，「鶚」爲一，析言之，是也。《埤雅》卷六曰：雕能食草，似鷹而大，黑色，俗呼皁雕，一名鷲。《爾雅翼》卷十六曰：鵰者，土黃色，健飛，擊沙漠中，空中盤旋，無細不覩。《穆天子傳》：青鵰執犬羊，食豕鹿。今雕亦能食麞鹿之屬，可謂鷙有力矣。《爾雅·釋鳥》曰：鵙鳩，王鵙。郭注曰：鵰類，今江東呼之爲鶚，好在江渚山邊食魚。《毛詩》傳曰：鳥鷙而有別。陸璣《詩疏》曰：鵙鳩大小如鴟，深目，目上露骨。幽州人謂之「鷲」。而楊雄、許慎皆曰「白鷹」，似鷹，尾上白。李時珍《本草綱目》卷四十九曰：鶚，鵰類也。似鷹而土黄色，深目好峙，雌雄相得，鷙而有別。交則雙翔，別則異處。能翱翔水上，捕魚食。江表人呼爲捕魚鷹。《詩》云：關關雎鳩，在河之洲。卽此。其肉腥惡不可食。陸璣以爲「鷲」，楊雄以爲「白鷹」，皆誤矣。○「鷙鳥」二句見本書卷三十九鄒陽《上書吴王》。而枚叔《上書諫吴王》無此二語。「枚乘」二字，蓋「鄒陽」之誤。○《楚辭》，見本書卷三十三《招隱士》。○《説文》，見《口部》。○「步包切」三字，依袁本、茶陵本增。○《毛詩》，見《晨風》。傳曰：鴥，疾飛貌。《釋文》曰：鴥，尹橘反。胡紹煐曰：據毛傳，劉注疑脱「飛」字。《廣雅·釋詁》鴥，飛也。《説文》：鴥，鸇飛貌。則專屬晨風言。《禮記·禮運》：故鳥不獝。注：獝，飛貌。「鴥」與「獝」音義通。步瀛案：劉注不言引《毛詩》傳，蓋別有所本，非必脱「飛」字。○《元命包》、《嘯賦》及《七啓》注皆兼引下句云：「類相動也」。又《七啓》注、陸士衡樂府《苦寒行》注引「嘯」下有「而」字。○杜篤《連珠》，嵇叔夜《幽憤》及《贈秀才入軍詩》注皆兼引上句。○林、禽、陰、吟，古音侵部。○以上蜀之北部。

於東則左緜巴中，百濮所充。

【注】濮，夷也。《傳》曰：麋人率百濮。今巴中七姓有濮也。

【疏】吕向曰：緜，歷也。余蕭客曰：緜州，涪水所出，涪居其右，緜居其左。故曰左緜。胡紹煐曰：《御覽》六十五引《遊蜀記》曰：左緜緋紅，三川所尚。緜州左緜郡有汪江，所染緋紅，於此水濯後益鮮。而向注緜，歷也。謂左歷緜中，甚疏。朱銘曰：《廣雅·釋詁》曰：緜，連也。以爲緜州在左者謬。下文云：於西則右挾岷山。「左緜」「右挾」對文，不當以地言之。步瀛案：楊子雲《蜀都賦》云：東有巴賨，緜亘百濮。左賦本此。此「緜」字與楊賦「緜亘」正同。朱氏説是。向注爲「歷」，不誤。余氏、胡氏説非也。○《海內經》曰：西南有巴國。郭注曰：今三巴是。《華陽國志·巴志》曰：周武王伐紂，實得巴蜀之師。武王既克殷，封其宗姬於巴，爵之以子。戰國時嘗與楚婚，及七國稱王，巴亦稱王。周慎王五年，蜀王伐苴侯，苴侯奔巴。巴爲求救於秦。秦惠文王遣張儀、司馬錯伐蜀，滅之。儀貪巴苴之富，因取巴，執王以歸。置巴蜀及漢中郡。又曰：漢獻帝初平元年，征東中郎將安漢趙顒，建議分巴爲二郡，白益州牧劉璋，以墊江以上爲巴郡，江南龐羲爲太守，治安漢。以江州至臨江爲永寧郡，朐忍至魚復爲固陵郡，巴遂分矣。建安六年，魚復蹇胤白璋，争巴名。璋乃改永寧爲巴郡。以固陵爲巴東。徙羲爲巴西太守。是爲三巴。案：巴郡治江州縣，今四川巴縣西。巴西郡治閬中縣，今四川閬中縣西。巴東郡治魚復縣，今四川奉節縣東北。○朱珔曰：注引「傳」，見《左氏·文十六年》。杜注：百濮，夷也。又昭元年：吳濮有釁。杜注：建寧郡南，有濮夷。十九年：楚子伐濮。杜注：濮，南夷。三注不同。高氏士奇《春秋地名考畧》曰：種族非一，故稱百濮。約言其地，當在楚之南境而迤西。晉建寧郡，在今雲南界，極言所至當在此也。江氏慎修《春秋地理考實》則云：晉建寧故城在今荆州府石首縣，非雲南界也。麇爲今之鄖陽，蓋與之相近。《書·牧誓》：彭濮人。孔傳云：濮在江漢之間。然則其地在楚之西北境耳。余謂《晉書・地理志》建寧郡，與雲南、興古、永昌三郡皆爲益州，故高氏以爲在雲南界。然《志》云：惠帝以後，益州郡縣没于李特。江左並遥置之。是名爲益州，而地實荆州也。故《方輿紀要》云：石首縣東有建寧城。洪氏《圖志》亦云：劉宋建寧故城，在石首縣東南七十里。若此注言巴中有濮者，高、江二氏皆以爲此又别一濮。蓋百濮之散處者，非《春秋》所云矣。步瀛案：杜注建寧郡，自當在今雲南，東晉僑置者，非杜所及見。而湖北石首縣東南之建寧古城，又劉宋所置之建寧縣，非郡也。諸説釋《左傳》之百濮，皆未確。沈欽韓《左傳地名補注》謂「濮」即「僰」也，亦未知是否。至本賦之「百濮」，自在巴中，不必牽引《左傳》及《周書・王會篇》矣。○中，古音冬部。充，東部。通轉爲韻。

外負銅梁於宕渠，内函要害於膏腴。

【注】銅梁，山名。宕渠，縣名。銅梁在巴東，宕渠在巴西，出鐵。要害，地險隘也。膏腴，土地肥沃也。

【疏】「宕渠在巴西」尤本「渠」作「縣」。胡克家曰：袁本、茶陵本無「名銅梁在巴東宕縣」八字。案：此尤校添之。劉昭注《續漢書・郡國志》引銅梁山在巴東也。下「縣」當作「渠」。步瀛案：今依胡校改。○楊子雲《蜀都賦》曰：銅梁金臺。《元和郡縣志》曰：劍南道合州石鏡縣，銅梁山在縣南九里。《蜀都賦》曰外負銅梁於宕渠是也。《太平寰宇記》曰：山南西道合州石鏡縣，銅梁山東西連亙二十餘里，山嶺之上平整，遠望諸山，而此獨秀也。《清統志》曰：四川重慶府，銅梁山在合州南。朱珔曰：今合州爲漢墊江縣地，唐別置銅梁縣。墊江與宕渠，兩《漢志》俱屬巴郡。《續志》云：宕渠有鐵，與此注正同。縣以宕渠江得名，亦曰渠江。自順慶府廣安州西南流，經合州界，至州治東北，而合於嘉陵江，曰渠口。又《華陽國志》云：宕渠縣爲宕渠郡治，蓋故賨國。今有賨城、盧城。朱銘曰：《元豐九域志》云：合州銅梁縣有銅梁山。又云：渠州流江縣，有宕渠山。則二者並是因山名縣。步瀛案：合州，今爲合川縣。廣安州，今爲廣安縣。流江縣，今爲渠縣。○渠，古音魚部。腴，侯部。通轉爲韵。

其中則有巴菽巴戟，靈壽桃枝，樊以蒩圃，濱以鹽池。

【注】巴菽，巴豆也。巴戟，巴戟天也。靈壽，木名也。出涪陵縣。桃枝，竹屬也。出墊江縣。二者可以爲杖。樊，藩也。《詩》曰：營營青蠅止于樊。蒩，草名也。亦名土茄，葉覆地而生，根可食。人飢則以繼糧。鹽池出巴東北井縣。新水出地，如湧泉，可煮以爲鹽。善曰：《埤蒼》曰：蒩，蕺也。蒩，資覩切。蕺，側及切。

【疏】《華陽國志·巴志》曰：其藥物之異者，有巴戟、天椒。竹木之貴者，有桃枝、靈壽。可與此賦相證。○《證類本草》卷十四引《圖經》曰：巴豆，出巴郡川谷，今嘉、眉、戎州，皆有之。木高一二丈，葉如櫻桃而厚大，初生青，後漸黄赤。至十二月，葉漸凋。二月復漸生。至四月，舊葉落盡，新葉齊生，即花發成穗，微黄色。五六月結實，作房，生青。至八月熟而黄，類白豆蔻。漸漸自落，即收之。一房有三瓣，一瓣有實一粒。一房共實三粒也。又卷六引《圖經》曰：巴戟天，生巴郡，今江淮、河東州郡亦有之。皆不及蜀川者佳。葉似茗，經冬不枯，俗名二蔓草，又名不凋草，多生竹林内。内地生者葉似麥門冬而厚大，至秋結實。○《巴志》曰：巴東郡朐忍縣，有靈壽木。《水經・江水注》曰：江水又東逕，魚復縣之故陵，又東爲落牛灘，逕故陵北江之左岸，有巴鄉村，村側有溪，溪中多靈壽木。朱珔曰：魚復、涪陵，兩《漢志》俱屬巴郡。魚復爲今夔州府奉節縣。涪陵爲今酉陽州彭水縣。《華陽國志》云：朐忍縣有靈壽木。朐忍亦巴郡所屬，其故城在今雲陽縣。若陳藏器《本草拾遺》云：靈壽木生劍南山谷，則統言之。步瀛案：《漢書・孔光傳》曰：賜太師靈壽杖。注：孟康曰：扶老杖也。顔師古曰：木似竹，有枝節，長不過八九尺，圍三四寸，自然有合杖制，不須削治也。朱引《本草拾遺》，見《證類本草》卷十二。○《爾雅・釋草》曰：桃枝四寸有節。郭注曰：竹類也，今桃枝節間相去多四寸。《山海經・西山經》：嶓冢之山。《中山經》驕山、高梁之山、龍山，並云多桃枝。戴凱之《竹譜》曰：桃枝皮赤。步瀛案：杜子美詩有《桃竹杖引》，即此。○《詩》，見《青蠅》。○《説文》曰：葅，菜也。从艸，祖聲。本與「葅」訓茅、藉，「葅」訓「酢菜」各異。段曰：崔豹《古今注》曰：荆揚人謂「葅」爲「蕺」。《説文》無「蕺」字，卽今魚腥草也。凶年人掘食之。步瀛案：「蕺」已見《南都賦》。《廣雅・釋草》曰：葅，蕺也。王氏《疏證》曰：《齊民要術》曰：菹菜紫色，有藤。《唐本草注》云：蕺菜葉似蕎麥，肥地亦能蔓生。莖紫赤色，多生溼地，山谷陰處，山南江左好生食之。關中謂之葅菜。「葅」「葅」「菹」「葅」字並通。○「北井縣」下「新」字誤在「井」字上。胡克家曰：案：「新」字當在「縣」字下。「北井」二字當連文，縣名也。晉太康以前屬巴東郡，見《華陽國志》。「出巴東北井縣」爲一句，「新水出地」爲一句。朱珔曰：《方輿紀要》云：北井廢縣，在大昌縣東南，今縣裁。洪氏《圖志》言故城在巫山縣北。其鹽池見蜀地他處者。《漢志》定筰下云：出鹽。步北澤在南。《華陽國志》云：定筰有鹽池。北沙河是定筰，爲今寧遠府之鹽源縣。《元和志》云：凡取鹽先積柴燒之，以水澆灰，卽成黑鹽也。〇「菹，資覩切」，四字依袁本、茶陵本增。〇枝，古音支部。池，歌部。通轉爲韵。

蛸蛦山棲，元龜水處。潛龍蟠於沮澤，應鳴鼓而興雨。

【注】蛸蛦，鳥名也。如今之所謂山雞。其雄色斑，雌色黑，出巴東。元龜，大龜也。譙周《異物志》曰：涪陵多大龜，其甲可以卜，其緣中叉，似瑇瑁。俗名曰靈叉。沮有萊澤也。巴東有澤水，人謂有神龍，不可鳴鼓，鳴鼓其傍，卽便雨也。善曰：李尤《七歎》曰：龍鼉水處。《方言》曰：未升天龍謂之蟠龍。綦母邃《孟子注》曰：澤生草言「菹」。「沮」與「菹」同。

【疏】五臣「蛸蛦」作「鷩鵔」。尤本「元」誤作「黿」。胡克家曰：「黿」當作「元」。茶陵本作「黿」，云：五臣作「元」。袁本作「元」，無校語。此當是茶陵與尤所見，因劉注中「元龜」二字誤爲「黿」字而改正文者耳。袁所見正文及注皆是「元龜」字，爲不誤也。又正文下有「元」字，乃割裂所見之校語以爲音。茶陵亦尚無之。恐讀者不察，將執此音以定善字，特爲訂正焉。〇梁章鉅曰：《玉篇》作「蛸蛦」，山雞也。朱珔曰：《説文》無「蛸蛦」字，當作「鷩鵔」，此从虫者，古字偏旁通用也。《吴都賦》注云：今所謂山雞者，鷩跠也。「蛦」字亦誤。則「蛸蛦」卽「鷩乃」，雉屬。「鷩」爲丹雉，故魚之稱「蟞」者亦曰頳。《江賦》有「頳蛸」是也。注云：色斑，統凡雉言之耳。胡紹煐曰：《釋名·釋鳥》曰：鷩，雉之憋惡者，山雞是也。鷩，憋也，性急憋，不可生服，必自殺。本書《射雉賦》：山鷩悍害。然則謂之鷩者，取憋惡之義。「鴺」即「雉」也。《左・昭十七年傳》：五雉爲五工正。服注：雉者，夷也。疏云：「雉」聲近「夷」。《漢書・楊雄傳》注引服虔亦云：「雉」、「夷」聲相近。故「新夷」亦作「辛雉」。步瀛案：胡氏意謂「蛦蛦」即「鷩雉」耳，非析爲二物也。又案：「色斑」尤本作「班」，今依毛本。○注「元龜」二字，尤本作「黿」。胡克家曰：袁本作「元龜」二字，是也。茶陵本與此同，非。案：說已見上。劉以大解「元」，益顯然可知也。步瀛案：注中兩「叉」字皆誤作「又」。亦依胡校改。《華陽國志・巴志》曰：涪陵郡山有大龜，其甲可卜，其緣可作叉，世號靈叉。朱珔曰：《禹貢》：九江納錫大龜。知出江中。涪陵亦江之上流也。○譙周《異物志》，本賦注兩引。《蜀志・譙周傳》及《隋書・經籍志》皆不載。○注「萊」字各本作「菜」，誤。蓋「萊」字俗書作「莱」，類「菜」字，遂誤作「菜」。然古無訓「沮」爲「菜澤」者，其誤顯然易見。訓爲「萊」者，《禮記・王制》曰：山川沮澤。鄭注曰：沮，謂萊沛。孔疏引何胤曰：沮澤，下溼地也。草所生曰萊，水所生曰沛。案：澤有萊，即謂澤有草也。《孟子・滕文公》下「沮」作「菹」。趙注曰：菹澤，生草者也。今青州謂澤有草者爲「菹」。下李注引綦母邃注又以「蒩」字爲之。焦循《正義》曰：黄公紹《韵會》引《孟子》作「葅」，「葅」即「菹」字。「蒩」爲「菹」之通也。○《華陽國志・巴志》曰：魚復縣有澤水神，天旱鳴鼓於旁，即雨也。《續漢書・郡國志》：益州巴郡。劉注引干寶《搜神記》曰：有澤水，民謂神龍，不可鳴鼓其旁。即使大雨。《水經・江水注》曰：江水又東，逕魚復縣故城南，又東，逕廣溪峽，北岸山上有神淵，淵北有白鹽崖，高可千餘丈，俯臨神淵，土人見其高白，故因名之。天旱燃木岸，上推其灰燼，下穢淵中，尋即降雨。常璩曰：縣有山澤水神，旱時鳴鼓請雨，則必應嘉澤。《蜀都賦》所謂應鳴鼓而興雨也。步瀛案：酈引《華陽國志》與今本小異。○《七欸》，尤本作「七嘆」。胡克家曰：袁本、茶陵本「嘆」作「歎」，皆非也。當作「欸」。步瀛案：《藝文類聚·雜文部》引李尤《七欸》，特未引此句耳。○《方言》，見卷十二。○《隋書·經籍志》曰：梁有《孟子》九卷，綦母邃撰，亡。《新唐書·藝文志》有綦母邃注《孟子》七卷，蓋唐時復得之，亡其二卷也。○處、雨，古音魚部。

丹沙絶熾出其坂，蜜房郁毓被其阜。山圖采而得道，赤斧服而不朽。

【注】涪陵、丹興二縣出丹砂。丹砂出山中，有穴。《尚書·禹貢》曰：厥土赤熾。巴西漢昌縣多野蜂蜜蠟。山圖，隴西人也。隨道士之名山，採藥身輕不食，莫知所如。赤斧，巴人也。能鍊丹砂與消石，服之身體毛髮盡赤。皆古仙者也。見《列仙傳》。善曰：毛萇《詩傳》曰：絶，赤貌也。鄭玄《尚書注》曰：熾，赤也。昌志切。班固《終南頌》曰：蜜房溜其巔。郁毓，盛多也。

【疏】《續漢書·郡國志》巴郡涪陵縣下曰：出丹。《華陽國志·巴志》曰：涪陵郡丹興縣，出名丹。《太平寰宇記》曰：江南西道涪州，漢獻帝建安中，涪陵謝本以涪陵廣大，白州牧劉璋，分理丹興、漢葭二縣以爲郡。璋乃分涪陵，立永寧，兼丹興、漢葭，合四縣。置屬國都尉，理涪陵。蜀先主改爲涪陵郡。改永寧曰萬寧。又增立漢復縣。後主又立漢平縣。《晉太康地記》：省丹興縣，郡移理漢復。領漢葭、涪陵、漢平、萬寧等五縣。《清統志》曰：四川酉陽州，丹興廢縣在黔江縣。○《證類本草》卷三曰：丹砂生符陵山谷。陶隱居云：符陵是涪州，接巴郡南，今無復採者。乃出武陵西川諸蠻夷中，皆屬巴地，故謂之巴砂。又引《圖經》曰：丹砂生符陵山谷，今出辰州、宜州、階州，而辰州者最勝，謂之辰砂。

生深山石崖間，土人採之，穴地數十尺，始見其苗，乃白石耳。謂之朱砂牀，砂生石上，其塊大者如雞子，小者如石榴子。狀若芙蓉頭、箭鏃、連牀者紫黯若鐵色，而光明瑩澈，碎之嶄巖，作牆壁，又似雲母片。可析者真辰砂也。無石者彌佳，過此皆淘土石中得之，非生於石牀者。今辰州乃武陵故地，雖號辰砂，而本州所出殊少，往往在蠻界中。溪、溆、錦州得之此地。蓋陶所謂武陵西川者是也。○注「赤熾」，各本「熾」作「埴」。胡克家曰：「『埴』當作『熾』，觀正文及下善注，可見各本皆誤。又《尚書》徐、鄭、王皆讀曰熾，見《釋文》，亦其證也。梁章鉅曰：按：《禹貢釋文》徐、鄭、王皆讀「埴」曰「熾」。故劉注引《書》以「赤」解「絶」，以「埴」解「熾」耳。李注引《尚書》注：熾，赤也。亦是《禹貢》注。胡紹煐曰：劉引《書》「赤埴」當本作「熾」，故善復引鄭注曰：熾，赤也。《書》《釋文》「埴」鄭作「戠」。徐、鄭、王皆讀曰「熾」，劉引作「熾」，從徐、鄭、王讀也。後人以今《禹貢》作「埴」，故改爲「埴」。○《晉書·地理志》漢昌縣屬巴西郡。惠帝復分巴西，置宕渠郡。《巴志》曰：宕渠縣，郡治。石蜜，山圖所採也。《證類本草》卷二十曰：石蜜生武都山谷，河源山谷，及諸山石中，色白如膏者良。陶隱居云：石蜜，即崖蜜也。高山巖石間作之，色青赤，味小酸，食之心煩，其蜂黑色，似䖟。又木蜜呼爲食蜜，懸樹枝作之，色青白，樹空及人家養作之者，亦白而濃厚，味美。又引《圖經》曰：白蠟生武都山谷，出於蜜房木石間。又曰：食蜜有兩種，一種在山林木上作房，一種人家作窠檻，收養之。其蜂甚小而微黃，蜜皆濃厚而味美。○《後漢書·西南夷傳》莋都夷。李賢注引劉向《列仙傳》曰：山圖，隴西人，好乘馬，馬蹋折脚，山中道士教服地黃、當歸、羌活、玄參，服一年，不嗜食。病愈，身輕。追道士問之。自云：「五嶽使人之名山採藥，能隨吾，汝便不死。」山圖追隨，不復見。六十餘年，一旦歸來，行母服於家間。朞年復去，莫知所之也。《初學記・道釋部》亦引之。今本《列仙傳》及《雲笈七籤》卷一百八所載《列仙傳》大略皆同。○《御覽》藥部五引《列仙傳》曰：赤斧者，巴戎人，爲碧雞祠主簿，能鍊丹與消石，服之三十年，身反童子，髮毛皆赤。數十年，上華山取禹餘糧餌之，手中長有赤斧。今本《列仙傳》及《七籤》所載《列仙傳》大略皆同。○《詩・簡兮》毛傳曰：赫，赤貌。而無「艴赤貌」之文。玄應《一切經音義》卷十九，引《字林》曰：艴，赤貌也。「毛萇《詩傳》」四字，蓋《字林》之誤。又案：《車鄰》毛傳曰：陂者曰阪，此注或先釋「阪」字，而後釋「艴」「熾」字，如前注先釋「交趾」後釋「輢」字也。本作毛萇《詩傳》曰：阪者曰阪。《字林》曰：艴，赤貌也。而脱去「陂者曰阪，《字林》曰」七字耳。「昌志切」三字，依袁本、茶陵本增。○班固《終南山頌》，《初學記》五、《古文苑》作《終南山賦》。嚴可均《全後漢文》曰：或「頌」即「賦」之誤。步瀛案：古人「賦」、「頌」亦通稱，如王子淵《洞簫賦》或稱《洞簫頌》是也。○阜、牸，古音幽部。

若乃剛悍生其方，風謠尚其武。奮之則賨旅，翫之則渝舞。鋭氣剽於中葉，蹻容世於樂府。

【注】善曰：《廣雅》曰：悍，勇也。應劭《風俗通》曰：巴有賨人，剽勇。高祖爲漢王時，閬中人范目説高祖，募取賨人定三秦，封目爲閬中慈凫鄉侯，并復除目所發賨人盧、朴、沓、鄂、度、夕、襲七姓，不供租賦。閬中有渝水，賨人左右居，鋭氣喜舞。高祖樂其猛鋭，數觀其舞。後令樂府習之。楊雄《荆州

箴》曰：風飄以悍，氣鋭以剛。賨，在宗切。《毛詩》曰：昔在中葉。《漢書》曰：武帝立樂府。

【疏】《廣雅》、《江賦注》引同。今《釋詁》二：勇也。節，脱「悍」字。王念孫《疏證》據補。玄應《一切經音義》二十二引作勇悍，果敢也。慧琳《一切經音義》九十四引作「善也」。皆誤。○注引《風俗通》，今本無，乃佚文。《華陽國志·巴志》曰：漢高帝滅秦爲漢王，王巴蜀。閬中人范目有恩信方畧，知帝必定天下，説帝爲募發賨民，要與共定秦。秦地既定，封目爲長安建章鄉侯。帝將討關東，賨民皆思歸。帝嘉其功，而難傷其意。遂聽還巴。謂目曰：「富貴不歸故鄉，如衣繡夜行耳。」徙封閬中慈鄉侯，目固辭。乃封渡沔縣侯。故世謂三秦亡，范三侯也。目復除民羅、朴、昝、鄂、度、夕、龔七姓，不供租賦。閬中有渝水賨民，多居水左右，天性勁勇，初爲漢前鋒，陷陣鋭氣，喜舞，帝善之曰：「此武王伐紂之歌也。」乃令樂人習學之。今所謂巴渝舞也。又見《後漢書·南蠻傳》。「七姓」與《華陽志》同，惟「昝」作「督」。案：「羅」、「盧」、「杳」、「昝」、「督」、「襲」、「龔」皆以形聲相近，轉寫互異。《晉書·樂志》、吴兢《樂府古題要解》皆載其事。吴增《能改齋漫録》卷六曰：《樂府解題》載武王伐紂歌，使工習之，號曰《巴渝之曲》。美其地，因巴渝以取名。杜子美《暮春題瀼西草堂詩》以萬里巴渝曲，三年實飽聞，今世所傳印注《杜詩》，乃引《前漢·禮樂志》巴渝鼓員三十六人。殊不知《巴渝之歌》，自武王伐紂始。步瀛案：武王伐紂歌，語出漢高。當是匹譬之詞，非必武王時已有此歌也。《樂府解題》言：使工習之，謂漢高使工習之，《古題要解》可證。又《要解》云：渝，美也。或云其地有渝水，因以取名。案：以渝爲美，非是。《漢書·禮樂志》：巴俞鼓員三十六人。顔師古注曰：巴，巴人也。俞，俞人也。

巴今之巴州，俞今之俞州。各本其地。案：「俞」「渝」字通。郭茂倩《樂府詩集》卷五十三引卽作「渝州」。○《荆州箴》，《藝文類聚·州部》引，又載《古文苑》。○「賨，在宗切」四字，依袁本、茶陵本增。○《毛詩》見《長發》。傳曰：葉，世也。○《漢書》，見《禮樂志》，本注各本脱「立」字。依何氏、陳氏、胡氏校增。李詳曰：高祖時，未立樂府。《後漢書·西南夷傳》作「令樂人習之」，是也。案：樂府已見《兩都賦序》疏。○武、舞、府，古音魚部。○以上蜀之東部。

於西則右挾岷山，涌瀆發川，陪以白狼，夷歌成章。

【注】江水出岷山也。白狼夷，在漢嘉西界。漢明帝時作詩三章，以頌漢德。益州刺史朱輔譯傳其詩奏之，語在《輔傳》也。

【疏】《尚書·禹貢》曰：岷山導江。《史記·夏本紀》作「汶山」。《漢書·地理志》作「嶓山」。蜀郡湔氏道，原注曰：《禹貢》嶓山在西徼外，江水所出，東南至江都入海。《説文》作「㟩山」。《山部》曰：㟩山也，在蜀湔氏西徼外。《水部》曰：江水出蜀湔氏徼外㟩山，入海。蔣廷錫《尚書地理今釋》曰：岷山跨古雍梁二州，自陝西鞏昌府岷州衛以西，大山重谷，谽谺起伏，西南走蠻箐中，直抵四川成都府之西境。凡茂州之雪嶺、灌縣之青城，皆其支脈，而導江之處，則在今松潘衛北西番界之浪架嶺。《漢書·地理志》所云岷山在湔氏道徼外是也。步瀛案：岷州衛，今甘肅岷縣。茂州，今四川茂縣。松潘衛，今四川松潘縣，餘詳《江賦》。○朱珔曰：《史記·封禪書》：自華以西，名山曰瀆山。瀆山者，汶山也。「汶」與「岷」通。《水經·江水注》云：岷山卽瀆山也。水曰瀆水矣，又謂之「汶阜」。賦於此溯江水之源，故以江爲瀆也。○《後漢書·西南夷傳》曰：永平中，益州刺史梁國朱輔，好立功名，慷慨有大略，在州數歲，宣示漢德，威懷遠夷。自汶山以西，前世所不至，正朔所未加，白狼、槃木、唐菆等百餘國，舉種奉貢，稱爲臣僕。輔上疏曰：今白狼王唐菆等，慕化歸義，作詩三章，遠夷之語，辭意難正。草木異種，鳥獸殊類。有犍爲郡掾田恭與之習狎，頗曉其言，臣輒令訊其風俗，譯其辭語，今遣從事史李陵與恭護送詣闕，並上其樂詩。李賢注曰：《東觀漢記》「輔」作「酺」，梁國寧陵人也。步瀛案：注云：語在《輔傳》，未詳。今本《東觀漢記》無《朱輔傳》，本非完書。《隋書·經籍志·雜傳》中亦無之。他書引別傳者，亦不見其名。○注「漢嘉」，各本「嘉」誤作「壽」，「譯傳」「譯」、誤作「驛」今並依胡氏校改。○山，古音元部。川，諄部。通轉爲韵。狼、章，陽部。

坰野草昧，林麓黝儵。交讓所植，蹲鴟所伏。

【注】交讓，木名也。兩樹對生，一樹枯，則一樹生。如是歲更，終不俱生、俱枯也。出岷山都安縣。蹲鴟，大芋也。其形類蹲鴟。故卓王孫曰：吾聞岷山之下，沃野下有蹲鴟，至死不飢。善曰：黝儵，茂盛貌。

【疏】《爾雅·釋地》曰：野外謂之林，林外謂之坰。《説文》曰：野，郊外也。又曰：邑外謂之郊，郊外謂之野，野外謂之林，林外謂之冂，象遠界也。古文作「冋」，或作「坰」。《易·屯·彖傳》曰：天造草昧。○朱珔曰：《酉陽雜俎》引《武陵郡志》云：白雉山有木，名交讓。衆木敷榮後方萌牙，亦更歲迭榮也。三國時武陵郡初屬蜀，後始屬吴。方氏《通雅》云：楠，卽枏，讓木也。娑羅則外國之讓木也。陸文裕曰：成都庭院植成行列，枝葉若相迴避，謂之讓木，實似母丁香。娑羅樹葉似枏，相讓，皮如玉蘭，色葱白，最潔。《説文》：葛，枝枝相對，葉葉相當。箋以爲娑羅樹。此説以「讓木」爲「柟」，恐非。其或「枏」之别種歟？又《玉篇》云：欀，道上木也。《廣韵》「陽」、「漾」兩部，俱有「欀」字，是「欀」亦音「讓」。《類篇》云：欀，人樣切。交讓木名，出岷山，正用此注語。則混於《吴都賦》之「欀」。似彼處即以爲交讓木，亦可通。步瀛案：朱引《酉陽雜俎》見續集卷十。《通雅》見卷四十三。《述異記》曰：黄金山有楠樹，一年東邊榮，西邊枯。後年西邊榮，東邊枯。年年如此。張華云：交讓木也。方以智以「枏」爲交讓木，蓋本此。以枝葉相當爲交讓，與古説不合。此等固不必論其有無也。○注「出岷山」下衍「在」字，「都安」作「安都」。胡克家曰：「在」字不當有。「安都」當作「都安」，各本皆誤。下注「金堤在岷山都安縣西」，又「岷山都安縣，有兩山相對立，如闕」皆可證。《晉書·地理志》汶山郡有都安縣也。步瀛案：晉都安縣在今四川灌縣東。○卓王孫語，見《史記》、《漢書》《貨殖傳》，「蹲」並作「踆」，《史記》「岷」作「汶」，《漢書》作「㟭」，「野」作「壄」。《史記集解》引《漢書音義》曰：水鄉多鴟，其山下有沃野灌溉，一曰大芋。《漢書》顔注曰：踆鴟，謂芋也。其根可以充糧，故無飢年。《華陽國志》曰：汶山郡都安縣，有大芋，如蹲鴟也。步瀛案：顔引《華陽志》見《蜀志》。王氏《廣雅·釋草》《疏證》曰：《貨殖傳》云：至死不飢，則蹲鴟似可禦飢之物，大芋之説近之。然《易林·豫之旅》云：文山蹲鴟，肥腯多脂。芋雖大，不得有脂。《易林》所云，又似指鳥言之，疑莫能明也。朱珔曰：芋有大小，即有枯潤，肥而黏膩者，即多脂矣。「鴟」字從「鳥」，特狀其形，非芋之本有是名也。「文山」乃「汶山」之省，正與劉注合。又《水經·江水篇注》云：文井水又東，逕江都縣。縣濱文井江，江上有長隄，隄跨四十里，有朱亭。亭南有青城山，山上有嘉穀，山下有蹲鴟，卽芋也。所謂至老不飢，卓氏之所以樂遠徙也。此則僅舉一地言之，非謂專在於此。胡紹煐曰：《御覽》引《唐新語》曰：開元中，中書令蕭嵩以《文選》是先代舊業，欲注釋之，奏請左補闕王智明、金吾衛佐李元成、進士陳居等注《文選》。先是東宮衛佐馮光，進入院校《文選》，兼復注釋。解蹲鴟云：今之芋子，卽是「著毛蘿蔔」。院中學士向外說之，蕭嵩聞之，拊掌大笑。按：諸注釋今俱不傳，蓋當時未有重之者。蹲鴟之解，已見一斑矣。步瀛案：《御覽》見《菜部》五。又《玉海》卷五十四引《集賢注》記開元十九年三月，蕭嵩奏王智明、李元成、陳居注《文選》。先是馮光震奉敕入院校《文選》，上疏以李善舊注不精，請改注，從之。光震自注得數卷，嵩以先代舊業，欲就其功，奏智明等注之。明年五月，令智明、元成、陸善經專注《文選》，事竟不就。據此則蕭嵩奏改注《文選》事竟未成。馮光震先成數卷，爲世所笑，當無復傳之者。以此輩之陋，竟上疏論李注不精，亦可謂蚍蜉撼大樹矣。惟陸善經注，上虞羅氏印日本金澤文庫殘本《文選集注》引之，豈其私撰者邪。今不可攷矣。又案：《顏氏家訓·勉學篇》曰：江南有一權貴，讀誤本《蜀都賦》注解蹲鴟芋也，乃爲「羊」字。人饋羊肉，答書云：損惠蹲鴟。舉朝驚駭，不解事義。久後尋迹，方知如此云云。案一蹲鴟也，而笑柄累出，亦異矣。○儵，古音幽部。伏，之部。通轉爲韵。

百藥灌叢，寒卉冬馥。異類衆夥，于何不育。其中則有青珠黄環，碧砮芒消。或豐緑荑，或蕃丹椒。蘪蕪布濩於中阿，風連延蔓於蘭皋。紅葩紫飾，柯葉漸苞。敷蘂葳蕤，落英飄颻。

【注】青珠出蜀郡平澤。黄環出蜀郡。碧石生越巂郡，會無縣。砮，可作箭鏃。《禹貢》：梁州厥貢砮石。芒消出蜀郡廣陽山。緑荑、辛荑、蘼蕪，皆香草也。蘼蕪出岷山、蠶陵山。風連出岷山，一曰出廣都山。岷山特多藥草，其椒尤好，異於天下。漸苞，相苞裹而同長也。《書》曰：草木漸苞。蘂者，或謂之華，或謂之實。一曰花鬚頭點也。《楚辭》曰：採薜荔之落蘂。

【疏】尤本正文「蘪」作「麋」。胡克家曰：袁本、茶陵本「麋」作「蘪」。案：注中作「蘪」，「蘪」、「麋」古通用。或太沖自用「蘪」字。步瀛案：「延」各本作「莚」。劉、李皆無注，蓋本作「延」，正文下音「餘戰」二字，即五臣音也。張銑注曰：莚蔓，相連屬貌。知作「莚」者爲五臣本，劉、李本不作「莚」也。「莚」俗字，不可用。又五臣「苞」作「包」。○《爾雅·釋木》曰：灌木，叢木。又曰：木族生爲灌。《釋文》「灌」皆作「樌」，字通用。張銑曰：寒卉，冬生草也。夥，多也。本書《上林賦》曰：布濩閎澤，延曼太原。《漢書·司馬相如傳》《封禪文》曰：汜布護之。顔注曰：布護，言遍布也。案：「布濩」與「布護」同。「延曼」與「延蔓」同。顔音延，弋戰反。《詩·菁菁者莪》曰：在彼中阿。毛傳曰：中阿，阿中也。大陵曰阿。《離騷》曰：步余馬於蘭皋兮。王逸注曰：澤曲曰皋。《楚辭·七諫·初放》曰：上葳蕤而防露兮。王逸注曰：葳蕤，盛貌。○《證類本草》卷五曰：青琅玕，一名石珠，一名青珠，生蜀郡平澤。陶隱居云：此《蜀都賦》所謂青珠黄環也。黄環乃是草，苟取名類，而種族爲乖。又引蘇恭曰：琅玕五色，具以青者入藥。梁章鉅引《本草綱目》同，是也。張銑曰：青珠黄環皆寶也。徐文靖《管城碩記》卷二十六引顧玠《海槎録》：桄榔木結子如青珠，賦所謂青珠，宜即此。皆妄説，不足據。「平澤」非地名。《上林賦》曰「掩平彌澤」，謂平原藪澤也。○尤本注「環」作「鐶」，與正文不合。今依六臣本。沈括《補筆談》卷三曰：黄鐶，即今之朱藤也。天下皆有，葉如槐花，穗懸紫色，如葛花。京師人家園圃中作大架種之，謂紫藤花者是也。實如皁莢。《蜀都賦》所謂青珠黄鐶者，黄鐶即此藤之根也。張雲璈曰：按：上文云百藥灌叢，下云碧砮芒消，皆羅列藥名，無緣中間雜出一朱藤，殊非類從之義。且既言天下皆有，注何以止言出蜀郡。疑沈説未確。後讀《太平御覽》九百九十三《藥類》有「黄環」，引《本草經》黄環一名陵泉，一名大就，生蜀郡。又引《吴氏本草經》曰：蜀黄環，一名生葛，一名韭根。神農、黄帝、岐伯、桐君、扁鵲《辛一經》云：味苦有毒，二月初出，正赤，高二尺，葉青，員端大莖，葉有汁，五月實員。三月採根，根黄縱理如車輻，解治蠱毒。然則黄環果藥名。與沈説全不合，足以證朱藤之非矣。梁章鉅曰：《御覽·藥部》引《吴普本草》云：黄環一名生葛，亦可訂今《本草綱目》一名「生芻」之誤。步瀛案：《證類本草》卷十四曰：黄環生蜀郡山谷。陶隱居云：似防已，亦作車輻理。解《蜀都賦》云：青珠黄環者，又引《唐本草》曰：大者莖徑六七寸，謂其子名狼跋子。徐文靖引《本草》略同。朱珔以黄環即黄礬，非也。徐以青珠爲草藥，朱以黄環爲石藥，皆欲以類從，不知二者種族不同，陶隱居已言之矣。○朱珔曰：碧砮，疑爲《本草》之碧石青。劉注云：碧石。知「砮」即「石」也。因碧石亦可爲砮，故以砮名。否則正言百藥，不應忽夾入砮箭。步瀛案：朱氏此説是。《證類本草》卷三引《唐本注》曰：「碧青」，即「白青」也。《本草綱目》卷十「白青」下附「碧石青」。《説文》曰：砮石可爲矢鏃。《尚書·禹貢》：荆州厥貢砮丹，梁州厥貢砮磬。劉注引此以證砮石，亦非析碧與砮爲二物。○「會無縣」各本作「無會縣」。胡克家曰：當作「會無」，各本皆倒。步瀛案：越巂郡會無縣，今四川會理縣治。○《證類本草》卷三曰：消石一名芒消，生益州山谷，及武都、隴西、西羌。又芒消下引陶隱居云：按：《神農本經》無芒消，只有消石，名芒消爾。後《名醫别録》載此説，其療與消石正同。疑此卽是消石。舊出寧州，黄白粒大，味極辛苦。頃來寧州，道斷都絶，今醫家多用煮鍊作者，色全白，粒細，而味不甚烈。○《晉書·地理志》：益州汶山郡有廣陽縣。蜀郡有廣都縣。此注郡與縣當有一誤。廣都縣在今四川成都縣東南，廣陽縣在今茂縣北。○辛荑，《楚辭·九歌·湘夫人篇》作「辛夷」。王逸注曰：辛夷，香草也。楊子雲《甘泉賦》作「辛雉」。服虔曰：辛雉，香草也。李氏彼注曰：新雉，辛夷也。案：「雉」、「夷」、「荑」皆聲近通用。《西山經》郭《注》曰：芍藥一名辛夷。《上林賦》張揖注曰：留夷，辛夷也。《離騷》王逸注曰：留夷，香草也。《廣雅·釋草》曰：攣夷，芍藥也。王氏《疏證》曰：攣夷卽留夷。「留」、「攣」，聲之轉也。此皆與劉注合。緑者殆指其葉耳。辛夷有屬於木者，《後漢書·馮衍傳》李賢注曰：新夷，亦樹也，其花甚香。《證類本草》卷十二曰：辛夷，生漢中川谷。引《圖經》曰：樹高數丈，葉似柿葉而長。正月、二月生花，似著毛小桃，色白帶紫。花落，至夏復開。花初出如筆。又引陳藏器《本草拾遺》曰：北人呼爲木筆，南人呼爲迎春。案：是卽香樹也。二義皆通。此賦上云：「百藥」，固不限定草類也。○「蘪蕪」，已見《南都賦》。○「蠶陵」，各本作「替陵」。胡克家曰：「替」當作「蠶」，「山」字不當有。各本皆誤。《晉書·地理志》：汶山郡有蠶陵縣也。此注三言岷山，皆謂汶山郡。步瀛案：胡氏校「替陵」當作「蠶陵」，是也。今從之。《水經・江水注》曰：江水自湔氏道來。《益州記》云：自白馬嶺回行二十餘里，至龍涸，又八十里，至蠶陵縣。《清統志》四川松潘廳蠶陵廢縣，在疊溪營西。松潘廳，卽今松潘縣。又案：胡氏校「山」字不當有，似未然。蠶陵山，謂蠶陵縣之山耳。上云廣陽山，下云廣都山，皆同例，必非「山」字皆衍文。○段玉裁曰：陳藏器《本草拾遺》引《南都賦》風衍蔓延於蘅皋，蓋卽引此賦而誤也。步瀛案：《證類本草》卷八引陳藏器曰：風延母，味苦寒，無毒。細葉蔓生，纓繞草木。《南都賦》云：風連蔓延於蘅皋，是也。是「風連」一名「風延母」矣。至誤《蜀都》爲《南都》，誤「風連」爲「風衍」，誤「延蔓」爲「蔓延」，誤「蘭皋」爲「蘅皋」，或由誤記，或由傳寫之誤，遂致不可究詰也。○「出廣都山」，胡克家曰：「山」字不當有。各本皆衍。《晉書・地理志》廣都屬蜀郡也。步瀛案：「山」字非衍，說已見上。廣都亦見上。許巽行謂當作「都廣山」，大謬。○梁章鉅曰：《續漢書・郡國志》蜀郡，注引《蜀都賦》注：岷山特多藥，其椒特多，好者絕異於天下之好者，與此少異。步瀛案：《藝文類聚・木部》下引《范子計然》曰：蜀椒出武都，赤色者善。《御覽・木部》七、《政和證類本草》十二載掌禹錫案引同。《本草綱目》卷三十二「蜀椒」，引蘇頌曰：木高四五尺，似茱萸而小，有針刺，葉堅滑，實可煮飲食，四月結子，無花，但生于枝葉閒，顆如小豆，而圓皮紫赤色。李時珍曰：蜀椒肉厚皮皺，其子光黑，如人之瞳，人故謂之椒目。他椒子雖光黑，亦不似之。○《書》，見《禹貢》，「苞」作「包」。僞孔傳曰：漸進長包叢生。《釋文》引馬融曰：包，相包裹也。《說文・艸部》曰：蘄，艸相蘄苞也。《書》曰：艸木蘄苞。○《楚辭》見《離騷》，「採」作「貫」。以上句「擥木根以結茝」觀之，則「貫」字爲是。今存異文，姑仍之。又本注「蘂」作「英」，誤。本書《離騷》作「蘂」。《楚辭》洪補注本作「蕊」，單行王注本亦作「蘂」，字同。「蘂」與下「纚」字韻，作「英」則失韵矣。故據改。○馥、育、椒、臯、苞，古音幽部。消、飄、宵部，通轉爲韵。

神農是嘗，盧跗是料。芳追氣邪，味蠲癘痟。

【注】扁鵲盧人，古良醫。楊雄《法言》曰：扁鵲盧人而醫多盧。癘氣，不和之氣也。痟，亦頭病也。《周禮》：四時皆有癘疾，春多痟首之疾。《漢書》：相如常有痟病。善曰：《淮南子》曰：神農乃始教人播種五穀，嘗百草之滋味。《史記》曰：虢中庶子謂扁鵲曰：臣聞上古之時，醫有俞跗，醫病不以湯液。

【疏】《說文》曰：料，量也。從斗，米在其中。讀若遼。《廣雅·釋詁》二曰：料，理也。又《釋詁》三曰：蠲，除也。○《法言》，見《重黎篇》。李軌注曰：太山盧人。案本書楊子雲《解嘲》曰：不遇俞跗與扁鵲也。《漢書·楊雄傳》作「臾跗」，《說苑·辨物篇》作「俞柎」。《漢書·藝文志》經方有《泰始、黃帝、扁鵲、俞柎方》三十三卷。注：應劭曰：黃帝時毉也。《史記·扁鵲傳》《正義》引《黃帝八十一難序》曰：秦越人與黃帝時扁鵲相類，仍號之爲「扁鵲」，又家於盧國，因命之曰盧醫也。案：此賦盧跗並言，盧謂扁鵲，跗謂俞跗，皆黃帝時毉，非謂《史記·列傳》之扁鵲也。○《周禮》，見《天官·疾醫》。鄭注曰：癘，疾，氣不和之疾。痟，酸削也，首疾頭痛也。《釋文》曰：痟音消。《說文》曰：痟，酸痟頭痛。○《漢書》，見《司馬相如傳》。「痟病」作「消渴病」。《史記·相如傳》作消渴疾，字皆作「消」。胡紹煐曰：劉以「痟」爲頭痛癘疾，是也。而引《漢書》相如有「痟病」，則混「痟」於「消渴」，疑誤。「消」字亦作「痟𤺄」。《玉篇》痟，痟𤺄病也。「渴」又作「㵣」。《釋名·釋疾病》：消，㵣渴也。腎氣不周於胸，胃中津潤消渴，故欲得水也。《素問·脈要精微論》：癉成爲消中。《奇病論》：肥者令人內熱，甘者令人中滿，故其氣上溢，轉爲消渴。《後漢·李通傳》章懷注：消，消中之疾。皆與頭痛之「痟」不同。彼引《周禮》誤，與此同。杜宗玉曰：「痟」、「消」古今字。消，亦病也。因易「消」爲「痟」耳。謝靈運《初發郡》注引《漢書》曰：司馬長卿有消渴疾，作「消」。是「痟」、「消」同用之徵。步瀛案：字雖同用，而「痟，首疾」與消渴疾爲病不同，仍以胡氏説爲是。李詳曰：太沖賦用「痟」字，第當引用《周禮》爲注。乃合「痟」「消」爲一，遂致歧誤。與胡氏説同。○《淮南子》，見《修務篇》，「人」作「民」，此蓋避唐諱改。○《史記》，見《扁鵲傳》。《正義》引應劭曰：俞跗，黄帝時將也。案：「將」當是「醫」字之誤。○料、痟，古音宵部。○以上蜀之西部。

其封域之內，則有原隰墳衍，通望彌博，演以潛沬，浸以緜雒。

【注】《禹貢》梁州云：沱潛既道。有水從漢中沔陽縣南流，至梓潼漢壽縣，入穴中。通岡山下，西南潛出。今名複水。舊説云：《禹貢》潛水也。又有水出岷山之西，東流，過漢嘉南流。有高山，上合下開。《水經》：其中曰沬水，水潛行曰演。此二水伏流，故曰演以潛沬。緜水在緜竹縣，出紫巖山。雒水在雒縣，出漳山。一曰：在梓潼縣，出柏山。《周禮》曰：揚州其浸五湖。言益州之有緜雒，猶揚州之有五湖。故曰浸以緜、雒也。潛、沬、緜、雒四水所經，本皆蜀郡。故皆謂之封域之內也。善曰：

沫，武蓋切。

【疏】「演」當作「瀵」。《説文》曰：瀵，水脈行地中，瀵瀵然。演，長流也。二字義別。段謂《蜀都賦》本作「瀵」，是也。又「沫」當作「沬」。李及五臣「沬」皆音「武蓋切」。案：《説文・水部》曰：沬水出西南徼外，東南入江。從水，末聲。大徐音莫割切，小徐音門撥反。又曰：沬，洒面也。從水，未聲。大徐音荒内切，小徐音虎配反。是水名之「沫」從本末之末，洒面之沬，從午未之未，二字音義迥別。《漢書・溝洫志》：避沫水之患。顔注曰：沫音本末之末。《禮樂志》《漢郊祀歌》：沫流赭。《高五王・淮南厲王傳》：沫風雨。《外戚傳・悼李夫人賦》：洿沫悵兮。顔注皆云：字從午未之末，正謹守《説文》也。而《玉篇・水部》：沫，亡活、莫蓋二切，水名。又頮，火内切，洒面也。沬同上，又莫貝切。《廣韻・十三末》：沫，莫撥切，水沫，一曰水名，在蜀。又武泰切。《八未》：沬，無沸切，水名。《十四泰》：沬，莫貝切，水名。桂馥曰：二書「沬」下並云：水名。「沫」下莫蓋、武泰二切。即「沬」字音也。《檀弓》：瓦不成味。注云：「味」當作「沬」。沬，靧也。《釋文》「味」依注音沬，亡曷反。靧音悔，洗面。馥謂此以「沬」爲洗面，則「沬」爲水名矣。而顔注《漢書》三言「沫」從午未之「未」，所未能詳。步瀛案：「沫」「沬」形近，故從「末」從「未」每易相亂。《玉篇》、《廣韻》及李氏、五臣之音，皆不足據。《檀弓》上鄭注當是。「沬」字，從午未之未，音呼内反。《釋文》亡曷反，非也。王引之《經義述聞》、李惇《羣經識小》、朱彬《禮記訓纂》皆辨其失。至「韎」字《説文》：從韋，末聲。《詩》：瞻彼洛矣。孔疏引鄭駁《五經異義》謂字當作「韎」，此許、鄭偶異，不得皆以爲例也。〇注「梓潼」，尤本作「梓橦」。今依袁本。又「穴」上

《續漢書・郡國志》劉注引有「大」字，當補。又段校「復水」作「伏水」。胡克家曰：「漢中」二字不當有。「沔」當作「江」，「漢」當作「晉」。各本皆誤。《續漢書・郡國志》犍爲郡江陽。劉昭注引賦此注「從縣南流」云云，當據之訂正。江陽，《晉書・地理志》屬江陽郡。或「漢中」亦「江陽」之誤。《水經・潛水注》引庾仲雍云：墊江有別江，出晉壽縣，卽潛水也。《晉書・地理志》晉壽屬梓潼郡，當據之訂正。又袁本「橦」作「潼」，是也。茶陵本亦誤「橦」。段玉裁《經韵樓集》卷十二曰：江陽者，今之瀘州，雒水入江之處。卽賦下文浸以緜雒。《水經》所謂江又過江陽縣南，洛水從三危山東過廣魏洛縣南，東南注之者也。潛水在今重慶府入大江。重慶者，古之巴郡江州縣。重慶府上距瀘州約四百里。《水經》所謂江至巴郡江州縣東，强水、涪水、漢水、白水、宕渠水五水合流注之者也。酈注云：宕渠水，卽潛水、渝水矣。乃欲改「漢中沔陽」四字爲「江陽」二字，不知「江陽」者，雒水入江之處，非潛水自北而南發源之處也。倘云江陽至漢壽，則是由今瀘州逆流至今廣元縣，自南而北，水將何入乎？《水經》：潛水出巴郡宕渠縣。酈云：潛水蓋漢水支分潛出，故受其稱耳。今爰有大穴，潛水入焉。通岡山下西南潛出，謂之伏水。或以爲古之潛水。引鄭玄曰：漢別爲潛，其穴本小水，積成澤流，與漢合。大禹自導漢疏通，卽爲西漢水也。故《書》曰：沱潛既道。又《桓水篇》酈注曰：自葭萌入於西漢，卽《禹貢》之所謂潛水者也。自西漢溯流而屆於晉壽界。沮漾支津，南歷岡穴邊，邐而接漢入漾。《書》所謂浮潛而逾沔矣。又《漾水篇》酈注曰：劉澄之云：有水自沔陽縣南至梓橦漢壽入大穴，暗通岡山。郭景純亦言是矣。岡山穴小，本不容水，水成大澤而流，與漢合。酈三言岡穴，皆謂此。潛水卽西漢水也。岡山卽今保寧府廣元縣神宣驛之龍洞背，其水穿穴而出，合嘉陵江者也。酈謂潛水本漢水支分潛出。此賦淵林注云：從漢中沔陽南流，至漢壽，卽酈説所本。「漢中沔陽」本不誤。《永樂大典》、《水經注》：劉澄之云：從阿陽縣南至梓潼漢壽，與淵林小異。要斷不可作「江陽」也。至若《郡國志》犍爲郡江陽縣下云：《蜀都賦》注云：沱潛既道，從縣南流至漢嘉縣，入大穴中，通岡山下，因南潛出。今名復出水。此引淵林注，而「縣南」二字之上，奪「漢中沔陽」四字，「漢壽」譌「漢嘉」，「西南」譌「因南」，「伏水」作「復出水」。夫江陽乃洛水入江之處，劉昭引《華陽國志》江雒會不誤矣。而不審淵林謂潛水卽宕渠水，在江州縣入江者，而引以證江陽入江之雒水，已爲巨謬。乃又據奪誤之「從縣南」三字，謂此水從江陽縣南至漢壽，用以改正淵林注之從漢中沔陽至漢壽，謬中生謬，於地理斷不可通矣。《漾水篇》酈注曰：葭萌城，劉備改曰漢壽。太康中，又曰晉壽。改「漢壽」作「晉壽」可也。但郭璞《爾雅音義》、劉澄之《永初山川記》亦作「漢壽」，則古人不拘也。又曰：邢昺《爾雅》疏引郭璞《爾雅音義》云：有水從漢中沔陽南流，至梓潼漢壽入大穴中，通峒山下，西南潛出，一名沔水。舊俗云：卽《禹貢》之潛也。按郭語與劉逵、劉澄之語先後合契。而郭云自漢中沔陽南流，劉澄之亦曰自沔陽南至，則「漢中、沔陽」四字確不可移。《永樂大典》本劉澄之語作自「阿陽」者，誤也。《漾水注》引澄之語，下卽云：郭景純亦言是矣。卽謂《爾雅音義》也。古人皆謂西漢、東漢是一水。故謂沔水自漢中沔陽分枝，西南流至漢壽，爲西漢。卽《禹貢》之潛。酈善長曰：潛水蓋漢水枝分潛出，故受其稱耳。胡東樵云：依地勢東高西下。然則自沔陽西南流，至漢壽無疑。劉、郭所謂南流者，西南流也。朱珔曰：案：

《禹貢》荆州疏引郭璞《爾雅音義》與此注畧同。《史記・夏本紀》《正義》引《括地志》云：潛水一名復水，今名龍門水，源出綿谷縣東龍門大石穴下。「復」當作「澓」，與「洑」同。《元和志》云：龍門山在利州綿谷縣東北八十二里，潛水所出。綿谷本漢壽地，亦卽晉壽。隋曰綿谷。唐因之。今爲廣元縣。《錐指》謂《水經・潛水注》引庾仲雍云：墊江有别江，出晉壽縣，卽潛水。正指此。此卽《禹貢》之潛水也。然《廣元舊志》云：源出縣北一百三十餘里木寨山，流經神宣驛，又南二十里，經龍洞口，至朝天驛北，穿穴而出，入嘉陵江。與《括地志》、《元和志》不同。意者：木寨山乃水自沔陽來之所經，而人誤以爲出耳。《元和志》：龍門山在縣東北八十里，今以《舊志》考之，木寨山南十餘里，爲神宣驛，又南二十里爲龍洞口，又南二十里爲朝天驛，去縣八十里，恰與龍門之里數相符。蓋朝天驛之穴，卽龍門山之穴也。《輿地紀勝》所謂龍門洞，凡爲洞者三。有水自第三洞發源，貫通兩洞者，卽《舊志》所謂經龍洞口，至驛北穿穴而出。郭璞所謂入大穴，通峒山下，西南潛出者也。而《方輿紀要》云：廣元縣之潛水，出木寨山，或以爲《禹貢》之潛水，似誤。段氏亦謂此甚小，殆非是。其説疑不然。至《續漢志》犍爲江陽下，劉昭引此賦注，以爲潛水從縣南流至漢嘉縣，入大穴中。《錐指》斥之，蓋因「漢嘉」、「漢壽」往往淆紊。沬水本通漢嘉，而此注誤作「漢壽」。前靈關下亦然。潛水至漢壽，而《續志》注反誤作「漢嘉」也。然劉昭以潛屬江陽下，而非沔陽，本爲大謬。又「潛」《史記》作「涔」。《漢志》引《禹貢》作「灊」。安陽鬵水，又作「鬵」。《錐指》謂潛、涔、鬵、灊，古字或通用，而水之所出不可不辨。《史記索隱》因《夏本紀》作「涔」，遂以安陽之涔水當之，非也。《漢志》：巴郡宕渠縣，有潛水，西南入灊。而《水經》：潛水出巴郡宕渠縣，又南入于江。酈注云：宕渠水，即潛水。《錐指》亦極駁之。孫氏星衍則於安陽之鸞谷水，《水經》之潛水出宕渠者，皆以釋《禹貢》，並引《漢志》宕渠潛水「入灊」，作「入江」。段氏引同。皆異《錐指》之説。余謂《錐指》本言梁州之「潛」一而已。若安陽之灊，宕渠之灊，俱非此「潛」，是有數潛矣，未免矛盾。《説文》：灊水出巴郡宕渠，西南入江。與《水經》合。《漢志》灊本卽潛，豈潛入潛乎。當是上「潛」字作「灊」，下「入灊」作「入江」，正可援《説文》、《水經》以正今本《漢志》之誤。如孫、段説也。乃《錐指》主漢壽，而以宕渠之水非《禹貢》之「潛」，段又反之。竊疑孫氏合言者，近是。酈注宕渠潛水云：蓋漢水枝分潛出，故受其稱。今有大穴，潛水入焉，通岡山下西南潛出，謂之伏水。實本劉淵林、郭景純之説。更引鄭玄云云，下又言江出晉壽縣者，卽潛水。則漢壽宕渠不分爲二。且段氏釋《説文》西南入江，謂此水必合嘉陵江，至合州入江。《紀要》亦云：廣元縣之潛水，入嘉陵江，非合一而何。惟安陽之「鸞」《水經·沔水篇》云：又東過魏興安陽縣南，涔水出自旱山北注之。又《涔水》條云：出漢中南鄭縣東南旱山，北至沔陽縣南，入于沔。酈注「涔水」卽「黄水」也。《書·禹貢》疏引鄭云：漢中安陽有潛水，其尾入漢耳，首不於此出。然則此水亦因漢水枝分得受潛名，而與宕渠之潛，實非一源。故《水經》潛、涔二水各爲一條也。步瀛案：段與顧千里駁辯，頗事意氣。此條則確中顧之失。胡氏《考異》卽顧氏作也。朱與段不謀而合。其引段説，見《説文·水部》注。引孫星衍説，見《尚書今古文注疏》。王先謙《漢書·地理志》補注曰：以西漢爲潛，其説甚古，惟大穴潛通，源微流短，後人覺其未安，遂不從舊説，而以宕渠水當潛水之目。《説文》

兩存之。本注則潛水、西漢水並載。知班氏不以西漢水爲潛矣。○《水經・沫水注》曰：沫水出岷山西，東流過漢嘉郡。本賦注「漢嘉」誤作「漢壽」，依胡氏、梁氏校改。朱珔曰：沫水之伏流已見前靈關下。若其所出，則《説文》云：沫水出蜀西南徼外，東南入江。不言何縣。《水經・沫水篇》云：出廣柔徼外，而《漢志》廣柔不及沫水，惟青衣下云：大渡水東南至南安入渽。段云：此大渡水，即今之青衣水，非大渡河。汶江下云：渽水出徼外，南至南安東入江。段氏謂諸家所云「沫水」，班固所云「渽水」也。即今之大渡河。凡唐、宋史云大渡河者，皆《漢志》之「渽水」，即《司馬相如傳》之沫水。余謂《水經・江水篇注》引呂忱曰：渽水出蜀。許慎以爲涐水也。從水，我聲。今《説文》正作「涐」，云：水出蜀汶江徼外，東南入江。段氏謂「涐」爲「⿰氵𢦏」之譌。《説文校議》云：隸書「涐」爲「⿰氵𢦏」，因誤爲「⿰氵𢦏」，轉寫遂加口，作「渽」。《水經注》所引是六朝舊本，作「涐」。胡朏明以「涐」即《禹貢》和夷之「和」。「涐」「和」音相近。段説非。至《漢志》言廣柔，與《水經》言汶江異者。汶江、廣柔二縣皆蜀郡之屬，其地固當接壤耳。但《説文》既列「涐水」而又別出「沫水」，則所未審也。步瀛案：《漢書・地理志》蜀郡青衣下原注曰：大渡水東南至南安入渽。《補注》曰：「渽」當爲「涐」，今人多以「沫」爲「涐」。今考青衣水先合沫水，後入邛水，然後入今大渡河。知「沫」非「涐」矣。又案：《江水注》言涐水南至南安入大渡水，大渡水又東入江。與《漢志》言大渡水入「涐」互異。胡氏《錐指》謂當以《漢志》爲正。王先謙謂：水逕汶江道者，皆入於江，無別行至南安方入江之水。并疑《漢志》涐水當在廣柔下，傳寫誤於汶江道下也。未知確否。又案：《清統志》曰：四川嘉定府南安廢縣，在夾江縣西北。茂州汶江故城在州北。廣柔故城在汶川縣西。案：茂州，今改縣。○《漢書·地理志》廣漢郡緜竹下，原注曰：紫巖山，緜水所出，東至新都北入雒。《續漢書·郡國志》益州廣漢郡緜竹下，劉注引《地道記》曰：有紫巖山，緜水之所出焉。《水經·江水注》曰：洛水又南，逕新都縣，與緜水合。水西出緜竹縣，又與湔水合。亦謂之郫江也。又言：是涪水。吕忱曰：一曰湔，然此二水俱與洛會矣。又逕犍爲牛鞞縣，爲牛鞞水。又東逕資中縣，又逕漢安縣，謂之緜水也。自上諸縣，咸以灌溉。故語曰緜洛爲没沃也。緜水至江陽縣方山下入江，謂之緜水口，亦曰中水。江陽縣枕帶雙流，據江洛會也。《元和郡縣志》曰：劍南道漢州緜竹縣，緜水出縣西北紫巖山。《蜀都賦》：浸以緜洛，謂此水也。蜀人稱郫繁曰膏腴，緜洛爲浸沃。紫巖山在緜竹縣西北三十里。《清統志》曰：四川綿州紫巖山，在綿竹縣西北。○各本「雒縣」上衍「上」字，「柏山」上衍「桐」字，「出」字下無「漳山一曰在梓潼縣出」九字。今並依胡氏校訂。胡曰：《水經·江水注》曰：洛水出洛縣漳山，一言出梓潼縣柏山，即本此，當據之訂正。「洛」即「雒」字。《漢書·地理志》「漳」作「章」，「漳」即「章」字。何駁善此注恐誤，蓋未知《水經注》有其證，各本皆脱衍，而善自不誤也。朱珔曰：案：「雒」《水經》作「洛」，蓋自魏黄初中，有改「雒」爲「洛」之詔，以後經傳中「雒」「洛」字遂相淆紊，今别之。有三水焉：一、《前漢志》廣漢郡「雒」下云：章山，雒水所出，南至新都谷入湔。《水經·江水篇注》云：洛水出洛縣漳山，亦言出梓潼縣柏山，逕什邡縣，又南逕洛縣故城南，廣漢郡治也。又南逕新都縣，與緜水合。雒縣爲今之漢州，什邡縣屬焉。章山在縣西北三十里。《方輿紀要》謂雒水逕州治北，亦曰雁水，曰雁江。此梁州之水，漢爲益州。即此賦所稱是也。字當作「雒」。一、《漢志》左馮翊襄德下云：洛水東南入渭。北地歸德下云：洛水出北蠻夷中，入河。《説文》亦云：洛水出左馮翊歸德北夷界中，東南入渭。段氏謂：「左馮翊」三字當從《漢志》作「北地」二字。入河者，入渭以入河也。此雍州之水。《周禮·職方》：雍州其浸渭洛。《詩·瞻彼洛矣》是也。字當作「洛」。一、《漢志》弘農上雒下云：《禹貢》：雒水出冢領山東，北至鞏入河。《水經·洛水篇》云：出京兆上洛縣讙舉山。酈注引《山海經》出上洛西山，又曰讙舉之山。《雒指》謂《漢志》上洛縣東北有熊耳山，讙舉卽上洛熊耳之異名。熊耳與冢領同在一縣，《禹貢》所以導洛自熊耳也。此豫州之水。《周禮·職方》豫州其川熒雒，《左氏·僖七年傳》伊雒之戎是也。字當作「雒」。太沖賦《蜀都》，自是章山之雒水與緜水合者。故酈注云：牛鞞、資中、安漢諸縣，咸以灌溉。語曰：緜洛爲浸沃。《華陽國志》亦云：蜀之淵府，浸以緜雒也。此注各本皆誤胡氏《考異》得之。步瀛案：豫州川作「雒」，雍州川作「洛」。段氏説甚詳，已見《西都賦》疏。朱氏更推及梁州水亦當作「雒」，卽本段説也。汪之昌《青學齋集》卷二謂洛水祇作「洛」，其作「雒」者假借字。《文選·江賦》注：「洛」與「雒」通，恐古亦有其説。就漢碑考之，《孔和碑》：奏雒陽宫。《韓勑碑》：河南雒陽。《史晨奏銘》：鉤河擿雒。此皆假「雒」爲「洛」。《袁良碑》：隱居河洛。仍作「洛」字。《説文·羽部》翟，注：一曰伊雒而南，雉五采皆備，曰翬。《隹部》則云伊洛而南曰翬。一作「雒」，一作「洛」。此尤「雒」「洛」兩字容得通假之一證。案：此説與段異，而理甚通。故並載於此。○《周禮·夏官·職方氏》鄭注曰：浸可以爲陂灌溉者。

○「善曰」以下六字，依袁本、茶陵本增。

溝洫脉散，疆里綺錯。黍稷油油，稉稻莫莫。指渠口以爲雲門，灑滮池而爲陸澤。雖星畢之滂沲，尚未齊其膏液。

【注】廣深四尺爲溝，倍溝爲洫。《左氏傳》曰：先王疆理天下，謂地勢縱横之宜也。莫莫，茂也。李冰於湔山下造大堋，以壅江水，分散其流，溉灌平地，故曰指渠口以爲雲門也。滮，流貌。《詩》曰：滮池北流，浸彼稻田。蔡邕曰：凝雨曰陸。《尚書·洪範》曰：星有好雨。月失道而入畢，則多雨。《詩》曰：月離于畢，俾滂沲矣。善曰：鄭玄《周禮注》曰：黄帝樂曰雲門，言黄帝之德如雲之出門也。然此唯取雲門之名，不取樂也。滮，扶彪切。陸音六。滂，普忙切。沲，度羅切。

【疏】據劉注，「里」當作「理」。五臣「莫」作「漠」。○《考工記·匠人》曰：九夫爲井，井閒廣四尺，深四尺，謂之溝。方十里爲成。成閒廣八尺，深八尺，謂之洫。○《左傳》，見成二年。○《廣雅·釋訓》曰：莫莫，茂也。《詩·葛覃》：維葉莫莫。毛傳曰：莫莫，成就之貌。《旱麓》：莫莫葛藟。毛傳曰：莫莫，施貌。與茂意亦相近。○《華陽國志·蜀志》曰：秦孝王以李冰爲蜀守，冰乃壅江作堋，穿郫江，檢江，别支流，雙過郡下，以行舟船。又溉灌三郡，開稻田，於是蜀沃野千里，號爲陸海。旱則引水浸潤，雨則杜塞水門。故記曰：水旱從人，不知饑饉。時無荒年，天下謂之天府也。又曰：乃自湔堰上分穿羊摩江，灌江，西於玉女房下白沙郵作三石人，立于水中。與江神要：水竭不至足，盛不没肩。《水經·江水注》曰：江水又歷都安縣，李冰作大堰於此，壅江作堋，堋有左右口，謂之湔堋。朱珔曰：湔堰在今灌縣西，即離堆口也。《方輿紀要》云：灌縣爲蜀漢之都安縣，晉徙都安於灌口。步瀛案：互見下「西踰金堤」下。○《詩》，見《白華》。○梁章鉅曰：「陸」當作「淕」，見《南都賦》「爲溉爲陸」下。《廣韵·一屋》：淕，凝雨澤也。可爲證。朱珔曰：案：「陸」或作「淕」。《玉篇》、《廣韵》並云淕，凝雨澤也。但「淕」字《説文》所無。「淕」蓋與「陸」通。《廣雅·釋詁》：陸，厚也。王氏《疏證》引《爾雅·釋地》：高平曰陸。李巡注：土地豐正，謂是厚之義，亦引此賦注。余謂《周語》：澤，水之鍾也。陸澤者，蓄水以溉田使饒沃，與《漢書·東方朔傳》所稱天下陸海之地，正相類。故《西都賦》言「陸海」，而下文云：郊野之富，號爲近蜀也。○《書·洪範》孔疏引鄭玄曰：畢星好雨者。畢，西方金宿，雨東方木氣。金克木爲妻，從妻所好，故好雨也。○後引《詩》，見《漸漸之石》。「淹」作「沱」，字同。○《周禮》鄭注，見《春官·大司樂》。張雲璈曰：此用「雲門」，即《史記·河渠書》《白渠歌》舉插爲雲，決渠爲雨之意，如《詩》之斷章，故李氏以爲不取樂也。杜少陵《白帝詩》：白帝城中雲出門，亦用此注意，非《周禮》注之「雲出門」也。○「滮，扶彪切」以下十五字，依袁本、茶陵本增。○博、雒、錯、莫、澤，液，古音魚部。

爾乃邑居隱賑，夾江傍山。棟宇相望，桑梓接連。家有鹽泉之井，户有橘柚之園。

【注】隱，盛也。賑，富也。梓，木名，可以爲琴瑟。蜀郡臨邛縣，江陽漢安縣，皆有鹽井。巴西充國縣有鹽井數十。大曰柚，小曰橘。犍爲南安縣出黄甘橘。《地理志》曰：蜀郡嚴道、巴郡朐忍、魚復二縣出橘，有橘官。善曰：楊雄《蜀都賦》曰：夾江緣山。又曰：西有鹽泉鐵冶，橘林銅陵。

【疏】桑梓，已見《南都賦》。《詩·定之方中》曰：椅桐梓漆，爰伐琴瑟。○「蜀郡」本注此節兩見，皆誤「都」。今依胡氏校改。○《華陽國志·蜀志》曰：蜀郡，漢孝宣帝地節三年，穿臨邛蒲江鹽井二十所，增置鹽鐵官。又曰：江陽郡漢安縣，有鹽井。《巴志》曰：巴西郡南充國縣，有鹽井。《晉書·地理志》益州巴西郡，有南充國縣，西充國縣。《清統志》曰：四川瀘州，漢安故城在江安縣東。保寧府，晉安廢縣在南部縣西北，晉置西充國縣。○《漢書·地理志》蜀郡嚴道下，原注曰：有木官。王念孫據此注引謂當作「橘官」，寫者脱其右半耳。步瀛案：洪邁《容齋續筆》卷一、姚天麟《西漢會要》卷三十三、《玉海》卷一百二十六引，皆作「木官」。蓋南宋時《漢書》各本已作「木」。周壽昌《漢書注校補》據以駁王校，恐未是。《清統志》曰：四川雅州府嚴道故城，在滎經縣東北。○《蜀都賦》，《藝文類聚·居處部》一及《古文苑》並同。《御覽·果部》三引「西有」作「於西則」三字。○山、連、園，古音元部。

其園則有林檎枇杷，橙柹梬楟，榹桃函列，梅李羅生。

【注】皆果名也。林檎，實似赤柰而小，味如梨。枇杷，冬華黄實，本出蜀。蜀有給客橙，冬夏華實相繼。張揖曰：楟，山梨。善曰：楟，音亭。《爾雅》曰：榹桃，山桃也。

【疏】《藝文類聚·果部》下引《廣志》曰：林檎似赤柰，子亦名黑檎。又曰：一名來禽，言味甘熟則來禽也。《本草綱目》卷三十引馬志《開寶本草》曰：林檎樹似柰，二月開粉紅花，子亦如柰，而差圓。六月、七月熟。李時珍曰：林檎，即柰之小而圓者，其味酢者，即楸子也。其類有金林檎、紅林檎、水林檎、蜜林檎，皆以色味立名。黑者色似紫柰，有冬月再實者。○《御覽·果部》八引《廣志》曰：枇杷，冬華春實，大者如雞子，小者如杏，味甜酢。四月熟，出犍爲。《證類本草》卷二十三引《蜀本圖經》曰：枇杷樹高丈餘，葉大如驢耳，背有黄，毛子捄生，如小李，黄色，味甘酸，核大如小栗，皮肉薄。冬花春實。四月、五月熟，凌冬不凋。○《御覽・果部》三引《魏王花木志》曰：蜀土有給客橙，似橘而非，若柚而香，冬夏華實相繼。或如彈丸，或如拳，通歲食之，亦名盧橘。《果部》四引《博物志》畧同。又引《廣志》曰：有給客橙，自夏至冬，且花且實。李時珍《本草綱目》卷三十「金橘」下列「盧橘」，及「給客橙」之名，則即今之金橘也。○「柹」、「梬」已見《南都賦》。○張揖說，本書《上林賦》注引同。惟「楟」作「亭」。《漢書・司馬相如傳》注引同。《史記・相如傳》作「楟」。《集解》引徐廣曰：楟音亭，山梨也。《廣雅・釋木》曰：楟，梨也。字亦作「楟」。《初學記・果木部》引《廣志》曰：上黨楟梨，小而甘。《史記索隱》引司馬彪曰：上黨謂之楟㮈。《齊都賦》云：楟㮈熟也。上「㮈」字疑涉下引《齊都賦》而衍。是「楟」上黨亦有之也。《詩・晨風》：隰有樹檖。陸璣疏曰：一名山梨，實如梨，但小耳，一名鹿梨，一名鼠梨，極有脆美者。疑亦楟之類也。《爾雅・釋木》曰：杜，甘棠。郭注曰：今之杜梨。郝懿行謂「楟」即「棠梨」。「楟」「棠」一聲之轉。然《本草綱目》卷三十，鹿梨、棠梨並出。其說鹿梨云：大如杏，說棠梨云：實如小楝子，則形狀亦不同，實非一物。郝說非也。○「楟音亭」三字，依袁本增。○《爾雅》，見《釋木》。郭注曰：實如桃而小，不解核。郝懿行曰：《北山經》云：邊春之山，多桃李。郭注：山桃，榹桃，子小，不解核也。《夏小正》：正月，梅、杏、杝、桃則華。杝桃，山桃也。又六月煮桃。桃也者，杝桃也。杝桃也者，山桃也。煮以爲豆實也。「杝」與「榹」古音同。《御覽》引裴淵《廣州記》云：山桃大如檳榔，形亦似之，色黑而味甘酢。李時珍云：榹桃小而多毛，核黏味惡，其仁充滿多脂，而入藥用。步瀛案：《御覽》見《果部》四。李時珍說，見《本草綱目》卷二十九。○《說文》曰：某，酸果也。案：經傳皆以「梅」爲之，已見《西京賦》「柟」下。

百果甲宅，異色同榮，朱櫻春就，素柰夏成。

【注】善曰：《周易》曰：百果草木皆甲宅。鄭玄曰：木實曰果。皆讀如人倦之解。解謂拆呼。皮曰甲，根曰宅。宅，居也。呼，火亞切。《漢書·叔孫通傳》曰：古有春嘗果，今櫻桃熟可獻也。素柰，白柰也。王逸《荔枝賦》曰：酒泉白柰。

【疏】五臣「宅」作「坼」。尤本「就」作「熟」。此依五臣。胡紹煐曰：按：劉及善本亦當作「就」。後人多見「熟」，少見「就」，又以注中引《漢書》「櫻桃熟」字，故改「就」爲「熟」。《初學記·果部》事對出「春就」，注引此作「朱櫻春就」。《御覽》九百六十九引同。○《周易》，見《解·彖傳》。王弼注本作「甲坼」。本注尤本同。胡克家曰：袁本作「宅」，茶陵本亦作「坼」。案：作「宅」最是。善讀「宅」如字。觀下注所引「根曰宅，宅居也」可知。五臣乃音「宅」爲「坼」。今竄「坼」音入正文，下又改此注「宅」爲「坼」以就之，俱大誤也。胡紹煐曰：注文當作「甲宅」，與正文及鄭注相應，此後人以今《周易》改之作「坼」。馬融、陸績皆作「宅」。步瀛案：馬、陸皆作「宅」，見《釋文》。且皆注曰：宅，根也。是與鄭同。但鄭注「讀如」疑當作「讀爲」。「讀如」者但明其音，「讀爲」者兼易其義。而「讀爲」者，有時傳寫誤作「讀如」。如《周禮·天官·大宰》鄭注：斿「讀如囿游之游」，賈疏作「讀爲」。《儀禮·士冠禮》注缺「讀如有頍者弁之頍」，段玉裁《漢讀考》改作「讀爲」，皆是也。此注亦當作「皆讀爲人倦解之解」，且釋「解」字之義爲「坼呼」，即「坼罅」也。「皆」、「解」音近，故破「皆」爲「解」。或以人倦解之「解」爲釋卦名之

「解」字，誤矣。鄭注明言「皆」，李注亦未引《解卦》字。若謂爲「解」字作注，則此注將安屬也。解甲宅者，謂上則皮甲破裂，下則根宅分開，猶言「坼罅」其皮與根也。《釋文》不言馬、陸破「皆」字，則如字讀，而「甲宅」二字亦指「坼甲生根」言之。如「華實」二字，有時亦指爲「開華結實」也。王弼本作「甲坼」，孔疏釋爲孚甲開坼，則舉皮而遺根，於義偏矣。張澍《百果草木皆甲坼解》不知此義，反抑馬、鄭而申王、孔，疏矣。至「宅」之作「坼」者，惠棟《周易述》、《九經古義》皆謂「宅」古文作「垞」，「坼」爲「垞」之「壞」字。王引之《經義述聞》謂「宅」乃「乇」之假借。《説文》：乇，艸葉也。從垂穗上貫，一下有根，象形字。「乇」、「宅」、「坼」古並同聲，以惠説爲非。案：王氏説是也。張澍謂「宅」與「擇」音同。坼亦與「宅」音同。故借用。牽入「擇」字，又何所取。杜宗玉謂「宅」從「乇」聲。「乇」音近「度」，「度」義訓擇，「坼」「擇」音轉，故今《易》作「坼」，更牽連無謂矣。又胡克家謂「之解」二字當作「解之」，各本皆倒，亦非。王應麟、丁晏輯《周易鄭注》皆不乙轉。蓋以下「解」字下屬爲句。袁鈞輯《鄭氏易注》於倦下增「解」字，殆是也。又惠棟、袁鈞及李富孫，《李氏集解賸義》皆改「呼」爲「罅」。《困學紀聞》卷一引及王丁輯《易注》皆不改。薛傳均曰：本賦下文「欂栗罅發」，劉注：罅發，栗皮坼罅而發。鄭所云「坼呼」與劉氏所云「坼罅」正同。《説文》：罅，裂也。是正字。呼，外息也。别一義。特以「罅」字「虖」聲，「虖」與「罅」皆「乎」聲，故假「呼」爲「罅」耳。○《漢書》，見《叔孫通傳》。本賦注，各本「今」誤作「令」，依陳氏校改。又「可獻」誤作「可嘗」，依梁氏校改。○《説文》曰：柰，果也。《初學記·果木部》、《御覽·果部》七並引《廣志》曰：柰有青、白、赤三種，張掖有白柰，酒泉有赤柰，西方例多柰。家以爲脯，數十百斛，以爲蓄積，如收藏棗栗。《御覽》，柰作「榇」，俗字。○王逸《荔枝賦》，本書《閒居賦》注引「房陵縹李」連文。○楟、生、榮、成，古音耕部。

若乃大火流，涼風厲，白露凝，微霜結。

【注】《詩》曰：七月流火。《禮記·月令》：孟秋，涼風至。善曰：毛萇《詩傳》曰：火，大火也。流，下也。《毛詩》曰：白露爲霜。《楚辭》曰：微霜結兮眇眇。

【疏】毛傳，見《七月》。陳奂疏曰：火，東方心星。亦曰大火。《四月篇》：六月徂暑。傳云：六月火星中，暑盛而往矣。本《月令》及《昭三年·左傳》文爲説。攷《堯典》：日永星火，以正仲夏，《夏小正》五月初，昏大火中，與《詩》、《月令》、《左傳》皆不合。蓋大火在唐、虞、夏以五月昏中，六月西流。周以六月昏中，七月西流。其候逐歲漸差。《詩》雖作於周初，然公劉在夏末，或已七月西流也。步瀛案：以歲差言之，太沖作賦於西晉時，大火西流，當在仲秋以後。此賦涼風下加「厲」字，又云：露零霜結，按之時序，亦正相合。○李注引《毛詩》，見《蒹葭》。○《楚辭》，見《九懷·蓄英》。今本無「結」字。本注「結」字疑因正文而衍。以今《蓄英》一篇，句皆五字也。然本書《西征賦》注引《蓄英》：「望谿谷兮滃鬱」句亦六字，較今本多一「谷」字，豈李所據本不同邪？

紫梨津潤，樼栗罅發。蒲陶亂潰，若榴競裂。甘至自零，芬芳酷烈。

【注】《詩》云：樹之榛栗。《傳》曰：榛栗棗脩。罅發，栗皮坼罅而發也。甘至，言熟也。善曰：《西京雜記》曰：上林有紫梨。郭璞《上林賦注》曰：蒲陶似燕薁，可作酒。馬融《西第頌》曰：紫房潰漏。又曰：

胡桃自零。若榴，已見《南都賦》。《上林賦》曰：酷烈淑郁。「榛」與「樼」同，側鄰切。鎒，呼亞切。

【疏】五臣「陶」作「桃」。《旁證》引朱珔曰：蒲萄之「萄」，或作「桃」，並同聲通用。《說文》「萄」本訓草也。而今以爲「蒲萄」字。《一切經音義》九引《通俗文》：西域出蒲萄，餘多作「陶」者。如《史記·大宛傳》、《漢書·西域傳》，本書則此處及《魏都》、《上林》等賦皆然，不必從五臣本也。又五臣「若榴」作「石榴」，尤本「芬芳」作「芬芬」，誤。今依袁本、茶陵本。○孫志祖曰：紫梨津潤，《丹鉛録》云：注不言其狀。按蜀有梨樹，花以秋日，其花紅色。唐李遵有《進紫梨表》，元王秋澗有《秋日詠紅梨花詞》可證。步瀛案：紅花梨與紫梨不得並爲一物。凡果言某色者，多指果，不指花。升菴説非也。《洞冥記》曰：塗山之北，有梨，大如升，色紫。其説雖荒誕，而梨有紫色者，則確然可證。《本草綱目》卷三十。李時珍曰：梨樹高二三丈，尖葉光膩，有細齒，二月開白花，如雪，六出。上巳無風則結實必佳。梨有青黄紅紫四色云云，亦據實之色爲言。注引《西京雜記》：紫梨。又《御覽·果部》六引孫楚《秋賦》曰：紫梨甜脆。又引王廙《洛都賦》曰：梨則大谷冬紫。謝玄暉有《謝隋王賜紫梨啓》。與本賦「紫梨」皆當指紫色之梨，不關其花。歐陽永叔有《千葉紅梨花詩》，又不關其實也。○《詩》，見《定之方中》。傳，見《左氏·莊二十四年》。《説文·木部》曰：亲實如小栗，榛木也。一曰叢木也。朱珔曰：「亲」「榛」本别，今多以「榛」爲「亲」，而「亲」字廢矣。字亦作「樼」者，乃聲之轉。楊雄《蜀都賦》：杜樼栗㮚，蓋此賦之所本也。吕錦文曰：《韵會》「榛」或作「樺」，又作「樼」，則「樼」乃「榛」之或體。其正字當作「亲」。○袁本、茶陵本「郭璞」下有「曰」字，尤本刓去作空格，皆非。○《證類本草》卷二十二曰：

蒲萄生隴西、五原、燉煌山谷。引《蜀本圖經》曰：蔓生苗葉，似蘡薁而大，子有紫白二色。又有似馬乳者。又有圓者，皆以其形爲名。又有無核者。七月八月熟，子釀爲酒及漿，别有法。謹按：蘡薁是山蒲萄，亦堪爲酒。步瀛案：《詩·七月》毛傳曰：薁，蘡薁也。《廣雅·釋草》曰：燕薁，蘡舌也。案：卽蘡薁也。《齊民要術》卷十引《詩義疏》曰：蘡薁，大如龍眼，黑色。今車鞅藤實是，不言名山蒲萄。山蒲萄蓋後起之名耳。○馬融《西第頌》，本書《閒居賦》注亦引之。「西」誤作「高」，當依此改。○《南都賦》，尤本「南」誤作「兩」。胡克家曰：陳云「兩」當作「南」，是也。袁本亦譌「兩」，茶陵本複出，非。○本書《上林賦》：酷烈淑郁。郭璞注曰：香氣盛也。○「側鄰切」以下七字，依袁本、茶陵本增。○厲、發、裂，列，古音祭部。結，脂部。通轉爲韵。

其圃則有蒟蒻茱萸，瓜疇芋區。甘蔗辛薑，陽蓲陰敷。

【注】蒟，蒟醬也。緣樹而生，其子如桑椹。熟時正青，長二三寸。以蜜藏而食之，辛香，温調五藏。蒻，草也。其根名蒻頭，大者如斗，其肌正白，可以灰汁，煮則凝成，可以苦酒淹食之。蜀人珍焉。茱萸，一名藙也。疇者，界埒小畔際也。楊雄《太玄經》曰：陽蓲萬物。言陽氣蓲煦，生萬物也。陰敷，薑生於陰也。善曰：蒟，俱羽切。蓲，許于切。

【疏】尤本「圃」作「園」。胡克家曰：袁本云：善作「園」。茶陵本云：五臣作「圃」。案：各本皆非也。「園」但傳寫譌耳。孫志祖曰：當從五臣作「圃」，以上文已賦園也。「園」則賦果，「圃」則賦蔬。○《華陽國志·巴志》曰：蔓有辛蒟，園有芳蒻。胡紹煐曰：按：《廣志》：扶留藤，緣樹而生，其花實卽蒟也，可爲醬。是蒟爲蔓生，《巴志》所謂蔓有辛蒟是也。而《説文》枸云：木可爲醬，出蜀。劉德《漢書》注：枸樹如桑，其椹長二三寸，味酢，取其實，以爲醬，美。《漢書音義》：枸木似穀樹，其葉如桑，用其葉作醬，酢美。蜀人以爲珍味。《史記·西南夷傳》：南越食唐蒙蜀枸醬。《集解》引徐廣曰：「枸」一作「蒟」。又爲「枸」木，形如桑。然則「蒟」「枸」有二種，皆可作醬。特蔓生、木生不同。故字有從「艸」從「木」之別歟？步瀛案：《廣志》，見《御覽·果部》十二引。劉德注見《漢書·西南夷傳》注引。《漢書音義》，見《史記·西南夷傳》《集解》引。《證類本草》卷十一曰：蒻頭生吳蜀，葉似由跋半夏，根大如椀，生陰地，雨滴葉下，生子。一名蒟蒻。《酉陽雜俎》卷十九曰：蒟蒻根大如椀，秋葉滴露，隨滴生苗。《爾雅翼》卷六曰：《木草》：蒻頭，吳蜀一名「蒟蒻」，今人相沿亦呼「蒟蒻」。是「蒻」亦有「蒟蒻」之名。朱珔謂此賦「蒟蒻」與「茱萸」並舉。茱萸一物，則「蒟蒻」似亦非二物。後文「蒟醬流味於番禺之鄉」，乃言蒟醬耳。胡紹煐亦謂此賦「蒟蒻」當爲一物，此注云蒻草，不誤。而以蒟爲蒟醬，則分「蒟」「蒻」爲二矣。恐非。步瀛案：《華陽國志》「蒟」、「蒻」對舉，則當爲二物。《本草》以「蒻頭」爲「蒟蒻」，則又爲一物。二説皆通。若必以茱萸爲一物，蒟蒻即不當分爲二物，亦失之泥。古賦列舉物名，四字爲句，或二物，或三物，或四物，殊無定例。其一句舉二物者，如上文「林檎枇杷」是也。其一句舉四物者，如上文「橙柹梬楟」是也。其一句舉三物者，如上文「虎珀丹青」及《吳都賦》「藿蒳豆蔻」是也。此「蒟蒻」爲一物，合下「茱萸」爲句，與「林檎枇杷」句法同。若「蒟」「蒻」爲二物，合下「茱萸」爲句，與「藿蒳豆蔻」句法同。安見「茱萸」爲一物，「蒟蒻」即必爲一物哉？張雲璈主二物，以《酉陽雜俎》、《爾雅翼》爲非。雖未免矯枉過正，然以《華陽志》證之，似二物之説爲長。至劉注言蒟醬，特明「蒟」可爲醬，與下蒟醬句不爲複也。梁章鉅曰：蒟醬，《漢書·西南夷傳》作「枸醬」。劉德注不及此注之核。惟謂子長二三寸，則兩注均誤。顔師古曾辨之。步瀛案：顔駁亦未必是，别見後「蒟醬」下。○尤本「藏」作「臟」，俗字，今依袁本。○《廣雅·釋木》曰：榝、欓，茱萸也。《説文》曰：榝似茱萸。《爾雅·釋木》郭注曰：榝似茱萸而小，赤色。案：《本草》分吴茱萸、食茱萸二種。「榝」即食茱萸。《證類本草》卷十三引《圖經》曰：吴茱萸木高丈餘，皮青緑色，葉似榆而闊厚，紫色，三月開花，紅紫色。七月，八月結實，似椒，子嫩時微黄，至成熟則深紫。《禮記·内則》鄭注曰：藙煎茱萸也。《爾雅》謂之榝。《本草綱目》卷三十二，李時珍曰：食茱萸即「欓子」也。蜀人呼爲「艾子」，楚人呼爲「辣子」，古人謂之「藙」及「榝」。吴茱萸、食茱萸乃一類二種。茱萸取吴地者入藥，故名吴茱萸。欓子則形味似茱萸，惟可食用，故名食茱萸。王氏《廣雅疏證》曰：榝與茱萸一種小異，稱名之例，可以小通耳。朱駿聲《説文通訓定聲》曰：「榝」，字亦作「蔱」。「蔱」，疑即「藙」之誤。○《魏都賦》注曰：疇者，界也。埒，畔際也。與本注可以互證。○《太玄經》，見《養首》。尤本「玄」作「元」。胡克家曰：何云：避諱。陳云：宋人避當時諱改。袁本，茶陵本不改。尤所改僅此一處。凡宋人諱字，每不畫一也。○《吕氏春秋·本味篇》曰：和之美者，陽樸之薑。高注曰：陽樸，地名，在蜀郡。《證類本草》卷八引《圖經》曰：生薑生犍爲，今處處有之。《本草綱目》卷二十六，李時珍曰：薑性惡溼而畏日。○「善曰」以下十字，依袁本增。

日往菲微，月來扶疎。任土所麗，衆獻而儲。

【注】任土，任其土地所生也。《尚書》所謂「任土作貢」也。《易》曰：百穀草木麗乎土。

【疏】尤本「微」作「薇」，六臣本校曰：五臣作「微」。案：「薇」字乃涉上「菲」字從艸而誤。劉、李本亦必作「微」，非獨五臣也。○張銑曰：菲微、扶疎，果木茂密皃。何焯曰：扶疎，《說文》作「扶疏」。○《尚書》，見《禹貢》《序》。○《易》，見《離·彖傳》。○萸、區，古音侯部。敷、疎、儲、魚部。通轉爲韵。

其沃瀛則有攢蔣叢蒲，綠菱紅蓮，雜以蘊藻，糅以蘋蘩。

【注】《楚辭》曰：倚沼畦瀛。王逸云：瀛，澤中也。班固以爲畦。蔣，菰名也。蘊藻、蘋蘩，皆水草也。蘊，叢也。善曰：瀛音盈。

【疏】《倉頡篇》曰：攢，聚也。已見《西都賦》注。玄應《一切經音義》卷四引《說文》：雜飯曰糅也。案：今《說文》無糅字。《米部》曰：粈，襍飯也。《食部》曰：䬻，襍飯也。段注曰：䬻、粈一字。今之襍糅字也。○《楚辭》，見《招魂》。王注作「瀛，池中也。楚人名池澤中曰瀛」。本注蓋節引。《說文·田部》「畦」字下段注引此注作「班固以爲畦，田五十畝也」，謂爲班孟堅釋《離騷》「畦留夷」之語。今俗本《文選》逸之。步瀛案：段以俗本《文選·蜀都賦》注「班固以爲畦」五字下逸「田五十畝也」五字，不知所據何本。然其說恐不足據。本賦正文並無「畦」字。注引《招魂》倚沼畦瀛，解「瀛」字足矣，無庸更解「畦」字。恐劉淵林必不引孟堅《離騷章句》「畦留夷」之解，以入此注也。詳繹二句之意，似劉所見《招魂》，班氏、王氏二本不同。王本有「瀛」無「畦」，班本有「畦」無「瀛」。故本注引《招魂》「倚沼瀛」

三字，及王氏「瀛」字之注。又引班固「瀛」字作「畦」，故曰班固以爲畦也。今本《楚辭》王注本「瀛」「畦」兩有，且注曰：畦，猶區也。疑後人所增。與劉所見本不同。而校《文選》者並據今本《楚辭》，於本注「倚沼瀛」「沼」字下增入「畦」字，而「班固以爲畦」五字遂不可通矣。王逸《楚辭注》《離騷後序》言班固有《離騷經章句》。其餘十五卷，闕而不説。蓋闕其義不説，而但存其文。故劉淵林得據之以明班、王異同也。又段曰：《山海經》：是爲贏土之國。郭注：贏，沃衍也。是「瀛」當作「贏」。胡紹煐曰：「瀛」爲池澤中，故下列蔣、蒲、菱、蓮、藴、藻、蘋、蘩等水草。段據《大荒東經》讀「沃瀛」爲平列字，而改「瀛」爲「贏」，既背正文，又違注義，失之。○「蔣蒲」，見《南都賦》。「菱」，見《東京賦》及《南都賦》。○《爾雅·釋草》曰：荷，芙蕖。其華菡萏，其實蓮。郭注曰：蓮，謂房也。《説文》曰：菡蕳，扶渠華未發爲菡蕳，已發爲夫容。案：俗加艸，「夫容」爲「芙蓉」，「扶渠」爲「芙蕖」。《爾雅》菡萏，統華未發已發而渾言之。於蓮則析言之。《説文》菡蕳、夫容、蓮，三者皆析言之。若渾言之，則曰蕖，曰蓮，皆謂其華。此賦紅蓮，正指蓮華耳。○《左傳·隱三年》曰：蘋蘩藴藻之菜。杜注曰：藴藻，聚藻也。《説文》曰：藴，積也。藻，水艸也。重文作「藻」。陸璣《詩疏》曰：藻，水草也。生水底，有二種，其一種葉如雞蘇，莖大如箸，長四五尺。其一種莖大如釵股，葉如蓬蒿，謂之聚藻。案：後一種聚藻，即《左傳》之「藴藻」，本賦之「蘊藻」。劉訓爲「叢」，與訓「積」、訓「聚」皆合。張有《復古編》以「蘊」爲「藴」之俗體。朱珔曰《韵會》乃云應作「藴」，非也。○《爾雅·釋草》曰：苹蓱，其大者蘋。《詩·采蘋》毛傳曰：蘋，大蓱也。《左傳·隱三年》杜注同。郝懿行曰：《詩》《釋文》引《韓詩》云：沈者曰蘋，浮者曰蓱。按：

蘋亦浮水上，但根連水底，故曰沈耳。《本草》：舊説四葉合成一葉，如田字。又曰：其葉四衢，中坼，如十字。俗謂之四葉菜。一云田字草。五月開白華，皆其形狀也。○《釋草》曰：蘩，皤蒿。郭注曰：白蒿。《詩·采蘩》毛傳、隱三年杜注並同《釋草》。《七月》毛傳曰：蘩，白蒿也。《釋草》又曰：蘩之醜，秋爲蒿。郭注曰：醜，類也。春時各有種名，至秋老成，皆通呼爲蒿。陸璣《詩疏》曰：凡艾白色爲皤蒿。今白蒿也。春始生，至秋香美可生食，又可蒸。○「善曰：瀛音盈」五字，依袁本、茶陵本增。

總莖柅柅，裛葉蓁蓁。蕡實時味，王公羞焉。

【注】柅柅、蓁蓁，盛茂貌也。《詩》曰：爾肴既時。《傳》曰：苟有明信，澗谿沼沚之毛，蘋蘩蘊藻之菜，可薦於鬼神，可羞於王公。善曰：《毛詩》曰：敦彼行葦，維葉柅柅。乃禮切。又曰：桃之夭夭，其葉蓁蓁。又曰：桃之夭夭，有蕡其實。扶云切。

【疏】吕向曰：總，叢也。裛，重也。○《詩》，見《頍弁》。尤本「時」作「將」。胡克家曰：袁本作「時」，是也。茶陵本亦誤「將」。梁章鉅曰：作「時」是也。此釋「時」「味」二字。步瀛案：《毛詩》「肴」作「殽」，乃通借字。○《左傳》，見隱三年。杜注曰：羞，進也。案：《左傳》「蘊」作「薀」。《詩·采蘋》疏引作「蘊」，與本注同。○李注引《毛詩》，見《行葦》。「柅柅」，毛作「泥泥」，傳曰：葉初生泥泥。《釋文》曰：泥，乃禮反。張揖作「苨苨」，云：草盛也。陳喬樅《魯詩遺説考》曰：今文作「維葉柅柅」。《石經》、《魯詩》可證。《潛夫論·德化篇》作「楃楃」。盧氏文弨以「楃」字是「柅」字之譌，良確。《毛詩釋文》云：張揖作「苨」。今考《廣雅·釋訓》云：苨苨，茂也。「苨苨」亦三家之異文。王先謙《三家詩義集疏》

曰：張兼采魯、韓義，魯作「柅柅」，明「芘芘」是韓之異文。步瀛案：《魯詩》作「柅柅」，李氏引《毛詩》亦作「柅柅」者，或別本毛與魯同，抑改《毛詩》字以就本文邪？○「乃禮切」三字，依袁本、茶陵本增。○次引《詩》並見《桃夭》，毛傳曰：蓁蓁，至盛貌。蕡，實貌。○「扶云切」三字，亦依袁本，茶陵本增。○蓮、蘩，焉，古音元部。蓁，真部。通轉爲韵。

其中則有鴻儔鵠侶，鷏鷺鵜鶘。晨鳧旦至，候鴈銜蘆。

【注】皆水鳥名。鴻鵠多羣，飛故言侶儔也。鷏鷺、鵜鶘二鳥名也。晨鳧常以晨飛也。鴈候時南北，故曰候鴈。銜蘆，以禦繒繳，令不得截其翼也。《淮南子》曰：鴈銜蘆而翔，以備繒繳。善曰：《毛詩》曰：振鷺于飛。《爾雅》曰：鵜，洿澤也。郭璞曰：卽鵜鶘也。《説苑》曰：魏文侯嗜晨鳧。《吕氏春秋》曰：季秋之月，候鴈來。

【疏】朱珔曰：案：《詩·振鷺》毛傳：振，羣飛貌。《正義》云：此鳥名鷺而已，則是非「振鷺」連文也。後人因振加鳥，《玉篇》乃有「鷏」字，以爲鷺鳥別名，而此處劉注亦謂「鷏鷺」爲鳥名矣。然李注引《詩》不言「鷏」與「振」通，或李本不作「鷏」與？胡紹煐曰：「振鷺」賦文從「鳥」作「鷏」，則竟以「鷏鷺」爲鳥名矣。《玉篇》因之出「鷏」，云音真，鷺鳥別名。此如嚶爲鳥聲，而以爲「鷪」。鸒斯，「斯」語助辭，而名「鸒」爲「鸒斯」。「螽斯」，別作「蜇」。皆出於文人好奇之病。○《淮南子》，見《脩務篇》。今本作「夫鴈，銜蘆而翔，以備矰弋」。張雲璈曰：《推篷寤語》云：雁北歸，必銜蘆，越關則輸之。《淮南子》以爲雁愛氣力，銜蘆以避繒繳。俗傳以爲過海投蘆爲桴，以息氣力。或云輸蘆以供税，然供税之説誕矣。若過海爲桴，何秋來獨無，而春始蘆耶？且銜蘆避繳，去或然之，不知來時何以爲避。倘使上林射鴈，蘆安能避耶？蓋鴈從風而飛，春夏南風，故北飛。秋冬朔風，故南飛。秋冬在南，食肥體重，故借蘆以助風力。塞北風高，則無事此。故投之於鴈門耳。此説近理，故録之。步瀛案：銜蘆，恐亦偶然事。古人此等説存而不論可也。張氏以借蘆助風之説爲近理，恐亦不免傅會。○《爾雅》，見《釋鳥》。今本經文作「鴮鸅」，注文作「洿澤」。郭曰：今之鵜鶘也。好羣飛，沈水食魚，故名洿澤。俗呼之爲「淘河」。《説文》曰：鮧胡，污澤也。「鴺」重文作「鵜」。陸璣《詩疏》曰：鵜，水鳥，形如「鶚」而極大，喙長尺餘，直而廣口，中正赤，頷下胡大如數升囊。若小澤中有魚，便羣共抒水，滿其胡而棄之。令水竭盡，魚在陸地，乃共食之。故曰淘河。郝懿行曰：按「淘河」卽鵜鶘，聲之轉。今此鳥黑色高脚垂胡，食多肉少，乃知食者未必肥也。步瀛案：「鴮鸅」俗字，當依本注及《詩・候人》孔疏引作「洿澤」，或從《禮記・表記》孔疏引作「汙澤」。嚴元照《爾雅匡名》曰：「洿」「汙」音義皆相近。○《説苑》，見《奉使篇》。○《呂氏春秋》，見《季秋紀》。高注曰：是月，候時之鴈從北方來。讀來字句絶，賓字下屬「爵入大水爲蛤」，謂「賓爵」者，老爵也。《月令》：季秋之月，「候」作「鴻」。鄭以「來賓」二字連讀。注曰：來賓，言其客止未去也。與高氏異。然當以鄭義爲長。○「鵜，徒兮切。鶘音胡」七字，依袁本、茶陵本增。

木落南翔，冰泮北徂，雲飛水宿，哢吭清渠。

【注】木落者，葉落也。木葉落，秋時也。冰泮，春時也。善曰：《淮南子》曰：木葉落而長年悲。《家

語》曰：冰泮而農桑起。《爾雅》曰：吭，鳥嚨。胡剛切。

【疏】許巽行曰：「哷吭」注引《爾雅》。案：《爾雅》「亢」不加「口」，「哷」亦當作「弄」。○《淮南子》，見《説山篇》。今本「木」作「桑」，非。○《家語》，見《本命篇》。王肅注曰：泮，散也。○《爾雅》，見《釋鳥》。「吭」作「亢」。○「胡剛切」三字，依袁本增。○鵤、蘆、徂、渠，古音魚部。

其深則有白黿命鼈，玄獺上祭。鱣鮪鱒魴，鮷鱧魦鱨。

【注】《禮記・月令》孟春獺祭魚，將食之，先以祭也。鱣，䱍鰽也。鮷似鮎，魦似鮒。鱒、魴皆見《詩》也。善曰：《楚辭》曰：乘白黿兮逐文魚。張衡《應閒》曰：黿鳴而鼈應。命，呼也。

【疏】各本此節合上爲一節。注亦相混，今分爲二。詳此注文體例先後不同，且先注「玄獺」，後注「白黿」，與正文次第亦不合。今定自《禮記・月令》至「皆見《詩》也」爲劉注，《楚辭》以下爲李注。故於「《楚辭》」上加「善曰」二字。○《爾雅翼》卷三十一曰：黿，鼈之大者，闊或至一二丈。天地之性，細腰純雄，大腰純雌，故龜鼈之類，以蛇爲雄。《列子》亦云：純雌其名大腰，純雄其名穉蜂。今黿亦大腰，乃復以鼈爲雌。故曰黿鳴鼈應。《蜀都賦》曰：其深則有白黿、命龜是也。步瀛案：《列子》，見《天瑞篇》。朱珔曰：《淮南・説山訓》：燒黿致鼈，此以其類求之也。焦氏《易林》亦云：黿鳴岐野，鼈應於泉。步瀛案：《易林・乾之井》，元刻本作「鶩鳴岐山龜應幽淵」。《津逮秘書》本、《漢魏叢書》本「鶩」作「黿」，「龜」作「鼈」，未知孰是。而山、淵爲韵。《張衡傳》注引作「岐野」，疑傳寫之誤，且泉字亦避諱改。余蕭客、張雲璈、梁章鉅、朱珔、胡紹煐似皆沿其失。○《月令》：孟春之月，獺祭魚。鄭注曰：此時魚肥美，獺將食之，先以祭也。《説文》曰：「獺如小狗，舍水食魚。」段據《廣韻》改作水狗也，食魚。○鱣，䱂鱛也。胡克家曰：「『鱣』當作『鮪』，各本皆誤。《吴都賦》：『䇡䱂鱛。』善注：『䱂鱛，鮪也。』可借證。」胡紹煐曰：「本書《上林賦》郭注云：『䱂鱛，鮪。』《説文》：『䱂鯍，鮪也。』『鯍』『鱛』聲之轉。」步瀛案：《上林賦》注引李奇曰：「周洛曰鮪，蜀曰䱂鱛，出鞏山穴中。」《史記·司馬相如傳》《集解》引郭璞曰：「䱂鱛，鮪也。音亙曹。」《漢書》作「䱋鱛」。顔曰：「䱋音工鄧反，鱛音莫鄧反。」皆可與兩胡氏説相證。然「鱣」「鮪」同類，或劉氏通言之耳。《爾雅·釋魚》郭注曰：「鱣，大魚。今江東呼爲黄魚。」邵晉涵《正義》謂今亦呼爲「鱘鱑魚」是也。《御覽·鱗介部》八引魏武《四時食制》曰：「鱣，一名黄魚。大數百斤，骨軟可食，出江陽犍爲。」又互見《西京賦》。○《詩·九罭》曰：「九罭之魚，鱒魴。」毛傳曰：「鱒魴，大魚也。」《爾雅·釋魚》曰：「鮅，鱒。」郭注曰：「似鯶子，赤眼。」《説文》曰：「鱒，赤目魚。」陸璣《詩疏》曰：「鱒，似鯶魚，而鱗細於鯶，赤眼，多細文。」《爾雅翼》卷二十八曰：「鱒魚，目中赤色，一道横貫瞳，魚之美者。」「魴」，已見《西京賦》。○朱珔曰：「『鮷』字《廣韻》作『鮧』。《爾雅》郭注：『鮎別名鯷，江東通呼鮎爲鮧。』《廣雅》云：『鮷、鯷，鮎也。』王氏《疏證》謂《名醫別録》陶注云：『鮧即鯷也。今人皆呼慈音，即是鮎魚。作臛食之。』是『鮷』、『鯷』皆『鮎』之別名。若以形體言，則鮎之大者，乃名爲『鮷』。《説文》：『鮷，大鮎也。』《玉篇》同。余謂《北山經》：『其狀如鯑魚。』注云：『今亦呼鮎爲鯑。』『鮷』、『鮧』、『鯷』、『鯑』，字皆通。《爾雅翼》曰：『鮧魚偃額，兩目上陳，頭大尾小，身滑無鱗，謂之鮎魚，言其黏滑也。今泥鰌鋭頭無鱗，滑不可握。故注云似之矣。』」步瀛案：《爾雅》、《廣雅》並見《釋魚》。《名醫別録》見《證類本草》卷二十引。

《爾雅翼》見卷二十九。○「魦」即「鯋」之省文。《詩・魚麗》曰：鱨鯊，已見《西京賦》。○《楚辭》，見《九歌・河伯》。○「《應閒》」，見《後漢書張衡傳》。本賦注各本皆誤作「《應問》」今依胡氏校改。○「命，呼也」，見《廣雅・釋詁》二。○鼈，古音脂部。祭，祭部。通轉爲韻。魴、鱨，陽部。

差鱗次色，錦質報章。躍濤戲瀨，中流相忘。

【注】《莊周》云：泉涸，魚相與處陸，相煦以溼，相濡以沫，不若相忘於江湖。善曰：《毛詩》曰：終日七襄，不成報章。

【疏】《莊周》，見《天運篇》。又《大宗師篇》同，惟「若」作「如」。胡紹煐曰：相忘，猶相羊也。本書《西京賦》：相羊乎五柞之館。薛注：相羊，彷羊也。《離騷》：聊逍遥以相羊。注：相羊，游也。字亦作「襄羊」。《上林賦》：消摇乎襄羊。郭注：「襄羊」猶「彷羊」也。步瀛案：胡說「相羊」是也。然「相忘」二字，本有義，意與「相羊」字有異，仍以劉注引《莊子》爲是。○《毛詩》，見《大東》。○章，忘，古音陽部。與上魴、鱨爲韻。○以上封域。

於是乎金城石郭，兼帀中區，既麗且崇，實號成都。

【注】金石，言堅也。故朝錯曰：神農之教，雖有金城湯池也。

【疏】《太平寰宇記》曰：劍南西道益州成都縣，漢舊縣也。以周太王從梁山止岐下，一年成邑，二年成都，因名之成都。楊雄《蜀本紀》云：蜀王據有巴蜀之地，本治廣都樊鄉，徙居成都。秦惠王遣張儀、司馬錯定蜀，因築成都而縣之。都在赤里街。張若徙置少城内，始造府縣寺舍，今與長安同制。○

《漢書・食貨志》上鼂錯復説上曰：《神農之教》曰：有石城十仞，湯池百步，帶甲百萬，而亡粟，弗能守也。本書《永明九年策秀才文》及《藝文類聚・百穀部》引《氾勝之書》與鼂錯引《神農之教》同。惟「有」字上有「雖」字，無「十仞」「百步」四字。然皆作「石城」，不作「金城」。此注恐因正文而誤。《漢書・蒯通傳》：通説武信君曰：皆爲金城湯池。顔注曰：金以喻堅，湯喻沸熱不可近。又案：「鼂」「朝」字通。《漢書・文帝紀》、《食貨志》、《藝文志》、《爰盎鼂錯傳》作「鼂」，《景帝紀》作「晁」，《吴王濞傳》、《劉歆傳》、《儒林傳》作「朝」，並同。

闢二九之通門，畫方軌之廣塗。營新宫於爽塏，擬承明而起廬。

【注】漢武帝元鼎二年，立成都十八門。《周禮》：經塗九軌。畫，言端直也。爽塏，高明也。善曰：爽塏已見上文。「承明」已見《西都賦》。

【疏】梁章鉅曰：楊雄《蜀都賦》曰：其都門二九，四百餘閭。《續漢書・郡國志》蜀郡，注引此注「都」下有「郭」字。段曰：《臧宫傳注》引張注「十八門」下有「小雒郭門，蓋其數焉」八字。姜氏皋曰：「元鼎二年」《臧宫傳》注作「三年」。按《玉海》百六十九引《公孫述傳》臧宫軍至咸門，注：成都北面有二門，其西者名咸門。《成都志》曰：大城九門，少城九門。唯咸門、朔門，秦漢舊名也。是在當時十八門，已不可考。○《周禮》，見《考工記・匠人》，「塗」作「涂」。《釋文》曰：涂音塗。步瀛案：《説文》無「塗」字。涂水出益州牧靡南山，本爲水名。段曰：古道塗、塗墍，字皆作「涂」。朱駿聲曰：以「徑」字從「彳」，路字從「足」，道字從「辵」，行字訓「道」例之，徐亦訓「道」字。古借「徐」，後變「途」又作「塗」。

案：朱以「徐」爲「道塗」字，未知確否。○李注爽塏，已見上文。案：指《西京賦》也。尤本作「左氏傳」云云二十七字，與《西京賦》注複。「承明已見《西都賦》」，尤本作「《漢書》」云云三十一字，與《西都賦》複。茶陵本並同，皆非也。今依袁本。○區，古音幽部。都、塗、廬，魚部。通轉爲韵。

結陽城之延閣，飛觀榭乎雲中。開高軒以臨山，列綺牕而瞰江。

【注】陽城，蜀門名也。善曰：《淮南子》曰：延閣，棧道。高軒，堂左右長廊之有窻者。張載《魯靈光殿賦注》曰：軒檻，所以開明也。《古詩》曰：交疏結綺窻。

【疏】六臣本「牕」作「窻」。案：《説文·囪部》曰：在牆曰牖，在屋曰囪。重文从穴，作窗。《穴部》又有「窻」字，曰：通孔也。蓋亦「囪」之或體字。後人又作「牕」。王筠謂「囪」有櫺有楯，窻但通一大孔。朱駿聲謂在上者爲窗，在旁者爲窻。似皆傅會，意爲區別。段氏則謂「窻」篆淺人所增，當刪，亦矯枉過正矣。○《楚辭·大招》王逸注曰：觀，猶樓也。「榭」已見《東京賦》。呂向曰：綺窻，彫畫若綺也。瞰，視也。○胡克家曰：注「陽城」，袁本「城」作「成」。茶陵本亦作「城」。案：門名不俟更言「城」，必「成」字也。以此訂之，正文亦當作「成」。今各本皆有誤。步瀛案：他書引亦多作「城」。胡氏説似泥。《太平寰宇記》劍南西道益州華陽縣，引李膺《益州記》曰：少城有九門，南面三門，最東曰陽城門，次西曰宣明門。蜀時張儀樓，即宣明門樓也。重閣複道，跨陽城門。故左思賦云：結陽城之延閣，飛觀榭乎雲中。○《淮南子》，見《本經篇》。各本「閣」作「樓」後《魏都賦注》引亦作「樓」，此疑涉正文而誤。胡紹煐曰：《御覽》一百八十四引江淹表「府之延閣」，注：延閣，書府也。此承「擬承明而起廬」言，當爲藏書處。善引疑非其旨。步瀛案：上云陽城門，則延閣非藏書處矣。胡氏説恐未確。○本書《魏都賦》李注曰：軒，長廊之有牕也。《琴賦》注同。與本注皆合。○《魯靈光殿賦》，見本書卷十一。《古詩》見本書卷二十九。尤本「牕」作「窻」，今依《古詩》及六臣本。○中，古音冬部。江，東部。通轉爲韵。

内則議殿爵堂，武義虎威，宣化之闥，崇禮之闈。

【注】議殿、爵堂，殿堂名也。武義、虎威，二門名也。宣化、崇禮，皆闈闥之名也。

【疏】五臣「武」作「虎」。○張雲璈曰：蔡邕《獨斷》云：其有疑事，公卿百官會議。若臺閣有所正處，而獨執異意者，曰駮議。駮議曰：某官某甲議，以爲如是。下言臣愚戇，議異。其非駮議，不言議異。其合于上意者，文報曰：某官某甲議可。此當時議政典制如是，則議殿者，卽所謂會議之殿耳。「爵堂」，蓋其言頌爵之堂也。

華闕雙邈，重門洞開。金鋪交映，玉題相暉。

【注】金鋪，門鋪首以金爲之。玉題，以玉爲之。《孟子》曰：榱題數尺。楊雄曰：琁題玉英。善曰：《西都賦》曰：樹中天之華闕。《長門賦》曰：擠玉户而撼金鋪。

【疏】《説文·金部》曰：鋪，箸門鋪首也。本書《舞賦》注引「鋪首」作「抪首」。《漢書·哀帝紀》曰：元壽元年，孝元廟殿門銅龜蛇鋪首鳴。顔注曰：門之鋪首，所以銜鐶者也。又《五行志》中之上曰：木門倉琅根，謂宫門銅鍰。顔注曰：門之鋪首及銅鍰也。鋪首銜環，故謂之根。「鍰」讀與「環」同。《藝文類聚・巧藝部》引《風俗通》曰：門户鋪首。謹按：《百家書》云：公輸般之水，見蠡。曰：「見汝形。」蠡適出頭，般以足畫圖之。蠡引閉其户，終不可得開。般遂施之門户。云：人閉藏如是，固周密矣。《御覽・居處部》十六、《工藝部》七皆引之。胡紹煐曰：據此則公輸般始爲此制。然《續漢書・禮儀志》：殷人水德，以螺首慎其閉塞，使如螺。「螺」即「蠡」也。則以蠡立門上，不始於般矣。蓋古人形象立制，後世因之，飾以龍蛇。《三輔黄圖》：金鋪扉上有金華，中作獸及龍蛇鋪首，以銜環，是也。○《孟子》，見《盡心》下。趙岐注曰：榱題，屋霤也。焦循《正義》曰：按：屋自中棟至檐，用椽相比。近棟者名交，謂交於楣上也。接交而長，直下達於檐者名閱，以其下垂，故名榱矣。榱之抵檐處，爲榱題，其上覆以瓦，雨自此下溜，故爲霤，亦爲樀。樀，取於滴也。今尚以瓦頭爲滴水，自瓦言之爲霤，自椽言之爲榱題。近在一所。故趙氏以瓦霤釋榱題也。步瀛案：趙以「屋霤」釋「榱題」，究嫌含混。下引楊雄，見《甘泉賦》。注引應劭曰：題頭也。榱椽之頭，皆以玉飾，言其英華相燭也。又案本注「琁題」，尤本「琁」作「旋」。今依六臣本。○《長門賦》，見本書卷十六。○威、闈、開，古音脂部。暉，諄部。通轉爲韵。

外則軌躅八達，里閈對出。比屋連甍，千廡萬室。

【注】閈，里門也。《管子》曰：閭閈不可以無闔。盧綰與高祖同里。班固曰：綰自同閈。廡，房也。蘇秦説魏襄王曰：廬廡之數也。善曰：《漢書》：班嗣與桓生書曰：伏孔氏之軌躅。《音義》曰：三輔説牛蹄處爲躅。《爾雅》曰：八達謂之崇期。孫炎曰：崇，多也。多道會期於此。

【疏】毛本「室」作「屋」，非。○《管子》，見《八觀》。○「盧綰與高祖同里」見《史記》及《漢書・盧綰傳》。「班固」云云見《漢書・敍傳》。○《説文》曰：廡，堂下周屋也。庌，廡也。《釋名・釋宮室》曰：大屋曰廡，廡，幠也。幠，覆也。○《史記・蘇秦傳》説魏襄王曰：田舍廬廡之數，曾無所芻牧。《魏策》一無「之數」二字。○《漢書》見《敍傳》，「孔氏」作「周孔」。本注各本皆誤。當依《漢書》改。又顔注引鄭氏與本注引《音義》同。○《爾雅》，見《釋宮》。

亦有甲第，當衢向術，壇宇顯敞，高門納駟。

【注】術，道也。《楚辭・九章》曰：燕雀烏鵲，巢堂壇兮。王逸曰：壇，猶堂也。漢于公高其門，使容駟馬高蓋。此言甲第高門，可以納駟。善曰：《西京賦》曰：北闕甲第，當道直啓。李尤《高安館銘》曰：增臺顯敞，禁室静幽。壇，徒蘭切。

【疏】《説文》曰：術，邑中道也。○《楚辭・九章》，見《涉江》。○于公事，見《漢書・于定國傳》。○李尤《高安館銘》，《七啓》注引上句。《藝文類聚・居處部》三亦引此銘，而未載此二句。○「壇，徒蘭切」。四字依袁本、茶陵本增。

庭扣鍾磬，堂撫琴瑟。匪葛匪姜，疇能是恤。

【注】疇，誰也。善曰：《蜀志》曰：諸葛亮爲丞相。又曰：姜維初爲亮倉曹掾，稍遷爲大將軍。

【疏】「疇」本字當作「𠷎」。《説文》曰：𠷎，誰也。經傳以「疇」字爲之。○吕延濟曰：恤，居也。何焯曰：「匪葛匪姜」，一語强凑。當時孔明何嘗治第。張雲璈曰：按：《蜀志・姜維傳》郤正著論稱其宅舍弊薄，資財無餘，側室無妾媵之褻，後庭無聲樂之娛。據此則姜維當日亦何嘗治第，豈獨亮也。賦正言孔明、伯約乃心王室，不暇以居處爲懷。諸高門納駟者，安能如葛、姜之是念乎？非謂二公有治第之事也。何説似迂。梁章鉅曰：按：《漢書·韋玄成傳》：恤我九列。顔注：恤，安也。胡紹煐曰：按：此與本書《西京賦》：匪石匪董，誰能宅此，語意同。恤卽宅也。《方言》三：慰，尻也。江淮青徐之間曰慰。恤，亦居也。居謂之慰，亦謂之恤。猶安謂之慰，亦謂之恤。《漢書·韋玄成傳》：恤我九列。顔注：恤，安。是也。步瀛案：胡氏説是。賦語夸大非實。何氏以史傳繩之，張氏更釋恤爲憂，均失本賦之旨。然以不治宅第之良臣，而誣以扣鍾磬撫琴瑟之侈樂，於事實究嫌太遠。竊意上二句言蜀都豪富之侈，下二句張葛、姜之功。謂蜀之豪富，享有鍾磬琴瑟之樂者，則以葛與姜能安之也。「是」字乃指上二句豪富之家，「恤」字訓爲「安」，不必再訓爲居。二句文勢，與《西京》同而用意小別，於史事賦意庶兩得之。○《蜀志》，見《諸葛亮》及《姜維傳》。維字伯約，天水冀人。○出、室、術、駟、瑟、恤，古音脂部。

亞以少城，接乎其西，市廛所會，萬商之淵。列隧百重，羅肆巨千。賄貨山積，纖麗星繁。

【注】少城，小城也。在大城西，市在其中也。

【疏】李周翰曰：亞，次也。纖麗，細好之物。山積、星繁，衆盛貌。○《華陽國志·蜀志》曰：州治大城，郡治少城《元和郡縣志》曰：劍南道成都府成都縣，少城一曰小城，在縣西南一里二步。《蜀都賦》云：亞以少城，接乎其西。《太平寰宇記》曰：劍南西道益州華陽縣，少城在縣南一百步。李膺《記》與大城俱築，惟西南北三壁，東即大城之西墉。故《蜀都賦》云：亞以少城，接於其西。楊雄《蜀本紀》：成都本赤里街，張若徙置少城内。張孟陽詩：鬱鬱少城内，峩峩百族居。即聞楊子宅，相見長卿廬。步瀛案：今《張孟陽集·登成都白菟樓詩》「内」作「中」，「峩峩」作「岌岌」，「即聞」作「借問」，「相」作「想」。又《酉陽雜俎·續集》卷四曰：蜀石笋街，夏中大雨，往往得雜色小珠，俗謂地當海眼，莫知其故。蜀僧惠嶷曰：前史説蜀少城飾以金璧珠翠。桓温惡其大侈，焚之。合在此。今拾得小珠時有孔者，得非是乎。《容齋續筆》卷五曰：晉益州刺史治大城，蜀郡太守治少城，皆在成都。猶云大城、小城耳。杜子美在蜀日賦詩，故有東望少城之句。今人於他處指成都爲少城，則非也。步瀛案：郭知達《九家集注杜詩》卷二十三《江上獨步尋花七絶句》第四首曰：東望少城花滿煙。注引《梁益記》云：少城，張儀城也。《方輿紀要》卷六十七曰：成都府城，舊有太城，有少城。太城，府南城也。秦張儀、司馬錯所築，一名龜城。少城，府西城也。昔張儀既築太城，後一年，又築少城。《蜀都賦》：亞以少城，謂此也。朱琦曰：《蜀志》云：西城，故錦官也。西又有車官城，其城東西南北皆有軍營壘舍，既皆在西，其亦屬少城與？○西，古音諄部。淵、千，真部。繁，元部。皆通轉爲韵。

都人士女，袨服靚粧。賈貿墆鬻，舛錯縱横。異物崛詭，奇於八方。布有橦華，麪有桄榔。邛杖傳節於大夏之邑，蒟醬流味於番禺之鄉。

【注】蘇林曰：袨服，謂盛服也。張揖曰：靚，謂粉白黛黑也。墆，貯也。橦華者，樹名。橦其花柔毳，可績爲布也。出永昌。桄榔，樹名也。木中有屑如麪，可食。出興古。《張騫傳》曰：臣在大夏時，見

邛竹杖蜀布。問安得此。大夏國人曰：吾賈人往市之身毒國。身毒國在大夏東南可數千里。《南越傳》曰：使唐蒙諷曉南越，食蒙以蒟醬。蒙問所從來。答曰：西北牂牁江廣數里，出番禺城下。故《漢書》曰：感蒟醬竹杖，則開牂牁、越巂也。邛竹杖以節爲奇，故曰傳節也。善曰：都人士女，已見《西都賦》。《漢書》曰：富商大賈，或墆財。八方，已見上《三都序》。衒音縣。墆音直例切。桄音光。榔音郎。

【疏】五臣「粧」作「莊」，本書《上林賦》作「糚」。《説文》曰：妝，飾也。「莊」乃借字。「粧」「糚」皆俗字。又五臣「崛詭」作「詭譎」，「杖」作「竹」。○五臣音靚，才姓切，賈音古，貿，莫構切，舛音兗，番音潘，禺音愚。○《漢書·鄒陽傳》《奏書諫吴王》曰：衒服叢臺之下者，一旦成市。顔師古注與蘇林同。○本書《上林賦》注引作郭璞「靚」下有「糚」字，無「謂」字。李詳曰：此應是揖注，今本皆作郭璞，據此可正。○許巽行曰：《平準書》：留蹛無食。《字詁》云：「蹛」，今「滯」字。《食貨志》：墆貨役貧。音滯，停也。呂錦文曰：案：「墆」即「滯」也。《説文》：滯，凝也。《魯語》云：敢告滯積，以紓執事。《漢書·食貨志》：而富商賈或墆財役貧。墆，貯也。止也。滯，積也。義同。○《華陽國志·南中志》曰：永昌郡，梧桐木，其花柔如絲，民績以爲布，幅廣五尺以還，潔白不受污，名曰桐華木。《後漢書·西南夷傳》：哀牢夷下亦言之。方以智《通雅》卷三十七曰：方子謙載橦木花可爲布，卽常璩之言桐花可爲布也。此蓋木棉樹開花，璩誤記耳。或當時彼方言之，言以木棉爲桐。朱琦曰：《吴都賦》：緜杬杶櫨。「緜」卽木棉。劉注云：樹高大，其實如酒杯，皮薄，中有如絲綿者，色正白。破一實，得數斤。是作布者其實，非其花也，恐與橦異種。若梧桐花不應可爲布，殆字以聲誤與？胡紹煐曰：《廣志》：驃國有白桐木，其華有白毳，取其毳淹漬之，緝績以爲布。「橦」「桐」音同。步瀛案：《廣志》，見《藝文類聚·木部》上。《御覽·木部》五引「華」皆作「葉」，誤。此木本無定字，但取其音，故作「橦」作「桐」，皆無不可。然《類聚》、《御覽》竟入《木部·桐門》，與梧桐爲一，則非也。○《南方草木狀》曰：桄榔樹似栟櫚，其皮可作綆，得水則柔韌。胡人以此聯木爲舟。皮中有屑如麪，多者至數斛。食之與常麪無異。木性如竹，紫黑色，有文理。《御覽·木部》九引《廣志》曰：桄榔樹大四五圍，長五六丈。洪直，旁無枝條。其顛生葉似椶葉。斫其木，肥堅難傷，入數寸，得麪。又引《博物志》曰：蜀中有樹名桄榔，皮裏出屑，如麪，用作餅食之，謂之桄榔麪。又引《魏王花木志》曰：桄榔出興古國者，樹高七八丈，其大者一樹出麪百斛。又《水經·葉榆水注》已見上「邛竹」下。○注引《張騫傳》、《南越傳》皆誤。《漢書·張騫傳》及《南粵傳》，《史記·南越傳》並無此文，而皆見《西南夷傳》。《史記》、《漢書》同。與本注字句亦頗有異。下引《漢書》見《西域傳贊》。○邛竹已見上。陸游《老學菴筆記》三曰：筇竹杖，蜀中無之，乃出徼外。蠻峒蠻人持至瀘敍賣之，一枝纔四五錢，以堅潤細瘦九節而直者爲上。○《漢書·西南夷傳》注引劉德曰：枸樹如桑，其椹長二三寸，味酢，取其實以爲醬，美。蜀人以爲珍味。顏師古曰：劉說非也。子形如桑椹耳。緣木而生，非樹也。子又不長二三寸，味尤辛不酢。今宕渠則有之。步瀛案：《齊民要術》卷十引《廣志》曰：蒟子蔓生，依樹，子似桑椹，長數寸，色黑，辛如薑。與劉德及劉淵林兩注合。顏氏駁之，特以所見不同耳。餘見上。朱銘曰：鄺露《赤雅》云：蒟，猺峒中家家用之，以蓽茇爲主，雜以香草。蓽茇，吾家蛤蔞也。按：《南方草木狀》以蒟醬爲蓽茇，吾粵謂之「蔞」，以其葉合檳榔食之，而不用爲醬。故粵人亦罕知者。海雪曾居猺中，得之目驗。此爲確注。舊説皆誤。步瀛案：朱説非也。猺中之物，未必果與蜀中相同，且以明人所目驗，遂謂古人所記皆誤，亦近武斷。○《周書·王會篇》：伊尹朝獻曰：正北空同大夏。《史記·秦始皇本紀》《琅邪臺刻石文》曰：北過大夏。又《大宛傳》曰：大夏在大宛西南二千餘里，嬀水南。其都曰藍氏城。《漢書·西域傳》曰：月氏過大宛西擊大夏而臣之，都嬀水北，爲王庭。徐松《補注》曰：蓋大夏時都水南，大月氏徙治水北也。徐繼畬《瀛環志略》曰：嬀水卽阿母河，大月氏乃今布哈爾境土。李光廷《漢西域圖考》曰：大月氏國，今布哈爾國之南境也。王庭在嬀水北。嬀水今名阿母河，水西北流入布哈爾之鹹河。楊守敬《水經注圖》以大月氏、大夏列布哈爾南部。大月氏在濟雜克東南，阿母河北，大夏卽鄂勒推帕，在阿母河南，圖甚明瞭。至董方立《水經注圖説殘藳》以大夏爲科克倫。魏源《海國圖志》以大夏兼愛烏罕，皆非是。○《漢書·地理志》南海郡番禺下，原注曰：尉佗都。顔注引如淳曰：番音潘，禺音愚。《清統志》曰：廣東廣州府，番禺故城在南海縣治。案：廣州府舊治番愚、南海二縣，今裁府而移南海縣於佛山。○「袨音縣」以下十四字，依袁本增。○粃、横、方、榔、鄉，古音陽部。

輿輦雜沓，冠帶混并。累轂疊跡，叛衍相傾。諠譁鼎沸，則哤聒宇宙，囂塵張天，則埃壒曜靈。

【注】叛，亂也。《莊周》曰：何貴何賤，是謂叛衍。善曰：蔡邕《月令章句》曰：冠，首飾也。帶，大帶，所以

束身也。司馬彪《莊子注》曰：叛衍，猶漫衍也。《國語》：管子曰：四人雜處，則其言哤。莫江切。《説文》曰：聒，讙語也。公逹切。《文子》曰：四方上下曰宇。《説文》曰：宙，舟輿所極覆也。西都賓曰：軼埃壒之混濁。《楚辭》曰：角宿未旦，耀靈焉藏。《廣雅》曰：耀靈，日也。

【疏】聾，已見《東京賦》。○《莊子》，見《秋水篇》。今「叛」作「反」。《釋文》曰：本亦作「畔衍」。李云猶漫衍，合爲一家。步瀛案：「畔」「叛」字通，「畔衍」即「叛衍」。下引司馬彪注當即釋此文。《釋文》未引。○《月令章句》，當是釋仲秋之月，冠帶有常之文。○《國語》，見《齊語》。「人」作「民」。李氏避唐諱改。「莫江切」三字，依袁本、茶陵本增。○《説文》，見《耳部》。字當作「𦖞」，今字作「聒」。「公逹切」三字，依袁本、茶陵本增。○《文子》，見《自然篇》。今本「曰」字，作「謂之」二字。《説文》，見《宀部》。《漢書·司馬相如傳》注引張揖曰：天地四方曰宇，古往今來曰宙。顔師古曰：張説宙，非也。許氏《説文解字》云：宙，舟輿所極覆也。蓋顔意《上林賦》云：追怪物，出宇宙，不宜兼古今言之。李氏此注蓋與顔同。段玉裁曰：覆者，反也。與「復」同，往來也。舟輿所極覆者，謂舟車自此至彼，而復還此，如循環然。故其字从由，如軸字从由也。訓詁家皆言上下四方曰宇，往古來今曰宙。由今溯古，復由古沿今，此正如舟車自此至彼，復自彼至此，皆如循環然。《莊周書》云：有實而無乎處者宇也，有長而無本剽者宙也。「本剽」即本末。《莊子》説正與上下四方曰宇，往古來今曰宙同。亦謂其大無極，其長如循環也。許言其本義。他書言其引伸之義。其字从宀者，宙不出乎宇也。韋昭曰：天宇所受曰宙。步瀛案：《莊子》，見《庚桑楚篇》。韋昭説見《漢書·叙傳》蕭該《音義》引。段氏説

「宙」字義甚精。但「宇宙」二字對舉，則宜各有取義。如顔、李所引「宙」字，既取《説文》舟車極復之義，而「宇」字仍取《文子》天地四方之義，則四方已括舟車極復之義，二字不能對峙矣。竊謂「宙」字取《説文》，則「宇」字當取《東京賦》「德寓天覆」之義。「寓」，「宇」之籀文。蓋宇本訓屋櫋，引申之爲下覆之義。自上至下，自兼天地。故「宇」字就上下言，宙字就四方言。二義可對舉也。○孫志祖曰：《左傳》曰：「湫隘囂塵」，又「甚囂且塵上矣」。案：見昭三年及宣十二年。五臣音張陟亮反。○《楚辭》，見《天問》。「耀」作「曜」。王逸注曰：曜靈，日也。《廣雅・釋天》同。本注引亦作「耀」。二字雖同，然究與正文歧異，皆當改作「曜」。又各本「日」上衍「白」字，今依胡氏校刪。○并、傾、靈，古韵耕部。

闤闠之裏，伎巧之家。百室離房，機杼相和。貝錦斐成，濯色江波。黄潤比筒，籝金所過。

【注】闤，市巷也。闠，市外内門也。貝錦，錦文也。譙周《益州志》云：成都織錦既成，濯於江水，其文分明，勝於初成。他水濯之，不如江水也。黄潤，謂筒中細布也。司馬相如《凡將篇》曰：黄潤纖美宜制禪。楊雄《蜀都賦》曰：筒中黄潤，一端數金。籝，幐也。《韋賢傳》曰：黄金滿籝。善曰：《毛詩》曰：百室盈止。《古詩》曰：札札弄機杼。《毛詩》曰：萋兮斐兮，成是貝錦也。

【疏】「籝」字，《説文》所無，當作「籯」。《漢書・韋賢傳》及諸書引《蜀都賦》皆作「籯」，應改。○《華陽國志・蜀志》曰：錦江織錦，濯其中則鮮明，他江則不好，故命曰錦里也。《太平寰宇記》曰：益州華陽縣濯錦江，卽蜀江，水至此，濯錦，錦彩鮮潤于他水。故曰濯錦江。與譙周《益州記》可互證。○尤本「禪」作「禪」。胡克家曰：茶陵本作「禪」，袁本亦作「禪」。案：似「禪」字是也。步瀛案：《古文苑・蜀都賦》章樵注、王應麟《漢·藝文志考證》引《凡將》皆作「禪」，則作「禪」者誤。○楊雄《蜀郡賦》，《藝文類聚·居處部》及《古文苑》「筒」皆作「筩」是。《御覽·布帛部》七引亦作「筒」，乃通借字。○劉注釋「籯」爲「𢂅」。案：《説文》：𢂅，囊也。與「籯」訓爲「笭」者不甚合。《漢書·韋賢傳》注：如淳曰：籯，竹器，受三四斗。今陳留俗有此器。蔡謨曰：滿籯者，言其多耳。非器名也。若論陳留之俗，則我陳留人也，不聞有此器。顔師古曰：許慎《説文解字》云：籯，笭也。楊雄《方言》云：陳楚宋衛之閒，謂「筲」爲「籯」。然則筐籠之屬是也。今書本「籯」字或作「盈」，又是盈滿之義，蓋兩通也。步瀛案：《方言》，見卷五。《韋賢傳》盈滿之義，在黄金下，已不甚洽。此賦自當爲筐籠之屬。○《毛詩》，見《良耜》。○《古詩》，見本書卷二十九。○後引《毛詩》，見《巷伯》。毛傳曰：萋斐，文章相錯也。貝錦，錦文也。○家，古音魚部。波、過，歌部。通轉爲韵。

侈侈隆富，卓鄭埒名。公擅山川，貨殖私庭。藏鏹巨萬，鉅摫兼呈。亦以財雄，翕習邊城。

【注】《漢書·貨殖傳》曰：蜀卓氏之臨邛，公擅山川銅鐵，上争王者之利，下錮齊人之業。富至僮八百人。程鄭亦冶鑄，富埒卓氏。《司馬相如傳》云：臨邛富人程鄭，僮亦數百人。鏹，錢貫也。《食貨志》曰：藏鏹千萬。楊雄《方言》云：鉅、摫，裁也。梁益之間裁木爲器曰鉅，裂帛爲衣曰摫。兼呈者，皆有常課。至擬於王者，亦以財雄。猶班壹以財雄邊城也。《漢書·班氏·敍傳》：當孝惠、高后時，以財雄邊，出入弋獵，旌旗鼓吹。以臨邛是蜀郡之邊縣，故云邊城。善曰：藏鏹，《管子》之文也。鏹，九兩切。鉅，普覔切。

【疏】胡克家曰：「鏹」當作「繈」。注同。《漢書・食貨志》作「繈」，劉引之可證。《廣韵》云：「繈」俗作「鏹」。太沖時未必有此俗字也。〇呂延濟曰：翕習，威盛貌。胡紹煐曰：「翕習」二字音義同。故《論語・八佾》疏云：翕，習也。翕習，盛貌。本書《魯靈光殿賦》祥風翕習以颯灑，《鷦鷯賦》翔不翕習，注並云：盛貌。《廣雅・釋詁》三：翕，熾也。熾，亦盛也。《說文》：熠，盛光也。「習」與「熠」同。〇蜀卓氏之臨邛，富至僮八百人，及程鄭亦冶鑄云云，皆二人傳中語。「公擅山川銅鐵」三句，皆贊中語。劉氏攙雜引之。《司馬相如傳》本卓王孫、程鄭並舉。劉以卓氏僮八百人已引《貨殖傳》，故亦節去。又「齊人」，本作「齊民」。〇《食貨志》，尤本「食」誤作「殖」。胡克家曰：何校「殖」改「食」，陳同。袁本亦誤「殖」。茶陵本作「貨殖」，更非。〇《食貨志》下「藏鏹」作「臧繈」。注引孟康曰：繈，錢貫也。《匡謬正俗》卷五曰：《食貨》云「藏繈」謂繩貫錢，故摠謂之「繈」耳。文云：算緡亦云以緡穿錢，故謂貫爲緡也。而後之學者，謂「繈」爲錢，乃改爲「鏹」字，無義可據，殊爲穿鑿。按孔子云：四方之人繈負其子而至。謂以繩絡而負之，故謂繈褓耳。豈復關貨泉耶？步瀛案：顔氏此說極析。「鏹」乃後出之俗字。《正字通》謂白鏹，金別名。與以索貫錢之「繈」音同義別，妄生區別，尤不足取。〇《方言》，見卷二。郭注曰：皆析破之名也。鎃，音劈歷之劈。摫，音規。《廣雅・釋詁》二曰：鎃摫，裁也。王念孫《疏證》曰：鎃之言劈，摫之言刲也。《漢書・藝文志》：鉤鎃析亂。顔師古注云：鎃，破也。謝靈運《山居賦》云：鎃摫之端。步瀛案：方以智《通雅》卷四曰：鎃，錫韵不收，當是「劈」之緟文。朱駿聲《說文通訓定聲・解部》亦謂「劈」亦作「鎃」，而《說文新附》字作「釽」，从金爪。方以智謂从「𠂢」者聲，从爪者意。胡紹煐謂从爪，與覓音同。覓亦以爪爲聲。步瀛案：《說文》「覛」从見𠂢聲。重文作「䀢」，或亦書作「覔」，俗省作「覓」。然則「覓」本作「覛」从𠂢聲。胡氏以爲爪聲，謬矣。又《淮南·主術篇》曰：人莫振金石而振瓜瓠。則鋠字又作「振」。朱珔曰：《說文》撝字云：裂也，从手爲聲，許歸切。段氏謂「歸」必「規」之誤。然則「摫」當爲「撝」之別體也。○劉注訓呈爲「常課」。案：《史記·秦始皇本紀》曰：上至以衡石量書，日夜有呈。不中呈，不得休息。「呈」爲「程」之通借字。本書《西京賦》：程角觝之妙戲。薛注曰：程，謂課其技能也。○《漢書·叙傳》文，至「鼓吹」止。○《管子·國蓄篇》曰：人君知其然，故守之以準平，使萬室之都，必有萬鍾之藏，藏繦千萬。使千室之都必有千鍾之藏，藏繦百萬。《漢書·食貨志》下「臧繦千萬」云云，即本此。○「鏹，九兩切」以下八字，依袁本增。○名、庭、呈、城，古音耕部。

三蜀之豪，時來時往。養交都邑，結儔附黨。

【注】三蜀，蜀郡、廣漢、犍爲也。本一蜀國。漢高祖分置廣漢。漢武帝分置犍爲。善曰：《孫卿子》曰：偷合苟容，以持祿養交。

【疏】注「蜀國」疑當作「蜀郡」。《漢書·地理志》蜀郡，原注曰：秦置。廣漢郡，原注曰：高帝置。犍爲郡，原注曰：武帝建元六年開。《華陽國志·蜀志》曰：益州以蜀郡、廣漢、犍爲爲三蜀。又曰：蜀郡成都縣，郡治。又曰：廣漢郡，高帝六年置，本治繩鄉。《水經·江水注》曰：高帝分巴蜀，置廣漢郡於乘鄉。又云：雒縣有沈鄉，去江七里。案「乘」「繩」同音。「沈」又一聲之轉也。雒縣在今四川廣漢縣北，犍爲郡已見上。○《孫卿子》，見《臣道篇》。本注各本「養」下脱「交」字，今依胡氏校補。

劇談戲論，扼腕抵掌。出則連騎，歸從百兩。

【注】劇，甚也。《鬼谷先生書》有《抵巇篇》。桓麟《七説》曰：戲談以要譽。《張儀傳》曰：天下之士，莫不扼腕以言。《戰國策》曰：蘇秦説趙王華屋之下，抵掌而談。皆談説之客也。百兩，百乘也。《詩云》：之子于歸，百兩御之。善曰：《漢書》曰：楊雄口吃不能劇談。連騎，已見《西京賦》。抵音紙。

【疏】尤本「抵」作「抵」。胡克家曰：「抵」當作「抵」。注同。袁本善注末有「抵音紙」三字，最是。茶陵本割裂「紙」字入正文下，非。尤又改「紙」作「紙」，益非。《廣韻·四紙》抵，抵掌。《説文》云：側手擊聲也。與《十一薺》之「抵」迥然有別甚明。《西征賦》、《爲蕭揚州作薦士表》、《廣絶交論》用「抵掌」者放此。今皆作「抵」，蓋誤由五臣，而各本亂之。《集韻》抵下重文有「抵」，云或作「抵」，可見其不分別久矣。其羣書此字之誤，不悉數。○「抵巇」各本作「抵戲」，今校改。案：《鬼谷子·抵巇篇》第四「抵」亦「抵」之誤。○「桓麟」各本作「桓譚」。胡克家曰：「譚」當作「麟」，各本皆誤。《後漢書》本傳章懷注案：摯虞《文章志》，麟文見在者《七説》一首云云。後《七命》注、《祭屈原文》注皆引桓麟《七説》可證。許巽行曰：《後漢書·桓彬傳》：父麟，字元鳳。《隋·經籍志》作「桓麟」。《唐·藝文志》作「桓驎」，並誤。步瀛案：《後漢書·桓彬傳》附《桓榮傳》後。麟又附見《彬傳》。麟文見在者十八篇，《七説》特其一也。《北堂書鈔·酒食部》、《藝文類聚·雜文部》、《太平御覽·飲食部》皆引桓麟《七説》，但未及本注所引之句耳。○《張儀傳》，見《史記》。原文作「天下之游談士，莫不日夜搤腕，瞋目切齒，以言從之便」。此節引。「扼腕」、「搤腕」字同。○《戰國策》，見《秦策》一。本注各本「而談」作「而言」，今依策改。○《詩》，見《鵲巢》。毛傳曰：百兩，百乘也。○《漢書》，見《楊雄傳》。○「抵音紙」三字，依袁本增。○往、黨、掌、兩，古音陽部。○以上都邑。

若其舊俗，終冬始春。吉日良辰，置酒高堂，以御嘉賓。

【注】楊雄《蜀都賦》曰：其俗迎春送冬，百金之家，千金之公。善曰：《楚辭》曰：吉日兮辰良。曹植《箜篌引》曰：置酒高殿上。《毛詩》曰：以御賓客，且以酌醴。

【疏】《蜀都賦》，《古文苑》「冬」作「臘」，誤。○《楚辭》，見《九歌·東皇太一》。本注各本「辰良」二字誤倒。今依陳氏校改。○《箜篌引》，見本書卷二十七。○《毛詩》，見《吉日》。鄭箋曰：御賓客者，給賓客之御也。○春、辰，古音諄部。賓，真部。通轉爲韵。

金罍中坐，肴槅四陳，觴以清醥，鮮以紫鱗。羽爵執競，絲竹乃發。巴姬彈弦，漢女擊節。

【注】鮮，魚鱠也。《詩》云：炰鼈鱠鯉。巴姬，漢之美人，猶衛之稚質，蔡之幼女。善曰：《毛詩》曰：肴核維旅。鄭玄曰：肴，菹醢也。核，桃梅之屬也。《左氏傳》：楚共王有巴姬。「槅」與「核」義同。

【疏】《詩》，見《六月》。「鱠」當依《詩》作「膾」。「鱠」俗字。○各本「稚」作「雅」。胡克家曰：「雅」當作「稚」，各本皆譌。步瀛案：《淮南子·修務篇》曰：蔡之幼女，衛之稚質。梱纂組，雜奇彩，抑墨質，揚赤文，禹湯之智不能逮。又見《魏都賦》注。○《毛詩》及鄭箋，見《賓之初筵》。「肴」作「殽」。《釋文》作「肴」字。注所據本同。王先謙《三家詩義集疏》據本書《典引》及蔡邕注謂齊、魯《詩》「核」作「覈」。

薛傳均曰：正字當作「覈」，「槅」字其同聲假借。○《左傳》，見昭十三年。○陳、鱗，古音真部。與上春、辰、賓韵。發，古音祭部。節，脂部。通轉爲韵。

起西音於促柱，歌江上之飉厲。紆長袖而屢舞，翩躚躚以裔裔。

【注】昔周昭王涉漢中流而隕，其右辛遊靡拯王，遂卒，不復還。周乃侯其子于西翟，實爲長公，楚徙宅西河，長公思故處，始作西音。長公繼是音以處西山。秦國之風，蓋取乎此。見《吕氏春秋》。《韓子》曰：長袖善舞。《詩》曰：屢舞躚躚。

【疏】五臣「躚」作「僊」。○五臣「飉」音「遼」。吕向曰：西音、江上皆曲名。飉厲，歌聲也。步瀛案：西音乃借用，以蜀在西南，故當西音之目，不得指爲曲名。江上，蓋指蜀江，猶宋玉言歌于郢中耳，亦不得指爲曲名。向注非是。又案：《古詩》曰：絃急知柱促。飉厲，當謂歌聲清激也。二字雙聲聯語，或作「嘹唳」。李百藥《笙賦》曰：若遊鴛翔鶴，嘹唳飛空。又作「繚戾」。《楚辭·九歎·逢紛》曰：繚戾宛轉。並音近義同。○《吕氏春秋·音初篇》曰：周昭王親將征荆，辛餘靡長且多力，爲王右。還反涉漢，梁敗。王及蔡公抎於漢中，辛餘靡振王北濟，又反振蔡公。周公乃侯之於西翟，實爲長公。殷整甲徙宅西河，猶思故處，實始作爲西音。長公繼是音以處西山，秦穆公取風焉，實始作爲秦音。劉注錯綜節引，且有舛誤。胡克家曰：「楚徙宅西河」，「楚」當作「整」，「長公思故處」，「長公」二字不當有。梁章鉅曰：《竹書紀年》：河亶甲名整，自囂遷於相。即其事。步瀛案：《御覽·皇王部》八引《竹書》，自較今本爲可信。但相非河西，其事殆不可考矣。「辛餘靡」，《宋書·樂志》同。本注作

「辛遊靡」。《史記·周本紀》《正義》引《帝王世紀》作「辛游靡」。《齊世家》《索隱》引宋衷語，作「辛由靡」。《漢書·人表》作「辛繇靡」。「遊」、「游」、「由」、「繇」，並同，「餘」亦一聲之轉。○《韓子》，見《五蠹篇》。○《詩》，見《賓之初筵》。「蹮蹮」，毛作「僊僊」。梁章鉅曰：《莊子·在宥篇》《釋文》：僊僊，坐起之貌。是也。《玉篇》：蹁蹮，猶蹣跚也。意皆相近。吕錦文曰：「蹮」亦作「躚」。《説文》云：蹁躚，旋行貌。《毛詩》作「僊僊」，「蹮」與「僊」通。胡紹煐曰：依注引《詩》，則正文本作「僊僊」，此爲後人所改。步瀛案：胡説非也。「蹮蹮」疑是三家《詩》異文。劉注固不云「《毛詩》也」。五臣本或依《毛詩》改耳。

合樽促席，引滿相罰。樂飲今夕，一醉累月。

【注】言頻飲也。善曰：東方朔《六言詩》曰：合樽促席相娱。《漢書》曰：趙李侍中皆引滿舉白。《毛詩》曰：今夕何夕。又曰：一醉日富。

【疏】《史記·滑稽傳》：淳于髡曰：日暮酒闌，合尊促坐。《東方朔詩》「合樽」句，出此。○《漢書》，見《敘傳》。顔注曰：謂引取滿觴而飲。○《毛詩》，見《綢繆》。案：此當引《頍弁》：樂酒今夕。後引見《小旻》。「一」字作「壹」。○厲、罰、月，古音祭部。裔，脂部。通轉爲韻。又與上發、節韻。○以上宴飲。

若夫王孫之屬，郤公之倫。從禽于外，巷無居人。並乘驥子，俱服魚文。玄黄異校，結駟繽紛。

【注】王孫，卓王孫也。《貨殖傳》曰：卓王孫田宅射獵之樂，擬於人君。郤公，豪俠也。楊雄《蜀都賦》

曰：若其漁弋郤公之徒，相與如乎巨野，羅車百乘，觀者萬隄。服，箙服。《詩云》：象弭魚服。善曰：《周易》曰：卽鹿無虞，以從禽也。《毛詩》曰：叔于田，巷無居人。《桓子新論》曰：善相馬者曰薛公，得馬惡貌而正走，名驥子。《周禮》：六廄成校，校有左右。《楚辭》曰：青驪結駟齊千乘。

【疏】《貨殖傳》卓王孫事，《史記》、《漢書》同。「田宅」皆作「田池」。此注「宅」字恐誤。○郤公事蹟未詳。五臣郤音却戟反。《古文苑·蜀都賦》章樵注曰：蜀之豪富人。亦不能舉其實事。○「萬隄」，胡克家曰：「萬」當作「方」，各本皆誤。步瀛案：《古文苑》作「方」，蓋胡氏所據。《藝文類聚·居處部》一引作「方坊」，「坊」字亦誤。然「方隄」字亦疑。○《詩》，見《采薇》。毛傳曰：魚服，魚皮也。孔疏曰：《左傳》曰：歸夫人魚軒。服虔云：魚，獸名。陸璣疏曰：魚服，魚獸之皮也。魚獸似猪，東海有之，其皮背上斑文，腹下純青，今以爲弓鞬步叉者也。步瀛案：此賦「服」字與上「乘」字對文，不當作「矢箙」解。《易·繫辭》上曰：服牛乘馬。此「服」字義同。《說文》引《易》作「犕」。段氏謂以車駕牛馬之字當作「犕」，作「服」者假借耳。是也。上句驥子爲馬，則此「魚文」亦不當爲「魚獸」。《詩·駉》：有驔有魚。毛傳曰：二目白曰魚。《釋文》「二目」作「一目」誤。《爾雅·釋嘼》曰：一目白瞷，二目白魚。郭注曰：似魚目也。王引之《經義述聞》卷二十八曰：謂一目毛色白曰瞷。二目毛色白曰魚。不言毛者，承上文諸毛字而省，猶之黑脣駩，黑喙騧，謂脣與喙邊之毛色也。下文說牛云：黑眥牰，亦謂目眥邊之毛色，義與一目白，二目白同。郭注似誤。以爲馬目中白，與上文言毛色者不倫。且魚死則目殊白色，生時固不爾也。步瀛案：王說是。此賦「魚文」當亦本《雅》訓，指目之毛色言。《漢書·西域傳贊》曰：蒲梢龍文，魚目汗血之馬。當與此同。○《周易》，見《屯·六三·象傳》。○後引《詩》見《叔于田》。○《藝文類聚·獸部》上引《桓譚新論》曰：薛翁者，長安善相馬者也。於邊郡求得駿馬，騎以入市，去來人不見也。後勞問之，因請觀馬。翁曰：「諸卿無目，不足示。」《御覽·獸部》九引同。皆無「惡貌而正走名驥子」八字，蓋引者節去耳，故與本注不同也。○《周禮》，見《夏官·校人》。《漢書·司馬相如傳》《上林賦》顏注曰：養馬稱「校人」者，謂以爲闌校以養馬耳。故呼爲閑也。《孟子·萬章》上焦循《正義》曰：《廣雅·釋木》云：校，椈柴也。《哀公四年·公羊傳》云：亡國之社，蓋掩之。掩其上而柴其下。《地官·媒氏》注云：亡國之社，奄其上而棧其下。是「柴」即「棧」。亦「校」即「棧」也。《管子·內業篇》云：傅馬棧者最難。曲木已傅，直木無所施矣。直木已傅，曲木亦無所施矣。蓋編木圍其四面，用以畜馬，則爲馬棧。亦即爲「校」，爲「閑」也。○《楚辭》，見《招魂》。

西踰金隄，東越玉津。朔別期晦，匪日匪旬。

【注】金隄，在岷山都安縣西。隄有左右口，當成都西也。璧玉津，在犍爲之東北，當成都之東也。楊雄《羽獵賦》，前曰「邪界虞淵」，後曰「浮彭蠡」。張衡《羽獵賦》，前曰「逐息崐崘」後曰「勞許公于箕隅」。道里遼迴，非一日所遊。金隄、玉津東西分行，所欲經營，亦非一所。其閒悠遠，故曰朔別晦期也。若云一月之中，乃能周徧，不以旬日者也。

【疏】胡克家曰：「期晦」，茶陵本作「晦期」，袁本與此同。案：注故曰「朔別晦期」也。所複舉如此，知正文作「晦期」爲是。步瀛案：此與《楚辭·九歌》吉日兮辰良同一句法。注述爲朔別晦期，令人易曉耳。正文不宜改。○《水經・江水注》曰：江水又歷都安縣，李冰作大堰于此，壅江作堋，堋有左右口，謂之湔堋。江入郫江、撿江以行舟。《益州記》曰：江至都安堰，其右撿，其左其正流遂東，郫江之右也。因山頹水，坐致竹木，以溉諸郡。又穿羊摩江、灌江，西于玉女房下白沙郵作三石人，立水中，刻要江神：水竭不至足，盛不没肩，是以蜀人旱則藉以爲溉，雨則不遏其流。故記曰：水旱從人，不知饑饉，沃野千里，世號陸海，謂之天府也。郵在堰上，俗謂之都安大堰，亦曰湔堰。又謂之金隄。左思《蜀都賦》云：西踰金隄者也。朱珔曰：據云「左右口」，又云「陸海」，蓋卽賦上文所稱指渠口以爲雲門，灑澌池而爲陸澤者矣。故彼注亦引李冰造大堋之事。○《華陽國志・蜀志》曰：其大江自湔堰下至犍爲，有五津。始曰白華津，二曰里津，三曰江首津，四曰涉頭津，五曰江南津。入犍爲有漢安橋，玉津、東沮津。津亦七。《水經・江水注》曰：江水又東，至南安爲璧玉津。故左思云：東越玉津也。《太平寰宇記》曰：劍南西道，嘉州玉津縣，本漢南安縣地。隋大業中，於此置玉津縣，以江有璧玉津，故以爲名。步瀛案：南安已見上。○倫、文、紛，古音諄部。人、津、旬，真部。通轉爲韵。

蹴蹈蒙籠，涉躪寥廓。鷹犬倏眒，罻羅絡幕。

【注】倏眒，疾速也。罻羅，鳥獸網也。絡幕，施張之貌也。善曰：蒙籠，已見《南都賦》。桓譚《新論》曰：道路皆蒿草，寥廓狼籍。《子虛賦》曰：倏眒倩浰。

【疏】五臣「躪」作「獵」。吕錦文曰：「躪」卽「躐」字。《集韵》：躪，力涉切。音獵。與「躐」同。《楚辭・九歌》：凌余陣兮躐余行。注：躐，踐也。一作「躪」。是「躐」爲本字，「躪」乃俗字。由偏旁例推，如

「臘」之俗作「臈」,「擸」之俗作「擖」,皆其證也。步瀛案:《説文》無「躐」字,當依五臣作「獵」。又五臣「倏」作「儵」。尤本「倏」字從火作「倐」,亦非,今正。○五臣音胂,勝胤切。○《禮記·王制》曰:鳩化爲鷹。然後設罻羅。鄭注曰:罻,小網也。○《子虛賦》:倏眒倩浰。注引張揖曰:皆疾貌。互見彼篇。尤本本注「虛」誤作「雲」,今依六臣本。

毛羣陸離,羽族紛泊。翕響揮霍,中網林薄。

【注】毛羣,獸也。羽族,鳥也。陸離,分散也。紛泊,飛薄也。翕響揮霍,奄忽之間也。善曰:泊,匹各切。

【疏】吕延濟曰:紛泊,飛揚也。翕響揮霍,沸亂貌。皆著網於林薄之間。○毛羣、羽族,已見《西都賦》。○「善曰」以下六字依袁本、茶陵本增。○廓、幕、泊、薄,古音魚部。

屠麖麋,翦旄麈。帶文蛇,跨彫虎。

【注】皆獵之所得也。麖麋體大,故屠之。旄麈有尾,故翦之。蛇虎可畏,而帶跨之,言其勇也。《尸子》曰:中黄伯云:余左執太行之獶,而右搏彫虎。善曰:越人衣文蛇。

【疏】《爾雅·釋獸》曰:麠,大麃,牛尾。郭注曰:「麃」,即麞。《釋文》曰:「麠」本或作「麖」,同。案:《説文》:麠,大鹿也。重文作「麖」。段氏據《釋獸》改「鹿」作「麃」。《中山經》曰:尸山,其獸多麖。郭注曰:似鹿而小,黑。則段改「麃」是也。○《説文》曰:麋,鹿屬。麈,麋屬。段曰:乾隆三十一年,純皇帝目驗御園麈角,正於冬至皆解。敕改時憲書之「麋」爲「麈」。因知今所謂「麈」,正古所謂「麋」

也。步瀛案：《西山經》曰：西皇之山，其獸多麋鹿。郭注曰：麋大如小牛，鹿屬也。《中山經》曰：荆山其獸多閭麋。郭注曰：似鹿而大也。郝懿行《箋疏》謂麋當爲「麈」之譌。下文「閭麈」叠見，郭皆無注，益知此爲「麈」字之注，其説是也。《漢書·地理志》曰：粤地山多麈麖。顔師古注曰：麈似鹿而大，麖似鹿而小。《華陽國志·蜀志》曰：廣漢郡郪縣宜君山出麈尾。《埤雅》卷三曰：麈獸似鹿而大，其尾辟塵。《名苑》曰：鹿之大者曰麈，羣鹿隨之，皆視麈所往，麈尾所轉爲準。古之談者揮焉，良爲是也。朱珔曰：此殆以尾似旄牛，故稱「旄麈」。《爾雅》：麠，大麃。旄，毛狗足，亦其類矣。步瀛案：朱氏以麖、麋、麈皆鹿類，不宜以他類獸閒之。故以旄麈爲一物。然以尾言，似爲二物，亦無不可。且「旄麈」之名，他書無徵。以麠之旄毛例之，似亦非確。《北山經》曰：潘侯之山，有獸焉，其狀如牛，而四節生毛，名曰旄牛。郭注曰：今旄牛，背膝及胡尾皆有長毛。《上林賦》麈麋與獑旄等並舉，似亦無嫌不類矣。○《尸子》，互見《思玄賦》注。○胡克家曰：「善曰」下當有脱文，各本皆同，無以補之。○麈、虎，古音魚部。

志未騁，時欲晚，追輕翼，赴絶遠。出彭門之闕，馳九折之坂。經三峽之崢嶸，躡五屼之蹇產。

【注】岷山都安縣有兩山相對立如闕，號曰彭門。楊雄《蜀都賦》曰：彭門鴻屼。九折坂，在漢嘉嚴道縣邛崍山。三峽，巴東永安縣有高山相對，相去可二十丈左右。崖甚高，人謂之峽，江水過其中。五屼，山名也。一山有五重，在越嶲，當犍爲南安縣之南也。楊雄《蜀都賦》曰：五屼參差。善曰：《楚

辭》曰：下峥嶸兮無地。《子虛賦》曰：蹇産溝瀆。

【疏】尤本「産」作「滻」。六臣本校曰：五臣作「産」。步瀛案：李注引「蹇産溝瀆」，本書《上林賦》「産」字本不作「滻」，則此賦正文及注皆不作「滻」字可知。後人傳寫注中「蹇産」，因溝瀆二字水旁，「産」字遂誤作「滻」，乃并誤改正文作「滻」。六臣所校，亦據誤本而言，其實善亦作「産」也。今正。○劉良曰：言雖有所獲，猶未滿志，乃逐鳥於絶遠之處。○《晉書·地理志》：都安縣屬汶山郡。「岷」「汶」字通。《華陽國志·蜀志》曰：李冰爲蜀守，冰能知天文地理。謂汶山爲天彭門，乃至湔氐道，見兩山對如闕，因號天彭門。《水經·江水注》曰：《益州記》曰：大江泉源，卽今所聞，始發羊膊嶺，下緣崖散漫，小水百數，殆未濫觴矣。東南下百餘里，至白馬嶺，而歷天彭闕，亦謂之爲天彭谷也。秦昭王以李冰爲蜀守。冰見湔氐道有天彭山，兩山相對，其形如闕，謂之天彭門。亦曰天彭闕。江水自此已上，至微弱，所謂發源濫觴者也。江水自天彭闕東逕汶闕，而歷湔氐道北。案：《華陽志》「湔氐道」誤作「湔及縣」。《水經注》又誤作「氐道縣」。今訂改。朱珔曰：胡氏《錐指》謂《通典》彭州導江縣西有天彭闕，兩山相對如闕，州名取此。導江卽今灌縣西北，去松潘六百餘里，非《益州記》之天彭闕也。余謂《續漢志》「湔氐道」下注引《蜀王本紀》縣前有兩石對如闕，號曰彭門，與酈注合。若此注所稱，則《通典》之導江縣。導江本都安地也。但《方輿紀要》：導江廢縣，在今灌縣，縣有灌口山，引《郡志》云：縣北三十里有汶山，李冰謂之天彭門，李膺謂之天彭闕。蓋卽灌口山。又引或曰：離堆卽灌口山，《志》誤也。《錐指》亦采此或説是灌口山，非彭門矣。《紀要》又於今彭縣標彭門山，云：縣北三十里，兩峰對立，其高若闕，名天彭門，亦曰天彭闕。則又非灌縣，似與《通典》戾。竊意唐時導江縣，原屬彭州，彭門在其境。後代割置，廢縣治雖在灌縣，而彭門山乃在彭縣，犬牙相錯，一經離析，遂易其處。如今灌縣已有導江廢縣，復有青城廢縣，爲漢江原縣地，正分隸參差之證也。且《紀要》於彭門山下引《水經注》語，則是以氐道之彭門爲都安之彭門。然氐道僅江水濫觴之所，而都安則在東，别爲沱之後。故今彭縣、灌縣俱有沱江，二者不得混爲一。恐顧氏仍未免誤認。至此賦劉注不舉氐道，而舉都安。蓋以近成都者言之。彭門之名，先由氐道，而導江之彭門，特後人因其名以名之耳。步瀛案：朱説甚析。惟「氐道」當作「湔氐道」。今本《水經·江水注》作「氐道縣」者，誤也。楊守敬《水經注疏要删》曰：經、注皆脱「湔」字。觀注文敍氐道爲秦始皇置，下直接後爲昇遷縣，知本無「蜀改湔氐道爲氐道」之文。淺人不知其脱「湔」字，遂於「道」下增「縣」字。觀後《禹貢山水澤地所在》仍云岷山在湔氐道西，知此爲脱誤無疑。案：楊説是也。「湔氐道」在今松潘縣西北。○楊雄《蜀都賦》鴻屼，胡克家曰：「屼」當作「峴」，各本皆譌。步瀛案：《古文苑》作「嶋峴」。章樵注曰：嶋峴，音箕籠。未知何據。○「漢嘉」，各本誤「漢壽」，依梁氏校改。又「崃」字誤「萊」。朱珔曰：案：《水經·江水注》云：崃山，邛崃山也。在漢嘉嚴道縣。一曰新道山南有九折坂，夏則凝冰，冬則毒寒。王子陽按轡處。《續漢志》：蜀郡屬國漢嘉爲治所，嚴道縣隸焉。云有邛僰九折坂。注引《華陽國志》曰：道至險，有長嶺若棟，八渡之灘，楊母閣之峻。「若棟」，《水經注》作「弄棟」。又「邛崃山」，本名「邛筰」。故邛人、筰人界也。巖阻峻，迴曲九折，乃至山上。三國漢改蜀郡爲漢嘉郡，晉因之。故劉云：漢嘉嚴道縣。注中「壽」

字亦「嘉」字之誤。「崍」，《前志》作「來」，此誤作「萊」。而胡氏《考異》本未及。○《水經·江水注》曰：江水又東，逕魚復縣故城南，公孫述名之爲白帝，取其王色。蜀章武二年，劉備爲吴所破，改白帝爲永安，巴東郡治也。案：《三國志·蜀志·先主傳》曰：章武二年，改魚復縣曰永安。《江水注》又曰：江水又東，逕廣溪峽，斯乃三峽之首也。其閒三十里，頽巖倚木，厥勢殆交。峽中有瞿塘、黄龕二灘。又曰：江水又東，逕巫峽，歷峽東逕新崩灘，其閒首尾百六十里，謂之巫峽。蓋因山爲名也。自三峽七百里中，兩岸連山，略無闕處。重巖疊嶂，隱天蔽日。自非停午夜分，不見曦月。至于夏水襄陵，沿泝阻絶，或王命急宣，有時朝發白帝，暮到江陵。其閒千二百里，雖乘奔御風，不以疾也。春冬之時，則素湍緑潭，迴清倒影。絶巘多生怪柏，縣泉瀑布，飛漱其閒。清榮峻茂，良多趣味。每至晴初霜旦，林寒澗肅，常有高猿長嘯，屬引凄異，空谷傳響，哀轉久絶。故漁者歌曰：「巴東三峽巫峽長，猿鳴三聲淚沾裳。」又曰：江水又東，逕西陵峽。《宜都記》曰：自黄牛灘東入西陵界，至峽口百許里，山水紆曲，而兩岸高山重障，非日中夜半，不見日月。所謂三峽，此其一也。是酈氏以廣溪、巫峽、西陵爲巴東三峽。與劉意合。王應麟《小學紺珠》從之。《方輿紀要》卷七十五曰：三峽者，一爲廣溪峽，卽瞿塘峽也。在四川夔州府奉節縣東三里。一爲巫峽，在夔州府巫山縣東三十里，因山爲名。一爲西陵峽，在荆州府夷陵州西二十五里，峽長二十里。顧説卽本《水經注》。《清統志》言廣溪峽在奉節縣東十三里。夷陵州，今改宜昌縣，屬湖北。言三峽者，當以此爲據。此外有以明月、廣德、東突爲三峽者。《藝文類聚·地部》、《太平御覽·地部》十八並引庾仲雍《荆州記》曰：巴陵，楚之世有三峽，明月峽、廣德峽、東突峽。卽今之巫峽、秭歸峽、歸峽是也。有以明月、仙山、廣澤爲三峽者。《御覽》又引《峽程記》曰："三峽者：卽明月峽、仙山峽、廣澤峽。其有瞿塘、灎澦、鷰子、屏風之類，皆不與三峽之數，是也。《太平寰宇記》卷八十八引同。有以西峽、巫峽、歸峽爲三峽者。《太平寰宇記》卷一百四十八曰："三峽山，謂西峽、巫峽、歸峽。俗云「巴東三峽巫峽長，清猿三聲淚沾裳」是也。有以巴峽、明月、巫峽爲三峽者。見《分類補注李太白詩》卷八《峨眉山月歌》楊齊賢注。有以瞿塘、巫山、黄牛爲三峽者。見《分門集注杜工部詩》卷四《夔州歌》王洙注。有以西陵、巫峽、歸峽爲三峽者，見宋肇《三峽堂記》。而郝郊《入蜀記》、《明一統志》皆同此説。或謂三峽之名有二，或以瞿塘、灎澦、巫山爲三峽，或云荆州之明月、黄牛、西陵爲三峽。見曹學佺《名勝志》。而查慎行注蘇子瞻《荆州詩》亦從其説。其餘尚難悉數。王琦《李太白集注》曰："據古歌「巴東三峽」一語推之，知古之所謂三峽者，皆在巴東。大抵起自夔州府奉節、巫山二縣之東，達于歸州夷陵州之西，凡六七百里，水極險迅，在巫山下者爲巫峽，巫峽之上爲廣溪峽，巫峽之下爲西陵峽。過西陵峽則水漫爲平流，而險始平矣。朱琦曰：《蜀輶日記》云："王洙瞿塘、巫山、黄牛之説近是。今自夔府東至宜昌將六百里，奇險盡在其間。蓋自灎澦堆至虎鬚灘，統名瞿塘峽。一名廣溪峽。卽夔峽也。自空亡沱至門扇峽，統名巫峽。其尾盡於巴東，故又曰巴峽也。自兵書峽至平善壩，統名西陵峽。其峽起於歸州，而翹於黄牛，訖於扇子，故又曰歸鄉峽、黄牛峽、扇子峽也。諸説紛紛，斷以夔峽、巫峽、西陵峽爲三峽。因親歷目擊其阻且長者，有此三處。此説合之酈注及《紀要》所稱略同，而更詳晰，故附載之。至

《水道提綱》謂巴東縣之萬流驛南，又東八十里，經門扇、東奔、破石三灘，至巴東縣城北，曰巴東三峽。又宜昌府境，山峽曲曲，有馬肝、白狗、空舲三峽，尤險。又自歸州東之三峽，東南至下牢，夾江爲險，有西陵、明月、黄牛三峽。皆隨地立名，非總計其形勢也。○朱珔曰：《續漢志》犍爲郡南安下注引此注，「五重」作「五里」，字之誤也。《嘉定府志》：五岏山在峨眉縣西南，近越巂，當漢南安縣之南。楊雄《蜀都賦》五岏參差，正與此同。○《楚辭》，見《遠游》。今本作「下峥嶸而無地兮」，「兮」字不在句中。○「子虚」當作「上林」。本書《上林賦》注引張揖曰：蹇産，詰曲也。朱珔曰：此言山，當作「巙嵼」。《廣韻》云：巙嵼，山屈曲貌。東方朔《七諫》望高山之巙嵼，正合山有五重之意。或亦省偏旁，《西京賦》：珍臺蹇産以極壯。善所引見《上林賦》，「産」不從「水」。步瀛案：《離騷》曰：望瑶臺之偃蹇兮。王逸注曰：偃蹇，高貌。偃蹇不得加山旁。「蹇産」與「偃蹇」同。後人加「山」旁，俗字耳。朱説省偏旁作「蹇産」，恐未是。○晚、遠、坂、産，古音元部。

戟食鐵之獸，射噬毒之鹿。皛貙氓於蕿草，彈言鳥於森木。

【注】貊獸毛黑白臆，似熊而小，以舌舐鐵，須臾便數十斤。出建寧郡也。有神鹿兩頭，主食毒草，名之食毒鹿。出雲南郡。此二事魏宏《南中志》所記也。《易》曰：噬腊肉，遇毒。貙氓，謂貙人也。言鳥，鵾鶵之屬。皆出南中。文立《蜀都賦》：虎豹之人。善曰：《方言》曰：噬，食也。《博物志》曰：江漢有貙人，能化爲虎。「皛」當爲「拍」。《説文》曰：拍，拊也。皛，胡了切。拍，普格切。貙，丑于切。《漢書音義》曰：蕿，盛貌也。於堯切。

【疏】五臣「皛」作「拍」。李周翰曰：戟，刺也。拍，打也。案：作「拍」是。○《爾雅・釋獸》：白貘，白豹。郭注曰：似熊，小頭庳脚，黑白駁，能舐食銅鐵及竹骨。骨節强直，中實少髓。皮辟溼。郝懿行曰：《說文》：貘似熊而黄黑色，出蜀中。《釋文》引《字林》云：似熊而白黄，出蜀郡。《周書・王會篇》云：不令支玄貘。是貘兼黑、白、黄三色。《神異經》云：南方有獸，名曰齧鐵，其糞可爲兵器，毛黑如漆。按此卽《王會》所云玄貘者也。《白帖》引《廣志》云：貘，大如驢，色蒼白，舐鐵，消千斤。其皮温煗。《後漢・西南夷傳》：哀牢夷出貊獸。李賢注引《南中八郡志》云：貊大如驢，狀頗似熊，多力，食鐵，所觸無不拉。郭注《中山經》崍山云：邛來山出𤞑，𤞑似熊，而黑白駁，亦食銅鐵。然則「𤞑」與「貊」、「貘」與「貘」，並字異而音同。○《華陽志・南中志》曰：建寧郡，味縣郡治。案：晉味縣，今雲南寧縣西。○《華陽志・南中志》曰：雲南郡，有熊倉山，上有神鹿，一身兩頭，食毒草。又曰：雲南縣郡治。《後漢書・西南夷傳》曰：雲南縣有神鹿，兩頭，能食毒草。案：晉雲南縣，今雲南縣南。○「魏宏」，尤本誤作「魏完」，今依袁本、茶陵本。案：魏宏《志》無考。章宗源輯入《南中八郡志》後，當卽一書。○《易》，見《噬嗑・六二爻詞》。○《禮記・曲禮》上曰：鸚鵡能言，不離飛鳥。《魏志・王朗傳》裴注引《魏略》：王朗啓曰：牙獸屈膝，言鳥告歡。○注「文立《蜀都賦》虎豹之人」。胡克家曰：袁本、茶陵本無「立」至「人」八字。茶陵本「文」作「又」。袁本亦作「文」，皆與下注「鏺鬪」相接連。尤分節不當有「又」，蓋并衍也。晉有文立，劉並時人，决非所引。尤添甚誤。許巽行曰：《華陽國志》曰：文立字廣休，巴郡人。箸詩賦數十篇。步瀛案：《華陽志》，見《後賢志》。文立又見《晉書・儒林傳》。立自蜀尚書入晉，其行輩在左、劉之前。引文證左，有何不可。胡謂決非劉引，爲尤所添，恐不然矣。劉引譙周《異物志》，胡氏不以爲嫌，何獨於文立而疑之耶。○《方言》，見卷十二。○《博物志》，《御覽·妖異都》四引同。下云：「俗云：貙虎化爲人，好著葛衣，其足無踵，有五指者，皆貙也。越皇國之老者，時化爲虎，寧州南見有此物。」○《說文》，見《手部》。字作「搯」。此上尤本無「皛當爲拍」四字。下無「皛胡了切」至「貙丑于切」十二字。胡克家曰：袁本、茶陵本有，此善注之斷不容割裂者。尤誤甚矣。段玉裁曰：《說文》：皛，顯也。《倉頡篇》曰：皛，明也。太沖用此字，亦是明顯之意。貙人能化爲虎，幽怪難識，令不得遁其形也。改爲「拍」，非是。胡紹煐曰：按：《廣韻》：拍，打也。普伯切。「皛」亦打，出《蜀都賦》據許，則「皛」「拍」音義各異。《廣韻》以爲一字。步瀛案：《倉頡篇》見本書潘安仁《關中詩》注引。《廣雅·釋詁》三曰：搯，擊也。《釋言》曰：搯，搏也。「拍」與「搯」同。此賦當以作「拍」爲是。如段氏說，於字作「皛」而訓爲「顯」，與上下「戟」「射」「彈」三字皆不稱矣。《廣韻》合「皛」「拍」爲一字，亦非。○尤本「盛貌」下無「也」字。依袁本、茶陵本增。《漢書·禮樂志》《安世房中歌》：豐草萋。注引孟康曰：萋，盛貌也。本注引《音義》即此。○「於堯切」三字，亦依袁本、茶陵增。

拔象齒，戾犀角。鳥鎩翮，獸廢足。

【注】鎩翮不能飛，廢足不能行也。善曰：《淮南子》曰：飛鳥鎩羽，走獸廢足。許慎曰：鎩，殘也。

【疏】「戾」，「盭」之借字。《說文·弦部》曰：盭，弼戾也。从弦省，从盭。盭，了戾之也。案：此從段改。○《淮南子》高注本《俶真篇》「鎩羽」作「鎩翼」。《覽冥篇》同。《俶真篇》「廢足」作「擠脚」，《覽冥》

作《廢脚》。陶方琦《許注異同詁》以作「羽」作「足」爲許本，作「翼」作「脚」爲高本。今考本書顔延年《五君詠·嵇中散》謝宣遠《於安城荅靈運》、江文通《雜體詩鮑參軍·戎行》各注引《淮南》皆作「鎩羽」，下即連引許注。惟玄應《一切經音義》卷五引《淮南子》作「鎩翼」，下引許叔重曰：「鎩羽而飛」仍作「鎩羽」。則許注本爲「羽」字信矣。而下句則無他證。慧琳《一切經音義》八十三引上句作「鎩翮」。翮字蓋涉《玄奘法師傳》本文而誤。下句引作「廢脚」，則不能定爲許爲高也。又《五君詠》、《荅靈運》、《雜體詩》注引許注皆作「鎩，殘羽也」。《辨命論》注引作「鎩羽，殘羽也」。陶方琦謂本注敚二「羽」字，當从《辨命論》引。○鹿、木、角、足，古音侯部。○以上田獵。

殆而揭來，相與弟如滇池，集于江洲。試水客，艤輕舟。娉江婓，與神遊。

【注】揭，去也。弟，且也。《相如傳》曰：弟如臨邛。譙周《異物志》曰：滇池在建寧界，有大澤，水周二百餘里。水乍深廣，乍淺狹，似如倒池。故俗云滇池。江州，在巴郡。楊雄《蜀都賦》曰：分川並注，合乎江州。滇池、江洲非一處也。今連之者，説或有在滇池時，或有在江洲時，無有常也。應劭曰：艤，正也。一曰：南方俗謂正船向濟處爲艤。《項羽傳》曰：烏江亭長艤船待羽。江婓二女遊於江濱，逢鄭交甫挑之，不知其神女也。遂解珮與之。交甫悦，受珮而去，數十步，空懷無珮，女亦不見。語在《列仙傳》。善曰：艤音蟻。

【疏】尤本「弟」作「第」。孫志祖曰：案：《史記·五帝紀贊》：顧弟勿深考。徐廣注：弟，但也。引此賦云：弟如滇池。不詳者多以爲字誤。然則今本作「第」，殆後人所改。胡克家曰：袁本「第」作「弟」，茶陵本亦作「第」。案：袁、五臣注中作「弟」，劉注中作「第」，仍不著校語。「第」即「弟」俗字。似劉亦作「弟」，但傳寫作「第」耳。袁所見五臣本不誤。茶陵所見，亦改爲「第」矣。○孫志祖曰：《子虛賦》：怠而後發。「殆」、「怠」通字。○《説文》曰：揭，去也。《楚辭・九辯》王逸注、《廣雅・釋詁》二並同。段玉裁曰：《思玄賦》舊注、劉逵《蜀都賦》注皆同。古人文章多云「揭來」，猶「往來」也。桂馥曰：《淮南・説山訓》：以束薪爲鬼，揭而走。高注：夜行見束薪，以爲鬼，故去而走。步瀛案：「揭」訓爲「去」，本賦當從之。「揭」有借爲「𧼨」字者，《詩・衛風》：伯兮揭兮。毛傳曰：揭，武貌。《説文》曰：趌、𧼨，怒走也。知「揭」爲「𧼨」之借字也。有借爲「曷」字者，《吕氏春秋・貴因篇》：膠鬲曰：西伯揭去。高注曰：揭，何也。《説文》曰：曷，何也。知「揭」爲「曷」之借字也。《丹鉛總録》卷二十一以「盍來」釋「揭來」，失之。然本賦「揭來」亦不得釋爲「何來」也。《通雅》卷四引鄭氏曰：揭，忽也。「忽」與「揭」同韻。不知「揭」古音祭部，「忽」古音脂部。雖可通轉，並非同韻。《廣韻》「忽」在《十一没》，「揭」在《十七薛》，亦不同韻。且此賦釋「揭來」爲「忽來」，尤不合。張氏雲璈取之，謬矣。○注中二「弟」字，各本作「第」，亦依前説校改。胡紹煐曰：今《史記・相如傳》弟如臨邛，亦改爲「第」。《索隱》引文穎曰：「第，且也」，同。惟《漢書》作「弟」，不誤。○《漢書・地理志》益州郡滇池下原注曰：滇池澤在西北。《説文》曰：滇，益州池也。《華陽志・南中志》曰：晉寧郡滇池縣，郡治故滇國也。有澤水，周圍二百里，所出深廣，下流淺狹，如倒流。故曰滇池。《水經・温水注》曰：温水逕味縣，又西南，逕滇池城。池在縣西，周三百許里。上源深廣，下流淺狹，似如倒流，故曰滇池。案：「倒流」，朱謀㙔本作「倒池」。箋曰：當作「倒流」。本注引《異物志》「倒池」二字，疑亦「倒流」之誤。王先謙《漢書補注》曰：阮福云：《上林賦》：文成顛歌。文穎注：顛縣，其人能作西南夷歌。「顛」與「滇」同。然則武帝前滇池縣，本作「顛池縣」，後人因「池」加水爲「滇」耳。滇池讀作顛池，以顛爲義。《説文》：顛，頂也。言益州各水四面下注於卑地，此縣之地與池，獨居高頂。如金沙江在滇池東北，流至普渡河，因顛高不能南注，折往東北，入四川敘州矣。瀾滄江在金沙江之西，因顛高不能東注，卽往正南，入南掌國界矣。南盤江因顛高不能北注，而東行入廣西矣。車洪江因顛高不能西注，亦東北入金沙江矣。皆因滇池居地高顛之故也。不當以「顛倒」爲義。吾友袁樹五《滇繹》曰：滇，顛也。言最高之頂也。《説文》：天，顛也。人之高頂爲顛，頂之最高爲天。諺曰：一日上一丈，雲南在天上。莊蹻由楚沅水泝流而南，及最高境，因號曰滇池。步瀛案：阮、袁二説甚是。但倒流之説，其來已古。昔人據所見命名，未必盡碻，似亦無庸多辯也。○《蜀都賦》、《古文苑》章注本「洲」作「州」。章曰：江州，縣名。在巴郡。衆水至此而會合。步瀛案：《爾雅・釋水》曰：水中可居者曰州。《説文》同。「洲」乃俗字。《漢書・地理志》：江州屬巴郡。《巴志》曰：江州縣，巴郡治。《水經・江水注》曰：江州縣，故巴子之都也。秦置巴郡，治江州。《清統志》曰：四川重慶府，江州故城今巴縣西。○《史記・項羽本紀》、《漢書・項籍傳》「艤」作「檥」。《集解》引應劭曰：檥，正也。孟康曰：檥音蟻，附也。附船著岸也。如淳曰：南方人謂整船向岸曰「檥」。《漢書》注引如淳同。「整」「正」字通。本注各本「向」誤作「迴」，今依胡氏校改。又《項羽紀》《索隱》曰：「檥」字，鄒誕生本作「漾」，以尚反。劉氏亦有此音。錢大昕《廿二史攷異》謂當從鄒氏本作「樣」，與「漾」同。步瀛案：《説文》曰：檥，榦也。段曰：《釋詁》曰：楨翰，儀榦也。許所據《爾雅》作「檥也」。人儀表曰「榦」，木所立表亦爲「榦」，其義一也。檥船者，若今小船，兩頭植篙爲系也。郝懿行曰：儀者，檥之借音也。應劭曰：檥，正也。然則「檥」亦爲「正」，「正」亦爲「榦」，與《爾雅》合矣。《廣韵・四紙》云：「檥」同「艤」。「艤」字亦俗。胡紹煐曰：「正船」即「整船」。《説文》：檥，幹也。「幹」亦正也。《易・蠱・九二》：幹父之蠱。虞翻曰：幹，正也。「艤」與「檥」同。整舟謂之「艤」，猶整「輿」謂之「轙」。《漢書・禮樂志》：象輿轙。如淳曰：轙，僕人嚴駕待發之意也。步瀛案：郝、胡説是。《漢書》顏注不取作「檥」字之説。庾子山《哀江南賦》曰：艤烏江而不渡。又《連珠》曰：烏江艤楫，知無家可歸。「艤」雖俗字，然可見劉淵林、庾子山所見《史記》本皆不作「檥」也。錢氏偏信鄒氏本，恐非。〇《説文》曰：娉，問也。斐，醜也。此用爲「妃」之借字。《北堂書鈔・衣冠部》中、《藝文類聚・靈異部》上、《初學記・器物部》、《太平御覽・服章部》九、《珍寶部》二、《太平廣記・女仙部》四、《事類賦・寶貨部》一引《列仙傳》互有異同。《雲笈七籤》所載《列仙傳》無「江妃」，蓋非全本。王謨、王照圓輯本，並依《類聚》作「江妃二女」，而《書鈔》、《初學》、《御覽・服章部》並作「江濱二女」。餘見《南都賦》。〇「善曰」以下五字，依袁本、茶陵本增。

罨翡翠，釣鰋鮋，下高鵠，出潛虯。

【注】鰋鮋，魚名。

【疏】五臣「罨」音「奄」。張銑曰：罨，網也。鴻鵠飛高，故射下之。虯龍在水，故釣出之。步瀛案：《説文》曰：罨，罕也。翡翠、鵠已見《西都賦》。鰋鮋已見《西京賦》，蚪見《南都賦》「伏螭」下。

吹洞簫，發櫂謳。感鱏魚，動陽侯。

【注】洞簫，長簫無底也。王褒所頌者也。漢元帝能吹洞簫。櫂謳，鼓櫂而歌也。鱏魚出江中，頭與身正半，口在腹下。《淮南子》曰：瓠巴鼓琴，鱏魚出聽。善曰：櫂謳，已見《西都賦》。陽侯，已見《南都賦》。

【疏】五臣「鱏」音「尋」。○洞簫，互見本書王子淵《洞簫賦》。注云：王褒所頌者，古人「賦」亦通謂之「頌」。如馬季長《長笛賦序》云「作《長笛頌》」是也。漢元帝能吹洞簫，見《漢書·元帝紀贊》。○朱珔曰：注引《淮南子》見《説山訓》。今作「瓠巴鼓瑟而淫魚出聽」。《荀子·勸學篇》：「瓠巴鼓瑟而沈魚出聽」。《説文》則引「《傳》曰：伯牙鼓琴，鱏魚出聽」。參差不合，其作「淫」作「沈」又或作「潛」者，皆音相近也。「鱏魚」已附見《西京賦》「鱣鯉」下。此注云：鱏魚頭與身正半，口在腹下。陸璣《詩疏》説「鮪」正與此同。郭璞謂「鮪」即「鱏」也。而《説文》「鮪」與「鱏」劃分異處。蓋不以爲一物矣。步瀛案：《淮南·説山篇》高誘注曰：淫魚長頭，與身相半，長丈餘，鼻正白，身正黑，口在頷下，似鬲獄魚，而身無鱗，出江中也。與劉注合，而較劉爲詳。陶方琦曰：許本作「鱏魚」，高本作「淫魚」。《説文·魚部》鱏下引「《傳》曰」，定是《淮南》。如《鬼部》引《淮南傳》曰「越人𩲡，吴人鬼」之例。此敓「《淮南》」二字。攷《蜀志·郤正傳注》及《文選·蜀都賦注》並引《淮南》作「鱏魚」，即許本也。《論衡》亦作「鱏魚」，左思《蜀都賦》亦作「感鱏魚」，皆用《淮南》。許本、高本作「淫魚」，與《韓詩外傳》同。《文選·洞簫賦》注引《淮南》作「淫魚」，高本也。其外《荀子》作「流魚」，《大戴禮》作「沈魚」，皆由聲近得通。馬融《長笛賦》：鱏魚喁於水次。馬曾注《淮南》本與許同。步瀛案：《荀子・勸學篇》今本作「流魚」，與朱引異。《大戴禮・勸學篇》作「沈魚」。朱或據改。與盧文弨意同。《韓詩外傳》六作「潛魚」，與陶引異。又《論衡・率性篇》作「潭魚」，《感虛篇》作「淵魚」，而陶及盧文弨校《荀子》引皆作「鱏魚」，殆所見本不同也。

騰波沸涌，珠貝氾浮。若雲漢含星，而光耀洪流。

【注】《管子》曰：若江湖之人，求珠貝者不舍也。言魚駭波動，珠貝浮見也。善曰：《相貝經》曰：素質紅裏，謂之珠貝。

【疏】五臣「氾」作「沈」。〇《管子》，見《侈靡篇》。「人」作「大」，「舍」作「令」。〇《相貝經》，《藝文類聚・寶玉部》下、《御覽・珍寶部》六引「裏」作「黑」，《類聚》「珠」作「朱」，當是。此注「珠」字蓋涉上「珠貝」而誤。〇州、舟、遊、紬、虯、浮、流，古音幽部。謳、侯，侯部。通轉爲韵。

將饗獠者，張帟幕，會平原，酌清酤，割芳鮮。飲御酣，賓旅旋。車馬雷駭，轟轟闐闐。若風流雨散，漫乎數百里閒。

【注】獠，獵也。帟，平帳也。《周禮》曰：田則張幕設帟。《月令》曰：躬耕帝籍，反乃執爵，命曰勞酒。言以宴群臣也。鮮，新殺者也。一曰，生肉也。善曰：《詩》曰：既載清酤。毛萇曰：酤，酒也。音户。

【疏】五臣「清」作「醪」。王念孫曰：「醪酤」與「芳鮮」相對爲文，則作「醪」者是也。今本作「清酤」者，後人以李注引《詩》「既載清酤」而改之耳。不知李注自解「酤」字，非兼解「清酤」二字。其「醪」字已見《南都賦》，故不重注也。《北堂書鈔·飲食部》八引此正作「酌醪酤」。胡克家曰：袁本、茶陵本「閒」上有「之」字。案：此似善、五臣之異也。今無以考之。○獠，獵也。見《説文》。《子虛賦》曰：將息獠者。○《周禮》，見《天官·掌次》。案：《幕人》掌帷幕幄帟綬之事。鄭注曰：在旁曰帷，在上曰幕，幕或在地，展陳于上。帷幕皆以布爲之，四合，象宫室，曰幄，王所居之帳也。鄭司農云：帟，平帳也。綬，組綬，所以繫帷也。玄謂「帟」王在幕若幄中，坐上承塵幄帟，皆以繒爲之。凡四物者，以綬連繫焉。賈疏曰：鄭司農云：帟，平帳。後鄭不從者，見下。王喪張帟三重之等，皆據承塵，又幄已是帳，又言帟，明「帟」非帳也。孫詒讓曰：《廣雅·釋器》云：帟，帳也。平帳者謂平施於人上，異於幄幕等爲穹隆下覆之帳也。《檀弓》注云：帟，幕之小者，所以承塵。《釋名·釋牀帳》云：小幕曰帟。張於人上，奕奕然也。又云：承塵施於上，以承塵土也。案：承塵，卽平帳，以其平施於坐上，則謂之平帳；以其承塵土，則謂之承塵。後鄭此説卽增成先鄭之義。《玉篇·巾部》云：帟，平帳也。又承塵也。分爲二義，非。賈疏謂後鄭不從先鄭平帳義，亦誤。○注引《月令》「籍」當作「藉」。阮元刻《禮記注疏》本，作「藉」。《校勘記》謂宋監本、岳本、嘉靖本、惠棟校宋本、衛氏《集説》本皆同。閩、監、毛誤「籍」。《釋文》「出帝藉」，《石經》字亦作「藉」。步瀛案：本字作「耤」。「藉」，借字。又案：《月令》曰：反執爵于大寢，三公九卿諸侯大夫皆御，命曰勞酒。鄭注曰：既耕而宴飲，以勞羣臣也。御，侍也。劉注本此。似應引「王、公、九卿、諸侯、大夫皆御」句，而飲御之意方顯。或有敚字。○《儀禮·既夕》鄭注曰：鮮，新殺者。《周禮·庖人》注曰：鮮，謂生肉。○「善曰」下，各本脱「《詩曰》」二字，依陳氏校增。「毛萇」下，尤本有「詩」字。胡克家曰：袁本、茶陵本無「詩」字，今删。「音户」二字亦依二本增。○原、鮮、旋、閒，古音乾部。闐，真部。通轉爲韵。○以上舟游。

斯蓋宅土之所安樂，觀聽之所踴躍也，焉獨三川爲世朝市。若乃卓犖奇譎，倜儻罔已，一經神怪，一緯人理。遠則岷山之精，上爲井絡。天帝運期而會昌，景福肸蠁而興作。碧出萇弘之血，鳥生杜宇之魄。妄變化而非常，羌見偉於疇昔。

【注】張儀曰：争名者於朝，争利者於市。今三川、周室，天下之朝市也。《河圖括地象》曰：岷山之地，上爲井絡。帝以會昌，神以建福。上爲天井，言岷山之地上爲東井維絡。岷山之精，上爲天之井星也。昌，慶也。言天帝於此會慶建福也。莊周曰：萇弘死於蜀，藏其血，三年化爲碧。《蜀記》曰：昔有人姓杜名宇，王蜀，號曰望帝。宇死，俗説云宇化爲子規。子規，鳥名也。蜀人聞子規鳴，皆曰望帝也。善曰：《尚書》曰：降丘宅土。劉向《雅琴賦》曰：觀聽之所至，乃知其美也。《漢書音義》：韋昭曰：有河洛伊，故曰三川。《上林賦》曰：肸蠁布寫。

【疏】《三國·蜀志·秦宓傳》裴注引此賦「帝」作「地」，五臣「羌」作「嗟」，皆非是。胡紹煐曰：羌，發聲。偉，美也。言見美於疇昔。步瀛案：《禮記·檀弓上》：疇昔之夜。鄭注曰：疇，發聲也。昔，前也。○張儀語，見《秦策》一。高誘注曰：三川，宜陽也。又見《史記·張儀傳》。何焯曰：三川，謂魏都。張儀曰：親魏善楚，下兵三川。步瀛案：《史記·秦本紀》曰：初置三川郡。《集解》引韋昭曰：有河洛伊，故曰三川。裴駰曰：《地理志》：漢高祖更名河南郡。案：漢河南郡，治洛陽。《魏志・文帝紀》曰：黄初二年十二月，初營洛陽宫。故何氏謂三川爲魏都也。然何氏引張儀語，卽劉注所引之上文，此三川則當指宜陽。下文云：攻韓，劫天子。又云：韓自知亡三川。則三川爲韓宜陽無疑。《漢書・地理志》：宜陽縣屬弘農，故城在今河南宜陽縣十五里。但張儀所言「三川」，雖指宜陽，而三川之地甚廣，實不獨宜陽。程恩澤《國策地名考》曰：其始本以河、洛、伊三水得稱，後乃以水名爲地名。或指洛州，或指宜陽，總不外此三水之間。是何氏以三川爲魏都，説亦可通。○胡克家曰：注「《河圖括地象》曰：岷山之地」，案：「地」當作「精」，各本皆誤。《水經・江水注》引作「精也」。步瀛案：本書《江賦》注及《三國・蜀志・秦宓傳》注引《括地象》皆作「岷山之地」。「地」字殆非誤。特與酈善長所見本不同。《華陽志・蜀志》引作「岷山之下爲井絡」，則誤也。胡又曰：注言「岷山之地，上爲東井維絡。岷山之精，上爲天之井星」也，袁本、茶陵本無「絡」字。案：此注各本皆有誤，今無以訂之。○《莊子》，見《外物篇》。《御覽・珍寶部》八引司馬彪注曰：萇弘忠而流，故其血不朽，而化爲碧。成玄英《莊子疏》曰：碧，玉也。萇弘遭譖，被放歸蜀，自恨忠而遭譖，遂刳腸而死。蜀人感之，以匱盛其血，三年而化爲碧玉，乃精誠之至也。又《胠篋篇》曰：萇弘胣。《釋文》曰：崔云：胣，裂也。《淮南子》曰：萇弘鈹裂而死。司馬云：胣，剔也。萇弘，周靈王賢臣也。案《左傳》，是周景王、敬王之大夫。魯哀公三年六月，周人殺萇弘。一云：刳腸曰胣。《韓非子・難言篇》曰：萇弘分胣。又《内儲説下》曰：叔向之讒萇弘也，爲書曰：萇弘謂叔向曰：「子爲我謂晉君，所與君期者，時可矣，何不亟以兵來。」因佯遺其書周君之庭，而急去行。周以萇弘爲賣周也，乃誅萇弘而殺之。又見《説苑·權謀篇》。是成玄英所言遭讒刳腸，皆有所本。惟云被放歸蜀，似第就《莊子》之言而衍成之。《續漢書·郡國志》：河南尹雒陽，劉昭注引《皇覽》曰：縣東北山萇弘冢。是不死於蜀矣。莊生寓言，固未可泥也。《呂氏春秋·必已篇》曰：萇弘死，藏其血，三年而爲碧。亦不言死蜀。高誘注曰：萇弘，周敬王大夫，號知天道。欲城成周，支天之所壞，故衛奚知其不得没也。及范吉射、荀寅叛其君，萇弘與知之。周劉氏、范氏世爲婚姻。萇弘事劉文公，故周人與范氏。晉人讓周，周爲之殺萇弘，不當其罪。故血三年而爲碧也。案：高注依《左傳》爲説，故與《韓非子》、《説苑》異。又「衛奚」，當卽昭三十二年「衛彪傒」。《淮南子·氾論篇》曰：昔者萇弘周室之執數者也，天地之氣，日月之行，風雨之變，律曆之數，無所不通，然而不能自知鈹裂而死。高注亦依《左傳》爲説，與《呂覽》注略同。今本「鈹裂」作「車裂」。王念孫據《莊子·胠篋篇》《釋文》引校正，是也。今從之。要之，萇弘死蜀之説，雖不可信。然既出《莊子》，辭賦家相承用之，亦無庸深辨。《太平寰宇記》曰：劍南西道，資州資陽縣，萇弘祠。弘無辜受戮，死而血碧，故後人立祠以祀之。殆亦本《莊子》之言也。蓋周末神怪之説，已往往託於萇弘。《史記·天官書》曰：昔之傳天數者，周室史佚、萇弘。又《封禪書》曰：萇弘以方事周靈王，諸侯莫朝周，周力少。萇弘乃明鬼神事，設射貍首。貍首者，諸侯之不來者。依物怪，欲以致諸侯。諸侯不從。晉人執殺萇弘。周人之言方怪者，自萇弘。梁玉繩《史紀志疑》以與《左傳》不合，謂《郊祀志》「晉人殺萇弘」上有「周室愈微，後二世，至敬王時」十一字。疑此或脱，恐未必然。此蓋班孟堅改史文以求合《左傳》者。然射諸侯不來者之事，究非《左傳》所有也。《郊祀志》又載谷永説成帝曰：昔周室萇弘，欲以鬼神之術，輔尊靈王，會朝諸侯。與《史記》同。《藝文志》兵家陰陽，有《萇弘》十五篇。疑亦後人所託。至《拾遺記》卷三所載，萇弘爲周靈王招致神仙，及殺之，流血成石，或言成碧，不見其尸。則小説家神怪之談，更不足道矣。○《太平寰宇記》劍南東西道，皆屢引《蜀記》。而東道梓州玄武縣，兩引李膺《蜀記》，鹽亭縣一引李膺《蜀記》，是《蜀記》爲李膺撰。然錦州彰明縣李膺墓下，但云撰《益州記》三卷，不言撰《蜀記》。疑「《蜀記》」即在《益州記》中。如《華陽國志》之有《巴志》、《蜀志》等也。劍南西道戎州，江南西道涪州，東道渝州。《太平御覽·布帛部》六皆引段氏《蜀記》，而《寰宇記》山南東道忠州，「土産」下注又引作段氏《遊蜀記》。此注所引未知何屬也。《後漢書·張衡傳》李賢注引楊雄《蜀王本紀》曰：荆人鼈令死，其尸流亡，隨江水上至成都，見蜀王杜宇。杜宇立以爲相。杜宇號望帝，自以爲德不如鼈令，以其國禪之，號開明帝。下至五代，有開明尚始，去帝號，復稱王也。本書《思玄賦》李注亦引之。見後。又：《御覽·妖異部·四》引《蜀王本紀》曰：望帝積百餘歲，荆有一人名鼈靈，其尸亡去，荆人求之不得。鼈靈尸至蜀，復生。蜀王以爲相。時玉山出水，若堯之洪水。望帝不能治水，使鼈靈決玉山，民得陸處。鼈靈治水去後，望帝與其妻通。帝自以德薄，不如鼈靈，委國授鼈靈而去。如堯之禪舜。鼈靈即位，號曰開明。又《羽族部》十引《蜀王本紀》曰：望帝去時子搗鳴，故蜀人悲子搗鳴而思望帝。望帝，杜宇也。《説文·隹部》「巂」下曰：一曰：蜀王望帝婬其相妻，慙亡去，爲子巂鳥。故蜀人聞子巂鳴，皆起曰：是望帝也。《華陽志·蜀志》曰：望帝禪位于開明帝，升西山隱焉。

時適二月，子鵑鳥鳴。故蜀人悲子鵑鳥鳴也。案：姚寬《西溪叢語》據此辨化鳥之説爲非。然古代神話，往往類此，不足異也。至「鼈靈」卽「鼈令」。《江水注》引來敏《本蜀論》作「鼈令」，《太平寰宇記》劍南西道益州，又作「鼈泠」，並同。《廣雅·釋鳥》曰：鷤鴂，鵜鴂，子鴂也。案：子鴂、子巂、子鴂、子規，並同，其異文異名甚多。詳見王氏《疏證》，今不復録。蔡夢弼《杜工部草堂詩箋》卷十九《杜鵑行》引《華陽風俗録》曰：鳥有杜鵑者，其大如鵲而羽烏，聲哀而吻有血。又引《成都記》曰：望帝死，其魂化爲鳥，名曰杜鵑，亦曰子規。○「降丘宅土」上各本無「《尚書》曰」三字。今依何氏，陳氏校增。○《雅琴賦》，本書《歸田賦》、《琴賦》、傅長虞《贈何劭、王濟詩》、謝靈運《七里瀨詩》、《古詩十九首》、《七命》注皆引之。但非本《注》所引二句。○韋昭注，《漢書·高帝紀》顔注引同。○朱珔曰：善注引《上林賦》「饗」當爲「蠁」字之誤也。本書《上林賦》及《甘泉賦》「肸蠁豐融」皆「蠁」字。《史記》、《漢書》同。《説文·十部》「肸」字云：肸蠁，布也。段本「蠁」改「蠁」。據善注：《甘泉》《上林》兩引並然。段云：《虫部》蠁，知聲蟲也。肸蠁者，如知聲之蟲，一時雲集也。「蠁」之重文爲「蚼」。《春秋》羊舌肸，字叔向。向讀上聲。「向」者，「蚼」之省也。知「肸蠁」之語甚古。又《廣雅》：土蛹，蠁蟲也。王氏《疏證》云：《説文》：禹，蟲也，象形。《玉篇》：蠁，禹蟲也。蓋「蠁」之言響也。知聲之名也。「禹」之言「聥」也。亦知聲之名也。《説文》：聥，張耳有所聞，是其義矣。余謂「蠁」既以聲響爲義，故或作「響」。「肸蠁」當卽「響應」之意。「肸」亦或作「翕」，同音通用。《一切經音義》引《文選·蜀都賦》注：「翕響，謂奄忽之閒也」。是此處本有作「翕響」者。《漢書》顔師古注《上林賦》語云：「盛作」也。則與此「興作」義合。步瀛案：《廣雅》，見《釋蟲》。《一切經音義》見卷九，《大智度論》十三引《蜀都》「翕響揮霍」注云：奄忽之閒也。已見上文。不知朱氏何竟删去「揮霍」二字，以「翕響」當此「肸響」二字，殊屬巨謬。倘所謂見泰山而不見目睫者歟。胡紹煐曰：《説文》「蠁」作「響」。按：字當爲「響」，作「蠁」者，同音之假借。《羽獵賦》：蠁曶如神。善注：「蠁」與「響」同。響，亦振也。《劇秦美新》：炎光飛響。善注：響，震聲也。「震」「振」義同。《説文》：佾，振也。肸從十，佾聲。由佾會意，義亦爲振。許解「肸響」爲布，卽振動之義。謂振動四布也。《揚雄傳》：薌昳肸以掍根。顔注：言風之動樹，聲響振起也。風之振動四布，謂之「肸蠁」。故香之振動四布，謂之「肸蠁」矣。王先謙《漢書·楊雄傳》《補注》曰：《説文》肸自訓「響」。布，言聲響四布也。蠁，知聲蟲也。凡言「肸蠁」者，蓋聲入則此蟲知之，其應最捷。故以喻靈感通微之意。步瀛案：「肸蠁」之義，仍以段説爲長。如胡氏説，但可解《上林賦》及《甘泉賦》之「薌昳肸以掍批」句。而於《甘泉》之「肸蠁豐融」及此賦之「景福肸蠁而興作」，義不甚洽。王氏先謙分「肸響」與「肸蠁」爲二義，亦未安。乃知段説之不可易也。此賦作「饗」，亦當爲「蠁」之借字。○樂、躍，古音宵部。市、已、理，之部。絡、作、魄、昔，魚部。

近則江漢炳靈，世載其英。蔚若相如，皭若君平。王褒韡曄而秀發，楊雄含章而挺生。幽思絢道德，摛藻掞天庭。考四海而爲儁，當中葉而擅名。是故遊談者以爲譽，造作者以爲程也。

【注】相如，司馬長卿也。君平，嚴遵也。王褒，字子淵。楊雄，字子雲。皆蜀人。君平作《老子指歸》，

子雲作《太玄》、《法言》，故曰幽思絢道德也。鄭玄曰：文成章，謂之絢。漢武帝讀相如《子虛賦》而善之：「吾獨不得與此人同時哉。」元帝善王褒所作《甘泉》《洞簫頌》，令後宮貴人左右皆誦之。楊雄奏《羽獵賦》，天子異焉。又班固述《雄傳》曰：初擬相如，獻賦黃門。故曰摛藻掞天庭也。《漢書·禮樂志》曰：長麗前掞光耀明。善曰：《史記》曰：屈原浮游於塵埃之外，皭然泥而不滓者也。徐廣曰：皭，疏淨之貌也。在爵切。《周易》曰：含章可貞。馮衍《德誥》曰：沈情幽思，引六經之精微。《毛詩》曰：昔在中葉。《戰國策》：蘇秦曰：外客遊談之士，無敢自進於前也。

【疏】五臣「蔚」作「鬱」，「譽」作「美」。○李詳曰：《漢書·地理志》：巴蜀司馬相如游宦京師、諸侯，以文辭顯於世。鄉黨慕循其迹。後有王褒、嚴遵、楊雄之徒，文章冠天下。太沖表章四人，此所本也。○呂向曰：載，猶生也。言江漢明靈，故代生英哲。絢，明也。摛，猶發也。○《漢書·王貢兩龔鮑傳》曰：蜀有嚴君平，卜筮於成都市，得百錢，足自養，則閉肆下簾，而授《老子》。博覽亡不通，依《老子》、《嚴周》之指，著書十萬餘言。顏注曰：《地理志》謂君平爲嚴遵。《三輔決録》云：君平名尊。《隋書·經籍志》子部道家，有《老子指歸》十一卷。嚴遵注。《漢書·楊傳雄》曰：時雄方草《太玄》。又曰：玄三方、九州、二十七部、八十一家、二百四十三表、七百二十九贊，分爲三卷。又曰：人時有問雄者，常用法應之。譔以爲十三卷，象《論語》，號曰《法言》。又《贊》曰：雄以爲經莫大於《易》，故作《太玄》。傳莫大於《論語》，作《法言》。《藝文志》諸子儒家，有楊雄所序三十八篇。原注曰：《太玄》十九，《法言》十三。○鄭玄《論語注》《八佾篇》《釋文》引作「文成章曰絢」。此注各本作「章成」，蓋誤倒。《儀禮·聘義》賈疏引作「成章曰絢」，雖敚「文」字，然「成章」二字不誤也。今據乙轉。○「漢武帝」至「同時哉」，見《相如傳》。《史》、《漢》同。○「元帝」至皆「誦之」，見《漢書·王襃傳》。傳稱：「太子」，以時元帝尚未嗣位也。○「楊雄」至「天子異焉」，見《漢書·楊雄傳》。○班固《述雄傳》，見《漢書·敍傳》。各本「班」上有「云」字，誤衍，今削。○《漢書·禮樂志》《郊祀歌》注引晉灼曰：「掞」即光炎字也。顔曰：掞音豔。又「燿」作「燿」，字同。○《史記》，見《屈原傳》。《集解》引徐廣同。○「在爵切」三字，依袁本、茶陵本增。案：此三字乃李注，非徐廣音。故《史記集解》無之。○《周易》，見《坤·六三》爻詞。○馮衍《德誥》，顔延年《皇太子釋奠詩》注亦引之，當係一篇之文。○《毛詩》，見《長發》，傳曰：葉，世也。○《國策》，見《趙·一》。姚氏本「外」字下有「賓」字。校曰：錢、劉去「賓」字。又「自進」作「盡忠」。《史記·蘇秦傳》作「自進」。○靈、平、生、庭、名、程，古音耕部。英，陽部。通轉爲韵。以上神怪及人理。

至乎臨谷爲塞，因山爲障，峻岨塍埒長城，豁險吞若巨防。

【注】蘇秦曰：齊南有太山，東有琅邪，北有渤海，西有清河，所謂四塞之國也。史遷述《蒙恬傳》曰：據河爲塞。大曰隄，小曰塍。云峻岨之嚴，視長城若塍埒也。豁，深貌也。《戰國策》曰：齊有長城巨防，足以爲塞也。

【疏】《蘇秦説齊宣王》，見《齊策》一及《史記·蘇秦傳》。「北有渤海」句，皆在「西有清河」句下。「所」上有「此」字。○史遷述《蒙恬傳》，見《史記·太史公自序》。○《廣雅·釋宫》曰：塍，隄也。特渾言之。

劉注析言之也。胡紹煐曰：「塍埒長城」與「呑若巨防」相對爲文，則埒不當訓爲田埒。埒，等也。塍，界也。言峻岨界等長城也。上曰「埒」下曰「若」，意並同。《晉語》：叔向、子産、晏嬰之才相等埒。《史記·貨殖傳》：富埒卓氏。是埒爲等也。步瀛案：胡氏説是。《漢書·東方朔傳》注引蘇林曰：隄，限也。此「塍」字亦當同此訓。○《戰國策》，見《燕策》一。《廣韵·四十一漾》：防，守禦也。符況切。

一人守隘，萬夫莫向。

【注】善曰：《淮南子》曰：一人守隘，千夫莫向。

【疏】《淮南子·兵略篇》曰：一人守隘，而千夫弗敢過也。此注「莫向」二字，疑涉正文而誤。《淮南》此二句實出蘇秦説齊宣王語，見《齊策·一》及《史記·蘇秦傳》。又《漢書·朱買臣傳》曰：一人守險，千人不得上。陳孔璋《爲曹洪答魏文帝書》曰：一人揮戟，萬夫不得進。張孟陽《劍閣銘》曰：一人荷戟，萬夫趑趄。

公孫躍馬而稱帝，劉宗下輦而自王。

【注】善曰：范曄《後漢書》曰：公孫述，字子陽，扶風人也。王莽時爲導江卒正。更始立，述恃其地險衆附，遂自立爲天子。《蜀志》曰：先主姓劉諱備，漢中山靖王勝後也。益州牧劉璋使人迎先主，令討張魯。先主遂進圍成都。璋出降。先主卽皇帝位。備，漢後。故曰宗。

【疏】范曄《後漢書》，見《公孫述傳》。案：更始二年，述自立爲蜀王。建武元年，自立爲天子。○《蜀志》，見《先主傳》。各本「靖王」上脱「中山」二字。今依陳氏校增。案：建安十九年，先主圍成都，劉璋出降。先主領益州牧。二十四年，稱漢中王。二十五年，魏文帝稱尊號，傳聞漢帝見害，乃卽皇帝位也。

由此言之，天下孰尚。故雖兼諸夏之富有，猶未若茲都之無量也。

【注】《論語》曰：夷狄之有君，不如諸夏之亡。《周易》曰：富有之謂大業也。又《論語》曰：惟酒無量。

【疏】《論語》，見《八佾篇》。○《周易》，見《繫辭》上。○後引《論語》，見《鄉黨篇》。「惟」作「唯」。○障、防、向、王、尚、量，古音陽部。○以地勢險峻作結。

高步瀛著
曹道衡
沈玉成點校

文選李注義疏

第三册

中華書局

文選李注義疏卷五

賦丙

京都下

左太沖吴都賦一首

【疏】此子目也。當依毛本，並有「左太沖《魏都賦》一首」八字，與昭明原書目次始合。此殆因兩賦分卷，故將《魏都賦》目删去，又羼入「劉淵林注」四字。今依尤本，仍存此目，而删去「劉淵林注」四字。

吴都賦

【注】吴都者，蘇州是也。後漢末孫權乃都於建業，亦號吴。

【疏】胡克家曰：此一節非善注也。袁、茶陵二本不冠注家名於首。梁章鉅曰：此疑非劉、李注，並非五臣注也。案：胡、梁二家説是。以其注尚不誤，故姑存之。唐蘇州治吴、長洲二縣，清又置元和縣，今皆併入吴縣。○《三國志·吴志·吴主傳》曰：建安十六年，權徙治秣陵。明年，改秣陵爲建業。

黄初二年，權自公安都鄂，改名武昌。黄龍元年，權即皇帝位，遷都建業。《三嗣主傳》曰：孫皓甘露元年，徙都武昌。寶鼎元年，還都建業。案：建業，即今京師，故城在江寧縣南。武昌，今湖北武昌縣治。洪亮吉《補三國疆域志》曰：吴疆域，揚州，凡得漢舊郡四，增置郡十，治建業。荆州，凡得漢舊郡五，增置郡十。江夏則與魏並立，共統郡十六，治南郡。交州，凡得漢舊郡四，復舊郡一，增置郡三，治龍編。廣州，凡得漢舊郡三，增置郡三，治番禺。案：洪氏揚州列丹陽、新都、蘄春、會稽、臨海、建安、東陽、吴、吴興、豫章、廬陵、鄱陽、臨川、安城，凡十四郡。荆州列南郡、宜都、建平、江夏、武昌、武陵、天門、長沙、衡陽、湘東、零陵、始安、邵陵、桂陽、始興、臨賀，凡十六郡。交州列合浦、交阯、新興、武平、九真、九德、日南、朱崖，凡八郡。廣州列南海、蒼梧、鬱林、桂林、高涼、高興，凡六郡。共四十四郡。楊守敬《三國疆域圖》，荆州郡不列武昌，「邵陵」作「昭陵」，餘皆與洪同。今案：《吴志·吴主傳》：建安二十五年，以武昌、下雉、尋陽、陽新、柴桑、沙羡六縣爲武昌郡。《晉書·地理志》荆州武昌郡下亦云：吴置。則洪志列入是也。又《吴志·三嗣主傳》曰：寶鼎元年，以零陵北部爲邵陵郡。《水經·資水注》曰：孫皓分零陵北部立邵陵郡于邵陵縣，縣故昭陵也。楊守敬《水經注疏要删》曰：兩漢長沙有昭陵縣。晉改爲邵陵，爲避諱也。孫皓於昭陵縣立郡，當仍稱昭陵縣。而酈氏亦云邵陵者，當是張勃《吴録》中語。觀《宋志》邵陵下云「《吴録》屬邵陵」可見。張勃晉人，不得不追改。如陳壽於昭陵、昭陽皆稱邵陵、邵陽是也。其實當云「縣故昭陵也」。吴寶鼎元年，孫皓分零陵北部立昭陵郡於昭陵縣，晉武帝改爲邵陵」方合。步瀛案：《宋書·州郡志》邵陵郡邵陽縣云：吴立曰昭陽，晉武改。

《清統志》湖南寶慶府建置沿革云：吴孫皓分置昭陵郡，晉太康中改爲邵陵郡。據此，則楊氏説是。○袁本、茶陵本此後皆有「左太沖劉淵林注」七字。茶陵本分兩行列之，袁本作一行列之，尤本無與《兩都賦》體例相合，故不復增入。

東吴王孫辴然而咍，

【注】辴，大笑貌。莊周云：齊桓公辴然而笑。楚人謂相笑爲咍。《楚辭》曰：衆兆所咍。善曰：舝，勑忍切。咍，呼來切。

【疏】「辴」，各本作「囅」。胡克家曰：何校「囅」改「辴」。陳云：「囅」當作「辴」，注同。是也。各本皆譌。梁章鉅、許巽行皆以「囅」爲誤。胡紹煐謂：古展聲、辰聲並近。《小雅·車舝》：辰彼碩女。《列女傳》卷八作「展」。本書《西京賦》：隱隱展展。薛注：丁謹切。與脤、引、軫爲韻。《廣韻》：囅，笑貌。《集韻》：囅然，笑貌。作「囅」。《莊子》：桓公囅然而笑。亦作「囅」。「囅」與「辴」古通，不煩改字。步瀛案：《説文·欠部》曰：𣢑，指而笑也。段注曰：《吴都賦》「辴」，即「𣢑」，字之異者，俗譌作「囅」。依段説，則「囅」字究宜改，不得以展、辰兩聲偶可通轉，遂認「囅」爲或體字也。且《莊子·達生篇》辴然，各本亦不作「囅」。○劉注引《莊子》，見《達生篇》。《釋文》曰：辴，敕引反。司馬云：笑貌。李云：大笑貌。○《楚辭·九章·惜誦》曰：又衆兆之所咍也。劉注節引王逸注曰：咍，笑也。楚人謂相啁笑曰咍。胡紹煐曰：「咍」與「欸」同。《廣雅·釋詁》一：欸，笑也。《玉篇》：欸，呼來切。笑不壞顔也。步瀛案：《説文》有「弞」字，無「欸」字。《玉篇·欠部》二字異音同訓。朱駿聲以「欸」爲「弞」之誤字。○

「善曰」以下十字，茶陵本無，袁本有上六字。

曰：夫上圖景宿，辨於天文者也；下料物土，析於地理者也。

【注】謂天垂其象，而分野形。地以別土，而區域殊。料，度也。善曰：《文子》曰：天道爲文，地道爲理。

【疏】五臣：料音聊。吕向曰：料，計析分別也。言計其土地上下，定其貢賦而分別也。○李注引《文子》，見《上德篇》。

古先帝代，曾覽八紘之洪緒，一六合而光宅。翔集遐宇，鳥策篆素，玉諜石記，烏聞梁岷有陟方之館，行宮之基歟？

【注】《淮南子》曰：九州外有八澤，方千里。八澤之外有八紘，亦方千里。蓋八索也。一六合而光宅者，并有天下而一家也。諜，札也。石記，刻石書傳記也。烏，安也。梁，梁州也。岷，岷山。皆蜀地也。《書》云：舜陟方。謂南巡守也。《光武紀》云：濟陽有武帝行過宮。善曰：《吕氏春秋》曰：神通乎六合。高誘曰：四方上下爲六合。《尚書序》曰：光宅天下。鳥策，鳥書於策也。《春秋運斗樞》曰：黄龍負圖出，置帝前，鳥文。《漢書音義》曰：大篆，蟲書、鳥書是也。鄭玄《禮記注》曰：策，簡也。篆素，篆書於素也。《楊雄書》曰：齎油素四尺。《東觀漢記》曰：封禪，其玉牒文祕，天子事也。《説文》曰：牒，札也。「牒」與「諜」同。《孝經鉤命訣》曰：封禪，刻石紀號也。天子行所立名曰行宮。陟，升也。方，道也。巡狩，謂舜也。

【疏】五臣「代」作「世」。案下文「世」字不改，則此「代」字非避諱也。五臣作「世」，倘李濟翁所謂故爲立異者歟？○劉良曰：帝世，謂虞舜之世也。曾，經也。九州外有八紘。紘，綱紀也。言爲天下之綱紀。洪，大也。緒，業也。光，亦大也。宅，居也。言先帝經覽此八紘大業，一統六合，方居天下，又飛集於遠方之宇，游蒼梧、會稽也。張銑曰：鳥，謂鳥跡書也。策，竹簡也。素，謂帛也，所以書之。玉諜、石記，皆典策類也。梁、岷，蜀之二山名。陟方，王者巡省之名也。行宮，天子行幸所止處也。基，跡也。今觀先代典策，何聞蜀之有此跡乎？謂舜游吴也。吴先生曰：翔集遐宇，謂遊幸所至也。蓋兼舜、禹言之。劉良、張銑皆專主舜言之，非是。步瀛案：陟方，《尚書》雖言舜事，此賦不宜泥。劉良言會稽是禹事，已不專屬舜矣。何焯謂二句伏後舜、禹，是也。○「諜」，尤本作「牒」。胡克家曰：「牒」，當作「諜」。茶陵本云：五臣作「諜」。袁本作「諜」，無校語。「牒」，傳寫誤。茶陵校語非。劉注「《説文》曰牒札也」六字當作「諜札也」三字。後「喦」引《説文》，稱爲許氏《記字》，此非劉元文明甚。善注：《説文》曰：諜，記也。「諜記」當作「牒札」。因劉以札注諜，而「諜」乃閒諜字，故引《説文》「牒」以明之。下云「牒」與「諜」同，正謂所引之「牒」與劉注之「諜」同。各本皆誤，絶不可通。梁章鉅從之。胡紹煐亦謂正文當作「諜」，今據諸家校改。○劉注引《淮南子》見《墬形篇》。本作「九州之外，乃有八殥，亦方千里。凡八殥八澤之雲，是雨九州。八殥之外，而有八紘，亦方千里」。高注曰：殥，猶遠也。殥讀胤嗣之胤。紘，維也。維絡天地而爲之表，故曰紘也。案：劉注蓋以意引。○《左傳·襄十二年》楚靈王言三墳、五典、八索、九丘。孔疏引僞孔安國《尚書序》曰：八索，求其義也。九州之法，謂之九丘。又引賈逵曰：八索，八王之法。九丘，九州亡國之戒。又引馬融曰：八索，八卦。九丘，九州之數也。諸説不同。而釋九丘爲九州，則大致皆同。八索則相去甚遠。劉以八索爲八紘，與九丘同類，皆記地理之書，似勝諸家之義。○「諜，札也」，各本「諜」作「牒」，上有「《説文》曰」三字。今依胡氏校正，説見上。○《呂氏春秋·明理篇》高注曰：烏，安也。《淮南·時則篇》注曰：烏，猶安也。《漢書·司馬相如傳》下顔注曰：烏，猶焉也。《賈誼傳》注曰：烏，猶何也。義並同。○《書·禹貢》曰：華陽黑水惟梁州。《爾雅·釋地》《釋文》曰：韋昭云：今益州也。《太康記》云：梁州者，言西方金剛之氣彊梁，故因以爲名。漢時改梁州爲益州也。案：岷，指岷山，則梁似亦宜指梁山。張銑注是也。梁山，卽《中山經》高梁之山。《元和郡縣志》曰：劍南道劍州普安縣，大劍山，亦曰梁山。《太平寰宇記》曰：劍南東道劍州劍閣縣，大梁山亦曰梁山。《山海經》：高梁之山，西接岷嶓，東接荆衡。又《太平御覽·地部》九引《江源記》曰：南浦郡，高梁山尾東跨江西，首劍閣，東西數千里。《劍閣銘》所謂巖巖梁山，積石峩峩，卽述此也。案：《劍閣銘》見本書卷五十六。大劍山在今四川劍閣縣北，卽古梁山也。○岷山，已見《蜀都賦》。○《書》見《堯典》，僞古文分入《舜典》。《史記·五帝本紀》曰：舜南巡狩，崩於蒼梧之野。○《光武紀》，今本《東觀漢記·光武帝紀》有此文。○李注引《呂氏春秋》見《審分篇》，已見《西都賦》注。故自「《呂氏春秋》」至「爲六合」二十字，袁本不再出，是也。然袁本作「六合已見《兩都賦》序」，亦誤。故仍從尤本。茶陵本同。○《尚書序》見《堯典》。○《春秋運斗樞》、《北堂書鈔·藝文部》二、《儀飾部》下、《地部》三、《初學記·寶器部》、《太平御覽·地部》二十六、《皇王部》六皆引之。○《漢書・藝文志》小學家有《史籀》十五篇。原注曰：周宣王太史作大篆。許叔重《説文解字敘》曰：及宣王太史籀著大篆十五篇，與古文或異。又曰：秦書有八體。一曰大篆，二曰小篆，三曰刻符，四曰蟲書，五曰摹印，六曰署書，七曰殳書，八曰隸書。段注曰：古文大篆雖不行，而其體固在。刻符、蟲書，未嘗不用也。步瀛案：《藝文志》顔注曰：蟲書，謂爲蟲鳥之形，所以書幡信也。是蟲書、鳥書爲一，而八體中蟲書與大篆並列，則大篆非即蟲書、鳥書也。特其體相近，故《漢書音義》統言之耳。○《禮記》鄭注見《中庸》。本注各本「策」作「筴」，今依《禮記》及本賦正文改。○揚雄《答劉歆書》見《方言》卷首。○《東觀漢記》今本佚此文。○《説文》曰：牒，札也。「牒札」各本誤作「諜記」，今依胡氏校改。許巽行曰：《説文》：諜，軍中反閒也。牒，札也。胡紹煐曰：書多借「諜」爲「牒」。杜宗玉曰：牒、諜均葉聲。《左傳・昭二十五年》：左師受牒而退。司馬貞《史記・孟子荀卿列傳》《索隱》曰：牒，小木札也。《後漢書・張衡傳》注曰：諜，譜第也。與「牒」通。《史記・三代世表》曰：余讀《諜記》。《索隱》曰：諜者，記系謚之書也。蓋《史記》假「諜」爲「牒」也。《論衡・量知篇》云：截竹爲筒，破以爲牒，加筆墨之跡，乃成文字。夫文字，記言者也。此「牒」與「諜」同之義。○《孝經鉤命訣》、《易通卦驗》上鄭注引作「封乎太山，考績燔燎。禪于梁父，刻石紀號」。今本脱「乎」字、「禪」字，依《書鈔・禮儀部》十二、《初學記・禮部》上引增。《禮記・禮器》注引《孝經》説同。○蔡邕《獨斷》上曰：天子以四海爲家，故謂所居爲行在所。猶言今雖在京師，行所至耳。巡行天下，所奏事處皆爲宫。○「陟，升也」至「謂舜也」，胡克家曰：袁本、茶陵本無此十一字。案：無者是也。步瀛案：

《舜典》僞孔傳曰：方，道也。前黜陟幽明，僞孔傳解陟爲升，皆此注所本。此因陟方字專釋爲舜，似泥。說見上。○緒、宅、素，古音魚部。記、基，之部。

而吾子言蜀都之富，禺同之有。瑋其區域，美其林藪。矜巴漢之阻，則以爲襲險之右。徇蹲鴟之沃，則以爲世濟陽九。齷齪而筭，顧亦曲士之所歎也。旁魄而論(都)，抑非大人之壯觀也。

【注】吾子，謂西蜀公子。言蜀地富饒，及禺同之所有也。瑋，美也。《蜀都賦》云：左綿巴中，百濮所充。緣以劍閣，阻以蜀門，矜夸其險也。徇，營也。亡身從物曰徇，夸物示人亦曰徇。卓王孫曰：「吾聞岷山之野，下有蹲鴟，至死不飢，三年不收，其形如蹲鴟，故號也。」越巂郡青蛉縣禺同山，有金馬、碧雞之神。巴漢之阻，巴郡之扞關也。漢中廣漢，其路由於劍閣褒斜也。《易·无妄》曰：災氣有九。陽阨五，陰阨四，合爲九。一元之中，四千六百一十七歲，各以數至，故云陽九之阨，百六之會。王孫言公子徇其土地，自生蹲鴟，可以救代飢儉，度陽九之厄。《漢書·律曆志》具有其事。齷齪，好苛局小之貌。曲，謂僻也。言筭量蜀地，亦是曲僻之士。旁魄，取寬大之意。王孫謂寬大之意論西都也。善曰：楊雄《城門校尉箴》曰：盤石唐芒，襲險重固。《漢書》：酈食其曰：其將齷齪好苛禮。齪，楚角切。《文子》曰：曲士不可言至道。《莊子》曰：將旁礴萬物以爲一。司馬彪曰：旁礴，猶混同也。「礴」與「魄」同。《鵩鳥賦》曰：大人不曲。

【疏】胡克家曰：茶陵本「瑋」作「偉」，云：五臣作「瑋」。袁本作「瑋」。案：袁用五臣也，失著校語。此以五臣亂善，皆非。步瀛案：二本校語所云「善作某」、「五臣作某」者，第據所見本言之耳。而各本恐有不同。如羅氏所印《文選集注》殘本所存之篇李善及五臣注，以二本校語驗之，間有不同者。《攷異》但據校語，往往謂尤本以五臣亂善，恐未盡確。○李周翰曰：右者，言其要害，猶人有右手也。步瀛案：《儀禮·公食大夫禮》鄭注曰：右，首也。《史記·孝文本紀》《索隱》曰：右，猶高也。此言襲險之右者，謂蜀地爲重險之首。凡言重險之地，當以蜀爲冠耳。翰注非。○胡克家曰：「齷」當作「握」。茶陵本云：善作「握」，此以五臣亂善，非。袁本失著校語。而善注引《漢書》作「握」，未誤。○張銑曰：筭，計也。步瀛案：「筭」乃「算」之借字。《説文》曰：筭長六寸，計曆數者。又曰：算，數也。段曰：筭籌與算數，字各用，計之所謂算也。古書多不別。○王念孫曰：「齷齪而筭」下當有「地」字。「齷齪而筭地」、「旁魄而論都」相對爲文。劉注云筭量蜀地，則「筭」下原有「地」字明矣。胡紹煐曰：筭蜀地與論西都，皆注中申明正文，故特添設「地」字、「都」字耳。王氏謂脱一「地」字，蓋因與下句不相對，故云。實則正文「都」字涉注誤加。《攷異》以爲衍文，説較直截。○胡克家曰：袁本、茶陵本「顧」作「固」。陳云：當作「固」。案：似「固」字是也。步瀛案：「顧」、「固」字通。《禮記·祭義》疏曰：顧，故也。《史記·魯世家》《集解》引徐廣曰：「固」，一作「故」。或作險固解，與上筭字連讀對論，都非是。○孫志祖《考異》引潘耒曰：「都」字似衍。因下有「論都」字而誤耳。胡克家曰：何校稱潘耒云「都」字衍。今案：所説是也。「旁魄而論」與上「握齪而筭」偶句，各四字，不當偏贅一字。案：胡紹煐説同。○五臣「論都」下有「邑」字，「壯觀」上有「所」字，皆非。○「吾子謂西蜀公子」至「故號也」，胡克家曰：袁本、茶陵本無此六十三字。案：無者最是。尤延之初刻亦無，後乃添入，故脩改之迹至今尚存。凡此等語，皆五臣以後不知何人記在行閒者。尤校此書，意主改舊，遂悉取以增多，而讀者相沿，罕能辨正。幸袁、茶陵二本均未嘗誤，各得反覆推驗，决知其非。步瀛案：袁、茶陵二本頗多删節，不能以二本所無者，遂斷爲非。原注所有如本賦「瑋」字、「徇」字，李善皆無注，安知非因劉注已釋，故不復注耶？特此注語過繁冗，似不無後人羼入耳。然於本賦亦可發明，故仍過而存之。後倣此。○《莊子·大宗師》《釋文》引向秀注曰：偉，美也。玄應《一切經音義》卷一曰：偉，《埤蒼》作「瑋」，同。于鬼反。○「徇」，《説文》作「㣙」，曰：行示也。字亦作「徇」。《周禮·地官·司市》鄭注曰：徇，舉以示其地之衆也。故引申爲夸物示人之義。字又作「殉」。《孟子·盡心上》曰：以身殉道。趙注曰：殉，從也。《史記·賈生傳》《服鳥賦》曰：貪夫殉財。《集解》引瓚曰：以身從物曰殉。本書《鵩鳥賦》注引司馬彪曰：殉，營也。《廣雅·釋言》曰：徇，營也。此與下注「徇，求也」同一義矣。○梁章鉅曰：《史記·貨殖傳》云：岷山之下，沃野下有蹲鴟。不當删「下沃」二字。○「青」，各本作「蜻」。又「禺」下無「同」字。胡克家曰：「蜻」，當作「青」；「禺」下當有「同」字。各本皆誤。《續漢書·郡國志》可證。步瀛案：已見《蜀都賦》疏。○扞關爲蜀之要險。《史記·楚世家》曰：肅王四年，蜀伐楚，取兹方，於是楚爲扞關以拒之。《續漢書·郡國志》益州巴郡魚復縣下曰：扞水有扞關。劉昭注即引《史記》證之。「扞」，字亦作「捍」。《水經·江水篇》曰：江水東出江關，入南郡界。酈注曰：江水自關東逕弱關、捍關。捍關，廩君浮夷水所置也。弱關，在建平秭歸界。昔巴、楚數相攻伐，藉險置關以相防捍。又《夷水注》曰：

昔廩君浮土舟於夷水，據捍關而王巴。是以法孝直有言：魚復捍關，臨江據水，實益州禍福之門。步瀛案：酈注言捍關爲廩君所置，與《史記》不合。楊守敬《水經注疏要删》已駁之，今不復論。惟《漢書·地理志》巴郡魚復縣原注曰：江關，都尉治。不言扞關。酈氏《江水注》言自關東逕弱關、捍關，似不以江關扞關爲一地。又檢《蜀志·法正傳》正與劉璋箋曰：魚復與關頭，實爲益州禍福之門。與酈注所稱不同。王應麟《通鑑地理通釋》卷十引《史記正義》曰：《括地志》：扞關，今峽州巴山縣界故扞關也。江關，今夔州魚復南二十里江南岸白帝城。是疑是《楚世家》《正義》之文，爲後人删去。今惟《張儀傳》《正義》曰：扞關在硤州巴山縣界，卽本《括地志》爲言也。《太平寰宇記》曰：山南西道夔州，奉節縣本漢魚復縣地也。今縣北三十里有赤甲城，是舊魚復縣基。《漢書·地理志》：魚復縣，江關都尉所居。蜀先主改爲奉節縣。又曰：峽州東陽縣，廢巴山縣在縣南七十里，本很山地，卽古捍關，楚肅王拒蜀之處。蓋亦本《括地志》爲言，與《水經注》亦合。是江關、扞關非一地也。然以《史記》及兩《漢志》繹之，似楚初置曰扞關，以扞拒蜀而名也。至漢改曰江關，以臨大江而名也。《續志》特仍舉初置之名耳。魚復之扞關既改曰江關，後人乃於其東別指一關以名之，於是又有巴山縣之扞關矣。又《華陽國志·巴志》曰：巴、楚數相攻伐，故置扞關、陽關、沔關。《地理通釋》引《史記正義》引《華陽國志》作江關、陽關。《後漢書》《公孫述、岑彭傳》李賢注引作江關，下又曰：舊在赤甲城，後移在江南，岸對白帝城，故基在今夔州魚復縣南。則今本《華陽志》沔關或卽江關之誤。然《史記》言扞關而不言他關，《華陽志》言三關並立，恐屬後人附會。又《括地志》言陽關在涪州永安縣。永安故縣在今四川長壽縣西南，秦未滅巴、蜀時，楚亦不能於此置闕也。〇「无妄」，尤本「无」作「無」，今依袁本、茶陵本改。又「陽阸五」脱「五」字，亦依二本增。惟二本此處「陽阸五，陰阸四，合爲九」，「九」字但作「陽阸陰阸」，而此「九」字在下，與尤本不同。〇「各以數至」至「度陽九之厄」，胡克家曰：袁本、茶陵本無此三十六字，有「有九阸，陽阸五，陰阸四，合爲九」十二字。案：二本最是。此所增多繆戾不可讀。步瀛案：尤本「陽九之阸」誤作「陽阸」，故胡氏云三十六字，今依《漢志》注改，並移於「故云」二字之下，則無繆戾不可讀之處矣。又「王孫言公子」以下二十四字亦當移「《漢書・律曆志》具有其事」九字之下。又「厄」字當與上文一律作「阸」。然「阸」亦俗字，當作「戹」，「阨」通借字。《漢書・律曆志上》曰：《易》九戹曰初入元百六陽九。次三百七十四陰九。次四百八十陽九。次七百二十陰七。次七百二十陽七。次六百陰五。次六百陽五。次四百八十陰三。次四百八十陽三。凡四千六百一十七歲，與一元終。經歲四千五百六十，災歲五十七。注引孟康曰：《易傳》也。所謂陽九之戹，百六之會者也。錢大昕《廿二史考異》七謂「九戹」當作「无妄」，卽引本賦劉注爲證。且謂李注《文選》屢引此文並作「陽九戹」，則唐時本已譌。《讀書雜志》四之四王引之謂：作「陽九戹」者是。據李注《文選》左思《魏都賦》、陸機《樂府》、江淹《雜體詩》、劉琨《勸進表》、袁宏《三國名臣序贊》、曹植《王仲宣誄》，六引《漢書》皆作「陽九戹」，足正今本之誤。張文虎《舒藝室隨筆》五又從《漢書》「易九戹」而謂劉注、李注皆誤，未知孰是。姚範《援鶉堂筆記》三十七亦疑之，既又以此注「无妄」爲「九戹」之譌，亦無確證。惠棟《周易述》謂《易・无妄》爲《易》之《无妄傳》，疑七十子之門人所撰，如魏文侯之《孝經傳》。錢大昕謂此亦緯書之類，猶稽覽之稱《中孚傳》。王引之謂「陽九戹」蓋《三統曆》篇名。亦各以意説而無由折衷一是。要之，漢三統術即用此法，以日法八十一乘閏法十九，得千五百三十九，爲統歲。三之，得四千六百一十七歲，爲元歲。《易》爻有九六、七八，初入元，百六陽九，謂百六十年中九年旱也。次三百七十四陰九，謂三百七十四年中九年水也。百六與三百七十四共四百八十，即六乘八之數也。次四百八十陽九，謂四百八十年中九年旱。四八者，亦六乘八之數也。《易》爻六老陰有變，故再數也。次七百二十陰七，謂七百二十年中七年水。七二者，九乘八之數也。次七百二十陽七，亦謂七百二十年中七年水，七二者，亦九乘八之數也。《易》爻九老陽有變，故再數也。次六百陰五，次六百陽五。六百者，七八乘八之數也。七乘八得五百六十歲，八乘八得六百四十歲，合爲千二百歲。於《易》爻七少陽八少陰不變，故合而數之，各得六百歲也。次四百八十陰三，次四百八十陽三。四八者，六乘八之數也。六既有變，又陰爻也。陽奇、陰偶，故九再數而六四數，七八不變，又無偶，各一數。一元之中，有五陽四陰。陽旱，陰水。九七、五三，皆陽數，故曰陽九之戹也。見孟康及如淳注，今約述之。至《通雅》卷十二引《靈寶運度經》三千三百年爲小陽九、小百六，九千九百年爲大陽九、大百六，及王湜《太乙肘後備檢》四百五十六年爲一陽九，二百八十八年爲一百六，實委瑣不足道也。○李注引《城門校尉箴》，《古文苑》載之。案：襲險與重固義同。《廣雅・釋詁》四曰：襲，重也。襲險，即重險也。○《漢書》見《酈食其傳》。袁本「齷」作「握」，與《漢書》字合。又《漢書》「齪」作「齱」，「苛」作「荷」。顏注曰：「荷」，與「苛」同。苛，細也。齱，音初角反。案：《史記・酈生傳》作「苛」。李音齪，楚角切，與顏合。齱之爲齪，猶趣之爲趗也。○《文子》見《上義篇》。今本「言」作「與論」。○《莊子》見《逍遥遊》。薛傳均曰：司馬長卿《封禪文》「旁魄四塞」注：張揖曰：旁魄，布衍也。魄，音薄。郭景純《江賦》：荆門闕竦而磐礴。注：磐礴，廣大貌。陸士衡《挽歌詩》：旁薄立四極。注：《太玄經》曰：「地旁薄而向乎上。」蓋薄、魄一聲之轉。礴字又從薄字得聲，故可互相通假也。步瀛案：《太玄經》文見《玄告》。○《鵩鳥賦》見本書卷十三。○有、右，古音之部。藪，侯部。九，幽部。三部通轉爲韵。歎、觀，元部。

何則？土壤不足以攝生，山川不足以周衛。公孫國之而破，諸葛家之而滅。茲乃喪亂之丘墟，顛覆之軌轍，安可以麗王公而奢風烈也！

【注】攝，持也。《老子》曰：善攝生。《漢書》：公孫述，王莽末時王蜀，爲光武將吳漢破之。《魏志》曰：漢末諸葛亮輔劉備而爲臣，都於蜀，終於魏將鄧艾所平。麗，著也。凡天下存亡，唯繫乎人。然强弱有常勢，利害有常地，必有不可守之土，不可興之國矣。《易》曰：六五之吉，麗王公也。善曰：漢武《柏梁臺》衛尉詩曰：周衛交戟禁不時。《毛詩》曰：喪亂弘多。《吕氏春秋》：燭過曰：子胥諫不聽，故吴爲丘墟。《毛詩序》曰：閔周室之顛覆。奢，靡也。《尚書》：周公曰：「弊化奢麗。」風烈，已見《南都賦》。

【疏】吕向曰：蜀之地卑溼，故不足以養生。周衛，謂防衛也。○李周翰曰：諸葛，諸葛亮也。卿大夫稱家。亮死後，蜀國方滅。此言諸葛亮家之而滅者，舉大以明之。○張銑曰：軌轍，車跡也。○

「麗」，各本作「儷」，「奢」作「著」。胡克家曰：「儷」，當作「麗」。「著」，當作「奢」。劉注引「麗王公也」，「麗」字之證。善注「奢，靡也」，「奢」字之證。五臣銑注作「儷」，作「著」。各本皆以五臣亂善，與注不相應，甚非。○劉注引《老子》，河上公注本見《貴生》章。○「漢書」至「終於魏將鄧艾所平」四十四字，袁本、茶陵本作「漢書」：「公孫述王此土而亡，諸葛亮相此國而敗」十八字。胡克家曰：二本最是。步瀛案：如二本，「漢書」二字亦應删。疑此注所稱《漢書》、《魏志》者，猶言漢、魏之史耳，非必各引專書也。案范曄《後漢書·公孫述傳》曰：更始二年，自立爲蜀王，都成都。建武元年，自立爲天子，號成家。十二年，述弟恢及子壻史興，並爲大司馬吴漢、輔威將軍臧宫所破，戰死。述乃自將數萬人攻漢。漢令壯士突之，述兵大亂，被刺，洞胸，墮馬，左右輿入城。述以兵屬延岑，其夜死。明旦，岑降。吴漢乃夷述妻子，盡滅公孫氏，並族延岑。《三國志·蜀志·後主傳》曰：建興十二年八月，亮卒于渭濱。景耀六年，改元爲炎興。冬，鄧艾破衛將軍諸葛瞻於綿竹。艾至城北，後主輿櫬自縛，詣軍壘門。艾解縛焚櫬，延請相見。明年，後主舉家東遷。既至洛陽，策命爲安樂縣公。○「麗，著也」，袁本、茶陵本無此三字。胡克家曰：二本最是。步瀛案：訓麗爲著，著讀「附著」之「著」，於下引《易》義不背，疑當在「不可與之國矣」句下。○唯繫乎人，「唯」當讀爲雖。《莊子·庚桑楚篇》：唯蟲能蟲，唯蟲能天。《釋文》曰：一本「唯」作「雖」。《詩·大雅·抑之篇》：女雖湛樂從。《管子·君臣篇》：雖有明君，能決之。《離騷》：余雖脩姱以鞿羈兮。王念孫謂「雖」與「唯」同。○李注引《易》見《離·象傳》。今王注本「麗」作「離」。《釋文》曰：離，音麗。鄭作「麗」。《初學記·儲宮部》、《御覽·皇親部》

十二引此卦鄭注，有「喻子有明德，能附麗於其父之道」二句。《離·象傳》王注曰：麗，猶著也。孔疏曰：謂附著也。皆以麗爲附著之義。五臣作「儷」。張銑曰：儷，偶也。言蜀都豈可以偶王公之德而著其風烈，則與《易》義違戾矣。〇李注引《柏梁臺詩》，今見《藝文類聚·雜文部》二及《古文苑》。胡克家曰：袁本、茶陵本無「衞尉」二字。步瀛案：二字當有。衞尉者，路博德也。〇《毛詩》，見《節南山》。〇《呂氏春秋》「子胥諫而不聽」二句，見《知化篇》，非燭過語。行人燭過對趙簡子語，在《貴直篇》，無子胥諫之文。而上文狐援告齊吏，有「使人之朝爲草而國爲墟」之語，疑以類似記誤耳。〇《毛詩序》見《黍離》。〇《説文》曰：奢，張也。此云奢風烈，猶言張大風化事業。李訓奢爲靡，並引「弊化奢麗」，恐非。《尚書》見僞《畢命》。《書序》曰：康王作册。則非周公之言。上注「燭過」及此注「周公」，字皆應删。〇衞、滅、烈，古音泰部。轍，脂部。通轉爲韻。

翫其磧礫而不窺玉淵者，未知驪龍之所蟠也。習其弊邑而不覩上邦者，未知英雄之所躔也。

【注】磧礫，淺水見沙石之貌。玉淵，水深之處，美玉所出也。《尸子》曰：龍淵生玉英。《莊子》曰：千金之珠，在九重之淵，驪龍頷下。故曰不窺玉淵者，不知驪龍之蟠也。善曰：《上林賦》曰：下磧礫之坻。《説文》曰：磧，水渚有石也。且歷切。驪，音離。《左氏傳》曰：衞州吁曰：「弊邑與陳蔡從。」上邦，猶上國也。《方言》曰：躔，歷、行也。

【疏】五臣「覩」作「覿」。〇劉良曰：翫，習也。磧礫，淺水而有石者。玉淵，淵深而有玉也。〇劉注引

《尸子》，已見《蜀都賦》注。○《莊子》見《列御寇篇》。《釋文》曰：驪龍，黑龍。○李注引《上林賦》，本書卷八作「下磧歷之坻」。《史》、《漢》《司馬相如傳》並同，不作「礫」。李殆以磧歷卽磧礫。顔師古注：磧歷，沙石之貌也。與此「磧礫」義同。○《説文》見石部。梁章鉅曰：今《説文》「渚」作「陼」，「也」作「者」。○《左氏傳》，見《隱四年》。○《左·成十二年》曰：通吴於上國。○《方言》見卷十二。呂延濟曰：不見上國，不知英雄之所行歷也。王念孫曰：李、呂以躔爲行歷，非也。躔，居也。英雄之所居，謂吴都也。李注《月賦》引韋昭《漢書注》曰：躔，處也。處亦居也。《方言》曰：廛，尻也。尻，古居字。《魏風·伐檀》傳曰：一夫之居曰廛。孟康注《漢書·王莽傳》曰：纏，居也。「廛」、「躔」、「纏」，字異而義同。胡紹煐曰：躔與上蟠字對言。英雄之居上邦，猶驪龍之蟠玉淵耳。○蟠、躔，古音元部。○以上斥蜀。

子獨未聞大吴之巨麗乎？且有吴之開國也，造自太伯，宣於延陵。蓋端委之所彰，高節之所興。建至德以刱洪業，世無得而顯稱。由克讓以立風俗，輕脱躧於千乘。若率土而論都，則非列國之所觖望也。

【注】《戰國策》曰：黑齒彫題，大吴之國也。昔周太伯三以天下讓，延陵季子辭國而不處，遂化荆蠻之方，與華夏同風，二人所興。《左氏傳》曰：太伯端委以治。端委：禮衣，委貌，謂冠袖長而裳齊委至地也。孔子曰：太伯三以天下讓，人無得而稱焉。善曰：端委至德，太伯也。高節克讓，延陵也。《左傳》曰：吴子諸樊既除喪，將立季札。札曰：「聖達節，次守節，下失節。爲君非吾節也。」遂讓不受。

《史記》曰：壽夢欲立季札。讓不可，乃立諸樊也。《漢書》：武帝曰：「吾去妻子如脱躧耳。」《聲類》曰：躧，或爲鞿。《説文》曰：鞿，鞮屬也。亦所解切。諸侯，故言千乘之國。《論語》曰：道千乘之國。《漢書》曰：上欲王盧綰，爲羣臣觖望。臣瓚曰：觖，謂相觖而怨望也。觖，音決。

【疏】五臣「巨」作「壯」。○吴稱有吴，猶《書·召誥》稱有夏、有殷，《詩·時邁》稱有周。有字皆發語詞。○「刱」，各本作「剏」，誤，今正。許巽行曰：《説文》：刱，造法刱業也。讀若創。今作「剏」，譌。經典通作「創」。許嘉德案：井者，法也。故曰造法刱業也。凡造刱、刱業，字當作「刱」。今假「創」字爲之。○袁本、茶陵本皆無「俗」字。茶陵本校曰：五臣本有「俗」字。胡克家曰：此與「建至德」偶句，「俗」似傳寫脱失，尤校改正之也。○「躧」，五臣作「屣」。○劉注引《戰國策》見《趙策二》。今本「彫」作「雕」，通借字。○朱珔曰：《左傳》文見《哀七年》。杜注：端委，禮衣。《昭元年》劉定公言「弁冕端委以治民」注同。《昭十年》：晏平仲端委立於虎門之外。注：端委，朝服。三處俱不及冠。此外如《周語》晉侯端委以入武宫，《晉語》董安于曰：端委以隨宰人。韋昭並云：玄端委貌。端委亦曰委端。《穀梁·僖三年傳》齊桓公委端搢笏而朝諸侯，范注云：委貌之冠，玄端之服也。皆端屬衣，委屬冠。惠氏《禮説》謂：杜意蓋以齊桓委端，晉文端委，皆大國之侯，疑非委貌，故異其語。然端卽玄端，委貌卽玄冠，天子且服之，況諸侯乎？則杜注非也。余謂以端冕、端章甫例之，端委分屬衣冠，似爲正解。觀《晉語》范文子暮退於朝，武子擊之折委笄，委貌單稱委可知。惟劉定公上言弁冕既爲冠，下言端委自爲衣，故彼疏云：弁冕是首服，端委是身服。引服虔曰：禮衣端正無殺，故曰端文德之衣。尚褎長，故曰委。與此注袖長義正合。而注先言委貌謂冠，是一委字衣冠兩屬，殊爲淆混。疑「貌」字、「冠」字誤衍。或存異説，則「袖」上須有一「曰」字方可通。梁章鉅曰：段校「袖」上添「又曰」二字。胡紹煐曰：端委，猶委端。蓋以委曲有貌，故曰委貌，亦單曰委。諸書皆指冠言，不謂裳也。《左・昭元年》服虔注：文德之衣，尚褎長，故曰委。劉注「裳齊委至地」之説，沿是而誤。步瀛案：劉注既以委貌爲冠，又取裳齊委地之説，雖博存異義，實不可從。《左傳》服、杜亦非是。卽《昭元年》劉定公弁冕端委連言，亦統謂冠服，不必以首服、身服分屬。朱氏調停之説非也。胡氏説是。其云委曲有貌，本《白虎通・紼冕篇》。《儀禮・士冠禮》記曰：委貌，周道也。鄭注曰：或謂委貌爲玄冠。委，猶安也，所以安正容貌。與《白虎通》稍異。陳立《白虎通疏證》曰：《獨斷》謂緇布冠卽委貌，蓋太古冠布，齊則緇之。以布爲之，則爲緇布冠。以繒爲之，則爲委貌。朝服、玄端服皆委貌，惟異其裳耳。案：陳説是也。金榜《禮箋》曰：衣以端名者有二。其一，鄭君云：衣袂二尺二寸而屬幅，是廣袤等也。其袂尺二寸，是謂玄端，對朝服以上侈袂者得名，猶喪衰對弁絰服。侈袂爲端衰，乃次于朝服之服。《雜記》：公襲玄端一，朝服一。又襚者自西階受朝服，自堂受玄端是也。天子燕居之服，諸侯以下齊服，大夫士私朝服之，又士暮夕于朝及入廟之服。其一，鄭仲師云：衣有襦裳者爲端，對深衣以下連裳削副者得名。乃冕弁服朝服玄端。通稱冕服爲端冕，朝服玄端爲委端、爲端委、爲冠端。《特牲饋食禮》冠端言玄者以服緇韠也。此與上玄端爲服名者殊異。步瀛案：二鄭注並見《周禮・春官・司服》。孫詒讓《正義》曰：「襦」卽「襦」之俗字，先鄭以襦與裳不相連屬者爲端，乃冕弁諸服之通制，因之冕弁服之玄衣者，亦通稱玄端。《國語·楚語》：聖王正端冕。韋昭釋端爲玄端，此據冕服而言。《論語·先進篇》：端章甫。《集解》引鄭注，《穀梁·僖三年傳》「端委」、《哀十三年傳》「冠端」范注，《左傳·哀七年》「端委」孔疏引王肅注，又《禮記·玉藻》、《大戴禮記》「公冠之朝服」鄭、盧注，並釋爲玄端，此皆據朝服而言也。○「孔子曰」以下見《論語·泰伯篇》。泰、太同。又「人」本作「民」，以唐人避諱改。案：此注當於「太伯」下兼引「其可謂至德也已矣」八字，下文「至德」二字正本此。又案：《史記·吴太伯世家》曰：吴太伯，太伯弟仲雍，皆周太王之子而王季歷之兄也。季歷賢而有聖子昌。太王欲立季歷以及昌，於是太伯、仲雍二人乃犇荆蠻，以避季歷。○李注「端委」云云，梁章鉅曰：此注最爲分明，而濟注乃云：太伯、延陵，端其志操，委棄其位，以存讓體，是與高節也。合兩人之事而混同注之，宜其爲邱光庭之所譏矣。步瀛案：邱光庭語見《兼明書》卷四。○《旁證》引朱珔曰：「聖達節」云云爲《成十五年傳》曹子臧語。札讓國在《襄十四年傳》，但稱其述子臧事無此數語，注乃誤合爲一。陳僅説同。○《史記》見《吴太伯世家》。又曰：季札封於延陵，故號曰延陵季子。《漢書·地理志》會稽郡毗陵下，原注曰：季札所居。顔注曰：舊延陵，漢改之。又《左·昭二十七年》：使延州來季子聘于上國。杜注曰：季子本封延陵，復封州來，故曰延州來。江永《春秋地理考實》曰：延陵，卽延也。晉置延陵縣。宋熙寧中省爲鎮，在鎮江府丹徒縣南三十里。季札後又封州來，至哀二年蔡遷州來，而州來爲蔡都矣。又曰：蔡昭侯徙州來，謂之下蔡，今壽州北三十里。案：丹徒屬江蘇。壽州，今改縣，屬安徽。○《漢書》見《郊祀志上》。「躧」作「屣」。顔注曰：屣，小履也。脱屣者，言其便易無所顧也。《史記・封禪書》作「纚」，乃通借字。《説文・足部》曰：躧，舞履也。重文作「𩏾」。《漢書・地理志》下注引臣瓚曰：躡跟爲跕，挂指爲躧。顔曰：「躧」，字與「屣」同。屣，謂小履之無跟者也。本注引《聲類》：「躧」，或爲「𩌦」。《莊子・讓王篇》「縰履」，《釋文》曰：《三蒼解詁》作「躧」，《聲類》或作「屣」。疑《聲類》「躧」字下並載「𩌦」、「屣」二文。《説文・革部》曰：𩌦，鞮屬。又曰：鞮，革履也。本書《長門賦》注曰：蹝，鞮屬。是「躧」或作「𩏾」，或借「纚」字爲之。「𩌦」或作「縰」，或作「屣」。然躧爲舞履，𩌦爲革履，本義有别而往往通用。薛傳均曰：古麗聲、徙聲之字，多通用。如《史記・周本紀》「其罰倍纚」，徐廣云：一作「蓰」。《詩・柏舟》箋引《禮》「世子昧爽而朝，亦櫛纚笄總」，今《内則》作「櫛縰」，是其證也。〇《論語》見《學而篇》。〇《漢書》，見《盧綰傳》。臣瓚注《史記・盧綰傳》《集解》亦引之，「相觖」作「相抉」。顔師古注與本注引臣瓚同。案：賦意謂列國臣下時有觖望，吴重禮讓，與彼異也。劉良注謂：若悉天下以比論，則非列國之所叉觖妬羡，而況蜀之小國乎。語意皆謬。〇陵、興、稱、乘，古音蒸部。

故其經略，上當星紀。拓土畫疆，卓犖相并。包括于越，跨躡蠻荆。

【注】《左傳》曰：天子經略土地，定城郭，制諸侯，略分界也。一曰遠界爲經略也。《爾雅》曰：星紀，斗、牽牛，吴分野。斗者，日月五星之所經始，故謂之星紀。意者斗爲星紀，則其分域亦所以能爲綱維，故曰卓犖兼并也。越，今之蒼梧、鬱林、合浦、交阯、九真、南海、日南，皆越地，吴之所并也。荆蠻，吴所得荆州四郡，零陵、桂陽、長沙、武陵。善曰：《漢書》曰：戎狄之與于越不相入也。《音義》曰：

于，南方越名也。《春秋》曰：于越入吴。杜預注曰：于，越人發語聲。《詩》曰：蠢爾荆蠻。

【疏】胡克家曰：茶陵本「故」下校語云：善作「固」。袁本無校語。案：「固」似傳寫誤，尤校改正之也。步瀛案：「固」、「故」字通，說見上。〇「于」，尤本、茶陵本作「干」。何焯曰「干越」，宋本皆作「于越」。善作「于越」，是。胡克家曰：袁本「干」作「于」，注同。今案：正文當作「干」。善引《漢書》及《音義》當作「干」，引《春秋》杜預注當作「于」。「《春秋》曰」上當有「一曰」二字。今注或盡作「于」或盡作「干」，皆非是。步瀛案：據諸家所考，「于越」自當作「干越」。惟此賦李注本實作「于越」。若本作「干越」，必不引《春秋》「于越」矣。並所據之《漢書》亦作「于越」，蓋即顔注本也。故更引《春秋》杜注以證「于越」之本義。否則一注之中，不應「干」、「于」兩見也。胡欲於「《春秋》曰」上加「一曰」字，王念孫以「《春秋》曰」至「發語聲」十八字爲後人所加，皆不免强人就己。今依袁本作「于」，毛本同。〇天子經略見《左傳・昭七年》。梁章鉅曰：其「土地」以下，疑出《左傳》古注。梁玉繩《瞥記》卷二引此注，疑是《左傳》逸文。步瀛案：二梁氏說皆無確證。胡紹煐曰：按注疑有脱誤，當爲「天子經略」，此引《左氏傳》文也。下「土」字上有「經」字。「經土地，定城國，制諸侯，略分界也」四句，乃劉申明「經略」二字之義。案：胡氏說近是。又載一說「遠界爲經略」者，杜注曰：經營天下，略有四海，故曰經略。即遠界之義。〇《爾雅》，見《釋天》。「牽牛」下有「也」字，當增。《左・襄二十八年》孔疏引孫炎曰：星紀，日月之所終始也，故謂之星紀。梁章鉅曰：此注所引，似亦是孫注，但多「吴分野」三字，「終始」作「經始」爲異耳。步瀛案：《周書・周月篇》曰：日月俱起于牽牛之初。《周禮・大宗伯》賈疏引《星備》曰：

五星初起牽牛。則作「經始」亦通。郝懿行《爾雅義疏》曰：牽牛，卽何鼓，非牛星也。牛六星，角上歧，腹下蹶蹷。其星微小。《爾雅》以牽牛爲星紀，不以牛宿爲星紀也。舊説多誤。《開元占經·分野略例》云：自南斗十二度至須女七度，於辰在丑，爲星紀。星紀者，言其統紀萬物十二月之位，萬物之所終始，故曰星紀也。步瀛案：《漢書·律曆志》曰：星紀初斗十二度，終於婺女七度。婺女，卽須女也。《晉書·天文志上》州郡躔次與《分野略例》同，而星紀下又載費直《周易分野》起斗十度，蔡邕《月令章句》起斗六度，與此互異。又《漢書·律曆志》曰：斗綱之端，指牽牛之初，以紀日月，故曰星紀。日月起其初，五星起其中，斗爲星紀之義，可見至分域亦能爲綱維之義。曆家未言，劉注殆以意推測耳。○《漢書·地理志》曰：粤地，牽牛、婺女之分壄也。今之蒼梧、鬱林、合浦、交阯、九真、南海、日南，皆粤分也。案：「粤」、「越」字通。《晉書·地理志》：蒼梧、鬱林、南海郡屬廣州，合浦、交阯、九真、日南郡屬交州。蒼梧治廣信縣，今廣西蒼梧縣治。鬱林治布山縣，今廣西貴縣東。南海治番禺縣，今廣東番禺縣治。合浦治合浦縣，今廣東合浦縣東北。交阯治龍編縣，九真治胥浦縣，並今越南地。日南治象林縣，爲占城地，今亦屬越南。○《吴志·吴主傳》曰：建安十八年，分荆州、長沙、江夏、桂陽以東屬權，南郡、零陵、武陵以西屬備。《晉書·地理志》曰：蜀分南郡立宜都郡。劉備没後，宜都、武陵、零陵、南郡四郡之地，悉復屬吴。案：此注但舉零陵、桂陽、長沙、武陵四郡，指荆蠻爲言耳。又案：零陵治泉陵縣，今湖南零陵縣北。桂陽治郴縣，今湖南郴縣治。長沙治臨湘縣，今湖南長沙縣治。武陵治臨沅縣，今湖南武陵縣西。○《漢書·貨殖傳》曰：辟猶戎翟之與于越，不相入矣。

注：孟康曰：于，南方越名也。顔師古曰：于，發語聲也。戎蠻之語則然。于越猶句吴耳。王念孫曰：「于越」本作「干越」。干，音干戈之干。干越者，吴越也。《墨子・兼愛篇》曰：禹南爲江、漢、淮、汝，東流之注五湖之處，以利荆楚、干越與南夷之民。今本脱「干」字，據《文選・江賦注》引補。《莊子・刻意篇》曰：夫有干越之劍者。《釋文》曰：司馬云：干，吴也。吴越出善劍也。案：吴有谿名干谿，越有山名若邪，並出善鐵，鑄爲名劍也。《荀子・勸學篇》曰：干越夷貉之子。楊倞曰：干越，猶言吴越。《淮南・原道篇》曰：干越生葛絺。高注曰：干，吴也。是干越即吴越也。若《春秋》之於越，則即是越而以於爲發聲，而視《貨殖傳》之干越與戎翟對舉者不同。孟康所見本正作「干越」，故云干越南方越名也。其意以干越爲越之一種，若漢時之有閩越、甌越、駱越耳。若於越即是越，不得言南方越名矣。《文選・吴都賦》李善注引正作「干越」。又引《音義》云：干，南方越名也。此下有「《春秋》曰」云云十七字，乃後人所加，與李注不合。《太平御覽・州郡部》十六引《貨殖傳》亦作「干越」，是其證。師古改「干」爲「于」，而以《春秋》之於越釋之，誤矣。學者多聞於越，寡聞干越，故子史諸書之「干越」或改爲「于越」，皆沿師古之誤。朱珔曰：注所引《春秋》，在《定公五年》。經文作「於越」。《左氏・宣八年傳》「盟吴越」，疏引《世族譜》曰：越，姒姓，自號於越。於者，夷言發聲也。譜又言吴自號句吴，二者一也。《穀梁》范注引舊説及杜注皆同。「於」或爲「于」，《廣雅・釋言》：於，于也。《儀禮・士昏・大射儀》注並言今文「於」爲「于」。于與干易混，此注先引《漢書》，與下引杜注，蓋兩存其説。胡紹煐曰：賦文本作「干越」，音干戈之干。干越與蠻荆相對爲文。干，江干也。吴瀕江，故謂吴爲干。

《史記・春申君傳》「而不知干遂之敗」，《正義》曰：干遂，吴地名。《索隱》曰：干，水邊也。《管子・小問篇》「昔者吴干戰房」，注云：干，江邊地。是也。步瀛案：干、于不同，李氏如兩存其説，必應有「干或作于」之文，而後引《春秋》及杜注。今李注無此，則所引《漢書》即從顔師古本也。朱氏之説，與王氏雖異，而皆以李注引《漢書》本作「干越」，恐未然。胡紹煐謂干越與蠻荆爲對文，不知蠻荆即荆蠻，説見下，與於越正可對也。至謂吴瀕江故謂吴爲干，亦未確。俞樾《諸子平議》卷十二據《説文・邑部》「邗，國也」及《左・哀九年》「吴城邗」，謂「干」字本作「邗」，蓋古國名，後屬吴邑。王先謙《荀子集解》卷一謂吴、干先爲敵國，後併於吴。《管子》「吴干戰」及《左傳》「吴城邗」，即其明證。干爲吴滅，而吴一稱干，猶鄭爲韓滅，而韓亦稱鄭是也。○杜預注曰：茶陵本無「預」字。《詩》見《采芑》。今本「荆蠻」作「蠻荆」。本注尤本同，今依袁、茶陵二本。而本書《王仲宣誄》注引亦作「蠻荆」，蓋後人據今本《毛詩》改之也。段玉裁《詩經小學》曰：《漢書・韋玄成傳》「引荆蠻來威」，按毛云荆州之蠻也，然則《毛詩》固作「荆蠻」，傳寫誤倒。《晉語》：叔向曰：「楚爲荆蠻。」韋注：荆州之蠻。正用毛傳爲説。《吴都賦》「跨躡蠻荆」，李善引《詩》「蠢爾荆蠻」，然則唐初《詩》尚不誤。左思倒字，以與并精、坰爲韵耳。陳奂《毛詩傳疏》曰：《文選・吴都賦》注及《通典・邊防》三引《詩》作「蠢爾荆蠻」，又《通典》及《御覽・兵部》五十八載《漢書・賈捐之傳》引《詩》亦作「荆蠻」。顔注云：荆蠻，荆州之蠻。又劉峻注《世説新語・排調篇》引傳與顔注同。今本經、傳皆誤。○疆，陽部，與上「望」字韵。并、荆，耕部。

婺女寄其曜，翼軫寓其精。指衡岳以鎮野，目龍川而帶坰。

【注】婺女，越分。翼軫，楚分。非吴分，故言寄曜寓精也。善曰：《漢書》曰：越地，婺女之分野。楚地，翼軫之分野。《周禮》曰：正南曰荆州，其鎮衡山。《漢書》：南海有龍川縣。《南越志》：縣北有龍穴山，舜時有五色龍乘雲出入此穴。《爾雅》曰：林外謂之坰。

【疏】吕向曰：婺女星，越之分。翼軫星，楚之分。其地並爲吴所吞，則其星之精曜，若客寄寓於吴也。吕延濟曰：衡山南嶽，本不在吴分，故指之以爲吴野之鎮。龍川，水名也。目，望也。言望此水控帶其郊坰。步瀛案：漢武帝改霍山爲南岳，而霍山亦兼衡山之目，此言衡岳，不必確爲湖南之衡山。卽專就衡山言，長沙、桂陽，亦吴所有也。劉注言婺女、翼軫非吴分，就天文家分野言之，衡山不宜援分野之例。吕謂不在吴分，則仿劉注而失之者。○劉注婺女云云，胡克家曰：袁本、茶陵本作「越、楚地皆割屬吴，故言婺女翼軫，寄曜寓精也」。案：二本最是，尤改甚非。步瀛案：二本與尤不同，安得卽斷爲尤改？且以分野言，本非吴分，故曰「寄」曰「寓」，安得竟斥爲非？○李注引《漢書》見《地理志》下，「越」作「粤」，「野」作「壄」，字同。《晉書·天文志》上州郡躔次引陳卓、范蠡、鬼谷先生、張良、諸葛亮、譙周、京房、張衡並云，斗、牽牛、須女，吴、越，翼、軫，楚。《廣雅·釋天》同。今本脱「越」字，王念孫《疏證》校補，又《開元占經》卷六十四分野略例曰：南斗、牽牛，吴越之分野。注引《淮南子》曰：斗，吴越也。高誘注《吕氏春秋》曰：斗，吴也。牛，越也。今本《淮南子·天文篇》曰：牽牛，越。須女，吴。《讀書雜志》九之三王引之謂：當作斗、牽牛、須女，吴越。且以《占經》引《淮南》「斗」下脱

「牽牛須女」四字，未知確否。今本《吕氏春秋·有始篇》高誘注曰：斗牛，吴越分野。又曰：婺女，亦越之分野。亦與《占經》引異，固未可强諸書皆同矣。《史記·天官書》《正義》引《星經》曰：南斗、牽牛，吴越之分野。須女，虚齊之分野，亦與《漢志》異。《廣雅·釋天》又曰：嬃女，謂之婺女。《疏證》曰：嬃，通作須。《吕氏春秋·有始覽》：北方曰玄天，其星婺女、虚危、營室。《淮南·天文訓》作「須女」。《開元占經·北方七宿占》引石氏云：須女四星。又引巫咸云：須女，天女也。步瀛案：《吕氏春秋·有始覽》又曰：東南曰陽天，其星張、翼、軫。《淮南·天文篇》同。《開元占經·南方七宿占》引石氏曰：翼二十二星，軫四星。又引《百二十占》曰：翼爲天倡，倍海也。其國楚。又引巫咸曰：軫，天庫。楚國星也。○《周禮》見《夏官·職方氏》。案：衡岳已見《東都賦》五岳疏。○次引《漢書》亦見《地理志》。○「南越志」至「出入此穴」，胡克家曰：袁本、茶陵本無此二十一字。朱珔曰：《漢志》南海郡龍川下，顔注引裴氏《廣州記》云：本博羅之東鄉也。有龍穿地而出，即穴流泉，因以爲號，即《南越志》所云也。《水經·泿水注》云：其餘又東至龍川水，爲湟水，屈北入員水，又逕博羅縣，西界龍川，即左思所謂目龍川而帶坰者。趙佗乘此而跨據南越矣。今龍川縣屬廣東惠州府。《方輿紀要》云：龍穴山在縣北。郡志言：山有穴，潛通海，縣以此名，即東江之源也。胡紹煐曰：按穴在洞庭旁。《郡國志》云：循州有龍穴，潛通於海，傍於洞庭。《吴都賦》云目龍川而帶坰，是此也。步瀛案：見《御覽·地部》十九引。胡氏以上文云衡岳，故引此以證穴在洞庭，取與衡岳相近。然此龍穴殊不在龍川。《郡國志》引本賦，殊嫌傅會，似未足據。○《爾雅》見《釋地》。○精、坰，古音耕部，與上并、荆爲韵。

○以上吴之開國及其位置。

爾其山澤，則嵬嶷嶢屼，巊冥鬱岪。潰渱泮汗，滇湎淼漫。或涌川而開瀆，或呑江而納漢。磈磈𥕢𥕢，滮滮汧汧，礉硂乎數州之閒，灌注乎天下之半。

【注】山之大者衡嶽，澤之大者彭蠡。《地理志》曰：彭蠡澤，在豫章彭澤西。會稽餘暨縣，蕭山，潘水所出。嵬嶷，高大皃。巊冥鬱岪，山氣暗昧之狀。潰渱泮汗，謂直望無崖也。滇湎淼漫，山水闊遠無崖之狀。錢唐縣，武林水所出，故曰涌川。九江經廬山而東，故曰開瀆。《禹貢》曰：三江既入，震澤底定。故曰吞江。又曰：漢水東爲滄浪，南入于江。故曰納漢。磈磈，石在山中之貌。汧汧，水流行聲勢也。礉硂，山深險連延之狀。荆、揚、交、廣，故曰數州之閒土。地闊遠，故曰天下之半。善曰：嶷，魚力切。《字指》曰：屼，禿山也。五骨切。《埤蒼》曰：岪鬱，山皃。扶勿切。渱，胡東切。滇，通見切。湎，莫見切。淼，水皃，音眇。磈，胡罪切。𥕢，力罪切。汧，古旦切。

【疏】「冥」，五臣作「溟」，「岪」作「㟴」。呂延濟曰：嵬嶷嶢屼、巊溟鬱㟴，並山高險之貌也。案：「冥」、「溟」字通。《莊子·逍遥遊》《釋文》曰：北冥本亦作「溟」。○呂向曰：潰渱泮汗、滇湎淼漫，並水流廣大貌。案：「湎」與「沔」同。《詩》：沔彼流水。《毛傳》曰：水流滿也。○張銑曰：磈磈𥕢𥕢，皆山石貌。劉良曰：滮滮汧汧，皆水流貌。○劉注引《漢書·地理志》。案：豫章郡彭澤下原注曰：《禹貢》彭蠡澤在西。餘見後。○《漢書·地理志》會稽郡餘暨下原注曰：蕭山，潘水所出，東入海。此注「餘暨」作「餘姚」，「潘水」作「瀵水」，各本皆誤，今依何氏、陳氏、胡氏、梁氏、朱氏諸家校改。《續漢書·郡國志》揚州會稽郡餘暨縣下劉昭注曰：《魏都賦》注有蕭山潛水出焉。「吴」誤作「魏」，「潘」又誤作「潛」。《水經·漸江水注》曰：上虞江東逕周市而注永興。《地理志》云：縣有仇亭，柯水東入海。仇亭在縣之東北十里，江北，柯水疑即江也。又東北逕永興縣東，與浙江合，謂之浦陽江。《地理志》又云：縣有蕭山，潘水所出，東入海。又疑是浦陽江之別名也。自外無水以應之。朱珔曰：酈説當是。潘與浦，聲之轉也。步瀛案：《清統志》曰：浙江紹興府，餘暨故城在蕭山縣西，漢置，孫權改曰永興縣。案：《漸江水注》又曰：永興縣在會稽東北百二十里，故餘暨縣也。楊守敬《水經注疏要删》曰：古永興當在今海鹽縣之東南。據此，則餘暨故城當在蕭山縣東北而不在其西也。《清統志》又曰：蕭山在蕭山縣西。又曰：錢清江在山陰縣西北四十五里。舊志：上流即浦陽江，自金華府浦江縣流入諸暨縣界東北流，合義烏溪。又六十餘里，合諸溪澗水。是爲上西江。又與東江合，謂之浣江。又十里許，經諸暨縣城南一里。又東北至茆渚潭，復分爲二。江其正流，名下東江。其西爲下西江，分流七十餘里，至三江口，復合爲一，名兩江，又名大江。又北流二十里，至府西南百里之紀家匯，繞府境，謂之錢清江。以東漢太守劉寵受父老一錢事而名。又曰：曹娥江在會稽東南七十里。又北入上虞縣界，一名上虞江。又曰：金華府深裊山在浦江縣西五十里，重巒複嶺，峭拔千仞，其下匯爲溪流，清澈無泥滓，即浦陽江之源也。全祖望校《水經注》曰：浦陽江水發源義烏，分於諸暨，爲曹娥、錢清二口。其自義烏山南出者，道由蒿壩，所謂東小江也。下流斯爲曹娥。其自山北出者，道由義橋，所謂西小江也。下流斯爲錢清。考浦陽之名，漢時所未有，故班固不録。然《志》於浦陽東道之水，則曰柯水，而系之上虞，卽曹娥也。西道之水，則有潘水，而系之餘暨，卽錢清也。六朝時合曹娥、錢清二水，總曰浦陽。○「嵬嶷高大貌」至「無崖之狀」，胡克家曰：袁本、茶陵本無此三十七字。步瀛案：二本於「嵬嶷」以下，各注均取五臣或劉注，有不免節去者。亦不能因二本所無，卽謂非劉注也。○《漢書·地理志》會稽郡錢唐縣下，原注曰：武林山，武林水所出，東入海。此注各本「唐」作「塘」，塘，俗字，今正。又「縣」字下應增「武林山」三字，尤本「所出」下有「龍川」二字，袁本、茶陵本作「武陵龍川出其坰」，皆非。胡克家謂當作「武林水出其山」，亦與《漢志》本文不合，特欲牽就袁、茶陵二本耳。實與上注蕭山之例亦不合也。《水經·漸江水注》曰：浙江又東逕靈隱山。山在四山之中，有高崖，洞穴左右有石室三所。又有孤石壁立，大三十圍，其上開散，狀如蓮華。昔有道士，長往不歸，或因以稽留爲山號。山下有錢唐故縣，浙江逕其南。縣南江側有明聖湖，父老傳言，湖有金牛，古見之，神化不測，湖取名焉。縣有武林山，武林水所出也。闞駰云：山出錢水，東入海。《吳地記》言縣惟浙江，今無此水。葉紹翁《四朝聞見録》甲集曰：余嘗考《晉書·地理志》，錢唐有武林山。舊圖經云：在縣西十五里，高九十二丈，周迴一十二里，又名曰靈隱。錢唐令劉道真《錢唐記》、太子文學陸羽《靈隱記》、夏竦《靈隱寺捨田記》、胡宿《武林寺記》皆云：武林山卽靈隱山。舊圖經又云：西湖，其源出于武林山。則正合武林山出武林水矣。《清統志》曰：浙江杭州府，靈隱山在錢唐縣西十五里，西湖在錢唐縣西。趙一清曰：武林水卽錢水，今杭人所謂西湖者。是陸氏記謂今無此水，殆不識眉目之言也。錢坫《新斠注地里志》卷十亦謂：武林水卽西湖。步瀛案：浙江杭州府舊治仁和、錢塘二縣，今裁府併縣，改曰杭縣。○《漢書・地理志》廬江郡尋陽縣下原注曰：《禹貢》九江在南，皆東合爲大江。又九江郡下顏注引應劭曰：江自廬江、尋陽分爲九。《禹貢》僞孔傳曰：江於此界，分爲九道。蓋本應説也。孔疏曰：鄭云：九江從山谿所出，其孔衆多，言治之難也。《地理志》云云。如鄭此意，九江各自別源，其源非大江也，下流合於大江耳。步瀛案：鄭與應皆本《班志》爲説，而《志》綜分合而言，應但就其分而言，鄭則就既分之後、未合之前而言。從山谿所出者，謂大江至尋陽分爲九，所經山谿流出，其道衆多，非謂九江各自別源。孔疏泥「所出」二字，誤會鄭意。成蓉鏡《禹貢班義述》、王先謙《孔傳參正》皆承其失，不知鄭與應劭、僞孔原無異也。《清統志》曰：湖北黄州府，尋陽故城在黄梅縣北。姚鼐《九江説》曰：禹九江處，今黄州府、九江府之間。今黄州黄梅，漢尋陽縣故地。《地理志》曰：尋陽，《禹貢》九江在南，皆東合爲大江，是也。昔禹主名山川，九河自河分，故名曰河。三江、九江自江分，故名曰江。案：姚氏此説甚確。尋求三江、九江者，當以此語爲準。如九江皆別源，不得名江。班氏於「合爲大江」上著一「東」字，明不必在尋陽之境，應與鄭詳著其分補班之義，非別爲説也。又《禹貢》《釋文》引張僧監《潯陽地記》、張須元《緣江圖》所載九江之名，雖未足據，然其地皆在尋陽以東，當由舊説相傳。則九江自尋陽而分，殆無疑義。至《水經・禹貢山水澤地所在篇》言九江地在長沙下雋縣西北，蓋因《中山經》洞庭之山下又言九江之閒，故謂在下雋，取與洞庭相近。然酈氏此下無注，而於《廬江水注》言秦始皇、漢武帝咸升廬山望九江，則不從下雋之説。卽郭注《中山經》九江，亦引《地理志》，且云自尋陽而分爲九，亦不從下雋之説。餘見《江賦》。○《尚書・禹貢》

《正義》引鄭注曰：三江分于彭蠡，爲三孔，東入海。《漢書・地理志》：會稽郡吴縣下原注曰：具區在西，揚州藪，古文以爲震澤。餘詳下注。滄浪，互見《南都賦》。○《玉篇・石部》：磈，口罪切。磈，五罪切。《廣韻・十賄》：磈，衆石貌。案：「磈磈」與「磈硊」同。《楚辭・招隱士》曰：磳硱磈硊。原本《玉篇》引《埤蒼》曰：磈硊，迟曲也。又與嵬壘同。《魏都賦》曰：或嵬壘而複陸。又與磈磥同。《江賦》曰：玄蠣磈磥而碨啞。李注曰：不平之貌。皆字異而義同，特以文各有取，故訓視所用而異耳。○「磈磈」至「連延之狀」，胡克家曰：袁本、茶陵本無此二十五字。○尤本「數州之閒」上無「故曰」二字。胡克家曰：袁本、茶陵本有，是也。案：今據二本增。○《玉篇・石部》：磝，去金切。硷，宜今切。亦作嶔岑、磝硷。《招隱士》《楚辭》洪補注本「嶔岑碕礒兮」，單行王注本作「嶔硷」，本書卷三十三作「嶔硷」，並同。○岪、崥，古音脂部。汗、漫、漢、澌、半，元部。

百川派別，歸海而會。控清引濁，混濤并瀨。濆薄沸騰，寂寥長邁。濞焉洶洶，隱焉礚礚。

【注】字説曰：水別流爲派。濤，大波也。瀨，急湍也。長邁，不回之意。礚，苦蓋切。善曰：《尚書大傳》曰：百川趨于海。洶洶、礚礚，皆水聲也。

【疏】李周翰曰：控亦引也。言水清濁雜流，混其波濤，合其湍瀨，同入于海也。又曰：水相激盪曰濆薄，波浪涌起爲沸騰也。寂寥，無聲也。邁，行也。言衆水混合，既入廣大之處，無沸騰之聲，澹然長行也。步瀛案：《説文》曰：滕，水超涌也。騰乃通借字。《上林賦》曰：悠遠長懷，寂漻無聲，肆乎永歸。郭璞注曰：懷亦歸，變文耳。《廣雅・釋詁》一曰：邁，往也。○吕向曰：瀄，水暴至聲也。洶洶，疾流。長貌。礚礚，遠聞之聲。步瀛案：《上林賦》曰：沈沈隱隱，砰磅訇礚。司馬彪曰：砰磅訇礚，皆水聲也。《史記・司馬相如傳》作「湛湛隱隱」。《正義》曰：水流鼓怒之聲，又與「殷」通。《蜀都賦》劉注曰：殷，盛也。此隱焉亦言水聲之盛。○劉注引字説，蓋如李注引字書，非專引一書之文。案今本《説文・水部》曰：派，别水也。本書《頭陀寺碑》注引作「水别流也」。慧琳《一切經音義》二十四引作「水流别也」，皆非原文。玄應《音義》七、又二十二、又二十四，慧琳《音義》十三、又十九、又六十八、又七十、又八十引並作「水之邪流别也」，與𠂢部𠂢字下説解同。又慧琳《音義》二十九、四十九引作「𠂢」，七十六又引作「水邪流分别也」，「分」即「之」字之誤。希麟《續音義》十謂作「派」俗字。段玉裁以「派」爲後出字。姚文田、嚴可均、朱駿聲、王筠、沈濤皆以「派」即「𠂢」之或體字。○濤，大波也。互見《西都賦》注。○《説文》曰：瀨，水流沙上也。《楚辭・九歌・湘君》王逸注曰：瀨，湍也。《淮南・本經篇》高注曰：瀨，急流也。又互見本賦後注。○李注引《尚書大傳》，本書《海賦》、孫子荆《爲石仲容與孫皓書》注引同。《郭有道碑文》注引「海」上有「東」字，樂府《長歌行》注引作「百川赴東海」，「赴」字疑誤。○别、會、瀨、邁、礚，古音祭部。

出乎大荒之中，行乎東極之外。經扶桑之中林，包湯谷之滂沛。潮波汩起，迴復萬里。歊霧漨浡，雲蒸昏昧。

【注】大荒，謂海外也。《爾雅》曰：孤竹、北户、西王母、日下，謂之四荒。孤竹在北，北户在南，日下在

東，西王母在西，皆四方荒昏之國也。又曰：東至大遠，西至邠國，南至濮鉛，北至祝栗，謂之四極，謂四方之極。極，遠也。言大荒、東極、扶桑、湯谷者，謂海外彌廣，無所不連也。潮波汩起，言水彌廣。汩，急疾無所不至。歊霧，水霧之氣，似雲蒸昏暗不明也。善曰：扶桑、湯谷，已見上文。浲，薄工切。浡，蒲昧切。

【疏】「湯」，五臣作「暘」。○李周翰曰：滂沛，水多貌。劉良曰：汩，疾也。言江海潮上蹙，水皆逆流，須臾萬里。歊，氣也。浲浡，煩鬱之狀。水氣蒸而爲雲，故昏昧也。案：汩，本字當作尽，已見《南都賦》疏。○劉注：大荒，謂海外也。案：《山海經》有《大荒》東、南、西、北各經。《吕氏春秋·知度篇》高注曰：荒，裔遠也。《周語》上韋注曰：荒，荒忽無常之言也。○《爾雅》並見《釋地》。「孤」作「觚」，通假字。「太」作「泰」。《説文》「邠」作「汃」。案：大荒、東極，皆極言之，不必泥定《爾雅》之文。○李注言上文，「扶桑」見《西京賦》、《東京賦》，湯谷見《西京》、《東京》及《蜀都賦》。○外、沛，古音祭部。起、里，之部。浡，祭部。昧，脂部。脂、祭二部通轉爲韵。

泓澄奫潫，澒溶沆瀁。莫測其深，莫究其廣。澶湉漠而無涯，惣有流而爲長。瓌異之所叢育，鱗甲之所集往。

【注】善曰：《説文》曰：泓，下深大也。澄，湛也。奫潫，迴復之貌。皆水深廣闊也。奫，於旻切。潫，於權切。澒，胡孔切。溶，余腫切。澶湉，安流貌。澶，音纏。湉，音恬。瓌異龜魚皆在水中生長。

【疏】孫志祖《補正》引潘耒曰：「惣」即「揔」字。胡紹煐曰：善「惣」無音。《篇》、《韵》亦不載。惟見於

《集韻》，胡弄切，音總。按：此壞體「總」字，或作「揔」，故誤「揔」爲「惣」，而丁度采之，非古也。許巽行曰：「惣」爲「總」之譌。「總」，正字。「摠」，俗字。作「揔」「惣」並譌字。許嘉德案：《説文》「總」，徐曰：俗作「摠」，非作「摠」，已非，況「揔」「惣」乎？集韻有「惣」，謂倥傯，亦作「惣」，非其義。〇李周翰曰：此上皆水深廣貌。有流百川，惣合百川，爲之長也。瓌奇，言奇異之物育於此也。鱗者，龍魚也。甲者，龜鼈也。〇李注引《説文》見水部。今本作「泓」，下深皃。玄應《一切經音義》二十引作「下深大皃」。慧琳《音義》十六載玄應此注「皃」作「也」，其十五、又十七、又七十四、又八十皆作「也」，與本注同。本書《笙賦》注及慧琳《音義》八十九引作「下深也」，又八十、又九十七引作「深大也」，皆有脱字。〇《説文》曰：瀓，清也。湛，没也。「瀓」，字亦作「澄」、「湛」，今多以「沈」字爲之。湛訓清者，朱駿聲以爲即「瀓」之假借。李注以「湛」繹「澄」，似尚未究其本義也。〇潏濙，胡克家曰：袁本、茶陵本無「濙」字，下又無「皆水深廣潤也潏」七字。步瀛案：《説文》曰：淵，回水也。「潏」疑即「淵」之俗字。古音淵字在真部，即於旻切之音。〇澶湉漠，蓋即澶漫之引聲。澶漫已見《西京賦》。地廣大謂之澶漫，水廣大亦謂之澶漫，衍之爲澶湉漠三字，宜連讀。如《離騷》忳鬱邑、斑陸離、覽相觀，皆三疊字，此賦正同。宜澶字微逗，湉漠二字連讀。李注澶湉連讀而遺漠字，疑非是。〇瀁、廣、長、往，古音陽部。

於是乎長鯨吞航，修鯢吐浪。躍龍騰蛇，鮫鯔琵琶，王鮪鯸鮐，鮣龜鱕鯌，烏賊擁劍，鼄鼊鯖鰐，涵泳乎其中。

【注】航，船之别名。《異物志》云：鯨魚長者數千里，小者數十丈。雄曰鯨，雌曰鯢。或死於沙上，得之者皆無目。俗言其目化爲明月珠。《鄧析子》曰：釣鯢者不於清池。一説曰：鯨猶言鳳，鯢猶言皇也。《異物志》曰：朱厓有水蛇。鮫魚出合浦，長二三尺，背上有甲，珠文，堅强可以飾刀口，可以爲鑢。鯔魚，形如鯢，長七尺。吴、會稽、臨海皆有之。琵琶魚，無鱗，其形似琵琶，東海有之。鯸鮐魚，狀如科斗，大者尺餘，腹下白，背上青黑有黄文，性有毒，雖小獺及大魚不敢餤之。蒸煑餤之，肥美。豫章人珍之。鮣魚，長三尺許，身中正四方如印。扶南俗云：諸大魚欲死，鮣魚皆先封之。鱕鯌有横骨在鼻前，如斤斧形。東人謂斧斤之斤爲鐇，故謂之鱕鯌。魚二十餘種，此其尤異者。此魚所擊，無不中斷也。烏賊魚，腹中有墨。擁劍，蟹屬也。從廣二尺許，有爪，其螯偏大，大者如人。大指長二寸餘，色不與體同，特正黄而生光明，常忌護之如珍寶。以利如劍，故曰擁劒。其一螯尤細，主取食。出南海、交趾。鼅鼊，龜屬也。其形如笠，四足縵胡無指，其甲有黑珠，文采如瑇瑁，可以飾物。肉如龜肉，肥美可食。鯖魚，出交趾、合浦諸郡。鰐魚，長二丈餘，有四足似鼉，喙長三尺，齒甚利。虎及大鹿渡水，鰐擊之，皆中斷。生則出在沙上乳卵，卵如鴨子，亦有黄白可食。其頭琢去齒，旬日閒更生。廣州有之。涵，沈也。楊雄《方言》曰：南楚謂沈爲涵。泳，潛行也。見《爾雅》。善曰：《莊子》曰：吞舟之魚，蕩而失水。《周易》曰：見龍在田，或躍在淵。《楚辭》曰：騰蛇兮後從。《文子》曰：騰蛇無足而騰。鯔，音菑。鮐，音夷。鱕，甫袁切。鯌，甫亦切。鰐，五洛切。涵，音含。

【疏】五臣「鼅」作「勾」。梁章鉅曰：段校「鮣」作「印」，「鱕」作「鐇」，注同。〇《旁證》引段曰：《水經注·

温水篇》引左思《吳都賦》「吐浪牂柯」，今此篇祇有「修鯢吐浪」句，蓋《三都》皆屢有改本不同也。朱珔曰：《蜀都賦》、《左思別傳》與今本異，豈此處酈氏亦別有據與？○劉注「航船之別名」，尤本「船」作「舡」。胡克家曰：袁本、茶陵本無此五字。步瀛案：《説文》曰：斻，方舟也。今字作「舫」。《淮南·主術篇》高注曰：方，兩小船並與共濟爲航。又《氾論篇》注曰：舟相連謂舫也。皆舫之本義。《方言》九曰：自關而東，舟或謂之航。是船亦通稱曰舫。注謂航船之別名，尚無不合，姑存之。但「舡」俗字不可用，故易爲「船」字。○注屢引《異物志》，未知卽譙周書否。又《隋書·經籍志》有《南州異物志》，吳丹陽太守萬震撰。亦在劉淵林之前，是否此書，亦不可攷。又自水蛇至鰐魚似皆《異物志》之文，而於《臨海異物志》、薛珝《異物志》、《廣州異物志》往往相合，亦不知孰爲其始也。○「數千里」，尤本「千」誤作「十」。胡克家曰：袁本、茶陵本「數」上有「有」字，「十」作「千」，無「小者數十丈」五字。步瀛案：「數千里」是，今據改。《古今注》曰：鯨者，海魚也。大者長千里，小者數十丈。可證。又曰：其雌曰鯢，大者亦長千里，眼爲明月珠。並與本注合。又案：《莊子·逍遥遊》曰：鯤之大，不知其幾千里也。《釋文》曰：崔譔云：鯤當爲鯨，簡文同。是古或以鯨爲鯤，大者長千里之説，卽本《莊子》也。朱駿聲曰：《南華》喻言，不爲典要。魚之廣無數千里之理，猶鵬卽鳳，其背亦斷無有幾千里者也。案：以物理言，朱説是。○《鄧析子》見《無厚篇》。○《左》宣十二年孔疏引裴淵《廣州記》曰：鯨鯢長百尺，雄曰鯨，雌曰鯢。《廣雅·釋魚》王氏《疏證》曰：雌鯨之爲鯢，猶雌虹之爲蜺。步瀛案：《詩·卷阿》毛傳曰：雄曰鳳，雌曰皇。《南山經》郭注同。○吳交州珠崖郡治徐聞縣，今廣東徐聞縣南。珠崖亦作

「朱厓」。○《説文》曰：鮫，海魚也。皮可飾刀。《爾雅翼》卷三十曰：鮫出南海，狀如鼈而無足。圓廣尺餘，尾長尺許。皮有珠文而堅勁，可以飾物。今總謂之沙魚。大而長，喙如鋸者，名胡沙。性良而肉美。小而皮麤者曰白沙，肉强而小有毒。南人皆鹽爲脯。又曰鮫，一名鮨，謂之鮫鮨魚。惟《吴都賦》既有鮫，又有鱕鮨，故釋者以背上有甲珠文、堅强可以飾刀口爲鑢者爲鮫，其有横骨在鼻前如斤者爲鱕鮨。然則鮫是白沙，鱕鮨是胡沙也。要是一類，特彼以鼻上有斧爲異耳。○《御覽·鱗介部》九引《異物志》曰：鯔魚，長者六七尺。《嶺表録異》曰：以鹽藏鯔魚兒一斤，不啻千箇。生擘點醋下酒，甚有美味。案：此與《異物志》異，當是其初生者耳。又案：《晉書·地理志》：揚州，會稽郡治山陰縣，今浙江紹興縣治。臨海郡治章安縣，今浙江臨海縣東南。○《御覽·鱗介部》十二引《臨海異物志》曰：琵琶魚，無鱗，形如琵琶。與本注合。又引沈懷遠《南越志》曰：琵琶魚，無鱗，長二尺，形如琵琶，故因以爲名。《述異記》曰：海魚千歲爲劍魚，一名琵琶，形如琵琶而善鳴，因以名焉。袁文《甕牖閒評》曰：《吴都賦》注云：琵琶魚無鱗。豈今所謂鯕魚乎？案：《廣雅·釋魚》曰：鯕，鯤也。《證類本草》卷二十引《本草拾遺》：鯕魚、鰍魚、鼠尾魚、地青魚、鯆魮魚、邵陽魚，並生南海，揔有肉翅，翅長二尺，刺在尾中，逢物以尾撥之，食其肉而去。其刺與琵琶形不甚肖，似又非《閒評》所稱鯕魚矣。又案：據以上諸書，本注東海似當作南海，謂南海郡也。晉徐州東海郡治郯縣，今山東郯城縣西南，恐非。○《北山經》曰：敦薨之水，其中多赤鮭。郭注曰：今名鯸鮐，爲鮭魚。音圭。胡紹煐謂：鮭卽鯸鮐之合聲。是也。《廣雅·釋魚》曰：鯸，鮔魺也。王氏《疏證》曰：《論衡·言毒篇》云：毒螫渥者，在

魚則爲鮭與鯵鮍，故人食鮭肝而死。《本草拾遺》云：鯢魚肝及子有大毒。一名䱐夷魚。以物觸之，卽嗔腹如氣球，亦名嗔魚。腹白，背有赤道如印魚。目得合，與諸魚不同。鯢卽鮭之俗體，䱐夷卽鯸鮔之轉聲。今人謂之河豚者是也。河豚善怒，故謂之鮭，又謂之鮰。鮭之言恚，鮰之言訶。《釋詁》云：恚，訶怒也。鮰，曹憲音河。《玉篇》：鮰，户多切。魚名。正與河字同音。又云：鯸，鮔鮰也。食其肝殺人。步瀛案：《本草拾遺》亦見《證類本草》卷二十引朱琦曰：鮰，音河。故今人謂之河豚。又案：何焯曰：葉寘《筆衡》云：楊廷秀舉河豚原起，古書未見有載叙者。尤延之曰：《吴都賦》曰王鮪鯸鮐，劉淵林注鯸鮐云云，以是考之，河豚莫明白於此。廷秀檢視之，無殊。因歎曰：延之真書厨也。又案：晉豫章郡治南昌縣，今江西南昌縣治。○《御覽·鱗介部》十二引《臨海異物志》曰：印魚，無鱗，形如鰌形，額上四方如印，有文章。諸大魚應死者，印魚先封之。《酉陽雜俎》卷十七曰：印魚，長一尺三寸，額上四方如印，有字。案：此與《異物志》字皆作「印」，不作「䲟」，段校是也。姚範曰：《遯齋閒覽》云：莆陽通印子魚，名著天下。蓋其地有通應侯廟，廟前有港，港中之魚最佳，今人必求其大可通印者，謂之通印子魚。故荆公亦有詩云：「長魚俎上通三印」。此傳聞之說也。按劉淵林注自有印魚，而以通應侯廟解，失之矣。步瀛案：李壁《王荆公詩注》卷三十七《送福建張比部》注引王得臣《麈史》曰：閩中鮮食，最珍者子魚。長七八寸，闊二三寸，剖之，子滿腹。冬月正其佳時，莆田迎仙鎮乃其出處。予按部過之，驛左有祠，謂之通應侯祠。有水曰通應溪，潮汐上下，土人以鹹淡水不相入處魚最美，俗乃誤傳通應爲通印。**荆公博學多聞，詩言三印，豈自有所稽耶？**案：今本《麈史》佚此文。又施宿《蘇東坡詩注》卷十九《送牛尾貍與徐使君》詩「通印子魚猶帶骨」，注引《塵史》稱王荆公詩作《送元厚之知福唐》詩蓋誤記，李鴈湖引删去。又《通雅》卷四十七曰《酉陽雜俎》云云，安得以通印子魚當之，東坡誤矣。○東人謂斧斤之斤爲鐇，各本作鐇，今依段氏、胡氏、朱氏校改。胡紹煐曰：注「斤」當爲「刃」。《廣韵》：鐇，廣刃斧也。步瀛案：玄應《一切經音義》二引薛珝《異物志》云：鐇鯌魚，有横骨在鼻前，狀如斧斤，江東呼斧斤爲錯，故謂之鐇鯌也。此類有二十種，各異名，如鋸鯌等。齒利如鋸，卽名鋸鯌也。案：「爲錯」及三「鋸」字，疑皆「鐇」之誤。慧琳《音義》二十六曰：《異物志》云：鱕鯌魚，鼻上有一横骨，利如刀斧，江東呼闊刃斧爲鐇，故謂之鐇鯌。此類魚有二十種，各異，自有别名。齒利如錯，鼻骨如鐇，今並從魚作「鱕鯌」。案：「故謂之鱕鯌」，當作「鐇錯」。又兩書及本注引《異物志》亦小有異同。又《御覽·鱗介部》十引《南越記》曰：鱕魚，鼻有横骨如轓，海中波浪爲之涌，海船逢之必斷。案：「轓」亦「鐇」字之誤。《水經·浪水注》引裴淵《廣州記》曰：鯌魚，長二丈，大數圍，皮皆鑢物。生子，子小隨母覔食，驚則還入母腹。又引《吴録·地理志》曰：鯌魚子朝索食，暮入母腹。又引《南越志》曰：暮從臍入，旦從口出。腹裏兩洞腸貯水以養子。腸容二子，兩則四焉。《御覽·鱗介部》十引《南越志》曰：鯌魚，南越謂爲環雷魚。其鰓鱗皮有珠文，可以飾刀劍口。《酉陽雜俎》卷十七曰：鯌魚，章安縣出。出入鯌腹，子朝出索食，暮入母腹。腹中容四子。頰赤如金，甚健，網不能制，俗呼爲河伯健兒。是鱕與鯌又有别，故《異物志》云二十餘種。據《爾雅翼》，則皆鮫魚類也。○「烏賊魚腹中有墨」，尤本「墨」作「藥」，袁本、茶陵本作「中藥」，無「有」字，皆誤。說者以烏賊魚之骨爲海螵蛸，入藥，故以藥言。然他種魚入藥者尚多，何俱不言？梁章鉅疑「有藥」爲「有墨」之譌，是也。《證類本草》二十一：烏賊魚，引陶隱居曰：其魚腹中有墨，今作好墨用之。可證。又引《圖經》曰：烏賊魚出東海池澤，今近海州郡皆有之。能吸波噀墨以溷水，所以自衛，使水匿不爲人所害。形若革囊，口在腹下，八足聚生口旁，只一骨，厚三四分，似小舟，輕虚而白。又有兩鬚如帶，可以自纜，故别名纜魚。《南越志》云：腹中血及膽，正黑如墨，中以書也。世謂烏賊懷墨而知禮，故俗謂是海若白事小吏。案：「正」下「黑」字據《御覽·鱗介部》十引增。又案：《説文》曰：鰂，烏鰂魚也。段注曰：《吴都賦》作「賊」，他書作「鰂」。朱珔曰：則、賊，音相近，是也。《證類本草》引陶隱居謂此魚爲鶡烏所化。又引《圖經》載《南越志》謂其性嗜烏，每自浮水上，飛烏以爲死而啄之，乃卷取而食之，因名烏賊。恐皆傅會。○《御覽·鱗介部》十五引《異物志》曰：擁劍，狀如蟹，但一螯偏大耳。又引《廣志》曰：擁劍，似蟹，色黄，方二寸，其一螯偏長如足大指，長三寸餘，有光，其短細者如簪。又引杜寶《大業拾遺録》曰：擁劍，似蟹而小，一螯偏大。《吴都賦》所謂「烏賊擁劍」是也。胡紹煐曰：似蟹而小，則非從廣二尺許矣。《廣志》亦云方二寸，疑劉注尺爲寸之誤。○「以利如劍」，尤本「以」作「矣」。胡克家曰：袁本、茶陵本「矣」作「以」，是也。○鼅鼊，《御覽·鱗介部》十五作「蚼蝂」，引《臨海水土物志》曰：其狀龜形，如笠，味如黿，可食。卵大如鴨卵，正圓，中生噉，味美於諸鳥卵。其甲黄點注之，廣七八寸，長二三尺，有光色。又引劉欣期《交州記》曰：蚼蝂，似瑇瑁，龜頭，鼈身，蝦尾，色斑似錦文，大如笠，四足漫胡無指甲，前有黑珠，可以飾物。朱珔曰：《説文》僶字云：𪓟屬。頭有兩角，出遼東。

其上⿰奚黽字云：水蟲也。薉貉之民食之。則⿰奚黽亦可食也。《集韵》亦云：鼁鼊，水蟲名。似龜，皮有文。皆與注合，當是一物。段氏謂此鼁鼊與《説文》單名鼊者異物，豈以此注不云頭有兩角，故別之歟？步瀛案：疑段氏説是。《集韻》誤合爲一耳。○鰐，《説文》作「蝉」，曰：似蜥易，長一丈。水潛，吞人卽浮，出日南也。字亦作「蚮」、作「鱷」。《御覽・鱗介》部十引《廣州異物志》曰：鰐魚，長者二丈餘，有四足，喙長七尺，齒甚利。虎及鹿渡水，鰐擊之皆斷。喙去齒，旬日更生。與本注多相合。又引《交州記》曰：鰐好出沙上，卵大如鵝卵，可食。○「齒甚利」，各本「齒」字誤在「利」下，今依《御覽》乙轉。○朱珔曰：鯖，劉注但云出交阯、合浦諸郡，不言何魚。案：《廣韵》、《集韵》並云：鯖，魚名。青色，有枕骨。《正字通》云：形似鯇魚，卽青魚，俗呼烏鰡，南人以作鮓。《本草圖經》：青魚，古作「鯖」字。步瀛案：《圖經》見《證類本草》卷二十引，《正字通》卽本《圖經》也。《本草綱目》卷四十四李時珍曰：「青」亦作「鯖」，以色名也。大者名鱁魚。○《方言》，見卷十。《爾雅》，見《釋水》。○「言已上魚龍潛没泳其中」，胡克家曰：袁本、茶陵本無此十字。○《莊子》，見《庚桑楚篇》。「蕩」作「碭」。案：皆「盪」之通借字。○《周易》，見《乾》九二及九四爻詞。○《楚辭》，見《九懷・通路》。○《文子》今本無此文，惟《上德篇》有「螣蛇不可爲足」句，疑李記誤。而《大戴禮・勸學篇》有此文，《荀子・勸學篇》作「螣蛇」，同《楚辭・九懷》，洪興祖《補注》亦引《文子》，疑卽本此注。○航、浪，古音陽部。蛇，歌部。琶、䱜、鰐，魚部。歌、魚二部通轉爲韻。

葺鱗鏤甲，詭類舛錯。泝洄順流，噞喁沈浮。

【注】茸，累也。甲，謂龜甲也。《楚辭》曰：魚茸鱗以自別。噞喁，魚在水中羣出動口貌。善曰：《毛詩》曰：泝洄從之，道阻且長。《淮南子》曰：水濁則魚噞喁。噞，牛檢切。喁，魚凶切。

【疏】以上水族有甲者不一，劉注但言龜甲，特舉其重者耳。張銑曰：言海物皆如茸飾其鱗，雕鏤其甲，詭怪異類，互相舛錯也。○劉注引《楚辭》見《九章·悲回風》。王注曰：茸，累也。○「羣出動口貌」，袁本無「口」字，茶陵本無「動」字。○《毛詩》見《蒹葭》。《毛傳》曰：逆流而上曰遡洄。《説文》𣵠下曰：逆流而上曰𣵠洄。𣵠，向也。水欲下，違之而上也。从水，㡿聲。重文作「遡」。曰：𣵠，或从辵、朔。案：「泝」即「𣵠」之隸變字。○「淮南子」胡克家曰：袁本、茶陵本「淮南」作「文」。案：二本是也。「喁」字不當有。此善自引《文子》，尤以《淮南·主術訓》改之。其兩見皆無「喁」，各本涉正文而衍。梁章鉅曰：六臣本「淮南子」作「文子」是也。今《淮南子·主術訓》有此語，無「喁」字。《韓詩外傳》云：水濁則魚喁。又無「噞」字。《説文》：喁，魚口上見也。《廣雅·釋言》：噞，喁也。皆單釋之。惟《集韻》引《字林》云：噞喁，魚口出水皃。步瀛案：《道藏》《通玄真經》即《文子》。朱弁注本《精誠篇》作水濁者魚噞喁。其希默子注本、杜道堅纘義本，皆無「喁」字，與《淮南·繆稱篇》同。而《主術篇》「者」作「則」，亦無「喁」字。《韓詩外傳》一「噞」作「喁」。《説苑·政理篇》作「困」者皆作「則」。李注或作「淮南」，或作「文」。蓋各本不同，未必是尤所改。而《文子》朱弁所注本，則有「喁」字。胡氏特未見此本，故以「喁」字爲衍也。疑《淮南子》或本亦有有「喁」字者，與朱注《文子》本同。○錯，魚部。與上䱜、鰐爲韵。流、浮，幽部。

鳥則鶤雞鸀鳿，鸘鵠鷺鴻，鶢鶋避風，候鴈造江，鸂鶒鷛鸈，鶄鶴鶖鶬，鸛鷗鷁鸕，氾濫乎其上。

【注】鶤雞，鳥也。好鳴。鸀鳿，水鳥也。如鶩而大，長頸，赤目，其毛辟水毒。丹陽、鄱陽皆有之。鶢鶋，鳥也。似鳳。《左傳》曰：海鳥爰居，止魯東門外三日。臧文仲使國人祭之，不知其鳥，以爲神也。鸂鶒，水鳥也。色黃赤，有斑文，食短狐蟲，在水中，無毒。江東諸郡皆有之。鷛鸈，似鴨而雞足。鶄鶴，出南海、桂陽諸郡。善曰：候鴈已見《南都賦》。《毛詩》曰：有鶖在梁。毛萇《詩傳》曰：秃鶖也。《蒼頡篇》曰：鷗大如鳩。郭璞《山海經注》曰：鷗，水鴞也。鷛，音庸。鸈，音渠。鶖，音秋。

【疏】「雞」，尤本作「鷄」，注同。今依袁、茶陵二本。○鸘，卽鷫鷞，見《西京賦》。鵠、鷺、鴻、鶴、鶬、鸛、鷁卽鶂，並見《西都賦》。鸕，見《南都賦》。《上林賦》曰：鴻鷫鵠鴇，鴐鵝屬玉，交精旋目，煩鶩庸渠。箴疵鵁盧，羣浮乎其上。汎淫泛濫，隨風澹淡。郭注曰：皆鳥任風波自縱漂貌也。此賦語意略同。○劉注「鶤雞，鳥也，好鳴」，胡克家曰：袁本、茶陵本無此六字。○「如鶩」二字上尤本有「鶖」字，「鶩」作「鷺」。袁、茶陵二本同。梁章鉅曰：毛本作「鶩」。段曰：此三字當作「如鶩」二字，與《上林賦》合。朱珔曰：段氏引此無「鶖」字，「鷺」作「鶩」，是也。郭注《上林賦》曰：屬玉，似鴨而大，長頸，赤目，紫紺色。正與劉合。胡氏《考異》未及校，似疏。段又引陳藏器曰：鸀鳿，主治沙蝨、短弧、蝦鬚等病，能唼病人身出含沙射人之沙箭。如鴨而大，眼赤，觜斑。《玄中記》曰：水弧者，其形蟲也，其氣乃鬼也。鴐鵞、鸑鷟、蟾蜍好食之。余謂《玄中記》之鸑鷟，蓋卽《説文》所云江中有鸑鷟，似鳧而大，赤目者。鸑鷟乃鸀鳿之聲轉，非鳳皇之鸑鷟也。步瀛案：梁引段校《文選》，今未見原書。朱引段，見《説文・鳥部》鸑字下。馮桂芬《段注攷正》不知屬玉與鵚之異，反以段引删去「鵚」字爲誤，非也。段引陳藏器見《證類本草》卷十九，引《玄中記》見《御覽・蟲豸部》七及《廣韻・二十五德》蟙字注。《史記・司馬相如傳》《正義》引郭注又曰：鸀鳿，辟水毒，生子在深谷澗中，若時有雨，鳴。雌者生子善鬬，江東呼爲燭玉。《證類本草》引陳藏器曰：鸀鳿鳥，山中水毒處即生。此鳥當爲食毒蟲所致。如鴨而大，眼赤，嘴斑。《本草綱目》四十七李時珍曰：按《三輔黄圖》及《事類合璧》並以今人所呼白鶴子者爲鸀鳿，謂其鳥潔白如玉也。與陳氏似鴨之説不同。又《古文苑》楊雄《蜀都賦》曰：獨竹孤鶴。章樵注曰：竹、屬通用。屬玉、鶴，皆水鳥名。朱珔曰：屬玉，水鳥，本名屬玉，俗加鳥耳。○《左傳・文二年》孔子謂臧文仲不知者三，祀爰居其一也。事見《魯語》上。劉注所引，即《魯語》之文，亦云《左傳》者，殆内外傳通稱耳。下文又曰：夫廣川之鳥獸，恒知避其災也。是歲也，海多大風，冬煖。韋注曰：煖，爰居之所避也。案：本書張茂先《鷦鷯賦》曰：海鳥鶢鶋，避風而至。又案：《左傳》、《國語》、《爾雅》皆作「爰居」。朱珔曰：爰居，本字，後人加鳥是也。《爾雅・釋鳥》曰：爰居雜縣。《釋文》引樊光曰：似鳳皇。與劉注合。《廣雅・釋鳥》曰：延居，怪鳥屬也。《南山經》郭注引作「爰居」。郝懿行謂：爰、延聲相轉。然郭引與鷦朋並言而不數鶢鶋等，與今本《廣雅》不同。王氏《疏證》謂郭氏誤記。步瀛案：疑郭亦以爲鳳類，與樊、劉意同也。《莊子・至樂篇》曰：海鳥止於魯郊，魯侯御而觴之於廟。《釋文》引司馬彪曰：爰居，舉頭高八尺。未詳言其狀。郭注《釋鳥》曰：漢元帝時，琅邪有大鳥如馬駒，時人謂之爰居。《續博物志》卷三以漢元時大鳥卽條枝大雀，乃今之駝鳥。余蕭客、朱銘皆引之，然可釋漢元時之馬駒鳥，而與爰居似鳳之説不合。又《本草綱目》四十七引《景焕閒談》謂：海鳥爰居，卽今之禿鶖。《通雅》四十五亦引之。朱珔曰：惟其爲怪鳥，故文仲疑以爲神而祭之。若禿鶖何遽乃爾？鶖隨處水邊有之，亦不定爲海鳥。此説非也。○《藝文類聚·鳥部》下、《御覽·羽族部》十二並引《臨海異物志》曰：鸂鶒，水鳥。毛有五色，食短狐。其在溪中無毒氣。《證類本草》十九引「溪」作「山澤」，「無」下有「復」字。《證類本草》曰：今短狐處多有鸂鶒，五色，尾有毛如舵，小於鴨。《埤雅》卷九亦云。《本草綱目》四十七李時珍曰：其形大於鴛鴦，而色多紫，亦好並游，故謂之紫鴛鴦也。朱珔曰：《説文新附》有「鶒」字。《玉篇》云：鶒，溪鶒也。重文作鷘。許巽行曰：《復古編》云：谿鶒，从鳥、式，別作鸂鷘，非。○本書《上林賦》：煩鶩庸渠。郭注曰：庸渠，似鳧，灰色而雞脚。一名章渠。《史記·司馬相如傳》作鷛鷄。《集解》：《漢書音義》曰：鷛鷄，似鶩，灰色而雞足。《漢書·相如傳》作庸渠。顏注曰：庸渠，卽今之水雞。沈欽韓《漢書疏證》卷二十九曰：《西山經》：松果山有鳥曰螐渠，其狀如山雞，黑身，赤足。郭云：螐，音彤弓之彤，卽此庸渠也。按：今太湖邊有水鳥，黑色如雞者，土人呼爲樟雞。朱珔曰：《説文》鷛字云：鷛，鳥也。不云鷛鷄，殆亦可單呼鷛矣。若其上鸈字云雝鸈也，則爲《隹部》之雝渠。又雃字云：石鳥，一名雝渠，一曰精列。卽《詩·常棣》毛傳「脊令雝渠」是也。精列者，脊令之轉聲，與此異物。胡紹煐、王先謙説並同。○孫志祖《補正》引金甡曰：鶬鶴恐是二物，鶬卽鴰鶬。蓋上句二物，此句四物也。朱珔曰：如注説，似以鶬、鶴爲一物。段氏謂鶄、鶴、鶖、鶬蓋四鳥，是也。《説文》鶄字云：鵁鶄也。又鳽字云：鵁鶄也。是鵁鶄一名。鳽與隹部之鳽異。《史記·相如傳》載《上林賦》有鵁鶄，《漢書》及本書俱作交精。《爾雅》鳽鵁鶄，《釋文》云：本亦作交精。《白帖》引《禽經》云：交目，其名鳽，蓋鵁鶄以交目得名。故又云：睛交而孕，合稱交精矣。單呼之則曰鶄耳。注連鶴言之，未知其審。步瀛案：鶄、鶴自應爲二鳥，注特連言之耳。《釋鳥》鳽鵁鶄，郭注曰：似鳧，脚高，毛冠，江東人家養之以厭火災。本書《上林賦》郭注曰：交精，似鳧而脚高，有毛冠，辟火災。《藝文類聚·鳥部》下引《異物志》曰：鵁鶄，巢於高樹，生子在窟中，未能飛，皆銜其翼飛也。《御覽·羽族部》十二引作「皆銜其母翼飛下地飲食」。《本草綱目》四十七李時珍曰：鵁鶄，大如鳧鶩而高，脚似雞，長喙好啄。其頂有紅毛如冠，翠鬣碧斑，丹嘴青頸，養之可玩。○李注引《毛詩》及傳，見《白華》。《説文·鳥部》鵚字曰：禿鵚也。重文作「鶖」。《玉篇》曰：鶖，水鳥也。一名扶老。崔豹《古今注》曰：扶老，禿鶖也。狀如鶴而大。《本草綱目》四十七李時珍曰：禿鶖，水鳥之大者也。出南方有大湖泊處，其狀如鶴而大，青蒼色。張翼廣五六尺，舉頭高六七尺。長頸細目，頭項皆無毛，其頂皮方二寸許，紅色，如鶴頂。其喙深黄色而扁直，長尺餘，其嗉下亦有胡袋如鵜鶘狀。其足爪如雞，黑色。凡鳥至秋毛脱禿，此鳥頭禿如秋毨，又如老人頭童及扶老之狀，故得諸名。○《蒼頡篇》，慧琳《一切經音義》九十九引同。郭璞注見《海外東經》。今本「鷗」作「鳥」。《説文》曰：鷗，水鴞也。《詩·鳧鷖》《釋文》及孔疏皆引《蒼頡解詁》曰：鷖，鷗也。一名水鴞。又互見《西都賦》鳧鷖疏。《埤雅》卷七曰：鷖，鳧屬。蒼黑色。《爾雅翼》卷十七曰：《周禮》：王后五路，安車，用鷖總。蓋總著馬勒，直兩耳與兩鑣，以繒爲之，其色青黑如鷖。然鷗亦有白者，不專於青黑。案羅氏引《周禮》見《春官・巾車》，其説鷖總，本先鄭注也。《本草綱目》四十七李時珍曰：鷗，形色如白鴿及小白雞，長喙，長脚，羣飛耀日。羅氏謂青黑色，誤。步瀛案：段注《説文》鷖字，亦引《周禮》鷖總以證鷖爲青黑色。又謂許不云鷖鷗也，則許不謂爲一物。如段説，則青黑者爲鷖，白者爲鷗。渾言之，則鷖、鷗一也。〇鴻、江，古音東部。鷜、鸕，魚部。

湛淡羽儀，隨波參差。理翮整翰，容與自翫。彫啄蔓藻，刷盪漪瀾。

【注】湛淡，迅疾皃。漪瀾，水波也。彫啄，鳥食皃。蔓藻，海藻之屬也。善曰：《説文》曰：刷，刮也。漪，蓋語辭也。《毛詩》曰：河水清且漣漪。《爾雅》曰：大波爲瀾。

【疏】李周翰曰：言鳥游自得其性也。〇《楚辭・離騷》王逸注曰：容與，游戲貌。〇翫，袁、茶二本皆作「玩」。案：「玩」，「翫」之借字。〇呂延濟曰：彫，傷。蔓藻，水草。言鳥羣游，傷啄蔓藻以食之，刷盪毛羽於湍瀨之上也。案：「彫」，「凋」之通借字。《廣雅・釋詁》四曰：凋，傷也。〇劉注：湛淡，迅疾皃。義似未合。胡紹煐曰：湛淡，摇蕩之貌。猶澹淡也。本書《西都賦》澹淡浮。善注：澹淡，隨風之貌。隨風謂之澹淡，隨波謂之湛淡，其義一也。故下云隨波參差。〇漪瀾，水波也。各本同。下李善注：漪，蓋語辭也。胡克家曰：袁本、茶陵本「漪」作「猗」，下同。案：二本是也。劉注爲「漪」，善注爲「猗」，尤並改善作「漪」，甚非。步瀛案：《詩・伐檀》：河水清且漣猗。《釋文》曰：猗，本亦作「漪」。《爾雅・釋水》：河水清且灡漪。《釋文》曰：本又作「猗」。是隋唐以前《毛詩》、《爾雅》「漪」、「猗」字各本互見。李注因正文作「漪」，故引《詩》亦作「漪」。因「漪」與「猗」同，故以漪爲語辭。胡氏以爲尤改亦未必然，特以本字言，則自當作「猗」。《説文·水部》淪下引《詩》曰：河水清且淪漪。段注改作「猗」，曰：《毛詩》漣猗、直猗、淪猗，「猗」與「兮」同。漢石經《魯詩》殘碑可證。後人妄加「水」作「漪」，《吴都賦》乃有刷盪漪瀾、濯明月於漣漪之句，其謬甚矣。胡紹煐曰：《爾雅·釋水》作「漪」，賦襲用之，而《初學記》六水波如錦文曰漪，遂沿其誤。蓋以「漪」爲語辭，讀同「兮」，最合。朱銘曰：《御覽·地部》引《爾雅》曰：風行水成文曰漣，水波如錦文曰漪。然今本無此文。薛傳均曰：《爾雅》河水清且灡漪。大波爲瀾。《説文》瀾字下云：大波爲瀾。漣字下云：瀾或从連。是「瀾」、「漣」一字也。《釋名·釋水》曰：瀾，連也。波體轉流相及連也。亦其明證。若灡，則《説文》訓爲潘也，與瀾字無涉，特同音相假借耳。步瀛案：《釋水》諸本「灡」作「瀾」。臧庸謂《爾雅》多《魯詩》，陳喬樅、王先謙謂《魯詩》作「瀾」，《隸釋》卷十四載石經《魯詩》殘碑「猗」作「兮」，是《魯詩》作「漪」或作「猗」作「兮」，皆與毛詩義同。而劉注釋漪爲水波，下文濯明月於漣漪，又釋爲麗水，皆不以爲語辭，蓋出他家《詩》説，與魯、毛義異。○李引《説文》，見刀部。刮，當作𠛬。○《爾雅》，見《釋水》。○儀、差，古音歌部。翰、甗、瀾，元部。

魚鳥聱耴，萬物蠢生。芒芒黖黖，慌罔奄欻。神化翕忽，函幽育明。窮性極形，盈虚自然。蚌蛤珠胎，與月虧全。巨鼇贔屓，首冠靈山。大鵬繽翻，翼若垂天。振盪汪流，雷抃重淵。殷動宇宙，胡可勝原。

【注】蠢，動也。黖黖，絶遠貌。奄欻，去來不定之意。翕忽，疾貌。函幽育明，皆謂珠玉光耀之狀也。

窮性極形，物皆極大也。《呂氏春秋》曰：月望則蚌蛤實，月晦則蚌蛤虛。《列仙傳》曰：鼇負蓬萊山而抃滄海之中。贔屓，用力壯皃。《莊子》曰：北溟有魚名鯤，化爲鵬，怒而飛，翼若垂天之雲。鵬之將徙於南溟，水擊三千里，搏扶搖而上九萬里。示振盪之狀也。汪流，水深皃。其聲勢之不可勝盡也。《淮南子》曰：虛廓生宇宙，宇宙生天地者也。善曰：聱耴，衆聲也。《埤蒼》云：聱，不聽也。魚幽切。耴，牛乙切。杜篤《論都賦》曰：蠢生萬類。𪑱𪑱，不明皃。許既切。《春秋保乾圖》曰：日以圓照，月以虧全。宋均曰：全，十五日時也。《列子》：夏革曰：渤海之東曰歸墟，其中有五山焉。帝命禺强使巨鼇十五，舉首而戴五山，峙而不動。《玄中記》曰：鼇，巨龜也。《西京賦》曰：巨靈贔屓。王逸《楚辭注》曰：擊手曰抃。音卞。

【疏】呂向曰：聱耴，衆聲皃。魚當無聲，此云魚鳥聱耴者，文之失也。胡紹煐曰：按《玉篇》：耴，魚乙切。引左思《吴都賦》曰：魚鳥聱耴，乃物蠢生也。《廣韻》：聱耴，魚鳥狀。據此，則聱耴並魚鳥狀。耴之言乙也。《白虎通·五行篇》：乙者，物蕃曲有節欲出。是聱耴爲屈曲欲出也。下云萬物蠢生，正承此句言之。步瀛案：《玉篇》「乃物」當作「万物」。唐人寫書恒以「万」代「萬」，遂誤爲「乃」耳。《上林賦》曰：魚鼈讙聲。左太沖蓋本此。呂向以爲魚當無聲，非也。○劉良曰：慌罔，不明皃。奄欻、翕忽，變化疾速皃。○「贔屓」當作「奰屓」，已見《西都賦》疏。○「汪流」，袁本作「注流」，注同，誤。○劉良曰：抃，猶擊也。重淵，言深也。大龜戴山動擊於水中，其聲如雷霆。胡紹煐曰：雷、抃，皆擊也。雷抃重淵，猶上云振盪汪流耳。本書《江賦》：駭崩浪而相礧。善注：相礧，相擊也。《漢書·陳遵傳》

注：輻，擊也。雷與礧、輻音義並同。向注謂其聲如雷霆，分雷、扑爲二義，甚疏。○吕延濟曰：繽，翻飛皃。又五臣音殷，上聲。李周翰曰殷，聲也。○袁、茶二本「原」作「源」，疑「謜」字之誤。李周翰曰：何可説其本源之所由也。胡紹煐曰：翰説非也。《廣雅·釋詁》一：謜，度也。胡可勝原，言何可勝度。本書《神女賦》志未可乎得原，王氏念孫讀原爲謜。《漢書·東方朔傳》不可勝原，句法與此相似。師古亦誤解爲原本之原。○劉注：蠢，動也。《爾雅·釋詁》文。《説文》曰：蠢，蟲動也。○「黖黖」至「疾貌」，胡克家曰：袁本、茶陵本無此十七字。○「極大」，尤本作「極之」。胡克家曰：袁本、茶陵本「之」作「大」，是也。○《吕氏春秋》見《精通篇》。○《楚辭·天問》曰：鼇戴山抃。王逸注引《列仙傳》曰：有巨靈之鼇，背負蓬萊之山，而抃舞戲滄海之中。與本注可互證。○《莊子》「北溟」至「九萬里」，見《逍遥遊》。今本「溟」作「冥」。《釋文》曰：本亦作「溟」。案：袁、茶二本「扶摇」上皆有「風」字，誤衍。○《淮南子·天文篇》曰：虚霩生宇宙，宇宙生氣。氣有涯垠，清陽者薄靡而爲天，重濁者凝滯而爲地。劉注以意引。劉家立《淮南集證》曰：霩，古廓字。○李注：聱耴，衆聲也。《玉篇·耳部》：聱，五苞、魚幽二切。亦引《埤蒼》云：不聽也。與本注同。朱珔曰：《説文》聱字在新附，蓋「謷」之俗體。《詩·板》篇：聽我嚻嚻。《毛傳》：嚻嚻，猶謷謷也。正合衆聲之義，與此注引《埤蒼》亦合。○杜篤《論都賦》，見《後漢書·文苑傳》。《藝文類聚·居處部》一亦引之。○《列子》見《湯問篇》。「歸塘」作「歸墟」。殷敬順《釋文》曰：或作「歸塘」。○《御覽·地部》三引《玄中記》曰：東南之大者有巨鼇焉，以背負蓬萊山。○《楚辭》注見《天問》。○耴、黖、忽，古音脂部。生、形，耕部。然、全、山，原，

元部。天、淵，真部。元、真二部通轉爲韵●

島嶼綿邈，洲渚馮隆。曠瞻迢遞，迥眺冥蒙。珍怪麗，奇隙充。徑路絶，風雲通。洪桃屈盤，丹桂灌叢。瓊枝抗莖而敷蘂，珊瑚幽茂而玲瓏。

【注】島，海中山也。嶼，海中洲，上有山石。魏武《蒼海賦》曰：覽島嶼之所有。綿邈，廣遠貌。水中可居曰洲，小洲曰渚。曠瞻迢遞，謂島嶼也。迥眺冥蒙，謂洲渚也。徑路絶者，人道斷絶。風雲通者，唯風雲能交通也。意者謂奇怪之徒，因風雲以交通。《水經》曰：東海中有山焉，名曰度索。上有大桃，屈盤三千里。桂生蒼梧、交趾、合浦以南山中，所在叢聚，無他雜木也。其枝葉皆辛。木叢生曰灌。瓊樹，食其華蘂，令人長生。《楚辭》曰：精瓊蘂以爲糧。蓬萊三山，神仙所居，故宜有焉。漢歌曰：上蓬萊，咀瓊英。珊瑚樹，赤色，有枝無華。《扶南傳》曰：漲海中有盤石，珊瑚生其上。玲瓏，明貌。善曰：後漢《黎陽山碑》曰：山河馮隆有精英兮。朱穆《鬱金賦》曰：丹桂植其東。《莊子》曰：南方積石千里，名瓊枝，高百二十仞。

【疏】「迥」，茶陵本與尤本同。袁本、毛本作「迴」。案：此與曠瞻對文，「迥」字是。○「屈盤」，五臣作「盤屈」。○劉注：島，海中山也。案：「島」當作「㠀」。《説文》曰：海中往往有山，可依止，曰㠀。大徐《新附》曰：嶼，㠀也。○《蒼海賦》「蒼」當作「滄」，魏武此賦，他書未見引。○「綿邈深遠貌」，胡克家曰：袁本、茶陵本無此五字。○洲渚注皆本《爾雅・釋水》文。今《爾雅》「渚」作「陼」。《説文・水部》渚字下引作「渚」，與此注合。洲，俗字，當依《説文》作「州」。○尤本謂「島嶼也」下有「馮隆高貌迢遞遠貌」八字，謂「洲渚」下無「也」字，有「深奧之貌言珍怪之物麗於島嶼之中」十五字。袁、茶二本有「也」字，餘皆無之。今據增「也」字。案：「馮隆高皃」四字當在「小洲曰渚」下，「迢遞遠皃」四字當在「謂洲渚也」下，「深奧之貌」上當有「冥蒙」二字，「言珍怪之物」上當有「珍怪麗者」四字，疑傳寫者譌奪，今姑依二本。○「水經東海中有山」云云，今本無此文，詳見《東京賦》疏。○《海內南經》曰：桂林八木，在番隅東。《續漢書・郡國志》五、南海郡番禺下劉昭注，《水經・泿水注》引作「賁禺」，本書《遊天台山賦》注、《御覽・木部》六引作「賁隅」，本書《上林賦》張揖注、《四愁詩》李注、《初學記・州郡部》引作「番禺」，《御覽》又引《廣志》曰：桂出合浦，而生必以高山之顛，冬夏常青，類自爲林，間無雜樹，交阯置桂園。可與本注互證。《釋木》曰：木族生爲灌。郭注曰：族，叢。○「食其華藥」，尤本「食」作「生」，又有「仙人所食」四字。今依袁、茶二本。○《楚辭》見《離騷》，「藥」作「靡」，「糧」作「粻」。王逸注曰：靡，屑也。粻，糧也。○尤本「漢」下有「書」字。胡克家曰：袁本、茶陵本無「書」字。○「有枝無華」，胡克家曰：袁本、茶陵本無「無華」二字。○《扶南傳》，本賦注兩見，而《隋書・經籍志》不著録。○「玲瓏明貌」，胡克家曰：袁本、茶陵本無此四字。○《黎陽山碑》，《水經・河水注》五引云：縣取山之名，取水之陽以爲名也。案：此碑不知何人所撰。○「朱穆」，各本作「朱稱」。胡克家曰：「稱」當作「穆」，各本皆譌。《魯靈光殿賦》注引作「穆」，不誤。張雲璈、梁章鉅並同。李詳曰：《御覽》九百八十一引《文士傳》云：朱穆，字公叔，作《鬱金賦》云云，凡六句。此注及《魯靈光殿賦》注所引皆無其語。○《莊子》乃佚文。本書江文通《雜體詩》、嵇中散《言志》注引較此爲詳，又見《藝文類聚・鳥部》一、

《御覽・羽族部》二、《困學紀聞》卷十引，亦互有異同。○隆、蒙、充、通、叢、瓏，古音東部。

增岡重阻，列真之宇。玉堂對霤，石室相距。藹藹翠幄，嫋嫋素女。江婓於是往來，海童於是宴語。斯實神妙之響象，羌難得而覼縷。

【注】玉堂、石室，仙人居也。海童，海神童也。吳歌曲曰：仙人齎持何等，前謁海童。《爾雅》曰：羌，楚人發語端也。善曰：馮衍《爵銘》曰：富如江海，壽配列真。道書曰：上曰神，次曰仙人，下曰真人。《楚辭》曰：紫貝闕兮玉堂。鄭玄《禮記注》曰：堂前有承霤。《列仙傳》曰：赤松子常止西王母石室中。藹藹，盛貌。徐幹《齊都賦》曰：翠幄浮遊。《埤蒼》曰：嫋嫋，美也。奴鳥切。《史記》曰：泰帝使素女鼓五十絃瑟。《神異經》曰：西海有神童，乘白馬出，則天下大水。王延壽《王孫賦》曰：羌難得而覼縷。覼，力戈切。

【疏】「增」與「層」同。○五臣「婓」作「妃」。案：「婓」，「妃」之借字。○《周語》中曰：飲酒宴語相悅也。○李周翰曰：仙道至微，事或響象。響象，言未審也。步瀛案：響象，疊韻連語，猶想象也。⊙尤本「羌」作「嗟」。孫志祖曰：王元長《曲水詩序》注引此賦作「羌」，則此作「嗟」字誤也。胡克家曰：「嗟」當作「羌」，注同袁本作「羌」，是也。茶陵亦誤「嗟」。○劉注玉堂石室云云，《漢書・地理志》金城郡臨羌縣下元注曰：西北至塞外有西王母石室。《十六國春秋・前涼録・張駿傳》曰：酒泉太守馬岌上言：酒泉南山既崑崙之體，周穆王見西王母樂而忘歸，即謂此山。有石室玉堂。《御覽・道部》十六引《道迹經》曰：秀華玉堂，五靈真之所處也。《神仙傳》曰：黃初平年十五，有道士將至金華山石室中。○吳歌曲，《海賦》注引亦同。○「爾雅曰」，胡克家曰：《爾雅》無此文，疑「爾」當作「小」，卽《西都賦》善注引之「小雅曰」。羌，發語聲也。胡紹煐曰：《小爾雅·廣言篇》：羌，發聲也。與此引微異。疑注「爾雅曰」三字衍。步瀛案：下引《爾雅》曰棘戟也，亦《小爾雅》之文。蓋劉氏統稱曰《爾雅》也。○「羌」，尤本作「嗟」，下同。茶陵本亦然。皆誤。今依袁本。○李注引馮衍《爵銘》，《景福殿賦》注引同。○「道書」至「真人」，胡克家曰：袁本、茶陵本無此十四字。步瀛案：《御覽·道部》一引《太真科》曰：三善道者，聖、真、仙。上品曰聖，中品曰真，下品曰仙。又《真誥》曰：試三不過，但仙人而已，不得爲真人。皆以真人在仙人上，與此注引道書異。○《楚辭》見《九歎·逢紛》。「兮」作「而」。○《禮記·檀弓》上曰：池視重霤。鄭注曰：如堂之有承霤也。承霤，以木爲之，用行水，亦宮之飾也。今宮中有承霤，云以銅爲之。案：鄭注「堂」下無「前」字，此注「前」字疑衍。○《列仙傳》已見《西都賦》注引。○「藹藹，盛貌」，胡克家曰：袁本、茶陵本無此四字。○徐幹《齊都賦》，《御覽·兵部》六十九引「幄」誤作「握」。○《史記》，見《封禪書》。案袁、茶二本「泰」作「秦」，誤。○「神異經」至「天下大水」，胡克家曰：袁本、茶陵本無此十八字。案：今本《神異經·西荒經》曰：西海水上有人，乘白馬朱鬣，從十二童子，馳馬西海水上，名曰河伯使者。或時上岸，馬跡所及，水至其處。所之之國，雨水滂沱。與注引異。○王延壽《王孫賦》，尤本「羌」亦誤「嗟」。今從袁本。《初學記·獸部》引正作「羌」。《藝文類聚·獸部》下引未及此句。《古文苑》章樵注本「覼」作「覶」。《玉篇》曰：覶，力和切。覶縷，委曲也。《類篇》曰：覶，俗從爾作「覼」，非。字又作「羅」。謝靈運《擬魏太子詩》注引《王孫賦》作「羅縷」，胡紹煐曰：「羅」、「覼」，古字通。「羅縷」、「覼縷」，並一聲之轉。○宇、距、女、語，古音魚部。縷、侯部。通轉爲韵。○以上山澤。

爾乃地勢坱圠，卉木镺蔓。遭藪爲圃，值林爲苑。異荂蓲蘛，夏曄冬蒨。方志所辨，中州所羨。

【注】坱圠，莽沕也，高下不平貌也。卉，百草總名，楚人語也。有木曰苑，有草曰圃。言林藪非一，所在皆爲苑圃。有國有家者，因天地之自然，不復假人功爲園圃也。《爾雅》曰：荂，榮也。蓲，華也。敷蘛，華開貌。南土草木通冬日生，故曰蒨。善曰：《鵩鳥賦》曰：坱圠無垠。坱，烏朗切。圠，烏八切。《廣雅》曰：镺，長也。烏老切。荂，枯瓜切。《爾雅》曰：蕍，榮也。郭璞曰：蕍猶敷蕍，亦華之貌也。蘛與蕍同。庾俱切。蓲與敷同。無俱切。

【疏】《旁證》引段曰：「蓲」當作「萮」。《廣韻》：萮，萮花貌。步瀛案：《廣韻》蓋本《玉篇》。萮，撫俱切。萮，臾俱切。蘛蘛並與萮同。蘛，又音育，爲五臣音育所本。杜宗玉曰：俞、育聲轉，敷訓華開，取鋪華義。蕍，訓榮，猶敷榮亦敷華意。育，訓養，養華使開也。故用同。步瀛案：蘛字音同蘛，頗可疑，又與本賦無與。姚鼐謂據善注，當作蘛蘛，是五臣本未知何所據而云然。或以劉注袁、茶陵二本無「蓲華也」三字，謂劉本正文作「敷蘛」，亦未知確否。○五臣「蒨」作「倩」。○劉注「坱圠」云云，案：本書《魯靈光殿賦》李注曰：坱圠，無齊限之貌。字亦作「軋」。《史記·賈生傳》《服鳥賦》：坱軋無限。《集解》引應劭曰：其氣坱軋，非有限齊也。又與「軋坱」同。本書《七發》注曰：軋坱，無垠貌也。並與劉注義合。○《説文》曰：茻，艸之總名也。《書·禹貢》孔疏引舍人《爾雅》注曰：凡百草一名卉。《方言》十曰：茻，莽草也。東越揚州之閒曰茻，南楚曰莽。案：「卉」、「茻」之隸變。「莽」、「茻」之通假也。○《説文》曰：種菜曰圃。《周禮》天官太宰之職，鄭玄注曰：樹果蓏曰圃。此以圃、苑對舉，故以草木分屬。○《爾雅》，見《釋草》。朱珔曰：《爾雅》：華，荂也。華荂，榮也。轉相訓。郭注：今江東呼華爲荂。《説文》「𠌶」字重文爲「荂」。郝氏謂：華、荂，古音同。荂、瓠俱從夸聲。故《郊特牲》注以瓜瓠爲瓜華也。余謂《爾雅》蔈荂茶亦是蔈之華爲茶。又芙蓟其實荂，郭注芙與蓟莖頭皆有蓊臺，名荂。荂卽其實。郝氏云：凡草抽莖作蓊臺者，卽於其上開華結實。芙蓟亦然，故以荂名其實也。○「蓲華也」，胡克家曰：袁本、茶陵本無此三字。朱珔曰：當作「蓲敷也」。○尤本「通」字下空格作□，無「日」字。胡克家曰：袁本、茶陵本□作「日」，疑「日冬」當作「冬日」也。案：胡氏説是，今從之。○李注引《鵩鳥賦》見本書卷十三。○《廣雅》見《釋詁》四。王氏《疏證》曰：跃之言夭夭然也。《禹貢》：厥草維夭。馬融注曰：夭，長也。義與跃同。○《爾雅》及郭注亦見《釋草》。此注引郭注，各本「華」誤作「草」，今正。郝懿行曰：《玉篇》、《廣韵》並云：𦳢，萮花皃。蘛同。然則「蘛」蓋「蕍」之異文。「蕍」省作「萮」，「蓲」省作「𦳢」。蓲又敷之借聲也。干寶注：《説卦》震爲旉云：鋪爲花貌，謂之藪，是也。步瀛案：干注見《釋文》。○蔓、苑、羡，古音元部。蒨、耕部。通轉爲韵。○此因地勢富於圃苑，開下各種物産。

草則藿蒳豆蔻，薑彙非一。江蘺之屬，海苔之類。綸組紫絳，食葛香茅。石帆水松，東風扶留。

【注】《異物志》曰：藿香，交趾有之。豆蔻生交趾，其根似薑而大，從根中生形，似益智。皮殼小厚，核如石榴，辛且香。蒳，草樹也。葉如栟櫚而小，三月採其葉，細破陰乾之，味近苦而有甘，并雞舌香食之，益美。薑彙大如累，氣猛，近於臭。南土人擣之以爲虀菱，一名廉薑，生砂石中，薑類也。其累大，辛而香，削皮以黑梅并鹽汁漬之，則成也。始安有之。彙，類也。《易》曰：拔茅茹以其彙，征吉。所謂薑彙非一也。江蘺，香草也。《楚辭》曰：扈江蘺。海苔，生海水中，正青，狀如亂髮，乾之赤。鹽藏有汁，名曰濡苔。臨海出之。《爾雅》曰：綸，似綸。組，似組。東海有之。紫，紫菜也。生海水中，正青，附石生。取乾之，則紫色。臨海常獻之。絳，絳草也。出臨賀郡，可以染。食葛，蔓生，與山葛同根，特大，美於芋也。豫章閒種之。香茅，生零陵。石帆，生海嶼。石上草類也。無葉，高尺許，其華離樓相貫連，雖無所用，然異物也。死則浮水中。人於海邊得之，希有見其生者。水松，藥草。生水中。出南海、交趾。東風，亦草也。出九真。扶留，藤也。緣木而生，味辛，食檳榔者斷破之，長寸許，以合古賁灰，與檳榔并咀之，口中赤如血。始興以南皆有之。善曰：蒳，音納。蔻，火豆切。彙，音謂。綸，古頑切。

【疏】《證類本草》卷十二引《異物志》曰：藿香，出海邊國，形如都梁，可著衣服中。與劉注引異，未知出一書否。又引《南方草木狀》曰：味辛，榛生，吏民自種之，五六月採暴之，乃芬芳爾。出交阯、九真諸國。今本《草木狀》佚此文。《御覽·香部》二亦引之。《本草》引脫「芳」字，卽據《御覽》補。又「交阯」下有「武平興古」四字，無「諸國」二字。又《本草圖經》曰：藿香，今嶺南郡多有之，人家亦多種植。二月生苗，莖梗甚密，作叢葉，似桑而小薄，六月七月採之，暴乾乃芬香。須黃色，然後可收。又《金樓子》及俞益期牋皆云：扶南國人言衆香共是一木，根便是旃檀，節是沈香，花是雞舌，葉是藿香，膠是薰陸，詳本經所以與沈香等共條，蓋義出於此。然今南中所有，乃是草類。《南方草木狀》云云，正相符合也。步瀛案：今本《金樓子》佚此文。俞益期牋，《御覽》亦引之。又案：藿香，李時珍《本草綱目》改入芳草部。○李詳曰：《廣韻》二十七合，蒳下引《異物志》有「子似檳榔可食」六字。步瀛案：《御覽·果部》十一引《異物志》與劉注同。《齊民要術》十引竺法真《登羅浮山疏》曰：山檳榔，一名蒳子，幹似蔗葉，類柞。一叢千餘幹，幹生十房，房底數百子。四月採，與豆蔻並列。是以蒳子即山檳榔。《御覽》又引顧微《廣州記》曰：山檳榔，大於蒳子。蒳子，土人亦呼爲檳榔。是一類之中，亦小有別也。朱珔謂：「蒳」或省作「納」，《廣志》云：艾納，出西國，似細艾。又有松樹皮上緑衣亦名艾納，可以和合諸香燒之，與此不同。蒳爲香草，疑卽艾納之類。步瀛案：《廣志》見《證類本草》卷九引，而《法苑珠林》卷三十六、《御覽·香部》二皆引作「剽國」，疑《本草》作「西」字誤。劉注謂蒳爲草樹，不言爲香草。朱謂爲艾納香，恐非注意。○梁章鉅曰：注「豆蔻生交阯」至「石榴辛且香」三十字，依賦正文，當移在「蒳草樹也」至「食之益美」三十四字之下。步瀛案：《南方草木狀》曰：「豆蔻花，其苗如蘆，其葉似薑，其花作穗，嫩葉捲之而生花，微紅，穗頭深色，葉漸舒，花漸出。《齊民要術》十引《草木狀》曰：豆蔻樹，大如李，二月花色相連著實，子相連累。其核根芬芳，成殼。七月八月熟，曝乾，剥食，核味辛香五味，出興古。今本《草木狀》佚此文。是豆蔻有草、木二種。《證類本草》卷二十三引《圖經》曰：豆蔻，即草豆蔻也。生南海，今嶺南皆有之。苗似蘆，葉似山薑、杜若輩，根似高良薑，花作穗，嫩葉卷之而生。初如芙蓉，穗頭深紅色，葉漸展，花漸出，而色漸淡，亦有黄白色者。南人多採以當果實，尤貴其嫩者，并穗入鹽同淹治，疊疊作朵不散落。其作實者若龍眼子，而鋭皮無鱗，甲中子若石榴瓣，候熟採之，暴乾，根苗微作樟木氣。案：《證類本草》豆蔻入果部，《本草綱目》移入芳草類。○《本草綱目》卷十四引《異物志》「大如累」作「大如羸」。《旁證》引姜皐謂「累」當作「羸」。《廣雅·釋草》曰：廉薑，葰也。王氏《疏證》曰：《説文》：葰，薑屬，可以香口。字或作「綏」。《既夕禮》記：茵箸用茶，實綏澤焉，注云：綏，廉薑也。取其香，且御溼。或作「浚」，《鹽鐵論·散不足篇》云：浚茈蓼蘇。或作「荾」，《吴都賦》注云云。或作「荽」，潘岳《閒居賦》云：蓼荽芬芳。段氏《説文注》曰：綏者，「葰」之假借字，一名山辣，今藥中三柰也。《吴都賦》謂之薑彙。《旁證》引姜皐曰：《本草綱目》廉薑，《釋名》：薑，彙也。朱珔曰：如注説，是薑彙爲廉薑之異名，然與「非一」字不貫注下文。又云彙類也，則仍言薑之種類非一。或因廉薑本薑類，遂亦以薑彙稱與？步瀛案：以文求之，朱氏説是。姜皐謂「彙」疑讀如「蝟」，引《埤雅·釋木》栗有捄蝟自裹以證，胡紹煐且申之曰：薑有刺，故曰薑彙，謂其刺似蝟也。皆近穿鑿。《通雅》四十四以荾爲今芫荽，亦非。又案：晉廣州始安郡治始安縣，今廣西桂林縣治。○《易》，見《泰卦》初九爻詞。○《楚辭·離騷》「蘺」作「離」，本書李注本同，五臣本則作「蘺」。王逸注曰：香草名也。《説文》曰：江蘺，蘪蕪。《證類本草》卷七曰：蘼蕪，一名江蘺，芎藭苗也。餘見《南都賦》，又詳見後《子虛賦》疏。○「乾之赤」，尤本「赤」作「亦」。胡克家曰：袁本、茶陵本作「赤」，是也。○《爾雅·釋草》曰：薚，海藻。郭注曰：藥草也。一名海蘿，如亂髮，生海中。《本草》云：《廣雅·釋草》曰：海蘿，海藻也。《初學記·草部》引沈懷遠《南越志》曰：海藻，一名海苔，或曰海羅，生研石上。《證類本草》卷九曰：海藻，一名落首，一名藫，生東海池澤。引陶隱居曰：生海島上，黑色，如亂髮而大少許，葉大都似藻葉。又引陳藏器《本草》曰：此物有馬尾者，大而有葉者。馬尾藻生淺水，如短馬尾，細黑色，用之當浸去鹹。大葉藻生深海中及新羅，葉如水藻而大。又引《圖經》曰：又有一種海帶，似海藻而麄且長，登州人取乾之，柔靭可以繫束物。案「薚」、「藫」字同。王氏《廣雅·釋草·疏證》曰：苔之轉聲爲薚。○《爾雅》，見《釋草》。袁、茶二本「綸」下脱「似綸」二字。案郭注曰：綸，今有秩嗇夫所帶糾青絲綸。組，綬也。海中草生彩理有象之者，因以名云。郝氏《義疏》曰：《說文》：綸，青絲綬也。組，綬屬。鄭注《緇衣》云：綸，今有秩嗇夫所佩也。疏引張華云：綸如宛轉繩。《續漢·輿服志》云：百石青紺綸，一采，宛轉繆織，長丈二尺。百石，卽有秩嗇夫，見《漢書·百官公卿表》。晉仍漢制，故郭據以爲言也。步瀛案：《御覽·藥部》九引《本草經》曰：綸布，一名昆布。郝曰：《釋文》綸，古頑切。綸、昆聲近，故以昆布爲綸。○《證類本草》九引陶隱居曰：《爾雅》云：綸似綸，組似組，今青苔、紫菜皆似綸。《本草綱目》二十八李時珍曰：紫菜，閩、越海邊悉有之。大葉而薄，彼人挼成餅狀，曬乾貨之。其色正紫，亦石衣之類也。朱珔曰：此賦紫絳，蓋與綸組爲四，當是其類而非一物。○《爾雅·釋草》曰：茹藘，茅蒐。郭注曰：今之蒨也。可以染絳。郝氏《義疏》曰：

《説文》:茅蒐,茹藘,人血所生,可以染絳。又云:茜,茅蒐也。「茜」與「蒨」同。《蜀本草圖經》云:染緋草也。葉似棗,葉頭鋭,下闊,莖葉俱澀,四五葉對生節間,蔓延草木上,根紫赤色。按:葉甚光澤,今田家謂之驢饊子,驢喜啖之也。步瀛案:《蜀本草圖經》見《證類本草》七引。此雖與染合,然與綸、綬、紫三者不類,此疑亦海藻之類也。《旁證》引林茂春説,以紫、絳二字或卽言綸組之色,亦非。又案:晉廣州臨賀郡治臨賀縣,今廣西賀縣治。○孫志祖《補正》引盛百二《柚堂筆記》曰:何義門以爲食葛疑今番薯,非也。食葛,理粗如首烏,其大者若小兒形,亦名乾葛。予在嶺南惠、潮之閒常食之。步瀛案:《證類本草》八曰:葛根,一名雞齊根,一名鹿藿,一名黄斤。陶隱居云:卽今之葛根。人皆蒸食之。當取入土深大者,破而日乾之。南康、廬陵閒最勝,多肉而少筋,甘美。又引《圖經》曰:葛根,春生,苗引藤蔓長一二丈,紫色,葉頗似楸葉而青,七月著花,似豌豆花,不結實。根形如手臂,紫黑色。今人多作粉食之。《本草綱目》十八李時珍曰:葛有野生,有家種,其蔓延長,取治可作絺綌。其根外紫内白,長者七八尺。其葉有三尖,如楓葉而長,面青,背淡。其花成穗,纍纍相綴,紅紫色。其筴如小黄豆,筴亦有毛。其子緑色,扁如鹽梅子核,生嚼,腥氣。蘇頌謂葛花不結實,誤矣。其花曬乾,亦可煠食。步瀛案:葛根可食,故曰食葛。陶貞白謂南康、廬陵閒最勝,與劉云豫章亦相近,不必定如柚堂所云也。朱珔曰:余鄉山中甚多,正如蘇、李所説,其根蒸熟,味甘香。取生者搗乾,入水中,揉出粉,可食。賦所云食葛,卽此矣。○朱珔曰:香茅有二。一曰茅香,《開寶本草》云:生劍南道諸州,其莖葉黑褐色,花白色。《蘇氏圖經》云:今陝西河東、汴東州郡亦有之。又有白茅香,乃陳藏器所稱生安南，如茅根，道家用作浴湯者。李時珍謂別是南番一種香草，與香茅異。此處或可兼言之與？案：朱說本《證類本草》九及《本草綱目》十四。然《晉書·地理志》荆州零陵郡泉陵縣注曰：有香茅，云古貢之以縮酒。《左·僖四年》杜注曰：茅菁，茅也。束茅而灌之以酒，爲縮酒。《證類本草》七引陶隱居曰：江南貢菁茅，一名香茅，以供宗廟縮酒。則劉注云出零陵者，當卽菁茅，非《本草》之茅香及白茅矣。朱珔謂此賦下文云職貢納其包茅，劉注引《禹貢》包匭菁茅，故注於此別爲之説。不知此言其物，下言職貢，不嫌重複，且零陵、桂陽，其地相接，亦未見別爲之説也。○《證類本草》九引陶隱居曰：石帆，狀如柏。又有水松，狀如松。又引陳藏器云：石松，高尺餘，根如漆，上漸輭作交羅文，生海底。水松，葉如松。又引《日華子》云：石帆，紫色，梗大者如筯，見風漸硬，色如漆。人以飾作珊瑚裝。皆可與劉注相證。《通雅》卷四十三以水松爲水杉，石帆爲鐵樹，入木類，殆非。○「離樓」，尤本作「離婁」。胡克家曰：袁本、茶陵本作「樓」，是也。○何焯曰：《廣韻》引《廣州記》：東風菜，陸地生，莖赤，和肉作羹，味如酪，香似蘭。步瀛案：《廣韻·一東》又有菄字曰：東風菜，已見上。俗加艸。《玉篇·艸部》亦有菄字。《齊民要術》十引《廣州記》曰：莖紫，宜肥肉作羹，味如酪，香氣似馬蘭。與《廣韻》引互有詳略。《御覽·菜部》五引《南州記》曰：冬風菜，陸生，宜肥肉作羹也。《證類本草》二十九曰：東風菜，堪入羹臛，煑食甚美。生嶺南平澤，莖高三二尺，葉似杏葉而長，極厚輭，上有細毛。先春而生，故有東風之號。《本草綱目》二十七引《宋開寶本草》馬志曰：一作冬風，言得冬氣也。朱珔曰：《本草》所稱，當卽東風草，以其食之美，故列之菜部耳。注言出九真者，漢九眞郡與南海、合浦諸郡俱屬交州，即嶺南矣。〇「食檳榔者」，各本「食」上有「可」字。陳景雲曰：「食」下脱一「食」字。胡克家曰：當衍「可」字。案：胡氏説是，今從之。〇「古賁」各本誤作「石賁」。胡克家曰：「石」當作「古」。今從之。扶留藤，已見《蜀都賦》蒟蒻疏。又《齊民要術》十引《異物志》曰：古賁灰，牡蠣灰也。與扶留、檳榔三物合食然後善也。扶留藤似木防已，扶留、檳榔，所生相去遠，爲物甚異而相成。俗曰檳榔扶留，可以忘憂。又引《交州記》曰：扶留有三種。一名穫扶留，其根香美。一名南扶留，葉青，味辛。一名扶留藤，味亦辛。《御覽·果部》十二引並同。胡紹煐曰：未審此賦何屬，無以定之。步瀛案：劉注固以爲扶留藤矣。又案：晉廣州始興郡治曲江縣，今廣東曲江縣西。〇一、類，古音脂部。茅、留，幽部。

布濩皋澤，蟬聯陵丘。夤緣山嶽之岊，冪歷江海之流。扤白蔕，銜朱蕤。鬱兮茷茂，曄曄菲菲。光色炫晃，芬馥肸蠁。職貢納其包匭，《離騷》詠其宿莽。

【注】布濩，遍滿貌。蟬聯，不絶貌。夤緣，布藤上貌。冪歷，分布覆被貌。許氏《記字》曰：岊，陬隅而高，山之節也。扤，摇也。蔕，花本也。菲菲，花美貌也。《方言》曰：凡草生而初達謂之茷。芬馥，色盛香散狀。包，裹也。匭，猶結也。《尚書·禹貢》曰：包匭菁茅。菁茅生桂陽，可以縮酒，給宗廟，異物也，重之。是故既包裹而又纏結之。一曰：匭，柙也。《爾雅》曰：卷葹草，拔其心不死。江淮閒謂之宿莽。屈原嘉之以其志，故《離騷》曰：夕覽洲之宿莽。善曰：毛萇《詩傳》曰：扤，動也。《淮南子》曰：草木之勾萌，銜華戴實。《説文》曰：蕤，草木華垂貌。肸蠁，已見《蜀都賦》。夤緣，出也。岊，音

節。莌，以稅切。蕤，汝誰切。

【疏】岊各本作「峊」，非。朱珔曰：岊，从山、卩。此處作「峊」，他書或作「岊」，皆以形似失之。○「曄曄」，尤本作「曄兮」，似誤。今依五臣。張銑曰：曄曄，盛貌。菲菲，美貌。○劉注「布濩」至「覆被貌」，胡克家曰：袁本、茶陵本無此二十三字。○「許氏記字」，梁章鉅曰：此劉注引《說文》也，即今之《解字》。步瀛案：「記」字，「記」疑「說」字之誤。今本《說文》曰：岊，陬隅高山之節也。玄應《經音義》七引「高」上有「而」字，本注「而」字不誤。特各本脫「高」字，今本《說文》則脫「而」字耳。「陬隅而高」句，昔人「高山」連讀，非是。沈濤《說文古本攷》曰：有此二字，語氣始完。《初學記》卷五、《御覽》卷三十八引「陬隅高者曰岊」，乃節引，非全文。○「蔕花本也」至「美貌也」，胡克家曰：袁本、茶陵本無此十字。《○《方言》見卷二。郭注曰：鋒萌始出案上云莌，小也。錢繹《箋疏》曰：通作「銳」。《說文》：銳，芒也。昭十六年傳「不亦銳乎」，杜注：銳，細小也。○「芬馥色盛香散狀」，胡克家曰：袁本、茶陵本無此七字。○《史記·夏本紀》《集解》引鄭玄《禹貢注》曰：匭，纏結也。菁茅，茅有毛刺者。給宗廟縮酒，重之，故包裹又纏結也。爲劉注所本。僞孔傳曰：匭，匣也。柙即匣之借字，與後說同。胡紹煐曰：注以匭爲纏結，則讀同糾。《後漢書·張衡傳》注：糾，纏結也。匭從九聲，與糾音近。○《爾雅》見《釋草》。「葹」作「施」，無「其」字。《釋文》曰：「施」，或作「葹」。郭注曰：宿莽也。《離騷》云。○今《楚辭·離騷》「覽」作「攬」。舊校曰：「攬」，一作「㩜」，一作「擥」。王逸注曰：草冬生不死者，楚人名曰宿莽。宿莽遇冬不枯，屈原以喻讒人雖欲困己，己受天性終不可變易。《藝文類聚·草部》引《南越志曰》：寧鄉縣草多卷施，拔心不死，江漢閒謂之宿莽。又引郭璞《卷施贊》曰：卷施之草，拔心不死。屈平嘉之，諷詠以比。取類雖邇，興有遠旨。是卷施卽宿莽也。○李注引《毛詩傳》見《節南山》。○《淮南子》，見《本經篇》。此注各本「華」誤「翠」，「戴」誤「載」，今依《淮南》校改。○《說文》見《艸部》。○丘，古音之部。流，幽部。通轉爲韵。蕤、菲，脂部。晃、蠻、莽，陽部。

木則楓柙豫章，栟櫚枸桹。緜杬杶櫨，文欀楨橿。平仲君遷，松梓古度。楠榴之木，相思之樹。

【注】楓、柙，皆香木名也。豫章，木也。《異物志》曰：栟櫚，椶也。皮可作索。枸桹，樹也。直而高，其用與栟櫚同。栟櫚出武陵山，枸桹出廣州。木緜，樹高大，其實如酒杯，皮薄，中有如絲綿者，色正白，破一實得數斤。廣州、日南、交趾、合浦皆有之。杬，大樹也。其皮厚，味近苦澀，剥乾之，正赤。煎訖以藏衆果使不爛敗，以增其味。豫章有之。杶、櫨，二木名。文，文木也。材密緻無理，色黑如水牛角。日南有之。欀木，樹皮中有如白米屑者，乾擣之，以水淋之，可以作餅，似麪。交趾、盧亭有之。楨、橿，二木名。劉成曰：平仲之木，實白如銀。君遷之樹，子如瓠形。松、梓，二木名。古度樹也。不華而實，子皆從皮中出，大如安石榴，正赤，初時可煮食也。廣州有之。南榴，木之盤結者。其盤節文尤好，可以作器。建安所出最大長也。相思，大樹也。材理堅，邪斫之則文，可作器。其實如珊瑚，歷年不變。東冶有之。善曰：桹，音郎。杬，音元。杶，勑倫切。欀，音襄。楨，音貞。

【疏】「豫章」，尤本作「櫲樟」。胡克家曰：袁本、茶陵本作「豫章」，注同。是也。○「君遷」，尤本作「桾欐」。胡克家曰：袁本、茶陵本作「君遷」，是也。字書雖有「桾欐」字，但劉既不從「木」，善又與劉同，不得改。○「楠榴」，胡克家曰：「楠」當作「南」。注中作「南」，各本皆同。袁、茶陵二本「楠」下有「南」音，蓋五臣作「楠」而亂之。南榴複二字爲一木名，與「枏」之别體作「楠」無涉。五臣誤。段氏《經韵樓集》卷十二曰：「『楠』字不誤，特『枏』之俗耳。『榴』乃『瘤』之誤，俗閒傳寫失之。」胡紹煐曰：作「榴」同音之假，不煩改字。○劉注：楓、柙，二木名。案：互見《南都賦》注。○本書《子虛賦》曰：楩枏豫章。《史記·司馬相如傳》《集解》引郭璞曰：豫章，大樹也。生七年乃可知。《正義》引温活人曰：豫，今之枕木也。章，今之樟木也。二木生至七年乃可分别。陸璣《詩疏》曰：豫章，葉大如牛耳，一頭尖，赤心，花黄，子青，不可食。《證類本草》十四釣樟引陶隱居曰：出桂陽、邵陵諸處。又引《唐本草注》曰：釣樟，出郴州山谷，樹高丈餘，葉似枏而尖長，背有赤毛若枇杷葉。《本草綱目》三十四曰：樟，西南處處有之。木高丈餘，小葉似枏而尖長，背有黄赤茸毛，四時不凋，夏開細花，結小子。木大者數抱，肌理細而錯綜有文，宜於雕刻。氣甚芬烈。豫、章乃二木名，一類二種也。豫卽釣樟。又曰：樟有大小二種，紫淡二色。釣樟卽樟之小者。根似烏藥香，故又名烏樟。步瀛案：據以上諸家説，豫卽枕木，又曰釣樟。《證類本草》有釣樟，而卷十三引陳藏器又有枕材，云：作舸船，次於樟木。似又一種，與釣樟小異。○栟櫚，互見《南都賦》注。○枸，五臣音古候切。《御覽·木部》十引劉欣期《交州記》曰：都勾樹木中出屑如麪，可啖。又引《魏王花木志》曰：《交州記》：都勾似栟櫚，木中出屑如麪，可取爲餌食，如桄榔。是枸根卽都勾也。○《御覽·木部》九引《吴録·地理志》曰：交阯定安縣有木緜樹，高大，實如酒杯，中有緜如絲之緜，又可作布，名曰緤，一名毛布。又引《廣志》曰：木緜樹，赤華，爲房甚繁，偪側相比。爲緜甚軟。出交州永昌。《南史·夷貊傳》上曰：林邑出古貝。古貝者，樹名也。其華成時如鵝毳，抽其緒紡之以作布，布與紵布不殊。亦染成五色，織爲斑布。《本草綱目》三十六李時珍曰：木綿有二種，似木者名古貝，似草者名古終。或作吉貝者，乃古貝之訛也。木綿大如抱，其枝似桐，其葉大如胡桃葉。入秋開花，紅如山茶。花黄蕊，花片極厚，爲房甚繁，結實大如拳，實中有白綿，綿中有子。李延壽《南史》所謂古貝，張勃《吴録》所謂木綿，皆指似木之木綿也。姚範曰：注木綿實如酒杯，破一實得數斤。按：理無酒杯之實而得數斤之綿者，一實數斤，疑有誤也。○《爾雅·釋木》曰：杬，魚毒。郭注曰：杬，大木。子似栗，生南方。皮厚，汁赤，中藏卵果。與劉注合。《説文》曰：芫，魚毒也。朱珔曰：《爾雅》：杬，魚毒。字从木。而《説文》魚毒之芫則從艸。顔師古注《急就篇》芫華云：景純所説，乃《吴都賦》所謂緜杬杶櫨者耳，非魚毒也。芫草，一名魚毒，煑之以投水中，魚則死而浮出，故以爲名。其華可以爲藥。「芫」，字或作「杬」，余謂據小顔之駁郭説，是此賦之「杬」與《爾雅》之「杬」異矣。《爾雅》以「杬」字从木，故入之《釋木》，其實草也。《管子·地員篇》其木宜蚖菕，「蚖」即「杬」同音借字耳。步瀛案：《御覽·木部》九引《臨海異物志》曰：杬，味如楮。○《説文》曰：杶，木也。《夏書》曰：杶、榦、栝、柏。重文作「櫄」。《考工記》鄭注引亦作「櫄」。賈疏引《禹貢》鄭注曰：櫄、榦、栝、柏，四木名。《中山經》曰：成侯之山，其上多櫄木。郭注曰：似樗樹，材中車轅。吴人呼櫄音輴車。《證類本草》十四引《圖經》曰：椿木、樗木，形榦大抵相類。但椿木實而葉香，可噉。

樗木疏而氣臭，北人呼樗爲山椿。朱珔曰：杶，即今之椿。胡紹煐曰：《爾雅·釋木》《釋文》引方志云：櫄樗栲漆，相似如一。蓋即俗所謂椿也。其葉類樗而香，可啖。今以鹽漬之，味美。樗，俗呼爲臭椿。○櫨，互見《南都賦》注。○《御覽·木部》九引《吴録》曰：南朱銅縣有文木，材堅黑如水牛角，作馬鞭。案「南」上疑敚「日」字，「朱銅」疑「朱吾」之誤。又引《南方草木狀》曰：文木，樹高七八丈，其色正黑，如水牛角，作馬鞭，日南有之。案：今本《草木狀》佚此文。《大荒西經》郭注曰：今南方有文木，亦黑木也。吴任臣《廣注》、郝懿行《箋疏》皆以文木即烏木。陳僅亦云：似是今之烏木。吴謂即《逸周書·王會篇》之闟木。胡紹煐曰：《古今注》云：翳木出交州，色黑，有文，亦謂之烏木。翳、烏音同。黑木謂之翳木，猶黑石，謂之翳石。《漢·郊祀志》注：翳，美黑石。是也。○《御覽·木部》九引《吴録·地理志》曰：交阯望縣有欀樹，其皮中有如白米屑者，乾之，水淋之似麪，可作餅，郡内皆有之。與劉注合。「望」下疑脱「海」字。《證類本草》十二引《海藥本草》曰：䔋木，《蜀記》云生南中八郡，樹高數十丈，濶四五圍，葉似飛鳥翼，皮中亦有麪，彼人作餅食之。《廣志》云：作飯餌之，輕滑美好，勝桄榔麪。《御覽·木部》九引《蜀志》、《南中八郡志》、《廣志》，大略相同而皆作「莎木」。《本草綱目》三十一李時珍曰：䔋字韵書不載。《唐韵》莎字註云：樹似桄榔，則「䔋」字當作莎衣之「莎」。其葉離披如莎衣之狀，故謂之莎也。張勃《吴録·地理志》云云，即此木也。後人訛「欀」爲「莎」，音相近爾。按：劉欣期《交州記》都勾樹，恐即此欀木也。朱珔曰：蘇氏《圖經》言桄榔木似栟櫚，李氏以都勾樹如栟櫚，即欀木，是二者合矣。又謂莎木即欀木，葉離披如莎衣，則亦似栟櫚也。疑三者木相類而異其名耳。又《通雅》云：南方奇木多椶蕉，本曰枒子，曰栟櫚，曰枸根，曰蒲葵，曰桄榔，曰檳榔大腹，曰莎麪欀木，曰海椶鳳尾蕉，曰波羅密，曰古度樹，皆椶蕉之類也。然則數者雖各物而形狀略同，其桄榔、都勾、莎欀尤相似，故説者多混。方氏以莎欀合言，殆謂莎卽欀者，近是。步瀛案：《通雅》見卷四十四。胡紹煐曰：《廣韻》：桫，木名。以桄榔其樹出麪，是欀卽桫也。《北户録》説桄榔形云：其木如桫。蓋二者相似。步瀛案：「盧亭」疑「盧容」之誤。《晉志》：交州日南郡有盧容縣，今占城西北地。交趾、日南同屬交州。劉云「交趾」，或統言之耳。○朱珔曰：《説文》楨字云：剛木也。此但謂木之剛者耳。《廣韻》有女楨。《東山經》：太山上多楨木。郭注：女貞也。殆卽此楨矣。或省「木」作「貞」。《本草圖經》云：女貞，處處有之。其葉似枸骨及冬青木，至冬不凋。李時珍謂女貞、冬青、枸骨三樹，女貞俗呼蠟樹，冬青俗呼凍青，枸骨俗呼貓兒刺。東人因女貞茂盛，亦呼爲冬青。蓋一類二種爾。步瀛案：《圖經》見《證類本草》十二引。李時珍説見《本草綱目》三十六。又互見《上林賦》。又案：櫑，已見《南都賦》。○汪師韓曰：劉成注所引，未詳何本。案：本書《上林賦》華楓枰櫨。郭璞注曰：枰，平仲木也。《本草綱目》三十李時珍曰：銀杏，今名白果樹。高二三丈，葉薄縱理，儼如鴨掌形，有刻缺，面緑背淡，二月開花成簇，青白色。二更開花，隨卽卸落，人罕見之。枝結子百十，狀如楝子，經霜乃熟，爛去肉，取核爲果。其核兩頭尖，三棱爲雄，二棱爲雌。其仁嫩時緑色，久則黄。《文選·吴都賦》注平仲果，其實如銀，未知卽此果否。《通雅》四十三曰：平仲，銀杏也。唐沈雲卿詩：芳春平仲緑，清夜子規號。葉樹藩曰：司馬光《名苑》云：平仲，卽今銀杏。胡紹煐曰：平仲，又名櫝。《廣韻·二十文》：櫝，枰仲木別名。出《埤蒼》。案：又互見《上林賦》。○《御覽・木部》九引劉欣期《交州記》曰：君遷樹，子如馬乳。又引《魏王花木志》曰：君遷，細似甘蔗，子如馬乳。《證類本草》二十三曰：君遷子生海南，高丈餘，中有汁如乳汁。《吴都賦》云：平仲君遷。《丹鉛總録》卷四曰：司馬温公《名苑》云：君遷子如馬嬭，俗云牛嬭柹是。《本草綱目》三十李時珍曰：牛嬭柹，以形得名。崔豹《古今注》云：牛嬭柹，即㮕棗，葉如柹，子亦如柹而小。唐宋諸家不知君遷、㮕棗、牛嬭柹皆一物，故詳證之。《通雅》亦引《名苑》及《古今注》謂《綱目》合而一之，又謂梬棗即梬栗。張雲璈謂《子虚賦》櫨、梨、梬、栗四物並列，《上林賦》梬棗、楊梅二物並舉，則梬是梬棗。方氏以梬、栗、梬、棗爲一物，誤矣。段玉裁《説文》梬字注曰：梬，即《爾雅》之遵羊棗也。司馬光曰：君遷子即今牛奶柹。按《吴都賦》注：君遷子如瓠形。《玉篇》曰：桾櫏子如雞子，不當以羊棗當之。步瀛案：段以羊矢棗與牛奶柹爲一物，故謂君遷子別爲一物。其實牛奶柹大，羊矢棗小，同類而二種。温公以君遷爲牛奶柹，説自不誤。今北平有之。與瓠形亦略似，特大小懸殊耳。至或謂如雞子，或謂如牛奶，殆各地所産，形亦各異。析言之，則與羊棗有別。渾言之，自爲一類。《古今注》特渾言之耳。要之，同一物産而南北不同，古今不同，前人各就所見言之，固不能強其一致也。○《齊民要術》十引《交州記》曰：古度樹，不花而實。實從皮中出，大如安榴，色赤可食。其實中有如蒲梨者，取之數日不煮，皆化成蟲，如蟻，穿皮飛出。又引顧微《廣州記》曰：古度樹，葉如栗，而大於枇杷。無花，枝柯皮中生子，子似杏而味酢，取煮以爲粽。取之數日不煮，化爲飛蟻。《御覽・木部》九引裴淵《廣州記》同。《御覽》又引《吴録・地理記》

曰：廣州有木名古度，不華而實。○「尤好可以作器」，胡克家曰：袁本、茶陵本無「好」字，是也。步瀛案：《通雅》四十三曰：枏榴乃鬬斑櫻木，非塗林之丹若也。吴張紘有《枏榴枕賦》，人多疑爲石榴。按《後山叢談》曰：嘉州産紫竹、枏榴，蓋木有癭瘤，取其材多花斑，謂之癭子木，書作櫻子木，訛爲影子木。張紘之枏榴枕，亦如《雜俎》所言色綾木枕乎？陳後主施瓦官寺，有南榴枕，即枏榴。今《馬湖府志》：枏年深向陽者，結成花紋，俗呼鬬柏枏，乃鬬斑枏，狀其癭榴文耳。步瀛案：《後山叢談》見卷五。張紘作《枏榴枕賦》見《吴志·紘傳》。《酉陽雜俎》見《續集》十。段玉裁曰：枏瘤之木，猶今人云癭木也。癭木多枏樹所生，故曰枏榴。四川癭木器物，皆出於枏，想建安亦多此也。古有爲《楠榴枕賦》者，爲《楠榴枕銘》者，瘤皆誤榴。瘤者，腫也。癭者，頸瘤也。木之瘤似人之贅疣，庾子山《枯樹賦》云：戴癭銜瘤。淵林云：建安所出最長大，謂其贅疣最長大也。章樵云：木結成癭瘤，大如栲栳、車輪者，割之有文。步瀛案：《藝文類聚·服飾部》下引晉蘇彦《楠榴枕銘》。章樵説見《古文苑·枯樹賦》注。朱琦曰：《本草綱目》言，楠樹其近根年深向陽者，結成草木山水之狀，俗呼爲骰柏楠，宜作器，正此。段説是也。若以南榴爲木，果何木耶？步瀛案：《本草綱目》見卷三十四。胡紹煐曰：《説文》：瘤，腫也。玄應《一切經音義》十八引《通俗文》曰：肉凸曰瘤。凸即腫也。肉凸謂之瘤，故樹凸者亦謂之瘤。注「盤結」正解「瘤」字。蓋盤結形如瘤，故謂之。「瘤」作「榴」，同音之假。步瀛案：晉建安縣治建安縣，今福建建安縣治。○《資暇集》下曰：豆有圓而紅，其首烏者，舉世呼爲相思子，即紅豆之異名也。其木斜斫之，則有文，可爲彈博局及琵琶槽。其樹也大株而白枝，葉似槐，花與皁莢花無殊。其子若榿豆處於甲中，通身皆紅。李善云：其實赤如珊瑚，是也。步瀛案：「李善」當作「劉逵」。余蕭客曰：案紅豆有二，皆木種。首戴烏，朱紅色，大小如赤小豆，較圓滿，小樹生，名相思子。舉體赤紅，大小如扁豆者，大樹生，不名相思子。劉淵林誤以大紅豆爲相思子，李濟翁誤以二豆爲一種。步瀛案：《本草綱目》三十五李時珍曰：相思子，生嶺南。樹高丈餘，白色，其莢似扁豆，其子大如小豆，半截紅色，半截黑色，亦以二豆爲一種也。余氏以爲二種，甚是。然二者或亦通稱耳。又案：《史記·東越傳》曰：漢五年，復立無諸爲閩越王，都東冶。《漢書·地理志》會稽郡冶縣，顏注曰：故閩越地。《元和郡縣志》曰：江南道福州閩縣，本漢冶縣地，後漢改爲東侯官，吴改屬建安郡，晉以侯官爲晉安郡。案：即今福建閩侯縣。〇章，棖，橿，陽部，與上蠻、莽韵。度，庶，魚部。

宗生高岡，族茂幽阜。擢本千尋，垂蔭萬畝。攢柯挐莖，重葩殗葉。輪囷虯蟠，埤㙮鱗接。榮色雜糅，綢繆縟繡。宵露霮䨴，旭日晻㫲。與風飈颺，颲瀏颼颾。鳴條律暢，飛音響亮。蓋象琴筑并奏，笙竽俱唱。

【注】宗生，宗類而生於高山之脊，故名宗生。族茂，言種族繁多也。擢本，高聳皃。八尺曰尋。言婆娑覆萬畝之地。莊周曰：匠石見樹百圍，其臨千仞，而後有枝，此大樹之屬也。善曰：許慎《淮南子注》曰：挐，亂也。女居切。殗，重也。葉重疊貌。於劫切。鄒陽《上書》曰：輪囷離奇。輪囷，謂屈曲貌。虯蟠，謂樹如龍蛇之盤屈相糾也。埤㙮，枝柯相重疊貌。埤，楚立切。㙮，除立切。縟繡，言草木花光似繡文。綢繆，花采密貌。霮䨴，露垂貌。《毛詩》曰：旭日始旦。㫲，亦闇也。房妹切。颱

瀏，風聲也。颲，於酉切。瀏，力久切。颼，所求切。飀，音留。律，謂籟也。殷仲文所謂幽律是也。言木枝葉與風搖蕩作聲，如律呂之暢。《説文》曰：筑，似箏，五絃之樂也。《世本》曰：隨作竽。鄭玄《周禮注》曰：三十六簧也。

【疏】茶陵本「殗」作「晻」，校曰：五臣本作「掩」。○「困」，袁、茶二本作「菌」，非是。○「飀」，袁本作「飅」，張銑曰：颼飅，風聲也。袁蓋依五臣本。○劉注「宗生」至「萬畝之地」，胡克家曰：袁本、茶陵本無此四十字。○《廣雅・釋詁》三曰：宗，族聚也。又曰：宗，衆也。《疏證》曰：宗者，衆之所主，故爲聚也。《白虎通義・宗族篇》云：族者，湊也，聚也。又曰：《同人》六二：同人于宗。《楚辭・招魂》：室家遂宗。荀爽、王逸注並云：宗，衆也。步瀛案：荀爽注見李鼎祚《集解》引。胡紹煐曰：宗生，猶下云族茂。○《説文》曰：度人之兩臂爲尋，八尺也。《詩・閟宫》毛傳、《考工記》、《儀禮・鄉射禮》《覲禮》、《禮記・雜記下》鄭注、《呂覽・悔過篇》、《淮南・氾論篇》高注、《史記・屈原傳》《集解》引服虔、《釋名・釋兵》、《國語・周語》下、《晉語》八韋昭注、《左・成十二年》《襄十一年》杜預注，皆云八尺曰尋。《史記・張儀傳》《索隱》曰：七尺爲尋。○「莊周」，尤本作「莊子」，胡克家曰：袁本、茶陵本作「周」，是也。步瀛案：見《莊子・人閒世篇》，「其臨千仞」作「其高臨山十仞」。此注各本皆誤。○李注引《淮南》許注，當是《覽冥篇》「美人挐首」句注，陶方琦《異同詁》未輯入。○「葉重疊貌」，胡克家曰：袁本、茶陵本無此四字。○《玉篇》曰：殗，於劫切。胡紹煐曰：殗讀爲黭，音晻，黭黑也。《説文》：黭，果實黭黭，黑也。此謂葉之茂密深黑也。○鄒陽《上梁孝王書》見本書卷三十九。○「輪囷謂屈曲貌」至「相糾也」，胡克家曰：袁本、茶陵本無此十九字。步瀛案：呂向曰：輪囷，屈曲貌，虯龍也。言木形屈曲如龍之蟠，相重若魚鱗相接也。〇「𡍖𡏖枝柯相重疊貌」，胡克家曰：袁本、茶陵本無「枝柯」二字，疊作之。姚範曰：𡍖，音赤。《廣韻》初戢切。𡏖，音蟄，《魏都》𡍖𡏖參差，楚洽切。朱珔曰：《說文》無「𡍖」字。《廣韻》云：𡍖𡏖，重疊土也。正重疊之意。而《說文》尸部云：屆尼，從後相臿也。《廣韻》云：屆尼，前後相次也。以後次前，積疊之謂。則𡍖𡏖即屆尼也。此處言草木，故善謂枝柯相重疊。《魏都賦》𡍖𡏖參差，承上宮室言之，其爲重疊之義一也。胡紹煐曰：《玉篇》、《廣韻》：𡍖𡏖，重累土也。土重累謂之𡍖𡏖，通言之，枝重累亦得謂之𡍖𡏖。〇「縟繡」至「露垂貌」，胡克家曰：袁本、茶陵本無此二十一字。步瀛案：呂向曰：霮䨴，露重皃。《玉篇》作「𩅕䨴」。𩅕，徒感切。䨴，徒對切。《廣韻·四十八感》亦作「𩅕」。〇《毛詩》，見《匏有苦葉》。〇𣉙亦闇也。案：《說文》、《玉篇》、《廣韻》皆無「𣉙」字，古止用「孛」字。《漢書·五行志》下曰：孛者，惡氣之所生也。謂之孛者，言其孛孛有所妨蔽，闇亂不明之貌也。《集韻·十八隊》曰：𣉙，暗也。蓋即從此注增入。〇孫志祖《讀書脞録續編》曰：汪韓門《文選理學權輿》以類別爲八門，其舊注一門，如《吳都賦》之劉成、殷仲文云：二人皆注所引，未詳何本。案：劉成不知何代人，未見其爲賦注。至殷仲文，則明指仲文《桓公九井詩》「爽籟驚幽律」語，其非賦注甚明。〇「言木枝葉」至「律呂之暢」，胡克家曰：袁本、茶陵本無此十五字。步瀛案：張銑曰：此重言風摇林木之聲又如此音樂。〇梁章鉅曰：今《說文》「似箏」作「以竹曲」。按：「以竹曲」三字，恐由「似箏」兩字轉寫致誤。沈濤說同。步瀛案：慧琳《一切經音義》六十五曰：筑，形如箏。

《後漢書・延篤傳》注引《説文》曰：筑，五絃之樂也。與李注引《説文》可相證。又《音義》六十二引《説文》云：筑，以竹擊之成曲，五絃之樂。疑因誤本《説文》而改之，然「五絃」字自不誤也。段氏因《淮南子・泰族篇》注云筑曲二十一弦，《御覽・樂部》十四引《樂書》曰施十三弦，遂不敢定其弦數。《釋名・釋樂》云：以竹鼓之，《樂書》云以竹尺擊之，「箏」字下今本《説文》「五弦」作「鼓弦」，而疑與「筑」字下互譌，謂當云：筑曲，以竹鼓弦之樂也。雖不無根據，然恐非李氏所據之《説文》也。〇《世本》、《御覽・樂部》十九、《廣韻・十虞》引同。《周禮・春官・笙師》鄭注曰：竽，三十六簧。《説文》曰：竽，管三十六簧也。《風俗通・音聲篇》引《樂記》、《廣雅・釋樂》、《笙師》賈疏引《中央禮圖》並同。惟《北堂書鈔・樂部》六引《三禮圖》云：雅竽，簧上下各六。是十二簧，與諸書異。孫詒讓謂疑有挩誤。〇阜，古音幽部。畝，之部。通轉爲韻。葉，接，盍部。糅，繡，幽部。罻，脂部。時，祭部。脂祭二部通轉爲韻。颺，暢，亮，唱，陽部。

其上則有猿父哀吟，獋子長嘯。狖鼯猓然，騰趠飛超。争縣接垂，競游遠枝。驚透沸亂，牢落翬散。

【注】《吴越春秋》曰：越有處女，出於南林之中。越王使使聘，問以劍戟之事。處女將北見於越王，道逢老翁，自稱素袁公。問處女：「吾聞子善爲劍術，願一觀之。」女曰：「妾不敢有所隱，唯公試之。」於是袁公卽跳於林竹，槁折墮地。處女卽接末，袁公操本以刺處女。女應節入。三入，因舉枝擊之。袁公卽飛上樹，化爲白猿，遂引去。獋子，猿類。猿身人面，見人嘯。《異物志》曰：狖，猿類。露鼻，尾

長四五尺，居樹上，雨則以尾塞鼻。建安、臨海北有之。鼯，大如猿，肉翼若蝙蝠。其飛善從高集下，食火煙，聲如人號。一名飛生，飛生子故也。江東諸郡皆有之。猓然，猿狖之類。居樹，色青赤有文。日南、九真有之。揚雄《方言》曰：透，驚也。善曰：《山海經》曰：獄法之山有獸，狀如犬，人面，見人則笑，名𤟤。𤟤，胡奔切。枚乘《兔園賦》曰：騰涌雲亂，枝葉翬散。狖，余幼切。趠，吐教切。超，士弔切。

【疏】尤本無「有」字，「猿」作「猨」，胡克家曰：袁本、茶陵本「則」下有「有」字，「猨」作「猿」，是也。○《敬齋古今黈》卷七曰：《山海經》曰：𤟤見人則笑，而《吳都賦》言𤟤子長嘯，當是「常笑」而賦作「長嘯」者，板本錯。孫志祖《考異》曰：注固云見人嘯，恐非「笑」字之譌。郝懿行《山海經・北山經》箋疏曰：「嘯」，蓋與「笑」通。○「争縣接垂」，尤本「縣接」作「接縣」，胡克家曰：茶陵本「接縣」作「縣接」，云五臣作「争接縣垂」，袁本作「接縣」，用五臣也。步瀛案：今依茶陵本校。袁本「縣」作「懸」。○胡紹煐曰：「翬」與「揮」同。《公羊・隱四年》公子翬，《魯世家》作「揮」。翬亦散耳。《易・乾》六爻發揮，《釋文》引王肅曰：揮，散也。牢落，猶遼落，皆散之貌。案：胡氏説是。張銑釋翬爲雉，謂雉之驚散，以不羣偶而去。猨狖之類驚走，亦如雉之散也。未免傅會，祗不知翬爲通借字耳。○劉注引《吳越春秋》，見《句踐陰謀外傳》。今本「南林」下無「之中」二字，「聘」下有「之」字，「事」作「術」，「見」於下無「越」字，「老」作「一」，「素」作「曰」，「善爲劍術」作「善劍」，「觀」作「見」，「跳於林竹」作「即杖箖箊竹」，「檣折墮地」作「竹枝上頡橋末折地」，「接」作「捷」，無「袁公操本」至「舉枝擊之」十九字，「卽」作「則」，「化」作「變」，「引」作「別」。《藝文類聚・獸部》下引作「范蠡曰：臣聞越有處女，國人稱之，願王請問手戰之道。於是王乃請女。女將北見王，道逢老人自稱袁公。袁公問女：聞子善爲劍，願得一觀之。處女曰：妾不敢有所隱也，唯公所試。公卽挽林内之竹似枯槁，末折墮地。女接取其末，袁公操其本而刺處女。處女應，卽入之。三入，因舉杖擊袁公。袁公則飛上樹，化爲白猿」。《木部》中引稍略，「公卽挽林内之竹似枯槁」作「跪拔林於竹」五字。《太平御覽・獸部》二十二、《竹部》一皆引之。案：猿稱猿父，猶玃稱玃父。《爾雅・釋獸》：玃父善顧。《釋文》云：本亦作玃。陸璣《詩疏》曰：沐猴老者爲玃。陳立《句溪雜箸》卷一：《説文母猴説》曰：母非猴名，母，其呼猴者之語詞也。長言之曰母猴，短言之則曰猴。猶越之名於越，吴之名句吴也。且《爾雅》鳥獸多以父母字爲語詞，如麝父麕足，卽麝麕足也。玃父善顧，卽玃善顧也。鴽鴾母，卽鴽鴾也。蓋方音緩急，故呼謂殊異，必求其義以釋之，則鑿矣。邵氏《爾雅疏》謂沐猴老者爲玃，故許氏以玃爲母猴，是直以母解作父母之母矣。似非。○「𤟤子猿類」至「見人嘯」，胡克家曰：袁本、茶陵本無此十一字。朱珔曰：《説文》𤟤字在《新附》中。《集韵》云：「獯」或作「𤟤」，通作「葷」。《玉篇》：𤟤，胡昆切。獸如犬，人面，見人卽笑。蓋本之《山海經・北山經》云云。李善别引之，殆以上句已有猿父哀吟，此不應又爲猿類，與胡氏《考異》謂劉注十一字袁本、茶陵本俱無之，則是劉於𤟤子未釋也。步瀛案：狖與猓然亦猿猴類，𤟤子爲猿類，又何嫌也？袁、茶陵二本於舊註頗有删削，此蓋因吕向曰𤟤子獸名，張銑曰狖鼯猓然亦猿之類，而不及𤟤子，二本從五臣，故删去劉注「𤟤子猿類」云云也。胡氏、朱氏意以二本所無，而尤本有者，卽非劉氏原注，非是。○「居樹上」，胡克家曰：袁本、茶陵本作「樹上居」。步瀛又案：「北」字疑「皆」字之譌。《御覽·獸部》二十五引《吴録·地理志》曰：建安陽縣多狖，似猿而露鼻，雨則以尾反塞鼻孔，郡内及臨海皆有之，可證。然「陽縣」上當有「建」字，《御覽》蓋脱誤。又案：狖，卽𤢻也。而《御覽》分爲二物，「𤢻」下引《異物志》與本注所引事同而文異，已見《西都賦》疏。然狖與𤢻爲一物，而與飛𤢻又名飛生者則非一物。郝懿行《爾雅·釋獸》義疏謂：狖，余幼切。卽夷由也。夷由之雙聲合之則爲狖，此處劉注分狖、鼯爲二，非也。朱珔謂：狖鼯與猓然皆各爲一物，疑當如郝説。或狖卽《説文·鼠部》鼬之借字。胡紹煐謂：《説文》：鼬，鼠屬。或鼬卽鼯，一物二名。步瀛案：猿狖之狖，與鼯本二物，不得以夷由與狖音轉，遂合爲一。朱、胡以狖爲鼬，然果鼬鼯一物二名，則不應連舉。要之，古賦四字爲句，所舉之物，二物、三物、四物均無不可。後人泥於兩物相對，往往生無謂之膠葛。○「鼯大如猿」，本書《西京賦》李注引郭璞《爾雅·釋獸》注云：狀如小狐。則「猿」字疑涉注中諸「猿」字而誤。又《北山經》及《漢書·司馬相如傳》注引張揖，皆云其狀如兔，已見《西京賦》。○又「江東」袁本作「東吾」，茶陵本作「東居」，或曰當作東吴，皆非是。可言吴郡，不得言東吴諸郡。胡克家曰：當作「江東」，各本皆誤。下注箭亦有此句，是其證也。○「猓然」，一作「果然」。《御覽·獸部》二十二引《山海經》曰：果然獸，似獮猴，以名自呼。色蒼黑，羣行，老者在前，少者在後，得果食輒與老者，似有義焉。交阯諸山有之。獠人射之，以其毛爲裘蓐，甚温煖。今《山海經》無此文。又引《吴録·地理志》曰：九真胥浦縣有獸，名果然，猨狖類也。色青赤有文，居樹上，北郡及日南皆有之。

案：「北郡」疑「此郡」之誤。又引《南州異物志》曰：交州以南有果然獸，其鳴自呼，身如猨大，面通有青白色。其體不過三尺，而尾長四尺餘，反尾渡身，過其頭，視其鼻，仍見兩孔仰向。其毛長，柔細滑澤，色以白爲質，黑文，視如蒼頭鴨脇邊斑文，集十餘皮可得一褥，繁文麗好，細厚温煖。○《方言》見卷二下，文曰：宋、衞、南楚凡相驚曰獡，或曰透。《廣雅·釋詁》一曰：透，驚也。錢繹曰：曹憲音叔，《説文》：倏，走也。讀若叔。《賈子·容經篇》穆如驚倏，義亦相近也。胡紹煐曰：《玉篇》：透，式六切。驚也。又他候切，跳也。跳與驚義相足，今人猶言心驚爲跳矣。○李注引《山海經》見《北山經》，惟「名猈」作「其名山猈」。郭璞注音暉，即胡昆切之轉音。○《兔園賦》《古文苑》亦載之。《藝文類聚·産業部》引未載此二句。○「騰」，尤本作「上」。又各本脱「枝」字。胡克家曰：袁本、茶陵本「上」作「騰」，是也。陳云：「亂」下有「枝」字。案：《古文苑》所載有陳據之校。步瀛案：「涌」，《古文苑》作「踊」。○嘯，古音幽部。超，宵部。通轉爲韵。垂，歌部。枝，支部。通轉爲韵。亂、散，元部。

其下則有梟羊麡狼，猰貐貙象。烏菟之族，犀兕之黨。鉤爪鋸牙，自成鋒穎。精若燿星，聲若震霆。名載於山經，形鏤於夏鼎。

【注】《爾雅》曰：梟羊，一名萬萬。如人，面長脣黑，身有毛及踵，見人則笑，左手操管。《海南經》所云也。《異物志》云：麡狼，大如麋，角前向，有枝下出，反向上，長者四五尺。廣州有之。常居平地，不得入山林。《山海經》曰：南海之外，有猰貐，狀如貙，龍首，食人。貙，虎屬也。或曰：能化爲人也。象，生九真、日南山中。大者其牙鼻長一丈。於菟，虎也。江淮閒謂虎爲於菟。犀，狀如水牛，頭

似猪，四足類象，倉黑色。一角當額上，鼻上角亦墮也，又有小角，長五寸，不墮。性好食棘，口中灑血。武陵已南山中有之。兕，獸也，似牛。《左傳》曰：昔夏之方有德也，遠方圖物，貢金九牧，鑄鼎象物而爲之備，使人知神姦。故人入山澤林藪，不逢不若。螭魅魍魎，莫能逢之。故曰形鏤於夏鼎。善曰：麡，在西切。猰，於八切。㺄，以主切。《淮南子》曰：勾爪鋸牙，於是摯矣。《禮記》曰：刀卻刃受穎。鄭玄曰：穎，鐶也。摯伯陵《答司馬遷書》曰：有能見鋒穎之狀。

【疏】「猰㺄」，袁、茶二本「㺄」作「貐」。「貙」作「貙」。○「烏菟」，五臣「烏」作「於」，字同。胡克家曰：注「於菟」，袁本「菟」作「塗」，茶陵本初刻同，後改「菟」。案：「塗」是也。依此，則正文當是「塗」字。袁、茶陵二本「菟」下有「徒」音，蓋五臣作「菟」而各本亂之耳。步瀛案：塗、菟字通，《左・隱十一年》「菟裘」，《公羊・隱四年》作「塗裘」可證。○《漢書・藝文志》形法家有《山海經》十三篇，不言何人作。《論衡・別通篇》曰：禹主行水，益主記異物，海外山表，無所不至，以所聞見作《山海經》。《吳越春秋・越王無余外傳》曰：禹與益、夔共謀，行到名山大澤，召其神而問之山川脈理，金玉所有，鳥獸昆蟲之類，及八方之民俗，殊國異域土地里數，使益疏而記之，故名之曰《山海經》。後人謂爲禹、益所作者本此。然實不足據也。《隋書》作二十五卷，入史部地理。今本十八卷，清《四庫書目》改入小説家類。○劉注引《爾雅》見《釋獸》注。梁章鉅曰：「爾雅」下當有「注」字。《釋獸》：狒狒，如人，被髮迅走，食人。郭注：梟羊也。《山海經》曰：其狀如人，面長，脣黑，身有毛及踵，見人則笑。按：《説文》引《爾雅》「狒狒」作「𥝛𥝛」。今《海内南經》「梟羊」作「梟陽」，「見人則笑」作「人笑亦笑」。○「海南經所云也」,「海」下當有「内」字,各本皆脱。○《御覽・獸部》二十五引《異物志》曰:麢狼,狀似鹿,而角前向,入林掛角,故恒在平淺草中。肉肥香美,逐入林則得之。皮可作履襪。角正四據,南人因以作路牀。案:此與注互異,未知出一書否。○梁章鉅曰:「猰貐」,今《海内南經》作「窫窳」,龍首,居弱水中。其狀如龍首,食人。又《北山經》言窫窳,狀如牛,而赤身、人面、馬足。又《海内西經》言窫窳,蛇身、人面。皆與此異。獨無所謂狀如貙者,而《爾雅》、《説文》均有貏貐類貙之語。劉注蓋誤合之。步瀛案:《爾雅・釋獸》、《説文・豸部》皆言類貙,《物類相感志》引孫炎《爾雅注》、《淮南・本經篇》高誘注,皆言龍首,蓋即本《海内南經》爲説也。餘見《西京賦》疏。○象,互見《西都賦》注。○於菟,虎也。江淮閒謂虎爲於菟。袁本「於菟」並作「烏塗」。案:《左・宣四年》曰:楚人謂虎於菟。《釋文》曰:於,音烏。菟,音徒。《方言》八曰:虎,江、淮、南楚之閒或謂之於䖘。郭注曰:今江南山夷呼虎爲䖘,音狗竇。戴震曰:徒語轉爲竇是也。《漢書・敍傳》曰:楚人謂虎於檡。顔注曰:檡,字或作「菟」,並音塗。《廣雅・釋獸》曰:於䖘,虎也。王氏《疏證》曰:於䖘,虎文貌。《説文》:𤘘,黄牛虎文,讀若涂。䖘,𤘘聲,義並同。虎有文謂之於䖘,故牛有虎文謂之𤘘。《春秋傳》楚鬬穀於菟字子文,是其證也。《説文》又云:虍,虎文也。於䖘與虍聲近而義同。單言之則爲虍,重言之則爲於䖘耳。○犀,互見《西都賦》注。案:倉黑色「倉」當作「蒼」。○《爾雅・釋獸》曰:兕,似牛。郭注曰:一角,青色,重千斤。《説文》曰:舄,如野牛而青。古文作「兕」。《海内南經》曰:兕,其狀如牛,蒼黑,一角。《南山經》郭注曰:兕,似水牛,青色,一角,重三千斤。郝氏《箋疏》曰:「三」字衍。《左・宣二年》

孔疏引《交州記》曰：兕，出九德，有一角。角長三尺餘，形如馬鞭柄。○《左傳》見宣三年，「象物」下有「百物」二字，兩「人」字皆作「民」，蓋唐人避諱改，又「魍魎」作「罔兩」。此注尤本、茶陵本「螭」作「魑」，袁本作「螭」，與傳合。今從之。○《淮南》見《本經篇》，「鋸」作「居」，「牙」字下有「出距之獸」四字，「摯」作「鷙」。案：「句」與「鉤」，「居」與「鋸」，皆通借字。○《禮記》，見《少儀》。此注「鐶」各本誤作「鋒」。胡克家曰：「鋒」當作「鐶」，是也。今從之。孔疏曰：穎謂刀鐶也。穎是穎發之義，刀之在手謂之爲穎，禾之秀穗亦謂之爲穎，其事雖異，大意同也。《釋名・釋兵》曰：刀其末曰鋒，言若蜂刺之毒利也。其末曰環，形似環也。案：「鐶」、「環」字同。○摯伯陵書本書潘安仁《爲賈長淵作贈陸機詩》注引作「有能者見鋒穎之秋豪」，此注疑誤。案：《高士傳》：摯峻，字伯陵。報司馬遷書未載此句。○狼、象、黨，古音陽部。穎、星、霆、經、鼎，耕部。

其竹則篔簹林箊，桂箭射筒。由梧有篁，篻簩有叢。

【注】皆竹名也。《異物志》曰：篔簹，生水邊，長數丈，圍一尺五六寸。一節相去六七尺，或相去一丈。廬陵界有之。始興以南又多小桂，夷人績以爲布葛。林箊，是袁公所與越女試劍竹者也。桂竹，生於始興桂陽縣。大者圍二尺，長四五丈。箭竹，細小而勁實，可以爲箭，通竿無節。江東諸郡皆有之。射筒，竹細小，通中，長丈餘，亦無節，可以爲射筒。射筒及由梧竹皆出交阯、九真。篻竹，大如戟槿，實中，勁强。交阯人鋭以爲矛，甚利。簩竹，有毒，夷人以爲觚。刺獸，中之則必死。篔，于君切。篻，芳砂切。簩，音勞。

【疏】「林」，尤本作「箖」。胡克家曰：袁本、茶陵本「箖」作「林」，注同。是也。步瀛案：《敬齋古今黈》卷七謂此賦板本誤以「箖」爲「林」，非是。○「由」，尤本作「柚」。胡克家曰：當作「由」，注中作「由」，各本皆同。蓋五臣作「柚」。步瀛案：戴凱之《竹譜》引此賦「由梧」作「由衙」。○《説文》曰：篁，竹田也。朱珔曰：《西京賦》篠簜敷衍，編町成篁。今人卽以篁爲竹，非是。○劉注曰：皆竹名也。統篔簹、林箊、桂、箭、射筒、由梧、篻、篣八種竹而言。○《竹譜》曰：篔簹、射筒、箖箊、桃枝，長爽纖葉，清肌薄皮，千百相亂，洪細有差。又曰：數竹皮葉相似，篔簹最大，大者中甑。又曰：桃枝、篔簹，多植水渚。《御覽·竹部》二引顧微《廣州記》曰：箄竹，一名員當。節長一丈。又引《吴録》曰：始興曲江縣有篔簹竹，圍尺五寸，節相去六尺，夷人以爲布葛。案：此與劉注云始興以南云云相合。惟「小桂」字疑有誤。梁章鉅欲移「始興以南」下十五字於「圍二尺長四五丈」句下，或「夷人」七字移「射筒」注後，未知是否。○袁公與越女試劍已見上。《竹譜》曰：箖箊，葉薄而廣，越女試劍竹是也。《御覽·竹部》二引作「林於」，《玉篇》作「箖箊」。案：箖箊皆後出字。○「桂陽」，各本作「小桂」。《旁證》引段曰：「小桂」當作「桂陽」。晉始興有桂陽縣，小桂二字，蓋涉上文而誤耳。步瀛案：《中山經》曰：雲山有桂竹，甚毒，傷人必死。郭注曰：今始興郡桂陽縣出筀竹，大者圍二尺，長四丈。郝懿行謂「筀」當作「桂」。步瀛案：《御覽·竹部》二引正作「桂」字，而郭注桂陽縣亦引作小桂縣，與本注誤同。《竹譜》曰：桂竹，高四五丈，圍闊節大，葉狀如甘竹而皮赤，南康以南所饒也。《山海經》云：靈原桂竹，傷人則死。是桂竹有二種，名同實異，其形未詳。案：「靈原」當是「雲山」之誤。朱珔曰：其所言高大之數，與劉、郭二注皆合，未審爲異種否也。○《竹譜》曰：箭竹，高者不過一丈，節閒三尺，堅勁中矢。江南諸山皆有之，會稽所生最精好，故《爾雅》云：東南之美者，有會稽之竹箭焉。《爾雅翼》卷十二曰：箭，篠也。《禹貢》：揚州，篠簜既敷。《職方氏》：揚州其利竹箭。箭一名篠，是竹之小者，可爲箭幹。○「射筒竹細小通中」，各本「中」作「長」，「爲射筒」下無「射」字。胡克家曰：「射筒」當作「筒射」，各本皆倒，「筒」句絶，「射」字下屬。詳劉注意，篔簹也，林箊也，桂也，箭也，射筒也，由梧也，篻也，簩也，凡八竹。此但可以爲筒耳，非單名筒也。案：胡校出顧千里手，故段若膺駁之，《經韵樓集》卷十二曰：正文以竹名類厠，竹名射筒無疑也。謂之射筒者，筒者，通簫也。引申之，凡通中者曰筒。此竹長丈餘而無節，與上文箭竹細小勁實，可以爲箭，通竿無節，正同。故云亦無節。惟箭竹實中無節，此通中無節，通中而宜作矢，故謂之射筒。曰可以爲射筒者，竹名、矢名皆曰射筒，猶竹名、矢名皆曰箭也。千里不知，奪一「射」字，以「射」字乙置「筒」字下云：此竹可以爲筒，不知作何等筒，且射字何解乎？戴凱之《竹譜》曰：射筒，薄肌而最長，節中貯箭，因以爲名。節中貯箭不可通，未聞每矢爲一筒函之者。且淵林云無節，此云有節，與淵林注異。要亦以射筒爲竹名，不云可以爲筒也。朱珔曰：箭即篠也，與射筒皆細小可以爲矢，而射筒以通中爲異，故得筒名。既云細小，安得可爲筒而貯矢乎？此不煩言而解，《考異》殆因戴譜而誤會之。與朱銘曰：李衎《竹譜詳録》云：射筒竹，弋人有脩竿，通其節，箭安其内，從本吹之，古人所謂箻筒，以射鳥者也。謂此竹可作箭房者，非。步瀛案：《竹譜詳録》卷五釋射筒之用，朱未盡引，下云：吹筒之法，始于武后，置馬射、步射、手射、筒射，今番舶上多用射人，取中其面，非以箭力能傷人，蓋有射筒毒於箭鏃。南方此竹，其直如繩，以法去節，令中通二丈餘，箭則以輕竹削成，幾三尺，以鳥翎纏繞其上，欲以受氣人猛吹之，則著物最易云云。並補録之，可正諸家之失。○《御覽・竹部》二引《南方草木狀》曰：由梧竹，吏民家種之。長三四丈，圍一尺八九分，作屋柱。出交阯。《竹譜》作「由衙」，曰：簹與由衙，厥體俱洪。圍或累尺，簹實衙空。南越之居，梁柱是供。朱珔曰：《玉篇》作「䈅」，《集韻》：⿱⺮衙，竹名，或省作「䈅」。又云：柚梧，竹名。吴筠《竹賦》作「䉛䈅」，「䈅」亦或作「吾」。《本草綱目》云：交廣由吾竹，長三四丈，其肉薄，可作屋柱。步瀛案：吴筠《竹賦》云：則有篻篣筋篗，射筒箖箊。䉛䈅⿱⺮狐籦之肅矗，龍鍾雲母之扶疎。見《文苑英華》卷一百四十六。《本草綱目》見卷三十七。○《中山經》雲竹桂竹下郭注曰：交阯有簗竹，實中勁强，有毒，鋭以刺虎，中之則死。郝懿行曰：「簗」，疑當爲「篻」。步瀛案：《竹譜》曰：筋竹長二丈許，圍數寸，至堅利，南土以爲矛。其筍未成時堪爲弩弦。見徐忠《南中奏》。劉淵林云：夷人以史篻葉爲矛，余之所聞，卽是筋竹，一物而二名者也。《御覽・竹部》二引「數寸」作「數尺」，「利」字下有「出日南九真」五字，「南土」作「南方」，「徐忠南中奏」作「徐衷南中記」，「篻」下注「音飄」二字，「篻葉」作「篻竹」，皆是。然「史」字疑亦衍或誤字。朱珔曰：張勃《吴録》：日南有簗竹，勁利，削爲矛。「簗」當亦「篻」之形似而誤也。步瀛案：《吴録》見《齊民要術》卷十引。○「戟槿」當作「戟⿰禾堇」。郝懿行、朱珔引此注均作「⿰禾堇」，是也。○朱珔曰篣竹有毒云云，與郭氏説簗竹同。而郭又以簗竹爲桂竹之類，蓋三者皆相似矣。戴譜云：百葉竹，生南垂界，甚有毒，傷人必死，一枝百葉，因以爲名。亦曰篣竹，一物二名。

并引淵林此注。是篣竹卽簩竹，作「篣」者，形似致誤耳。又《集韵》云：篾簩，竹名，皮利可爲刀。一曰簩竹名一枝百葉，有毒。李氏衎《竹譜詳録》謂篾簩竹與簩竹同異未詳。《本草綱目》則云：百葉竹濇者可以錯甲，謂之篾篣。「篣」亦「簩」字之誤。似以爲一物。但淵林此注原出《異物志》，而志又釋篾簩竹云：新州有此種，製成琴樣，爲礪甲之具，用久微滑，以酸漿漬之，過宿快利如初。李譜説篾簩竹正與之合，惟不若《綱目》卽以爲百葉竹。然則百葉竹卽簩竹，殆篾簩别一種與？步瀛案：李衎《竹譜詳録》卷五分簩竹與篾簩竹爲二，朱氏本此。然觀諸書所言，殆卽一種。如《廣韵·七之》篾下云：竹名。《六豪》簩下亦云：竹名。豈篾與簩又别爲二物耶？《本草綱目》見三十七。○筩，叢，古音東部。

苞筍抽節，往往縈結。緑葉翠莖，冒霜停雪。橚矗森萃，蓊茸蕭瑟。檀欒蟬蜎，玉潤碧鮮。梢雲無以踰，嶰谷弗能連。鸑鷟食其實，鵷鶵擾其間。

【注】苞筍，冬筍也。出合浦，其味美於春夏時筍也。見《馬援傳》。《漢書·天文志》曰：見梢雲，其説梢如樹也。嶰谷，崑崙北谷也。《漢書·律曆志》：黄帝詔伶倫爲音律。伶倫乃之崑崙山之陰，嶰谷之中，取竹斬之。以其厚均者吹之，以爲黄鍾之管。鸑鷟、鵷鶵，皆鳳類也，非梧桐不棲，非竹實不食。黄帝時鳳集東園，食帝竹實，終身不去。擾，馴也。善曰：橚矗，長直貌。蓊茸，茂盛貌。蕭瑟，聲也。冒，犯也。蟬蜎，言竹妍雅也。橚，所六切。矗，丑六切。枚乘《兔園賦》曰：修竹檀欒夾池水。碧鮮，言竹似之也。梢雲，山名，出竹。

【疏】「蟬蜎」，五臣作「嬋娟」。呂向曰：檀欒、嬋娟，皆美皃。○劉注引《馬援傳》見《東觀漢記》。案：傳曰：援好事，至荔浦，見冬筍名曰苞筍，上言《禹貢》厥包橘柚，疑謂是也。其味美於春夏筍。《齊民要術》卷十亦引之。劉注當據此。○《漢書・天文志》「梢」作「捎」，注引晉灼曰：捎，音霄。又引韋昭曰：音髾。胡紹煐曰：梢雲，雲名，旌旗亦取象焉。《漢書・揚雄傳》右梢雲是也。此言高且長之義，謂梢雲無以過之。本書《江賦》梢雲冠其標，善注引孫氏《瑞應圖》：梢雲，瑞雲也。人君德至則出，若樹木梢梢然也。○「漢書律曆志」，胡克家曰：袁本、茶陵本無此五字。步瀛案：古人引書，不必泥定原文，似不必依二本刪去。《漢書・律曆志》上曰：黃帝使泠綸自大夏之西、昆侖之陰，取竹之解谷生其竅厚均者，斷兩節閒而吹之，以爲黃鐘之宮。注：孟康曰：解，脱也。谷，竹溝也。取竹之脱無溝節者也。一說昆侖之北谷名也。晉灼曰：谷名是也。又《呂氏春秋・古樂篇》曰：昔黃帝令伶倫作爲律。伶倫自大夏之西乃之阮隃之陰，取竹於嶰谿之谷，以生空竅厚鈞者，斷兩節閒，其長三寸九分，而吹之，以爲黃鐘之宮。高誘注曰：阮隃，山名。畢沅校曰：「伶倫」，《說苑・修文篇》作「泠倫」，《古今人表》作「泠淪」。「阮隃」，《漢書・律曆志》作「昆侖」，《說苑・修文篇》、《風俗通・音聲篇》、《左氏・成九年》《正義》皆作「崑崙」，《世說・德行篇》引《呂》亦同。○「伶倫乃之崑崙山之陰至吹之」，胡克家曰：袁本、茶陵本此二十四字作「伶倫乃之崑崙陰取嶰谷之竹斬其厚均者而吹之」二十字，是也。步瀛案：此二本與尤異同，亦無以定二本爲是。○「鸑鷟」下尤本有「鳳鶵也」三字，「鵷鶵」下無「皆」字，有「周本紀曰」四字。今依袁本、茶陵本訂。《周本紀》無鸑鷟鵷鶵之文，《周語》上曰：周之興也，鸑鷟鳴於岐山。韋注曰：三君云：鸑鷟，鳳之別名也。《莊子・秋水篇》曰：夫鵷鶵非梧桐不止，非練實不食。《釋文》曰：李云：鵷鶵乃鸞鳳之屬也。成玄英疏曰：練實，竹實也。○「非梧桐不棲」，胡克家曰：袁本、茶陵本無此五字。○本書《七命》注引《禮瑞命記》曰：黄帝服黄服，戴黄冠，齋于宫，鳳乃蔽日而來，止帝園，食竹實，棲帝梧桐，終不去。《韓詩外傳》八曰：鳳乃止帝東園，集帝梧桐，食帝竹實，没身不去。又見《説苑・辨物篇》。○擾，馴也。各本作「馴擾善也」，今依胡氏校改。李周翰曰：擾，亂也。言亂處竹間也。案：義亦通。○李注「櫹槮長直貌蓊茸茂盛貌」，袁本、茶陵本無「長直貌蓊茸」五字。步瀛案：櫹槮不訓茂盛，二本自是誤脱此五字耳。李周翰曰：櫹槮，深長皃。蓊茸，茂盛皃。可與李注相證。朱珔曰：《南都賦》其竹阿那蓊茸注云云，此處亦説竹而又別爲之解。今《説文》「蓊」在竹部，《玉篇》有「䈵」字，則二字俱當從竹。○「蕭瑟聲也」，胡克家曰：袁本、茶陵本無此四字。○「嬋娟言竹妍雅也」，胡克家曰：袁本、茶陵本無此七字。○「兔園賦曰修竹檀欒夾池水」，各本脱「池」字。梁章鉅曰：「夾」下當有「池」字。步瀛案：《藝文類聚・産業部》及《古文苑》皆有之，今據增。○「鮮碧」至「出竹」，胡克家曰：袁本、茶陵本無此十三字。步瀛案：梢雲，山名。未知何出。恐非李注。且以本文次第按之，亦不合。但此注次第皆亂，如「冒犯也」不宜在「櫹槮」注下，「嬋娟」注不宜在「檀欒」注上。蓋爲傳寫者所亂也。吕向曰：玉潤碧鮮，言竹色如玉碧之鮮潤，碧亦玉也。劉良曰：言雖梢雲之高，亦不能踰也。亦不以梢雲爲山名。○節、結、瑟，古音至部。雪，祭部。通轉爲韻。蜎、鮮、連、閒，元部。

其果則丹橘餘甘，荔枝之林。檳榔無柯，椰葉無陰。龍眼橄欖，棎劉禦霜。結根比景之陰，列挺衡山之陽。

【注】薛瑩《荆揚已南異物志》曰：餘甘，如梅李，核有刺。初食之，味苦，後口中更甘。高涼、建安皆有之。荔枝樹，生山中，葉緑色，實赤，肉正白，味大甘美。檳榔樹，高六七丈，正直無枝，葉從心生，大如楯。其實作房，從心中出，一房數百實。實如雞子，皆有殼，肉滿殼中，正白，味苦澀。得扶留藤與古賁灰合食之，則柔滑而美。交趾、日南、九真皆有之。椰樹，似檳榔，無枝條，高十餘尋，葉在其末，如束蒲。實大如瓠，繫在樹頭，如掛物也。實外有皮如胡桃，核裏有膚，膚白如雪，厚半寸，如豬膏，味美如胡桃。膚裏有汁升餘，清如水，美如蜜，飲之可以愈渴。核作飲器也。龍眼，如荔枝而小，圓如彈丸，味甘，勝荔枝。蒼梧、交趾、南海、合浦皆獻之。山中人家亦種之。橄欖，生山中，實如雞子，正青，甘美。味成時，食之益善。始興以南皆有之。南海常獻之。棎，棎子樹也。生山中，實似梨，冬熟，味酸。丹陽諸郡皆有之。劉，劉子樹也。出山中，實亦如梨，核堅，味酸美。交趾獻之。善曰：橄，音敢。欖，音覽。棎，市贍切。《漢書音義》如淳曰：比景，日中於頭上，景已在下，故名之比景。比，方利切。一作北景。云漢武時日南置北景縣，言在日之南，向北看日，故名。宋玉《笛賦》曰：余嘗觀於衡山之陽。

【疏】「陰」，袁、茶二本作「蔭」。○「劉」，袁、茶二本作「榴」。茶陵本校曰：善作「劉」。胡克家曰：袁本作「榴」，用五臣也。胡紹煐謂「劉」無作「榴」者，此當是誤字。步瀛案：《御覽·果部》引正作「劉」，而

「棎」作「梌」則誤耳。○劉注引薛瑩《荆揚已南異物志》，《隋書・經籍志》不著録。《御覽・果部》十一引棎子樹一條，《齊民要術》十引《異物志》曰：餘甘，大小如彈丸，視之理如定陶瓜。初入口，苦澀，咽之，口中更甜美足味，鹽蒸尤美，可多食。《御覽・果部》十引作陳祁暢《異物志》。《要術》又引《臨海異物志》曰：餘甘，子如梭形，初入口，苦澀，後飲水，更甘。大如梅實，核兩頭鋭。東岳呼餘甘、橄欖，同一果耳。《御覽・果部》九引無「東岳」二字，「呼」下有「爲」字，疑是。案：據此，似餘甘、橄欖爲一物。然本賦下更出橄欖，《要術》、《御覽》亦兩物各見，卽各書所言形狀，亦不盡同。殆種類略同而小有異耳。《御覽・果部》十又引《吴録・地理志》曰：高涼安寧縣有餘甘，初食之，味苦，後口中更甘。案：晉廣州高涼郡治安寧縣，今廣東陽江縣西，與注言高涼合。○荔枝互見《蜀都賦》。○「味大甘美」，胡克家曰：袁本、茶陵本無「大」字「美」字。○《南方草木狀》卷下曰：檳榔樹，高十餘丈，皮似青桐，節如桂竹，森秀無柯，端頂有葉，葉似甘蕉，條派開破，葉下繫數房，房綴數十實。實大如桃李，天生棘重累其下，所以禦衛其實也。味苦澀，剖其皮，鬻其膚，熟而貫之，堅如乾棗。以扶留藤、古賁灰並食，則滑美。《御覽・果部》八引《南方草木狀》曰：檳榔樹，三月開花，仍連著，實大如雞卵，十一月熟。○椰互見《南都賦》。○胡克家曰：「如豬膏」，袁本、茶陵本「膏」作「脂」。步瀛案：《史記・司馬相如傳》上《索隱》引《異物志》作「膏」。○荔枝互見《蜀都賦》。○《南方草木狀》卷下曰：橄欖，樹身聳，枝皆高數丈。其子深秋方熟，味雖苦澀，咀之芬馥，勝含雞骨香。吴時歲貢，以賜近侍。本朝自泰康後亦如之。《齊民要術》十、《御覽・果部》九並引《草木狀》曰：橄欖，子大如棗。二月華，八九月熟。生食味酢，蜜藏乃甜。交阯、武平、興古、九真有之。又引《廣志》曰：橄欖，大如雞子，交州以飲酒。○《御覽·果部》十一「梂」下引薛瑩《荆揚以南異物志》與注同。知此注自「餘甘」至「劉子」，殆皆《異物志》之文也。《證類本草》卷二十三引陳藏器曰：梂子，味甘澀似梨，生江南。《吴都賦》云：梂榴禦霜是也。桂馥《札樸》卷九曰：梂，似柰而酸，俗呼酸子。其不酸者曰桊果，吾邑産最多。步瀛案：如未谷所説，卽俗所謂酸檳子者也。不惟曲阜産之，河北諸縣亦多産之者，但未知與江南所産之梂子是否相同。○「劉劉子」各本皆作「榴」，胡克家謂尤本誤，據之，今訂正。《爾雅·釋木》曰：劉，劉杙。郭注曰：劉子生山中，實如梨，酢甜，核堅，出交阯。邵晉涵《正義》曰：《南方草木狀》云：劉樹子大如李實，三月花包仍連著，實七八月熟，其色黄，其味酢，煑蜜藏之，仍甘好。《御覽》引《吴録·地理志》云：交阯嬴僂縣有劉子樹，出山中，實如梨而味酸美，郡内皆有之。案：「劉」、「榴」以聲近相通，或以此爲安石榴，非也。步瀛案：《南方草木狀》今本無此條，與下引《吴録·地理志》並見《御覽·果部》十劉下，石榴在《果部》七，與劉不同也。「嬴僂」當作「羸膢」。郝懿行曰：《初學記》引《埤蒼》云：石榴，柰屬，與劉異。朱珔亦謂此與《南都》、《蜀都》兩賦之若榴卽石榴者，蓋同名而異物。○《漢書·地理志》：日南郡比景縣注，如淳曰：日中於頭上，景在己下，故名之。《續漢書·郡國志》比景縣亦屬交州日南郡。《水經·温水注》曰：越烽火至比景縣，日中，頭上景當身下與景爲比。如淳曰：故以比景名縣。闞駰曰：比讀蔭庇之庇，景在己下，言爲身所庇也。案：比景縣，今占城北境。○「一作北景」至「故名」」，胡克家曰：袁本、茶陵本無此二十六字。張雲璈曰：「比景」自當作「北景」，「比」、

「北」二字相似。《周禮·大司徒》土圭正日景，有景南景北之説，當時或取以名縣，卽下云開北户以向日之義。唐萬年縣尉段公路作《北户録》，義出于此。步瀛案：吴仁傑《兩漢刊誤補遺》卷五曰：日南郡北景，師古曰：言其在日之南，所謂開北户以向日者。《考古編》云：《舊唐志》景州北景縣，晉將灌邃破林邑，五月五日，卽其地立表，表在北而日影在表南。郡名日南，則縣爲北景，固相應。仁傑按：唐命太史往安南測候日影，夏至，日在表南，與灌邃同郡得名固以此。然王充書謂日南郡有徙民還者，問之云：日中之時，所居之地，未能在日南也。蓋日南郡縣唯五月日影在南，常時影不在南，亦不在北。故《水經》云北讀爲蔭芘之芘，言影爲身所芘。此《爾雅》所謂岠齊州以南戴日者也。漢民徙者，但以常時所見言之。北景音芘影，《水經》言是也。步瀛案：北不得音芘。斗南既以音芘影爲是，則《漢志》縣名自作「比」不作「北」。吴氏書標題北景日南郡，北景「北」讀爲蔭芘之「芘」，北景音芘影，四北字皆比字之誤。全祖望校《温水注》疑斗南所見前後《漢志》有别本。段玉裁謂《漢志》字本有二，皆非也。《考古編》，程大昌撰。王充書見《論衡·談天篇》。又案：全祖望曰：《宋書·州郡志》亦作「北景」，蓋後來傳習成訛，立爲異義耳。朱珔曰：前後《漢志》俱作「比景」，酈注又釋之甚悉。張氏《膠言》乃謂宜作「北景」，殆不然矣。○宋玉《笛賦》、《書鈔·樂部》七、《類聚·樂部》四、《古文苑》並引之。○林、音，古音侵部。霜、陽，陽部。

素華斐，丹秀芳。臨青壁，系紫房。鷦鵠南翥而中留，孔雀綷羽以翱翔。山鷄歸飛而來棲，翡翠列巢以重行。

【注】鷓鴣，如雞，黑色，其名自呼。或言：此鳥常南飛不北。豫章已南諸郡，處處有之。孔雀，尾長六七尺，綠色，有華彩。朱崖、交趾皆有之。在山草中。山雞，如雞而黑色，樹棲晨鳴。今所謂山雞者，鷩蛦也。合浦有之。翡翠，巢於樹顛。生子，夷人稍徙下其巢，子大未飛，便取之。皆出於交趾、鬱林郡。

【疏】「華」，袁、茶二本作「花」，「系」作「係」。張銑曰：斐，美皃也。言果木之花美而且芳香。青壁，山之石壁色青。紫房，果之紫者係於木上。步瀛案：《説文》曰：系，縣也。《廣雅·釋詁》四曰：系，連也。經傳多以「繫」或「係」爲之。○呂向曰：五色曰綷。鷓鴣鳥常南飛，言其經此果木之中，翫其茂盛，遂留未去也。孔雀以五色羽翰，亦常飛集其中。劉良曰：重行，言多也。○「以翱翔」，袁、茶二本「以」作「而」。○劉注鷓鴣如雞云云，《御覽·羽族部》十一引《異物志》曰：鷓鴣，其形似雌雞，其志懷南不思北，其名自呼，飛但南不北。其肉肥美，宜炙。又引《南越志》曰：鷓鴣雖東西迴翔，然開翅之始，必先南翥，亦胡馬嘶北之義也。其名自呼。《杜簿州本草》云：自呼鉤輈格磔。《證類本草》十九引《圖經》曰：鷓鴣，出江南，今江西、閩、廣、蜀夔州郡皆有之。形似母雞，臆前有白圓點，背間有紫赤毛，彼人亦呼爲越雉，又謂之隨陽之鳥。崔豹《古今注》云：其名自呼，此不然也。其鳴若云鉤輈格磔者，是矣。《本草綱目》四十八李時珍曰：鷓鴣，性畏霜露，早晚稀出，夜棲以木葉蔽身，多對啼，今俗謂其鳴曰行不得也哥哥。○《御覽·羽族部》十一引《異物志》曰：孔雀，其大如鴈而足高，細頸隆背，似鳳皇。自背及尾皆作圓文，五色相繞，如帶千錢，文長二三尺，頭戴三毛，長寸，以爲冠，足有距。

栖遊岡陵，迎晨則鳴相和。又引劉欣期《交州記》曰：孔雀，色青，尾長六七尺，能舒，舞足爲節，出嶺南諸處。○鷩蛦卽蛸蛦，已見《蜀都賦》。《本草綱目》四十八李時珍曰：山雞，有四種，名同物異。似雉而尾長三四尺者，鸐雉也。似鸐雉而尾長五六尺，能走且鳴者，鷂雉也。俗通呼爲鸐矣。其二則鷩雉、錦雞也。鷩雉，狀如小雞，其冠亦小，背有黄赤文，緑頂紅腹，紅嘴利距，善鬭。錦雞則小於鷩，而背文揚赤，膺前五色，炫燿如孔雀羽。步瀛案：李氏所言四種皆雉類，與劉注前説如雞黑色者不同，是又不止四種矣。○《御覽·羽族部》十一引《異物志》曰：翠鳥，似鷰。翡赤而翠青，其羽可以爲飾。又引《南州異物志》曰：翠唯六翮，毛長寸餘，青茸。翡大於鷰，小於烏臼。又引《廣志》曰：翡色赤，紺背，出交阯興古縣。又引《交州記》曰：翡翠出九真，頭黑，腹下赤青縹色，似鵁鶄。又引楊孝元《交阯異物志》曰：翠鳥先高作巢，及生子，愛之，恐墜，稍下作巢。子生毛羽，復益愛之，又更下巢也。案：此與本注云夷人徙下其巢説稍異。○芳、房、翔、行，陽部。與上霜、陽並韵。

其琛賂則琨瑤之阜，銅鍇之垠。火齊之寶，駭雞之珍。賴丹明璣，金華銀樸。紫貝流黄，縹碧素玉。隱賑崴嵔，雜插幽屏。精曜潛熲，硩陊山谷。碕岸爲之不枯，林木爲之潤黷。隋侯於是鄙其夜光，宋王於是陋其結緑。

【注】琛，寶也。賂，貨也。《詩》曰：來獻其琛，大賂南金。琨、瑤，皆美石也。鍇，金屬也。《禹貢》：揚州貢金三品。謂金、銀、銅也。《異物志》曰：火齊，如雲母，重沓而可開，色黄赤，似金。出日南。賴，赤也。丹，丹砂也。出山中，有穴。《禹貢》：荆州貢丹璣。珠屬也。朱崖出珠。金華，金有華采者。

銀朴，銀之在石者。紫貝，以色言之。流黄，土精也。《淮南子》曰：夏至而流黄澤。縹碧素玉者，亦以色言也。硩者，言其有如硩擿而陊落山谷者。《淮南子》曰：積疊琁玉，以純脩碕。張衡《南都賦》曰：隋珠夜光。張禄先生曰：宋有結緑。隋侯、宋王，於此各鄙其寶也。善曰：《尚書》曰：瑶琨篠簜。《孝經援神契》曰：神靈滋液，則犀駭雞。宋衷曰：角有光，雞見而駭也。劉欣期《交州記》曰：金華出珠崖。謂金有華采者。《埤蒼》曰：崴㠢，不平也。又重累貌。崴，烏乖切。㠢，故乖切。幽屏，謂生處也。潛頴，謂潛深而有光頴。《説文》：硩，擿空青，珊瑚墮之。珠玉潛伏土石閒，隨四時長，故硩毁陊落山谷之土石也。潤，膩也。黷，黑茂貌。硩，勑列切。《孫卿子》曰：言無小而不聲，行無隱而不形。玉在山而木潤，淵生珠而崖不枯。許慎《淮南子注》曰：碕，長邊也。巨依切。

【疏】王念孫曰：「幽屏」當爲「幽屋」，字之誤也。幽屋，謂山也。言衆寶隱賑，崴㠢雜插於山中也。幽屋猶言幽室。謝靈運《登永嘉緑嶂山》詩云「懷遲上幽室」是也。屋與樸、玉、谷、黷、緑爲韻。若作屏，則失其韻矣。朱珔曰：屏字與上下似不叶韻，或疑有誤，但如江氏永《古韻標準》所舉《毛詩》中隔韻、遥韻之法，《楚茨》首章「以介景福」與前遥韻，而中閒「以饗以祀，以妥以侑」，上去自爲韻。《生民》卒章「以迄于今」，與「上帝居歆」遥韻，而中閒時、祀、悔，平上自爲韻。則此處谷字與上樸、玉，下黷、緑韻，中屏、頴可自爲韻，不必定作兩句一叶也。且此賦用韻本亦變化，如前文與風飉飈四句，飈與暢、亮韻而不與飉韻，瀏與飉，則又句中韻矣。下文如「袒裼徒搏」至「莽罝之野」，野與部韻，中數句一氣直下，亦暗藏韻蓋。猤與視韻，貗與合韻。此段與「干鹵殳鋋」至「昧莫之垧」爲對文，而用韻則異。胡紹煐曰：王氏改「屏」爲「屋」，於韵得矣，而於義恐非。山爲幽屋，書亦少見。今按：張衡《温泉賦》處幽屏以閒清，曹植《謝入覲表》臣得去幽屏之城，並有幽屏字。屏音必井切，與熲韵協，「縹緗素玉」句與下「晳陊山谷」爲韵，屏與熲又自爲韵。賦中多有此體。屏者，隱也，言雜插幽隱也。翰注：雖在幽僻之處。幽僻卽幽隱。是五臣本亦作「幽屏」。○「熲」，尤及茶陵本作「顥」，注同。袁本作「熲」。胡克家曰：案：依文義，「熲」字爲是。依此，則正文當是熲字。茶陵校語云：五臣作「熲」，與尤所見皆傳寫誤。袁本作「熲」，用五臣，唯無校語。或所見未譌歟？○李周翰曰：隱賑，言多也。步瀛案：互見《西京賦》。○「宋王」，袁、茶二本並作「宋玉」，毛本同。王念孫曰：「宋玉」當作「宋王」。劉注引《史記》宋有結緑，是結緑爲宋之寶，故曰宋王於是陋其結緑。宋王與隋侯相對爲文，無取於宋玉也。○劉注引《詩》，見《泮水》。毛傳曰：琛，寶也。賂，遺也。○《書·禹貢》孔疏引王肅曰：瑤琨，美石次玉者也。○《説文》曰：九江謂鐵曰鍇。劉良曰：鍇，白鐵也。垠，畔也。胡紹煐曰：《廣雅·釋器》：金，鍇，鐵也。《説文》：鐵，黑金也。《書·呂刑》疏云：古者金、銀、銅、鐵總號爲金，是也。○三品，謂金、銀、銅。《禹貢》僞孔傳同。孔疏引鄭注，以爲三品者，銅三色也。《詩·泮水》疏引同。《禮器》疏引鄭注與僞孔同，疑誤。○《御覽·珍寶部》八引《吴録》曰：西卷縣有火齊如雲母，重沓可開，色黄似金。又引《南州異物志》曰：火齊，出天竺，狀如雲母，色如紫金。離別之卽如蟬翼，積之如紗縠重沓。皆可與此注引《異物志》相證。又互見《西都賦》。○丹砂互見《南都賦》。○《禹貢》：荆州，厥貢礪砥砮丹。○《説文》曰：璣，珠不圜者。○「金華金有華采者」，各本脱下「金有華」三字。胡克家曰：何、陳校添「金有華」於「采」上，云別本，今未見，恐誤涉下善注耳。步瀛案：何、陳校是也，今從之。胡氏特立異耳。或謂「朱崖出珠金華采者」八字爲句，亦非金華與銀朴對文。若以金華屬珠，則銀朴又何屬邪？又劉注朱厓出珠，自釋璣字，李注金華出珠崖，自釋下金華字，亦不宜牽爲一事。○《證類本草》四引陶隱居曰：金出水沙中，金砂出石中，燒鎔鼓鑄爲碣，雖被火亦未熟，猶須更鍊。又曰：銀亦與金同，但皆是生石中，鍊法亦相似。○紫貝互見《西京賦》注。○流黄互見《南都賦》。○《淮南子》見《天文篇》。○「言其有如晢摘而陊落出谷者」，尤本無「有」字。胡克家曰：袁本有「有」字，是也。茶陵本亦脱。李周翰曰：晢，摘也。陊，落也。○後引《淮南子》見《本經篇》。今本「疊」作「牒」，「琁」作「旋」，「玉」作「石」。高注曰：牒，累。純，緣也。以玉石致之水邊爲璇石，或作旋石，旋石切以牒累流水邊爲脩碕。脩碕，曲水中所當處也。又本書《江賦》注引許慎《淮南子注》曰：碕，長邊也。陶方琦曰：「碕」即「埼」，《漢書·司馬相如傳》激堆埼。又通「隑」，《相如傳》臨曲江之隑州，注引張揖曰：隑，長也。與許注長邊義同。○張禄先生語見《秦策》三及《史記·范雎傳》。本書魏文帝《與鍾大理書》曰：宋之結緑。○李注引《尚書》，見《禹貢》。○《開元占經》一百十六引《孝經援神契》曰：神靈滋液，百寶爲用，則犀角戴通。與此注引異。《楚策》一：張儀說楚王，楚王獻雞駭之犀。《楚辭·九歎·怨思》曰：棄雞駭於筐簏。王逸注曰：雞駭，文犀也。《御覽·獸部》二引「雞駭」皆作「駭雞」。王念孫更據《書鈔·政術部》、《獸類·聚獸部》下、《御覽·人事部》一百一十九、《珍寶部》五引《策》皆作「駭雞」，《御覽》五部二又引《韓詩外傳》曰：太公使南宮括至義渠，得駭雞犀，以獻紂。《後漢書·

西域傳》曰：大秦國有駭雞犀。《抱朴子・登陟篇》曰：通天犀，角有一赤理如綖，自本徹末。以角盛米，置羣雞中，雞欲啄之，未至數寸，卽驚却退，故南人或名通天犀爲駭雞犀。○「雞見而駭也」，尤本「駭」下有「驚」字。胡克家曰：袁本、茶陵本無「驚」字。步瀛案：《楚辭・九歎・怨思》洪興祖《補注》引此注亦無「驚」字，今據刪。○劉欣期《交州記》、《御覽・珍寶部》十引作「金有華出珠崖謂金華采者也」。○《楚辭・九章・抽思》曰：軫石崴嵬。王逸注曰：崴嵬，高貌也。洪興祖《補注》曰：「嵬」，一作「褱」，崴褱，不平也。一曰山形。褱，音淮。案：洪氏蓋卽本《埤倉》。○「又重累貌」，胡克家曰：袁本、茶陵本無此四字。○「崴烏乖切褱故乖切」，袁、茶二本無此八字。胡克家曰：八字當有。凡音各本不同，二本删耳。○幽屏，謂生處也。李周翰曰：雜插幽屏，謂隱生隱僻之處。屏，僻也。精曜，則寶玉之光，雖在幽僻之處，常熲然有異光也。○潛熲，謂潛深而有光熲。案：兩「熲」字皆依茶陵本，説見上。○《説文》，見石部。朱珔曰：今《説文》「空青」上作「上摘山巖」四字。段氏謂「摘」當作「擿」，「墮」當作「陊」，蓋以此賦正用許語也。但「摘」卽「擿」之省，陊、墮皆訓落，不必改字。○「珠玉潛伏」至「黑茂貌」，胡克家曰：袁本、茶陵本無此二十九字。○「砉勑列切」，袁、茶二本無此四字。胡克家曰：四字當有。○《孫卿子》，見《勸學篇》。○《淮南》許注已見上。○垠，古音諄部。珍，真部。通轉爲韵。樸、玉、谷、黷、緑，侯部。屏、熲，耕部。自爲韵。○以上物産。

其荒陬譎詭，則有龍穴内蒸，雲雨所儲。陵鯉若獸，浮石若桴。雙則比目，片則王餘。窮陸飲木，極沈水居。泉室潛織而卷綃，淵客慷慨而泣珠。開北户以向日，齊南冥於幽都。

【注】陬，四隅，謂邊遠也。湘東新平縣有龍穴，穴中黑土。天旱，人人便共以水沾穴，則暴雨應之，常以此請雨也。陵鯉，有四足，狀如獺，鱗甲似鯉。居土穴中，性好食蟻。《楚辭》曰：陵魚曷止。王逸曰：陵魚，陵鯉也。浮石，體虛輕，浮在海中。南海有之。桴，舟也。比目魚，東海所出。王餘，魚其身半也。俗云：越王鱠魚未盡，因以殘半棄水中，爲魚，遂無其一面，故曰王餘也。朱崖海中有渚，東西五百里，南北千里。無水泉，有大木，斬之，以盆甕承其汁而飲之。水居，鮫人水底居也。俗傳鮫人從水中出，曾寄寓人家積日，賣綃。綃者，竹孚俞也。鮫人臨去，從主人索器，泣而出珠滿盤，以與主人。日南人北户，猶日北人南户也。善曰：《尚書》曰：宅朔方曰幽都。謂日既在北，則南冥與幽都同。王餘、泉客，皆見《博物志》。窮陸，見《後漢書》。《史記》曰：秦始皇地。南至北向户，北據河爲塞。

【疏】呂向曰：言其荒遠陬隅之所也。譎詭，怪異也。○《初學記·鱗介部》引本賦「陵鯉」作「鯪鯉」。○呂向曰：極沈水居，有甚沈溺之處，人居於水中，此說人所居處也。○「慷」，五臣作「忼」。○劉注「陬四隅謂邊遠也」，胡克家曰：袁本、茶陵本無「謂邊遠」三字。○《水經·湘水注》曰：宜溪水，出湘東郡之新寧縣西南，新平故縣東。新寧，故新平也。衆川瀉浪，共成一津，西北流，東岸山下有龍穴，宜水逕其下，天旱則擁水注之，便有雨降。《太平寰宇記·補闕》江南西道衡州常寧縣宜溪水引《湘州記》曰：傍有穴，天旱以水灌之，輒致暴雨，卽《吴都賦》所謂龍穴内蒸，零雨所儲也。步瀛案：「零」當作「雲」。又案：晉荆州湘東郡新平縣，今湖南長寧縣西南。○「常以水沾穴」，胡克家曰：袁本、茶陵本

「沾」下有「此」字。○《楚辭》，見《天問》。今本作「鯪魚何所」。王逸注曰：鯪魚，鯉也。一云：鯪魚，鯪鯉也。有四足，出南方。《初學記・鱗介部》引山謙之《南徐州記》曰：鯪魚，若鯉魚，四足。《吴都賦》所謂鯪魚若獸。又引沈懷遠《南越志》曰：鯪魚，鯉也。形如蛇而四足，腹圍五六寸，頭似蜥蜴，鱗如鎧甲。《異物志》謂之鯪鯉。《證類本草》卷二十二曰：鯪鯉甲，今人呼穿山甲。陶隱居云：其形似鼉而短小，又似鯉魚，有四足，能陸能水，出岸，開鱗甲，伏如死，令蟻入中，忽閉而入水，開甲，蟻皆浮出，於是食之。《廣雅・釋魚》王氏《疏證》曰：今人謂其甲爲穿山甲，以其穿穴山陵也。在陵，故謂之鯪矣。胡紹煐曰：《北史・高祐傳》：兗州東郡吏獲一異獸，送之京師，咸無識者。詔以問祐，祐曰：「此三吴所出，厥名鯪鯉。餘域率無。」據此，則《吴都》所賦，皆方物也。步瀛案：又互見《江賦》。○《本草綱目》九李時珍曰：浮石，乃江海間細沙水沫凝聚日久結成者。狀如水沫及鍾乳石，有細孔如蛀窠，白色，體虛而輕。今皮作家用，磨皮垢甚妙。海中者味鹹，入藥更良。《交州記》云：海中有浮石，輕虛可以磨脚。煑水飲之，止渴。即此也。○「桴舟也」，胡克家曰：袁本、茶陵本無此三字。步瀛案：《論語・公冶長篇》《集解》引馬融曰：桴，編竹木也，大者曰筏，小者曰桴也。字亦作「艀」。《廣雅・釋水》曰：艀，舟也。○比目，已見《西都賦》。案郭注《釋地》謂比目魚江東又呼爲王餘魚，與本注合。郝疏曰：王餘，今登萊人謂之偏口魚，與比目魚相似而有異。其魚單行，非兩兩相合。郭以比目即王餘，誤矣。《初學記・鱗介部》引《臨海異物志》云：比目魚似左右分魚，蓋分魚即王餘也。步瀛案：士禮居本《博物志》卷三曰：吴王江行，食鱠，有餘，棄於中流，化爲魚。今魚中有名吴王鱠餘者，長數寸，大者如筯，猶有鱠形。朱珔曰：志作吴王鱠餘，與此云越王異。張華亦晉人，與淵林各據所聞也。《本草綱目》云：或又以爲由僧寶誌者，皆不足致辨，蓋即今之銀魚。身圓如筯，潔白如銀，無鱗，若已鱠之魚，故名鱠殘魚。步瀛案：《本草綱目》見卷四十四。如李時珍説，鱠殘魚爲銀魚，與劉注王餘實不同，恐不足據。郭璞説以比目魚爲王餘，與劉注正合，並不爲誤。蓋二者種類形狀相同，特有比不比之別耳。《初學記·鱗介部》、《御覽·鱗介部》十并引孫綽《望海賦》曰：王餘孤戲，比目雙遊。語即本此。○「因以殘半棄水中」，胡克家曰：袁本、茶陵本「殘」作「其」，「水中」作「之」。○《後漢書·南蠻傳》曰：朱崖、儋耳二郡在海洲上，東西千里，南北五百里。與本注異。江文通《遂古篇》曰：窮陸滄海，又有民兮。《酉陽雜俎》卷四曰：木飲州，珠崖一州。其地無泉，民不作井，皆仰樹汁爲用。皆可與本賦相證。○《御覽·珍寶部》二引《博物志》曰：鮫人從水出，寓人家，積日，賣絹將去，從主人索一器，泣而成珠滿盤，以與主人。「絹」疑「綃」字之誤。士禮居本卷九作「南海外有鮫人，水居如魚，不廢織績，其眼能泣珠」，與《御覽》引異，而與《搜神記》十二同。○《爾雅·釋地》：北户爲四荒之一。郭注曰：北户在南。郝疏曰：《史記·五帝紀》：南撫交阯北發。《索隱》以「北發」當云「北户」，南方有地名北户。《淮南·墬形篇》作「反户」。高誘注：在日之南，皆爲北鄉户，故反其户也。《漢志》：日南郡屬交州。按：北户亦地名，特言郡在極南，實則日南非真在日之南，北户亦非向北看日也。朱珔曰：《水經·温水篇注》云：東逕區粟城南。區粟建八尺表，日影度南八寸，自此影以南，在日之南，故以名郡。望北辰星落在天際，日在北，故開北户以向日。此其大較也。范泰《古今善言》曰：日南張重，舉計入洛。正旦大會，明帝問：「日南，北向視日邪？」重曰：「今郡有雲中、金城者，不必皆有其實，日亦俱出於東耳。至於風氣暄暖，日影仰當，官民居止，隨情面向，東西南北，迴背無定。」據此，則與前所引酈注庇影之説，正略相仿矣。○《尚書》，見《堯典》。《莊子·逍遥遊》曰：南冥者，天池也。○范曄《後漢書》不言窮陸飲木事。李注所引，疑是他家《後漢書》，俟攷。○《史記·秦本紀》琅邪刻石曰：南盡北户。又曰：乃使將軍蒙恬西北斥逐匈奴，城河上爲塞。○儲、餘、居、都，古音魚部。桴，幽部。珠，侯部。通轉爲韵。

其四野則畛畷無數，膏腴兼倍。原隰殊品，窊隆異等。象耕鳥耘，此之自與。穱秀菰穗，於是乎在。

【注】畛畷，謂地廣道多也。舊井田閒有徑有畛。善曰：鄭玄《毛詩箋》曰：畛，舊田有徑路也。之引切。《説文曰》畷，兩陌閒道也。知衛切，又陟劣切。《説文》曰：窊，汙邪下也。於瓜切。《越絶書》曰：舜葬蒼梧，象爲之耕。禹葬會稽，鳥爲之耘。《左傳》曰：生人之道，於是乎在。

【疏】吕向曰：畛，陌中道也。言阡陌道路，多不可數。膏腴，謂良沃地也。兼倍，言良沃之地而獲倍於餘都。○李周翰曰：穱，麥也。菰，草名。其子有米，可食，故云穗也。案：穱、菰並見《南都賦》。○劉注「畛畷」至「有徑有畛」，胡克家曰：袁本、茶陵本無此十六字。步瀛案：《周禮·地官·遂人》曰：凡治野，夫閒有遂，遂上有徑。十夫有溝，溝上有畛。百夫有洫，洫上有涂。千夫有澮，澮上有道。萬夫有川，川上有路，以達于畿。《詩・載芟》毛傳曰：畛，埸也。鄭箋曰：畛，舊田有徑路者。《說文・田部》曰：畛，井田閒陌也。畷，兩陌閒道也。段注曰：井田閒者，謂十夫閒也。兩十夫之閒，猶井閒也。徑、畛、涂、道、路，皆可謂之陌阡，故曰井田閒陌。兩百夫之閒而有洫，洫上有涂，所謂陌也。兩千夫之閒而有澮，澮上有道，所謂阡也。洫横則澮縱，涂横則道縱，故道在中，縱而左右各十，涂皆横，是謂兩陌閒道，是之謂「畷」。《郊特牲》饗農及郵表畷，鄭注云：郵表畷，謂田畯所以督約百姓於井閒之處。引《詩》爲下國畷郵。按：畷之言綴也，衆涂所綴也。於此爲田畯督約百姓之處，若街彈室然，曰郵表畷。○《說文》見《穴部》。「邪」作「衺」。《史記・滑稽傳》：汙邪滿車，《集解》引司馬彪曰：汙邪下地田也。○《越絶書》今本無象耕鳥耘四句，惟記地傳云：疇糞桑麻，播種五穀，必以手足。大越海濱之民，獨以鳥田，其故何也？曰：禹始也憂民救水，巡狩大越，死葬會稽，延袤一畝，尚以爲居之者樂，爲之者苦，無以報民功，教民鳥田，一盛一衰。當禹之時，舜死蒼梧，象爲民田也。禹至此者，亦有因矣。似卽象耕鳥耘之說。《論衡・書虛篇》曰：傳書言舜葬於蒼梧，象爲之耕。禹葬會稽，鳥爲之田。蓋以聖德所致，天使鳥獸報祐之也。世莫不然，考實之，殆虛言也云云。與本注引《越絶書》同。《史記・五帝本紀》《集解》引《皇覽》曰：傳曰：舜葬蒼梧，象爲之耕。又《夏本紀》《集解》引《皇覽》：曰禹冢在山陰縣會稽山上，相傳以爲下有羣鳥耘田者也。○《左傳》見文六年。「人」作「民」，唐避諱改。又「在」下有「矣」字。○倍、等、在，古音之部。與魚部通轉爲韻。

煮海爲鹽，採山鑄錢。國稅再熟之稻，鄉貢八蠶之緜。

【注】善曰：《史記》曰：吴有豫章郡銅山，吴王濞則招致天下亡命者盗鑄錢，煮海爲鹽，國用富饒。《異物志》：交阯稻夏熟，農者一歲再種。劉欣期《交州記》曰：一歲八蠶繭，出日南也。

【疏】李注引《史記》見《吴王濞傳》，《漢書》同。「章郡」上皆誤衍「豫」字。顔注引韋昭曰：此有「豫」字，誤也。但當言章郡，今故章也。《史記正義》曰：《括地志》云：秦兼天下以爲鄣郡，今湖州長城縣西南八十里，故章城是也。銅山，今宣州及潤州句容縣有，並屬章也。朱珔曰：諸説皆是。蓋濞國本荆王賈之舊，惟故東陽郡、鄣郡、吴郡，不應越境至豫章。沈欽韓曰：《寰宇記》：大銅山在揚州江都縣西七十二里，吴王濞即山鑄錢處。小銅山在建安軍永貞縣西北八十里。案：永貞即今儀徵縣。攷縣志，銅山今並在儀徵界。又安徽池州銅陵縣有銅官山。○《御覽·百穀部》三引《異物志》曰：交阯稻夏冬又熟，農者一歲再種。視李注引多「冬又」二字。又引俞益期牋曰：交阯稻再熟而草深，耕種收穀薄。《齊民要術》卷二注曰：今世有黄稻、黄陸稻、青稗稻、豫章青稻、尾紫稻、青杖稻、飛青稻、赤甲稻、烏陵稻、大香稻、小香稻、白地稻、孤灰稻，一年再熟。《水經·温水注》曰：九真太守任延，始教耕犁，俗化交土，風行象林。知耕以來，六百餘年，火耨耕藝，法與華同。名白田，種白穀，七月火作，十月登熟。名赤田，種赤穀，十二月作，四月登熟。所謂兩熟之稻也。至于草甲萌芽，穀月代種，穜稑早晚，無月不秀，耕耘功重，收穫利輕，熟速故也。朱珔曰：兩《漢志》：交州刺史部有交阯郡、九真郡、日南郡。注云：日南故秦象郡，郡屬有象林縣。酈氏所云俗化交土，風行象林，正與善注引《志》合。但再熟之稻，本非一種。《齊民要術》注云云是也。且今非一地，安徽省亦閒有之，江西、福建皆然，臺灣并一歲三熟矣。○《齊民要術》卷五引俞益期牋曰：日南蠶八熟，繭軟而薄。又引《永嘉記》曰：永嘉有八珍蠶。蚖珍蠶三月績，柘蠶四月初績，蚖蠶四月初績，愛珍五月績，愛蠶六月末績，寒珍七月末績，四出蠶九月初績，寒蠶十月績。凡蠶再熟者，前輩皆謂之珍。養珍者少養之。愛蠶者，故蚖蠶種也。蚖珍三月既績，出蛾取卵，七八日便剖卵。蠶生多養之，是爲蚖蠶。欲作愛者，取蚖珍之卵藏内甖中，隨器大小，亦可拾紙蓋覆器口，安硎泉冷水中，使冷氣折其出勢，得三七日，然後剖生養之，謂爲珍愛，亦呼愛子。績成繭，出蛾卵，卵七日，又剖成蠶多養之。此則愛蠶也。《御覽·資産部》五引「八珍蠶」作「八輩蠶」，餘亦頗有異。《御覽》又引《林邑記》曰：九真郡蠶年八熟，繭小輕薄，絲若緜細。《水經·温水注》曰：九真桑蠶，年八熟繭。《三都賦》所謂八繭之緜者矣。《西溪叢語》上曰：李商隱《燒香曲》云：八蠶璽緜小分炷。《雲南志》云：風土多暖，至有八蠶，言蠶養至第八次，不中爲絲，只可作綿，故云八蠶之綿。《野客叢書》卷八曰：《廣記》：日南一歲八蠶，以其地暖，故爾。而《海物異名記》乃謂八蠶共作一繭，與前説異。張雲璈曰：按一歲八蠶。以其地氣煖故耳，猶之稻有再熟也。或言《周禮·馬質》禁原蠶，安得有八？按：《林邑記》九真郡蠶一年八熟，永嘉郡有八輩蠶，實實有此八種，古今異宜，不可同日語也。朱珔曰：種類各别，故得屢熟，此説近之。若《海物異名記》云八蠶共成一繭，或偶有其事，亦安見定八蠶乎？且與一蠶一繭者即大小分而不能多出也。至《廣東新語》云：廣蠶歲七熟，閏則八熟。自三月至九月，月一熟，蠶以三十二日爲度。歲當立春，桑穀生，蠶駒始生，繭既成，時當正月，是曰大蠶。大蠶一歲一熟，熟至八日而出蛾，配其雌雄，又至八日而蛾卵。其二蠶、三蠶曰小蠶，亦曰連蠶，言相連不絶，月月熟也。李商隱詩及太沖賦，皆言綿而不言絲，蓋以蠶養至第八次不中爲絲，但可作綿。然吾廣第八蠶皆可爲絲，所謂珍蠶也。凡蠶再熟者謂之珍，況於八輩蠶乎？然則八蠶在粤東爲常事，吴境及此，故賦稱之耳。步瀛案：綿與絲析言之則有異，此則渾言之，通謂絲耳，以協韵。故曰綿。第八次不中爲絲之説，恐未免望文生義。○錢、綿，古韵元部。

○以上綜舉遠近而極言之。

徒觀其郊隧之内奥，都邑之綱紀，霸王之所根柢，開國之所基趾。郛郭周匝，重城結隅。通門二八，水道陸衢。所以經始，用累千祀也。憲紫宫以營室，廓廣庭之漫漫。寒暑隔閡於邃宇，虹蜺回帶於雲館，所以跨跱，焕炳萬里也。

【注】《爾雅》曰：柢，本也。吴與周並世世稱王，自泰伯至闔閭，二十五世矣。夫差益强大，得爲盟主，故曰霸王之所根柢也。《越絶書》曰：吴郭周匝六十八里六十步，大城周匝四十七里二百一十步，水門八，陸門八，其二有樓。名門者車船並入，昌門今見在。銅柱石填地，大城中有小城，周十二里，亦有水陸門，皆有樓。闔閭宫在高平里。言經營造作之始，使子孫累代保居也。漫漫，長遠貌。寒暑所閡，謂冬温夏涼。善曰：《西都賦》曰：虹蜺迴帶於棼楣。

【疏】「趾」，袁、茶二本作「址」，蓋依五臣。○張銑曰：結隅，言城角相對。○尤本「祀」下無「也」字，胡克家曰：袁本、茶陵本有。茶陵云善無，袁無校語。案：此與下文焕炳萬里也偶句，恐無者傳寫脱。○吕向曰：憲，法也。廓，開也。漫漫，寬大貌。言法天紫微星以營宫室，開廣庭之寬大。步瀛案：紫微已見《西都賦》。○劉注引《爾雅》見《釋言》。○「二十五世矣」至「得爲盟主」，胡克家曰：袁本、茶陵本「矣夫差益強大得」七字作「益強夫差」四字。步瀛案：《史記・吳世家》太伯、仲雍、季簡、叔達、周章、熊遂、柯相、彊鳩夷、餘橋疑吾、柯盧、周繇、屈羽、夷吾、禽處、轉、頗高、勾卑、去齊、壽夢、諸樊、餘祭、餘昧、僚、闔廬、夫差，凡二十五君，故爲二十五世也。《越絶書》記《吳地傳》作二十六世。《吳越春秋・吳太伯傳》以熊、遂爲二人，《越絶書》蓋同，故云二十六世，與《史記》異。又「餘橋」作「餘喬」，「柯盧」作「柯廬」，「轉」作「專」。○《越絶書》見《記吳地傳》，與今本次敍雖異，而「里數除大城二百一十步」下有「二尺」二字，餘皆同。「名門者」至「填池」十七字，今無。又「周」字下皆無「匝」字。案：袁本、茶陵本「大城周」下亦無「匝」字。又各本「水陸門」皆下脱「有樓」二字，《越絶書》有之。胡克家謂：「皆」下當有「有樓」二字，是也。今補。《續漢書・郡國志》四揚州吳郡吳縣，劉注引「二百一十步」下亦有「二尺」二字。又案：《吳越春秋・闔閭内傳》曰：子胥造築大城，周迴四十七里，陸門八，以象天八風，水門八，以法地八聰。築小城，周十里，陵門三，不開東面者，欲以絶越明也。立閶門者，以象天門通閶闔風也。立蛇門者，以象地户也。闔閭欲西破楚，楚在西北，故立閶門以通天氣，因復名之破楚門。欲東并大越，越在東南，故立蛇門以制敵國。案：「築小城周十里」，「十」下疑脱「二」字。《太平寰宇記》江南東道蘇州吳縣閶門引《郡國志》曰：舊閶闔門，春申君改爲昌門。又案：《吳地記》曰：闔閭城，周敬王六年伍子胥築。大城周迴四十二里三十步，小城八里二百六十步。陸門八，以象天之八風；水門八，以象地之八卦。《吳都賦》云通門二八，水道陸衢是也。與《越絶書》大小城里數有異。○「言經營」至「長遠貌」，胡克家曰：袁本、茶陵本無此二十字。○李善引《西都賦》，胡克家曰：袁本、茶陵本「賦」作「賓」。○紀、趾、始、祀、跱、里，古音之部。隅，侯部。衢，魚部。通轉爲韵。漫、館，元部。

造姑蘇之高臺，臨四遠而特建。帶朝夕之濬池，佩長洲之茂苑。窺東山之府，則瓌寶溢目。覵海陵之倉，則紅粟流衍。

【注】姑蘇，吴臺名也。善曰：《越絶書》曰：吴王夫差起姑胥之臺，五年乃成，高見三百里。《史記》曰：越伐吴，敗之姑蘇。《漢書》伍被曰：子胥云：「見麋鹿遊姑蘇之臺。」然姑胥卽姑蘇也。《漢書》枚乘上書曰：夫漢諸侯方輪錯，出其珍怪，不如東山之府。轉粟西向，不如海陵之倉。修治上林，圈守禽獸，不如長洲之苑。遊曲臺，臨上路，不如朝夕之池。蔡邕《月令章句》曰：穀藏曰倉。《蒼頡篇》曰：覵索視之貌。師蟻切。《漢書》曰：太倉之粟，紅腐而不可食。

【疏】李注引《越絶書》見《九術篇》，「三百里」作「二百里」，疑彼誤。《御覽·居處部》六引亦作「三百里」，惟《御覽》「姑胥」作「姑蘇」，與《越絶書》及本注引皆不合，蓋後人誤改。《吴地記》曰：姑蘇臺在吴縣西南三十五里，闔閭造，經營九年始成。其臺高三百丈，望見三百里外，作九曲路以登之。《類聚·居處部》二引《吴地記》曰：吴王闔閭十一年起臺於姑蘇山，因山爲名，西南去國三十五里，春夏遊焉。後夫差復高而飾之。○「吴王夫差」，胡克家曰：袁本、茶陵本無「夫差」二字。步瀛案：《御覽》引有「夫差」無「吴王」二字。蓋古人引書，往往以意增損，故或作吴王夫差，或吴王，或夫差，均無大異。○《史記・越王句踐世家》曰：越復伐吴，大破吴，因而留圍之，三年，吴師敗，越遂復棲吴王於姑蘇之山。本注蓋約舉其文。○《漢書》，見《伍被傳》。○後引《漢書》，見《枚乘傳》。本書三十九亦載之。彼「東山」作「山東」，誤。《漢書》注引如淳曰：東山，吴王之府藏也。梁章鉅以爲吴縣之洞庭東山，沈曾植以爲卽《地理志》吴東之章山，恐皆未確。《漢書》「向」作「鄉」。臣瓚曰：海陵縣名也，有吴太倉。《清統志》曰：江蘇揚州府，海陵倉在泰州東，吴王濞所置。案：泰州今改縣。長洲之苑，服虔曰：吴苑也。孟康曰：以江水洲爲苑也。韋昭曰：長洲在吴東。《元和郡縣志》曰：江南道蘇州長洲縣，本萬歲通天元年析吴縣置，取長洲苑爲名。苑在縣西南七十里。《困學紀聞》卷十曰：吴王濞都廣陵。《漢郡國志》廣陵郡東陽縣有長洲澤，吴王濞太倉在此。東陽今盱眙縣。自注曰：《元和郡縣志》苑在長洲縣西南七十里，未足據也，當從《郡國志》。閻若璩曰：《漢・王莽傳》臨淮瓜田儀等爲盜賊，依阻會稽長洲。此則與《元和志》所云長洲苑同指在蘇州者而言，非東陽也。果屬東陽，不得冠以會稽。萬希槐《集證》曰：《太平御覽》八百三十二引《吴地記》曰：長洲在姑蘇南，太湖北岸，闔廬所遊獵處也。吴主遣徐詳至魏，魏太祖謂詳曰：「孤比老，願濟横江之津，與孫將軍遊姑蘇之上，獵長洲之苑，吾志足矣。」按：此指在蘇州者言。步瀛案：《吴越春秋・闔閭内傳》走犬長洲，閻若璩謂唐武后取此以名縣，是也。朱珔曰：蘇之長洲，縣名始於唐，地名不始於唐。此賦上文固云造姑蘇之高臺矣，《圃扁》曰茂苑，未爲不可。又《漢書・枚乘傳》注引蘇林曰：吴以海水朝夕爲池也。李詳曰：樂史《太平寰宇記》蘇州吴縣下云：朝夕池。劉達測候曰：海水朝夕上下，因以爲池沼，故曰朝夕也。「達」疑是「逵」字，應爲此賦注文，善本脱去。樂氏此條前引劉逵《吴都賦注》，「逵」亦作「達」，可以取證。但「測候」上當有闕文，今不可考矣。○尤本「方輪」下有□，胡克家曰：袁本、茶陵本□作「謂」。此初亦衍而後去之。○蔡邕《月令章句》，本書《藉田賦》、《上林賦》、《答客難》注皆合，下句引《禮記·月令》，孔疏引尤詳。尤本「章句」下無「曰」字，胡克家曰：袁本、茶陵本「句」下有「曰」字。又袁「邕」作「雍」，茶陵本作「邕」。案：疑善盡作「雍」，今「雍」、「邕」錯見，乃後人改。○《蒼頡篇》，謝惠連詠《牛女詩》注引同。《説文》曰：覼，求也。从見，麗聲。讀若池。段注「求」下增「視」字，字亦作「矖」。《後漢書·馬融傳》注曰：矖，視也。○《漢書》，見《食貨志》。案：尤本「漢書」下無「曰」字，今亦依袁、茶二本增。

○建、苑、衍，古音元部。

起寢廟於武昌，作離宫於建業。闡闔閭之所營，采夫差之遺法。抗神龍之華殿，施榮楯而捷獵。崇臨海之崔巍，飾赤烏之韡曄。

【注】《吴志》曰：吴前都武昌，後都建業。言離宫者，明非吴舊都也。神龍，建業正殿名。臨海、赤烏，二殿名也。捷獵，高顯貌。《越絶書》曰：昔越王句踐欲伐吴，大夫種對以九術。於是作榮楯，嬰以白璧，鏤以黄金，狀類龍蛇，以獻吴王夫差。夫差大悦。子胥諫曰：王勿受也。王不聽，遂受之，以飾殿也。闔閭造吴城郭宫室，其子夫差嗣，增崇侈靡。孫權移都建業，皆學之，故曰闡闔閭之所營，采夫差之遺法，而施榮楯也。《春秋左氏傳》曰：夫差次有臺榭陂池焉，玩好必從，歡樂是務。

【疏】吕向曰：崔嵬，高大皃。暐曄，光盛皃。○劉注「吴前」尤本作「前吴」，「武昌」下有「在豫章」三字，

「建業」下有「在丹陽。孫權自會稽徙治丹陽，建業人皆不樂徙，故爲歌曰：寧飲建業水，不向武昌居」三十三字。姚範曰：武昌郡，吴置，其武昌縣即郡治也。注云在豫章，謬矣。胡克家曰：袁本、茶陵本無此三十三字，何云不樂徙乃孫皓時事是矣，但未悟非劉注。案：此不知何人謬記，尤乃取以增多，誤之甚者也。步瀛案：吴徙都已見前疏，與豫章、會稽無涉。《吴志·陸凱傳》曰：皓時徙都武昌，揚土百姓泝流供給，以爲患苦，凱上疏曰：童謡言：「寧飲建業水，不食武昌魚，寧還建業死，不止武昌居。」《御覽·州郡部》二引《江表傳》同。《晉書·五行志》亦以爲孫皓初童謡。《御覽·州郡部》十六引《武昌記》曰：大帝築城於江夏，以程普爲太守，遂欲都鄂州，改爲武昌郡。其民謡曰：寧飲建業水，不食武昌魚，寧歸建業死，不向武昌居。繇是遂都建業。則以爲孫權時民謡。《太平寰宇記》百十二引《武昌記》同。又《御覽·鱗介部》七引《吴志》亦以爲孫權時民謡。蓋傳聞異詞耳。唯此注自會稽徙治丹陽，則甚謬，其爲後人妄增無疑。○張雲璈曰：按《宋書·五行志》，權稱帝三十年，竟不於建業剏七廟，但有父堅廟遠在長沙。據此，則武昌起廟事，不知賦何所據。《旁證》引姜皋曰：《吴志·三嗣主傳》：孫亮五鳳二年十二月作太廟。太平元年春裴注：《吴歷》曰：正月爲權立廟，稱太祖廟。是吴有寢廟也。《魏志·諸葛誕傳》注：黄初末，吴人發長沙王吴芮冢，以其塼于臨湘，爲孫堅立廟。是廟並不在長沙也。步瀛案：孫亮時始爲權立廟，則權未立七廟可知。吴長沙郡治臨湘，姜謂堅廟不在長沙，亦非也。又案：《周禮·夏官·隸僕》鄭注曰：五寢，五廟之寢也。周天子七廟，唯祧無寢。《詩》云寢廟繹繹，相連貌也。前曰廟，後曰寢。蔡邕《獨斷》曰：宗廟之制，古學以爲人君之居，前有朝，後有寢。終則前制廟以象朝，後制寢以象寢。廟以藏主，列昭穆。寢有衣冠几杖，象生之具。總謂之宮。《月令》曰先薦寢廟，《詩》云公侯之宮，《頌》曰寢廟奕奕，言相連也。是皆其文也。步瀛案：《魯頌·閟宮》《毛詩》作「新廟」，蔡、鄭引作「寢廟」，說者以爲《魯詩》。○尤本「赤烏」下有「皆建業吴大帝所太初宮」十字，「殿名也」上無「二」字。胡克家曰：袁本、茶陵本無此十字，有「二」字。案：此云吴大帝，上下云孫權，一人之稱，乖刺如此，誤中之誤，不勝辨正。《旁證》引姜皐曰：袁本作「臨海赤烏皆建業初宮殿名也」，竊疑「建業初」三字亦屬不辭。或是神龍正殿名。臨海、赤烏，皆建業吴大帝所居太初宮中殿名也。步瀛案：尤本「所」字乃「時」字之誤，故海録軒本依何校改作「時」字。袁本「初」上脱「太」字，姜校添字太多，亦非是。然據此，則皆以臨海、赤烏爲太初宮中殿名。今案：《吴志·吴主傳》曰：赤烏十年二月，權適南宮。三月，改作太初宮。裴注引《江表傳》權詔曰：建業宮乃朕從京來所作將軍府寺耳，材柱率細，皆以腐朽，常恐損壞，今未復西，可徙武昌宮材瓦，更繕治之。又《三嗣主傳》曰：寶鼎元年十二月，皓還都建業，二年夏六月，起顯明宮。裴注曰：《太康三年地記》曰：吴有太初宮，方三百丈，權所起也。昭明宮，方五百丈，皓所作也。避晉諱改曰顯明。《吴歷》云：顯明在太初之東。《御覽·居處部》三引《建康宮殿簿》曰：太初宮中有神龍殿，去縣三里，左太沖《吴都賦》曰抗神龍之華殿是也。又《建康宮闕簿》曰：赤烏殿，在縣東北五里吴昭明宮內。案：「宮闕簿」亦應作「宮殿簿」，故《玉海》一百五十六《宮室類》皆引作《建康宮殿簿》，下並引本賦赤烏句證之，是神龍殿在太初宮，赤烏殿在昭明宮也。《輿地紀勝》：江南東路建康府，歷代宮苑殿閣制度，有神龍殿、臨海殿、赤烏殿，引《吴志》孫皓以赤烏見遂起赤烏殿，又引本賦「抗神龍之華殿」四句以證。三殿但未言各在何宫，而太初、昭明二宫下亦未言各有何殿。《禁扁》乙亦以神龍爲太初正殿，赤烏爲昭明正殿。《文選紀聞》引張鉉《金陵新志》十二載《建康實録》曰：吴大帝徙武昌宫室材瓦，繕太初宫。卽長沙王孫策故府也。赤烏十年作，十一年宫成，周迴五百丈。正殿曰神龍。南面開五門，正中公車門，次東昇賢門，更東左掖門，次西明陽門，更西右掖門。東面正中蒼龍門，西面正中白虎門，北面正中玄武門，北直對臺城。又曰：太初宫又起臨海等殿。又曰：赤烏殿在吴昭明宫内，吴時赤烏見，遂起殿名赤烏。步瀛案：此今本《建康實録》不載。余蕭客曰：或别一書，或今本許嵩書僞託。又曰：《選》注赤烏亦太初殿，與《金陵志》、《禁扁》不同。步瀛案：《建康宫殿簿》亦以赤烏殿在昭明宫，與《禁扁》及《金陵志》同。然《選》注如袁、茶二本渾言二殿名，不言皆在太初宫爲最合矣。但赤烏殿因赤烏見而作。孫權赤烏元年、孫休永安三年，皆有赤烏見，而孫皓時未有，豈皓取前代之祥邪？抑權時已有赤烏殿在太初宫，至皓建昭明宫，遂移其名於昭明正殿邪？今不可攷矣。胡紹煐曰：《御覽》一百七十五引《三秦記》云：明光、桂宫皆以金玉珠璣爲簾，晝夜光明。《吴都賦》云「飾赤烏之暐暐」是也。「暐暐」當作「暐曄」，然則赤烏卽明光之别名。《建康宫闕簿》：赤烏殿在縣東北五里吴昭明宫内。步瀛案：明光、桂宫皆見《西都賦》，此乃漢之宫殿，故《三秦記》載之。若赤烏殿在建業，何以見《三秦記》邪？其引《吴都賦》句當在《建康宫闕簿》條下。《玉海》一百五十六可考。其「暐曄」亦誤「暐暐」，尤爲確證。今本《御覽》誤綴《三秦記》明光殿後，自是後人傳寫之誤。胡氏不察，乃謂赤烏卽明光殿別名，斯爲巨謬。○「捷獵高顯貌」，胡克家曰：袁本、茶陵本無此五字。步瀛案：《西京賦》披紅葩之狎獵，薛注曰：狎獵，重接貌。狎獵、捷獵同。屋翼曰榮，闌檻曰楯。殿施榮檻，其狀捷獵相次，故曰施榮楯而捷獵也。高顯義似未合。吕向曰：捷獵，列次皃，近之。○《越絶書》見《九術》。今本「榮」作「策」，誤。○「大夫種」，胡克家曰：袁本、茶陵本「種」下有「蠡」字。○「以獻吴王夫差夫差大悦」，胡克家曰：袁本、茶陵本無「夫差夫差」四字，有「王」字。○「以飾殿也」，胡克家曰：依袁本、茶陵本無此四字。○「其子」，胡克家曰：袁本、茶陵本無此二字。案：夫差據《左·定十四年》、《史記·吴世家》、《吴語》韋昭注，皆以爲吴王闔閭子。梁玉繩《人表攷》曰：《吴越春秋·闔閭内傳》謂夫差是太子波之子，恐非。○「孫權移都建業皆學之」，胡克家曰：袁本、茶陵本無此九字。○《左氏傳》見哀元年。○業、法、獵、曄，古音盍部。

東西膠葛，南北峥嶸。房櫳對櫎，連閣相經。閽闥譎詭，異出奇名。左稱彎碕，右號臨硎。

【注】善曰：膠葛，長遠貌。峥嶸，深邃貌。《魯靈光殿賦》曰：洞膠葛其無垠。《説文》曰：櫳，房室之疏也。又曰：櫎，帷屏屬。然則門牕之廡通名櫎。櫎與榥音義同。彎碕、臨硎，閽闥名也。吴後主起昭明宫於太初之東，開彎碕、臨硎二門。彎碕，宫東門。臨硎，宫西門。碕，巨依切。硎，口耕切。

【疏】「櫎」，茶陵本校曰：五臣本作「榥」，袁本作「榥」，從五臣也。○「碕」，袁、茶二本作「崎」。○原本《玉篇》引作左號臨硎。又引劉逵曰：吴東門也。似誤。○李注「膠葛長遠貌」，胡克家曰：袁本、茶陵本「貌」上有「之」字。胡紹煐曰：膠葛，縱横交錯也。《楚辭·遠遊篇》：騎膠葛以雜亂兮。王逸注：

參差駢錯以縱横也。《史記・司馬相如傳》：雜遝膠葛以方馳兮。《索隱》引《廣雅》：膠葛，馳驅也。馳驅，亦縱横之意。○「崢嶸深邃貌」，胡克家曰：袁本、茶陵本無此五字。○《魯靈光殿賦》見本書卷十一。○《説文・木部》曰：龒，房室之疏也。别有「櫳」字，曰：檻也。段曰：字有偏旁稍移而爲二字者，柔，栩也。杼機，持緯者也。龒，房室之疏也。櫳，檻也。是也。竊有疑焉。龒與櫳皆言横直爲窗櫺通明，不嫌同偁。如檻亦名闌檻。許於楯下云：闌檻是也。左木右龍之字，恐淺人所增。梁章鉅曰：《説文》檻，亦曰櫳也。本書《長楊賦》注引《釋名》檻車，上施闌檻以格猛獸，亦囚禁罪人之車也。是則櫳之爲檻者，有籠字之義。《華嚴經音義》上引《三倉》櫳所以盛禽獸也，是也。《廣雅・釋室》：櫳，舍也。龒，牢也。則又互異矣。案：《釋室》當依王氏《疏證》作《釋宫》。王曰：櫳之言籠也，《説文》作「龒」，云房室之疏也。龒之言牢籠也，字本作「櫳」。《説文》：櫳，檻也。沈濤《説文古本攷》曰：《華嚴經音義》上引櫳牢也，《一切經音義》十四引櫳牢也，一曰圈也，蓋古本如此。《廣雅・釋宫》欄、檻、龒皆訓爲牢。《説文》欄、檻互訓而以牢訓櫳。牢櫳本雙聲字，籠卽櫳之别。二徐奪去「欄」篆，遂移檻也之解於櫳字，又奪去一訓，誤。《一切經音義》卷一引《三倉》云櫳所以盛禽獸。此正牢字之義。玄應書卷十又引櫳，檻也，乃後人據今本改。胡紹煐曰：「龒」、「櫳」爲二字，今並作「櫳」。《衆經音義》十二引《倉頡篇》曰：櫳，疏也。本書鮑明遠《玩月詩》：蛾眉蔽珠櫳。善注：珠櫳，以珠飾疏也。○《説文・木部》曰：櫎，所以几器。一曰帷屏風之屬。段氏據本注删「風之」二字。沈濤謂此賦注引無「風之」二字，乃傳寫偶奪。《御覽》六百九十九《服用部》引同今本，可證。步瀛案：《玉篇》作帷櫎，屏風屬。錢坫《説文斠詮》謂今《説文》似脱一字，恐未確。又案：《説文繫傳》曰：謝惠連《雪賦》曰：月承幌而通輝。「幌」即此「櫎」字，胡晃切。段曰：一變爲「榥」，再變爲「幌」。《雪賦》注引《文字集略》曰：榥，以帛明牕也。梁章鉅曰：「幌」即「櫎」字，然皆與李注門窗云云不合。胡紹煐曰：《七命》：交綺對榥。善注引《文字集略》曰：榥，以帛明牕也。此以爲門牕之廡通名，與《七命》注互異。「櫎」、「榥」古今字。榥之言晃也，晃晃然明也。杜宗玉曰：榥從櫎取義得聲，光、廣聲轉，故用同。《甘泉賦》：北爌幽都。李善注：「爌」與「晃」音義同。「爌」同「晃」，「櫎」亦可同「榥」矣。步瀛案：注「櫎與榥」，尤本、袁本「與」字並誤作「音」，今依茶陵本。毛本同。〇「吴後主」至「巨依切」，胡克家曰：袁本、茶陵本無此三十三字。步瀛案：原本《玉篇》引本賦，與今本異。然以臨硎爲吴宫門，與李善注意同。李周翰注謂彎碕、臨硎，皆險也。非是。孫志祖《補正》引董潮説，據翰注正善，謬矣。梁章鉅曰：案《吴郡志》引《名山志》云：支硎山，在龍池山東北。《吴都賦》云右號臨硎也。蓋山多平石，故以硎名。胡紹煐曰：《吴志》云：吴後主大開苑囿，起土山，作樓觀，加飾珠玉，製以奇名。右臨硎，左彎碕。據此，則爲樓觀名矣。《郡國志》：孫皓起顯明宫，引水激之，飾以珠玉，有彎碕、臨硎之觀。説亦同。步瀛案：《吴志》見《御覽·居處部》一引。然彎碕、臨硎，若專屬樓觀，不必定分左右，其殆因門名而及樓觀歟？

彫欒鏤楶，青瑣丹楹。圖以雲氣，畫以仙靈。雖兹宅之夸麗，曾未足以少寧。思比屋於傾宫，畢結瑶而構瓊。

【注】棨，栭也。瑣，户兩邊以青畫爲瑣文。楹，柱也。汲郡地中古文册書曰：桀築傾宫，飾瑶臺。紂作瓊室，立玉門。言其夸麗。善曰：鄭玄《禮記注》曰：栭謂之棨。音節。《左氏傳》曰：丹桓宫楹。杜預曰：楹，柱也。

【疏】欒已見《西京賦》。○劉注「梁栭也」至「楹柱也」，胡克家曰：袁本、茶陵本無此十六字。步瀛案：梁不訓栭，且非正文所有，當爲「棨」字之誤，今正。○梁章鉅曰：汲郡地中古文册書，即《竹書紀年》。步瀛案：已見《東京賦》李注。○《禮記》鄭注見《禮器》，「棨」作「節」。○《左傳》見莊二十三年。○嶸、經、名、硎、楹、靈、寧，古音耕部。瓊，元部轉耕部。

高闈有閌，洞門方軌。朱闕雙立，馳道如砥。樹以青槐，亙以緑水。玄蔭耽耽，清流亹亹。

【注】善曰：李尤《德陽殿賦》曰：朱闕巖巖。《漢書音義》：應劭曰：馳道，天子之道。《毛詩》曰：周道如砥。言其平直也。《漢書》：賈山上書曰：秦爲馳道，樹以青松。然古之表道，或松或槐也。亙，引也。耽耽，樹陰重貌。《韓詩》曰：亹，水流進貌。

【疏】《西京賦》曰：高門有閌。《爾雅·釋宫》曰：宫中之門謂之闈。○吕向曰：洞，通也。方軌，並車而行也。○梁章鉅曰：《方輿勝覽》引《宫城記》云：吴時自宫門南出至朱雀門，凡七八里，府寺相屬。自大司馬門出者爲御街，夾街爲御溝。自端門出者爲馳道。自西掖門者爲右御街。○「緑」，袁、茶二本作「渌」。○李注引李尤《德陽殿賦》，《類聚·居處部》二亦載之。○《漢書音義》應劭注，《史記·秦始皇本紀》《集解》引同。○《毛詩》，見《大東》。○《漢書》，見《賈山傳》。○「亙引也耽耽樹陰重貌」，胡克家曰：袁本、茶陵本無此九字。步瀛案：二本載劉良曰：亙，横也。吕向曰：耽耽，青槐蔭深之狀。○「亹水流進貌」，胡克家曰：袁本、茶陵本作「亹進也」。案：此當作「亹亹進也」，二本皆脱重亹字。所引當是「亹亹文王」之傳或章句。後來考《韓詩》者從而認爲「鳧鷖在亹」之訓，誤也。陳喬樅《韓詩遺説攷》曰：臧鏞堂輯《韓詩説》，以此入「鳧鷖在亹」下。蒙謂《吴都賦》「亹」與「水」爲韵，則「亹」字不讀如「門」，與下薰、欣、芬、艱不協，且訓水流進貌，則在字亦不可通矣。此注當是「亹亹文王」之訓。下句云「令聞不已」，是有進義。故《韓詩》釋亹亹爲水流進貌也。步瀛案：胡氏、陳氏以此爲《韓詩》釋《大雅·文王篇》是也。胡承珙《毛詩後箋》以爲《新臺》「河水浼浼」之異文。胡紹煐曰：《新臺》《釋文》云：《韓詩》作「浘浘」。不應又作「亹亹」。又案：吕向曰：亹亹，渌水徐進之勢。○軌，幽部。砥、水，脂部。亹，諄部。變音通轉爲韵。

列寺七里，俠棟陽路。屯營櫛比，解署棊布。横塘查下，邑屋隆夸。長干延屬，飛甍舛互。

【注】吴自宫門南出苑路，府寺相屬，俠道七里也。解，猶署也。吴有司徒、大監諸署，非一也。横塘，在淮水南，近陶家渚，緣江築長堤，謂之横塘，北接栅塘。查下、查浦，在横塘西，隔内江，自山頭南上十里至查浦。建業南五里有山岡，其閒平地，吏民雜居。東長干中有大長干、小長干，皆相連。大長干在越城東，小長干在越城西，地有長短，故號大小長干。《韓詩》曰：考盤在干。地下而黄曰干。櫛比，喻其多也。藏官物曰公廨，醫巫所居曰署。飛甍舛互，言室屋之多，相連下之貌。善曰：應劭《風俗通》曰：今尚書御史謁者所止皆曰寺。俠棟，棟相俠也。古洽切。陽路，路陽也。《毛詩》曰：其崇

如墉，其比如櫛。

【疏】呂向曰：夾棟，謂屋多而相夾。　蓋五臣作「夾」。案：「俠」、「夾」之借字。○「解」，袁本、茶陵本作「廨」，注同。　孫志祖曰：古止有解字，《玉篇·角部》解字注：又古隘切，署也。《吳都賦》曰：解署棊布。○夸，五臣音口固切。　張銑曰：隆盛也。　夸，奢也。　言此中之人競作奢盛。○劉注「吳自宮門南出苑路府寺相屬」，胡克家曰：此十二字袁本、茶陵本作「建業宮前宮寺」六字。　步瀛案：「宮寺」疑當作「官寺」。《漢書·元帝紀》：壞敗貆道縣城郭官寺。顔注曰：凡府庭所在皆謂之寺。○「橫塘在淮水南」至「號大小長干」，案：尤本「家渚」上脱「陶」字，今依朱珔校增。「大小長干」，「長」誤作「相」，今正。胡克家曰：袁本、茶陵本無此，有「橫塘查下，皆百姓所居之區名，江東謂山岡謂爲干。建鄴之南有山，其閒平地，吏民居之，故號爲干」三十八字。　朱珔曰：《方輿紀要》曰：橫塘，在江寧府西南。《建康實録》云：在秦淮南岸近石頭西陶家渚。吳大帝時自江口緣淮築堤，謂之橫塘。《吳都賦》所稱橫塘查下，樓臺之盛，天下莫比者也。自橫塘而北，接于栅塘，即今秦淮逕口矣。所説正與注合。據此，知地在金陵，非蘇之橫塘也。《紀要》又曰：查浦在府西南十里，大江南岸。《實録》云：石頭南二十里，卽查浦。查浦南十里，卽新亭也。晉蘇峻之亂，陶侃入援，屯於查浦，是已。　步瀛案：《輿地紀勝》卷十七曰：江南東路建康府長干，是秣陵縣東里巷名。江東謂山隴之閒曰干，金陵南五里有山岡，其閒平地，民庶雜居，有大長干、小長干、東長干，並是地名。○《毛詩·考盤》「盤」作「槃」，「干」作「澗」。《釋文》曰：「澗」，《韓詩》作「干」，云墝角之處也。　陳喬樅曰：《文選》注引「干」字訓與《釋文》不同，蓋《内傳》也。《毛傳》云：山夾水曰澗。《小雅》：秩秩斯干。傳曰：干，澗也。是「干」、「澗」二字古通。《易》：鴻漸于干。《釋文》引荀爽、王肅注並云：山閒澗水也。《韓詩》以干爲磽确之處者，干亦厓也。干爲山澗厓岸之地，故以磽确言之。又訓地下而黄者。胡承珙曰：「黄」疑「潢」字之誤。潢汙者，停水之處。《小雅》《正義》引鄭君《易》注曰：干者，水傍。故停水處卽其義也。○「櫛比喻其多也」至「相連下之貌」，胡克家曰：袁本、茶陵本無此三十二字。○「藏官物曰公廨」云云，陳僅曰：是廨署非官居通稱矣。步瀛案：此「廨」字當依正文作「解」。「醫巫所居曰署」，他書亦無徵，此恐後人所增，非劉氏原注。吕向曰：飛甍舛互，言棟宇相交互也。○《風俗通》今本佚此文。本書劉公幹《贈徐幹詩》、應休璉《與岑文瑜書》注引同。○陽路，路陽也。吕向曰：向南之道。○《毛詩》，見《良耜》。李周翰曰：櫛，梳也。屯營軍衞，相次如梳齒相比。○路、布、夸、互，古音魚部。

其居則高門鼎貴，魁岸豪傑。虞魏之昆，顧陸之裔。岐嶷繼體，老成奕世。躍馬疊跡，朱輪累轍。陳兵而歸，蘭錡内設。冠蓋雲蔭，閭閻闐噎。

【注】《漢書》曰：于公高門以待封。又《賈捐之傳》曰：石顯鼎貴。應劭曰：鼎，始也。乃祖乃父已來皆貴，故曰鼎貴也。虞，虞文繡。魏，魏周榮。顧，顧雍。陸，陸遜。昆、裔，皆後世也。岐嶷，謂有識知也。老成德之人，養之乞言。躍馬，騰躍之謂，言富貴也。《蔡澤傳》曰：躍馬肉食。《西京賦》曰：武庫禁兵，設在蘭錡。閭閻闐噎，言人物遍滿之貌。善曰：《漢書》曰：江充爲人魁岸。《毛詩》曰：克岐克嶷。又曰：雖無老成人。謝承《後漢書》曰：王公位二千石，奕世相襲。楊惲書曰：惲家方隆盛時，

乘朱輪者十人。

【疏】五臣本「則」下有「有」字。○張銑曰：鼎貴，鼎食者。案：張釋「鼎」字非是。○「傑」，袁、茶二本作「桀」。○尤本「岐」誤作「歧」，注同。今依袁、茶二本校正。○尤本注首有「魁岸大度也」五字。案：魁岸義見下，不宜訓大度。今依袁、茶二本刪。○次有「漢書曰江充爲人魁岸」九字。案：袁、茶陵二本此乃李注，尤本誤入劉注，依二本移下。○劉注引《漢書》于公高門以待封，見《漢紀・孝宣皇帝紀》四，蓋亦通稱《漢書》耳。袁、茶二本無此八字，豈以不見班書《于定國傳》而刪之耶？○「漢書賈捐之傳曰石顯鼎貴」，尤本及袁、茶二本「顯」下有方字，而二「本」傳下無「曰」字，此九字在後「昆裔皆後世也」之下。胡克家疑亦後人所添。李詳曰：今《漢書・捐之傳》作「顯鼎貴」，如淳曰：言方且欲貴矣。是鼎即訓方，無容重複。劉注「方」字顯係衍文。步瀛案：李說是，今刪「方」字，仍依尤本之序，著於應劭注之前。○「應劭曰」至「故曰鼎貴也」，此十九字尤本與二本同，然亦可疑。案：《漢書・賈誼傳》、《匡衡傳》注引應劭，皆云：鼎，方也。不訓爲始。「乃祖乃父」以下，申明之語，尤與始貴之意不合。以本賦此句觀之，亦當謂正貴之義，不必言始貴也。○「虞虞文繡」至「吴之舊貴也」，尤本「繡」作「秀」，「周」下脱「榮」字，「雍」作「榮」。何焯曰：虞、魏，《吴志》無傳。「文秀」當作「文繡」，文繡則仲翔之父也。「魏周」當作「魏周榮」，「顧榮」當作「顧雍」。陳景雲校同。胡克家曰：袁本、茶陵本作「虞魏顧陸吴之舊姓也」，最是。何陳校改云云，皆未悟非劉注，今不取。步瀛案：此注是否劉淵林原注，固不敢定，而要不可少。若賦云虞魏之昆，顧陸之裔，注但空衍四姓，則無爲用注矣。顧千里偏信袁、茶陵二本，凡二本所無而尤所有者，卽以爲後人所增，實僻見也。朱銘曰：陳孔璋《檄吴將校部曲》云：近魏叔英秀出高峙，著名海内，虞文繡砥礪清節，耽學好古，皆宜膺受多福，保乂子孫。又云：聞魏周榮、虞仲翔各紹堂構，能負析薪。則魏周榮、虞仲翔乃文繡、叔英之子。注當云虞文繡、魏叔英。又《吴志》無顧榮傳，惟顧雍與子邵同傳，注亦當云顧雍陸遜。步瀛案：朱説是也。但虞氏舉其父，魏氏舉其子，亦無妨，不必改作叔英耳。○「岐嶷謂有識知也」，袁、茶二本無此七字。案：《毛詩・生民》：克岐克嶷。傳曰：岐，知意也。嶷，識也。段玉裁訂《毛傳》曰：《説文》引《詩》作「㘈」，今本《毛詩》作「嶷」，淺人依岐字偏旁改之耳。岐、知，古音同部。㘈、識，古音同部。此古人於疊韻得訓之大凡也。岐者，山之兩岐也，心之開明似之，故曰知。㘈者，心口閒有所識别，故曰識也。步瀛案：「㘈」，本字，「嶷」，通借字。《淮南・原道篇》高注引作「嶷」，《本經篇》高注引作「㘈」。陳喬樅謂《魯詩》作「㘈」，《原道》注疑後人順《毛詩》改之。步瀛案：蔡邕《太尉橋玄碑》曰：岐嶷而超等。邕固習《魯詩》者，陳説恐未確。○「老成德之人養之乞言」，袁、茶二本無此九字。案：「老成德」上疑脱字，當作「老成年老成德之人」。○「言富貴也」，胡克家曰：袁本、茶陵本無「言富貴」三字。○《史記・蔡澤傳》「躍馬疾驅」句與下「食肉富貴」句，中閒尚隔三句，此節取四字耳。○「閭閻」至「遍滿之貌」，胡克家曰：袁本、茶陵本無此十一字。○李注引《漢書》曰：江充爲人魁岸。袁、茶二本「漢」上有「後」字。袁本「曰」作「云」。胡克家曰：「後」字衍，「云」當作「曰」。步瀛案：尤本本不誤，特誤入劉注中耳。《江充傳》顔注曰：魁，大也。岸者，有廉棱如崖岸之形。○《毛詩・生民篇》已見上，後引見《蕩篇》。○謝承《後漢書》、《魏都賦》注引同。○楊惲書見本書卷四十一。案：「惲家方隆盛時」二句，尤本脱「惲」字而「方」字在「家」字上，袁、茶二本不引上句而下句脱「乘」字，皆非是。○傑、裔、世、轍、設，古音祭部。噎，至部。通轉爲韵。○以上都邑之繁盛。

其鄰則有任俠之靡，輕訬之客。締交翩翩，儐從奕奕。出躡珠履，動以千百。里讌巷飲，飛觴舉白。翹關扛鼎，拚射壺博。鄱陽暴謔，中酒而作。

【注】靡，美也。《楊子法言》曰：聶政、荆軻，刺客之靡。締，結也。賈誼《過秦論》曰：締交。白，罰爵名也。《漢書》曰：引滿舉白。鄱陽人俗性暴急。何晏云：鄱陽惡戲，難與曹也。鄱陽本豫章縣。善曰：《漢書》曰：季布爲任俠。如淳曰：相與信爲任，同是非爲俠。《漢書》述曰：江都訬輕。謂輕薄爲訬也。高誘《淮南子注》曰：訬，輕利急疾也。訬，音眇。締結也。翩翩，往來貌。奕奕，輕靡之貌。《史記》曰：趙平原君使人於春申君。趙使欲夸楚，爲玳瑁簪，刀劍室，以珠玉飾之，請命春申君客。春申君客三千餘人，其上客皆躡珠履，趙使大慙。《列子》曰：孔子勁能招國門之關，而不肯以力聞。招，與翹同。扛，舉也。扛鼎，已見《西京賦》。《漢書》贊曰：哀帝時覽拚射。孟康曰：手搏爲拚。壺，投壺也。《禮》有投壺。《論語》曰：不有博弈者乎。

【疏】「奕奕」，尤本作「弈弈」。茶陵本校曰：五臣本作「奕奕」。案：「弈」字蓋轉寫之誤。○吕向曰：中酒爲半酣也。孫志祖曰：《漢書·樊噲傳》：項羽既饗軍士，中酒。師古曰：飲酒之中也。不醉不醒，故謂之中。梁章鉅曰：顧氏炎武《日知録》二十七云：《樊噲傳》項羽既饗軍士，中酒。中酒，謂酒半也。《吕氏春秋》謂之中飲。晉靈公發酒於宣孟，宣孟知之，中飲而出。《戰國策》：楚王觴張儀，中飲，再拜而請。凡事之半曰中。《左·昭二十八年傳》中置，謂饋之半也。《史記·河渠書》中作而覺，謂工之半也。《吕氏春秋》中闕而止，謂闕弓弦正半而止也。中酒，猶今人言半席。師古解以不醉不醒故謂之中，失之矣。《司馬相如傳》酒中樂酣，師古曰：酒中，飲酒中半也。一人注書，前後不同如此。步瀛案：《吕氏春秋》中飲見《報更篇》，中闕見《壅塞篇》。《戰國策》見《楚策》三。胡紹煐曰：顧以中爲半，歷引諸書，甚覈。其外如《列子·力命篇》得亦中，亡亦中，謂得一半，亡一半也。《魏志·管輅傳》跂一中，注：猶言跂一半也。皆以中爲半。而以解此中酒爲半酒，如云酒半而起，是飲不終席，有何趣味？仍當從顔説。惟《司馬相如傳》酒中樂酣，乃可云酒半耳。師古兩注最有斟酌。步瀛案：胡氏此説是也。而其引《魏志·徐邈傳》中聖人，以證半醉半醒之意，則甚誤。彼「中」字應訓「當」耳。○劉注：靡美也。本書《文賦》李注同。彼注又引《韓詩章句》曰：靡，好也。《楊子法言·淵騫篇》曰：政實壯士之靡也，軻實刺客之靡也。政，謂聶政；軻，謂荆軻。而一云壯士，一云刺客，此注引未晰。○《過秦論》曰：合從締交，此注亦節引二字。○《漢書》，見《叙傳》。注引服虔曰：舉滿桮有餘白瀝者，罰之也。又引孟康曰：舉白見驗飲酒盡不也。顔曰：謂引取滿觴而飲，飲訖，舉觴告白盡不也。一説：白者，罰爵之名也。飲有不盡者，則以此爵罰之。魏文侯與大夫飲酒令曰：不釂者浮以大白。於是公乘不仁舉白浮君，是也。步瀛案：見《説苑·善説篇》。又《淮南·道應篇》曰：蹇重舉白而進之曰：請浮君。許注曰：舉白，進酒也。浮，猶罰也。與顔注意同。○何晏云：鄙陽惡戲，難與曹也。案：《類聚·果部》上下、《初學記·州郡部》、《御覽·雜物部》一、《布帛部》五、《果部》六皆引何晏《九州論》，此疑是《九州論》之文，特諸書未引此句，無可證。又案：漢豫章郡鄱陽縣，今江西鄱陽縣治。○李注引《漢書》，見《季布傳》，次引《漢書》述見《叙傳》下。各本「訬輕」二字因正文誤倒，今依《漢書》訂正。○高誘《淮南注》，見《脩務篇》，今本無「疾」字。○「締結也翩翩往來貌奕奕輕靡之貌」十四字，各本在高誘《淮南注》上。胡克家曰：此三句不當有，上引《景十三王述》，下引《淮南》高注，相連接解輕訬，後人添之，隔截其閒，非。步瀛案：此按正文次敍，當在「訬音眇」之下。翩翩，往來貌，本《詩·巷伯》《毛傳》。本書《秋懷詩》注引《韓詩章句》曰：奕奕，盛貌。呂向注同。胡紹煐曰：此謂儐從之盛也。○《史記》，見《春申君傳》。「玳」作「瑇」，字同。尤本「春申君」上有「於楚楚」三字，「春申君」下有「處」字，《史記》無，今依袁、茶二本刪。又「珠履」下有「而迎之」三字，亦依二本刪。《史記》作「以見趙使」不作「而迎之也」。又二本「此」下無「趙」字，亦非。又「珠」上衍「皆」字，「珠」下脱「玉」字，「請命春申君客」句脱「命」字「客」字，今皆依《史記》訂。○尤本「趙使大慙」下有「翹開扛鼎皆逞壯力之勁能招門開也」十五字，語意不明晰，疑有脱誤。今依袁、茶二本刪。○《列子》見《説符篇》，「招」作「拓」。張湛曰：拓，舉也。殷敬順《釋文》曰：「拓」，一本作「招」。步瀛案：拓不宜訓舉，蓋即「招」字之誤。《周語》下韋注曰：招，舉也。《呂氏春秋·慎大篇》曰：孔子之勁舉國門之關，而不肯以力聞。《淮南·道應篇》曰：孔子勁杓國門之關，而不肯以力聞。許注曰：杓，引也。陶方琦謂「扚」字从「手」不从「木」，《説文》：扚，擊也。摽，擊也，一曰挈鬭牡也。「扚」即同「摽」。步瀛案：抝、招聲亦相近。又《主術篇》曰：孔子之通，力招城關。《顏氏家訓・誡兵篇》曰：孔子力翘門關，不以力聞。《説文》曰：撟，舉手也。「招」與「翘」皆「撟」之通借字。又案：尤本「關」作「閞」，俗字，今依袁、茶二本。○「扛鼎已見西京賦」，尤本作「漢書曰項羽力能扛鼎」，下又有「又」字。胡克家曰：袁本此十字作「扛鼎已見西京賦」，是也。茶陵本所複出不同，亦非。○《漢書》贊，見《哀帝紀》。此注各本「哀」作「元」，誤，今《漢書》「拚」作「卞」，注引蘇林曰：手搏爲卞。與孟康同。案：「卞」、「拚」之借字。○《禮記・投壺》第四十《釋文》曰：壺，器名。以矢投其中，射之類。《大戴禮記・投壺》第七十八。○《論語》，見《陽貨篇》。○客、奕、百、白、博、作，古音魚部。

於是樂只衎而歡飫無匱，都輦殷而四奥來暨。水陸浮行，方舟結駟。唱櫂轉轂，昧旦永日。

【注】昧旦，清晨也。《左傳》曰：昧旦丕顯。善曰：《毛詩》曰：其樂只且。又曰：嘉賓式宴以衎。飫，已見上文。輦，王者所乘，故京邑之地通曰輦焉。《漢書》曰：殺身靡骨，死輦轂下。四隩來暨，言四方之人皆來。唱櫂轉轂，言遠人唱歌擿船，乘車轉轂，以向吴都。《楚辭》曰：青驪結駟齊千乘。《漢書》曰：轉轂百數。《毛詩》曰：且以永日。衎，苦旦切。飫，一據切。

【疏】《詩・南山有臺》曰：樂只君子。胡紹煐曰：樂只，謂君子也，與下「都輦」相對。猶下云樂胥衎其方域，「樂胥」亦君子。○許巽行曰：《説文》：奥，宛也，室之西南隅。从宀，𢍜聲。澳，隈崖也，其内曰澳。从水，奥聲。隩，水隈崖也，从阜，奥聲。《釋文》：於六反。《玉篇》：於報反。《地理志》：四奥既宅。讀曰墺，《說文》：墺，四方土可居也。从土，奥聲。於六切。經典奥、澳、隩、墺四字多通用。○《詩·邶·谷風》曰：伊予來塈。《毛傳》曰：塈，息也。○劉注引《左傳》，見昭三年叔向引讒鼎之銘。○李注引《毛詩》，見《君子陽陽》及《南有嘉魚》，「宴」作「燕」，乃借字。《毛傳》曰：衎，樂也。○飫見上文，指《東都賦》。○《漢書》見《元后傳》王鳳上疏乞骸骨。此注各本「死」下有「事」字，誤衍。今依《漢書》刪。○「四隩來塈」至「以向吴都」，胡克家曰：袁本、茶陵本無此三十字。○《楚辭》，見《招魂》。○後引《漢書》，見《貨殖傳》。○後引《毛詩》，見《山有樞》。○塈、駟，古音脂部。日，至部。通轉爲韵。

開市朝而並納，横闤闠而流溢。混品物而同廛，并都鄙而爲一。士女佇眙，商賈駢坒。紵衣絺服，雜沓從萃。輕輿按轡以經隧，樓船舉颿而過肆。果布輻湊而常然，致遠流離與珂珬。

【注】混，同也。佇眙，立視也。今市聚人謂之立眙。南方多絺葛，故曰紵衣絺服也。樓船，船有樓也。颿者，船帳也。《地理志》曰：越多犀象、玳瑁、珠璣、銅銀、果木之湊。黄支國多異物，入海市明珠、流離。果，橘柚之屬。布，箋紵之屬。近海多寶物湊會處也。珬，老鵰化西海爲珬，已裁割若馬勒者謂之珂。珬者，珂之本璞也。日南郡出珂珬。善曰：《楚辭》曰：覽涕而佇眙。許慎《淮南子》注曰：坒，相連也。扶必切。《羽獵賦》曰：萃從沇溶。《埤蒼》曰：從，走貌。先鞏切。隧，向市路。肆，市路也。《漢書》有樓船將軍。珬音戌。

【疏】《史記·孟嘗君傳》曰：日暮之後，過市朝者，掉臂而不顧。《索隱》曰：言市之行列有如朝廷，故曰市朝。○「並」，袁、茶二本作「普」，「從」作「潨」。胡克家以作「並」「從」者蓋善本，作「普」「潨」者乃五臣本。未知確否。○劉良曰：雜沓，多亂之貌。○吕向曰：按轡，緩行也。隧，市中道也。言水流通市，故樓船過於肆也。○珬，五臣音遂。《説文》無此字。《玉篇》：珬，思律切。卽引劉達曰：老雕入海所化，在日南。「達」卽「逵」字誤也。《廣韻》在《六術》「戌」字下。此賦各本正文及注皆作「珬」，音「戌」，誤，今正。○劉注：混，同也。案：「混」乃「昆」之借字。《説文》曰：昆，同也。○佇眙，立視也。胡紹煐曰：《説文》：眝，長眙也。佇眙連文，「佇」與「眝」同。《九章》：思美人兮，擥涕而竚眙。王注：竚立，悲哀。「竚」亦「眝」之假。佇，古無訓爲立者。《詩・燕燕》：佇立以泣。傳：佇立，久立也。《楚辭》：疾世佇立乎切怛。王注：佇，停也。《離騷》：延佇乎吾將反，《大司命》：結桂枝兮延竚。皆卽「眝」字，謂長望也。長望正眝字之義。許云長眙是也。注家皆失之。步瀛案：「佇立乎切怛」乃《九思・怨上篇》文。胡氏引爲「疾世」，沿《經籍籑詁》之誤。胡氏書中往往有此，皆不檢原書之失也。《爾雅・釋詁》曰：佇，久也。《九思》訓佇爲停，正積久之義。然此外《離騷》訓佇爲立貌，《九章・思美人》、《九歌・大司命》皆訓竚爲立，《説文》無「佇」「竚」字，宁字下曰：辨積物也。《貝部》貯字下曰：貯，積也。段氏謂「宁」與「貯」蓋古今字。凡云宁立者，正積物之義之引申。俗字作「佇」作「竚」，皆非是。又《目部》眝字下曰：長眙也。段氏謂《外戚傳》飾新宮以延貯，此「貯」正「眝」之誤。延眝，謂長望也。凡辭章言延佇者，亦皆當作「眝」。《説文》無「佇」「竚」字，惟有「宁」字。宁、佇、竚皆訓立，延眝，非謂立也。《九章》：擥涕而竚眙。王逸云：竚立，悲哀。《文選》注：佇眙，立視也。此則訓立，然則作

「貯眙」亦無不可。步瀛案：段說甚析，胡氏本此。朱駿聲謂：佇訓久，爲「眝」字引申之義，非引申於「宁」。《遊天台山賦》注：佇，猶積也。「佇」與「宁」同，非是。案朱說未確。《釋詁》塵與佇皆訓久，郝疏引《遊天台山賦》注「佇」與「宁」同，且申之曰：「宁」與「貯」同。《史記·平準書》《索隱》引《字林》云：貯，塵也。塵積義俱爲久也。〇《說文》曰：葛，絺綌艸也。又曰：絺，細葛也。《小爾雅·廣服》曰：葛之精者曰絺。《唐六典》卷三曰：江南道厥賦麻紵，厥貢蕉葛練。嶺南道厥賦蕉紵落麻，厥貢絲藤竹布。可證江南多絺葛也。〇《說文》曰：颿，馬疾步也。段曰：今有帆字，船上幔以使風者也。自杜注《左傳》已見此字。朱駿聲曰：《淮南·說林》遽契其舟桅，注：桅，船弦版也。讀如《左傳》襄王出居鄭地氾之「氾」，一本作「桅」。按：「桅」本作「杝」，从木，㔾聲，非黃木之桅字，傳寫誤耳。今以桅爲桅竿，亦因此致譌。許書無「杝」「桅」，亦不録「帆」也。《左·宣十二年傳》注：使不帆風。《釋文》：「帆」，本又作「帕」。〇《漢書·地理志》「玳瑁」非「毒冒」，顏注曰：毒，音代。冒，音莫內反。步瀛案：「毒冒」、「瑇瑁」，古今字。「瑇」又作「玳」。又《地理志》「流離」上有「璧」字。《漢書·西域傳》曰：罽賓國，出璧流離。《說文》曰：珋，石之有光者。璧，珋也。段注曰：「者」字依李善《江賦》注補。此當作「璧珋」，石之有光者也。璧珋，即璧流離也。璧流離三字爲名，胡語也。猶珣玗琪之爲夷語。漢武梁祠堂畫有璧流離，吳國山碑紀符瑞亦有璧流離。梵書言吠瑠璃，吠與璧音相近。今人省言之曰流離，改其字爲「瑠璃」。古人省言之曰璧珋，珋與流、瑠音同。楊雄《羽獵賦》椎夜光之流離，是古亦省作流離也。《廣雅·釋地》瑠璃，王念孫《疏證》曰：《藝文類聚·寶玉部》引《韵集》云：瑠璃，火齊珠也。又引《廣志》云：瑠璃，出黄支、斯調、大秦、日南諸國。又引《南州異物志》云：瑠琉，本是質石，欲作器，以自然灰治之。《鹽鐵論・力耕篇》云：璧玉、珊瑚、瑠璃，咸爲國之寶。古通作流離。《漢書・西域傳》注孟康曰：流離，青色，如玉。顔師古曰：《魏略》云：大秦國出赤、白、黑、黄、青、緑、縹、紺、紅、紫十種流離。此蓋自然之物，采澤光潤，今俗所用皆銷冶石汁，加以衆藥，灌而爲之，尤虚脃不貞，實非其物也。吕錦文曰：俗又作「琉璃」。○《地理志》注引韋昭曰：果，謂龍眼、離支之屬。布，葛布也。顔曰：布，謂諸雜細布皆是也。劉注與韋、顔稍有不同。「箋紵」之「箋」，字疑有誤，以上文核之，或是「絺」字，即所謂紵衣絺服也。○《廣雅・釋地》：珂，列石之次玉之一。《疏證》曰：《玉篇》：珂，石次玉也，亦碼碯絜白如雪者。案：珂者，馬勒飾，石形似之，因以名焉。《吴都賦》劉逵注云云，亦其類。朱珔曰：《玉篇》又言：一云，螺屬也，在海中。《爾雅翼》曰：貝大者珂，皮黄黑，骨白，可飾馬具。即此注所説也。《説文》無「珬」字，《廣韻》：珬，珂屬。《類篇》或作「⿰王朮」。《玉篇》：⿰王朮，玉名，一云珂球，與「珬」同。步瀛案：據《玉篇》化西海，「化」疑當作「入」，見上。○李注引《楚辭》，見《九章・思美人》。洪補注本「覽」作「擥」，本書《三良詩》注引作「攬」，《繫傳》七引作「擥」。《楚辭》各本「佇」作「竚」，《繫傳》引作「眝」。○梁章鉅曰：今《淮南》無「坒」字。顧氏千里曰：《淮南子・脩務篇》堀虚連比，「比」即「坒」字，許、高兩家之不同也。《廣韻》「坒相連」與「比比次」皆毗必切。《集韵》「坒地相連次」與「比次也」，皆薄必切，皆在入聲五質可證。步瀛案：《説文・土部》：坒，地相比次也。《廣雅・釋詁》三曰：坒，次也。陶方琦《淮南許註異同詁》曰：許本作「坒」，與高異。○萃從沇溶，本書卷八

《羽獵賦》同。五臣「從」作「蹤」，《漢書·揚雄傳》作「從」，「沇」作「允」，清宫本作「從」，引蕭該《音義》曰：案《字林》及《埤蒼》云：從從，走貌也。《羽獵賦》李注引作「從走貌也」，與本賦注同。胡紹煐曰：從萃，聚也。「從」與「縱」同。《漢書·禮樂志》騎沓沓般縱縱，晉灼音人相從勇作惡之從。顏注：縱縱，衆也。衆，亦聚也。《易·雜卦》傳：萃，聚也。○「隧向市路肆市路也」，胡克家曰：袁本、茶陵本無此八字。○《漢書》樓船將軍見《武帝紀》、《酷吏·楊僕傳》、《兩粤》、《朝鮮傳》等。○溢，古音支部。一，至部。呰、萃、肆，脂部。珴，祭部。皆通轉爲韵。

纅賄紛紜，器用萬端。金鎰磊砢，珠琲闌干。桃笙象簟，韜於筒中。蕉葛升越，弱於羅紈。

【注】纅，蠻夷貨名也。《扶南傳》曰：纅貨布帛曰賄。金二十四兩爲鎰。《史記·虞卿傳》曰：趙孝成王一見，賜黄金百鎰。磊砢，衆多貌。琲，貫也。珠十貫爲一琲。闌干，猶縱横也。桃笙，桃枝簟也。吴人謂簟爲笙。又折象牙以爲簟也。蕉葛，葛之細者。升越，越之細者。纅，音捷。

【疏】胡克家曰：袁本、茶陵本「鎰」作「溢」，注同。是也。○「砢」，袁、茶二本作「珂」。○吕延濟曰：韜，藏也。桃笙竹簟與象牙簟，皆藏於竹筒而致貢也。○張銑曰：蕉葛升越，皆布類。弱於羅紈，言細薄。段玉裁《經韵樓集》卷十二曰：今本《吴都賦》蕉葛升越，「升」當爲「竹」，蕉葛竹越，畫然四事。蕉卽芭蕉，《藝文類聚》引《廣志》曰：芭蕉，其皮中莖解散如絲，績以爲葛，謂之蕉葛。《南州異物志》曰：甘蕉，取其莖，以灰練之，績以爲練。《異物志》曰：取鑊煑之，如絲，可紡績爲絺綌。蘇頌《本草圖經》云：閩人灰理芭蕉皮，令錫滑，緝以爲布，如古之錫衰焉。《唐六典》：江南道建州貢蕉練，嶺南道端州調以蕉布，此蕉布之證也。葛布則見於諸經傳詳矣。葛者，絺綌艸也。竹布，一見王符《潛夫論·浮侈篇》曰：葛子竹越，筩中女布。此四事，葛子一也，竹一也，越一也，筩中女布一也。筩中女布見楊雄、左思兩《蜀都賦》。《後漢書·王符傳》載此篇，李賢注引沈懷遠《南越志》云：布之品有三，有蕉布，有竹子布，又有葛焉。雖精粗之殊，皆同出而異名也。按《南越志》言蕉竹葛而不言越，李賢亦未釋越，疎矣。今本《潛夫論》及《後書》及《文選》宋本、元明本、今本，皆「竹」譌作「升」，由草書二字不別也。一見《尚書》《正義》，《禹貢》島夷卉服《正義》引《吴都賦》蕉葛竹越，孔沖遠不言竹越爲何物，而近日注疏各本亦皆誤作「升越」。一見《史記·夏本紀》。《正義》曰：東南草服，葛越蕉竹之屬。此句全用《吴都賦》而獨作「竹」，不誤作「升」，又錯互其辭，明知竹不與越爲一事。一見本賦注，劉曰：始興以南又多小桂，夷人績以爲布葛云。小桂者，桂竹之小者也。此竹夷人績爲布如葛，亦竹布之一證也。一見嵇含《南方草木狀》云：簞竹，葉疎而大，一節相去五六尺，出九真。彼人取嫩者硾浸紡績爲布，謂之竹練布。一見《太平御覽》引顧微《廣州記》：平鄉有笣竹，可爲布。一見《唐六典》：嶺南道貢竹布。一見《元和郡縣志》：韶州貢竹布十五匹也。越者，何也？紵，布也。其字古作「越」，今作「絨」。《廣韻》曰：絨，紵布也。《集韻》絨，一曰：紵布。許説爲古義，二《韻》説爲今義，即《禹貢》、《潛夫論》、《吴都賦》之越也。《尚書》島夷卉服，孔傳曰：南海島夷，艸服葛越。孔沖遠不知葛、越爲二事，但云葛越，南方布名，葛爲之。以爲一物，誤矣。《夏本紀》《正義》曰：東南草服，葛越蕉竹之屬。又云：越，即苧布也。惟此得越之解。《唐六典》：山南道、淮南道、劍南道賦貢皆以紵。按：紵、苧絶然二字。《説文》：紵者，檾屬，以爲布，白而細，曰紵。今俗作「苧」者，誤也。賦云弱於羅紈者，謂四物以艸竹爲之，而賦於蠶絲所成，故王符以與細緻綺縠冰紈錦繡並稱，而葛子竹越居首也。案：《藝文類聚》見《果部》下，「練」誤作「綵」，段訂是也。《本草圖經》見《證類本草》十一，《御覽》見《竹部》二，《元和志》見卷三十四。又案：朱琦、梁章鉅皆從段説。胡紹煐曰：《南方草木狀》云：甘蕉，其形解散如絲，以灰練之，可紡織如絺綌，謂之蕉葛。《藝文類聚》八十七引《廣志》同。《御覽》九百七十五引《異物志》曰：芭蕉，其莖如芋，取鑊煑之爲絲，可紡績女功以爲絺綌，今交阯葛也，蕉可爲絺綌，故謂之蕉葛，亦謂之葛。《御覽》八百一十九引段氏《蜀記》曰：卭州鎮南蕉葛，上者一疋直十千，又謂之葛子。《潛夫論·浮侈篇》葛子升越是也。然則蕉葛乃甘蕉之名，非葛之細矣。越者，紵也。《御覽》八百二十引夏侯開國《吴都賦》纖絺細越，其字古作「越」，今作「絨」。《廣韻》：絨，紵布是也。《後漢書·馬皇后紀》：白越三千端。注曰：白越，越布。又《王充傳》注引《荆州記》云：秭歸縣室多幽閒，其女盡織布至數十升。是升越以升數得名，蓋至數十升，其布極細，故云弱於羅紈。弱，細弱也。而段氏以蕉爲甘蕉，葛爲絺、綌，又改「升越」爲「竹越」，歷引諸書以訂作「升」之誤，其言甚辨，然按《潛夫論》葛子升越，又云筒中草布，筒中謂竹布也。筒中已是竹布，而又以升爲竹，於義爲複。其所據《史記·夏本紀》島夷卉服，《正義》云草服葛越蕉竹之屬，謂此句全用《吴都賦》，獨作「竹」，不誤作「升」，此亦非也。《正義》止云蕉竹，竹安知非即筒中細布乎？不得據以爲即此之竹越。且升越已見

《潛夫論》，《尚書・禹貢》《正義》引《吴都賦》亦作「升越」，固確然無可疑者。段氏因改賦文「升」字，遂並改《潛夫論》、《書》《正義》之「升」爲「竹」，所謂強經就我，竊以爲不然。步瀛案：胡氏説是也。○劉注：纅，蠻夷貨名也。朱珔曰：《説文》纅字云：合也。此蓋謂貨賄所集，凡蠻夷之貨亦皆在焉。故下言器用萬端，似非專以爲貨之名也。即《扶南傳》語，亦當從集會取義。步瀛案：纅爲集合之本字，經傳皆以「集」爲之。朱駿聲謂此賦「纅」爲「襍」之段借字，説亦通。○《孟子・梁惠王》下：雖萬鎰。趙岐注曰：二十兩爲鎰。與本注合。阮元《校勘記》曰：經注中「鎰」字，皆俗字也。當依《儀禮》作「溢」。溢之言滿也，滿於十六兩爲一斤之外也。焦循《正義》曰：《禮記・喪大記》云：朝一溢米，莫一溢米。注云：二十兩爲溢。於粟米之法，一溢爲米一升二十四分升之一。《儀禮・既夕》注同。《史記・平準書》：黄金以溢名。孟康云：二十兩爲溢。《漢書・張良傳》：賜良金百溢。服虔云：二十兩爲溢。《吕氏春秋・異寶篇》：金千鎰。高誘注云：二十兩爲一鎰。漢儒解鎰字皆與趙氏同。《國語・晉語》：黄金四十鎰。韋昭注亦云：二十兩爲鎰。惟《文選・詠懷詩》黄金百溢盡，注引賈逵《國語》注云：一溢，二十四兩。又《吴都賦》劉淵林注云：金二十四兩爲鎰。二者皆見《文選》，當是李善誤羨「四」字。賈公彦《既夕》疏云：二十四兩曰溢。亦羨「四」字。按：《孫子算經》云：十黍爲一絫，十絫爲一銖，二十四銖爲一兩，十六兩爲一斤，三十斤爲一鈞，四鈞爲一石。四鈞爲一百二十斤，故一百二十斤爲一石。以每斤十六兩通之，是一石爲一千九百二十兩，一斗爲一百九十二兩，一升爲一十九兩二錢。古以二十四銖爲兩，不以十錢爲兩。以一十九兩二錢乘二十四銖，得四百六十銖零八絫。

於四百八十銖減去四百六十銖零八絫，餘一十九銖零二絫。置一升四百六十銖零八絫，以二十四除之，確得一十九銖零二絫，是一升二十四分升之一爲四百八十銖，即是二十兩。甄鸞《五經算術》云：置一斛米重一百二十斤，以十六乘之，爲積一千九百二十兩。以溢法二十除之，得九十六溢。爲法以米一斛爲百升爲實，實如法得一斗不盡四升。與法俱再半之，名曰二十四分升之一。此不用銖法而用石法，以九十六溢除百升，尚餘四升，故云不盡四升，約爲二十四分升之一。鄭氏以爲粟米法本溢法、石法言之，則明其爲二十兩。賈氏作疏，不致違背之，以爲二十四，知「四」字必爲羨字。推之《文選》注，蓋亦羨也。○尤本「史記」下無「虞卿傳」三字，「一見」下有「虞卿」二字。今依袁、茶二本。○《廣韻·十八隊》琲字下曰：《埤蒼》云：珠百枚曰琲。孫權貢珠百琲，琲，貫也。又云：珠五百枚也。亦作「琲」。步瀛案：本注與《埤蒼》合。《玉篇》曰：琲，珠五百枚也。《説文新附》琲字解同，未知何據。○「闌干猶縱横也」，胡克家曰：袁本、茶陵本無此六字。○《方言》五曰：簟，宋魏之閒謂之笙，或謂之籧曲，自關而西或謂之簟。郭注曰：今江東通言笙。《廣雅·釋器》曰：笙，簟席也。王氏《疏證》曰：笙者，精細之名。《方言》云：自關而西，秦、晉之閒，凡細貌謂之笙。簟爲籧篨之細者，故有斯稱矣。步瀛案：王引《方言》見卷二。又《説文·竹部》笙字，段注曰：《白虎通》曰：笙者大蔟之氣，象萬物之生，故曰笙。《釋名》曰：笙，生也。象物貫地而生也。初生之物必細，故《方言》云笙，細也。又案：段引《白虎通》見《禮樂篇》，《釋名》見《釋樂器》，《方言》見卷二。胡紹煐曰：《風俗通·聲音篇》：物生故謂之生。《方言》二：凡草木生而初達謂之莌。莌，小也。是草木生皆細小，謂之笙者，取細小

之義故耳。步瀛案：桃枝竹已見《南都賦》疏。○「又折象牙」，胡克家曰：袁本、茶陵本無「析」字。○

端、干、紈，古音元部。

㒊譶𣡽𤠻，交貿相競。諠譁喤呷，芬葩蔭映。揮袖風飄而紅塵晝昏，流汗霢霂而中逵泥濘。

【注】善曰：㒊，所立切。《蒼頡篇》曰：譶，不止也。佇立切。𣡽𤠻，衆相交錯之貌。𣡽，胡巧切。《方言》曰：𤠻，獊也。奴巧切。《方言》曰：諻，音也。吁横切。諻與喤通。《説文》曰：呷，吸也。呼甲切。紛葩，謂舒張貿物使覆映。《史記》蘇秦説齊王曰：「舉袂成幕，揮汗成雨。」毛萇《詩傳》曰：小雨謂之霢霂。霢，音脉。霂，音沐。杜預《左傳注》曰：濘，泥也。奴定切。

【疏】「㒊譶𣡽𤠻」，胡克家曰：袁本、茶陵本「㒊」作「澀」。案此蓋善作「㒊」，五臣作「澀」，二本失著校語。《琴賦》紛㒊譶以流漫，《廣韻·二十六緝》㒊言不止，皆可借證也。又考《集韵》云：譅譶言不止。疑五臣「澀」又「譅」之譌耳。梁章鉅曰：《説文繫傳·言部》譶字下引作「颯㒊伋譶」，朱珔曰：㒊當从彳。《説文》：𢕟，行皃。《廣韻》：衆行皃，注引《蒼頡篇》譶下脱「言」字。《説文》：譶，疾言也，故从三言。後人「𢕟」「譶」二字連用，遂俱屬言。《廣韻》分「㒊」、「𢕟」爲二字，云：㒊譶，言不止。《集韻》則以言不應从彳，遂亦從言作「譅」。當從《説文》一行一言。此賦下云交貿相競，蓋謂闤闠中行動往來，言語讙沓也。若《琴賦》紛𢕟譶以流漫，注云：𢕟譶，聲多也。此特借以狀其聲之多。言固有聲，行亦有聲，義得通矣。胡紹煐曰：㒊譶，即馺遝借聲也。《説文》：𢕟，行貌。一曰此與「馺」同。又，譶讀若沓。《集韻》譶、遝，並達合切。本書《文賦》紛葳蕤以馺遝，善注：馺遝，多貌。亦作「迨遝」。《玉篇》：迨遝，行相及也。《琴賦》儸譶與此同。臮與攪聲義並近，攪，擾也。𤢖，亦獿也。迨譶臮𤢖疊韵字，皆謂往來紛雜之貌。○吕向曰：交貿相競，交爲貿易，相與競利也。○李注引《蒼頡篇》，原本《玉篇·言部》引作「譶言不止也」。此注脱「言」字，當補。○「獊」，各本作「猥」，誤。《方言》十曰：獪，江湘之閒或謂之無賴，或謂之𤢖。郭注曰：佸慨，多智也。戴震《攷證》引本賦注作「𤢖獊也」，今據改。又《廣雅·釋詁》四曰：𤢖，獊也，《玉篇》同。錢繹箋曰：《列子·力命篇》：𤢖伢、情露、謰㥛、凌誶，四人相與游于世。殷敬順《釋文》引阮孝緒《文字集略》云：恐伢，伏態貌。恐，口交切。《廣韻》同「恐」，與「𤢖」聲義並同。《説文》：謬，狂者之妄言也。《列子·天瑞篇》：向氏以國氏之謬己也，往而怨之。義與𤢖相近。○「諻音也」以下十字，尤本作「諻吁横切諻通也」七字。胡克家曰：袁本二「諻」字作「喤」，茶陵本作「喤通也」無「吁横切喤」四字。案各本皆非也。《方言》有「諻音也」，在十二卷，别無「喤通也」，今所誤不可讀，故依《方言》及各本之字爲改訂焉。○梁章鉅曰：今《説文》：呷，吸呷也。沈濤曰：《吴都賦》注、《一切經音義》卷十七、二十皆引「呷吸也」，是古本注中無「呷」字。《子虛賦》翕呷萃蔡，張揖以爲衣裳張起之聲。翕、吸古通字，吸呷、呷吸皆擬其聲，故《選》賦或言「喤呷」，或言「呀呷」，不必定「吸呷」也。今本「呷」字乃淺人妄增。《玉篇》引同今本，亦是後人據今本改。步瀛案：呀呷見《江賦》。胡紹煐曰：喤呷猶諠譁。《説文》：嗑，多言也。讀若甲。據許，則字當作「嗑」。呷，吸也，非此義。《廣韻》作「呷」，云：喤呷，衆聲也。本此。○「紛葩」至「覆映」，胡克家曰：袁本、茶陵本無此十字。○《史記》見《蘇秦傳》。本注各本「王」下脱「曰」字，「幕」誤作「帳」，今據《史記》改。《齊策》一亦作「幕」。○《毛詩》傳見《信南山》，「謂之」二字作「曰」字。《爾雅・釋天》作「謂之」。○「霢，音脉霂音沐」，尤本無此六字。今依茶陵本增。袁本無「霂音沐」三字。○杜《左傳》注見僖十五年。

○競、映、濘，古音耕部。

富中之甿，貨殖之選。乘時射利，財豐巨萬。競其區宇，則并疆兼巷。矜其宴居，則珠服玉饌。

【注】《越絶書》曰：富中，大塘，句踐治以爲義田，肥饒，故謂之富中。珠服，珠襦之屬，以珠飾之也。玉饌者，《尚書》曰：惟辟玉食。言富中之食，貨殖之選者各利，所以能豐其財也。并疆，踰田畝也。兼巷，踰里閭也。言農人之富，自相夸競。善曰：《説文》曰：甿，田人也。孔安國《尚書傳》曰：自賢曰矜。射，賓亦切。

【疏】五臣「甿」作「氓」。○劉注引《越絶書》，尤本「塘」作「唐」，下有「中也」二字，「田」上無「義」字。胡克家曰：袁本、茶陵本「塘下」無「中也」二字，「田」上有「義」字。案：此所引《記地傳》文。步瀛案：今本《越絶書・記地傳》「塘」下有「者」字，「肥」上有「以」字，「饒」下無「故」字。○《尚書》見《洪範》。胡克家曰：袁本、茶陵本無「惟辟」二字。步瀛案：此蓋與引《過秦論》「締交」同，不必舉其全句，疑二本是。○「富中之食」，胡克家曰：「食」當作「人」。案：「人」字是，但「人」字下似應上有一字，與下句「貨殖之選者」相屬，二字誤合爲「食」字耳。○「各利」，陳景雲曰：當有脱文，各本皆同，無可補也。

胡克家曰：似當云「各乘其時而射利」。○「言農人之富自相夸競」，胡克家曰：袁本、茶陵本無此九字。○李注引《説文》，見《田部》。本作「田民」，避唐諱改「人」。○僞孔傳，見《僞大禹謨》，各本脱「曰」字，今補。○射，賓亦切。案：「射」字無此讀，「賓」字疑是「實」字，形近而誤。諸書音義，射利之「射」，多音食亦切。食、實同母，故此作「實」而誤爲「賓」耳。○選、萬、饌，古音元部。○以上游俠、商賈之盛。

趫材悍壯，此焉比廬。捷若慶忌，勇若專諸。危冠而出，竦劍而趨。扈帶鮫函，扶揄屬鏤。

【注】秦零陵令上書曰：荆軻挾匕首，卒刺陛下。陛下以神武，扶揄長劍以自救。《胡非子》曰：解其長劍，免其危冠。《離騷》曰：扈江離。楚人謂被爲扈。鮫函，鮫魚甲，可爲鎧。《淮南子》曰：鮫革犀兕，爲甲冑也。《周禮》曰：燕無函。孟子曰：矢人豈不仁於函人哉。《左傳》曰：吴賜子胥屬鏤以死。凡此皆其器用之事義，亦其土俗所能出，有嘉服用也。善曰：成公綏《洛禊賦》曰：趫才逸態，習水善浮。《吕氏春秋》曰：吴王欲殺王子慶忌，謂要離曰：「吾嘗以馬逐之江上而不能及，射之，矢左右滿抱而不能中。」高誘曰：慶忌，吴王僚之子也。走追奔獸，接及飛鳥。《左傳》曰：吴公子光享王，鱄諸寘劍於魚中以進，抽劍刺王，遂殺王僚。

【疏】吕向曰：言壯勇之人，此中比屋皆是。○司馬長卿《上書諫獵》曰：捷言慶忌。此賦「捷」字本此。○《楚辭・九歌・少司命》曰：竦長劍兮擁幼艾。王逸注曰：竦，執也。朱注本作「慫」，曰：慫挺之意。

本賦「竦劍」義同。李周翰注謂帶劍竦立，非是。○「扶揄」五臣作「拔投」，非是。○尤本、袁本正文「鏤」下音力駒切，當即五臣音也。茶陵本作「力鉤」二字。○劉注引秦零陵令上書，嚴可均輯《全秦文》曰：《漢志》從横家有「秦零陵令信一篇，《難秦相李斯》」，即此。○《胡非子》，《御覽・人事部》七十六引作「解長劍釋危冠」。案：袁、茶二本「胡」作「韓」，誤。○《離騷》，見本書卷三十二及《楚辭》。王逸注曰：楚人名被爲扈。案：劉良謂扈者，從君主行也，非是。○《淮南子》見《兵略篇》。今本「鮫」作「蛟」，非也。又「爲」上有「以」字。○《周禮》，見《考工記》。○《孟子》見《公孫丑上》。○「《左傳》曰」，胡克家曰：袁本、茶陵本無「左」字。步瀛案：此見《左傳・哀十一年》。杜注曰：屬鏤，劍名。《釋文》曰：鏤，力俱反，又力侯反。○成公綏《洛禊賦》，《類聚・歲時部》中、《初學・歲時部》下、《御覽・時序部》十五皆引之，但未引此二句。○《吕氏春秋》，見《忠廉篇》。此注各本「嘗」作「常」，誤，今依《吕氏春秋》訂正。○「走追奔獸接及飛鳥」，胡克家曰：袁本、茶陵本無此八字。○《左傳》見《昭二十七年》，尤本「魚」上有「全」字，今依袁、茶二本删。「王僚」，尤本作「闔閭」，胡克家曰：袁本「闔閭」作「王僚」，是也。茶陵本亦誤「闔閭」。○盧、諸，古音魚部。趨，鏤，侯部。通轉爲韵。

藏鏦於人，去戭自閭。家有鶴膝，户有犀渠。軍容蓄用，器械兼儲。吴鉤越棘，純鈞湛盧。戎車盈於石城，戈船掩乎江湖。

【注】鏦，矛也。揚雄《方言》曰：吴越以矛爲鏦。戭，楯也。鶴膝，矛也。矛骹如鶴脛，上大下小，謂之鶴膝。犀渠，楯也。犀皮爲之。《國語》曰：奉文犀之渠。軍容，軍之容表，言矛劍等也。《司馬法》

曰：古者軍容不入國，國容不入軍。軍容入國，則人德𢈈。國容入軍，則人德弱。《越絶書》曰：闔閭既重莫邪，乃復命國中作金鉤。有人貪王賞之重，殺其兩兒，以血釁鉤，遂成二鉤，獻之闔閭，詣宫求賞。王曰：「爲鉤者衆多，而子獨求賞，何以異於衆人之鉤乎？」曰：「我之作鉤也，殺二子成兩鉤。」王曰：「舉鉤以示之，何者是也？」於是鉤師向鉤而哭，呼其兩子之名吴鴻、扈稽曰：「我在此，王不知汝之神也。」聲未絶於口，兩鉤俱飛，著於父之背。吴王大驚曰：「嗟乎！寡人誠負子。」迺賞之百金。遂服其鉤。《爾雅》曰：棘，戟也。純鈞、湛盧，劍名也。《越絶書》曰：昔越王句踐有寶劍五，聞於天下客。有能相劍者名薛燭，王召而問之。對曰：歐冶子因天地之精，悉其伎巧，一曰純鈞，二曰湛盧，三曰莫耶，四曰豪曹，五曰巨闕。石城，石頭塢也。在建業西，臨江，其中有庫，藏軍儲。戈船，船下有戈也。江、湖，二水名也。善曰：《禮記》曰：越棘大弓，天子之戎器也。鄭玄曰：越，國名也。環濟《吴紀》曰：建安十七年，城石頭。《越絶書》：伍子胥船有戈。

【疏】五臣「鍦」音「施」，「戫」音「伐」。「藏鍦」二句，吕向曰：言其兵仗不須出自武庫，人皆有之，如藏之於人。又游去之時，戫楯之器，亦自閭里取之。孫志祖《補正》引潘耒曰：去，亦藏也。李詳曰：《左傳·閔二年》衛侯不去其旗，《襄二十四年》則去其肉而以其洎饋，《昭十九年》以度而去之，《釋文》並云：去，藏也。《漢書·蘇武傳》：掘野鼠，去屮，實而食之。顔注：去，謂藏之也。《陳遵傳》：主皆藏去以爲榮。顔注：去亦藏也。《三國志·華陀傳》：無急去藥以待不祥。裴松之注：古語以藏爲去。皆其證。五臣注：去，猶出也。謬甚。○《説文繫傳》七引「戫」作「瞂」。梁章鉅曰：「戫」當作「瞂」。《説文》：瞂，盾也。从盾，犮聲。步瀛案：已見《西京賦》注及疏。○袁本、毛本「鈎」作「鉤」，誤。○「掩乎」，袁、茶陵二本作「掩於」。○劉注引《方言》見卷九，本作「矛，吴、揚、江、淮、南楚、五湖之閒謂之鍦」，劉蓋以意引。《説文》曰：鉈，短矛也。大徐音食遮切。段曰：《方言》鍦即鉈字。《廣雅·釋器》曰：䂳，矛也。《疏證》曰：䂳，曹憲音蛇，後世言蛇矛，名出此也。《荀子·議兵篇》：宛鉅鐵鉇，慘如蠭蠆。楊倞注云：鉇，矛也。《史記·禮書》作「鐵施」，《吴都賦》劉逵注云：鍦，矛也。字並與「䂳」同。○「上大下小」，胡克家曰：袁本、茶陵本無此四字，有「者」字，屬上。步瀛案：《方言》九曰：矛骹細如鴈脛者，謂之鶴膝。「鴈」字疑誤。案：上大下小，疑後人釋骹脛之形，記於注旁，寫者誤羼入注中。膝上曰股，膝下曰脛，近足者曰骹，以次而細，故曰上大下小也。○「犀皮爲之」，胡克家曰：袁本、茶陵本無此四字。○「奉文犀之渠」，各本「文」作「父」，無「之」字。胡克家曰：「父」當作「文」，各本皆譌，此所引《吴語》文，今本「犀」下有「之」字，疑亦脱也。步瀛案：今並依《吴語》校正。韋昭曰：文犀之渠，謂楯也。文犀，犀之有文理者。韋以渠爲楯，與劉注合。《淮南·氾論篇》曰：渠幨以守。高注曰：渠，壍也。一曰，渠，甲名也，《國語》曰奉文渠之甲，是也。與韋、劉皆異。○《司馬法》，見《天子之義篇》。今本「麤」作「廢」，疑形近而誤。又兩「人」字皆作「民」，李注避唐諱改。舊注曰：軍國異容，強弱殊任，故不相入，入則亂也。案：「麤」，尤本作「麄」，俗字，今依袁、茶二本。○《越絶書》今本無此文，而《吴越春秋·闔閭内傳》有之。《書鈔·武功部》十二、《御覽·兵部》八十五引皆作《吴越春秋》，又「釁鈎」作「釁金」，「詣官」作「詣門」，「王曰」作「王乃」，「父之背」作「父之胸」，此注殆誤。○

「《爾雅》曰棘戟也」，案：此《小爾雅·廣器》之文。《小爾雅》李注稱《小雅》，蓋劉注渾稱《爾雅》耳。○後引《越絶書》，見《記寶劍篇》，今本作「一曰湛盧二曰純鈞三曰勝邪四曰魚腸五曰巨闕」與注引異。《類聚·軍器部》引《吴越春秋》曰：越王允常聘區冶子作名劍五枚，一曰純鈎，二曰湛盧，三曰豪曹、或曰盤郢，四曰魚腸，五曰巨闕。《御覽·兵部》七十四引同，與今本《吴越春秋·闔閭内傳》亦異。○《吴志·吴主傳》曰：建安十六年，權徙治秣陵。明年，城石頭。《元和郡縣志》曰：江南道潤州上元縣，石頭城在縣西四里，卽楚之金陵城也。吴改爲石頭城。建安十六年，吴大帝修築以貯財寶軍器。有戍，《吴都賦》云戎馬盈於石城，是也。案「十六年」當作「十七年」，《太平寰宇記》卷九十正作「十七年」。《六朝事迹》卷二曰：吴孫權沿江立栅，又於江岸必争之地築城，名曰石頭，常以腹心大臣鎮守之。今石城故基，乃楊行密稍遷近南，夾淮帶江，以盡地利。又曰：由晉以來，常爲戰守之地。左太沖《吴都賦》云戎車盈於石頭，蓋謂此也。《清統志》曰：江蘇江寧府，石頭山在上元縣西二里，北抵大江，南抵秦淮口，去臺城九里。六朝以來，皆守此爲固。又曰：石頭城在上元縣西石頭山。○《説文》曰：湖，大陂也。揚州浸有五湖。是湖本非專指五湖，與江爲長江之專名後乃借以爲他水之通名者不同。此云江湖二水名，豈湖卽指五湖歟？○《禮記》見《明堂位》。○尤本「名」也下有「考工記曰越鐵利可以爲戟」十一字。案：《攷工記》無此文，今依袁本、茶陵本删。○《隋書·經籍志》史部有《吴紀》九卷，晉太學博士環濟撰。○《越絶書·記地傳》曰：句踐伐吴，戈船三百艘。不言伍子胥戈船。《漢書·武帝紀》注引臣瓚曰：伍子胥書有戈船，以載干戈，因謂之戈船也。而不言出《越絶書》。

朱銘曰：《玉海》引《三輔黄圖》曰：昆明池有百艘樓船，上建樓櫓。戈船各數十，上建戈矛。然則建戈矛故謂之戈船也。步瀛案：《玉海》見一百七十一《宫室類》。○閭、渠、儲、盧、湖，古音魚部。

露往霜來，日月其除。草木節解，鳥獸腯膚。觀鷹隼，誡征夫。坐組甲，建祀姑。命官帥而擁鐸，將校獵乎具區。

【注】《詩》曰：今我不樂，日月其除。《國語》曰：本見而草木節解。本，氐也。謂霜降之後，生氣既衰，草木枝葉皆節理解落也。腯，肥也。《左氏傳》曰：肥腯，謂畜之碩大蕃滋也。《漢書》曰：鷹隼未擊，矰弋不施於蹊隧。於此時也，可以戒戎夫。《左氏傳》曰：裹糧坐甲。又曰：組甲三百。馬融曰：組甲，以組爲甲裹。祀姑，幡名，麾旗之屬也。《國語》曰：吴王夫差出軍，與晉争長，昏乃戒。夜中令服兵擐甲，陳王卒官帥擁鐸，建祀姑。此吴軍容之舊制也。鐸，施號令而振之也。《周禮·校人》：中大夫掌王田獵之馬，一校千二百九十六匹。具區，澤名也。在吴之西。善曰：《爾雅》曰：吴越之間有具區。

【疏】「祀」當作「肥」。《吴語》：建肥胡。韋注曰：肥胡，幡也。《説文》曰：旛，旛胡也，謂旗幅之下垂者。段曰：各本作「幅胡」，今依葉石林抄宋本及《韵會》所據本訂。《韵會》作「幡胡」，「幡」即「旛」之俗。《集韵》、《類編》皆有「謂旗幅之下垂者」七字，今據補。旛胡，蓋古語，如甂瓶之名甂瓿，見《廣雅》。《漢《堯廟碑》作「墦坫」。玉曰璠璵，艸肥盛曰緐廡，皆雙聲字。凡旗正幅謂之縿，亦謂之旛胡。《吴語》建肥胡，旛胡即肥胡，謂大也。《吴都賦》作「祀姑」，誤。汪遠孫《國語發正》卷十九曰：肥，古與飛通，《易》肥遯亦作「飛」，見《文選・思玄賦》及注，蓋言其飛揚之意。《吴都賦》建祀姑，劉逵注引《國語》爲證，傳寫之誤。朱珔曰：《説文・肉部》胡，牛頤垂也。則胡有下垂之義。肥、胡亦雙聲，肥與祀形近，胡、姑同韻，字故致誤。胡紹煐曰：肥形近祀，此蓋誤肥爲祀。姑與胡疊韵，肥與幡雙聲，而胡幡又語之轉，胡之轉爲幡，猶烏之轉爲安，然則肥胡之合爲幡也，解此，則斷爲肥胡非祀姑矣。案：以上諸説，皆謂祀姑爲肥胡之譌也。然《吴語》韋本作「肥胡」，古本「胡」亦作「姑」。汪遠孫《三君注輯存》據《北堂書鈔・武功部》六引《國語》建服姑，注曰：服姑，幡名，謂服、肥、祀形相近，《書鈔》作「姑」，與左賦合。〇「帥」當作「師」。《吴語》：行頭皆官師擁鐸拱稽。韋注曰：三君皆云，官師大夫也。昭謂下言十行一嬖大夫，此一行宜爲士。《周禮》百人爲卒，卒長皆上士。擁，猶抱也。抱鐸者，恐有聲也。宋庠補音本「師」作「帥」，曰：帥，音所類反。今官私諸本多作「官師」，非是。按《史記・馮唐傳》云：爲官卒將。晉灼注：百人爲徹，行皆帥將也。《史記索隱》引《吴語》曰：百人爲徹，行皆官帥。賈逵云：百人爲一卒，卽一隊也。官帥，隊大夫也。若作「師」字，殊無意義。明道本正文注文皆作「官師」。王引之《經義述聞》卷二十一曰：據韋注，則所見本正作「官師」。《祭法》：官師一廟。鄭注云：官師，中士、下士也。襄十五年《左傳》：官師從單靖公逆王后于齊。杜注云：官師，劉夏也。《正義》引《釋例》云：元士、中士稱名，劉夏、石尚是也。是官師卽士也。而韋云此宜爲士，則正文之作「官師」甚明。説内外傳者或以官師爲大夫，襄十四《左傳》：官師相規，杜注云：官師，大夫。此蓋本於舊注，故韋此注云：三君皆云，官師大夫也。賈景伯卽在三君之内，其注當云百人爲一卒，卽一隊也。官師，隊大夫也。是三君皆以官師爲大夫。韋以下文有大夫，故不從三君，而以官師爲士也。《漢書・馮唐傳》：爲官帥將。晉灼曰：百人爲徹，行亦皆帥將也。此但言百人爲行，當有帥將以統之，未嘗言《國語》有官帥之文。至小司馬所見本始譌作「官帥」，故引賈注亦作「官帥」，而公序遂奉爲定本矣。「師」、「帥」字形相似，《吴都賦》及注作「官帥」，未必非傳寫之譌，而韋注云：此宜爲士，又引《周官》卒長皆上士。偏考經傳，士稱官師而不稱官帥，則當作官師明矣。鄭仲師注《周官・小宰》引此正作「官師」，故賈疏亦作「官師」，《國語》舊本多作「官師」，非誤也。鈔本《北堂書鈔・樂部》四引《國語・吴語》、《吴都賦》皆作「官師」，而陳禹謨又改爲「官帥」矣。官帥之名，不見於經，至《史記》始有官率將之語，不得援以爲據。汪遠孫《國語明道本考異》曰：「師」字是也。《周禮・小宰》鄭司農注及賈疏引《國語》，並作「官師」。步瀛案：《書鈔・樂部》四孔廣陶校本作「官司」，亦誤。○劉注引《詩》，見《蟋蟀》。○《國語》，見《周語》中。韋注曰：本，氐也。謂寒霜之後十日，陽氣盡，草木之枝節皆理解也。與劉注合。○「皆節理解落也」，胡克家曰：袁本、茶陵本無「落」字。○《左氏傳》見桓六年。○《漢書》，見《貨殖傳》，「蹊」作「徯」，字同。○「於此時也」二句，劉氏解誠征夫句。○次引《左傳》見文十三年。孔疏曰：甲者，所以制禦非常，臨敵則被之於身，未戰且坐之於地。李周翰注曰：坐，猶積也。非是。○後引《左傳》，見襄三年。案：此注「三百」誤作「三千」，今依《左傳》訂正。傳曰：楚子重使鄧廖帥組甲三百，被練三千，以侵吴。杜注曰：組甲、被練，皆戰備也。組甲，漆甲成組文。被練，練袍。孔疏曰：賈逵云：組甲以組綴甲，車士服之。被練，帛也。以帛綴甲，步卒服之。凡甲所以爲固者，以盈竅也。帛盈竅而任力者半，卑者所服。組盈竅而盡任力，尊者所服。馬融云：組甲，以組爲甲裏，公族所服。被練，以練爲甲裏，卑者所服。然則甲貴牢固，組練俱用絲也，練若不固，宜皆用組，何當造不牢之甲而令步卒服之，豈欲其被傷，故使甲不牢也？若練以綴甲，何以謂之被也？又組是絛繩，不可以爲衣服，安得以爲甲裏？杜言組甲漆甲成組文，今時漆甲有爲文者。被練，文不言甲，必非甲名。被是被覆衣著之名，故以爲練袍被於身上。案：孔主杜義，故以賈、馬爲非。然賈注實本《呂氏春秋·去尤篇》。惠棟《九經古義》、沈欽韓《左傳補注》、洪亮吉《春秋左氏詁》、李貽德《賈服注輯述》皆申賈義，其説實不可易，杜注非也。馬融所謂甲裏，即賈注以組綴甲。孔疏以爲表裏之裏，誤矣。被，當從《説文》作「紴」。紴，絛屬。蓋以練爲紴以綴甲，被練不稱甲者，以已舉組甲，故不待言。杜以爲練袍，非也。又案：各本皆作「馬融曰組甲以組爲甲」，脱一「裏」字，今據《左傳》孔疏補。○祀姑，旛名。「祀」當作「肥」，説已見上。○《周禮·春官·巾車》：建大麾。鄭注曰：大麾不在九旗中，以正色言之，則黑，夏后氏所建。《穀梁·莊二十五年》范注曰：麾，旌旛也。案：本字當作「摩」。《説文》曰：旌旗所以指摩也。○《國語》，見《吴語》。○「陳王卒」，胡克家曰：袁本、茶陵本作「士」，是也。步瀛案：今本《吴語》作「士卒」。王引之《經義述聞》卷二十一曰：上文秣馬食士，士卽卒也。此既言卒，則無庸更言士。「士卒」當爲「王卒」，字之誤也。王卒者，中軍之卒也。中軍從王，故其卒謂之王卒。《左傳·哀十一年》：吴子伐齊，中軍從王。胥門巢將上軍，王子姑曹將下軍，展如將右軍。戰于艾陵，展如敗高子，國子敗胥門巢，王卒助之，大敗齊師。是王卒皆在中軍也。自「陳王卒」至「王親秉鉞，載白旗，以中陳而立」，皆指中軍言之。下文言左右軍亦如之。而此不言中軍者，言王卒，則中軍不待言也。三軍陳法皆同，所不同者，左尚赤，右尚黑，而中則尚白耳。今本「王卒」作「士卒」，則無由知其爲中軍之卒，既不專指中軍，則不得言白常、白旂、素甲、白羽之矰矣。《文選》宋尤袤本《吴都賦》劉逵注引此正作「陳王卒」，各本「王」作「士」，乃後人依俗本《國語》改之。○「官帥」當作「官師」，「祀姑」當作「肥胡」或「肥姑」，説已見上。○「鐸施號令而振之也」，胡克家曰：袁本、茶陵本無此八字。○《周禮·校人》，見《夏官》。「一校千二百九十六匹」，胡克家曰：袁本、茶陵本無「一」字，是也。案：此節鄭注，而引之乃五種合之數，尤所添甚誤。朱珔曰：校有左右，駑馬三良馬之數。鄭注：良馬一種四百三十二匹，五種合二千一百六十匹。駑馬三之一爲千二百九十六匹。此不得單言駑馬。胡説非。疏引鄭答趙商曰：邦國六閑，四種，其數適當千二百九十六匹。諸侯不分左右，則正是一校。劉注殆言侯制歟？惟校作實字用，殊不辭。校與較通，疑當如《長楊賦》校武票禽之「校」，若《漢書·成帝紀》注校獵者大爲闌校以遮禽獸而獵取也，亦不知何本，似因《説文》「校，木囚也」而傅會之。步瀛案：朱辨胡説是也。而校獵以爲較獵，不從顔注，則亦非是。《漢書·司馬相如傳·上林賦》顔注曰：校獵者，以木相貫穿，總爲闌校，遮止禽獸而獵取之。説者或以爲《周官》校人掌田獵之馬，因云校獵，亦失其義。養馬稱校人者，謂以爲闌校以養馬耳，故呼爲閑也。事具《周禮》，非以獵馬，故稱校人。胡紹煐曰：《後漢書·明帝紀》：冬車騎校獵上林苑。章懷注：《周易·繫辭》下：屨校滅趾。侯果注：校者，从木，夾足止行，然則穿木爲闌謂之校，猶貫木夾足謂之校矣。步瀛案：侯果注見李鼎祚《周易集解》引。○具區，澤名也。《漢書·地理志》會稽郡吳縣下，原注曰：具區澤在西，揚州藪，古文以爲震澤。《水經·山水澤地篇》曰：震澤，在吳縣南五十里。《周禮·夏官·職方氏》曰：揚州，其澤藪曰具區，其浸五湖。鄭注曰：具區五湖在吳。成蓉鏡據《水經》及鄭注皆言「吳南」，《漢志》作「吳西」乃傳寫之誤。王先謙謂以地望測之，西南皆通，然以南爲正。《爾雅·釋地》十藪曰：吳越之閒有具區。郭注曰：今吳南太湖，卽震澤也。《禹貢》僞孔傳曰：震澤，吳南大湖名。與郭同。葉夢得《避暑録話》卷下曰：《周官》：九州有澤藪，有川有浸。揚州澤藪爲具區，其浸爲五湖。既以具區爲澤藪，則震澤卽具區也。太湖乃五湖之總名耳。凡言藪者，皆人資以爲利，故曰藪以富得民，而浸則但水之所鍾也。今平望、八尺、震澤之閒，水瀰漫而極淺，與太湖相接而非太湖，自是入于太湖，自太湖入于海。雖淺而瀰漫，故積潦暴至，無以洩之，則溢而害田。然蒲、魚、蓮、芡之利，人所資者甚廣，亦或可隄而爲田，與太湖異，所以謂之澤藪。胡氏《禹貢錐指》引此，「八尺」作「八赤」，曰：平望鎮在吳縣南四十五里，八赤市在縣南二十里，震澤鎮在縣西南八十五里。又引黄儀曰：今土人自包山以西謂之西太湖，水始淵深。自莫釐、武山以東謂之南湖，水極灘淺，蓋卽古之震澤。止以上流相通，後人遂混謂之太湖，誤矣。步瀛案：《禹貢》無太湖之名，疑禹時震澤水甚巨，實兼有具區、五湖之地，而不能別其爲藪爲浸。歷商至周，其水漸淤，於是藪、浸分焉。藪澤曰具區，浸曰五湖。又曰：太湖卽禹時震澤所包也。後人又統具區、五湖而渾之曰太湖。故景純、僞孔皆以震澤爲太湖矣。

○除、膚、夫、姑，古音魚部。區，侯部。通轉爲韵。

烏滸狼𦝫，夫南西屠。儋耳黑齒之酋，金鄰象郡之渠。驫駥飍矞，靸霅警捷，先驅前塗。

【注】《異物志》曰：烏滸，南夷别名也。其落在深山之中，其種族爲人所殺，則居其死所，且伺殺主。若有過之者，是與非，則仇而食之。狼𦝫人夜齅金，知其良不。夫南特有才巧，不與衆夷同。西屠以草染齒，染白作黑。儋耳人鏤其耳匡。夫南之外，有金鄰國，去夫南可二千餘里，土地出銀，人衆多，好獵大象，生得，其死則取其牙。酋渠皆豪帥也。象郡，今日南郡也。有象林縣。善曰：驫駥飍矞，衆馬走皃。驫，必幽切。駥，呼橘切。飍，香幽切。矞，以出切。靸霅，走疾皃。靸，素合切。霅，徒合切。

【疏】吕向曰：言蠻夷酋渠之類，爲吴王先驅前道也。○五臣𦝫音呼光切。○劉注引《異物志》云云，案：《御覽·四夷部》七引《異物志》曰：烏滸族類同姓有爲人所殺，則居處伺殺主，不問是與非，過人便殺，以爲肉食也。與注引互異。案：注「是與非」上亦當有「不問」二字。《御覽》又引裴淵《廣州記》曰：晉興，有烏滸人以鼻飲水，口中進噉如故。《後漢書·南蠻傳》曰：交阯西有噉人國，今烏滸人是也。李賢注引萬震《南州異物志》曰：烏滸，地名。在廣州之南，交州之北。恒出道閒伺候行旅，輒出擊之，利得人食之，不貪其財貨，並以其肉爲肴俎。《御覽》亦引之。《通典·邊防四·嶺南叙略》曰：烏滸，地在今南海郡之西南，安南府之北，朗寧郡管。《讀史方輿紀要》曰：廣西南寧府横州，烏滸山在州東六十里，昔烏滸蠻所居之地，亦曰烏浦案。横州今改縣。○《類聚·寶玉部》上引《異物志》曰：狼𦝫民與漢人交關，常夜爲市，以鼻齅金，知其好惡。《御覽·珍寶部》十引同，而《四夷部》十一作「狼𦡆國」。𦡆，音燕，引《異物志》曰：狼𦡆國，男無衣服，女横布帷，出與漢人交易，不以晝市，暮夜會，故以鼻齅金，則知好惡。《水經·温水注》曰：外夷皆裸身，男以竹筒掩體，女以樹葉蔽形，外名狼䏁，所謂裸國者也。雖習俗裸袒，猶恥無蔽，惟依暝夜與人交市，闇中齅金，便知好惡。明朝曉看，皆如其言。○「狼䏁人夜齅金，知其良不」，胡克家曰：袁本、茶陵本無「人夜其不」四字。步瀛案：此四字皆不宜無。○《南齊書·東南夷傳》曰：扶南國，在日南之南，廣袤三千餘里。扶南人黠惠知巧，攻略旁邑不賓之民爲奴婢，貨易金銀綵帛。大家男子截錦爲横幅，女爲貫頭，貧者以布自蔽。鍛金鐶鏆銀食器。伐木起屋，國王居重閣，以木柵爲城。《水經·温水注》引竺枝《扶南記》曰：扶南去林邑四千里。案：夫南即「扶南」。○《御覽·四夷部》十一引《異物志》曰：西屠國在海中，以草漆齒，用白作黑，一染則歷年不復變。一號黑齒。《水經·温水注》引《林邑記》曰：建武十九年，馬援樹兩銅柱於象林南界，與西屠國分，漢之南疆也。案：狼䏁、扶南、西屠，皆今越南地。又案：《海外東經》曰：黑齒國在其北。郭注曰：《東夷傳》曰：倭國東四十餘里有裸國，裸國東南有黑齒國，船行一年可至也。《異物志》云：西屠染齒，亦以放此人。郝懿行謂郭所引即《三國·魏志·東夷傳》。「四千餘里」郭引作「四十餘里」，字形之譌也。《淮南·墬形篇》曰：自東南至東北方，有黑齒民。案：劉注不别言黑齒，蓋以西屠有黑齒之名，以黑齒即西屠，故不復注。且以《山海經》、《淮南子》所言皆東夷，而此賦所稱皆南夷，故亦不復引。○《御覽·四夷部》十一引《異物志》曰：儋耳夷生則鏤其頭，皮尾相連，並鏤其耳匡爲數行，與頰相連，狀如雞腹，下垂肩上。食藷，紡績爲業。《水經·温水注》曰：《山海經》曰：離耳國、雕題國，皆在鬱水南。《林邑記》曰：漢置九郡，儋耳與焉。民好徒跣，耳廣垂以爲飾。雖男女褻露，不以爲羞。暑褻薄日，自使人黑，積習成常，以黑爲美。《離騷》所謂玄國者矣。然則儋耳卽離耳也。王氏《交廣春秋》曰：朱崖、儋耳二郡，與交州俱開，皆漢武所置。大海中南極之外，對合浦徐聞縣，清朗無風之日，遥望朱崖州如囷廩大，從徐聞對渡，北風舉帆，一日一夜而至。周迴二千餘里，徑度八百里。人民可十萬餘，家皆殊種異類，被髮雕身，而女多姣好白皙，長髮美鬢。犬羊相聚，不服德教。儋耳先廢，朱崖數叛，元帝以賈捐之議罷郡。楊氏《南裔異物志》曰：儋耳、朱崖，俱在海中，分爲東蕃。故《山海經》曰：在鬱水南也。案：《山海經》見《海内南經》，《離騷》無玄國，《天問》言黑水玄阯，亦無「玄國」字也。《清統志》曰：廣東瓊州府儋耳，故郡在儋州西。又案儋州今改縣。○《御覽·四夷部》十一引《異物志》曰：金隣一名金陳，去扶南可二千餘里，地出銀。人民多好獵大象，生得乘騎，死則取其牙齒。案：注「生得」下脱「乘騎」二字。又案：「鄰」亦作「潾」，《水經·温水注》曰：象水又兼象浦之名。《晉功臣表》所謂金潾清逕，象渚澄源者也。姚範曰：《梁書·海南諸夷傳》：扶南王范蔓伐金鄰國。唐羈縻州有金鄰，隸安南都護。胡紹煐曰：《漢書·楊雄傳》顔注：金鄰，交阯地名。○「有象林縣」，各本「有」上有「又」字，「縣」誤作「郡」，今依胡氏校改。梁章鉅曰：《漢書·地理志》、《續漢書·郡國志》並言，日南郡，故秦象郡，縣五：朱吾、比景、盧容、西捲、象林。○朱珔曰：《説文》驫字云：衆馬也，故从三馬。《玉篇》云：走皃。《廣雅·釋訓》云：驫驫，走也。王氏《疏證》謂驫驫，猶《詩》之儦儦也。此注衆馬走皃四字並釋，蓋約言之。「駥」字，字書所無，當作「狘」。

《説文》狘在《新附》中，而《玉篇》有狘，云：獸走皃。「矞」與「獝」通，《説文》無「獝」。《禮記·禮運》：故鳥不獝，故獸不狘。鄭注：獝、狘，飛走之皃。《集韻》亦云：獝，獸走皃。《周禮·大司樂》注引《禮記》作「矞」，《釋文》：矞，本亦作「獝」。獝狘或爲翻䎕。又本書《江賦》鼓翅鷸鴱，皆同聲通用。胡紹煐曰：《玉篇》：驫，驚走貌。《説文》：颿，馬疾步也。「驫」與「颿」同。鳥之疾飛爲翻翃，獸之疾走爲狘獝。對文則異，散文則通。○胡紹煐曰：《説文》：馺，馬行相及也。《方言》十三郭注：馺馺，疾貌。《漢書·楊雄傳》：輕先疾雷而馺遺風。顏注：馺然疾意也。是馺爲疾也。賦文假「靸」爲之。霅，亦疾也。本書《笙賦》：霅曄岌岌。善注：霅曄，急疾貌。是也。亦與「翜」通。《説文》：翜，捷也。今作「霎」。靸霅與僁嚞音義亦近，見前。○屠、渠、塗，古音魚部。

俞騎騁路，指南司方。出車檻檻，被練鏘鏘。吳王乃巾玉輅，軺驌驦。旂魚須，常重光。攝烏號，佩干將。羽旄揚蕤，雄戟耀芒。貝冑象弭，織文鳥章。六軍袀服，四騏龍驤。

【注】《管子》曰：桓公北征孤竹，見人長尺而人物具焉。冠而右祛衣，走馬。管仲曰：登山神有俞兒者，長尺，人物具焉。霸王之君興，登山神見，且走馬前導也。祛衣，示前有水也。右祛衣，從右方涉也。至卑耳之溪，有贊水者，從左方涉，其深及冠，從右方涉，其深至膝，已涉大濟也。指南，指南車也。《鬼谷子》曰：鄭人取玉，必載司南之車，爲其不惑也。鏘鏘，行步貌也。《左傳》曰：被練三千。馬融曰：被練，以練爲甲裏，卑者所服也。玉輅，以玉飾車也。驌驦，馬也。《左氏傳》曰：唐成公如楚，有兩驌驦馬。子常欲之，不與。三年止之。唐人竊馬而獻子常，子常歸唐侯。馬融曰：驌驦，鳥也。

馬似之。旂，旌旗之屬。《周禮》有巾車官。又交龍爲旂，以魚須爲柄也。日月爲常。重光，謂日月畫於旂上也。攝，持也。烏號，柘名。以爲弓。《淮南子》曰：烏號之弓，不能無弦而射。《列女傳》曰：柘枝體動，烏集其上，被卽舉彈，烏乃哀號，故號之。干將，劍名。胄，兜鍪。以貝飾之。弭，弓末。以象飾之。鳥章，染絲織鳥，畫爲文章，置於旌旗也。《左氏傳》曰：袀服振振。袀，同也。騏，馬名。善曰：《毛詩》曰：大車檻檻。《子虛賦》曰：靡魚須之橈旃。《史記》：趙良曰：屈盧之勁矛，干將之雄戟。《毛詩》曰：貝冑朱綅。又曰：象弭魚服。又曰：織文鳥章。又曰：乘其四騏。《南都賦》曰：馬鹿超而龍驤。

【疏】「檻檻」，袁、茶二本作「轞轞」。案：《詩》大車檻檻，王先謙《詩三家義集疏》曰：《白帖》十一作「轞轞」。服虔《通俗文》云：車聲曰轞。張參《文字》曰：轞，大車聲。○「旂」，二本作「旗」。案：「旂」、「旗」字異。《周禮·春官·司常》曰：交龍爲旂，熊虎爲旗。後人往往不別。○「芒」，二本作「鋩」，字同。○劉注引《管子》，見《小問篇》。此注「登山」下各本皆衍「之」字，今依《管子》删。又據《管子》，「征」當作「伐」，「走馬」下當有「前疾」二字，且「走馬前」下當有「疾」字，「已涉」當作「右涉」。○《隋書·禮儀志》五曰：指南車，大駕出，爲先啓之乘。漢初，置俞兒騎，並爲先驅。左太沖曰：俞騎騁路，指南司方。後廢其騎而存其車。朱琦曰：是俞騎與指南相連，故賦並言之。且漢初所置，晉以前當同。而《續漢志》未載。若指南車之始，《古今注》言起於黄帝與蚩尤戰，蚩尤作大霧，士皆迷路，故作之。又言成王時，越裳來貢，迷歸路。周公錫以軿車五乘，爲司南之制。而《御覽·車部》四引《鬼谷子》，則謂肅慎氏獻白雉於文王，還，恐迷路，周公作指南車送之。所傳各異。〇《鬼谷子》見《謀篇》。今本無「必」字。而《類聚・寶玉部》下、《御覽・車部》引皆有之。〇「鏘」，「蹡」之借字。《說文》曰：蹡，行皃。《廣雅・釋訓》曰：蹡蹡，走也。字亦作「蹌」。《曲禮》下曰：大夫濟濟，士蹌蹌。鄭注曰：皆行容止之貌。《釋文》曰：「蹌蹌」，本又作「鶬」，或作「鏘」並字異而音同。〇《左傳》見《襄三年》。案：此注引馬融，各本脱「以練」二字及「裹」字，又脱「皁」字，文義遂不可通。今依孔疏補。〇《周禮・春官・巾車》玉路，鄭注曰：王在焉曰路。玉路，以玉飾諸末。又互見《西都賦》。〇次引《左傳》見《定三年》。「驌驦」作「肅爽」。《釋文》亦不言作「驌驦」。孔疏引馬融說：肅爽，鴈也。其羽如練，高首而脩頸，馬似之。案：此注「鳥」字疑亦「鴈」字之誤。〇「《周禮》有巾車官」，袁、茶二本無此六字。案：《周禮・春官》序官鄭注曰：巾，猶衣也。賈疏曰：謂玉金象革等以衣飾其車，故訓巾爲衣也。《說文》巾字，段注曰：以巾拭物曰巾。《周禮・巾車》鄭注：巾，猶衣也。然《吴都賦》吴王乃巾玉路，陶淵明《歸去來辭》或巾柴車，皆謂拂拭用之，不同鄭説也。陶句見《文選》江淹《雜體詩》注，今本作「或命巾車」，不可通矣。步瀛案：《儀禮・士冠禮》鄭注曰：用巾，用拭之也。段說本此。本書《七命》巾雲軒，亦與本賦巾字同。〇「又交龍爲旂」，袁、茶二本無「又」字。案：交龍爲旂，日月爲常，《周禮・春官・司常》之文。〇「日月爲常」至「攝持也」，胡克家曰：袁本、茶陵本此十七字作「有日月爲常。重光，謂日月重光也」十三字。〇《淮南子》，見《俶真篇》。又《原道篇》曰：射者扞烏號之弓。高注曰：烏號，桑柘。其材堅勁，烏峙其上，及其將飛，枝必撓下，勁能復起，巢烏隨之。烏不敢飛，號呼其上。伐其枝以爲弓，因曰烏號之弓也。一說，黄帝鑄鼎於荆山鼎湖，得道而仙，乘龍而上。其臣援弓射龍，欲下黄帝，不能也。烏，於也。號，呼也。於是抱弓而號，因名其弓爲烏號之弓也。案：前一說蓋出《韓詩外傳》八，曰：弓人之妻曰：此弓者，太山之南，烏號之柘，騂牛之角，荆麋之筋，江魚之膠。四物者，天下之練材也。《漢書·司馬相如傳·子虛賦》，顔注引應劭曰：楚有柘桑，烏棲其上，枝下著地，不得飛，欲墮，號呼，故曰烏號。本書《七發》注引《古史考》曰：柘樹，枝長而勁。烏集之，將飛，柘起彈烏，烏乃號呼。此枝作弓，快而有力，因名也。皆與前一說合。後一說出《史記·封禪書》，曰：黄帝采首山銅，鑄鼎於荆山下。鼎既成，有龍垂胡髯，下迎黄帝。黄帝上騎，羣臣、後宮從上者七十餘人。龍乃上去，餘小臣不得上，乃悉持龍髯。龍髯拔墮，墮黄帝之弓。百姓仰望黄帝既上天，乃抱其弓與胡髯號，故後世因名其處曰鼎湖，其弓曰烏號。《漢書·郊祀志》同《司馬相如傳》。顔注引張揖曰：黄帝乘龍上天，小臣不得上，挽持龍髯，髯拔，墮黄帝弓。臣下抱弓而呼，名烏號也。則從後一說也。《風俗通·正失篇》既引《封禪書》而駁之，又曰：烏號弓者，柘桑之林，枝條暢茂，烏登其上，下垂著地。烏適飛去，從後撥殺，取以爲弓，因名烏號耳。與劉注合。又互見《子虛賦》。○「不能無弦而射」，袁、茶二本無「不能」二字，非是。○「列女傳」至「故號之」，胡克家曰：袁本、茶陵本無此二十二字。步瀛案：今《列女傳》無此文，疑是《辯通傳·晉弓人妻傳》之佚文。「體動」疑「體勁」之誤。○本書《甘泉賦》注引蔡邕《獨斷》曰：干將，劍名也。《吴越春秋》曰：干將者，吴人造劍二枚，一曰干將，二曰莫耶。案：見《闔閭内傳》。《楚辭·九懷·通路》曰：竦余劍兮干將。《廣雅·釋器》曰：干將，劍也。

○《詩・閟宮》：貝胄朱綅。毛傳曰：貝胄，貝飾也。孔疏曰：胄，謂兜鍪。貝非爲胄之物，故知以貝爲飾。○《詩・采薇》毛傳：象弭，弓反末也，所以解紒也。孔疏曰：《釋器》云：弓有緣者謂之弓。孫炎曰：緣謂繁束而漆之。又曰：無緣者謂之弭。孫炎曰：不以繁束骨飾兩頭者也。然則弭者，弓稍之名，以象骨爲之，是弓之末。弭，弛之則反曲。故云象弭爲弓反末也。繩索有結，用以解之，故曰所以解紒也。紒，與結義同。○「染絲織鳥」至「旌旗也」，胡克家曰：袁本、茶陵本此十三字作「鳥爲章也」四字。步瀛案：《詩・六月》：織文鳥章。毛傳曰：鳥章，錯革鳥爲章也。鄭箋曰：織，徽織也。鳥章，鳥隼之文章。將帥以下，衣皆著焉。孔疏曰：《釋天》云：錯革鳥曰旟。孫炎曰：錯，置也。革，急也。畫急疾之鳥於縿也。《鄭志》答張逸亦云：畫急疾之鳥隼是也。《司常》云：鳥隼爲旟。段玉裁《詩經小學》曰：織文，毛無傳，蓋讀與《禹貢》厥篚織文同。鄭箋易爲徽識，則當作「識文」。步瀛案：本注云：染絲織鳥，是劉所見本作「織」，與鄭箋異。《周禮・司常》賈疏兩引《詩》皆本「識文鳥章」，蓋依鄭箋也。胡承珙《毛詩後箋》曰：鄭注《禹貢》織貝云：凡爲織者，先染其絲，乃織之，則文成矣。《玉藻》：士不衣織。注云：織，染絲織之。士衣染繒也。據此知織與繒爲二物。染而後織者，功多色重，謂之織。素絲所織，謂之繒。繒者，帛也。下白旆央央，「白」當依孫炎注《爾雅》引作「帛」。織與帛對。織文鳥章者，説旗之全體，織爲鳥隼於旗上，故傳云錯革鳥爲章。《呂記》所謂日月爲常，交龍爲旂之類，皆織之文也。鳥章，特其一耳。今案：《月令》以爲旗章，是凡旗之文皆謂之章。故《郊特牲》云：龍章而設日月。《管子・兵法篇》有日章、月章、龍章，而五曰舉鳥章，則行陂是也。步瀛案：孫炎《爾雅·釋天》注見《公羊·宣十二年》疏。《呂記》謂《呂氏讀詩記》，見卷十九。又案：段、胡二説，皆可與劉注相證，故特録之。至鄭以織爲徽識，特因旌旗而推及衣服。胡又曰：蓋徽識者，爲旗則大，在衣則小。鄭特推廣言之，非以織文二句專指在衣之徽識也。其説甚通。馬瑞辰《傳箋通釋》則謂：徽識，惟士卒以下，長僅三尺，始可著背。天子九尺，諸侯七尺，大夫五尺，皆非可著背，故別有揚徽者。《昭二十一年·左傳》：揚徽者，公徒也。曰揚，則是旌旗而非著背矣。鄭箋謂自將帥以下衣著焉，非也。又毛傳錯鳥革之文，實本《爾雅·釋天》孫炎注，以爲畫急疾之鳥於縿。《公羊·宣十二年》徐疏引李巡注謂：以革爲之，置於旐端。郭璞注以爲剥鳥皮毛置之竿頭。《御覽·兵部》七十一引舊注，以爲刻爲革鳥，置竿首。郝懿行《爾雅義疏》謂參考諸家之説，當以孫炎爲長。而陳奂《毛詩傳疏》則謂《爾雅》之旟與《周禮》之旟不同。《司常》鳥隼爲旟，又州里建旟，《大司馬》百官載旟，此旟爲州里百官建載，與尊者建載不同制。傳本《爾雅》之義，以爲畫急疾之鳥於縿上，則《周禮》之旟，其不畫於縿上可知。孫炎誤合兩旟爲一物。案：諸家辨論，皆能持之有故。聊著一二，以備參酌。○後引《左傳》見《僖五年》。○「袀同也」，胡克家曰：當作「袀服皁服也」，各本皆涉五臣謂下同服而脱誤。劉昭注《續漢書·輿服志》引賦此注云，袀，皁服也，可證。但彼「袀」下仍當有「服」字耳。步瀛案：《左傳》「袀」作「均」。杜注曰：戎事，上下同服。《周禮·春官·司几筵》鄭注曰：純，讀爲「均服」之「均」。賈疏引《左傳》亦作「均」，且曰：賈、服、杜君等皆爲「均」。《晉語》二：均服振振。韋注曰：均，同也。戎服，君臣同也。以上皆作「均」字而訓爲同也。本書《閒居賦》注引《左傳》作「袀服振振」。服虔曰：袀服，黑服也。《漢書·五行志》引亦作「袀」。顏注曰：袀服，黑衣。《閒居賦》注又引《説文》曰：袀，玄服也。今《説文·衣部》無「袀」字，「袗」下曰：玄服，重文作「裖」。段氏改「袗」爲「袀」，而改「袗」下爲「襌衣」也。沈濤亦據《選》注補「袀」字。《儀禮·士冠禮》：兄弟畢袗玄。鄭注曰：袗，同也。古文「袗」爲「均」。段氏謂經注「袗」字皆「袀」字之誤。又謂《司几筵》賈疏謂賈、服、杜等皆爲「均」，亦當作「袀」，似稍失之武斷。故嚴可均、姚文田《説文校議》謂以偏旁推之，則從「袗」，與玄服合。《彡部》㐱，引《詩》㐱髮如雲。毛傳：黑髮也。黑近玄。《月令》：孟冬乘玄路。注：今《月令》曰乘軫路，似當爲「袗」，惟「軫」、「袗」皆從「㐱」，故得與玄路相當。則訓玄服者，必以「袗」爲正體也。朱駿聲《説文通訓定聲》亦以「袀」爲「袗」之或體字。王紹蘭《説文段注訂補》卷八謂：《左氏傳》作「均」，《釋文》不言本作「袀」，但引字書作「袀」，亦不稱《説文》作「袀」。袀但有同義，凡言袀服，正字皆作「均」。「袀」，漢世通行字。《五行志》、《文選》注引作「袀」者，皆「均」之異文，非「袗」之或字。故《左氏》均服謂同服，非謂玄服，以戎事不服玄也。一徵之於《春官·司服》凡兵事，韋弁服。注云：韋弁，謂韎韋爲弁，又以爲衣裳。《春秋傳》曰：晉郤至衣韎韋之跗。注是也。今時伍伯緹衣，古兵服之遺色。再徵之於《小雅·瞻彼洛矣篇》：韎韐有奭，以作六師。傳云：韎韐者，茅蒐染艸也。一曰，韎韐，所以代韠也，天子六軍。《采芑》傳曰：奭，赤皃。此皆戎事服韎不服玄。《左氏》均服謂同服，袀服非玄服之確證也。案：王氏此説，亦矯枉過正。《吴語》：右軍皆玄常、玄旗、黑甲、烏羽之矰，望之如墨。王氏以爲變制，恐亦未然。又《趙策》四：左師公曰：「老臣賤息舒祺，願令得補黑衣之數，以衛王宮。」本書鄒陽《上書吴王》曰：夫全趙之時，武力鼎士，袨服叢臺之下者，一旦成市。皆戎事玄服之證。即謂此衛王宮、侍叢臺者，尚未及戎事，又安知晉軍人號時非玄服邪？李貽德《左傳賈服注輯述》曰：兵服，上下皆黑衣，故曰袀服。賈、服各舉一義，其實互相成也。○「騏，馬名」，胡克家曰：袁本、茶陵本無此三字。步瀛案：《説文》曰：騏，馬青驪文如綦也。今本「綦」作「博綦」，非是。此依本書《七發》注及玄應《一切經音義》卷七引校正。段氏注、嚴氏、姚氏《校議》、沈氏《古本攷》及朱珔並同。餘見《子虛賦》。○李注引《毛詩》見《大車》。毛傳曰：檻檻，車行聲也。○本書《子虛賦》注，張揖曰：以魚須爲旃柄，馳驅逐獸也。《漢書·司馬相如傳》顔注曰：大魚之須，出東海。見《尚書大傳》。○《史記》，見《商君傳》。今本作「持矛而操闟戟者」。《集解》引徐廣曰：一作「奔屈盧之勁矛干將之雄戟」。案：李注引與徐廣合。又《司馬相如傳》《子虛賦》曰：建干將之雄戟。《集解》引《漢書音義》曰：干將，韓王劍師。雄戟，胡中有鉅，干將所造也。《漢書》顔注及本書《子虛賦》注引張揖並同。顔師古曰：干將，吴善冶者。王念孫《廣雅·釋器疏證》曰：干將爲利刃之貌，故又爲劍戟之通稱。戟與戈同類，故魏文《浮江賦》云：建干將之銛戈。干將非人名，自《吴越春秋》以干將爲吴人，遂致紛紛之説。步瀛案：古者物勒工名。干將，蓋古善鑄劍戟者之通名，故韓、吴皆有之。且劍戟及戈皆得稱之，似不得謂竟無其人。此賦云佩則干將，自當指劍言也。又《方言》九曰：三刃枝，南楚、宛郢謂之匽戟。郭注曰：三刃枝，今戟中有小孑刺者，所謂雄戟也。《史記·司馬相如傳》《索隱》曰：案，《周禮·冶氏》爲戈，胡三之。注云：胡，其孑也。又《周禮圖》謂：戟反曲下爲胡也。程瑶田《通藝録·冶氏爲戈戟考》曰：《二儀實録》謂雙枝爲戟，獨枝爲戈，其言蓋有所受。《上林賦》張揖注云：雄戟，胡中有鉅者。按：鉅卽雞距也。《增韻》云：凡刀鋒倒刺皆曰距。今内有刃出於柲後，如雞距，惟戟有之。雞鳴則昂首而擁其頸，匽戟似雞鳴昂首之狀。然則雞鳴也，擁頸也，鉅也，並所以狀雄戟也。朱琦曰：《説文》：戟，有枝兵也。程氏據《二儀寶録》雙枝爲戟，言戟刺與援成二鋒，故亦得稱雙枝。則《方言》之三刃，殆兼胡之下垂者亦有刃也。而鄭注《考工記》以爲三鋒戟當卽《方言》之三刃，有胡、有援、有刺，胡在柲内，兼胡言則爲三刃，不兼胡言則爲雙枝耳。○次引《毛詩》見《閟宮》。各本「毛詩曰」作「又曰」，誤，今正。尤本「貝冑」作「冑貝」，今依袁、茶二本。又「綅」作「綅」，袁本同，今依茶陵本、毛本。以下連引《毛詩》見《采薇》、《六月》、《采芑》。○方、鏘、驪、光、將、芒、章、驤，古音陽部。

峭格周施，罿罻普張。罼罕瑣結，罠蹏連綱。阹以九疑，禦以沅湘。輶軒蓼擾，彀騎煒煌。

【注】莊周曰：峭格羅絡。謂張網周遍。罿罻、罼罕，皆鳥網也。瑣結，似瑣連結也。連綱，言不絕也。罠，麋網。蹏，兔網。《周易》曰：蹄所以在兔，得兔而忘蹄。阹，闌也。因山谷以遮獸也。禦，禁也。謂因瀟湘爲藩落也。楊雄《羽獵賦》曰：禦自汧渭。九疑，山名。沅湘，水名。輶，輕也。《詩》云：輶車鑾鑣。彀騎，張弓弩之騎也。峭，七肖切。罿，音衝。罻，音尉。罼，音畢。罠，無貧切。阹，音祛。禦，音語。彀，古候切。

【疏】呂向曰：周匝施之，故曰周施。○「蹏」，五臣作「蹄」，字同。○李周翰曰：蓼擾，亂貌。案：「蓼」同「摎」，又同「繆」，已見《西京賦》疏。○「煒」，袁、茶二本作「熌」。李周翰曰：熌，煌疾皃。案：《廣雅・釋訓》曰：煌煌，熠熠，光也。《詩・斯干》鄭箋曰：噦噦，猶熠熠也，寬明之貌。《釋文》引呂忱曰：火光貌。案：此蓋言光耀之疾也。胡克家以「焯」字爲尤改。○劉注引莊周，見《莊子・胠篋篇》。尤本作「莊子」，今依袁、茶二本。案：今《莊子》「峭」作「削」，「絡」作「落」。《釋文》曰：削，七妙反。格，古百反。李云：削格，所以施羅網也。郭嵩燾曰：《説文》格，木長貌。徐鍇曰：長枝爲格。削格，謂刮削之。鄭注《周禮・雍氏》所謂柞鄂也。《書・費誓》：杜乃擭。傳云：捕獸機檻。《吴都賦》峭格周施，峭、削義通。謂之格者，格拒之意。削格羅落，皆所以遮要禽獸。《漢書・鼂錯傳》：爲中周虎落。師古注謂遮落之。削格，即阱擭之擭也。○「謂張網周遍」，胡克家曰：袁本、茶陵本無此五字。○罿，已見《西都賦》。罻，已見《蜀都賦》。「罼」、「畢」之後出字。《説文》曰：畢，田網也。《禮記・月令》鄭注曰：小而長柄謂之畢。《御覽・資産部》十二引蔡邕《月令章句》曰：掩飛禽曰畢。《國語・齊語》韋注曰：畢，掩雉兔之網也。《詩・大東》毛傳曰：畢所以掩兔。是畢爲鳥網，亦兼掩獸矣。《説文》曰：罕，网也。段玉裁曰：罕之制，蓋似畢，小网長柄也。本書《上林賦》注張揖曰：罕，畢也。案：《廣雅・釋器》曰：罼、罕，率也。《説文》曰：率，捕鳥畢也。皆與劉淵林注可相證。○「瑣結」至「言不絶也」，胡克家曰：袁本、茶陵本無此十三字。○《爾雅・釋器》曰：彘罟謂之羉。郭注曰：羉，幕也。《釋文》曰：羉，莫潘反。本或作「罠」，亡巾反。本書《七命》：張脩罠。李注引《爾雅》：「羉」或作「罠」，又引《廣雅》曰：罠，兔罟。案：《廣雅・釋器》今本佚「罠」字。王氏《疏證》據補，謂罠亦羃也，羉、罠、幕一聲之轉，是也。《七命》上句布飛羉，李注曰：或云飛羅。胡紹煐曰：羉、羅亦一聲之轉，蓋對文則異，散文則通也。《説文》：罠，釣也。即今「緡」字，又與此義異。○「蹏兔網」，胡克家曰：袁本、茶陵本無此三字。○「《周易》曰」，胡克家曰：何校「易」下添「略例」二字，陳同，是也。各本皆脱。步瀛案：見《略例·明象》。然古人引書，於傳、注之類，往往但舉經名，此等殆非脱誤，不必增字。又案：二句本《莊子·外物篇》。《釋文》曰：蹄，兔罥也。又云：兔弶也。係其脚，故曰蹄也。○《説文》曰：阹，依山谷爲牛馬圈也。《漢書·楊雄傳》清官本載蕭該《音義》引《三蒼》同。《漢書·司馬相如傳》注引蘇林曰：阹，獵者圍陣遮鳥獸也。本書《上林賦》郭注曰：因山谷遮禽獸爲阹。○「禦禁也」至「爲藩落也」，胡克家曰：袁本、茶陵本「禁」下有「苑」字，無「因沅湘」三字。步瀛案：「禦」、「籞」之借字。《説文》曰：籞，禁苑也。《後漢書·章帝紀》李賢注引《漢書音義》曰：折竹，以繩懸連之，使人不得往來謂之籞。○《羽獵賦》見本書卷八。袁、茶二本「洴」作「涇」，誤。○《山海經·海内經》曰：南方蒼梧之丘，蒼梧之淵，其中有九疑山，舜之所葬，在長沙零陵界中。郭注曰：山在今零陵營道縣南，其山九谿皆相似，故云九疑。「疑」，字亦作「嶷」。《漢書·武帝紀》：元封五年，望祀虞舜于九嶷。注引應劭曰：舜葬蒼梧。九嶷，山名。今在零陵營道。餘見後。文穎曰：九嶷山半在蒼梧，半在零陵。《清統志》曰：湖南永州府，九疑山在寧遠縣南六十里。○《山海經·海内東經》曰：沅水出象郡鐔城西，東注江，入下雋，西合洞庭。《漢書·地理志》牂柯郡故且蘭縣，原注曰：沅水東南至益陽，入江過郡二，行二千五百三十五里。案：「東南」，《説文》作「東北」。《漢志》蓋傳寫之誤。「過郡二」，段玉裁謂當作「三」，謂牂柯、武陵、長沙國也。又案：沅水有數源。古沅水出貴州黃平縣之金鳳山，蓋自黃平縣西南、息烽縣東北，皆漢故且蘭地也。沅水至天柱縣，入湖南黔陽縣界，流過沅江縣，入洞庭。詳見洪亮吉《卷施閣甲集》卷四《沅水考》。又《海內東經》曰：湘水出舜葬東南陬，西環之，入洞庭下。《漢書·地理志》零陵郡零陵縣，原注曰：陽海山，湘水所出。北至酃，入江，過郡二。案：郡二謂零陵、長沙。又，長沙國臨湘縣注，應劭曰：湘水出零陵山，卽陽海山也。案：《地理志》注今本脱「陵」字，據《水經·湘水注》補。何焯、戴震、趙一清反據以删《水經注》「陵」字，以爲別一零山，大謬。楊守敬能知其失，然謂應氏語應繫於零陵始安下，顔氏誤繫於臨湘，亦非是。蓋臨湘因湘水得名，故應氏言湘水所出，如潁川郡昆陽縣下，應曰昆水出南陽潁陽縣下，應曰潁水出陽城，皆同此例。且應注若在始安，顔氏何故移之臨湘乎？又案：海陵山，今在廣西興安縣南九十里。湘水至全縣，入湖南東安縣，流過湘陰縣，入洞庭。沅、湘二水，皆由洞庭北入于江。○《詩》，見《駟鐵》。毛傳云：輶，輕也。李周翰曰：輶軒，輕車也。○《説文》曰：彀，張弩也。《史記·張釋之傳》《索隱》引如淳曰：彀騎，張弓之騎也。○張、綱、湘、煌，古音陽部。

袒裼徒搏，拔距投石之部。猿臂骿脅，狂趭獷猤。鷹瞵鶚視，䟃䞶狿𤢏。若離若合者，相與騰躍乎莽罠之野。

【注】《爾雅》曰：袒裼，肉袒也。《詩》云：袒裼暴虎。拔距，謂兩人以手相案，能拔引之也。超踰，躍也。投石，擧石以投擿也。《王翦傳》曰：投石拔距，猿臂通肩也。《漢書》：李廣猿臂，爲武騎常侍。骿脅，今騈幹也。骿、騈通。《史記·商君傳》：趙良謂鞅曰：「君之出，多力而騈脅者參乘。」《左傳》曰：

晉文公駢脅。趡，走也。䲹䴕鴞視，言勇士似之也。善曰：司馬相如《大人賦》曰：騰而狂趡。子召切。《説文》曰：犬獷不可附也。子猛切。猤，壯勇之貌。其翠切。《説文》曰：瞵，目精也。力辰切。趛䠀𤞞攞，相隨驅逐衆多貌。趛，七感切。𤞞，力答切。攞，徒合切。莽罠，廣大貌。莽，莫浪切。罠，音浪。

【疏】「猿」，袁、茶二本作「猨」，字同。《説文》本字作「蝯」。○「骿」，袁、茶二本，毛本皆作「駢」。○「趛」，袁、茶二本作「參」，注同。○劉注引《爾雅》，見《釋訓》。郭注曰：脱衣而見體。案：今本「袒」作「襢」，《釋文》曰：本或作「袒」。《詩》見《大叔于田》。毛作「襢」，《釋文》曰：本又作「袒」。《説文》作「膻」，曰：肉膻也。引《詩》膻裼暴虎。案：袒裼與膻裼有别。《説文・人部》曰：但，裼也。《衣部》曰：裼，但也。嬴者，但也。裎者，但也。又袒，衣縫解也。段注謂即綻之本字，是。去裼衣字當作「但」，肉膻字當作「膻」。而「肉袒」作「袒」者爲借字，「襢」又或體字耳。《釋訓》又曰：暴虎，徒搏也。郭注曰：空手執也。《詩・小旻》毛傳曰：徒搏曰暴虎。○《王翦傳》，見《史記》。今本「拔」作「超」。《集解》引徐廣曰：「超」一作「拔」。裴駰曰：拔距，超距也。《索隱》曰：超距，猶跳躍也。《漢書・甘延壽傳》曰：投石拔距，絶於等倫。注：應劭曰：投石，以石投人也。拔距，即下超踰羽林亭樓是也。張晏曰：《范蠡兵法》：飛石重十二斤爲機，發行三百步。延壽有力，能以手投之。拔距，超距也。師古曰：投石，應説是也。拔距者，有人連坐相把據地距以爲堅而能拔取之。言其有手掣之力，超踰亭樓，又言其趫捷耳，非拔距也。今人猶有拔爪之戲，蓋拔距之遺法。王念孫曰：石，擿也。投石猶言投擿，擿亦投也。《廣雅》曰：擿，投也。石，擿也。《賈子・連語篇》曰提石之者猶未肯止是也。拔距，超距也。故下文即云超踰亭樓。《史記・王翦傳》：方投石超距。距亦超也，超亦拔也。投石拔距，皆四字平列。《管子・輕重丁篇》戲笑超距，亦四字平列。應劭謂投石爲以石投人，劉逵謂拔距爲兩人以手相案，能拔引之，皆非是。胡紹煐曰：按《新序》楚邱先生曰：投石超距，逐麋搏豹，臣已老矣。投石超距與逐麋搏豹對，似四字又非平列，疑劉説是。又按：《韓詩外傳》「投石超距」下有「追車赴馬」四字，亦以投石爲一事，超距爲一事，對追車赴馬也。步瀛案：胡氏説是。《新序》見《雜事》五，亦有追車赴馬之文，特在投石超距上耳。《韓詩外傳》見卷十。如顔師古釋「距」字，則拔距、超距皆與投石爲對文。○《漢書・李廣傳》曰：廣以良家子從軍擊胡，用善射殺首虜多，爲郎騎常侍。又曰：爲人長，爰臂，善射亦天性。此注節引《史記・李將軍傳》曰：用善騎射殺首虜多，爲漢中郎。廣從弟蔡，亦爲郎。皆爲武騎常侍。疑今本《漢書》脱「武」字。又《李將軍傳》作「猨臂」。《集解》引如淳曰：臂如猨，通肩。《漢書》顔注亦引如淳曰：臂如猨臂，通肩也。或説似當爲「緩臂」。步瀛案：「爰」即「猨」之省，或説非。○《説文》曰：骿，並脅也。晉文公骿脅。《晉語》四曰：曹共公聞其骿脅。韋注曰：骿，并幹。《左・僖二十四年》作「駢脅」，《史記・晉世家》同。何焯曰：「骿」當書爲「駢」，猨馬借對。許巽行曰：何氏从《左傳》改「駢」，不知《説文》引《左傳》正作「骿」也。《説文》：駢，駕二馬也。與「骿」字音同義異。杜宗玉曰：骿、駢均從并得聲，從并取義。二馬曰駢，故或從馬。步瀛案：此賦不必以猨馬借對爲工，何説非是。然《説文》言晉文公骿脅，未明言爲《左傳》，而僖二十三年《釋文》引《説文》云：駢脅，并也。《正義》引《説文》云：駢脅，并幹也。亦與今本《説文》異。又案：「駢」，「骿」之通借字耳。許、杜説亦未明晰。○《史記·商君傳》今本「參」作「驂」。○《左·僖二十四年》曰：曹共公聞其駢脅。此注以意引。○「鷹瞵鶚視」至「似之也」，胡克家曰：袁本、茶陵本無此十一字。○李注引《大人賦》，《漢書·司馬相如傳》《大人賦》作「𧼮」。顔注引張揖曰：𧼮，奔走也。顔曰：𧼮，音醮。《史記·相如傳》作「𧼮」。案：《史記》作「趡」，與上「倚」字韵，脂、歌部通轉也。《漢書》作「𧼮」，與下消求韵，幽、宵部通轉也。義得兩通。吕錦文曰：《説文》云：𧼮，動也。《玉篇》：趡，且水切，動也，走也。𧼮，子妙切，走皃。李善𧼮音子召反，而劉注仍訓爲走，是「𧼮」即「趡」之異文。○「説文」至「附也」，胡克家曰：「犬獷」當作「獷犬」，各本皆倒。今《説文》：獷，犬獷獷不可附也。蓋善節引。沈濤《説文古本攷》曰：《一切經音義》卷二引作「犬不可附也」無「獷獷」二字。《文選·吴都賦》注引「犬獷不可附也」，以上文「獡」字注「犬獡獡不附人」也例之，則有「獷獷」二字者是。《漢書·叙傳》：獷獷亡秦。師古曰：獷，麤，惡之皃。即此獷獷之義。玄應書蓋節引之例，選注則正奪一字。又曰：《劇秦美新》注引「獷犬不可親附也」，所引多「親」字，蓋古本有之，今《説文》及諸書所引皆奪。又《辨命論》注引作「不可附也」，則有所節取而又奪「犬」字。步瀛案：慧琳《一切經音義》二十八、九十六引並與今本同。十八引作「獷犬不可附近也」，三十二引兩「獷」字中誤衍「也」字，四十一引下「獷」字作「惡」，六十六引上「獷」字作「性」，皆誤，不足據。又《説文》獷，大、小徐皆音古猛切。《廣韵·三十八梗》音同。又居往切，則地名耳。《玉篇》鉤猛切。玄應、慧琳《音義》有古猛、虢猛、擴猛、瓜猛等切，皆無作子猛切者。疑此當是孤猛切，而「孤」字脱其半耳。○猤，壯勇之貌。李周翰曰：獷，猤勇也。《廣韻·六至》曰：猤，壯勇貌。案：《説文》無猤字，朱駿聲以「猤」與「騤」同，《詩·四牡》毛傳曰：騤騤，彊也。又案：獷、猤，雙聲聯綿字。○「説文曰瞵」至「罝音浪」，胡克家曰：袁本脱此注，非。茶陵本無𤟤䝤莽罝四音，删也。○《説文》見《目部》。○胡紹煐曰：本書《嘯賦》：參譚雲屬。《琴賦》：或參譚繁促。「䟫䟪」與「參譚」同。𤟤䝤，猶迨遝，《玉篇》行相及也。𤟤䝤與迨遝音聲近，並謂相隨馳逐之貌。○本書《上林賦》：過乎泱漭之壄。注引如淳曰：大貌也。又《海賦》注曰：泱漭，廣大也。又《北征賦》曰：野蕭條以莽蕩。《洞簫賦》曰：彌望儻莽。與此莽罝義並同。○脅，古音盍部。㩭、合，緝部。通轉爲韵。

干鹵殳鋋，暘夷勃盧之旅。長殺短兵，直髮馳騁。儇佻坌並，銜枚無聲。悠悠旆旌者，相與聊浪乎昧莫之坰。

【注】干、鹵，皆楯也。《越絶書》曰：越王身披暘夷之甲，拔勃盧之矛。短兵，刀劍也。《尚書》曰：稱爾干。《過秦論》曰：流血漂鹵。《廣雅》曰：殺，矛也。呼狄切。《楚辭》曰：車錯轂兮短兵接。《史記》曰：荆軻怒髮直衝冠。《方言》曰：儇佻，疾也。佻，他弔切。《漢書》曰：相如弔二世曰，坌入曾宫之嵯峩。《音義》曰：坋，並也。步寸切。《周禮》銜枚氏，下士。鄭玄曰：止言語囂讙也。枚大如箸，横銜之。《毛詩》曰：有聞無聲。又曰：蕭蕭馬鳴，悠悠旆旌。悠悠，流貌。昧莫，廣大貌。聊浪，放曠貌。

【疏】《廣韻·二十三錫》矜下引此賦「殺」作「矜」。胡紹煐曰：《玉篇》：殺，矛也。矜，長矛也。《集韻》：殺、矜、務，並馨激切，音同。故古多通用。《廣韻》引作「矜」，蓋所見本如是。○王念孫曰：「悠悠旆旌者」當作「悠悠旆旆者」。《詩》曰：悠悠旆旌。又曰：彼旟旐斯，胡不旆旆，是也。今本卽因《詩》悠悠旆旌而誤。悠悠、旆旆，皆旌旗之貌。胡紹煐曰：王校是。然謂悠悠、旆旆爲旌旗之貌，則又泥《詩》爲說，恐非。悠悠、旆旆，並行貌。下云常沛沛以悠悠，劉注：沛沛，行貌。悠悠，亦行貌。「旆旆」與「沛沛」同。○劉注「干鹵皆楯也」，袁本無此五字。案：此注張銑與劉同。袁本先列五臣注，故存銑而删劉，茶陵本先列劉、李注，故存劉而删銑。以此見兩本有無，不能卽認爲元本如此也。○《說文》曰：戰，盾也。經傳皆借「干」爲之。《說文》又曰：櫓，大盾也。重文作樐，或借鹵爲之。《說文》又曰：盾，瞂也。所以扞身蔽目，或借楯爲之。《禮記·儒行》鄭注曰：干、櫓，小楯、大楯也。《詩·小戎》毛傳曰：伐，中干也。「伐」卽「瞂」之通借字。然則小盾曰戰，中盾曰瞂，大盾曰櫓矣。○《考工記》曰：廬人爲廬器，殳長尋有四尺。《詩·伯兮》毛傳曰：殳長丈二而無刃。《說文》曰：殳，以杖殊人也。《周禮》：殳以積竹，八觚，長丈二尺，建於兵車，旅賁以先驅。又曰：杸，軍中士所持殳也。段注曰：軍中士所持殳，不必皆用積竹，故字從木。《釋名·釋兵》曰：殳，殊也。長丈二尺而無刃，有所撞挃於車上使殊離也。餘見《西京賦》注。《釋兵》又曰：鋋，延也。延，達也。去此至彼之言也。餘亦見《西都賦》注。○《越絶書》，見《紀地傳》，「拔」作「杖」，此注當據改。然彼「暘」作「賜」，「勃」作「物」，皆誤。注一作「陽」，則是也。「陽」、「暘」字通。《後漢書·東夷傳》：夷有九種，陽夷其一也。李賢注引《竹書紀年》后泄二十一年命陽夷是也。勃盧疑卽卜盧，《周書·王會篇》曰：卜盧以紈牛。孔晁注曰：卜盧之人，西北戎也。今盧水是。○胡克家曰：「尚書」上當有「善曰」二字，各本皆脱。梁章鉅曰：自「尚書」以下至末，當屬李注。案：胡、梁説是，當補「善曰」二字。○「尚書曰稱爾干」，胡克家曰：袁本、茶陵本「干」下衍「戈」字，非。○《過秦論》見本書卷三十九。○《廣雅·釋器》今本「殺」作「楘」。王氏《疏證》曰：《釋名》曰：矟，矛長九尺者也。矟，霍也。所中霍然，即破裂也。《吳都賦》李善注引《廣雅》殺矛也，《説文繫傳》引字書㮶小矛也，並字異而義同。朱珔曰：《説文》無「殺」有「杸」，似即字書之「㮶」，而釋云軍中士所持殳也，不以爲矛。惟《集韵》矟有殺、矜二體之異。○《楚辭》見《九歌·國殤》。○「《史記》曰：荆軻怒髮直衝冠」，胡克家曰：袁本、茶陵本無此十字。案：此引《史記》見《刺客傳》。《文選李注補正》引金甡曰：此宜引《西京賦》植髮如竿，引《史記》語不免傅會成文。胡紹煐曰：按：直與植同，植立之也。注以正文作「直」，故置彼而引此。○《方言》十二今作「儇虔謾也佻疾也」，與注引異。《詩·還》毛傳曰：儇，利。《荀子·榮辱篇》楊注曰：儇，疾也。○「佻，他到切」，袁、茶二本無此四字。○《漢書》見《司馬相如傳》。○「步寸切」，袁、茶二本無此三字。○《周禮》銜枚氏屬秋官。○《毛詩》並見《車攻》。○聊浪與浶浪音義相近，似當訓爲驚𤜵貌。見《西京賦》疏。○騁、聲、坰，古音耕部。

鉦鼓疊山，火烈熛林。飛爓浮煙，載霞載陰。菈擸雷硠，崩巒阤岑。鳥不擇木，獸不擇音。

【注】疊，振疊也。熛，火爓也。《左傳》曰：鳥則擇木。又曰：鹿死不擇音。鹿得美草，呦呦而鳴，至於困迫將死，不暇復擇出音，急之至也。凡閑暇而有好聲，逼急不擇音，獸皆然，非唯鹿也。《莊子》亦曰：獸死不擇音。以雷硠之至，故云鳥不擇木，獸不擇音。善曰：《説文》曰：鉦，鐃也。菈擸雷硠，崩

阤之聲。菈，朗答切。擸，音獵。硠，音郎。《爾雅》曰：巒山墮。山小而高曰岑。

【疏】《詩·大叔于田》曰：火烈具舉。○「爓」，茶陵本作「爛」，校曰：五臣本作「焰」。袁本從五臣作「焰」，校曰：善本作「爛」。案：「爛」蓋「爓」之譌。「爓」已見《蜀都賦》。「爓」、「焰」字通。李自作「爓」，五臣作「焰」耳。○「菈」，五臣作「拉」，字同。呂延濟曰：拉擸，木摧傷之聲也。○胡紹煐曰：《說文》：应，石聲也。《玉篇》：「应」亦「拉」字。又，⿰石巤，石墮也。「菈」、「擸」並「应」、「⿰石巤」之假。「雷」即「礧」，擊聲也。本書《江賦》：駭崩浪而相礧。善注：相礧，相擊也。案：本書《子虛賦》曰：礧石相擊，硠硠礚礚。即此賦所本。○《說文·石部》曰：硠，石聲。从石，良聲。大徐音魯當切。段氏改爲「硍」，謂《子虛賦》「硠硠」當爲「硍硍」。硍，《篇》、《韵》音諧眼切，古音讀如痕，《漢桂陽太守周憬碑》斷硍礚之電波，《釋名》曰：雷，硍也。如轉物有所硍雷之聲也。《吳都賦》菈擸雷硍，亦用《子虛賦》字，而俗本譌作「硠」。李善不能正，且曰音郎，於是韓愈本之，有「乾坤擺雷硠」之句，蓋積譌之莫悟也久矣。步瀛案：韓退之句見《調張籍》詩。段氏此說甚辯。梁章鉅、胡紹煐皆主之。鈕玉樹《段氏說文注訂》曰：按《隸釋·周憬碑》乃傳刻誤字，《隸辨》載此碑作硠，《吳都賦》有雷硠，《廣雅·釋詁》礚硠，當本《子虛賦》，曹音力當、力蕩二反，釋訓硠硠亦同，其非从艮明矣。徐灝《說文注箋》曰：《玉篇》云：硠，力唐切。硠，礚石聲。又力蕩切。此《子虛賦》所謂硠硠礚礚是也。又云：硍，諧眼切，石聲也。此《周禮·典同》故書作「高聲硍」也。似從鈕說爲長。○「阤」，尤本作「弛」。茶陵本同，校曰：五臣本作「阤」。案：此亦所見本偶異耳。袁本作「弛」，無校語，注同。何校本亦作「阤」。○劉注：疊，振疊也。案《詩·

時邁》曰：莫不震疊。○「熛火爛也」，胡克家曰：袁本、茶陵本無此四字，有「鳥擇木而棲」五字。○《左傳》見哀十一年。○又引《左傳》見文十七年。「鹿得美草」至「急之至也」，孔疏引服虔同。惟「而鳴」作「相呼」。杜注曰：音，所茠蔭之處。古字聲同，皆相假借。孔疏曰：劉炫從服説，以爲音聲謂不擇音聲而出之而難杜。張雲璈曰：《莊子》獸死不擇音，郭象注云：野獸蹴之窮地，意急情盡，則和聲不至。即服虔説。傳意甚明，實無庸改「音」爲「蔭」也。今此賦舊注即引傳文，而賦中與林、陰、岑爲韻，足證當時皆未嘗讀「音」爲「蔭」。後《魏都賦》雌者擇音與沈陰箴禽爲韻，注亦引鹿死不擇音，可以互證。胡紹煐曰：鹿得美草云云，皆服虔解誼文，疑脱「服虔曰」三字。本書《魏都賦》棲者擇木，雌者擇音，與此同。蓋古學相承如是。自杜預讀音爲蔭，而古義晦矣。顧氏炎武《補正》從服説。步瀛案：洪亮吉《左傳詁》，李貽德《賈服注輯述》皆駁杜申服，洪頤煊《讀書叢録》卷五曰：《後漢·皇甫規傳》，傳稱鹿死不擇音，謹昧冒略上，亦同服説。○《莊子》見《人閒世》篇。○「故云鳥不擇木獸不擇音」，胡克家曰：袁本無此十字，茶陵本有。○李注引《説文》見《金部》。○《爾雅》見《釋山》。「墮」作「嶞」，「高」下無「曰」字。郭注曰：巒山嶞，謂山形長狹者，荆州謂之巒。已見《蜀都賦》。郭注又曰：山小而高，岑，謂岑崟。《釋名·釋山》曰：岑，嶃也，嶃嶃然也。《孟子·告子》下趙注曰：岑樓，山之鋭嶺者。○林、陰、岑、音，古音侵部。

虣甝虪，頛麜麖。羃六駮，追飛生。彈鸞鵠，射猱狿。白雉落，黑鴆零。陵絶嶚嶕，聿越巉險。跐踰竹柏，獼猨杞柟。封狶葹，神螭掩。剛鏃潤，霜刃染。

【注】䋶，絆前兩足也。莊周曰：連之羈䋶，音聳。麢，大麃也。桂林有麃。《山海經》曰：駮，如馬，白身黑尾，一角，鋸牙虎爪，音如鼓，能食虎也。《詩》曰：隰有六駮。飛生，鼯也。師曠曰：南方有鳥曰羌鶁，黄頭赤目，五色備也。猱，似猿。奴刀切。狿，音亭。鴆鳥，一名雲日。黑色，長頸赤喙，食蝮蛇，體有毒，古人謂之鴆毒。江東諸大山中皆有之。《左氏傳》曰：叔牙飲酖酒而死。聿越，豹走貌。霜刃，言其殺利也。善曰：《毛詩》曰：不敢暴虎。毛萇曰：暴虎，空手以搏也。虣與暴同。《爾雅》曰：甝，白虎。明甘切。虪，黑虎。音叔。《説文》曰：驀，上馬也。鶁，音京。《史記》曰：跇萬里。如淳曰：跇，超踰也。恥曳切。《埤蒼》曰：獮猭，逃也。獮，丑珍切。猭，恥傳切。《淮南子》：申包胥曰：吳爲封狶脩蛇。《方言》曰：南楚人謂豬爲狶。虛豈切。䝐，狶聲，呼學切。

【疏】「甝」當作「𧇭」。《爾雅·釋獸》曰：甝，白虎。《釋文》曰：甝字，《字林》下甘反，又亡狄反。郝氏《義疏》曰：《説文》：𧇭，白虎也。讀若鼏。《説文》有「𧇭」無「甝」，《玉篇》、《廣韻》「甝」「𧇭」互見。蓋篆文「甘」作「𠮛」，與「日」形相近而誤衍也。《釋文》亡狄反，卽𧇭字之音，可知「𧇭」衍爲「甝」，宜據以訂正。〇「䋶」當作「纇」。「䋶」殆省減字。袁、茶二本作「縜」，尤非。〇「鶁」，當作「鷲」，見《説文》。梁章鉅曰：段校云：「鶁」是「鷲」之譌。〇狿，已見《南都賦》。〇吕向曰：嶛嶕，高貌。〇「䝐」五臣作「䝐」。《旁證》引段玉裁曰：「䝐」字《廣韻》、《集韻》、《類篇》皆無有，惟《正韻》「䝐」，轄覺切。考之《廣韻》：豞，許角切，豕聲。《集韻》：豞，黑角切，豕聲。又，許候切。《字林》：豕鳴也。《廣韻》亦有去聲。是「豞」卽「豿」字。「䝐」當爲「豞」之異字。朱珔曰《正字通》：「䝐」與「豿」同，而《廣韻》有「豿」無

「𧄍」。許巽行曰：《玉篇》：𧄍，草也。音尨。又火角切。雖别出一音，而不述其義。《廣韻》：豞，豕聲。昌黎《祭張署文》：怒頰豕豞。方崧卿云：豞，豕聲。當以「豞」爲正字，「豞」爲或字。「𧄍」爲音同，借用字。「𤢖」爲譌字。胡紹煐曰：字當爲「𧲎」，從尨，豕聲。「𧲎」即「豞」之假。此作「𤢖」，與本書《東京賦》龍𧲎作「狵」誤同。五臣作「𧄍」，尤非。《集韻》豞、哮，並黑角切。云：「豞」或作「哮」。《説文》：哮，豕驚聲也。許有「哮」無「豞」。○神螭，當即「离」之借字。見《西都賦》疏。○《廣雅·釋器》曰：鏃，鏑也。《莊子·天下篇》《釋文》引《三蒼》曰：鏃，矢鏑也。《釋名·釋兵》曰：矢，齊人謂之鏃。鏃，族也。言其所中皆族滅也。○劉注：𦄵，絆前兩足也。案：《説文·糸部》：𦄵，从糸，須聲。《廣雅·釋器》作「𦄵」。《莊子·馬蹄篇》曰：連之以羈馽。《釋文》曰：馽，司馬、向、崔本並作「𦄵」。向云：馬氏音竦。崔云：絆前兩足也。《説文》𦄵，大、小徐相主切。《玉篇·糸部》：𦄵，相俞切。《廣韻·麌韻》：𦄵，相庾切。《集韻》聳取切。並與《説文》從須聲合，是古音入侯部。向秀注《莊子》引馬氏音竦，《切韻》、《廣韻》、《集韻》𦄵字又入腫韻，息拱切，與劉注音聳正合，則轉入東部。梁章鉅謂「音聳」二字恐有誤衍，胡紹煐疑「聳取切」之譌，皆未詳考耳。○《莊子》，見《馬蹄篇》，「連」下當有「以」字。案：「莊周」尤本作「莊子」，今依袁、茶二本。○麖，大麃也。桂林有麃，尤本兩「麃」字皆作「麜」。胡克家曰：茶陵本二「麋」字作「麜」，袁本亦作「麜」。案：各本皆非也，當作「麃」。胡紹煐曰：《爾雅·釋獸》：麠，大麃，牛尾，一角。郭注：漢武帝郊雍，得一角獸若麃，然謂之麟，此是也。《釋文》：「麠」或作「麖」，是麖爲大麃，非麋也。注作麋，疑涉正文麋字之譌。步瀛案：二胡校是也。餘見《蜀都賦》。○

「如馬」,又「鋸牙」,又「能食虎也」,胡克家曰:袁本、茶陵本無此八字。梁章鉅曰:今《山海經》作「其狀如馬而白身黑尾,一角,虎牙爪,音如鼓音,其名曰駮,是食虎豹」,無鋸牙字,而《海外北經》有之。劉注蓋兼引二經之文。《爾雅·釋畜》:駮,如馬,倨牙,食虎豹。郭注引《山海經》云:有獸若駮,如白馬,黑尾,倨牙,音如鼓,食虎豹。亦兼引二文。古人引書有此例也。○《詩》,見《晨風》。○飛生,已見《西京賦》飛鼯注及疏。○《説文·鳥部》鷲字下引師曠曰:南方有鳥,名曰羌鷲。黄頭赤目,五色皆備。段注曰:《藝文志》小説家有《師曠》六篇,豈許所稱與?今世有《禽經》,係之師曠,其文理淺陋,蓋因《説文》此條而僞造。《吴都賦》彈鸞鶁,劉注引師曠曰云云,蓋本《説文》,不知字何以作「鶁」。李音「京」,《廣韻·十二庚》有「鶁」字,注:羌鶁也。玄應書引《説文》「赤目」作「赤咽」。步瀛案:見玄應《一切經音義》卷六引作「赤咽」,慧琳《音義》二十五、又三十一引並作「赤目」,二十七引與玄應同。胡紹煐曰:「鶁」當爲「鷲」字之譌,字亦作「就」。《中山經》:暴山,其鳥多就。《漢書·匈奴傳》:有斗入漢地,生奇材,箭竿就羽。顔注:就,大雕。黄頭赤目。作「就」,無作「鶁」者。《廣韻·四十九宥》:鷲,鳥名。黑色,多子。本《説文》。而於《十二庚》出「鶁」云:羌,鶁鳥。分鶁、鷲爲二,與此音京並爲後人所羼。○《詩·角弓》毛傳曰:猱,猨屬。陸璣疏曰:猱,獮猴也。楚人謂之沐猴。○「雲日」,各本「日」誤作「白」。胡克家曰:「白」當作「日」,各本皆譌。羣書或言連日,或言暉日,或言䲰日,運、暉、䲰與此雲皆同字。案:胡氏説是。《説文》曰:鴆,毒鳥也。一名運日。《廣雅·釋鳥》曰:其雄謂之運日,其雌謂之陰諧。《史記·魯世家》《集解》引服虔《左傳》注曰:鴆鳥,一曰運日鳥。

《離騷》王逸注曰：鴆，運日也。或作暉日。《淮南子·繆稱篇》曰：暉日知晏，陰諧知雨。又作鴳日。《證類本草》卷三十曰：鴆鳥，一名鴳日。生南海。引陶隱居曰：此乃是兩種。鴆鳥狀如孔雀，五色雜斑，高大，黑頸赤喙，出廣東深山中。鴳日鳥狀如黑傖雞，見蛇吞之，作聲，似云同力，故江東人呼爲同力鳥。又引《唐本草注》曰：按《玉篇》引郭璞云：鴆鳥大如鵰，長頸赤喙，食蛇。又《説文》、《廣雅》、《淮南子》皆一名運日。「鴳」、「運」同也。問交廣人，並云：鴳日一名鴆鳥，一名同力。鴳日鳥外更無如孔雀者。陶云：如孔雀者，交廣人誑也。案：據此，則運日、暉日、鴳日、雲日正同。○「左氏傳」至「豹走貌」，胡克家曰：袁本、茶陵本無此十六字。案《左傳》見莊三十三年。○聿越，豹走貌。胡紹煐曰：「聿越」與「獝狘」同。《禮運》鄭注云：獝狘，飛走之貌。是也。○霜刃，言其殺利也。吕向曰：霜刃，兵器之刃白如霜也。○李注引《詩》，見《小旻》。毛萇云云，見《大叔于田》傳。○薛傳均曰：《蕪城賦》注：字書曰：「虣」，古文「暴」字。《洞簫賦》注：字書曰：「虣」，古文「暴」字也。今《周禮》多以「虣」爲「暴」。《地官》云：司虣，十肆則一人。又云：司虣，掌禁鬬囂者與其虣亂者。皆其證也。○《爾雅》見《釋獸》。案：《釋文》：甝，下甘反。《玉篇》、《廣韵》皆胡甘切，無作明甘切者，「明」字疑「胡」字之譌。○虪，黑虎。《釋獸》文。《釋文》作「𧇖」，云：今作「虪」。朱珔曰：《海内經》：幽都之山，多玄豹、玄虎。郭注：黑虎名儵。「𧇖」、「儵」，皆「虪」之省。○《説文》，見《馬部》。○《史記》，見《樂書》。《集解》引如淳同。○本書《洞簫賦》注引字書曰：獑猭，獸逃走也。與《埤蒼》合。《玉篇》：獑，力延切。猭，丑傳切。《廣韻·二仙》：獑，力延切。猭，丑緣切。五臣獑音連，與力延切正合。《玉篇》：獑，又直山切。《廣韻·二十八山》：獮，直閑切，又丑連切。此注獮，丑珍切，「珍」字疑誤。○《淮南子》，見《脩務篇》。袁、茶二本「子」下有「曰」字。案：《淮南》「狶」作「豨」，字同。《左·定四年》作「封豕長蛇」。《方言》八曰：豬，關東或謂之彘，或謂之豕，南楚謂之豨。《說文》曰：豨，豕走豨豨也。古有封豨脩蛇之害。段注曰：豨豨，走皃。以其走皃名之曰豨。許說其本義，《方言》說其引伸之義也。下文言封豨，則亦引伸之義。朱珔曰：《楚辭·天問》：封豨是射。注云：神獸也。蓋豨雖豕類，以其大而特異，故神之。此賦與下神螭對舉可見。步瀛案：《淮南子·本經篇》曰：猰貐、鑿齒、九嬰、大風、封豨、脩蛇，皆爲民害。亦可與朱說相證。○麖，古音陽部。生、挺、零，耕部。通轉爲韵。險、枏、掩、染，談部。

於是弭節頓轡，齊鑣駐蹕。徘徊倘佯，寓目幽蔚。覽將帥之拳勇，與士卒之抑揚。羽族以觜距爲刀鈹，毛羣以齒角爲矛鋏，皆體著而應卒，所以挂扢而爲創痏，衝踤而斷筋骨，莫不衂銳挫芒，拉捭摧藏。雖有石林之岝崿，請攘臂而靡之。雖有雄虺之九首，將抗足而跐之。

【注】《離騷》曰：抑志弭節。蹕，止行者也。王者出入警蹕。倘佯，猶翱翔。言吴之將帥皆有拳勇。羽族，鳥屬也。毛羣，獸屬也。鈹，兩刃小刀也。鋏，刀身劍鋒，有長鋏、短鋏。體著者，著體而生也。《楚辭·天問篇》曰：焉有石林。此本南方楚圖畫，而屈原難問之。於義則石林當在南也。《楚辭·招魂》曰：南方不可以止。雄虺九首，往來儵忽。雖有石林，雖有雄虺者，蓋張誕之云，非必臨時所遇。

善曰：《左氏傳》曰：得臣寓目焉。《毛詩》曰：無拳無勇。拳與權同。《楚辭》曰：帶長鋏之陸離。《廣雅》曰：扢，摩也。公紇切。《蒼頡篇》曰：痏，毆傷也。爲軌切。《説文》曰：踤，觸也。材律切。衂，折傷也。女六切。拉，頓折也。捭，兩手擊絶也。布買切。靡，碎也。《廣雅》曰：跐，蹋也。且爾切。

【疏】本書曹子建《與吴季重書》曰：頓羲和之轡。又《吴趨行》注曰：頓，猶整也。○齊鑣，已見《南都賦》。○陳景雲曰：據注，「拳」當作「權」。孫志祖、胡克家、梁章鉅、許巽行並同。朱珔曰：《説文》：捲，气埶也。引《國語》有捲勇。今《齊語》「捲」作「拳」，許所據當係古本。《史記・孫子傳》：解紛糾者不控捲。注：「捲」即「拳」也。此云與「權」同者，張參《五經文字》「權」下曰：古拳握字从手作「攉」。《九經字樣》亦云：「攉」，古「拳」字，俗作「權」，譌。《詩・盧令》鄭箋：鬈，讀當爲權。權，勇壯也。段氏謂「權」亦「攉」之誤。蓋「拳」者「捲」之借字，「攉」者「捲」之或體也。胡紹煐、吕錦文、杜宗玉並同。○胡克家曰：何校「抑揚」改「揚抑」，陳云「抑」叶韵，各本皆倒。步瀛案：「揚」與下「芒」、「臧」可自爲韵，不乙轉亦可。○五臣鈹音披，卒，倉忽切。○「芒」，袁、茶二本皆作「鋩」，字同。○吕向曰：摧藏，謂折挫也。○五臣岝音蹟，吕向曰：岝崿，深險貌。○吕向曰：攘，舉也。案：「攘」、「纕」之通借字。《説文》曰：纕，援臂也。《孟子・盡心》下：馮婦攘臂下車。以「攘」字爲之，與此賦同。○劉注引《離騷》。○案：《離騷》此上「吾令羲和弭節兮」，王逸注曰：弭，按也。按節，徐步也。《淮南子・主術篇》高注曰：節，策也。○「止行者也」云云，袁本上「蹕」字作「趕」，茶陵本二字皆作「趕」。案：互見《東京賦》疏。

○「倘佯猶翺翔」至「皆有拳勇」，袁、茶二本無此十四字。案：尤本注作「徜徉」，與正文兩歧，今依毛本。本書《風賦》注曰：倘佯，猶徘徊也。又作「徜徉」。《廣雅·釋訓》曰：徜徉，戲蕩也。《淮南子·覽冥篇》作「尚佯」，《俶真篇》作「尚羊」，《漢書·禮樂志·郊祀歌》作「常羊」，皆與倘佯音義相同。《左·哀十七年》作「方羊」，《吕氏春秋·行論篇》作「仿佯」，《淮南·原道篇》作「仿洋」，《史記·吴王濞傳》作「彷佯」，《漢書》作「方洋」，《離騷》作「相羊」。《九辯》作「相佯」，洪興祖校：一作「徜徉」。《史記》、《漢書》、《司馬相如傳·上林賦》作「襄羊」，《文選》五臣本作「儴佯」，《廣雅·釋訓》作「儴徉」，《莊子·山木篇》作「翔佯」，皆音近而義同。○鈹有四器，同名異物。《説文》曰：鈹，大鍼也。《廣雅·釋器》曰：鑱，謂之鈹。《史記·扁鵲傳》《索隱》曰：鑱，謂石針也。此一物也。《廣雅·釋器》又曰：鈹，鉏也。字亦作「鏨」。《集韵·五支》：鏨，鉏也。此一物也。《方言》九曰：錟，謂之鈹。郭注曰：今江東呼大矛爲鈹。《説文》曰：錟，長矛也。此一物也。以上皆與本賦劉注異物。《説文》曰：鈹，一曰劍而刀裝者。《左傳·昭二十七年》曰：夾之以鈹。此一物也。與劉注兩刃小刀正合。○《楚辭·九章·涉江》王逸注曰：長鋏，劍名也。《管子·問篇》尹知章注曰：鈹，兩刃鈹也，或以夾爲之。《莊子·説劍篇》曰：韓魏爲夾。《釋文》曰：一本作「鋏」，同。一曰鋏，從棱向刃也。皆與劉注合。與《説文》謂鋏可以持冶器鑄鎔者，亦别一義。○《楚辭·天問》「烏」作「焉」，洪《補注》引此賦注亦作「焉」。焉、烏形似而誤。劉注此本南方楚圖畫云云，案：《天問》王逸序曰：屈原放逐，彷徨山澤，見楚有先王之廟及公卿祠堂，圖畫天地山川神靈，琦瑋僪佹，及古賢聖怪物行事。周流罷倦，休息其下，仰見圖畫，因書其壁，何而問之。劉注本此。洪《補注》曰：《天問》所言，不獨南方之物。但《吴都賦》以石林與雄虺同稱，則當在南耳。毛大可《天問補注》曰：石林在南方。謝靈運《還舊園詩》云：石林豈爲艱。《吴都賦》注云，石林南方山是也。惟《海外紀》云：石林山在東海之東，深洞五百里。又《蜀地志》：蜀山有石筍如林，亦名石林。雖西蜀東海，一西一東，實皆南方。丁晏《天問箋》曰：《山海經·海内西經》有視肉珠樹、文玉樹、玗琪樹、琅玕樹，郭注：玗琪，赤玉屬也。吴志伊《山海經廣注》：古人謂石之美者，多謂之珠。《説文》：玕，石之似玉者。《玉篇》：琅玕，石似玉。故屈子謂之石林。《天對》云：石胡不林，往視西極。指《海内西經》文也。朱琦曰：今本《楚辭》附載李賀引《海外紀》云：石林山在東海之東，有洞深五百里。有鳥，多翠羽，入水化爲虬。有獸，色白，九尾，善飛，亦能言。有石，如木，挺立數仞，枝幹皆備。開花朱色，爛然茲山，故名。據此，石林是山，故賦言岩崿。但賀所引今無攷。步瀛案：石林不過喻山林之深險耳，不必泥定所在之地。諸家説皆近附會，不足信。凡古人所不知者，今姑闕疑可也。○「雄虺九首」句亦見《天問》，《招魂》同。王逸注曰：虺，蛇別名也。言有雄虺，一身九頭。○李注引《左傳》見僖二十八年。○《毛詩》見《小雅·巧言》。○《楚辭》，見《九章·涉江》。○《廣雅》見《釋詁》三，「摩」作「磨」，字通。《漢書·禮樂志》注引孟康曰：扢，摩也。○《蒼頡篇》已見《西京賦》注引。○《説文》見《足部》。○《説文》曰：衄，鼻出血也。从血，丑聲。俗作「衂」，誤。本書《求自試表》注曰：衂，猶挫折也。○「女六切拉頓折也」，胡克家曰：袁本、茶陵本無此七字。吕錦文曰：「拉」與「搚」同。莊元年《公羊傳》：搚幹而殺之。何休注云：搚，折聲也。《史記·齊世家》

作「拉」。《西京賦》：梗林爲之靡拉。《廣韻》云：拉，折也，敗也，摧也。又同「揄」，皆通用之字。○「捭，兩手擊絶也」，胡克家曰：袁本、茶陵本無「絶」字。步瀛案：《説文》曰：捭，兩手擊也。此注蓋依《説文》，無「絶」字是。○「靡碎也」，胡克家曰：袁本、茶陵本無此三字。步瀛案：「靡」當爲「䃺」之省借字。《説文》曰：䃺，碎也。○《廣雅·釋詁》一曰：跐，履也。而上文有「躡」字。《釋詁》二曰：跐，蹋也。無「跐躡也」之文。《釋名·釋姿容》曰：跐，弭也，足踐之使弭服也。○轡、蔚、卒、骨、跐，古音脂部。蹕，至部。靡，歌部。通轉爲韻。佯、揚、芒、藏，古音陽部。自爲韻。或依陳景雲説，「抑揚」作「揚抑」。抑，至部，與蹕爲韻。

顛覆巢居，剖破窟宅。仰攀鵕鸃，俯蹴豺獏。刦剞熊羆之室，剽掠虎豹之落。猩猩啼而就禽，嶲嶲笑而被格。屠巴蛇，出象骼。斬鵬翼，掩廣澤。

【注】《山海經》曰：猩猩，豕身人面。《異物志》曰：出交趾。封溪有猩猩，夜聞其聲，如小兒啼也。嶲嶲，梟羊也。已解上章矣。梟羊善食人，大口。其初得人，喜而笑，却脣上覆額。移時而後食之。人因爲筒，貫於臂上。待執人，人卽抽手從筒中出，鑿其脣於額而得禽之。張衡《玄圖》曰：梟羊喜獲，先笑後愁。《山海經》曰：巴蛇食象，三歲而出其骨。骼，骨也。其爲蛇，青、黄、赤、黑。鵬翼大垂天也。善曰：許慎《淮南子》注曰：鵕鸃，驚雉也。鵕，思俊切。鸃音儀。《爾雅》曰：獏，白豹。音陌。剞，亦刦也。居綺切。《廣雅》曰：落，居也。嶲，扶沸切。骼，音格。

【疏】許巽行曰：「獏」當从豸作「貘」。○「嶲」，五臣作「𥜻」。案：當作「𩰲」，已見上及《西京賦》疏。○

《後漢書·劉盆子傳》李賢注曰：相拒而殺之曰格。又《陳寵傳》注曰：格，擊也。案：「挌」，「格」之借字。《説文》曰：挌，擊也。○劉注引《山海經》，見《海内南經》。《異物志》一條，他書未見引。又《異物志》著者非一人，此亦未知何屬。梁章鉅曰：《後漢書·哀牢夷傳》注引《南中志》曰：猩猩在山谷中，行無常路，百數爲羣。土人以酒若糟設於路，又喜屩子，土人織草爲屩，數十兩相連結。猩猩在山谷，見酒及屩，知其設張者。卽知張者先祖名字，乃呼其名而罵云：「奴欲張我。」捨之而去。去而又還，相呼試共嘗酒。初嘗少許，又取屩子著之。若進兩三升，便大醉。人出收之，屩子相連，不得去，執還内牢中。人欲取者，到牢邊語云：「猩猩，汝可自相推肥者出之。」既擇肥竟，相對而泣。卽左思賦云猩猩啼而就禽者也。步瀛案：《唐文粹》卷七十八裴炎《猩猩銘》，其序所述，大略同此，恐不免附會。餘見《蜀都賦》。○「梟羊善食人」至「而後食之」，茶陵本無此二十五字，袁本有之。○「人因爲筒」至「而得禽之」，胡克家曰：袁本、茶陵本無此二十八字。○張衡《玄圖》，《後漢書·張衡傳》作《懸圖》。李賢注曰：衡集作《玄圖》，蓋「玄」與「懸」通。案：《隋書·經籍》子部天文有《玄圖》一卷，蓋卽張衡撰者。○《山海經》，見《海内南經》。郭注引《楚詞》曰：有蛇吞象，厥大何如。郝懿行《箋疏》曰：今《楚詞·天問》作「一蛇吞象」，與郭所引異。王逸注引《山海經》作「靈蛇吞象」，並與今本異也。○「骼，骨也」，茶陵本無此三字。尤本、袁本皆有之。案：下文其爲蛇青黄赤黑，亦《海内南經》之文，中閒不宜插入此三字，應移「青黄赤黑」之下。○鵬翼大垂天也。案《莊子·逍遥遊》曰：鵬怒而飛，其翼若垂天之雲。李周翰曰：鵬翼垂天，今斬之，固掩蔽廣澤也。○李注引許慎《淮南子》注，見《主術篇》。本書《上林賦》注引同。《説文》作「鴮鸅」。《爾雅·釋鳥》鷩雉，郭注曰：似山雞而小冠，背毛黄，腹下赤，項緑色，鮮明。《漢書·司馬相如傳》顔注曰：鴮鸅，鷩也。似山雞而小冠，背黄毛，腹下赤，項緑色，其尾毛紅赤，光采鮮明，今俗呼爲山雞，其實非也。與郭注同。是皆以鴮鸅即鷩雉也。《楚辭·九歎·遠逝》王逸注曰：鴮鸅，神俊之鳥也。《廣雅·釋鳥》曰：鴮鸅，鳳屬也。《史記·相如傳》上《集解》引《漢書音義》曰：鴮鸅鳥似鳳也。《索隱》引郭璞曰：似鳳，有光彩。又引李彤曰：鴮鸅，神鳥，飛光竟天也。則皆不以鴮鸅即鷩雉。朱珔曰：意鴮鸅本鳳屬，而鷩雉文采亦似鳳，故得此名歟？○《釋獸》「獏」作「貘」，已見《蜀都賦》食鐵之獸疏。朱珔曰：疑食鐵之貘出蜀中，而白豹則吴境有之。《詩·韓奕》《正義》引陸疏云：毛赤而文黑，謂之赤豹。毛白而文黑，謂之白豹。《列子·天瑞篇》《釋文》引《尸子》云：中國謂之豹，越人謂之貘。是特以豹得貘名，不定謂其食鐵也。太沖自言，鳥獸草木驗之方志，故賦《蜀都》云戴食鐵之獸。而此處所稱，殆祇謂豹之白色者與？○「居綺切」三字，尤本、茶陵本無，今依袁本增。○《廣雅·釋詁》二「居」作「凥」，「凥」乃「居處」之本字，「居」乃「蹲踞」之本字，經傳多借「居」爲「凥」耳。○宅、貘、落、格、骼、澤，古音魚部。

輕禽狡獸，周章夷猶。狼跋乎紭中，忘其所以睒睗，失其所以去就。魂褫氣懾而自踢趹者，應弦飲羽形僨景僵者，累積而增益，雜襲錯繆。傾藪薄，倒岬岫，巖穴無豜豵，翳薈無麢鷚。思假道於豐隆，披重霄而高狩。籠烏兔於日月，窮飛走之栖宿。

【注】周章，謂章皇周流也。《楚辭》曰：君不行兮夷猶。王逸曰：夷猶，猶豫也。紭網，綱也。踶跋，促

遽皃。踼𧿳，皆頓伏也。飲羽，謂所射箭没其箭羽也。《闞子》曰：宋景公以弓人之弓，升虎圈之臺，東向而射，箭集彭城之東，其餘力逸勁，猶飲羽於石梁。雜襲，重疊也。錯繆，聊亂貌。薄，不入之叢。藪，澤別名。言欲假道豐隆，非實事也。然欲窮高極遠，究變化備幽明之故，設此云。善曰：《毛詩》曰：狼跋其胡。《説文》曰：睒，蹔視也。式冉切。睗，疾視也。式亦切。褫，奪也。直示切。《聲類》曰：踼，跌也。徒郎切。《漢書音義》曰：𧿳，崩也。蒲北切。《爾雅》曰：僨，僵也。方問切。許慎《淮南子》注曰：岬，山旁。古押切。《爾雅》曰：山有穴曰岫。毛萇《詩傳》曰：獸三歲曰豣。公妍切。《爾雅》曰：豕生三子曰豵。子公切。《説文》曰：麢，麞也。音須。又曰：鷚，鳥大雛也。力幼切。《楚辭》曰：吾令豐隆乘雲兮。王逸曰：豐隆，雲師也。《春秋元命苞》曰：月兩設以蟾蠩與兔者，陰陽雙居。月中有兔，已見《蜀都賦》。

【疏】許巽行曰：「狼跋」，劉注作「踶跋」，李注作「狼跋」。步瀛案：踶跋罕見，又袁、茶二本皆無劉注「踶跋，促遽皃」五字，則作「狼跋」爲是。○《漢書·楊雄傳》《羽獵賦》曰：遥噱虖紭中。顔注曰：「紭」，古「紘」字。步瀛案：《説文》：紘重文作「紭」，蓋「紘」之或體，非古文也。紘，已見《西都賦》注。○「應弦飲羽」，胡克家曰：袁本、茶陵本「飲」上有「而」字。○張銑曰：豣、豵，並獸子。麢，鹿子。鷚，雉子。翳薈幽山之處，雖雛小之物，亦窮盡也。○李周翰曰：豐隆，雷師也。霄，近天之薄雲。言在地畋獵，猶未以爲足，乃將借道於雷師，披此重雲而上獵，故曰高狩也。案：《漢書·楊雄傳》上顔注曰：霄，日旁氣也。《後漢書·張衡傳》注曰：霄，雲也。○五臣宿音秀。呂延濟曰：烏，日中烏，兔，月中兔。言將籠取之，使窮盡天地之閒飛走之物也。○劉注「周章，謂章皇周流也」，胡克家曰：袁本、茶陵本無此八字。步瀛案：王觀國《學林》卷五曰：屈平《九歌》曰：聊翺翔兮周章。五臣注《文選》曰：周章，往來迅疾也。左太沖《吴都賦》曰：輕禽狡獸，周章夷猶。五臣注曰：周章夷猶，恐懼不知所之也。王文考《魯靈光殿賦》曰：東西周章。五臣注曰：顧眄周章，驚視也。按五臣訓周章三説不同，然皆非也。周章者，周旋舒緩之意。蓋《九歌》有翺翔字，《吴都賦》有夷猶字，《魯靈光殿賦》有顧眄字，皆與周章文相屬，而翺翔、夷猶、顧眄亦皆優游不迫之貌，則周章爲舒緩之意可知矣。《前漢·武帝紀》：元狩二年，南越獻馴象。應劭注曰：馴者，教能拜起周章，從人意也。所謂拜起周章者，其舉止進退皆喻人意，而不怖亂者也。而五臣反以爲迅疾、恐懼、驚視，則誤矣。步瀛案：劉良注以周章、夷猶爲恐懼不知所之，與本賦意正合。王氏之説，可用於《九歌·雲中君》，而此賦及《魯靈光殿賦》均不甚合。朱珔曰：太沖賦正言獵事，何得更云舒緩？下文魂褫氣懾，卽五臣恐懼之意。不知所之者，言其傍徨無定也。《靈光殿賦》蓋極狀殿之宏麗，上下左右，驚視無定也。五臣語無不合，惟馴象拜起周章，似與舒緩意稍近。然亦言其或拜或起，周旋進退，在在若解人意，原不指一事，但非恐懼、驚視。此則各隨文釋之，要其爲不定之意，固略同。王氏説殊未的。○《楚辭》及王注見《九歌·湘君》。○「踶跋促遽兒」，胡克家曰：袁本、茶陵本無此五字。○飲羽，謂所射箭没其箭羽也。吕向曰：飲則没也。步瀛案：《史記·李將軍傳》曰：廣出獵，見草中石，以爲虎而射之，中石没鏃。《集解》徐廣曰：一作「没羽」。《漢書·李廣傳》作「没石」。《水經·鮑丘水注》作「飲羽」。《韓詩外傳》六曰：昔者楚熊渠子夜行，見寢石，以爲伏虎，彎弓而射之，没金飲羽。《新序·雜事》四作「滅石飲羽」，《論衡·儒增篇》作「矢没其衛」。《吕氏春秋·精通篇》曰：養由基射兕，中石，矢乃飲羽。《論衡·儒增篇》曰：或曰養由基見寢石，以爲兕也，射之，矢飲羽。○《闕子》，本書卷三十四《七發》注、《水經·睢水注》、《北堂書鈔·武功部》十三、《藝文類聚·軍器部》、《太平御覽·兵部》四十八引雖互有詳略，而作《闕子》則同。本書卷三十一鮑明遠《擬古詩》注引作《闞子》，馬國翰輯佚書《闕子》，序謂《漢志·縱横家》有《闕子》一篇，或引作《闞子》，誤也。○「雜襲」至「澤别名」，胡克家曰：袁本、茶陵本無此十九字。○薄，不入之叢。案：「不入」二字疑誤。本書卷十九《補亡詩》注引《纂要》曰：草叢生曰薄。《漢書·司馬相如傳》上注引張揖同。《楚辭·九章·涉江》王逸注曰：草木交錯曰薄。○《爾雅·釋地》十藪，《左·襄二十五年》《正義》引李巡注曰：藪，澤之别名也。與此注合。○李注引《毛詩》，見《狼跋》。毛傳曰：跋，躐也。陳奂曰：跋躐，《爾雅·釋言》文。《説文》：跟，步行獵跋也。跟即今《詩》「跋」字。郭音貝，是也。胡紹煐曰：本書《西征賦》善注引《文字集略》曰：狼狽，猶狼跋也。是狼跋即狼狽，言精力罷倦之意。今人猶謂精力罷倦爲狼狽。○《説文》，見《目部》，當作「暫視貌」。「蹔」，「暫」之俗字。「也」字乃「貌」字之誤。又「睗」下當有「目」字，《繫傳》作「孰視」。段曰：鍇本「疾」作「孰」，非。古睒睗聯用，雙聲字也。《韵會》引鍇本作「目急視」，毛晃《增韵》、《龍龕手鑑》皆作「急」。○《説文》曰：褫，奪衣也。段曰：「奪」當作「敓」，許訓奪爲遺失，訓敓爲彊取也。此等恐非原文，後人以今字改古字耳。引伸爲凡敓之稱。○《聲類》玄應《一切經音義》卷九、慧琳《音義》卷四十六引並同。○《史記·天官書》曰：川塞谿坎。《集解》引孟康曰：坎，崩也。《漢書・天文志》注引孟康同。此注引《漢書音義》蓋即孟康注，或《漢書》別本「坎」作「欿」耳。○《爾雅》，見《釋言》。○梁章鉅曰：今《淮南》無「岬」字。顧氏千里曰：《原道篇》：而彷洋於山峽之旁。高誘注：兩山之間爲峽。「岬」字即「峽」字。許、高兩家之不同也。《水經注・江水篇》字亦作「岬」，引注：岬，山脅也。疑所見許注或作「脅」。陶方琦《淮南許注異同詁》曰：許、高二家注，文義俱異。《水經注》引《淮南子》而彷徨乎山岬之旁，注曰：岬，山脅。即是許注。《玉篇》：岬，山旁也。亦作「砷」。《廣韵》：砷，山側也。皆本許注《淮南》説。高本作「峽」，説故異。許義爲長。○《爾雅》，見《釋山》，「曰」作「爲」。○《詩》毛傳，見《七月》。《説文》曰：豣，三歲豕肩相及者也。《詩》曰：並驅從兩豣兮。案：《齊風・還之篇》作「肩」。毛傳曰：獸三歲曰肩。《後漢書・馬融傳》注引《韓詩》薛君傳同。《周禮・夏官・大司馬》先鄭注引《七月》亦作「肩」。《廣雅・釋獸》曰：獸生三歲爲肩，四歲爲特。與毛、韓並合。字又作「䝔」。《呂氏春秋・知化篇》高注曰：獸三歲曰䝔。陳喬樅以爲當本《魯詩》，或然也。惟《周禮》先鄭注謂：三歲爲特，四歲爲豣。與《廣雅》互異。又《爾雅・釋獸》曰：麠絶有力，豣。別一義。○《爾雅》，見《釋獸》。案：元文但云豕生三豵，此因上文有豕子豬句，故增「子」字，使人易明耳。《詩・騶虞》鄭箋曰：豕生三曰豵。孔疏引《鄭志》張逸問：豕生三曰豵，不知母豕也，豚也？答曰：豚也。過三以往，猶謂之豵。即申《爾雅》之義。此以所生多少爲名也。又有以所生年數爲名者，《詩・騶虞》毛傳曰：一歲曰豵。《七月》傳曰：豕一歲曰豵。《説文》曰：豵，生六月豚。一曰，一歲曰豵，尚叢聚也。後説與毛合。《廣雅・釋詁》曰：獸一歲爲豵。

《周禮·大司馬》先鄭注同。然既曰獸，則又不專屬豕矣。○「𪊨」，今《説文》作「䴡」，云：鹿麛也。讀若偄弱之偄。段氏依李善此注删「鹿」字曰：按《廣韻》，𪊨入《十一虞》，䴡入《二十九换》。以許讀若偄訂之，是許本从「耎」，而从「需」者乃轉寫譌俗也。步瀛案：《爾雅·釋獸》曰：鹿，其子麛。《廣雅》曰：麛，𪊨也。王念孫曰：「麛」，或作「麑」。《魯語》：獸長麑䴡。韋昭注云：鹿子曰麑。《論語·鄉黨篇》：素衣麑裘。皇侃疏云：麑，鹿子。鹿子近白，與素微相稱。麑之言兒也，弱小之稱也。𪊨之言偄也，亦弱小之稱。「䴡」與「𪊨」同。《玉篇》音奴亂切。凡字之從而聲、耎聲、需聲者，聲皆相近。小栗謂之栭，小魚謂之鮞，小雞謂之䨲，小兔謂之㝹，小鹿謂之𪊨，其義一也。○《説文·隹部》曰：雡，鳥大雛也。「雡」，籀文作「鷚」。《鳥部》曰：鷚，天鸙也。段氏據《爾雅·釋鳥》《釋文》改「鷚」爲「鷚」，「鸙」爲「蘥」。《釋鳥》曰：鷚，天鸙。是「鷚」與「雡」各别。小徐《繫傳》本俱作「天鸙」，非也。段氏曰：「雡」與「鷚」别，而俗通用「鷚」。《吕覽·仲夏紀》、《淮南·時則篇》高誘注，皆云：雡，春鷚也。朱珔曰：蓋隹、鳥二部字往往通用。○《楚辭》及王逸注見《離騷》。案：王逸單注本作「雷師」，洪補注本及本書卷三十二《離騷》注皆作「雲師」。《九歌·雲中君》王逸注：雲神，豐隆也。《九章·思美人》豐隆注亦云：雲師。則《離騷》注作「雲師」是。洪曰：豐隆，或曰雲師，或曰雷師。《歸藏》云：豐隆筮雲氣而告之。則雲師也。《穆天子傳》云：天子升昆侖，封豐隆之葬。郭璞云：豐隆，筮師，御雲得大壯卦，遂爲雷師。《淮南子》曰：季春三月，豐隆乃出，以將其雨。張衡《思玄賦》云：豐隆軯其震霆，雲師黮以交集。則豐隆，雷也。步瀛案：《歸藏》見《北堂書鈔·天部》一，然彼有誤字，當依洪引訂。又，今

《穆天子傳》二郭注「筮」下無「師」字，疑洪衍。《淮南子》見《天文篇》，高注曰：豐隆，雷也。《水經·河水注》曰：豐隆，雷公也。本書《思玄賦》舊注曰：豐隆，雷公也。李善曰：諸家之説豐隆，皆曰雲師，此賦別言雲師，明豐隆爲雷也。《後漢書·張衡傳》注曰：豐隆，雷也。則皆以豐隆爲雷師。《廣雅·釋天》依《楚辭》，則以爲雲師。王氏《疏證》以雲師之説爲是。黄承吉《夢陔堂文集》卷二《豐隆説》，則以雷師之説爲是。案：此賦注李善以爲雲師，李周翰以爲雷師，二説均可通。然上文有「假道」字，則當從雲師之説。○「《春秋元命苞》曰」，「曰」字下各本有「日」字，誤衍。今依胡克家、梁章鉅校删。○「陰陽雙居」，「陰」下各本脱「陽」字，今據《初學記》、《太平御覽》補。《御覽·天部》四引《春秋元命苞》曰：月之爲言闕也，兩設以蟾蠩與兔者，陰陽雙居，明陽之制陰，陰之倚陽。《初學記·天部》一「兩」誤作「而」，《北堂書鈔·天部》二節引亦作「兩」。○「月中有兔，已見《蜀都賦》」，梁章鉅曰：「已」上當有「烏」字，謂《蜀都》陽烏迴翼句注已引《元命苞》也。步瀛案：「月中有兔」四字非《元命苞》之文，疑即「日中有烏」之誤。○獸、猶、就、繆、岫、鷚、狩、宿，古音幽部。○以上田獵。

嶰澗闃，岡岵童。罾罘滿，效獲衆。迴靶乎行睨，觀魚乎三江。汎舟航於彭蠡，渾萬艘而既同。

【注】闃，空也。《易》曰：闃其無人。《爾雅》曰：山多草木曰岵。岡，山脊也。童，無草木也。若童無角。靶，轡革也。彭蠡，澤名。善曰：《爾雅》曰：小山別大山曰嶰。山夾水曰澗。毛萇《詩傳》曰：太平山不童，澤不竭。《聖主得賢臣頌》曰：王良執靶。《左氏傳》曰：公觀魚于棠。《尚書》曰：三江既

入，震澤底定，彭蠡既瀦。《説文》曰：艘，船揔名。嶰，古買切。

【疏】「闃」，尤本、袁本作「閴」，注同，皆誤。今依茶陵本、毛本。《易·豐》《釋文》曰：闃，苦鶪反，一音苦鹹反。馬、鄭云：無人皃。《字林》云：静也。《説文·門部》《新附》闃字曰：静也。從門，狊聲。徐鉉曰：案《易》：窺其户，闃其無人。窺，小視也。狊，大張目也。言始小視之，雖大張目亦不見人也。義當只用狊字，苦狊切。○五臣「衆」音「終」。○尤本「行」下有「邪」字。胡克家曰：袁本、茶陵本無「邪」字。案：此蓋尤取《西京賦》之遷延邪睨，改「行」爲「邪」，仍未去「行」字而兩有「行邪」耳。胡紹煐曰：《漢書·楊雄傳》行睨垓下與彭城，行睨二字連文。步瀛案：後胡氏校是，今從之。《旁證》引林茂春疑爲地名，非也。李周翰曰：將迴轡乎行視之處。《漢書·楊雄傳》《河東賦》注引應劭曰：睨，不正視也。○劉注引《易》，見《豐》上六爻辭。○《爾雅·釋山》「草木」下無「曰」字。《詩·陟岵》毛傳有「曰」字。《釋名·釋山》曰：岵，怙也。人所怙取以爲事用也。○「山脊，岡」亦《爾雅·釋山》之文。郭注曰：謂山長脊。《釋名·釋山》曰：岡，亢也。在上之言也。○《釋名·釋長幼》曰：十五曰童。牛羊之無角者曰童，山無草木曰童，言未巾冠似之也。案：《説文》字當作「僮」。○《説文》曰：靶，轡革。《漢書·王褒傳》《聖主得賢臣頌》注引晉灼曰：靶，音霸，謂轡也。本書四十七《聖主得賢臣頌》注引或説同。皆與劉注合。梁章鉅謂「靶」當是「帊」字之譌。帊與帆同義。欲觀魚三江，必先迴帆邪睨。不知上文明言田獵，且有嶰澗、岡岵等字，安得乘船而迴帆乎？此言迴轡，下言汎舟，亦有次第。梁説謬。○李注引《爾雅》，見《釋山》，今無「曰」字，「嶰」作「鮮」。梁章鉅曰：《釋文》「鮮」

或作「⿰山鮮」。案：「⿰山鮮」或卽「嶰」字之誤，蓋所傳本異也。又案：《爾雅》郭注云：不相連。《詩・皇矣》度其鮮原，傳：小山別大山曰鮮。《正義》引孫炎曰：別不相連也。郭注蓋本此。然不相連於嶰義爲近。本書《長笛賦》嶰壑澮㟧注引《爾雅》亦同此。步瀛案：郝氏《義疏》曰：張聰咸説古本「鮮」當作「解」，後人加「山」。「鮮」、「解」古得通借。鮮，古音在紙部。解，古音在寘部。解讀若嚱，鮮讀若斯。孫炎注不相連，此正釋「解」字之義。今按：《皇矣》《詩傳》小山別大山曰鮮。《公劉》傳：巘，小山別於大山也。是毛意以鮮、巘爲一。又《呂氏春秋・仲春紀》獻羔開冰，《月令》作鮮羔開冰，卽其例也。○《毛詩》傳，見《魚麗》。○《左傳》，見隱五年。○《尚書》，見《禹貢》。前劉注已引之。案：《漢書・地理志》會稽郡毗陵下原注曰：北江在北，東入海，揚州川。丹陽郡蕪湖下原注曰：中江出西南，東至陽羨入海，揚州川。會稽郡吳下原注曰：南江在南，東入海，揚州川。言三江者，以此爲最古，且最確。而北江之源委，互見於蜀郡湔氐道下，原注曰：《禹貢》崏山在西徼外，江水所出，東南至江都入海是也。南江之源委，互見於丹陽郡石城下，原注曰：分江水首受江，東至餘姚入海是也。金榜《禮箋》曰：分江水合三江言之爲南江，猶岷江合言之爲北江。班《志》備列南江、中江、北江，以應《職方》揚州其川三江，其於石城著南江源委，猶於湔氐道著北江源委，故志于中江言出蕪湖西南，東至陽羨入海。至南江、北江，但云東入海，以入海之地，已互見於石城、湔氐道也。案：金説是也。《禹貢》孔疏引鄭注曰：三江分于彭蠡，爲三孔，東入海。阮元《浙江圖考》曰：班《志》南江分自石城，中江分自蕪湖。石城、蕪湖在彭蠡東，故曰分自彭蠡。班《志》言北江至江都入海，中江至陽羨入海，南江至餘姚入海，卽鄭云爲三孔入於海也。案：鄭注本從班《志》，阮説是也。又《禹貢》言北江、中江，不言南江，而導江則曰東迆北會于匯。孔疏引鄭曰：東迆者爲南江。僞孔傳曰有北、有中，南可知也。後人謂《漢志》自有三江，與《禹貢》北江、中江無涉者，妄也。漢毗陵縣，今江蘇武進縣治。江都縣，今江蘇江都縣西南。蕪湖縣，今安徽蕪湖縣東。陽羨縣，今江蘇宜興縣南。石城縣，今安徽貴池縣西。吴縣，今江蘇吴縣治。餘姚縣，今浙江餘姚縣治。金榜曰：北江爲岷江，經流由毗陵入海。中江出蕪湖，由松江入海。南江出石城，合浙江入海。班《志》所敍三江如是。郭景純亦云：三江，岷江、松江、浙江，蓋誇其歸墟之迹，而未極中江、南江之源者也。步瀛案：郭璞説見《水經·沔水注》。又案：近儒泥今時地形，或疑浙江不能通南江。成蓉鏡《禹貢班義述》曰：浙江，卽古南江。今以浙江爲漸江，非也。南江由具區東出，屈而西南，歷今嘉興、桐城、石門，至杭州府治東，東入海，卽《説文》諸書所云東至會稽、山陰爲浙江者也。亦卽班志所云南江在吴，東入海者也。吴摯甫先生《荅張廉卿書》曰：浙江自爲一江，今所見之水道然耳。古浙江固江所自爲，非别有一水。周秦人不稱南江、浙江，而但名之爲江。《國語》云：句踐泝江以襲吴。又云：吴軍江北，越軍江南，將舟戰於江。《吕覽》言：越王棲會稽，有酒投江，民飲其流。樂毅亦言：子胥入江而不化。江自吴縣南至錢唐，折由山陰而東，逕餘姚入海。故曰浙江。不獨《説文》言之，晉灼説亦如此。酈元亦言：作者述《志》，多言江至山陰爲浙江。漢晉以來，未之有改也。其在錢唐右會漸水。漸水故不名浙，《説文》分列漸、浙二水甚明。後以漸水歸浙，亦或互受，通稱南江。既湮，於是江不通浙，而漸水始兼浙江之目，而自爲一江。此乃遷流所變，豈得執爲禹蹟哉？又曰：景純之稱松江亦據其下口言之爲不誤耳。若松江上游，韋昭以釋《國語》者，乃酈注南江之支津，不得指爲中江也。步瀛案：《國語》並見《吴語》。韋昭注曰：江，松江，去吴五十里。吴先生所謂釋《國語》者，此也。《吕覽》見《順民篇》。樂毅語見《燕策》二及《史記·樂毅傳》、《新序·雜事》三。晉灼説見《水經·漸江水注》、《史記·秦始皇本紀》《集解》。酈元説見《水經·沔水注》。案：三江之説，古今聚訟紛如，今折衷諸家，著其定論於此。又互見《江賦》。○《史記·夏本紀》《集解》引鄭玄《禹貢》注曰：《地理志》：彭蠡澤在豫章彭澤縣西北。《水經·禹貢山水澤地所在篇》同。又《沔水篇》曰：沔水與江合流，又東過彭蠡澤，又東北出居巢縣南。酈注曰：《尚書·禹貢》匯澤也，鄭玄曰：匯，回也。漢與江鬬，轉東，成其澤矣。又《廬江水注》曰：廬山下有神廟，號曰宫亭廟。故彭湖亦有宫亭之稱焉。《清統志》曰：江西南康府，彭蠡湖在星子縣東南及都昌縣西一里，即鄱陽湖。南接南昌府，東抵饒州府界，由都昌縣之南西兩面，歷星子縣東，又西北入九江府湖口縣，注於大江。在星子縣南者，名落星湖。在縣東南及南昌界者，名宫亭湖。在都昌縣西南者，名揚瀾湖。又北曰左蠡湖。其大湖又有東鄱、西鄱之分。○「《説文》：艘，船惣名」，袁、茶二本無此七字。案：《説文·木部》：𣘨，船總名。徐鉉曰：今俗別作「艘」，非是。蘇遭切。案：《漢書·溝洫志》：舊船五百𣘨。亦不作「艘」。○尤本「艘船惣名」下有「衆一作㴽㴽水會也」八字，袁、茶二本無。案：水會之義在效獲下，不可通，此恐非李注，而爲後人旁記羼入者。今依二本删。○「嶰古買切」，袁、茶二本亦無此四字。○「舫船別名」，袁、茶二本無此四字。案：此已見劉注，且與此正文次叙亦不合。蓋後人附益。依二本删。○童、江、同，古音東部。衆，冬部。通轉爲韵。

弘舸連舳，巨檻接艫。飛雲蓋海，制非常模。疊華樓而島峙，時髣髴於方壺。比鷁首而有裕，邁餘皇於往初。

【注】楊雄《方言》曰：江湖凡大船曰舸。舳，船前也。艫，船後也。船上下四方施板者曰檻也。飛雲、蓋海，吴樓船之有名者，皆彫鏤采畫，有軒欞華檻之船也。島峙，謂似方壺、蓬萊二山，有宫闕。《左氏傳》曰：楚敗吴師，獲其乘舟餘皇。吴公子光請於衆曰：「喪先君之乘舟，豈唯光罪，衆亦有焉。」善曰：《釋名》曰：上下重牀曰艦。《江表傳》曰：孫權乘飛雲大船。《吴志》曰：賀齊所乘船，彫刻丹鏤，望之若山。方壺，已見上文。

【疏】梁章鉅曰：「檻」與「艦」同。故李注直引《釋名》作「艦」。許巽行曰：注引《釋名》，知檻亦从舟。○「峙」，尤本作「跱」，袁、茶二本作「峙」，與注合。今從之。案：「峙」、「跱」字同。《説文》作「峙」。○鷁首，已見《西京賦》。○袁、茶二本「而有」作「之有」，「餘皇」作「艅艎」。《旁證》引朱珔曰：《左傳》作「餘皇」，則此不誤。本書《江賦》注引《傳》作「艅艎」。艅、艎二字，《説文》在《新附》中。《廣雅》作「艅艎」。○張銑曰：有裕，多也。邁，過也。○劉注引楊雄《方言》。今本《方言》九作「江湘凡船大者謂之舸」。《廣雅·釋水》曰：舸，舟也。王氏《疏證》曰：《吴志·董襲傳》云：乘大舸船，突入蒙衝裏。舸者，洪大之稱。門大開謂之閜，大杯謂之閜，大船謂之舸，義相近也。○《小爾雅·廣器》曰：船頭謂之舳，船後謂之艫。劉注義同。《方言》九曰：舟首謂之閤閭，後曰舳。舳，制水也。郭注曰：今江東呼船頭屋謂之飛閭是也。《説文》曰：舳，一曰船尾。艫，一曰船頭。《漢書·武帝紀》注引李斐曰：舳，船後持柁處也。艫，船前頭刺櫂處也。皆與劉注相反。戴震《方言疏證》謂劉注前後二字互譌，而段玉裁《説文》注謂蓋《小爾雅》呼設柁處爲船頭。朱珔引胡承珙曰舳艫前後本可互名，並作調停之説。朱珔曰：《方言》郭注：今江東呼柁爲舳，未聞柁有在船前者，似當從戴氏震説。若《説文》云：漢律名船方長爲舳艫。則二字本不分析矣。胡紹煐曰：舳爲船後持舵處。舳者，軸也。如車之有軸，以利轉也。舳在舟尾，則艫爲船頭可知。艫者，顱也。《説文》：顱，首骨也。首骨謂之顱，故船首亦謂之艫。本書《江賦》舳艫屬，善注亦云：舳，舟尾也。艫，船頭也。○「船凡上下施板者曰檻也」，袁本此十一字作「艦大船也」，茶陵本無此及下「飛雲蓋海吴樓船之有名者」十一字。梁章鉅曰：《吴志·周瑜傳》曰：蒙衝鬥艦。《晉書·譙忠王尚之傳》《音義》引《字林》云：艦，屋船也。○《書鈔·舟部》上引《晉令》曰：水戰，飛雲船相去五十步。《御覽·舟部》二引同。○《左傳》，見昭十七年。杜注曰：餘皇，船名。案：「子光」上各本脱「公」字，今補。又「先君」當依《左傳》作「先王」。○《釋名》，見《釋船》。梁曰：今《釋名》云：上下重板曰艦。四方施版，以禦矢石。其内如牢檻也。此「牀」字誤。步瀛案：《初學記·器用部》引作「重版」，畢沅《釋名疏證》據改。然《書鈔·舟部》下引亦作「牀」，又「牢」作「穽」。○虞溥《江表傳》，裴松之《三國志》注多引之，但未及此條。○《吴志》見《賀賢傳》。○方壺已見上文，指《西都賦》注。○艫、模、壺、初，古音魚部。

張組幃，構流蘇。開軒幌，鏡水區。篙工檝師，選自閩禺。習御長風，狎翫靈胥。責千里於寸陰，聊先期而須臾。

【注】流蘇，謂翦繒綵垂於彫文之樓也。水區，河中也。言開文軒，光輝如鏡照川也。閩，越名也。秦并天下，以其地爲閩中郡。班固述《兩越傳》曰：悠悠外宇，閩越東甌，禺，番禺也。其彼地人便水。《方言》云：刺船曰篙。檝，橈也。《淮南子》曰：來溪谷之流以象禺。長風，遠風也。靈胥，伍子胥神也。昔吴王殺子胥，沈其尸於江，後爲神。江海之閒，莫不尊畏子胥。將濟者皆敬祠其靈，以爲性命。舟檝之師，獨能狎翫之也。千里，路之長也。寸陰，晷之短也。言水靈輯睦，浪濤弭息，取長路於短景，獨能先期而到，故有須臾之暇也。善曰：《西京賦》曰：長風激於別島。《越絶書》曰：子胥死，王使捐於大江口，乃發憤馳騰，氣若奔馬，乃歸神大海。蓋子胥水仙也。

【疏】「幃」，袁、茶二本作「帷」。○「篙」，尤本作「槁」。胡克家曰：袁本、茶陵本「槁」作「篙」，注同。尤取《方言》改「篙」爲「𥳑」，而又譌成「槁」也。○「檝」，五臣作「楫」，袁、茶二本依五臣。呂向曰：工謂所習，師謂所長，皆使其駕行舟者。閩國與番禺國人皆善用舟楫，故選擇而用之。習御，謂便用之也。○張銑曰：責，求也。○劉注流蘇，與《東京賦》李注異。彼副馬之飾，此則船樓之飾也。然其爲纂綵則同。已見《東京賦》疏。○《東京賦》薛注曰：區，區域也。《後漢書・方術傳》注曰：區，域也。故水區可釋爲河中。呂向曰：區，中也。○《周禮・夏官・職方氏》七閩，鄭注曰：閩，蠻之別也。《説文》曰：閩，東南越蛇種。《海内南經》曰：甌在海中。郭注曰：閩越，卽西甌，今建安郡是也。亦在岐海中。《清統志》曰：福建，周爲七閩地。秦併天下，置閩中郡。漢高帝五年，爲閩越國。元封元年，國除。爲治縣，屬會稽郡。後漢置會稽南部都尉，吴分會稽南部置建安郡。又曰：福州府治，縣故城在閩縣東北。案：今併閩、侯官二縣爲閩侯縣。○班固述《兩越傳》，見《漢書·敍傳》下。「宇」作「寓」，蓋「寓」字之誤。當依此注校正。宇、寓字同。○《漢書·地理志》南海郡番禺下注引如淳曰：番，音潘。禺音愚。《清統志》曰：廣東廣州府，番禺故城今南海縣治。案：今在番禺縣東二里。○今本《方言》九曰：所以刺船謂之檔。《御覽·舟部》四引「檔」作「篙」。案：《説文》無「篙」字。大徐《新附》有之。《釋名·釋船》曰：所用斥旁岸曰交，一人前，一人還，相交錯也。戴震《方言疏證》曰：交卽篙，一聲之轉。○《方言》九曰：楫謂之橈，或謂之櫂。《楚辭·九歌·湘君》王逸注曰：橈，船小楫也。《釋名·釋船》曰：櫂，又謂之楫。楫，捷也，撥水使舟捷疾也。玄應《一切經音義》十九曰：「楫」作「檝」同。○《淮南子》，見《本經篇》。高誘本「禺」作「湡」，下有「浯」字，注曰：湡，番隅。浯，蒼梧。二國多水，江湖環之。○「昔吴王殺子胥」，尤本此下有「於江」二字，乃涉下文而衍，今删。案：「自此」至「爲神」，袁、茶二本皆無之。○言水靈輯睦云云，張銑曰：言風水勢急，求千里之程在於寸陰之閒，先於所期，須臾而至。案二説皆於賦意未洽。此言篙工檝師駕馭之精耳。須臾，猶從容也。王念孫《讀書雜志·史記》五曰：從容，須臾語之轉耳。○李注引《西京賦》已見卷二。「隯」、「島」字同。○《越絶書》見卷十四。今本「使」下有「人」字，「憤」作「憒」，「馬」下無「乃」字。○蘇、胥，古音魚部。區、禺、臾，侯部。通轉爲韻。

櫂謳唱，簫籟鳴。洪流響，渚禽驚。弋磻放，稽鷁鶂。虞機發，留鵁鶄。

【注】弋，繳射也。鶬鶊，鳥也。《楚辭》曰：從玄鶴與鶬鶊。《尚書》曰：若虞機張。鄭氏注曰：虞，主田獵之地者也。機，弩牙也。鵁鶄，鳥也。似鳧，頭上揔毛羽。善曰：櫂謳，已見《西都賦》。《説文》曰：籟，三孔籥也。磻，已見《西京賦》。

【疏】「流」，五臣作「波」。○劉注「弋繳射也」，胡克家曰：袁本、茶陵本無此四字。步瀛案：《淮南子·説山篇》曰：好弋者先具繳與矰。高注曰：繳，大綸。矰，短矢。繳所以繫者。○《楚辭》見《九歎·遠逝》今本「鶊」作「明」。王逸注曰：鶬明，俊鳥也。案：亦作「焦明」。《説文·鳥部》鷫鷞下曰：五方神鳥也。東方發明，南方焦明，西方鷫鷞，北方幽昌，中央鳳皇。本書《上林賦》注引《樂緯汁圖徵》曰：焦明，狀似鳳皇。宋衷曰：水鳥也。朱珔曰：《上林賦》以焦明與上鳳皇、鵷鶵並列，此鳥蓋似鳳而喜水游，故此賦與下鵁鶄對舉。○《緇衣》引太甲曰：若虞機張云云，此下引鄭注亦《緇衣》注文。鄭不注古文佚書也。劉淵林亦未及見僞古文，《魏都賦》闕石和鈞注稱夏之逸書可證。蓋此注本引《禮記》，後人因僞古文有此，遂改爲《尚書》耳。○鵁鶄，已見上。○李注引《説文》，見《竹部》。又曰：大者謂之笙，其中謂之籟，小者謂之箹。《爾雅·釋樂》「笙」作「産」，「籟」作「仲」。郝氏《義疏》以「笙」爲「産」之誤。《釋文》正作「産」是也。郭注曰：籥如笛，三孔而短小。《廣雅》云：七孔。案：「籥」、「龠」之借字。《説文》曰：龠之竹管三孔，以和衆聲也。鄭玄《周禮·春官·笙師》注曰：籥，如篴，三空。《禮記·少儀·明堂位》注皆云：籥，如笛，三孔。趙岐《孟子·梁惠王》下注同後説。應劭《風俗通·聲音篇》、郭璞《爾雅·釋樂》注、《穆天子傳》六注並云：三孔。《詩·簡兮》毛傳曰：籥，六孔。《廣雅·

釋樂》曰：籥謂之笛，七孔。郝謂：六孔、七孔者爲舞籥，長三尺。三孔者爲吹籥，不過一尺。其説是也。郝又曰：《風俗通・聲音篇》引《樂記》與《説文》同，唯「其中謂之仲」句爲異。《御覽》五百八十引舍人云：仲，其聲適中仲呂也。小者形聲細小曰箹也。是舍人本作「仲」，與郭同。「籟」又「籥」之别名，故《廣雅》云：籟謂之簫。《淮南・齊俗篇》注：簫，籟也。○鳴、驚、鶴，古音耕部。鴨，陽部。通轉爲韻。

鉤餌縱横，網罟接緒。術兼詹公，巧傾任父。筌鮔鰽，鱺鰽鯊。罩兩魪，罺鰝鰕。乘鱟黿鼉，同罛共羅。沈虎潛鹿，罼龓僒束。徽鯨輩中於羣犗，攙搶暴出而相屬。雖復臨河而釣鯉，無異射鮒於井谷。

【注】《易》曰：結繩而爲網罟，以畋以漁。詹公，詹何也。任父，任公子也。莊周曰：任公子爲大鉤巨緇，五十犗牛以爲餌。蹲會稽，投竿東海。已而大魚食巨鉤，鉤没而下。驚揚奮鬐，白波若山，海水震蕩。任公子得若魚，離餌之，制河以東，蒼梧以西，莫不猒此魚者。筌，捕魚器，今之斗回也。筌所以得魚也。莊子曰：得魚而忘筌。罩，籗也。編竹籠魚者也。《詩》云：南有嘉魚，烝然罩罩。魪，左右各一目，所謂比目魚也。云須兩魚並合，乃能游，若單行，落魄著物，爲人所得，故曰兩魪。丹陽、吴、會有之。罺，抄魚之器也。鱟，形如惠文冠，青黑色，十二足，似蟹，足悉在腹下，長五六寸。雌常負雄行，漁者取之，必得其雙，故曰乘鱟。南海、朱崖、合浦諸郡皆有之。罛，魚網也。《詩》云：施罛濊濊。虎魚，頭身似虎。或云變而成虎。鹿頭魚，有角似鹿。同罛共羅，言皆爲網罟所制獲也。縶龓

僒束者，陷網罟之中，見僒束也。徽，鯨魚之有力者也。魚大者莫若鯨也，故曰徽鯨也。攙搶，星也。《淮南子》曰：鯨魚死而彗星出。《易·井卦》曰：九二，井谷射鮒。鄭玄云：九二，《坎》爻也。《坎》爲水，下直《巽》。九三，《艮》爻也。艮爲山，山下有井，必因谷水所生魚無大魚，但多鮒魚耳。言微小也。夫感動天地，此魚之至大。射鮒井谷，此魚之至小。故以相況。善曰：《列子》曰：詹何，楚人也。以獨繭絲爲綸，芒針爲鉤，荆篠爲竿，剖粒爲餌，引盈車之魚於百仞之淵。䱭鰽，鮪也。䱭，古贈切。鱨鯊，已見《西京賦》。魪，音介。《爾雅》曰：鰝，大鰕。音遐。鱟，音候。鼊，已見《西京賦》。《説文》曰：龓，兼有也。力公切。《鵩鳥賦》曰：僒若囚拘。求殞切。徽，音輝。《説文》曰：犗，騬牛也。犗，古邁切。騬，以陵切。

【疏】「餌」，尤本作「鉺」。案：《説文·鬲部》曰：鬻，粉餅也。重文作「餌」。《金部》無「鉺」字。《玉篇》曰：鉺，鉤也。然此上已言鉤，又劉、李注引《莊》、《列》皆作「餌」，則作「鉺」字誤。今依袁、茶二本及毛本。○孫志祖曰：「鱺」字當爲「纚」字之誤。《西京賦》：纚鰋鮋。注：纚，網如箕，形狹後廣前。胡克家曰：「鱺」字誤也。劉、善皆無注，袁、茶陵二本下音所買反，《西京賦》纚鰋鮋，善曰：纚，所買切。蓋此賦字本與彼同，故善不更注，所買即善音，二本割裂入正文下，尤刪削之。善音失舊，每如此也。又《江賦》云：筩灑連鋒。善引舊説曰：筩、灑，皆釣名也。灑，所蟹切。彼「灑」亦即「纚」也。或爲網，或爲釣，説之者有不同耳。可證「鱺」字各本所見皆傳寫誤。朱珔、許巽行説同。又呂向注曰：鱺，鉤也。當即《江賦》之「灑」。胡紹煐曰：按纚之言灑也，用網投水中如灑然，故遂名網爲「纚」。《史記·

司馬相如傳》：落英幡纚。讀如「灑」，謂分汎之意。則不從以灑爲釣之説。○「鯊」，尤本作「魦」。今依袁、茶二本。案：《詩·魚麗》鱨鯊，《釋文》曰：鯊，音沙。亦作「魦」。○「輩」，五臣作「背」。○「欃搶」，袁本作「欃槍」。許巽行曰：「欃搶」，《爾雅·釋天》、《漢書·天文志》並作「欃槍」。《史記·天官書》天棓、天欃、天槍，字皆从木不从手。許嘉德曰：《玉篇》諸書手、木兩出。○劉注引《易》見《繫辭》下，「網」作「罔」，「畋」作「佃」並同。○《莊子》，見《外物篇》。今本「繒」作「緇」，《釋文》引司馬彪注曰：大黑綸也。又「犗」下無「牛」字，「蹲」下有「乎」字，「食」下有「之」字，「巨」上有「牽」字，下「鉤」字作「餡」，「鶩」作「鶩」，「離」下有「而」字，「餌」作「腊」，「制」上有「自」字。《釋文》曰：「鶩」，一作「鶩」。與劉引同。然緇字、餡字、腊字當以今本爲是。此注或傳寫致誤耳。○「筌，捕魚器，今之斗回也」，胡克家曰：袁本、茶陵本無此九字。案：《莊子·外物篇》《釋文》作「荃」，引崔譔曰：香草也，可以餌魚。或云積柴水中，使魚依而食，一云魚笱也。案：如後一説，則當作「筌」。成玄英疏正作「筌」，曰：筌，魚笱也。以竹爲之，故字從竹。與劉注合。○「籗」，袁、茶二本作「籗」。《説文》曰：籱，罩魚者也。字並同。《爾雅·釋器》曰：籗謂之罩。郭注曰：捕魚籠。《詩·南有嘉魚》疏引李巡曰：籗，編細竹以爲罩，捕魚也。孫炎曰：今楚籗也。孔穎達曰：然則罩以竹爲之，無竹則以荊，故謂之楚罩。郝氏《義疏》曰：今魚罩皆以竹，形似雞罩。漁人以手抑按於水中以取魚，故《淮南·説林篇》云：罩者抑之。抑，即按也。○「各一目」，「各」字各本誤作「魪」，今依梁章鉅校改。比目魚已見上。朱珔曰：比目魚，又稱魪者，《爾雅·釋詁》：介，助也。《詩·生民》箋：介，左右也。《廣雅》之蛤解亦呼爲蛤蚧。《南海藥譜》引《廣州記》：蛤蚧，生廣南水中，有雌雄，狀若小鼠，夜居榕樹上，投一獲二。正與兩魪相類。故字俱從介。《玉篇》亦云：兩魪，比目魚也。○《爾雅·釋器》曰：罺謂之汕。郭注曰：今之撩罟。郝疏曰：罺者，「樔」之或體也。《詩·南有嘉魚》傳：汕，汕樔也。箋云：樔者，今之撩罟也。是「罺」古作「樔」，或作「罺」。《御覽》八百三十四引舍人曰：以薄罺魚曰罺者也。《詩》《正義》引李巡曰：汕以薄汕魚。孫炎曰：今之撩罟。按：撩罟今謂之抄網也。汕者，《説文》以爲魚游水皃，引《詩》烝然汕汕，與《爾雅》異也。朱珔曰：《淮南·説林訓》：罩者抑之。而劉注罺亦云抑魚，是二者略相似矣。○《玉篇》曰：鱟，胡遘切。《山海經》云：形如車，文青黑色，十二足，長五六尺，似蟹。雌常負雄，漁者取之，必得其雙。子如麻子，南人爲醬。《廣韻·五十候》引作郭璞注。今《山海經》郭注皆無之，蓋佚文也。「車」字即「惠」字之譌。《本草綱目》卷四十五李時珍曰：鱟，狀如惠文冠及熨斗之形，廣尺餘，其甲瑩滑，鐓背骨眼，眼在背上，口在腹下，頭如蜣蜋，十二足，似蟹，在腹兩旁五六尺，尾長一二尺，有三稜，如稷莖。雌常負雄。背上有骨如角，高七八寸，如石珊瑚狀。失其雌，則雄即不動。漁人取之，必得其雙。雄小雌大，置之水中，雄浮雌沉。其藏，伏沙上，亦可飛躍。南人以其肉作鮓醬。又互見《江賦》注。《方言》六曰：雙鴈曰乘。《儀禮·聘禮記》鄭注曰：乘禽，乘行之禽，謂鴈鶩之屬。其歸之以雙爲數。《廣雅·釋詁》四曰：椉，二也。「乘」與「椉」字同。○《詩·碩人》毛傳曰：罛魚罟濊，施之水中。孔疏曰：罛，音孤。馬云：大魚網目大豁豁也。《韓詩》云：流貌。○《初學記·鱗介部》引沈瑩《臨海水土異物志》曰：虎鯌，長五丈，黃黑斑，耳目齒牙有似虎形，唯無毛。或變，乃成虎。《御覽・鱗介部》十引《范子》曰：虎魚，出南海。又引郭璞《江賦》下注云：虎魚，頭似虎，腹背皆有刺。又互見本書《江賦》注。○《初學記・鱗介部》引《臨海異物志》曰：鹿魚，頭上有兩角如鹿。《御覽・鱗介部》十一引《臨海異物志》曰：鹿魚，長二尺餘，頭上有角，腹下有脚如人足。與本書《江賦》注引同。○《爾雅・釋魚》曰：魚有力者，徽。郭注曰：强大多力。郝疏曰：《吴都賦》徽鯨相儷，似爲魚名。《爾雅》祗言魚有力之通名耳。朱珔曰：《爾雅》蓋謂魚有力之通名，未嘗專屬。此注當刪上「鯨」字，但云「徽魚之有力者也」。下釋語正不誤。郝氏疑徽、鯨相儷，以爲魚名，非是。○「欃槍星也」，胡克家曰：袁本、茶陵本無此四字。○《淮南》，見《天文篇》。朱珔曰：案《爾雅》：彗爲欃槍。《春秋演孔圖》：海精死，彗星出。注云：海精，鯨魚。又《考異郵》：鯨魚死，彗星合。注云：鯨魚，陰物，生於水，今出而死，是將有兵相殺之祥也，故天應之以妖彗。此正可與《淮南》相證。案：《爾雅》見《釋天》。《演孔圖》、《考異郵》並見《御覽・咎徵部》二引。○「下直巽九三」，各本「下」作「上」，今依王昶及袁鈞校改。尤本「巽」作「魚」，「三」作「一」，皆誤。又各本「九」誤「生」。胡克家曰：袁本、茶陵本「魚」作「巽」，「一」作「三」，是也。「生」當作「九」。梁章鉅説同，曰：王氏應麟輯鄭氏《易》引此條可證。步瀛案：《玉海》王輯鄭注本「巽」字不誤，「九三」亦沿《選》注誤作「生一」，惠棟輯本始改正耳。○「言微小也」，胡克家曰：袁本、茶陵本無此四字。案：王輯《周易》鄭注亦無此四字。自此以下，盧文弨、梁章鉅皆以爲劉淵林語，非鄭注。又案：夫感動天地云云，此泛論，與賦意無關。吕向曰：臨大河而釣鯉者，見射小魚於井谷，必小之。今我於江海之中，得此大魚，比於臨河而釣鯉者，我又輕之，無異釣鯉者觀於射鮒之微也。解臨河鈞鯉二句得之。又案：《易・井卦》《釋文》引王肅曰：鮒，小魚也。《演繁露》卷八曰：鮒，今俗名土附。此魚質沈，常附水而行，不似他魚浮水遊逝，故曰土附。後人加「魚」去「阜」，書以爲「鮒」。吳興人名云鱸鯉，以其質圓而長，與黑蠡相似。其鱗斑駮，又似鱸魚。故兩喻而兼言之。《埤雅》指爲鯽魚，失之。○李注引《列子》，見《湯問篇》，無「楚人也」三字。張湛注曰：楚人。○鮔鰽，已見《蜀都賦》注及疏。○「鮒音介」，袁、茶二本無此三字。○《爾雅》，見《釋魚》。各本「大」下誤衍「魚」字。胡克家曰：「魚」字不當有，「鰕」屬上讀。袁本、茶陵本無「鰕音遐」三字，乃删音而誤於衍字絶其句也。步瀛案：郭注曰：鰕大者出海中，長二三丈，鬚長數尺，今青州呼鰕魚爲鰝，音酆鄗。《説文》曰：鰝，大鰕也。朱珔曰：《水經・浪水注》引《廣州記》：刺史楊修，鄉人言鰕鬚長一丈，修以爲虚。其人至東海，取鰕鬚，長丈四尺，示修，修始服。此乃今之蝦也。《爾雅》別有魵鰕，出穢邪頭國。鯢大者謂之鰕，見《上林賦》。彼皆魚名，非一類。○《説文》各本誤作「又」，蓋先脱「説」字，「文」字又誤爲「又」耳。今依胡氏、梁氏校改。胡紹煐謂：上文《爾雅》疑爲《説文》之誤，此「又」字不誤，恐非。朱珔曰：龓，蓋卽今之牢籠。字故意取兼包，卽爲羅絡之義。《玉篇・有部》龓下曰：馬龓頭。又《革部》鞥下曰：轡鞥也。籠頭繞者，是「籠」與「龓」通矣。《説文》鞥下今本作「龍頭」，當是字之誤。段氏謂：龓頭卽羈也。畢龓者，縶而籠其頭也。但此本屬馬言，而賦上句云沈虎潛鹿，乃借以狀其受縶耳。○《鵩鳥賦》本書十三卷「傛」作「窘」，注：求殞切。《漢書・賈誼傳》作「傛」，注引李奇曰：傛，音塊。蘇林音欺全切。顔謂蘇音是。《史記・賈生傳》作「撊」，《集解》引徐廣華板反，又音睆。《索隱》曰：《漢書》作「僒」，去隕反。《漢書》清官本載張佖曰：按《說文》窘音渠隕反，迫也。《文選》李善注：窘，囚拘之貌。五臣注：窘，困也。愚者繫縛俗累，困如囚人拘束，其字並不從人。唯孫强新加字。《玉篇》及《開元文字》有作「僒」字，並音窘。疑蘇林音誤，今宜定從《說文》，音渠隕反。沈欽韓曰：《玉篇》僒，求敏、口窘二切，引此文謂肩傴僒也。與蘇林音異義同。○《說文》，見《牛部》。○「牿古邁切」，袁、茶二本無此四字。○緒、父、鰕，古音魚部。鯊、羅，歌部。通轉爲韵。束、屬、谷，侯部。

結輕舟而競逐，迎潮水而振緡。想萍實之復形，訪靈夔於鮫人。精衛銜石而遇繳，文鰩夜飛而觸綸。北山亡其翔翼，西海失其遊鱗。

【注】繳，弋綸也。緡、綸，皆釣繳也。《詩》曰：其釣惟何，惟絲伊緡。楚昭王渡江，得物如斗，入王舟中。王怪之，使問孔子。孔子曰：「此爲萍實，可剖而食之，其甘如蜜。唯王者能獲此吉祥也。」云先時童謡曰：楚王渡江得萍實，大如斗，赤如日，剖而食之甘如蜜。引此事，言今乘江流，想復遇斯事也。《山海經》曰：東海中有獸，如牛，蒼身，無角，一足。入水則風，其聲如雷。以其皮冒鼓，聞五百里，名曰夔。鮫人居水中，故訪之。《北山經》曰：發鳩之山有鳥，狀如烏，而文首、白喙、赤足，名精衛。其鳴自呼。赤帝之女姓姜，遊於東海，溺而死，不反。常取西山木石以填東海。《西山經》曰：秦器之山，濩水出焉。是多鰩魚，狀如鯉，魚身而鳥翼，蒼文而白首、赤喙，常行西海而遊於東海，夜飛而行。言吴之綸繳，得此鳥魚，故西海北山失其鱗翼也。善曰：萍實見《家語》。《戰國策》曰：夏水浮輕

舟。楊雄《蜀都賦》曰：行舟競逐。

【疏】「萍」，袁、茶二本作「蓱」。《説文》曰：苹，蓱也。無根，浮水而生者。蓱，苹也。案：「蓱」，「苹」之後出字。萍、蓱，同物也。○劉注釋繳，義已見上。引《詩》見《何彼襛矣》。「惟何」，袁、茶二本作「伊何」，《毛詩》正作「維」。傳曰：伊維，緡綸也。《正義》引《爾雅・釋言》孫炎注曰：皆繩名也。又《采緑》鄭箋曰：綸，釣繳。又案：「維」、「惟」字通。○尤本「楚昭王」上有「善曰家語曰」五字。胡克家曰：袁本無此五字，最是。茶陵本亦無，但移楚昭王云云入後善注中，而依《家語》改其文，大誤。○「使問孔子」，袁本無「使」字。「可剖」，袁本「可」作「令」。○《山海經》，見《大荒東經》。「入水則風」作「出入水則風雨」，「名曰夔」在「其聲如雷」下，「冒鼓」作「爲鼓」，下有「聲」字。○鮫人，已見前注。○《北山經》「鳥」下無「而」字，「呼」作「詨」，下有「是」字，「女」上有「少」字，「姓姜」作「名曰女娃」四字，「溺而」下無「死」字，「取」作「銜」，「填」作「堙」。梁章鉅曰：本書《魏都賦》注引亦作「女娃」，知此注「姓」字譌，「姜」字衍也。○梁章鉅曰：今《西山經》「秦器」作「泰器」，「濩水」作「觀水」，「鰩」上多「文」字，「鯉」下多一「魚」字，「游」上無「而」字，「夜飛而行」作「以夜飛」。按本書《七啓》注引與此注同。惟「秦器」作「泰器」，與今《山海經》合。步瀛案：「濩水」疑「雚水」之譌。《吕氏春秋・本味篇》曰：雚水之魚，名曰鰩。其狀如鯉，而有翼。雚水即觀水。《證類本草》卷二十引陳藏器《本草拾遺》曰：文鰩魚，出南海，大者長尺許，有翅與尾，一名飛魚，羣飛水上。海卜候之，當有大風。○「得此鳥魚」，袁本、茶陵本無「魚」字。○「失其鱗翼也」，胡克家曰：「失」上似各本脱「亡」字。○「善曰：萍實，見《家語》」，尤本無此七字。胡克家曰：袁本有。案：有者最是。茶陵本亦有「善曰」，但改「萍實見《家語》」爲「《家語》楚昭王」云云，大誤。説在上。步瀛案：茶陵本引作「楚昭王渡江，江中有物，大如斗，圓而赤，直觸王舟。舟人取之，王使使聘于魯，問於孔子。孔子曰：此所謂萍實者也，可剖而食之，吉祥也。唯霸者爲能獲焉。使者返，王遂食之。」與今本《家語·致思篇》同。毛本《家語·致思》作「觀思」，篇中無此文。○李注引《戰國策》見《燕》二，蘇代約燕昭王曰：「輕舟浮於汶，乘夏水而下江。」此蓋以意引。○楊雄《蜀都賦》，《藝文類聚·居處部》一及《古文苑》皆引之。此注脱「逐」字，今補。○縉、綸，古音諄部。人、鱗，真部。通轉爲韵。

雕題之士，鏤身之卒。比飾虬龍，蛟螭與對。簡其華質，則亄費錦繢。料其虓勇，則鵰悍狼戾。

【注】善曰：《水經》云：雕題國在鬱林水南。《漢書》曰：昔少康之庶子，封於會稽，文身斷髮，以避蛟龍之害。蛟螭，龍子也。亄費，錦文貌。於既切。《詩》曰：闞如虓虎。火交切。《戰國策》曰：趙王狼戾無親。戾，力計切。

【疏】「亄」，尤本作「乿」，袁、茶二本作「亄」，毛本同。案：《説文》無「亄」字，而見於《方言》十及《廣韵·六至》，音乙冀切。「乿」，蓋誤字。○李引《水經》見酈道元《温水注》引《山海經》曰：離耳國、雕題國，皆在鬱水南。《海内南經》亦無「林」字。酈曰：牂柯水又逕鬱林廣鬱縣，爲鬱水。疑李據此意增。案：《禮記·王制》曰：南方曰蠻，雕題、交趾，有不火食者矣。鄭注曰：雕文謂刻其肌，以丹青湼之。

孔疏曰：雕謂刻也，題謂額也。謂以丹青雕刻其額，非惟雕額，亦文身也。故仲雍居吴越，《左傳》云斷髮文身。案：見哀七年。此斥言南方之士卒耳，不必泥定雕題國或吴越也。○《漢書》，見《地理志》。○「蛟螭龍子也」，胡克家曰：袁本、茶陵本無此五字。○《方言》十曰：⿰豈乚，貪也。荆、汝、江、湘之郭，凡貪而不施謂之⿰豈乚。《通雅》四曰：⿰豈乚費，猶出納之吝也。皆與賦義不合。吕延濟曰：⿰豈乚費，依稀也。朱珔曰：本書《上林賦》：縝紛軋芴。郭注引孟康曰：軋芴，緻密也。⿰豈乚既從乙，又爲於既切，與乙音亦近。《月令》鄭注：乙之言軋也。《漢書·律曆志》曰：奮軋於乙。故乙亦音軋。《説文》：芴，菲也。菲，芴也。芴、菲與費音俱近，緻密之解，正合錦繢。然則此⿰豈乚費當與軋忽義通。步瀛案：吕、朱二義與錦繢之義亦不合。胡紹煐曰：《爾雅·釋詁》：懿，美也。「⿰豈乚」與「懿」同，作「⿰豈乚」，同音之假。《楚辭·招魂》：費白日些。王注：費，光貌。《説文》：斐，分别文也。引《易》曰：其文斐也。今《易·革卦》作「蔚」。費與斐、蔚音義並近，皆謂文貌。案：胡氏仲李注，似較諸説爲勝。○《詩》，見《常武》。案：李引《詩》非三家者，皆云《毛詩》。此注無「毛」字而文與《毛詩》同。下引《詩》「汔可小康」亦然。○《戰國策》，見《燕》一張儀説燕王。○卒、對、繢、戾，古音脂部。

相與昧潛險，搜瓌奇。摸蝳蝐，捫觜蠵。剖巨蚌於回淵，濯明月於漣漪。

【注】昧，冒也。巨蚌，育明珠者。《列仙傳》曰：高后時，會稽朱仲獻三寸四寸珠，此非回淵巨蚌不出之也。風行水成文曰漣漪。《詩》曰：河水清且漣漪。明月珠，珠之至光者。清且漣漪者，水極麗也。濯光珠於麗水，蓋美之。善曰：淵，回水也。觜，子規切。蠵，呼圭切。大龜也。言天下川澤、魚鳥、

蟲獸，瑰奇之物，隱翳之處，搜索使盡也。《説文》曰：眛，目不明也。門撥切。謂之潛隱之穴也。

【疏】「眛」當作「眜」。胡紹煐曰：《説文·目部》「眛」、「眜」兩見，並云：目不明也。善音門撥切，則字從本末之「末」，與劉讀異。竊疑「眛」當讀莫佩切，音妹，與冒爲疊韻。《漢書·司馬相如傳》毒冒，顏注：冒音妹。是眛、冒音同。劉注：眛，冒也。以疊韻爲訓。眛之爲冒，古義皆如是。《左·襄廿六年傳》：楚王是故眛於一來。言冒於一來也。故杜注云：眛猶貪冒。今俗猶云冒險矣。步瀛案：《説文》段注據隱元年《公羊》《穀梁傳》及此賦，疑《説文》「眛」字爲後人所增。王筠謂從「末」之「眜」，當依《廣韻·十三末》作目不正也。如王説，則此賦正當作眛，莫佩切，如胡氏之説矣。○五臣蝳音代，蝐音昧，蛸，子規切。蠵音惟。案：蝳蝐、蛸蠵並見《東京賦》注。○劉注「眛冒也」，「眛」當作「眜」。○《淮南子·説山篇》曰：明月之珠，出於蛖蜃。「蛖」與「蚌」同。《藝文類聚·鱗介部》下引徐衷《南方記》曰：珠蚌，殼長三寸，在漲海中。○《列仙傳》，《藝文類聚·儲宮部》《寶玉部》下、《御覽·珍寶部》二皆引之。○「不出之也」，胡克家曰：袁本、茶陵本「之」下有「珠」字。○《毛詩·伐檀》：河水清且漣猗。傳曰：風行水成文曰漣。《釋文》曰：「猗」，本亦作「漪」，餘見上。○李注引《説文》見《水部》。○案：「淵回」各本作「回淵」。《説文》曰：淵，回水也。此注蓋傳寫者誤倒耳。○「大龜也」至「潛隱之穴也」，胡克家曰：袁本、茶陵本無此四十三字。○《説文》見《目部》。下云門撥切，則當作眜字。説見上。○奇、漪，古音歌部。蠵，支部。通轉爲韻。

畢天下之至異，訖無索而不臻。谿壑爲之一罄，川瀆爲之中貧。哂澹臺之見謀，聊襲海而徇珍。載漢女於後舟，追晉賈而同塵。

【注】徇，求也。襲，入也。善曰：干寶《搜神記》曰：澹臺子羽齎璧渡河，風波忽起，兩龍夾舟。子羽奮劍斬龍，波乃止。登岸投璧於河，河伯三歸之。子羽毁璧而去。漢女、賈大夫，已見《西京賦》。《老子》曰：和其光，同其塵。

【疏】劉注「徇求也襲入也」，胡克家曰：袁本、茶陵本無此六字。案：無者是也。步瀛案：六字當有。袁本五臣注列前，因此六字已見翰注，故删劉注耳。茶陵本節去尤多。胡氏偏信二本，以爲無者爲是，非也。《晉語》二韋注曰：襲，入也。○尤本「干寶」上無「善曰」二字。袁本、茶陵本作「劉曰」，亦非。干寶《搜神記》，恐非劉淵林所及見。胡克家謂「劉」爲「善」字之誤，是也。然今本《搜神記》亦無此文，而《博物志》卷八、《水經·河水》五皆載此事。○漢女、賈大夫已見《西京賦》。案：漢女見《南都賦》。茶陵本複出。《西京賦》注賈大夫事而不及漢女，疑注中「漢女」二字衍。○《老子》河上公本見《無源章》。注曰：同其塵，言當與衆庶同垢塵。○臻、珍、塵，古韵真部。貧，諄部。通轉爲韵。

汩乘流以砰宕，翼颸風之颲颲。直衝濤而上瀨，常沛沛以悠悠。汔可休而凱歸，揖天吴與陽侯。

【注】汩，疾也。砰宕，舟擊水貌。颲颲，風初貌。颸，疾風。瀨，水大波。沛沛，行貌。悠悠，亦行貌。《離騷》曰：溘颸風兮上征。班固曰：颸，疾也。凱，樂也。《左氏傳》曰：振旅凱入于晉。《山海經》曰：朝陽之谷神爲天吴，是水伯。揖之者，辭水靈而歸。善曰：《詩》曰：汔可小康。鄭玄曰：汔，幾也。虛

乞切。陽侯，見《南都賦》。

【疏】劉注：汨，疾也。案：「汨」，昆之通借字。已見前。○「飀飀風初貌」，胡克家曰：「初」當作「利」，各本皆譌。梁章鉅同。案：《廣雅・釋訓》曰：瀏瀏，風也。《楚辭・九難・逢紛》王逸注曰：瀏瀏，風疾貌。「飀」與「瀏」同。○《楚辭・九歌・湘君》王逸注曰：沛，行貌。《爾雅・釋詁》曰：悠，遠也。玄應《一切經音義》九引舍人注曰：悠，行之遠也。○《楚辭・離騷》王逸注本「溢」作「溘」，「颸」作「埃」，「兮」作「余」。本書謝玄暉《在郡卧病呈沈尚書》詩注引作「溢颸風而上征」，江文通《雜詩・擬張黃門》注引作「溢颸風余上征」，「溢颸」二字並與此注同。王逸《離騷敍》言班固、賈逵各作《離騷經章句》。此注引班固説，當卽固所爲章句也。○《左傳》，見《僖二十八年》。「凱」作「愷」。杜注曰：愷，樂也。《禮記・表記》鄭注曰：凱，樂也。《釋文》曰：「凱」本作「愷」。○《山海經》，見《海外東經》。「爲」作「曰」，「是」下有「爲」字。又曰：其爲獸也，八首，人面，八足，八尾，皆青黄。《又大荒東經》曰：有神人，八首，人面，虎身，十尾，名曰天吴。○李注引《詩》及鄭箋見《民勞》。⊙飀、悠，古音幽部。侯，侯部。通轉爲韵。○以上水獵。

指包山而爲期，集洞庭而淹留。數軍實乎桂林之苑，饗戎旅乎落星之樓。置酒若淮泗，積肴若山丘。飛輕軒而酌緑醽，方雙轡而賦珍羞。

【注】班固曰：洞庭，澤名。王逸曰：太湖也。湖水中有包山，山中有如石室，俗謂洞庭。吴有桂林苑、落星樓，樓在建鄴東北十里。《左傳》曰：以數軍實。《外傳》曰：射不過講軍實。鄭氏曰：軍所以討獲

曰實。善曰：周處《風土記》曰：陽羨，太湖也。湖水中有包山。《左傳》晉穆子曰：有酒如淮，有肉如坻。《史記》云：紂爲肉山也。《湘州記》曰：湘州臨水縣有酃湖，取水爲酒，名曰酃酒。車騎行酒肉，已見《西京賦》。

【疏】《離騷》曰：指西海以爲期。○「酃」，五臣作「醽」。孫氏《考異》引潘耒曰：「酃」，據注不必改從「醽」。梁章鉅曰：依注作「酃」爲是。「渌」當作「淥」。桂馥《札樸》卷四曰：《西京雜記》鄒陽《酒賦》：其品類則沙洛渌酃。《文選·笙賦》：傾縹瓷以酌酃。李善引《吴録·地理志》：湘東酃水以爲酒，有名。張載《酃酒賦》：匪徒用法之窮理，信泉壤之所鍾。《齊民要術》有作酃酒法。《水經注·耒水》云：酃縣有酃湖，湖中有洲，洲上民居，彼人資以給，釀酒甚醇美，謂之酃酒。歲常貢之。《荆州記》：長沙郡酃縣有酃湖，周回三里，取湖水爲酒，酒極甘美。又云：渌水出豫章康樂縣，其閒烏程鄉有酒官，取水爲酒，酒極甘美，與湘東酃湖酒，年常獻之，世稱酃渌。郭仲産《湘州記》：衡陽縣東南有酃湖，土人取此水以釀酒，其味醇美，所謂酃酒。晉平吴，始薦酃酒於太廟是也。步瀛案：桂引張載賦見《藝文類聚·食物部》、《初學記·服食部》，《荆州記》見《續漢書·郡國志》四劉昭注及本書《七命》注，《湘州記》見《御覽·飲食部》三。○劉注引班固，疑亦《離騷章句》之文。王逸曰：太湖也。即《九歌·湘君》注。洪興祖補注曰：吴中太湖，一名洞庭。而巴陵之洞庭，亦謂之太湖。逸云太湖，蓋指巴陵洞庭耳。案：此賦所言洞庭，乃指吴中太湖。洪申逸説，可釋《九歌》，不宜用於此賦也。《中山經》曰：洞庭之山，帝之二女居之。郭注曰：今長沙巴陵縣西又有洞庭陂，潛伏通江。《離騷》曰：邅吾道兮洞庭，洞庭波兮木葉下，皆謂此也。案：此卽《九歌·湘君》《湘夫人》所稱洞庭。《禮記·檀弓》上鄭注稱《離騷》所歌《湘夫人》，亦謂《九歌》也。《海內東經》曰：湘水出舜葬東南陬，西環之入洞庭下。郭注曰：洞庭，地穴也。在長沙巴陵。今吴縣南太湖中有包山，下有洞庭穴道，潛行水底，云無所不通，號爲地脈。案：此吴中太湖，與巴陵洞庭相通，故亦有洞庭之名。本書《江賦》曰：爰有包山洞庭，巴陵地道。潛達旁通，幽岫窈窕。可以相證。《水經·沔水注》中曰：湖有苞山，《春秋》謂之夫椒。山有洞室，入地潛行，北通琅邪東武縣，俗謂之洞庭。旁有青山，一名夏架山。山有洞穴，潛通洞庭。故《吴記》曰：太湖有苞山，在國西百餘里，居者數百家。旁有小山，山有石穴，南通洞庭，深遠莫知所極。《清統志》曰：江蘇蘇州府，包山在吴縣西南太湖中，所謂洞庭西山也。一作「苞山」。又案：尤本「太湖」下脱「也」字，今依袁本、茶陵本增。○「湖水中有包山」，尤本作「在秣陵東湖中有包山」。梁章鉅曰：太湖，羣籍所紀，均與秣陵無涉。而注云在秣陵東者，豈古未有東壩時，宣、歙、金陵、九陽江之水可入太湖歟？步瀛案：此亦懸測，無他證。此注「在秣陵東」四字，蓋後人所記，本在注旁，尤本誤羼入注中也。今依袁、茶二本訂正。○吴有桂林苑落星樓。案：《太平寰宇記》曰：江南道昇州上元縣桂林苑，吴立，在縣北四十里落星山之陽。《吴都賦》云數軍實于桂林之苑，卽此也。《御覽·居處部》四引《金陵地記》曰：吴嘉禾元年，於桂林苑落星山起三層樓，名曰落星樓。《寰宇記》曰：昇州上元縣，落星山在縣東北三十五里，周迴六里，東接臨沂山，西接攝山，北臨大江。按《南徐州記》：臨沂縣前有落星山，吴大帝時，山西江上置三層高樓，以此爲名。吴主遊獵憩息地。《吴都賦》云饗戎旅于落星之樓，即其所也。《六朝事迹編類》卷四曰：今石步相去一里半，有落星墩。里俗相傳，即當時建樓處。今去城四十里。○《左傳》，見隱五年，《外傳》見《楚語》上，「射」作「榭」。「射」、「榭」之省借字。韋昭注曰：軍事，戎事也。《左傳》杜注曰：飲於廟，以數車徒器械及所獲也。與鄭氏説同。案：「軍所以討獲曰實」，袁、茶二本作「軍實所獲也」五字。○李注引周處《風土記》，案：漢以來陽羨屬吴郡。《清統志》曰：江蘇常州府，陽羨故城在宜興縣南五里，太湖在宜興縣東四十五里。故《風土記》以太湖屬陽羨也。○《左傳》，見昭十二年。○《史記》見《殷本紀》。○《湘州記》，此所引與本書《七命》及《御覽》所引皆不同。案：《隋書·經籍志》所載及《初學記·天部》《地理部》、《御覽·地部》《州郡部》所引，有庾仲雍《湘州記》、甄烈《湘州記》、郭仲産《湘州記》，此亦未知誰屬。然湘州無臨水縣。《古逸叢書·補太平寰宇記》潭州衡陽縣下，引郭仲産《湘州記》云：縣東有酃湖。以下與《七啓》注引同。《寰宇記》又曰：衡陽縣，本漢酃縣之地。吴太平二年，分酃縣，立爲臨蒸縣。東晉省入衡陽。據此，「臨水」蓋「臨蒸」之譌。○留、羞，古韵幽部。樓，侯部。丘，之部。通轉爲韵。

飲烽起，釂鼓震。士遺倦，衆懷欣。幸乎館娃之宫，張女樂而娱羣臣。羅金石與絲竹，若鈞天之下陳。

【注】吴俗謂好女爲娃。楊雄《方言》曰：吴有館娃宫。善曰：飲烽、釂鼓、鈞天，並見《西京賦》。《左傳》曰：女樂二八。

【疏】震，五臣音真。○劉注引《方言》，見卷二，曰：娃，嫿窕豔美也。吴、楚、衡、淮之閒曰娃，故吴有館娃之宫。《太平寰宇記》曰：江南道蘇州吴縣，硯石山在縣西三十里胥門外。《越絶書》云：吴人于硯石山置館娃宫，今吴縣有館娃鄉。案：今《越絶書》無置館娃宫文。《清統志》曰：蘇州府，館娃宫在吴縣西南。《吴地記》：闔閭城西有硯石山，上有館娃宫。今靈巖寺即其地。○李注引《左傳》，見襄十二年。○震、欣，古音諄部。臣、陳，真部。通轉爲韵。

登東歌，操南音。胤陽阿，詠韎任。荆豔楚舞，吴愉越吟。翕習容裔，靡靡愔愔。

【注】《晏子春秋》曰：桀作東歌。南音，徵引也。南國之音也。《左氏傳》曰：鍾儀在晉，使與之琴。操南音，商、角、徵、羽各有引。鍾儀，楚人，思在楚，故操南音。《吕氏春秋》曰：禹行水，見塗山之女未之遇而南省南土。塗山之女乃令其妾往候禹于塗山之陽。女乃作歌曰：候人猗。實始作爲南音，周公、召公取風焉。胤，繼也。陽阿，古樂曲。《周禮》曰：韎，東樂名。任，南樂名。豔，楚歌也。《漢書》：四面楚歌也。愉，吴歌也。《楚辭》曰：吴歈蔡謳，翕習容裔。音樂之狀，靡靡愔愔。言樂容與閑麗也。善曰：韎任已見《東都賦》。曹植《妾薄相行》曰：齊謳楚舞紛紛。《登樓賦》曰：莊舄顯而越吟。《史記》曰：紂作靡靡之樂。《左傳》曰：楚右尹子革曰：「《祈招》之詩曰：祈招之愔愔。」

【疏】「登」，五臣作「發」，「愉」作「歈」。○劉注引《晏子春秋》，今無此文。案《内篇·諫上》曰：國衰，臣懼君之逆政之行有歌，紂作北里幽厲之聲云云，疑有脱誤。又案：《吕氏春秋·音初篇》曰：孔甲曰：於東陽萯山云云，乃作爲破斧之歌，實始爲東音。《文心雕龍·樂府篇》曰：夏甲歎於東陽，東音以發。又與此異。○南音，徵引也。案：本書《長笛賦》李注曰：引，亦曲也。《漢書·律曆志》曰：宮居中央，暢四方，唱始施生，爲四聲綱也。四聲爲宮紀也。協之五行，則角爲木，商爲金，徵爲火，羽爲水，宮爲土。《白虎通·五行篇》曰：水位在北方，木在東方，火在南方，金在西方，土在中央。又曰：春位在東方，其音角者，氣動躍也。夏位在南方，其音徵。徵，止也，陽度極也。秋，其位西方，其音商。商者，强也。冬，其位在北方，其音羽。羽之爲舒。土爲中宮，其音宮。宮者，中也。故劉注曰：南音，徵引。又曰：商、角、徵、羽各引。不言宮者，以四聲爲紀也。○《左傳》，見成九年。○「鍾儀在晉使與之琴」，胡克家曰：袁本、茶陵本無此八字。○「商角徵羽」以下，乃劉氏語。○《吕氏春秋》，見《音初篇》。今「行水」作「行功」，「南省」作「巡省」，「候人」下有「兮」字。案：已見《南都賦》。○「胤，繼也」，袁、茶二本無此三字。案：胤，繼，《爾雅·釋詁》文。○「陽阿古樂曲」，尤本上有「吕氏春秋》曰」五字。袁、茶二本并無此十字。案：「吕氏春秋曰」五字，蓋因上注誤衍。今删。《淮南子·俶真篇》曰：足躡陽阿之舞。高注曰：陽阿，古之名倡也。《説山篇》曰：欲善和者，始於陽阿、采菱。高注曰：陽阿、采菱，樂曲之和。聲有陽阿，古之名俳，善和也。《御覽·樂部》三引作「奏雅樂者始於陽阿采菱」，又引許注曰：楚樂之名也。《人閒篇》曰：歌采菱，發陽阿。《楚辭·招魂》曰：涉江采菱，發揚荷些。王逸注曰：楚人歌曲也。本書宋玉《對楚王問》曰：其爲陽阿、薤露，國中屬而和者數百人。○「周禮曰」至「南樂名」，袁、茶二本無此十一字。案：《春官·鞮鞻氏》掌四夷之樂。鄭注曰：東方曰韎，南方曰任。○《初學記·樂部》上引梁元帝《纂要》曰：齊歌曰謳，吴歌曰歈，楚歌曰豔。《御覽·樂部》十一引《古樂志》同。案：豔，疑即後世之所謂鹽。《容齋續筆》卷七曰：薛道衡《昔昔鹽》，《樂苑》以爲羽調曲。《玄怪録》載籧篨三娘工唱阿鵲鹽，又有突厥鹽、黄帝鹽、白鴿鹽、神雀鹽、疎勒鹽、滿座鹽、歸國鹽，然則歌詩謂之「鹽」者，如吟行曲之類云。《丹鉛總録》卷十五曰：梁樂府《夜夜曲》，或名《愔愔鹽》。鹽，亦曲之别名。《通雅》卷二十九曰：《禮・郊特牲》曰：鹽諸利，與豔同。謂如吟、行、曲、引之類，正是曲前之豔。但歌此曲，不定爲曲前、曲中，直如《九宫譜》之所謂慢詞也。唐、宋以來直作「鹽」。古「鹽」、「豔」相通。○《漢書》，見《項籍傳》。○《楚辭》，見《招魂》。胡克家曰：袁本、茶陵本「歈」作「愉」。梁章鉅曰：今《招魂》作「歈」。按：《廣雅・釋樂》：歈，吟歌也。愉、歈古通用。○「翕習容裔」至「閑麗」也，胡克家曰：袁本、茶陵本無此十九字。步瀛案：二本載劉良曰：翕習，盛皃。容裔，靡靡。愔愔，閑麗也。○曹植《妾薄相行》，已見《南都賦》注。○《登樓賦》見本書卷十一。○《史記》見《樂書》。今「紂作」作「紂爲」。○《左傳》見昭十二年。杜注曰：愔愔，安和貌。○音、任、吟、愔，古音侵部。

若此者，與夫唱和之隆響，動鍾鼓之鏗耾。有殷坻頽於前，曲度難勝，皆與謡俗汁協，律吕相應。其奏樂也，則木石潤色。其吐哀也，則淒風暴興。或超延露而駕辯，或踰緑水而采菱。軍馬弭髦而仰秣，淵魚竦鱗而上升。

【注】《詩》曰：唱予和女。《解嘲》曰：聲若坻頽。坻頽，崩聲也。天水之大阪名曰隴坻，因爲隴坻之曲。《楚辭》曰：伏羲駕辯。伏羲作琴，始造此曲。《淮南子》曰：瓠巴鼓琴，鱏魚出聽。伯牙鼓琴，駟

馬仰秣。善曰：《戰國策》：司馬喜曰：臣觀人萌謡俗。《列子》曰：鄭師文鼓琴，當春而叩商弦，以召南吕。涼風至，草木實。及秋，叩角絃，以激夾鍾。温風徐迴，草木發榮。衔子曰：皆與謡俗協。言雖遐方異樂，皆上合律吕，下應謡俗，故能奏和樂之音，則木石潤色也。《淮南子》曰：夫歌采菱，發陽阿，鄙人聽之，不若延露以和。高誘曰：延露，鄙曲也。《淮南子》曰：手會緑水之趣。高誘曰：緑水，古詩也。趣，節也。鏗耾，大聲。汁，猶叶也。

【疏】王念孫曰：「與夫」二字乃「舉」字之誤。舉，亦動也。舉唱和之隆響，動鍾鼓之鏗耾，句法正相對。有殷坻穨於前，「於前」二字後人所加也。有殷坻穨，言其聲殷然，若坻穨也。句法與《詩》有瀰濟盈，有鷕雉鳴相似。若云有殷坻穨於前，則不成句法。且有殷坻頽，曲度難勝，皆以四字爲句。若上句多二字，則句法參差矣。後人以李周翰注云其聲若山穨於前，故加「於前」二字。不知李注自加「於前」二字，以申明其義，非正文所有也。○「鼓」，袁、茶二本作「磬」，蓋從五臣。李周翰注可證。○「耾」，袁本作「鈜」，「茶陵本」校曰：五臣從「金」。○《易·豫卦》《釋文》引馬融注曰：殷，盛也。《史記·封禪書》《集解》引瓚曰：殷，聲也。《漢書·禮樂志》注曰：殷殷，聲盛也。案：「坻」當作「氐」，或作「坁」，説見下。○五臣「汁」作「叶」。○胡紹煐曰：延露、駕辯、緑水、采菱，皆古曲名，則賦文兩「而」字當讀爲「與」，謂超延露與駕辯，踰緑水與采菱。而、與，一聲之轉。步瀛案：王引之《經傳釋詞》卷七曰：而，猶與也，及也。而、與，聲之轉。○李周翰曰：弭毛，言其毛皆順合。秣，食草也。言仰秣者，謂食草之際，聞音樂，仰首而聽，餘草在口也。竦，猶踴出也。言魚聞此曲，踴鱗而出也。○

劉注「詩曰倡予和女」，胡克家曰：袁本、茶陵本無此六字。步瀛案：《毛詩·蘀兮》「唱」作「倡」。「倡」、「唱」之通借字。○《解嘲》見本書卷四十五。尤本亦作「坻」，古鈔本、五臣本作「阺」，《漢書·楊雄傳》作「阺」。又「頽」皆作「隤」，「頽」、「隤」字同。《解嘲》李注引應劭曰：天水有大阪，名曰隴坻。其山堆旁著，崩落作聲，聞數百里，故曰坻隤。坻，丁禮切。又引韋昭曰：坻，音若是理之「是」。字書曰：巴蜀名山堆落曰阺。《漢書》顔注曰：阺，音氏。巴蜀人名山旁堆欲墮落曰阺。應劭以爲天水隴氐，失之矣。氐，音丁禮反。《説文·氏部》曰：巴蜀名山岸脅之堆旁箸欲落墒者曰氏。氏崩，聲聞數百里。楊雄賦：響若氏隤。徐鍇《繫傳》曰：響若氏隤，《解嘲》之文。古皆通謂之賦。《玉篇》曰：氏，承紙切。是阺、坻皆當从「氏」。《廣韻》、《集韵》有「坻」、「阺」，字皆「氏」之俗字，故韋昭音是。顔注亦當作「阺，音氏」。蓋顔以「阺」即「氏」，故以《説文》氏字之訓當之，而斥仲遠隴阺之説爲非。氐，音丁禮反。明與「氏」不同也。《説文·𠂤部》曰：秦謂陵阪曰阺。从𠂤，氐聲。大徐音丁禮切，與顔説可以互證。段氏於《説文》阺字下注曰：依《説文》，其字則氏與阺不同，其語言則秦與巴蜀不同，且氏主謂石，故崩聲聞遠；阺主謂土，陵阪皆土阜也。「氏」或譌作「坻」，韋昭音是不誤。「阺」字或作「坻」，音丁兮、丁禮二反。自仲遠合而一之，古音亦淆矣。段氏此説，最爲精密。而其「氏」字下注又駁顔而申應，未免自相矛盾。朱珔、胡紹煐皆與段注「阺」字説同。《説文》：陵阪曰阺之下，不言崩聲遠聞也。此賦「阺」字亦當作「氏」，音承旨切。而劉注混「氏」、「阺」爲一，與應仲遠誤同。○「坻頽崩聲也」至「隴坻之曲」，胡克家曰：袁本、茶陵本無此十九字。步瀛案：尤本「大」字下脱「阪」字，故止十九字。今依段氏校補。胡紹煐曰：以隴坻爲曲名，亦所未聞。○《楚辭》，見《大招》。王逸注曰：伏羲氏作瑟，造駕辯之曲。劉注本此。《風俗通·聲音篇》引《世本》曰：宓犧作瑟。《海内經》郭注引《世本》曰：伏犧作琴。《孝經》疏引《世本》作「伏犧作琴瑟」。○《淮南子》，見《説山篇》。「瓠」，尤本誤作「匏」。胡克家曰：袁本、茶陵本作「瓠」，是也。步瀛案：《蜀都賦》注作「瓠」，此蓋傳寫之誤。餘見彼疏。○李注引《戰國策》，見《中山策》。今「喜」作「憙」，「萌」作「民」，字並通用。○《列子》見《湯問篇》。○衡子曰：皆與謡俗協。案：未詳。疑或有誤。○《淮南子》，見《人閒篇》。今本此篇乃許注，「延露」作「延路」，注曰：延路，鄙歌曲也。本書《舞賦》注引亦作「延露」。《御覽·樂部》十引同。○後引《淮南子》見《俶真篇》。「手」，尤本誤作「互」，六臣本誤作「牙」，皆非是。本書《長笛賦》注作「手」，與《淮南》合。今據改。又今本高注「趣」作「趨」，曰：綠水，舞曲也。一曰，綠水，古詩也。趨，投節也。案：「趣」、「趨」字通。又本書《長笛賦》注引「綠」作「淥」，然《長笛賦》、《琴賦》「淥水」，古鈔本皆作「綠水」。《琴賦》五臣亦作「綠水」。○鏗耾，猶鏗鍧。見《西都賦》。又本書《風賦》曰：耾耾雷聲。○「叶」，尤本作「愜」，袁本從五臣，故「叶」、「汁」二字互易。今依茶陵本。胡紹煐曰：「汁」、「協」一字。《方言》三：自關而東曰協，關西曰汁。《爾雅·釋天》：太歲在未曰協洽。《史記·曆書》作「汁洽」。重字疊用，文人往往如此。○耾、勝、應、興、蔆、升，古音蒸部。

酣湑半，八音并。歡情留，良辰征。魯陽揮戈而高麾，迴曜靈於太清。將轉西日而再中，齊既往之精誠。

【注】酣，酒洽也。湑，樂也。辰，時也。《爾雅》曰：不辰，不時也。《楚辭》曰：吉日兮辰良。《淮南子》曰：魯陽公與韓遘難，戰酣日暮，援戈而麾之，日爲之反三舍。太清，謂天也。此言酣飲與音樂，蓋是其中半并會之際，歡情之所以留連，良辰之所以覺速，故追述魯陽迴日之意，而將轉西日於中盛之時，以適己之盛歡也。昔光武合呼沱水，鄒衍有隕霜之應，精誠之感，通天地人神以相應。魯陽公麾日，抑亦此之謂也。苟日可麾而迴，則精誠可庶而幾。故曰齊精誠於既往。蓋是酣樂之至，逼時之晏者，所以慷慨髣髴，是故引而況焉。善曰：曜靈已見《蜀都賦》。《鶡冠子》曰：上及太清，下及太寧也。

【疏】「揮戈」，何焯校「揮」改「援」，曰：照本注改，無「揮」「麾」二字一句再見之理。胡克家曰：以「揮」「麾」文複言之，蓋是。各本皆誤。○劉注：酣，酒洽也。案：酣字義已見《蜀都賦》疏。○《說文・水部》曰：湑，莤酒也。《酉部》曰：莤者，禮祭，束茅加於裸圭，而灌鬯酒，是爲莤。《詩・伐木》毛傳曰：湑，莤之也。《釋文》曰：莤，與《左傳》縮酒同義，謂以茅泲之而去其糟也。劉以湑爲樂，殆因與酣連用而爲此訓耳。○《爾雅》，見《釋訓》。○《楚辭》，見《九歌・東皇太一》。「吉日」二字誤倒，今依《楚辭》及本書卷三十三乙轉。胡克家曰：袁本、茶陵本無此八字。《淮南子》見《覽冥篇》。尤本「魯陽公」下有「楚將也」三字。《淮南子》無，今依袁本、茶陵本刪。又各本「遘」下脱「難」字，何焯、陳景雲校增，今從之。高注曰：魯陽公，楚之縣公也。楚平王之孫，司馬子期之子。《國語》所謂魯陽文子也。楚僭號稱王，其守縣大夫皆稱公，故曰魯陽公。今南陽魯陽縣是也。案：魯陽文子見《楚語》下。

漢南陽郡魯陽縣，今河南魯山縣治。又案：注引光武合呼沱水，見《東觀漢記・王霸傳》。「呼沱」作「滹沱」。《後漢書・王霸傳》作「虖沱」，《光武紀》作「呼沱」，字並通。鄒衍隕霜，見《淮南子》，本書江文通《詣建平王上書》注及《書鈔・天部》四、《初學記・天部》下、《御覽・天部》十四皆引之。又見《論衡・感虚篇》。○尤本「覺速」作「覺也」，「盛歡」作「盛觀」，皆誤。今依袁、茶二本。○李注引《鶡冠子》見《度萬篇》。○幷、征、清、誠，古音耕部。○以上宴饗。

昔者夏后氏朝羣臣於兹土，而執玉帛者以萬國。蓋亦先王之所高會，而四方之所軌則。春秋之際，要盟之主，闔閭信其威，夫差窮其武。内果伍員之謀，外騁孫子之奇。勝彊楚於柏舉，棲勁越於會稽。闕溝乎商魯，争長於黄池。

【注】《左傳》曰：禹會諸侯於塗山，執玉帛者萬國。先王，謂舜等也。信，讀爲申。吴與齊、晉争衡，晉文踐土之盟，齊桓召陵之會，奮其威强，未能過也。伍員，楚大夫。出仕於吴。吴王因其謀伐楚。孫武，吴人。善用兵，作兵書，號《孫子兵書》。《國語》曰：吴王夫差起軍，北征闕池，爲深溝，通於商魯之閒。北屬之沂，西屬之濟，以會晉定公於黄池。吴、晉争長，吴先歃，晉亞之。善曰：《左傳》曰：楚師陳于柏舉，闔閭之弟夫槩王先擊楚子常，楚師大敗。《國語》曰：越王句踐棲於會稽之上。《難蜀父老》曰：南馳使以誚勁越。

【疏】吕向曰：塗山在吴，故云兹土。軌，法也。言可以爲四方之法則也。要，約也。言諸侯約爲盟誓。○「信」，袁、茶二本作「申」。杜宗玉曰：「申」，通作「伸」，古文「伸」作「信」。《廣雅・釋詁》四：

申，伸也。《易・繫辭》：引而伸之。《釋文》：伸，本作「信」。《儀禮・士相見禮》：君子欠伸。注：古文「伸」作「信」。《禮記・儒行》：竟信其志。注：信讀如屈伸之「申」，假借字。○「伍員」，袁、茶二本作「五員」。「伍」、「五」字通。○劉注引《左傳》見哀九年。尤本「玉帛」下有「而朝」二字，《左傳》無。今依袁、茶二本刪。○「先王，謂舜等也。信，讀爲申」，胡克家曰：袁本、茶陵本無此十字。○「吴與齊晉争衡」至「作書號孫子兵書」，此五十六字尤本在「國語曰吴王夫差起軍」之下，首句上無「吴」字。袁、茶二本並無「與齊晉」以下五十五字。胡克家曰：無者最是。上文「起軍」，下文「北征」，四字爲句，盡「晉亞之」，皆引《吴語》文五十五字在其閒，誤甚矣。步瀛案：《國語》文中不宜羼入此五十五字，是也。但李注不爲「闔閭」以下四句作注，疑此段本劉注所有，此五十五字本在「國語」之上，而後人傳寫誤夾入《國語》中耳。「與齊晉争衡」上有「吴」字，云：「吴與齊、晉争衡」至「未能過也」，釋「闔閭信其威」二句，「伍員楚大夫」至「號《孫子兵書》」釋「内果伍員之謀」二句，以下引《國語》，釋「闕溝乎商魯」二句，故李注但注柏舉、會稽，而不注「闔閭」四句也。胡氏於袁、茶二本所無者，概疑爲後人妄增，亦過矣。又案：《左・昭三十年》曰：吴子問於伍員曰：「伐吴何如？」對曰：「爲三師以肄焉。一師至，彼必皆出。彼出則歸，彼歸則出。楚必過敝。亟肄以罷之，多方以誤之。既罷，而後以三軍繼之，必大克之。」闔閭從之。楚於是乎始病。定四年曰：十一月，庚辰，吴入郢。《史記・吴世家》曰：王闔廬元年，舉伍子胥爲行人，而與謀國事。九年，吴王闔廬謂伍子胥、孫武曰：「始子之言，郢未可入。今果如何？」二子對曰：「必得唐、蔡，乃可。」闔廬從之。與唐、蔡西伐楚。又《孫子傳》曰：孫子武者，齊人也。闔廬以爲將，西破彊楚，入郢。北威齊、晉，顯名諸侯。又案：《史記》稱孫武齊人，而《吴越春秋·闔閭内傳》以爲吴人。《漢書·人表》稱吴孫武，《藝文志》稱吴孫子。此注云：孫武，吴人。亦非無據。《新唐書·宰相世表》以孫武爲齊陳書之後。書賜姓孫，生子憑，憑生武，字長卿，奔吴。恐亦未足信也。○《國語》，見《吴語》。「軍」作「師」，「晉定公」作「晉公午」。古人引書，往往不拘定原文也。惟北屬之沂，西屬之浙，各本脱「沂西屬之」四字，今依《吴語》增。尤本「亞」作「惡」，袁、茶二本作「亞」，與《吴語》合。今從之。《吴語》韋注曰：闕，穿也。商，宋也。黄池，地名。《左·哀十三年》杜注曰：陳留封丘縣南有黄亭，近濟水。《漢書·地理志》陳留郡外黄縣下，顔注引臣瓚曰：縣有黄溝。《續漢書·郡國志》兖州陳留郡平丘縣下，曰：有黄池。劉昭注引《陳留志》曰：黄亭在封丘。《水經·濟水注》曰：濟水又東逕小黄縣之故城北，縣有黄亭，又謂之曰黄溝。《元和郡縣志》曰：河南道汴州封丘縣，黄池在縣南七里。魯哀公十三年，晉侯與吴子争盟於此。○李注引《左傳》，見定四年。《水經·江水注》三曰：烽火洲，即舉洲也。北對舉口。舉水出龜頭山，注于江，謂之舉口。南對舉洲。《春秋左傳·定公四年》吴楚戰于柏舉，京相璠曰：漢東地矣。江夏有洰水，或作「舉」，疑即此也。《元和郡縣志》曰：江南道黄州麻城縣，龜頭山在縣東南八十里，舉水之所出也。《春秋》吴、楚戰於柏舉，即此地也。《讀史方輿紀要》曰：湖廣黄州府，龜山在縣東六十里，即舉水之源也。一名龜頭山。又縣東北三十里有柏子山，柏舉蓋合柏山、舉水而名。《清統志》曰：湖北黄州府，舉水出麻城縣東北黄檗山。○《國語》，見《越語》上。韋注曰：山處曰棲。會稽，山名。在今山陰南七里。《左·

哀元年》曰：吳王夫差敗越于夫椒，遂入越。越子以甲楯五千保于會稽。《史記・夏本紀》曰：或言禹會諸侯江南，計功而崩，因葬焉，命曰會稽。會稽者，會計也。《集解》引《皇覽》曰：會稽山，本名苗山。《漢書・地理志》：會稽郡山陰縣，原注曰：會稽山在南。《清統志》曰：浙江紹興府，會稽山在會稽縣東南十三里。案：會稽縣在山陰東一里，舊與山陰縣並爲附郭縣，今併爲紹興縣。○《難蜀父老》見本書卷四十四。○國、則，古音之部。主，侯部。武，魚部。通轉爲韻。奇、池，歌部。稽，脂部。通轉爲韻。

徒以江湖嶮陂，物產殷充。繞霤未足言其固，鄭白未足語其豐。士有陷堅之鋭，俗有節概之風。睚眦則挺劍，喑嗚則彎弓。

【注】《漢書》：王莽策命前關將軍曰：繞霤之固，南當荆楚。鄭、白，二渠名。意者謂吳江湖之阻，洞庭之嶮，土地之沃，物產之豐，雖關中所謂繞霤之固，鄭白之豐，未足以爲言也。凡天下言豐者，皆多稱關中，故引焉。韓信曰：項羽喑嗚叱吒。善曰：《太公陰符經》曰：無堅不陷也。楊惲曰：西河魏土，凛然皆有節槩。睚眦，已見《西京賦》。《家語》：孔子曰：公良儒者，有勇力，挺劍而令衆也。《孟子》曰：越人彎弓而射我。

【疏】劉注引《漢書》，見《王莽傳》中，始建國元年，命明威侯王級作五威前關將軍。案「關」字不可删，各本誤脱，今補。吕延濟曰：繞霤，關内固險以繞京師，如屋霤也。《王莽傳》顔注曰：謂之繞霤者，言四面塞陒，其道屈曲，谿谷之水，回繞而霤，即今商州界七盤十二繞是也。《通典・州郡典》五曰：商州上洛縣有商山，亦名地肺山，亦名楚山，其地險阻。下引《王莽傳》此文及注，「十二繞」作「十二紆。」《太平寰宇記》卷百四十一引同。《儀禮·士喪禮》鄭注曰：紆，曲也。案：上洛縣即今陝西商縣。朱珔曰：據此，知自古稱要隘。故莽云南當荆楚，而與羊頭、肴黽、汧隴三方並舉，特繞霤之名始此耳。○鄭、白二渠，已見《西都賦》。○《史記》，見《淮陰侯傳》。今本作「喑噁」。《索隱》曰：懷怒氣。《漢書·韓信傳》作「意烏」。晉灼曰：恚怒聲也。案：喑嗚、喑噁、意烏皆同。○李注引《太公陰符經》合下卷三十四、卷四十二，凡三條，嚴可均輯《全上古文》皆未載。○楊惲《報孫會宗書》見本書卷四十一。○《家語》見《困誓篇》。「孔子」二字疑當在「家語」上，否則作「家語曰孔子弟子有公良儒者」。又今本「令」作「合」。○《孟子》，見《告子篇》下。今趙注本「彎」作「關」，「射我」作「射之」。《詩·小弁》毛傳引《孟子》作「有越人於此關弓而射我」，《釋文》曰：「關」本亦作「彎」，下文「其兄關弓而射之」，毛傳引作「兄弟關弓而射我」。《角弓》孔疏引同。皆與趙注本異。○充，古音東部。風，侵部。弓，蒸部。三部通轉爲韻。

擁之者龍騰，據之者虎視。麾城若振槁，搴旗若顧指。雖帶甲一朝，而元功遠致。雖累葉百疊，而富彊相繼。樂滑衍其方域，列仙集其土地。桂父練形而易色，赤須蟬蛻而附麗。

【注】《賈誼傳》曰：權制天下，顧指如意。《叔孫通列傳》曰：斬將搴旗之士。顧指，諭疾且易也。葉，猶世也。《列仙傳》曰：桂父，象林人也。常服桂葉，以龜腦和之，顏色如童，時黑時白時赤。南海人

尊事之累世。赤須子，豐人也。豐中傳世見之，秦穆公之主魚吏也。數道豐界災異水旱，十不失一。食柏實石脂，絶穀，齒落更生，細髮復出。後去之吴山。言此人等仙，如蟬之脱殼。《爾雅》曰：麗，附也。《莊子》曰：附離不以膠漆。赤須子本非吴人，故言附麗也。夫土地險固以致彊，豐沃以致盛，而天下之美皆歸焉，霸王之功皆存焉。故賦者既舉其富彊之業，而載其神仙之事。善曰：《長楊賦》曰：麾城撕邑。商君曰：秦師至鄢郢，舉若振槁。槁，葉落。《漢書》曰：吴晉争長，吴爲帶甲三萬。《史記》曰：維祖元功，輔臣股肱。《新序》曰：齊侯相管仲，國既富强。《楚辭》曰：濟江海兮蟬蜕。《淮南子》曰：蟬飲而不食，三十日而蜕。

【疏】胡紹煐曰：「滑」，當爲「胥」。樂胥，謂君子也。《小雅·鴛鴦》：君子樂胥。《説文》：衎，喜貌。此謂君子喜其方域，正與下列仙相對。以樂胥爲君子，猶以曾是爲在位，以訓致爲道，詞家割列成文，往往如是。○劉注引《賈誼傳》，見《漢書》。袁、茶二本「意」下「有」也字。案：此誼上疏請封建子弟，曰：陛下力制天下，頤指如意。王念孫校：「頤」當爲「顧」。王先謙謂《莊子·天地篇》顧指，《釋文》云：本亦作「頤指」，義得兩通。○《叔孫通傳》，見《史記》。《集解》引臣瓚曰：拔取曰搴。《漢書·叔孫通傳》顔注曰：搴，拔取。音騫。○《列仙傳》桂父，《藝文類聚·木部》中節引數語。《雲笈七籤》卷一百八所載《列仙傳》，與此注頗有異同。案：袁、茶二本無「如童」二字。○赤須子，《類聚·草部》上節引。「須」誤作「項」。《七籤》所載《列仙傳》亦有異同。又案：「吴山」二字相連，《七籤》可證。袁、茶二本無此「山」字，蓋誤脱。○「言此人等仙如蟬之脱殼」，袁、茶二本無此十字。○麗，附也。案：此《廣雅·釋詁》三之文。此與前注《小爾雅》稱《爾雅》蓋同。疑三書李注分析甚清，劉注則統以《爾雅》目之。如前注引《廣雅》殺，矛也，胡氏梁氏疑以爲李善注。後注引《廣雅》度，商也，步瀛亦疑爲李善注也。○《莊子》見《駢拇篇》。○李注引《長楊賦》見本書卷九。○《商君書》，見《弱民篇》。案：此事在商君後，蓋後人竊《荀子·議兵篇》之文而爲之也。○「槁葉落」三字，乃李氏解「槁」字之義。胡克家曰：袁本、茶陵本無此三字。○《漢書》疑當作《國語》，以二句見《吳語》也，非《漢書》。○《史記》，見《太史公自序》。○《新序》今本無此文。嚴輯《全漢文》，《新序》佚文，亦失輯入。○《楚辭》，見《九懷·陶壅》。○《淮南子》見《說林篇》。○視、指、繼，古音脂部。致，至部。地、麗、歌部。皆通轉爲韻。

中夏比焉，畢世而罕見。丹青圖其珍瑋，貴其寶利也。舜禹游焉，没齒而忘歸。精靈留其山阿，翫其奇麗也。

【注】中夏貴其珍寶而不能見，徒以丹青畫其象類也。《楚辭·九歌》曰：九疑繽兮並迎。謂舜神在九疑山也。言聖帝明王，存亡而淹留於是者，貴其奇麗也。善曰：《山海經》曰：南方蒼梧之丘，有九疑山焉。舜之所葬。《吳越春秋》：禹老嘆曰：「吾年壽將盡，止死斯乎！」乃命羣臣葬我於會稽之山。《論語》曰：管仲奪伯氏駢邑，没齒無怨言也。

【疏】「畢世而罕見」，袁、茶二本無「而」字，「圖其下」有「象」字，「麗」下無「也」字。胡克家曰：劉注云象類者，解上文「比焉」之「比」，非正文有「象」字，或誤衍。梁章鉅曰：案：與下文偶句相配，依此爲是。○劉注引《楚辭·九歌》，見《湘夫人》。○「善曰」，尤本作「書曰」，二字下又有「舜南巡狩陟方死」七字。胡克家曰：袁本、茶陵本無此九字，有「善曰」二字。二本最是。梁説同。今從之。○李注引《山海經》，見《海內經》。「疑」作「嶷」。本書《上林賦》注亦作「疑」字，通。《海內經》郭注曰：山在今零陵營道縣南，其山九谿，皆相似，故云九疑。古者總名其地爲蒼梧也。又《海內南經》曰：蒼梧之山，帝舜葬于陽。郭注曰：即九疑山也。《大荒南經》曰：蒼梧之野，舜與叔均之所葬也。郭注曰：舜巡狩，死於蒼梧而葬之。《淮南子·齊俗篇》曰：昔舜葬蒼梧，市不變其肆。許注曰：舜南巡狩，死蒼梧，葬泠道九疑山。案：泠道縣《漢志》屬蒼梧郡，隋并入營道縣。又《脩務篇》高注曰：舜死蒼梧，葬於九疑之山，在蒼梧馮乘縣東北，零陵之南千里也。《漢書·武帝紀》：元封五年，望祀虞舜于九嶷。注引如淳曰：舜葬九嶷。九嶷在蒼梧馮乘縣，故或云舜葬蒼梧也。案：馮乘縣在今廣西富川縣東北，去湖南寧遠縣九嶷山未免太遠。疑「馮乘縣」下本有「東北」二字，與誘注同，傳寫偶脱耳。《水經·湘水注》曰：蒼梧之野峯秀。數郡之閒，羅巖九舉，各導一溪，岫壑負阻，異嶺同勢，遊者疑焉，故曰九疑山。《輿地紀勝》荆湖南路道州引《九域志》謂：九疑山，亦名蒼梧山。此皆蒼梧、九疑合言者也。《説文》曰：九疑山，舜所葬，在零陵營道。《史記·五帝本紀》《集解》引《皇覽》曰：舜冢在零陵營浦縣九疑山。其山九谿皆相似，故曰九疑。案：營道縣，唐曰唐興，又曰延唐，宋曰寧遠，今同。營浦縣，宋曰營道，明省入道州，今曰道縣。故《隋書·地理志》、《史記·秦始皇本紀》《正義》引《括地志》、《通典·州郡典》十三、《元和郡縣志》江南道五、景宋本《太平寰宇記·補闕》、《輿地廣記》荆湖南路、

《明統志》湖廣省、《清統志》湖南省，或曰營道，或曰唐興，或曰延唐，或曰寧遠，皆就當時地名言之，以及零陵、臨武、藍山，皆九疑山所在，要皆專就零陵九疑言者也。《輿地紀勝》謂蒼梧、九疑，自是兩地。後人以舜死之地爲舜葬之所。胡三省《通鑑》卷七《秦紀》注亦謂：蒼梧、九疑，兩處也。合而言之者，誤也。然蒼梧之野，所包甚廣。郭璞謂其地總名蒼梧，可爲確證。元結《九疑圖記》亦曰：九疑山，方二千餘里，四州各近一隅。《通鑑》注引四千里，《清統志》引作衡、連、郴、通四州。《寰宇記》亦謂爲永、郴、連三州界山，則合蒼梧言之，不爲誤也。《墨子·節葬篇》曰：舜西教乎七戎，道死，葬南已之市。《太平御覽·禮儀部》三十四引《尸子》同，惟「已」誤「巴」，「市」誤「中」。《後漢書·王符傳》注引《墨子》亦誤作「巴」。畢沅謂作「巴」者是。王念孫已駁之矣。《御覽》又引《墨子》，「已」作「紀」。《後漢書·趙咨傳》注引同。是「已」、「紀」字通。《吕覽·安死篇》曰：舜葬於紀，市不變其肆。高注曰：九疑山下亦有紀邑。是紀市卽南已之市，亦卽《淮南》所謂舜葬蒼梧，市不變其肆者。王念孫謂《墨子》稱舜所葬，不與諸書同，不必牽合舜葬九疑之文。步瀛案：紀市與九疑是否異同，皆無確證。然如高誘注，則紀市卽在九疑矣。《大荒南經》又言：舜葬岳山。此殆郭氏所謂起土爲冢者，殊不待辨。九疑舜冢，則秦皇、漢武皆嘗望祀，似無可議。而王充《論衡·書虛篇》、劉知幾《史通·疑古篇》皆疑之，此後諸儒，遂有主孟子舜卒鳴條之説，以爲舜冢宜在鳴條者。然《孟子·離婁篇》下趙岐注，但言鳴條地名，今本《竹書紀年》注曰：鳴條有蒼梧山，帝崩，遂葬焉。今海州。《困學紀聞》卷五曰：薛氏曰：《吕氏春秋》舜葬於紀，蒼梧山在海州界，近莒氏紀城，鳴條亭在陳留之平丘。今考《九域志》，海州東海縣有蒼梧山。案：王引薛季宣説，卽今僞《竹書》之所本。閻若璩曰：海州蒼梧山，卽《山海經》之郁州，無舜葬於此之説。步瀛案：《海内東經》「都州」一作「郁州」。郭注謂：世傳此山自蒼梧徙來。《寰宇記》海州東海縣蒼梧山，亦有海中飛來之説。是因蒼梧之名偶同，遂附會鳴條紀市。且以在海州，可附會東夷之人之説。此以舜冢在今江蘇東海縣者，不足信也。後人主舜葬鳴條者亦夥，今不復著。要之，舜葬蒼梧九疑，自秦、漢相傳，不能奪也。○《吴越春秋》，見《無余外傳》。今本「死」作「絶」，「乎」作「矣」，無「乃」字，「臣」下有「曰」字，「我」下無「於」字。案：禹葬會稽，見《墨子·節葬篇》、《吕氏春秋·安死篇》、《淮南子·齊俗篇》、《史記·夏本紀》、《秦始皇本紀》、《越王句踐世家》、《李斯傳》、《太史公自序》、《漢書·地理志》、《劉向傳》、《續漢書·郡國志》、《晉書·地理志》、《越絶書·記地傳》、《説文·糸部》繃字注、《水經·漸江水注》、《史記·夏本紀》《集解》引《皇覽》、《正義》引《括地志》，其他地志，不可勝舉。而於禹葬無異説。惟梁玉繩《史記志疑》謂《夏本紀》有或言云云，或之者，疑之也，以爲不足依據。殊不思或言云者，謂會稽得名，古有由于會計之説，非以禹之巡狩及葬爲疑也。梁氏又據《論衡·書虚篇》謂禹未至會稽，乃考王充所駁，但謂舜死蒼梧，禹死會稽，實由治水而非巡狩，並非以舜葬蒼梧，禹葬會稽爲非。梁氏所言，殊失仲任之意。且舜陟方乃死，見於《尚書·堯典》。禹合諸侯於塗山，執玉帛者萬國，見於《左傳·哀公七年》。禹致羣神於塗山，見於《魯語》。巡狩之説，本無可疑。若如仲任所言，是舜、禹至死，治水迄未成功，不其謬歟？梁氏舉《史記》、《國語》而悉非之，妄矣。○《論語》，見《憲問篇》。○瑋、利、歸，古音脂部。阿、麗，歌部。通轉爲韻。

剖判庶士，商搉萬俗。國有鬱鞅而顯敞，邦有湫阨而踡跼。伊兹都之函弘，傾神州而韞櫝。仰南斗以斟酌，兼二儀之優渥。

【注】湫，下也。阨，小也。函弘，寬大也。《左氏傳》：齊景公欲更晏子之宅，曰：「子宅湫隘不可以居。」禹所受《地説》書曰：崑崙東南方五千里，名曰神州，帝王居之。《楚辭》曰：八柱何以東南傾。吴國在地勢所傾寫，故曰傾神州而韞櫝也。《論語》曰：韞櫝而藏諸。《廣雅》曰：商，度也。搉，粗略也。言商度其粗畧。《天官星占》曰：南斗主爵禄，其宿六星。《春秋説題辭》曰：南斗爲吴。《詩》曰：既優既渥。

【疏】孫志祖曰：何校「士」改「土」。按：「庶土」見《書·禹貢》，「庶士」見《詩·碩人》，俱可通。然此處上文云：士有陷堅之鋭，俗有節概之風，下以剖判庶士，商搉萬俗分承，恐當作「士」也。○「鞅」，「泱」之借字。《漢書·息夫躬傳》：玄雲泱鬱。顔注曰：泱鬱，盛貌。案：「鞅鬱」雙聲，故亦可作「鬱鞅」。李周翰注釋鞅爲鞅掌，非也。○《易·繫辭》傳上曰：易有大極，是生兩儀。李周翰曰：二儀，天地也。○劉注「湫，下也。阨，小也」，《左·昭三年》杜注同。案：袁、茶二本無此六字。又杜注依《傳》文作「隘」，下文引《左傳·昭三年》文亦作「隘」。胡克家曰：袁本、茶陵本「隘」作「阨」，茶陵脩改亦作「隘」。案：此蓋劉引自作「阨」。步瀛案：「阨」、「隘」字通。《左·定四年》：直轅冥阨。《釋文》曰：「阨」，本作「隘」。○《易·坤》彖傳曰：含弘光大。涵弘與含弘同，故曰寬大也。○禹所受《地説》書，梁章鉅曰：《太平御覽》八十二《黄帝玄女占法》曰：《天下經》十二卷，禹未及持。其四卷飛上天，禹不能得也。其四卷復下陂池，禹不能極也。禹得中四卷云云，或即《地説》書耶？胡紹煐曰：「説」疑「記」字之誤。《玉海》五十七載《三禮義宗·明天地歲祭義》引禹《受地記》云：崑崙東南五千里之地，謂之神州。與注合。《史記·張騫傳》：天子按古圖書，名河所出山曰崑崙。王逸《離騷注》引《禹大傳》曰：洧槃之水，出崦嵫之山。《大宛傳》、《禹本紀》言河出崑崙，其高二千五百餘里。然則《受地記》、《禹大傳》及古圖書，蓋皆即太史公所謂《禹本紀》者歟？○「帝王居之」，胡克家曰：袁本、茶陵本無此四字。步瀛案：本書左太沖《詠史詩》注、江文通《雜體詩》注、任彦昇《齊竟陵王行狀》注，引地理書與此文同，皆無此四字。○《楚辭》見《天問》，本云天柱何當，又云墜何故以東南傾，此合二句引之。○《論語》見《子罕篇》。《集解》「櫝」作「匵」。《釋文》曰：本又作「櫝」。梁章鉅曰：案：本書答《鄭尚書詩》注、《答東阿王牋》注、《逸民傳論》注，引「匵」並作「櫝」，《後漢書·張衡傳》、《崔駰傳》、《逸民傳》注引並同。○「廣雅」上當有「善曰」二字，各本皆脱。若是劉注，則依正文次第當在注首。且劉注前引《廣雅》稱《爾雅》，此云《廣雅》，亦善注之一證也。○《廣雅》，見《釋詁》一。商搉，義已見《蜀都賦》疏。○《隋書·經籍志》子部天文有《天官星占》十卷，注云：陳卓撰。《梁天官星占》二十卷，吴襲撰。《開元占經》卷六十一引《春秋佐助期》曰：南斗，主爵禄神，名帙瞻，姓拒終。石氏曰：南斗六星。甘氏曰：南斗星明，大爵禄行。天下安寧，將相同心。○《詩》，見《信南山》。○俗、蹋、櫝、渥，古音侯部。

繇此而揆之，西蜀之於東吴，小大之相絶也，亦猶棘林螢燿，而與夫尋木龍燭也。否泰之相背也，亦猶帝之懸解，而與夫桎梏疏屬也。庸可共世而論巨細，同年而議豐確乎？

【注】崔寔《政論》云：使賢不肖相去如日月之與螢火，雖頑嚚之人猶察。《山海經》曰：尋木，長千里。又曰：鍾山之神，名曰燭龍。視爲晝，瞑爲夜。《莊子》曰：老子死，秦失弔之，三號而出。弟子曰：「非子之交耶？」曰：「然。」「然弔若是可乎？」曰：「始也吾以其人也，而今非也。適來，夫子時也。適去，夫子順也。安時而處順，憂樂不能入也。古者謂是帝之懸解。」《莊子》曰：有繫謂之懸，無謂之解。郭璞曰：懸絶曰解。《山海經》曰：二負殺猰貐，帝乃梏之疏屬之山，桎其右足，反縛兩手。漢宣帝時擊磻石於上郡，陷，得石室，其中有反縛械人。劉向曰：「此二負之臣也。」帝曰：「何以知之？」以《山海經》對。帝，天也。人生稟命於天，受拘俗之性，憂虞終身不解。此乃自終執縛，爲天所繫。夫安時處順，憂樂不能入，此自然放肆，爲天所解也。天在上者，故曰帝之懸解，性之永放者也。桎梏疏屬，形之永拘者也。相背之甚，故以相況焉。凡物安於所守，思不易方。處窮塞而不識天下之通塗，亦如此也。確，薄也。善曰：棘聚而成林。郭象《莊子注》曰：生曰懸，死曰解。《過秦論》曰：不可同年而語矣。

【疏】「繇」，袁、茶二本作「由」，字同。○「燿」，五臣作「曜」，字同。○「尋」，尤本作「樳」。胡克家曰：袁本、茶陵本作「尋」，此蓋尤改。薛傳均曰：《説文》無「樳」字。尋木爲長木，亦猶尋竹爲大竹。蓋八尺曰尋，本有長義。《山海經·大荒北經》有岳之山，尋竹生焉是也。後人肊加「木」爲「樳」字耳。

○「燭」，袁本作「爥」，字同。○尤本「桎梏」上脱「夫」字，今依袁、茶二本增。○劉注引崔寔《政論》，《羣書治要》引作「向使賢不肖相去如泰山之與蟻垤，策謀得失，相覺如日月之與螢火，雖頑嚚之人猶能察焉」。此節引。○《山海經》，見《海外北經》。朱珔曰：郭璞《遊仙詩》及前《東京賦》注引此經同。惟《廣韻》云：檮，木名。似槐。尋，長也。亦引此經。是尋木本謂木之長者，後人因加「木」傍而爲木名耳。○《海外北經》「燭龍」作「燭陰」。郭注曰：燭龍也。又《大荒北經》曰：西北海之外，赤水之北，有章尾山，有神，人面蛇身而赤，直目正乘，其瞑乃晦，其視乃明，不食、不寢、不息，風雨是謁，是燭九陰，是謂燭龍。郭注曰：《離騷》曰：日安不到，燭龍何燿？《詩含神霧》曰：天不足西北，無有陰陽消息，故有龍銜精以往照天門中云。《淮南子》曰：蔽於委羽之山，不見天日也。郝氏《山海經箋疏》曰：《楚辭·天問》作燭龍何照。郭引「照」作「燿」也。李善注《雪賦》引《詩含神霧》云：有龍銜火精以照天門中。此注所引，脱「火」字也。又引《淮南子》者，《墬形訓》云：燭龍在鴈門北，蔽於委羽之山，不見日。高誘注云：委羽，北方山名。一曰，龍銜燭以照太陰，蓋長千里云云。朱珔曰：「章」與「鍾」，「龍」與「陰」，皆聲近而轉也。《七月》詩「陰」字與「沖」韻。○《莊子》見《養生主》。尤本「來」誤「爲」，今依袁、茶二本。又「懸」作「縣」，「懸」乃後出字。○「《莊子》曰」至「懸絶曰解」，胡克家曰：袁本、茶陵本無此十一字。張雲璈曰：有繫謂之懸二語，乃逸文。《困學紀聞》六未采入。步瀛案：此殆諸家《莊子》注之文。張説疑未是。郭象注曰：以有係者爲縣，則無係者縣解也。又《大宗師》《釋文》引向秀曰：懸解，無所係也。若《莊子》本有此文，則諸家不待注矣。郭璞注亦未知何出。○《山海經》，見《海内西經》。「二」作「貳」，「猰貐」作「窫窳」。本書《七命》注引作「猰貐」。郭注曰：漢宣帝使人上郡，發盤石，石室中得一人，跣裸，被髮，反縛，械一足。以問羣臣，莫能知。劉子政按此言對之。宣帝大驚。於是時人争學《山海經》矣。與劉注合。《漢書·地理志》上郡雕陰縣，注引應劭曰：雕山在西南。《元和郡縣志》曰：關内道綏州龍泉縣，疏屬山亦名雕龍山。《山海經》疏屬山即此也。案：唐龍泉縣，今陝西綏德縣治。○「确，薄也」，尤本此三字在注末作李注。胡克家謂：袁本、茶陵本是。今從之。○李注：棘叢而成林。空釋棘林，似贅。《淮南子·墜形篇》曰：九殥之外而有八紘。東方曰棘林。蓋此賦所本。○郭象《莊子注》見《養生主》。尤本「象」下有「玄」字，衍。象字子玄，不宜稱象玄，今依袁、茶二本删。○《過秦論》，已見上。○燭、屬、确，古音侯部。

暨其幽遐獨邃，寥廓閑奥。耳目之所不該，足趾之所不蹈。倜儻之極異，譎詭之殊事。藏理於終古，而未寤於前覺也。若吾子之所傳，孟浪之遺言，略舉其梗概，而未得其要妙也。

【注】倜儻、譎詭，皆謂非常詭異之事。終古，猶永古也。《周禮·考工記》曰：輪已崇，則人不能登也。輪已庳，則於馬終古登阤也。《離騷》曰：吾焉能忍此終古。《孟子》曰：伊尹云：「天之生斯人也，使先知覺後知，先覺覺後覺也。予天民之先覺者也。」孟浪，猶莫絡也。不委細之意。《莊子》曰：夫子以爲孟浪之言，我以爲妙道之行。善曰：司馬彪《莊子注》曰：孟浪，鄙野之語。《東京賦》曰：粗爲賓言其梗槩。粗言也。

【疏】《小爾雅·廣言》曰：暨，及也。又見《東都賦》疏。○胡克家曰：袁本、茶陵本「譎」作「崫」，注同。

步瀛案：《説文》謳，「詘」之或體字，「崫」則通借字耳。○孫志祖校「理」改作「埋」，曰：「埋」誤「理」。○王念孫曰：若吾之所傳，吾者，東吳王孫自謂也。「吾」下「子」字，後人妄加之耳。吕向注云：如我所傳。則「吾」下原無「子」字明矣。○劉注「俶儻謳詭」云云，《廣雅·釋訓》曰：俶儻，卓異也。本書《封禪文》曰：奇物譎詭，俶儻窮變。注曰：譎詭，非常。「譎詭」與「謳詭」同。○「輪已崇」至「終古登陁也」，尤本脱「於馬」二字，又「陁」下脱「也」字。袁本同茶陵本，與《考工記》合，今從之。又，袁本「不能登也」作「弗能外」，誤。○今《離騷》「吾」作「余」，「忍」下有「與此」二字，一本「忍」下又有「而」字。○《孟子》，見《萬章篇》下。「人」作「民」。○「不委細之意」，胡克家曰：袁本、茶陵本無此五字。○《莊子》，見《齊物論》。《釋文》曰：孟如字。徐武黨反，又或武葬反。浪如字。徐力蕩反。向云：孟浪音漫瀾，無所趣舍之謂。李云：猶較略也。崔云：不精要之貌。皆與劉注莫絡意近。《廣雅·釋訓》曰：無慮，都凡也。王氏《疏證》引劉注謂莫絡、孟浪、無慮，皆一聲之轉。朱珔曰：《宋書·傅隆傳》：太祖以新撰《禮論》付隆使下意，隆上表曰：蚩鄙茫浪，伏用竦赧。茫浪，卽孟浪，與不委細、不精要義合。郭慶藩《莊子集釋》曰：「莫絡」，一作「幕略」。《墨子·小取篇》：幕略萬物之然。幕略者，總括之詞。莫絡、幕略、孟浪，皆一聲之轉也。○「粗爲賓」，各本「爲」作「謂」。胡克家曰：「謂」當作「爲」，各本皆誤。陳云：別本作「爲」，今未見。步瀛案：「謂」、「爲」字通，但《東京賦》作「爲」，故據諸家校改。○「梗概粗言也」，胡克家曰：袁本、茶陵本無此五字。○奥、蹈、覺，古音幽部。妙，宵部。通轉爲韵。事、異，之部。言、傳，元部。○以上總舉吴國地靈人傑，與蜀相較以折公子。

文選李注義疏卷六

京都下

左太沖魏都賦一首

魏都賦

【注】魏曹操都鄴，相州是也。太沖賦三都，以吴、蜀遞相頓折，以魏都依制度。

【疏】胡克家曰：袁本、茶陵本無此一節注，是也。案：此二本亦尚未竄入，其并非五臣注更明。步瀛案：胡氏説是。《元和郡縣志》曰：河北道相州，漢高帝置。後漢建安十七年，册命操爲魏公，居鄴。後魏孝文帝於鄴立相州。周大象二年，自故鄴城移相州於安陽城，即今州理是也。隋大業三年，改相州爲魏郡。武德元年，復爲相州。案：建安「十七年」當作「十八年」。《元和志》又謂故鄴城在鄴縣東五十步。案：唐相州治安陽縣，即今河南安陽縣治。唐相州鄴縣，宋熙寧中省入臨漳縣。故鄴城在今河南臨漳縣西。○《三國·魏志·武帝紀》曰：建安十八年五月，天子策命公爲魏公。曰：今以冀州之河東、河内、魏郡、趙國、中山、常山、鉅鹿、安平、甘陵、平原凡十郡，封爲魏公。秋七月，始建魏社稷宗廟。《文帝紀》曰：黄初元年，初營洛陽宫。戊午，幸洛陽。二年，以魏郡東部爲陽平郡，西部爲廣平郡。裴注引《魏略》曰：改長安、譙、許昌、鄴、洛陽爲五都。《水經・濁漳水注》曰：魏因漢祚，復都洛陽。以譙爲先人本國，許昌爲漢之所居，長安爲西京之遺跡，鄴爲王業之本基，故號五都也。案：攷魏之疆域者，洪亮吉《補三國疆域志》、謝鍾英《補注》尚多疏舛，吳增僅《三國郡縣表》攷證詳碻，楊守敬《補正》及《三國疆域圖》尤爲精密。今依以爲説。司隸治洛陽，統河南尹、原武、弘農、河東、平陽、河內、野王，凡七郡。豫州治許昌，統潁川、襄城、汝南、弋陽、梁國、陳郡、沛國、譙郡、魯郡、安豐，凡十郡。冀州治信都，統魏郡、廣平、陽平、鉅鹿、趙國、常山、中山國、安平、平原、樂陵國、勃海、河閒、清河，凡十三郡。兗州治廩丘，統陳留國、東郡、濟陰、山陽、任城、東平、濟北國、泰山，凡八郡。徐州治下邳，統下邳、彭城國、東海國、瑯邪國、東莞、廣陵，凡六郡。青州治臨淄，統齊國、濟南國、樂安、北海國、城陽、東萊，凡六郡。荆州治宛，統南陽、南鄉、江夏、襄陽、魏興、上庸、新城，凡七郡。揚州治壽春，統淮南、廬江，凡二郡。雍州治長安，統京兆、馮翊、扶風、北地、新平、安定、廣魏、天水、隴西、南安，凡十郡。涼州治武威，統金城、武威、張掖、酒泉、敦煌、西海、西平、西郡，凡八郡。并州治晉陽，統太原、上黨、樂平、西河、雁門、新興，凡六郡。幽州治薊，統范陽、燕國、漁陽、北平、上谷、代郡、遼東、昌黎、遼西、玄菟、帶方、樂浪，凡十二郡。此其大略也。王鳴盛《十七史商榷》卷五十一曰：左思於西晉初，吳、蜀始平之後，作《三都賦》，抑吳都、蜀都而申魏都，以晉承魏統耳。

左太沖

【疏】依《蜀都》、《吳都》二賦，此三字亦應刪。以各本皆有，姑仍之。○胡克家曰：茶陵本此下有「劉淵林注」四字，袁本無。案：各本皆非也，當有「張載注」三字。何云：前注「張載爲注《魏都》」，陳云：賦末善曰「張以慺先隴反」云云，則知卷首本題「張孟陽注」，與前合。後來誤作劉淵林耳。所説是也。袁、茶陵賦中每節注首劉曰，皆非。蓋合併六家時已誤其題矣。梁章鉅曰：《三都賦序》注云：張載爲注《魏都》，劉逵爲注《吴》、《蜀》。今此賦後「慺焉相顧」句李注云：「張以慺先隴反。」今本並爲「慺」。又潘正叔詩注引張孟陽《魏都賦》注曰「聽政殿左崇禮門」，與今注合，皆足證此爲張注誤題劉淵林耳。許巽行説同。許又曰：案《霍光傳》師古引此賦指爲劉注，又《西京賦》「設在蘭錡」引劉逵《魏都賦》注云：受他兵曰蘭，受弩曰錡。今賦中無此注，豈張、劉各自有注邪？所未詳矣。曹子建《贈徐幹詩》注：劉淵林《魏都賦》注曰：文昌，正殿名也。亦誤劉。步瀛案：從諸家説，則此篇注當爲張孟陽撰無疑。《隋書·經籍志·總集》稱梁有張載及晉侍中劉逵、晉懷令衛權注左思《三都賦》三卷，而未析言之。然觀《漢書·霍光傳》顔注及本書《西京賦》李注，則張、劉皆有《魏都賦》注也。曹子建《贈徐幹》詩注引劉淵林注，與此賦注合。疑張、劉注語偶爾相同。《贈徐幹》詩與《西京賦》注皆引劉注，非必誤也。

魏國先生有睟其容，乃盱衡而誥曰：异乎交益之士。

【注】《孟子》曰：君子所性，仁義禮智根於心。其生色，睟然見於面，不言而喻。趙岐曰：睟，潤澤貌也。眉上曰衡。盱，舉眉大視也。异，異也。《尚書·堯典》：四岳曰：异哉！善曰：《漢書》曰：武帝置交州，又改梁曰益，有益州。又曰：公盱衡厲色，振揚武怒。《音義》曰：眉上曰衡，謂舉眉揚目也。《字

林》曰：盱，張目也。《爾雅》曰：誥，告也。

【疏】注引《孟子》，見《盡心》上。梁曰：此是節引。今《孟子》「色」字下有「也」字。然本書《頭陀寺碑》注引作「根於心，睟然見於面」，《玉篇》作「其色睟然」。疑古本「睟然」二字連上爲句也。步瀛案：「岐」，各本誤「歧」，今正，下同。袁本、茶陵本無「趙岐曰」以下十八字。○《御覽・皇王部》六引《雒書靈準聽》曰：有人方面，日衡重華。注曰：眉上曰衡。○《說文》曰：盱，張目也。○梁曰：朱氏珔曰：《說文・廾部》：异，舉也。此蓋以同音借「异」爲「異」。姜氏皐曰：《說文》异引《虞書》「嶽曰异哉」。《堯典》《釋文》异，徐云：鄭音異，而注自訓已也。惟《列子・楊朱篇》「何以异哉」，張注「异」與「異」同。胡紹煐曰：按鄭音異，是讀异爲異，歎辭。《廣韻・七志》异云：异哉，歎也。蓋本鄭義。太沖以「异」爲「異」，從鄭讀也。「异」與「異」，同音之假。《列子》《釋文》：「异」，古「異」字。恐非。○善引《漢書》見《地理志》。案：交州，孫權於後漢建安八年置。此當依原文作「交阯」。顔注曰：胡廣記云：漢既定南方之地，置交阯刺史，别於諸州，令持節治蒼梧。○「改梁曰益」，亦《地理志》之文。又，益州郡下原注曰：屬益州。○後引《漢書》，見《王莽傳》上，《音義》顔注引作孟康。○《字林》，已見《西京賦》注引。○《爾雅》，見《釋詁》。

蓋音有楚夏者，土風之乖也。

【注】善曰：《孫卿子》曰：人居楚而楚，居夏而夏，非天性也。積靡使然也。《史記》曰：淮北、沛、陳、汝南、南郡，此西楚也。潁川、南陽，夏人之居。故至今謂之夏人。

【疏】《左傳·成八年》：范文子曰：樂操土風，不忘本也。○《荀子》，見《儒效篇》。○《史記》，見《貨殖傳》。

情有險易者，習俗之殊也。

【注】《論語》曰：性相近，習相遠也。善曰：《周易》曰：辭有險易。《春秋説題辭》曰：中國之性，習俗常操。

【疏】《論語》，見《陽貨篇》。○《周易》，見《繫辭》上。

雖則生常，固非自得之謂也。

【注】《傳》曰：習實生常。善曰：《孟子》曰：使自得之。趙岐曰：使自得其本善性也。

【疏】《左傳·昭十六年》，已見《三都賦序》疏。○《孟子》見《滕文公》上。

昔市南宜僚弄丸，而兩家之難解。聊爲吾子復翫德音，以釋二客競于辯囿者也。

【注】《莊子》曰：市南宜僚弄丸，而兩家之難解。又曰：公孫龍辯者之徒，飾人之心，易人之意，能勝人之口，不能服人之心，辯者之囿也。善曰：《毛詩》曰：德音孔昭。

【疏】五臣「于」作「爲」。○《莊子》，見《徐無鬼》篇。《釋文》引司馬彪注曰：宜僚，楚之勇士也。善弄丸。楚白公勝將作亂，殺令尹子西、子期（「子期」上當有「司馬」二字）。石乞曰：「市南有熊宜僚者，若得之，可以當五百人。」乃往告之，不許也。承之以劍不動。弄丸如故。曰：「吾亦不泄子。」白公遂殺子西、子期，歎息兩家而已。宜僚不預其患。又《山木篇》曰：市南宜僚見魯侯。《釋文》引司馬曰：熊宜僚也。居市南，因爲號也。又引李曰：姓熊，名宜僚。《淮南子・主術篇》曰：市南宜遼弄丸，而兩家之難無所關其辭。高誘注曰：宜遼，名也，姓熊（姓名二字原互誤，今依劉家立本）。勇士，居楚市南。楚平王太子建爲費無忌所逐，奔鄭。鄭人殺之。其子勝在吴，令尹子西召之，以爲白公。請伐鄭以報讎。子西許之，而未出師。晉人伐鄭，子西救之。勝怒曰：「鄭人在此，讎不遠矣。」欲殺子西。其臣石乞曰：「市南熊宜遼，得之可以當五百人。」乃往視之，告其故。不從，舉之以劍而不動，而弄丸不輟，心志不懼。曰：「不能從子爲亂，亦不泄子之事。」白公遂殺子西。故兩家雖有難，不怨宜遼。故曰無所關其辭也。案：白公殺子西、子期，事見《左傳・哀十六年》。然傳不言宜僚弄丸，以解其難。疑《莊子》、《淮南》所言别有其事。高誘、司馬彪皆誤以白公殺子西事當之。難解，當指兩家搆難者言。故此賦以喻二客，非謂兩家不怨宜僚也。○又引《莊子》，見《天下篇》。○《毛詩》，見《鹿鳴》。

夫泰極剖判，造化權輿。

【注】善曰：《周易》曰：易有太極，是生兩儀。《史記》曰：鄒衍稱引天地剖判以來。《淮南子》曰：大丈夫無爲，與造化逍遥。《爾雅》曰：權輿，始也。《劇秦美新》曰：權輿，天地未袪也。班固《漢書述》曰：彰其剖判。

【疏】《周易》見《繫辭》上。韓康伯注曰：太極者，無稱之稱，不可得而名。取有之所極，況之太極者也。案：「泰」、「太」同，《釋文》作「大」，音泰。○《史記》，見《孟子荀卿列傳》。「鄒」本作「騶」，字通假。○《淮南子・原道篇》曰：大丈夫恬然無思，澹然無慮。又曰：與造化者俱。此引小誤。○胡克家曰：袁本、茶陵本無「《爾雅》曰」三字。○《爾雅》，見《釋詁》。錢大昕《潛研堂集》卷十曰：問：權輿訓始，或云造衡自權始，造車自輿始，其説然否？曰：此後儒臆説，不足信。予友孫星衍嘗説之，以爲權輿者，艸木之始。《大戴禮·誥志篇》：孟春百艸權輿。楊雄賦：萬物權輿於内，徂落於外。《釋艸》云：其萌虇蕍。郭景純以「蕍」屬下句。按《説文》：䕙，灌渝。䕙讀若萌，即《釋艸》之虇蕍。權輿與虇渝聲相近也。王引之《廣雅·釋草·疏證》曰：虇蕍之言權輿也。《爾雅》云：權輿，始也。始生，故以爲名。《大戴禮·誥志篇》云：孟春百草權輿。是草之始生，名權輿也。郝懿行《爾雅·釋草·義疏》曰：牟廷相《方雅》云：《説文》之灌渝，《釋草》作虇蕍，《釋詁》作權輿，並同聲假借字也。○《劇秦美新》見本書卷四十八。無「也」字。此引書所加。又各本「美新」下有「序」字，今依胡氏、梁氏校删。○「班固《漢書述》曰：彰其剖判」，胡克家曰：袁本、茶陵本無此十字。○《漢書述》，乃《敍傳》述《地理志》語。案：《漢書·敍傳》，後人或稱《漢書述》。顔注曰：自皇矣漢祖以下諸敍，皆班固自論撰《漢書》意。此亦依放《史記》之《敍目》耳。史遷則云：爲某事作某本紀、某列傳。班固謙不言，然而改言「述」，蓋避作者之謂聖，而取述者之謂明也。但後之學者，不曉此爲《漢書敍目》，見有「述」字，因謂此文追述《漢書》之事，乃呼爲《漢書述》，失之遠矣。摯虞尚有此惑，其餘曷足怪乎？

體兼晝夜，理包清濁。

【注】善曰：《列子》曰：昏明之分察，故一晝一夜。又曰：夫有形者生於無形，清輕者上爲天，濁重者下爲地。

【疏】《列子》，見《周穆王篇》及《天瑞篇》。案：「夫有形者」三句，又見《易緯乾鑿度》卷上。

流而爲江海，結而爲山嶽。

【注】善曰：班固《終南山賦》曰：流澤遂而成水，停積結而爲山。

【疏】班固《終南山賦》，此二句又見《游天台山》賦注引。

列宿分其野，荒裔帶其隅。

【注】善曰：《漢書》曰：秦地，於天官，東井、輿鬼之分野。楊雄《交州箴》曰：交州荒裔，水與天際。

【疏】此二句宜準上例自爲節。舊與「巖岡潭淵」合爲一節，非也。二句乃言中夏夷狄之大勢，故以列宿分野定中夏，而以荒裔帶隅別夷狄。李善注但舉雍州爲例，義亦未顯。今案：《周禮·春官·保章氏》曰：以星土辨九州之地所封，封域皆有分星。《史記·天官書》曰：天則有列宿，地則有州域。皆分野之説也。《保章氏》先鄭注但舉《左傳·昭元年》參爲晉星，《襄·九年》商主大火，《周語》伶州鳩所言，昔武王伐殷，歲在鶉火，歲之所在，則我有周之分野爲證，而所舉不備。故後鄭謂大界則曰九州，州中諸國中之封域，於星亦有分焉。其書亡矣，堪輿雖有郡國所入度，非古數也。今其存可言者，十二次之分也。星紀，吴越也。玄枵，齊也。娵訾，衛也。降婁，魯也。大梁，趙也。實沈，晉也。鶉首，秦也。鶉火，周也。鶉尾，楚也。壽星，鄭也。大火，宋也。析木，燕也。孫詒讓《正義》曰：十二次所主之國，有趙、秦、鄭，亦非周初所有，則仍非《保章氏》之故法，是也。《史記·天官書》曰：角、亢、氐，兖州。房、心，豫州。尾、箕，幽州。斗，江湖。牽牛、婺女，揚州。虚、危，青州。營室、東壁，并州。奎、婁，胃，徐州。昴、畢，冀州。觜觿、參，益州。東井、輿鬼，雍州。柳、七星、張，三河。翼、軫，荆州。《漢書·天文志》同。而《地理志》載：秦地，東井、輿鬼。魏地，觜觿、參。周地，柳、七星、張。韓地，角、亢、氐。趙地，昴、畢。齊地，虚、危。魯地，奎、婁。宋地，房、心。衛地，營室、東壁。楚地，翼、軫。吴地，斗。粤地，牽牛、婺女等分野。又以國分配二十八宿而十二次之名，但載自井十度至柳三度，謂之鶉首之次，秦之分。自柳三度至張十二度，謂之鶉火之次，周之分。自東井六度至亢六度，謂之壽星之次，鄭之分野，與韓同。自危四度至斗六度，謂之析木之次，燕之分。其他未載。《律曆志》下載：星紀，初斗十二度，終婺女七度。玄枵，初婺女八度，終危十五度。諏訾，初危十六度，終奎四度。降婁，初奎五度，終胃六度。大梁，初胃七度，終畢十一度。實沈，初畢十二度，終井十五度。鶉首，初井十六度，終柳八度。鶉火，初柳九度，終張十七度。鶉尾，初張十八度，終軫十一度。壽星，初軫十二度，終氐四度。大火，初氐五度，終尾九度。析木，初尾十度，終斗十一度。所載度數，又與《地理志》不同。《晉書·天文志》所載十二次度數與此同，而尤詳。謂壽星於辰在辰，鄭之分野，屬兖州。大火於辰在卯，宋之分野，屬豫州。析木於辰在寅，燕之分野，屬幽州。星紀於辰在丑，吴越之分野，屬揚州。玄枵於辰在子，齊之分野，屬青州。諏訾於辰在亥，衛之分野，屬并州。降婁於辰在戌，魯之分野，屬徐州。大梁於辰在酉，趙之分野，屬冀州。實沈於辰在申，魏之分野，屬益州。鶉首於辰在未，秦之分野，屬雍州。鶉火於辰在午，周之分野，屬三河。鶉尾於辰在巳，楚之分野，屬荆州。又分注費直《周易分野》、蔡邕《月令章句》度數之異。又載郡國躔次，較前志爲詳。蔡邕《月令章句》分野又見《續漢書·律曆志》下劉昭補注，而《郡國志》一注引皇甫謐《帝王世紀》所載度數，與費、蔡又不同，與漢、晉《志》亦有同異。《開元占經》卷六十四《分野略例》與《晉志》同。又《越絶書》卷十二所載：韓鄭，皆角、亢。燕，尾、箕。越，南斗。吴，牛、須女。齊，虚、危。衛，營室、壁。魯，奎、婁。梁，畢。晉，觜。秦，東井。周，柳、七星、張。楚，翼、軫。趙，參。又互有出入。古代言分野者，異同略具於此。又《周禮·保章氏》賈公彦疏及《開元占經》、石氏《中官占》以北斗七星主九州，似亦古説。以與本賦無關，故不述。○《漢書》，見《地理志》。案：鶉首之次，爲秦分野，其度數已見上。費直《周易分野》謂自東井十二度至柳四度，蔡邕《月令章句》謂自井十度至柳三度，皇甫謐《帝王世紀》謂自井十六度至柳八度，見《晉書·天文志》一、《續漢書·律曆志》下補注及《開元占經》卷六十四。又《晉志》載州郡躔次。東井、輿鬼，秦，雍州。雲中入東井一度，定襄入東井八度，鴈門入東井十六度，代郡入東井二十八度，太原入東井二十九度，上黨入輿鬼二度。○楊雄《交州箴》見《藝文類聚·州部》、《古文苑》卷十四。胡克家曰：袁本、茶陵本無「交」字。案：《漢書》曰「作州箴」，餘所引有某州箴者，疑皆後人所添。○輿，古音魚部。濁、嶽、隅，侯部。通轉爲韵。

巖岡潭淵，限蠻隔夷，峻危之竅也。

【注】潭，淵也。屈平《卜居》曰：横江潭而漁。善曰：《方言》曰：竅，空也。

【疏】姚寬《西溪叢語》卷上曰：劉淵林注《魏都賦》引《九章》之辭曰：蔀也必獨立。引《卜居》之辭曰：横江潭而漁。今閲二篇，又無是一句，信有闕文。淵林出漢後，何爲獨見全書也。步瀛案：《九章》條見下。《楚辭・漁父》曰：屈原既放，遊於江潭。注當引此。而此篇次《卜居》後，或誤記爲《卜居》。横江潭而漁，乃楊子雲《解嘲》之文，《漢書・楊雄傳》顔注及本書《解嘲》注皆引服虔曰：《漁父》也。此又誤記《解嘲》文，以爲《楚辭》，要不得疑爲《卜居》佚文也。孫志祖、梁章鉅、胡紹煐皆辨此注之誤。又案：「劉淵林」亦當作「張孟陽」，蓋宋本已有題爲「劉淵林注」者矣。○《方言》十三作「竅，阸也」。案：《説文》曰：竅，空也。《廣雅・釋言》曰：竅，孔也。錢繹《方言箋疏》曰：《道德經》孔德之容，王弼注：孔，空也。空乏亦阸之意也。

蠻陬夷落，譯導而通，鳥獸之氓也。

【注】陬、落，蠻夷之居處名也。一名，聚居爲陬。善曰：《廣雅》曰：落，居也。杜篤《通邊論》曰：親録譯導，緩步四來。《論衡》曰：四夷入諸夏，因譯而通。《説文》曰：譯，傳四夷之語者。《漢書》賈捐之上書曰：駱越之人，與禽獸無異。毛萇《詩傳》曰：氓，民也。

【疏】六臣本「通」下有「者」字。○《説文》曰：陬，阪隅也。此蓋「聚」之通假字。《説文》曰：聚，會也。一曰，邑落曰聚。《漢書・平帝紀》注張晏曰：聚，邑落名也。顔師古曰：聚小於鄉。○《廣雅》，見《釋詁》二。王念孫《疏證》曰：《史記・五帝紀》云：一年而所居成聚，二年成邑，三年成都。落，亦聚也。《鹽鐵論・散不足篇》云：田野不辟而飾亭落。《漢書・溝洫志》云：稍築室宅，遂成聚落。今人亦云聚落、邨落、院落。落之言聯絡也。籬謂之落，義亦相近也。○「杜篤《通邊論》」至「四來」，袁本、茶陵本脱「通」、「録」、「四來」四字。○《論衡》，見《變虚篇》。○《説文》，見《言部》。今本作「譯，傳譯四夷之言者」。沈濤曰：《文選》司馬長卿《喻蜀檄》注引：譯，傳也。傳四夷之語也。蓋古本如是。《後漢書・和帝紀》注引：譯，傳四夷之語也。《文選・東京賦》注引：譯，傳四夷之語者。是古本「傳」下總無「譯」字。許君以傳釋譯，不得更言譯也。「者」下當有「也」字。章懷、崇賢兩引，皆有所節。○《漢書》，見《賈捐之傳》，然對問非上書。○《詩》毛傳，見《衞風・氓之篇》。

正位居體者，以中夏爲喉，不以邊垂爲衿也。

【注】《易》曰：正位居體，美在其中，而暢於四支。善曰：喉、衿，以身及衣爲喻也。《戰國策》頓子曰：韓，天下之喉咽也。魏，天下之胷腹也。李尤《函谷關銘》曰：衿帶咽喉。《聲類》曰：衿，衣交領也。

【疏】胡克家曰：袁本、茶陵本「喉」下有「舌」字，「襟」下有「帶」字。案：詳注皆不當有，二本非。「衿」字，各本作「襟」。胡曰：依注字，善作「衿」，蓋五臣作「襟」，而各本亂之。案：胡氏説是，今據改。○《易》，見《坤・文言傳》。○《戰國策》，見《秦策》四《秦王欲見頓弱》章。今本無兩「也」字。○李尤《函谷關銘》「喉咽」二字當乙轉，已見《西京賦》疏。○《聲類》，本書王僧達《答顔延年詩》注引同。慧琳《一切經音義》卷七十引作「襟」。案：《爾雅・釋器》曰：衣眥謂之襟。郭注曰：交領。《詩・子衿》孔疏引孫炎曰：襟，交領也。《顔氏家訓・書證篇》曰：按古者斜領，下連於衿，故謂領爲衿。孫炎、郭璞注《爾雅》、曹大家注《列女傳》並云：衿，交領也。《説文》曰：裣，交衽也。段注曰：「裣」之字，一變爲「衿」，再變爲「襟」，字一耳。而《爾雅》之「襟」，毛傳、《方言》之「衿」，皆非許所謂「裣」也。《爾雅》、《詩》傳、《方言》皆自領言之。深衣曲袷如矩以應方，注：袷，交領也。古者方領，如今小兒衣領。《玉藻》「袷二寸」，注：曲領也。《曲禮》「天子視不上於袷」，《玉藻》「侍於君視帶」以及「袷」，注皆云：交領也。袷者，交領之正字。其字从合。《左傳》作「襘」，从會與从合，一也。交領宜作「袷」，而《毛詩》、《爾雅》、《方言》作「衿」，殆以「衿」、「袷」爲古今字與？若許云「裣，交衽也」，此則謂掩裳際之衽當前幅後幅相交之處，故曰交衽。裣本衽之稱，因以爲正幅之稱。正幅統於領，因以爲領之稱。此其推移之漸，許必原其本義爲言。凡金聲、今聲之字，皆有禁制之義。禁制於領，與禁制前後之不相屬，不妨同用一字。

長世字甿者，以道德爲藩，不以襲險爲屏也。

【注】善曰：《左氏傳》：北宮文子曰：有其國家，令問長世。《周書》：成王曰：朕不知字民之道，敬問伯父。《説文》曰：甿，田民也。《東方朔集》曰：文帝以道德爲籬，以仁義爲藩。毛萇《詩傳》曰：藩，屏也。楊雄《城門校尉箴》曰：盤石唐芒，襲險重固。毛萇《詩傳》曰：屏，蔽也。

【疏】吕向曰：字，養也。○《左傳》，見襄三十一年。○《周書》，見《本典篇》。○《説文》，見《田部》。○《漢書·東方朔傳》「化民有道」對曰：孝文皇帝之時，以道德爲麗，以仁義爲準。注引《東方朔集》，疑即此二句之異文。○《詩·毛傳》，見《大雅·板之篇》。○楊雄《城門校尉箴》，見《古文苑》卷十五。○後引《詩傳》，見《桑扈》。

而子大夫之賢者，尚弗曾庶翼等威，附麗皇極，思稟正朔，樂率貢職。

【注】善曰：言不曾與衆庶翼戴上者，等其威儀，而附著於大中之道也。《國語》：越王勾踐曰：苟聞子

大夫之言。賈逵曰：親而近之，故曰子大夫。《尚書》曰：庶明厲翼。孔安國曰：衆庶皆明其教而自勉厲，翼戴上命。《左氏傳》曰：士會曰：貴有常尊，賤有等威。《莊子》曰：附麗不以膠漆。王弼《周易》注曰：麗，著也。《尚書》曰：皇極，皇建其有極。孔安國曰：皇，大。極，中也。謂大中之道也。又曰：稟，受也。《論語比考讖》曰：正朔所加，莫不歸義。又《撰考讖》曰：穿胸儋耳，莫不貢職。《漢書》曰：單于非正朔所加。《東觀漢記》曰：百蠻貢職。

【疏】五臣無「者」字，「弗」作「不」。○注「而附著於大中之道也」，胡克家曰：袁本、茶陵本「而」作「又不」，無「於」字。○《國語》，見《越語》上。劉良曰：先生謂客爲子大夫之賢者，主客之義也。○《尚書》及僞孔傳，見《皋陶謨》。袁本、茶陵本無「庶明厲翼。孔安國曰」八字，而袁本「《尚書》曰」作「《尚書》注」。○《左傳》，見宣十二年。○《莊子》，見《駢拇篇》。○王弼《周易注》，見《離卦》。○次引《尚書》及僞孔傳，見《洪範》及僞《説命》上。○《論語比考讖》，又見本書《晉紀總論》注引。○《撰考讖》云云，胡曰：袁本、茶陵本「貢職」作「來貢」。案：尤校改之也。步瀛案：本書《喻巴蜀檄》注引正作「貢職」，尤本是也。○注「《漢書》曰單于」至「貢職」，胡曰：袁本、茶陵本無此十九字。○《漢書》，見《宣帝紀》甘露二年。○「百蠻」句，本書未再引。今本《東觀漢記》卷五《郊祀志》曰：東平王蒼議，以爲光武皇帝受命中興，撥亂反正，武暢方外，震服百蠻，戎狄奉貢，宇内治平。《續漢書·祭祀志》下劉注引《東觀書》同。未知本注即節引此文否。若屬此文，則「貢職」當作「奉貢」。

而徒務於詭隨匪民，宴安於絶域。榮其文身，驕其險棘。

【注】善曰：詭隨匪民，言詭善隨惡，同於匪民，又自宴安於其絶域也。《毛詩》曰：無縱詭隨，以謹無良。毛萇曰：詭隨，詭人之善，隨人之惡者也。《毛詩》曰：獨爲匪民。《左氏傳》：管仲曰：宴安酖毒，不可懷也。李陵書曰：出征絶域。《漢書》曰：少康之庶子，封於會稽，文身斷髮。蔡雍《樊陵碑》曰：進路孔夷，人情險棘。毛萇《詩傳》曰：棘，急也。

【疏】上「於」字疑當在「詭隨」下，故善注以詭善隨惡，同於匪民釋之。又尤本「匪人」正文及注前二「匪民」字作「匪人」。胡曰：茶陵本「人」作「民」，云：五臣作「人」。袁本作「人」，無校語。案：「民」字是也。尤以五臣亂善。又并注「同於匪民」亦改「人」，皆非。案：胡氏説是，今據改。○注「詭隨匪民，言」五字，袁、茶陵二本作「徒務於」三字。○《毛詩》，見《民勞》。「隨人」各本作「隨民」，誤。今依毛傳校改。又，尤本「惡」下無「者也」二字。袁、茶二本「詭人」上無「詭隨」二字。案：「詭隨者」三字，毛傳皆有，而無「也」字。然注家引書，句末增「也」字，亦通例。今依二本增入。○次引《毛詩》，見《何草不黄》篇。○《左傳》，見閔元年。○李陵書，見本書卷四十一。○《漢書》，見《地理志》。○蔡雍《京兆樊陵頌碑》，《藝文類聚·郡部》引。「人情」作「民情」，此亦避諱改。○毛傳，見《素冠》。○極、職、域、棘，古音之部。

繆默語之常倫，牽膠言而踰侈。飾華離以矜然，假倔彊而攘臂。非醇粹之方壯，謀踳駁於王義。孰愈尋靡蓱於中逵，造沐猴於棘刺。

【注】李尅書曰：言語辯聰之説，而不度於義者，謂之膠言。《周官》曰：形方氏，掌制邦國之地域而正

其封疆，無華離之地。班固云：「不變曰醇，不雜曰粹。」《莊子》曰：「惠施多方，其書五車，其道踳駁。言惡也。」《楚辭·天問》曰：「靡蓱九逵，枲華安居。」《韓子》曰：「燕王好微巧，衛人曰：『臣能以棘刺之端爲母猴。』王悅之。養以五乘之奉。王曰：『吾請觀客爲棘刺之母猴。』衛人曰：『臣爲棘刺之母猴也，人主欲觀之，必半歲不入宮，不飲酒食肉，雨霽日出視之，晏陰之閒，而棘刺之母猴乃可見。』燕王因養衛人而不能觀母猴。鄭人有臺下之冶者，謂王曰：『臣爲削者，諸微巧必以削削之，所削必大於削。今棘刺之端不容削，王試觀客之削，則能與不能可知也。』王曰：『客爲棘刺之母猴，何以理之？』曰：『以削。』王曰：『吾欲觀客之削也。』客曰：『臣請取之。』因逃。冶人謂王曰：『上之無度量，言談之士，多棘刺之說也。』」善曰：《周易》曰：「君子或默或語。」《廣雅》曰：「膠，欺也。」鄭玄《禮記注》曰：「矜，謂自尊大也。」毛萇《詩傳》曰：「然，是也。」《漢書》：伍被曰：「倔彊江淮閒。」《孟子》曰：「馮婦善搏虎，攘臂下車，衆皆悅之。」《楚辭》曰：「玉色頩以開顔，精純粹而始壯。」華，口哇反。司馬彪《莊子注》曰：「踳，讀曰舛。舛，乖也。駁，色雜不同也。」頩，普丁反。王逸《楚辭注》曰：「寧有蓱草蔓衍於九逵之道。靡，蔓也。」

【疏】「剋」，俗字，當作「尅」。而李剋諸書但作「克」。張雲璈曰：「李克，《漢書·藝文志》云：『子夏弟子。』而《釋文》又云：『子夏傳《詩》曾申，申傳魏人李克。』則李克是子夏之門人。《魏世家》又作『里克』。『里』、『李』古通。《呂覽·舉難》又作『李充』，蓋形近而譌。」馬國翰《玉函山房輯佚書·李克書序》曰：「其書隋唐《志》不著録，佚已久，惟《魏都賦》注引明標『李克書』。攷《呂氏春秋》、《淮南子》、《韓詩外傳》、《史記》、《新序》、《説苑》皆引李克對文侯語，雖互有同異，從本書取之云。案《吕氏春秋·適威篇》、《舉難篇》、《淮南子·道應篇》、《韓詩外傳》卷三、卷八、卷十、《史記·魏世家》、《吴起傳》、《新序·雜事》五、《説苑·臣術篇》《政理篇》《反質篇》，皆馬輯所本。而魏都賦注此條，他書皆不載。○形方氏見《夏官》。鄭注曰：華，讀爲「㼌哨」之「㼌」，正之使不㼌邪離絶。賈疏曰：王者地有㼌邪離絶，遞相侵入不正，故今正之。㼌者，兩頭寬，中狹。邪者，謂一頭寬，一頭狹。段玉裁《周禮漢讀考》曰：華、㼌，古音同部。鄭易「華」爲「㼌」，釋經之㼌離爲㼌邪離絶。㼌邪，謂地偏長，則去國遠。離絶，謂若閒以他國之地，逾竟而治之，皆爲邦國之不便。華，苦哇反，音夸。《廣韻》、《集韻》作「葜」，非是。孫詒讓《周禮正義》曰：《玉篇》、《廣韻》並以「華」爲「菲」者，以其形近，誤合爲一字，似亦本唐以前舊詁。然鄭讀、陸音，則皆無此義。○「不變曰醇」二句，當即班固《離騷章句》之文，釋「昔三后之純粹」句者也。「純」、「醇」之通借字。又洪興祖《遠遊補注》亦引此二句。○《莊子》，見《天下篇》。今本「踳」作「舛」。段玉裁曰：依《説文》，「踳」即「舛」字。○「言惡也」，胡曰：袁本、茶陵本無此三字。○《楚辭·天問》王注本「逵」作「衢」。○《韓子》，見《外儲説左上》。此有二説，所引乃第二説。燕王上有「一曰」二字。冶人謂王曰云云，乃在第一説之末，其他字句與各本及《藝文類聚·獸部》下、《白帖》二十四、二十九、《太平御覽·禮儀部》九、《獸部》二十二引，亦各有異同。古人引書，往往有此。宋乾道本《韓子》「一曰」下脱「燕王」二字，其「作好微巧」不誤。《白帖》二十九正合，二十四「微」誤作「徵」，尚未脱「好」字。而《藝文》及《御覽·獸部》皆脱「好」字，「衞」字又誤作「術」。《御覽·禮儀部》

「微巧」又誤作「欲攻」，益謬。盧召弓、顧千里校均善，而王先慎《集解》竟依《藝文》、《御覽》誤本改爲「徵巧術人」，則謬甚矣。○《周易》，見《繫辭》傳上。○《廣雅》，見《釋詁》二。案：《方言》三曰：膠，譎詐也。涼州西南之閒曰膠，自關而東西或曰譎，或曰膠。張雲璈曰：此張稚讓所本也。李注不引《方言》而引《廣雅》，似疏。步瀛案：《方言》十曰：姡，獪也。江湘之閒或謂之㺒。錢繹曰：「謬」與「㺒」通。○《禮記》鄭注，見《表記》。○《詩·皇矣》兩「無然」字，毛傳皆以「無是」爲訓。陳奐以爲全書「然」字通訓「是」也。○《漢書》，見《伍被傳》。「倔」作「屈」。顏注曰：屈，音具勿反。案：「倔」與「崛」同，作「屈」者，通假字。○《孟子》，見《盡心》下。○《楚辭》，見《遠遊》。「閒」當作「晚」。洪補注曰：晚，澤也。音萬。「純」作「醇」。○華，口哇反。見上。○《莊子·天下篇》司馬注，《釋文》未引。朱珔曰：《說文》舛爲部首，云：對卧也。从夕。牛相背。重文爲「踳」，云：楊雄作「舛」，从足、春。是司馬以爲「舛」、「踳」各字，而楊、許則爲一字矣。又舛之本義爲對卧，字亦作「僢」。《王制》注釋交阯云：浴則同川，卧則僢足是也。段氏謂：引伸之，凡足相抵皆曰僢。《典瑞》「兩圭有邸」，注云：僢而同本是也。《淮南書》及《周禮》多用「僢」字。余謂舛爲足相抵，故「踳」之或體即从足，春則其聲也。此踳駁蓋謂其譌舛耳。胡紹煐曰：據司馬注，則「踳」、「舛」各字。《說文》出「踳」，云楊雄作「舛」，从足、春。是楊又以「踳」爲「舛」之或體。蓋出《訓纂篇》。諸書多言「踳駁」，《孝經序》「踳駁尤甚」是也。杜宗玉曰：「舛」，字亦作「僢」。「僢」、「踳」亦音轉。○頩，普丁反。此爲注引《遠遊》玉色頩作音。○王逸《楚辭·天問》注曰：九交道曰衢。言寧有蓱草，生於水上，無根，乃蔓衍於九交之道。案：《爾雅·

釋宫》、《説文》皆云：四達謂之衢。《釋宫》及《毛詩・兔罝》傳皆云：九達謂之逵。《説文》曰：馗，九達道也。重文作「逵」。是逵爲九達，衢爲四達。衢、逵雙聲，王逸以九交道釋衢，是亦以衢爲逵矣。然逵爲九達道，不得曰九逵道，則注中「九逵」當是「九達」之誤也。又洪補注曰：《山海經》曰：宣山上有桑焉，其枝曰衢。注云：枝交互四出。又，少室之山有木，名帝休，其枝五衢。注云：言樹枝交錯，相重五出，有象路衢。《天對》云：有荓九歧，厥圖以詭。注云：衢，歧也。逸以爲生九衢中。恐謬。《魏都賦》云：尋靡荓於中逵。蓋用逸説也。案：洪引《山海經》並見《中山經》。毛奇齡《天問補注》曰：其葉九出爲九衢。沈約《郊居賦》：舒葉而九衢，開丹花而四照。《八詠詩》：彫芳卉之九衢，實靈茅之三脊。梁元帝《爲妾弘夜珠謝東宫賚合心金鈿啓》曰：曾遊澧浦，慣識九衢。則以九衢爲水中之草，故曰澧浦。夫水中之草，非荓乎？若《魏都賦》則誤以九衢爲九達之衢，故云中逵。此屬訛解，非實據也。丁晏《天問箋》説同。胡紹煐曰：按《釋名》：四達曰衢。齊、魯謂四齒杷爲欋。欋杷地則有四處，此道似之也。然則凡言衢者，皆歧出之義。《淮南子》：木大則根欋。謂根之四出也。「欋」與「衢」通，故路歧出謂之衢，荓歧出亦謂之衢，猶杷歧出謂之欋，根歧出亦謂之欋。太沖以九衢爲中逵，蓋沿逸注之誤。步瀛案：《釋名》見《釋道》，《淮南子》見《説林篇》。○「靡，蔓也」。案：此三字乃李氏釋靡荓之靡。洪氏《天問補注》引爲李善注，甚是。丁晏《天問箋》認爲王逸注，誤也。張銑曰：靡，流貌。言荓水物者，若求於中路，不可得也。言二客之言，差謬如中路尋荓，棘之刺端造沐猴也。○朱珔曰：陸氏《詩疏》云：猱，獮猴也。楚人謂之沐猴。《初學記》引孫炎曰：猱，母猴也。《説文》夒下曰：

一名母猴。爲下曰：母猴也。玃下曰：大母猴也。禺下曰：母猴屬也。段氏謂：母猴乃此獸之名，非謂牝者。沐猴、獮猴，皆聲之轉耳。郝氏謂：玃，今呼馬猴。馬、沐聲亦相轉。案：又互見《吴都賦》猿父疏。○侈、義，古音歌部。臂、刺，支部。通轉爲韵。

劍閣雖嶛，憑之者蹶，非所以深根固蔕也。

【注】善曰：劍閣，蜀境也。酈元《水經注》曰：小劍戍去大劍，飛閣通衢，故謂之劍閣。《廣雅》曰：嶛巢，高也。力彫反。又曰：蹶，敗也。《老子》曰：有國之母，可以長久，是謂深根固蔕，長生久視之道。《聲類》曰：蔕，果鼻也。

【疏】《水經·漾水注》曰：清水又東南逕小劍戍北，西去大劍三十里。連山絶險，飛閣通衢，故謂之劍閣也。此注節引。酈道元，字善長。《魏書》入《酷吏傳》，《北史》附其父範傳後。人引省稱酈元。○尤本「戍」字誤作「戊」，胡曰：袁本、茶陵本無「戍」字。案：此尤校添「戍」字而譌耳。步瀛案：凡二本不同者，《攷異》皆以爲尤延之校改增益，實顧千里之僻見，未足信。○《廣雅》，見《釋詁》四。王念孫曰：《淮南子·俶真訓》：譬若周雲之蘢蓯。遼巢，義與嶚巢同。○「蹶，敗也」，見《釋詁》三。案：此三字下尤本誤衍「善曰」二字。袁、茶二本無。今據删。○《老子》王弼注本「蔕」作「柢」，河上公注本作「蔕」。○《聲類》，已見《西京賦》注引。○蹶、蔕，古音祭部。

洞庭雖濬，負之者北，非所以愛人治國也。

【注】善曰洞庭，吴境也。《史記》：吴起曰：「三苗氏左洞庭而右彭蠡，恃此險也。禹滅之。」毛萇《詩

傳》曰：濬，深也。鄭玄《周禮注》曰：負，猶恃也。《漢書音義》：服虔曰：師敗曰北，南北之北。《老子》曰：愛人治國，能無知乎？

【疏】《史記》見《吴起傳》。案：「洞庭」下無「而」字，「恃此險也」作「德義不修」。《魏策》一載吴起之言，作「昔者三苗之居，左彭蠡之波，右洞庭之水」。《史記·五帝本紀》《正義》引策文而説之曰：按洞庭，湖名，在岳州巴陵西南一里。南與青草湖連。彭蠡，湖名，在江州潯陽縣東南五十二里。以天子在北，故洞庭在西，爲左。彭蠡在東，爲右。今江州、鄂州、岳州，三苗之地也。案：張守節此説，言三苗所在之地，是也。而欲調停《國策》、《史記》左右不同，故創爲天子在北，人北面向之，故東爲右，西爲左。然《國策》此文，左、右字各三見，不應先後異其方向。《正義》迂説，不足據也。《初學記·地部》下引《吴起傳》裴駰注曰：今太湖中苞山，有石穴，其深洞無知其極者，名洞庭。洞庭對彭蠡，則知此穴之名通呼洞庭。彭蠡，即宫亭，湖名也。不知今本《史記》《集解》何以佚此文。竊疑漢以前言洞庭，皆指今湖南之洞庭。《楚辭·九歌·湘君》曰：邅吾道兮洞庭。《中山經》曰：洞庭之山，帝之二女居之。是常遊於江淵，澧沅之風，交瀟湘之淵。皆謂湖南洞庭也。自漢以後，言洞庭者，往往以江浙之太湖當之。王逸《九歌》注曰：洞庭，太湖也。劉淵林注《吴都賦》從之。故裴駰《集解》亦本此説。蓋如此，《史記》左、右字始不相戾也。然又疑《史》文左、右字本與《魏策》同，自太湖之説盛行，後人乃改《史》文，遂與《策》互異耳。○《詩》毛傳，見《長發》。○《周禮》鄭注，見《夏官·大司馬》。各本「猶」誤作「性」，今依《周禮》注校改。○《漢書》服虔注，《高帝紀》上顔引同。又引韋昭曰：古「背」字也。

背去而走也。顔曰：北，幽陰之處，故謂退敗奔走者爲北。《老子》曰：萬物向陽而負陰。許慎《説文解字》云：北，乖也。《史記·樂書》曰：紂爲朝歌北鄙之音。朝歌者，不時。北者，敗也。鄙者，陋也。是知北則訓乖，訓敗，無勞借音。韋昭之徒，並爲妄矣。王念孫曰：《説文》：北，乖也。從二人相背。則「北」爲古「背」字明矣。《管子·君臣篇》曰：亂至則虐，騰至則北。北，謂背其君也。《齊策》曰：食人炊骨，士無反北之心。反北，卽反背也。北取乖背之義，故敗走亦謂之北。《桓九年·左傳》：以戰而北。《釋文》：北，嵇康音胸背。《吴語》：吴師大北。韋昭曰：軍敗奔走曰北。「北」，古之「背」字。是敗北之北，古讀爲背，取背而去之之義。《説文》訓北爲乖，正與此義相合。而師古乃云：北，幽陰之處，故謂退敗奔走者爲北。其失也鑿矣。師古不讀北爲背者，特以北爲入聲，背爲去聲，不可合而一之耳。不知背、北古同聲，故「北」爲古「背」字，而「背」、「邶」二字，並從北聲，敗北之北，亦取乖背之義。故嵇康、韋昭相承讀爲背。《樂書》訓北爲敗，安知其不讀爲背乎？《大雅·行葦》之黄耇台背，與翼、福爲韵，《桑柔》之職涼善背，與極、克、力爲韵，《瞻卬》之譖始竟背，與忒、極、慝、識、織爲韵。背字皆讀入聲，此背、北同聲之明證也。步瀛案：李善注南北之北，蓋亦狃師古之説，不讀爲背字耳。故録王氏《讀書雜誌》（卷四之二）之説以正之。○《老子》河上公本「知」下無「乎」字。此依王弼注本。

○北、國，古音之部。

彼桑榆之末光，踰長庚之初輝。

【注】善曰：《東觀漢記》：光武曰：失之東隅，收之桑榆。《毛詩》曰：東有啓明，西有長庚。

【疏】《東觀漢記》，見《馮異傳》。本書善注屢引之。案：《後漢書・馮異傳》李賢注曰：《淮南子》曰：至於衡陽，是謂中隅。又前書谷子雲曰：太白出西方六十日，法當參天。今已過期，尚在桑榆閒。桑榆，謂晚也。案：《淮南子》，見《天文篇》，《漢書》，見《谷永傳》。○《毛詩》，見《大東》，傳曰：日且出，謂明星爲啓明。日既入，謂明星爲長庚。庚，續也。孔疏曰：《釋天》云：明星謂之啓明。孫炎曰：明星，太白也。出東方，高三舍，命曰啓明。昏出西方，高三舍，命曰太白。案：《爾雅》「啓」作「启」，字同。

況河冀之爽塏，與江介之湫湄。

【注】善曰：《左氏傳》：齊景公欲更晏子之宅，曰：「子之宅，湫隘囂塵，請更堵爽塏。」楚辭曰：長江介之遺風。薛君《韓詩章句》曰：介，界也。毛萇《詩傳》曰：水草交曰湄。

【疏】《左傳・昭三年》，已見《西京賦》。○《楚辭》，見《九章・哀郢》。「長」作「悲」。陸士龍《答張士然詩》注，又引作哀江介之悲風。疑皆誤。○《韓詩遺說攷》輯此於《思文》，無此疆爾界句，下 謂唐《石經》初刻作「界」，後改作「介」，從《韓詩》。呂錦文曰：《釋文》「界」作「介」，訓大，非也。《爾雅・釋詁》云：疆，界垂也。「介」，古「界」字。杜宗玉曰：界，從介聲。《說文》：界，竟也。介，畫也。從八，從人。人各有介也。《孟子・滕文公》上：經界不正。《遊天台山賦》：瀑布飛流以界道。注：界道，謂爲道疆界也。《易・兑》：介疾有喜。注：介，隔也。「界」、「介」蓋古今字。○《詩・巧言》毛傳曰：水草交謂之麋。《釋文》曰：麋，本又作「湄」。任彥昇《奏彈曹景宗》注引《毛詩》亦作「湄」，《爾雅・釋水》郭注引同。「湄」，本字，「麋」，假借字。陳喬樅、王先謙謂魯作「湄」，毛作「麋」，未確。○輝，古音諄部。

湄，脂部。通轉爲韵。

故將語子以神州之略，赤縣之畿，魏都之卓犖，六合之樞機。

【注】鄒衍以爲儒者所謂中國者，於天下八十一分居一耳。中國名赤縣神州，赤縣神州内自有九州，禹之所敍九州也。是以不得爲州數。中國外若赤縣神州者九，所謂九州者也。范雎説秦王曰：魏、韓，中國之處而天下之樞也。善曰：《河圖括地象》曰：崑崙東南地方五千里，名曰神州，帝王居之。《小雅》曰：略，界也。《周禮》曰：方千里曰王畿。《西都賦》曰：卓躒諸夏。卓犖，與卓躒音義同。《吕氏春秋》曰：神通乎六合。

【疏】鄒衍説見《史記·孟子荀卿列傳》。案：袁、茶二本不複見「赤縣神州」四字。○范雎説秦王，見《秦策》三。「中國」下「之」字各本脱，據《策》增。○《河圖括地象》，尤本「崑山」下有「謂」字，茶陵本、毛本同。袁本無，是也。本書《答盧諶詩》注、《辨命論》注引皆無「謂」字，今據删。詩注脱「南」字，亦誤。○《小雅》，見《廣詁》。○《周禮》，見《夏官·職方氏》。○卓犖，已見《西都賦》疏。薛傳均曰：左太冲《詠史》：卓犖觀羣書。注：孔融《薦禰衡表》曰：英才卓躒。「躒」與「犖」同。《左氏·莊三十二年傳》「圉人犖」，《公羊》作「鄧扈樂」，躒正從樂聲也。所引《西都賦》，「卓」本作「逴」。注云：逴，音卓。《史記·衛將軍驃騎傳》：逴行殊遠。《索隱》：「逴」與「卓」同。○《吕氏春秋·審分篇》，已見《西都賦》注。○畿、機，古音脂部。○以上折二子。

于時運距陽九，漢網絶維。姦回内鼎，兵纏紫微。翼翼京室，眈眈帝宇。巢焚原燎，變爲煨燼。故荆棘旅庭也。殷殷寰内，繩繩八區。鋒鏑縱横，化爲戰場。故麋鹿寓城也。

【注】不飲酒而怒曰奰。《詩》曰：内奰于中國。漢室之亂，起於閹官，故曰内奰也。紫微宫在南城下，于時兵所圍繞。光熹元年四月，靈帝崩。八月，大將軍何進入省見太后。黄門張讓、郭進等斬進，進部曲將兵突入尚書閣。閣閉，虎賁中郎將袁術等攻閣。日暮，術等起火燒閣。初平元年十二月，董卓遷都長安。其夜，燒洛陽南北宫。《易》曰：鳥焚其巢。《尚書》曰：若火之燎于原。《春秋穀梁傳》曰：寰内諸侯，非天子之命不得出會。尹更始曰：天子以千里爲寰。伍被謂淮南王曰：昔伍子胥諫吴王，吴王不用，乃曰：「臣今見麋鹿遊姑蘇臺也。臣今見宫中生荆棘露沾衣也。」善曰：《春秋保乾圖》曰：五運七變，各以類驚。宋衷曰：五運，五行用事之運也。孔安國《尚書傳》曰：距，至也。《漢書》：陽九厄曰：初入元百六陽九。《音義》曰：《易傳》所謂陽九之厄。《漢書》曰：漢興，禁網疎闊。《管子》曰：國有四維。四維不張，則滅。王逸《楚辭注》曰：維，紘也。《尚書》曰：崇信姦回。《毛詩》曰：商邑翼翼。《漢書》：客謂陳涉曰：「夥，涉之爲王沈沈者！」應劭曰：沈沈，宫室深邃之貌。沈，長含反。與眈音義同。謝承《後漢書》曰：陽球爲司隸校尉，虎視帝宇。《廣雅》曰：煨，燼也。烏瓌反。《廣雅》曰：煨，煙也。杜預《左氏傳注》曰：燼，火之餘木也。似進反。毛萇《詩傳》曰：殷，衆也。《毛詩》曰：子孫繩繩兮。《長楊賦》曰：洋溢八區，言廣大也。《説文》曰：鋒，兵端也。又曰：鏑，矢鋒也。《戰國策》曰：綴甲厲兵，效勝於戰場。

【疏】袁、茶二本「庭」下無「也」字。○《後漢書·光武帝紀》上曰：野穀旅生。李賢注曰：旅，寄也。不因播種而生，故曰旅。今字書作「穭」，音吕。古字通。案：此賦旅生即此義。吕向謂：旅，猶次也。非是。○《詩·蕩》「贔」作「奰」。毛傳曰：不飲酒而怒曰奰。注即據毛傳爲訓。梁曰：《一切經音義》七云：「贔」，古文「奰」、「㚰」、「悲」三形，今作「𠡒」，同。皮冀反。《説文》作不醉而怒謂之奰。步瀛案：《説文》本作「𡙡」，已見《西都賦》疏。○胡曰：注「于時兵所圍繞」，袁本、茶陵本「繞」作「也」，是也。○《後漢書·靈帝紀》曰：中平六年，夏四月丙辰，帝崩于南宮嘉德殿。戊午，皇子辯即皇帝位，年十七。太后臨朝，大赦天下。八月戊辰，中常侍張讓、段珪等殺大將軍何進。於是虎賁中郎將袁術燒東西宫，攻宦者。辛未，司隸校尉袁紹收諸閹人，無少長皆斬之。讓、珪等復劫少帝及陳留王走小平津。尚書盧植追讓、珪等，斬數人，其餘投河而死。帝與陳留王協夜步行數里，得民家露車，共乘之。辛未，還宫，大赦天下，改光熹爲昭寧。并州牧董卓自爲司空。九月甲戌，董卓廢帝爲弘農王。《孝獻帝紀》曰：中平六年，九月甲戌，即皇帝位，大赦天下，改昭寧爲永漢。十二月，還復中平六年。初平元年二月丁亥，遷都長安。董卓驅徙京師百姓，悉西入關。己酉，董卓焚洛陽宫廟及人家。○《易》，見《旅》上九爻詞。○《尚書》，見《盤庚》上。○《穀梁傳》，見隱元年。「出會」下當有「諸侯」二字。范甯注曰：天子畿内大夫有采地，謂之寰内諸侯。《釋文》曰：寰音縣，古「縣」字。一音寰，又音患。寰内，圻内也。楊士勛疏曰：寰内者，王都在中，諸侯四面繞之，故曰寰内也。梁曰：《匡謬正俗》八云：州縣「縣」字本作「寰」，後借縣字爲之也。尹更始有《穀梁傳章句》，《隋·經籍志》云：已亡。胡紹煐曰：按：本書江文通《雜體詩》：鶩望分寰隧。善注：寰，猶畿也。《王制》：天子之縣内。縣亦畿也。鄭注：縣内，夏時天子所居，州界名也。殷曰：畿，周亦曰畿。是也。《舊唐書·音樂志》：赤寰歸德，即赤縣也。「寰」、「縣」，古今字。《説文》有「縣」無「寰」。○伍被謂淮南王，見《史記·淮南王安傳》及《漢書·伍被傳》。尤本「荆棘」上奪「生」字，今依袁本、茶陵本增。○《春秋保乾圖》，盧子諒《贈劉越石》詩注并引宋衷注，而但云《春秋緯》。○《尚書》僞孔傳見《益稷》。○《漢書·律曆志》陽九厄，已見《吴都賦》注及疏。○次引《漢書》見《刑法志》。○《管子》見《牧民篇》。○《楚辭·天問》注曰：維，綱也。「紘」疑「綱」字之誤。○《尚書》，見僞《泰誓》下。○《毛詩》見《殷武》。○《漢書》見《陳涉傳》。顔注引應劭同。「長含反」，尤本、毛本「反」作「切」，今依袁、茶二本。案：《史記·陳涉世家》「夥」下有「頤」字，黄生《義府》卷下曰：沈讀爲潭。潭潭，尊嚴之義。夥頤，甚辭也。意謂涉與我故等夷爾，今其爲王，何太尊嚴之甚。案：黄説是。然李注引此，則從應義。○謝書今佚。范書陽球入《酷吏傳》。袁本脱「後」字，誤。○「《廣雅》曰：煨，燼」至「煙也」，胡曰：此有誤。考《廣雅》並無「煨，燼也」，又其下不當又云「《廣雅》曰」。各本皆同，無以訂之。唯《釋詁》云：煨，煴也。下「煙」必「煴」之誤。朱珔曰：《廣雅·釋詁》云：煨，煴也。「煙」必「煴」之誤，此以「煙」爲「煴」，是也。但《釋言》又有煨，火也。「火」蓋「㶳」之壞字。《經籍纂詁》引此正作「㶳」。「㶳」即「燼」字。《説文》作「㶳」。古多煨燼連文，煨既訓煴，《集韵》云：煴，火微。正合燼義。則此「煨，燼也」，乃據《釋言》文，可正今本《廣雅》之誤。王氏《疏證》謂：煨，火也。「煨」當爲「煤」。《方言》：煤，火也。然觀善注，似唐時本不如是矣。○《左傳》杜注，見成二年。○毛傳，見《溱洧》。

尤本、袁本脱「傳」字，今依毛本、茶陵本增。○《毛詩》，見《螽斯》。胡紹煐曰：按《毛傳》：繩繩，戒慎也。疑與此義不合。《尚書大傳》：禾黍繩繩。繩繩，猶羊羊也。《方言》：繩，東齊謂之羊。郭注：此亦轉語也。今江東人呼羊聲如蠅。然則「繩繩」即「洋洋」，「洋」之轉爲「繩」，猶「羊」之轉爲「蠅」。《爾雅》：洋，多也。重言之亦曰洋洋。《魯頌·閟宫》傳：洋洋，衆多。是也。○《説文》，見《金部》。「鋒」作「鏠」，「端」作「耑」。○「鏑，矢鋒也」，各本脱「鏑」字。今依陳景雲校增。○《戰國策》，見《秦策》一蘇秦説秦惠王。○維、微，古音脂部。庭、城，耕部。

伊洛榛曠，崤函荒蕪。

【注】善曰：服虔《漢書注》曰：榛，木叢生也。賈逵《國語注》曰：蕪，穢也。

【疏】伊洛，已見《東京賦》。崤函，已見《西都賦》。○《淮南·原道篇》高注曰：藂木曰榛。《廣雅·釋木》曰：木叢生曰榛。《詩·鳴鳩》《釋文》引《字林》曰：榛，木叢生。並與服虔《漢書》注同。○《國語》賈注，謝玄暉《始出尚書省》詩注、沈休文《宋書·謝靈運傳論》注引並同，當是《周語》下田疇荒蕪句注。

臨菑牢落，鄢郢丘墟。

【注】善曰：《漢書》：齊郡有臨菑縣。牢落，猶遼落也。《洞簫賦》曰：翩連綿以牢落。《東觀漢記》曰：第五倫自度仕宦牢落。《漢書》：南郡有故鄢縣。《吕氏春秋》：燭過曰：子胥諫而不聽，故吴爲丘墟。

【疏】《漢書》，見《地理志》，臨菑下原注曰：師尚父所封。顔注引臣瓚曰：臨淄，即營丘也。《清統志》

曰：山東青州府，臨淄故城在今臨淄縣北八里。○「牢落」至「以牢落」，胡曰：袁本、茶陵本無此十六字。○《洞簫賦》見本書卷十七。○《東觀漢記》，見《第五倫傳》。○《漢書·地理志》南郡江陵下，原注曰：故楚郢都。楚文王自丹陽徙此，後九世，平王城之。又宜城下原注曰：故鄢。惠帝三年更名。《說文》曰：郢，故楚都。在南郡江陵北十里。《水經·沔水注》曰：江陵西北有紀南城，楚文王自丹陽徙此。平王城之。班固言楚之郢都也。《清統志》曰：湖北荆州府，江陵故城今江陵縣治。《史記·楚世家》《集解》引服虔曰：鄢，楚别都也。又引杜預曰：襄陽宜城縣。《正義》引《括地志》曰：故鄢城在**襄**州安養縣北。《清統志》曰：湖北襄陽府，宜城故城在今宜城縣南。○注引《吕氏春秋》誤《合知化》篇與《貴直篇》爲一，已見《吴都賦》疏。

而是有魏開國之日，締構之初，萬邑譬焉。亦猶犨麋之與子都，培塿之與方壺也。

【注】善曰：《周易》曰：開國承家。《廣雅》曰：締，結也。犨麋，古之醜人也。《吕氏春秋》曰：陳有惡人焉，曰敦洽犨麋，椎顙廣額，色如漆赭，陳侯悦之。《毛詩》曰：不見子都。子都，美丈夫也。《左氏傳》曰：太叔曰：培塿無松柏。培，步苟反。塿，路苟反。方、壺，二山名。已見上文。

【疏】「猶」，尤本誤作「獨」，毛本同。今依袁、茶二本。○《周易》，見《師》上六爻詞。○《廣雅》，見《釋詁》四。○《吕氏春秋》，見《遇合篇》。今本「犨」作「讎」，「額」作「顔」。劉孝標《辨命論》注引與今本同。胡曰：袁本、茶陵本無「赭」字。《初學記》及《廣韻》亦無「赭」字。○《毛詩》，見《山有扶蘇》。袁、茶二本無「子都，美丈夫也」六字。案：毛傳曰：子都，世之美好者也。《孟子·告子》上曰：至於子都，天下莫不知其姣也。趙注曰：子都，古之姣好者也。《荀子・賦篇》曰：閭娵子奢莫之媒。都、奢，古音同。子奢即子都。○《左傳》，見襄二十四年。許巽行曰：今《左傳》作「部婁」。《説文》作「附婁」。引《春秋傳》曰：附婁無松柏。《左》《釋文》：部，蒲口反。「婁」，本或作「樓」，路口反，小阜也。步瀛案：許説是也，而猶未盡。《淮南子・原道篇》高注引作「㟝嶁無松柏」，《風俗通義・山澤篇》引作「培塿」，又曰：部者，阜之類也。今齊、魯之閒田中少高卬者，名之爲部。是部義與培同。《孟子・告子》下：可使高於岑樓。趙注曰：岑樓，山之鋭嶺者。是樓義與塿同。《方言》十三曰：冢，自關而東謂之丘。小者謂之塿。郭注曰：培塿，亦堆高之貌。《廣雅・釋丘》曰：培塿，冢也。是「棓樓」、「培塿」、「部婁」、「附婁」、「㟝嶁」皆同。《史記・滑稽傳》：甌窶滿車。《索隱》曰：甌窶，猶杯樓也。《正義》曰：窶，音樓。甌窶，謂高地狹小之區。《爾雅・釋器》曰：甌瓿謂之瓵。郭注曰：瓿甊，小甖。然則小阜謂之培塿，猶小甖謂之瓿甊矣。是甌窶亦兼高小之義，與培塿同。○「方、壺二山名」，胡曰：「二」當作「三」，各本皆誤。袁本、茶陵本無「已見上文」四字。步瀛案：《史記・封禪書》以蓬萊、瀛洲、方丈爲三神山。方丈即方壺，故胡氏以爲三山名，然止是三山之一耳。逕作「三」亦未合，疑是衍字。抑以《西都賦》注方丈與壺梁並舉以爲二山耶？○蕪、墟、初、都、壺，古音魚部。○以上魏之開基。

且魏地者，畢昴之所應，虞夏之餘人，先王之桑梓，列聖之遺塵。考之四隈，則八埏之中。測之寒暑，則霜露所均。卜偃前識而賞其隆，吴札聽歌而美其風。雖則衰世，而盛德形於管絃。雖踰千祀，而懷舊藴於遐年。

【注】《詩譜》云：魏地，畢、昴之分野。虞舜及禹所都之地。在《禹貢》冀州雷首之北，析城之西。周以封同姓。其後晉獻公滅魏，以封大夫畢萬，在晉之南河曲。故其詩云：彼汾一曲，寘之河之干。限，猶隅也。鄒衍曰：四限不静。司馬相如《封禪文》曰：下泝八埏。《國語》曰：卜偃云：「魏，大名也。以是始賞，天啓之矣。」《左傳》曰：吴公子札來聘，使工爲之歌魏。曰：「美哉，大而婉，儉而易行。以德輔此，則明主也。」善曰：《毛詩》曰：惟桑與梓，必恭敬止。王逸《楚辭注》曰：考，校也。《周禮》曰：以土圭測日影，以求地中。日南多暑，日北多寒。《禮記》曰：日月所照，霜露所墜。《左氏傳》：史趙曰：「盛德必百世祀。」《吴越春秋》：樂師曰：「君王之德，可記之於管絃。」《毛詩序》曰：懷其舊俗。《方言》曰：藴，積也。

【疏】「餘人」，何曰：「人」字，唐人避太宗諱改。○「所均」，胡曰：茶陵本「均」作「鈞」，云：五臣作「均」。袁本作「均」，無校語。案：袁用五臣也。尤蓋以五臣亂善。○「詩譜」至「以封同姓」，今本《毛詩》注疏所載「魏地」作「魏者」，無「畢、昴之分野」五字，「及禹」作「夏禹」，「其後晉滅魏，以封大夫畢萬」二句作「至春秋閔公元年，晉獻公竟滅之，以其地賜大夫畢萬，在晉之南河曲至河之干」。孔疏曰：《地理志》云：魏國，姬姓也。在晉之南河曲。故其詩曰：彼汾一曲。寘諸河之干兮。案：引《詩》見《汾沮洳》及《伐檀》。然《毛詩》「諸」作「之」，《地理志》作「寘諸河之側」，亦《伐檀》之文也。《漢書·地理志》曰：魏地，觜觿、參之分野也。《史記·天官書》曰：昴、畢，冀州。觜觿、參，益州。《天文志》同。錢坫《新斠注地理志》曰：此與武帝所置之益州異也。步瀛案：《開元占經》卷六十四曰：參爲魏之分野，屬益州。漢武帝改梁州爲益州，非魏地益州也。此錢說所本。蓋漢初本以胃、昴、畢屬冀州，爲趙星。觜觿、參屬益州，爲魏星。自武帝別置益州，於是天文家談分野者，遂以觜觿、參、實沈之次移於益州，而仍存魏字。而實沈所配益州之州郡，乃合於冀州，而與胃、昴、畢大梁之次相配。於是星土不相應矣。至於《漢書·律曆志》以自胃七度至畢十一度爲大梁，自畢十二度至井十五度爲實沈，《晉書·天文志》同。而費直以自胃六度至畢八度爲大梁，自畢九度至井十一度爲實沈。蔡邕以自胃一度至畢六度爲大梁，自畢六度至井十度爲實沈。僅度數不同，尚其變易之小焉者也。蓋星宿躔度，有定者也。而封域一彼一此，無定者也。《漢·地理志》所舉魏分，如陳留、潁川、河南等郡縣，於春秋當屬陳、鄭二國，實角、亢、氐、壽星之次，不當併入魏分。至戰國魏徙大梁，遂不能不舉以相屬。況武帝置益州，本古來十二次所未有，故《晉志》以舊所謂觜觿、參、實沈之次者，別取廣漢、越巂、蜀犍爲牂牁、巴、漢中、益州等郡，併爲益州以配之。而舊日益州之配實沈者，如魏郡入昴，一度乃列入趙冀州。由此推之，河東、河內、河南入周，太原、上黨入秦者，舊時必有全部或一部屬魏，而在實沈之次者矣。《占經》六十四引未央分野曰："魏星得胃、昴、畢。"與鄭《詩譜》及太沖賦正合。○限，已見《西都賦》注。此云「猶隅也」者，謂四限即四隅也。《列子·黃帝篇》《釋文》曰："「限」一作「隅」"，可與此相證。○鄒衍云云，《玉函山房》輯入《鄒子》。○《封禪文》，見本書卷四十八。○《國語》，見《晉語》一。○《左傳》，見襄二十九年。尤本「明」上有「爲」字。袁本無，與《左傳》合，今從之。茶陵本無「《左傳》」以下三十三字。○《毛詩》，見《小弁》。○王逸注，見《招魂》。○《周禮》，見《地官·大司徒》。○《禮記》，見《中庸篇》。○《左傳》，見昭八年。○《吴越春秋》卷十《句踐伐吴外傳》：樂師曰：「君王德可刻於金石，聲可託於絃管。」注中「記」字當是「託」字之誤。○《毛詩序》，見《關雎》。○《方言》見卷十二。○人、塵、均、絃、年，古音真部。自爲韻。隆，冬部。風，侵部。通轉爲韻。

爾其疆域，則旁極齊秦，結湊冀道。開胸殷衛，跨躡燕趙。山林幽峽，川澤迴繚。恒碣碪碍於青霄，河汾浩涆而皓溔。南瞻淇澳，則綠竹純茂。北臨漳滏，則冬夏異沼。神鉦迢遞於高巒，靈響時驚於四表。温泉毖涌而自浪，華清蕩邪而難老。

【注】當魏襄王時，蘇秦説魏王曰：南有鴻溝，東有淮潁，西有長城，北有河外。《地理志》曰：魏，觜觿、參之分野也。自高陵以東，盡河東、河内，南有陳留及汝南之邵陵、隱强、新汲、西華、長平，潁川之舞陽、郾、許、鄢陵，河南之開封、中牟、陽武、酸棗、卷，皆魏分也。魏武皇帝初封魏公，南得河内、魏郡，北得趙國、中山、常山、鉅鹿、安平、甘陵，東得平原，西得河東，凡十郡，以此爲魏之本國。蓋冀州之地。恒山，北岳也。碣石，山名也。《詩》云：瞻彼淇澳，綠竹猗猗。《漢書·溝洫志》曰：下淇園之竹。漳、滏，二水名。經鄴西北。滏水熱，故曰滏口。水有寒有温，故曰冬夏異沼也。《冀州圖》：鄴西北鼓山，山上有石鼓之形。俗言時自鳴。劉邵《趙都賦》曰：神鉦發聲。俗云石鼓鳴，則天下有兵革之事。《詩》云：毖彼泉水。温水，在廣平郡易陽縣。俗以治疾，洗百病。華清，井華水也。善曰：王逸《楚辭注》曰：湊，聚也。冀、道，亦二國名也。《爾雅》曰：兩河閒曰冀州。《左氏傳》曰：江、黄、道、柏，方睦於齊。杜預曰：道國在汝南。胸，猶前也。《南都賦》曰：涓水蕩其胸。《漢書·地理志》曰：河内

本殷舊都，周分爲邶、鄘、衛。碪磑，高貌。碪，五感反。鄭玄《周禮注》曰：汾水出汾陽縣。浩，古老切。汧，古旦反。《上林賦》曰：灝溔潢漾。《廣雅》曰：浩溔，大也。皓，故老反。溔，餘眇反。《山海經》曰：少山，清漳水出焉。郭璞曰：至武安南入濁漳。《山海經》曰：神囷山，滏水出焉。郭璞曰：經鄴西北入漳。《說文》曰：泌，水駛流也。「泌」與「毖」同，音祕。魚豢《典略》曰：浪井者弗鑿而成。《毛詩》曰：永錫難老。

【疏】「碪磑」，《玉篇·山部》引作「嵁崿」。〇「當魏襄王時」，尤本、毛本皆作「善曰史記」四字。胡曰：袁本、茶陵本作「劉曰當魏襄王時」。案：二本最是。當魏襄王時者，上數所賦以前也。尤改誤。又二本每節首有「劉曰」，於此例當去，改爲「善曰」，更誤。〇蘇秦說魏王，見《魏策》一及《史記·蘇秦傳》。尤本、毛本「魏」下有「襄」字。袁、茶二本「河外」作「河水」，誤。〇《地理志》文至「皆魏分也」止，各本「以東」下脱「盡」字，「陳」下脱「留」字，「潁川」下脱「之」字，今皆依《漢志》補。尤本「鄢」字下誤衍「樊」字，今依袁、茶二本及毛本刪。《旁證》引姜皋曰：「鄢陵」，《漢·地理志》作「傿陵」。師古曰：傿，音偃。按：《尹宙碑》亦作「傿陵」。步瀛案：《左傳·成十六年》作「鄢陵」。顧炎武《日知録》卷二十六曰：《左傳(昭元年)》子産曰：遷實沈於大夏，主參，故參爲晉星。然其疆界，亦當至河而止。若《志》所列陳留已下郡縣，並在河南，於春秋自屬陳、鄭二國，角、亢、氐之分也，不當併入。魏本都安邑，至惠王始徙大梁，乃據後來之疆土，割以相附，豈不謬哉！錢大昕《廿二史攷異》卷七曰：以《志》攷之，新汲屬潁川，非汝南。酸棗屬陳留，非河南。蓋漢時郡國屬縣，更易靡常，史家不能攷而悉書之。案：「新汲」疑「新息」之誤。以今地證之，漢左馮翊高陵縣，在今陝西高陵縣西南。漢河東郡二十四縣，治安邑縣，在今山西夏縣北。河内郡十八縣，治懷縣，在今河南武陟縣西南。河南郡十七縣，治陳留縣，今陳留縣治。汝南郡召陵縣，在今郾城縣東。隱强縣，《漢志》「隱」作「濦」，在今臨潁縣東。新息縣，在今息縣東。若潁川之新汲縣，則在今扶溝縣西南矣。汝南郡西華縣，在今西華縣南。長平縣，在今西華縣東北。潁川郡舞陽縣，在今舞陽縣西。郾縣，在今郾城縣西南。傿陵縣，在今鄢陵縣西北。河南郡開封縣，在今開封縣南。中牟縣，在今中牟縣東。陽武縣，在今陽武縣東南。卷縣，在今原武縣西北。陳留郡之酸棗縣，在今延津縣東北。自武陟縣以下，皆屬今河南省者也。

○《魏志·武帝紀》，魏國十郡爲河東、河内、魏郡、趙國、中山、常山、鉅鹿、安平、甘陵、平原。注「河東」各本作「東平」。案：東平屬兗州，亦不得言西，故依《魏志》校正。又案：《續書·郡國志》，冀州九郡爲魏、鉅鹿、常山、中山、安平、河閒、清河國、趙國、勃海。而清河國有甘陵縣，河内、河東屬司隸，蓋河閒、勃海二郡不以封魏。《續漢·郡國志》清河國，劉注：桓帝建和二年，改爲甘陵。《後漢·獻帝紀》：建安十一年，除爲郡。又建安十八年，省司隸校尉，而以河東、河内屬冀州，以封魏也。案：《三國郡縣表》，魏郡三十，縣治鄴，在今河南臨漳縣西南。鉅鹿郡十五縣，治廮陶，在今河北寧晉縣西南。常山郡十四縣，治真定，在今正定縣南。中山國十二縣，治盧奴，今定縣治。安平國十三縣，治信都，今冀縣治。平原十縣，治平原，在今山東平原縣南。甘陵郡七縣，治甘陵，在今清平縣南。河内郡十九縣，治懷。河東郡二十縣，治安邑。並見上也。楊守敬《三國郡縣表補正》，鉅鹿郡有宋子，凡十六縣。中山國有靈丘，凡十三縣。安平國有武強，凡十四縣。○《爾雅·釋山》曰：河北，恒。又曰，恒山爲北嶽。《白虎通義·巡狩篇》曰：北方爲恒山者何？恒者，常也。萬物伏藏於北方有常也。《漢書·地理志》常山郡上曲陽，原注曰：恒山，北谷，在西北，有祠。段玉裁謂「谷」當作「岳」，是也。《風俗通·山澤篇》同。案：自漢以來，祠北嶽皆在今河北曲陽縣西北。至後魏太延元年，立北嶽廟於山西渾源縣南二十里恒山上。清順治十七年，乃改祠於此，著爲祀典云。○《詩》，見《衛風·淇澳》。《毛詩》作「淇奥」，傳曰：奥，隈也。緑，王芻也。竹，萹竹也。猗猗，美盛貌。《漢書·地理志》引亦作「奥」。《左傳·昭二年》、《禮記·大學》引皆作「澳」。《禮記》《釋文》曰：「澳」，又作「隩」。《爾雅·釋丘》曰：隩，隈。又曰：厓内爲隩。《説文》曰：隩，水隈厓也。又曰：澳，隈厓也。其内曰澳，其外曰隈。《大學》鄭注曰：澳，隈崖。「隩」、「澳」字同。「奥」，借字。陳奂《疏》謂淇水深曲處，是也。《漢書·地理志》河内郡共縣，原注曰：北山，淇水所出，至黎陽入河。《説文》曰：淇水出河内共北山，東入河。或曰：出隆慮西山。《北山經》曰：沮洳之山，濝水出焉，南流注于河。郭注曰：今淇水出汲郡隆慮縣大號山。《淮南子·墬形篇》曰：淇出大號。高注曰：大號山，在河内共縣北。或曰：在臨慮西。《水經·淇水篇》曰：淇水，出河南隆慮縣西大號山。陳奂曰：「隆」、「臨」聲通。隆慮亦在河内。蓋淇有二源矣。又曰：《地理志》、《北山經》及《説文》皆云入河，唯《水經》以爲東北入海。今淇水從河南濬縣入衛以入海，非故淇道也。步瀛案：《清統志》河南彰德府，隆慮山在林縣西二十里。衛輝府，共山在輝縣北九里。二山相去頗遠，故陳氏奂、錢氏坫皆以爲二源。王先謙《漢書補注》謂大號之源爲正，皆是也。《詩·淇奥》《釋文》引《草木疏》：奥亦水名。孔疏亦引曰：淇、奥，二水名。《續漢書·郡國志》一河内郡共縣下曰：淇水出。劉注引《博物志》曰：有奥水，流入淇水。酈道元《淇水注》曰：肥泉，《博物志》謂之奥水。與陸説合。馬瑞辰《毛詩傳箋通釋》曰：奥，本隈曲之名。水之内爲奥，與水相入爲汭同義。古人或名泉水入淇處爲淇奥，因有奥水之稱，猶夏汭、涇汭，亦名汭水也。但《詩》言淇奥，與《汝墳》淮浦濆濆語句相類，不得分爲二。仍从《爾雅》澳隈之訓爲是。《釋文》又曰：「緑」，《爾雅》作「菉」。《韓詩》「竹」作「薄」，音徒沃反，云：薄，篇筑也。《石經》同。案：《釋草》曰：菉，王芻。郭璞注曰：菉，蓐也。今呼鴟腳莎。案：郝懿行以爲淡竹葉，已見《西京賦》疏。《釋草》又曰：竹，萹蓄。郭曰：似小藜，赤莖節，好生道傍，可食，又殺蟲。《釋文》曰：「竹」，本又作「筑」。《説文》曰：薄，水萹茿也。《西京賦》李注引《韓詩》作「薵」。《玉篇》曰：「薵」，同「薄」。蓋「菉」「薄」本字，「緑」「竹」借字，是緑、竹爲二物也。《釋文》又引《草木疏》曰：有草似竹，高五六尺，淇水側人謂之菉竹也。孔疏引陸璣曰：緑竹，一草名。其莖葉似竹，青緑色，高數尺。今淇隩生此，人謂此爲緑竹。《續漢·郡國志》引《博物記》曰：有奥水流入淇水，有緑竹草。與陸合。孔疏駁之曰：《詩》有終朝采緑，則緑與竹别草，故傳依《爾雅》以爲王芻與萹竹異也。是陸以緑竹爲一物，而云似竹，則尚非徑以爲竹。然亦有徑以爲竹者。《藝文類聚·人部》十二引班彪《游居賦》曰：瞻淇澳之園林，美緑竹之猗猗。《古文苑》卷五載班固《竹扇賦》曰：青青之竹形兆直。陳喬樅《齊詩遺説攷》曰：即用《詩》緑竹青青語。班習《齊詩》，此蓋齊義。案《述異記》卷下曰：衛有淇園，出竹，在淇水之上。《詩》云：瞻彼淇澳，緑竹猗猗。戴凱之《竹譜》曰：篃亦箘徒，概節而短，江、漢之閒謂之䈼竹。根深耐寒，茂彼淇苑。又曰：淇園，衛地，殷紂竹箭園也。又案：淇衛竹箭，著稱已古。《淮南子·原道篇》：射者扜烏號之弓，彎綦衛之箭。高誘注曰：綦，美箭所出地名也。案：「綦」即「淇」之借字。《竹譜》引作「淇」，是也。又《兵略篇》曰：淇衛箘簵。高注曰：淇衛箘簵，箭之所出也。淇在衛地，故曰淇衛。《史記·河渠書》曰：下淇園之竹以爲楗。《集解》引晉灼曰：衛之苑也，多竹篠。《漢書·溝洫志》同。本注所引是也。然《淇水注》曰：《詩》云：瞻彼淇澳，菉竹猗猗。毛云：菉，王芻也。竹，編竹也。漢武帝塞決河，斬淇園之竹木以爲用。寇恂爲河内，伐竹淇川，治矢百餘萬，以輸軍資。今通望淇川，無復此物。惟王芻編草，不異毛興。胡承珙《毛詩後箋》曰：此得諸目驗，豈淇園之竹惟盛於漢時，至後魏而無復遺種邪？況揚貢篠簜，荆貢箘簵，而豫州未聞貢竹材。《易》言蒼筤，《禮》言竹箭，不兼緑爲稱，則緑竹之名，自非經典所有矣。段玉裁《詩經小學》曰：《毛詩》作「緑」，字之假借也。《魏都賦》：南瞻淇澳，則緑竹純茂。言緑與竹同茂也。故以冬夏異沼麗句。《上林賦》：揜以緑蕙。張揖曰：緑，王芻也。胡承珙又曰：《上林賦》所謂緑蕙，與江蘺、留夷、蘼蕪對言，並是一物，殆即所謂樹蕙百畝者，以緑狀其色，非緑王芻之緑也。步瀛案：胡氏説是。段氏、胡氏皆以《淇澳》之緑竹不當解爲竹箭，然自漢以來，此説已盛。班氏父子之賦，皆從此説。故陳喬樅、王先謙等直以爲《齊詩》説也。孟陽注引《漢書·溝洫志》，似亦以緑竹爲竹箭，段氏以緑、竹二物，與下冬夏異沼相麗，殆非是。冬夏異沼，自承上漳滏言，非以冬夏二時與緑竹二草相麗。若從其説，則上文淇澳亦必爲二水，與漳滏二水相麗。太冲作賦之意，必不然矣。○「經鄴西北」，「經」字當在下「《冀州圖》」下，誤入於此。○《水經·濁漳水注》曰：漳水又東逕武城南，世謂之梁期城。梁期在鄴北。司馬彪《郡國志》曰：鄴縣有武城，武城卽期城矣。漳水又東北逕西門豹祠前。昔魏文侯以西門豹爲鄴令也，引漳以溉鄴，民賴其用。又曰：魏武引漳流自城西東入，逕銅雀臺下，伏流入城，東注，謂之長明溝也。又曰：漳水自西門豹祠北逕趙閲馬臺西。漳水又北逕祭陌西。又對趙氏臨漳宮。漳水又北，滏水入焉。《御覽·地部》二十九引《水經注》曰：滏水，發源出石鼓山南巖下，泉奮湧，若滏水之湯矣。其水冬温夏冷。崖上有魏世所立銘。水上有祠，能興雲雨。滏水又東流注于漳，又謂之合河。案：今本《水經注》佚此文。據《元和郡縣志》引，「泉」下當有「源」字，見下。朱珔曰：《續漢志》魏郡鄴下有滏水，注引此注云：《水經》鄴西北滏水熱，故曰滏口。蓋謂水之經過於鄴耳。趙氏一清乃以爲引《水經》之文，非也。○「故曰冬夏異沼也」至「俗言時自鳴」，茶陵本脱此二十八字。○「冀州圖」，《御覽·地部》十引《冀州圖經》曰：鄴城西有石鼓，鼓自鳴，卽有兵。引此賦文證之。此注蓋卽引《圖經》而「經」字誤入上注。《太平寰宇記》卷五十六引與《御覽》同，亦脱「經」字。《圖經》又曰：高齊末，此鼓鳴，未幾云鄴城有兵，而齊滅。隋文季年，又鳴聞數百里也。《魏書·地形志》上曰：司州臨漳有鼓山。《元和郡縣志》曰：河東道磁州滏陽縣，鼓山，一名滏山，在縣西北四十五里，滏水出焉。泉源奮湧若滏水之湯，故以滏口名之。八陘第四曰滏口陘，山嶺高深，實爲險阨。《太平寰宇記》曰：河北道磁州滏陽縣，鼓山，亦名滏山。宋永初《古今山水記》云：鼓山有石鼓形二所南北相當。俗語云：南鼓北鼓，相去十五。《清統志》曰：河南歸德府，鼓山在武安縣南三十里。一名滏山。朱珔曰：《北山經》郭注云：滏水今出臨水縣西釜口山。郝氏謂据《水經注》，石鼓山當卽滏口山之異名。余謂《淮南・墬形訓》釜出景，高誘注：景山在邯鄲西南，釜水所出，是景山亦石鼓山之異名也。《説文》：鉦，鐃也。與鼓異而稱神鉦者，《詩・小雅》鉦人伐鼓，蓋本相連之物。《水經・沔水》下篇注云：洞庭南口有羅浮山。浮山東石樓下有兩石鼓，扣之清越，所謂神鉦者也。則石鼓之卽爲神鉦，固有他證矣。戚學標《鶴泉文鈔》卷二《石鼓懸鐘辨》曰：鼓，石物。鉦，金物。《詩》：鉦人伐鼓。毛傳謂：鉦以静之，鼓以動之。鉦、鼓各有人，而言鉦人伐鼓，互文也。明二物。《周官・考工記》：鳧氏爲鐘，鼓上謂之鉦。注：鼓所擊處，鐘腰之上，居鐘體之正處，曰鉦。則鉦固鐘體。而所謂鼓者，初非鐘鼓之鼓，安得比鼓與鉦而一之？武安令陳灝遊鼓山，嘗求所謂石形如鼓者，不可得。則滏山之石鼓，已在疑信閒，於神鉦乎何有？涉距武安百里餘，俱在鄴西，離縣二十里許，亦有石鼓山。其村曰懸鐘村。訊之邑人，云：山上有石，圓象肖鼓，拂之有聲。又有鐘形下垂而上紐，若天成者。村之所由名。余乃恍然悟《魏都賦》所謂神鉦卽此而在矣。蓋鉦固鐘體，又爲鐃鐲之類。孔穎達所稱形似小鐘者，土人以其形與鐘似，因卽以鐘呼之，更不悟其爲鉦。而世之言神鉦者，又惟其聲之求，而不惟其形之肖。此所以在耳目之前而失之也。石鼓之在武安與涉，余不敢争。而神鉦則斷以爲卽懸鐘是。案：戚説似有理，故附録之以備攷。〇劉劭《趙都賦》，本書《海賦》、《赭白馬賦》、《七啓》、《演連珠》注皆引之，而未見神鉦句。《藝文類聚・居處部》一節引較多，亦未具此句。〇《詩》，見《泉水》。○「廣平郡易陽縣」，各本「郡」誤「都」，「易」下敚「陽」字。今依何校。胡曰：《晉書·地理志》之廣平郡易陽縣也。梁曰：《續漢書·郡國志》趙國易陽，注引《魏都賦》温泉毖涌而自浪，注「温泉在易陽，世以治疾，洗百病」，可證。案：《清統志》曰：直隸廣平府，易陽故城在永平縣西十五里。朱珔曰：據《方輿紀要》，今廣平府附郭之永年縣西四十里，有臨洺城，本漢之易陽縣，屬趙國。後漢因之。晉屬廣平郡。故《續漢志》趙國易陽下，劉昭注引此賦語，并注：但今縣境，惟滏水、洺水，無温水。賦語似卽指滏水，未詳。陳僅曰：唐玄宗温泉宫，命名華清宫，雖取此而非本義。○王逸《楚辭注》，見《九歎·逢紛》。○《爾雅》，見《釋地》。郭注曰：自東河至西河。《釋文》引李巡曰：兩河閒其氣清，厥性相近，故曰冀。冀，近也。《釋名·釋州國》曰：冀州，亦取地以爲名也。其地有險有易，帝王所都。亂則冀治，弱則冀彊，荒則冀豐也。案：注既以冀爲國名，此文舉州名，殊覺矛盾。且與下道國廣狹亦不牟。《左·僖二年》：晉荀息假道於虞曰：冀爲不道，入自顛軨，伐鄍三門。杜注曰：冀，國名。平陽，皮氏縣東北有冀亭。《水經·汾水注》曰：汾水逕冀亭南。京相璠曰：今河東皮氏縣有冀亭，古之冀國所都也。沈欽韓《左傳地名補注》三引呂思誠《蒲州圖經》曰：冀亭遺址，在蒲州河津縣北十五里。《春秋傳説彙纂》本此。○《左傳》，見僖五年，杜注「汝南」下有「安陽縣南」四字。安陽當依《續漢書·郡國志》二汝南陽安劉注引改。《漢書·地理志》汝南郡陽安縣，注：應劭曰：道，國也。今道亭是。《元和郡縣志》曰：河南道蔡州朗山縣，道城，古道國也。在縣東北二十里。《清統志》曰：河南汝寧府，道城在確山縣東北。○《南都賦》，已見前。「湑」，各本誤「涓」，依胡氏、梁氏校改。○《漢書·

地理志》「鄁」作「邶」。顔注曰：自紂城而北謂之邶，南謂之庸，東謂之衛。「邶」，音步内反，字或作「鄁」。「庸」，字或作「鄘」。錢坫曰：「邶」字本或作「鄁」，别字。《説文》：邶，自河内朝歌以北。今衛輝府滑縣東南有邶水。府城西有故庸城，有庸水出宜蘇山，當是其地。步瀛案：《詩譜》曰：邶、鄘、衛者，商紂畿内方千里之地。其封域在《禹貢》冀州，大行之東，北踰衡漳，東及兖州，桑土之野。周武王伐紂，以其京師封紂子武庚，爲殷後，乃三分其地，置三監，使管叔、蔡叔、霍叔尹而教之。自紂城而北謂之邶，南謂之鄘，東謂之衛。武王既喪，三監導武庚叛。成王既黜殷命，殺武庚，復伐三監，更於此三國建諸侯，以殷餘民，封康叔於衛，使爲之長。衛在汲郡朝歌縣。時康叔止封於衛，後世子孫稍彊，兼并彼二國，混其地而名之。案：「彊兼」二字，「其地」二字，皆據《左·襄二十九年》疏引增。《水經·淇水注》曰：淇水又東，右合泉源水。水有二源，一水出朝歌城西北，東南流，逕朝歌城南。《晉書·地道記》曰：本沬邑也。紂都武王，以殷之遺民封紂子武庚于兹邑，分其地爲三，曰邶、鄘、衛。使管叔、蔡叔、霍叔輔之，爲三監。叛，周討平以封康叔爲衛。《清統志》曰：河南衛輝府，朝歌故城在淇縣東北，古沬邑，武乙所都，紂因之。周武王滅殷，封康叔爲衛國。鄘城，在汲縣東北。○碪碍，高貌。案：《説文》無「碪」「碍」二字。《玉篇·山部》：嵁，音五男、苦南二反。引《魏都賦》句而無解説。（此据《古逸叢書》零本《玉篇》。而澤存堂本作五男、苦男、五感三切。但云嵁崿見《魏都賦》，不引元句。）《集韵·十九鐸》：碪碍，石危貌。○《周禮》鄭注，見《夏官·職方氏》。元無「水」字、「縣」字，李引以意增。案：《漢書·地理志》：太原郡汾陽縣，原注曰：北山，汾水所出。西南至汾陰，入河，冀州浸。《説文》曰：汾水出太原晉陽山西南入河。或曰，出汾陽北山，冀州浸。段注曰：《前志》曰：汾陽，汾水所出。《水經》曰：汾水出太原汾陽縣北管涔山，至汾陰縣北，西注於河。按許云出晉陽山，與《志》、《水經》不合者，《志》、《水經》舉其遠源，許舉其近源也。汾出管涔山東南，過晉陽縣東，晉水從縣南東流，注之。許意謂晉水即汾水之源。所謂晉陽山者，蓋即縣甕山。在今太原縣西南十里，晉水所出也。杜注《左傳》曰：汾水出太原。與許合。今汾水出靜樂縣管涔山，經陽曲縣至太原縣城東，晉水入焉。又經清源縣東南，徐溝縣北。又經交城縣、文水縣、平遥縣、汾陽縣、孝義縣、介休縣、靈石縣、霍州、趙城縣、洪洞縣、臨汾縣、襄陵縣、太平縣、曲沃縣至絳州城南，澮水入焉。又經稷山縣、河津縣，至滎河縣北境入河。在龍門之南五十里曰汾口。於古水道無大異。孫詒讓《周禮正義》曰：《趙策》云：三國之兵，乘晉陽城，決晉水而灌之。《史記·趙世家》作「汾水」，是古汾、晉二水爲一之證。鄭從《漢志》，與許所引或説同。漢汾陽故城，在今山西太原府陽曲縣北九十里。又忻州靜樂縣，亦漢汾陽縣地。汾水出縣北百四十里管涔山，至滎河縣北境入黄河。○《上林賦》見本書卷八。各本「灝」作「滉」，蓋脱誤。「滉」與「灝」音義迥别，不能通借也。今依本書及《史記》、《漢書·司馬相如傳》。郭璞注曰：皆水無涯際貌。○《廣雅·釋詁》一大也節無「浩溔」字。王念孫《疏證》據本注補曰：《淮南子·覽冥訓》云：水浩溔而不息。「浩」，字亦作「激」，作「皓」。案：今本《淮南》作「浩洋」。王氏引本賦及《御覽·地部》二十四、《皇王部》三引訂之。梁章鉅亦從其説，而又引姜皋説，以「浩洋」爲「浩汻」之誤。因「汻」譌「洋」，因「洋」且譌爲「溔」，恐未確。王氏謂「浩溔」疊韵，「浩洋」

則非疊韵。而浩洋既非疊韵，且載籍亦罕見。姜氏臆説，不足信也。〇《山海經》見《北山經》。又曰：東流于濁漳之水。郭注曰：少山，今在樂平郡沾縣。沾縣，故屬上黨。清漳出少山大繩谷，至武安縣南暴宫邑，入於濁漳。或曰東北至邑城，入於大河也。郝懿行《箋疏》曰：山在今山西樂平縣。郭注：「繩」蓋「黽」字之譌。「黽」又「㚇」字之譌也。《地理志》北地郡大㚇，顔師古注云：「㚇」，即古「要」字也。顔本作「㚇」，而今本於上黨郡沾縣「大㚇谷」譌爲「大黽谷」，郭氏此注又譌爲「大繩谷」矣。《説文》云：清漳出沾山大要谷，北入河。以此可證。又郭注「暴宫」當爲「黍窖」之譌。《水經》云：東至武安縣南黍窖邑，入於濁漳，是也。「邑城」當爲「阜城」之譌。今本《地理志》上黨郡沾下亦譌爲「邑城」也。案：《漢書·地理志》上黨郡長子縣，原注曰：鹿谷山，濁漳水所出。東至鄴，入清漳。沾縣，原注曰：大黽谷，清漳水所出。東北至邑城，入大河。王念孫《讀書雜誌》四之七曰：「黽」當爲「𦥔」字之誤。王鳴盛《十七史商榷》卷十八曰：「邑城」當作「昌成」。後漢改「阜成」，故鄭注《禹貢》作「阜成」。《詩·邶、鄘、衛譜》疏引此志作「阜成」者非。案：二王説皆是也。《説文》曰：漳水，名濁漳，出上黨長子鹿谷山，東入清漳。清漳，出沾山大要谷，北入河。《水經》曰：濁漳水，出上黨長子縣西發鳩山。酈注曰：漳水，出鹿谷山，與發鳩山連麓而在南。《淮南子》謂之發苞山。故異名互見也。《經》又曰：東北過阜城縣，又東北至昌亭，與滹沱河會。又曰：東北過章武縣西，又東北過平舒縣南，東入海。又曰：清漳水，出上黨沾縣西北少山大要谷。酈注曰：《淮南子》曰：清漳出謁戾山。高誘云：山在沾縣。今清漳出沾縣故城東北，俗謂之沾山。其山亦曰鹿谷山。水出大要谷，南流逕沾縣故城東。《經》又曰：東至武安縣南黍窖邑，入于濁漳。段氏《説文注》曰：今濁漳水出山西長子縣西五十里之發鳩山，經潞安府潞城縣、襄垣縣、黎城縣入河南林縣界，合於清漳。《禹貢》所謂衡漳也。又曰：《志》言濁漳入清漳，清漳入河。《經》言清漳入濁漳，濁漳會虖沱入海。乖異者，當緣作《水經》時與作《志》時異也。許云入河，與《志》合。今清漳出樂平縣西南二十里之少山，經和順縣、遼州，河南涉縣，至林縣交漳口，合濁漳。既合之後，入直隸界。移徙分合，自昔不常。今則一派至山東臨清州，入運河，一派在直隸新河縣、入北泊，會滹沱，至天津入海。錢坫《新斠地理志》曰：所謂入河者，入虖沱也。○次引《山海經》，亦見《北山經》。「囷」，各本誤「困」，今依《北山經》改。郭注曰：音如倉囷之囷。郝氏《箋疏》曰：据《水經注》，山當在河南林縣，漢之林慮縣也。案：《御覽·地部》二十九引作「菌」，《廣韻·九麌》引作「箘」。《淮南·墬形篇》「滏」作「釜」，高注曰：其原浪沸湧，正勢如釜中湯，故曰釜。今謂之釜口。○《説文》，見《水部》。今本作「泌，俠流也」。段注曰：俠者，甹也。三輔謂輕財者爲甹。俠流者，輕快之流如俠士。然朱珔曰：段氏解似稍迂。或云此注「駃」字當是「駛」，駛有疾義。但《説文》無駛字，不應別據以釋。余謂《廣韻》駃，苦夬切，與「快」同。俗以「駃」爲「快」。《酉陽雜俎》：河水色渾駃流。《尸子》曰：黄河龍門，駃流如竹箭。「駃」皆「快」字。則此注駃流卽快流，而《説文》之俠流亦快流也。又疑「駃」當爲「決」。《易·雜卦傳》：夬，決也。《集韻》：駃，音玦。是駃、決音同。《説文》：決，行流也。《廣雅·釋訓》：決，決流也。《廣韻》：決，疾貌。《莊子·逍遥遊》、《齊物論》二篇《釋文》引李注同。決既爲疾，亦與輕快之流義合。沈濤曰：《魏都賦》注引泌水駃流也，蓋古本如是。今本「俠」字義不可通。《玉篇》引作「狹流」亦誤。胡紹煐曰：此皆非也。當本作「陜流」。《玉篇》作「狹」，俗字。凡水陜流則急而生浪，故賦云毖涌而自浪。《鄘風》：毖彼泉水。傳：泉水始出，毖然流也。《韓詩》作「秘」，祕之言閟也。毖、祕、閟、泌，字異而音義並同。正字宜爲「泌」。本書《七發》善注云：瀄，泌瀄，波相揳也。波相揳謂之泌，水相揳亦謂之泌。相揳有陜義。《上林賦》偪側泌瀄，泌瀄猶偪側，偪側卽陜，今人猶謂陜爲偪側矣。司馬彪注亦云：泌瀄，相揳也。然則泌爲泉流相揳之貌。許云陜流，猶彪云相揳耳。此因「陜」譌爲「俠」，或譌爲「浹」，後人又改此注之「陜」爲「駃」，而校正者遂有作「駛」作「決」之紛紛異説矣。○《隋書・經籍志・雜史》有《典略》八十九卷，魏郎中魚豢撰。《舊唐書・經籍志・正史類》魚豢《魏略》三十八卷，《雜史類》《典略》五十卷，魚豢撰。《新唐書・藝文志》同。惟五十卷者亦作「《魏略》」，殆誤。杭世駿《諸史然疑》以爲一書，故《太平御覽》書目直稱《魏典略》。章宗源《隋書經籍志攷》謂一爲正史，一爲雜史，本爲二書，杭氏誤合爲一。侯康《補三國藝文志》則以爲一書。近人張一鵬有輯本，亦以爲一書，題爲《魏略》。○《毛詩》，見《泮水》。○道、茂、老，古音幽部。趙、繚、溔、沼、表，宵部。通轉爲韵。

墨井鹽池，玄滋素液。厥田惟中，厥壤惟白。原隰畇畇，墳衍斥斥。或嵬罍而複陸，或黋朗而拓落。乾坤交泰而絪縕，嘉祥徽顯而豫作。是以兆朕振古，萌柢疇昔。藏氣讖緯，閟象竹帛。迥時世而淵默，應期運而光赫。暨聖武之龍飛，肇受命而光宅。

【注】鄴西高陵西伯陽城西有石墨井，井深八丈。河東猗氏南有鹽池，東西六十四里，南北七十里。

《尚書·禹貢》：冀州，厥土惟白壤，厥田惟中中。閟，閉也。《詩》云：閟宮有侐。善曰：《周禮》曰：辨其墳衍原隰之名。鄭玄曰：水厓曰墳，下平曰衍。《毛詩》曰：畇畇原隰。以純反。斥斥，廣大之貌也。《蒼頡篇》曰：斥，大也。嵬畾，不平之貌。嵬，烏罪切。櫎朗，光明之貌。拓落，廣大之貌。《周易》曰：天地交泰。又曰：天地絪緼。《西京賦》曰：備致嘉祥。文帝《答曹植詔》曰：所獻詩二篇，徽顯成章。兆，猶機事之先見者也。《淮南子》曰：欲與物接，而未成朕兆者也。許慎曰：朕，兆也。直軫反。《毛詩》曰：振古如兹。毛萇曰：振，自也。《廣雅》曰：萌，始也。《爾雅》曰：柢，本也。丁計反。《禮記》曰：余疇昔之夜夢。鄭玄曰：疇，發語聲也。《説文》曰：讖，驗也。河洛所出書曰讖。毛萇《詩傳》曰：閟，閉也。《墨子》曰：以其所書於竹帛，傳於後代子孫。《春秋説題辭》曰：《尚書》者，所以推期運，明命授之際。《魏志》曰：太祖武皇帝，姓曹，諱操。爲丞相，封魏王。文帝受禪，追尊曰武皇帝。《東京賦》曰：世祖乃龍飛白水。《毛詩序》曰：文王受命作周也。鄭玄曰：受天命而王天下也。《東京賦》曰：漢初弗之宅。

【疏】五臣「世」作「代」，尤本「斥」作「厈」。余蕭客《音義》謂「厈」，《玉篇》籀文「厂」字。六臣作「斥」。孫志祖曰：厈字無義，且不叶韵，當即「斥」字之譌。步瀛案：《説文》「㡿」从广，或作「厈」。作「厈」、作「斥」皆俗字耳。今姑依袁、茶二本。又案：二本「畾」作「櫐」。○李周翰曰：複陸，垂疊也。案：此疊韵連語。○《莊子·天運篇》曰：雷聲而淵默。成玄英疏曰：其語如雷霆之振響，其默也類玄理之無聲。○《水經·洹水注》曰：洹水又東枝津出焉，東北流經鄴城南，謂之新河。又東分爲二水。一水北逕東明觀下，又北逕建春門，其水西逕魏武玄武故苑，西流注于漳。南水東北逕女亭城北，又東北逕高陵城南，東合坰溝。又《濁漳水注》曰：冰井臺上有冰室。室有數井，井深十五丈，藏冰及石墨焉。石墨可書，又然之難盡，亦謂之石炭。《清統志》曰：河南彰德府，高陵城在臨漳縣東。《縣志》：高陵城在臨漳縣東南三里，俗呼訛爲岡陵城。朱珔曰：案《濁漳水注》：墨井，爲冰室内藏石炭之所，卽在鄴城中。而《方輿紀要》臨漳縣，本漢魏鄴地，有伯陽城在縣西北。豈此注與酈氏所稱各一處歟？○朱珔曰：《左氏・成六年傳》：晉人謀去故絳。諸大夫曰：必居郇、瑕氏之地，沃饒而近盬。服虔曰：盬，鹽池也。杜預《春秋釋地》云：今解縣西北有郇城。京相璠曰：河東解縣西南五里，有故瑕城。《山海經・北山經》云：景山南望鹽販之澤。郭注：卽鹽池也，今在河東猗氏縣。郝氏謂《水經・涑水注》及《太平御覽》引此注，「鹽池」上並有「解縣」二字，今本脱也。《穆天子傳》：戊子，至於盬。郭注：盬，鹽池。在河東解縣。《吕氏春秋・本味篇》云：和之美者，大夏之鹽。高誘注：大夏，澤名。攷大夏，古晉地。此澤亦卽鹽澤矣。《地理志》：河東郡安邑，鹽池在西南。《晉書・地理志》：河東郡解有鹽池。余謂酈注云：涑水西南逕監鹽縣故城，城南有鹽池，上承鹽水。水出東南薄山，又逕安邑故城南，西流注于鹽池。許慎謂之鹽盬。長五十一里，廣六里，周一百一十四里。吕忱曰：宿沙煮海謂之鹽，河東鹽池謂之解鹽。今池水東西七十里，南北十七里，紫色澄渟，渾而不流。水出石鹽，自然印成。朝取夕復，終無減損。惟水暴雨澍，甘潦奔泆，則鹽池用耗。故公私共堨水徑，防其淫濫，謂之堨水。池西又有一池，謂之女鹽澤。東西二十五里，南北二十里，在猗氏故城南。據此，與張注里數稍異而地則同。今之解州，本猗氏及解縣地，安邑亦州所屬也。又曰：今《説文》：盬，河東鹽池也。袤五十一里，廣七里，周百十六里。《左傳》正義，《後漢書》注所引並同，而《水經注》獨異。《郡國志》注引楊佺期《洛陽記》又云：長七十里，廣七里。合之《水經注》所引吕忱説及此賦注，皆有參差。段氏以爲蓋隨代有變，是已。步瀛案：《左·成六年》杜注曰：盬，鹽也。猗氏縣鹽池是。《清統志》曰：山西蒲州府，猗氏故城在今猗氏縣南。解州鹽池在州東一里，安邑縣東十里。案：解州今改縣。董祐誠《水經注圖解》曰：今鹽水出夏縣南中條山，一名白沙河，又名姚暹渠，又名巫咸河，自夏縣南逕安邑、解州之北，至虞鄉北入五姓湖。水若入鹽池，則鹽不成。故障之不復入池。注云：注于鹽池，蓋今昔懸殊矣。○《尚書·禹貢》《釋文》引馬融曰：壤土性和美也。僞孔傳曰：田之高下肥瘠，九州之中爲第五。○「閟，閉也」，《詩·魯頌·閟宫》毛傳文。毛作「有侐」。《玉篇·人部》曰：閟宫有侐。侐，清淨也。或作「閪」。説者以爲《韓詩》。此作「洫」，疑亦三家異文。○《周禮》，見《地官·大司徒》。○《毛詩》，見《信南山》。傳曰：畇畇，墾辟貌。○尤本「斥」作「厈」，今依袁、茶二本。○《蒼頡篇》，《後漢書·馬融傳》注引同。《説文》曰：㡿，卻屋也。段注曰：卻屋者，謂開拓其迹使廣也。卻屋之義引伸爲㡿逐，爲充㡿，又引伸爲指㡿。胡紹煐曰：《史記·司馬相如傳》闢益斥，《索隱》引張揖曰：斥，廣也。本書《海賦》襄陵廣舄，廣舄連文，是舄爲廣也。「舄」與「斥」通。《書·禹貢》海濱廣斥，義爲廣大也。鄭注：斥，謂地鹹鹵。○「《蒼頡篇》」至「廣大之貌」，胡曰：袁本、茶陵本無此二十九字。○嵬𡾋、複陸，皆疊韵連語，或作「嵬𡾋」、「磈磊」，並見《廣韵·十四賄》。或作「磈壘」，見《北山經》注。或作「魂礫」，見本書《江賦》。或作「魂磊」，見《爾雅·釋木》注。字並同。○呂錦文曰：「穔」即「爌」字。《玉篇》云：爌，光明也。《廣韻》：爌朗，寬明也。楊雄《甘泉賦》「北爌幽都」，六臣本作「北熿」，「穔」與「爌」、「熿」聲義相同。○拓落，即廓落。《莊子·逍遥遊》《釋文》引簡文曰：瓠落，猶廓落也。皆疊韻連語。○《周易》，見《泰·象》傳及《繫辭》下。○《西京賦》見前。○文帝《答曹植詔》，案：魏文此詔，張溥、嚴可均皆未輯入。朱珔曰：徽顯成章，毛本「徽」作「微」，注同。案：《尚書·立政》：予旦已受人之徽言，蔡邕石經作「微言」。孔傳以徽言爲美言。孫氏星衍謂微與嬍聲義並近，嬍言亦美言也。是「徽」與「微」通。《易·繫辭》：微顯而闡幽。賦語當本此。則毛本亦非誤字。胡紹煐曰：《左氏傳序》：其微顯闡幽。同善本，當作「微」。注引文帝詔亦作「微」。《左·成十四年傳》：微而顯，婉而成章，作「微」，可證。翰注：徽，美也。則作「徽」爲五臣本。○《淮南子》，見《俶真篇》。又《覽冥篇》曰：進退屈伸，不見朕垠。高注曰：朕，兆朕也。與此可互證。○《毛詩》，見《載芟》。○《廣雅》見《釋詁》一。○《爾雅》，見《釋言》。○《禮記》，見《檀弓》上。梁曰：今《禮記》「余」作「予」，「夜」字斷句，「夢」字屬下句。鄭注亦云夢坐兩楹之閒而見饋食，是「夢」字亦連下句也。此所引或有別本。○《説文》，見《言部》。今本無「河洛所出書曰讖」七字。本書《鵩鳥賦》注引「河洛」上並有「有徵驗之言」五字，段注本據增。沈濤曰：《史記·賈誼傳》《索隱》引讖，驗言也。《文選·思玄賦》舊注引《蒼頡篇》曰：讖書，河洛書也。《一切經音義》卷九引《三蒼》曰：讖，祕密書也，出河洛。是古字書無不以讖爲河洛所出者。「驗」即「譣」字之通假。古傳注皆釋讖爲驗，不應更著「言」字。崇賢、玄應書所引皆無此字，恐是小司馬書傳寫誤衍。○《毛詩》傳，已見上。○《墨子》，見《兼愛》下。「於」作「遺」，「代」作「世」，此避唐諱。○「《春秋説題辭》」云云，梁曰：《春秋説題辭》曰：《尚書》者，所以推期運，明命授之際。《太平御覽・學部》三引作「推明其運，明命授受之際」，恐誤。本書《羽獵賦》注、《讌曲水作》詩注引並與此注合。○《魏志》，見《武帝紀》及《文帝紀》。○《東京賦》見前。○《詩序》即《大雅・文王》篇序，鄭説即其箋也。○液、白、斥、落、作、昔、帛、赫、宅，古音魚部。○以上魏國之形勢。

爰初自臻，言占其良。謀龜謀筮，亦既允臧。修其郛郭，繕其城隍。經始之制，牢籠百王。畫雍豫之居，寫八都之宇。鑒茅茨於陶唐，察卑宫於夏禹。古公草創，而高門有閌。宣王中興，而築室百堵。兼聖哲之軌，并文質之狀。商豐約而折中，準當年而爲量。思重爻，摹《大壯》。覽荀卿，采蕭相。僝拱木於林衡，授全模於梓匠。

【注】謀龜、謀筮，猶周公之卜都洛邑也。《毛詩》云：爰契我龜。又曰：卜云其吉，終然允臧。重爻，《易》爻也。《大壯》，《易》卦名也。《易》曰：上古穴居而野處，後世聖人易之以宫室，上棟下宇，以禦風雨。蓋取諸大壯，謂壯觀也。荀卿曰：宫室臺榭，以避燥濕，養德，别輕重也。非爲夸泰，將以明人之大通仁順也。《春秋左傳》曰：山林之木，衡鹿守之。治木器曰梓，《尚書》有《梓材》之篇也。善曰：《尚書》曰：謀及卜筮。《淮南子》曰：太一者，牢籠天地。雍，西京也。豫，東京也。《西京賦》曰：取殊裁於八都。《墨子》曰：堯舜茅茨不翦。《論語》：子曰：禹卑宫室。《毛詩》美古公亶父曰：高門有閌。又美宣王曰：築室百堵。《説文》曰：僝，具也。饌勉反。《孟子》曰：梓匠輪輿，能與人規矩，不能使人

巧。趙岐曰：梓匠，木工也。

【疏】袁、茶二本、毛本「㑳」作「僝」。《旁證》引孫義鈞曰：《説文》：㑳，具也。無「僝」字。《廣韻》：㑳，書傳云見也，《説文》云具也，而昨閑切下有「僝」字，訓惡罵。是「㑳」、「僝」截然二字。《玉篇·人部》有兩「僝」字，上士簡切，引訓與《説文》、《廣韻》之「㑳」字同。下仕山切，訓僝僽、惡罵。知「僝」之混「㑳」，自《玉篇》始也。步瀛案：《書·堯典》及僞孔傳皆作「僝」，《釋文》音仕簡反，引徐音撰，又引馬融曰具也。《廣雅·釋詁》三曰：僝，具也。是「僝」即「㑳」之或體字。《廣韻·二十六産》：㑳，音士限切。《二十八山》：僝，音昨閑切。妄爲分別耳。孫氏説非。○「全模」，胡曰：袁本校語云：善作「令模」，茶陵本作「全模」。校語但云五臣作「謨」。案尤所見與茶陵同，注無明文，未審善果何作。○寫八都之宇，孫曰：《史記》云：秦每破諸侯，寫放其宮室，作之咸陽北坂上。案：見《秦始皇本紀》。○林衡，孫曰：《周禮》林衡掌巡林⿱林彔之禁令。案：見《地官》。「⿱林彔」同「麓」。○注「謀龜謀筮」，胡曰：袁本、茶陵本作「《尚書》曰：謀及卜筮」，案：蓋各本皆非也。載注但當有「謀及卜筮」四字，下文善注首「《尚書》曰謀及卜筮」七字，茶陵本無，非也。袁有，是也。如下節載注「陂，傾也」，善注鄭玄《禮記》注曰：陂，傾也，可以例此。案：此説未確。謀龜謀筮，乃舉本文，若不引《書》，但云謀及卜筮，殊無謂也。此亦顧氏之僻見，恐未可從。○《尚書·洛誥》：周公曰：予惟乙卯，朝至于洛師。我卜河朔黎水，我乃卜澗水東，瀍水西，惟洛食。我又卜瀍水東，亦惟洛食。《史記·周本紀》曰：成王在豐，使召公復營洛邑。周公復卜申視，卒營築，居九鼎焉。○《毛詩》，見《緜之篇》。傳曰：契，開也。○又引《詩》，

見《定之方中》。案：今《毛詩》「然」作「焉」，唐石經及本書《東京賦》、謝玄暉《和伏武昌》詩注、《御覽·方術部》六引並作「然」，蔡邕《崔夫人誄》、《宋書》《樂志》二、《食舉樂東西廂歌》亦作「然」。○《易·大壯》象傳曰：《大壯》，大者，壯也。《象傳》曰：雷在天上，《大壯》。○《易》，見《繫辭》下。「禦」作「待」，「謂壯觀也」四字乃孟陽釋壯字之義。○《荀子·富國篇》曰：古者先王分割而等異之也，故使或美或惡，或厚或薄，或佚或樂，或劬或勞，非特以爲淫泰夸麗之聲，將以明仁之文，通仁之順也。又曰：爲之宫室臺榭，使足以避燥溼，養德，辨輕重而已，不求其外。案：此注錯舉而節引之。注「濕」字當作「溼」，袁、茶二本「燥濕」作「温涼」。○《左傳》，見昭二十年。杜注曰：衡鹿，官名也。孔疏曰：《周禮》司徒之屬，有林衡之官，掌巡守林麓之禁。鄭玄云：衡，平也。平林，麓之大小及所生者。竹木生平地曰衡，山足曰麓。○《書·梓材》《釋文》引馬融注曰：治木器曰梓。○《尚書》，見《洪範》。○《淮南子》，見《本經篇》。○《書·禹貢》曰：黑水西河，惟雍州。《釋文》曰：雍，於用反。又荆河，惟豫州。《爾雅·釋地》曰：河西曰雝州。《釋文》曰：雍者，擁也。東崤，西漢，南商於，北居庸，四山之内，擁翳也。李巡云：河西，其氣蔽壅，厥性急凶，故曰雍。雍，壅也。《太康地記》云：雍州兼得梁州之地，西北之位，陽所不及，陰氣壅閼，故取名焉。《釋名·釋州國》曰：雍州在四山之内。雍，翳也。《釋地》又曰：河南曰豫州。《釋文》曰：李巡云：河南，其氣著密，厥性安舒，故曰豫。豫，舒也。《春秋元命包》云：豫之言序也。言陽氣分布，各得其處，故其氣平静多序也。《釋名·釋州國》曰：豫州，地在九州之中，京師東都所在，常安豫也。案：西京、東京，已見上注。○《西京賦》已見前。○《墨子》，已見《東都賦》

注。○《論語》，見《泰伯篇》。○《毛詩》，見《緜之篇》。序曰：文王之興，由大王也。案：《毛詩》作「皋門有伉」。朱珔曰：《禮記・明堂位》：天子皋門。注云：皋之言高也。《釋名・釋親屬》亦云：高，皋也。是皋、高聲義並同。許巽行曰：《釋文》曰：皋門音羔，「伉」本又作「亢」，苦浪反，高也。《韓詩》作「閌」，云：盛皃。許嘉德案：《毛》作「伉」，《韓》作「閌」。正文作「閌」。似李引《韓詩》，傳寫誤爲《毛》也。案：胡紹煐謂：「閌」當作「伉」，并有「伉與閌同」四字，與許説異，見《西京賦》疏。○又引《詩》，見《斯干》。序曰：《斯干》，宣王考室也。案：《詩・鴻鴈》毛傳曰：一丈爲版，五版爲堵。《左氏》説堵方一丈，三丈爲雉，似勝毛説。已見《西都賦》疏。○《説文》，見《人部》，引《虞書》曰：旁救僝功。《辵部》引作「方逑孱功」。王先謙《尚書孔傳參正》曰：《釋文》僝，馬云具也，與《説文》合。《説文》逑下引作「孱」，假借字。《後漢・楊賜傳》引亦作「孱」。○尤本「饌勉反」下有「又曰：僝，取也。子軟切」，八字。袁、茶二本無。梁曰：此恐有誤。六臣本無，是也。今據刪。○《孟子》，見《盡心》下。○良、臧、隍、王，古音陽部。宇、禹、堵，魚部。閌、狀、量、壯、相、匠，陽部。

遐邇悦豫而子來，工徒擬議而騁巧。闡鈎繩之筌緒，承二分之正要。揆日晷，考星耀。建社稷，作清廟。

【注】二分，春秋之中者也。《詩》云：定之方中，作爲楚宮。揆之以日，作爲楚室。定，營室星。營室中，可以與土功也。善曰：《難蜀父老》曰：遐邇一體。「豫」或爲「務」。《西都賦序》曰：衆庶悦豫。《毛詩》曰：庶人子來。《周易》曰：擬之而後言，議之而後動。擬議以成其變化。《甘泉賦》曰：王爾投其

鈎繩。杜預《左傳注》：銓，次也。與「筌」同。《周禮》曰：匠人建國，晝參諸日中之景，夜考之極星，以正朝夕。鄭玄曰：極星，北辰也。《周禮》曰：左宗廟，右社稷。

【疏】五臣「耀」作「曜」，字同。○《左傳・僖五年》杜注曰：分，春秋分也。孔疏曰：一年分爲四時，時皆九十餘日。春之半，秋之半，晝夜長短等。晝夜中分百刻，故春秋之半，稱春秋分也。○尤本「詩」下無「云」字，今依袁、茶二本增。《詩・鄘風》：定之方中，作于楚宫。毛傳曰：定，營室也。方中，昏正四方。鄭箋曰：定，星。昏中而正，於是可以營制宫室，故謂之營室。定，昏中而正。謂小雪時，其體與東壁連，正四方。《爾雅・釋天》曰：營室謂之定。郭注曰：定，正也。作宫室皆以營室之中爲正。案：注引《詩》「作于」作「作爲」。本書王文考《魯靈光殿賦》、謝玄暉《和伏武昌登孫權故城》詩、江文通《雜體詩》、顔光禄《侍宴》、王文長《三月三日曲水詩序》注引皆作「爲」，與孟陽同。《白帖》卷十一《宫殿》引四句「作于」皆作「作爲」。《文選》王簡栖《頭陁寺碑文》注引下二句，亦作「作爲」。蔡邕《月令答問》作「作于楚宫」。説者謂《魯》、《毛》作「于」，《齊》、《韓》作「爲」，未知確否。張雲璈曰：《正義》亦云：定，星。昏正四方。視之以正楚丘之宫，度之以日影，以作爲楚丘之室。不作「于」字。○《難蜀父老》，見本書卷四十四。○薛傳均曰：豫、務亦聲近通用。《史記・酈生陸賈傳》《集解》引徐廣：「務」一作「豫」是也。《左傳・襄十一年》公叔務人，《檀弓》作「禺人」，疏云：禺、務聲相近。「豫」與「務」通，亦猶「禺」與「務」通，皆一聲之轉耳。○《毛詩》，見《靈臺》。鄭箋曰：衆民各以子成父事，而來攻之。《左・昭九年》引此詩，杜注曰：衆民自以子義來勸樂爲之。案：注「衆民」作「衆人」，唐避太宗諱。○《周易》，見《繫辭》上。○《甘泉賦》，見本書卷七。張雲璈曰：按《莊子》匠人曰：「我善治木，曲者中鉤，直者應繩。」李注不引此，反引《甘泉賦》王爾投其鉤繩，疏矣。步瀛案：《莊子》，見《馬蹄篇》。○《左・哀三年》：外内以悛。杜注曰：悛，次也。是以「悛」爲「銓」之借字。疑李善所見本作「銓」。《莊子・外物篇》：荃者所以在魚，得魚而忘荃。《釋文》曰：荃，香草也，可以餌魚。一云：魚笱也。案後説，「荃」當作「筌」。成玄英疏云：笱，魚笱也。正作「筌」。此以爲「銓」之借字。○《周禮》，見《考工記》。○次引《周禮》，見《小宗伯》。依原文，二句當乙轉。○巧、廟，古音幽部。要、燿，宵部。通轉爲韵。○以上建國。

築曾宮以迴匝，比岡隒而無陂。造文昌之廣殿，極棟宇之弘規。對若崇山崫起以崔嵬，髣若玄雲舒蜺以高垂。

【注】陂，傾也。《易》曰：無平不陂。文昌，正殿名也。蜺，龍形而五色。善曰：《説文》曰：隒，崖也。鄭玄《禮記注》曰：陂，傾也。《周易》曰：上棟下宇，以避風雨。對，高貌也。《景福殿賦》曰：若仰崇山而戴垂雲。髣，垂貌也。《淮南子》曰：玄雲素朝。

【疏】「以崔嵬」，五臣「以」作「而」。○《周易》，見《泰・九三》爻詞。○《水經・濁漳水注》曰：魏武封于鄴，爲北宮。宮有文昌殿。《南齊書・禮志》上曰：魏武都鄴，正會文昌殿，用漢儀。汪師韓《文選理學權輿》卷八曰：魏之宮闕，《魏都賦》所言始自正殿，遞及南北東西，復自左而前、而後、而右，以及城池、園囿、邑屋、市廛，再言府寺、閭閻，苟無張孟陽舊注，後人將何所考耶？今取其注薈萃觀之。其正殿曰文昌殿，前值端門。端門之前，南當南止車門。又有東西止車門。端門之外，東有長春門，西有延秋門。文昌殿前有鐘簴。文昌殿東有聽政殿，内朝所在也。聽政殿前聽政門，聽政門前升賢門，升賢門左崇禮門，右順德門，三門並南向。升賢門前宣明門，宣明門前顯陽門，顯陽門前有司馬門。升賢門内聽政闥，向外。東入有納言闥、尚書臺。宣明門内、升賢門外，東入有内醫署。顯陽門内、宣明門外，東入最南有謁者臺閣，次中央符節臺閣，最北御史臺閣，三臺並列西向。符節臺東有丞相諸曹。聽政殿後有鳴鶴堂、楸梓坊、木蘭坊、文石室，後宫所止也。鳴鶴堂之前，次聽政殿之後，東西二坊之中央，有温室，中有畫像讚。文昌殿西有銅爵園，園中有魚池堂皇。銅爵園西有三臺，中央有銅爵臺，南則金虎臺，北則冰井臺。銅爵臺有屋一百一間，金虎臺有屋一百九間，冰井臺有屋一百四十五間，下有冰室。三臺與法殿皆閣道相通。當司馬門南出，道西最北東向相國府，第二南行御史大夫府，第三少府卿寺。道東最北奉常寺，次南大農寺。出東掖門正東，道南西頭太僕卿寺，次中尉寺。出東掖門，宫東北行北城下，東入大理寺、宫内大社西郎中令府。城南有五營。鄴城内諸街，有赤闕、黑闕，正當東西南北城門，最是其通街也。石竇橋在宫東，其水流入南北里。魏武帝時，堰漳水，在鄴西十里，名曰漳渠堰。東入鄴城，經宫中，東出，南北二溝，夾道。東行出城，所經石竇者也。長壽、吉陽二里，在宫東，中當石竇。吉陽南入，長壽北入，皆貴里。玄武苑在鄴城西，苑中有漁梁、釣臺、竹園、蒲萄諸果。鄴城西下有乘黄廄，白藏庫在西城下，有屋一百七十四間。鄴城南有都亭，城東亦有都道，北有大邸起樓門臨道，建安中所立也。按王沈《魏書》、魚豢《魏略》以及《魏氏春秋》、《鄴都故事》、《鄴中記》等書，今皆不可得見。孟陽之注，洵爲詳備矣。梁曰：汪氏薈萃，唯遺一條「西止車門，北有漏刻室也」十字，當從六臣本補入。餘亦與顧氏炎武《宅京記》所載大略相同。○「蜺」，「霓」之借字。《楚辭·天問》：白蜺嬰茀。王逸注曰：雲之有色似龍者也。可以互證。○《説文》見《自部》。互見《西京賦》疏。○《禮記》鄭注，見《樂記》。○《周易》，見《繫辭》下。○《玉篇》：嶵，徒對切。《集韵·十八隊》曰：嶵，山皃。或書作「對」。○《景福殿賦》，見本書卷十一。○《詩·鄘·柏舟》：髧彼兩髦。毛傳曰：髧，兩髦之貌。髦者，髮至眉。《玉篇》曰：髧，髮垂貌。案：髧本髮垂，引伸爲凡垂之狀。○《淮南子》，見《覽冥篇》。

瓌材巨世，埔㙐參差。枌橑複結，欒櫨疊施。丹梁虹中以並亘，朱桷森布而支離。綺井列疏以懸蔕，華蓮重葩而倒披。齊龍首而涌霤，時梗概於滮池。

【注】《爾雅》曰：桷謂之榱。善曰：《西都賦》曰：因瓌材而究奇，抗應龍之虹梁。《廣雅》曰：曲枅謂之欒。《説文》曰：欂櫨，柱枅也。然欒、櫨一也，有曲直之殊耳。《西京賦》：蔕倒茄於藻井，披紅葩之狎獵。齊龍首而涌霤，謂畫爲龍首於椽，承檐四隅，而以寫霤也。《説文》曰：霤，屋水流也。《東京賦》曰：其梗概如此。《毛詩》曰：滮池北流也。

【疏】袁本「並」作「竝」，字同。○埔，五臣楚洽切。㙐，除立切。呂延濟曰：埔㙐，相接貌。案：已見《吳都賦》。○《爾雅》，見《釋宮》。○「西都賦」至「虹梁」，胡曰：袁本、茶陵本無此十六字。○《廣雅》，見《釋宮》。案：互見《西京賦》注。○《説文》「柱」字下當依本書《甘泉賦》、《魯靈光殿賦》、《長門賦》注引增「上」字。《景福殿賦》注引無「欂」字。今本《説文・木部》作「欂，壁柱也。櫨，柱上柎也。蓋後人誤改。段玉裁依《選》注改爲「欂，欂櫨，柱上枅也」。「櫨，欂櫨也」。王筠《句讀》從之。本書《甘泉賦》作「薄櫨」，《漢書・揚雄傳》上、《王莽傳》下並同，皆借字。李善彼賦注引作「薄」，依賦正文耳。朱珔據《爾雅・釋宫》《釋文》引《字林》云：櫨，柱上柎也。《淮南子・本經篇》高注：櫨，柱上柎，即梁上短柱也。謂《説文》柎字亦非誤，似不必援此注以改今本「柎」字，則殊不然。玄應《一切經音義》卷十四、即慧琳卷五十九，玄應卷十五、即慧琳卷五十八、五十九，其他玄應《音義》卷七，慧琳《音義》卷十四、卷八十一所引皆作「枅」，無作「柎」者。唯玄應卷一《大方等大集經音義》引作「欂、櫨，柱上柎也」，亦後人據今本《説文》改。慧琳《音義》卷十七載玄應此經《音義》正作「欂櫨，柱上枅也」，可以爲證。更以《説文》之例言之。「欂」、「櫨」二字上爲「格」字，曰：欂櫨也。下爲「枅」字，曰：屋欂櫨也。其字正以類相聚，以義相承。至「柎闌足也」，遠隔在一百四十餘字之後。他書雖有柱上柎之訓，必不得以亂《説文》也。但《説文》無「欂」字，段氏移「欂」字於前，而別增「欂」字。朱珔曰：《玉篇》、《廣韵》分「欂」、「欂」爲二，段氏從之，於「欂」篆外別作「欂」篆，究係《説文》所無强增。其實「欂」爲「欂」之省，實一字耳。沈濤曰：「欂」，「欂」之別體。《文選》作「欂」，乃別體之不省耳。究當以「欂」爲正字，不應逕改作「欂」。案：此二説是也。〇朱珔《説文假借義證》卷十一引此注而申之曰：「欒」爲「櫨」之通借。欒、櫨雙聲。步瀛案：櫨之轉音爲欒，而義亦稍變，蓋非通借字也。《釋名・釋宫室》曰：欒，攣也。其體上曲，攣拳然也。本書《魯靈光殿賦》曰：層櫨磥垝以岌峩，曲枅要紹而環句。李善注引《説文》。下又曰：《蒼頡篇》曰：枅，柱上方木。然枅、櫨爲一。此重言之，蓋有曲直之殊爾。又《景福殿賦》曰：欂櫨各落以相承，欒栱夭蟜而交結。皆與此可互證。○「《西京賦》」上袁、茶二本有「西都賓曰：抗應龍之虹梁」十字。○「披紅葩之狎獵」下，尤本有「又曰疏龍首以抗殿」八字。胡曰：袁本、茶陵本無此八字。案：彼賦龍首與此夐然不涉。梁曰：無者是也。案：今據二本删。○胡曰：「謂畫爲龍首於椽」，袁本、茶陵本無「畫於椽」三字。○《說文》，見《雨部》。○《東京賦》，見前。○《毛詩》，見《白華》。唐人引書，往往於句末加也字。毛傳曰：滮，流貌。鄭箋曰：豐鎬之閒，水北流。孔疏曰：《文王有聲》箋云：豐在豐水西，鎬在豐水東。然則豐鎬之閒，唯豐水耳。而謂之池者，《家語》云：今池水之大，誰知非泉焉？《召旻》曰：池之竭矣，不云自頻。則池者，下田畜水之處。且言浸者，不得在豐水之中，則此池在豐水之左右，其池汙下，引豐以溉灌，故言浸彼稻田也。池水當得停而亦言北流者，以池上引豐水亦北流，浸灌既訖，又決而入豐，亦爲北流。鄭直云水北流，不指言豐，明池水亦北流也。《說文》引作滮沱北流。《水經·渭水注》下曰：鄗水又北流，西北注與滮池合。水出鄗池西，而北流入于鄗。《毛詩》云：滮，流浪也。而世傳以爲名矣。王先謙曰：「浪」蓋「貌」字傳寫之誤。○陂、垂、參、施、離、披、池，古音歌部。規，支部。嵬，脂部。通轉爲韵。

旅楹閑列，暉鑒柍桭。榱題黮䨴，階楯嶙峋。長庭砥平，鍾虡夾陳。風無纖埃，雨無微津。

【注】《詩》云：旅楹有閑。柍，中央也。桭，屋宇檼也。文昌殿前有鍾虡，其銘曰：惟魏四年，歲在丙

中。龍次大火，五月丙寅。作蕤賓鍾。又作無射鍾。建安二十一年七月，始設鍾簴於文昌殿前，所以朝會四方也。善曰：鄭玄《毛詩箋》曰：旅楹，衆也。薛君《韓詩章句》曰：閑，大也。謂閑然大也。暉鑒，言楹柱光輝，遠照柍振也。《廣雅》曰：鑒，照也。《聲類》曰：黮，深黑色也。直感反。黷，亦黑也。徒對反。應劭《上林賦注》曰：楯，闌檻也。《西京賦》曰：坻鍔嶙峋。《埤蒼》曰：嶙峋，山崖之貌也。《毛詩》曰：風雨攸除。《墨子》曰：聖王作爲宫室，邊足以御風寒，上足以待雪霜雨露。

【疏】「柍振」，各本作「抰振」。胡曰：當作「柍振」，注同。各本皆譌。柍振，見《甘泉賦》，太沖用其語。彼不誤，可證也。案：梁、許説同，今據改。又案：王念孫謂《甘泉賦》「柍」當作「央」，本賦亦必作「央」。今作「柍」者，亦是傳寫之誤。特以各本作「柍」已久，故亦姑作「柍」字。○「楯」，各本作「隋」，非是。故曰：「隋」當作「楯」，善引應劭《上林賦》宛虹杝於楯軒句注可證。袁、茶陵二本所載五臣翰注云：階隋，階道上處。蓋五臣改爲「隋」，而各本亂之。茶陵本并善注中字亦改爲「隋」，大誤。胡紹煐曰：《説文》、《玉篇》、《廣韵》無「隋」字，惟《集韵》收「隋」，云階也。蓋沿翰注之誤。案：二胡氏説是，今據改。又案：袁本翰注但作「階隋上處」，脱「階道」二字。○《説文》曰：底，柔石也。重文作砥。《魯語》下韋注曰：砥，平也。○「鍾」，袁、茶二本作「鐘」。古書多以「鍾」字爲之。「簴」，《説文》作「虡」，或體作「鐻」，又作「虡」。後人又加竹作「簴」。○《周禮·地官·大司徒》鄭注曰：津，潤也。李周翰曰：言長庭雖風而無埃，雖雨而不潤。○注引《詩》，見《殷武》。○本書《甘泉賦》曰：列宿迺施於上榮兮，日月纔經於柍振。注引服虔曰：柍，中央也。振，屋梠也。王念孫曰：「柍」當作「央」，今作

「柍」者，因「桭」字而誤加木旁耳。「桭」，與「宸」同。《説文》：宸，屋宇也。即今人所謂屋檐。央桭，謂半檐也。日月纔經於半檐，極言臺之高也。央桭與上榮相對爲文，則「央」字不當作「柍」。服虔訓爲中央，則所見本亦必作「央」也。蕭該《漢書音義》曰：柍，於兩反。則所見本已譌作「柍」矣。《西京賦》曰：消雰埃於中宸。彼言中宸，猶此言央桭，則「央」之不當作「柍」益明矣。《説文》：柍，梅也。於京切。《玉篇》於兩切。此即《爾雅》所謂時英梅者也，與央桭之義無涉。《集韵》：柍，屋中央也。則爲誤本《漢書》所惑矣。案：王説甚析，則此賦央桭亦謂半檐耳。○《説文》無「桭」字。《宀部》曰：宸，屋宇也。宇，屋邊也。《木部》曰：梠，秦名屋櫋聯也。齊謂之厃，楚謂之梠。故孟陽訓爲屋宇。《説文·木部》又曰：檼，棼也。《林部》曰：棼，複屋棟也。《爾雅·釋宫》曰：棟謂之桴。郭注曰：屋檼也。《廣雅·釋宫》曰：檼，棟也。《釋名·釋宫室》曰：檼，隱也。所以隱桷也。或謂之棟。棟，中也。居室之中也。是析言之，則複屋之棟謂之檼，渾言之，則凡棟亦謂之檼。然棟不可施於檐，則此注「屋宇」下不得綴以「檼」字。疑「屋宇」下有「一曰」二字。檼、桭音近，故或以「桭」爲「檼」耳。《廣韻·十七真》有兩桭字，真下桭字曰：屋梠。辰下桭字曰：兩楹閒。疑即本張注爲説也。○「惟魏四年」，何焯曰：魏之四年，於漢爲建安二十一年。是年，進操爵爲王，故設鐘簴以備朝會。步瀛案：章樵《古文苑》卷十三王粲《無射鐘銘》注引劉逵《魏都賦》注，與此注同。而「二十一年」作「二十三年」，無「所以朝會四方也」七字。有「歲月并銘，各鑄于鐘之甬」十字。余蕭客《文選紀聞》謂：劉淵林注，南宋末尚有專本。雖未必然，然章引此必有所本。其或即張、劉二注異同之徵耶？余又曰：《魏志》唯書建安十九年十二月，天子命公宮殿設鐘簴。終《太祖紀》不書作文昌殿。據此注，殿作於建安十八年後，二十三年前。書此以補陳史、裴注之缺。步瀛案：二十三年「三」字實誤。章注曰：魏以建安十八年開國，二十一年正魏之四年，足證章不據二十三年也。○《殷武》毛傳曰：旅，陳也。鄭箋曰：以爲桷與衆楹。王先謙曰：《釋詁》：旅，陳。又，衆也。言陳列則必衆矣。傳訓爲陳，箋説爲衆，正以申傳，非異義。《逸周書·作雒篇》旅楹，孔鼂注：旅，列也。列即陳也。○《殷武》孔疏引王肅曰：陳列其楹，有閑大貌。王先謙曰：今以《魏都賦》證之，肅義實本《韓詩》。○《廣雅》，見《釋詁》三。○玄應《一切經音義》引《聲類》無「色」字。袁、茶二本無「深」字、「黑」字，非也。又慧琳《音義》九十八引《文字集略》曰：黮，黑皃。《玉篇》：黱，徒載切，不明皃。與黱字音義相近。○《上林賦》注引應劭曰：楯，欄檻也。此注各本作「橫」字，誤。今依彼注校改。○「坻鍔」，尤本作「抵鍔」。胡曰：茶陵本「抵」作「柢」，袁本與此同。各本皆非也。當作「坻」。案：胡氏説是，今據《西京賦》校改。○嶙峋，互見《西京賦》鱗眴疏。○《毛詩》，見《斯干》。○《墨子》，見《辭過篇》。「御」作「圉」，字通假。又各本「露」上脱「雪霜雨」三字，今據《墨子》校補。

巖巖北闕，南端逌遵。竦峭雙碣，方駕比輪。西闢延秋，東啓長春。用覲羣后，觀享頤賓。

【注】文昌殿前值端門。端門之前，南當南止車門，又有東西止車門。端門之外，東有長春門，西有延秋門。文昌殿，所以朝會賓客，享四方。善曰：《德陽殿賦》曰：朱闕巖巖。凡南方正門，皆謂之端。

《春秋説題辭》曰：血書魯端門。《西京賦》曰：圜闕竦以造天，若雙闕之相望。毛萇《詩傳》曰：覲，見也。《尚書》曰：肆覲羣后。《周易》曰：觀頤，觀其所養也。頤養，亦享也。故曰觀享頤賓。許兩切。

【疏】五臣「逌」作「攸」。此作「逌」者，即「攸」之借字。《書·禹貢》灃水攸同，《漢書·地理志》作「逌」。《書·洪範》彝倫攸敍，《漢書·五行志》上作「逌」。《漢書·敍傳》《幽通賦》曰：㮚取弔于逌吉兮。顔注曰：「逌」，古「攸」字也。攸亦所也。本書《幽通賦》李善注曰：逌，所也。○梁曰：六臣本兩「止車」並作「上東」，誤。胡曰：《德陽殿賦》曰：何校「德」上添「李尤」二字，是也。各本皆脱。步瀛案：又見《藝文類聚·居處部》二引。又案：《廣雅·釋訓》曰：巖巖，高也。○正門爲端門，已見《西京賦》薛注。又《景福殿賦》注曰：凡正門皆謂之端門，亦可證也。《春秋説題辭》亦互見。《景福殿賦》司馬紹統《贈山濤詩》注、《太平廣記》卷一百四十一、《藝文類聚·祥瑞部》上引「端門」上無「魯」字，《玉海》卷一百六十九《宫室》引《説題辭》：端門列於魯城南四門。案：《左傳·莊三十一年》杜注曰：稷門，魯南城門。又《經·僖二十年》：新作南門。杜注曰：魯城南門也，本名稷門。僖公更高大之，今猶不與諸門同，改名高門也。孔疏曰：魯城南門三門，隱公元年開一門，故今南有四門。《玉海》引《荀子·哀公篇》：君出魯之四門，以望四郊。證魯南有四門。然《荀子》明言四郊，則所謂四門，當指四方之門，而不專屬南方矣。《水經·泗水注》謂稷門亦曰雩門，亦誤。《春秋大事表》七之一曰：魯正南門曰稷門，亦謂之高門。南之右曰雩門，南城西門也，面臨雩水，因名。莊十年公子偃自雩門竊出犯宋師，卽此。梁履繩《左通補釋》三亦曰：稷門乃魯正南門，故《僖二十年》稱爲南門。杜氏謂卽高門，又名南高門。見《家語・子路初見篇》。蓋南城三門，正南曰稷門，南城西曰雩門，其東曰鹿門。《公羊・閔二年傳》注曰：鹿門，魯南城東門也，不得以稷門爲雩門矣。步瀛案：端門既爲正門，則不當卽稷門。不得稷門外更有端門。疑《玉海》亦誤也。且此所謂端門者，當屬朝門，非城門。《禮記・明堂位》鄭注曰：天子五門：皋、庫、雉、應、路。魯有庫、雉、路。《周禮・天官・閽人》賈疏曰：魯有三門。雉門有兩觀，爲中門。則所謂魯端門者，其或卽雉門歟？○《詩》毛傳，見《韓奕》。○《尚書》，見《舜典》。○《周易》，見《頤》象傳。○享、養音訓，《廣雅・釋詁》一曰：享，養也。與李注義合。《説文》字作「亯」，曰：獻也。段注曰：按《周禮》用字之例，凡祭亯用「亯」字，凡饗燕用「饗」字。《禮經》十七篇，「亯君」字作「亯」，「尚饗」字作「饗」。《小戴記》凡祭亯、饗燕字皆作「饗」，無作「亯」者。《左傳》則皆作「亯」，無作「饗」者。《毛詩》之例，則獻於神曰「亯」，神食其所亯曰「饗」，蓋本書固尔，非由後人改竄。朱駿聲《説文通訓定聲》卷十八曰：享與饗别。享，神道也。饗，人道也。「享」假借爲「饗」。《左・莊四年傳》：止而享。注：食也。○振、遵、輪、春，古音諄部。峋、陳、津、賓，真部。通轉爲韵。

左則中朝有艴，聽政作寢。匪樸匪斲，去泰去甚。木無彫鏤，土無綈錦。玄化所甄，《國風》所禀。

【注】中朝，内朝也。漢氏大司馬、侍中、散騎諸吏爲中朝，丞相六百石以下爲外朝也。文昌殿東有聽

政殿，内朝所在也。《墨子》曰：堯之爲君，采椽不斲。《晏子春秋》曰：明堂之制，下之濕潤不能及也，上之寒暑不能入也。土事不文，木事不鏤，示民知節也。《老子》曰：去甚去泰。《爾雅》曰：鏤，鋑也。善曰：毛萇《詩傳》曰：艴，赤貌也。《尚書》曰：既勤樸斲。孔安國曰：樸，治。斲，削也。《西京賦》曰：木衣綈錦。《説文》曰：綈，厚繒也。玄化自此陶甄而成，《國風》於是乎稟承也。蔡雍《陳留太守頌》曰：玄化洽矣，黔首用寧。《漢書音義》如淳曰：陶人作瓦器謂之甄。吉然反。《毛詩序》曰：一國之事，繫一人之本，謂之風。

【疏】注「六百石以下」當作「以下至六百石」。《漢書·劉輔傳》注引孟康曰：中朝，内朝也。大司馬、左右前後將軍、侍中、常侍、散騎諸吏爲中朝。丞相以下至六百石爲外朝也。此注「丞相以下」云云，蓋誤。當與孟康同。○「内朝所在也」，胡曰：袁本、茶陵本「所在」作「存」。○《墨子》，已見《東京賦》。○《晏子春秋》，見《内篇·諫》下。今本「濕潤」作「潤濕」。《大戴禮·盛德篇》孔鼂注引同。《白帖》十一及《路史·後紀》三引並作「燥濕」。○《老子》河上公注曰：甚謂貪淫聲色，泰謂宫室臺榭。○《爾雅》，見《釋器》。○《詩》毛傳，本書《琴賦》注引同。今《詩》毛傳無之。朱珔曰：此與《琴賦》瑶瑾翕艴注引《詩》傳「艴，赤色貌」同。今《詩》無「艴」字，惟《采芑篇》路車有奭，毛傳：奭，赤貌。又《瞻彼洛矣》韎韐有奭，《釋文》亦云：奭，赤貌。而《白虎通》引《詩》「奭」作「艴」，故此注遂以「艴」爲「奭」，而云赤貌也。「艴」字，《説文》在《新附》中。胡紹煐曰：按《毛詩》俱不作「艴」，此注當有「艴與奭同」四字，今脱去。步瀛案：如胡枕泉説，則注中「艴」字宜作「奭」。又案：《白虎通》，見《爵篇》。○《尚書》及僞孔傳，見《梓材》。○《説文》見《糸部》。○「玄化」以下十六字，尤本無，今依袁、茶二本增。張銑曰：謂儉約稟於《國風》也。《國風》，《詩》所以美儉也。梁曰：《左氏傳》，爲之歌《魏》曰：美哉！大而婉，險而易行。《史記》「險」作「儉」，古字通用。此銑注所本，與上文「匪樸匪斲」四語意亦連屬，宜與善注並存。案：《左傳》見襄二十九年。○《陳留太守頌》，《藝文類聚·職官》六引作《陳留太守行小黄縣頌》。○「《漢書音義》如淳曰」，胡曰：袁本、茶陵本作「如淳《漢書注》曰」。步瀛案：《董仲舒傳》顔注曰：甄，作瓦之人也。蓋卽本如淳注。○《毛詩序》，見《關雎》。○寖、甚、錦、稟，古音侵部。

於前則宣明顯陽，順德崇禮。重闈洞出，鏘鏘濟濟，珍樹猗猗，奇卉萋萋。惠風如薰，甘露如醴。

【注】聽政殿前聽政門，聽政門前升賢門，升賢門左崇禮門，右順德門，三門並南向。升賢門前宣明門，宣明門前顯陽門，顯陽門前有司馬門。闈，守門也。《周官》闈人守王門。《爾雅》曰：宫中之門謂之闈。洞，達也。南北外内，東西左右，掖門皆洞達相通。善曰：《禮記》曰：大夫濟濟，庶士鏘鏘。毛萇《詩傳》曰：猗猗、萋萋，茂盛貌也。音此禮切，叶韻。《東京賦》曰：惠風横被。邊讓《章華臺賦》曰：惠風春施。《家語》：舜曰：南風之薰兮。王肅曰：薰，風至之貌也。《論衡》曰：甘露味如飴蜜，王者太平則降。鄭玄《周禮注》曰：醴，今恬酒。

【疏】「惠」，各本作「蕙」。胡曰：何引潘校「蕙」改「惠」，案：所校是也，善注可證。袁、茶陵二本所載五臣銑注云：蕙，香草。是五臣改爲「蕙」，而各本亂之。胡紹煐曰：本書《琴賦》惠風流其閒，善引邊賦與此注同。此蕙風與下甘露對，猶《琴賦》惠風與上清露對耳。朱銘曰：按《尸子·仁意篇》，祥風、瑞風，一名景風，一名惠風。「蕙」當作「惠」，「薰」字對下「如醴」，亦承上珍樹奇卉言之，則薰當爲香草。謂樹卉之閒，風至如香草之薰，露降如甜酒之醴也。案：《尸子》見《御覽·天部》十九引，不言篇名。下文春爲發生云云，與《爾雅·釋天》邢疏引《仁意篇》同。故知亦《仁意篇》之文也。○梁曰：段校云：《史記·淮陰侯列傳》裴駰注引劉逵注：醳，酒也。今注無。步瀛案：此亦可爲本賦乃張注之證。○「聽政殿前聽政門」，尤本「殿」字下奪「前」字，「門」上衍「殿」字，今依毛本。胡克家謂：依下注，「聽政門」當作「聽政闥」，下同。《旁證》引孫義鈞曰：按下注專敍官寺，皆東入以避南鄉殿門。下注云升賢門內聽政闥外，東入，有納言闥，以釋賦文「連闥」，與下臺署皆東入，疑聽政闥本是「門」字，緣賦文及注納言闥致誤。而此注「聽政殿前聽政門」，句自不誤也。以下注宣明門內升賢門外，東入，內醫署。顯陽門內宣明門外，東入，最南有謁者臺閣句例之，皆以內外門指稱，益可推證連者臺闥相連，不得因與南鄉之闥並舉，而亂於東入之署屋也。○「聽政門前升賢門，升賢門左崇禮門」，袁、茶二本不複「聽政門」「升賢門」六字，袁本「右」作「左」，皆非。○「升賢門左崇禮門」下，尤本、毛本複「崇禮門」三字，蓋誤衍。今依袁、茶二本。○「顯陽門前有司馬門」，袁、茶二本無「顯陽」二字，非是。○《周禮》，見《天官》，又序官。鄭注曰：閽人，司晨昏以啓閉者。○《爾雅》，見《釋宫》。○《淮南·原道篇》高注曰：洞，達也。與此注同。○《禮記》，見《曲禮》下。朱珔曰：「庶」爲衍字，今《禮記》無之。「鏘鏘」作「蹌蹌」。《釋文》：「蹌」本又作「鶬」，或作「鏘」，同前。《吴都賦》劉注：鏘鏘，行步貌。

蓋亦以「鏘鏘」爲「蹌蹌」矣。依《説文》，蹡爲行皃，當作「蹡」。「鶬」、「鏘」皆同音借字。蹌从足，訓動，義得與蹡通也。〇《詩·淇奥》毛傳曰：猗猗，美盛貌。不宜與《葛覃》傳萋萋，茂盛貌合爲一。「猗猗」下疑本有「美盛貌」三字，傳寫誤脱耳。〇「音此禮切」至「惠風横被」，胡曰：袁本、茶陵本無此十四字。〇叶韻説已見《東都賦》疏。〇《東京賦》見前。〇「章華臺」各本誤作「帝臺」，今依何氏、陳氏校改。〇《後漢書·文苑·邊讓傳》載此賦作「惠風春施」。各本「惠風」下誤衍「如」字，并校删。〇《家語》，見《辨樂篇》，「舜」下當有「詩」字。〇《論衡》，見《是應篇》。〇《周禮》，見《天官·酒正》，曰：辨五齊之名，二曰醴齊。鄭注曰：醴，猶體也。成而汁滓相將，如今恬酒矣。賈疏曰：於五齊中爲恬，故以恬酒況之。案鄭注所謂恬酒者，猶今言酒性平和，非謂甜美也。各本作「甜」字亦非，今校改。〇禮、濟、萋、醴，古音脂部。

禁臺省中，連闥對廊。直事所繇，典刑所藏。藹藹列侍，金蜩齊光。詰朝陪幄，納言有章。亞以柱後，執法内侍。符節謁者，典璽儲吏。膳夫有官，藥劑有司。肴醳順時，腠理則治。

【注】升賢門内聽政闥外，東入，有納言闥、尚書臺。宣明門内升賢門外，東入，有内醫署。顯陽門内宣明門外，東入，最南有謁者臺閣，次中央符節臺閣，最北御史臺閣。三臺並别西向。符節臺東有丞相諸曹。善曰：《魏武集》：荀欣等曰：漢制，王所居曰禁中。諸公所居曰省中。《淮南子》曰：連闥通房，人所安也。直事，若今之當直也。蔡邕《獨斷》曰：直事尚書一人。典刑，《周禮》六典八刑也。建

安十八年，始置侍中、尚書、御史、符節、謁者。金蜩，金蟬。蔡邕《獨斷》曰：侍中、常侍，皆冠惠文，加貂附蟬。《左氏傳》曰：詰朝將見。杜預曰：詰朝，平旦也。《周禮》曰：幕人掌幄。鄭玄曰：王所居之帳也。《尚書·舜典》曰：龍，命汝作納言。應劭《漢書注》曰：納言，如今尚書官，王之喉舌也。《毛詩》曰：出言有章。《漢書音義》曰：柱後，以鐵爲柱，今法冠是。如淳曰：御史冠也。符節掌璽，故云典璽。漢有尚符璽，謁者受事，故曰儲吏。《漢書》：謁者掌讚受事。《周禮》：膳夫上士。又曰：醫師，掌毒藥，共醫事。鄭玄《周禮》注曰：劑，和也。又《禮記》注曰：舊醳之酒，謂昔酒也。《呂氏春秋》：伊尹曰：用新棄陳，腠理遂通。高誘曰：腠理，肌脉也。

【疏】五臣「繇」作「由」。○「聽政闥」下尤本有「向」字，袁、茶二本無，今從之。胡曰：無者最是，四字爲一句。○「升賢門外」，尤本「外」字上有「升賢門」三字。胡曰：三字不當重。「宣明門内」四字爲一句，與上之「升賢門内」下之「顯陽門内」句例同也。「升賢門外」四字爲一句，與上之「聽政闥外」下之「宣明門外」句例同也。又，袁本上「升賢門」下有「而」字，茶陵本有「内」字。何校云：此四字疑衍。陳同。是矣。○《魏武集》張溥輯本及嚴輯《全三國文》皆遺此條。袁、茶二本無「禁中諸公所居曰」七字。案《獨斷》上曰：禁中者，門户有禁，非侍御者不得入，故曰禁中。孝元皇后父大司馬陽平侯名禁，當時避之，故曰省中。今宜改，後遂無言之者。是禁中、省中爲一，不因王公所居而異。似無此七字是。○《淮南子》，見《齊俗篇》。○蔡邕《獨斷》下曰：春秋上陵尤省於小駕，直事尚書一人從。是直事者，謂直車駕之事。注引此，殆證二字之義，非取其職也。○《周禮》天官大宰之職，掌建邦之六典：一曰治典，二曰教典，三曰禮典，四曰政典，五曰刑典，六曰事典。地官大司徒之職，以鄉八刑，糾萬民，一曰不孝之刑，二曰不睦之刑，三曰不婣之刑，四曰不弟之刑，五曰不任之刑，六曰不恤之刑，七曰造言之刑，八曰亂民之刑。注云周禮六典八刑，當指此。然此云典刑所藏，似不宜泥定八刑。《魯語》下曰：夕省其典刑。韋注曰：典，常也。刑，法也。此蓋言典章法制所藏也。○《魏志・武帝紀》曰：建安十八年秋七月，魏始建社稷宗廟。十一月，初置尚書、侍中六卿。裴注引《魏氏春秋》曰：以荀攸爲尚書令，涼茂爲僕射，毛玠、崔琰、常林、徐奕、何夔爲尚書，王粲、杜襲、衛覬、和洽爲侍中。案：尤本「尚書」上有「中」字，誤衍。今依袁、茶二本。○《獨斷》下「加貂」下無「附」字，本書《四愁詩》注引亦無「附」字。盧召弓抱經堂校本據本注增「附」字。○《左傳》，見成二年。「將」作「請」。○《周禮》，見《天官》。尤本「幄」下有「帟」字，袁、茶二本「幕」作「帟」，皆非。今據胡氏校訂。○《書・舜典》僞孔傳曰：納言，喉舌之官。《北堂書鈔・設官部》十一引《尚書注》曰：納言，如今尚書，主喉也。王鳴盛《尚書後案》、孫星衍《尚書今古文注疏》、《古文尚書馬鄭注》、袁鈞《鄭氏佚書尚書注》皆輯爲鄭注，證以《詩・烝民》箋，蓋可信也。《漢書・百官公卿表》應劭注與鄭合。○《毛詩》，見《都人士》。○《漢書・張敞傳》顔注引應劭，與此注引《漢書音義》同。又引晉灼曰：《漢注》法冠也。一號柱後惠文，以纚裹鐵柱卷。秦制執法服，今御史服之，謂之解廌。解廌一角，今冠兩角，以解廌爲名耳。較如淳説爲詳。顔師古曰：纚，即今方目紗也。○《續漢書・百官志》三曰：符節令一人。本注曰：爲符節臺率，主符節事。尚符璽郎中四人，本注曰：舊二人。在中主璽及虎符竹符之半者。《漢書・百官公卿表》曰：其僕射、御史、尚符璽者，有印綬，比二百石以上，皆銅印黄綬。○《漢書・百官公卿表》曰：郎中令，屬官有大夫、郎、謁者，皆秦官。謁者掌讚受事，員七十人，秩比六百石。○《周禮・天官》序官：膳夫上士二人，中士四人，下士八人。鄭注曰：膳之言善也，今時美物曰珍膳。膳夫，食官之長也。膳夫職曰掌王之食飲膳羞，以養王及后、世子。○《周禮・天官》序官：醫師上士二人，下士四人。鄭注曰：醫師，衆醫之長。醫師之職曰掌醫之政令，聚毒藥以共醫事。○《周禮》鄭注無「劑，和也」之文。《周禮》約劑、質劑字作「劑」，和劑字作「齊」。《天官・鹽人》：凡齊事。鄭注曰：齊事，和五味之事。則訓齊爲和。李善注就本文改爲「劑」耳。摘二字爲訓，李注固有此例也。又《食醫》鄭注曰：食猶和齊藥之類。○《禮記・郊特牲》曰：汁獻涚于醆酒，猶明清與醆酒于舊澤之酒也。鄭注曰：澤讀爲醳，舊醳之酒，謂昔酒也。《周禮・天官・酒正》辨三酒之物，二曰昔酒。鄭注曰：昔酒，今之酋久白酒，所謂舊醳者也。杜宗玉曰：《説文》酋，繹酒也。段注曰：繹之言昔也。昔，久也。「多」下曰從重夕。夕者相繹，故重夕爲多。然則醳酒謂日夕之酒。「繹」俗作「醳」，又從昔訓矣。祭之之明日又祭，謂之繹。祭亦從昔訓也。○《吕氏春秋》，見《先己篇》。「棄」，各本誤作「去」。蓋「棄」亦作「弃」，與「去」字相近而誤，今正。○廊、藏、光、章，古音陽部。侍、吏、司、治，古音之部。

於後則椒鶴文石，永巷壼術。楸梓木蘭，次舍甲乙。西南其户，成之匪日。丹青焕炳，特有温室。儀形宇宙，歷像賢聖。圖以百瑞，綷以藻詠。芒芒終古，此焉則鏡。有虞作繪，茲亦等競。

【注】近世王者後宫以椒房爲通稱。聽政殿後有鳴鶴堂、楸梓坊、木蘭坊、文石室，後宫所止也。壼，宫中巷也。術，道也。鳴鶴堂之前，次聽政殿之後，東西二坊之中央，有温室，中有畫像讚。《尚書·咎繇謨》：舜曰：予欲觀古人之象，日、月、星、辰、山、龍、華、蟲，作繪粉米。永巷，掖庭之別名。善曰：《列女傳》曰：姜后待罪永巷。《周禮》曰：宫正掌宫中次舍。甲乙，謂次舍之名，以甲乙紀之也。《毛詩》曰：築室百堵，西南其户。又曰：不日成之。藻詠，文藻頌詠也。綷，子對切。芒芒，遠貌也。《楚辭》曰：長無絶兮終古。《廣雅》曰：鑒謂之鏡，照也。鄭玄《論語注》曰：繪，畫也。

【疏】五臣「壼」作「闑」。案：《爾雅·釋宫》曰：宫中衖謂之壼。《説文》曰：壼，宫中道也。梱，門橛也。《曲禮》上鄭注曰：梱，門限也。《釋文》曰：「梱」，本又作「閫」。是「閫」即「梱」之或體字，與「壼」形義俱别，而以音近得通。故《詩·既醉》鄭箋曰：壼之言梱也。五臣作「闑」者，亦「壼」之借字耳。〇胡曰：袁本、茶陵本「焕炳」作「炳焕」。案：此疑善、五臣之異，今無以考之也。〇椒房，已見《西都賦》注。〇梁曰：古宫殿每有圖繪，如《漢書·楊惲傳》：上觀西閣上畫人。蔡質《漢官典職》曰：明光殿省中皆以胡粉塗殿，紫青界之，畫古烈士，重行書讚。《論衡》云：宣帝之世，圖畫漢烈。《文苑英華》盧碩《畫諫》曰：漢文帝於未央宫承明殿，畫屈軼草、進善旌、誹謗木、敢諫鼓、獬豸。因知温室之畫，當亦此制。案：《漢官典職》見《初學記·職官部》引，《論衡》見《須頌篇》，《文苑英華》見卷三百六十二。〇《咎繇謨》，各本《謨》誤「薦」。今依何氏、陳氏校改。《旁證》引姜臯曰：注引「舜曰：予欲觀古人之象，日、月、星、辰、山、龍、華、蟲，作繪粉米」，此二十一字今在梅氏所分《益稷》篇中。張注自當作《咎繇謩》，與《尚書大傳》亦合。「繪」，今作「會」，然《説文》引作「繪」。《釋文》云：馬、鄭作「繪」也。「會」字下「粉」字上今有「宗彝藻火」四字，未引。又引朱瑒曰：此引《書》祇證作「繪」，故不必全引。但不應偏贅「粉米」二字。○《爾雅·釋宫》邢疏引王肅曰：今後宫稱永巷，是宫中道名也。○《列女傳》，見《賢明傳》。○《周禮》見《天官》。「宫正」二字誤倒，今正。案：袁、茶二本無「《周禮》」以下十二字。○「次舍之名」至「紀之也」，胡曰：袁本、茶陵本「名」作「處」，「紀」作「緣」。《旁證》引林茂春曰：漢制，宫中舍宇以甲乙分上下等。《漢書·成紀》：元帝在太子宫生甲觀畫堂。《元后傳》：見于丙殿。《後漢書·清河孝王慶傳》：遂出貴人至丙舍。可證。○《毛詩》，見《斯干》及《靈臺》。○頌，詠也。胡曰：袁本、茶陵本「頌」上有「而」字。○《左·襄四年》杜注曰：芒芒，遠貌。《詩·玄鳥》毛傳曰：芒芒，大貌。○《楚辭》，見《九歌·禮魂》。○《廣雅》，見《釋器》。○《論語》鄭注，《集解》《八佾篇》引。「畫」下有「文」字。○術，古音脂部。乙、日、室，至部。通轉爲韵。詠、鏡、競，陽部。

右則疎圃曲池，下畹高堂。蘭渚莓莓，石瀨湯湯。弱蔓係實，輕葉振芳。奔龜躍魚，有睽吕梁。馳道周屈於果下，延閣胤宇以經營。飛陛方輦而徑西，三臺列峙以崢嶸。亢高臺於陰基，擬華山之削成。上累棟而重霤，下冰室而沍冥。

【注】文昌殿西有銅爵園，園中有魚池堂皇。班固曰：畹，三十畝也。《離騷》曰：既滋蘭之九畹。石瀨，湍也。水激石間，則怒成湍。蔓，木之細枝者也。楊雄《方言》曰：青、齊、兖、豫之間，謂之蔓。故

傳曰：慈母怒子，折葼而笞之，其惠存焉。子紅切。係，古計切。莊周曰：呂梁懸水三十仞，流沫四十里，黿、鼉、魚、鼈之所不能遊也。漢廄舊有樂浪所獻果下馬，高三尺，以駕輦車。銅爵園西有三臺，中央有銅爵臺，南則金虎臺，北則冰井臺。銅爵臺有屋一百一閒，金虎臺有屋一百九閒，冰井臺有屋百四十五閒，上有冰室。三臺與法殿，皆閣道相通，直行爲徑，周行爲營。建安十五年，作銅爵臺。《山海經》曰：太華之山削成，四方迒堅也。《春秋左氏傳》曰：固陰迒寒。善曰：《楚辭》曰：坐堂伏檻臨曲池。曹植《責躬詩》曰：夕宿蘭渚。《左氏傳》曰：原田莓莓。杜預曰：若原田之草莓莓然。莓，莫來反。《楚辭》曰：石瀨兮淺淺。《説文》曰：瞭，察也。千例反。《漢書》曰：太子不敢絶馳道。應劭曰：天子所行道也，若今之中道。延，相連延也。《淮南子》曰：延樓棧道。《魯靈光殿賦》曰：飛陛揭孽。方輦，言廣也。《甘泉賦》曰：似紫宮之峥嶸。《魯靈光殿賦》注曰：榭而高大，謂之陽。基在小，故曰陰基。

【疏】五臣本「踈」作「蔬」。○尤本「高臺」作「陽臺」。胡曰：袁本、茶陵本「臺」下校語云：善作「高」。案：此以五臣亂善，非。胡紹煐曰：作「高」是也。此以「亢陽」連言，「高」下屬，謂三臺亢陽而高於陰基也。今善本「高」作「陽」，蓋後人以五臣本亂之。○尤、茶二本「絫」作「累」，「迒」作「冱」，今依袁本。○《禮記·檀弓》上曰：池視重霤。鄭注曰：承霤，以木爲之，用行水，亦宮之飾也。今宮中有承霤，云以銅爲之。孔疏曰：重霤者，屋承霤也。以木爲之，承於屋，霤入此木中，又從木中而霤於地，故謂此木爲重霤也。○「殿西」至「堂皇」，胡曰：袁本、茶陵本無上「有」字，不重「園」字。步瀛案：《漢書・胡建傳》：坐堂皇上。顔注曰：室無四壁曰皇。○班固説當卽《離騷章句》。案：《説文》曰：田三十畝曰畹。與孟堅合。今本《楚辭》王逸注曰：十二畝爲畹。《御覽・香部》三引「十二」作「二十」，疑卽「三十」之誤，而後人又傳寫誤倒爲「十二」耳。○《楚辭・九歌・湘君》王逸注曰：瀨，湍也。《説文》曰：瀨，水流石上也。《説文》曰：湍，疾瀨也。○《方言》二「豫」作「冀」，此疑傳寫之誤。《説文》曰：青、齊、沇、冀謂木細枝曰葼。又，《方言》「母」下有「之」字，「子」下有「也雖」二字，「葼」下無「而」字。○《莊子》，見《達生篇》。案：尤本作「《莊子》」，「四十里」作「三十里」，今並依袁、茶二本。又二本無「魚鼈」二字，依《莊子》當有。胡曰：此稱莊周，舊注例也。若稱「《莊子》」，善注例也。餘舊注誤者準此。○《莊子・達生篇》《釋文》曰：呂梁，司馬云：河水有石絶處也。今西河離石西有此縣絶，世謂之呂梁。《淮南子》曰：古者龍門未鑿，河出孟門之上也。成玄英疏曰：呂梁，水名。解者不同。或言是西河離石，有黄河縣絶之處，名呂梁也。或言蒲州二百里有龍門，河水所經，瀑布而下，亦名呂梁。或言宋州彭城縣之呂梁。案：《水經・河水注》三曰：河水左合一水，出善無縣故城西南八十里。其水西流，歷于呂梁之山，而爲呂梁洪。昔呂梁未闢，河出孟門之上，蓋大禹所道以通河也。司馬彪曰：呂梁，在離石縣西，今于縣西。歷山尋河，並無過阻，至是乃爲河之巨險，卽呂梁矣。在離石北以東，可二百有餘里也。董祐誠曰：今河曲縣西南天橋峽，河經其中，激浪如雷，聲聞數十里，卽注所云呂梁也。案：離石故城，卽山西永寧縣治。善無故城在山西右玉縣南，山西河曲縣又在其西南。諸説雖小有不同，然皆不外西河，此屬於第一説也。《水經・河水注》四曰：昔者大禹道河，積石疏決梁山，即經所謂龍門矣。《魏土地記》曰：梁山北有龍門山，大禹所鑿，通孟津河口。胡渭曰：呂梁，即《禹貢》之梁山，龍門之南山也。《尸子》、《呂氏春秋》、《淮南子》先言龍門，次言呂梁，其爲夏陽之梁山無疑。案：《尸子》見《北山經》郭璞注引，《呂氏春秋》見《愛類篇》，《淮南子》見《本經篇》。梁山在今陝西韓城縣西，此屬於第二説也。《淮南·本經篇》高注曰：呂梁，在彭城呂縣。石生水中，禹決而通之，民所由得度也，故曰呂梁也。《列子·黄帝篇》張注曰：呂梁，在今彭城郡。《爾雅》曰：石絶水曰梁。《水經》曰：泗水又東南過彭城縣東北，又東南過呂縣南。注曰：縣對泗水。泗水之上，有石梁焉，故曰呂梁也。懸濤崩湍，實爲泗險。孔子所謂魚鼈不能游。又云：懸水三十仞，流沫九十里，今則不能也。《清統志》曰：江蘇徐州府，呂梁洪在銅山縣東南五十里。有上下二洪，相去凡七里。巨石齒列，波流洶湧。《列子》稱孔子觀於呂梁，即此。由此觀之，殆以第三説爲長。○《魏志·東夷傳》曰：濊，今朝鮮之東，皆其地也。出果下馬。漢桓帝時獻之。裴注曰：果下馬，高三尺，乘之可於果下行，故謂之果下。見《博物志》、《魏都賦》。○尤本「北則冰井臺」下無「銅爵臺」三字，今依袁、茶二本。又二本「金虎」作「金鳳」。汪師韓曰：銅雀、金虎、冰井，石虎重修，其名未改。自北齊文宣帝受禪，乃改銅雀曰金鳳，改金虎曰聖應，改冰井曰崇光。張孟陽晉人，不應譌北齊之名，且譌南北之位，此必傳鈔之誤耳。梁氏亦辨其誤。姚範《援鶉堂筆記》卷三十七曰：唐人復諱虎，故從石氏之名，非本注爾也。案：姚説似得之。尤本作「金虎」或後人復就原名改正也。又，二本無「一百九間，冰井臺有屋」九字。「百四十五間」，「四」作「三」。「上有冰」下脱「室」字。「三臺」作「三室」。「直行爲逕，周行爲營」，「直」作「置」，又脱「爲徑，周行」四字，皆誤。梁曰：《水經·濁漳水注》云：城之西北有三臺，皆因城爲之基。巍然崇舉，其高若山。建安十五年，魏武所起。今鄴西三臺是也。中曰銅爵臺，高十丈，有屋百一閒。南則金虎臺，高八丈，有屋百九閒。北曰冰井臺，亦高八丈，有屋百四十五閒。《鄴臺故事》云：建安五年，曹操破袁紹於鄴。十五年，築銅雀臺。十八年，作金虎臺。十九年，作冰井臺。所謂鄴中三臺也。〇建安十五年作銅爵臺，見《魏志·武帝紀》。〇《山海經》，見《西山經》。〇《左傳》，見昭四年。杜注曰：沍，閉也。案：袁本「固」作「涸」。〇《楚辭》，見《招魂》。〇夕宿蘭渚，乃曹植《應詔詩》，注作《責躬詩》，誤。二詩均在本書二十卷，故誤記耳。〇《左傳》，見僖二十八年。朱珔曰：「莓」，今《左氏傳》作「每」。《説文》：每，艸盛上出也。故杜注云晉君美盛，若原田之艸每每然。每本從屮，屮即艸也。俗又加艸作「莓」，非是。賈昌朝《羣經音辨》引《左傳》作「⿱屮母⿱屮母」。〇《楚辭》，見《九歌·湘君》。「淺淺」，各本作「戔戔」，誤。今依《楚辭》及本書卷三十二改。〇《説文》，見《目部》。《廣雅·釋詁》一曰：⿰目祭，視也。〇《漢書》，見《成帝紀》。顔引應劭注「天子」下有「所行」二字，各本皆脱，非是。今據《漢書》注增。〇《淮南子》，見《本經篇》。〇「《魯靈光殿賦》曰」，「曰」字尤本、毛本誤作「注」字，乃涉下文而誤。今校改。袁、茶二本無「魯靈光」以下二十五字。〇方輦，言廣也。吕向曰：言廣可以並輦徑疾而西。〇《甘泉賦》見下卷。〇尤本、毛本「《魯靈光殿賦》」下脱「注」字，今依袁、茶二本。〇堂、湯、芳、梁，古音陽部。營、嶸、成、冥，耕部。

周軒中天，丹墀臨猋。增搆峩峩，清塵彯彯。雲雀踶甍而矯首，壯翼摛鏤於青霄。雷雨窈冥而未半，皦日籠光於綺寮。習步頓以升降，御春服而逍遥。八極可圍於寸眸，萬物可齊於一朝。

【注】丹墀，以丹與蔣離合用塗地也。《爾雅》曰：扶摇謂之猋。猋，上也。風從下升也。班固《西都賦》説鳳闕曰：上觚稜而栖金雀。凡鳥之栖也，羽翼戢弭。以今揆古，言栖非所覩之形也。張衡《西京賦》曰：鳳騫翥於甍標，咸遡風而欲翔。此鳳之住有定向，而風無一方，則不宜言遡風也。但鳥跱則形定翼住，飛則斂足絕據，踶則舉羽翮用勢，若將飛而尚住，故言雲雀踶甍而矯首也。踶，音提。《王吉傳》曰：進退步趨以實下。言人不行，則膝脛以下虚弱不實也。眸，眸子也。王褒《甘泉賦》曰：十分未升其一，增惶懼而目眩。若播岸而臨坑，登木末以闚泉。楊雄《甘泉賦》説臺曰：鬼魅不能自逮，半長途而下顛。班固《西都賦》説臺曰：攀井幹而未半，目眩轉而意迷。舍靈檻而却倚，若顛墮而復稽。張衡《西京賦》説臺曰：將乍往而未半，怵悼慄而竦矜。非都盧之輕蹻，孰能超而究升。此四賢所以説臺榭之體，皆危峣悚懼，雖輕捷與鬼神，由莫得而自逮也。非夫王公大人聊以雍容升高，彌望得意之謂也。異乎《老子》曰若春升臺之爲樂焉。故引習步頓以實下，稱八方之究遠，適可以圍於徑寸之眸子，言其理曠而當情也。《莊子》有齊物之論。善曰：軒，長廊之有牕也。《列子》曰：周穆王築臺，號中天臺。《漢典職儀》曰：以丹漆地，故稱丹墀。《西都賦》曰：正殿崔嵬曾構。《七發》曰：蒙清塵。毛萇《詩傳》曰：壯，健也。摛鏤，摛布其彫鏤也。《説文》曰：窈，深遠也。冥，幽昧也。《毛詩》曰：有如皦日。《西京賦》曰：交綺豁以疏寮。《論語》曰：曾點曰：春服既成。《毛詩》曰：於焉逍遥。《淮

南子》曰：八紘之外，乃有八極。趙岐《孟子章句》曰：眸，目童子也。

【疏】茶陵本「搆」作「構」，是。○五臣「影影」作「剽剽」。○「未半」，袁本「半」作「平」，誤。○《旁證》曰：段校云：依注，則「升降」二字當作「實下」。胡紹煐曰：段校恐非。注虛弱不實，釋正文頓字。翰注謂臺高行步，上下頓足。上下正升降二字之訓，足證正文本作「升降」，不作「實下」。○注以丹與蔣離合用塗地也，《旁證》引姜皋曰：蔣字未詳。攷《漢·梅福傳》注應劭曰：赤墀以丹淹泥，塗殿上。本書《西京賦》注引《漢官典職》曰：丹漆地，故稱丹墀。未有言用蔣者。《淮南子·原道訓》：浸潭苽蔣。注：蔣，讀水漿之漿。豈此「蔣」字亦假「漿」字，抑以蔣和丹塗地，不可知矣。各本皆無校語。步瀛案：卽如姜説，蔣作漿，下文離字仍不可解。疑蔣離二字相連。芍藥一名將離，豈蔣離卽將離邪？然和丹亦未聞。○《爾雅》，見《釋天》。○《西京賦》「咸」字，此注各本誤「感」，今校改。「此鳳之住有定向而風無一方」，各本作「此鳳之有定有住尚向風而無一方」，句不可通。今依胡氏校改。○呂向曰：雲雀，鳳也。踶，踏甍簷。矯，舉也。言作鳳於簷踏立而舉首也。壯，大。擿，發也。言鳳之大翼光發，彫鏤於青霄。梁曰：此卽銅雀。《水經注》所謂作銅雀於樓巔，舒翼若飛者也。向注詞費而義反晦。朱氏綬曰：《太平寰宇記》引《鄴中記》云：魏太祖都城之内，諸街有赤闕南面，西頭曰鳳陽門，上有鳳二枚。此蓋向注所本。○「言人不行」至「不實也」，《漢書·王吉傳》顔注引如淳同。○「眸，眸子也」，胡曰：袁本、茶陵本無此四字。○《漢書·王褒傳》曰：褒所爲《甘泉》及《洞簫頌》。《藝文類聚·居處部》二引王褒《甘泉頌》，本注及《景福殿賦》注引皆作《甘泉賦》，蓋賦、頌亦通。如《漢書》所稱《洞簫頌》，卽本書《洞簫賦》也。○「《西都賦》説臺曰」，胡曰：袁本、茶陵本無「説臺曰」三字。步瀛案：此引四賦，袁、茶二本其三皆有「説臺曰」三字，此蓋偶脱耳。又，「靈」與「櫺」字通。《左傳・定九年》「葱靈」卽「牕櫺」可證。○「得意之謂也」，胡曰：袁本、茶陵本「得意之謂」作「意之得」。○「若登春臺」，胡曰：袁本、茶陵本無「春」字。步瀛案：依《老子》，「春」字當在「升」字下。○《困學紀聞》卷十曰：《齊物論》非欲齊物也，蓋謂物論之難齊也。是非毁譽，一付於物，而我無與焉，則物論齊矣。邵子詩謂齊物到頭争恐誤。張文潛曰：莊周患夫彼是之無窮，而物論之不齊也，而託之於天籟。○錢大昕《養新録》卷十九曰：劉琨《答盧諶書》云：遠慕老、莊之齊物，近嘉阮生之放曠。《文心雕龍・論説篇》云：莊周齊物，以論爲名。是六朝人已誤以齊物兩字連讀。汪師韓曰：《齊物論》乃謂物論之不齊者可以齊之也。物、論二字當相連見義，注誤。張雲璈曰：劉越石《答盧諶書》：遠慕老、莊之齊物。夏侯湛《莊周贊》：齊物絶尤。《文心雕龍》云：莊周齊物，以論爲名。皆不以物、論連用。步瀛案：左太沖言萬物可齊於一朝，固不以物論連讀矣。《孟子・滕文公上》曰：夫物之不齊，物之情也。可以反證莊義。舊注是。○軒，長廊之有牕也。本書《琴賦》注同。○《列子》，見《周穆王篇》。○《漢典職儀》，已見《西京賦》注引。○《七發》，見本書卷三十四。○《詩・采芑》毛傳曰：壯，大也。無「健也」之注，疑記誤。○《説文》，見《穴部》。「窈」下各本誤衍「窕」字，依梁氏校删。○《説文》：冥，幽也。此句不承上《説文》，故加「昧」字。○《毛詩》見《大車》。○《西京賦》，已見前。余蕭客《音義》曰：《鄴中記》載，西臺高六十七丈，上作銅鳳，窻皆銅籠雲母幌，日之初出，乃流光照曜。步瀛案：見《藝文類聚·居處部》二引。○《論語》，見《先進篇》。○《毛詩》，見《白駒》。○《淮南子》，見《墬形篇》。○趙岐《孟子章句》，見《離婁》上。○猋、影、霄、寮，古音宵部。遥、朝，幽部。通轉爲韻。

長途牟首，豪徼互經。晷漏肅唱，明宵有程。附以蘭錡，宿以禁兵。司衛閑邪，鉤陳罔驚。

【注】牟者，閣道有室者也。《霍光傳》説昌邑王輦道牟首，鼓吹歌舞豪。徼，道也。晷漏，漏刻也。西止車門，北有漏刻室也。善曰：《説文》曰：晷，日景也。故曰晷漏。《漢書》《房中歌》曰：肅倡和聲。字書：倡亦唱字也。充向反。程，猶限也。「程」與「呈」通。《西京賦》曰：武庫禁兵，設在蘭錡。建安二十二年，初置衛尉。《漢書》曰：衛尉，掌宫門衛屯兵。《周易》曰：閑邪存其誠。《樂汁圖》曰：鉤陳，後宫也。服虔《甘泉賦》注曰：紫宫外營鉤陳星。

【疏】許曰：注「程」與「呈」通，知李原本作「呈」。○閣道，有室者也。尤本「室」誤作「説」，今從毛及袁、茶二本。○《漢書·霍光傳》注：孟康曰：牟首，地名也。上有觀。如淳曰：牟首，屏面也。以屏面自隔，無哀戚也。臣瓚曰：牟首，池名也。在上林苑中。顔曰：瓚説是也。屏面之言，失之遠矣。又左思《吴都賦》云：長途牟首。劉逵以爲牟首閣道，有室屋也。此説更無所出，或者思及逵據此輦道牟首，便誤用之乎？案：「吴」當作「魏」，顔氏偶記誤耳。劉敞曰：牟首，岑牟也。岑牟，蓋鼓角士胄，卽禰衡爲鼓吏所著者。張雲璈謂：《漢書》注所言地名、池名，則自有專屬，不當用之魏都。下文有禁兵司衞之語，劉説近是。朱銘曰：《霍光傳》云云，謂樂人首服耳。《後漢書・禰衡傳》云：更著岑牟單絞之服。章懷注云：岑牟，鼓角士胄也。《集韻・十九侯》云：鞮鍪，首鎧。通作「牟鍪」。然則牟首者，言樂人皆著岑牟於首，盈輦道而鼓吹也。賦云長塗牟首云云，言巡狩之兵，首皆著胄也。此皆從劉原父之説也。梁曰：按《漢官舊儀》云：上林苑中昆明池、鎬池、牟首諸池，取魚鼈給祠祀用。據此，則牟首實池名也。則從傅瓚、師古之説。王先謙《漢書補注》又以爲孟康説是。按之本賦，皆有未合。朱珔曰：下文隔數語云附以蘭錡，然後及禁兵，不應先言禁兵之胄，又與上長途絶不相屬，殊爲不辭。則劉説非也。胡紹煐曰：牟首既爲池名，在上林苑中，而《霍光傳》云輦道牟首，牟首與輦道相屬，則不在上林苑可知。檢《三輔黄圖》，池名無牟首，有牛首，云：池在上林苑中西頭。乃恍於臣瓚之誤以牛首爲牟首，小顔因而不察耳。梁氏所引《漢官舊儀》「牟」亦「牛」字之譌。本書《上林賦》：濯鷁牛首。張揖曰：牛首，池名，在上林西頭。此足以證之矣。則瓚、師古説亦非也。至地名之説，在《霍傳》上文輦及此賦上文長塗，尤不相附，更不待論。朱珔曰：以鼓吹歌舞觀之，當在閣道之室中，且與上長塗連言，蓋即《上林賦》所稱步櫚周流，長途中宿者也。彼注引郭璞曰：中途樓閣閒陛道。又《西京賦》云：長廊廣廡，途閣雲蔓。薛注謂閣道如雲氣相延蔓也。上言廊廡皆屋也，並與此合。即孟康云上有觀，亦似謂閣道之屋，但非地名耳。孟陽此注，固可從。胡紹煐曰：牟，冒也。閣道穹隆如冒，故云牟首。孟康注謂上有觀，亦取此義。是牟首正閣道之有室者，當時必有所據，不應太沖誤之於前，孟陽復誤之於後。案：二説是也。〇朱珔曰：《説文》：徼，循也。《廣韻》義同。又云：小道也。

前《西都賦》徼道綺錯，注引《漢書》中尉掌徼循京師。如淳曰：所謂游徼循禁，備盜賊也。《後漢書·班固傳》注云：徼道，徼循之道。義正同。則此亦當以道爲徼循之所經，豪者其長也。○「晷漏，漏刻也」，胡曰：袁本、茶陵本下「漏」作「之」。○「西止車門，北有漏刻室也」，尤本、毛本脱此十字。今依袁、茶二本。特二本「止車」作「上東」，「室」作「屋」。胡曰：前注南當南止車門，又有東西止車門，袁、茶陵「止車」皆作「上東」。考《水經注》説，長明溝南逕止車門下。然則「上東」非也。此亦當同彼矣。「屋」當作「室」。步瀛案：胡校是，今從之。《水經注》，見《濁漳水》。○《説文·日部》曰：晷，日景也。此注各本脱「日也」二字，今據補。○《漢書》，見《禮樂志》。○呂錦文曰：「唱」，今經典多作「倡」。《詩·蘀兮》：倡予和女。《周禮·樂師》：凡軍大獻，教愷歌，遂倡之。《禮記·檀弓》：婦人倡踊。《樂記》：壹倡而三歎。《左·昭十二年傳》：外内倡和爲忠。《國語·吴語》：大夫種乃倡謀。正字當作「唱」。《説文·人部》：倡，樂也。《口部》：唱，導也。其義迥異，然皆从昌字得聲，亦可通用。杜宗玉曰：倡、唱，昌聲。陸士衡《弔魏武帝文》：發哀音於舊倡。注引《説文》曰：倡，樂也。《廣雅·釋詁》：倡，昌始也。《禮記·樂記》：壹倡而三歎。注：倡，發歌句也。《禮記·檀弓》上：婦人倡踊。注：倡，先也。《左氏·昭十六年傳》取其唱予和汝。《釋文》：「唱」本作「倡」，蓋唱之而後和之，即首發歌句之倡也。《説文》唱亦訓導。○程，猶限也。《説文》曰：程，程品也。段注曰：品者，衆庶也。因衆庶而立之法，則斯謂之程品。荀卿曰：程者，物之凖也。《月令》：陳祭器，按度程。注：程謂器所容也。《漢書》：張蒼定章程。如淳曰：章，曆數之章術也。程者，權衡丈尺斗斛之平法也。案：《荀子》見《致士篇》，《漢書》見《高帝紀》。《説文》又曰：呈，平也。段曰：今義云示也，見也。杜宗玉曰：程有平意。蓋平定章程而示于衆庶之謂。呈、程、呈，均直貞切。音同形近之字也。○《魏志·武帝紀》建安二十二年，裴注引《魏書》曰：初置衛尉官。○《漢書》，見《百官公卿表》。○《周易》，見《乾·文言傳》。○「樂汁圖」，胡曰：「圖」下當有「徵」字，各本皆脱。步瀛案：不言徵者，省稱耳。已見《西都賦》疏。○服虔《甘泉賦》注，各本脱「賦」字，今增。案：本書卷七注引「紫」下有「微」字，「營」下無「鉤」字。《漢書·楊雄傳》顔注引亦無「鉤」字。又互見《西都賦》疏。○經、程、驚，古音耕部。兵，陽部。通轉爲韻。○以上宫殿。

於是崇墉濬洫，嬰堞帶涘。四門䡾䡾，隆厦重起。憑太清以混成，越埃壒而資始。藐藐標危，亭亭峻趾。臨焦原而不怳，誰勁捷而无猲。與岡岑而永固，非有期乎世祀。陽靈停曜於其表，陰祇濛霧於其裏。

【注】墉，城也。濬，深也。洫，城溝也。張衡《西京賦》曰：經城洫。堞，城上女牆也。賈誼曰：翟伐衛，寇俠城堞。涘，厓也。《詩》云：夏屋渠渠。又曰：既成藐藐。《尸子》曰：莒國有石焦原者，廣尋，長五十步，臨百仞之谿，莒國莫敢近也。有以勇見莒子者，獨却行齊踵焉，所以服莒國也。善曰：薛綜《西京賦》注曰：䡾䡾，高貌也。《鶡冠子》曰：上及太清，下及太寧。《老子》曰：有物混成，先天地生。《西都賦》曰：軼埃壒之混濁。《周易》曰：萬物資始。王逸《楚辭注》曰：藐藐，遠也。《説文》曰：標，末也。鄭玄《禮記注》曰：危，棟上也。《西京賦》曰：狀亭亭以苕苕。《説文》曰：阯，基也。《論語》

曰：慎而無禮則葸。「猥」與「葸」同。思子反。陽靈，天神也。《甘泉賦》曰：齊乎陽靈之宮。《周禮》曰：掌地祇之禮也。

【疏】「阯」，尤本作「趾」，毛本作「畤」，茶陵本作「峙」，校曰：五臣本作「畤」，袁本作「畤」。是作「畤」者爲五臣本，毛作「畤」，茶陵作「峙」，尤作「趾」，皆非。今依李注改正。五臣本「恍」作「況」，李周翰釋爲比況，亦非是。恍字義已見《西都賦》，與猥字相對。又五臣「世」作「代」。○墉，城。《詩・皇矣》、《良耜》毛傳同。○濬，深。《爾雅・釋言》文。○《西京賦》薛注曰：洫，城池也。與城溝同。○《釋名・釋宮室》曰：城上垣曰睥睨，言於其孔中睥睨非常也。亦曰埤。埤，裨也，言裨助城之高也。亦曰女牆，言其卑小，比之於城，若女子之於丈夫也。○賈誼語見《新書・春秋篇》。今本「俠」作「挾」。盧文弨曰：挾，猶薄也。步瀛案：「俠」、「挾」之通借字。袁、茶二本無「堞」字，非。○《爾雅・釋丘》曰：涘爲厓。《廣雅・釋丘》曰：涘，厓也。《説文》曰：涘，水涯也。○《詩》，見《權輿》。尤本「詩」上有「毛」字。胡曰：袁本、茶陵本無「毛」字，案：無者最是。此稱《詩》，舊注例也。若稱《毛詩》，善注例也。凡劉淵林、張孟陽諸人之注，皆未必是《毛詩》，觀下牒牒坰野句注，即可知矣。案：胡氏説是，今據二本删「毛」字。○又引《詩》見《崧高》。○《尸子》，本書《思玄賦》舊注亦引之。「以勇」，本注各本作「勇以」，今依《思玄賦》注乙轉。《後漢書・張衡傳》、《御覽・人事部》六十二引並同。又袁、茶二本「廣尋」下無「長」字，《思玄》注並無「尋」字。《張衡傳》注「尋」、「長」字皆有，《御覽》「尋」上有「數」字。又，「所以服莒國也」，《御覽》同。《張衡傳》注「所」上有「此」字，《思玄》注作「所以稱一世」，蓋誤。又

《張衡傳》注「石」作「名」，「齊」作「躋」，《御覽》作「劑」，各不同。又本書《長笛賦》注引「焦原者臨萬仞之谿」，「萬」字蓋緣彼正文而誤。〇《西京賦》薛注已見前。〇《鶡冠子》，見《度萬篇》：兩「太」字作「泰」，字同。〇《老子》河上公注曰：謂道無形，混沌而成。〇《周易》，見《乾·象傳》。〇《楚辭注》，見《離騷》。「也」作「貌」。〇《説文》，見《木部》。今本「末」上有「木杪」二字，下「杪」字曰：木標末也。本書《上林賦》注引「末」上亦無「木杪」二字。沈濤曰：疑古本作「木末也」，與下「杪」字解同，無「杪標」二字。崇賢所引，又節去「木」字耳。今本語不可通。步瀛案：沈説殆是，但此賦標危與下峻阯對文，則標字當作高舉之義解。標危猶言極頂耳。〇《禮記》鄭注，見《喪大記》。《史記·魏世家》范痤上屋騎危，《集解》與鄭注同。朱珔曰：《説文》危爲部首，云：在高而懼也。本書《七命》注又引《論語》鄭注：危，高也。棟上乃屋之極高處，故稱危。桂氏《札樸》則云：「危」當爲「产」。《説文·厂部》：产，屋梠也。秦謂之桷，齊謂之产。據此，是「危」亦借字，「危」本从产也。〇《説文》，見《自部》。〇《論語》，見《泰伯篇》。《集解》曰：葸，畏懼之貌也。薛傳均曰：王文考《魯靈光殿賦》：心猥猥而發悸。善曰：蘇林《漢書注》：葸葸，懼貌。「猥」與「葸」同，蓋「猥」、「葸」皆從思字得聲，故通用也。〇《甘泉賦》，見卷七。〇《周禮》，見《春官·大宗伯》之職。〇涘、起、始、阯、猥、祀、裏，古音之部。〇以上城池。

苑以玄武，陪以幽林。繚垣開囿，觀宇相臨。碩果灌叢，圍木竦尋。篁篠懷風，蒲陶結陰。回淵漼，積水深。蒹葭贙，雚蒻森。丹藕凌波而的皪，緑芰泛濤而浸潭。羽翮頡頏，鱗介浮沈。栖者擇木，雊者擇音。若咆渤澥與姑餘，常鳴鶴而在陰。表清籞，勒虞箴。思國衂，忘從禽。樵蘇往而無忌，卽鹿縱而匪禁。

【注】玄武苑，在鄴城西。苑中有魚梁、釣臺、竹園、蒲陶諸果。《詩》曰：集于灌木。《春秋左氏傳》曰：鳥則擇木。又曰：鹿死不擇音。皆自得之謂也。雊者，舉雉兔之類，不傷其時，況其巨者乎？楊雄曰：勃澥之鳥。《淮南子》曰：鴃鶡雞於姑餘。《易》曰：鳴鶴在陰，其子和之。張衡《東京賦》曰：洪池清籞。虞箴，虞人之箴也。事見《春秋》，其辭曰：芒芒禹跡，畫爲九州，經啟九道。人有寢廟，獸有茂草。各有攸處，德用不擾。在帝夷羿，冒于原獸，忘其國恤，思其麀牡，武不可重。是用不恢于夏家。獸臣司原，敢告僕夫。《周易》曰：卽鹿無虞，往從禽也。《孟子》：齊宣王問曰：「文王之囿，方七十里，有諸？」孟子對曰：「於傳有之。」曰：「若是其大乎？」答曰：「民猶以爲小也。」曰：「寡人之囿，方四十里，民猶以爲大，何也？」答曰：「文王之囿，方七十里，芻蕘者往焉，雉兔者往焉，與民同之，民以爲小，不亦宜乎？臣始至於境，問國之大禁，然後敢入。臣聞郊關之內，有囿方四十里。殺其麋鹿者，如殺人之罪。則是四十里爲阱於國中，民以爲大，不亦宜乎？」言樵蘇往而無忌，卽鹿縱而匪禁者，蓋同乎周文之德，異乎齊宣之意。善曰：《西都賦》曰：幽林穹谷。《西京賦》曰：繚垣緜連。《周易》曰：碩果不食。《莊子》曰：見巨木，其絜百圍。《孫子》曰：水深則回。《說文》曰：淵，回水也。《毛詩》曰：有漼者泉。《文子》曰：積水成海。《說文》曰：[illegible]，分別也。胡犬反。《本草》曰：藕，一名水芝。《爾雅》曰：荷，芙蕖，其根藕。此文云凌波而的皪，卽藕爲偏名，非唯根矣。的皪，光明也。《上林賦》曰：的皪，江靡。鄭玄《周禮注》曰：蔆，芰也。《說文》曰：白濤，大波也。浸潭，漸漬也，隨波之貌。《洞簫賦》

曰：玉液浸潭而承其根。毛萇《詩傳》曰：飛而上曰頡，飛而下曰頏。《周禮》曰：川澤宜鱗物，墳衍宜介物。鄭玄曰：鱗，魚龍之屬。介，龜鼈之屬。水居陸生者也。《漢書音義》：晉灼曰：樵，取薪也。蘇，取草也。

【疏】五臣「菀」作「苑」。朱珔曰：《詩·菀柳》毛傳：菀，茂木也。《晉語》一：人皆集于苑。注亦云：苑，茂木貌。是「菀」、「苑」字通用，後人因以爲園囿之稱。許巽行曰：《王嘉傳》注師古曰：「菀」，古「苑」字。步瀛案：「菀」、「苑」之通借字。《管子·地水篇》曰：地者，諸生之根菀也。亦「苑」之借字。○胡曰：茶陵本「蒲」下校語云：善作「蒱」。袁本無校語。袁本載注字亦作「蒱」。然則所見與茶陵同。步瀛案：蒲陶自大宛來，但譯其音，本無定字，故《史記》、《漢書》作「蒲陶」，唐人詩多作「蒲桃」，俗作「葡萄」，但作「蒱陶」者實罕見耳。○「虋」字依袁、茶二本。尤本、毛本作「虋」，胡曰：俗字耳。《廣韻》所謂倒一虎者，非是。○五臣「籞」作「禦」。案：《說文》曰：篽，禁苑也。「籞」，或體字，「禦」則通借字。○許巽行曰：《說文》：萑，薍也。从艸，雈聲。蒹下注云：萑之未秀者。菼下注云：雚之初生，一曰薍，一曰騅。是「萑」字隸變作「雚」也。《左傳》取人於萑苻之澤，《韓非子》引作「雚」。《詩》萑葦淠淠，《韓詩外傳》作「雚」。今經典相承作「萑」。案：《左傳》見《昭二十年》，《韓詩》見《外儲說》上，《詩》見《小弁》，《韓詩外傳》見卷七。○《說文》曰：蒻，蒲子，可以爲平席。段曰：蒲子者，蒲之少者也。○《水經·洹水注》曰：洹水又東，枝津出焉。東北流逕鄴城南，謂之新河。又東分爲二水。一水北逕東明觀下，又東逕建春門，其水西逕魏武玄武故苑。苑舊有玄武池，以肄舟楫，有魚梁、釣臺、竹木灌叢。今池林絶滅，略無遺跡矣。《太平寰宇記》曰：河北道相州鄴縣，玄武苑又有新河水所經，亦魏武帝所築，有釣臺、曲池在焉。《清統志》曰：河南彰德府，玄武苑在臨漳縣西。○《詩》，見《葛覃》。毛傳曰：灌木，藂木也。○《左傳》，見《哀十一年》及《文十七年》，已並見《吴都賦》。然此注「不擇音」下疑當複「擇木擇音」四字。○《説文》曰：雊，雄雉鳴也。此注「雊者」下疑脱「雄雉鳴也」四字。雊字詳見《射雉賦》，蓋摘「擇音」字，故不泥定獸屬耳。然雉鳴曰雊，兔鳴不得曰雊，此注舉雉兔，實未確。○楊雄語見《解嘲》。○《淮南子》，見《覽冥篇》。高注曰：姑餘，山名，在吴也。案：姑餘山即姑蘇山。《清統志》曰：江蘇蘇州府，姑蘇山在吴縣西南。《太平寰宇記》一名姑胥山，在縣西三十五里。《續圖經》或曰姑胥，或曰姑餘，其實一也。朱珔曰：《覽冥訓》「鵾雞」作「鶤雞」，二者一物也。已見前《西京賦》。《淮南》上句云：過歸鴈於碣石。高誘注：言其御之疾，自碣石過歸鴈，便復東南軼過鶤雞於姑餘山也。此賦則借言之。但謂禽之或南或北，而總集於苑中。故下句云常鳴鶴而在陰耳。○《易》，見《中孚・九二》爻詞。○《東京賦》「洪池清籞」，袁、茶二本「洪」作「淵」，尤本作「江」，皆誤，今校改。○辛甲虞人之箴，見《左・襄四年》。杜注曰：辛甲，周武王太史。案：《左傳》「人」作「民」，此避諱改。又「思」上有「而」字，「用」上無「是」字。○《周易》，見《屯・六二・象傳》。「往」作「以」。○《孟子・梁惠王》下無兩「答」字，「蒭」作「芻」，「則是」下有「方」字。袁、茶二本「有」、「囿」下無「方」字，「里」下有「耳」字，「阱」下無「於」字。又袁本「於傳」無「於」字，「麋」下無「鹿」字。凡此與《孟子》合與二本異者，胡皆以爲尤改，恐亦未然。如果出尤改，何必又有「答」字、「方」字之異乎？○《周易》，見《剥・上六》爻詞。

○《莊子·人間世》曰：匠石之齊，至乎曲轅，見櫟社樹，其大蔽牛，絜之百圍。此約舉其文。○「《孫子》」當作「《孫卿子》」，即《荀子》。見《致士篇》。楊倞注曰：回，流旋也。○《説文》，見《水部》。○《毛詩》，見《小弁》。「泉」作「淵」，此避諱改。毛傳曰：漼，深貌。○《文子》，見《道德篇》。○《説文》，見《虤部》，曰：贙，分別也。从虤對争貝。讀若回。段注曰：今音胡畎反。王觀國《學林》卷九曰：《爾雅·釋獸》曰：贙有力。郭璞曰：贙出海西。大秦國有養者，似狗，多力獷惡。然則贙自是一獸，非虎也，亦無分別之義。《文選》注誤。蒹葭，《詩》鄭箋曰：蒹葭在衆草之中，蒼然强也。左太沖豈非以《爾雅》謂贙有力而蒹葭蒼然若强有力者邪？然《爾雅》言有力者多矣，故不可謂之贙。若以蒹葭强有力而因謂之蒹葭贙則非也。胡紹煐曰：《學林》以贙爲强盛，正與賦文合。而謂無分別義，則讀《説文》未熟也。許以從虤對争貝爲會意，段氏注引此賦，謂蒹葭茂密，若争地而出，則於贙字本義既得，而與賦文亦不相乖戾矣。步瀛案：段釋虤對争貝之義曰：争則分別矣。尤爲明晢，可釋王氏之惑。○《本草》，《政和經史證類備用本草》卷二十三引「水芝」下有「丹」字。○《爾雅》，見《釋草》，《説文》作「蕅」，曰：扶渠根。案：《釋草》以荷芙渠爲總名，《説文》以荷爲扶渠葉。段曰：蓋大葉駭人，故謂之荷。案：或以葉表其通體者，則曰荷。荷亦爲偏名矣。或以華表其通體，則曰蓮。蓮亦爲偏名矣。此以根表其通體，故善謂藕爲偏名也。○《上林賦》，見本書卷八。○「鄭玄《周禮注》」至「大波也」，胡曰：袁本、茶陵本無此十七字。○《周禮》鄭注，見《天官·籩人》。尤本「蔆」作「陵」，毛本作「芰菱也」，皆非。今據《周禮注》校改。《爾雅·釋草》曰：蔆，蕨攈。郭注曰：蔆，今水中芰也。《説文》曰：蔆，芰也。楚人謂之芰，秦謂之薢茩。《廣雅·釋草》曰：蓤，芰，邂茩也。是「蓤」、「蔆」字同，或省作「菱」，「蔆」又其誤字耳。據《說文》、《楚辭注》、《廣雅》，蔆有薢茩之名，而《爾雅·釋草》曰薢茩，英光。郭注曰：英明也。葉銳，黄赤華，實如山茱萸。或曰蓤也，關西謂之薢茩。郝懿行曰：《本草》有決明，而不云名薢茩。《爾雅》有蔆，蕨攈，而不言卽英光。郭氏疑未能定，故兩釋之。案：郝說是也。徐鍇《說文繫傳》乃曰：《國語》楚屈到嗜芰，則許慎云：楚謂之芰也。屈到死，將以芰祭。其子去之，以爲芰非祭用也。今按：蔆，籩豆之實也。屈到嗜芰，則決明之菜非水中蔆，審矣。芰，祭不用，故去之。以屈建之言分之，則慎所注全是菜也。但菜一名決光，薢茩又名水中蔆，凡三名，菜有其二，所異者蕨攈耳，所以致惑也。段玉裁曰：按蕨攈、英光皆雙聲。《爾雅》：薢攈，英光，或可以決明子釋之，不嫌異物同名也。而《說文》之芰、薢茩，卽今蔆角，本無疑義，不知徐鍇何以淆惑。王引之曰：蓤名薢茩，相承自古。《爾雅·釋草》如薚、烏蕨，澤、烏薞，唐蒙、女蘿，蒙、王女之類，多同實異名，而前後分見。薢茩、英光、蕨、蕨攈或亦是也。蕨攈之「攈」，孫炎作「攗」，音居郡反，又居羣反。蕨攈、英光、薢茩，正一聲之轉矣。《楚語》：屈到嗜芰。韋注云：芰，蔆也。徐鍇《說文繫傳》因《周官》加籩有蔆，而《楚語》屈建有羊饋而無芰薦，二者不合，遂謂屈到所嗜芰非水中之蔆。又因《爾雅》薢茩、英光注兼存決明及蔆之說，遂謂屈到嗜芰爲決明之菜。案：決明名芰，于古無徵。《周官》、《楚語》不必悉合，徐說疏矣。步瀛案：段、王二說，皆甚確。《證類本草》卷二十二引《圖經》曰：芰，菱實也。葉浮水上，花黄白色，花落而實生，漸向水中，乃熟。實有二種：一種四角，一種兩角。兩角中又有嫩皮而紫色者，謂之浮菱，食之尤美。是蔆之形狀雖殊，而統謂之蔆，或統謂之芰，不因形狀而别。《酉陽雜俎》卷十九引王安貧《武陵記》謂：四角三角曰芰，兩角曰蔆。考之他書，殊無佐證。故王引之斥其妄爲分别。馬永卿《懶真子》卷四謂：蔆自有正名，不謂之薢茩。與《説文》、《廣雅》相戾，殊不足取。史繩祖《學齋呫嗶》卷二謂：薢茩之蔆，从阝。蕨攈之蔆，从冫。王逸誤引陵生之蔆曰薢茩爲水中之蔆，强分「蔆」、「蔆」爲二字，分屬二物，尤爲穿鑿。至楊慎《丹鉛總録》卷四謂蔆爲今之菱角，芰爲今之雞頭，則誤以芡實爲芰實。李時珍《本草綱目》卷三十三已駁之。乃李又惑《埤雅》卷十七，以芰荷爲藕上出水生花之莖，益失之遠矣。○鈕玉樹《説文新附攷》曰：李善注《文選·西都賦》引《蒼頡篇》云：濤，大波。《一切經音義》卷二十三引同。卷二十五引《三蒼》大波爲濤。《華嚴經音義》上引同。按《文選·七發》將以八月之望，觀濤乎廣陵之曲江云云，則濤者實潮也。《説文》淖从朝省，朝从舟聲。舟、壽古通。如《書·無逸》譸張字，《詩》及《爾雅》並作「侜」。故疑「濤」爲「淖」之别體。朱珔曰：此注所引，殆非《説文》語。沈氏濤以「濤」爲經典正字，引此注爲證。又云《春秋》有袁濤塗，謂許君偁《春秋》，《左氏》古文也。然善注並未載引《春秋》語。胡氏《攷異》云：此注袁本、茶陵本無之。則是後人據新附《説文》竄入者耳。梁曰：今《説文》無「濤」字，惟徐氏《新附》有之。無「白」字。《西都賦》注引「濤，大波也」四字作《倉頡篇》。○《洞簫賦》，見本書卷十七。胡紹煐曰：今《洞簫賦》作「浸潤」。案：本書《風賦》：浸淫谿谷。注：浸淫，漸進貌。浸潭即浸淫也。《音義》同，亦作「侵尋」。《史記·孝武紀》：侵尋於泰山矣。《索隱》曰：浸尋，即浸淫也。○《詩》毛傳，見《燕燕》。○《周禮》，見地官大司徒之職。

○《漢書音義》，《史記·淮陰侯傳》《集解》引同。○林、臨、尋、陰、深、森、潭、沈、音、箴、禽、禁，古音侵部。

腜腜坰野，奕奕菑畝。甘荼伊蠢，芒種斯阜。西門溉其前，史起灌其後。墱流十二，同源異口。畜爲屯雲，泄爲行雨。水澍秔稌，陸蒔稷黍。黝黝桑柘，油油麻紵。均田畫疇，蕃廬錯列。薑芋充茂，桃李蔭翳。家安其所，而服美自悅，邑屋相望，而隔踰奕世。

【注】腜腜，美也。《詩》云：周原腜腜，菫荼如飴。《爾雅》曰：田一歲曰菑。《詩》云：薄言采芑，于此菑畝。《周官》曰：澤草所生，種之芒種。鄭司農曰：芒種，稻麥也。今鄴下有十二墱天井堰，在城西南，分爲十二墱。丁鄧切。微子《麥秀之歌》曰：黍苗油油。漢制：列侯公主田無過三十頃者，其餘各以官次。哀帝時，董賢賜田猥多，王嘉上疏：均田之制，從此隳壞。疇者，界埒畔際也。《詩》云：中田有廬。《孟子》曰：五畝之宅，樹之以桑。故曰蕃廬錯列。《老子》曰：甘其食，美其服，樂其俗，安其居，鄰里相望，雞犬之聲相聞，人至老死不相與往來。善曰：《韓詩》曰：周原腜腜。莫來反。《毛詩》曰：奕奕梁山，維禹甸之。賈逵《國語注》曰：阜，長也。《河渠書》曰：西門豹引漳水溉鄴，以富魏之河內。《漢書》曰：史起爲鄴令，遂引漳水溉鄴。人歌之曰：鄴有賢令兮爲史公，決漳水兮灌鄴旁，終古舄鹵兮生稻粱。水陸，謂高下之田也。二渠之利，下則澍生秔稌，高則植立稷黍也。《說文》曰：澍，時雨。所以澍生萬物者也。之樹反。《方言》曰：蒔，更也。郭璞曰：謂更種也。時吏切。《爾雅》曰：黑謂之黝。郭璞曰：黝，黑貌也。《聲類》曰：油油，麻肥也。《莊子》曰：治邑屋，曷嘗不法聖人哉？謝承《後

漢書》曰：王翁位二千石，奕世相襲。

【疏】李周翰曰奕奕，盛也。伊，維。蠢，生也。阜，多也。言此地生荼薺，多稻麥也。○《廣雅・釋宫》曰：藩，籬也。「蕃」、「藩」之通借字。言蕃籬廬舍，錯雜列於田中也。○《詩》，見《緜之篇》。梁曰：今《毛詩》作「膴膴」，故李注重提《韓詩》。按：「膴」與「腜」，古字通。毛傳：膴膴，美也。鄭箋：周之原地，膴膴然肥美。膴與飴、謀、龜、時、兹爲韻，當讀如梅。舊注，腜腜，美也。其義同李注。莫來反，其音同。《釋文》音武，恐非。「腜」又通作「每」，《左氏・僖二十八年傳》原田每每，亦言原田之肥美也。步瀛案：陸德明《釋文》曰：膴，音武。《韓詩》同。盧文弨《攷證》曰：《文選・魏都賦》注引《韓詩》周原腜腜，此云《韓詩》同者，謂《韓詩》義與《毛》同，亦爲美也。陳喬樅《韓詩遺説攷》十一，王先謙《三家義集疏》皆云：謂《韓詩》説同，非謂字同也。沈濤《銅熨斗齋隨筆》卷一曰：張注《魏都》所引《詩》字皆與《毛》同，其不同者，則明注爲《韓詩》。下文愔愔醧醼注引《韓詩》云：賓爾籩豆，飲酒之醧是也。此云腜腜，美也，與《毛》義正合。則所引當卽《毛詩》。竊意《毛詩》本作「腜腜」，《韓詩》則作「膴膴」。「膴」、「腜」聲相近，唐時《毛詩》本或有誤同《韓詩》作「膴膴」者。元朗據之，遂以爲《毛》、《韓》相同耳。《説文・肉部》膴讀若謨，《釋文》音武，亦非。至崇賢所見《韓詩》本又作「周原腜腜」，與元朗所據本不同。盧學士云謂《韓詩》義與《毛》同，曲説，與《釋文》之例不合。步瀛案：沈駁盧氏謂義同字異，與《釋文》之例不合。阮元《校勘記》引段玉裁説，亦疑《釋文》有誤。竊疑唐代《韓詩》有兩本，陸元朗與李崇賢所見本不同耳。此沈説得之。惟謂《毛》作「腜腜」，《韓》作「膴膴」，亦臆説也。

○《爾雅》見《釋地》。○《詩》見《采芑》。○《周禮》見《地官・稻人》。○「天井堰」，各本「堰」誤作「偃」，依胡氏校改。「分爲十二墱」下，袁、茶二本有「者也」二字，無「丁鄧切」三字。○《水經・濁漳水注》曰：昔魏文侯以西門豹爲鄴令也，引漳以溉鄴，民賴其用。其後至魏襄王，以史起爲鄴令，又堰漳水以灌鄴田，咸成沃壤。百姓歌之。魏武王又堨漳水，迴流東注，號天井堰。二十里中作十二墱，墱相去三百步，令互相灌注。一源分爲十二流，皆懸水門。陸氏《鄴中記》云：水所溉之處，名曰堰陵澤，故左思之賦魏都，謂墱流十二，同源異口者也。《太平寰宇記》曰：河北道相州鄴縣紫陌橋之下有天井堰，二十里内作十二墱。墱相去三百步，令相灌注，即《魏都賦》云墱流十二，同源異口。《方輿紀要》卷四十九曰：鄴西有十二墱，亦名西門渠。曹公建安十八年鑿渠，引漳水入白溝以通漕。東魏天平中，決漳水爲萬金渠，亦曰天平渠。唐咸亨三年，又引爲金鳳、菊花諸渠以溉鄴。宋天聖四年，王沿上言：魏史起爲鄴令，鑿十二渠，引漳水溉田，歷漢、魏、齊、隋不絶。唐至德後，其渠遂廢。今相魏磁洺之田並漳水者，斥鹵不可耕。又取爲牧地，民益困。請募民復十二渠，渠復，則水分無奔決之患，可以富數郡之民。詔河北漕司規度。而議者謂：漳水岸高，難開導，渾濁不可溉田。沿又奏：渠田起於戰國魏襄王時。前載但言灌溉之饒，不言疏導之法。唯《相州圖經》載天井堰，魏武所作，凡十二里，分十二墱，相距三百步，互相灌注。故《魏都賦》云墱流十二，同源異口。然則爲渠之法，必就高阜鑿岸爲渠，截流爲堰，然後行水數里，方至平田。若渠開二十四丈，則作堰之功，可損其半。日役萬人，五十日而罷。若采吥山之石，取磻陽之木，給利成之鐵，用鄭白渠之法，拕中流以作堰，下流大渠，分置斗門，餘水東入於御河。或水盛溢，則下板閉渠，以防奔注。復三百年之廢迹，溉數萬頃之良田，雖勞，不可已也。議卒不行。《清統志》曰：河南彰德府，天井堰在臨漳縣西。○微子《麥秀之歌》，見《尚書大傳》。本注下文及本書《辨亡論》下注皆引微子朝周事，而未引其歌詞。《思舊賦》注引其歌曰：麥秀蔪兮，黍禾䁅䁅。彼狡童兮，不我好。䁅與好不韵，疑誤。史繩祖《學齋呫嗶》卷二引《大傳》曰：微子朝周，過殷故墟，見麥秀之蕲蕲兮，禾黍之蠅蠅也，曰：此故父母之國，乃爲《麥秀之歌》。歌曰：麥秀漸漸兮，禾黍油油。彼狡童兮，不我好仇。雖亦節引，而「油油」字是。《史記·宋微子世家》則以爲箕子歌，歌詞與《學齋》引《大傳》同，而末句作「不與我好兮」。油、好爲韵，《學齋》引作「好仇」，疑不通古韵者妄改耳。○《漢書·食貨志》上曰：哀帝即位，師丹輔政，建言：古之聖王，莫不設井田。今累世承平，豪富吏民，訾數鉅萬，宜略爲限。天子下其議。丞相孔光、大司空何武奏請：諸侯王、列侯，皆得名田國中。列侯在長安，公主名田縣道，及關内侯、吏民名田皆毋過三十頃。時丁、傅用事，董賢隆貴，皆不便也。詔書且須後，遂寢不行。《王嘉傳》曰：下詔封賢爲高安侯。嘉復奏封事曰：詔書罷苑，而以賜賢二千餘頃，均田之制，從此墮壞。注引孟康曰：自公卿以下至於吏民，名曰均田，皆有頃數，於品制中令均等。今賜賢二千餘頃，則壞其等制也。案：此注「王嘉上疏」下當有「曰」字或「謂」字。○「疇者，界埒畔際也」，各本「界」下誤衍「也」字。今依胡氏、梁氏校改。《蜀都賦》注「界埒」下有「小」字。○《詩》，見《信南山》。《孟子》，見《梁惠王》上。陳奂《毛詩傳疏》曰：《公劉》傳：廬，寄也。《說文》：廬，寄也。秋冬去，春夏居，此即在田曰廬之謂也。《宣十五年·穀梁傳》：古者三百步爲里，名曰井田。井田者，九百畝，公田居一。古者公田爲居，井竈蔥韭盡取焉。范注云：八家共居，是廬在公田中矣。《漢書·食貨志》：理民之道，地箸爲本。故必建步立晦，正其經界。六尺爲步，步百爲晦，晦百爲夫，夫三爲屋，屋三爲井。井方一里，是爲九夫。八家共之，各受私田百晦，公田十晦。是爲八百八十晦。餘二十晦，以爲廬舍。是班本《孟子》八家同井，同養公田，定爲八家各助耕公田十晦，餘二十晦爲廬舍矣。何休注《公羊傳》云：聖人制井田之法，而口分之。一夫一婦，受田百畝，以養父母妻子。五口爲一家。公田十畝，卽所謂什一而稅也。廬舍二畝半。凡爲田一頃十二畝半。八家而九頃，共爲一井。故曰井田。廬舍在内，貴人也。公田次之，重公也。私田在外，賤私也。案：五口一家，卽子産治鄭，田疇廬井有伍之制，亦卽小司徒下地家五人之法。八家分受公田，中畫二十畝爲廬舍，則八家各得廬舍二畝半。此何注因班《志》以立說。《韓詩外傳》云：古者八家而井田。方里爲一井。廣三百步，長三百步，爲一里，其田九百畝。廣一步，長百步，爲一畝。廣百步，長百步，爲百畝。八家爲鄰，家得百畝。餘夫各得二十五畝。家爲公田十畝。餘二十畝共爲廬舍，各得二畝半。八家相保，出入更守，疾病相憂，患難相救，有無相貸，飲食相召，嫁娶相謀，漁獵分得，仁恩施行。是以其民和親而相好。《詩》曰：中田有廬，疆場有瓜。此《韓傳》亦主廬舍二畝半，尚在班、何之前，其説當爲近古。趙岐《孟子》「耕者九一」注云：八家耕八百畝，其百畝者以爲公田及廬井，故曰九一也。方里而井注云：公田八十畝，其餘二十畝以爲廬井宅園圃，家二畝半也。注與古説同。唯《梁惠王篇》：五畝之宅，樹之以桑。注云：廬井邑居各二畝半，以爲宅，冬入保城二畝半，故曰五畝也。趙邠卿本古有在田二畝半之説，以創此在邑亦二畝半，合五畝宅之數。不知五畝宅在城郭都鄙，與田廬本不相涉。又《七月》疏曰：《食貨志》言田制用司馬法，建步立晦。六尺爲步，步百爲畝。古之百畝爲今四十一畝。一百六十步則古之五畝，當今二畝零二十步。古之二畝半，當今一畝零十步。一夫一婦，以養父母妻子五口爲率。内有門堂，外有場圃，又有桑麻雞彘，豈一畝零十步中之所能容者？太原閻若璩《四書釋地三續》駁趙説是也。步瀛案：《四書釋地三續》引《炳燭齋隨筆》曰：五畝之宅，説者皆云古者受宅，二畝半在田，二畝半在邑，此説之極不通者。匠人營國，不過方九里。九九八十一，爲方一里者八十一。方一里之地爲九百畝。以八十一倍筭，不過七萬二千九百畝耳。其中有王宮，有左祖右社，面朝後市，又道涂九經九緯，每經涂闊九軌，又六卿以至於三百六十官，各有公署。自公卿而下，至於上中下士，各有館舍，如《詩》所云退食自公，適子之館兮者。又有賓館、神祠、作坊、倉庫、獄囚，以上諸項，處於王國之中，必三分去二，所存不過二三萬畝耳。而六鄉之民，已七萬五千家，工商各不下萬家。即人受半畝，勢必不給。況二畝半乎？《孟子》云：願受一廛而爲氓。《禮記》云：儒有一畝之宫。參觀之，足知二畝半之説爲妄矣。以今世數目驗之，民有地二十步，便可造屋三四間，足以成家矣。則古者一畝，百步之地，當必容四五家。二畝半之地，當必容十餘家也。閻曰：此説煞是可疑，存之以俟博君子。是閻駁趙説，以在邑二畝半爲過多。陳氏駁趙説，以在邑二畝半爲太少。二説意正相反。金鶚《求古齋禮説》卷十四《井田考》曰：《孟子》言井九百畝，其中爲公田，八家皆私百畝。是百畝皆屬公，何得以二十畝爲民之廬舍也？八家同養公田，何得各取十畝治之也？九一爲助，法以九百畝而得一百畝也。若公田僅八十畝，是輕於九一矣。亦與《孟子》不合。《詩·甫田》鄭箋云：九夫爲井，井稅一夫。是鄭謂公田百畝，非八十畝也。五畝之宅，皆在邑中，猶今之村落然。《詩》所謂中田有廬者，乃於田畔爲之，以避雨與暑，大不容一畝，必無二畝半之廣在公田之中也。是井在田二畝半之說亦駁之矣。大抵古人經制，不過舉其大體，至實行時必多變通。後人泥定其數，往往不可通矣。《信南山》鄭箋曰：中田，田中也。農人作廬焉，以便其田事。不言廬之畝數。《說文》曰：廛，二畝半也。一家之居。蓋卽趙邠卿《孟子注》所本。段注曰：許於廬不曰二畝半，於廛曰二畝半，以錯見互足，亦從趙氏之說。○《老子》卷下「安其居」在「樂其俗」句上。《莊子·胠篋篇》與此同。《老子》「里」作「國」，「犬」作「狗」，「人」作「民」，「相」下無「與」字。《莊子》「聲」作「音」。《史記·貨殖傳》引亦與《老子》文異。蓋古人引書，不拘定元文字句也。○《毛詩》，見《韓奕》。毛傳曰：奕奕，大也。○「賈逵《國語》」下，各本脫「注」字。陳曰：別本有，今從之。案：此《魯語》上助生阜也句注。○「《河渠書》」，袁、茶二本作「《史記》」，「《漢書》」作「又曰」，「瀉」作「寫」。步瀛案：《漢書·溝洫志》作「舄」，《史記·貨殖傳》地瀉鹵亦作「瀉」。胡氏謂尤改未是，亦故爲求疵。又案：《呂氏春秋·樂成篇》曰：魏襄王與羣臣飲，酒酣，王爲羣臣祝曰：「皆如西門豹之爲人臣也。」史起對曰：「魏氏之行田也，以百畝，鄴獨二百畝，是田惡也。漳水在其旁而西門豹弗知用，是其愚也。知而弗言，是不忠也。愚與不忠，不可效也。」魏王無以應之。明日，召史起而問焉，曰：「漳水猶可以灌鄴田乎？」史起對曰：「可。」王曰：「子誠能爲寡人爲之，寡人盡聽子矣。」史起敬諾，言之於王曰：「臣爲之，民必大怨。臣大者死，其次乃藉臣。臣雖死、藉，願王之使他人遂之也。」王曰：「諾。」使之爲鄴令。史起因往爲之，鄴民大怨，欲藉史起。史起不敢出而避之，王乃使他人遂爲之。水已行，民大得其利，相與歌之曰：「鄴有聖令，時爲史公。決漳水，灌鄴旁。終古斥鹵，生之稻粱。」高注曰：按《魏世家》，文侯生武侯，武侯生惠王，惠王生襄王。西門豹，文侯用爲鄴令，史起亞之，不得爲四世之君臣也。案：《左・襄二十五年》孔疏引《呂氏春秋》曰：魏文侯時，史起爲鄴令，引漳水以灌田。與今本異。《漢書・溝洫志》從《呂氏春秋》說，與《史記》異。梁玉繩《史記志疑》卷十八曰：《後漢書・安帝紀》初元二年正月，脩理西門豹所分漳水，爲支渠以溉民田。《水經注》十云：魏文侯以西門豹爲鄴令，引漳以溉鄴，民賴其用。其後至魏襄王，以史起爲鄴令，又堰漳以溉鄴田。與《河渠書》相合。呂子恐不足據。蓋二人皆爲鄴令，皆引漳水。左太沖《魏都賦》所謂西門溉其前，史起灌其後也。胡紹煐曰：《水經・濁漳水注》云云；《御覽》七十三引《鄴中記》曰：當魏文侯時，西門豹爲鄴令，堰引漳水灌鄴，以富魏之河南。後史起爲鄴令，引漳水十二渠，灌溉於魏田數百頃。並與此賦合。〇《說文》曰：澍，時雨。所以澍生萬物者也。梁曰：今《說文》無「所以」「者也」四字。步瀛案：段注依此注及《後漢書・明帝紀》注改爲「澍，時雨也」。所以樹生萬物者也。謂樹、澍以疊韵爲訓。沈濤《說文古本攷》曰：《後漢書・明帝紀》注引：澍，時雨。所以澍生萬物。《鍾離意傳》引：澍，雨。所以澍生萬物，故曰澍。《文選・魏都賦》注引：澍，時雨。所以澍生萬物者也。《一切經音義》卷一、卷六引：澍，上古時雨。所以澍生萬物者。諸引雖小有異同，而皆有

「所以」二字。今本奪此二字，蓋二徐妄刪。《御覽》卷十《天部》引：澍，時雨也。乃節取，非完文。○「蒔，更也」，胡曰：袁本、茶陵本「更」作「植立」二字，是也。步瀛案：《方言》十二兩訓皆有。胡紹煐曰：善云：下則澍生秔稻，高則植立黍稷。植立正釋蒔字。善引《方言》當爲植立之訓，不當爲更。植立，亦謂種也。故《廣雅》曰：蒔，種也。亦省作「時」。《堯典》：播時百穀。鄭讀時爲蒔。《晏子春秋·諫覽篇》：民盡得種時。「時」與「蒔」同。種謂之蒔，故樹亦謂之時。《晉書·姚萇載紀》云：萇命其將於一柵孔中蒔樹一根，以旌戰功是也。步瀛案：袁、茶二本無「郭璞曰：謂更種也」七字，則引植立之訓爲宜。尤本有郭注，則宜從更也之訓。何者爲李氏原本，今無以定之矣。○《爾雅》，見《釋器》。○《史記·宋微子世家》《索隱》曰：油油，禾黍之苗光悦貌。與《聲類》麻肥之訓，可以互證。○《莊子》，見《胠篋篇》。○謝承《後漢書》，《吴都賦》注引「王翁」作「王公」。○畝，古音之部。阜，幽部。後、口，侯部。雨、黍、柘、紵，魚部。皆通轉爲韻。列、悦、世，祭部。翳，脂部。通轉爲韻。五臣翳下云：音咽，叶韻。非是。○以上郊野。

内則街衝輻輳，朱闕結隅。石杠飛梁，出控漳渠。疏通溝以濱路，羅青槐以蔭塗。比滄浪而可濯，方步櫚而有踰。習習冠蓋，莘莘蒸徒。斑白不提，行旅讓衢。設官分職，營處署居。夾之以府寺，班之以里閭。

【注】鄴城内諸街，有赤闕里。闕正當東西南北城門，最是其通街也。石竇橋在宫東，其水流入南北里。《爾雅》曰：石杠，謂石橋也。疏，通也。魏武帝時，堰漳水，在鄴西十里，名曰漳渠堰。東入鄴

城，經宫中東出，南北二溝夾道，東行出城，所經石竇者也。《楚辭》曰：滄浪之水清，可以濯吾纓。善曰：杜預《左氏傳注》曰：衢，交道也。齒容反。《文子》曰：羣臣輻湊。李尤《德陽殿賦》曰：朱闕巖巖。晉灼《漢書注》曰：飛梁浮道之橋。《小雅》曰：控，引也。步櫩，長廊也。《楚辭》曰：曲屋步櫩宜擾畜。《上林賦》曰：步櫩周流，長途中宿。蔡雍《胡億碑》曰：祁祁我君，習習冠蓋。毛萇《詩傳》曰：莘莘，衆多也。《禮記》曰：斑白者不提挈。鄭玄曰：雜色曰斑。《家語》曰：虞芮二國爭田，入文王境，行者讓路。《周禮》曰：設官分職，以爲民極。《小雅》曰：班，次也。

【疏】五臣「衝」作「衢」。胡紹煐曰：按賦文易街衢爲街衝者，避下行旅讓衢「衢」字複耳。五臣不達此旨，妄改作「衢」，非也。○「鄴城内諸街」，袁、茶二本「鄴」上有「言」字，「街」作「衛」。○「有赤闕里」，各本「里」作「黑」。胡曰：「黑」當作「里」，各本皆誤。「有赤闕里」四字爲一句，今從之。○《爾雅》，見《釋水》。尤本「謂石橋也」作「謂之倚。郭璞曰：石橋音江」十字。胡曰：袁本、茶陵本作「謂石橋也」四字。案：以四字爲一句，二本最是。載注不得引郭景純《爾雅》。尤增多甚誤。梁亦曰：此舊注，不得引郭注。案：胡梁説是。然此當是後人所增，尤氏恐不至此。○《説文·云部》曰：疏，通也。段曰：《疋部》曰：𤴓，通也。「疏」與「𤴓」音義皆同。○注述魏武堰漳水，較《水經·濁漳水》注爲詳。《方輿紀要》卷四十九曰：河南衛輝府臨漳縣，漳渠在鄴西紫陌橋下，謂之天井堰，亦曰西門渠。漢元初二年復修故渠以溉田。魏武又于鄴西二十八里堰爲渠，東入鄴城，經宫中，又東注爲南北二溝，夾道東出石竇下。注：隍水名曰長明溝。步瀛案：注云在鄴西十里，此云二十八里，疑誤。○《楚辭》，見《漁父》。《孟子・離婁》上《孺子之歌》同。《水經・沔水篇》曰：又東北流，又屈東南，過武當縣東北。酈注曰：縣西北四十里，漢水中有洲，名滄浪洲。《地説》曰：水出荆山，東南流，爲滄浪之水，是近楚都。故《漁父歌》曰：滄浪之水清兮，可以濯我纓。滄浪之水濁兮，可以濯我足。余按：《尚書・禹貢》言導漾水東流爲漢，又東爲滄浪之水。不言「過」而言「爲」者，明非他水決入也。蓋漢沔水，自下有滄浪通稱耳。纏絡鄢、郢，地連紀、鄀，咸楚都矣。漁父歌之，不違水地。考按經傳，宜以《尚書》爲正耳。《史記・夏本紀》《正義》引《括地志》曰：均州武當縣有滄浪水。《元和郡縣志》曰：山南道均州武當縣，漢水去縣西北四十里，水中有洲，名滄浪洲。卽《禹貢》云又東爲滄浪之水。《清統志》曰：湖北襄陽府，滄浪洲在均州北。案：今改均縣。以上皆從酈注也。葉夢得《避暑録話》卷下謂滄浪，地名，非水名。滄浪猶言嶓冢、桐柏，今不言水而直曰嶓冢、桐柏可乎？大抵《禹貢》水之正名而不可單舉者，則以水足之。黑水、弱水、澧水之類是也。非水之正名，而因地以爲名，則以水別之，滄浪之水是也。閻若璩《四書釋地》稱之。胡渭《禹貢錐指》卷十四上駁之曰：水名，或單舉，或配「水」字，各有所宜。《山海經》凡山水以二字爲名者，其上必加「之」字，猶此滄浪之水也。信如葉言，則《山海經》曰嶓冢之山，亦是地名，非水名、山名矣。朱琦《小萬卷齋文藁》卷四《滄浪非地名辨》亦駁之曰：如其説，則漢水何以不稱爲嶓冢之水，淮水何以不稱爲桐柏之水耶？是葉少蘊滄浪爲地名之説，無容復辨。然《離婁篇》朱子《集注》謂滄浪之水卽漢水之下流。胡渭謂滄浪者，漢水之色也，非因洲得名。李白《襄陽歌》云漢水鴨頭緑，正所謂滄浪。《説卦》：震爲蒼筤竹。漢童謡：木門倉琅根（見《漢書・外戚傳》）。

字雖不同，而音義則一，皆言其色青也。盧文弨《鍾山札記》卷四曰：倉浪，青色。在竹曰蒼筤，在水曰滄浪。古詞《東門行》：上用倉浪天。天之色正青也。《豔歌何嘗行》：上慚倉浪之天。俱在《晉、宋書·樂志》。《文選·塘上行》，劉熙注：滄浪之水清兮，滄浪，水色也。案：胡、盧説是，用釋此賦爲尤合。○《左傳》注，見《昭元年》。案：字當作「衡」。《説文》曰：衡，通道也。○《文子》，見《上仁篇》。○李尤《德陽殿賦》，《藝文類聚·居處部》二亦引之。○《漢書·楊雄傳》顔注引晉灼同。○《小雅》，見《廣詁》。○《楚辭》，見《大招》。「櫩」作「壛」，同。○《蔡中郎集》卷五有《陳留太守胡公碑》二首。第二首銘詞有祁祁我君二句。然序云君諱碩，與第一首同。嚴可均《全後漢文》卷七十五曰：《文選·魏都賦》注引《胡億碑》云云，是六朝、唐初本有此篇，題作「胡億」，蓋誤。胡廣子五：長整，次失名，皆夭。次億，郡舉孝廉，不就。次寧，爲議郎。少子碩，陳留太守。詳見《母夫人章氏靈表》、《都尉夫人黃氏神誥》。○《詩》毛傳，已見《東都賦》疏。○《禮記》，見《王制》。○《家語》，見《好生篇》。○《周禮》，見序官。○末引《小雅》，亦見《廣詁》。○隅、踰，古音侯部。渠、塗、徒、衢、居、閭，魚部。通轉爲韵。

其府寺則位副三事，官踰六卿。奉常之號，大理之名。厦屋一揆，華屏齊榮。肅肅階闢，重門再扃。師尹爰止，毗代作楨。

【注】當司馬門南出，道西最北東向相國府，第二南行御史大夫府，第三少府卿寺。道東最北奉常寺，次南大農寺。出東掖門正東，道南西頭太僕卿寺，次中尉寺。出東掖門宮東北行北城下，東入大理寺，宮內大社西郎中令府。城南有五營。魏武帝爲魏王時，太常號奉常，廷尉號大理。建安十八

年，始置侍中、尚書、御史、符節、謁者、郎中令、太僕、大理、大農、少府、中尉。二十一年，大理鍾繇爲相國，始置太常、宗正。二十二年，以軍師華歆爲御史大夫，初置衛尉。時武帝爲魏王，置相國、御史大夫，故云位副三事。置卿近九，故曰官踰六卿。善曰：《毛詩》曰：三事大夫，莫肯夙夜。夏屋，已見上注。鄭玄《禮記注》曰：華，畫也。《爾雅》曰：屏謂之樹。鄭玄《禮記注》曰：榮，屋翼也。《爾雅》曰：兩階閒曰闀。許亮反。《周易》曰：重門擊柝。《説文》曰：扃，門之關也。《毛詩》曰：赫赫師尹。毛萇曰：太師，周之三公也。尹氏爲太師。《毛詩》曰：天子是毗。又曰：王國克生，維周之楨。毛萇曰：楨，幹也。

【疏】五臣「奉」作「太」○胡曰：注「侍中、尚書、御史、符節、謁者、郎中令、太僕」，袁本、茶陵本無此十五字。梁曰：案《三國志・魏志》，建安十八年十一月，初置尚書、侍中六卿。裴注引《魏氏春秋》曰：以荀攸爲尚書令，涼茂爲僕射，毛玠、崔琰、常林、徐弈、何夔爲尚書，王粲、杜襲、衛覬、和洽爲侍中。建安二十一年八月，以大理鍾繇爲相國。注引《魏書》始置奉常宗正官。二十二年六月，以軍師華歆爲御史大夫。《袁渙傳》：魏國初建，爲郎中令，行御史大夫事。渙從弟霸，魏初爲大司農。《涼茂傳》：魏國初建，遷尚書僕射，後爲中尉、奉常。《國淵傳》：遷太僕，居列卿。《王修傳》：魏國既建，爲大司農、郎中令。《毛玠傳》：魏國初建，拜尚書僕射，復典選舉。《徐奕傳》：魏國既建，爲尚書，遷尚書令。《何夔傳》：魏國既建，拜尚書僕射。《鍾繇傳》：魏國初建，爲大理，遷相國。《華歆傳》：魏國既建，爲御史大夫。《王朗傳》：魏國既建，以軍祭酒領魏郡太守，遷少府、奉常、大理。《程昱傳》：魏國既建，爲衛尉。《杜畿傳》：魏國既建，爲尚書。《王粲傳》：魏國既建，拜侍中。參攷之，約略相同。○《通典·職官典》七曰：太常卿，秦曰奉常，漢初曰太常，欲令國家盛大常存，故稱太常。惠帝更名奉常。景帝六年，更名太常。後漢秩與漢同。每祭祀前，奏其禮儀及行事贊天子。每選試博士，奏其能否。大射、養老、大喪，皆奏其儀。每月前晦，察行陵廟。助祭則平冕七旒。建安中爲奉常。魏黃初元年，改爲太常。又曰：大理卿，秦爲廷尉。漢因之，掌刑辟。凡獄必質之朝廷，與衆共之之義也。兵獄同制。故曰廷尉。景帝中元六年，更名大理。武帝建元四年，復爲廷尉。哀帝元壽二年，復爲大理。後漢廷尉卿，凡郡國讞疑，皆處當以報。建安中，復爲大理。魏黃初元年，改爲廷尉。又《職官典》三曰：漢高帝卽位，一丞相，以蕭何爲之。及誅韓信，乃拜何爲相國。孝惠高后置左右丞相。文帝二年，復置一丞相。成帝拜王根爲大司馬。何武自御史大夫改爲大司空，比丞相。則三公俱爲宰相。至哀帝，復罷大司空。元壽二年，更名丞相爲大司徒。後漢廢丞相及御史大夫，而以三公綜理衆務，則三公復爲宰相矣。建安十三年，復置丞相，而以曹公居之。又有相國，魏黃初元年，改爲司徒。其後定制，置大丞相第一品，後又有相國。《職官》六曰：御史大夫，秦官，漢因之。成帝綏和元年，更名大司空。哀帝建平二年，復爲御史大夫。皆宰相之任。元壽二年，復爲大司空。後漢初廢御史大夫，至建安十三年罷三公官，始復置之。魏黃初二年，又改御史大夫爲司空。末年，復有大夫。據此，則漢、魏相國、御史大夫，卽比於三公。故云位副三事也。《職官》七曰：漢以太常、光祿勳、衛尉、太僕、廷尉、大鴻臚、宗正、大司農、少府謂之九寺大卿。後漢九卿而分屬三司，太常、光祿勳、衛尉三卿，並太尉所部。太僕、廷尉、大鴻臚三卿，並司徒所部。宗正、大司農、少府三卿，並司空所部。魏九卿與漢同。案：魏初置太僕、大理、大農、少府、太常、宗正、衛尉，九卿置七，故云官踰六卿也。○《毛詩》，見《雨無正》。鄭箋以三事大夫爲三公。孔疏曰：卿則當有六人，孤則無主事，故知三事大夫唯三公耳。公雖無職，而《地官》云二卿則公一人。鄭亦云，外與六卿之事，職所不說三皆有事，故云三事也。謂之大夫者，大夫，丈夫之成名，可以上通公卿。○「厦」，「庌」之或體字。《說文》曰：庌，廡也。經傳以「夏」爲之，故注引夏屋以證。○「華，畫也」，見《檀弓》上鄭注。各本「華畫」字誤倒，今正。○《爾雅》，見《釋宮》。郭注曰：小牆，當門中。郝懿行曰：《一切經音義》二十引《蒼頡篇》云：屏，牆也。是屏以土爲牆，即今之照壁。故《論語》皇侃疏云：今黄閤用板爲鄣。古者未必用板，或用土。《御覽》一百八十五引舍人曰：以垣當門蔽爲樹。○《禮記》鄭注，見《喪大記》。案：屋翼已見《西都賦》疏。○後引《爾雅》亦見《釋宮》。朱琦曰：今《爾雅·釋宮》：兩階閒謂之鄉。《集韻·四十一漾》引作「謂之嚮」。《說文》：嚮，門響也。「響」疑當作「鄉」。《易·繫辭》：其受命也如嚮。是以「嚮」爲「響」，此又以「響」爲「嚮」。但古衹作「鄉」，即今之「向」，字與「嚮」通。《廣雅》云：窻，牖，嚮也。《詩·七月篇》：塞向墐户。毛傳以向爲北出牖，是也。梁說同。○《周易》，見《繫辭》上。○《說文》，見《户部》。○《毛詩》兩引，見《節南山》，後引見《文王》。○卿，古音陽部。名、榮、扃、楨、耕部。通轉爲韻。

其閭閻則長壽吉陽、永平、思忠。亦有戚里，寘宮之東。閈出長者，巷苞諸公。都護之

堂，殿居綺窗。輿騎朝猥，蹀㰻其中。

【注】長壽、吉陽、永平、思忠，四里名也。長壽、吉陽二里在宫東，中當石竇。吉陽南入，長壽北入，皆貴里。都護者，將軍曹淵也。《漢書·萬石君傳》曰：徙其家長安戚里，以姊爲美人故。善曰：《古詩》云：交疏結綺窗。《廣雅》曰：猥，衆也。烏罪反。《聲類》曰：蹀，躡也。徒協反。《説文》曰：㰻，隔也。丘知反。

【疏】五臣「苞」作「包」。○古人殿之名，上下皆可通稱。葉大慶《攷古質疑》卷六曰：唐徐堅《初學記》引《蒼頡篇》曰：殿，大堂也。商、周以前，其名不載。《史記·始皇紀》始曰作前殿。《石林燕語》謂：初未有，稱殿皆起於秦者，其本于堅之所記而云乎？續見高承《事物紀原》云：《禮記》與《白虎通》俱曰天子之堂。《史記》秦始皇作朝宫渭南，先作前殿阿房。《商君書》有言天子之殿。則是秦自孝公已然矣，蓋秦始曰殿也。《通鑑外紀》：晉平公布蒺藜于殿下。師曠刺足，曰：「五鼎之具，不當烹藜藿。人主堂殿，不當生蒺藜。」齊景公怒，有罪者縛至置殿下。《説苑》：齊大旱。晏子曰：「君誠避宫殿，暴露，與靈山河伯共憂，其幸而雨乎？」又云：晉平公爲馳逐之車，立之于殿下。又，魏文侯御廪災。文侯素服，避正殿。《戰國策》：要離之刺慶忌也，蒼鷹擊于殿上。《家語》：楚王將遊荆臺，司期諫。王怒之，令尹子西賀于殿下。又，齊有一足鳥，下止于殿前。景公使問孔子。孔子曰：「此鳥名商羊，水祥也。」又，《史記·優孟傳》：楚莊王欲以棺槨葬馬。優孟入殿門，仰天大哭。諸書「殿」之名，已見于春秋、戰國，不始于秦也。況《六韜·五將篇》太公曰：凡國有難，君避正殿。此其來也遠矣。然則徐堅、《石林燕語》、高承皆謂起于秦者，豈其然乎？許慎《説文》：殿，堂之高大者也。《漢書·黄霸傳》：張敞奏，霸集計吏能言孝弟風化者上殿。是丞相府中有殿也。顔師古注：丞相所坐屋也。又《霍光傳》：鴞數鳴殿前木上。師古注云：古者室屋高大，則通呼爲殿。非止宫中。及《董賢傳》起大第，重殿洞門，師古乃曰：殿有前後，僭天子制也。不以殿爲高屋之通呼。意者重殿乃爲天子制耶？又梁王立謂，傅相不以仁義輔翼，大臣皆尚苛刻。宫殿之裏，毫釐過失，亡不暴陳。而魯恭王靈光巋然，議者不以爲僭制，則人臣之堂亦謂之殿矣。《藝文類聚》：《漢宫闕名》曰：長安有臨華、飛雲、昭陽等殿，蕭何、曹參、韓信並有殿。《太平寰宇記》：河南道鄆州須城縣，有東平憲王蒼所起之殿。又廣濟軍定陶縣，有定陶恭王殿基。是知兩漢時不以殿爲僭也。至魏《張遼傳》文帝引遼親問破吴狀，帝曰：「此亦古之召虎也。」爲起殿舍。又特爲遼母作殿。齊高帝爲齊公，以石頭城爲其世子宫。王儉引靈光殿例，以廳事爲崇光殿，外齋爲宣德殿。即是而觀，唐以前上下猶稱爲殿也。步瀛案：《商君書》見《定分篇》，《説苑》見《辨物》、《反質》二篇，《國策》見《魏策》四、《家語》見《賢君篇》、《史記》見《滑稽傳》。《困學紀聞》卷四曰：《槁人》注，今司徒府中有百官朝會之殿，後漢《蔡邕集》所載百官會府公殿下者也。古天子之堂，未名曰殿。《説苑》魏文侯御廩災，素服避正殿五日。《莊子·説劍》云：入殿門不趨。蓋戰國始有是名。《燕禮》注：當東霤者，人君爲殿屋也。疏謂漢時殿屋四向流水，舉漢以況周。然漢《黄霸傳》先上殿注謂丞相所坐屋。古者屋之高嚴通呼爲殿，不必宫中也。朱琦曰：古天子諸侯有朝，卿大夫亦有朝。後世惟天子之室稱宫，而古上下通稱。《内則》：由命士以上，父子皆異宮是也。殿當相類若。顔師古注《黄霸傳》以通呼殿屬古，則唐已不然可知。而《董賢傳》：起大第，重殿洞開。顔注又云：殿有前後，僭天子制者。此殆以重殿爲僭，而非謂殿之名爲僭耳。○注「長壽、吉陽」至「吉陽南入」，胡曰：此十七字袁本、茶陵本無。案：此蓋二本脱。○孫志祖《李注補正》引金甡曰：按夏侯淵曾作都護，曹氏本姓夏侯，然惇、淵之輩不蒙曹姓，此外無所謂都護曹淵者。惟曹洪曾作都護，見陳琳爲洪《與魏文書》題下注。「淵」字殆「洪」字之誤也。○《漢書·萬石君傳》顔注曰：於上有姻戚者，則皆居之，故名其里曰戚里。○《古詩》，見卷二十九。○今《廣雅·釋詁》三衆也條無「猥」字。王念孫《疏證》依本注增。本書《長笛賦》注曰：猥，多也。○《聲類》，謝惠連《七月七日夜詠牛女詩》注引同。玄應《一切經音義》十二、慧琳《音義》三十四引並同。○《説文》，見《危部》。○忠、中，古音冬部。東、公、愡，東部。通轉爲韻。

營客館以周坊，飭賓侶之所集。瑋豐樓之閈閎，起建安而首立。葺牆冪室，房廡雜襲。剞劂罔掇，匠斲積習。廣成之傳無以疇，槀街之邸不能及。

【注】鄴城南有都亭，城東亦有都道。北有大邸，起樓門，臨道，建安中所立也。古者重客館，故舉年號也。《春秋左傳》曰：高其閈閎，繕完葺牆，以待賓客。圬人以時冪館宮室。子産曰：「僑聞文公之爲盟主也，宮室卑埤，以崇大諸侯之館。館如公寢。」《爾雅》曰：閎，巷門也。一曰閎門。中所從出入也。葺，覆也。圬人，塗人也。冪，墁也。館宮室，諸侯傳也。《史記》：藺相如奉璧西入秦，秦舍相如廣成傳。善曰：《説文》曰：廡，堂下周屋也。許慎《淮南子注》曰：剞劂，曲刀也。劂，九月反。鄭玄

《論語注》曰：輟，止。掇古字通。張晏《漢書注》曰：疇，等也。《漢書》曰：郅支首懸槀街蠻夷邸閒。晉灼曰：《黄圖》，在長安城内也。

【疏】尤本「飭」作「餝」，俗字。袁、茶二本校曰：善本作「餝」，所據亦傳寫者沿用俗體耳。善本必不如此也。今正。○五臣「掇」作「輟」。○注「鄴城南」至「大邸」，胡曰：袁本、茶陵本「南」作「東」。案：各本皆有誤。此節賦邸注必説邸可知，然則當作「鄴城東有都亭邸」爲一句，「東城下有都道」爲一句，「道北有大邸」爲一句。前注有「北城下」，後注有「西城下」可證，此之「東城下」也。○《左傳》，見《襄三十一年》，杜注曰：閎，門也。《釋文》曰：閈，户旦反。《説文》云：閭也。汝南平輿縣里門曰閈。沈云：閉也。閎，獲耕反。杜云：門也。《爾雅》云：衖門謂之閎。是也。《爾雅》又云：所以止扉謂之閎。然《爾雅》本止扉之名，或作「閣」字，讀者因改《左傳》，皆作各音。案：下文云門不容車，此云高其閈閎，俱謂門耳，於義自通，無爲穿鑿。顔師古《匡謬正俗》卷四曰：徐仙（當有「民」字，避諱删）閎音宏。《爾雅》云：所以止扉，謂之閎（當作「閣」）。郭景純注曰：門辟旁長橛也。《左傳》曰：高其閈閎（當作「閣」）。按：若館門實高而直，庭内迫迮者，卽當云庭不容車，不應云門也。又高爲門户，非關止盜之方，文伯不應云以無憂客使。若門得車入，則子産止須引車入門，致室屋之下，何勞壞垣？云不可踰越，蓋是門既不大，而止扉又高以牢固，扞禦寇賊。子産爲其不容車入，故壞垣耳。尋文究理，郭説得之。但「閎」與「門」（當作「閣」）二字相似，流俗轉寫，致有混謬。杜君不加詳覈，就而通之，未爲允當。惠棟《左傳補注》、段玉裁《説文·門部》閣字注、阮元《左傳校勘記》、郝懿行《爾雅·釋宫》正義及胡紹煐《箋證》皆從「閈閣」字。王引之《經義述聞》卷十八謂作「閈」者，《左傳》原文，作「閣」者，傳寫之誤。元凱從作「閎」之本而訓爲門，最允當。郭注《爾雅》引作「閈閣」，則爲東晉時誤本所惑。又爲七不可通之説，以駁顔氏。其最確者，謂閣爲門旁止扉之橛，而閈則爲門之大名。二者並稱，名物固已不倫。又館門高大，則可容車。館門既容車矣，而止扉太高，有礙於車，則子産但毁其止扉，即可以納車馬，何必舍閣而毁垣，致干晉人責讓乎？若館門卑小，實不能容，則雖止扉不高，車馬亦不能入。又牢固門户以禦盜賊，自有關楗之屬，與止扉之閣無涉。尋文究理，實不當如師古所説。朱珔曰：王説是也。《爾雅》：衖門謂之閎。上云小閨謂之閣。「閣」本「閤」之誤。或遂疑門可名閣，又以下止扉之物混合之，不知《爾雅》固别爲一條，不相涉也。止扉者，正當爲閣。《釋文》及《廣韻》並作「閎」，「閣」是而「閎」非矣。《左傳》「閈閎」連文，與下牆垣一例。若作「閈閣」則不辭，「閎」是而「閣」非矣。此賦讐客館以下，暗用《傳》語，而正文及注俱作「閎」，則誤在東晉之後。惟景純與仙民同時，徐不誤而郭誤何耶？○李涪《刊誤》卷下謂《左傳》繕完葺牆，是繕宇葺牆，以待賓客。本書「宇」誤爲「完」。《書》曰峻宇雕牆，足以爲比。《説文·宀部》段注曰：繕完葺三字成文，猶下文云觀臺榭，亦三字成文。安得以今人儷辭之法繩之？王引之《經義述聞》卷十八曰：段説是也。若皆毁之四字，專指牆而言，則不得兼言宇矣。杜注云：葺，覆也。《釋文》云：謂以草覆牆也。然則繕完葺牆者，既繕完之，又以草覆之耳。《成元年·傳》：臧宣叔令脩賦繕完，亦是既言脩，而又言繕完也。○「圬人以時冪館宫室」，《左傳》「冪」作「塓」。杜注曰：塓，塗也。《釋文》曰：塓，莫歷反。又案：此八字當在「館如公寢」之下。○《爾雅・釋宮》曰：衖門謂之閎。《説文》曰：閎，巷門也。「衖」、「巷」字同。郝懿行曰：《魏都賦》注蓋本《爾雅》舊注。○《史記》，見《藺相如傳》。尤本、茶陵本「成」作「城」，今依袁本。○《説文》，見《广部》。今本「周」下誤衍「廡」字。慧琳《一切經音義》卷三十二、卷四十二、卷六十三、卷八十七引並云：堂下周屋也。洪興祖《楚辭・九歌・湘夫人》補注引同。惟慧琳《音義》六十三引「周」下誤衍「室」字，與今本誤同。段氏據玄應《音義》卷十七引《説文》堂下周屋曰廡，幽冀之人謂之庌，改爲「堂，周屋也」。案：玄應及慧琳《音義》卷四十三、卷七十四引「堂下」皆有「下」字，段删「下」字，非也。沈濤謂古本「周屋下尚有幽冀」云云七字，亦非。玄應、慧琳所引「堂下周屋曰廡」二句，當補今本《説文》庌字下，不當補「幽冀之人曰庌」於「廡」字下也。《釋名・釋宮室》曰：大屋曰廡。慧琳《音義》九十一引《文字典説》曰：大屋曰廡，小屋檐短曰廊。○《淮南子・俶真篇》曰：鏤之以剞劂。高本作「剞𠛱」，注曰：剞，巧工鉤刀也。𠛱者，規度刺畫墨邊箋也。與許注異。《説文》曰：剞𠛱，曲刀也。與《淮南》注同。陶方琦曰：《淮南》「劂」應作「𠛱」。《韓集》《送文暢師北遊詩》注引《淮南》鏤之剞𠛱注：剞𠛱，曲刀也。此即許注，字作「𠛱」。王逸注《哀時命》：剞劂，刻鏤刀也，亦以剞劂爲一物。○《論語》鄭注，何晏《集解》《微子篇》引之。「掇」、「輟」皆從叕聲，故通假。○《漢書》張晏注，《霍光傳》顔注引應劭同。○《漢書》及晉灼注，見《陳湯傳》。顔曰：槀街，街名。蠻夷邸在此街也。○集、立、襲、習、及，古音緝部。○以上街衢，而府署、里閈、客邸皆屬之。

廊三市而開廛，籍平逵而九達。班列肆以兼羅，設闤闠以襟帶。濟有無之常偏，距日中而畢會。抗旗亭之嶤嶭，侈所覜之博大。

【注】《周禮》：大市，日昃而市。朝市，朝時而市。夕市，日夕而市。此三市之謂也。逵，已見上章。傳曰：逵，市在逵之上。《易》曰：日中爲市。致天下之人，聚天下之貨，交易而退，各得其所。善曰：有無，謂貨物之多少也。二者常徧，此能濟之也。《孟子》曰：古之爲市也，以其所有，易其所無。《西京賦》注曰：旗亭，市樓也。嶤嶭，高峻之貌。《爾雅》曰：覜，視也。他弔反。

【疏】「而九達」，五臣「而」作「之」。○胡曰：袁本、茶陵本「覜」作「眺」，注同。案：此疑太沖自用「眺」字，故善以《爾雅》眺解之。「眺」即「覜」耳。善引書之例有如此者。○《周禮》，見《地官·司市》。○注「三逵」，字各本誤「達」。今依胡氏校改。○《左·莊二十八年》：楚令尹子元伐鄭，及逵市。杜注曰：逵市，郭内道上市。○《易》，見《繫辭傳》下。○《孟子》，見《公孫丑》下。阮元《校勘記》曰：古之爲市也。石經、閩、監、毛三本、韓本同。孔本「也」作「者」。案：《集注》亦作「者」。○《爾雅》，見《釋詁》。○尤本「弔」作「吊」，俗字。今依毛本。○達、帶、會、大，古音祭部。

百隧轂擊，連軫萬貫。憑軾捶馬，袖幕紛半。壹八方而混同，極風采之異觀。質劑平而交易，刀布貿而無筭。

【注】軾，車横覆膝，人所憑也。《周官》曰：聽賣買以質劑。又曰：以質劑結信而止訟。鄭君曰：質劑，謂兩書一札而别之也。若今下手書，保物要還矣。質，大賈也。劑，小賈也。刀布，錢刀之謂。《荀卿書》曰：省刀布之斂。善曰：《西京賦》曰：俯察百隧。《史記》：蘇秦曰：臨菑之塗，車轂擊，人肩摩，

連衽成帷，舉袂成幕。《左傳》曰：「楚子玉謂晉侯曰：『君憑軾而觀之。』」《說文》曰：揮，擊也。《河圖龍文》曰：八方歸德。《淮南子》曰：齊俗者，所以一羣生之短脩，明九夷之風采。高誘曰：風俗采事也。

【疏】《說文》曰：軾，車前也。《釋名·釋車》曰：軾，式也。所伏以式敬者也。《考工記》以式爲之。《輿人》曰：參分其隧，一在前，二在後，以揉其式。以其廣之半，爲之式崇。參分軫圍，去一以爲式圍。鄭注曰：兵車之式，深尺四寸三分寸之二，高三尺三寸，圍七寸三分寸之一。戴震《考工記圖》曰：輿前卑於較者謂之式。式與較皆卑，皆車闌上之木，周於輿外，非橫在輿中。較有兩，在兩旁軾有三面，故《說文》概言之曰車前。軾卑於較者，以便車前射御執兵，亦因之伏以式敬。○《周官》，見《天官·小宰》之職及《地官·司市》。鄭注「質劑」至「要還矣」，皆《司市》注。《小宰》注曰：質劑，謂兩書一札，同而別之。《地官·質人》：鄭司農曰：質，大賈。劑，小賈。○胡曰：「聽賣買以質劑，又曰」，袁本、茶陵本無此八字。案：尤本「鄭君」作「鄭玄」，今依袁、茶二本。○《漢書·食貨志》下曰：故貨寶於金，利於刀，流於泉，布於布，束於帛。○《荀卿書》，見《王霸篇》。○《史記》，見《蘇秦傳》。○《左傳》，見《僖二十八年》。○《說文》，見《手部》。「擊」上有「以杖」二字。本書司馬子長《報任安書》注亦有之。此注蓋節引。○《河圖龍文》，已見《三都賦序》注。○《淮南子》，見《要略篇》。「齊俗」各本作「采俗」，誤。今校改。今本「明」作「同」，「采」作「氣」。王念孫曰：後人既改「風采」爲「風氣」，復删去高注以滅其迹，甚矣其妄也。且「采」與下文理、始爲韻，若作「氣」，則失其韻矣。○《說文》曰：筭，長六寸，計曆數者，从竹，弄。算，數也，从竹、具。段曰：筭，籌。與算數字各用。古書多不別。案：此賦用計算字當作「算」,「筭」乃通假。○貫、半、觀、筭,古音元部。

財以工化,賄以商通。難得之貨,此則弗容。器周用而長務,物背窳而就攻。不鬻邪而豫賈,著馴致之醇醲。

【注】《周官》曰:百工飭貨八材,商賈阜通貨賄。《漢書·貨殖傳》曰:桓文之後,禮義大壞,上下相冒。於是商通難得之貨,工作無用之器。攻者,堅也。《詩》曰:我車既攻。通物曰商,居賣曰賈。《禮記·王制》曰:器用不中度,不鬻於市。布帛精麤不中數,幅廣狹不中量,不鬻於市。姦色亂正色,不鬻於市。禽獸魚鼈不中殺,不鬻於市。此皆不鬻邪之義。《史記》曰:子產治鄭,不豫賈。《周官》曰:平肆展成。鄭君曰:展,整也。成,平也。市者,使定物賈,防誑豫也。善曰:《廣雅》曰:財,貨也。「財」與「材」古字通。《爾雅》曰:賄,財也。《廣雅》曰:長,常也。言常習之。《史記》曰:舜居河濱,器不苦窳。晉灼曰:窳,病也。餘乳反。《淮南子》曰:黄帝治天下,市不豫賈。《周易》曰:馴致其道。仲長子《昌言》曰:淑清穆和之風既宣,醇醲之化既浹。孔安國《尚書傳》曰:醇,粹也。《説文》曰:醲,厚酒也。女龍切。然以酒之醲,以喻政厚也。

【疏】胡曰:「財」當作「材」。茶陵本校語云:五臣作「材」。袁本作「材」,詳載注。善注並作「材」,但傳寫誤作「財」也。胡紹煐亦曰:依注,則善本「財」當作「材」。○五臣「豫」作「預」。○尤本「致」作「風」,今依袁、茶二本。案:二本校曰:「致」,善本作「風」。胡紹煐曰:善注《周易》馴致其道,此正善本作「致馴」,致即道也。此謂著道之醇醲也。魏、晉人隸事皆如是。後人不達此旨,見注中有「風」字,遂改「致」爲「風」矣。○尤本「賈」下音古，字蓋五臣本未削去者。許巽行曰：注中引《史記》及《周官》、《淮南子》皆當音價。《説文·人部》「低」、「債」、「價」、「停」、「僦」，皆後人所加。許嘉德曰：自來新附字皆云徐鉉所增，觀「低」、「價」五字，曰皆後人所加，知鼎臣前已有《新附》。○《周官》，見《天官·太宰》之職。「貨」作「化」。注「貨」字疑涉正文而誤。○《漢書·貨殖傳》「義」作「誼」。誼，仁誼之本字，義，借字也。○攻，堅。《車攻》毛傳文。○《周禮·地官·司市》鄭注曰：通物曰商，居賣物曰賈。此注所本。○《王制》「鬻」皆作「粥」。鄭注曰：粥，賣也。案：「粥」，「鬻」之俗，省訓爲賣者，又「賣」之借字。○《史記》，見《循吏傳》。「豫賈」，本注各本作「鬻賈」，涉上文注而誤。今依段氏校改。○《周官·司市》曰：平肆展成。奠賈，鄭注曰：展之言整也。成，平也。會平成市物者也。奠讀爲定。整勑會者使定物賈，防誑豫也。注節引。袁、茶二本「成，平」下無「也」字，合下「市者」屬讀。○《廣雅》，見《釋詁》四。○《爾雅》，見《釋言》。○次引《廣雅》，見《釋詁》一。○《史記》，見《五帝本紀》。裴駰《集解》與晉灼同。胡曰：袁本、茶陵本無「舜居」二字。○《淮南子》見《覽冥篇》。○《周易》，見《坤·初六象傳》。○仲長子《昌言》，此條他書未引。馬國翰輯亦失之。案：袁、茶二本無「淑清」下八字。○僞古文《説命》中曰：政事惟醇。僞孔傳曰：則王之政事醇粹。李注取此。○《説文》，見《酉部》。○尤本「然」以上有「優渥」二字。胡曰：袁本、茶陵本無此二字。案：無者是也。又茶陵删此上「女龍切」，此下「然」，皆非。○通、醲，古音冬部。容、工，東部。通轉爲韻。○以上市廛。

白藏之藏，富有無隄。同賑大内，控引世資。賨幏積墆，琛幣充牣。關石之所和鈞，財賦之所厎慎。燕弧盈庫而委勁，冀馬填廄而駔駿。

【注】白藏庫在西城下，有屋一百七十四閒。《爾雅》曰：秋爲白藏。因以爲名也。大内，京邑都内寶藏也。《漢書》：淮南王安上疏曰：越人貢酎之奉，不輸大内。《食貨志》曰：或墆財。《夏書》曰：關石和鈞，王府則有。此夏之逸書。《禹貢》曰：庶土交正，厎慎財賦，咸則三壤。鄴城西下有乘黄廄。燕，幽州也。弧，弓也。《爾雅》曰：北方之美者，有幽都之筋角焉。《春秋左傳》曰：冀之北土，馬之所生。善曰：《周易》曰：富有之謂大業。《漢書》東方朔曰：不足以危無隄之輿。蘇林曰：隄，限也。《爾雅》曰：賑，富也。《風俗通》曰：槃瓠之後，輸布一匹二丈，是謂賨布。廩君之巴氏出幏布八丈。賨，在宗反。幏，音稼。墆，音滯。賈逵《國語注》曰：關，通也。鄭玄《儀禮注》曰：和，調也。孔安國《尚書傳》曰：金鐵曰石，供民器用，通之使和平。《子虛賦》曰：充仞其中。《説文》曰：駔，壯馬也。子朗反。

【疏】張銑曰：白藏，庫名。藏卽庫也。案：上「藏」讀平聲，下「藏」讀去聲。○《爾雅》，見《釋天》。○《史記·景帝紀》《集解》韋昭曰：大内，京師府藏。與此注可互證。○《漢書》淮南王疏，見《嚴助傳》。○各本「貢酎」作「貢財」。案：顔注引應劭曰：越國僻遠，珍奇之貢，宗廟之祭，皆不與也。大内，都内也。國家寶藏也。案：宗廟之祭釋「酎」字。《漢書·景帝紀》曰：高廟酎。顔注曰：正月旦作酒，八月成，謂之酎是也。此注作「財」，蓋涉下文且形近而誤。今校改。○《漢書·食貨志》下注引孟康曰：墆，停也。又引晉灼曰：墆，音滯。《史記·平準書》作「蹛」。上文留蹛無所食，《索隱》本作「墆」，則「蹛」、「墆」字同。《索隱》曰：韋昭音滯，謂積也。又案：《古今字詁》，「墆」，今「滯」字。則「墆」與「滯」

同。案：「坲」、「滯」之或體字。作「蹛」者，通假字也。○《國語・周語》下單穆公曰：《夏書》有之。曰關石和鈞，王府則有。韋注曰：《夏書》，逸書也。關，門關之征也。石，今之斛也。言征賦調鈞，則王之府藏常有也。梁曰：此賦義實本此。張雲璈曰：孟陽晉初人，未見古文。步瀛案：東晉梅賾所上之僞古文，此二句在《五子之歌》篇中。○《禹貢》「厎」、「底」之通借字。《史記・夏本紀》《集解》引鄭注曰：衆土美惡及高下，得其正矣。亦致其貢篚，慎奉其財物之税，皆法定制而入之也。三壤，上、中、下各三等也。○《水經・濁漳水注》：鄴城七門：北曰廣德門，次曰廄門，西曰金明門。不知廄門即因乘黄廄而名之否？○《爾雅・釋地》曰：燕曰幽州。《釋文》引李巡曰：燕，其氣深要，厥性剽疾，故曰幽。幽，要也。《太康地記》以爲因於幽都爲名。或云：北方太陰，故以幽冥爲號，二者相依也。《釋名・釋州國》曰：幽州在北，幽昧之地也。燕，宛也。北方沙漠平廣，此地在涿鹿山南宛，宛然以爲國都也。《晉書・地理志》四引《春秋元命包》曰：箕星散爲幽州，分爲燕國。○《説文》曰：弧，木弓也。蓋析言則別，散言則通。故注但云弓也。○《爾雅》，見《釋地》。○《左傳》，見《昭四年》。○《周易》，見《繫辭》上。○《漢書・東方朔傳》朔諫爲上林苑云云，注引蘇林曰：隄，限也。輿，乘輿也。無限，若言不訾也。不敢斥天子，故言輿也。又引張晏曰：無限之輿，謂天子富貴無隄限也。顔曰：張説是也。○《爾雅》，見《釋言》。○《風俗通》云云，今本佚。「是謂賨布，廩君之巴氏出幏布」，胡曰：袁本、茶陵本「賨布，廩君之」作「廩君之賨」。案：此尤校改也。蓋據《後漢書・南蠻傳》。步瀛案：《南蠻傳》載槃瓠事，注云見《風俗通》，然並無此注之語。《攷異》遇二本與尤不同者，輒以爲尤改，皆僻見也。○賈逵

《國語注》，當即《周語》下關市和鈞注。○鄭玄《儀禮注》當作《周禮》，見《天官・食醫》注。又《考工記・弓人》注曰：和，猶調也。○注引《尚書》僞《五子之歌》僞孔傳云云，孔穎達疏曰：關者，通也。名石而可通者，惟衡量之器耳。王鳴盛《後案》附辨曰：《國語》韋昭注與傳疏迥別，惟賈逵《國語注》關，通也，似是僞孔傳之所本。胡紹煐曰：賈注以關爲通，而某氏傳襲之，遂有通使和平之説。○《子虛賦》本書卷七「仭」作「牣」。《史記》《漢書・司馬相如傳》作「仭」，本書《上林賦》虛宮館而勿仭，亦作「仭」。郭璞注曰：仭，滿也。案：《詩・靈臺》毛傳曰：牣，滿也。《説文》同。仭，通假字。○《説文》，本書《廣絶交論》注引同。今本《馬部》「壯」誤作「牡」。段氏依《選》注訂曰：戴仲達引唐本《説文》作「奘馬也」，皆可證。沈濤曰：《六書故》引唐本《説文》曰「奘馬也」，則今本「牡」字乃「奘」字之誤。蓋「奘」省「壯」，「壯」又誤爲「牡」耳。○隄，古音支部。資，脂部。通轉爲韻。牣、駿，諄部。慎，真部。通轉爲韻。○以上庫藏。姚範曰：言帑藏器畜之充實，以起下行師、燕饗、蒐狩之不詘於用也。

至乎勍敵糾紛，庶土罔寧。聖武興言，將曜威靈。介冑重襲，旍旗躍莖。弓珧解檠，矛鋋飄英。三屬之甲，縵胡之纓。控絃簡發，妙擬更嬴。

【注】建安十九年五月，立魏公，位諸侯王上。赤紱，遠遊冠。二十一年，進爵爲王。二十二年，得設天子旍旗，出警入蹕。賜朱冠，冕十二旒，金根車，駕六馬，建太常，設五時副車。《爾雅》曰：弓以蜃者謂之珧。蜃，骨也。檠，弓柙也。《詩》云：二矛重英。《漢書・刑法志》曰：魏氏武卒，衣三屬之甲。趙惠文王好劍，劍士夾門而客者三千人。趙太子悝謂莊周曰：吾王所見劍士，皆蓬頭突鬢，垂冠，縵

胡之纓，短後之衣，瞋目而語難者，王乃悦之。《戰國策》：更嬴謂魏王曰：「臣能虚發而下鴈。」魏王曰：「然則射可至於此乎？」更嬴曰：「可。」有鴈從南方來，更嬴虚發而鴈下。善曰：《左氏傳》曰：子魚曰：勍敵之人，隘而不成列。杜預曰：勍，强也。《尚書》曰：庶土交正。《毛詩》曰：興言出宿。《長楊賦》曰：以露威靈。《金匱》曰：良弓非勍檠不張。《説文》曰：鋋，小矛。《史記》曰：冒頓自立爲單于，控弦之士三十萬。班固《漢書·李廣述》曰：控弦貫石，威動北鄰。《爾雅》曰：簡，擇也。謂擇處而發也。

【疏】胡曰：「縵」當作「漫」。袁本、茶陵本載注中字作「漫」，此并改作「縵」，非。其五臣銑注中字作「縵」，然則乃各本亂之而失著校語。今《莊子》作「曼」。《釋文》引司馬彪云：曼胡之纓，謂麤纓無文理也。「漫」、「曼」同，字可借，爲證。胡紹煐曰：「縵」、「曼」字同。曼，無也。言無文飾也。《方言》：凡戟而無刃，東齊、秦、晉之閒，其大者曰鏝胡。縵胡猶鏝胡。纓無文謂之縵胡，猶戟無刃謂之鏝胡。縵胡之轉爲模餬，今俗語謂無文理曰模餬是也。○吕向曰：糾，紛亂也。庶土，天下也。罔，無。寧，安也。聖武，武帝也。劉良曰：介，甲也。冑，兜鍪也。重襲，重而衣之。躍，舉也。莖，旗竿也。○《魏志·太祖紀》曰：建安十九年三月，天子使魏公位在諸侯王上。改授金璽、遠游冠。《袁宏·後漢紀》卷三十曰：十九年三月，癸未，改授魏公金璽、赤紱、遠遊冠。皆云三月，此注五月字蓋誤。《魏志》又曰：二十一年夏五月，天子進公爵爲魏王。二十二年夏四月，天子命王設天子旌旗，出入警蹕。冬十月，天子命王冕十有二旒，乘金根車，駕六馬，設五時副車。○「立魏公」，胡曰：袁本、茶陵本無「立」

字。○《爾雅》，見《釋器》。朱珔曰：郭注云：珧，小蚌。用蚌飾弓兩頭，因以爲名。《説文》：珧，蜃甲也。所以飾物。《楚辭·天問篇》云：馮珧利決。王逸注：珧，弓名也。《釋文》珧以蚌飾弓弭，蓋《爾雅》弓無緣者謂之弭。弭者，弓末之名也。○《説文》曰：檄，榜也。段注曰：《秦風》竹閉緄縢。毛曰：閉，紲。緄，繩。縢，約也。《小雅·角弓》傳曰：不善紲檠，巧用則翩然而反。《既夕記》説明器之弓有柲。注云：柲，弓檠也。弛則縛之於弓裏，備損傷也。以竹爲之。引《詩》竹柲緄縢。《考工記·弓人》注云：紲，弓鞑。弓有鞑者，爲發弦時備頓傷。引《詩》竹鞑緄縢。合此言之，《禮》謂之柲，《詩》謂之閉，《周禮》注謂之鞑，《禮》古文作「柴」，四字一也，皆所謂檄也。步瀛案：《淮南·説山篇》曰：撽不正而可以正弓。高注曰：撽，弓之掩牀。讀曰檠。《脩務篇》曰：弓待檄而後能調。高注曰：檄，矯弓之材。讀曰敬。案：二注歧異，疑《説山篇》字誤。○《詩》，見《清人》。毛傳曰：重英，矛有英飾也。○《漢書·刑法志》注：服虔曰：作大甲三屬，竟人身也。蘇林曰：兜鍪也，盤領也，髀褌也。如淳曰：上身一，髀褌一，脛繳一，凡三屬也。顔曰：如説是也。屬，聯也。音之欲反。本書沈休文《應詔樂遊苑餞呂僧珍》詩曰：超乘盡三屬。李善注亦引如淳説。梁曰：《攷工記》函人爲甲，犀甲七屬，兕甲六屬，合甲五屬。注云：屬讀爲灌注之注，之樹反。上旅、下旅，札續之數也。江氏永曰：甲續札爲之節，節，相續也。此經史音義之各異者。案：江説見《周禮疑義舉要》。又曰：旅，即背膂之膂，脊骨也。故注謂上旅爲要以上，下旅爲要以下。○《莊子》，見《説劍篇》。「縵」作「曼」，其他字句亦多不同，此蓋以意引。古人往往如此。○《戰國策》，見《楚策》四。今本「嬴」作「羸」，誤，當據此注改。庚子山《和王内史從駕狩》詩曰：更羸承落雁。與本賦及注合。《御覽・人事部》一百三引《春秋後語》正作「羸」，《兵部》七十八引作「盈」。雖文有點竄，而「盈」與「羸」同音通用，當不誤。《工藝部》一引作「更羸」，《博物志》五同，蓋皆後人據誤本《國策》改。又《御覽・羽族部》一引《春秋後語》作「魏有吏羸脉者」，尤爲舛誤。錢大昕《聲類》三曰：更羸，甘蠅也。《列子・湯問篇》：甘蠅，古之善射者。彀弓而獸伏鳥下。《戰國策》：更羸虚發而鳥下。○「臣能虚發而下鳫。魏王曰」，胡曰：袁本、茶陵本無此十字。○《左傳》，見《僖二十二年》，今本無「成」字。本書陸士衡《辨亡論》下、顔延年《陽給事誄》、陸士衡《弔魏武帝》文注引皆有「成」字。○《尚書》，見《禹貢》。○尤本「《毛詩》曰」下有「庶士有揭又曰」六字。胡曰：袁本、茶陵本無此六字。案：無者最是。陳云：注必有誤，未悟爲增多耳。許巽行亦謂此亦妄人加之，是也。今削去。胡紹煐謂善以士、士二字義並可通，故連引《詩》、《書》，非也。庶士既不得專指爲士卒，又不得泛該夫士民。按之上下文，亦多未洽。且善如以爲兩通，必明言之，斷無二條判然不同而漫無區别者。枕泉之説，非是。○《毛詩》，見《泉水》。○《長楊賦》，見本書卷九。○《金匱》，嚴輯《全上古文》《太公金匱》失此條。○《説文》，已見《西都賦》。○《史記》，見《匈奴傳》。○《漢書》，見《敍傳》。○《爾雅・釋詁》「簡」作「柬」，豈崇賢所據作「簡」耶？否則當作「柬，擇也」，謂擇處而發也。「簡」與「柬」同。○寧、靈、莖、纓、羸，古音耕部。英，陽部。通轉爲韵。

齊被練而銛戈，襲偏裻以讃列。畢出征而中律，執奇正以四伐。碩畫精通，目無匪制。推鋒積紀，鋌氣彌鋭。三接三捷，既晝亦月。剋翦方命，吞滅咆烋。雲撤叛換，席卷虔劉。祲威八紘，荒阻率由。洗兵海島，刷馬江洲。振旅輷輷，反旆悠悠。凱歸同飲，疏爵普疇。朝無刓印，國無費留。

【注】《春秋左傳》曰：被練三千。馬融曰：以練爲甲裹。《史記》：蘇代曰：强弩在前，銛戈在後。《司馬法》曰：師多則讀。孫武曰：奇正還相生，若環之無端。《莊子》曰：庖丁爲文惠君屠牛，手之所觸，莫不中音，合於桑林之舞。文君曰：「善哉技！」庖丁對曰：「臣好者道，進乎技矣。臣始解牛時，所見無非牛者。三年之後，未嘗見全牛也。今臣以神遇，而不以目視也。良庖歲更刀，割也。族庖月更刀，折也。今臣刀十九年矣，所解數千牛也，而刀刃若新發於硎。若彼節者有閒，而刀刃者無厚。以無厚入有閒，恢乎其於遊刃必有餘地矣。」文君曰：「善。吾聞丁之言，得養生焉。」一紀，十二年。推鋒積紀，謂魏武帝從初平元年起兵，至建安二十五年，軍無不剋，抑亦庖丁用刀十九年之義也。孫武曰：避其鋭氣。謂鋭氣之利，甚於鋒刃也。《易》曰：晉康侯用錫馬蕃庶，晝日三接。《詩》云：一月三捷。既晝亦月者，蓋取其頻繁之數，或日或月也。方命，放棄王命也。《尚書》曰：咈哉方命圮。巔方命者，謂始起兵誅董卓之首亂漢室也。咆烋，猶咆哮也。自矜健之貌也。《詩》云：咆烋于中國。吞滅咆烋者，剋黜韓暹、楊奉之專用王命也。叛換，猶恣睢也。《漢書》曰：項氏叛換。雲撤換叛者，謂討破袁紹，猶勝項羽也。虔劉，殺也。《春秋左傳》呂相絶秦曰：虔劉我邊陲。席卷虔劉者，謂擒呂布於徐州，剋袁術於揚州，平韓約，馬超於雍州，降劉表於荊州之屬也。裼威八紘，荒阻率由者，謂北羈單于白屋，東懷孫權於吴會，西攝劉備於巴蜀也。刷，小嘗也。司馬相如《梨賦》曰：唰嗽其漿。《史

記》蘇秦曰：輷輷殷殷，若三軍之衆。《穀梁傳》曰：入曰振旅，兵事以嚴終也。《春秋左傳》曰：凡公行，告於宗廟，反行飲至。《漢書》曰：疏爵而貴之。疏爵普疇，疇其爵邑者。刓印，印角刓也。《韓信傳》曰：項王有功當封爵，印刓，忍不能與。《孫子兵法》曰：戰勝而不脩其賞者，凶。命曰費留。善曰：《國語》曰：公使申生伐東山。韋昭注曰：東山皐落氏也。衣之偏裻之衣。韋昭注曰：裻在中，左右異，故曰偏裻。音督。《說文》曰：讀，中止也。然讀列，或止或列。《周易》曰：師出以律。《漢書》：楊雄上疏曰：石畫之臣甚衆。《史記》曰：秦穆公與晉惠公戰於韓地。秦人見穆公窘，亦皆推鋒爭死。《尚書》曰：方命圮族。《春秋感精符》曰：楚圖宋，更相吞滅。《春秋推誠圖》曰：諸侯冰散席卷，各爭恣妄。《東都賦》曰：祲威盛容。《淮南子》曰：八澤之外，乃有八紘。《尚書》曰：率由典常，以藩王室。魏武《兵接要》曰：大將將行，雨濡衣冠，是謂洗兵。刷，猶飲也。所劣切。劉劭《七華》曰：漱馬河源，遊目崑崙。《蒼頡篇》曰：輷輷，衆車聲也。呼萌切。今爲「輷」字。音田。《毛詩》曰：悠悠旆旌。魏武《孫子注》曰：賞不以時，但留費也。

【疏】袁、茶陵二本「休」作「咻」。○胡曰：「刷」當作「唰」。注同。載注引唰嗽爲注，是其本作「唰」。善必與之同。五臣向注作「刷」，云：乃洗刷兵馬云云。各本亂之，而失著校語。又案：善《赭白馬賦》且刷幽燕注引作「刷」，必太沖集別本與張孟陽注者不同，此之謂各隨所用而引之，善固已自舉其例矣。梁曰：《說文·又部》㕞字，訓拭也。從又。持巾在尸下。《繫傳》引此作㕞馬江洲。《刀部》刷字訓刮也，從刀，㕞省聲，似非此賦所用。胡紹煐曰：按《說文·刀部》：刷，刮也。《又部》：㕞，拭也。

《繫傳》引此賦㕞馬江洲，「唰」與「㕞」同。書亦作「刷」。《晏子春秋·諫覽篇》：景公刷涕而見晏子。刷涕，卽拭涕。本書《養生論》善注引《通俗文》曰：所以理髮謂之刷。理髮，卽刮也。人理髮謂之刷，故鳥理毛謂之唰。《玉篇》：唰，鳥治毛衣。《廣韻》：刷，鳥理毛。鳥理毛以口，故字從口旁。此唰馬蓋亦刮拭其馬。《赭白馬賦》：旦刷幽燕。善注引《說文》曰：刷，刮也。刷馬與下洗兵對文見義。刷，猶洗也。今俗猶云刷洗矣。《集韻》：涮，洗也。「涮」、「刷」、「㕞」、「唰」並字異而義同。步瀛案：《說文》無「唰」字。㕞、刷義別，訓拭者當作「㕞」，作「刷」者，其通借字耳。「涮」俗字，恐不足取。《說文·口部》曰：啐，小歓也。讀若㕞。然則訓飲者當是「啐」之同音借字耳。又互見下。○胡曰：「輷輷」當作「輷輷」。善注有明文。其云今爲「輷」字，音田者，猶《西京賦》注之今並以「亘」爲「垣」耳。五臣因此改，故正文下有田字音。各本亂之，而失著校語。《集韻》轟字，重文有「輷」，卽本此。亦可證載注、善注兩見輷輷皆同。案：說見下。○呂向曰：言士卒齊整服練，而執銛利之戈。襲，著也。偏裻，戎衣名。以出征四遠，行其誅伐，言使士卒被練執戈，衣偏裻之裳，以爲行列也。○張銑曰：碩，大也。言大畫奇策，精通妙理，舉無遺者。○孫志祖曰：《淮南子·兵略訓》：雲撤席卷。○陳僅曰：洗兵二句，隨手鉤帶二都。海島，指吳江洲，見《蜀都賦》。○李周翰曰：荒阻之俗，皆相率來賓，莫不由大魏之德也。步瀛案：率由卽率從。《詩·閟宮》曰：莫不率從。○注引《左傳》見《襄三年》。以練爲甲裏，各本脫「以」字，「裏」誤作「衺」，今依《左傳》孔疏引改正。詳見《吳都賦》。○《史記》，見《蘇秦傳》。○師多則讀，今本《司馬法》無此語。○《孫子》，見《兵勢篇》。○《莊子》，見《養生主》。「層」作「解」，兩

「文君」皆作「文惠君」，「視」下無「也」字，「今臣下」有「之」字，「數千牛也」「也」作「矣」，「恢」字複見，「聞丁之言」，「丁」上有「庖」字。袁、茶二本「文惠君」無「君」字。胡曰：按下文兩云「文君」，疑此本亦云「文君」耳。步瀛案：袁本末一「文君」作「文惠」。○《晉語》四韋注曰：十二年，歲星一周，爲一紀。○「建安二十五年」，袁、茶二本無「五」字，與十九年之數相近。疑「無」者是。○《孫子》，見《兵争篇》。○《易》，見《晉卦》。《詩》，見《采薇》。○《尚書》，見《堯典》。《釋文》引馬融曰：方，放也。又引徐邈曰：鄭、王音放。○《詩》見《蕩之篇》。「咆」作「炰」。《釋文》曰：炰，白交反。烋，火交反。《説文・口部》《繫傳》引作「咆哮」，以其音義相同也。毛傳曰：炰烋，彭亨也。鄭箋曰：炰烋，自矜氣健之貌。案：注蓋本鄭箋。杜宗玉曰：《埤蒼》：哮嚇，大怒聲。《通俗文》：虎聲謂之虓。「虓」與「哮」同。《説文》：唬，虎聲也。讀若暠。《玉篇》：呼交切，與哮音合。此云猶咆哮者，言其自矜氣健如虎耳，故同。蓋毛傳訓咆哮爲彭亨，鄭之述毛，則易咆哮爲咆烋也。《辨亡論》上：哮闞之羣風驅。注引《毛詩》曰：闞如虓虎。又「哮」、「虓」同用之徵。○「剋黜」，尤本誤作「剋默」，茶陵本同。今依袁本。案：《後漢書・獻帝紀》曰：興平二年，十一月，楊奉、董承引白波帥胡才、李樂、韓暹及匈奴左賢王去卑，與李傕等戰，破之。建安元年，七月，車駕至洛陽。八月，韓暹爲大將軍，楊奉爲車騎將軍，鎮東將軍曹操自領司隸校尉，録尚書事。《魏志・武帝紀》曰：建安元年，秋七月，楊奉、韓暹以天子還洛陽，奉别屯梁。太祖遂至洛陽，衛京都，暹遁走。○《漢書》，見《叙傳》。「叛」作「畔」，通借字。顔注曰：畔换，强恣之貌，猶言跋扈也。《詩・大雅・皇矣》篇曰：無然畔换。案：《毛詩》作「畔援」。鄭箋曰：畔援，猶跋扈也。

《玉篇·人部》作「伴换」。王先謙《補注》曰：班用《齊詩》。疑齊作「畔换」。《後漢書·獻帝紀》曰：建安五年，九月，曹操與袁紹戰于官渡。紹敗走。《魏志·武帝紀》曰：建安四年，袁紹既并公孫瓚，兼四州之地，衆十餘萬，將進軍攻許。秋八月，公進軍黎陽。五年二月，紹遣郭圖、淳于瓊、顔良攻東郡太守劉延於白馬。紹引兵至黎陽，將渡河。夏四月，公北救延，引軍兼行，趣白馬。未至十餘里，良大驚，來逆戰，使張遼、關羽前登，擊破斬良，遂解白馬圍。徙其民，循河而西。紹於是渡河，追公軍至延津南，公大破之。公還軍官渡，與紹相距連月。冬十月，紹遣車運穀，使淳于瓊等五人將兵萬餘送之。公大破瓊等，紹衆大潰。紹棄軍走，渡河。六年夏四月，揚兵河上，擊紹倉亭軍，破之。七年，進軍官渡。紹發病，歐血。夏五月，死。○《左傳》，見《成十三年》。杜注曰：虔、劉，皆殺也。○《魏志·武帝紀》曰：建安三年，九月，公東征吕布。冬十月，屠彭城，進至下邳，決泗、沂水以灌城。月餘，生禽布，殺之。○《武帝紀》曰：建安二年，袁術欲稱帝於淮南。秋九月，公東征之。術聞公自來，棄軍走。○「韓約」當作「韓遂」。《獻帝紀》曰：建安十六年，秋九月，曹操與韓遂、馬超戰於渭南。遂等大敗，關西平。○《武帝紀》曰：建安十三年，秋七月，公南征劉表。八月，表卒。其子琮代，屯襄陽。九月，公到新野。琮遂降。○「北羈單于白屋」，各本「于」下有「于」字。胡曰：「于」字不當重有，各本皆衍，説見後《九錫文》下。步瀛案：本書卷三十五潘元茂《册魏公九錫文》曰：單于白屋，請吏帥職。李善注引此賦注亦無「于」字。餘詳彼篇。○《集韻·十七薛》曰：啐，《説文》：小歠也。一曰嘗也。與張、李兩訓皆合。司馬長卿《梨賦》，他書未見引。○《史記》，見《蘇秦傳》。胡紹煐曰：今《史記》作

「輷」。《廣雅》：輷輷，聲也。「軥」與「輷」「轟」音同而與「軥」音異。《易林》：轟轟軥軥。「軥」即「轟」，軥讀同闐。《爾雅》振旅闐闐是也。今諸本並作「軥」，蓋因善注而改。《春秋後語》夜行不絕，軥軥殷殷。注：軥，火宏切。正作「軥」。〇《穀梁傳》見《莊八年》。袁、茶二本作「無事以嚴衆也」，與傳不合。〇《左傳》，見《桓二年》。〇《漢書》，見《英布傳》。〇《漢書・韓信傳》「與」作「予」。注引蘇林曰：刓，音刓。角之刓，刓與摶同，手弄角訛，不忍授也。〇《孫子》，見《火攻篇》。今本「賞」作「功」。〇《國語》，見《晉語》一，又見《左・閔二年》。杜注曰：偏衣，左右異色。其半似公服。又《史記・趙世家》：孝成王四年，王夢衣偏裻之衣。《正義》曰：裻衣，背縫也。案：袁、茶二本無「韋昭注」以下十字。〇《説文》，見《言部》。案：各本「中止」上有「列」字，今校刪。沈濤曰：乃涉賦語「襲偏裻以讃列」而衍，非古本如是也。〇《周易》，見《師・初六》爻詞。〇《漢書》，見《匈奴傳》下。注引鄧展曰：石，大也。是以「石」爲「碩」之通借字。〇「《漢書》楊雄上疏」至「西都」凡七十六字，袁、茶二本誤脱。〇《史記・秦本紀》曰：秦繆公與晉惠公夷吾合戰於韓地，爲晉軍所圍。於是岐下食善馬者三百人馳冒晉軍，晉軍解圍，遂脱繆公，而反生得晉君。初，繆公亡善馬，岐下野人共得而食之者三百餘人。吏逐得，欲法之。繆公曰：「君子不以畜産害人。吾聞食善馬肉，不飲酒，傷人。」乃皆賜酒而赦之。三百人者，聞秦擊晉，皆求從。從而見繆公窘，亦皆推鋒争死，以報食馬之德。此注節引。〇《尚書》，見《堯典》。〇《春秋感精符》，趙在翰《七緯》、黄奭漢學堂輯《感精符》皆載此條。馬國翰《玉函山房》、喬松年《緯攟》輯《感精符》皆失之。〇《春秋握誠圖》，本書陳孔璋《爲袁紹檄豫州》、班孟堅《述高紀》、賈誼《過秦論》

注引皆作「握誠圖」。此注「推」字，蓋形近而誤。《述高紀》注「恣妄」作「姿志」，亦誤。○「東都賦」，各本「東」誤「西」，今正。○《淮南子·墜形篇》，已見《吳都賦》疏。○《尚書》，見僞古文《微子之命》。○魏武《兵接要》，孫志祖曰：《舊唐志》：《兵法捷要》七卷，魏武帝撰。「捷要」卽「節要」也。魏諱「節」改耳。《隋志》：《兵書接要》十卷，魏武帝撰。○「刷，猶飲也。所劣切」，胡曰：袁本、茶陵本無此七字。孫氏補正引金甡曰：按刷卽洗刷之謂。休兵振旅，故刷治其馬也。《赭白馬賦》：旦刷幽燕。注云：《說文》曰：刷，刮也。解最得理。此作飲漱解，迂曲。孫曰：按《說文·又部》㕞字注：拭也。徐鍇《繫傳》引賦語刷馬江洲。徐氏鯤云：意張所見本是「唰」字，故引相如《梨賦》爲證。善本雖改作「刷」，而仍作「唰」字解，以古字通用也。若當爲刮字義，則上《吳都賦》刷蕩漪瀾注，善已引《說文》矣，何於此有異詞耶？○《七華》，《藝文類聚·雜文部》三引未具此二句。○梁曰：《集韵·十三耕》呼宏切，有「轟」、「輷」、「軥」、「輷」四字。其「輷」字卽本所引《蒼頡》也。《一切經音義》十二云：轟，今作「軥」，字書作「輷」，亦本此，其明證矣。而《玉篇》「輷」、「軥」同「轟」，《廣韻》「輷」同「轟」，皆別有出也。注下文云今爲「輷」字，音田者，《集韻·一先》又有「輷」字，卽本此。李謂振振輷輷音田，則與《詩·采芑》、《爾雅·釋天》之振旅闐闐，《說文·口部》之振旅嗔嗔字異義同，故并存兩讀。五臣本正文下有「田」字之音，取李後一讀耳。朱珔曰：《說文》：轟，羣車聲也。《一切經音義》：轟，今作「輷」。字書作「軥」，同。呼萌切。段氏謂：古字作「軥」，今字作「輷」。《玉篇》作「輷」，皆當在真、臻部。余謂田本讀爲陳，此賦語蓋卽《詩·采芑》篇之振旅闐闐也。《說文·口部》引又作「嗔嗔闐嗔」。

輷皆字異而義同。注亦當引《詩》而云輷與闐通。○《毛詩》，見《車攻》。「旍」作「旌」。《周禮·春官·司常》曰：析羽爲旌。《爾雅·釋天》曰：注旄首曰旌。《釋文》曰：「旌」，本又作「旍」。○魏武《孫子注》，見《火攻篇》。○列、伐、制、鋭、月，古音祭部。烋、劉、由、洲、悠、疇、留，幽部。○以上武功。

喪亂既弭而能宴，武人歸獸而去戰。蕭斧戢柯以柙刃，虹旍攝麾以就卷。斟《洪範》，酌典憲。觀所恒，通其變。上垂拱而司契，下緣督而自勸。道來斯貴，利往則賤。囹圄寂寥，京庾流衍。

【注】《尚書》曰：往伐歸獸。桓譚《新論》：雍門周説孟嘗君曰：「以强秦之勢伐弱薛，譬猶礳蕭斧以伐朝菌也。」馬融《廣成頌》曰：建雄虹之長旍。《洪範》，箕子陳政術之篇也。《易》曰：觀其所恒，而天地萬物之情可見矣。又曰：通其變，使人不倦。《老子》曰：聖人執左契而不責於人。有德司契，無德司徹。善曰：《毛詩》曰：喪亂既平。周公攝政，弘化弭亂。《司馬法》曰：以戰去戰，雖戰可也。柙，胡甲反。《尚書》曰：垂拱而天下治。《莊子》曰：緣督以爲經，可以保身，可以全生。司馬彪曰：緣，順也。督，中也。順守道中，以爲常也。《禮記》曰：仲春省囹圄。《文子》曰：法寬刑緩，囹圄空虚。《毛詩》曰：曾孫之庾，如坻如京。鄭玄曰：庾，露積穀也。

【疏】《尚書》，見《武成》序。《匡謬正俗》卷二曰：《武成》序云：武王伐殷，往伐歸嘼。徐仙音嘼爲始售反。許氏《説文解字》云：嘼，犍也。《字林》嘼，音火又反。獸字從嘼、從犬，斯則六畜之字本自作嘼，於後始借養字爲耳。且嘼、獸類屬不同。嘼者，人之所養。獸者，是山澤所育。故《爾雅》論牛、馬、羊、豕，則在《釋畜》。論麋、鹿、虎、豹，即在《釋獸》。較然可知。若武王歸鹿華山之陽，放虎桃林之野，可言歸獸。所歸放者既是馬牛，當依嘼字本音讀之，不得以作獸字一邊，便謂古文省簡，即呼爲獸。朱珔曰：《匡謬正俗》謂「獸」當作「嘼」，是也。但獸既从嘼，又从犬。犬亦畜也。《史記·周本紀》：乃罷兵西歸，行狩記政事。孫氏星衍謂「狩」與「獸」通。行狩記政事，正《書序》歸獸識其政事之義。然則作「獸」亦可。猶之兩足曰禽，四足曰獸，而渾言之，獸或統稱禽矣。又案：孔氏廣森云：歸獸之事，蓋《孟子》所謂驅虎、豹、犀、象而遠之者，出於《武成》之篇。梅氏古文但摭拾《樂記》放牛、歸馬二語，恐未足以當之。觀《漢書·律曆志》引《武成》數處，今《逸周書·世俘解》具有其語。而《世俘》載虎、貓、麋、犀等各若干，頗與歸獸事相類。意《武成》、《世俘》多大同。據此，則歸獸正不必作歸嘼，亦一義也。步瀛案：孫説見《尚書今古文注疏》卷三十下。孔説見《經學卮言》。竊謂孔氏説是。諸家皆囿於《樂記》及僞《武成》耳。○桓譚《新論》，《蜀志·郤正傳》裴注亦引之。案：「弱薛」，「薛」字尤本作「燕」，袁、茶二本作「韓」，皆非。今依《蜀志》注改正。又注引雍門周以琴見孟嘗君云云，又曰：夫以秦楚之强而報弱薛，猶磨蕭斧而伐朝菌也。與本注亦異。蓋此以意引。嚴鐵橋輯此文爲《新論·琴道篇》。朱銘曰：《説文》蕭字注云：蒿也。徐氏《繫傳》云：古人言蕭斧，謂芟艾之斧也。胡紹煐曰：蕭之言肅也。《釋名》：蕭，肅也。長斧謂之蕭斧，猶長牆謂之蕭牆。《論語·季氏》：而在蕭牆之内。《集解》引鄭注：蕭之言肅也。《海録碎事》謂蕭斧爲越斧，未知所出。○《後漢書·馬融傳》載《廣成頌》。「長旍」作「旌夏」。○《書序》曰：武王勝殷，以箕子歸，作《洪範》。僞孔傳曰：

洪，大。範，法也。○《周易》，見《恒》彖傳及《繫辭》下。「人」作「民」，此避諱改。○《老子》王注曰：有德之人，念思其契，不念怨生而後責於人也。徹，司人之過也。河上公注曰：古者聖人執左契，合符信也。無文書法律，刻契合符以爲信也。○善引《毛詩》見《常棣》。李周翰曰：弭，平也。案：袁、茶二本無「《毛詩》曰」以下七字。○「周公攝政」二句，胡曰：陳云：上脱引書名，是也。各本皆同，無以補之。○《司馬法》，見《上仁篇》。○《尚書》，見僞《武成》。○《莊子》，見《養生主》。《釋文》引李頤與司馬注同。王懋竑《讀書記疑》曰：人有督脈，在身之中，故以督爲中。案：王説本《素問·骨空論》及《靈樞·本輪篇》。○《禮記》，見《月令》。鄭注曰：囹圄所以禁守，若今別獄矣。孔疏引蔡邕《月令章句》曰：囹，牢也。圄，止也。所以止出入，皆罪人所舍也。又引《鄭志》崇精問曰：獄，周曰圜土，殷曰羑里，夏曰均臺，囹圄何代之獄？焦氏答曰：《月令》秦書則秦獄名也。而《北堂書鈔·刑法部》下引《白虎通》曰：《周禮》三王始有獄。夏曰夏臺，殷曰羑里，周曰囹圄。《太平御覽·刑法部》九引《風俗通》同。蔡邕《獨斷》曰：夏曰均臺，周曰囹圄。並與《鄭志》異。又《風俗通》曰：囹圄，舉也。言人幽閉思愆，改惡爲善，因原之也。《釋名·釋宮室》曰：囹，領也。圄，御也。領録囚徒禁御之也。○《文子》，見《精誠篇》。然實襲《淮南·主術篇》。○《毛詩》，見《甫田》。○宴、戰、卷、憲、變、勸、賤、衍，古音元部。○以上文治。

於時東鯷卽序，西傾順軌。荆南懷憓，朔北思韙。緜緜迴塗，驟山驟水。襁負賮贄，重譯貢篚。髽首之豪，鐻耳之傑。服其荒服，歛衽魏闕。置酒文昌，高張宿設。其夜未遽，庭燎晰晰。

有客祁祁，載華載裔。岌岌冠縱，纍纍辮髮。清酤如濟，濁醪如河。凍醴流澌，温酎躍波。豐肴衍衍，行庖皤皤。愔愔醧讌，酣湑無譁。

【注】《地理志》曰：會稽海外有東鯷人，分爲二十餘國，以歲時獻見。《尚書·禹貢》曰：織皮西傾，因桓是來。織皮，西戎國也。憓，順也。司馬相如《封禪書》曰：義征不憓。《淮南子》曰：三苗髽首。賮，禮贄也。《周官》曰：九州之外，謂之藩國。世一見，各以其所貴寶爲贄。《孟子》曰：將有遠行，行者必以賮。《蒼頡篇》曰：賮，財貨也。建安二十一年，匈奴南單于呼韓厨泉將其名王大人來朝，待以客禮。張衡《南都賦》曰：九醖甘醴，十旬兼清。蘇秦曰：齊有清濟濁河。《楚辭·招魂》曰：挫糟凍飲酎清涼。王逸曰：凍，冷也。酎，三重釀醇酒也。《韓詩》云：賓爾籩豆，飲酒之醧。能者飲，不能者已，謂之醧。許氏曰：醧，酒美也。善曰：《尚書》曰：西戎即序。《尸子》曰：荆者非無東西也，而謂之南。其南者，多也。杜預《左氏傳注》曰：韙，是也。《論語》曰：襁負其子。《博物志》曰：織縷爲之，以約小兒於背上。《尚書》曰：厥貢漆絲，厥篚織文。《山海經》曰：青要之山，魋武羅司之，穿耳以鐻。郭璞曰：鐻，金銀之器名。魋，音神。鐻，音渠。《漢書》曰：高張四縣。晉灼曰：樂四縣也。《周禮》曰：凡樂事宿縣。《毛詩》曰：夜未央。鄭玄曰：未渠央也。《毛詩》曰：庭燎晣晣。又曰：采蘩祁祁。《楚辭》曰：高余冠之岌岌。鄭玄《禮記注》曰：纚，今之幘也。「纚」與「縱」同。《漢書》曰：諸侯纍纍從楚。又終軍曰：解辮髮，削左衽。《毛詩》曰：既載清酤。《說文》曰：澌，流冰也。《周易》曰：鴻漸于磐，飲食衎衎。王肅曰：衎衎，寬饒之貌也。皤皤，豐多貌也。《韓詩》曰：愔愔夜飲。薛君曰：愔愔，和悦之貌

也。孔安國《尚書傳》曰：樂酒曰酣。《毛詩》曰：追我暇矣，飲此湑矣。毛萇曰：湑，莤也。鄭玄曰：泲，莤之也。一曰：湑，樂也。醧，乙據反。

【疏】「流澌」及注引《説文》，各本作「澌」，誤。今依梁氏、許氏校改。○「衎衎」，各本誤作「衍衍」。何曰：据善注，當作「衎衎」。陳説同。胡曰：所説是也。袁、茶陵二本所載五臣向注字作「衍」，或各本亂之。梁説同。今從之。胡紹煐曰：向注：衍衍，多貌。則是五臣作「衍」耳。○呂向曰：軌，車迹也。言順同軌迹。緜緜，遠貌。迴，長也。魏陳留王《策命晉公九錫文》曰：諸夏順軌。○《廣雅·釋宮》曰：驟，奔也。○重譯，見《東京賦》注。○《周語》上曰：戎狄荒服。韋注曰：荒裔之地，與戎狄同俗，故謂之荒。荒忽無常之言也。○《史記·留侯世家》：酈食其曰：「楚必斂衽而朝。」《禮記·玉藻》曰：衽當旁。鄭注曰：衽，謂裳幅所交裂也。凡衽者或殺而下，或殺而上，是以小要取名焉。衽屬衣則垂而放之，屬裳則縫之，以合前後，上下相變。孔疏曰：衽屬衣則垂而放之，謂喪服及朝祭之衽。屬裳則縱之以合前後者，謂深衣之衽。江永《深衣考誤》曰：衽有二，朝服、祭服、喪服皆用帷裳前三幅，後四幅，裳際不連，有衽掩之。用布交解，寬頭在上合縫之，狹頭在下，如燕尾之形，即《喪服》篇衽二尺有五寸是也。此衽之殺而下者也。案：此云斂衽魏闕，當指朝服矣。○《周禮·天官》太宰之職，乃縣治象之灋于象魏。注引鄭司農曰：象魏，闕也。《呂氏春秋·審爲篇》高注曰：魏闕，象魏也。縣教象之法，浹日而收之。魏魏，高大。故曰魏闕。《淮南子·俶真篇》注曰：魏闕，王者門外闕，所以縣教象之書於象魏也。巍巍，高大。故曰魏闕。○李周翰曰：置酒於文昌殿，以宴蕃夷也。載華載裔，言此亦有華夏之臣，四裔之人，相雜而來朝中國。諸侯有冠縰，則岌岌然。蕃夷之人則辮髮，行列纍纍然。○注引《漢書·地理志》，顔注引孟康曰：鯷，音題。案：袁、茶二本「鯷人」上無「東」字。○《書·禹貢》僞孔傳曰：西傾，山名。《漢書·地理志》隴西郡臨洮，原注曰：《禹貢》西傾山在縣西。王先謙《補注》曰：《水經·禹貢山水澤地篇》：西傾山在臨洮縣西南，與志合。山在洮州衛西南三百三十餘里，番名羅插普喇山，綿亙千餘里。黄河以南諸山，無大於此者。步瀛案：甘肅洮州衛，後爲廳，今改臨潭縣。○《封禪文》，見本書卷四十八。「憓」作「譓」。注引文穎曰：譓，順也。《漢書·司馬相如傳》同。《史記》作「憓」，《集解》引《漢書音義》曰：憓，音惠，順也。案：「憓」、「譓」字同。胡紹煐曰：此從《史記》。○《淮南子》，見《齊俗篇》。高注曰：三苗之國，在彭蠡、洞庭之野。髽以枲束髮也。《左·襄四年》杜注曰：髽，麻髮合結也。《釋文》曰：髽，側瓜反。○《周官》，見《秋官·大行人》。○《孟子》，見《公孫丑》下。梁曰：「賮」，今《孟子》作「贐」。案：本書《赭白馬賦》或踰遠而納賮，及《讌曲水詩》均作「賮」。《論衡·刺孟篇》引亦作「賮」，《説文》、《玉篇》、《廣韻》等書皆有「賮」無「贐」，知今本《孟子》「贐」乃俗字也。○《蒼頡篇》，慧琳《一切經音義》八十二引同，八十三引作「財貨曰賮」。案：注，袁、茶二本以此爲善注，在「下以約小兒於背上」句下，未知孰是。○《魏志·武帝紀》曰：建安二十一年，秋七月，匈奴南單于呼廚泉將其名王來朝，待以客禮，遂留魏。使右賢王去卑監其國。《後漢書·南匈奴傳》曰：單于拔羅死，弟呼廚泉立。建安元年，帝自長安東歸。右賢王去卑與白波賊帥韓暹等侍衛天子，拒擊李傕、郭汜。及車駕還洛陽，又徙遷許，然後歸國。二十一年，單于來朝，曹操因留於鄴而遺去卑歸監其國焉。○《南都賦》見前。○蘇秦曰：齊有清濟濁河。案：此燕王噲語。蘇代之言見《燕策》一及《史記·蘇秦傳》。注引作「蘇秦曰」誤。○「《招魂》曰」，尤本「招」上有「小」字。胡曰：茶陵本無「魂」字，袁本無「曰」字。案：茶陵是也。《小招》者，對《大招》之言也。步瀛案：《招魂》，後人依《史記·屈原傳》定爲屈原作，是也。《大招》不知何人作。王逸以爲屈原作，又以爲景差，疑不能明。要在屈原之後。《大招》者，猶言本《招魂》之義而廣大之耳。後人誤認爲大、小字，乃以《招魂》爲《小招》，殊可笑也。張孟陽未必沿此誤，殆後人妄改。《小招魂》固非，《小招》亦未必是也。○《韓詩》，已見《東都賦》注。《毛詩·常棣》「賓」作「儐」，「醧」作「飫」。○許氏曰：醧，酒美也。梁曰：此當是《說文》。然今《說文》作「醧，私宴飲也」。胡紹煐曰：注引未知所據，亦與賦義不合。○善注引《尚書》，見《禹貢》。○「其南者多也」，胡曰：袁本、茶陵本「多」作「分」，是也。步瀛案：章宗源、汪繼培輯《尸子》皆作「多」，二本作「分」，未是。《考異》多僻見耳。○《左傳》杜注，見《隱十一年》。○《論語》，見《子路篇》。《集解》引包注曰：負者以器曰襁也。《史記·仲尼弟子列傳》《集解》引作「負子之器曰襁」。《說文·糸部》曰：繈，觕類也。段注曰：觕訓角長，引申爲凡粗長之稱。絲節粗長謂之繈。孟康曰：繈，錢貫也，其引申之義也。又引申爲繈緥。《呂覽·明理篇》：道多繈緥。高注：緥，小兒被也。繈，褸格上繩也。又《直諫篇》繈緥注：繈，褸格繩。緥，小兒褯也。褸卽縷格，卽絡，織縷爲絡以負之於背，其繩謂之繈。高說取分明。《博物志》云：織縷爲之，廣八寸，長二尺，乃謂其絡，未及其繩也。凡繩靭者謂之繈。又《衣部》曰：襁，負兒衣。段曰：古繈緥字从糸不从衣，淺人不得其解而增

「襁」篆，當删。劉寶楠《論語正義》曰：顔師古《漢書·宣紀》注：襁，卽今之小兒繃也。李奇曰：以繒布爲之。李賢《後漢書·清河孝王慶傳》注：以繒帛爲之。皇疏云：以竹爲之。或云，以布爲之。今蠻夷猶以布帊裹兒，負之背也。皆各據所見言之。小兒繃兼有絡繩，蓋統名繈，後起之義也。○《博物志》今本無此文。○《尚書》，見《禹貢》。○《山海經》，見《中山經》。梁曰：今《中山經》注云：武羅神名䰠，卽神字。又云：鐻，金銀器之名，未詳也。按：《説文·玉部》新附字引《山海經》作「璩」，云：環屬也。《後漢書·張奐傳》云：遺金鐻八枚，蓋西羌穿耳之飾。朱曰：郝氏謂「鐻」假借字也。《説文》以爲「虡」之或字。其新附字引此經則作「璩」，云：璩，環屬也。《後漢書·張奐傳》云：遺金鐻八枚。據此，知鐻者以金銀爲耳飾也。但言山神，殊不相屬。攷《海內南經》有離耳國。郭注云：鋟離其耳，分令下垂以爲飾，卽儋耳也。離與鐻音相近。儋耳，亦見《大荒北經》。《説文》作「瞻耳」。《淮南·墬形訓》作「耽耳」。《博物志》作「檐耳」。字並通。《海外北經》又有「聶耳」，《逸周書》伊尹獻四方令有「闟耳」亦皆其類。《説文》云：南方有瞻耳國，卽《海內南經》之「離耳」也。《呂氏春秋·任數篇》北懷儋耳，卽《大荒北經》之「儋耳」也。《逸周書》闟耳在正西，則西方亦有之。前《吴都賦》注引《異物志》曰：儋耳人鏤其耳匡。《漢書》張晏注云：儋耳鏤其頰皮，上連耳，分爲數支，狀似雞腸，累耳下垂。《後漢書·南蠻傳》云：珠崖儋耳，其渠帥貴長耳，皆穿而縋之。又《西南夷傳》云：哀牢人皆穿鼻。儋耳，其渠帥自謂王者，耳下肩三寸，庶人則至肩而已。《水經·温水篇注》引《林邑記》云：儋耳民好徒跣，耳廣垂以爲飾。諸書所載，大略相似。今苗人男婦皆穿耳，戴大銀鐶，或四或二，其遺俗猶然。

當卽此賦所謂鏤耳也。○《漢書》，見《禮樂志》《安世房中歌》。○《周禮》，見《春官·大司樂》。○《毛詩》，見《小雅·庭燎》。鄭箋曰：未渠，央也。《釋文》曰：渠，其據反。王楙《野客叢書》卷二曰：渠當呼遽，只此一音，謂夜未遽央也。古樂府王融《三婦豔》詩曰：調絃未遽央。淵明詩曰：壽考豈渠央。魯直詩曰：木穿石槃未渠透。並合呼遽。《史記》尉佗曰：「使我居中國，何渠不若漢？」《漢書》作「何遽不若漢」，益可驗也。張雲璈曰：《史記·陸賈傳》：尉佗大笑曰：「吾不起中國，故王此。使我居中國，何渠不若漢？」注：渠音詎。《索隱》曰：《漢書》作「遽」字。是「遽」與「渠」古字通。胡紹煐曰：「遽」與「渠」通。古詞《相逢行》調絲未遽央，卽未渠央也。急氣言之曰未遽，緩氣言之曰未渠央耳。《說文》：劇，且往也。从且，豦聲。毛傳：央，且也。且與劇義同。《廣雅·釋言》：腒，央也。王氏《疏證》云：《集韻》：巨，央也。通作「腒」。《釋詁》：腒，久也。《說文》：央，久也。故又以「腒」爲央。然則「遽」與「渠」、「巨」、「腒」、「劇」音義並通。○次引《毛詩》亦見《小雅·庭燎》。毛傳曰：晣晣，明也。後引見《七月》。毛傳曰：祁祁，衆多也。○《楚辭》，見《離騷》。王逸注曰：岌岌，高貌。○《禮記·內則》鄭注曰：縰，韜髮者也。《儀禮·士冠禮》注曰：纚，今之幘梁也。此注疑有誤。孫詒讓《周禮·夏官·弁師·正義》曰：「縰」與「纚」同。《士冠》、《士昏禮》之「纚」，《內則》之「縰」，注並以韜髮釋之。《內則》孔疏引盧植云：所以裹髻承冠，以全幅疊而用之。此《禮經》之縰也。若漢人所云冠縰，乃古之冠梁。幘之有梁者，亦謂之縰。故《說文·糸部》云：纚，冠織也。《漢書·元帝紀》注引李斐云：齊國舊有三服之官，春獻冠幘縰爲首服。冠幘縰卽謂織成冠幘梁之材也。然古冠梁廣止二寸，而漢之幘梁則冒髮，其度甚廣。古冠縰全幅韜髮，而漢之冠幘纚則不全幅，可冒髮而不可韜髮。是漢之纚，非《禮經》之纚也。惟周時凡冠必先著纚，而後以冠加其上。漢時冠則先著幘，而後加冠。故《急就篇》顔注謂幘常在冠下，或單著之。是漢之幘雖與周之纚異制，而其在下冒髮承冠則一。故《士冠禮》注以漢之幘梁況纚也。○《漢書》，見《五行志》下之下。「纍」作「累」。顔注曰：累讀曰纍。纍，不絶之貌。○又引《漢書》見《終軍傳》。「辮」作「編」。顔注曰：編讀曰辮。○《毛詩》，見《烈祖》。○《説文》，見《夊部》。各本「澌」誤作「凘」。梁曰：《説文·水部》自有「澌」字，訓水索也。此入《夊部》。○《周易》，見《漸·六二》爻詞。○皤皤，豐多貌。案：皤本義無此，朱駿聲謂借爲「蕃」字，是也。《琴賦》注引《韓詩》曰：愔愔，和悦貌。蓋即薛君章句之語，與此注可互證。○《毛詩·湛露》「愔愔」作「厭厭」。傳曰：厭厭，安也。《爾雅·釋訓》曰：懕懕，安也。《説文·心部》曰：懕，安也。《詩》曰：懕懕夜飲。説者謂作「懕」者《魯詩》。○僞孔傳，見僞古文《伊訓》。○《毛詩》，見《伐木》。「萇」誤作「詩」，「沛」誤作「沛」，今依梁氏校改。梁引姜皋曰：《周禮·甸師》：祭祀共蕭茅。鄭大夫云：「蕭」或作「莤」，莤讀爲縮。束茅立之祭前，沃酒其上，酒滲下去若神飲之，故謂之縮。《説文》：莤，禮祭束茅加於祼圭而灌鬯酒，是爲莤。一曰，樂也。胡紹煐曰：一曰義與賦意合。《吴都賦》：酣湑半。劉注：湑，樂也。○軌，古音幽部。韙、水、箠，脂部。通轉爲韻。傑、闕、設、晰、裔、髮，祭部。河、波，歌部。皤，元部。譁，魚部。皆與歌部通轉爲韻。○以上外蕃來朝，予以宴饗。

延廣樂，奏九成。冠韶夏，冒英莖。僣響起，疑震霆。天宇駭，地廬驚。億若大帝之所興作，二嬴之所曾聆。

【注】善曰：賈逵《國語注》曰：延，陳也。《尚書》曰：簫韶九成，鳳皇來儀。《樂動聲儀》曰：帝嚳樂曰六英，帝顓頊曰五莖，舜曰大韶，禹曰大夏。宋衷曰：六英，能爲天地四時六合也，五莖能爲五行之道立根本也。《漢書》曰：顓頊作六莖。夏，大承二帝也。韶，繼堯也。「僭」與「曹」古字通。《西京賦》曰：大帝說秦穆公而覲之，饗以鈞天廣樂。《史記》曰：趙簡子病，扁鵲視之曰：「昔秦穆公嘗如此，七日而寤。寤之日，告公孫支曰：『我之帝所，甚樂。帝告我晉國且大亂。』今主君之疾與之同。」二日，簡子寤，曰：「我之帝所，甚樂。與百神遊於鈞天，廣樂九奏萬舞不類三代之樂。」又曰：趙氏之先，與秦同祖。然則秦趙同姓，故曰二嬴也。《博雅》曰：聆，聽也。

【疏】「英莖」，尤本作「六莖」，袁本、茶陵本作「六英五莖」。茶陵本校曰：善本無「六英」字。何曰：以韶、夏例之，當作「英莖」。陳同。孫志祖曰：袁本注云：善本無「六英」字，當是無「英」「五」二字。步瀛案：袁本無校語，茶陵本乃有。孫說誤去「英五」作「六莖」，與尤本同，亦誤。王念孫《讀書志餘》下曰：冒六英五莖，句法甚累，且英莖與韶夏相對爲文。若加「六」、「五」二字，則與上句不協。後人以李善注引《樂動聲儀》帝嚳樂曰六英，帝顓頊樂曰五莖，因加「六」、「五」二字。不知李注自解英、莖二字，非并解六、五二字也。○「僭」，五臣作「嘈」。○億讀爲抑，語詞也。王念孫曰：「抑」，字或作「意」。《論語·學而篇》抑與之與，漢石經「抑」作「意」。《墨子·非攻篇》曰：意將以爲利天乎？《莊子·駢拇篇》曰：意仁義其非人情乎？「意」並與「抑」同。或言「意亦」，《大戴禮·武王踐阼篇》曰：黃帝顓頊之道存乎，意亦忽不可得見與？《秦策》曰：誠病乎，意亦思乎？「意亦」與「抑亦」同。或言「意者」，《晏子春秋·雜篇》曰：意者非臣之罪乎？《墨子·節葬篇》曰：意者可邪？《漢書·序傳》曰：其抑者從横之事復起於今乎？「抑者」與「意者」同。又作「億」，《史記·吴王濞傳》：億亦可乎。「億亦」與「抑亦」同。《魏都賦》：億若大帝之所興作。「億若」與「抑若」同。又作「噫」，《小雅·十月》篇：抑此皇父。鄭箋曰：抑之言噫。《震》六二：億喪貝。王弼曰：億辭也。《釋文》曰：「億」，本又作「噫」。《文王世子》注：億可以爲之也。《正義》曰：億是發語之聲。《釋文》曰：「億」，本又作「噫」。《繫辭》傳曰：噫亦要存亡吉凶，則居可知矣。「噫亦」與「抑亦」同。《釋文》、《正義》斷「噫」字爲句，訓爲歎聲，非是。《莊子·外物篇》曰：噫其非至知厚德之任與？《新序·雜事篇》曰：噫將使我追車而赴馬乎？投石而超拒乎？逐麋鹿而搏豹虎乎？噫將使我出正辭而當諸侯乎？決嫌疑而定猶豫乎？《韓詩外傳》「噫」作「意」。《法言·五百篇》曰：噫者吾於觀庸邪？「意」、「億」、「噫」並與「抑」同。○善注引《國語》賈注，當爲《晉語》七使張老延君譽於四方句注。○《尚書》，見《益稷》。○《樂緯動聲儀》，本書《舞賦》注引同。《周禮·春官·大司樂》賈疏引《樂緯》曰：顓頊之樂曰五莖，帝嚳之樂曰六英。注云：能爲五行之道立根莖。六英者，六合之英。《禮記·樂記》孔疏引《樂緯》曰：帝嚳曰六英，顓頊曰五莖，堯作大章。舜曰簫韶，禹曰大夏，商曰大濩。宋均注曰：爲六合之英華。五龍爲五莖者，能爲五行之道立根莖也。《初學記·樂部》上、《御覽·樂部》四引《樂緯》並同。然堯樂曰大章四句，本書《笙賦》注引《動聲儀》帝顓項曰五莖云云，《初學記·樂部》上引爲《樂緯叶圖徵》，蓋二緯此文大致相同，是皆謂顓頊樂曰五莖，帝嚳樂曰六英也。善注又引《漢書》見《禮樂志》。《白虎通·禮樂篇》引《禮記》曰：顓頊樂曰六莖，帝嚳樂曰五英。六莖者，言和律吕以調陰陽。莖者，萬物也。五英者，言能調和五聲以養萬物，調其英華。《風俗通·聲音篇》亦曰：顓頊六莖，嚳五英。《廣雅·釋樂》作「六韸」、「五韺」，皆與前説相反。《吕氏春秋·古樂篇》亦有六英之文。似五莖、六英之説較古矣。善注引《動聲儀》，又引《漢志》，殆兩存其説歟？又《漢書·禮樂志》「韶」作「招」，字通假。顔注曰：夏，大也。二帝，謂堯、舜也。韶之言紹，故曰繼堯也。○杜宗玉曰：曹之引申爲輩也，羣也。羣輩卽有傮義。以傮從曹聲也。《説文》：傮，終也。與此無涉。步瀛案：此以「傮」爲「曹」耳。《詩·公劉》毛傳曰：曹，羣也。《史記·平準書》《索隱》引如淳曰：曹，輩也。○《西京賦》，見前。《史記》，見《趙世家》及《扁鵲傳》。「二日」下當有「半」字。袁本「昔秦穆公」作「昔繆公嘗言」，茶陵本作「昔繆公嘗曰」，皆無「嘗如此」至「甚樂」二十一字。「簡子寤」下有「之」字。胡謂依《趙世家》，疑「語」字之誤，非也。「語」下無「諸大夫」或「大夫」字，殊不成文理。又引《史記》見《趙世家》。「同」作「共」。顧炎武《日知録》卷二十三曰：《史記·秦本紀》：太史公曰：秦以其先造父封趙城，爲趙氏。《陸賈傳》：秦任刑法不變，卒滅趙氏。《索隱》曰：案韋昭云：秦伯翳後，與趙同出蜚廉、造父，有功周穆王，封之趙，由此一姓趙氏。《漢書·武五子傳》：趙氏無炊火焉。韋昭曰：趙，秦之别氏。《南越傳》蒼梧秦王，晉灼曰：秦王卽趙光也。趙本與秦同姓，故曰秦王。《淮南子》亦稱秦始皇爲趙政。《三國志》：陳思王上疏：絶纓盜馬之臣赦，楚、趙以濟其難。注：秦穆公有赦盜馬事，趙則未聞。蓋以秦亦趙姓。《文選》王融《策秀才文》：

訪游禽於絶淵，作霸秦基。李善注引《韓非子》所載趙董閼于事，而云《史記》曰趙氏之先與秦共祖，以其共祖，故雖趙亦號曰秦。梁曰：《淮南子・人閒》《泰族》二篇並稱始皇爲趙政。○《廣雅》隋避煬帝諱，稱《博雅》。所引見《釋詁》四。然本書善注皆稱《廣雅》，此疑後人所增。○成、塋、霆、驚，古音耕部。聆，真部，轉入耕部。

金石絲竹之恆韻，匏土革木之常調。干戚羽旄之飾好，清謳微吟之要妙。世業之所日用，耳目之所聞覺。雜糅紛錯，兼該泛博。鞮鞻所掌之音，韎昧任禁之曲。以娛四夷之君，以睦八荒之俗。

【注】鞮鞻，周掌樂官名也。《周官》：鞮鞻氏掌四夷之樂與其聲歌。《韓詩内傳》曰：王者舞六代之樂，舞四夷之樂，大德廣之所及。善曰：《周禮》曰：播之以八音：金、石、土、革、絲、木、匏、竹。《禮記》曰：干、戚、羽、旄謂之樂。鄭玄曰：干，盾也。戚，斧也，武舞所執。羽，翟羽也。旄，旄牛尾，文舞所執。魏文帝樂府曰：短歌微吟不能長。《孔叢子》曰：世業不替。《周易》曰：百姓日用而不知。鄭玄《周禮注》曰：鞮鞻，四夷舞者屝也。鞮，都泥反。鞻，俱具反。毛萇《詩傳》曰：東夷之樂曰韎。《孝經鉤命決》曰：東夷曰昧，南夷曰任，西夷之樂曰株離，北夷之樂曰禁。然韎昧皆東夷之樂而重用之，疑誤也。《甘泉賦》曰：八荒協兮萬國諧。

【疏】「聞」，五臣作「開」。李周翰曰：可以開發耳目之聰明也。○「泛」，五臣作「氾」。「泛」、「氾」之借字。《説文》曰：泛，浮也。汎，浮貌，氾濫也。是「泛」、「汎」音義相近，與「氾」字有別。案：經傳往往通用。《禮記・王制》鄭注曰：汜，廣也。○注鞮鞻見《周禮・春官》。○《詩・鼓鍾》毛傳曰：舞四夷之樂，大德廣所及也。與《韓詩》説同。○善注引《周禮》，見《春官・大師》。○《禮記》及鄭注，見《樂記》。○袁、茶二本「《禮記》」下有「注」字，尤本空此字。胡曰：此初與二本同衍而脩去之也。○魏文帝樂府《燕歌行》，見本書卷二十七。○《孔叢子》，見《執節篇》。○《周易》，見《繫辭》上。○《周禮・春官》序官鞮鞻氏，鄭注曰：鞻讀爲屨。鞮鞻，四夷舞者所屝也。今時倡蹋鼓沓行者自有屝。《釋文》曰：鞮，丁兮反。許慎云：履也。鞻，九具反，又力具反。吕忱云：鞮，革履也。鞻者，幹鞻。屝，房味反。段玉裁《周禮漢讀考》曰：今本「屝」上有「所」字。《文選・魏都賦》注引無。《説文》曰：屝，履也。《儀禮》曰：繩菲者，繩屨也。不當有「所」字。阮元《周禮校勘記》曰：《釋文》出「所屝」二字，則無「所」者非。所屝，猶云所履也。案：《説文・走部》曰：趧婁，四夷之舞，各自有曲。段注曰：今《説文・革部》無鞻字。《釋文》引《字林》：鞮，革屨也。是則《字林》乃有鞻字。《革部》之鞮，是常用之屨。《走部》之趧婁，乃四夷舞者之屨，「曲」當作「屨」，聲之誤也。四夷之舞，各自有屨，正與鄭説同。○《詩・鼓鍾》毛傳、《孝經鉤命決》已見《東都賦》引。○《甘泉賦》見下卷。○調、覺，古音幽部。妙，宵部。通轉爲韵。博，魚部。曲、俗，侯部。通轉爲韵。○以上音樂。

既苗既狩，爰遊爰豫。藉田以禮動，大閲以義舉。備法駕，理秋御。顯文武之壯觀，邁梁騶之所著。

【注】夏獵曰苗，冬獵曰狩。建安二十一年三月，魏武帝親耕藉田于鄴城東。建安二十二年，十月甲

午，治兵。上親執金鼓，以詔進退。大閲，講武也。《魯詩》傳曰：古有梁騶。梁騶，天子獵之田曲也。善曰：《孟子》：夏諺曰：「吾王不遊，吾何以休？吾王不豫，吾何以助？一遊一豫，爲諸侯度。」《禮記》曰：天子爲藉田千畝。《公羊傳》曰：大閲者何？簡車馬也。蔡邕《獨斷》曰：天子有法駕。《莊子》曰：尹需學御三年而無所得，夜夢受秋駕於其師。明日往朝其師，其師望而謂之曰：「吾非獨愛道也，恐子之未可與也。今將教子以秋駕。」司馬彪曰：秋駕，法駕也。《史記》曰：此天下之壯觀也。

【疏】注「夏獵」二句，《爾雅·釋天》文，詳見《東都賦》疏。○《魏志·武帝紀》曰：二十一年，三月壬寅，公親耕籍田。注引《魏書》曰：有司奏，四時講武於農隙。漢承秦制，三時不講，唯十月都試車馬，幸長水南門，會五營士，爲八陣進退，名曰乘之。今金革未偃，士民素習，自今已後，可無四時講武，但以立秋擇吉日，大朝車騎，號曰治兵，上合禮名，下承漢制。奏可。又冬十月治兵，注引《魏書》曰：王親執金鼓，以令進退。案耤田字本作「耤」，「藉」、「籍」皆通借。○《魯詩》傳，已見《東都賦》注引。「騶」彼作「鄒」，字通假。案：又彼注引無「獵曲」二字。胡曰：袁本、茶陵本無「獵之曲」三字。案：無者是也。《旁證》引姜皋曰：「梁騶」二字，説《詩》者皆列之《騶虞》之下。攷《大戴禮》，凡《雅》二十六篇，其八篇可歌。歌《鹿鳴》、《貍首》、《鵲巢》、《采蘩》、《采蘋》、《伐檀》、《白駒》、《騶虞》。《禮》：散軍而郊射，左射《貍首》右射《騶虞》。注：《貍首》、《騶虞》，所以歌爲節也。凡射，以《騶虞》爲節。獵亦射也，故《梁騶》爲天子獵之曲，或他處作天子之田者，反是傳寫之譌耳。步瀛案：此説與以梁鄒作地名解者迥異。然亦言之成理，故存之。○善注引《孟子》見《梁惠王》下。胡曰：袁本、茶陵本「子」下有「曰」字。○《禮記》，見《祭義》。「藉」下無「田」字。○《公羊》，見《桓六年》。○《獨斷》下曰：天子有大駕，有小駕，有法駕。此節引。○《莊子》云云，梁曰：此《莊子》逸篇。《淮南子・道應訓》亦載其語。《呂氏春秋・博志篇》「需」作「儒」。步瀛案：本書王元長《曲水詩序》注引《莊子》亦作「尹儒」，《七命》注引司馬彪注同。《呂氏春秋・博志篇》高注曰：秋駕，御法也。《淮南・道應篇》許注曰：秋駕善御之術。《漢書・禮樂志・安世房中歌》曰：飛龍秋。顔注曰：《莊子》有秋駕之法者，亦言駕馬騰驤，秋秋然也。楊雄賦曰：秋秋蹌蹌入西園。其義亦同。○《史記》，見《司馬相如傳》《封禪文》。

○豫、舉、御、著，古音魚部。○以上典禮。

林不槎枿，澤不伐夭。斧斨以時，罾罔以道。德連木理，仁挺芝草。皓獸爲之育藪，丹魚爲之生沼。矞雲翔龍，澤馬亍阜。山圖其石，川形其寶。莫黑匪烏，三趾而來儀，莫赤匪狐，九尾而自擾。嘉穎離合以蓴蓴，醴泉涌流而浩浩。顯禎祥以曲成，固觸物而兼造。蓋亦明靈之所酬酢，休徵之所偉兆。

【注】草木未成曰夭。斨，方銎斧也。《詩》曰：取彼斧斨，以伐遠揚。延康元年，木連理，芝草生於樂平郡，白鹿、白麞見於郡國，赤魚見於太原郡。黄初元年十一月，黄龍高四五丈，出雲中，張口，正赤。矞雲者，外赤内青也。楊雄《太玄》曰：紫蜺、矞雲、澤馬見於上黨郡。瑞石、靈圖，出於張掖之柳谷，始見於建安，形成於黄初，文備於大和，周圍七尋，中高一仞，旁厚一里，蒼質素章，龍馬鳳皇，仙人之象，粲然盛著。是以有魏詩雲鳥之書。黄初二年，醴泉出，河内郡玉璧一枚。延康元年，三足烏、九

尾狐見於郡國，嘉禾生，醴泉出。《易》曰：顯道神德行，是故可與酬酢，可與佑神矣。賓主俱飲，主人先舉，名曰酬。客酌主人酒，名曰酢。酢者，報也。行道德，宇神明，而祥瑞皆至，此蓋明靈感應之理，其與人事交報之義也。故曰蓋亦明靈酬酢也。善曰：《國語》：里革曰：山不槎蘖，澤不伐夭。槎，士雅切。枿，五割切。夭，烏老切。斨，七羊切。罾，子能切。《文子》曰：鷹隼未擊，羅罔不得張谷。草木未落，斤斧不得入山林。《孝經援神契》曰：德至草木，則木連理。《古瑞命記》曰：王者慈仁則芝草生。《說文》曰：亍，步也。丑赤反。《毛詩》曰：莫赤匪狐，莫黑匪烏。《尚書》曰：鳳皇來儀。應劭《漢書注》曰：擾音柔，馴也。《說文》曰：穎，穗也。蕁，茂盛貌。子本切。《蒼頡篇》曰：禎，善也。《周易》曰：曲成萬物而不遺。《尚書》有休徵，孔安國曰：序美行之驗也。《說文》曰：偉，大也。

【疏】「罔」，五臣作「網」，字同。○《魯語》上韋注曰：草木未成曰夭。○《詩》，見《七月》。毛傳曰：斨，方銎也。《說文》曰：銎，斧空也。案：空即孔，斧孔曰銎，方孔者則曰斨也。又案：袁、茶二本無「銎」字，非是。○《魏志·文帝紀》曰：文皇帝諱丕，字子桓，武帝太子也。太祖崩，嗣位爲丞相魏王，改建安二十五年爲延康元年。三月，黃龍見譙。夏四月丁巳，饒安縣言白雉見。八月，石邑縣言鳳皇集。冬十一月，漢帝以衆望在魏，乃召公卿士告祠高廟，使兼御史大夫張音持節、奉璽綬禪位。裴注：太史丞許芝條魏代漢，見讖緯於魏王曰：殿下即位，初踐阼，德配天地，行合神明。恩澤盈溢，廣被四表，格于上下。是以黃龍數見，鳳皇仍翔，麒麟皆臻，白虎效仁。前後獻見於郊甸，甘露、醴泉、奇獸、神物，衆瑞並出。斯皆帝王受命易姓之符也。又相國歆、太尉詡、御史大夫朗及九卿奏曰：陛下即位，光昭文德。是以布政未朞，人神並和。皇天則降甘露而臻四靈，后土則挺芝草而吐醴泉。虎豹鹿兔，皆素其色。雉鳩燕雀，亦白其羽。連理之木，同心之瓜，五采之魚，珍祥瑞物，雜沓于其閒者，無不畢備。《宋書·符瑞志》下曰：木連理，王者德澤純洽，八方合爲一，則生。魏文帝黃初初，郡國二言木連理。芝草，王者慈仁則生。食之令人度世。《符瑞志》中曰：白鹿，王者明惠及下則至。魏文帝黃初元年，郡國十九言白鹿及白麞見。白麞，王者刑罰理則至。黃龍者，四龍之長也。不漉池而漁，德至淵泉，則黃龍游於池。漢獻帝延康元年三月，黃龍見譙。又郡國十三言黃龍見。又《符瑞志》下曰：魏文帝初，鑊中生赤魚。皆與注可互證。○《太玄》，見《割》之次七，「霓」作「蜺」，字同。然司馬光注引王涯注曰：紫蜺，妖氣。矞雲，日旁刺日之氣。則非祥瑞，與本注義異。案：尤本、毛本「《太玄》」下有《經》字，今依袁、茶二本。○《藝文類聚·祥瑞部》下引《瑞應圖》一本曰：王者不儲馬，則龍馬、乘黃、澤馬、朱髦並集。○「文備於大和」至「有魏詩雲鳥之書黃初」，胡曰：袁本、茶陵本無此四十四字。案：疑此乃記《三國志》注文於旁，尤取以增多，而又有譌誤也。步瀛案：《魏志·明帝紀》注引《搜神集》多與此同，故《考異》疑後人記《三國志》注文於旁，而誤入注中者。又「是以有魏詩雲鳥之書」句，未詳，又非注，故謂又有譌誤。然袁、茶二本無此四十四字，上下文亦不連屬，且「旁厚一里」句亦非注中所有，則胡氏以爲《三國》注非也。此亦偏信二本之失。○《禮運》疏引《孝經援神契》曰：德及深泉，則黃龍見，醴泉湧。○《宋書·符瑞志》下曰：三足烏，王者慈孝天地則至。嘉禾，五穀之長，王者德盛，則二苗共秀。於周德，三苗共穗。於商德，同本異穟。於夏德，異本同秀。《藝文類聚・祥瑞部》下引《瑞應圖》曰：九尾狐者，六合一同則現。○《易》，見《繫辭》上。尤本、毛本「道」下衍「而」字，今依袁、茶二本。○《詩・行葦》鄭箋曰：進酒於客曰獻，客答之曰酢。主人又洗爵醻客，客受而奠之，不舉也。又《彤弓》箋曰：飲酒之禮，主人獻賓。賓酢主人。主人又飲而酌賓，謂之醻。醻，猶厚也，勸也。《釋文》曰：「醻」，本又作「酬」。孔疏曰：案《燕禮》，賓既受獻西階上北面，坐卒爵。賓以虛爵降，賓坐取觶，奠於篚下，盥洗，卒盥，揖升酌以酢主人於西階上，主人北面拜受。又曰：遂卒爵。是主人獻賓，賓酢主人也。又曰：主人盥洗升，媵觶於賓，酌散西階上，坐奠爵拜賓。賓降筵北面，答拜。主人坐祭，遂飲。又曰：主人酌膳，賓西階上拜，受爵於筵前，反位。主人拜送爵，賓升席，坐祭酒，遂奠於薦東。是主人又飲而酌賓曰醻也。其鄉飲酒亦然。○善注引《國語》見《魯語》上，已詳《東京賦》。○《文子》，見《上仁篇》。「張」下「人」下皆有「於」字。《道藏》默希子注本「谷」作「臯」，《淮南子・主術篇》作「谿谷」。○《孝經援神契》，《禮記・禮運》疏引同。○《御覽・休徵部》二引《孫氏瑞應圖》曰：王者慈仁則芝草生。與《古瑞命記》同。又引《瑞令記》曰：食芝延年不終，與真人同。案：「令」蓋「命」字之誤。○《說文》，見《彳部》。「步」下當有「止」字。袁本、茶陵本作「小步也」，亦誤。又，「丑赤反」當作「丑録反」。梁曰：按《說文》：彳，小步也。徐鍇曰：丑赤反。亍，步止也，从反彳。讀若畜。徐鍇曰：丑録反。然則依李注，正文當作「彳亍」，徐鍇於「亍」下引《魏都賦》曰澤馬亍阜，亦誤也。胡紹煐曰：本書《赭白馬賦》秀騏齊亍，善「亍」字不引《說文》，已見前，故不重釋也。是善本作「亍」甚明。《繫傳》所引不誤。六臣本注無「丑赤反」三字，而正文旁注云「丑録」。「丑録」正是「亍」字，今善本注文丑赤反，疑爲後人所加。《旁證》未見及此。○《毛詩》，見《北風》。○《尚書》，見《益稷》。○《漢書》下各本脱「注」字，「柔」作「擾」。今依何氏、陳氏、胡氏、梁氏校改。《漢書・高帝紀》贊注引應劭曰：擾，馴也。《周禮》天官大宰之職以擾萬民，鄭注曰：擾，猶馴也。《史記・夏本紀》：擾而毅。《集解》引徐廣曰：「擾」，一作「柔」。《廣雅・釋詁》四曰：犪，柔也。王念孫《疏證》曰：應劭云：犪，音柔。「犪」、「柔」聲義並同，故古亦通用，是也。案：「擾」，字本从夒作「擾」，訓馴者本字當作「犪」。《說文・牛部》曰：犪，牛柔謹。段注曰：《玉篇》曰：《尚書》犪而毅，字如此。按凡馴擾字當作此。隷作犪。又《手部》曰：擾，煩也。段曰：引申爲煩亂之稱。訓馴之字，依許作「犪」，而古書多作「擾」，蓋擾得訓馴，猶亂得訓治，徂得訓存，苦得訓快，皆窮則變，變則通之理也。《周禮》注曰：擾，猶馴也。言猶者，字本不訓馴。○《說文・禾部》，今本作「穎，禾末也」。沈濤曰：案《文選・魏都賦》注引「穎，穗也」，蓋古本如是。《詩・生民》：寔穎寔栗。傳曰：穎，垂穎也。《書序》：異畝同穎。僞孔傳云：穎，穗也。《文選・思玄賦》：既垂穎而顧本兮。崇賢引舊注曰：穎，穗也。《小爾雅・廣物》：禾穗謂之穎。則穎實訓穗。今本乃二徐妄改。《後漢書・張衡傳》注云：穎，穟也。「穟」亦「穗」字之誤。《詩・生民》《正義》、《御覽》八百三十九《百穀部》引同今本。疑後人據今本改。步瀛案：《說文》若作「穗」，二徐必不改爲「禾末」二字。《說文》以「穗」爲「采」之俗字，疑注穎下本作「采也」，後誤析爲「禾末」二字耳。○「蓴」，已見《西京賦》疏。○《蒼頡篇》，慧苑《華嚴經音義》上、慧琳《一切經音義》卷五十、卷八十六、卷九十八引並同。○《周易》，見《繫辭》上。○《尚書》，見《洪範》。○《說文》，見《人部》。

今本作「偉，奇也」，沈濤曰：案：《文選・魏都賦》注引云：偉，大也，亦古本之一訓。《文選》漢武帝《賢良詔》注引：偉，大也。《華嚴經》卷上《音義》引珠叢曰：偉，大也。傀、偉義同，故偉亦有大訓。又《文賦》注引：偉猶奇也。「猶」字乃崇賢所足。○天、沼、兆，古音宵部。道、草、阜、寶、擾、浩、造，幽部。通轉爲韵。○以上祥瑞。

旼旼率土，遷善罔匱。沐浴福應，宅心醰粹。餘糧栖畝而弗收，頌聲載路而洋溢。河洛開奧，符命用出。翩翩黃鳥，銜書來訊。人謀所尊，鬼謀所秩。劉宗委馭，巽其神器。闚玉策於金縢，案圖籙於石室。考曆數之所在，察五德之所莅。量寸旬，涓吉日。陟中壇，卽帝位。改正朔，易服色。繼絶世，脩廢職。徽幟以變，器械以革。顯仁翌明，藏用玄默。菲言厚行，陶化染學。讎校篆籀，篇章畢覿。優賢著於揚歷，匪孽形於親戚。

【注】河洛開奧，河出圖，洛出書也。黃初元年，黃鳥銜丹書晝見尚書臺。《易》曰：人謀鬼謀，百姓與能。玉策，玉牒也。《尚書》曰：納策于金縢。縢，緘也。楊雄《遺劉歆書》曰：得觀書於石室。莅，臨也。《詩》曰：方叔莅止。《司馬法》曰：明不寶咫尺之玉，而愛寸陰之旬。旬，時也。《禮記》曰：聖人南面而治天下，改正朔，易服色，殊徽號，異器械。《易》曰：顯諸仁，藏諸用。讎校，所爲讎校者也。魏文帝好書，作《皇覽》，諸文章辭藻多奏御，故曰讎校。《尚書》盤庚曰：優賢揚歷。歷，試也。善曰：《封禪書》曰：旼旼穆穆。《周易》曰：君子見善則遷，有過必改。《史記》：太史公曰：成王作頌，沐浴膏澤。《尚書》曰：宅心知訓。醰，美也。《廣雅》曰：粹，純也。《淮南子》曰：昔容成之時，置餘糧於畝首。蔡雍《胡廣碑》曰：

餘糧栖于畎畝。《公羊傳》曰：古者什一而籍，而頌聲作矣。《毛詩》曰：厥聲載路。毛萇曰：路，大也。《七略》曰：鄒子有終始五德，言土德從所不勝，木德繼之，金德次之，火德次之，水德次之。《魏志》曰：文帝諱丕，字子桓。武帝太子，爲魏王。漢帝以衆望在魏，遂禪位，乃爲壇於繁陽。王升壇即阼，改元爲黄初。《尚書》曰：將遜于位。「遜」與「巽」同。涓，擇也。古玄切。《淮南子》曰：君人之道，儼然玄墨。馬融《論語注》曰：菲，薄也。《論語》曰：君子薄於言而厚於行。《風俗通》曰：案劉向《别録》，讎校，一人讀書，校其上下，得繆誤爲校。一人持本，一人讀書，若怨家相對。《漢書音義》曰：周宣王太史作大篆也。籀，音胄。《漢書》鼂錯曰：今陛下不摯諸侯。應劭曰：接之以禮，不以庶孽畜之也。

【疏】五臣「弗」作「不」，「闚」作「窺」，「摯」作「蘖」。案：《漢書·鼂錯傳》作「摯」。○何焯《讀書記》曰：「帝位」當作「帝立」。古文「即位」皆作「即立」。春秋元年，公即立。《商頌》：帝立子生商。張雲璈曰：按《困學紀聞》、《金石録》鼎銘有云：王格大室即立。按古器物銘凡言即立，或言中立庭，皆當讀爲位。蓋古字假借。其説見鄭氏注《儀禮》。秦《泰山刻石》猶如此。愚考《周禮·小宗伯》：掌建國之神位，故書「位」爲「立」，鄭司農云：立讀爲位。古者「立」、「位」同字。古文《春秋經》「公即位」爲「公即立」，蓋古字通用。何氏之説即本深寧。步瀛案：《困學紀聞》見卷六，《金石録》見卷十二。古鼎銘跋所引《儀禮》當作《周禮》。梁曰：何説非也。賦陟中壇，即帝位，本屬文從字順，若依何改即帝立，反近於不詞矣。古者「立」、「位」同字。《左氏·昭二十二年傳》：子朝有欲位之言，《釋文》：「位」本作「立」。《史記·周本紀》：武王既入，立于社南。今《周書·克殷解》作王入，即位于社，皆是。然在此賦則不必改字也。○李周翰曰：河洛出圖書，開祕奥，而大魏符命用出也。翩翩，飛貌。訊，告也。魏將受禪，有黄鳥銜其書。書有文告以祥應。梁曰：「訊」當作「誶」。《詩》：歌以訊之，莫肯用訊，皆「誶」之訛。姜氏皋曰：《釋文》《墓門》云：「訊」本又作「誶」，音信。徐：息悴反，告也。《韓詩》：訊，諫也，其《正月》、《皇矣》，《釋文》皆同。《禮記・王制》：以訊馘告。《學記》：多其訊。《釋文》皆同。似可兩音也。案：梁説是。○吕延濟曰：委，棄也。神器，帝位。漢主委棄天下之尊，讓於魏也。案：《説文》：御，使馬也。「馭」，「御」之古文。《周禮》天官大宰之職，以八柄詔王馭羣臣。《大戴禮記・德篇》曰：德，法者御民之銜勒也。吏者，轡也。刑者，筴也。天子，御者。内史、太史，左右手也。《管子・形勢解》曰：故術者，造父之所以取遠道也，主之所以立功名也。馭者，操轡也。《晏子春秋・諫》下曰：禮者，所以御民也。轡者，所以御馬也。此言漢帝委棄馭世之轡也。○吕延濟曰：翌，明也。言文帝有仁明之德，藏用於内，守玄默而不言，而德化以著。○注「尚書臺」，各本作「河尚臺」，誤。今校改。《宋書・符瑞志》上曰：魏王受漢禪，柴於繁陽，有黄鳥銜丹書，集於尚書臺。於是改元爲黄初。是其證。○《易》，見《繫辭》下。李周翰曰：人謀所尊，謂歌謡也。鬼謀所序，謂祥瑞也。○玉牒，已見《吴都賦》。○《尚書》，見《金縢篇》。吕向曰：玉策，所以記帝王之跡。金縢，金匱也。所謂玉版金匱。石室，藏祕書之所，帝王圖籍於此藏也。○楊雄《遺劉歆書》，今《方言》所載，「石室」作「石渠」。戴震注本據本注改。又引《文心雕龍・事類篇》曰：夫以子雲之才，而自奏不學。及觀書石室，乃成鴻裁。表裏相資，古今一也。故據以訂正。○《詩・采芑》毛傳曰：莅，臨也。○「《詩》曰：方叔莅止」，至「儼然玄墨」，袁、茶二本無此三百十字。胡曰：此初無，與二本同，脩改添之。蓋無者脱而尤得之。計當時存本尚衆，或有不失善舊者，惜尤延之未能精擇，每誤取增多。若準此條，固無嫌耳。○《司馬法》今本無此文。「明」下疑有脱字。《淮南・原道篇》曰：故聖人不貴尺之璧，而重寸之陰。○《禮記》，見《大傳》。鄭注曰：徽號，旌旗之名也。器械，禮樂之器及兵甲也。○《易》，見《繫辭》上。○「讎校所爲讎校者也」，胡曰：句亦有譌，無以證之。步瀛案：此即指魏文帝好書言耳。特語末甚顯，或有脱誤字耳。《旁證》引姜皋謂「所爲讎校者也」六字，當在下文善注引《風俗通》「若怨家相對」下。又案：《魏志・文帝紀》曰：初帝好文學，以著述爲務，自所勒成垂百篇。又使諸儒撰集經傳，隨類相從，凡千餘篇，號曰《皇覽》。注引胡沖《吴歷》曰：帝以素書所著《典論》及詩賦餉孫權。又以紙寫一通與張昭。○《尚書・盤庚》，朱珔曰：今《書》爲東晉古文，云：其敷心腹腎腸，歷告爾百姓于朕志。而夏侯等書「心腹」二字作一「優」字，「腎腸」作「賢揚」，「歷」字屬上讀。孟陽晉初人，尚及見今文《尚書》，故引之如此。步瀛案：孫星衍《尚書今古文注疏》卷六曰：《書》卷二疏云：夏侯等書「心腹腎腸」曰「憂腎陽」，疏文舛誤，當爲「優賢揚」三字。《魏志・管寧傳》陶丘一等薦寧曰：優賢揚歷。裴氏注曰：今文《尚書》曰優賢揚歷，謂揚其所歷試。案：「心腹」二字似「優」，「賢」字似「腎」，「腸」字似「揚」，「歷」字上屬，則下告百姓于朕志爲句。陳喬樅《今文尚書經説攷》曰：《漢咸陽令唐扶頌》優賢颺歷，見《隸釋》所載。「揚」字作「颺」，或亦三家今文之異字。又《隸釋》載《國三老袁良碑》又云：優臤之寵。此亦用今文《尚書》之語。《説文》云：臤，古文以爲「賢」字。或三字《尚書》有从古文作「敃」字者。○善注引《封禪書》即《封禪文》，見本書卷四十八。注引《漢書音義》曰：旼旼，和也。《史記·司馬相如傳》《集解》引徐廣曰：旼音旻，和貌也。○《周易》，見《益·象傳》。「必改」作「則改」。○太史公，見《樂書》。○《尚書》，見《康誥》。案：原誤作「宅山阜猥積」，今依何氏校改。梁曰：此當因下文山阜猥積而崎嶇句致誤耳。○《說文》小徐本曰：醰，甜長味也。段氏依汲古閣初刻大徐本作「醰，酒味長也」。本書《洞簫賦》注引《字林》曰：醰，甜同長味也。段以「同」爲賸字。○《廣雅》，見《釋言》。○《淮南子》，見《本經篇》。王楙《野客叢書》卷二十曰：觀蔡邕集中《胡公碑》云：餘糧棲於畎畮。知左思此語祖邕也。王應麟《困學紀聞》卷十曰：子思子曰：東户季子之時，道上鴈行而不拾遺，餘糧宿諸畮首。餘糧棲畮本此。周嬰《卮林》卷三曰：《淮南·本經訓》云云，此在蔡氏前矣。而《謬稱訓》又曰：東户季子之世，道路不拾遺，耒耜餘糧宿諸畮首，使君子小人各得其宜也。許慎曰：東户季子，古之人君。然《初學記·帝王部》引子思子，則又在鴻烈之先。步瀛案：《繆稱篇》乃許慎注，朱珔引作高誘注，誤。又曰：同屬《淮南》，而所稱之人亦各異，蓋傳述古語不一致也。○《蔡中郎集·胡廣碑》凡三首，又有《太傅祠堂碑銘》一首，各本次第不同。本注所引聊城楊氏本在第四卷第二首，題爲《胡公碑》。○《公羊傳》，見《宣十五年》。○《毛詩》及傳見《生民》篇。然此賦「載路」與「栖畮」對文，則路宜作道路解，疑賦從三家詩，不與毛傳同也。○「《七略》」，各本「五德」下脱「言土德」三字，今依本書應吉甫《晉武帝華林園集詩》注校補。○《魏志》，見《文帝紀》。○《尚書》」下當有「序」字。此《堯典》序文。案：「愻讓」，字本作「愻」，「遜」、「巽」皆通借字。○《說文通訓定聲》十四曰：涓，段借爲「捐」，捐棄也。凡有所棄，乃有所取，故亦訓擇。或曰，此誼借爲柬，亦通。○《淮南子》，見《主術篇》。「墨」作「默」，字通。○馬融《論語注》，《泰伯篇》《集解》引同。○「《論語》」以下十二字，袁、茶二本無。胡曰：蓋二本脱。步瀛案：今《論語》亦無此文。翟灝《四書考異・總考》十七曰：按，似君子訥於言而敏於行之記憶譌。案：見《雍也篇》。又《衛靈公篇》躬自厚而薄責於人，義亦相近，疑是諸家《論語》注文。梁謂或是逸《論語》，則未必然。○《風俗通》，今本佚此文。《御覽・學部》十二引「讀書」作「讀析」，「對」下有「故曰讐也」四字。○「讎校」至「漢書音」，袁、茶二本誤脱。○周宣王太史作大篆，乃《漢書・藝文志》班固原注，此引作《音義》，蓋誤。又，尤本脱「作」字，今依袁、茶二本。○《漢書》，見《鼂錯傳》錯對策之言。案：「鼂」、「晁」字同。○匱、粹、出、誶、器、莅、位，古韵脂部。益，支部。秩、室、日，至部。三部通轉爲韵。色、職、革、默，之部。學、戚，幽部。覿、侯部。幽、侯通轉爲韵。○以上代漢。

本枝別幹，蕃屏皇家。勇若任城，才若東阿。抗旍則威噲秋霜，摛翰則華縱春葩。英喆雄豪，佐命帝室。相兼二八，將猛四七。赫赫震震，開務有謐。故令斯民覩泰階之平，可比屋而爲一。

【注】建安二十三年，代郡、烏丸反。魏武帝以鄢陵侯彰爲北中郎將，行驍騎將軍，入涿郡界，叛胡數千騎卒至。彰唯有步卒千人，騎數百疋，身自搏戰，追胡，大破之，斬首五千餘級。二八者，八元、八凱也。四七者，漢光武二十八將也。黄帝《泰階六符經》曰：泰階者，天之三階也。上階上星爲天子，下

星爲女主。中階上星爲諸侯、三公，下星爲卿大夫。下階上星爲元士，下星爲庶人。三階平，則陰陽和，風雨時，歲大登，民人息，天下平，是謂太平。善曰：《毛詩》曰：本支百世。《説文》曰：幹，本也。《左氏傳》：富辰曰：封建懿親，以蕃屏周。蔡邕《述行賦》曰：皇家赫而天居。彰後爲任城王，植爲東阿王。《漢書》：終軍曰：驃騎抗旌，昆耶右衽。喻，猶猛也。魚瞻反。荀悦《申鑒》曰：人主怒如秋霜。《答賓戲》曰：摛藻如春華。《易乾鑿度》曰：代者赤兑黄佐命。應劭《漢官儀》曰：帝室，猶古言王室。《毛詩》曰：赫赫師尹。《周易》曰：夫易，開物成務。《爾雅》曰：謐，静也。音密。《尚書大傳》曰：周人可比屋而封。

【疏】《魏志·武帝紀》曰：建安二十三年，夏四月，代郡、上谷、烏丸、無臣氏等畔，遣鄢陵侯彰討破之。《任城王傳》曰：任城威王彰，字子文。少善射御，膂力過人。建安二十一年，封鄢陵侯。二十三年，代郡、烏丸反，以彰爲北中郎將，行驍騎將軍。臨發，太祖戒彰曰：「居家爲父子，受事爲君臣，動以王法從事，爾其戒之。」彰北征，入涿郡界，叛胡數千騎卒至。時兵馬未集，唯有步卒千人，騎數百匹，用田豫計，固守要隙。虜乃散退。彰追之，身自搏戰，射胡，騎應弦而倒者前後相屬。戰過半日，彰鎧中數箭，意氣益厲。乘勝逐北，至于桑乾，令軍中後出者斬。二日一夜，與虜相及，擊，大破之，斬首獲生以千數。○「二八，八元八凱也」以下十八字，茶陵本無。○《左·文十八年》：季文子使太史克對曰：「昔高陽氏有才子八人：蒼舒、隤敳、檮戭、大臨、尨降、庭堅、仲容、叔達，齊聖廣淵，明允篤誠，天下之民，謂之八愷。高辛氏有才子八人：伯奮、仲堪、叔獻、季仲、伯虎、仲熊、叔豹、季貍，忠肅共懿，宣慈惠和，天下之民謂之八元。」○四七，已見《東京賦》。○《漢書·東方朔傳》注：應劭引黄帝《泰階六符經》曰：泰階者，天之三階也。上階爲天子，中階爲諸侯、公卿、大夫，下階爲士、庶人。上階上星爲男主，下星爲女主。中階上星爲諸侯、三公，下星爲卿、大夫。下階上星爲元士，下星爲庶人。三階平，則陰陽和，風雨時，社稷神祇咸獲其宜，天下大安，是爲太平。三階不平，則五神乏祀，日有食之，水潤不浸，稼穡不成，冬雷夏霜，百姓不寧。故治道傾，天子行暴令，好興甲兵，修宫榭，廣苑囿，則上階爲之奄奄疏闊也。與本注引可以互證。○善注引《毛詩》見《文王》。「支」，「枝」之通借字。○《説文》曰：幹，本也。梁曰：本書《贈劉琨》詩注引同。按：「幹」當作「榦」，今《説文》榦，築牆耑木也。徐鉉曰：今别作「幹」，非是。沈濤曰：《文選》兩引曰，幹，本也。《左傳·昭二十五年》《正義》引，幹，脅也。二書所據皆唐本。蓋榦有數義，古本當有一曰榦本也，一曰脅也。今本爲二徐妄删。《説文》無「幹」字，而唐本有之，乃爲乾溼之「乾」正字，則《選》注、傳疏所引「幹」字，皆「榦」字之假借也。步瀛案：沈説恐未確。慧琳《一切經音義》榦字、幹字，皆屢引《説文》而往往不同。卷八引《説文》曰：榦，樹枝也。卷十三引《説文》曰：幹，樹枝也。卷十四引《説文》曰：幹，本也。以此攷之，唐本《説文》榦字異義安得如此之多耶？○《左傳》，見《僖二十四年》，作封建親戚，以蕃屏周，下云不廢懿親，此蓋以意引，未必有異本也。○蔡邕《述行賦》，本書陸士衡《前緩聲歌》注引作《述征賦》，《水經·濟水注》同。而《雪賦》、《舞鶴賦》注、《古文苑》卷二十一、《藝文類聚·人部》十一引及集皆作《述行賦》，與本注同。案：袁本「邕」作「雍」。○《魏志·任城陳蕭王傳》曰：任城威王彰，封鄢陵侯。黄初二年，進爵爲公。三年，立爲任城王。陳思王植，字子建。善屬文。建安十六年，封平原侯。十九年，徙封臨淄侯。黄初二年，貶爵安鄉侯。其年，改封鄄城侯。三年，立爲鄄城王。四年，徙封雍丘王。太和元年，徙封浚儀。二年，復還雍丘。三年，徙封東阿。六年二月，封爲陳王。案：任城，今山東濟寧縣治。東阿，在今山東陽穀縣東北。○《漢書》，見《終軍傳》。「旌」、「旍」字同。本注各本「右衽」誤作「左衽」，今依《漢書》正。○《説文》無喩字。朱駿聲以此爲「險」之借字。○《申鑒》，見《雜言》上。○《答賓戲》，見本書卷四十五。○《乾鑿度》，已見《西都賦》注。○《漢官儀》，本書《西征賦》注引同。○《毛詩》，見《節南山》。胡曰：袁本、茶陵本無此七字。○《周易》，見《繫辭》上。○《尚書大傳》，本書《七命》、《四子講德論》、《勸進箋》、《奏彈王源》注引並同。○家、葩，古音魚部。阿，歌部。通轉爲韵。室、七、謐、一，古音至部。○以上才俊。

筭祀有紀，天禄有終。傳業禪祚，高謝萬邦。皇恩綽矣，帝德沖矣。讓其天下，臣至公矣。榮操行之獨得，超百王之庸庸。追亘卷領與結繩，睠留重華而比蹤。尊盧赫胥，羲農有熊。雖自以爲道洪化隆，世篤玄同，奚遽不能與之踵武而齊其風？

【注】《淮南子》曰：古者有督而卷領，以王天下。其爲德，生而不殺。莊周曰：昔者軒轅氏、赫胥氏、尊盧氏、虙戲、神農氏，當是時，人結繩而用之。若此之時，則至治也。黄帝一號有熊氏。踵，繼也。武，迹也。《楚辭》曰：及前王之踵武。善曰：《幽通賦》曰：旦筭祀于契龜。《音義》曰：筭，數也。《尚書》曰：天禄永終。王逸《楚辭注》曰：謝，去也。《西京賦》曰：皇恩溥。《尚書》曰：帝德廣運。《老子》

曰：大滿若沖。字書曰：沖，虛也。《魏志》曰：陳留王奐即皇帝位，後禪位于晉嗣王。《魏世譜》曰：魏封帝爲陳留王。臣至公，謂帝爲臣於晉，至公之道也。仲長子《昌言》曰：人主臨之以至公。司馬相如《弔二世文》曰：操行之不得。班固曰：漢承百王之弊。馮衍《顯志賦》曰：非庸庸之所識。庸，謂凡常無奇異也。《史記》曰：舜，字重華。高誘《淮南子注》曰：隆，盛也。《老子》曰：知者不言，言者不知，是謂玄同。《韓子》曰：雖厚愛之，奚遽不亂。

【疏】「恩」，五臣作「情」。○「洪化」下各本有「以爲」二字。今依何氏、陳氏、孫氏、胡氏諸家校刪。朱氏珔謂「化」字當在「以爲」下作「以爲道洪，以爲化隆」語句甚滯，決不可從。○「世」，五臣作「代」。○《離騷》曰：就重華而陳詞。王逸注曰：重華，舜名也。《史記·五帝本紀》曰：虞舜者，名曰重華。張守節《正義》曰：舜目重瞳子，故曰重華。《尚書·堯典》：有鰥在下，曰虞舜。《釋文》引馬融曰：舜，謚也。舜死後，賢臣録之，臣子爲諱，故變名言謚。又《堯典》序孔疏引鄭玄注「虞舜」曰：虞氏，舜名。又申之曰：鄭注《中候》云：重華，舜名，則舜不得有二名。鄭注《禮記》云：舜之言允（《中庸》），是以舜爲號謚之名。洪興祖《楚辭·離騷·補注》曰：先儒以重華爲舜名。按《書》云：有鰥在下，曰虞舜。與帝之咨禹一也。則舜非謚也，名也。又曰：若稽古帝舜曰重華（此晚出之二十八字，不足據），與堯爲放勳一也。則重華非名也，號也。江聲《尚書集注音疏》曰：《戰國策》（《魏策》三）：周訢謂魏王曰：宋人有學者，三年反而名其母。其母曰：「子學三年，反而名我者，何也？」其子曰：「吾所賢者，無過堯、舜。堯、舜名。吾所大者，無大天地。天地名。今母賢不過堯舜，大不過天地，是以名母也。」

此雖俚諧，非必有實事，然卽此可見古者以堯、舜爲二帝名也。《逸周書・謚法解》云：維周公旦、太公望開嗣王業，攻于坶野之中，終葬，乃制謚法。《禮記・檀弓》云：死謚，周道也。《白虎通・謚篇》引《禮記》：謚法，翼善傳聖謚曰堯，仁聖盛明謚曰舜。《謚法解》則無之，此語非周公所制之謚也。孔穎達《正義》所云，因上世之生號陳之爲死謚（見《堯典序》下），是也。唐虞之時，何嘗有是法制乎？又放勳，堯氏，《大戴・帝系篇》云：少典産軒轅，是爲黄帝。昌意産高陽，是爲帝顓頊。蟜極産高辛，是爲帝嚳。帝嚳産放勳，是爲帝堯。是放勳與軒轅、高陽等同稱也。《漢書・古今人表》云：黄帝軒轅氏，帝顓項高陽氏。《左傳》亦稱高陽氏、高辛氏。則軒轅、高陽等。既皆是氏，則放勳當同。步瀛案：推江氏之意，則《大戴・帝繫篇》云瞽叟産重華，是爲帝舜，則重華亦舜氏也。又王逸注：高陽爲顓項，有天下之號，則氏卽號矣。皮錫瑞《今文尚書攷證》曰：《白虎通・號篇》曰：《書》曰帝堯、帝舜。謂之堯者何？堯猶嶢嶢也，至高之貌。清妙高遠，優游博衍，衆聖之主，百王之長也。謂之舜者何？舜猶僢僢也。言能推信堯道而行之。又《謚篇》曰：帝者，天號也。以爲堯猶謚。顧上世質直，死後以其名爲號耳。謹案：此今文家以堯爲名，死後卽以名爲謚也。《檀弓》曰：死謚，周道也。自殷以上，未有謚法。但以生前之號，卽爲死後之稱。如黄帝、顓項、帝嚳、堯、舜，皆是也。《大傳》說五帝之稱，皆一例，是伏生以堯爲號。故《史記・三代世表》云：號唐堯。《正義》引譙周說，亦以堯爲號。《白虎通》引謚法有堯、舜，蓋後人加之耳。又曰：今文《尚書》以舜爲名。《風俗通・皇霸篇》曰：舜、禹本以白衣，砥行顯名，升爲天子。雖復更制，不如名著，故因名焉。經曰有鰥在下，曰虞舜。僉曰伯禹，禹平水土，是也。則今文家以舜爲名，不爲謚。蔡邕《瑯玡王傅蔡公碑》曰：四嶽稱名，帝曰予聞，尤以舜爲名之切證。《白虎通》以舜爲謚者，亦生號死謚之説耳。鄭注《中候》曰：禹，號也，因爲德謚，是其證。步瀛案：孔沖遠之説，以堯舜爲生時之名，名即號也，後人即以爲謚，其説最通。與《白虎通》、馬、鄭等注，皆無不合。皮氏之説，亦可爲證也。江艮庭説以堯、舜爲名，放勳、重華爲號，亦能言之成理，與洪慶善説合。今並著之，以備參攷焉。○《淮南子》，見《氾論篇》。今本「督」作「鍪」，「卷」作「綣」，「天下」下有「者矣」二字，「殺」作「辱」。高注曰：鍪，頭著兜鍪帽，言未知制冠也。綣領，皮衣屈而紩之，如今胡家韋襲，反褶以爲領也。一説，鍪，放髮也，綣繞頸而已，皆無飾。案：《北堂書鈔·衣冠部》下引作「鍪而卷領」，本注「督」字蓋形近而誤。《荀子·哀公篇》：孔子對曰：古之王者有務而拘領者矣。楊倞注曰：務讀爲冒。「拘」與「句」同，曲領也。又引《尚書大傳》曰：古之人，衣有冒而句領者。鄭康成注云：冒，覆項也。句領，繞頸也。郝懿行《補注》曰：古讀務、冒同音。拘讀若句（音鉤）。故其字通。句者，曲也。《韓詩外傳》三云：舜麑衣而盭領。盭之訓爲曲，即此句領矣。步瀛案：務即鍪。鍪、務，即冒耳。不必曲附兜鍪也。卷領亦即曲領。《淮南》所言，正與《荀子》相合。又注引生而不殺，王念孫曰：本作「不殺」，故高注云：刑措不用。今作「辱」者，後人妄改之也。《太平御覽·皇王部》二引已誤作「辱」，《魏都賦》注及舊本《北堂書鈔·衣冠部》三引此並作「殺」。○《莊子·胠篋篇》曰：昔者容成氏、大庭氏、伯皇氏、中央氏、栗陸氏、驪畜氏、軒轅氏、赫胥氏、尊盧氏、祝融氏、伏犧氏、神農氏，當是時也，民結繩而用之。本注「民」改「人」，避唐諱。《釋文》引司馬彪曰：此十二氏皆古帝王。又《馬蹄篇》曰：赫胥氏之時，民居不知所爲，行不知所之云云。《釋文》引司馬云：赫胥氏，上古帝王。一云，有赫然之德，使民胥附，故曰赫胥。蓋炎帝也。案：《胠篋篇》復言神農氏，則此以赫胥爲炎帝，非也。《曲禮》上孔疏引《帝王世紀》，赫胥氏、尊盧氏在驪畜氏之下，不數軒轅氏。《御覽·帝王部》三引《遁甲開山圖》、《金樓子·興王篇》，次序與《世紀》同。而《金樓子》「赫胥」作「赫蘇」，「尊盧」作「宗盧」。《路史·前紀》八引《世本》，尊盧氏在伏羲後，又引《六韜》曰：赫胥氏、尊盧氏、祝融氏，此古之王者也。未使民，民化之。未賞民，民勸之。皆古之善爲政者也。《太平寰宇記》：河南道齊州臨濟縣，赫胥氏墓在縣東故朝陽城内一里。《路史·前紀》八引《後魏風土記》：尊盧氏冢在藍田山。則皆出後人傅會，不足據也。○《胠篋篇》「虙戲」作「伏犧」，《釋文》作「伏戲」。《人閒世篇》亦作「伏戲」。案：虙戲氏，諸書所載，其字往往不同。《易·繫辭》下作「包犧」，《釋文》引孟、京《易》、《淮南·原道篇》《天文篇》高誘注、《左·昭十七年》杜預注、班孟堅《東都賦》、王文考《魯靈光殿賦》皆作「伏犧」。《繫辭》下《釋文》又引孟、京《易》、僞孔安國《尚書序》皆作「伏戲」。《乾鑿度》上、《公羊序》疏引《春秋説題辭》、《東都賦》注引《春秋元命苞》、《風俗通·皇霸篇》引《春秋運斗樞》、《禮號謚記》、《尚書大傳》、《白虎通·號篇》、蔡邕《獨斷》下、王逸《離騷注》、《潛夫論·五德記》皆作「伏羲」，《漢書·古今人表》《百官公卿表》、《風俗通·聲音篇》、《禮記·明堂位》鄭注皆作「宓羲」。《管子·封禪篇》、《史記·封禪書》、《漢書·郊祀志》上、《古今人表》、《月令》鄭注皆作「虙羲」，《尚書序》《釋文》作「虙犧」，《管子·輕重戊篇》、《戰國·趙策》二、《漢書·藝文志》、《風俗通·

皇霸篇》引《含文嘉》、《周禮・春官・太卜》鄭注、《禮記・明堂位》《釋文》皆作「虙戲」，《易・繫辭》下《釋文》、《列子・黄帝篇》、陸賈《新語・道基篇》、《月令》疏引《帝王世紀》、《御覽・皇王部》三引《遁甲開山圖》皆作「庖犧」，《尚書序》《釋文》引張揖《字詁》作「包羲」，《御覽・皇王部》三引《淮南・原道篇》許慎注、《曹子建集・庖羲贊》皆作「庖羲」，《漢書・律曆志》下作「炮犧」，《月令》《釋文》、《太卜》《釋文》引一作「宓虧」，《帝王世紀》言一作「密犧」，皆誤字。而《路史・後紀》一謂，又曰，有句氏「句」卽「庖」。《國名紀》一又謂亦作「匏」、「泡」，則妄説不足辨矣。《月令》疏引《帝王世紀》辨「密」字之誤，謂宀下著必，是古之「伏」字，而《顔氏家訓・書證篇》謂「虙」與「伏」通，作「宓」者爲誤字。顔師古《漢書・百官公卿表》注亦主其説。梁玉繩《人表攷》謂「宓」乃「虙」之省，與「伏」同，因舉古書作「宓」者以爲證。則「宓」字亦不得斥爲誤字矣。至其名義，《白虎・號篇》曰：伏羲仰觀象于天，俯察法于地。因夫婦，正五行，始定人道。畫八卦以治下，下伏而化之，故謂之伏羲也。《風俗通》引《含文嘉》曰：伏者，别也，變也。戲者，獻也，法也。伏羲始别八卦，以變化天下。天下法則，咸伏貢獻，故曰伏戲也。《御覽・皇王部》三引《帝王世紀》曰：取犧牲以充庖廚，故號曰庖犧。《漢書・律曆志》下曰：作罔罟以田漁，取犧牲，故天下號曰炮犧氏。説各不同，然《含文嘉》之説則太迂曲矣。〇《白虎通義・號篇》曰：黄帝有天下，號曰有熊。《易・繫辭》下疏引《帝王世紀》曰：黄帝，有熊氏，少典之子，姬姓也。《史記・五帝本紀》曰：黄帝者，少典之子。《集解》引譙周曰：有熊國君少典之子也。又引皇甫謐曰：有熊，今河南新鄭是也。又引徐廣曰：號有熊。《索隱》曰：以其本是有熊國君之子也。《正義》曰：黄帝，有熊國君，乃少典國君之次子，號曰有熊氏。《路史·後紀》五黃帝有熊氏，注曰：或作「雄」。○《楚辭》，見《離騷》。王逸注曰：武，迹也。案：各本「之踵」二字誤倒，今校正。○《幽通賦》，見本書卷十四及《漢書·敍傳》，《漢書音義》《幽通賦》注引同。案：《漢書》作「算」，「筭」乃「算」之通借字，已見上「無筭」疏。○《尚書》，見僞《大禹謨》。案：實本《論語·堯曰篇》《集解》引包咸曰：永，長也。言能窮極四海，天禄所以長終。《集註》曰：四海之人困窮，則君禄亦永絶矣。戒之也。閻若璩《尚書古文疏證》七曰：四海困窮，自不得如漢注作好。天禄永終，亦不得如朱注作不好。蓋四海困窮，欲其俯而恤人之窮。天禄永終，則欲仰而承天之福。毛奇齡《論語稽求篇》曰：閻潛邱云：四海困窮，是儆辭。天禄永終，是勉辭。四海當念其窮困，天禄當期其永終。《金縢》：惟永終是圖。《周易·歸妹》象：君子以永終知敝。則永終二字，原非惡辭。班彪《王命論》云：福祚流子孫，天禄其永終矣。雋不疑謂暴勝之曰：樹功揚名，永終天禄（《漢書·雋不疑傳》）。《韋賢傳》：匡衡曰：其道應天，故天禄永終。靈帝立皇后詔曰：無替朕命，永終天禄（《續漢書·禮儀》中《補注》引蔡質《典儀》）。凡用此語者，無不以永長爲辭。及《三國·魏志》山陽公深識天禄永終之運，禪位文皇帝。又曰：山陽公昔知天命永終于己（並見《明帝紀》裴注引《獻帝傳》）。嗣後以天禄永終爲卻位絶天之辭。○《楚辭》注，見《招魂》及《大招》。○《尚書》，見僞《大禹謨》。○「大滿若沖」，梁曰：河上公及王弼本作「大盈若沖」。○《魏志·三少帝紀》曰：陳留王奐，字景明，武帝孫，燕王宇子也。甘露二年，封安次縣常道鄉公。高貴鄉公卒，公卿議迎立公。六月甲寅，卽皇帝位於太極前殿。咸熙二年，秋八月，相國晉王薨。壬辰，晉太子炎紹封襲位，總攝百揆。十二月壬戌，天禄永終，曆數在晉。詔羣公卿士具儀，設壇于南郊，使使者奉皇帝璽綬册，禪位于晉嗣王，如漢魏故事。○《魏世譜·三少帝紀》裴注引同。○仲長子《昌言》，本書庾元規《讓中書令表》注亦引之。又見《羣書治要》卷四十五。○《弔二世文》，見《史記》、《漢書》《司馬相如傳》。○班固説在《漢書·武帝紀》贊。○《顯志賦》，見《後漢書·馮衍傳》。○《史記·五帝本紀》作「虞舜者，名曰重華」，不云字重華，此蓋以意引，説已見上。○《淮南子》高注，見《氾論篇》。○《老子》河上公注曰：玄，天也。人能行此上才，是謂與天同道也。○《韓子》，見《五蠹篇》。「之」作「矣」。○終、沖、庸、熊、隆，古音冬部。邦、公、蹤，東部。風，侵部。皆通轉爲韵。○以上禪晉。姚範曰：上方敘開基，此即接敘晉魏禪受，蓋著其德淺促，自謂可比隆舜、禹，其實萬萬相遼也。

是故料其建國，析其法度。諮其考室，議其舉厝。復之而無斁，申之而有裕。非疏糲之士所能精，非鄙俚之言所能具。

【注】《詩》云：斯干，宣王考室也。疏糲，麤也。韓非曰：糲粢之食，藜藿之羹。斁，猒也。《漢書·司馬遷傳》曰：質而不俚。俚，鄙也。善曰：《説文》曰：料，量也。《爾雅》曰：諮，謀也。陳琳《檄吴將校》曰：豈輕舉厝也哉。《毛詩》曰：無斁於人斯。又曰：綽綽有裕。

【疏】五臣「厝」作「措」。○復之而無斁，胡紹煐曰：此用《周南·葛覃》文也。「復」、「服」古通。《禮記·喪大記》：則復殯。服注：「復」或爲「服」。是其證。○注引《詩》乃《小序》之文。鄭箋曰：考，成也。德行國富，人民殷衆而皆佼好，骨肉和親，宣王於是築宫廟羣寢，既成而釁之，歌《斯干》之詩以落之。此之謂成室。○韓非，見《五蠹篇》。注「粢」作「糧」，「食」作「飲」，「藜」作「黎」，皆誤。今校改。○「斁，厭」，《爾雅·釋詁》文，《詩·葛覃》毛傳同。《説文》曰：斁，猒也。「厭」，「猒」之通借字。○「質而不俚」，《司馬遷傳》贊之文。顔注引劉德曰：俚，鄙也。又引如淳曰：言雖質，猶不如閭里之鄙言也。顔曰：劉説是也。俚，音里。○善引《説文》見《斗部》。注「料」作「析」。梁曰：今《説文》析字無此訓。胡紹煐曰：「析」字乃「料」字之誤，善自引《説文》，「料，量也」，梁氏失檢。步瀛案：胡氏説是，今據改。○《爾雅》，見《釋詁》。「諮」作「咨」。《左·襄四年》曰：必諮於周。又曰：訪問于善曰咨。是「諮」、「咨」字同。《説文》曰：謀事曰咨。○陳琳《檄吴將校部曲文》見本書卷四十四。「措置」，字本作「措」，此作「厝」者，通借字。○《毛詩》，見《清廟》。「斁」作「射」。毛傳以不見厭於人釋之，則以「射」爲「斁」之通借字。《葛覃》：服之無斁。《禮記·緇衣》引作「射」。《振鷺》：在此無斁。《禮記·中庸》引作「射」。「斁」、「射」聲通，故假借用之。或曰：作「射」者《齊》、《魯詩》。○又引《詩》見《角弓》。○度、厝，古音魚部。裕、具，侯部。通轉爲韵。

至於山川之倬詭，物産之魁殊，或名奇而見稱，或實異而可書。生生之所常厚，洵美之所不渝。其中則有鴛鴦交谷，虎澗龍山。掘鯉之淀，蓋節之淵。𤬪𤬪精衞，銜木償怨。常山平干，鉅鹿河閒。列真非一，往往出焉。昌容練色，犢配眉連。玄俗無影，木羽偶仙。琴高沈水而不濡，時乘赤鯉而周旋。師門使火以驗術，故將去而林燔。

【注】《老子》曰：人之輕死，以其生生之厚也。謂適生生之情以自厚也。鴛鴦水，在南和縣西。交谷水，在鄴南。虎澗，在鄴西。南龍山，在廣平沙縣。掘鯉淀，在河閒莫縣之西。淀者，如淵而淺也。蓋節淵，在平原鬲縣北。女娃遊於海，溺而不反，化爲精衛，常取西山之木石以堙東海焉。列真，謂列仙也。女，名曰女娃。《山海經》曰：發鳩之山，有鳥，狀如烏，文首，白喙，赤足，名曰精衛。赤帝之《列仙傳》：昌容者，常山道人也。自稱殷王女。食蓬累根，二百餘年而顔色如年二十人。故曰練色。犢子者，鄴人也。時壯時老，時好時醜，乃知其仙人也。陽都女者，生而連眉，耳細而長，衆以爲異俗，皆言此天人也。會犢子來過都女，都女悦之，遂留相奉。待出門，共牽犢耳而走，莫能追之。玄俗者，自言河閒人也。餌巴豆、雲英，賣藥於市，七丸一錢，治百病。王病瘕服藥，用下蛇十餘頭。王家老舍人，自言父世見俗，俗形無影。王呼俗著日中，實無影。河閒，故趙也。文帝三年，以爲國。木羽者，鉅鹿南和人也。母貧賤，常助産婦。兒生，自下唼母。母大怖。暮夢見大冠赤幘守兒，言此兒司命君也，當報汝恩，使子與木羽俱仙。母陰信識之。後兒生，字之爲木羽兒。至年十五，夜有車馬來迎之，呼木羽。木羽，爲我御來。遂俱去。琴高者，趙人也。浮遊冀州一百餘年。後辭入碭水中，取龍子，與諸弟子期。期日，皆絜齊待於水傍，設屋祠，果乘赤鯉來。出坐祠中，留一月，復入水去。師門者，嘯父弟子。亦能使火，爲孔甲龍師。孔甲不能修其心意，殺而埋之外野。一旦，風雨迎之。訖則山木皆燔。孔甲祠而禱之，未還而道死。嘯父，冀州人也。在曲周市上。曲周，屬廣平郡。漢武帝征和二年，嘗爲平干國，故曰常山平干也。師門者，本嘯父弟子，故附冀州。善曰：《廣雅》曰：

倬，絶也。薛綜《西京賦》注曰：詭，異也。王逸《楚辭注》曰：魁，大也。鄭玄《周禮注》曰：生猶養也。劉瓛《周易義》曰：自無出有曰生。《毛詩》曰：洵美且仁。鄭玄曰：洵，信也。《毛詩》曰：舍命不渝。毛萇曰：渝，變也。淀，音殿。《説文》曰：𦐖亦翅字，翼，翅也。叔豉切。今音衹。𦐖，飛貌。馮衍《爵銘》曰：壽配列真。劉歆《移》曰：天下衆書，往往頗出《左傳》。太史尅曰：奉以周旋。

【疏】「不渝」下五臣本無「其中」二字。又，「淵」作「泉」，「影」作「景」。○「平干」，胡曰：袁本、茶陵本「干」作「于」，注同。案：二本是也。步瀛案：《漢書·地理志》、《王子侯年表》下、《景十三王傳》皆作「干」，《攷異》曲徇二本，殊不可解。○漢常山國治元氏縣，在今河北元氏縣東北。漢平干國當在今河北雞澤縣境。漢鉅鹿郡治鉅鹿縣，今河北平鄉縣治。漢河閒國治樂成縣，在今河北獻縣東南。○注引《老子》王注本在下篇第七十五章，河上公注本在《德經·貪損章》，皆作「民之輕死，以其上求生之厚，是以輕死」，注「生生之厚」疑涉下文而誤。謂適生生之情以自厚也，乃孟陽釋求生之厚意。袁、茶二本「通」作「適」，「情」作「精」，皆誤。○《御覽·地部》二十九引《水經》曰：湡水，一名澧水，一名鴛鴦水，俗謂之百泉。源出龍岡縣東南平地，以其道源納總衆泉，合成一川故也。亦謂之鴛鴦水。《魏都賦》所云鴛鴦交谷是也。案：今《水經》逸此文。又，《御覽》「湡水」誤作「漏水」，今依《太平寰宇記》卷五十九河北道邢州龍岡縣下所載訂正。《寰宇記》又曰：南和縣，鴛鴦水在縣北五里。《郡國志》云：縣西有鴛鴦水，冬日常温和。又《水經注》云：南和西官治東有便水，一名鴛鴦水。又《趙記》云：俗謂之百泉水是也。《清統志》曰：直隸順德府，百泉河在邢臺縣東南八里。沙河，源出山西遼州，東流入沙河縣南，又東逕南和縣治南，爲澧河。舊志以澧河舊爲百泉之下流，故於澧河下引左思《魏都賦》之鴛鴦水。《隋書·地理志》龍岡縣之溵水，謂卽澧河之別名。今二水既不合流，則鴛鴦水及溵水自屬百泉。隋龍岡，今邢臺縣。今澧河固不入邢臺境也。案：交谷所在未詳。○《水經·洧水注》曰：洧水又東與黃水合。黃水出太山南黃泉，東南流逕華城西。黃水又東南流，又與一水合。水出華城南岡，一源兩分，泉流派別，東爲七虎澗水，西流卽是水也。又《渠水注》曰：渠水又東，清池水注之。清池水又屈而北流，至清口澤，七虎澗水注之。水出華城南岡，一源兩派，津川趣別，西入黃雀溝，東爲七虎溪，亦謂之爲華水也。華水又東北逕鹿臺南岡，北出爲七虎澗，東流，期水注之。水出期城西北平地，世號龍淵。水東北流，又北逕期城西，又北與七虎澗合，謂之虎溪。水亂流東注，逕期城北，東會清口水。司馬彪《郡國志》曰：中牟有清口水，卽是水也。《清統志》曰：河南彰德府，虎澗在安陽縣北三十里野馬岡下。《魏都賦》虎澗龍山是也。全祖望校《水經注》曰：有河南之中牟，有河北之中牟。張守節以鄴西牟山爲趙中牟者近之。《管子》所謂築五鹿、中牟、鄴者，三城相接也。然則非獨滎陽有之矣。步瀛案：張守節說見《史記·趙世家》正義，《管子》見《小匡篇》。朱珔曰：《方輿紀要》言中牟在今湯陰縣西五十里，此卽河北之中牟也。湯陰屬彰德府，府故鄴都也。然則虎澗在中牟，正與張注足相證明矣。步瀛案：《方輿紀要》見卷四十九。《清統志》曰：彰德府，牟山在湯陰縣西四十里。○「在廣平沙縣」，胡曰：袁本、茶陵本「沙」作「涉」。案：二本是也。《晉書·地理志》廣平郡有涉縣可證。朱珔曰：《續漢志》魏郡沙侯國下，劉昭卽引此注云：有龍山沙縣，本漢置，後漢因之。《方輿紀要》云：後因漳水溢，人民徒涉，改曰涉縣。建安九年，曹操圍鄴，涉長梁岐以縣降。晉屬廣平郡。余謂《水經》清漳水東過涉縣西注云：漳水於此有涉河之稱。孟陽晉人，宜稱涉，此殆以本爲「沙縣」，字形相似，遂仍作「沙」耳。涉縣今屬彰德府。案：《方輿紀要》見卷四十九。曹操圍鄴云云，見《魏志·武帝紀》。《清統志》曰：彰德府，龍山在安陽縣西四十里。《魏都賦》：虎澗龍山，相爲倚伏。《隋書·地理志》：靈泉有龍山。舊志一名善應山。又，涉縣北三十里亦有龍山。步瀛案：據注，則後説是也。隋魏郡靈泉縣，在今安陽縣西南。《清統志》謂龍山在安陽縣西四十里，與《隋志》合。然不宜引《魏都賦》龍山也。〇《太平寰宇記》曰：河北道莫州鄚縣，掘鯉淀在縣西二十里，俗名掘柳淀。左太沖《魏都賦》：掘鯉之淀，蓋節之淵。又，任邱縣，狐狸淀在縣西北二十里。《水經注》云：鄚縣東南隅水有狐狸淀，俗謂之掘鯉淀，非也。按：淀中有蒲柳，多葭葦。案：今《水經注》佚此文。《清統志》曰：直隸河間府，掘鯉淀在任邱縣北。朱琦曰：《方輿紀要》於任邱縣云：掘鯉淀在縣東南，鐵鐙竿口之水自河閒縣引流東北出，入縣境，匯而爲淀。遇霖潦則洪波東注，溢入于五官淀而入海。《唐志》：莫州有九十九淀，今縣境以淀名者不一，掘鯉淀其一也。據此云在東南，似以狐狸淀爲掘鯉淀矣。今鄭州故城已圮，任邱城亦非其舊，則方位不自免移置。然洪氏《圖志》言任邱有掘鯉淀在縣西北，與顧氏年歲不遠，何以參錯？疑《紀要》有誤。步瀛案：《紀要》見卷十三。《清統志》已訂其誤。洪亮吉《乾隆府廳州縣圖志》見卷二。但此書鈔撮《清統志》爲之，朱氏蓋未見《統志》，故往往引洪氏《圖志》耳。〇《水經·汶水注》曰：淀，陂水之異名也。方以智《通雅》卷十七曰：淀，浸之滑涘淺水也。音殿。今北方傍水艸之地，皆謂之淀。《史記》決河渟水，放之海前，《西域傳》其水亭居，《考工記》奠水，皆一字，則卽「淀」字矣。渟、淀之音奠，猶廷轉音定，又轉爲殿也。又曰：湖淀之波漾者曰澱。《水經注》：易水又東，渥水注之，謂之大渥澱、小渥澱。又滱水會博水，逕陽城縣，散爲渚澤，曰陽城澱。步瀛案：《史記》見《秦始皇本紀》二世語。「渟」字作「亭」。《李斯傳》作「渟」。「渟」，「亭」之俗字也。《考工記・匠人》行奠水，注引鄭司農曰：奠讀爲停，謂行停水。阮元《校勘記》謂「停」當作「亭」，以《説文》有「亭」無「渟」、「停」也。《周禮・地官・司市》、《考工記・弓人》注皆曰奠讀爲定。故亭、奠、淀皆一聲之轉。方説是也。方又引《水經注》見《易水篇》。「渥」當作「涅」。戴震、趙一清皆校正，下見《滱水注》。然「澱」字各本皆作「淀」，《説文》有「澱」無「淀」，朱駿聲《通訓定聲》卷十五以「淀」爲「澱」之別體，謂水多泥滓則淺濁是也。方氏分爲二字，失之。○《續漢書・郡國志》四平原郡鬲侯國，劉昭《補注》曰：《魏都賦》注曰：縣有蓋節淵。朱珔曰：《漢志》平原郡鬲下云：平當以爲鬲津。《續志》注卽引此注語。《禹貢》九河，徒駭最北，鬲津最南。蓋有割音，與鬲同聲。節津又雙聲字，則蓋節卽鬲津也。今濟南府平原縣，本鬲縣地，余嘗經之，尚有黃河涯之名，殆其遺跡歟？○《山海經》，見《北山經》。郭注曰：發鳩山，今在上黨長子縣西，卽今山西長子縣。○「溺而不反」，胡曰：陳云「反」下當有「化爲」二字，是也。各本皆脱。步瀛案：陳、胡説是，今從之。○《御覽・道部》一引《太真科》曰：三善道者，聖、真、仙也。上品曰聖，中品曰真，下品曰仙。○昌容，見《列仙傳》卷下。今本「女」作「子」，「累」作「虆」，「如年二十人」作「如二十許人」。《初學記・地部》五引、《御覽・百卉部》三引亦作「女」，《初學》「累」作「纍」，亦無「年」字，有「許」字。《御覽》作「如少」。○犢子，亦見《列仙傳》卷下。今本「眉」字在「生」字上，「異」下無「俗」字，「過」下不復「都女」二字，「待」作「侍」，「莫能追之」作「人不能追也」。○玄俗，亦見《列仙傳》卷下。今本無「雲英」二字，「於市」作「都市」。注「瘕」作「癡」，誤，今依傳校改。今本「服藥用」作「買藥服之」。又尤本「父世」作「父甘」，誤。袁、茶二本作「世」，與傳合，從之。又今本「著日中」作「日中看」。○《漢書・地理志》：河間國，故趙。文帝二年，別爲國。《高五王・趙幽王友傳》曰：文帝卽位，立幽王子遂爲趙王。二年，有司請立皇子爲王。上曰：「趙幽王幽死，朕甚憐之。已立其長子遂爲趙王，遂弟辟彊及齊悼惠王子朱虚侯章、東牟侯興居有功，皆可王」。於是取趙之河閒，立辟彊。是爲河閒文王。文王立十三年，薨，子哀王福嗣。一年，薨。無子，國除。《景十三王・河閒獻王德傳》曰：孝景帝前二年立。○木羽，亦見《列仙傳》卷下。今本「南和」下有「平鄉」二字，「常助産婦」作「主助産，常探産婦」，「自下唼母」作「便開目視母，大笑，母大怖」，「母」上有「其」字。《雲笈七籤》卷一百八所載《列仙傳》亦無「其」字，疑無者是。又今本「暮」作「夜」，「幘」下有「者」字，「此」下無「兒」字，「使」下有「汝」字，「子」下無「與」字，「俱」作「得」，「後兒生」作「後生兒」，「至年」作「生年」，「來迎之」作「來迎去，遂過母家」。○琴高，見《列仙傳》卷上。今本「冀州」下有「涿郡之閒」四字，「涿」一作「碭」，「碭水」作「涿水」。袁本作「碭水」，茶陵本作「碭水」。又，今本「期」字不重，「曰」作「日」。《七籤》與注同。《太平廣記》卷四引作「期之曰」，似「曰」字不誤。注「於」下脱「水」字，今補。又，今本無「屋」字，《廣記》引作「祠屋」。○師門，亦見《列仙傳》卷上。今本「孔甲」上有「夏」字，「修其心意」作「順其意」。《七籤》作「順其心意」。又，今本「燔」作「焚」。○嘯父，亦見《列仙傳》卷上。今本「曲周」作「西周」。據注釋曲周，則今本《列仙傳》誤也。《七籤》亦作「西周」。袁、茶二本作「曲州」，「州」字亦誤。案：晉廣平郡曲周縣，在今河北曲周縣東北。○《漢書・地理志》廣平國，原注曰：武帝征和二年置爲平干國。《景十三王・趙敬肅王彭祖傳》曰：武帝立敬肅王小子偃爲平干王，是爲頃王十一年子。繆王元嗣，二十五年薨。大鴻臚禹奏，元暴虐不道，不宜立嗣。奏可。國除。○善注引《廣雅》，今本《釋詁》四「倬」作「趠」。王念孫《疏證》曰：《漢書・孔光傳》云：非有踔絶之能。班固《典引》云：冠德卓絶，字並與「趠」通。案：據此，則「倬」亦「趠」之通假字。○《楚辭》注，見《九歎・憂苦》。○《周禮》鄭注，見《天官》太宰之職。○劉瓛《周易義》，本書陶淵明《雜詩》注引作《周易注》。案：《隋書・經籍志》卷一有《周易繫辭易疏》二卷，劉瓛撰。此注當是釋《繫辭上》生生之謂易，卽義疏中語也。○《毛詩》，見《叔于田》及《羔裘》。○《説文》，見《羽部》。○「翍，飛貌」，胡曰：「翍」字當重有，各本皆脱。○馮衍《爵銘》已見《吴都賦》注引。○劉歆《移讓太常博士書》，見本書卷四十三。○《左傳》，見《文十八年》。袁、茶二本「尅」作「剋」，「尅」、「剋」皆俗字。《左傳》「止」作「克」。○殊、書，古音魚部。渝，侯部。通轉爲韵。山、怨、閒、焉、連、旋、燔，元部。淵，真部。僊，諄部。三部亦通轉爲韵。

易陽壯容，衛之稚質。邯鄲躧步，趙之鳴瑟。真定之梨，故安之栗。醇酎中山，流湎千日。淇洹之筍，信都之棗。雍丘之粱，清流之稻。錦繡襄邑，羅綺朝歌。緜纊房子，縑緫清河。

若此之屬，繁富夥夠，非可單究，是以抑而未罄也。

【注】枚乘《兔園賦》曰：易陽之容。《淮南子》曰：蔡之幼女，衛之稚質。《史遷記》曰：趙中山，鼓鳴瑟，跕躧。真定，屬中山郡，出御梨。故安，屬范陽，出御栗。楊雄《幽州箴》曰：蕩蕩幽州，惟冀之別。《禹貢》無幽州。故安，今見屬中山郡。中山出好酎酒，其俗傳云：昔有人曰玄石者，從中山酒家酤酒。酒家與之千日之酒，語其節度。比歸數百里，可至於醉。如其言，飲之。至家而醉。其家不知其醉，以爲死也，棺斂而葬之。中山酒家計向千日，憶曰：「玄石前來酤酒，其醉向解也。」遂往問。其鄰人曰：「玄石死來三年，服已闋矣。」於是與其家至玄石冢上，掘而開其棺。玄石於是醉始解，起於棺中。其俗語曰：玄石飲酒，一醉千日。信都屬安平，出御棗。雍丘屬陳留也。《地理志》曰：魏參之分野，南有陳留。桓斌曰：雍丘之糧。清流鄴西出御稻。襄邑屬陳留，舊有服官。《中都賦》曰：朝歌羅綺。又，房子出御緜，清河出縑總。清河，一名甘陵也。善曰：《漢書音義》臣瓚曰：躡跟爲跕，挂指爲躧。跕，都牒反。躧，所解反。薛君《韓詩章句》曰：均衆謂之流，閉門不出客謂之湎。淇園，已見上文。杜預《左氏傳注》曰：洹水出汲郡，汲卽衛地也。「洹」或爲「園」，洹音垣。孔安國《尚書傳》曰：纊，細緜。《廣雅》曰：總，絹也。《廣雅》曰：夠，多也。古侯切。

【疏】五臣「故」作「固」，「夠」作「够」。○《周禮·天官·酒正》賈公彦疏引「流」作「洗」，閩監、毛本改「沈湎」，惠校本亦作「沈」。阮元《校勘記》曰：作「沈」是。今《文選》作「流」，誤字也。沈湎者，貌其大醉。作「流」，則無義矣。朱珔曰：賦語蓋本《樂記》流湎以忘本，與《孟子》流而忘反通。善注失引，不得謂「流」無義也。又張景陽《七命》：傾罍一朝，可以流湎千日。注引《韓詩章句》亦作「流」，並引《漢書》谷永曰：流湎媟嫚。則「流」非誤，特所傳本異耳。步瀛案：《南史・謝藹傳》引亦作「流湎」，知非誤字。朱説是。○枚乘《梁王兔園賦》，見《藝文類聚・産業部》上及《古文苑》卷三。「兔」並作「菟」，字同。張銑曰：易陽，易水之陽，中多美女。章樵《古文苑》注同。案：易陽縣兩漢屬趙國。《魏志・武帝紀》，建安十七年移屬魏郡，已見上疏。又《地理志》趙國易陽縣，注引應劭曰：易水出涿郡故安。全祖望《漢書地理志稽疑》卷三曰：此是洺水，亦謂之南易水，故曰易陽，應説非。案：全説是也。《太平寰宇記》河北道磁州武安縣下，引《水經》曰：洺水出易陽縣西山。又洺州永年縣下曰：漳水，《風土記》云南易水本名漳水，源出三門山西，自肥鄉縣界流入趙地。記云：六國時，此水名易水。《坤蒼》及《水經》云洺水之目，不知誰改，俗謂山之下地名洺，因經之，故曰洺水。案：今《水經》佚《洺水篇》。《寰宇記》所引，卽其佚文也。○《淮南子》，見《脩務篇》。案：已見《蜀都賦》。○《史記》見《貨殖傳》。「跕躧」，尤本作「跕躍躧」，袁、茶二本作「跕躍」，皆誤。胡曰：《貨殖傳》今本云「跕屣」，《漢書・地理志》作「跕躧」，顔注：「躧」，字與「屣」同。是「跕躍」二字乃「跕躧」二字之誤。朱珔曰：《漢書・地理志》後論正本《史記》作「彈弦跕躧」，此注「跕躍」二字誤也。《漢書》注引如淳曰：跕，音蹀。足之蹀。師古曰：「躧」與「屣」同。屣，謂小履之無跟者也。跕，謂輕躡之也。錢氏《斠注》云：「跕」卽「疌」字。跕躧，服虔所謂蹀屣履是也。古無「蹀屣」二字，「蹀」亦卽「疌」，「屣」卽「躧」耳。余謂《説文・止部》疌字云：機下足所履者。段氏云：疌者，躡也。亦小顔以跕爲輕躡之義。步瀛案：邯鄲縣，兩漢皆爲趙國治。《魏志·武帝紀》，建安十七年移屬魏郡，在今河北邯鄲縣西南。中山郡，魏明帝太和六年改爲中山國，治盧奴縣，今河北定縣治。○《御覽·果部》六引魏文帝詔曰：真定御梨，大若拳，甘若蜜，脆若菱，可以解煩釋渴。《藝文類聚·果部》上引有脱誤。《類聚》又引何晏《九州論》曰：真定好梨。案：《晉書·地理志》，真定縣爲常山國治，在今河北正定縣南。《三國郡縣表》真定屬常山郡，不言屬中山郡也。○范陽縣，兩漢屬涿郡。《太平寰宇記》卷七十曰：河北道涿州，漢爲涿郡。魏初因之，至黄初七年，文帝改爲范陽郡。陸璣《毛詩疏》曰：范陽栗，甜美長味，他方者悉不及也。○楊子雲《幽州箴》，見《藝文類聚·州部》及《古文苑》卷十四。○故安，《晉書·地理志》屬范陽國，《三國郡縣表》同，不言屬中山郡。豈晉初嘗有改革而史書不載耶？○朱珔曰：《説文》：酎，三重醇酒也。俗語一醉千日，極言其厚耳。注載有人醉死三年，開塚而起，事殊怪誕。據《周禮·酒正》鄭注三酒云：事酒，今醳酒也。昔酒，今酋久白酒，所謂舊醳者也。清酒，今中山冬釀，接夏而成。賈疏：漢之醳酒，冬釀春成。昔爲久，酋亦遠久之義。《晉語》：味厚寔腊毒。酒久則毒也。《郊特牲》舊醳之酒，彼注是昔酒也。對事酒爲新醳，昔酒爲舊醳。清酒不得醳名，以昔酒爲久，明清酒久於昔酒，自然接夏也。余謂《説文》無「醳」字，《禮記》作「澤」。《釋名》曰：醳酒，久釀酉澤。則「澤」即「醳」矣。賦前文稱肴醳，《南都賦》十旬兼清，善亦引鄭注中山之釀。○千日酒事，《博物志》卷五、《搜神記》卷十九皆載之，皆以玄石姓劉。《搜神記》又以造酒者爲狄希。案：「比歸數百里」，袁、茶二本無「數」字。○後漢安平國，魏爲安平郡，治信都，今河北冀縣治。《御覽·果部》二引盧毓《冀州論》曰：安平好棗，地產不爲無珍。○魏陳留郡雍丘縣，嘗爲王國。黄初四年，鄄城王植徙封此。太和元年，徙封浚儀。二年還封雍丘。三年徙封東阿。案：雍丘，今河南杞縣治。○漢陳留郡，魏爲國。黄初三年，襄邑公峻封此。五年，復改封襄邑。太和六年，復封陳留。案：治陳留縣，今河南陳留縣治。○桓斌云云，乃《七設》之文。見《北堂書鈔·酒食部》。○清流，蓋指清漳水。已見上。《御覽·百穀部》三引盧毓《冀州論》曰：河内好稻。○陳留郡襄邑縣，嘗爲國。建安二十三年，郿侯曹峻徙封此。魏黄初二年，進爵爲公。餘見上。案：今河南睢縣治，本書陳孔璋《爲曹洪與魏文帝書》注引《陳留記》曰：襄邑，渙水出其南，睢水經其北。傳云，睢渙之閒出文章，故其黼黻絺繡日月華蟲，以奉宗廟御服焉。○《中都賦》，汪師韓曰：未詳撰人。○《困學紀聞》卷二十曰：曹操夫人《與楊彪夫人書》：送房子官綿百斤。《古文苑》誤爲「官錦」，而注者妄解。按：《魏都賦》：綿纊房子。《晉陽秋》：有司奏調房子睢陽綿，武帝不許。《水經注》：房子城西出白土，可用濯綿。萬希槐《集證》曰：《太平御覽》八百十九引《水經注》房子城西出白土，細滑如膏，可用濯綿，霜鮮雪曜，異於常綿也，俗言房子之綿也。亦類蜀江之錦得江津矣。故歲貢其綿，以充御府。又引盧毓《冀州論》曰：房子好綿，地產不爲不珍也。翁元圻注曰：《晉陽秋》見《太平御覽》八百十九，《水經注》今無此條。朱琦曰：《寰宇記》（河北道趙州高邑縣）引《隋圖經》云：高邑縣房子城出白土，細滑膏潤，可以塗飾，兼用之濯錦，可致鮮潔。一名赤石岡。以酈注核之，則「錦」字亦當爲「綿」之誤。高邑縣，今屬趙州（今改縣）。房子城在縣西南十五里。○《太平寰宇記》河北道貝州清河縣，引《隋圖經》曰：清河絹爲天下第一。《藝文類聚·布帛部》

引庾肩吾《答武陵王賚絹啓》曰：清河之珍，丘園慚其束帛。《御覽·布帛部》五引何晏《九州論》曰：清河縑總，房子好綿。《輿地廣記》曰：河北東路恩州，《漢書》清河郡，後漢爲清河國，桓帝改曰甘陵，魏復故。《魏志·武文世王公傳》曰：清河悼王貢，黄初三年封，四年國除。案：清河郡治清河縣，在今河北清河縣東。○善注引傳瓚，各本「跕」字上脱「躧跟」爲三字，「跕」字下脱「挂指」二字，今依胡氏校增。○《韓詩章句》，《初學記·器物部》引作「齊顔色，均衆寡謂之沈，閉門不出者謂之湎」，《禮部》下引下句作「《韓詩外傳》曰：閉門不出客謂之湎」，《詩·蕩》《釋文》引《韓詩》同。則本注各本作「不出容」，「容」乃「客」字之譌。今依陳氏、胡氏校改。《初學記》作「者」亦誤，《外傳》又《内傳》之誤也。盧文弨《釋文攷證》謂當從宋本作「容」，非是。《校勘記》曰：閉門不出客，如陳遵投轄井是也。案：見《漢書·游俠傳》至李善引作「流」，徐堅引作「沈」，則所據本異。朱珔説是也。○《左傳》杜注，見成十七年。「洹水出汲郡」，各本「洹」字誤在「出」字下，今依胡氏、梁氏校改。朱珔曰：《水經·洹水篇》：洹水出上黨泫氏縣。注云：水出洹山，山在長子縣也。經又云：東過隆慮縣北。《漢志》隆慮屬河内郡。應劭曰：隆慮山在北，避殤帝諱，改曰林慮。《續志》林慮下注引徐廣曰：洹水所出。林慮，今爲彰德府之林縣地。晉時屬汲郡，故杜注云然，與徐廣同。若《水經》所言，則其源尚非在此矣。賦與淇並舉者，《水經》云淇水出河内隆慮縣西大號山，至内黄縣東北與洹水合也。但古言竹之盛，在淇不在洹。注又云「洹」或爲「園」，蓋音相近也。疑當作「園」。酈注《淇水》云：《詩》：瞻彼淇澳，菉竹猗猗。今通望淇川，無復此物。唯王芻編草，不異毛興。據此，知北魏時淇園已無竹。

而太沖晉人，此賦尚言之，豈中更永嘉之亂，兵燹焚燬，遂没其跡與？○《尚書》僞孔傳，見《禹貢》。○《廣雅》，見《釋器》。朱珔曰：今《廣雅》作「纗」，與「總」同。《廣韻》：纗，細絹也。《一切經音義》十二引《通俗文》輕絲絹曰：總云縑總者，《説文》縑，并絲繒也。《釋名》云：縑，兼也。其絲細緻，數兼於絹也。然則縑亦絹類矣。又案：《説文》：纗，帛青色。省之爲「蔥」，即《爾雅》青謂之蔥也。《籍田賦》之纗犗是已。「纗」與「總」異字，疑《廣雅》之「纗」當作「總」。胡紹煐曰：總之言聚也。縑、總皆細密之名，通言之，則縑總皆得謂之絹。《廣雅》：總，絹也。《廣韻》：絹，縑也。對文則縑、總與絹稍别。《釋名》：其絲細緻，數倍如絹。《通俗文》云：輕絲絹是也。○後引《廣雅·釋詁》三「够，多也」條無此字。王念孫據本賦注補曰：《玉篇》：夠，苦侯切，多也。《廣韻》同。《方言》：凡物盛而多謂之寇。寇與夠聲近義同。案：見《方言》卷一。又案：尤本、茶陵本皆無「古侯切」三字，今依袁本增。○賨、瑟、栗、日，古音至部。棗、稻，幽部。歌，河，歌部。夠，侯部。究，幽部。侯、幽二部通轉爲韻。

蓋比物以錯辭，述清都之閑麗。雖選言以簡章，徒九復而遺旨。覽大《易》與《春秋》，判隱顯而一致。末上林之隤牆，本前脩以作系。

【注】《逸詩》：九變復貫，知言之選，擇來比物。謂屬變而還復舊貫，則知言之選，擇來比物錯辭，物土之敍也。屈原《遠遊》曰：造旬始，觀清都。言雖選言簡章，徒至九復，而猶遺其精旨也。《春秋》推見以至隱，《易》本隱以之顯，所言雖殊，其合德一也。故曰末上林之隤牆，本前脩以作系也。前脩，謂前賢也。《離騷》：謇吾法夫前脩。司馬相如《上林賦》曰：頹牆填塹，使山澤之人得至。楊雄《羽獵賦》

後曰：放雉兔，收罝罘，與百姓共之。亂者，理也。傳曰：有亂臣十人。此皆二賦以其後居正之義，理其前過甚之事也。張衡《東京賦》曰：相如壯上林之觀，楊雄騁羽獵之辭。雖系以隤牆填壍，亂以收其罝罘，卒無補於風規。蓋《易》有《系辭》之義，而以本於前脩，以爲系胤之意也。系者，胤也。且《易》之系述而辨，至於相如初壯上林之觀，後説隤牆之事，首尾相劘，非本《系辭》之流也。而張衡云系以隤牆，謂爲《系辭》同旨，於義有未安焉。諸文賦之後亂者與本絶，於隤牆收罝罘，雖不與本文絶義，張氏同諸《系辭》之别可知也。善曰：《韓子》曰：連類比物。《列子》曰：周穆王暨及化人之宫，王以爲清都紫微。班固《漢書·司馬相如贊文》曰：推見至隱，言大《易》、《春秋》隱顯殊而合德若一，故觀覽而法則之。上林則頹牆填壍，雖本前修而作系，所謂勸百而諷一，故輕末而鄙賦。

【疏】各本「判」下有「殊」字，「隱」下脱「顯」字。孫志祖《考異》曰：何云，「判殊」二字，衍一字，落一「顯」字。潘校同。胡克家亦以何校爲是。王念孫《讀書志餘》下曰：此本作「判隱顯而一致」，言《易》與《春秋》雖有隱顯之分，而其致一也。後人以張、李二注内皆有「殊」字，遂加入「殊」字而删去「顯」字。不知注内「殊」字是解正文「判」字，而正文内本有「顯」字，故二注皆言隱顯也。若云判殊隱而一致，則文不成義矣。張雲璈説同。梁章鉅謂：按舊注，則判殊隱爲是，甚謬，胡紹煐已譏之矣。〇注「知言之選」至「選擇來」，胡克家曰：案：此皆誤也。當作「知言之選」爲一句，「選擇采也」爲一句，「謂屢變而還復舊貫」爲一句，「則知言之擇采」爲一句。各本譌舛，絶不可通，今訂正。朱銘曰：《漢書·武帝紀》：元朔元年詔曰：《詩》云九變復貫，知言之選。臣瓚曰：九，數之多。師古曰：貫，事也。選，擇也。循環復舊，擇善而從之。銘案：此《詩》謂凡言屢變還復舊貫，則知其言選擇于盡善耳。賦特反其意用之。步瀛案：朱説是也。此賦張注傳寫多誤，胡訂疑亦未盡是。○《遠遊》「旬始」下有「而」字。王逸注曰：遂至天皇之所居也。○「《春秋》推見以至隱」二句，《史記·司馬相如傳贊》之文。《索隱》引虞喜《志林》曰：《春秋》以人事通天道，是推見以至隱也。《易》以天道接人事，是本隱以之明顯也。○《離騷》，今本《楚辭》「蹇」作「謇」。本書卷三十二作「蹇」，乃借字。此注各本作「攓」，誤加手旁耳。今校改。王逸釋前脩爲前世遠賢。○《上林賦》及《羽獵賦》，並見本書卷八。○《論語·泰伯篇》：武王曰：予有亂臣十人。《集解》引馬融曰：亂，理也。○「《系辭》同旨」，各本「旨」誤「音」，今依胡氏校改。案：辭賦總結之詞，或用亂，或用系，故《離騷》王逸注曰：亂，理也。所以發理詞指，摠撮其要也。洪《補注》曰：凡作篇章既成，撮其大要，以爲亂辭也。本書《思玄賦》舊注曰：系，繫也。言繫一賦之前意也。《東京賦》言系言亂，本無不合，而此注謂與《易》之繫亂同旨，已覺周内。又謂諸文賦之後亂者與本絶，古人亦無此義，乃以亦蔽辜平子，亦謬矣。○善注引《韓子》見《難言篇》。○《列子》，見《周穆王篇》。袁、茶二本無「及」字。案：《列子》有「及」字。○《漢書·司馬相如傳贊》即本《史記》，已見上。○上林則頽牆填塹，雖本前脩云云，似失賦旨。蓋以上林頽牆爲末事，故本前脩作系耳。李周翰曰：《上林賦》云頽牆填塹者，爲漢氏苑囿之大，方欲頽之，使山澤之人得至。而我無苑囿之大，山川萬物皆符自然，故以頽牆爲末事也。守古人賢聖之道而系襲之，以爲本也。其説得之。○何焯曰：言徒數物産，則彌下矣。不得已，其請言前修乎。又曰：本前修以作系，蓋因三國莫能相尚，魏亦偶據中土耳，庶幾前修足以折服二客也。太沖之於魏氏，文與而實不與，可謂得主文譎諫之遺意焉。先引司馬遷《春秋》推見至隱，《易》本隱以至顯二句，欲千載而下讀者默識其隱義。注家以系與繫紛紜致辨，又何異於占夢哉！姚範曰：劉旨迂晦，似失賦義。蓋比物錯辭四句，言以上之所鋪張有不能盡者。然或本隱以之顯，推見以至隱，此《易》與《春秋》之義，覽者可以得之。而《上林》之末，繼以隤牆，故於賦末述魏絳、干木前修之事，同於賦終之系也。或以上林隤牆，不足爲勸，而自本前修爲系。余往讀爲此解。頃閱何本云云，按太沖本尊曹魏而抑孫、劉，安有貶退之意，其亦鑿矣。○麗，古音歌部。旨、系，脂部。致，至部。皆通轉爲韻。○以上總束前文，並補敍山川、物産。

其軍容弗犯，信其果毅。糾華綏戎，以戴公室。元勳配管敬之績，歌鍾析邦君之肆。則魏絳之賢，有令聞也。

【注】《國語》曰：鄭伯納女樂二八，歌鍾二肆。公錫魏絳女樂一八，歌鍾一肆。曰：「子教寡人和戎狄而政諸華，於今八年，七合諸侯，寡人無不得志，與子共之。」管敬仲相桓公，九合諸侯。魏絳輔晉悼公，七合諸侯。故謂之元勳配管敬之績也。悼公得二肆而賜魏絳一肆，故謂之歌鍾析邦君之肆也。善曰：《司馬法》曰：古者國容不入軍，軍容不入國。《禮記》曰：介冑有不可犯之色。鄭玄《禮記注》曰：信，讀如屈伸之伸，假借字也。《左氏傳》：君子曰：殺敵爲果，致果爲毅。班固《漢書述》曰：太祖元勳，啟立輔臣。《毛詩》曰：令問令望。

【疏】《晉語》七曰：公以魏絳爲不犯，使佐新軍。韋注曰：不犯，不可犯以罪。又曰：四年，會諸侯於雞丘。魏絳爲中軍司馬。公子揚干亂行於曲梁，魏絳斬其僕。韋注曰：揚干，悼公之弟。行，行列；僕，御也。又見《左・襄三年》。《晉語》七又曰：五年，無終子嘉父使孟樂，因魏莊子納虎豹之皮，以和諸戎。公曰：「戎狄無親而好得，不若伐之。」魏絳曰：「勞師於戎而失諸華，雖有功，猶得獸而失人也。安用之？且夫戎狄荐處，貴貨而易土，予之賞而獲其土，其利一也。邊鄙耕農不儆，其利二也。戎狄事晉，四鄰莫不震動，其利三也。君其圖之。」公說，使魏絳撫諸戎，於是乎遂伯。韋注曰：莊子，魏絳。案：《左・襄四年》載此事，魏莊子言和戎有五利。以德綏戎，師徒不動，甲兵不頓，四也。鑒于后羿而用德度，遠至邇安，五也。其前三利與《外傳》同，特文亦有異。○注引《國語》亦見《晉語》七。「政」作「正」，「共」下有「樂」字。《左・襄十一年》亦有「樂」字，當據增。韋注曰：女樂，今伎女也。八人爲佾，備八音也。歌鍾，歌時通奏肆列也。凡懸鍾磬，全爲肆，半爲堵。《左・襄十一年》杜注曰：懸鐘十六爲一肆。二肆三十二枚。孔疏曰：《周禮・小胥》云：凡懸鐘磬，半爲堵，全爲肆。鄭玄云：鐘磬者，編縣之。二八十六枚而在一虡，謂之堵。鐘一堵，磬一堵，謂之肆。半之者，謂諸侯之卿大夫士也。諸侯之卿大夫，半天子之卿大夫，西縣鐘，東縣磬。士亦半天子之士，縣磬而已。如鄭彼言，鐘與磬全，乃成爲肆。此傳於鐘卽言肆者，十六枚而在一虡，古今皆同，其虡不可分也。虡不可分，而云有全有半，明如鄭言，鐘磬相對，肆爲全，單爲半。此傳言歌鐘二肆，則兼有磬矣。若其無磬，不得成肆。杜以《傳》唯云歌鐘，故但解鐘數云三十二枚，其磬數亦同矣。此二肆皆爲編縣也。言歌鐘者，歌必先金奏，故鐘以歌名之。《晉語》孔晁注云：歌鐘，鐘以節歌也。案：古書「鍾」、「鐘」字通用。又《晉語》七韋注曰：八年和戎，後八年也。七合諸侯：一謂魯襄五年，會于戚。二謂七年，會于鄬。三謂八年，會于邢丘。四謂九年，同盟于戲。五謂十年，會于柤。六謂十一年，會于亳城。七謂今，會于蕭魚。《左·襄十一年》作九合諸侯。杜注加五年，又會于城棣。十年，又戍鄭虎牢，爲九也。○桓公九合諸侯，諸説不同。《齊語》曰：兵車之屬六，乘車之會三。韋注曰：屬亦會也。《管子·小匡篇》曰：乘車之會三，兵車之會六。與《齊語》合。而《史記·齊世家》《封禪書》皆曰：兵車之會三，乘車之會六。《漢書·郊祀志》上同，與《齊語》異。《論語·憲問篇》曰：桓公九合諸侯，不以兵車，管仲之力也。則又除兵車之會言之。皇侃疏曰：《穀梁傳》云：衣裳之會十一，范甯注曰：十三年會北杏，十四年會鄄，十五年又會鄄，十六年會幽，二十七年又會幽（以上皆《莊公》，此《莊二十七年》注，故不復言《莊》），僖元年會檉，二年會貫，三年會陽穀，五年會首戴（《左》作「首止」），七年會甯母，九年會葵丘，凡十一會。鄭不取北杏及陽穀，爲九會。案：數九合者，當以鄭君此注爲定。楊士勛《穀梁·莊二十七年》疏引《釋廢疾》曰：自柯之明年，葵丘以前，去貫與陽穀，固已九合矣。與此説正可互證。乃又引或云，與猶數也，言數陽穀，故得爲九。實曲説，不可從也。《論語·憲問篇》《釋文》引《穀梁》范甯注，有莊十三年會柯，無僖九年會葵丘，與《穀梁》注不合，蓋誤。此外有以莊十三年會北杏，十四年、十五年皆會鄄，僖九年會檉，十三年會鹹，十五年會淮爲兵車之會六；僖三年會陽穀，五年會首止，九年會葵丘，爲乘車之會三，合之爲九者，韋昭《齊語》注也。以莊十三年會北杏，僖四年侵蔡伐楚，六年伐鄭，爲兵車之會三；莊十四年、十五年皆會鄄，十六年盟幽，僖五年會首止，八年盟洮，九年會葵丘，爲乘車之會六，合之爲九者，顏師古《漢書・郊祀志》注，司馬貞《史記・封禪書》注也。由鄭説九會，去莊十五年鄄，取僖八年洮者，劉炫也（《穀梁》疏引），以兩鄄、兩幽、檉、首止、甯母、洮、葵丘爲九會者，李賢也（《後漢書・延篤傳》注）。自漢迄唐，衆説紛紜如此。又，《左・閔元年》：管敬仲言於齊侯。杜注曰：敬仲，管夷吾。孔疏曰：謚法，夙夜勤事曰敬。仲，字。管氏夷吾，名。茶陵本脱「管敬仲」至「肆也」五十三字。〇「故謂之歌鍾」，尤本、袁本「謂之」作「諸侯」，誤也。今依陳氏、胡氏校改。〇善注引《司馬法》，見《天子之義篇》。〇《禮記》，見《曲禮》上。「犯」下各本脱「之色」二字，今補。〇《禮記》鄭注，見《儒行》。〇《左氏傳》見宣二年。〇《漢書・述》，見《敍傳》下《諸侯王表述》。〇毛傳，見《卷阿》。「問」作「聞」。《釋文》曰：本亦作「問」。然此當依正文作「聞」。〇毅、肆，古音脂部。室，至部。通轉爲韵。聞與下紛、芬、云，古音皆諄部，相爲韵。

閑居隘巷，室邇心遐。富仁寵義，職競弗羅。千乘爲之軾廬，諸侯爲之止戈，則干木之德，自解紛也。

【注】《吕氏春秋》曰：段干木者，魏文侯敬之。過其廬而軾之。其僕曰：「干木，布衣耳，而君軾其廬，不亦過乎？」文侯曰：「干木不趣俗役，懷君子之道，隱處窮巷，聲馳千里之外，未肯以己易寡人也。寡人光乎勢，干木富於義。勢不如德尊，財不如義高。吾安敢不軾乎？」秦欲攻魏，而司馬康諫曰：「段干木，賢者，而魏禮之，天下皆聞。無乃不可加乎兵？」秦君以爲然，乃止。干木寂然不競於俗，故曰職競弗羅也。《逸詩》云：兆云詢多，職競作羅。善曰：《漢書》曰：司馬相如稱疾閑居。《毛詩》曰：誕

寘之隘巷。又曰：其室則邇。《老子》曰：解其紛也。

【疏】《孟子·滕文公》下曰：段干木踰垣而辟之。《史記·魏世家》曰：文侯客段干木，過其廬，未嘗不軾也。梁玉繩《人表攷》卷三曰：段氏、段干氏，判然不同。段氏出鄭共叔段之後（原注曰：《廣韻》注、《通志·氏族略》四），《國策》韓有段規是也。老子之後名宗者，爲魏將，封於段干（原注曰：《史·老子傳》），因以爲氏（原注曰：《路史·國名紀》二）。如《秦策》段干，越人，《齊策》段干綸（原注曰：《史·田完世家》作「朋」），《魏策》段干崇，《列子·楊朱篇》段干生是也。而段干木之子隱如入關，去「干」字，亦爲段氏（原注曰：《通志·略》、《路史·後紀》七注並引趙岐《三輔決録》）。故《廣韻》注：段，姓，又引《風俗通》云：段干木之後也。然則段干木複姓段干，本自老子。班固《幽通賦》：木偃息以蕃魏，是舉其名。乃《路史·國名紀》二引《風俗通·氏姓》注謂姓段，名干木，蓋誤。而《風俗通·十反篇》、《三國志·衛臻傳》、《水經·河水》四注、《高士傳》、《文選·魏都賦》、《抱朴子·嘉遁》、《逸民》、《欽士》、《譏惑》、《博喻》等卷，劉晝《新論·薦賢》、《文武》、《遇不遇》諸篇俱稱干木，《文選》謝靈運《述祖德》詩稱段生，恐皆割截言之，未可爲據。焦循《孟子正義》卷十三曰：段干木，蓋因邑爲姓。《風俗通·氏姓》注云：姓段，名干木，恐或失之矣。張雲璈曰：古人稱人，往往去其一字。賦稱干木，或是此意。《唐書·世系表》竟云李宗封于段，爲干木大夫，甚謬。周密《齊東野語》（卷一）亦辨之。《幽通賦》：木偃息以蕃魏，是舉其名也。張注引《呂氏春秋》云云，皆止云干木。《日知録》（卷二十三）以爲翦截名字之始，其實不然。今本《呂子》皆有段字。鄭夾漈《通志》（氏族略》四）引《三輔決録》云：

段干木之子隱如入關，去干，亦爲段。故《廣韵》云：段，姓，又引《風俗通》云：段干木之後。而謝靈運《述祖德詩》亦云段生。蓋姓可稱段，而名斷不可稱干木也。○注引《呂氏春秋》見《期賢篇》。梁章鉅曰：今《呂氏春秋·期賢篇》云：魏文侯過段干木之閭而軾之。其僕曰：「君胡爲軾？」曰：「此非段干木之閭歟？段干木，蓋賢者也。吾安敢不軾？且吾聞段干木未嘗肯以己易寡人也，吾安敢驕之？段干木光乎德，寡人光乎地。段干木富乎義，寡人富乎財。」案：古人引書，往往刪節其文，而此注獨於字句大有增多，當是取據別本。又曰：今《呂氏春秋·期賢篇》「司馬康」作「司馬唐」，「皆聞」作「莫不聞」，「加乎兵」作「加兵乎」，「乃止」作「乃按兵輟不敢攻之」。案：「司馬康」當依《淮南子·修務訓》作「司馬庾」，高注：或作「唐」。此注引又作「康」，恐皆誤也。考《戰國策·韓策》秦有司馬康，《史記·韓世家》作「司馬庚」。徐廣云：一作「唐」，形聲俱相近。然康在秦昭、韓襄之世，上距庚諫秦攻魏幾百年，當是兩人。○「不可加乎兵」，胡曰：「乎兵」當作「兵乎」，各本皆倒。陳云：別本「兵乎」今未見。○《逸詩》，《左·襄八年》鄭子駟亦引之。杜注曰：言既卜且謀多，則競作羅網之，難無成功。此注各本「作羅」作「弗羅」，何義門依《左傳》改，今從之。孫志祖《攷異》引圓沙閱本謂恐太沖引文有誤。朱珔曰：賦言段干木之事，注云，干木寂然不競於俗，故曰職競弗羅也。此當是反其語而用之。注乃因正文而誤耳。胡紹煐亦謂注引《逸詩》「自」作「職」，「競」作「羅」，後人順正文而改耳。○善注引《漢書》，見《司馬相如傳》。○《毛詩》，見《生民》，又引見《東門之墠》。○《老子》，見王注本下篇五十六章，河上注本《德經·玄德章》。王注集唐字本「紛」作「分」。《史記·魯仲連傳》：魯連曰：所謂貴於天下之士者，爲人排患釋難，解紛亂而無取也。○遐、盧，古音魚部。羅、戈，歌部。通轉爲韵。

貴非吾尊，重士踰山。親御監門，嗛嗛同軒。搦秦起趙，威振八蕃，則信陵之名，若蘭芬也。

【注】《史記》曰：魏有隱士曰侯嬴，年七十。家貧，爲大梁夷門監者。公子方置酒，大會賓客。坐定，從車騎，虚左，自迎侯生。秦兵圍邯鄲。公子姊爲平原君夫人，平原使使讓公子。公子數請王及賓客辯士説王萬端，王畏秦，終不聽公子。公子用侯生策，使朱亥椎殺將軍晉鄙，而奪其軍，進擊秦軍。秦軍解去，邯鄲遂存。秦兵伐魏，公子駕歸，救魏王。魏王以上將授公子。公子使徧告諸侯，諸侯各進兵救魏。公子率五國之兵破秦，至函谷關。秦兵不敢出。當是之時，公子威振天下。善曰：《史記》曰：侯生直上載，欲以觀公子。公子執轡愈恭。然親御，謂身自爲御也。監門，即侯嬴也。《周易》曰：謙謙君子，卑以自牧。嗛，古謙字。《説文》曰：搦，按也。

【疏】吕向曰：魏公子無忌，封信陵君。不以貴自尊，重天下賢士踰於丘山。同軒，即爲御也。信陵救趙，擊破秦軍，邯鄲遂存。故云搦秦起趙。當時魏王之威，振動列國，故云威振八蕃。此信陵君之名，如蘭之芳香不絶也。梁玉繩《史記志疑》卷三十曰：魏公子無忌，封於陳留郡之寧陵縣，而號之爲信陵君。寧陵爲古葛地，《水經注》二十三：汳水又東逕葛城北，故葛伯之國，於六國屬魏。魏以封公子無忌，號信陵。此乃確證。步瀛案：《清統志》曰：河南歸德府，寧陵故城在寧陵縣南。戰國魏安釐王以弟無忌爲信陵君，而食邑於寧陵。又案：本書《别賦》李注曰：軒，車通稱也。○注引《史記》見

《魏公子傳》。又太史公曰：吾過大梁之墟，求問其所謂夷門。夷門者，大梁之東門也。《清統志》曰：河南開封府，夷門山在府城内東北隅。一曰，夷山以山勢平夷而名。大梁舊有夷門，蓋以山名。案：今開封縣。○《周易・謙卦》《釋文》引子夏《易傳》作「嗛」，《漢書・藝文志》曰：《易》之嗛嗛，一謙而四益。皆以「嗛」爲「謙」。朱珔曰：《禮記・少儀》注：嗛，遠之也。《釋文》：「嗛」，本又作「謙」。蓋从言从口之字，往往互用。又曰：《藝文志》一謙而四益，謙又从言。劉氏攽《刊誤》曰：「嗛」若與「謙」同，何爲作兩字？吴氏仁傑因疑卦名與鳴謙、勞謙、撝謙皆當从言，而初六嗛嗛當从口。字書：謙，敬也。「歉」通作「嗛」，不足貌。則嗛嗛本自視欿然之意。子夏傳作「嗛嗛」，本止初六一爻。今卦中盡作「嗛」，則傳者失之。意孟堅所見《易》本爲得其真（《兩漢刊誤・補遺》卷六）。余謂《説文》：嗛，口有所銜也。與「鼸」通。《爾雅》：鼸，鼠。古本亦作「嗛」，又與「嫌」通。《易・文言》：爲其嫌於无陽也。「嫌」，荀爽作「嗛」，或借爲「歉」字。《國語》（《晉語》一）引《商銘》：嗛嗛之德。韋注：嗛嗛，猶小小是也。亦借作「謙」字。此所引是也，《漢志》特轉寫偶異。李氏鼎祚《集解》引鄭康成注嗛，亨，君子有終；六四，撝嗛；《序卦》傳有大而能嗛，字皆从口。知古本《易》非「嗛」、「謙」兩出。劉、吴説未確。○《説文》，見《手部》。案：袁、茶二本無「《説文》」以下六字。○山、軒、蕃，古音元部。

英辯榮枯，能濟其戹。位加將相，窒隙之策。四海齊鋒，一口所敵，則張儀、張祿亦足云也。

【注】《史記》：張儀者，魏人也。始嘗與蘇秦俱事鬼谷先生學術，蘇秦自以不及張儀。儀以學而遊説

諸侯。嘗從楚相飲，楚相亡璧。楚相門下意張儀曰：「儀貧無行，此必盜相君璧。」共執儀，掠笞數百。不服，釋之。張儀相秦，使於諸侯，皆説之，散其合從之謀。秦封儀爲武信君。爲秦將取陝，築上郡塞。范雎者，魏人也。遊説欲事魏王。家貧，無以自資。乃事魏中大夫須賈。賈怨范雎，以告魏將魏齊。笞擊折脅摺齒。雎佯死，即盛以簀中。范雎謂守者曰：「公能出我，我必厚謝公。」守者乃請棄簀中死人。遂伏匿，更名張禄先生。隨秦謁者王稽入秦，謂昭王曰：「臣居山東時，聞齊有田單而不聞其有王也。聞秦有太后、穰侯，不聞其有王也。今太后擅行不顧，穰侯出使不報，華陽、涇陽專斷不請。四貴備而國不危者，未之有也。」昭王懼，乃疑穰侯，收其印而相張禄爲應侯。應侯之相秦，蔡澤説曰：「今君相秦，計不下席，謀不出廊廟，坐制諸侯，六國不得合從，使天下皆畏秦也。」善曰：曹植《輔臣論》曰：英辯博通。張升《反論》曰：嘘枯則冬榮。《解嘲》曰：室隙蹈瑕而無所屈也。

【疏】「張儀」上尤本無「則」字。今依袁、茶二本。○李周翰曰：言諸侯雖齊鋒攻秦，一言以説，乃能敵之，故此亦足云。二人皆魏人也。○注引《史記》張儀以下，見《張儀傳》。范雎以下，見《范雎蔡澤傳》。「魏將」當作「魏相」。案：《資治通鑑》卷五曰：魏人范雎。胡三省注曰：雎，音雖。錢大昕《通鑑注辯》卷一曰：按《史記正義》於雎字無音，依注讀，則字當从目旁。攷武梁祠畫象作「范且」，「且」與「雎」同，字宜从且，不从目矣。古人名且者甚多，如穰且、豫且、龍且、夏無且之類，皆讀子余切。范雎、唐雎，亦宜同此音。刊本作「睢」，蓋轉寫譌溷。注讀爲雖，失之甚矣。梁玉繩《人表攷》五曰：范雎，《韓子·外儲説》左上、《隸續·武梁碑》作「且」。○善注引曹植《輔臣論》，《御覽·職官部》六引作「辨博通幽」，《曹子建集》明郭雲鵬本同。嚴可均輯《全三國文》卷十八從本注引改。朱緒曾《曹集攷異》同。○「張升《反論》」，尤本「反」作「及」，茶陵本同。今依毛本、袁本。錢大昕《潛研堂集》卷七曰：問《左傳·昭七年》《正義》引張叔皮論云：賓爵下革，田鼠上騰，牛哀虎變，鮌化爲熊，久血爲燐，積灰生蠅，未審張叔皮何代人。據下文兩稱張叔，則張叔似人姓名。又不知《皮論》是何書也。曰：予初讀注疏，亦蓄疑久之。後讀李善注《文選》卷六引張升《反論》，卷五十五引張升《反論語》，卷四十三引張升《反論》，卷四十引張叔《及論》，卷三十一引張叔《及論》，其詞意與《春秋》疏所引本是一篇之文，而篇名或云《反論》，或云《反論語》，或云《皮論》，或云《及論》，其人名或云叔，或云升。攷《後漢書·文苑傳》有張升，字彥真，陳留尉氏人。著賦、誄、頌、碑、書凡六十篇。梁《七録》有外黄令《張升集》二卷。《反論》殆升所撰之一篇，如《解嘲》、《釋譏》之類。曰「皮」，曰「及」，皆字形相涉而譌。「叔」與「升」亦字形相涉也。步瀛案：錢所引《文選》注蓋毛本，故與尤本不同。尤本本注作「及論」，五十五劉孝標《廣絶交論》注引無「論」字，其餘四十三嵇叔夜《與山巨源絶交書》、四十陳孔璋《答東阿王牋》、三十一鮑明遠《代君子有所思》各注，則與毛本同也。「叔」、「升」字本易相亂，《御覽·人事部》四十七及范書作「叔升」，又誤衍「叔」字耳。嚴可均輯《全後漢文》八十二但録二條，一本賦注及《廣絶交論》注爲一條，一《絶交書》注一條，題爲《友論》，謂《反論》及《反論語》皆誤。然《左傳》疏所引之文，則非《友論》所當有。嚴氏棄之不論，亦殊失之武斷也。○《解嘲》，見本書卷四十五。○厄，古音至部。策，支部。通轉爲韵。○以上前代名人。

摧惟庸蜀與鴝鵒同窠，句吴與鼃黽同穴。

【注】善曰：許慎《淮南子注》曰：摧揚，粗略也。《尚書》曰：及庸蜀人。孔安國曰：庸在江、漢之南。《左氏傳》曰：鸜鵒株株。鸜，具瑜反。株，音誅。《世本》曰：吴孰姑徙句吴。注：孰姑，壽夢也。句吴，太伯始所居地名句吴。句，音溝。《説文》曰：鼃，蝦蟆也。胡蝸反。鄭玄《周禮注》曰：黽，蝦蟇屬也。黽，莫耿切。

【疏】胡克家曰：「鴝」當作「鸜」，善注「中」字作「鸜」可證。袁、茶陵二本所載五臣良注，字作「鴝」，各本皆以五臣亂善，而失著校語。胡紹煐曰：《左·昭二十五年》有鸜鵒來巢，《釋文》：「鸜」本作「鴝」，「鴝」、「鸜」古通。《漢書·五行志》：鸜鵒，夷狄穴藏之禽。然則鸜鵒多生夷狄，故以況庸蜀。下以鼃黽況句吴，亦此意。梁章鉅曰：《越語》：范蠡曰：昔吾先君，固周室之不成子也，故濱于東海之陂。黿、鼉、魚、鼈之與處，而鼃、黽之與同陼。○善注引《淮南子》許注當在《俶真篇》。各本「粗略」作「摧略」，涉正文而誤，已詳《蜀都賦》疏。今改正。○《尚書》，見《牧誓》。案：《左·文十六年》：庸人帥群蠻以叛楚。杜注曰：今上庸縣，屬楚之小國。江永《春秋地理考實》曰：庸國，今鄖陽府竹山縣及竹谿縣也。秦置上庸縣。案：二縣並屬湖北省。○《左氏傳》，見《昭二十五年》。今本「株」作「跦」。○《世本》宋衷注：《史記·吴太伯世家》《集解》《索隱》亦引之作宋忠，然《索隱》實辨以句吴爲地名之非。《世家》曰：太伯之犇荆蠻，自號句吴。《集解》引宋忠曰：句吴，太伯始所居地名。《索隱》曰：顔師古注《漢書》，以吴言句者，夷語發聲，猶言於越爾。此言號句吴，當如顔解，而注引宋忠以爲地名者，《系本・居篇》曰：孰哉居藩離，孰始徙句吳。宋氏見《史記》有太伯自號句吳之文，遂彌縫解彼云，是太伯始所居地名。裴氏引之，恐非其義。藩離既有其地，句吳何緫不知，貞實吳人，不聞別有城邑曾名句吳，則《系本》之文，或難徵信。案：《漢書》顔注見《地理志》下。《索隱》稱《世本》爲《系本》，避唐諱。○《說文・黽部》曰：黽，鼃黽也。鼃，蝦蟆也。段依《韵會・九佳》所據小徐本改「也」作「屬」，曰：蝦蟆與詹諸小別，鼃則與蝦蟆大別。而其形相似，故言「屬」而別見。《漢書・武帝紀》元鼎五年，鼃、蝦蟆鬭，是可知其別矣。鼃者，《周禮》所謂蟈，今南人所謂水雞，亦曰田雞。鼃、蛤，皆其鳴聲也。故宋人詩多云吠蛤，亦云蛙聲閤閤。步瀛案：詳見下。本注各本「蟆」作「蟇」，俗字，《說文》所無，今校改。○《周禮・秋官》序官蟈氏，鄭注曰：鄭司農云：蟈讀爲蜮。蜮，蝦蟇也。《月令》曰：螻蟈鳴。故曰掌去鼃、黽。鼃、黽，蝦蟇屬。書或爲「掌去蝦蟇」，玄謂蟈，今御所食蛙也。《蟈氏》職曰：掌去鼃、黽。注曰：齊魯之閒謂鼃爲蟈。黽，耿黽也。蟈與耿黽尤怒鳴爲聒人耳，故去之。孫詒讓《正義》卷六十五曰：《夏小正》云：四月鳴蜮。蜮也者，長股也。或曰，屈造之屬也。《小正》此文與《月令》孟夏螻蟈鳴正相應。「蜮」即「蟈」字，先鄭讀與彼正同。《說文・虫部》「蜮」重文「蟈」，云「蜮」又从國，亦以「蜮」、「蟈」爲一字。然訓蜮爲短狐，則與先鄭說異。《淮南子・說林訓》：鼓造辟兵。高注云：鼓造，一曰蝦蟇，鼓造卽屈造也。《說文・虫部》云：蝦，蝦蟇也。《爾雅・釋蟲》云：蟼蟇。郭注云：蛙類。又《釋魚》：鼁䵹，蟾諸。注云：蟾諸似蝦蟇，居陸地。先鄭引《月令》以爲說，則亦不以蝦蟇爲詹諸矣。杜氏《玉燭寶典》引《月令章句》云：螻蜮鳴。螻，螻蛄。蜮蟲，鼃之屬也。字正作「蜮」，蔡說亦以「蜮」爲鼃屬。鄭本仍作「蟈」，注云：螻蟈，蛙也。説與先鄭、蔡氏異。《吕氏春秋·孟夏紀》亦云：螻蟈鳴。高注云：螻蟈，蝦蟆也。高説與先鄭同。先鄭意本職云掌去鼃、黽，鼃，黽雖非蝦蟇，而實其屬類，故名其官爲蜮氏也。《説文·黽部》云：鼃，蝦蟇也。《廣雅·釋魚》同。則以鼃與蝦蟇爲一。《古今韻會舉要》引《説文》作「鼃，蝦蟇屬」，則又與先鄭説同。《漢書·武帝紀》載元鼎五年，鼃、蝦蟇鬬，明二物相類而别。依後鄭本職注，以黽爲耿黽，則蝦蟇也，鼃也，黽也，三者各異物。先鄭以鼃黽爲一物，後鄭不從也。後鄭訓蟈爲蛙，與《夏小正》傳訓蜮爲長股同。此上文及本職注鼃字並不作「蛙」，惟此獨異，疑傳寫之譌。步瀛案：《爾雅·釋魚》曰：鼀䵶，蟾諸。在水者黽。郭注曰：蟾諸似蝦蟆，居陸地。黽，耿黽也。似青蛙，大腹，一名土鴨。郝氏《義疏》曰：《本草》：蝦蟇，《别録》一名䵶陶，注云：此是腹大皮上多痱磊者。今按陶説正是詹諸，俗作蟾蜍，非蝦蟇也。蝦蟇小而土黄色，詹諸大而黑黄色，其行遲緩，故名鼀䵶。鼀䵶，猶局蹙也。《秋官·蟈氏》，鄭注以鼃爲蟈，黽爲耿黽，今驗人家庭院止水中，有小鼃，慘黄色，腹下赤，大如指頭，其鳴如曰孤格孤格，即蟈之合聲。羣聒人耳，形尤可憎。《秋官》所去，疑指此物。鄭似失之。蓋鼃即青鼃，與耿黽别種，非一物也。陶注《别録》鼃云：大而青脊者，俗名土鴨，其鳴甚壯，又一種，黑色，南人名爲蛤子，食之至美。又一種，小形善鳴喚者，名鼃子。此則是也。今案陶注以土鴨與蛤子爲二物，亦非也。鼃似蝦蟆，背青緑色，喙尖腹細，其鳴哇哇者是也。黽似青鼃，大腹，背有黑文一道，其鳴蛤蛤者是也。鳴聲似鴨，故名土鴨。黽與耿黽，似非一物。郭本鄭注，以耿黽爲黽，亦非矣。

一自以爲禽鳥，一自以爲魚鼈。

【注】善曰：漢賈捐之上書曰：駱越之人，譬猶魚鼈，何足貪也。鍾會《蒭蕘論》曰：吴之玩水若魚鼈，蜀之便山若禽獸。

【疏】孫志祖《李注補正》曰：《淮南子·覽冥訓》：一自以爲馬，一自以爲牛。○善注引賈捐之上書，見《漢書·賈捐之傳》。元帝初元元年，珠厓又反，發兵擊之。諸縣更叛，連年不定。上與有司議，大發軍。捐之建議以爲不當擊。上使侍中駙馬都尉樂昌侯王商詰問，捐之對曰云云，是對王商詰問，非上書也。李注小誤。○鍾會《蒭蕘論》，《初學記·居處部》、《御覽·居處部》十九、《人事部》四十三、又四十七、《珍寶部》十二、《火部》四皆引之。《白帖》卷二十九引鍾會論皆未及本注所引此條。又，袁、茶二本無《蒭蕘》二字。○穴、鼈，古音脂部。

山阜猥積而踦嶇，泉流迸集而映咽。隰壤瀸漏而沮洳，林藪石留而蕪穢。

【注】山阜猥積，蜀也。泉流迸集，吴也。《戰國策》：段規謂韓王曰：「分地必取成皋。」韓王曰：「成皋，石留之地，無所用之也。」石留之地，喻土地多石，猶人物之有留結也。一曰，壤瀸而石也。或作「溜」字。善曰：《廣雅》曰：踦嶇，傾側也。字書曰：迸，散走也。映咽，流不通也。映，烏朗反。《公羊傳》曰：瀸者何？漬也。作廉反。《周易》曰：甕敝漏。然漏猶滲也。滲，所禁反。《毛詩》曰：彼汾沮洳。毛萇曰：沮洳，其漸洳者。《漢書》楊惲曰：蕪穢不治。

【疏】注引《國策》見《韓》一。胡紹煐曰：《説文》：瘤，腫也。《衆經音義》十八引《通俗文》：肉凸曰瘤。

地多石有似癭瘤，故曰石留。留與瘤通。丹若，一曰若榴，亦曰石榴，亦謂縣結如瘤。方氏以智謂石榴以留結得名（《通雅》卷四十三），是也。今《戰國策》作「溜」。鮑注：古作「石留」，爲張所據。○善注引《廣雅》見《釋訓》。今本作「崎嶇」。許巽行曰：《説文》作「敧嶇」。《復古編》云作「崎嶇」非。呂錦文曰：《洞簫賦》：徒觀其旁山側兮，則嶇嶔巋崎。《史記·陸賈傳》：崎嶇山海閒。《司馬相如傳》：陭嶇而不安。《説文》云：嶇，敧也。敧，嶇也。《宋書·廬江王禕傳》：徼倖敧嶇。正用本字。「踦嶇」、「崎嶇」、「陭嶇」，皆「陭嶇」之别體字。○迸，散走也。玄應《一切經音義》卷四引字書同。本書《海賦》注引《字書》曰：迸，散也。案：袁、茶二本無「迸，散走也」四字。○《廣韻·三十七蕩》曰：咉咉，咽悲也。《御覽·地部》二十一引《三秦記》俗歌曰：隴頭流水，鳴聲幽咽。「咽」皆「噎」之通借字。《詩·黍離》曰：中心如噎。毛傳曰：噎，憂不能息也。孔疏曰：噎者，咽喉蔽塞之名。○《公羊傳》，見《莊十七年》。「漬」作「積」。《釋文》曰：「積」，本又作「漬」。李注所據本同。○《周易》，見《井·九二》爻詞。○《毛詩》，見《汾沮洳》。毛傳曰：沮洳，其漸洳者。本注各本「者」作「也」，非，今校改。○《漢書》，見《楊惲傳》，又見本書楊子幼《報孫會宗書》。

窮岫泄雲，日月恒翳。宅土熇暑，封疆障癘。

【注】吴、蜀皆暑溼，其南皆有瘴氣。善曰：泄，猶出也。《埤蒼》曰：熇，熱貌。許妖切。

【疏】梁章鉅曰：依注，「障」當作「瘴」。胡紹煐曰：經籍無「瘴」字。自《玉篇》始云：瘴，癘也。古祇作「障」，謂山障氣也。太沖用之，賦文不誤。今張注作「瘴」，恐後人以俗字改之。本書《廣絶交論》寄命障癘之地，作「障」。何氏焯引周靖云：本是山嵐之氣，後人乃轉爲「障」字。〇玄應《一切經音義》卷二十引《埤蒼》曰：熇，熱貌也。

蔡莽螫刺，昆蟲毒噬。

【注】蔡莽螫刺，多毒草也。昆蟲毒噬，蝮蛇、鴆鳥之屬也。善曰：王逸《楚辭注》曰：蔡，草莽也。《方言》曰：莽，草也。南楚曰莽。鄭玄《禮記注》曰：昆，明也。明蟲者陽而生，陰而藏。《詩序》曰：文王德及鳥獸昆蟲。

【疏】許巽行曰：刺，七賜切。從刀、朿。朿，木芒也。今「刺」下注「力割」二字，妄人所加。〇《楚辭·九懷·尊嘉》曰：繼以兮微蔡。王逸注曰：續以草芥入己船也。蓋摘此注。「芥」又誤作「莽」。〇莽，草也。《方言》三「莽」作「芥」，此涉下「莽」字而誤。〇《禮記》鄭注，見《王制》。案：《說文》曰：蚰，蟲之總名也。从二虫。段注曰：蟲下曰：有足謂之蟲，無足謂之豸。析言之耳。渾言之，則無足亦蟲也。虫下曰：或行或飛，或毛或蠃，或介或鱗，皆以虫爲象。故蟲皆从虫，而虫可讀爲蟲。蟲之總名稱蚰，凡經傳言昆蟲，即蚰蟲也。《日部》曰：昆，同也。《夏小正》：昆小蟲。傳曰：昆者，衆也，猶䖵䖵也。䖵䖵者，動也，小蟲動也。《月令》：昆蟲未蟄。鄭曰：昆，明也。許意與《小正》傳同。二虫爲蚰，三虫爲蟲。蚰之言昆也，蟲之言衆也。〇《詩序》乃《靈臺序》。案：袁、茶二本無此十一字。〇咽，本真部。此爲「噎」之借字。噎，古音脂部。穢、癘、噬，祭部。通轉爲韻。〇以上斥吳、蜀土地之荒僻。

漢罪流禦，秦餘徙帑。

【注】楊雄《蜀都賦》曰：秦漢之徙，充以山東。《貨殖傳》曰：秦破趙，遷卓氏於蜀。漢時日南、比景、合浦、九真亦皆有徙者，息夫躬、孫寵之屬焉。善曰：《左氏傳》：舜流四凶族，以禦螭魅。《廣雅》曰：𢃄，餘也。力制反。

【疏】楊子雲《蜀都賦》，《古文苑》卷四「充」作「元」。章樵注曰：成都由秦漢而徙謂惠王及武帝時其始基在山之東謂蠶叢、望帝皆治郫城，在岷山之陽也。步瀛案：章注似順文爲説。此言秦、漢之時，徙山東之人以充巴、蜀耳。下引《貨殖傳》即其證也。疑「充」字是。○《史記》、《漢書·貨殖傳》並載卓氏徙蜀事。又程鄭亦山東遷虜，見《貨殖傳》。息夫躬棄市，妻充漢與家屬徙合浦，孫寵徙合浦，並見《漢書·息夫躬傳》。○善注引《左氏》見文十八年。○《廣雅》，見《釋詁》三。王念孫《疏證》曰：《玉篇》：𢃄，力制切。帛餘也。《齊語》：戎車待游車之裂。韋昭注云：裂，殘也。《舊音音例》引《説文》裂，餘也。「裂」與「𢃄」同，即紀裂繻之「裂」也。《小雅·都人士》篇：垂帶而厲。毛傳云：厲，帶之垂者。厲與𢃄亦同義，謂垂帶之餘以爲飾，故下文云匪伊垂之帶，則有餘也。《爾雅》：烈，餘也。《詩序》云：宣王承厲王之烈。烈與𢃄古亦同聲。步瀛案：《説文》曰：𢃄，繒餘也。朱珔曰：「列」，字从歺。《説文》歺爲部首，云：𣦼骨之殘也。《呂覽·權勳篇》注：殘，餘也。故从歺之字，皆得餘訓。「𢃄」即爲「裂」者，从巾，字亦或从衣，如「常」、「帬」、「㡓」之與「裳」、「裠」、「褌」一也。

宵貌蕞陋，稟質遳脆。巷無杼首，里罕耆耋。

【注】《地理志》曰：江南卑溼，丈夫多夭。巴、蜀輕易淫泆，柔弱褊阸。《漢書》曰：人宵天地之貌。《方

言》曰：《燕記》曰：豐人杼首。杼首，長首也。燕謂之杼。交、益之人，率皆弱陋，故曰無杼首也。善曰：《左氏傳》曰：蕞爾小國。杜預曰：蕞爾，小貌也。《廣雅》曰：質，軀也。遳亦脆也。七戈反。《說文》曰：脆，小耎易斷也。《左氏傳》曰：王使宰孔謂齊侯曰：伯舅耋老。杜預曰：七十曰耋。

【疏】袁、茶二本此節及下節并上爲一節。二節張注亦并入善注內，疑非是。○《漢書·地理志》顏注曰：柔弱褊陋，言其材質不彊而心忿陋。○《漢書》，見《刑法志》，注引應劭曰：宵，類也。頭圜象天，足方象地。顏曰：宵，義與肖同。步瀛案：宵者，「肖」之通借字。胡紹煐曰：古多以「宵」爲「肖」。《淮南·要略》：浸想宵類。高注：物佀也。此宵貌與下稟質對，是「宵」爲「肖」也。良注訓宵爲小，與蕞陋義複。○《方言》見卷二。「交、益之人」以下，乃孟陽解無杼首之義。《小爾雅·廣言》曰：杼，長也。亦作「抒」。《廣雅·釋詁》二曰：抒，長也。義同。《考工記》：杼上終葵首。鄭注曰：杼，綱也。《輪人》：行澤者欲杼。注曰：杼，謂削薄其踐地者。皆與此義異。錢繹《方言箋疏》引《玉篇》抒，大圭，抒上終葵首證之，非是。○善注引《左傳》見《昭七年》諺曰，「蕞爾國」無「小」字。胡紹煐曰：此引有之，當是古本。本書《太子宴玄圃》詩：蕞爾小臣。善注引與此同。《論衡》：抑諺曰：蕞爾小國。亦有「小」字，足證今本之誤。步瀛案：《論衡》見《死僞篇》。○胡紹煐曰：《書·益稷》：元首叢脞哉。馬注：脞，小也。「遳」與「脞」同。《集韻》：脞，醋伽切，音嵳，脃也。○《說文·肉部》曰：脃，小耎易斷也。从肉，从絶省。俗作「脆」。此注各本「小」誤作「少」，今校改。○《左傳》及杜注，見《僖九年》。案：耋爲年老之稱，而諸家所說之歲數亦互異。有以爲七十者，《詩·車鄰》孔疏、《禮記·射義》孔疏並引服虔《僖九年・左傳》注曰七十曰耋，蓋即杜注所本。《易・離卦》《釋文》引馬融注、《車鄰》疏、《爾雅・釋言》邢疏並引《易・離卦》鄭玄注、又《射義》陸德明《釋文》、《後漢書・明帝紀》李賢注並同。有以爲八十者，《詩・車鄰》毛傳曰：八十曰耋。《鹽鐵論・孝養篇》、《説文・老部》、《釋名・釋老幼》、《易・離卦》《釋文》引王肅、《爾雅・釋言》郭璞注、又《方言》一注、《禮記・射義》《釋文》並同。有以爲六十者，《左・僖九年》疏引《爾雅・釋言》舍人注曰：耋六十稱也。《公羊・宣十二》年何休注曰：六十稱耋。以上凡有三數，蓋《爾雅》、《方言》皆曰老也，故六十、七十、八十皆得通稱耳。

或魋髻而左言，或鏤膚而鑽髮。或明發而嬥歌，或浮泳而卒歲。

【注】楊雄《蜀記》曰：蜀之先代人，椎結左語，不曉文字。嬥歌，巴土人歌也。何晏曰：巴子謳歌，相引牽連手而跳歌也。潛行爲泳。《詩》曰：漢之廣矣，不可泳思。善曰：《漢書》淮南王曰：越，鑽髮文身之人。張揖以爲古「翦」字也。子踐反。文身，即鏤膚也。《毛詩》曰：明發不寐。《爾雅》曰：佻佻，契契，愈遐急也。郭璞曰：賦役不均，賢人憂歎，遠急切也。「佻」或作「嬥」，音葦。苕，一音徒了反。《毛詩》曰：何以卒歲。

【疏】袁本「髻」作「結」。又，茶陵本校曰：五臣本作「結」，音計。步瀛案：據注則善本亦當作「結」，作「髻」者，後人所改也。許巽行曰：依注作「椎結」。《漢書・陸賈傳》作「魋結」。《儀禮・士冠禮》：將冠者采衣紒。注：紒，結髮。古文「紒」爲「結」。《説文》：髺，簪結也。《新附》：髻，總髮也。古通用「結」。然「紒」、「結」、「髺」、「髻」一字耳。又《説文》：魋，獸，似熊。从鬼、隹。杜回切。椎，擊也。齊謂之終葵。从木、隹。直追切。師古曰：一撮之結，其形如椎，故謂之椎結。斯得之矣。胡紹煐曰：《漢書·陸賈傳》：尉佗魋結。《程鄭傳》：賈魋結民。《李陵傳》：胡服椎結。許書無「髻」字，《衆經音義》十三引《字林》云：髻，絜髮也。然則「髻」字蓋起於呂忱，而《説文》新附收之，云：髻，總髮也。古通用「結」。○嬥歌，何晏曰：相引牽連手而跳歌。則嬥歌即跳歌。説見下。胡紹煐謂嬥歌即櫂歌，非是。○注《蜀記》當作「紀」，蓋《蜀王本紀》之省稱，子雲無《蜀記》也。各本皆誤。所引之文，已見《蜀都賦》劉淵林注，特首句小異，此蓋節引耳。又「左語」當作「左言」。○「嬥歌」，尤本作「嬥謳歌」，茶陵本作「謳歌」，皆誤。今依袁本。何晏云云，疑亦《九州論》之文，特他書未見引耳。朱曰：賦以此句説蜀，下句説吳，故張引何平叔語。○《詩》，見《漢廣》。毛傳曰：潛行爲泳。○善注引《漢書》見《嚴助傳》。「鑽」作「劗」。張揖説，《漢書》晉灼注亦引之。顔曰：「劗」與「翦」同。案：《羣書治要》卷十八引《漢書》作「翦」。又，《淮南子·主術篇》曰：是猶以斧劗髮。高注：劗，翦也。劗讀驚攢之攢。薛傳均曰：攢由偏旁例推，亦通用之證。○《毛詩》，見《小宛》。○《爾雅》及郭注，見《釋訓》。本注「佻佻」，各本作「嬥嬥」。胡曰：當作「佻佻」。陳云：別本「佻」未見。步瀛案：據下云「佻」或作「嬥」，則此處作「佻佻」無疑，今校改。陸德明《釋文》曰：徒彫反。《詩》云：佻佻獨行。歎息也。朱珔曰：此引《詩》即《大東》篇之佻佻公子。彼處《釋文》言《韓詩》作「嬥嬥」。郝氏謂从兆、从翟之字，古多通用。《周禮》守祧注云：故書「祧」作「濯」，亦其證矣。又上張注云：嬥歌，巴土人歌也。何晏曰：巴子謳歌，相引牽連手而跳歌也。孟陽蓋以「嬥」爲「跳」，跳與佻同音。《大東·釋文》「佻」，本或作「窕」。

《爾雅・釋言》：窕，閒也。舍人注：跳者，躍之閒。「佻」、「跳」既並通「窕」，則「跳」亦通「佻」。《説文》：跳，躍也。躍，迅也。《方言》：佻，疾也。迅、疾義一也。○「一，音徒了反」，胡曰：袁本、茶陵本無此五字。案：袁本正文下有「徒了」音，茶陵有「徒召」音，疑此或尤取五臣音添。步瀛案：此亦臆測，不足信也。○《毛詩》，見《七月》。

風俗以韰果爲嫿，人物以戕害爲藝。

【注】善曰：楊雄《反騷》曰：何文肆而質韰。應劭曰：韰，狹也。下介切。《方言》曰：惈，勇也。「果」與「惈」古字通。《説文》曰：嫿，靜好也。音畫。《左氏傳》曰：自内害其君曰殺，自外曰戕。七良反。

【疏】袁本校曰：「嫿」，善本作「嬧」，茶陵本作「嬧」，校曰：五臣本作「嫿」。方以智《通雅》卷十曰：韻書無「嬧」字，「嬧」是「嫿」訛。胡紹煐曰：按善引《説文》云云，則善本亦作「嫿」。許巽行曰：六臣本是依流俗譌本妄改耳。○茶陵本「戕」作「殘」。○善注引《反騷》，《漢書・楊雄傳》載之。「韰」作「韲」。朱珔曰：彼乃假借字。《集韻》：「韰」或作「𠐼」。《廣雅・釋詁》：𠐼，陿也。「狹」與「陿」通。《廣韻》：𠐼，俠也。「俠」亦當爲「狹」。步瀛案：《廣韻・十六怪》曰：𠐼，胡介切。俠也。又曰：韰惈，猶果敢也。則「韰」、「𠐼」、「韲」字並通。○《方言》曰：惈，勇也。朱珔曰：今本無此文，豈逸脱與？《廣雅》多本《方言》，有「惈，勇也」之訓。《廣韻》惈字云：《蒼頡篇》果敢作此惈，是通用矣。步瀛案：《廣雅》見《釋詁》二，《廣韻》見《三十四果》。《爾雅・釋詁》曰：果，勝也。《釋文》作「惈」，曰：音果。玄應《一切經音義》九引《蒼頡篇》曰：惈，憨也。殺敵爲惈。《左・宣二年》作「果」，皆「惈」、「果」通用之證。○

《説文》，見《女部》。《廣雅·釋詁》一曰：嫿，好也。朱珔曰：賦語蓋言風俗以狹隘果敢爲好耳。步瀛案：《通雅》卷十七曰：左思之用韰果，蓋言風俗以隘狹果敢爲快也。嫿，古音壞，與快近也。劉子玄《史通》曰：蒼梧人風婐劃，地氣歊瘴。正用韰婐爲嫿，而作「婐劃」。唐人好造如此。胡紹煐曰：嫿，猶快也。本書《琴賦》：明嫿瞭惠。明嫿，若今言明快。亦引方氏爲説。亦通。又案：方引《史通》見《疑古篇》。浦起龍注謂婐劃爲文身，誤矣。○《左氏傳》，見《宣十八年》。「自内害」作「自虐」。

威儀所不攝，憲章所不綴。

【注】《禮記》曰：孔子憲章文武。善曰：《毛詩》曰：朋友攸攝，攝以威儀。賈逵《國語注》曰：綴，連也。

【疏】注引《禮記》見《中庸篇》。○善注引《詩》見《既醉》。○《國語》賈注已見《西京賦》注引。胡紹煐曰：「綴」與「贅」古字通。《釋名·釋疾病》：贅，屬也。《詩·桑柔》傳、《廣雅·釋言》、《小爾雅·廣言》並同。《公羊·襄十六年》傳：君若贅旒。《釋文》：「贅」，本作「綴」。《尚書》綴衣，本書作「贅衣」。《後漢書·班彪傳》贅衣，注：贅，綴也。是贅爲屬也。善引賈注綴，連也，連亦屬也。此言遐荒風俗人物，憲章之所不屬也。○剎、脆、髮、歲、藝、綴，古音祭部。耋，至部。通轉爲韻。○以上斥吴、蜀人民之鄙陋。

由重山之束阨，因長川之据勢。距遠關以闚闠，時高櫟而陛制。

【注】重山束阨，謂蜀也。長川据勢，謂吴也。《漢書》曰：形束壤制。善曰：束扼，拘束其民由於湫阨也。据勢，依据川之形勢也，闚闠，望尊位也。陛制，亦以高櫟之陛而能約制其民也。《漢書音義》言

其土地形勢足以束制其人也。「据」，古「據」字。九御切。

【疏】尤本「据」作「裾」，胡克家曰：何校「裾」改「据」，注同。案：所校是也。善「据」，五臣「裾」，此及袁、茶陵二本所載五臣向注，皆有明文。各本亂之而失著校語。胡紹煐曰：按，依注，則善本作「据」。向注：裾，如衣以爲要勢。是作「裾」爲五臣本。許巽行曰：「裾」，古「據」字。《史記·司馬相如傳》：据以驕驁。《漢書·司馬傳》裾以驕驁。《酷吏傳》：禹爲人廉裾。皆讀與「据」同。許嘉德案：何校改「裾」爲「据」，然《史》、《漢》「裾」、「据」同用，不改亦是。案：「裾」、「据」雖通，然善本自當作「据」。又，「之据勢」五臣「之」作「而」。○注引《漢書》見《嚴安傳》。○善注：拘束其民。胡曰：袁本、茶陵本無「拘」字。○「闚閪，望尊位也」，袁、茶二本無此六字。案：字亦作「窺窬」。本書劉越石《勸進表》曰：狡寇窺窬。王仲寶《褚淵碑文》曰：窺窬神器。李注皆引《左·桓二年》：師服曰：下無覬覦。杜注曰：下不冀望上位也。又並謂「窬」與「覦」同。○梁曰：翰注：距守遠關，闚閪中國，是居鳥巢而設階陛之制，固非其宜矣。較李注爲顯。何曰：陛制，猶言帝制。步瀛案：「時」疑當作「跱」。《後漢書·張衡傳》注引《字林》曰：跱，踞也。「陛制」與「闚閪」對文。「陛」蓋「陛」之借字。《説文》曰：陛，牢也。所以拘罪人。从非陛省聲。陛制，猶言拘制也。謂吴蜀恃山川之險要，据遠關以窺伺上國，踞高櫟而拘制其民也。又案：袁、茶二本無「也」字。○《漢書音義》，見《嚴安傳》，顔注作孟康。案：袁、茶二本無「《漢書音義》言其土地形勢」十字。胡氏《攷異》以爲尤所添，亦僻見也。○胡紹煐曰：按《漢書·楊雄傳》注引晉灼：「据」今「據」字也。與善注異。步瀛案：依據字本作「據」，「据」其通借字耳。顔、李均以意説。

薄戍綿冪，無異蛛蝥之網。弱卒瑣甲，無異螳蜋之衛。

【注】善曰：緜冪，微貌。《吕氏春秋》：湯祝曰：蛛蝥作罔罟，今之人學之。蛛，音株。蝥，莫侯反。《莊子》：蘧伯玉謂顏闔曰：汝不知夫螳蜋乎？怒其臂以當車轍，不知其不勝任也。

【疏】張銑曰：瑣，猶碎也。○善注以綿冪爲雙聲連語，張銑注同。○《吕氏春秋》，見《異用篇》。今本「學之」作「學紓」。《賈子新書・諭誠篇》曰：蛛蝥作網，今之人循緒。案：《爾雅・釋蟲》曰：鼅鼄、鼄蝥。郭注曰：今江東呼蝃蝥。《方言》十一曰：自關而西，秦、晉之閒謂之鼄蝥。自關而東，趙、魏之閒，謂之鼅鼄。或謂之蠾蝓。蠾蝓者，侏儒語之轉也。郭注曰：齊人又呼社公，亦言罔工。○《莊子》，見《人閒世》篇。

與先世而常然，雖信險而勦絶。揆既往之前迹，即將來之後轍。成都迄已傾覆，建業則亦顛沛。

【注】善曰：《尚書》曰：天用勦絶其命。勦，子小反。《左傳》：吕相絶秦曰：傾覆我社稷。《論語》曰：顛沛必於是。馬融曰：顛沛，僵仆也。

【疏】五臣「代」作「世」。○尤本「業」作「鄴」，今依袁、茶二本。○《禮記・曲禮》上鄭注曰：與，猶數也。言數計先世之事，常如是也。或謂與爲語助詞，亦通。王引之《經傳釋詞》卷一曰：與，語助也。《僖二十三年・左傳》曰：夫有大功而無貴仕，其人能靖者與有幾？言能靖者有幾也。《襄二十九年》

曰：是盟也，其與幾何？言其幾何也。《孟子·滕文公篇》曰：不由其道而往者，與鑽穴隙之類也。「與」字皆是語助，無意義也。○善注引《尚書》見《甘誓》。許巽行曰：「勦絶」之「勦」从刀。《説文》作「剿」，子小切。《書》曰：天用剿絶其命。勦，勞也。《春秋傳》曰：安用勦民。从力，巢聲。子小切，又楚交切。步瀛案：許説是也。今作「勦」者，蓋通借字。《春秋傳》，見《左昭元年》。○《左傳》，見《成十三年》。○《論語》，見《里仁》。《集解》引馬融注同。

顧非累卵於疊棋，焉至觀形而懷怛。

【注】善曰：言其危懼易見，不俟觀形也。《説苑》曰：晉靈公造九層臺，孫息聞之，求見曰：「臣能累十二博棋，加九雞子其上。」公曰：「子作之。」孫息以棋子置下，加九雞子于其上。靈公曰：「危哉！」孫息曰：「是不危。復有危於此者。九層之臺，三年不成。鄰國將欲興兵，社稷亡滅，君欲何望？」公卽壞臺。賈逵《國語注》曰：怛，懼也。

【疏】善注引《説苑》，今本佚此文。《史記·范雎傳》《正義》引曰：晉靈公造九層之臺，費用千金。謂左右曰：「敢有諫者斬。」荀息聞之，上書求見。靈公張弩持矢見之，曰：「臣不敢諫也。臣能累十二博棋，加九雞子其上。」公曰：「子爲寡人作之。」荀息正顏色，定志意，以棋子置下，加九雞子其上。左右懼，慴息，靈公氣息不續。公曰：「危哉，危哉！」荀息曰：「此殆不危也。復有危於此者。」公曰：「願見之。」荀息曰：「九層之臺，三年不成。男不耕，女不織，國用空虛，鄰國謀議將興，社稷亡滅，君欲何望？」靈公曰：「寡人之過也，乃至於此。」卽壞九層臺也。《後漢書·呂布傳》注作「孫息」，文字亦小異。又，《白帖》三、《藝文類聚・人部》八及《巧藝部》、《御覽・人事部》九十七、《工藝部》十一引，互有異同，《御覽・居處部》五引徑作《史記》，誤。○《國語》無「怛」字。《周語》下：是以爲之日惕。韋昭注：惕，懼也。汪遠孫《國語三君注輯存》曰：疑韋本作「惕」，賈本作「怛」。

權假日以餘榮，比朝華而菴藹。

【注】善曰：權，猶苟且也。《楚辭》曰：聊假日以須時。《説文》曰：木堇，朝華暮落。

【疏】吕錦文曰：「菴」與「晻」通。《説文》云：晻，不明也。《廣雅・釋訓》曰：晻晻，暗也。《廣韻・四十八感》晻下云：晻藹，暗也，冥也。《甘泉賦》：儐暗藹兮降清壇。《思玄賦》：臨舊鄉之暗藹。《羽獵賦》：登降闇藹。皆通用之證。王子淵《四子講德論》：鄙人黭淺。注：黭，不明也。《説文》：果實黭黯黑也。《荀子・强國篇》注：黭然，黑色，猶闇然也。黭與菴義同。《藉田賦》雲罕晻藹，即菴藹也。○善注釋權爲苟且，吕延濟同。孫志祖曰：權謂孫權。張雲璈曰：按主客辨難之時，無緣直斥其主名之理。雖假託之辭，於文體非是。似當依注作苟且解。○《楚辭》，見《九章・思美人》。○《説文》，見《艸部》蕣字下。

覽麥秀與黍離，可作謠於吴會。

【注】善曰：《尚書大傳》曰：微子將朝周，過殷之墟，見麥秀之蔪蔪，曰：「此父母之國，宗廟社稷所立也。」志動心悲欲哭則爲朝周，俯泣則婦人。推而廣之，作雅聲。《毛詩序》曰：黍離，閔宗周大夫，行役過故宗廟，宫室盡爲禾黍，而作是詩。

【疏】范成大《吴郡志》卷四十八曰：世多稱吴門爲吴會，意謂吴爲東南一都會也。自唐以來已然。此殊未穩。今客館有吴會亭，尤誤。天下都會之處多矣，未有以其地名冠于會之一字而稱之者。吴，本秦會稽郡，後漢分爲吴、會稽二郡。後世指二浙之地通稱吴會，謂吴與會稽也。諸葛亮曰：荆州北據漢、沔，西通巴、蜀，南連吴、會。謂北則漢與沔，西則巴與蜀，南則吴與會，皆指兩地爲説。南連吴、會，通言二浙江南之形勢，豈謂荆州獨連吴門一郡乎？《莊子》《釋文》浙江，注云：浙江，今在餘杭郡。後漢以爲吴、會分界，今在會稽錢塘。其云分界，則言兩地尤明。褚伯玉，吴郡錢塘人，隱居剡山。齊太祖即位，手詔吴、會二郡以禮迎遣。此證尤切。施宿《嘉泰會稽志》卷一曰：《三國志》謂吴郡、會稽爲吴、會二郡。張紘謂收兵吴、會，則荆、揚可一。《孫賁傳》云：策已平吴、會二郡。《朱桓傳》云：使部伍吴、會二郡。《全琮傳》云：分丹陽、吴、會三郡險地爲東安郡。是也。前輩讀爲都會之會，殆未是。王應麟《困學紀聞》卷十八曰：吴、會，謂吴、會稽二郡也。魏文帝《雜詩》：適與飄風會。又曰：行行至吴會。錢康功《植杖閒談》曰：平江府州署之南，名吴會坊。按《蔡邕傳》：亡命江海，遠迹吴、會。注引會稽高遷亭椽爲笛事。又諸葛孔明説荆州形勢曰：東連吴、會。王羲之爲會稽内史，時賦役繁重，吴、會尤甚。石崇論伐吴之功曰：吴、會僭逆，指言孫氏。則吴、會當是吴郡與會稽，不獨爲姑蘇。今坊名吴會，未知何據而然？《前漢·吴王濞傳》：上患吴、會輕悍，即吴、會也。此皆以吴、會爲吴、會稽二郡之總稱也。《通鑑》卷十七《漢紀》：建安二十年，觀兵於吴、會。胡三省注曰：吴會，謂吴地爲一都會。會讀如字。一説，吴、會，謂吴、會稽二郡之地。會音工外翻。顧炎武《日知録》卷十八引錢康功説，而辨之曰：今本《史記》、《漢書》並作上患吴會稽，不知順帝時始分二郡。漢初安得言吴、會稽？當是錢所見本未誤，後人妄增之。魏文帝詩：吹我東南行，行行至吴會。陳思王《求自試表》曰：撫劍東顧，而心已馳於吴會矣。晉文王《與孫皓書》曰：惠矜吴會，施及中土。魏元帝《加晉文王九錫文》曰：埽平區宇，信威吴會。阮籍《爲鄭沖勸晉王牋》曰：朝服濟、江，埽除吴會。陳壽《上諸葛亮集》曰：身使孫權，求援吴會。羊祜上疏曰：西平巴、蜀，南和吴會。荀勖《食舉樂東西廂歌》曰：既禽庸蜀，吴會是賓。左思《魏都賦》曰：覽麥秀與黍離，可作謡於吴會。武帝問劉毅曰：吾平吴、會，一同天下。石崇奏惠帝曰：吴會僭逆，幾於百年。石勒表王浚曰：晉祚淪夷，遠播吴會。慕容廆謂高瞻曰：翦鯨豕於二京，迎天子於吴會。丁琪諫張祚曰：先公累執忠節，遠宗吴會。此不得以爲會稽之會也。蓋漢初元有此名，如曰「吴都」云爾。若《孫賁》《朱桓傳》，則後人之文偶合此二字，不可以證《吴王濞傳》也。錢大昕《通鑑注辯正》卷一曰：據吴郡、會稽二志，則吴、會爲兩郡名，信而有徵。近儒又引《漢書·吴王濞傳》上患吴、會輕悍，以爲漢初元有此名，如曰吴都云爾。然今本《史記》、《漢書》「吴會」下本有「稽」字，且漢初本有吴郡。《灌嬰傳》渡江破吴郡，長吴下，得吴守，遂定吴、豫章、會稽郡。吴、豫章，皆不在秦三十六郡之數，當是項氏所置。即使《濞傳》云吴、會，亦是兩郡名之證，豈取都會之義乎？王鳴盛《十七史商榷》卷四十二曰：《三國志·朱桓傳》：桓爲盪寇校尉，授兵二千人，使部伍吴、會二郡。此謂吴與會稽也。《孫韶傳》注：孫河從策，平定吴、會。亦謂二郡。今人竟以爲吴中之稱，「會」字如字讀，不讀若「膾」，援唐王勃《滕王閣序》指吴會於雲閒爲證，皆非也。趙翼《陔餘叢考》卷二十一曰：西漢前，會稽郡治本在吴縣。項梁殺會稽守，舉吴中兵渡江而西。守所治在吴，故殺守即起吴兵。朱買臣本吴人，出爲會稽守，即其鄉郡也。時俗以郡縣連稱，故云吴會。東漢分吴與會稽爲兩郡，故《三國志》所謂吴、會，皆指兩郡言。如《孫策傳》：策自領會稽太守，以朱治爲吴郡太守。《孫賁傳》：策已平吴、會二郡。《朱桓傳》：權授桓兵，使部伍吴、會二郡，是也。梁玉繩《史記志疑》卷三十三曰：《漢書·高紀》，六年，以故東陽郡、鄣郡、吴郡五十三縣立劉賈爲荆王。又《功臣表》：傅陽侯周聚，以定吴郡封。《灌嬰傳》：破吴郡，長吴下，遂定吴、豫鄣、會稽郡。是會稽之外，有吴郡矣。張雲璈曰：西漢時，會稽郡治本在吴縣。時以郡縣連稱，故云吴會耳。如朱買臣本吴人，出爲會稽太守，即其鄉郡。是西漢時已讀會爲會稽之會，不當盡作都會也。朱珔曰：《史記·貨殖傳》云：都國諸侯所聚會。故下文屢言都會，則吴都之稱吴會，固無不可。但顧氏説亦未然。考秦時三十六郡，雖無吴郡之名，而《漢書·高帝紀》以故東陽郡、鄣郡、吴郡五十三縣立荆王。又《灌嬰傳》云：破吴郡，長吴下，得吴守。明漢初已稱吴郡。錢氏《考異》以爲楚、漢之閒所分置，是也。《前漢志》吴仍屬會稽，蓋景帝三年，濞反，國亡，復秦制爲會稽郡，在高帝以後，而東漢順帝始又分置耳。然則《吴王濞傳》之云吴、會稽，非誤。魏文帝《雜詩》不應相連重韻，可見吴、會自以吴、會稽並言。又納蘭氏成德《淥水亭雜識》云：或疑會稽二字可獨稱會乎？考宋元嘉時，以揚州浙西屬司隸校尉，而分浙東五郡爲會州。晉、宋閒亦以會稽爲會土，故謝靈運有《會吟行》，此單稱會之徵。余謂郡、縣兩字者，單舉一字，後世省文習有之，又不獨會稽也。步瀛案：吴、會稽總稱吴、會，猶巴、蜀二郡之稱巴、蜀耳。〇《尚書大傳》，本書《思舊賦》注、《辨亡論》下注、《宣德皇后令》注皆引之。又見《學齋呫嗶》卷二引，見上注。《史記・宋微子世家》以爲箕子之歌。《史記・淮南王安傳》：伍被曰：微子過故國而悲。《漢書・伍被傳》同。與《大傳》合。〇袁、茶二本「朝周」上有「相」字，尤本刪作空格。〇《毛詩序》，節引《黍離序》。〇何義門曰：四句以吴後亡，言吴雖假日餘榮，終于黍離麥秀也。〇勢、衛、絶、轍、沛、藹、會，古音祭部。怛，元部轉祭部。〇以上斥吴、蜀之恃險終亡。

先生之言未卒，吴蜀二客愯焉相顧，䁥焉失所。有靦瞢容，神惢形茹。㢮氣離坐，㥏墨而謝。

【注】愯，懼也。《左傳》曰：駟氏愯。《毛詩》曰：有靦面目。瞢，愧也。《左傳》曰：亦無瞢焉。楊雄《方言》曰慙也。荆、揚之閒曰㥏。善曰：張以愯先壠反，今本並爲「矆」。矆，大視。呼縛反。《説文》曰：䁥，失意視。他狄反。字書曰：桵，垂也。謂垂下也。「惢」與「桵」同。而髓切。《説文》曰：惢，心疑也。亦而髓反。《吕氏春秋》曰：以茹魚驅蠅，蠅愈至而不可禁。然茹，臭敗之義也。如舉反。《廣雅》曰：㢮，釋也。施紙反。㥏，勑典反。杜預《左氏傳注》曰：墨色下也。《説文》曰：謝，辭也。

【疏】「愯」，諸本皆作「矆」。胡克家曰：陳云：「矆」當作「愯」，注同。案：所説是也。袁本、茶陵本云善作「愯」，載注《春秋傳》曰：駟氏愯。各本作「駟氏懼懼」，甚誤。《説文・心部》愯下引《左氏》駟氏愯。《集韻・二腫》載「愯」、「愯」、「悚」三形。「愯」字即本此，可爲證也。朱珔曰：《説文》：愯，懼也。从心，雙省聲，引此《傳》亦作「愯」。《傳》文見昭公十九年。今本作「聳」。段氏謂後人所易也。又

《昭六年・傳》：聳之以行。《漢書・刑法志》引作「愯」。晉灼曰：古「悚」字。「愯」本从「雙」省，《漢書》「雙」不省耳。余謂「愯」與「竦」音義皆近，故「愯」亦作「竦」。《説文》：竦，敬也。敬則懼。《詩・長發》：不戁不竦。毛傳：竦，懼也。《家語・弟子行》用《詩》語不戁不悚，注亦云：悚懼則通作「悚」。本書《長楊賦》：整輿竦戎。注云：「竦」與「聳」古字通。是又通作「聳」。《方言》：聳，悚也。《集韻》：「悚」與「愯」、「愯」同。《一切經音義》（玄應卷十五）：「聳」，古文「竦」、「愯」、「慫」三形。然則「悚」者，「愯」之或體。「聳」者，「悚」之借字也。此處作「矆」，當因涉次句「瞭」字从目而誤。○「瞭焉失所」，胡曰：「瞭」當作「瞻」。善「瞻」，五臣「瞻」，各本皆以五臣亂善。案：此説亦臆測，無他證。詳見下。○五臣「瞢」作「懵」。○胡紹煐曰：「惢」當爲「歰」，字之誤也。《説文》：歰，不滑也。此謂神歰而不滑也。「歰」亦作「歮」，因譌而爲「惢」，如香菜之「蘂」，一譌而爲「蕊」，再譌而爲「蕋」矣。注未見及此。《説文》：菸，鬱也。一曰，矮也。《九辨》：葉菸邑而無色。「茹」與「菸」同，「鬱」與「矮」義亦相足。凡心有鬱邑，則顔色憔悴，故曰形茹矣。案：枕泉此説，亦無他證，故録存之，以備一説。○《毛詩》，見《何人斯》：胡紹煐曰：靦，面目貌。《小雅・何人斯》傳：靦，姡也。李巡、孫炎注《爾雅》並云：靦，人面姡然也。《説文》：靦，面見也。《詩》曰：有靦面目。或作「䩄」。《玉篇》䩄，引《埤倉》：姡也。《越語》：余雖靦然人面哉。韋注：靦然，面目之貌。《後漢書・樂成靖王黨傳》：安帝詔曰：萇有靦面目，而放逸其心，義同。○《左傳》，見《襄十四年》。杜注曰：瞢，悶也。胡紹煐曰：瞢容，惝怳之狀。《衆經音義》二十六引《三倉》：瞢，不明，是也。此言惝怳之見於面者。下慙墨，乃云慙耳。步瀛案：《小爾雅・

廣言》曰：瞢，慚也。《晉語》三韋注曰：瞢，慙也。與孟陽注合。○《方言》，見卷六。「慙也」上有「㥦」字，當據補。○善注今本並爲「矆」。胡紹煐曰：《説文》：㥲，懼也。从心，雙省聲。則讀若「聳」。《左·昭十九年傳》《釋文》：聳，息勇反。是「㥲」同「聳」。今本作「矆」，讀呼縛反，則音義俱非矣。許巽行曰：李氏云「矆，大視」也者蓋以證非㥲懼之意，而明今本作「矆」譌耳。○《説文·目部》「瞗」作「𥌛」。胡克家曰：袁本「瞗」作「瞗」，茶陵本亦作「瞗」。案：「𥌛」字最是也，所引《目部》文依此，是善自作「𥌛」。袁、茶陵二本所載五臣向注字乃作「瞗」，茶陵、尤因正文之誤，并改此注，甚非。步瀛案：《説文》段氏注，依本注改作「瞗」，曰：瞗，音他狄反，猶滌之切亭歷，皆於條取聲。脩聲不得切他狄也。《説文》譌爲「𥌛」，乃溷同「督」字，而《篇》《韻》皆曰敕周切矣。與《攷異》說正相反。沈濤《説文古本攷》曰：《文選·魏都賦》注引《説文》曰：瞗，失意視也。是古本作「瞗」不作「𥌛」矣。脩、條皆从攸聲，二字每多相亂。然據《選》注，則此字从條不从脩也。大徐音他歷反，亦以从條得聲爲近也。《韻會》亦引作「瞗」，云：从目，條聲。是小徐本尚不誤。步瀛案：今本《繫傳》卷七《目部》作「𥌛」，引此賦亦作「𥌛」，沈所引實未確，然唐本《説文》自當作「瞗」也。瞗、𥌛音義可通。梁章鉅曰：惠氏棟曰：脩、條二字，皆從收得聲。《漢書·恩澤侯表序》：脩侯犯色。師古曰：脩讀曰條，是二字古多通用。今《説文》與李引未可是非，宜兩存之。朱珔曰：條、脩並從攸聲，音形俱相近，故「瞗」或作「𥌛」。《集韻·二十三錫》出「𥌛」字，而仍從他歷切之音，下文有蓨，草名，脩也。則以「條」、「脩」二字互通耳。胡紹煐曰：《玉篇》：𥌛，敕周、他歷二切。《廣韻·十八尤》《二十三錫》皆有「𥌛」字。○「而髓切」，案：「切」當作「反」，與下方一律。自此至「心疑也」十字，袁、茶二本無。「亦而髓反」，「亦」字作「並」。○朱珔曰：《説文》惢爲部首，从三心，讀若《易·旅》瑣瑣。段氏謂今人以疑爲多心是也。下出「縈」字云：𠂹也。則垂下之義當作「縈」。《説文》别無从艸之「蘂」。《吕氏春秋》，見《功名篇》。「驅」作「去」。朱珔曰：臭敗之訓，在此殊過當。宜從王逸注《離騷》以茹爲柔愞方合，注亦失之。茹可訓柔者，蓋以爲濡之同音借字也。○《廣雅》今本無「弛，釋也」之文。王念孫《疏證》據此注補曰：《周官·大司樂》：令弛縣。鄭注云：弛，釋下之。○《左傳》杜注，見《哀十三年》。「壘」下有「氣」字。○《説文》，見《言部》。「辭」下有「去」字。○客、顧、所、茹、謝，古音魚部。

曰：僕黨清狂，怵迫閩濮。習蓼蟲之忘辛，翫進退之惟谷。非常寐而無覺，不覩皇輿之軌躅。

【注】《漢書·昌邑王賀傳》曰：賀清狂不慧。注：色理清徐，而心不慧，故曰清狂也。賈誼《鵩鳥賦》曰：怵迫之徒，或趣西東。善曰：閩，已見《吴都賦》。孔安國《尚書注》曰：濮國，在江、漢之南。《楚辭》曰：蓼蟲不知從乎葵藿。王逸曰，蓼蟲處辛刺，食苦惡，不從葵藿食甘美。《毛詩》曰：人亦有言，進退惟谷。又曰：尚寐無覺。《楚辭》曰：恐皇輿之敗績。班固《漢書》班嗣曰：伏周孔之軌躅。《音義》曰：躅，迹也。

【疏】《昌邑王賀傳》，見《武五子傳》。昌邑哀王髆後顏注引蘇林曰：凡狂者，陰陽脉盡濁。今此人不狂似狂者，故言清狂也。或曰，色理清徐，而心不慧，曰清狂。清狂，如今白癡也。孟陽蓋取後説。

案：袁、茶二本無「注」字。○《鵩鳥賦》見卷十三。○善注引《尚書》僞孔傳，見《牧誓》。餘見《蜀都賦》。○《楚辭》，見《七諫·怨世》。各本「辭」下有「注」字，今校删。《楚辭》「從」作「徙」，「藿」作「菜」。「菜」與上「侍」字韵。「藿」字失韵。「從」與「藿」皆誤也。王注「剌」作「烈」，「不從葵藿」作「不知徙於葵菜」，皆當據改。○《毛詩》見《桑柔》。毛傳曰：谷，窮也。又引《詩》見《兔爰》○《楚辭》，見《離騷》。尤本脱「績」字，袁、茶二本作「續」，亦誤。今校改。王注曰：皇，君也。輿，君之所乘，以喻國也。戴震《屈原賦注》曰：車覆曰敗績。《禮記·檀弓》：馬驚，敗績。《春秋傳》：敗績厭覆是懼。案：見《左·襄三十一年》。○《漢書》，見《敍傳》。本注各本「孔」下有「氏」字，誤衍。今删。顔注引鄭氏曰：躅，迹也。案：袁、茶二本無「《音義》曰躅迹」五字。○濮、谷、躅，古音侯部。

過以仉剽之單慧，歷執古之醇聽。

【注】楊雄《方言》曰：仉剽，輕也。善曰：鄭玄《禮記》注曰：過，猶誤也。王逸《楚辭》注曰：歷，逢也。《老子》曰：執古之道。仉，敷劍切。剽，匹妙切。

【疏】袁、茶二本「仉」作「汎」。胡氏謂左太沖、郭景純所據本作「仉剽」，作「仉」者爲尤依今本《方言》改，非也。《玉篇·人部》仉下引《方言》正作「仉」。《廣雅·釋詁》三亦作「仉」不作「汎」。○五臣「慧」作「惠」，字通。張銑曰：單惠，猶小才也。○《方言》卷十「剽」作「僄」，字通。○《禮記》鄭注，見《樂記》。○《楚辭》王注，見《離騷》。○《老子》，見王注本上篇第十四章，河上公本《道經·贊元章》。

兼重悂以貤繆，佪辰光而罔定。

【注】善曰：言既重其悂，而又累其繆也。《廣倉》曰：悂，用心并誤也。方奚反。《説文》曰：䝨，重次第物也。弋豉反。《漢書音義》：應劭曰：偭，背也。音面。《國語》曰：次序三辰。賈逵曰：日、月、星也。

【疏】「䝨」當作「貤」。《説文》無「䝨」字。○何焯曰：《廣倉》「廣」疑作「埤」，否或《廣雅》之誤。葉樹藩曰：《隋書·經籍志》注云：梁有《廣倉》，樊恭譔。是實有其書。何氏疑其誤，豈未深考耶？郝懿行校《文選》及梁章鉅、許巽行説並同。張雲璈曰：《隋書·經籍志》明云《廣倉》已亡，則隋時已無其書，不知李氏何從據而引之？此何氏所以疑之也。余蕭客云：李氏或從諸書散見引出，或私有其本。亦揣度之辭耳。步瀛案：義門偶爾失考，殊不足病。仲雅曲爲之説，非是。《隋志》不載而《新·舊唐志》載者亦有之。余説是也。○《説文》，見《貝部》。「䝨」作「貤」，「䝨」，俗字，此殆改就本文耳。《史記·司馬相如傳》《上林賦》，《集解》引郭璞曰：䝨，猶延也。○《漢書》應劭注，見《賈誼傳》。顔注亦引之。○《國語》，見《魯語》上。「次」作「能」，各本皆誤，宜校改。○聽、定，古音耕部。

先生玄識，深頌靡測。得聞上德之至盛，匪同憂於有聖。

【注】《老子》曰：古之士微妙玄通，深不可識。夫惟不可識，故強爲之頌。故曰先生玄識，深頌靡測。又曰：上德無爲而無不爲。《易》曰：顯諸仁，藏諸用，鼓萬物而不與聖人同。憂盛德大業，至矣哉。夫聖人親憂其事，然後能立。《易》體無爲而無不爲，自然動物，而不與聖人同憂。蓋謂治合造化，出於形器之表者，聖人無所復聞，無復恤也。故曰鼓萬物而不與聖人同憂。其上賦中云：顯仁翌明，藏用玄默。故下覆報言之也。善曰：王肅《周易注》曰：聖人之憂，憂君子之道不長，小人之道不消，黍

稷之不茂，荼蓼之蕃殖。至於乾坤，簡易是常，無偏於生養，無擇於人物，不能委曲，與彼聖人同此憂之。

【疏】胡紹煐曰：「頌」，古文「容」。《説文》：容，盛也。又頌皃也。《漢書・儒林傳》：徐生善爲頌。注：古者「頌」與「容」同。古容皃之容作「頌」，故寬容之容亦作「頌」。《漢書・王莽傳》：赤煒頌平。注：頌，寬頌也，此謂深寬無測也。向注云：頌美魏德，於義未協。○注引《老子》，見王注本上篇第十五章，河上本《道經・顯德章》，「古之士」作「古之爲士者」，此節引。「夫惟不可識」以下，孟陽釋太沖引《老子》之意。○「上德」二句，見王注本上篇第三十八章，河上本《德經・論德章》。「無不爲」皆作「無以爲」，此蓋因上篇三十七章「道常無爲而無不爲」下篇四十八章「無爲而無不爲」合而引之。○《易》，見《繫辭》上。「夫聖人」以下乃張氏釋太沖引《老》、《易》之意。○善引王肅《周易注》，尤本、茶陵本、毛本皆作「王弼」，非也。今依袁本。梁曰：王弼注《易》，不及《繫辭》，相傳以韓康伯注續。○「聖人之憂」上，各本有「不與」二字，誤衍。今依胡氏校删。○識、測，古音之部。盛、聖，耕部。

抑若春霆發響，而驚蟄飛競。潛龍浮景，而幽泉高鏡。

〔注〕善曰：二客聞言，朗然心悟，猶春霆響，驚蟄，紛然而競飛，龍彩幽泉，焕然而照也。《吕氏春秋》曰：開春始雷，則蟄蟲動矣。《詩推度災》曰：震起而驚蟄睹。《周易》曰：潛龍勿用也。

【疏】胡紹煐曰：「競飛」，各本俱誤倒作「飛競」，宜乙轉。善及良注可證。步瀛案：競、鏡爲韵，疑不誤。○劉良曰：言先生之言，啓發我心，如方春雷霆初震，而蟄蟲皆競飛動。鏡，照也。又似潛龍升天，浮於日景，我於幽泉之中，但涵照於其容暉也。○善注「猶春霆」四句，疑有舛誤字。○《呂氏春秋》見《開春論》。注「開」春各本作「聞春」，誤。今依何氏校改。○《詩推度災》，《御覽·兵部》七十一引。「震」下有「雷」字。案：各本「災」誤作「客」，今依胡氏、梁氏校改。○《周易》見《乾》初九·爻詞。○競、鏡，古音陽部。

雖星有風雨之好，人有異同之性，庶覿蔀家與剥廬，非蘇世而居正。

【注】《尚書·洪範》曰：庶人唯星。星有好風，星有好雨，言人心之不同，如星之所好異。《易》曰：豐其屋，蔀其家。小人剥廬。《楚辭·九章》曰：蘇世獨立。《春秋公羊傳》曰：君子大居正。善曰：言己因此幸見蔀家剥廬之凶，非謂悟世而居正道也。《爾雅》曰：庶，幸也。王弼《周易注》曰：蔀，覆，曖鄣光明之物也。既豐其屋，又蔀其家。屋厚家覆，闇之甚也。王逸《楚辭注》曰：蘇，寤也。

【疏】《洪範》「庶人」作「庶民」。孟陽注當同此，蓋唐人改耳。孔疏引鄭注曰：箕星好風者，箕東方木宿，風中央土氣，木克土爲妻，從妻所好，故好風也。畢星好雨者，畢西方金宿，雨東方木氣，金克木爲妻，從妻所好，故好雨也。○「言人心之不同」云云，孟陽釋太沖引《洪範》之意。○「豐其屋」二句，《豐》上六爻詞。「小人剥廬」，《剥》上六爻詞。○《楚辭·九章》，見《橘頌》。「蘇世」二字誤作「蔀也必」三字。「蘇」與「蔀」、「世」與「也」，蓋因字形相近而誤，又衍「必」字。今依《楚辭》校改。姜皋以爲《九章算術》之説，大謬。○《公羊傳》，見《隱三年》。○善引《爾雅》見《釋言》。○王弼注，見《豐》卦。又，「蔀其家」各本「蔀」作「覆」，蓋涉下「家覆」字而誤，今校改。○《楚辭》王注，見《九章·橘頌》。本注各本「寤」下誤衍「之」字，今校删。○性、正，古音耕部。

且夫寒谷豐黍，吹律暖之也。　昏情爽曙，箴規顯之也。

【注】劉向《别録》曰：鄒衍在燕，有谷，地美而寒，不生五穀。　鄒子居之，吹律而温至黍生，　今名黍谷。善曰：孔安國《尚書》注：爽，明也。　《説文》曰：曙，旦明也。

【疏】五臣「暖之」、「顯之」上各有「以」字，而下各無「也」字。○注引劉向《别録》黍谷事，本書顔延年《秋胡詩》、阮嗣宗《詣蔣公奏記》注皆引之。　又見《北堂書鈔·樂部》八、《藝文類聚·水部》下、《白帖》卷二、《御覽·地部》十九引，互有異同。○善注引僞孔傳，見僞《仲虺之誥》。○《説文》，見《日部》。「曙」作「睹」。段注改「旦明」爲「且明」，曰：睹與昧爽同義。許書有「睹」無「曙」，而《文選·魏都賦》、謝康樂《溪行》詩李注並引作「曙」，古今字形異耳。許本作「睹」，後乃變爲「曙」，署亦者聲也。沈濤曰：《文選·魏都賦》、謝靈運《越嶺溪行》詩、《七發》三注引此字皆作「曙」，乃崇賢以今字易古字耳，非古本有「曙」無「睹」也。後人不知「曙」即「睹」之變，故《玉篇》分列二文，《廣韻》析居二韵，大徐增入新坿，皆爲無識。案：段、沈説是。梁章鉅謂《説文》「睹」爲「曙」之誤，當依此訂正，大繆。○暖、顯，古音元部。

雖明珠兼寸，尺璧有盈，曜車二六，三傾五城，未若申錫典章之爲遠也。

【注】《太史公書·田敬仲世家》曰：齊威王二十四年，與魏惠王會田於郊。魏王問曰：「王亦有寶乎？」曰：「無有也。」魏王曰：「若寡人小國也，尚有徑寸之珠，照車前後十二乘者十枚。奈何以萬乘之國，

而無寶乎？」善曰：《尹文子》曰：田父得寶徑寸，置於廡上，其夜照一室。《史記》曰：趙惠文王得楚和璧，秦昭王聞之，願以十五城請易璧。《毛詩》曰：申錫無疆。

【疏】各本無「公」字，「書」下有「曰」字，「家」下有「傳」字。今依胡氏、梁氏校改。○《史記》本稱《太史公》。《漢書・藝文志》稱《太史公》百三十篇，馮商《續太史公》七篇是也。或稱《太史公記》，《漢書・楊惲傳》曰：惲始讀《外史》、《太史公記》，是也。或稱《太史公書》，《漢書・宣元六王傳》曰：東平王宇上書，求諸子及《太史公書》，是也。他如《漢書・楊雄傳》、《敍傳》、《後漢書・竇融傳》、《范升傳》、《陳元傳》、《楊終傳》、《班彪傳》皆可證。《彪傳》有稱《史記》者，乃范蔚宗語。至叔皮所論，亦仍曰《太史公書》也。《風俗通》亦但稱《太史公記》，荀悦《漢紀》卷三十曰：班彪子固，明帝時爲郎。據太史公司馬遷《史記》，自高祖至孝武太初，以紹其後事。是知稱《太史公書》爲《史記》，起于漢末。蓋「史記」本古史之通名，錢大昕《廿二史攷異》卷七、沈欽韓《漢書疏證》卷廿一、洪頤煊《讀漢書叢録》卷十七皆攷之甚詳，今以「史記」通名加於司馬遷書之專名，失其義矣。○李善引《尹文子・大道篇》上，已見《西都賦》。○《史記》，見《藺相如傳》。劉良曰：三傾五城，十五城。言秦王願以十五城易趙和氏之璧。步瀛案：本當云曜車二六，傾城三五。此倒文以就韻，故云三傾五城也。○《毛詩》，見《烈祖》。○盈、城，古音耕部。

亮曰：日不雙麗，世不兩帝。天經地緯，理有大歸。安得齊給，守其小辯也哉！

【注】二客自言安能守此者自悔也。《荀卿子》曰：辯說譬論，齊給便利，而不慎義，謂之姦說。善曰：

《禮記》曰：天無二日，土無二王。《漢書》：文帝賜尉他書云：兩帝並立。《新序》：單襄公曰：經之以天，緯之以地。經緯不爽，天之象也。《家語》：孔子曰：小辯害義，小言破道也。

【疏】「世不」，五臣「不」作「無」。○呂延濟曰：亮，信也。信知天下不可有二日，國不可有二主。○注「二客自言」至「自晦也」，袁、茶二本無此十二字。胡氏、許氏皆以爲向注誤入者。然袁本以五臣爲主，往往五臣有者，竟删他注以免複。此安知非呂向襲張，而纂者反删張注乎？尤本「悔」作「晦」，誤。今依毛本。又，袁、茶二本向注作「自悔之也」。○《荀卿子》，見《非十二子》。「慎義」作「順禮」。○善注引《禮記》見《坊記》。○《漢書》，見《兩粵傳》。○單襄公言見《周語》下。今本《新序》無此文。嚴可均輯《新序》佚文，亦未闌入。○《家語》，見《好生篇》，又見《大戴禮·少閒篇》。○麗，古音歌部。帝，支部。緯、歸，脂部。通轉爲韻。遠、辯，元部。與上暖、顯爲韻。○以上二客謝過。

高步瀛著
曹道衡
沈玉成點校

文選李注義疏

第四册

中華書局

文選李注義疏卷七

賦丁

郊祀

【注】祭天曰郊。郊者，言神交接也。祭地曰祀。祀者，敬祭神明也。郊天正於南郊。郭外曰郊。

【疏】《禮記·禮器》鄭注曰：郊，祭天也。《公羊·僖三十一年》何休《解詁》曰：謂之郊者，天人相與交接之義也。又曰：郊者，所以祭天也。玄應《一切經音義》二引《爾雅》舍人注曰：祀，地祭也。《漢書·郊祀志》上曰：祀者，所以昭孝事祖，通神明也。《説文》曰：祀，祭無已也。以上皆李注之所本。然昭明分類，標以「郊祀」者，蓋本於《漢書·郊祀志》南郊祭天，北郊祭地。是一郊字已兼祭天地之義，不必以郊祀二字分屬天地。且《周禮·地官·鼓人》鄭注曰：天神稱祀。又何能專屬祭地邪？○《禮記·祭法》鄭注曰：祭上帝於南郊曰郊。餘見《東京賦》注。○《詩·碩鼠》鄭箋曰：郭外曰郊。《禮記·月令》鄭注曰：王居明堂。《禮》曰出十五里迎歲，蓋殷禮也。周近郊五十里。《郊特牲》孔疏曰：其祭天之處，冬至則祭於圜丘。圜丘所在，雖無正文，應從陽位，當在國南。故魏氏之有天下，營委粟山爲圓丘，在洛陽南二十里。然則周家亦在國南，但不知遠近者。其五時迎氣，則在四郊。故《小宗伯》云：兆五帝於四郊。鄭云：春迎青帝於東郊，夏迎赤帝於南郊，季夏迎黄帝亦於南郊，秋迎白帝於西郊，冬迎黑帝於北郊。《司馬法》：百里遠郊。鄭注《書序》云：近郊半遠郊，去國五十里。謂今河南洛陽相去則然。是天之郊去國皆五十里也。其夏正祭感生之帝，亦於南郊，知者《孝經緯》云：祭帝於南郊，就陽位是也。其雩祭五天帝，亦於國城南，故鄭注《論語》云：沂水在魯城南，雩壇在其上是也。其九月大饗五帝，則在明堂。鄭《駁異義》云：明堂在國之南，丙巳之地，三里之外，七里之内。案：孔氏此疏，卽本崔靈恩六天九祭之説，乃鄭義也。王肅以圜丘南郊爲一，與此不同，已見《東京賦》疏，今不復述。特鄭以明堂在三里之外，九里之内，而郊祭必去國五十里，未免過遠。蓋所謂五十里者，以周制近郊爲限。郊與明堂祇在五十里内，而不必定必達五十里也。《太平御覽·禮儀部》七引《皇覽》《逸禮》曰：距冬至四十六日，則天子迎春於東堂，距邦八里。自春分數四十六日，則天子迎夏於南堂，距邦七里。自夏至數四十六日，則天子迎秋於西堂，距邦九里。自秋分數四十六日，則天子迎冬於北堂，距邦六里。《六藝流别·五行篇》引《尚書大傳》同。《魏書·劉芳傳》：芳上疏論置五郊去城里數，引賈逵曰：東郊木帝，太昊，八里。南郊火帝，炎帝，七里。西郊金帝，少皞，九里。北郊水帝，顓頊，六里。中央，黄帝之位，并南郊之季，故云兆五帝於四郊也。案：此蓋賈君《周禮》舊注。又引鄭君别注曰：東郊去都城八里，南郊去都城七里，中郊西南未地，去都城五里，西郊去都城九里，北郊去都城六里。又謂許慎、盧植、王肅説皆同。其地遠近，與鄭定明堂所在不甚懸殊，似較可信也。如此，則夏正南郊，周感生帝爲木帝，仍用火帝，南郊七里，抑别爲南郊八里，未敢臆斷。而夏正北郊亦然。卽夏至方丘，自當在國之北郊，以就陰位。而其里數，亦不能確定也。漢初祠五帝於五畤。《漢書·地理志》曰：右扶風，雍有五畤。《史記·封禪書》言秦宣公作密畤於渭南，祭青帝。秦靈公作吳陽上畤，祭黃帝，下畤祭炎帝。秦獻公作畦畤櫟陽，祀白帝。漢高帝二年，入關立黑帝，命曰北畤。《後漢書·馮衍傳》李賢注引《史記》曰：秦并天下，祠雍四畤。漢加黑帝，謂之五畤。蓋自秦始皇後，四畤皆在雍。漢高祖加北畤，故曰雍五畤。漢雍縣，在今陝西鳳翔縣南。據《元和郡縣志》，鳳翔距上都三百一十里。則五畤距長安三百餘里矣。武帝元鼎四年，十一月甲子，立后土祠於汾陰脽上，在今山西滎河縣北，在唐寶鼎縣西北十一里。據《元和志》，寶鼎縣西南至府一百一十里，河中府西南至上都三百二十里，則自汾陰至長安四百餘里矣。武帝元鼎五年，十月，立泰畤於甘泉。甘泉宮在今陝西淳化縣西北，在唐爲雲陽縣。《元和志》云：雲陽宮，卽漢之甘泉，去長安三百里。漢成帝初年，匡衡、張譚等奏請徙置長安。建始元年，十二月，作長安南北郊，罷甘泉、汾陰祠。《三輔黃圖》卷五曰：南郊在長安城南，北郊在長安城北。

甘泉賦一首并序

楊子雲

【注】善曰：《漢書》曰：楊雄，字子雲，蜀郡成都人也。雄少好學，年四十餘，自蜀來遊京師。大司馬王音召以爲門下史。薦雄待詔。歲餘，爲郎中，給事黃門，卒。桓譚《新論》曰：雄作《甘泉賦》一首，始成，夢腸出收而內之。明日遂卒。然舊有集注者，並篇內具列其姓名，亦稱臣善以相別。佗皆

類此。

【疏】楊子雲之姓，俗多從手作「揚」。吴仁傑《兩漢刊誤補遺》卷十曰：《楊震傳》：八世祖喜，封赤泉侯。刊誤曰：楊氏有兩族，赤泉氏從木，子雲從扌。而楊脩稱曰脩家子雲，又似震族亦是「揚」。今書中華陰之族，从木从扌相半，未知所從。仁傑按：子雲《自序》，其先食采于晉之楊，號曰楊侯。顔注引《漢名臣奏》曰：晉大夫食采于楊，爲楊氏食我，有罪而滅。按：晉有兩楊氏。《左傳》霍、楊、韓、魏，皆姬姓也。此楊侯之國，出自有周。支庶爲晉所滅者也。《晉語》：楊食我生。此則所謂晉大夫食采於楊，至食我而滅者也。食我滅而楊侯之後獨存，故子雲以爲裔出。晉滅食我，以其邑爲縣。《傳》云以僚安爲楊氏大夫是也。杜征南注：霍、楊及楊氏，皆云在平陽。以《晉志》考之，平陽郡楊縣，故楊侯國。然則食我之邑，卽楊侯之國也。「楊」、「揚」字畫易相亂耳。今于《千姓編》有從木之「楊」，而無从扌之「揚」。《集韵》亦云：楊，木也。又，姓。至揚則云：飛舉也。又，州名。陸法言字書從木之「楊」注云：本自周宣王子，幽王邑諸楊，號曰楊侯。後并于晉，因爲氏。與子雲《自序》同。然則子雲、伯起，皆氏木名之「楊」明矣。段玉裁《經韵樓集》卷五曰：劉貢父《漢書注》云：楊氏兩族，赤泉氏从木，子雲自叙其受氏从扌，而楊脩書稱脩家子雲，又似震族。貢父所見雄《自序》，必是唐以後僞作。雄果自序其受氏从扌不从木，《漢書音義》及師古注必載其説，何唐以前並無此論，至宋而後有之？且班氏用序爲傳，何以不載，但曰其先食采於楊，因氏焉。楊，在河汾之閒。攷《左氏傳》霍、楊、韓、魏，皆姬姓國，而滅於晉。羊舌肸食采於楊，故亦稱楊肸。其子食我，亦稱楊石。《漢書·地理志》河東郡楊縣，應仲遠謂卽楊侯國。說《左傳》、《漢書》家未有謂其字从手者。脩與雄姓果不同字，斷不曰脩家子雲，以啓臨淄侯之歎笑。脩語正可爲辨僞之一證矣。案：吴氏引劉敞《兩漢刊誤》，未引子雲《自序》。仁傑按語始引之，正指《漢書·雄傳》，是無所謂唐以後僞序也。段似誤記。然其證子雲爲楊氏，則得之。王念孫《讀書雜誌》四之三曰：《漢郎中鄭固碑》云：君之子有楊烏之才。烏卽雄之子也。而其字從木，則雄姓之不從手益明矣。○李注引《漢書》見《楊雄傳》。「年四十餘」以下皆孟堅贊語。云：初雄年四十餘，自蜀來至游京師。大司馬車騎將軍王音，奇其文雅，召以爲門下史。薦雄待詔。歲餘，奏《羽獵賦》，除爲郎，給事黄門。又云：年七十一，天鳳五年卒。本書《王文憲集序》注引《七略》曰：子雲家牒言以甘露元年生，與天鳳五年七十一歲恰合。然《漢書·成帝紀》：永始二年，春正月己丑，大司馬車騎將軍王音薨。據《通鑑》目録卷四載劉羲叟《長曆》，是年正月丙戌朔，則己丑爲初四日，是召爲門下史當在前一年，爲永始元年，子雲僅三十八歲，不當云四十餘。故何焯《義門讀書記·文選》卷一、戴震《方言疏證》卷首、錢大昕《三史拾遺》卷三、沈欽韓《漢書疏證》卷三十三、周壽昌《漢書注校補》卷四十八，皆辨其誤。周氏並謂古「四」字作「亖」，傳寫時由「三」字誤加一畫，應作三十餘始合。自注曰：《五行志》：吴王濞封有四郡。顧炎武校正曰：「四郡」當作「三郡」。古「四」字積畫以成，與「三」易混，猶《左傳》陳、蔡、不羹三國爲四國也。步瀛案：如諸家所校，「四十餘」自應作「三十餘」始合。然古人紀事，亦往往有言其大略，不及細核者。若以王音薦而待詔，至永始四年正月奏賦，則亦將及二年，不止歲餘。然大略言之，亦無不可。《通鑑攷異》卷一謂薦雄待詔者爲王根，亦無確證。《華陽國志》卷十上亦云王音，不云王根也。乃或謂永始初年雄已四十餘歲，是卒時不在天鳳五年，並未有爲莽大夫之事，則故爲翻新，迥非事實。全祖望《鮚埼亭集·外編》卷四十、張雲璈《選學膠言》卷五、梁章鉅《文選旁證》卷九，皆辨其非矣。○胡克家曰：袁本、茶陵本無「成都」二字。○注又引桓譚《新論》云：明日遂卒。吴曾《能改齋漫録》卷五曰：孝成帝時，行幸甘泉。據《漢紀》，是永始四年正月。楊雄死於王莽天鳳五年，經歷哀、平兩帝，年代甚遠，安有賦成明日遂卒之事？何焯亦謂楊子雲、桓君山同時人，不應作此語。然則妄人附益，非《新論》本書然也。金甡、胡克家皆據本書《文賦》注引《新論》作「及覺，病喘瘁，少氣」，或「卒」當作「病」。孫志祖更據《意林》引《新論》作「及覺，氣病一年」，梁章鉅據《文賦》注及《意林》辨「卒」字或是「病」字，且謂本注蓋後世傳寫之誤。步瀛更以類書攷之。《北堂書鈔·藝文部》八作「一歲而死」，《藝文類聚·養生部》引作「一歲而亡」，《太平御覽·人事部》三十四、又四十、又《疾病部》二皆作「一歲卒」，與此注略同。《藝文類聚·雜文部》二、《御覽·文部》三引但言「病一歲」，其下更無「死」字，與《文賦》注略同。疑當時或有兩本，有一本誤衍「死」、「卒」等字，引者皆沿其誤。不然，不容各書皆傳寫誤也。李氏注此賦所引，亦沿誤本。及注《文賦》，乃得不誤之本，無「卒」字，特未及追改此注耳。○「舊有集注」云云，亦李氏自述注例也。汪師韓曰：《甘泉賦》下列服虔注、晉灼注、張晏注、孟康注四家，然《隋書·經籍志》不言《甘泉賦》有此諸家注，疑即《漢書注》耳。故李氏自注者，雖加「臣善」以别之，而題下更不特標某某注也。步瀛案：據唐永隆閒弘濟寺寫《西京賦》殘本，推知「善曰」字原書本作「臣善曰」。

孝成帝時，客有薦雄文似相如者。

【注】善曰：雄《答劉歆書》曰：雄作《成都城四隅銘》，蜀人有楊莊者，爲郎，誦之於成帝，以爲似相如。雄遂以此得見。

【疏】注引《答劉歆書》見《方言》附載。王楙《野客叢書》卷二十一曰：考《方言·雄答劉歆書》云：雄始草文，先作《縣邸銘》、《王佴頌》、《階闥銘》及《成都城四堣銘》，蜀人有楊莊者，爲郎，誦之於成帝。成帝好之，以爲似相如，遂以得見。乃知客者，楊莊，薦雄文者，《縣邸銘》等，以爲似相如者，帝驚之語，非客所薦之辭也。張雲璈曰：按此説甚明。賦序微有不合。然雄與歆書，人多疑其僞作。又《漢書·雄傳》贊云：大司馬車騎將軍王音，奇其文雅，召爲門下史。薦雄待詔。考《成帝紀》：永始二年，春正月，王音薨。三年，冬十月，皇太后詔有司復甘泉泰時、汾陰后土諸祠，則雄雖爲王音門下史，而未及薦其待詔。薦之者蓋別一人。故序但言客。而召雄待詔，亦在郊祀甘泉之後也。班史似微誤。步瀛案：《古文苑》卷十章樵注引洪邁之言，以《答劉歆書》必漢、魏閒好事者爲之。戴震雖辨之，然嚴君平之易姓，漢成帝之稱謚，至以縊死絶劉歆之求書，終屬可疑。張氏謂人多疑其僞者，據此也。其謂班史微誤者，以王音未及薦雄而死耳。然孟堅確鑿言之，當必有據。歲餘二字，不必過泥。即使薦雄者別有一人，亦不能斷王音必無薦雄之事。蓋音雖卒於正月之初，其薦書之上，未知何時，亦不能遂證其不合也。

上方郊祀甘泉、泰時、汾陰、后土，以求繼嗣。

【注】善曰：上，謂成帝也。《漢書》曰：武帝幸甘泉，令祠官具太一祠壇。太一所用如雍時物。又立后土祠於汾陰脽上。孟康曰：時，音止。神靈之所止也。脽，音雖。

【疏】《漢書·雄傳》「祀」作「祠」。○《漢書·郊祀志》上曰：上幸甘泉，令祠官寬舒等具泰一祠壇。泰一所用如雍一時物，而加醴、棗、脯之屬。殺一犛牛，以爲俎豆牢具。《武帝紀》曰：元鼎五年，立泰時於甘泉。顔曰：祠太一也。案：「太一」、「泰一」並同。尤本「太乙」、「太一」互見，今依袁、茶陵二本。又，二本「雍時」下無「物」字。○《郊祀志》上曰：天子東幸汾陰。汾陰男子公孫滂洋等見。汾旁有光如絳上，遂立后土祠於汾陰脽上。《武帝紀》曰：元鼎四年，十一月甲子，立后土祠於汾陰脽上。注：蘇林曰：脽，音誰。如淳曰：脽者，河之東岸，特堆掘長四五里，廣一里餘，高十餘丈。汾陰縣治脽之上，后土祠在縣西，汾在脽之北，西流與河合。師古曰：二説皆是也。脽者，以其形高起如人尻脽，故以名云。一説，此臨汾水之上地，本名鄈，音與葵同。彼鄉人呼葵音如誰，故轉而爲「脽」字耳。《水經·汾水注》曰：汾水西逕鄈丘北，故漢氏之方澤也。賈逵云：漢法，三年祭地汾陰方澤。澤中有方丘，故謂之方澤，卽鄈丘也。《説文》稱從邑，癸聲。河東，臨汾地名矣。與後説合。○孟康注，《漢書高帝紀》上顔注亦引之。○「雖」，袁本作「誰」。《漢書·武紀》注引蘇林，《郊祀志》上顔注皆作「誰」。○《漢書·成帝紀》曰：建始元年，十二月，作長安南北郊，罷甘泉、汾陰祠。永始三年，冬十月，皇太后詔有司復甘泉、泰時、汾陰、后土祠。《郊祀志》下曰：成帝初卽位，丞相衡、御史大夫譚奏言，祭天於南郊，就陽之義也。瘞地於北郊，卽陰之象也。往者孝武皇帝居甘泉宮，卽於雲陽祭泰時，祭於宮南。今常幸長安，郊見皇天，反北之泰陰，祠后土，反東之少陽，事與古制殊。甘泉泰畤、河東后土之祠，宜可徙置長安。天子從之。既定，衡言漢興之初，儀制未定，即且因秦故祠，復立北畤。今既稽古，建定天地之大禮，未定時所立，不宜復修。天子皆從焉。明年，上始祀南郊。明年，衡坐事免官爵。衆庶多言不當變動祭祀者。後上以無繼嗣，故令皇太后詔有司，復甘泉泰畤、汾陰后土如故及雍五畤。

召雄待詔承明之庭。

【注】善曰：諸以材術見知，直於承明，待詔卽見，故曰待詔焉。承明，已見上文。

【疏】《漢書·雄傳》顔注曰：承明殿，在未央宮。○上文謂《西都賦》注。《雍録》卷二曰：客以文薦雄，而雄得待詔承明，此則唐世供奉翰林之所始也。尚書郎起草，相如眎草，皆漢世著作之任已然。雄自言其待詔之地直曰承明之庭。而武帝謂嚴助厭直，乃曰承明之廬。張晏曰：承明廬，在石渠閣外。直宿所止曰廬，故其云廬者，以更直之地言之也。曰庭者，以受詔作文之地言之也。

正月，從上甘泉還，奏《甘泉賦》以風。

【注】善曰：《漢書》曰：永始四年正月，行幸甘泉。《七略》曰：《甘泉賦》，永始三年正月待詔臣雄上。《漢書》三年無幸甘泉之文，疑《七略》誤也。《毛詩序》曰：下以風刺上。音諷，不敢正言謂之諷。

【疏】《藝文類聚·禮部》中引「還，奏《甘泉賦》，以風作，故述斯賦」，疑以意改。○《漢書》見《成帝紀》。戴震《方言疏證》卷首曰：《漢書·成帝紀》：永始二年，春正月己丑，大司馬車騎將軍王音薨。三年，十月庚辰，皇太后詔有司，復甘泉泰畤、汾陰后土。四年，春正月，行幸甘泉，郊泰畤。三月，行幸河東，祠后土。冬，行幸長楊宮，從胡客大校獵。《楊雄傳》序《甘泉賦》、《河東賦》、《羽獵賦》爲一年所作，斷屬元延二年行幸長楊宮，從胡客大校獵。《紀》爲元延二年冬，《傳》因雄有《長楊》、《羽獵》二賦，遂以《長楊》大校獵繫之《羽獵》後，別云明年。若以明年爲元延三年，則《紀》於三年無其事。若以明年爲元延二年，則《紀》於元年無行幸甘泉、河東及羽獵事。此亦《傳》誤也。錢大昕《三史拾遺》卷三曰：此《傳》皆取子雲自序，與《本紀》敍事多相應。如上文云，正月從上甘泉，即《紀》所書元延二年正月，行幸甘泉，郊泰畤也。云，其三月，將祭后土。上迺帥羣臣橫大河，湊汾陰，即《紀》所書三月行幸河東，祠后土也。云，其十二月羽獵，即《紀》所書冬行幸長楊宮，從胡客大校獵也。此年秋，復幸長楊射熊館，則《本紀》無之。蓋行幸近郊射獵，但書最初一次，餘不盡書耳。但二年校獵，無從胡客事。至次年乃有之。并兩事爲一，則《紀》失之也。沈欽韓《漢書疏證》卷三十三曰：《羽獵》、《長楊》二賦，均是二年冬事。而《傳》敍次，一在當年，一在明年，蓋以上賦之先後爲次也。《羽獵賦序》但言苑囿之廣，泰奢，以風。先聞有校獵之詔，逆作賦在行幸長楊之前。及雄從幸長楊，親覩搏獸，歸奏此賦，在明年爾。蓋雄于每篇自敍作賦之由，故須別起。班但承其文耳，非有誤也。朱銘曰：《成帝紀》曰：永始三年十月，皇太后詔有司，復甘泉泰畤。四年正月，行幸甘泉泰畤。蓋十月修復，故帝得正月行幸。作賦當在此時。或以爲元延二年幸甘泉所作，非也。步瀛案：戴、錢、沈三家均以爲《甘泉》等賦作於元延二年，朱氏仍主永始四年之說，而辨之亦未明晰。竊以爲三家之說，案之

《紀》、《傳》，實皆不合。班固謂王音薦雄待詔，歲餘，奏《羽獵賦》。雖年月不甚分明，然假使永始元年音薦雄，至明年始召使待詔，則四年奏賦，約言歲餘，尚不甚遠。若元延二年，則相距四年以上，不得言歲餘。其不合者一也。《七略》爲劉歆作，與子雲同時。以《甘泉賦》爲永始三年正月上，《羽獵賦》爲永始十二月上。顧亭林謂古「四」字積畫以成，與「三」易混。是「四」字可誤爲「三」，而「永始」必不誤爲「元延」。其不合者二也。且以《成紀》元延二年大校獵，傅合於《羽獵》，然《長楊》有胡客，《羽獵》殊無胡客。其不合三也。竊謂《長楊》大誇胡人，卽《成紀》行幸長楊宮，從胡客大校獵也。從祀甘泉、河東，卽《成紀》之永始四年正月，幸甘泉，三月，幸河東也。惟《羽獵》一役，《成紀》未書耳。或疑《長楊》、《成紀》在冬，而《傳》言秋，命右扶風發民人云云，於時不合。不知秋者，據出令時言。冬者，據大獵時言。並無不合。又疑永始四年距元延二年，中隔一年，不得言明年。不知古人言明年者，不必確在本年之後一年，而後二年者，亦通謂之明年。如《史記·平準書》曰：自公孫弘以《春秋》繩臣下，取漢相云云，弘爲丞相在元朔五年。又曰：其明年，淮南、衡山、江都王謀反云云，淮南、衡山謀反，誅，在元狩元年，中隔元朔六年一年，亦謂之明年也。又曰：是時山東被菑，天子憐之，詔曰江南火耕水耨云云。據《武紀》，此詔在元鼎二年。又曰：其明年，天子始巡郡國，東度河，則元鼎四年事。中隔元鼎三年一年，亦謂之明年也。又，《封禪書》郊雍在元狩元年，其明年，齊人少翁以鬼神方見上，則元狩三年事。中隔元狩二年一年，亦曰明年也。又曰：其後三年，有司言元宜以天瑞命。王先謙以其年爲元鼎二年。又曰：其明年冬，天子郊雍。則元鼎四年事，中隔元鼎三年一年，亦曰明年也。明乎此，則據永始四年指數元延二年，中隔元延元年一年，亦可曰明年。則《甘泉》、《河東》、《羽獵》三賦，其作於永始四年，可無疑矣。又互見《長楊賦》疏。○《毛詩·關雎》序《釋文》曰：下以風，福鳳反，與諷音同。

其辭曰：

【疏】以上皆《漢書·楊雄傳》之文，蓋雄自序如此，故編《漢太中大夫楊雄集》者即取爲賦序，而昭明因之也。《傳》又曰：甘泉本因秦離宫，既奢泰，而武帝復增通天、高光、迎風。宫外，近則洪厓、旁皇、儲胥，弩陆，遠則石關、封巒、枝鵲、露寒、棠梨、師得，遊觀屈奇瑰瑋，非木摩而不彫，牆塗而不畫，周宣所考，般庚所遷，夏卑宫室，唐虞棌椽，三等之制也。且其爲已久矣，非成帝所造，欲諫則非時，欲默則不能已。故遂推而隆之，迺上比於帝室紫宫，若曰，此非人力之所能，黨鬼神可也。又是時趙昭儀方大幸，每上甘泉，常法從在屬車閒豹尾中。故雄聊盛言車騎之衆，參麗之駕，非所以感動天地，逆釐三神。又言屏玉女，卻虙妃，以微戒齋肅之事。賦成奏之，天子異焉。顔注曰：棠梨宫在甘泉苑垣外，師得宫在櫟陽界，其餘皆甘泉苑垣内之宫觀也。《小雅·斯干》之序曰：宣王考室也。考，謂成也。棌，柞木也。三等，土階三等，言不過也。法從，駕也。服虔曰：大駕屬車八十一乘，作三行。尚書御乘之最後一乘，縣豹尾。豹尾以前，皆爲省中。顔曰：參，三也。麗，偶也。案：「屈奇」同「崛奇」，「黨」同「儻」，「釐」、「僖」字通。又案：日本帝國大學景印唐初人寫《漢書·楊雄傳》殘卷，「非人力之所能」，「能」作「爲」，注「言不過也」，「過」作「高」。疑皆當兩字並有。又，注「參，三也」，今本

「三」下衍「神」字，非也。依彼本删。

惟漢十世，將郊上玄，定泰畤。

【注】善曰：惟，有也，是也。十世，成帝也。上玄，天也。《廣雅》曰：將，欲也。

【疏】惟訓有，本《字林》，見《長笛賦》注。《東京賦》薛注同。《東征賦》注訓惟爲是。案：有與是，皆發語詞，故《江賦》注曰：惟，發語之辭也。○《楊雄傳》《反騷》曰：漢十世之陽朔兮。注：晉灼曰：十世，數高祖、呂后至成帝也。案：高、惠、呂、文、景、武、昭、宣、元、成，凡十世。○《易・坤》文言曰：天玄而地黄。《考工記》畫繢之事曰：天謂之玄。《釋名・釋天》曰：天又謂之玄。玄，懸也。如懸物在上也。○泰畤，已見上。案：成帝復甘泉、泰畤，故曰定也。此二句宜並舉。尤本因下李注言將祭泰畤，遂以此句屬下節，失其旨矣。○《廣雅》見《釋詁》一。案：此六字尤本原在下節注「因尊己之明號也」句下，今移此。六臣本自起至下「尊明號」爲一節。袁本晉灼注在善注上。茶陵本在「善曰」二字下。此本既分二節，而「《廣雅》曰」六字仍在下節注中，非也。

雍神休，尊明號。

【注】晉灼曰：雍，祐也。休，美也。言見祐護以休美之祥也。明號，下同符三皇也。善曰：言將祭泰畤，冀神擁祐之以美祥，因尊己之明號也。雍，音擁。

【疏】五臣「雍」作「擁」。○晉灼注「雍，祐也」至「休美之祥也」，《漢書》顔注引同。姚察《漢書音訓》亦引之。案：姚書今佚，此據《楊雄傳》殘卷有天曆二年籐原良秀校録所引，後並同。顔曰：雍，聚也。○

顏曰：明號，謂總三皇五帝之號，而稱皇帝也。與晉、李意同。《漢書訓纂》及顧胤《漢書古今集義》並引張晏曰：祭物皆有號。牛曰一元大武之類也。五臣注李周翰曰：尊祭牲，加以殊號，謂牛曰一元大武是也。案牛曰一元大武，見《曲禮》下。李周翰注，卽本張説。然以牲品釋明號，殊非是。而晉、顏、李謂尊己之明號爲皇帝，亦未洽。王先謙曰：明號者，明神之號，尊而祝之是也。蓋泰一、后土，卽明神之號也。又案：顧氏《集義》今佚，亦據《楊雄傳》殘卷良秀校録引，後並同。○顏曰：雍讀曰擁。案：袁本無「雍，音擁」三字。

同符三皇，録功五帝。

【注】文穎曰：符，合也。善曰：言同符契於三皇，録功勤於五帝也。

【疏】文穎注《集義》引同。○王先謙曰：《後漢·和帝紀》注：録，謂總領之也。言五帝之功，並總而有之。

卹胤錫羡，拓迹開統。

【注】應劭曰：卹，憂也。胤，續也。錫，與也。羡，饒也。拓，廣也。時成帝憂無繼嗣，故修祠泰畤、后土，言神明饒與福祥，廣迹而開統也。李奇曰：統，緒也。善曰：羡，弋戰反。

【疏】應劭注，顏引同。○李奇注，《漢書·宣帝紀》、《律曆志》上顏注引同。

於是乃命羣僚，歷吉日，協靈辰。

【注】善曰：《爾雅》曰：命，告也。《楚辭》曰：歷吉日吾將行。郭璞《上林賦注》曰：歷，選也。《爾雅》注

曰：辰，時也。

【疏】袁本、茶陵本「恊」作「協」，《漢書》同。○《爾雅》見《釋詁》。○《楚辭》見《離騷》。「日」下有「乎」字。○《上林賦注》見本書卷八。《集義》引韋昭曰：歷，擇也。顔曰：歷，選吉日而合善時也。五臣注呂延濟曰：靈，善也。○《爾雅》注見《釋訓》。

星陳而天行。

【注】善曰：星陳天行，已見《東京賦》。

【疏】「東京」原作「西京」，誤。今正。彼賦云：天行星陳。注引《易》及《尚書大傳》也。○顔曰：如星之陳，象天之行也。王先謙曰：此句總領，故下文以星爲喻。

詔招搖與泰陰兮，伏鉤陳使當兵。

【注】張晏曰：《禮記》曰：招搖在上，急繕其怒。太陰，歲後二辰也。服虔曰：鉤陳，神名也。紫微宮外營陳星也。善曰：句陳，已見上文。鄭玄《禮記注》曰：當，主也。主，謂典領也。

【疏】尤本「泰」作「太」。胡克家曰：茶陵本云：「太」善作「泰」。袁本作太，用五臣也。《漢書》正作「泰」。案：胡校是也。今據改。○張晏注，顔引同。案：《禮記·曲禮》上鄭注曰：招搖星在北斗十端主指者。《史記·天官書》曰：杓端有兩星，一內爲矛招搖。《開元占經》卷六杓五引石氏曰：招搖一星在梗河北。又引《黄帝占》曰：招搖爲矛。又引《春秋緯》曰：斗端有兩星，一內爲招搖。與《天官書》、《曲禮》注皆合。孔疏以北斗第七星瑤光爲招搖，非也。《集義》引晉灼曰：畫此星於旌上也。○「二辰」，各本誤作「三辰」。《漢書》今本亦誤。今據殘卷本及《史記·貨殖傳》、《正義》、《兩漢刊誤補遺》卷五引校改。《淮南子·天文篇》曰：太陰在四仲，則歲星行三宿。《開元占經》卷二十三引許注曰：太陰爲太歲也。《淮南》又曰：太陰在寅，歲名攝提格。許注曰：太陰在天爲雄，歲星在地爲太陰。又曰：天神之貴者，莫貴於青龍。或曰天一，或曰太陰。《廣雅·釋天》曰：青龍、天一、太陰，太歲也。《兩漢刊誤補遺》曰：《天文志》歲星曰東方。晉灼曰：太歲在四仲，則歲星行三宿。在四孟、四季，則歲星行二宿。按：《淮南書》論太陰在四仲四鉤，與晉說同。則太陰卽太歲矣。《天官書》攝提之歲，歲陰左行在寅。則歲陰亦太歲也。凡《天官書》所謂歲陰，《淮南書》所謂太陰、青龍、天一，皆太歲之異名。孫星衍《問字堂集》卷一《太陰考》亦謂太陰、太歲爲一。錢大昕《潛研堂集》卷十六《太陰太歲辨》則分爲二。許宗彦《鑑止水齋集》卷十三《太歲太陰説》亦從錢氏分爲二。王引之《經義述聞》卷二十九《太歲攷》上曰：太歲，所以紀歲也。其名有六。太歲，一也。太陰，二也。歲陰，三也。天一，四也。攝提，五也。青龍，六也。《潛研堂文集》乃謂太陰、歲陰非太歲。今案：鄭注《周官·保章氏》曰：歲星爲陽，右行於天。太歲爲陰，左行於地。《開元占經·歲星占篇》引許慎《淮南注》云云，是太歲之名太陰，正取在地之義。安得謂太陰非太歲乎？又，攝提下自注曰：《開元占經·歲星占篇》引甘氏曰：攝提在寅，歲星在丑。《天官書》作歲陰左行在寅，歲星右轉居丑。是攝提卽歲陰也。青龍句下自注曰：青龍，或曰蒼龍。卷三十《太歲攷》下曰：古今言太陰者有二。一爲主歲之太陰，卽太歲之別名。《淮南子·天文篇》所言太陰在寅之屬是也。一爲歲後二辰之太陰，今陰陽家所謂歲后也。

《史記·貨殖傳》太陰在卯穰，《漢書·楊雄傳》詔招摇與太陰，《翼奉傳》今年太陰建於甲戌，皆主歲之太陰。而張晏以爲歲後二辰，孟康以爲太陰在甲戌，則太歲在子，皆誤以陰陽家之太陰當之。歲後二辰之太陰句下自注曰：《潛夫論·卜列篇》：太歲、豐隆、鉤陳、太陰、將軍之屬，此乃天吏，非細民所當事也。《抱朴子·登陟篇》：三呪曰諸臯、太陰、將軍，蓋皆謂歲後二辰之太陰。歲后句下自注曰：《五行大義》曰：太陰，即太歲之陰神也。后妃之象。主水雨，陰私害氣，右行四孟，一歲一移，以其所至爲害，故曰害氣。此與左行之太陰迴殊。詔招摇與太陰句下自注曰：太陰，天之貴神，故詔之也。《翼奉傳》云云下自注曰：初元二年，太歲在甲戌。孟康云云下自注曰：戌在子後二辰。步瀛案：孟康注見《翼奉傳》。朱珔曰：歲后之太陰既爲陰神，并有將軍之稱，《潛夫論》繼豐隆、鉤陳而言之，賦下句亦云伏鉤陳使當兵，則此太陰即如張晏説，以爲歲後二辰之太陰，當亦可通。〇服虔注，顔引同殘卷本。「外」作「水」。〇本書《西京賦》曰：鉤陳之外，閣道穹隆。李注曰：鉤陳，已見《西都賦》。案：《開元占經》卷六十七引《荆州占》曰：鉤陳，天子大司馬。與當兵義合。餘見《西都賦》疏。〇鄭注：當，主也。見《樂記》。《集義》引同。

屬堪輿以壁壘兮，捎夔魖而抶獝狂。

【注】張晏曰：堪輿，天地總名也。孟康曰：木石之怪曰夔，如龍，有角，人面。魖，耗鬼也。獝狂，亦惡鬼也。今皆捎而去之。善曰：杜預《左氏傳注》曰：屬，託也。《淮南子》曰：堪輿行，雄以知雌。許慎曰：堪，天道也。輿，地道也。《説文》曰：抶，擊也。丑乙切。

【疏】袁、茶陵二本「捎」作「梢」，《漢書》同。殘卷本作「捎」。案：「捎」、「梢」皆「箾」之通借字。《説文》曰：箾，以竿擊人也。○張注，顔引同。又引孟康曰：堪輿，神名。造圖宅書者。顔曰：張説是也。屬，委也。以壁壘委之。屬，音之欲反。○孟注，顔引同。案：夔魖已見《東京賦》。《集義》引服虔曰：魖，虚無神也。《訓纂》引《埤蒼》曰：獝狂，無頭鬼也。與《續漢書·禮儀志》中劉注引同。，餘亦見《東京賦》。○《淮南子》見《天文篇》。《集義》引「知」作「如」，今高誘注本作「堪輿徐行，雄以音知雌」。《集義》又曰：此言使堪輿以當壁壘之任也。○《説文》見《手部》。案：顔注曰：捎，擊也。抶，笞也。

八神奔而警蹕兮，振殷轔而軍裝。

【注】服虔曰：自招摇遊神之屬也。張晏曰：堪輿至獝狂，八神也。善曰：言上諸神各有職役，夔魖之屬又捎去之，故令八方之神奔走而警蹕，殷轔之盛，而以軍裝也。轔，栗忍切。《漢書·武帝紀》曰：用事八神。文穎曰：八方之神也。薛君《韓詩章句》曰：振，奮也。殷轔，言盛多也。軍裝，如軍戎之裝者也。

【疏】《漢書》司馬長卿《大人賦》曰：祝融警而蹕御兮。顔曰：蹕，止行人也。○顔曰：自招摇至獝狂，凡八神也。與服、張意同。李氏不從，以爲八方之神，是也。劉奉世曰：擊而出之，固非八神也。蓋自有八神耳。王念孫《讀書雜志》四之十三曰：李説是也。《萬石君傳》：巡方州，禮嵩嶽，通八神以合宣房。亦謂八方之神也。《楚辭·九歎》：合五嶽與八靈。王注亦云：八靈，八方之神。朱珔曰：如服説，不知何者爲八神。如張説，則上文屬堪輿以壁壘兮，《漢書》顔注云：以壁壘委之，不得以壁壘爲神。又捎夔魖而抶獝狂，既云捎而去之，何復使之奔走乎？故李氏別自爲説，似可從。〇《漢書・武帝紀》：元封元年，東巡海上。夏四月，還，登封泰山，詔曰用事八神云云。注文穎曰：武帝祭太一，並祭名山於泰壇西南，開除八通鬼道，故言用事八神也。一曰，八方之神。劉攽曰：八神，則《郊祀志》所説天主、地主、兵主、陰主、陽主、日主、月主、四時主也。其祠皆在齊地，故始皇東遊海上，行禮祠之。而武帝亦然。王先謙曰：劉説是。案：《漢書・郊祀志》即本《史記・封禪書》，故朱銘引《封禪書》證本賦八神，與文穎後説異。朱珔曰：《東京賦》：八靈爲之震慴。注引《楚辭》合五嶽與八神，與此正同。攷《周禮・馮相氏》疏引《易通卦驗》云：冬至日置八神。此賦殆本之與？《史記・封禪書》云：秦始皇東游海上，祠八神。一曰天主，二曰地主，三曰兵主，四曰陰主，五曰陽主，六曰月主，七曰日主，八曰四時主。至武帝亦東巡，祠八神，蓋即始皇所祀，而文穎乃謂開除八通鬼道，故言八神，非也。然即所祀八神，恐與此亦不相合。〇薛君《韓詩章句》，據《後漢書・李固傳》注引。當是解《周頌・時邁》「薄言振之」句。〇顔曰：殷轔，盛貌也。

蚩尤之倫，帶干將而秉玉戚兮，飛蒙茸而走陸梁。

【注】張晏曰：玉戚，以玉爲戚柲也。晉灼曰：飛者蒙茸而亂，走者陸梁而跳，謂猛士之輩。善曰：蚩尤，已見《西京賦》。干將，已見《東京賦》。《禮記》曰：朱干玉戚。鄭玄曰：戚，斧也。又《考工記注》曰：柲，猶柄也。音祕。茸，而恭反。

【疏】張、晉兩注，顔引同，惟無「謂猛士之輩」句。王先謙曰：蚩尤之倫，謂武衛之士。〇呂延濟曰：蒙茸陸梁，亂走皃。案：《詩·旄丘》：狐裘蒙戎。毛傳曰：蒙戎，以言亂也。《左·僖五年》士蔿賦曰：狐裘尨茸。杜注曰：尨茸，亂貌。《史記·晉世家》《集解》引《左傳》作「蒙茸」。服虔曰：蒙茸，言亂貌。是「蒙茸」與「蒙戎」、「尨茸」並同。《西京賦》：怪獸陸梁。薛注曰：陸梁，東西倡佯也。《莊子·逍遥遊》：東西跳梁。成玄英疏曰：東西跳躑。皆與亂走皃合。○《禮記》鄭注見《明堂位》。《集義》引《三蒼》曰：戚，斧也。○《考工記》注見《廬人》。

齊總總以撙撙，其相膠葛兮，猋駭雲訊，奮以方攘。

【注】晉灼曰：方攘，半散也。善曰：王逸《楚辭注》曰：總總撙撙，束聚貌也。膠葛，已見上文。鄭玄《禮記注》曰：奮，訊也。撙，子本切。訊，音信。攘，人羊切。

【疏】五臣本「撙」作「蕁」。《漢書》「總總」下無「以」字。「葛」，各本作「轕」。據注，則李善本當作「葛」。胡克家曰：蓋善作「葛」，五臣作「轕」，各本亂之。《漢書》正作葛。又，尤本「訊」作「迅」。茶陵本校曰：善本作「訊」。胡曰：袁本作「迅」，用五臣也。《漢書》正作「訊」。案：胡校是也。今據改。○晉灼注，《集義》及顔引並同。宋祁曰：韋昭曰：方攘，《周禮》方相氏。蕭該《音義》依韋昭音相。案：《集義》引韋注同。王先謙曰：半散，與泮散同。泮亦散也。言衛士先總聚而後奔離，解爲方相，失之遠矣。步瀛案：《集義》又引顔遊秦曰：此數句，皆敍其乍合乍離之皃也。○《楚辭》王注見《離騷》。「總總」下有「猶」字，「聚」上無「束」字。案：《廣雅·釋訓》曰：總總、僔僔，聚也。錢大昭《漢書辨疑》卷二十曰：「撙」、「僔」，古字通。○膠葛見上文，謂《吴都賦》。《集義》引《廣蒼》曰：膠葛，驅馳皃。又引《楚辭・遠遊》曰：騎膠葛其雜亂。○《禮記・樂記》：奮之以風雨。鄭注曰：奮，訊也。《釋文》曰：本又作「迅」，「訊」乃「迅」之通借字。蓋五臣作「迅」，善作「訊」，今李注作「迅」，疑後人所亂。張雲璈謂《樂記》《釋文》「訊」本又作「迅」，或李所見本是「迅」字。據茶陵本校語，恐張説未確。

駢羅列布，鱗以雜沓兮，柴虒參差，魚頡而鳥肮。

【注】善曰：駢，猶併也。張揖《上林賦》注曰：柴虒，不齊也。頡肮，猶頡頏也。柴，初蟻切，虒，音豸。頡，胡結切。肮，胡剛切。

【疏】五臣本「柴虒」作「傑傂」。「肮」，各本誤作「䀏」。《漢書》今本亦誤作「䀏」。王念孫曰：䀏者，「肮」之譌。肮字古讀胡剛反，故借爲頡頏之頏，不知何時肉旁譌作目旁，而《集韵・十一唐》遂收入「䀏」字矣。《説文》、《玉篇》、《廣韵》皆無「䀏」字。步瀛案：《雄傳》殘卷本正作「肮」，王校是也。《文選》當亦作「肮」，今校改。○《漢書》清官本載蕭該《音義》曰：「柴」，一本作「傑」。諸詮賦傑音初綺反。虒，姚本初擬反。王先謙曰：案《上林賦》「柴池」、「茈虒」，音義並同「差池」。此賦「柴虒」約文易字，其義同也。又曰：「頡肮」猶「頡頏」，鱗言其相次也。

翕赫曶霍，霧集而蒙合兮，半散昭爛，粲以成章。

【注】善曰：翕赫，盛貌。曶霍，疾貌。《爾雅》曰：天氣下，地氣不應曰雺。「雺」與「蒙」同。曶，音忽。

【疏】《漢書》無「而」字。五臣「昭」作「照」，與《漢書》同。胡刻、《藝文類聚・禮部》中引「半」作「泮」。

○顏曰：半散照爛，言其分布而光明也。王先謙曰：「半」與「泮」同。○顏曰：翕赫曶霍，開合之貌也。《集義》引姚察曰：倏忽、揮霍、忽霍，並疾之皃。○《爾雅》，見《釋天》。各本注「雺」誤作「霧」，遂與《爾雅》不合。張雲璈曰：何義門以宋本校之，本是「雺」字，後人誤刻「霧」字也。朱珔曰：今《爾雅》天氣下地不應曰雺，地氣發天不應曰霧。霧謂之晦。「霧」字，《說文》所無。《釋文》云：本亦作「霿」，則「霧」爲「霿」之俗字。後顏延年《北使洛》詩注引《爾雅》霧謂之晦，是所見本不誤也。「雺」或作「蒙」者，今《尚書・洪範》曰蒙。孔疏云：雺聲近蒙，又雺爲氣連蒙闇，其義通也。此注既誤以「天氣下」爲「霧下」，又云「霧」與「蒙」同，合兩字爲一，使正文「霧」與「蒙」淆混。卽「霧」本作「雺」，亦未免偏舉。當云《爾雅》天氣下地不應曰雺，「蒙」與「雺」同。地氣發天不應曰霿，「霧」與「霿」同。《漢書・楊雄傳》顏注：霧，地氣發也。蒙，天氣下也。固自分明。胡紹煐曰：善引當亦作「雺」，故云「雺」與「蒙」同。作「霧」，則與「蒙」音義並殊矣。《爾雅》地氣發天不應曰霧，《釋文》亦作「霿」，此卽賦文霧集之霧，善以霧字人所易曉，故不引《爾雅》。其引《爾雅》云云者，正謂此「蒙」卽「雺」，校書者不察，而誤改注之「雺」爲「霧」耳。步瀛案：胡氏校是也，今據改。又案：朱氏、胡氏以「雺」爲「蒙」是也，而以「霿」爲「霧」，則亦未是。《說文》霚下曰：地氣發天不應曰霚。籀文作「雺」。步瀛案：「曰霚」二字，依段注本增。又霿下曰：天氣下地不應曰霿。霿，晦也。徐鉉曰：霚，今從務，亡遇切。霿，莫弄切。徐鍇《繫傳》曰：霚，今俗作「霧」，勿赴反。「霿」，《爾雅》作「雺」，悶諷反。是《說文》之「霚」卽《爾雅》之「霧」，《說文》之「霿」卽《爾雅》之「雺」。然《說文》雺字爲霚之籀文，而《爾雅》借爲「霿」，以霿从瞀聲，務从敄聲，敄从矛聲，雺亦从矛聲，故可相借也。《玉篇》曰：霚，武功、武賦二切。天氣下地不應也。雺，同霧，武賦切。地氣發天不應也。「霧」同「雺」、「霚」、「霿」三字遂溷。《字林》因之，《爾雅》、《釋文》因之，於是以「霿」爲「霧」，以「霚」爲「蒙」，遂致《爾雅》、《説文》訓義相反。此非《爾雅》、《説文》之兩歧，實由後人之誤解耳。然《爾雅》、《説文》實亦不免疑義。據《雅》，則「雺」當同「霿」，據許，則「霿」當謂「晦」。故桂馥謂「雺」當依《廣韻》與「霿」同，非「霚」之籀文。此改《説文》以就《爾雅》者也。步瀛案：《廣韻·一東》雺字下曰：天氣下地不應曰雺。莫紅切。又，莫侯切。「霿」、「霚」並同。《十八尤》雺字，《一送》霿字，解並同。《十遇》霧字下引《爾雅》，又謂「霚」同，見《説文》。是「霚」字同「霧」，又同「雺」，實爲混淆。若於雺字下但云「霿」同，删去「霚並」二字，則合矣。段玉裁曰：霚，讀如務。霿，讀如蒙。「霚」之或體作「霧」，「霿」之或體作「蒙」。引《釋天》曰：天氣下地不應曰霿。霿謂之晦。王筠亦謂《釋天》「霧謂之晦」當在「天氣下地不應曰雺」之下。此又改《爾雅》以就《説文》者也。至於蒙、霧之分，《釋名·釋天》曰：蒙，日光不明，蒙蒙然也。《開元占經》卷一百一「蒙」作「濛」，引郗萌曰：在天爲濛，在人爲霧。日月不見爲濛，前後人不相見爲霧。蒙、霧之别，於此可見矣。○行、兵、狂、裝、梁、攘、胻、章，古音陽部。○王先謙曰：以上並言兵衛之衆盛嚴整。

於是乘輿，迺登夫鳳皇兮而翳華芝。

【注】韋昭曰：鳳皇爲車飾也。翳，隱也。服虔曰：華芝，華蓋也。善曰：言以華蓋自翳也。

【疏】《漢書》無「而」字。梁章鉅曰：按《説文》：翳，華蓋也。徐鍇引此亦無「而」字，而誤作張衡《西京賦》。○顏曰：鳳皇者，車以鳳皇爲飾也。翳，蔽也。以華芝爲蔽也。卽本韋注也。《集義》引韋曰：鳳皇，車名。疑誤。○服注，《集義》引同。案：桓譚《新論》曰：乘車，玉爪、華芝、鳳皇，三蓋之屬。見《西都賦》注。

駟蒼螭兮六素虯。

【注】善曰：《高唐賦》曰：乘玉輿兮駟蒼螭。《上林賦》曰：乘鏤象六玉虯。《説文》曰：虯，龍無角者。《春秋命曆序》曰：皇伯駕六龍。

【疏】「六素虯」，《東京賦》注引作「六玄虯」，疑涉彼正文而誤。○顏曰：四六，駕數也。言或四或六也。螭，似龍一名地螻。《集義》引服虔曰：螭，虎類。或云龍。又引韋昭曰：似虎而龍類，言馬形似之。又引《字林》曰：螭若龍而黃，北方謂之地螭。清官本《漢書》引宋祁曰：韋昭曰：螭，似虎而鱗。又引鄭氏曰：螭，虎類也。龍形。《字林》曰：螭，似龍而黃。北方之地螻。據此，《集義》引服注「龍」下疑脱「形」字。韋注「而」字下疑脱「鱗」字。而宋引《字林》則脱「謂」字。《集義》又引《三蒼》曰：似狗，頭有髮。又互見《西京賦》。○《高唐賦》見本書卷十九。「輿」下無「兮」字。○《上林賦》見本書卷八。○《説文》見《虫部》。今本作「龍子有角者」。段氏據《韵會》及此賦注改曰：《韵會》尚誤多「子」字。李善注《甘泉賦》引《説文》虯龍無角者，他家所引作「有角」，皆誤也。王逸注《離騷》、《天問》，兩言有角曰龍，無角曰虯。高誘注《淮南》同。張揖《上林賦》注、《後漢書·馮衍傳》注、《玉篇》、《廣韵》皆曰無角曰虯，絕無「龍子有角」之説。惟《廣雅》云：有角曰蘢，卽虯。無角曰䖤，卽螭。其説乖異，恐轉寫之譌。朱珔曰：張氏注《上林賦》無角曰虯，見於李注所引，不應一人而異其說。而小顏於此處既自云無角，何《上林賦》注又引張説云龍子有角者，殆今本「有」爲「無」之誤也。至李注於此二賦及《離騷》引王逸注，固主無角之説。而注《景福殿賦》又引《廣雅》無角曰螭，有角曰虯，殊無定見。似段説爲得之。〇本書《海賦》注引《春秋命曆序》曰：皇伯登扶桑日之陽，駕六龍以上下。此注節引。〇芝，古音之部。虯，幽部。通轉爲韵。

蠖略蕤綏，灕虖襂纚。

【注】善曰：蠖略蕤綏，龍行之貌也。灕虖襂纚，龍翰下垂之貌也。蠖，於鑊切。灕，音離。襂，音森。纚，所宜切。

【疏】五臣「襂」作「幓」，與《漢書》同。顏曰：其字從巾。許巽行曰：《海賦》云：被羽翮之襂纚。作「襂」亦是。〇顏曰：蠖略蕤綏，虯螭貌也。灕虖幓纚，車飾貌也。王先謙曰：《大人賦》：駕應龍象輿之蠖略委麗兮。又云：滂濞泱軋，麗以林離。張揖注：林離，摻攡也。灕虖幓纚，與麗以林離音義俱合，皆衆盛意也。蕤綏，猶萎蕤。〇《訓纂》引張曰：幓，音辰參之參。案：森、參音同。

帥爾陰閉，霅然陽開。

【注】晉灼曰：帥，聚也。霅，散也。善曰：《文子》曰：與陰俱閉，與陽俱開。霅，於甲切。

【疏】晉注，顏引同。胡紹煐曰：按，帥、霅皆疾貌。「帥」與「率」古通。《儀禮·聘禮》古文「帥」爲「率」可證。帥爾，猶率爾。《漢書·東方朔傳》：先生率然高舉。顏注：率然，猶颯然。颯，亦疾也。本書

《笙賦》：霅曄岌岌。善注：霅曄，急疾貌。《説文》：霎，捷也。「霅」與「霎」音義通，俗作「翣」。王先謙曰：帥爾，卽率爾，猶言倏爾也。○《文子》見《道原篇》。案：《文子》僞書，此二語蓋襲《淮南・原道篇》。○顏注今本作「霅」，音所甲反。殘卷本作于甲反，與李音同。

騰清霄而軼浮景兮，夫何旟旐郅偈之旖旎也。

【注】張晏曰：軼過雲與倒景也。服虔曰：旖旎，從風柔弱貌。善曰：薛君《韓詩章句》曰：騰，乘也。何休《公羊傳注》曰：軼，過也。浮景，流景也。《神女賦》曰：夫何神女之妖麗。何休《公羊傳注》曰：據疑問所不知曰者何。《周禮》曰：鳥隼爲旟，龜蛇爲旐。郅偈，竿之貌也。郅，音質。偈，音桀。旖，於綺切。旎，女氏切。

【疏】「旎」，《漢書》毛本作「柅」，清官本作「旎」，引宋祁曰：越本作「柅」，景本作「袘」。案：殘卷本作「旎」，元大德本作「柅」。王先謙曰：郅偈、旖柅，並形容之詞。中加「之」字，則文不成義。「之」字當在「旟旐下」，各本誤倒也。步瀛案：之，猶而也。見吳昌瑩《經詞衍釋》卷九。王説非是。○顏曰：騰，升也。霄，日旁氣也。案本書《思玄賦》曰：涉清霄而升遐兮。舊注曰：霄，微雲也。與張晏合。《後漢書・仲長統傳》注曰：霄，摩天赤氣也。與顏合。○顏曰：旖旎，旒縿之形也。案本書《上林賦》：猗狔從風。《史記・司馬相如傳》作「旖旎」。《索隱》引張揖曰：旖旎，阿那也。《説文・㫃部》曰：旖旎，旗皃。段玉裁曰：許於禾曰倚移，於旗曰旖施，於木曰檹施，皆讀如阿那。本謂旌旗柔順之皃，引伸爲凡柔順之偁。步瀛案：段説是。服云從風柔弱貌，顏云旒縿之形，所説不同，而義一也。○

薛君《韓詩章句》，本書顏延年《車駕幸京口侍遊蒜山作》詩注引同。○《公羊・宣十二年》注，「軼」作「佚」。胡克家曰：注「何休《公羊傳》注曰：軼，過也」，袁本、茶陵本無此十字。○《西京賦》曰：流景内照，故李注以「流景」解「浮景」。○次引何注見《隱元年》。「曰者何」各本誤作「者曰何」，今正。○《周禮》見《春官・司常》。○顏曰：郢偈，竿杠之狀也。與李同。○纚，歌部。開、旐，脂部。通轉爲韵。

流星旄以電爥兮，咸翠蓋而鸞旗。

【注】善曰：言星旄之流，如電之光也。《周書》曰：樓煩星旄者，羽旄也。鄭玄曰：可以爲旌旗也。《高唐賦》曰：蜺爲旌，翠爲蓋。蔡邕《獨斷》曰：天子出，前驅有鸞旗者，編羽毛，列繫橦傍。

【疏】五臣本「爥」作「燭」，與《漢書》同。案：「爥」、「燭」字同。《類聚》及《北堂書鈔・武功部》八、《太平御覽・兵部》七十二引皆作「燭」。○《周書・王會篇》曰：樓煩以星施。星施者，珥旄。孔注曰：施所以爲旄羽珥。朱右曾《校釋》曰：《説文》云：施，旗貌。珥，瑱也。蓋垂于旗若珥然。李善注《甘泉賦》引作「旄」，蓋所見本異。步瀛案：姚察曰：李巡注《爾雅》云：以旄牛尾注旌首者也。《説文》：以爲旄幢也。○李引鄭説，散見《周禮・夏采》、《樂師》、《司常》，《禮記・樂記》、《明堂位》等注。然皆非原句，此蓋以意引。○今本《獨斷》卷上「鸞」作「鑾」。案：此注疑有脱字，當作「天子出，前驅有鸞旗車。鸞旗者」云云，方合。《集義》引姚察曰，鸞旗，亦旌也。○旗，之部。丁氏《形聲類篇》謂之部與支、脂部比類通合。章氏《成均圖》謂之部與蒸部對轉。

敦萬騎於中營兮，方玉車之千乘。

【注】善曰：「敦」與「屯」同。王逸《楚辭注》曰：屯，陳也。鄭玄《儀禮注》曰：方，併也。玉車，以玉飾車也。

【疏】五臣「敦」作「屯」。《詩・常武》：鋪敦淮濆。鄭箋曰：敦作屯。顏曰：敦讀曰屯。屯，聚也。《漢書・禮樂志》注同。杜宗玉曰：《説文》：敦，怒也，詆也。一曰，誰何也。段曰：皆責問之意。《邶風》：王事敦我。毛曰：敦，厚也。按《心部》惇，厚也。然則凡云敦厚者，皆叚「敦」爲「惇」。今按：叚「敦」爲「惇」，故訓厚，從厚之意而引申之，故「屯」通作「敦」。○《楚辭》見《離騷》。○《儀禮》注見《鄉射》。

聲駍隱以陸離兮，輕先疾雷而馺遺風。

【注】善曰：《廣雅》曰：陸離，參差也。《方言》曰：馺，馳也。郭璞曰：馺，疾也。《聖主得賢臣頌》曰：追奔電，逐遺風。駍，普萌切。馺，先合切。

【疏】《古逸叢書》續收原本《玉篇・石部》引此賦「駍」作「砰」。案：「駍」、「砰」同。《漢書・禮樂志》《郊祀歌》天門章曰：休嘉砰隱溢四方。顏注曰：砰，音普萌反。砰隱，盛貌。與此正合。○《廣雅》見《釋訓》。○《方言》十三曰：馺，馬馳也。郭注曰：馺馺，疾皃也。疑本注有脱字。梁章鉅曰：《説文》：馺，馬相及也。《廣雅・釋詁》：馺，及也。○《聖主得賢臣頌》見本書卷四十七。李注曰：遺風，風之疾者。王念孫《讀書雜志》四之十一曰：遺讀曰隧。隧風，疾風也。《大雅・桑柔篇》：大風有隧。有隧者，狀其疾也。《楚辭·九歌》：衝風起兮水揚波。王注：衝，隧也。是古謂疾風爲隧風也。「隧」與「遺」，古同聲而通用。《小雅·角弓篇》：莫肯下遺。《荀子·非相篇》「遺」作「隧」。《南山經》育遺，「遺」或作「隧」，皆其證也。

凌高衍之嵱嵷兮，超紆譎之清澄。

【注】孟康曰：衍，無崖岸也。紆譎，曲折也。李奇曰：嵱，音踊。嵷，音竦。如淳曰：嵱嵷，上下衆多貌。

【疏】《漢書》「凌」作「陵」，皆「夌」之借字。《説文》曰：夌，越也。六臣本作「臨」，非。○孟注，顔引同。顔曰：衍，卽所謂墳衍者也。王先謙曰：高衍，猶高平。顔以衍爲墳衍，非也。○李音如注，顔引同。《訓纂》：嵷，才孔反。胡紹煐曰：嵱嵷，卽踊竦。《廣雅·釋詁》：踊、竦並爲上也。上謂之踊竦，故高亦謂之踊竦。

登椽欒而羾天門兮，馳閶闔而入凌兢。

【注】服虔曰：椽欒，甘泉南山也。凌兢，恐懼貌也。李奇曰：羾，音貢。蘇林曰：羾，至也。善曰：《楚辭》曰：吾令帝閽開關兮，倚閶闔而望予。王逸曰：閶闔，天門也。兢，鉅陵切。

【疏】《集義》引蕭該：椽，音直緣反。○服注首句，顔引同。「恐懼貌」，《訓纂》引同顔，蓋不取凌兢爲恐懼貌之訓也。顔曰：入凌兢者，亦寒涼戰栗之處也。梁章鉅曰：似較訓恐懼爲長。徐鼒《讀書雜釋》卷十四曰：登椽欒，羾天門，馳閶闔，皆指地言。則入凌兢亦當指地言。蓋由椽欒而天門，而閶闓，而淩兢，皆等而益上之詞。胡紹煐曰：淩兢與閶闔對。閶闔云馳，淩兢云入，則淩兢自指其處言。淩兢猶綾繒耳。字本作「崚嶒」。顏注亦非。○李音、蘇注，顏引同。《訓纂》引服虔曰：玒，音攻。又引晉灼曰：「玒」，古「虹」字。自「招搖」以下至於「椽欒」，言車騎旌旗華采，盛有如衆虹之帶天門。案：《說文》無「玒」字，《玉篇·羽部》：玒，同翡，胡公切。飛聲。又與諸說不同。疑《玉篇》是蘇林訓，至亦飛至之義耳。《廣韻·一送》依《文選》玒在貢下，云：至也。晉灼以爲古「虹」字，未詳。○《楚辭》見《離騷》。各本「令」上脱「吾」字，「開」下脱「闟兮倚」三字。今依金甡、胡克家、梁章鉅校增。○乘、澄、兢，蒸部。風，侵部。通轉爲韻。○以上輿衛之盛。

是時未轃夫甘泉也，迺望通天之繹繹。

【注】善曰：「轃」與「臻」同，至也。通天，臺名。已見上文。薛君《韓詩章句》曰：繹繹，盛皃。

【疏】袁、茶二本「轃」作「臻」，不云李善作「轃」，蓋偶未及耳。又注無「至也」二字，有「或作轃」三字。當是李本作「轃」，與《漢書》同，「或作轃」三字，後人校五臣本語，誤入本注。○顏曰：「轃」與「臻」同。轃，至也。案：「轃」，「臻」之通借字。杜宗玉曰：《說文》曰：臻，至也。轃，亦秦聲，讀若臻。《漢書·王莽傳》上：百蠻並轃。注：「轃」即「臻」字也。《王吉傳》：福祿其轃。注：「轃」與「臻」同。《禮樂志》：四極爰轃。注：「轃」，字與「臻」同。案：呂錦文說同。○通天臺，已見《東京賦》注。○薛君《章句》，本書《秋懷》詩注引同。《訓纂》曰：察案《五行志》，成帝永始二年，星隕如雨繹繹，未至地滅。尋此言，則光采之稱。《韓詩》以爲盛皃也。案：見《五行志》下之下。顏曰：繹繹，相連貌也。宋祁曰：晉灼曰：

繹，音夕。諸詮賦音亦。

下陰潛以慘廩兮，上洪紛而相錯。

【注】善曰：慘廩，寒貌也。廩，來感切。

【疏】五臣「廩」作「懍」。顔曰：慘廩，亦寒涼之意也。廩讀如本字。又音來感反。步瀛案：《説文》曰：癛，寒也。字或作「凜」。「廩」，借字。劉良曰：慘懍，不明皃。言臺高，其下潛陰不明也，其上廣大，光彩交錯也。案：良説亦通。○顔曰：洪，大也。紛亂，雜也。錯，互也。《集義》曰：言其臺高，相糾紛也。

直嶢嶢以造天兮，厥高慶而不可乎彌度。

【注】善曰：《七發》曰：條上造天。孔安國《尚書傳》曰：造，至也。《爾雅》曰：彌，終也。言高不可終竟而度量也。慶，音羌度、大各切。「彌」或爲「彊」。

【疏】袁本「乎」作「虖」，蓋依五臣，與《漢書》同。○《七發》見本書卷三十四。注引僞孔《尚書》傳與此同。見《盤庚》中。○《爾雅》見《釋言》。○慶，音羌。已見《西都賦》疏。○「彌或爲彊」，梁章鉅曰：「彊」爲「疆」字之誤，《漢書》作「疆度」，注：疆，境也。度，量也。步瀛案：殘卷本正作「彊」。注作「彊，竟也」。蓋彊盛則有終竟之意。《説文》曰：樂曲盡爲竟。《詩·瞻卬》鄭箋曰：竟，猶終也。與彌字義正相近。後人據誤本作「疆」，又改注中「竟」字爲「境」，則義不可通。

平原唐其壇曼兮，列新雉於林薄。

【注】鄧展曰：唐，道也。服虔曰：新雉，香草也。雉、夷，聲相近。善曰：《子虛賦》曰：案衍壇曼。新雉，辛夷也。《本草》：辛夷，一名辛引。《廣雅》曰：草叢生曰薄。壇，徒旦切。曼，莫旦切。

【疏】五臣「曼」作「漫」，「雉」作「荑」。○鄧注，顔引同。王念孫曰：訓唐爲道，雖本《爾雅》，然平原道其壇曼，殊爲不詞。今案：唐者，廣大之貌。唐其者，形容之詞。既言唐而又言壇曼者，言重詞複，以形容之。若上文言灕乎幓纚矣。《説文》曰：唐，大言也。《白虎通義》曰：唐，蕩蕩也。蕩蕩者，道德至大之貌也。是唐爲廣大之名。胡紹煐曰：《莊子·田子方》《釋文》：「唐」司馬本作「廣」。唐與廣音義亦通。張廉卿曰：「唐」通「蕩」。枚叔《七發》發浩唐之心，即浩蕩也。○服注，顔引同。顔曰：新雉，即辛夷耳。爲樹甚大，非香草也。其木枝葉皆芳，一名辛矧。宋祁曰：「雉」當作「夷」。《學林》云：《周禮》薙氏掌殺草，鄭氏注云：「薙」或作「夷」，又音「鬀」。然則雄賦本用「薙」爲「夷」，而又省「薙」之「草」，止用「雉」字耳。案：《學林》今佚此文。朱珔曰：雉、夷聲近，并以聲得義。《左氏·昭十七年傳》《正義》引樊光、服虔云：雉者，夷也。「新」亦與「辛」通。《禮記·月令》：其日庚辛。注云：辛之言新也。《釋名·釋天》亦云：辛，新也。《後漢書·馮衍傳》注云：新夷，亦樹也。其花甚香。故此注即以新雉爲辛夷也。杜宗玉曰：雉，古音同夷。《周禮》雉氏掌殺草，故書作夷氏。大鄭從「夷」，後鄭從「雉」而讀如鬀，今本《周禮》作「薙氏」，俗製也。《左傳·昭十七年》：五雉爲五工正，夷民者也。據此，「夷」、「雉」本通用字。步瀛案：辛夷，有草木二説。《楚辭·九歌·湘夫人》王注曰：辛夷，香草也。《離騷》注曰：留夷，香草也。《上林賦》張揖注曰：留夷，新夷也。《西山經》郭注曰：芍藥，一名辛夷。是辛夷即芍藥。故王逸、服虔皆以爲香草也。《證類本草》卷十二曰：辛夷，一名辛矧，一名侯桃，一名房木。引蜀本《圖經》云：樹高數仞，葉似柿葉而狹長。正月、二月花，似著毛小桃，色白而帶紫。花落，夏杪復著花，如小筆。又引陳藏器《本草》曰：北人呼爲木筆，南人呼爲迎春。是即香樹也。二説皆通，特唐、宋以後，芍藥無辛夷之名矣。○本書《子虛賦》注引司馬彪曰：壇曼，平博也。呂錦文曰：壇曼，此廣大之本字也。詞賦家往往與澶漫通用。《西京賦》：澶漫靡迤。《莊子·馬蹄篇》：澶漫爲樂。皆其證也。《離騷》：路曼曼其修遠兮。《釋文》作「漫漫」。《廣雅·釋訓》：曼曼，長也。漫漫，平也。字異義同。○《廣雅》見《釋草》。「曰」當作「爲」。又《楚辭·九章·涉江》曰：露申辛夷，死林薄兮。王注曰：叢木曰林，草木交錯曰薄。

攢并閭與茇葀兮，紛被麗其亡鄂。

【注】善曰：《蒼頡篇》曰：攢，聚也。并閭，椶也。茇葀，草名也。被麗，分散貌也。《風賦》曰：被麗披離。鄂，垠鄂也。茇，步末切。葀，音括。被，皮義切。麗，音隸。

【疏】《漢書》「葀」作「苦」。五臣「亡」作「無」。○《蒼頡篇》攢訓聚，已見《西都賦》注引，此後《上林賦》、《遊天台山賦》、《魯靈光殿賦》、《江賦》、《登臨海嶠初發疆中》詩注引並同。○并閭，即栟櫚，已見《南都賦》及《吳都賦》。《訓纂》及顔注引如淳曰：并閭，葉隨時，政平則平，政不平則傾也。顔曰：如氏所説，自是平慮耳。此并閭謂椶樹也。《集義》引服虔曰：并閭、茇苦，皆瑞草。五臣注張銑謂皆瑞草名本此。如其説，則并閭即平慮也。平慮，又作「平露」，《御覽·休徵部》二引《白虎通》曰：王者使賢不肖位不踰，則平露生庭。平露者，樹名也。又引孫氏《瑞應圖》曰：平露者，如蓋，生於庭。王者不私人以官，則四方之政平。若東方政不平，則西低。西方政不平，則東低。南方政不平，則北低。北方政不平，則南低。○顏曰：茇苦，草名也。與李注同。《廣雅·釋草》曰：蘢菱，菝葀也。《玉篇·草部》曰：蘢，菝葀也。菝葀，瑞草也。與服虔説合，而與顏、李義異。《證類本草》卷二十八薄荷引陳士良《食性本草》作「茇蔄」，李時珍《本草綱目》卷十四曰：陳士良《食性本草》作「菝蔄」，楊雄《甘泉賦》作「茇葀」，吕忱《字林》作「茇苦」，則薄荷之爲訛稱可知矣。據此，則顏、李所謂草名者，或即薄荷歟？○本書《風賦》注曰：被麗披離，四散之貌也。顏曰：被，皮義反。麗讀如本字。被麗，又音披離。王先謙曰：被麗，即披離之同音變字。顏又音是也。故《風賦》云：被麗披離。○垠，鄂。已見《西京賦》。王先謙曰：亡鄂，猶無垠，言其多不可涯際也。○繹、錯、度、薄、鄂，魚部。

崇丘陵之駊騀兮，深溝嶔巖而爲谷。

【注】蘇林曰：駊騀，音叵我。善曰：駊騀，高大貌也。嶔巖，深貌也。嶔，口銜切。

【疏】《集義》曰：谷，姚丞音欲。顧炎武《唐韻正》卷十五曰：山谷之谷，《廣韻》雖有余蜀、古禄二切，其實欲乃正音。《易·井》九二：井谷射鮒，《音義》一音浴。《堯典》暘谷，一音欲。《左傳·僖三十一年》註南谷，一音欲。《史記·樊噲傳》《正義》曰：谷，音欲。《貨殖傳》《索隱》曰：谷，音欲。漢苦縣《老子》銘書「谷神」作「浴」神是也。今人讀谷爲穀，而加山作「峪」，乃音裕，非矣。○蘇注，顏引同。吕錦文曰：《説文》云：駊騀，馬搖頭皃。《玉篇》訓同。《廣韻》云：駊騀，馬惡行也。義與高大無涉。

《西征賦》注云：岥岮，不平皃。《説文》云：嵯峨，山高也。「駊騀」即「岥峨」之假借字。○駊騀、嶔巖，顔注同。而「深」下有「險」字，疑李注亦當有。

𨒼𨒼離宮般以相爥兮，封巒石關施靡乎延屬。

【注】應劭曰：言秦離宮三百，武帝復往往脩理之也。善曰：《説文》曰：𨒼，古文往字也。「往往」，言非一也。般，布也。與「班」同。《三輔黄圖》曰：甘泉有石關觀封巒觀。施靡，相連皃也。施，弋爾切。鄭玄《喪服傳》注曰：屬，連也。屬，之欲切。

【疏】五臣「𨒼𨒼」作「往往」，「施」作「迆」，「延」作「連」。《漢書》「爥」作「燭」。今本《三輔黄圖》卷五引此賦「關」作「闕」，「施靡」作「弭迆」。○應注，顔引同。「理」作「治」，此注避唐高宗諱改。○《説文·彳部》：徃，之也。从彳，㞷聲。𨒼，古文从辵。胡克家曰：袁本、茶陵本無「《説文》曰」三字，有「往往作𨒼」四字，乃校語錯入注。○《訓纂》引《字林》曰：般，古班字。李注正合，蓋皆以「般」爲「班」之借字耳。顔曰：般，相連也。義亦同。○今本《黄圖》「石關」作「石闕」。許慶宗曰：石關，即《上林賦》之「石闕」。《史記·司馬相如傳》亦作「石闕」。關、闕義並通。此觀以石門山爲名也。孫義鈞曰：按《三輔黄圖》，武帝作甘泉苑，建元中作石闕、封巒、鳷鵲觀於苑垣内。又，石闕觀、封巒觀，《雲陽宮記》云：宮東北有石門山，岡巒糾紛，干霄秀出。有石巖，容數百人，上起甘泉觀。引本賦封巒石闕弭迆乎延屬。而《漢書》與各本俱作「石關」，注並同。胡紹煐曰：此以石門山得名，不妨關、闕並稱。以門闕言，謂之石闕。以門關言，謂之石關。本書《上林賦》蹷石闕，歷封巒，善及《史記》作「闕」，《漢書》作「闕」，亦闕、闕互出，可證也。○谷、屬，侯部。亦與魚部通韻。○以上道中所見。

於是大厦雲譎波詭，摧嗺而成觀。

【注】孟康曰：言厦屋變巧，乃爲雲氣水波相譎詭也。摧嗺，材木崇積貌也。善曰：言大厦之高而成觀闕也。摧，子罪切。嗺，子水切。觀，工喚切。

【疏】孟注，顔引同。「材木」各本誤作「林木」。胡克家謂：依《漢書》注，當作「材」，是也。今據改。《古逸叢書》續收原本《玉篇・山部》引《漢書音義》作「山林之崇積之也」，亦誤。《集義》引服虔曰：盛皃也。○顔曰：觀，謂形也。音工喚反。步瀛案：成形可觀，故謂之觀。與李注之義可通。○顔引晉灼曰：摧，音䞓水反。顔曰：䞓，音丑成反。與李子罪切異。《玉篇・山部》「摧」、「嶊」二字。内府本唐寫《切韻》摧字並與李音同。《雄傳》殘卷本校引《文選音決》祖罪反。内府唐寫本《切韻・七旨》：嶊，遵誄反。與李所反字異音同。又，《切韻》嶊又音以水反，則別一音矣。《集韻・五旨》摧、嶊同祖誄切。《十四賄》摧嶊同祖猥切。是以二字讀同，恐非也。方以智《通雅》卷八曰：《甘泉賦》舊注：摧嶊上聲。余以爲即「崔嵬」。步瀛案：《集義》摧音子隹反。王國維寫印唐寫本《切韻》殘卷《三十五灰》曰：摧，昨灰反。内府唐寫本《切韻・七旨》嶊又醉綏反。則摧嶊亦讀平聲。王先謙曰：摧嶊，即「崔嵔」之同聲變字，若今言崔巍矣。

仰撟首以高視兮，目冥眴而亡見。

【注】善曰：王逸《楚辭注》曰：蹻，舉也。「撟」與「蹻」同。冥眴，昏亂之貌。冥，莫見切。眴，音縣。

【疏】五臣「撟」作「矯」。《漢書》與李同，顏曰：撟，舉也。「撟」與「矯」同。其字從手。○《楚辭注》見《九章·惜誦》。案：注「矯」字涉正文誤作「撟」，今正。若《楚辭》作「撟」，注無容言「矯」與「撟」同矣。惟《楚辭》《釋文》本作「橋」，即「撟」字。然李引自當作「矯」也。又案：「矯」、「撟」二字，本通用。薛傳均曰：案馬季長《長笛賦》：撟揉斤械。注：《蒼頡篇》曰：矯，正也。「撟」、「矯」同。《書·呂刑》：奪攘撟虔。鄭注：撟虔，謂撓擾。「撟虔」即「矯虔」也。《易·説卦》：坎爲矯揉。《釋文》：一本作「撟」，同。

正瀏濫以弘惝兮，指東西之漫漫。

【注】孟康曰：瀏，清也。服虔曰：惝，大貌也。音敞。善曰：瀏濫，猶言清淨而汎濫也。漫漫，無厓際之貌也。瀏，音劉。

【疏】孟康訓瀏爲清，李氏因之謂瀏濫猶言清淨而汎濫也。按之此文，殊不合。顏曰：瀏濫，猶汎濫也。解瀏濫字亦未確。《集義》曰：瀏，周也。徐鼒曰：上云，仰撟首以高視兮，目冥眴而亡見。下云，徒徊徊以徨徨兮。又云，據軨軒而周流兮。皆從眺望生義。此句下云指東西之漫漫，亦當從眺望生義。《淮南·原道訓》：劉覽偏照。高誘注云：劉覽，回觀也。又云：劉，讀留連之留。此「瀏濫」即「劉覽」之通假字，正謂高視而亡見，回觀而弘敞者，又東西之漫漫也。舊説非。胡紹煐曰：按，「瀏」與「流」通。流謂周流，濫謂汎濫。書多假「瀏」爲「流」。本書《西征賦》瀏睨楹以抗憤，「瀏睨」即「流睨」。注家訓瀏爲清，未免望文生義，失之。王先謙曰：「瀏濫」，即「瀏擥」，今作「瀏覽」。「弘惝」，即「弘敞」。濫、惝，皆借字。案：徐、胡、王説皆是。○顏曰：弘惝，高大也。五臣注張銑同。茶陵本

「惝」作「敞」，非也。袁本作「惝」。〇顔曰：漫漫，長也。瀏，音劉。與李同。

徒徊徊以徨徨兮，魂眇眇而昏亂。

【注】善曰：言迷惑也。

【疏】《漢書》「徊」作「回」，「魂」下有「固」字。袁本、茶陵本「魂」下有「魄」字，校曰：善本去「魂」作「魄固」。胡克家、梁章鉅皆謂善本自作「魂固」，與《漢書》同。然與袁、茶二本校語亦不盡合。今姑依尤本。〇顔曰：言駭其深博也。與李注意同。〇覯、見、漫、亂，元部。

據軨軒而周流兮，忽坱圠而亡垠。

【注】韋昭曰：軨，欄也。軒，檻板也。善曰：「軨」與「櫺」同。周流，流行周遍也。坱圠，廣大貌也。《鵩鳥賦》曰：坱圠無垠。軨，音零。坱，烏朗切。圠，烏黠切。

【疏】五臣「坱圠」作「軮軋」，與《漢書》同。《類聚》引亦作「軮軋」。〇顔曰：軨軒，謂前軒之軨也。軨者，軒閒小木也。字與「櫺」同。姜臯曰：《説文》：䡼，軨。司馬相如説「軨」从「霝」，蓋古字。「霝」、「靈」、「零」皆相通用。《左氏·定九年傳》載蔥靈，疏曰：輜車名，是也。然宜曰與「䡼」同。而作「櫺」者，《説文》櫺，楯閒子。《一切經音義》四曰：疏門曰櫺。蓋窗櫺也。盧氏文弨《尚書大傳補遺》曰：未爲士，不得有飛軨。鄭注云：如今窗車也，故作「櫺」亦是。朱珔曰：《説文》：楯，闌檻也。櫺，楯閒子也。則䡼之从車，正言車有窗櫺，與闌楯之有格爲櫺者，一也。「軨」乃「櫺」之借字矣。軒字義亦假借。《説文》：軒，曲輈藩車也。此云檻板者，欄檻必曲折爲之，板所以爲藩蔽也。《上林賦》：宛虹拖於楯軒。司馬彪曰：軒楯，下板也。與此正合。若本書《蜀都賦》劉注云：高軒，堂左右廊之有牕者。暨《魏都賦》周軒中天，《琴賦》高軒飛觀，注並同。殆因牕爲廊之藩蔽，而引伸其義，如有藩之車，亦必施窗格耳。步瀛案：軨爲窗格，軒爲檻板，此本賦軨、軒之解也。至長廊有牕者亦曰軒，朱氏乃推言之，不必釋此賦耳。○顔曰：周流，周視也。案：顔注與李異，然此當就觀覽而言，顔説是也。○顔曰：軮軋，遠相映也。《訓纂》曰：寀案郭璞注《方言》云：軋，不利也。《楚辭》以爲坱兮軋山曲岪，是。案王逸云：坱軋，霧氣映也。步瀛案：姚説迂曲。《史記·賈誼傳》《集解》、《漢書·賈誼傳》注、本書《鵩鳥賦》注並引應劭曰：其氣坱圠，非有限齊也。與李注廣大貌也義正合。○注「坱圠」作「軮軋」，與正文不合。本書《鵩鳥賦》亦作「坱圠」，今依胡克家校改。又，尤本「鵩」作「服」，今依袁、茶二本。

翠玉樹之青葱兮，璧馬犀之瞵㻞。

【注】善曰：《漢武帝故事》曰：上起神屋，前庭植玉樹，珊瑚爲枝，碧玉爲葉。璧馬犀，言作馬及犀爲璧飾也。《埤蒼》曰：瞵㻞，文貌也。應劭曰：瞵，音隣。晉灼曰：㻞，音豳。

【疏】《漢書》「璧」作「壁」。梁章鉅曰：顔注：馬犀者，馬腦及犀角也。以此二種飾殿之壁。今考作「璧」者，五臣本也。向注可證。作「壁」者，李本也。正文應作「壁馬犀之瞵㻞」，注應作「壁馬犀，言作馬及犀爲壁飾也」。雖與顔釋馬犀不同，而「壁」字則無異。觀李注「爲璧飾也」，顔注「飾殿之壁」，二「飾」字同，甚明。各本正文「璧」字誤涉五臣，注二「璧」字，亦誤，遂不可通。五臣「瞵」作「璘」。胡紹煐曰：壁與翠對，作「璧」是也。○《漢武故事》今本佚此文。《藝文類聚・寶玉部》上、《御覽・珍寶部》四引皆與李注同。其下云：華子青赤，以珠玉爲之。空其中，如小鈴，鎗鎗有聲。程大昌《演繁露》卷十二引曰：既得欒大，卽甘泉宮造甲乙帳，前庭植玉樹。玉樹之法，葺珊瑚爲枝，以碧玉爲葉，花子或青或赤，悉以珠玉爲之。所引尤詳。顏曰：玉樹者，武帝所作集衆寶爲之，用供神也。非謂自然生之。而左思不曉其意，以爲非本土所出，蓋失之矣。呂向曰：翠，碧也。謂武帝植玉樹於此宮，以碧玉爲葉。青葱，玉樹色也。案：《淮南・墬形篇》高注曰：碧，青玉也。程大昌《雍録》卷十曰：璧馬犀之璘瑞，非有真犀、真馬也。直以璧玉刻其形焉耳。案：程説是也。此賦「翠」字「璧」字皆實字虚用，言以碧爲玉樹，以璧爲馬犀，皆非天然生者。李注以爲璧飾，非也。《訓纂》、《集義》並引晉灼曰：璧，璧瑗也。馬，金馬也。其解尤謬。又張雲璈據陸游《老學菴筆記》以翠爲鮮明貌，與下璧字不相儷。朱珔以爲「璧」與「碧」通，與上「翠」字相稱。然實失之複。胡紹煐以「翠」爲「萃」之借字，聚也。又據《白虎通・瑞贄篇》璧之言積也，謂積馬犀以爲飾，義亦迂曲。又案：左思《三都賦序》已見卷五。彼誤認此賦玉樹爲崑崙玉樹之類，故顏譏之。而後人亦有以爲真樹者。《三輔黄圖》卷二曰：甘泉谷北岸有槐樹，今謂玉樹。根幹盤峙，三二百年木也。楊震《關輔古語》云：耆老相傳，咸以謂此樹卽楊雄《甘泉賦》所謂玉樹青葱也。劉餗《隋唐嘉話》卷下曰：雲陽縣界多漢離宮，故地有似槐而葉細，土人謂之玉樹。楊子雲《甘泉賦》云：玉樹青葱。後左思以雄爲假稱珍怪，蓋不詳也。張淏《雲谷雜記》卷一曰：二説與顏師古注全不同。予謂《黄圖》、《嘉話》所言者，乃甘泉所産之木也。子雲所稱，乃漢飾以象此木者也。《漢武故事》云云，李善注《文選》正引此爲據。今道釋宫宇多飾金寶爲花木，以爲供神之具，正此類也。使果爲種植之木，則子雲決不與璧飾鐘虡等並言矣。案：張説極是。故程大昌《演繁露》、《雍録》皆據《漢武故事》爲説也。王楙《野客叢書》卷五謂：攷《漢武故事》上起甲帳乙帳，前庭種玉樹，自在神宫中，非甘泉宫事。然程大昌引《漢武故事》，明爲甘泉宫，豈王勉夫所見本不同邪？要以本賦文義審之，自當以顔、李、吕諸家注爲是。○「璧飾」當作「壁飾」。蓋李雖不從顔馬腦、犀角之説，而其以爲壁飾，則與顔同。今本正文及注作「璧」者，蓋後人以五臣本改之也。然文義則作「璧」爲長。王觀國《學林》卷七曰：璧、壁二字，其義迥不同。故注釋者亦隨其字之義而訓之。今讀其賦曰仰撟首以高視兮云云，皆以下句釋上句。則璧馬犀爲璧玉之「璧」，其上下句通矣。其曰據軨軒而周流兮，忽坱圠而亡垠，然後言玉木、金人者，蓋謂依欄檻而四顧，見廣大而無際畔，但見庭中玉木之青蔥，金人之巖巖耳。玉木植于殿庭，金人亦在殿庭，此皆言望見殿庭中物，不應反言殿壁也。賦句之義，于此判矣。案：王説是也。○本書《景福殿賦》注引《埤蒼》曰：璘㻞，文貌。此注「瞵」字，疑依正文改。吕錦文曰：《玉篇》云：璘㻞，文皃。璘彬，玉色光彩也。《説文》云：瞵，目精也。「瞵」與「璘」，義本各别，亦以音同通借耳。《羽獵賦》鮮扁陸離，「扁」即「㻞」之假借字。○應、晋二音，顔引同。

金人仡仡其承鍾虡兮，嵌巖巖其龍鱗。

【注】善曰：孔安國《尚書傳》曰：仡仡，壯勇之貌也。嵌，開張之貌也。龍鱗，似龍之鱗也。仡，魚乞

切。嵌，火敢切。

【疏】五臣不重「仡」字。《漢書》殘卷本同，而注仍重「仡」字。似有者是。袁、茶二本「鍾」作「鐘」。案：「鍾」、「鐘」之通借字。○《史記·匈奴傳》曰：漢使驃騎將軍去病，將萬騎出隴西，過焉支山千餘里，擊匈奴，破得休屠祭天金人。《索隱》引崔浩曰：胡祭以金人爲主，今浮圖金人是也。案：休屠金人，後置之於甘泉也。沈欽韓《漢書疏證》卷三十四曰：《地理志》左馮翊雲陽縣，有休屠金人祠。此因霍去病得休屠金人，置諸雲陽。《郊祀志》作甘泉宮以致天神是也。林茂春曰：《續博物志》卷七：霍去病討休屠王，獲其祭天金人。武帝以爲神仙，列於甘泉，當即此也。○僞孔傳見《秦誓》。案：原作「仡仡，勇壯夫」，李易爲「貌」字，蓋申其意也。顏曰：仡仡，勇健狀也。嵌，開張貌也。言其鱗甲開張，若真龍之形也。○《漢書》清官本載宋祁曰：蕭該《音義》改「⿱艹⿰甘欠」從山，諸詮賦音苦銜反。王先謙曰：據宋說，所見本「嵌」作「⿱艹⿰甘欠」。步瀛案：《集義》亦引蕭該嵌音苦銜反。顏曰：嵌，音火敢反。與李音同。

揚光曜之燎爥兮，垂景炎之炘炘。

【注】晉灼曰：景，大也。善曰：《廣雅》曰：炘，熱也。音欣。

【疏】《漢書》「爥」作「燭」，「垂」作「乘」。宋祁曰：越本「炘」作「忻」。○《集義》引晉注作「景，火也」，蓋傳寫之誤。然「景」，「影」之本字。晉灼釋爲大，殆非是。顏曰：炎，音弋贍反。蓋以爲「爓」之借字。景炎，謂光爓也。○《廣雅》今本無「炘，熱也」之文。顏曰：炘炘，光盛貌也。○案：此二句亦承金人，言其光燄也。

配帝居之縣圃兮，象泰壹之威神。

【注】服虔曰：曾城、縣圃、閬風，崑崙之山三重也。天帝神在其上。善曰：《春秋合誠圖》曰：紫宮帝室，太一之精。

【疏】五臣「居」作「宫」，「泰壹」作「太一」。○服注，顏引同。案：《離騷》曰：夕余至乎縣圃。王逸注曰：縣圃，神山，在昆侖之上。《穆天子傳》曰：春山之澤，清水出泉，温和無風，飛鳥百獸之所飲食，先王之所謂縣圃。《淮南·墬形篇》曰：縣圃、涼風、樊桐，在昆侖閶闔之中。又曰：涼風之上，或上倍之，是謂縣圃。案：《訓纂》引張晏曰：高祖配崑崙也。是以帝爲漢高祖，非也。《周禮·春官·大司樂》冬日至，於地上之圜丘奏之。若樂六變，則天神皆降。夏日至，於澤中之方丘奏之。若樂八變，則地示皆出。鄭注曰：天神則主北辰，地祇則主崑崙。《曲禮》下孔疏曰：周人以嚳配圜丘，亦當配方澤。若漢以高祖配圜丘，亦配方澤，則崑崙爲方澤所祭，不當在甘泉祭天所矣。此但言崑崙之縣圃，爲天帝所居耳。無與於高祖之配崑崙也。又《封禪書》曰：濟南人公玉帶上《黄帝明堂圖》。《明堂圖》中有一殿，四面無壁，以茅蓋，通水，圜宫垣爲複道，上有樓，從西南入，命曰昆侖。天子從之。入以拜祠上帝焉。於是上令奉高作明堂汶上，如帶圖。及五年脩封，則祠太一、五帝於明堂上，坐，令高皇帝祠坐對之。祠后土於下房。天子從昆侖道入，始拜明堂如郊禮。是高帝配太一，非昆侖，且奉高明堂，非甘泉也。○《春秋合誠圖》，本書陸士龍《大將軍讌會詩》注引同。《史記·天官書》《索隱》引「帝」上有「大」字。案：《楚辭・九歌》有《東皇太一》。《史記・封禪書》曰：亳人謬忌奏太一方曰：天神貴者太一。太一佐曰五帝。《索隱》引《春秋佐助期》曰：紫宮，天皇曜魄寶之所理也。《天官書》中宮太極星，其一明者，太一常居也。《淮南・天文篇》曰：太微者，太一之庭也。紫宮者，太一之居也。《周禮・大宗伯》鄭注曰：昊天上帝，冬至於圜丘。所祀天皇大帝，賈疏曰：《元命包》云：紫微名爲大帝。又《文耀鉤》云：中宮大帝，其北極星下一明者，爲大一之先合元氣以布斗，是天皇大帝之號也。鄭注云：天皇北辰耀魄寶。又云：昊天上帝，又名大一。常居，以其尊大，故有數名也。朱珔曰：太一，常居不動，處天中央，爲天之樞紐。卽《論語》之北辰。《晉志》云：天皇大帝，其神曜魄寶，主御羣靈，執萬神圖，正與衆星共之義合。故此賦上句云配帝居，而下卽言撽北極之嶟嶟也。至後文復及泰壹，則謂禮其神。雖兩用而不嫌複。步瀛案：此言甘泉宮觀，可配帝居之縣圃，象太一尊神之常居也。王先謙謂六句皆賦金人，疑未是。

洪臺掘其獨出兮，撽北極之嶟嶟。

【注】應劭曰：掘，特貌也。撽，至也。晉灼曰：嶟嶟，槪緻也。善曰：《爾雅》曰：北極，謂之北辰。掘，其勿切。撽，竹指切。嶟，千旬切。

【疏】袁、茶陵本「掘」作「崛」。茶陵本校曰：善作「掘」。案：《漢書》同。今尤本正文及注皆作「崛」，蓋亂以五臣也，今正。「掘」，卽「崛」之通借字。〇「撽」，各本作「檄」，从木。許巽行曰：「檄」，當作「撽」，其字从手。步瀛案：《漢書》正作「撽」。《説文》無檄字，「檄」乃「撽」之譌。古書从手、从木，往往相亂。○應、晉兩注，顏引同。又《漢書》今本「概緻」作「概撽」，殘卷本正作「概緻」，宋祁引姚本同。今從之。宋又引《字林》曰：嶟嶟，山貌。顏曰：言高臺特出，乃至北極，其狀竦峭，嶟嶟然也。○《爾雅》見《釋天》。

列宿迺施於上榮兮，日月纔經於柍桭。

【注】韋昭曰：榮，屋翼也。服虔曰：柍，中央也。桭，屋梠也。善曰：施，式支切。柍，於兩切。桭，音辰。

【疏】五臣「迺」作「乃」。王念孫曰：「柍」當作「央」，今作「柍」者，因「桭」字而誤加木旁耳。蕭該《音義》云：柍，與兩反。則已譌作「柍」矣。案：詳見《魏都賦》疏。胡紹煐曰：柍，善音於兩切，則所見本已作「柍」。○梁章鉅曰：《說文繫傳》宸字注引班固《西都賦》曰：日月纔經於柍宸，蓋卽引此而誤作班賦耳。○《廣韻·四十九宥》曰：宿，星宿。息救切。《釋名·釋天》曰：宿，宿也，星各止宿其處也。案：《釋天》「曰宿」之「宿」字音秀，「宿也」、「宿其」兩「宿」字皆音夙。《周禮·春官·馮相氏》：二十有八星之位。鄭注謂：星宿之位。賈疏曰：若指星體而言，謂之星。日、月會於其星，卽名宿，亦名辰，亦名次，亦名房。案：此言列宿，則通言列星耳。○《儀禮·士冠禮》鄭注曰：榮，屋翼也。韋注本此。顏注同。○服注，顏引同。殘卷本「屋」下有「宇」字。○顏曰：施，延也。凡此者言屋宇高大之甚也。施，音弋豉反。一曰，施，直謂安施之耳。音讀如本字也。

雷鬱律於巖窔兮，電儵忽於牆藩。

【注】善曰：鬱律，小聲也。《上林賦》曰：巖窔洞房。《釋名》曰：窔，幽也。儵忽，疾貌也。藩，籬也。窔，一弔切。

【疏】今本《漢書》上「於」字作「而」。宋祁曰：當作「於」。案：殘卷本正作「於」。五臣「窔」作「宎」；《漢書》作「突」，皆誤。《訓纂》曰：窔案《爾雅》云：東南隅謂之窔。《釋名》以爲窔，幽也，亦取幽冥也。《字林》音一了反。《楚辭》云：冬有突室。王逸以複室也，《説文》以衝突，字从犬、穴，非此義也。步瀛案：「東南隅」原作「東西奧」，今依《釋宮》正之。《招魂》洪興祖補注曰：宎、窔，並於叫切。《漢書》「儵」作「倏」。《説文》：儵，疾也。「儵」、「倏」皆借字。○顔曰：鬱律，雷聲。倏忽，電光也。藩，藩籬也。○《釋名》見《釋宮室》。○《楚辭·九歌·少司命》曰：儵而來兮忽而逝。故以爲疾貌。顔云電光，亦謂電行之疾也。

鬼魅不能自逮兮，半長途而下顛。

【注】善曰：逮，及也。《爾雅》曰：顛，隕也。

【疏】《漢書》「逮」作「還」。顔曰：還，讀曰旋。或作「逮」，逮及之也。案：「之」字今本無，依殘卷本增。王念孫曰：作「還」者，「遝」之誤。「遝」與「逮」同，故一本作「逮」。「遝」之譌作「還」，猶「鰥」之譌爲「鱞」。胡紹煐曰：「逮」，書多作「遝」。《公羊·哀十四年傳》：祖之所逮聞也。漢石經作「遝」。《疊子》書以「遝」爲「逮」，古碑碣同。○尤本「顛」作「顚」，乃俗字。今依袁、茶陵二本及《漢書》校正。○《爾雅》疑《小雅》之譌，見《廣言》。○劉良曰：顛，墜也。言鬼魅至神，亦不及其上，半途而顛墜。

歷倒景而絶飛梁兮，浮蠛蠓而撇天。

【注】張揖曰：《陵陽子明經》曰：倒景氣去地四千里，其景皆倒在下。如淳《郊祀志》注曰：在日月之上，日月返從下照，故其景倒。又曰：絶，度也。服虔曰：浮，高貌也。晉灼曰：飛梁，浮道之橋也。善曰：孫炎《爾雅注》曰：蠛蠓，蟲，小於蚊。張揖《三蒼》注曰：撇，拂也。蠓，莫孔反。撇，匹列反。

【疏】《漢書》「蠛」作「蔑」。梁章鉅曰：《後漢書·張衡傳》注引此賦作「蔑蒙」。○《漢書·司馬相如傳》《大人賦》注，張揖引《陵陽子明經》與此注同。袁、茶二本無「其景皆倒在下」六字。○如淳注，《漢書·郊祀志》顔引同。袁、茶二本「景倒」下有「在下」二字。○《漢書·衛青傳》顔引如淳曰：絶，度也。與此注正合。袁、茶二本無「又曰：絶，度也」五字。○服注，《集義》引作「高下也」，疑轉寫之誤。○晉注，顔引同。《集義》引應劭曰：飛梁，觀名。恐非。又引如淳曰：飛梁，百神上下其所由之道也。亦未合。○孫炎《爾雅注》，原脱「注」字，依何、陳校增。吕向曰：蠛蠓，游氣也。顔引晉灼曰：蔑蠓，蚊也。胡紹煐曰：蠛蠓，塵氣也。《史記·司馬相如傳》：蔑蒙踊躍。《集解》引《漢書音義》曰：蔑蒙，飛揚也。謂塵氣之飛揚也。「蠛蠓」與「蔑蒙」同。《後漢書·思玄賦》：浮蔑蒙而上征。注：蔑蒙，氣也。作「蔑蒙」。蔑蒙，語之轉，義並爲小。塵氣細小謂之蔑蒙，猶飛蟲細小謂之蠛蠓。案：胡氏説是。○《史記·孟子荀卿列傳》《索隱》引《三蒼訓詁》「撇」作「𦆠」，字同。

左欃槍而右玄冥兮，前熛闕而後應門。

【注】晉灼曰：《大人賦》曰：攙欃槍以爲旗。又曰：左玄冥而右黔雷。雄擬相如，故云爾也。熛闕，赤

色之闕也。南方之帝曰赤熛怒。應門，正門，在熛闕之内也。善曰：應劭《大人賦》注曰：欃槍，奔星也。張揖曰：玄冥，北方黑帝佐也。熛，必遥切。

【疏】《漢書》無二「而」字。○晉灼，顔引今本「旗」作「旍」，殘卷本作「旗」，與李引合。今本《史記》、《漢書·司馬相如傳》皆作「旍」，或别本有作「旗」者。又顔引「攬」作「擥」，字同。《史記·相如傳》作「攬」，《漢書》作「擥」。又，「黔雷」，《史記》作「含雷」，此依《漢書》。○赤熛怒，見《東都賦》明堂詩下。○《詩·緜》毛傳曰：王之郭門曰皋門，王之正門曰應門。鄭箋曰：諸侯之宫外門曰皋門，朝門曰應門，内有路門。天子之宫，加以雉、庫。《周禮·天官·閽人》鄭司農注曰：王有五門。外曰皋門，二曰雉門，三曰庫門，四曰應門，五曰路門。路門，一曰畢門。後鄭謂：雉門，三門也。《禮記·明堂位》注曰：天子五門。皋、庫、雉、應、路。蓋二鄭説與毛異，而先鄭、後鄭又小異。後鄭以天子五門爲皋、庫、雉、應、路。天子諸侯皆三朝，外朝一，内朝二。天子外朝在皋門内，庫門外。内朝之治朝在應門内，路門外。内朝之燕朝在路門内。此其大略也。此應門乃甘泉宫之正門，故略引鄭注，以爲應門爲正門之證。而天子五門或三門之紛紛辨論，不復及焉。○「應劭」下，各本有「曰」字，誤衍。依胡克家、梁章鉅校删。《史記·天官書》曰：天欃，長四丈，末兑。天槍，長數丈，兩頭兑。案：「兑」、「鋭」同。○張揖注，亦見《漢書·相如傳》《大人賦》注。《禮記·月令》曰：孟冬之月，其帝顓頊，其神玄冥。

陰西海與幽都兮，涌醴汩以生川。

【注】如淳曰：言闕之高，乃蔭西海也。善曰：《山海經》曰：北海之内，有山名曰幽都，黑水出焉。涌醴，醴泉涌出也。《方言》曰：汩，疾也。于筆切。

【疏】《漢書》「蔭」作「陰」。○如淳注，顔引同。今本「蔭」作「陰」，殘卷本亦作「蔭」，與下顔曰「蔭映西海，以及幽都。幽都，北方絶遠之地也」，正合。蓋顔亦以「陰」爲「蔭」也。○《山海經》見《海内經》。「幽都」下有「之山」二字。又《淮南・墜形篇》曰：西北方曰不周之山，曰幽都之門。○《方言》六「疾」下有「行」字。

蛟龍連蜷於東厓兮，白虎敦圉乎崑崙。

【注】善曰：連蜷，長曲貌也。敦圉，盛怒貌也。《春秋漢含孶》曰：太一之常居，左青龍，右白虎。服虔曰：象崑崙山，在甘泉宫中也。蜷，音拳。敦，徒昆切。

【疏】茶陵本校曰：「敦」，五臣本作「屯」字。「崑崙」，五臣本作「崐崘」。○顔曰：連蜷，卷曲貌也。敦圉，盛怒貌也。案：今本上「貌」字下無「也」字，「怒」下無「貌」字，今依殘卷本增。○《漢含孶》，各本「太一之常居」誤作「天一之帝居」，今依《靈光殿賦》注及《思玄賦》注改正。○崑崙與東厓對舉，祇言西之方山耳。服注謂象崑崙山在甘泉宫中，疑太泥。顔曰：言甘泉宫中皆有此象也。亦不必泥定崑崙山言。○袁、茶二本「敦，徒昆切」下有「與屯同」三字。步瀛案：《説文》：敦，怒也。此敦字用本意，不必更以「屯」之通借字證之。尤本無此三字，是。又，《集義》引《説文》圉，守也，與此處敦圉連文，義亦不合。○垠、炘、嶟、振、門、川、崙，古音諄部。瑞、鱗、神、顛、天，真部。藩，元部。通轉爲韵。○

自「洪臺」句至此，皆賦甘泉宮中之臺。

覽樛流於高光兮，溶方皇於西清。

【注】服虔曰：高光，宮名也。晉灼曰：樛流，猶繚繞。善曰：樛流，高曲之貌也。溶，盛貌也。方皇，即彷徨，觀名也。《漢書》曰：甘泉有高光、旁皇。旁，音傍。西清，西廂清淨之處也。《上林賦》曰：象輿偃蹇於西清。

【疏】五臣「方皇」作「彷徨」。○服注，顏引同。《三輔黃圖》卷二曰：甘泉有高光宮。○顏曰：樛流，屈折也。與晉注繚繞、李注高曲之貌並合。胡紹煐曰：顏於《反騷》望崑崙而樛流，注：樛流猶周流。周流亦曲折之意。然則繚繞、周流，皆謂曲折貌。故本書《北征賦》：遠紆回以樛流。樛流連紆回言，亦曲折也。又作「劉」。《思玄賦》：倚招搖、攝提以低徊劉流。○顏曰：溶然，閑暇貌也。方皇，仿偟也。案：今本作「彷彿也」。今依殘卷本。王先謙曰：方皇，猶旁皇也。善注以方皇爲觀名，則文義不通。步瀛案：《三輔黃圖》卷二曰：甘泉中西廂起彷徨觀。彷徨、方皇固通用，然此溶彷徨與覽樛流對文，不宜作觀名解。李注非是。王先謙謂方皇猶旁皇，是也。「旁皇」同「徬徨」，已見《西都賦》。○《漢書》即《楊雄傳》之文，已見前引。○本書《上林賦》注引張揖曰：西清者，廂中清淨處也。案：「廂」、「葙」皆「箱」之俗字。○此二句賦高光宮及甘泉西箱。

前殿崔巍兮，和氏瓏玲。

【注】晉灼曰：以黃金爲壁帶，含藍田璧。瓏玲，明見皃也。善曰：前殿，正殿也。諸宮皆有之。《漢

書》曰：未央宫立前殿。

【疏】袁本校曰：「瓏玲」善本作「玲瓏」，尤本、茶陵本作「玲瓏」。茶陵本校曰：五臣本作「瓏玲」。案：李善本作「玲瓏」者，蓋傳寫之誤。今正。許巽行曰：「瓏玲」於韵爲合。《法言》云：瓏瓓其聲。《太玄》云：亡彼瓏玲。張衡《羽獵賦》云：鸞旗瓏玲。〇顔曰：崔巍，高貌。〇晉注「壁帶」，各本作「璧帶」，誤。今依顔引改。顔又引孟康曰：以和氏璧爲梁壁帶，其聲瓏玲也。《訓纂》引服注同。顔曰：瓏玲，晉説是也。梁章鉅曰：按《法言·五百篇》云：瓏瓓其聲者，其質玉乎？「瓓」與「玲」同。又，《太玄·唐次三》范望注云：瓏玲，金玉之聲也。據此，則孟説爲長，且足見子雲之慣用「瓏玲」矣。胡紹煐曰：按瓏玲本狀聲，亦可狀色。猶琳琅爲聲，而本書《南都賦》金銀琳琅，則以爲色，是其例矣。步瀛案：既以璧爲梁壁帶，自當言其色，不得狀其聲。梁主孟説，非是。胡氏得之。〇《漢書》見《高帝紀》下。

炕浮柱之飛榱兮，神莫莫而扶傾。

【注】善曰：炕，舉也。舉浮柱之飛榱，言檐宇高峻，若神清淨而扶其傾危也。「炕」與「抗」，古字同。《毛詩》曰：君婦莫莫。毛萇曰：莫莫，清淨也。

【疏】袁、茶二本「炕」作「抗」，注並同。《漢書》亦作「炕」。〇顔曰：榱，屋椽也。言舉立浮柱而架飛榱，其形危竦，有神於闇莫之中扶持，故不傾也。吴摯甫先生曰：之，猶與也。步瀛案：之訓爲與，詳見王引之《經傳釋詞》卷九。〇顔曰：「炕」與「抗」同。抗，舉也。薛傳均曰：「炕」、「抗」皆從亢字得聲，故可通用。然炕字《説文》訓爲乾也，與舉字之義無涉。抗字《説文》訓爲扞也，从手，亢聲。人之以手扞物者，必高舉其手。故抗字可訓爲舉。是「抗」爲正字，「炕」乃假借字也。○《毛詩》見《楚茨》。毛傳「清淨」下有「敬至」二字。馬瑞辰《毛詩傳箋通釋》卷二十一曰：《爾雅·釋訓》：慔慔，勉也。疑即此詩「莫莫」之異文。當本三家詩說。步瀛案：《集義》曰：莫莫，勉也。言衆神自勉强扶持也。蓋即本《雅》訓以「莫」爲「慔」之通假字。《説文》曰：慔，勉也。

閌閬閬其寥廓兮，似紫宫之峥嶸。

【注】善曰：閌，高也。《説文》曰：閬閬，高大之貌也。寥廓，虚静貌。紫宫及峥嶸，並已見上文。閬，音浪。寥，音僚。

【疏】顔曰：閌，高門貌。案：已見《西京賦》。○朱珔曰：注引《説文》下「閬」字蓋爲「門」字之誤。今《説文》閬，門高也。段氏謂《𨸏部》阬，閬也。與此合爲一義。沈濤《説文古本攷》卷十二曰：《文選·甘泉賦》注引云云，蓋古本如此。今本爲二徐妄删，疑《選》注傳寫奪「門」字。步瀛案：下「閬」字蓋「門」字之誤。朱氏説是也。胡紹煐曰：閬閬，空貌。《莊子·外物篇》：胞有重閬。注：閬，空曠也。《説文》：㝩，屋㝩㝗也。郭璞《方言注》曰：㝩㝗，空貌。「閌閬」與「㝩㝗」音義亦近。今人猶謂空爲㝩㝗。許不收「閌」字。《𨸏部》：阬，閬也。《爾雅》：阬，虚也。虚亦空也。此形容深空之狀，故云其寥廓兮。寥廓，皆空也。《漢書》顔注云：閬閬，空虚也。較明晰。○顔曰：寥廓，宏遠也。《漢書·司馬相如傳》《大人賦》顔注曰：寥廓，廣遠也。○顔曰：峥嶸，深邃也。案：已見《西都賦》。

駢交錯而曼衍兮，崣嵔隗乎其相嬰。

【注】善曰：駢，列也。曼衍，分布也。《埤蒼》曰：崾，山長貌。𡾰隗，高貌。嬰，繞也。衍，弋戰切。崾，他賄切。𡾰，音皐。隗，五賄切。

【疏】五臣「𡾰隗」作「崔巍」。○顏曰：言宮室臺觀相連不絶也。○胡克家曰：注「駢列也」，袁本無「列也」二字，有「已見上文」四字。案：尤本此處脩改，必初刻同袁本，謂「駢，猶併也。已見上注」也。茶陵本複出之，亦可證所改之非。步瀛案：上文，指《東都賦》：駢部曲。注：駢，猶併也。故胡氏以尤本所改「駢，列也」爲非。然《東都賦》李賢注曰：駢，猶陳列也。則列字之訓，不得斥爲非也。○《埤蒼》、《訓纂》引同。今本《玉篇·山部》崾下説亦同。《埤蒼》。原本《玉篇》引《字書》曰：長皃也。顏曰：安施之貌也。疑未是。○《説文·山部》曰：㠑嵔，山皃也。段注曰：《西京賦》：上林岑以壘嵔。「壘崔」即「㠑嵔」也。原本《玉篇》作「崔」，引《説文》曰：山皃也。是「嵔」、「崔」字同。顏曰：𡾰隗，猶崔巍也。○本書《天台山賦》、《赴洛中道作》詩，注並引《説文》曰：嬰，繞也。今本《説文》作嬰，頸飾也。段氏據李注改。○此上八句，皆賦甘泉前殿。

乘雲閣而上下兮，紛蒙籠以棍成。

【注】服虔曰：蒙籠，膠葛貌。棍成，言自然也。善曰：雲閣，言高連雲也。《老子》曰：有物混成。「棍」與「混」同。

【疏】五臣「棍」作「混」，《漢書》殘卷本、毛本作「掍」，清官本作「棍」。案：《説文》曰：掍，同也。則「掍」爲本字，「混」其借字，「棍」其俗體耳。○顏曰：乘，登也。雲閣，亦言其高入於雲也。○服注：蒙籠，膠葛貌。《集義》引同。又曰：上注云：膠葛，猶膠加也。案：顏曰：蒙籠，深通之貌也。疑非。○顏曰：掍成，言其有若自然也。即本服義。袁、茶二本服注「言」字亦作「若」。○《老子》見《象元章》。王弼注曰：混然不可得而知，而萬物由之以成，故曰混成也。○清、玲、傾、嶸、嬰、成，古音耕部。

曳紅采之流離兮，颺翠氣之宛延。

【注】善曰：言宮觀之高，故紅采翠氣，流離宛延在其側而曳颺之。

【疏】五臣「紅采」作「虹采」，「宛」作「蜿」，《漢書》亦作「蜿」。○顏曰：言宮室曠大，自然有紅翠之氣。○善注，袁本「言」上有「此」字，茶陵本「言」下無「宮」字。袁、茶二本無「而曳颺之」四字，有「也」字。○《漢書》清官本載蕭該《音義》曰：蜿，於元切。錢大昭曰：「蜿延」與「蜿蜒」同。

襲琁室與傾宮兮，若登高眇遠肅乎臨淵。

【注】服虔曰：襲，繼也。桀作琁室，紂作傾宮，以此微諫也。應劭曰：登高遠望，當以亡國爲戒，若臨深淵也。善曰：《晏子春秋》曰：夏之衰也，其王桀作爲琁室。殷之衰也，其王紂作爲傾宮。

【疏】《漢書》「眇」作「妙」。袁本「眇」下有「而」字，尤本、茶陵本無「而」字，「遠」下有「亡國」二字，蓋因應劭注有「亡國」二字，轉寫既久，混入正文，非李氏原本所有也。今依王念孫、孫志祖、胡克家、梁章鉅、胡紹煐、許巽行諸家校刪。○服、應二注，顏引並同。《訓纂》曰：察案《紀年》云：桀頃宮，飾瑶臺，作瓊室立玉門。尋此言，不以紂作傾宮也。步瀛案：姚引《紀年》已見《西都賦》注及疏。然因此疑紂無傾宮，亦泥也。《淮南・本經篇》曰：晚世之時，帝有桀、紂，爲琁室、瓊臺、象廊、玉牀。《後漢書・

郎顗傳》注引《尚書大傳》曰：武王入殷，歸傾宫之女。是琁室、傾宫，桀、紂皆有之。服注以分屬互見耳。《晏子春秋》見《内篇・諫》下。「琁」作「璿」，字同。「傾」作「頃」，亦通借字。○延，元部。淵，真部。通轉爲韵。○以上皆就宫室賦，以下就宫中草木、聲響、香味賦，皆以見宫室壯麗，而致諷諫之意。

回猋肆其碭駭兮，翍桂椒而鬱栘楊。

【注】服虔曰：回猋，回風也。善曰：毛萇《詩傳》曰：肆，疾也。碭，過也。《廣雅》曰：駭，起也。「翍」與「披」同。《説文》曰：鬱，木藂生也。《爾雅》曰：棠棣，栘也。楊，楊樹也。言回風碭駭，披散桂椒，又鬱聚栘楊也。碭，徒浪切。栘，音移。

【疏】五臣本「碭」作「盪」。《漢書》無「而」字。○《史記・司馬相如傳》《子虚賦》曰：桂椒木蘭。《正義》引郭璞曰：桂，似枇杷葉而大，白花，花而不著子。藂生巖嶺閒，無雜木。冬夏常青。《漢書・相如傳》顏注曰：桂，卽藥之所用其皮者也。椒，卽所食椒樹也。朱駿聲《離騷補注》曰：桂，今肉桂也。凡經傳言「桂」，皆非今之木犀。唐以後始名木犀爲桂花。○顏釋回猋，與服注同。案：「猋」，「飆」之通借字。《説文》曰：飆，扶摇風也。○《毛詩》傳見《大明》。顏曰：肆，放也。○顏曰：碭，過也。駭，動也。案：《説文》曰：宕，過也。「碭」，「宕」之借字，又與「盪」通。碭駭，卽動盪也。○《廣雅》見《釋言》。○《説文》無翍字。《木部》柀从木，皮聲。一曰，析也。段曰：柀析字見經傳極多，而版本皆譌爲手旁之「披」。「披」行而「柀」廢矣。杜宗玉曰：《廣韵・五支》：披，分也，散也。《説文》：翍，翼也。

從羽，支聲。《廣韻》：翍，飛貌。《小雅》毛傳：提提，羣飛貌。支、皮本同音同部，鳥飛亦分披之象，故用同。步瀛案：皮，古音歌部。支，支部。二部相通轉，故可通用耳。○《説文·林部》：鬱，木叢生也。「叢」，字亦作「藂」，各本誤作「聚」，今依梁章鉅校改。○今本《爾雅·釋木》曰：唐棣，栘。常棣，棣。王引之《經義述聞》卷二十八曰：《召南·何彼襛矣》傳：唐棣，栘也。《正義》引舍人注曰：唐棣，一名栘。《小雅·常棣》傳：常棣，棣也。《正義》引舍人曰：常棣，一名棣。並與郭本合。然《小雅·常棣》《釋文》云：常棣，棣。本或作「常棣，栘」。《秦風·晨風》傳：棣，唐棣也。《論語·子罕篇》注：唐棣，棣也。則與郭本殊。蓋所見《爾雅》舊本作「常棣，栘。唐棣，棣」也。今案：《小雅·常棣之華》，《藝文類聚·木部》下引三家《詩》作「夫栘之華」，則名栘者乃常棣而非唐棣甚明。《常棣》傳：常棣，棣也。當依或本作「常棣，栘也」。《何彼襛矣》傳：唐棣，栘也。及箋内之「栘」字俱當作「棣」，後人據郭本《爾雅》改之也。其《論語》注：唐棣，棣也。句下自注曰：今本作「唐棣，栘也」，此後人據郭本《爾雅》改之。皇侃疏云：唐棣，棣樹也。《釋文》不出栘字之音，則舊本作「唐棣，棣也」可知。又「夫栘之華」句下自注曰：唐時《韓詩》尚存，所引蓋《韓詩》也。陳奂《毛詩傳疏》卷二《何彼襛矣》疏曰：「唐棣，栘」，當作「唐棣，棣」。《晨風》：山有苞棣。傳：棣，唐棣也。是唐棣一名棣，作「栘」者，誤也。《論語·子罕篇》：唐棣之華，偏其反而。皇侃疏云：唐棣，棣樹也。《玉篇》云：榶棣，棣也。「榶」，俗字。皆可訂今本毛傳及《爾雅·釋木》之誤。《説文》：栘，棠棣也。棣，白棣也。「棠」當作「常」。《爾雅》邢疏引陸璣《義疏》云：許慎曰：白棣樹也。如李而小，如櫻桃，正白，今官園種之。又有赤棣樹，亦似白棣，葉如刺榆葉而微圓，子正赤如郁李而小。五月始熟。自關西、天水、隴西多有之。案：元恪謂白棣以實白而得名，赤棣如郁李，其實正赤。郁李，一名奥李，一名雀李，一名車下，李爲棣之屬。乃《論語》邢疏引《義疏》云：唐棣，奥李也，一名雀李，亦曰車下李。所在山皆有，其華或白、或赤，六月中熟，大如李子，可食。此與《齊民要術》引《豳風·七月篇》《義疏》：鬱樹高五六尺，實大如李，赤色，食之甜正同。則《論語》疏引《唐棣》必是《常棣》之誤。《小雅》之「常棣」，《七月》之「鬱」，皆卽赤棣歟？步瀛案：王、陳説皆是也。《説文》之棠棣，卽《毛詩》、《爾雅》之常棣，故李引《爾雅》作「棠」也。《釋木》曰：楊，蒲柳。郭注曰：可以爲箭。《左傳》所謂董澤之蒲。《夏小正》正月柳稊，三月萎楊，是本二物，今亦判然兩種。故書《雅》、《記》則皆通名。故《説文》云：柳，小楊也。《詩》言楊柳依依，有菀者柳，東門之楊，皆一物耳。《爾雅》檉、旄、楊，通謂之柳、蒲柳，又謂之楊，是皆通名矣。案：《左傳》見《宣十二年》。漢有垂楊宫，《三輔黄圖》卷一曰：宫中有垂楊數畝，因爲宫名。案：楊不下垂，此云垂楊，正郭氏所謂通名矣。然則栘爲赤棣，楊爲垂楊明矣。《古今注》卷下曰：栘楊，圓葉弱蒂，微風大摇，一名高飛，一名獨摇。《釋木》郭注曰：唐棣栘，似白楊，江東呼夫栘。李時珍《本草綱目》卷三十五下，卽以扶栘爲唐棣，謂栘楊與白楊是同類二種，今南人通呼爲白楊。又引陳藏器曰：扶栘柳，大十數圍，無風葉動，花反而後合。《詩》云：唐棣之華，偏其反而，是也。段玉裁《説文》栘下注曰：白楊樹安得有韡韡偏反之華耶？可訂郭注及陳《本草》之非，則不可以白楊爲唐棣矣。朱珔曰：此賦栘、楊並稱，若作唐棣，殊與楊不類。疑當如《古今注》所説。步瀛案：朱誤於今本《爾雅》以栘爲唐棣。而以此賦栘楊爲一木，卽白楊之類，亦非是。上文椒、桂二木，此移、楊亦當爲二木。《證類本草》卷十四引《圖經》曰：白楊，人種於墟墓閒，恐非宮中所宜樹也。○「鬱，聚」，尤本作「鬱，衆」，胡克家曰：當作「聚」。《漢書》注：移楊鬱聚也，可證。陳云：別本作「聚」。案：今據改。

香芬茀以穹隆兮，擊薄櫨而將榮。

【注】善曰：言香氣芬茀穹隆而盛，乃拂擊薄櫨，而及屋榮也。《説文》曰：薄櫨，柱上枅也。薛君《韓詩章句》曰：將，辭也。茀，房物切。薄，房隔切。櫨，力都切。

【疏】《漢書》「穹」作「窮」，五臣「薄」作「欂」。○《訓纂》曰：寀案賈逵注《晉語》云：茀，猶茀茀也。草木塞道曰茀。案：「晉」當作「周」，此《周語》上單襄公假道於陳，以聘於楚，道茀不可行注也。《説文》曰：茀，道多草不可行。曰茀，是本義爲草之盛，引申爲香之盛，故合言芬茀，以狀香氣之盛也。錢大昭曰：「茀」，古「馥」字。《詩·楚茨》：苾芬孝祀。《韓詩》「苾」作「馥」。薛君曰：香貌。步瀛案：《韓詩》及薛君《章句》，見本書蘇武古詩注及玄應《一切經音義》卷十四引。《説文》無馥字，蓋以「苾」爲之。茀字音近可通。於本賦芬茀之義尤合。穹隆訓爲大，亦訓爲高。《爾雅·釋詁》曰：穹，大也。郭注曰：穹隆，亦爲大也。本書古辭《傷歌行》：注引李巡《爾雅注》曰：仰視天形，穹隆而高。此賦芬茀言其盛，穹隆言其高，故擊薄櫨而將榮也。顔曰：言椒桂香氣，乃擊薄櫨及屋翼也。○《説文》欂櫨，此引作「薄」，實就正文。又以「薄」爲「欂」之通借字耳。詳見《魏都賦》。○《韓詩章句》，本書《天監三年策秀才文》注引同。然此賦「將」字不應作語辭解。《爾雅·釋言》曰：將，送也。王先謙曰：言香風之高飄，上送屋翼是也。

鄉呹肸以棍批兮，聲駍隱而歷鍾。

【注】善曰：薌，亦「香」字也。《禮記》曰：燔燎羶薌。呹，疾貌也。《説文》曰：肸，蠁布也。司馬彪《上林賦注》曰：肸，過也。棍，同也。批，擊也。歷鍾，經歷至鍾也。呹，余日切。肸，許一切。棍，下本切。批，薄結切。駍，普耕切。

【疏】《漢書》「棍批」作「掍根」，五臣「鍾」作「鐘」。案：「鍾」乃「鐘」之通借字。○《禮記》見《祭義》。《集義》引《祭義》且釋之曰：薌，此亦古「香」字。李注蓋本此。然上文已言香，此不宜再作馨香解。顔曰：薌，讀與響同。朱珔曰：顔以「薌」爲「響」之借字，故下云聲駍隱而歷鍾也。若仍作馨香解，則與上香芬茀複疊，且下句不相連貫矣。李注失之。胡紹煐曰：薌，當讀爲響。謂回猋之響布也。與聲對言，則「薌」之爲「響」甚明。顔注是也。王先謙曰：顔以上言香，此不當複言。薌故讀爲響，當從之。香風駍隱，歷十二鍾而成聲，言諧合律吕也。○《説文》無「呹」字。《玉篇・口部》曰：呹，余質反。牛羊哃草貌。亦與此賦義異。朱駿聲《説文通訓定聲》卷十二以爲「泆」之假借。《莊子・天地篇》：數若泆湯。《釋文》引李曰：疾速如湯沸泆也。與李注云疾貌較合。然「呹肸」二字當爲疊韵連語，特形疾動之貌耳。○《説文》已見《魏都賦》。○《上林賦》注見後卷八。○《説文》：㨽，擊也。「批」即「㨽」之省，故亦訓爲擊。《漢書》作「根」。顔曰：根，猶株也。疑非。「根」與「拫」同，《廣雅・釋詁》一曰：拫，引也。《史記・魏其武安傳》曰：引繩批根，生平慕之，後棄之者。《漢書・灌夫傳》作「排根」，注引孟康曰：根，格，引繩以彈排擯根格之也。顔曰：譬如相對挽繩，而根格之也。今吴、楚俗猶謂牽引前卻爲根格也。宋祁曰：根格二字疑皆從手。案：《説文》無「掍」字，故古書以「根」字爲之。掍根亦疊韻連語，蓋狀混同排擊之貌也。批掍意同，故《文選》作「批」，然疑《選》亦作「掍」，書作「抳」，遂誤爲「批」耳。○顔曰：駍隱而盛，歷入殿上之鍾也。駍，音普耕反。○楊，古音陽部。榮，耕部。通轉爲韵。馬融《廣成頌》亦楊、榮韵。

排玉户而颺金鋪兮，發蘭蕙與芎藭。

【注】李奇曰：鋪，門鋪首也。善曰：言風飄香氣，既排玉户而颺金鋪，又發揚蕙蘭與芎藭也。《長門賦》曰：擠玉户以撼金鋪。司馬注《子虚賦》曰：芎藭，似藁本。

【疏】《漢書》「芎藭」作「穹窮」。○李奇注，顔引同。今本「門」下脱「鋪」字，殘卷本有《漢書・哀帝紀》注：如淳曰：門鋪首作龜蛇之形。顔曰：門之鋪首，所以銜環者也。《藝文類聚・巧藝部》引《風俗通》曰：門户鋪首，謹按百家書云：公輸般之水，見蠡曰：「見汝形。」蠡適出頭，般以足畫圖之。蠡引閉其户，終不可得開。般遂施之門户，欲使人閉藏當如此固密也。案：末句參用《太平御覽・居處部》十六引。《演繁露》卷六，亦節引之。胡紹煐曰：據此，則公輸班始爲此制。然《續漢書・禮儀志》殷人水德以螺首。慎其閉塞，使如螺。螺，卽蠡也。則以螺立門上，不始於班矣。蓋古人相形立制，後世因之，飾以龍蛇。《漢書・哀帝紀》：孝元廟殿門銅龜蛇鋪首鳴。《三輔黄圖》：金鋪扉上有金華，中作獸及龍蛇鋪首，以銜環是也。○顔曰：言風之所至，又排門揚鋪，擊動鐶鈕，周旋入室，發奮衆芳也。

案：今本「周」作「回」，「室」作「宮」，末句無「也」字。今皆依殘卷本。○《子虛賦》引司馬彪注「藭」作「芎」。《淮南子・氾論篇》曰：夫亂人者，芎藭之與槀本也。《證類本草》卷七引《圖經》曰：芎藭，生武功山谷。蘼蕪，芎藭苗也。四五月閒生，葉似芹、胡荽、蛇牀輩作叢，而莖細，其葉倍香。或蒔於園庭，則芬芳滿徑。戴震《屈原賦通釋》曰：芎藭，似槀本，其苗謂之江蘺，小葉者謂之蘼蕪。餘見《子虛賦》。○鍾，古音東部。藭，冬部。通轉爲韵。

帷弸彋其拂汨兮，稍暗暗而靚深。

【注】善曰：弸彋，風吹帷帳之聲也。拂汨，鼓動之貌。暗暗，深空之貌。「靚」即「静」字耳。弸，普萌切。彋，音宏。汨，于密切。暗，烏感切。

【疏】《漢書》「帷」作「惟」，誤。五臣本「帷」下有「首」字，亦非。○顏引蘇林曰：弸，音石墮井弸爾之弸。彋，音宏。又引孟康曰：弸彋，風吹帷帳鼓貌也。案：《集義》引韋昭曰：皆帷帳見風開張之聲也。與李注合。朱珔曰：《説文》無「彋」字。其「弸」字云：弓强皃。此本義也。《廣韵》釋弸彋爲開張。《集韵》云：弸彋，弓聲。蓋二字从弓，故爲此訓，而引伸之，即爲帷帳之聲。胡紹煐曰：弸、彋，皆滿也。《法言・君子篇》：以其弸中而彪外也。李軌注：弸，滿也。「彋」與「弸」同。《廣韵》：弸，弓勢。皆滿之象，非狀聲也。《玉篇》：彋，弸彋，帷帳起貌。蓋本孟義。○顏曰：拂汨，亦風動貌也。暗暗，幽隱也。「靚」即「静」字耳。案：「靚」即「静」字，顏、李説同。然「靚」、「静」實異字通假。又，動静字本作「竫」，經傳以「静」爲之耳。

陰陽清濁穆羽相和兮，若夔牙之調琴。

【注】張晏曰：聲細不過羽，穆然相和也。善曰：《莊子》：黃帝曰：一清一濁，陰陽調和。《尚書》曰：夔典樂，教胄子。《列子》曰：伯牙善鼓琴。

【疏】張注，顔引同。《讀書雜志》四之十三王引之曰：羽聲穆然相和，不得謂之穆羽。且於五音之中獨言羽，則相和之義不著。張説非也。今案：和，讀倡和之和。穆，變音也，羽，正音也。《淮南·天文篇》説律曰：徵生宮，宮生商，商生羽，羽生角，角生姑洗，姑洗生應鍾，不比於正音，故爲和。應鍾生蕤賓，不比於正音，故爲繆。「繆」與「穆」同。和穆，謂變宮、變徵也。穆在變音之末，言穆而和可知矣。羽在正音之末，言羽而宮、商、角、徵可知矣。變聲與正聲相應，故曰穆羽相和。以律管言之，則變宮爲和，變徵爲穆。以琴弦言之，則當以少宮爲和，少商爲穆。琴有和、穆二音，而風聲似之，故曰穆羽相和，若夔牙之調琴也。「角主」句自注曰：今本「主」譌「生」。「不比」句自注曰：今本脱「不」字。「故爲和」句自注曰：此和字讀和睦之和，下凡言和穆者並同。「羽相和」句自注曰：倡和之和。○《莊子》見《天運篇》。○《尚書》見《堯典》。今本僞古文分入《舜典》。《皋陶謨》：夔曰：搏拊琴瑟。僞古文分入《益稷》。○《列子》見《湯問篇》。又，《呂氏春秋·本味篇》、《韓詩外傳》九皆載之。《淮南子·脩務篇》高注曰：伯牙，楚人。《琴操》曰：《水仙操》者，伯牙之所作也。○深、琴，古音侵部。

般倕棄其剞劂兮，王爾投其鉤繩。

【注】應劭曰：剞，曲刀也。劂，曲鑿也。善曰：《尚書》曰：倕，汝作共工。般，魯般也。爾，王爾也。並

已見《西京賦》。「般」與「班」同。倕，音垂。

【疏】五臣「爾」作「壐」，非。○應注，顏引同。餘及鉤繩均已見《魏都賦》。○《西京賦》已見本書卷二。倕，亦古時巧工之通名。《淮南·齊俗篇》曰：倕以之斲。許注曰：倕，堯時巧工。又，《本經篇》、《呂覽·重己篇》、《離謂篇》高注、《楚辭·懷沙》王注、《海内經》郭注、《莊子·胠篋篇》《釋文》引崔譔注並同。《荀子·解蔽篇》曰：倕作弓。楊注曰：倕，舜之共工。《書》《舜典》《顧命》、《禮記·明堂位》、《漢書·人表》、《墨子·非儒篇》皆作「垂」，「倕」、「垂」字同。《玉篇》曰：倕，黃帝時巧人名也。唐寫本《切韻》殘卷二《五支》曰：倕，神農時巧人名。則又在堯、舜前矣。以斯知倕爲巧工通名也。

雖方征僑與偓佺兮，猶彷彿其若夢。

【注】晉灼曰：方，常也。征，行也。言宮觀之高峻，雖使仙人常行其上，恐遽不識其形觀，猶髣髴若夢也。善曰：鄭玄《毛詩箋》曰：方，且也。征僑，姓征名僑也。司馬相如《大人賦》曰：厮征伯僑。《漢書》曰：正伯僑。並同也。餘依晉說。《列仙傳》曰：偓佺，槐里采藥父也。食松實，形體生毛數寸，能飛，行逮走馬。《説文》曰：彷彿，相似，視不諟也。《楚辭》曰：時彷彿以遥見。「諟」，即「諦」字，音帝。

【疏】五臣「彷彿」作「髣髴」，《漢書》作「仿佛」。○晉注，顏引同。此注「仙人」下脱「常」字，《漢書》注有之。今依胡克家校補。○鄭箋，見《正月》。案：李改晉説是也。雖且者，極言之。晉釋爲常行，未得其旨。顏曰：方，謂並行也。亦非。○《大人賦》見《史記》、《漢書·司馬相如傳》。○《漢書》見《郊祀志》。梁章鉅曰：《史記·封禪書》有正伯僑，蓋「正」、「征」古字通。師古注爲仙人姓，則晉灼訓征爲行，非矣。《廣韻·四十五勁》正亦姓，《左傳》宋上卿正考父之後。胡紹煐曰：《漢書·郊祀志》宋無忌、正伯僑、元尚、羨門最後，皆燕人，爲方僊道。「征」作「正」，蓋古字通也。步瀛案：姚察《訓纂》以征爲役使之意，亦非。○《列仙傳》，今本卷一「逮走馬」作「逐走馬」。《藝文類聚·靈異部》引作「逐」，《木部》引作「逮」。○許巽行曰：「彷佛」，《説文》作「仿佛」。許嘉德案注引「髣髴」及「彷佛」，諸書原通用。既引《説文》，當作「仿佛」。○《楚辭》見《遠遊》。○《説文》：諟，理也。諦，審也。《方言》六曰：諦，諟也。《廣雅·釋詁》三同。「諦」同「諦」，是「諟」字亦可訓審。「諟」、「諦」音義皆相近。○繩、夢，古音蒸部。○以上宮室瑰奇。

於是事變物化，目駭耳回。

【注】善曰：《蒼頡篇》曰：駭，驚也。回，謂回皇也。

【疏】顔曰：言驚視聽也。○《蒼頡篇》，本書《海賦》、《答賓戲》、《辨亡論》注引並同。○化，古音歌部。回，脂部。通轉爲韵。

蓋天子穆然，珍臺閒館，琁題玉英，蜵蜎蠖濩之中。

【注】應劭曰：題，頭也。榱椽之頭，皆以玉飾，言其英華相燭也。張晏曰：蜵蜎蠖濩，刻鏤之形也。善曰：范子曰：玉英出藍田。《孝經援神契》曰：玉英，玉有英華之色。閒，音閑。蜵，音淵。蜎，於緣切。蠖，烏郭切。濩，胡郭切。

【疏】五臣「蜵」作「蟺」。○顏曰：穆然，天子之容也。○應注，顏引同。「爥」作「燭」，字同。○張注，顏引同。清宫本引蕭該《音義》曰：琁題，案左思《蜀都賦》曰：金鋪相映，玉題交輝，是也。蜵蜎，案：《字書》：蜵蜎，好印也。《集義》引字書作「巧妙也」。胡紹煐曰：蜵蜎，猶㛹娟，屈曲貌。本書《魯靈光殿賦》：旋室㛹娟。善注：㛹娟，迴曲貌。《漢書·司馬相如傳》注：連卷，長曲也。字亦作「連娟」。「㛹娟」、「連娟」，並與「蜵蜎」音義同。蠖濩，亦屈曲貌。《魯靈光殿賦》：瀖濩燐亂。注：采色衆多，眩耀不定也。《琴賦》：霍濩紛葩。注：霍濩，盛貌。盛與屈曲義相足。「瀖濩」、「霍濩」、「蠖濩」，並疊韵字。《漢書·司馬相如傳》：駕應龍象輿之蠖略委麗兮。蠖略、委麗，皆謂屈曲貌。「蠖略」與「蠖濩」音亦通。○范子已見《西都賦》注引。○《孝經援神契》、《江賦》、《靈光殿賦》注引並同。

惟夫所以澄心清魂，儲精垂恩。

【注】善曰：鄭玄《毛詩箋》曰：惟，思也。《文子》曰：澄心清意。言儲蓄精神，冀神垂恩也。

【疏】五臣「恩」作「思」，與《漢書》同。王先謙曰：善注《文選》本「思」作「恩」，然不如「思」順。步瀛案：「思」字是。當依五臣。○鄭箋見《生民》。○《文子·十守》《下德》等篇，皆有神清意平之語，而不言澄心清意，疑涉正文而誤。○「恩」當作「思」，古音支部，與上歌部、脂部通轉爲韵。

感動天地，逆釐三神者。

【注】服虔曰：釐，福也。韋昭曰：逆，迎也。迎受福釐也。善曰：三神，天、地、人也。釐，音熙。

【疏】五臣「感動」上有「迺」字。○顏曰：「釐」讀曰「禧」。禧，福也。與服注合。○《說文》曰：逆，迎也。關東曰逆，關西曰迎。案：迎、逆，一聲之轉。○李注三神爲天、地、人。人不得稱神，當謂天神、地祇、人鬼。然與甘泉之祀不甚合。宋祁曰：三神，天、地、神也。神字何指，語意亦不明。竊疑三神者，指三一而言。《史記・封禪書》曰：毫人繆忌，奏祠太一方曰：「天神貴者太一。太一佐曰五帝。古者天子以春秋祭太一東南郊，用太牢，七日，爲壇，開八通之鬼道。」於是天子令太祝立其祠長安東南郊，常奉祠如忌方。其後人有上書言：古者天子三年壹用太牢，祠神三一，天一，地一，太一。天子許之。令太祝領祠之於太一壇上。是長安東南郊太一壇，三年兼祠三一也。又曰：幸甘泉，令祠官寬舒等具太一祠壇。祠壇放薄忌太一壇。案：薄忌即亳忌。《漢書・郊祀志》正作「亳忌」。然甘泉太一壇不言兼祠三一，此賦特因太一而類及之耳。○魂，古音諄部。恩、神，真部。通轉爲韵。

迺搜逑索偶，皋伊之徒，冠倫魁能。

【注】韋昭曰：搜，擇也。逑，匹也。索，求也。偶，對也。應劭曰：冠其羣倫魁桀也。善曰：皋，皋繇。堯臣也。伊，伊尹。湯臣也。

【疏】《漢書》「偶」作「耦」。○《説文》曰：𢯱，一曰求也。字亦作「搜」。《莊子・秋水篇》《釋文》曰：搜，索也。皆與韋注擇義相近。《詩・關雎》毛傳曰：逑，匹也。偶訓對，又見《越語》上注。○應注，顏引同。案：顏以「魁」字句絶，以「能」字屬下句。清官本《漢書》引劉攽曰：能屬魁字。《日知録》卷二十七曰：「能」字當屬上句，言爲能臣之首。清官本《漢書》卷八十七上《考證》齊召南曰：案《文選》以冠倫魁能爲句，則劉攽説是也。師古誤以「魁」字斷句，而以「能」字下連「函甘棠之惠」，甚屬牽强。朱琦曰：應説不及「能」字者，常語無容釋也。小顏誤認，遂於「魁」字割斷，注云：冠等倫而魁桀。殊爲不辭。《禮記・檀弓》：不爲魁。鄭注：魁，猶首也。與冠同義。蓋謂魁其才能之士也。從李本爲是。步瀛案：殘卷本藤原校謂《訓纂》以能字屬上句，劉攽以下諸説皆是也。孫志祖誤沿顏氏之失，謂李注止載應説，屬讀當亦不異，非也。而謂能字屬上句勝，則得之。梁章鉅反以孫氏前説爲是，則大謬矣。錢大昕《養新録》卷十九謂斗魁戴筐六星曰：文昌魁下六星，兩兩相對，曰三台。「能」，古「台」字。「魁能」即「魁台」也。似亦未安。

函甘棠之惠，挾東征之意，

【注】善曰：《毛詩序》曰：《甘棠》，美邵伯也。又曰：《東山》，周公東征也。

【疏】袁、茶二本校並曰：「惠」，善作「恩」。胡克家曰：蓋所見本不同。《漢書》作「惠」。○梁章鉅曰：「邵伯」，今《詩》「召伯」。足利本作「邵伯」，《説文》芰字注引亦作「邵伯」，而本書《應詔詩》注又引作「召伯」。○能、意，之部。

相與齊乎陽靈之宫。

【注】善曰：韓康伯《周易注》曰：洗心曰齊。齊，側皆反。祭天之所，故曰陽靈。

【疏】《漢書》「乎」作「虖」。○韓注《易・繫辭》上。《釋文》曰：齊，側皆反。與《訓纂》祖諧反、宋祁引諸詮賦沮諧反，皆以爲「齋」之通借字。顏曰：齊，同也，同集於此也。則如字讀。林茂春曰：《漢舊儀》皇帝祭天居雲陽宫，齋百日，即此例。顏注蓋誤。梁章鉅曰：顏注解上薜荔四句，言其齋戒自新，居處飲食，皆芳潔，則「齊」字自當訓齋。○《素問・陰陽離合論》曰：天爲陽。《禮記・郊特牲》鄭注曰：陽，天也。《翻譯名義》五引《尸子》曰：天神曰靈。故祭天之所曰陽靈也。顔注亦同。○宫，冬部。與上中字韵。中，亦冬部，又與下陽部通轉。

靡薜荔而爲席兮，折瓊枝以爲芳。

【注】善曰：靡，謂偃靡之，藉地而爲席也。《楚辭》曰：折瓊枝以繼佩。

【疏】顔曰：靡，細密也，謂細織之也。一曰，靡謂偃而靡之，以席地也。今本「細」作「纖」，無「以」字。今依殘卷本。王先謙曰：善注從後説。○《楚辭》見《離騷》。

噏清雲之流瑕兮，飲若木之露英。

【注】善曰：《淮南子》曰：志厲青雲，非夸矜也。司馬相如《大人賦》曰：呼吸沆瀣餐朝霞。「霞」與「瑕」古字通。《山海經》曰：灰野之山有赤樹，青葉，名曰若木。露英，英之含露者。

【疏】「噏」，尤本作「吸」，非也。茶陵本作「噏」，校曰：五臣作「吸」。袁本依五臣作「吸」，則善本不作「吸」明矣。今正。《漢書》同五臣，「瑕」作「霞」，《類聚》引同。○顔曰：言其齊戒自新，居處飲食皆芳絜也。瑕，謂日旁赤氣也。露英，言其英華受露者也。今本「齊」作「齋」，「受」作「之」，無「者也」二字。今依殘卷本。○胡紹煐曰：「清雲」當作「青雲」，善引《淮南子》志厲青雲可證。青雲，猶青霄耳。各本皆誤。步瀛案：見《氾論篇》。今本「夸」作「本」，誤。○《大人賦》，《史記・司馬相如傳》「霞」字下有「兮」字，《漢書・相如傳》「兮」字在「瀣」字下。○《説文》無「霞」字。《玉部》：瑕，玉小赤也。故日旁赤氣亦用之。《新附》「赮」字曰：赤色也。《大人賦》、《史記》、《漢書》皆作「霞」，蓋後出字。亦或以「蝦」爲之，姜皋曰：《史記·天官書》：天雷電蝦虹，作「蝦」。《漢書·天文志》：雷電赮虹。《廣韻》赮，音霞，曰：朝日色。本書《江賦》：壁立赮駮。注：「赮」，古「霞」字。此賦注「霞」與「瑕」古字通。是「霞」、「赮」通作「瑕」。○《山海經》見《大荒北經》。今本「灰野」作「泂野」。《離騷》曰：折若木以拂日兮。王逸注曰：若木，在崑崙西極，其華照下地。《淮南·墬形篇》曰：若木，在建木西，末有十日，其華照下地。並與《山海經》合。《說文》曰：叒，日初出東方湯谷，所登榑桑叒木也。段玉裁曰：《離騷》扶桑、若木二説相聯，蓋若木卽扶桑。「扶」、「若」字卽「榑」、「叒」字也。案：據此，則《離騷》所言當與《山海經》異。又《海內經》曰：南海之內，黑水青水之閒，有木名若木。又與《大荒北經》異。

集乎禮神之囿，登乎頌祇之堂。

【注】善曰：禮神，謂祭天也。晉灼曰：后土，歌祭之處也。善曰：爲歌頌以祭地祇。

【疏】晉注，《集義》亦引之。又曰：《禮樂志》祭后土皆有歌樂。案：晉説是也。顏曰：頌，歌也。登歌以祭地也。地神曰祇。案：今本「登」下無「歌」字，殘卷本「登」作「歌」。今案：二字宜皆有。又案：《說文》曰：神，天神，引出萬物者也。祇，地祇，提出萬物者也。但漢甘泉祭太一，汾陰祭后土，天地並不合。祭三一之祠，但在薄忌太一壇。而甘泉太一壇不言兼祠三一，説已見上。此兼云頌地祇者，案《漢書·禮樂志》《郊祀歌》惟泰元章云：惟泰元尊，媼神蕃釐。顏注引李奇曰：媼神，地也。顏曰：泰元，天也。言天神至尊，而地神多福也。又，匡衡更定郊祀，其詩爲天地章。蓋南北郊祀天地，皆歌之，如《周頌・昊天有成命序》稱郊祀天地，圜丘方澤，皆歌此詩也。而神曰禮，祇曰頌，此賦語意亦甚分明矣。○芳，英，堂，陽部。

建光燿之長旓兮，昭華覆之威威。

【注】服虔曰：昭，明也。華，覆華蓋也。善曰：《埤蒼》曰：旓，旌旗斿也。旓，所交切。威，猶葳蕤也。

【疏】服注，顔引同。○顔曰：旓，旌旗之流也。一曰，燕尾也。音所交反。今本無「旌」字，「流」作「旒」，「尾」下「也」作「旓」。今依殘卷本。案：顔前説正從《埤蒼》。《説文》：游，旌旗之流也。段曰：《集韻類編》乃作「旒」，俗字耳。旗之正幅爲縿，游則屬焉。游亦曰旓。案：「斿」即「游」之省。○顔曰：威威，猶威蕤也。案：《漢書・相如傳》《子虚賦》顔注曰：葳蕤，羽飾貌。

攀琁璣而下視兮，行遊目乎三危。

【注】善曰：《漢書》曰：北斗七星，所謂琁璣玉衡。《楚辭》曰：忽反顧以游目。《尚書》曰：導黑水至于三危。

【疏】《漢書》見《天文志》。「琁」作「旋」。《説文》琁爲璿之重文，从旋省，故字亦相通。《天官書》《索隱》引《春秋運斗樞》曰：斗，第一天樞，第二旋，第三璣，第四權，第五衡，第六開陽，第七摇光。○《楚辭》見《離騷》。○《尚書》見《禹貢》。案：《水經・禹貢山水澤地所在篇》曰：三危山，在敦煌縣南。《西山經》：三危之山。郭注曰：今在敦煌郡。《史記・五帝本紀》《正義》引《括地志》曰：三危山有三峯，故曰三危。俗亦名卑羽。山在沙州敦煌縣東南三十里。《夏本紀》引作四十里。《後漢書・西羌傳》

李賢注同，惟不言里數。胡渭《禹貢錐指》卷十謂今在嘉峪關廢沙州衛地，卽今甘肅敦煌縣東南。此一説也。後來地志多從之。又《禹貢》孔疏曰：鄭玄引地記書云：三危之山，在鳥鼠之西南，當岷山。《太平御覽·地部》十五引《河圖括地象》曰：三危山在鳥鼠之西南，與岐山相接。《續漢書·郡國志》五隴西郡首陽縣，劉注引《地道記》曰：有三危，三苗所處。《漢書·司馬相如傳》《大人賦》顏注引張揖曰：三危山在鳥鼠山之西，與嶓山相近。皆可與鄭注相證。孫星衍《尚書今古文注疏》卷三謂：《郡國志》隴西郡首陽縣注：《地道記》曰有三危，三苗所處。案：首陽爲今甘肅渭源縣，則此三危與敦煌之三危非一山。俞樾《曲園雜纂》卷二十八亦謂：三危既在鳥鼠西南，則在隴西而非敦煌。據此，則當在甘肅渭源、臨潭等縣西南。此又一説也。《水經·江水篇》言：洛水從三危山過廣漢洛縣南。孫星衍據此，疑三危在四川漢州近地，卽今廣漢縣地，恐與《禹貢》三危無關。孫説非是。蔣廷錫《尚書地理今釋》謂：三危既宅之三危，在廢沙州衛界。黑水所經之三危，在泯州衛塞外古疊州，卽雲南麗江府北，今改麗江縣。又疑其地太遠，并取今雲南大理府雲龍縣西三崇山一名三危山之説。楊守敬《禹貢九州圖》則載雍州三危於安西，載導川三危於貴陽。紛紛諸説，終難確定。王鳴盛《尚書後案》卷一謂當闕疑，是也。

陳衆車於東阬兮，肆玉軑而下馳。

【注】如淳曰：東阬，東海也。苦庚切。晉灼曰：軑，車轄也。韋昭曰：軑，徒計切。善曰：賈逵《國語注》曰：肆，恣也。《楚辭》曰：齊玉軑而並馳。軑，音大。

【疏】《漢書》「軑」作「鈦」，注亦同。○顔曰：阬，大阜也。讀與岡同。不從如注。朱珔曰：《説文》訓阬爲閬，則有高義。凡地之高者，其旁必陷，故《爾雅·釋詁》：阬，虚也。《後漢·馬融傳》注引《蒼頡篇》：阬，壑也。但以東阬爲東海，似非。此處雖設言周流曠遠，升降天地，然下文龍淵曰漂，弱水曰梁，不應於海陳車。且下句云肆玉軑而下馳，明爲自高而下之意。《漢書》注當是。又《楚辭·九歌·大司命篇》：導帝之兮九坑。「坑」，即「阬」。《集注》云：「坑」與「岡」同，謂山脊也。九坑者，《周禮·職方氏》九州之山鎮曰會稽、衡山、華山、沂山、岱山、嶽山、醫無閭、霍山、恒山也。據此，亦可見阬之非海，海不得以九稱也。或「坑」爲「岡」之音近借字。胡紹煐曰：顔讀是也。古多假「阬」爲「岡」。本書《羽獵賦》跐巒阬，《楚辭·九歌》道帝之兮九阬，皆即「岡」字。此東阬指高處言之，故下云肆玉軑而下馳，謂由東阬而下也。○晉注，顔引同。朱珔曰：案《説文》，軑，車輨也。段氏謂此注及《楚辭》王逸注、《玉篇》、《廣韻》皆云車轄，「轄」皆「輨」之誤。今謂「輨」與「轄」字形相近。轄，鍵也。與輨亦相連。故或以轄言之。趙岐《孟子題辭》五經之輨轄，蓋並稱矣。朱駿聲曰：《説文》云：軑，車輨也。《詩·節南山》疏及《廣韻》皆引《説文》作車轄也。按：輨者，轂外之金。轄者，軸端之鍵。疑訓輨近是。○顔曰：鈦，音大，又音弟。後音與舝同。○《國語》賈注，本書《潘安仁關中詩》注、《嵇叔夜幽憤詩》注、《江文通雜詩》注、《陳孔璋爲袁紹檄豫州》注、《嵇叔夜養生論》注引並同。顔曰：肆，放也。義同。○《楚辭》見《離騷》。

漂龍淵而還九垠兮，窺地底而上回。

【注】應劭曰：龍淵，在張掖。服虔曰：九垠，九重也。善曰：言從東阬下馳，遂浮龍淵，而繞其九重，乃窺地底而上歸也。《説文》曰：漂，浮也。《莊子》曰：千金之珠，在九重之淵驪龍頷下。《廣雅》曰：垠，厓也。厓亦重之義也。還，音旋。

【疏】《集義》引蕭該漂，匹妙反。又曰：上，市丈反。○朱珔曰：《水經·漾水篇注》云：西漢水與馬池水合。水出上邽西南六十餘里，謂之龍淵水。言神馬出水，因名焉。又引《開山圖》曰：隴西神馬山有淵池，龍馬所生。疑卽此所謂龍淵者也。上邽爲今秦州。步瀛案：上邽，前漢屬隴西郡，後漢屬漢陽郡，與應注謂在張掖亦不甚合。○顏引晉灼曰：九垠，九陔也。《漢書·司馬相如傳》注引服虔曰：垓，重也。○顏曰：假設言周流曠遠，升降天地，與神通也。今本「與」作「爲」，「通」下有「一」字，今從殘卷本。○《説文》見《水部》。○《莊子》見《列禦寇篇》。○《廣雅》今本無此文。《雄傳·羽獵賦》顏注亦曰：垠，厓也。

風漎漎而扶轄兮，鸞鳳紛其御蕤。

【注】善曰：漎漎，疾皃也。音竦。晉灼曰：蕤，綏也。

【疏】茶陵本「漎」作「従」，校曰：五臣作「漎」。袁本從五臣作「漎」，校曰：善作「従」。胡克家曰：茶陵是也。尤以五臣亂善，非也。《漢書》作「従」，《集韵·二腫》有従従，云：従従，疾皃。或從人。上字據此，下字據《漢書》也。袁本當云善作「従」，今有誤。《羽獵賦》萃從沇溶，五臣亦作「漎」，可互證。步瀛案：《漢書》殘卷本亦作「従」。「漎」、「従」、「從」皆俗字，《説文》所無，蓋古人但用「從」，袁本校善用「從」，是也。「漎」、「傱」字見《玉篇》，而「從」字《集韻》始收入，殆不成字。雖唐人俗書或用之，不足據也。梁章鉅曰：本書《宋郊祀歌》注引《羽獵賦》云：風詡詡其扶輪。今《羽獵賦》無此語，疑卽此句之誤。○《漢書》「衙」作「御」。顏曰：今書「御」字或作「衙」者，流俗妄改也。今本無「流」字，依殘卷本增。胡克家曰：五臣注作「衙」，有明文。善注不見此字，或未必與五臣同，但無可考。袁、茶陵二本亦不著校語也。步瀛案：《集義》亦作「衙」，曰：鸞鳳紛然衙其車蕤。五臣注吕延濟曰：言使疾扶車轄，鸞鳳銜纓綏也。○《説文》曰：轄，一曰鍵也。段玉裁曰：舝下曰：車軸耑鍵也。「舝」、「轄」異字，同義同音。○吕錦文曰：《玉篇》傱傱，走皃。《前漢》郊祀歌：神之行，旌容容，騎沓沓，般傱傱。《集韻》「漎」與「潨」、「灇」並同，水會也。杜甫《太清宮賦》：中漎漎以回復。《玉篇》：漎漎，疾皃。「漎」與「傱」音義同。○顏曰：御，猶乘也。蕤車之垂飾若纓蕤也。案：「若」字依殘卷本增。顏釋「蕤」字與晉合，皆以爲「綏」之通借字。吴先生曰：御蕤，連綿字。則與葳蕤略同。

梁弱水之濎濙兮，躡不周之逶蛇。

【注】服虔曰：崑崙之東，有弱水，渡之若濎濙耳。善曰：濎濙，小水貌也。《字林》曰：濙，絶小水也。《廣雅》曰：躡，履也。《山海經》曰：西海之外，有山不合，名曰不周。逶蛇，欲平貌也。濎，吐定切。濙，音熒。蛇，音移。

【疏】《漢書》「濙」作「濼」。○服注，顏引同。惟「濙」亦作「濼」。○《漢書·司馬相如傳·大人賦》曰：經營炎火而浮弱水兮。應劭曰：弱水，出張掖刪丹，西至酒泉，合黎餘波，入于流沙。顏曰：弱水，謂西域絶遠之水，乘毛車以渡者耳，非張掖弱水也。《漢書・地理志》張掖郡删丹縣，原注曰：桑欽以爲道弱水自此西至酒泉，合黎。應劭注本此。《十洲記》曰：天漢三年，西國王使獻靈膠四兩，吉光毛裘。使者曰：「乘毛車以濟弱水，于今十三年矣。」顔注本此。又《大荒西經》曰：昆侖之丘，其下有弱水之淵環之。《漢書・地理志》金城郡臨羌縣下，原注曰：西北至塞外，有西王母石室。西有弱水，昆侖祠。本賦服注本此。蓋不以爲删丹弱水，與顔同。又近人攷寧夏黑河爲古弱水，然亦非崑崙弱水也。○《説文》曰：滎，絶小水也。殘卷本原藤校引《韵詮》曰：淵濴，水淺也。《集義》引《字林》曰：淵濴，水少也。則字又作「濴」。然不應有二「水」字，蓋即「滎」之誤，其引《字林》，亦疑傳寫有誤。○《廣雅》見《釋詁》一。○《山海經》見《大荒西經》。朱珔曰：案，所引《大荒西經》與後《思玄賦》注引同。今本「海」上有「北」字，「不周」下有「負子」二字。郭注引《淮南子》曰：昔者共工與顓頊争帝，怒而觸不周之山。天維絶，地柱折。故今此山缺壞，不周帀也。又《西山經》：崇吾之山西北三百七十里，曰不周之山。郭注云：西北不周，風自此山出。郝氏謂《離騷》：路不周以左轉，指西海以爲期。王逸注云：不周山，在昆侖西北。高誘注《吕氏春秋・本味篇》同，並非也。此經乃在昆侖東南，《漢書・司馬相如傳》張揖注言在東南矣，而以爲二千三百里，亦非也。不周去昆侖一千七百四十里。余謂郝所計里數，依《西山經》不周又西北四百二十里曰峚山，又西北四百二十里曰鍾山，又西百八十里曰泰器之山，又西三百二十里曰槐江之山，又西南四百里曰昆侖之丘，合之得是數。○顔曰：逶蛇，亦言不艱難。李言欲平貌，蓋與顔意同。

想西王母欣然而上壽兮，屏玉女而却宓妃。

【注】善曰：言既臻西極，故想王母而上壽。乃悟好色之敗德，故屏除玉女而及宓妃，亦以此微諫也。《山海經》曰：玉山，西王母所居也。《神異經》曰：東荒中有大石室，東王公居之，常與玉女共投壺。宓妃，已見《東京賦》。

【疏】《漢書》各本「宓」作「虙」，殘卷本作「宓」。○《訓纂》引服虔曰：「王母」成帝母王太后也。《集義》曰：此謂昆侖弱水之王母也。步瀛案：事自用弱水王母耳，或意喻王太后。以復甘泉、汾陰，卽太后之詔也。○微諫之意，已見上。司馬相如《大人賦》曰：吾乃今目覩西王母。又曰：載玉女而與之歸。託諷之意，雖各不同，然其源出自相如也。○《山海經》見《西山經》。又曰：西王母，其狀如人，豹尾、虎齒而善嘯。蓬髮戴勝，是司天之厲及五殘。《海內北經》曰：西王母梯几而戴勝，杖。其南有三青鳥，爲西王母取食，在昆侖虛北。《大荒西經》曰：昆侖之丘，有人戴勝，虎齒，有豹尾，穴處，名曰西王母。案：此所言西王母，似介乎人神之閒。《大戴禮·少閒篇》曰：昔虞舜以天德嗣堯，西王母來獻其白琯。《西山經》郭注引《孔子三朝記》：舜時西王母遣使獻玉環。又引《竹書》穆王五十七年，西王母來見，賓于昭宮。則西王母又爲西方國名，與《爾雅·釋地》以西王母與觚竹、北户、日下爲四荒正合。而卽以國名爲其君名。故《穆天子傳》卷三曰：天子觴西王母于瑶池之上。西王母爲天子謡，則文辭爾雅矣。《漢武内傳》言西王母著黄金褡襹，文采鮮明，頭上太華髻，戴太真晨纓之冠，履玄璚鳳文之舄。視之可三十許，修短得中，天姿掩藹，容顔絶世。竟成美麗莊嚴之女仙矣。亦可見古人言神仙者，其思想隨時而變也。○《神異經》見《東荒經》。又，《漢書・司馬相如傳》顔注引張揖曰：玉女、青要、乘弋，等也。《西山經》郭注引《詩含神霧》曰：太華之山，上有明星，玉女持玉漿，得上，服之卽成仙。《後漢書・張衡傳》注引同。○《東京賦》注引《楚辭・九歎・愍命》及王逸注以證宓妃。

玉女亡所眺其清矑兮，宓妃曾不得施其蛾眉。

【注】服虔曰：矑，目童子也。善曰：《毛詩》曰：螓首蛾眉。

【疏】《漢書》今本「亡」作「無」，官本引宋祁曰：監本作「玉女欣眺」，浙本「無」作「亡」。步瀛案：殘卷本作「亡」。又，《漢書》「矑」作「盧」。《説文・目部》曰：矑，盧童子也。《繫傳》曰：盧，黑也。眼中黑子也。《甘泉賦》曰玉女無所眺其清盧是也。王觀國《學林》卷五曰：字書：矑，目童子也。班固亦省文作「盧」耳。○《集義》引應劭曰：以喻趙昭儀也。常從行非齋禮之宜。○《毛詩》見《碩人》。《雄傳》《反騷》顔注曰：蛾眉，形若蠶蛾眉也。段玉裁《詩經小學》卷五曰：「蛾眉」古作「娥眉」。王逸注《離騷》云：娥眉，好皃。顔師古注《漢書》始有形若蠶蛾之説。夫蠶蛾之眉與首異物，類鳥之有毛角者，不得謂之眉也。且人眉似蠶角，其醜甚矣，安得云美哉？娥者，美好輕揚之意。《方言》：娥，好也。秦晉之閒，好而輕者謂之娥。案：見《方言》一。胡承珙《毛詩後箋》卷五、陳奐《毛詩傳疏》卷五皆從其説。馬瑞辰《毛詩傳箋通釋》卷六曰：「螓首」乃「頞」之假借，「蛾眉」亦「娥」之假借。

方攬道德之精剛兮，侔神明與之爲資。

【注】晉灼曰：等天地之計量也。善曰：《説文》曰：攬，撮持也。音覽。精剛，精微剛强也。

【疏】《漢書》今本「攬」作「擥」，殘卷本作「㩜」。今本「侔」作「眸」，王先謙以爲借字，殘卷本亦作「侔」。○晉注，《訓纂》亦引之。顔引「計」作「忖」。《訓纂》引張曰：訪問於善曰咨。據此，則「資」爲「咨」之借字。張以爲咨問，晉以爲咨量耳。《齊語》韋注曰：訾，量也。《後漢書·陳蕃傳》注曰：貲，量也。「訾」、「貲」亦「咨」之假借。○《説文》見《手部》，作「擥」，字同。○威、回、蕤、妃、眉、資，脂部。危，支部。馳、蛇，歌部。通轉爲韵。○以上齋宿。

於是欽柴宗祈，

【注】善曰：恭敬燔柴，尊崇所祈也。《尚書》曰：至于岱宗柴。

【疏】《漢書》今本「柴」作「祡」，殘卷本亦作「柴」。○顔曰：欽，敬也。柴，積柴也。宗，尊也。祈，求福也。《説文》曰：祡，燒柴焚燎以祭天神也。引《虞書》曰：至于岱宗祡。蓋《古文尚書》作「祡」也。○《尚書》在《堯典》，僞古文分入《舜典》。

燎薰皇天，

【注】應劭曰：牲玉之香也。

【疏】《漢書》「薰」作「熏」。○「燎」，「尞」之借字。《説文》曰：尞，柴祭天也。从昚。昚，古文「慎」字。《吕覽·季冬紀》高注曰：燎者，聚柴薪，置璧與牲於上而燎之，升其煙氣。《説文》曰：熏，火煙上出也。《選》「熏」作「薰」，亦借字。○應注，《訓纂》、《集義》引同。○祈，諄部。天，真部。通轉爲韵。

皋摇泰壹。

【注】如淳曰：皐，挈皐也。積柴於挈皐頭，置牲玉於其上，舉而燒之，欲近天也。張晏曰：招摇、泰一，皆神名。善曰：「摇」與「遥」同。

【疏】五臣本作「招摇、太一」，《漢書》「皐摇」作「招繇」。宋祁曰：「招繇」，一本作「皐陶」。晉灼《音義》作「皐摇」，蕭該《音義》曰：如淳作「皐摇」。胡克家曰：「皐」當作「招」。茶陵本作「皐」，云：五臣作「招」。今考《漢書》作「招」，善與之同。故如淳解讀作「皐」，張晏解「招」如字而兩引之，不知者但據如解改爲「皐」，而張解不可通矣。袁本作「招」，不著校語，可知非五臣與善異，所見當未誤。又曰：注如淳曰：下袁本茶陵本有「招作皐」三字。案：有者是也。尤因所見賦誤「招」爲「皐」，遂删此注以就正文，失之矣。胡紹煐曰：按注引如説云，「招」作「皐」，又引張説以招摇爲神名，是善本作「招」，從張不從如也。此蓋後人因注如氏解皐爲挈皐，而妄改之。徐鼒曰：《選》注當云張晏作「招摇」，纔分明。蓋如淳《漢書》本自作「皐摇」，故有挈皐之訓。張晏《漢書》本自作「招摇」，故有神明之訓。《文選》從如淳本録，注家又采張晏注，故謬亂耳。步瀛案：諸家推測不同，疑徐説是。茶陵本校明言五臣作「招」，胡克家必援李同《漢書》，恐未然也。「招作皐」三字，殆亦後人校語，混入本文，決非如淳注文。胡紹煐説亦非。○如淳注：《訓纂》及蕭該引「近天也」下皆有「故曰皐摇」四字。○張注，顔引同。朱珔曰：如釋皐摇意與上燎薰皇天爲對語，下文樵蒸昆上，配藜四施，及炎感黄龍，熛訛碩麟，皆承此而言，且不複前後「招摇」字似爲近之。《漢書・郊祀志》上言泰一之郊通權火，注引張晏曰：權火，熢火也。狀若井挈皐矣。其法類稱，故謂之權火。欲令光明遠照，通於祀所也。此權火雖非燔牲玉之火，而其制略同。亦可爲如淳以皐爲挈皐之證。顏師古乃謂：權，猶舉也。然觀《志》後文云：權火舉，則其説非矣。「摇」，《漢書》作「繇」，二字通。《明堂位》注：今之步摇，《釋文》「摇」本又作「繇」是也。善云：「摇」與「遥」同，與此無涉。「遥」字，《説文》在《新附》中。又曰：如張義，則篇内招摇字凡三見。前文屬乘輿言，與《西京賦》樹招摇同。此則謂其神至。後之徘徊招摇，作虛用。故善注云：招摇，猶彷徨也。王先謙曰：欽柴宗祈，單句領起。燎熏皇天，與招摇泰壹對舉，如説是也。招摇雖亦神名，於此處則不類。步瀛案：祀甘泉，故曰泰壹，卽太一也。姜皐謂上泰壹尊神，宜指太一常居之太一，此皐摇泰壹，宜指《乾鑿度》太一下行之太一，則妄行區別矣。

舉洪頤，

【注】服虔曰：洪頤，旌名也。應劭曰：旌旆布也。

【疏】服注，顏引同。今本「旌」作「旗」，殘卷本「旗」、「旌」二字皆有。《訓纂》亦引之。○應注，《訓纂》引同。原藤寫「旆」作「施」，蓋誤。

樹靈旗。

【注】李奇曰：欲伐南越，告禱太一。畫旗樹太一壇上，名靈旗，以指所伐之國也。見《漢書·郊祀志》。

【疏】李奇注，顏引同。今本「禱」作「祈」，殘卷本作「禱」。○頤、旗，之部。

樵蒸昆上，配藜四施。

【注】張晏曰：配藜，披離也。善曰：言燔燎之盛，故樵蒸之光同上，而披離四布也。《周禮》曰：共祭祀之薪蒸。鄭玄曰：麄曰薪，細曰蒸。《説文》曰：昆，同也。「昆」或爲「焜」。《字書》曰：焜，煌火貌。

【疏】《漢書》今本「昆」作「焜」，《類聚》引同。殘卷本作「昆」。〇「蔾」當作「黎」。蕭該《音義》引如淳曰：黎爲火正，能使火氣施四裔也。義雖未合，然可證其字本作「黎」。《類聚》胡刻本引正作「黎」。〇張注，顔引同。薛傳均曰：宋玉《風賦》：被麗披離。注：被麗披離，四散之貌也。嵇叔夜《琴賦》：豐融披離。蓋配藜疊韵，披離疊韵，而「配」與「披」、「藜」與「離」，音又相近，故可通用。〇顔曰：言以樵及蒸燎火，其光炎同上於天。又，披離，四出也。今本無「其光」二字，「同」字、句末「也」字。今依殘卷本。〇《周禮》見《地官・委人》。又，《周禮・天官・甸師》鄭注曰：木大曰薪，小曰蒸。孫詒讓《正義》謂蒸本爲麻幹，借爲小木之名，是也。顔曰：樵，木薪也。蒸，麻幹也。又，《訓纂》曰：大者爲薪，小者爲蒸。〇《説文》見《日部》。《集義》音混，又如字。

東爥滄海，西耀流沙。北爌幽都，南煬丹厓。

【注】服虔曰：丹水之厓也。善曰：《尚書》曰：弱水餘波，入于流沙。幽都，已見《吴都賦》。「爌」與「晃」音義同。《方言》曰：煬，炙也。

【疏】《漢書》「爥」作「燭」，「滄」作「倉」，「耀」作「燿」，「爌」作「熿」。宋祁曰：越本作「爌」。殘卷本正作「爌」。五臣本「厓」作「涯」。〇《集義》曰：言火光遠及四裔。〇服注，顔引同。案：已見《東都賦》。〇《尚書》見《禹貢》。案：《漢書・地理志》張掖郡居延縣，原注曰：居延澤在東北，古文以爲流沙。《水經·禹貢山水澤地所在篇》曰：流沙，地在張掖居延縣東北。注曰：在縣故城東北，形如月，生五日也。弱水入流沙。流沙，沙與水流行也。亦言出鍾山，西行極崦嵫之山，在西海郡北。《續漢書·郡國志》五：張掖，居延屬國。劉注曰：獻帝建安末，立爲西海郡。《史記·夏本紀》《集解》引鄭玄曰：《地理志》：流沙在居延西北，名居延澤。《索隱》引《地理志》亦作西北，疑傳寫之誤。又引《廣志》曰：流沙在玉門關外，有居延澤，居延城。是皆謂流沙卽居延澤，在今寧夏。陳澧《漢書地理志水道圖説》卷一謂在蒙古額濟納、舊土爾扈特旗是也。《漢書·地理志》顏注曰：流沙，在敦煌西。《通典·州郡》四：燉煌郡沙州，古流沙地。原注曰：其沙風吹流行，在郡西八十里。胡渭《禹貢錐指》卷十七力主此説，且歷引《山海經》及晉、魏、隋、唐諸史言西域流沙者以證之。朱駿聲《離騷注》謂在今甘肅嘉峪關外，燉煌縣西境白龍堆之西是也。此則兩説皆可通。而李注以《禹貢》爲説。〇《吴都賦》注引《堯典》：宅朔方，曰幽都。〇《廣雅·釋詁》四曰：晃，明也。薛傳均曰：郭景純《江賦》：或爆采以晃淵。注：《廣雅》曰：晃，暉也。《一切經音義》四云：晃，古文「熿」同。按：《荀子》：熿然兼覆之。楊倞注：「熿」與「滉」同。亦其例也。〇《方言》見卷十二。〇施、沙，歌部。厓，支部。通轉爲韵。

玄瓚觩䚻，秬鬯泔淡。

【注】服虔曰：以玄玉飾之，故曰玄瓚。張晏曰：瓚受五升，口徑八寸，以大圭爲柄，用灌鬯。觩䚻，其貌也。應劭曰：泔淡，滿也。善曰：孔安國《尚書傳》曰：黑黍曰秬，釀以鬯草。觩，音求。䚻，力幽切。泔，胡敢切。淡，大敢切。

【疏】服、張二注，顔引並同。《詩・旱麓》毛傳曰：玉瓚，圭瓚也。鄭箋曰：圭瓚之狀，以圭爲柄，黄金爲勺，青金爲外，朱中央矣。蓋鄭依《考工記・玉人》大璋、中璋、邊璋爲説。以三璋之勺，形如圭瓚也。又《春官・典瑞》：祼圭有瓚。鄭司農曰：於圭頭爲器，可以挹鬯祼祭，謂之瓚。鄭玄曰：漢禮，瓚槃大五升，口徑八寸，下有槃徑一尺。又《考工記・玉人》注曰：瓚如槃，其柄用圭，有流前注。案：流即鼻也。鼻爲龍口以流鬯，故曰流。此賦張晏注説瓚，與鄭言漢制合。又《御覽・器物部》六引阮諶《三禮圖》曰：圭瓚受四升，徑八寸，形如盤，其柄似圭，有流注。亦與鄭、張説合。唯云受四升爲異耳。《説文》曰：觓，角貌。《詩》曰：兕觵其觓。《毛詩・絲衣》作「兕觥其觩」。《穀梁・成七年》范注曰：觓球，球然角貌。《詩・樛木》毛傳曰：木下曲曰樛。則觩觺似角而曲之貌，所以狀其柄也。〇應注，顔引同。《集義》引服虔曰：泔淡，美味也。又引蘇林曰：醲厚之味也。宋祁曰：美味也。即本服義。案：此義與應《注》並通。〇僞孔傳見《召誥》。《説文》曰：𩰪，黑黍也。一稃二米以釀。重文作「秬」。又曰：鬯，以𩰪釀。鬱艸芬芳條暢，以降神也。案：「條暢」原作「攸服」，今依段注訂。「鬱」乃「鬱」、「鬯」之本字，經傳皆以「鬱」爲之也。又案：秬鬯之説，諸家不同，故疑義甚夥，試略舉之。《詩・江漢》：秬鬯一卣。毛傳曰：秬，黑黍也。鬯，香草也。築賁合而鬱之曰鬯。《訓纂》、《集義》釋此賦皆據以爲説。又《周禮・春官・鬯人》鄭司農曰：鬯，草名。與毛合。然鬯草爲何物，毛及先鄭皆未明言。孔疏據《禮緯》有秬鬯之草，《中候》有鬯草生郊，賈疏據《王度記》云天子以鬯，《禮緯》云鬯草生庭，皆謂即鬱金之草，未知果合毛及先鄭義否？此一疑也。《江漢》鄭箋曰：秬鬯，黑黍酒也。謂之鬯者，芬香條鬯也。《周禮・春官・鬱人》：和鬱鬯。鄭注曰：築鬱金，煑之以和鬯酒。又《鬯人》：掌共秬鬯。注曰：秬鬯不和鬱者。孔疏又引孫毓説以申鄭而斥毛，然究竟二説孰是。此二疑也。且鄭既以秬鬯爲無鬱之酒，而於《鬯人》大喪共其釁鬯注曰：釁尸以鬯酒，使之香美者。賈疏曰：《肆師》云：大喪築鬻，則此鬯酒中兼有鬱金香草，故得香美，是又以鬯爲兼鬱矣。此三疑也。《春秋繁露・執贄篇》曰：暢，取百香之心，獨末之，合之爲一，而達其臭，氣暢于天前。一「暢」字即「鬯」之借字。《説苑・脩文篇》曰：鬯者，百草之本也。《禮記・郊特牲》：鬱合鬯，疏引盧植曰：言取草芬芳香者，與秬黍鬱合釀之成爲鬯也。皆不專指一草。焦循《毛詩補疏》卷五、胡承珙《毛詩後箋》卷二十五皆主此説，以申毛義，亦未知果合毛義否？此四疑也。《鬱人》鄭司農注曰：鬱，草名。十葉爲貫，百二十貫築以煑之鐎中，停於祭前。鬱爲香草，若蘭。《説文》鬱下曰：芳艸也。十葉爲貫，百二十貫築以煑之爲鬱。即先鄭之説。賈疏及注《本草》者皆以鬱金當之，亦不知果合先鄭及許氏義否？此五疑也。《郊特牲》疏引馬融曰：鬱，草名。以鬱金香草合爲鬯也。《玉燭寶典》卷二引蔡邕《月令章句》曰：鬱金，香草。釀以秬黍，是爲秬鬯。是馬、蔡以鬱爲鬱金，與後鄭同。而以和鬱金者爲秬鬯，又與後鄭異。此六疑也。《白虎通・攷黜篇》曰：鬯者，以百草之香、鬱金而合釀之成爲鬯。《説文》鬯下又曰：一曰，鬱鬯，百艸之華。遠方鬱人所貢。芳艸合釀之以降神。鬱，今鬱林郡也。即《白虎通》之説。孫詒讓《周禮正義》謂《白虎通》鬱金字爲習聞鄭義者羼入，特未與《説文》互勘耳。此又兼取百艸及鬱金爲義。此七疑也。《論語・八佾篇》皇侃疏曰：鬱鬯，煑鬱金之草，取汁，釀黑秬一秠二米者爲酒，成則氣芬芳調暢，故呼爲鬯，亦曰秬鬯也。若又擣鬱金，取汁，和莎泲於此鬯，則呼爲鬱鬯。似兼取馬、蔡、後鄭之義，而鬱金一物，未免先後兩用。此八疑也。《説文》及《水經·温水注》引應劭《地理風俗記》皆以鬱金爲鬱林郡所貢。陳啓源《毛詩稽古篇》卷二十二曰：鬱林郡，在古世屬荒服。鬱金非常有之物，而古人每祭必用，未審從何取給。此九疑也。要之，古代禮制當觀其通。陳啓源曰：《周禮》鬯人、鬱人二職對舉，則秬鬯、鬱鬯，誠有未和、已和之分。若盡舉經傳中秬鬯，概以未和鬱解之，則又非也。竊意鬯之名本因鬱草，而秬黍之酒實爲和鬱而釀，則當其未和鬱時，亦概以秬鬯名之，後遂别名已和者爲鬱鬯。故《周禮》分而爲二。要之，對舉則别，散文則通也。其説極通。至黍酒所和，或用香草，或用鬱金，或百草、鬱金並用，但使芬芳條暢，即已合制禮之意。後儒各以見聞爲説，自難一致，固不可執一以廢百，亦不必附會以强同也。

肸蠁豐融，懿懿芬芬。

【注】善曰：言秬鬯分布芬芳盛美也。肸蠁，已見上文。

【疏】梁章鉅曰：「蠁」，《漢書》作「響」。《説文繫傳》引「蠁」作「響」。

炎感黄龍兮，熛訛碩麟。

【注】韋昭曰：碩，大也。善曰：言焱熛熾盛，感動神物也。《字林》曰：焱，火光也。《説文》曰：熛，火飛也。毛萇《詩傳》曰：訛，動也。熛，必遥切。

【疏】《集義》曰：言火之炎熛，感致黄龍麟。許巽行曰：「炎」與「焱」同。《左傳·莊十四年》：其氣焱以取之。《釋文》及《漢書·五行志》皆作「炎」。《説文》：炎，火光上也。从重火。于廉切。燄，火行微燄燄也。从火，臽聲。以冉切。○《爾雅·釋詁》曰：碩，大也。韋注本此。顏同。○注引《字林》與《東都賦》注同，則注中「焱」字皆當作「炎」。《爾雅·釋草》《釋文》引《字林》：焱，火花也。不作火光。王念孫、胡克家據注，謂李注本正文作「焱」，恐未是。○《説文》見《火部》。○《毛詩》見《無羊篇》。○《禮運》疏引《孝經援神契》曰：德至淵泉，則黄龍見。德至鳥獸，則鳳皇來，麒麟臻。張銑謂碩麟，遠方地名，非是。案：「淵」原作「深」，避唐高祖諱。今依《御覽·休徵部》二引下醴泉句校改。

選巫咸兮叫帝閽，開天庭兮延羣神。

【注】服虔曰：令巫祝叫呼天門也。善曰：《山海經》曰：大荒中有靈山，巫咸從此升降。王逸《楚辭注》曰：巫咸，古神巫也。《楚辭》曰：吾令帝閽開關兮。鄭玄《禮記注》曰：延，導也。

【疏】服注，顏引同。○《山海經》見《大荒西經》。○《楚辭》王逸注見《離騷》。步瀛案：巫咸，蓋古神巫之通名。《呂覽·勿躬篇》曰：巫咸作筮。《周禮·春官·龜人》鄭注引《世本》同。《初學記·政理部》亦引之。《説文》曰：古者巫咸初作巫。蓋古人重鬼神而尚卜筮，故作巫作筮，道自相通。《周禮·春官·簭人》：九簭，二曰巫咸。鄭注謂「巫」當爲「簭」，而劉敞《七經小傳》卷中讀如字，謂古者占簭之工通謂之巫，是也。巫咸之名，雖不能確指其起自何時，然其來必甚古。《路史·後紀》三引《外紀》：炎帝神農氏命巫咸主筮。是神農時有巫咸也。《太平御覽·皇王部》四引《歸藏》曰：黄帝筮于巫咸。《禮儀部》九引《莊子雄黄》曰：黄帝立巫咸。是黄帝時有巫咸也。《方術部》二引《世本》曰：巫咸，堯臣也。以鴻術爲帝堯之醫。孫詒讓《周禮正義》卷四十八以此文爲宋衷注，是也。《藝文類聚·山部》上引郭璞《巫咸山賦》同。是堯時有巫咸也。古者巫醫並重，而巫或兼醫。《大荒西經》曰：大荒之中有靈山，巫咸從此升降，百藥爰在。是亦以巫咸能醫矣。而殷之巫咸，見於載籍尤衆。《書·君奭》曰：巫咸乂王家。《書序》曰：伊陟贊於巫咸。《釋文》引馬融曰：名咸，殷之巫也。孔疏引鄭玄曰：巫咸謂之巫官也。《史記·天官書》曰：昔之傳天數者，殷商巫咸。《封禪書》曰：伊陟贊巫咸。巫咸之興自此始。《藝文類聚·方術部》引《古史攷》曰：殷時巫咸善筮。及王逸《離騷》注，皆其證也。至於《列子·黄帝篇》、《莊子·應帝王篇》皆言神巫季咸，《莊子·天運篇》又有巫咸袑，則戰國猶襲此名矣。巫咸知天道，明吉凶，故其死也，後人奉以爲神。秦《詛楚文》稱不顯大神巫咸，《離騷》云巫咸夕降，皆是。郭璞《巫咸山賦》所謂死爲貴神也。若《海外西經》、《淮南·墬形篇》皆稱巫咸國，顧炎武《日知録》卷二十五斥爲荒誕。然古書以人名地，昆吾丘、軒轅國，所在多有，不足怪也。〇次引《楚辭》見《離騷》。案：袁、茶二本奪「闕」字，尤本誤在「開」上。又譌爲「闢」，今正。〇鄭注見《曲禮》上。〇芬、闇，諄部。鱗、神，真部。通轉爲韵。

儐暗藹兮降清壇，瑞穰穰兮委如山。

【注】張晏曰：儐，贊也。善曰：鄭玄《周禮注》曰：接賓曰儐。然謂贊禮者也。暗藹，衆盛貌也。委，積也。暗，烏感切。

【疏】張注，顔引同。〇《周禮》鄭注見《春官·大宗伯》、《秋官·司儀》。「儐」皆作「擯」，字同。〇顔曰：暗藹，神之形景也。穰穰，多也。委，積也。張銑曰：言神儐從衆多，下於清壇，致以祥瑞，穰穰然委積如山也。○壇、山，元部。與上亦通轉爲韵。○以上祭祀。

於是事畢功弘，迴車而歸，度三巒兮偈棠棃。

【注】晉灼曰：《黄圖》無三巒宫。《相如傳》有封巒觀。善曰：三巒，即封巒觀也。《漢書》曰：甘泉有封巒、棠棃。韋昭曰：偈，息也。音憩。

【疏】尤本「棃」作「黎」。胡克家曰：茶陵本「黎」作「棃」，云：五臣作「黎」。袁本作「黎」，用五臣也。《漢書》正作「棃」，此尤本以五臣亂善，非也。案：今依胡校改。《類聚》引正作「棃」。○各本晉注無「宫」字，今據《訓纂》引增。案：《訓纂》云：服曰：山名也。張曰：離宫，《司馬相如傳》《上林賦》曰：蹷石闕，歷封巒。顔曰：封巒，觀名也。○《漢書・雄傳》，已見上引。《集義》引韋昭曰：棠棃，館名。顔曰：棠棃，宫名也。案：今本《黄圖》卷五有封巒觀，疑後人所加，非晉灼所見本也。○《集注》引韋昭曰：憩，息也。蓋「憩」、「偈」字同，故傳寫者逕作「憩」字耳。《説文》曰：愒，息也。「憩」、「偈」皆或體字。

天閫決兮地垠開，八荒協兮萬國諧。

【注】善曰：鄭玄《禮記注》曰：閫，門限也。決，亦開也。言門決以出德澤，故八荒萬國俱協諧也。

【疏】《漢書》「協」作「協」。《集義》曰：「閫」，本或作「恩」。○顔曰：天閫，天門之閫也。決，亦開也。○《漢書・陳勝項籍傳贊》顔注曰：八荒，八方荒忽極遠之地也。○鄭注見《曲禮》上。「閫」作「梱」。《釋文》曰：本又作「閫」。李引本蓋同。《説文・木部》曰：梱，門橜也。段注曰：橜下云，一曰門梱也。《門部》曰：闑，門梱也。然則「門梱」、「門橜」、「闑」，一物三名矣。謂當門中設木也。《釋宮》：橜謂之闑。《廣雅》：橜機闑朱柴同梱。《史記·孫叔敖傳》曰：楚俗好庳車，王欲下令使高之，相教閭里，使高其梱。居半歲，民悉自高其車。《史記·張釋之馮唐傳》曰：閫以內者，寡人制之。閫以外者，將軍制之。《漢書》「閫」作「闑」。韋昭曰：此郭門之閫也。門中橜曰闑。鄭注與許不合。朱駿聲《説文通訓定聲》十五曰：橫界于門下者爲閾，亦曰切。直竪于門中者爲梱，亦曰闑。《曲禮》注：梱，門限也。凡橫者、直者，皆所以爲限也。則溝通許、鄭，亦可備一説也。〇歸、棃、開、諧，脂部。

登長平兮雷鼓礚，天聲起兮勇士厲。

【注】如淳曰：長平，坂名，在池陽南。善曰：《字指》曰：礚，大聲也。口蓋切。天聲，如天之聲，言其大也。杜預《左氏傳注》曰：厲，猛也。

【疏】《漢書》「礚」作「磕」，《類聚》引同。顔曰：「聲」，字或作「嚴」，言擊嚴鼓也。〇呂延濟曰：雷鼓，六面鼓也。言天子登此坂，擊鼓，其聲大如雷，故曰天聲也。步瀛案：《周禮·春官·大司樂》靁鼓，先鄭以爲六面鼓。濟注從之。後鄭以爲八面，已見《東京賦》注。《地官·鼓人》後鄭注亦曰：雷鼓，八面鼓也。然此但言鼓聲如雷耳，不必泥。〇《漢書·宣帝紀》曰：甘露三年，上自甘泉宿池陽宮。上登長平阪。如淳曰：阪名也。在池陽南上原之阪，有長平觀，去長安五十里。顔曰：長平，涇水上阪名也。案：「阪」、「坂」同。《清統志》曰：陝西西安府，長平坂在涇陽縣西南。《縣志》：坂在縣西南十里。

按《元和志》云：在縣西南五里。《寰宇記》、《長安志》俱云五十里。《通志》又云二十里。里數互異。以如淳注攷之，疑《縣志》爲是。朱珔曰：《方輿紀要》云：長平坂，東方朔謂秦時置獄處。漢武帝上甘泉，經此。宣帝自甘泉還，登長平坂，元后登長平坂臨涇水，是也。據此，知長平爲幸甘泉途之所經，故此賦於敍回車而歸，言其登長平也。案：漢武帝上甘泉，經長平坂，見《藝文類聚·食物部》引《東方朔別傳》。元后登長平坂，臨涇水，見《漢書·元后傳》。○《字指》，本書《藉田賦》注引同。《隋書·經籍志》有《字指》二卷，注曰：晉朝議大夫李彤撰。○顏曰：天聲，聲至天也。○《左傳》杜注，見定十二年。

雲飛揚兮雨滂沛，于胥德兮麗萬世。

【注】善曰：言恩澤之多，若雲行雨施。君臣皆有聖德，故華麗至於萬世也。《毛詩》曰：于胥樂兮。鄭玄曰：于，於也。胥，皆也。麗，光華也。

【疏】五臣「滂沛」作「霶霈」，《類聚》引同。○《詩》鄭箋見《有駜》。○「麗，光華也」，此李注也。袁、茶陵二本皆無此四字。○磕、厲、世，泰部。

亂曰：

【注】善曰：王逸《楚辭注》曰：亂，理也。所以發理辭指，總撮所要也。

【疏】王注見《離騷》。下「所」字作「其」。《魯語》下：其輯之亂。韋注曰：輯，成也。凡作篇章，篇義既成，撮其大要爲亂辭。洪興祖《楚辭補注》曰：亂者，總理一篇之終也。吴仁傑《兩漢刊誤補遺》卷八曰：《樂記》言《大武》之舞，復亂以飭歸。《正義》曰：亂，治也。復，謂《武》曲終，舞者復其行位而整治。蓋舞者其初紛綸赴節，不依行位，比曲終，則復整治焉，故謂之亂。詩樂所以節舞者也，故其詩辭之終，亦謂之亂，《商頌》輯之亂是已。樂曲之終，亦謂之亂，《關雎》之亂是已。《離騷》有亂辭，實本詩之樂。

崇崇圜丘，隆隱天兮。

【注】善曰：崇崇，高貌也。《廣雅》曰：圜丘，大壇祭天也。

【疏】顔曰：言其高也。案：《呂氏春秋·重言篇》高注曰：隱，蔽也。○《廣雅》見《釋天》。「圜」作「圓」。《説文》曰：圜，天體也。故古書「圜丘」，字多以「圜」爲之。《周禮·春官·大司樂》曰：冬日至，於地上之圜丘奏之。《釋名·釋丘》曰：圜丘、方丘，就其方圜名之也。

登降峛崺，單埢垣兮。

【注】善曰：登降，上下也。峛崺，邪道也。單，大貌。埢垣，圜貌。峛，力爾切。崺，弋爾切。單，音蟬。埢，音拳。

【疏】顔曰：峛崺，上下之道也。原本《玉篇·山部》峛字下曰：《韓嬰詩》説山峛崺者，即《爾雅》所説山脊也。《埤蒼》：峛崺，沙丘也。《字指》：卑而長。《爾雅》作「邐」。又，崺字下曰：或作「迆」。清官本《漢書》引蕭該《音義》與《埤蒼》同。《訓纂》引李彤單行字與《字指》同，當即《字指》也。《爾雅·釋丘》曰：邐迆，沙丘。郭注曰：旁行連延。胡紹煐曰：「峛崺」與「邐迆」古通。《法言·吾子篇》：升東嶽而知衆山之峛崺也。作「峛崺」。《説文》：迆，衺行也。邐，行邐邐也。邪道謂之峛崺，猶衺行謂之邐迆。案：胡氏説是。○顔曰：單，周也。胡紹煐曰：善既單音蟬，則不當訓爲大蟬曲貌。《九思》：乘六蛟兮蜿蟬。蜿蟬，謂盤曲也。步瀛案：埢垣既爲圜貌，則上「單」字不必再訓曲貌。《漢書·文帝紀》顔注曰：單于，匈奴天子之號。單，音蟬。《史記·匈奴傳》《集解》引《漢書音義》曰：單于，廣大之貌。安在音蟬之「單」字不可訓大乎？○天，真部。垣，元部。通轉爲韻。

增宮嵾差，駢嵯峨兮。

【注】善曰：「嵾」與「參」同。初林切。駢，步千切。嵯，材何切。峨，音俄。

【疏】五臣本「嵾」作「參」。○顔曰：增，重也。嵾差，不齊也。駢，並也。薛傳均曰：案司馬長卿《上林賦》：嶄巖嵾嵳。注：郭璞曰：皆峯嶺之貌也。嵾，楚林切。嵳，楚宜切。張平子《西京賦》：岡巒參差。薛綜注：參差，低仰貌。○《漢書·司馬相如傳》《哀二世賦》，顔注曰：嵯峩，高貌也。

岭嶒嶙峋，洞無厓兮。

【注】善曰：《埤蒼》曰：岭嶒、嶙峋，深無厓之貌。岭，音零。嶒，音熒。嶙，音鄰。峋，音旬。

【疏】原本《玉篇》引「嶒」作「峼」。《漢書》「無」作「亡」。五臣「厓」作「涯」。○原本《玉篇》引《埤蒼》曰：岭峼，深貌也。嶙峋，深無厓也。《集義》引《埤蒼》亦曰：嶙峋，深無厓也。與李引小異。《魏都賦》注引作「山無厓」，蓋誤。又見《西京賦》嶙峋疏。顔曰：岭嶒，深邃貌。嶙峋，節級貌。○峨，歌部。厓，支部。通轉爲韻。

上天之縡，杳旭卉兮。

【注】善曰：縡，事也。杳，深遠也。旭，卉幽昧之貌。《毛詩》曰：上天之載，無聲無臭。「縡」與「載」同。

【疏】顔曰：縡，事也。朱珔曰：案《説文》：繒，帛也。重文爲「縡」，云籀文「繒」從宰省。楊雄以爲漢律祠宗廟丹書告也。段氏引此賦語云：蓋卽謂郊祀丹書告神者。此則从宰不省者也。余謂《廣韻》引《字林》云：縡，事也。亦以「縡」爲「載」之借字。許引楊説，非謂此賦祠宗廟與郊祀亦有別。且下句杳旭卉兮注云：杳，深遠也。旭卉，幽昧之貌。正《詩》無聲無臭之義。賦當卽用《詩》意。子雲好奇字，故以「縡」易「載」耳。段説似近傅會。姜皋曰：《書》：有能奮庸熙帝之載，載訓爲事。《廣雅・釋詁》三：縡，事也。是縡、載之義同。梁章鉅曰：《説文》：宰，辠人在屋下執事者。然則載、縡之訓事，其義出於宰也。薛傳均曰：《説文》新附有「縡」字，云：事也。胡紹煐曰：唐《孔宣碑》：縡無聲臭。《唐書・杜黄裳傳》：贊穆天縡，「縡」字本此。○《説文》曰：杳，冥也。李注深遠，義合。顔曰：高遠也。○《集義》曰：旭卉，謂高遠也。顔曰：疾速也。梁章鉅謂顔、李注異。胡紹煐曰：按「卉」卽「芔」字。本書《上林賦》芔然興道而遷義，善引郭璞注：芔，猶勃也。許貴切。顔《漢書》注：芔然，猶欻然也。《説文》：𠦪，疾也。作「𠦪」爲正字。今省作「芔」，亦作「卉」。江文通《雜體詩》：欻吸昆雞怒。注：欻吸，疾貌。「旭卉」與「欻吸」音近。《漢書》顔注：旭卉，疾速，是也。此云幽昧之貌，於義亦通。《魯靈光殿賦》：歇欻幽靄。注：幽邃之貌。「旭卉」與「歇欻」音義亦近，並雙聲字。王先謙曰：「卉」疑「晦」之借字。步瀛案：高遠、幽昧，義相近，不應解爲速矣。胡氏後説近之。王説亦無確證。袁本、茶陵本「幽昧之貌」作「難知也」三字，亦與幽昧義合。○《毛詩》見《文王篇》。

聖皇穆穆，信厥對兮。

【注】李奇曰：對，配也。能與天相對配也。善曰：《詩》曰：帝作邦作對。

【疏】李奇注，顔引同。今本「天」下有「地」字，「相」下無「對」字，蓋誤。殘卷本與李善引同。○《詩》見《皇矣》。毛傳曰：對，配也。

倈祗郊禋，神所依兮。

【注】善曰：言來郊禋而甚敬，故爲神祇之所依也。「倈」，古「來」字。

【疏】「倈」，「來」之或體字。《漢書》作「倈」，五臣作「來」，《類聚》引同。尤本「祗」作「祇」，茶陵本校曰：善本作「祇」，蓋皆傳寫之誤。《漢書》正作「祗」。○《集義》引《字林》曰：祗，敬也。李注「甚敬」字釋「祗」字，「神祇」字釋「神」字，知作「祇」者誤。顔注曰：言以祗敬而來郊禋饗，則神祇依附之也。與李同。○《集義》引《字林》曰：禋，絜祀也。蕭該引同。又互見《東京賦》。

徘徊招搖，靈迟迡兮。

【注】善曰：招搖，猶彷徨也。迟迡，卽棲遟也。毛萇《詩傳》曰：棲遟，遊息也。招，必摇切。迟，音棲。迡，大夷反。

【疏】五臣「迟迡」作「棲遲」。袁、茶陵二本校並云：善本作「迟迡」。而袁本載善注「迟」作「犀」。《漢書》作「遟𨒈」。胡紹煐曰：按，《説文》遲，从辵，犀聲。𨒈或從𡰥。是「𨒈」爲棲遲字。《玉篇》「遲」又出「遟」，籀文又出「迡」，云同上。《廣韻》「遟」同「遲」。然則「𨒈」、「遟」皆卽「遲」字。「遟」爲籀文，「𨒈」爲或體。碑碣「遲」亦作「迡」，而《漢書》作「遟𨒈」。「遟」音栖，「遟」、「𨒈」實一字。此作「迟迡」，「迟」字則字書所無。許巽行曰：《説文》遲，或从𡰥。籀文从屖、尼，从後近之。「𡰥」，古文「仁」字。案：遲爲徐行，故或从尼，不當从古文之「仁」，可據以正《説文》之譌。許嘉德曰：段云「屖」疑後人因《楊傳》遟屖而增。説者遲音棲，屖音遲，卽「遟」字。然《文選》、《玉篇》、《汗簡》皆作「迡」，蓋亦不以从𡰥爲然。杜宗玉曰：《説文》：徲，久也。從彳，犀聲。讀若遲。「棲」與「犀」字異音同。《婁壽碑》：徲徛衡門。「棲」作「徲」。「棲」音義近「徲」。「迟」與「犀」同音，「迡」與「遲」一音，故「迟」通爲「棲」。「迡」通爲「遲」也。尼而止之，則遲而又久也。《玉篇》曰：屖，今作「栖」。段曰：「屖遟」卽《陳風》之「棲遟」，與此可互發明。「𨒈」亦《説文》「遲」。步瀛案：《説文》無「迟」、「迡」二字，豈子雲古文奇字，固與許書不同邪？段玉裁疑《説文》「𨒈」字爲後人依《楊雄傳》增，亦未知然否。《繁陽令楊君碑》曰：徲伲樂志。則「徲伲」亦卽「棲遲」也。要之，「迟」、「徲」、「屖」皆與「棲」、「栖」同。「迡」、「伲」、「𨒈」皆與「遲」、「遟」同。○依、迡，脂部。

光輝眩燿，降厥福兮。子子孫孫，長無極兮。

【疏】五臣「光輝」作「輝光」。袁、茶二本校曰：善本作「光輝」。案：「輝」、「煇」字同。《漢書》作「煇光」，《類聚》引同。又，「眩」作「炫」。《漢書》今本「降」作「隆」，殘卷本作「降」，與《選》同。又，「無」作

「亡」。○《詩·楚茨》曰：子子孫孫，勿替引之。《爾雅·釋訓》曰：子子孫孫，引無極也。何焯曰：有事甘泉，以求繼嗣，故如此結。○福、極，之部。

耕藉

【注】臣瓚《漢書注》曰：景帝詔曰：朕親耕。本以躬親爲義。藉，謂蹈藉之也。

【疏】臣瓚《漢書注》、《漢書·文帝紀》顏注引同。案：顏引應劭曰：古者天子耕藉田千畝，爲天下先。藉者，帝王典藉之常也。又引韋昭曰：藉，借也。借民力以治之，以奉宗廟，且以勸率天下，使務農也。顏曰：瓚説是也。《國語》曰：宣王即位，不藉千畝。虢文公諫。斯則非假借明矣。步瀛案：李氏之意，蓋與顏師古同。張參《五經文字》卷中曰：耤田字六經多以「藉」字爲之，亦取蹈藉之義。蓋亦從臣瓚之説也。瓚引景帝詔見《漢書·景帝紀》後二年，顏引《國語》見《周語》一。耕藉字本當作「耤」。《説文·耒部》曰：耤，帝耤千畝也。古者使民如借，故謂之耤。从耒，昔聲。案：作「藉」或作「籍」者，皆假借字耳。《周禮·天官·甸師》鄭注曰：藉之言借也。王一耕之，而使庶人芸芓終之。《詩·周頌·載芟序》鄭箋曰：籍之言借也。借民力治之，故謂之籍田。孔疏亦引應劭、臣瓚二説而駁之曰：凡言典籍者，謂作事設法書而記之，或復追述前言，號爲典法。此籍田在於公地，歲歲耕墾，此乃當時之事，何故以籍爲名？若以事載典籍，即名籍田，則天下之事無非籍矣，何獨於此偏得籍名？瓚見親耕之言，即云不得假借。豈籍田千畝，皆天子親耕之乎？聖人制法爲此籍田者，萬民之業，以農爲本：五禮之事，唯祭爲大。以天子之貴，親執耒耜，所以勸農業也。祭之所奉，必用己力，所以敬神明也。《祭義》云：天子爲籍千畝，躬秉耒耜，以事天地、山川、社稷、先古。以爲醴酪齍盛，於是乎取之，敬之至也。是説籍田之義也。黄朝英《靖康緗素雜記》卷二「藉田」亦引應劭、韋昭、臣瓚三家之説而辨之曰：應劭以藉爲典籍之籍，謬也。唯韋昭之説得之。案：《王制》曰：古者公田藉而不税。注云：借民治公田，故不税。謂之藉者，豈不以假借爲義乎？臣瓚、師古未之或知，何邪？段玉裁《説文注》曰：鄭、韋與許同，應劭、臣瓚皆非也。親耕不能終事，故借民力而謂之藉田。言藉者，歉然於當親事而未能親事也。臣瓚、師古之言，尤爲刺謬。

藉田賦一首

潘安仁

【注】臧榮緒《晉書》曰：泰始四年，正月丁亥，世祖初藉于千畝。司空掾潘岳作《藉田頌》也。

【疏】《藝文類聚・禮部》中、《太平御覽・禮儀部》十六引此賦，「藉」皆作「籍」。○《南齊書・高逸傳》曰：臧榮緒，東莞莒人也。括東、西晉爲一書，紀、録、志、傳百一十卷。《隋書・經籍志》曰：晉書一百一十卷，齊徐州主簿臧榮緒撰。案：今臧書已佚，湯球有輯本。○唐脩《晉書・潘岳傳》曰：泰始中，武帝躬耕耤田。岳作賦以美其事。臧書云作頌者，何焯曰：古人賦、頌通爲一名。按，不歌而頌謂之賦，故亦名頌。王褒《洞簫賦》，《漢書・褒傳》謂之頌。

【注】臧榮緒《晉書》：潘岳，字安仁。滎陽中牟人。揔角辯惠，摛藻清豔，鄉邑稱爲奇童。弱冠，辟司空太尉府，舉秀才，高步一時，爲衆所疾。然《藉田》、《西征》咸有舊注，以其釋文膚淺，引證疏略，故並不取焉。

【疏】唐脩《晉書·岳傳》曰：父芘，琅邪内史。岳少以才穎見稱，鄉邑號爲奇童。早辟司空太尉府，舉秀才。岳才名冠世，爲衆所疾，遂栖遲十年。出爲河陽令，轉懷令，調補尚書度支郎，遷廷尉評，以公事免。楊駿輔政，引爲太傅主簿。駿誅，除名。未幾，選爲長安令，徵補博士。未召，以母疾去官，免。尋爲著作郎，轉散騎侍郎，遷給事黄門侍郎。初，芘爲琅邪内史，孫秀爲小吏給岳，而狡黠自喜。岳惡其爲人，數撻辱之。秀嘗銜忿。及趙王倫輔政，秀爲中書令，遂誣岳及石崇、歐陽建謀奉淮南王允、齊王冏爲亂，誅之。案：本書《西征賦》注引臧榮緒《晉書》曰：弱冠，辟太尉府掾。《秋興賦》注引臧書：岳爲賈充掾。《秋興賦》作於咸寧四年，距泰始四年已歷十年。伊時岳年三十二，則作《藉田賦》時年二十二也。《晉書·武帝紀》：泰始八年，賈充始爲司空。咸寧二年，爲太尉。賦藉田時，充尚未爲司空、太尉。《武紀》：泰始元年，司空荀顗爲臨淮公。三年，爲司徒。是三年以前，顗正爲司空。《顗傳》言顗爲司徒，尋加侍中，遷太尉。《武紀》未載顗遷太尉在何年，大約在泰始三四年。則岳辟司空太尉府，爲荀顗在位時無疑矣。○張雲璈曰：舊作注者，《二京賦》之薛綜，《蜀都》、《吴都》之劉逵，《魏都》之張載、曹毗，《子虛》之張揖、司馬彪、晉灼、郭璞，《上林》之司馬彪、張揖、韋昭、郭璞，《甘泉》之服虔、晉灼、張晏、孟康，《射雉》之徐爰，《魯靈光殿》之張載，《幽通》之曹大家、項岱，《詠懷詩》

之顏延之、沈約，《楚辭》之王逸，《典引》之蔡邕，《演連珠》之劉峻，及不知名之《思玄賦》注。李氏皆標明某某，其不取者，則不著姓氏，可謂得隱揚之義矣。

伊晉之四年，正月丁未，皇帝親率羣后，藉于千畝之甸，禮也。

【注】《晉書》曰：丁亥藉田，戊子大赦。今爲丁未，誤也。千畝，已見《東京賦》。《禮記》曰：天子籍田千畝。

【疏】《類聚》、《御覽》「藉」作「籍」。○上注兩引臧榮緒《晉書》，此引《晉書》當亦臧書也。唐脩《晉書·武帝紀》曰：泰始四年，春正月丁亥，帝耕于耤田。戊子，詔大赦天下。亦可相證。耕耤用亥日者，《禮記·月令》：孟春之月，乃擇元辰，躬耕帝藉。鄭注曰：元辰，蓋郊後吉亥也。孔疏曰：甲、乙、丙、丁等，謂之日。子、丑、寅、卯之等，謂之爲辰。耕用亥日，故云元辰。知用亥者，陰陽式法。正月亥爲天倉，以其耕事，故用天倉也。盧植、蔡邕並云：郊天是陽，故用日。耕藉是陰，故用辰。皇氏云：正月建寅，日月會辰在亥，故耕用亥也。何焯引此證之曰：然則丁亥之誤，明矣。步瀛案：《南齊書·禮志》上曰：永明三年，有司奏：來年正月二十五日丁亥，可祀先農，即日輿駕親耕。宋元嘉、大明以來，並用立春後亥日，尚書令王儉以爲亥日籍田，《經》《記》無文，通下詳議。兼太學博士劉蔓議：盧植説禮通辰、日，日，甲至癸也。辰，子至亥也。郊天，陽也，故以日。藉田，陰也，故以辰。陰禮卑後，必居其末。亥者，辰之末，故《記》稱元辰，法曰吉亥。又据五行之説，木生於亥，以亥日祭先農，又其義也。太常丞何諲之議：鄭注云：元辰，蓋郊後吉亥也。亥，水辰也。凡在墾稼，咸存灑潤。五行説十二辰爲六合，寅與亥合，建寅月東耕，取月建與日辰合也。國子助教何佟之議：《少牢饋食禮》云：孝孫其來日丁亥，用薦歲事于皇祖伯某。注云：丁未必亥也，直舉一日以言之耳。禘太廟禮日用丁亥。若不丁亥，則用己亥、辛亥。苟有亥可也。鄭又云：必用丁巳者，取其令名，自丁寧自變改，皆爲謹敬，如此。丁亥自是祭祀之日，不專施於先農。漢文用此日耕藉，祀先農，故後王相承用之，非有別義。殿中郎顧暠之議：鄭玄稱先郊後吉辰，而不説必亥之由。盧植明子、亥爲辰，亦無常辰之證。漢世躬藉，肇發漢文。詔云：農，天下之本，其開藉田。斯乃草創之令，未覩親載之吉也。昭帝癸亥，耕于鉤盾弄田。明帝癸亥，耕下邳。章帝乙亥，耕定陶。又辛丑，耕懷。魏之烈祖實書辛未，不繫一辰，徵於兩代矣。是漢朝迭選，魏室所遷，酌舊用丑，實兼有據。參議奏用丁亥。詔可。據以上所列，自漢文以後，雖有用丑、用未者，而以丁亥爲多。朱珔曰：晉武帝泰始四年，正月丁亥，耕藉。後八年，正月癸亥，十年，正月辛亥，並爲亥日。宋、齊、梁俱遵用之。然則「丁未」爲「丁亥」之誤明甚。近秦氏蕙田《五禮通考》謂：元者，始也。故社用甲日，耕藉宜用子日。義雖通，而於古無徵矣。姜皋曰：《晉書·武帝紀》：泰始四年，六月甲申朔。由甲申上溯正月朔一百五十日，當是乙卯。除去各月小建，亦當是丙辰、丁巳或戊午也。朔是戊午，則月內不當有戊子；朔是丁巳，則正月內不得有丁亥。按《通鑑》目録，晉泰始三年十二月，己亥朔。四年二月，戊戌朔。四月，丁酉朔。六月，丙申朔。以此推之，正月朔非己巳卽戊辰，與《晉書·武帝紀》泰始四年正月辛未、丙戌、丁亥、戊子皆合，則正月應有丁亥矣。六月是丙申朔，不應作甲申。《晉書》紀日多譌，不獨此一處也。〇張銑曰：伊，維也。甸，郊野之稱也。案：伊，維也，見《爾雅・釋詁》。郭璞注曰：發語辭。《周禮・天官》序官甸師，鄭注曰：郊外曰甸。此銑注所本。朱珔曰：注不云「甸」與「田」同，疑正文本作「田」。《周語》：邦内甸服。注云：甸，王田也。《職方氏》甸服注云：甸，田也。治田入穀也。是甸與田義得通用。步瀛案：「甸」借爲「田」，義亦通。然李蓋取郊甸之義，故不破爲「田」字。朱蘭坡疑正文本作「田」，則非也。○《月令》曰：天子帥三公、九卿、諸侯、大夫，躬耕帝藉。故曰羣后也。○《東京賦》元誤作《西京》，今正。○《禮記》見《祭義》。案：袁、茶二本無此九字。

於是乃使甸帥清畿，野廬掃路。

【注】《周禮》曰：甸師掌帥其屬而耕耨王籍。鄭玄曰：師，猶長也。然師而爲帥者，避晉景帝諱也。《周禮》曰：野廬氏掌達國之道路也。

【疏】《初學記・禮部》下引「乃」作「迺」。○《晉書・潘岳傳》載此賦「帥」作「師」。○《周禮・甸師》見《天官》。○《晉書・景帝紀》曰：景皇帝諱師，字子元，宣帝長子也。武帝受禪，上尊號曰景皇帝。○《野廬氏》見《秋官》。鄭注曰：廬，賓客行道所舍。賈疏曰：知廬是賓客行道所舍者，見遺人云，十里有廬，三十里有宿，故知之也。

封人壝宮，掌舍設枑。

【注】《周禮》曰：封人掌設王之社壝，爲畿封而樹之。鄭玄曰：聚土曰封。壝，謂壇及堳埒也。《周禮》曰：掌舍掌王之會同之舍，設梐枑再重。杜子春讀爲梐枑。梐枑，行馬也。壝，以季切。枑，

音互。

【疏】《周禮・封人》見《地官》。賈疏曰：謂王之三社三稷之壇，及壇外四邊之壝，皆設置之。直言壝，不言壇，舉外以見内，内有壇可知也。孫詒讓疏曰：凡委土爲壇及卑垣之堳埒，通謂之壝。又天官掌舍爲壇壝宫。鄭注曰：謂王行止宿平地，築壇，又委壝土起堳埒以爲宫。焦循《羣經宫室圖》二曰：《説文》云：埒，卑垣也。蓋壝爲擁土之名，故壇埒均謂之壝。孫詒讓曰：《廣雅・釋丘》云：堳埒，厓也。築土高起爲壇，又於壇外四面委土爲卑垣，使有厓埒，即所謂宫也。○《周禮・掌舍》見《天官》。鄭注曰：故書「枑」爲「柜」。杜子春讀爲梐枑。梐枑謂行馬。孫疏曰：行馬，以木相連比交互爲之，故謂之梐枑。「枑」，字亦作「互」。《修廬氏》先鄭注云：互，謂行馬所以障互禁行人也，亦謂之閑。《虎賁氏》：舍則守王閑。注云：閑，梐枑。案：注設梐柜之「柜」，各本作「枑」。今依何氏、陳氏校改。○壝，以季切。尤本「季」作「委」。今依袁、茶二本。

青壇蔚其嶽立兮，翠幕黕以雲布。

【注】《國語》：虢文公曰：古者王命司空，除壇于藉。楊脩《許昌宫賦》曰：華殿炳而嶽立。鄭玄《周禮注》曰：帷覆上曰幕。魏文帝《愁霖賦》曰：玄雲黕其四塞。黕，黑貌也。《封禪書》曰：雲布霧散。黕，丁敢切。

【疏】《北堂書鈔・禮儀部》十二引「壇」作「氈」，誤。《晉書》「蔚」作「鬱」，《書鈔》、《初學》引「嶽」作「岳」，字同。《御覽・禮儀部》十六及《服用部》二引「黕」皆作「黮」。胡紹煐曰：「黕」，字亦作「黮」，本書《思玄賦》雲師黮以交集兮作「黮」。「黕」之别作「黮」，猶「訦」之别作「諶」也。《御覽》引作「黯」，不可從。○何曰：漢、晉皆耕於東郊，故曰青壇。胡紹煐曰：按《初學記》載陳江總《勞酒賦》：開青壇於迴甸，列翠幕於春圻。宋雍熙五年改元，赦制云：載涉青壇，肅平接神之禮。射惟黛耜，用恢教本之風。並本此。○《國語》見《周語》上。○楊脩《許昌宫賦》，《藝文類聚·居處部》一節引，未及此句。○《周禮》鄭注見《天官·幕人》。○《愁霖賦》，《藝文類聚·天部》下引「黕」作「黯」，蓋誤。案：《説文》曰：黕，滓垢也。滓垢卽黕點矣。又與「黮」通。「黮」字見《魏都賦》注。○《封禪書》卽《封禪文》，見本書卷四十八。

結崇基之靈址兮，啓四塗之廣阼。

【注】崇基，謂壇也。於壇四面而爲階也。《説文》曰：址，基也。又曰：阼，主階也。

【疏】尤本「址」作「阯」，《初學》引同，皆非。是袁、茶二本作「址」，不云善作「阯」，則本與五臣同也。《晉書》作「阯」。《説文》曰：阯，基也。重文作「址」。《御覽》作「祉」，亦誤。○兩引《説文》皆《𨸏部》。○路、枑、布、阼，魚部。

沃野墳腴，膏壤平砥。

【注】墳腴，平砥，已見上文。《史記》曰：京師膏壤，沃野千里。《毛詩》曰：周道如砥。

【疏】墳、膏見上文，謂見《魏都賦》墳衍斥斥及《蜀都賦》内函要於膏腴也。然此賦「墳」字當如《禹貢》厥黑墳之「墳」。《釋文》引韋昭音勃墳反，又引馬融曰：有膏肥也。平砥，謂見《魏都賦》長庭砥平也。

○《史記》見《貨殖傳》。○《毛詩》見《大東》。胡克家曰：袁本、茶陵本無此七字。

清洛濁渠，引流激水。

【注】《子虛賦》曰：激水推移。

【疏】張銑曰：引河、洛之水以灌田。

遐阡繩直，邇陌如矢。

【注】《史記》曰：秦孝公壞井田，開阡陌。《風俗通》曰：南北曰阡，東西曰陌。繩直，已見上文。《詩曰》其直如矢。

【疏】《史記·秦本紀》、《商君傳》皆無「壞井田」三字。○《風俗通》此二句今本佚。《史記·秦本紀》《索隱》、《意林》卷四、《太平御覽·居處部》二十三、《困學紀聞》卷十六引並同。《初學記·居處部》引曰「作爲」。《索隱》又引曰：河東以東西爲阡，南北爲陌。程瑶田《溝洫小記·阡陌考》曰：天下之川皆東流，故川横則澮縱，洫又横，溝又縱，遂又横。遂横者，其畛必縱。而畝陳於東，是故東畝者，天下之大勢也。遂上有徑，當百畝之閒，故謂之陌。其徑東西行，故曰東西曰陌也。遂上之徑東西行，則溝上之畛必南北行。畛千畝之閒，故謂之阡，而曰南北曰阡也。此阡、陌之通義。以其義出於東畝。蓋東畝者，天下之大勢也。然有東畝者，亦有南畝者。天下之川，大勢雖皆東流，而河東之川獨南流。河爲川之最大者，而或南流，則其畝必南陳而爲南畝矣。南畝畛横，則遂縱，徑亦縱而爲南北行，豈不南北爲陌乎？溝横，畛亦横而爲東西行，豈不東西爲阡乎？由是洫又縱，澮又横，而川則縱而南流矣。河東之川，天下之大川也。而獨南流，故特舉之以爲東西爲阡，南北爲陌之例。物土之宜以爲阡陌，必具二義。○繩直，已見《魏都賦》。○《詩》見《大東》。○以上言將舉藉田之禮，先於其地築壇治道。

繱犗服于縹軛兮，紺轅綴於黛耜。

【注】繱犗，帝耕之牛也。《説文》曰：繱，帛青色。音葱。犗牛，已見《吴都賦》。又曰：縹，帛青白色。轅軛，犂轅軛也。鄭玄《周禮注》曰：轅端壓牛領曰軛。於革切。《説文》曰：紺，染青而揚赤色也。鄭玄《禮記注》曰：耜耒之金。

【疏】五臣「繱」作「葱」，《晉書》及《書鈔》、《類聚》並作「葱」。《書鈔》「犗」作「轄」，「綴」作「輟」，皆非。「服」作「伏」，字通。○《晉書·輿服志》曰：耕根車，駕四馬，建赤旗，十有二旒，天子親耕所乘者也。一名芝車，一名三蓋車。置耒耜於軾上。朱珔、梁章鉅皆引此以證，是也。又《晉書·禮志》上曰：武帝泰始四年，下河南，處田地於東郊之南，洛水之北。於是乘輿，御木輅以耕。朱珔謂耕根車即木輅，是也。又，《隋書·禮儀志》五曰：耕根車，案沈約云，親幸耕籍御之。三蓋車，一名芝車，又名耕根車。置耒耜於軾上。即潘岳所謂紺轅屬於黛耜者也。又曰：今耕根車以青爲質，三重施蓋，羽葆雕裝。其軾平，以青囊盛耒而加於上。籍千畝，行三推禮，則親乘焉。桂馥《札樸》卷三及梁章鉅皆引之。互見《東京賦》注。○《説文》見《糸部》，當書作「繱」。段曰：《爾雅》青謂之蔥，「蔥」即「繱」也。謂其色蔥蔥淺青也。○帝耕之牛，吴先生曰：「耕」當爲「耤」之誤。○次引《説文》亦見《糸部》。段改青白爲白青，謂此金剋木之色，所剋當在下也。殊嫌傅會。○《考工記·車人》：鬲長六尺。注引鄭司農曰：鬲，謂轅端壓牛領者。《後漢書·列女·皇甫規妻傳》李賢注引「鬲」作「軛」。鄭衆曰：謂轅端壓牛領者。此徑作後鄭，似誤。餘見《西京賦》聯槅疏。○《説文·糸部》曰：紺，帛深青揚赤色也。段注依本賦注補「而」字，謂「揚」當作「陽」，猶言表也。步瀛案：本書《鸚鵡賦》注引脱「色」字，《七命》注引脱「揚」字而作「深青」，則同。玄應《一切經音義》卷十四引亦同。惟《音義》卷六引作「染」，與此注合。疑當時《説文》或有作「染」者。《漢書·王莽傳》下注引服虔曰：紺，深青而揚赤色也。則「深」字是。○《禮記》鄭注見《月令》。當作「耜者耒之金也」，語意方完足。

儼儲駕於廛左兮，俟萬乘之躬履。

【注】駕牛儼然在，於廛左，以待天子躬親履之，耕以儲畜，故曰儲駕也。《説文》曰：儼，好貌也。晉灼《漢書注》曰：廛，一百畝也。然古耕以耒，而今以牛者，蓋晉時創制，不沿於古也。

【疏】吴先生曰：「儼」、「嚴」同字。步瀛案：《楚辭·九思·逢尤》曰：嚴載駕兮出戲游。曹子建《雜詩》曰：僕夫早嚴駕。皆以「嚴」爲之。張平子《思玄賦》曰：僕夫儼其正策兮。舊注曰：「儼」，敬也。王子安《秋日登洪府滕王閣餞行序》曰：儼驂騑於上路。《秦策》一：秦王曰：先生儼然，不遠千里而庭教之。高誘注曰：儼然，矜莊貌。朱珔曰：《説文》：儲，偫也。此與《東京賦》儲乎廣庭同義。注云：儼然在於廛左，以待天子躬親履之。意已顯。下乃又云，耕以儲蓄，故曰儲駕，非也。○《説文·人部》曰：儼，昂頭也。一曰，好皃。案：此「儼」字當從《説文》本義。段曰：昂，當本作「卬」。卬者，望欲有所庶及也。《詩・陳風》：碩大且儼。傳曰：儼，矜莊皃。《曲禮》注同。案：此取一說，似未合。○《周禮・地官》序官廛人，鄭注曰：廛，民居區域之稱。《遂人》注曰：廛，城邑之居。《載師》注曰：廛，民居之區域也。吕向曰：儲於廛左，以向春郊也。李注引晉灼《漢書注》似未合。各本《漢書》下脱「注」字，今依陳氏校增。○孫志祖曰：《周禮》疏謂周時未有牛耕，至漢趙過始教民牛耕。《困學紀聞》曰：考《山海經》，后稷之孫叔均，始作牛耕。周益公云：孔子有犁牛之言，冉耕亦字伯牛。《賈誼書》、《新序》載鄒穆公曰：百姓飽牛而耕。《月令》：季冬出土牛，示農耕早晚。何待趙過？過特教人耦犁，費省而功倍耳。據此，則牛耕非晉時創制甚明。案：《周禮》賈疏見《地官・里宰》。《困學紀聞》見卷四，《山海經》見《海内經》，周益公云云，見《平園續稾》卷十四《曾氏農器譜題辭》，《賈誼書》見《春秋篇》，《新序》見《刺奢篇》。梁章鉅、胡紹煐說並同。朱珔曰：案牛耕始於后稷孫叔均，見《海内經》。即如《周禮》疏謂漢趙過始教民牛耕，亦非晉創。《說文・耒部》：耕，犂也。《牛部》：犂，耕也。兩字互訓，則耕之用牛，造此字時已有之。又《木部》樿云：六叉犂，一曰犂上曲木犂轅。《金部》鈐云：鈐，鏅大犂也。一曰類枱。許氏漢人，説牛耕之具甚詳，蓋相傳已古矣。古既有牛耕，原爲力省。若耕藉田必專用人力，是賤者力省，貴者力轉勤，無是理也。《月令》天子親載耒耜，《祭義》天子諸侯躬秉耒，似耒、耜專爲人用，然犂正耒耜之屬。《莊子・胠篋篇》《釋文》引李注云：耒，犂也。是言耒而犂已該，不言駕牛者，文不具耳。此賦上文云葱犗服於縹軛，謂駕牛紺轅，綴於黛耜，即所謂親載耒耜也。並言之方備。李氏殆因前事無徵，而賦藉田自此始，遂望文生義，爲晉創，非也。○砥、水、矢履，脂部。粗，之部。丁履恆謂比類通合。○四句言駕牛以俟。

百僚先置，位以職分。

【注】百僚，已見上文。《羽獵賦》曰：先置乎白楊之南。《漢書》曰：六卿各有徒屬職分也。

【疏】《晉書》「僚」作「寮」。《初學》引同。○上文謂《西都賦》及《東都賦》。○《羽獵賦》見本書卷八。○《漢書》見《百官公卿表》上。

自上下下，具惟命臣。

【注】《周易》曰：自上下下，其道大光。《東京賦》曰：具惟帝臣。鄭玄《儀禮注》曰：命者，加爵服之名。

【疏】《周易》見《益·象傳》。○《東京賦》各本「東」誤作「西」，今校改。○《儀禮》鄭注見《喪服》。

襲春服之萋萋兮，接游車之轔轔。

【注】司馬彪《上林賦注》曰：襲，服也。《禮記》曰：孟春，衣青衣，春服。已見《魏都賦》。薛君《韓詩章句》曰：萋萋，盛也。文穎《漢書注》曰：天子出游，車九乘。《毛詩》曰：有車轔轔。

【疏】《上林賦》司馬注，當是釋「雜襲絫輯」句，本書彼注未引。○《禮記》見《月令》。○《詩·葛覃》毛傳曰：萋萋，茂盛貌。與《韓詩章句》義同。○《漢書》文穎注，《司馬相如傳》顏注引同。○《毛詩》，今《車鄰》作「鄰鄰」，毛傳曰：衆車聲。《釋文》曰：「鄰」又作「轔」。朱珔曰：《説文》轔字在《新附》中。鈕氏樹玉謂：《五經文字注》云：《詩》本亦作「鄰」，是「轔」古通作「鄰」也。吕錦文曰：王元長《三月三日曲水詩序》注所引亦同。《東京賦》：隱隱轔轔。注：車聲也。《九歌》：乘龍兮轔轔。王逸注：轔轔，車聲。《詩》云：有車轔轔也。

微風生於輕幰兮，纖埃起於朱輪。

【注】幰，車幰也。《釋名》曰：車幰，所以御熱也。朱輪，見《吴都賦》。

【疏】尤本此下六句上三句皆無「兮」字，袁、茶二本皆有，與《晉書》同，亦無校語。蓋善本亦有之。今據增。《初學》引「起於」作「起乎」。《説文》曰：埃，塵也。○《釋名·釋車》今本「幰」下有「憲也」二字，脱「所以」二字。《晉書音義》中引作「幰，幔也，所以禦熱也」。

森奉璋以階列兮，望皇軒而肅震。

【注】森，盛貌也。《毛詩》曰：奉璋峨峨，髦士攸宜。階爵之次也。《爾雅》曰：震，懼也。

【疏】《説文》曰：森，木多貌。故引伸爲衆盛之貌。○《毛詩》見《棫樸》，傳曰：半圭曰璋。案：祭祀之禮，王祼，以圭瓚，諸臣助之亞祼，以璋瓚。此蓋備行祭先農之禮，故奉璋以從也。○《説文》曰：階，陛也。陛有等級，故借以喻爵位之次也。○《爾雅》見《釋詁》。案：震，音真。

若湛露之晞朝陽兮，似衆星之拱北辰也。

【注】《毛詩》曰：湛湛露斯，匪陽不晞。毛萇曰：晞，乾也。言露見日而乾，以喻諸侯承命而施敬也。《論語》：子曰：爲政以德，譬如北辰，居其所而衆星共之。

【疏】袁、茶二本無「似」字。《晉書》亦無。《初學》引作「若」。○《毛詩》及傳見《湛露》。○《論語》見《爲政篇》。《集解》引包注曰：德者無爲，譬猶北辰之不移而衆星共之也。《釋文》曰：「共」，鄭作

「拱」。此賦蓋從鄭義也。皇疏本包注作鄭注，而疏解爲共尊之，又不作「拱」字解，疑非是。○分、輪、震、辰，諄部。臣、轔，真部。通韻。○以上言羣臣列位以俟。○自甸帥清路至此，皆言將行耕藉之先，供張及設備。

於是前驅魚麗，屬車鱗萃。

【注】《周禮》曰：王出入，則自左馭而前驅。鄭玄曰：前驅，如今導引也。魚麗，已見《東京賦》。屬車，已見《西京賦》。《子虛賦》曰：珍怪鳥獸，萬端鱗萃。

【疏】《藝文》引「鱗」作「轔」。○《周禮》見《夏官・太僕》，注「導」作「道」，字通。○《子虛賦》，本書「萃」作「崪」，五臣本作「萃」。○《西京賦》謂屬車之簉句，然實已見《東都賦》。茶陵本引《東京賦》屬車九九，又在後矣。

閶闔洞啓，參塗方駟。

【注】《洛陽宮舍記》曰：洛陽有閶闔門。《西京賦》曰：旁開三門，參塗夷庭。《羽獵賦》曰：方馳千駟。

【疏】《御覽・居處部》十一引《漢宮殿名》及《洛陽故宮名》皆曰洛陽有閶闔門，與《洛陽宮舍記》同。《水經・穀水注》曰：陽渠水南暨閶闔門，漢之上西門者也。案：據此，則洛陽西城之北頭曰閶闔門。《穀水注》又曰：渠水枝流又南流，東轉逕閶闔門南。案：禮，王有五門，謂皋門，庫門，雉門，應門，路門。魏明帝上法太極于洛陽南宮，起太極殿于漢崇德殿之故處，改雉門爲閶闔門。案：此乃宮城正南門，與漢之上西門非一處。又曰：今閶闔門外，夾建巨闕，以應天宿。案：晉藉田在東郊之南，則此賦之閶闔，當爲宮城之正門矣。○「方馳」，尤本「馳」誤作「駕」，今依袁、茶二本。

常伯陪乘，太僕秉轡。

【注】《尚書》曰：左右常伯。應劭《漢官儀》曰：侍中，周成王常伯任侍中。殿下稱制，出卽陪乘。鄭玄《周禮注》曰：陪乘，參乘也。《漢舊儀》曰：漢乘輿大駕儀，公卿奉引，太僕御也。

【疏】《晉書》「秉」作「執」。注曰：一作「秉」。○《尚書》見《立政》。○應劭《漢官儀》，「劭」下各本有「曰」字，誤衍。今依陳氏校删。○《漢書·百官公卿表》上曰：侍中、中常侍皆加官，無定員，多至數十人，得入禁中。注：應劭曰：入侍天子，故曰侍中。《古文苑》卷十六胡廣《侍中箴》曰：亦惟先正，克愼左右。常伯常任，實爲政首。《晉書·職官志》曰：侍中，於周爲常伯之職。魏、晉以來置四人，別加官者，則非數。掌儐贊威儀。大駕出，則次直侍中護駕，正直侍中負璽，陪乘，不帶劍，餘皆騎從。○《周禮》鄭注見《夏官·齊右》。《禮記·月令》曰：天子親載耒耜，措之于參保介之御閒。鄭注曰：保介，車右也。人君之車，必使勇士衣甲居右而參乘。又《周禮·夏官》序官戎右，鄭注曰：右者，參乘。賈疏曰：若在軍爲元帥，則將居鼓下。將在中，御者在左。若凡平兵車，則射者在左，御者居中。若在國，則尊者在左，御者亦中央。其右是勇力之士，執干戈常在右，故曰右者參乘也。○《漢舊儀》，袁本作《漢官儀》，茶陵本作《漢書儀》，皆非。《北堂書鈔·儀飾部》上引同。今本亦誤作《漢書儀》。《晉書·職官志》曰：太僕，統典農、典虞都尉，典虞丞，左右中典牧都尉，車府典牧，乘黃廄、驊騮廄、龍馬廄等令。

后妃獻穜稑之種，司農撰播殖之器。

【注】《周禮》曰：上春，詔王后帥六宮之人，而生穜稑之種，而獻于王。鄭司農曰：先種後熟謂之穜，後種先熟謂之稑。《漢書》曰：大農令，武帝更名大司農。孔安國《論語注》曰：撰，具也。《史記》曰：后稷播植百穀。孔安國《尚書傳》曰：播，布也。《蒼頡篇》曰：殖，種也。

【疏】《類聚》、《初學》引「殖」作「植」。○《周禮》見《天官・内宰》。先鄭注「謂之稑」下曰：王當以耕種于藉田。《釋文》曰：穜，直龍反。稑，音六。本又作「穋」，同。種，章勇反。○《漢書》見《百官公卿表》上。《晉書・職官志》曰：大司農，統太倉、籍田、導官三令，襄國都水長，東西南北部護漕掾。○《論語注・先進篇》，《集解》引之。○《史記》見《五帝本紀》、《周本紀》，「植」並作「時」。袁、茶二本作「殖」。○《書》僞孔傳見《舜典》。○《蒼頡篇》，本書《景福殿賦》注、《閑居賦》注引並同。

挈壺掌升降之節，宮正設門閭之蹕。

【注】《周禮》有挈壺氏。《周禮》曰：宮正，凡邦之事，蹕宮中。鄭玄曰：正，長也。宮中之長也。鄭司農曰：蹕，謂止行者，清道，若今時警蹕。

【疏】《周禮・夏官》序官，鄭注曰：挈讀如絜髪之「絜」。壺，盛水器也。世主挈壺水以爲漏。《釋文》曰：挈，劉，苦結反。一音結。又，户結反。○《周禮・宮正》見《天官》。鄭注見《天官・序官》，本職下引鄭司農云：國有事，王當出，則宮正主禁絶行者。若今時衛士填街蹕也。李注引鄭司農，乃《夏官・隸僕》注。

天子乃御玉輦，蔭華蓋。

【注】臧榮緒《晉書》曰：大駕鹵簿，有大輦華蓋中道。玉輦，大輦也。華蓋，已見《西京賦》。

【疏】張雲璈曰：《晉書》明言御木輅，則賦中御玉輦，蔭華蓋，及金根、龍驥諸語，皆賦家鋪張之辭，非實録也。○唐脩《晉書·輿服志》中朝大駕鹵簿，亦有華蓋，中道，大輦，中道，蓋與臧書同。又曰：玉路最尊，建太常十有二旒，九軌委地，畫日月升龍，以祀天。此耕藉不必須玉路，賦特盛言天子車駕耳。

衝牙鏘鎗，綃紈綷縩。

【注】《禮記》曰：凡帶必有佩玉，佩玉有衝牙。鄭玄曰：衝牙，居中央，以前後觸也。鏘鎗，玉聲也。鏘，叉耕切。鎗，叉行切。鄭玄《禮記注》曰：綃，綺屬也。許慎《淮南子注》曰：紈，素也。《漢書》班婕妤賦曰：紛綷縩兮紈素聲。綃，思樵切。紈，音丸。綷，七悴切。縩，七大切。

【疏】「鏘鎗」當作「琤瑲」。琤、瑲，《説文》皆訓爲玉聲。鏘，云：金聲也。鎗，云：鐘聲也。字本不同，此特通假用之耳。○《禮記》見《玉藻》。各本「必有佩玉」脱「玉」字，今補。袁、茶二本無「鄭玄曰：衝牙」五字，亦非也。鄭注雖無「衝牙」二字，然實爲此二字作注，故再出亦可。「鄭玄曰」三字，則不可去。去則經與注無別矣。孔疏曰：凡佩玉，必上繫於衡，下垂三道，穿以蠙珠。下端前後以縣於璜中央，下端縣以衝牙，動則衝牙前後觸璜而爲聲。所觸之玉，其形似牙，故曰衝牙。○袁、茶二本無「鎗，叉行切」四字。○《禮記》鄭注見《玉藻》。《淮南子》許注見《齊俗篇》，高注篇下皆有「因以題篇」

字，《齊俗篇》下云「故曰齊俗」，故知爲許注也。○《漢書》班婕妤賦見《外戚傳》下，乃班倢伃《自傷悼賦》。孫志祖曰：《上林賦》曰：翕呷萃蔡。「綷縩」與「萃蔡」同。步瀛案：此見《子虚賦》，孫引誤。注引張揖曰：萃蔡，衣聲也。詳見彼賦。

金根照耀以炯晃兮，龍驥騰驤而沛艾。

【注】司馬彪《續漢書》曰：漢承秦制，御爲乘輿，金根安車，五采文畫輈。《西京賦》曰：乃奮翅而騰驤。龍驥、沛艾，已見上文。

【疏】《御覽·車部》三引宋刊本「炯」作「炯」，即炯字。鮑刻本作「灼」，誤。○《續漢書》見《輿服志》上。「五采文」作「櫖文」。説者謂「櫖」、「虡」字同。《後漢書·董卓傳》李賢注引《漢書音義》曰：虡，鹿頭龍身，神獸也。櫖文，蓋畫鹿頭龍文也。龍文五采，故李氏以五采文説之耳。○上文謂《東京賦》齊龍驤之沛艾。

表朱玄於離坎，飛青縞於震兑。中黄暈以發揮，方綵紛其繁會。

【注】謂鹵簿之儀，車騎旌旗，各依方色。表，猶標也。《周易》曰：離，南方之卦也。坎者，正北方之卦也。震者，東方。兑，正西，秋也。《周禮》曰：東方謂之青，南方謂之赤，西方謂之白，北方謂之黑。毛萇《詩傳》曰：縞，白色也。縞，古老切。《周禮》曰：地謂之黄。臧榮緒《晉書》：鹵簿曰青立車、青安車、赤立車、赤安車、黄立車、黄安車、白立車、白安車、黑立車、黑安車，合十乘，並駕駟。建旗十二，如車色。

【疏】五臣「離」作「离」。《晉書》「坎」下有「兮」字。《類聚》引「縞」作「鎬」，誤。五臣「揮」作「暉」，《晉書》作「輝」，下皆有「兮」字。○《易·乾·文言傳》曰：六爻發揮。《釋文》曰：王肅云：散也。本亦作「輝」，義取光輝。《説卦》傳曰：發揮於剛柔而生爻。《釋文》引鄭曰：揚也。朱珔曰：此處發揮蓋卽旌旆飛揚之義。上「暐」字已是光貌，不必更作「輝」矣。似從「揮」字較勝。梁章鉅曰：發揮與繁會爲偶對，作「揮」者近之。○《楚辭·九歌·東皇太一》曰：五音紛兮繁會。王逸注曰：紛，盛也。繁，衆也。○「標」，猶「幖」也，字通。《説文》曰：幖，識也。今以「標」或「表」爲之。尤本作「摽」，誤。○《周易》見《説卦傳》。○《周禮》及下引皆見《攷工記》。○《毛詩傳》見《出其東門》。○唐脩《晉書·輿服志》與臧書鹵簿同。

五路鳴鑾，九旗揚旆。

【注】《周禮》曰：王之五路：一曰玉路，二曰金路，三曰象路，四曰革路，五曰木路。又曰：掌九旗之物名，日月爲常，蛟龍爲旂，通帛爲旜，雜帛爲物，熊虎爲旗，鳥隼爲旟，龜蛇爲旐，全羽爲旞，析羽爲旌。

【疏】尤本「路」作「輅」。胡克家曰：「輅」當作「路」，各本善注中字皆作「路」。袁本所載向注則作「輅」，蓋善「路」五臣「輅」而亂之也。《晉書》正作「路」。步瀛案：《書鈔·儀飾部》上引「路」作「輅」，「鳴鑾」作「和鸞」，「旗」作「旒」。○鳴鑾，已見《西都賦》。○《説文》曰：旆，繼旐之帛也。互見《東京賦》。○《周禮》見《春官·典路》及《夏官·司常》。

瓊鈒入蘂，雲罕晻藹。

【注】臧榮緒《晉書》曰：雲罕車，駕駟，戟車載。「闟」與「鈒」音義同也。《蒼頡篇》曰：蘂，聚也。《楚辭》曰：揚雲霓之晻藹。鈒，音吸。晻，音烏感切。

【疏】許巽行曰：宋本「入」作「八」。步瀛案：袁、茶二本「蘂」作「藥」，與《晉書》同。呂向曰：入蘂，鋋飾也。疑五臣本作「八」，《晉書》作「入」。李善但注「蘂」字，疑「入」字與《晉書》同。「蘂」當依《說文》作「橤」，「蘂」字同。〇「戟車載」，袁、尤本同。茶陵本作「闟載」。胡克家曰：當作「闟戟車載」，「戟」，各本皆脱，誤。《晉書·輿服志》云：闟戟車，長戟邪偃向後，是其義。「闟」、「闟」亦同字。胡紹煐曰：《史記·商君傳》：持矛而操闟戟者。《索隱》「闟」亦作「鈒」，同。《晉書·輿服志》作「闟」，《續漢書·輿服志》劉昭注引薛綜注曰：闟之言函也，取四戟函車邊。《說文》「鈒」同「闟」，鈒、闟並所及切。步瀛案：先胡氏以唐脩《晉書·輿服志》之闟戟車改臧書之戟車，未知確否。《續漢書·輿服志》上曰：獵車，一曰闟豬車，親校獵乘之。原注曰：魏文帝改爲闟虎車。《晉書·輿服志》曰：獵車，一名闟戟車，一名蹋豬車，文帝改爲蹋獸車。唐避虎曰獸也。「闟」即《說文》「闟」字，故亦通作「蹋」。是闟戟車本獵車，而大駕鹵簿亦列之耳。如後胡氏之說，「鈒」同「闟」，訓爲函，則鈒爲動字，與「瓊」字何能相連？若以一「鈒」字即可代闟戟車，恐古人文字亦不如此之太簡。而李氏注《東京賦》闟戟，亦不取薛綜之說，而自訓闟爲鋋。呂向曰：瓊鈒，以玉飾鋋也。朱珔曰：《說文》：鈒，鋋也。鋋，小矛也。《廣韵》鈒，戟也。《集韵》「鈒」或作「闟」。《史記·商君傳》《索隱》曰：「闟」，亦作「鈒」。蓋鈒从及，闟从翕，音相近，故《楚辭·九章》：吸湛露之浮涼，與《甘泉賦》：噏青雲之流瑕，字異而義同也。○藂訓爲聚，入、藂雙聲聯語，蓋形容戟車載闟之狀。《左傳・哀十三年》：佩玉藂兮。杜注曰：藂然服飾備也。可與此相證。○《楚辭》見《離騷》。王逸注曰：晻藹，猶蓊鬱蔭貌也。朱珔曰：注以雲霓證雲罕，似謂旌旗，與上所引雲罕車異義。步瀛案：以畢罕載之車，謂之雲罕。如《上林賦》載雲罕，《羽獵賦》罕車飛揚是也。以旌旗建之車，亦謂之雲罕。《東京賦》雲罕九斿，及此雲罕晻藹是也。已見《東京賦》。

簫管嘲哳以啾嘈兮，鼓鞞硡隱以砰磕。

【注】簫管，已見上文。《楚辭》曰：鵾雞嘲哳而悲鳴。《蒼頡篇》曰：啾，衆聲也。嘈，已見上文。《周禮》曰：鍾師掌鼙。鄭玄曰：擊鼙以和樂。《字林》曰：鼙，小鼓也。「鞞」與「鼙」同。步迷切。「硡」與「訇」音義同。火宏切。字書曰：砰，大聲也。《字指》曰：磕，大聲也。砰，披萌切。磕，苦蓋切。

【疏】《晉書》「鞞」作「鼙」，「隱」作「磤」。○上文指《東都賦》布絲竹注。案：此當引《周頌・有瞽》：簫管備舉。○《楚辭》見《九辯》。「嘲哳」作「啁哳」。洪興祖《補注》曰：啁哳，聲繁細貌。「啁」、「嘲」字同。慧琳《一切經音義》二十八引《楚辭》作「嘲哳」，又九十九引顧野王曰：嘲哳，大鳥鳴也。○嘈，已見《東京賦》注。○《周禮・鍾師》見《春官》，各本「鼙」作「鞞」，疑與下《字林》互誤。今依《周禮》校改。○《字林》，本書潘安仁《爲賈謐作贈陸機》注、丘希範《旦發漁浦潭》詩注引「鼙」皆作「鞞」，疑《字林》作「鞞」，故下云「鞞」與「鼙」同，謂《字林》之「鞞」與《周禮》之「鼙」字同也。此疑與上二「鼙」字互誤。然《說文》曰：鞞，刀室也。《字林》「鞞」字不宜用假借之義，豈彼二注就正文而改邪？○「硡」與「訇」

音義同。案：駢訇，已見《西京賦》。○原本《玉篇・石部》引字書：砰，大聲。與此注同。○《字指》已見《甘泉賦》引。

筍簴嶷以軒翥兮，洪鍾越乎區外。

【注】筍簴、軒翥，已見《西京賦》。天子之行，擊左右鍾，已見《西都賦》。

【疏】嶷，蓋狀筍簴之高而軒翥。《史記・五帝本紀》：其德嶷嶷。《索隱》曰：嶷嶷，德高也。越乎區域之外，言鍾聲之大也。○綷、艾、兑、會、旆、藹、礚、外，祭部。

震震闐闐，塵鶩連天，以幸乎藉田。

【注】震震，盛也。郭璞《爾雅注》曰：闐闐，羣行聲也。《東觀漢記》曰：王邑旗幟蔽野，埃塵連天。「鶩」或爲「霧」，非也。

【疏】尤本「闐闐」作「填填」。胡克家曰：「填填」當作「闐闐」，各本善注中字皆作「闐」，袁、茶陵二本所載良注則作「填」，蓋善「闐」五臣「填」而亂之也。《晉書》作「填」，與五臣所據同。梁章鉅、胡紹煐説並同。今從之。《藝文》、《初學》引並作「填填」。《晉書》「鶩」作「霧」。○《爾雅》郭注見《釋訓》。○《東觀漢記》埃塵連天，《御覽・皇王部》十五引作「塵標連雲」，今聚珍本《東觀漢記・世祖光武帝紀》同。

蟬冕頌以灼灼兮，碧色肅其千千。

【注】蟬冕，已見《魏都賦》。千千，碧皃。

【疏】胡克家曰：袁本、茶陵本作「芊芊」。案：尤本是也。《高唐賦》：肅何千千。安仁用其語。袁、茶陵作「芊芊」者，五臣字如此，所載向注可考。彼賦善「千」，五臣「芊」，正有明文。《晉書》作「芊」，與五臣所據同。又，二本皆脱去善此節注，亦非。梁章鉅曰：《晉書》亦作「芊芊」。注云：一作「阡阡」。步瀛案：《藝文》、《初學》引並作「芊芊」。胡紹煐曰：《説文》：芊芊，艸盛也。似正字作「芊」。然谸下云：望山谷谸谸青也。又作「谸」。《列子・力命》：鬱鬱芊芊。《廣雅》：芊芊，茂也。作「芊」。又作「仟」，本書潘岳《懷縣詩》：稻栽肅仟仟。謝朓《游東田詩》：遠樹曖仟仟。五臣本作「阡阡」，並同音之假。○《爾雅・釋詁》曰：顯，光也。《廣雅・釋訓》曰：灼灼，明也。○金甡曰：《禮記》曰：諸侯冕而青紘。又，春服尚青。此指侍耕諸臣冠服而言。案：《禮記》見《祭義》。吕向曰：碧，玉也。謂羣臣珥蟬執玉者衆也。灼灼、芊芊，蟬玉之色也。步瀛案：蟬以金爲之，不必青色。執玉之説，或因見上文有奉璋之文。然灌鬯所用，不必羣臣皆執之。若耕藉田，則不聞執玉矣。向説非。

似夜光之剖荆璞兮，若茂松之依山巔也。

【疏】《類聚》引「茂松」作「松柏」。《晉書》注曰：「依」，一作「倚」。○夜光，見《西都賦》。此云荆璞，則指璧言也。《韓非子・和氏篇》曰：楚人和氏，得玉璞楚山中。吕向曰：似夜光之璧出於璞，繁茂之松依於山。言光彩茂盛也。○田、千、巔，真部。○以上駕至藉田。

於是我皇乃降靈壇，撫御耦。

【注】降，謂臨幸也。應劭《漢官儀》曰：天子東耕之日，天子升壇，壇空無祭。天子耕於壇，舉耒三推

而已。《論語》曰：長沮桀溺耦而耕。鄭玄曰：耜廣五寸，二耜爲耦。王逸《楚辭注》曰：撫，持也。

【疏】《書鈔》、《類聚》、《初學》、《御覽》引《漢官儀》與此不同。蓋各自節引，故異耳。「壇空」，尤本、茶陵本皆作「上空」，今依袁本。孫星衍輯《漢官儀》，「祭」作「際」，未知何據。○《論語》見《微子篇》。《正義》引鄭注同。○王逸《楚辭注》見《九歌·東皇太一》。

忙皮反。

坻場染屨，洪縻在手。

【注】《方言》曰：坻，場也。蚍蜉、犂鼠之場，謂之坻場，浮壤之名也。音傷。《説文》曰：縻，牛轡也。

【疏】五臣「坻」作「游」，《晉書》同。《初學》引作「遊」。○《方言》卷六「坻」下有「沮」字，「犂」作「𪏰」。戴震《疏證》曰：「𪏰」，古「犂」字。盧文弨校本從《説文》改作「𪏰」，曰：「𪏰」與「犂」同。錢繹《箋疏》本亦作「𪏰」。郭注曰：𪏰鼠，蚡鼠也。盧曰：蚡鼠，即鼢鼠。又《方言》十一曰：蚍蜉其場謂之坻，或謂之垤。郭注曰：亦名冢也。○浮壤之名也，此李氏解坻場之義。許巽行曰：《穀梁傳》：吐者外壤，食者内壤。疏云：齊、魯之閒，謂鑿地出土、鼠作穴出土皆曰壤，音傷。《方言》之「場」，音與義並同。案：見《隱公三年》。錢繹《方言箋疏》説同。○《説文》見《糸部》。李周翰曰：言天子游步於壤，屨染於土，以執洪縻也。

三推而舍，庶人終畝。

【注】三推，已見上文。《國語》：虢文公曰：王耕一墢，班三之，庶人終于千畝。韋昭曰：一墢，一耜之

墢也。班，次也。三之，下各三其上。王一，公三，卿九，大夫二十七，庶人盡耕也。既云以牛，而又言推者，蓋沿古成文，不可以文而害實也。墢，扶發切。然《國語》與《禮記》不同，而潘雜用之。

【疏】上文謂《東京賦》。○《國語》見《周語》上。姚本「一墢，一耜之墢也」作「王耕一墢，一耦之發也」，在「班，次也」之下。宋庠本與此同。汪遠孫《國語發正》謂宋本是。又，韋注「王一」下，姚、宋本皆有「墢」字。○朱珔曰：《月令》《釋文》推，謂伐也，蓋伐土也。牛耕雖借物力，而人於後扶犂以發土，獨不可謂之推乎？注亦泥。○陳祥道《禮書》卷二十九曰：王必三推，卽所謂一墢也。三公五推，卿、諸侯九推，卽所謂班三之也。王以一人而發其土，三公三人，卿九人，大夫二十七人繼之，則《月令》所言者，推數也，《國語》所言者，人數也。庶人終于千畝，甸師所帥之徒也。張雲璈曰：《國語》、《禮記》未嘗不同，又何嫌雜用哉！

貴賤以班，或五或九。

【注】《禮記》曰：帝藉，三公五推，卿、諸侯九推。

【疏】《禮記》見《月令》。王引之《經義述聞》卷十四曰：「三公五推」，本作「公五推」。凡《月令》言三公者，皆與九卿對文。上文天子親帥三公、九卿、諸侯、大夫是也。其言公者，則與卿對文。上文賞公、卿、諸侯、大夫於朝是也。賞公、卿、諸侯、大夫，不言三公、九卿者，蒙上而省也。此文公五推，卿、諸侯九推，不言三公、九卿，亦蒙上而省。今作「三公五推」，卽涉上文而誤也。陳祥道《禮書》引作「三公五推」，則所見本已誤。《正義》內兩舉經文皆無「三」字，《唐月令》亦無。又，《周頌·載芟》《正義》、《穀梁傳》桓十四年疏、《北堂書鈔·設官部》二、《禮儀部》十二、鈔本《北堂書鈔·設官》《禮儀》二部引《月令》皆無「三」字。陳禹謨本《設官部》亦無「三」字，《禮儀部》則據誤本《月令》加入矣。《初學記·禮部》下、《白帖·藉田類》、《太平御覽·禮儀部》十六、《資産部》二引此皆無「三」字。惟《藝文類聚·禮部》中、《文選·藉田賦》注引此有「三」字。又，《呂氏春秋·孟春篇》、《周官·甸師》注亦有「三」字，皆後人據誤本《月令》加之也。《續漢書·禮儀志》注引《甸師》注無「三」字。○耦，侯部。手、九，幽部。畝，之部。通轉爲韵。唐韵耦、手、九，入有韵，畝入厚韵。今並入有韵。

于斯時也，居靡都鄙，民無華裔。

【注】都，謂京邑也。杜預《左傳注》：鄙，邊邑也。《左傳》：孔子曰：裔不謀夏，夷不亂華。王肅《家語》注曰：裔，邊裔也。

【疏】胡克家曰：注「都，謂京邑也」至「邑也」，袁本、茶陵本無此十三字。案：杜預《左傳注》見《莊二十六年》。尤本「鄙」下奪「邊」字，今補。○次引《左傳》見定十年。○《家語》注見《相魯篇》。

長幼雜遝以交集，士女頒斌而咸戾。

【注】雜遝，衆多貌也。頒斌，相雜之貌也。《爾雅》曰：戾，至也。

【疏】雜遝，本書《洞簫賦》注與此同。《洛神賦》注曰：衆貌。○頒斌，疊韵聯語。「頒」當爲「辬」之通借字。《説文》曰：辬，駁文也。字亦作「斑」。斑、斌，雙聲。《説文》曰：份，文質僃也。重文作「彬」，字亦作「斌」。○《爾雅》見《釋詁》。

被褐振裾，垂髫總髮。

【注】《老子》曰：被褐而懷玉。杜預《左氏傳注》曰：振，整也。《説文》曰：褐者，粗衣也。《爾雅》曰：衱謂之裾。郭璞曰：衣後裾也。衱音劫。《魏志》：毛玠曰：臣垂髫執簡。《埤蒼》曰：髫，髦也。大聊切。《毛詩》曰：總角之宴。毛萇曰：總角，結髮也。

【疏】五臣「髮」作「髫」，與《晉書》同。胡克家曰：案，《晉書》、五臣非也。「髮」字去聲，協霽、祭諸韻之字。《魏都賦》纍纍辮髮，或鏤膚而鑽髮，兩見皆然。不知韵者改之耳。○《老子·知難章》「褐」下無「而」字。《孔子家語·三恕篇》有「而」字。○《左傳》杜注見隱五年。○《説文·衣部》曰：褐，編枲韤也。一曰，粗衣也。《詩·七月》鄭箋曰：褐，毛布也。《孟子·滕文公》上趙注曰：褐，以毳爲之，若今馬衣也。或曰：枲衣也。一曰，粗布衣也。○《爾雅》及郭注見《釋器》。○《魏志》見《毛玠傳》。○《埤蒼》，本書《楊武仲誄》注引髫，髦也。《七命》引作髫，髮也。「髮」蓋「髦」字之誤。下又云「髫」與「齠」古字通，大聊切。○《毛詩》及傳見《氓之篇》。

躡踵側肩，掎裳連襶。

【注】《説文》曰：躡，追也。躡其踵，所以爲追逐也。《聲類》曰：踵，足根也。《史記》：馮驩曰：夫朝趨市者，側肩争門而入。賈逵《國語注》曰：從後牽曰掎。《方言》曰：複襦，江、湘之閒或謂之筩襶。郭璞《方言注》曰：「襶」即「袂」字也。《説文》曰：袂，袖也。

【疏】五臣「襶」作「袂」，《類聚》引同。○《説文·足部》曰：躡，蹈也。與李注引異。沈濤《説文古本攷》曰：蓋古本「一曰」以下之奪文。《七啓》曰：忽躡影而輕鶩。是躡有追義也。步瀛案：《説文》：踵，追也。或李氏誤記。○《聲類》、《爾雅・釋鳥》《釋文》引「根」作「跟」。案：「踵」亦當作「歱」。《説文・止部》曰：歱，跟也。與《足部》踵字義異。載籍多借「踵」字爲之。○《史記》見《孟嘗君傳》。○《國語》賈注、《後漢書・崔寔傳》注、《袁紹傳》注引並同，當是釋《魯語》掎止晏萊焉句。○《方言》見卷四。郭注曰：今篅袖之襦也。「襼」卽「袂」字耳。各本「湘」誤「湖」，「篅」誤「籥」，今依《方言》校正。杜宗玉曰：今《禮記》、《儀禮》、《論語》、《左氏傳》、《公羊傳》皆作「袂」，無作「襼」者。然則「襼」爲「袂」之同聲假借。○《説文》見《衣部》。「袖」作「褎」。「袖」，俗字。

黄塵爲之四合兮，陽光爲之潛翳。

【注】《山陽公載記》曰：賈詡鳴鼓雷震，黄塵蔽天。《西都賦》曰：紅塵四合。

【疏】《山陽公載記》，本書《恨賦》注引同。

動容發音，而觀者莫不抃儛乎康衢，謳吟乎聖世。

【注】《列子》曰：一里老幼，喜躍抃儛。康衢，已見上文。吾丘壽王《驃騎論功》曰：遊童牧豎，詠德謳吟。

【疏】袁、茶二本「儛」作「舞」，《晉書》及《類聚》引並同。案：「儛」與「舞」字同。○《列子》見《湯問篇》。○康衢，見《西都賦》。○吾丘壽王《論功》《類聚・武部》引之，未載此二句。胡克家曰：袁本、茶陵本「吾」作「虞」，是也。「虞」、「吾」雖通，但此自爲「虞」耳。步瀛案：此據《兩都賦序》而言耳。然《漢書》作「吾」。

情欣樂於昏作兮，慮盡力乎樹蓺。

【注】昏作，已見《西京賦》。《韓詩外傳》曰：子路治蒲，孔子曰：我入其境，田疇甚易，草萊甚辟，故其人盡力也。《周禮》曰：正月之吉，頒職事，二曰樹蓺。鄭玄《毛詩箋》曰：蓺，猶樹也。

【疏】五臣「於」作「乎」，《晉書》同。《晉書》「蓺」作「藝」。案：樹蓺字《説文》本作「埶」，曰：穜也。从坴，从丮。持而穜之。「蓺」、「藝」並同。○《韓詩外傳》見卷六。「曰」下無「我」字，「人」作「民」。○《周禮》：「正月之吉」五官皆有此文。「頒職事」下當並引「十有二」三字，見《地官·大司徒》。○《毛詩箋》見《鴇羽》及《生民》，而《南山》毛傳同。

靡誰督而常勤兮，莫之課而自厲。

【注】《説文》曰：誰，何也。謂責問之也。字書曰：督，察也。王逸《楚辭注》曰：課，試也。

【疏】五臣「誰」作「推」，「厲」作「勵」。○《説文》見《言部》。「謂責問之也」五字，乃李氏釋《説文》之義。或以爲《説文注》，恐非。○字書，《琴賦》注引同。《説文》曰：督，察也。○《楚辭》王逸注，見《天問》。

躬先勞以説使兮，豈嚴刑而猛制哉！

【注】《周易》曰：説以使民，民忘其勞。《史記》曰：秦繁法嚴刑而天下振。

【疏】尤本「制」下有「之」字。袁、茶二本及《晉書》皆無「之」字。胡克家以爲尤所見衍，今據删。○

《周易》見《兑・象傳》。○《史記》見《秦始皇本紀》載賈誼《過秦論》。尤本「天下」下誤衍「不」字，袁、茶二本皆無之，是也。今删。○裔、戾、翳，脂部。髮、襪、世、埶、厲、制，祭部。通韵。○以上帝躬耕藉田，民皆觀感。

有邑老田父，或進而稱曰：蓋損益隨時，理有常然。

【注】《周易》曰：損益盈虚，與時偕行。又曰：隨時之義，大矣哉！《晏子春秋》曰：物有必至，事有常然，古之道也。

【疏】《周易》見《損・象傳》，後引見《隨・象傳》。○《晏子春秋》見《外篇》七。

高以下爲基，民以食爲天。

【注】《老子》曰：貴必以賤爲本，高必以下爲基。《漢書・酈食其》曰：王者以民爲天，而民以食爲天。

【疏】《老子》見《法本章》。○《漢書・酈食其傳》上「民」字各本作「人」，蓋避唐諱改。而下「民」字又不改。疑尤改五臣未盡者，今皆易爲「民」字。《史記・酈生傳》作「王者以民人爲天，而民人以食爲天」。

正其末者端其本，善其後者慎其先。

【注】言治國之道，以商爲末，而農爲本。以貨爲後，而食爲先也。陸賈《新語》曰：治末者調其本。李奇《漢書注》曰：本，農也。末，賈也。《漢書》：詔曰：農，天下之本也。而人或不務本而事末，故生不遂。《禮記》曰：善終者如始。《尚書大傳》曰：八政何以先食？傳曰：食者，萬物之始，人事之本也。故八

政先食。

【疏】陸賈《新語》見《術事篇》。各本「語」下有「注」字，誤衍，今刪。〇李奇《漢書注》，《史記·孝文本紀》《集解》引同。〇《漢書》文帝詔見《文帝紀》二年。〇《禮記》見《祭統》。〇《尚書大傳》，《白帖》卷五、《御覽·飲食部》五引皆無「傳曰」二字。《白帖》引「人事之本也」作「人之所本」，《御覽》引「也」上有「者」字，皆未引「故八政先食」五字。〇然，元部。天，真部。先，諄部。通韵。唐韵先、天，先韵。然仙韵今則并爲先韵矣。

夫九土之宜弗任，四人之務不壹。

【注】《國語》：展禽曰：共工氏之子曰后土，能平九土。韋昭曰：九土，九州之土。《尚書》曰：禹别九州，任土作貢。《管子》曰：士、農、工、商四民者，國之石民也。孔安國《尚書傳》曰：壹，專一也。

【疏】《晉書》「人」作「業」，注曰：一作「人」。案：「人」亦當作「民」。李氏注引四民，疑不避諱作「人」也，蓋五臣本作「人」耳。五臣「壹」作「一」，《類聚》引同。〇《國語》及韋注見《魯語》上。案：原文作「共工氏之霸九有也，其子曰后土，能平九土」。〇《尚書》見《禹貢》《序》。〇《管子》見《小匡篇》。「石民」各本誤作「正民」，今依《管子》校改。〇《書·酒誥》：小子惟一。僞孔傳説爲專一，而無「壹，專一也」之文。《説文》曰：壹，專壹也。

野有菜蔬之色，朝靡代耕之秩。

【注】《禮記》曰：三年耕，必有一年食。雖有凶旱水溢，人無菜色。又曰：夫禄足以代其耕。

【疏】《晉書》「靡」作「之」。○張銑曰：菜蔬之色，謂年飢也。靡，無也。言年飢，則朝無秩禄也。○《禮記》兩引皆《王制》。本云：諸侯之下士視上農夫，禄足以代其耕也。「夫」字上屬爲句。此注下屬，誤矣。

無儲稸以虞災，徒望歲以自必。

【注】言無儲稸以度荒災，空自必望於歲也。崔寔《四民月令》曰：十月，五穀既登，家有儲稸。《禮記》曰：國無九年之蓄曰不足。韋昭曰：虞，度也。《左氏傳》：王曰：余一人閔閔焉如農夫之望歲也。

【疏】《晉書》「稸」作「蓄」，字同。袁、茶二本「必」作「畢」。○崔寔《四民月令》，《齊民要術》卷三、《玉燭寶典》卷十引「家有儲稸」作「家儲畜積」，《歲華紀麗》卷四引作「家備儲蓄」，《御覽·時序部》十二引作「家備儲畜」，《白帖》卷一引作「家家儲畜」。然《紀麗》引「五穀」作「五谷」。《紀麗》、《白帖》並作「崔寔注《月令》」，皆非也。○《禮記》見《王制》。○韋昭注見《周語》下。○《左傳》見昭三十一年。

三季之衰，皆此物也。

【注】《國語》：郭偃曰：夫三季王之亡，宜也。韋昭曰：季，末也。三季王，桀、紂、幽王也。

【疏】《晉書》「三季」作「三代」。○孫志祖曰：《左傳》：三代之亡，共子之廢，皆是物也。步瀛案：見昭二十八年。○《國語》及韋注見《晉語》一。

今聖上昧旦丕顯，夕惕若慄。

【注】昧旦丕顯，已見《東京賦》。《周易》曰：君子夕惕若厲。《爾雅》曰：慄，懼也。

【疏】《周易》見《乾》九三爻辭。○《爾雅・釋訓》曰：懍懍，懼也。杜宗玉曰：《廣雅・釋言》：慄，懼也。《説文》：厲，旱石也。引申爲危厲之厲。危厲與戰慄義近，慄、厲聲轉。「慄」又通作「栗」。《風賦》：直憯悽淋慄。注引毛萇《詩傳》曰：慄冽，寒氣也。今《毛詩》作「二之日栗烈」。《論語》：使民戰栗。作「栗」。

圖匱於豐，防儉於逸。

【注】言常節約以戒不虞，故圖乏者必於豐殷，禦儉者在於奢逸也。《廣雅》曰：儉，少也。

【疏】《廣雅》見《釋詁》三。

欽哉欽哉，惟穀之卹。

【注】《尚書》曰：欽哉欽哉，惟刑之恤哉。

【疏】袁、茶二本「卹」作「恤」，《晉書》同。○《尚書》見《堯典》，僞古文分入《舜典》。案：胡克家以注引《書》作「恤」爲譌，然《漢書・刑法志》成帝詔、蔡邕《文烈侯楊公碑》引《書》皆作「恤」。《説文》「卹」、「恤」同訓憂。然在《堯典》，則當訓爲慎也。

展三時之弘務，致倉廩於盈溢。

【注】《國語》：虢文公曰：三時務農，一時講武。韋昭曰：三時，春、夏、秋也。《管子》曰：倉廩實則知禮節。蔡邕《月令章句》曰：穀藏曰倉，米藏曰廩。

【疏】《類聚》引「於」作「之」。○《國語》見《周語》上。○《管子》見《牧民篇》。○《月令章句》，《禮記・

月令》季春之月孔疏、《玉燭寶典》卷三引同。又見《吴都賦》疏。

固堯、湯之用心，而存救之要術也。

【注】《漢書》：董仲舒《對策》曰：陛下親耕籍田，以爲農先。此亦堯、舜之用心也。

【疏】《漢書》見《董仲舒傳》。

若乃廟祧有事，祝宗諏日。

【注】廟祧，已見《東京賦》。《禮記》曰：宗祝在廟。鄭玄曰：宗，宗人也。祝，接神者也。《毛詩箋》曰：后稷既爲郊祀之酒，則諏謀其日。應劭《漢書注》曰：諏，謀也。

【疏】「《東京賦》」，各本「東」誤作「西」，今正。○《禮記》及鄭注見《禮運》。○《毛詩箋》見《生民》。○《漢書》應注，《敍傳》注引同。

簠簋普淖，則此之自實。

【注】《周禮》曰：舍人，凡祭祀共簠簋，實之陳之。《儀禮》曰：孝孫某敢用嘉薦普淖。鄭玄曰：黍，稷也。普，大也。淖，和也。德能大和，乃有黍稷，故以爲號云。淖，乃孝切。

【疏】《禮記·祭義》曰：昔者天子爲藉千畝，冕而朱紘，躬秉耒。諸侯爲藉百畝，冕而青紘，躬秉耒。以事天地、山川、社稷、先古，以爲醴酪齊盛，於是乎取之，敬之至也。○《周禮·舍人》見《地官》。鄭注曰：方曰簠，圓曰簋，盛黍、稷、稻、粱器。賈疏曰：方圓皆據外而言。案：《孝經》云：陳其簠簋。注云：内圓外方，受斗二升者，直據簠而言。若簋，則内方外圓。知皆受斗二升者。《旊人》云：爲簋，實一穀。豆實三而成穀。豆四升，三豆則斗二升可知。但外神用瓦簋，宗廟當用木，故《易·損卦》云：二簋可用享。《損卦》以離、巽爲之，離爲日，日圓。巽爲木，木器圓。簋象是用木明矣。○《儀禮》及鄭注見《士虞禮》。「普淖」二字，各本誤羼入「鄭玄曰」之下，今依何、陳及胡克家校乙。

縮鬯蕭茅，又於是乎出。

【注】《左氏傳》：管仲曰：爾貢苞茅不入，王祭不供，無以縮酒。《周禮》曰：鬯人，釀秬以爲酒。又曰：甸師，祭祀共蕭茅。杜子春曰：蕭，香蒿也。鄭玄曰：既薦，然後爇蕭，合馨香茅以縮酒。《國語》：虢文公曰：上帝之粢盛，於是乎出。

【疏】五臣無「於」字。○《左氏傳》見僖四年。案：《説文·酉部》莤下引《春秋傳》，「縮酒」作「莤酒」，説見下。○《周禮·鬯人》見《春官》。○《周禮·甸師》見《天官》。鄭大夫曰：「蕭」，字或爲「莤」。莤讀爲縮。束茅立之，祭前沃酒其上，酒滲下去，若神飲之，故謂之縮。縮，浚也。故齊桓公責楚不貢包茅，王祭不共，無以縮酒。杜子春讀爲蕭。臧琳《經義雜記》卷七曰：《説文·酉部》：莤，禮祭，束茅加于裸圭而灌鬯酒，是爲莤，象神歆之也。从酉，从艸。《春秋傳》曰：爾貢苞茅不入，王祭不供，無以莤酒。又，《詩·伐木》：有酒湑我。傳：湑，莤之也。箋云：王有酒，則泲莤之。則莤酒字本从艸、从酉。據《説文》，知《左傳》作無以莤酒。據《甸師》注，知《周禮》作祭祀共莤茅。蓋《毛詩》、《周禮》、《左傳》皆古文，故與六書之旨合。今《左傳》作縮酒，司尊彝作數酌，皆「莤」之聲近假借字。《甸師》云莤茅者，以茅爲莤酒之用，當如字讀。鄭少贛既從《左傳》莤酒義，而復讀爲縮者，恐人不識「莤」

字，故以今文讀之。段玉裁《周禮漢讀考》卷一曰：鄭大夫依或本作「莤」，大夫讀爲縮酒之縮。《說文・酉部》有「莤」字，許所據，同大夫也。杜子春讀爲蕭，「爲」當作「從」。凡二本字乖異而用一廢一曰從。如「蕭」或爲「莤」，鄭仲師從「莤」，讀縮，杜則從「蕭」是也。鄭君從杜，蕭與茅爲二。大夫、許君莤、茅爲一。步瀛案：後鄭從杜，謂《詩》所云取蕭祭脂。《郊特牲》云：蕭合黍稷，臭陽達於牆屋。故既薦，然後焫蕭合馨香。合馨香者，是蕭之謂也。茅以共祭之苴，亦以縮酒。縮酒，泲酒也。李氏節引之耳。「爇」、「焫」字同。《詩・王風・采葛》引陸璣疏曰：蕭，今人所謂荻蒿者是也。或云牛尾蒿，似白蒿，白葉，莖麤，科生，多者數十莖，可作燭。有香氣，故祭祀以脂爇之爲香。《詩・生民》毛傳曰：取蕭合黍稷，臭達牆屋，先奠而後爇蕭合馨香也。今《禮記・郊特牲》「薦」作「奠」，「馨香」作「羶薌」。鄭彼注曰：奠，謂薦孰時也。特牲饋食所云祝酌奠于鉶南是也。蕭，薌蒿也。染以脂，合黍稷燒之。「羶」當爲「馨」字之誤也。「奠」或爲「薦」。此注作「薦」，從或本。作「馨」，從改讀也。「薌」、「香」字同。注引《詩》、《禮》皆證明杜從蕭之義也。孫詒讓《正義》曰：泲與漉義亦同。凡酒濁者，必泲之而後可酌。其用茅者謂之縮，不用茅者直謂之泲。後鄭以泲訓縮，此與大夫説縮酒爲束茅立祭前沃酒其上者異。○《國語》見《周語》上。

黍稷馨香，旨酒嘉栗。

【注】《左氏傳》：季梁曰：奉酒醴以告曰：嘉栗旨酒。謂其上下皆有嘉德，而無違心，所謂馨香無讒慝也。杜預曰：栗，謹敬也。

【疏】《左傳》見《桓六年》。各本「季梁」下脱「曰」字，「慝」下脱「也」字。今據《傳》補。

宜其民和年登，而神降之吉也。

【注】《左氏傳》：季梁曰：奉粢盛以告曰：潔粢豐盛。謂其三時不害，而人和年豐也。鄭玄《周禮注》曰：登，成也。《左氏傳》曰：致其禋祀，於是乎人和而神降之福。

【疏】茶陵本校曰：善本作「人和」，袁本作「民和」而無校語。蓋李氏本作「人」，尤本依五臣未改耳。然「民」字是。梁章鉅曰：《晉書》「民」作「時」，亦避諱改。○胡克家曰：何云「吉」字後人誤改，「福」字本協。今案：各本及《晉書》盡同。何因注引《左傳》而云然也。考賦自「四人之務不壹」至「旨酒嘉粟」，所用皆質、術韵之字。「福」字古音别協職、德韵。又案：《西征賦》以此句與日、室、一協，《夏侯常侍誄》以此句與秩、疾、卒協，是安仁自作「吉」，善彼二注亦引《左傳》，皆是注神降之吉，而不取「福」字。善注如此例者甚多，何説非是。○《左傳》見桓六年。各本「季梁」下脱「曰」字。今補。○《周禮》鄭注見《地官・小司徒》。○後引《左傳》亦見桓六年。季梁之言，「人」作「民」，此避諱改。○壹、秩、必、慄、逸、郵、日、實、栗、吉，至部。物、術、出，脂部。通韵。○以上明耕藉禮典所關之重。

古人有言曰：聖人之德，無以加於孝乎？夫孝，天地之性，人之所由靈也。

【注】《孝經》：曾子曰：「敢問聖人之德，無以加於孝乎？」子曰：「天地之性，人爲貴。人之行莫大於孝。夫聖人之德，又何以加於孝乎？」《漢書》曰：人有生之最靈者也。

【疏】《晉書》無「地」字。○《孝經》見《聖治章》。○《漢書》見《刑法志》。

昔者明王以孝治天下，其或繼之者，鮮哉希矣！

【注】《孝經》：子曰：昔者明王之以孝理天下也。《論語》：子曰：其或繼周者，雖百世可知也。

【疏】胡克家曰：袁本、茶陵本「治」作「理」，云善作「治」，《晉書》作「治」。案：注中引《孝經》字作「理」。考「治」字，唐諱也。李濟翁《資暇録》曰：李氏依舊本，不避國朝廟諱。五臣易而避之，宜矣。其有李本本作「泉」及「年代」字云云，是在當時，已錯出不一也。今全書中經，五臣以後迴改者，又不少矣。皆不復具論。○《孝經》見《孝治章》。「理」字避諱改。○《論語》見《爲政篇》。

逮我皇晉，實光斯道。

【注】鄭玄《毛詩箋》曰：光，明也。斯道，謂孝道也。

【疏】鄭箋見《南山有臺》。

儀刑孚于萬國，愛敬盡於祖考。

【注】《毛詩》曰：儀刑文王，萬邦作孚。毛萇曰：孚，信也。《孝經》：子曰：愛敬盡於事親，而德教加於百姓。

【疏】五臣「刑」作「形」。○《毛詩》及傳見《文王篇》。鄭箋曰：儀法文王之事，則天下咸信而順之。案：尤本「邦」作「國」，袁、茶二本作「邦」，與《毛詩》合。今從之。○《孝經》見《天子章》。○道、考，幽部。

故躬稼以供粢盛，所以致孝也。

【注】《尚書大傳》曰：王者躬耕，所以供粢盛。《五經要義》曰：天子藉田千畝，所以先百姓而致孝敬

也。

【疏】《禮記·祭統》曰：天子親耕於南郊，以供齊盛。與《尚書大傳》合。餘見《東京賦》注。○《五經要義》、《類聚·禮部》中、《御覽·禮儀部》十六皆引之。

勸穡以足百姓，所以固本也。

【注】《東京賦》曰：勸稼穡於原陸。《論語》：孔子曰：百姓足，君孰與不足？《尚書》曰：民惟邦本，本固邦寧。何晏《論語注》曰：本，基也。

【疏】「《東京》」，各本作「《西京》」，誤。又脱「稼」字。今並校改。○《論語》見《顏淵篇》。此有若對哀公之言。翟灝《四書考異》下《條考》十四曰：《隋書·煬帝紀》詔曰：「宣尼又云：『百姓足，孰與不足。』」《舊唐書·韋思謙傳》諫太子，引「百姓足，君孰與不足？百姓不足，君孰與足」爲孔子語。蘇軾《擬進士對御策》引二語亦屬孔子。○《尚書》見僞《五子之歌》。○何晏《論語注》見《學而篇》。

能本而孝，盛德大業至矣哉！

【注】《周易》曰：盛德大業至矣哉！

【疏】《周易》見《繫辭》上。

此一役也，而二美具焉。

【注】一役，謂藉田也。二美，謂能本而孝也。《左氏傳》：陰飴甥曰：此一役也，秦可以霸。

【疏】五臣「具」作「顯」。《晉書》無「而」字，「具」亦作「顯」。○《左傳》見僖十五年晉大夫陰飴甥對秦穆公之言。

不亦遠乎，不亦重乎？

【注】《論語》文也。

【疏】見《泰伯篇》。此曾子之言。

敢作頌曰：

思樂甸畿，薄采其茅。

【注】茅，即上甸師之所供者。《毛詩》曰：思樂泮水，薄采其芹。毛萇曰：薄，辭也。

【疏】五臣「茅」作「芳」，與《晉書》同。胡克家曰：《晉書》、《五臣》非也。賦文作「茅」，觀善注及上文縮鬯蕭茅句注，灼然可知。何云：茅音蒙，其説甚是。凡茅聲之字，協東韵者多矣。或乃疑此，故附辨之。《札樸》卷七曰：芳、農聲不相近，《文選》作「茅」是也。束皙《勸農賦》惟百里之置吏，各區別而異曹。考治民之賤職，美莫富乎勸農。可爲比照。○《毛詩》見《泮水》。

大君戾止，言藉其農。

【注】《周易》曰：大君有命。《毛詩》曰：魯侯戾止，言觀其旂。毛萇曰：戾，來也。止，至也。

【疏】《周易》見《師·上六》爻辭。○《毛詩》及傳見《泮水》。○茅，幽部。農，冬部。通轉爲韵。○朱珔曰：何氏焯校本茅音蒙，是也。茅从矛聲，矛與蒙一聲之轉。《尚書·洪範》曰蒙，鄭、王皆作「雺」，孔疏云：雺聲近蒙，雺亦从矛聲也。安仁以「茅」叶「農」，蓋古音之僅存者。案：此茅讀如蒙。蒙，東部。則東、幽對轉也。許巽行曰：吴棫《韵補》：農，奴刀切，音猱。《詩・齊風》《釋文》：猱，乃刀反。《漢書・地理志》作「嶩」。《説文》：獿，犬惡毛也。从犬，農聲。奴刀切。則農有猱音審矣。朱珔又曰：《爾雅・釋訓》：紛繷，不善也。王氏《疏證》云：繷，曹憲音女交、奴孔二反。《詩・大雅》以讙惛怓。毛傳曰：惛怓，大亂也。「惛怓」與「紛繷」聲近而義同。余謂「紛繷」即「紛怓」，「繷」、「怓」蓋雙聲字。繷，从農，當在冬韵，與肴韵之「怓」音義皆通，可無疑於「農」之叶「茅」矣。案：此農讀如猱。猱，幽部。則幽、冬對轉也。兩讀皆通。

其農三推，萬方以祗。

【注】《禮記》曰：耕藉然後諸侯知所以敬。《爾雅》曰：祗，敬也。

【疏】《晉書》「方」作「國」。〇《禮記》見《樂記》。〇《爾雅》見《釋詁》。

耨我公田，實及我私。

【注】鄭玄《周禮注》曰：耨，耘耔也。奴豆切。《毛詩》曰：雨我公田，遂及我私。

【疏】《晉書》「實」作「遂」。〇《周禮》鄭注見《天官・甸師》。「耘耔」作「芸芓」。《釋文》曰：「芸」，本或作「耘」。案：《説文》曰：耔，壅本也。「耔」，或體字。「芓」，通借字。〇《毛詩》見《大田》。鄭箋曰：其民之心，先公後私。令天主雨於公田，因及私田爾。此言民怙君德，蒙其餘惠。

我簠斯盛，我簋斯齊。

【注】《禮記》曰：天子藉田，以事天地、山川，以爲齊盛。毛萇《詩傳》曰：器實曰齊。在器曰盛。齊，

音資。

【疏】五臣「齊」作「粢」。案：「齊」當作「齍」，「粢」當作「粢」。《説文》曰：齍，黍稷器，所以祀者。段玉裁注曰：各本作黍稷在器以祀者，則與盛義不别。今从《韵會》本。按：《周禮》一書，或兼言「齍盛」，或單言「齍」，單言「盛」，皆言祭祀之事，他事絶不言「齍盛」，故許皆云以祀者兼言「齍盛」。若《甸師》、《舂人》、《肆師》、《小祝》是也。單言「齍」，若《大宗伯》、《小宗伯》、《大祝》是也。單言「盛」，若《饎人》、《廩人》是也。《小宗伯》逆齍注云：受饎人之盛以入。然則「齍」、「盛」可互偁也。《甸師》注云：粢，稷也。穀者稷爲長，是以名云。《肆師》注云：粢，六穀也。《大祝》注云：粢，號謂黍稷，皆有名號也。《舂人》注云：稷盛，謂黍、稷、稻、粱之屬，可盛以爲簠簋實。經文「齍」字注三易爲「粢」，而《小宗伯》六齍注云：齍讀爲粢。六粢，謂六穀黍、稷、稻、粱、麥、苽。此則易「齍」爲「粢」之恉。謂「齍」、「粢」古今字也。考《毛詩・甫田》作「齊」，亦作「齍」，用古文。《禮記》作「粢盛」，用今文。是則「齍」、「粢」爲古今字憭然。《左傳》作「粢盛」，則用今字之始。《左傳》曰：絜粢豐盛。毛曰：器實曰齍，在器曰盛。鄭注《周禮》齍或專訓稷，或訓黍、稷、稻、粱。盛則皆訓在器。是則齍之與盛别者，齍謂穀也，盛謂在器也。許則云器曰齍，實之則曰盛，似與毛、鄭異。蓋許主説字，其字从皿，故謂其器可盛黍稷曰齍。要之，齍可盛黍稷，而因謂其所盛黍稷曰齍。凡文字故訓引伸，每多如是。説經與説字，不相妨也。○《禮記》見《祭義》，全文已見上此節引。○《毛詩》傳見《甫田》。《釋文》曰：「齊」又作「齍」，同，音資。

我倉如陵，我庾如坻。

【注】《毛詩》曰：我倉既盈，我庾惟億。又曰：曾孫之庾，如坻如京。鄭玄曰：庾，露積穀也。坻，水中高地。

【疏】《毛詩》見《楚茨》。○又引《詩》及鄭箋見《甫田》。○祇、私、齊、坻，脂部。

念兹在兹，永言孝思。

【注】言念此黍稷，在此祭祀也。《尚書》：禹曰：念兹在兹。《毛詩》曰：永言孝思。

【疏】《尚書》見僞《大禹謨》，實本《左·襄二十一年》引《夏書》。○《毛詩》見《下武》。

人力普存，祝史正辭。

【注】《左氏傳》：季梁曰：上思利人，忠也。祝史正辭，信也。故奉牲以告曰：博碩肥腯，謂人力之普存也。

【疏】《左傳》見桓六年。杜注曰：正辭不虚美。案：兩「人」字皆作「民」，避諱改。又注中季梁、季良雜見，今悉依《左傳》校正。

神祇攸歆，逸豫無期。

【注】《左氏傳》：楚子曰：能歆神人。杜預曰：歆，享也。《毛詩》曰：爾公爾侯，逸豫無期。

【疏】《左傳》及杜注見襄二十七年。○《毛詩》，見《白駒》。案此詩因賢人既去，猶望其來，言爾公邪侯邪，何爲亦逸樂，無期以反也。此賦斷章取義，猶言安樂無極耳。

一人有慶，兆民賴之。

【注】《尚書》曰：王曰：一人有慶，兆民賴之。

【疏】《尚書》見《呂刑》。○思、辭、期、之，之部

畋獵上

【注】鄭玄《禮記注》曰：田者，所以供祭祀、庖厨之用。《王制》曰：天子諸侯，無事則歲三田。馬融曰：取獸曰畋。

【疏】《禮記·王制》曰：天子諸侯，無事則歲三田。一爲乾豆，二爲賓客，三爲充君之庖。鄭注曰：三田者，夏不田。蓋夏，時也。《周禮》：春曰蒐，夏曰苗，秋曰獮，冬曰狩。乾豆，謂腊之以爲祭祀豆實也。庖，今之厨也。李注疑即節此注，而失其旨。當云祭祀賓客君庖也。《左傳·隱元年》孔疏引《白虎通》曰：王者、諸侯所以田獵者何？爲苗除害，上以供宗廟，下以簡集士衆也。又，案三田之義，蓋本《公羊·桓四年》何休《解詁》曰：必田狩者，孝子之意，以爲己之所養，不如天地自然之牲逸豫肥美。禽獸多則傷五穀，因習兵事。又不空設，故因以捕禽獸，所以供承宗廟，示不忘武備，又因以爲田除害也。○注引馬融即《禮記·王制》注文。馬國翰輯入馬融《禮記注》。「田」與「畋」同。已見《西京賦》注。

子虛賦一首

【注】善曰：《漢書》曰：相如遊梁，乃著《子虛賦》。後蜀人楊得意爲狗監，侍上。上讀《子虛賦》曰：「朕獨不得與此人同時哉！」得意曰：「臣邑人司馬相如，自言爲此賦。」上乃召相如。相如曰：「此乃諸侯之事，未足觀。請爲天子遊獵之賦。」以子虛，虛言也，爲楚稱。烏有先生，烏有此事也，爲齊難。亡是公者，亡是人也，欲明天子之義。故虛藉此三人爲辭，以風諫焉。

【疏】《漢書》見《司馬相如傳》。《西京雜記》卷上曰：相如爲《子虛》、《上林賦》，意思蕭散，不復與外事相關，控引天地，錯綜古今，忽然如睡，焕然而興，幾百日而後成。王觀國《學林》卷七曰：司馬相如《子虛賦》中，雖言上林之事，然首尾貫通一意，皆《子虛賦》也。未嘗有《上林賦》。而昭明太子編《文選》，乃析其半，自亡是公听然而笑爲始，以爲《上林賦》，誤矣。王若虛《滹南集》卷三十四《文辨》曰：相如《上林賦》，設子虛使者、烏有先生以相難，至亡是公而意終，蓋一賦耳。豈相如賦《子虛》自有首尾，而其賦《上林》復合爲一邪？焦竑《筆乘》卷三曰：相如游梁時，嘗著《子虛賦》，爲武帝所善。尋著《天子游獵賦》，復借子虛三人之詞，以明天子之意，故亦名《子虛賦》。賦中敍上林，故亦名《上林賦》。其實一也。《文選》截爲二篇，以前敍齊、楚者爲《子虛賦》，亡是公听然而笑以下爲《上林賦》，何其謬哉！顧炎武《日知録》卷二十七曰：《子虛》之賦，乃游梁時作。當是侈梁王田獵之事而爲言耳。後更爲楚稱齊難而歸之天子，則非當日之本文矣。若但如今所載子虛之言，不成一篇結構。閻若璩《潛邱劄記》卷五曰：真《子虛賦》久不傳，《文選》所載，乃《天子游獵賦》，昭明誤分之而標名耳。何焯《義門讀書記·文選》一曰：祝氏云，此賦雖兩篇，實則一篇。賦之問答體，其源自《卜居》、《漁父》篇來。

厥後宋玉輩述之，至漢而盛。此兩賦及《二京》、《三都》等作皆然。孫志祖《讀書脞録》卷七曰：此賦以子虛發端，實非《子虛賦》本文。《子虛賦》帝已讀之矣，何庸復奏乎？蓋此賦但當名《上林賦》，不當名《子虛賦》。昭明誤分，而以舊題加之爾。《學林》以爲首尾貫通一意，是也。其云皆《子虛賦》，未嘗有《上林賦》，則誤。《文選·西都賦》注引張揖《上林賦》注：珉，石次玉也。又引翡翠大小如爵，雄赤曰翡，雌青曰翠。皆《子虛賦》語，而總名《上林》，可證唐初別本標題猶不誤也。張雲璈説同。步瀛案：諸家謂兩篇爲一篇，是也。非獨《子虛》、《上林》，卽《兩都》、《二京》、《三都》皆然。然王觀國、閻百詩疑別有《子虛賦》，則非是。《史記》《漢書·相如傳》所謂諸侯之事，指《子虛篇》，爲《天子游獵賦》，指《上林篇》。又曰：空藉此三人爲辭，以推天子、諸侯之苑囿，其卒章歸之於節儉，因以風諫，則總括《子虛》、《上林》，其卒章正指上林之末節。若別有《子虛賦》賦諸侯游獵，而《上林賦》前半仍賦諸侯游戲，不嫌相複乎？知是王、閻之説非也。焦弱侯之説，與王、閻所見略同。謂《上林》卽《子虛》，則武帝所善之《子虛》，非此《子虛》也。其失亦與王、閻同。孫氏、張氏據《西都賦》注引《子虛賦》注稱爲《上林》，疑唐初二賦猶作一篇，亦非是。《隋書·經籍志》謂梁有郭璞注《子虛上林賦》一卷，不單稱《上林》。攷之記載，無一可證所引《上林賦》注實見《子虛賦》，或係誤記。《選》注《二都》、《二京》，往往稱引互誤，未足爲據，不得謂《子虛》、《上林》唐時猶爲一篇也。至王從之、顧亭林説較爲切實，然亦不免爲長卿所欺。吳摯甫先生曰：《子虛》、《上林》，一篇耳。下言故空籍此三人爲詞，則亦以爲一篇矣。而前文《子虛賦》乃游梁時作，及見天子，乃爲《天子游獵賦》。疑皆相如自爲賦序，設此寓言，非實事也。楊得意爲狗監，及天子讀賦，恨不同時，皆假設之詞也。案：先生此說，可以解諸家之惑。又案：《史記·司馬相如傳》殆本相如自敍，《隋書·儒林傳》劉炫自爲贊曰：通儒司馬相如、楊子雲、馬季卿、鄭康成等，皆自敍風徽，傳芳來葉。《史通·序傳篇》曰：司馬相如始以自敍爲傳，皆其證也。特子雲自敍，班孟堅於其傳明言之。史公不言長卿自敍者，以傳載《封禪文》至長卿卒後乃出，不在長卿自敍中耳。

司馬長卿

【注】善曰：《漢書》曰：司馬相如，字長卿，蜀郡人。少好讀書，爲武騎常侍。後拜文園令，病卒。

【疏】亦見《相如傳》。

郭璞注

【注】《隋書·經籍志》稱梁有郭璞注《子虛上林賦》一卷，亡。案：諸賦注，《隋志》所謂亡者，蓋後復出，故李氏得引之。然本賦注不僅郭氏，殆李氏於郭注外更博取諸家耳。亦有《史記》、《漢書》注引郭氏，而本注反無之者，則所載郭注，亦非全取也。

楚使子虛使於齊，王悉發車騎與使者出畋。

【注】司馬彪曰：畋，獵也。善曰：《家語》曰：孔子在齊，齊侯出畋。本或云境内之士，備車騎之衆，非也。

【疏】《史記》、《漢書》復「齊」字，「畋」作「田」，下同。《藝文類聚·產業部》下引同。五臣「悉發車騎」作「悉發境内之士，備車騎之衆」，與《史記》同。《類聚》引亦同。○司馬彪，字紹緒。《晉書》有傳，不言注此賦及《史記》、《漢書》，《隋書·經籍志》亦未著録。然《史記索隱》往往引之。汪師韓《文選理學權輿》輯注引《羣書目録》，司馬彪注，於《漢書音義》及《子虚》、《上林賦》注皆列之。○《家語》，見《正論篇》。○注「本或云境内之士」云云，張雲璈曰：此乃《史記》文，賦後段亦有之。别本正與《史記》同，而李氏以爲非，豈未檢《史記》耶？或謂不當與後重複耳。步瀛案：五臣本與《史記》同，是當時别本有與《史記》同者，故李氏非之，非必指《史記》也。

畋罷，子虚過奼烏有先生，

【注】張揖曰：奼，誇也。丑亞切。字當作「詫」。

【疏】五臣本「奼」作「詫」，與《史記》同。原本《玉篇·言部》及《類聚》引皆作「詫」，《漢書》作「姹」。《史記集解》引徐廣曰：烏，一作「惡」。五臣作「焉」，下同。疑形近而誤。○《史記集解》引郭璞曰：詫，誇也。音託夏反。顔師古曰：姹，誇誑之也。音丑亞反。字本作「詫」也。薛傳均曰：《莊子·達生篇》《釋文》：詫，敕駕反。司馬云：告也。《後漢·王符傳》注：詫，誇也。蓋人以事相告者多，有誇示之意。故「詫」字可訓告，亦可訓誇也。至「奼」字《説文》訓爲少女，與「誇」字無涉，特以音近「詫」字，故相假耳。《漢書補注》引陶紹曾曰：「姹」當爲「吒」。步瀛案：《説文》無「詫」、「奼」、「姹」等字，本字當作「吒」，故陶氏云然。

亡是公存焉。

【疏】五臣「亡」上有「而」字，與《史記》同。《類聚》引亦同《史記》，「亡」作「無」，亦有「而」字，「存」作「在」。

坐定，烏有先生問曰：今日畋樂乎？子虛曰：樂。獲多乎？曰：少。然則何樂？對曰：僕樂齊王之欲夸僕以車騎之衆，而僕對以雲夢之事也。

【注】張揖曰：楚藪也，在南郡華容縣。善曰：《廣蒼》曰：僕，謂附著於人，然自卑之稱也。夢，莫諷切。

【疏】《史記》「何樂」下無「對」字，《漢書》無「齊」字。五臣「夸」作「誇」，《類聚》引同。○張揖注，顏師古及《索隱》引同。《索隱》又曰：郭璞曰：江夏安陸有雲夢城，南郡枝江亦有雲夢城。華容縣又有巴邱湖，俗云即古雲夢澤也。則張揖云在華容者，指此湖也。今案：安陸東見有雲夢城。雲夢縣，而枝江亦有者，蓋縣名遠取此澤，故有城也。步瀛案：《禹貢》：雲土夢作乂。雲土，即雲杜。郝懿行《爾雅義疏》中之五曰：「土」、「杜」古字通，是也。漢置雲杜縣。《禹貢》稱雲土，猶楚語之稱雲徒連州也。而下有夢字，故《史記·夏本紀》《索隱》曰：雲土、夢，本二澤名。蓋人以二澤相近，或合稱雲夢耳。知者據《左傳》云昭王寢於雲中，又楚子鄭伯田于江南之夢，則二澤各別也。韋昭曰：雲土今爲縣，屬江夏。今按《地理志》云：江夏有雲杜縣，是其地。步瀛案：小司馬引《左傳》見定四年及《昭三年》。《元和郡縣志》卷二十七江南道三安州安陸縣，謂雲、夢二澤本自別。《楚辭·招魂》洪興祖《補注》亦言：雲在江北，夢在江南。王鳴盛《尚書後案》卷三復申其說，且曰：自後儒以二澤合稱，或互稱偏稱。

《戰國策》：楚王遊于雲夢，結駟千乘。宋玉《高唐賦》：楚襄王與宋玉遊于雲夢之臺。司馬相如《子虛賦》：吞雲夢者八九。《漢志》南郡華容縣，雲夢澤在南，荆州藪，編縣有雲夢宮，江夏西陵縣有雲夢宫。《水經注》：雲杜縣東北有雲夢城。又云：夏水東逕監利縣南，縣土卑下澤多，陂陁西南，自州陵東界，逕于雲杜、沌陽，爲雲夢之藪。此皆合稱也。杜預注夢中云：夢，澤名。江夏安陸縣東南有雲夢城。注雲中云：入雲夢澤中，所謂江南之夢。夢在江南，而引江北安陸以明之。雲在江北，而引江南之夢以明之。又注江南之夢云：楚之雲夢，跨江南北。此則互稱矣。郭注《爾雅》云：雲夢，今南郡華容縣東南巴丘湖是也。此則偏稱江南，不及江北矣。《後漢書》：法雄遷南郡太守，郡有雲夢藪澤。李賢注：雲夢澤，今在安州。此則偏稱江北，不及江南矣。諸説錯雜，要不得因此而疑《禹貢》雲夢不分南北也。案：王氏説是也。其引《戰國策》見《楚策》一。「雲夢之臺」，當依《史記·司馬相如傳》《集解》徐廣引作「雲陽之臺」。郭璞注曰：在雲夢之中也。漢華容縣，今湖北監利二縣地。監利在江北，石首在江南。編縣，今湖北荆門縣。西陵，今蘄春、黄岡、麻城，皆在江北。先引《水經注》見《沔水》。漢雲杜縣，今湖北京山縣，在江北。後引《水經注》見《夏水》。州陵，今湖北沔陽縣。沌陽，今漢陽縣，皆在江北。唐安州，今湖北安陸縣。以上皆依王西莊自注。故王又謂江北之荆門、京山、沔陽、監利、安陸、漢陽、黄岡、麻城、蘄州，古雲所在。江南之枝江、石首、巴陵，古夢所在也。案：蘄州，即今蘄春也。孫詒讓《周禮正義》卷六十三、皮錫瑞《今文尚書攷證》卷三，皆據王逸《楚辭·招魂》注云：楚人名澤中爲夢中，因謂雲土夢猶言雲土澤。案：此説殊誤。逸注並未言夢是澤而非澤名。凡澤皆曰夢，猶冀州人以河爲水。大凡水皆曰河，而夢與河之專名，自不可没也。故下文又云，言已與懷王獵于夢澤之中。若果訓夢爲澤，則夢澤字不可通矣。且《漢書・地理志》、《水經・禹貢山水澤地所在篇》皆稱雲夢澤。若如其説，則澤字亦不可通矣。王先謙《尚書孔傳參正》卷六謂：今古文家説皆依俗稱於「夢」下加「澤」字，此矯誣之説，不足辨也。然則《禹貢》雲、夢之爲二澤，無容疑矣。而《周禮》、《爾雅》皆以雲夢爲一藪。《夏官・職方氏》曰：荆州其澤藪曰雲瞢。《釋地》數十藪曰：楚有雲夢。他若《吕氏春秋・有始覽》、《淮南・墬形篇》、《楚策》一、《鹽鐵論・刺權篇》、《説文・艸部》藪字及此賦皆稱雲夢，其他單稱雲，單稱夢者，或沿舊名，或爲省文。要之，自《周禮》以下，雲夢之爲一藪，亦無容疑矣。杜預謂雲夢跨江南北，《索隱》引裴駰謂孫叔敖激水成此澤，則逐漸拓大可知。胡渭《禹貢錐指》卷七曰：東抵蘄州，西抵枝江，京山以南，青草以北，皆爲雲夢。青草湖在湖南岳陽縣西南。邵晉涵《爾雅正義》卷十曰：春秋以來，楚地日闢，益廣苑囿。《戰國策》：楚王遊於雲夢，結駟千乘。宋玉《高唐賦》云襄王與宋玉遊於雲夢之臺。是當日離宮別館，俱稱雲夢。《水經注》引雲夢城，則宫囿所在，必增置城隍。《子虛賦》云雲夢者方九百里，雖賦家夸大之辭，亦可見後世遊觀之侈，非復殷、周藪澤之舊也。○「《廣蒼》」各本作「《廣雅》」，誤。胡克家曰：「雅」當作「蒼」，各本皆譌。樊恭《廣蒼》見《隋志》。《上林賦》注引若蹈足貌，茶陵本亦譌「蒼」爲「雅」也。○顏曰：夢，讀如本字。又音莫風反。字或作「瞢」，其音同耳。

曰：可得聞乎？子虛曰：可。

【疏】以上子虛、烏有問答。

王駕車千乘，選徒萬騎，畋於海濱。

【注】郭璞曰：濱，涯也。

【疏】尤本「駕車」作「車駕」。五臣作「駕車」與《史記》、《漢書》同。《類聚》引亦作「駕車」。孫志祖曰：何校從五臣作「駕車」。胡紹煐曰：駕車與「選徒」對，作「駕車」是也。○《爾雅·釋地》曰：齊有海隅。郭注曰：海濱廣斥。郝懿行曰：《有始覽》及《墜形篇》並云：齊之海隅。高注：隅，猶崖也。蓋近海濱。今自登萊之黄縣、掖縣以西，歷青州之壽光、樂安以東，及武定之海豐、利津以北，延袤千餘里間，皆海隅之地。《管子》所謂渠展之鹽，《左傳》所謂澤之萑蒲，藪之薪蒸，蓋胥於是在焉。《子虛賦》言齊王畋於海濱，與楚之雲夢對舉，海濱卽海隅，子虛所稱列卒滿澤，罘網彌山，鶩於鹽浦，平原廣澤遊獵之地，皆非虛語。案：山東樂安縣，今改廣饒縣。海豐縣，今改無棣縣。《管子》見《地數篇》，《左傳》見昭二十一年。朱珔曰：海濱，卽《爾雅》之海隅也。《淮南·墜形訓》云：齊之海隅。又云：申池在海隅。《史記·齊世家》《集解》引左思《齊都賦》注，正本《淮南》。海隅與雲夢，並十藪之一，恰可對舉。然此如《孟子》説文王之囿方七十里，特因自然之藪澤而田其中，未嘗廢民田。若上林，據《元和志》云，周二百四十里，《紀要》作三百里，《水經·渭水注》云：武帝建元中，使虞丘壽王與待詔能用笇者舉籍阿城以南，盩厔以東，宜春以西頃畝，屬之南山，以爲上林苑。東方朔諫，乃賜黄金百斤，卒起上林苑。故相如請爲天子遊獵之賦也。後賦云地方不過千里云云，語斥齊、楚，其實齊、楚未嘗如是，而上林則然。此其所以爲諷與？案：《元和郡縣志》卷一「二百四十里」，「里」原作「步」，朱氏已改之。然《三輔黄圖》卷四引《漢宫殿疏》云三百四十里，《太平寰宇記》卷二十五引同。是「二」亦當作「三」矣。又引《漢舊儀》云上林苑方三百里，《寰宇記》引亦同。《讀史方輿紀要》卷五十三本此。胡紹煐曰：《有始覽》及《墬形訓》並云：齊之海隅。注：隅，崖也。與郭注濱，涯也，訓合。《墬形訓》又云：申池在海隅。注：海隅，藪也。《史記·齊世家》《集解》引左思《齊都賦》注：申池，在海隅，齊藪也。然則海隅包申池而言。海濱，斥鹵之地，故《管子》云渠展之鹽，卽下云鶩於鹽浦者也。鹽浦，亦在海濱中。

列卒滿澤，罘網彌山。

【注】郭璞曰：彌，覆也。善曰：罘，已見上文。

【疏】《史》、《漢》「網」作「罔」，字同。〇《集解》引郭曰：罘，罝也。音浮。顔曰：罘，覆車也。卽今幡車罔也。《王風·兔爰》之詩曰：雉罹于罦。「罦」亦「罘」字耳。彌，竟也。《史記正義》引《説文》曰：罘，兔罟也。〇罘，已見《西都賦》注引鄭玄《禮記·月令》注。

掩兔轔鹿，射麋脚麟。

【注】司馬彪曰：轔，轢也。音悉。韋昭曰：脚，謂持其脚也。善曰：鄭玄《毛詩箋》曰：掩者，覆也。

【疏】《史記》「掩」作「揜」。《説文》曰：自關以東，謂取曰揜。與「掩」異。説見下。《漢書》「兔」作「菟」，或體字。「脚」作「格」。《類聚》引「轔」作「驎」。〇《集解》引徐廣曰：轔，音吝。又引郭璞曰：轔，車轢。顏曰：轔，謂車踐轢之也。○《集解》引郭璞曰：脚，掎足。《索隱》引韋昭注「持其脚」作「持一脚」。又曰：司馬彪曰：脚，掎也。《說文》云：掎，偏引一脚也。案：今《說文》無「一脚」二字。胡紹煐曰：「脚」，漢書作「格」。按，《說文》：⿰木卻，角械也。《廣雅·釋器》梏、衡、楅並釋爲⿰木卻，「脚」與「⿰木卻」同，蓋繫⿰木卻之名。《漢書》作「格」，亦通。《後漢書·鍾離意傳》注：格，拘執，是也。注家並以脚爲掎一脚，其義偏矣。步瀛案：胡氏以「格」爲「⿰木卻」之借字，恐未是。此方言捕，若加以⿰木卻械，則在獲後矣。王先謙曰：轔，《說文》：大牝鹿也。《左·襄十四年傳》：譬如捕鹿，晉人角之，諸戎掎之。謂或持其角，或掎其脚也。鹿唯用掎，猛獸則須格擊，明此「格」字爲「脚」之變文而誤。案：王說是也。孫志祖曰：按《爾雅·釋獸》：麐，麕身，牛尾，一角。邢疏引陸璣云：今并州界有麟，大小如鹿，非瑞麟也。故司馬相如賦曰：射麋脚麟。謂此麟也。梁章鉅、胡紹煐說並同。○注引鄭《詩箋》見《閟宮》。「掩者」當作「奄」。案：《說文·大部》曰：奄，覆也。大有餘也。《手部》曰：掩，斂也。此似以「掩」爲「奄」之借字。呂向曰：掩，謂以網掩之。似亦從覆字之義。

騖於鹽浦，割鮮染輪。

【注】張揖曰：海水之厓，多出鹽也。李奇曰：鮮，生也。染，擩也。切生肉，擩車輪，鹽而食之也。善曰：擩，揾也。擩，而緣切。揾，一頓切。

【疏】《集解》引郭璞曰：鹽浦，海邊地，多鹽鹵。騖，馳也。音務。顏曰：騖，謂亂馳也。○張注，顏引「厓」作「涯」，字同。○李注，顏引同。《集解》引郭曰：鮮，生肉也。染，擩也。音而沿反。又音而悅反。擩之於輪，鹽而食之。《索隱》曰：染或爲淬，與下文脟割輪淬意同也。顏曰：擩，揾也。擩，音如閱反。朱珔曰：此承上鹽浦而言，故以染輪爲擩鹽。或疑染輪謂割鮮而血染車輪，如《羽獵賦》所云創淫輪夷，注引《音義》曰：創血流平於車輪也。但彼處言殺獸，與此言割鮮異。《西都賦》：割鮮野食。《西京賦》：割鮮野饗。注皆引此語爲證。而兩賦不及染輪者，以其非鹽浦故也。後賦言勺藥之和具而後御之，正與此反對，仍從舊注爲允。步瀛案：朱説是也。朱氏又引桂馥《札樸》謂染輪乃田獵血祭之禮，則近於傅會矣。胡紹煐曰：以染爲捵，雖本古訓，然準擬情事，以輪染爲捵車輪鹽而食之，殊爲不倫。《廣雅·釋詁》三：染，污也。此謂割生血流污於車輪，盛言中獲之多。本書《吴都賦》剛鏃潤，霜刃染，是也。本或作「淬」，亦染也。《史記·荆軻傳》《索隱》曰：焠，染也。「淬」、「焠」一字。下脟割輪焠，作「焠」可證。《漢書補注》引郭嵩燾曰：割鮮染輪，與下獲多句相應。言割鮮多而血浸漬，兩輪爲之斑也。下文脟割輪焠與此異訓。脟割輪焠，正謂割取一臠，就輪間炙而食之。又與終日馳騁曾不下輿句相應。兩「輪」字各有意義。顏注因鶩於鹽浦一語，謂擩車輪鹽而食之，并云焠亦揾染之義，恐誤。王先謙曰：《索隱》謂與下脟割輪淬意同。詳文意，郭義較長。步瀛案：胡、郭二説意同。然苟非擩而食之，割鮮何以言及車輪？終覺未安。仍從朱以舊注爲允。吴先生曰：染無而沿之音，疑正文作「擩」。《集解》以染釋之，而後人妄倒，因改正文也。顏音如閱切，卽此而悦之音也。善音而緣切，卽比而沿之音也。〇濱、鱗，真部。輪，諄部。山，元部。通轉爲韻。

射中獲多，矜而自功。

【注】郭璞曰：伐其功也。善曰：鄭玄《禮記注》曰：矜，自尊大也。

【疏】顔曰：自矜其能，以爲功也。○鄭《禮記》注見《表記》。

顧謂僕曰：楚亦有平原廣澤，游獵之地，饒樂若此者乎？楚王之獵，孰與寡人乎？

【注】郭璞曰：與，猶如也。

【疏】袁本、茶陵本「游」作「遊」，與《漢書》同。下同。《史記》「孰」作「何」。又《史》、《漢》皆無「乎」字。

○《集解》引郭注同。

僕下車對曰：

【注】郭璞曰：下車，謙也。

臣楚國之鄙人也。

【注】《廣雅》曰：鄙，小也。

【疏】《廣雅》見《釋詁》二。

幸得宿衛，十有餘年。時從出游，游於後園，

【疏】清官本《漢書》引宋祁曰：一本無一「游」字。○人、年，真部。園，元部。通轉爲韵。

覽於有無，然猶未能徧覩也。又焉足以言其外澤乎？

【注】善曰：覽於有無，謂或有所見，或復無也。

【疏】《史記》「焉」作「惡」，《漢書》作「烏」，五臣本「澤」下有「者」字，與《史》《漢》同。○無、覩、澤，魚部。

齊王曰：雖然，略以子之所聞見而言之。僕對曰：唯唯。

【疏】《漢書》「見」下無「而」字。○顔曰：唯唯，恭應之辭也。音弋癸反。○言，元部。與上人、年、園爲韵。○以上子虚述與齊王問答。

臣聞楚有七澤，嘗見其一，未覩其餘也。臣之所見，蓋特其小小者耳，

【注】郭璞曰：特，獨也。

【疏】七澤，載籍未詳。疑長卿假設耳。○郭注，《索隱》引同。

名曰雲夢。雲夢者，方九百里。其中有山焉。其山則盤紆茀鬱，隆崇⿱山聿崒。

【注】郭璞曰：隆崇，竦起也。善曰：茀，音佛。

【疏】《史記》「⿱山聿」作「嵂」，《漢書》「⿱山聿」作「律」，「崒」作「崪」。宋祁曰：越本無「隆崇律崒」四字。王念孫《讀書雜志》四之十曰：景祐本亦無此四字，而《史記》、《文選》有之。疑皆後人所加也。王先謙曰：越本、景祐本自脱文耳。○顔引郭注作「詰屈，竦起也」。王先謙曰：《廣韵》：茀，山曲。《楚辭·招隱士》：山曲岪。是茀鬱與盤紆同義，故郭釋爲詰屈，而以竦起釋隆崇律崪四字。《説文》：崒，危高也。危高正竦起之義。《文選》注或有脱文，或誤「詰屈」爲「隆崇」，均不可知。步瀛案：當作「詰屈」。此注「隆崇」字殆涉正文而誤。○鬱、崒，脂部。

岑崟參差，日月蔽虧。

【注】張揖曰：高山擁蔽，日月虧缺半見也。善曰：崟，音吟。

【疏】《史記》「崟」作「巖」。○張注，顔引同。惟「擁」作「壅」。《史記集解》引《漢書音義》亦作「壅」。錢大昭《漢書辨疑》卷十八曰：江淹《雜體詩》：岑崟還相蔽。李善引郭注《方言》云：岑崟，峻貌。案見《方言》十二。梁章鉅曰：《説文》：岑，山之岑崟也。段曰：《蜀都賦》、《南都賦》皆有嶜岑字，李善讀爲岑崟。○《漢書補注》引王文彬曰：蔽，全隱也。虧，半缺也。山岑崟而參差，則日月或蔽或虧。張説未晰。○差、虧，歌部。

交錯糾紛，上干青雲。

【注】郭璞曰：言相摎結而峻絶也。善曰：孔安國《尚書傳》曰：干，犯也。

【疏】郭注，顔引同。○僞孔傳見僞古文《胤征》。○紛、雲，諄部。

罷池陂陀，下屬江河。

【注】郭璞曰：言旁穨也。屬，連也。罷，音疲。陂，音婆。陀，音駝。文穎曰：南方無河也。冀州凡水大小皆謂之河。詩賦通方言耳。晉灼曰：文章假借，協陀之韻也。

【疏】五臣「陀」作「陁」，與《史》、《漢》同。○郭、文、晉三注，顔引同。顔曰：文、晉之説，皆非也。下屬江河者，總言山之廣大，所連者遠耳。於文無妨。陂，音普河反。屬，音之欲反。○《匡謬正俗》卷五曰：《東觀漢記》述光武初作壽陵云：今所制地不過二三頃，爲山陵陂池，裁令流水而已。按：陂池讀如《弔二世賦》登陂陁之長坂。凡陂陁者，猶言靡陁耳。步瀛案：續收原本《玉篇·自部》引顧野王曰：

陂，猶靡迤也。「迤」，疑「迆」字之誤。「迆」一作「迤」，「靡迤」卽「靡陁」耳。罷池、陂陁音同意複，疊言之，以狀靡陁之貌耳。《說文》「陁」作「池」，與「沱」、「池」讀本相同。○陁、河、歌部。

其土則丹青赭堊，雌黃白坿，

【注】張揖曰：丹，丹沙也。青，青雘也。赭，赤土也。堊，白土也。蘇林曰：白坿，白石英也。坿，音附。

【疏】《史記集解》引徐廣曰：「堊」，一作「瑕」。○張、蘇二注，顏引同。顏曰：丹沙，今之朱砂也。青雘，今之空青也。赭，今之赤土也。堊，今之白土也。《索隱》曰：張揖云：赭，赤土。出少室山。堊，白堊。《本草》云一名白墡也。案：此與顏、李引異。王先謙曰：《索隱》謂《漢書》注此卷多不題注者姓名，解者云是張揖，亦兼有餘人也。案：解者，謂顏師古也。此卷殆有非揖注而附會者，故與《索隱》歧出。○《正義》引《藥對》曰：雌黃，出武都山谷，與雄黃同山。王先謙曰：《釋名》：堊，亞也，次也。先泥之，次以白灰飾之也。據此，卽今之石灰，因其可以坿飾牆壁，故得白坿之名。因白土可涂，故別色可涂者亦謂之堊。《山海經》孟門之山，其下多黃堊是也。案：王氏此說，與舊注異，未知確否。存以備攷。○堊，魚部。坿，侯部。通轉爲韵。

錫碧金銀。

【注】善曰：高誘《淮南子注》曰：碧，青石也。

【疏】顏曰：錫，青金也。碧，謂玉之青白者也。高注《淮南子》見《墬形篇》。「青石」，今本作「青玉」。

衆色炫耀，照爛龍鱗。

【注】郭璞曰：如龍之鱗彩也。

【疏】《史》、《漢》「耀」作「燿」，「耀」即「燿」之或體字。○《西都賦》李注曰：炤，明也。爛，亦明也。《廣韻》曰：「炤」，同「照」。○銀，諄部。鱗，真部。通轉爲韻。

其石則赤玉玫瑰，琳瑻昆吾。

【注】張揖曰：琳，珠也。瑻者，石之次玉者。昆吾，山名也。出美金。《尸子》曰：昆吾之金。晉灼曰：玫瑰，火齊珠也。郭璞曰：琳，玉名。

【疏】《漢書》「瑻」作「琘」。《史記》「昆吾」作「崐峿」。○《集解》引郭璞曰：赤玉，赤瑾也。見《楚辭》。步瀛案：《楚辭》見《九歎・愍命》。○張注，顏引同。惟「瑻」作「琘」。《集解》引《漢書音義》「珠」作「球」，「昆吾」作「崐峿」，餘與張注同。○《尸子》，《海内經》郭注引同。顏亦引之。汪繼培輯入《勸學篇》。○晉注，顏引同。《集解》引郭曰：玫瑰，石珠也。顏曰火齊珠，今南方之出火珠也。玫，音枚。瑰，音回，又音瓌。梁章鉅曰：《一切經音義》卷六亦云：玫瑰，火齊珠也。一曰，石之美好曰玫，圓好曰瑰。又引張揖曰：玫瑰，琅玕也。按此承石説，自以後説爲正。胡紹煐曰：琅玕，亦珠也。此賦承其石言之者。珠多以玉石琢成之。○郭注：琳，玉名。與張注異。胡紹煐曰：張、郭珠玉異釋，故兩存其説。古珠皆以玉，故或以琳爲珠，或以琳爲玉，名異而實同。○《索隱》曰：司馬彪曰：崐峿，石之次玉者也。《河圖》云：流州多積石，名崐峿石，鍊之成鐵，以作劍，光明如水晶。案：字或作「昆吾」。步瀛案：《廣雅・釋地》亦作「崐峿」。王念孫《疏證》曰：通作「昆吾」。《説文》：琨，石之美者。《禹貢》：瑤琨篠簜。王肅注云：瑤琨，石次玉者也。案：琨，卽琨珸也。琨珸謂之琨，猶碔砆謂之砆。

瑊玏玄厲，

【注】張揖曰：瑊玏，石之次玉者。玄厲，黑石可用磨也。如淳曰：瑊，音緘。玏，音勒。

【疏】張、如二注，顏引同。《集解》引徐廣曰：瑊，音古咸反。玏，音勒。皆次玉者。又引《漢書音義》釋玄厲，與張注同。錢大昕《廿二史考異》五曰：《説文》：玪塾，石之次玉者。卽此瑊玏也。梁章鉅曰：《玉篇》「玪」同「瑊」。《中山經》：葛山其下多瑊石。《廣韻》瑊字注引郭璞云：瑊玏，似玉之石。厲，《廣韻》引作「礪」。王先謙曰：案《説文》：厲，旱石也。《急就篇》顏注：黑石曰厲。卽此玄厲矣。

碝石碔砆。

【注】張揖曰：碝石、碔砆，皆石之次玉者。碝石，白者如冰，半有赤色。碔砆，赤地白采，葱蘢白黑不分。郭璞曰：碝，而兗切。善曰：《管子》曰：陰山碝珉。《戰國策》曰：白骨疑象，碔砆類玉。

【疏】《漢書》「碝」作「瑌」。錢大昭曰：當作「碝」。《史》、《漢》「碔砆」作「武夫」。○張、郭二注顏引同。《集解》引徐廣曰：石似玉。又引《漢書音義》曰：碝石，出雁門。武夫，出長沙也。錢大昭曰：《説文》：碝，石次玉者。《中山經》：扶豬之山，其上多碝石。沈欽韓《漢書疏證》卷二十九曰：《海内經》：鹽長國有武夫之丘。郭云：此山出美石。○《管子》見《揆度篇》。「碝」作「瑌」。○《戰國策》見《魏》一。「碔砆」亦作「武夫」。○吾、砆，魚部。○以上雲夢中山。

其東則有蕙圃，衡蘭芷若，䓖藭菖蒲。

【注】張揖曰：蕙圃，蕙草之圃也。衡，杜衡也。其狀若葵，其臭如蘪蕪。芷，白芷也。若，杜若也。司馬彪曰：芎藭，似藁本。善曰：薛綜《西京賦注》曰：蘭，香草也。「芷若」下或有「射干」，非也。

【疏】五臣「芷」作「茝」，又「芷若」下有「射干」二字，與《史記》同。《類聚》引亦有之。《史》、《漢》「䓖藭」作「穹窮」，「菖」作「昌」。袁本、茶陵本「䓖」作「芎」。○《索隱》引司馬彪曰：蕙，香草也。《本草》云：薰草，一名蕙。《廣志》云：蕙草，緑葉紫莖，魏武帝以此燒香。今東下田有草，莖葉似麻，其華正紫也。案：《廣志》，《藝文類聚·草部》引同。餘見《南都賦》疏。吴其濬《植物名實圖考》卷二十五謂《嘉祐本草》之零陵香，即蕙草。以狀求之，蓋即醒頭香。今北平人呼爲矮糠者也。○《證類本草》卷六引《圖經》曰：菖蒲，春生，青葉長一二尺許。其葉中心有脊，狀如劍，無花實，其根盤屈有節，狀如馬鞭大。一根旁引三四根，傍根節尤密。一寸九節者佳，亦有一寸十二節者。餘見《南都賦》蓀下疏。○張注，顔引同。《集解》引《漢書音義》曰：衡，杜衡也。以下並與張注同。《索隱》曰：張揖云：衡，杜衡。生下田山。案：《山海經》云：天帝之山，有草，葉如葵，臭如蘪蕪，可以走馬。《博物志》云：一名土杏，其根一似細辛，葉似葵。故《藥對》亦以爲似細辛是也。案：《山海經》見《西山經》。《爾雅·釋草》曰：杜，土鹵。郭注曰：杜衡也。似葵而香。郝懿行《義疏》曰：《廣雅》云：楚蘅，杜蘅也。杜、楚聲近。杜衡，土杏。古讀音同。「杜」、「土」古字通也。衡，古文作「奧」，與「鹵」字形近。疑「土奧」缺脱其下，因誤爲「土鹵」耳。王念孫曰：《名醫别録》云：杜衡，香人衣體。陶注云：根葉都似細辛，惟氣小異爾。唐本注云：葉似塊，形如馬蹄，故俗云馬蹄香。王先謙曰：「衡」同「蘅」。《楚辭》及《文選·洛神賦》並作「蘅」。然《説文》無「蘅」字。○《索隱》曰：芷，白芷也。《本草》云：一名「茝」。《埤蒼》云：齊曰茝，晉曰虈。《廣雅·釋草》曰：白芷，其葉謂之葯。王氏《疏證》曰：「芷」與「茝」古同聲，「芷」即「茝」也。《説文》云：茝，虈也，楚謂之蘺，晉謂之虈，齊謂之茝。《内則》云：婦或賜之茝蘭。《釋文》云：「茝」，本又作「芷」。《楚詞·離騷》云：扈江離與辟芷兮。王逸注云：辟，幽也。芷，幽而香。《招魂》云：菉蘋齊葉兮白芷生。白芷，以根白得名也。蘇頌《本草圖經》云：白芷，根長尺餘，白色，粗細不等。枝榦去地五寸已上，春生，葉相對婆娑，紫色，闊三指許。是白芷根與葉殊色，故以白芷名其根，又别以葯名其葉也。若然，則《九歌》云：辛夷楣兮葯房，芷葺兮荷屋。《七諫》云：捐葯芷與杜衡兮。《九懷》云：芷閭兮葯房。當並是根、葉分舉矣。但芷、葯雖根、葉殊稱，究爲一草，故王逸《九歌》注云：葯，白芷也。《西山經》：號山，其草多葯。《淮南·脩務訓》：身若秋葯被風。郭璞、高誘注並與王逸同。是白芷亦得通稱爲葯也。○《索隱》曰：《本草》又曰：杜若，一名杜衡。今杜若葉似薑而有文理，莖葉皆有長毛，古今名號不同，故其所呼别也。郝懿行曰：《本草》杜若，一名杜衡。然陶注云：今復别有杜衡，不相似。則非一物矣。陶注以爲葉似薑而有文理，根似高良薑而細，味辛香，蓋此即所謂杜若也。朱珔曰：《説文》云：杜若，香草。《廣韻》云：杜衡，香草。大者曰杜若。是衡、若非一物甚明。故此賦二者並言，而《離騷》、《九歌》亦杜若與杜衡分舉也。蘇氏頌《本草圖經》以杜若爲即《廣雅》楚蘅，失之。餘見《南都賦》疏。○司馬彪注，《索隱》引同。又引郭璞曰：今歷陽呼爲江離。

《淮南子》云：夫亂人者，若芎藭之與藁本也。案：《淮南》已見《甘泉賦》。又案：胡克家曰：芎注中字亦作「芎」。考《説文・艸部》：营藭，香艸也。重文「芎」。司馬相如説营或从弓，謂《凡將》如此。《史記》、《漢書》作「穹」者，假借也。字書別未載「䓖」字。此與《甘泉賦》發蘭蕙與䓖藭，正文及注皆誤。○《西京賦》薛注無「蘭，香草也」四字，《東京賦》善注引鄭君《周易注》，又非薛注也。疑李氏記誤。顏曰：蘭，即今澤蘭也。《索隱》曰：蘭，秋蘭。洪興祖《楚辭補注》曰：《本草注》云：蘭草、澤蘭，二物同名。蘭草，一名水香，李當之云都梁是也。澤蘭，如薄荷，微香，荆、湘、嶺南人家多種之。此與蘭草大抵相類，但蘭草生水旁，葉光潤尖長，有歧，陰小紫，花紅白色而香，五六月盛。而澤蘭生水澤中及下溼地，苗高二三尺，葉尖，微有毛，不光潤，方莖，紫節，七月、八月開花，帶紫白色。此爲異耳。《詩》云：士與女方秉蕑兮。陸璣云：蕑，即蘭也。其莖葉似藥草。澤蘭，廣而長節。節中亦高四五尺，漢諸池苑及許昌宮中皆種之。劉次莊《樂府集》云：今沅、澧所生。花在春則黃，在秋則紫，然而春黃不若秋紫之芬馥也。步瀛案：蘭之爲物，諸家辨論甚繁。陸璣《毛詩疏》、蜀本《本草圖經》、陳藏器《本草拾遺》皆謂蘭似澤蘭。顏師古注《漢書》謂蘭即澤蘭，雖不免混淆，然二者本同類，尚不爲誤。范正敏《遯齋閒覽》亦謂當以澤蘭爲正。而劉奉世《漢書刊誤》、寇宗奭《本草衍義》，竟以葉如麥門冬者爲蘭，反駁舊説。吴仁傑《離騷草木疏》卷一、張淏《雲谷雜記》卷一等皆襲其説，是竟以今之所謂蘭者當之，則顯然誤矣。

江蘺蘪蕪，諸柘巴苴。

【注】張揖曰：江蘺，香草也。蘪蕪，蘄芷也，似蛇牀而香。諸柘，甘柘也。郭璞曰：江蘺，似水薺。文穎曰：巴苴，草名。一名巴蕉。善曰：苴，子余切。

【疏】「江」原作「茳」。胡克家曰：「茳」當作「江」，注中「江」字兩見，皆不從艸。《史記》、《漢書》亦作「江」。《上林賦》被以江蘺，茶陵本云：五臣作「茳」。袁本無校語。蓋此賦亦善「江」五臣「茳」而亂之，故袁、茶二本皆不著校語。何校改作「江」，據《史》、《漢》。陳云：別本作「江」。未詳其何本也。步瀛案：《類聚》引亦作「茳」，「茳」，俗字。今依胡氏校改。《史記》「蘪」作「麋」，「柘」作「蔗」，「巴」作「猼」，「苴」作「且」，《漢書》亦作「且」。○張、郭二注，顏引同。《集解》引《漢書音義》與張同。顏曰：蘪蕪，即穹窮苗也。而《藥對》曰：蘪蕪，一名江離。張勃又云：江離出臨海縣海水中，正青，似亂髮。郭義恭云：江離，赤葉。諸說不同，未知孰是，今無識之者。然非蘪蕪也，《藥對》誤耳。《索隱》曰：案，今芎藭苗曰江離，綠葉，白華。又不同。樊光曰：藁本，一名蘪蕪。根名蘄芷。又，《藥對》以爲蘪蕪一名江離，芎藭苗也。則芎藭、藁本、江離、蘪蕪並相似，非是一物也。朱珔曰：《說文》蘺字云：江蘺，蘪蕪。徐之才《藥對》云：蘪蕪，一名江蘺。與《說文》同。又，《說文》茝字云：虈也。「茝」即「芷」字，同聲通用。虈字云：楚謂之蘺，晉謂之虈，齊謂之茝。似許意直以虈、茝、江蘺、蘪蕪爲一物矣。而此賦云：芷若䓖藭，江蘺蘪蕪。則芷與江蘺爲二。《上林賦》云：被以江蘺，糅以蘪蕪。則江蘺又與蘪蕪爲二。《離騷》：扈江蘺與辟芷兮。亦江蘺與芷並舉，是各物明矣。段氏以楚謂茝爲蘺，不云謂茝爲江蘺，疑茝之稱蘺，特楚人語，而非即江蘺。故《說文》於蘺下別以江蘺釋之，而不謂即虈與茝也。

郝氏亦疑茝與蘄茝非一物，稱蘄茝者爲蘪蕪，單稱茝者别種也。猶之《廣雅》以藁爲山茝，而《史記索隱》引樊光云：藁本，一名蘪蕪。其淆混皆此類。程氏瑶田《釋草小記》云：茝也，江蘺也，蘪蕪也，不得爲一物。故李時珍《本草綱目》以爲未結根時爲蘪蕪，既結根後爲芎藭，大葉似芹者爲江蘺，細葉似蛇牀者爲蘪蕪。蓋同中之異。《淮南子》云：亂人者，若芎藭之與藁本，蛇牀之與蘪蕪，言乎似是而非者之當辨也。至《爾雅》曰：蘄茝，蘪蕪。是呼蘪蕪爲蘄茝。《名醫别録》又呼之爲江蘺。時珍爲之説曰：當歸名蘄，白芷名蘺。蘪蕪葉似當歸，香似白芷，故有蘄茝、江蘺之名。由是言之，蘄也，茝也，皆非蘪蕪之本名。而或以形似，或以氣同，相因而呼，稱名取類，不可爲典要耳。余謂蘪蕪或謂之蘼蕪。「蘪」、「蘼」字同，而《説文》無「蘼」字，則宜作「蘪」。《南都賦》謂之薇蕪，「蘪」、「薇」亦同音也。蘪蕪之名既混茝及江蘺，又混营藭。《别録》謂芎藭苗名蘪蕪，是也。李時珍已釋之矣。但营藭《左傳・宣十三年》作「鞠窮」。賈逵云：所以禦溼。《説文》营字云：营藭，香草也。重文爲「芎」。引司馬相如説营从弓，固與蘺蘪字劃分異處。而此賦亦分言之也。且江蘺之名，亦爲他草所冒。《本草綱目》云：海中苔髮，亦名江蘺。與此同名。而《史記索隱》、《漢書》顔注俱引張勃《吴録》之説，生海水中似亂髮者，以釋此賦。觀《吴都賦》江蘺之屬海苔之類並言，則非一物可知。胡紹煐曰：按，蘺，草名。謂之江蘺，蓋水邊草。郭云似水薺。薺，水草，故舉以相況。《淮南・泰族訓》注：蘺，水稗也。水草謂之蘺，猶水稗謂之蘺耳。《本草》云：芎藭生山谷，江蘺爲水邊草，與芎藭在山谷者不同處。則非芎藭苗可知。《索隱》及《藥對》均所未詳也。《爾雅・釋草》：蘪，從水生。疑蘪爲水草之名。

《釋水》：水草交爲湄。《小雅・巧言》：居河之麋，《左・僖二十八年傳》：孟諸之麋，作「麋」。「麋」、「湄」古通。水草交爲麋，因而名水草爲麋。《本草》云：蘪蕪，一名薇蕪。薇亦水草名。《釋草》又云：薇，垂水，是也。蕪，蕃蕪也。水草蕃蕪，故又謂之蘪蕪。然則江蘺、蘪蕪，皆水草。二者相似，故人多亂之。其在山谷閒，當別爲一種。《南山經》：洞庭之山，其草蘪蕪。《管子・地員篇》：五沃之土生蘪蕪。「蘼」與「蘪」同。本書《蜀都賦》：蘼蕪布濩於中阿。此或即芎藭苗歟？芎藭似藁本，故樊光誤以藁本爲蘪蕪。《本草》又云：今以大葉爲芎藭，小葉爲蘪蕪。芎藭在山谷閒，爲葉之大者。則在水中爲小葉矣。郭璞注《爾雅》云：蘪蕪，葉小如萎。當得其實。江蘺、蘪蕪，皆香草，與茝同類。故江蘺又謂之茝，蘪蕪亦謂之茝。《説文》：茝，楚謂之蘺。即江蘺。《爾雅》：蘄茝，蘪蕪，是可證也。參考諸注，張説爲近。善之審擇而從，不爲無識矣。王先謙曰：三者若是一物，文中不應加入昌蒲。蓋其苗曰江蘺，根曰芎藭，葉名蘪蕪，又名蘄芷，雖一本所出，判然三物，名稱各不相混，後人不察耳。○《集解》引《漢書音義》曰：諸蔗，甘柘也。沈欽韓曰：嵇含《南方草木狀》：諸蔗，一名甘蔗。交趾所生者。圍數寸，長丈餘，頗似竹。斷而食之，甚甘。王先謙曰：《説文》藷下云：藷蔗也。蔗下云：藷蔗也。《史記》作「蔗」，此作「柘」，字通假耳。《楚詞・招魂》有柘漿些。注：柘，藷蔗也。○文注，顔引同。又引張揖曰：蓴苴，蘘荷也。《集解》引《漢書音義》曰：猼且，蘘荷也。顔曰：文説巴苴是也。蓴且自蘘荷耳，非巴且也。《索隱》曰：文穎云巴蕉也，郭璞以爲蘘荷屬，未知孰是也。案：《廣雅・釋草》曰：蘘荷，蓴苴也。王氏《疏證》曰：巴、蓴古同聲，「蓴苴」正可通作「巴且」。張揖云：蓴苴，蘘荷也。蓋一本有作蕁苴者，故《史記索隱》引郭璞云：巴且，蘘荷屬。則亦以巴且爲蕁苴也。顏師古言蕁苴非巴且，殆不通假借之例耳。蘘荷，性宜陰地。《古今注》云：葉似薑，宜陰翳地種之，常依陰而生。《齊民要術》云：蘘荷，二月種之，宜在樹陰下。《閒居賦》所謂蘘荷依陰者也。胡紹煐曰：巴，古音伯吾反。蕁讀爲巴，猶姑之爲家，都之爲奢。蕁苴、巴且，此草名疊韻之近者。《説文》作葍蒩，葍、蕁，聲之轉。《南方草木狀》：芭蕉，成曰巴苴。蓋亦誤以巴苴爲芭蕉。王先謙曰：蕁與巴雙聲，「巴」爲「蕁」之異字。文氏以巴且爲巴蕉，特因且、蕉雙聲，望文生訓。不知巴蕉後出之物。《説文》蕉下止訓生枲。若長卿賦有之，許氏在後漢，豈不爲巴蕉立説？知其未足據也。步瀛案：巴苴與蕁苴、巴蕉，音皆可通。《南方草木狀》卷上言巴蕉或曰巴苴，正可與文穎説相證。安必蕁苴之是，而巴蕉之非乎？《説文》字書，非專載植物者，詎得以《説文》偶不載芭蕉，遂斷漢代卽無其物耶？錢大昕曰：巴且，卽巴蕉也。巴與猼、且與蕉，聲皆相近。亦主巴蕉之説。○圃、若、蒲、蕪、苴，魚部。

其南則有平原廣澤，登降陁靡，案衍壇曼。

【注】司馬彪曰：陁靡，邪靡也。案衍，窊下也。壇曼，平博也。善曰：陁，弋爾切。衍，弋戰切。壇，徒旦切。曼，莫幹切。

【疏】《漢書》「陁」作「阤」。○司馬注案衍以下，《索隱》引同。○顏曰：登，上也。降，下也。陁靡，旁衺也。案衍，壇曼，寬廣之貌也。步瀛案：壇曼，已見《甘泉賦》。

緣以大江，限以巫山。

【注】張揖曰：巫山，在南郡巫縣。

【疏】張揖注，顏引同。《集解》引郭璞曰：巫山，在今建平巫縣也。步瀛案：晉建平郡巫縣，即今四川巫山縣。雲夢澤雖廣，殆不及此，當是别一巫山。下文陽雲之臺，孟康曰：雲夢高唐之臺，宋玉所賦者，則皆不當在巫山縣矣。《太平寰宇記》曰：淮南道安州汉川縣，陽臺廟在縣南二十五里，有陽臺山。山在漢水之陽，山形如臺。按：宋玉《高唐賦》云：楚襄王遊雲夢之澤，夢神女曰：「妾在巫山之陽，高丘之阻。朝朝暮暮，陽臺之下。」遂有廟焉。今誤傳在巫峽中。縣令裴敬爲碑以正其由。案：遊陽雲之臺者襄王，夢神女而爲立廟者，懷王也。此引《高唐賦》殊失其旨。又「有廟」當爲「立廟」之誤。《輿地紀勝》曰：荆湖北路漢陽軍漢川縣，陽臺廟在漢川縣南三十五里陽臺山上，即宋玉爲《高唐賦》處。《清統志》四川夔州府陽雲臺下，引舊志曰：按司馬相如《子虚賦》前言楚王獵於雲夢，後言登陽雲之臺。孟康注云：雲夢中高唐之臺。據此，當在今荆州及漢陽境。又曰：湖北漢陽府，陽臺山在漢川縣南。《隋書·地理志》：甑山縣有陽臺山。又引《寰宇記》在汉川縣，辨巫峽中之誤。據此，則巫山亦當在漢川境矣。步瀛案：《高唐賦》高唐巫山連言之，且曰：狀若砥柱，在巫山下。是陽雲臺即巫山。此賦於雲夢之南，言限以巫山，又言登陽雲之臺。以雲夢跨江南言之，其南當爲華容、石首等縣。然此賦但敍田獵所及之地，即謂南至漢川，而以被以大江句證之，亦正相合。則巫山當即陽臺山矣。雖文人夸大之詞，不得盡以方輿里數繩之，然亦不應過爲懸遠。自後人指爲四川之巫山，别指一地以爲陽雲之臺，而當日之巫山高唐，反湮没不彰矣。

其高燥則生葴菥苞荔，

【注】張揖曰：葴，馬藍也。菥，似燕麥也。苞，藨也。荔，馬荔也。蘇林曰：菥，斯歷切。善曰：葴，之林切。苞，音包。荔，音隸。藨，皮表切。

【疏】《史記》「菥」作「蔪」，《漢書》作「析」。王先謙曰：《説文》無菥、蔪字，蓋後人誤加艸耳。○張揖注葴，顔引同。《集解》引徐廣曰：葴，音針。馬藍也。與張同。《索隱》引郭璞曰：葴，酸漿。江東名烏葴。案：《爾雅·釋草》曰：葴，馬藍。郭注曰：今大葉冬藍。張、徐皆用《爾雅》馬藍爲解。《釋草》又曰：葴，寒漿。郭注曰：今酸漿艸。江東呼曰苦葴。郭用《爾雅》酸漿爲解，故二説不同。已見《西京賦》。案：兩賦皆未指明葴屬何種，故注家各以己見爲説。○張注菥，顔引同。唯字亦作「析」。《集解》引徐廣曰：蔪，或曰生水中，華可食。《索隱》曰：「析」，《漢書》作「斯」。孟康云：斯，禾似燕麥。《廣志》云：涼州地生析草，皆如中國燕麥，是也。王先謙曰：所見蓋别本，或是「斯」《漢書》作「析」而誤倒也。朱珔曰：古「斯」與「析」通。《説文》：斯，析也。本《詩·墓門》毛傳。斯、析，聲之轉，故此「菥」字亦可作「蔪」也。《史記集解》引徐廣云云，據此疑卽《南都賦》所稱菥蓂之單呼者，彼亦云生川澤，與徐引或説正合。然此言高燥所生，蓋菥蓂爲大薺。陶弘景云：薺類甚多，今之薺大抵生於平地也。步瀛案：此説，於高燥字究嫌微隔。胡紹煐曰：張云蔪似燕麥。方氏以智《通雅》謂卽皇守田。今按，《爾雅·釋草》郭注皇守田云：似燕麥。與張説合。《玉篇》葴，菥草，似燕麥。引此賦云高燥則生葴菥。則又以葴菥連文爲名，疑《玉篇》誤也。○張注苞，顏引同。《集解》引作「《漢書音義》曰：苞，藨也」。顏曰：藨，即今所用作席者也。錢大昭曰：《説文》：苞，草也。南陽以爲麤履。王先謙曰：《禮記·曲禮》苞屨，注：苞，藨也。蓋其物可爲草履者，亦中爲席。《玉篇》：藨，蔽屬。「蔽」，今字作「蒯」，茅類，可爲席。與顏注合。○張注荔，顏引同。顏曰：馬荔，今之馬藺也。《集解》引徐廣曰：荔，音力詣反。草，似蒲。案：荔已見《西京賦》。○顏引蘇林曰：析音斯，與本注引異。疑注脱「音」字，衍「歷切」二字。

薛莎青薠。

【注】張揖曰：薛，藾蒿也。莎，薃侯也。青薠，似莎而大，生江湖，鴈所食。善曰：薠，音煩。

【疏】《漢書》「薛」作「薜」，《類聚》引同。○張注，顏引同。惟「薛」作「薜」，「藾」作「賴」。《集解》引徐廣曰：薛，音先結反。又引《漢書音義》與張同。王先謙曰：《玉篇》：薛，莎也。案下既言莎，若作「薛」則爲複出，作「薜」是也。《釋草》：苹，藾蕭。郭云：今藾蒿也。初生亦可食。桂馥謂苹、薛一聲之轉。步瀛案：「薛」字《釋草》三見，而不言爲藾蕭，《玉篇》以薛爲莎，恐誤，未可據。王氏説非也。《釋草》曰：苹，藾蕭。郭注曰：今藾蒿也。初生亦可食。郝懿行曰：《説文》蕭，艾蒿也。《齊民要術》引《詩疏》云：藾蕭，青白色。莖似箸而輕，胞始生，可食，又可蒸也。然則《説文》謂之艾蒿，以其色青白似艾耳。樂器簫一名籟，此藾一名蕭，古人異物同名，多此比也。《子虚賦》張揖注：薛，藾蒿也。是薛即蕭，蕭、薛聲轉。○張注莎，顏引同。唯「薃」作「鎬」。《集解》引《漢書音義》亦作「鎬」。顏曰：莎，卽今青莎草。案：《釋草》曰：薃，侯莎。其實媞。郭曰：《夏小正》曰：薃也者，莎。隋媞者，其實。案：今本「薃」作「縞」，「媞」作「緹」。《證類本草》卷九引《唐本草注》曰：莎，草根名。香附子，一名雀頭香，莖葉都似三棱，根若附子，周匝多毛。交州者最勝。大者如棗，近道者如杏人許。郝懿行曰：今驗莎有二種。一種細莖，直上。一種麤而短，莖頭復出數莖，其葉俱如韭葉而細。莖有三棱，實在莖端，其色赤緹，故曰緹矣。○張注薠，顔引同。《集解》引《漢書音義》但見上句。《説文》曰：青薠，似莎而大者。案：字或作「蕃」。《西山經》曰：陰山，其草多茆蕃。郭注曰：蕃，青蕃，似莎而大。《淮南·覽冥篇》曰：路無莎薠。高注曰：薠，狀如葴。葴如葭也。與諸家異。王先謙曰：據《覽冥訓》、《西山經》，薠實生於高燥之地，與此賦合。張氏以爲薠生江湖，失理遠矣。步瀛案：《楚辭·九歌·湘夫人》曰：白薠兮騁望。王逸注曰：薠草秋生，南方湖澤皆有之。是薠亦有生江湖者，特此言高燥所生，似當有異耳。胡紹煐曰：薠與莎相似，故書多並舉。《楚辭·招隱士》：青莎雜樹兮，薠草靃靡。《淮南·覽冥訓》路無莎薠是也。○曼、山、薠，元部。

其埤溼則生藏莨蒹葭，

【注】郭璞曰：藏莨，草名。中牛馬蒭。張揖曰：蒹，蘼。葭，蘆也。善曰：埤，音婢。莨，音郎。

【疏】《史記》《集解》本「埤」作「卑」，《索隱》本作「庳」，云：庳，音婢。卑下也。顔曰：埤，音婢。謂下地也。案：《類聚》引亦作「卑」。「埤」、「庳」、「卑」字並通。《晉語》五：松柏不生埤。韋注曰：埤，下溼也。○郭注藏莨，顔引同。唯無名字。「蒭」作「芻」。案：「蒭」，俗字。《索隱》引郭曰：莨尾似茅。

《集解》引《漢書音義》曰：藏，似薍而葉大。莨，莨尾草也。朱珔曰：案《漢書音義》似爲二物。如郭説，則一物矣。《爾雅》：孟，狼尾。郭云：似茅。今人亦以覆屋。「孟」，《玉篇》作「⿱艹盂」，俗字也。或作「孟」，亦譌。《御覽》引《廣志》云：狼尾，子可作黍。《説文》：莨，艸也。狼與莨音同。段氏謂狼尾似狗尾而麤壯者，是也。胡紹煐曰：藏、莨，疊韵字。「藏」與「蒼」通。蒼，青也。草之青爲蒼莨，猶竹之青爲蒼莨，水之清爲滄浪，天之青爲倉浪。藏，古無單訓爲草名者。郭説近之。王先謙曰：草無名藏者。《音義》説未確。莨，即狼尾草也。《詩》：不稂不莠。稂，狼尾草。莠，狗尾草也。二草相雜生野地，秋月適野，彌望皆是。狗尾草密，狼尾，毛疏其芒老，則赤而黑，與狼尾不異。《詩》：浸彼苞稂。生於溼，故水得浸之。與此賦合。苞從包聲，「苞」亦通作「包」。包，藏也。故苞稂亦爲藏莨矣。案：王説是。包，藏也。見《漢書·外戚傳》顏注。其説狼尾、狗尾二草形狀，本程瑶田《九穀考》。○顏引郭璞曰：蒹，荻也。似萑而細小。葭，蘆也。《索隱》引郭璞曰：蒹，薕也。似萑而細小，高數尺，江東人呼爲薕。蒿，葭蘆也似葦而細小，江東人呼爲烏蓲。亦引孟康曰：蒹葭，似蘆也。案：已見《南都賦》。

東蘠彫胡。

【注】張揖曰：東蘠，實可食。彫胡，菰米也。

【疏】《史記》「蘠」作「薔」。《史》、《漢》「彫」作「雕」。案：《説文》作「雕苽」，已見《南都賦》。○張注東蘠，顏引同。顏曰：東蘠，似蓬，其實如葵子也。《集解》引徐廣曰：烏桓國有薔，似蓬草，實如葵子，十月熟。《索隱》引《廣志》曰：東蔷，子色青黑。《河西記》云：貸我東蔷，償我白粱也。案：《證類本草》卷二十六引「蔷」作「廧」，「白」作「田」。朱珔曰：《後漢書·烏桓傳》作「東牆」，亦云：似蓬草，實如穄，子至十月而熟。《爾雅》有蔷，虞蓼。彼郭注云：虞蓼，澤蓼，蓋即今水蓼也。《名醫別録》曰：蓼，實生雷澤川澤。陶注：此類多人所食。寇宗奭謂：蓼實即水蓼子，正生下溼之地。其子尖扁。亦與顔注如葵子合。蔷之名同，似即爲東蘠，而《本草》分列之，殆同類而二種與？

蓮藕觚盧，

【注】張揖曰：蓮，荷之實也。其根藕。張晏曰：觚盧，扈魯也。

【疏】五臣「觚盧」作「菰蘆」，與《史記》同。○張揖注，顔引同。《釋草》曰：荷，芙蕖。其實蓮，其根蕅。唯注本此。「蕅」、「藕」字同。○張晏注，顔引同。又引郭璞曰：苽，蔣也，蘆葦也。《索隱》引同。唯「苽」作「菰」。顔曰：書不爲「苽蘆」字，郭説非也。但不知觚盧於今是何草耳。劉奉世曰：詞人不從本字者固多，何獨於此不然耶？宜用郭説。案：以上二説已不同。方以智《通雅》卷四十四曰：菰蘆，言菰茭、蘆笋，皆可食者也。孔明曰：東吴菰蘆中乃有此人。言菰蒲、蘆葦閒也。扈魯，則壺盧矣。古人壺、瓠皆通，則又兼存二説。案：孔明贊殷禮語，見《太平御覽·百卉部》七引《通語》。胡紹煐曰：《續搜神記》：吴興人章苟，蘿魚鮭置船中，著菰蘆中。亦有「菰蘆」字，則似申郭説。王先謙曰：上文葭即蘆，此不得複出「蘆」，郭説非也。「觚盧」，即「瓠𤬪」。《廣韵》：瓠𤬪，瓢也。「觚蘆」、「瓠𤬪」、「扈魯」，並一聲之轉。《爾雅》：瓠，棲瓣。《釋文》：舍人本「瓠」又作「觚」。此「觚」、「瓠」通假之證。

則又申張晏説。朱珔曰：此處若作「菰蘆」，似與上蓮藕相類。然菰蔣卽上彫胡，蘆葦亦卽上蒹葭之屬，不應複舉。而壺盧又非埤溼所生，未審孰是。步瀛案：壺盧非水草，終覺未安。若方氏以菰茭、蘆筍言，與上文亦不爲複也。

菴閭軒于。

【注】張揖曰：菴閭，蒿也。子可醫疾。軒于，蕕草也。生水中，揚州有之。善曰：菴，音淹。蕕，音猶。

【疏】《漢書》「菴」作「奄」，《史記集解》引《漢書音義》亦作「奄」。《史記》「于」作「芋」。〇張注菴閭，顔引同。唯「菴」作「奄」，「醫」作「治」。《集解》引作「《漢書音義》曰：奄閭，蒿也」。《索隱》引郭璞曰：菴蕳子，可療病也。《證類本草》卷六引《圖經》曰：菴蕳子，春生，苗葉如艾蒿，高三、二尺。七月開花，八月結實。朱珔曰：《本草綱目》：一名覆閭，爲其可以覆屋也。覆卽奄之義。《名醫别録》曰：菴蕳子，生雍州川谷，亦生上黨。陶注云：狀如蒿艾之類，近道處處有之。人家種此辟蛇。李時珍謂：菴蕳，葉不似艾，似菊葉而薄，多細丫，面背皆青。高者四、五尺。其莖白色如艾莖而粗。八、九月閒，開細花，結實如艾實。極易繁衍，藝花者以之接菊。胡紹煐曰：陸璣《詩疏》云：蓷，舊説及魏博士濟陰周元明皆云：菴閭，蓷，亦蒿之屬。是菴閭爲蒿也。《北史·景穆恭后傳》：太后常以體不安，服菴閭子。是子又可醫疾也。〇張注軒于，顔引同。《集解》引《漢書音義》曰：軒芋蕕草也。《索隱》引郭璞曰：軒芋，生水中，今揚州有也。案：《釋草》曰：莤，蔓于。郭注曰：多生水中，一名軒于。江東呼莤音猶。

《說文》曰：蕕，水邊草也。《繫傳》曰：似細蘆蔓，生水中，隨水高下汎汎然也。《證類本草》卷十一引陳藏器曰：蕕草，生水田中，似結縷，葉長，馬食之。李時珍《本草綱目》卷十六曰：此草莖頗似蕙而臭，故《左傳》云：一薰一蕕，十年尚猶有臭，是也。案：見《僖公四年》。朱珔曰：《管子·地員篇》：其草魚腸與蕕。《廣雅》云：馬唐，馬飯也。《本草別録》：馬唐，一名羊麻，一名羊粟。生下溼地，莖有節，生根卽蕕，是矣。胡紹煐曰：軒于，亦單言于。《續漢書·馬融傳》注：于，一名蕕，生於水中，是也。

衆物居之，不可勝圖。

【注】郭璞曰：圖，畫也。

【疏】《公羊·莊十三年傳》《解詁》曰：圖，計也。言草木衆多，不可勝計也。郭解爲畫，恐非。○葭、胡、蘆、于、圖，魚部。○曾國藩曰：此敍南有平原廣澤，似最宜畋獵之地。而下文敍獵，但有東、西、北三處，而不及南之廣澤，蓋虛實互備也。吴先生曰：平原廣澤，答齊王之問。蓋齊之所有，故略之。若蕙圃、清池、陰林，皆非齊之所有，故侈之。姚姬傳謂：雲陽臺在巫山下，卽至其南也。蓋至彼已息獵矣。

其西則有湧泉清池，激水推移。

【注】郭璞曰：波抑揚也。

【疏】《漢書》「湧」作「涌」，《類聚》引同。○郭注，顏引同。

外發芙蓉菱華，内隱鉅石白沙。

【注】應劭曰：芙蓉，蓮花也。

【疏】《漢書》「芙蓉」作「夫容」。《史記》「菱」作「蔆」，《漢書》作「蓤」，字並同。已見《東京賦》。○應劭注，顏引同。「芙蓉」作「夫容」，「花」作「華」。案：《釋草》曰：荷，芙蕖。郭注曰：別名芙蓉。江東呼荷。《離騷》王逸注曰：芙蓉，蓮華也。○顏曰：鉅，大也。○池、移、沙，歌部。

其中則有神龜蛟鼉，瑇瑁鼈黿。

【注】張揖曰：蛟狀魚身而蛇尾，皮有珠也。

【疏】《漢書》「瑇瑁」作「毒冒」。錢大昭曰：「毒冒」，古字。《爾雅・釋魚》注作「瑇瑁」。《釋文》云：字又作「蝳蝐」。○《爾雅・釋魚》曰：一曰神龜。郭注曰：龜之最神明。《周書・王會篇》：伊尹爲四方令曰：正西，神龜爲獻。《史記・龜策傳》曰：神龜在江南嘉林中。○顏引張揖曰：鼉，似蜥蜴而大，身有甲，皮可作鼓。《正義》引郭璞《中山經》注同。「爲鼓」作「冒鼓」。餘見《西京賦》疏。○顏引張揖曰：毒冒，似觜蠵，甲有文。顏曰：毒，音代。冒，音妹。《正義》曰：出南海，可以飾器物也。案：玄應《一切經音義》卷十一引《異物志》曰：瑇瑁，如龜，生南海中。大者如籧篨，背上有鱗，將欲用，煑之，其皮則柔，隨意所作也。案慧琳《音義》五十二亦引之。○顏引張揖曰：黿，似鼈而大。○張注蛟，顏引同。《史記正義》引郭璞《山海經注》云：蛟，似蛇而四脚小細，頭有白嬰。大者數十圍。卵生，子如一二斛瓮。吞人。顏曰：張説蛟者，乃是鮫魚，非蛟龍之蛟也。朱珔曰：《南山經》注：蛟，似蛇，四足，龍屬。與此魚身而蛇尾合。而云皮有珠，則又與《南都賦》鮫鱅注引《山海經》注所謂鮫錯屬，皮有珠文而堅者合。據《説文·虫部》：蛟，龍屬。無角曰蛟。《魚部》：鮫，海魚也。皮可飾刀。本截然兩物，如張説，是合爲一物矣。蓋《吕覽》：季夏伐蛟。注云：蛟，魚屬。因遂以蛟爲鮫。《淮南·道應訓》注云：蛟，水居。其皮有珠，世人以爲刀劍之口。而《説山訓》注亦云：鮫，魚之長。其皮有珠，今世以爲刀劍之口。所云鮫，魚之長，又卽《説文》池魚滿三千六百，蛟來爲之長也。《荀子·禮論》注引徐廣云：蛟韅以蛟魚皮爲之。諸文皆「蛟」、「鮫」無別，故《禮記·中庸》黿鼉蛟龍，《釋文》「鮫」本又作「蛟」也。又互見《南都賦》。○鼉、黿，元部。

其北則有陰林，其樹楩柟豫章。

【注】服虔曰：陰林，山北之林也。善曰：《尸子》曰：水積則生吞舟之魚。土積則生楩柟豫章。本或「林」下有「巨」字，「樹」下有「則」字，非也。

【疏】《史》、《漢》「其樹」作「巨樹」，《類聚》引同。吴先生曰：作「其樹」是。○《集解》引郭璞曰：楩，杞也。似梓。顔曰：楩，音便。又音步田反。卽今黄楩木也。案：楩非黄楩，朱珔已辨之，見《西京賦》疏。柟，亦見《西京賦》疏。○《集解》引郭曰：豫章，大木也。生七年乃可知。《正義》引温活人曰：豫，今之枕木也。章，今之樟木也。二木生至七年，枕、樟乃可分別。陸璣《毛詩疏》曰：豫章，葉大如牛耳，一頭尖，赤心，花黄，子青，不可食。《證類本草》卷十四引《唐本草注》曰：釣樟樹，高丈餘，葉似柟葉而尖長，背有赤毛，若枇杷葉。李時珍謂卽豫，一名枕木者。然《證類本草》卷十三引陳藏器别有枕材云：作舸船次於樟木。又似與釣樟小異。○服注陰林，顏引同。○《尸子》，本書《勵志詩》注引較此爲詳。又見《意林》卷一及《御覽・學部》一引。汪繼培輯入《勸學篇》。

桂椒木蘭，檗離朱楊。

【注】郭璞曰：木蘭，皮辛，可食。張揖曰：檗，皮可染者。離，山棃也。郭璞曰：朱楊，赤莖柳也。善曰：蓋山之國有樹，赤皮支幹，名曰朱木楊柳也。

【疏】《史記》「檗」作「蘗」。○桂椒，已見《甘泉賦》。○郭注木蘭，《集解》引同。顏曰：木蘭，皮似椒而香，可作面膏藥。餘見《蜀都賦》。○顏曰：檗，黃檗也。《證類本草》卷十二引《圖經》曰：蘗木，黃蘗也。高數丈，葉類茱萸，經冬不凋。皮外白，裏深黃色，根如松下茯苓作結塊。○張注離，《集解》引《漢書音義》同。顏注亦同。《爾雅・釋木》曰：棃，山樆。郭曰：即今棃樹。《玉篇》曰：樆，山棃也。郝懿行謂：棃生人家者名棃，生山中者別名樆。朱珔曰：《說文》無「樆」字，當作「離」。○郭注朱楊，《索隱》引有「生水邊」三字。顏注同。《爾雅・釋木》曰：檉，河柳。郭注曰：今河旁赤莖小楊。陸璣《詩疏》曰：檉，河柳。生水旁，皮正赤如絳，一名雨師，枝葉似松。○蓋山云云，見《大荒西經》。此注「國」下衍「東」字，「幹」上脫「支」字，并據《山海經》訂正。

樝棃梬栗，橘柚芬芳。

【注】張揖曰：樝，似棃而甘也。梬，梬棗也。善曰：《說文》曰：梬棗，似柹而小，名曰梗。而兗切。蘇林曰：梬，音郢都之郢。然諸說雖殊，而木一也。今依蘇音。

【疏】《史記》「棃」作「梸」。○《説文·鹵部》曰㮚，木也。从木。其實下垂，故从鹵。隸變作「栗」。○顔曰：柚，卽橙也。似橘而大。味酢，皮厚。芬芳，言柚橘之氣也。《正義》曰：小曰橘，大曰柚。樹有刺，冬不凋。葉青，花白，子黄赤。二樹相似，非橙也。《説文》曰：橘果出江南。橙，橘屬。柚，條也。似橙而酢。段曰：《釋木》：柚，條。郭云：似橙，實酢。生江南。按：今橘、橙、柚三果，莫大於柚，莫酢於橙汁，而橙皮甘可食。《本草經》合橘柚爲一條，渾言之也。○張注樝，顔引同。顔曰：樝，卽今所謂樝子也。《爾雅·釋木》曰：樝棃曰鑽之。郭曰：樝，似棃而酢澀。《禮記·内則》作「柤」，鄭注曰：柤，棃之不臧者。《説文》曰：樝，果似棃而酢。段玉裁曰：張揖云：樝，似棃而甘，乃以同類而互易其名耳。郝懿行曰：《莊子·天運篇》：柤棃橘柚，其味相反，而皆可於口。《齊民要術》引《風土記》曰：柤，棃屬。肉堅而香。陶注《本草》木瓜云：樝，子小而澀。王楨《農書》云：樝，似小棃。西山唐鄧閒多種之，味劣於棃，與木瓜同。入蜜煮湯，則香美過之。按：樝，卽今鐵棃。黄赤而圓，肉堅，酸澀，而入湯煮熟，則更甘滑。今順天人呼之鐵棃。步瀛案：郝説是也。王先謙謂上文言棃，此不當復出。樝棃者，棃之别種也，卽今之山查。其説非是。樝子，《本草》附木瓜下，與山樝判然二物。且上文離爲山棃，乃别種，此言棃，不爲復出也。○張注梬，顔引同。《集解》引徐廣曰：梬，音郢。與蘇音合。顔曰：梬棗，今之楰棗也。羅願《爾雅翼》卷十曰：梬，結實似柿而極小。其蔕四出，枝葉皮核皆似柿，秋晚而紅，乾之則紫黑如蒲萄，其大小亦然。今人謂之丁香柿，又謂之牛乳柿。餘見《南都賦》疏。

○章、楊、芳，陽部。

其上則有鵷鶵孔鸞，騰遠射干。

【注】張揖曰：孔，孔雀也。鸞，鸞鳥也。射干，似狐，能緣木。服虔曰：騰遠，獸名也。善曰：射，弋舍切。

【疏】《漢書》「鵷」作「宛」。《史》、《漢》「鶵」作「雛」。五臣「有」字下有「赤猨玃猱」四字。《史記》作「赤猨蠷蝚」。吴先生曰：四字當補。《集解》引徐廣曰：蠷蝚，音劬柔。《正義》曰：皆猿猴類。《爾雅·釋獸》《釋文》曰：「猨」，今本作「蝯」、「玃」，字亦作「玃」。案：已見《南都賦》。○顏引張揖曰：宛雛似鳳。《集解》引郭曰：鵷雛，鳳屬也。又互見《南都賦》。○張注孔鸞，顏引同。《集解》引郭亦同。《西山經》曰：女牀之山，有鳥焉。其狀如翟而五采文，名曰鸞鳥。見則天下安寧。《説文》曰：鸞，赤色，五采，雞形，鳴中五音。頌聲作則至。○張注射干，顏引同。法雲《翻譯名義·畜生篇》曰：悉伽羅，此云野干，似狐而小，形色青黄，如狗，羣行，夜鳴如狼。郭璞云：射干，能緣木。《廣志》云：巢於絶巖高木也。原注：野干、射干，皆音夜。玄應《一切經音義》卷二十四曰：野干，字又作「射干」。案：《子虚賦》云：騰遠射干。司馬彪、郭璞等注並云：射干，似狐而小，能緣木。射音夜。《禪經》云：見一野狐，又見野干，是也。慧琳《音義》卷二十七、卷四十一引並同。是射干之爲野干，法雲等已言之矣。沈欽韓、梁章鉅、胡紹煐皆引之，而不言諸書引此賦及法。朱珔以射干爲《周禮》之稚鵠，則非是。○服注騰遠，顏引同。《集解》引《漢書音義》曰：騰遠，鳥名。《索隱》曰：孟康云：騰遠，鳥名。非也。司馬彪云：騰遠，蛇也。郭璞云：騰蛇，龍屬。能雲霧。《焦氏筆乘》卷四曰：《莊子》：騰猿得枳棘。《南都賦》鸑鷟鵷雛翔其上，騰猿飛猵棲其下。《蜀都賦》：猨狖騰希而競捷。豈騰遠卽騰猿，「猿」、「遠」字相近而誤耶？案：《莊子》見《山木篇》。梁章鉅、胡紹煐、朱珔、王先謙皆主此説。王幷引《新序·雜事》五：玄猨超騰極遠爲證，亦謂「遠」與「猿」篆文相似而誤。未知確否。

其下則有白虎玄豹，蟃蜒貙犴。

【注】郭璞曰：蟃蜒，大獸，似貍，長百尋。貙，似貍而大。犴，胡地野犬也。似狐而小。蟃，音萬。善曰：《山海經》曰：鳥鼠同穴之山，其上多白虎。又曰：幽都之山，其上有玄豹。郭璞曰：黑豹也。

【疏】《史》、《漢》「犴」作「豻」，字同。○郭注蟃蜒，《集解》及顔引並同。《爾雅翼》卷十九曰：《説文》：獌，狼屬也。引《爾雅》貙獌，似貍。獌狿既是狼屬，又復似貍，又與貙豻同稱，則其形質當不甚相懸，正使身長不應八百尺。孫愐説獌，雖同郭氏之語，至説狿則云：獌狿，大獸名。長八尺。八尺，正當一尋。郭氏稱百尋者，蓋見《西京賦》云巨獸百尋，是爲曼延，故云爾。漢武作蛇龍曼延之戲，故薛綜云作大獸，長八十丈。郭氏據此爲説，不原物之本狀耳。沈欽韓曰：謝靈運《山居賦》注：獌，似獾而長，狼之屬。一曰貙。《廣韵》：獌狿，長八尺。百尋乃八尺之誤。朱珔曰：郭云：大獸，長百尋，直與《西京賦》所稱巨獸百尋，是爲曼延者相混。彼爲僞物，此以真獸。云百尋恐不足信。「百尋」，當是「一尋」之誤。《詩·閟宮》毛傳：八尺曰尋。王先謙曰：《説文》無蟃蜒字。據《廣韵》，獌狿從犬，從蟲者借字。○郭注貙，《集解》及顔引並同。《釋獸》曰：獌，似貍。郭注曰：今山民呼貙虎之大者爲貙豻。《釋文》曰：《字林》云：獌，狼屬。一曰貙。《釋獸》又云：貙，似貍。郝懿行謂加「獌」字者是。貙之大者名貙獌，非二物也。○郭注豻，顏引同。《集解》引《漢書音義》曰：豻，胡地野犬，似狐而大也。《索隱》引應劭曰：豻，音顏。韋昭一音岸。鄒誕生音苦姦反。《周禮·夏官·射人》鄭注曰：豻，胡犬也。案：據鄭、郭及《漢書音義》，犴與貙當爲二物。王先謙曰：豻，自是胡地野犬，非此貙豻也。《周禮·射人》：士以三耦射豻侯。鄭司農曰：豻者，獸名也。獸有貙、豻，合之，《爾雅注》則貙豻爲一物矣。○《山海經》見《西山經》及《海内經》。而郭注見《中山經》卽谷之山。○《史記》此下有「兕象野犀，窮奇獌狿」。吴先生曰：當依《史記》補。下言專諸之倫，手格此獸，則獸類宜多。今《漢書》、《文選》蓋皆誤奪。後人因《漢書》、《文選》删《史》句，因移《集解》、《索隱》所釋窮奇象犀於後。惟《正義》本未改。今《史記》依《正義》本是也。步瀛案：兕、象、犀，已見《西都賦》。窮奇，見後《上林賦》。吴先生曰：上云蟃蜒，乃獸名。下云窮奇獌狿者，以獌狿狀窮奇之態，與橘柚芬芳句法正同。○鸞、干、犴，古音元部。狿，亦元部。

於是乎乃使剸諸之倫，手格此獸。

【注】善曰：剸諸，已見《吴都賦》。

【疏】《史記》無「乎」字。五臣「剸」作「專」，與《史記》同。顏曰：剸諸，吴人。刺吴王僚者也。《方言》：勇士。故舉以爲類。「剸」與「專」同。吕向曰：格，擊也。手格，謂空手擊之。步瀛案：「剸諸」，《左傳》作「鱄設諸」。昭二十年：乃見鱄設諸焉。杜注曰：鱄諸，勇士。刺王僚事見昭二十七年。雖異，《吴都賦》注已引之。又見《史記·刺客傳》、《魏策》四、《吕氏春秋·適威篇》、《吴越春秋》等書，詳略其事一也。○吴先生曰：此與《左傳》三敗及韓同一文法。步瀛案：見《左傳·僖公十五年》秦伯伐晉事。○曾國藩曰：以上東西南北，開下畋獵之地。

楚王乃駕馴駮之駟，

【注】張揖曰：馴，擾也。駮，如馬。白身，黑尾，一角，鋸牙，食虎豹。擾而駕之，以當駟馬也。

【疏】《史記》「駮」作「駁」，《類聚》同。案：「駮」、「駁」同字。○張注，顔引同。《集解》引作《漢書音義》。劉奉世曰：馴駮，止是駮馬耳。虎嘗見而伏，故出獵駕之。非真駮也。步瀛案：《管子·小問篇》曰：桓公乘馬，虎望見之而伏。桓公問管仲曰：「今者寡人乘馬，虎望見寡人而不敢行，何也？」管仲對曰：「意者君乘駮馬而洀桓迎日而馳乎？此駮象也。駮食虎豹，故虎疑焉」。《禮記·三年問》《釋文》曰：駟，馬也。

乘彫玉之輿。

【注】郭璞曰：刻玉以飾車也。

【疏】《史》、《漢》「彫」作「雕」，通借字。《類聚》同。○顔曰：以玉飾輿而雕鏤之。與郭意同。

靡魚須之橈旃，

【注】張揖曰：以魚須爲旃柄，驅馳逐獸也。橈，靡也。善曰：橈，女教切。

【疏】張注，顔引同。「逐獸也」，「也」作「正」。胡克家曰：「也」當作「正」，以八字爲一句也。案八字爲句，義不可通。作「正」字誤也。胡氏説非。《集解》引郭璞曰：以海魚須爲旒旌，言橈弱也。通帛爲旃。

顏曰：大魚之須，出東海。見《尚書大傳》。橈旃，卽曲旃也。橈，音女教反。胡紹煐曰：《説文》：麾，旌旗。所以指麾。從手，靡聲。「靡」與「摩」同。《上林賦》：拖蜺旌靡雲旗。靡與拖對，是「靡」爲「摩」也。橈，曲也。《説文》：旃，旗曲柄。謂旃之柄曲，故一名曲旃。《漢書·田蚡傳》：列曲旃。顏注引蘇林曰：禮，大夫曲旃。曲旃，柄上曲是也。

曳明月之珠旗。

【注】張揖曰：以明月珠綴飾旗也。善曰：《孝經援神契》曰：蛟珠旗。宋均曰：蛟魚之珠，有光耀可以飾旗。

【疏】張注，顏引同。《集解》引作《漢書音義》。○《援神契》及宋注「蛟」字，蓋皆「鮫」之通假字。

建干將之雄戟，

【注】張揖曰：干將，韓王劍師也。雄戟，胡中有鉅者，干將所造也。善曰：雄戟，已見《吴都賦》。鉅，音巨。

【疏】張注，顏引同。《集解》引作《漢書音義》。《索隱》曰：應劭曰：干將，吴善冶者姓。如淳曰：干將，鐵所出。晉灼曰：闔閭鑄干將劍。應劭説是。《方言》云：戟中小孑刺者，所謂雄戟也。周處《風土記》云：戟爲五兵雄也。鉅，音巨。案：《方言》九郭注曰：三刃戟，今戟中有小孑刺者，所謂雄戟也。《索隱》引「中」字下似脱「有」字。又案：干將，諸説不同。已詳見《吴都賦》疏。○《吴都賦》李善注，引《史記·商君傳》。

左烏號之雕弓，

【注】張揖曰：黄帝乘龍上天，小臣不得上，挽持龍髯。髯拔，墮黄帝弓。臣下抱弓而號，名烏號也。郭璞曰：雕，畫也。

【疏】《史記》「號」作「嘷」。〇張注，顔引同。惟兩「髯」字皆作「𩭐」，「名」下有「弓」字。《索隱》引亦作「髯」，云見《封禪書》及《郊祀志》。案：《封禪書》作「髯」，《郊祀志》作「𩭐」，字同。此注作「髯」，字誤。顔引應劭曰：楚有柘桑，烏棲其上。枝下著地，不得飛，欲墮號呼，故曰烏號。與張揖注異。胡紹煐曰：烏號者，柘名也。《淮南·原道訓》：射者扜烏號之弓，彎棊衛之箭。烏號與棊衛對言，棊衛爲箭之名，則烏號爲柘之名可知。柘名烏號，因而名弓爲烏號。曹毗《箜篌賦》：其絲則烏號之絲。絲亦謂之烏號者，《齊民要術》：柘十五年任爲弓材，柘葉飼蠶，絲可作琴瑟等絃。是烏號爲柘名，烏號之弓，猶云烏號之絲耳。餘見《吴都賦》疏。

右夏服之勁箭。

【注】服虔曰：服，盛箭器也。夏后氏之良弓，名繁弱。其矢亦良，即繁弱箭服，故曰夏服也。

【疏】梁章鉅曰：枚乘《七發》：右夏服之勁箭，左烏號之雕弓。句法同此。〇服虔注，顔引作伏儼。許巽行曰：《漢書·序例》：伏儼，字敬弘，琅邪人。〇《集解》徐廣曰：韋昭云：夏，夏羿也。矢室名曰服。吕静曰：步叉謂之服也。顔曰：箭服，即今之步叉也。同吕説。《索隱》曰：案，夏羿，善射者。又，服，箭之室，故云夏服。即韋昭説。又曰：夏后氏有良弓名繁弱，其矢亦良，即繁弱箭服也。

卽伏儼説，而不言二説孰是。竊疑二説皆非是。《左·定四年》：子魚曰：分魯公以夏后氏之璜，封父之繁弱。杜注曰：封父，古諸侯也。《禮記·明堂位》鄭注曰：封父，國名。《孔叢子·公孫龍篇》曰：楚王張繁弱之弓。皆不言繁弱爲夏后氏之弓，則前説非也。夷羿簒夏，不得稱之爲夏。且夏字義甚廣漠，不見羿字，何知爲夏羿，則後説亦非也。「服」，本字作「箙」。《周禮·夏官·司弓矢》：中秋獻矢箙。鄭注曰：箙，盛矢器也。又《槀人》注曰：矢箙，春作秋成。豈夏箙謂經夏日所曝而名之乎？抑夏日所製乎？

陽子驂乘，孅阿爲御。

【注】張揖曰：陽子，伯樂字也。秦繆公臣。姓孫，名陽。郭璞曰：孅阿，古之善御者。見《楚辭》。孅，音纖。善曰：《楚辭》曰：孅阿不御。

【疏】五臣「孅」作「纖」，與《史記》同。案：尤本、茶陵本「孅」、「纖」作「孅」、「纎」今依袁本、及《史》、《漢》正。○張注陽子，顔引同。《集解》引《漢書音義》曰：陽子，仙人陽陵子。又引韋昭曰：陽子，古賢人也。《索隱》引張揖曰：陽子，伯樂也。孫陽，字伯樂。秦穆公臣，善御者也。與本注字句小異。梁章鉅曰：孫陽，字伯樂，又稱陽子。《楚詞·七諫》注、《莊子·馬蹄篇》《釋文》並謂孫陽是伯樂姓名，與此合。《翻譯名義集》六稱李伯樂，字孫陽，恐誤。《通志·氏族略》四注言秦穆公子有孫陽，字伯樂，善相馬，則又以孫陽爲嬴姓。考《列子·説符篇》穆公謂伯樂曰：「子之年長矣，子姓有可使求馬者乎？」此不得爲問子語，則以爲穆公臣良是。《莊子》《釋文》云：伯樂，星名。主典天馬。孫陽善御，故以爲名。而《左氏傳・哀二年》之郵無恤亦稱伯樂者，緣其善御，同於孫陽，遂以爲號。如后羿、扁鵲之比。後世并以孫氏蒙之，其實與孫陽判然兩人也。胡紹煐曰：朱氏右曾曰：陽子非孫陽，別是一人。名下加「子」字，古無此例。張氏説誤。紹煐案：本書《報任安書》：同子驂乘。蘇林注：趙談也。與遷父同諱，故曰同子。然則同子卽談子也。此亦名下加「子」之證。文人割裂，往往有之。○郭注，顔引同。惟無「見《楚辭》」三字。《集解》引《漢書音義》曰：纖阿，月御也。《索隱》曰：服虔云：纖阿，爲月御。美女，姣好貌。又樂産曰：纖阿，山名。有女子處其巖，月歷數度躍入月中，因爲月御也。張雲璈曰：月御説不經。既以陽子爲對，不若從郭注古之善御者爲正。朱珔曰：郭説無所指證。善注引《楚辭》曰：孅阿不御焉。但《楚辭》多惝恍之語，如雷師、風伯等，屢言之。《淮南子》云：月御曰望舒，亦曰孅阿。《太平御覽・天部》亦引之。《離騷經》前望舒使先驅兮，與此正相類。然則孅阿非人名，卽陽子不得爲伯樂，似當從《音義》説，蓋借以況耳。步瀛案：陽子爲仙人陽陵子，則孅阿爲月御。陽子爲孫陽，則孅阿當如郭説。此等處實難定其孰是，但必其人相配耳。○《楚辭》見《九歎・思古》。各本「御」下誤衍「焉」字，今依《楚辭》校刪。

案節未舒，卽陵狡獸。

【注】司馬彪曰：案節，行得節。未舒，馬足未舒也。狡獸，狡健之獸也。善曰：《天文志》曰：案節徐行。服虔曰：謂行遲也。

【疏】《類聚》引「案」作「按」。五臣「陵」作「淩」，《類聚》同。○《索隱》引司馬彪曰：案轡徐行得節，故曰案節。馬足未舒，故曰未舒之也。亦曰未得也。與本注字句稍異。又引郭璞曰：言頓轡也。顏曰：案節，猶弭節也。未舒，言未盡意驅馳，已淩狡獸，狡捷之獸也。宋祁曰：注文當云已淩狡獸矣。狡獸，狡捷之獸也。文合如此。○注引《天女志》，案：《天文志》無「案節徐行」之文，疑因若月失節而妄行而誤記引之。○御，魚部。獸，幽部。通轉爲韵。

蹵蛩蛩，轔距虛。

【注】張揖曰：蛩蛩，青獸。狀如馬。距虛，似驘而小。善曰：《説苑》：孔子曰：蛩蛩、距虛，見人將來，必負蹷以走。二獸者，非性心愛蹷也，爲得甘草而貴之故也。

【疏】《類聚》引「蹵」作「蹴」，字同。《史記》「蹵」、「轔」二字互易，「蛩」作「邛」。○王先謙曰：《後漢·廉范傳》注：轔，轢也。《説文》：轢，車所踐也。此極言車馬迅疾，雖至捷之獸，亦能蹴踐之也。○張注，顏引同。《集解》引郭璞曰：邛邛，似馬而色青。距虛，即邛邛。變文互言之。《穆天子傳》曰：邛邛，距虛，日走五百里也。案：今《穆天子傳》卷一無「五」字，《海外北經》注、《爾雅·釋地》《釋文》引皆無之。顏曰：據《爾雅》文，郭説是也。梁章鉅曰：《爾雅》孫注：邛邛，距虛，狀如馬。《周書·王會解》云：獨鹿、邛邛、距虛，善走也。《穆天子傳》云：邛邛，距虛，日走百里。皆以邛邛、距虛爲一獸。自此賦爲蹵蛩蛩，轔距虛之文，劉向、張揖因俱分爲二獸，實誤。《漢書》注：郭璞云：距虛，即蛩蛩。賦家變文互言之，是也。又張揖以蛩蛩爲青獸，狀如馬。而《海外北經》云：有素獸焉，狀如馬，名曰蛩蛩。有青獸焉，狀如虎，名曰羅羅。與張説異。朱珔曰：《爾雅》《釋文》引李巡、孫炎及《説文》蹷字下用《爾雅》，皆謂一獸。郝氏謂本二獸，故《王會篇》云：獨鹿，邛邛。孔晁注：邛邛，獸，似距虛，負蟨而走也。又云：孤竹，距虛。孔注：距虛，野獸，驢、騾之屬。《穆天子傳》：邛邛、距虛走百里。郭注：亦馬屬。又引《尸子》曰：距虛不擇地而走。是以爲二獸也。余謂《爾雅》殆以其相似而並言之，未必四字爲一獸名。此處既分列，郭氏不宜云互言，且一人而兩異其說矣。又此注引《說苑》云：二獸非性心愛蟨也。亦明係爲二。胡紹煐曰：案張說，蛩蛩、距虛二獸者形狀稍異，善亦以爲二獸，故引《說苑》以證。其實郭以距虛卽邛邛，非也。《周書·王會篇》孔晁注：距虛，野獸，驢、騾之屬。「贏」、「騾」一字，則似贏之說確矣。《說文》：蛩蛩，獸也。下引《爾雅》蟨下一曰西方有獸焉，前足短，與蛩蛩、距虛比，其名曰蟨。許意亦以蛩蛩、距虛爲二獸。《廣雅》：距虛爲馬屬。本書《七發》注引《范子》云：千里馬必有距虛。蓋邛邛、距虛，皆野獸之善走者，因而名野馬之善走者爲邛邛，爲距虛。觀下所稱，並爲野馬可證。步瀛案：李引《說苑·復恩篇》以蛩蛩、距虛爲二獸。案：《爾雅·釋地》、《呂覽·不苟篇》、《淮南·道應篇》、《韓詩外傳》五、《穆天子傳》一皆以蛩蛩、距虛合言之，故注《爾雅》者如孫炎、李巡、郭璞等，皆以爲一獸。案：孫、李注見《釋文》引《海外北經》，郭注曰：邛邛，卽邛邛距虛也。《劉子新論·審名篇》曰：蛩蛩距虛，其實一獸。因其詞煩分而爲二。《急就篇》顏注曰：距虛，卽蛩蛩也。皆同此說。然《周書·王會篇》曰：獨鹿、邛邛。又曰：孤竹、距虛。則二者分言之。《說苑》且明言爲二獸，與此賦合。《說文·虫部》蛩下曰：蛩蛩，獸也。蟨下言與蛩蛩、巨虛比，而亦未明言蛩蛩卽巨虛。段玉裁、王筠皆主郭說爲一獸，恐非許意。至其字「蛩蛩」，《爾雅》、《周書》、《史記》、《山海經》、

《穆天子傳》作「邛邛」。「距虚」，《爾雅》作「岠虚」，《淮南子》作「駏驉」，當依《説文》以蛩蛩、巨虚爲正。

軼野馬，轊陶駼。

【注】張揖曰：軼，過也。野馬，似馬而小。《海外經》曰：北海内有獸，狀如馬，名陶駼。郭璞曰：轊，車軸頭也。善曰：軼、轊，言車之疾，能過野馬及陶駼也。軼不言車，轊不言過，互文也。轊，音衛。陶，音逃。駼，音塗。

【疏】五臣「陶」作「騊」，與《史》、《漢》同。《史》「轊」上有「而」字。梁章鉅曰：《説文》騊字云：騊駼，北野之良馬。《繫傳》引此賦語。朱珔曰：諸書多作「騊」，此作「陶」者，《漢書·楊雄傳》載《解嘲》文云：前番禺，後陶塗。顔注：騊駼，馬，出北海上。今云後陶塗，則是北方國名也。本國出馬，因以爲名。蓋「陶塗」卽「騊駼」之同音字耳。彼處「陶塗」，本書作「椒塗」。師古曰：「陶」，字有作「椒」者，流俗所改。〇張注，顔引同。《集解》引郭曰：野馬，如馬而小。騊駼，似馬。案：《爾雅·釋畜》曰：騊駼，馬。郭注曰：《山海經》云：北海内有獸，狀如馬，名騊駼，色青。案：今本《海外北經》無「色青」二字。張注引同。又，野馬，郭注曰：如馬而小，出塞外。《穆天子傳》卷一注曰：野馬，亦如馬而小。《周書·王會篇》亦野馬、騊駼並舉，則爲二獸可知。而《爾雅》、《釋文》引《字林》曰：騊駼，北狄良馬也。一曰，野馬。高誘《衛策注》曰：野馬，騊駼也。《淮南·主術篇》注曰：騊駼，野馬也。《漢書·公卿表》上注如淳曰：騊駼，野馬也。皆以野馬卽騊駼，蓋二者同類，故有時可以互稱，而要自爲二物。王先謙謂野馬騊駼爲一物，故賦取與蛩蛩距虛之一物二名相對爲文，非是。《説文》曰：騊駼，北野之良馬也。案：此猶言北狄良馬耳。段引如淳注，并合《爾雅》騊駼馬、野馬爲一，亦非是。《説文》又曰：驒騱，野馬也。《史記·匈奴傳》亦以驒騱、騊駼並舉。《公卿表》顔注曰：騊駼，出北海中，其狀如馬，非野馬也。○郭注，《集解》及顔引並同。顔曰：轊，謂軸頭衞而殺之也。《索隱》説同。與李注異。王念孫曰：軼，讀若迭。《左·隱九年傳》：懼其侵軼我也。《釋文》：軼，直結反。成十年傳：迭我殽地。「迭」與「軼」同。此言軼野馬，亦是侵軼之意。轊讀爲躛。躛，蹋也。《莊子·馬蹄篇》《釋文》引《廣雅》曰：踶，蹋也。《説文》：踶，躛也。躛，踶躛也。是躛爲踶也。「躛」、「轊」二字並音衞，故字亦相通，言突野馬而蹋陶駼也。張、郭、顔皆非是。自注曰：「躛」，舊本譌作「衞」，今據「踶」字注及《牛部》「犞」字注改。

乘遺風，射游騏。

【注】張揖曰：遺風，千里馬也。《呂氏春秋》曰：遺風之乘。《爾雅》曰：䳍如馬，一角。不角者騏。䳍，音攜。

【疏】《史記》「射」上有「而」字。○張注，顔引同。無「《呂氏春秋》」以下九字及「䳍，音攜」三字。《集解》引作《漢書音義》，亦然。《索隱》亦引《呂氏春秋》之文，又引《古今注》曰：秦始皇馬名。案：《呂氏春秋》見《本味篇》。李詳曰：《經典釋文》《莊子·逍遥遊篇》音義，野馬，崔云：天地閒氣，如野馬馳也。遺風，風之疾者。王褒《聖主得賢臣頌》：乘遺風。楊雄《甘泉賦》：敺遺風。皆祖述馬語，言車軼過野馬，乘逐遺風，俱喻其速。張揖咸以馬釋之，非也。步瀛案：如李説，則此四句上二句皆喻其疾，與下二句不甚合。似舊注是。○《索隱》引韋昭曰：騏，如馬無角，非麒麟之麒。巂，音攜。案：《爾雅·釋獸》「巂」作「驨」。郭注曰：元康八年，九真郡獵得一獸，大如馬，一角，角如鹿茸，此即驨也。今深山中人時或見之。亦有無角者。《釋文》曰：「驨」，本又作「巂」。郝懿行曰：《公羊·哀十四年》疏引舍人云：驨，如馬而有一角，不有角者名騏。《王會篇》云：俞人雖馬。孔晁注：雖馬，巂，如馬，一角。不角者曰騏。巂有髓音，故《王會篇》借爲「雖」也。梁章鉅曰：《説文》：騏，馬青驪文如博棊也。《繫傳》引此賦語。朱珔曰：《説文》：騏，馬青驪文如綦也。今本作如「博棊」，此從《七發》李注所引。段氏及《説文校議》皆如是。《魯頌》毛傳：蒼騏曰騏。蒼騏即蒼綦，謂蒼文如綦也。《説文·糸部》：綦，帛蒼艾色。許君所稱謂馬之色有異，非此賦之騏也。○虛、駼，魚部。騏，之部。通轉爲韻。

倏眒倩浰，

【注】張揖曰：皆疾皃。善曰：倏，式六切。眒，式刃切。倩，千見切。浰音練。

【疏】《史》、《漢》「倏」作「儵」，字同。《漢》「眒」作「胂」，蓋誤。《史》「倩」作「凄」。○張注顏引同。《集解》引作《漢書音義》。胡紹煐曰按：王延壽《王孫賦》：夐儵眒而奄赴。注：儵眒，疾貌。「倏眒」與「儵眒」同。《集韻》：凄，倉甸切。與淒同。淒浰，疾貌。然則丁度所據《史記》作「淒」。《漢書》作「凊」矣。此亦當爲「凊」字。案：倏眒又互見《蜀都賦》、《集韻·六至》：浰，力至切。

雷動猋至，星流霆擊。

【注】郭璞曰：霆，劈歷。

【疏】《史記》「雷」作「靁」，「猋」作「熛」。《漢書》作「焱」，又，「霆」作「電」。○顏曰：焱，疾風也。若雷之動，焱之至，言其威且疾也。王先謙曰：「焱」，《文選》作「猋」，是。《說文》：飆，扶搖風也。《初學》引作「疾風也」，「飆」省作「猋」。《刑法志》、《韓安國傳》顏注並云：猋，疾風也。此訓疾風，知當作「猋」，不作「焱」矣。《史記》作「熛」，蓋因通假而誤。「猋」與「飆」俱借爲「飄」，「飄」、「熛」偏旁俱從票，因轉寫作「熛」耳。○《爾雅·釋天》注曰：雷之急激者謂霹靂。《說文》曰：霆，靁餘聲也。鈴鈴所以挺出萬物。又曰：震，劈歷振物者。《西京賦》薛注引《蒼頡篇》曰：霆，霹靂也。皆與郭注合。而《穀梁傳·隱九年》曰：電，霆也。《淮南·兵略篇》曰：疾雷不及塞耳，疾霆不暇掩目。皆以霆爲電。

弓不虛發，中必決眦。

【注】李奇曰：射之巧妙，決於目眦。善曰：《說文》曰：眥，目匡也。「眦」、「眥」俱同。

【疏】五臣「眦」作「眥」，與《史記》同。《類聚》引亦作「眥」。○顏曰：決眦，即決獸之目眦，言射審也。「眦」即「眥」字。案：《集解》引韋昭曰：在目所指中，必決於眼眥也。與李奇意同。謂射者眦所到，即可決其必中也。文義雖通，似不如顏注爲長。○《說文》見《目部》。

洞胸達腋，絶乎心繫。

【注】張揖曰：自左射之，貫胸，通右髃，中心絶系也。善曰：《說文》曰：髃，肩前也。五口切。一音五

俱切。繫，音系。

【疏】張注，顏引同。尤本「中」下脱「心」字。據顏注及袁、茶二本增。○《説文》見《骨部》。《詩・車攻》毛傳曰：自左膘而射之，達於右腢，爲上殺。孔疏曰：貫心死疾，肉最潔美。

獲若雨獸，揜草蔽地。

【注】善曰：言所在射獲衆多，若天之雨獸。雨，于具切。毛萇《詩傳》曰：揜，覆也。

【疏】《漢書》「草」作「屮」。顏曰：「屮」，古「草」字也。○茶陵本無「言所」至「于具切」十六字。尤本亦無「射獲」二字。今據袁本增。袁本無「于具切」三字。顏曰：言殺獲之多，如天雨獸也。○《説文・手部》揜字下曰：一曰，覆也。毛傳無揜訓覆之文。《閟宮》傳曰：奄，覆也。字不作「揜」。又，「揜」、「弇」字通。《廣雅・釋詁》二曰：弇，覆也。○洌、眦，脂部。至，至部。擊、繫、地，支部。通轉爲韵。

於是楚王乃弭節徘徊，翺翔容與。

【注】郭璞曰：弭，猶低也。節，所仗信節也。翺翔容與，言自得也。善曰：王逸《楚辭注》曰：弭，案也。

【疏】《漢書》「乃」作「迺」。《史記》「徘徊」作「裵回」，字同。○郭注，顏引同。「弭猶」至「節也」十字，袁、茶二本無。胡克家曰：《漢書》注有之。考《史記索隱》引郭璞曰：言頓轡也。《集解》引郭璞曰：或云，節，今之所仗信節也。善此注引王逸弭，案也，意謂卽上文案節未舒，與郭頓轡之解相近，無取或云也。尤延之從《漢書》注添，未是。胡紹煐曰：弭節，猶上云案節。謂弭轡也。《離騷》：吾令羲和弭節兮。《湘君》：夕弭節兮北渚。注並云：弭，案也。即善所引。《續漢書·東平憲王蒼傳》注：弭節，猶案節也。皆以弭節爲案轡徐行之意。《史記索隱》引郭璞曰：言頓轡，是也。《上林賦》弭節徘徊句與此同。下文云浸淫促節，並指行言。六臣本無此十字。《攷異》謂是尤本從《漢書注》所添，說或然也。步瀛案：顏曰：弭節者，示安徐也。《淮南子·主術篇》高注曰：節，策也。弭節，即按策。郭以爲信節，非是。《漢書補注》引王文彬曰：《周亞夫傳》：天子乃按轡徐行。按轡，與案節同，意皆安徐之貌也。郭訓低，非。○《楚辭》王注見《離騷》。「案」，今本作「按」，「案」乃「按」之通借字。

覽乎陰林，

【疏】姚鼐曰：此即其北之陰林。

觀壯士之暴怒，與猛獸之恐懼，徼𠦬受詘，

【注】郭璞曰：𠦬，疲極也。𠦬，音劇。司馬彪曰：徼𠦬，遮其倦者。善曰：受屈，取其力屈也。「詘」與「屈」同。丘勿切。

【疏】「𠦬」，《史記集解》作「谻」，《索隱》作「𠫭」。《漢書》監本作「𠫭」，毛本作「𥝖」。當依《說文》作「谻」。「𠫭」、「𠦬」、「𠫭」、「谻」「𥝖」皆誤，而「谻」又「㕁」之通借字，與「𢜩」字音義皆同。說見下。又，《說文·人部》引徼𢜩受屈，「詘」乃「屈」之通借字。五臣作「謳」，即「詘」之或體字。○《集解》引郭曰：谻，疲極也。詘，盡也。言獸有倦遊者，則徼而取之。《索隱》引司馬曰：徼，遮也。𠫭，倦也。謂遮其倦者。較本注引爲詳。而顏引郭曰：詘，詘折也。𠫭，疲極。與《集解》引異。《集解》引徐廣曰：谻，音劇。顔引蘇林曰：𠜾，音倦。𠜾之𠜾，詘，音䩞强之䩞。顔曰：蘇音是也。「𠜾」與「劇」同。詘，音其勿反。徼，音工堯反。詘，盡也。言禽獸有倦極者，要而取之。力盡者，受而有之。案：「徼」下「音」字，據宋祁校補。《索隱》引《説文》曰：𠜾，勞也。燕人謂勞爲𠜾。案：《説文·丮部》曰𠜾，相踦𠜾也。从丮，谷聲。徐鍇《繫傳》曰：《上林賦》曰：徼𠜾受屈，謂以力相踦角徼要，極而受屈也。案：《上林賦》云：窮極驚𠜾。此誤記耳。段曰：「踦」，當作「掎」。又《人部》曰：㣄徼，受屈也。从人，卻聲。《繫傳》曰：㣄，困劇也。言見徼遮困劇，則受屈也。此許慎詳引司馬相如《子虛賦》之文。段曰：長卿用假借字作「𠜾」，許用正字作「㣄」是也。又《心部》曰：𢜸，勞也。从心，卻聲。與「㣄」字音義皆同。朱駿聲《通訓定聲》九謂爲「㣄」之或體。「𢜸」既與「㣄」同，而「𠜾」又爲「㣄」之借字，故《索隱》引《説文》，逕云𠜾，勞也，以傳正文。唐人引書，往往有此。惟燕人謂勞爲𠜾，未知是《説文》「𢜸」字佚文，抑小司馬自爲解者。姚文田《説文校議》卷十下則於「𢜸」字引之，而沈濤《説文古本攷》卷三下竟據《索隱》以爲「𠜾」字下古本如此，今本「相踦𠜾也」爲二徐妄改，恐不然矣。《方言》十二曰：𠜾，倦也。「倦」與「倦」同。《廣雅·釋詁》一曰：㣄，極也。又曰：勞也。「𠜾」當即「㣄」之或體。蓋本从𠜾，誤从𠜾耳。皆可與《説文》相證。而沈濤又以「㣄」字疑二徐妄增，益不然矣。段又曰：《史記·匈奴傳》、《漢書·趙充國傳》皆云「徼極」與「徼㣄」音異義同。朱珔曰：「𠜾」，从谷。《説文》：谷，口上阿也。非山谷之「谷」。「𠜾」與「㣄」字皆其虐切，故同音借用。聲之轉則爲「劇」。又與「極」字音近。胡紹煐曰：「㣄」，亦省作「卻」。《趙策》四：恐太后玉體之有所卻也。《玉篇》亦作「卻」。「㣄」、「極」音近，故《廣雅》釋谻爲極。《方言》：谻，傍也。郭璞音劇。「劇」與「谻」音義亦通。

殫覩衆物之變態。

【注】郭璞曰：殫，盡也。變態，姿貌也。

【疏】《史記》「覩」作「睹」，同。○郭注，顔引同。惟「貌」作「則」，疑誤。○怒、懼，魚部。態，之部。通轉爲韵。○以上獵於陰林。

於是鄭女曼姬，

【注】如淳曰：鄭女，夏姬也。曼姬，楚武王夫人鄧曼也。

【疏】如注顔及《正義》引同。《集解》引郭璞曰：曼姬謂鄧曼。姬，婦人之總稱。顔引文穎曰：鄭國出好女，曼者言其色理曼澤也。《正義》引同。顔曰：文説是也。劉敞曰：曼，鄧姓也。姬亦婦人通稱耳。閔赤如《文選瀹注》曰：鄭女曼姬，泛言鄭國之女，與曼澤之色也。善謂夏姬與鄧曼，恐非。張雲璈曰：楚武王夫人乃賢智之婦，豈可與不祥人並列。曼爲鄧姓，凡女皆得稱鄧曼，何必武王夫人。當如《瀹注》泛言爲是。鄭女亦不必指定夏姬也。胡紹煐曰：夏姬事見《詩》及《左傳》，淫蕩之婦耳。鄧曼爲楚王賢夫人，並舉亦爲不倫。今按：曼者，美也。《續漢書·杜篤傳》：曼麗之容，不悦於目。注：曼，美也。本書《上林賦》：靡曼美色。張揖曰：曼，澤也。澤謂色澤，亦美之義也。文穎解「曼」字甚確。王先謙曰：曼即美也。本書《司馬遷傳》如淳曰：曼，美也。鄭女多美，故鄭女爲當時美女恆稱，不必果出自鄭。鄭女曼姬，猶言美女美姬耳。鄧國不聞有美色也。步瀛案：鄭、鄧與楚爲婚姻之國。

鄭女曼姬，言楚王侍姬耳。當以劉氏、張氏説爲長。

被阿錫，揄紵縞。

【注】張揖曰：阿，細繒也。緆，細布也。揄，曳也。司馬彪曰：縞，細繒也。善曰：《列子》曰：鄭、衞之處子，衣阿緆。《戰國策》：魯連曰：君後宫皆衣紵縞。「緆」與「錫」，古字通。

【疏】《古逸叢書》續收原本《玉篇》引「阿」作「絅」，尤本、毛本、袁本、茶陵本「錫」皆作「緆」，《類聚》引同。胡克家曰：「緆」，當作「錫」。注云：「緆」與「錫」，古字通。必善作「錫」，故有此語。今各本皆作「緆」者，以五臣作「緆」而亂之，遂不可通。案：胡氏説是。○張注，顔引同。惟「曳」作「引」。《集解》引《漢書音義》亦與張注同。惟「布」上無「細」字。案：《史記·李斯傳》：阿縞之衣，《集解》引徐廣曰：齊之東阿縣，繒帛所出。王念孫《讀書雜志》三之五曰：阿縞之衣，與錦繡之飾相對爲文。則阿爲細繒之名，非謂東阿也。「阿」，字或作「絅」。《廣雅》曰：絅縞，練也。《楚辭·招魂》：蒻阿拂壁。「蒻」與「弱」同。阿，細繒也。言以弱阿拂牀之四壁也。王注以蒻爲蒻席，阿爲曲隅，皆失之。《淮南·脩務篇》：衣阿錫，曳齊紈。高注曰：阿，細縠。錫，細布。《列子·周穆王篇》張湛注同。《漢書·禮樂志》：曳阿錫，佩珠玉。如淳曰：阿，細繒。錫，細布。《司馬相如傳》張揖注與如淳同。案：王説是。《説文·糸部》曰：緆，細布也。段注曰：《燕禮》：冪用綌，若錫。鄭注：今文「錫」爲「緆」。緆，易也。治其布使滑易也。按：今文其本字，古文其假借字也。胡紹煐曰：《儀禮》注今文「錫」爲「緆」，是「錫」、「緆」通也。亦作「析」。揚雄《蜀都賦》：細都弱析。即緆也。杜宗玉曰：錫、緆，易聲。《儀禮·喪服》

注：謂之錫者，治其布使之滑易也。《大射儀》：冪用錫，若絺。注：今文「錫」或作「緆」。《燕禮》注：今文「錫」爲「緆」。《少牢饋食禮》：主婦被錫。注：被錫讀爲髲鬄，以鬄亦易聲也。○《集解》引徐廣曰：揄，音臾。顏曰：紵，織紵也。縞，鮮支也。今之所謂素者也。《正義》引韋昭曰：紵之色若縞也。又引顏注「織紵」作「纖紵」。王文彬曰：《漢書・高紀》注亦云：紵，織紵爲布及疏也。《周禮・典枲》注：緦，十五升布抽其半者，白而細。疏曰：紵然與絲異質，不得言纖。作「織」是也。《小爾雅》：縞，帛之粗者曰素。縞、素同物異名，惟粗細差別耳。○《列子》見《周穆王篇》。○《國策》見《齊》四。

雜纖羅，垂霧縠。

【注】司馬彪曰：纖，細也。張揖曰：縠，細如霧，垂以爲裳也。善曰：《神女賦》曰：動霧縠以徐步。

【疏】顏曰：纖，細也。與司馬注同。王先謙曰：《楚辭・招魂》注：羅，綺屬也。《釋名・釋布帛》：羅，文羅疏也。綺，攲也。其文攲邪，不順經緯之縱橫也。據此，羅乃繒之文理交錯者。今俗謂之起花。○張注，顏引同。顏曰：霧縠者，言其輕靡如霧，非謂縐文。《集解》引郭曰：言細如霧，垂以覆頭。王先謙曰：《神女賦》注：縠，今之輕紗，薄如霧也。據此，顏說得之。

襞積褰縐，紆徐委曲，鬱橈谿谷。

【注】張揖曰：襞積，簡齰也。褰，縮也。縐，裁也。其縐中文理茀鬱，有似於谿谷也。善曰：襞，必亦切。縐，側救切。齰，詐白切。

【疏】胡克家曰：袁本、茶陵本「積」作「襀」，音「積」。案：《史記》、《漢書》皆作「積」。袁、茶陵二本善注中引張揖，字仍作「積」。蓋善「積」，五臣「襀」而音「積」，袁、茶陵所見亂之，故不著校語。尤本獨未誤。又曰：「紆徐委曲」，何校云：《漢書》無此四字。無者爲勝。案：以李注引張揖詳之，本無此四字，今《史記》有而《集解》引《漢書音義》、《索隱》引小顏、孟康無，似二家《史記》亦與《漢書》同，並不當有。唯。五臣向注云：紆徐委曲，裙下垂貌。蓋五臣較多四字而亂之也。各本皆非。梁章鉅曰：此蓋五臣有之，向注可證。《史記》雖有，而《集解》、《索隱》並未及，恐亦後人所加也。胡紹煐曰：按，上下皆兩句爲韵，此多一句，則文法參差矣。疑有者爲五臣本。步瀛案：下「衯衯裶裶」至「蜚襳垂髾」，亦三句爲韵。胡氏説未是。「紆徐委曲」四字，《史記》有之，非五臣所益。李氏不注者，以人所易知耳，恐非與五臣本異。〇張注，顏引同。惟「弟」作「茀」。《集解》引《漢書音義》與張同。惟「茀鬱」下有「迟曲」二字。《索隱》引孟康曰其縐中云云，與張同，亦有「迟曲」二字。顏曰：張説非也。襞積即今之帬襵，古所謂皮弁素積者，即謂此積也。言襞積文理，隋身所著，或褰縐委屈如谿谷也。朱珔曰：此處承上鄭女曼姬而言，與皮弁無涉。特以證積字耳。《士冠禮》：皮弁服素積。注云：積，猶辟也。以素爲裳，辟蹙其要中。「辟」，蓋「襞」之借字。素積，即素裳。故顏以爲帬襵。張注「簡」字俗作「襇」，《類篇》：裙幅相襵也。是義不異。胡紹煐曰：張以襞積爲簡齰，謂簡而齰之也。齰之言笮也。今俗呼襞積爲襇，即此義。顏注今之帬襵。「襵」與「褶」通。《漢書補注》引郭嵩燾曰：《説文》：襞，韏衣也。褰，絝也。引《春秋傳》徵褰與襦蓋皆褻服。襞積，狀衣之摺疊。婦人無冕服，不得有皮弁之素積也。衣在外，絝在內。錫縞羅縠之屬，輕輭多襞紋，故以鬱橈谿谷爲言，言表裏之深邃也。王先謙曰：《索隱》引蘇林曰：褰縐，縮蹙之也。案：蘇説是。《士冠禮》注：積，猶辟也。以素爲裳，辟蹙其要中。謂帬要摺疊處也。鬱橈谿谷四字，總狀其縮蹙耳。郭説亦通。步瀛案：段玉裁曰：注「裁」當作「蹙」。與蘇林合。胡紹煐曰：《説文》：縐，一曰蹴也。「蹴」卽「蹙」也。○呂向曰：紆徐委曲，裙下垂貌。鬱橈，謂文理茀鬱然，有似谿谷之狀。

衯衯裶裶，揚袘戌削，

【注】郭璞曰：衯衯、裶裶，皆衣長貌也。張揖曰：揚，擧也。袘，衣袖也。戌削，裁制貌也。善曰：裶，音非。袘，弋爾切。戌，音卹。

【疏】五臣「衯衯」作「紛紛」，「裶裶」作「霏霏」。《漢書》「袘」作「袣」。《史記》「戌」作「卹」。○《索隱》衯衯裶裶句下引郭曰：衣長貌。顏引張曰：音芬。錢大昭曰：《説文》：衯，長衣貌。裵，長衣貌。今人乃以「裴」爲氏。氏族之「裴」，古用「蜚」。呂錦文曰：《廣雅·釋訓》：衯衯，亂也。《説文·衣部》：衯，長衣皃。無「裶」字。《毳部》：𣰆，毛紛紛也。《玉篇》：𣰆，紛也。《廣韻》：𣰆，細毛。疑「裶」卽「𣰆」之借。步瀛案：「裶」卽「裵」字，錢説長。○顏引張注曰：衯，音芬。袘，衣袖也。戌，鮮也。削，衣刻除貌也。與李引不同。王先謙曰：《文選》引張揖説與此不同，則此非張説。《索隱》以爲兼有餘人，是其一證也。步瀛案：《集解》引《漢書音義》曰：卹削，裁制貌也。與張同。但「卹」、「戌」字異耳。又，《索隱》引張晏注，與李引張揖並同，未知孰是。《集解》引徐廣曰：袘，音迤，衣袖也。顏曰：揚，擧也。袘，曳也。或擧或曳，則戌削然見其降殺之美也。其解「袘」字，又與諸家異。王先謙曰：《玉篇》：袘，衣緣也。《士昏禮》緇袘注：袘，謂緣。袘之言施，以緇緣裳象陽氣下施也。《類篇》：褫，裳下緣也。「袘」、「袘」、「褫」同。字訓爲裳緣戌削，狀行時裳緣之整齊也。張訓裁制貌得之。顏説非。步瀛案：王説得之。吕錦文亦引《士昏禮》而以「袘」爲「袳」之借字。然上既言揚，則衣張不待言矣。不如王説爲善。張雲璈曰：《上林賦》：眇閻易以卹削。郭璞曰：卹削，言如刻畫作之也。是「戌削」、「卹削」正同。胡紹煐曰：按《釋名·釋天》：戌，卹也。物當收斂矜卹之也。「戌」與古「卹」字通。《上林賦》作「卹」。

蜚襳垂髾。

【注】司馬彪曰：襳，袿飾也。髾，燕尾也。善曰：襳與燕尾，皆婦人袿衣之飾也。「蜚」，古「飛」字也。襳，音纖。髾，所交切。

【疏】五臣「蜚」作「飛」。《類聚》引同。○《集解》引郭曰：纖，絓衣飾。髾，髻髾也。顏引張揖曰：襳，離袿也。髾，髻後垂也。顏曰：張説非也。襳，絓衣之長帶也。髾，謂燕尾之屬。皆衣上假飾，非髻垂也。朱珔曰：《大人賦》：曳彗星而爲髾。注引張揖亦曰：髾，燕尾也。是可於旌旗言之，即可於衣服言之，皆借義耳。如郭説，以髾字从髟，即《招魂》所云盛鬋也，意亦通。顏注合下文下靡蘭蕙，上拂羽蓋言之，固宜以爲服飾矣。郭嵩燾曰：《玉篇》：襳，袿衣飾也。袿，婦人之上服也。《廣雅·釋器》：袿，長襦也。《類篇》：「襂」，或作「襳」。《説文》「襂」爲「縿」，旌旗之旒也。字亦作「幓」。《大人賦》垂旬始以爲幓，曳彗星以爲髾。彼云幓髾，屬旗。此云襳髾，屬衣，蓋假借爲名耳。《爾雅·釋天》：纁帛縿。郭注：縿，衆旒所著。《周禮·巾車》注：正副爲縿旒，則屬焉。「縿」、「襳」字通，則此所云襳者，袿衣之正幅下垂爲飾者也。《釋名·釋衣服》：婦人上服曰袿，其下垂者，上廣下狹，如刀圭。正此所謂襳也。《廣韻》：髾，髮尾。顏注釋此爲燕尾，正若今長帶交股歧分。《爾雅》：繼旒曰旆。郭注：帛續旒末爲燕尾是也。疑此云如《續漢·輿服志》之赤罽蕤、赤絲蕤，施之綬帶者。蓋綴雙帶於袿衣之前，飾其下爲垂絲，二者皆袿衣本制。顏訓襳爲長帶，而訓髾爲燕尾，似未分明。王先謙曰：郭説與善合。○縞、削、髾，宵部。縠、緆、曲、谷，侯部。通轉爲韵。

扶輿猗靡，

【注】張揖曰：扶持楚王車輿相隨也。善曰：猗，於綺切。

【疏】《史記》「輿」作「與」，《正義》本作「輿」。《類聚》引「猗」作「倚」。○張注，顏引同。顏曰：張説非也。此自言鄭女曼姬，爲侍從者所扶輿而猗靡耳，非謂扶持楚王車輿也。猗，音於綺反。今人猶呼相㩻掩容養爲猗靡。步瀛案：《正義》曰：謂鄭女曼姬，侍從王者，扶其車輿而猗靡，即從顏説。然於文亦未洽。《集解》引郭曰：《淮南》所謂曾折摩地，扶與猗委也。劉奉世曰：此言衣裳稱美之貌耳，不煩曲解。孫志祖《補正》引金甡曰：按，昌黎文云：蜿蟺扶輿，磅礴而鬱積。則扶輿自宜槩作容貌解，非扶持車輿之謂也。步瀛案：昌黎文見《送廖道士序》。朱珔曰：扶輿當作虛用。上下俱言服飾，忽著二字云扶持車輿，絶無根，殊與文理不合。惟《史記集解》引郭璞云云，義正如是。據《韻會》云：扶輿，佳氣貌。又，美稱。下引此賦語，是作虛用也。蓋扶輿疊韻字，即《上林賦》之「扶於」，於、輿同聲，此與下翕呷萃蔡，承上蜚纖垂髾，作形容語也。張、顏説皆非，宜從郭。胡紹煐曰：《淮南・修務訓》：今鼓舞者扶於猗那。扶輿猶扶於，猗靡猶猗那。《楚辭・九懷》：登羊角兮扶輿。洪興祖《補注》引此賦及郭璞注，猗委與猗靡亦同。《上林賦》：垂條扶於。扶於猶猗那。枝條謂之扶於，亦謂之猗那，故體態謂之扶輿，亦謂之猗靡。

翕呷萃蔡。

【注】張揖曰：噏呷，衣起張也。萃蔡，衣聲也。善曰：呷，火甲切。萃，音翠。

【疏】《史記》「翕」作「噏」。孫志祖曰：《琴賦》：新衣翠粲。注引此賦作「翠粲」。〇張注，顏引同。「起張」作「張起」。《集解》引作《漢書音義》。《索隱》引孟康曰：噏呷，衣裳起張也。又引孟康曰：萃蔡，衣聲也。字雖不同，而義皆與張同。《索隱》引郭曰：萃蔡，猶璀璨也。李周翰曰：翠粲，鮮色。朱珔曰：萃蔡，即綷縩。《藉田賦》：綃紈綷縩。注引《漢書》班倢伃賦曰：紛綷縩兮紈素聲。「縩」，今本作「縩」。注云：綷縩，衣聲也。與此萃蔡正同。呂錦文曰：古云萃蔡，皆以爲聲。郭意始言色。李周翰注本郭意也。「萃蔡」與「璀璨」、「翠粲」並通。王先謙曰：翕呷無張義，張説非也。扶輿猗靡，衣之狀。翕呷萃蔡，衣之聲。翕，合而盛也。呷，吸也。《廣韻》：喤呷，衆聲。衣裳有似翕呷，故取爲狀。步瀛案：扶輿猗靡，狀鄭女曼姬之體態。翕呷萃蔡，狀其衣服。《説文》：翕，起也。鳥將起，必先斂翼作勢，故从合聲，亦兼取義。《説文》：呷，吸呷也。故王氏以爲翕呷皆無張義。然衣服作聲，亦必由翕張而起。下文云下靡蘭蕙，上拂羽蓋，固非翕而不張矣。王説未確。衣服以翕張而作聲，故萃蔡。當以衣蹩解爲得其神，無取鮮色之説也。郭義未確。

下靡蘭蕙，上拂羽蓋。

【注】善曰：垂髾飛襳，飄揚上下，故或摩蘭蕙，或拂羽蓋。

【疏】五臣「靡」作「摩」，與《史》、《漢》同。李注亦作「摩」。胡克家疑注中「摩」字誤。「靡」、「摩」古字通。○顏曰：下摩蘭蕙，謂垂髾也。上拂羽蓋，謂飛襳也。案：顏以二句分屬，似泥。李注是。○蔡、蓋，祭部。

錯翡翠之威蕤，

【注】張揖曰：錯其羽毛，以爲首飾也。

【疏】《集解》引徐廣曰：錯，音措。或作「錯紛翠蕤」。《漢書》「威」作「葳」，《類聚》同。○顏曰：錯，雜也。葳蕤，羽飾貌。王先謙曰：據《正義》，葳蕤乃旗名也。一作「萎蕤」，唐時鹵簿中用之。唐人詩：遥見萎蕤舉翠華，蓋以翠飾萎蕤之上。與此云翡翠之葳蕤義正相合。省文迺爲翠蕤，軍中亦用此旗。杜甫《魏將軍歌》云：翠蕤雲旓相盪摩也。張説非。步瀛案：威蕤，本形容羽毛飾物之狀。以羽毛飾旗謂之威蕤，以羽毛爲首飾亦謂之威蕤。王氏駁張説亦未確。

繆繞玉綏。

【注】張揖曰：楚王車之綏，以玉飾之也。郭璞曰：綏，登車所執。言手纏絞之。

【疏】張注，顏引同。郭注，《集解》及顏皆但引上句。顏曰：二説皆非也。以玉飾綏，亦謂鄭女曼姬之容服也。綏，即今之所謂采緌垂鑷者也。繆繞，相纏結也。《正義》曰：玉綏，以玉飾綏也。言飛纖垂髾，錯雜翡翠之旌旛，或繞玉綏也。朱珔曰：顔注以綏即今之采緌垂鑷，不以爲登車所執，於古無徵，似非。《正義》又與郭説言手纏絞之意異，恐《正義》近是。沈欽韓曰：如顔注，「綏」當爲「緌」字之誤也。《士冠禮》及《玉藻》冠緌之字，故書亦多作「綏」者。今《禮》家定作「蕤」。段玉裁《周禮漢讀考》云：緌者，下垂之意。故系於冠纓爲飾者謂之緌，旌旗之旄亦謂之緌。按《士冠禮》注：緌，纓飾。《左傳》：子玉爲瓊弁玉纓。《廣韻》：緌，五色絲飾。鑷，鑷子。《續志》：華勝上爲鳳皇爵，以翡翠爲羽毛。下有白珠垂金。鑷，釵類也。步瀛案：《正義》以威蕤爲旌。《釋名・釋兵》曰：緌，夏后氏之旌也。《禮記・明堂位》作「綏」，乃借字。綏爲車綏。《説文》所謂車中把也。而纖髾錯雜之，繆繞之，與上文靡蘭蕙，拂羽蓋同義。然如張揖注，則威蕤爲婦女首飾。首飾自相錯雜繆繞於車綏，則不承蜚纖垂髾言。如顔注，則綏亦婦人首飾，自爲繆繞，與上句義同。如《正義》則飛纖垂髾，下靡蘭蕙，上拂羽蓋，又錯雜翡翠所飾之旗，繆繞玉所飾之車把也。三義皆通，然似張説爲長。

眇眇忽忽，若神之髣髴。

【注】郭璞曰：言其容飾奇豔，非世所見也。若神，已見上文。

【疏】《史記》「眇眇」作「縹乎」。尤本、茶陵本「神」下有「仙」字。《類聚》同。茶陵本校曰：善本無「仙」。胡克家曰：詳注意，善不當有，甚明。尤本此處脩改添入，乃其誤也。案：胡氏説是，今刪。《史記》「髣髴」作「仿佛」。○郭注，顔引同。○上文謂《西都賦》俯仰如神及注引《戰國策》也，可爲本文無

「仙」字之證。《正義》引《策》亦誤衍「仙」字。○蕤、綏、忽、髴，脂部。

於是乃相與獠於蕙圃，

【注】善曰：《説文》曰：獠，獵也。力笑切。

【疏】《漢書》「乃」作「迺」，下有「羣」字。○《説文》曰《犬部》。《集解》引郭曰：獠，獵也。音遼。顏引文穎曰：宵獵爲獠。《索隱》曰：《爾雅》云：宵獵曰獠。案：見《釋天》。劉奉世曰：獠雖宵獵之名，以訓此賦，則不通，直獵耳。○姚鼐曰：此卽東之蕙圃。

媻姍教窣，上乎金隄。

【注】韋昭曰：媻姍教窣，匍匐上也。司馬彪曰：金隄，隄名也。善曰：媻，音盤。姍，先安切。窣，先忽切。

【疏】《史記》「姍」作「珊」，《索隱》作「跚」，「窣」作「猝」。《史》、《漢》「教」作「勃」。袁本、茶陵本「上」字上有「而」字。《史》、《漢》無「上」字。○《索隱》引韋昭曰：盤跚，匍匐上下。與李引異。顏曰：媻姍教窣，謂行於叢薄之閒也。沈欽韓曰：《史記·平原君傳》：媻散行汲。《集解》「散」或作「姍」。《楚辭》：嫫母勃屑而日侍。注：勃屑，猶媻姍，膝行貌也。《世説》：張憑勃窣於理窟。則勃窣亦蹩躠之狀也。案：《楚辭》見《九歎·怨世》。《世説》見《文學篇》。胡紹煐曰：媻姍、教窣，皆謂緩行之貌。

揜翡翠，射鵔鸃。

【注】善曰：《方言》曰：拚，取也。鵁鶄，已見上文。

【疏】《類聚》引「拚」作「掩」。〇今《方言》六「拚」作「掩」，宜依本注。《説文》曰：自關以東取曰拚。正據《方言》爲説。段氏謂許與李善所據《方言》皆作「拚」，是也。朱珔曰：「拚」與「罨」通。《蜀都賦》作「罨」。《説文》：罨，罕也。徐氏鍇《繫傳》云：網從上掩之也。胡紹煐曰：「掩」卽「罨」，謂以網捕取，故捕鳥謂之罨，捕魚亦謂之罨。《太平御覽》引《風土記》：罨，卽罽而小，斂口，從水上掩而取之，是也。拚當兼此義。〇上文指《吴都賦》。

微矰出，孅繳施。

【注】善曰：矰、繳，已見上文。

【疏】五臣「孅」作「纖」，與《史記》同。《説文》：孅，鋭細也。纖，細也。段曰：音義皆同，古通用。〇上文指《西都賦》。

弋白鵠，連駕鵝。

【注】善曰：言既弋白鵠而因連駕鵝也。

【疏】尤本「駕」作「鴐」。茶陵本校曰：「鴐」，善作「駕」。胡克家曰：注正作「駕」。《史記》、《漢書》亦皆作「駕」。考「駕」者，「鴚」之假借。《左傳》榮駕鵝，唐石經、宋槧本下皆從「馬」，《古今人表》所載亦然。相如此賦，用字古矣。唯《中山經》是多駕鳥。郭注：未詳也。或曰「駕」宜爲「鴐」，鴐鵝也。然則「駕」字，晉代不復行用之。袁本正文及注並改爲「鴐」而不著校語。又《上林賦》鴐鵝屬玉，各本作

「駕」，皆誤以五臣亂善，非也。《西京賦》駕鵝鴻鶤，平子用「駕」字，是爲異人用字不同之例。全書此類極多，皆不更著。○顏曰：鵠，水鳥也。其鳴聲鵠鵠云。《正義》亦云：鵠，水鳥也。案：陸璣《詩疏》曰：鴻鵠，羽毛光澤，純似白鶴而大，長頸，肉味如鴈。又有小鴻，大小如鳧，色亦白，今人直謂鴻也。《説文》曰：鵠，鴻鵠也。桂馥《説文義證》卷十曰：白者爲鴻鵠，別於黄鵠。王筠《説文句讀》卷七曰：鴻鵠二字爲名，與黄鵠別。此鳥色白，異於黄鵠之蒼黄也。李時珍《本草綱目》卷四十七曰：鵠即天鵞，大於雁，羽毛白澤，其翔極高而善步。步瀛案：據顏及《正義》，此白鵠似非天鵞，而類陸疏之小鴻。《莊子·天運篇》所謂鵠不日浴而白，或即指此。○《集解》引郭曰：駕鵝，野鵝也。《西京賦》李善注引本賦張揖注，與郭同。朱珔曰：《莊子·山木篇》：命豎子殺鴈而烹之。是家鵝稱鴈。《方言》及《廣雅》俱以鴈爲鴚鵝，一名倉鴚，是野鵝亦稱鴈。《爾雅》：舒鴈，鵝。似家鵝、野鵝，皆得稱之。但《説文·隹部》：雁爲鴻雁。《鳥部》鴈爲鵝，鵝爲鴚鵝。則鴚鵝爲野鵝，非家鵝，亦非鴻雁矣。野鵝者，乃《爾雅》所云鵱鷜鵝者也。餘見《西京賦》。○梁章鉅曰：桂氏馥曰：《淮南·覽冥訓》：蒲且子連鳥於百仞之上。即此連字，謂以纖繳牽連之耳。李注以爲連及，非是。姜氏皋曰：《列子·湯問篇》曰：蒲苴子連雙鶬於青雲之上。即此連字。胡紹煐曰：《西京賦》聯飛龍，作「聯」，「聯」與「連」通。張載《扇賦》：弋翔冥之鶡鷄，連王子之白鶴。連亦與弋對言，則連亦弋之別名。姜氏説是也。

雙鶬下，玄鶴加。

【注】善曰：雙鶬，見上注。《爾雅》曰：下，落也。見《西都賦》。高誘《淮南子注》曰：加，制也。《戰國

策》：莊辛曰：黄鵠不知射者修矰繳將加己也。

【疏】上注謂《西京賦》蒲且發注。○《爾雅》見《釋詁》。○尤本「見《西都賦》高誘」六字作「《戰國策》更羸曰：臣能虛發而下鳥」十三字，「制也」下有「列子曰：蒲且子連雙鶬于青雲之上」十四字，與袁本異。胡克家謂尤本脩改添入，未是。今依袁本改。○《淮南子·主術篇》高注曰：加，猶止也。《脩務篇》注曰：加，猶益也。不作「制」。豈此注已佚邪。《集解》引郭曰：《詩》云弋言加之，是也。案：見《女曰雞鳴篇》。此釋「加」字與鄭箋異。胡紹煐曰：胡氏承珙《毛詩後箋》引陸佃《埤雅》曰：加之，與玄鶴加、加雙鶬之意同。蘇氏《詩傳》又引《史記》弱弓微繳，加諸鳧雁之上，並同此解。案：《史記》見《楚世家》。○《戰國策》見《楚策》一。

怠而後發，游於清池。

【注】郭璞曰：怠，倦也。

【疏】《漢書》無「發」字。○郭注顔引同。○姚鼐曰：此即西之涌泉清池。○隄，支部。鸃、施、鵝、加、池，歌部。通轉爲韻。

浮文鷁，

【注】張揖曰：鷁，水鳥也。畫其象於船首也。

【疏】張注，顔引同。下云：《淮南》曰：龍舟鷁首，天子之乘也。《集解》引《漢書音義》同。則《淮南》以下，李氏因《西都賦》注已引之，故節去耳。

揚旌栧。

【注】張揖曰：揚，舉也。析羽爲旌，建於船上也。郭璞曰：栧，船舷。樹旌於上。善曰：栧，依郭説。栧，音曳。

【疏】《史記》「旌」作「桂」。《史》、《漢》「栧」作「枻」。《集解》引韋昭曰：枻，檝也。《類聚》引亦作「枻」。王念孫《讀書雜志》四之十曰：當從《史記》韋昭訓枻爲檝是也。桂枻，謂以桂爲檝。猶《楚辭》言桂櫂兮蘭枻也。「旌」字隸書或作「㫌」，與「桂」字相似，「枻」與「抴」亦相似，故訛。案：《楚辭》見《九歌·湘君》。胡紹煐曰：王逸《湘君》注：枻，船旁板也。舷亦船旁之名。船兩旁皆建旌，故曰旌栧。《雲中君》云：蓀橈兮蘭旌是也。《齊策》五：建九斿。今訛作「桂」，與此同。王校恐非。吴先生曰：顔引張揖注，善引郭璞注，似古皆作「旌栧」，裴駰乃定爲「桂」字。○張注，顔引同。惟「也」上有「枻桅」二字。

張翠帷，建羽蓋。

【注】郭璞曰：施之船上也。善曰：翠帷、羽蓋，謂以翠羽飾帷蓋。

【疏】郭注，顔引同。○顔曰：翠帷，帷翠色也。羽蓋，以雜羽飾蓋。王先謙曰：善説是。顔謂帷翠色，非也。

罔瑇瑁，鉤紫貝。

【注】郭璞曰：紫貝，紫質黑文也。善曰：瑇瑁、紫貝，已見《西京賦》。

【疏】五臣「罔」作「網」，《類聚》引同。《漢書》「瑇瑁」作「毒冒」。《史》、《漢》「鉤」作「釣」。《莊子·外物篇》《釋文》曰：「鉤」，本亦作「釣」。蓋古人謂釣爲鉤，故亦謂鉤爲釣也。案：謂釣爲鉤，詳見王念孫《廣雅·釋器疏證》及《讀書志餘》卷上。○郭注，《集解》、顏引並同。顏曰：貝，水中介蟲，古以爲貨也。○《西京賦》未言瑇瑁，《東京賦》曰：瑇瑁不蔟。此注「瑇瑁」下當有「已見《東都賦》」五字。《西京賦》曰：摭紫貝，則不誤。

摐金鼓，

【注】韋昭曰：摐，擊也。音窻。郭璞曰：金鼓，鉦也。

【疏】顏曰：摐，撞也。金鼓，謂鉦也。卽本韋、郭注。王先謙曰：鉦，鐃也。其形似鼓，故名金鼓。《續漢書·郡國志》注：洞庭山宫門東石樓，樓下兩石鼓，扣之聲清越，世謂之神鉦。晉孝武樂章：神鉦一震，九域來同。此鉦、鼓通名之證。

吹鳴籟。

【注】張揖曰：籟，簫也。

【疏】張注，顏引同。《集解》引作《漢書音義》。

榜人歌，

【注】張揖曰：榜，船也。《月令》曰：命榜人。榜人，船長也，主唱聲而歌者也。善曰：榜，方孟切。

【疏】張注，顏引同。《集解》引郭曰：唱櫂歌也。榜，船也。音謗。顏曰：榜，音謗。又，方孟反。梁章鈺曰：《爾雅・釋言》：舫，舟也。《廣雅・釋水》：舟、舫、榜，船也。《説文》：舫，船師也。《明堂月令》曰：舫人，習水者。按，舫、榜聲相近，故「舫人」或作「榜人」。《月令》：命漁師伐蛟。鄭注云：今《月令》「漁師」爲「榜人」是也。此引《月令》蓋與鄭同爲《明堂月令》矣。胡紹煐曰：案，《禮記・月令》命漁師，鄭注：今《月令》「漁師」爲「榜人」，蓋卽《明堂月令》。《説文》：舫，舫師也。《明堂月令》曰：舫人，習水者。鄭與許所見本異，此引作「榜」，同鄭本。「榜」、「舫」古通。案：梁、胡説皆是。張雲璈以今《月令》爲《呂氏春秋》，非也。

聲流喝。

【注】郭璞曰：言悲嘶也。善曰：喝，一介切。嘶，蘇奚切。

【疏】郭注，顔引同。《集解》引徐廣曰：喝，烏邁反。王先謙曰：喝讀若噯，所謂噯廼之聲，卽櫂歌也。「噯廼」與「欸乃」同。參諸郭説，若今歌之尾聲羨字，激楚含哀矣。

水蟲駭，波鴻沸，

【注】郭璞曰：魚鼈躍，濤浪作。

【疏】王先謙曰：鴻，大也。○郭注，顔引同。顔曰：沸，音普蓋反。

涌泉起，奔揚會。

【注】郭璞曰：暴湓激相鼓薄也。善曰：湓，普頓切。

【疏】五臣「揚」作「物」。呂延濟曰：奔物，謂急波也。○郭注，顔引同。

礧石相擊，硠硠礚礚。

【注】善曰：礧，力對切。

【疏】五臣「礧」作「磊」。《漢書》「硠」作「琅」。○顏曰：礧石，轉石也。錢大昭曰：《楚詞·九思》云：雷霆兮硠礚。《說文》：硠，石聲。礚，石聲。王文彬曰：「礧」、「磊」同。《魯峻碑》：礧落彰駮，借「礧」爲「磊」。《說文》：磊，衆石也。《文選·海賦》注：磊，大皃。《魯靈光殿賦》注引《山海經》郭注云：礧硌，大石也。礧，石相擊。言石之大而且多，水與相擊，琅礚作聲也。顏訓礧爲轉，非。

若雷霆之聲，聞乎數百里之外。

【疏】《漢書》「里」下無「之」字。宋祁曰：江南本有。○栧、蓋、貝、籟、喝、會、礚、外，祭部。沸，脂部。通轉爲韵。○曾國藩曰：以上衆女獠於蕙圃，游於清池。

將息獠者，擊靈鼓，起烽燧。

【注】文穎曰：靈鼓，六面鼓。

【疏】《漢書》「烽燧」作「熢燧」，字同。○《集解》引郭璞與文注同。顏曰：靈鼓，六面擊之，所以警衆也。案：《周禮·地官·鼓人》鄭注曰：靈鼓，六面鼓也。蓋諸家所本。○《說文》曰：熢燧，候表也。邊有警則舉火。郭嵩燾曰：《左·文十年傳》：宋華御事逆楚子，遂道以田孟諸。命夙駕載燧。燧，所以舉火，田亦用之。此獵罷飭歸之事，猶始田也。言車騎鼓行之整肅。

車按行，騎就隊。

【注】應劭曰：按，按次第也。善曰：服虔《左氏傳注》曰：隊，部也。行，胡郎切。隊，大内切。

【疏】袁、茶二本「按」作「案」，與《史》、《漢》同。「案」、「按」之通借字。○顔曰：案，依也，行列也。○《左·文十六年》杜注曰：隊，部也。與服同。

纚乎淫淫，般乎裔裔。

【注】司馬彪曰：皆行貌也。善曰：纚，音屣。般，音盤。

【疏】《史記》「般」作「班」。○《集解》及顔並引郭璞曰：皆羣行貌也。與司馬注同。王先謙曰：纚，若織絲相連屬也。淫淫，漸進也。般，以次相連而行。《史記》作「班」，義同。裔裔，流行貌。《禮樂志》：先以雨般裔裔。○燧、隊、裔，脂部。○以上息獠。

於是楚王乃登陽雲之臺，

【注】孟康曰：雲夢中高唐之臺，宋玉所賦者。言其高出雲之陽。

【疏】尤本「陽雲」作「雲陽」，五臣作「陽雲」，《史》、《漢》皆作「陽雲」。胡紹煐曰：翰注云：陽雲臺則高唐觀，言高出雲之陽，故以名。與孟説合。是亦作「雲陽」。案：胡氏説非是。朱珔曰：《史記集解》引徐廣曰：宋玉云：楚王遊於陽雲之臺。則「陽雲」尤有據。孟康特以意解之，李氏又因其語耳。或曰：即陽臺也。許巽行曰：江淹《擬休上人詩》云：悵望陽雲臺。《玉臺新詠》同。宋玉《大言》、《小言》二賦並云：陽雲之臺。《寰宇記》曰：巫山縣西有陽臺古城，亦曰陽雲臺。高一百二十丈，南枕長江。張九齡有《登古陽雲臺詩》。然則作「雲陽」者非矣。○孟注，顔引同。《集解》郭璞曰：在雲夢之中。

案：陽雲臺當在今漢川，已見上。

怕乎無爲，憺乎自持。

【注】郭璞曰：養神氣也。善曰：《老子》曰：我獨怕然而未兆。《説文》曰：怕，無爲也。《廣雅》曰：憺怕，靜也。《神女賦》曰：頩薄怒以自持。「憺」與「澹」同。徒濫切。「怕」與「泊」同。蒲各切。

【疏】五臣「怕」作「泊」，「憺」作「澹」，與《史》、《漢》同。《類聚》引「怕」作「泊」，「憺」作「淡」。案：本字當作「怕」、「憺」，「泊」、「澹」通借字。〇《老子》王注本「怕」作「泊」。〇《説文》見《心部》。又曰：憺，安也。〇《神女賦》見本書卷十九。

勺藥之和，具而後御之。

【注】服虔曰：具，美也。或以芍藥調食也。文穎曰：五味之和也。晉灼曰：《南都賦》曰：歸鴈鳴鵽，香稻鮮魚，以爲芍藥，酸恬滋味，百種千名。文説是也。善曰：服氏之説，以芍藥爲藥名。或者因説，今之煮馬肝猶加芍藥，古之遺法。晉氏之説，以勺藥爲調和之意。枚乘《七發》曰：勺藥之醬。然則和調之言，於義爲得。韋昭曰：勺，丁削切。藥，旅酌切。

【疏】文、晉二注，顔引同。餘見《南都賦》。〇注「文説」誤作「之説」，又，「之説」誤作「一説」。今依胡氏校改。〇臺、持、之，之部。

不若大王終日馳騁，曾不下輿。脟割輪焠，自以爲娱。

【注】韋昭曰：焠，謂割鮮焠輪也。郭璞曰：焠，染也。善曰：脟，音臠。焠，七内切。

【疏】《史記》「焠」作「淬」。梁章鉅曰：《説文繫傳》引亦作「淬」。《集解》引郭曰：脟膞淬染也。脟，音臠。案：「膞」當作「膞」。《説文》曰：切肉也。胡紹煐曰：《廣雅》：膞，臠也。「臠」、「膞」、「脟」三字並同聲而通用。顔曰：「脟」，字與「臠」同。焠，音千内反。焠亦揾染之義耳。言臠割其肉，揾車輪鹽而食之。此蓋以譏上割鮮染輪之言也。沈欽韓曰：《吕覽・察今篇》：嘗一脟肉而知一鑊之味。《莊子・在宥》：臠卷獊囊。劉向《九歎》作「脟圈」。是「臠」、「脟」同字。梁章鉅曰：《説文》「脟」與「臠」分字各訓。脟字注云：脅肉也。一曰，脟，腸閒肥也。一曰，膫也。徐鍇曰：《子虛賦》：脟割輪淬，注：脟，臠也。當是借爲「臠」字，録設反。又，臠字注云：臞也。一曰，切肉臠也。婁遣反。又有「膞」字，注云：切肉也。徐鍇曰：《子虛賦》脟割輪淬，應作此字，借「脟」字也。殊斷反。

臣竊觀之，齊殆不如。

【注】善曰：毛萇《詩傳》曰：殆，近也。

【疏】《詩・節南山》箋曰：殆，近也。注引作毛傳，似誤。○與、娱、如，魚部。

於是齊王無以應僕也。

【疏】《史》、《漢》無「齊」字。《史》「王」下有「默然」二字。○以上子虛譏齊王。

烏有先生曰：是何言之過也。足下不遠千里，來貺齊國。

【注】郭璞曰：言有惠賜也。善曰：《戰國策》：秦王謂蘇秦曰：今先生不遠千里而庭教。高誘曰：不以

千里之道爲遠。

【疏】《史》、《漢》「貺」作「況」，字通。《説文》無「貺」字。《爾雅・釋詁》曰：況，賜也。《儀禮》、《左傳》亦多作「況」。○顔曰：言有意惠賜而來也。與郭同。○《戰國策》及高注，見《秦》一。

王悉發境内之士，備車騎之衆，與使者出畋。

【注】善曰：《家語》曰：越悉起境内之士三千人助吴。

【疏】《漢書》無「發」字。《史記》「備」上有「而」字，「與」作「以」，無「使者」二字。《史》、《漢》「畋」作「田」。○《家語》見《屈節篇》。

乃欲戮力致獲，以娛左右，

【注】晉灼曰：謙不斥言，故云左右。言使者左右也。善曰：《國語》曰：戮力一心。賈逵曰：戮，并力也。

【疏】袁、茶二本「戮」作「勠」。《史記》「右」下有「也」字。○顔曰：謙不斥言使者，故指云左右也。與晉注同。○《國語》見《晉語》四，韋注與賈同。姜皋曰：何校「戮」改「勠」，是也。《一切經音義》十三引《國語》賈注曰：勠力，并力也。然《吴語》作戮力同德。《公羊・桓十年傳》：當戮力拒之。《僖五年傳》：戮力一心。《釋文》並云：「戮」，亦作「勠」也。是古「戮」、「勠」通。

何名爲夸哉？

【疏】里、國、士、右，之部。夸，魚部。通轉爲韻。

問楚地之有無者，願聞大國之風烈，先生之餘論也。

【注】善曰：風烈，已見上文。先生，謂子虛也。張晏曰：願聞先賢之遺談美論也。

【疏】五臣無「也」字。○上文指《南都賦》注。○張注，顔引同。顔曰：此説非也。先生卽謂子虛耳。下又言先生行之，豈先賢也？

今足下不稱楚王之德厚，而盛推雲夢以爲高，

【注】郭璞曰：以爲高談。

【疏】《漢書》「高」作「驕」。

奢言淫樂而顯侈靡，

【注】郭璞曰：顯，明也。奢，闊也。

【疏】《論語·八佾篇》皇侃疏曰：奢，侈也。與闊義同。

竊爲足下不取也。

【疏】厚、取，侯部。

必若所言，固非楚國之美也。無而言之，是害足下之信也。

【注】善曰：《史記》：樂毅與燕惠王書曰：恐傷先王之明，有害足下之義。彰君惡，害私義，非楚國之美，彰君惡也。害足下之信，傷私義也。本或云有而言之，是彰君之惡者，非也。

【疏】袁本、茶陵本「固非楚國之美也」下有「而言之，是彰君之惡」九字。「信」字下無「也」字，與《史記》

同。《漢書》亦有此九字。「惡」字、「信」字下皆有「也」字。《史》、《漢》「彰」作「章」。梁章鉅曰：今案，李所見或本多此二句，而訂其非，是也。李意以賦「必若所言」與「無而言之」相對，「固非楚國之美也」與「害足下之信也」相對，故下文「章君惡」與「傷私義」相對，不容中閒添此二句，致複沓不順也。今《史記》、《漢書》有此二句。然觀顏注非楚國之美，是章君惡。害足下之信，是傷私義也。意與李同。《史記》三家無注，恐亦不知者依或本所添。步瀛案：梁校是也。然五臣劉良注：若，如也。必如所言淫樂之事，則非楚國之美。實有而言之，是彰君惡。無而虛言，是傷足下之信也。是袁、茶二本皆依五臣也。吴先生校《史記》，依《選》删去「有而言之」九字，「信」下增「也」字。王先謙《漢書補注》亦以「有而言之」二句爲後人所加。○《史記》見《樂毅傳》。袁、茶二本無「史記」及「惠」字。

彰君惡，傷私義，二者無一可。

【疏】袁本作「彰君之惡而傷私義，二者無一可也」。茶陵本無「也」字。校曰：五臣本有「也」字。案：袁本正依五臣。《史記》「彰」作「章」亦有「之」字「而」字。吴先生校删。《漢書》此三句與李注本同，惟「彰」作「章」。

而先生行之，必且輕於齊而累於楚矣。

【注】文穎曰：必見輕於齊，輕易於齊也。善曰：使者失辭，爲輕於齊。使非其人，爲累於楚也。累，力瑞切。

【疏】茶陵本「矣」作「也」。○顏曰：言楚使者失辭，自爲累重，而於齊無所負擔，故云輕也。王先謙曰：《選》注較顔爲長。○義、可，歌部。楚，魚部。通轉爲韵。

且齊東陼鉅海，南有琅邪。

【注】蘇林曰：小洲曰陼。司馬彪曰：齊東臨大海，爲渚也。張揖曰：琅邪，臺名也。在渤海閒。善曰：《呂氏春秋》：辛寬曰：太公望封於營丘，渚海阻山也。《聲類》曰：「陼」或作「渚」。

【疏】五臣「陼」作「渚」，《類聚》同。《史記》毛本「陼」作「有」，《索隱》作「陼」。梁玉繩《史記志疑》卷三十四以「有」字爲譌。○蘇注，顔及《索隱》皆引之。顔曰：東有大海之渚也。《索隱》同。皆與蘇及司馬注合。何焯曰：陼，猶豬也。如大野既豬之義。胡紹煐曰：諸説並以陼爲小洲之名，非也。善引《呂氏春秋》，得其解矣。而又引《聲類》「陼」或爲「渚」，則仍沿諸家之誤。今按：陼，猶邊也。謂東邊鉅海也。猶《左·僖四年傳》云東至於海耳。《越語》韋昭注：水邊亦曰陼。水邊曰陼，故借陼爲邊。《呂覽》渚海阻山，亦謂邊海恃山，故云險固之地。今《長利篇》「作封於營丘之渚，海阻山高，險固之地也」。皆後人不解渚字之義而妄加之。本書《齊故安陸昭王碑文》：東渚鉅海，南望秦稽。正用《子虚賦》語。渚與望對言，益知非小洲曰渚矣。○張注，顔引同。清官本《漢書》《考證》齊召南曰：按琅邪在東海濱，不在渤海。張揖注訛。《地理志》云：琅邪郡琅邪，越王嘗治此，起臺館。自齊國言之，若如揖説，反在齊境北矣。步瀛案：《山海經·海内東經》曰：琅邪臺在渤海閒琅邪之東。郭注曰：今琅邪在海邊，有山，嶕嶢特起，狀如高臺，此卽琅邪臺也。張注卽本《山海經》。所謂渤海，並非指漢之渤海郡。段玉裁注《説文·邑部》邪字下引《山海經》，於「渤海」下增「郡」字，與齊氏同一誤會。朱珔曰：《山海經》明云琅邪之東，是渤海，原不指後所立之郡言，但在海邊耳。是也。渤海，見下文。然此賦琅邪，當指山言。《集解》引郭曰：琅邪，山名。在琅邪縣界。《正義》曰：山名，在密州東南百三十里。琅邪臺在山上。又，《封禪書》《索隱》曰：是山形如臺。《越絶書》卷八《記地》曰：句踐伐吴，霸關東。從琅邪起觀臺，臺周七里，以望東海。《史記・秦始皇本紀》曰：南登琅邪，大樂之。乃徙黔首三百户琅邪臺下，作琅邪臺。《水經・濰水注》曰：琅邪郡城，即秦皇之所築也。遂登琅邪山，大樂之，作層臺于其上，謂之琅邪臺。臺在城東南十里，孤立特顯，出于衆山上，下周二十里，餘傍濱巨海。《清統志》曰：山東青州府，琅邪山在諸城縣東南一百五十里。《縣志》：其山三面皆海，西南通陸。朱珔曰：蓋山本有臺名，而句踐、秦始皇復前後作臺也。《史記索隱》云：是山形如臺。斯言得之。○今本《吕氏春秋・長利篇》作「昔者太公望封於營丘之渚，海阻山高，險固之地也」。畢沅校引孫星衍，據《文選》此注，謂無「之」字、「高」字，「渚」屬下讀，是恐營丘不得言渚也。又引梁履繩，據此賦謂「渚」當爲「陼」。又引盧文弨曰：案，韋昭注《越語》云：水邊曰陼。此正言邊海耳。「山高」，疑本是一「嵩」字，誤分。《爾雅》：山大而高，嵩。中嶽蓋依此名。《爾雅》本非專爲中嶽作釋，故齊亦可言嵩。餘當從《選》注。步瀛案：陼、阻對文，海、山對文，嵩字似未適。當從孫説據《選》注衍「高」字爲是。○顔曰：「陼」，字與「渚」同。即本《聲類》。然此賦「陼」字不宜同「渚」字，解已見上。

觀乎成山，

【注】張揖曰：觀，闕也。成山，在東萊掖縣。於其上築宫闕也。

【疏】張注，顔引「掖縣」作「不夜縣」。《集解》引徐廣曰：成山，在東萊不夜縣。孫志祖曰：「掖縣」當作「不夜縣」。據《漢書·地理志》，東萊郡有掖及不夜二縣。然成山日祠，自在不夜，非掖縣也。徐氏鯤云：《漢書·司馬相如傳》注正作「不夜」。此當由刻誤。朱珔曰：不夜縣於《漢志》屬東萊郡，云：有成山日祠。師古曰：《齊地記》云：古有日夜出，見於東萊，故萊子立此城，以不夜爲名。郡又別有掖縣，卽齊之夜邑。此注殆以相似而誤。○《索隱》引郭璞云：言在山下遊。觀，音館。《正義》曰：《封禪書》云：成山，斗入海。言上山觀也。《括地志》云：成山，在萊州文登縣東北百八十里也。《秦始皇本紀》《正義》引《括地志》作成山在文登縣西北百九十里，蓋與上之罘互誤也。《方輿紀要》卷三十六：山東登州府文登縣，成山在縣東北百五十里，斗入海中。朱珔曰：賦云觀乎成山，當與齊景公吾欲觀於轉附朝儛同。張説云作宮闕，未的。王先謙曰：錢東垣云：《詩·唐風》：噬肯來游。毛傳訓游爲觀。《孟子》云：吾何修而可以比于先王觀也。趙岐訓觀爲游。此觀字亦當作游解，方與下三句相協。

射乎之罘。

【注】晉灼曰：之罘山，在東萊腄縣。射獵其上也。善曰：腄，直瑞切。

【疏】晉注，顔引同。本注脱「射」字，依顔引增。《集解》引《漢書音義》同，惟作「牟平縣」異。《正義》引《括地志》曰：之罘山，在萊州文登縣西北百九十里。言射獵其上也。罘，音浮。《封禪書》《正義》引《括地志》與此同。《始皇本紀》《正義》引作在萊州文登縣東北百八十里。故知爲與下成山互誤。

《本紀》《正義》又引云：之罘山，在海中。文登縣，古腄縣也。朱琦曰：案《漢・地理志》：腄有之罘山祠。《方輿紀要》：今之福山縣，本漢腄縣地。山在縣東北三十五里，連文登縣。海寧州有牟平廢縣，文登縣西七十里有腄地。山既連界，故《漢書音義》又以爲之罘山在牟平縣也。步瀛案：海寧今改縣。《清統志》曰：山東登州府，之罘山在福山縣東北三十五里，連文登縣界，三面距海，一徑南通。案，卽今所謂煙臺也。《史記・始皇本紀》曰：二十八年，登之罘，立石。二十九年，登之罘，刻石。三十七年，至之罘，見巨魚，射殺一魚。閻若璩《四書釋地》引此賦，謂暗用始皇之事。朱銘亦謂此賦用始皇事。皆是。又《孟子・梁惠王》下：齊景公曰：「吾欲觀於轉附、朝儛。」趙注曰：轉附、朝儛，皆山名也。焦循《正義》曰：之罘，卽轉附也。「之」與「轉」一聲之轉。「之」之爲「轉」，猶「之」之爲「旃」也。「罘」與「附」，古音通。「罘」之爲「附」，猶「不」之爲「柎」也。山川之名，古今更變，以聲音求之，尚可得。秦皇、漢武所游，自琅邪而北，則至之罘成山。自之罘成山而南，則至琅邪。齊景欲觀乎轉附、朝儛，轉附，卽之罘也，朝儛，卽成山也。于欽《齊乘》曰：召石山，在文登之東。召石，卽成山也。「朝」、「召」古通。朝，宜讀朝夕之朝。儛、石聲近。

浮渤澥，

【注】應劭曰：渤澥，海別枝也。澥，音蟹。

【疏】《史》、《漢》「渤」作「勃」。○應注，《集解》引《漢書音義》同。顔注亦襲之。《索隱》曰：《齊都賦》曰：海旁出曰勃，斷水曰澥也。案：各本脱「出」字。據《高祖本紀》《索隱》引補。《説文》曰：勃澥，海之别名也。閻若璩《潛邱劄記》卷三曰：今海自山東登州成山折而西，逕寧海州福山、蓬萊、招遠縣，又西逕萊州掖縣，昌邑濰縣，又西逕青州壽光、樂安、諸城縣北界，折而西北，逕濟南、利津、霑化、海豐縣，又北逕直隸河閒，鹽山、滄州、静海縣東界，又北至天津，折而東逕順天寶坻、豐潤縣，又東逕永平、灤州、樂亭、盧龍、昌黎縣，又東出山海關，逕遼東寧遠、廣寧南界，折而南，逕海蓋、復金西界，又折而東，逕金州南界，有旅順口，南與登州海口相對，皆謂之渤海。歷覽《太史公書》，如《河渠書》謂永平府之渤海也，《封禪書》謂登、萊兩府之渤海也，《蘇秦傳》則指天津之海，《朝鮮傳》非海之在遼東而何，皆渤海也。案：山東樂安，今改廣饒。海豐，改無棣。河北滄州，改滄縣。灤州，改灤縣。遼寧寧遠，改興城。廣寧改北鎮。海城、蓋平、復金，皆爲縣也。

游孟諸。

【注】文穎曰：宋之大澤也。故屬齊。

【疏】《類聚》「游」作「遊」。○文注，顔引同。《集解》引郭曰：宋之藪澤名。案：《爾雅·釋地》十藪，宋有孟諸。《左傳·文十年》：宋逆楚子，遂道以田孟諸。故文、郭注皆云宋澤。《正義》曰：《周禮·職方氏》：青州藪曰望諸。鄭注曰：望諸，孟瀦也。朱珔曰：「孟諸」，《禹貢》作「孟豬」，《職方》作「望諸」，惟《左傳》、《爾雅》與此同。《史記·夏本紀》作「明都」，《漢書·地理志》作「盟豬」，而載此賦，則俱作「孟諸」。蓋「孟」、「明」、「盟」、「望」、「諸」、「豬」、「都」，並聲相近，古假借用之也。案：《禹貢》屬豫州，《周禮》屬青州者，林之奇《尚書全解》曰：周無徐，徐并於青，青在豫東，故得兼有孟豬是也。《漢書·

地理志》梁國睢陽縣，原注曰：《禹貢》盟諸澤在東北。《水經·禹貢山水澤地所在篇》同。孫星衍《尚書今古文注疏》曰：睢陽，今河南商邱縣。自河決徙流，孟諸故迹不可考矣。步瀛案：《元和郡縣志》曰：河南道宋州虞城縣，孟諸澤在縣西北十里，周回五十里，俗號盟諸澤。《太平寰宇記》亦曰：孟諸臺，在虞城縣西北十里。虞城縣，今屬河南。春秋時屬宋，戰國時齊、魏、楚滅宋，三分其地，虞城當入魏。孟諸故迹，自宋以來，屢遭河没，藪澤崖岸，不可復考。要不得以《職方》屬青州，故謂其屬齊也。《上林賦》所云捐國輸限，殆指此歟？○邪、諸，魚部。罘，之部。通轉爲韵。

邪與肅慎爲隣，

【注】郭璞曰：肅慎，國名在海外，北接之。

【疏】顔曰：邪讀爲左，謂東北也。《正義》曰：邪，謂東北接之。張雲璈曰：古「左」與「邪」通。《禮記·王制》：執左道以亂政，殺。盧植云：左道，謂邪道。朱珔曰：注但云北接，不得爲邪。蓋肅慎雖在北而迤東，故曰東濱大海。《史記正義》：邪，謂東北接之，正合。《漢書》顔注亦云：東北接而謂邪。讀爲左，非也。觀下句右以湯谷爲界，注引司馬彪以爲東界，善曰言爲東界，則「右」當爲「左」字之誤。然則下句宜爲「左」，上句卽不得爲「左」矣。○郭注，顔引同。惟無「北接之」三字。《正義》引《括地志》曰：靺鞨，國名，肅慎也。亦曰挹婁。在京東北八千四百里，南去扶餘千五百里，東及北，各抵大海也。案：《左傳·昭九年》杜注曰：肅慎，北夷。在玄菟北三千餘里。《魯語》下韋注曰：肅慎，北夷之國。《大戴禮·五帝德》、《史記·周本紀》作「息慎」。《周書·王會篇》作「稷慎」，孔鼂注曰：稷慎，肅愼也。《山海經・海外北經》曰：肅愼之國，在白民北。《大荒北經》曰：大荒之中，有山名曰不咸，有肅愼氏之國。郭注曰：今肅愼國去遼東三千餘里。《後漢書・東夷傳》曰：挹婁，古肅愼之國也。在夫餘東北千餘里，東濱大海。《魏書・勿吉傳》曰：勿吉國，在高句麗北，舊肅愼國也。去洛五千里。《北史・勿吉傳》曰：勿吉國，一曰靺鞨。其部類凡有七種。自拂涅以東，矢皆石鏃，即古肅愼也。案：《清統志》奉天承德縣，即今瀋陽縣、鐵嶺縣、開原縣，秦以前皆肅愼地。吉林、黑龍江，皆云古肅愼國。

右以湯谷爲界。

【注】司馬彪曰：湯谷，日所出也。以爲東界也。善曰：言爲東界，則「右」當爲「左」字之誤也。

【疏】《正義》曰：右者，北向天子也。梁章鉅曰：據《海外東經》，則是日出之區當齊東界。「右」爲「左」字之誤也。乃《史記正義》以北向天子爲解，亦鑿矣。朱珔曰：陳氏子龍校《史記》亦云：湯谷，日出之區，應在齊東，而云「右」，恐「左」字之誤。《正義》所言右者，北向天子也，亦無據。步瀛案：《正義》此例，嘗於《五帝本紀》發之。引《吴起傳》三苗之國，左洞庭而右彭蠡，説之曰：以天子在北，故洞庭在西爲左，彭蠡在東爲右。此釋右字，亦用此例。然惟賓主行禮入門，而後賓主皆北向。故主人右行，就東階。賓左行，就西階。非此者泛就方向而言，皆東爲左，西爲右也。《魏策》一吴起言右洞庭左彭蠡，正與《史記》相反，豈《史記》據北向天子而言，《魏策》據南背天子而言邪？《史記》、《魏策》不同之故，予別有攷，今不述。此賦方敍遊獵，何有北向天子之義乎？○顏注與司馬同。《正義》曰：《海外經》云：湯谷，在黑齒北。上有扶桑木，水中十日所浴。張揖云：日所出也。許慎云：熱如湯。步瀛案：《海外東經》郭注曰：谷中水熱也。與許義同。許説疑卽《淮南子·天文篇》注。湯谷，已見《東京賦》疏。

秋田乎青丘，

【注】服虔曰：青丘國，在海東三百里。善曰：《山海經》曰：青丘，其狐九尾。

【疏】服注，顔及《正義》引同。《正義》引郭云：青丘，山名。上有田，亦有國，出九尾狐，在海外。《索隱》亦引之。案：《南山經》曰：基山又東三百里，曰青丘之山。郭注曰：亦有青丘國，在海外。《水經》云：卽《上林賦》云：秋田於青丘。郝懿行《箋疏》曰：《史記·司馬相如傳》《正義》引郭注，又引服虔，並見《海外東經》，非此也。郭引《水經》，今無攷。《海外東經》曰：朝陽之谷，青丘國在其北。其狐四足，九尾。《大荒東經》曰：有青丘之國，有狐，九尾。《周書·王會篇》曰：青丘狐，九尾。孔注曰：青丘，海東地名。《吕氏春秋·求人篇》：禹東至鳥谷青丘之鄉與黑齒之國。並言皆見《海外東經》。《淮南子·本經篇》曰：堯繳大風於青丘之澤。高注曰：青丘，東方之澤名也。胡紹煐曰：據郭説，是有兩青丘。此乃海外國名，故下云仿偟乎海外，非青丘山也。《清統志》曰：朝鮮青丘，在高麗境。《子虛賦》：秋獵於青丘，蓋謂此。

徬徨乎海外。

【注】善曰：《毛詩》曰：海外有截。

【疏】《史記》「徬徨」作「傍偟」，《漢書》作「仿皇」，並同。○《毛詩》見《長發》。

呑若雲夢者八九，於其胸中，曾不蔕芥。

【注】善曰：蔕芥，已見《西京賦》。

【疏】《漢書》「胸」作「匈」，字同。又，「於其」作「其於」。○張注，顔及《索隱》引同。《索隱》又引郭曰：言不覺有也。○界、外、芥，祭部。

若乃俶儻瑰瑋，異方殊類。

【注】郭璞曰：俶儻，猶非常也。善曰：《廣雅》曰：瑰瑋，琦玩也。俶，佗歷切。

【疏】顔注與郭同。王先謙曰：《廣雅》：俶儻，卓異也。「俶」與「倜」同。《説文》：倜儻，不羈也。○《廣雅》見《釋訓》。

珍怪鳥獸，萬端鱗崪。

【注】善曰：《高唐賦》曰：珍怪奇偉，不可稱論。張揖曰：「崪」與「萃」同，集也。

【疏】《史記》「崪」作「萃」。○胡紹煐曰：按，本書《藉田賦》：屬車鱗萃。善注引《子虛賦》作「萃」。是善所據本作「萃」，不作「崪」。後人依《史》、《漢》改作「崪」，并增「張揖曰：『崪』與『萃』同，集也」九字。案：李引書有時就本文，胡氏説殆未確。○顔注與張同。又曰：如鱗之集，言其多也。薛傳均曰：「崒」爲「萃」之叚借字。《説文》萃字下云：艸貌。《易·萃·彖傳》云：萃，聚也。蓋萃字本爲艸聚之貌，引而申之，凡物之聚者皆可謂之萃。《説文》崒字下云：危高也。與萃聚之義無涉，特以同是卒聲，故通用耳。

充牣其中，不可勝記。

【注】善曰：《廣雅》曰：充牣，滿也。

【疏】《史記》「牣」作「仞」。《詩·靈臺》毛傳曰：牣，滿也。「仞」，通假字。《史》、《漢》「中」字下有「者」字。○《廣雅》見《釋詁》一。

禹不能名，卨不能計。

【注】張揖曰：禹爲堯司空，辯九州名山，別草木。卨爲堯司徒，敷五教，率萬事。應劭曰：契，善計也。

【疏】《史記》「卨」作「契」。○張注，顏引同。顏曰：言其所有衆多，雖禹、卨之賢聖，不能名而數之也。《正義》曰：契爲司徒，敷五教，主四方會計。胡紹煐曰：此別無可考。步瀛案：《説文·人部》曰：偰，高辛氏之子，爲堯司徒，殷之先也。案：「爲」字，段據《玉篇》增。又《内部》曰：卨，蟲也。又《米部》竊下曰：卨，古文「偰」。段玉裁曰：《毛詩》傳曰：玄王契也。經傳多作「契」，古文亦假「卨」爲之。朱駿聲《説文通訓定聲》十三曰：卨，商玄王以爲名，與夏禹同取於物爲假也。《司馬相如傳》及《古今人表》皆作「卨」，後又別制「偰」字以當之，非古也。朱説似勝。

然在諸侯之位，不敢言游戲之樂，苑囿之大。

【疏】吴先生曰：《上林賦》徒事争游戲之樂，《史記》「戲」作「獵」，此「戲」亦當作「獵」。《羽獵賦》亦以苑囿與游獵並言，皆其證。○類、崪、計、位，脂部。大，祭部。記，之部。比類通合。

先生又見客，

【注】如淳曰：見賓客，禮待故也。善曰：言見先生是客也。

【疏】如、李二注，《索隱》引同。惟「是客也」作「是賓客之也」。案：如注「見」當如字讀。李注「見」當讀「現」。○《索隱》曰：先生，指子虛也。王先謙曰：見客，猶言見禮於王耳。

是以王辭不復。

【注】司馬彪曰：復，答也。

【疏】《類聚》「辭」作「詞」。○《索隱》引郭與司馬同。顏曰：復，反也。謂不反報也。案：司馬、郭是。○客，魚部。復，幽部。通轉爲韵。

何爲無以應哉？

【疏】《類聚》「無」作「亡」。○曾國藩曰：以上子虛折烏有。

文選李注義疏卷八

畋獵中

上林賦一首

司馬長卿

郭　璞注

【疏】《史記・司馬相如傳》曰：無是公言天子上林廣大，山谷、水泉、萬物，及子虛言楚雲夢所有甚衆，侈靡過其實，且非義理所尚，故删取其要，歸正道而論之。《漢書・相如傳》同。《索隱》引顔游秦曰：不取其夸奢靡麗之論，唯取終篇歸於正道耳。《漢書》：顔師古曰：言不尚其侈靡之論，但取終篇歸於正道耳，非謂削除其辭也。而説者便謂此賦已經史家刊剟，失其意矣。卽本大顔之説。劉奉世曰：觀傳所云，則是嘗删其辭矣。若是顔説，則删字爲長。辭恐非傳意。王先謙《漢書補注》曰：《一切經音義》一引《聲類》：删，定也。《後漢・孔奮傳》注：删，定其義也。亡是公云云，文本《史記》，言不尚其侈靡過實之辭，特定取其終篇，歸於正道而論列之，非删削之謂也。玩此賦文辭，首尾完具，卽所謂侈靡失實者固在，豈爲刊剟之本？劉氏以辭害意，其謬甚矣。○程大昌《演繁露》卷十一曰：亡是公賦上林，蓋該四海言之。其敘分界，則曰左蒼梧，右西極。其舉四方，則曰日出東沼，入乎西陂，南則隆冬生長，涌水躍波，北則盛夏含凍裂地，涉冰揭河。至論獵之所及，則曰江河爲阹，太山爲櫓。此言環四海皆天子園囿，使齊、楚所誇，俱在包籠中。彼於日月所照，霜露所墜，凡土毛川珍，孰非園囿中物？敍而實之，何一非實？後世顧以長安上林覈其有無，所謂癡人前不得説夢者也。秦皇作離宫，關内三百，關外四百。立石東海上朐界中，爲秦東門。此即相如《上林》所從祖效，以該括齊、楚者也。自班固已不能曉，曰：亡是公言上林廣大，山谷、水泉、萬物多過其實云云。由是言之，後世何責焉？又《雍録》卷九曰：相如之賦上林也，固嘗明著其指曰：此爲亡是公之言也。亡是公者，明無此人也。夫既本無此人，則凡其所賦之語，何往而不爲烏有也？知其烏有，而以實録責之，故所向駮礙也。武帝之有上林也，本秦故地。以秦苑爲小，又從而開拓之。苟諫者不順其欲而逆折其爲，則無自而入也。故相如始而置辭也，包四海而入之苑内，其在賦體，固可命爲敷敍矣。而夸張飛動，正是縱臾使爲，故楊雄指之爲勸也。夫既先出此勸，以中帝欲，待其樂聽，而後徐加風諭，以爲苑囿之樂有極，而宇宙之大無窮，則諷或可入也。此其導之以勸者，理蓋出此。夫諷既不爲正諫，凡其所諫，不容不出於寓言。故舉一賦之語，而歸之無有，此子虚、烏有、亡是之名所由以立也。案：《漢書·相如傳贊》曰：楊雄以爲靡麗之賦，勸百而風一。程泰之謂指之爲勸，本此。然子雲言勸百者，殊不必謂四海爲界，泰之特傅會以成其説耳。又曰：左蒼梧，右西極，日出東沼，入虖西陂，此賦語敷敍上林所抵也。上林疆境，設使真有數百里廣，而此之數百里地者，其能出没日月於左右東西也乎？又曰：其南則隆冬生長，涌水躍波。又曰：北則盛夏含凍裂地，涉水揭河。信斯言也，則是此苑之南窮冬不凍，而其北亙夏不暑也。冬而不凍，夏而不暑，極天下之大，幷夷狄地而言之，則交廣、朔漠，氣候乃始有此。而此苑之境，其能奄有交廣、朔漠氣候，以出此異也乎？則子虛之虛，其爲亡是而又烏有，大不難見。特今古讀者，偶不致思，故主文譎諫之義，晦而不傳耳。至於八水分流，則長安實有此水。惟此不爲寓言矣。然而上林東境，極乎宜春、下苑。下苑，即曲江也。曲江僅得分滻爲沠，而其滻、霸會合之地，已在宜春之北。則其地出上林疆境之外矣，安能包該霸、滻也？而賦務侈收，乃曰：終始霸、滻。不知如何而能終始之也？然則雖其實有之水，亦復不能真確，況其紫淵丹水，雖善傅會者亦不能通，尚可强求乎？吴仁傑《兩漢刊誤補遺》卷六曰：天子以四海爲境，八藪爲囿。亡是公方侈而張之，顧肯近取三輔而止哉？梁玉繩《史記志疑》卷三十四曰：上林地本廣大，且天子以天下爲家，故所敍山谷、水泉，統形勝而言之。至其羅陳萬物，亦惟麟鳳蛟龍一二語爲增飾。觀《西京雜記》、《三輔黄圖》，則奇禽異木，貢自遠方，似不全妄。況相如明著其旨曰子虛、烏有、亡是，特主文譎諫之義爾，不必從地望所奠，土毛所産，而較有無也。步瀛案：程泰之、吴斗南等説，皆以長卿所賦，本非事實，不當以地志繩之似也。然如其説，則八川、南山，又皆上林所有，何其虛實雜糅也？泰之又謂，終始霸滻，亦不真確。則詞人賦中稍有假借，尚無不可，安得以實有之苑囿，等於空中樓閣乎？且長卿之賦，出於宋玉，而高唐、巫山，實有其地也。厥後祖述之者，如西都賓、東都主人、憑虛公子、安處先生、西蜀公子、東吴王孫、魏國先生，皆屬假設，而所賦山水，則無一假設也。況主文譎諫之旨，自於篇末見之，又何必因苑囿之地，推而擴之宇宙之大，而徐加諷諭乎？宋以後人論文，往往有求之過深，反失作者本意者，此類是也。至梁氏之言，較爲近實。然天子以天下爲家，豈遂括四海所有置之苑囿中乎？李治《敬齋古今黈》卷六曰：文人誇誕，固其常態，然要不可以悖理。其言甚是。郎云主文譎諫，亦必奇而不詭於正。所賦者既爲上林，又安得不於地望所莫，土毛所產，而較有無哉？○《西京雜記》卷上曰：司馬相如爲《上林》、《子虛賦》，意思蕭散，不復與外事相關。控引天地，錯綜古今，忽然如睡，焕然而興，幾百日而後成。案：此亦可證二賦乃同時作。而《相如傳》所言，乃假設，非實事也。王楙《野客叢書》卷五曰：孫尚書仲益謂：司馬相如《上林賦》，蓋令尚書給筆札，一日而就，非《二京》、《三都》覃十年之思。其誇苑囿之大，固無荒怪不經之説。後世學者，往往讀之不通。尋繹師古《音義》，從老先生問義，累數日而後曉焉。僕謂相如此賦，決非一日所能辦者。其運思緝工，亦已久矣。及是召見，因以發揮。不然，何以不俟上命，遽曰：請爲天子游獵之賦。是知此賦已平時製就，而非一日倉猝所能爲者。《西京雜記》謂：相如爲《上林》、《子虛》賦，幾百日而後成。此言似可信。張雲璈曰：《西京雜記》又云：枚皋文章敏疾，長卿製作淹遲，長卿首尾温麗，枚皋時有累句。故知疾行無善迹矣。據此，則長卿夙號淹遲，此賦自非成於一日也。《文心雕龍》亦云：相如含筆而腐毫。步瀛案：孫仲益説見《鴻慶居士集》卷三十《切韻類例序》。仲益，孫覿字也。王勉夫節引其詞，且顛倒其序。仲益之意，謂長卿此賦，并無荒怪誕幻不經之説，雕琢肝腎之奇，而數百歲後，班孟堅删取其要，顔師古爲之訓解，學者讀之，往往不通。此六書韻學之廢，而士大夫不識古字之過也。其論甚是。原文云：尚書給札，受一日之作，並未言一日而就，此王勉夫所改。「一日」二字，固不無語病，然仲益但以其成之速，對於覃思十年而言，亦未必限定一日也。張仲雅引《西京雜記》見卷下。

《文心雕龍》見《神思篇》。○《抱朴子·鈞世篇》曰：《毛詩》者，華彩之辭也。然不及《上林》、《羽獵》《二京》、《三都》之汪濊博富也。又曰：同説遊獵，而叔畋、盧鈴之詩，何如相如之《上林》乎？是以《上林》言獵，勝於《鄭風》之《叔于田》、《齊風》之《盧令》矣。此但以鋪張藻麗而言，未足爲定評也。

亡是公听然而笑，

【注】善曰：《説文》曰：听，笑貌也。牛隱切。

【疏】《史記》「亡」作「無」。○善引《説文》見《口部》。《索隱》引同。《集解》引郭璞注：《漢書》顏注並同。顏曰：音斷，又音牛隱反。方以智《通雅》卷四曰：「哂」通作「听」。《上林賦》注作斷，齒本也。又通作「吲」。《晉書》王猛《辭司徒疏》：田千秋一言致相，匈奴吲之。又通作「矧」，《曲禮》：笑不至矧。注：齒本也。大笑則見。《宋書·王弘傳》：孫叔未進，優孟見弞。又通作「齗」，《莊子》：桓公齗然而笑。左思賦：東吴王孫齗然而咍。並與「哂」通。此字當從《説文》之「弞」爲正，笑不壞面也。通作「矧」，別作「哂」、「吲」、「听」、「齗」。「齗」，通作「矧」。楚人謂相笑爲咍。《楚辭》曰：衆兆所咍。舊音胎。余按即是「嗤」字，古台音怡，觀今治、怡之音，則可想矣。案：方氏此説，汪師韓、張雲璈皆取之，特汪未明引。梁章鉅遥引作汪師韓語，非也。《上林賦》「听」字，各本不作「齗」，未知方氏何據。《莊子》、《楚辭》已見《吴都賦》疏。又案：《廣雅・釋詁》一曰：听，笑也。王念孫《疏證》曰：字亦作「欣」。《史記・孔子世家》云：孔子欣然笑。《集韻》、《類篇》引《廣雅》作「齗」，《後漢書・張衡傳》注引《字詁》云：齗，笑貌也，「听」之別體也。《思玄賦》：戴勝慭其既歡兮。舊注云：慭，笑貌。並字異而義同。「哂」與「吲」字同。微笑謂之哂，大笑亦謂之哂。《說文》笑不壞顔曰弞。《論語・先進篇》：夫子哂之。是哂爲微笑也。《曲禮》：笑不至矧。鄭注云：齒本曰矧。大笑則見。《釋文》：「矧」，本又作「哂」。是哂爲大笑也。「哂」、「吲」、「弞」、「矧」並通。胡紹煐曰：本書《廣絶交論》：主人听然而笑。善注：魚謹切。引此賦「听」作「忻」，誤。「忻」不得有魚謹切，當是「听」，即古「哂」字。

曰：楚則失矣，而齊亦未爲得也。

【疏】茶陵本「曰」字下校曰：善作「是」。胡克家曰：蓋所見本「楚」譌爲「是」也。案：《史》無「而」字。

夫使諸侯納貢者，非爲財幣，所以述職也。

【注】郭璞曰：諸侯朝於天子曰述職。善曰：《尚書大傳》曰：古者諸侯之於天子，五年一朝見，述其職。述職者，述其所職也。

【疏】茶陵本校曰：善無「也」字。步瀛案：尤本此行字數加多，蓋後增入。○郭注，《集解》及顔引同。《集解》有「言述所職，見《孟子》」七字。案：見《梁惠王》下。顔曰：述，循也。言順行也。案：《公羊・隱八年》何注云：五年親自巡守。巡，猶循也。巡守之巡訓爲循，則述字不宜復訓循矣。○善引《尚書大傳》，本書謝靈運《之郡初發都》詩、張景陽《雜詩》、陸士衡《五等諸侯論》注引並同。又，《公羊・

桓元年》何注曰：五年一朝。徐疏曰：虞傳文。○得、職，古音之部。

封疆畫界者，非爲守禦，所以禁淫也。

【注】郭璞曰：天下有道，守在四夷。立境界者，欲以杜絶淫放耳。善曰：《小雅》曰：淫，過也。

【疏】《漢書》「疆」作「彊」。顔曰：彊讀曰疆。○郭注，顔引同。《集解》引郭曰：禁絶淫放也。《淮南子·泰族篇》曰：天子得道，守在四夷。本書《東京賦》曰：天子有道，守在海外。蓋郭注所本。○善引《小雅》，今本《廣詁》作「淫，没也」。而「過也」節無「淫」字，疑脱。

今齊列爲東藩，而外私肅慎。

【注】郭璞曰：私與通也。

【疏】《漢》「藩」作「蕃」，通借字。○郭注，顔引同。

捐國踰限，越海而田，

【疏】，《漢》「踰」作「隃」。○顔曰：捐，棄也。謂田於青丘也。○慎、田，真部。

其於義固未可也。

【疏】劉良曰：固，語辭。

且二君之論，不務明君臣之義，正諸侯之禮，徒事争於游戲之樂，苑囿之大，欲以奢侈相勝，荒淫相越，此不可以揚名發譽，而適足以㽞君自損也。

【注】晉灼曰：㽞，古「貶」字也。善曰：《鄧析子》曰：因勢而發譽。毛萇《詩傳》曰：秖，適也。

【疏】袁本、茶陵本「且」下有「夫」字。尤袤《考異》曰：「『明君之義』，五臣作『明君臣』，是李本無『臣』字也。」胡克家曰：袁本、茶陵本云：善無「臣」字。步瀛案：今胡刻本有「臣」字，蓋後人所增，又非尤本之舊矣。《史》、《漢》皆有「臣」字。五臣「臾」作「貶」，與《史》同。《漢》作「𦥷」。顏曰：𦥷，古「貶」字。胡克家曰：「臾」當作「𦥷」，各本皆譌。其字上臼下寸，在《説文・巢部》。今《漢書》作「𦥷」，亦誤也。胡紹煐曰：《説文・巢部》：𦥷，從巢省。杜林説以爲貶損之貶，此以「𦥷」爲「貶」，從杜説也。《衆經音義》十八：貶，古文「𦥷」，同。又案：「争」字下袁本、茶陵本皆無「於」字，與《史》同。又，《史》「游戲」作「游獵」，是，當從之。○善引《鄧析子》見《無厚篇》。○毛傳見《我行其野》。「秖」作「衹」。阮元《校勘記》曰：唐石經「衹」作「衹」。段玉裁云：衹，適也。凡此訓，唐人皆从衣、从氏作「衹」，見《五經文字》、唐石經、《廣韻》、《集韻》，宋以後俗本多作「衹」，非古也。至各體从氐，則尤繆極矣。○大、越，祭部。

且夫齊、楚之事，又烏足道乎？君未覩夫巨麗也，獨不聞天子之上林乎？

【疏】袁本、茶陵本「烏」作「焉」，與《史》同。《藝文類聚・産業部》下引亦作「焉」。《史》「道乎」作「道邪」。○顏曰：道，言也。臣，大也。麗，美也。步瀛案：《三輔黄圖》卷四曰：漢上林苑即秦之舊苑也。《漢書》云：武帝建元三年，開上林苑。東南至藍田、宜春、鼎湖、御宿、昆吾，旁南山而西，至長楊、五柞。北繞黄山，瀕渭水而東，周袤三百里，離宫七十所，皆容千乘萬騎。案：此本《東方朔傳》及《揚雄傳》。《黄圖》又引《漢宫殿疏》云：方三百四十里。又引《漢舊儀》云：上林苑方三百里。苑中養百獸，天子秋冬射獵取之。帝初修上林苑，羣臣遠方，各獻名果異卉三千餘種植其中，亦有製爲美名，以標奇異。《西京雜記》卷上曰：余就上林令虞淵，得朝臣所上草木名二千餘種。《清統志》曰：陜西西安府，上林苑在長安縣西。○以上亡是折子虚、烏有，而鄭重舉出上林。

左蒼梧，右西極。

【注】文穎曰：蒼梧郡，屬交州，在長安東南，故言左。《爾雅》曰：至于豳國爲西極。在長安西，故言右也。

【疏】吴先生曰：此皆上林中所爲以象蒼梧、西極者，猶昆明也。舊注并非。○文注，顔及《正義》引同。吴仁傑《兩漢刊誤補遺》卷六曰：《檀弓》言舜葬於蒼梧之野。注謂零陵是其地。零陵，在長安之南，不得云左。按，《山海經》：都州，在海中。一曰郁州。郭注：今在東海朐縣。世傳此山自蒼梧從南徙來、崔季珪敍《述初賦》云：郁州者，故蒼梧之山也。《輿地廣記》云：郁州山，一名蒼梧。不知相如果用此事否？案：吴引《山海經》見《海内東經》。季珪，崔琰字。《述初賦》見《藝文類聚·人部》十一引。朱珔曰：山之徙，未免於誕。且所引皆非西漢以前語，此與下西極並地名。蒼梧雖近南而在長安，對西極言，自是左方。故文穎以爲東南，似宜仍從舊注。又，《檀弓》注言零陵者，以舜葬九疑故也。實則《漢志》零陵別爲郡，而蒼梧郡爲今梧州、平樂、肇慶等府地，非即零陵。吴氏亦未晰。案：吴斗南以蒼梧在長安之南，不宜言左，故欲以今江蘇東海縣東北之鬱林山、一名蒼梧山者當之，未免傅會。朱蘭坡駁之，是也。朱氏言蒼梧、九疑，仍未晰，今更述之。《漢書·地理志》零陵郡營道縣，原注曰：九疑山在南。《續漢·郡國志》同。而零陵郡屬荆州，蒼梧郡屬交州。漢蒼梧郡治廣信縣，今廣西蒼梧縣治。而營道縣在今湖南寧遠縣西，相去甚遠。然古所謂蒼梧者，則所包極廣，零陵、九疑悉括其中。《山海經·海内南經》曰 蒼梧之山，舜葬於陽。郭注曰：即九疑山也。《大荒南經》曰：蒼梧之野，舜與叔均之所葬也。郭注曰：舜巡狩，死于蒼梧而葬之。《海内經》曰：南方蒼梧之丘、蒼梧之淵，其中有九嶷山，舜之所葬。在長沙零陵界中。郭注曰：山在今零陵營道縣南，其山九谿，皆相似，故云九疑。古者總名其地爲蒼梧也。《漢書·武帝紀》：元封五年，望祀虞舜于九嶷。應劭曰：舜葬蒼梧。九嶷，山名。今在零陵營道。文穎曰：九嶷山，半在蒼梧，半在零陵。如淳曰：舜葬九嶷。九嶷在蒼梧馮乘縣。故或云舜葬蒼梧也。案：馮乘在今廣西富川縣東北，去湖南寧遠縣九疑山太遠。疑「馮乘縣」下本有「東北」二字，與高誘《淮南注》同，傳寫者誤脱耳。《水經·湘水注》曰：蒼梧之野峯秀，數郡之間，羅巖九舉，各導一溪，岫壑負阻，異嶺同勢，遊者疑焉。故曰九疑山。以上皆蒼梧、九疑合言者也。《淮南子·齊俗篇》曰：昔舜葬蒼梧。許注曰：舜南巡狩，死蒼梧，葬泠道九疑山。案：泠道縣，漢亦屬零陵郡，在今寧遠縣東。又《脩務篇》高注曰：舜死蒼梧，葬於九疑之山，在蒼梧馮乘縣東北，零陵之南。千里也。案：「南」字句絶。《史記·五帝本紀》曰：帝舜南巡狩，崩於蒼梧之野，葬於江南九疑，是爲零陵。《集解》引《皇覽》曰：舜冢在零陵營浦縣，其山九谿相似，故曰九疑。案：營浦縣，漢亦屬零陵郡，在今湖南道縣北，與寧遠縣相鄰也。王象之《輿地紀勝》卷五十八謂：蒼梧、九疑，自是兩處，後人以舜死之地爲舜葬之所。胡三省《通鑑》卷七注亦謂：蒼梧、九疑，兩處也。合而言之者，誤也。然蒼梧之地，所包既廣，郭璞謂其地總名蒼梧，可爲確證。元結《九疑圖記》曰：九疑山，方二千餘里，四州各近一隅。案：《通鑑》注引「二千」作「四千」。《清統志》卷二百八十二引作「衡、連、郴、道四州」，《古逸叢書》補闕本《太平寰宇記》卷一百一十六亦謂爲永、郴、連三州界山，則合蒼梧言之，不爲誤也。又案：此賦依吴先生説，蒼梧既上林苑中所爲，則不必定在南方。與西極對言，故曰左也。○《集解》引郭曰：西極，邠國也。見《爾雅》。案：《爾雅·釋地》《釋文》曰：「邠」，本或作「豳」，字同。《説文》曰：汃，西極之水也。引《爾雅》作「汃」。段注曰：「汃」之作「豳」，聲之誤也。步瀛案：西極之水，自非太王所居之邠，此亦假上林苑中之水，以象西極汃水也。

丹水更其南，

【注】應劭曰：丹水，出上洛冢領山，東南至析縣，入沟水。更，公衡切。

【疏】應注，顔引同。惟「沟」作「鈞」。《集解》引《漢書音義》曰：丹水，出上洛冢領山。與應同。吴仁傑曰：注指丹水爲弘農丹水縣，其地之相去，與蒼梧、西極、紫淵不類。按：《山海經》有丹穴之山，丹水出焉，而南流注於海。《甘泉賦》云，南煬丹崖，皆指丹穴之水言之。朱珔曰：丹水亦爲縣，與析縣俱屬弘農郡，後漢屬南陽郡。《水經·丹水篇》云：出京兆上洛縣冢嶺山。又云：東南至丹水縣，入于沟。注云：淅水出淅縣西北弘農盧氏縣大蒿山，東入淅縣。又南流入丹水縣，注于丹水。後又云：丹水歷於中之北，所謂商於者也。又南合沟水，謂之淅口。是丹水先會淅水，而後入沟水也。《方輿紀要》謂：今之内鄉縣，本漢析縣地，有淅陽城、丹水城、商於城，俱在縣境。又曰：吴仁傑云云，此説近是。步瀛案：朱引《方輿紀要》見卷五十一。孫志祖、梁章鉅皆取吴説，王先謙亦謂吴説是，皆信其天子以四海爲界之説耳。辨已見上。若以上林四界爲言，恐冢嶺山所出之丹水，尚嫌其遠也。

紫淵徑其北。

【注】文穎曰：西河穀羅縣，有紫澤在縣西北，於長安爲在北也。

【疏】李商隱《隋宫》詩曰：紫泉宫殿鎖煙霞。唐人避高祖諱，以「泉」爲「淵」。詩言紫淵宫殿，正指長安宫殿而言。是李義山解紫淵，即以爲上林北之水名矣。則蒼梧西極丹水，可以類推。○文注，顔及《正義》皆引之。本注「西河」誤作「河南」，又「北」上脱「西」字，皆據顔引訂正。朱珔曰：《正義》所引，有「其水紫色」四字。今《漢志》穀羅下云：武澤在西北。武澤與紫澤是一是二，未詳。《正義》又引《山海經》紫淵水出根耆之山，西流注河，今《經》無此山。惟《北山經》云：石者之山，泚水出焉。西流注于河。畢氏沅疑「者」字與「耆」相近，紫淵即泚水，當是也。郝氏謂《水經》有兩泚水。《南山經》長沙之山，亦有泚水，並與此異。步瀛案：郝氏説見《山海經箋疏》卷三。朱氏又曰：案，紫澤泚水，尚似稍借。《水經·巨馬水篇注》云：水上承督亢溝水於逎縣東，東南流歷紫淵東。《漢志》逎屬涿郡，今爲易州淶水縣地，正在北境。如吴氏説，丹水舉其遠者，則紫淵亦可據此以證矣。步瀛案：此説亦傅會，不待復辨矣。○極北之部。

終始灞、滻，出入涇、渭。

【注】張揖曰：灞、滻二水，終始盡於苑中，不復出也。涇、渭二水，從苑外來，又出苑去也。

【疏】《史》、《漢》「灞」作「霸」。《漢》「滻」作「產」。○《索隱》引張揖曰：灞，出藍田西北而入渭。滻，亦出藍田谷北，至霸陵入灞。灞、滻二水，盡於苑中不出，故云終始也。涇、渭二水，從苑外來，又出苑去也。涇水，出安定涇陽縣幵頭山，東至陽陵，入渭。渭水，出隴西首陽縣鳥鼠同穴山，東北至華陰，入河。較本注爲詳。顔説同。案：霸、涇、渭已見《西都賦》。《水經·渭水篇注》曰：霸水，出藍田縣藍田谷北，歷藍田川，逕藍田縣東，又左合滻水。《水經·滻水篇》曰：滻水，出京兆藍田谷北，入于霸。酈注曰：《地理志》曰：滻水，出南陵縣之藍田谷。又曰：滻水又北歷藍田川，北流，注于灞水。《地理志》曰：滻水北至霸陵入霸水。案：今《地理志》作「沂水」，無「滻水」。朱珔謂《水經·滻水注》再引《地理》作「滻」，則「沂」爲「滻」之誤可知。《方輿紀要》卷五十三曰：陝西西安府，霸水，源出藍田縣南山谷中，亦名藍谷水。自南山北流，經縣西，歷白鹿原東，又北經府東霸陵故城西，又北入於渭水。滻水，源亦出南山谷中。經藍田縣白鹿原西，又北至霸陵城南，合於霸水。《清統志》曰：西安府，霸陵故城在咸寧縣東。案：今咸寧縣併入長安縣。

酆、鎬潦潏，紆餘委蛇，經營乎其內。

【注】張揖曰：酆水，出鄠縣南山酆谷，北入渭。鎬，在昆明池北。善曰：潦，卽澇水也。《説文》曰：澇水，出鄠縣，北入渭。潏水，出杜陵，今名沇水。自南山黄子陂西北流，經昆明池入渭。郭璞曰：經營其內，周旋苑中也。

【疏】《史》、《索隱》本「酆」作「豐」，《集解》本「鎬」作「鄗」。《索隱》引姚察曰：「潦」或作「澇」。五臣「委蛇」作「逶迆」。《類聚》引同《漢》，無「乎」字。○張注，顏及《索隱》引同。惟「酆」皆作「豐」。顏引無「縣」字。《西都賦》注引同。惟「酆谷」作「灃谷」，餘已見《西都賦》。《水經・渭水注》曰：渭水又東北與鎬水合。水上承鎬池於昆明池北，周武王之所都也。自漢武帝穿昆明池于是地，基構淪褫，今無可究。鄗水又北流，西北與滮池合。鄗水北逕清泠臺西，又逕磁石門西，又北注于渭。《史記・秦始皇本紀》《正義》引《括地志》曰：今按，鎬池水北流入永通渠，不至磁石門，亦不復入渭。《長安志》卷十二曰：長安縣，鎬水出縣西北十八里鎬池。《清統志》曰：陝西西安府，鎬水在長安縣西北。舊志：水源亦出南山谷中，北流經故長安城西南，注昆明池。又北入於灃水，自唐堰入昆明池，而灃、鎬之流絶。今則昆明池亦涸爲民田。○善引《說文》見《水部》。「出」下有「右扶風」三字，「鄠」下無「縣」字。案：《索隱》引姚察曰：澇水出鄠縣，北注渭。與《說文》合。顏曰：潦，音牢，亦水名也。出鄠縣西南山潦谷，向北流入於渭。案：顏以潦音牢，則亦以爲澇水也。《水經・渭水篇》曰：渭水又東過槐里縣南，又東，澇水從南來，注之。又東，豐水從南來，注之。酈注曰：澇水出南山澇谷，北逕漢宜春觀東，又北逕鄠縣故城西。澇水際城北出，合美陂水。澇水北注甘水，而亂流入于渭，即上林故地也。《長安志》卷十二曰：長安縣，澇水來鄠縣界，北流入渭。又卷十五曰：鄠縣，澇水在縣西二里。《清統志》曰：西安府，澇水在鄠縣西南，源出澇谷，逕咸陽至長安縣，入潏水。○顏及《索隱》引張揖曰：又有潏水，出南山。顏引晉灼曰：潏，音決。《索隱》引姚氏曰：潏水，出杜陵，今名沇水。自南山皇子陂西北流，注昆明池入渭。顏曰：《地理志》，鄠縣有潏水，北過上林苑入渭。而今之鄠縣，則無此水。許愼云：潏水，在京兆杜陵。此卽今所謂沈水，從皇子陂西北流，經昆明池入渭者也。蓋「爲」字或作水旁，「穴」與「沈」字相似，俗人因名沈水乎？將鄠縣潏水，今則改名，人不識也。《地理志》潏水，王念孫《讀書雜志・漢書》六曰：「潏」當爲「澇」。據《説文》、《水經注》，則出右扶風鄠北，過上林入渭者，乃澇水，非潏水也。《説文》：潏水在京兆杜陵，則非在扶風鄠也。師古以「沈水」爲「泬水」之譌，是也。但未知《地理志》「潏水」乃「澇水」之譌，故明知鄠縣無潏水，而仍有改名不識之疑。錢坫《新斠地理志》亦訂鄠縣「潏水」爲「澇水」之譌。步瀛案：《水經・渭水注》曰：渭水又東北逕渭城南，南有泬水注之，水上承皇子陂于樊川。泬水又北逕鳳闕東，又北分爲二水。一水東北流，一水北逕神明臺。東泬水又逕漸臺東，又北流注渭，亦謂是水爲潏水也。吕忱曰：潏水出杜陵縣。案：「泬」原誤「沈」，依戴校改。《長安志》曰：潏水在長安縣南十里。張禮《遊城南記》注曰：潏水今不至皇子陂，由瓜州村附神禾塹上穿甲店，俗謂之坑河。《清統志》曰：西安府，潏水在長安縣南，源出南山，自咸寧縣界流入。又西北入渭水。案：注今名沇水。胡克家曰：當作「泬」。《史記索隱》引姚氏云：今名泬水。善全取彼文，與顏注此卽今所謂沈水迥異。胡紹煐曰：段氏《説文》潏下注云：司馬貞《索隱》語。全與善注同，亦作今名沇水。沇從允聲，余準切。潏，矞聲，食聿切。小顏與善同。時其注《漢書》本亦作今所謂沇水，轉寫作「沈」，由俗書「沇」字似「沈」也。小顏不知潏、沇同聲，而指爲「泬」之誤。紹煐按：《水經・渭水注》亦作「沈水」，是當時皆誤爲「沈」。師古知「泬」爲「潏」之聲借，「沈」爲「泬」之形譌，其説甚確。經典凡從穴、從矞之字，多相通。《小雅》謀猶回遹，《韓詩》作「鴥」可證。若「沇」與

「潏」，雖音近而不相通。此蓋小司馬改「沈」爲「沇」，後人遂據以改善注。《集韻》：沇，水名，渭、潏水也。亦沿《索隱》之誤。沇水，卽泲水，不得與潏水混。段氏反據小司馬注以駁顔，則未免有意好難矣。又注「黄子陂」，胡克家曰：袁本、茶陵本「黄」作「皇」。案：《史記索隱》引姚氏正作「皇」，「皇」字是也。《漢書注》亦作「皇」。陳校依《漢注》。又「經至昆明池」，胡克家曰：袁本、茶陵本無「經」字。案：《史記索隱》引姚氏云「注昆明池」，《漢書》顔注云「經昆明池」，此尤延之校改「至」作「經」，因誤兩存也。又「周旋苑中也」，袁本、茶陵本「周」上有「言」字。案：胡氏校是，今據改。○《集解》引郭曰：潦、潏，皆水流貌。顔及《索隱》引應劭曰：潦，流也。潏，涌出聲也。顔引晉灼曰：下言八川，計從丹水以下至潏，除潦爲行潦，凡九川。從霸、産以下爲數，凡七川。潏，音決。潏，水涌出聲也。除潦、潏，下爲水餘適八。下言經營其内，於數則計其外者矣。《索隱》引作從丹水下則有九，從灞以下則七。蓋綜述其語。顔又引張揖曰：潦，行潦也。顔曰：應、晉二説，皆非也。張言潦爲行潦，又失之。潦，音牢。亦水名也。出鄠縣西南山潦谷，而北流入於渭。上言左蒼梧，右西極，丹水更其南，紫泉徑其北，皆謂苑外耳。丹水、紫泉，非八川數也。霸、産、涇、渭、豐、鎬、潦、潏，是爲八川。言經營其内，信則然矣。《索隱》曰：案，今潏既是水名，除丹、紫二川，自涇、渭以下適足八川，是經營乎其内也。又潘岳《關中記》曰：涇、渭、灞、滻、豐、鎬、澇、潏，《上林賦》所謂八川分流也。○渭、潏、内，脂部。

蕩蕩乎八川，分流相背而異態。

【注】郭璞曰：變態不同也。善曰：潘岳《關中記》曰：涇、渭、灞、滻、酆、鄗、潦、潏，凡八川。

【疏】《史》「乎」作「兮」。《漢》無「而」字。○郭注，顏引同。○《關中記》，《索隱》亦引之，見上。

東西南北，馳騖往來。

【注】郭璞曰：言更相錯涉也。來，盧代切。

【疏】郭注，顏引同。態、北、來，之部。

出乎椒丘之闕，

【注】服虔曰：丘名也。兩山俱起，象雙闕者也。善曰：《楚辭》曰：馳椒丘且焉止息也。且，音昌呂切。

【疏】服注，顏及《索隱》引同。惟《索隱》並引《離騷》之文。《集解》引郭曰：椒丘，丘名。言有巖闕也。見《楚辭》。案：《離騷》王注曰：土高四墮曰椒丘。服云象雙闕，郭云象巖闕，義合。《索隱》引如淳曰：丘多椒也。胡紹煐曰：《月賦》：菊散芳於山椒。注引《楚辭》王逸注，即此引《離騷注》文。又引《漢書・外戚傳》武帝《傷李夫人賦》：釋余馬於山椒。山椒，山頂也。《廣韻》：山巔曰嶕。然則「椒」即「嶕」同音之假，非因多椒而名也。朱銘曰：《離騷》蘭椒並言，相如賦亦對下桂林，自是草木名。吳斗南亦云：《山海經》琴鼓之山多椒柘，是也。案：蘭椒並言，指上句蘭皋也。吳說見《離騷草木疏》卷三。以下文洲淤言之，胡氏說是。以下文桂林言之，朱氏說尤長。沈欽韓《漢書疏證》卷二十九曰：《三國志・華歆傳》注：虞溥《江表傳》曰：孫策在椒丘，遣虞翻說歆。《寰宇記》：椒丘城，在洪州北，水路屈曲一百四十八里。案：宋初洪州治南昌縣，此以地名偶合，强爲傅會，未可據也。王先謙曰：此指關内八川，不得遠引豫章也。○注引《離騷》，尤本誤作「馳椒丘兮且且止也」，袁、茶本亦誤，今依胡克家校改。

行乎洲淤之浦。

【注】張揖曰：淤，漫也。浦，水崖也。淤，於庶切。善曰：《方言》曰：水中可居者曰洲。三輔謂之淤也。

【疏】《漢》「洲」作「州」，是。《説文》：水中可居曰州。𠣘繞其旁，从重川，會意，不得再加水旁也。「洲」，俗字。○顏注淤、浦二字與張同。○《方言》見卷十二。今本無「者」字，「曰」作「爲」。郭彼注卽引此賦。《集解》引郭曰：淤，亦洲名，蜀人云。見《方言》。案：《方言》曰：蜀漢人謂之檗。則「蜀人」似當作「三輔」。

經乎桂林之中，

【注】張揖曰：桂林，林名也。《南海經》曰：桂林八樹，在番禺東也。

【疏】顏引如淳曰：桂林，桂樹之林也。《集解》引郭曰：桂林，林名也。見《南海經》也。案：《海内南經》曰：桂林八樹，在番隅東。郭彼注曰：八樹而成林，信其大也。番隅，今番隅縣。郝懿行《箋疏》曰：劉昭注《郡國志》南海郡番禺，引此經云，桂林八樹，在賁禺東。《水經·泿水注》及《文選·遊天台山賦》注引此經並作「賁禺」。然《上林賦》注及張衡《四愁詩》注及《初學記》卷八引此經乃作「番禺」，蓋古有二本也。步瀛案：番禺今廣東屬縣。此賦上之椒丘、淤洲，下之泱漭之野，皆不必實指其地。則桂林亦當從如淳注。

過乎泱漭之壄。

【注】張揖曰：《山海經》所謂大荒之野。如淳曰：大貌也。泱，烏朗切。

【疏】《史》「漭」作「莽」，五臣「壄」作「野」，《史》同。案：《説文》曰：野，郊外也。从里，予聲。「壄」，古文「野」，从里，省从林，或作「壄」，非。○張注，顔引同。《集解》引作《漢書音義》。顔曰：凡言此者，著水流之長遠也。吴先生曰：《莊子·逍遥遊》：適莽蒼者，三飡而反。泱莽與莽蒼義同。舊注引《山海經》，非。王先謙曰：《文選·海賦》注：泱漭，廣大也。此言廣大之壄耳，不必遠引《山海經》。步瀛案：如訓泱漭爲大貌，是。

汩乎混流，順阿而下。

【注】蘇林曰：楊雄《方言》曰：汩，逕疾也。汩，于筆切。郭璞曰：混，并也。阿，大陵也。

【疏】《史》「混」作「渾」，字通。○《方言》六曰：汩，遥疾行也。戴震謂蘇林引作「逕」字，誤。郭彼注曰：汩汩，急貌也。《説文·川部》曰：𡿺，水流也。从川，曰聲。《水部》曰：汩，治水也。从水，曰聲。汩，長沙汩羅淵也。从水，冥省聲。三字迥乎不同。今「𡿺」字罕用，假「汩」字爲之。段玉裁曰：《上林賦》曰：汩乎混流。又曰：汩濦漂疾。《方言》：汩，疾行也。此用「汩」爲「𡿺」也。《廣韵》合爲一，非。又曰：汩，本訓亂，如亂之訓治。于筆切。俗音古忽切，訓汩没，汩亂。○《周語》下韋注曰：混，同也。與郭訓并意同。顏曰：混流，豐流也。本《説文》。○郭注阿，《集解》引同。顏曰：曲陵曰阿。步瀛案：郭注本《爾雅・釋地》，顏注本《詩・考槃》毛傳，語異義同。

赴隘陿之口，

【注】郭璞曰：夾岸閒爲陿。隘，於懈切。陿，音狹。

【疏】《史》「陿」作「陜」，字同。五臣作「峽」，非。○顏曰：兩岸閒相迫近者也。

觸穹石，激堆埼。

【注】張揖曰：穹石，大石也。埼，曲岸頭也。郭璞曰：堆，沙堆也。丁回切。埼，巨依切。

【疏】《古逸叢書》續收原本《玉篇・石部》引「埼」作「碕」，引《埤蒼》：曲岸頭也。○張、郭注，顏引同。《集解》引郭曰：穹隆，大石貌。堆，沙堆。埼，曲岸頭。音祁。《索隱》引郭曰：堆，沙堆。以下與《集解》同，無「音祁」二字，是也。此蓋後人所增。祁與埼，古不同部。祁，脂部。埼，歌部。郭音巨依切，亦與古音不合。「堆」，本字當作「自」。《説文》曰：自，小阜也。字或作「堆」。沙成小阜曰沙堆，故沙壅亦曰堆。王先謙曰：沙壅而成曲岸，水遇之則激起是也。○以上水入陿口之形勢。

沸乎暴怒，

【注】郭璞曰：沸，水聲也。音拂。

【疏】郭注，顏引同。○浦、壄、下、石、怒，魚部。口，侯部。通轉爲韻。

洶涌彭湃。

【注】司馬彪曰：洶涌，跳起也。彭湃，波相戾也。洶，許勇切。湃，蒲拜切。

【疏】五臣「彭」作「滂」，《史》同。《史》「湃」作「濞」，《索隱》本作「洶湧澎湃」，曰「湧」或作「容」，「澎」或作「滂」。王先謙曰：「彭」、「旁」古通，故「澎」亦爲「滂」。下「滂濞」《史記》又作「澎濞」。《玉篇》云：澎湃，滂沛也。「湃」即「沛」字音轉異文。《説文》無「湃」字。○司馬注，《索隱》引同。顏曰：洶涌，跳起貌。彭湃，相戾也。亦本司馬。張銑曰：滂湃，水聲也。呂錦文曰：《淮南子·俶真訓》：譬若周雲之蘢蓯，遼巢澎濞而爲雨。「濞」與「湃」通。下文滂濞注云：水聲也。義並相同。王先謙曰：洶涌，謂水之上騰。澎湃，謂水之旁溢。

滭弗宓汩，

【注】蘇林曰：滭，音畢。宓，音密。司馬彪曰：畢弗，盛貌也。宓汩，去疾也。汩，于筆切。

【疏】五臣「弗」作「沸」，《史》作「浡」。五臣「宓」作「淧」，《史》同。呂錦文曰：「浡」與「沸」一聲之轉，「弗」又「沸」之借字。○蘇注，顏引同。司馬注，《索隱》引同。呂錦文曰：《説文》沸字注引《詩》畢沸濫泉，《毛詩·瞻卬》作「觱沸」，並通用字。「宓」與「泌」同。《説文》曰：俠流也。王先謙曰：《詩·瞻卬》毛傳：觱沸，泉出貌。「觱沸」、「畢沸」字義並同。案：此《采菽》毛傳，王氏誤記。以二詩皆有「觱沸檻泉」句也。

偪側泌瀄。

【注】郭璞曰：泌瀄，音筆櫛。司馬彪曰：偪側，相迫也。泌瀄，相揳也。「偪」字與「逼」同。揳，先

結切。

【疏】《史》「偪側」作「湢測」。○郭注，顔引同。《集解》引郭曰：逼側筆櫛四音。《索隱》引同。○司馬注，《索隱》引同。唯「偪側」作「湢測」。顔注與司馬同，唯「迫」作「逼」。胡紹煐曰：《玉篇》：湢㳄，水驚涌貌。「偪側」與「湢㳄」同。本書《洞簫賦》善注：咇喞，聲出貌。泌瀄猶咇喞，聲急出謂之咇喞，故水急出謂之泌瀄。《七發》注：泌瀄，波相揳也，本此。王先謙曰：「揳」同「擊」。《史記·貨殖傳》：揳鳴琴。《後漢·申屠剛傳》：尚書近臣，至乃捶揳牽曳於前。義並作擊。

横流逆折，轉騰潎洌。

【注】司馬彪曰：逆折，旋回也。孟康曰：轉騰，相過也。潎洌，相撇也。潎，匹列切。洌，音列。

【疏】《索隱》引蘇林曰：流輕疾也。○孟注，顔引同。胡紹煐曰：《説文》：滕，水超涌也。從水，朕聲。「騰」與「滕」通。《小雅·十月之交》：百川沸騰。《玉篇》引作「滕」可證。潎洌，水聲。《説文》：潎，水中擊絮也。今人以物擊水，猶狀其聲爲潎洌矣。本書《秋興賦》：玩游魚之潎潎。亦謂水中出没之聲。案：王先謙謂擊絮水中，跳轉迸散，清洌尤甚，以釋潎洌二字，非是。凡連綿字，上下一義，不可分釋。王氏解此等字，往往上下二字各求其義，再求連貫，失其旨矣。

滂濞沆溉，

【注】司馬彪曰：滂濞，水聲也。沆溉，徐流也。郭璞曰：滂，音匹亨切。濞，匹祕切。溉，胡慨切。韋昭曰：沆，胡郎切。

【疏】《史》「滂」作「澎」，「溉」作「瀣」，《索隱》本作「滂」，作「溉」，云：「溉」亦作「瀣」。○司馬注《索隱》引「水」下有「流」字。○郭注，顏引作「滂，音旁」，又云：皆水流聲貌。《索隱》引郭曰：彭怒鬱鯁之貌也。胡紹煐曰：滂濞沆溉四字，音義並通，皆水不平之貌。本書《洞簫賦》：澎濞慷慨，一何壯士。「滂濞沆溉」與「澎濞慷慨」同。水不平謂之澎濞，亦謂之沆溉，猶聲不平謂之澎濞，亦謂之慷慨。《淮南·俶真訓》：譬若周雲之蘢蓯，遼巢彭濞而爲雨。是彭濞爲不平矣。郭璞曰：鼓怒鬱鯁之貌，正與不平義合。

穹隆雲橈，

【注】郭璞曰：[illegible]起回宂也。善曰：雲橈，如雲屈橈也。橈，女教切。

【疏】《史》「橈」作「撓」。案：《説文》：橈，曲木也。撓，擾也。則本字當作「橈」。○郭注，《索隱》引作「水隴起回窳也」。又引服虔曰：水旋還作泉也。案：唐諱「淵」爲「泉」。顏曰：橈，曲也。言水忽旋回如雲之屈曲也。王先謙曰：言水勢起伏，乍穹然而上，隆旋如雲而低曲也。

宛潬膠盭。

【注】司馬彪曰：宛潬，展轉也。膠盭，邪屈也。宛，音蜿。潬，音善。盭，古「戾」字。

【疏】《史》「宛潬」作「蜿蟺」。五臣「盭」作「戾」，《史》同。○司馬注，《索隱》引同。惟「宛潬」作「蜿蟺」。又云：音婉善交戾四音。王先謙曰：宛潬，猶蜿蜒。狀水勢之緜遠。步瀛案：本書《長笛賦》曰：綎宛蜿蟺。善注曰：蜿，委也。《楚辭·九思·守志》曰：乘六蛟兮蜿蟬。「宛潬」與「蜿蟺」、「蜿蟬」

同，當爲盤曲之狀。與下膠盭訓邪曲四字義同。王氏以爲緜遠之狀，疑未是。薛傳均曰：木玄虛《海賦》：狀如天輪膠戾而激轉。注引《上林賦》曰：宛潬膠盭。案：《前漢·膠西王傳》爲人賊盭，《史記》作「戾」，可證二字本通。

踰波趨浥，涖涖下瀨。

【注】司馬彪曰：踰波，後波淩前波也。趍浥，輸於淵也。涖涖，水聲也。浥，於俠切。涖，音利。

【疏】五臣「涖」作「莅」，《史》同。○《説文》曰：瀨，水流沙上也。《漢書·武帝紀》注曰：瀨，湍也。吴越謂之瀨，中國謂之磧。○司馬注《索隱》引同。唯「淵」作「深泉」，避唐諱改也。顔曰：踰，躍也。浥，窊陷也。涖涖，聲也。胡紹煐曰：浥，卑下之處。《説文》：浥，溼也。溼，幽溼也。幽溼則卑下矣。卑下爲水之所歸，故曰趨浥。本書《江賦》：乍浥乍堆。浥與堆對，堆爲高，斯浥爲下矣。○張銑曰：莅莅，流貌。下於磧瀨也。○以上水出陿口後之形勢。

批巖衝擁，奔揚滯沛。

【注】司馬彪曰：擁，曲限也。善曰：《説文》曰：批，擊也。滯沛，奔揚之貌也。滯，直制切。沛，蒲蓋切。

【疏】《史》「巖」作「壛」，「擁」作「壅」。《史》、《漢》「衝」作「衝」。案：《説文》「衝」字本从童聲。○《正義》引司馬曰：批，反擊也。壅，曲限也。顔注同。又曰：言水觸批巖岸而衝限曲，則奔揚而滯沛然也。○梁章鉅曰：「批」當作「㧗」。今《説文》：㧗，反手擊也。無「批」字。胡紹煐曰：按，《周禮·秋官》序官《雍氏》注：雍，謂隄防止水者也。「擁」與「雍」同字，亦作「壅」。《晉語》韋注：壅，防也。滯，沛疾貌。「滯」即「遰」也，字亦作「逝」。

臨坻注壑，瀺灂霣墜。

【注】鄧展曰：坻，水中山也。坻，音遲。善曰：《字林》曰：瀺灂，小水聲也。「霣」，古「隕」字也。墜，直類切。

【疏】《漢》「墜」作「隊」，「隊」乃隊隕之本字。《説文》曰：隊，從高隊也。段曰：「隊」、「墜」，正俗字，今「墜」行而「隊」廢矣。〇顔曰：坻，謂水中隆高處也。《秦風·終南》之詩：宛在水中坻。案：《終南》當作《蒹葭》。《正義》曰：坻，水中沙微起出水者也。《爾雅》曰：小沚曰坻。壑，虚也。案：顔及張守節説是。鄧以爲水中山，恐非。《爾雅》見《釋水》。〇《字林》，施宿《蘇詩注》卷三十引同。《索隱》引《説文》曰：灂，水小聲也。顔曰：瀺，音士咸反。灂，音才弱反，又，音仕角反。餘與善同。

沈沈隱隱，砰磅訇磕。

【注】善曰：沈沈，深貌也。隱隱，盛貌也。司馬彪曰：砰磅、訇磕，皆水聲也。砰，普冰切。磅，普萌切。

【疏】《史》「沈」作「湛」。《集解》引徐廣曰：湛，音沈。步瀛案：「湛」乃湛没之本字。後人假陵上滈水之「沈」爲之。《説文》：湛，没也。沈，陵上滈水也。段曰：謂陵上雨積停潦也。古多假借爲湛没之「湛」。〇王先謙曰：隱隱，言水聲殷然也。與下四字義貫。《文選·閒居賦》：煌煌乎，隱隱乎。注：

隱隱，一作「殷殷」。《音義》同。李於「深」、「盛」下加「貌」爲訓，轉隔。○顏曰：砰，音普冰反。磅，音普萌反。訇，音呼宏反。礚，音口蓋反。皆水流鼓怒之聲也。《正義》曰：磅，蒲黄反。餘與顏同。梁章鉅曰：《廣雅·釋詁》：砰磅，砿礚，聲也。當卽釋此。

潏潏淈淈，湁潗鼎沸。

【注】善曰：《說文》曰：潏，水湧出也。淈，水出貌。《周成雜字》曰：湁潗，水沸貌也。淈，音骨。湁，勑立切。潗，子入切。

【疏】《說文繫傳》卷六《鬲部》、卷二十一《水部》引「沸」皆作「鬻」。○顏引郭曰：皆水微轉細涌貌也。《索隱》引同。○善引《說文》見《水部》：「涌出」上無「水」字。又曰：淈，濁也。一曰，水出皃。《索隱》引《廣雅》曰：淈淈，決流也。案：今《廣雅·釋訓》有「決決」，無「淈淈」。王念孫《疏證》據此補。然《索隱》所引「決」字蓋衍。○《周成雜字》，《索隱》引同。梁章鉅曰：《說文》湁字云：湁湒，鬻也。徐鍇曰：《上林賦》：湁潗鼎鬻。又鬻字云：涫也。徐鍇曰：沸也。相如《上林賦》：湁潗鼑鬻。如此作也。胡紹煐曰：《說文》湁，湁湒，鬻也。湒，一曰湒涌貌。「潗」與「湒」同。許意以鼎沸字從「鬲」，而沸下引《詩》滭沸濫泉作「沸」，二字稍別。今經典通用「沸」。

馳波跳沫，汩㴔漂疾。

【注】司馬彪曰：汩㴔，水聲也。韋昭曰：㴔，許及切。善曰：汩，于筆切。漂，匹姚切。

【疏】《集解》引徐廣曰：「跳沫」一作「吸呷」。尤本、毛本「㴔」作「濦」。胡克家曰：袁本作「㴔」，云：善作「濦」。茶陵本云：五臣作「㴔」。案：各本所見皆非也。《史記》、《漢書》皆作「㴔」，又各本注中亦譌「濦」。梁章鉅校亦以「濦」爲「㴔」之誤。許巽行曰：何校改「㴔」，今從之。○顏引晉灼曰：㴔，音華給反。郭璞曰：㴔，音許立反。《索隱》引晉、郭同。又郭注許立反下曰：汩㴔，急轉貌也。顏曰：言水波急馳而白沫汩跳起㴔然也。㴔，晉、郭二音皆通。

悠遠長懷，

【注】郭璞曰：懷，亦歸變文耳。

【疏】郭注，顏引同。薛傳均曰：張平子《思玄賦》：痛火正之無懷兮。注：善曰：懷，歸也。《緇衣》：私惠不歸德。注：「歸」，或爲「懷」。是其證矣。王先謙曰：《釋言》：懷，來也。○以上暴怒争流之勢漸平，卽將入湖矣。

寂漻無聲，肆乎永歸。

【注】善曰：《説文》曰：漻，清深也。漻，音聊。杜預《左氏傳注》曰：肆，放也。言水奔放而長歸於淵海也。

【疏】顏曰：言長流安静。吕錦文曰：寂漻，猶寂寥也。王子淵《四子講德論》：寂寥宇宙。《楚辭·九辯》：宋廫兮收潦而水清。《七發》：淑漻壽蓼。字異義同。王先謙曰：肆乎永歸，言安然而長往也。○善引《説文》見《水部》。○《左傳》杜注見襄二十三年。

然後灝溔潢漾，

【注】郭璞曰：皆水無涯際貌也。灝，音皓。溔，弋少切。潢，胡廣切。漾，弋丈切。

【疏】五臣「漾」作「洋」，音養。○郭注，顔引無「也」字。《正義》引無「貌」字。○「灝，音皓」以下，顔注同。《正義》曰：潢漾，晃養二音。步瀛案：《廣韻・二十三浩》曰：灝溔，水勢遠也。吕錦文曰：《七發》浩瀇瀁兮。《九辯》：然潢洋而不可帶。《史記・老莊列傳》：其言洸洋自恣以適己。《論衡・案書篇》：瀇洋無涯。《江賦》：沆瀁皛溔。《玉篇》：浩溔，滉瀁，水無際。《廣雅・釋訓》：潢潒，浩盪也。皆與潢漾音近義同。

安翔徐回。

【注】郭璞曰：言運轉也。

【疏】郭注，顔引同。○湃、折、汩、洌、瀨、沛、礚、沫，祭部。溉、盭、墜、淈、沸、懷、歸、回，脂部。澌、疾，至部。皆通轉爲韵。

翯乎滈滈，

【注】郭璞曰：水白光貌也。翯，胡角切。滈，音鎬。

【疏】郭注，顔及《索隱》引同。○「翯，胡角切」以下，顔注同。《索隱》曰：翯，音鶴。滈，音鎬。《詩》曰：白鳥翯翯。又引郭注下云：翯，音皛。滈，音昊也。

東注太湖，

【注】郭璞曰：太湖，在吴縣。《尚書》所謂震澤也。

【疏】《史》、《漢》「太」作「大」。吴先生曰：「太」、「大」古同字。○齊召南曰：按，此大湖自指關中巨澤言之，非吴地震澤也。凡巨澤瀦水，俱可稱大湖，不必震澤。孫志祖、張雲璈、王先謙皆從齊説。吴先生曰：太湖，即昆明池也。郭璞釋爲震澤，誤。沈存中改「湖」爲「河」，亦非是。步瀛案：昆明池在上林東南，方位正合。八水雖不盡注昆明，此可假借言之耳。○郭注，顔引同。張銑曰：太湖，震澤也。《正義》曰：太湖在蘇州西南。沈括《夢溪筆談》卷四曰：八川自入大河。大河去太湖數千里，中間隔太山及淮、濟、大江，何緣與太湖相涉？《敬齋古今黈》以沈説爲是，亦誤以太湖爲震澤，故以賦爲非耳。

衍溢陂池。

【注】郭璞曰：言溢溢而出也。陂池，江旁小水。

【疏】郭注顔引同。尤本、毛本「言溢溢」作「其形狀」三字，誤。袁、茶二本作「言溢」，無「溢」字。今依顔注改。○湖，魚部。池，歌部。通轉爲韵。○以上水。

於是乎蛟龍赤螭，

【注】文穎曰：龍子爲螭。張揖曰：赤螭，雌龍也。

【疏】《漢》無「乎」字。○蛟龍、螭，已見《蜀都賦》蛟螭疏。○文、張兩家注，顔及《索隱》、《正義》皆引之。顔又引如淳曰：螭，山神也。獸形。顔駁之曰：許慎云：离，山神也。字則單作「离」形。若龍子洒從虫作「螭」，此別是一物。既非山神，又非雌龍、龍子，三家之説皆失之。案：此注依王先謙校。《正義》亦駮文、張説曰：二説皆非。《廣雅》云：有角曰虬，無角曰螭。案：虬、螭皆龍類而非龍。王念孫曰：《呂氏春秋・舉難篇》：龍食乎清而游乎清，螭食乎清而游乎濁。高注曰：螭，龍之別也。自蛟龍、赤螭以下九句，皆指水族言之，且赤螭與蛟龍連文，則螭爲龍明甚。若山神獸形之离，則非其類矣。而師古乃云既非山神，又非雌龍、龍子，則果爲何物乎？步瀛案：王説甚是。然顏師古既駁去三説，必非無物以當之。《楊雄傳》顏注曰：螭，似龍，一名地螻。蓋本《説文》爲説，亦以爲龍之屬也。洪亮吉《四史發伏》卷五，據《西都賦》注引歐陽《尚書説》螭爲猛獸者當之，則大謬矣。《淮南子・覽冥篇》曰：今夫赤螭、青虬之游冀州也。高注曰：赤螭、青虬，皆龍屬也。《漢書・楊雄傳》《解難》曰：翠虬絳螭之將登虖天。絳螭，卽赤螭。

鮔鰽漸離。

【注】李奇曰：周洛曰鮪，蜀曰鮔鰽。出鞏山穴中。司馬彪曰：漸離，魚名也。張揖曰：其形狀未聞。鮔，音亘。鰽，音懵。

【疏】《漢》「鮔」作「䱴」。《説文繫傳》卷二十二引同。《史》「漸」作「螹」。○李奇注，顏及《正義》引「穴中」下皆有「三月溯河上，能度龍門之限，則得爲龍矣」三句，《正義》引無「得」字。《集解》引徐廣曰：螹，音漸。又引郭曰：鮔鰽，鮪也。音亘瞢。顏曰：䱴，音工鄧反。鰽，音莫鄧反。梁章鉅曰：《説文》：䱴，鯍也。又鯍，䱴鯍也。徐鍇引此云：鰽卽鯍。䱴，溝恆反。鯍，夢登反。蓋古今字。案：已見《蜀都賦》疏。漸離，《集解》引郭、顏引李皆云未聞。《説文》螹下曰：螹離也。段注曰：許以次於蠵、蠏二篆閒，必介蟲之類。胡紹煐曰：《玉篇》：螹，螹⿰虫離也。《廣韻》：螹離，蟲名。又，《説文·魚部》：⿰魚斬，魚也。爲司馬彪所本。似魚亦有名⿰魚斬者。然許於⿰魚斬云：魚也。螹，螹離也。分析甚明。知⿰魚斬離非⿰魚斬矣。楊雄《蜀都賦》：石螬水螭。石螬，即鮔鰽。水螭，亦即此漸離耶？《類篇》：螹螭，龍無角。則又以螹螭爲螭，與上赤螭句複，非是。〇螭、離，古音歌部。

鰅鰫鰬魠，

【注】郭璞曰：鰅，魚有文彩。鰫，似鰱而黑。鰬，似鱓。魠，鱤也。一名黄頰。鰅，音顒。鰫，嘗容切。鰬，音乾。魠，音托。鱓，音善。鱤，音感。

【疏】《史》「鰫」作「鱅」。段玉裁曰：《漢書》、《文選》皆作「鰫」，非是。據許書，鰫、鱅劃然二物。且郭注《上林賦》云：鱅，常容反。與慵字音正同。假令从容聲，則不得反以常容矣。〇郭注鰅，顔引同。《集解》引徐廣曰：鰅，音娱。皮有文，出樂浪。與郭合。顔引如淳曰：鰅，音顒。案：已見《南都賦》疏。〇郭注鰫，《集解》及顔注引同。顔引作常容反。常、嘗音同。案：鰫、鱅異物，此當依段説從《史記》作「鱅」，亦見《南都賦》疏。〇郭注鰬，顔引同。《集解》引徐廣曰：鰬，音虔。《廣雅·釋魚》曰：大⿰魚果謂之鰬。王念孫《疏證》曰：《小雅·魚麗》傳：鱧，鮦也。《正義》云：本或作「鱧，⿰魚果」。《説文》云：⿰魚果，鱧也。鱧，鱯也。《廣韻》云：⿰魚果，魚似鮎也。據此，則⿰魚果即《爾雅》之鰬。《衆經音義》卷十一引孫炎注所云似鮎而大者也。大⿰魚果謂之鰬，亦即《爾雅》之魾，大鱯矣。《漢書·司馬相如傳》郭璞注云：鰬，似鱓。《史記集解》引《漢書音義》云：鰬，似⿰魚果而大。據此，則⿰魚果爲鱓魚，鰬爲鰻鱺魚。鰬似⿰魚果而大，故云大鰈謂之鰕。《名醫别録》陶注所云鰻鱺魚，形似鱓者也。未知孰是。步瀛案：今本《史記集解》「似鰈」作「似鯉」，應改。王先謙曰：《玉篇》：鱯，似鮎而大。《本草》蜀本《圖經》：鮧魚有二種。口腹俱大者名鱯，背青而口小者名鮎。《説文》鮷下云：大鮎也。《廣雅》：鮷，鮎也。字或作「鮧」。《説文》無「鰕」字，鮎、鰕音近，故轉寫作「鰕」，與鱯、鮷實一物也。○郭注魠，顔引同。本注「鱤」下脱「也」字，「黄」下有「曰」字，皆依顔引改。又顔引「鱤」作「鰔」。顔曰：鰔，音感。《集解》引徐廣曰：魠，哆口魚也。案：徐注本《説文》。又，《廣雅·釋魚》曰：䱀魧鱅，魠也。王念孫曰：《東山經》：番條之山，減水出焉。其中多鱤魚。注亦云：一名黄頰，又謂之鱨。《小雅·魚麗篇》鱨鯊，傳云：鱨，揚也。《義疏》云：今黄頰魚也。似燕頭魚，身形厚而長大，頰骨正黄，魚之大而有力解飛者。徐州人謂之揚黄頰，通語也。今江東呼黄鱨魚，亦名黄頰魚。尾微黄，大者長尺七八寸許。李時珍云：鱤生江湖中，體似鯼而腹平，頭似鯇而口大，頰似鮎而色黄，鱗似鱒而稍細。大者三四十斤，啖魚甚毒，池中有此，不能畜魚。案：頰黄，故一名黄頰。口大，故謂之哆口魚。《韓詩外傳》引傳曰：魚之侈口垂腴者，魚畏之。「侈」與「哆」同，蓋哆口者恆能食魚，魠亦是也。案：李時珍説見《本草綱目》卷四十四，《韓詩外傳》見卷七。朱琦曰：《説文》鱨字云：揚也。正合毛傳。而魠字别云：哆口魚也，不與鱨相蒙，是不以爲黄頰。《廣雅》釋魠之異名曰䱀魧鱅，亦無鱨字，則魠之與鱨，不能定其爲一也。

禺禺鱋鰨。

【注】郭璞曰：禺禺，魚皮有毛，黄地黑文。鱋，比目魚。狀似牛脾，細鱗，紫色，兩相合乃得行。鰨，鯢

魚也。似鮎，有四足，聲如嬰兒。禺，音顒。鮭，音榻。鰨，奴榻切。

【疏】《史》「鮭鰨」作「鱋魶」。《集解》引徐廣曰：「『鱋』一作『鮭』，『魶』一作『鰨』。《説文繫傳》卷二十二引亦作「魶」。○郭注禺禺，顏引同。《集解》引徐廣曰：禺禺，魚牛也。梁章鉅曰：按《山海經・東山經》：食水多鱅鱅之魚，其狀如犂牛。鱅鱅，疑即禺禺。彼郭注：犂，牛似虎文者。與此注文義合。故徐廣注《史記》，直以禺禺爲魚牛。然《説文》鰅上別有鱅字。《説文》既鱅、鰅兩訓，此賦鰅與禺禺又兩句分見，則不得竟謂一物也。朱珔曰：案，《逸周書・王會解》揚州禺禺，魚名。而《説文》鰅字云：周成王時揚州獻鰅。王氏《補注》引《説文》是謂禺禺即鰅。段氏謂許作「鰅」，當是所據舊本如是，非禺禺也。觀此賦鰅與禺禺兩句分見，郭此注亦與上釋鰅各具，蓋長卿、景純皆不以爲一物矣。余謂徐廣以禺禺爲魚牛，而釋上鰅字用《説文》之鰅，則亦禺禺非鰅之證也。《説文》鱅下別出鰅字，判爲兩訓。《南都賦》：鱏、鱣、鰅、鱅，四者並舉。竊意禺爲魚容切，與庸音同。《山海經》之「鱅鱅」乃假借爲「禺禺」字耳，亦非即鰅、鱅之「鱅」也。胡紹煐曰：《楚辭・大招》：鰅鱅短狐。洪氏《補注》云：狀如犂牛，音如彘。是禺禺亦即鰅鱅。又郭璞注《南山經》禺云：此物名。禺作牛字，圖作牛形，是禺形類牛。此魚狀如犂牛，斯謂之禺禺矣。步瀛案：洪興祖《大招補注》有二説。前説以鰅鱅爲一物，蓋沿王逸注，胡氏所引是也。後説鰅，魚名，皮有文。鱅魚音如彘鳴。則以爲二物，與《南都賦》注合。當以後説爲是。○郭注鮭，顏引同。「魚」下有「也」字。本注各本「乃得」作「得乃」，今依顏注乙轉。《集解》引《漢書音義》曰：鮭，比目魚也。朱珔曰：《爾雅》：東方有比目魚焉，不比不行，其名謂之鰈。

《説文・魚部》無「鰈」字，惟《犬部》「狧」字下云：讀如比目魚鰈之鰈。而《爾雅》《釋文》：「鰈」，本或作「鰨」，因之「魼」與「鰈」混，即與下「鰨」字混。《玉篇》、《廣韻》以「魼」、「鰈」爲一字，而徐廣注魼音榻，此注亦同。榻乃鰨字之音，非魼字之音。《説文》：魼，从魚，去聲。當去魚切也。《説文》但云：魼，魚也。未著形狀，是別一物。鰨，亦無比目魚之訓。然「鰈」字既見《犬部》，而「鰈」即爲「鰨」，則許書之鰨，當即《爾雅》之鰈，與郭注之以比目魚屬魼者迥異矣。胡紹煐曰：《説文》：鰨，虛鰨也。疑《史記》本作「虛」，許同俗加魚旁作「鱋」耳。然則魼鰨即《説文》之虛鰨，作「魼」，同音之假。今雖不詳爲何魚，其爲一物無疑。郭謂魼即《爾雅》之鰈，故注與彼同。《説文》魼下不云比目魚，且魼與鰈音不相通，自郭璞謂魼即鰈，而《玉篇》於魼下邱於切，魚也，亦作「鰈」。又，他臘切。此蓋陳彭年等誤增。《廣韻》、《集韻》遂合「魼」、「鰈」爲一字，皆非。《爾雅》《釋文》：「鰈」本或作「鰨」，而不云作「魼」，尤爲確證。○郭注鰨，顔引同。《集解》引《漢書音義》曰：魶鯷魚。《説文》作「魶」，曰：魶，似鼈無甲，有尾無足，口在腹下。《通雅》卷四十七曰：鰨，與鮀相類。鮀，水母目鰕之物，今名折頭。鰨，即福州之銅盆魚也。然又以蕃蹋魚爲銅盆魚，而與此不同。朱珔曰：《説文》「魶」與「鰨」相次，鰨字云：虛鰨也。二者不云爲一。郭以鰨爲有足，與許以魶爲無足，正相反。《廣雅》：魶，鯢也。即郭所本。《山海經・北山經》：決決之水，多人魚，其狀如鯑，四足，其音如嬰兒。彼郭注云：鯑，見《中山經》。或曰，人魚，即鯢也，似鮎。今亦呼鮎爲鯑。蓋「鯢」、「鯷」、「鯑」三者異字而同音。若《説文》：鯢，刺魚也。與魶、鰨絶不蒙，則許、郭兩家固各有所受之也。胡紹煐曰：郭氏又以鰨爲鯢魚。「鰨」，《史記》作「魶」。《廣雅》：魶，鯢也。或當時呼魶爲鯢，因據以爲釋。況既以鮭爲比目魚，斯不得不分鮭、鰨爲二也。然細玩此句，禺禺爲一魚，則鮭鰨亦當非二物矣。步瀛案：長卿賦亦不必以定以二字相配，胡疑鮭鰨爲一物，固非無理，但不必以文例斷定。

揵鰭掉尾，振鱗奮翼，

【注】郭璞曰：揵，舉也。鰭，背上鬣也。善曰：《高唐賦》曰：振鱗奮翼。揵，巨言切。掉，徒釣切。

【疏】《史》「掉」作「擢」。○顔注及《正義》並與郭注同。顔又曰：掉，摇也。又，「揵」、「掉」二音亦與此注同。《正義》曰：揵，音乾。鰭，音祁。

潛處乎深巖，

【注】郭璞曰：隱岸坻也。

【疏】《史》「乎」作「于」。○郭注，顔引「坻」作「底」。胡克家曰：袁本、茶陵本「坻」作「底」。案：當以尤爲是，即《海賦》云巖坻之隈者也。二本及《漢書注》皆傳寫譌耳。○鰨，盍部。巖，談部。通韵。

魚鼈讙聲，萬物衆夥。

【注】善曰：《小雅》曰：夥，多也。

【疏】顔曰：讙，譁也。○《小雅》見《廣詁》。

明月珠子，的皪江靡。

【注】應劭曰：靡，邊也。明月珠子，生於江中，其光耀乃照於江邊也。張揖曰：靡，厓也。善曰：《説

文》曰：玓瓅，明珠光也。「玓瓅」與「的皪」音義同。

【疏】《史》「的皪」作「玓瓅」，《索隱》本作「的皪」。《説文繫傳》卷一引作「玓瓅江湄」。○應注，顔及《索隱》引同。○張注，《索隱》引「厓」作「涯」，字同。《集解》引郭作「崖」。顔曰：江靡，江邊靡迆之處也。○《説文》見《玉部》。梁章鉅曰：今《説文》「光」作「色」。本書《舞賦》注引無「明」字。步瀛案：《索隱》引郭曰：的皪，照也。顔曰：皪，音歷。的皪，光貌也。○沈欽韓曰：《江賦》：王珧海月。注：《臨海水土物志》曰：海月，大如鏡，白色，正圓。則明月乃海月也。珠子，謂蚌也。《江賦》：瓊蚌晞曜以瑩珠。步瀛案：海月不得稱明月，沈説恐非。陳僅曰：珠生於蚌胎，故曰子。

蜀石黄碝，水玉磊砢。

【注】張揖曰：蜀石，石次玉者也。郭璞曰：碝，碝石，黄色。水玉，水精也。磊砢，魁礨貌也。善曰：《山海經》曰：常庭之山，其上多水玉。碝，如兖切。砢，洛可切。

【疏】張注，顔引同。○郭注，《集解》及顔引同。○善注引《山海經》「常庭之山」，袁、茶二本「常」作「堂」。今《南山經》作「堂庭之山」。郭注曰：「堂」，一作「常」。○碝、砢，顔音同。磊，顔音洛賄反。

○夥、靡、砢，歌部。

磷磷爛爛，采色澔汗，

【注】郭璞曰：皆玉石符采映耀也。磷，音吝。澔，音皓。

【疏】郭注，顔引「耀」作「曜」，茶陵本同。袁本作「輝」。○爛、汗，元部。

叢積乎其中。

【疏】尤本、毛本「叢」作「藂」。張有《復古編》卷上曰：叢，聚也。从丵、取，别作「藂」，非。

鴻鷫鵠鴇，駕鵝屬玉，

【注】張揖曰：鴻，大鴈也。郭璞曰：鷫，鷫鷞也。屬玉，似鴨而大，長頸赤目，紫紺色者。

【疏】《漢》「鴻」作「鳿」。顔曰：「鳿」，古「鴻」字。《説文・鳥部》鴻下曰：鴻鵠也，从鳥，江聲。《隹部》鳿下曰：鳥肥大，唯唯然也。从隹，工聲。重文「鳿」下曰：「唯」或从鳥。則「鳿」與「鴻」有别。《漢書》作「鳿」，通借字耳。《史》「鴻鵠」連文，「鷫」字在「鵠」下。胡紹煐謂《史記》是，此誤倒。又，《史》「屬玉」作「鸀鳿」，乃俗字。〇顔引張注作「鳿，大鳥也」。胡紹煐曰：鴻鵠是一鳥。《説文》：鵠，鴻鵠也。鴻之言大也。以鵠是大鳥，故以鴻名之，猶鴈之大者謂之鴻耳。顔注引張揖「鳿，大鳥也」，不誤。此引作「大鴈」，由後人不知文義而改之。鴻鵠多連文，《楚辭・初放篇》：逐鴻鵠兮。王注：鴻鵠，大鳥也。與此合。〇郭注鷫，顔引同。《集解》引「鷞」作「霜」。案：已見《西京賦》。〇許巽行曰：注脱「鴇，似鴈無後指」。步瀛案：顔及《索隱》引郭注皆有之。李蓋以已見《西都賦》注耳。〇郭注屬玉，顔引同。《集解》、《正義》引並作「鸀鳿」。《正義》引郭注「色」字下云：「辟水毒，生子在深谷澗中。若時有雨，鳴。雌者生子，善鬭，江東呼爲獨玉。」案：餘見《吴都賦》。

交精旋目，

【注】郭璞曰：交精，似鳧而脚高。有毛冠，辟火災。司馬彪曰：旋目，鳥名也。

【疏】《史》作「鵁鶄鼹目」。《集解》引徐廣曰：鼹，音環。《索隱》曰：鼹，音旋。○郭注交精，顏引同。《正義》引作「鵁鶄」。案：已見《吳都賦》。○郭注旋目，顏引同。《索隱》引作「鼹目」。顏曰：今荆郢閒有水鳥，大於鷺而短尾，其色紅白，深目，目旁毛皆長而旋，此其旋目乎？姜皋曰：陸佃《埤雅》鵁鶄下引《禽經》云：旋目其名鼹，交目其名鳽，方目其名鴋。胡紹煐曰：據此，則交精即鳽鶄。鳽、旋音同，蓋二鳥相似，特交目、旋目爲小異耳。案：孫志祖謂旋目即運目，非是。○玉，侯部。目，幽部。通韵。

煩鶩庸渠，

【注】郭璞曰：煩鶩，鴨屬也。庸渠，似鳧，灰色而雞脚，一名章渠。鶩，音木。

【疏】《史》「庸渠」作「鷛鸈」。《集解》引徐廣曰：「煩鶩」，一作「番鸔」。○郭注煩鶩，顏及《索隱》引同。《集解》引《漢書音義》曰：煩鶩，鳧也。《説文》曰：鸔，水鳥也。段注曰：徐廣曰：「煩鶩」，一作「番鸔」。矛聲、攵聲之字，音轉多讀如蒙。賦文當依此本。朱珔曰：《説文》不言鳧屬，又與鶩分列，則以爲非一物矣。王先謙曰：《説文》鶩下云：舒鳧也。《周禮·掌畜》疏云：鶩，即今之鴨鸔。下云：水鳥也。劉欣期《交州記》：鸏䴈，水鳥。出九真、交趾，大如孔雀。與番鸔義合。他處無稱鶩爲煩鶩者，疑番鸔是也。步瀛案：《御覽·羽族部》十五引《南越志》曰：鸔，一名越王鳥。又引《嶺南録異》曰：越王鳥，如烏而頸足長。頭有黄冠，如杯，用貯水，互相飲食衆鳥雛。取其冠，堅緻可爲酒杯。據此，則與鳧鴨迥異，未知孰是。○郭注庸渠，顏引同。《索隱》節引「鷛鸈，一名章渠」一句。《集解》引《漢書音義》曰：庸渠，似鶩。灰色而雞足。顏曰：庸渠，卽今之水雞。案：已見《吳都賦》。

箴疵鵁盧，

【注】張揖曰：箴疵，似魚虎而倉黑色。鵁，鵁頭鳥。郭璞曰：盧，鸕鷀也。箴，音鍼。疵，音資。鵁，音慈也。

【疏】《史》「箴疵」作「鱵鷥」，《索隱》作「葴鴜」，云：鄒誕本作「鴟鷥」。又，《史》「盧」作「鸕」。○張注箴疵，顏引同。《索隱》引作「葴鴜」，無「色」字。《集解》引徐廣曰：鱵，音斟。水鳥也。鷥，音斯。又引《漢書音義》曰：鱵鷥，蒼黑色。《說文》曰：鱵，鱵鴜也。《繫傳》謂鸕鷀卽鱵鴜。《爾雅·釋鳥》：鷀，鷧。郭彼注曰：卽鸕鷀也。觜頭曲如鉤，食魚。案：已見《南都賦》。○張注鵁，顏引同。「鵁」作「鵁」，殆誤字。《集解》引郭曰：鵁，魚鵁也。脚近尾。案：鵁頭鵁，已見《西都賦》。○郭注盧，《集解》及顏引同。顏又引張揖曰：盧，白雉也。顏曰：盧，郭說是也。白雉不浮水上。何焯曰：盧是黑色，安得反爲白？非獨雉不浮水也。朱珔曰：箴疵既爲鸕鷀，無緣復舉。且箴疵一物，鵁盧亦當一物，卽鵁頭鵁也。胡紹煐曰：鵁、鸕，一鳥。鸕，黑也。鵁，毛黑似鸕，故謂之鵁。鸕長頸，上白，故謂之烏鵁。步瀛案：朱氏、胡氏皆依《說文》鵁下或說以鵁盧爲一物，與張、郭注異。故朱以箴疵卽鸕鷀。然《說文》「鱵」、「鴜」二字不與鸕鷀相次，似許意不以爲一物。故段注云：鴜之言觜也，蓋其味如鍼之銳。亦不援鸕鷀觜頭曲如鉤爲說。且漢賦四字句中，亦不必上二字爲一物，下二字亦爲一物也。朱珔駁郭，亦未盡確。姑誌於此，俟博物家詳攷焉。○渠、盧，魚部。

羣浮乎其上。

【疏】「其中」、「其上」二句皆單句，不必韵。然中，冬部。上，陽部。亦可通轉爲韵。

汎淫泛濫，隨風澹淡。

【注】郭璞曰：皆鳥任風波自縱漂貌也。汎，音馮。泛，敷劍切。

【疏】五臣「汎」作「泛」，《漢》作「氾」。○郭注，顏及《索隱》引同。○顏曰：汎，音馮。《索隱》同。與本注合。《説文》曰：汎，浮皃。段注曰：孚梵切。《上林賦》汎淫爲疊韵，音轉爲扶弓反。○濫、淡，談部。

與波摇蕩，奄薄水渚。

【注】張揖曰：奄，覆也。郭璞曰：薄，猶集也。

【疏】五臣「奄」作「掩」，《史》同。《史》「水」作「草」，《漢》「渚」作「陼」。○張、郭二注，顏及《索隱》引同。張注「覆也」下並云「草叢生曰薄」。顏曰：薄，郭説是也。言奄集陼上而遊戲。《正義》曰：掩，覆也。薄，依也。言或依草渚而遊戲也。

唼唻菁藻，咀嚼菱藕。

【注】郭璞曰：菁，水草也。善曰：《通俗文》曰：水鳥食謂之啑。與「唼」同。所甲切。唻，丈甲切。咀，才汝切。嚼，才削切。

【疏】《史》、《漢》「唻」作「喋」，字同。《史》「菱藕」作「蔆蕅」，與《説文》合。《説文》蔆，重文作「遴」，曰：

司馬相如説「蔆」从「遴」。段注云：當是《凡將篇》中字。○郭注，《集解》、《索隱》引「水草」句下皆有「《吕氏春秋》曰：太湖之菁也」二句。案：見《吕覽・本味篇》。高注曰：菁，菜也。顔又引郭云：藻，聚藻也。《索隱》作「藻，藂也」。○顔曰：唼喋，銜食也。音與善注同。《正義》曰：鳥食之聲也。與《通俗文》合。○渚，魚部。藕，侯部。通韵。○以上水中之物。

於是乎崇山矗矗，巃嵸崔巍。

【注】郭璞曰：皆高峻貌也。巃，力孔切。嵸，音揔。

【疏】《史》無「矗矗」二字，「崔巍」下有「嵳峩」二字。續收原本《玉篇》引亦無「矗矗」二字。王念孫《讀書雜志・漢書》十曰：「矗矗」二字，《漢書》、《文選》皆無音義，其爲後人所加無疑。吴先生據《史記》校删。胡紹煐曰：嵳峩，與下南山峩峩韵複，亦後人所加。步瀛案：五臣「巍」作「嵬」。續收《玉篇》引同。○郭注，顔引同。惟「貌也」下作「巃，音籠。嵸，音才總反。崔，音摧。巍，音五囘反」。《正義》引郭云：皆峻貌。無「高」字。

深林巨木，嶄巖嵾嵳。

【注】郭璞曰：皆峯嶺之貌也。嶄，仕銜切。嵾，楚林切。嵳，楚宜切。

【疏】《漢》「嵾嵳」作「參差」。○顔注曰：嶄巖，尖鋭貌。參差，不齊也。《正義》引顔注亦依《史》作「嵾嵳」。吕錦文曰：「嶄」即「磛」之借。《集韻》：磛，鉏銜切，音巉。磛嵒，山險貌。又，士減切，音鑱。高峻貌。亦通作「巉」。宋玉《高唐賦》登巉巖而下望兮。巉巖，亦高也。《玉篇》：嶄巖，高峻貌。或作

「𥗾」。《說文・山部》無「嶄」字。

九嵕巀嶭，南山峩峩。

【注】郭璞曰：巀嶭，高峻貌也。善曰：九嵕、南山，已見《西都賦》。巀，音截。嶭，音齧。峩，音娥。

【疏】《集解》引《漢書音義》曰：九嵏山，在左馮翊谷口縣西。巀嶭山，在池陽縣北。顏曰：九嵕山，今在醴泉縣界。巀嶭山，即今所謂嵯峩山也，在三原縣西也。南山，終南山也。峩峩，高貌。梁章鉅曰：巀嶭，此處只當作高貌解。朱珔曰：嵯峩、巀嶭，皆因山之高而名。但此處巀嶭當作虛用，與下南山峩峩爲類。郭注是也。

巖陁甗錡，摧崣崛崎。

【注】司馬彪曰：陁，靡也。甗，甑也。錡，欹也。上大下小，有似欹甑也。張揖曰：摧崣，高貌也。崛崎，斗絶也。摧，作罪切。崣，卒鄙切。郭璞曰：崛，音掘。崎，音錡。

【疏】《漢》「陁」作「阤」，「摧」作「崔」。五臣「甗」作「巘」。○《集解》陁，音遲。引郭曰：陁，崖際。甗，音魚晚反。錡，音蟻。顏引郭曰：阤，岸際也。音豸。甗錡，隆屈窊折貌。崎，音巇。《索隱》引郭云：皆崇屈窊折貌，爲釋摧崣崛崎四字，是也。疑顏引誤。王先謙曰：《釋山》：重甗，隒。注：甗，甑也。《釋畜》：善陞甗。郭注：甗，山形似甑上大下小。《釋文》：甗者，陂也。又引顧注云：山嶺曰甗。案：《詩・公劉》：陟則在甗。《釋文》：「甗」，本作「巘」。據此，甗與巘通。張衡《南都賦》：坂坻巀嶭而成巇。明巇是山嶺，故《詩》以陟言，訓陂非也。《方言》五：鍑，江、淮、陳、楚之閒謂之錡。注：錡，三脚釜也。山之嵌空玲瓏，有若錡然。與甗對文，甑、釜相類之物，故舉以爲喻。巖、阤、甗、錡，四字各爲一義，言或巖而峻，或阤而下，或如甗而巉嶭，或如錡而嵌空也。司馬彪以甗、錡串讀，失之。步瀛案：此二句與「深林」二句句法相似，仍以司馬注爲長。○張注，顔引同。惟「摧」作「嶊」。吕錦文曰：「摧」即「崔」之借。《玉篇》：摧，山林崇積之貌。《説文》云：崔，高也。《詩》南山崔崔，注云：高大貌。《景福殿賦》：高甍崔嵬。《集韻》「崔」別作「嶊」。《琴賦》嶊嵬岑嵒。是也。「摧」、「崔」、「嶊」音義並同。王先謙曰：「摧崣」即「崔巍」，字形有增省耳。《甘泉賦》：雲譎波詭，嶊嶉而成觀。注：謂山林叢集也。「嶉」與「崣」同音，即「摧崣」也。《莊子・齊物論》：山林之畏佳。注：「畏」、「崣」聲轉而異字，「畏摧」即「摧崣」倒文也。《説文》崛下云：山短高也。《蜀都賦》：崫巍巍以峨峨。注：崫，特起也。「崎」即《説文》「𢻹」字。𢻹下云：𢻹，嶇也。《玉篇》：崎嶇，山路不平也。崛、嶇一聲之轉，是「崛崎」即「崎嶇」矣。案：王説是。○巍，脂部。崣、峩、錡、崎，歌部。通韻。

振溪通谷，蹇産溝瀆。

【注】張揖曰：振，拔也。水注川曰谿，注谿曰谷。蹇産，詰曲也。郭璞曰：自溪及瀆，皆水相通注也。善曰：言山石收斂溪水，而不分泄。

【疏】袁、茶二本張注「拔」作「收」。何焯曰：下言收斂溪水，作「收」是也。胡紹煐曰：按，《中庸》：振河海而不洩。注：振，猶收也。振有收義。《爾雅》：入爲振旅。亦謂收整衆旅也。張注以收解「振」，故善申之云：言山石收斂谿水，而不分泄。《史記》注誤「收」爲「拔」，後人遂以改此注。步瀛案：顔引亦作「拔」，《索隱》同。以義求之，「收」字爲是。《索隱》又引郭曰：振，猶灑也。亦非。○張注，顔引「詰曲」作「屈折」，《索隱》未引。「蹇産」句，《集解》引《漢書音義》曰：蹇産，屈折也。○谷、瀆，侯部。

谽呀豁閕，阜陵別隝。

【注】司馬彪曰：谽呀，大貌。豁閕，空虛也。郭璞曰：隝，水中山也。谽，呼含切。呀，呼加切。閕，呵下切。隝，音擣。

【疏】《漢》「谽」作「谺」，《史》《索隱》亦作「谺」。《史》、《漢》「閕」作「閜」。《史》「阜」作「𠂤」，乃本字。「阜」隸變字。又，《史》「隝」作「島」，「島」亦本字，「隝」，或體字。○司馬注，《索隱》引同。唯「谺閜」文異。《集解》引郭曰：皆澗谷之形容也。谽，音呼含反。呀，音呼加反。閜，音呼下反。顔引「谽」作「谺」，無「皆」字，餘並同。薛傳均曰：案，張平子《思玄賦》：越谽嘲之洞穴兮。舊注：谽嘲，大貌。呀、嘲音既相近，又皆訓大，故可互用。木玄虛《海賦》：猶尚呀呷。注：呀呷，波相吞吐之貌。海波之吞吐，亦有大義，正與此同。胡紹煐曰：按，司馬相如《哀二世賦》：通谷豁乎谽谺。本書《思玄賦》：越谽嘲之洞穴兮。「呀」、「谺」、「嘲」三字並同聲而通用。「閕」，《史》、《漢》作「閜」，「閕」與「閜」，古亦通。《集韻》：嘲，許下切。又，虛加切。與「嘲」同。嘲，許下切。與「閜」同。然此注呼下切，則字當爲「閜」，今作「閕」，蓋傳寫之誤。《説文》：閜，大開也。《廣雅》：閜，開也。《玉篇》：閜，呼雅切。大也。

周壽昌《漢書注校補》卷三十八曰：下「閜砢」，「閜」字音烏可反，知「閜」字爲「閕」字之誤。案：周說非是。《玉篇》：閜，呼雅反。⿵門阿，於可反。引坑衡閜砢，作「⿵門阿」者當是通借。《說文》二字本不同也。又，《說文》有「閜」字，無「閕」字。「閕」與「呀」字同，則當依《史》、《漢》作「閜」矣。王先謙曰：《後漢書・班彪傳》注引《字林》云：呀，大空也。是谽呀當訓大空，文義乃足。亦作「谽⿰口閕」。《思玄賦》注：谽⿰口閕，大貌。案：彼以洞穴言，亦當訓大空。《後漢・張衡傳》、《思玄賦》作「谽⿰口閜」，注：谽⿰口閜，深貌也。「⿰口閕」之爲「⿰口閜」，亦猶此「閕」之爲「閜」矣。《說文》閜下云：大開也。谽呀豁閜，屬上溪谷溝瀆言。阜陵別隖，與下連文。○郭注，顏引同。《正義》曰：高平曰陸，大陸曰阜，大阜曰陵，水中山曰島。○閕，魚部。依《史》、《漢》作「閜」，歌部。與上崖、峩、錡、崎爲韵。隖，幽部。與上谷、瀆通韵。

崴磈嵔廆，丘虛堀礨。

【注】郭璞曰：皆其形勢也。崴，於鬼切。磈，魚鬼切。嵔，惡罪切。廆，胡罪切。虛，音祛。堀，音窟。礨，音磊。

【疏】五臣「磈」作「嵬」，「嵔」作「㟪」，《史》、《漢》同。《史》「廆」作「瘣」。續收《玉篇》引作「㟪磈嵬崴」，疑誤。《史》「崛礨」作「崫⿱山畾」。○郭注，顏引同。惟廆，音瘣。虛，音墟，與此注異。《正義》亦音墟。案：「虛」乃「墟」之本字，今人空虛之虛，讀如嘘，休於切。丘墟之墟，讀如祛，邱魚切。「墟」作「祛」，疑後人所改。《正義》曰：崴磈、嵬瘣，皆高峻貌。丘虛、崫⿱山畾，皆堆壟不平貌。吕錦文曰：《吴都賦》：隱賑崴⿱山裹。《玉篇》：崴⿱山裹，猶崔嵬不平也。崴磈與崴⿱山裹義同。《說文・山部》無「崴」、「嵔」二字。威卽威夷之威。《莊子·齊物論》：山林之畏佳。注：嵔崔也。「畏」卽「嵔」之省文。步瀛案：《説文》曰：鍡鑸，不平也。《廣雅·釋訓》同。王念孫曰：《莊子·庚桑楚篇》：北居畏壘之山。山不平謂之畏壘，氣不平亦謂之畏壘。《論衡·雷虛篇》校軫之狀，鬱律嵔壘之類是也。鬱律，卽畏壘之轉。步瀛又案：丘虛雙聲，故以狀山之不平。朱駿聲《説文通訓定聲》卷五曰：丘虛雙聲連語，是也。○廆、壘，脂部。

隱轔鬱𡾊，登降施靡。

【注】郭璞曰：隱轔鬱壘，堆壟不平貌。轔，洛盡切。𡾊，音壘。施，式氏切。

【疏】《史》「𡾊」作「㠥」。五臣「施」作「陁」，以爾切。○郭注，顔引同。無「𡾊，音壘」字。《漢書》毛本「𡾊」亦作「壘」，與本注同。疑郭本作「壘」也，則不宜云「𡾊，音壘」矣。此蓋後人所增。茶陵本並上「壘」字亦改「𡾊」，恐非郭注之舊。胡克家以茶陵本爲是，殆未然也。《漢書》清官本郭注「壘」字亦改「𡾊」。顔曰：壘，音律。《正義》㠥音同。胡紹煐曰：本書《西京賦》：隱轔鬱律。司馬相如《大人賦》：徑入雷室之砰磷鬱律兮。卽此賦「之隱轔鬱𡾊」也。隱轔與鬱律多連文，是隱轔猶鬱𡾊。崔駰《東巡頌》云：天動雷霆，隱隱轔轔。氣不平謂之隱轔，山不平亦謂之隱轔。猶氣不平謂之嵔壘，山不平亦謂之鬱𡾊。○《正義》引郭曰：施靡，猶連延。顔注同。又曰：施，音弋爾反。步瀛案：式氏切當爲「陁」之借字，弋爾切當爲「迆」之借字。疑顔音是。

陂池貏豸，

【注】郭璞曰：陂池，旁頽貌也。陂，音皮。貏，音被。豸，直爾切。善曰：貏豸，漸平皃。

【疏】郭注，顔引同。「被」上有「衣被之」三字。《索隱》引同。皆無「豸，直爾切」之音。《集解》引郭注曰：貏，音衣被。豸音蟲豸也。朱珔曰：案，《説文》無「貏」字，惟《類篇》云：獸名。豸爲《説文》部首，云：獸長脊行豸豸然。又《爾雅》：有足謂之蟲，無足謂之豸。此蓋借獸蟲以狀其迤邐之形。段氏謂此陂池貏豸，即《子虛賦》之罷池陂陀也。余謂罷音疲，與陂同，故假作「陂」，亦以下有「陂」字而避複耳。此「貏」字亦「罷」、「陂」之同音字也。郭璞云：阤，音豸。則「豸」又「阤」之借字。○豒、豸，脂部。

沇溶淫鬻，

【注】張揖曰：水流谿谷之閒也。沇，以水切。溶，音容。淫，以舟切。鬻，音育。

【疏】《漢》「沇」作「允」。○張注顔及《正義》引同。《集解》引郭曰：游激淖衍貌。王先謙謂當爲游衍激淖貌。以游衍釋沇溶，尚爲近之，而以「鬻」、「粥」字同，傅會鬻爲淖糜，殊失之穿鑿。而激淖字仍不成文義，更無足取。○許巽行曰：注：淫，以舟切。案：《説文》：冘，淫淫行皃。从儿，从冂。余箴切。《羽獵賦》：淫淫與與。又曰：窮冘閼與。《後漢書·竇武傳》：太后冘豫未忍。章懷注：冘，音淫。冘豫，不定也。此即「猶豫」字。《廣韻》：冘，餘鍼切。又，以舟切。《楚詞·遠遊》：神要眇以淫放。「淫」與「游」同。步瀛案：《廣雅·釋言》曰：淫，游也。沇溶、淫鬻，皆狀水緩流貌。《高唐賦》曰：洪波淫淫之溶潏，蓋與此近。

散涣夷陸。

【注】司馬彪曰：布平地也。

【疏】《索隱》引司馬注曰：「平地」，疑奪誤。顔曰：散涣，分散而涣然也。《易》曰：風行水上，涣。夷，平也。廣平曰陸。王先謙曰：言將至平地，水則允溶而淫鬻，山則散涣而夷陸也。

亭皋千里，靡不被築。

【注】服虔曰：皋，澤也。隄上十里一亭。郭璞曰：皆築地令平也。被，皮義切。

【疏】《集解》引郭曰：言爲亭候於皋隰，皆築地令平。賈山所謂隱以金椎也。案：見《漢書·賈山傳》。顔曰：爲亭候於皋隰之中，千里相接，皆築令平也。吴先生曰：《淮南·原道篇》注：亭，平也。亭皋，卽平皋也。王先謙亦引《淮南·原道》高誘注證之，謂亭皋千里，猶言平皋千里。皋，水旁地，故以平言。《哀二世賦》曰：注平皋之廣衍。此變文爲「亭」耳。〇鬻、築，幽部。陸，侯部。通韵。〇以上山。

揜以緑蕙，被以江蘺。

【注】張揖曰：掩，覆也，緑，王芻也。蕙，薰草也。郭璞《山海經注》曰：蕙，香草，蘭屬也。

【疏】五臣「揜」作「掩」，《史》、《漢》並同。五臣「江」作「茳」。《史》、《漢》「蘺」作「離」。〇張注，顔引同。《正義》引作「王蒭」。顔曰：緑蕙，言蕙草色緑耳，非王芻也。《正義》亦引顔注，又引《爾雅》菉，一名王蒭。案：見《釋草》。王芻，已見《西京賦》。薰草，已見《子虚賦》「蕙圃」疏。胡紹煐曰：《藝文類聚·草部》引《廣志》云：蕙草，緑葉紫華。魏武帝以爲香。燒之以緑葉，斯謂之緑蕙矣。《漢書》顔注：緑蕙，言蕙草色緑耳，非王芻也。義勝。○《山海經》見《西山經》。各本「經」下脱「注」字。胡克家曰：何校「經」下添「注」字，陳同。今從之。

糅以蘪蕪，雜以留夷。

【注】張揖曰：留夷，新夷也。善曰：王逸《楚辭注》曰：留夷，香草。

【疏】五臣「蘪」作「蘼」，《漢》同。《史》「留」作「流」。五臣「留夷」作「菌荑」，俗字。○《説文》無「糅」字。《米部》粈下曰：雜飯也。《食部》𩚵下同。則「𩚵」、「粈」一字。段曰：今之雜糅字也。○張注，顔引同。《集解》引作《漢書音義》，「留」作「流」。顔曰：留夷，香草也，非新夷。新夷乃樹耳。胡紹煐曰：《廣雅·釋草》：攣夷，芍藥也。王氏《疏證》云：攣、留，聲之轉。郭璞《西山經注》：芍藥，亦名新夷，亦香草屬。然則《鄭風》之芍藥，《離騷》之留夷，《九歌》之辛夷，一物耳。其根、莖及葉無香氣，而花則香。故《毛詩》謂之香草。猶蘭爲香草，亦是花香而莖、葉不香也。王先謙曰：《離騷》：畦留夷與揭車兮。王逸注：留夷，香草也。《楚辭·湘夫人》：辛夷楣兮藥房。又，《山鬼》：辛夷車兮結桂旗。注並云：香草也。辛夷，即新夷，與留夷同是香草。張説似未誤。《後漢·馮衍傳》載衍《顯志賦》云：攢射干雜蘪蕪兮，構木蘭與新夷。光扈扈而煬燿兮，紛郁郁而暢美。章懷注：新夷，亦樹也。其花甚香。則承用顔説。朱銘曰：按，《北山經》曰：繡山，其草多芍藥。郭注云：芍藥，一名辛夷，亦香草屬。《廣雅》曰：攣夷，芍藥。攣、留聲相近。芍藥即留夷。顔蓋以木筆花樹高丈餘者亦辛夷，故以辛夷爲樹耳。步瀛案：張注不誤。説見《甘泉賦》。然以上下言草，當以芍藥爲是。

布結縷，

【注】郭璞曰：結縷，蔓生，如縷相結。

【疏】《史》「布」作「尃」。《集解》引徐廣曰：尃，古「布」字。一作「布」。梁章鉅曰：《説文》：尃，布也。徐鍇曰：相如《子虛賦》：尃結縷。注云：布也。尃字如此。又按：《子虛》、《上林》本是一賦，故徐鍇引「徼𤜶受屈」句，以《子虛》爲《上林》，此又以《上林》爲《子虛》，互舉其篇，不得以爲誤也。步瀛案：見《繫傳》卷六引，然此特古人未暇細檢耳。梁亦曲爲之説。○《集解》引《漢書音義》曰：結縷，似白茅，蔓聯而生，布種之者。顏曰：結縷，蔓生，著地之處皆生細根，如綫相結，故名結縷。今俗呼鼓箏草。兩幼童對銜之，手鼓中央，則聲如箏也，因以名云。案：《爾雅·釋草》曰：傅，横目。郭彼注曰：一名結縷，俗謂之鼓箏草。郝懿行《義疏》曰：《衆經音義》十四引孫炎曰：三輔曰結縷，今關西饒之，俗名句屢草。句屢即結縷，聲相近，今莛草也。葉如茅而細，莖閒節節生根，其節屈曲，故名句屢，猶今言傴僂矣。穗作三四歧，實如秫穀，野人作餅餌食。其葉柔韌難斷。《晉書·五行志》載武帝太康中江南童謡曰：局縮肉，數傳目。蓋謂此草句屢不伸，故云局縮矣。胡紹煐曰：今俗呼糯糯草。

攢戾莎。

【注】司馬彪曰：戾莎，莎名也。

【疏】《類聚》引「戾」作「莀」。○《集解》引徐廣曰：草可染紫。顏曰：攢，聚也。戾莎，言莎草相交戾也。攢，音材官反。朱珔曰：如司馬説，蓋戾、莎一物。但以爲卽莎，則非。《説文》：莀，艸也。可以染留黃。又，《糸部》綟下云：帛莀艸染色也。《廣雅》：茈，莀，茈草也。《爾雅》：藐，茈草。郭注亦云：一名茈莀，見《廣雅》。王氏《疏證》謂《釋器》云：緑綟、紫綟，綵也。《續漢書·輿服志》注引徐廣曰：綟，草名也，以染似緑。又云：似紫。則染草之莀，有緑、紫二色。「莀」與「盭」通。《漢書·百官公卿表》：金璽盭綬。晉灼注：盭，草名。出琅邪平昌縣，似艾，可染緑，因以爲綬名。此緑莀也。此賦徐廣注：草可染紫。此紫莀也。「莀」通作「茢」。《周官·掌染草》鄭注有紫茢，疏云：紫茢，卽紫莀也。余謂《説文》云：染留黃者。段氏以爲其色黃而近緑，故徐廣言似緑也。又，留黃，皇侃《禮記義疏》作「騮黃」。騮黃，色黃黑也。《神農本草》陶注引《博物志》云：平氏山陽紫草特好，魏國以染色，殊黑。殆所染之色，深淺不同耳。此作「戾」卽「莀」之省，當是莀草亦名戾莎。《漢書》顔注則莎草相交戾，似戾字作虛用。但上已云攢聚也，正交戾之義，不應複疊。王先謙曰：《毛詩》：終朝采緑。陳啓源云：緑，卽《本草》之藎草。《説文》謂之莀草。案：緑、莀本染色之草，後遂以爲染色之稱。此言莎草濃緑，以戾狀其色曰戾莎，猶言緑莎也。顔加「交戾」於「攢」字下，不辭甚矣。〇蘺、莎，歌部。夷，脂部。通韵。

揭車衡蘭，

【注】應劭曰：揭車，一名芞輿。香草也。揭，去竭切。芞，巨乞切。

【疏】《類聚》引「衡」作「蘅」。〇應注，顔引同。《集解》引郭曰：揭車，一名乞輿。朱珔曰：應、郭皆本

《爾雅》藒車，芞輿之文。「揭」與「藒」同，假借字耳。彼《釋文》云：「車」，本多無此字。今本《説文》：藒，芞輿也。亦無「車」字。而《韻會》所引《説文》有之。觀此處及《離騷》畦留夷與揭車兮，則稱藒車是也。藒芞、車輿俱疊韻字。「藒」，《玉篇》作「藒」，从木。《御覽》引《廣志》云：藒車，香，味辛，生彭城，高數尺，黄葉白花。《齊民要術》云：凡諸樹有蟲蛀者，煎此香冷淋之，即辟也。○《集解》引徐廣曰：揭，音桀。顔曰：音巨列反。

稾本射干。

【注】郭璞曰：稾本，稾茇也。方末切。司馬彪曰：射干，香草也。射，弋舍切。

【疏】《集解》引郭曰：稾本，稾茇。射干，十月生。皆香草。顔曰：稾本，草類白芷，根似芎藭。朱珔曰：《山海經·西山經》：臯塗之山，有草焉。其狀如稾茇。郭注：稾茇，香草。又《中山經》：青要之山，有草焉。其本如藁本。是稾本即稾茇。茇與本，聲之轉也。《廣雅》：藁山茝蔚香藁本也。王氏《疏證》謂《管子·地員篇》：五沃之土，五臭疇生，蓮與云蕪，藁本白芷。《荀子·大略篇》蘭茝、稾本，漸於蜜醴，一佩易之。皆言其相似耳。《神農本草》：藁本，一名鬼卿，一名地新。陶注云：《桐君藥録》説芎藭苗似藁本，論説花、實皆不同，所生處又異也。自注曰：地薪，或作鬼新。步瀛案：「方末切」上當有「茇」字，各本皆脱。○顔曰：射干，即烏扇耳。朱珔曰：《高唐賦》：青荃射干。善引郭璞《上林賦注》：射干，今江東呼爲烏萐。而此處未載。《神農本草》：射干一名烏扇。《名醫别録》：一名烏翣。蓋「翣」與「萐」通。翣、扇，聲之轉，故《漢書》顔注亦謂射干即烏扇也。《廣雅》云：鳶尾、烏萐，射干也。蘇恭、陳藏器並謂紫碧花者是鳶尾，紅花者是射干。則本一類而小别矣。《史記集解》又引郭注：射干，十一月生。王氏《疏證》謂《易通卦驗》：冬至蘭射干生。《後漢書・陳寵傳》：冬至之節，陽氣始萌。故十一月有蘭、射干、芸荔之應，是也。若《荀子・勸學篇》：西方有木曰射干，莖四寸，生於高山之上。楊倞注：長四寸。卽是草，云木誤也。然陶弘景云：别有射干，相似而花白，似射人之執竿者。故阮公《詠懷》詩云：射干臨層城。陳藏器謂此射干是樹，殊有高大者。然則射干亦木本。荀子所稱長四寸，乃指其小者言耳，與此賦之草種異。胡紹煐曰：《後漢書・陳寵傳》：十一月有蘭、射干、芸荔之應。蘭、芸皆香草，射干與蘭、芸並舉，則射干爲香草矣。

茈薑蘘荷，

【注】張揖曰：茈薑，子薑也。茈，音紫。蘘，人羊切。

【疏】張揖注，《索隱》引作「張晏」。又引《四民月令》曰：生薑謂之茈薑。音紫。案：「四民」原作「四人」，避唐諱。顔引如淳曰：茈薑，薑上齊也。顔曰：薑之息生者也。連其株本，則紫色也。梁章鉅曰：本書《南都賦》：蘇蔱紫薑。注引司馬彪《上林賦注》曰：紫薑，紫色之薑也。今注無之。據此，則「茈」似當作「紫」，然今本皆作「茈」，且音紫，疑《南都賦注》誤。步瀛案：「茈」、「紫」字通。《南都賦》本文作「紫」，故注遂書作「紫」耳。○顔曰：蘘荷，蓴苴也。根旁生筍，可以爲葅，又治蠱毒。《正義》曰：根旁生筍若芙蓉。餘與顔同。案：已見《子虛賦》巴且。

葴持若蓀。

【注】如淳曰：葴音鍼。韋昭曰：持，音懲。張揖曰：葴持，闕。若，杜若。郭璞曰：蓀，香草也。

【疏】五臣「持」作「橙」，《類聚》引同。《史》亦作「橙」。據韋昭音，亦讀若橙也。顏曰：今流俗書，本「持」字或作「橙」，非也。後人妄改耳。○張「注葴持，闕」，顏引同。案：《子虛賦》葴菥，張注：葴，馬藍也。此蓋以葴持連文爲一物，莫知其狀，故云闕。《集解》引郭曰：若蓀，香草也。亦以二字連文爲一物，與本書引異。未知孰是。《漢書補注》引李慈銘謂此葴持爲一草，若蓀爲一草。葴持雙聲，若蓀亦雙聲，可與張、郭説相證。朱銘謂「持」字卽「析」之誤。吴先生謂葴持卽《子虛賦》之葴蔪。本書《子虛賦》作「葴菥」，《漢書》作「析」，《史記》作「蔪」，字並相同。又皆與「持」聲近，故又作葴持，不必「析」字之誤也。《玉篇》謂葴析草，似燕麥，亦以葴析爲一物。胡紹煐主葴、析二物，故疑其誤。若以此賦葴持卽葴析，則《玉篇》所云正可備一解，而若蓀或亦菖蒲中之一種歟？然説此賦者，多主葴、持、若、蓀爲四物。故列其説，以備攷證。○《集解》引郭曰：葴，未詳。顏曰：葴，寒漿也。已見前。○《集解》引郭曰：橙，柚也。《索隱》引同。《索隱》又曰：姚氏以爲此前後皆草，非橙也。顏曰：「持」當爲「符」，字之誤耳。符，鬼目也。《索隱》曰：今讀者亦呼爲登，謂金燈草也。胡紹煐曰：按，《爾雅·釋草》：葴，寒漿。此文「持」次「葴」下，疑與葴類，蓋卽《爾雅》之蘵，黄蒢。郭注：蘵草，葉似酸漿。《玉篇》作蘵，持蘵，音近。《顏氏家訓·書證篇》云：江南别有一種苦菜，葉似酸漿。與郭注合。《大觀本草》云：又有一種小者，名苦蘵。是持卽蘵，與葴相似，故又謂之苦葴。郭注所云江東呼苦葴者，當卽此草。凡形似之物，俗多混呼。《蜀本草注》謂酸漿卽苦蒧，恐非。或呼苦耽。並蒧聲之轉，又謂之苦登。耽、登雙聲。《索隱》云：今讀者亦呼爲登。是當時有呼爲登者。登草，卽苦登耳。《史記》作「橙」，蓋本「登」字而誤加木旁。《漢書》作「持」，又蒸、之二部相轉。師古改「持」爲「符」，「持」與「符」形聲皆不相近，非是。步瀛案：胡氏説近之。朱琦謂《唐本草》有燈籠草，與《本草》之酸漿各列。「登」爲「燈」之省，「橙」爲「燈」之借字，可與胡氏説相證。朱氏又以楊慎《巵言》以酸漿、燈籠草爲一物，李時珍從之，嫌與蒧複，故仍從小顏之説。然如胡氏説，則一物因小異而分爲二者，草木中亦自多有。如蘪蕪、江離卽是，固不以相複爲嫌。故《爾雅》「蒧，寒漿。蘵，黄蒢」分列也。案：朱引楊説，已見《子虛賦》。李慈銘謂《爾雅》。蘵，黄蒢。《釋文》：「蘵」，又作「職」。《玉篇》作「蘵」。《夏小正》作「識」。蓋古祇作「職」，通作「識」、「蘵」、「蘵」，皆後出字。持、職一聲之轉，其説亦有證。然李以蒧持爲一草，轉與《爾雅》不合矣。焦竑《筆乘》卷四謂又作「寒將」卽「寒漿」，蓋誤以「持」作「將」也。則全出臆測。姜氏皋稱之，非也。○張注若，顔引同。《索隱》引張揖曰：蓀，香草。又引姚氏曰：蓀，草似昌蒲而無脊也。生溪澗中。蓀，音孫。又，已見《南都賦》。

鮮支黄礫，

【注】司馬彪曰：鮮支，支子也。張揖曰：皆香草也。

【疏】《史》「支」作「枝」。《索隱》作「支」。○司馬注，《索隱》引同。顔曰：鮮支，卽今支子樹也。黄礫，今用染者黄屑之木也。二者雖非草類，既云延曼太原，或者賦雜言之耳。《集解》「鮮枝黄礫」下引郭曰：皆未詳。《索隱》引張揖云：皆草也，未詳。或云，鮮支，亦香草也。是張有二説，較本注爲詳。《索隱》又曰：小顔云：黄礫，黄屑木。恐非也。朱珔曰：此處鋪敍上林中所有，並未如《南都賦》標明香草黄礫，疑即《本草》之黄櫨。陳藏器云：葉圓，木黄，可染黄色。「礫」與「櫨」一聲之轉。步瀛案：下文敍木，並不雜入草。則此處敍草，亦不應雜入木。顔及朱説究嫌牽强。胡紹煐曰：按，《楚辭·九歎·惜賢》：采橪支於中洲兮。王注：橪支，香草也。張注與王合。《史記》橪柹，《索隱》亦引張揖曰：橪，橪支，香草也。「鮮」、「橪」音同。沈欽韓曰：鮮支，即燕支。崔豹《古今注》：燕支，葉似薊，花如蒲公英。出西方，土人以染名爲「燕支」，中國人謂之「紅藍」，以染粉爲面色，謂爲燕支粉。「礫」乃「䓞」之訛。《説文》：䓞，草也。可以染留黄。李慈銘曰：沈説是也。鮮支以染紅，黄礫以染黄，字通作「綟」，假借作「礫」，亦作「盭」。案：䓞草，已見上注。沈、李二説似較諸家爲近。朱銘釋鮮支與沈同。王先謙謂「橪支」即「焉支」也。則沈、李説與胡氏亦合。李又釋黄礫曰：《本草》有黄藥。李時珍云：其莖高一二三尺，柔而有節，似藤，葉大如拳。其根外褐内黄，人皆擣其根，入染藍甌中，云易變色也。賦蓋謂此。則「礫」乃「藥」之通借字，似較䓞草之説尤近。案：李時珍説見《本草綱目》卷十八下。

蔣芧青薠。

【注】張揖曰：蔣，菰也。芧，三棱也。郭璞曰：芧，音杼。

【疏】《文選》「芧」作「苧」。胡克家曰：「苧」當作「芧」，各本及注俱譌。五臣作「芋」，云句切，大誤。又案：《玉篇》「芧」、「苧」同，與此賦之「芧」迥別。彼乃《説文》所云草可以爲繩者。此張揖解爲三棱，三棱類詳見《政和經史》、《證類本草》，實異名同，不可援以相證，決爲譌字無疑。案：胡氏校是。《史》、《漢》亦皆作「芧」，今從之。又案：《證類本草》見卷九。○張、郭注，顏引並同。《文選》各本「芧」亦誤作「苧」，今據改。《集解》引徐廣曰：芧，音佇。《索隱》引郭亦音佇，餘已見《南都賦》疏。張雲璈謂：此「芧」卽《莊子·齊物論》狙公賦芧之「芧」。案：《釋文》引司馬彪注曰：芧，橡子也。張説非是。○蔣，見《南都賦》。青薠，見《子虛賦》。

布濩閎澤，延曼太原。

【注】郭璞曰：布濩，猶布露也。善曰：閎，大也。濩，音護。延，弋戰切。

【疏】五臣「曼」作「蔓」，《類聚》引同。○汪師韓曰：阮籍《東平賦》：長風振厲，蕭條太原。高平曰原，蓋古人之通稱也。王先謙曰：太原，猶言廣原。○郭注，顏引同。王先謙曰：濩無露意，蓋普徧之意。《封禪文》：汜布護之。師古注：言遍布也。此借「護」爲「濩」。《史記》作「汜布濩之」。《索隱》引胡廣曰：普遍布散，無不濩也。《楚辭·九思·疾世》：望江漢兮濩渃。注：濩渃，大貌也。案：大貌亦自普徧生義也。此言草普徧布散於大澤之中，訓露則於義隔矣。案：王以普徧釋布濩，自是。然郭云布露，總釋布濩二字之義。布作宣布解，亦有露義，非以露訓濩也。王氏釋連語恒有此失，並以此例前人，非也。○顏曰：閎，亦大也。濩、延音並與善同。蓋善卽取之顏注也。

離靡廣衍，

【注】善曰：離靡，離而邪靡不絶之貌也。孟康《甘泉賦注》曰：衍，無厓岸也。離，力爾切。

【疏】五臣「離」作「麗」，《史》同。○顔曰：離靡，謂相連不絶也。衍，布也。離，音力爾反。步瀛案：《周禮·大司徒》鄭注曰：下平曰衍。《左·襄二十五年》杜注曰：衍，平美之地也。故善注引孟康《甘泉賦注》衍，無厓岸也，卽下平之意。此句與上二句對文，似不當訓衍爲布。○蘭、干、蘋、原、衍，元部。蓀，諄部。通韵。

應風披靡，吐芳揚烈。

【注】善曰：烈，酷烈，香氣盛也。披，丕蟻切。

【疏】《集解》引郭曰：香酷烈也。顔曰：烈，酷烈之氣也。《廣雅·釋器》曰：芳，香也。

郁郁菲菲，衆香發越。

【注】郭璞曰：香氣射散也。菲，音妃。

【疏】《史》「菲」作「斐」。○郭注，顔引同。

肸蠁布寫，䁆薆咇茀。

【注】司馬彪曰：肸，過也。芬芳之過，若蠁之布寫也。郭璞曰：香氣盛馝馞也。善曰：《説文》曰：肸，蠁布也。馝馞、咇茀，音義同。《説文》曰：馣馤，香氣奄藹也。馣與䁆、馤與薆音義同。䁆，音奄。咇，步必切。茀，音勃。

【疏】《史》作「䁆瞹苾勃」，《漢》「䁆」作「晻」。案：《説文》無「䁆」字，當依《漢》作「晻」，「瞹」，亦當作「曖」。○顔曰：肸蠁，盛作也。寫，吐也。肸，音許乞反。蠁，音響。步瀛案：肸蠁，已見《蜀都賦》。

○顏曰：晻薆咇茀，皆芳香盛也。晻，音奄。又音烏感反。薆，音愛。咇，音步必反。茀，音勃。「薆」，字或作「隱」也。《正義》曰：晻曖、奄愛二音，皆芳香之盛也。《詩》云：苾苾芬芬。氣也。案：見《信南山》。○善前引《説文》見《十部》，説詳《蜀都賦》疏。○胡克家曰：注「《説文》曰：馣馤」，此「曰」下有脱文，各本皆同，無以補之。或因此謂《説文》有「馣馤」，非。羣書引《説文》而未見者，皆不必今本脱去也。胡紹煐曰：《説文》無「馣馤」字，善引未知所據。本書《南都賦》晻曖蓊蔚，與《史記》同。曹植《王仲宣誄》芳風晻藹，作「晻藹」，蓋由音生義，故古無定字。《廣雅》：馣馣，香也。沈濤《説文古本攷》卷七上曰：古本必有此二篆，今奪。步瀛案：沈氏特欲多輯，以成其書耳。恐未足據。《玉篇》有此二字，曰：馣，香氣。馤，香也。又，馝、馞，皆曰：大香也。蓋皆晚出字。杜宗玉曰：《詩・載芟》：有飶其香。故「咇」或從「馝」。孛，《集韻》通作「茀」。茀，彗星也。《釋名・釋天》：孛星，星旁氣孛孛然也。「茀」與「孛」通，「茀」即與「馥」通矣。此言馞，亦言香氣孛孛然也。又，《詩・楚茨》：苾芬孝祀。《古詩十九首》注引《韓詩》曰：馥芬孝祀。薛君曰：馥，香貌也。馞與馥，亦一音之轉。○烈、越，祭部。茀，脂部。通韵。○以上山上之草。

於是乎周覽泛觀，縝紛軋芴，

【注】孟康曰：縝紛，衆盛也。軋芴，緻密也。縝，丑人切。芴，音勿。

【疏】《漢》「泛」作「氾」。《説文》：氾，濫也。泛，浮也。汎，浮皃。「泛」與「汎」略同，與「氾」迥別。此當以作「氾」爲正。作「泛」者通借耳。《史》「縝紛」作「瞋盼」。《集解》引徐廣曰：瞋，音丑人反。「盼」，一作「緡」。又,《史》「芴」作「沕」。○顔曰:氾,普也。音敷劍反。軋,音於黠反。○孟注,顔引同。《集解》引郭曰:皆不可分貌。胡紹煐曰:「縝」與「闐」,古字通。《説文》:闐,盛也。《廣雅·釋訓》:闐闐,盛也。軋忽,謂長遠貌。長遠與上周覽、下察之無涯義協。《漢書·禮樂志》:假清風軋忽。顔注:軋忽,長遠之貌。「芴」與「忽」同。地長遠謂之軋芴,猶風長遠謂之軋忽。本書《鵩鳥賦》:沕穆無窮兮。善注:沕穆,不可分别也。義亦近。

芒芒怳忽。

【注】郭璞曰:言眼亂也。芒,莫朗切。

【疏】《漢》「怳」作「恍」,字同。○郭注,顔引同。○芴、忽,脂部。

視之無端,察之無涯。日出東沼,入乎西陂。

【注】張揖云:日朝出苑之東池,暮入於苑西陂中。善曰:《漢宫殿簿》曰:長安有西陂池、東陂池。

【疏】茶陵本「涯」作「崖」,校曰:五臣作「涯」。蓋所見善本作「崖」,與《史》同。孫志祖曰:《文心雕龍·通變篇》引《上林賦》作「月生西陂」,然張揖注云云,則不當作月生也。與馬融《廣成頌》大明生東,月生西沼,辭旨自别。○張注,《索隱》引同。顔曰:涯,畔也。音儀。案:涯與儀本不同部,然音可通轉。

其南則隆冬生長,涌水躍波。

【注】張揖曰：其苑南陽煖，則盛冬十月，草木生長也。郭璞曰：躍波，言不凍也。善曰：《孫卿子》曰：松柏經隆冬而不彫。

【疏】《史》「涌」作「踊」。○顏曰：言其土地氣温，經冬草木不死，水不凍。即綜張、郭兩注爲説。○善引《荀卿子》，今本無。本書左太沖《招隱詩》注引之尤詳。

其獸則㺎旄貘犛，沈牛麈麋。

【注】郭璞曰：㺎，似牛，領有肉堆也。音容。張揖曰：旄，旄牛也。其狀如牛，而四節毛。貘，白豹。犛牛，黑色，出西南徼外。沈牛，水牛也。能沈没水中。麈，似鹿而大。善曰：《南越志》曰：潛牛，形角似水牛，一名沈牛也。

【疏】《史》「㺎」作「⿰牛庸」，《漢》作「庸」。《史》「貘」作「獏」。○郭注，顏引作「庸，牛領有肉堆」，《索隱》引作「⿰牛庸，⿰牛庸牛，領有肉堆。音容」，皆無「似」字。顏曰：庸牛，即今之犎牛也。《索隱》同。朱珔曰：犎牛，亦即《爾雅》之犦牛。彼郭注云：即犎牛也。領上肉犦胅起，高二尺許，狀如橐駝，肉鞍一邊。健行者日三百餘里。「犎」或省作「封」。步瀛案：《後漢書·順帝紀》：陽嘉二年，疏勒國獻封牛。李賢注曰：封牛，其領上肉隆起若封然，因以名之。即今之峯牛。案：注引《東觀記》曰：疏勒王盤遣使文時詣闕。此下言師子、封牛之形狀，即章懷語也。今《東觀漢記》可證。邵晉涵、郝懿行、朱珔、胡紹煐引此文皆作「《東觀記》」，恐誤。胡紹煐曰：犎牛，即今之峯牛。蓋以肉暴起，故謂之犦。隆起若封，故謂之犎，又謂之峰。㺎、犎疊韻，封、犦雙聲。《韻會》引《緯略》云：此獸抵觸百獸，無敢當者，故金吾刻犦牛於栔首。然則獷牛亦獸之有力者。《説文》：獷，猛獸。是也。○張注旄，顔引同。《索隱》引「毛」上有「生」字。《集解》引郭曰：旄，旄牛。顔曰：即今之偏牛也。案：《爾雅·釋畜》犣牛，郭注曰：旄牛也。髀、膝、尾皆有長毛。《北山經》曰：潘侯之山，有獸焉。其狀如牛，而四節生毛，名曰旄牛。郭注曰：今旄牛背、膝及胡、尾皆有長毛。《後漢書·西南夷傳》：冉駹夷有旄牛，肉重千斤。葉盛《水東日記》言：毛牛，毛雜黑白二色。又言：毛牛與封牛合生犏牛。《正字通》引「毛牛」作「牦牛」，則顔以旄牛爲偏牛，恐非也。○張注貘，《索隱》引同。《集解》引郭曰：貘，似熊。庳脚鋭頭。顔引作「鋭鬐」，似誤。下又曰：骨無髓，食銅鐵。貘，音貊。《索隱》引張揖注下亦曰：似熊，庳脚鋭頭，骨無髓，食銅鐵。音陌。「頭」字亦不作「鬐」。《爾雅·釋獸》曰：貘，白豹。郭彼注曰：似熊，小頭庳脚，黑白駁，能舐食銅鐵及竹骨。骨節强直，中實，少髓，皮辟溼。或曰，豹白色者别名貘。郝懿行曰：《説文》：貘，似熊而黄黑色，出蜀中。《釋文》引《字林》云：似熊而白黄，出蜀郡。《王會篇》云：不令支玄貘。是貘兼黑、白、黄三色也。○張注犛，顔引同。《集解》引郭亦同。徐廣曰：犛，音貍。一音茅。《索隱》亦曰：犛，音貍。又音茅。或以爲貓。犛牛，黑色，出西南徼外，毛可爲拂是也。顔曰：犛牛，即今之貓牛。步瀛案：《説文》曰：犛，西南夷長髦牛也。桂馥《義證》曰：《禹貢》《正義》誤以旄牛爲犛牛。《中山經》荆山，其中多犛牛。郭注：旄牛屬也。黑色，出西南徼外也。案：張揖、顔師古皆以旄牛、犛牛爲二物，郭璞以犛牛爲旄牛屬，是旄牛非犛牛矣。鄭注《周禮·樂師》旄舞云：旄舞者，犛牛之尾。又注《旄人》云：旄，旄牛尾。是鄭亦分爲二矣。旄牛大，犛牛小。犛牛黑色，旄牛黑、白二色，此其别也。王筠《説文句讀》亦從其説。孫詒讓《周禮正義·春官·旄人》疏謂犛爲長髦牛之正名，其尾名氂，因謂之氂牛。可以爲旄，因又謂之旄牛。胡紹煐亦謂旄牛即犛牛，而以此犛牛爲犘牛。《爾雅》郭注：出巴中，重千斤。師古謂即貓牛。貓與犘一聲之轉。朱駿聲《説文通訓定聲》七謂「犛」疑「犂」之誤，即《東山經》郭注牛文似虎者。各以意爲説。要之，草木、鳥獸之名，古人各據所見聞爲説，後人殊難定於一是。此賦既旄、犛並舉，則桂氏説得其旨矣。惟《周禮·樂師》鄭注犛牛之尾，《御覽·樂部》十二引亦作「旄牛」，賈疏引《山海經》潘侯山之旄牛，而不引荆山之犛牛，似原文作「旄牛」也。即作「犛牛」，而鄭以此釋旄舞，是仍以旄牛、犛牛爲一物，與張、郭諸家不同。桂氏謂鄭亦分爲二，則恐未然也。○張注沈牛，顔引同。《集解》引作《漢書音義》。案：沈牛，即《西京賦》之潛牛，彼注引《南越志》同，餘見《西京賦》疏。○張注麈，顔引同。《正義》説亦同。《説文》曰：麈，麋屬。《太平御覽·獸部》十八引作「鹿屬也，大而一角」。沈濤《説文古本攷》卷十上曰：蓋古本如是。麋亦鹿屬，不應别出麋屬。今本「麋」字乃傳寫之誤。餘見《蜀都賦》。○《正義》曰：麋，似水牛。案：「水」當作「小」。《西山經》郭注可證。「水」蓋涉上文「水牛」而誤。顔師古注《急就篇》卷四曰：麋，似鹿而大。冬至則解角，目上有眉，因以爲名也。餘見《蜀都賦》疏。

赤首圜題，窮奇象犀。

【注】張揖曰：題，頟也。窮奇，狀如牛而蝟毛，其音如嗥狗，食人者也。

【疏】張注題，顔引同。《集解》引郭曰：題，額也。所未詳。王先謙曰：《東山經》：北號之山，有獸焉，其狀如狼，赤首鼠目，名曰猲狚。《中山經》：卽公之山，有獸焉。其狀如龜，而白身赤首，名曰蛫。此赤首未定何獸也。○張注窮奇，顏及《索隱》引同。《集解》引作《漢書音義》。朱珔曰：《海内北經》云：窮奇，狀如虎，有翼，食人從首始。又張所本也。《左氏·文十八年傳》：少皞氏有不才子，天下之民謂之窮奇。杜注：共工其行窮，其好奇。望文生義，非也。疏引服虔説，於渾敦、檮杌、饕餮，皆爲獸名，則窮奇亦獸名可知。○《索隱》引郭曰：象，大獸。長鼻，牙長一丈。犀，頭似豬，庳脚，一角在頭也。顏説同。案：已見《西都賦》。

其北則盛夏含凍裂地，涉冰揭河。

【注】司馬彪曰：揭，舉衣也。善曰：《尸子》曰：寒凝冰裂地。

【疏】《集解》引郭璞曰：言水漫凍不解，地拆裂也。揭，褰衣。顏曰：言其土地氣寒，當暑凝凍，地爲之裂，故涉冰而渡河也。揭，褰衣也。《詩·邶風·匏有苦葉》之篇曰：深則厲，淺則揭。○汪繼培輯《尸子》此條，引《春秋繁露·循天之道篇》云：是故陰陽之會，冬合北方而物動於下，夏合南方而物動於上。上下之大，動皆在日至之後。爲寒則凝冰裂地，爲熱則焦沙爛石。氣之精至於是。○形容南北寒暑，在上林皆非事實。太史公所謂侈靡過其實也。程泰之乃以交廣、朔漠當之，癡人前不得説夢，未知孰當其誚矣！

其獸則麒麟角端，騊駼橐駝。

【注】郭璞曰：麒似麟而無角。角端似貊，角在鼻上，中作弓。韋昭曰：背上有肉似橐，故曰橐

駝也。

【疏】《史》「端」作「䚍」。○郭注麒，顔引同。又引張揖曰：雄曰麒，雌曰麟。其狀麇身，牛尾，狼題，一角。《索隱》引同。「麇」作「麇」，是也。「題」作「蹄」，誤。王先謙曰：郭注「麇」，誤。當作「麇」。《廣雅》作「狼題」，何法盛《徵祥記》作「狼頭」，《京房易傳》作「狼頟」，此注作「狼題」，是也。《釋獸》：麐，麇身牛尾，一角。麐，牝麒也。「麇」當作「麇」。《初學記》引作「麕身」。《一切經音義》二引作「麇身」。是麒麟皆有一角。歷考諸書，並相符合，不同郭説，迺郭誤也。○郭注角端，顔引「貑」作「豬」。《集解》引郭曰：䚍，音端。似豬，角在鼻上，堪作弓。李陵嘗以此弓十張遺蘇武也。《索隱》引亦作「似豬」，又引《毛詩疏》云：可以爲弓。李陵曾以此弓遺蘇武。顔引張揖曰：角端似牛，其角可以爲弓。顔曰：郭説是也。朱珔曰：「䚍」爲正字，「端」其借字也。稱角端者，以其角端正不斜，故名。然「䚍」字从「耑」，「耑」卽「端」也。《説文》：角䚍，獸也。狀似豕，角善爲弓，出胡尸國。郭注與許合。又張揖曰：角端，似牛。殆卽《魏志·鮮卑傳》：端牛角爲弓，世謂之角端者也。其形以大小異耳。朱銘曰：《爾雅翼》曰：或云似牛。《續漢書》：鮮卑有角端牛，以角爲弓。《宋·符瑞志》曰：角端，日行一萬八千里，又曉四夷之語。明聖在位，則奉書而至。此乃異物，非角爲弓者也。賦與麒麟並言，恐當謂此。王先謙曰：《宋志》《元史》之角端，乃神獸，雖形狀相同，自别是一物。步瀛案：《元史》見《耶律楚材傳》。然神獸之説，恐亦未足信也。○騊駼，見《子虛賦》。○顔曰：橐駝者，言其可負橐囊而駝物，故以名云。與韋昭説異。

蛩蛩驒騱，駃騠驢驘。

【注】郭璞曰：驒騱，駏驉類也。駃騠生三日而超其母。驒，音顛。騱，音奚。駃，音玦。騠，音提。

「騾」、「驘」同。

【疏】五臣「驘」作「騾」，《史》同。《漢》作「⿰馬蠃」。杜宗玉曰：「驘」，本字。「騾」，今字。或從驘作「⿰馬蠃」。○《説文》曰：驢似馬，長耳。驘，驢父馬母。《吕氏春秋·愛士篇》言：趙簡子有兩白騾。騾事始見此。《楚辭·九歎·憂苦》曰：同駑驘與椉駔兮。王逸注曰：馬母驢父，生子曰驘。《日知録》卷二十九曰：自秦以上，傳記無言驢者。嘗考驢之爲物，至漢而名，至孝武得充上林，至靈帝而貴幸。《續漢書·五行志》：靈帝駕四白驢，躬自操轡。於是公卿貴戚，互相放效，賈與馬齊。然其種大抵出於塞外，自趙武靈王騎射之後，漸資中國之用。○郭注，顔引同。《説文》：驒騱，野馬也。一曰青驪，白鱗，文如鼉魚。案：《釋畜》曰：青驪，驎驒。此後一説所本。段玉裁於「青驪」上加「驒馬」字曰：驒騱合二字爲一物，此單言驒爲一物也。《史記·匈奴傳》曰：其奇畜則橐駞、驢驘、駃騠、騊駼、驒騱。《集解》引徐廣曰：驒，音顛，巨虚之屬。與郭同。○《周書·王會篇》曰：正北以駃騠爲獻。《淮南子·齊俗篇》許注曰：駃騠，北翟之良馬也。《説文》曰：駃騠，馬父驘子也。段玉裁曰：今人謂馬父驢母者爲馬騾，謂驢父馬母者爲驢騾，不言驢母者，疑奪。蓋當作「馬父驢母，驘也」六字。步瀛案：《漢書·鄒陽傳》注引孟康「三日」作「七日」。朱琦曰：《史記·匈奴傳》《索隱》引《發蒙記》曰：駃騠，刳其母腹而生。其説異。《廣雅·釋嘼》有駃騠，王氏《疏證》云：「騠」或作「題」。《御覽》引《尸子》文軒六駃題。駃之言趹，騠之言蹀，疾走之名也。崔豹《古今注》：驢爲牡，馬爲牝，即生騾。馬爲牡，驢爲牝，生駏驉。而《子虛賦》之距虛，諸家別爲說。此處上言驒騱，注亦云駏驉類也。彼皆野馬之屬，非駃騠。然則《古今注》之駏驉，正當是駃騠矣。○陂、波、河、駝、羸，歌部。崖，支部。犛、麋，脂部。通韵。○以上苑中景物。詳述獸類，爲下文畋獵張本。

於是乎離宮別館，彌山跨谷。

【注】善曰：鄭玄《周禮注》曰：彌，徧也。

【疏】顔曰：跨，猶騎也。《正義》曰：言宮館滿山，又跨谿谷也。凌稚隆曰：《長安志》：上林，秦舊苑也。武帝始廣開之。《漢舊儀》謂廣長三百里，離宮七十所，容千乘萬騎。《關中記》謂苑門十二，中有苑三十六，宮十二，觀二十五。則規制之宏侈可知矣。○善引《周禮》鄭注，見《春官·大祝》。

高廊四注，重坐曲閣。

【注】司馬彪曰：廊，廡，上級下級皆可坐，故曰重坐。曲閣，閣道委曲也。

【疏】五臣「曲」作「明」，非。○《集解》引郭曰：重坐，重軒也。曲閣，閣道曲也。顔曰：廊堂下四周室也。重室，謂增室也。曲閣，閣之屈曲相連者也。王先謙曰：注，屬也，見《左傳·成六年》賈、服注。《秦策》注：四注，謂四周相屬而下垂也。案：《説文》：㘸，止也。从土、从留省。土，所止也，是重坐即重室矣。《釋詁》：增，重也。故顔訓增室。郭云重軒者，軒長廊之窗也。見《文選》《魏都》《蜀都》《琴賦》注。亦謂檻上板也，見《文選·別賦》、《後漢·張奐傳》注、《華嚴經音義》上引《漢書音義》。按檻板可啓，與訓窗義同。《御覽》七百七十三引《通俗文》云：後重曰軒。此言廊自高而下注，其形勢重疊，窗檻參差，若車軒之後重者然，故曰重軒矣。《周書·作雒篇》：重亢重郎。注：重郎，累屋也。又云：凡五宫明堂，咸有重廊。皆其義也。枚乘《七發》：連廊四注，臺城增構。此云重坐，彼言增構，並重廊之變文耳。司馬説非。曲閣，顔説是。

華榱璧璫，輦道纚屬。

【注】韋昭曰：裁金爲璧，以當榱頭也。如淳曰：輦道，閣道也。司馬彪曰：纚屬，連屬也。張揖曰：纚，力爾切。屬，之欲切。

【疏】五臣「纚」作「灑」。○韋注《索隱》引「金」作「玉」，又引司馬彪曰：以璧爲瓦當。顔曰：榱，椽也。華，謂彫畫之也。璧璫，以玉爲椽頭，當卽所謂琁題、玉題者也。一曰，以玉飾瓦之當也。朱珔謂「璫」宜作「當」。《説文》「璫」在《新附》。案：互見《西都賦》。○如淳注，《西都賦》注引之。顔曰：輦道謂閣道，可以乘輦而行者也。纚屬，纚迤相連屬也。纚，音力爾反。屬，音之欲反。卽本如淳以下三家注爲説。王先謙曰：《説文》：纚，冠織也。言閣道回還如織絲之相連屬。

步欄周流，長途中宿。

【注】善曰：步欄，步廊也。周流，周徧流行也。《楚辭》曰：曲屋步櫩。郭璞曰：中途樓閣閒陛道。司馬彪曰：中宿，乃至其上。

【疏】顔曰：步欄，言其下可行步，卽今之步廊也。謂其途長遠，雖經日行之，尚不能達，故中道而宿也。○《楚辭》見《大招》。「欄」作「壛」。校曰：「壛」一作「欄」。○《集解》引郭曰：途樓閣閒陛道。中宿，言長遠也。「途」上無「中」字。梁章鉅謂此注誤衍，是也。又，《西都賦》引司馬彪注：除樓陛也。疑後人誤改。梁謂此賦「途」字當作「除」，非是。已見彼賦案語。○谷、屬，侯部。閣，魚部。宿，幽部。通韵。

夷嵕築堂，累臺增成，

【注】如淳曰：嵕，山也。張揖曰：平此山以作堂者也。重累而成之，故曰增成。嵕，子公切。

【疏】《史》「累」作「纍」，《漢》作「絫」。顏曰：「絫」，古「累」字。案：本字當作「絫」。《說文》曰：絫，增也。纍，綴得理也。二字音義皆別，「累」則俗字耳。○如淳注，《索隱》引「山」下有「名」字，張注但引「重累而成之」，以下又曰「《禮》曰：爲壇三成也」。別引「服虔曰：平此山以爲堂」。《集解》引郭曰「嵕，山名。平之以安堂其上。成，亦重也。《周禮》曰：爲壇三成」。顏曰：夷，平也。山之高聚者曰嵕。言平山而築堂於其上爲累臺也。增，重也。一重爲一成也。步瀛案：九嵕雖山名，然此賦嵕字則似不宜以山名釋之。顏注是。《周禮·春官·司儀》：爲壇三成。鄭司農注曰：三成，三重也。胡紹煐曰：《南山經》成山，郭注：成，亦重耳。《呂覽·音初篇》：九成之臺。注：成，猶重也。《爾雅·釋丘》郭注同。古皆謂成爲重，故《廣雅·釋詁》四曰：成，重也。

巖窔洞房，

【注】郭璞曰：言於巖窔底爲室，潛通臺上也。善曰：窔，一弔切。

【疏】《史》「窔」作「穾」。《漢》作「突」，誤。○郭注，《集解》引「窔」作「穴」，《索隱》引作「穾」。又曰：穾，音一弔反。《釋名》以爲穾，幽也。《楚辭》云：冬有穾厦夏屋寒。王逸以爲複室也。案：《釋名》見《釋宫室》，《楚辭》見《招魂》。顔曰：於巖穴底爲室，若竈突然，潛通臺上。王念孫《讀書雜志・漢書》十曰：「突」，「窔」字之誤。《説文》：窅窔，深窱貌。「窔」與「穾」同。巖穾洞房，皆言其幽深。《甘泉賦》：雷鬱律於巖窔兮。《魯靈光殿賦》：巖穾洞出。皆其證也。師古不知「突」字之誤，强爲作解，斯爲謬矣。朱珔曰：「窔」，《史記》作「穾」，則俗字。《漢書》作「突」，則誤字。《説文》訓窔爲穾，而穾下云：深也。一曰，竈突，从穴、火、求省。讀若《禮》三年導服之導。段氏云：穴中求火，穾之意也。導服即禫服也。竈突可讀如禫，與突爲雙聲。師古所以爲竈突之語者，殆因此而誤會與？○堂、房，陽部。成，耕部。通韻。

頫杳眇而無見，仰𠬜橑而捫天。

【注】善曰：《聲類》曰：頫，古文「俯」字。《説文》曰：頫，低頭也。《楚辭》曰：遂倏忽而捫天。晉灼曰：𠬜，古攀字也。捫，摸也。橑，音老。捫，音門。

【疏】五臣「頫」作「俯」，俗字。《史》作「俛」，《類聚》同。袁本、茶陵本「𠬜」作「攀」，《史》同。《類聚》亦作「攀」。《漢》作「𢪃」，誤。○顔曰：頫，古「俯」字也。杳眇，視遠貌。𠬜，古「攀」字也。橑，椽也。捫，摸也。言臺榭之高，有升上之者，俯視則不見地。仰攀其椽，可以摸天也。○善引《聲類》，顔説同。《説文》見《頁部》。「俛」，「頫」之重文，「俯」乃俗字耳。餘見《西都賦》。○《楚辭》見《九章・悲回風》。「倏」作「儵」，字同。〇朱珔曰：《説文》𠬜爲部首，云：引也。从反𠬜。重文爲「𢺕」，今作「攀」。《史記》作「攀」者，蓋用今字。而《漢書》作「𢪔」，「𢪔」乃古「拜」字，非「𠬜」也。然顏注亦云：拜，古「攀」字。當是本作「𠬜」而傳寫致誤耳。又，𠬜字他本或作「扳」。《廣雅·釋言》：扳，援也。《公羊·隱元年傳》：諸大夫扳隱而立之。扳與攀，義同。故《莊子·馬蹄篇》可攀援而窺，《釋文》云「攀」本作「扳」也。胡紹煐曰：《平輿令薛君碑》命不可𠬜，作「𠬜」。《劉脩碑》扣馬𢺕輪，作「𢺕」。今並作「攀」。又，「𢺕」之變體。

奔星更於閨闥，宛虹扡於楯軒。

【注】善曰：奔，流星也。行疾，故曰奔。如淳曰：宛虹，屈曲之虹也。應劭曰：楯，欄檻也。司馬彪曰：軒楯，下版也。更，工衡切。

【疏】《漢》「扡」作「拖」，同。〇顏曰：奔星，流星也。更，歷也。閨闥，宮中小門也。拖，謂申加於上也。楯軒，軒之蘭板也。並言室宇之高，故星虹得經加之也。案：本注「奔」下亦當有「星」字。《爾雅·釋天》曰：奔星謂之汋約。郭注曰：流星。此顏、李所本。〇天，真部。軒，元部。通韻。

青龍蚴蟉於東箱，

【注】郭璞曰：蚴蟉，龍行貌也。善曰：孫炎《爾雅注》曰：箱，夾室，前堂也。蚴，一糾切。蟉，力糾切。

【疏】「箱」，尤本、毛本作「葙」，袁、茶二本作「廂」，校曰：善本作「葙」。胡克家曰：「葙」當作「箱」。《史記》、《漢書》皆作「箱」，善與之同。今各本作「葙」。凡偏旁，竹、艸每混耳。五臣改作「廂」，非也。案：胡氏説是，今校改。○顏釋蚴蟉爲行動之貌，與郭注合。王先謙曰：《説文》⿰虫幽下、蟉下並云：⿰虫幽蟉也。《玉篇》「⿰虫幽」與「蚴」同。⿰虫幽虯，龍皃。詳蚴蟉之音義，若今俗言夭嬌矣。步瀛案：《爾雅·釋宫》曰：室有東西廂曰廟。郭注曰：夾室前堂。與本注引孫炎同。李如圭《儀禮釋宫》曰：堂之東西牆謂之序。序之外謂之夾室。夾室之前曰箱，亦曰東堂、西堂。江永《儀禮釋注》曰：東夾、西夾，不可謂之夾室。《儀禮》、《顧命》未有言夾室者。步瀛案：此云夾室者，猶言夾之東西室耳。夾有室，有堂。近北爲室，近南爲堂。堂亦通謂之箱。已見《東京賦》疏。

象輿婉僤於西清。

【注】張揖曰：山出象輿，瑞應車也。西清者，箱中清浄處也。善曰：婉僤，動貌也。僤，音善。

【疏】五臣「僤」作「蟬」，《史》同。又《甘泉賦》注引「婉僤」作「偃蹇」。○張注象輿，《集解》引《漢書音義》同。顏曰：象輿，瑞應車也。郝懿行《晉宋書故》曰：象輿，謂自然有形象。《禮運》云：山出器車。《宋書·禮志》：殷有山車之瑞，謂桑根車。殷人制爲大路。《禮緯》曰：山車垂句。句，曲也。言不揉治而自曲也。秦曰金根車，漢因之，亦爲乘輿，所謂乘殷之路者也。朱珔曰：《禮運》孔疏引《禮緯斗威儀》云：其政太平，山車垂鉤。此處象輿亦見《漢郊祀歌·象載瑜章》。顏師古曰：象載，象輿也。山出象輿，瑞應車也。《赤蛟章》象輿轙，即此。《楚辭·惜誓》：駕太乙之象輿。下句云：蒼龍蚴虬於左驂兮。與此上句言青龍蚴蟉正相似。沈欽韓曰：《韓非子·十過篇》：黄帝合鬼神於泰山之上，駕象車。朱珔又曰：以青龍蚴蟉例之，疑象爲獸，象輿或卽象之駕車者。長卿《大人賦》云：駕應龍象輿之蠖略委麗兮，驂赤螭青虬之蚴蟉宛蜒。顔注：蠖略、委麗、蚴蟉、宛蜒，皆其行步進止之貌。是卽此處所稱宛僤、蚴蟉也。彼象輿既連應龍言之，又與赤螭、青虬對舉，龍、螭、虬並物類似，不應象輿獨否。則象輿可不作自然之車解也。○「西清」注，《集解》引郭注同。顔注亦同。《選》注「箱」作「葙」，今據改。《雍録》卷十曰：其東曰葙，以形言也，卽謂殿旁之房也。其西曰清，以清凈言也，謂其地嚴潔無囂塵也。賦體貴文，故變新以言耳，其實一也。○顔曰：蚴蟉、婉僤，皆行動之貌。僤，音善。《正義》曰：婉蟬、宛善二音是，字異音同。王先謙曰：《説文》蟺下云：夗蟺也。《集韻》引作「蜿蟺」。《廣韻》作「蜿蟺」，《楊雄傳》作「宛延」，此賦之作「婉僤」、「婉蟬」，字形雖異，音義並同。宛延亦爲蜿蜒，《大人賦》蚴蟉蜿蜒四字合併言之，足證蚴蟉之與婉僤，皆轉訓同義，此對舉成文耳。

靈圄燕於閒館，

【注】張揖曰：靈圄，衆仙之號也。《楚辭》曰：坐靈圄而來謁。閒，讀曰閑。

【疏】《史》、《漢》「圄」作「圉」。薛傳均曰：「圄」、「圉」二字古本通用。《左氏·定四年經》之孔圉，《公羊》作「孔圄」，是其證。案：五臣作「囿」，誤。又《史》「館」作「觀」。○張注，顔及《索隱》引同。《集解》引郭曰：靈圉，郭圉，仙人名也。《索隱》引《淮南子》曰：騎飛龍從淳圉。許慎曰：淳圉，仙人也。案：今《淮南·俶真篇》高本作「敦圄」，注曰：敦圄，似虎而小。一曰，仙人名也。○《楚辭》見《九歎·遠逝》。王逸注曰：靈圄，衆神也。胡紹煐曰：衆神，猶衆仙。以能通神，故神之。本書《封禪文》：靈圉賓於閒館。「圉」與「圄」同。《漢書》相如《大人賦》悉徵靈圉而選之兮，承上句與真人乎相求言，是靈圉爲衆仙之稱。○杜宗玉曰：古人讀曰之字，卽通用之字。《詩》：十畝之閒，桑者閒閒兮。《釋文》：「閒」本作「閑」。《爾雅·釋訓》注：近處優閒。《釋文》：「閒」本作「閑」。《魯靈光殿》：西箱踟蹰以閒宴。張注：閒，清閒也。是「閒」、「閑」通用之徵。步瀛案：古人著書，凡云「讀曰」、「讀爲」者，皆改其字。此賦「閒館」乃清閒之「閒」，若作「閑」，乃通借字，非本字也。此特以流俗讀清閒之「閒」曰「閑」，以别中閒之「閒」耳，不得以古人讀曰、讀爲例之也。杜氏之説，殊不分明。

偓佺之倫，暴於南榮。

【注】郭璞曰：偓佺，仙人也。暴，謂偃卧日中也。榮，屋南檐也。

【疏】郭注偓佺，顔引同。「仙人也」下有「食松子而眼方」六字。《集解》引《漢書音義》與本注引郭同。《索隱》引韋昭曰：古仙人，姓偓。又引《列仙傳》云：槐里採藥父也。食松，形體生毛數寸，方眼，能行追走馬也。○《索隱》引應劭曰：屋檐兩頭如翼也。故鄭玄云：榮，屋翼也。《七誘》云飛榮似鳥舒翼，是也。暴，偃卧日中也。姜皋曰：《儀禮·士冠禮》：設洗直於東榮。鄭注：榮，屋翼也。按：《説文》曰：屋梠之兩頭起者爲榮。又曰：梠，楣也。《爾雅》曰：楣謂之梁。是則榮爲梁東西之兩端也。然本書《景福殿賦》南距陽榮，注亦云：南檐也。李如圭《儀禮釋宫》曰：天子諸侯，得爲殿屋四注。卿大夫以下，但爲夏屋兩下。四注，則南、北、東、西皆有霤。兩下，則惟南、北有霤，而東、西有榮。孔廣森《禮學卮言》卷二曰：殿屋四阿者，明堂之制。天子清廟、路寢制如明堂，四面有堂，故四面有霤。諸侯既無四正之堂，霤何取焉？燕禮設洗，當東霤。仍謂堂前霤之東在榮上者耳。諸侯遷廟禮亦云：設洗，當東榮。其明證也。《喪大記》：復者降自西北榮。《上林賦》：暴於南榮。東西榮之前端爲南，後端爲北，初非四面有榮。南霤之左端爲東，右端爲西，初非四面有霤。名義正同。朱珔曰：孔説諸侯不同天子，似諸侯之屋無四注矣。但《考工記》之四阿，鄭云：四注屋。而注《士冠禮》云：卿大夫以下，其室爲夏屋。注：《燕禮》云：人君爲殿屋。《釋宫》實本之。殿屋固四注也。屋既四注，則霤宜有四，卽榮宜有四。據所引曰東榮，曰西北榮，曰南榮，已四面皆具。南，陽位也。郭以暴爲偃卧日中，故專舉南榮。至《甘泉賦》之上榮，不別何方，乃統言之耳。

醴泉涌於清室，通川過於中庭。

【注】郭璞曰：醴泉，瑞水也。善曰：言醴泉於室中涌出，而通流爲川，而過中庭。

【疏】《史》「過於」作「過乎」。○顏曰：醴泉，味甘如醴。言於室中涌出，而通流爲川，從中庭而過也。

盤石振崖，

【注】李奇曰：振，整也。以石整頓池水之涯也。振，之刃切。

【疏】《史》「盤」作「槃」，《漢》作「磐」。《史》、《漢》「振」作「裖」。胡克家曰：「振」當作「裖」。《高唐賦》：裖陳磑磑。善注云：裖，已見《上林賦》。彼五臣作「振」，然則此賦亦爲五臣亂之而失其校語也。梁章鉅、許巽行説同。○李注，《索隱》引同。「振」亦作「裖」。又引如淳曰：裖，音振。盛多也。《集解》

引徐廣曰：裖，音脤。顔引孟康曰：裖，𥑮致也。崖，廉也。以石致川之廉也。顔曰：裖、𥑮並音之忍反。謂重密而累積。沈欽韓曰：《集韵》：砛，以石致川之廉也。字又作「砛」。胡紹煐曰：「裖」與「砛」同，謂砛致也。砛，從㐱。《説文》：㐱，稠髮也。是砛爲密致之義。王先謙曰：《集韵》又有「𥑮」字，云：硶𥑮，石垂貌。蓋「砛」變爲「𥑮」，「𥑮」又變爲「𥑮」。「𥑮」、「𥑮」皆俗字。𥑮致，猶今俗言整緻也。廉，隅也，卽水涯也。「崖」乃「厓」之異文，亦卽「涯」之異字。蓋醴泉通流成川之處，以磐石密緻其崖。下文嶔巖倚傾三語皆指砛崖之石而言。砛與整同義，振、整，古義通用。

嶔巖倚傾。

【注】郭璞曰：嶔巖，欹貌也。嶔，口銜切。倚，於綺切。

【疏】郭注，顔引同。王先謙曰：隨水之高下，以石砛之，故其低處則嶔巖倚傾，其高處則嵯峨磼嶫也。楊雄《甘泉賦》：深溝嶔巖而爲谷。《選》注：嶔巖，深貌也。《雄傳》注云：深險貌。郭訓爲欹貌，非。

嵯峨嶕嶫，刻削崢嶸。

【注】郭璞曰：言自然若彫刻也。司馬彪曰：崢嶸，深貌也。善曰：嶕，音捷。嶫，音業。

【疏】《史》作「嵳峩磼礏」。《集解》引徐廣曰：「峩」，一作「池」。○《索隱》引《埤蒼》曰：磼礏，高皃也。王先謙曰：嵯峨，高大貌。《集韵》：磼礏，山貌。亦作「嶕礏」。狀石勢之高也。○郭注，顔及《正義》引同。顔引蘇林曰：削，音陗峻之陗。顔曰：直言刻削耳，非云峭峻。郭説是也。王先謙曰：刻削、崢嶫，皆言石狀。〇《廣雅·釋訓》曰：崢嵤，深也。司馬注合。案：此當訓爲高峻，見《西都賦》。〇《集解》引徐廣曰：磼，音雜。礏，音五合反。《索隱》曰：磼礏，上士劫反，下魚揖反。又引《字林》音，磼，才币反。礏，五币反。

玫瑰碧琳，珊瑚叢生。

【注】善曰：並已見上文。

【疏】玫瑰碧琳，見《子虛賦》。珊瑚，見《西都賦》。〇清、榮、庭、傾、嶫、生，耕部。

瑉玉旁唐，玢豳文鱗。

【注】郭璞曰：旁唐，言磐礴也。玢豳，文理貌也。音紛彬。善曰：宋玉《笛賦》曰：其處磅磄千仞。

【疏】《漢》「瑉」作「珉」。《史》「玢豳」作「璸斒」。《漢》「鱗」作「磷」。王先謙曰：《廣雅·釋詁》：璘，文也。疑字不當爲「磷」。〇王先謙曰：文鱗，言其文斑然鱗次也。步瀛案：文鱗，亦疊韵連語。〇郭注，顔引同。唯「盤」作「槃」。《索隱》但引上句，「礴」作「薄」，字並通。胡紹煐曰：本書《長笛賦》：駢田磅唐。善注：磅唐，廣大盤礴貌。引宋玉《笛賦》云磅唐千仞是也。「旁」與「磅」同。王子年《拾遺記》：扶桑東五百里，有磅磄山。亦以形勢之廣大盤礴，故有是名。案：薛傳均説略同。〇顔曰：旁唐，文石也。「唐」，字本作「碭」，言珉玉及石並玢豳也。桂馥曰：《廣韵》：芒碭，山名。旁唐，卽芒碭。《説文》：碭，文石也。王先謙曰：珉，石之次玉者。《淮南·脩務訓》：唐碧堅忍之類。注：唐，碧石，似玉。顔謂字本作「碭」。《地理志》：梁國碭。注：碭，文石也。故顔訓唐爲文石，不從郭説。《廣雅·

釋詁》：旁，大也。步瀛案：此與郭注二説皆通。○顔引蘇林曰：玢，音分。顔曰：玢，音彼旻反，又音彼閑反。《集解》引徐廣曰：璸，音彬。斒，音班。王先謙曰：「豳」，同「邠」。《太玄》：文次四斐，如邠如注。邠者，文盛貌也。○胡克家曰：注「其處磅磄千仞」，此下當有「磅磄與旁唐音義同」一句。步瀛案：《長笛賦》注引作「磅唐」，《藝文類聚·樂部》四引作「旁唐」，一本作「磅磄」。

赤瑕駮犖，離臿其閒。

【注】張揖曰：赤瑕，赤玉也。郭璞曰：言雜厠崖石中。駮犖，采點也。犖，洛角切。

【疏】《史》、《漢》「駮」皆作「駁」。「駁」，正字。「駮」，通借字。《集解》引徐廣曰：「雜」一云「插」。「臿」，一云「還」。五臣「臿」作「揷」。○張、郭二注，顔引同。《索隱》引張注，又引司馬彪曰：駮犖，采點也。與郭同。梁章鉅曰：《説文》：瑕，玉小赤也。張衡《七辨》云：玩赤瑕之璘豳。王氏念孫曰：瑕者，赤色之名。赤雲氣謂之霞，馬赤口雜毛謂之騢，赤玉謂之瑕，其義一也。案：王説見《廣雅疏證》卷九下《釋地》。吕錦文曰：駮犖，猶剥落也。《爾雅·釋詁》：毗劉，暴樂也。《詩·桑柔》：捋采其劉。傳云：劉，爆爍而希也。郭璞云：駮犖，采點也。亦不純之名。「駮犖」與「剥落」、「暴樂」、「爆爍」，皆以字音相近，輾轉通借耳。

晁采琬琰，和氏出焉。

【注】司馬彪曰：晁采，玉名。善曰：「晁」，古「朝」字。《尚書》曰：弘璧琬琰在西序。

【疏】五臣「晁」作「朝」，《漢》作「鼂」。《史》「晁采」作「垂綏」。《集解》引徐廣曰：「垂綏」，一作「朝采」。

○顔引晉灼曰：鼂采閼。顔曰：「鼂」，古「朝」字也。朝采者，美玉。每旦有白虹之氣，光采上出，故名朝采。猶言夜光之璧矣。琬琰，美玉名。和氏之璧，卞和所得，亦美玉也。言今皆出於上林。《集解》引郭曰：《汲冢竹書》曰：桀伐岷山，得女二人曰琬，曰琰。桀愛二女，斲其名于苕華之玉。苕是琬，華是琰。《説文·玉部》珽，段曰：《典瑞》：王晉大圭以朝日。《魯語》曰：天子大采朝日。《管子》曰：天子執玉笏以朝日。此朝采即朝日之大采也。案：《管子》見《輕重己篇》。朱珔曰：《典瑞》言繅藉五采五就，則采是繅藉之采。《國語》韋昭注：朝日以五采，則夕月其三采與？亦指繅藉説。此處鼂采小顔例以夜光，固可通，但《史記》作「垂綏」，綏即繅藉，似段義爲近。至朝日之朝，《釋文》音以遥反。漢鼂錯之姓，《廣韻》亦音潮。《説文》：鼂，匽鼂也。讀若朝。杜林以爲朝旦，非是。然《楚辭·哀郢》甲之鼂吾以行，《羽獵賦》天子乃以陽晁，《長笛賦》埜雉鼂雊，俱假借作朝旦解，是二音原通也。○《尚書》見《顧命》。《正義》引鄭注曰：大璧、琬琰，皆度尺二寸者。《淮南·説山篇》曰：琬琰之玉。○鱗，真部。閒、焉，元部。通韻。與上耕部亦可通轉。○以上離宫之形勢。

於是乎盧橘夏熟，

【注】應劭曰：《伊尹書》曰：箕山之東，青鳥之所有，盧橘夏熟。晉灼曰：此雖賦上林，博引異方珍奇，不係於一也。盧，黑也。

【疏】胡克家曰：袁本、茶陵本云「熟」善作「孰」。案二本所見誤也。《史記》、《漢書》皆作「孰」，善與之同。「孰」即「熟」字。步瀛案：「孰」，本字。「熟」，俗字。○應、晉二注，顔及《索隱》引並同。惟「青鳥」作「青馬」。《索隱》應注引《伊尹書》兼有「果之美者」四字。顔曰：盧，黑色也。《索隱》曰：《廣州記》云：盧橘，皮厚，大小如甘酢。多九月結實，正赤。明年二月，更青黑，夏熟。《吴録》云：建安有橘，冬月樹上覆裹，明年夏，色變青黑，其味甚甘美。盧，卽黑色是也。案：《廣州記》及《吴録》，《齊民要術》卷十亦引之。而文有異。左思《三都序》曰：相如賦上林而引盧橘夏熟，考之果木，則生非其壤。顔引晉灼説，意同。然《西京雜記》、《三輔黄圖》皆言：修上林苑，羣臣遠方，各獻名果異卉。已見上引。則盧橘安見非苑中所有乎？王觀國《學林》卷七曰：上林者，天子之宫苑。四海之嘉木珍果，皆能移植于其中。不但本土所生者而已。又賦之所言奇禽異獸、明珠香草、天臺仙藥、青琴虙妃之類，亦非上林之所産，有以見上林之富麗，四方之物畢致也。而左太沖責以盧橘夏熟，生非其壤，亦過矣。案：王説是也。盧橘之爲物，《集解》引郭曰：今蜀中有給客橙，似橘而非，若柚而芬香。冬夏華實相繼，或如彈丸，或如拳，通歲食之，卽盧橘也。案：《齊民要術》亦引之。「冬夏」作「夏秋」，「如拳」作「如手指」。李詳疑此卽《上林》注。又，《太平御覽・果部》三引《魏王花木志》同。李時珍《本草綱目》卷三十從其説，謂卽今之金橘也。李詳引莫友芝《郘亭詩鈔》，亦以給客橙爲盧橘。張云璈謂金橘與盧橘無涉。朱珔謂，如《花木志》金橘生時青盧色，黄熟則如金。是與《廣州記》、《吴録》之言後變青黑者正相反。長卿據《大荒南經》云甘柤枝幹皆赤，黄葉，白華，黑實，或卽《吴録》所稱者與？胡紹煐曰：《海外北經》：平丘爰有青鳥甘柤。郭注：其樹枝幹皆赤，黄華，白葉，黑實。音如柤梨之柤。按：盧，黑也。以其實黑，故謂之盧。李尤《七款》「梁土青麗，盧橘是生」是也。裴淵《廣州記》

曰：羅浮山有橘，夏熟，實大如李。疑卽此櫨。案：《七款》、《藝文類聚·雜文部》、《初學記·果木部》皆引之。《廣州記》、《齊民要術》亦引之。朱、胡二説，與《索隱》所引《廣州志》、《吴録》並合，當是也。蘇子瞻《贈惠山僧惠表》詩曰：盧橘楊梅尚帶酸。《冷齋夜話》卷一引東坡詩云云，張嘉甫曰：「盧橘夏熟，黄甘橙楱，枇杷橪柿，亭柰厚朴。盧橘果枇杷，則賦不應四句重用。應劭注云云。」東坡笑曰：「意不欲耳！」又真覺院有《洛花》詩曰：盧橘是鄉人。《王註蘇詩》卷三引陳師道曰：《談助》云：盧橘，枇杷也。葛立方《韻語陽秋》卷十六曰：唐子西《李氏山園記》言，有一物而爲二物者，如《上林賦》所謂盧橘夏熟，又言枇杷橪柿是也。若據子西言，則盧橘卽枇杷矣。李白《宫中行樂詞》云：盧橘爲秦樹。許渾《送表兄奉使南海》云：盧橘花香拂釣磯。若以爲枇杷，則何獨秦中南海有邪？錢起《送陸贄》詩云：思親盧橘熟。用陸績懷橘事，則又以爲木奴益無。按：據朱翌《猗覺寮雜記》卷上、黄震《日鈔》卷四十六、陶宗儀《輟耕録》卷二十六、楊慎《升菴外集》卷一百，皆辨其非矣。○《説文·木部》櫨下引《伊尹》曰：果之美者，箕山之東，青鳧之所，有甘櫨焉。夏孰也。《吕氏春秋·本味篇》，伊尹説湯以至味，「甘櫨」下無「夏孰」字。《漢書·藝文志·小説家》有《伊尹》五十一篇，許、應所引，蓋出此，故與《吕覽》異也。又，《説文》「青鳧」，《吕覽》作「青島」。段玉裁謂「島」、「鳧」疑皆「鳥」之誤。胡紹煐謂：應注引《伊尹書》當本作「甘櫨」，與《説文》同。

黄甘橙楱。

【注】郭璞曰：黄甘，橘屬，而味精。楱，亦橘之類也。音湊。張揖曰：楱，小橘也。出武陵。善曰：《説

文》曰：橙，橘屬也。

【疏】郭、張二注，顔引同。《御覽・果部》三引《風土記》曰：甘橘之屬，滋味甜美特異者也。案：字亦作「柑」。李時珍《本草綱目》卷三十曰：柑，樹無異於橘，但刺少耳。柑皮比橘色黄而稍厚，理稍粗，而味不苦。橘可久留，柑易腐敗。柑樹畏冰雪，橘樹略可。此柑、橘之異也。○朱珔曰：《類篇》云：楱，橘類。出武陵。當卽本此注，他無所徵。惟後張景陽《七命》有漢皋之楱，胡紹煐曰：雷斅《炮炙》云：凡用橘皮，勿用柚皮、皺子皮。「皺」與「楱」同，是楱與柚並橘之類，以皮皺，故方俗語又呼爲皺子，非柚也。《廣雅》：柚，楱也。王氏《疏證》疑「楱」下脱「橘」字。蓋二者皆橘屬，故以冒橘之名。王先謙曰：《七命》漢皋之楱，是楱非獨出武陵矣。○善引《説文》見《木部》。羅願《爾雅翼》卷十曰：橙，形圓，大於橘而香，皮厚而皺，乃正黄色，不若甘橘之帶赤也。

枇杷橪柿，亭柰厚朴。

【注】張揖曰：枇杷，似斛樹，長葉，子如杏。亭，山梨也。厚朴，藥名也。郭璞曰：橪，橪支木也。橪，音烟。朴，步角切。

【疏】袁本、茶陵本「橪」作「撚」，「亭」作「楟」。《史》亦作「楟」，「柰」作「榛」。尤本、毛本作「奈」，非。○《西京雜記》卷上曰：上林苑有白柰、紫柰、緑柰。《説文》曰：柰，果也。○張注枇杷，顔引同。《西京雜記》曰：上林苑枇杷十株。○張注亭，顔引同。《集解》引徐廣曰：楟，音亭。山梨。《廣雅・釋木》曰：樝，楟梨也。《初學記・果木部》引《廣志》曰：上黨楟梨，小而甘。《索隱》引司馬彪曰：上黨謂之梈櫏。《齊都賦》云：梈櫏熟也。《索隱》梈櫏連文，以《廣志》證之，則上「梈櫏」字蓋涉下引《齊都賦》而誤。梈、柰，非一木也。《爾雅·釋木》曰：杜，甘棠。郭注曰：今之杜梨。郝懿行謂梈卽棠梨，梈、棠一聲之轉。○張注厚朴，顏引同。《索隱》説亦同。顏曰：朴，木皮也。此藥以皮爲用，而皮厚，故呼厚朴云。朴，音匹角反。《廣雅·釋木》曰：重皮，厚朴也。顏注《急就篇》卷四曰：凡木皮皆謂之朴。此樹皮厚，故以厚朴爲名。胡紹煐曰：厚朴，有實可食。李時珍云：五六月開細花，結實如冬青，子生青，熟赤，有核，七八月采之，味甘美。則亦果品矣。賦文厠於此者，蓋珍時果，非取藥名也。案李時珍説見《本草綱目》卷三十五。○郭注橪，顏及《索隱》引同。又並引張揖曰：橪，橪支，香草也。顏曰：此二句總論樹木，不得雜以香草。郭説得之。橪，音烟。《集解》引徐廣曰：橪，音而善反。果也。《索隱》引韋昭注：橪，音汝蕭反。疑誤。《索隱》亦以郭説爲近。又引《説文》曰：橪，酸小棗也。《淮南子》云：伐橪棗以爲矜。案：今《兵略篇》「橪」作「棘」。王念孫《讀書雜志·淮南子》十五謂「棘」字後人所改。朱翌《猗覺寮雜記》卷下曰：嶺外有果，名捻子。三月開花，如芍藥。七八月實成，可食。《嶺表録異》云：倒捻子，窠叢生，葉如苦李，花似蜀葵小而深紫。南方婦女多以染色。子如軟柿，上有四葉如柿蔕。食者必捻其蔕，故謂倒捻子，或呼爲都念子，語訛也。其子外紫内赤，無核，食之甜軟，暖臟益肌肉。古訛「捻」爲「念」，今又訛「念」爲「橪」。《大業拾遺記》：南海送都念子樹一百株，付西苑十六院種。卽此花也。朱珔曰：撚子，當卽橪支，皆同音字。「撚」不从木而从手，乃因俗語曰捻而附會之也。朱氏轉以「撚」爲訛，疑非。撚子系果名，與此處所列正合。步瀛案：撚子，載籍晚見，仍當以《索隱》爲是。胡紹煐曰：《爾雅・釋木》：「樲，酸棗。」《説文》「樕」次「樲」之後，則同爲酸棗，但小耳。此文數句皆賦果，《索隱》説近之。○棪、朴，侯部。

樗棗楊梅，

【注】張揖曰：楊梅，其實似榖子而有核，其味酸，出江南也。

【疏】《集解》引徐廣曰：樗棗，似柿。案：已見《南都賦》及《子虛賦》。○張注，顏及《索隱》引同。「榖」，尤本誤作「穀」，毛本誤作「縠」。袁、茶二本作「榖」，今從之。《索隱》引《荆揚異物志》曰：其實外肉著核，熟時正赤，味甘酸也。《證類本草》二十二引《圖經》曰：楊梅，其木若荔枝，而葉細陰厚，其實生青熟紅，肉在核上，無皮殼。

櫻桃蒲陶。

【注】善曰：櫻桃、蒲陶，見《南都賦》。

【疏】五臣「陶」作「萄」。○櫻桃，注見《南都賦》。蒲陶，注見《蜀都賦》。此皆云見《南都》誤。○《索隱》引張揖曰：櫻桃，一名含桃。《呂氏春秋》云：鸎鳥所含，故曰含桃。案：「含」下當有「食」字，此《仲夏紀》、高誘注，非本文。古人引書，往往有此。顏曰：櫻桃，即今之朱櫻也。《禮記》謂之含桃，《爾雅》謂之荆桃。案：《月令》《釋文》曰：「含」，本又作「函」。餘見《南都賦》。○《集解》引郭璞注，與《蜀都賦》注引同。○梅，之部。陶，幽部。通韵。

隱夫薁棣，

【注】張揖曰：隱夫，未詳。薁，山李也。郭璞曰：棣，實似櫻桃也。薁，於六切。棣，徒計切。

【疏】《史》「薁」作「鬱」。徐廣曰：「鬱」一作「薁」。○《集解》引郭曰：隱夫，未詳。顏曰：隱夫，未詳。薁，即今之郁李也。棣，今之山櫻桃。《集解》引郭曰：鬱，車，下李也。棣，實似櫻桃。何焯曰：隱夫，即馬夫草。見《管子·地員篇》。胡紹煐曰：《管子·地員篇》：五沃之土，桐柞枎櫄。枎、柞並舉，柞有實可食，枎或同也。《地員篇》又云：五藨之狀，黑土黑菭。豈夫實色黑，故謂之爲隱夫歟？王先謙曰：「隱」即「櫽」之省文。《説文》：櫽，栝也。栝，櫽也。蓋櫽木即栝木矣。《禹貢》馬注：栝，白栝也。《廣雅》：栝，柏也。《西京賦》薛注：栝，柏葉松身。此文變「栝」言「櫽」耳。王亦謂夫爲《管子·地員篇》之枎。步瀛案：枎之狀，諸書不見。何氏以爲馬夫草，非果類，胡氏乃以意説。王氏以隱爲栝，栝亦非果類，不當厠此。三説皆非也。竊意隱夫乃夫栘。栘、隱，聲之轉。夫栘、隱夫，名之轉。其實一也。夫栘爲常棣，已見《甘泉賦》疏。隱夫爲一物，薁棣亦爲一物，蓋即《召南》之唐棣也。陸璣《詩疏》曰：唐棣，奥李也。《廣雅·釋木》曰：山李、爵某、爵李，鬱也。王念孫《疏證》曰：《齊民要術》引《豳風·七月篇》《義疏》云：鬱樹，高五六尺，實大如李，正赤色，食之甜。《廣雅》曰：一名雀李，又名車下李，又名郁李，亦名棣，亦名奥李。然則棣也、唐棣也、奥李也、郁李也、車下李也、雀李也、雀梅也、鬱也，一物也。薁、郁，古同聲。鬱、薁，聲之轉也。又《釋草》曰：燕薁，蘡舌也。王氏《疏證》曰：《豳風·七月篇》：六月食鬱及薁。傳云：薁，蘡薁也。《正義》云：亦是鬱類而小別耳。今案：薁李樹不名蘡薁。蘡薁自是蒲萄之屬，蔓生結子者耳。段玉裁《説文注》卷一下亦謂：《説文》棣、李皆在《木部》，薁在《艸部》。車下李、薁李，皆非毛、許之蘡薁也。案：二説皆是。唐棣、常棣之辨，已見《甘泉賦》疏。

荅遝離支。

【注】張揖曰：荅遝，似李，出蜀。晉灼曰：離支，大如雞子。皮麄，剥去皮，肌如雞子中黄，味甘多酢少。遝，音沓。離，力智切。

【疏】《史》作「榙樑荔枝」，《索隱》本與此同。案：依《説文》，「荅遝」當作「榙樑」。○張注，顔及《索隱》引同。《集解》引郭曰：榙樑，似李。朱珔曰：《廣韻》引《埤蒼》亦同。《説文》有「榙樑」字，云：榙樑，木也。果似李。則此處與《漢書》作「荅遝」者，乃省偏傍之字矣。○晉灼注，顔及《索隱》引同。《索隱》又引《廣志》曰：樹高五六丈，如桂樹，緑葉冬夏青茂，有華，朱色。吕錦文曰：「離支」即「荔枝」之本字。《干禄字書》云：「離支」俗作「荔枝」，是也。王先謙曰：《説文》：荔，草也。似蒲而小。不以爲「荔支」字，蓋古皆通作「離支」。案：吕、王説皆是。○棣，脂部。支，支部。通韻。

羅乎後宮，列乎北園。䟢丘陵，下平原。

【注】司馬彪曰：䟢，延也。羊氏切。

【疏】袁、茶二本「列乎」作「列于」。《漢》「䟢」作「貤」，字同。○《集解》引郭曰：䟢，猶延也。音施。顔曰：貤，猶延也。一曰，次第而重也。貤，音弋豉反。○園、原，元部。

揚翠葉，扤紫莖。

【注】張揖曰：抏，揺也。音兀。

【疏】茶陵本抏音兀，校曰：五臣作「杭」，音亢。袁本依五臣作「杭」，校云：善本作「抗」，《類聚》亦作「抗」。案：「杭」、「抗」皆誤字。《史》、《漢》皆作「抏」。○《集解》引郭與張同。《説文》曰：抏，動也。《方言》九曰：抏，不安也。

發紅華，垂朱榮。

【疏】《史》「垂」作「秀」，《類聚》同。○《爾雅·釋草》曰：木謂之榮，草謂之華。此則皆指木而言。○莖、榮，耕部。

煌煌扈扈，照曜鉅野。

【注】郭璞曰：言其光采之盛也。煌，音皇。

【疏】《類聚》「曜」作「燿」。○郭注，顏引同。下有「鉅野，大野」四字。王先謙曰：《禮記·檀弓》：爾毋扈扈爾。注：扈扈，謂大廣。《詩·簡兮》：碩人俁俁。《釋文》引《韓詩》：扈扈，美貌。《後漢·馮衍傳》注：扈扈，光彩盛也。此扈扈皆可通。

沙棠櫟櫧，

【注】張揖曰：沙棠，狀如棠，黄華赤實，其味如李，無核。《呂氏春秋》曰：果之美者，沙棠之實。櫧似柃，葉冬不落。應劭曰：櫟，採木也。櫧，音諸。柃，音零。採，音采。

【疏】張注沙棠，顏引同。《集解》引作《漢書音義》。案：《呂氏春秋》見《本味篇》。又，《西山經》曰：崑崙之丘，有木焉。其狀如棠，黄華赤實，其味如李，而無核，名曰沙棠。○張注櫧，顔引同。《集解》引作《漢書音義》。王本「柃」作「樜」，毛本作「柃」。《中山經》曰：前山，其木多櫧。郭注曰：似柞，子可食。冬夏生，作屋柱，難腐。《證類本草》卷二十三曰：櫧子，小於橡子，皮樹如栗，冬月不凋。《本草綱目》卷三十曰：櫧子，其木大者數抱，高二三丈。葉長大，如栗葉，稍尖而厚堅光澤，鋸齒峭利，淩冬不凋。三四月開白花，成穗如栗花。結實大如槲子，外有小苞。霜後苞裂，子墜，圓褐而有尖，大如菩提子，内仁如杏仁。生食苦澀，煮炒，乃帶甘，可磨粉。○應注櫟，各本「櫟」誤「採」，依何校改。顔引「櫟」作「采」。《集解》引《漢書音義》曰：櫟，果名。顔曰：櫟，非果名。又非采木之櫟，蓋木蓼也。葉辛，初生可食。櫟，音歷。采，音菜。案：《詩・晨風》：集于苞櫟。陸疏曰：秦人謂柞櫟爲櫟，河内人謂木蓼爲櫟，椒、樧之屬也。其子房生爲梂木，蓼子亦房生。此秦詩也，宜從其方土之言柞櫟是也。又，《唐風・鴇羽》：集于苞栩。陸疏曰：今柞櫟也。徐州人謂櫟爲杼，或謂之爲栩。其子爲皁，或言皁斗。其殼爲汁，可以染皁。《説文》曰：櫟，木也。段玉裁注曰：許櫟、梂二篆連屬，然則許意謂木蓼也。《爾雅・釋木》邢疏引孫炎曰：櫟實，橡也。《説文》作「樣」。《大戴・曾子制言篇》曰：聚橡栗、藜藿而食之。《吕氏春秋・恃君篇》曰：冬日則食橡栗。橡實可食，故張揖以爲果名。櫟斗可染，故應劭以爲采木。木蓼亦果類。諸説皆通。又互見《南都賦》櫪疏。

華楓枰櫨。

【注】張揖曰：華，皮可以爲索。楓，欇也。脂可以爲香。郭璞曰：枰，平仲木也。櫨，已見《南都賦》。

華，胡化切。

【疏】《史》「楓」作「氾」，《集解》引徐廣曰：「氾」一作「楓」。案：「氾」、「楓」同音借字。又，《史》「枰」作「檘」，亦一聲之轉。○張注華，《集解》引《漢書音義》同。顏曰：華，即今之皮貼弓者也。《説文》曰：樗，木也。以其皮裹松脂若華。重文作「檴」。《繫傳》曰：此即今人書「樺」字。今人以其皮卷之，然以爲燭。裹松脂，亦所以爲燭也。《爾雅翼》卷十二曰：樺木似山桃。鉢室韋國用樺皮。《本草綱目》卷三十五下樺木，引寇宗奭曰：皮上有紫黑花，勾者裹鞍弓鐙。李時珍曰：其木色黄，有小斑點，紅色，能收肥膩。其皮厚而輕虚軟柔，皮匠家用襯韉裏及爲刀靶之類，謂之暖皮，胡人尤重之。以皮卷蠟，可作燭點。○《索隱》引郭曰：楓，似白楊。葉圓而歧，有脂而香。犍爲舍人曰：楓爲樹，厚葉弱莖，大風則鳴，故曰楓。顏曰：楓樹脂可爲香，今之楓膠香也。《爾雅》云：一名欇欇。案：已見《南都賦》。○郭注「枰，平仲木也」，袁本無「木」字，《索隱》引作「檘，枰，即平仲木也」。顏注同。案：已見《吴都賦》。王先謙曰：檘，自是皮可染之黄木，而《索隱》訓爲平仲木。疑《索隱》本亦作「枰」，後人竄改耳。○《南都賦》注引郭璞《上林賦注》曰：櫨，橐櫨。力胡切。《索隱》引郭曰：櫨，今黄櫨木也。顏注同。案：《索隱》引郭注「黄櫨木也」下云：「一云玉精，食其子，得仙。」與《列仙傳》陸通食橐盧木實合。三家注本脱去「櫨，今黄櫨木也」六字，遂致「一云玉精」云云與上平仲木注相連，誤矣。惟張文虎校本不誤。又，三家注本「一云玉精」句上有「亦云火橐木」五字，疑亦指櫨。橐櫨蓋一名火橐，諸家據誤本《索隱》以爲平仲木，非也。毛本《索隱》及張校本三家注無此五字。

留落胥邪，仁頻并閭。

【注】郭璞曰：留，未詳。落，檴也。中作器。胥邪，似并閭，皮可作索。孟康曰：仁頻，椶也。善曰：《仙藥録》曰：檳榔，一名椶。然仁頻卽檳榔也。胥邪、并閭，已見《南都賦》。檴，音鑊。

【疏】《史》「邪」作「餘」，古音同，通用。《索隱》本作「邪」。又，《南都賦》注引「胥邪」作「楈枒」，「并閭」作「栟櫚」。○《索隱》引晉灼曰：留，闕未詳。與郭同。郭注落，《集解》引上三字，顏引「器」下有「素」字。沈欽韓曰：《爾雅·釋木》注：劉子，生山中，實如梨酢甜，核堅。出交趾。《吳都賦》作「榴」。《南方草木狀》：劉樹，子大如李實。三月花，苞仍連著實。七八月熟，其色黄，其味酢。煮膏藏之，仍甘好。「留」與「劉」同。《釋木》：檴，落。注：可爲桮器。錢大昕《廿二史考異》五曰：按，《釋木》劉，劉杙。卽此「留」也。孫志祖《文選李注補正》卷一引許慶宗曰：留落，卽《吳都賦》扶留也。扶留籐每絡石而生，故扶留亦名留落耳。「落」卽「絡」字。下胥邪、仁頻、并閭皆一物，不應留落獨分爲二。胡紹煐曰：檴，卽上之華，今謂之樺皮，不應重出。留落，當是一木。朱銘曰：留落，蓋劉杙之轉聲耳。留落雙聲，今合呼則成劉字，故又可名劉也。步瀛案：朱説是。留落自是一物。《南都賦》曰：楟棗若留。《酉陽雜俎》卷十八曰：石榴，一名丹若。落、若音近，疑留落卽丹若矣。○郭注胥邪，顏引同。《集解》引作「胥餘，似并閭。并閭，椶也，皮可作索」，「并閭，椶也」以下似爲并閭作注，疑《集解》是。《索隱》引司馬彪云：胥邪，樹高十尋，葉在其末。《異物志》：實大如瓠，繫在顛，若挂物。實外有皮，中有核如胡桃。核裏有膚，厚半寸，如猪膏。裏有汁斗餘，清如水，味美於蜜也。沈欽韓曰：胥邪，卽椰子樹。」案：已見《南都賦》及《吴都賦》。○孟注，《索隱》引同。又引姚氏云：「檳，一名椶，即仁頻也。《林邑記》云：樹葉似甘蕉。頻，音賓。顔曰：仁頻，即賓桹也。「頻」，字或作「賓」。案：檳桹，已見《吴都賦》。又案：孟康以仁頻一名椶，故善引《藥録》證之。《索隱》引姚氏亦云檳，一名椶。《御覽·果部》八引《羅浮山疏》曰：山檳榔樹似栟櫚，故亦得冒椶之名。張雲璈謂，如孟説，則爲二物。王先謙謂，疑孟注「仁頻」當作「并閭」，皆非。○《南都賦》注胥邪引郭璞，并閭引張揖。本注即載郭注，不宜再及胥邪。否則删上郭注方合。○扈、野、櫨、閭，魚部。

欃檀木蘭，

【注】孟康曰：欃檀，檀別名也。欃，音讒。

【疏】木蘭，已見《蜀都賦》。○孟注，顔引同。《集解》引作《漢書音義》。顔引郭曰：欃，音讒。《索隱》引《皇覽》曰：孔子墓後有欃檀也。張雲璈曰：按，《玉篇》欃字下直云木蘭也，是以欃檀、木蘭爲一樹矣。步瀛案：欃檀非木蘭。《玉篇》非是。《本草綱目》卷三十四曰：檀，釋氏呼爲旃檀，番人呼爲真檀，雲南人呼紫檀爲勝沈香，即赤檀也。又引蘇頌曰：檀香有數種黄、白、紫之異。江、淮、河朔所生檀木即其類，但不香爾。案：此云欃檀，未知所生何處也。○檀、蘭，元部。本句自爲韻。

豫章女貞。

【注】張揖曰：女貞木，葉冬不落。

【疏】豫章，已見《吴都賦》。○張注女貞，《集解》引作《漢書音義》。顔曰：女貞樹，冬夏常青，未嘗凋落，若有節操，故以名焉。《索隱》引《荆州記》曰：宜都有喬木，叢生，名爲女貞。葉冬不落。案：已見《吴都賦》楨疏。〇章，陽部。貞，耕部。本句自通轉爲韻。

長千仞，大連抱。

【注】司馬彪曰：七尺曰仞。

【疏】顔曰：八尺曰仞。王先謙曰：七尺、八尺，經典箋注並無定説。《小爾雅》：廣度四尺謂之仞。《食貨志》應劭注：仞，五尺六寸也。《説文》：仞，伸臂一尋八尺。顔注義主《説文》，則當以八尺爲是。步瀛案：許慎《説文》、《淮南·原道篇》注、趙岐《孟子·盡心》上注、王肅《家語·致思篇》注、《書·僞旅獒》孔疏引《聖證論》，又僞孔傳、郭璞《西山經》注、孔穎達《書·旅獒》疏、陸德明《旅獒釋文》後一説、尹知章《管子·乘馬篇》注、顔師古《漢書·食貨志》上《賈誼傳》及此注，皆以八尺爲仞。鄭康成《儀禮·鄉射禮》注、高誘《吕覽·功名篇》《適威篇》《淮南·覽冥篇》《説林篇》注、《論語·子張篇》《集解》引包咸注、王逸《楚辭·招魂》注、皇侃《論語·子張篇》疏、陸德明《書·旅獒》《禮記·祭義》《莊子·庚桑楚》《釋文》及此賦司馬彪注，皆以七尺爲仞。《淮南注》三篇皆出高誘，不應自相歧異。《原道篇》注與《説文》合，蓋即許注之孱入者也。程瑶田《通藝録·度數小記》曰：言仞七尺者是也。案：楊雄《方言》云：度廣曰尋。杜預《左傳》「仞溝洫」注云：度深曰仞。二書皆言人伸兩手以度物之名。人長八尺，伸兩手亦八尺。用以度廣，其勢全伸而不屈，故尋爲八尺，而用之以度深，則必上下其左右手而側其身焉。身側則胸與所度之物不能相摩，於是兩手不能全伸，而成弧之形。弧而求其弦，以爲仞，必不能八尺，故七尺曰仞，亦其勢然也。案：《方言》見卷一。杜《左傳注》見昭三十二年。程氏此說，斟酌七尺、八尺二說，思精心苦，故段玉裁《說文注》卷八上、焦循《孟子正義》卷二十七、劉寶楠《論語正義》卷二十二皆從其說。然先儒著書，各有所本，亦難一一强同也。

夸條直暢，實葉葰楙。

【注】郭璞曰：夸，張布也。司馬彪曰：葰，大也。葰，音峻。

【疏】《史》「楙」作「茂」。○郭注，顔引同。又引張揖曰：葰，甬也。案：《說文》甬下曰：草木華甬甬然也。顔曰：暢，通也。通謂上下相稱也。葰，音峻。楙，古「茂」字也。《漢書補注》引王文彬曰：「夸」即「荂」之省文。《說文》：𠌶，草木華也。或从艸、从夸。《釋草》：華，荂也。華荂，榮也。《吴都賦》：異荂蓲蘛。今俗作「花」字。此賦以荂條、實葉四字相對爲文，謂荂與條氣機直達實與葉，蕃殖大茂也。郭訓夸爲張布，誤。吕錦文曰：《說文》：葰，薑屬。可以香口。與葰茂之義不合。「葰」即「俊」之借字。《書·堯典》：克明俊德。注：俊，同「峻」。《大學》作「峻」，注云：峻，大也。亦通用字也。○抱、楙，幽部。

攢立叢倚，連卷欐佹。

【注】司馬彪曰：欐佹，支重累也。倚，於綺切。卷，巨專切。欐，力爾切。佹，音詭。善曰：《蒼頡篇》曰：攢，聚也。

【疏】《史》「欐」作「累」。○顔曰：攢立，聚立也。叢倚，相倚也。連卷，屈曲也。欐佹，支柱也。胡紹熿曰：欐佹之合聲爲累，故司馬訓爲重累。《類篇》：欐佹，支柱也。支柱亦累木爲之，一曰重累，卽本此。

崔錯癹骫，

【注】郭璞曰：崔錯，交雜。癹骫，蟠戾也。崔，千賄切。癹，步葛切。骫，古「委」字。

【疏】《集解》引徐廣曰：骫，古「委」字。案：《選》各本作「骩」，誤。今依《史》、《漢》正。○袁、茶二本作「郭璞曰：錯，相樛也」。胡克家曰：考《史記索隱》引郭璞曰：崔錯癹骫者，蟠戾相樛也。袁、茶陵二本有脱。尤所添改，在今《漢書》顔注，亦未是。當作「蟠戾相樛也」五字。○顔曰：崔，音千賄反。癹，音步葛反。骫，古「委」字，與善注同。沈欽韓曰：淮南《招隱士》：樹輪相糾兮，林木茷骫。《説文》：癹，以足蹋夷草也。字當爲「茷」。《説文》：茷，草葉多也。胡紹煐曰：《楚辭·招隱士》：林木茷骫。王注：枝條盤紆也。盤紆，卽蟠戾之義。癹、茷，古音通。王先謙曰：崔，音七罪反。後人加玉爲「璀」。《文選·魯靈光殿賦》下茀蔚以璀錯，注：璀錯，衆盛貌。與此交雜同義。又作「璀璨」，璨、錯一聲之轉。《集解》引徐廣曰：癹，音拔。案：如顔音，則讀如撥。《玉篇》：骫，骨曲也。王逸釋茷骫爲枝條盤紆。沈謂「癹」當作「茷」是也。「癹」乃借字。杜宗玉曰：骫，《説文》：骨端骫奊也。《廣雅·釋詁》：骫，曲也。骫、委均于詭切，同音通用。

坑衡閜砢。

【注】郭璞曰：坑衡，徑直貌。閜砢，相扶持也。坑，口庚切。閜，烏可切。砢，來可切。

【疏】《史》「坑」作「阬」。○郭注，顏引「徑」作「勁」。《索隱》阬衡閜砢引郭曰：揭孼傾欹皃。案：王先謙謂：傾欹，訓坑衡。揭孼，訓閜砢。當爲傾欹揭孼，後人誤倒。則殊不然。郭以蟠戾相樛總解崔錯癹骩四字，以揭孼傾欹總解阬衡閜砢四字，非以二字分貼二字也。倘如王説，則上注以相樛解崔錯，以蟠戾解癹骩，亦爲後人誤倒矣。豈其然乎？○胡克家曰：袁本、茶陵本無「閜砢相扶持」五字。尤所添在今《漢書》顏注，亦未是。或「坑衡，徑直貌也」一句係善注，誤連爲郭耳。吕錦文曰：《儀禮·既夕》抗木横三縮二，注云：抗，禦也。《説文》：抗，扞也。「坑」即「抗」之借。此形容木之曲直，抗衡言高舉而横出也。朱珔曰：《説文》：閜，大開也。𨵦，門傾也。此處説大木之狀，作「𨵦」爲是。《玉篇》引賦正作「𨵦」。後人混「閜」、「𨵦」而一之，非也。胡紹煐曰：閜砢，猶磊砢。「磊」，字亦作「磥」，音螺，與「閜」音近。上文水玉磊砢，郭注：魁壘貌。樹魁壘謂之閜砢，猶石魁壘謂之磊砢。《魯靈光殿賦》：磊砢相扶。善注云：磊砢，壯大之貌。壯大，即魁壘，非扶持貌也。

垂條扶疏，落英幡纚。

【注】善曰：《説文》曰：扶疏，四布也。《吕氏春秋》曰：樹肥無使扶疏。英，謂華也。張揖曰：幡纚，飛揚貌也。纚，山爾切。

【疏】五臣「疏」作「踈」，字同。《史》作「於」。《集解》引郭曰：扶於，猶扶疏也。○顏曰：扶疏，四布也。朱珔曰：注引《説文》：扶疏，四布也。案，後《七發》：根扶疏以分離。《解嘲》：枝葉扶疏。注引並同。今見《木部》扶字下。「扶」多从手者，同音假借也。段氏謂《劉向傳》：梓樹生枝葉，扶疏上出屋。《吕覽》：樹肥無使扶疏。是扶疏謂大木枝柯四布。「疏」通作「胥」，亦作「蘇」。《鄭風》：山有扶蘇。毛傳：扶蘇，扶胥木也。《釋文》所引不誤。《正義》作小木，誤也。據此，則扶蘇、扶胥即扶疏之謂矣。余謂《史記》作「扶於」，蓋扶疏、扶於並疊韻，故通用。《淮南・脩務訓》：舞扶疏。注云：槃跚貌。則引伸之義也。《太玄經》又作「扶疋」。《説文》：疋，通也。音義與疏同。《玉篇》引《月令》其氣疋以達，今《月令》作「疏」。《説文》「疋」或爲「胥」。步瀛案：《呂氏春秋》見《辨土篇》。《太玄・狩》曰：物咸扶狩而進乎大。司馬光注曰：狩，小。宋本作「疋」，音疎。○注「英，謂華也」，顔同。胡克家曰：袁本、茶陵本無此四字。案：在今《漢書》顔注。○張注，顔説同。《集解》引郭曰：幡纚，偏幡也。音灑。王先謙曰：偏幡，即《詩》之翩反也。《詩・巷伯》傳：幡幡，猶翩翩也。《文選・景福殿賦》注：纚，相連之貌。○倚、硐、纚，歌部。佹，支部。骫，脂部。通韻。

紛溶箾蔘，猗狔從風。

【注】郭璞曰：紛溶箾蔘，支竦擢也。張揖曰：猗狔，猶阿那也。溶，音容。箾，音蕭。蔘，音森。猗，憶靡切。狔，女爾切。

【疏】《史》「溶」作「容」，「擢」作「蕭」，《漢》作「萷」。《史》「猗狔」作「旖旎」，五臣「狔」作「柅」，《漢》同。○郭注，顔引同。張注，顔引亦作郭注，疑有脱字。《索隱》引正作張，唯字依本文作「旖旎」耳。《困學紀聞》卷四曰：《考工記・輪人》注：削，讀爲紛容掣參之「掣」，疏云：今檢未得。愚謂即《上林賦》紛溶箾蔘。《日知録》卷二十七曰：《考工記・輪人》注：鄭司農云：掣，讀如紛容掣參之「掣」。《正義》云：

此蓋有文，今檢未得。而上文注鄭司農云：迤，讀爲倚移從風之「移」。《正義》則曰：引司馬相如《上林賦》，疏其下句，忘其上句。蓋諸儒疏義，不出一人之手。原注曰：弓人居幹之道，菑栗不迤，則弓不發。注同。薛傳均曰：張平子《西京賦》：鬱蓊薆薱，橚爽櫹槮。薛綜注：皆草木盛貌也。善曰：櫹，音蕭。槮，音森。蓋箾字、揱字從削字得聲，櫹字從蕭字得聲，削與蕭一聲之轉。蔘字、槮字皆從參字得聲，並字異而義同。朱珔曰：《說文》：箾，以竿擊人也。下云：虞舜樂曰箾韶。是本《左傳》借「箾」爲「簫」。揱云：人臂皃。箾、揱皆从削聲，故通用。其實「箾蔘」與「揱參」，即《西京賦》「櫹槮」之假音字也。段氏謂《説文》於旗曰旖施，於木曰檹施，於禾曰倚移，皆讀如阿那。先鄭所引，與《禾部》同，而《文選》作「猗狔」，《漢書》作「猗柅」。又，《檜風》猗儺，《九辯》云紛旖旎乎都房，王注引《詩》旖旎其華，及《廣韻》《集韻》之「妸娜」、「旖旎」、「裿袲」、「檹橠」，實亦皆同字耳。胡紹煐曰：《攷工記·輪人》注「猗狔」作「倚移」，蓋當時所見本異也。本書《西京賦》橚爽潚槮，又飛罕潚箾，箾蔘，與橚槮音義並通。「猗狔」即「施移」之轉。

藰莅芔歙，

【注】司馬彪曰：衆聲貌也。藰，音劉。莅，音利。芔，古「卉」字。歙，音翕。

【疏】《史》「藰」作「瀏」。袁、茶二本「芔」作「卉」。《史》「歙」作「吸」。○《索隱》引郭曰：皆林木鼓動之聲。瀏，音留。莅，如字，又音栗也。顏注曰：林木鼓動之聲也。亦本郭注。《集解》引徐廣曰：莅，音栗。葉樹藩曰：藰莅即流麗，芔歙即欻吸。「欻」，古作「𠬸」，見《石鼓文》，省作「芔」。注以爲古「卉」

字，非。張雲璈曰：葉説是。後𢍰然與道而遷義，《漢書》注：猶欻然也。胡紹煐曰：藰莅、𢍰歙，皆風聲疾貌。本書《西征賦》：吐清風之漻戾。藰莅與漻戾音義並近。「𢍰」，《説文》作「𠦜」，疾也。此下云「𢍰然」，善引郭注：𢍰，猶勃也。《漢書》顔注：𢍰然，猶欻然也。「欻」與「𢍰」音義通。江文通《雜體詩》：欻吸昆雞怨。善注：欻吸，疾貌。《説文》：欻，有所吹起。從欠、炎，讀若忽。《西京賦》：沸卉訇。薛注奮迅聲也。作「卉」、作「𢍰」皆即「𠦜」字。吕錦文曰：此上言猗狔從風，下云象金石之聲，管籥之音，是藰莅、𢍰歙爲風鳴條之皃。莅，即涖也。涖本借水聲以形樹木之聲。此賦前云：涖涖下瀨。注云：涖涖，水聲也。「涖」與「莅」亦通借字。

蓋象金石之聲，管籥之音。

【注】善曰：金石、管，已見上文。籥，已見《南都賦》。

【疏】善云：上文指《東都賦》。顔曰：金石，謂鐘磬也。管，長一尺，圍一寸，六孔，無底。籥，三孔。並以竹爲之。《正義》曰：金，鐘。石，磬。《廣雅》云：管，象篪，長一尺，圍一寸，六孔，無底。案：見《釋樂》。《正義》脱「管」字，今補。又，《釋樂》「篪」作「䶵」，字同。又：案《東都賦》注曰：管，簫也。蓋簫乃編管爲之，故渾言之管，亦通謂之簫。《淮南・原道篇》《主術篇》高注皆云：管，簫也。析言之，則管與簫别。《詩・有瞽》曰簫管備舉，《周禮・春官》小師掌教簫管皆是也。《宋書・樂志》一曰：管，《爾雅》曰：長尺，圍寸，併漆之，有底。古者以玉爲管，舜時西王母獻白玉琯是也。《月令》：均琴瑟管簫。蔡邕《章句》曰：管者，形長尺，圍寸，有孔，無底。○《春官》序官《籥師》、《笙師》鄭注，《南都賦》

注已引之。○蓼、風、音，侵部。

偨池茈虒，旋還乎後宮。

【注】張揖曰：偨池，參差也。茈虒，不齊也。如淳曰：茈，音此。虒，音豸。郭璞曰：還，繞也。偨，音差。

【疏】《史》、《漢》「偨」作「柴」。《史》「還」作「環」，無「乎」字。○張注，顏及《索隱》引同。如注，顏引同。郭注，顏引作「柴」，音差。還，還繞也。音宦。《集解》引徐廣曰：柴，音差。虒，音豸。呂錦文曰：《甘泉賦》：偨傂參差。偨池，即偨傂也，字與「差池」通。又作「蹉𧿶」，見《集韻·四支》。「偨」又通「輂」：《説文·車部》：輂，連車也。讀若遲。《東京賦》：鸞輿輂於東階。注：音輂爲偨。佌虒，即「乀𠂆」之借。《説文》：乀，流也。从反𠂆，讀若移。𠂆，抴也，象抴引之形。余制切。茈，通作「佌」。《詩》：佌佌彼有屋。《六書故》云：佌佌，猶差差也。言其鱗比之意。《説文》引《詩》作「⿰亻囟⿰亻囟」，蓋本三家詩。《集韻》：「佌」或作「姕」。佌傂，參差皃。胡紹煐曰：茈虒，即偨池，皆「差池」之聲轉。「還」與「環」同。古皆作「還」。《左·襄十年傳》還鄭而南，《哀·三年傳》道還公宮，皆作「還」。《儀禮·士喪禮》布巾環幅，作「環」，注：古文「環」作「還」。《左傳》多古文，故同作「還」。《釋文》云：「還」，本作「環」。

雜襲絫輯，

【注】郭璞曰：相重被也。善曰：絫，古「累」字。輯，與「集」同。

【疏】《史》《集解》引徐廣曰：「雜」，一作「插」。《史》「襲」作「遝」。五臣「絫」作「累」，史同。五臣「輯」作「集」。○顏曰：雜襲，相因也。絫輯，重積也。絫，古「累」字。輯，與「集」同。

被山緣谷，循阪下隰。視之無端，究之無窮。

【疏】顏曰：循，順也。下溼曰隰。○宮、窮，冬部。輯、隰，緝部。○以上離宮中樹木之暢茂。

於是乎玄猨素雌，蜼玃飛蠝。

【注】張揖曰：蜼，似母猴，卬鼻而長尾。玃，似獮猴而大。飛蠝，鼠也。其狀如兔而鼠首，以其髯飛。郭璞曰：蠝，鼯鼠也。毛紫赤色，飛且生，一名飛生。蜼，音遺。蠝，音誄。善曰：玄猨，言猨之雄者玄色也。素雌，猨之雌者素色也。玃，音钁。

【疏】五臣無「乎」字，《史》同。袁、茶二本「蠝」作「蠝」，《漢》同。《史》作「鸓」，《索隱》作「蠝」。胡克家曰：考《集韻·五旨》鸓下重文有六，而不載「蠝」，可證其非。○吳先生曰：「雌蜼」二字疑誤倒。○張注蜼，顏及《索隱》引同。唯顏「似」作「如」。《集解》引徐廣曰：蜼，音于季反。又引《漢書音義》，與張同。案：蜼，已見《西都賦》猨狖下。○張注玃，顏及《索隱》引同。《集解》引作《漢書音義》。《索隱》引郭曰：玃，色蒼黑，能攫搏人，故云玃也。顏曰：《爾雅》曰：玃父善顧也。案：今《釋獸》作「貜」。《釋文》曰：字亦作「玃」。王先謙曰：《抱朴子·對俗篇》：獮猴壽八百歲，變爲猿。猿壽五百歲，變爲玃。《說文》玃下云：母猴也。案：互見《南都賦》。○張注「飛蠝」，顏及《索隱》引同。字皆作「蠝」，「鼠」上皆有「飛」字。《集解》引《漢書音義》亦有「飛」字。胡克家曰：「鼠」上當有「飛」字。陳云：別本有，各本皆脱。《南都賦》注引蝙，飛鼠也。脱上「飛」字。當互訂。梁章鉅曰：《北山經》云：天池之山，有獸焉。其狀如兔而鼠首，以其背飛，其名曰飛鼠，當即此。但「背」與「髯」字異。《初學記》二十九引《山海經圖贊》云：或以尾翔，或以髯凌，飛鼠鼓翰，倏然背騰。則作髯飛亦不爲誤也。案：飛蠝，即飛鼯，已見《西京賦》。○郭注，《索隱》引「鼯」作「飛」，顔引「音」字下有「贈遺之」三字。○顔曰：玄猨素雌，言猨之雄者玄黑，而雌者白素也。《索隱》曰：玄猨，猨之雄者色也，素雌，猨之雌者色也。並與善注意同。

蛭蜩蠼猱，

【注】司馬彪曰：《山海經》曰：不咸之山，飛蛭四翼。蜩，蟬也。蠼猱，獮猴也。郭璞曰：蛭蜩，未聞。如淳曰：蛭，音質。猱，奴刀切。

【疏】《史》「蠼」作「蠗」，《索隱》作「蠼」，《漢》作「玃」。五臣「猱」作「蝚」，《史》、《漢》同。○司馬注，《索隱》引同。《集解》引作《漢書音義》。郭注，《索隱》引同。如淳音，顔及《索隱》引同。《集解》引徐廣音與如淳同。顔引張揖曰：蛭，蟣也。蜩，蟬也。顔曰：方言獸屬而引蛭蟣，水蟲又及蜩蟬，乖於事類。如説非也。《索隱》引《字林》曰：蛭、蜩，二鳥名。亦不知何據。司馬引《山海經》見《大荒北經》，今作「蜚蛭」。郭注不言爲何獸。又，《東山經》曰：鳧麗之山，有獸焉。其狀如狐，而九首，九尾，虎爪，名曰蠪姪。《廣韻·一東》曰：蠪蛭，如狐，九尾，虎爪，音如小兒，食人。是「蠪姪」當作「蠪蛭」。姜皋謂當是此賦之「蛭」。《索隱》又引《神異經》曰：西方深山有獸，毛色如猴，能緣高木，其名曰蜩。今

《神異經》「蜩」作「𤡘」。《玉篇》曰：𤡘，音帚。猛獸。此作「蜩」，或「𤡘」之借字歟？○《集解》引郭曰：蠗蝚，似獼猴而黄。顔引張揖曰：玃猱，獼猴也。與司馬注同。顔曰：猱，音迺高反。又音柔。即今所謂戎。皮爲鞌褥者也。戎，音柔。聲之轉耳，非獼猴也。《索隱》曰：顧氏云：玃，音塗卓反。《山海經》云：鼻塗山下有獸，似鹿，馬足，人首，四角，名爲蠼蠼。猱即此也，字或作「獿」。郭璞云玃，非也。上已有雖玃，此不應重見。步瀛案：今《西山經》作「皋塗之山，有獸焉。其狀如鹿，而白尾，馬足，人手而四角，名曰⿰犭嬰如」。郭注曰：音猳嬰之嬰。郝懿行《箋疏》曰：經文「⿰犭嬰」當爲「獿」，注文「猳嬰」亦當爲「貑獿」，並字形之譌也。郭注《爾雅》貜父云：貑貜也。是此注所本。《廣雅·釋地》本此經正作「獿」可證。獿猱，即⿰犭嬰如之異文。猱、如，聲之轉也。梁章鉅、胡紹煐皆從此説。郝又曰：《説文》云：蠗，禺屬。朱珔謂「蠼」爲「蠗」之形似而譌，當以《説文》爲準。

獑胡豰蛫。

【注】張揖曰：獑胡，似獼猴。頭上有髦，要以後黑。郭璞曰：豰，似鼬而大，要以後黄。一名黄要，食獼猴。蛫，未聞也。獑，音讒。豰，呼谷切。蛫，音詭。

【疏】《史》「獑」作「螹」，《索隱》作「獑」。○張注，顔及《索隱》引同。《集解》引徐廣曰：螹，音在廉反。似猨，黑身。案：已見《西京賦》。○郭注，顔及《索隱》引同。又並引張揖曰：豰，白狐子也。《集解》引《漢書音義》同。顔曰：豰，郭説是。錢大昭《漢書辨疑》卷十八曰：「豰」，當作「𤞞」。《説文·犬部》：𤞞，犬屬。要以上黄，要以下黑。食母猴。讀若構。案：錢説是。互見《南都賦》。彼「豰」字亦當作

「㲉」也。又，朱珔曰：張揖蓋本《爾雅》：貔，白狐，其子豰。《釋文》引陸璣疏云：貔，一名白狐，其子爲豰。遼東人謂之白羆。又，《尚書》：如虎如貔。疏引舍人説亦然。諸家皆與郭違，而小顔以郭爲是，殆因《説文》貔爲猛獸，不應與上貙胡連言，故從郭耳。然亦不知豰之非㲉，固截然二物也。若《書》疏以白狐之貔爲虎貔之貔，尤誤。《方言》云：貔，關西謂之狸。是狸得蒙貔名。《詩》稱狐狸，狸本狐類，故白狐實爲狸類。則豰爲貔子，正狸類之貔，即《夏小正》狸子肇肆，《爾雅》貍子，隸之屬，而非《書·牧誓》及《詩·韓奕》所言貔之子矣。○郭注「蛫」，顔及《索隱》引同。《索隱》引姚氏曰：按《山海經》：即山有獸，狀如龜，白身，赤首，其名曰蛫。余蕭客謂姚氏説即姚察《漢書訓纂》是也。案：「即山」當依《中山經》作「即公山」，蓋誤脱「公」字耳。姚氏此説，梁章鉅、朱珔、胡紹煐、王先謙皆從之。胡紹煐又曰：《類篇》：蛫，一曰猿類。○蜼、玃、蛫，脂部。

棲息乎其閒，長嘯哀鳴，翩幡互經。

【注】郭璞曰：互經，互相經過也。

【疏】郭注，顔及《正義》引同。○鳴、經，耕部。

夭蟜枝格，偃蹇杪顛。

【注】郭璞曰：皆獮猴在樹共戲姿態也。夭蟜，頻申也。善曰：《埤蒼》曰：格，木長貌也。《説文》曰：杪，末也。《廣雅》曰：顛，末也。蟜，音矯。

【疏】《史》「蟜」作「嬌」。○郭注，顔及《正義》引同。獮，顔及《正義》引皆作「猨」，「共」誤「暴」，今依陳氏、胡氏、梁氏校改。《廣雅·釋訓》曰：偃蹇，夭撟也。「矯」、「蟜」、「撟」，字皆通。○《説文·木部》曰：格，木長皃。與《埤蒼》同。此當是「挌」之借字。錢大昭曰：《説文》：挌，枝挌也。从丰，各聲。《淮南·説林訓》：枝格之屬，有時而弛。庾信《小園賦》：枝格相交。皆是「挌」字。步瀛案：《玉篇》曰：挌，枝柯也。與《説文》同。○梁章鉅曰：今《説文》：杪，木標末也。○《廣雅》見《釋詁》一。顏曰：杪顛，枝上端也。

隃絶梁，騰殊榛。

【注】郭璞曰：梁，石絶水也。張揖曰：殊榛，異枿也。善曰：隃，字與「踰」同。榛，仕人切。枿，五曷切。

【疏】《史》首句有「於是乎」三字。五臣「隃」作「踰」。○郭注，《正義》引「梁」下有「厚」字，疑衍。引張曰：絶梁，斷橋也。顏曰：絶梁，謂正絶水無橋梁也。○顏曰：殊榛，特立株枿也。與張注合。又曰：言超度無梁之水，而跳上株枿之上也。《正義》曰：《爾雅》云：木叢生爲榛也。殊，異也。步瀛案：「《爾雅》」當作「《廣雅》」。《釋木》曰：木叢生曰榛也。○《説文》曰：踰，越也。隃北陵、西隃鴈門是也。顏曰：「隃」，字與「踰」同。與善注同。皆明「隃」爲「踰」之借字耳。

捷垂條，掉希閒。

【注】張揖曰：捷持懸垂之條。掉往著稀疏無支之閒也。郭璞曰：掉，懸擿也。託釣切。

【疏】五臣「掉」作「踔」，《史》同。《史》「希」作「稀」，《一切經音義》五引作「趠稀閒」。○張注，顏引同。

《正義》引上句。王先謙曰：張讀捷爲接。捷、接古通用。○郭注，《集解》引同，而「掉」作「踔」，「擿」作「蹢」。梁章鉅曰：《一切經音義》五引《上林賦》「趠稀閒」，郭璞曰：縣蹢也。王先謙曰：《後漢書・馬融傳》注：踔，跳也。《史記・貨殖傳》《索隱》：遠騰貌也。郭言縣蹢者，謂以身投擲於空中，故曰踔希閒。「掉」乃借字。李詳曰：《莊子・山木篇》：王獨不見夫騰猿乎？其得柟梓豫章也，攬蔓其枝而王長其閒。相如賦出此。注「無支」疑當作「無枝」。

牢落陸離，

【注】郭璞曰：羣奔走也。善曰：牢落，猶遼落也。《廣雅》曰：陸離，參差也。

【疏】《廣雅》見《釋訓》。蓋本《離騷》王逸注。

爛漫遠遷。

【注】郭璞曰：崩騰羣走貌也。

【疏】《史》「漫」作「曼」。袁、茶二本作「熳」，非。○《正義》引郭曰：奔走崩騰狀也。與李引小異。顏曰：言其聚散不恒，雜亂移徙也。○閒、遷，元部。顛、榛，真部。通韵。又與耕部通轉。

若此者數百千處，娭遊往來，宮宿館舍。

【注】善曰：《說文》曰：娭，戲也。許其切。郭璞曰：皆離宮別館，出入所幸也。

【疏】五臣「此」字下有「輩」字。吴先生曰：輩，類也。「娭」，各本作「娛」，《漢》同。善注引《說文》亦作「娛」。顏曰：娛，戲也。娛，音許其反。案：下「娛」字今本誤作「戲」，依王校改。《史》作「嬉」。王念孫《讀書雜志·漢書》十曰：娛，音虞。不音許其反。《説文》娛訓爲樂，不訓爲戲。以顔、李二説考之，則「娛」爲「娭」字之譌也。《説文》：娭，戲也。《玉篇》音虚基切。虚基與許其同音。又，《楚辭·招魂》：娭光眇視。王注曰：娭，戲也。《漢書·禮樂志》：神來宴娭。師古曰：娭，戲也。娭音許其反，音訓正與此同。則「娛」爲「娭」之誤明矣。「娭」卽嬉戲之「嬉」，故顔李並音許其反。《史記》作「嬉游往來」，此尤其明證也。案：胡克家、梁章鉅、胡紹煐、許巽行皆同此説，今據改。

庖廚不徙，後宮不移，百官備具。

【注】郭璞曰：言所在有也。

【疏】顔曰：言所在之處，供具皆足也。《正義》曰：《説文》：庖，廚屋。鄭玄注《周禮》云：庖之言苞也。苞裹肉曰苞苴也。後宮，内人也。言宮館各自有。案：《説文》云云當作「庖，廚也。廚，庖屋也」，殆傳寫脱誤。《周禮》鄭注見《天官》序官。○舍，魚部。具，侯部。通韵。○以上樹木中所畜獸類及離宮多處。

於是乎背秋涉冬，天子校獵。

【注】李奇曰：以五校兵出獵也。

【疏】背，猶去也。《漢書·高帝紀》上顔注引韋昭曰：背，去而走也。《荀子·解蔽篇》楊注曰：背，弃去也。《高帝紀贊》注引晉灼曰：涉，猶入也。言去秋入冬也。○李注顔引同。又駁之曰：李説非也。校獵者以木相貫穿，總爲闌校，遮止禽獸而獵取之。説者或以爲《周官》校人掌田獵之馬，因云校獵，亦失其義。養馬稱校人者，謂爲闌校以養馬耳。故呼爲閑也。事具《周禮》，非以獵馬故稱校人。胡紹煐曰：按，《後漢書·明帝紀》：冬，車騎校獵上林苑。章懷注：《周易·繫辭》：屨校滅趾。侯果注：校者，从木，夾足止行。然則穿木爲闌謂之校，猶貫木夾足謂之校矣。

乘鏤象，六玉虯。

【注】張揖曰：鏤象，象路也。以象牙疏鏤其車輅。六玉虯，謂駕六馬，以玉飾其鑣勒，有似虯龍也。無角曰虯也。郭璞曰：《韓子》曰：黃帝駕象車六蛟龍。善曰：此依古成文而假言之，非謂似也。今依郭說。

【疏】袁、茶二本「虯」作「虬」，《類聚》同，皆俗字。○《集解》及顏注引郭曰：鏤象，山所出輿言有雕鏤。與張注異。張注顏引「有似虯龍」二句作「有似玉虯，龍子有角曰虯」，與李引互異。案：顏引與《廣雅》合。然稚讓一人之言，不應差異如此。段玉裁主無角曰虯之說，以《選》注引爲是。見《甘泉賦》疏。○《集解》及顏注引郭曰：虯，龍屬也。以下引《韓子》與本注同。「蛟」，皆作「交」。案：《韓子·十過篇》今本亦作「蛟」。又案：天子駕六馬，已見《西京賦》。

拖蜺旌，靡雲旗。

【注】張揖曰：析羽毛，染以五采，綴以縷爲旌，有似虹蜺之氣也。畫熊虎於旒爲旗，似雲氣也。善曰：此亦假言也。《高唐賦》曰：蜺爲旌。雲旗，已見《東京賦》。

【疏】《說文》曰：拕，曳也。《廣雅·釋詁》一曰：拕，引也。俗字亦作「拖」。王先謙曰：《華嚴音義》下引《漢書拾遺注》：靡，傾也。《琴賦》：靡靡，順風貌。○張注，顔及《正義》引同。《周禮・春官・司常》曰：日月爲常，交龍爲旂，熊虎爲旗，鳥隼爲旟，龜蛇爲旐。蓋日月、交龍、熊虎、鳥隼、龜蛇等皆畫於正幅之縿，故《儀禮・覲禮》鄭注謂大常縿首畫日月是也。《説文》曰：縿，旌旗之游也。故張注云畫熊虎於旒。《爾雅・釋天》郭注謂旂畫交龍於旒，其實正幅爲縿，旒則屬於縿者，許特渾言之耳。故段注本於「游」字下補「所屬」二字，尤爲分明也。《周禮・春官・巾車》注曰：正幅爲縿，游則屬焉。賈疏曰：正幅爲縿。《爾雅》文。又，《覲禮》疏引《爾雅》説旌旗正幅爲縿，今本《爾雅》奪此文。《釋天》郭注曰：縿，衆旒所著是也。然則熊虎之旗，畫於縿首，而不畫於旒，明矣。《東京賦》薛注曰：旗，謂熊虎爲旗。爲高至雲，故曰雲旗也。與張注異。然雲字之義，則以張説爲是。○《東京賦》注引《楚辭・離騷》：載雲旗之逶夷。

前皮軒，後道游。

【注】文穎曰：皮軒，以虎皮飾車。天子出，道車五乘，游車九乘，在乘輿車前。賦頌爲偶辭耳。善曰：言皮軒最居前，而道游次皮軒之後。此爲前後相對爲偶辭耳，非謂道游在乘輿之後。

【疏】《類聚》「游」作「遊」。○文注，顔引同。顔曰：文説非也。言皮軒最居前，而道游次皮軒之後耳，非謂在乘輿之後也。皮軒之上以赤皮爲重蓋，今此制尚存，又非猛獸之皮用飾車也。道，讀曰導。案：文穎云賦頌爲偶辭，意與顔同。顔駁之，非也。至皮軒以皮飾車，文説亦不誤。《集解》引郭璞曰：皮軒，革車也。或曰，卽《曲禮》前有士師，則載虎皮者也。道，道車。游，游車。皆見《周禮》。沈欽韓曰：《續漢書・輿服志》注：胡廣曰：皮軒，以虎皮爲軒。《宋史・輿服志》：皮軒車，漢前驅車也。冒以虎皮爲軒，取《曲禮》前有士師，則載虎皮之義。赤質曲壁，上有柱貫五輪相重。畫虎文，駕四馬。參按前後，並云虎皮。師古謬也。朱珔曰：司常職云：道車載旞，斿車載旌。斿車，《説文》引作「游車」。鄭注：道車，象路也。王以朝夕燕出入。斿車，木路也。王以田以鄙。然大閲而道車、斿車並從者，王行雖信宿，不廢朝夕之朝也。仲冬教大閲，遂以狩田，故田獵亦用之。《輿服志》：前驅有九斿、雲罕。注引徐廣曰：斿車有九乘。又引《東京賦》：雲罕九斿。而《志》不及道車，惟《御覽・車部》引《漢官儀》云：甘泉鹵簿，有道車五乘，游車九乘，在輿前。卽文穎所説矣。〇蚪、游，幽部。旗，之部。通韵。

孫叔奉轡，衛公參乘。

【注】鄭氏曰：孫叔者，太僕公孫賀也。字子叔。衛公者，大將軍衛青也。大駕，太僕御，大將軍參乘。

【疏】吴仁傑《兩漢刊誤補遺》卷六曰：此兩人蓋指古之善御者耳。孫叔，卽《楚辭》所謂驥躊躅於弊輂，遇孫陽而得代者是也。衛公，卽《國語》所謂衛莊公爲右，曰：「吾九上九下，擊人盡殪」者也。《校獵賦》：蚩尤並轂，蒙公先驅。《二京賦》：大丙弭節，風后陪乘。亦祇用古人。至《長楊賦》云：迺命票衛。則指青、去病也。案：《楚辭》見《七諫・怨世》。《國語》見《晉語》九，莊公卽衛太子蒯聵也。又見《左傳・哀公二年》。《校獵賦》卽《羽獵賦》也。朱珔曰：以孫陽强爲孫叔，未的。注明云公孫賀，字子叔矣。賀爲太僕，正合奉轡。青爲大將軍，故宜參乘。舊注較有據。且《楚辭》語卽伯樂遇鹽車事，非御也。衛莊公爲右，亦與爲御別。司馬賦何必同楊、張定舉古人，豈不可與迺命票、衛一例乎？胡紹煐曰：以孫陽爲孫叔，猶《人物志》七謬稱荆軻爲荆叔，《補遺》説是也。吴先生曰：鄭氏注以孫叔爲公孫，衛公爲衛青，非也。此皆古人。孫叔，未詳。或謂孫叔敖。《春秋感精記》：黄池之會，魯、衛驂乘。即此衛公也。步瀛案：《春秋感精記》見下《羽獵賦》善注引。《左·宣十二年》稱孫叔敖爲孫叔。或疑叔敖無爲御事。吴斗南以爲孫陽亦可通。朱蘭坡謂公孫賀爲太僕，正合奉轡；衛青爲大將軍，故宜參乘。然據蔡邕《獨斷》卷下：大駕則公卿奉引，大將軍參乘，太僕御。《西都賦》於田獵，但云備法駕。法駕，則公卿不在鹵簿中。朱氏所據，亦未得爲塙證。○「鄭氏」，尤本作「李善」。袁、茶本作「鄭玄」，皆誤。今依顔及《索隱》。

扈從横行，出乎四校之中。

【注】晉灼曰：扈，大也。張揖曰：跋扈縱横，不案鹵簿也。文穎曰：凡五校，今言四者，中一校隨天子乘輿也。

【疏】晉、張、文三家注，《索隱》引同。《集解》引郭曰：言跋扈縱恣，不安鹵簿矣。與張意同。顔引文注而駁之曰：此説又非也。四校者，闌校之四面也。言其跋扈縱恣，而行出於校之四外也。《封氏聞見記》卷五曰：百官從駕，謂之扈從。蓋臣下侍從至尊，各供所職，猶僕御扈養以從上，故謂之扈從耳。《上林賦》顔監乃讀爲放縱，所未許也。葉夢得《石林燕語》卷四曰：從駕謂之扈從，始自《上林賦》。張揖以爲跋扈從横，顔師古因之。侍天子而言跋扈，可乎？唐封演以爲扈養以從，猶之僕御，此或近之。然不知通用此語自何時也。余蕭客《文選紀聞》卷七曰：此言天子校獵，故諸武人扈從者橫行闌校四面之外，防惡獸衝突。胡紹煐曰：扈從，卽護從。扈之言護也。《説文》：户，護也。「扈」與「户」古通。《書・甘誓》有扈氏，《史記・夏本紀》《正義》作「户」，是其證。不當作跋扈解。朱銘曰：宋玉《九辯》云：扈屯騎之容容。王逸注云：羣馬分布，列前後也。則訓扈爲分布。扈從者，謂百官分布行列以從也。橫行者，謂五校兵各有部伍，至是出其部伍，橫行將遮禽獸以待也。王先謙曰：如顔説，乃出校之四外，不當言出四校之中，其説非也。文説亦非。校，部也。《衛青傳》顔注：校者，營壘之稱。故謂軍之一部爲一校。《百官表》：中壘、屯騎、步兵、越騎、長水、胡騎、射聲、虎賁八校尉，皆武帝初置。《刑法志》：内增七校。晉灼注：胡騎不常置，故言七。竊謂此衹是以四校行獵耳。四校，當卽屯騎、步兵、射聲、虎賁四校尉，皆天子行獵必當隨從者。而掌北軍之中壘校尉，掌胡越之三校尉不與。又曰：橫行，謂軍士分校就列天子周回，按部不由中道行而旁出。步瀛案：扈從之解，封氏、葉氏皆得之。胡氏推闡，尤爲明確。朱氏説亦可通。此外或訓跋扈，或訓大，皆非。王氏又列扈，使也，扈，緩也兩義，尤迂曲難通。而橫行之義，則朱氏、王氏得之。此文校字，卽承上校獵，四面闌校謂之四校。顔注本無不合，王氏泥於中、外字面，强以屯騎、步兵、射聲、虎賁當四校，並無他證。〇乘，蒸部。中，冬部。通韻。

鼓嚴簿，縱獵者。

【注】張揖曰：鼓，嚴鼓也。簿，鹵簿也。善曰：言擊嚴鼓鹵簿之中也。

【疏】袁、茶二本「獵」作「獠」，音良照反。是五臣作「獠」，與《史》同。五臣「簿」作「鏑」。○張注，《索隱》引同。《集解》引《漢書音義》曰：鼓嚴，嚴鼓也。簿，鹵簿也。顔引孟康同。裴駰曰：謂鼓嚴於林薄之中，然後縱獠也。李周翰曰：鼓，擊也。嚴，嚴鼓也。鏑，大鐘也。王先謙曰：蔡邕《獨斷》：天子出，車駕次第謂之鹵簿。《五經精義》：車駕行，羽儀雙導，謂之鹵簿。自秦、漢始有其名。蓋天子儀衛森嚴，故曰嚴。簿，言鼓於嚴簿之中而縱獵者也。嚴字不當屬上爲文。步瀛案：王説近之。諸家解嚴爲嚴鼓，裴駰解簿爲林薄，李周翰解爲大鐘，皆非。吴先生曰：嚴簿，戒鹵簿也。《西都賦》：嚴更之署。嚴簿，與嚴更同。○善注尤本「鹵簿」二字誤倒，今依袁本校乙。

河江爲阹，泰山爲櫓。

【注】郭璞曰：因山谷遮禽獸爲阹。櫓，望樓。

【疏】五臣「河江」作「江河」，《史》、《漢》同。續收原本《玉篇》引作「河江」，與善本同。○王念孫《讀書志餘》卷下曰：《風賦》：緣於泰山之阿。五臣本作「太」，是「大」字之譌。《古詩》：冉冉孤生竹，結根泰山阿。「泰」亦「大」之譌。步瀛案：此「泰山」亦當作「大山」，非謂東嶽泰山也。《説文·水部》泰，古文作「夳」。段注曰：後世凡言大，而以爲形容未盡者，則作「太」，謂「太」即《説文》「夳」字。「夳」即「泰」，則又用「泰」爲「太」，展轉貤謬，莫能諟正。○郭注，《索隱》引同。《集解》及顔引二句互易。顔又引蘇林曰：阹獵者圜陳遮禽獸也。又引張揖曰：櫓，大盾。以爲翳也。顔曰：因江河以遮禽，登泰山而望獲，言田獵之廣遠耳。郭説是也。錢大昭曰：《劉屈氂傳》以牛車爲櫓，與此同意。○簿、者、櫓，魚部。

車騎靁起，殷天動地。

【注】郭璞曰：殷，猶震也。善曰：靁，古「雷」字。殷，音隱。

【疏】五臣「靁」作「雷」。《史》「殷」作「隱」。○郭注，顏引同。又，顏注與善同。

先後陸離，離散別追。

【注】郭璞曰：各有所逐也。善曰：《廣雅》曰：陸離，參差。

【疏】顏曰：陸離，分散也。言各有所追逐也。○《廣雅》已見上，此殆後人所添。

淫淫裔裔，緣陵流澤，雲布雨施。

【注】郭璞曰：言徧山野也。善曰：《韓子》曰：雲布風動。《周易》曰：雲行雨施也。

【疏】郭注，顏引同。○《韓子》見《大體篇》，《西都賦》已引之。《周易》見《乾・彖傳》。○地，支部。追，脂部。施，歌部。通韻。

生貔豹，搏豺狼。

【注】韋昭曰：生，謂生取之也。郭璞曰：貔，執夷。虎屬。音毗。

【疏】韋注「生，謂生取之也」，六臣本作「生抗之也」。胡克家以爲尤本依《漢書》顏注改，亦未是。「抗」當作「執」，「生執之也」四字一句讀。五臣向注：生，生執。卽襲韋，可借爲證。○郭注，《集解》及顏引同。顏曰：貔、豹二物，皆猛獸也。生，謂生取之也。搏，擊也。王先謙曰：貔，一名執夷，一名白狐。

見陸璣《詩疏》。《爾雅》：貔，白狐。郭璞贊：《書》稱猛士，如虎如貔。貔蓋豹屬，亦曰執夷。白狐之云，似是而非。凡猛獸以生得手搏爲能。步瀛案：《釋獸》曰：貔，白狐，其子豰。郭注曰：一名執夷。虎豹之屬。《詩·韓奕》《釋文》引陸疏曰：貔，似虎。或曰，似熊。一名執夷，一名白狐。其子爲豰。遼東人謂之白熊。皆合執夷、白狐爲一。《説文》曰：貔，豹屬。出貉國。貔或从比。《禮記·曲禮》上鄭注曰：貔貅，摯獸。是許、鄭皆不以執夷爲白狐也。

手熊羆，足埜羊。

【注】張揖曰：熊，犬身，人足，黑色。羆，如熊，黄白色。埜羊，麢羊也。似羊而青。郭璞曰：足，謂踏也。

【疏】五臣「埜」作「野」，《史》同。○張注熊羆，顔引同。《集解》引「羆」下有「大於熊」三字，「黄白色」下有「皆能攀沿上高樹，冬至入穴而蟄，始春而出也」十八字，餘見《西都賦》。○張注埜羊，顔引同。《集解》引郭曰：野羊，如羊。顔曰：埜羊，今之所謂山羊也，非麢羊矣。朱珔曰：《爾雅·釋獸》：麢，大羊。郭注：麢羊，似羊而大，角員鋭，好在山崖閒。《説文》：麢，大羊而細角。《西山經》云：翠山，其陰多麢、麝。麢，《廣雅》作「泠」，《後漢書·西南夷傳》作「靈」，《本草》又作「羚」。陶注：羚羊出建平、宜都諸蠻中及西域，多兩角，一角者爲勝。《漢書》顔注則云：非麢羊，今所謂山羊也。然陶注又云：别有山羊，角極長。《爾雅》名羱羊。彼郭注云：羱羊，似吴羊而大角，角橢，出西方。《説文》：萈，山羊細角者。讀若丸。是「羱」當作「萈」也。《一切經音義》九引《字林》：羱羊，野羊也。顔師古《急就篇》

注：西方有野羊，大角，牡者曰𦍩，牝者曰羠。郝氏謂𦍩羊今出甘肅，有二種。大者重百斤，角大盤環。郭注所説是也。余謂麢羊在山崖閒，亦野羊也，與𦍩羊並通。小顔必以爲非，太泥。朱銘曰：按《字林》云：𦍩，野羊大角者也。其角堪爲⿱穴韋月小榼也。出西方，似吴羊而大角。角重於肉，呼爲𦍩羝。步瀛案：《字林》見玄應《一切經音義》卷八引。《藝文類聚·獸部》中引杜預奏事曰：臣前在南，聞魏興北山有野羊，大者千數百斤，試令求之，各得一枚并頭角蹄。按其形不與中土羊相似，然是野獸中所希有。案：此亦野羊之一種也。又案：《御覽·獸部》十一引「北山」上有「西」字，「有」字下有「野牛」二字，「野羊」下有「牛之大者二千斤」七字，乃知下云各得一枚，指牛、羊言也。又《獸部》十四引「千數百斤」作「數百十斤」，「求之」作「固求」，又「中土羊」，張溥輯《杜征南集》删「羊」字，嚴可均輯《全晉文》卷四十二於「羊」上增「牛」字，皆應參校者。桂氏馥《説文義證》卷三十引以證「莧」字，已不甚塙，又不知所據何書，改竄甚多。「各得一枚」作「今者得牝牡一」，「不與中土羊相似」作「不異土羊」，皆甚謬誤。桂氏不知校正，已非，而王氏先謙不知其誤，復爲之説曰：不異土羊，則是細角可知。尤爲以譌沿譌矣。○《集解》引郭曰：手、足，謂拍揄殺之。較本注引爲備。顔曰：手，言擊殺之。足，謂蹵踏而獲之。與彼引郭同。○狼、羊，陽部。

蒙鶡蘇。

【注】孟康曰：鶡，鶡尾也。蘇，析羽也。張揖曰：鶡，似雉。鬭死不卻。善曰：蒙，謂蒙覆而取之。鶡以蘇爲奇，故特言之以成文耳。鶡，音曷。

【疏】孟、張二注顔及《索隱》引同。《集解》引徐廣曰：蘇，尾也。《索隱》引《決疑注》曰：鳥尾爲蘇也。顔引郭曰：蒙其尾爲帽也。《索隱》曰：案，蒙謂覆而取之云云。與善注同。朱珔曰：《漢書》注引郭璞説，得之。蒙，若蒙彼縐絺之蒙，一言衣，一言冠，皆可通。蓋與下「被斑文」例看。《索隱》引《輿服志》虎賁騎，鶡冠，虎文單衣，卽此斑衣是也。善注未免牽强。覩上生貔豹四語，俱是逐獸，不應獨雜鳥。鳥固別敘於後。案：「騎」字上當依《續漢書·輿服志》下增「武」字。胡紹煐曰：《輿服志》：虎賁皆鶡冠。注：鳥出上黨，以其鬭死不止，故用尾飾武士首。然則鶡蘇猶鶡冠蘇尾也。尾下垂，故謂尾爲蘇。本書《東京賦》注：凡下垂者爲蘇。此亦同也。朱銘、王先謙皆以郭説爲是。

絝白虎。

【注】郭璞曰：絝，謂絆絡之也。善曰：絝，音袴。

【疏】郭注，《集解》、《索隱》引同。袁、茶二本無「謂絆之」三字。胡克家以爲尤依《集解》添。《集解》引徐廣曰：絝，音袴。顔引張揖曰：著白虎文絝也。顔曰：絝，古「袴」字。胡紹煐曰：此言絝，下言跨，借文以避複耳。《釋名》：絝，跨也。絝與跨音義並通。此謂冒鶡蘇而乘白虎，猶下云衣斑文而駕野馬。蒙與被，言獵者所服。絝與跨，言獵者所騎。四句語意相承。步瀛案：絝與跨應有別，恐不如胡氏説也。且此言獵者之冠，與袴下言服與騎，亦有次第。姚鼐《古文辭類纂》卷六十六曰：按，《續漢書·輿服志》云：武冠環纓無蕤，以青系爲緄，加雙鶡尾。五官、左右虎賁、羽林中郎將、羽林左右監，皆冠鶡冠。虎賁將，虎文絝。襄邑歲獻，織成虎文。此乃所云蒙鶡蘇，絝白虎也。郭景純以絝爲絆，失之。案：姚説是。朱銘謂獵取虎皮爲衣絝，亦非。

被班文，

【注】善曰：班文，虎豹之皮也。司馬彪《續漢書》曰：虎賁騎皆虎文單衣。

【疏】袁、茶本「班」作「斑」，《漢》同。《史》作「豳」，《索隱》作「斑」。《説文》：辬，駁文也。「斑」，或體字。「班」、「豳」皆通借字。〇《集解》引郭璞曰：著斑衣。《索隱》引文穎曰：著斑文之衣。又曰：《輿服志》云：虎賁騎，被虎文單衣。單衣，卽此斑衣也。顏曰：被，謂衣著之也。斑文，亦貙豹之皮也。〇《續漢書》各本脱「續」字，今依何氏、陳氏校增。文見《輿服志》下，「騎」上亦應增「武」字。

跨壄馬。

【注】善曰：跨，謂騎之也。

【疏】五臣「壄」作「野」，《史》同。《索隱》本作「壄」。〇顏曰：騎之也。《索隱》曰：跨乘之也。並與善同。王先謙曰：野馬詳上，喻所跨之駿捷。〇虎、馬，魚部。

凌三嵕之危，

【注】善曰：《漢書音義》曰：陵，上也。郭璞《三倉注》曰：三嵕山，在聞喜。

【疏】《史》、《漢》「凌」作「陵」。本字當作「夌」，「陵」，通借字，「凌」，俗字。《史》「嵕」作「嵏」。〇《集解》引《漢書音義》曰：三嵏，三成之山。顏曰：陵，上也。三嵕，三聚之山也。朱珔曰：《漢志》聞喜屬河東郡，非上林之地，何以專言此山？《史記集解》、《漢書》顏注不以爲山名。姚鼐曰：聞喜縣在河東，此與《羽獵》之虎落三嵕，必不在彼。

下磧歷之坻。

【注】張揖曰：磧歷，不平也。坻，下阪道也。坻，音遲。

【疏】《集解》引郭曰：磧歷，阪名也。顏曰：磧歷，沙石之貌也。坻，水中高處也。磧，音千狄反。坻，音遲。《正義》曰：磧歷，淺水中沙石也。坻，水中高處。言獵人下此也。案：郭以三嵕爲山名，故以磧歷爲阪名，皆非也。而顏及《正義》皆以磧歷爲沙石，坻爲小沚曰坻之「坻」，亦皆非是。王念孫《雜志·漢書》十曰：坻，謂山阪也。《説文》曰：秦謂陵阪曰阺。字或作「坻」。《玉篇》：坻，直飢切。水中可居曰坻。又音底。《埤蒼》云：坂也。是陵阪之坻，音底，與水中之坻音遲者不同。張衡《南都賦》曰坂坻巀嶭而成巘是也。案：磧歷，疊韵字。謂山阪不平磧歷然也。坻爲山阪，故曰下坻讀如底，與下文水、豸、氏、豕爲韵。

徑峻赴險，越壑厲水。

【注】郭璞曰：厲，以衣渡水。

【疏】《史》「徑」作「俓」，「峻」作「陖」。《説文》：陖，陗高也。⿱山陖，高也。重文作「峻」。朱駿聲《説文定聲》十五謂「⿱山陖」、「峻」皆「陖」之或體字。○郭注，顏引同。錢大昭曰：厲，即履石渡水之砅。朱珔曰：砅，重文爲「濿」。經典多作「厲」者，借字也。王先謙曰：《莊子·秋水篇》《釋文》引崔注：直度曰徑。《史記》作「俓」。《集韵》：直也。《釋水》：以衣涉水，繇帶以上爲厲。《説文》：砅，履石渡水也。《詩》

曰：深則砅。「濿」下云：「砅」或从「厲」。步瀛案：《釋水》曰：濟有深涉，深則厲，淺則揭。此三句引《詩·匏有苦葉》之文。曰：揭者，揭衣也，以衣涉水爲厲，二句專釋《詩》辭揭、厲，以解衣不解衣爲別。曰：繇厀以下爲揭，繇厀以上爲涉，繇帶以上爲厲，三句廣釋涉水之名。《詩》毛傳曰：以衣涉水爲厲，謂由帶以上也。與《雅》訓正合。《釋文》引《韓詩》曰：至心曰厲。與由帶以上之義亦合。孔疏曰：鄭注《論語》及服注《左傳》皆云由膝以上爲厲者，以揭衣止由膝以下，明膝以上至由帶以上總名厲也。《論語·憲問篇》《集解》引包咸曰：以衣涉水爲厲。與郭同。《楚辭·九歎·離世》王逸注曰：濿，渡也。《列子·説符篇》《釋文》曰：厲，涉水也。則厲、涉亦可通稱。此賦厲水與越壑對文，當從此訓。至《説文》履石渡水之説，與《雅》訓異。邵晉涵、郝懿行皆以爲異義，陳奐、劉寶楠以爲或出三家詩，其説皆是。唯朱珔從戴震《毛鄭詩考正》及宋翔鳳《論語説義》以厲爲石杠，且謂涉水之厲，即因履石渡水之義而引申之。牽合二説，恐未然矣。

椎蜚廉，弄獬豸。

【注】郭璞曰：飛廉，龍雀也。鳥身，鹿頭。張揖曰：獬豸，似鹿而一角。人君刑罰得中，則生於朝廷，主觸不直者，今可得而弄也。獬，音蟹。豸，丈介切。

【疏】《史》、《漢》「椎」作「推」。顔曰：推，亦謂弄之也。其字从手，今流俗讀作椎擊之「椎」，失其義矣。《索隱》本作「椎」，音直追反。張銑曰：椎，謂椎擊也。梁章鉅曰：李注中未及此字，當亦作「推」。張雲璈曰：作「椎」亦未爲失。師古以爲推者，欲與下弄獬豸爲配，皆徒手爲之。然以拳擊，有似乎椎，正以見其勇也。胡紹煐曰：按，《釋名》：椎，推也。二字義同。下弄獬豸，椎與弄對，是椎猶弄，不必定爲推。五臣「蜚」作「飛」，《史》、《漢》「獬」作「解」。《漢》「豸」作「廌」。呂錦文曰：《漢書》作「解廌」，乃「獬豸」之本字。《説文·犬部》無「獬」字。《玉篇》廌下云：解廌，獸，似牛而一角。古者決訟，令觸不直者。見《説文》。或作「觟豸」。《集韵》：「廌」通作「豸」。自《晉書·輿服志》，始沿俗作「獬豸」耳。○郭注，《集解》及顔引同。又互見《西都賦》。○張注，顔及《索隱》引同。顔引無「今」字。《索隱》引無「得」字。皆當依此注補。《集解》引作《漢書音義》。○各本「丈」誤作「文」，今依《漢書》顔音改正。《正義》音丈嫺反，又音丈介反。五臣音是直反。

格蝦蛤，鋋猛氏。

【注】孟康曰：蝦蛤、猛氏，皆獸名。郭璞曰：今蜀中有獸，狀如熊而小，毛淺有光澤，名猛氏。蝦，音遐。蛤，音閤。善曰：《説文》曰：鋋，小矛也。市延切。

【疏】《史》「蝦」作「瑕」，《索隱》作「蝦」。○孟注，顔及《索隱》引同。《集解》引作《漢書音義》。《索隱》引晉灼曰：蝦蛤，闕。朱銘曰：《博物志》曰：蜀山南高山上，有物如獮猴，長七尺，能人行健走，名曰猳玃。《搜神記》曰：名猳，一名馬化。玃、蛤聲相近，疑即蝦蛤也。此賦有三玃。蜼玃，《説文》訓爲母猴。玃猱、猳玃皆非同物。○郭注，顔及《索隱》引同。朱銘曰：郭説見《西山經》名曰猛豹。郭彼注與此同，而下有「食蛇，食銅鐵，出蜀中」八字，此即《説文》似熊而黄之貘。猛、貘，一聲之轉也。賦上文已有貘。張揖注云：白豹。則以此爲似熊之貘，亦可通。○《説文》見《金部》。

絹騕褭，射封豕。

【注】張揖曰：騕褭，馬金喙赤色，一日行萬里者。郭璞曰：封豕，大豬也。善曰：《聲類》曰：羂，係取也。工犬切。《左氏傳》：申包胥曰：吴爲封豕長蛇。

【疏】《史》「羂」作「罥」。《漢》「騕」作「要」。王念孫曰：當依景祐本作「𡚾」。《隸續・斥彰長田君斷碑》：究屈道𡚾。跋引《漢書》羂𡚾褭，又引注云：𡚾，古「要」字。今則正文改作「要」，又削去注文矣。步瀛案：《漢書》毛本作「𦥔」，非。《説文》小篆作「𡝩」，景祐本作「𡚾」，亦隸變字。《淮南・主術篇》作「腰」。○張注，顔引同。《集解》引郭曰：騕褭，神馬，日行萬里。朱珔曰：《廣雅・釋嘼》：馬之屬，有金喙、騕褭。《開元占經・馬占》引應劭《漢書注》云：騕褭，古駿馬，赤喙玄身，日行一萬五千里。與張説微異。○郭注，《集解》及顔引同。○王先謙曰：封豕，神獸也。○顔曰：羂，謂羅繫之也。與《聲類》義合。朱珔曰：《説文》作「䍡」，云：网也。一曰，綰也。《吕氏春秋・上農篇》：繯網置罦，不敢出於門。「繯」亦「䍡」之省，又或借「絹」字爲之。《周禮・冥氏》注：弧張罿罦之屬，所以扃絹禽獸。《翨氏》注置其所食之物於絹中，鳥來下則掎其腳，是也。《廣雅》：罥謂之㠑。王氏《疏證》謂㠑之言羅也。《漢書・司馬相如傳》注：羂，謂羅繫之也。《初學記》云：㠑者，以綸爲之。見《環濟要略》。蓋㠑與羅音同。○《左傳》見定四年。○坻、水、豕，脂部。氏、豕，支部。通韵。

箭不苟害，解脰陷腦。弓不虚發，應聲而倒。

【注】張揖曰：脰，項也。善曰：脰，音豆。《史記》：陷，苦念切。

【疏】張注顏引同。顏曰：言射必命中，非詭遇也。○注「史記」下疑有脱字。《索隱》曰：陷，音苦念反。疑皆出《史記》舊注。○腦、倒，宵部。○以上校獵。

於是乘輿，弭節徘徊，翱翔往來。

【注】郭璞曰：言周旋也。善曰：《楚辭》曰：颯弭節而高厲。

【疏】袁、茶二本「於是」下有「乎」字，《史》同。《史》「弭」作「彌」，「徘徊」作「裴回」。朱駿聲《説文定聲》十二曰：《後漢·蘇竟傳》注：裴回，謂縈繞貌。留也。俗字作「徘徊」。○郭注，顏引同。○《楚辭》見《遠遊》。「颯」作「徐」。舊校曰：一作「颯」。

睨部曲之進退，覽將帥之變態。

【注】善曰：部曲，已見上文。

【疏】《史》「帥」作「率」。《説文》將衛，字作「衛」。「帥」、「率」皆通借字。○顏曰：睨，衺視也。音五計反。○部曲，已見《西都賦》。○來、態，之部。

然後侵淫促節。

【注】郭璞曰：言疾驅也。善曰：侵淫，漸進之貌。

【疏】《史》「侵淫」作「浸潭」。《索隱》曰：浸潭，猶漸苒也。《漢書》作「浸淫」，或作「乘輿案節也」。潭，音尋。案：今《漢書》亦作「侵淫」。○郭注，顏引「疾」作「短」。梁章鉅曰：當依《漢書》注作「短」。胡紹煐曰：按，《漢書》注誤，作「疾驅」是也。此承上弭節徘徊而言。上謂緩驅，此謂疾驅，玩然後二字自見。若改作「短驅」，於上下語氣不順。侵淫之言漸也，漸進而不止之意。促，迫也。蓋至此則漸迫促其節。「侵」與「浸」同，淫亦浸也。《釋名・釋言語》：淫，浸也。《書・無逸》某氏傳：淫者，侵淫不止。字亦作「寖尋」。《漢書・郊祀志》：上始巡幸郡縣，寖尋於泰山。《史記・孝武紀》作「侵尋」。《索隱》曰：侵尋，卽浸淫也。皆漸之意。呂錦文曰：《劇秦美新》：景曜浸潭之瑞潛。《漢書・齊王肥傳》：寖淫聞於上。師古曰：寖，古「浸」字也。申之又通作「浸尋」、「浸潯」。《史記》司馬相如《難蜀父老文》：浸潯衍溢。《孝武本紀》：侵尋於泰山。《封禪書》作「浸尋」。《漢書・郊祀志》作「寖尋」，義並相同，各隨所用，不必以形聲拘也。

儵敻遠去。

【注】郭璞曰：儵忽，長逝也。善曰：曹大家《幽通賦》注曰：敻，遠也。

【疏】五臣「儵」作「倏」，《類聚》同。《史記・相如傳》《大人賦》《索隱》引「敻」作「㲋」。○《集解》引郭曰：敻，音詡盛反。顏曰：儵然，敻然，疾遠貌。李周翰曰：倏敻，謂倏忽也。王先謙曰：儵，疾也。「儵忽」，卽「倏忽」。《楚辭・九歌》：儵而來兮忽而逝。《莊子・應帝王篇》：南海之帝爲儵，北海之帝爲忽，是也。○本書卷十四《幽通賦》曹大家注「遠」下有「邈」字。

流離輕禽，蹴履狡獸。

【注】張揖曰：流離，放散也。輕禽，飛鳥也。晉灼曰：輕小之禽。善曰：張說是也。

【疏】袁本「履」作「厲」，非。○顏曰：流離，困苦之也。王先謙曰：流離，當如顏說，與蹵履意對。輕禽，飛禽之輕疾者，與狡獸意對。

轊白鹿，捷狡兔。

【注】郭璞曰：狡兔健跳，故曰捷耳。捷，音接。

【疏】五臣「轊」作「轊」，《漢》同。《史》作「轉」。許巽行曰：「轊」，譌字也。當作「轉」，「軎」字重文。步瀛案：「轊」蓋俗字。又案：轉，已見《子虛賦》。《漢》「兔」作「菟」，字同。○《正義》曰：《抱朴子》云：白鹿，壽千歲。滿五百歲，色純白也。《晉徵祥記》云：白鹿，色若霜，不與他鹿爲羣。案：今《抱朴子·對俗篇》「色純白」作「毛色白」。○郭注，顔引作「狡菟健跳，故捷取之也」，當是。《説文》曰：捷，獵也，軍獲得也。

軼赤電，遺光耀。

【注】張揖曰：軼，過也。郭璞曰：皆妖氣爲變怪、游光之屬也。

【疏】《史》「耀」作「燿」，字同。○張、郭二注，顔引同。王先謙曰：郭以「光耀」爲「遊光」，則遺字無義。此言行疾可以軼過赤電，而遺其光耀，反在後也。與下二句連讀，總謂迅捷耳。《集解》引徐廣曰：超陵赤電，電光不及，言去速也。不引郭説。

追怪物，出宇宙。

【注】張揖曰：怪物，奇禽也。

【疏】顔引張揖曰：天地四方曰宇，古往今來曰宙。駁之曰：張説宙，非也。許氏《説文解字》云：宙，舟與所極覆也。《正義》亦引張揖宇宙注，又引許慎云：宙，舟輿所極也。謂許説宙是也。與顔同。《説文》曰：宇，屋邊也。段曰：引伸之，凡邊謂之宇。如《輪人》：爲蓋，上欲尊而宇欲卑。《左傳》云：在君之宇下。又云：失其守宇。皆是也。宇者，言其邊，故引伸之義又爲大。《文子》及《三蒼》云：上下四方謂之宇，往古來今謂之宙。上下四方者，大之所際也。《莊子》云：有實而無乎處者，宇也。謂四方上下，實有所際，而所際之處，不可得到。步瀛案：玄應《一切經音義》卷七、卷二十五並作「屋邊檐也」，段引《輪人》見《攷工記》，《左傳》見昭十三年及昭四年，《文子》見《自然篇》。蓋《淮南·齊俗篇》有此二語，《文子》襲之。又，《莊子·齊物論》《釋文》引《尸子》亦有此二語。慧琳《一切經音義》二十四、七十七引《尹文子》：四方上下謂之宇。《三蒼》見《莊子·庚桑楚》《釋文》引。《説文》又曰：宙，舟輿所極覆也。段曰：覆者，反也。與「復」同。往來也。舟輿所極覆者，謂舟車自此至彼而復還此，如循環然。故其字从由，如軸字从由也。訓詁家皆言上下四方曰宇，往古來今曰宙。由今溯古，復由古沿今，此正如舟車自此至彼，復自彼至此，皆如循環然。《莊周書》云：有實而無乎處者，宇也。有長而無本剽者，宙也。本剽，即本末。《莊子》説正與上下四方曰宇，往古來今曰宙同。亦謂其大無極，其長如循環也。許言其本義，他書言其引伸之義。其字从宀者，宙不出乎宇也。韋昭曰：天宇所受曰宙。步瀛案：《莊周書》亦見《庚桑楚篇》。韋昭説見《漢書·叙傳》蕭該《音義》。段釋宇宙之義精矣，特上下四方曰宇，就空閒言；往古來今曰宙，就時閒言。此云出宇宙，則但指空閒，故小顔、小司馬皆不以張釋宙字爲然也。宙字從《説文》本義解，則宇字亦不推及上下四方。宇訓屋邊，本有下覆之義，故《魯靈光殿賦》張注曰：天所覆爲宇。則合宇宙字而爲上下四方矣。○張注顏引同。《正義》曰：怪物謂游梟、飛虡也。○去、兔，魚部。獸、宙，幽部。耀，宵部。通韵。

彎蕃弱，滿白羽。

【注】文穎曰：彎，牽也。蕃弱，夏后氏良弓之名。引弓盡箭鏑爲滿。以白羽爲箭，故言白羽也。善曰：《左氏傳》：衛子魚曰：分魯公以封父之繁弱。「蕃」與「繁」，古字通。《國語》曰：吴素甲白羽之矰，望之如荼。

【疏】《史》「蕃」作「繁」。杜宗玉曰：《説文》：緐，馬髦飾也。蓋集絲絛下垂爲飾曰緐。引申爲緐多，俗改作「繁」。「緐」從每，每，草盛也。故「蕃」可通「緐」。《書·洪範》：庶草蕃廡。《史記·宋微子世家》作「庶草繁廡」。《景福殿賦》：桑梓繁廡。注引《尚書》曰：庶草蕃廡。是其證也。○文注，顏及《正義》引「爲箭」皆作「羽箭」。○《左傳》見定四年。《正義》「封父」句上並引「夏后氏之璜」句。案：已見《子虛賦》夏服下。○《國語》見《吴語》。韋注曰：矰，矢名。以白羽爲衛。

射游梟，櫟蜚遽。

【注】張揖曰：梟，惡鳥也。故射之。櫟，梢也。飛遽，天上神獸也。鹿頭而龍身。郭璞曰：梟羊也。善曰：高誘《淮南子注》：梟羊，山精也。似遽類。高説是也。梟，工聊切。遽，音鉅。

【疏】五臣「蜚」作「飛」。《史》「梟」作「梟」，「遽」作「虡」。朱珔曰：《説文》：虡，鐘鼓之柎也。「虡」爲篆文省。此作「遽」者，説文「虡」之重文爲「鐻」，从金，豦聲。「遽」亦从豦，故可同音通用也。○張注，顏引同。《集解》引郭曰：櫟，梢也。顏曰：櫟，音洛。呂向曰：櫟，擊也。呂錦文曰：《射雉賦》：櫟雌妒異。「櫟」即「擽」之假借字。《集韻》：擽，擊也。捎也義同。步瀛案：《説文・手部》無「擽」字。呂以「櫟」爲「擽」之借字，非也。朱駿聲《説文定聲》七：以櫟擊之，「櫟」爲「擊」之借字。《集解》引郭曰：蜚虡，鹿頭，龍身，神獸。亦同張説。朱珔曰：《漢書・郊祀志》：鐘虡銅人皆生毛。注云：虡，神獸名也。縣鐘之木，刻飾爲之，因名爲虡也。篇内後文立萬石之虡。注引張揖曰：虡，獸，重百二十萬斤。稱蜚遽者，與蜚廉相類，一爲獸，一爲禽。又曰：《説文・豕部》豦下別引司馬相如説：豦，封豕之屬。段氏疑即此遽，亦備一義。胡紹煐曰：按，《説文》豦，司馬相如説：豦，封豕之屬。《玉篇》：封豕，豕屬也。邵氏晉涵、郝氏懿行並據以釋《爾雅》之豦，迅頭。「遽」與「豦」同，謂之迅頭者，物疾走則頭迅遽，猶言怱遽也。故謂之蜚遽，取迅疾之義。此與上梟羊對舉。善引高誘《淮南子注》：梟羊，山精，似遽類。是蜚遽與梟羊正爲一類，蓋封豕之屬，非鹿頭龍身之獸矣。步瀛案：封豕，已見上，此不必複舉。又，《後漢書・董卓傳》李賢注引《漢書音義》，與張、郭同。而《釋獸》豦，迅頭，郭璞注謂豦大如狗，似獼猴。與《説文》引司馬相如説實不同。胡氏謂蜚遽取迅疾之義，終覺牽强。似仍以張、郭説爲是。〇郭注「梟羊也」，梁章鉅曰：「梟」上應重「梟」字。《史記》、《漢書》注可證。步瀛案：《集解》引作「梟，梟羊也，似人，長脣，反踵，被髮，食人」，顏引無「反踵」二字。顏曰：梟，郭説近是矣。非謂惡鳥之梟也。李善引《淮南子》高注，見《氾論篇》，作「嘄陽」。沈欽韓曰：《淮南・氾論》嘄陽與罔象、畢方並言，是爲怪物，又非狒狒一名梟羊者也。王先謙曰：《海内南經》：嘄陽國，在北朐之西。其爲人，人面，長脣，黑身，有毛，反踵。見人笑亦笑。左手操管。與郭説梟羊，人、獸雖殊，形狀相似。《羽獵賦》：蹈飛豹，羂嘄陽。李善注：嘄陽，即狒狒也。據此，梟羊即嘄陽矣。

擇肉而后發，先中而命處。

【注】郭璞曰：言必如所志也。善曰：《廣雅》曰：命，名也。

【疏】《史》無兩「而」字。《類聚》同。《史》、《漢》「后」作「後」。「后」乃通借字。〇郭注，顔引同。〇善引《廣雅》見《釋詁》三。

弦矢分，藝殪仆。

【注】文穎曰：所射準的爲藝。壹發死爲殪。善曰：《説文》曰：仆，頓也。殪，音翳。仆，音赴。

【疏】《漢》「藝」作「埶」。〇文注，顔引同。《集解》引徐廣曰：射準的曰藝。與文注同。顔引郭曰：仆，斃也。顔曰：言弦矢適分，則殪死而赴，如射埶也。埶，謂射的，即今之垛上槷也。埶，讀與藝同。字亦作「臬」，音魚列反。案「而赴」當作「而仆」。錢大昭曰：尋文注義，則「埶」當爲「槷」。《攷工記・匠人》：置槷以縣，眂以景。注云：故書「槷」或作「弋」，玄謂「槷」，古文「臬」假借字。作「埶」字，轉寫譌耳。小顔以與技藝字同，失之矣。胡紹煐曰：《左傳》作「藝」，《文六年傳》：陳之藝極。杜注：藝，準也。《越語》：用人無埶。作「埶」。注：埶，射的也。射準的之「臬」，可通「藝」，故訓極之「臬」，亦可通「藝」。《左・昭十三年傳》注：藝，極也。《小爾雅》：臬，極也。是「藝」、「臬」同也。步瀛案：《小爾雅》見《廣詁》。臬字已見《東都賦》。〇《説文》見《人部》。〇羽、遽、處，魚部。仆，侯部。通韵。

然后揚節而上浮，

【注】郭璞曰：言騰游也。善曰：《楚辭》曰：焉託乘而上浮。

【疏】《史》、《漢》「后」作「後」。「后」乃「後」之通借字。○郭注，顔引同。○《楚辭》見《遠游》。「焉」各本誤作「鳥」，今據《楚辭》改。

淩驚風，歷駭猋，乘虚無，與神俱。

【注】張揖曰：虚無寥廓，與元通靈。言其所乘氣之高，故能出飛鳥之上，而與神俱者也。

【疏】《史》、《漢》「淩」作「陵」。《史》「猋」作「飇」。《漢》作「猋」，誤，又「無」作「亡」。○各本「張揖曰」下有「郭璞《老子經》注曰」七字。胡克家曰：陳云：此七字衍。張氏乃曹魏時人，不當引郭語，《老子》又無郭注。其説是矣。各本皆衍。又曰：與元通靈，陳云：「元」當作「天」。《漢書》注可據。今案：《漢書》注譌也。《史記正義》正作「元」。鄭《禮記注》引《孝經説》曰：上通元莫，即此元字之義。步瀛案：顔及《正義》引張注，無「郭璞《老子經》注曰」七字。金陵本《史記》「元」作「天」，張文虎《札記》亦不言所據。胡引鄭注見《禮運》，今本「元」作「無」。阮元《校勘記》曰：段玉裁校改「元」。盧文弨校云作「元」，是。○浮，幽部。猋，宵部。俱，侯部。通韵。

躪玄鶴，亂昆雞。

【注】張揖曰：昆雞，似鶴，黄白色。郭璞曰：躪，踐也。亂者，言亂其行伍也。

【疏】五臣「躪」作「藺」，《漢》同。《史》作「轔」。案：《説文》曰：蹸，轢也。「躪」、「轔」、「轥」字並同。

「蘭」，省借字。○張注，顔引同。案：已見《西京賦》。○郭注，顔引無「躪，踐也」三字。《集解》引徐廣曰：轔，音躪。

遒孔鸞，促鵕鸃。

【注】郭璞曰：遒、促，皆迫捕貌。遒，才由切。

【疏】郭注，顔引同。○雞，脂部。鸃，歌部。通韵。

拂翳鳥，

【注】張揖曰：《山海經》曰：九疑之山，有五采之鳥，名曰翳鳥。

【疏】《史》「翳」作「鷖」。○張注，顔引同。《集解》引「翳」作「鷖」，又引《漢書音義》曰：鷖，烏雞反。梁章鉅曰：今《海内經》曰：南方蒼梧之邱，蒼梧之淵，其中有九嶷山。又曰：北海之内，有蛇山者，有五采之鳥，飛蔽一鄉，名曰翳鳥。此注誤合爲一。朱珔曰：郭璞《山海經注》引《離騷》：駟玉虬而乘翳。今《離騷》「翳」亦作「鷖」。王逸注：鳳皇別名也。《廣雅》云：翳鳥，鳳皇屬也。余謂《説文》鶠字云：鶠，鳥也。其雌皇，一曰鳳皇也。蓋本《爾雅》。觀《廣雅》所列共八種，有翳鳥而無鶠鳥，疑鶠鳥即翳鳥。「翳」亦从鳥作「鷖」，則與「鶠」形聲俱相近，故或借同音字翳翻之「翳」爲之與？

捎鳳皇。

【疏】顔曰：捎，音所交反。案：捎，已見《甘泉賦》。《正義》曰：《京房易傳》云：鳳皇，鴈前，麟後，雞喙，燕頷，蛇頸，龜背，魚尾，駢翼，高丈二尺。案：又互見《東京賦》。

捷鵷鶵，

【疏】《史》「鵷」作「鴛」，《類聚》同。《史》、《漢》「鶵」作「雛」。○吴先生曰：上捷狡兔，李善捷音接，「接」當爲此「捷」字之音。曹植《白馬篇》：仰手接飛鳶。與此「捷」同也。

揜焦明。

【注】張揖曰：焦明，似鳳，西方之鳥也。善曰：《方言》曰：揜，取也。《樂汁圖》：焦明，狀似鳳皇。宋衷曰：水鳥也。

【疏】五臣「揜」作「掩」。《史》同。茶陵本「明」作「朋」，校曰：五臣作「鵬」。袁本從五臣作「鵬」。《説文繫傳》卷七引作「明」。王先謙曰：《楚辭·遠遊》：從玄鶴與鷦朋。王注：鷦朋，俊鳥。《吴都賦》作「鷦鵬」。《廣雅·釋鳥》又云：焦明，鳳皇屬也。是「明」、「朋」互寫，其來已久。疑以「朋」爲正。此鳥鳳屬，《説文》「朋」、「鵬」二字並「鳳」之異文，且非鷦朋，《吴都賦》無緣作鷦鵬也。步瀛案：焦明，義取南方鳥，乃鳳屬，不得與「朋」爲象形「鳳」字相混。且《楚辭》作「鷦明」不作「鷦鵬」，故與「光」字韵。《吴都》亦作「鷦明」，不作「鷦鵬」，已見前。王氏乃援誤本爲證，牽合二事爲一，謬矣。○張注，顔及《索隱》引同。據《説文》，「西」當作「南」，已見《吴都賦》梁章鉅辨之矣。胡紹煐曰：按本書江淹《雜體詩》，善注引宋均《樂緯》注：鷦明，禮質，赤色，似爲南方鳥。《説文》：南方焦明。注「西」字恐譌。○善引《方言》，今本卷六「揜」作「掩」，字通。○《樂汁圖》，《索隱》引「圖」下有「徵」字。胡克家、梁章鉅皆謂當有。○皇、明，陽部。

道盡途殫，迴車而還。

【疏】袁、茶二本「途」作「塗」，《史》、《漢》同。○《廣雅·釋詁》一曰：殫，盡也。○殫、還，元部。

消摇乎襄羊，降集乎北紘。

【注】司馬彪曰：消摇，逍遥也。張揖曰：《淮南子》云：八澤之外，乃有八紘。北方之紘曰委羽。郭璞曰：襄羊，猶彷徉也。

【疏】五臣「消」作「招」，《史》同。《索隱》本作「消」。五臣「襄羊」作「儴佯」。《離騷》：聊逍遥以相羊。《玉篇》引作「儴佯」。是「消摇」、「招摇」、「逍遥」並同，「襄羊」、「儴佯」、「儴徉」、「相羊」並同。○張注，顔引同。《淮南子》見《墬形篇》。高注曰：紘，維也。維落天地而爲之表，故曰紘也。《集解》引郭曰：紘，維也。北方之紘曰委羽，亦據《淮南》説。○郭注，顔引同。《索隱》引「彷徉」作「仿佯」。

率乎直指，

【注】郭璞曰：率，徑馳去也。

【疏】顔引郭曰：率然直去意。胡克家曰：袁本、茶陵本「徑」作「然」，或尤改「馳」爲「徑」而誤去「然」字。

晻乎反鄉。

【注】郭璞曰：忽然疾歸貌。

【疏】《史》「晻」作「闇」，《漢》作「揜」。顔曰：揜然疾歸貌。○《方言》二曰：奄，遽也。朱駿聲《説文定聲》四以爲「覞」之借字。《吴都賦》：慌罔奄欻。《長笛賦》：奄忽滅没。義並同。《武班碑》：晻忽徂逝。以「晻」爲之。○羊、鄉，陽部。紘，蒸部。通韵。

蹷石闕，歷封巒。過鳷鵲，望露寒。

【注】郭璞曰：蹷，蹋也。音厥。張揖曰：此四觀，武帝建元中作，在雲陽甘泉宫外。鳷，音支。

【疏】袁、茶二本「闕」作「關」，《漢》同。胡克家謂尤延之依《史》改。然「闕」、「關」兩通，已見《甘泉賦》。《史》、《漢》「鳷」作「䧳」。○顔曰：蹷，踏。歷，經也。本郭注。○張注，顔引同。《集解》引《漢書音義》曰：皆甘泉宫左右觀名也。案：均見《甘泉賦》。○《集解》引徐廣曰：䧳，音支。案：《説文》：䧳也，䧳鳥也。字正作「䧳」。

下棠黎，息宜春。

【注】張揖曰：棠黎，宫名。在雲陽東南三十里。郭璞曰：宜春，宫名。在渭南杜縣東。

【疏】《漢》「棠」作「堂」。○張注顔引「棠」作「堂」。《集解》引《漢書音義》與張注同。云：宫名也。上不出「棠黎」字。正文既作「棠」，則亦當作「棠」也。《三輔黄圖》卷二曰：甘泉苑南有棠梨宫。又卷三曰：棠梨宫，在甘泉苑垣外雲陽南三十里。○顔曰：宜春，宫名。在杜縣東，即今曲江池是其處也。《三輔黄圖》卷三曰：宜春宫，本秦之離宫，在長安城東南杜縣東，近下杜。《正義》引《括地志》曰：宜春宫，在雍州萬年縣西南三十里。《雍録》卷六曰：宜春苑，屬下杜。宜春宫，即下杜苑中宫也。皆秦創也。宜春觀，在鄠縣，漢武帝造也。宜春觀在漢城之西，上林苑中。下杜之宜春，在漢城東南。《清統志》曰：西安府，宜春宮在咸寧縣南。案：咸寧舊在長安東，今併入長安縣。○巒、寒，元部。春，諄部。通韻。

西馳宣曲，

【注】張揖曰：宣曲，宮名也。在昆明池西。

【疏】張注，顔引同。《集解》引作《漢書音義》。《三輔黄圖》卷三曰：宣曲宮，在昆明池西。孝宣帝曉音律，常於此度曲，因以爲名。案：此疑出後人附會。《清統志》曰：西安府，宣曲宮在長安縣昆明池之西。

濯鷁牛首。

【注】張揖曰：牛首，池名。在上林苑西頭。善曰：《漢書》曰：鄧通以濯船爲黄頭郎。《音義》曰：善濯船於池中也。一説，能持櫂行船也。韋昭曰：櫂，今「棹」也。並直孝切。

【疏】張注，顔引同。惟「名」下有「也」字。《集解》引作《漢書音義》。孫志祖曰：牛首，《漢書・霍光傳》作「牟首」。牛、牟聲相近。姜皋曰：《三輔黄圖》載上林苑有十池，牛首其一也。郭璞注曰：牛首，在豐水西北，近漕河是也。而《初學記・地部》引《三秦記》曰：漢上林有池十五所，中有牟首池。與《漢宫舊儀》所云上林苑中有昆明池、鎬池、牟首諸池同。二字相近，未知是一是二也。朱珔曰：牛首池，疑因牛首山而名，不應苑中有牛首池，又有牟首池。牛、牟字易混，所謂「牟首池」，皆當爲「牛首池」，而非《霍光傳》之牟首也。步瀛案：《玉海》卷一百七十一《宮室》引《括地志》曰：牛首池，在雍州長安縣西北三十八里。又引《霍光傳》亦作「牛首」。臣瓚曰：池名，在上林苑中。《清統志》曰：牛首池，在長安縣西北。○顔曰：濯者，所以刺船也。鷁，即鷁首之舟也。○善引《漢書》見《佞幸傳》。顔彼注曰：濯船，能持櫂行船也。土勝水，其色黄。故刺船之郎皆著黄帽，因號黄頭郎也。濯，讀曰擢。王先謙曰：濯船，即櫂船也。《説文》無櫂字，《新附》有之，云：所以進船也。俗亦作「棹」。

登龍臺，

【注】張揖曰：觀名也。在豐水西北近渭也。

【疏】張注，顔引同。《集解》引作《漢書音義》。《黄圖》卷五同。《清統志》曰：西安府，龍臺觀在鄠縣東北。

掩細柳。

【注】郭璞曰：觀名也。在昆明池南。善曰：《方言》曰：掩，息也。

【疏】郭注，顔及《正義》引同。案：此細柳乃觀名，非周亞夫屯軍所也。周亞夫屯軍之細柳，當在咸陽縣西南，已見《西京賦》疏。○《方言》十曰：奄，息也。十三曰：掩，止也。朱駿聲《説文定聲》四以爲皆「倓」之借字。《説文》曰：倓，安也。案：尤本「掩」下有「者」字，誤衍。依袁、茶二本删。○首、柳，幽部。

觀士大夫之勤略，

【注】司馬彪曰：略，巡行也。

【疏】《淮南·兵略篇》許注曰：略，獲得也。司馬注殆非。顔曰：略，智略也。觀士之勤，大夫之略也。亦非。

均獵者之所得獲。

【注】郭璞曰：平其多少也。

【疏】五臣「均」作「鈞」，《史》、《漢》同。《集解》引徐廣曰：「鈞」一作「診」。《史》「獵」作「獠」。○吴先生曰：此借「均」爲「診」。《説文》：診，視也。○郭注，顔引同。

徒車之所轥轢，

【注】郭璞曰：徒，步也。轢，輾也。善曰：輾，女展切。

【疏】五臣「徒」上有「觀」字。《史》「轥」作「轔」。《漢》作「閵」。○郭注，顔引同。「轢」字上有「閵，踐也」三字。案：徒謂徒衆。《詩·車攻》：選徒囂囂。《周禮·夏官·大司馬》：撰車徒。此徒車即謂車徒，言人徒所躪踐，車乘所轢輾也。

步騎之所蹂若，人臣之所蹈籍。

【注】善曰：《廣倉》曰：若，蹈足貌。

【疏】《史》「步」作「乘」，「臣」作「民」。《漢》無「步」「臣」二字。五臣「若」作「踖」。袁、茶二本「籍」作「藉」，《史》作「躤」。○顔曰：蹂若，謂踐蹋也。蹂，音人九反。胡紹煐曰：按，《玉篇》：踖，蹈足貌。當本《廣倉》。《廣韻·二十二陌》：踖，踐也。此作「若」，蓋「踖」之省。步瀛案：「踖」，後出字，古止作

「若」。劉攽以爲助辭，非也。○「籍」、「藉」字通。《荀子·王霸篇》楊注曰：藉，踐也。《廣韻》曰：躤，踐也。並同。

與其窮極倦𠛱，驚憚讋伏，

【注】郭璞曰：窮極倦𠛱，疲憊者也。驚憚讋伏，怖不動貌也。𠛱，音劇。憚，丁曷切。讋，之涉切。

【疏】五臣「倦」作「踡」。《史》「𠛱」作「谻」，《漢》作「𧮫」，皆誤。當作「谻」，已見《子虛賦》。《史》「讋」作「慴」。○郭注，顔引同。「疲憊」下無「者」字，「怖」上有「讋」字。「𠛱，音劇」以下，顔注同。

不被創刃而死者，他他籍籍。

【注】郭璞曰：言交横也。他，徒河切。

【疏】五臣「刃」下有「怖」字。《史》「他」作「佗」，《漢》作「它」。吕錦文曰：「他」與「佗」、「它」義同。五臣「籍」作「藉」，《漢》同。

填阬滿谷，掩平彌澤。

【注】善曰：《廣雅》曰：大野曰平。

【疏】五臣「掩」作「揜」，《史》同。與「奄」、「弇」義同。○顔曰：平，平原也。彌，亦滿也。案：《漢書·鄭當時傳》顔注曰：填，滿也。《後漢書·馬融傳》注引《蒼頡篇》曰：阬，壑也。《淮南·天文篇》高注曰：掩，蔽也。《西京賦》薛注曰：彌，亦掩也。○善引《廣雅》見《釋地》。○略、獲、若、籍、𠛱、澤，魚部。○以上天子觀獵而還，歷行各處，數獵者之所獲。

於是乎遊戲懈怠，置酒乎顥天之臺，

【注】張揖曰：臺高上干顥天也。

【疏】《史》「顥」作「昊」。○張注，顔及《索隱》引「顥」皆作「皓」，蓋張本作「皓」也。顔曰：顥音胡考反。

張樂乎膠葛之寓。

【注】郭璞曰：言曠遠深貌也。

【疏】《史》「膠葛」作「轇輵」，「寓」作「宇」。錢大昭曰：寓，籀文「宇」。《荀子·賦篇》：精微乎毫毛，而充盈乎大寓。亦作「寓」。案：《東京賦》：德寓天覆。亦作「寓」。○吕向曰：言遊獵疲怠，乃置酒設樂於此。○郭注，顔及《索隱》引同。○王先謙曰：膠葛，猶今言寥廓也。

撞千石之鍾，

【注】張揖曰：千石，十二萬斤也。

【疏】五臣「鍾」作「鐘」，《史》、《漢》同。「鐘」乃本字，古書多以「鍾」爲之。○《説文》曰：䄷，百二十斤也。經傳皆以「石」爲之。沈欽韓曰：《齊策》：左右曰：「大王撞千石鐘，萬石虡。」《舊唐書·樂志》：《漢儀》云：高廟撞千石之鍾十枚，卽《上林賦》所謂也。○張注，顔引同。

立萬石之虡。

【注】張揖曰：虡，獸，重百二十萬斤，以俠鍾旁。

【疏】《史》「虡」作「鉅」。王先謙曰：借字。○顔曰：虡，獸名也。立一百二十萬斤之虡以縣鐘也。案：《説文》曰：虞，鐘鼓之柎也。飾爲猛獸。从虍、畀，象形其下足。段曰：謂丌也。丌者，下基也，虞之迫地者也。重文作「鐻」，曰，虞或从金、豦。段曰：「或」當作「篆」。《周禮·典庸器》注：横者爲筍，從者爲鐻。《釋文》曰：「鐻」，舊本作此字，今或作「虡」。按：經典「鐻」字，衹此一處。此字蓋秦小篆，李斯所作也。《秦始皇本紀》：收天下兵，聚之咸陽，銷以爲鐘鐻。本篇引賈生論云：銷鋒鑄鐻。《三輔黄圖》曰：始皇收天下兵，銷以爲鐘鐻，高三丈。字皆正作「鐻」。蓋梓人爲虞本以木，始皇乃易以金。李斯小篆乃改爲从金、豦聲之字。司馬賦正謂秦物。《史記》作「鉅」，即「鐻」之異者也。案：重文又作「虡」，曰：篆文「虞」。段曰：《五經文字》曰：虞，《説文》「虡」也。「虡」，隸省也。然則「虡」爲隸字，不用小篆而改省古文，後人所增也。胡紹煐曰：古制，虡皆以木，故《攷工記》筍虡屬梓人。《爾雅·釋器》：木謂之虡。秦始皇易木爲金，故字作「鐻」。古鐘大不過鈞，量不過石，故虡用木。千石之鐘，則十二萬斤，非萬石之虡，恐不能勝。《説苑》亦云：秦博士對始皇建千石之鐘，立萬石之虡，蓋當時漢承秦制如此，故非張大之辭矣。案：《説苑》見《至公篇》。

建翠華之旗，樹靈鼉之鼓。

【注】張揖曰：以翠羽爲葆也，以鼉皮爲鼓也。郭璞曰：華，葆也。

【疏】張注，顔説同。《集解》引郭曰：木貫鼓中，加羽葆其上，所謂樹鼓。王先謙曰：案，《後漢·光武紀》下注葆車，謂上建羽葆也。合聚五采羽，名爲葆羽。葆自言建旗，不涉樹鼓，疑郭誤。

奏陶唐氏之舞，

【注】如淳曰：舞咸池也。善曰：《尚書》曰：惟彼陶唐。孔安國曰：陶唐，堯氏也。

【疏】如注，顔引同。又引郭曰：陶唐，堯有天下號也。顔曰：二家之説皆非也。陶唐，當爲「陰康」，傳寫字誤耳。《古今人表》有葛天氏、陰康氏。《吕氏春秋》曰：昔陰康氏之始，陰多滯伏湛積，陽道壅塞，不行其序。民氣鬱閼，筋骨縮栗不達，故作爲舞以宣導之。高誘亦誤解云：陶唐，堯有天下之號也。案：《吕氏》説陰康之後，方一一歷言黄帝、顓頊、帝嚳，迺及堯、舜作樂之本，皆有次第，豈再陳堯而錯亂其序乎？蓋誘不視《古今人表》，妄改易《吕氏》本文。張雲璈曰：按章懷注《後漢書・馬融傳》引作「陰康」，則吕本之誤可知。然師古以辨高誘注則是，若以相如之賦亦誤，未見其確。賦非用《吕氏》，安在其不可作「陶唐」也？故《史》、《漢》舊注皆作堯解，而李氏亦無異説。梁章鉅曰：案，此師古所見《吕氏春秋》本與今本異。今本《古樂篇》「陰康」仍作「陶唐」，「湛積」上有「而」字，「陽道」作「水道」，「序」作「原」，「鬱閼」下多「而滯著」三字，「縮栗」作「瑟縮」。高誘注作「陶唐氏，堯之號」。疑高氏本如此也。此賦李注亦沿其誤，惟章懷注《後漢書・馬融傳》引作「陰康」耳。胡紹煐曰：古「陰」字多誤爲「陶」。《水經・河水注》：秦始皇並河以東屬之陰山。今本譌作「陶」。《御覽・學部》引劉向《七略》曰：古文或誤以「陶」爲「陰」。此文誤「陰」爲「陶」，古書之展轉相譌如此。「康」與「唐」形亦相似，或本作「陰康」，如師古所云。《樂府雜録》：昔有陰康，始教民舞。即指《吕氏春秋》而言也。案：傅玄《樂府雜録》見《北堂書鈔・樂部》三引。○寓、虞、鼓、舞，魚部。

聽葛天氏之歌。

【注】張揖曰：葛天氏，三皇時君號也。其樂，三人持牛尾，投足以歌八曲。一曰載氏，二曰玄鳥，三曰育草木，四曰奮五穀，五曰敬天常，六曰徹帝功，七曰依地德，八曰總禽獸之極。韋昭曰：葛天氏，古之王者。其事見《呂氏春秋》。善曰：《呂氏春秋》云：葛天氏之樂以歌八闋。一曰載民，三曰遂草木，六曰建帝功。今注以「闋」爲「曲」，以「民」爲「氏」，以「遂」爲「育」，以「建」爲「徹」，皆誤。

【疏】《集解》引《漢書音義》曰：葛天氏，古帝王號也。《呂氏春秋》曰：葛天氏之樂，三人操牛尾，投足以歌。案：見《古樂篇》。○張注，顏引同。「載氏」作「戴民」，今《選》注「氏」亦作「民」。胡克家謂「民」當作「氏」，下有明文。梁章鉅曰：惟毛本不誤。案：今據毛本改。《索隱》引《呂氏春秋》與善同。惟避唐諱改「民」作「人」。案：今本《呂氏春秋・古樂篇》作「達帝功」。畢沅校據善注改爲「建帝功」。王念孫《讀書志餘》上曰：「徹」與「達」，義同而聲亦相近，故張揖引作「徹」。李善駁之，誤也。至今本《文選》注「達」作「建」，乃傳寫之誤。「建」與「徹」聲義皆不相近，若本是「建」字，張揖無緣改爲「徹」。考《初學記・樂部》上、《太平御覽・樂部》引此並作「達帝功」，則作「達」者是也。原注曰：《史記索隱》引作「建帝功」，亦後人據誤本《文選》改之。梁章鉅曰：按，張、李所見《呂氏春秋》皆與今本異。今本《古樂篇》「持牛尾」作「操牛尾」，「禽獸」作「萬物」。《史記索隱》及《初學記》十五引並作「總禽獸之極」，與此注合。則今本「萬物」字亦誤。

千人倡，萬人和。

【疏】茶陵本校曰：「倡」，五臣作「唱」，是。李注本作「倡」，尤本仍作「唱」，殆羼入五臣耳。《史》同。《文心雕龍·事類篇》引作「倡」，蓋善本同。「倡」乃「唱」之通借字。○梁玉繩《史記志疑》卷三十四曰：按《文心雕龍·事類篇》曰：陳思王《報孔璋書》云：葛天氏之樂，千人唱，萬人和。聽者因以蔑《韶》、《夏》矣。案：葛天氏之歌，唱和三人而已。相如《上林》濫侈葛天，推三成萬，信賦妄書，致斯謬也。余謂千唱萬和，此賦乃總承上文，非專屬葛天。謬在陳思，不在相如。梁章鉅説同。又紀昀評《文心雕龍》曰：千人萬人，自指漢時之歌舞者，不過借陶唐、葛天，點綴其事，非即指上二事也。子建固誤，彦和亦未詳考也。

山陵爲之震動，川谷爲之蕩波。

【注】郭璞曰：波浪起也。

【疏】《史》《集解》引徐廣曰：「動」，一作「勳」。○胡紹煐曰：「波」與「播」同。《尚書·禹貢》滎波，《史記·夏本紀》作「播」。《周禮·職方》波溠注：「波」讀爲「播」。《左·襄二十五年》杜注：播蕩流移，卽摇動之意。倒言之，亦曰蕩波。郭望文生訓，失之。

巴渝宋蔡，淮南干遮，

【注】郭璞曰：巴西閬中有渝水，獠居其上，皆剛勇好舞。初，高祖募取，以平三秦。後使樂府習之，因名巴渝舞也。張揖曰：《樂記》曰：宋音燕女溺志。蔡人謳員三人，淮南鼓員四人。干遮，曲名。

【疏】《史》、《漢》「渝」作「俞」。《史》「干」作「于」。○郭注，《集解》引同。「渝」作「俞」。袁本、茶陵本無「皆剛勇」三字。《索隱》同。顔曰：巴俞之人，剛勇好舞。初，高祖用之克平三秦，美其功力。後使樂府習之，因名巴俞舞也。案：已見《蜀都賦》。錢大昕《廿二史攷異・史記》五曰：「巴渝」當作「嗙喻」。《説文》引司馬相如説淮南宋蔡，歌舞嗙喻，正据此賦。蓋以宋蔡嗙喻與淮南于遮對文也。錢大昭説同。案：《説文・口部》嗙下引並無「歌」字。二錢誤增。孫志祖《文選考異》引亦沿其失。段玉裁謂「淮南宋蔡舞嗙喻」七字，乃《凡將篇》之一句，是也。朱珔、胡紹煐皆以錢説爲非。嗙喻自出《凡將篇》，非此賦也。○《索隱》引張揖曰：《禮・樂記》曰：宋音宴女溺志。蔡人謳員三人，《楚詞》云：吴謡蔡謳。淮南鼓員四人，于遮曲是其意也。與此引小異。顔曰：宋、蔡，二國名。淮南，地名。步瀛案：鼓員人數，見《漢書・禮樂志》。《志》又曰：巴俞鼓員三十六人。又案：「干」、「于」字易相亂，而曲名亦無考，未知何字爲是。方以智《通雅》卷五謂于遮即于諸之聲。《哀六年・公羊傳》：于諸其家。何休注：于諸，置也，齊人語也。然與曲名不可通。朱珔謂或如唐時《于蔿》、《于案》，此元德秀所作歌名，見《新唐書・卓行傳》，恐未可以例漢曲也。

文成顛歌。

【注】文穎曰：文成，遼西縣名也。其縣人善歌。顛，益州顛縣。其人能作西南夷歌也。「顛」與「滇」同也。

【疏】《集解》、《索隱》並引郭曰：未聞。○文注，顔及《索隱》引同。案：漢遼西郡文成縣，今河北盧龍縣地。○《索隱》引「顛與滇同也」，作「顛即滇也」。顔曰：「顛」即「滇」字也。其音則同也。案：已見

《蜀都賦》滇池疏。吾友袁樹五《卧雪詩話》曰：滇之有歌，由來久矣。相如《上林賦》：文成顛歌。文穎注：顛縣其人善歌。惜乎歌詞無一字傳耳。范曄據《東觀漢記》等籍作《後漢書·西南夷傳》，載白狼王唐菆等《遠夷樂德》、《遠夷慕德》、《遠夷懷德》三歌。《傳》言唐菆等百餘國，其盛況可知。夷語三歌，其文化可知。田恭譯詞美韵協，漢帝下史官録之。曄載恭之譯文，滇詩略采入，而菆之夷文則闕如，不足以昭當日之真相。幸《東觀漢記》具載夷文，故李賢得引之以注范書也。《説苑·善説篇》云：鄂君子晳汎舟，越人擁揖而歌云云。子晳曰：「吾不知越歌，子試爲我楚説之。」乃召越譯楚説之云云。按，越語原文三十二字，譯文五十四字。原文不可通，正與唐菆原文同。菆之原文，一字一音，一音一意，原文一百七十六字，譯文悉同。兩用「隨旅」，俱譯「向化」，《漢傳》「臣僕」不譯而同，蓋滇語與漢爲近，尤勝於越人字音參差焉。漢化之漸染，顛歌之大略，並可推測而知之。○和、波、歌，歌部。遮，魚部。通韵。

族居遞奏，金鼓迭起。

【注】張揖曰：族，聚也。郭璞曰：遞，迭也。徒結切。

【疏】《史》「居」作「舉」，《集解》引徐廣曰：一作「居」。王念孫《雜志·漢書》十曰：「居」讀爲「舉」。族舉者，具舉也。迭奏者，更奏也。《荀子·王制篇》云：舉錯應變而不窮。《非相篇》云：居錯遷徙，應變不窮。「居錯」卽「舉錯」。《書·大傳》：民能敬長憐孤，取舍好讓，舉事力者。《韓詩外傳》「舉」作「居」，是「舉」、「居」古字通也。步瀛案：王引《書傳》據《御覽·布帛部》一陳祥道《禮書》十四引。《韓詩外傳》見卷六。《説苑・脩文篇》亦作「居」。○顔曰：金，鐘也。鐘之與鼓，亦互起也。迭，音徒結反。

鏗鎗闛鞈，洞心駭耳。

【注】善曰：鏗鎗，鍾聲也。闛鞈，鼓音也。《毛詩》曰：擊鼓其鏜。字書曰：鞨，鼓聲。「闛」與「鏜」、「鞨」與「鞈」，古字通。闛，託郎切。鞈，音榻。

【疏】《史》「闛鞈」作「鏜鼛」。《集解》引郭曰：鏜鼛，鼓音。《類聚》「鞈」作「鞜」。○顔曰：鏗鎗，金聲也。闛鞈，鼓音也。洞，徹也。駭，驚也。鏗，音口耕反。鎗，音切衡反。闛鞈音與善同。○《毛詩》見《衛風・擊鼓》。毛傳曰：鏜然擊鼓聲也。《玉篇・革部》鞨云：兵器。不言鼓聲。善引字書，不詳所出。案：《説文》曰：鼞，鼓聲也。引《詩》：擊鼓其鼞。鼛，鼙聲也。「鞈」，古文「鼛」，從革。杜宗玉曰：《説文・金部》曰：鏜，鼓鐘聲也。鼓鐘，謂擊鐘也。字從金。于鼓言「鏜」爲假借字。蓋「闛」即「鼞」字，「鏜」爲「闛」之假借字。《司馬法》：鼓聲不過閶。此又假「閶」爲「鼞」也。《投壺音義》曰：鼓其聲高，其音鏜鏜然。闛、鏜，均堂聲也。《司馬法》曰：鼙聲不過闒。「闒」即「鼛」字也。《投壺音義》曰：鼙其聲下，其音榻榻然。「榻」亦即「鼛」也。○起、耳，之部。

荆、吴、鄭、衛之聲，

【注】郭璞曰：皆淫哇也。善曰：《禮記》曰：鄭、衛之音，亂世之音也。

【疏】郭注，顔引作「皆淫哇之聲」。○善引《禮記》見《樂記》。

韶、濩、武、象之樂，

【注】文穎曰：韶，舜樂也。濩，湯樂也。大武，武王樂也。張揖曰：象，周公樂也。南人服象，爲虐於夷。成王命周公以兵追之，至於海南，乃爲三象樂。

【疏】五臣「濩」作「護」。○文注，顔引同。唯「武」上無「大」字。○張注，顔引同。《呂氏春秋·古樂篇》曰：成王立，殷民反，王命周公踐伐之。商人服象爲虐于東夷，周公遂以師逐之，至于江南，乃爲三象以嘉其德。宋翔鳳謂「商人」當作「南人」，「江」當作「海」，卽依此注。

陰淫案衍之音。

【注】郭璞曰：流沔曲也。衍，弋戰切。

【疏】郭注顔引「沔」作「湎」。王先謙曰：《詩·賓之初筵》《序》：沈湎淫液。箋：淫液者，飲酒時情態也。故郭以陰淫案衍之音爲流湎曲。《左傳·昭元年》：醫和曰：陰淫寒疾。此陰淫二字所本。案衍，見上。又，《文選·琴賦》案衍陸離是也。《周禮·宮正》注：淫，放濫也。《詩·板》毛傳：衍，溢也。長言之，則爲陰淫案衍；約言之，則爲淫衍。魏文帝《愁霖賦》：潦淫衍而横湍。阮籍《東平賦》：言淫衍而莫止兮。皆其義。謂其過而無節也。吴先生曰：「案衍」，猶《長楊賦》之「晏衍」。

鄢郢繽紛，激楚結風。

【注】李奇曰：鄢，今宜城縣也。郢，楚都也。繽紛，舞也。張揖曰：楚歌曲也。文穎曰：衝激急風也。結風，亦急風也。楚地風氣既自漂疾，然歌樂者猶復依激結之急風爲節也。其樂促迅哀切也。

【疏】李奇注，顔引同。《史記·楚世家》《集解》引服虔曰：鄢，楚别都也。又引杜預曰：襄陽宜城縣。《正義》引《括地志》曰：故鄢城在襄州安養縣北三里。《清統志》曰：湖北襄陽府，宜城故城在今宜城縣南。《漢書·地理志》：南郡江陵。原注曰：故楚郢都。《説文》曰：郢，故楚都，在南郡江陵北十里。《清統志》曰：湖北荆州府，江陵故城，今江陵縣治。○錢大昭曰：楊雄《反離騷》云：暗纍以其繽紛。注：繽紛，交雜也。《楚辭·九懷》云：撫余佩兮繽紛。王逸注：持我玉帶相糾結也。張有以《説文》之「闠閔」二字當之，音義俱合。案：見《復古編》卷下。王先謙曰：謂楚歌楚舞，交雜並進。古歌必兼舞，李專以繽紛爲舞貌，非也。○張注「楚」上疑脱「激」字。《集解》引郭曰：激楚，歌曲也。《列女傳》曰：聽激楚之遺風。案：今《列女傳》無此語。顔亦引郭注上句以歌曲解「激楚」，疑與張同。○文注，《索隱》引同。「衝」上有「激」字。袁、茶二本同。胡克家曰：《舞賦》及《七發》注有。《七命》注「衝激」作「激衝」，脱下「激」字，當互訂。又，《索隱》「結風」下有「回風」二字。胡曰：《舞賦》、《七發》、《七命》注皆有，依文義有者是也。各本此注脱。○顔曰：結風，亦曲名也。案：《楚辭·招魂》曰：發激楚些。又曰：激楚之結。王逸以結爲頭髻，洪興祖以結爲束髪，皆非。《淮南·原道篇》曰：揚鄭、衛之浩樂，結激楚之遺風。高注曰：遺風，猶餘聲也。枚叔《七發》曰：發激楚之結風，揚鄭、衛之浩樂。成公綏《嘯賦》曰：收激楚之哀荒，節北里之奢淫。激楚或與鄭、衛對文，或與北里對文，張、郭以爲歌曲，是也。而《七發》結風與浩樂對文，亦猶《淮南》之言遺風，當解爲餘聲，不當解爲曲名。吴先生曰：此賦激楚結風，即《招魂》所謂激楚之結也。不當作曲名解。文穎以結風爲急風，説雖不合，然不以爲曲名。惟傅武仲《舞賦》曰：激楚結風，陽阿之舞。結風與激楚、陽阿並稱，似是所舞曲名。步瀛案：此賦則二説皆可通，故顏從《舞賦》解爲曲名耳。○音、風，侵部。

俳優侏儒，狄鞮之倡。

【注】善曰：《三蒼》曰：俳，倡也。優，樂也。《禮記》曰：夫新樂及優侏儒。郭璞曰：狄鞮，西戎樂名也。鞮，丁奚切。

【疏】五臣「倡」作「唱」。○玄應《一切經音義》二十二引《三蒼》：俳，嘯也。慧琳《音義》四十八所載亦同。疑皆誤。《説文》曰：俳，戲也。優，一曰倡也。顏曰：俳優侏儒，倡樂可狎玩者也。○《禮記》，見《樂記》。鄭注曰：俳優雜戲，侏儒短小之人。《後漢書・張升傳》注曰：侏儒，短人能爲優俳也。○郭注，顏引同。顏引張揖曰：狄鞮，西方譯名。案：《王制》：西方曰狄鞮，北方曰譯。鄭注曰：鞮之言，知也。張説與《王制》合。以此處言音樂，故顏曰：郭説是也。《集解》引徐廣曰：韋昭云：狄鞮，地名，在河内，出善倡者。又與張、郭異，殆非是。

所以娱耳目樂心意者，麗靡爛漫於前。

【注】郭璞曰：言恣所觀也。

【疏】《史》「目」下有「而」字。○郭注，顏引同。《索隱》引「所」作「其」，下云《列女傳》曰：桀造爛漫之樂。案：見《孽嬖傳》。

靡曼美色，

【注】張揖曰：靡，細也。曼，澤也。善曰：言作樂於前者，皆是靡曼美色也。下或云「於後」，非也。

【疏】五臣「色」字下有「於後」二字，蓋依《史》、《漢》增。然《史》、《漢》亦淺人所增也。今刪。○張注，顔及《索隱》引同。《索隱》下又曰：《韓子》：曼服皓齒也。步瀛案：《韓子·揚權篇》作「曼理皓齒」，《索隱》作「服」，字誤。○袁、茶二本「美色也」作「也色」二字。胡克家曰：「也」句絶。「色」屬下，尤添改失之。步瀛案：胡氏説恐非。此注「下」字上脱「色」字，二本「也」字上脱「美色」二字耳。當互補。又案：善注以有「於後」二字爲非，是也。而以「靡曼美色」四字屬上「於前」，亦未合。吴先生曰：此四字貫下若夫青琴宓妃之徒十二字爲一句，言靡曼美色如青琴、宓妃其人，皆侍酒也。上文麗靡爛漫於前，與下色授魂與，心愉於側相對爲文。上言音樂，下言女色。此處有「於後」二字，甚不詞。淺人妄增。

若夫青琴、宓妃之徒。

【注】伏儼曰：青琴，古神女也。如淳曰：宓妃，伏羲氏女。溺死洛，遂爲洛水之神。

【疏】《漢》「宓」作「虙」。顔曰：虙，讀與「伏」字同。字本作「虙」也。案：《顔氏家訓·書證篇》曰：虙字从虍，宓字从宀，下俱爲「必」。孔子弟子虙子賤，卽虙羲之後。俗字或復加「山」。《子賤碑》云：濟南伏生，卽子賤之後。是「虙」之與「伏」，古來通用。誤以爲「宓」，斷可知矣。○《集解》引《漢書音義》曰：皆古神女名。○伏注，顔及《索隱》引同。○如注：《索隱》引同。顔引文穎曰：虙妃，洛水之神女也。餘見《甘泉賦》。

絶殊離俗，

【注】郭璞曰：離俗，無雙也。

【疏】郭注，顔引作「世無雙也」，《索隱》引作「俗無雙」。

妖冶嫺都。

【注】善曰：字書曰：妖，巧也。《説文》曰：嫺，雅也。或作「閑」。《小雅》曰：都，盛也。

【疏】《史》《索隱》「妖」作「姣」，引郭曰：姣，好也。《詩》云：姣人嫽兮。《方言》云：自關而東，河濟之閒，凡好謂之姣。音絞。案：《詩》見《月出》，《方言》見卷二。姣、妖音義皆相近。五臣「嫺」作「閑」。《漢》同。《類聚》引亦作「閑」。「閑」，「嫺」之通借字。○顔曰：妖冶，美好也。閑都，雅麗也。○《説文·女部》「妖」作「𡝮」，曰：巧也。《詩》曰：桃之𡝮𡝮。女子笑皃。段曰：蓋三家《詩》也。釋爲女子笑皃，以明「𡝮」之別一義。步瀛案：此當從後一義。善引字書恐未合。後引《説文》亦見《女部》。○《小雅》見《廣言》。《索隱》引郭曰：都，雅也。○徒、都，魚部。

靚糚刻飾，便嬛綽約。

【注】郭璞曰：靚糚，粉白黛黑也。刻，刻畫鬋鬢也。便嬛，輕利也。綽約，婉約也。善曰：《莊子》曰：綽約若處子。嬛，音翾。靚，音浄。

【疏】《史》、《漢》「糚」作「莊」。《説文》：妝，飾也。「莊」乃借字。「糚」，俗字耳。《類聚》作「粧」，尤非。

《史》「飾」作「飭」，二字亦通借。《禮記・樂記》：飾情合貌。《釋文》本作「飭」，又復亂以「飭」歸。《史記・樂書》作「飾」。《漢》「綽」作「繛」。呂錦文曰：《說文》作「繛約」，字皆从素，「綽約」乃省文也。○郭注，顏引同。「糚」作「莊」，「綽」作「繛」。下又曰：嬛，音翾。靚，音淨。《集解》但引郭注首句。王先謙曰：靚，同「靜」。《後漢・南匈奴傳》：豐容靚飾。《說文》：靚，女鬢垂皃。刻飾，以膠刷鬢，使就理如刻畫然也。○梁章鉅曰：《莊子・逍遙遊篇》：淖約如處子。《楚辭・九章》：外承歡之汋約兮。司馬彪、王逸注並云：好貌。皆字異義同。呂錦文又引《荀子・宥坐篇》：淖約微達似察。並同。

柔橈嫚嫚，嫵媚孅弱。

【注】郭璞曰：柔橈、嫚嫚，皆骨體耎弱長豔貌也。孅弱，弱顏也。善曰：《埤蒼》曰：嫵媚，悦也。孅弱，謂容體孅細柔弱也。《方言》曰：自關而西，凡物小謂之孅。橈，女教切。嫚，於圓切。嫵，音武。孅，即「纖」字。

【疏】《史》「嫚」作「嬛」。《集解》引徐廣曰：嬛，音娟。《索隱》引《廣雅》曰：嬛嬛，容也。張揖曰：嬛嬛，猶婉婉也。《漢》作「嬽」。《說文》：嬽，好也。《繫傳》曰：此今人所書「娟」字也。《廣雅・釋詁》一與《說文》同。梁章鉅曰：《廣雅・釋訓》曰：嬽嬽，容也。不作「嫚」，亦不作「嬛」。顏曰：嬽，音於圓反。與善注「嫚」音同。胡克家曰：「嫚嫚」當作「嬽嬽」。善注於圓切，正爲「嬽」字作音，或五臣誤爲「嫚」而各本亂之耳。《史記》作「嬛」，亦「嬽」字之譌。朱珔曰：作「嫚」以形似而譌。《史記》作「嬛」者，「嬽」即今「娟」字，《論語》「狂狷」，《孟子》作「狂獧」，故「娟」亦或作「嬛」也。但《說文》：嬛，材緊也。引《春秋傳》：嬛嬛在疚。與上文便狷輕利也可通，而非此義矣。案：今《左傳·哀十六年》「嬛」作「煢」。胡紹煐曰：此作「嫚」，蓋後人所改。王先謙曰：《説文》：嫚，侮易也。嬛，材緊也。嫚嫚、嬛嬛，皆借字之誤。《史》「孅弱」作「姌嫋」，《集解》引徐廣曰：姌，音乃冉反。《説文》曰：姌，弱長貌。段注曰：《毛詩》曰荏染柔意也。荏染，卽姌也。案：見《巧言》傳。「姌」與「孅」古同部，義亦通。《索隱》作「孅弱」，五臣「孅」作「纖」。○郭注，《索隱》引同。「嫚」作「嬛」，「弱顔也」作「弱皃」。弱顔字見《楚辭·招魂》，但此處似作「皃」爲合。《淮南·時則篇》高注曰：橈，弱也。顔曰：橈，動曲也。恐非。○《埤蒼》，《索隱》引同。○《方言》見卷二。今本作「凡物小或曰纖」。案：《説文》：纖，細也。孅，鋭細也。段曰：「孅」與「纖」音義皆同，古通用。

曳獨繭之褕絏，眇閻易以卹削。

【注】張揖曰：褕，襜褕也。絏，袖也。郭璞曰：獨繭，一繭之絲也。閻易，衣長大貌也。卹削，言如刻畫作之也。善曰：褕，音踰。絏，音曳。易，弋示切。

【注】《史》「曳」作「抴」，「絏」作「袘」，《索隱》與《漢》皆作「紲」。朱珔曰：「袘」本「衪」之隸變。《説文》云：裾也。《士昏禮》鄭注：以爲裳緣。《子虛賦》：揚袘戌削。注亦引張説袘，衣袖也。紲，卽《説文》之「褋」，襌衣也。省作「紲」。「紲」或作「袣」，猶羈紲之「紲」，一作「絏」也。此處作「絏」，殆本「袣」字而誤从糸耳。蓋「袘」、「紲」、「袣」皆「袂」之音近借字也。步瀛案：《索隱》引《埤蒼》曰：紲，衣長皃也。朱駿聲《説文定聲》十三以爲卽「裔」字。《説文》：裔，衣末邊也。義亦通。五臣「卹」作「戌」，《史》同。

《索隱》與《漢》皆作「恤」。○張注，顏及《索隱》引同。「袣」皆作「𧘂」。顏引「袖」作「褎」，字同。○郭注，顏及《索隱》引同。「絲」上無「之」字，「長」下無「大」字，「卹」皆作「恤」。《索隱》「作」下亦無「之」字。《集解》引徐廣曰：抴，音曳，襜褕。案：《説文・申部》：曳，臾曳也。《手部》：抴，捈也。捈，臥引也。曳、抴二字，義略同，音亦通轉。「襜褕」似當作「褕，襜褕」，與張同。下又曰「闟易，衣長皃。戌削，言如刻畫作之」，與郭同。

便姍嫳屑，與俗殊服。

【注】郭璞曰：衣服婆娑貌。善曰：便，步千切。姍，音先。嫳，步結切。

【疏】《史》「姍」作「姺」，「嫳屑」作「徶循」。《史》、《漢》「俗」作「世」。○郭注，《集解》引同。顏曰：言其行步安詳，容服絶異也。朱珔曰：《南都賦》亦敍姣服之人，云蹴蹜蹁躚。「蹁躚」與「媥姺」同。「蹴蹜」與「徶循」同。彼注正引此賦語便姍嫳屑爲證，是一致矣。釋義似顏説得之，但行步則衣服自有婆娑之狀，義亦相足。

芬芳漚鬱，酷烈淑郁。皓齒粲爛，宜笑的皪。

【注】郭璞曰：香氣盛也。漚，一候切。又曰：鮮明貌也。善曰：《楚辭》曰：美人皓齒嫮以姱。又曰：嫮目宜笑娥眉曼。皪，音礫。

【疏】《史》「芳」作「香」。○顏引郭曰：香氣盛也。顏曰：漚，音一候反。則「漚，一候切」四字非郭注。袁、茶二本無「香氣盛也。漚，一候切。又曰」十字，疑尤據《漢書》注增而誤入顏注。○鮮明貌也，顏及《索隱》引同。《索隱》下引《楚詞》作「美人皓齒以姱」。「以」上脱「娉」字。袁、茶二本作「妧」，此注作「娉」。胡克家以爲尤改。案：《大招》曰：朱脣皓齒，嫭以姱只。舊校曰：「朱脣」，一作「美人」。「嫭」，一作「娉」。又曰：娉目宜笑，娥眉曼只。洪《補注》曰：「娉」與「嫭」同。《索隱》引作「娥眉笑以的皪」，非也。

長眉連娟，微睇緜藐。

【注】郭璞曰：連娟，言曲細也。緜藐，遠視貌。善曰：娟，一全切。睇，大計切。藐，音邈。

【疏】郭注，《索隱》引「言」作「眉」，顏引「遠視」作「視遠」。王念孫曰：此非謂遠視也。緜藐，好視貌。已見《西京賦》略藐疏。胡紹煐曰：緜藐，謂微視貌也。《廣雅·釋詁》四：紗緢，微也。曹憲紗音眇，緢音蔑。《集韻》緢音緜。緜藐與緢紗音義相近。《説文》：緜，聯微也。《廣雅·釋詁》二：緜，小也。《方言》十三云：眇，小也。小謂之緜藐，微亦謂之緜藐，因而微視亦謂之緜藐。王氏云：緜藐，好視貌。微則好矣，二義本相足。吕錦文曰：《江賦》：江妃含嚬而矊眇。「緜眇」即「矊眇」也。

色授魂與，心愉於側。

【注】張揖曰：彼色來授，我魂往與接也。愉，音踰。

【疏】張注，顏及《索隱》引同。顏曰：愉，樂也。音踰。《索隱》引張注下又云：愉，音踰，往也。愉，悦也。二義並通也。吴先生曰：「愉」與「輸」通。借心輸與色授魂與平列爲文。於側，與上麗靡爛漫於前對文也。○約、弱、削、皪、邈，宵部。服、郁、側，之部。通韵。○以上置酒張樂。

於是酒中樂酣，

【注】郭璞曰：中，半也。中仲切。

【疏】顏曰：酒中，飲酒中半也。樂酣，奏樂洽也。中音竹仲反。據此，則本注中仲切，「中」下蓋脱「竹」字。

天子芒然而思，似若有亡，

【注】司馬彪曰：亡，喪也。

【疏】顏曰：芒然，猶罔然也。芒，音莫郎反。似若有亡，如有失也。

曰：嗟乎！此大奢侈。朕以覽聽餘閒，無事棄日。

【注】善曰：言聽政既有餘暇，無事而虚棄時日也。閒，音閑。

【疏】袁、茶二本「大」作「太」，《類聚》同。《史》作「泰」，「棄」作「弃」，字同。五臣「閒」作「閑」。○顏曰：言聽政餘暇，不能棄日也。《漢書補注》引蘇輿曰：言閒居無事，是虚棄此日，故順天殺伐。顏注未晰。

順天道以殺伐，

【注】郭璞曰：因秋氣也。善曰：《家語》：孔子曰：啟蟄不殺，則順天道也。

【疏】郭注，顏引同。○《家語》見《弟子行篇》。

時休息於此。

【注】郭璞曰：謂苑囿中也。

【疏】郭注，顔引同。

恐後葉靡麗，遂往而不返。非所以爲繼嗣創業垂統也。

【注】郭璞曰：言不可以示將來也。善曰：爲，于僞切。《孟子》曰：君子創業垂統爲可繼也。

【疏】五臣「葉」作「世」。《史》、《漢》同。〇郭注，顔引同。〇《孟子》見《梁惠王》下。〇侈、麗，歌部。

於是乎乃解酒罷獵，而命有司曰：地可墾闢，悉爲農郊，以贍萌隸。

【注】張揖曰：邑外謂之郊，郊田也。《詩》曰：稅于農郊。韋昭曰：萌，民也。司馬彪曰：隸，小臣也。善曰：《爾雅》曰：命，告也。《蒼頡篇》曰：墾，耕也。《小雅》曰：贍，足也。

【疏】《史》無「乎」字，「可」下有「以」字。《史》、《漢》「闢」作「辟」。善本下文亦作「辟」，疑此與五臣相亂。五臣「萌」作「氓」。《漢》同，字通。〇張注本《爾雅·釋地》。顔曰，邑外謂之郊，郊野之田，故曰農郊也。《衛風·碩人》之詩曰：稅于農郊。案：今《毛詩》「稅」作「説」。〇韋注，《史記·三王世家》《索隱》引「萌」作「甿」。「萌」，「甿」之借字。《廣雅·釋詁》一曰：隸，臣也。《左·定四年》杜注曰：隸，賤臣也。司馬注小臣，意殆同。胡紹煐曰：按，隸，民也。以贍萌隸，猶本書《羽獵賦》云以贍齊民耳。《説文》：隸，著也。謂民之附著者也。民隸圖籍，故亦謂之萌隸。《列子·仲尼篇》：隸人之生。注：隸，猶羣輩也。羣輩，即指萌言。《史記·周本紀》：命南宮括以振貧窮萌隸。萌隸連文，與此同。

步瀛案：司馬注小臣固未合，胡謂民隸圖籍，故亦謂之萌隸，恐亦未確。民無不隸圖籍者，何以別之曰萌隸哉？《晉語》一：郭偃曰：「吾觀君夫人也，若爲亂，其猶隸農也，雖獲沃田而勤易之，將不克饗，爲人而已。」韋注曰：隸，今之徒也。徒，當即《周禮》府、史、胥、徒之徒。古之庶人在官者，禄足以代其耕。或分授之田使自治之，故曰獲沃田而勤易。易，治也。及罷役後，田復于官，而承其役者受之，故曰爲人而已。後世井田制壞，或有無田者，爲人傭耕，謂取其雇直而爲之耕，亦沿萌隸之稱。賈生《過秦論》曰：陳涉萌隸之人，而遷徙之徒也。《漢書·陳涉傳》曰：勝少時，嘗與人傭耕。可證萌隸之義。○善引《爾雅》見《釋詁》。○《蒼頡篇》，《爾雅·釋訓》《釋文》引同。○《小雅》見《廣言》。

隤牆填塹，使山澤之人得至焉。

【注】郭璞曰：芻蕘者往也，雉兔者往也。

【疏】五臣「隤」作「頹」，字同。《史》、《漢》「人」作「民」。○顏曰：隤，墜也。音徒回反。使山澤之民得至，恣其芻牧樵采者也。○郭注，本《孟子·梁惠王》下。○隸，脂部。至，至部。通韻。

實陂池而勿禁，虚宮館而勿仞。

【注】司馬彪曰：養魚鼈滿陂池，而不禁民取也。郭璞曰：虚，言不聚人衆其中也。仞，滿也。

【疏】五臣「仞」作「牣」。《説文》：牣，滿也。「仞」乃通借字。《史》「館」作「觀」，字通。○顏曰：實謂人滿其中，言恣其有所取也。勿仞，言廢罷之也。《正義》曰：實，滿也。言人滿陂池，任采捕所取也。仞，亦滿也。言離宮別館，勿令人居止，並廢罷也。○仞，諄部，與脂、至相轉爲韻。

發倉廩以救貧窮，補不足。

【注】善曰：蔡邕《月令章句》曰：穀藏曰倉，米藏曰廩。《孟子》：齊景公興發，補不足。趙岐曰：興惠政，發倉廩，以振貧而補不足也。

【疏】《史》「救」作「振」。○《月令章句》，本書《吴都賦》、《藉田賦》注皆引之。○《孟子》及趙注，見《梁惠王》下。

恤鰥寡，存孤獨。

【疏】《説文》曰：存，恤問也。○足、獨，侯部。

出德號，省刑罰。

【注】郭璞曰：號，號令也。

【疏】顔曰：德號，德音之號令也。《易·夬卦》曰：孚號有厲，是也。張銑曰：省，減省也。《孟子·梁惠王》上曰：省刑罰。孫奭《音義》曰：省，所梗切。

改制度，

【注】郭璞曰：變宫室車服。

【疏】制度，凡國典朝章皆是。郭但就宫室車服指斥之耳。

易服色。

【注】郭璞曰：衣尚黑。

【疏】朱銘曰：《武紀》曰：太初元年，夏五月，正曆色，尚黃。張晏曰：漢據土德，然則時雖用夏正，而服色不尚黑。

革正朔，

【注】郭璞曰：更以十三月爲正。平旦爲朔。

【疏】《史》「革」作「更」。○《禮記大傳》曰：改正朔，易服色，此其所得與民變革者也。梁章鉅曰：《尚書大傳》：夏以平旦爲朔，殷以雞鳴爲朔，周以夜半爲朔。《白虎通・三正》引同。○郭注「十三」，各本誤作「十二」。胡克家曰：何校引徐曰：「二」當作「三」。案，所校是也。《漢書・武紀》太初元年，以正月爲歲首。師古曰：謂建寅之月爲正也。郭取彼事爲義。夏以十三月爲正，原出緯書，不知者誤改之。案：胡氏説是，今改正。○罰，祭部。度、朔，魚部。通韵。

與天下爲始。

【注】郭璞曰：新其事。

【疏】善本「始」上有「更」字。五臣無，與《史》、《漢》合。案：爲始，卽更始。不宜再加「更」，字蓋誤衍。今刪。○武帝太初元年，改用夏正，色上黃，數用五。見《漢書・武帝紀》及《律曆志》上，距相如作此賦時，殆將三十年。而改正朔，易服色，於此已發其端矣。○袁、茶二本「事」下有「也」字。○色、始，之部。

於是歷吉日以齋戒，

【注】張揖曰：歷，筭也。善曰：《周易》曰：聖人以此齋戒。韓康伯曰：洗心曰齋，防患曰戒。

【疏】《史》、《漢》「齋」作「齊」。〇張注，顏引同。「筭」作「算」，「筭」乃「算」之通借字。《離騷》曰：歷吉日兮吾將行。〇善引《周易》及韓注見《繫辭》傳上。「齋」作「齊」。《釋文》曰：齊，側皆反。

襲朝服，乘法駕。

【注】司馬彪曰：襲，服也。法駕，六馬也。

【疏】《史》「服」作「衣」，《類聚》同。〇《西京賦》薛注曰：襲，服也。與司馬注同。法駕注《西都賦》已引之。

建華旗，鳴玉鸞。

【注】郭璞曰：鸞，鈴也。善曰：《楚辭》曰：鳴玉鸞之啾啾。

【疏】茶陵本「鸞」作「鑾」，《類聚》同。〇郭注，茶陵本「鸞」亦作「鑾」，顏引作「鸞」，下曰：在軓曰鸞，在軾曰和。案：《周禮・春官・大馭》注：鄭司農曰：軓，謂式前也。《吕氏家塾讀詩記》卷十八引《韓詩》曰：在軾曰和，在軛曰鸞。軛，卽衡也。此注「軓」字又或作「軌」，疑皆「軛」字之譌。《韓詩内傳》謂在衡曰鸞也，然當以《毛詩》在鑣曰鸞爲長。説見《西都賦》。〇《楚辭》見《離騷》。〇駕，歌部。鸞，元部。相轉爲韵。

游于六藝之囿，馳騖乎仁義之塗，

【注】郭璞曰：六藝，禮、樂、射、御、書、數也。《論語》曰：游於藝。塗，道也。善曰：藝，六經也。

【疏】袁、茶二本「于」作「乎」，與《史》同。《史》無「馳」字。○《正義》曰：言田獵訖，則過遊六藝而疾驅於仁義之道也。○郭注，顏引同。顏曰：郭説非也。此六藝，謂六經者也。與善注同。○注引《論語》見《述而篇》。

覽觀《春秋》之林。

【注】如淳曰：《春秋》義理繁茂，故比之於林藪也。

【疏】王先謙曰：游其囿，馳其塗，覽其林，皆以射獵之地借喻也。○如注，顏引同。《集解》引郭曰：《春秋》所以觀成敗、明善惡者。

射《貍首》，兼《騶虞》。

【注】郭璞曰：《貍首》，逸詩篇名。諸侯以爲射節。《騶虞》，《召南》之卒章，天子以爲射節也。

【疏】郭注，顏引同。《集解》曰：《禮·射義》曰：天子以《騶虞》爲節，諸侯以《貍首》爲節。《騶虞》者，樂官備也。《貍首》者，樂會時也。

弋玄鶴，舞干戚。

【注】郭璞曰：干，楯也。戚，斧也。善曰：言古者舞玄鶴以爲瑞，令弋取之，而舞干戚也。《尚書大傳》曰：舜樂歌曰和伯之樂，舞玄鶴。《公羊傳》曰：朱干玉戚，以舞大夏。

【疏】《史》「舞」作「建」。○郭注，顏引「楯」作「盾」，下無「也」字。○《尚書大傳》，本書《長笛賦》注亦引之。此段全文及注，《儀禮經傳通解續》卷二十六引之最詳。朱珔曰：此語《史記》、《漢書》皆無釋，李氏證以《大傳》自合，但彼處所列諸舞，如侏離、鞻哉、謾彧、將陽、蔡俶、齊落，祇各取其象，故鄭注云：玄鶴，象陽鳥之南也。並非以致鶴爲瑞。且賦上文已言躪玄鶴，與《子虛賦》中玄鶴加相同。此處乃言罷獵而游六藝之囿，馳騖仁義之塗，不應又及弋取禽鳥。疑「弋」爲「佾」之同音借字。《説文》無「八佾」字，佾在《新附》。惟《肉部》：𦙶，振𦙶也。振者，段氏謂《左傳》言振萬，蓋舞者必振動也。然則此當正用《大傳》語，特避下句舞干戚「舞」字複耳。善注似泥於弋之本字而爲之説。步瀛案：射、弋、揜皆以游獵爲喻，故李氏以弋之本字説之。朱氏以「弋」爲「佾」之借字，非是。〇《公羊》見昭二十五年。

載雲䍐，揜羣雅。

【注】張揖曰：䍐，罼也。前有九流雲罼之車。揜，捕也。《詩·小雅》之材七十四人，《大雅》之材三十一人，故曰羣雅也。善曰：先用雲䍐以獵獸，今載之於車，而捕羣雅之士也。

【疏】五臣「揜」作「掩」。〇張注雲䍐，顔引同。惟「罼」作「畢」，「雲罼」作「雲䍐」。《索隱》引首句「罼」亦作「畢」。「畢」，本字。「罼」，俗字。《索隱》又引文穎曰：卽天畢，星名。前有九旒雲䍐之車。《索隱》曰：案，説者以雲䍐爲旌旗，非也。且按《中朝鹵簿圖》云：雲䍐駕駟。不兼言九旒。䍐車與九旒車別。王先謙曰：雲䍐自是罼網，雲䍐九旒自是旌旗。《説文》：䍐，罔也。《羽獵賦》：䍐車飛揚。李善注：䍐，罼䍐也。蓋出獵則載之於車，故此言載雲䍐。蔡邕《獨斷》：天子前驅有九旒雲䍐。注：大旗名。《東京賦》：雲罕九斿。薛注：旌旗之别名也。張以此雲罕爲九旒雲罕，固謬。小司馬斥以雲罕爲旌旗之非，不知雲罕固有旗名，特不可以訓此賦耳。○張注羣雅，顔及《索隱》引同。案：已見《西都賦》。《索隱》又曰：言雲罕載之於車，以捕羣雅之士。與善注意同。王先謙曰：揜羣雅，網羅賢俊之意。

悲《伐檀》，

【注】張揖曰：其詩刺賢者不遇明王也。

【疏】張注，《索隱》引同。顔曰：《伐檀》，魏國之詩，刺在位貪鄙也。案：《毛詩序》曰：《伐檀》，刺貪也。在位貪鄙，無功而受禄，君子不得仕進爾。朱珔曰：《伐檀》爲《魏風》，此似承上揜羣雅言之。《大戴禮·投壺篇》云：凡《雅》二十六篇，其八篇可歌。歌《鹿鳴》、《貍首》、《鵲巢》、《采蘩》、《采蘋》、《伐檀》、《白駒》、《騶虞》。孔氏廣森《補注》曰：《鵲巢》諸詩，今皆在《風》，亦以爲《雅》。蓋漢人之記樂府所存，非周舊也。漢末杜夔傳雅樂四曲。一《鹿鳴》，二《騶虞》，三《伐檀》，四《文王》。據此知《伐檀》在漢爲《雅》詩，故與下句樂樂胥出《桑扈》篇並舉。案：杜夔傳雅樂四曲，見《晉書·樂志》上。《困學紀聞》卷三，屠繼序箋謂《伐檀》即《小雅·伐木》，三家詩有作「伐檀丁丁」者，乃肊説，不足據。

樂「樂胥」。

【注】善曰：《毛詩》曰：君子樂胥，受天之祜。言王者樂得材智之人使在位，故天與之福禄也。胥，先呂切。

【疏】顔引鄭氏曰：《詩》云：于胥樂兮。師古曰：此説非也。謂取《小雅・桑扈》之篇云：君子樂胥，萬邦之屏耳。胥，有材知之人也。王者樂得有材知之人使在位也。《索隱》引《桑扈》，與善注同。案：《桑扈》毛傳曰：胥，皆也。《新書・禮篇》引此詩説之曰：胥，相也。祜，大福也。與毛義同。鄭箋曰：胥，有才知之名也。祜，福也。王者樂臣下有才知，知文章，則賢人在位，庶官不曠，政和而民安，天予之以福禄。與毛義異。《釋文》曰：胥，鄭思敍反。善與顔注皆依鄭箋爲説。

脩容乎《禮》園，

【注】郭璞曰：《禮》，所以整威儀，自脩飾也。

【疏】《史》、《漢》「脩」作「修」。案：「脩」乃通借字。○《正義》曰：《禮》所以自修飾，整威儀也。本郭注。○檀、園，元部。

翺翔乎《書》圃。

【注】郭璞曰：《尚書》，所以疏通知遠者，故遊涉之。

【疏】《正義》曰：《尚書》，所以明帝王君臣之道也。案：《禮記經解》曰：疏通知遠，《書》教也。孔疏曰：《書》録帝王言誥，舉其大綱，事非繁密，是疏通。上知帝皇之世，是知遠也。孫希旦《集解》曰：疏通，謂通達於政事。知遠，言能遠知帝王之事也。案：孫説得之。○顔曰：此以上皆取經典之嘉辭，以代游獵之娱樂。

述《易》道，

【注】郭璞曰：脩絜静精微之術。

【疏】朱珔曰：上文游於六藝之囿，故於《春秋》曰：覽觀《春秋》之林。《樂》與《詩》總言之，射《貍首》至樂樂胥是也。言《禮》則曰，修容乎《禮》園。言《書》則曰，翱翔乎《書》圃，言《易》則曰，述《易》道。時武帝崇獎儒林，立五經博士，因借作頌揚，引之於正，以申下諷諫之語。○郭注，顔引同。《正義》曰：《易》，所以絜静微妙，上辨二儀陰陽，中知人事，下明地理也。言田獵乃射訖，又歷涉六經之要也。案《經解》曰：絜静精微，《易》教也。孔疏曰：《易》之於人，正則獲吉，邪則獲凶，不爲淫濫，是絜静。窮理盡性，言入秋毫，是精微。孫希旦曰：洗心藏密，故絜静。探賾索隱，故精微。

放怪獸。

【注】張揖曰：苑中奇怪之獸不復獵。

【疏】張注，顔及《正義》引同。案：以上言游獵六藝之中，故苑中怪獸，不復獵而放之。以此句總結上意。

登明堂，坐清廟。

【注】郭璞曰：明堂者，所以朝諸侯處。清廟，太廟也。善曰：《禮記·月令》曰：天子居太廟太室。鄭玄曰：太廟太室，中央室也。

【疏】《正義》曰：明堂有五帝廟，故言清廟。王者朝諸侯之處。案：此説明堂、清廟未晰。《禮記·明堂位》曰：昔者周公朝諸侯于明堂之位。《大戴禮·明堂篇》曰：明堂者，所以明諸侯尊卑。故郭曰朝諸侯處也。《玉藻》鄭注謂明堂在國之陽。《小宗伯》注謂太廟在庫門內之左。劉敞《公是集》卷四十一《天子五門議》謂天子太廟當在應門內。諸侯太廟當在雉門內。清儒戴震《東原集》卷二、焦循《羣經宫室圖》卷一、金鶚《求古録禮説》卷五皆同其説。曹元弼《禮經校釋》卷九復申鄭義，仍主天子太廟在庫門內。而《月令》仲夏之月，天子居明堂太廟，中央土，居太廟太室。郭但云清廟，太廟也，未言太廟何屬。故善引《月令》證之，知此太廟爲明堂之太室，而非庫門內左之太廟。以彼太廟爲祭祖宗之地，不應言坐。而《月令》所言，則爲王居明堂之禮，故知爲明堂太廟也。太廟亦曰清廟者，蔡邕《明堂月令論》曰：取其宗祀之貌，則曰清廟。取其正室之貌，則曰太廟。取其尊崇，則曰太室。取其鄉明，則曰明堂。雖蔡之本義，實合明堂太廟爲一，而釋清廟之名則是也。《周禮·春官·太史》鄭司農注曰：《月令》十二月，分在青陽、明堂、總章、玄堂左右之位。卽《月令》孟春，天子居青陽左个，仲春居青陽太廟，季春居青陽右个。孟夏居明堂左个，仲夏居明堂太廟，季夏居明堂右个。中央土，居太廟太室。孟秋居總章左个，仲秋居總章太廟。季秋居總章右个。孟冬居玄堂左个，仲冬居玄堂太廟，季冬居玄堂右个。此卽王居明堂之禮。《太宰》賈疏謂十二月聽朔於十二堂是也。至西漢之明堂，武帝建元元年議立於城南，未就。至元封二年，始作明堂於泰山下，見《史記·封禪書》、《漢書·武帝紀》《郊祀志》。而《三輔黄圖》卷五謂漢明堂在長安西南七里，引應劭《漢書》注云：漢武帝造明堂，王莽修飾。蓋武帝規畫未就，至莽始成立耳。《玉藻》、《明堂位》孔疏皆引講學大夫淳于登説，明堂之位在國之陽三里之外，七里之內。陳壽祺《五經異義疏證》卷中謂講學大夫，王莽置。其事相合，可以爲證。此賦云登明堂，亦假設言之耳。

次羣臣，奏得失。四海之内，靡不受獲。

【注】善曰：得恩德也。

【疏】五臣「次」作「恣」，與《史》、《漢》合。劉良曰：言任羣臣奏得失之事，故海内無不受其恩澤是也。案：善作「次」，《楚辭·九思·思古》注曰：次，第也。亦通。○顏曰：天下之人皆受恩惠，豈直如田獵得獸而已。○塗、虞、雅、胥、圃、獲，魚部。戚、獸、廟，幽部。通韵。

於斯之時，天下大説。

【疏】顏曰：「説」讀曰「悦」。

鄉風而聽，隨流而化。芔然興道而遷義。

【注】郭璞曰：芔，猶勃也。許貴切。

【疏】《史》「鄉」作「嚮」，「芔」作「喟」，五臣作「卉」。○顏曰：「鄉」，讀曰「嚮」。芔然，猶歘然也。遷，徙也。徙就於義也。芔，音許貴反。朱珔謂：「芔」當爲「歘」之音近借字。郭云：勃者，《左傳》其興也勃焉，其亡也忽焉。勃、忽正相類。胡紹煐謂：《説文》：𠦬，疾也。省作「芔」，亦作「卉」。與「欻」音相通。其説較勝。已見《甘泉賦》旭卉疏。

刑錯而不用，德隆於三王，而功羡於五帝。

【注】善曰：包咸《論語注》曰：錯，置也。千故切。司馬彪曰：羡，溢也。

【疏】《史》「隆於」作「隆乎」。胡克家曰：「三王」，茶陵本云五臣作「皇」，袁本云善作「王」。案：各本所見皆非也。《史記》、《漢書》皆作「皇」，善自與之同，傳寫譌耳。步瀛案：胡校殆是。又，《史》無「而」字。○《論語・爲政篇》：舉直錯諸枉。《集解》引包咸注同。下又曰：舉正直之人，用廢置邪枉之人，是置者廢置也。○司馬注，《索隱》引同。○化、義，歌部。帝，支部。通韻。

若此故獵，乃可喜也。

【疏】《漢》「乃」作「迺」。○此、喜，之部。自爲韻。

若夫終日馳騁，勞神苦形。罷車馬之用，抏士卒之精。

【注】郭璞曰：精，鋭也。抏，損也。音翫。

【疏】《史》「日」下有「暴露」二字。五臣「罷」作「疲」。○顔曰：罷，讀曰「疲」。抏，挫也。音五官切。《索隱》音同。

費府庫之財，而無德厚之恩。

【注】善曰：《管子》曰：國雖盛滿，無德厚以安之，國非其國也。

【疏】《管子》見《形勢解》。○形、精，耕部。恩，真部。通韻。

務在獨樂，不顧衆庶。

【注】善曰：鄭玄《毛詩箋》曰：顧，念也。

【疏】鄭箋見《商頌・那篇》。各本脱「箋」字，依胡克家校增。

忘國家之政，貪雉兔之獲，則仁者不繇也。

【注】郭璞曰：繇，道也。音由。

【疏】《史》「貪」上有「而」字。○《左・襄四年》：《虞箴》曰：在帝夷羿，冒于原獸，忘其國恤，而思其麀牡。賦意本此。○顔曰：繇，讀與「由」同。由，用也。○庶、獲，魚部。繇，幽部。通韵。○以上設言罷獵改制，興道遷義，以爲風諫。

從此觀之，齊、楚之事，豈不哀哉！地方不過千里，而囿居九百，是草木不得墾辟，而人無所食也。

【注】善曰：《蒼頡篇》曰：墾，耕也。薛君《韓詩章句》曰：辟，除也。

【疏】五臣「辟」作「闢」。顔曰：辟，讀曰「闢」。案：辟乃「闢」之通借字。五臣「人」作「民」，與《史》、《漢》合。○沈欽韓曰：《新序・刺奢篇》：魏王將起中天臺。許綰曰：「盡王之地不足以爲臺址」。謂此類也。○《蒼頡篇》，本書張景陽《七哀詩》注引同。又見《爾雅・釋訓》《釋文》引。○玄應《一切經音義》卷九、卷十三引《韓詩》，皆連式辟四方句。案：此《江漢》之文。

夫以諸侯之細，而樂萬乘之所侈，僕恐百姓被其尤也。

【疏】尤本、毛本無「所」字。茶陵本校曰：五臣有「所」。袁本有「所」字，校曰：善本無「所」字。案：《史》、《漢》皆有。善本蓋誤奪耳。今據補。○何焯曰：萬乘之所侈，謂天子猶自謂此太奢侈者也。○《呂氏春秋・不侵篇》高注曰：萬乘，天子也。○顔曰：尤，過也。被，音皮義反。○之、事、哉、里、食、尤，之部。

於是二子愀然改容，超若自失。

【注】郭璞曰：愀然，變色貌也。材誘切。善曰：《禮記》曰：孔子愀然作色而對也。

【疏】五臣無「超若自失」句。○《莊子・徐無鬼篇》曰：武侯超然不對。《釋文》引司馬彪曰：超然，猶悵然也。朱駿聲《説文定聲》七以爲「愀」之借字。○郭注，《集解》引作「變色皃。音作酉反」。顔曰：愀，變色貌。音材小反。又音秋誘反。○《禮記》見《哀公問篇》。

逡巡避廗，

【注】善曰：《公羊傳》曰：逡巡北面再拜。《廣雅》曰：逡巡，却退也。《孝經》曰：曾子避席。「廗」與「席」古字通。

【疏】《史》、《漢》「廗」作「席」。張雲璈曰：陸德明《經典釋文序》云：五經字體，乖替者多。至如黿鼉从龜，亂辭从舌，席下爲帶，惡上安西，析旁著片，離邊作禹云云。郭忠恕《佩觿》引此，亦以爲俗訛有如此者。是「廗」字在唐初已稱俗書，而李氏以爲古字何也？許巽行曰：《史記正義》論例云：席下爲帶，直是譌字。張説是也。步瀛案：席下爲帶二句，出《顔氏家訓・書證篇》。顔氏不主輕易改字，而謂此類不可不治，蓋以爲僞體不可從也。杜宗玉反謂從「廗」者顔氏説，謬矣。○《公羊》見宣六年。○《廣雅》，本書《雪賦注》引同。今本《廣雅・釋訓》無此文。王念孫據《選》注補。○《孝經》見《開宗明義》章。阮元《校勘記》曰：鄭注本「避」作「辟」，用假借字。

曰：鄙人固陋，不知忌諱。

【注】善曰：《廣雅》曰：鄙，小也。

【疏】《廣雅》，見《釋詁》二。○失，至部。諱，脂部。通韵。

乃今日見教，謹受命矣。

【疏】《漢》「乃」作「迺」。《史》「受」作「聞」。○席，魚部。矣，之部。通韵。○以上總結。

羽獵賦并序

楊子雲

【疏】胡克家曰：「賦」下當有「一首」二字，後每題盡同。

孝成帝時，羽獵，

【注】服虔曰：士卒負羽也。善曰：《高唐賦》曰：傳言羽獵。

【疏】孝成帝時，《漢書・揚雄傳》作「其十二月，郎祠甘泉」。幸河東之歲當在永始四年，已見《甘泉賦》疏。○服注，《漢書》引無「卒」字「也」字。日本《漢書・揚雄傳》殘卷本有「也」字。《晉語》一曰：郤叔虎被羽先升。韋注曰：羽，鳥羽。繫於背。若今軍將負旄矣。玄應《一切經音義》二引《通俗文》曰：毛飾曰旄。是也。姚鼐《古文辭類纂・辭賦類》七《羽獵賦》下注曰：疑負旄蓋漢以後制，恐古人無此，韋説非也。《大司馬》職，鄭注：號名者，徽識所以相別。在軍象其制爲之，被之以備死事。《東京賦》薛綜注：揮爲肩上絳幟，如燕尾者也。以在肩上，故曰負。《韓詩外傳》：子路曰：白羽如月，赤羽如朱。然則羽者，徽幟耳。以其似羽，非真鳥羽也。賦内羽騎營營，昈分殊事，則其取相別識之義明矣。步瀛案：羽與徽同用而異物，以其用羽，故謂之羽。韋弘嗣吴人，去漢未遠，何以知旄必爲漢以後制邪。《韓詩外傳》九言：白羽。赤羽，與《説苑·指武篇》、《家語·致思篇》同。既名曰羽，安知其非真羽乎？姚説固矣。

雄從。以爲昔在二帝三王，

【注】應劭曰：堯、舜、夏、殷、周也。善曰：《春秋説題辭》曰：《尚書》者，二帝之迹，三王之義，所以推期運，明命授之際。

【疏】應注，今本《漢書》顔引「堯上」有「二帝」，「夏」上有「三王」字。「周」下「無」也字。《雄傳》殘卷與《選》注引同。○善注《説題辭》，已見《魏都賦》注。

宫館臺榭，沼池苑囿，林麓藪澤，財足以奉郊廟、御賓客、充庖廚而已。

【注】善曰：財，與「纔」同。毛萇《詩傳》曰：御，進也。《禮記》曰：天子無事，歲三田。一爲乾豆，二爲賓客，三爲充君之庖也。

【疏】《説文》曰：纔，帛雀頭色也。一曰，微黑色，如紺纔淺也。江沅曰：今用爲「才」字，乃淺意引伸。薛傳均曰：《史記·孝文紀》：遺財足。《索隱》：財，與「纔」同。亦假「財」爲「纔」之證。○《毛詩》傳見

《六月》。顏曰：御，侍也。○《禮記》見《王制》。《公羊·桓四年》何注曰：一者，第一之殺也。自左膘射之，達於右髃，中心，死疾，鮮絜，故乾而豆之，薦於宗廟。二者，第二之殺也。自左膘射之，達於右髀，遠心，死難，故以爲賓客。三者，第三之殺也。自左膘射之，達於右䯚，中腸胃，污泡死遲，故以充君之庖。《穀梁》范注略同。皆與《毛詩·車攻》傳合。案：《公羊傳》《釋文》曰：䯚，羊紹反。《字林》子小反。一本作「胘」，音賢。《詩·車攻》毛傳作「䯚」。《釋文》曰：䯚，餘繞反。又，胡了反。謂水膁也。字書無此字。一本作「⿰骨号」，音羊紹反，又羊招反。呂忱子小反，本或作「膘」。案：「䯚」字不應有羊紹、子小等反，則當依張參《五經文字》作「⿰骨号」，或作「⿰骨肖」。阮元《校勘記》以《集韵》無「⿰骨肖」字，反以《五經文字》「⿰骨肖」爲「䯚」之誤，非也。《說文》：胘，牛百葉也。陳奐《毛詩傳疏》謂「䯚」即「胘」之異字，似爲近之。陳立《公羊義疏》謂「⿰骨肖」與「䯚」均不得音羊紹反，當依《詩·釋文》引。一本作「膘」，亦非是。「膘」字《釋文》音頻小、扶了二反，亦不音羊紹反。顏曰：充，當也。

不奪百姓膏腴穀土桑柘之地，女有餘布，男有餘粟。

【注】善曰：《孟子》曰：以羨補不足，則農有餘粟，女有餘布也。

【疏】善注引《孟子》，見《滕文公》下。

國家殷富，上下交足。

【疏】五臣「交」作「充」。○《士喪禮》鄭注曰：殷，盛也。

故甘露零其庭，醴泉流其唐。

【注】善曰：《禮記》曰：天降膏露，地出醴泉。《孝經援神契》曰：甘露，一名膏露。應劭曰：《爾雅》曰：廟中路謂之唐也。

【疏】善引《禮記》見《禮運》。○《禮運》鄭注曰：膏，猶「甘」也。可與《援神契》相證。《鶡冠子·度萬篇》曰：其德上及太清，下及泰寧，中及萬靈，膏露降。○應注，顔引同。《爾雅》見《釋宮》。桂馥《札樸》卷七曰：唐，當讀如《周語》陂唐汙庳之「唐」，謂醴泉出而成池唐也。《靈光殿賦》：玄醴騰湧於陰溝，甘露被宇而下臻。《景福殿賦》：醴泉涌於池圃。蓋甘露下零，故被於階庭。醴泉上涌，故流於池唐。朱珔曰：此説固通，但《藝文類聚·居處部》一載劉歆《甘泉宮賦》：甘醴涌於中庭兮，激清流之瀰瀰。則與此處言中唐正同矣。

鳳皇巢其樹，黄龍游其沼。麒麟臻其囿，神爵棲其林。

【注】善曰：《禮記》曰：鳳皇、麒麟，皆在郊藪，龜龍在宮沼。《漢書注》曰：神雀，大如雞，斑文。

【疏】尤本「皇」作「凰」，俗字，今正。○善引《禮記》見《禮運》，「藪」作「棷」。鄭注曰：棷，聚草也。《釋文》曰：棷，本或作「藪」。○《漢書·宣帝紀》：元康三年詔曰：前年夏，神爵集林。注引晉灼曰：《漢注》大如鷃爵，黄喉，白頸，黑背，腹斑文也。與善引小異。

昔者禹任益虞而上下和，草木茂。

【注】善曰：《尚書》：帝曰：「疇若予上下草木。」禹曰：「益哉！」帝曰：「汝作朕虞。」孔安國曰：上，謂山。下，謂澤也。

【疏】《漢書》「草」作「屮」。○善引《尚書》，今僞古文分此入《舜典》。「禹曰」作「僉曰」。孔疏曰：馬、鄭、王本皆曰「禹曰」，善引正合。《史記·五帝本紀》《集解》引馬融曰：虞，掌山澤之官。

成湯好田，而天下用足。

【注】善曰：《吕氏春秋》曰：湯見網置四面，湯拔其三面也。

【疏】善引《吕氏春秋》，見《異用篇》。今本「拔」作「收」。《東京賦》注引亦作「拔」。

文王囿百里，民以爲尚小。齊宣王囿四十里，民以爲大。裕民之與奪民也。

【注】善曰：《孟子》齊宣王問孟子曰：「文王之囿，方七十里，有諸？」曰：「有之。」「若是其大乎？」答曰：「民猶以爲小也。」「寡人之囿，方四十里耳。民猶以爲大，何也？」答曰：「文王之囿，與人同之。民以爲小，不亦宜乎？王之囿四十里，殺其麋鹿，如殺人之罪。人以爲大，不亦宜乎？」《孫卿子》曰：足國之道，節用裕民，而善藏其餘。不知節用裕民，雖好取侵奪，猶將寡獲也。

【疏】《雄傳》殘卷「大」上有「泰」字。五臣「人」作「民」。○善引《孟子》見《梁惠王》上。「答」均作「對」，「若是」上、「寡人」上均有「曰」字。「方四十里」下無「耳」字，「與人」、「人以」兩「人」字皆作「民」，「王之囿」作「臣聞郊關之内有囿」，「鹿」下有「者」字。○《荀子》見《富國篇》。案：《荀子》，《漢書·藝文志》稱《孫卿子》。

武帝廣開上林，東南至宜春、鼎湖、御宿、昆吾。

【注】晉灼曰：鼎湖宫，《黄圖》以爲在藍田。昆吾，地名。上有亭。善曰：宜春，已見上文。《三秦記》

曰：樊川，一名御宿。

【疏】何焯曰：《漢書》無「東」字，疑衍。郝懿行説同。胡克家曰：案，據史文，此云南至，下云西至，又下云北繞，又下云頗割其三垂，故何云卽指上林之三垂而言，是也。其東濱渭，則云濱渭而東而已，無所開廣，亦無所割。此句不得有「東」字。但善解三垂，爲武帝侵西、南、東三方以置郡，豈所見《漢書》有「東」字，與下濱渭而東相接連，以上林爲不僅有三垂耶？然所解實未安。步瀛案：《雄傳》殘卷有「東」字，《藝文類聚・産業部》下引亦有。又，《漢》「湖」作「胡」。○晉灼注鼎湖宮，顔引同。「湖」作「胡」，「宮」下有「也」字。殘卷亦無「也」字。案：鼎湖宮，當在藍田。此賦所言及《史記》《封禪書》《孝武本紀》、《漢書・郊祀志》上言天子病鼎湖甚，皆指鼎湖宮在藍田者也。又有鼎湖，在湖縣。《封禪書》、《孝武紀》、《郊祀志》言黄帝鑄鼎於荆山下，後世名其處曰鼎湖者，是也。漢湖縣本秦之湖關。漢初曰胡縣，武帝改爲湖縣，屬京兆。後漢屬弘農。後魏又曰湖城縣。在今河南閿鄉縣東，與藍田鼎湖宮無關。《封禪書》《索隱》曰：按，《三輔黄圖》，鼎湖宮名與晉灼引合。又引韋昭曰：地名，近宜春。與本賦亦合。小司馬曰：按，湖本屬京兆，後分屬弘農，恐非鼎湖之處也。是不以湖縣爲鼎湖宮所在，最爲分明。乃《孝武本紀》《集解》引晉灼曰：鼎湖，在湖縣。此當屬黄帝鼎湖。又引韋昭曰：地名，近宜春。此當屬藍田鼎湖宮。而錯雜引之，已欠分別。《索隱》曰：鼎湖，縣名，屬京兆，後屬弘農。昔黄帝採首山銅，鑄鼎於湖，曰鼎湖。卽今之湖城縣也。以鼎湖爲縣名，大誤。且與《封禪書》注自爲矛盾，殊不可解。《郊祀志》注引晉灼曰：鼎湖，《黄圖》宮名，在京兆。《地理志》：湖本在京兆，後屬弘農。與本書及《雄傳》注所引晉灼不合。今本《黄圖》卷三曰：鼎湖宫，在湖城界。與晉灼及《索隱》所引又不合。疑後人妄改。然《玉海》卷一百五十六《宫室部》引已與今本同。蓋其誤久矣。顧炎武《日知録》卷二十七曰：《封禪書》：天子病鼎湖甚。「湖」當作「胡」。鼎胡，宫名。《漢書·楊雄傳》：南至宜春、鼎胡、御宿、昆吾是也。故卒起幸甘泉，而行右内史界。《索隱》以爲湖縣，在今之閿鄉，絶遠，且無行宫。自注曰：《三輔黄圖》宜春宫，在長安城東南杜縣東，近下杜。御宿苑，在長安城南御宿川。則鼎湖當在其中間也。梁玉繩《史記志疑》卷十六曰：余攷《史》、《漢》及《黄圖》、《水經注》四皆作「湖」，乃古通用字。如湖陵縣，《史》、《漢》多作「胡陵」。風胡子，《吴越春秋》作「湖」，可證。又，《漢志》京兆湖縣注云：故曰胡。武帝建元元年，更名湖。《通典》曰：鼎湖即此。步瀛案：《漢志》元奪一「元」字。梁蓋據《太平寰宇記》卷六增。《通典》見《州郡典》七。蓋梁氏以《封禪》鼎湖爲湖縣鼎湖，亦誤。其言「湖」、「胡」字通，則是也。朱珔曰：上林，不應至潼關外之閿鄉。惟藍田在今西安府東南九十里。《子雲傳》言「南」，《選》有「東」字，與藍田合。宜春，亦在東南，正相近。案：顧、朱二説是。〇晉注昆吾，顔引同。「名」下有「也」字，無「上」字。宋敏求《長安志》卷十六曰：藍田縣，昆吾亭在縣境。《清統志》曰：陝西西安府，昆吾亭在藍田縣東。〇善注宜春已見上文，指《上林賦》注。〇善引《三秦記》，《藝文類聚·果部》、《初學記·果木部》、《御覽·果部》六引同。顧胤《集義》亦引之。下有「武帝上林，唯此爲盛」八字，見《雄傳》殘卷，日本人藤原良秀校録引。〇顔曰：御宿，在樊川西。《三輔黄圖》卷四曰：御宿苑，在長安城南御宿川中。漢武帝爲離宫别館，禁禦人不得入往來，遊觀止宿其中，故曰御宿。《元和郡縣志》曰：京兆府萬年縣，樊川在縣南三十五里。御宿川在縣南三十七里。《太平寰宇記》同。宋敏求《長安志》謂御宿川在萬年縣西南四十里。朱珔曰：或謂在西，或在南，或在西南，要即樊川之地，有合言者，有分言者耳。

旁南山，西至長楊、五柞。

【注】善曰：《漢書》曰：盩厔有長楊、五柞宫。旁，步浪切。

【疏】《漢》「西」上有「而」字。○善引《漢書》，見《地理志》。今本無「五柞」二字。案：已見《西京賦》。○旁，步浪切。顔音同。案：旁，「傍」之通借字。《漢書·武帝紀》顔注曰：傍，依也。

北繞黄山，賓渭而東，

【注】善曰：《漢書》曰：槐里有黄山之宫。濱，涯也。言循渭水之涯而東也。《公羊傳》：濤塗曰：濱海而東。「濱」與「賓」同音也。

【疏】各本「賓」作「濱」。胡克家曰：當作「賓」。注云「濱」與「賓」同音也。蓋善正文作「賓」，所引《公羊》作「濱」，故有此語。今各本以五臣作「濱」而亂之。《難蜀父老》：率土之濱。注：本或作「賓」。可爲此作「賓」之證。今《漢書》作「瀕」，又異本耳。袁、茶陵二本無注「濱與賓同音也」六字，誤謂此專發音，與五臣「濱」音「賓」重複而削去，益非。朱珔曰：《説文》「顭」爲部首，云：水厓，人所賓附也。今字作「濱」。又因「瀕」有「賓」訓，漢人遂以「賓」爲之。《詩》：率土之濱。本書《難蜀父老》注：「濱」本或作「賓」，而《漢書·王莽傳》、《白虎通·喪服篇》引《詩》直作「賓」，蓋「賓」者，「濱」之借字。「濱」

者，「瀕」之或體也。○善引《漢書》，見《地理志》。「宮」上無「之」字。黄山，已見《西京賦》。顔曰：循水涯而東也。胡紹煐曰：水厓，猶云水邊。「邊」與「濱」亦雙聲。《後漢·袁安傳》注：濱，邊也。《漢書·地理志》：瀕南山。注：瀕，猶邊也。○《公羊傳》見僖四年。○《雍録》卷九曰：秦之上林，其邊際所抵，難以詳究矣。《水經》於宜春觀曰：此秦上林故地也。《史記》載上林所起曰：作朝宮渭南上林苑中，先作阿房前殿。則宜春觀、阿房宫，皆秦苑故地也。武帝尚以秦苑爲狹，命吾丘壽王舉籍阿城以南，盩厔以東，宜春以西，悉除爲苑。其疆界至渭水南岸而極。揚雄則曰：武帝廣開上林，北繞黄山，瀕渭而東。則苑境不止限乎渭南矣。蓋謂踰渭而北，北又向東，皆爲苑地。　此雄之誤也。　渭北有苑百八十里，向西而入扶風，周回五百餘里，此則渭北之苑也。以《舊儀》、《黄圖》考之，自名甘泉苑，不名上林苑。當是楊雄但見夾渭南北皆有苑矣，而渭北之苑，又復有宫，如黄山宫之類，故誤包言之耳。《東方朔傳》壽王所載，截自阿城以南，元不跨渭，此疆境要證也。張衡賦西京上林曰：繞黄山而欵牛首。牛首可欵矣，而黄山可繞，乃其據行幸言之，非上林位置也。惟其侈大如是，故世之傳言不一。在《宫殿疏》則曰方百四十里，在楊雄則曰周袤數百里，《漢儀》則曰方三百里也。語之多少，雖不齊等，要之拓地既廣，故説者亦遂展轉加侈也。案：程泰之既知後來加侈，何尚據《東方朔傳》所言，以駁子雲爲誤乎？子雲在西漢時親目所覩，豈目覩者轉不可信，而如《漢舊儀》、《三輔黄圖》獨可信邪？又，今聚珍本《漢官舊儀》二卷，乃從《永樂大典》録出，已非全書。《三輔黄圖》，後人附益尤多。平津館二書皆有輯本。泰之，南宋人，或尚見原書，然亦未必足據也。張平子賦正可以與《羽獵》相證，而泰之謂但據行幸言之。然下文明言繚垣緜延四百餘里，又何以解邪？要之，泰之悍然駁斥者，徒認爲渭北爲甘泉苑。然甘泉苑之名，他書不見，安知非《黄圖》等書妄爲立名？即使當時果有此名，其地既相毗連，則亦可分可合。必謂上林疆界不及渭北，則固執不可通矣。又案：所引《水經》乃《渭水注》。《史記》見《秦始皇本紀》。

周袤數百里。

【注】善曰：《説文》曰：南北曰袤。

【疏】善引《説文》，見《衣部》。

穿昆明池，象滇河。

【注】瓚曰：西南夷有昆明國，又有滇池，故作昆明池以象之，以習水戰。

【疏】《漢書·武帝紀》曰：元狩三年，發謫吏穿昆明池。注引臣瓚曰：《西南夷傳》有越巂、昆明國，有滇池方三百里。漢使求身毒國而爲昆明所閉。今欲伐之，故作昆明池，象之以習水戰。在長安西南，周回四十里。較本注引瓚注爲詳。《方輿紀要》卷一百十三曰：西洱河，杜佑謂之昆瀰川。漢武帝象其形，鑿之以習水戰，非滇池也。古有昆瀰國，亦以此名。全祖望《鮚埼亭集》卷三十五《昆明池考》曰：昆明池在昆明，滇池在滇，本屬二水。昆明爲今雲南之大理府，滇爲今雲南府。滇自楚莊蹻之後，世爲國王，即以池名其國。而昆明之屬無君長，又爲滇徼外之蠻。漢之通西南夷也，本求身毒國以達大夏。于是發使滇國。滇王爲之求道，以隔昆明，閉漢使，不得通。武帝聞而怒，欲討之。聞其地有昆明池，乃於長安西南作昆明池，以習水戰。迨兩越既定，滇王舉國内附，而昆明卒不通。郭昌將兵擊之，無功而還。自漢至隋，永昌諸夷，相率隸郡縣，獨昆明未附。《通鑑》唐武德四年，昆瀰遣使内附。昆瀰，即昆明也。時有西瀰河蠻、東瀰河蠻，通名昆瀰。是昆明之當在今大理無疑。乃《史》《漢》《西南夷傳》、《三輔黄圖》皆曰昆明有滇池，武帝象之於長安。則今雲南府之滇池，亘古以來未有移也。昆明尚在其西南，相去九百里，而忽接而言之，遂使今雲南府之首縣即以昆明名，誤矣。今滇雲全省之水，其最險厄爲迤東西之要者，莫如西洱河，即古葉榆水之北出者。自浪穹縣罷谷山匯諸流，合點蒼山十八川而爲巨浸。《水經注》謂諸葛丞相戰於榆水之南是也。史萬歲擊南寧，渡西洱河，破三十餘部。韋仁壽將兵五百，循西洱河，開地千里。梁建方破松外蠻，奇兵奄至西洱河，東西蠻驚懼請降。鮮于仲通、李宓皆以十萬之師覆於洱河。是洱河者，大理一道之湯池也。昆明恃此水，負固以阻漢使，故漢欲摹其水道於京師，使士習之，而卒無如之何也。若滇池則不然。史言其源深廣而流淺狹，四面平敞，雖方三百里之廣，然昔人有事于南中，未有以爲戰地者，而況乎武帝之所欲討者非滇也？予又考唐嶲州都督劉伯英上疏，言松外諸蠻暫服亟叛，請擊之西洱河，天竺道可通也。天竺，即古之身毒。伯英之言，猶是漢人自昆明通道之故智，則洱河之爲昆明，無可疑者。步瀛案：《漢書·武紀》言象滇河，不言象滇池。則滇河者，謂滇中之河耳。蓋當時以昆明在滇國之西，故以滇字括之。猶今謂雲南省爲滇也。《漢書》殊不爲誤。又案：《通典·邊防》三曰：昆彌國，一曰昆明，在爨之西，洱河爲界，並無昆瀰川之名。《方輿紀要》所引，非《通典》之文。而《清統志》雲南大理府「古蹟」、《滇繫》五之一皆因之。全祖望《昆明池考》逕引爲《通典》，殆亦沿誤。又案：《史》、《漢》《西南夷傳》皆無武帝象滇池於長安之語，《黄圖》三引《西南夷傳》下云越巂、昆明國，有滇池云云，乃《黄圖》語也。全氏未檢《史》、《漢》元文，遂致此誤。又，全云：昆明在滇池西南。據《清統志》大理府，在雲南省治西北八百九十里。則此云西南亦誤。雲南府即雲南省治，府治昆明縣。大理府治太和縣，今改大理縣。

營建章鳳闕，神明駆娑。

【注】孟康曰：駆娑，殿名也。善曰：鄭玄《毛詩箋》曰：營，治也。建章，宫名也。神明，臺名也。

【疏】孟康注，顔引同。今本「孟康」作「師古」，誤。當依殘卷改正。又《校録》引《集義》，與孟同。○鄭箋見《黍苗》。○建章宫、鳳闕、神明臺，駆娑宫，並見《西都賦》。

漸臺泰液，象海水周流方丈、瀛洲、蓬萊。

【注】善曰：《漢書》曰：建章，其北治太液池。漸臺，高二十餘丈，名曰泰液。中有蓬萊、方丈、瀛洲，象海中仙山。服虔曰：海中三山名，法効象之。

【疏】五臣「泰」作「太」。○《漢書》見《郊祀志》上。顔曰：漸臺，在泰液池中。漸，浸也。言爲池水所浸也。案：亦見《西都賦》。○服注，顔引同。殘卷「之」下有「也」字。

游觀侈靡，窮妙極麗。雖頗割其三垂，以贍齊民。

【注】善曰：三垂，謂西方、南方、東方。武帝侵三垂以置郡，故謂之割。《漢書》：杜欽上書曰：三垂蠻

夷。又雄上書曰：北狄，中國之堅敵，三垂比之縣矣。《爾雅》曰：邊，垂也。如淳曰：齊，等也。無有貴賤，故謂之齊民，若今言平民矣。晉灼曰：中國被教齊整之民。

【疏】顔曰：贍，給也。《雍録》卷九曰：武帝使上林苑中官奴婢及天下民貧貲不滿五萬，徙置苑中，人日五錢，後得七十億萬錢，以給軍擊西域。則雖許業苑，仍使輸錢也。詳其意制，則猶今之佃作也。至元帝時，乃始捐下苑，以予貧民。《揚雄傳》謂割其三垂者，始是舉以予民也。何焯曰：此三垂，卽指上林之三垂而言。注謂西、南、東，武帝侵三垂以置郡，非也。元帝初元二年，詔以水衡禁囿、宜春下苑、少府佽飛外池、嚴籞池田假與貧民。五年，罷上林宫館希御幸者。成帝建始元年，亦罷上林宫館希御幸者二十五所，卽其事也。孫志祖《補正》引金甡曰：三垂，指囿之三面，非三邊之謂。武帝大啓朔方，何獨舉西、南、東言之？朱珔曰：此三垂，與揚雄上書三垂，不妨各明一義。何、金説是也。胡紹煐曰：三垂，猶三邊，卽上文南至、西至、北繞之地，所謂周衺數百里者也。與武帝侵三邊無涉。武帝三邊近蠻夷，安得假與貧民？○杜欽上書，見《漢書·欽傳》。各本作「杜鄴」，誤。豈以二人皆字子夏，遂誤記邪？○揚雄上書，見《漢書·匈奴傳》。○《爾雅》見《釋詁》。○如、晉兩注，《漢書·食貨志》下皆引之。顔曰：齊等之義，如説是也。案：《淮南子·原道篇》高注曰：齊於萬民，故曰齊。《俶真篇》注曰：齊民，凡民齊于民也。與如意同。

然至羽獵，甲車戎馬，器械儲偫，禁禦所營，

【注】善曰：《説文》曰：儲偫，待也。應劭曰：禦，禁也。謂禁止往來。營，謂造作也。卽賦云禦自汧

渭，經營酆鄗。「甲」或爲「田」，非也。

【疏】《漢》「甲」作「田」，善已斥其非。五臣「禦」作「蘌」，亦誤。當从竹，作「籞」。○《説文·人部》曰：儲，偫也。偫，待也。善蓋合引之耳。顏曰：偫，音丈紀反。○《説文》曰：篽，禁苑也。字又作「籞」。《漢書·宣帝紀》注引蘇林曰：折竹以繩連禁禦，使人不得往來，律名爲籞。禦，即「籞」之通借字。與應注同。《後漢書·章帝紀》注引《漢書音義》，與蘇林説同，而「禦」作「籞」。○顏曰：營，謂圍守之也。與善注義可互補。

尚泰奢，麗誇詡，

【注】善曰：毛萇《詩傳》曰：詡，大也。許羽切。

【疏】王先謙曰：尚，猶也。泰，猶言過也。○《詩》毛傳，《生民》、《抑》、《溱洧》「訏」皆訓大。此殆以「詡」與「訏」音同義通。顏亦曰：詡，大也。

非堯、舜、成湯、文王三驅之意也。

【注】善曰：三驅，已見《東都賦》。

【疏】顏曰：三驅，古射獵之等也。一爲籩豆，二爲賓客，三爲充君之庖也。《集義》曰：或云：三驅之禮，逆來趨己，則舍之。背己而走，則射之。愛其來而會，不射，所以失前禽。三者，三驅，獵車也。案：此據殘卷校録，疑有脱誤。「愛其來而會」當作「愛其來而惡其去也」，見《易·比·九五》王弼注。《東都賦》疏已辨之。善注「東都」誤作「西都」，今校改。

又恐後世復脩前好，不折中以泉臺。

【注】服虔曰：魯莊公築臺，非禮也。至文公毀之。《公羊》譏云：先祖爲之而毀之，勿居而已。今揚雄以宮觀之盛，非成帝所造，勿脩而已，當以泉臺爲折中也。韋昭曰：「制」或爲「折」也。

【疏】五臣「世」作「葉」。《漢》「脩」作「修」。胡克家曰：「折」當作「制」。善引韋昭曰「制」或爲「折」也，是其證矣。蓋五臣作「折」而各本亂之。顔注《漢書》作「折」，即韋所云「或爲」耳。○服注，顔引同。惟「築」下有「泉」字，「折」上無「爲」字。殘卷本「中」下有「之」字。陳景雲、胡克家、梁章鉅皆謂「築」下當有「泉」字。宋祁校《漢書》謂「勿居」上當有「不如」字。案：《春秋》：莊三十一年春，築臺于郎。《左氏》、《穀梁》無傳。《公羊傳》曰：何以書？譏。何譏爾？臨民之所漱浣也。文十六年：毀泉臺。《公羊傳》曰：泉臺者何？郎臺也。毀泉臺，何以書？譏。何譏爾？築之譏，毀之譏，先祖爲之，已毀之，不如勿居而已矣。○薛傳均曰：案，《論語・子路篇》：片言可以折獄者。《釋文》：折，之舌反。魯讀「折」爲「制」。《廣雅・釋詁》云：制，折也。折與制一聲之轉，且折中者，有裁制之義。折獄者，亦斷制之義。故可互相通假耳。

故聊因校獵，賦以風之。

【注】善曰：《七略》曰：《羽獵》，永始三年十二月上。校獵，已見上文。

【疏】五臣無「之」字，《漢》同，《類聚》亦無。○「三」當作「四」。朱銘曰：《成帝紀》曰：永始四年正月，行幸甘泉。三月，行幸河東，祠后土。《揚雄傳》云：其三月，祭后土，還，上《河東賦》。其十二月，羽獵。是當在四年也。餘見《甘泉賦》。

其辭曰：

或稱羲農，豈或帝王之彌文哉？

【注】善曰：假爲或人之意，言古之樸素而合禮者，咸稱羲農。是則豈或謂後代帝王，彌加文飾而不合禮哉？故論者答之於下。

【疏】《雄傳》殘卷無「哉」字，蓋誤脱。○顔曰：設或人云言儉質者，皆舉伏戲、神農爲之首。是則豈謂後代帝王彌加文飾乎？彌，猶稍稍也。案：殘卷「首」上無「之」字，又不重「稍」字。王念孫《讀書雜志·漢書》十三曰：或者，有也。或與有聲相近，其義相同，而義亦相通。言伏羲、神農，豈有後世帝王之彌文哉？張惠言《七十家賦鈔》卷三曰：彌文猶虚文。吴先生曰：「或」、「惑」同字。步瀛案：殘卷《校録》載《訓纂》引應劭曰：書或言古伏羲、神農，□□豈獨迷惑不知勑帝之奢麗乎？案：此條脱誤甚多，而或訓爲惑，則是也。言或稱伏戲、神農者，豈惑於後世帝王之彌加文飾，而欲以儉朴矯之哉？張氏以彌文爲虚文，恐未合。又孫志祖《李注補正》引趙曦明曰：佃漁始於伏犧，火化始於神農，故緣之以發端。與此文義殊未合。用正李注，殆非矣。

論者云否。各亦並時而得宜，奚必同條而共貫。

【注】善曰：論者，雄自謂也。言帝王文質各並時而得宜，何必同條而共貫乎？言必不然也。《尚書大傳》曰：否，不也。《漢書》：武帝制曰：帝王之道，豈不同條共貫也？

【疏】五臣無「各」字，尤本、毛本亦作「以」。今依袁、茶二本。《漢書》同。○顏曰：所尚不必同也。案：論者假人言以反見其意，故下文駁之也。顏、李皆以論者爲雄自謂，非也。○善引《尚書大傳》，陳壽祺輯《尚書大傳》卷一引作「鄭玄《尚書大傳》注」，案曰：此疑否德之注。蓋是。○《漢書》見《董仲舒傳》。

則泰山之封焉，得七十而有二儀。

【注】孟康曰：言封禪各異也。善曰：《管子》曰：古之封太山、禪梁父者，七十二家。而夷吾所記者，十有二焉。

【疏】《漢書》「焉」作「鳥」。○吴先生曰：「則」、「即」同字。王先謙《漢書補注》説同。○孟注，各本「言」字在「各」字下，今依顏引校正。○善引《管子》見《封禪篇》。《淮南子·齊俗篇》曰：尚古之王，封於泰山，禪於梁父。七十餘聖，法度不同，非務相反也，時勢異也。案：此駁上文所云帝王各因時得宜，不必同條共貫。則泰山封禪可以不舉，焉得有七十二家之儀乎？謂仍同條共貫也。

是以創業垂統者，俱不見其爽。遐邇五三，孰知其是非。

【注】張晏曰：爽，差也。不差其優劣，誰知其賢愚也。善曰：言創業垂統者，各隨時立制，皆不見其差爽。故五帝三王，誰知其是非乎？但文質不同，明無是非也。《爾雅》曰：爽，差也。

【疏】殘卷「孰」作「熟」，非。○張注，殘卷《校録》引同。「知」上脱「誰」字，下脱「其」字。案：張以賢愚解是非，非也。顏曰：爽，差也。創業垂統，皆無差忒，五帝三王，誰是誰非，言文質政教，各不同也。

案：殘卷「誰是誰非」作「誰非誰是」。善注意同。然顏、李此注未是。此言後世帝王創業垂統者，俱不見其差爽，遠而五帝，近而三王，孰能知其是非，正見其同條共貫也。張惠言曰：羲、農崇節儉，不尚奢麗夸詡，後世聖王，罔不同條共貫。駁論者之言，明當法古也。○《爾雅》見《釋言》。各本作《廣雅》，誤。

遂作頌曰：麗哉神聖，處於玄宮。富既與地乎侔訾，貴正與天乎比崇。

【注】善曰：玄，北方也。《禮記·月令》曰：季冬，天子居玄堂右个。蔡邕《月令章句》曰：玄，黑也。其堂尚玄。《莊子》曰：夫道，顓頊得之以處玄宮。又曰：莫神於天，莫富於地，莫大於帝王，故曰帝王之德配天地。

【疏】《漢書》「乎」作「虖」，下並同。殘卷「地」下無「虖」字。五臣「訾」作「貲」。○顏曰：頌漢德也。玄宮，言清淨也。「訾」與「貲」同。案：皆「資」之通借字。玄宮，與善注異。吴先生曰：善引玄堂是也。後陽晁始出玄宮，與此正相承應。○《莊子》，前見《大宗師篇》，後見《天道篇》。

齊桓曾不足使扶轂，楚嚴未足以爲驂乘。狹三王之阨僻，嶠高舉而大興。

【注】善曰：《史記》曰：齊公子小白立，是爲桓公。又曰：楚穆王卒，子莊王侶立。《春秋感精記》曰：黄池之會，重吴子，滕、薛夾轂，魯、衛驂乘。鄭氏曰：阨僻，陋小也。王逸《楚辭注》曰：嶠，舉也。嶠，音矯。

【疏】《宋書·禮志》一《郊祀歌》注引「扶轂」作「扶輪」。《漢書》「狹」作「陿」，「阨僻」作「陒薜」。顏曰：

薜，亦「僻」字也。王先謙曰：薜，「僻」借字。吕錦文曰：「陒」爲正字，作「阨」者，俗體。案：五臣「嶠」作「嬌」。○梁章鉅曰：「莊」作「嚴」，尚從漢諱。則此賦疑從《漢書》録出。然字句又多與《漢書》不同，且後「祇莊雍穆」字又不改，不知何故也。○善引《史記》，前見《齊世家》，後見《楚世家》。○袁、茶二本、毛本「春秋」上有「吕氏」二字，誤衍。本書任彦昇《到大司馬記室牋》注引與此同。○鄭氏注，《集義》同。○《楚辭》見《九章・惜誦》。「嶠」作「嬌」。《集義》引服虔音蹻，蕭該音嬌。

歷五帝之寥廓，涉三皇之登閎。

【注】善曰：寥廓，高遠也。韋昭曰：登，高也。閎，大也。

【疏】五臣「涉」作「陟」。○顔曰：寥廓，空曠也。登閎，高遠也。寥，音聊。○善引韋注，蕭該《音義》引作「登閎，高大也」。《集義》引亦同。疑此注誤。

建道德以爲師友，仁義與之爲朋。

【疏】《漢》「與」下無「之」字。王念孫《讀書志餘》下曰：蓋後人不解「與」字之義，因於「與」下加「之」字。今案：建道德以爲師友，仁義與爲朋，句法正相對。友，親也。與，猶以也。言親仁義以爲朋也。《漢書・揚雄傳》作友仁義與爲朋，是其明證矣。梁章鉅曰：此與《甘泉賦》侔神明與之爲資，句法正合。步瀛案：彼上句文勢與此異，不必援以相例。胡紹煐謂《甘泉賦》「之」字恐亦後人所加，則非也。○宫、崇，冬部。乘、興、閎、朋，蒸部。通韻。

於是玄冬季月，天地隆烈。

【注】善曰：北方水色黑，故曰玄冬。隆烈，陰氣盛。

【疏】顔注，與善同。

萬物權輿於内，徂落於外。

【注】善曰：《爾雅》曰：權輿，始也。《大戴禮》曰：孟春百草權輿。

【疏】五臣「徂」作「殂」。○顔曰：徂，落死也。言草木萌芽，始生於内，而枝葉凋毁，死傷於外也。○善引《爾雅》見《釋詁》。○《大戴禮》見《誥志篇》。

帝將惟田于靈之囿，開北垠受不周之制，

【注】善曰：薛君《韓詩章句》曰：惟，辭也。孟康曰：西北爲不周風，謂冬時也。

【疏】顔曰：靈囿，有靈德之苑囿也。《詩·大雅·靈臺之篇》曰：王在靈囿。垠，厓也。音銀。○善引《韓詩章句》，《詠懷詩》注引同。○孟康注，顔引同。《易緯通卦驗》卷下曰：立冬，不周風至。《太平御覽·天部》九引《春秋考異郵》曰：閶闔風至四十五日，不周風至。不周者，不交也，陰陽未合化也。宋均注曰：立冬，至之候也。未合化，言消息純坤無陽也。《月令》曰：天地不通，閉塞而成冬。《白虎通·八風篇》與《考異郵》同。《淮南子·時則篇》高注曰：不周風，《乾卦》之風。《左·隱五年》《釋文》曰：西北不周風。○烈、外、制，祭部。

以終始顓頊玄冥之統。

【注】應劭曰：顓頊、玄冥，皆北方之神，主殺戮者。

【疏】尤本、毛本「終」上有「奉」字。袁、茶二本無，《漢書》同，今據删。○應注，顔引同。「者」作「也」，殘卷二字並有。宋祁曰：姚本注文無「之」字。案：《禮記·月令》曰：孟冬之月，其帝顓頊，其神玄冥。鄭注曰：此黑精之君，水官之臣，自古以來，著德立功者也。顓頊，高陽氏也。玄冥，少皞氏之子，曰脩，曰熙，爲水官。孔疏曰：按《五帝德》云：顓頊，高陽氏，姬姓也。昭二十九年《左傳》云：少皞氏有子，曰脩，曰熙。又云：脩及熙爲玄冥。是相代爲水官也。《吕氏春秋·孟冬紀》高注曰：顓頊，黄帝之孫，昌意之子。以水德王，天下號高陽氏。死祀爲北方水德之帝，玄冥官也。少皞氏之子曰循，爲玄冥師。死祀爲水神。案：古書「脩」、「循」字多相亂。金鶚《求古録禮説》卷十三《五帝五祀考》曰：五帝爲五行之精，佐昊天化育，其尊亞於昊天。有謂五帝卽天者，非也。《月令》云：春帝大皞，夏帝炎帝，中央黄帝，秋帝少皞，冬帝顓頊。此五天帝之名也。伏羲、神農、軒轅、金天、高陽五人帝，以五德迭興，故亦以五天帝爲號。若《月令》所言，則天帝也。鄭注《月令》以五帝爲人帝，豈伏羲諸帝以前無司四時者乎？其亦誤矣。《周官》注引《春秋緯文耀鉤》謂蒼帝靈威仰，赤帝赤熛怒，黄帝含樞紐，白帝白招拒，黑帝汁光紀。以此爲五帝正名，而不知其怪妄不足據也。五行，氣行於天，質具於地，故在天有五帝，在地亦有五神。五神分列五方，佐地以造化萬物，天子祀之，謂之五祀。《月令》云：春神句芒，夏神祝融，中央后土，秋神蓐收，冬神玄冥。卽五祀之神也。説者或以五神爲人神，非也。《左·昭二十九年傳》云：少皞氏有四叔，曰重，曰該，曰脩，曰熙。重爲句芒，該爲蓐收，脩及熙爲玄冥。顓頊氏有子，曰犂，爲祝融。共工氏有子，曰句龍，爲后土。此五官，有功於世，故配食於五神。若《月令》句芒等，則非人神也。鄭注以爲五人神，抑又誤矣。案：古人此等説，本可不辨，以金氏亦可自成一説，故並録之。

迺詔虞人典澤，東延昆鄰，西馳閶闔。

【注】善曰：孔安國《尚書傳》曰：虞，掌山澤之官。又曰：延，及也。張晏曰：東至昆明之邊也。善曰：閶闔，已見上文。

【疏】五臣「迺」作「乃」。《漢》「閶」作「闛」。顔曰：闛闔，門名也。闛，讀與「閶」同。朱珔曰：《説文》：闛闔，盛皃。此假「闛」爲「閶」。《大司馬》注：鼓聲不過閶。又假「閶」爲「闛」。案：《隸釋》卷一載《帝堯碑》曰：排啓闛闔。洪适曰：碑以「闛」爲「閶」。吕錦文曰：閶，《説文》云：天門也。楚人名門曰閶闔。「閶」與「闛」古字通。案：又已見《上林賦》。○僞孔安國傳，前見《舜典》，後見僞《大禹謨》。○張注，顔引同。顔曰：昆明池邊也。○善注上文，謂《甘泉賦》。《集義》曰：《三輔舊事》云：武闕内有閶闔門。恐非此也。許慎注《淮南》云：閶闔，昆侖虚門。名斯，則昆池亦非也。步瀛案：《淮南子·原道篇》曰：排閶闔，淪天門。高注曰：閶闔，始升天之門也。與許注異。《集義》引此，蓋以閶闔爲昆侖之門，殆即以昆鄰爲昆侖矣。然下文言昆侖之虚，乃譬況爲言，本非實有之地，此處何必預及？仍以舊注爲是。○統，東部。闔，緝部。通轉爲韵。

儲積共偫，戍卒夾道。

【注】善曰：郭舍人《爾雅注》曰：共，具物也。偫，具事也。《漢書》曰：廷中陳車騎、戍卒、衛官也。

【疏】《類聚》引「偫」作「峙」。五臣「戉」作「戎」，《類聚》引同。○顔曰：共，讀曰「供」。偫，音丈紀反。○胡克家曰：陳云：《爾雅》郭注，與所引不同，則知非景純也。下文移珍來享句，又引犍爲舍人《爾雅注》。今案：其説是也。《爾雅》犍爲郡文學卒史臣舍人注三卷，見陸氏《釋文·敍例》，必犍爲二字各本誤改作「郭」。步瀛案：錢大昕《廿二史攷異·隋書》二曰：犍爲文學，卽舍人也。陸德明云：犍爲郡文學卒史臣舍人，漢武帝時待詔，蓋其人姓舍名人。胡紹煐曰：《廣韵》有舍姓，則「舍」上不得增「郭」字。張澍《蜀典》輯本序曰：按，犍爲文學，卽與東方朔同時待詔，詔爲隱語被榜呼謈之郭舍人也。《西京雜記》言其善投壺，爲郡文學，卒。史臣舍人，當是初爲郡文學。後補太守，卒。史以能詼諧，善投壺，入爲待詔舍人也。步瀛案：見《漢書·東方朔傳》。馬國翰《爾雅犍爲舍人注》輯本亦從其説。○《漢書》見《叔孫通傳》。

斬叢棘，夷野草。

【注】善曰：杜預《左氏傳注》曰：夷，殺也。

【疏】《易·習坎·上六》爻詞曰：寘于叢棘。○善引杜注，見《左·隱六年》。

禦自汧、渭，經營酆、鎬。

【注】善曰：孔安國《尚書傳》曰：經營，規度也。

【疏】五臣「酆鎬」作「灃滈」。○顔引應劭曰：禦，禁也。顔曰：將獵其中，故止禁不得人行及獸出也。汧、渭以東，酆、鎬以西，皆爲獵圍也。○善引僞孔傳，見《召誥》。○道、草，幽部。鎬，宵部。通韵。

章皇周流，出入日月，天與地沓。

【注】善曰：章皇，猶彷徨也。周流，周匝流行也。出入日月，言其廣大，日月似在其中出入也。張晏曰：日出扶桑，入湯谷。應劭曰：沓，合也。

【疏】《漢》「沓」作「杳」。顏曰：謂苑囿之大，遥望日月皆從中出入，而天地之際，杳然縣遠也。説者乃以「杳」爲「沓」，解云重沓。非唯乖理，蓋亦失韵。案：「乃」字各本作「反」，「亦」作「以」，今並依殘卷。以後與今本不同，皆係依殘卷本，不悉著。孫志祖曰：按，《楚辭·天問》：天何所沓。王逸注曰：沓，合也。言天與地合會何所。子雲蓋祖屈原之語。胡紹煐曰：此以杳、鎬、道、草爲協，乃幽、宵二部通韵。沓在緝部，相隔甚遠。以韵言之，師古説是。然善引應劭注：沓，合也。則古本《漢書》皆作「沓」。《楚辭·天問》：天何所沓。王注：沓，合也。賦文當本此，或此處無韵，非如顏所云也。步瀛案：沓，緝部。可遥與上闔字爲韵。胡以爲無韵，非也。許巽行曰：作「沓」終不安，當以師古説爲是。朱亦棟《羣書札記》卷二曰：杳字與上鎬、道、草爲韵。陶淵明詩：清氣澄餘滓，杳然天界高。杜少陵詩：尚書氣與秋天杳。則顏説是也。步瀛案：陶乃爲《己酉歲九月九日》詩，杜乃《洗兵馬詩》。吴先生曰：《漢》作「杳」，是。

爾迺虎路三嵕，以爲司馬。圍經百里，而爲殿門。

【注】晉灼曰：路，音落。落，纍也。服虔曰：以竹虎落此山也。應劭曰：外門爲司馬門，殿門在内也。善曰：三嵕，已見上文。

【疏】五臣「路」作「落」。《漢》「嵕」作「㚇」。○王先謙曰：經，讀與「徑」同。○晉灼注「路，音落」三字，顏引同。張雲璈曰：路本有洛音，古與「洛」通。如《穀梁·閔元年》：經洛姑。《釋文》：一作「路姑」。《史記·王子侯者年表》洛陵，漢表作「路陵」。薛傳均曰：案，何平叔《景福殿賦》：兼苞博落，不常一象。注：博落，謂所繞者廣也。郭璞《山海經注》曰：絡，繞也。「落」與「絡」古字通。按：《淮南子》：黃雲絡。高誘注：絡，讀道路之「路」，謂車之垂絡也。蓋「路」與「絡」皆從各字得聲，「落」字從洛字得聲，而「洛」字亦從各字得聲，故以同音假借也。步瀛案：《山海經》見《海内經》，《淮南子》見《覽冥篇》。○「落，纍也」，袁、茶二本無此三字。顏引晉灼亦無之，而自注曰：落，纍也，以繩周繞之也。○服注，顏引同。蕭該《音義》曰：《晁錯傳》謂之虎落。方以智《通雅》卷三十五曰：《説文》徐鉉曰：豎散木爲區落曰柴籬、疾黎、虎落也。一作「虎格」、「虎路」。子雲賦虎落三嵕，即三叉蒺藜。蓋草木初生細枝曰㚇，山尖曰㚇，故知是三叉也。朱琦曰：「洛」與「路」俱从各聲，「格」與「落」亦音近。《集韵》：「格」或作「落」。《廣雅·釋宮》：落，籬也。《西京賦》：揩枳，落。注云：落，亦籬也。晉灼訓纍者，纍、落，一聲之轉。《長楊賦》：木擁槍纍以爲儲胥。蘇林曰：木擁柵其外，又以竹槍纍爲外儲胥也。韋昭曰：儲胥，蕃落之類。與此正通。纍者，絡也。「落」與「絡」同。見《漢書·李廣傳》注。故顏師古釋儲胥，亦云纍繩連結。纍與籬又雙聲字矣。《六韜·軍用篇》云：三軍拒守，天羅虎落，鎖連一部。此賦云：以爲司馬。然則虎路者，殆虎門之義與？又曰：三㚇，已見《上林賦》。彼以三㚇爲三成。《爾雅·釋丘》：一成爲敦丘。注云：成，猶重也。是此當謂藩落三重耳。《通雅》以爲卽三尖蒺藜，恐非。

外則正南極海，邪界虞淵。

【注】應劭曰：虞淵，日所入也。善曰：《爾雅》曰：極，至也。《淮南子》曰：至于虞淵，是謂黄昏。

【疏】錢大昭曰：邪，古與「左」通。《禮記·王制》云：執左道以亂政。盧植曰：左道，謂邪道。《子虛賦》云：邪與肅慎爲鄰。師古曰：邪，讀爲「左」。案：《長楊賦》回戈邪指，亦謂左指。○應注，顔引同。○《爾雅》見《釋詁》。○《淮南子》見《天文篇》。○《雍録》卷九曰：揚雄能知《上林賦》意，故其《校獵》之賦曰：禦自汧、渭，經營酆、鎬。此則明命其實矣。至謂禁禦經營，能出入日月，天與地沓，則關中縱廣，不能千里，豈能辦此？又曰：虎路三嵕，以爲司馬圍經百里以爲殿門，此可得而有矣。至謂正南極海，邪界虞淵，此豈關境所能包絡？雄正放子虛、亡是公爲之，恐人不悟，於發首自敘文囿、齊囿，裕民奪民。用雄此意，推想相如，則諷勸相參，不皆執實。其於兩賦，實一意矣。步瀛案：子雲之賦，依放相如。其摹放《上林賦》固也。然海與虞淵，皆假以形容之耳，豈果包四海而入之苑内，如泰之所云乎？

鴻濛沆茫，揭以崇山。

【注】韋昭曰：鴻濛沆茫，水草廣大貌也。善曰：薛綜《東京賦注》曰：揭，猶表也。鴻，胡孔切。濛，莫孔切。沆，胡朗切。茫，音莽。揭，音竭也。

【疏】五臣「揭」作「碣」，《漢》同。○顔曰：鴻濛沆茫，廣大貌也。與韋注同。又曰：碣，山特立貌也。

案：《說文》：楬，櫫也。《周禮・天官・職幣》曰：以書楬之。鄭司農曰：楬之，若今時爲書以著其幣。《地官・泉府》曰：物楬而書之。鄭司農曰：楬著，其物也。《秋官・蜡氏》：若有死于道路者，則令埋而置楬焉。鄭司農曰：楬欲令其識取之，今時楬櫫是也。是楬爲表著之意。「揭」與「碣」，皆借字。○門，諄部。淵，真部。山，元部。皆通韵。

營合圍會，然後先置乎白楊之南，昆明靈沼之東。

【注】張晏曰：先置供具於前也。服虔曰：白楊，觀名也。善曰：《三秦記》曰：昆明池中有靈沼神池。

【疏】《漢》「後」作「后」，通借字。五臣「白楊」作「長楊」，《類聚》引同。○張注，顔引同。○服注，顔引同。《三輔黄圖》卷五曰：白楊觀，在昆明池東。○善引《三秦記》，今本《黄圖》四引「神池」上有「名」字。又，互見《西都賦》。

賁育之倫，蒙盾負羽，杖鏌邪而羅者以萬計。

【注】善曰：《說苑》曰：勇士孟賁，水行不避蛟龍，陸行不避虎狼。育，夏育也。已見《西京賦》。《說文》曰：鏌邪，大戟也。鏌，音莫。邪，弋奢切。

【疏】《方言》卷九曰：干，關西謂之盾。顔曰：羅列，遮禽獸也。○《說苑》，本書《長笛賦》注引同。今本《說苑》無。《史記・袁盎傳》《索隱》引《尸子》曰：孟賁水行不避蛟龍，陸行不避兕虎。《孟子・公孫丑》上趙注曰：孟賁，勇士也。《吕氏春秋・用衆篇》高注曰：孟賁，古之大勇士。《史記・范雎傳》、《集解》引許慎曰：孟賁，衛人。餘與夏育並見《西京賦》。○《說文》見《金部》。梁章鉅曰：今《說文》：鏌鋣也。無「大戟」二字。而《繫傳》本與此合。《漢書・賈誼傳》臣瓚注引亦同此。疑今本《説文》脱。沈濤《説文古本攷》十四上曰：案，《史記・賈生傳》、《集解》、《文選・羽獵賦》注、《前漢書・賈誼傳》注、《後漢書・杜篤傳》注、《御覽》三百五十二《兵部》皆引鏌鋣，大戟也。小徐本亦同。是古本有「大戟」二字。《史記・司馬相如傳》：建干將之雄戟。注引張揖曰：吴王劍師干將所造者也。是干將、莫邪，皆主戟言。大徐疑鏌釾非戟而删之，其識更遜於小徐矣。吕錦文曰：「鏌邪」、「鏌鋣」、「莫邪」，皆疊韻字。《廣雅》：鏌釾，劍也。《莊子・大宗師篇》作「鏌鋣」。《吴越春秋・闔閭内傳》云：干將，吴人也。莫邪，干將之妻也。應劭注《漢書・賈誼傳》云：莫邪，吴大夫也。作寶劍，因以冠名。李善引《説文》曰：鏌釾，大戟也。與顔師古注同。是干將、莫邪同爲劍戟之通稱，不必定爲人名也。步瀛案：《廣雅・釋器》王氏《疏證》謂：干將、莫邪，皆利刃之貌，故又爲劍戟之通名。竊以爲古者物勒工名，干將、莫邪爲良工之名尚可通，但以莫邪爲干將之妻，則不足信。○會，祭部。計，脂部。通韻。

其餘荷垂天之罼，張竟壄之罘。

【注】善曰：言罼之大，垂天之邊也。

【疏】《漢》「罼」作「畢」。吕錦文曰：《説文》「畢」字从華，象形。作「罼」者，後人加「网」於其上耳。○顔引如淳曰：垂天，言長大如天之垂也。《莊子・逍遥遊》曰：若垂天之雲。顔曰：畢，田罔也。罘，幡車罔也。

靡日月之朱竿，曳彗星之飛旗。

【注】善曰：朱竿，太常之竿也。《周禮》：日月爲太常。王建太常。《穆天子傳》曰：日月之旗，七星之文。《河圖》曰：彗星者，天地之旗也。《楚辭》曰：攬彗星以爲旗。

【疏】殘卷本「彗」作「篲」，《類聚》引同。○善引《周禮》，見《春官・司常》。○《穆天子傳》見卷五。郭注曰：言旐上畫日月及北斗星也。○《河圖》，《御覽・咎徵部》二引作《河圖帝通紀》。○《楚辭》見《遠遊》。○罘、旗，之部。

青雲爲紛，紅蜺爲繯，屬之乎崑崙之虚。

【注】韋昭曰：紛，旗旒也。繯，旗上繫也。善曰：鄭玄《喪服傳注》曰：屬，連也。《爾雅》曰：河出崑崙虚。繯，下犬切。屬，之欲切。虚，音墟。

【疏】袁、茶二本無「之」字。五臣「崑崙」作「崐崘」，《漢》作「昆侖」。○韋注，蕭該《音義》引同。下云音邠。張晏曰：紛，燕尾也。顔，曰：紛，旄也。並與韋説同。蕭該又曰：繯，《説文》、《字林》、《三蒼》並于善反。云：繯絡也。陳武音環。《通俗文》曰：所以縣繩，楚曰繯。繯，胡犬反。姜皋曰：《方言》五：所以縣㯝。宋、魏、陳、楚、江、淮之閒謂之繯，或謂之環。故《玉篇》曰：繯，環也。《説文》：繯，落也。均作維系解。惟韋昭注指爲旗上繫。朱珔曰：此處言合圍，不得仍説旗。《爾雅・釋器》：絇謂之救，律謂之分。以上文例之，二句亦羅网之屬。王氏《廣雅疏證》云：律即《説文》「率」字。「率」與「律」古同聲。《説文》：紛，馬尾韜也。《釋名・釋車》云：紛，放也，防其放弛以拘之也。「紛」與「分」義相近。郝氏亦言率謂之紛，與上絇謂之救皆罥名。然則此紛字正罥名矣。繯，即《説文》之「䍐」，與「罥」通，已見《上林賦》。胡紹煐曰：紛、繯，皆罥名。謂之紛者，取紛挐冒覆之義。《内則》：左佩紛。注：紛，拭物之佩巾，今齊人有言紛者。巾亦所以覆冒物，故亦謂之紛。義與此同。繯，《説文》、《字林》、《三蒼》並云：絡也。字或作「罥」。《太玄》翕次八揮，其罦其罥是也。朱銘曰：《説文》曰：繯，落也。段氏云：《馬融傳》曰：繯橐四野之飛征。注引賈逵云：繯，還也。「還」、「環」古今字。然則謂以青雲爲網，紅蜺爲絡，所以遮羅環繞禽獸者也。賦下云淫淫與與，前後要遮，亦承此二句言之。○善引《儀禮·喪服傳注》，《釋文》曰：屬，音燭。○《爾雅》見《釋水》。

涣若天星之羅，浩如濤水之波。

【注】善曰：天星之羅，言光明也。濤水之波，言廣大也。

【疏】顔曰：天星之羅，言布列也。

淫淫與與，前後要遮。

【注】善曰：淫淫、與與，皆行貌也。

【疏】顔曰：淫淫與與，往來貌也。胡紹煐曰：淫淫，猶「冘冘」。與與，即「豫豫」，詳下。○虚、遮，魚部。波，歌部。通韵。

欃槍爲闉，明月爲候。

【注】孟康曰：闉，戰鬭自障蔽如城門外女垣也。善曰：杜預《左傳注》曰：候望敵者。

【疏】欃槍，已見《甘泉賦》。○孟注，顔引同。殘卷《校録》引姚察曰：案，《詩·國風》出其闉闍。傳曰：

闉，曲城也。《説文》以爲城曲重門。案：今本「曲」作「内」。《鄭風》孔疏引作「曲」，與姚察引合。段據孔疏訂正。孔曰：《釋宫》云：闍謂之臺。是闍爲臺也。出謂出城，則闍是城上之臺，謂當門臺也。闍既是城之門臺，則知闉是門外之城，卽今之門外曲城是也。故云闉，曲城。闍，城臺。段曰：毛分言之，許併言之者，許意説字从門之恉也。有重門故必有曲城，其上爲門臺，卽所謂城隅也。故闉、闍字皆从門，而《詩》曰：出其闉闍，謂出此重門也。城曲、曲城，意同。○善引《左傳注》見宣十二年。

熒惑司命，天弧發射。

【注】張晏曰：熒惑，執法使司不祥。天、弧，虚上二星。善曰：《樂緯稽耀嘉》曰：熒惑，主命。《禮記》曰：凡生於天地之閒者，皆曰命。《漢書》曰：狼下有四星，曰弧。

【疏】《漢書》殘卷本「熒惑」作「營或」，注同。○張注，各本「惑」下脱「執」字，「司」下衍「命」字。今依胡克家校改。顔引亦脱「執」字。《廣雅・釋天》曰：營惑謂之罰星，或謂之執法。《史記・天官書》、《正義》引《天官占》曰：熒惑爲執法之星。《御覽・天部》六引黄石公《陰謀祕訣法》曰：熒惑者，御史之象。主禁令刑罰。又顔引「天弧虚」下有「危」字。殘卷無，與《選》注合。然天、弧距危、虚皆甚遠。《史記・天官書》曰：狼下有四星，曰弧。《漢書・天文志》同。《晉書・天文志》上曰：弧九星，在狼東南，天弓也。《天官書》、《正義》同。所言星之數，又與《史》、《漢》不同。朱琦曰：《步天歌》弧、狼屬井宿，在南方，而《史》、《漢》爲西宫，亦異。《晉志》則弧、狼在二十八舍之外，更無以爲二星又在虚上者。虚乃北方玄武之宿，未審張注何據。或「虚上」爲「參上」之譌與？○朱珔曰：《天官書》、《正義》引《天官占》，即《樂緯》所云主命。○《禮記》見《祭法》。○《漢書》見上。

鮮扁陸離，駢衍佖路，

【注】服虔曰：鮮扁，戰鬭軍陣貌也。駢衍，軍壘駢衍也。晉灼曰：佖，滿也。善曰：扁，音篇。佖，頻一切。

【疏】服注，蕭該《音義》引「鮮扁」作「扁」，音篇。「軍」作「車」。又云：該案，服云以《春秋傳》曰：高渠彌奉公爲魚麗之陳，先偏後伍，伍承彌縫。杜預曰：《司馬法》：車二十五乘爲偏。以車居前，以伍次之，承偏之隙而彌縫闕漏，五人爲伍。此蓋魚麗法也。案：見《左・桓五年》。《集義》引姚察曰：「鮮」當爲「先」，古字之假借。《左氏傳》云：原繁高渠彌以中軍奉公云云，與服説同。又云：鮮，讀依字。是顧胤不以此説爲然矣。王先謙曰：「扁」與「媥」同。鮮扁，言鮮明而媥爛，與陸離對文。蕭説未當。步瀛案：王以鮮扁與陸離對文，是也。而以爲鮮明媥爛，亦非是。顔曰：鮮扁，輕疾貌也。案：此二字乃疊韻連語。「鮮僊」音同「扁翩」，字通。《説文》曰：翩，疾飛也。本書《思玄賦》曰：鶩翩飄而不禁。舊注曰：疾貌。鮮、扁疊韻，翩、飄雙聲，其義正同。○駢衍，軍壘陳屯之貌。二字亦疊韻連語。服注未盡。顔曰：駢衍，言其並而廣大也。以並釋駢，以廣大釋衍，亦非是。駢衍與駢田意同，已見《西京賦》。○顔曰：佖，次比也。一曰，滿也。後説即從晉灼。案：佖之本訓爲威儀媟嬻，此乃「比」之通借字，故訓爲次比。物之次比者，必因其多，故又訓爲滿也。○善音篇。蕭該引服虔同。佖，頻一切。

顏音同，又音步結反。

徽車輕武。

【注】晉灼曰：徽，疾貌也。音揮。善曰：《廣雅》曰：武，健也。

【疏】晉注以「徽」爲「揮」之借字。胡紹煐曰：《文賦》：紛紜揮霍。揮霍連文，是揮爲疾也。《説文》：揮，奮也。奮亦爲疾也。步瀛案：以徽車爲疾車，義終未安。故顏曰：徽，有徽幟之車也。朱珔曰：《漢書注》亦多引晉灼，而此不用其説，易之曰有徽識之車，義較勝。《説文》：徽，識也。以絳帛箸于背。《春秋傳》曰：揚徽者公徒。若今救火衣然也。經典凡徽識、徽號，字俱从糸作「徽」，蓋假借字。案：《春秋傳》見《左氏·昭二十五年》。○善引《廣雅》見《釋詁》二。朱銘曰：《續漢書·輿服志》曰：輕車，古之戰車也。不巾不蓋，建矛戟幢麾。又曰：《孫吴兵法》云：有巾有蓋，謂之武剛車。徽即麾矣。輕武，當爲輕車、武剛車。步瀛案：上文已言徽車矣，善以輕武二字爲狀徽車之行疾，似不必再作二車解。○侯，侯部。射、路、武，魚部。通韻。

鴻絧緁獵，

【注】善曰：鴻絧，相連貌也。緁獵，相次貌也。鴻，胡弄切。絧，徒弄切。緁，音捷。

【疏】五臣「緁」作「捷」。吕錦文曰：捷獵，與緁獵義同。○姚察引《埤蒼》：絧，相連。與善注鴻絧，相連貌也，可相證。顏曰：鴻絧，直馳貌。似未合。又曰：緁獵，相差次也。與善同。○蕭該曰：鴻，諸詮胡棟反。絧，音慟。與善音同。顏音鴻，胡孔反。絧，徒孔反。與該、善讀去聲並異。

殷殷軫軫，被陵緣岅，窮夐極遠者，相與列乎高原之上。

【注】善曰：殷、軫，盛貌也。夐，或爲「冥」。殷，音隱。

【疏】五臣「夐」作「冥」，《漢》同。顏曰：冥，幽深也。蕭該曰：諸詮作「夐」。《漢》「列」作「迾」。○顏曰：殷、軫，盛也。殷，讀曰「隱」。並與善同。○蕭該曰：夐，呼盛反。《廣雅·釋詁》一曰：夐，遠也。○軫，真部。岅、遠，元部。通韵。

羽騎營營，昈分殊事。

【注】韋昭曰：騎，負羽也。蘇林曰：昈，明也。善曰：毛萇《詩傳》曰：營營，往來貌。昈分，謂羽騎明白分別，各殊其事也。昈，音户。

【疏】韋注，已見上。○蘇注，顏引同。姚察謂「昈」當作「扈」，引《楚辭·九辨》扈屯騎之容容，王逸注：羣馬分布列先後，《相如傳》扈從横行證之。已見《上林賦》。《集義》引應劭曰：昈，大也。按之此處，皆未合。○善引《毛詩傳》見《青蠅》。顏曰：營營，周旋貌也。言其服飾分明，各殊異也。

繽紛往來，

【疏】顏曰：繽紛，衆疾也。繽，音匹人切。○事、來，之部。

轠轤不絶，若光若滅者，布乎青林之下。

【注】孟康曰：轠轤，連屬貌也。如淳曰：轠，音雷。轤，音盧。

【疏】顏曰：轠轤，環轉也。蕭該曰：轠轤，韋昭音壘落。王先謙曰：若光若滅，猶乍明乍暗。○孟、如

《廣雅》亦云：昴謂之旄頭。《晉書・天文志》：昴、畢閒爲天街。天子出，旄頭、罕畢以前驅，正合此先驅之義。「髦」、「旄」字通用，「髦」與「蒙」則聲之轉也。金氏甡云：此與蚩尤作對，自應專指一人。不知蚩尤亦星也，非黃帝時之蚩尤。金説未的。胡紹煐曰：《荀子・非相篇》：面如蒙倛。楊注：其首蒙茸然，故曰蒙倛。引此賦曰：蒙公先驅。是蒙公卽旄頭，故《漢書・燕王旦傳》云：旄頭先驅。蒙公與上蚩尤對，髦頭、蚩尤皆星名，天子出象之，非蒙恬也。陳僅曰：依如説，則蚩尤當亦指旗言之，與下天星、霹靂正爲一類。步瀛案：朱、胡二説以爲星名，是。○旒，幽部。輿，魚部。驅，侯部。皆通韵。

立歷天之旂，曳捎星之旃。

【注】韋昭曰：歷，干也。捎，拂也。

【疏】五臣「旂」作「旗」，《類聚》同。○善引韋昭注「歷，干也」，《訓纂》引同。顔曰：歷，經也。捎，猶拂也。歷天、捎星，言其高也。捎，音所交反。

霹靂烈缺，吐火施鞭。

【注】應劭曰：霹靂，雷也。烈缺，閃隙也，火電照也。善曰：言威德之盛，役使百神，故霹靂、烈缺，吐火施鞭，而爲衛也。閃，失染切。

【疏】《漢》「霹靂」作「辟歷」。五臣「烈」作「列」。《漢》同。○蕭該《音義》曰：施，如淳音虵。《集義》引同，又曰，案，施讀如字。○應注，顔引「霹靂」作「辟歷」，「閃隙也，火電照也」作「天隙電照也」。朱珔曰：《司馬相如傳》、《大人賦》云：貫列缺之倒景兮。注引服虔曰：列缺，天閃也。人在天上，下向視日月，故景倒在下也。張揖引《陵陽子明經》曰：列缺氣去地二千四百里。倒景氣去地四千里，其景皆倒在下。《廣雅・釋天》説常氣有列缺、倒景。《楚辭・遠遊》云：上至列缺兮，降望大壑。據此，諸家蓋皆以列缺爲電。云吐火者，《春秋繁露・五行五事篇》：電者，火氣也。施鞭，《淮南・原道訓》：雷以爲鞭策，是也。○顏曰：言獵火之燿，乃馳騎奮鞭，如電吐光，又象其疾也。與善注異。當以善注爲長。

萃從沇溶，淋離廓落，戲八鎮而開關。

【注】應劭曰：四方四隅爲八鎮。如淳曰：不言九者，一鎮在中，天子居之故也。善曰：《埤蒼》曰：從，走貌也。沇溶，盛多之貌也。《上林賦》曰：沇溶淫鬻。從，先勇切。沇，以水切。溶，音容。戲，音麾。

【疏】五臣「從」作「漎」，漢清官本作「從」，毛本作「從」。《漢》「沇」作「允」。五臣「離」作「灕」。○應、如兩注，顏引同。○善引《埤蒼》，蕭該曰：《字林》及《埤蒼》云：從，從走貌也。複「從」字。胡紹煐曰：從，衆也，聚也。萃從連言，萃亦聚也。倒言之亦謂之從萃。《吳都賦》雜沓從萃是也。王先謙曰：從，蓋「總」借字。萃從，猶萃聚也。○沇，以水切。各本「水」誤「永」，今依《上林賦》注校改。蕭該曰：允，諸詮音余永切。「永」亦「水」字之誤。○顏曰：戲，讀曰「麾」，謂指麾八鎮，使之開關也。

飛廉雲師，吸嚊潚率。鱗羅布列，攢以龍翰。

【注】善曰：《楚辭》曰：後飛廉使奔屬。王逸曰：飛廉，風伯也。雲師，已見《吳都賦》。《説文》曰：吸，

内息也。《埤蒼》曰：嚊，喘息聲也。潚率，吸嚊之貌。鱗羅，若鱗之羅也。攢以龍翰，若龍翰之聚也。鄭玄《尚書大傳》注曰：翰，毛之長大者。嚊，普利切。潚，音肅。

【疏】尤本、毛本「列」作「烈」。胡克家曰：茶陵本云：五臣作「列」。袁本云：善作「烈」。今案：各本所見皆非也。《漢書》作「列」，善自與之同，但傳寫譌耳。又案：上文霹靂烈缺，二本校語亦云然彼《漢書》仍作「列」，而以應劭閃隙之義求之，作「烈」自通。善、顔亦不盡同也，恐此涉彼而加「火」。案：胡氏説是，今據改。○善引《楚辭》見《離騷》。○《説文》見《口部》。尤本「内」作「喘」，涉下《埤蒼》而誤。袁、茶二本皆作「内」，是也。今從之。○顔曰：吸嚊，開張也。潚率，聚斂也。言布列則如魚鱗之羅，攢聚則如龍之豪翰也。王先謙謂「潚率」即「蕭索」，同音字，言風聲也。案：此處不應忽入風聲。王氏臆説，不可從。○鄭君《尚書大傳》注，本書《檄吴將校部曲》注引同。《藝文類聚·祥瑞部》下作「長毛也」。○旃、鞭、闕、翰，元部。

啾啾蹌蹌，入西園，切神光。

【注】善曰：郭璞《三蒼解詁》曰：啾啾，衆聲也。啾，或爲「秋」。蹌蹌，行貌。《楚辭》曰：鳴玉鸞之啾啾。張晏曰：切，近也。神光，宫名也。

【疏】《漢》「啾啾」作「秋秋」。宋祁曰：「秋秋」，淳化本作「啾啾」，刊誤。据《禮樂志》龍秋游改「啾」爲「秋」。案：蕭該説「啾」舊作「愁」，韋昭音裁梟反。今書或作口旁「啾」。該引《埤蒼》啾啾，衆聲也，又引《楚詞》鳴玉鸞之啾啾，猿啾啾兮又夜鳴爲据云。又諸詮「秋」作口旁秋，「蹌」，蕭該本作此「槍」。

○本書《射雉賦》注引《三蒼》曰：啾，聲也。顔曰：秋秋蹌蹌，騰驤之貌也。蹌，音千羊反。案：《爾雅・釋訓》曰：蹌，蹌動也。○《楚辭》見《離騷》。○張注，蕭該、姚察引並同。顔曰：切神光者，言車之衆飾相切，摩而光起，有若神也。王先謙曰：以上下文律之，神光爲宫名無疑，顔注非。

望平樂，徑竹林。

【注】張揖曰：平樂，館名。晉灼曰：在上林中也。

【疏】張、晉兩注，顔引同。盧文弨曰：《東方朔傳》：長門園有萩竹，竇太后獻爲宫，即竹林也。步瀛案：《東方朔傳》曰：更名竇太主園爲長門宫。不名竹林，且不在上林苑中，盧説恐未是。

蹂蕙圃，踐蘭唐。

【注】善曰：蕙圃，已見《子虚賦》。服虔曰：蘭唐，蘭生唐中也。

【疏】《漢》、毛本「蕙」作「惠」，清宫本作「蕙」。宋祁曰：「踐」，韋本作「跋」，又作「趹」。案：二字皆非。○顔曰：惠圃，惠草之圃也。蘭唐，陂唐之上多生蘭也。○蹌、光、唐，陽部。林，侵部。通轉爲韵。

舉熢烈火，轡者施技。

【注】善曰：轡者，執轡之人也。

【疏】《漢》「熢」作「逢」。五臣「技」作「伎」。《漢》作「披」，誤。殘卷本作「技」。○熢，已見《子虚賦》。「烈」、「列」字通。《詩・大叔于田》曰：火烈具舉。毛傳曰：烈，列也。《廣雅・釋詁》三曰：列，布也。列火與舉熢相對，「烈」當爲「列」之通借字。○顔曰：轡者，御人執轡者也。

方馳千駟，狡騎萬帥。

【注】晉灼曰：狡徤之騎也。善曰：鄭玄《毛詩箋》曰：方，併也。

【疏】五臣「狡」作「校」，「帥」作「師」，《漢》並同。蕭該曰：校，張晏音効。顏曰：校騎，騎而爲部校者也。○晉注，《集義》引同。吴先生曰：《釋名·釋言語》曰：狡，交也。狡騎，言騎相交錯也。○鄭《詩箋》無「方併也」之文，當引《儀禮·鄉射禮》注。顏曰：方馳並驅也。○技、帥，履部。

虓虎之陳，從横膠輵。猋拉雷厲，驞駍軨礚。

【注】服虔曰：虓，音哮。鄧展曰：拉，音獵。善曰：《毛詩》曰：嗷如虓虎。拉，風聲也。哮，火交切。輵，音葛。驞，疋人切。駍，普萌切。軨，力莖切。

【疏】五臣「陳」作「陣」，俗字。《漢》「拉」作「泣」。五臣「驞」作「繽」。《漢》「礚」作「磕」。蕭該曰：「輵」舊作「鶡」，又作「謁」。「驞」，諸詮作石旁賓。礚，諸詮苦蓋反。○顏曰：驞駍軨礚，皆謂聲響衆盛也。李周翰曰：驞駍軨礚，謂衆聲也。○服注，顏引同。○鄧注，顏引作「泣，音粒」。案：「泣」蓋「拉」之通借字，當音「拉」，「粒」字疑誤。○善引《毛詩》見《常武》。「嗷」作「闞」。此作「嗷」，疑非。顏曰：哮武之陳，謂勇士奮怒，狀如猛獸，而爲行陳也。案：顏注「武」各本作「虎」，今依殘卷。此注「武」字、「獸」字，皆唐人避「虎」字諱爲之。○顏曰：泣，猋風疾貌也。與善注「拉」字義合。

洶洶旭旭，天動地吸。

【注】善曰：洶洶旭旭，鼓動之聲也。韋昭曰：吸，動貌也。洶，旭勇切。吸，五合切。

【疏】《訓纂》引《說文》曰：洶，涌也。○韋注，《訓纂》引同。蕭該引韋曰：㕸，擬及反。顔引蘇林曰：㕸，音吸吸動摇之「㕸」。顔音五合反，與善同。

羨漫半散，蕭條數千里外。

【注】善曰：羨，弋戰切。

【疏】五臣「羨」作「美」，非。《漢書》「千」下有「萬」字。王念孫以爲後人所加。五臣「里」下有「之」字。○蕭該曰：半，諸詮音叛。《集義》音同。王先謙曰：半，與「泮」同。○轕、礚、外，祭部。○以上天子至獵所。

若夫壯士忼慨，殊鄉別趣。

【注】善曰：鄉，音向。毛萇《詩傳》曰：趣，趨也。

【疏】五臣「鄉」作「向」。案：「鄉」即「向」之借字，亦作「嚮」。顔曰：鄉，讀曰「嚮」。○《毛詩傳》見《棫樸》。《釋文》曰：趣，七喻反。

東西南北，騁耆奔欲。

【注】善曰：言各隨其耆欲而奔騁也。耆，音嗜。

【疏】五臣「耆」作「嗜」。案：「耆」即「嗜」之借字。杜宗玉曰：《禮記·王制》：嗜欲不同。《周禮·大行人》注作「耆慾不同」。《荀子·非十二子》：無廉恥而耆飲食。注：耆，與「嗜」同。蓋「嗜」從「耆」聲，形聲均同之字也。《祭統》：與舊耆欲。作「耆」。《漢書·景帝紀》：滅耆欲。注：讀曰「嗜」。「嗜」、

「者」蓋通用。○顏曰：言隨其所欲，而各馳騁取之也。○蕭該曰：者，諸詮音市至反。欲，字書瑜注反。○趣、欲，侯部。

扡蒼狶，跋犀犛，蹶浮麋。

【注】韋昭曰：跋，蹋也。應劭曰：蹶，頓也。善曰：《廣雅》曰：扡，引也。音他。浮麋，過麋也。跋，步末切。蹶，居月切。

【疏】五臣「扡」作「拕」，《漢》同。殘卷作「拖」。又，《漢》「狶」作「豨」。袁、茶二本校曰：善無「犀」字。胡克家曰：二本所見非也。《漢書》有，尤本獨未譌。步瀛案：毛本亦有之。○蕭該《音義》引《字林》曰：東方名豕曰豨，語豈切。案：《方言》八曰：豬，南楚謂之豨。○顏引張晏曰：跋，躡也。與韋注意同。顏曰：跋，反戾也。《呂氏春秋・慎小篇》高注曰：蹶躓，顛頓也。顏引鄭氏曰：蹶，音馬蹄蹶之「蹶」，並與服注意同。顏曰：蹶，蹴也。○善引《廣雅》見《釋詁》一。「扡」作「拖」。顏曰：拕，曳也。○顏曰：浮麋，水上浮者也。朱銘曰：浮麋，游麋也。師古說非是。步瀛案：《釋言》曰：浮，游也。朱說是。善曰過麋，亦謂游麋也。○豨、麋，脂部。

斮巨狿，搏玄猨。

【注】韋昭曰：斮，斬也。側略切。服虔曰：巨狿，獸名也。善曰：《廣雅》曰：搏，擊也。狿，已見《上林賦》。

【疏】《漢》「猨」作「蝯」，同。○韋、服兩注，顏並同。○《廣雅》，見《釋詁》三。

騰空虛，距連卷。

【注】張晏曰：連卷，木也。善曰：距，古「岠」字也。孔安國《尚書傳》曰：距，至也。卷，音拳。

【疏】《漢》殘卷本「騰」作「滕」。五臣「距」作「岠」，《漢》作「岠」，是。《説文》曰：岠，止也。一曰超岠。又，作「岠」者誤。○張注，顔引「木」上有「之」字。張雲璈曰：按《上林賦》：攢立叢倚，連卷欐佹。又，《淮南・招隱士》：桂樹叢生兮山之幽，偃蹇連卷兮枝相繚。故張晏以爲木也。然此本言獸之騰躍，距卽足距，騰虛空而足有連卷之勢也。恐未如張説。李氏引《尚書》孔傳以距爲至，亦不確。「連卷」，與「蹥踡」蓋同。胡紹煐曰：《南都賦》：娥眉連卷。木長曲謂之連卷，猶思長曲謂之連卷，眉長曲謂之連卷。距，躍也。《左傳・僖二十八年》：距躍三百。《四子講德論》：閉門距躍。皆二字連文。是距、躍同義。《説文》：岠，一曰超岠。「距」與「岠」通，此謂超岠長曲之木也。案：胡氏説是。○善曰：距，古「岠」字也。「岠」當作「岠」。顔曰：「岠」卽「距」字。是也。《説文・足部》曰：距，雞距也。與《止部》岠字義異。然《繫傳》三於岠字一曰超岠，作「距」，且引《史記・王翦傳》拔距超距以證之。杜宗玉曰：岠亦巨聲。距從足，岠從止，足、止類也。○僞孔傳，見《益稷》。王先謙曰：距當訓如超距之距。

踔夭蟜，娭澗閒。

【注】張晏曰：踔夭蟜之枝也。善曰：《三蒼詁訓》曰：踔，踰也。丑孝切。

【疏】五臣「蟜」，作「蹻」，「娭」作「嬉」。袁、茶二本校曰：善作「娭」。蓋所見本誤也。尤本作「娭」，是。五臣「澗」作「閒」，音去聲。下「閒」字音平聲。《漢》作「澗門」，殘卷作「澗閒」。吴先生曰：此當依五臣作「閒閒」，謂無枝之隙中也，猶《上林賦》之其閒希閒。上閒爲閒隙，下閒爲中閒。○吕向曰：連卷、夭蹻，樹木盤曲貌。言雄勇之士，皆騰空虛至此木上也。顏曰：踔，走也。夭蟜，亦木枝曲也。胡紹煐曰：《思玄賦》：偃蹇夭蟜以連卷兮。連卷、夭蟜，重疊言之，義並相近。距、踔義同。○善引《三蒼詁訓》，《集義》同。○猨、卷、閒，元部。

莫莫紛紛，山谷爲之風猋，林叢爲之生塵。

【注】善曰：莫莫紛紛，風塵之貌也。

【疏】顏曰：莫莫，塵埃貌也。紛紛，亂起貌也。○紛，真部。塵，諄部。通韻。又與元部通韻。

及至獲夷之徒，蹶松柏，掌蒺藜。

【注】服虔曰：獲夷，能獲夷狄者。善曰：蹶，踏也。掌，以掌擊之也。《爾雅》曰：茨，蒺藜。

【疏】胡克家曰：茶陵本「藜」作「蔾」，注同。袁本正文「藜」，注「蔾」。案：《漢書》作「疾梨」。考字書，「藜」、「蔾」二字有分别。據此知「蒺蔾」乃變體加艹，非借「藜藋」字，當依茶陵本。步瀛案：《漢》殘卷亦作「蔾」，今從之。○服注，顏引同。《訓纂》引韋昭曰：獲，烏獲之倫也。李周翰曰：獲夷，古之壯士也。劉敞曰：獲，烏獲。夷，夷羿。皆有力者。何焯曰：劉説勝服虔。但此下更有羿氏控弦之文，或别用堯時射九日者邪？朱珔曰：前文賁育之倫，亦未免相犯。據《周禮》，有蠻隸、夷隸。鄭注云：征蠻夷所獲也。則此謂所獲夷狄之徒。周壽昌曰：疑漢兵卒之設此名，説如射聲、佽飛之類。步瀛案：諸説似皆未安。胡紹煐曰：夷，殺也。《左·隱六年傳》：芟夷蕴崇之。杜注：夷，殺也。獲夷，蓋能獲執及格殺禽獸，皆謂有勇力者也。此説似較允。又案：《史記·秦本紀》烏獲、孟説並舉。説，讀爲「悦」。《爾雅·釋言》曰：夷，悦也。《詩·風雨》毛傳曰：夷，説也。疑夷或孟説字，然載籍無徵，姑附誌於此。○蹶訓蹋，已見《上林賦》。「蹋」、「踏」字同。解「掌」字亦與顔同。吕錦文曰：掌，古文作「爪」。《説文》云：覆手曰爪。《集韻》云：覆手取物也。○《爾雅》見《釋草》。郭注曰：布地蔓生，細葉，子有三角，刺人。

獵蒙蘢，轔輕飛。

【注】善曰：蒙蘢，已見上文。輕飛，輕獸飛禽也。

【疏】上文，謂《蜀都賦》。顔曰：蒙蘢，草木所蒙蔽處也。轔，轢也。輕飛，猶言輕禽也。轔，音吝。殘卷《校録》引服虔曰：蒙蘢，草名也。疑有誤。

屨般首，帶脩蛇。

【注】如淳曰：般，音班。班首，虎之頭也。善曰：屨，謂踐履之也。《淮南子》曰：吴爲封豨脩蛇。

【疏】《漢》「屨」作「履」，殘卷作「屨」。「脩」作「修」，殘卷作「脩」。蕭該曰：諸本「般首」「般」作「般下蟲」當作「盤」。案：蕭説未詳。疑誤。○如注，顔引「虎之頭」作「虎之類也」。○《淮南子》見《脩務篇》。各本「豨」作「豕」，「脩」作「長」。案：《左傳·定四年》作「封豕長蛇」，此疑後人據《左傳》改。《淮南》書以「脩」爲「長」也。今依《淮南子》改。顔曰：脩，長也。

鉤赤豹，摼象犀。

【注】韋昭曰：摼，扼也。善曰：摼，古「牽」字。

【疏】五臣「摼」作「牽」。薛傳均曰：案，《爾雅·釋詁》：掔，固也。《釋文》：掔，音牽。又，却閑反。郭音義本與摼揩物同。《公羊·僖二年傳》：牽馬而至。《釋文》：牽，本作「掔」。《左氏·定十四年》：公會齊侯、衞侯于牽。《公羊》作「堅」。「堅」、「掔」同從臤聲，「摼」即「掔」之變體。〇張銑曰：鉤、牽，皆拖曳也。

跇巒阬，超唐陂。

【注】如淳曰：跇，超踰也。《音義》曰：巒，山小而鋭。阬，大坂也。

【疏】《訓纂》引韋昭曰：跇，踰也。蕭該引鄧展曰：跇，音厲。厲，度也。又引《字林》曰：跇，述也。弋世反。步瀛案：「述」疑「迣」字之誤。《説文》曰：跇，迣也。迣，踰也。又曰：越，度也。迣、越略同。《集義》引蕭音赭世反。顔曰：跇，渡也。並與如義合。〇顔曰：唐陂，陂之有隄唐者也。王先謙曰：唐，近字作「塘」。塘陂與巒阬對文。步瀛案：《廣雅·釋宫》曰：唐，堤也。《説文》曰：陂，阪也。〇葇、飛、犀，脂部。蛇、陂，歌部。通韵。

車騎雲會，登降闇藹。

【注】善曰：闇藹，衆盛貌。闇，烏感切。

【疏】王先謙曰：闇藹，不分明也。近字作「晻藹」。

泰華爲旒，熊耳爲綴。

【注】張晏曰：旒，幡綴旌也。善曰：綴，亦旒也。司馬相如《大人賦》曰：垂絳幡之素蜺。張揖曰：以赤氣爲幡，綴以白氣也。

【疏】《漢》殘卷「旒」作「流」，注同。《類聚》作「旗」。○顏曰：旒，旌旗之流也。綴，所以縣旌者也。○《大人賦》，見《史》、《漢》《司馬相如傳》。熊耳，見《東都賦》。

木仆山還，漫若天外。

【注】如淳曰：還，音旋。言山爲之回旋也。善曰：宋玉《大言賦》曰：長劍耿介倚天外。

【疏】《集義》曰：仆，頓也。蕭該曰：仆，《字林》疋豆反。又，疋住反。○如注，顏引同。案：還，旋也。已見《上林賦》注。杜宗玉曰：《廣雅·釋詁》曰：旋，還也。《小爾雅·廣言》曰：旋，還也。《切韻》旋、還互訓。古通用。○宋玉《大言賦》，《思玄賦》注引「介」作「耿」，江文通《雜體詩·鮑參軍·戎行》注引「天」下有「之」字。《古文苑》「介」作「耿」，無「之」字。章樵注曰：一作「介」，一作「之外」。

儲與乎大浦，聊浪乎宇内。

【注】服虔曰：儲與，相羊貌也。浦，水涯也。善曰：《淮南子》曰：陰陽儲與。聊浪，放蕩也。與，音餘。浦，音普。浪，音琅。

【疏】五臣「浦」作「溥」，《漢》同。○服虔注，顏引無「貌」字，「涯」作「厓」，餘並同。○善引《淮南》，見《本經篇》。高注曰：儲與，猶尚羊無主之貌。一曰，褒大貌。顏曰：聊浪，言游放也。王先謙曰：儲與，卽紆徐也。○藹、綴、外、內，祭部。

於是天清日晏，

【注】善曰：許慎《淮南子注》曰：晏，無雲之處也。

【疏】善引《淮南子》許注，今本《繆稱篇》卽許注也，無「之處」二字。顏曰：晏，無雲也。呂錦文曰：「晏」與「曣」，古字通。《説文》云：晏，天清也。㬫，姓無雲暫見也。「㬫」卽「曣」字。李善訓晏爲無雲之處，與師古注同。《史記·封禪書》：至中山，曣嗢纜。《孝武紀》及《漢書·郊祀志》並作「晏嗢」。《韓詩》：曣晛聿消。《荀子·非相篇》引作「晏然聿消」，皆其證也。

逢蒙列眥，羿氏控弦。

【注】善曰：《吴越春秋》曰：黄帝作弓，後有楚狐父以其道傳羿，羿傳逢蒙。《説文》曰：匈奴名引弓曰控弦。

【疏】蕭該曰：眥，《字林》曰：眥，目崖也。音漬。該案：《淮南》曰：瞋目裂眥。静計反。《莊周》曰：多言而不眥。司馬彪曰：眥，視也。王念孫《讀書雜志·漢書》十三曰：蕭説是也。《韓彭英盧吴傳贊》：咸得裂土，南面稱孤。《燕王劉澤傳》：裂十餘縣，王之。《史記》「裂」並作「列」。《内則》：衣裳綻裂。《釋文》云：裂，本又作「列」。《艮·九三》：列其夤。《大戴記·曾子天圓篇》：割列禳瘞。《管子·五輔篇》：大袂列。《荀子·哀公篇》：兩驂列。楊倞注：「列」與「裂」同。皆古分裂字也。《説文》：列，分解也。裂，繒餘也。義各不同。今則分裂字皆作「裂」，而列但爲行列字矣。○《吴越春秋》見《句踐陰謀外傳》。顏曰：逢蒙及羿，皆古善射者也。案：《孟子·離婁》下曰：逢蒙學射於羿。趙注曰：逢蒙，羿之家衆。《漢書·司馬相如傳》《諫獵書》，顏注曰：逢蒙，古之善射者也。《荀子·富國篇》及《離騷》王逸注皆作「逢蒙」，今本「逢」作「逄」，轉寫之誤。《莊子·山木篇》作「蓬蒙」，今作「逢蒙」，蓋後人妄改。今依陸德明《音義》。《漢書·藝文志》作「逢門」，《呂氏春秋·具備篇》作「蠭蒙」，《荀子·王霸篇》、《正論篇》、《呂氏春秋·聽言篇》、《史記·龜策傳》又《集解》引劉歆《七略》皆作「蠭門」。《鹽鐵論·能言篇》作「逢須」。《淮南·原道篇》作「逢蒙子」。《漢書人表》、《王褒傳》作「逢門子」。《通志·氏族略》三引《人表》作「逢門子豹」，引《藝文志》「逢門子著兵法」，皆誤。《龜策傳》、《集解》引《淮南》作「逢蒙門子」，疑有衍字。顏師古《匡謬正俗》八曰：逢姓者，蓋出于逢蒙之後。讀當如其本字，更無別音。今之爲此姓者，自稱乃與龐同音。按：德公、士元所祖自別，殊非伯陵、丑父之裔，不應棄其本姓，混茲音讀，乃猥云逄姓之「逄」，與逢遇字別，妄爲釋訓，何取據乎？案：《廣韻·三鍾》：逢，值也，迎也。符容切。《四江》：龐，薄江切。逄在其下，云：姓也。是分「逢」、「逄」爲二字。《匡謬正俗》謂逄姓之逄，不當讀爲龐，甚是。特不知古讀逢字爲重脣音耳。梁玉繩《人表攷》卷八謂《匡謬正俗》、《廣韻》俱判爲兩字，誤矣。錢大昕《養新録》卷五曰：古無輕脣音。古音逢如蓬。《莊子·山木篇》：雖羿、蓬蒙不能眄睨，卽《孟子》之逢蒙也。後世聲韻之學行，妄生分別，以鼓逢「逢」讀重脣，入東韻。相逢字讀輕脣，入鍾韻。又別造一「逄」字，轉爲薄江切，訓人姓。改逢蒙、逢丑父之「逢」爲「逄」以實之，則真大謬矣。漢、魏以前，未有「逄」字。其爲六朝人妄造無疑。阮元《孟子校勘記》卷八下曰：逄字从夆，逢蒙、逢伯陵、逢丑父、逢公，皆薄紅反，東轉爲江，乃薄江反。宋人《廣韵》改字作「逄」，殊謬。○《左·襄四年》曰：有窮后羿。杜注曰：有窮，國名。后，君也。羿，有窮之號。又曰：昔有夏之方衰也，后羿自鉏遷于窮石，因夏民以代夏政。恃其射也，不脩民事，而淫于原獸。寒浞，伯明氏之讒子弟也。夷羿收之，信而使之，以爲己相。浞行媚于内，而施賂于外。愚弄其民，而虞羿于田，樹之詐慝，以取其國家。外内咸服。羿猶不悛，將歸自田，家衆殺而亨之。靡奔有鬲氏。浞因羿室，生澆及豷。恃其讒慝，詐僞而不德于民。使澆用師滅斟灌及斟尋氏。處澆于過，處豷于戈。靡自有鬲氏收二國之燼，以滅浞而立少康。少康滅澆于過，后杼滅豷于戈。有窮由是遂亡。《説文·羽部》曰：羿，亦古諸侯也。一曰，射師。段謂古諸侯謂有窮后羿，射師謂堯時羿也。又，《弓部》曰：𢏚，帝嚳䠶官。夏少康滅之。段謂帝嚳射官，即堯時射師彈十日者。夏少康滅之，則有窮后羿也。「𢏚」，與「羿」，古蓋同字。《左·襄四年》孔疏引賈逵曰：羿之先祖，世爲先王射官。故帝嚳賜羿弓矢，使司射。據此，知許説蓋亦本賈逵。又，《海内經》曰：帝俊賜羿彤弓素矰，以扶下國。郝懿行《大荒東經箋疏》曰：《初學記》九卷引《帝王世紀》云：帝嚳生而神異，自言其名曰夋。疑「夋」即「俊」也。古字通用。《海内經箋疏》曰：《太平御覽》八十二卷引《帝王世紀》曰：羿，其先帝嚳，以世掌射，故于是加賜以弓矢，封之于鉏，爲帝司射。蓋本此經爲説也。案：此皆以有窮后羿即帝嚳射官之後。《左·襄四年》孔疏曰：《淮南子》云：堯時，十日並出。堯使羿射九日而落之。《楚辭·天問》云：羿焉彈日，烏焉解羽？《歸藏易》亦云：羿彈十日也。言雖不經，難以取信，要言嚳時有羿，堯時亦有羿，則是善射之號，非復人之名字。不知此羿名爲何也。《書》僞古文《五子之歌》曰：有窮后羿。僞孔傳曰：羿，諸侯名。則以羿爲名，與以爲號者不同。《海内經》郭注曰：有窮后羿，慕羿射，故號此名也。則又不以爲帝嚳射官之後。梁玉繩《人表攷》卷九曰：《路史·後紀》九注言：羿，古諸侯，非后羿先祖。《通志·三王紀》言：羿必太康時人，以射得名。堯、嚳時亦有善射之人，世謂以爲羿。其説各異。又案：《説文》言少康滅之，統指有窮而言耳。《孟子》言逢蒙殺羿，《左·襄四年》言家衆殺之，故趙岐以逢蒙爲家衆。《左·襄四年》孔疏，亦以家衆爲逢蒙。《淮南子·詮言篇》言羿死於桃棓，許注以爲大杖，《説山篇》作羿死桃部，高注以爲地名。《論語·憲問篇》言羿不得其死。皆指其被殺，非言少康滅之也。○《説文》互見《西都賦》疏。沈濤《説文古本攷》卷十二上曰：《一切經音義》卷二十二引匈奴爲突厥，則是唐人妄改。許君時尚無突厥之名也。

皇車幽輵，光純天地。

【注】服虔曰：皇車，君車也。李奇曰：純，緣繞也。善曰：幽輵，車聲也。《方言》曰：純，文也。輵，一轄切。純，之允切。

【疏】《詩·大明》曰：檀車煌煌。毛傳曰：煌煌，明也。皇車，猶言煌煌之車。「皇」、「煌」字通。服注君車，疑非。○李奇注，顔引無「繞」字。王念孫曰：李引《方言》曰：純，文也。案：二李説皆非也。純，讀曰「焞」。焞，明也。光焞天地，猶言光燿天地也。《説文》：焞，明也。引《鄭語》：焞燿天地。今本「焞」作「淳」，云：夫黎爲高辛氏火正，以淳燿敦大，天明地德，光昭四海，故命之曰祝融。韋注曰：

祝，始也。融，明也。「焞」、「淳」、「純」古並通用。《敍傳》黎淳燿于高辛，義與《鄭語》同。應劭訓淳爲美，亦失之。《太玄·玄測序》：盛哉日乎，丙明離章，五色淳光。范望亦曰：淳，明也。○善注幽輵，與顔注同。胡紹煐曰：輵，當讀如「藹」，于蓋切。《反騷》：亡鸞車之幽藹。顔注：幽藹，猶晻藹。晻藹，卽闇藹。幽、闇義近，輵、藹音同。上云登降闇藹，善注：闇藹，衆盛貌。此亦爲車盛貌。衆盛謂之闇藹，故車盛亦謂之幽輵。觀下云光純天地，正形容車盛之詞，不謂聲也。王先慎曰：幽輵，卽轇轕。《東京賦》注：轇轕，廣大貌。顔訓爲車聲，則與光純天地句隔矣。案：胡、王二説皆通。吕錦文謂「輵」爲「轄」之叚借。《説文》：轄，車聲也。然輵爲車聲，則幽爲賸字矣。恐未是。○《方言》見卷十三。○輵、純顔音同。從王念孫説，則純當讀焞。

望舒彌轡，

【注】服虔曰：望舒，月御也。如淳曰：《楚辭》曰：前望舒使先驅。善曰：彌轡，按行貌也。「彌」與「弭」，古字通。彌，莫爾切。

【疏】五臣「彌」作「弭」。○《離騷》王逸注曰：望舒，月御也。服與顔注並同。《廣雅·釋天》曰：月御謂之望舒。○《楚辭》見《離騷》。○《離騷》曰：吾令羲和弭節兮。弭節，卽弭轡也。杜宗玉曰：《周禮·春官》：男巫春招弭，以除疾病。注：杜子春讀如彌兵之「彌」。《漢書·王莽傳》上注：彌，讀曰「弭」。《説文》弭，弓無緣可以解轡紛者。故引申之訓止。「弭」或作「猊」，從兒。爾、兒聲同，故「弭」與「彌」通。○地，支部。轡，脂部。通韵。

翼乎徐至於上蘭。

【注】晉灼曰：上蘭觀，在上林中也。

【疏】《詩・信南山》孔疏曰：翼翼，是閒暇之名。案：此云翼乎，閒暇之貌也。○晉注，顔引同。○晏、弦、蘭，元部。

移圍徙陳，浸淫蹵部。

【注】善曰：部，軍之部伍也。毛萇《詩傳》曰：蹙，促也。「蹵」古字通。子育切。

【疏】上文虪虎之陳，善「陳」、五臣「陣」。此處字亦當同。《漢書》作「陳」，各本作「陣」，殆涉五臣而誤。今正。○《集義》引姚曰：浸淫，漸進也。案：已見《上林賦》。○顔曰：部，軍之部校也。言稍聚逼而重也。○善引《詩》毛傳見《小明》及《召旻》。胡紹煐曰：《上林賦》侵淫促節作「促」，此言浸淫蹵部，猶云侵淫促節耳。杜宗玉曰：《儀禮・士相見禮》：容彌蹙。注：蹙，猶促也。蓋蹙從戚，足聲。本賦蹴竦讋怖，善曰：「蹴」與「蹙」同。《上林賦》浸淫促節作「促」，知「蹙」、「蹴」、「蹵」均從足字得聲，「促」字得義也。

曲隊堅重，各按行伍。

【注】善曰：隊，徒内切。行，胡郎切。

【疏】胡克家曰：袁本、茶陵本云：「伍」，善作「五」。案：《漢書》作「伍」，或善作古字也。蹵部注：軍之部伍也。當同此。○蕭該曰：重，直龍反。《集義》同。○顔曰：隊亦部也。按，依也。○部，之部。

伍，魚部。通韵。

壁壘天旋，神抶電擊。

【注】善曰：言威之盛也。《埤蒼》曰：抶，笞擊也。

【疏】顔曰：言所抶擊如鬼神及雷電也。抶，音丑乙反。○善注引《埤蒼》，可與《甘泉賦》引《説文》互證。

逢之則碎，近之則破。

【注】善曰：《六韜》：太公曰：當之者破，近之者亡。

【疏】善引《六韜》，見《軍勢篇》。

鳥不及飛，獸不得過。

【注】善曰：《高唐賦》曰：飛鳥未及起，走獸未及發。

【疏】善引《高唐賦》見本書卷十九。

軍驚師駭，刮野掃地。

【注】善曰：言殺獲皆盡，野地似乎掃刮也。宋衷《春秋緯注》曰：驚，動也。《廣雅》曰：駭，起也。刮，古滑切。掃，先早切。

【疏】顔曰：言殺獲皆盡，無遺餘也。○《廣雅》見《釋言》。○擊、地，支部。破、過，歌部。通韵。

及至罕車飛揚，武騎聿皇。

【注】善曰：罕，畢罕也。聿皇，輕疾貌。

【疏】尤本、毛本「畢」作「罼」。胡克家曰：袁本、茶陵本「罼」作「畢」。案：「畢」字是也。上荷垂天之罼，《漢書》作「畢」，或善「畢」五臣「罼」而亂之。尤并此亦改爲「罼」，未是。《太玄》：畢格禽鳥之貞。用「畢」字，亦可證。○顔曰：聿皇，疾貌。蓋善注所本。王先謙曰：「聿皇」近字作「矞皇」，「聿」、「遹」、「矞」字通用。

蹈飛豹，羂嘄陽。

【注】善曰：嘄陽，即狒狒也。已見上文。羂，工犬切。

【疏】《漢》「羂」作「絹」。蕭該引蘇林曰：絹，音絹鹿之「絹」。案：已見《上林賦》。○《廣雅·釋詁》一曰：蹈，履也。○「狒狒」，顔作「費費」，音扶味反，與「狒狒」同。上文指《西京賦》。

追天寶，出一方。

【注】應劭曰：天寶，陳寶也。晉灼曰：天寶，雞頭而人身。

【疏】應、晉二注顔引並同。《史記·秦本紀》曰：文公十九年，得陳寶。《封禪書》曰：文公獲若石云於陳倉北阪城，祠之，其神或歲不至，或歲數來。來也常以夜，光輝若流星。從東南來，集於祠城，則若雄雞，其聲殷云，野雞夜雊。以一牢祠，命曰陳寶。王先謙曰：官本注「頭」下有「而」字。善注引同。《上林賦》：追怪物，出宇宙。此二句祖之。

應駍聲，擊流光。

【注】如淳曰：陳寶神來下時，駍然有聲，又有光精。

【疏】如注，顔引同。「精」下有「也」字。顔曰：駍，音普萌反。○皇、陽、方、光，陽部。

野盡山窮，囊括其雌雄。

【注】應劭曰：下時窮極山川天地之閒，然後得其雌雄也。善曰：《太康記》曰：秦文公時，陳倉人獵得獸，若彘，而不知其名。道逢二童子，曰：「此名爲⿰米賁弗」。述⿰米賁弗述亦語曰：「彼二童子名爲寶鷄。得雄者王，得雌者霸。」陳倉人舍⿰米賁弗述，逐二童子，化爲雉。雌止陳倉，化爲石。雄如楚，止南陽也。⿰米賁，浮謂切。

【疏】《漢》「野」作「壄」，字同。○應注，顔引同。案：野盡山窮二句，言獵，非言祭也。應劭以爲陳寶下時，窮極天地之閒，殆非是。○善引《太康記》「雌止陳倉」、「雄如楚」，「雌」、「雄」二字各本皆互誤。今依《史記正義》改正。案：《太康記》卽晉《太康地志》也。《史記·秦本紀》《集解》《正義》亦引之。「彘」下無「而」字，「知」下無「其」字，「名」下有「牽以獻之」四字，無「道」字，「二童子」下複「童子」二字，「此名爲⿰米賁弗述」作「此名爲媦，常在地中，食死人腦。卽欲殺之，拍捶其首」，「⿰米賁弗述亦語曰」作「媦亦語曰」，「寶雞」作「陳寶」，「陳倉人」下無「舍⿰米賁弗述」四字，有「乃」字，「雌止陳倉，化爲石」作「雌止陳倉北阪，爲石，秦祠之」，引止此。案：《搜神記》卷八亦載此事曰：秦穆公時，陳倉人掘地得物，若羊非羊，若猪非猪，牽以獻穆公。道逢二童子。童子曰：「此名爲媪，常在地，食死人腦。若欲殺之，以栢插其首。」媪曰：「彼二童子，名爲陳寶。得雄者王，得雌者伯。」陳倉人捨媪，逐二童子。童子化爲雉，飛入平林。陳倉人告穆公。穆公發徒大獵，果得其雌，又化爲石，置之汧、渭之閒。至文公時爲立祠。陳寶，其雄者，飛至南陽，今南陽雉縣，是其地也。秦欲表其符，故以名縣。每陳倉祠時，有赤光長十餘丈，從雉縣來，入陳倉祠中。有聲殷殷如雄雉。其後光武起於南陽。《藝文類聚·鳥部》一、《太平御覽·羽族部》四引《列異傳》與《搜神記》同。其以爲秦穆公時事，且以文公在穆公後，皆甚謬。或傳寫互誤。然云發徒大獵，則與此賦之意相合也。

沇沇溶溶，遥噱乎紘中。

【注】晉灼曰：口之上下名爲噱。言禽獸奔走倦極，皆遥張噱吐舌於紘網之中也。善曰：噱，其略切。

【疏】《漢》作「沈沈容容」。宋祁曰：「沈」，蕭該本作「沇」，音餘水反。《文選》亦作「沇沇」。案：《漢》殘卷本亦作「沇」，《集義》音余水切，與蕭合。王念孫曰：蕭本是也。沇、溶，雙聲字，謂禽獸衆多之貌也。上文萃從允溶，《文選》亦作「沇溶」。李善曰：沇溶，盛多之貌也。《上林賦》：沇溶淫鬻。沇，以水切。溶，音容。是其證。「沇」、「沈」草書相似，故「沇」譌爲「沈」。自注曰：《史記·六國表》《索隱》：鱄，音屬沇反。今本「沇」譌爲「沈」。又案：《漢》「紘」作「紭」，字同。〇晉灼，顏引同。案：今本「晉灼」作「師古」。殘卷本作「晉灼」，是也。惟「口」字下有「内」字。王先謙以爲衍字。王念孫曰：晉以口之上下爲噱，則噱虖紭中四字，義不相屬。故又言張噱吐舌，以曲通其義，殆失之迂矣。余謂噱讀爲窮極倦谻之「谻」字，本作「㣷」，又作「㣷」。《方言》十二：㣷，傍也。《説文》作「御」。《廣雅·釋詁》一：疲、羸、券、御，極也。「券」亦與「倦」同。《子虛賦》：徼谻受詘。《上林賦》：窮極倦谻。然則遥噱虖紭中，謂禽獸皆遥倦，谻於羅網之中也。作「噱」者，假借字耳。谻、噱，並音其略反。故字亦相通。步瀛案：晉以「噱」爲「臄」之借字。《説文》：谷，口上阿也。重文作「㗘」，又作「臄」。《詩·行葦》毛傳曰：臄，函也。《釋文》引《通俗文》曰：口上曰臄，口下曰函。段玉裁注《説文》曰：服析言之，毛、許、晉皆渾言之也。許舉上以包下。朱珔曰：此賦語蓋極作形容。晉灼意殆以凡物驚倦之極，則口吻以上之肉，隨口卷曲也。「谷」之重文或作「㗘」，與《人部》之「㑀」俱从卻。「㑀」有倦劇之義，亦可於「㗘」轉通其意矣。案：段、朱説是。〇窮，中，冬部。雄，蒸部。溶，東部。皆通韵。又與上陽部通韵。

三軍芒然，窮冘閼與。

【注】孟康曰：冘，行也。閼，止也。言三軍之盛，窮閼禽獸，使不得逸漏也。善曰：孟康之意，言窮其行止，皆無逸漏。如淳曰：窮，音穹。冘者，懈怠也。晉灼曰：閼與，容貌也。如晉之意，言三軍芒然懈倦，容貌閼與而舒緩也。今依如、晉之説也。芒，莫郎切。冘，音淫。閼，於庶切。與，音豫。

【疏】五臣「冘」作「宂」。〇孟、晉二注，顔引同。《訓纂》引應劭，與孟説同。如注，《訓纂》引同。蕭該曰：窮，如淳音穹。冘，諸詮余腫反，則以爲「宂」字矣。又，《集義》引應、如、晉三家注，又引顔游秦曰：《説文》：冘冘，行貌也。言營合圍會，人猥地窮，故冘冘徐進，閑緩□□也。一音淫。顔曰：閼與，容暇之貌也。吴仁傑《兩漢刊誤補遺》卷八曰：按，馬援言冘豫未決，注曰：冘，行貌。豫，未定也。「與」、「豫」字通。然則此賦言三軍捕禽獸，行者窮追之，未定者閼止之耳。冘、與二文相對。顔監乃以閼與爲容暇之貌，於義未安。五臣注以「冘」爲「宂」，音柔腫切。云：窮宂，倦怠貌。愈失之矣。又冘、猶音相近。《南史》淫預堆，《寰宇記》作猶與，言取途不決。《淮南書》云：善用兵者，擊其猶猶，陵其與與。此賦上文亦云淫淫與與，前後要遮，其義一也。步瀛案：「馬援」下當有「傳」字，《淮南》見《兵略篇》。張雲璈曰：按，下文尚有亶觀夫剽禽之紲隃等十二句，正言其窮閼禽獸，故又言妄發期中，進退履獲。言雖妄發而必中，進退踐履而皆獲也。以下然後言禽殫中衰，相與集于靖冥之館云云。文氣如是，不應中閒忽夾入三軍倦懈之語，則下文爲不可接矣。自當從孟説，不當從如、晉二説。李氏反是，不當於理矣。自來冘字亦無懈怠之訓。步瀛案：《説文·冂部》曰：冘冘，行皃。段注曰：古籍内「冘豫」義同「猶豫」，巴東灩澦堆，亦曰「猶豫」。《坤元録》作「冘豫」，樂府作「淫豫」，然則冘是遲疑蹢躅之皃矣。步瀛案：段引巴東灩澦堆云云，乃朱謀㙔《水經·江水注箋》之語。《水經注》及《樂府詩集》卷八十六皆作「淫澦」，李肇《國史補》卷下作「灩澦」，《寰宇記》卷一百四十八同。又作「猶與」。胡紹煐曰：「冘與」、「淫與」、「與豫」，古字並通。此謂窮其冘而閼其與，言追逐無遺之意。故孟云使不得逸漏也。諸説惟孟氏得之。

亶觀夫剽禽之紲隃，犀兕之抵觸，

【注】韋昭曰：亶，音但。善曰：古「但」字。「紲」與「跇」同，已見上文。《文子》曰：兕牛之動，以抵觸也。

【疏】五臣「亶」作「旦」，「剽」作「獂」，《漢》作票。顔曰：票禽，輕疾之禽也。「隃」與「踰」同。○蕭該曰：亶，丁但反。顔曰：亶，讀曰「但」。與善意同。爲發聲之詞。杜宗玉曰：《漢書·賈誼傳》：非亶倒縣而已。用「亶」爲「但」，是其證。○顏曰：「絀」與「詘」同，度也。善注，見上文，謂引如淳注。案：絀，「詘」之通借字。杜宗玉曰：《七發》：清升詘踰。注：詘，超踰也。與「絀」字異義，徒以「絀」、「詘」世聲，故叚「絀」爲「詘」耳。○《文子》云云，今本無此文。

熊羆之挐攫，虎豹之凌遽。

【注】韋昭曰：挐攫，惶遽也。善曰：《説文》曰：凌，越也。遽，窘也。

【疏】五臣「挐」作「拏」。案：拏攫字當作「拏」，已見《西京賦》疏。茶陵本「攫」作「玃」，校曰：五臣作「攫」。袁本作「攫」，校曰：善本作「玃」。蓋所見善本皆轉寫之誤。尤本、毛本皆然，善本當亦同。《漢》作「攫」不作「玃」，今改正。韋注並同。《西京賦》注引「凌」作「倰」。挐，音女居反。攫，音钁。○姚察引《埤蒼》曰：挐，手持。攫，爪持也。顏曰：挐，牽引也。攫，搏持之也。○許巽行曰：注引《説文》當作「夌」。顏曰：凌，戰栗也。遽，惶遽也。

徒角槍題注，蹴竦讋怖。魂亡魄失，觸輻關脰。

【注】晉灼曰：徒，但也。服虔曰：獸以角觸地也。善曰：「蹴」與「蹙」同。《爾雅》曰：竦，慴懼也。「讋」與「慴」同。觸輻關脰，言觸車輻，因關其頸也。槍，七羊切。蹴，子育切。脰，音豆。

【疏】《漢》「槍」作「搶」。案：《説文》曰：槍，歫也。《莊子・逍遥遊》曰：槍枌榆。《釋文》引支遁曰：槍，突也。崔譔曰：槍，著也。本書司馬子長《報任少卿書》曰：見獄吏則頭槍地。古鈔本作「搶」。顏曰：搶，猶刺也。尤本「魄」下無「失」字。胡克家曰：袁本、茶陵本下有「失」字，云善無。案：各本所見皆非也。《漢書》有，善自與之同，傳寫脱耳。陳云：上當以「徒角槍題注」爲句，而「蹴竦讋怖，魂亡魄失」，各以四字爲句也。案：孫志祖、許巽行説皆同，今據增。○顏曰：徒，亦但也。與晉注同。吴先生曰：《聲類》：徒，空也。步瀛案：《聲類》見玄應《一切經音義》卷三引。○顏曰：題，頟也。言衆獸迫急，以角搶地，以頟注地。○蹙，「欶」之通借字。《説文》曰：欶然也。引《孟子》曰：曾西欶然。今《公孫丑》上作「蹴然」。「蹴」、「蹙」字亦通。○《爾雅》見《釋詁》。郭注曰：「慴」即「懾」也。《釋文》曰：慴，之涉反。吕錦文曰：《説文》：讋，失气言。一曰，不止也。傅毅讀若「慴」。《一切經音義》九曰：懾，古文「慹」，或作「讋」、「慴」，古讀若疊。《詩·時邁》：莫不震疊。傳：疊，懼也。震疊即震慴。杜宗玉曰：《説文》：慴，懼也。讀若疊。讋、慴音訓均同，故通用。○顏曰：脰，頸也。言衆獸或自觸車輻，闕頸而死也。

妄發期中，進退履獲。

【注】善曰：言矢雖妄發，而期於必中。進退之際，必踐履而獲之也。《韓子》曰：新砥礪殺矢彀弩而射，雖冥而妄發，其端未嘗不中秋毫者也。

【疏】顏曰：言矢雖妄發，而必有中。進則履之，退則獲之。○善引《韓子》見《問辯篇》。今本「新」作「夫」，「矢」下無「彀弩而射雖冥」六字，「妄」上有「以」字，「毫」下無「者」字。

創淫輪夷，丘累陵聚。

【注】張晏曰：淫，過也。夷，平也。言獸被創過大，與輪平也。《音義》曰：創血流平於車輪也。善曰：

丘累陵聚，言積獸之多也。

【疏】張注，《訓纂》引同。尤本「過」字下有「大血流」三字，「與」下有「車」字。袁、茶二本無「大血流車」四字。胡克家曰：案，無者是也。言獸被創過。解創淫，與輪平也。解輪夷，即謂獲獸平輪耳。張此解與下引《音義》迥别。尤所添改複沓，非是。步瀛案：《漢書》顔注有此四字，蓋兼取張晏及《音義》耳。《訓纂》引亦無此四字，尤可爲本無此四字之證。胡紹煐曰：淫、夷，皆傷也。《説文》：創，刅傷也。「淫」與「深」通。《列子·黄帝篇》：朕之過淫矣。注：「淫」當作「深」。蓋冒刃而傷，是傷之深者，故曰淫夷，亦傷也。《易·序卦傳》：夷者，傷也。此謂有因刃而傷者，有因輪轢而傷者。《長楊賦》：金鏃淫夷者數十萬人。是淫夷爲傷也。步瀛案：《説文》：刅，傷也。从刃，从一。創刅或从倉。段曰：一者，傷之象，刅之所入也。胡引《説文》當作「創作刅傷也」，蓋脱「作」字。○與、遽、怖、獲，魚部。睔、觸、注、脰，聚，矦部。通韵。○以上田獵所獲禽獸之多。

於是禽殫中衰，

【注】善曰：中，竹仲切。

【疏】顔曰：殫，盡也。中，射中也。音竹仲反。

相與集於靖冥之館，以臨珍池。

【注】晉灼曰：靖冥，深閑之館也。服虔曰：珍池，山下之流。

【疏】晉注，顔引同。案：今本「閑」作「閒」，無「也」字。殘卷本作「閑」，有「也」字。○服注，顔引同。

「流」下有「也」字。案：殘卷「流」作「池」。張雲璈曰：按，山下自當有池，亦想像爲説耳。《甘泉賦》：珍臺閒館。臺曰珍臺，池曰珍池，其義一也，皆言其貴重耳。猶之乎靈臺、靈沼，不必指定山下。梁章鉅曰：《三輔黄圖》：昭帝元始元年，穿琳池，廣千步。池南起桂臺以望遠，東引太液之水。按：昭帝有琳池歌。《玉海》以爲臨珍池卽此。案：見一百七十一卷《宫室》。

灌以岐、梁，溢以江、河。

【注】晉灼曰：梁，梁山。善曰：《尚書》曰：治梁及岐。孔安國曰：治山通水，故以山名。

【疏】晉注，顔引同。○《尚書》及僞孔傳見《禹貢》。《漢書·地理志》右扶風美陽縣，原注曰：《禹貢》岐山在西北。左馮翊夏陽縣，原注曰：《禹貢》梁山在西北。《水經·禹貢山水澤地所在篇》曰：岐山在扶風美陽縣西北，梁山在馮翊夏陽縣西北河上。《清統志》曰：陝西鳳翔府，岐山在岐山縣東北。同州府，梁山在韓城縣西，接郃陽縣界。王先謙曰：岐、梁二山之水，下注池中，故曰灌以岐、梁。

東瞰目盡，西暢無崖。

【注】善曰：目盡，盡目而望也。無崖，廣遠也。

【疏】五臣「崖」作「涯」，《漢》「無崖」作「亡厓」。案：「崖」、「厓」字通，「涯」後出字。○顔曰：瞰，視也。《集義》曰：暢，達也。

隨珠和氏，焯爍其陂。

【注】善曰：焯，古「灼」字。爍，式藥切。

【疏】隨珠和氏，已見《西都賦》。○《説文》曰：灼，炙也。焯，明也。引《周書》曰：焯見三有俊心。今本《立政》「焯」作「灼」。「焯」、「灼」本非一字，古書或以「灼」爲「焯」耳。顔曰：焯，古「灼」字也。與善同失。又曰：焯爍，光貌也。杜宗玉曰：《桃夭》傳曰：灼灼，華之盛也。謂「灼」爲「焯」之叚借字也。卓、勺一音，故通用。《運命論》：吉凶灼乎鬼神。注引《廣雅》曰：灼，明也。灼、焯訓亦同。又，「爍」通「鑠」。《長笛賦》：或鑠金礱石。注：「鑠」與「爍」同。○衰，脂部。池、河、陂，歌部。崖，支部。並通韵。

玉石嶜崟，眩燿青熒。

【注】善曰：玉石，玉之與石也。李彤《單行字》曰：嶜崟，高大貌。青熒，光明貌。

【疏】五臣「眩」作「炫」。「眩」乃「炫」之通借字。《漢》殘卷「熒」作「榮」，注同。然與下「榮」字複，蓋誤。○顔曰：玉石，石之似玉者也。與善注異。案：善説是。○《隋書·經籍志》經部小學有《字指》二卷，晉朝議大夫李彤撰。梁有《單行字》四卷，李彤撰。亡。《册府元龜·學校部》十二載李彤撰《單行字二卷》。○顔曰：嶜崟，高鋭貌也。青熒，言其色青而有光熒也。

漢女水潛，怪物暗冥，不可殫形。

【注】應劭曰：漢女，鄭交甫所逢二女也。善曰：不可殫形，不能盡其形也。《高唐賦》曰：曾不可殫形也。

【疏】應注，顔引下有「弄大珠，大如荆雞子」八字。案：已見《南都賦》。○《高唐賦》見卷十九。

玄鸞孔雀，翡翠垂榮。

【注】善曰：榮，光榮也。

【疏】顏曰：言其毛羽有光華也。

王雎關關，鴻鴈嚶嚶。羣娭乎其中，噍噍昆鳴。

【注】善曰：《毛詩》曰：關關雎鳩。毛萇曰：雎鳩，王雎也。又曰：鳥鳴嚶嚶。「噍」與「啾」同。子由切。《說文》曰：昆，同也。

【疏】《漢》殘卷「嚶」作「嬰」。注同。胡克家曰：袁本、茶陵本「娭」作「嬉」，云：善作「娭」。案：所見皆非也。《漢書》作「娭」，音許其反。說見《上林賦》娭遊往來下。又案：上文娭澗閒，袁、茶陵本亦云善作「娭」，此本獨未譌。或尤延之依《漢書》校正。案：此亦宜依《漢書》作「娭」。顏曰：娭，戲也。五臣「鳴」作「明」，非。○《毛詩》及傳見《關雎》，後引見《伐木》。案：已見《東京賦》。○啾與噍，《說文》本二字，此亦言其通借耳。杜宗玉曰：焦聲、秋聲之字，古多通用。《說文》：啾，小兒聲也。从口，秋聲。《禮記·樂記》：其聲噍以殺。《釋文》：噍，謂急也。《三倉》啾，聲也。又訓衆聲。聲衆，故急也。《禮記·三年問》：猶有啁噍之頃焉。蓋叚「噍」爲「啾」也。《漢·律曆志》曰：秋，䶂也。物䶂斂乃成孰。此噍、啾同用義也。○《說文》見《日部》。《集義》引姚察以昆鳴爲昆雞鳴，非也。

鳧鷖振鷺，上下砰磕，聲若雷霆。

【注】善曰：言鳥飛上下，翅翼之聲若雷霆也。

【疏】漢「礚」作「磕」，字同。○鳧鷖、鷟，見《西都賦》。顏曰：振者，言振羽翼而飛也。《周頌》曰：振鷺于飛。○焱、冥、形、榮、嚶、鳴、霆，耕部。

乃使文身之技，水格鱗蟲。

【注】服虔曰：文身，越人也。能入水取物也。

【疏】五臣「技」作「伎」。○服注，顏引同。○王先謙曰：《子虛賦》：乃使專諸之倫，手格此獸。此二句祖之。

凌堅冰，犯嚴淵。探巖排碕，薄索蛟螭。

【注】善曰：嚴，言可畏也。巖，岸側嶔巖之處也。孔安國《尚書傳》曰：薄，迫也。賈逵《國語注》曰：索，求也。嶔，口銜切。

【疏】顏曰：嚴，言不可犯也。巖，水岸嶔巖之處也。碕，曲岸也。○《書》僞孔傳見《益稷》。○賈逵《國語注》，本書《古詩十九首》注引同，當是《晉語》一「得其所索」注。胡紹煐曰：薄、索，疊韵字，書多連文。《洞簫賦》：薄索合沓。薄索猶合沓，皆形容之辭。此謂幷取之貌。《說文》：摶，索持也。「薄索」即「摶索」。又，《衆經音義》十六引《埤蒼》：摸索，捫搎也。「薄索」與「摸索」音義亦近。

蹈獱獺，據黿鼉，

【注】善曰：郭璞《三蒼解詁》曰：獱，似狐。青色，居水中，食魚。服虔曰：音賓。善曰：《廣雅》曰：據，引也。

【疏】善引郭璞《三蒼解詁》，本書《江賦》注引同。顏曰：獺，形如狗。在水中，食魚。獱，小獺也。非也。○顏引蘇林音，與服同。○《廣雅》見《釋詁》一。胡紹煐曰：據，當讀如「戟」，謂揭持之也。《史記・呂后本紀》：據高后掖。徐廣音戟。《漢書・五行志》作「撠」。顏注：撠，謂揭持之。《說文》：丮，持也。讀若「戟」。「據」與「丮」音亦近。

抾靈蠵。

【注】鄭氏曰：抾，音袪。韋昭曰：抾，捧也。服虔曰：蠵，觜蠵。

【疏】五臣「抾」作「袪」，「蠵」作「觿」。○鄭注，顏引同。各本作「鄭玄」，誤。今依顏引改。彼「袪」作「怯」。《方言》六曰：抾摸，去也。齊、趙之總語也。抾摸猶言持去也。戴震《疏證》曰：《荀子・榮辱篇》：胠於沙而思水。楊倞注云：「胠」與「袪」同。《方言》袪也，齊、趙之總語。《莊子》有《胠篋篇》，亦取去之義。此所引作衣旁。本書乃作手旁。《廣雅》：怯莫，去也。義本《方言》而字又異。古書流傳既久，轉寫不一。據抾摸猶言持去一語，二字皆手旁爲得。「袪」、「胠」假借通用。「怯」字誤。步瀛案：《廣雅・釋詁二》怯字，王氏《疏證》校改作「抾」。○韋注，《訓纂》引同。○顏引應劭曰：蠵，大龜也。雄曰毒冒，雌曰觜蠵。蕭該曰：蠵，《字林》曰：龜也，以胃鳴。

入洞穴，出蒼梧。

【注】晉灼曰：洞穴，禹穴也。善曰：郭璞《山海經注》曰：吴縣南太湖中有包山，山下有洞庭道也。言潛行水底，無所不通也。

【疏】顏曰：洞，通也。○晉注，顏引同。《史記・太史公自序》曰：上會稽，探禹穴。《清統志》曰：浙江紹興府，禹穴在會稽縣宛委山，禹藏書之所。案：會稽，今併山陰縣。然此説解洞穴未是，故善注易之。○善引郭璞《山海經》，見《海内東經》。「吴縣」上有「今」字，上云「洞庭，地穴也。在長沙巴陵。包山」。下不復出「山」字。「道也」作「穴道」，「言」作「云」，在「底」字下。「通」下有「號爲地脈」四字。何焯曰：洞穴，即具區之洞庭穴，謂之地脈，李説得之。步瀛案：洞庭，已見《吴都賦》。蒼梧，已見《上林賦》。

乘巨鱗，騎京魚。

【注】善曰：京魚，大魚也。字或爲「鯨」。鯨，亦大魚也。

【疏】《漢》「巨」作「鉅」。五臣「京」作「鯨」。杜宗玉曰：「鯨」本作「䲔」。《爾雅・釋詁》：京，大也。《水經・沔水注》：鯨，大也。鯨、京統訓大，古通用字也。鯨爲大魚，麖爲大麃。大凡通叚之字，多隨文增省。○善注，與顏同。

浮彭蠡，目有虞。

【注】應劭曰：彭蠡，大澤。在豫章。善曰：有虞，謂舜也。

【疏】應注，顏引同。案：詳見《吴都賦》。○顏曰：目，猶視也，望也。有虞，謂舜也。舜陟方在江南，言遥望之也。

方椎夜光之流離，剖明月之珠胎。

【注】善曰：鄭玄《毛詩箋》曰：方，且也。明月珠，蚌子珠。爲蚌所懷，故曰胎。椎，直追切。

【疏】五臣「珠胎」作「胎珠」。許巽行曰：以韵求之，是也。胡紹煐曰：此與梧、虞、胥爲韵，作「珠胎」則失其韵矣。步瀛案：漢人支、脂、之韵與虞、模多通轉。自「碕」、「螭」、「蠵」以下，本自通爲一韵也。○顔曰：椎，音直佳反。其字从木。呂延濟曰：椎，擊也。夜光、流離，皆玉名。步瀛案：凡珠玉夜中有光者，皆謂之夜光。故流離亦曰夜光。《南都賦》李善注曰：鄒陽曰：夜光之璧。劉琨云：夜光之珠。然則夜光爲通稱，不繫之於珠、璧也。其説是已。《漢書·西域傳》曰：罽賓國出璧流離。顔引孟康曰：流離，青色，如玉。顔曰：《魏略》云：大秦國出赤、白、黑、黄、青、緑、縹、紺、紅、紫十種流離。孟言青色，不博通也。此蓋自然之物，采澤光潤，踰於衆玉，其色不恆。今俗所用皆消冶石汁，加以衆藥，灌而爲之，尤虚脆不貞，實非真物。《説文》曰：珋，石之有光者。璧，珋也。段玉裁曰：「者」字依李善《江賦注》補。此當作璧珋，石之有光者也。恐亦後人倒之。璧珋，即璧流離也。璧流離三字爲名，胡語也，猶珣玗琪之爲夷語。漢武梁祠堂畫有璧流離，《吴國山碑》紀符瑞亦有璧流離。梵書言吠瑠璃，吠與璧音相近。沈欽韓曰：《後魏書》：大月氏國人商販京師，自云能鑄石爲五色瑠璃。於是採礦山中，於京師鑄之。既成，光澤乃美於西方來者。則知本非自然之物。案：見《魏書·西域傳》。徐松《漢書·西域傳補注》曰：璧流璃，梵書作「吠瑠璃」。《一切經音義》卷二十四曰：舊言「鞞稠利夜」，亦言「鞞頭梨也」，或云「毗瑠璃」，亦作「鞞瑠璃」，皆梵音訛轉，從山爲名。鞞頭梨也山出此寶，青色。一切寶皆不可壞，亦非煙焰所能鎔鑄。案：玄應所説，孟言青色蓋有據也。步瀛案：二説皆是。蓋流離有天然與人造二種。此賦自當天然者耳。○姚察曰：《相如傳》云：明月珠子。司馬彪以爲明月珠，蚌蛤子。許慎注《淮南》云：月光珠有似月，故曰明月。案：見《西都賦》疏。○案：《毛詩》箋見《正月》。

鞭洛水之宓妃，餉屈原與彭胥。

【注】鄭氏曰：彭咸也。晉灼曰：胥，伍子胥也。皆水没也。善曰：《楚辭》曰：願依彭咸之遺則。王逸曰：殷賢大夫，自投水而死。宓妃，已見上。子胥，已見《吴都賦》。

【疏】《漢》「宓」作「虙」，殘卷作「宓」。案：見《東京賦》。○「鄭氏」亦誤「玄」。依胡克家校改。○《楚辭》見《離騷》。「則」誤「制」，今據《騷》校正。俞樾《楚辭人名考》曰：彭咸事無可考，特以屈子云願依彭咸之遺則，而屈子固投水死者，故謂彭咸亦投水而死。竊恐其誣古人矣。今按，《楚辭》言彭咸者非一，彭咸疑彭祖之後，與屈子同出高陽，故一再言之。步瀛案：劉向《九歎·離世》曰：思彭咸之水遊。是彭咸投水之説，不始於王逸矣。《漢書補注》引朱一新曰：即《甘泉賦》屏玉女而卻虙妃之意。餉屈云云，言當求賢以自輔也。○碕、螭、鼉、離，歌部。蠵，支部。梧、魚、虞、胥，魚部。胎，之部。如作「胎珠」，則侯部。皆通韵。○以上水嬉。

於兹乎鴻生鉅儒，俄軒冕，雜衣裳。

【注】韋昭曰：俄，卬也。車有蕃曰軒。冕，大冠也。善曰：《管子》曰：先王制軒冕，足以章貴賤。雜衣裳，言衣裳殊色也。

【疏】韋注，《訓纂》引「卬」作「仰」。顏曰：俄俄，陳舉之貌。雜者，言衣與裳皆雜色也。案：殘卷本「雜」作「殊」。呂錦文曰：「俄」與「峩」同。高貌。《詩·棫樸》：奉璋峩峩。傳：儀容峩然。冕，大冠也。俄當爲高大之皃。俄俄，卽峩峩也。韋昭云：俄，卬也。「卬」本「昂」字，與《詩·賓筵》側弁之俄訓邪者異。吳先生曰：鄭注《玉藻》雜帶云：雜，猶飾也。

脩唐典，匡《雅》《頌》。

【疏】顏曰：匡，正也。○裳，陽部。頌，東部。通韻。

揖讓於前，昭光振燿，蠁曶如神。

【注】善曰：蠁曶，疾也。「蠁」與「響」同。「曶」與「忽」同。

【疏】五臣「燿」作「耀」，「蠁」作「響」。《類聚》同。五臣「曶」作「忽」。○杜宗玉曰：嚮、響、蠁均從鄉聲。嚮，受也，應聲也。《易·繫辭》受命也如嚮。《釋文》：本作「響」。《荀子·勸學篇》：君子如嚮矣。注：「嚮」與「響」同。蠁，知聲蟲也。從蟲，鄉聲。蚼，司馬相如説蚼從向。是知「嚮」「響」一字，「蠁」爲知聲之蟲，與「響」「嚮」亦音近形近之字也。

仁聲惠於北狄，武誼動於南鄰。

【注】善曰：南鄰，南方之邑。

【疏】《漢》「誼」作「義」，殘卷本作「誼」。案：「誼」爲仁誼之本字，「義」爲威儀之本字，經傳多借「義」爲仁誼字。○顏曰：南方有金鄰之國，極遠者也。故云南鄰。一曰，鄰邑也。胡紹煐曰：文與北狄相對，南鄰即南方。猶《易·既濟》言東鄰西鄰耳。變方言鄰者，取以協韻也。非金鄰國。

是以旃裘之王，胡貉之長，移珍來享，抗手稱臣。

【注】如淳曰：以物與人曰移。善曰：《周禮》曰：職方掌九貉。鄭司農曰：北方曰貉。犍爲舍人《爾雅注》曰：獻珍物曰珍，獻食物曰享。《毛詩》曰：自彼氐羌，莫敢不來享。《爾雅》曰：享，獻也。抗手，舉手而拜者也。貉，莫白切。

【疏】「旃」、「氈」之通借字。《趙策》二：蘇秦説趙王曰：「燕必致氈裘狗馬之地。」《史記·蘇秦傳》「氈」作「旃」。《匈奴傳》曰：自君王以下，咸被旃裘。《釋名·釋牀帳》曰：氈，旃也。毛相箸旃旃然也。○如注，顏引同。○善引《周禮·職方氏》見《夏官》。賈疏引《鄭志》曰：九貉，即九夷，在東方。《秋官序官》《貉隸》，鄭注曰：征東北夷所獲。此賦顏注曰：貉，東北夷也。又，《高帝紀》上注曰：貉在東北方。三韓之屬，皆貉類也。○犍爲舍人《爾雅注》，說見上。又，《訓纂》同。《毛詩》見《殷武》。《爾雅》見《釋詁》。○顏曰：抗，舉也。舉手者，言其恭肅合掌而拜也。

前入圍口，後陳盧山。

【注】孟康曰：單于庭南山。

【疏】《集義》曰：圍，謂獵圍也。李周翰曰：圍口，獵營之門也。前來入營門，後猶陳列於盧山，言多也。○孟注，顏引同。「庭南」作「南庭」，與尤本、毛本同。胡克家曰：袁本、茶陵本「南庭」作「庭南」。案：「庭南」是也。今本《漢書》注亦誤倒。《漢書·衛青傳》曰：起冢象廬山。宋祁曰：浙本作「盧山」。

《匈奴傳》下揚雄上書曰：填盧山之壑。吴熙載《通鑑地理今釋》三曰：盧山，今外喀爾喀地。○前、山，元部。神、鄰、臣，真部。通韻。

羣公常伯、陽朱、墨翟之徒，

【注】善曰：常伯，侍中也。已見《籍田賦》。陽朱、墨翟，取古賢以爲喻。《列子》曰：陽朱南游沛，逢老聃。高誘《吕氏春秋注》以爲宋人。

【疏】「陽朱」，各本皆作「楊」，《漢》同。惟尤本作「陽」。案：《莊子·寓言篇》陽子居南之沛，《列子·黄帝篇》作「楊朱南之沛」。《山木篇》陽子之宋，《韓非子·説林篇》作「楊子之宋」。《吕氏春秋·不二篇》陽生貴己，高誘引《孟子》曰：陽子拔體一毛以利天下，弗爲也。今《孟子·盡心》上作「楊子」。本書謝靈運《述祖德》詩注引《吕氏春秋》作「楊朱貴己」，《困學紀聞》卷十引同。古書「陽」、「楊」字通用。○《吕氏春秋·當染篇》、《慎大篇》高注皆曰墨子名翟，魯人。《漢書·藝文志·墨家》有《墨子》七十篇，原注曰：名翟，爲宋大夫。○《列子》見《黄帝篇》。張湛注曰：《莊子》云：楊子居，子居或楊朱。又，《楊朱篇》注曰：或云字子居，戰國時人，後於墨子。殷敬順《釋文》曰：陸德明云：楊戎，字子居，非楊朱也。案：《莊子·應帝王篇》：陽子居。陸德明《釋文》引李云：居，名也。《寓言篇·釋文》曰：姓陽，名戎，字子居。據《列子》、《釋文》，則今本《莊子》、《釋文》「戎」作「朱」者，蓋後人改也。然陽戎之事，他亦無徵。《山木篇》陽子，《釋文》引司馬彪曰：陽朱也。《莊子》成玄英疏於《應帝王篇》云：姓陽，名朱，字子居。於《寓言篇》作姓楊。蓋亦以「陽」、「楊」字通耳。然《莊子》稱陽子居與老聃問答，《列子》亦載之，而《列子·楊朱篇》、《説苑·政理篇》皆載楊朱見梁王，言治天下如運諸掌。其時代不相及，疑有二人。然《莊》、《列》寓言，又不能以年代攷之也。〇「高誘《吕氏春秋注》」云云，袁、茶二本無此十一字。今《吕氏春秋注》亦無此文。

喟然並稱曰：崇哉乎德！雖有唐虞、大夏、成周之隆，何以侈兹！

【注】善曰：《周易》曰：先王以作樂崇德。《樂録圖》曰：成康之隆，妖孽滅也。

【疏】《漢》無「並」字。〇何焯《讀書記·文選》一曰：羣公常伯，左右小臣，豈有遠見？楊朱、墨翟，異端曲學，不知聖賢之義者也。自方將以下，乃自申作賦之意。張惠言曰：此喟然並稱，即篇首論者云並時而得宜也。方將以下，乃創業垂統所以不爽。〇《莊子·駢拇篇》、《釋文》引崔譔曰：侈，過也。〇善引《周易》，見《易·豫》《象傳》。〇《樂録圖》，喬松年《緯擴》輯入《樂叶圖徵》，未知是否。

夫古之觀東嶽，禪梁基，舍此世也，其誰與哉？

【注】善曰：東嶽，泰山也。梁，梁父也。已見上文。

【疏】《漢》「夫」作「太」，殘卷本作「夫」。五臣「嶽」作「岳」，「舍」作「捨」。「岳」，「嶽」之古文。「捨」，「舍」之借字。〇王先謙曰：《長楊賦》亦云：禪梁父之基。

上猶謙讓而未俞也。

【注】張晏曰：俞，然也。

【疏】張注，顔引同。顔曰：俞音踰。

方將上獵三靈之流，下決醴泉之滋。

【注】如淳曰：三靈，日、月、星垂象之應也。服虔曰：受福流也。善曰：賈逵《國語注》曰：獵，取也。

【疏】如注，顏引同。○服注，《訓纂》引較詳，見殘卷《校録》。然脱誤處不易識別，故不復取。顏曰：流者，言其和液下流也。○善引賈逵《國語注》，當是《吴語》「以犯獵吴國之師徒」注。

發黄龍之穴，窺鳳皇之巢。臨麒麟之囿，幸神雀之林。

【疏】皆祥瑞也。言脩德以感也。○「皇」，尤本、毛本作「凰」，俗字。今依袁、茶二本。《漢》同。

奢雲夢，侈孟諸。

【注】善曰：言以雲夢、孟諸爲奢侈而非之也。雲夢，楚藪澤名也。《左氏傳》曰：楚靈王與鄭伯田于江南之夢。孟諸，宋藪澤也。又曰：楚穆王欲伐宋，昭公導以田孟諸也。

【疏】前引《左傳》見昭三年。各本「夢」上誤衍「雲」字，依《左傳》校删。○後引《左傳》見文十年。

非章華，是靈臺。

【注】善曰：言以楚章華爲非，而以周之靈臺爲是。《左傳》：楚子成章華之臺。

【疏】《左傳》見昭七年。案：已見《東京賦》。

罕徂離宮而輟觀游，

【注】善曰：罕徂，言希往也。

【疏】顔曰：輟，止也。

土事不飾，木功不彫。

【注】善曰：《晏子》曰：土事不文，木事不鏤。

【疏】《漢》「彫」作「雕」，通借字。○《晏子春秋》見《内篇·諫》下。

丞民乎農桑，勸之以弗怠。

【注】善曰：《聲類》曰：丞，亦「拯」字也。《説文》曰：拯，上舉也。

【疏】「丞民」，茶陵本作「丞人」，校云：五臣作「蒸民」。袁本作「蒸民」，校曰：善本作「丞人」，字尤本、毛本作「民」，不作「人」。《漢》「丞」作「承」。顔曰：承，舉也。又，「怠」作「迨」。○《玉篇·手部》引《聲類》曰：丞，抍。字與善引異。《説文·手部》曰：抍，上舉也。从手，升聲。《易》曰：抍馬壯吉。撜、抍或从登。段玉裁改「抍」爲「拯」，曰：《易·明夷》、《釋文》曰：丞，音拯，救之。拯，《説文》云：舉也。子夏作抍。《字林》云：抍，上舉。音承。然則《説文》作「拯」，《字林》作「抍」。沈濤亦謂古本《説文》作「拯」，不作「抍」，疑「抍」字是《字林》後人羼入。朱珔曰：承者，丞之省也。《説文》「抍」，重文爲「撜」。《淮南·齊俗訓》：子路撜溺而受牛謝，是也。《艮·六二》：不拯其隨。《釋文》作「承」。《列子·黄帝篇》：使弟子並流將承子。張注：承音拯，是也。蓋「升」、「登」、「丞」、「承」皆在《烝部》，故《集韻》「抍」、「承」、「撜」、「拯」、「丞」五形同字。段氏欲易今本《説文》之「抍」爲「拯」，似可不必。又曰：本書謝靈運《擬鄴中集詩》、曹子建《七啓》、潘元茂《九錫文》、傅季友《修張良廟教》、王簡栖《頭陀寺碑》注皆引《說文》出溺爲拯。段氏據以補今本所無，姚、嚴校議同。但《左氏·宣十二年傳》注亦有此語，並本之。《方言》曰：蹻抍，拔也。出休爲蹻，出火爲蹻。其爲《說文》佚脱與否，未可定也。」呂錦文曰：李善所引《倉頡篇》、《三倉》、《聲類》、《字林》諸書，多依隨《文選》俗字，非本書原文。如引《說文》「仿佛」作「髣髴」，「輭」作「轜」，「隤」作「穨」，「玓瓅」作「的皪」之類，皆是。或據爲本書左證，則誤矣。步瀛案：丞，疑「抍」字之古文。「抍」其後出形聲兼會意字。丞者，中爲人形，左右爲兩手，乃出溺，爲「抍」之本字。自後來屢變爲「丞」，爲「承」，而形義皆非矣。○徒、諸，魚部。德、兹、基、哉、滋、臺、怠，之部。俞，侯部。游、彫，幽部。皆通韵。

儕男女使莫違。

【注】善曰：杜預《左氏傳注》曰：儕，等也。莫違，謂以時爲婚，無違於期也。《毛詩序》曰：男女多違。儕，士階切。

【疏】《左傳》杜注，見僖二十三年，又成二年。顔曰：儕，耦也。○《毛詩序》爲《陳風·東門之楊序》。顔曰：違，謂失婚姻之時也。

恐貧窮者不偏被洋溢之饒，開禁苑，散公儲，創道德之囿，弘仁惠之虞。

【注】善曰：「虞」與「娛」，古字通。

【疏】五臣「創」作「制」。劉良曰：制道德以爲苑囿，廣惠仁以爲虞官也。何焯曰：虞對囿，乃虞人之虞。顔、李皆云通「娛」，非也。胡紹煐曰：虞，田獵之地。《周官·獸人》：及弊田，令禽注於虞中。司農注：虞中，謂虞人釐所田之野。蓋爲虞人所掌之地，故謂之虞。王元長《曲水詩序》：充仞郊虞。虞與郊並言，是虞爲地也。

馳弋乎神明之囿，覽觀乎羣臣之有亡。

【注】善曰：言馳弋神明之囿，冀以齊其聖德，覩其有無而加恩施。

【疏】「亡」乃「𣞤」之借字。經傳又以「橆」爲之。隸變作「無」。○違，脂部。儲、虞、無，魚部。通韵。

放雉兔，收罝罘，麋鹿芻蕘，與百姓共之。

【注】善曰：毛萇《詩傳》曰：芻蕘，薪采者也。

【疏】《漢》「兔」作「菟」，同。尤本「芻」字正文作「蒭」，注作「芻」，則正文亦當作「芻」，與《漢》同，今校改。各本注亦作「蒭」，蓋以五臣亂之耳。○《毛詩》傳見《板之篇》。吕延濟曰：雉兔不獵，故云放。罝罘不用，故云收。麋鹿蒭蕘，皆與百姓共有，言至於此也。步瀛案：文王之囿，芻蕘者往焉，雉兔者往焉，與民同之。齊宣王之囿，殺其麋鹿者，如殺人之罪。見《孟子·梁惠王篇》。此蓋用其事。

蓋所以臻兹也。

【疏】《爾雅·釋詁》曰：臻，至也。吴先生曰：兹謂泰山、梁父。○罘、之、兹，之部。

於是醇洪鬯之德，豐茂世之規。

【注】善曰：「鬯」與「暢」同。暢，通也。

【疏】五臣「鬯」作「暢」。《説文》曰：蕩，艸茂也。案：此「條蕩」之本字，「鬯」、「暘」皆通借字。俗又作

「暢」。○顔曰：洪，大也。餘與善同。○「鬯」與「暢」同。杜宗玉曰：《漢書・律曆志》上：靡不條鬯。《郊祀志》：艸木鬯茂。注皆云：「鬯」與「暢」同。《禮記・王制》：賜圭瓚，然後爲鬯。未賜圭瓚，則資鬯于天子。《白虎通・考黜篇》均引作「暢」，是其徵也。

加勞三皇，勗勤五帝，不亦至乎？

【疏】規、帝，支部。至，至部。通韵。

乃祇莊雍穆之徒，

【注】善曰：祇，敬也。雍，和也。

【疏】《漢》「乃」作「迺」。殘卷作「乃」。○《管子・七法篇》尹注曰：徒，事也。言敬和是事，即下文立節崇業也。此與上文獲夷之徒、楊朱墨翟之徒並異。

立君臣之節，崇賢聖之業，未遑苑囿之麗，游獵之靡也。

【注】善曰：麗，光華也。鄭玄《禮記注》曰：靡，奢侈也。

【疏】《漢》「遑」作「皇」，通借字。○《禮記》鄭注見《檀弓》上。無「奢」字。○徒，魚部。麗、靡，歌部。通韵。

因回軫還衡，背阿房，反未央。

【疏】顔曰：軫，輿後横木也。衡，轅前横木也。案：此謂背反其麗靡。回軫還衡，假以爲喻，猶言改其轍也。《方言》九曰：軫謂之枕。《小爾雅・廣器》同。《詩・小戎》毛傳曰：收，軫也。《説文》曰：軫，車後横木也。《考工記》曰：車軫四尺。鄭注曰：此所謂兵車也。軫，輿後横木。《記》又曰：軹崇三尺有三寸，加軫與轐焉，四尺也。鄭注曰：軫，輿也。轐，謂伏兔也。此軫與轐并七寸。又，輿人爲車，輪崇車廣，衡長參如一。六分其廣，以其一爲之軫圍。鄭注曰：軫，輿後横者也。兵車之軫，圍尺一寸。鄭珍《輪輿私箋》卷二曰：輿後横木名軫。本以「紾」轉爲稱。《小雅》、《方言》並云：軫謂之枕。《釋名》亦以軫爲枕，以枕是薦首之物，車由此登，即以此爲首。名枕止取首意，亦緣與軫同聲。《毛詩》謂之收者，是指輿下四方，故得以深淺言。名收，蓋取收固車箱意。軫自是輿後横木專名，軓自是輿下三面材專名。軫名可通於軓，軓名不可通於軫。以輿下與後高度如一，故可以軫包之。軓者範輿，軫固不範輿也。康成注「軫」凡三處。此云軫輿後横木者，著其主名也。四面高同，言專處，餘可見矣。下加軫與轐，云軫輿也者，以經通言四面也。《輿人》軫圍云：軫，輿後横者。以軫、軓異圍，經所明是後横者之度，其軓圍在輿人，故宜別言之也。案：鄭説甚是。戴東原《考工記圖》謂輿下四面材合而收輿謂之軫，斥鄭以軫輿後横木爲失其傳，非也。《私箋》又辨軫之四方非正方，曰：四方皆軫，其圍宜同。而後獨異者，以輿後止人所登下，非若三面範輿任正之外，又須於上置闌，故其圍狹於三面也。軫圍一尺一寸，兩邊厚一寸四分，兩面廣四寸一分，長六尺六寸，向前一邊中爲槽，深七分，以受底板，兩端爲中筍，貫左右，任木之鑿，達於外。自面槷之以輈，踵承其下，當軫中爲圓孔，連踵通之，上大下小，合時以一圓木旋轉關之，令上與軫面平，復以横槷鍵其下。若解輿則向上旋轉脱之。輈與輿固合而不稍移掉傾脱者，鈎心之後全賴此。《晉語》：咎犯曰：臣從君還軫巡於天下。還，即旋也。

旋軫謂此也。軫之名轉，琴柱之名軫，皆由斯義。輿上諸材，惟軫之四面非正方，後人皆以正方算之，又不知軫與任正異圍之所以然，經注大旨全失；亦可正前人以軫爲正方之失。《釋名·釋車》曰：衡，橫也，橫馬頸上也。《莊子·馬蹄篇》、《釋文》曰：衡，轅前橫木縛軛者也。《史記·酈生傳》、《索隱》引崔浩曰：衡，車軛上横木也。《論語·衛靈公篇》、《集解》引包咸注曰：衡，軛也。阮元《揅經室一集》卷七《車制圖説》曰：衡與車廣等，長六尺六寸，平橫輈端直木也。別有曲木，縛於衡鬲之下，以下扼馬牛之頸。包咸《論語注》曰：輗者，轅端横木，以縛軛。此雖誤解輗爲鬲，而其言軛縛於横木之下，則漢時目驗猶然。皇侃疏曰：古作牛車二轅，先取一横木縛著兩轅頭，又別取曲木爲栀，縛著横木，以駕牛脰也。卽時一馬牽車，猶如此也。據皇氏説，則栀別爲衡鬲下曲木甚明。至梁時此制尚存，故亦得以目驗而知。由此説驗之諸書，無不合者。《急就篇》既言軜衡，又言軶縛。《莊子·馬蹄篇》曰：加之以衡、栀。衡、軛爲二物，甚明。《儀禮·既夕》曰：楔，貌如軶，上兩末。楔乃末含飯置尸口中者，爲半規形，末向上。據此可知軶曲半規，特末向下耳。鬲下駕牛，秪用一軶，若衡下駕馬，則用兩軶。故兩軶又名兩軥。軥亦以其曲句名之也。《左·襄十四年》：射兩軥而還。昭二十六年：中楯瓦繇朐汰輈。服虔曰：軥車軶兩邊叉馬頸者。鄭珍《輪輿私箋》卷二曰：今時駕車邊馬，用長數寸直木夾貼於肩領之交，以繫靷鞅木，爲前硯骨抵拒。馬之致力前引，全恃之。古一轅車服馬用軛，其必似此敟。軛向下有兩末，計兩末出缺月外，必長七八寸許，裏平而外圓，削如肋骨之形，而末須是直者。衡既是以直爲横，兩末其長如許，必不能卽衡木爲之，當別製兩末，削穹其上，貼缺月釘著之，復各爲兩穿以受轡鞅之絆。駕時衡加輈頸上，軛之兩末，下過輈頸，圍徑三寸二分，始與馬頸平。是狹者全在空處及鬉肉以下，骨張肉容，末乃實壓而夾貼於肩領之交，爲前硯骨抵拒，可使馬致力引輈矣。若駕驂馬，恐卽如今時駕邊馬之法。孫詒讓《周禮正義》卷七十七曰：阮、鄭説是也。衡軶雖同在輈耑，而衡直軶曲，制度迥異。軶縛於衡之下，非軶卽衡也。○衡、央，陽部。○以上諷諭返於道德。